唐耿良说演本

长篇苏州评话三国

纪念唐耿良先生诞辰一百周年

（1921—2021）

唐耿良说演本
长篇苏州评话《三国》

—— 上 卷 ——

唐耿良 著述

唐力行 黄鹤英 张 进 整理

张 进 评点

商務印書館
The Commercial Press

图书在版编目（CIP）数据

唐耿良说演本：长篇苏州评话《三国》：全二卷 / 唐耿良
著述；唐力行，黄鹤英，张进整理；张进评点 . — 北京：
商务印书馆，2021（2021.7 重印）
（评弹与江南社会研究丛书）
ISBN 978-7-100-19594-2

Ⅰ.①唐… Ⅱ.①唐… ②唐… ③黄… ④张… Ⅲ.①苏州
评话—中国—当代 Ⅳ.① I239.8

中国版本图书馆 CIP 数据核字（2021）第 034632 号

权利保留，侵权必究。

卷首题签　李少鹏

唐耿良说演本
长篇苏州评话《三国》

（全二卷）

唐耿良　著述
唐力行　黄鹤英　张　进　整理
张　进　评点

商 务 印 书 馆 出 版
（北京王府井大街36号　邮政编码100710）
商 务 印 书 馆 发 行
山东临沂新华印刷物流
集 团 有 限 责 任 公 司 印刷
ISBN　978-7-100-19594-2

2021 年 4 月第 1 版　　　开本 787×1092　1/16
2021 年 7 月第 2 次印刷　　印张 104 3/4　插页 8

定价：480.00 元

国家社科基金重大项目

"评弹历史文献资料整理与研究"（14ZDB041）

上海市哲学社会科学规划重大课题

"评弹资料整理与研究"（2012DLS001）

唐耿良先生照片

唐耿良先生照片

唐耿良先生演出照

唐耿良先生部分出版物照片

唐耿良先生部分出版物照片

总　序

唐　力　行

　　20世纪80年代以来，社会史研究在我国蓬勃兴起，学者们以整体史的新视野重新审读历史，不再满足于政治史和精英史，而是将目光向下，关注长时段的文化、心态、习俗、信仰、仪式、组织、结构、区域、普通人的生活、地方社会对国家的制衡等。而这些长期被忽略的历史要素大多是沉淀于具体的区域社会中的。因此，社会史的研究必然导向区域史研究。经过将近三十年的探索与积淀，区域社会经济史的研究已渐趋成熟。九年前我去英国参加一个社会文化史的会议，了解到欧美和中国台湾学者在这方面的学术成就，深感在区域社会经济研究的领域里应该而且必须引入文化的因子，才能在原有的基础上将研究工作推向深入。在做了充分的学术论证后，我确定以苏州评弹（又简称评弹）为切入口，开展苏州评弹与江南社会的研究。选择评弹文化为切入口不仅因为我是苏州人，我的父亲就是一个说书人；更为深层的原因是父亲唐耿良先生当时正在撰写他的回忆录，为了帮助他整理成书，我大量地接触了评弹历史和民国以来的评弹资料，深入认识了苏州评弹与江南社会的血肉联系。社会文化史是国际学术研究的前沿，要组织一支学术队伍是十分困难的。我从历年招收的博士生中，逐渐地组成了一支研究队伍。以往对评弹的研究都是从曲艺史或文学史的角度进行的，现在要从区域社会文化史的全新视野开展研究，几乎没有可供借鉴的前期成果，学术难度是相当大的。解决的办法还是从资料入手。在我的组织与指导下，数年来我们已搜集评弹与江南社会生活相关的资料两百余万言，除正史外，还广涉方志、笔记、文集、杂志、小说、档案以及苏州、上海两地报纸等。同时，我们还认真研读海外新史学的理论和方法，结合资料深入细致地展开讨论。筚路蓝缕，经过数年艰辛努力，终于有所收获。在商务印书馆的大力支持下，我们将陆续推出"评弹与江南社会研究丛书"，发布我们在这一研究领域的成果和资料。

　　苏州评弹不仅是观察江南社会的窗口，它与江南社会本来就是不可分割、相互影响的。缺失了评弹元素，我们心中的江南将不复存在。苏州评弹由评话与弹词两个曲种组成，其渊源可追溯到唐宋，但真正意义的苏州评弹则兴起于明末清初，与苏州市民社会的繁兴同步。苏州被誉为天堂，天下人无不乐居苏州，致使人地矛盾日益尖锐。而历代统治者视苏州为取之不竭的聚宝盆，明代丘濬云："江南财赋之渊薮也，自唐宋以来，国计咸仰于是。"[1] 据《明会典》统计，洪武二十六年（1393）苏州府耕地仅占全国的1%，实征税粮米麦竟占全国实征税粮的9.6%。苏州府的税粮总数、亩平均

---

[1]　丘濬：《大学衍义补》卷二十四，《四库全书》本。

赋税、人口平均赋税不仅高出全国平均水平近十倍，而且也高出江南地区其他府县。此外还有漕粮、白粮之征扰民。明清以来这种情况没有改观。在重赋与人口双重压力下，苏州人并未采取极端的行动，而是重理性、求变通，善于在夹缝中找到施展自己才能的天地。农业管理更趋精细，种桑植棉，发展手工业，成为国内丝绸、棉布等手工业生产的中心之一，吴绫苏布远销海内外。苏州城内五方杂处、百业俱兴、万商云集、市曹繁荣。为保障财赋收入，统治者对苏州的政治控制十分严密。乡绅、官宦的地方自治功能被削弱，市隐心态十分浓重，[1] 转而构筑私家园林，寄情于诗书歌吟之间。有清一代苏州状元达二十六人，占全国的 22.8%。经济与文化的交互作用催生了评弹与昆曲这对姐妹花，于是有状元、优伶为苏州土产之说。昆曲曲高和寡，主要流行于士大夫的圈子里。而评弹有着雅俗共赏的特点，其受众遍及士农工商乃至贩夫走卒。相应于苏州人的性格，昆曲又被称为"水磨腔"，评弹弦索叮咚如同江南的水。如果说评话犹如太湖般开阔澎湃，弹词则如穿街越巷的小桥流水。水是最柔和的，也是最坚韧的。似水长流的评弹，深藏着苏州人的市隐心态，流淌着苏州人的心曲，叙说着苏州人的机敏、睿智、沉稳和变通。进茶馆品茗听书成为苏州市民的生活方式，"所谓说书者，实起于苏州。苏州人闲者居多，饭后一会书，挤在茶馆中度生活者，比比皆是"[2]。而绅商官宦则把评弹艺人请进家门举办堂会。苏州的大街小巷到处都可以听到悠悠的评弹音乐和声如金石的评话，与小桥流水、枕河粉墙融合成一幅有声有色的苏州图景。

评弹从形成之初便走出苏州这一江南的中心城市，向吴语地区扩散。这是由评弹的艺术形式和内涵所决定的。评弹艺人在一个地方演出，根据书目，其演出周期少则十余天，多则数月。传统社会是一个熟人社会，人口流动小，演毕就要变换场地，而且数年内不会再重复莅临。这就是评弹的走码头。"内行中人称说书的为'吃开口饭'，注定走江湖的命运，不能常驻一处，一俟说毕，即需另开码头。有因兴趣与生意清淡关系未经说完而中途告歇者，谓之'剪书'。不过说书的走码头，仅是南抵嘉兴，北达武进，以此一小小地域为限，因过远之处听不懂苏白，去亦徒然。"[3] 苏白也就是苏州话，或称吴语。吴语是从古代的吴郡、吴兴郡、会稽郡"三吴"（郡治分别在今苏州、湖州、绍兴）地区为中心的太湖流域、宁绍平原发展起来的，又称江浙话、江南话，主要通行于中国江苏南部、上海、浙江北部，是中国除官话方言（北方话）以外的第二大汉语方言。但是即使同在江南，各地语言实际上还有较大差别。江南南京的方言就属官话，而同为吴语的宁波话与"吴侬软语"的苏州话也大相径庭，故而有"宁与苏州人吵架，不与宁波人讲话"的民谚。传统的吴语以苏州话为代表方言。所以上揭"南抵嘉兴，北达武进，以此一小小地域为限"之说，划出了苏州评弹文化圈的边界，也可称之为吴语或江南的核心地带。

江南水乡水网密布，评弹艺人行装简单，评话艺人只需醒木和折扇，弹词艺人则背一琵琶或

---

1 参见唐力行：《从碑刻资料看明清以来苏州社会的变迁——兼与徽州地区比较》，《历史研究》2000 年第 1 期。

2 《听书随笔》，《生报》1939 年 2 月 21 日。

3 香客：《评话、弹词小序》，《苏州日报》1948 年 12 月 11 日。

弦子，即可搭船成行。评弹的演出场地也极简单，村落集市的茶馆设一桌一椅（或两椅）即可开讲。评弹码头有大、中、小之分，艺人也相应分为苏州响档、码头响档和普通说书人。从小码头走进大码头，从普通说书人到成为苏州响档，这里充满了竞争、才能和机遇，能成为苏州响档的是极少数。实际上说书人并不只是从小码头向大码头进军，即使是身为苏州响档的说书人也是要到中、小码头去的。评弹艺术借着走码头，深入到江南的每一个细胞中去。评弹文化圈的形成是一个渐进的过程。经过一个半世纪的发展，到乾隆年间评弹已趋成熟，如乾隆三十七年（1772）的弹词抄本《雷峰古本新编白蛇传》、乾隆刊本《新编重辑曲调三笑姻缘》等，一直流传至今；有了一批知名的评弹艺人，如演说评话《隋唐》的季武功、弹词《落金扇》的王周士、弹词《白蛇传》和《玉蜻蜓》的陈遇乾和俞秀山等；还有了评弹艺术的经验总结，如王周士的《书品》《书忌》。[1] 与此同时，苏州评弹文化圈形成。由于旧时民间艺术没有地位，当时评弹艺人、书场、听众的资料稀缺，我们借用晚近的记载来描述文化圈内的共同文化特质。如评话艺人唐耿良初出道时，曾坐手摇船到阳澄湖边的小渔村油泾说书，当地"只有肉店、豆腐店、南货店、馄饨店、铁匠铺、茶馆等几家小店"[2]。其中的茶馆也就是书场，每天的听众也就三四十人。又如，浙江吴兴县双林镇"是一个极小的乡镇码头，并无其他娱乐，只有书场数处，乃唯一之游艺场所，故镇民大都爱嗜评弹。以前光裕社'响档'老辈，莅临者不少"[3]。再如常熟"吴墅镇，属于琴川东乡，地接海濡，鳞次栉比，商贾辐辏，市廛殊为热闹。眺览郊野，阡陌纵横，茅屋两三，点缀于绿杨老树间，风景绝幽。镇人居斯，熙熙攘攘，不知有秦汉。该地人士，村居多闲，亦唯品茗听书为至上之娱乐。予旅斯土有年，竟与同化，驯乃浸淫成癖，予听书之兴趣，盖亦肇始于昔日乡居时也。有雅园书场者，与蜗庐望衡对宇，居停乃一徐娘，办事颇干练，岁常仆仆于苏沪道间，延揽光润名家，莅镇弹唱。女主人热于此道，历述社员之彼也优、彼也劣，言来不爽毫末。书场中亦多年高听客，经验綦丰，固尽素识者，辄与同座，为予纵谭书坛掌故，或名家书艺，如数家珍。举凡今日成名之李伯康、赵稼秋、张少蟾辈，早年皆尝隶该场弹唱者，予虽未聆及，然诸父老辄津津乐道之。壬申夏，女弹词家谢乐天应聘该镇同羽春茶楼，四乡人士，震谢之声誉，尤轰动一时"[4]。清代乾隆后两百年间江南市镇遍布茶馆书场，这在地方志中有大量的记载。常熟《福山镇志》载："解放前，福山的书场较多，港上有鸿园、徐楼、阳春轩、褚厅等书场，街上有南苑、鹤春园、长兴、严小林等书场，邓市、肖桥、郑桥等茶馆亦兼营过书场。大多苏州评弹名家魏含英、唐耿良、沈俭安、薛筱卿、徐云志、汪雄飞、杨振雄、杨振言等都来演出过。"[5] 吴江《震泽

1　周良：《苏州评话弹词史》，中国戏剧出版社，2008年。
2　唐耿良著，唐力行整理：《别梦依稀——我的评弹生涯》，商务印书馆，2008年，第21页。
3　忆琴：《记潘慧寅、汝美玲夫妇双档》，《上海书坛》1949年12月14日。
4　程沙雁：《平沙落雁龛杂掇（四十三）》，《生报》1939年3月18日。
5　《福山镇志》，东南大学出版社，1992年。

镇志》载："民国初年，镇上有的茶馆延请评弹艺人说书，上午卖茶，下午、晚上开书。到了20世纪30年代，镇上先后开办的书场有：'万旸厅'（彭康弄西）、'山泉'（花山头）、'颐塘'（仁德堂）、'承罗阁'（大桥东塊）、'新山泉'（彭康弄西）、'商余社'（浜桥东）、'和平楼'（秀水浜）等。'山泉'和'颐塘'书场以环境幽静、座位宽敞而闻名，每场书均能容纳近400位听众，为此，上海、苏州一些评弹名家陆续来此献艺，有严雪亭、金声伯、吴君玉、唐耿良、周玉泉、邢瑞亭等，沈俭安、薛筱卿的《珍珠塔》，徐云志、王鹰的《三笑》，张鉴国的《林子文》更为新老听客交口赞赏。"[1]据统计，在评弹最兴盛时期（1926—1966）江浙沪评弹书场有一千多家，仅苏州城区表演评弹的书场就有一百二十多家，常熟地区有一百零三家；评弹从业人员有二千余人；上演的各类长篇评弹书目一百五十多部；评弹的听众数量仅次于电影观众，位居第二。《书坛周讯》云："江南盛行弹词，确为高尚娱乐，谈古论今、倡论道义，寓讽劝于无形，雅俗共赏，弦索悦耳，怡情悦性，毋怪人多杯茗在手，静聆雅奏而辄无倦意焉。"[2]在"南抵嘉兴，北达武进"的苏州评弹文化圈内，听书已是江南民众日常生活的一部分。

评弹有着如此强大的传播力，除了苏州是江南的经济、文化中心，又是吴语区的中心外，还由于其雅俗共赏的文化内涵。一是评弹脚本多源于市民文学。明清以来的苏州是市民文学最为繁兴之地。苏州评话、弹词大多取材于演义小说、才子佳人小说。历代文人也有为之书写或润色者，如清代女弹词作家邱心如、陈端生等，近现代文人平襟亚、陆澹庵、姚苏凤、陈范吾、陈灵犀等。二是台上的说书人与台下的听众有面对面的交流，说书人会在听众的眼神、表情及对书情的反应中感受到是否有需改进之处。苏州市民普遍有着较高的文化素养和儒雅的风度，他们喜爱评弹，会对说书人书艺的高下、书情的合理性提出批评，有时甚至是苛求，从而使评弹艺术日趋精致。如，"平桥直街位于苏州之南城，地近南园，松风阁听客都系住客。在彼时既有科举出身之举人秀士，复有长署遣下之书吏差役。说书者对于唱句音韵及堂审手段，用刑工架，稍一不合，明日早茶时，互相批评，下午即相率不来"[3]。又如，"吾乡吴江，滨太湖而邻洞庭，民情淳朴，鱼米丰饶。乡人士于业务之暇，舍听书外无其他消遣，因之书场中多积有数十年经验之老听客。以故书艺稍次之说书人，咸不易久留，甚而仅说数日即离去者，盖若辈平庸不足饱老听客之书瘾也"[4]。三是上流社会的堂会促进。1948年11月3日《书坛周讯》载："目前吴趋坊某海上闻人做寿，邀聘临时堂会，其内名弹词家潘伯英、张鉴庭昆仲、唐耿良、蒋月泉等六档亦参加会串，一时书迷云集，片刻即将容一百多人之露天场宣告客满。宾客中银联社名票杨家伟、朱悦耕、金章□，及本社总编辑黄进之君，亦为兴趣，和主人的督促，上台献奏一番，居然亦有相当噱头云。"

1 《震泽镇志》，中国矿业大学出版社，1999年。

2 一叶楼主：《叶叟谈艺》，《书坛周讯》1948年10月13日。

3 《听书随笔》，《生报》1939年2月21日。

4 枫：《松陵书讯》，《弹词画报》第27期，1941年4月13日。

堂会将演员与士绅阶层、官宦人家、富商巨贾联系起来，从中可以看出士绅阶层的精神生活、他们的精神需求和对美的追求。而对演员来说，被士绅召去演出，也是身份的提升，可以带来高收入，当然对他们书艺的要求也会提高，也有助于评弹的雅化。经过数百年的磨合，评弹开始在江南地方曲艺中独领风骚。

"随风潜入夜，润物细无声。"评弹艺术深刻影响着江南人的性格、社会风尚和价值伦理。同时，社会变迁也影响并制约着评弹的盛衰。首先是近代评弹的中心由苏州向上海的转移。这与太平天国战争对江南的破坏和大批江南绅商避难租界相关。据同治《苏州府志·田赋二》的统计，道光十年（1830）苏州府共有"实在人丁"3 412 694 人；经过"庚申之难"，同治四年（1865）苏州府的"实在人丁"锐减至 1 288 145 人，净减 2 124 549 人，这还不包括妇女、儿童和老人。苏州人口损失了约三分之二。据 1865 年 1 月 13 日《上海之友》报道："自苏州复归于清军之手后，这些房舍以及无数桥梁全部消失了，整个十八里之内没有一幢房子，四周乡间，举目荒凉。……看不见男人，看不见女人，看不见儿童，也看不见任何一头牲畜。"[1] 与苏州所遭到的破坏相比，上海租界却以不可思议的速度繁荣了起来。1860 年，太平军挺进苏常，江南的缙绅商贾携带他们的财产，大规模逃入上海租界，以致租界人口激增至 30 万；1862 年又增加到 50 万，一度曾达到 70 万。在某种程度上说，正是战争意外地推动了上海租界的飞速发展，它不再是松江府下的一个普通县城，而是成了中国最大的贸易中心、远东国际商港。苏州逐渐开始由江南的中心转变为上海的腹地。

据 1885 年与 1915 年的统计，居住在租界的华人中，江浙两省人占总人口的 74.3%，以吴语为母语的占 75%。这些新移民，为了躲避血雨腥风的战火，离开了曾经温柔富贵而今却变得残破荒芜的家乡，来到人地两疏的上海租界，心中挥之不去的是故乡、故土和故人，于是聆听以吴语演唱的评弹成为他们寄托乡思的最好方法，评弹成为租界最受欢迎的曲艺。[2] 作为苏州和江南文化符号的评弹场景开始在租界大量复制。首先是在英租界宝善街、四马路一带，茶楼书场成蔓延之势。池子澂《沪游梦影》载："余犹忆戊寅（1878）赴楚，沪上热闹之区独称宝善街为巨擘，今则销金之局盖在四马路焉。……盖英界为沪上之胜，而四马路又为英界之胜，是以游人竞称四马路焉。而余之游沪，以四马路会归外，更有八事焉：戏馆也，书场也，酒楼也，茶室也，烟间也，马车也，花园也，堂子也。""书场者，即世所称说大书也。自说大书之技不精，而后借粉黛以为助。其未说书也，必先使唱开篇。其既说也，又皆能插科打诨，相为接应。厥后喜听唱而不喜书，于是争废书而专用唱矣，说大书者仅退坐理管弦而已，此沪上书场所以专称'女唱书'也。书场共十二楼，皆聚于四马路，曰天乐窝，曰小广寒，曰桃花趣，曰也是楼，曰皆宜楼，曰万华

1　转引自〔英〕呤唎：《太平天国革命亲历记》下册，王维周译，上海古籍出版社，1985 年，第 566 页。

2　分别参见：《上海公共租界及法租界内之中国人数》，《东方杂志》第 13 卷第 3 号，1916 年，第 2 页；徐国桢编：《上海生活》，世界书局，1933 年，第 15 页。

书屋，曰响遏行云楼，曰仙乐钧天楼，曰淞沪艳影楼，曰九霄艳云楼，曰四海论交楼，曰引商刻徵羽楼。"[1] 英租界书场的繁华又扩展到法租界，据《申报·法界新设书场》载："本埠英租界内女先生弹唱南词，近来日盛一日，惟法界内则久无书场也。日前有王仁荣特具禀词谓英法租界似宜一例，刻下欲在小东门外大生街内开设一书场……于明日开书，想小东门外定更热闹矣。"[2] 进入兼为茶馆的书场品茗聆听说书人的吴侬软语说噱弹唱，在这一特有的场景里，江南人暂时忘却了离愁别绪，取得了心理上的满足。

就在评弹随着江南难民向上海租界大规模进军时，战乱中的评弹在它的中心地苏州却遭遇官府和男性评弹艺人组织光裕社的重重制约。战争平息后，江苏巡抚丁日昌出于重建文化秩序的目的，于清同治七年（1868）颁布了三条禁令：禁淫词、禁淫书、禁女性入茶馆。同时，苏州评弹社团光裕社为维护男弹词的垄断地位不仅排斥女弹词，而且还禁止男女拼档演出，"凡同业而与女档为伍，抑传授女徒，私行经手生意，察出议罚"[3]。这一行规一直延续到 20 世纪 40 年代，其影响遍及江南。

清政府为渊驱鱼的做法把评弹的中心从苏州赶到了上海租界。租界因属西人管辖而禁令不行，收容了被驱逐出苏州（包括上海华界）的女弹词。从 19 世纪中叶到末叶，书寓女弹词在上海极其兴盛。清季妓女弹词取而代之。20 世纪 20 年代随着新女性的觉醒，职业女弹词的队伍形成。1929 年起男女双档的形式开始出现，在苏州等地演出。1934 年吴县当局以"男女档有伤风化"为由，禁止男女档在吴县演出。1935 年男女档合作演出的艺人成立普余社，该社主要成员进入上海演出。男女双档极大丰富了评弹的表演力，因其刚柔相济更受市民的欢迎。上海租界所具有的相对宽容和自由，容纳了评弹中心的转移。

租界为评弹在上海的发展提供了前所未有的新天地。从《申报》的报道和广告可知，1910 年前后苏州光裕社的男性评弹艺人也大举进入租界淘金。书场业极为兴盛，"上海的书场业有一个疯狂时期，三四马路、大新街附近一带以及南市城隍庙等处，简直是五步一家，十步一处，到处悬挂着书场灯笼与招牌"[4]，新气象层出不穷：

一、男女共坐一书场听书。1912 年 12 月 11—14 日《申报》刊登"楼外楼"广告："特请姑苏名家吴西庚、叶声扬、吴祥和、吴瑞和，本楼自开幕以来，蒙中外伟人、富商巨贾，及闺阁名媛联袂偕来，莫不同声赞赏。本楼益加奋勉，精益求精，特聘姑苏名家，每晚八时起十一时止，演说古今全传，不另加资，以酬惠顾诸君之雅意。堂倌小账不取分文。如有需索，请告明账房，立即斥退。特此布告。楼外楼谨启。"

1　池子澂：《沪游梦影》，上海古籍出版社，1989 年，第 156—157 页。

2　《申报》1876 年 4 月 8 日。

3　马如飞：《南词必览·光裕公所改良章程》，转见周良：《苏州评弹旧闻钞》，江苏人民出版社，1983 年，第 42 页。

4　唐凤春口述材料，上海评弹团艺术档案第 24 卷第 24 件。

二、男女评弹艺人同台献艺。《申报》1916年10月7日"天外天"广告，"本公司增广游艺，特聘吴西庚、沈莲舫、朱兰庵、菊庵等弹词，并也是娥说书"。10月12日广告，"'绣云天'开幕广告，男女说书"。

三、用苏州话做广告，足见占移民75%的江南人在租界的人气，以及评弹市场之大。1920年7月22—25日《申报》"新世界"广告："新世界请到弹词界第一小辈英雄吴玉荪，一位大发松格朋友来哉。（日档）《描金凤》，（夜档）《玉蜻蜓》。吴玉荪格书，眼下红得生生活辣化，无论先生们，娘娘笃，实头欢喜听俚格书，因为俚喉咙又好，说法又好，爆头又多，噱头又多，上子台，拼命格说，巴结听客，实头一等哉。俚格红，倒勿是碰额角头格红，倒是靠真本事格红。说点书，人人听得懂，而且大家勿行勿笑格。现在好容易到倪新世界来哉，六月初十起，日夜登台，各位请来听听罢。"

四、各游戏场纷纷推出加入海派文化要素的苏州弹词戏。1921年12月1日起到次年年中，《申报》连续刊登"笑舞台"的广告，推出《描金凤》《玉连环》《新落金扇》《法华庵》《玉夔龙》《文武香球》及《珍珠塔》等弹词戏。《描金凤》的广告语称："说书界中有一部大名鼎鼎之弹词戏曰《描金凤》，是善说者，大堪使天多数听客日日着迷，非听不可。何以故？此书多关子故。今笑舞台，因近来观客非常之欢迎弹词戏，所以延聘名手，重编此剧。剧中如徐蕙兰之冤、钱笃笤之滑稽，既可令人为古人落泪，又可令人笑不可抑，爱观弹词戏者其来乎？"《文武香球》广告语云："说书先生说《文武香球》，起码半年了结。新戏并不卖关子，只须费两日工夫，便可一目了然，便宜便宜，切勿错过。"1926年大世界苏州弹词戏日夜开张。新新屋顶花园光裕社弹词戏，聘马筱春、张云青、王似泉、夏莲君、十龄童、许筱峰和刘宾梅，日演《白蛇传》，夜演《李六文俊》。先施乐园，"新聘光裕社，特请姑苏最优等名家朱钰良、朱钰康、刘宝美、徐少琴、潘雪安、马筱春、姚幼梅、周品泉、徐菊林，化装弹词歌剧，日夜登台"。票房价值无形的手拉动着评弹的趋新。

五、知识精英为评弹定位造舆论。《申报》1926年3月29日刊登应鹏《弹词与大鼓》札记之一，从友人徐蔚南君曾说"现在的所谓游艺，其价值应该重新估定"谈起，介绍了吴宓《希腊文学史》一文中关于荷马史诗与弹词最为相近的论断。文中指出："据上所言，荷马的史诗，当然就是中国的所谓弹词，是民众文学的结晶。不过我们中国的所谓缙绅士大夫素来看不起平民的作品，以为不能登大雅之堂，所以从不肯承认它们在文学上的价值。……拿《伊里亚特》《奥特赛》与中国弹词大鼓一类的东西并论，就是希望中国现在的文艺界，发生进一步的了解。"还有一些知识精英撰文充分肯定了评弹的社会功能，《申报》1925年4月16日载吴守拙《提倡改良说书之我见》，"闻托业于说书者，苏人居其多数。光裕社、润余社两团体中，有七八百人，在各埠茶坊及游戏场等处，开演弹词平话，由来已久矣。……倘光裕社、润余社两团体诸君，竭力提倡整顿改良，将来风俗之善良，社会之进步，必咸颂说书之功不置，予不禁拭目以待之"。同年5月4

日又发表陈叔平《改良说书我见》，认为："说书取值廉而听众多，颇可引人入胜，实系民众文学之一种，苟能利用之以针砭末俗，匡正人心，其效力之伟大，远非寻常演说所能望其项背。"此等舆论使上海市民认定评弹为高雅艺术。"据云上海人之心理已渐转移，以游戏场非高尚消遣之所，故喜附庸风雅，以听书为最幽雅时髦之事也。"[1]

六、上海响档优于苏州响档。各游戏场以高额报酬聘请吸引男女评弹名家、响档到上海献艺。当时大世界的茶厅书场、新世界的雅聚厅书场被称为神仙书场，采取包银制度，与艺人签订长期合同，动辄一年半载，艺人的收入与书场经营的好坏无关。"楼外楼"、"天外天"屋顶花园、"云外楼"屋顶花园等也纷纷效仿。苏州评弹艺人开始"居上海"。此后饭店、旅馆等附设书场大量兴起，比较有名的新式附设书场有东方书场、静园书场、仙乐书场、沧洲书场等；它们都是花式书场，由四档或五档书越档做演出。1931 年 6 月 23 日《申报》载擎南的《说书闲话》云："十年以来，一般略具寸长之苏道说书人员，麇集沪埠，恋恋不去，非特苏之松太常、浙之嘉湖境属各乡镇，无说唱兼工之名家莅临，即光裕社产生地之苏州城内外各书场，亦都滥竽充数。"评话艺人唐耿良在《别梦依稀——我的评弹生涯》中谈到，上海响档是 20 世纪 20—60 年代评弹界最高层次的响档："我说书十年，在苏州以及其他江浙码头也有了名气，可以称为码头响档，但这只是低层次的响档。我的奋斗目标是争取成为上海响档。因为上海是中国南方的经济文化中心，戏曲的名角，说书的响档都云集上海。一个说书人只有在上海的书场受到听众欢迎，走红了，才能称为上海响档，他到码头上去，人家会说他是'上海先生'，从而号召力倍增。"[2]本人就是上海20 世纪 40 年代的"七煞档"和 50 年代的"四响档"之一。

综合以上列举的六点，可以断定从太平天国战争起到 20 世纪 20 年代，评弹的中心已逐渐由苏州转移到上海，其标志则是光裕社上海分社的建立。1924 年经常在上海演出的光裕社成员建立光裕社上海分社，由光裕社的副社长朱耀庭担任首任会长。据《申报》是年 8 月 24 日载，社员"已经有二百余名矣"（一说社员共五十多人）。[3]光裕社上海分社积极参与社会事务，提高了评弹艺人在上海的社会地位。如《申报》1933 年 5 月 26 日《东方书场会串书戏》载："说书界中人，年来颇知热心公益及爱国，如前岁之水灾赈款，去岁一·二八之捐款，均有会书筹款之举。月之二十七、八、九三日，复有光裕社旅沪全体社员，在东方书场会串书戏《白蛇传》，以助航空救国之盛举。"评弹中心转移到上海后，直到 20 世纪 60 年代，在上海这一移民城市中，其受众始终居地方曲艺的第一位。

1949 年 5 月 27 日上海解放，社会急剧转型。对于苏州评弹来说这也是一个转折点。《上海书坛》6 月 25 日的大标题醒目地宣告："革新实验大会书在积极推进中！"《上海书坛》7 月 23 日的

1　墨燕：《弹词在上海暴热》，《大光明》1930 年 2 月 12 日。

2　唐耿良著，唐力行整理：《别梦依稀——我的评弹生涯》，第 38 页。

3　参见《评弹文化词典》，汉语大词典出版社，1996 年，第 214 页。

一则消息透露了这一切都是在新当局的指示下有计划地推行的，"星期二早与唐耿良、周云瑞及老师等访问左弦君[1]于文艺处，谈改革事，应采如何之步骤，左弦指示颇详，然因题材缺乏，所有之新书，如《小二黑结婚》《李家庄变迁》《死魂灵》等，或以书性散漫，或书太短，颇难即可献唱"。在"指示颇详"的规范下，评弹界出现一系列为新社会服务的新气象。《上海书坛》8月3日《慰劳人民解放军，发扬改革新评弹》一文告诉我们，现成地用旧书目已不行了，"本打算安排一段《啼笑姻缘》中的刘将军威逼沈凤喜的书戏，后都认为此剧封建思想与黄色成分太多，加上场面布景道具化妆复杂，取消。完全说新书，取消书戏。推潘伯英、张鸿声、唐耿良、杨斌奎、蒋月泉、杨德麟、谢毓菁、刘天韵、黄兆熊、周云瑞为筹备劳军义演编辑委员会。以《王贵与李香香》《子弟兵》《雷雨》《水浒》《忠王李秀成》五部书为参考"。《解放日报》9月3日有左弦的《漫谈"评弹"的形式》一文，提到唐耿良自告奋勇进工厂说书。《上海书坛》9月10日的《新时代的推进者·旧评弹的垮台时》一文，直接点出了新时代与旧评弹是格格不入相对立的；文中介绍9日上午在汇泉楼头见到潘伯英、唐耿良二人在台上试说"李闯王饥民借粮"一段，每逢周五下午七时起，入工厂给工友说书。到21日则从组织上"成立检讨委员会，审查不良旧脚本"，披露评弹会脚本自我检讨"在会所内举行，分数小组，《杨乃武与小白菜》由李伯康负责，《玉蜻蜓》由俞筱云负责，《三国》由唐耿良负责，《描金凤》由杨斌奎负责，《岳传》由张汉文负责，《三笑》由徐云志与刘天韵负责，《落金扇》由黄兆熊负责，《彭公案》由陈继良负责，《水浒传》由韩士良负责，《刺马》由潘伯英负责，《英烈》由张鸿声负责，《珍珠塔》由薛筱卿负责，《果报录》由唐逢春负责，各组脚本互相交换删改，由检讨会查核，再送文艺处审核"。尽管一些评弹艺人为演说新书做出很大努力，"可是听众并不买获奖新书的账，上座情况不理想。道理其实很简单，听客是来欣赏艺术的，新书的结构情节人物故事都不成熟，艺术的吸引力就大打折扣，当然吸引不住听众天天自掏腰包来听书了"[2]。当时《新民晚报》有关"营业不佳，另换阵容"的报道可为印证："中小书场生意不佳，纷纷谋改阵容，但艺员有陋规，不得半途剪书，俗谓'铲高椅'，场东就想出暂停营业的方法另起炉灶。"

　　在新旧交替、社会急剧转型过程中，评弹艺人开始组织化，加入集体或国营剧团。1951年11月上海市人民评弹工作团、苏州市新评弹实验工作团率先成立。评弹向来是个体单干的，现在变为集体的。短时段的事件所造成的结果开始显现。有别于传统时代的新时代开始了，至少延续了整整三十年。对于评弹艺人来说，虽然收入只及原先的三分之一乃至更低，但是换得长久生活的保障还是值得的。同时，当时评弹界的精英集中在一起研讨书艺，对艺术的进步也是大有裨益的：中篇评弹形式的创造，传统折子的整理，一些优秀现代作品的问世，都是明证。评弹进入第二次高潮，"20世纪50年代，巅峰时期上海每天有3万多人现场听评弹，最多时有8000多人排队

1　左弦系吴宗锡笔名，后任上海市人民评弹工作团团长。

2　唐耿良著，唐力行整理：《别梦依稀——我的评弹生涯》，第70页。

等待买票"[1]。但是，艺术与政治本是两个概念，它们有联系也有差别。当政治要与艺术合而为一，当艺术成为无产阶级专政的工具时，一系列的问题也随之凸显。说书人在单干时，有着激烈的艺术竞争，有听众与书场的淘汰机制，当初的"十八艺人"正是在数以千计的说书人竞争中脱颖而出的。评弹团设立学馆，老艺人精心培养接班人，比起前辈说书人拜师学艺的条件不知好了多少倍。但是缺乏竞争的体制出不了大家，可以模仿得惟妙惟肖，但却创造不了流派。新的户口政策也使学馆不能招到苏州籍的学员。上海评弹团招来的学员大多是市郊的，不会说苏州话，还得从学说苏州话开始。连绵不断的政治运动，传统书目的多次"斩尾巴"，造成评弹后继乏人。"十年动乱"中江青大发淫威，压制评弹。父亲唐耿良在回忆录中说："江青对评弹的仇恨，源于一曲歌颂杨开慧的弹词开篇毛主席诗词《蝶恋花》。这一开篇由赵开生谱曲，余红仙演唱，唱腔优美，很快风靡全国。激起江青醋性大发，她妒忌杨开慧，连带痛恨评弹，胡说什么'评弹是靡靡之音，听了要死人的'。从此评弹受到歧视和压制，搞得你动辄得咎，啼笑皆非。""十年动乱"使评弹受众断层，年轻一代对评弹已是十分陌生。评弹受众的老龄化使评弹在上海经历了失忆的过程，听评弹作为市民的生活方式逐渐淡化。这种情况在苏州乃至江南都是普遍的。世纪之交，评弹作为苏州、上海等江南地区的人们的文化记忆符号，在境内外吴语移民相对集中的城市呈内生型点状发展，在中国的香港、台湾地区和北美也广受欢迎。其中纽约和北京等地先后建立的票友组织使评弹的传播有了强大的后续性。这种境内、境外点状分布的评弹文化圈，反过来对上海、苏州等江南本土的评弹发送正能量，呼唤着评弹的复苏。

苏州评弹与江南社会间的互动关系及其变迁历程，为我们考察明清以来江南区域社会历史提供了一个极好的视角。这一互动的进程中，有着极为丰富的社会面相供我们探讨，诸如说书人与社会变迁、说书人的人生经历（口述史）、书目的传承与社会变迁、书场小社会与苏州大社会、苏州评弹与上海社会的变迁、苏州评弹与都市文化圈的演变、女弹词群体研究、苏州评弹与近代传媒间的互动、苏州评弹中的江南社会等和社会文化史相关的内容。此外，苏州评弹与江南社会的资料集先后被列为教育部人文社会科学重点研究基地重大项目（07JJD770115）、上海市哲学社会科学重大项目（2012DLS001）和国家社科基金重大项目（14ZDB041）。

近年来上海师范大学中国近代社会研究中心在学科建设上有所发展，建置了历史学一级学科博士点，并先后被评为上海市教委重点学科、上海市重点学科，2008年被列为上海市普通高等学校人文社会科学重点研究基地。上海市重点学科（S30404）、上海市普通高等学校人文社会科学重点研究基地（SJ0703）和上海市、国家重大项目为我们出版"评弹与江南社会研究丛书"提供了必要的条件。衷心希望本丛书能为海内外江南史学、文化研究的学者，包括卓有成就的资深学者和崭露头角的年轻学人，提供一片圣洁的学术园地，共同为繁荣江南社会文化研究贡献绵薄之力。

1　评弹艺人杨振言所述，参见《华埠举办评弹欣赏聚餐会，旅美名家呈献各派琵琶艺》，美国《侨报》1997年12月27日。

目录

序言：存亡继绝　返本开新

　　唐耿良（1921.1.30—2009.4.21）先生是 20 世纪中国最为杰出的苏州评话艺术家之一。他是江苏苏州人，出身于市民家庭。幼年贫困，生活窘迫，十岁丧母，被迫辍学。为了生计，立志习艺，十二岁拜在擅说《三国》的苏州评话名家唐再良门下，学习说书。为了早日自立，一年后即在苏浙一带跑码头演出。不久日寇占领华东，他在江南沦陷区忍辱求生，备尝艰辛，却在颠沛流离的亡国奴生涯中，养成了发愤图强的不屈意志，练就了十分过硬的谋生本领。小小年纪，已然成为享誉一方的说书先生。其间又得周镛江先生的指导与传授，补习了不少的《三国》回目。二十三岁时，应同行约请，进入上海都市演出，从此如虎归山，书艺大进，很快成为被时人称作"七煞档"[1] 和"四响档"[2] 的 20 世纪中叶苏州评弹（苏州评话和苏州弹词）界最具艺术影响力的重要代表性成员。中华人民共和国成立后，他积极追求进步，于 1951 年 11 月加入上海市人民评弹工作团（今上海评弹团），为发起创办该团的首批十八位核心演员之一[3]。此后的近半个世纪中，他曾作为上海文艺界治淮工作队的成员，赴安徽参与了治理淮河的工地劳动，体验到都市里和书台上无法想象的生活滋味；也曾作为中国人民第二届赴朝慰问团华东分团的文工团成员，在朝鲜进行慰问中国人民志愿军的战地演出，经受了那个年代峥嵘岁月的特殊洗礼；更在中华人民共和国成立之初苏州评弹推陈出新的探索实践中，独立编演或与他人合作了短篇苏州评话《黄继光》《张积慧》《王崇伦》及"中篇苏州评弹"[4]《一定要把淮河修好》《王孝和》《芦苇青青》等新节目，亲历了由挖掘传统的"翻箱底"，到消除糟粕的"斩尾巴"，再到专为现实政治服务的"大写十三

1　所谓"七煞档"，是指 1948 年前后活跃于上海书坛的七个非常具有艺术竞争力及名望的苏州评话和苏州弹词演出搭档及其拿手节目。包括四档苏州评话节目，即唐耿良及其擅长说演的《三国》、韩士良及其擅长说演的《三侠五义》、张鸿声及其擅长说演的《英烈》、潘伯英及其擅长说演的《张文祥刺马》；三档苏州弹词节目，即蒋月泉和钟月樵（一说为蒋月泉和王柏荫）及其拼档说唱的《玉蜻蜓》、张鉴庭和张鉴国及其拼档说唱的《十美图》、周云瑞和陈希安及其拼档说唱的《珍珠塔》。

2　所谓"四响档"，是指 1950 年由上海组团赴香港演出三个月，因持续轰动而享誉香江的四个苏州评话和苏州弹词演出搭档，包括唐耿良的单档评话，蒋月泉与王柏荫、张鉴庭与张鉴国、周云瑞与陈希安的双档弹词。

3　这十八位创团演员是：苏州评话演员唐耿良、张鸿声、姚声江、韩士良和苏州弹词演员蒋月泉、刘天韵、张鉴庭、张鉴国、姚荫梅、周云瑞、朱慧珍、王柏荫、陈希安、谢毓菁、吴剑秋、徐雪月、程红叶、陈红霞。

4　"中篇苏州评弹"是 20 世纪 50 年代初以来，从上海开始出现的在一个晚会的时段内（约两个半小时左右）一次性演绎一个完整故事、一般由三至四回书构成、通常由苏州评话和苏州弹词演员同台或分回联袂表演的曲艺说书形式及其节目类型。

年"[1]等艺术创演上反反复复的左右摇摆和战战兢兢的曲折徘徊；同时也有在"文化大革命"中被打成国民党潜伏特务并下放劳动而备受折磨的荒诞劫难，以及平反解放之后陆续于1980年和1985年在上海人民广播电台先后录制共一百回传统长篇苏州评话《三国》的音频节目，于1988年在中国曲艺出版社出版十六回的苏州评话曲本《三国·群英会》，于1994年在苏州电视台录制长篇苏州评话《三国》中专门围绕关羽展开的《千里走单骑》《过关斩将》《古城相会》和《华容道》等十二回"关公书"，于1996年和1997年在上海电视台录制共四十六回苏州评话《三国》的视频节目，于2002年应美国达特茅斯学院邀请并在该校汉学教授白素贞（苏珊·布兰德）女士的协助下以访问学者身份借助数码技术录制全部一百回苏州评话《三国》的视频节目，从而为"存亡继绝"[2]即抢救性地保存苏州评话的艺术传统付出了自觉努力与可贵担当。真可谓人生与历史同频，艺术和时代共振。其间，他先后担任过上海市人民评弹工作团及上海评弹团的副团长和艺术委员会主任，应邀做过苏州评弹学校的辅导教师，被评定为国家一级演员；还兼任了中国曲艺研究会（中国曲艺工作者协会及中国曲艺家协会的前身）理事（1953年9月当选）、中国曲艺工作者协会常务理事（1958年8月当选）、中国曲艺家协会常务理事（1979年11月当选）、理事（1985年4月当选，本届未设常务理事）和中国曲艺工作者协会上海分会（今上海市曲艺家协会）第一、第二、第三届副主席以及上海市人民代表大会代表等社会职务。1989年退休后不久，随次女移居加拿大多伦多养老，但依然坚持艺术活动，不时应邀演出、讲学，积极向海外传播苏州评话，用艺术慰藉北美同胞乡愁。2008年10月，在长子——上海师范大学人文学院历史系教授、著名历史文化学家唐力行的协助下，在商务印书馆出版了他的长篇人生及艺术回忆录《别梦依稀——我的评弹生涯》。是在很大程度上影响了20世纪中后期苏州评弹发展并代表这一时期苏州评话创演水平的重要曲艺家。

　　苏州评话是源于苏州、用以苏州话为代表的吴语方言徒口讲说表演的曲艺说书形式，在当地俗称"大书"。与俗称"小书"而说唱相间表演并有三弦和琵琶等乐器自行伴奏的苏州弹词一起，统称"说书"。苏州评话和苏州弹词不仅形成的时间大体相当，一般认为都在明末清初，或者至迟是在清代中叶的乾隆年间（1736—1795）；而且一直以来通常都在书场中同台轮替演出，历史上两个曲种的艺人拥有共同的行会组织如光裕社，遵循共同的行业规制及艺术操守。中华人民共和国成立前后，由于继续共同拥有新的行业组织，如1945年由光裕社、润余社和普裕社三个会

1　"大写十三年"是1963年初由时任中共上海市委主要负责人提出、引起高层关注并带来一些争论的关于文艺创演要大力表现中华人民共和国成立以来十三年的建设成就和精神风貌，从而将历史题材与传统文艺置于新文艺的对立面，简单归结为"帝王将相、才子佳人、牛鬼蛇神"而加以排拒的"左"倾片面化口号。

2　唐耿良著，唐力行整理：《别梦依稀——我的评弹生涯》，商务印书馆，2008年，第212页。

社合并后所改称的吴县评弹协会，并共同组建了新的演出团体及教育机构，如1951年成立的上海市人民评弹工作团和1962年建立的苏州评弹学校等，因此，便经常被习惯性地合称为"苏州评弹"。这使苏州评话和苏州弹词这两个如影随形长期相伴共同发展的曲艺品种，犹如江南吴语地区说书艺术的一对"龙凤胎"，各自独立却又无法分离。而苏州评话之所以俗称为"大书"，大抵与其所说演节目的题材内容多属朝代更替、英雄征战与侠义公案而擅长表现风云际会、铁马秋风的"宏大叙事"即大格局、大场面、大人物及大悲欢有关，从而与擅长表现凡人小事、家长里短及恋爱婚姻、儿女情长的"小书"类曲艺说书形式如苏州弹词等形成鲜明对比。[1] 其美学风范，两相比较，也如艺谚所说，"'大书'全靠劲"而"'小书'全靠静"，"'大书'一股劲"而"'小书'一段情"，"'大书'怕做亲"而"'小书'怕交兵"，所谓尺有所短、寸有所长，各有兼擅、各具优长。并且，与苏州弹词的"小书"式表演拥有音乐性的演唱和伴奏不同，苏州评话的"大书"式表演，除了配合说演的表情、动作、身姿、意态等"做功"与口技等技巧，包括醒木、折扇、手帕等道具的简单辅助外，艺术表现的主要途径，全赖通常是由一个人进行的徒口式说表叙述以及必要的模拟虚示，包括对故事中人物的代言式模仿即与苏州弹词相通共用的"起脚色"表演。这使苏州评话的"大书"式表演，较之苏州弹词的"小书"式表演，由于缺少音乐性元素的加持与丰富，可资利用的技术手段相对较少，对曲本的文学成色和演员的语言驾驭能力之借重和要求因而更高。诸如情节铺排、细节描绘、人物刻画、场景交代、心理分析、事理发挥、情绪渲染、氛围营造、掌故讲解、名物介绍等口述表演的诸般功能要求，也使知识的广博、观念的新锐、见解的独到、思想的深邃等，成为其徒口说演必须具备且尤为重要的基本素质。至于构思的精致奇巧、悬念的紧张引人、节奏的徐疾有致、语言的机趣生动等，更是其艺术审美以及技巧运用高妙独特、撼人心魄的必然要求。换句话说，将叙事、塑人、抒情、写景、状物、造境、说理、讲评等功能集于一个人、系于一张嘴的徒口说演格范，使得"讲论只凭三寸舌，秤评天下浅和深"[2] 成为苏州评话等"大书"表演的根本特点和审美优长，也使"大书"类的曲艺说书形式，由于更加倚重文学性内容的核心支撑及口头叙说的"语音表演"，而被喻为"立体的文学"。对于曲本即演出脚本亦即话本之文学性的高格要求及其不断的研磨营构，也便成为那些艺术上清醒自觉、实践中卓有成就的成功"大书"艺术家们所以安身立命的终生事功与不懈追求。

"三国"作为中国历史上一个风云激荡又英雄辈出的特殊时代，一直以来都是中国文艺反复表现的热点题材。其中许多的历史人物和军政事件，长久以来之所以被赋予了特殊的情感、充满

1　参见《评弹文化词典》"大书""小书"条，汉语大词典出版社，1996年，第40页。
2　罗烨：《醉翁谈录》甲集卷一《舌耕叙引·小说引子》。

着传奇的色彩，一个十分重要的原因，并非仅因《三国志》等正史的记述与传载，而是受到了各种野史特别是坊间传说包括曲艺"大书"等通俗文艺的创造性演绎和反复传扬。比如，曹操形象由原本是文韬武略的大英雄到口碑中阴险狡诈的大奸雄之变化，就是说书唱戏的民间艺人在封建正统思想的影响下，进行艺术加工和演出传播的结果。宋代苏轼《东坡志林》卷六有关淘气孩童"听说古话""闻刘玄德败，频蹙眉，有出涕者；闻曹败，即喜畅快"的记载即告诉我们，此等拥刘反曹的思想倾向，至迟在北宋时期就已深入人心。而宋末以擅长"说《三分》"闻名的职业艺人霍四究的出现同时表明[1]，"三国"题材的说书表演内容，比元末明初成书、被誉为"历史演义小说的经典之作"和"中国古代第一部长篇章回小说"的《三国演义》(全称《三国志通俗演义》)之文学传衍，早了至少三百年。及至元代《三国志平话》等曲艺曲本即说书话本的整理刊行，也充分证明，"三国"题材曲艺"大书"的表演内容，已然成为文学阅读即话本体小说得以形成的直接渊源与创作先声。

事实上，历史演义从来都是曲艺说书特别是"大书"类曲种的主要取材范围。隋唐时期就已存在的"说话"表演，是已知最早可以确证的曲艺表演形态及说书类的演出形式。发展到南宋时期，出现了主要是以节目的题材内容进行划分的所谓"说话四家"。其中的一"家"亦即一类，就是专门讲说前朝史事的"讲史"。并且，这种历史演义式的"大书"说演传统，自古迄今从未间断。由三皇五帝到夏商周秦，再到汉唐宋元、明清民国，以至而今，中国几千年的朝代更替及历史演进，都在曲艺说书特别是"大书"类曲种的艺术演绎中，以诸如《封神演义》《西汉》《东汉》《三国》《隋唐》《水浒》《岳飞传》《杨家将》《大明英烈》《努尔哈赤》《民国英烈》《辽沈战役》等的名目，汩汩流淌，绵延不绝。以至历来中国社会的底层百姓，尤其是那些没有条件上学读书而不识字的普通大众，其历史文化知识的获得与思想言行修为的养成，很大程度上是通过听赏曲艺"大书"；中国社会底层民众千百年来的主流价值及思想观念包括许多自成体系的所谓文化"小传统"[2]，也在很长时期和很大范围，都被此类通俗文艺所形塑。即如《水浒传》《三国演义》和《西游记》等"古典文学名著"，特别是章回体长篇白话小说的最终形成，尽管刊行时均有作者署名，但其直接渊源从根本上讲，均是作者在搜集记录历代艺人说演"水浒""三国"和"孙

1　孟元老：《东京梦华录》卷五"京瓦伎艺"条有云："霍四究，说《三分》。"

2　"小传统"是美国人类学家罗伯特·雷德菲尔德（Robert Redfield）在其于 1956 年出版的《农民社会与文化》一书中提出的与所谓"大传统"相对应的一种文化人类学概念，意指与城市上层知识分子文化即"大传统"相对的农村乡土文化。之后欧洲的相关学者将两者表述为"精英（主要通过典籍教育传播的）文化"与"大众（主要通过口头传承和演述的）文化"。在中国的台湾学界，有学者如李亦园将其对应归结为"雅文化"与"俗文化"。另有中国大陆的学者如叶舒宪则认为，应"把由汉字编码的文化传统叫做小传统，将前文字时代的文化传统视为大传统"，以使"知识人跳出小传统熏陶所造成的认识局限，充分意识到传统是历史延续性与断裂性的统一"。

猴"故事之话本内容的基础上，与书贾联手整理并加工刊行的结果。"欲知后事如何，且听下回分解"式的结构套语，正是这种渊源关系的历史"胎记"。而曲艺作为人类审美地把握世界的表演艺术门类之一，在兼有传扬历史文化知识的"文化之舟"作用和孕育地方戏曲剧种的"戏曲之母"功能的同时，另一种作为"文学之父"的特殊文化功用及价值地位，即是主要通过此等"大书"类曲艺对《三国演义》等白话小说由内容到文体的全面孕育得以确立的。明代以降，各种"大书"类曲种"三国"题材长篇节目的各自发展，尽管得到了章回体小说《三国演义》不同程度的文学性反哺，但绝大多数的"大书"节目，并未依靠"直接搬演"《三国演义》来过活。而是仍然沿着自身曲种创作表演的传统路数，按照艺人各自的审美情趣，自出机杼，扬长避短，进行着艺术上人物形象塑造的"这一个"、相同题材及体裁创演的"这一部"，乃至风格追求独特鲜明的"这一版"之各自创造。这就使得《三国》作为连回说演的长篇曲艺说书的同题材及同名称节目，在几乎所有的"大书"类曲种中均有存在，并且各擅所长、各具特色、各拥名家、各有千秋。仅近代以来，以说演《三国》兴盛和知名的"大书"类曲种及其名家巨匠与风格流派，就有北京评书及其艺人连阔如和袁阔成，扬州评话及其艺人李国辉、蓝玉春、康国华与所创立的"李派""蓝派"和"康派"，四川评书及其艺人李润民、苏启堂、傅平川、刘联夫与所拥有的"文《三国》""武《三国》""白话《三国》""花样《三国》"等风格。

苏州评话作为"大书"类曲艺的重要代表性品种，对于"三国"历史的艺术演绎，自然也不会缺席，并有自己的师承系统与审美传统，更有自身的名家巨匠及独到造诣。已知最早说演《三国》的苏州评话艺人，为清代嘉庆年间（1796—1820）由无锡移居苏州的陈汉章，传人有其儿子陈鲁卿以及张汉民和朱春华，包括私淑朱春华的许文安及其传人黄兆麟、熊士良、何绥良与唐再良。之后，说演《三国》的知名艺人，除了郭少梅、夏锦峰和何绥良的徒弟汪如云及其传人陆耀良与汪雄飞，黄兆麟及其弟子张玉书与再传弟子张国良，唐再良及其徒弟唐耿良与顾又良等，均是其中比较杰出的优秀代表。[1]

唐耿良作为 20 世纪中后期苏州评话艺术的重要代表性人物，如前所述，命运尽管十分坎坷，功业追求却较圆满。其在艺术上的突出贡献，主要体现为四个方面：一是通过自身早期的刻苦努力，跻身堪称当时苏州评弹艺术发展最高水平之代表的"七煞档"和"四响档"行列，提升了苏州评话的艺术影响力；二是顺应中华人民共和国成立之后的时代变迁，编演了一些反映新时代现实生活与塑造当代英雄人物的苏州评话短篇节目，丰富并拓展了苏州评话创演的节目形态与题材内容；三是借着担任和兼任苏州评弹表演艺术团体及曲艺界相关组织领导职务的契机，参与组织

并协助开展了许多艺术交流与学术研讨的相关活动，推动了苏州评弹及整个曲艺事业的当代发展；四是陆续整理并先后分阶段说演录制了传统长篇苏州评话《三国》的全部一百回音频节目及十二回、四十六回与一百回三个篇幅与版本的视频节目，包括整理出版了十六回的苏州评话《三国·群英会》曲本，为全面传扬和创新发展苏州评话的长篇传统节目《三国》做出了重大贡献。而从苏州评话艺术传承发展的角度去看，其对《三国》的整理演播和录制保存，意义最为巨大，贡献也最卓著。这是由于，经过了"文化大革命"十年浩劫的阻断与隔绝，面对全球化和现代化的时代背景与历史语境，包括苏州评话在内的传统艺术的现代传承与当代发展，出现了文化生态与自身业态的双重毁坏：传人及演出减少，节目与观众老化，脚本创作薄弱，革新不时走偏；再加上外来文化的冲击与流行文化的挤压，整个传统艺术的发展，陷入了极为严重的恶性循环。类如苏州评话这样以长篇连回节目作为艺术存在基本样态的曲艺说书形式，更是滑向了短段式及碎片化的经营偏误，导致艺术素质的严重退化与急剧流失。大力恢复长篇节目的创演传统，用优秀的长篇节目确证并张扬曲艺说书的特有价值，便成为关系到苏州评话等曲艺形式生死存亡的重大问题。深入挖掘并整理恢复优秀传统苏州评话长篇节目及其曲本，重新开启苏州评话持续健康发展的征程，正是唐耿良先生晚年多方整理打磨并积极录制保存长篇传统苏州评话《三国》以"存亡继绝"并"返本开新"的真正初心。而《三国》之于唐耿良，既是学习苏州评话的出科书，也是他一生说演而潜心研磨的代表作，更是他在人物形象的塑造和书情书理的表达方面立足时代、着眼发展，运用历史唯物主义和辩证唯物主义思想方法重新熔铸整部节目的创新性成果，既代表了他自身的艺术修为与水平，也体现着苏州评话在当代发展的成果及水准，对于传扬苏州评话艺术、研究苏州评话创演、培养苏州评话新人、推动苏州评话发展，都有着重要的参考价值和示范意义。

如所周知，唐耿良先生说演苏州评话的主要特点是嗓音甜润清雅，说表简洁明快，讲评剖析周到，事理论断分明，语言通白晓畅，富于时代气息。尤其擅长在说表叙述中结合当下时事，在阐发书情书理时注重映衬对比；人物塑造注意性格逻辑，描摹评析蕴藉而有新意；话语节奏徐疾有致，听来让人感觉爽快。这些特色与品格，在其经常独立摘演并为他赢得诸多荣誉的代表性回目即"折子书"《赠马》《战樊城》《草船借箭》和《借东风》等当中，更是有着十分集中而又鲜明的体现。其中，注重结合当下时事的说演表达策略，以及讲求映衬对比的叙述摹学风格，使得唐耿良及其苏州评话《三国》成为说书审美"古事今说，远事近说，虚事实说，假事真说，旧事新说，死事活说"的运用典范，也使成名于大上海、成功于中华人民共和国成立后的唐耿良及其书艺的审美基调与总体风貌，昂扬向上、雅洁清脱，无江湖味、有书卷气，自成一家、卓然独立。

然而，纵观唐耿良先生的一生，虽然取得了斐然的成就，但也存有不小的遗憾。其中，因受各种政治运动特别是"文化大革命"的耽误，正当盛年的他，并没能将全部或者主要的时间与精力，集中用到他所热爱的苏州评话艺术及其传扬与发展上。为此，他在"文化大革命"结束之后不久，便将主要心思和工夫，花在了对于传统长篇苏州评话《三国》的整理演播与录制保存即"存亡继绝"的抢救性传承上。在此过程中，他花费了大量的气力，研究"三国"历史，提升思想水平，回归传统正轨，打磨长篇节目，从理论上正本清源，于实践中返本开新。终于在1980年由上海人民广播电台录制完成了全部《三国》中的三十回，并播放传扬；又于五年后的1985年录制完成了其余的七十回，使之成为全璧。尤为可贵的是，在整理说演并录制完成这部皇皇巨制的艰辛过程中，他对从唐再良和周镛江二位先生那里学习继承而来的传统长篇《三国》节目，不是简单地进行被动恢复和演出，而是仔细地进行主动整理与加工，运用现代思想，进行扬弃，结合自身特点，着力打磨提高，既了却了"存亡继绝"的紧迫心愿，也完成了"返本开新"的使命担当。再加上1994年、1996年和1997年三度在苏州电视台和上海电视台分别录制的共计五十八回《三国》视频节目，以及2002年在美国达特茅斯学院录制的另一版一百回《三国》视频节目，唐耿良先生对于苏州评话长篇传统节目《三国》的艺术传承及文献留存，至此达到了空前的程度，殊为珍贵，也令人欣慰！

也正因为有了这样的努力，尽管唐耿良先生于2009年4月21日以八十八岁的高龄离开了这个世界，但由于录制留下了苏州评话《三国》的一百回音频节目和四十六回及一百回两个版本的视频节目，其音容笑貌、艺术风采、平生功德和生命价值，得以透过这些艺术文献而永存、永驻、永恒、永续！为了更加详备地整理和保存这位代表着20世纪苏州评话发展水平的杰出艺术家的丰厚遗产，弥补唐耿良先生本人关于"一百回的长篇评话《三国》，我只整理出来了其中的十六回《群英会》（话本），不足（全部的）五分之一"[1]的生前之憾，他的长子唐力行、徒弟黄鹤英和苏州评弹鉴赏家张进等人，前后用了七年时间，三易其稿[2]，对唐耿良先生于1980年和1985年在上海人民广播电台先后说演录制的共一百回长篇苏州评话《三国》的音频节目之内容进行了文字记录和曲本整理，并由张进逐回评点，作为国家社科基金重大项目"评弹历史文献资料整理与研究"及上海市哲学社会科学规划重大课题"评弹资料整理与研究"的重要成果之一，交由商务印书馆出版。值得特别指出的是，此番整理出版，注意尊重苏州评话采用吴语方言徒口叙述而讲说表演的艺术特点，忠实运用吴语方言记录保存了这部口语化的演出脚本，从而使其"曲本文字"与据以记录的音频节目之"说演表达"保持了同步，也留存了原貌，体现出十分可贵的专业精神，凸显了实事求是的

---

1 唐耿良著，唐力行整理：《别梦依稀——我的评弹生涯》，第267页。

2 最初由唐力行教授带领自己的研究生，花了三年时间，记录整理成普通话稿。后觉不够圆满，又由唐耿良先生的徒弟黄鹤英女士花了两年半时间，对照出版的CD录音，改订为苏州话版。再由张进先生参照上海人民广播电台的播出版，用一年半时间，补充了原声录音中一些出版CD时删去的看似"小闲话"、实则与书情有关联的相应内容。

学术品格，属于纯正地道可资表演的"曲本文学"，而非普通一般仅可阅读的"曲艺文学"，对于本真地传扬苏州评话艺术、扎实地留存苏州评话文献，进而提供给苏州评话的艺术创演和学术研究更为真切的脚本示范与更加确切的资料参考，都有重大而深远的作用与意义。功德无量！善莫大焉！

需要进一步说明的是，包括苏州评话在内的各种曲艺"大书"，对于所有历史事件的演绎即历史题材节目的创演，都不是简单一般的人物事迹介绍和被动重复的历史事件转述，而是审美意义上的艺术再创造和表演意义上的舞台再呈现。"大事不虚，小事不拘""借他人的酒杯，浇自己的块垒"，或者如俗言所说"借壳上市""借尸还魂"，才是其所以"讲史"和"演义"的审美之道与创演初衷。因此，据唐耿良先生的说演叙述记录整理的长篇苏州评话曲本《三国》，也便有着自己在内容取舍与艺术剪裁包括情节结构、人物塑造、思想观照和语言表达方面的美学追求及趣味特点，特立独行，与众不同。也就是说，打有唐耿良烙印的"唐《三国》"对"三国"时期历史故事的叙述和历史人物的塑造，是从"曹操赠关云长好马"开始，说到"华容道关云长放走曹操"为止，既非"三国历史"的全景描绘，也非"三国人物"的逐一展览，而是着重塑造了关羽、曹操、张飞和刘备等典型形象。选取的事件、关切的人物、表现的情节、蕴含的思想、体现的观念、宣示的价值等，都有自身的侧重与考量，并在叙述表演即讲说表达上，重点塑造人物形象，着力阐发人情事理。情节叙述、细节描绘、名物介绍、场景交代等，仅是塑造人物和阐明情理的必要手段。就像艺谚所云："说书固然讲故事，有情有理方有书；说透人情参透理，警顽醒愚是正途。"从这个意义上讲，据唐耿良的演述记录整理的长篇苏州评话曲本《三国》亦即"唐《三国》"，由于深刻继承了前辈的艺术创造，又鲜明熔铸了自己的发展创新，同时也融入了整理者的许多心血，不但深得说书美学的精髓，而且具有启迪创演的功用，值得作为说书艺术的经典文献留存，也值得同行在创作表演时借鉴。

走笔至此，深感有必要说说唐耿良先生的长子唐力行教授及其在整理出版《唐耿良说演本长篇苏州评话〈三国〉》中的特殊因缘与特别作用。按照常理，作为人子和知识分子，无论是当年协助父亲整理其人生及艺术回忆录《别梦依稀——我的评弹生涯》，还是后来牵头整理"唐《三国》"，都是十分应当并且自然而然的事情。但是，他对父亲的敬爱与孝心，远远超出了一般的亲情关系与伦理范畴。他的职业虽是大学教授，专业却是历史学及其教学与研究，生于1946年的他，毕业于南京大学历史系，先后在安徽师范大学、苏州大学和上海师范大学任教，并且以对徽商与徽州社会及其历史文化关联的深入和开拓性研究，成为当今显学之一———"徽学"的重要领军人物之一。进入21世纪以来，他的教学及研究方向，主要转向了江南社会文化史，对于苏州评弹与江南社会及其历史文化关联的全面深入探究，成了他的主攻方向。为此，他不仅申报成功并领衔承担了"评弹历史文献资料整理与研究"及"评弹资料整理与研究"等国家社科基金重大项目与上海市哲学社会科学规划重大课题，而且借此培养了许多专攻这个领域的硕士与博士；主编推出了《中国苏州评弹社会史料集成》（上中下三卷，商务印书馆 2018 年出版）、《光前裕后：一百个苏州评弹人的口述历史》（上下卷，商务印书馆 2019 年出版）及"评弹与江南社会研究丛书"（由商务印书馆陆续出版，已出十四种）等系列成果，不但在较短的时期内开创出一片全新的学术天地，并且显然是在以此表达着他对父亲及其一生钟爱和奉献的苏州评弹艺术的深挚怀念与别样礼敬。是父亲一句一句靠着说演苏州评话挣钱养大了他，养活了他们整个家庭，也是父亲说演的"三国"故事熏染培育了他对历史的浓厚兴趣。[1] 通过拓展学术研究的视域和调整学术研究的姿态，将自身的功业与父亲的事业紧密联系起来，一方面告慰父亲对于苏州评弹艺术及其发展的热爱与牵念，另一方面也表达自身对于父亲由血脉到文脉的生命延传与精神继承，因而成为自己学术转向和人生转身的朴素初心，进而书写出"孝敬"文化投注在他们父子身上的一段现代佳话！而将由来是以"口头创作，口述表演，口口相授，口耳相传"的曲艺艺术包括苏州评话的此类演出脚本，通过凝结着血缘与亲情的此等情感寄托及其表达方式，别样地整理并留存下来，呈示于世人面前，奉献给艺坛学界，的确使人动容，令人感佩，也让人赞叹！

到 2021 年的 1 月 30 日，我们将迎来唐耿良先生的百年诞辰。在这个具有特殊纪念意义的特别时节即将到来之际，一百回唐耿良说演本长篇传统苏州评话《三国》曲本的整理完成及隆重出版，无疑是对唐耿良先生在天之灵的深切告慰与最好怀念，也是对他一生说演传扬苏州评话辛勤实践及卓越贡献的特别表彰与特殊礼赞。尤其面对当今时代包括苏州评话在内的文艺创演，因普遍存在着"内容生产"的严重不足而出现大面积"曲本荒"与"剧本荒"的尴尬状况，则"唐《三国》"的整理完成与出版问世，不仅会给苏州评话的艺术传承和学术研究提供典型资源与参考便利，而且会给苏州评话的曲本创作与舞台表演提供直观示范与经典启迪。功用是丰富的，价值是多维的。令人瞩目！也让人期待！

是为序。

吴文科

2020年8月28日夜

于中国艺术研究院

（作者为中国艺术研究院曲艺研究所所长、中国曲艺家协会副主席、中国说唱文艺学会会长，研究员、博士生导师）

---

[1]　参见唐耿良著，唐力行整理：《别梦依稀——我的评弹生涯》，第 441 页。

第一回
赠　马

曹操，今朝在相府里向，大摆筵席。请关云长，到相府来赴宴。叫啥文武官员侪到么，关云长仍旧勿来。奇怪！为啥道理，红面孔尽管勿来？曹操看得出格噢，文武官员有种在皱眉头，有种呢，在咬耳朵，喊喊促促在讲，好像煞，姓关的，架子脱大了。格丞相请倷来赴宴么，有辰光格呀。像现在什梗讲起来，十二点钟开席么，倷到得早点啦，十一点钟，或者十一点半啊，就要来哉。来着么大家叙谈叙谈，那么入席，再吃酒。格现在啥辰光，太阳当顶了哟，红面孔呐吭尽管勿来？曹操再派人去请，连请三埠啦。

现在，外头手下人报得来，关将军——到。曹操，嗅！立起来。"说老夫，出接！""是！丞——相，出——接！"吠喝出来么，正门开放。曹操头上相貂整一整，身上大袍，嗅！袍袖一透。"呵尔——噗！"踏步向外啦。文武官员大家在背后头跟过来。文武官员心里是真勿理解。为啥么？关云长，俚又吭不衔头的。俚是刘备手下一个将军，投降仔曹操。在朝堂上啦，俚吭不正式格官衔的。可以说是一个，普通格将军。属于偏裨牙将当中去啦，因为俚吭不高级格衔头。俚到该搭相府里向来，曹操请俚进来，到里向碰头，格么已经，面子蛮大了。也用勿着倷曹丞相，亲自跑到外头去，要开正门出接。格个规格呢，忒高了。文武官员，大家在跟过来格辰光，响勿落。格么丞相出去仔么，格当然伲，一道要跟出来格喽。嗵啰啰啰……到相府辕门口。

只看见关云长下仔马，往里向在进来辰光么，曹操抢步上前呢："二将军，老夫，接待来迟，望勿见责。这厢，有——礼——了。"欠身一恭。云长要紧双手一恭，回一个礼，"丞相不敢，关某，有——礼！""将军，请哪！""丞——相，请！"手搀手，望准里向进来格辰光么，文武官员侪跟在旁边头，嗵啰啰啰……一道进来。

摆座头，待如上宾，关云长坐上首，曹操坐下首。文武官员两旁边。手下人送过香茗，茶罢收杯。曹操关照，摆酒。酒水摆出来。当中两席，上首一桌，关公。下首一桌，曹操。文武官员呢，两旁边。四个人一桌，四个人一桌，排列得崭崭齐齐。按官衔大小，根据次序，大家侪入席。入席格辰光呢，云长有点勿懂。为啥了？因为今朝啦，是格小宴之期。曹操请关公吃酒，叫三日一小宴，五日一大宴。所谓小宴、大宴，陪客勿多的。小宴什梗么，曹操搭关云长两个人一道吃。大宴呢，陪客吭不几个人。只有关云长格要好朋友，张辽啊，徐晃啊，格个几个人陪陪。一般呢，勿来格哉。为啥道理今朝，特别。文武官员济济一堂，关公勿懂。

格么其实曹操为啥道理，要拿点文武官员，通通请得来一道吃酒呢，因为曹操听着反映：曹操待关公忒好了，三日小宴，五日大宴么，文武官员背后头在发牢骚。好像伲投奔仔丞相，有个长点么，十年、八年。日脚短点么，也要两年、三年。侪是忠心耿耿，帮曹丞相办事体。有两个大将是，战场上出生入死，为仔救曹丞相性命，立过汗马功劳。为啥道理，丞相待伲倒不过如此？请客吃酒么，只有请关公，伲侪挨勿着的。关公投降，还朆去讲俚，俚朆投降呀，俚勿算曹操手下大将。因为关公屯土山约三事，讲好格哟，吾只投降汉朝皇帝，吾勿投降曹操，叫"降汉，朆降曹"。而且俚还有个条件，吾得着到刘备消息，吾就要跑的。格俫想，俚还朆算正式投降了，丞相为啥道理，要待得俚什梗好法呢，什梗一看，伲搞仔十年、八年，一眼呒啥好处！应该学关云长格样子，大家勿投降哉，那么嗻，丞相要待侬好哉嗻。那么格种闲话，传到曹操耳朵里哉哟。曹操心里向明白，摆勿平了。什梗呢，高低忒悬殊。下趟请客么，吾终归连文武官员吭不唧一道请得来。一道请得来吃么，让大家苏苏气。从感情在讲起来么，好过相点。格么曹操开销忒大嚯。酒水摆出来，一桌一桌一桌一桌，啊，格曹操格铜钿，用得忒结棍。啊呀，用勿着曹操自家挖腰包。公款呀，格公款请客么，又勿要紧的。勿是曹操自家格个，工资拿出来请客吃酒了什梗么，阿要算算帐了什梗。用勿着算得格呀。所以今朝文武官员侪来么，云长要勿懂格啦。

其实曹操呢，心里向有个想法：因为关云长对刘备，口口声声讲，要回到刘备搭去。曹操转念头：吾非要叫侬关云长，甩脱刘备，投降吾不可。吾有办法哟。侬为啥道理心向刘备？因为刘备待侬好哟。格么吾比刘备待侬更加好，加倍格好。而且勿是加一倍、两倍，甚至于一百倍、二百倍格待侬好。格么人心肉做，关云长格感情，总要拨吾转移过来。只要俚格心向吾哉，对吾感情浓了，俚勿到刘备搭去，吾手上就多一员大将。而刘备呢，断脱一只臂膊，俚永远侪勿能够搭吾作对。俚呒不人帮忙啦。而且越是勿肯投降呢，曹操越是想慕俚。假使说，关云长愿意投降之后啦，吾格个名声，传遍天下。曹操是招贤纳士，啊，对大好佬是，只要侬有本事啦，俚总归使得侬满意。关云长算得对刘备感情好了，尚且要弃刘归曹。曹操是什梗格意思。

不过曹操拿起杯子来请云长吃酒格辰光么，一半，像说笑话，一半呢，也有点勿大理解。"将军。""丞相。""何——如此之俭——朴？"曹操指指俚身上件袍子，侬为啥道理什梗俭朴呢。因为关云长身上着一件袍，绿颜色的，鹦鹉绿颜色的，缎子格一件袍。格件袍子呢，年数很多了，僾脱了。甚至有个场化呢，有点苏苏头。侬为啥道理，拿格件旧格袍，一径着着。吾勿是昨日派张辽，送件新格袍到侬搭？量仔尺寸，拣西蜀出的，顶顶好格蜀锦，晓得侬欢喜鹦鹉绿颜色的，吾也是用鹦鹉绿颜色格蜀锦战袍，送到侬屋里向来。侬为啥道理今朝，仍旧着格件旧袍？侬看吾勿起啊。

格么曹操当然勿什梗讲法喽。曹操是梗梗来的，喔，倷脱俭朴嘞，倷为啥道理着格件旧袍呢。云长拿件袍，哗啦！袍角撩一撩，对曹操一看，倷件新格袍，吾着了，着在里向。曹操加二勿懂。一件袍值几个铜钿呢，倷为啥道理还要拿件旧格袍罩在外势呢，格倷有点过分着啰？曹操勿懂哟。云长讲，"丞相，有——所不知，旧袍，是吾兄所赐。如今关某，兄弟失散，见——袍，如见——兄！""喔！嘿嘿。"曹操一笑，表面上好像是称赞关公，感情深的。格件旧格袍是刘备送拨倷，所以了，还要着。格件新袍呢，吾拨俚的，俚也着格呀。俚并勿是看吾勿起了，勿着哟，着在里向。啥意思呢，吾勿能够得新而忘旧。弟兄淘里，失散之后，生死不明，吾勿晓得老兄现在啥地方？吾牵记阿哥，吾着该件袍呢，格件旧袍是阿哥拨了吾格啦，格么吾看见格件袍，吾像看见阿哥人一样么，所以吾板要着着的。

曹操心里向难过格哦，呐吭勿窝塞呢，倷听听看，俚仍旧念念不忘刘备。着一件袍，要有什梗点讲究。

曹操心里向想，哈唉！要用啥格办法么，能够使得俚投奔吾呢，想勿出格念头来。旁边文武官员啦，也在议论。议论点啥？想勿通。如果吾做仔关公，吾肯定投降曹丞相。因为啥？曹丞相待吾忒好哉。曹丞相送拨了关云长格金子、银子，呒不办法算的。黄金、白银送到俚屋里向。而且，再拿官格印送过去，封俚做大官。关云长勿接受。啥了勿接受？吾勬立功劳，无功不受禄。倷送拨俚格金子、银子，俚勿用的。俚摆在啥场化呢，摆在仓库里，用封条封起来，记好数。啥意思呢，吾将来走，吾要还倷。格个铜钿吾勿能用倷的，勿是吾格铜钿。曹操后首来挖空心思哉，送十个美女拨了关公，侪是娇娇滴滴、如花似玉，又能够唱歌，又会得跳舞，能歌善舞。叫啥关云长拿十名美女送到里向去，服侍两位嫂嫂。格么真可以说道一声——拒腐蚀。曹操格种办法厉害，所谓叫"英雄难过美人关"啦。美女送拨倷，倷总要浑淘淘，叫啥俚勿接受！格曹操，呒不办法了。今朝曹操在搭俚吃酒辰光么，叫吭不闲话，想点闲话出来搭俚讲讲。

曹操晓得格啊，文武官员么，今朝老老早早就来的，等关云长么，等仔一大歇了。啊！倷来得什梗晏法，文武官员有意见，好像怪倷架子忒大，格么让吾来问声倷看，倷为啥道理，今朝来得什梗晏。

"二将军，今日，缘何来——迟——呀？""丞相，有——所，不——知。"吾来得晏啦，勿为别样。因为吾只马，有毛病。格只马呢，老了。在下邳城外打仗格辰光，打一日一夜，格只马断了料，驮仔吾，还在打呢，受了损伤。因为吾格人长、大，分量重。格只马呢，驮勿起哉啦。因此，现在吾要出来辰光呢，吾一定先要关照马夫，拿格只马呢，喂药。药，喂好，那么再可以装鞍鞯了，出来上马。所以吾来得特别晏哟。曹操那么明白，关云长只马，生病了。好。曹操想，吾送铜钿拨倷，倷勿贪，送别样物事拨倷，倷勿欢迎。现在倷缺一只马。作为一个大将讲起来，战场上打仗，格只马是非常、非常重要了。如果倷马推扳一点了，倷本事搭对手错妨勿多，因为倷只马蹩脚，一个马失前蹄。咹！就拨对方结果性命。格么倷，吭不马喽？倷缺一只好马么，格吾送一只马拨倷！吾相府里向，马多了，由倷挑选。

"二将军，呃，老夫后槽，颇有良马。请将军挑选一匹，意下如——何？""好——哇！"曹操看关云长喜形于色，听见送只马拨俚，俚马上接口，好！曹操心里向转念头，格个名堂叫啥？叫投其所好啦。格么什梗，酒慢慢叫吃，到里向有心拣好仔匹龙驹马，送拨仔倷，回过来再吃。倷心里向高兴哉，感激吾曹丞相待倷实在好勿过哉么，那么俚真心投降。

曹操关照文武官员，酒慢慢叫吃吧，到里向去选马。选好仔马回过来再吃。文武官员响勿落，特别是格一只眼夏侯惇。哎！夏侯惇心里向转念头，一本正经，到相府里向来吃酒水，赴宴。刚巧坐定，冷盆摆好，酒壶提起来，杯子里洒好，还勚拿起来吃。嘿嗨，叫啥要到里向去看马匹哉。辰光已经太阳偏西了。为啥道理还要去看马呢，格吭不办法，只好跟了后头，一道过来。心里大家俦窝塞的。只觉着曹操待红面孔啦，忒好了，过份了。

关云长跟仔曹操，望准里向进来格辰光，里向有一只厅，格只厅呢，叫箭厅。箭厅门前，有块空地，叫箭圃，专门可以跑马射箭。旁边有两条路，叫箭道，可以骑仔马，哈……兜圈子。曹操，关公，文武官员箭厅上坐定。关照拿管马的，后槽格头脑喊得来。格个朋友格官衔叫啥？叫监马司，专门负责管理马匹的。监马司双姓司马，单名一个懿，号叫仲达，年纪还轻。格个人将来不得了。后三国里向搭诸葛亮呢，针锋相对，旗鼓相当。诸葛亮六出祁山，碰着司马懿么，格个劲敌。不过现在呢，吭不地位，还在做一个监马司。司马懿过来，见过丞相。曹操关照俚，搭吾拿龙驹宝马带出来，让关将军挑选。"是。"司马懿答应。

司马懿下去，关照马夫，带马，拣点好马出来，让关将军挑选。带几匹？十匹。有拣选。五只头等头马，五只呢，稍微次一点，二等头马。格种头等头马是，倷望上去骨骼雄壮，膘势又是好，龙驹马。

咳咳咕咕，咳咳咕咕……马夫带过来一匹马。格匹马呢，浑身毛片泅红，一匹红鬃宝马。格马夫为啥道理牵一匹红鬃宝马过来呢？俚聪明的。俚晓得，今朝相爷马匹是送拨了关云长的。关云长呢，红面孔。红面孔呢，终归喜欢骑红马，配套的。

格里向呢，说书，的确是什格样子啦。格大将红面孔么，往往骑格马也是红的，盔了甲，也俦是红的。倷像赵子龙什梗，白面孔么，终归是白银盔，白银甲，银鬃马，手里一条银枪，浑身雪白。黑面孔么，也什梗的，镔铁盔，乌油甲、乌骓马，手里向么镔铁大砍刀，浑身墨黑，连家什也是黑的。格为啥道理通通要清一色呢？因为说大书，大将多勿过。三国志里向，三个国，要几化将官得了！倷只好一套板颜色哉哟，因为老先生也是为了说书，特别是格学生子跟格辰光，容易学么，就用什梗种办法。倷终归记好，格个大将么，面孔啥格颜色么，俚戴格盔，着格甲，骑格马，拿格兵器，终归侪是格一套颜色，清一色。想也勥想得的，赛过蛮便当格啦。倷勿能换颜色的。倷如果颜色一花，记勿牢格呀。格大将，白面孔，戴一顶黄金盔，着一副青铜甲，骑一匹么乌骓马，手里向么拿一口银板刀，呐吭、呐吭还弄得清爽格啦？倷再说一遍，定做侪弄错脱仔了完结。一样颜色么容易记。那么《三国志》里向么，只有关云长搭普通格人勿一样。关云长呢，面孔红的，俚头上带格顶盔啦，一般是俚勿大戴盔的。俚头上戴格顶巾呢，是青颜色的，青巾。身上着格袍呢，鹦鹉绿颜色的，绿袍。骑格马呢，倒又是红的。用格刀呢，是青的，青龙偃月刀。只有俚分两种颜色。其他格大将么，侪是一色头。那么格马夫算聪明，牵一只红鬃马过来。

"请！丞相观看！"唗——尔，马带过来。那么曹操一看好，哈，格只马，出色的。头等头，骨骼雄壮。"二将军，此马如何？"云长懂马，会得相马。哎，倷观察马啦，也有勿少门槛。好格马呢，额角头阔的，勿是狭的。面孔呢，长的，鼻头呢应该是圆的，勿是尖的。耳朵呢要笔挺，勿是啥一径在牵了、扇动了。肚皮呢要小，档要紧。如果肚皮野野大，档松的，又勿灵啥格。脚梗要细，四蹄如铁炮。

云长一看，只红鬃马勿错。格规格呢是头等头马匹，不过云长仔细一看么，摇摇头，"丞相，这红鬃马，双目欠佳。""哦？"曹操一看么，果然。说穿，看出来，格只马样样侪好，就是两只眼睛推扳，打点折头。那么倷格个，马格眼睛非常重要。因为大将，勿但是日里要打，夜里也要打，要挑灯夜战。而且战场，往往山路啊，啥格席席平格平地，勿大会得有。多七高八低，有个场化有低潭。那么全靠倷格马眼睛要尖啦，要看得清爽。啥场化能够立，啥场化勿能立。倷如果说挑灯夜战起来，格只马眼睛勿灵，看见格低潭，勿产心。乓！格只蹄子踏到低潭里，哗啦！一个马失前蹄，好。倷摔下来，拨对手，嚓！一刀，结果性命。格死，就死在格马眼睛推扳上。所以云长看得蛮仔细哟，眼睛勿好。

曹操关照带下去，牵第二匹过来。

第二匹，青鬃马，眼睛好。阿咦，曹操一看，格只马，两只眼乌珠像夜明珠什梗两粒，那总看得中哉喽？云长叫啥，摇摇头。格只马呢，惜乎啦，前蹄弎高。前蹄弎高呢，有个毛病，容易打前羊桩。牵下去。

第三匹，黄骠马。曹操一看，黄骠马眼睛好，前蹄好，那总看得入眼。该匹呐吭呢，云长一看，摇摇头。说黄骠马档劲弎松，肚皮大着点，勿好。带下去。

第四匹，点子马。格只点子马眼睛、蹄子、档劲，可以说是呒不缺点。问关公呐吭么？云长说可惜啊，格只马，身上格毛片生得勿好啦，杂毛太多。哼，毛衣勿干净，带下去。

　　第五匹，乌骓马。格匹乌骓马，浑身毛片墨腾赤黑，乌油滴水，一根杂毛侪呒不。而且眼睛、蹄子、裆劲侪好，那总看得中哉喽？问关公呐吭么，云长摇摇头，说：格只马呢，叫马无品格。马格品格勿好。嗳，倷看人嗻，有种人，身上衣裳啦，虽然并勿是哪恁样子高贵，但是望上去，格个人气质好。尽管俚身上，格衣装啦，并不是特别考究，但是格人，人品好。也有种人，尽管衣裳毕挺，行头勿错，勿晓得哪恁，望上去，总归庸俗了，或者气质推扳了，勿入品啦。格只马呢，就叫马无品格，有缺点。

　　曹操关照带下去。五匹头等头马带下去哉，曹操再关照带马么，剩五匹二等头马。本来格个五匹二等头马，陪衬陪衬。让倷看看，嗻，格二等头马就什梗粗看看也蛮好哉，但是搭头等头一旁要次一点。现在先看头等头，再拿二等头带过来么，格当然关云长看勿入眼，连连摇头么，曹操关照带下去。混俏，越看越勿灵啦。

　　曹操关照司马懿。"来呀。""是。""带——哎马！"司马懿响勿落。司马懿心里向转念头，吭不好马。红面孔眼界忒高，吹毛求疵！世界上，十全十美格物事，吭不格呦。金子么哉，倷总勿见得，格个金子会百分之一百格纯，总归百分之九十九点九九九，总勿会实实足足格啦，所谓叫"金无足赤"了。一个人么尚且，也吭不完人，何况马匹呢。"回禀丞相，好马，没有了。""哦？"曹操窣！堂堂相府，叫啥好马吭没了。刚巧牵出来格五只头等头马啦，是顶好了。其他呢，只有比格五只头等头马推位格，有的。再好的，吭不了。

　　曹操心里向转念头，呐吭讲法呢，一本正经，酒水么慢慢叫吃，跑到里向来挑选马匹，临时完结一只侪看勿入眼。曹操吭不落场势，只好问关公。"二将军，呃喝喝，何谓龙驹良马哇？"倷倒拨一个标准拨吾呢。呐吭格尺寸么，叫龙驹马？呃，云长说：当然，有个啰。所谓龙驹宝马啦，头到尾巴一丈，蹄子到背芯八尺。面孔要像侧着格一块砖头，叫面如侧砖。目似明珠，两耳削竹，四蹄铁炮。两只前蹄之间格距离呢，叫前不能插手啊，后不能进斗。浑身呢，吭不半根杂毛。要日行千里见日，夜走八百不明，登山涉水，平地相仿。"方称为龙驹良马！"要有什梗点条件。"喔！哼。"曹操心里向转念头，照倷什梗讲格马呢，要么请画画格朋友来画一匹，或者么请塑物匠来塑一只。世界上吭不格哦，什梗格十全十美了。"好，那么，老夫命人，前往口外——买——哎马！"派人去买喽，到口外去。买着像倷所说什梗格龙驹宝马，再送拨倷，现在吭不了。云长格脾气，要拣，就要拣得称心。蹩脚的，吾情愿勿。有缺点的，吾情愿勿。一样格领情么，吾为啥道理要弄一只推位格马匹？立起来，走吧，回到外头吃酒去。

　　喔唷，夏侯惇心里向转念头，那么终算舒齐哉。屏仔一大歇，格种辰光么侪浪费脱的。否则么，冷盆吃脱，热炒上来，大菜也可以来快了，多花头。文武官员通通立起来，大家预备跟仔曹操，回到外面厅堂上去，入席吃酒格辰光，刚巧立起来要走。忽然叫啥里向，传出来一声马叫格声音，路蛮远哦。但是因为格声马叫格声音清脆、雄壮、宏亮。虽然路远，外头还是听得清清爽爽。

只听见，唛——呣……云长听到格声马叫声音，勿走了。喤！立停，一手撩须，回过头来在对后面看。嘴里向连连称赞。"好马呀，好——呃——马！""喔？"曹操轰生怃面孔涨得煊红，坍台啊。偬想酿，蹩脚马牵出来，拨了关公看。好马园在里向，勿带出来，勿争气，格只好马叫哉，拨俚听见，"喔哟好马啊"。显见得吾曹操格人忒糗哉，勿诚心请客，勿诚心送礼，因此好马园在里向勿牵出来。

曹操阿要窘格啦。曹操想，吾待俚关公是，真格恨勿得拿格心，挖出来拨俚看了。吾哪惹会得拿好马园起来？"呃——喝。这将军，你，你怎样知晓，是好马嚒？""某，闻——其声。"声音听得出的，格个马叫格声音，听上去，就是一只龙驹马。"喔？听声音？"曹操拿司马懿喊过来，"匹夫！""是！""龙驹良马，为什么不带将出来，与将军，挑——呃选？放在里面做什么？""回禀丞相，好马没有了。""方才关将军听得马嘶之声，便是龙驹良马。""这。"司马懿一想么，想出来。因为马叫声音，俚也听见的。"禀丞相，方才这马嘶之声，乃是一匹疯马。""呃呃，吭吭，喔喔喔喔……"曹操那么明白，刚巧格声马叫声音啦，是一匹痴马，晓得。

"二将军，呃——方才，你听得的马嘶之声，乃是一匹疯马啊。""关某不信。"云长心里向转念头，人，受刺激，会得发痴，有的。马，从来也吭不听说过，马受仔刺激了，发痴哉。喔，格只马么，有神经病格唉，格只马么，是十三点马，从来也吭不看见过。勿有了。曹操想俚勿相信，勿相信搭俚一道到里向去看。"同往里边观看。请。"

曹操关照文武官员，慢一点到外头吃酒，先到里向去看只匹痴马再讲。嚯唷，格夏侯惇是气呀，今朝顿酒水夥吃哉，夥吃哉。算啥格名堂呢，酒水摆好，要到里向来看马，拣勿着好马，回出去吃酒哉，叫啥要看痴马。发痴格马么，有啥格看头呢？吭不办法啰，关公要看，曹丞相要陪俚。格佲，陪客呀，次要地位格哟，格只好跟仔一道进来哉嘍。大家心里是窝塞的。

唔笃望准里向进来格辰光，司马懿领路，领到里面，格面是后槽。该搭点呢，有一间，也是马棚啦。但是格个一间呢，外头有栅栏。里向呢，一匹马。格匹马呢，既吭不笼头嚼环，亦吭不鞍鞯、踏蹬，是一匹滑背马。滑背马吭不龙头呢，像野马一样啦。格只马在栅栏里向，唾咳矻，唾咳矻，咳咳矻咳，咳咳矻咳，喤！头昂起来，领鬃毛，哗啦！一透，尾巴，噗——甩两甩。

曹操一看，哈呦，格马是龌龊啊！吭不人去弄俚呀，痴马哟！身上么，一塌糊涂，因为撒尿撒屎侪在里向，马在就地打滚么，格毛片呐吭会得干净。也吭不人么去搭俚汰浴了，也吭不人搭俚去梳毛了。啊，甚至也吭不人好好叫去喂料了，格只马是瘦得来，肋棚骨侪在外势。勿像哉。

曹操指拨关公看，"二将军，你可，认识此马否？"阿认得格只马。格么照规矩，人么，哟，老兄啊，倷阿认得格个人？格有的。马从来哉不大听见，啥的，倷阿认得格只马？因为格只马啦，有名气的。勿是一般格马，所以曹操问一声："阿认得？"关公仔细一看，粗看勿认得，因为醒眍得一塌糊涂。仔细一看，看出来，认得的。战场上碰过头。从前，十八路诸侯，伐董卓格辰光，董卓手下有一员大将，叫吕布。吕布骑格只马呢，就是格只马。虎牢关三英战吕布，云长搭吕布打过，看见过格只马，认得格哟。"此乃，温侯之坐骑，赤兔，龙——马。""着——哇！"一点不错。赤兔马，吕布格坐骑。

前三国里向有两句闲话，叫啥？叫"人中吕布，马中赤兔"。人的当中，本事顶好，吕布。刘、关、张要三英战吕布，三个打一个啦，哉没敌手。马当中呢，出一只赤兔。格么格只赤兔马，呐吭会到曹操搭来格呢？呐吭现在会得变仔痴马着呢？因为曹操搭吕布打，吕布在下邳，下邳失守。白门楼吕布被俘。吕布拨了曹操一幅白绫绞杀脱了。格只赤兔马呢，就到曹操搭。

格么曹操也慕名了，晓得格只马是龙驹马。曹操自家要骑。勿晓得带回皇城之后，曹操去骑格只赤兔马么，骑勿上哟。骑上去掼下来，骑上去跌下来。格只马性子交关倔强。曹操虽然马背上也有点功夫么，哉不办法哟。后首来跌得格跟斗啦，曹操旁边头两个随从医生，来提意见了：丞相，倷勿能骑哉哦。倷再骑有危险了。为啥么？因为倷曹丞相块头大，大块头跌跟斗，有中风危险。倷再要骑下去，要出事体的。那么曹操一吓，勿敢骑。勿敢骑么呐吭呢，送人啊。比方说，张将军立了大功，记大功之外，再送赤兔马一只。哈呦，张将军蛮高兴，拿只赤兔马带转去。勿晓得，骑上去掼下来，骑上去跌下来，跌得九头十八块么，还拨了曹操，吃勿消了。格只马原璧奉还。李将军立功劳哉，记大功之外，喏，赤兔马送拨俚。李将军跌得了歪歪抓抓，再拿格只马还得来。

曹操手下差勿多点大将，俦骑过格只马，哉不一个人骑得牢。后首来，格只马格名气要响到呐吭么，曹操拿格只赤兔马，要送拨俚格辰光啦，格王将军眉头马上就一皱：相爷，既然倷要送赤兔马拨吾么，谢谢倷，有心再送两张伤膏药拨了吾。啥体么？吾定做跌伤了，格么让吾伤膏药一道带转去仔了，掼伤马上就好贴。哉不人要着哟。那么后来呢，格批大将啦，勿说自家格档劲推扳，功夫搭勿够格只马，所以骑勿上去。有个聪明朋友想出来：格只马呐吭好骑？格只马有毛病格哟。啥格毛病？发痴着哟。痴马哟，痴马哪怎好骑？那么拨俚什梗一讲么，凡是跌过跟斗格大将么，大家俦胡调：呃，对对对对对，痴马，痴马，痴马，痴马。因为说仔痴马啦，骑上去掼下来，勿坍台的。说仔俚是正常格马呢，倷哉不本事嗄，倷格个功夫推位、档劲搭勿够。那么大家咬煞俚，俦说俚痴马么，好！格只马就此触霉头哉。哉不人去好好叫服侍俚。本来是名贵格马匹，喂料要上号细料。后首来，上号细料哉不吃了，吃普通格粗料。而且服侍么也勿好好叫服侍俚。一转仔搭俚要汏浴格辰光，鞍鞒去脱，笼头去脱。格只马在弄俚格辰光，看俚勿、勿、勿大听闲话么，嗳，辣！鞭子，拉起来一鞭子。拨了格只马，当！撩起来一腿呀。马蹄踢在俚身上，马夫，尔哼——磅，掼出去，格马夫身受重伤哟。那么一吓么，马上拿门关起来，哐！锁脱么，好。那么，从此以后么，格只马勿带到外头来。马料呢，就什梗栅栏门一开，弄一点进去，让俚吃吃。有一顿、吭一顿，饱一顿、饿一顿么，瘦得来，肋棚骨侪在外势。汏也吭不人搭俚汏，梳毛片也吭不人搭俚梳么，身上弄得一塌糊涂哉咯。像一个英雄落魄。今朝关公讲，格只马是温侯坐骑赤兔么，曹操想俤有眼光，有道理。"二将军呀，惜乎此马，疯了哇！"云长摇摇头，吾勿相信。人有得发痴，马勿会发痴。好，俤勿相信，吾派人带出来。

曹操关照手下人，"来呀。""是。""带——吔马。""是。丞相有令带马。""丞相有令带马！""嘿嘿，我的哥，呃，丞相有令带马，你请。""嗯，你请，你请。"俤推吾，吾推俤么，一个也勿肯去带。为啥么？格只马凶勿过。俚要踢了，要咬格哟，发格痴了。格照规矩，马夫带马么，内行，应该做格事体。为啥道理勿敢去带？吾刚巧表过，格只马吭不笼头了。马吭不笼头，俤勿好带的。吭不捏手格啦。苏州人有两句俗言：叫"吭笼头格马了，断链条格狲狲"，一个人吭不收作么，就像马吭不笼头，或者呢，狲狲断脱链条。狲狲断脱链条，俤抓勿牢俚，也吭不收作格呀。那么，现在马夫俤对吾看，吾对俤望，俤推吾，吾推俤，大家勿肯去么，曹操要光火了。相爷命令下来，司马懿眼乌珠一弹，"带！"

那么两个马夫吭不办法，只好过来。一副笼头，左手臂膊上套一套好，钥匙拿好，一个朋友鞭子拿好，所以两个人，一干子搭勿够，两个人过来带格只马。走到栅栏门跟首，钥匙，哐！锁去脱。栅栏门，轧——唧儿，开。两个人要想进去辰光么，赤兔里向已经看见。啊，啥物事啊？要来带吾啊？格只赤兔马，哈啦——往里向壁角落头一退，噌——前蹄一跪，后蹄伸直，马头昂起，马眼乌珠激出，对仔格两个马夫：唾——唧儿，"来来看？"马嘴张开，雪白格牙齿露出来，看看怕啊。像一只老虎。俚格种样子啦，就是格老虎入洞之势。眼睛发红，仇恨蛮深了。"唔笃来"，勿买账。格两个马夫一看么，心里向，别！别！一跳。勿来赛，格呐吭好带。进去？勿是拨俚踢么，就是拨俚咬，性命要保勿牢。而且俤一个勿当心，如果说拨了格只马逃出来，那是还得了啦？马逃出栅栏，吭不人敢带，吭不人好近身。拨俚冲到大街上去，勿晓得要踢坏几化人了。识相。栅栏门，尔——嗙，带上。哐！锁好。

回过来，到曹操门前，卜落笃，跪下来，眼泪汪汪。"回丞相的话，小人该死，小人没有办法带马，请丞相恕罪。"曹操阿怪？一点勿怪。啥体勿怪呢，因为痴马呀，格样子曹操侪看好了，是吭不办法带。对关公看看，呐吭光景？阿是吾鄙骗俤，鄙瞎说。俤看，马夫侪回头，勿好带马。关公心里向转念头，俤手下两个马夫忒整脚了，吭没本事好带。吾手下马夫有办法好带。"关某，手下之马夫，能带此马。""是。""喔！"格曹操想蛮好，马上派人去拿关公格马夫喊得来。

关公格马夫在相府辕门外头，服侍格只生病马啦。现在听见喊，进来。格马夫姓华，单名一个吉，吉祥格吉。格辰光周仓呢，还勥出场。还呒不投奔关公。所以关公格马夫叫华吉啦。到东家门前头，卟！跪下来。"参见将军。""罢了，见过丞相！""参见丞相！""罢了。"

喔！曹操一看格马夫神气。俚看：

> 站在平地， 身高八尺。
>
> 身材健壮， 腰圆背阔。
>
> 脸带桃红， 高颧冲额。
>
> 眉如板刷， 双目突出。
>
> 鼻露浸枣， 嘴唇厚实。
>
> 两耳带招， 胡须没得。
>
> 双角札巾， 绒球如血。
>
> 齐腰短袄， 小袖扣密。
>
> 兜打扯裤， 马裙闪膝。
>
> 薄底快靴， 千针百衲。
>
> 若问姓名， 马夫华吉。

关公问俚哉。"华吉，你看，能带，此——马——否？""这个？"华吉对栅栏里向一看，赤兔马，踢咳砭，踢咳砭，咳咳砭咳，咳咳砭咳。喔唷，华吉一看，心里向转念头，勿来赛，带勿动。只马，看得出，好马！要带格只马啦，一定要臂膊里向，有千斤之力，那么带得动。格么华吉两条臂膊里向，赅几化力道呢，八百斤。缺二百斤，搭勿够。华吉心里向转念头，勿带？坍台伐。吾坍台小事体，连东家一道坍台。带吧，手把子里力道够勿到。不过俚仔细一看，有办法。为啥？格只马，肚皮饿了。俚看，肚皮瘪了，饿得勿得了。利用俚肚皮饿格机会，好拿俚带出来。"禀将军，小人能带此马。"

关公点点头，蛮好。关公晓得俚有把握了。因为俚是考虑仔一歇，再答应的，并勿是啥出口就答应。好，格么俚带吧。华吉过来，问旁边头格曹操手下马夫，拿一副笼头，左手臂膊上套一套好，再端正一只斗，斗里向装好一斗上号细料。再弄好根马鞭子，头颈里向一插。钥匙一拿，跑过来，走到栅栏门跟首，喔！锁去脱。门，轧！尔——嗬！开。人，望准里向进来。

俚进来格辰光，格只赤兔马勿关，哈啦！退到壁角落头，嗅！前蹄一跪，唬儿——马头抬起来么，马眼乌珠一弹。"又来一个陌生人，来来看？"华吉呐吭，不慌不忙。尽管俚老虎势摆出来，俚照样回身过来，拿栅栏门，磅——带上。格个勿容易啊。俚到里向，拿栅栏门带上，俚如果带勿动格只马啦，拨俚踢、咬，倷开门逃，就来不及哉。有危险。

华吉拿锁，旁边头一放，立定，面孔笑嘻嘻，对只马在看。看格只马，眼乌珠激出了。华吉伸格条手，望准斗里向抓一把马料，望准马旁边头，撒啦啦啦——洒过来。只赤兔马一看，嗯，勿是来带吾？请吾吃点啥格？喔！格赞货。掼过来啥格物事么，浸胖黄豆，剥光鸡蛋，上号细料！哈呀，格种细料，从前在吕布搭格辰光是日朝吃格啦，勿稀奇。刚巧到曹操搭来辰光，还吃得哉。最近一段辰光呢，勷说细料，粗料俖勿大有得吃了。唔，来格朋友倒勿错，请吾吃点啥。蛮好。马头姿下去要吃格辰光，华吉俚，嗒！头颈里根马鞭子抽出来，对准格只赤兔马，嗦——一扬么，格只赤兔马一吓。乓！马头抬起来，唾！"哪恁倷讲打格啊？"华吉俚鞭子，嗒！插好，再抓两把料，撒啦啦啦——掼过来。噬，只赤兔马勿懂。倷格人，是好人呢，还是坏人？说倷好人吧，刚巧拿鞭子对吾扬扬。说倷坏人吧，又掼两把料过来。丢一把是吃勿哉哟，再丢两把过来么，稍微好吃两口。马头姿下去，要吃格辰光么，华吉俚再拿鞭子抽出来，嗥！一扬么。马头，哗啦！又抬起来："哪恁，倷又要讲打啦"。华吉，嗒！鞭子再插好，抓三把料，嚓啊啊啊——丢过来。噬，只赤兔马弄勿懂？"来格朋友还是好人呢，还是坏人介？啊，吃勿准。格倷说俚好人吧，格鞭子扬法扬法。倷说俚坏人吧，马料越丢越多哉。喔，再一想，明白哉。人呢，好人，但是呢有缺点的。啥格毛病么，手牵疯毛病，俚丢脱仔马料啦，俚格只手板要搧一搧。其实什梗，格个人，基本在是好人。还是来请吾吃点啥格么，肚皮饿用得哉，吾就吃哉。"马头姿下去要吃格辰光，华吉，哈啦！鞭子抽出来，对俚，嗥！再一扬么。格只赤兔马想，吾勿上倷格当哉，格朋友又在发毛病，格鞭子又扬法扬法，马舌头撩过去，拿只鸡蛋，哈啦！卷过来，吃到嘴里向。马在吃马料格辰光么，勿防华吉哉。

华吉晓得，俚警惕放松了。鞭子，嗥！插一插好么，一斗马料，撒啊啊——全部采过来，只空斗角落头一放。哈哟，格只马开心啊，那是愈来愈多，大大好吃一顿哉。倷马头在吃格辰光姿下去么，勿防备华吉。华吉看倷勷在防备，俚两足一攞，身子一蹬，噗——啪！跳过来，到格只马旁边头，起一条右手，望准赤兔马马头颈上，嗥！骑上去么。格只马晓得苗头勿对，格朋友在动手，俚，哈——马头抬起来，身体打旋啦。哈……在里向勿停格打旋么，华吉格两只脚荡空了，跟倷打旋。右手格只臂膊马头颈里向拼命骑牢，哈——跟俚在打旋格辰光，左手臂膊上副笼头探下来么，望准马头上，哗啦！套上去。笼头嚼环上牢，勿怕倷犟！呒笼头格马，变有笼头马了——咳咳矻咳，咳咳矻咳。

"宝马，你跟我来吧。"栅栏门一开，咳咳矻咳，咳咳矻咳——带出来格辰光么，外头大家俖在称赞："好——哇！"好，格马夫有本事，只马拨俚带牢。格只赤兔马是怨啊！今朝贪嘴，勿贪嘴么随便呐吭勿会上俚格当！唉！现在呒不办法，拨俚牵到外头。

"禀将军，小人我把马匹，带到了。"云长想好极了。格么有心让吾来借一副鞍鞯，试试看，格只马格脚头如何？"丞相，且借，鞍——鞯一副，容关某，试——马！""呃？"曹操摇摇头。曹操心里向转念头，俫要试马啊？俫回转去试，俫勿在该搭试。该搭人多，文武官员嘎许多，格只马格脾气糗勿过，骑上去要掼下来的。俫红面孔要面子朋友，当仔嘎许多人跌下来，坍台，俫落勿落的。"将军要试马么，带回公馆去试。"关公误会，当仔曹操小气。张怕借仔鞍鞯勿还俫，所以勿肯借，要喊吾回到公馆去再试。格蛮好，俫勿肯么，就关照华吉搭吾到外头，生病马马背上副鞍鞯去拿得来，装上去吾来试马。

哈——啊，曹操说：俫误会着哟。一副鞍鞯么值几个铜钿呢？吾勿是勿肯借拨俫吃。因为格只马格脾气糗，张怕俫勍骑上去掼下来，跌跟斗么，难为情吃。旁边头，夏侯惇对曹操在弹眼睛，阿叔俫格个去搭俚讲点啥。吾在格只马身上跌过八跤跟斗得了哟。红面孔什梗骄傲，让俚掼，掼掼么坍坍俚格台，杀杀俚格种骄气。

勿晓得关公格脾气，好胜。别人做勿到格事体，俚就是要做。大家跌跟斗，吾就勿相信。一定要试么。蛮好。曹操派人去拿鞍鞯来。手下人马上去拿过来一副，全新格鞍鞯，踏蹬用银子打的，考究。

华吉呢，先拿格只马喂一顿料，再拎一桶水过来搭俚身上格毛衣汰一汰清爽，刷子刷一刷。嚯，漂亮，齷齪汰干净，料吃饱，格只马格精神来了。望上去浑身毛匹血胖大红，红得像风炉里向烧得煊煊红一块碳什梗红得透明，标致。俫马头在望过去望到马尾巴上，搭——锃亮，啥物事，炝毛啦。鞍鞯装好，人要衣装，佛要金装，马要鞍装。鞍鞯装好么，两样。

云长过来，嗒！鞭子一执，摆鞍鞯，豁上马背。哈——啦！格只马，叫啥勿买俫格帐。俫要试吾，吾也要试试俫。马头，嗅！扬起来，一个羊桩么，云长要紧两条手搭到领鬃毛上，嘿！磕下去。华吉在下面拿金钢股搭牢，吭！马头往下头一揿。格只马，吭——马头姿下去，马屁股翘起来，一个后羊桩么，关公要紧身体仰转去，华吉拿格马头抬起来么，使得格只马后羊桩也勿来赛。只马打两次羊桩勿来赛，服帖了。嗖！云长拿马头领鬃毛上一把拎牢，鞭子，嗅！一扬，哈啦啦啦——扫出去，四只蹄子像腾空一样。哈……三个圈子兜完，关公下马是，哈呀！面孔上格种快活头势，勿谈了。

"好马，好——马。"曹操想，俫欢喜么，就送拨俫。"呃——既然将军喜爱此马么，老夫即将这马匹，送与将——军哪！"曹操格声音还勍断么，关公，卟，跪下来。"谢丞相，赐——马！""呃？"曹操勿懂，送只马，俫为啥道理要下跪？"二将军，因何下跪哪？"吾送拨俫十个美女俫也勿磕头，为啥道理一只马拨俫要磕头？云长说，丞相有所不知，格只马日行千里，夜走八百。吾得着格只马，听见阿哥格消息，哪怕千里阻隔，一日天就能碰头么，吾哪勍感谢俫丞相酿。

"喔，喔唷。嚯嚯嚯嚯……"曹操气啊，想勿到送只马拨俚，勿是要俚投降吾，变仔寻刘备便当点么。敲脱牙齿往肚皮里向咽，曹操嘴里向还要称赞俚。"足见将军义重如山，嘿嘿。"格种笑是比哭还要难过啦。

那么云长得着仔赤兔马啊，要斩颜良，五关斩六将。

第二回

颜良发兵

曹操，拿只赤兔马送拨了关公。叫啥关公，卜落笃，跪下来，磕头拜谢。曹操是心花怒放，喜出望外，以为关公是真心投降。想勿到关公说，吾听见讲，格只赤兔马日行千里，夜走八百。吾得着仔格只龙驹马，将来吾听见刘备消息，哪怕千里阻隔么，一日天，就能够搭老兄碰头。所以吾感激侬了，要拜谢丞相。曹操格个气是气得来，表面上么，还要去称赞关公。"足见将军，义重如山，不忘桃园，令人敬佩。吧——嘿嘿"。其实曹操格个笑，比哭，还要来得难过。所以《三国志》上有一首诗，称赞关公。格首诗呐吭讲法呢？叫："威倾三国著英豪，二宅分居义气高。孟德妄想虚礼待，岂知关羽不降曹。"曹操是狂费心机。现在回到外头，终席，席散，关公回转。文武官员，退出去。

曹操就留一个张辽下来。曹操搭张辽讲：吾实在想勿通，刘备待红面孔，究竟好得呐吭呢。为啥道理吾待俚什梗好法子，俚还是口口声声，要回到刘备搭去。侬搭吾去问一声看，吾搭刘备，待关公，格个差别，在啥地方？如果说吾还勿够，吾呐吭来弥补？吾呐吭再来想办法，待得俚更加好。张辽答应。

张辽出来，马上到关将军府第，下马。侬望里向进来，云长拿俚接到书房间，坐定身子。"文远到来，有何贵——干？""仁兄，张辽到来，非为别事了，特来请问仁兄。仁兄，自到许昌，丞相对仁兄如何？"关公心里向转念头，格句闲话叫吾呐吭讲法？曹操待吾呐吭？可以说，吾养仔出来到现在啦，从来勚碰着过有人，待吾什个好过。

所说关云长是苦出身哟。俚是山西解良州人，在农村里的。俚格爷做啥格生意呢，磨豆腐的。磨好豆腐，那么挑出去，赶集，卖脱，做什梗格生意。所以关云长从小也是磨豆腐了、卖豆腐格出身。后来呢，因为练了一身好本事，脾气耿直，路见不平，拔刀相助，杀脱恶霸，那么流亡出来，逃在外头。碰着刘备、张飞，桃园结义，直到如今。那么侬想，曹操待得吾什梗好法，吾勿是勿懂，吾明白格呀。

"丞相对关某，恩如沧——海！"张辽心里向转念头，红面孔，明白人，勿是好糨勿得知。丞相对俚格恩情，像啥？像海！恩如沧海！"那么，请教仁兄，令兄待仁兄如何？""吾兄待关某，义——若巨山。"有分别。张辽心里向转念头，刘备待俚么，义气啦，大得了，好像一座高山。格么还是格山来得高呢，还是海来得深？如果说，拿一座山放到海里向去，吾想垫勿没一座海的吧。应该说海比山还要来得广，还要来得深。"仁兄，那么，两下比较如何呢？""苍海能干，巨山不灭。厚恩可报，大——义呃难——忘。某仍旧要寻访兄长——也！"

那么张辽明白，关公，分析得交关清爽，海啦，会得干的，沧海变桑田。山呢，永远不会毁灭的。那怕偅碰着地震，或者火山爆发，山格痕迹总归在，叫"巨山不灭"。恩呢，是可以报的。义呢，勿能忘记。因为吾搭刘备啦，是桃园结义，拜过弟兄的。

格么偅什梗讲起来，强调关云长格"义"字么，格么岂勿是桃园结义，好像现在市面上讲格种啥格"哥们儿"义气，小弟兄，讲义气的，友情为重。阿是什梗一回事体呢，两样的。

关云长、刘备、张飞，俚笃讲格"义"啊，并勿是单单弟兄淘里，小弟兄，说得头来，结拜了，死而无怨。勿是什梗一回事体。俚笃有政治内容。俚笃格政治内容啥物事呢？就是当初啦，天下大乱。俚笃三家头碰头之后，大家志同道合，就在张飞后头格花园里向，有三百多棵桃树，桃花盛开。那么摆好香案，跪下来罚咒，全部誓言是呐吭讲法呢——念刘备、关羽、张飞，虽然异姓，结为弟兄。协力同心，济困扶危。上报国家，下安黎庶。喏，格个"上报国家，下安黎庶"啦，就是俚笃格政治纲领。就是说："上，要报国，下，要安民。"勿是啥，吭不原则格种江湖义气啦，勿是什梗一回事体。俚讲啦，"恩"可以报，"义"不能忘记的。九九归源，吾还是要到刘备搭去。

张辽倒也梗哉。"那么仁兄，倘然令兄不在世上，仁兄如何呢？"作兴倒刘备死脱着呢，死脱仔，偅阿能够再投降丞相呢。云长摇摇头，叹一口气。"吾兄若遭不测，关——某，愿从至于地——呃下。"好了，完结了！割割裂裂。即使刘备已经勿在世界上，关公呐吭讲法么，"从至于地下"，誓同生死，吾也不会投奔曹操的。"那么，仁兄，丞相待仁兄如此，难道仁兄，就罢了不成么？"关公心里向转念头，格是勿会格啊。"关某，一定要，立下大功，报答丞相。然后再去寻访兄——呃——长！""好！"一句闲话。张辽心里向转念头，就曼得偅讲什梗一声。偅格人懂好糗。曹丞相待偅什梗点好处，偅勿忘记。将来就算要到刘备搭去，偅一定要立了功劳，报答了曹操，那么偅再去。

张辽回出来，回到相府，就拿格番情形讲拨曹操一听么，"唉！"曹操叹了一口气。为啥？关云长格人，实在难得！什梗格讲义气。而且呢，越是关云长勿愿意投降么，曹操越是敬重俚了，越是佩服俚，而越是希望俚投降。格么现在呐吭弄法呢，一下子，看上去格弯，转勿过来。曹操转念头，吾有两个办法。一个办法，就是封锁消息。刘备在啥地方，勿让红面孔晓得。俚得勿着消息，俚勿能跑喽。第二个办法呢，加二凶。啥格办法？吾啊，养煞偅红面孔一世。今世里么，永远勿让偅立功劳。偅呢，永远离勿开此地。吾养煞偅无所谓。吾有铜钿呀，吾顶多化两个铜钿罢了。勿拨偅有机会去立功劳了，那么偅跑勿脱么，偅永远在该搭点。就算偅勿投降吾么，偅也勿好去帮刘备格忙。曹操格念头，恶是实头恶的。勿晓得曹操呀，世界在格事体，勿是倷一干子就什梗想了，就能够做得到。

嗳！叫啥今朝曹操升坐大堂，文武官员齐集，关云长亦到哉。俚是客人，有只位子，坐在旁边头。外面探子来哉。"报——禀丞相！""何——呃事？""小人奉了白马太守之命，送告急文书到来。因为河北袁绍派遣颜良为行军都督，带领十万大军兵进黄河渡口。白马紧急，请丞相定夺。"探子报告完毕，再拿一封告急文书呈上来。曹操关照俚退下去。拿文书拆开来一看，白马城，就是黄河边上，属于河南地界。五关啦，从许昌数起啊哦：第一关，东岭关；第二关，洛阳城；第三关，汜水关；第四关，荥阳城；第五关，白马城。

格么在前线讲起来呢，白马城就是第一道防线。白马太守叫刘延，来一道告急文书，叫探子带来。因为啥呢，河北冀州，袁绍袁本初，派俚手下一员大将叫颜良，带领十万大军，兵进黄河渡口，要来攻打中原。曹操拿文书看脱，旁边头一放。两只眼睛对周围一看么，只看见文武官员，有很多人，面色紧张。为啥道理要紧张？因为袁绍格实力啦，比曹操要强。

当时，汉朝辰光，诸侯纷争。诸侯当中顶顶大格一帮，啥人呢，就是袁绍。袁绍袁本初，称为叫四世三公。啥叫啥四世三公呢，就是袁绍格爷、阿爹、曾祖、高祖，四代啦，侪是在朝堂上官居极品了，位列三公。那么倷想吧，有四代，官职什梗大，门生故旧遍天下。用现在格闲话讲起来，俚格关系网啦，勿得了。那么外加呢，袁绍现在有四个州：青州、冀州、并州、幽州。青州么，就是山东，山东青州；冀州呢，就是河北冀州；幽州呢，就是北京；并州呢，就是山西太原。所以华北格大部分地区，甚至于包括辽东、辽西，侪属于袁绍格势力范围。俚格军队要赅几化呢？七十万大军，千员战将，而且人才济济。曹操格实力搭俚比起来，相差好几倍。尽管曹操现在辰光是在皇城，搭皇帝登在一道，以正统自居，俚可以挟天子以令诸侯。但是从实力上讲起来，曹操远不及袁绍。搭袁绍比起来，推位一大段。

现在强敌压境，颜良打过来。曹操手下有两个文官啦，瞒脱仔曹操，暗底下在搭袁本初通信。啥意思么？伸只后脚。将来作兴倒袁本初，嗵！灭脱曹操，就可以到袁本初搭去做做事体。曹操处于什梗一种情形当中。

不过曹操心里阿急呢，勿急。为啥勿急么，俚暗暗叫想：袁绍啊袁绍，倷现在打过来吾勿吓。倷早两个月打过来，吾吓。为啥呢，因为早两个月啦，吾在打徐州刘备，吾格大军离开许昌，后防空虚。倘然说，倷轧啷当格个辰光打过来么，吾完！吾许昌有危险了。现在徐州打脱，刘备拨吾解决脱了。吾呢，呒不后顾之忧，吾一门心思来对付倷。尽管吾格实力勿及倷强，但是呢，比仔两面作战格环境了，要好得多。

曹操对旁边头一看，看旁边头格文官郭嘉，对曹操一望。郭嘉，郭奉孝，曹操手下顶顶聪明格一个文官。郭嘉对曹操格个一看呢,眼光里向格神色啦就表示出来,袁绍该格辰光发兵勿聪明的,俚丞相笃定好了。聪明人搭聪明人,大家俚对吾一看,吾对俚一望,丑一个眼色,心里侪有数。

曹操还勰开口么,叫啥旁边头一个人立起来。啥人呢,关公。关公肚皮里向转念头,颜良带人马打过来,吾来讨差使。吾来带领人马,到黄河渡口,搭颜良交战。只要吾拿颜良,嚓!结果性命,立了大功,报答俚曹操。倘然说,吾是外头去,再得着刘备消息回转来了,吾马上回头俚曹操,吾可以跑路。吾做得出格哟,咦,因为吾已经杀了颜良了,立了大功了嘛。

"丞相,关——某参见!""呃!二将军,做什么?""颜良兵进中原,关某不才,愿请将令一支,前去,拒敌。斩颜良,以——报呃丞——相!""呃呃,哼"!曹操心里向转念头,俚想出去动手,立功劳报答吾。报答吾仔,俚跑哉。谈也勿谈!吾养煞俚么,吾勿拨俚立功劳。曹操嘴面上讲得漂亮。"二将军,说哪里话来。颜良匹夫到来么,何劳将军出马呢,杀鸡何用牛刀哇?嘿嘿!倘然老夫不能取胜,再来烦劳将军。请坐,请坐。"

一个软钉子,顶回去。云长响勿落。俚听听是,曹操客气得来,尊重吾啊。俚格身份,俚格本事,用勿着俚去得格咾,俚等在该搭休息。哦,真正吾打勿过,勿能赢哉,吾再来请俚。有啥闲话讲?云长只能旁边头坐定。

曹操一条令箭,派俚自家格心腹。"夏侯惇、夏侯渊、夏侯德、夏侯尚,四位将军听令。""在!""有!""有!""在!""带领人马一万,头队先锋,兵——扎黄河。""得令。"夏侯惇接令,夏侯渊、夏侯德、夏侯尚,跟仔一道下来,带领人马一万,头队先锋,出五关,过黄河,在黄河渡口设立大营。格个是先锋队。曹操然后呢,带领手下一班文武官员,再带领四万军兵,共总五万人马,阻挡颜良。

曹操动身呢,关公送,送到城外头分别么,看曹操去。关公呒不办法喽,只好回转来。格么关公做点啥事体呢,训练格只赤兔马。因为格只赤兔马啦,刚巧得着,还勿熟悉。大将在战场上打仗,人搭马,要配合得好,那么一定大家要互相熟悉。像特别是关云长格种拖刀计,要马配合!勿是啥格练一遍就练得好,要横练竖练,勿断练,那么能够熟悉。格么云长在许昌,吾拿俚丑开。

交代曹操带人马路上下来,曹操军队出了五关,到了黄河边上,营寨设立。对过人马到。颜良格军队,驻扎在啥地方呢,叫白马坡!双方营头距离多少路?十里。颜良设立好营头之后,耽搁一夜。明早转来,早上,带领一万军兵,杀出营头,炮声隆隆、军号连连、战鼓声声。离开曹操营头三里路么,讨战。俚讨战,曹操得报,颜良来了。

曹操俚带领文武官员出中军帐。中军帐外头呢有座土山,格座土山,虽然勿十分高,是天然格一只瞭高台。从土山上望出去，战场上格情景，清清爽爽。土山上呢，设立好一座营头了。曹操带领文武官员上土山，帐中坐定。标远镜拿过来一望，喔哟！颜良威风啊。俫看，金盔金甲、黄骠马，金板刀，威风凛凛。在旗门外头讨战。曹操心里向转念头，颜良，是河北道上，四庭柱大将当中第一根庭柱，袁绍格心腹。派啥人去呢？

"哪位将军，前往交战？""末将，宋——呃喝宪愿去"。格大将姓宋，单名一个宪，宋宪。从前是吕布格旧部，白门楼投降曹操。"当心了。""得令。"宋宪点五百个兵，俚下山上马，提三尖两刃刀。炮响，当！哈啦！出营门，过挡板，到战场，旗门设立。马匹冲上来么，搭颜良碰头。

颜良一看，门前头来格大将，青铜盔、青铜甲，一匹青鬃马，手里向执一柄三尖两刃刀。"来将通名！""你且听了，大将军非别，曹丞相麾下，宋——宪呐！你与我留下名来。""本都，颜——良嗯。""放马！""放马！"两骑马，哈——碰头格辰光，宋宪起三尖刀望准颜良面门上一刀。"看刀。"噗——乓！一刀过来，颜良起金背刀招架。"且慢——呃。"擦冷！尔嘚——三尖刀直荡格荡出去。颜良回手一刀，望准俚头颈里向，嚓！着，尔嘚——磕——擦冷！哈啦啦啦……手起刀落，一个照面，立斩宋宪。

曹操在山上一看。"喔哟！"结棍。一来兴，宋宪已经惨脱格哉。"呃。哪位将军，上前交战啊？""末将，魏续愿去。"格个大将姓魏，单名一个续，搭宋宪呢，要好朋友，全是吕布格旧部。兔死狐悲，物伤其类。魏续俚马上从山上下来，上马，手里斧头一执，一声炮响，哈啦！冲出营门，过挡板，到旗门么，刚巧宋宪格败兵要退下来。魏续赶上来么，败军队伍定。回过身来，重新再旗门立好。魏续格只马上来。

颜良一看，门前头来格贼将，乌油盔、镔铁甲、乌骓马，手里向执一柄砍山斧。"来将通名。""魏续便是。""放马。""放马。"哈……马匹碰头，魏续斧头望准颜良肩胛上，"去吧。"噗——乓，一斧头过来。"且慢——呃！"铿——掀着，回首。辣！一刀。"慢来。"哈冷冷冷……三个照面，魏续拨颜良，嚓——拦腰一刀，结果性命。落马翻缰。哈……

一歇歇功夫，第一个，一个照面。第二个，三个回合。格颜良格威风是，不得了。曹操在山上一看，气呀！喔唷，格颜良倒狠啦哩，吾派上去格两个大将，蛮够带。

"哪位将军前去？""末将曹洪，愿——呃往。"自家格阿侄，曹洪。好。曹操关照点三千兵，吾搭俫一道去。曹操从山上下来，文武官员跟下来，大家上马，炮声响亮、营门开，挡板平铺，三千军兵冲出来，五百个人马本来在逃过来。哈啦，回转身来跟仔三千名军兵，一道到战场上，旗门设立。

颜良一看，喔唷，人马多哉。红罗伞盖，曹操也来哉。文武官员勿少。看曹操派啥人出来？当！一声炮响，哈呀呀呀……曹洪上来。颜良一看，喔！来格大将神气。呐吭样子？只看见曹洪：

> 圆盘面孔，色泽淡红。
>
> 两眉直竖，双目神凶。
>
> 悬胆高鼻，嘴唇血红。
>
> 两耳长大，相貌英雄。
>
> 天庭饱满，地角丰隆。
>
> 束发金冠，俊俏细工。
>
> 雉尾双挑，中间红绒。
>
> 白玉正顶，绮袖玲珑。
>
> 身穿甲胄，乃是红铜。
>
> 内衬战袍，袍绣黑熊。
>
> 护心宝镜，紧抱前胸。
>
> 飞羽袋内，铁碳宝弓。
>
> 狼牙箭插，走兽护中。
>
> 腰悬宝剑，剑名清风。
>
> 足蹬战靴，前后包铜。
>
> 胯下战马，名为红鬃。
>
> 红铜大刀，双手举奉。
>
> 若问姓名，大将曹洪。

颜良喊一声。"来将，住——马通名。"唾哦——曹洪马匹扣住。"颜良，你且听了，大将军非别，曹丞相麾下，曹——洪是也。""曹洪，放马！""放马！"哈……两骑马碰头。曹洪先动手，曹洪起手里向红铜刀，望准颜良面门上迎面一刀。"着！"噗——乓！一刀过来。颜良起刀柄招架。"且慢——呃！"嚓冷——掀着，尔嘚——曹洪刀荡开。颜良回手一刀，望准俚腰里向过来。"看刀。"噗——乓！"慢来！"嚓冷冷冷……曹洪掀上去，吃分量。

啥道理呢，颜良格气力比曹洪大。曹洪格本事，搭宋宪、魏续比起来，格是要好多了。但是俚搭颜良比起来，相差一只棋子。格着棋勿好推位一只棋子，所谓叫"棋高一着，扎手缚脚"。开头，曹洪还能够勉强应付，打到后首来，吃力。招架多了，还手少。再打下去，只有招架了，呒不还手。曹操一看，勿灵。曹洪有危险。格么呐吭弄法，豪燥派人帮忙。因为格个曹洪对曹操啦，关系特别好。非但是大家同姓，亲眷，是曹操格阿侄，外加曹洪还是曹操格救命恩公。

格句闲话还是在十八路诸侯伐董卓，大战虎牢关，董卓吃败仗逃走。曹操要追。格辰光格盟主啦，十八路诸侯当中格盟主，袁绍。袁绍呢，勿肯追。曹操看俚勿起，俫看现在董卓火烧洛阳逃走哉，俫为啥道理勿追？俫勿追，吾追。俚追。曹操带领人马追上去么，勿晓得中埋伏。碰着格吕布，曹操吃不住，人马冲散。曹操逃走么，肩胛上中一箭。逃过来在荒野场化，草堆里向么窜出来两个伏兵，嚓！两枪，拿曹操格只马刺杀。曹操人从马背在掼下来么，拨两个小兵捉牢。危险。

曹操格性命危险格辰光么，曹洪赶到。曹洪拿两个小兵杀脱，马上马背上跳下来，拿曹操格绳子解脱。格么曹操吭不马着啰？曹洪拿只马让拨俚骑。曹操上马么，背后头追兵来。那么呐吭弄法呢，曹操要马背在下来，格只马还拨曹洪：俫吭不马，俫勿好打格啦。碰着曹洪说：勿，马俫骑，吾勿要紧。俚拿副盔甲拆脱，氚脱，轻靠一点。拖仔把刀，牵仔马，保仔曹操逃走。曹操说：俫管俫去吧，俫勿顾虑吾哉。曹洪回头曹操呐吭句闲话，叫：天下宁可无洪，不可无公！天下呢，可以吭不吾曹洪，勿能够吭不俫曹公。吭不仔俫曹操啦，天下要乱。

那么俚保仔曹操过来么，一条河来头，背后追兵到。那么就什梗河里向过去，好得格河水并勿深几化，保曹操逃过河么，人马又来了。碰着荥阳太守徐鸿冲过来么，曹洪上去拼命死战格辰光，曹操要逃么，幸而夏侯惇人马赶到么，枪挑徐鸿，保曹操。当时吭不曹洪呢，曹操老早死。所以俚笃格叔侄之间格感情啦，特别深。曹操现在看见曹洪吃勿消，呐吭弄法呢，派人上去帮忙。

派啥人去呢？曹洪也是头等头大将，俫派一般性点格大将上去，搭勿够。曹操对旁边头一看，有，看着一个人。格个人，年纪要六十朝外，胡子雪白，啥人呢？此人姓蔡，单名格阳，蔡阳。善用银板刀。人称啥？河南刀王。派俚出去。

"蔡老将军，上前助战。""遵命！"当——炮响。蔡阳格只马呢，忑咳唾咳，忑咳唾咳，忑咳，慢慢叫出来。俚为啥道理勿哈啦，冲上去，有讲究。蔡阳格种人啦，蛮骄傲。俚心里向转念头，吾上去搭颜良打，一拔一。倘然说，吾上去得忒快，曹洪还来不及回转来，格么势所必然两个打一个。假使两个打一个，就算拿颜良结果性命，吾蔡阳坍台。吾勿像河南刀王。吾要让曹洪有个机会，回转来，让俚回转来哉，吾再上去。所以格只马，忑咳唾咳，忑咳唾咳……慢慢叫上来。

曹洪听见背后头炮声响，晓得救兵来。既然有大将来哉，吾用勿着打，收转红铜啦刀，圈转马头。哈啦啦啦……退下来，到旗门底下是，嚾唪！满头大汗，气喘吁吁。现在看蔡阳上去。

颜良呢，也有个绰号。叫啥，河北刀王。蔡阳呢，河南刀王。两个刀王碰头。蔡阳格只马在上来格辰光，颜良俚单手执金刀，一手捋须，对门前头一看。啊？颜良呆一呆，为啥道理要呆一呆呢？出来格大将，胡子雪白，老将！看见老将，为啥道理要呆一呆？啊呀！格个颜良懂的。为啥道理？一个大将，在战场上打仗，老实讲，叫"将军难免阵前亡"。俫格个大将本事整脚，勿等到俤组苏生出来，老早，嚓！淘汰脱哉。就算拨俤组苏偶度侥幸生出来哉，勿等到俤组苏长，嚓！也惨脱格哉。就算俤组苏长，勿等到组苏白，嚓！也去脱格哉！格个大将，打得格仗，能够组苏雪白，格就说明啥呢，"吃勿脱剩在那，杀勿脱挺在那"。只有俚杀脱别人了，别人杀勿脱俚。可见得格来格大将勿会推扳。所以颜良勿敢藐视，颜良喊一声。"来将通——名——啊。"蔡阳老资格，不慌，不忙。酷……扣住马匹，银背刀，鸟嘴环上一架，捋仔两根白胡子，不慌不忙。"颜良，你且听了，若问老夫非别，曹丞相麾下，蔡——呃阳！""这。"喔哟！喔哟，格个名气听见过。蔡阳，河南刀王，慕名已久。

"蔡阳老儿，你还要在颜良的刀——上，领死么？""放马！""放马！"两骑马大家放马。哈……马匹碰头。两马相交。颜良勿动手，搭俤格种老老头打，吾先动手要拨人家讲的，让俤家什先来好了。碰着格蔡阳，也勿动手，俤格种小辈，俤好搭吾来比？该两个刀王，名气响仔几十年哉。吾勿先动手，让家什先来。两家头大家勿动手。两骑马碰头么，哈——啦！擦肩过，打第二个照面。

嘿嘿！曹操响勿落。战场上打仗有啥客气头？又勿是吃喜酒了。请呀！请呀！唵，俤看。

哈啦——第二回合碰头，颜良勿客气哉，颜良心里向转念头，吾让过俤一个照面，俤勿动手，格么吾来。喊一声，"老儿，你，看刀！"噗——乒！搂头一刀。蔡阳起手里向银背刀托梁换柱，往上头掀上来。"且慢——呐！"嚓冷冷冷……颜良上盘家什，磕在上头，往下头一搭哟，嚓冷冷冷……蔡阳呐吭，不慌不忙，冷冷冷，冷……掀开俚家什。

颜良有数目，老头子，老么老，比曹洪狠哦。曹洪是蛮力，颜良懂的。蔡阳，蔡阳是真功夫。嚓冷冷冷！俚功运足，啦冷——一来么，颜良格刀弹出来。蔡阳回手银刀，辣！一刀过来。颜良起金背刀招架，"且慢"！嚓唧，掀着。尔——蔡阳刀荡开。两骑马擦肩过，动手再打。

蔡阳有数目了。颜良呢，年轻力壮，蛮力大的，吾力道勿及俚。勿是嗨外，功夫，吾比俚深。格么呐吭呢，吾搭俚打，吾搭俚盘，盘光俚格点蛮力。喏，时间么，要化一段时间的。比方说，开头一百个回合打，格蔡阳是吃下胁的。颜良刀劈过来，嚓冷冷冷冷，要掀一歇，掀开。俤蔡阳格刀劈过去，颜良"蹭！"掀哉，蔡阳格刀就荡开来了。但是一百个回合下来，颜良格点蛮力，要退。两百个回合开始呢，就打平了。打到三百个回合上，颜良脱力了，蔡阳格功夫呢，勿退。那么喏，蔡阳可以反败为胜。格个名堂叫啥？叫"力不斗功"。功啦，俚格耐力来得结棍，能够持久，有内力。所以蔡阳勿慌格呀！俤不慌么。颜良有数目，嚯！颜良心里向转念头，格个老老头是勿容易对付。俤看看俚格点功夫看，吾只能现在辰光赢俚，假使辰光盘长，吾要吃亏。自病自得知。

格现在呐吭办法呢？刀法来，河北刀王，俚有看家本事，一路刀法，啪啪啪啪——发急急过来，叫：

此刀安邦定国基，

布动寒光世界稀。

倒拖背后翻身劈么，

玉带围腰寄一骑。

上一刀暮云盖顶么，

下一刀巧斩熊罴。

左一刀猛虎出洞，

右一刀蛟龙背地。

前一刀狮子摇头，

后一刀大鹏展翅。

一刀化八刀，八八六十四。

啪啪啪啪……一路刀法。蔡阳呐吭，笃定。老老懂的，喔，俫颜良一路刀法过来，俫刀法来，吾也见得多。无所谓。嚓冷冷冷——格是只有招架了，呒不还手的。要掀完俚格路刀法，要八八六十四刀。蔡阳蛮笃定，等到俫六十四刀劈脱，辰光再盘长，吾就好搭俫敌平。再下来，吾就好赢俫，蛮有信心。

曹操弄错哉。喏，曹操在格种方面讲起来，倒底，俚自家格武功有限。俚勿了解蔡阳格意图。俚一看到蔡阳只有招架，呒不还手么，认为老老头搭勿够。老老头格力道，勿及颜良。格么呐吭弄法呢，打下去，刀王有性命危险。吾勿能让一个六十几岁格老老头，就什梗轻易格牺牲在战场上。

格么呐吭弄法呢，派人帮忙吧。派啥人帮忙呢？曹操对旁边头一看么，有了，许褚，许仲康，痴虎大将军。"仲康。""有。""上前助战。""得令。"当——炮响，哈啦！许懃大格只马冲出来辰光么，蔡阳在战场上听见后头炮声。"哈——啊！"呒趣。曹操啊，俫勷派人帮酿，吾有办法对付俚。俫什梗一帮么，弄僵哉。吾勿好打。吾打，两个打一个，赢，赢仔也坍台。格么呐吭弄法呢，退下来。吾搭曹丞相讲明白仔，下趟再打。所以蔡阳收转家什，哈啦！圈转马头，跑路。颜良勿追，晓得背后头有人来。

许褚格只马上来么，搭蔡阳擦肩过。蔡阳回到旗门底下，银背刀一架。"参见，丞——相。""呃。嗯。"曹操一看，佩服。啥格上佩服呢？俫看，刚巧曹洪上去打，时间，还呒不蔡阳什梗长，辰光要短。但是曹洪回转来，气喘吁吁，汗流脊背，额角头汗像黄豆什梗大小。现在蔡阳回转来呢，面不改色。额角头在呒不汗的，喘侪勿喘，气，平的。格个真功夫，勿容易。曹操手一招，关照俚等在旁边。蔡阳在看么，许褚上来打。格么许褚格蛮力呢，是曹操营头上气力顶顶大格大将。曾经俚，抓牢仔两条牛格尾巴，当当当当——要跑一百几十步路，顶倒顶的，格力道热昏。曹操营头上两个力气顶大格大将，一个就是典韦，一个是许褚。典韦是战宛城辰光呢死脱了，现在气力顶大的，就是许褚。

许褚一马一口九环镔铁大砍刀，上来搭颜良碰头格辰光么，许褚格蛮力，勿比颜良推位。但是许褚有点戆头戆脑，颜良晓得对手蛮力大的，但是人勿呐吭活络几化。格么呐吭呢，刀法运用。颜良仍旧拿格一路刀法，啪啪啪啪——发出来么，格许褚吭勿办法。许褚只有招架，吭勿还手，嚓冷冷冷。

"哈呀！呀呀呀呀！"曹操看得摇头，勿来，勿来，勿来。许褚格点本事上去，也勿能打么，收兵吧！敲锣，叭磄磄磄……收兵锣敲，曹操收兵。许褚，哈啦！退转来。

颜良看哪恁？许褚退下去，曹操鸣金收兵，回营了。阿要追？算了。今朝已经打得蛮够。"仗得胜鼓！"呱呱！咚咚！卜笼！噗——得胜鼓擂动。宋宪、魏续两个首级营门号令，尸体就地埋葬。

颜良回到营头上，红旗捷报，马上派人送冀州去，禀报袁本初。倷么写信去，开心，明朝再打。

曹操回到营头上，营门紧闭，挡板扯起。关照营门上小兵，准备好强弓、硬弩，倘然对方要来攻营，放乱箭。曹操到中军帐，下马，休息么，闷闷不乐。颜良格本事大，就什梗打，要赢，勿来赛。硬拼，勿犯哉，牺牲忒大。格么呐吭呢，用计哟。用啥格计呢，不外乎是断粮啊，或者么劫营啊。要先派人去摸摸情况，打探打探消息，颜良营头上，阿有啥格破绽。

曹操当夜耽搁，明朝颜良又来讨战哉呀。曹操命令下来，关照营门在高挂免战牌，勿打了。动好脑筋再打，现在挂免战牌。倷免战牌挂出来么，颜良收兵。因为老法打仗有的，挂免战牌，倷勿好再打。赛过对过已经讨饶哉啦。再要打么，倷忒过分了。所以看见免战牌呢，倷收兵回转好了。马上再写信转去，报告袁本初，曹操营头上高挂免战牌。格颜良是不可一世。

曹操在动脑筋，用啥格办法呢，呐吭好结果颜良格性命？想仔一日天，齆想出好计策来。今朝吃过夜饭，曹操坐好在内帐，一干子在动脑筋格辰光么，底下人报进来。

"回禀相爷，郭大夫到。求见"。"请！"啥人来哉呢，郭嘉，郭奉孝。曹操手下文官当中，年纪顶轻，但是呢，本事顶好，足智多谋。曹操相信俚的。曹操拿俚请到里向，见过。郭嘉坐定。"丞相。""嗯！""此番与颜良交战，丞相莫非要用计取胜？""是——啊。""请问丞相可有妙计？"曹操摇摇头，"尚——无，良——呃策"。"郭嘉有一计在此"。"计将，安——出？""郭嘉推荐一人，此人，能斩颜良"。"呃。"喔！倷荐格人拨吾。照倷什梗讲起来，吾营头上有埋没英雄咯？

格个人本事么好的，名气么吭不的，吾么勿了解，所以吾勿派倻出去动手打，倸来提醒吾，可以叫格个人去。"此人，谁——呀。""回禀丞相，此人非别，关羽，关——云长。""喔！喔喔喔喔喔喔喔喔。"曹操摇摇头，格个人勿能去。吾晓得的，关云长有本事。因为倻当年温酒宰华雄，刀法精通，可以搭颜良打。但是倸阿晓得，格个人，勿能立功劳。格个人一立功劳，倻要跑格呀。吾要养煞倻一世了。吾呐吭好让倻立功呢，"此人不能立——功啊"。"丞相，郭嘉，是用计。"吾来介绍格人拨倸，勿叫用计。只是推荐格人么，呐吭叫用计？吾格计策，并勿在于推荐一个人。格倸啥格计策呢？丞相，吾问倸，为啥道理现在袁绍发兵？"呃"。呃，格个闲话问得好。为啥呢？倸讲呢。倸看为啥道理现在辰光袁绍发兵呢？"丞相，照郭嘉看来，袁绍之所以发兵，是刘备之故。""哦！""喔唷！"喔唷有道理。叫啥袁绍现在格发兵只根源在啥场化，在刘备身上。为啥道理呢，郭嘉就说：因为，刘备兵败徐州，吭不立脚之地，刘备逃到啥场化去？倻别场化吭处去，倻只有逃到河北，袁绍搭去。那么倻逃到仔袁绍搭之后么，攻松攻松，撺掇格袁绍发兵，打过来。所以吾看啦，该格辰光袁绍发兵是，刘备关系。

曹操点点头，有道理，对格呀！吾得着情报哟，吾晓得刘备在冀州，因为格个事体是绝对秘密了，随便啥人门前吾才勿讲的。倸现在郭嘉格分析，是刘备么，对格！吾疑心也是刘备，曹操点点头。那么，既然是刘备，在河北袁绍搭，撺掇袁绍发兵。现在呢，倸拿关云长请到此地来，叫关云长动手搭颜良打，叫关云长，嚓——拿颜良结果性命，格名堂叫啥？叫"借刀杀人"。借关云长格刀，斩颜良。"嗯！"颜良格败兵逃转去，败兵逃转去报告袁绍，颜良死了。死在啥人手里？死在刘备格兄弟，关云长手里。袁绍勃跳起来嘎？喔哟刘备呀！倸倒恶劣格呀。唵，倸撺掇吾发兵，动手去攻打中原。临时完结，倸格兄弟，帮仔曹操，拿吾大将颜良结果性命。好，吾搭颜良报仇，拿刘备捆起来，嚓！杀。格个名堂叫啥？借袁绍格刀，杀刘备。等到刘备一死，吾佝打听明白消息，佝马上可以告诉。搭红面孔讲，红面孔啊，倸勃到刘备搭去哉哦。为啥么？唔笃格老兄已经勿在世界上，死脱哉。啊？倸呐吭晓得？吾得着消息的，倸阿晓得被啥人杀脱？被袁绍杀脱的。哦！兄哦长！倸勃哭，勃哭，倸勃难过，吾帮倸报仇。倸阿要搭唔笃阿哥报仇？要格呀。要格么倸帮吾忙，一道过去打。那么倻听仔吾格闲话带人马一道打过么，借关云长格刀去杀袁绍，格条计策格名称，总格讲起来叫"借刀杀人"。

曹操一听，不得了！郭嘉，倸格人格棋子凶极了！格个借刀杀人计，并勿是杀一个人啦。借关公刀杀颜良，借袁绍刀杀刘备，再借关公格刀去杀袁绍，两面三刀。计中有计了，计中套计。倻一条计策可以达到勿少目的。亦所谓叫啥：一石投三鸟啦。一块石头甩过去，要拿三只鸟打下来。好，好计！曹操连连称赞。关照郭嘉：倸，退下去。

曹操关照派人去拿张辽喊过来。关照张辽，倸搭吾动身，马上到许昌去，碰头关公。请云长到此地营头上来。唔，请倷来做啥？吾要请倷到该搭点来搭颜良交战。不过，倷讲勿去搭倗讲。格么吾去呐吭讲法呢？倷碰在红面孔倷搭倗讲：丞相自从搭倷分别之后呢，交关牵记倷。因为在战场上，回转来看倷么勿便当，所以了，派吾到皇城来请倷过去。倷到营头上搭丞相见面么，以慰丞相之渴望。呃。那么，假使红面孔问起来，颜良来哉，白马坡该搭点打仗胜败如何？倷回头倗，也勿输，也勿赢。并无胜败。嗯。倷勿去搭倗讲哦，啥格吾么败得一塌糊涂了，死脱两个大将了，营头么挂免战牌了，格种倷勿讲。呒。那么倷记好，红面孔来啦，比方说，明朝红面孔要到该搭点白马坡营头上，那么倷今朝呢，先来格信。吾营头上好有个准备。必定要早一天让吾晓得。吾临时晓得了，吾安排起来来不及的。哦，张辽答应。那么张辽动身。

张辽一埭路，路上下来，并无耽搁，进五关到许昌，直到关将军公馆门口下马。派人报进去，求见。云长得信张辽来哉。吔！奇怪？张辽到前线去，跟曹操一道去搭颜良打了哟，格现在呐吭会得该格辰光来哉呢。阿会吃败仗来讨救兵了，请吾去动手格啊？呃，作兴的。马上拿倗请到里向，坐定身子。

"文远，到来何——事？""奉了丞相之命来见仁兄。丞相自到白马营中，十分挂念仁兄。命我到来，要相请仁兄前往营中相聚呀，饮酒三杯。"相爷牵记倷哉。哦！请吾去吃酒，只是牵记吾？"丞相与颜良交战，胜——败如何？""并无胜败。"也勿输，也勿赢。喔！呒不胜败？"文远。""仁兄。""请教文远，可有我兄之——消息？"自家人，倷阿好讲讲拨吾听听？倷在外头，唵听着刘备格风声？张辽心里向转念头，刘备风声么吾老早就晓得，吾勿能讲给倷听呀。因为丞相关照，要绝对保密，吾讲仔拨倷弄僵脱的？"并无消息。"好，云长心里向转念头，既然大哥呒不消息，战场上呒不胜败，曹操牵记吾，喊吾去。阿要去？当然要去。吾去，一来，有机会能够替颜良交战，争取立功，报答曹操。二来呢，吾等在许昌啦，吾打听勿着刘备消息，闭塞得极。吾勿晓得哟。吾出去，到战场上，也许，能够听见说，刘备在啥场化。所以关公呢，关照张辽，倷坐一坐，吾到里向去回头声嫂嫂。

那么云长到里向中门跟首，替甘、糜二夫人碰头，禀报阿嫂。曹操请吾到前线去。那么吾去呢，吾顺便可以打听，大哥下落。两位夫人关照：倘然倷得着信息么，倷先派一个家将，赶转来告诉倗。晓得哉。云长点头答应，退出来。

云长勿多带人，就带一个马夫华吉，赤兔马，青龙刀，跟仔张辽动身。倗笃路上过来呢，要过五关的。过五关辰光，五关上格大将，哈呀！客气得来。关公到，接。关公过，送。关公过夜，隆重欢迎，隆重接待。一眼呒不啥，别样名堂。所以关公啦，倗对过五关，好像煞看见五关上格大将对倗什梗客气，倗以为过五关是赛过，用勿着有啥手续的。因此将来倗跑格辰光，倗勿去问曹操拿过关路凭。勿晓得倷过五关，一定要有路凭的。格么该格一次关公来，为啥道理用勿着路凭呢？因为曹丞相预先派人叮嘱，而且有张辽陪仔一道来了，用勿着什梗一套手续。云长勿晓得格咯。云长跟俚过来，一埭路到第五座城关白马城。白马城太守刘延，在该搭点接俚。当夜在白马过夜。张辽呢，隔夜派一个人过黄河，到营头上禀报丞相，明朝上半日，关云长可以到营头上来哉。

曹操俚马上下命令，关照营门上，免战牌去脱。曹操再通知夏侯惇、许褚，哦笃搭吾什梗什梗什梗什梗准备。明朝呢，等云长来，到该搭点动手。当夜耽搁到明朝转来，早上云长出白马城，过黄河，到曹操大营么，曹操出后营迎接。拿关公接到营头上，摆酒接待，颜良来讨战。那么关云长要讨令。勿晓得俚格颜良勿能杀格呀！俚一杀颜良，刘备性命要勿保牢，关公勿晓得格哟。所以连下来要关公飞马斩颜良，下回继续。

第三回

斩颜良

　　曹操，派人拿关云长请到白马城。现在云长呢，跟仔张辽，到白马坡大营，曹操亲自出接。而且曹操关照，头营营门上格块免战牌拚脱俚。为啥呢，引颜良出来讨战。曹操抢步上前么，关云长已经从赤兔马上下来。两家头谦逊一番，挽手同行，到中军帐里向，座头摆好，坐定身子。送过香茗，茶罢收杯么，酒水摆出来。曹操、关公两家头入席。今朝是搭俚洗尘，接风。文武官员呒不吃的，文武官员立了两旁边看。因为曹操搭关公是，赛过特别客气。路上呢，云长也蛮辛苦。刚巧跑到该搭点来么，曹操表面上要请俚休息休息了，细细叫谈谈。

　　"二将军，呵呵，一路到来，路上辛苦了。""还——好。请教丞相，屯兵白马，与颜良交战，胜败，如——何？""呃，呃！"曹操回答得交关巧妙。"若问老夫与颜良交战么，呃，颜良没有兵败。哦！老夫么，亦未尝取胜哪！嘿嘿！"云长一听，格闲话蛮奥妙。曹操哪怎么讲法呢，吾搭颜良打，呒啥输赢，颜良也呒败，吾也呒赢。听听好像，呒不输赢，其实俚辨辨味道么，曹操吃仔败仗了。好有一比，着象棋，有格朋友啦，连输三盘。人家问俚，俚可以说得不像输："刚巧俚格三盘棋哪怎，胜败如何啊？""呵。第一盘吾呒赢，第二盘俚呒输，第三盘吾要和棋，俚勿肯。"俚听听么，呒啥输赢嚄。第一盘吾呒赢，格么俚赢的。第二盘，俚呒输，格么吾输的。第三盘，吾要和棋，俚勿肯，格么俚稳赢哉么，当然俚勿肯和棋哉咯。俚格个三盘败啦，败得了好像呒啥输赢。现在曹操格闲话同样格种意思哟。吾搭颜良打，颜良呒败，格么颜良呒败么俚败喽。吾呒赢，俚呒赢么，当然对方赢哉啰。就什梗呢，错过去。啊，好像掩盖得过，呒啥输赢格种样子。

　　勿晓得唔笃在吃酒讲张么，外头消息来哉。"报——禀丞相。""何事，报——呃来！""禀丞相，颜良率领人马，离营不远设立旗门讨战，请丞相定夺。""退——呃下！""是！"报事退下去。

　　曹操叫啥提起酒壶来，望准关公杯子里向，洒一洒满。自家杯子里，也洒一洒满。杯子拿起来，"二将军，请呐！"哒！关公心里向转念头，颜良在营头外面讨战，俚应该马上撤销酒席，发令，派大将出去打，格么对的。格哪怎非但勿打了，还要洒酒，搭吾一道吃酒呢。弄勿懂。"丞相，颜良讨战，丞相，因——何——不战？""哎，二将军，老夫请将军到来赴宴。呃，饮酒重要，何必去交战呢。"关公一听，响勿落。格个闲话呐呒拨俚讲出来格呢，叫啥吾今朝是请俚到该搭来赴宴，吃酒要紧。打，呒啥道理的。让俚去今好了。格吃酒么小事体，格打仗大事体哟。

格俚屏着算啥呢，云长呆脱。

格么曹操什梗讲么，格俚只好领俚格情啰。大家拿起杯子来再吃格辰光，只听见营头外面战鼓响亮，噗——格敌人格鼓声，对手在讨战，鸣鼓讨战。消息又来哉。"报——禀丞相！""何——呃事？""颜良率领人马在营外设立旗门讨战，他命人过来高叫，要是丞相不来，他马上要攻打我们营寨了。""吩咐头营上，准备强弓硬弩，弓箭手侍候。退下！""是！"手下人马上出去传令，营门上准备弓箭手。假使，颜良人马冲过来，放乱箭，拿俚射退，勿去睬俚。该搭点呢，吾仍旧吃酒。

曹操拿起杯子来，"二将军，请哪！"哈呀！云长听得肝火烊啊！对曹操看看，吾倒勿懂？俚格涵养功夫，恁格好呢。敌人在叫骂啊，俚再勿派大将出去会战，俚就要来攻打营头。俚呐吭说得出，关照营门在准备弓箭手，假使攻营，放箭。吾该搭点勿睬俚，吃酒要紧。"丞相，颜良如此猖獗，理应，拒——吔敌！""哎——唉！二将军，饮酒要紧，请哪！"勿管俚啥体。吾请俚来，吾厌气哟，吾牵记俚！俚来也刚巧来么，吾呐吭有功夫出去打仗呢。吾陪俚要紧，来来来，吃吃吃。云长呆脱了。

第三路探子又来了。"报。"俚刚巧"报"字出口么，曹操一记台子一碰。"不许通报！退——吔下。""是。"报也勿要报着嚯。啥体？俚再报报，关公要光火哉。报点啥？营门在弓箭手么，预备好了，敌人攻营么，放箭，呒啥闲话多讲。

云长实在熬勿住，对曹操看看，俚格胃口恁格好呢。连得"报"字，不许开口！越是什梗呢，吾倒要出去，动手搭颜良交战。为啥？因为云长转念头啊。今朝吾如果能够拿颜良结果性命，吾就立了功了，吾就报答俚曹操，在皇城里待吾格点恩情。将来吾得着刘备消息，吾说走就好走，吾一眼呒不啥抱歉心情哉咯。

所以云长立起来。"丞相，颜良如此猖獗，关——某，愿——请令，出战！""哎，二将军，你说哪里话来。一路到此，十分辛苦，哪有请二将军临阵之礼。呃，请坐啊！"来来来，吃酒吃酒。俚路上什梗辛苦，五关上刚巧赶到该搭点，一到就打，呐吭说得出。就是要打么，休息脱三日天再讲。关公一看，俚还是勿拨吾去。格么什梗，让吾看看看，颜良到底呐哼格样子，见识见识。"丞相，可能容关某，观看颜良军情？""呃，呃，呃，只怕，只怕二将军见了之后么，心中要动恼哇。"俚，俚看仔要光火格吰。云长摇摇头，吾勿光火，俚让吾看一看。曹操点点头。

曹操就关照手下，来，搭吾拿一桌酒水送到山上去。山上横竖有营帐篷。吾在山上，搭云长一道吃酒，一道对外面看。格座土山，大高么也不高几化的，当俚瞭高台什梗一只，望到外头呢，蛮清爽。

曹操领仔关公出来，就在中军帐旁边呀，一座土山。曹操搭俚一道上山么，文武官员在背后头跟。曹操轻轻叫搭云长咬一句耳朵：二将军啊，实不相瞒，吾搭颜良打过，吃格败仗。颜良杀脱吾手下两员大将，而且连败吾营头上三员主将。曹洪，蔡阳，许褚，侪败在俚手里向。颜良不得了啊！真是天下第一名刀！

格云长一听，心里向是更加火吊起来。哦，怪不道，倷曹操勿敢出去打，原来俚吃格败仗了。喔，现在搭吾咬耳朵哉么，心里闲话侪讲出来。倷营头上，两个大将拔俚杀脱。格两个大将是一般的，宋宪、魏续，勿是有名人物。连败格个三个将官么，倒是带有代表性。为啥呢，曹洪，曹操营头上八虎将之一。有本事。蔡阳，刀王。河南刀王。老将，有名望。许褚，力大无穷！人称痴虎大将军，善用九环镔铁大砍刀，也败在颜良手里。格个三口刀侪失败了，所以曹操称赞颜良为"天下第一名刀"。其实格句闲话曹操蛮刁的，俚是在激将关公。因为倷关公也是用刀的，而关公格人呢，好胜得极，好像别人格刀超过俚啊，俚是勿能容忍的。

现在到山顶上，帐篷里坐定。酒水么又摆好。曹操关照请请请，请请，吃。云长呐吭吃得落呢？云长对外面看，只听见外面，哗……一片叫骂之声。虽然路远，声音终归听得出的。云长对门前头一望么，河北军兵来几化？一万。颜良一万人马，队伍排列整齐，旗幡飘荡，刀枪耀目，军威雄壮。俚将仔格两根五缕长须，丹凤眼，在对营外战场上看格辰光。曹操一看，俚勿肯吃了，俚要看，曹操也看。

曹操对云长指指，"二将军，你看哪，河北人马，好不雄壮啊！"云长一看，确实雄壮。格兵是精兵。今朝呢，云长偏偏要说得俚笃，勿值铜钿啦。"据关某看来，颜良部下的军卒，土——鸡，瓦——犬耳！""唔唔。"曹操一听，倷听听看，红面孔格种闲话是骄傲。俚望上去河北军队叫啥？叫土鸡瓦犬。鸡，烂泥做的。狗，瓦做的。碰勿起，一脚，马上就踢得碎的。当俚赛过是烂泥做格啦。哼！曹操再一看么，风，呼……战场上颜良格旗号，啪啪啪啪——行军大都督，颜！黄缎子，黑字旗，旗号底下一员大将，颜良。

曹操对关公一指，"二将军，请看呐。喏喏喏喏，这就是颜良，匹夫哇"。云长对门前头一望，喔哟！颜良呐吭样子，但见：

> 腾腾杀气，凛凛威风。
>
> 脸如黄铜出土么，两鬓怒发飞风。
>
> 眉如板刷，挂目穷凶。
>
> 鼻如伏瓦腮根断，
>
> 阔口浓髯耳招风。
>
> 头戴金盔狮吐舌，　顶盖红绒。
>
> 身穿金甲里翻领，　钩锘玲珑。

左悬箭，右褂弓，

金背刀上染新红。

虎头靴，踏蹬中，

胯下战马千里踪。

若问刀王名和姓么，

河北颜良盖世雄。

神气！倷了，曹操指拨关公看么，关公偏偏要说得俚，蹩脚。"关某看来，颜良，乃插标卖——吡首！"云长说俚啥？叫插标卖首。啥叫啥插标卖首呢，就是说俚格头颈里向拿根稻柴弯仔格鸡呱呱，插在那，等别人家去拿脱俚颗郎头，出卖颗郎头。倷曼得付铜钿么，嗒！头拎仔就走。赛过轻而易举就好拿俚颗郎头拿下来。"呃呃。"曹操勿响。曹操心里向转念头，红面孔骄傲么，实在骄傲，拿格颜良看得了，像赛过等俚去拿脱颗郎头什梗。

旁边头有两个人在咕哉。啥人么？夏侯惇，许褚。格俦曹操关照好的。那么俚笃两家头本身也是听勿进。夏侯惇搭许褚在咬耳朵，格种咬耳朵，声音来得格大，云长俦听见的。许褚啊。呕。倷看，红面孔夸张大口，啥叫啥插标卖首？"嗨，对呀！他只能讲，勿能打！"独出张嘴，俚阿敢出去打？唔笃什梗咕么，云长俦听见。云长心里向转念头，啥物事啊？吾勿敢出去打？今朝么，定坚要上去，结果颜良性命。

"丞相，容关某，出——营，会战，立取颜良首级，见丞相交——呃令！""呃呃！"曹操那么弄僵。"二将军远道而来，哪有辛苦之礼？"格云长说，吭啥辛苦勿辛苦。老实讲，颜良人马，有犯中原。吾，是汉朝大将，吾受天子隆恩，吾理应发兵交战。吾为报国么。俚格句闲话里向俦有意思了。吾勿是倷曹操手下，吾是汉朝格大将，吾降汉勿降曹。今朝吾勿是报答倷曹操，吾是要出去动手，结果颜良性命，报答皇帝，上报国家。因为，颜良是袁绍部下，一帮诸侯。俚有犯中原。"好！既然如此，二将军定要出马么，老夫，助——呃阵！"吾助阵。

曹操特为对仔旁边头格夏侯惇、许褚。"元常。""有。""仲康。""在。""你们这两个匹夫在旁侧一派胡言，使关将军恼怒，哪还了得。今日二将军出马，元常，旗门放炮！""唔。"夏侯惇响勿落，喊吾在旗门底下放炮？吾大将呀！八虎将军，阿是吾去搭俚放炮，格种小兵格事体。丞相命令，吭不办法嚯，只好答应。"得令！""许褚。""在！""尔在旗门之下，击打战鼓。"倷搭吾敲鼓。"遵命。"许褚答应。

曹操搭关公讲，吾带人马先出营头去，倷背后再过来好了。曹操带领文武官员，下土山上马，点军兵五千。炮声，当——一响。营门，嘎嘎嘎嘎——开。挡板，嘎嘎咔咔——放下来。曹操带领人马，嚯咯咯咯……出营。到战场，双方距离一箭以外，队伍停，旗门设立。曹操自家在旗门底下看。夏侯惇呢，马背上跳下来，一尊号炮放在旁边，火药架好了，药线咎出来。火把拿在旁边头，交拔了夏侯惇，等歇俫点炮。许褚马背上跳下来，门前头摆好一只鼓。一面战鼓、两柄鼓槌，一只皮榻子，皮榻子上坐定，鼓槌拿好，准备击鼓。

曹操、文武官员，在旗门底下，等关公出来。唔笃在等格辰光么，颜良在看，喔唷！颜良觉着，今朝出来格人非同小可。为啥？俫看酿，夏侯惇放炮，许褚打鼓。痴虎大将军，曹操营头上格头等头大将，力道最大。俚今朝格身份，只不过敲敲战鼓，助助威！夏侯惇是曹操格阿侄，今朝俚放炮。而曹操亲自呢，在旗门底下督战。来格大将啥人介？俚免战牌挂仔长远，到今朝传脱，肯定请着格大好佬了。颜良在看格辰光么，旁边头，高平、高怀、吕旷、吕翔、焦触、张南、马延、张颚八个大将也在看。颜良格只马在门前，八个大将在旗门里向，俚在旗门外头，砑咳唾磕、砑咳唾磕——只黄骠马在外面，单手执金刀，一只手捋仔格两根绉苏在对门前头望。颜良在看格辰光么，关公来了。

关公从土山上下来，到中军帐跟首，关照华吉，"带马，扛——刀！""是。"华吉俚要紧拿格只赤兔马，酷——踢咳吐咳、踢咳吐咳……带过来。"请将军上马！"云长过来，嗒！鞍鞒一整，肚带，哈啦！收一收紧。然后两只手搭到鞍鞒上，点踏蹬，飞身上马，马背上坐好。风，呼——哇——吹过来。云长格绉苏长勿过，俚格绉苏要一尺八寸长，根根过腹。风一吹，格绉苏，哗——飘起来。绉苏飘起来么，要、要遮脱视线格咯，看起来勿大便当。格讨厌，要影响打仗。

华吉看得蛮清爽，华吉马上关照。"将军，请用须囊袋吧"。用须囊袋吧。云长想，对的！格两根绉苏要园一园好。就拿里向须囊袋摸出来。啥叫啥须囊袋呢？因为曹操啦，看俚格绉苏长勿过，曾经问过俚的。哦，俫格绉苏嘎长？嗳！格么阿要断呢？格云长讲，要的。冷天啦，每年冬天，格个绉苏有点发脆呢，总要断脱格六、七根。蛮可惜格啦赛过。那么曹操呢，派人做一只纱巾格囊袋，送拨俚，挂在头颈里。俫格绉苏呢，可以园在囊袋里。那么有转仔搭，关云长到金銮上见驾。汉献帝看见了，就问俚着啰：俫胸口头啥格物事呢？须囊袋。啥体要用须囊袋呢？保护绉苏的。那么拿格绉苏，嗄！透出来，拨了皇帝看。皇帝一看之后，就连连称赞：真是美髯公也。所以，关公格两根绉苏呢，特别漂亮，连皇帝俫称赞俚，叫俚"美髯公"。因此呢，别人有作把也叫俚"美髯公"。那么今朝呢，要用须囊袋了，风大勿过。绉苏，须囊袋里向园好。须囊袋呢，塞在袍子里向，外面露出一眼眼。俫如果说，粗看看呢，当俚呒不绉苏的，细看看呢一排短绉苏。其实呢，长绉苏俫园在袋袋里，塞在袍子里向。今朝格颜良死啦，就是死在格上。倘然云长红面孔，长绉苏呢，颜良一望之间就晓得，格个是关云长来。因为用仔须囊袋了，勿容易看见着。

当时，华吉拿口青龙偃月刀，哑，噗——乒！呈上来。云长拿龙刀手里向，哗啦！一执么，刀钻在门前，刀头在背后。云长格个架子叫啥呢，叫"侧坐吊鞍，倒拖龙刀"。刀钻在门前，刀头倒在背后头。华吉呢跟在马背后。云长拿只马，喤！领鬃毛上一拎，两只脚，乒！乒！乒！裆劲几闪么，格只赤兔马今朝跟仔格东家，第一趟上战场。格马有灵性。马晓得，今朝格出战非同平常，马也起劲，马也兴奋起来。所以，裆劲，乒！乒！乒！几闪么，格只马，吩——呒——嘶声乱叫，哈呀啦啦——泼开四蹄呀，望准门前，哈——冲出营门，过挡板，直到旗门。

按照道理呢，马到旗门弗用着停得的，偢马上就可以冲出旗门去。为啥呢，因为旗门底下放炮格人应该看好啦，看格个大将从营门里出来么，马上药线，啡——点哉，磅！炮一响么，大将格只马，哈——冲出去。

今朝么，夏侯惇配合得推扳。为啥么，夏侯惇只眼睛整脚，打对折的。看弗清爽。云长格只马，哈——到了。格么偢豪燥放酿？一时头上，格药线寻弗哉。嚯哟，一只眼紧张啊，看清爽么，火把望准药线上，啡——点上去，啡啡啡啡！云长格只马到该搭点是，弗防备的，总以为俚炮马上就要放。俚弗放，格只赤兔马爆发了，跑得实在快，溜急哉么，留弗住。哈啦！冲出来。本来呢应该是炮，当！先响。那么马，哈啦！冲出旗门。今朝呢特别，格只马先冲出来。哈啦！马出旗门，那么后头格炮，当！一响。格只赤兔马响弗落，对夏侯惇望望，偢好咯！偢放马后炮，炮放在马屁股后头么，真格叫马后炮。格只马一吓么，望准门前头，哈呀啦啦——跑得更加快。许褚看见格只马冲出去哉么，要紧拿鼓，呱呱，拨隆拨隆，噗——击鼓助威。

曹操看见云长格只马，哈——冲出去是，心里快活啊。啥体么？红面孔上仔吾格当。老实说一声，今朝让偢出来上战场，做好格圈套。要借偢把刀，结果颜良性命么，好害煞刘备。偢杀颜良，赛过杀脱唔笃阿哥了。曹操心里向几化窝心，格条计策是实头凶。云长一本正经要想立功劳。为啥呢，好去寻刘备。为了刘备，格所以非立功劳不可。想不到偢为刘备，偢立功劳么，偢害刘备。格云长又弗晓得的。钻仔圈套弗晓得。

云长格只马望准对面，哈——旗门底下，在冲过来格辰光，颜良在看。俺看见？看见哉。马，哈啦！冲出来，炮声响。再看清爽对方格面孔，红面孔！

看见红面孔么，颜良俚马上就想着。想着啥？阿会是刘备格兄弟，关云长。为啥道理，颜良会得想着刘备格兄弟关云长呢？因为颜良在河北冀州，祭旗开兵出发格辰光啦，刘备搭俚碰过头。该抢颜良发兵出来，确确实实，是刘备在袁绍门前讲：吾兵败徐州之后，上不能保国，下不能安家，兄弟弗晓得下落，家眷弗晓得死活。那么袁本初发令，派颜良带人马打出来。祭旗开兵之后，颜良带兵出发么，刘备赶上来。喊住颜良：大都督住马，吾有两句闲话要搭偢讲讲。那么大队人马向门前头，哈——走了。颜良格只马么在横垛里，所以格个刘备搭颜良讲格闲话啦，八虎将弗晓得的。小兵也弗晓得。因为俚笃格人马仍旧在行动。那么颜良在横垛里向搭刘备讲闲话。颜良看见刘备格人有点讨惹厌。啥道理么？因为刘备是格倒霉朋友，一径吃败仗，东败西败。看见俚赛过触霉头，泥土气。问俚：倷来作啥？那么刘备从马背上跳下来，恭恭敬敬唱一个喏。吾到该搭点来，特地来，送倷都督。啊，希望倷么，旗开得胜，马到立功。活捉曹操，擒王救驾，为国立功，名标青史。侪是好闲话，格么颜良听了，倒稍微心里向窝心一点。格么还有点啥呢？说吾到该搭点来，要托倷一桩事体。托吾啥物事呢？呵呵，吾有封信要托倷带一带。带信啊？嗳。带拨啥人呢？带拨吾兄弟。唔笃兄弟啥人呢？吾格兄弟叫关云长。关云长呢，在下邳。吾徐州失守逃出来，下邳呢，拨了曹操包围。吾呢，有两个家小，甘、糜二夫人，吾托吾兄弟保护的。那么说不定吾格兄弟，为仔要保护吾两个家小，暂时呒不办法呢，登在曹操营头上，也有什梗格可能。那么假使倷到中原去，万一在战场上，碰着仔吾兄弟格头呢，倷拿吾封信交拨俚。关照俚兄弟，看见仔信呢，马上帮倷格忙一道杀曹操了，一道打许昌。喔？颜良一想蛮好。格封信带得去，碰着唔笃兄弟，唔笃兄弟可以帮吾忙，一道动手，杀曹操么，何乐而不为！格么，唔笃兄弟啥格相貌，呐吭打扮呢？说俚格兄弟有特征，红面孔，长组苏，俚格组苏要一尺八寸长。倷终归记好，看见红面孔、长组苏呢，就是吾兄弟。那么吾兄弟格打扮呢，俚勿着盔甲，头戴青巾，身披绿袍。手里向呢，用一口青龙偃月刀。有数目。拜托拜托，拜托拜托。刘备对俚连连唱喏么，颜良拿过信收过身边园好么。有数目了，倷回去好了。那么刘备回去。

那么颜良到仔该搭点来，动手搭曹操营头上开战格辰光。第一日天啦，俚碰着曹洪，一看，淡红面孔，勿对的。红面孔，格组苏勿长几化的。后首来碰着格蔡阳白面孔用刀的，也勿对的。许褚黑面孔用刀的，更加勿对。那么今朝，有人马来了。俚晓得格啦。刘备格兄弟关云长，曾经在虎牢关，温酒斩华雄，格朋友有本事。当年温酒斩华雄，因为吾勿在虎牢关，吾在后方。曾经袁本初搭吾讲过的，倘然倷在虎牢关呢，颜良啦，倷可以立功劳。倷可以斩华雄，挨勿着关云长出来动手。袁本初曾经搭吾讲过什梗种闲话。因为吾勿在，挑挑俚。拨了红面孔冒出来，温酒斩华雄，立了大功，名闻天下。

今朝炮响，哈啦！出来格大将，一望之间，一个红面孔。再一看，勿对，短组苏。勿是刘备兄弟。因为刘备兄弟长组苏，现在倷看格朋友组苏短的。马快勿过。不过再一看格打扮呢，青巾绿袍。啊呀，青巾绿袍，行头对格啰。衣裳勿错。格么到底格朋友啥等样人？吾来问声俚看。颜良喊一声。"来将，住马，通——名呃。"云长一听，俚在问吾，叫啥名字？云长格只马并勿停，马还在冲上来。"关某，是也。""这？"颜良一听"关某是也"么，的的确确是刘备格兄弟。近着呀，看清楚，两条卧蚕眉，一双丹凤眼，大鼻阔口，面孔上有七粒朱砂痣么，刘备侪搭吾讲的，实头是的。不过今朝格组苏为啥道理变短组苏么？弄勿懂。覅去管俚，吾拿刘备格信交拨俚吧。倷看见仔格封信，倷非但勿会搭吾打，倷还要调转马头，帮吾忙，一道冲过去，拿曹操结果性命。所以颜良拿口金背刀,哈啦!鸟嘴环上一架么,喊一声。"且慢,令。"令字出口,下头还有三个字,呐吭三个字呢?"令兄有信。"假使关云长听见"令兄有信"么,俚勿会动手的。俚是板要看一看咯,阿哥格信在啥场化呢?因为两骑马已经相近,颜良喊一声"且慢,令",俚刚巧听着"且慢,令"么,下头格字勿晓得。下头格字齁听着,俚勿明白俚格意思么,两骑马已经近了哟。云长动手,格个勿客气,轻刀快马,搭得够么,刀钻末哉。云长格青龙刀刀钻子望准颜良格面门上,哈啦——一卷。格名堂叫啥?叫猫捕面。像一只猫,揩把面什梗。猫脚爪揩面是勿要紧的,俚格刀钻子在倷面孔上,哗啦,撩哉,格是,格张面皮要拨俚撩仔下来了完结。

颜良要紧身体望后头,嗐!一让么,云长格口刀出来。格个一刀叫啥?格个是关云长格"春秋刀"当中格第一刀,叫"出马刀,考叔挟车子都忌。"格一刀格格式格名堂呢,就是"伐子都"里向,颍考叔荷一部车子,考叔挟车子都忌。哗啦,刀钻一勒,嗐!倷往后头一让,俚格龙刀后头上来。乒!一刀,望准颜良头颈里向过来。"去吧!"噗——嚓!着了么,噗!颗郎头落地。嗬嗬——锃!死尸掼倒。马,哈拉!溜缰。刀,嚓冷!战场上,哗……快勿过。阿有啥只马,哈啦,冲出来,碰头。迎面,哈!拉起来一刀,颜良马上就结果性命。

背后头格八个大将呆脱哉哟。哈吔?㑚格都督啥格路道?看见红面孔过来,非但勿动手了,外加拿口金背刀往鸟嘴环上一架,对仔俚指手画脚"且慢"。倷在打招呼"且慢",别人勿慢了,别人刀已经来哉。大家慌哉么,圈转马来逃,哇……唔笃退下去么,关公追上来。

曹操在旗门底下看得清爽。乒!令旗朝门前一越么,众将官、五千名军兵,杀!哗——冲上来。华吉跟在后头哟,啪啪啪啪……连蹿带蹦,跟在东家后头。看东家,辣!一刀,拿颜良从马背上劈下来么,俚拿颜良颗郎头,着!拎在手里向。头发上一把抓牢,脑袋拿好。

唔笃人马冲过去么,河北军兵逃进营头。曹操人马追进营头,河北军兵拆营头侪来不及,八个大将军,带仔败兵,狼狈不堪么,哗——退下去。

曹操冲杀一阵,大获全胜。回转来。颜良格座营头呢,全部侪拨了曹操得着。拿帐篷拆卸,丢脱格军用品,刀枪剑戟,锣鼓旗幡、粮草、军需,通通侪带转去。颜良格死尸呢,已经在乱军当中踏为肉酱。颜良身边格封信呢,吭不发现。倘然云长发现仔格封信啦,俚登勿牢曹操搭,俚马上就要跑。勿晓得的。

曹操俚收兵回转,清理战场完毕。到中军帐,云长下马。曹操马上关照摆酒,酒水摆出来,贺功。哈呀!今朝不得了。云长轻刀快马一个照面,斩颜良于马下。曹操搭俚敬一杯酒过来。"二将军,云长兄!今日里,飞马斩颜良。真乃天下,第一英雄也!"倷是天下第一英雄。云长拿杯子接过来,一饮而尽。杯子一放,"丞相,谬赞了。某到得哪里!某尚不及吾家三——弟。""啊?"啥物事啊?倷本事什梗大,倷还勿及唔笃三弟啊?"令弟翼德,便,怎样啊?""吾家,三弟翼德,百——万军中，取上将首级，如探囊取——呃物。""喔！"噓唷！不得了。红面孔算狠的，对照，俚格兄弟张飞还要狠。张飞要狠到哪哼？"百万军中，取上将首级，如探囊取物。"别人格颗郎头，赛过摆在俚袋袋里。俚要拿徕百万军中上将格首级，俚曼得到袋袋里向挖样物事出来什梗便当。

曹操对旁边头众将一看。"众位将军，日后相逢翼德，不可轻敌。"哗……曹操关照手下人，来来来来。端准一副笔墨砚台，文房四宝预备好，磨好墨，蘸好笔。曹操拿件袍子撩起来，在格件袍子格大襟上，写好：某年某月某日，关云长讲，张翼德，百万军中取上将首级，如探囊取物。日后相逢，不可轻敌。曹操穷凶极恶，袍子上要拿俚记下来。所以到后首来，长坂桥，张飞独挡曹兵，一声吼叫，曹操百万大军望风逃窜么，搭关云长今朝格句闲话讲了，有道理。

等到酒阑席散，曹操收兵了。因为颜良败兵退下去，勿可能马上就来。曹操也勿想去追击。此地呢，留一万兵。仍旧叫夏侯惇、夏侯渊、夏侯德、夏侯尚保守黄河渡口。

曹操收兵回转来，到啥地方呢，过白马城，到荥阳。荥阳城外呢，队伍停下来。曹操在荥阳休息。为啥道理登在荥阳休息呢？因为曹操估计到，颜良虽然死脱，但是呢，袁本初勿肯就什梗完结的。袁本初肯定就要发兵打过来，格么吾勿必回皇城了。还仔皇城赶出来，还要过五关了什梗。格么吾就在第四关上休息休息。假使敌人人马来，吾马上就可以应付迎敌。

曹操呢，就在荥阳城外头，有座行宫。啥人格行宫呢，曹操格行宫。格么曹操又勿是皇帝。俚格个身份，俚哪恁可以造皇宫呢？而且格个辰光，曹操不过是一个侯爷啦。大汉丞相，武平侯，兼大将军。权柄虽然大么，赛过格规格啦，还勿能够造行宫。格么啥人造格呢，荥阳太守王植造在那。啥体？俚拍马屁。俚拍曹操马屁，超规格么，搭俚造什梗一座行宫。本来曹操只应该叫行辕了。作为一个辕门可以的，作为一座宫勿可以。王植拍俚马屁，晓得曹操将来终归做皇帝，预先搭俚超前，先造好行宫么，规格提高一点了，勿错几化。让曹丞相窝心一记。格么为啥道理在城外头，造什梗一座行宫呢，喏，格里向有一桩古典了。就是十八路诸侯伐董卓，董卓吃败仗逃走了，火烧洛阳，迁都长安。曹操追过来格辰光么，就在荥阳碰着吕布，一场大打败仗。曹操拨了伏兵抓牢，曹洪救驾。那么拿俚救下来。曹操在该搭点，遇过险、蒙过难的。为了纪念当初蒙难么，所以在该搭点造一座行宫。行宫造仔下来呢，曹操勿大住歇过。现在呢，新屋落成，曹操、关公、文武官员俩在行宫里向休息。

隔呒不几日天哦，圣旨到了。钦差大人开读圣旨。圣旨上讲点啥呢？说：关云长，白马坡飞马斩颜良，立下大功。加封云长，为"大汉前将军，汉寿亭侯"之职。封侯了。有爵衔了。外加加封为"大汉前将军"。格么皇帝哪吭会得着生头里派钦差来呢，曹操弄好的。曹操等到关公斩脱颜良之后，就搭郭嘉商量。倘然刘备死脱，顶好。格么俚就可以搭红面孔讲，徕帮仔俚忙了，搭刘备报仇了,一道去打袁绍吧。格么假使刘备勿死?勿死么,倒是俚立仔一桩功劳,将来俚要去寻刘备格啰。郭嘉说有办法格呀。俙叫皇帝来一道圣旨,封俚官。俙立格功劳,搭吾曹操勿搭界。吾待俙格好处,是吾格一笔账。该格俙为国家立格功劳,国家呢,皇帝封俙官了。封侯赐爵么,搭俙扯开来了,与吾无涉。吾待俙格三日小宴、五日大宴,上马金、下马银,赠袍、赐马,十位美女呢,搭格桩事体勿搭界的。曹操是什梗格意思啦。

曹操派人到皇城里去,上一道本章,皇帝是捏在曹操手里。皇帝当然准奏,所以派钦差来。云长接过旨意后么,曹操要搭俚俙摆贺功酒,贺功。同时呢,做一面旗。一面绿缎子红字旗,旗号上呢——大汉,前将军,汉寿亭侯。斗大一个——关。下趟关公出来打仗呢,就有一面旗号了。该格一次,旗号吭不。因为啥?关公吭不身份格啦。俚格地位很低,所以吭不旗子。吭不旗子格好处么,就是喏,使得河北格人马,弄勿清爽俚是啥人。只有死胚颜良晓得,俚是刘备格兄弟,其他八个大将勿晓得的。

曹操派人在打听啦。打听啥呢,刘备阿死?因为颜良,已经拨了关公杀脱了。顶好让袁本初拿刘备结果性命么,吾格条计策,十全十美,成功了。俙派人到冀州打探消息么,吾再交代冀州袁绍得报啦。

开头,颜良兵进中原,初次交战大获全胜,红旗捷报,发报。袁本初派人去犒赏三军,蛮窝心。曹操营头上高挂免战牌,有希望。咳嗨哎,田丰喊吾勃打,什梗一看田丰格闲话,勿准。俙看颜良打得交关好了。勿晓得今朝升堂么,消息来哉。颜良阵亡,大军溃退了,人马回转来了。袁绍呆脱了哟!啥物事啊?前脚大获全胜,形势非常好。啥现在一败涂地了,颜良侪牺牲。八个大将回来,叫俚笃上来。高平、高怀、吕旷、吕翔、焦触、张南、马延、张颉,上大堂。参见主公。袁绍问着啰,"你们此去中原,怎么说,颜都督阵亡了啊?"高平报告:什个长,什个短,曹操营头上格日仔搭免战牌去脱。吾侬带领人马战场讨战,曹操亲自出来助阵。后来,炮声响,一匹马,飞马赶到。一个红面孔大将,到颜良马门前头,手起刀落么,颜良措手不及,来不及防备,颜良阵亡。

俙在报告格辰光,刘备在旁边头一听,格个急是急得来心里向,别别别别……完!为啥?刘备有数目,肚皮里吃萤火虫"锃锃亮"。就算俚兄弟搭颜良打,就算俚兄弟能够赢,俙吭不打一百八十个回合,勿可能赢的!颜良格本事,刘备晓得的。啥格一个照面,手起刀落,马上拿颜良结果性命。因为吾托颜良带格信了呀。吾有封信交给颜良,碰着俚兄弟么,交拨俚兄弟。那么颜良看见俚兄弟哉么,一定要想拿封信拿出来,俚兄弟弄也勤弄明白么,拉起来就是一刀么,拿颜良结果性命。颜良格条命啦,丧在吾手里向的。那么僵着哦!现在还好,高平在报告格辰光啦,吭没提出格个红面孔,就是叫关云长。旗号也吭不的。而且呢,俚在报告格辰光,还说是格红面孔、短组苏。红面孔、短组苏呢，勿要紧。为啥倷兄弟格组苏，会得变短了？刘备也弄勿清爽。刘备心里么急格啊。刘备表面上不动声色。喏，格个就是刘备格本事，喜怒不形于色。假痴假呆，能够糊么，混过去。

在旁边头听么，袁绍弄勿懂。"高平。""有！""为什么颜都督看见了这个红脸[1]将，并不举刀交战？""哦呵，末将不知。"弄勿明白。"这红脸将，他姓甚名谁？""小将不知。"勿晓得。"退下"。手一招，八个大将退下去，旁边头一立。莫名其妙，格颜良啥格路道呢，看见仔格红面孔，刀反而放下来。问问旁边头看。"众位，你们可知晓，这红脸用拿刀的曹将是何许人哪？"倷在问旁边头啥等样人么，倷对吾看，吾对倷望，大家勿晓得哟。

格么也有格想着啰。比较熟悉点格人在研究着啰。曹操手底下红面孔大将，曹洪，红面孔。曹洪是淡红面孔，而且曹洪第一日天出来打，就败下去哉。勿是。还有红面孔用大刀格人，啥人？张辽，张辽红面孔，用大刀。不过张辽格武功呢，倷也了解的。张辽不会比许褚狠，蛮力吭不许褚大。许褚也尚且败，哦，张辽出来一个招面就会成功咯？勿可能。勿是张辽么啥人？夏侯渊，夏侯渊也是用大刀的。不过夏侯渊紫面孔，紫金盔，紫金甲，九环象鼻紫金刀，搭格个红面孔也勿一样。格位到底啥人？蔡阳，蔡阳白面孔，勿对。弄勿懂。格么扳指头算酿，曹操营头上，红面孔用大刀格狠人么，呆板数吶吭几化人，排队排得出的。格么曹操营头上，可以说是吭什梗一个大将，像战场上，一刀拿颜良结果性命格人。格么天下，用大刀格红面孔狠人，有吶吭几个？算来算去，吭不别人，刘备格兄弟关云长。因为关云长从前辰光，在虎牢关温酒斩华雄，大家晓得格哟。

旁边头有个文官叫许攸，许攸跑出来说。回禀主公，看来格个红面孔大将，是刘备格兄弟关云长！因为关云长在徐州，刘备败徐州逃出来，关云长搭曹操在打，生死不明么，作兴关云长投降曹操呢。现在曹操拿格关云长出来动手呢，蛮有可能格啰。许攸什梗一讲么，对呀！对呀！袁本初心里向转念头，刘备呀刘备，倷倒实头好咯！唵，倷么撺掇吾发兵，攻打中原。弄到完结，倷格兄弟出来，拿吾手下大将颜良结果性命，还当了得。

袁本初一记台子一碰。"嘥！我把你这，大——耳贼！"因为刘备格耳朵大勿过，所以骂俚大耳贼。"你叫我兵进中原，如今你的兄弟杀了我的大将，还当了得。捆绑手！""哗……""把刘备，拿——去，砍了！"哗——捆绑手要过来动手格辰光，刘备心里向急啊！穿帮了。怀疑到吾兄弟身上了。格么吶吭弄法呢？吾勿好承认的，承认完结，吾性命保勿牢。刘备刚巧已经在动脑筋哉哟。现在脱口而出么，仰身大笑，"呵呵呵呵哈哈哈哈哈哈哈哈。"耶，袁本初弄勿懂。吾

1　苏州评弹人物角色官白中读作 jian。

要拿倷捆起来推出去杀，倷为啥道理好笑。"刘备你为什么要大笑？""刘备所笑非别，笑明公轻听一面之言，要曲斩呐，刘——备。""哦，为什么？""明公啊，我家二弟云长，保守下邳，生死不明，存亡未卜。那日里，与颜良交战的大将，乃是格红脸短须之人。吾家二弟赤面长须，他的须髯要一尺八寸。那么，红脸短须岂是我家二弟云长呢。况且天下红脸大将不少，一无旗号，二未留名，怎么说，红脸短须，定是我家二弟云长？倘然明公，将刘备斩首，岂不要被天下之人，笑——哦乎？""这，这这这这这这。"

袁本初一想，闲话倒也对的。俚笃兄弟，红面孔长组苏。况且么，一，吭不旗号。二，吭没留名。高平、高怀在战场上也朆听见俚留名。叫啥，凭一句闲话，红面孔，勿能说红面孔，板是刘备兄弟喽。别人家说笑话，赛过阿胡子板是倷笃爷。格生阿胡子格人多啰，勿能说阿胡子就是爷啰。格吾如果现在马上拿俚，嚓！结果性命么，天下人要说吾哦。格倷好像考虑得忒草率。啊，就什梗马马虎虎拿刘备结果性命。刘备是格名人，皇帝格阿叔，有影响的。吾什梗拿俚一杀，勿好，冤枉人。倘然确确实实是俚兄弟，吾拿着真凭实据，吾再拿俚杀，完全来得及。"好，捆绑手退下！"嚯啰啰啰，捆绑手退下去。

"玄德公，请坐。"刘备仍旧在老场化坐好，胸口头块石头拿下来。袁绍拨一条令箭在手里向么，问旁边头。"众位将军，列位将军，颜都督阵亡，哪位将军与颜都督报仇雪恨？"倷在问格辰光，哈冷，锃锃锃锃……跑出来格大将。"主公在上，文呃——丑呃，有——礼！"

啥人呢，颜良格结拜兄弟，生死之交。姓文，单名一个丑，河北道上四庭柱大将当中第二根庭柱。"文将军少礼，怎样啊？""我家颜大哥，被红脸将结果性命，那还了得。此仇不报，非为丈夫！文丑愿请将令一支，率领人马，兵进中原。与我家颜大哥，报仇，雪——恨呃！""好啊，文将军，令箭一支，带领十万大军，为头队先锋之职，兵进中原。你带张郃、高览、高平、高怀、吕旷、吕翔、焦触、张南、马延、张颛十员大将，十万大军进发！""得令——呃！"文丑接令。该次结棍着呵，四庭柱大将倸出动。死脱一个颜良，还有三个是，文丑、张郃、高览，其他八虎将呢，也跟得去。

刘备要紧立起来。"哈——啊！明公。""怎样？""刘备愿请将令一支，跟随文先锋同往中原。倘然，遇见吾家二弟么，便可以叫他前来，归——顺明公。"吾搭俚一道去，作兴是关云长在对方么，叫俚到该搭点来投降。

袁本初答应，派刘备一道去。那么延津渡文丑搭关公碰头着呀。要关云长拖刀诛文丑，下回继续。

第四回

诛文丑

苏州评话俗称大书，弹词俗称作小书。长篇评话《三国》又称四名排第一"大（老二）王"。关云长义薄云天诸多忠智慧的故事将早在市民社会中广为流传。苏州评话《三国》的说者朱春华，英年早逝，苏州出现后继的《三国》一书，无人继承，同学向弹词艺人许文安，深感《三国》一书还该保存留传。许在某次路天说书人在说《三国》，说人是在书坛中偷得朱春华的《三国》是朱的衣钵弟子。许文安却在叫露天说书，成为朱春华再传的衣钵弟子。差在当时拜向朱春华时往行拜师礼。许长亭弹词《描金凤》，改说评话《三国》成为一代响档。许收了十九个徒弟，其中最著名的是黄北麟、唐再良、黄精长起角色，塑造人物传神。唐擅长说表，娓娓动人，二人又收了不少学生，使《三国》些新评话更显兴旺局面。许文安后出讲绝，功不可没。

我是在1933年拜唐再良为师，经过老师手把手教导，在1934年起使得尚二讲小说《三国》可能对粗白生术。经过十气磨练，初露头角，受到听众认可，四十年代分期损探

　　文丑，讨令箭，兵进中原，要为颜良报仇。刘备急煞。为啥么？如果说，吾兄弟拨了文丑，辣！一枪，结果性命。吾格条命，呒不了。因为吾侬刘关张，桃园结义，誓同生死，兄弟死，吾也活勿成功。格么换一句闲话讲，文丑，如果拨了侬兄弟，辣！一刀，结果性命。吾也活勿落的。袁本初肯饶赦吾格啊？所以刘备讨令箭，吾来跟文丑一道去。袁本初赞成的，问文丑呐吭么？叫啥文丑勠么。

　　为啥道理勿要么？文丑觉着，刘备啦，是格倒霉朋友，一径吃败仗。俚搭吾一道去，吾勠过着点霉气。那么到战场上触霉头么，性命也保勿牢。但是吾要拒绝，勿拨刘备去，文丑是呒不格点权。文丑只是说，勠刘备搭吾一道跑，让俚在后队上过来。那么袁本初呢，也要尊重点文丑格意愿。俚勿想搭刘备一道跑呢，格么就让刘备在后头吧。因此袁本初下命令，文丑带七万兵，十员大将，前队先跑。刘备呢，带三万兵，解粮草，在后接应。格恁样子一来呢，刘备就在后头了。

　　其实文丑啦，作死啦。文丑应该让刘备搭俚一道跑。假使说刘备搭文丑一道跑，刘备在战场上，看见兄弟搭文丑打，俚马上就可以去喝住兄弟，叫俚勠打。吾阿哥在该搭，俚帮仔忙了，一道替文丑去打曹操。格么文丑勿会死。因为文丑，迷信，张怕过着霉气，要让刘备在后头跑，那么刘备只好在后头喽。刘备而且带格粮草队，辎重队么，跑勿快的。所以文丑人马先到，文丑出去打，等到刘备赶到战场么，已经来勿及。格么刘备在后头过来，吾丑开。

　　文丑格人马，望准黄河，夏侯惇大营上冲杀过来格辰光，夏侯惇老早就得报。因为曹操派夏侯惇、夏侯渊、夏侯德、夏侯尚带三万兵，留守黄河大营。就是，要防备勠河北方面人马再来。夏侯惇得信么，心里向慌啦。文丑人马要来十万，大将要十员。吾搭俚比较，格呐吭来赛。马上一封书信，立即派人送到荥阳，去禀报丞相。

　　曹操呢，在荥阳城外行宫里，搭文武官员，搭关君侯，一道在吃酒。因为关君侯现在升仔官哉么。本来是一个普通格将军，因为斩颜良有功，曹操奏明万岁。皇帝下圣旨了，加官为大汉前将军，汉寿亭侯。因此身份两样了。格么曹操拍俚马屁么，一径在搭俚吃酒。其实曹操是不怀好意。曹操在打听消息，阿有啥关云长拿颜良杀脱之后，袁本初得报么，就拿刘备，辣！一刀，结果性命。假使吾得信刘备死么，吾就摊牌了，吾就可以告诉关公了。俚也勿要去寻唔笃阿哥，唔笃阿哥已经死。拨袁本初杀脱的，倷要报仇么，吾搭倷一道去打袁本初去。曹操是借刀杀人之计。

但是现在呒没消息来。刘备死勿死格消息呒不得哉，而夏侯惇格告急文书，来了。曹操一看么，呆一呆。哦哟，袁本初马上发二路人马来。文丑，搭颜良是同等地位。俦是河北道上四庭柱大将之一，名将。外加有十员大将，十万人马来哉。曹操关照送信格人退下去，通知夏侯惇，吾马上就来。

曹操拿文书一放，就在席面上，搭文武官员讲了。"众位先生，列位将军。""哗——""文丑，率领人马，兵进黄河。老夫与众位，同去，迎——敌。"伲一道过去。倷闲话刚巧说完么，关公，嘎！立起来了。为啥呢？云长心里向转念头，颜良，是吾斩。格么一客不犯二主，文丑有心让吾来去动手吧。因为倷曹操待吾三日小宴，五日大宴，上马敬，下马迎，赠袍赐马，美女十名。格恁样子待吾，吾总要报答报答倷啰。否则吾就什梗跑，去寻刘备么，好像，欠一笔人情债了。拿颜良斩了，吾再拿文丑结果性命么，吾也总算也对得住倷曹操。倷待吾点好处，吾报答过倷，吾要跑了。呒不闲话讲。

所以，关公立起身来讨令，"丞相，文丑到来，何劳，丞相前去。某，愿请将令，力——斩文丑。""呃？"曹操想，啥物事啊？哦，倷要想去动手哉啊，勿拨倷去！吾派倷斩颜良是要害煞刘备。现在刘备勦死，倷再拿文丑除脱，将来倷得着刘备消息，倷跑，吾就留勿牢倷。格个功劳勿能拨倷立。"君侯，想你，乃是金枝玉叶。文丑么，是一个亡命之徒，美玉，岂可与顽石争衡哪？嘿嘿！"倷身价两样。倷侯爷。文丑格种匹夫，倷去搭俚打，嗯，勿可以。一块羊脂白玉，搭一块石头，乒！乒！乒！去碰？呃！勿可以的。吾去，吾带领众将官去。假使勿能赢，吾再来请倷，阿好？倷呢，留在该搭休息。因为倷立过大功了，倷应该要休息一阵。其实么曹操，扼住俚啦，勿拨俚上战场立功啦。关公阿懂呢，哪恁会得勿懂？格呒不办法啰。曹操嘴面上，讲得蛮有道理。倷身价大，勿应该搭格种亡命之徒去拼。格么关公，只能留在此地，行宫里向休息。横竖荥阳太守王植会得来奉陪俚的。

曹操呢，带领文武官员，立即动身。率领人马，渡过黄河，到大营。夏侯惇弟兄俦过来接了。接过之后，曹操在中军帐休息。派人打听呢，文丑人马离开此地越来越近。

当夜呒不事体。到明朝转来，早上呢，文丑军队到了。上一回，颜良扎营格个地方叫啥？叫白马坡。现在文丑到白马坡了，手下人报告。文先锋，阿要来该搭扎营。上一回，颜良就在此地扎营的。所说文丑格人迷信格啦。颜良扎营扎在该搭点么，嚓！拨了红面孔结果性命。吾再扎在该搭，勿吉利的。吾覅扎在此地，换地方。格么白马坡呢，搭曹操格营头啦，齐巧是劈对过。现在呢，文丑扎到横垛里向去，就扎到黄河格下游格面点去。搭曹操呢变成功斜角对过啦。靠东北一面去。格个地方叫啥呢，格个地名叫延津渡。格搭也是格摆渡口啦，延津渡口。就是在白马渡口再下游去一段路。

文丑下令，停队。炮声响亮。钉签子、布帐篷、开壕口、堆土墙，营篷设立。格么文丑啊，俫刚巧到了哟。俫应该么扎好营头，埋锅烧饭，大家么，休息休息。明朝转来么，俫再出去动手打么，差不多了。哎！所说格种匹夫哟。俚勿考虑的。俚马上就要冲出去动手打。就关照，点三万兵，带领十员大将，出营门上马，提丈八矛，赶过来到黄河大营门前三里路，设立旗门，讨战。派人过来叫骂。

该搭营门上过来，一禀告曹操，说文丑立好营头，就带人马过来讨战了。曹操一听么，笑出来。哈！曹操心里向转念头，文丑啊文丑，俫格种么，真叫匹夫之辈。长途跋涉，赣当赣当赶到该搭，几化吃力？格么俫，休息休息，养养好精神，明朝转来再来打，来得及格了哟。一到就过来打么，几化吃力了。吾呢，吾昨日就来，吾已经休息仔一夜了。吾今朝出来搭俫打，格个名堂叫啥呢，叫：以逸待劳。吾便宜的。所以，曹操下令点一万兵，带领众将，炮响，出营门。到战场，旗门设立。

曹操一看，文丑来了。只看见对方，一匹马，哈喇！从旗门底下冲出来。文丑吶吭样子？坐在马背上，不分长短，站立平地，身高九尺向开。头如巨斗，面孔墨腾赤黑了。

只见俚：

> 笨重铁盔盖顶，浑身钢甲鱼麟。
>
> 脸如锅底烧黑，腕边怒发飞鬃。
>
> 两道钢眉切断，一双挂目圆睁。
>
> 口如巨蟒，鼻比树根。
>
> 两耳招风呃，面目狰狞。
>
> 颏下须如毛刷，开口毛里传声。
>
> 丈八铁矛双手奉啊，千里乌骓胯下蹾。
>
> 河北大将威名重么，文丑二字鬼神惊。

曹操一看，文丑威风凛凛。问旁边头，"哪位将军，上前，迎——敌？""末将，愿——吶往。"曹操一看勿是别人，夏侯惇，是曹操格阿侄，八虎大将军。好呀，俫去酿。

曹操关照，点炮。当！一声炮响。哈喇！夏侯惇匹马冲出来。文丑一看，门前头来一个大将，勿是红面孔。俚今朝格目的啦，要来打红面孔。来格呢，也是黑面孔。头上乌油盔，身上镔铁甲，骑一匹乌骓马，手里向奉一条鸦乌紫金枪。只看见来格人呢，眼睛只有一只。格么夏侯惇格一只眼，格个残废啊，嘿嘿！有一段英雄历史的。

前两年，曹操打吕布。夏侯惇格头队先锋。夏侯惇动手搭吕布手下一员大将，打格辰光，格个大将叫高顺啦。高辰败下去，夏侯惇追。勿晓得旗门底下，吕布还有一员大将，叫曹性。放一条冷箭哟。辣！一箭过来。夏侯惇听见弓弦响，要紧偏，已经来不及哉。格条箭，射在夏侯惇格只左眼眼乌珠上。嚓——牢。大家总抵讲，夏侯惇要马背上掼下来。叫啥夏侯惇马背上勔掼下来。俚，乓！枪，鸟嘴环上一架，起格只右手望准箭杆上搭牢，乓！拿条箭拔出来。一只左眼乌珠，眼球带出来，血淋带滴。夏侯惇看见格只眼睛落出来么，叫啥就望准嘴巴里一推。俚说该格是爷娘传下来格遗体呃，勿能够就什梗乱脱。啊呜，一口，囫囵吞咽下去。拿条箭，乓！旁边头一甩，奉仔条枪，哈喇——冲过来么，大家看得呆脱哉。看俚一方面血在流下来，一面奉仔条枪还在继续冲锋么，拿曹性，辣！一枪结果性命。夏侯惇狠。

现在文丑当仔格个来一个残废么，吭啥道理。眼乌珠只赅一只了。大喝一声，"来呃——将呃，通名！"酷——夏侯惇马扣住。"你且听了，本将军非别，曹丞相麾下八虎将军，夏侯惇！你与我留下名来。""大将军，文——呃丑！放马！""放马！"两骑马，哈——马打照面。夏侯惇先动手。夏侯惇起鸦鸟紫金枪望准文丑面门上，"看枪！"噗——叭！一枪过来。文丑起丈八矛招架。"且慢！"擦嘟！掀着。夏侯惇枪荡开，文丑望准俚兜胸呃，回手一枪。"看枪！"噗——乓！一枪刺过来。夏侯惇俚要紧起手里向鸦鸟紫金枪，擦嘟嘟嘟，掀开。

夏侯惇呢，开头几个照面啦，打得蛮猛，能够搭文丑打一个平手。但是勿消十个回合呢，一蓬头啦，退了。格俅格实力，搭文丑比起来，格推位勿少。棋子要相差一只。看得出，夏侯惇慢慢叫在吃下胁。那么曹操当然也看出来，夏侯惇么，是俚自家人。现在看阿侄吃亏了，勿来赛，马上派人上去帮忙。曹操拿令旗一越，关照许褚，俅搭吾上去。旗门底下一声炮响，许褚，许仲康，手里向九环镔铁大砍刀，一荡，哈喇！一匹马冲出来。河北旗门底下大将军高览看见。高览也是四庭柱大将，手里向用一柄凤尾金雀斧。炮一响，俚哈喇！冲出来，搭许褚碰头。

两家头通过名姓，放马交战。许褚九环刀过去么，高览起斧头，嚓冷！掀开。高览斧头过来么，许褚起九环刀相迎。两家头俱是两膀有千斤之力，旗鼓相当，打一个平手。

啊呀！曹操想，许褚么，吾营头上气力顶顶大格朋友，俚上去也不过打一个平手么，格么呐吭弄法呢？再派人上去。派啥人，张辽。张辽，张文远一马一口燕翎刀，哈喇！炮响冲出来么，对面旗门底下张郃冲上来了。张郃呢，也是四庭柱大将，一马一条钩镰枪。冲上来呢，碰头张辽。通名交战么，也打成功一对。两个俱是头等头将官，半斤八两，差勿多。

唔笃在打格辰光么，曹操一看还勿来赛啰。叫曹仁、曹洪上去。曹仁、曹洪两家头冲出来么，对过高平、高怀杀出来。两对弟兄，也打成功一个平手。曹操再关照旁边头，毛玠、于禁，唔笃两家头上去。毛玠、于禁两匹马冲出来么，对过旗门底下吕旷、吕翔上来应战。曹操再派李典、乐进上去，对过焦触、张南过来。曹操再派夏侯渊、夏侯德冲上去，对过马延、张颌也冲出来。打成功十一对。

曹操拿令旗，兵！一越么，手下还有点大将。格么曹操手下，亲眷也蛮多。啥格，夏侯德、夏侯尚、夏侯青啊，还有么，曹真、曹休。哈——一万兵一道杀上来么，对过旗门底下偏裨牙将，懘当！冲出来。对过人马有三万啦，河北兵。曹兵呢，一万。那是一场混战。

旗门底下呢，就挺曹操搭几个文官啦。旗门底下，旁边呒不人哉呀。格么曹操心里向转念头，登在该搭看，平地上看么，看勿大清楚。要稍微到一个比较高点格地方，格么唔，战场上格情形啦，可以看得出。对旁边头一看么，就在黄河下游过去，格搭点有一座土山。在土山上看起来呢，比较清爽。那么曹操带领手下一班文官，过来。到边上，上土山。在土山山顶上，打标远镜，看战场上作战格情况。

傺么搭格班文官过去了，勿晓得战场上起变化。啥格变化呢，夏侯惇啦，搭文丑格个一对啦，勿能打平手。别人差勿多，侪可以打平手，所相差还勿大，还可以维持。夏侯惇搭文丑呢，相差忒大了。文丑格蛮力结棍，力大啊无穷，夏侯惇吃不住。开头勉强还能够招架，到后首来，招架侪招架勿住。假使再要打下去呢，夏侯惇格条命，要保勿牢。那么呐吭弄法呢？逃吧，识相。否则性命要送脱了。夏侯惇虚发一枪么，哈喇！圈转马来就走。傺圈转马来走么，文丑呐吭肯放呢？文丑想傺刚巧狠巴巴，第一个冲出来，吾今朝就什梗拨傺逃走，吭不什梗便当。马一拎，哈——追上来。格么夏侯惇啊，傺应该战场上退出来么，往旗门底下跑，到旗门底下，勿来赛么，再往自家黄河大营上跑。傺一进营门，营门一关么，文丑就冲勿进来哉么。

唉，叫啥，夏侯惇逃么逃，俚心里在盘算。俚觉着，众将官么侪上来了，旗门底下么只有文官了，吭不大将。那么相爷呢，也在旗门底下。假使吾要往旗门底下逃，文丑追吾过来，追到旗门底下，曹丞相要有危险。吾勿能够让阿叔，遇险。格么呐吭弄法呢？吾要进营，吾板要经过旗门格呀？格吾勿能往旗门底下去呢，吾只好落荒而走，往荒野场化跑。格么夏侯惇啊，傺要往荒野场化跑么，傺往黄河上游跑酿。往西北角里向去，格么也吭不事体格啰。嘿嘿，叫啥夏侯惇圈转马来，往下游跑的，往东北格土山方向跑的。

勿晓得曹操搭格班文官，在土山上，看战场上打了。夏侯惇赛过，张怕文丑勿晓得曹操在啥场化啦，就领仔格文丑，望准土山，山脚下跑。哈……

格么文丑，唵看见土山山上有曹操呢？勮看见。文丑也是格粗心朋友。俚只晓得追夏侯惇，盯牢夏侯惇格只马，哈啊——往土山格方面过来。

格么曹操在土山上，唵看见夏侯惇败过来了，文丑在追过来呢？嘿嘿，要命啦！曹操也勮看见。呐吭会得勿看见呢？因为曹操拿只标远镜了，看仔格远啊，勿看近的。勮晓得夏侯惇领仔文丑在过来，所以曹操剀注意的。夏侯惇离开土山越来越近。夏侯惇偶尔抬头一望，因为俚要研究啦，还是上土山呢，还是沿土山跑？叫啥抬头一看么，啊呀！看见哉。山上，相爷。呐吭晓得么？曹操身上着格件袍，显勿过。一件大红袍哟。格件袍子，只有相爷有格资格着了。大红袍绣金的，一件狮爪蟒袍了。啊呀！那么要命。要死快来，吾勿往旗门底下跑是，吾要想，让文丑勿到旗门底下来，相爷就不危险。想勿到丞相在土山上。吾会得阴差阳错，拿俚领到该搭点来，那么呐吭弄法呢？

格么夏侯惇啊，俫默默侧侧剀响。俫绕土山逃过去么，文丑也剀看见山顶上曹操了哟。俚绕土山追俫么，往下游去哉么，曹操可以就不危险哉哟。夏侯惇，道地哉。想让吾来通知一声相爷吧，丞相剀晓得了。勿晓得，俫通知曹丞相么，文丑要听见。喏，俚格把算盘勿什梗打。夏侯惇要紧对山上喊一声，"丞相，不好了，文丑来了。请丞相快走！"说完么，俚沿仔土山，哈——绕山跑。

曹操在山上听见，夏侯惇在下头喊，文丑来。曹操对下头一看，"喔唷！"一吓哟。嗻冷！标远镜脱手。那么要命。曹操看见哉哟，夏侯惇在逃，文丑在追。文丑已经到土山了。那么呐吭弄法？曹操一吓么，往土山上下来哉。但是俚格下来，勿是往文丑格面下来的，俚索脚往下游格方向去哉。哈——朝东面下去了。俫往东面下去，旁边两个文官一看么，一吓了。勿敢跟曹操跑么，望准横埭里向，哈——土山上跑下来哉。

文丑呢，听见到夏侯惇喊格声音，俚看见曹操在山上。俚拿只马一拎，哈啦！追曹操。俚勿去追夏侯惇。为啥呢，追夏侯惇就不意思。夏侯惇格身价，一个普通格将官。好有一比，是一条小鱼。捉牢曹操是一条大鱼呃，格个功劳大得了，勿得了了。所以文丑拿只马一拎，往土山山顶上，冲上来。哈呀——到山顶上。俚看见曹操望准下游格面逃过去，蛮好。俫逃么，吾追啦。文丑拿只马一拎么，从山上，哈——追下来。俚盯牢曹操追赶。格么夏侯惇呐吭呢，夏侯惇已经绕过土山了，绕土山俚赛过走一只弓背啦。稍微远一点。绕过土山看见相爷，已经望准下游逃过去，而且文丑已经追上去。格么夏侯惇啊，俫应该，赶上去搭文丑打。俫拼命搭文丑打脱几个回合么，让曹丞相好圈转马来，往自家大营上跑么，曹操就就不危险哉哟。

夏侯惇叫啥勿什梗想。夏侯惇想吾过去，要搭文丑打啦，勿来的。吾打勿过文丑的，而且吾条命要保勿牢。吾就不办法救丞相。所谓叫"面里向格苍蝇"啦，白沉脱的。格么呐吭弄法？吾豪燥去喊，吾到战场上去喊张辽、许褚，喊曹仁、曹洪，叫俚笃马上过来，搭文丑打了，救丞相去。所以夏侯惇圈转马来么，望准战场格方向，哈——反方向跑哉啦。俚就勿跟曹操去哉。俫，哈——回过去哉。格么格两个文官呐吭呢？文官从横埭里向逃下来。看见曹操望准下游跑了。而文丑呢，从山上追下去。格两个文官心里向转念头，叫吾伲呐吭弄法呢？伲追上去，送死啊。就不意思的。倷亦呒不本事，又打勿过文丑，也根本救勿了丞相。格么豪燥回转去，守营头吧。所以格两个文官呢，哈——退下来么，回到自家大营上，保守营门。

文丑呢，文丑么追曹操咯。哈——倷在追格辰光，曹操慌了。曹操仔细一看么，僵哉，僵哉。为啥？越往门前头逃啦，离开文丑格营头亦近。因为文丑格营头是，搭曹操营头斜对过。俚在黄河下游格面，延津渡。曹操现在逃格方向，就往延津渡格方向去。文丑追呢，也是往延津渡方面追。曹操如果再要跑过去，就要跑到文丑营头上。文丑营头上有人马了。文丑带三万出来么，还有四万人马，留好在营头上。营头上勥得来啥格大将的。曼得来点小兵好了，拿曹操格只马一拦么，曹操就呒没命。

曹操心里么晓得，越往延津渡跑么，越危险。格么回转来酿？回勿转。呲，文丑轧脚屁股在追上来。倷回过来，倷勿是送到文丑格枪上，格送死么。曹操在动脑筋，横埭里阿好跑？横埭里呒不路哟。一面是山，一面是黄河，倷往啥场化跑呢？倷只有往延津渡格方向跑哟。叫越跑越险，越跑越僵。文丑是开心啊，哈——文丑在追。

格么夏侯惇呐吭呢，夏侯惇已经回到战场上。众将官侪在打。夏侯惇要紧喊，"众位将军、列位将军听了，大事不好，丞相被文丑追赶，向延津而去，你们快快过去，搭救呃丞相。"

张辽听见哉，啊呀！张辽一吓。张辽要紧圈转马来，跟仔夏侯惇就跑么，许褚也跟上来哉。夏侯渊、夏侯德、夏侯尚、夏侯青、曹仁、曹洪、毛玠、于禁、李典、乐进、曹真、曹休，哗……侪跟仔夏侯惇，往延津格方向去。但是唔笃去么，路推位一大段了哟。倷想，夏侯惇从土山回到战场，再带仔人，再过土山追上去么，也推位颃尽颃是路了，哪怎好去救曹操？呒不办法。

归面张郃、高览，河北大将侪听见。文丑追曹操去，格佴登在该搭做啥。追呢！十个河北大将，哈——跟在众曹将背后头，追上来。曹兵一想，众将走了，相爷勿在哉，佴也应该跟过去。一万曹兵就在河北大将背后头哟，哗——也往延津渡去。三万河北兵一看，众将侪去哉，文先锋也去哉，格佴当然也要过去。三万兵跟在一万曹兵背后头，哈——像潮水什梗，涌过来了。嚄！那是像夹沙酿团子什梗。

顶顶门前么曹操，曹操背后头么文丑，文丑背后头么夏侯惇、众将官，夏侯惇、众将背后头么，张郃、高览，一班河北大将，河北大将背后头么一万曹兵，一万曹兵背后头么，三万河北兵，横一层，竖一层，隔仔好几层了。哗……唔笃往延津渡过来么，要有一歇了，到了哦。

曹操呐吭呢？曹操看得清清爽爽。门前头，延津渡文丑营头上格旗号，随风飘扬，啪啪啪啪……"哦哟！完了啊，完了啊！"僵哉。那呐吭弄法呢？往门前去，死！还转来，也是死。作准往前去，呐吭么，可以有活命格生路？

嗳！拨了曹操发现，机会来了。逃命格机会来了。啥格机会呢？叫啥门前头啦，有蛮大蛮大一个鱼池塘。蛮大的。曹操，哈喇！格匹马绕到池塘对过。马，嘡！扣住。圈转马来对文丑一看。文丑呢，追到池潭边上，哈啦！马扣住。文丑在转念头，吾哪恁办？阿要绕池塘过去。因为文丑蛮聪明。文丑想吾绕池塘过去，吾左手里绕过去么，曹操右手里向回过来，赛过像隔一只台子抓人什梗，倷手伸过去么，抓不牢的。隔开一只台子了。倷要绕台子过去，倷该面过去么，俚格面过来。呒不办法抓牢伊。文丑想吾勿好过去。吾过去要拨曹操走回头路啦。俚走回头路啦，俚就要回到自己营头上去的，吾勿能绕池塘。

对曹操一看么，叫啥曹操厉害啦。曹操对仔俚，手在招。"呵呵，文丑，你来啊。"倷来，倷来，倷阿有本事过来？

文丑想勿能过来嗄。绕池塘过去要被俚逃走，勿好过去。格勿好过去么，捉勿牢俚格咯。格么营头上，为啥道理呒不人出来呢？旗号么，看得见。营头么看得出的，听还听勿见。俚笃也呒注意。文丑如果嗤冷嗤冷喊，营头上还听勿出。假使听得见么，文丑蔓得喊一声：来呀！唔笃派点人过来啊，曹操在该搭点哦。唔笃拦过来么，稳牢格啦。可以拿曹操捉牢。喊勿应啦。路么，还距离一段了了。喉咙喊，还搭勿够。那么呐吭弄法？

文丑心里向转念头，"这！"有了！枪搠不着的。格池塘蛮大格啦，吾枪搠过去，搭俚勿够。格么飞枪好了嗄，倷条枪脱手乱过去？格勿好脱手格哦，吾拿条丈八矛，乒！乱过去，拨俚偏脱。吾好了，手里家什呒不。格勿来赛。枪搭勿够。过去么，勿好过去。有了！啥办法？开箭。弓、箭，一箭过去搭得够。而且文丑格箭法，相当好。因为格个池潭格距离啦，呒没一箭路格啦，勿到一箭啦。

对，射箭。文丑转停当念头，丈八矛，嘡——鸟嘴环上一架。嗒！探张弓。乒！抽条箭。左手，嗒，弓背在抓牢，右手拿弓弦，搭上去，格条箭搭上去，嘎嘎嘎嘎……倷拿弓在拉开来格辰光，曹操格魂灵心，啡！"哦哟！"那么完，完结了。枪搠勿哉，手握勿够，箭搭得够。格条箭过来，那么呐吭弄法呢？曹操阿要急格啦。"谁来相救老夫啊？何人搭救老夫啊！"倷在喊格辰光，文丑拿格弓开足，望准曹操眉心里向一箭。"曹贼，看，箭！"当！吹吹吹吹……一箭过来了。倷格条箭过来么，曹操拼命望准下头一磕。"喔哟！"磅！磕下去！曹操有武功的，文武双全。从前战场上也打仗的，俚也亲自冲锋陷阵。不过现在么，身价大哉，长远勿打了。格底子还是有。俚看倷文丑格条箭，射过来，往俚面门上射，俚拼命听见弓弦声，俚，噇！人往面前头一磕么。倷磕下去，格条箭在头顶心上头飞过，啡——箭杆上格翎毛，还在俚顶帽子上，搭——带着一带。

曹操一身冷汗，哦哟！险啊！真正推扳一眼眼。再射得下一点点么，吾完结了。那呐吭弄法呢？"谁来相救老夫啊？何人搭救老——呃夫！"极叫。夏侯惇离开得远勿过了了哟。夏侯惇刚巧战场上领仔人过来么，呐吭搭得够来救俫？文丑一看，一箭勿中。唔！射得忒高了。放第二条箭。乓！第二条箭抽出来，吾射俚格当胸，看俫呐吭偏得脱。文丑格条箭搭上弓弦，预备要开么。曹操嗅冷嗅冷，啥人来救吾啊，啥人来救吾啊。

俫在极叫辰光么，只听见格面声音来了。"丞——相！休得惊慌，关某，来呃——咃！"哈冷冷冷——哈啦啦啦……一匹马来哉。曹操听见声音，对门前头一看么，只看见土山上，哈——来格大将。头上青扎巾，身上鹦鹉绿颜色战袍，胯下赤兔胭脂宝马，手执青龙偃月刀。关公来哉。曹操开心啊！救星来哉！"二将军，二君侯啊！快来相救，老夫啊！"文丑也听见声音。文丑回头一看么，来格红面孔，长组苏，青巾绿袍。哈——马在过来。

嗳！叫啥文丑，看见红面孔么，格肝火，来了。俚心里向转念头，斩颜良大概就是格红面孔。红面孔就是吾冤家。现在吾要搭冤家打，吾要搭颜良报仇。射曹操，呒不意思。所以俚拿条箭，当！手袖壶里插一插好，弓，飞羽袋里向一插，丈八矛一执么，哈啦！马匹过来，搭关公碰头哟。

格么关公呐吭会得来呢？关公本来是在荥阳城外，行宫里向吃酒。荥阳太守王植么陪俚。格么曹操么跑脱了，孤单单，剩关公一个人。叫厌气啦。云长心里向转念头，吾登在该搭做啥？一眼呒不事体咯。倒勿如什梗吧，让吾来过黄河去。吾到河北岸，吾去打听打听消息，作兴碰着格种过路客商，吾问问俚笃：唔笃做生意人么，四面侪跑的。唔笃阿晓得，刘皇叔现在啥地方。因为刘皇叔名气响，作兴有人倒晓得呢。哦，刘皇叔现在么，在某处、某地方。那么吾有仔格方向，有仔格目的，吾就可以派人去打听了。啊，寻着大哥，得着讯息，确切格讯息得哉么，吾就好跑哉咯。

俚是诚心要想过来打探消息的。俚晓得在该搭荥阳啦，听勿着的。因为吾在行宫，深宫内院，有啥人会得来报告吾呢。吾搭曹操登在一道，有消息来，曹操晓得的，吾勿会晓得哟。封锁吾的，勿拨吾晓得。所以关公就搭荥阳王太守讲，吾要想到丞相营头上去，望望丞相。当然喽，荥阳太守是呒不格资格，好拦牢关公的。送。关公就带领马夫华吉、带廿个家将，一路过来到白马城。就是第五关啦。

白马城格太守叫刘延，因为关公经过歇格么，认得俚喽。欢迎关公。问关公，俫来做啥？说吾要想过河去，到相爷营头上去，望望丞相。格蛮好。刘延就准备船只，让俚摆渡，摆到河对过。

格么说起来，刘延恁格胆大呢？哪恁关公就，要过河么，让俚过河，勿怕俚逃走格啊？也呒不曹丞相格命令，俫恁格胆大放心了，让关公走呢。刘延懂的。刘延晓得，关公勿会逃走。何以见得么？关公有两个阿嫂，甘夫人、糜夫人侪在许昌哟。俚要到刘备搭去，俚板要带两位夫人跑的。俚勿带甘、糜二夫人，一干子，带两个家将过黄河，俚勿可能逃走的。所以俦让俚去好了。

因此么，关公过黄河。但是关公过了黄河以后呢，俚勿往黄河渡口，夏侯惇格大营上来。俚晓得进大营去啦，吾仍旧打听勿着消息。俚沿了黄河格大堤，哈——往下游格方向过来。看见大堤门前头有一座土山，那么俚上土山去。上土山拨俚发现了，一个身穿红袍格人，在门前逃。一个乌油盔、镔铁甲、乌骓马，一条丈八矛在背后头追。样子看出来哉。曹操。格个大将啥人？勿晓得。曹丞相，遇险了，格吾应该去救俚啦。所以马一拎，哈喇——过来么，喊一声，关某来也！

俦现在格只马到，文丑，哈喇！圈马过来，搭关某碰头。"红脸的，你与我留呃下名来！""关某是也！来将通——名！""文丑！"文丑，名气，听见过长远了。"放马！""且慢！""怎——样？""我问你，白马坡，斩颜良的，可是你？""岂敢，正——是关某！""咋咋咋咋！哇呀呀呀……"哈呀，文丑心里向转念头，清清爽爽。姓关的，是斩颜良格冤家碰头。狭路相逢，来得正好。"你与我放马！""放马。"哈——两骑马碰头格辰光么，文丑先动手。文丑起格条丈八矛，望准关公喉咙口一枪。"看枪！"噗——乒！一枪过来。云长起青龙刀刀钻子招架。"且慢！"擦冷冷冷……掀开俚丈八矛么，回手一撸刀，拦腰过来。"看，刀！"噗——乒！一刀。"慢来！"擦嘟嘟，掀着，龙刀荡开。

唔笃两家头在打格辰光么，曹操在鱼池潭对面。嚯！一身冷汗，救星来了。

关公在搭文丑打，那笃定，吾可以回转去了。呒没危险。曹操格只马沿池潭，哈——绕过来么。因为文丑要顾虑搭关公打，俚呒办法过来拦牢曹操，看曹操回过去啦。

曹操仍旧望准自家黄河口，大营格方向跑了。哈——退下来。俦刚巧到土山么，夏侯惇、张辽、许褚、曹仁、曹洪、毛玠、于禁、李典、乐进、夏侯渊、夏侯德格批人，侪来了。曹操搭俚笃碰头之后哉，索脚上土山。到土山山顶上，对门前看。唔笃在该搭点看么，河北将也来哉。河北将人马，哗——追过来。看见曹操在山上，看见文丑在门前头打么，俚笃望准延津渡格方向过去，哈喇！队伍停。

一万曹兵也到，沿土山，设立旗门。三万河北兵过去，在延津渡也设立旗门。两军对垒。战鼓震天。噗！"杀呃哦！杀啊……"

张辽问丞相，关公呐咹会得到该搭来，曹操说吾也齘晓得哟。吾逃过去格辰光，正是在危险，文丑要放箭，吾嗥冷嗥冷喊，啥人来救吾么，关公到了。嚯，好险啊。呒没关公，完结了。

大家在对门前头看俚笃打格辰光么，总抵讲啦，关公能够一个照面，飞马斩颜良。现在搭文丑打么，顶多打仔三个回合了或者十头八个照面么，也可以拿文丑，结果性命哉啰。

嘿嘿！奇怪了。三十个回合打下来，明显的，关公吃下胁，文丑占上风。等到四、五十个回合下来是，招架多了，还手少。叫越打到后首来么，关公亦吃亏啦，只有招架了，呒没还手。到七八十个回合上是，看上去格关公要撑勿住哉啦。

啊呀！张辽呆脱。张辽心里向转念头，呐吭道理啊。格云长兄从前打得蛮好，呐吭今朝勿来赛哉呢，豪燥上去帮忙吧，勿能眼看，关公出事体格咯。所说张辽搭俚有交情的。

"丞相。""嗯？""二将军，招架多，还手少，不能支持，待末将上前助战。""呃！"曹操心里向转念头，什梗一看，张辽是搭红面孔要好了。唵，要上去帮忙哉。

阿要派俚去呢？论道理，论人情讲起来么，曹操是应该要去救关公的。因为刚巧关公救过俚性命，现在关公勿来赛了，格么俚派张辽上去接应么，通情达理的。

嘿！曹操格人，坏啦，就坏在格种地方。俚勿肯的。

为啥道理勿肯呢，曹操肚皮里有把小算盘。俚晓得关公格人呢，养勿家的。格个人，早点晚点，要离开吾了，到刘备搭去的。俚到了刘备搭，就是吾格劲敌。早点晚点，是吾格害处。今朝俚能够拿文丑结果性命，当然顶好。俚如果说梗梗拨了文丑，喇——一枪刺脱么，也呒啥。让刘备少一只帮手啦，吾呢，将来少一个敌人。

喏，曹操格心，坏就坏在格场化啊。但是曹操表面上，俚勿能什梗讲的。啊呲，闲话是讲得冠冕堂皇。"文远，不用助战。""啊？为什么？""关将军，他，有败中取胜的本领哪！"勥帮忙。

张辽呆脱。曹丞相俫格个闲话，啥闲话？赛过俚有败中取胜格本事的。俚有绝活儿的。俚格绝招拿出来么，俚就赢了。明明只有招架、呒不还手，打得了吃不住了哉，呐吭还说俚，有败中取胜格本事？曹操勿许俚上去。格张辽呒不办法，只能够服从啦，勿过去啰。

俫么心里向不忍，难过，看。河北道上格班大将看得蛮清楚。张郃、高览问高平、高怀，衲上一回，跟颜良一道过去，到战场上，白马坡，看见红面孔出来，拿颜良结果性命，阿就是格个红面孔？高平、高怀一看么，是的，就是俚。不过有一滴滴勿同。啥格勿同呢？上一回看见格红面孔啦，短组苏，组苏只有一短短，今朝看见格红面孔呢，长组苏。格几日天勿看见，勿可能格组苏，一下子长出嘎许多来了。要么上抢俚遮没脱嘎？唵，弄勿懂。是的。正是俚。好，众将官蛮高兴。啥道理么？今朝好搭颜良报仇了。因为伲搭颜良啦，侪是结拜弟兄，侪有交情的。蛮开心。

唔笃在开心辰光么，一匹马到哉。哈——从延津渡营头上，像飞什格样子往旗门底下来了。啥人到着呢，刘皇叔。

刘皇叔解粮草在后头。刘备心急啦，俚要紧赶到前头来看咯。俚关照押粮草格偏裨牙将啦，唔笃解仔粮草，后头慢慢叫过来。吾呢，先到营头上去看看看。俚张怕勥吾到得晏哉啦，关公已经搭文丑打了。因为两个人侪勿好死格啦。因为俚笃死脱一个，吾就是死了。所以俚匹马，哈——到营头上。一问，文丑一到，马上出去打了。哈呀！要命！俚耽搁一夜阿要好呢。既然在门前头打哉么，豪燥让吾过去看吧。等到俚冲出营头，哈喇！过来，到延津渡旗门跟首一看么，十位大将侪在旗门底下。

格么刘备格辰光，还哼不注意，门前头战场上，关公在搭文丑打啦。俚先来叫应张郃、高览，众位将军。"啊，高将军、张将军、众位将军，列位将军，刘备，这厢有——礼！"碰着格两个大将对仔格刘备，"呃嘻！"头别转，对俚一个白眼，睬也勿睬俚。勿说回礼，勿理。

啥体勿理么？俚好，上抢，颜良死脱，八位将军回转来报告：红面孔斩颜良，俚赖得干干净净。一无旗号，二无名姓，红面孔勿一定是吾格兄弟，唔笃勿好冤枉吾。那俚还有啥闲话讲。俚看，对过旗门，旗门底下一面大旗，绿缎子，红字旗啊，大汉前将军、汉寿亭侯——关！关字旗号了。蛮清爽，红面孔就是唔笃兄弟。上抢拨俚赖脱，现在俚还赖得转。伲搭颜良是弟兄，俚是红面孔格阿哥，冤家！睬也勿睬俚。

刘备弄得落场水侪哼不了。勿理俚。"呃呵呵，这这这这这。"刘备对准战场上一望，哈啊！刘备一看见，战场上搭文丑打么，正是青巾绿袍、赤面长须，二弟云长。刘备格个辰光只手放到额骨头上，以手架额。兄弟在，兄弟在，齁死哟，蛮好蛮好蛮好。那么弟兄相会，有希望了。

不过刘备心里向转念头哦，看上去格样子，打得蛮结棍了。吾来关照众将官，唔笃豪燥搭吾敲收兵锣吧。唔笃收兵锣一敲，吾来上去搭兄弟讲，关照兄弟，俚立刻过来，帮文丑一道杀曹操，一道冲过去。对！刘备要紧对仔格张郃、高览，"啊，张将军、高将军、众位将军，列位将军。呃喝！前面沙场之间，与文先锋交战的，乃是吾家二弟云长"。"嗯。"张郃想，俚现在赖勿脱哉，阿是啊。那俚只好承认着啰，是唔笃二弟云长喽。"上番，把颜都督结果性命，就是你的好——兄弟！""啊呀呀！众位将军，吾家二弟，他，不知刘备在此，误伤颜都督。"完全是误会，误伤格啦。俚勿晓得吾在该搭点，俚晓得仔吾在该搭点，俚勿会动手格哟。"如今请众位将军、列位将军，鸣金收兵。立即请文先锋回来，待刘备到战场叫吾家二弟前来，与文先锋并肩作战，共破曹操，同取许昌。"阿好。唔笃马上听吾闲话，敲锣，叫文丑回转来。张郃对俚望望，哼哼。刘备啊，俚门槛倒是精格吪。啊，唔笃兄弟打得只有招架，哼不还手，勿来赛哉。俚关照伲敲锣，喊唔笃兄弟到该搭点来。老实讲拨俚听，今朝伲么就是要红面孔死。伲就是要让文丑拿俚，辣！一枪，结果性命，那么称伲格心。勿比呐吭嗻，调一个头，文丑打得来吃勿消哉，红面孔眼看要拿文丑结果性命了，格么俚刘备来讲格两句闲话呢，伲听俚。格么伲马上敲锣了，让文丑回转。格么俚上去，喊红面孔来。现在勿对了，现在是文丑打得狠得不得了格辰光，唔笃兄弟搭勿够么，伲为啥道理要听俚闲话呢。

张郃对俚眼睛一弹。"来！""是！""击鼓助威！"呱呱，卜咙卜咙卜咙卜咙！噗——鼓声响亮。"啊呀呀呀……"刘备登在旁边头急煞哉，那么要命哉。吾叫俚笃敲锣，俚笃非但勿敲锣，外加打鼓。一打鼓，完结了。文丑打得加二结棍。只看见关公实在吃勿消哉，喤！圈转赤兔马马头，落荒而逃。哈——关公逃么，文丑追。文丑拿只马一拎，哈——追上去。刘备一看，那么完结哉。为啥道理？文丑条命呒不了。兄弟格个败是假败呀！吾晓得格呀。俚是拖刀计呀！假使文丑追上去，被俚，辣——一拖刀结果性命，吾还活得落啦，吾勠拨了袁本初杀颗郎头格啊？"啊，张将军、高将军，众位将军，列位将军听了，如今大事不好，吾家二弟败阵下去，文先锋追赶上前，文先锋的性命要不保了。请众位，快快鸣金收兵。"

张郃对刘备看看，倷在热昏！唔笃兄弟么败下去了，文丑么追上去了，文丑格性命要保勿牢哉了，马上敲锣。倷阿赛过在额骨头上啡啡烫了啦。格唔笃兄弟败下去，文先锋追上去么，文先锋要赢哉哟！唔笃兄弟要死哉哟。呐吭倷梗梗来？喔，倷摆噱头。要俚来敲锣，上倷格当，谈也勿谈！勿来睬倷。

"击鼓助威！"呱呱，咚咚，卜咙，噗——文丑一条性命，拨俚笃敲杀脱的。关公确确实实是拖刀计呀。

哈——关公败下去，文丑赶过来么，着生头里，看见关公一个马失前蹄，磅！当！马攒下去么。好！文丑想机会来哉，文丑起格条枪，望准关公背心上，噗——啪！一枪过去。那么倷上当，关公拖刀计过来。勿晓得文丑勿能死，文丑一死，刘备条性命要保勿牢，呐吭弄法么？下回继续。

第五回

陈震下书

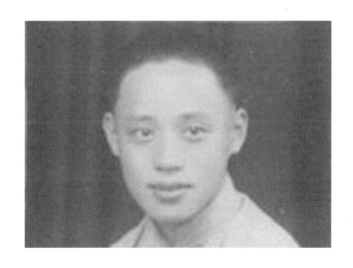

刘皇叔，赶到延津渡，看见兄弟落荒而走。虽然近在眼前，赛过呢，远在天边。呒不办法去叫应兄弟。也根本勿可能，拿关公喊到该方面来，因为格打仗紧张得不得了。假使关云长听见刘备声音，一分心，辣！就要拨了文丑，一枪结果性命。所以刘备呒不办法喊格啦。傃关照河北将敲锣，收兵，河北将勿听，一眼呒不办法啦。

哈——看关公逃下去格辰光么，一个马失前蹄哟。文丑想机会来哉。文丑格条丈八矛望准关公背心上夹背一枪，噗——刺过去。勿晓得格文丑啊，傃上当了。为啥呢，关公是在用拖刀计。因为关公，刚巧搭文丑打，十个回合下来啦，关公心里向就明白了，文丑格蛮力大得勿得了，就什梗，吾要想赢俚呢勿可能。格么呐吭呢，脑子里向就出现，用拖刀计。格么用拖刀计，败下去，要骗文丑追，文丑也勿是憨大。俚也有脑子的，俚要想格啰。红面孔搭吾打，气力么差仿勿多，为啥道理傃忽然之间败下去着呢？俚要勿上当，俚要起疑心。所以关公搭俚打呢，开头二、三十个回合，不分高低。三十个回合之后，俚拿格力道呢，一眼眼，一眼眼，一眼眼在收。开始呢，招架多点，还手少点。后来呢，只有招架，呒没还手。打到最后，将近一百回合格辰光么，实头招架俬比较困难。俚赛过一成，一成，一成，一成，逐步，逐步，逐步，拿力道收脱么，蛮自然的，让文丑觉着，红面孔勿来赛了。红面孔逃，是理所当然。俚勿会疑心。傃着生头里，赛过一收就收脱逃啦，俚要勿上当的。

那么外加关公呢，格只赤兔马啦，比文丑格只马，跑得快。文丑要追啦，追勿牢的。关公呢，特为拿格马呢，裆劲笃松。让格马格速度放慢。哈——让傃文丑能够追得牢。不过用回马家什，用拖刀计啦，有格蛮大格毛病，勿容易成功。为啥呢，因为傃要发拖刀之前，傃首先要拨转头来，对后头看一看。阿差勿多了，差勿多了，那么再圈马。那么人家用拖刀计了，或者用回马刀呢，容易拨了对手发现。因为傃头拨转来看后头啦，后面格朋友就可以防备俚。啊呀，啥体啊。啥体败下去格辰光，头要拨转来对吾看一看啊？傃勸有啥暗器家什呢。俚只要一有思想准备啦，傃格成功率，就降低。那么关公，用拖刀计呢，俚有个优点，人家所呒没的。啥格物事呢，是关公格对眼睛啦。俚格对眼睛叫啥，叫丹凤眼，豁眼梢。俚对后头看呢，用勿着穷凶极恶，头拨转去。俚曼得颗郎头稍微一侧，眼梢，唰！一窥么，后面已经看得清爽。所以格个是俚僭胜格地方。因此俚格儿子，关平，呒不学会。为啥呢，关平圆眼睛，勿是豁眼梢。要对后头看呢，蛮困难，板要头拨转来。所以云长关照俚啦，傸，拖刀勿能学的，因为傸格对眼睛勿配。云长天赋好，丹凤眼，豁眼梢。所以俚眼梢一窥么，差勿多了。那么云长格青龙刀格刀钻子，望准马头上，乒——一揿。该格是格暗号啦，训练好了。练得勿晓得几化趟数，熟而又熟了，格只马有数目格哟。只要傸刀钻往俚马头了，当！一揿么，格只马，马上来一个马失前蹄。该格马失前蹄是假的。真家伙格马失前蹄呢，往往是马跪下去，两只前蹄，当！像人什梗下跪，弯脚馒头。俚呢，俚勿是跪下去。格只赤兔马呐吭呢，两只蹄子往门前头趟出去哟。尔嘚——乒！趟出去，假格啦。俚立起来便当啦。

那么傸一个马失前蹄，文丑，辣——一枪过来么，喏，格个辰光啦，危险么，也是危险在格场化。傸如果拖刀计动作慢一滴滴呢，一枪背心上着了，板要扣分扣数，噔！一个马失前蹄，傸后头枪来了。云长格只右脚，噔！踏蹬上一脱，尔嘚——豁过马头么，从马上下来。左脚，仍旧挑在踏蹬上，右脚，落地。身体呢，调仔向了，面孔对后面了，背心对前头。那么，傸格只脚，哗啦——从马头上豁下来，人离开鞍鞒呢，文丑齐巧一枪过来，要搠俚格背心。因为关公人，哗喇！从马背上已经下来了，一枪，搠格空。搠格空呢，文丑人往门前头冲出去哉啦，呃——人收勿住的。因为傸一枪着着啦，傸是收得住的。喏，讲一个并勿确切格比喻，好像踢足球一样格啦。傸，当——一脚踢在球上，球，蓬，炮弹什梗仔出去呢，傸格只脚勿吃力的。就怕踢格空，踢一个空呢，格只脚，噔！甩出去么，好了，呒不阻力了。傸肯定一跤跟斗，掼下去格啦。留勿住格啦。文丑现在呢，格个一枪搠一个空么，格条枪，尔——嘚！尽管往门前渗出去么，控制勿住。那么，傸人往门前头冲格辰光么，云长已经身体拨过来哉。青龙刀望准后头，哗啦！甩过来，一拖刀么，望准文丑头颈里向过来。"去吧——啊！"噗——文丑阿看见，看见的。格么傸招架呢，勿来赛。因为一条枪搠出去，力道用得太猛哉啦，收勿住啦。"嗳！"傸要想收转，枪来招架，辰光搭勿够哉。勿来赛。刀过来，望准文丑头颈里向，嚓——着。尔嘚——锃。嚓冷！哈啦啦啦——落马翻缰，人头落地。关公呐吭呢，身体旋过来，噔——右脚一踏，仍旧豁上马背么，马背上恢复原状。圈转马头，哈——回过来格辰光，曹操在土山上，看得清清爽爽。关公已经来了，拖刀诛文丑。

格个辰光，惹曹操了，嗨外了。曹操对仔格张辽，"文远，你看呐，可是关君侯，他有败中取胜的本领哪？"阿是吾讲得勿错。张辽一听么，响勿落。什梗一看啦，关云长虽然搭吾要好，俚格绝技，勿肯讲拨吾听。而是讲拨了曹丞相听，曹丞相晓得。其实是，关公呒讲拨曹丞相听过啦。曹操是里向有的，见勿得人面格想法了。俚想让文丑去结果关公性命么，也算了，赛过永绝一个后患啦。俚格心情比较复杂了。现在张辽呒不讲闲话好讲么，曹操俚马上下命令：冲！令旗一越么，众将官，哗——齁等到关公回过来么，众曹将，望准对过旗门底下冲。

河北大将那是呒不心路打了。文丑死脱，一股气失脱哉啦，无心恋战。十个大将，押仔刘备带领败兵，哗——溃退了。兵败如山倒。唔笃逃进营头，曹将追进营头。俚笃逃出营头，曹兵人马勿追了。曹操关照，勿一定追了。就拿营篷拆脱，拿俚笃格种啥格刀枪剑戟、军需品物事么，通通俖带转来了。大获全胜回转。

关公呢，当然功劳大极哉啰，曹操么要请客，请俚吃酒了，庆功设宴。问关公，俫呐吭会到该搭点来的。关公就讲：吾因为牵记俫丞相了，所以从行宫里向出来。摆渡过黄河么，齐巧看见俫丞相，拨了文丑在追了，所以吾上来作战。幸亏俫，呒不俫是，吾格条性命保勿牢。

格么曹操格方面，收兵回皇城。黄河渡口么，仍旧夏侯惇保守。吾勿去交代俚。

吾只交代刘备了。刘备跟仔格两个河北大将，一埭路溃退下来么，直往冀州而去。刘备晓得僵哉哦。那么僵哉？因为关公有旗号了。上一回，斩颜良啦，吾好赖的，呒不名姓，呒没旗号，红面孔多了，勿一定板是吾兄弟。现在清清爽爽啦，是关云长。那么颜良、文丑两个大将，俖拨了吾兄弟杀么，袁绍呐吭肯饶赦吾。啊！刘备心里向想，兄弟啊，俫格个一刀啦，勿是杀在文丑头颈里向，俫赛过一刀搁到仔吾头颈上来。下来呐吭办呢？

到冀州，进辕门，上大堂，碰头袁绍。众将一报告，该格次兵进中原，延津渡立营，什个长，什个短，文丑阵亡。是关云长，结果文丑性命。袁本初一听么，暴跳如雷，一记台子一碰。"着！刘备，你好！"那俫还有啥闲话讲，俫赖勿转。马上关照旁边头，捆绑手捆起来。杀。哗……捆绑手要过来动手，捆刘备格辰光，刘备要紧，到袁本初门前一恭到底。

"明公！今日里，欲杀刘备，刘备，死而无怨。可能允刘备，申明一——言而死。"让吾讲一句闲话。好。讲！刘备讲，明公，吾兄弟，俚勿晓得吾在该搭河北，所以俚呢，误伤颜良、误伤文丑的。俚如果晓得吾刘备在冀州啦，俚决计勿会动手。今朝俫拿吾杀，吾罪有应得。因为是吾兄弟，杀脱俫手下大将。但不过，吾死是呒啥可惜。可惜呢，俫明公啦，上仔曹操格当了，中仔俚格计。啊，吾拿俫杀，搭颜良、文丑报仇，中曹操格计。中啥格计？俫讲！"中曹操，借刀杀人——之计！"曹操搭吾刘备是冤家哟。因为当今皇帝，发过一道诏书。皇帝咬碎节头子写一道血诏，叫"衣带诏"。就是要灭曹操，中兴汉室。董承董国舅，接格诏，董国舅找吾谈，吾就在一张起义格议状上签名，要杀曹操。结果呢，事体穿帮。董国舅满门抄斩。吾呢，逃得快，逃到徐州。曹操看见格张议状上有吾刘备格名字啦，俚是狠得吾咬牙切齿，不共戴天。所以俚发兵，攻打徐州。那么俚打徐州，徐州失散，吾逃出来，逃到俫明公搭。俫待吾叫关好呢，曹操当然得信格啰，曹操是狠不得了。俚要拿吾刘备杀，俚呒办法啰。那么呐吭呢，俚又打下邳。拿吾兄弟云长，弄到许昌。那么兄弟亦勿晓得，徐州失散之后，吾刘备在啥场化的。仴兄弟呢，拨了曹操利用格呀！曹操利用俚过来动手，拿颜良、文丑结果性命，那么激怒俫明公，俫拿吾杀。吾死脱，曹操呢，正中下怀。倷扛了俚格木梢。那么俚再拿吾死格消息，告诉伲兄弟。喏！唔笃阿哥刘备，拨了袁绍杀了。俚带仔兄弟，再要来搭吾报仇了，攻打倷么，格个俚是一举两得，一箭双雕。用借刀杀人计。

倷什梗一讲么，袁绍想，对的。刘备闲话，分析得有道理。吾倘然说，中曹操计，杀了刘备。格么关公啦，俚勿会再搭刘备碰头了。俚笃桃园弟兄，誓同生死，俚要搭刘备报仇。俚要帮曹操打吾，格是吾损失更加大哉略。

"那么，如此说来，你的兄弟，不知你在此，所以把颜良、文丑结果性命。难道吾白白地牺牲两员大将不成呢？"格么吾袁绍试吃亏哉啰，吾勿拿倷杀，吾勿上曹操当。格么呐吭，就什梗完结啊。"明公，待刘备，写书信。叫吾家二弟，前来归顺明公，抵偿颜良、文丑。"

嗳！格袁本初想格倒蛮好哟。关公本事，比颜良、文丑大。刘备写信去叫关公到该搭来投降，假使关公一到，吾赛过失脱两只鹿，得着一只老虎啦。合算！"好啊！"关照捆绑手退下去，捆绑手退到旁边。倷搭吾写信！

刘备起来么，手下人马上案桌拿过来，文房四宝摆好。刘备含仔眼泪，磨得墨浓，舔得笔饱，提起管笔来么，写信。信写好，签好名。拿过来，交拨了袁绍。倷看吧！格封信去哉，阿来了勿来，袁绍拿到手里一看么，字勿多哦。一共侪在只有五十个字，一封信。但是格封信格意思，写得充满了感情。

信上呐吭讲法呢？就是说：吾刘备搭倷关云长，桃园结义，誓同生死。现在呢，中途相违，倷投仔曹操了。倘然说，倷要取功名，得富贵，倷来封信，吾刘备马上拿颗郎头割下来，派人送到皇城。让倷再得功名。立，更大格功劳了，得，更多格富贵。什梗封信去，关云长看到呢，一定会得来的。

好。关照刘备，倷旁边头坐。刘皇叔呢，旁边坐定。袁本初心里向转念头，格封信派啥人去送呢？格封信勿容易送的。为啥么，要过五关的。要经过曹操五座关口，那么好到皇城。万一格个送信格人，资格推扳一点，拨了五关上检查、发现，好了！信，到勿了关公手里向。格个人本身，性命要保勿牢。吾来问问看。"众位，谁人愿意把刘备的书信，送——往许昌。"哗——文武官员，倷对吾看，吾对倷望，大家在吃算，格个差使勿大好担当。

众将官是恨得啊！众将心里向转念头，刘备，倷会讲。倷门槛精的，拨倷七角里翻牛，八角里翻马，啥格借刀杀人计，搞七捻三一来么，好了嚛。袁本初就此听倷说话了，勿拿倷杀了嚛。颜良、文丑，搭吾伲是结拜兄弟，有交情。就什梗完结啊？送信，真也勿会去送了！

张郃、高览心里向在转念头，呐吭弄法呢？总抵讲，袁绍板要拿倷刘备杀的，既然袁绍勿拿倷杀么，伲拿倷杀。勿等到关公来，马上拿刘备，嚓——先结果性命。众将眼睛里爆得出火来，在对刘备看。刘备心里向明白格哦。刘备看到众将，眼睛里向有杀气，在对俚看。刘备心里向，别别别别——跳。完结了。信虽然写出去，吾登在该搭点，吾条性命危险。俚看酿，俚看看俚笃种目光看，凶相毕露，要害杀吾了。吾勿能登在该搭。况且呢，吾也勿愿意关公到该搭来，赔拨了袁绍了，抵偿颜良、文丑。吾是假格呀。因为要让俚勿拿吾杀了，所以讲什梗格闲话啊。吾刘备要想，搭兄弟碰头之后，另外开辟一块地方了，自立门户了。吾勿能够一径寄人篱下，在俚格搭点，借住夜了吃便饭。格么呐吭弄法？刘备心里向转念头，动脑筋，逃走。想格办法溜出城。溜到啥场化去呢，溜到黄河边上，等兄弟来。吾格封信去，兄弟板来。兄弟如果说带着吾家小，离开曹营，俚板要出五关，过黄河。俚过黄河，吾在黄河渡口等俚。吾看见了，吾马上搭俚讲，兄弟，冀州勿去哉。吾已经逃出来哉，吾搭俚呢，另外寻出路。先去寻张飞，勿晓得张飞失散在啥场化。寻着张飞么，吾伲另外去开辟一块地盘，自立门户。

刘备在动格个脑筋。所以旁边头啥人去送信了，啥人讨差使，俚勿关心。俚独在动脑筋，呐吭逃走。结果呢，旁边有一个文官跑出来。"下官愿去，送——信。"袁绍一看，啥人？勿是别人，此人姓陈，单名格震，号叫孝溪。年纪虽然轻，肚皮里有学问的。俚去，可以。就拿格封信交拨了陈震。陈震拿书信身边困好，辞别袁绍退出去。刘备总抵讲，袁绍要退堂哉啦。俚退堂么，吾马上想办法。回到仔公馆动脑筋，还是日里走了，还是夜里溜。俚在动脑筋辰光么，嗳！外头叫啥跑进来一个底下人。

"禀，主公。""何事？""西蜀，峨眉山，邓芝，邓伯苗先生到。求见。""请！"袁绍一听么，心里向非常高兴，来仔格大好佬了。俚是四川峨眉山上下来。格个人姓邓，单名格芝，号叫伯苗。袁绍听见俚名气长远的。曾经三次派人到四川，请俚出山么，勿碰着人的。一歇歇，峨眉山去了。一歇歇，啥格山去了。寻师学道了，勿在屋里向。

嗳！今朝巧哉。吾请三埭，勿碰着俚格人。俚自家到该搭点来么，再好呒不了。俚请邓芝进来么，刘备呐吭，刘备看也勿对邓芝看，有啥看头。四川峨眉山，峨眉山么又是呐吭。刘备勿关心，独在动脑筋，呐吭逃走。

邓芝进来。袁绍一看，邓芝，头上道巾，身上道袍，丝带系腰，粉底靴儿。背心上背一口宝剑，腰里丝带上结一只葫芦，飘飘然，神仙之体态。格个人清秀啊。见礼之后，摆座头，旁边坐定。问邓芝哉啰："邓先生，怎生到此。""明公，在下在西蜀，峨眉山学道。我家老师，与我言讲，说目今，皇气在冀州，命我下山，赶奔冀州，投奔明公，共图大——事。"哈呀！袁绍一听是，高兴啊。啥体呢，吾要做皇帝。俚听酿，邓芝在讲：俚在峨眉山上，俚笃格先生，格个先生是峨眉山上格人么，劲说得啰，终归仙人啰。格老师搭俚讲，有股皇气。啥叫皇气呢，就是皇帝格气啦。格个一股气，哈——冲上去。啥场化有什梗一股气呢，啥场化就是要出皇帝的。皇气在啥场化呢，皇气就在冀州。因此呢，叫俚到冀州来，帮吾共图大事。的确，当今，汉朝呢，衰败了。诸侯纷争，各方割据。诸侯当中呢，凭良心讲，吾实力顶强，人马顶多，顶有资格，一统天下了，做皇帝。

听邓芝什梗讲法么，显然吾将来要做皇帝格啰，蛮开心。就问邓芝哉啰，"邓先生，你，从峨眉山而来，呃呵！所学何术？"俫学点啥格本事呢。邓芝讲：吾格本事啊，老师教的。能够呼风、唤雨，撒豆成兵。而且还能够论算阴阳，能知过去、未来之事。随便啥人，吾俫算得出。吾背心上格口宝剑呢，先生拨了吾的，飞剑。曼得拔出来，望准天上一乩，兵，一道白光出去。在一百里路范围里向啦，要拿对方颗郎头拿下来，如同囊中取物。

哈呀！袁绍一听开心啊，啥有什梗大格本事啊。"当真么。"倒有点怀疑。"明公不信么，立即可以一试。"硬横。灵勿灵当场试验，准勿准过后方知。俫试啊。

袁绍想，蛮好，试试看呢。试俚啥格本事呢？呼风，来一阵风，风忒大也勿好。勍来阵龙卷风了，拿房子俦吹坍了，老百姓要受灾格啦。勿好。唤雨。雨水忒多，地里向格庄稼受影响，也局。撒豆成兵，一粒豆就可以变一个兵，拿一斗黄豆出来，哗，撒出去是，就可以变成功几万个兵。别样呒啥，几万个兵登在满街跑，那么作兴闯起祸来呢，格收管也蛮难收管啰，也勿好。飞剑吧，飞剑杀脱格人白相相吧。钢刀虽快，不斩无罪之人，一眼呒不名堂，去拿别人家颗郎头拿下来，又勿是敌人。也勿好。想来想去么，论算阴阳，勿伤脾胃。叫俚算算看。

"我要请你论算阴阳。"好，俫点，随便点啥人，吾就可以晓得，俚姓啥叫啥，俚格过去未来啦。嗯，袁绍想蛮好。吾来点格人拔俚算算看。点啥人呢？吾手下班文武官员，在冀州名气大，差勿多俚笃格历史，底细，大家俦晓得的。只要俚在该搭点打听一下，心里就有底。吾要弄格陌生人拔俚算算，让俚呒不办法算出来啦。啥人呢，刘备。坐在旁边格刘备。俚勿是冀州人，冀州老百姓晓得俚格勿多的，对。

"喏喏喏，邓先生，算——他。"节头子对刘备一指。"噢。"邓芝点点头。看邓芝格节头子搭来搭去，只大拇节头，啊，在第二只节头，当中节头，几只节头子当中搭来搭去，算在论算阴阳。

刘备呐吭，刘备真勿在心上。刘备呒不心思在听格种邓芝格鬼话。俚明明晓得，格种江湖诀哟，卖野人头，瞎三话四。看也勿对俚看哟，独在动脑筋，呐吭逃走。一听见袁绍关照邓芝要算吾，嘿！格有啥算头。刘备头沉到，勿响。邓芝算仔一算，好了。"明公，此人，姓刘，名备，字玄德，涿州人氏。中山靖王之后，孝靖皇帝阁下玄孙，当今，天子皇叔。"

哈呀。呃，袁绍想对呀，对啊！一眼勿错。刘备心里向转念头，袁绍，俫上当哉。格个有啥稀奇啦，吾刘备格相貌，有特征的。两只耳朵比一般格人来得大，人称大耳刘备。那么吾头上是七龙冠，身上是狮爪蟒袍，格身打扮呢，就是皇叔格打扮。那么吾两只耳朵什梗大，俚一看大耳朵、七龙冠、狮爪蟒袍，还有啥人，总归刘备了。那么吾刘备，涿州人。吾中山靖王之后，孝靖皇帝阁下玄孙，皇帝格阿叔么，差勿多点格老百姓侪晓得的。吭啥道理。刘备仍旧勿对邓芝看。

袁绍在点头格辰光么，邓芝在算哦。"他，兵败徐州，逃遁到来，明公将他收留。"袁绍说，对。刘备想，格么有啥稀奇呢。吾败徐州几化日脚了，几个月了。领领市面格人，啥人勿晓得吾兵败徐州，跑到该搭点来。江湖诀。邓芝又在算下去。"他的兄弟关云长，在曹操营中，斩颜良，诛文丑，连伤明公麾下两员大将。明公要将他斩首。刘备说，要写书信，叫关云长到来，投奔明公，赔偿颜良、文丑。"哈呀！格袁绍格佩服是佩服得啦，五体投地。仙人，真格仙人。刘备从前格事体，俚晓得，勿稀奇的。斩颜良、诛文丑，俚晓得，也勿稀奇。因为嗻，在败兵回转哉，城里向侪在传开来。而刘备要写信去叫关云长到该搭来投降吾，来赔偿颜良、文丑是，簇新鲜格事体了哟。俚在外头，俚勿可能看见，也勿可能听见的。格个俚能够算出来到么，真的，真仙人。

佾袁绍在点头格辰光么，刘备心里向，别！啊呀！那么嗻，勿怕佾刘备勿相信。佾说俚江湖诀呢，俚呐吭晓得佾写信呢？而且格送信格人刚巧跑出去啦。格个事体，俚在外面的，俚勿可能看见。刘备倒慌哉呀。啊呀，写信，能够拨了俚算出来。别样吭啥，吾要想逃走，勐拨俚算出来哦。

刘备正在急格辰光么，邓芝开口哉。"明公，刘备写信，哼哼！出于无奈，并非真心。他呢，要逃遁了。要逃到黄河边上，等候他的二弟云长，同往别处，自立门户。""喔！"袁绍一听，对刘备一看么，刘备格面孔侪红出来哉。哪怕佾刘备资格好，到格个辰光，刘备实在紧张。格个人格个眼睛凶得来，吾肚皮里转格念头，俚呐吭会晓得呢？居然拨俚算出来，吾要逃走，吾要到黄河边上去等兄弟。搭兄弟一道，另外到别场化去自立门户。对格呀，吾是什梗想的。但是刘备嘴上，呐吭好承认。刘备连连摇手。"啊呀，明公，休听他的胡言乱语。刘备受明公的厚恩，哪有逃遁之理哪！""哼。"袁绍心里向转念头，刘备啊！嘿嘿！佾勿想逃走，佾面孔啥体红，心虚了么。拨别人家看出来哉么。佾要逃，谈也勐谈。红面孔勿到该搭点来，无论如何勿拨佾逃走的。

"高平、高怀听令。""在。""有。""带领五百军卒，监督刘备，寸步不离，倘然刘备逃遁，首级交令。""得令。""遵令。"高平、高怀两家头令箭一接，勿走，就望准刘备背后头一立。从现在开始，格两个大将带五百个兵，一日到夜，一夜到天亮，看牢刘备了。

刘备格个辰光，叫心灰意懒。一个人在触霉头格辰光么，碰得着的。眼眼调会得碰哉，格个江湖诀格朋友。搞七捻三一来么，真格拨俚会得算出来的，那是僵。那要逃，勿能逃哉。

袁本初开心的。就此请邓芝呃，担任护国军师。拨一支公馆拨俚。外加邓芝还有家眷到该搭点来了哟。格蛮清爽，俚勿会是假佬戏的。邓芝退下去，让俚到公馆里向耽搁。

刘备呢，有高平、高怀押下去，回到俚自家公馆里向么，那好了。高平、高怀轮班看，五百名军兵呢，一日到夜，一夜到天亮，在刘备房门口守好。前后门，俦有人岗位守好。刘备到东跟到东，刘备到西跟到西。那是刘备一点自由呒不。俦要想逃走，俦除非生鸡翅。生仔鸡翅也蛮难飞啦。刘备呒不生路，勿能逃。俦一动，一动马上拨俚笃杀头。那僵哉嘎。陈震格封信几时到许昌么，兄弟几时来。如果兄弟一到冀州，拨俚笃扣留起来是，吾家人家完结。刘备么心如刀割。

袁绍方面，听陈震格消息来。俚一门心思，想。吾文格有邓芝，武格再加一个关公是，吾格实力更加强哉啦。袁绍格方面吾拿俚亐一亐开。

现在再说关公。关公叫啥现在带一路人马，离开许昌了，兵进汝南。格呐吭关公么，又打起汝南来哉呢。因为黄河边上战斗结束之后，曹操搭关公回皇城。回到皇城之后，接到一个报告，汝南城外有座山，叫凌山。凌山上，有两个强盗大王，一个叫刘辟，一个叫龚都。杀进汝南城，拿汝南格县官杀脱，拿守将结果性命。汝南失守，拨了强盗占领。汝南附近格地方官员呢，写告急文书了，到许昌来告急。

曹操接着文书，讲拨大家听么，关公就立起来讨令：吾去。吾带三千兵到汝南，夺回汝南。曹操说：俦斩颜良、诛文丑刚巧回转来，休息也呒不好好叫休息，马上就过去么，忒辛苦哉啰。呃，云长说：勿。吾格脾气，空着呢，吾倒反而要厌气得生病啦。俦让吾去干点事体去。好。格么曹操想，派俦去吧。曹操在动啥脑筋呢，曹操想：该格辰光俦到汝南去，也勿见得会起啥格作用。因为文丑死脱，文丑格败兵回转去，报告袁绍之后，刘备在袁绍搭，刘备肯定要拨了袁绍，嚓！杀。吾只要等到冀州格探子回转来报告，刘备死了，吾就好拿刘备格消息告诉红面孔哉：俦勿要去寻唔笃阿哥了，唔笃阿哥死了，拨了袁绍杀脱的。俦阿要报仇，要报仇格么，吾马上带兵去，打袁绍。俦搭吾一道去。那么关云长死心掉落，只好投奔吾曹操。曹操是转什梗格念头。

格么关公为啥道理，什梗起劲，要带人马去打汝南呢？俚并勿是真格要报答曹操，也勿是因为厌气要生病。俚牵记得格刘备，勿得了。俚想想吾登在皇城啦，吾得勿着刘备格消息。就算有刘备消息来，曹操要拿俚封锁住，勿拨吾晓得。吾到黄河大营去，斩颜良，诛文丑，打了两仗。但是吾搭外界接触少的，吾勿晓得刘备，阿在勿在。关云长呐吭想得到，延津渡，刘备在看俦打呀？俦诛文丑，刘备俦看在眼光里。刘备为仔俦，现在在吃苦头，受难。拨人家一日到夜，像囚犯什梗看押起来。关云长勿晓得格吇。关云长想，吾呢，带人马到汝南去。一到汝南，一打仗，吾路上就好打听。如果说打听出来，刘备在啥地方，有确切消息了，那么吾回头曹操，吾跑了。吾要去寻刘备了，因为吾现在晓得刘备在啥地方。关公是出来打听刘备消息格吇。

所以三千人马浩浩荡荡，路上下来，直到汝南。离开汝南城十里之遥，炮声响，设立营寨。

格么关公带得来三千兵中，有两个偏裨牙将。格两个偏裨牙将，侪是曹操手下心腹啦。曹操派俚笃来，表面上听关公指挥，实际上呢，带一点点，看关公有点啥格异样举动，带点监视性质。关公心里也当然有数格啰。

营头立好了，埋锅造饭，饱餐一顿。叫偏裨牙将，衲去休息。关公呢，坐好在帐中。拿仔本《春秋》在看书。二更天，关公还勿想困。嗳！外头底下人报进来。"禀君侯，巡逻兵捉牢两个奸细，在外面。"关公拿书一放，奸细。"押上——呃来！""是。"到外面，拿两个奸细押到里向。"跪下。""呃呵！是。君侯在上头，小人磕头。""君侯在上，小人磕头。"云长一看，两个人身上格打扮呢，老百姓样子。哪恁会得当奸细格呢？"抬起头——来。""有罪，不敢抬头。""恕尔无罪，抬——呃头。""酌。""是。"两个人，乒！头抬起来。云长将仔两根组苏对下面一看。哈！云长推位一眼眼跳起来。啥体么，看到下面两个人当中有一个啦，认得的。自家人。啥人呢，刘备手下格文官，此人姓孙，单名格乾，号叫公祐。啊呀！孙乾，倷呐吭到该搭来啦！徐州失散之后，讯息侪吆不。呐吭倷会在汝南呢？倷在对俚看格辰光么，口勿开格啊。人呆一呆，眼光里侪是闲话了。

孙乾在对关公看格辰光么，孙乾也勿开口。但是眼睛，侪会得讲闲话的。所谓眼乃心中之妙。孙乾格眼光里向在对关公看。意思里向：二将军啊，请倷回避左右。吾有闲话现在勿好讲，倷回避左右吾再讲。云长阿看得出呢，呐吭会得看勿出呢，自家人哟。

俚马上下命令，关照家将，拿格个奸细押出去。唔笃通通侪退出去，就留一个人在那。吾单独审问。嚯咯咯咯——家将退下去。另外还有一个奸细押到隔壁座帐篷里向，看押起来。

关公俚要紧走出案桌，嗒，拿孙乾搀起来，摆好座头。坐。孙乾坐定。"公祐，怎样到——呃此。""啊呀呀呀，二将军哪，一言难尽。"讲呢。吾在守徐州。刘皇叔呢，带张飞守小沛。倷么，在下邳。吾呢，搭简雍、糜竺、糜芳，吾倪四个文官呢，守徐州。曹操人马到，徐州失守，小沛失守。吾倪四个文官呢，逃散脱了，各逃生命。吾也勿晓得简雍在啥地方，也勿晓得糜竺、糜芳到仔啥地方去。小沛呢，失守了。刘皇叔、张飞不知去向。再打听下邳呢，也失守了。听见说倷呢，跟仔曹操到皇城去。大家吆不机会碰头，那么呐吭弄法？吾只能够流浪江湖。到处打听，阿晓得刘皇叔在啥地方？打听着仔呢，吾想到刘皇叔搭去。勿晓得，哪恁路过汝南，流浪到该搭汝南城外凌山格辰光么，拨了强盗捉牢。拿吾押上山。强盗大王呢，一个叫刘辟，一个叫龚都。问吾倷啥人？那么吾告诉俚笃，吾是刘皇叔手下格文官，徐州失散逃出来，吾叫孙乾，流在到此地。银子吆不的，唔笃要拿吾哪恁处理么，唔笃就办吧。嗳！叫啥格刘辟、龚都两家头一听，非常格客气。搭吾松绑了，外加跪下来搭吾磕头哟：孙老爷，吾倪两个人呢，从前投奔过黄巾。黄巾失败之后，在该搭点占山为王了，打劫过路客商。倪要想弃邪归正，也是仰慕刘皇叔格威名，要想投奔刘皇叔，吭不机会。既然俫是刘皇叔手下文官呢，倪就跟俫。将来俫碰头刘皇叔，请俫介绍，倪登在刘皇叔手下当差。格吾说可以啊！那么俚笃就请吾在山上，做强盗军师。

关公响勿落，孙乾做仔强盗军师了。后来呢？后来么，吾打听。一打听，汝南城里向，人马勿多，武力勿强，那么吾就用一条计策。关照刘辟、龚都，带领小强盗，乔装改扮老百姓样子哦，陆陆续续，零零散散，混到城里向，里应外合。杀脱知县官，杀脱俚笃格守将。拿唔笃格点小兵呢，收下来，投降吾倪哟。占领汝南么，得一座城关。意思呢，就是要想得着仔汝南之后，去打听刘皇叔。打听着消息，请刘皇叔到汝南来。因为徐州失散之后，徐州、小沛、下邳通通俫失守了，吭不立脚地方么。汝南就是蛮好一个立脚地方么。就可以请刘皇叔到该搭点来。今朝得信，说俫呢，带仔曹兵杀到该搭来了。那么吾搭刘辟、龚都讲，吾来去碰头俫。特为带仔一个小强盗，认得路的，领吾到该搭点来，闯到唔笃巡逻兵格范围里向么，担拨唔笃捉，捉老仔解到该搭来。吾想来问声俫，二将军，俫到底唵投降曹操。俫如果说已经投降曹操了啦，格吭啥多讲，俫杀吾格头。俫拿吾格头送到许昌去，碰头曹操，俫去立功，俫去升官。如果说，俫虽忘记脱刘皇叔，俫虽投降曹操的，俫勿应该来打汝南。

哈呀！关公说，孙乾呀，俫误会着哟。吾哪恁会得投降曹操，吾哪恁会得忘记桃园弟兄呢？格么俫呐吭在皇城呢？

俫勿晓得呀，吾在守下邳，下邳失守了。曹操占领下邳城么，两个阿嫂，拨俚笃捉牢。吾呢，在城外头土山上，拨俚笃包围住。吾预备死哉。张辽来劝吾，说俫勿能死。俫一死，唔笃两个阿嫂也要死。俫一死，唔笃格阿哥兄弟得信也要死。俫一死，俫勿能够为国效忠了。那么俚劝吾投降。暂时投降下来呢，既能够保阿嫂，又能够寻弟兄，又可以为国效忠。那么吾提三个条件。第一桩，吾降汉勿降曹。第二桩，要优待两位皇夫人。第三桩，吾得着刘备消息，吾马上就要跑。答应的，吾停止战斗。那么喏，曹操答应。答应了，所以吾带仔两位皇夫人啦，跟仔曹操到许昌。吾登在许昌，是要打听大哥消息，吾晓得大哥在啥地方。孙先生，俫阿晓得，皇叔在啥场化呢？

吾听说哟，勿确切，听说。听说呐吭呢？听说现在辰光，刘皇叔在河北冀州。

啊——呀！耶！二将军，俫为啥道理要着急？勿好。如果说，大哥真格在冀州，格么吾闯祸哉。闯啥格祸呢？因为吾勿晓得大哥在啥地方，什个长，什个短，吾斩颜良、诛文丑，连伤袁绍手下两员大将。格恁一来呢，大哥在袁绍搭啦，袁绍板要难为大哥。大哥性命有危险。

孙乾说，格倒对的。格么格恁样子。既然，俫要想搭皇叔碰头格么，格恁，俫放吾出去。吾呢，明朝动身，吾马上到冀州，吾去打探。究竟刘皇叔阿在冀州？如果说在冀州的，刘皇叔是呐吭格处境？吾弄清爽消息之后，吾马上赶奔到许昌来搭俫碰头。俫等吾到许昌么，俫就可以回头曹操了，动身到皇叔搭去了。好格呀。格么，格么孙先生，倽么跑，格汝南呐吭弄法？曹操派吾到该搭来打，吾勿打，就什梗回转，勿像样子格啰。

孙乾说，吾有办法。吾现在到城里向去，吾搭刘辟、龚都碰头，讲明白，吾已经搭倽接上头了。明朝呢，俚笃到城外头搭倽打。打格辰光么，二将军啊，倽勿能杀脱俚笃的。俚笃两家头格本事整脚的。但是人勿错，蛮厚道，愿意投奔刘皇叔，将来也好派派用场。那么倽搭俚笃打格辰光呢，倽甏用功夫。倽拿俚笃杀败，吾关照俚笃打几个照面，假败逃走，那么倽么追。俚笃逃进城，倽追进城。俚笃逃出城呢，倽勿要追了，让俚笃回到凌山去。那么倽呢，汝南留格几日天之后，倽马上就跑。倽跑么，吾叫俚笃回过来，复夺汝南。什梗一来呢，倽么，拿汝南收回了。吾伲呢，也甏失脱。一面打墙两面光。将来刘皇叔到汝南么，可以立脚，倽看呐吭？关公说，可以啊。那么关公拿外头底下人喊进来，关照底下人。"这二人，并非奸细，放他们，出——营而呃去。""是。"

家将答应。家将就拿孙乾搭另外一个小强盗，放出营头。当夜过脱，到明早转来早上，关公点五百个兵，带了偏裨牙将，离城三里，讨战。倽讨战辰光么，人马来哉哟。啥人来呢，龚都。龚都带领三百名军兵，冲出城关。因为孙乾侪搭俚讲好，搭关云长打三个回合，假败逃走，让俚追进城么，吾伲逃出城。

龚都心里向在寒哦。关公本事好的，吾搭俚打起来，孙乾是关照俚勿能杀脱吾。甏俚，甏讲好了，活里活络了。啊，吾搭俚一打么，嚓！一刀，拿吾结果性命哟。吾闲话要点点俚穿，让俚勿能够拿吾杀。

龚都马匹过来么，关公马也上来，碰头。喏，关公因为背后头有两个曹操手下格偏裨牙将么，表面上要做得足一点。对仔格龚都，"强徒，留下名来"。"大王爷，龚都便是。红脸的呀红脸的，你，忘恩负义。"呒！关公想，倽呐吭出口伤人？骂吾忘恩负义。"怎——见得？""刘皇叔现在冀州，你不去投奔皇叔，反来攻打汝南。你可知晓，大王已经归降了刘皇叔了！"

啊呀，关公心里向转念头，龚都呀，倽呐吭什梗吭青头。倽喤当喤当，一讲，吾已经投降仔刘皇叔了。唵，什梗一来么，拨了后头格偏裨牙将听见，要去报告曹操。啥格刘皇叔在冀州，倽什梗一讲，要弄僵吾格哟。关公心里阿要光火格啦。对俚眼睛一弹，倽放心好了，勿会杀倽的。倽啥体要捆牌子出来了，吾投降仔刘皇叔哉呢。

"不用多言，放——马！""放马。"哈——两骑马碰头辰光，龚都，喇！一刀过来。云长只用得五分气力，因为晓得俚本事推位啦，用半把道成，嚓冷——掀着么，龚都格刀，直荡格荡出来。喔哟！龚都对关公看看，倽轻点酿，力道忒大哉嘎。关公响勿落，格本事么，实头搭浆。回手，喇！一刀过去么，只用三分本事。龚都，嚓冷冷！掀开俚家什，再打。

关公以为打脱三个回合么，俚总要败哉咯。叫啥三个回合打下来，龚都倒勿败哟。

关公心里向转念头，大概么，俚想扎点面子，多打两个照面。格算了，格么就打十个回合么，也差勿多了。叫啥十个回合打下来，龚都倒原旧勿走。为啥道理勿走呢，龚都明白。龚都想今朝格便宜货，勿拓是呒不机会了。搭关公打，勿容易的。俚是斩颜良、诛文丑格种威名。吾今朝横竖，俚勿会杀吾格么，吾搭俚打脱格三百个回合。格个三百个回合打下去之后呢，吾格名气响得呱喇喇。天下人侪晓得，龚都本事阿大？哪恁勿大？搭关云长打三百回合。关公斩颜良、诛文丑，格个龚都能够搭俚打三百个回合是，比颜良、文丑格本事，好好叫大了。勿知呐吭拨俚想出来。想拓便宜货的，趁抢势里向扬扬名气啦。

那么关公阿要光火。俆本事么蹩脚的，格搭吾打，尽管什梗打下去，算啥格名堂？云长光火，稍微用一点气力，喇冷！拿俚家什劈开，对俚眼乌珠一弹：阿走，再勿走要真打哉。

龚都晓得勿灵哉。关公在板面孔哉。走吧！圈转马头就逃么，关公追。龚都逃进城，关公追进城。龚都逃出城么，关公勿追了。让俚去。盘查仓库，检点钱粮，出告示，安民。一切例行公事侪办好了。连下来呢，留一个偏将在该搭点守汝南。挺几化兵呢，挺五百个兵。云长呢，收兵回转。

勿晓得俆跑脱。三日天，刘辟、龚都城里向埋伏好人马了，里应外合，哈啷当，冲过来么，拿格偏将结果性命，五百个小兵投降俚笃么。好了，刘辟、龚都再得汝南城么。吾未来先说了，拿俚表过啦。

云长现在呢，回许昌。见曹操交脱令箭之后么，俚要紧回将军府，来碰头两位皇嫂。两位皇嫂呢，中门一开，帘子一下。两个阿嫂在里向，关公在外面。隔帘子相见。两位皇夫人要紧问哉啰。"二叔，此往汝南可探得皇叔的下——落？""这——个。"那么关公为难。呐吭讲法？俆问吾到汝南，唵打听着刘皇叔消息，得着的。吾碰着孙乾，听说刘皇叔在冀州，不过勿确切。要孙乾到冀州，回到皇城来搭吾碰头，那么可以有数目。再好动身去，碰头刘皇叔。

格么云长为啥道理勿讲呢，勿敢讲。背后头侪是丫头。格些丫头呢，是曹操派得来服侍两位皇夫人。好听点么来服侍的。其实呢，其实么是来监视格啦。吾如果讲出来，拨唔笃一听。唔笃晓得了，丫头马上去消息传出去，传到曹操搭。曹操晓得，吾碰头孙乾了，而且晓得孙乾要进五关来。曹操蔓得下一道命令：五关守将注意，倘然有孙乾什梗一个角色，要路过五关，抓下来。杀！

好了，孙乾完结。孙乾格条命保勿牢，俚死脱，吾根线断脱了。吾得勿着刘备消息，吾呐吭跑呢。所以云长，打一个格楞，迟迷了一歇。阿嫂第二遍在问哉么，肚皮里向转念头：嫂嫂，抱歉噢，吾勿好讲的。吾只好让唔笃暂且难过一下。为了要保护孙乾格安全，为了要将来顺顺当当搭刘皇叔碰头，吾只能现在连唔笃也保密一下了，勿能讲。"二嫂，关某此往汝南，未曾探得兄长，下——落。"夫人一听么，眼泪，嘚尔——下来。啥体，刘备死哉。倷看酿，二阿叔面孔上格表情看得出的。吾问俚，阿有皇叔下落，俚打一个格楞，屏仔一歇，那么再讲，呒不下落。格种面孔上格表情，可以看得出是，不祥之兆。关照二叔：倷退下去吧。关公退出去。

两位皇夫人，那么熬勿住，放声大哭了。那么该两天，一径做着刘备格噩梦。看上去刘备是凶多吉少。唔笃两家头一哭，丫头也哭了。惊动外头老兵。看中门格老兵问，啥体哭呢，说刘皇叔死哉，所以哭。喔，哈呀！老兵说刘皇叔殟死呀！关将军在汝南战场上碰着一个强盗，强盗讲的，刘皇叔在冀州。倷为啥道理勿去呀！家将侪回转来告诉佢，殟死呀！

两位夫人听老兵一讲么，心里向转念头，关公变心了。马上关照去请关公进来。关公到中门跟首么，两位夫人对仔俚。"哦呀！二叔，你——好！"倷既然到汝南，听见仔刘皇叔消息，倷为啥道理要封锁。看上去，倷投降曹操。既然倷要功名富贵，倷投降曹操了。格什梗，伲马上死。伲死脱，倷呒不带拉，呒不累赘，倷可以好好叫做官了。唔笃什梗一讲么，关公熬勿住，卜落笃，跪下来。那勿能勿讲，两位阿嫂要寻死路。

二嫂啊！吾勿是瞒唔笃呀！什个长，什个短，碰头孙乾。因为孙乾要进五关来，恐怕有危险了，吾只能够熬住了勿讲。并勿是吾变心，吾呐吭会得变心呢？两位夫人那么明白，冤枉仔二阿叔。那么就关照二阿叔，倷退下去吧。假使说孙乾来，倷马上来告诉伲。关公心里向转念头，孙乾勿可能来格哉。因为丫头马上拿格消息，要泄漏到相府里去，曹操得信。五关封锁，孙乾进勿来。吾呐吭能够动身走呢？倷心里向在难过么，勿晓得，刘皇叔格信到哉吙。关云长接着陈震书信，马上就要挂印封金，三里桥挑袍。

下回继续。

第六回
三里桥挑袍

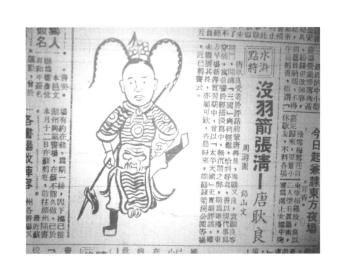

关公，搭两位皇嫂讲明白，汝南碰头孙乾格过程之后，心情交关沉重。俚在担心啊，消息马上会传到相府。曹操晓得之后，一定会在五关上布置好。假使孙乾来，拿孙乾抓下来么，孙先生，性命难保啦。而且，确切格消息，勿能传到该搭来么，吾呐吭动身跑呢，所以关公回到书房间里向，坐定格辰光，真是心事重重么，外头报得来。"禀，君侯。张辽将军到，求见。"

啊？关公一呆，张辽来，作啥？刚巧，在相府里向，吾碰头过俚啦。俚也呒啥闲话搭吾多讲。格现在为啥道理，突然之间到该搭点来？阿会，汝南格事体，曹操晓得啦？派张辽到该搭点来啊。让吾来问问看。

马上关照，请。张辽来哉。关公就问俚哉啰。"文远，到来，何——事？""闻得仁兄在汝南，沙场之间得到令兄消息，岂非可喜啊。""嗤，这——个。"关公肚皮里向转念头。啊呀！不出吾之所料。俚问吾，倷在汝南战场上，听见唔笃阿哥格消息，要来贺喜倷。该格消息么勠问得，就是龚都讲了，偏裨牙将侪听见，回转来搭曹操一报告么，曹操派张辽来问吾哉。"关某虽则闻知兄长下落。然而，未见兄长之面，何喜，之有？"格个消息还勿可靠，要搭阿哥碰头，格么是可喜的。有啥喜头？张辽转念头，蛮好。红面孔老实头，马上就讲：是的，听哉咯。"请问仁兄，可要去找寻令兄啊？"关公心里向转念头，倷问到吾？格么，吾老老实实讲拨倷听，吾要去寻的。吾只要得着确切消息之后，吾就要去寻。而且关公呢，还关照张辽，"拜托文远，在丞相驾前，言——呃明。倘然关某，闻知兄长下落，前去找寻，不——及面辞丞相，望丞相勿责。"喔哟！张辽心里向转念头，红面孔说在吾前头。叫吾带信拨曹操，假使俚得着刘备消息，俚要跑，来不及当面来回头倷么，勠动气，勠怪。

唉！张辽勿明白。倷搭刘备到底有啥格深厚格交情了，板要到刘备搭去？吾想勿通。为啥呢？一个人，活在世界上，到底想啥？老底子么，有什梗两句闲话的：一个人活在世界上，顶顶要紧是铜钿。为仔铜钿呢，命也可以勿要的。叫"人为财死"，有什梗一句闲话。格么当然啰，也有人勿贪铜钿的，勿愿意照格句闲话去做。但是还有种人讲啦，叫"人不为己，天诛地灭"。一个人侪是为自家格利益。那么，从个人人格利益讲起来，关公到刘备搭去，吭啥利益呀。刘备穷得嗒嗒滴。在河北，借住夜，吃便饭，寄人篱下。倷去有啥格前途？倷登在曹丞相嗨头，高官厚禄。要房子，有房子。要金子，有金子。要美女，有美女。哪里样勿称心？倷为啥道理，板要到刘备搭去？而且还有一句老古话，叫啥？叫"英雄难过美人关"。也有种人，铜钿看穿的，名气吭啥了勿起，侪是假的。在格美人格个一关上，过勿过。跌跟斗，犯错误，身败名裂。格种故事，在历史上多得很。而关云长呢，十名美女拨俚，无动于衷。送在里向，服侍两位阿嫂。铜钿、官爵侪勿想，就是要到刘备搭去。过格种，穷日脚，苦日脚。侪追求点啥呢？喏，张辽想勿通啦？张辽心里向转念头，刘备搭俚也不过是格朋友啰？吾搭俤么，也是朋友啰？

今朝，吾倒要来问问清爽看。"仁兄，张辽要请教仁兄，张辽与仁兄之交如何？"关公心里向转念头，俤问格句闲话啥意思呢？俤搭吾格关系，交情，啥格交情？格交情深啦。格辰光，张辽做知县官，俤还勿姓张了，俤格辰光姓聂，三个耳朵格聂，叫聂辽。在山西地方上，做知县官。格辰光关公呢，还在乡下了。路见不平，拔刀相助，杀脱仔格恶霸，到衙门里投案。聂辽看见关云长相貌堂堂，而且是见义勇为，就拿俤放脱的，让俤跑。那么关公跑出去，后来就桃园结义啊。格么聂辽呢，俤留勿下来了。因为杀脱格恶霸有势力，搭京里向十常侍太监，权柄顶大格朋友有关系。俤放脱格凶手，聂辽格官勿能做哉啰，挂印而逃。逃出去呢，改姓张。张呢，是俤娘格姓，也就是娘舅家格姓。聂辽改为张辽。格么第一次，是聂辽救关羽。连下来，白门楼，张辽拨了曹操捉牢。曹操要拿张辽杀，是关公跪下来讨情了。关公救了张辽。屯土山，约三事。关公危险了，又是张辽救了关公。俤笃之间格感情，勿是一般的。俤救过吾，吾也救过俤，性命出进格事体啦。格当然，格个朋友格感情是深刻的。但不过呢，还是格朋友。

关公心里向转念头，俤问吾么，蛮简单啦。"关某与文远，乃是朋友之交。""那么张辽要请教仁兄，仁兄与玄德之交，便怎样？"俤搭刘备呢，也不过朋友啰。俤为啥道理对俤感情，要格怎样子深呢？"哎——唉。文远，关某与皇叔，是朋友而——弟兄，弟兄而——君臣，岂可得尔，并——论乎！""喔喔喔喔……"那么张辽明白，两样的。吾搭俤一层头关系，朋友。俤搭刘备先是朋友，连下来拜弟兄，拜仔弟兄下来，变君臣，三层关系。格个层次就深了。勿好比。既然什梗么，也吭啥多讲头哉啰。"张辽告辞了。"张辽走，关公也勿留俤，让俤回去好了。

张辽回转相府，碰头曹操，就拿格番情形讲拨了丞相听。曹操心里向转念头，看上去格苗头，红面孔留勿牢哉啰，要跑哉啰。格么呐吭办法？嗳，消息又来哉。啥格消息呢，就是关公府第上格丫头，拿消息传出来。

因为关公屋里向格种丫头、娘姨、阿妈，包括外头格种底下人了，啥等等，侪是曹操派得去。有啥格一动一静，马上就要来报告。曹操现在得信，关公搭两个阿嫂讲过啦，在汝南，碰着刘备手下文官叫孙乾。现在孙乾呢，已经赶奔到冀州，去打听刘备消息。打听明白再到许昌来，碰头关公么，关公就要跑了。曹操一听么，完结完结完结完结。只要姓孙格一到，格事体就僵，红面孔要跑了。吾随便呐吭勿能拨俤走。

曹操一方面下令，关照五关上，注意。假使有孙乾什梗一个角色，要来，抓下来。马上解到相府，让吾来处置，勿能放俚搭关公碰头。同时呢，曹操再关照张辽：文远啊，什梗吧。红面孔假使要走啦，俚板要来回头吾。俚要来回头吾呢，吾勿搭俚碰头，吾装生病啦。

曹操拿格相府辕门上格门公，喊进来关照。俟搭吾呢，头门上挂一块牌，牌上两个字"回避"。文武官员来见吾，俟进来报告，放俚笃进来好了。关公要来见吾，勿能放。就告诉俚，丞相生病，勿能见客。医生关照的，随便哪里一个客人，勿能见面。那么张辽，吾么现在关照，门上什梗已经安排哉。俟呢，也回转去关照门上，假使关公来见吾，要回头吾，吾勿搭俚见面，俚要来寻俟格啦。因为俟是当中横里人啦。屯土山、约三事，俟搭俚接头的，那么俚见勿着吾么，要来回头俟，叫俟带信拨了吾。俟呢，也勿搭俚碰头。也推头身体勿好，勿能见客，那么俚见吾见勿哉，见俟见勿哉，俚不别而行，俚到底还做勿出。什梗呢，拿俚留下来。留，留，留留留，留到俚勿想走了，一个人格热情要退下来格吆。等到一降温了，冷下来了，俚觉着登在该搭点还是勿错的，俚勿走了，格么吾目的就达到。曹操是挖空心思，搭张辽商量好。张辽有数目。张辽么让俚回转去。

勿晓得关公送走张辽之后啦，外头底下人又进来报告。"禀，君侯。外头来格人，求见君侯。自称是君侯格同乡，有闲话，要当面搭俟讲。""噬！"关公觉着奇怪，同乡？格同乡啥人？请。请到么，外面格人进来。云长一看么，格个人身上格打扮啦，生意人。格客商。因为古代辰光，一等人，着一等衣服，看得出的。但是格个人格气质，看俚格相貌，眉清目秀，是一个有学问格人。勿认得嗄，啥人？"君侯在上，小人见君侯，有礼。""少礼，请坐。""告坐。""足下哪里而来，欲见关某，何——呃事？""请君侯，回避左右，小人有话告禀。"

关公马上袖子管一透，关照旁边头底下人，俉笃通通俟退出去。回避。只好两个人谈。格点家将退出去哉。格么关公倒勿防备俚行刺？啊呀，关公有武艺格么，况且格个人是格文人样子，也勿见得会到该搭来行刺吾。等到底下人回避哉么，格个人立起来。"君侯，小人姓陈，单名一个震，字孝溪。在河北冀州，奉了令兄之命，送书信到来，请君侯，观看。"说完。在身边，挖出一封书信，传到关公手里。

哈呀！格个辰光，关公心里格快活是快活得来，真所谓叫喜出望外。本来在担心，恐怕孙乾勿能够到该搭点来见吾了。俚跑勿到皇城来，勿五关上，拨曹操捉得去哉。想勿到现在，大哥有信来。大哥派人送信到该搭点，格比孙乾来得还要早。关公拿封信接到手里向一看，信封上大哥格亲笔！啊呀！失散仔嘎许多日脚，看见到老兄格亲笔信来，哪恁勿高兴？兴奋得手有点发抖。信笺抽出来，掰开来一看么，关公格眼泪，在眼眶里涌出来。信上写得交关简单哦。格封信呐吭写法呢？"备与足下，自桃园缔盟，今何中道相违，割恩断义？如君，必欲图功名，取富贵，愿献备首级，以成全功。书不尽言，死待来命。"

关公放声大哭。为啥？老兄误解哉。俚说，倷桃园结拜的，罚过咒，誓同生死。唵，为啥道理，半当中横里，要中道相违。倷如果说，一定要得功名，取富贵的。倷来一封信，吾头割下来，马上派人送到皇城来，让倷官做得更加高！老兄啊，斩颜良、诛文丑，吾勿晓得倷在河北哟！吾晓得倷在冀州，吾呐吭会得动手，杀脱颜良、文丑，来害倷阿哥吃什梗种苦头呢？吾所以要立功，吾是为了要报答曹操，好离开许昌，来寻倷阿哥。想勿到吾为仔要寻倷阿哥了动手，结果呢，走向了反面，害仔倷阿哥哉。而老兄现在对吾误解了，认为吾为仔富贵功名了，忘记桃园结义。

"兄——长——啊！哦！哦！哦！关某非不欲寻兄，怎奈，不知兄长下——落，关某又岂肯贪富贵，而忘桃园，弟兄——喔！"陈震一看，啊！倷看，关君侯什梗一个英雄，看着信，格种弟兄感情深是，可想而知。放声大哭啦。"君侯，休得悲伤，令兄在冀州，十分挂念君侯啊。请君侯立即，与在下一起赶奔冀州，与令兄相会。"关公一听，倷喊吾马上就走，格呐吭好马上就走？"陈先生，关某，要辞别丞相，再去，寻——找兄长。""啊呀，君侯啊，你要去辞别曹操，他，岂肯放你往冀州而去呢？据我看来，还是不别而行的好。"倷回头，曹操勿肯放哟。因为倷去格方向不对。倷到冀州，曹操簇新鲜搭冀州在打了两仗。拿倷放到敌人地界上去，赛过使得敌人，多一个大好佬么，俚哪恁肯放呢？只有溜格啦。关公连连摇手，"不可啊，不可"。大丈夫来得清，去得明。吾到曹操搭来，吾当面侪搭俚讲好。答应吾三桩事体：降汉勿降曹，优待两位嫂嫂，得着大哥消息吾要走。俚答应，格么吾唠，到皇城来。现在吾得着大哥消息了，吾要回头，正大光明。吾辞别仔俚，吾再动身走。"君侯啊，倘若你要辞别曹操，曹操不放君侯，那便怎样？""倘若丞相不放关某，关某，宁——死，不留。"好了，闲话讲绝。曹操要留的，吾哪怕颗郎头拿下来，宁死不留。"那么，君侯，请你写下书信，待小人带往冀州，交付令兄。免得令兄盼望。"

呃，关公想，格个对的。吾应该写一封回信拨阿哥。因为吾回头曹操，吾勿会马上就跑。呒不什梗快啦。所以云长要紧，文房四宝准备好了，磨得墨浓，舔得笔饱。含仔眼泪了，写一封信。格封信，呐吭写法呢？"窃闻，义不负心，忠不顾死。羽，自幼读书，粗知礼义，观羊角哀、左伯桃之事，未尝不三叹而流涕也。"

关公写了一个古典。吾呢，从小也读过书，懂得"忠"搭"义"两个字格意思。啊，看到羊角哀、左伯桃格事体呢，吾也时常为仔俚笃弟兄格关系了，而出过眼泪的。

羊角哀、左伯桃，啥等样人呢？是当初，列国辰光格人。左伯桃，俚是陕西、甘肃格只角里向格人，西北方面的。听见说楚国，楚王，招贤纳士，那么俚去赶考功名。勿晓得路上下来呢，落大雨，倾盆大雨。落得身上潮，身上么又是冷。看见前头有一家草棚棚，去碰门。碰开门进去呢，里向格主人啦，姓羊，叫羊角哀。羊角哀拿俚留到里向么，马上搭俚烧起竹头来了，烤火了、烘干衣裳了，做饭拨俚吃了。两家头呢，说得投机么，就此结拜弟兄。后首来，雨停了，天好了，左伯桃要走了。羊角哀送俚么，左伯桃就对俚讲，兄弟呀，吾搭倷一道去吧。倷学问呢，只有比吾好，因为伲谈下来，有点数目。倷亦去赶考功名，倷一定能够功成名就。羊角哀听俚说话，那么弟兄两家头，做好仔点干粮，离开故乡么，一道赶奔楚国。

勿晓得路上下来，走得吭不几日天么，落雪哉。哈呀！格个雪大是大得来勿得了了。大雪纷飞。地上积得老深老深。两家头，身上衣裳么，着得单薄。而且么前不巴村，后不巴店，吭不宿处。看见一座坟墓啦蛮大的，就缩在格坟墓旁边头格一垛矮墙头旁边，边上一个露戗，缩在露戗旁边避雪。等到天亮了，一看，格积雪厚得来，至少要一尺以上格积雪了。

那么呐吭弄法呢？两家头格点干粮，勿够吃的。身上格点衣裳呢，也勿能御寒啰。假使说两家头一道跑呢，肯定咯哦，两个人一道冻煞了，一道饿煞。那么呐吭弄法呢，那么左伯桃想出来。左伯桃就对羊角哀讲：兄弟呀，吾么身体勿好。现在一冻呢，老毛病又在发哉，走勿动路哉。看上去搭倷一道走呢，俦要死的。什梗吧！格点干粮，两个人吃呢，俦要饿煞的。并拨一个人吃呢，就勿要紧。格点衣裳呢，两个人着呢，俦要冻煞。吾衣裳脱下来，拨倷哉。倷呢，着了吾格衣裳，拿仔吾格一份干粮，倷到楚国去赶考。吾呢，就死在该搭点。格羊角哀哪里肯呢。说，阿哥，吾么着仔倷格衣裳，吃仔倷格干粮，让倷么冻煞、饿煞啦，吾么去做官？哦，勿勿勿！吾衣裳脱拨倷，吾干粮拨了倷。左伯桃说，兄弟呀，倷学问比吾好，倷赶考功名把握比吾大，倷去吧。如果一道走格说法么，要俦死脱的，吭不意思的，还留一个人下来吧！羊角哀随便呐吭勿肯。左伯桃说：吾饿煞了。啊，该点干粮勿好吃。那么嘴么也干得要命，吾想吃点热格物事。兄弟，喏喏喏，门前头喏，只山背后头有一家人家了，倷搭吾过去，去借一点点热水过来了，讨口水了，让吾吃一点点了，吾再跑。那么羊角哀听仔俚说话么，马上跑过去。等到转过山嘴角一看么，吭不人家嚛。啊呀，勿有。想对的，吾也看勿见么，想阿哥哪恁会得看得见？马上回到格只坟墓旁边头，一看么，左伯桃拿衣裳脱下来，摆在旁边头，干粮也摆在衣裳上头么，人缩在雪里向，已经冻煞了，死脱哉。那么羊角哀，嚎啕大哭。阿哥是为吾牺牲的。就拿雪过来，盖在俚身上。拿俚格雪赛过当烂泥什梗，拿俚掩埋一下。然后呢，着仔左伯桃格衣裳、拿仔左伯桃格一份干粮，赶到楚国。赶考功名格辰光么，考取了。头名。楚王封俚做官。封俚做官么，俚就搭楚王讲：大王，倷格官啦，应该封两个人，勿是封吾一个人。还要封哪啥人呢？还要封格左伯桃。为啥呢？什个长，什个短，吭不俚格衣裳拨吾着、吭不俚格干粮拨吾吃，吾也死脱哉。吾也勿能够到该搭来，报效倷大王了，在倷大王手底下做事体哉。俚是冻煞脱的。喔唷！楚王一听邪气感动。虽然格个人死脱，也要封俚格官，搭羊角哀一样格官。那么羊角哀说，吾慢慢交上任，让吾先请请假，吾要办口棺方了，拿阿哥去成殓埋葬。楚王同意。

那么羊角哀带仔人，赶到格个地方来。雪是老早烊脱哉啰。老兄格死尸在格搭点。就拿老兄么成殓埋葬。葬格地方蛮好，搭俚坟门前么，侪做得蛮考究的。石人石马了，啥格格种物事，石牌坊。哎嗨！叫啥夜头做梦哉。左伯桃来搭俚讲：葬格地方勿好，要搬。啥道理呢？说旁边头呢，有人葬歇过？啥人葬过呢？就是从前行刺秦王，一个刺客，叫荆轲。俚死脱之后，俚格朋友拿俚格骨头，葬在该搭点，已经封仔神哉。当地老百姓侪在俚庙里向去烧香的。俚说吾侵犯仔俚格个坟墓哉啦。一定要喊吾搬，勿搬格说法，俚寻着吾。格么倷搭俚打好了。吾打俚勿过哟！吾帮倷一道打。倷阳间，倷呐吭好帮吾一道打呢？格么吾呐吭帮倷呢？兄弟，要么倷得点纸头人了，弄点纸工、纸钱了，帮吾吧。

那么听俚说话么，弄仔点格种纸头物事，嗯！烧脱了。所以说纸扎店啦，旧社会辰光，有个迷信活动啦，格种纸扎店里向扎纸头箱子了，纸头格人了啥了，格种啥格名堂么，格个纸扎店格招牌上就叫"羊左易风"。呃，说格个是羊角艾搭左伯桃行出来。后首来说，格纸头人吭不用场，打勿过荆轲。格么羊角艾哪恁呢，羊角艾就拿荆轲格庙拆脱，拿俚格坟发掘脱。自家呢拔出宝剑，自杀在俚坟墓门前。死到阴间来保卫倷阿哥。有过什梗一桩故事。格桩故事呢，名堂叫啥？叫"羊角哀、左伯桃啦，合衣共粮，生死之交"。八拜之交当中呢，俚笃算是一对弟兄。

是关公俚写什梗一桩古典，吾看到，羊角哀、左伯桃合衣共粮，格种生死之交呢，吾是三叹而流涕哟。吾哪恁会得忘记倷阿哥呢？俚信上写什梗格物事啦。那么格封信下头呐吭写法呢？"前者下邳失守，内无积粟，外无援兵。即欲效死，奈有二嫂之重，未敢断首捐躯，至负所托。故尔暂且羁身，冀图后会。近至汝南，方知兄信。即当，面辞曹公，奉二嫂归。羽若怀异心，任人共戮。披肝沥胆，笔楮难穷。"什梗一封信。

陈震在旁边头看，写得交关好。吾搭倷阿哥格感情啦，吾勿会忘记的。吾上抢，倷拿两个阿嫂托拨吾。吾在下邳了，吾要想死的。但是吾一死死脱么，阿嫂性命也保勿牢。所以吾只能够留下来了，保护两位嫂嫂。现在，吾得着仔倷阿哥格消息了，吾马上就回头曹操了，吾拿两位阿嫂送到河北来，搭倷碰头。吾要变心的，不得善终。信写好，信壳开好，交拨陈震。陈震身边藏好么，辞别关公，陈震跑。让陈震出五关，回到冀州，碰头刘备，告诉袁绍。格个事体，吾未来先说。拿俚交代过。

关公呢，俚马上拿仔格封信，到里向来。敲中门，请两位阿嫂出来。就拿大哥格亲笔信，交拨两位嫂嫂看。甘、糜二夫人一听关公讲，陈震来格情况。看到格封信呢，两位夫人眼泪也留勿住哉。啥道理？刘备写到格种封信啦，俚格个日脚勿晓得呐吭难过了。叫又惊又喜。喜点啥呢，刘备勦死。前头做各种噩梦呢，呒不根据的。刘备在冀州，亲笔信来哉。惊点啥呢，刘备写到什梗怨法啦，怨尽怨绝啦。可见得，俚格日脚勿好过了。那么甘、糜二夫人就问哉啰：二阿叔啊，格么偨看呢，吾伲啥辰光跑呢？格马上就要跑。请唔笃两位阿嫂，赶快整顿整顿物事，简单点好了。行李弄好，吾派人去准备车辆，俚立刻就走。曹操搭呢？曹操搭，吾会得去回头。关公关照停当，马上出来关照外头备马。马备好，豁上马背，直到相府辕门跟首。

关公下马，喊门上过来。"门——嗯上。""唉，唉嘿。君侯，小人磕头。""通报丞相，说关某，求——见。""嘿嘿，君侯啊，偨来呢，本该是马上进去禀报的。呵呵，现在呢，交关勿巧啦。""为什么？""相爷有病。毛病来得蛮凶。偨看喏，头门上回避牌挂好了，偨看，偨看，偨看。"关公一看么，果然。头门上，高挂回避牌。"相爷有病哉，医生关照勿能见客的。所以呢，勿巧啦。嗬，偨偨，偨请回府吧。"

关公心里向转念头，吾有大事体了了。吾现在得着仔刘备格消息，吾要走了。格吾呐吭好耽搁呢？丞相有病，吾去望病哦。哪怕吾勿跑么，吾搭丞相格点交情，俚生病了，吾到床门前去，向俚问问安，看看俚么，也是应该格喽。"你往里边通——报丞相，说关某，前来探丞相之——病。""是。"门上一看，呒不办法。勿能勿到里向去报一报。要紧到里向去禀报曹操，什个长，什个短。说要到里向来探偨格病。哼，曹操想探啥格病？吾吃得落，困得哉，身体也蛮好。吾格个毛病，是为仔红面孔了生的。因为俚勿能搭偨见面，见面俚要回头吾走。吾说勿出要放俚跑。吾只好赛过用格个软拖格办法，不留而留了。啊，摆记噱头了，挂挂回避牌。

曹操关照：偨去讲，偨说吾现在头痛得像劈开来什个样子，医生在旁边头照顾。医生说的，随便哪里格客人，勿能够到里向来。"晓得。"门上人要紧跑出来，到外头。"君侯，吾到里向去禀报。丞相呢，头痛得来，格头要像劈开来什梗，勿能见客了。医生关照，任何人勿能到里向来。偨回转去，等到丞相病好点了，偨再来吧。"啊呀，关公心里向转念头，吾汝南回转来，见曹操。曹操请吾吃酒，神气活现。格身体蛮好啦。呐吭着生头里格毛病来起来，连得客人俦勿能见？格个，吾勿好耽搁的。曹操勿搭吾见面，吾呐吭办法？什梗，吾去寻张辽。张辽是吾来头人，俚要好的。吾搭俚碰头，托偨吧。吾要跑了，偨搭吾到相爷门前去打格招呼。

对！关公豁上赤兔马，带领底下人，直到张辽公馆门口，下马。踏过来么，门上要紧跪下来接了。"哎，君侯呀，小人见君侯磕头。""罢了。通报张将军，说关某，求——咃见！""啊呀，君侯啊，偨来得实头勿巧。张将军忽然之间，寒热沸沸烫，毛病重得了，人事不知。现在请医生来急诊。格个张夫人关照的，随便啥人来勿好见啊。偨请回府吧，等到俚俚张将军寒热退仔，身体好仔了，再来回拜偨吧。""嚯嚯嚯嚯……噗。"

关公气得了，组苏根根翘起来了。曹操么，格头痛得要劈开来，张辽么寒热沸沸烫了，人昏迷快哉要。呐吭两个人一道生病，约好仔来格啊？响勿落。明朝再去。第二日再来，外甥点灯笼——照舅，仍旧什梗。

第三趟再来。再到相府辕门跟首，关照门上，到里向去报告。说吾有重要事体，非常非常重要格事体，必需要面见丞相。手下人到里向来报告曹操辰光么，曹操心里向懂了嗰。留仔两日天，今朝第三日哉嚄。非常非常重要，就是要跑啰？㑑搭俚讲，说吾丞相格毛病重得了不得了。人呢，已经人事不知。看上去毛病，一时三刻勿会好了。请关将军回府，下趟再来。

"噢。"门上跑出来，回复关公么。关公气啊！毛病重得什梗，总人事不知了！再去看张辽。豁上马背，再到张辽公馆门口头，下马。要进去么，门上跪下来。"嗬嗬，君侯啊，㑑勿能进去的。"为啥呢？"张将军格病重得来，张夫人已经关照，去定棺材哉。要预备料理后事哉，㑑呐吭好到里向去见客呢？俚人事不知，一点点勿晓得了哉哟"。

关公气呀。曹操么昏迷不醒，张辽么要料理后事了，要买棺材哉。啥格名堂呢，格个是俚笃两家头搭好档，蛮清爽。云长现在明白。回转将军府，到书房间里坐定之后，心里向转念头，要等唔笃病好是，呒不好格日脚了。格个唔笃要留牢吾，勿让吾走哟，吾已经来三趟哉，吾对得住唔笃了。吾勿能算不别而行哉。格么呐吭办法呢，什梗，吾写一封信。吾派人拿封信送到相府，书面向㑑辞行。㑑看见也罢，勿看见也罢，吾终归礼数到家。吾决计勿是不别而行。关公转停当念头么，提起管笔来，写好一封书信，派一个家将，送到相府去。一方面关照两位阿嫂，准备跑吧。外头呢，两部驴轿车预备好。马、行李，通通俚预备好了。二十名家将，马夫华吉，物事俚预备停当么。那么关公再关照，曹操送拨吾格物事，拿出来点点数目看。

一颗印信。曹操拨俚颗印信啦，关照拿一匹纺绸过来，嗬嘚儿——扎一扎牢，乓！甩到梁上。嘚——尔，拿印信吊起来，挂印。格绸子格一头呢，结在旁边头格庭柱上。曹操送得来格种金子，阿有几化呢，黄金百镒，白银千两。白银千两好像代价还勿顶大。黄金百镒，格"镒"字么，就是金字边旁，加一个有益处格益，是古代辰光格一种计量。喏，吾查一查么，有格上回答是什梗的，一镒啦，就相等于十八两。一镒就是十八两金子，格么一百镒，就是一千八百两金子。格一千八百两金子，拿出来，当中台子上摆好。封条，嗒！封上去。曹操送得来格金子、银子、物事，通通勿拿。至于送得来格种啥格，绫罗缎匹，原匹头的，也拿出来，封条俚封好。摆好。十名美女，关照俚笃留在该搭点。曹丞相送唔笃来的，曹丞相会得带唔笃回转去的，唔笃就留在里向内堂好了。

关公交代清爽之后，跑了。踏出公馆，关照门上：㑑去回复一声丞相。说吾呢，多蒙丞相送拨吾格种黄金、白银，十名美女呢，吾通通俚留下来了。丞相送拨吾颗印信呢，吾挂在梁上，吾跑了。门上答应，吾去报告去。

然后关公豁上赤兔马，甘、糜二夫人上车辆么，嘎冷嘎冷……忑磕唾磕、忑磕唾磕……家将笃跟仔，嚯咯咯咯，望准北门过来。到北门城关跟首，守关将看见，卜！跪下来。"君侯，小人磕头。""罢——啊了。""是，谢君侯。请问君侯，上哪儿去？""出城关。""到什么地方？""赶奔冀州，千——里，寻兄。""君侯，呵呵，您要出关厢去，可有我们丞相的令箭吗？""没有。""哎呀，君侯呀！呵，很抱歉，没有丞相的将令，您是不能出城的。请君侯到相府，拿令箭再到这儿来吧。""哈——啊？"关公一听啥格闲话啊？要叫吾到相府，拿仔丞相格令箭，那么好出城。哦不令箭，勿放吾出城！

关公心里向转念头，吾跑到相府去，曹操勿搭吾见面，吾跑到该搭点来，要问吾拿丞相格令箭。唔，吾再回转相府去，曹操呐吭会得搭吾见面，吾呐吭拿得着令箭？格唔笃明明，设置了重重障碍，勿拔吾跑。曹操倷格来勿作兴！吾讲好得着大哥消息，吾要走。现在吾得着消息了，吾要跑哉，倷格怎样子拦牢吾，勿让吾走，算啥名堂？

关公板面孔。"守关将，尔——且听了。关某，不受丞相节制，何用丞相将哦令？让路则生，如若拦阻关某！""嗒！"噗……嗖！龙刀一扬。"莫怪龙——刀，无——呃情！"阿放？倷勿让开来，吾，辣！一刀。头斩倷下来嗒。守关将心里向，别！一跳。那么僵。关公闲话说得蛮硬的，倷孬弄错哦。吾勿是曹操手下人。吾搭曹操同事啊，侪是朝堂上格官职。吾又勿受俚格节制。吾啥体要听俚格命令。勿让？勿让杀。守关将要紧让开来。"呃，是，小人不敢！"

守关将让开么，关公龙刀一扬，对后头一看，车子先走。轧冷轧冷……车辆先出城。关公跟在后头。磕嗑酷磕、磕嗑酷。格么关公为啥道理后头走呢，嗒，关公有讲究。假使吾先出城，守关将，磅当！城门关上，拿两个阿嫂关上城里向，格就完结了。现在车辆出城么，关公断后，乞磕酷磕、乞磕酷磕，保护仔车辆，往门前头去。

守关将要紧往相府里向，哈哒哒哒，赶得来报告。曹操呐吭？曹操升格堂了。张辽，张辽在旁边头，也在相府里。曹操在急啊，红面孔来仔三埭哉哟。三埭来过，勿晓得阿留得下来？倘然留得下来呢，勿碍。就怕留勿下来么，豁边。正在格个辰光么，外头报得来。"禀丞相，关君侯派人送书信到。"信，呈上来。曹操一听，心里向，一吓！完结。信来哉是，看上去要跑哉啰。曹操拿封信，接到手里向，拆开来一看。格上呐吭写法呢？"羽"，关公格单名叫"羽"啦。自称羽。"羽少事皇叔，誓同生死。皇天厚土，实闻斯言。前守下邳，所请三事，已蒙恩诺。今探知故主，见在袁绍军中。回思昔日之盟，岂容违背！新恩虽厚，旧义难忘。兹特奉书告辞，伏惟照察。其有余恩未报，愿以俟之异日。"

闲话交关简单。吾搭刘备，桃园弟兄，罚过咒的。前番在下邳，吾搭倷讲好三桩事体，倷当面答应吾的。格么现在吾，得着大哥消息，在袁绍军队里向么，吾要去寻了。那么倷呢，待吾格好处啦，吾勿忘记。而且两句闲话，点得蛮明白的。叫"新恩虽厚"，倷待吾恩啦，新的，新恩虽厚。"旧义难忘"，吾搭刘备呢，桃园结义，旧义难忘。所以吾奉书告辞。因为见面，勿容易见么，吾只好写信来哉啰。至于吾受倷格好处，余恩未报。其余恩未报么，"愿以俟之异日"，将来再报答。喏，格句闲话叫关要紧哦。歇两日华容道上，关公勿能捉曹操，要放曹操走么，在信上格句闲话就伏一个笔了。歇两日要报答格么。

曹操看完格封信，乒！望准案桌上一放么，一声长叹。"嗬嘻！云长，去矣！""去了。"曹操是无言惜别啦。勿舍得搭俚离开。为啥呢，因为曹操，从来勿碰着过什梗种人。格个人格品格高。黄金不能动其心，美色不能变其节，爵禄不能移其志！大丈夫。越是得勿到的，越是求勿着的，心里向越是觉着俚格价值来得高啦。

倷在咕一声，"云长去矣"么，外头将军府里格门上人进来报告哉："回禀相爷。""何事？""关君侯派吾到该搭来报告。俚呢，要去寻阿哥去了。呃，倷送拨俚格物事呢，俚印，挂在梁上。金子、银子俏贴好封条。十名美女留好在里向。请倷丞相派人去点验、收回。""退下！""是！""嗬嗬嗬嗬嗬嗬嗬嗬嗬。"曹操响勿落。挂印，封金，留下美女。格么真可以说一声，叫一尘不染啦。倷待俚嘎好格物事，嘎好格条件啦，俚置之不顾，不屑一顾。谢过去。

曹操还勿开口么，外头来哉。"报——禀丞相。"曹操一看，北门守关将。"罢了，何事啊？""报告丞相。刚才关君侯，带了两位皇夫人，到北门城关跟首。他要出城关而去，我问他'可有丞相令箭？'他说没有，我说'没有令箭不能出关。'不料关君侯大发雷霆。他说，我不受丞相节制，何用丞相将令。要是不放，他要砍死小人。小人没有办法，被他夺路而走。到这儿来见丞相，请罪。"

曹操肚皮里向转念头，请罪？吾呐吭怪倷罪名，倷一个小小守关将到得哪里？倷有啥格本事，好拦牢关公呢。勿是倷格罪名喽。"退下，非尔之罪。""是。"守关将蛮快活，丞相总算明白人，晓得吾也吭不办法，拦勿牢的。守关将退下去。曹操还勿开口么，旁边头，哗———众将啰唪起来。哈冷，铿铿铿铿———一个大将，提甲揽裙，从旁闪出。"参见，丞——呃相！"曹操一看，胡子雪白。啥人呢，银盔、银甲，老将军蔡阳，刀王。"蔡老将军，怎样啊？""回禀丞相。红脸的，好生大胆，擅敢不别而行，逃往冀州。倘然，相助袁绍，是丞相之心腹大患。末将，愿请将令一支，率领三千人马，杀出关厢，把红脸的结果性命，来见丞相，交——呃令！"吾去。

蔡阳为啥道理要什梗起劲，跑出来，讨令箭，去杀关公？有道理呀。俚是河南刀王，赫赫有名。自从关公长斩颜良、诛文丑之后么，俚刀王格地位，无形当中贬值了。人家哪恁讲法了？哈呀，刀王老哉，过时哉。现在应该是关公哉。格倷格蔡家刀，哪里及青龙刀呢。好了，蔡阳刀啦，一落千丈，吭不苗头。老老头妒忌啊。俚亦勿服帖的。俚觉着关公，斩颜良勿是俚格本事呀。颜良自己放脱仔金背刀，指手画脚，拨俚上去，辣！格一刀，结果性命么，格种吾也会的。有啥稀奇？诛文丑，诛文丑么用拖刀计呀，用暗器家什呀。赛过假败退下去，哈啦！一个"活儿"，一来兴么，拿文丑结果性命。俚又亦打勿过文丑的！吾，吾么要，重新拿蔡家刀格威望振作起来。让大家看一看，到底，老牌子。老将，身手不凡。红面孔勿是俚格对手，喇！拨蔡阳结果性命。

俫想想看，什梗把年纪，还在妒忌了。还要想自家格名气哪恁哪恁。碰着格曹操对仔俚眼睛一弹，"着！蔡老将军，你说哪里话来。老夫与关君侯，屯土山，当面言明。他得知刘备消息，理应前去找寻。老夫要取信于天下，怎能失信于君侯啊！想关君侯富贵不能淫，威武不能屈，贫贱不能移，大——丈夫！"格种么叫大丈夫。"尔啦，尔要效学君侯，还要去追赶君侯？退下！"蔡阳气得了，血侪介险乎喷出来。哈呀！阿要触霉头啦。曹操叫啥拿俚骂脱两声哟。俫倒要去追俚，俫正也勿及俚来。倘然吾送拨俫，黄金白银，十名美女，俫格老老头，恐怕也要浑淘淘了，忘记脱老东家哉。俫还再会回到老东家搭来啦？嘿嘿！俫还要追俚，好好叫学学俚！气昏，气昏。退下去。

曹操马上关照。"文远。""在。""你与我先往城外，追赶君侯，叫他慢慢赶路，老夫要来相送于他。""遵命。"叫张辽先去留住俚，叫俚慢点走，吾要去搭俚送行。

曹操关照，外头准备。准备啥物事呢，酒菜。要搭俚饯行的。还有呢，准备一百两金子。啥体么？因为吾送拨俚格铜钿，俚侪留下来哉啦，俚路上去勒盘缠勿够了，再送笔铜钿拨俚。另外呢，曹操做好一件袍子，一件锦袍了。本来要送拨关公的。因为听说关公要跑哉么，吓了，勿敢搭俚照面。格件袍子齆送的。那么今朝再勿送呢，下趟咃没机会送哉啰。格么今朝带出去送。关照家将去准备。

曹操再通知哦，众位将军，唔笃要跟吾到城外去送关公呢，勿许带家什，就什梗骑只马。至于大刀、长枪、斧头、兵器，通通侪放下来。否则，关公要误会的。看见唔笃拿仔家什去，勒当仔倔追俚什梗。众将响勿落，要解除仔武装了，再能够去送客啦。

曹操带领文武官员出来么，曹操格动作慢呀，让曹操带领文武官员，家将们等，追到北门外头来。

格张辽快吃，哈嘟嘟嘟嘟，一匹马，哈——到哉，追过来。

俫追过来么，关公已经跑仔一段路。关公听见背后头，哈嘟嘟嘟——马铃声音，后头在喊吃，"云长兄，住马。君侯慢——走"。云长回头一看么，张辽来哉。心里有数的，追得来。格么呐吭弄法呢，两位嫂嫂登在该搭有危险哟。

关公一看门前齐巧有顶石桥。格顶桥呢，离开北门正好三里路。所以格顶桥格名字呢，叫三里桥。关公就关照马夫华吉，偍带廿个家将保仔车子，过桥，朝门前头走。唔笃因为跑得慢啦，吾一追就追得着。唔笃先走好了，吾呢守在桥面上。为啥呢，凭一顶桥，有一条河，曹操人马追过来，要冲过桥去害两位阿嫂啦，困难一点。

云长自家呢，上三里桥，哈啦，圈转马头。面孔对北门，龙刀执好在手里向。只看见张辽匹马，哈啊，到三里桥桥塄。呼——酷！扣住马匹。"君侯，张辽有礼。"哼，关公鼻头里向哼一声。啥格，啥格意思呢，张辽懂的。

关公在对俚看。好，张辽呢。偍，病危哉吆，家属在准备买棺材了，要料理后事哉吆。哪恁现在骑仔马了，冲到该搭点来呢。唵，勿作兴格啊。老朋友哉啊，还要弄什梗种噱头，来骗人。偍，哼，格一来么，也勿说哉，张辽是格面孔涨得煊煊红。张辽当然懂格个意思了。

"文远，莫非到来，追——赶关某？""啊呀，君侯说哪里话来。张辽是奉丞相之命呢，前来相送君侯。请君侯慢慢地赶路，丞相立即与文武官员要来与君侯饯行啊。"关公勿相信，有格种好人。喊偍么先来留住吾么，俚要搭吾来饯行了。骗住吾，张怕吾跑远。俚带人马么好来捉牢吾。"文远，关某去志已决。纵然丞相率领大军到此，关某也宁——死，不回。""仁兄，误会了，误会了。丞相哪里是要来追杀于你呢。丞相是要来相送仁兄。喏喏喏喏，仁兄请看。"张辽对后头一指，关公朝门前一望么，果然，只看见灰尘冲天，哈——曹操来哉。曹操第一个，相雕红袍，背后头文武官员。

关公看得蛮清爽，张辽勦拿大刀。追得来格个班大将呢，至多腰里挂口宝剑，长家什侪呒不的。看格样子呢，倒是勿像到该搭来动手。而且也勿带小兵。十来个文官，十几个大将，一共侪了，二十几个人。还有点家将。关公心里向转念头，呐吭道理啊？看曹操来哉。

曹操已经到桥塄下。"啊，二将军，二君侯啊！因何太——速？"偍啥体什梗心急呢？"丞相，关某闻知兄长下落，急如心火。恨不能，肋生两翼，飞往相见。屡次登门拜别，不得参见，只能奉书告别。望丞相，不忘下邳，三呐——事！""君侯说哪里话来，老夫要取信义于天下，安肯失信于君侯呀。老夫特来与君侯践行喏，来！""是。""酒肴呈上。"家将要紧马上跳下来，一只盘，盘里向一把酒壶，尔嘚儿……杯子里向洒好一杯。然后拿只盘，拿过来。"请君侯，用酒！"关公阿吃？呐吭敢吃呢。偍酒里摆点毒药哪恁办法呢？云长摇摇头，"心——领了"。勿吃。勿吃么，也勿勉强哉啰。酒杯拿下去。"君侯，想你挂印封金而走，犹恐路上缺少盘费，来，黄金呈上。"一只盘，一百两黄金，十只元宝，十两一只。拿过来哉。关公心里向转念头，吾啥人要偍铜钿？吾要拿格个，黄金千镒吾好带仔跑格喽。"丞相，关某屡蒙丞相恩赐，囊中尚有余资。留下这黄金，赏与有功——将呃士。"闲话说得交关漂亮。偍格个铜钿留下来，将来唔笃大将立仔功劳，作为奖金了赏拨俚笃吧。吾有了，铜钿有。曹操看俚勿肯拿么，"那么，罢！只恨曹操缘分浅薄，不得与君侯长聚呃。来来来，锦袍一领呈上"。

　　手下人，马上拿锦袍拿过来。关公心里向转念头，酒勿吃，金子勿拿，格件袍应该拿。呐吭拿法，马上跳下来？哦！有危险。吾下马，俚笃众将，哈——大家下马，十几口宝剑吱过来，吾要吃勿住。勿拿？勿拿么，像煞一件袍吾勿受，变不近人情。一动脑筋，有了。拿龙刀过来。拿件袍挑起来吧。勿晓得徭刚要挑袍格辰光么，只看见后面，哗……大队人马冲过来。那么呐吭弄法么？要下回继续。

第七回

过两关

关公，挂印、封金。现在曹操呢，追到三里桥，搭俚敬酒、饯行，酒勿吃。送盘缠，黄金勿受。曹操关照手下，拿件锦袍拿过来。关公想，吾勿能勿拿了。再勿受格个礼啊，变不近人情哉。云长拿口青龙刀，扎！噗——拿起来，刀头朝上，尔嘚——拿格刀头，搠到格个家将面前。对俚一看，隐隐然：噢！俫搭吾拿件袍格领头啦，套在吾格青龙刀格刀头上。家将阿懂呢，呐哼会得勿懂！聪明人。就拿只盘，桥塅下一放。拿件袍拎起来，哗啦！透一透开。拿格领头呢，望准青龙刀格刀头上，扎一扎牢。俫扎牢，退下来呢。云长就拿青龙刀往上，乒！一挑哟，噗——嘿！一个采劲。格件袍，嘚尔——抛起来。落下来格辰光呢，关公龙刀已经架好。扎！两只手，拿件袍抓牢，领头在抓牢，哐！一透，嗬嘚儿——往背后头甩转去么。格件袍，披到背心上。领头上有琵琶带，嗒啦！在头颈里向打一个结么，格件袍，披到背心上。

"受承相之恩，容当，日后吔——图报。""哦，呃！君侯呀，区区锦袍么，何足挂——齿。"

曹操还想留俚，搭俚多讲两句闲话么。奇怪？着生头里，看见关云长两道卧蚕眉，乒！竖起呀。一双丹凤眼，当！一弹。面孔上满面怒容么，曹操弄得觚懂？啊咦！做啥？呃着生头里光火起来？弄勿懂哉。俫弄勿懂格辰光，关公为啥道理要光火？关公在桥面上，望到门前，看得蛮清爽。许昌格方向，哗……杀过来一路人马。几化军队，看勿清爽。但是呢灰尘，灰沙，哈……冲起来。

一员大将领格前，乌油盔，镔铁甲，乌雏马，手里向九环镔铁大砍刀，哗——骑兵、步兵侪在拥过来么，清清爽爽。那么关公心里向明白，曹操，俫辣手。表面上客气得来，搭吾么饯行了，送盘缠，赠锦袍了。勿晓得俫还有什梗一只棋子了。背后头格人马，吭当、吭当，冲过来。冲过来哉么，蓻问得，要捉吾格人啦。云长心里向光火。格么呐哼弄法？老实讲，唔笃蓻说来格个一路人马，哪怕是十面埋伏，军队再多，要叫吾回转去，谈阿蓻谈。吾宁可死，吾勿回许昌。呐哼弄法呢，拨一滴滴威势拨俚笃看看。在三里桥，桥塅下有棵杨柳树。垂杨，杨柳树杳下来了。

云长说一声。"如有人马，上前拦阻，或有军卒随后追赶，照此树，为呃——例！"噗——青龙刀望准颗杨柳树上，啪——砍哉么，棵树，括！两段。轰隆呃咚。

哗……啥关公格气力什梗大啊？一刀，能够拿格杨柳树砍断？杨柳树哟，里向侪蛀空的。伲苏州人有句俗言啊，叫"十杨九蛀"。十棵杨柳树啦，有九棵格心，侪空的。那么粗么，也勿是顶粗。那么什梗种空心树呢，云长格力道，外加俚怒容满面，一光火，力道用足，唰——一刀过去么，杨柳树断。

关公说完，哈啦！圈转马头望准门前，哈——去。曹操弄得龌龊哟？啊呸？奇怪哉！前脚蛮客气，倷么，赠袍拔吾，吾么谢倷了。倷待吾好处，吾将来报答了。连下来马上，乓！拿杨柳树斩断，"有人追，有人拦。照棵树做样子"，格个情绪变化得忒快啊。为啥呢？旁边头格两个大将跳起来。

众将当中，除出张辽、徐晃格个两个人，搭关公是有交情的。特别是张辽，多下来格班大将啊，侪妒忌关公，咽勿落啦。因为曹操待得俚忒好了。相比之下么，大家有点眼睛发红啦。现在看见倷红面孔，唰！斩断杨树么，格个挑战哉哟。蛮清爽啦，呃，当倪侪是蹩脚货、侪是饭桶，勿敢追倷啊？"丞相，红脸的太觉狂妄，太觉无礼。请丞相下令，待末将等追上前去。"哗……特别是老将蔡阳，一定要追。

曹操一想么。"且慢！"慢慢叫看。关公格变，变得忒快哉。前脚蛮客气，连下来板面孔，为啥？勿会无缘无故。终归有道理。格个道理弄勿懂。倷弄勿懂么，后头人马来哉哟。

哗——曹操听见了。回头一看，啥人呢，老憨许褚。原来许褚，许仲康，带三千兵，哈——在校场里操兵。俚得着消息，曹丞相带了文武官员追关公了，往三里桥去。那么俚也龌龊清爽，俚也龌晓得曹丞相么是送关公。俚当仔去追关公么，要打仗。那么格许褚呢，也有点咽勿落关公。因为曹丞相待得俚忒好哉，妒忌，勿买帐。所以带人马，炫过来么。俚算来接应曹操了，增加一点力量。

许褚到曹操门前头，"呃，丞相啊！听说你，追赶红脸的。请丞相下令，待许褚追上前去，把红脸的，生擒活捉，拿回来"。曹操对俚眼乌珠一弹。"嗐，匹夫！嚯嚯嚯嚯——噗！"曹操想，格事体么侪拨倷弄僵。勿然，关公勿会光火。勿会临时走快，对吾格印象坏透。原来是倷带人马过来，在桥头上老远就看见了。曹操心里向转念头，倷坏仔吾事体。"谁叫你率领人马，追赶到此？""呃，这个？"派是吭不人派吾，吾自家来的。呃，吾听见说，倷相爷要追红面孔去哉么，所以吾上来接应格啦。曹操对俚眼睛一弹："哉，都是你不好！"得罪客人，弄得关公什梗光火。"退下！"袍袖，噔！一透么，拿俚骂下去。许褚响勿落。马屁拍在马脚上。吾算是来为倷丞相出力的，嘿嘿！想勿到，拨俚骂煞快。弄勿懂。

曹操心里向转念头，那么呐吭弄法呢？误会哉咯。格么阿要吾派人追上去，搭关公么讲明白：哈，倷勿弄错噢。后头格人马来是，许褚误会。曹丞相呢，并勿要追倷，倷勿动气噢！曹操对门前一看，关公人也勿看见，转过格树林，算了。勿必派人上去，派人上去也多花头。因为事实胜于雄辩。倵在门前头跑，背后头呒不人马追，倵也会晓得，是误会。拆穿点讲，傸一个人，一匹马，两位皇夫人亦呒不本事。带两个家将，吾要捉傸，捉勿牢啊？傸军队再多也呒不用场格啦。格么后头，呒没人上去么，关云长总也会明白，晓得格里向发生仔误解了哉。

曹操呢，带领文武官员回许昌。进城格时候呢，到关将军府第，看一看么。印信，挂在梁上；金子、银子、绫罗缎匹，俪封在旁边头；十名美女在内堂。"唉！"曹操叹了一口气。关照手下人，拿点物事通通俪带转去。十名美女么，也带回到原来格地方。该搭点格将军府呢，空关起来。叫啥说，关将军住格地方啦，现在许昌还保存了。三里桥也在。三里桥旁边还有块碑——关云长挑袍处。成为当地格一个古迹。城里向呢造了关帝庙，说关将军格住宅还保存了。可见得倵格影响是来得大。格么曹操呢，好像失落脱仔一样，极其宝贵格物事。让倵呢，回转相府。

关公呐呒呢，关公追到门前，哈——看见两位嫂嫂格车子在门前跑。云长上来见过甘、糜二夫人。说方才辰光，什个长，什个短，曹操追上来送行。后来呢，吾看见有人马来了。吾就拿龙刀砍断棵树了，吾追上来了。两位皇夫人一听么，蛮紧张。哎呀，照什梗讲起来是，曹操要追过来。追过来呐呒办法呢，格是性命还是危险格啦。但是现在也呒啥别样办法，只好往门前头赶仔路再说吧。嘎嘟嘎嘟……忑磕矻咳、忑磕矻咳。

关公现在格赶路，困难，就困难在格上。假使说，关云长一干子，一匹赤兔马，格是倵格只马嗨外。日行千里。格跑到冀州去啦，呒不几化辰光，就可以赶到。但是现在关公，倵勿能够称自家格心思，拿格只马，哈——拼命往门前跑，勿来格呀。傸要带车子。傸带车子么，路上，速度必然慢啦。嘎嘟嘎嘟……后头要有人追是，肯定追牢。一眼呒不办法。但是要保护皇嫂，只好自家呢笃松裆劲，慢慢叫、慢慢叫，点马而行。一看太阳要落山快哉，门前头呢，还呒不格种市镇，也呒不城关。今朝夜头，到啥场化去过夜呢？朝对门前一看呢，嗳，看见了。

只看见门前，有一座村庄。马上就关照华吉。傸上去，搭吾到村庄上去问格信看。该搭点啥场化？搭倵笃村庄上格主人，商量一下。说吾呢，是关云长。现在路过此地，要想在倵笃庄子上，借住一夜，勿晓得倵笃阿肯答应，勿肯答应？华吉答应。华吉跑过来，到庄子门前。一问么，庄丁、庄汉俪立好在庄门前。一看，一个马夫打扮格人跑上来，问倵做啥？讲清爽，是关将军到，要想借住夜。庄丁、庄汉要紧到里向来禀报员外。员外一听，关公到该搭点来是，嚯唷，马上关照，开正门出接。

关公名气响呀。斩颜良，诛文丑，在许昌城外头，啥人勿晓得。今朝关将军到该搭点来，能够在倵屋里向过夜是，可以说，不胜荣幸。

老员外，亲自出接。关公，马到了。云长从马背上跳下来，龙刀由华吉接过去。关公踏上来呢，员外抢着上一步，"啊，君侯！老汉迎接君侯，有礼！"关公要紧欠身还礼。"庄主不敢！关某，有——礼！""君侯，请哪！""庄主，二位皇嫂，尚在车上。"阿嫂在车子上，吾勿能马上就什梗跟倷进去。要先拿嫂嫂请下来。哦，员外一看，有女客人。马上就关照庄丁到里向去，拿员君请出来。员外格夫人到外头，拿甘、糜二夫人接下车子。格位太太呢，陪仔俚笃两家头，往里向去。关公跟仔员外，直到草堂上坐定。两位皇夫人，由员君陪伴仔了，到里向去休息。

格么关公要搭员外，攀谈攀谈。"请教庄主，尊姓大名？""呃嗬，若问老汉么，姓胡，单名一个华。"古月胡，单名一个华，叫胡华。做官的。从前辰光，在汉桓帝驾前，升为议郎之职。因为十常侍当道，俚看勿惯。所以呢，推脱有病，回转来哉。照规矩呢，当时辰光，俚还勤到退休格年龄。用现在格闲话讲起来么——病退，提前退休。倒并勿是为顶替啦，俚因为看勿惯朝堂上的，十常侍格种样子么，所以俚，回转来。胡华呢，就拿自己格情况讲拨了关公一听，再问关公。"君侯，哪里而来？欲往何处而去？"关公告诉俚：吾呢，因为听见说，大哥在河北冀州，什个长，什个短，辞别仔曹操啦，保仔两位皇嫂，千里寻兄。"喔哟。"员外一听是，交关佩服。勿容易啊，曹操要待得俚什梗好法。俚呢，挂印封金，辞别曹操。保皇嫂，情愿到穷阿哥格搭去。格种人，少的。马上关照，摆酒款待。吃酒格辰光呢，俚就问关公，"君侯，此往冀州，不知可要路过，荥阳么？"关公一听，倷问吾，阿要路过荥阳？要路过格啊。因为荥阳呢，就是五关当中格第四关。该搭点一路过去啦，一共有五座关。第一座关，叫东岭关。第二呢，洛阳。第三呢，汜水关。第四呢，荥阳。第五呢，白马城。五关呢，有两座关，一座叫白马城，一座叫滑州关，侪可以走的。那么现在倷问到荥阳阿要经过哟，板经过格啦。必经之处。关公点点头，"要过的。""那么君侯，呵，老汉有一个小儿，名唤胡班，在荥阳太守麾下当差。呃嗬，老汉有家书一封，要拜托君侯，路过荥阳时节，交与小儿。"

关公想，格个么便当咯哦。吾要路过格呀，亦勿费啥事。亦勿是特程搭倷去。倷什个样子客气，招留吾伲过夜，请吾伲吃酒，带封把信，小事体。关公一口答应。等到酒阑席散，关公到书房里耽搁。华吉、二十名家将，拿赤兔马呢，牵到里向喂料。俚笃呢，搭庄丁、庄汉，登在一道。甘、糜二夫人由胡太太陪伴，在内堂休息。

一夜天过脱，到明早转来。早上，梳洗已毕，吃过点心么，关公要跑了。倷回头员外要走么，员外就拿一封信，交拨关公。关公一看，哦，交拨俚儿子，格儿子叫胡班。就拿格封信呢，往身边囥一囥好。两位夫人，也从里向出来。员外、员君送到外头。关公上马。两位皇夫人，上车子。家将等班，后头跟随。嘎嘟嘎嘟，离开胡家庄，向东岭关进发。胡华回进去么，吾用勿着交代得。

叫啥关公往东岭关来格辰光。从胡家庄到东岭关，并勿远。嗳！只看见门前面人马来哉。

哗……东岭关上出来，有五百名军兵。为首一员大将，金盔金甲，胯下黄骠马，手执金板刀。啥人呢，东岭关守将，此人姓孔，单名一个秀。叫孔秀。关公呢认得俚的。为啥么？因为关公路过歇的。咦，格辰光，张辽到许昌，请关公到白马坡斩颜良。张辽领俚，路过东岭关么，孔秀过来接。关公过，送。第二趟，关公打汝南。打汝南格辰光，率领人马路过东岭关。喔哟，还要客气，犒赏三军了，接待关公。所以关公认得俚啦。关公马匹上来格辰光，车辆呢，后头停好。

孔秀过来，孔秀金板刀一架。"前边来者，吾道是谁，原来是关君侯！孔秀打拱。"云长龙刀一架。"将军，少哦礼！""君侯，哪里而来？往何处而去？""许昌而来，冀州，而去。""所为何事？""保二位皇嫂，千——里寻兄。"唔。孔秀心里向转念头，俚从许昌来，到冀州。冀州是袁绍地界。袁绍簇新鲜搭伲丞相打过，也就是说，俚要到敌人格地界上去。"请问君侯，丞相的路凭拿来。"啊？关公一听勿懂。俚问吾，丞相格个路凭，拿得来。啥叫啥路凭？"何为，路——呃凭？"孔秀讲：所谓路凭呢，又叫路单。就是说，俚要出五关去啦，俚一定要有曹丞相，发拨俚格过关路凭。用现在闲话讲起来么，就叫通行证。古代辰光呢，叫路凭，或者叫路单。那么吾在该搭点保守，俚从许昌来，要到冀州去，俚丞相格路单呢？关公一听么，奇怪？啊咦，现在行出来格新花头出来，要路单哉？吾上一回两趟经过么，俚豁问吾要过路单啰？"将军，关某前番，两次路经东岭，未曾要过，路——呃凭。""哎！君侯啊！"孔秀讲：前两趟两样格呀。一趟，有张辽陪俚的。张辽有丞相令箭，所以吾放俚过去。第二趟，俚奉丞相命令打汝南去，经过该搭。丞相预先就派人来关照过，关君侯要来了，俚要准备接送。所以了，吾，用勿着问俚拿路凭得格吃。该次呢，曹丞相豁派人来关照过，说俚要经过该搭点，所以吾要问俚拿路凭。

关公心里向转念头，那么要命哉！前两趟，勿问吾。该趟要，吾啥场化来呢？"关某，临行勿忙，未曾问丞相取得，还望将军，通——融一二。"关公是也算得客气哉。搭俚商量，吾亦勿晓得格个规矩，阿能通融通融了，让吾过去吧？"不能。丞相将令森严。没有过关路凭，倘若放君侯过去，便要把孔秀，正——法！"吾勿好放俚。吾放俚，吾自己颗郎头要拿下来。"君侯，请你回归许昌见丞相，拿了路凭再过东岭。"关公想，格呐哼来事呢？俚叫吾回许昌去，几化路啊。吾许昌出来，胡家庄过夜，跑到该搭。好了，一日半去脱了。吾回转去，又要一日半。再到该搭来，再要一日半。吾就顶顶起码，吾路上，要耽误吾三日天日脚。格三日天，吾推扳勿起，吾恨勿得生仔鸡翅，飞到冀州去。吾勿能去。"将军，关某千里寻兄，急如心火，焉能——回吧去？""哦，君侯。既然你不肯回归许昌，见丞相拿取路凭。好啊，那么请君侯在东岭留下数日。待孔秀，命人到许昌见丞相，拿了丞相的路凭，请了丞相的示下，然后，再放你过去。"阿吧！关公想，换汤勿换药嗄。吾勿去，俚去。俚派底下人到许昌，向丞相请示，放了勿放？那么老实讲一声，俚孔秀又呒不啥地位。他派得去格底下人是，范围更加小哉。赛过，地位更加低。啊，到了许昌，相府辕门跟首，相府门上，阿高兴马上进去报？曹丞相么，阿会马上就接见？阿会马上就拨俫回音。喔！放。要接送的，用勿着路凭的。勿可能格咉。那么俫想吧，吾在许昌格辰光，去见曹操辞行，连去三日天也勴搭吾见面。现在俫派人去耽搁在那，勿晓得要耽误到几时，格呐哼来事。关公摇摇头。"将军，关某，急于过——关，不便耽搁。还望将军，容——呃情。"阿好放点交情拨了吾，让吾过去吧。孔秀格闲话难听哉啊，对仔关公，"既然君侯，你，立即要过关而去，那也可以。你把二位皇夫人留下，一人过——关"。关公一听么。"喔唷！嚯嚯嚯嚯……"气得了组苏，根根翘起来。啥格闲话啊？吾过去，可以的。拿两个阿嫂留下来，留在此地做押保，做人质！那么关公光火。好说好话好商量，勿灵。讨情，俫勿肯放。那么关公光火。"孔秀，倘然拦阻关某，莫怪龙刀，无——呃情！"老实讲拨俫听，吾勿是曹操手下人。吾搭曹操，同事。勿是俚格部下。吾要过关，就过关了。要啥格路凭？放，过去。勿放，也要过去！否则，龙刀无情！

孔秀心里向转念头，俫龙刀无情，吾呒办法。吾放俫过去，曹丞相，嚓！拿吾结果性命。颗郎头搬场。而且格个颗郎头搬场啦，犯了罪，拨了曹丞相杀。吾，家属了啥，俏变罪犯格家属。吾搭俫打，哪怕吾死在俫刀上，吾是因公殉职，壮烈牺牲。吾格家属格待遇就两样。俚是为国家尽忠了，牺牲的。孔秀对仔关公面孔一板，"既然君侯，没有路凭，强行过关，万万勿能！放马！""放马！"哈——两骑马在扫格辰光，关公对后头华吉一看，手，嗖！一招，车子调头。啥体么？两位阿嫂胆小。看见打仗杀人要吓格啦。豪燥车子拨一拨转，劲拨俚笃看见。华吉有数了，嘎啷嘎啷……车辆调一个头。唔笃车头调好么，俚笃两骑马碰头哉哟。

哈……孔秀起手里向金板刀望准关公头上，搂头一刀。看刀！噗——乒！一刀上来。关公起青龙刀刀钻子，"且慢——呃！"嚓啷！掀着么，刀，尔嘚——直荡格荡出去。关公望准俚头颈里向，"去吧——啊！"噗——嚓！尔……锃！嚓冷！哈啦……五百个小兵"逃——啊！"唔笃逃么，关公，哈啦！马追上来。勿许走！"㖯！喝喝，君侯饶命。"关公讲：搭唔笃勿搭界。孔秀，出言不逊，所以吾拿俚结果性命。现在唔笃呢，搭吾拿东岭关城门开直，让吾过关好了。不伤害唔笃。"哦嗬，是！"小兵答应。

那么关公回过来，回到车辆跟前，禀报两位皇嫂。孔秀勿让吾过去，所以吾拿俚结果性命，现在请嫂嫂过关。啊呀！甘、糜二夫人响勿落。刚巧离开许昌，到第一关，已经打，流血了。已经杀脱了一个守关将。那么呐哼弄法呢，当然往门前头跑哉啰。嘎啷嘎啷……忐磕矻咳、忐磕矻咳——关公保了皇嫂，过一关，斩一将。过了东岭，朝洛阳进发。

东岭关方面呐吭呢，孔秀手下副将，马上拿孔秀格死尸么弄到进城里向，准备开丧。一面派人报到洛阳，一面派人写信，到许昌告急。

今朝曹操齐巧升堂格辰光，文武聚集么，外头来哉。送告急文书人到了："报，秉丞相。东岭关告急文书到！"曹操拿文书接到手里向，拆开来一看，"啊！"关公过关斩将。曹操其实，阿是忘记脱拿张路凭拨了关公？勿是的！曹操特为勿拨。喏，格个就是曹操格阴暗心理。关公来搭俚辞行，俚三日天勿见，俚格个有名堂叫啥，叫"不留而留"。俚动啥脑筋呢？关公跑过去，到东岭关，吭没路凭勿能过去了，俚必然要回到许昌来，问吾要路凭。俫来问吾要路凭么，吾再生病，头痛毛病，旧病复发。又来哉。今朝勿见，明朝勿见，拖了拖，拖了拖，拖得俫走勿成功仔了完结。还是留住俫。格么作兴倒留勿住呢，关公一定要过去呢？一定要过去么，守关将勿放，勿放么要打。打么老实讲一声，关要五座了。俫红面孔过得了一关，过勿了二关，俫过得了二关，俫逃勿过三关。假使说，俫关公拨了五关上大将，嚓！结果性命么，曹操俚马上就好对人家讲：啊呀，格个是误会呀。吾是勁拿关公弄杀，守关将拎勿清。俚笃么只晓得守住城关，吭不路凭勿放，拿关公结果性命。啊！勿是，勿是吾格意思哦！完全勿是吾格意思噢。好人曹操做。俚名气几化好。曹操是，求贤若渴，礼贤下士，尊重人才。对关公格种英雄，特别敬重。但是呢，手下人误会，拿俚弄杀哉。好名气俚担。因为曹操为啥道理要收什梗得点名誉么？现在曹操格实力啦，还勿强了。

从事实上讲啦，曹操格实力，远勿及袁本初。格个辰光到底啥人能够得天下？还是一个未知数。曹操要想成功呢，俚一定要得人。要得着很多很多格人才，那么俚可以平天下。关公呢，一员勇将。曹操要想拿俚收下来，让刘备断脱一只臂膊么，吾得一个大将。挖空心思，想办法，要吸收关公投降。勿成功？那么要弄脱俚。弄脱俚呢，俚自家勿动手，让手下人去动手。格个就是俚格阴暗心理。

格么现在，接着告急文书哉，哪怎办呢？曹操心里向转念头，什梗，吾马上派人送路凭去，实际上格个路凭晏啦，俚已经脱脱一拍哉。俫送得去是关公恐怕五关要过哉。格么曹操想什梗，假使吾追得牢俚的，路凭拨俚。一个好名气又是吾担：喏，曹丞相是待俫好的。曹丞相专程派人送路凭来，哪怕俫杀脱孔秀，还勿怪俫格罪，还送路凭来。假使说关公已经死脱了。啊呀！关公啊！可惜啊，俫已经死哉！吾是派人送路凭来，吾是要让俫过去，吾是守信用格啊！曹操要收什梗一个名誉。

所以，曹操关照旁边头。"文远听令。""在。"张辽从旁闪出。曹操就讲了：孔秀，吭不吾格命令，擅自拦阻君侯，拨了关君侯结果性命。应当杀，杀得好！吾是因为送关公辰光，心乱如麻，实在格情绪坏极了，所以吾吭不想着拿路凭交拨俚。现在呐吭弄法呢，文远啊，俫马上搭吾追上去，一张路凭呢交拨俫。俫拿路凭去追拨了关公。通知，五关上大将，看见关公，到，要接。过，要送。如果啥人要拦阻君侯么，军法从事。张辽答应。张辽来得正好。俚因为是，搭关公要好，有交情。倷叫俚去么，当然俚高兴啰。路凭收过，身边园好，辞别曹操。俚退出来，回到屋里向，收拾好一眼物事，备一匹快马，豁上马背。哈……追上去。

不过倷追上去么，路，推位热昏了。倷算酿。关公过东岭关，东岭关格人么要写文书，派人么到许昌报告。许昌接着报告之后，马上办路凭，交待张辽。再追过来，再到东岭关。一个来回，哪怕快么，两日天。好推位得起两日天格啊。所以张辽路上过去，始终是推位一步。格么让张辽后头来。

关公呐吭呢，关公已经过了东岭，朝洛阳方面来。格个关公心里向有数目。东岭关开了杀戒，洛阳城，未必见得会太平，要当心。果然，还蹰到洛阳，离城三里么，只看见门前头旗门设立。有一千个兵，哗……旗门摆开，一副样子预备打。

关公俚马上关照车辆停，车子调头。嘎冷冷冷冷，车辆调头。只看见门前头来一个大将，洛阳太守。此人姓韩，单名格福。韩太守银盔银甲，银鬃马，一条银枪，全副武装，过来碰头。关公心里向想，韩福，啥体什梗面孔笔板？前两次，吾经过洛阳，哈呀！招待得吾好啊！马屁拍足，和颜悦色，笑口常开。今朝，冷若冰霜，面孔笔板。晓得勿对了。

"前边来者，吾道是谁，原来是关君侯。请问君侯，你从哪里而来，往何处而去？""许昌来，冀州去。寻——访兄长。""丞相的路凭拿来！""临行勿忙，未曾，取——得。""唔！红脸的。想你没有路凭，分明在许昌，私自脱逃。吾奉丞相将领保守洛阳城，没有路凭，一律不准过关，孟将军。"倷对后头喊一声孟将军么，后头格大将叫孟坦啦。哈啦！一匹马出来。"有！""与我，把红脸的，拿下了！""得令——呃！"哈啦——孟坦格匹马冲上来。韩福，哈——回去哉。

关公心里向气呀，实头勿讲交情。面孔一板，马上派格大将上来要动手搭吾打。"来将通名！""孟坦是也！红脸的，你放马！""放马！"两家头放马，哈——马匹碰头格辰光，孟坦用一柄开山巨斧么，望准关公肩胛上，"看斧"。噗——乒！一斧头过来。关公起手里向龙刀，刀柄招架。"且慢！"嚓冷！掀着，尔噜——斧头荡开。回首一刀，望准俚腰里向过去。"看刀！"噗——乒！一刀。"且慢！"嚓冷——嚓冷冷冷冷冷，啦啦啦啦啦啦冷冷。"喔哟。"勿来。孟坦吃俚勿消。孟坦心里向转念头，呐吭弄法？逃吧。打勿过，只好逃！

格孟坦，俚本来搭太守约好格吃。俚晓得红面孔今朝呒不命活。因为关公蹰到格辰光，东岭关老早就消息，报到洛阳城。韩太守搭孟坦商量过。关公武艺好，斩颜良、诛文丑，俉搭俚打，打俚勿过。放俚过去，丞相要拿俉处罚。何况俚呢过关斩将，有罪之人。哪恁办？孟坦献条计策。太守，倷百步穿杨，神箭。倷格条箭交关好。倷在旗门底下准备弓箭，吾来上去动手搭俚打。打三个回合，假败。吾望准旗门底下逃，红面孔追上来呢，倷放一条冷箭啊，结果俚性命。常言道：明枪易躲，暗箭难防。倷一箭拿俚射杀么，吾马上回过去，拿俚颗郎头斩下来。搭好档了。本来是讲好，打三个回合，假败的。孟坦心里向转念头，勿来赛。关公格本事大，三个回合打勿下来。格么呐哼弄法呢，一个照面就败吧。用勿着假败，俚真败哉啦。圈转马来，哈——俚往旗门底下逃，关公拿只赤兔马一拎，哈啦啦啦——追上来。

韩福在旗门底下看。预备俚打三个回合。看见一个回合就逃下来么，啊呀！勿灵。豪燥点端准弓箭吧。

乓！拎弓搭箭，攀上弓弦。轧轧轧轧……俚在开弓格辰光，关公唵注意？勮注意。因为关公自家啦，战场在勿用箭的。俚欢喜明枪交战。现在，哈啦！追孟坦格辰光，勮防备韩福，在旗门底下要放箭。格孟坦呢，看见太守取弓搭箭，开心啊！格么俚开心么，俚看看背后头酿。关公只赤兔马比俚格只马，速度好好叫要快，已经追到后头了。孟坦在得意，看见太守放箭，马上要拿关公射杀。吾回转身去，拿俚一斧头，颗郎头砍下来。勿晓得关公到俚后头，关公拿龙刀望准俚背心上："去罢，啊。"噗——嚓！一刀着了么，孟坦，尔嘚——锃，嚓冷！哈啦啦啦，落马翻缰。

韩福一吓呀，勿防备孟坦已经拨了关公结果性命。一吓么，格只手抖着一抖。当！吹……抖一抖么，格条箭歪着一滴滴。本来呢，射关公格兜胸。因为歪着一滴滴，俚射格辰光歪着一滴滴么，射出来歪得更加结棍。望准关公左手格臂膊上，嚓——一箭，牢。关公，喔哟！觉着臂膊上，当！一条箭。格箭杆，抖了抖、抖了抖。关公对旗门底下一看。只看见格韩福，手里向拿格弓了。好家伙，唔笃两家头搭好仔挡，暗箭伤人。关公拿只马一拎，哈——冲到旗门底下。格条箭仍旧带在臂膊上，还来勿及打下来。关公青龙刀，望准俚头顶心上，搂头一刀。"匹夫，暗箭伤人。看刀！"噗——乓！一刀下来。韩福勿防备关公吃着箭，马背上非但勿跌下来，外加冲过来一刀哟。要拿枪，来勿及哉。手里向拿格弓了，就拿弓背招架吧。拿张弓，嗙！举起来，去掀俚格刀么。弓背呀，哪恁掀得牢八十二斤重格青龙刀呢，括！弓背断么，一刀望准在俚头顶心上，嚓！尔嘚——锃，擦冷！哈啦……

一千名军兵，逃啊！唔笃逃么，关公冲上来喝住俚笃。勿许逃！逃，逃要杀。"呃嘿，君侯饶命！"搭吾开城关！洛阳城城门开直，让吾进城，出城。穿城关过。"哦，是！"小兵只好答应。

那么关公龙刀环鸟嘴环上一架，噔！起右手三个节头，箭竿上搭牢，乓！拔格辰光么，箭杆，拔下来了。箭头，嵌在肉里向。格呐哼弄法呢，因为箭头搭格箭杆，镶得并勿牢壮几化。箭杆落脱的，箭头嵌了。关公就起自家格牙齿，露出一眼眼格箭头格后头，尾巴上，嗒！咬牢。嗨！拿格箭头咬出来，格血，尔嘚——飙出来。关公拿格箭头，噗！吐脱。乓！手搭到剑柄上，宝剑出匣。咴！旷！嗓嗯——就拿件袍，拎起来，大襟上，喀——割下来一块。宝剑，咴！入匣。割下来一块呢，望准臂膊上，嘟嘟嘟嘟——扎一扎紧么，止一止血。

关公格种身体，实在好啦。吃着一条箭，无所谓。硬伤，就流点血，包扎包扎就可以过去。

马上马匹回过来，见过两位皇嫂。洛阳太守韩福，拨了吾结果性命。现在吾伲呢，可以过关了！"啊呀！"甘、糜二夫人心里向转念头，吶哼弄法呢？过一关斩一将，过二关斩了三将。太守，还有一个大将，侪拨俚结果性命，快点过去吧。

嘎冷嘎冷……忐磕矻咳、忐磕矻咳——一千个小兵领路。进南门，出北门。穿城关么，今朝夜头勿敢过夜。关公心情紧张，连夜赶路。好得夜头月亮好。嘎冷嘎冷……望准第三关去。

该搭点洛阳吶吭呢，慌哉！洛阳太守格地位，比孔秀要高多了。东岭关是一座小小格关厢上格守将。现在格太守，还有大将孟坦死脱，事体大哉。一面派人报到哉第三关上去，一方面呢开丧，料理丧事。同时呢，备好告急文书，准备到许昌去，禀报丞相。

勿晓得送信格人，还蹓到东岭关，碰着张辽。张辽看见俚，问俚：俫啥场化来？吾洛阳来。啥场化去？到许昌。做啥？送告急文书。报告啥格事体呢？什个长，什个短，关公经过洛阳，孟坦阵亡。韩福一条冷箭，射中关公格左臂啊，拨了关公一刀结果性命。现在夺关而过，要到许昌去告急啦。

"啊？"张辽摇摇头，叹口气。来勿及。吾还蹓到洛阳，俚洛阳已经过脱了。而且呢，洛阳格守将，已经拨俚结果性命。别样吭啥，该格告急文书，勿能拨俚送到皇城。为啥呢，假使送到皇城，曹操看见要勿窝心，红面孔忒辣手。啥格连着杀人？那么曹操算俚勿响么，曹操旁边格班大将勿答应。特别是老将蔡阳。大家侪要跳起来讨差使，要搭守关将报仇。如果俚笃追上来格说法，拿吾格路凭么吊转，俚笃要去追关公，关公要有危险的。吾终归搭关公是要好朋友，能够帮忙么，吾总是要帮帮俚格忙。

张辽说：什梗，俫文书交拨吾吧。俫勿勤到许昌。唔？因为吾奉丞相命令，来追关公的。丞相呢，送关公动身跑格辰光，临行勿忙，忘记脱拿过关路凭拨俚。现在路凭呢，在吾身边。丞相有命令，五关上大将，看见关公，一律要接、送。要待如上宾。啥人要拦牢关公么，军法从事。韩福，自家勿好，犯了罪。死了，算了。现在呢，俫文书拨了吾，省得俫到许昌哉。吾追着关公，吾送脱路凭，吾回转去见丞相辰光么，拿俫格文书交拨了丞相。嗯，格个再好吭不，格张将军辛苦俫哉。勤客气。

那么格个送信格人，拿告急文书拿出来，交拨了张辽。张辽拿文书接过，身边囥好。张辽，哈——路上下来。到洛阳，停一停，吃一眼物事，马上出洛阳。追！让张辽么在后头追过来。

吾再交代关公，往第三关在来。第三关呢，叫汜水关。汜水关格太守，此人姓下，单名格喜，叫下喜。格个人呢，搭曹操是亲眷。俚有格阿姐，嫁拨曹操，下夫人。下夫人呢，就是养曹丕了、曹植了，侪是俚养的。属于郎舅啦，关系蛮好。曹操派俚守第三关是，格只位置，顶顶赞。当中的。北面打过来，要打脱两关，挨着俚。南面打过来，也要打脱两关，再到俚搭点。俚搭点定安逸。

叫啥，现在俚坐在衙门里得到报告。关云长，离开许昌，过关斩将。现在过两关，斩三将，要往汜水关来。卞太守一听么，心里向，别——一跳，那么僵。关公来，呐哼办法呢，放俚过去？放俚过去么，呒不丞相路凭。外加俚过关斩将，有罪格人。尽管，曹丞相搭吾是亲眷，是吾格姐夫。格呒不用场格啦，曹丞相有转把板起面孔来是，随便啥格眷勿买账，侪要照法律办！一照军法办事，吾，颗郎头要保勿牢。格呐吭来赛呢。格么呐吭弄法呢？打？打么，吾打勿过关公格吮。吾是步将啦。马背上格本事，吾搭勿够关公。打么打俚勿过，放脱么有罪名。用啥格办法，结果俚性命？一动脑筋，有了。关公，狠，狠在啥场化？狠在马上。狠，狠在格青龙刀。吾要想办法，拿关公呢，骗脱俚格只马，让俚从马背上跳下来。因为关公步下本事，不过什梗。要骗俚拿青龙刀放脱。放脱刀、马，俚本事打大折头。那么呢，吾可以搭俚打打。卞喜有样绝技。啥格绝技呢，一个流星锤。俚格个流星锤发出来啦，百发百中，暗器家什。吾用流星锤打脱俚，也可以。

该搭点呢，汜水关城外头有一只庙。格只庙叫啥名字呢？叫镇国寺。格只镇国寺呢，是汉明帝手里造下的。范围交关大，建筑，非常好。吾拿关公呢，接到镇国寺。请俚到镇国寺里向坐一坐，休息休息。弄桌素斋，请俚吃斋。让两位皇夫人也到里向休息一歇。关公上当了，吾马上就关照，偏裨牙将带五百名刀斧手，乔装改扮像老百姓一样，混在寺院里向，只算是烧香格客人。等到吾里向，留关公吃酒辰光，或者吃茶格辰光，吾拿只杯子，望准方砖上，嚓啷！一甩么，吭——刀斧手杀出，结果俚性命。对！太守转停当念头，马上发令。布置五百名刀斧手，派两个偏将，乔装改扮赶到镇国寺里向埋伏。俚自家呐吭呢，里向轻装扎束，拿一条软鞭盘在腰里。一个流星锤呢，噎！囊袋里向囥一囥好。外头呢，头上是纱帽，身上是大袍，玉带围腰。脚上呢，着一双薄底快靴。预备要步下打啦，俦着厚底靴打起来勿便当。所以着一双薄底靴。格双靴呢，露马脚的。其他呢，完全是文人打扮。

听说关公，来了。因为关公昨日夜头齁困，连夜赶路到该搭点来。卞喜俚要紧接只带四个底下人哦，人勿多。出城，来接关公。

俦望准城外头来呢，关公来了。该格辰光太阳刚刚升起。嘎啷嘎啷……乞磕矻咳、嘚磕矻咳，卞喜马匹过来。

关公一看，唷！关公警惕性蛮高格啦。门前有人来了。一看太守卞喜，认得的。以前经过辰光接待过吾。头上纱帽，身上大袍，玉带围腰。带四个底下人，呒不兵器，呒不军队。俚勿是顶盔贯甲，勿拿家什。格样子看上去，勿像打。那么喏，心里向稍微松一点。青龙刀鸟嘴环上一架，两骑马近。卞喜马背上跳下来。在关公赤兔马前欠身施礼。"君侯，卞喜，闻得君侯驾到，接待来迟，望勿见责。这厢，有礼了。""太守，少——呃礼。某，有——礼。""请教君侯哪儿来？上哪儿去啊？"关公讲拨俚听，许昌来。辞别丞相，三里桥挑袍分别。东岭关，洛阳城过关斩将。经过情形，详详细细讲拨俚听。"太守，关某，临行匆——忙，失带路凭。还望太守，容关某，过——关。""哎呀呀呀。君侯，您，说哪儿的话呀。您要过关，只管过去啊。咱们丞相，相送您君侯的时候，忘了把路凭交给您。孔秀这家伙好大的胆量，没有丞相的将令，拦阻君侯，应当杀。韩福这家伙，这该死。放冷箭，暗算君侯。您君侯不将他结果性命，丞相也要把他正法。君侯，您只管过去。要是吾，见了丞相之后，吾向丞相告禀，是他们二关的守将不好，拦阻君侯，与君侯无关。"

关公一听，格个高兴么高兴得少的。碰着好人哉，碰着好人了。俚听听看。俚晓得，曹操搭吾格感情。曹丞相是忘记脱路凭拨了吾的。决计勿会曹丞相故意勿发路凭。而且呢，格个两关守将，一个是未奉命令，得罪俚关公。一个是放冷箭，应当杀。曹丞相问起来，俚代表吾去申辩。在丞相门前讲清爽。为啥道理吾要拿俚笃格个三个人杀。"多谢，太守！""君侯，请！卞喜，在前边步行引道！"格是关公想勿敢当。俚步行领路，呐哼说得过去。"请太守，上——马！""喝喝。这个，不敢哪！""不用客套，请上马！""是。"卞喜，客气一番之后，备鞍鞒、掭踏蹬，豁上马背，带四个底下人前头领路。领关公过来，忑礚唾礚、忑礚唾礚，嘎嘟嘎嘟……进南门。

经过衙门口，酷唾——卞喜扣马。"君侯，这儿是鄙衙，请君侯到里边去休息片刻。用水酒一杯。"关公心里向转念头，俚蛮客气。叫吾到里向吃一杯酒。阿要去？勿去。为啥？噢！关公格警惕性高啦。吾到衙门里耽搁，万一出点事体呢。一出事体就讨惹厌。勿留勿留勿留。"太守，关某心领——呃了。"勿瞒俚讲，吾要去寻刘备啦，吾急如心火。昨日夜头俦龊困觉，连夜赶路呢，吾勿想在衙门里耽搁。谢谢俚，吾要跑了。"噢，如此看来，足见你君侯义重如山。好！佩服！佩服！那么，下官引道！"领路。

嘎嘟嘎嘟，忑礚矻咳、忑礚矻咳，一路过来。出北门朝门前走。关公心定。勿碍哉，呒不事体。

嗳！前头格两关呢，俦杀脱仔人了过关的。现在呢，客客气气，太太平平，穿城而过。格个第三关上，看上去呒不事体哉。关公倒蛮定心。勿晓得俚勴定心。格家伙坏啦，名堂叫：蜜饯砒霜。上口甜呀，吃到肚皮里向要俚死。格个毒是毒得勿得了。砒霜在蜜饯里向的，关公亦勿晓得。

再往门前过来，到镇国寺。格只庙呢，范围交关大。佛教啦，是汉朝辰光，从印度传到中国来的。汉朝皇帝呢，蛮相信佛教。所以广建庙宇。该格只国寺呢，是皇帝下圣旨造的。所以格名堂叫啥？叫"敕建"。敕建镇国寺。

卞喜，马背上跳下来。"君侯。这儿，镇国寺，请君侯到里边，用素斋。"吃一顿素斋吧！人家，别场化要赶到该搭点来，吃素斋了什梗，倸来哉么，坐脱一歇。"唉！多谢太守，关某不用——呃了。""君侯您说得哪儿的话。您一路下来，昨天晚上又没有休息。二位夫人，女流之辈她们受不了啊。君侯请二位皇夫人一起到里边进香，休息。用了素斋，再走还来得及呀。"咦，终归要休息休息。

关公心里向转念头，实事求是讲，阿要休息么？是要休息。真家伙。从胡家庄出来之后，日夜赶路还要打仗。外加臂膊上，还吃过一箭。虽然格个伤，并勿是哪恁重几化么，格总归蛮吃力，蛮疲劳的。那么吾，硬硬头皮，可以往门前头走，两位阿嫂吃勿住。关公过来，到嫂嫂车辆门前，来请示甘、糜二夫人。此地格太守卞喜，非常客气。要请唔笃两位阿嫂，到里向去休息，吃一顿素斋。阿嫂，唔笃看呐吭？夫人一想么，求之而不得嚜。格只庙宇有名气格啊，到里向烧烧香，磕磕头，求菩萨保佑保佑刘皇叔平安无事。皇嫂答应么，关公想蛮好。嫂嫂答应，下马吧。

关公下赤兔马，放青龙刀。卞喜心里向，啡——开心啊！红面孔狠在刀上，狠在马上。骗脱俚格马，骗脱俚格刀，好了，俚呒不本事了。吾里向埋伏，通通侪安排停当。拿俚请到里向，掷杯为号。那么镇国寺要动手，谋害关公么。下回继续。

第八回

镇国寺

关公，保皇嫂千里寻兄，现在到汜水关。太守卞喜一定要请关公到镇国寺里向，吃脱一顿素斋，那么再动身。关公问过两位皇嫂么。甘、糜二夫人昨日夜头一夜天龆困，车子上，颠了颠，颠了颠，交关疲劳，也想休息一歇。况且呢，格只镇国寺名气大，到里向去烧烧香，拜拜菩萨，阿有啥菩萨保佑么，让刘皇叔，平安无事。格么甘、糜二夫人一答应么，当然啰，关公就下马，请阿嫂往里向进来。青龙刀么，也放脱。格个辰光格卞喜是心里向快活啊。今朝吾要搭俫红面孔打，吾就见俫格口青龙刀怕，也见俫格匹赤兔马，怕。俫离开了马，放脱了刀，俫格步下呢吭啥本事。靠一口宝剑啦，见得平常。吾呢，步将出身，可以扬吾格长，打俫格短，格俫肯定要失败仔了完结。

领关公进来么，关公呐吭晓得呢，已经中仔卞喜计策。两位皇夫人，由华吉保护，带十个家将，跟在后头。还挺两个家将呢，登在庙门口，看好车子了马匹。还有几个家将么，跟在关公后头。唔笃在望准里向进来，先到大雄宝殿呀，参观一番。两位皇夫人呢，在烧香。关公呢，由卞喜陪同仔了，到客堂。和尚堂么叫禅堂啦，就是专门接待客人格个地方，坐一歇。等歇呢，两位皇夫人么，到里向。里向去，会得端准素斋。关公在禅堂里坐定，关照卞喜，俫也坐啊。"哼哼是，您君侯在上么，卞喜，呃嗬，不敢坐啊。""休得客套，请——坐。""是是是，是。"

卞喜，在旁边头，离开关公蛮远格坐下来。俚为啥道理勿坐在关公旁边呢，勿敢。停一停动起手来，剺拨了关公，扎——一把抓牢，喤——拎起来，往地上一掼，拨俚掼煞脱仔了。卞喜看见关公有点吓的，所以离开得稍微远点。俫要动手么，也搭勿够的。关公勿防备。关公看卞喜，刚巧什梗客气，和颜悦色，满面笑容。外加讲吾么是丞相格亲戚，应该，要款待俫君侯，在该搭点稍微坐脱一歇。否则曹丞相要怪吾格啦。关公格种人么老实，拨俚什梗格种甜言蜜语，上仔当，也龆晓得了。

关公坐下来，要看看此地禅堂里向格布置。地方么勿大，交关清爽。俫看，当中字画、对联呵，明窗净几。可以说是一尘不染，干净相。香炉里向插好一支香，香烟缭绕。关公看到当中一幅画。啥格画呢，画一只老虎！斑斓白额。哈呀！只老虎是画得实在好啦，活龙活现。特别格个神气，好像煞从山上要冲下来格种样子。关公看，好极了。因为关公啦，也会得画画。关公画啥格物事呢，关公是欢喜画竹头。西安，有格名胜古迹，叫碑林。格搭侪是石碑。侪古代遗传下来的。那么吾去参观辰光，也看见过一块碑，就是关公，画格竹头。还有关公呢题格诗。因此说关公呢，懂画的，内行啦。所以看到格只老虎呢，画得交关好。啥人画的？一看，落款图书两个字：普净。普净？格个名字，好像是格出家人嗄。喔！大概是格普净和尚画格啊。

俫正在欣赏画格辰光，卞喜坐在边上，在对外头看。五百名刀斧手，乔装改扮格老百姓。还有两个偏将，侪是暗地下家什预备好。就在等卞喜命令一下么，马上冲过来要动手的。卞喜心里向转念头，呐吭动手法呢？俫正在动脑筋格辰光，里向跑出来一个和尚。手里托一只盘，盘里向呢，有两杯香茗。一路过来么，嘴里向在咕，"慈悲胜念千声佛，作恶枉烧万柱香。阿弥陀——佛！"

一声阿弥陀佛，跑过来。卞喜一看，一个老和尚。俫看，组苏雪白，年纪蛮大了。吾觑关照俫笃和尚送茶。呐吭格老和尚，自说自话就跑过来了？俫顿一顿格辰光么，关公也听见，一声阿弥陀佛。回过头来一看，一个和尚。只看见格老和尚，满面笑容，到关公旁边。拿一杯香茗台上一放。"君侯，请用茶。""多谢，大师。"老和尚过来，到卞喜旁边，一杯茶，茶几上放好。"太守，请用茶。""摆着了！"太守勿搭俫噜嗦。总抵讲，格老和尚俫送脱茶么，别转身来要跑。哎，叫啥格老和尚，两杯香茗摆好么，一只盘边上一戗，搭关公客气闲话啦。"啊！君侯。"关公一听，老和尚在招呼俫么，当然要答应一声。"大师！""请问君侯，可，认——识贫僧么？"

呀！关公心里向转念头，俫问到吾格句闲话，俫肯定认得吾的。否则勿会什梗讲。阿有啥，第一声就是，俫阿认得吾啊？格么可见得俫认得吾的。关公对俫只面孔一看么，想勿起。啥场化搭俫看见过？一时头上想勿出么，关公就讲一声："面善得紧。"面熟，好像煞么看见过。但是啥地方看见，记勿起来。"君侯，离别故乡，多——时了？"

关公想俫问吾，离开家乡，阿有几化年数了？哦，长远哉啊。关公今年几岁？三十九。关公啥辰光离开屋里向呢，廿二岁。出来仔要十八年了。俫廿三岁格年份么，就是刘、关、张，桃园结义。那么俫，从故乡跑出来格辰光呢，蛮快。眼睛一眨。"关某，离别故乡一十八载。""喔喔喔喔。那么君侯可还记得，山西解良州，常平村，堡时里，河东，草庵中的贫僧么？""这——个！"关公拨俫一提起么，想着了。俫讲格地方啦，就是吾格家乡。

关公是山西，解良州，常平村，堡时里人。俫说在河东，关公住在河西格啦，隔一条河啦。河东有一只草庵，草庵里向格和尚，俫阿记得了？那么关公想起来哉。关公想，格只草庵里向吾去过格咯。而且搭格和尚还有过往来。啥格往来么？关公屋里向啦磨豆腐，关公是卖豆腐格出身。那么俫想做仔豆腐么，终归要卖拨出家人啰。所以搭河东草庵里向格和尚呢，有往来。不过关公心里向转念头，十八年前，吾离开故乡格辰光，吾好像记得，草庵里向格和尚啦，年纪蛮大，大家侪叫俫老和尚。呃，今朝碰头，看俫胡子雪白，但是呢，气色交关好，红白团穿。看上去格精神呢，非常非常好。对格呀，有什梗桩事体格呀。

俫在点头格辰光么，太守在旁边头心里向，别！一跳。啊呀！卞喜想勿灵哉，勿灵哉。格个老和尚，搞七捻三搭红面孔同乡。俚笃在叙谈乡情哉啰？别样吭啥，吾该搭点布置埋伏，出家人有点数的。劝拨俚露出点马脚来哦。豪燥赶脱俚。"老和尚。关君侯，是贵宾。在旁边噜哩噜苏的，尽说废话，走吧！""喏喏喏喏喏喏喏。"

关公一听么，勿快活了。对卞喜一看，俫格人，不近人情。吾搭俚是同乡呀，十八年，吭没看见过。所谓叫"他乡遇故知"。俫在外地，如果说，碰着同乡格人，听见同乡人讲闲话格乡音，特别来得亲切啦。格俫为啥体道理赶脱俚，说吾么是贵宾，好像俫格老和尚勿识相，啰里啰唆，一篇废话。"哎！太守，同乡相见，哪有不叙谈乡情之理？""呃喝，呃，是是，是，是，是。"

卞喜勿敢响。不过关公，看到卞喜格只面孔上表情呢，尴尬。而刚巧俚对老和尚格种闲话啦，格只面色，很难看，一副凶相。想勿到，俫刚巧，对吾什梗客气，什梗和善，呐吭对格和尚，格怎样子勿客气？格关公心里向倒有点勿快活。那么一想格老和尚格名字，吾忘记哉。十八年，勥看见哉啰，吾倒要问问俚看。"请教，大——师法名？"出家人格名字，叫法名。"呃嗬，君侯，若问贫僧么，上普下净。"

关公一听，上头是普，下头是净，普净。普净？啊呀，格两个字熟得啦，好像刚巧看见过的？喔！对格幅画上一看么，看出来，落款图书普净。照什梗讲起来，格幅画，俫画格咯？"大师，此——画莫非大作？""呃呵呵呵，君侯不敢，正是贫僧所画。""好！"关公，勿大肯轻易称赞别人家。要关公脱口而出，赞一声，好！而且是心里发出来格好。老和尚当然心里向蛮高兴啦。"君侯，有什么不到之处，还望指教。"指教指教。呵，阿有啥场化，不足。有啥格种缺点么，俫讲讲看。关公再对格副画上一看，吭不缺点，叫关好。而且画老虎呢，勿容易格啦。关公内行呀，会得画画格么，当然懂格咯。顺言之后么，"大师，画——虎，画——皮，难——画骨"。画老虎，顶顶难画，就是老虎格骨骼。格付架子，要画得了格生动了，真切，比例要正好，格勿容易。所以关公咕一声，画虎画皮难画骨。顶顶难画么，一副骨骼。俫格句闲话刚巧完么，老和尚接得格快啦。"是呀，君侯，你既然知晓，这画虎画皮难画骨，那么君侯，谅必知晓这'知人，知面，不知心，哪啊。"

老和尚在说格句闲话格辰光，俚右手袖子管啦，遮没太守。左手对关公一看，节头子朝卞喜身上一指，呃哦！俫既然晓得"画虎画皮难画骨"，俫阿晓得"知人，知面，不知心"。节头子，噔！对卞喜格胸口头一指，俫阿晓得俚格心啊？说完么，老和尚，嗒，茶盘一拿，哈哒哒哒……进去。

关公阿懂？呐吭会得勿懂。关公，听俚什梗讲法，好像是极普通的，常言俗语。因为俗语里向有格呀，画虎画皮难画骨，知人知面不知心。俚在说到格声"不知心"，俚，喤！衣袖管遮没仔太守，两个节头对太守一指么，蛮清爽啦，有所指了。

关公丹凤眼朝对卞喜一看！格卞喜，别……心慌，沉勿住气。俚也听出来，老和尚格种闲话是，有骨刺了，话里有话。啥叫啥"知人知面不知心"？蛮清爽，豁翎子。关公对俚一看，两家头的，眼光一接触么，卞喜吓得来，格两只眼睛格眼神啦，嘶……四面在看。勿敢正面去对关公看么，关公看出来了。俚为啥道理格恁样子虚法？格面孔上，看得出格咯。像做格亏心事体了咯。那关公明白了。关公格条手，望准剑柄上一搭，左手搭在剑壳上么，右手两个节头子对卞喜一指，"太守，今日请关某是好意，还——是，歹意？"

俫问俚，是好意，还是恶意么？太守晓得勿对，穿帮。总关穿帮哉么，也勃屏辰光哉。哗啦！立起来。格种动作是快极了。看俚拿顶纱帽，喤！旁边头一甩，拿格件袍琵琶带一松，尔哩——卸下来，望准靠背上一掼么，里向轻装着束，露出来。

朝缎短袄，廿四裆密门钮扣，小袖口缲起，腰里盘一条软鞭。腰里向一只囊袋，兜档扯裤，薄底紧统快靴么，全副武装，一个步将打扮了啦。俚对仔关公，"红脸的，想你在许昌，不别而行，私自脱逃。没有丞相的过关路凭，过两关，斩三将，那还了得。你还想往什么地方走？"嗒，就拿格只茶杯拿起来，望准方砖上，擦冷！一掼。喋！喋！往外一跳。"来呀，与我动手！"杀哇……外头五百名刀斧手，大家拿腰里向家什抽出来，一片杀声么，关公心里向，咯噔！格一来。啥体？紧张。关公为啥道理要紧张？呐吭勃紧张？

因为关公狠是狠在马背上，狠在口青龙刀上。今朝如果骑马，拿青龙刀，随便俫卞喜。勃说一个，两个，三个来，不在话下。而现在关公是步下，腰向只赅一口宝剑。步下格本事呢，大打折头。单靠格口宝剑啦，关公要大吃亏啦。外加呢，两位阿嫂在里向，虽然有华吉，十个家将跟了么，到底是寡不敌众。关公哪怎，要紧手里向口宝剑拔出来。哼！喱！爽嗯——宝剑出匣，跟在卞喜后头在追出来。喊一声。"大——胆卞喜，竟敢，谋——害关某，你往哪里走！"俫在追出来格辰光么，卞喜已经跳到外面露台上。"来呀，与我动手！""哗……""冲啊！""哗……"偏将勿上去哟。啥体勿上起么？看见关公吓呀。俫想呢，关云长，斩颜良，诛文丑。现在过两关，斩三将，到此地来了。那么俫太守如果说，自家冲上去动手，搭关公打，格么两个偏将，会得上来帮忙的。俫自家么跑得格老远，勿敢动手，独是喊佤动手。喔！俫太守也勿敢上去了，喊佤两个偏将上去呀？所以格两个偏将嘴里向闹猛。

"杀哇，冲啊！你们上啊。"在喊唔笃上么，小兵想，佤戆大啊？哦，唔笃将官头勿上了，喊佤小兵冲上去，啥人高兴介？"哇……"虚张声势。声音是蛮大，吭没人敢冲上来。

卞喜想僵哉。看上去只好自家动手，呐吭打法呢。关公执仔口宝剑在追过来哉哦。吾腰里向有条软鞭，格条软鞭抽下来，近身搭俚打阿来赛呢？勿敢。近身打，实在见关公吓哟。格么呐吭弄法呢，吾有看家本事，俚要紧从囊袋里向，哗啦！拿出来一只流星锤。格只流星锤发出来呢，百发百中。

俚要紧拿流星锤格千斤索，望准脉门上，嗒啦——套一套牢。流星锤拿在手里向，尔嘚……一路逃一路手里向在甩。回转头来，眼梢一窥么，俚望准关公面门上流星锤炫过来哉啊。"红脸的，你照打！"嘚儿……流星锤望准关公面门上，呼！

关公俺看见？哪恁勿看见。太阳光底下，流星锤上，金光闪烁，搭——暗器家什来么，关公要紧身体，哗啦！一偏。就起手里向把宝剑，拿宝剑格横埭里向，望准俚格流星锤上，当！一记。"且慢——呃。"擦冷！那么关公格掀俚格流星锤呢，勿是流星锤过来，俚正面，嘡！挡住俚。俚往横埭里，俙格流星锤，嗬儿——过了，俚往俙流星锤横埭里向，铿！宝剑拿俚挡上去么，格流星锤望准横埭里，嗬嘚——甩过去。

齐巧格露台当中呢，有一只万年宝鼎格铁香炉。格只铁香炉蛮大，分量交关重。铁香炉两只耳朵呢，蛮大的。俚格流星锤甩过来呢，齐巧望准铁香炉格耳朵里向，嗬嘚——穿过去。穿过去么，格习习细格铁链条，尔嘚——好了，绕了一个圈子，在耳朵上绕牢。

格么卞喜啊，俙格流星锤，拨了铁香炉格耳朵在绕牢哉么，俙马上拚脱千斤索了，拨转身来逃酿。吓昏哉！俚要紧拉，要想拿格流星锤拉俚转来。嗨！俙用力在拉么，绕牢一付了。绕牢仔俙拉，呐吭拉得动？格只铁香炉分量几化重得来。只铁香炉心里向转念头，吾登在露台上嘎许多年数，也吭不人敢来搭吾碰。喔！俙算气力大？来搭吾别苗头？俙想拿吾拉倒？谈也勿谈！还是俙气力大了，还是吾气力大？铁香炉，嗯——动也勿动。啥铁香炉会得转念头格啊？格来么唔，说书就是搭唱戏两样哉唔。连铁香炉呐吭想法，侪会得讲出来。铁香炉万年宝鼎，分量重极，俙卞喜拉勿动，还在拉么，关公已经冲到俙门前了。关公起手里向口龙泉宝剑，尖捻头望准卞喜格兜胸。"去吧——啊！"

兜胸一剑，噗——乒！刺过来。宝剑尖捻头，望准俚胸口头，嚓——牢。唉！卞喜觉着阴当当一来么，俚要紧起两条手望准宝剑上揿上去。嗨！勿晓得，格宝剑锋利开口，俙揿上去，节头子僻里啪啦格掉下来。

"啊！"关公趁俚股势，宝剑望准俚肚皮上，搭——开膛破肚么，死尸，尔嘚——嘲，倒下去。哗——血流满地。旁边头两个偏将、五百小兵一看，勿得了哉，太守阵亡。"不好来，太守丢了命了，逃啊……"

唔笃四散逃走格辰光，关公俚执好口宝剑，望准里向过来。要紧来看两位阿嫂。还好，总算有华吉，有家将保护着，勿出事体。但是，关公看到甘、糜二夫人呢，面孔已经夹醶死白。看得出格样子，惊慌万分啦。云长要紧拿宝剑，哐！哼！入匣，跑过来打招呼。

"二位皇嫂，受——惊——了。使二嫂受惊，某之——罪——呲也。"

甘、糜二夫人心里向转念头，呐阮怪倷呢？要怪么怪倷格咯。刚巧卞喜，请倷到该搭点来吃素斋，倷来问佢，阿要坐歇？倘然佢说朆坐哉，走吧。格么啥，当场就跑了。卞喜俚纵然有埋伏，俚也呒不办法下手的。侪是佢讲好格呀，到里向坐脱一歇呀，那么啥，弄出事体来。格个事体是佢勿好！"二叔，说哪里话来，都是愚嫂等不好。""二位皇嫂，请上车辆。""嗯——是。"

关公保仔皇嫂过来，出镇国寺。两位夫人上车子，关公上马。华吉拿青龙刀传过来，扎——龙刀一执，保护仔车子，轧冷轧冷……矻咳唾磕、矻咳唾磕……关公在望准门前头过来格辰光，离开镇国寺三里之遥。看见门前头路上有一个人，一个和尚。呐阮晓得，光榔头看得出的，身上格打扮看得出的，挑仔一副担，在往门前头走。听见后头格人马来哉么，俚拨转身来看。一看见是关公么，担，一歇。回过身来。"啊，君——侯。"关公一看么，老和尚普净。挑仔副担，到该搭点来，不问可知，逃难逃出来。关公俚要紧青龙刀架好，马背上跳下来。"大师，今日，幸得大师相救。否则关某，休——矣。""君侯说哪里话来。贫僧今日，见卞喜安排埋伏，谋害君侯。同乡相见么，哪有不通风报信之理呀。""大师，意欲何往？""呃呵呵"，老和尚说，吾该搭登勿落哉。因为吾刚巧送茶格辰光，走漏风声。卞喜格底下人在旁边头侪看好了，俚笃朆回转去报告。衙门里向得信，是老和尚走漏风声了，以至于卞喜结果性命。那么好，俚笃板要冲到庙里向来捉吾。俚笃来捉吾么，吾登在该搭要吃苦头格咯。所以吾，离开此地了，到别场化去哉。关公交关意勿过。什梗一来，害得倷老和尚离开镇国寺，飘流四海。"关某，连累大师。"

"啊呀呀，君侯说哪里话来？"吾并勿是镇国寺里向格和尚，吾也是路过此地，在该搭点耽搁一抢。和尚有格规矩，俚有一只碟。有一张碟，有一只钵盂，俚到处为家。路过随便啥格庙宇，俚侪可以停留下来。要停留几化长，就停留几化长。因此说，吾勿是该搭镇国寺里向当家。吾是，临时登登的。所以吾跑脱，勿会连累镇国寺里向格和尚。

好！关公蛮感激俚。互道珍重么，两家头分别。老和尚呢飘然而去。

格么老和尚搭关公阿要碰头呢，要的。啥辰光碰头呢，二十年之后。要关公走麦城，玉泉山显圣。老和尚普净，在玉泉山修行，再碰头关公么，格个是以后格事体了。

老和尚一走，关公上马，提刀，保车子。望准第四关，荥阳城进发。

关公么，跑了啊。镇国寺里呐阮呢，两个偏将回过来。要紧拿太守格死尸弄到城里，血迹打扫干净。一方面派人到荥阳去报告，一面呢，衙门里开丧。同时要准备好告急文书，去禀报丞相。

倿笃刚巧在料理丧事，手忙脚乱格辰光么，一匹马到哉。哈冷冷冷…啥人呢，张辽赶到。

张辽刚巧从洛阳赶到此地来。路过衙门口一看，好！衙门口在搭牌坊，绕白布，一副开丧格个局么，勥问得，又死仔人了。

张辽下马到里向，问哉啊：太守呢？死脱了。呐吭死呢？拨关公一宝剑。呐吭会得一宝剑呢？什个长，什个短，大闹镇国寺。嗨！张辽想推位一步。吾到，太守已经死。那么张辽关照：吾奉丞相之命，送过关路凭拨关公。相爷有命令的，关君侯所之处，一律，要迎接相送。啥人俫勿能够拦阻。如果拦阻呢，就要按军法从事了。卞太守吭不丞相命令，阴谋暗算，布置刀斧手，陷害关公么，拨了关公结果性命，死不足惜。自家勿好，自取其祸。唔笃格文书呢，也用勿着送许昌了，交拨吾吧。吾追牢关公，吾送脱路凭之后么，吾再拿文书，去带拨了丞相。呃，格是最好俫吭不了。

那么俫笃拿文书弄好，交拨了张辽。张辽么，就登在该搭点汜水关城里向，吃点物事，吃口茶。休息一歇，再上马。哈……赶奔荥阳。格么张辽到荥阳么，吾停一停再交代。

再说荥阳方面得报。荥阳格太守姓三划王，单名格植，文武双全。俫在衙门里向呢，老早就得报。洛阳太守韩福死，俫已经得信。因为王植，搭韩福是亲家。韩福格囡唔，嫁拨了王植格儿子，儿女亲家。得信，韩福死哉么，俫格媳妇，就是韩福格囡唔，哭得死去还魂。一定要搭王植讲，要搭伲老娘家报仇。王植说吾有数目了。关照俫，俫勥哭。俫，俫到里向去。现在又得报了，说关公路过汜水关，大闹镇国寺。已经，拿太守卞喜结果性命。要往荥阳而来，离此不远。王植心里向转念头，那么呐吭弄法，红面孔来了。放俫过去？格呐吭好放。曹丞相勥怪吾格啊？俫吭不路凭，伲放俫过关，伲首先是违背了丞相格命令，要杀头。而且，韩福是吾亲家，吾要搭韩福报仇。吾勿能放俫过去的。打？吾搭俫打？吾打得过俫格啊？俫斩颜良，诛文丑，吾勿是勿晓得俫格本事。打，打俫勿过。叫打么勿能够打的，放么勿能够放的。格用啥办法呢，王植弄僵。心里一转念头么，有了。让吾来搭手下一个心腹副将商量商量看。俫人聪明，作兴会得有啥格好办法。派人去关照，请胡将军来。

俫手下有一个副将姓古月胡，单名格班。文武双全，轻身法一等，好本事啦。伲派人去请到呢，胡班来了。踏到里向，"参见太守。""胡将军，少礼。请坐。""告——呃坐。请问太守，呼唤胡班，有何吩咐？""胡将军，本太守请尔到来，非为别事。如是因般，这等这样。关云长要到荥阳，你看如何是好哇？"俫吭不丞相路凭的。外加么，过了三关，又斩了四将，到该搭点荥阳来。洛阳太守韩福么，伲也晓得，搭吾是亲家。吾要搭韩福报仇，用啥格办法，好结果关公性命？"这——个！"

胡班心里向转念头，关公格武艺，凭吾胡班，凭伲太守，哪怕两个打一个，打俫勿过。勿来的。明枪交战勿来。只有用计，计蛮难用的。因为俫镇国寺里向，上过卞喜当，吃过苦头了。

俚，有了教训了，勿会轻易上当。用啥法子？一转念头么，"喔——嚯，有了。太守，小将有一计在此"。"请教。""常言道，明枪易躲，暗箭难防。"只有一个办法：暗算，用计。

用啥格办法呢，拿关公留下来。留俚过夜。到夜头两更天，俚笃侪困着。吾呢，自家晓得，轻身法好啦，吾可以飞檐走壁。吾，到里向，关公困觉格地方，趁俚困着，磕——一匕首下去，拿俚颗郎头割下来。行刺。

但不过，行刺呢，有一个困难。倷如果说要拿关公留下来，留在荥阳城里，请俚在官驿里向过夜。俚随便呐吭勿会答应。因为俚吃过苦头。镇国寺里上过当哉哟。只有一个办法，一堂地方呢，或许俚能够留下来。啥地方呢，就是荥阳城外，曹丞相造着格一座行宫。格座行宫呢，关公登过的。白马坡斩颜良下来，俚笃呢，曹丞相带仔关公，一道到行宫荥阳住过一阵。后来文丑打过来哉，曹丞相去，关云长呢，就留在该搭点行宫里向休息。让俚行宫里过夜。那么行宫呢，在城外头的，勿在城里向。孤吊零零，荒野场化。那么格个地方关公答应过夜哉么，吾就可以二更天进去，拿俚行刺啦。"太守，你——看怎样？""这这这？"

王太守一转念头，好计策。格地点想得好。离城三里之遥，一座行宫。红面孔登过，熟悉的，对对对！留俚行宫里过夜，二更天去行刺。"那么胡将军，倘然红脸的，戒备森严，行刺不成了，这便怎样？""小将，还有一计。""计将安出？"

胡班说吾有办法格吆。行刺勿成功的。吾带三百个军兵，带好硫磺、烟硝，火药，火把，拿行宫呢团团包围。二更天进去行刺，成功的，勿好放火了。勿成功的，吾跑出来。三更天，前后门架好火，唝唝唝唝，一烧。两面烧进去么，拿红面孔了，包括甘、糜二夫人，搭俚带得来格种底下人什梗，统统烧杀在行宫里。对外说起来么，红面孔路过行宫，勿当心，失火啦。火着，烧煞。也吭不办法来怪俚错。说起来，俚自家勿好，失火么。其实俚放火拿俚烧煞脱。"好计呀，好计！"行刺勿成功，放火。"啊呀呀，胡将军啊！倘若被红脸的，火中逃出么，那便怎样呢？""这——个！"喔哟！王太守倒想得周到。火里逃出来呐吭办法？"小将还有一计。""计将安出？""红脸的火中逃出，一定要向荥阳而来，关厢之上，埋伏弓箭手五百。一声梆子响，乱箭齐发，将红脸的连人带马乱箭，射吧死！""哈哈哈哈……好计，好计！"

第三条计策啥物事呢？城头上埋伏五百名弓箭手。假使说，三更天放火，红面孔倒惊醒的，拨俚火里向逃出来。俚逃出行宫，板要往荥阳来。俚到荥阳来，城头上，噗！一声梆子响。啪啪啪啪……五百条箭射下去么，拿俚连人带马射杀。"行刺不成，放火焚烧。放火不成，乱箭射死。啊呀，胡将军啊！倘若乱箭射他不死么，那便如何呢？""这。"哦哟，胡班想，什梗吾要拨倷逼煞格嚜？乱箭再射俚勿煞，用啥办法呢？一动脑筋么。"喔嚯，有了！末将，再有一计。""计将安出？""喏喏喏。太守，只要在那里城外大道之上，安排下绊马索，陷马坑。乱箭射他不死，他绕道过关，便可以将他结果性命。""好极了，好极了。"

好计策。因为是荥阳城啦，勿一定板要穿城的。勿穿城，俚也可以过去的。有一条路，绕城而过。俚绕城关过呢，必然要经过格个地方。格条大路上呢，俚叫吾端准点绊马索，掘好点陷马坑。陷马坑掘好之后呢，下头摆断刀断枪，铁蒺藜，地棱钉。上头呢，细竹头，芦席架好，浮土一闪。红面孔跑过来哉，踏着细竹头。呱嗒！细竹头断，连人带马掼下去。嚓！下头像尖刀山一样，马肚皮吃着尖刀，磅当——俚马背上跌下来，掼在格刀枪骷髅里向了，死脱仔了完结啦。多掘几只陷马坑，多弄几道绊马索，红面孔生仔鸡翅也飞勿过去。

好，四条计策！格个四条计策当中，只要有一条成功么，红面孔就性命保勿牢了。"胡将军，用得好计，倘若结果了红脸的性命，为将军请功。"

吾马上报告相爷，搭倷请功。升官。叫胡班，倷回转去，倷听吾消息。因为现在顶顶关键的，就是要拿红面孔留下来，行宫里过夜。俚肯过夜，下头格计策，行刺啊、放火啊、乱箭啊、陷马坑，侪可以成功。假使俚勿肯过夜么，完结。所有格计策全部吙不用场。因为俚要跑格么。

王植马上关照手下人，外头备马，再派人打听。说关公来了。而且离开荥阳近了。王太守头上纱帽，身上大袍，玉带围腰，粉底靴儿。只带两个底下人，出城过来，忑磕矻咳、忑磕矻咳，来迎接关公。果然，离城不远，关公到了。俚要紧上来。"啊，君侯，下官王植，迎接君侯，有礼——呣了。"关公一看，认得的。王太守。吾呢，在此地荥阳住过一阵，俚来接待吾，格是客气得勿得了。龙刀鸟嘴环上一架，"太守，少礼。某，有——呣礼"。

关公在搭俚拱手格辰光，对俚身上一看。纱帽大袍，而且脚上格双靴，厚底靴，粉底靴。搭卞喜两样。卞喜纱帽，袍服，俚着一双靴呢，薄底快靴。就预备诚心搭吾打。吾只要留心一点，看俚双靴勿对啦，吾老早就好准备。现在关公蛮道地。看王植打扮，连双靴一道侪看了。厚底靴么，勿像打仗。而且背后头吙不兵。只带两个底下人。格种底下人呢，倷看样子看得出，武器也吙不的。勿像有点啥，动坏脑筋，要想害杀吾。所以关公稍微定心一点啦。"请问君侯，何处而来？欲往哪里而去？"

关公呢，仍旧讲一遍。因为格个吾呢，讲得蛮多了。过东岭关也讲过，洛阳了、过汜水关侪讲过么，吾现在用勿着，从头到底再细说一遍哉。就是吾哪恁样子辞别丞相，三里桥挑袍分别，过三关斩四将。什个长，什个短，吾到该搭点来。"王太守，关某要假道过关，未知太守可能，应——呃允？""啊呀呀呀呀。君侯，你说哪里话来，你要过关，只管过关。在下哪有拦阻君侯之理呀。吾想丞相三里桥分别之时，一定是忘怀把路凭交付于君侯。孔秀大胆拦阻，应当杀。韩福开放冷箭，死有余辜。卞喜枉空是丞相的亲戚，会在镇国寺中安排埋伏，君侯不将他斩首，丞相也要把他正法。如今君侯你要过荥阳而去，只管过去。倘然丞相问起，你君侯为什么要过三关斩四将么，下官愿意到丞相驾前，代表你君侯，申——说明白！""哈——啊！"

关公一听么，又碰着一个好人。俚格两声闲话，搭卜喜一似一样。哈呀！倷过关斩将么应当杀，杀得好了。相爷问起么，吾会得代表倷去申说。第一个碰着卜喜辰光呢，关公上当。现在王太守格两声闲话搭卜喜一样么，关公心里向会得，别！一跳。为啥？格种好人啦，比坏人还要，糠。吾情愿碰着孔秀的，硬碰硬。吭不路凭，打！碰着韩福呢，已经暗箭伤人了。拿吾左手臂膊上射着一箭。碰着卜喜呢，恶劣哉。骗脱吾格刀了马，叫吾到镇国寺里向坐下来。现在倷王太守也来格两声闲话啦，关公格警惕性特别高！"多谢太守。""啊！君侯，时光不早。你看夕阳西下，天色将晚，请君侯到荥阳城中，在馆驿之中，休息一宵。明日再行赶路，君侯意下如何？"过夜吧，官驿里向去过一夜。

关公一听是，双手乱摇。好过夜格啊。嚯唷，苦头也吃足哉。倷，倷喊吾过夜，随便呐吭条件好，吾勥过的。"关某千里寻兄，急如心火，不便耽搁。""呃，既然君侯不肯在城中耽搁，那么，君侯，你看哪：狂风大作，乌云密布，犹恐要天降大雨。过了荥阳，在五里之内，前不巴村，后不巴店，君侯到何方休息呢？君侯龙马精神，冒风雨赶路，仍然不妨。二位皇夫人，女流之辈，金枝玉叶。怎么能够受这样的苦楚啊。喏喏喏喏，君侯，离此不远，丞相的行宫，请君侯到行宫之中，歇宿一宵。明日再行赶路。君侯，你看怎样？"

关公一听喏，王太守格个闲话啦，讲得蛮有道理。俚说，城里倷勿肯住，吾理解倷格意思。吾也勿留倷在城里向过夜。城外，离开该搭勿远，相爷格行宫，倷住过的。倷了解。倷行宫里过夜。本来呢，倷连夜跑，吾也勿留倷。因为倷看天在变哉，风蛮大。哗——乌云密布。看样子呢，要落雨。假使说，一落雨啦，倷荥阳勿肯留，行宫再勿登，倾盆大雨下来，倷关公龙马精神，行得住。甘、糜二夫人勿来赛格呀，女流之辈，落得笼统裹阴，勥生病格啊？倷对得住唔笃两位阿嫂格啊？关公心里向转念头，看样子，王太守诚心倒是蛮诚心了。阿要答应？要想答应么，忽然之间耳朵旁边头两句闲话来哉：画虎画皮难画骨，知人知面不知心！吾晓得俚格人，吾认得俚只面孔，吾晓得俚心格啊？老和尚普净格个闲话，记忆犹新么，好像在耳朵旁边啦。勿能耽搁，情愿落雨。落雨顶多发寒热，顶多感冒、生病，勿会死的。过夜，有性命出进的！勿留勿留，决计勿留。"多谢太守好意，关某还是要，赶——路！"王植想，那么僵哉！关公勿肯留。勿留么，吾格四条计策呒不办法用。来勿及布置。拨俚一过过去，过去是完结哉啦。格呐吭弄法呢？"啊呀呀呀，君侯，下官明白了哇。君侯不肯在行宫之中歇宿，莫非君侯在那里怀疑王植，与卜喜一样，阴谋暗算，要陷害君侯。苍天在上，厚土在下，"噗！马背上跳下来，卜落笃，跪下来，磕几个头啦。"王植有谋害君侯之心么，死于钢刀之下，不得善终！"

那么关公上当！相信哉。倷看酿，卜落笃，跪下来。磕头，罚咒。吾要害倷么，吾格人死在钢刀之下，不得善终。可以相信哉！因为关公啦，很着重罚咒。关公曾经桃园结义，因为搭刘皇叔了了，张飞，一道罚过咒，所以对格罚咒呢，看得非常重的。格么吾来问声阿嫂看，阿嫂讲好，格么准其就耽搁。

"太守，言重了。请起。待关某问过——二嫂！"好。王植立起来，关公格只马，忑磕矻咳、忑磕矻，回过来，到车辆门前。"二嫂。""二叔。"关公就讲了：什个长，什个短。王太守留吾俚行宫里向过夜。嫂嫂，唔笃看呐吭？喔哟！甘、糜二夫人两家头讲，俚勿做主，俚勿做主。啊呀，在镇国寺门口做得一做主么，吓得来，魂灵心出窍。该搭点俚还好做主啦？随便哪怕勤说落雨，落铁，落刀下来，俚情愿往门前头赶路。俚勿做主。俙看。好耽搁的，耽搁。勿好耽搁的，走。吾俚呢，吭不主见的。

关公一听么，两位皇嫂吃过吓头哉，勿敢表示态度啊。云长对天上一看，哗——乌云，行得蛮快哉。看上去样子要落雨。真正落起雨来，忒狼狈。弄得两个阿嫂生病。如果重病起来，呐吭弄法呢？格路上看病也勿方便啦。过夜吧。为啥么？因为王太守呢看上去，真格是好人哉。因为罚格咒呆板数格啦。俚罚得什梗重，要害吾么，不得善终了。"二位皇嫂，关某看来，能够歇宿。""那么，任凭，二叔做主。"俙做主。

关公过来。"太守，皇嫂应允了。行宫歇宿，明日赶路。""喏喏喏喏喏，多谢君侯赏脸。王植陪伴君侯，同往行宫。"关公说：用勿着。用勿着俙陪得。行宫，吾熟的。吾住过么，俙何必陪吾呢。况且看得见格咯。俙勤陪了，俙去吧。

王太守勿陪关公。王植交关拎得清。吾忒客气仔啦，俚反而要怀疑。王太守要紧，回到城里向去。

关公呢，带仔华吉，家将，轧冷、轧冷——车子过来，到行宫。行宫空关了。里向有人格呀。底下人俙在。关公一到，底下人马上跪下来接，领到里向。两位夫人出车子。夫人到内堂休息么，关公登在外面。唔笃坐定下来，刚巧行李物事搬到里向。马牵进来喂料格辰光么，来了。

王太守派人送酒水来哉。王太守一到城里，马上就关照，手下人拿酒水送到行宫去。几桌酒送到此地来呢，关公特别把细。派人搭吾验，酒里阿有毒？菜里阿有毒？呐吭验法么，蛮便当的。拿银器家什，摆在酒里向浸过。拿起来看，如果有毒的，银子马上发黑。菜里也什梗，俙、俙拿银筷啊，或者其他格银器啊，淘一淘。一看，拿起来，发黑了，勿能吃。格个几桌酒水，全部验过。只只菜，俙验过，吭不毒。俙是好的。

王植为啥道理酒里向勿摆毒？用勿着格吭。俚计策有四条了。俙酒里摆毒么，自家露出马脚。关公连夜要冲过去仔了完结。所以勿用毒。好酒好菜。

格么关公，两位皇嫂，二十名家将，马夫，大家登在该搭点啦，饱餐一顿。让俚笃休息。关公呐吭晓得，今朝侪荥阳行宫里留一留下来，侪格性命是险极了。计策要四条啦！又是行刺，又是放火，又是乱箭，外加还有陷马坑。关公料勿到的。

王植呐吭呢？王植到城里向派人送脱酒水之后呢，俚马上下命令，通知胡班。关照胡班，关公留下来了。侪二更天去动手，行刺。三百名放火格军兵，也归侪去布置。五百名弓箭手，也归侪去安排。王太守自家呢，带一千兵。马上赶到城外头路上，掘陷马坑，连夜动手。戆郎戆郎——陷马坑掘好。掘一只，张怕勿保险。连掘五只陷马坑，安排好九道绊马索。红面孔如果来起来，勿在绊马索上跌倒么，板在陷马坑里向掼下去。王植自家呢，全装披挂，银盔银甲，白马长枪，登在该搭点等。

王植去哉哦。胡班呐吭？胡班起忙头了。胡班关照五百名军兵，一个偏将带仔守在城关上。假使吾二更行刺勿成功，三更放火。火烧俚勿杀，四更天看上去要到该搭点来的。唔笃在四更光景呢，准备放箭。听吾指挥。啊哦。

再带三百名军兵，关照三百小兵：唔笃到行宫外头，离开行宫总大概半里路，格搭有格树林。格树林特别大，里向盘几百个人是，外面勿会看见的。唔笃拿硫黄、烟硝、火药、火把，物事通通侪准备好。吾二更天到里向去行刺。刺勿脱，吾跑出来，到树林里，关照唔笃。唔笃呢，三更天过来放火。格么作兴倒吾到里向去行刺，二更天非但勿能够刺杀关公，吾拨了关公提牢，关公拿吾杀脱了。格么唔笃呐吭办法呢？唔笃等，唔笃听城楼上三更天鼓声响，唔笃照样搭吾放火。哪怕吾胡班也在行宫里向，唔笃一蓬火，连吾一道烧煞。吾勿怪唔笃。死命令，三更天一定要放火的。勿管呐吭格情况，吾出来勿出来。

三百名军兵，让唔笃树林里埋伏。胡班呢，夜饭吃开。辰光还早，床上眯脱一歇，休息休息。隔仔一歇，俚箱子里向，拿出来一套衣裳。啥格衣裳呢，叫连衣。何谓叫连衣呢？格套连衣上，就是说鞋子、袜、裤子、短衫、帽子，全连在一道。赛过像俚现在，呃，看到格种，电影上格潜水人员一样。格潜水员俚是下去格说法呢，俚两只脚先下去，拿衣裳拉起来。归搭点么，侪扣没。帽子戴没，全部侪勿露出来哉。俚用氧气了，可以到水底下去作业的。潜水衣。不过连衣呢，轻来西的。因为俚要穿跳蹦纵，要上屋面的。格套衣裳啥格物事做呢，狼格皮。格辰光说起来，有点形容了。格套衣裳着在身上，刀枪不入。其实刀枪不入么，带点夸张的。真格刀枪不入么，裁缝师傅格个孜钻，劙豁断脱仔了完结格啊？呐吭做法呢，俚格引线勿好缝哉啰？俚格个一套衣裳呢，因为是狼格皮，侪如果斩在俚肩胛上，辣！一刀，斩在俚肩胛上，肩胛，喤，一偏么，滑得脱的，可以勿嵌进去。所以格套名堂叫连衣啦。连衣拿过来，两只脚伸进去，噎！着好。尔嗬——拉到上头，两只手伸进去。帽子，啪！拉下来。下巴底下钮头扣好，胸门前钮头扣好。俚格顶帽子呢，眼睛露出两个洞。鼻头呢，也有格洞，可以透气。嘴巴呢，也有格洞。耳朵呢，也有两个洞。可以听得见。俚再带好一只囊袋。囊袋里向啥格物事呢？囊袋里么，万象包罗索。还有呢，一柄匕首。侪摆在格囊袋里向。

弄好了。窗，嘎，嘚尔——一开。呋——噗！跳到天井里。乒！回身，窗带上。俚勿走门哉哦，走屋面了。两足一攘，身子一蹬，噗——啪！窜到屋面上。然后望准城关跟首，啪啪啪啪——屋面上过来。格轻身法好得，在屋面上跑，勿行踏碎一张瓦。格就叫轻身法啦。倘然屋面上走路，乞粒哼啦、乞粒哼啦，格下头孲侪晓得格啊？要人家要注意的。啪啪啪啪——过来，到城关跟首。上城关。一看呢，吊桥已经扯起。城门老早就关好哉。弓箭手侪在埋伏。俚关照好弓箭手，唔笃侍候噢。吾马上就过去动手哉哦。呋——噗！城头上跳下去。轻身法好，在吊桥上，呋——啪！跳过去。啪啪啪啪——一路过来，直到该搭点行宫跟首，一看辰光差勿多了。俚马上就窜到里向来动手哉哟。

那么要胡班行刺关公，下回继续。

第九回

胡班行刺

　　关公，路过荥阳，中了王植格计，在行宫里向过夜。哪里晓得格刺客来了。胡班俚轻装扎束，从荥阳城，啪啪啪啪——连蹿带蹦，一路过来，直到行宫。旁边头格树林，树林里三百名军兵准备放火的。胡班先去关照一声。吾现在，要进行宫去了。倘然说，吾刺脱关公，成功了，衲火嬷放。吾会出来关照唔笃，吾伲回转去。假使说，行刺失败了，吾也会出来叫唔笃，三更天放火。格么作兴吾，到里向去行刺，拨了关公捉牢了，吾勿能出来，哪恁办法呢？唔笃三更天，也搭吾放火。连吾一道烧杀，勿怪唔笃。三百名军兵，有数目。

　　那么胡班跑过来，到行宫门口，呐吭进去呢？行宫格大门，已经关了。勿见得好碰门了嚜？碰门，要惊动里向的。呐吭进去么？格来么，喏，有轻身法。本事好。俚兜过来，到横垛里，该搭点格种围墙几化高啦。倏跳，随便呐吭跳勿上去。俚从囊袋里摸出来一柄，叫"万象包罗索"。一头呢，望准右手脉门上套一套牢。一头呢，有只扎钩头。格个扎钩头呢，像人格一只手，有五只钩子。其名叫啥？叫"倒锁钩"。扎到啥场化呢，勿管倏哪恁丑法，顺扎、反扎，只要扎牢，一吃力，嗨——一头捏紧，那么倏下头，就好派用场。胡班俚看清爽，此地可以上去。就拿格只倒锁钩，嗯儿——甩到围墙上头，噔！扎牢。那么俚授一授，嘿！嘿！用力一扳，扳勿下来了，吃牢了。那么俚两只手呢抓牢绳索，两只脚呢，点在墙头上。绳索，索啰啰啰……授紧。两只脚呢，在墙头上，噔噔噔噔噔，上去。到围墙上面，倒锁钩抟脱。绳索绕一绕好，仍旧在囊袋里向一团。往啥场化去？行宫地方大啊，一进一进，蛮进深。勿晓得关公，俚究竟在哪里格一进啰？又勿能够问信的。一动脑筋，有了。关公呢，肯定不会登在门口头格头一进。勿是第二进，或者第三进。吾曼得到第二进屋面上，看好了。所以俚蹿过来，噗噗噗噗——到第二进屋面上。耳朵，伏在屋面上听听？下头吭不声音。翻过屋脊，第二进下去呢，下头就是一个天井。再里向呢，就第三进。翻过屋脊，对里向第三进厅上一看呢，有灯光。因为格辰光，俚格窗上，糊格纸头啦。里向点格灯，纸头上印得出来。既然有到灯光么，肯定有人。第二进呢，方才看过，吭不灯光，勿像有人。格么吾可以下去了，往下头跳。胡班对下面先看一看。啥体呢，阿安全勿安全？吔，跳到天井里么，勿见得有啥危险？嗳！胡班蛮细心的。因为格种行宫里向啦，天井角落头，侪有大格缸。格个缸格名字叫啥呢，叫"太平缸"。勿是一只，而是四只。四的角侪有的。寮檐水下来呢，可以流到格只缸里向。如果说吭不寮檐水下来，俚也要吊井水，吊满。啥用场呢，喏，万一有啥火烛，就可以拎格里向格水出来，救火的。古代辰光格种消防设备啦。俚格名字呢，就叫作太平缸。胡班看一看格意思呢，假使下头有太平缸，缸盖倒觑盖，吾瞎天盲地跳下去，齐巧落在缸里向，嗰咙哓咚，格声音几化大？拨里向听见是，完结了。所以先要对下头看一看，阿有太平缸？一看，有的。格吾勿能够往角落头跳。呐吭下去法子？因为现在啦，有一眼眼月亮光啦。夜快点，曾经发过风，有乌云推上来，好像要落阵头雨样子。结果呢，风吹得蛮大。慢慢叫慢慢叫格风呢，拿云吹散，勿落雨了。用现在格气象讲起来呢，俚是阴转多云，多云转少云哉。所以现在辰光，云过脱么，有点月亮光。而今朝夜头么，齐巧是月半。月亮光蛮好。望到天井里向蛮清爽。胡班格轻身法真好啊。跳下来格辰光，赛过像梧桐树上，落下来一瓣叶子啦，吷！瑟！到下头石板天井，一点吭不声音。

那么俚人，跑过来格辰光呢，用脚尖走路的。好像一只麻雀，纵过来格啦。啡，噗噗噗噗噗，到阶沿跟首，上阶沿。攞到窗上。该格窗交关抿缝，徬窗缝里向张勿出的。只有在纸头上戳一个洞，那么喏，望到里向可以看得出。夜静了，徬望准纸头上戳上去格洞洞，有声音的。只要，噗！一响，里向就注意了。注意到，看见，咦！窗上呐吭着生头里会得有格洞的？跑到外头来一看，吾就完结了。格么用啥格办法，纸头上弄一个洞，可以吭不声音徬？胡班起格舌头尖捻头，舔到格纸头上去。该格纸头呢，像现在格种桑皮纸什梗，比较薄。徬舌头，噬！一舔，潮的，吭不声音的。舌头尖捻头往里向挺一挺么，一个洞洞。里向格人无论如何勿会觉着。而且一个小洞洞。外头张进去呢，看得蛮清爽。里向望出来呢，勿注意。胡班格眼睛，一只眼睛闭拢。一只眼睛，在格小洞洞里向，望准里向张进去。张到里向，其实格只是殿啦。行宫么，称为宫啦，里向就叫殿了，就勿叫厅了。望到里向殿上，嚯唷！格个一吥么，吓得格胡班心里向，别别别别——跳一个勿停。为啥？里向有人哟。当中一只案桌。案桌上呢，红蜡高烧，燃通宵。格蜡烛火蛮亮。上头呢，侪点好灯。旁边头，两排。十个左，十个右，二十名关西汉，是关公手下家将，一色打扮。头上披肩巾，身上方袖马褂，尖干，薄底紧统快靴，鹿皮撩刀，手侪搭在刀柄上。看俚笃侪站好班。再看到当中呢，关公坐好在居中，一只手里向拿本书。右手格拿书，左手呢，捋仔两根五绺长须，在蜡烛光旁边看《春秋》。在关公后头呢，立好一个人，马夫，华吉啦。轻装打扮，立好在关公后头，两只手呢，打一个琼结，摆在胸口头。眼睛激出，也在看《春秋》。华吉阿识字呢？勿识字。勿识字么，呐吭看《春秋》呢？俚在数啦。格个一墣上有几个大字，有几个小字，加起来么，有几化字。两墣么几化字。勿然要打瞌睏，要厌气格啦。数数字么，好解解厌气。看样子，卖相蛮好，眼睛激出，也在看书。而关公呢，头上青巾，红绒球正顶。身上鹦哥绿颜色战袍，丝带系腰。腰里向挂一口宝剑。脚上么，虎头战靴。只看见俚卧蚕眉紧锁，丹凤眼呢看好着，看格本书，看得全神贯注啦。

　　辰光二更天哉哟，出乎胡班格意料哟！胡班心里向转念头么，俚笃路上下来，昨日夜头一夜天齁困，戆当戆当，赶路。总疲劳得一塌糊涂。到行宫里向么，吃脱夜饭啦，肯定是倒头便睡。困得了，呼嗒呼嗒！打鼾声音蛮大。俏困静了，那么吾进去动手，行刺俚么，手到擒拿。想勿到，家将二十名，崭崭齐齐。马夫，眼睛激出。关公，在看书。格种样子，俨好动手格啊？外加关公格相貌，面孔上有一股浩然正气。壮严，肃穆，看上去，不威而自威，不严而自严。心里向吓啊，别别别别——好像急得了。吾格种心跳格声音，里向勿知阿会听得见哦？格么胡班啊，既然俨看上去，里向戒备森严，勿能行刺么，俨拨转身来走哉嗄。俨到外头去端准三更天放火么，呒不俨格事体啰。

　　嘿嘿！叫啥格种心理啦，蛮特别的。吓么吓的，看呢，倒又是要看的。格么看么，俨甏吓酿，吓么倒仍旧要吓的。叫越看越吓了，越吓越看。俚佩服哟。俚弄勿懂。呐吭格关公格精神什梗好呢？龙马精神！路上格恁疲劳，还在看书。不过心里向转念头，红面孔啊，今朝，哼！俨格条命，终归保勿牢了。哪怕俨斩颜良，诛文丑，本事大得不得了。俨，死在吾计策上。行刺勿成功，放火。放火勿成功，乱箭。乱箭勿成功，陷马坑。俨终归呒不命活。

　　胡班，准备要走啦。俨要走，还齁走格辰光，只看见里向：关公呃，拿本书，嘡！往台上一丑。一记台子一碰，眉毛竖，眼睛弹，喊一声，"好刺呃——客！"胡班，格个一吓么，魂灵心，啡——不得了，已经拨了关公发现了！书一丑，当！一记台子一碰，喊一声：好刺客！胡班阿要吓格啦。豪燥逃走吧。拨身逃，来勿及哉！两只手望准窗上，当！一点，两只脚一攘么，预备一个鸽子翻身，跳出去。格么两只手望准窗上，当！一点么，好借一点力啦。

　　胡班以为窗呢，总归望准外头开，俨尽管推好了。俨尽管力道用得大，勿要紧的。勿晓得胡班啊，俨齐巧豁边。该搭点是行宫，行宫格建筑啦，另外一种规格。搭一般格老百姓，或者一般格官长，两样的。

　　喏，老听客也可以去看看喏。一般人家格窗望外头开的。唯有宫殿格窗啦，望里向开。顶顶说明问题么，北京，故宫。故宫里向格窗，侪往里向开。格么说起来，伲听仔俨格书了，喔！特为要乘火车，或者坐仔飞机，到北京去看仔了。喔，回转来，再听下去啊？格么俨，在上海也可以看格呀。俨到嘉定，嘉定有只孔庙。喏，上海城里可能也有啦。孔夫子格庙呢，俚是宫殿建筑。俚格窗呢，也往向里向开的。胡班俚忘记脱，该搭点宫殿式建筑，窗往里向开，两条手望准窗上，当！一推么，格力道用得忒猛哉啦。窗，轧，尔嘚……推开。因为力道用得忒猛哉么，人，忍勿住哉哟，一跤跟斗望准里向，嗬嘚儿——磴！跌进来哉。夜头哟，二更敲过，毕静。关公看书，当——一记台子一碰，喊一声，好刺客。窗，尔嘚——开，外头，叭啦嗒！跌一个人进来么，旁边头华吉、关西汉侪看见哉。"拿刺客啊！"哗啊——涌过来。胡班哪怕俨轻身法好，磅当！一跤跟斗跌下来么，呐吭来得及跳起来跑呢？华吉格动作几化快了。华吉，乒！窜过来，望准俚背心上，嗖！一记。嘿！颈皮上一把抓牢。关西汉拳头，望准俚背心上，哔哩吧啦，捆下来格辰光么，关公呆脱哉哟。啊？

实头会得有格刺客的？格么关公，阿是看见仔外头胡班在张了，所以俚喊一声，好刺客？勿是格呀！真叫是偶然的巧合！关公在看《春秋》。《春秋》列国年间啦，刺客蛮多的。顶有名气格刺客么，啥格"专诸刺王僚""要离刺庆忌""荆轲刺秦王""聂政刺韩傀""豫让刺赵襄"。格么关公今朝看着一段呢，并勿是格个几个刺客。俚看着一段，哪里一段呢，叫"鉏麑刺赵盾"。晋国格故事。

晋国格国王叫晋灵公，荒淫无道，残害百姓。大忠良叫赵盾啦，一径苦口婆心，来劝晋灵公。傺要爱护百姓呵，傺勿能什个样子滥弄一泡。阿有啥俚在桃园，在一只台上，赏花格辰光，老百姓在外头看。俚拿格种弹弓，啪啪啪啪怕——弹子打出去，打中老百姓格眼睛么，好！有赏，有奖牌。啊，还可以赏酒吃。打勿中格么，要罚。弹子乱发么，老百姓要死脱几化啦。那么，赵盾来劝晋灵公：傺勥到桃园里向去白相哉。傺弹子打百姓呢，勿可以的。要失尽人心啦。晋灵公勿听俚格呀。说：赛过吾该趟来也来哉，格么今朝让吾白相相了，吾下趟勿什梗哉。

那么赵盾呒不办法。格么，格呐吭弄法呢？说：什梗吧，傺明朝早上有事体到朝堂上来讲吧。赵盾答应。格么晋灵公到桃园里向，白相辰光蛮快活么。旁边头格奸臣叫屠岸贾啦，叹口气。唉。伲，啥体叹气呀？格种快活，只能够快活今朝哉哦，明朝就勿能来哉哦。那么吊仔晋灵公格肝火，啥物事啊？吾是国王，赵盾是臣子，俚拦得牢吾啊？拦勿牢的。格么俚要来搭傺讲闲话，哪惩办法？弄煞俚！曼得傺一出口么，好。屠岸贾说傺交拨吾，吾来派人去行刺俚。屠岸贾手下有格门客，格个门客格名字呢，叫鉏麑。俚呢受屠岸贾格好处。屠岸贾搭俚讲，赵盾呢，是格奸臣。晋灵公呢，恨俚的。晋灵公关照吾，要想办法去弄脱赵盾。现在么，就派傺去，格个么是君命。大王格个命令啦，傺非去不可。成功，重重有赏。

格么鉏麑呢因为，受屠岸贾格好处。外加再听到是晋灵公格命令么，当然去哉啰。啥辰光去呢，四更敲过，五更勿到。到赵盾相府。门口头呢，门已经开了，虽然五更还觖到么，门已经开了。格鉏麑本事好，索落！一来，演进去。门上觖注意。

到天井里一看么，只看见厅堂上，灯光锃亮。赵盾坐好了。赵盾呢，袍帽整齐，手里向呢拿仔一块笏，就是朝板了，拿在手里向。眉头皱紧，满面愁容。在咕：唉！灵公勿听吾闲话。什个样子弄下去啦，格老百姓怨尽怨绝么，格国家哪惩办法哦！那么咕格点闲话，拨鉏麑听见。啊哟！鉏麑心里向转念头，赵盾格种讲法，再看到俚格种动作。别人说，五更上朝么，起来得可以稍微晚一滴滴。接近五更快起来，马上再来上朝，还来得及。俚四更多点，已经大袍阔服，打扮停当，坐好在厅堂上。外加忧心国事，嘴里向还在咕。格个人是忠臣，格个人是爱护百姓的。格么吾呐吭弄法呢？弄煞忠臣对勿住老百姓。吾也是老百姓，吾要拨人家骂煞格啦。勿拿俚弄煞吧，屠岸贾派吾来。屠岸贾是格主人，外加呢，还有晋灵公格命令。吾勿执行格个命令，吾是错的。执行格个命令，吾要拨老百姓骂的。格么哪恁办法？倷换仔像现在什梗格人么，格吾顶多勿办，吾管吾跑脱。老法格辰光呢，头脑简单，外加封建思想蛮浓。吾勿动手，吾勿好回转去。动手，吾于心不忍。那么俚跑出来对仔格门上：门上！哝，门上一看，来格陌生人。倷啥人？吾叫鉏麑，吾是刺客，来行刺唔笃相爷。下转唔笃门上，当心点。说完么，俚自家格脑袋望准门外头一棵槐树上，当！一撞，噗——脑浆迸裂么，触槐而死！格个刺客有脑筋，懂善了恶了、是了非了，忠了奸。宁可自家死么，不肯残害忠良。

关公么喏，齐巧看了格个一段故事。尽管格段故事从前也看过的，但是今朝重新看格辰光呢，仍旧蛮动情。所以关公书一放，一记台子一碰，好刺客！俚是在称赞鉏麑啦。义士。

勿晓得么眼眼调，胡班在外头听壁脚。看见了一吓，磅当！跌进来么，阿是关公要弄勿明白格啦？关公心里向转念头，呐吭真格有格刺客的？关照华吉。"把刺客，押上——呃来！""是。"嚯咯咯咯咯咯，拆俚过来。拆到关公案桌门前头。关公对下头一看，墨赤黑。看勿清爽了。"刺客，抬起头来。"

胡班心里向转念头抬啥格头呢？算吾倒霉，拨倷捉牢，死。吭啥多讲头，预备死了。不过倷也甮想活！因为啥？吾勿出去啦，三更天，外头要放火的。拱！火一烧么，拿倷烧煞仔了完结。烧倷勿煞，乱箭。倷格条命终归保勿牢。所以胡班格头，勿抬起来。关公想喊倷抬头，为啥道理勿抬？"抬——哝头！"胡班仍旧勿响。华吉光火啦，喊倷勿响？嗒！头顶心一把抓牢。嗨！往后头一扳么，胡班格头，嗖！拨俚扳起来。关公对下头一看。啊？格个人吭不面孔格啊！墨赤黑。眼睛格搭么，两个洞洞。鼻头格搭么也有洞，嘴巴格搭也有洞，啥格名堂？看勿出喽。顶帽子遮没脱了。华吉一看，懂的。连衣，着格连衣。就拿俚下巴底下格粒钮扣解脱，拿俚顶帽子顶上抓牢，乒！一扳么，吷——格顶帽子去脱。面孔露出来，关公对下头一看。哈啊？

关公一呆。为啥道理一呆呢？关公心目当中，刺客，格只面孔啦，终归是横肉连牵，一副凶相，格相貌勿会好到哪搭去。现在一看呆脱哉哟。搭想象当中，大两样了。相貌好。呐吭样子呢？跪着不分长短，站立平地，身高七尺向开。长方面孔，面如冠玉。剑眉，俊目，鼻正口方，两耳贴肉，颔下无须。相貌交关好。格只面孔，勿像想象当中，格种横肉连牵了，目露凶光。啥人呢，"刺客，姓甚名谁？何人教尔前来行刺关某，从实供招，免尔———死！"

胡班心里向转念头，招，谈也甮谈。王太守，待吾好。吾勿见得拿俚咬出来了。老实讲一声，吾今朝预备死。啥人派吾来，勿讲。倷杀好了，倷尽管杀。横竖，一蓬火烧煞倷。胡班嘴唇抿紧么，勿开口。"讲啊！关某与你无仇无契，因甚要行——刺某家？"吾搭俚是吭不冤家。但是侬东家，太守搭俚是冤家。俚格亲家韩福拨俚弄煞的。俚吭不路凭，勿能放侬过关，就是要弄煞俚。讲点啥呢，吭啥讲。呃呀，关公想问上去，哑子啊？闷声勿开口啊？搜！

俚关照搜么，身上摸了。一只囊袋。囊袋打开来，一根万象包罗索，台上一放。还有一柄匕首，也放到台上。关公一看，格柄匕首，尺把长，三寸光景格柄，七寸长格家什。格只壳子呢，鲨鱼皮做的。乒！拔出来。吠，吹……蜡烛光底下，寒光闪闪。格柄匕首三个节头开阔，头上——血立尖，当中有条血槽，锋利无比。嘞！结棍。带什梗柄家什到该搭点来，行刺吾。再对匕首格柄上一看，柄上有名字，金丝嵌的。两个字：胡班。

啊？看着胡班两个字么，关公只觉着，好像胡班，吾啥地方听见过。胡班？喔！想起。吾从许昌出来，三里桥挑袍，搭曹操分别，赶路格辰光，路过一座庄子，借住夜。老员外叫胡华，俚呢，托吾带一封信。俚说俚格儿子叫胡班，在荥阳太守手下，升为副将。是格嘞，是格个两个字嘞，胡班嘞。哈啊？啥侬就是胡华格儿子啊？怪勿道，格只面架子好像蛮熟。原来搭俚笃老娘家格面孔啦，面架子一样。勿知俚也是胡班？家什，胡班。作兴俚本人勿是胡班呢，俚是问胡班借得来的。让吾来问声俚看。侬如果是胡班的，唔笃爷托吾带一封信，吾信就要交拨侬。勿是的，另外一回事体。"刺客，尔可是，许昌城外，胡家庄，胡华之子，胡班么？""吓！"胡班一呆。啊吔！奇怪？关羽呐吭晓得吾老娘家，叫胡华？俚问吾，侬也是胡华格儿子，胡班？是格呀，呆一呆。吔？侬呆一呆么，关公看出来。从俚格眼神里向看得出，俚非常惊慌。看上去俚是胡班了。"倘然你，真是胡班。你家父亲，有书信在——此。"是的，吾信拨侬。胡班想，勿得了哉，俚老娘家托俚带信拨吾了。格是格封信吾随便呐吭要看，看脱仔信，马上拿吾杀，格么吾死哉，口眼也闭哉。总算爷关照吾啥格事体，吾可以晓得了。

"君侯，小子，正是胡班。还望君侯，开天高地厚之恩，把吾家爹爹书信，待小人观——看。"好，既然是胡班么，拨俚看。关公只手，伸到袋袋里，乒！拿封信摸出来，传下来。华吉一接，传到俚手里。阿怕俚逃走？勿怕。啥体？廿个家将，刀侪抽在手里，团团包围。俚要想逃，辣！一刀就可以劈下来啦。格么其实俚也勿想逃。信拿到手里，舔开来，信取出来一看。胡班呆脱。看完格封信么，眼泪，当啷当啷，下来。

老娘家搭俚呐吭讲法呢？儿啊！侬收着吾格信呢，侬赶快，到王植门前辞职。荥阳侬勿登哉。侬赶快投奔关公，跟俚一道跑。哪怕侬做一个马夫，执鞭随蹬么，侬也要跟俚跑。关云长呢，天下之英雄。格个人富贵不能淫，威武不能屈，贫贱不能移。世界上少有。吾从来勿看见过什梗种人。侬呢，勿能失脱机会。侬听吾闲话，侬是吾儿子，侬跟关公一道跑。哪怕王植勿答应，侬无论如何要跟关公一道去的。倘然侬勿听吾闲话的，侬勿跟关公跑的，下趟，侬勿要回转来哉。吾勿认俫格儿子。

胡班一想要好得格来。老娘家关照吾要投奔关公。吾呢，想四条计策，谋害关公。假使吾觑看见格封信，拿关公刺杀了，或者烧煞了，吾将来回到许昌城外，碰头老娘家。拿格情形讲拨老娘家听，老人家蓦拿吾骂煞格啊！俫拿什梗一个天下英雄阴谋暗算，俫非但勿能跟俚，外加害煞俚。格爷勿晓得要拿吾恨得呐吭样子了！穷祸闯得不得了。呐吭弄法呢，只好老实讲。"啊——呀，君侯，小子真是胡班。小子罪该万死！"关公一听是胡班，格么俫呐吭到该搭来呢。"尔，怎样到此？"胡班讲，今朝王太守叫吾去。俚搭吾讲，说俫关公呢，是吭不丞相路凭。过三关，斩四将，到荥阳而来，要拿俫结果性命。因为洛阳太守韩福搭俚是亲家，俚要为亲家报仇。那么俚问吾阿有办法，结果俫性命？吾搭俚献计策。吾搭王太守讲的，明枪交战，难以取胜。要拿俫关公呢，留在行宫里向过夜。二更天，"小人翻进瓦房，前来行刺你君侯。这都是小人献计，与王太守无——关"。"喔！""后来王太守问我行刺不成，那便怎样？小人又献一计，在行宫外面埋伏三百军卒，三更时分，放火焚烧，把你君侯活活地烧死。""喔！""倘若烧不死你君侯，被你火中逃出，王太守问我有何妙策，我又献一计。在城关之上安排弓箭手五百，一声梆子响，乱箭齐发，要把你关君侯连人带马，乱箭射死。""唔！""后来王太守道及，乱箭射不死你君侯那便怎样？小将再献一计呃。在大道之上，安排陷马坑、绊马索，要把你君侯结果性命。这四条计策，都是小人所献，与王太守无关。如今我家爹爹书信到来，叫小人，要弃暗投明，投奔君侯。哪怕执鞭随镫，也要跟随。否则，我家爹爹就不认吾为子呃。哈呀，君侯，小人罪该万死，想出四条毒计陷害君侯，还望君侯，恕——呃罪！""嚯——唷！"

关公一听么，心里向，别别别别……一阵跳啦。俫听听看，四条计策，俦是俚想出来。关公蛮欢喜俚格脾气！直爽的。勿是王太守想出来，是吾想出来。俚问吾阿有计策，吾献四条计策。现在爷关照吾投奔俫。吾拆什梗格烂污，哪恁办？关公心里向转念头，俫格人老实的。照俫格种性格，吾欢喜。吾愿意收俫下来，况且俫有格点轻身法，本事蛮好么，吾多一个人，啥格上勿好呢。别样吭啥，外头放火、乱箭、陷马坑，呐吭过去？"胡班，尔要投奔关某，可以将尔收录。""多谢君侯！"卟卟卟卟卟，连连磕头。"胡班，如今外面埋伏重重迭迭，叫关某怎能过荥阳而去？""君侯，待请放心，小将再有一计。"关公对俚望望，俫格计策倒实头多了，又有一条计策。"计将安出？"

胡班说什梗，俫交拨吾。俫放吾出去。吾带小兵过来放火呢，俫马上就出行宫。俫出行宫么，吾当然火勿烧哉啰。那么吾过来搭俫打。吾打么，逃走，俫追吾。一路打，一路逃，逃到城关跟首，吾关照城头上格小兵乱箭蓦放。吾胡班在城脚下，唔笃箭放勿得的。放箭，连吾一道射煞。吾关照俚笃放吊桥，开城门。那么吾上吊桥么，俫也上吊桥，吾到城门洞么，俫也到城门洞。那么背后头么，两位夫人也可以一道过来。那么开南门，出北门。俚外头格条路就跑勿着，用勿着绕道而过了。走到绊马索、陷马坑旁边头去了。等到一出城关之后，望五关上过去哉么，第四关格关口啦，统统侪过脱。放火、乱箭、陷马坑，当俚呒介事。关公心里向转念头，好极了。格个名堂叫啥？叫：解铃人仍须系铃人。计策是俚想的，破，也要俚去破。"好，既然若如此，尔在外厢等候。""嗯，是。"万象包罗索，匕首，侪还拨俚。

胡班接过来，囊袋里向园好，辞别关公跑出来。俚仍旧万象包罗索拿出来，甩到围墙上。嗒啦，索落落落落落，上围墙。钩子抟脱，万象包罗索摆好。啪！跳出去么，到树林里向，带人过来放火。

关公呢，马上关照，门开。一重一重一重一重门，通通侪开好，请二位夫人出来。甘、糜二夫人已经困哉哟。困梦头里向喊醒，说勿得了哉哟，要放火了。豪燥走吧。哈呀！甘、糜二夫人急啊。要要紧紧弄好到外头来，上车子。关公上马，青龙刀一执。二十名家将，华吉，通通侪跟仔后头过来。

轧冷，轧冷……刚巧出行宫么，三更已经过哉哦。胡班呢，跑到树林里向关照小兵。"众三军！""嗳！胡将军。""红脸的，戒备森严，不能行刺。我们过去放火焚烧。""好，走。"嗵啰啰啰啰啰，树林里出来，还觕到行宫宫门么，看见宫门大开。马匹，车辆通通在往外头来了。胡班格做功叫好了，回转头来对背后头小兵讲。"众三军，不好了。红脸的出了行宫，我们的计策，识破——呃了。"拨俚弄穿帮哉。俚已经开仔行宫宫门在出来哉。一定有人走漏风声。"胡将军，哪一个走漏风声？"胡班想，就是吾走漏格风声，不好讲拨俉笃听。"胡将军，哪里知晓？来来来，长枪侍候。"问小兵拿一条枪。小兵传一条枪过来。俚枪一执么，窜上来，到关公门前。"嗯！红脸的，你好大胆。没有丞相过关路凭，竟然过关斩将，到此而来，那还了得。可知晓胡班厉害，看枪！"乓！马头上一枪。关公看俚做功倒蛮好，龙刀招架。"且慢。"嚓唥！枪荡开，回手一龙刀。"且慢！"嗒冷冷冷冷，掀开龙刀。一打两个回合，胡班拨转身来就走。"红脸的果然厉害，胡将军非尔对手，去了。"啪啪啪啪……往门前逃，关公追。"尔往哪里走？"哈冷冷冷……马追过来。俚马追过来么，后头格车子，轧冷，轧冷……车子慢呀。胡班轻身法好，跑得快。关公赤兔马，也跑得快。车子跟勿上么，路离开一大段。华吉心里蛮急呃。华吉带二十名家将，虽然家什拿好在手里，假使格点小兵涌上来，讨惹厌。心里向转念头，东家啊，俚只马慢点酿，伲跟勿上格呀！

关公听听后头车辆声音轻了。回头一看，啊呀！车子跟勿上。俚要紧马，酷！扣住。对胡班看看，讲么叫勿好讲啦。胡班啊，俟走得慢点酿，车子跟勿上哟。回过来再打，阿有数目？俟马扣住在对俚看么，胡班也听见。背后头勿在追。回头一看，关公马扣住了。为啥道理关公勿追？

车辆离开得远。喔！要等车子，胡班有数目哉。胡班俚马上回过来。"红脸的，你看枪。""慢来。"嗒冷冷——两家头打到啥辰光？轧冷，轧冷……车子到背后头，勿打哉。胡班跑。胡班，啪啪啪啪啪，门前走。关公马，哈啦，跟。车子远哉，再打。打到车子到了，再走。且走且战，且战且走，直到城关跟首。胡班要紧对城头上喊，"城关上，弓箭手听了。大将军胡班来也，与我放下吊桥"。俚关照放下吊桥么，小兵看见哉嚜。月亮光底下蛮清爽，胡班回转来哉。"胡将军，您回来啦！""怎么行刺、放火都没成功？""休得多言，快快放下吊桥！"轧轧轧轧轧轧，吊桥放下来。城门，轧戆戆戆……开。"胡将军，你快走呀。"俚豪燥走，俚快点上桥。俚过桥，倪马上拿桥扯起来，红面孔就勿能够过来了。唔笃在关照胡班快点走么，胡班到桥面上，哈啦！身体拨转来，勿走。关公格只马冲上桥来么，就在桥面在动手哉。"看枪。""慢来。"

嗒啦唧——两家头在桥面在打起来。唔笃在桥面上打么，扯吊桥朋友响勿落。那僵哉嚜。格桥还扯得起来啦？

上头好两个人了，一只马，几化重了。桥拉勿起来，只好看俚笃打哟。打到啥辰光呢，轧冷，轧冷……车子到。胡班下桥，关公追下桥，车子，轧冷冷冷……过桥。扯吊桥朋友一看，勥，勥扯哉。啥体勥扯么？扯点啥？用勿着扯哉。俚笃人也侪过来哉么，俚去扯？扯搭勿扯一样价钿了。桥勿扯了。

胡班到城门洞，看城门洞格小兵在对俚望，"胡将军快点走"。俚走，吾倪马上拿城门，磅！关上么，拿红面孔关在城外头。然后可以放箭了。俚在对胡班看格辰光，碰着格胡班到城门洞，俚勿走哉。哈啦！身体旋转来。"红脸的，你着枪。"喇！一枪。"慢来。"嗒啦唧，好。看城门小兵响勿落。那城门呐吭关法呢？齐巧在城门洞里向打，俚勿好关城门。打到啥辰光？轧冷冷冷……车辆也到城门洞哉。

胡班再跑。关公走。车辆，轧冷冷冷——进城。看城门朋友想，好了嚜，城门也勥关哉嚜。关，关俚做啥。俚笃也侪进来哉么，伲关俚做啥呢？吭啥关头哉嚜。唔笃在大街上，一埭路过来格辰光，直到北门。关照开北门，放吊桥。北门开，吊桥平铺。胡班出城，关公出城，车辆出城。好了。那笃定，第四关过脱哉。吭不事体。

胡班心里向转念头，吾现在马上跟关公一道跑，勿妥当格哦。啥体？吾身上格打扮，俚看酿。着格连衣，像啥样子？吾应当要回转去，换一身衣裳，再带点铜钿，那么再跟关公一道来。横竖关公跑勿快格吭，呃，俚有两部车子了，俚慢慢叫走么，吾进埭城，换套衣裳了再来。"君侯，慢慢赶路，小人回归城中更换衣巾，然后追赶君侯。""好啊，速去速来。""嗯，是。"关公往门前走呢，胡班马上进城。

格辰光，天又吭不亮。俚，啪！上屋面。扑扑扑扑——屋面上过来。到自家天井跟首，噗！

跳下天井。窗，嘎，尔嘚——一开，人到里向。连衣抙脱。格套连衣脱脱之后么，换套便装。头上武生巾，身上尖干，薄底快靴。端准一只包裹，摆点替换衣裳，带点零碎银子，包裹身上背一背好，腰里向挂一口宝剑。走。

阿跟关公？突然之间想哉，吾勿能跟关公。为啥呢？吾现在跟关公跑，王太守要晓得的，行刺勿成功，放火勿曾放，乱箭勿曾射，红面孔呒勿绕道过，而且是进南门，出北门。是胡班领俚进城，胡班领俚出城了，往门前头去。蛮清爽，吾，放走关公。吾跑脱了，吾跟关公跑了，吾爷、娘跑勿脱格啊。王太守一报告曹操之后，马上派人到胡家庄。拿吾老娘家，拿吾老太太捉得去，抵罪！格要带歪屋里向格啦。

胡班孝子，俚不忍自家格爷娘受累。格么呐吭弄法呢，吾豪燥转去。吾回到胡家庄，报告老娘家。唔笃赶快搬场，逃走吧。逃难吧。吾呢，再去跟关公。好得关公跑起来，路上勿会快几化的。吾轻身法好，吾拼一拼命赶路啦，吾终归望河北冀州格方向跑呢，吾总是能够追得着关公。

对，转停当念头么，俚跑。并勿是出仔荥阳去追关公，望五关上去呃。俚反而望准第三关，第二关，头一关，跑过来，直到胡家庄么，碰头老娘家。

胡华看见儿子回转来，奇怪啦？儿啊，吾托关公带一封信，倷唵收哉？收哉的。收哉么，倷为啥道理勿跟关公跑？喏，什个长，什个短，吾放脱关公之后，吾犯了罪了，吾张怕王太守要来捉唔笃，所以吾告 [1]，到该搭点来报一个信了，请唔笃赶快搬场，避难吧。

哈呀！胡华对俚讲，倷笨得啦！倷碰头关公么，倷管倷跟关公去好哉哟！吾会得派人去打听格吃。吾打听明白消息，吾也会得走。倷放心好了。倷离开关公，格个机会错脱，下趟倷就碰勿着格种大好佬。倷赶快搭吾去，屋里勠倷管。倷寻勿着关公，下趟勿许来搭吾见面。那么吭不办法！胡班到里向，搭老太太见面。母子分别，俚马上跑。倷跑脱么，胡华老夫妻准备搬场。胡班呢，啪啪啪啪啪啪啪啪啪，心急。因为老娘家关照俚要快啦，日夜赶路。刮风也赶路，落雨也赶路。人实在疲劳，外加受足风寒么，嘿嘿！今朝困在栈房里向，落勿起来哉。头痛得来，像劈开来什梗。

小二到里向来一看，啊呀？客人啊，倷呐吭还勿起来啦？一摸俚额骨头，沸沸烫。发高烧了。那么呐吭弄法呢，请医生哉咯。医生来搭俚看病，而且格个毛病呢，勿是容易好，寒热勿退哟。好得俚身边带铜钿了。等到铜钿用完，毛病倒好哉。那么呐吭弄法呢，再去追关公啰。

铜钿吭不呐吭办法呢，卖拳头。赊一身本事啦。路上卖拳头，讨两个铜钿。再赶路。寻到冀州么，刘备也勿在，关公也勿在。啥场化去哉呢，听说刘备到汝南去了。赶到汝南，又扑一个

---

1 "告"为衍文，系说书时口误。

空么，刘备已经败汝南了，人勿在汝南哉。毫无下落。那么僵。回转去吧。寻老娘家吧。回转去有啥用场。俫回到胡家庄么，胡家庄已经搬脱哉哟。老娘家了，搭娘搬到啥地方去？地址呒不格哎。呒寻处哟。那么俚僵。流浪江湖么，流浪到四川。就落脚上四川。一直要到将来，刘备进川，胡班投奔刘备。讲明白，搭关公有什梗一段渊源么，刘备就写一封信，教俚拿仔封信到荆州，碰头关公。格个辰光再来搭关公碰头么，要隔十几年啦。胡班格个机会错脱，要十几年之后再搭关公碰头么，吾拿俚表过啦。勿谈了。

再说关公。关公在望准五关上过去么，总抵讲第四关么，过脱了。第四关，蛮太平，呒不事体么，看上去第四关用勿着杀人哉。嘿嘿！背后头人马来哉。当！哗——一路人马追到。

关公回转头来一看，勿是别人，王植追过来。关公关照华吉，俫保车子先走，吾回过来。关公看见王植，格个肝火格烊是烊得不得了。为啥道理？王植啊，吾认得俫。昨日，俫会得跪下来，在吾门前罚一个咒：吾要害俫关公么，苍天在上，厚土在下，死于钢刀之下，不得善终。想勿到俫，面孔笑嘻嘻，肚皮里向毒蛇窠。想出什梗种，恶毒格计策。啊，还关照胡班来行刺，放火、乱箭埋伏啦。俫在对王植看么，王植来哉。

王植呐吭会得来，俚得报了哟。说关公已经过了荥阳了。行刺？行刺勿成功。放火？刚要放火么，俚已经冲出行宫哉哟。乱箭？乱箭么因为胡班在城脚下，勿好射箭。胡班搭红面孔打，胡班逃进城，红面孔追进城，胡班逃出城，关公追出城么，俚笃人马已经出仔荥阳去哉哟。

王植一听，心里向明白了。格里有毛病了。出仔内奸哉嗄。老实讲，呒不胡班什梗领一领路啦，红面孔俚要绕道而过，俚要走到吾路上来么，吾格陷马坑，就可以拿俚捉牢。现在，现在俚带人马过来追。俚要搭韩福报仇。俚不肯就什梗放红面孔过去。哈……马匹过来。"哦！红——呃脸的。想你在许昌，不别而行。没有丞相过关路凭，过三关斩四将，那还了得！你还想往哪里走！王植来也。"关公眉毛竖，眼睛弹。"大——胆匹夫，竟敢陷——害关某。放马！""放马！"哈……两骑马碰头。王植起手里一条枪，望准关公兜胸一枪。"看枪！"噗——乓！一枪过来。关公起龙刀招架。"且——慢。"擦冷！掀着，尔嘚——枪荡开。"去吧——啊。"噗——嚓！拦腰一刀，着。甩为两段，嗬嘚尔——磴！嚓唧！哈——落马翻缰。小兵"逃哇……"

关公阿追？勿追了。啥体？嫂嫂在门前头。过四关，斩了五将。王植格条性命肮脏亡命。送上来，拨了关公杀的。其实俫勿追啦，关公勿会拿俫杀哟。因为关公呒不心思回过来，搭俫算帐哟。俫担上来么，俚恨伤哉。辣！手起刀落么，王植阵亡。

等到关公过脱了。王植手下点人，马上拿王植格死尸，弄到城里向。一方面派人到五关上去报告，一面要开丧么，来了。哈冷冷冷……一匹马到。啥人？张辽。酷！张辽马背上跳下来，望准衙门里向进来。"王太守何在？""呃喵，张将军呀，王太守，在大堂上。"过来一看么，板门搁好，死尸摆好。"王太守怎样了？""什个长，什个短，什个方，什个圆，拨了关公一刀结果性命。"

"啊呀"，张辽响勿落。吾辛辛苦苦，吾也连夜赶路，推位一步。刚巧赶到该搭么，关公已经过去。而且，王植已经死哉。听俚笃介绍，王植用四条计策害关公么，想格个家伙啦，真叫死不足惜。告急文书唔笃劐送了，交拨吾吧，吾搭唔笃带转去。吾奉相爷格命令，送路凭拨了关公的。那么，此地荥阳就拿文书交拨张辽，张辽拿文书身边一囥。

张辽俚马上出衙门，上马，哈啦！出荥阳，追关公。

张辽心里向转念头噢，四关上么，杀脱五个人哉嗄，阿有啥五关上劐杀人哉。吾追上去呢，追得牢。可以追牢。往哪条路上追？心里向一转念头么，五关啦，有两条路。一条路，叫白马城。一条路呢，叫滑州关。俫可以过黄河的，俫叫五关。白马城格太守，姓卯金刀刘，单名格延，叫刘延，文官。滑州关格守将，姓秦，单名格琪，叫秦琪。秦琪呢，是蔡阳老将军格外甥，善用金板刀。俚格绰号叫啥？叫金宝塔。骁勇善战，正是年轻力壮，血气方刚。蔡阳呢，呒不儿子的，拿外甥当儿子。蔡阳格点绝技，看家本事，毫无保留的，通通俫教拨了秦琪。蔡阳，老哉，六十多岁了。秦琪呢，血气方刚，好头上。因此说秦琪格本事，比蔡阳还要狠，因为俚年纪轻么。

关公往门前头走，俚还是走滑州关呢，俚还是走白马城呢？张辽心里向转念头，吾上一回，领关公到白马坡去，过黄河辰光，走哪条路呢，走白马城。为啥道理走白马城呢，因为白马太守刘延，搭张辽蛮要好的。两家头呢有点交情的。所以俚领关公到白马城，白马太守刘延么，款待关公，摆酒接风。而且留关公在白马城过夜。明朝那么再摆渡了，到相爷营头上去。

那么张辽研究哉咯。五关，两条路，关公走哪条路呢？猜想上去么，关公，走白马城，勿会走滑州关。因为滑州关守将秦琪，搭关公勿认得，呒不交情。而且秦琪狠，格个情形，吾也搭俚介绍过的。关公有点数。白马太守刘延，文官，勿可能打的。而且关公呢，有恩于刘延。关公斩颜良，解白马之围。因为首当其冲，渡过黄河来第一个关啦，就是白马城。刘延蛮见情，蛮感激关公的。因此呢，看上去苗头，关公是望准白马城去。吾曼得往白马城格个方向，追好了。所以张辽将马一拎，哈啦啦啦……往白马城去哉。

格么张辽格估计阿对呢，拨俚估哉的。关公是向白马城走的。张辽格分析一眼勿错。因为关公也听说过秦琪格本事，关公也勿愿意去惊动秦琪。因为搭秦琪呒不交情格啦。刘延，吾搭俚认得的，非常熟悉。在白马城过过夜。而且吾几次过白马了，刘太守对俚格印象交关好了。吾往白马城去。

关公在望准白马城格条路向过来格辰光，看见门前来了。来几化人，一个文官，纱帽袍服，骑一匹白马。背后头呢，带廿几个底下人，挑格担。啥格物事呢？条箱。条箱里啥物事呢，酒水。来搭关公吃酒的。

只看见刘延骑仔只马在过来了。刘延为啥要来接关公？刘延是急得勿得了。俚晓得哟，得信哉哟。关公已经过四关斩五将，往五关上来哉。而且俚估计到呢，关公肯定是往白马城走。那么呐吭弄法呢？吾放俚过去，俚呒不丞相过关路凭的。格丞相要治吾格罪啦，吾格头，保勿牢。吾勿放俚过去，吾呐吭打得过关公？四关上，本事侪不推位。孔秀，韩福，卞喜，王植，有格文武双全，有格有暗器家什，尚然拨了关公，擦擦擦擦——一个一个结果性命。吾手无缚鸡之力，吾打得过关公格啊？放，要杀。拦，也要杀。呒不办法，伸头也一刀，缩头也一刀。还是候上来，动动脑筋，呐吭样子一来，可以说退关公。现在看见关公来哉么，俚马上过来。"啊！前边来者，吾道是谁。原来是，二君侯。下官刘延迎接君侯。恕不下马，这厢有礼了！"侪在马背上欠身一拱，云长龙刀一架。"太守，少——呃礼。关某，回——礼，不周。""请问君侯，哪里而来？何——处而去？"关公讲拨俚听，什个长，什个短，过四关斩五将，到该搭点来。"要假道过关，还望太守，安排船只。"托俚弄两只船，摆一个渡，到对岸去。"是是是是，君侯要过去，只管过去呃。下官理应引道，安排舟船，请！""请！"刘延圈转马头，搭关公并马而行。因为车子慢啦，嘎啷嘎啷。俚笃马呢，并马走格辰光，刘延厉害哉哦。"君侯。""太守。""闻说君侯，此番过关斩将，到白马而来，下官十分钦佩。足见君侯义重如山，千里寻兄。""谬赞。""下官佩服君侯，可以说'仁、义、礼、智、明'，五常俱全啊。"啊，关公一听啥物事？侪说吾"仁、义、礼、智、明"五常俱全。仁、义、礼、知、信，叫五常。呐吭拿格"信"换仔格"明"字出来？关公弄勿懂。关公要问俚，呐吭道理？

勿晓得刘延厉害啦。俚晓得关公，吃软勿吃硬。俚格番闲话是实头厉害，说得关公跳起来。说得关公勿走白马城，望准滑州关去。那么要碰头秦琪哉哟，所以关公要五关斩六将。下回继续。

第十回

过五关

　　关公，保两位皇嫂，千里寻兄。现在到第五关，白马城。太守刘延，过来迎接关公。关公请俚准备船只，摆渡过黄河，刘太守一口答应。关公心里蛮快活。勿晓得格刘延，搭俚大讲张。说：君侯，吾真佩服俫啦。俫呢，可以说"仁、义、礼、智、明，五常俱全"。

　　关公一听勿懂哉咯，大家晓得"五常"——仁、义、礼、智、信。阿末一个字啦，是格守信用格信，叫啥俚换脱一个字，变仔格明白格明。关公勿懂。

　　"怎——见得？""君侯，刘延，闻得君侯，在战场，只斩大将，不伤军卒。生平，不枉杀一人，此君侯之'仁'也。"第一个字，仁。俫格人啦，在战场上搭别人家打仗，只斩大将，勿杀小兵。从来勿肯枉杀一人，格个是仁。关公一听么，虽然俚是奉承吾啦，道理，也有点道理。听俚讲下去。"想君侯，挂印封金，千里寻兄，弃富贵如浮云，不忘桃园弟兄，是君侯之'义'也。"

　　刘延格个闲话呢，说得关公，又是心里向蛮高兴。关公听俚讲下去。"刘延，还闻得君侯，秉烛达旦，一宅分两院，是君侯之'礼'也。"第三个字呢，就讲关公格人，极重"礼"，格个礼么就是行礼格礼，敬礼格礼。

　　啥叫啥秉烛达旦？格里向有只小故事的。因为屯土山，约三事，关公呢，保仔两位阿嫂，跟曹操，从下邳，赶奔皇城。一埭路路上下来，离开皇城还有一段路，路过一个小地方，过夜了。过夜么要分派房间哉啰。因为格个地方交关小，房间勿多。那么搭关公商量，交关抱歉。唔笃呢，只有一间房间，只好将就将就。因为文武官员多啦，房子实在少。那么格个一间房间呢，就是拿甘、糜二夫人搭关云长，安排在一间房间里。曹操格里向啦，格只棋子，着得交关坏。啥体呢？俚要乱关公的叔嫂之礼。

　　因为甘、糜二夫人，面孔交关漂亮。那么关公么，年纪也轻了。让俚笃关在一间里向，做出格种，勿好格事体来啦，那曹操就抓牢把柄，俫要想回到刘备搭去，俫回勿去。就可以弄得俫呢，勿能勿留下来。留在曹操搭。那碰着关公格人，非常重礼节的。叫两位嫂嫂，在房间里休息。俚呢，在房间外头，手里向呢，拿仔盏蜡烛火，一只手里向拿一本《春秋》，秉烛达旦。看一夜天书，勼到里向去。曹操一打听下来，佩服！好！关公格人实头着重礼节。到了许昌，曹操送一支公馆拨了关公，关公拿俚一宅分为两院。当中么是中门。里向呢，两位阿嫂登，关公呢，登在外院。中门跟首呢，里向有管家婆看，外头有两个老兵保守。外面格人呢，随便啥人，勿能够无端闯入。关公呢，终归隔一日天，跑到里向来，见阿嫂请安。中门开放，当中下帘子。嫂嫂在里向，俚在外头。要请安好，嫂嫂闲话问完了，那么再退出来。所以刘延讲啦，秉烛达旦，一宅分两院格是俫格礼。第四个，"刘延闻得，君侯在延津渡，拖刀诛文丑，败中取胜啊，是君侯之'智'也"。俫格打仗，勿是一味讲狠，讲勇。俫还动脑筋，用智谋啊。文丑本事大，俫就用智谋，假败退下去，让文丑上当。追过来，回马一拖刀，结果文丑性命。格是俫格智，第四个字。

关公主要要听俚格阿末一个字。为啥道理勿讲信了，要讲明？听俚。"君侯。想此番君侯，从许昌出发，赶奔冀州，过四关，斩五将，到白马而来。吾想君侯，是明知滑州守将，金宝塔秦琪，本领高强，刀法精通。明知吾刘延，手无缚鸡之力，是一个文墨之辈。君侯明知，白马好走，滑州难行，所以君侯不向滑州了，到白马而来。刘延，允君侯过黄河而去，曹丞相要把吾结果性命。因为君侯，你没有过关路凭啊。刘延一死何足惜。呃呵，君侯能够，与二位皇嫂安然过河呢，此乃君侯之'明'也。"

"喔唷！嚯嚯嚯嚯……噗！"关公气得两根长组苏，根根翘起来。对刘延望望，俫啥格闲话啊？啊？哪恁拨俫讲出来格啊？叫啥说吾明明晓得，滑州关守将金宝塔秦琪，是蔡阳老将军外甥，刀法精通，武艺粹真。吾呢，勿敢望准滑州去。晓得俫刘延么文官，呒不武艺的，勿能阻挡吾的，吾来吃吃俫。关照俫弄船只了摆渡过去。俚说起来，俫过去了，曹丞相要拿吾杀头哉。因为俫呒不路凭么，吾放俫过去么，曹丞相当然要拿吾杀头喽。吾死是呒不道理格喔，君侯俫可以太平无事哉。俫明明晓得滑州难走了，白马好跑。格种闲话关公听得进格啊？关公眉毛一竖，眼睛一弹，对仔格刘延。

"太守，何出此言。既然如此，关某不走白马，向——滑州便了。华吉。""有。""赶奔——滑州。""是。"车辆望准滑州关条路上跑。刘延看关公去远么，圈转马头，带领底下人，回到城里，衙门口下马，往里向来。刚巧坐定么，外头来了。啥人呢，张辽。张辽送路凭追关公，追到白马城。

俫进来么，刘延得报，张辽来哉。俚要紧踏出来，到外面迎接。拿张辽接到里向，书房间里坐定。底下人送茶。张辽问哉咯："太守。""张将军。""我问你，关君侯，可曾到来？""啊？""张将军，问他则甚？""因为关君侯在许昌，辞别丞相，千里寻兄。丞相有令，五关上守将，遇见君侯，一律要迎接相送。谁人阻挡君侯，军法从——呃事！请问太守，关君侯可曾到来？"

那么刘延响勿落。蛮好刚巧吾接仔关公到该搭点来，城里向吃一顿酒，送俚过黄河。张辽赶到该搭点来，张辽要称赞吾太守咾：只有俫么，能够理解丞相格心情。其他四关上守将侪拎勿清，阻挡关公，拨了关公杀。只有俫办事体么，最最妥当。那么要命啊。倘然说关公死脱在滑州关，岂勿是吾害煞俚。

假使说秦琪拨了关公杀脱么，秦琪格条性命，也等于送在吾手里。"呃嘿，张将军，关君侯，未曾到来，关君侯呢，出了荥阳，他向滑州关去了。""啊！君侯呀，君侯，为什么好端端的白马城不走，要向滑州而去呢？"刘延想，俚是到白马城来格呀，吾仁义礼智明了，明脱格呀！格又勿好讲的。"呃嗬，张将军，你赶快追赶君侯，向滑州去吧。免得关君侯与滑州守将交战。""好！"

张辽怨。跑错条路。早晓得什梗么，吾勥到白马城来好了，吾一脚落手往滑州出去么，作兴能够追牢关公。俚要紧出衙门，上马，哈——回转来。回到归面半路上，超滑州关格条路，哈……等到倷张辽赶到么，已经来勿及哉哟。好推位什梗一段辰光格啊？格么张辽后头来，吾慢慢叫交代哦。先说关公。

关公，带仔华吉，保仔车子，往滑州关格条路向，轧冷轧冷……门前头有一座山，一座土山。要绕山过，绕山过去么，就离开滑州近哉。关公还赹绕土山么，只听见山门前头呃，当！乌——乌——乌！炮声，军号声。行军。门前有人马了。关公关照，车子停。车子停下来。关公拿只马一拎，哈辣！上土山。到土山山上，朝对滑州格方向一看，嚯唷！

只看见滑州方面，来三千人马，哈，哈，哈，哈，哈，哈！全副武装。门前头有格大将。格大将坐在马上，不分长短。站立平地，身高九尺。黄面孔，面孔赤腊焦黄。两道浓眉，一双铜铃眼，狮子大鼻泡，血盆阔口，两耳招风，颌下短短须髯。头上戴一顶黄金盔么，身上着一副黄金甲。胯下黄骠马，手奉金板刀。黄缎子红字旗号上，滑州——秦！斗大一个"秦"字。啥人么？金宝塔秦琪。蔡阳老将军格外甥。

关公看到秦琪格种样子么，心里有数目了。俚带人马，从滑州出来，朝荥阳格方向迎过去。啥事体呢？勥问得的，来迎吾啦。准备搭吾打的。关公心里向转念头，吾阿要搭俚打？关公要想一想。因为秦琪，年轻力壮。俚是蔡阳格外甥。蔡阳呒没儿子的，外甥当儿子。全身本事呢，侪教拨了格外甥。应该说，现在格秦琪，比现在格蔡阳来得狠。为啥？蔡阳六十岁，胡子雪白了，老将哟，精力上讲起来，搭勿够秦琪。蔡阳格本事秦琪侪有，秦琪格精力，蔡阳现在是呒不。格么可见得，俚现在比蔡阳还要厉害咯。俚带人马拦过来，吾去搭俚打，蔡家刀天下闻名。吾搭俚打，未必见得能够稳赢啦。倘然说，吾拨俚，嚓！一刀结果性命之后，两位阿嫂呐吭办法呢？哪恁可以到冀州？关公赢秦琪，呒不把握。

格么呐吭弄法？既然有风险，回转去。吾马上下山，保仔两位阿嫂格车子，再到白马城。逼牢绞仔刘延：倷搭吾准备船只，吾今朝么就是吃吃倷！嗳！吾么要在倷白马城过黄河哉。老实讲，借倷格地方过么，也勿罪过的，因为吾有过好处拨倷。关公哪里肯？格种事体关公勿肯做格啦。好马勿吃回头草，讲好，勿走白马城，要到滑州。喔，临时完结看见仔秦琪了，再回转去，勿是关公格种性格。格么呐吭弄法？

看上去只好搭秦琪打哉咯。假使吾死脱哪怎办呢，要准备好。关公一动脑筋，有了。从土山上下来，拿华吉喊过来。华吉跑到关公马匹旁边，关公搭俚讲闲话极轻格哦。二位皇嫂听勿见的。关公关照俚："华吉。""有。""附耳过来。""是"。关公搭俚讲：华吉，门前头炮声响，军号连连。秦琪带人马在过来了。吾呢，上去搭秦琪碰头，倷呢，登在山上看，车子就停在山脚下。假使说吾搭秦琪碰头，能够过去的，格么倷马上从山上下来，推仔车子在跟过来。倘然说，吾勿能过去，要搭秦琪动手打的。吾赢，也呒不问题的。倘然说吾输脱呢，吾死呢，吾拨了秦琪一刀结果性命之后，倷勤哭。该格辰光，勿是哭格辰光。倷马上从山上下来，保存二位皇夫人格车辆，赶奔到白马城。倷到刘延门前，跪下来，搭俚磕头。倷搭刘延讲，说吾临终嘱咐。关公呢，死在秦琪手里哉，两位皇夫人呢，要看吾斩颜良的，解白马城之围格面上，准备船只了，摆渡过去。让两位皇嫂过黄河。那么倷呢，代吾之劳，带廿个家将，保存车辆，赶奔冀州搭刘皇叔碰头。只要倷，能够拿甘、糜二夫人送到刘皇叔身边么，吾死在阴间，死而瞑目。"是。"华吉答应。华吉听到关公格种闲话，心里向蛮难过的，格闲话讲得交关悲壮啦！假使俚死脱了，就要责任要摆在吾身上，要吾挑起担子来，送两位皇夫人，赶奔冀州。

当时关公格只马，哈啦！过去。甘、糜二夫人格车辆，停在该搭土山山脚下。廿个家将抽出家什来，围在车子周围，保护车子。华吉，上土山。到土山山顶上，手搭凉棚看门前头。关公搭秦琪碰头，华吉么让俚山上看啊。

关公格只马呢，绕过土山了。哈——倷过来么，秦琪看见。秦琪看见关公来，手一扬，队伍停。哗……三千名军兵，旗门设立。秦琪格只马，怂磕酷磕、怂磕酷磕，上来哉。搭关公碰头了。

秦琪来作啥？存心来搭倷打。为啥？因为秦琪熬勿得关公。格么算算关公搭俚么，今日无仇，往日无冤，毫无难过哉，俚为啥道理要熬勿得关公。喏！有讲究哟。因为用刀格当中，原来在河南地界上，蔡阳称为叫啥？河南刀王。格么秦琪呢，也不言而喻，小刀王。蔡阳下来么就挨着俚哉。蔡阳格路刀法么，只传拨秦琪，勿传拨别人的。嫡传啦。本来俚格口金板刀，搭娘舅格刀一样，人家大家蛮尊重的。现在勿来。为啥呢？自从关云长斩颜良、诛文丑之后么，蔡家刀格名誉在下降。人家大家侪讲，喔！蔡阳到底勿来赛了。蔡阳搭颜良打，打勿过颜良，而关公一个照面就结果颜良性命。什梗一看呢，蔡阳格刀法勿灵哉，要让位青龙刀好了。关公格声望越来越高，蔡家刀格声望越降越低。格么连秦琪格地位一道降低。俚觉着心里向委屈啦。本来侭蔡家刀独一无二，拨倷红面孔冒出来，来仔格青龙刀么，佁蔡家刀，就呒不苗头哉啦。格么呐吭呢，吾带人马，吾候上去。俚得信哉哟，晓得关公，过四关斩五将，望此地五关上来哉哟。俚想，吾带人马过去，吾今朝要搭倷拼一拼。等到吾拿倷红面孔，嚓！一刀，结果性命之后，让天下人晓得，什梗一看，到底蔡家刀！青龙刀搭蔡家刀比起来，还推位一段了嘞。侬看酿，关云长碰头秦琪么，拨了秦琪结果性命。吾呢，要重振蔡家刀格威风。所以带人马过来么，存心来搭关公拼一记。妒忌。实在熬勿得啦。现在看见关公来，马，哈辣！扣住。金板刀，奉在手里向。

关公看见秦琪，马，扣住。青龙刀，鸟嘴环上一架。两家头相近，秦琪先开口。"前边，来——者何人？"明明晓得是关云长，只当勿认得，侬啥人？"关——某，是也。前边来者，莫非是，秦将军？""岂敢！正是秦琪。我问你，你从哪里而来，往何处而去。""许昌而来，冀州而去。""丞相的过关路凭？""临行勿忙，未曾取得。""既然如此，你这四关怎生过来？""如是因般，这等这样。过四关，斩五将，也是，不得已——尔。"

关公讲格实话：过四关斩五将，勿是吾要杀俚笃，吾不得已呀。孔秀，口出不逊之言，马上要搭吾打，拨吾结果性命。韩福，放冷箭射吾，吾当然，俚暗箭伤人么，吾要拿俚结果性命。卞喜，镇国寺里向埋伏好刀斧手，阴谋暗算，害吾。俚要害吾，吾拿俚结果性命。王植，跪在吾门前头罚咒，吾要害侬关公么，天在上头，吾人呒不好死。结果呢，吾过了荥阳，俚还追吾，那么回过来，拿俚结果性命。又勿是吾存心要搭俚笃打。俚笃有格要害吾，有格要拦吾，不得已而，拿俚笃结果性命。"秦将军，今日关某，欲假道过关。还望将军，容情一二。日后关某——与将军，自有相逢——之呃日。"关公格种闲话是，讲得非常客气。今朝呢，吾要借侬格地方过一过。侬呢，弄点船，让吾摆一个渡，过黄河去。吾勿会忘记侬的。侬容情一二。老实讲，人生何处不相逢，后会有期。将来吾搭侬碰头格辰光么，吾有数目了。

关公讲得来非常非常客气。格么秦琪啊，关云长对侬什梗客气么，格侬也应该客气点。喏！一个人，脑子勿清爽格辰光啦，俚听勿进去。俚只觉着，侬影响仔吾前途了，蔡家刀格威风，拨侬扫地了。侬弄得伲蔡家刀呒不名气，吾今朝就是要搭侬拼！侬在讲软话了啥，谈也甮谈。"哼！红脸的，想你无有丞相过关路凭，过四关，斩五将，要过滑州而去，这也容易。俺秦琪，可以放你过去，俺手中的金刀"，扎！噗——喤！刀一荡。"它，不肯放你过去。你胜得俺手中的金刀，过去便了。""嚯嚯嚯嚯……"关公心里向转念头，好了，呒啥多讲头。人好放的，刀勿肯放。要过去，要胜俚口刀。关公格脾气，搭侬好说好话好商量，勿肯听要打，打么就打。有危险？有危险么，也只好有危险。"既然如此，秦将军，放，马。""红脸的，你放马！"两骑马，哈……马打照面。旗门底下三千名军兵，刮刮，卟隆卟隆卟隆，噗——击鼓助威。

秦琪威势蛮足。关公一干子，一人一骑。华吉呢，老远，在山上望。华吉心里向在急了，勿晓得关公打，胜败如何？俚在上面看格辰光，两匹马相近了。秦琪起手里向金板刀，望准关公头顶上，搂头一刀。"红脸的，看刀！"噗——乓！泰山压顶，下来。俚一刀下来呢，关公起手里向格青龙刀刀柄招架。俚两只手抓牢格刀柄，喤！托梁换柱，往上头抬上去。"且——慢。"嚓啦啦啦冷，冷，冷！

俫掀住俚金板刀格辰光，秦琪辣手的。第一个照面啦，就拿看家本事拿出来。杀手锏就拿出来。蔡阳传拨俚两路刀法，一路叫连三刀，一路叫掩月刀。现在呢，俚就用连三刀。格么人家说么，总要先打脱格几十个回合，那么再拿看家本事拿出来。俚勿的。第一个回合上，看家本事就拿出来。俚，辣冷！架在俫关公青龙刀格刀柄上，俫在掀俚格金板刀辰光么，着生头里俚口金板刀，哗啦！横转来。搁在俫格刀柄上。俚格刀口啦，望准两旁边，爽嗯，爽嗯——两掠哟。假使说俫呆头木息点格朋友，俫两只手捏牢格刀了啦，拨俚刀掠过来么，爽嗯，爽嗯——好，八个节头子掠脱。那么俫节头子掠脱，刀捏勿牢，擦冷——脱手，掼下去么，俚，辣！一刀，结果俫性命。

关公，啥格本事了？灵敏度几化高了。眼快，手快哟，看俫格刀，哗啦——横转来，晓得勿对。爽嗯！俫望准左手里掠过来么，关公右手抓牢刀柄左手格只手，噔！一放。一放么，手心托牢刀柄啦，节头子到刀柄下头了，爽嗯！往左面掠一个空。哈啦！回过来，爽嗯！往右手掠过来么，关公左手格手，嗒啦！节头子捏牢刀柄，右手格手节头，乒！一松么，放到刀柄下头。俫又往右手掠过去，爽嗯！又掠一个空。关公觉着一身冷汗！格速度侪快得热昏。爽嗯，爽嗯！两来兴么，两刀。辣冷！关公，噔！往上头一抬。俚刀，哗啦！荡开。哈啦！两骑马擦肩过。

关公心里向明白，晓得格个是蔡阳格绝技啦。第一个照面俚就用杀手锏哉。两骑马擦肩过，当仔俚呒不花头，勿晓得俚还有一刀。该格叫"连三刀"。搂头一刀，往两边两掠。两掠呢，勿算两刀，也是一刀。爽嗯，爽嗯！就算拨俫避过，两骑马擦肩过么，俚翻身一刀哟。俫勿防备的。俚，哈啦！一只手执家什，右手执刀，左手勿捏牢，噔！送过。噗——回过身来，望准关公头颈里向，噔！一刀。华吉在山上看得蛮清爽，当中一刀掀住了。噔，噔！两面两掠拨了关公避过了。两骑马擦肩过，秦琪，翻身一刀，华吉格个一吓，心里向，别——完！格个一刀，关公偏勿脱。因为关公人长呀，辣！一刀过来么，肩胛上，就算俫稍微头低点么，半格脑袋，也掠脱仔了完结。连三刀。华吉吓得了，勿敢看了。

格么关公唵防备俚格连三刀来呢，呒不注意。想勿到。因为俫勿晓得俚格技巧，勿晓得俚格个过门在啥场化。两骑马擦肩过格辰光呢，关公好了啥？好了格眼睛是豁眼梢。俚好像眼梢上看见，哗啦！囇唷！还有家什来。关公身体往门前一磕呀。一磕呢，磕得猛了一点。关公格青龙刀格刀钻子啦，无意当中望准赤兔马格马头上，磅！一碰。那么格只赤兔马误会了。啥体么？当仔关公，拖刀计来哉。因为马头上掀一掀么，格只马就要一个马失前蹄。因此格只马呢，马上前蹄往门前头，哈啦！躺下去。前蹄躺下去么，关公格人，尔——低得更加倒。俫低得更加倒么，秦琪格一刀，在关公头顶上掠过，噗！

那么关公看清爽，还有一刀。幸亏格只赤兔马一个误会，一个马失前蹄了，哗啦！人姿下去。否则么，格一刀着，关公条命要保勿牢。现在，尔嘚——刀过脱么。关公，喤！趁势，拿领鬃毛一拎。格只马，哈啦——恢复原状。

本来关公勿用拖刀计，现在借什梗格机会么，就用拖刀计。俚格只右脚从踏蹬上一脱，哗啦！马背上豁下来，右脚落地，左脚套在踏蹬上，回过身来么，青龙刀望准秦琪头颈里向一刀。"看刀！"噗——格么秦琪阿能招架？勿好招架了。啥体么？俚格连三刀，俚单手刀，哗啦！劈格空么，口刀，尔嘚——尽管什梗甩出去，颗郎头冲出了。俟颗郎头冲出了，格刀甩过来，望准俚头颈里向，嚓！着么，尔嘚——锃！擦冷！哈啦啦啦——落马翻缰。秦琪一死，三千名军兵"逃哇……"唔笃逃，关公呐吭肯放唔笃逃？关公，仍旧马背上骑一骑好，马一拎，哈啦——追过来。喝住俚笃。勿许走。走，要杀唔笃。立停。

小兵只好停。关公关照俚笃。秦琪勿识时务，硬是要拦牢吾搭吾打，所以吾拿俚结果性命。搭唔笃勿搭界。开城门，让吾过关。准备船只让吾过河，呒不唔笃事体。否则，莫怪龙刀无情。三千名军兵，当然只好答应哉略。

关公回转头来对土山上一看，华吉已经勿看见。为啥呢，华吉看见关公，喇！一刀，拿秦琪结果性命。俚要紧从山上奔下来，奔到下头。关照，"兄弟们，走！"轧冷，轧冷冷冷……车辆绕过土山，搭关公碰头。关公见过两位阿嫂。说明情形。秦琪呢，已经拨了吾结果性命。甘、糜二夫人响勿落。五关上还要打一打。好了嚘，四关斩五将么，五关斩六将。跟仔关公一道过来，穿过滑州关，到黄河边上，船预备好，摆渡，过河，上岸。

关公上岸往门前头走格辰光，轧冷，轧冷，车子在过来。俟望准门前头去格辰光，吾拿关公丒一丒。

吾回身过来，交代滑州关方面格小兵，哗！退过来。刚巧要拿秦琪格死尸带到城里向去么，来了。

嗞冷冷冷……一骑马到。啥人么？张辽赶到。张辽到该搭点来，碰头滑州关小兵，一问。关公来了。呐吭情况？秦琪已经死脱了。呐吭死的？说：关公蛮客气，搭秦琪碰头，关照秦琪，阿能够容情一二了，让俚过关。日后，终归有搭俟碰头日脚。张辽一想么，蛮好啰。关云长从来也勿搭人家讲什梗种闲话，啥格容情一二了，日后相逢。秦琪？秦琪俚勿肯放，一定要打。那么好，连三刀破脱么，拖刀计结果性命。"唉！"张辽叹口气。推位一步，真正推位一步。早点到，勿打。勿打了，吾还有办法。现在秦琪人也死了嚘，关公过黄河去哉嚘。呐吭弄法呢？滑州关上要搭秦琪料理丧事。张辽关照俚笃，唔笃告急文书呢，也勿去哉，勿派人去送，交拨吾吧。吾搭唔笃带转去——吧。蛮好。张辽心里向转念头哦，别样呒啥，秦琪死脱，格个事体勿能拨蔡阳晓得。假使蔡阳晓得，俚格外甥拨了关公杀脱是，弄勿连牵。只怪吾啊，到该搭来晏仔点哉。吾勿跑白马城，吾出了荥阳，一脚落手，到滑州关呢，吾追得牢。因为吾，认为关公勿会走滑州关，板走白马城，吾赶仔一埭白马么，推位一步。张辽在担心，勥搭蔡阳碰头。俚阿晓得，蔡阳格人马在后头过来哉哟。横竖等到蔡阳搭张辽碰头了，吾再交代俚笃。

格么关公呢，关公过了黄河，心里蛮快活。那五关出了，到仔河北呢，吾就可以一路平安了，呒不事体。直到冀州，搭老兄去见面。俚刚巧在往门前头跑么，横埭里向，哈啦！来一匹马。"啊，二将军，慢走，君侯慢走！"关公拿马，嗤！扣住。唾儿——回过头来一看，勿是别人，孙乾，孙先生来。"孙——先-生！""二将军。"关公问俚：俚呐吭到该搭点来格呢？孙乾讲：吾在汝南城外，搭俚分手之后呢，吾马上赶奔到冀州，去打听皇叔消息。格么俚俺看见伲大哥呢？看见的。吾打听消息么，皇叔格处境非常困难。因为斩颜良、诛文丑之后，袁本初，要拿皇叔杀。幸而皇叔能言善辩了，辩脱的。辩过之后呢，吾听说，刘皇叔已经写信。写到许昌，要来请俚到冀州去碰头。拿俚呢，赔偿颜良、文丑了，赔拨袁本初。

那么吾打听着皇叔住格地方，吾想去拜望俚。但是吾又勿敢冒冒失失就什梗过去。齐巧格日仔搭，在街上，吾看见皇叔。吾要想上去叫应俚么，皇叔也看见吾了。皇叔对吾眼睛眨眨，微微交摇摇头。啥意思呢，叫吾勥过去。

因为刘皇叔背后头啦，有两个将官看牢了。一个叫高平，一个叫高怀，专门是监督刘皇叔。那么吾在研究，皇叔格意思。俚啥体对吾眼睛眨眨了，摇摇头？意思里，叫吾勥上去见面啦。因为刘皇叔现在拨人家看牢了，像囚犯一样，行动勿能自由。吾去搭俚一碰头之后，吾也要拨了袁本初扣起来。格么吾就勿能搭俚来碰头哉啰。所以吾呢，也勿去看刘皇叔。吾从冀州出来么，赶到该搭黄河边上吾在等，等俚阿有啥过黄河么，吾搭俚就在该搭点河北碰头哉。想勿到巧的，就在此地相见。

云长一听，刘皇叔什梗种处境么，云长心里向也勿好过啦。既然什梗，俚去见见两位主母吧。因为两位主母，牵记得大哥勿得了，俚去报一个好消息吧。孙乾过来，到车辆跟前。"参见，二位主母。"甘、糜二夫人帘子一掀，扎勾上一挂，看见孙乾么，要紧问俚。"孙先生，哪里而来？"孙乾禀报：什个长，什个短，吾到冀州碰头皇叔。皇叔格处境呢，什个长，什个短格情形。吾呢，勥去搭俚碰头，就在街上看见仔了，吾马上就溜过来。到该搭来，寻二将军，想勿到在此地碰头。两位主母，唔笃放心，皇叔呢，身体蛮好。甘、糜二夫人一听么，眼泪马上下来了。为啥呢，刘皇叔拨了两个河北大将看牢，行动勿能自由。格是可见得，俚格日脚蛮难过了。听见皇叔什梗么，二位夫人当然要伤心。关照孙先生，俚退下去。

孙乾过来搭关公一道跑。车子呢，嘎啷嘎啷，朝门前头走格辰光，关公心里向想蛮好，来仔格孙乾，有说有话有商有量。呐吭走法？格条路，俚跑过一遍的，有点数目了。其实该搭点格路，往门前头过去呢，孙乾并勿是十分熟悉。俚是跟仔客商一道跑。有转把呢，啥场化勿太平啦，客商拣太平场化走么，俚就跟仔客商绕远路了，跑的。傃搭关公一道在过来格辰光，跑得呒几化路了。只听见门前头，当！咚！嘚呦！炮声三响。啊呀，炮声？关公马上关照孙乾。傃停一停，车辆停下来。吾来到门前去看看看。

关公匹马，哈啦！兜过来。到门前一望么，呆脱了哟。啥体呢？因为该搭点啦，黄河渡口，有曹操一万大军驻扎。一座先锋营头。营头上啥人守好呢，四个大将：夏侯惇，夏侯渊，夏侯德，夏侯尚。现在呢，夏侯惇带领三千人马，浩浩荡荡，望准此地上冲过来么，蛮清爽。关公心里向转念头，肯定的，吾斩了秦琪之后，滑州关，有人到该搭点来报信，夏侯惇带人马来拦吾。呐吭弄法？吾搭俚笃碰头，老实讲一声，吾也勿怕。两位皇嫂，有危险。好得孙乾来哉，关公俚马上回过来关照孙乾。夏侯惇带人马拦过来。吾呢，上去搭俚笃碰头。讲得明白，好过去的，顶好。勿能过去的，吾搭俚笃打！杀败俚笃的，吾往小路上追过来。傃呢，带仔华吉、二十名家将，从小路，朝冀州格方向跑。横竖唔笃车子跑勿快啦，吾追过来终归追得牢。假使说，吾拨了夏侯惇、夏侯渊、夏侯德、夏侯尚四家头围困牢，勿能走，甚至于吾牺牲了。唔笃呢，也甮伤心的。横竖傃孙先生，地形比较熟悉。傃就带仔华吉，保仔两位主母，赶奔到冀州。只要甘、糜二夫人，能够搭皇叔见面么，吾死在阴间，吾也感激傃孙乾。

啊呀！孙乾一听，格心里向交关难过。五关也过哉，六将也斩了，黄河也渡了，总抵讲太平，还要有花样经。呐吭弄法呢，只好听关公说话啰。让关公单身独骑，去迎夏侯惇。

孙乾，华吉，二十名关西汉保仔车子，就望准小路上，轧冷冷冷……过去。唔笃在望准小路上走格辰光，关公匹马迎上来么，夏侯惇到。夏侯惇，夏侯渊，夏侯德，夏侯尚，看见门前头关公马匹在过来，队伍停。哔……旗门设立。

夏侯惇一马一条枪，哈啦！冲上来了。夏侯惇心里向转念头，哼！红面孔，傃倒想就什梗过去哉。谈也甮谈。夏侯惇存心过来搭关公拼命。为啥？俚得报了哟，秦琪死了。秦琪手下人，到该搭来报告。因为滑州关，属于该搭黄河渡口大营管辖。外加呢，夏侯惇搭蔡阳老将军，老朋友。俚笃呢，忘年之交。蔡阳么，年纪大点，蔡阳么，搭夏侯惇讲：夏侯将军啊，吾搭傃么老朋友哉哦。嘎许多年数哉哦。吾格外甥秦琪，傃晓得的，吾呒不儿子的，拿外甥当儿子。现在呢，俚在滑州关，属于傃管辖的。那么，年纪轻，勿大懂事体。托傃哦，带只眼睛照应，照应。夏侯惇心里向转念头，现在傃红面孔，嚓！拿秦琪杀脱，蔡阳搭吾碰头，吾呐吭交账？蔡阳说起来，吾托傃格啊。要求傃带只眼睛啊，结果呢，外甥死脱了。吾勿拿傃红面孔颗郎头拿下来，吾难以搭蔡阳碰头。其实蔡阳，托夏侯惇么也豁了边。为啥？傃托别人带只眼睛俫可以啦，傃托夏侯惇带一只眼睛么，勿来赛。为啥呢，因为夏侯惇一塌刮子只赅一只眼睛，俚又要看自家，又要照顾别人么，呐吭来赛呢。

关公在过来格辰光么，夏侯惇马匹到。"红脸的，你住马！"酷——关公拿马扣住，青龙刀一架。"元常。"夏侯惇，号叫元常。"缘何，拦——阻，关某？""红脸的呀。我问你，为什么，你没有丞相过关路凭，过五关斩六将？你，好——大胆！""元常，关某，在许昌，辞别丞相，千里寻兄。丞相三里桥，相——送分别。只因，临行——勿忙，失带路凭。五关守将，陷害关某。关某，不得不将他们，斩首。难道你元常，也要拦——阻关某，不成！"曹丞相待吾好的，俚是曹操格亲眷，难道说，俚还勿晓得曹丞相搭吾格交情吗？"红脸的，丞相待你非薄，难道丞相叫你，过五关斩六将不成？"喔，丞相待俚三日一小宴、五日一大宴，俚回头俚过三关斩四将，过五关斩六将。俚格个算报答的。"如今你休得多言，放马领死。""放马。"两骑马，哈……马匹碰头。夏侯惇先动手，起手里向鸦鸟紫金枪，望准关公面孔上，迎面一枪。"看枪！"噗——乒！一枪过来。关公起龙刀招架。"且——慢！"擦啷！掀开。夏侯惇枪荡开，关公回手一龙刀。夏侯惇长枪招架。夏侯惇格本事，呐吭打得过关公呢。夏侯惇要紧对后头喊一声。"兄弟们，上！"俚关照唔笃上么，夏侯渊第二个过来。夏侯渊手里向，九环象鼻紫金刀，望准关公头上一刀。"看刀！"喝冷冷冷——一刀过来。关公起手里青龙刀刀钻子，擦冷冷——掀开俚九环象鼻紫金刀。夏侯德上来，夏侯德红铜盔，红铜甲，一匹红棕马，手里向执一柄红铜刀，拦腰一刀。嗔！一刀过来。"慢来！"搭冷冷！掀开俚红铜刀么，夏侯尚上来，银板刀望准关公马头上，乒！一刀。关公马头一圈，起青龙刀刀头，嚓冷！掀着。夏侯尚银板刀荡开。夏侯惇，啪！鸦鸟紫金枪过来，关公再起龙刀招架。关公吃亏格啊。俚笃四个人，夏侯惇，八虎将。夏侯渊头等头大将。夏侯德头等末，二等尖。夏侯尚推位点，二等末、三等尖格大将。俚说俚笃个别打，一对一，侪打勿过关公的。但是四个人并在一道，包围俚。关公打俚笃勿过。到底人多、力量大。

关公手忙脚乱。掀开夏侯惇，拦开夏侯渊，逼开夏侯德，荡开夏侯尚。掀开夏侯惇鸦鸟紫金枪，拦开夏侯渊九环象鼻紫金刀，逼开夏侯德红铜大砍刀，掀开夏侯尚银板斩将刀，啪啪啪啪——四家头拿俚围困在当中么，关云长，嚓冷冷冷……叫只有招架，并无还手。打得呐吭，打得气喘吁吁，汗流脊背。吃勿消。格么呐吭关公一拔一，侪比俚笃狠，打到现在会得吃勿消呢？喏！所说关公从许昌出发，第一夜天，在胡家庄耽搁，还困过一夜。从胡家庄出来，经过东岭关、洛阳城、汜水关、荥阳城、滑州关。一路下来啦，夜头，勌好好叫困过觉。差勿多是日夜赶路。人呀！哪怕俚本事大，功夫好，什梗疲劳。俚笃四家头是生力，以逸待劳。外加俚笃有三千名军兵助威，关公一干子，能够招架，已经是勿容易哉。俚想还手是，当然困难。嚓冷冷冷……打到后首来，关公气喘吁吁，汗流脊背。关公阿慌？勿慌。为啥呢？关公心里向明白。吾死也勿要紧。为啥呢，因为门前头两位夫人，有孙乾保护。孙乾，文官，见多识广，再加上有华吉，有二十名关西汉，往门前头跑呢，大致，勿要紧。心里向呢，比较定一滴滴。俫么稍微定心一点，放心得落二位阿嫂。但是自家格点力道，到底勿来赛。叫越打越吃勿消了，越打越勿来赛。夏侯惇四个人心里向明白了，再打下去俫马上要掼下来。加一把劲，就可以要俫格命。

格关公打得了，正在危急之际，弄勿落格辰光么，救星来。啥人到呢，张辽到。

张辽呐吭会得来？喏，张辽在滑州关，滑州关格告急文书么，交拨俚，俚身边园好。格张辽也要转念头。张辽想吾阿要去追关公，追关公吭没意思咯。因为啥呢，吾追关公啦，无非送一张路凭拨了俚。喏，曹丞相派吾来，送路凭拨俫。那么现在关公呢，五关也过哉，黄河也渡哉，格张路凭送到河北去是，吭没用场格吭。五关以内，拦牢俫吭不路凭，勿能过去。过了五关要俚啥呢，多花头，算了。回转去吧。要想回皇城。不过再一想么，勿好。啥体呢，吾假使回皇城，曹丞相要问吾格啊。张辽，吾派俫去追关公，唵追牢呢？勿追牢。俫追到啥场化呢？追到第五关。关公已经过黄河了。那么吾想俚黄河也过哉么，用勿着去哉。因为格张路凭勿派用场哉了，所以吾回转来。格么曹丞相要问吾哉咯，关公阿晓得吾派俫去寻路凭呢？吾勿晓得。啊！丞相一定要埋怨吾：张辽，俫枉空啊。哪怕吭不用场，格张事体，俫应该让关公晓得。表示吾曹丞相待俚是一片诚心。并勿是吾死吊筋，勿拨路凭拨俫。因为吾心乱如麻了，忘记脱拿路凭拨俫。尽管俫过关斩将了，吾还派张辽送路凭到该搭点来。格么俚晓得么，俚哪怕勿派用场么，俚见吾格情格吭。格俫勿搭俚碰头么，吾格个送路凭格一番心思啦，白费脱格咯。对的，丞相要怪吾。那么吾呢，吾自家，从皇城动身，戆当戆当，日夜赶路赶到该搭点来，披星戴月，吃了勿少苦头，关公也勿晓得。歇两日吾搭俚碰头：哦，关将军啊，格辰光俫过五关格辰光，吾是奉丞相之命哦，吃足苦头了，追过来送路凭的。关公就要怀疑，真格了假的。俫，唵、唵来过介。还是现在什梗嘴里向瞎讲一泡呢。格么吾追过黄河碰着俚，吾拿张路凭交拨俚，丞相格情俚见了，吾格番意思俚也领了。俚晓得，吾张辽为朋友吃尽苦头了，赶到此地。所以，张辽呢，追过黄河来。

一过黄河，听见门前头喊杀声音。俚马匹，哈啦！赶到门前。到夏侯惇旗门跟首。夏侯惇在战场上打啰。想嘴巴里喊，吭没用场，要敲锣的。俚马上就关照。"众三军。""张将军。""鸣金收兵！""嘿嘿，张将军，没有夏侯将军的命令，不能鸣金！"侪侪归夏侯惇指挥，夏侯惇勿关照敲锣，侪勿好敲锣。喔！勿听吾格闲话。吾叫唔笃敲锣，唔笃勿敲。格么吾来敲。"来！待我鸣金。"格俫敲俫敲好了。小兵就拿面锣、锣槌，传拨了张辽。张辽拿锣柱拿到手里，锣拎起来，嘭，嘭，嘭嘭嘭嘭……一棒锣声响亮。

夏侯惇，夏侯渊，夏侯德，夏侯尚，听见旗门底下敲锣。军队里格规矩，锣是信号啦，敲锣，收兵。勿能打哉。啥人敲锣？旗门底下大将侪出来，吭不人好阻止的。吾来回转去看看看。

夏侯惇关照。"三位贤弟，你们包围红脸，不要被他逃遁了，待吾回去观看，谁人鸣金？"好。夏侯惇回过去。夏侯渊，夏侯德，夏侯尚三口刀拿好在手里，拿关公围好在圈子当中。打？勿打的。但是勿放倷走。倷走，仍旧要上来搭倷打。关公呢，趁该格机会，龙刀一架，好喘一口气了，定一定神。俚也弄勿明白，为啥道理归面在敲锣？夏侯惇回到旗门底下在喊。因为俚眼睛勿便当，打对折的。张辽俚觑看见。"谁人鸣金，哪个鸣金？"张辽拿面锣，嚓冷！地上一掼。"是我鸣金。"喔！张辽。"我道是谁，原来是，文——呐远。为什么鸣金？""我奉丞相之命，追赶到此。丞相，有文凭与我，送与关君侯。五关上守将，遇见君侯，一律要迎接、相送。你，为什么要拦阻君侯啊？""嘿！因为他没有丞相的路凭，过五关斩六将，所以要将他结果性命。""丞相言讲，五关上守将一律要迎接、相送，违背军令，阻拦君侯，军法从事！""路凭拿来我看。"张辽拿身边路凭摸出来，交拨夏侯惇。夏侯惇接到手里一看么，实头一张路凭！"那么丞相可知晓，关云长过关斩将？""丞相，知道。""丞相怎样言讲？""丞相说，五关上守将未奉丞相将令，擅自阻拦君侯，应当杀，杀——得好。""呸！"夏侯惇响勿落。那呒不闲话讲。曹丞相侪晓得了。勿能拦哉嚜。再拦，违反军令。

夏侯惇呔说法，关照旁边头敲锣。再敲锣，嘭嘭嘭。夏侯渊，夏侯德，夏侯尚，哈啦！三家头退下去。唔笃回过去么，张辽搭关公碰头。拿路凭交拨了关公。"云——长兄。"张辽，倷拿路凭拿过来，关公明白。但是路凭，呔不用场哉哟。五关也过了，黄河也渡了，要路凭做啥呢？张辽搭关公分别。张辽追过去，勿晓得两位皇嫂勿看见。背后头蔡阳人马追过来哉哟，那么呐吭弄法么？要下回继续。

第十一回

郭家庄

关公，过五关斩六将。现在，在黄河渡口，碰着张辽。张辽说吾奉丞相之命，日夜赶路追上来，就为送一张过关路凭。拿张路凭呢，交拨了关公。关公接到手里一看，叹了一口气。啥体？感慨无穷。在五关里向，为来为去，就缺什梗一张路凭，惹出来几化事体喔。麻烦，勁去讲俚，俦是有性命危险的！现在，格张路凭要俚作啥呢，五关也过哉，黄河也渡哉！格张路凭，一眼勿派用场，真叫马后炮啦。格么呐吭呢，还拔俚吧。

"文远，关某，五关已出，黄河已渡，这文凭，要来何用？奉回，丞——呐相。"还拨俦。张辽拿张路凭接到手里，身边囥好。闲话要搭俚讲明白。"君侯，丞相再三嘱咐，君侯临行时节，丞相三里桥相送。因为十分匆促，而且心乱如麻，忘怀把路凭交付君侯呢，还望君侯，明鉴。"俦原谅，曹丞相当时呢，实在来勿及想着了，拿路凭交拨俦。"哎——唉！"云长想，事体也过去哉，还讲俚作啥呢。"丞相命吾，送路凭到来。因为闻说，仁兄已经过了东岭关，杀了孔秀。丞相叫吾沿途通知，五关上守将，一律要迎接相送。如有谁人要拦阻君侯，便要军法，从——呃事。"

喏，格个一点呢，关公是拨俚打动。确实蛮感激的。曹操晓得吾过关难斩将，派张辽跟首拿张路凭送得来，而且下了命令，啥人要拦，要杀的！方才夏侯惇、夏侯渊、夏侯德、夏侯尚，四家头包围吾，几化危险啊！吾寡不敌众，幸而张辽赶到，敲了收兵锣。那么，喝退了夏侯惇人马，吾可以平安无事。格个一点呢，还是要感谢曹操。"文远，回去告禀丞相。关某，受丞相之恩德，日后——呃，图——报！""喏喏喏。"张辽答应，吾一定拿俦格闲话，去禀报相爷。

关公心里向转念头，俦张辽，为了吾，日夜赶路，也吃了勿少苦头，赶到该搭点来。吾曹操谢过了，对张辽，也要感谢。尽管吾搭俦是老朋友，有交情的，勿管。该次呢，俦又为吾，受了苦。"文远，蒙你，日夜赶路，送路凭到此。关某，十分感激。日后关某与文远，在沙场之间，自有，相逢之日。那时节，关某，龙刀上，容情——一二。"嚯唷，张辽是气噢。血侪介险乎喷出来。俦谢吾，什梗谢法格啊？喔，吾日夜赶路赶到该搭点来，拿路凭交拨俦，俦蛮感激。叫啥说，将来呢，战场上搭吾有碰头日脚。将来碰头么，终归青龙刀上，容情一二，终归赛过有数目哟。格句闲话讲起来，赛过吾么将来战场在搭俦碰头么，稳整脚的。啊，稳是弄得一塌糊涂了，性命交关。那么俦么，饶饶吾。啥闲话呢！该两个，也是头等头大将。啥要俦龙刀上容情一二？

喔，谢？什梗谢法格啊？要想钝脱俚两声。不过，再对关公只面孔一看，俚倒并不是骄傲，也并勿是看吾勿起，蔑视吾了，讲格种带有某种程度格侮辱格闲话。勿是的。俚勿是格个意思。因为关公格人啦，直性子。俚讲出来格闲话呢，勿大考虑，格字面上，哪恁可以讲得再圆滑一点啊，或者再稳足一点啊。俚呒不什梗考虑。俚觉着，吾搭倷将来战场上有碰头日脚的，横竖吾龙刀上有数目哟。倷放交情拨吾么，吾也会放交情拨倷。俚是什梗格意思。所以张辽，了解老朋友格种脾气、性格，该格俚讲闲话呢，呒不仔细考虑。算了。"多谢君侯。"索脚谢谢倷。

嗳！勿晓得今朝关公格闲话啦，将来侪要派用场。隔八年，建安十三年，张辽带十万大军，兵进新野县。诸葛亮火烧新野，白河决水，张辽十万大军，全军覆没。狼狈不堪逃到白河渡口么，关公阻挡白河。那么张辽就想着格句闲话，倷黄河渡口搭吾讲过歇，歇两日战场上碰头么，龙刀上容情一二。张辽一提起黄河边上闲话么，关公呒啥闲话多讲，龙刀一荡，请！倷马上就过去好了。后来关公报答俚。格非但是火烧新野了哦，接下来华容道，曹操兵败华容道。曹操过去了，众将官过去。阿末挺两个人，是张辽、徐晃。两个搭关公顶顶要好格朋友。别格曹将过去，关公青龙刀举起来，要在刀底下钻过去。唯有倷张辽来呢，关公拿马头一圈，龙刀一荡，让出一条路来，非常尊重倷了，让倷过去。后来关公二番救张辽，搭今朝格回书，侪有关系的。

张辽一看，奇怪？倷保两位嫂嫂啰，哪恁现在剩一个人哉呢。张辽也顺带便问一声："云长兄，两位皇夫人呢？"关公，一看么，是呀，俚是要奇怪哉哟。格么车辆勿在后头啦。"文远，二位皇嫂，往小——道去了。"走小路跑了。"好！君侯，张辽回去了。望君侯，前途珍重。""后会，有——期。""再见。""再——呐见。"两家头分别。关公往小路去。张辽回过来，回到渡口，摆渡。上岸，马带到岸上，豁上马背，过滑州关，过荥阳城，往第三关汜水关过来格辰光么，只看见门前来一路人马。一员大将。叫啥张辽看见格个大将，心里向格个急是急得了，紧张得一身冷汗啦。看见格啥人呢，勿是别人，老将军，蔡阳。蔡阳带三千兵，路上过来。蔡阳啥地方来呢，许昌。到哪搭去呢，汝南。为啥道理要到汝南去么？因为关公打汝南，汝南拨了关公占领之后，关公关照格偏将，留在保守汝南。刘辟、龚都等到关公跑脱三日天啊，嘎啷当——冲进汝南城，杀脱格偏将。汝南城又拨了刘辟、龚都夺得去。

告急文书再到许昌来报告曹操么，曹操就问众将官，唔笃啥人搭吾到汝南去，克复汝南。那么蔡阳老将军讨令，吾来去。上一回是红面孔去，拿汝南得下来。结果得而复失。格么吾来去。蛮好，就派倷去。那么叫老将军带三千兵，路上下来，兵进汝南。老老头路上下来格辰光呢，过了东岭关，洛阳城、汜水关，过三关，俚就得信了，红面孔连斩四将。老老心里向紧张。为啥道理俚也要紧张么，因为俚格外甥秦琪，在第五关滑州关上。别样呒啥，红面孔勿晓得俺路过滑州关？俺搭吾外甥碰头？吾外甥格吉凶如何呢？现在看见张辽么，蔡阳想好极了。张辽是奉了丞相命令，送路凭拨了关公，勿晓得格张路凭啘送脱了？要紧马匹上来，碰头张辽么。格张辽为啥道理要紧张？呐吭踆紧张呢？俚心里向有数目格呀。蔡老老带人马来，看见吾，候上来要搭吾碰头。踆问得，板是为着俚笃外甥格事体。唔笃格外甥，已经拨了关公，辣！一刀结果性命哉。冲过滑州关，渡过黄河跑了哟。吾现在搭俚碰头，呐吭弄法？顶好是踆见面。但是避勿脱哉哟。已经看见了，而且俚格马，在朝吾门前过来。吾呐吭避法？避反而要弄僵。张辽也只能够拿马匹扣住。

"老将军，张辽有礼。"蔡阳，银板刀架好在鸟嘴环上。"文远将军不敢，蔡阳有礼。文远将军，你，回来了？""是啊，回来了，老将军。你往哪里而去？""奉了丞相将令，兵——进汝南。"哦？因为汝南城得而复失，相爷派吾去的。"哦。""文远。""老将军。""你奉丞相之命，追赶红脸的，路凭可曾送到？""送到了。""关将军？""去了。""我问你，关将军，可曾路过滑州关？""路过的。""啊？"实头路过格啊。心里向，别……蔡阳已经在跳了。"那么我家外甥儿，他，怎——样呃了？"

蔡阳，勿能够搭俚讲，唔笃外甥，死脱格哉。已经拨了红面孔一刀两断。呐吭好讲呢？吾如果讲出来，老老头肯定拿起银板刀望准吾头上，喇！一刀。俚踆恨的？侪是俚。唔，俚张路凭送得忒慢哉嚘。俚早点拿路凭送到红面孔手里向么，吾外甥勿会搭俚打。勿打，俚就勿会死。老老头吭不儿子格呀，拿外甥当儿子，侪赛过掘脱俚只老根了。俚在问么，吾呐吭讲法呢？倘然吾回头俚：嘿嘿，呃老将军啊，唔笃格外甥蛮好蛮好，吭不事体，吭不事体。说鬼话，现在胡得过去的。但是老老马上就要到滑州关。一到滑州关，晓得外甥拨了红面孔结果性命，吾说了鬼话，骗了俚，俚踆恨吾嘎？回转来，踆搭吾拼命嘎？噱，搭俚讲，唔笃外甥死了，也要拼命。格个事体，难煞啦。喏，张辽格人啦，聪明的。脑筋动得交关快。"老将军，关云长路过滑州关，相遇令外甥。""嗯。""关将军，对令外甥甘拜下风。""嗯？""令外甥不拦阻君侯，呃喝，则无碍。""哦，我家外甥儿，无呃碍？""是啊。"

张辽格句闲话，说得非常巧妙。俚呐吭讲法呢？关公搭唔笃外甥碰头，看见唔笃外甥么，关公甘拜下风，交关客气。唔笃外甥勿拦牢关公呢，呃嗬，吭不事体。假使说，老老后来回转来要寻着俚，侪搭吾讲，吾外甥无碍。现在外甥死了，侪为啥道理说鬼话啊。张辽说起来，侪吭不听清爽呀。吾搭侪说得交关明白啦，关将军，对唔笃外甥甘拜下风，唔笃外甥勿拦牢关公么，勿碍。勿拦牢么，勿碍。拦牢，碍哉。阿是？格个事体侪勿能够怪吾了。要怪唔笃外甥，勿应该去拦牢。老老头拨俚什梗一讲，囫弄过去。吭没听出来，闲话里，另外还有闲话了。"喔，那么文远，再见。""再见。"张辽，哈——走。

蔡阳带领三千人马浩浩荡荡，路上下来。过荥阳，晓得过四关，斩了五将。到滑州关，碰头滑州关手下小兵。问俚笃：秦琪呢？死脱了。啊！呐哼死的？红面孔跑到该搭点来，什个长，什个短，五关斩六将了，冲过滑州关。渡过黄河。人已经去哉。老老头，格个一气，气得格人，马背上掼下来，昏过去。手下人要紧拿俚掐人中，喊醒么。老老头放声大哭了。吾巴巴指望，拿外甥抚养大，全身本事教拨俚。要俚继承吾格事业。想勿到，拨了红面孔结果性命。好，张辽侪勿是格物事。侪在吾门前啦，讲格种巧话。啊，勿拦阻么，无碍。现在吾来勿及来寻着侪张辽，吾要去寻着红面孔。吾要搭红面孔，拼命！为外甥报仇！

格么红面孔勿到汝南去，侪追俚勿牢。该格辰光，吾还要去打汝南？勿去哉！俚拆烂污哉啊，拿曹丞相格命令付诸脑后。俚关俚带领人马，戤当戤当戤当戤当，路上下来，打听，红面孔走哪条路？就望准关公格方向，跟踪追上来。唵拨俚追？追牢的，当然追牢。啥辰光追牢呢，要古城相会辰光么，那么俚追到古城。格么蔡阳，路上去了。吾拿俚丢开。

先说张辽。张辽，哈——一路下来，呒不耽搁。到今朝，到许昌。进城，到相府。下马，往望里向进来，见过丞相。曹操问俚，侪张路凭哪恁呢？什个长，什个短，关将军拿路凭么，退还拨吾哉，交关感谢侪丞相。终归，侪待俚好处么，俚日后图报。嗯！还有呢？还有么。身边摸出来，四封文书。洛阳一封，汜水关一封，荥阳城一封，滑州关一封。请丞相观看。吾搭侪带转来的。

曹操拿封信拆开来看，看一封，气一气，响勿落。二关斩三将，三关斩四将，好，五关，连斩六将！对张辽望望，侪会白相。点文书，俦耽搁了侪身边。如果早点拨了吾晓、看仔么，吾说勿定，要吊转路凭了。唵，搭关公要板面孔哉啰？侪园在身边，勿响。现在么，拿出来哉。吾现在吊转命令也呒用场，红面孔已经，过仔黄河了，到河北地界去，要追也呒办法追哉嚛。好了，事体也过脱了，索脚漂亮点，坦气点吧。"啊，五关上守将未奉将令，擅自拦阻君侯，死——不足惜！"张辽马上报告，回禀相爷，现在出事体。出啥格事呢？吾路上回转来，路过汜水关。碰头老将军蔡阳，什个长，什个短，俚如果晓得俚外甥死啦，俚肯定要去搭外甥报仇，要带人马追关公。如果俚追牢关公呢，恐怕老将军有危险，俚到底年纪大哉哟。

曹操想对，勿能拨俚去追的。豪燥拿条令箭吊转来。曹操俚马上派一个旗牌官，侪拿仔吾大令赶过去。拼命追，追牢蔡阳，关照俚汝南也勿要打哉，侪马上回转来。立刻拿俚吊回许昌。旗牌官拿仔大令呢，哈——一匹快马追过去。

阿追得牢？呐哼来赛？张辽搭俚汜水关碰头，汜水关是第三关。张辽回许昌么，蔡阳已经到五关。等到侪许昌得信，派人过来么，距离格五关格个长短了。到底路远。所以追到蔡阳么，已经要到古城。格么让旗牌官追上去么。吾也拿俚丢开。

曹操呐哼呢？五关六将格家属要抚恤。五关上，另外派大将去保守。格个吾，勿去细说。

现在呢，就交代关公。关公搭张辽分手之后，望准小路上过来，追孙乾了，追两位阿嫂。

哈——赤兔马一埭路跑过来辰光，该搭点非常荒凉。呒没人。只看见山，只看见树木，茅草。三里路跑过了，哈——呒不车辆踪迹。嗲？呐吭道理？云长心里向转念头，吾刚巧搭俚笃分手，吾过去搭夏侯惇、夏侯渊打，打了一大歇辰光，张辽来。

张辽碰头，分手之后，吾马上赶到该搭点。格时间，算算并勿十分长。格车辆跑勿快的。呐吭会得跑三里路勿看见？要么俚笃卖力，跑得特别快。再朝门前去看！哈——五里呒不。十里，也呒不。那么关公急了，勿可能跑十里路。格车子慢勿过，肯定出毛病哉。或者，或者要么俚笃走别条路啊？回过来再寻寻看。哈——回过来十里路跑完，回到搭张辽分手格地方么，仍旧勿看见车辆踪迹。

格个关公格紧张是紧张得了。心，别别别别别别别格跳。阿嫂，跑错路？吾勿看见有其他路，就是格条小路。蛮清楚俚笃往该条路上来。为啥道理勿看见？哦！明白了。刚巧张辽问吾，唔笃两位皇夫人呢？吾老实，告诉俚：呃，往小路上去哉。阿会张辽豁翎子拨夏侯惇，夏侯惇派兵到小路上来，拿吾两位阿嫂打劫了。哈啦！捉到俚笃大营上去？喔唷！假使什梗一来，嫂嫂性命有危险。

格么呐吭弄法呢？让吾再来寻寻看。倘然吾再寻一遍，勿看见两位嫂嫂，吾到夏侯惇营头上去。吾要去搭俚拼命。俅交出吾两位阿嫂，便罢。否则，决勿搭唔笃甘休。关公拿马匹，往门前头在过来格辰光，哈——叫啥跑过三里，听见后头声音来哉，哈冷冷冷——马铃声音。后面有格人在喊。"前面马背之上可是关君侯么，前面马背之上可是关君侯呀？"唾尔——云长拿赤兔马扣住，青龙刀一架，捋仔两根五绺长须，回头一望。只看见，在格面横埭里山路里，跑出来一个人，哈……一匹马到。来格人身上格打扮，看得出，强盗。为啥道理看得出呢？因为俚头上有黄巾捆头。格个人投奔过黄巾党。一只手里向执一柄刀，一只手里向拎一颗鲜血淋淋格首级。关公心里向，咯噔！一来。嗳，格颗郎头是啥人颗郎头？俅格个强盗啥等样人？俅为啥道理喊吾呢？"正——是关某。尔——是何人？"格朋友要紧扣住马匹，刀，哧嘟！一摺。噗！马背上跳下来，到赤兔马前，卜——跪下来。死人颗郎头旁边头一放，俚连连磕头。"君侯，小人罪该万死，见君侯请罪。"卜卜卜卜。关公听勿懂，搭吾请罪，自称罪该万死。俅有啥格罪名？俅为啥道理，要搭吾来请罪？"尔是何人，因——何如此？""回禀君侯，小人非别。小人姓廖，单名一个化，字明乾，是黄巾余党。在这里黄土岭，打劫过往客商。"喔，听明白了。格个人，叫廖化。俚是黄巾党出身。黄巾失败之后，在此地附近有座山，叫黄土岭。在黄土岭上，专门打劫过路客商。格么格个颗郎头是啥人颗郎头呢？

关公问俚哉啰。俅问俚么，廖化报告，说：格个颗郎头，勿是别人，是吾格结拜兄弟。此人姓杜，单名一个远，叫杜远。格么倷为啥道理，拿杜远颗郎头，拿到该搭点来呢？君侯啊，实不相瞒。吾格结拜兄弟杜远，搭吾两家头一道在该搭黄土岭上，打劫过往客商。今朝呢，吾勚下山的，杜远下山。杜远带领小喽啰，下山来打劫过往客商么。看见来一帮子人，大概有廿多格人，上去打劫。有一个文官，还有两个女人，其他么还有点家将，通通打劫上山。关公听到格个地方呢，别别别别别别别别，心跳一个勿停。问俚。"后——来怎样？""喏喏喏，君侯唯。"廖化报告，到山上，杜远来搭吾讲：廖化啊，今朝额骨头亮啦。下山打劫，抢着两个女人，面孔交关漂亮。吾搭倷，吭不家小，一人一个。扤卷子，大家可以有一个压寨夫人。吾说，倷慢慢叫看。格两个女人啥等样人？格个一帮子人，从啥场化来的？那么吾廖化过来问格辰光么，格文官孙乾搭吾讲了。说：吾姓孙，吾叫孙乾，是刘皇叔手下文官。格两位夫人呢，是刘皇叔格夫人，甘、糜二夫人。该格廿个家将搭一个马夫呢，侪是关君侯手下人。因为关君侯保皇嫂，千里寻兄，路过此地。唔笃下来打劫，吾关照勿打，跟唔笃上山，讲得明白的，是关君侯保到该搭点来。现在关君侯在山脚下。那么吾廖化一听之后，吾就搭杜远讲：杜远呀，吾搭倷做强盗勿是格了局喔。要想办法弃邪归正，投一个东家，好好叫去干一番事业。喏，刘皇叔，名望颇颇。大家侪晓得的。吾搭倷什梗，拿两位夫人么，送下山，寻着关公，投奔关公了，跟仔关公一道去寻访皇叔了，弃邪归正。碰着格杜远勿答应。哈呀，倷吶吭讲出来的？侬搭倷登在该搭山上做强盗，几化适意！要吶吭是吶吭，何必去做别人家格手下人了，受别人家格管束呢。嗯，勿去勿去勿去！吾说：倷勿去，吾要去的。格倷去倷去好了，格两个女人，搭倷一人一个。吾说吾勚。吾两个侪要。那么吾搭俚争起来。拔出宝剑，磅！拿杜远一宝剑结果性命。吾关照孙老爷，搭甘、糜二夫人在山上等，吾拎仔杜远颗郎头了，寻到到该搭点来。看见倷了，所以吾叫应倷。今朝格事体呢，杜远拆烂污，勿是吾格过失，要请倷君侯原谅。"小人要投奔君侯呃，还望君侯恕罪。"

那么关公明白。不过，倷格个闲话是一面头闲话。坏事体，侪是杜远的。好事体，侪是倷廖化的。阿能相信呢，勿能。吾要碰头仔孙乾，见仔两位阿嫂，那么可以相信倷。"既然如此，速将二位皇嫂送下山岗。""是。"廖化俚立起来，喊一声。"喽——呃兵们。""哗……"

旁边头茅草堆里，树林里向，山沟沟里，弄弄出来二三十个人。关公呆脱。该种路，几化难走。吾刚巧跑两埭，吾勚看见有一个人。俚一声一喊，四面八方侪来哉。茅草堆里出来哉，树林里出来的，山沟沟里出来了，二三十个。倷倘然说，老百姓、生意人，路过该搭点，带点货色了什梗么，拨俚笃马上冲出来，通通侪抢光了，甚至于性命也保勿牢。危险呀！廖化关照：小喽啰，唔笃赶快上山。拿孙老爷，拿两位皇夫人，通通请到该搭点来。关君侯在此地。小强盗答应，哗——上山去，勿多一歇，来了。

轧冷轧冷……忑磕酷磕、忑磕酷磕……孙乾一匹马，华吉、关西汉侪到了。关公俚要紧过来搭孙乾碰头。孙乾讲拨关公听，嚯哟，君侯呀，好险呀！刚巧搭俫分手之后，路过此地，碰着一个强盗，拦牢。华吉要打，吾说嫑打哉，俚笃人多。俫打么，徒然牺牲。跟俚笃上山吧，闲话讲得明白的。那么吾跟仔俚笃上山么，什个长，什个短了，幸而廖化，杀脱杜远了，叫伲么在山上等。俚跑到该搭点来，来寻俫，要谢谢廖化。

那么关公从马背上跳下来，对廖化拱一拱手。"廖化，今日二嫂，幸而你所相救。关某，感——呐谢！"廖化，卜落笃！跪下来。"君侯，说哪里话来。今日里，使二位皇夫人受惊，都是小人不好。如今小人要投奔君侯，还望君侯，收录小人。"关公，蛮欢喜廖化什梗格种人。啥体么？正派。讲闲话呢，通通侪是老老实实。孙乾讲的，搭俚讲格一样的。阿要收？要收。像俫什梗种人收下来，一个刘皇叔手下多一个将官。第二个，还有格好处。啥格好处呢，老百姓少脱一个害。勿然，过路客商路过该搭，拨俚笃，杀人越货么，要几化人受累哦。"廖化，尔要投奔关——某，可以将尔收录。"卜！"多谢君侯。"关公问俚俫：俫山上有几化喽兵？三百个。啊哟，人忒多。唔笃什梗兴人，吾带仔跑勿方便格咾。吾现在保仔二位阿嫂到冀州去寻刘备啦，多带人，勿便当。格么只带俫廖化一个，三百个人留在该搭点，也勿放心。格个三百个小强盗吼不人管束，拆起烂污，勿得了。格么呐吼弄法呢？关公关照，廖化，俫在山上等吾。吾呢，现在赶奔冀州，碰仔刘皇叔格头，吾马上派人到该搭点来喊俫。俫呢，就可以到刘皇叔搭去。格廖化说，格个吾，一个人？一个人跟吾讨厌的，小喽啰吼不人管的。俫在山上等吾，顶多顶多一个月。俫记好，一个月，吾就会派人到该搭点来。不过，俫要依吾一桩条件。啥格条件呢？从今朝起，再也勿许打劫过往客商，勿能够杀人越货。要规规矩矩，在山上等吾，因为俫呢，已经是吾格手下人了。廖化答应。廖化拿点铜钿出来。嗯，说君侯，唔笃路上，嗯，缺少铜钿。伲该搭有点银子，俫带仔去吧。关公一笑，吾阿会要俫格铜钿。曹操送拨吾格铜钿，吾尚且勿收啦，何况俫呢。廖化，铜钿吾自家有，吾嫑拿俫。俫留在该搭点。吾一个月里向呢，吾派人到该搭点来喊俫。廖化要送，关公说俫嫑送了，俫回转去吧。那么廖化只能答应。

关公、皇嫂，保仔车子，轧冷冷冷冷冷冷冷冷，去。廖化呢，回转来。关照小强盗，端正口棺材，拿杜远格死尸呢，成敛埋葬。廖化关照哦，小喽啰哦，从今朝起，唔笃勿能再做强盗哉啊。汰手了。伲弃邪归正。一个月，等关公到该搭点来，当官兵了。小强盗当然侪听俫廖化格咾。唉，叫啥格小强盗，一径在山下么，打劫过往客商，盘在坟山棻里呀，山沟沟里呀，树林里呀，茅柴堆里呀，俚笃倒也勿觉着苦，习惯哉。那么杀仔人，抢着仔点物事么，呜啊，呜啊，呜啊，呜啊——大吃大喝，滥用一泡。啥勿做人家点？强盗呀，抢得来格铜钱，便当勿过。拿得来么当然，滥吃滥用。那么现在，弃邪归正哉，嫑唔笃下去打劫，就登在山上，苦度光阴，等一个月，等关公来。格大吃大喝吼不了，倒像煞有点勿大习惯啦。

那么外加呢一个小强盗，俚算头仔活络的，搭廖化来讲呢：大王。勥叫吾大王。现在勿做强盗了，俫叫吾将军。呃，廖将军啊，关公讲，要一个月来？嗳。嗤，格么，格将军啊，侬该搭点山上，有三百个人啦。一日天吃格粮食，吃忒勿少。俫看看看，伲仓库里有几化米，吃一个月，阿够了勿够？

嗳。俫格句闲话讲得对。盘查盘查看。一盘查下来么，廖将军，勿够。格点物事啦，顶多顶多吃十来日天。做人家点，吃仔半个月是勿了。还有半个月要饿肚皮。勥饿煞脱格啊？半个月呐吭饿得起介？廖化说，作兴关公勿到一个月呢。作兴半个月就来？勿能什梗咯嚯。麻雀么也，要留三天寒雪粮得了。何况一个人呢。俫到吃光仔，再下去打劫，碰着风雨，落雪，吭不人路过该搭点，吃啥物事啊？要抢俫吭抢处格咯。格么俫看呢？吾看么什梗，廖将军，再做一趟。格个一趟么，临别纪念。做脱该趟，抢着下来之后，够伲一个月吃食哉么，勿做了。下趟就勿做了。

廖化倒拨俚说得了，心活心念。闲话倒勿错呀？对格啦。格个半个月粮食勿够的。格么什梗，唔笃下去打听，小生意勥做。单身旅客，经过该搭点，抢下来也吭啥格用场，终归勿够事。大生意，要弄下来，是好吃格半个把月，格么上一记。晓得。小强盗下去打听。今朝小强盗奔到山上来报告。报告廖将军，一档生意来哉。哦？格支生意做下来，勥说吃半个月啦，吃六个月侪搭得够。什梗结棍的。嗳。俫呐吭晓得呢？吾看见的。粮车，轧冷轧冷轧冷，车子上格粮草，勿得了。伲该搭人少呀，抢下来么，笃定吃。好吃半年啊？嗳，来格哪搭点格生意人？勿是生意人。勿是生意人，啥格名堂呢？一路曹兵，三千曹兵。

廖化说，俫呐吭讲出来。只有官兵捉强盗，吭不啥强盗去抢官兵。哈呀，廖将军，俫懂得来。曹兵呀，伲投格是刘皇叔。刘皇叔搭曹操么冤家，俚笃要打格呀。格么伲在刘皇叔方面么，抢曹兵格粮草，啥格上错呢？勿勿勿，格个，三千曹兵，嘎许多粮草，一定有大将。格将官？将官，看见的。廖将军，俫去搭俚打，俫稳赢。俫呐吭晓得？俫终归一个节头子，搦得倒俚。哦，何以见得呢？廖将军，吾看得清爽格呀，一塌刮子侪在只有一个将官。格个将官年纪大得来，组苏雪雪白。外加两只眼睛哭得眼窝气胖，赛过像死脱仔格亲爷娘什梗，格种老老头，俫去搭俚打么，不费吹灰之力，手到擒拿。

廖化想，上了。黄巾捆头，豁上马背，大刀一执，哈啦！带领三百喽兵，冲下山岗过来，打劫粮草。碰着格啥人么？碰着格老将军蔡阳。碰着格刀王。刀王要追关公，俚要搭外甥秦琪报仇么，路过黄土岭。哗……强盗人马冲出来。喊："呔，曹兵留下粮草，放你们过去呃。我们大王在这里啊！"蔡阳是气得来，介险乎厥过去呀。一个人，触起霉头来么，碰得哉的。外甥，拨了红面孔杀脱。吾，追红面孔。路过黄土岭，强盗来打劫官兵，气昏！老老头马匹过来么，搭廖化碰头。"狗强徒，擅敢来打劫老夫的粮草，那还了得！与我留下名来。""廖化是也，你与我留下名来！""老夫，蔡——吔阳！"廖化一听么，心里向，别——要好得格来，碰着仔刀王了，那倒弄僵。蔡阳格名气，啥人勿晓得。逃，勿打就逃，是做勿出的。"放马。""放马！"

哈——两骑马碰头。廖化，唰！一刀过来，蔡阳起银板刀，擦冷！掀着。廖化格刀直荡格荡开来。蔡阳回手一刀，廖化，嚓啷啷啷啷，勉强掀开么，圈转马来就逃。俫逃，蔡阳追。廖化逃上山，蔡阳追上山。廖化逃下山，三百强盗，哗——通通俫逃走么，蔡阳关照：来，拿强盗山上房子，架一把火，烧！

唝唝唝唝……拿只强盗窝，烧得干干净净。蔡阳带人马去追关公。

等到蔡阳一走，廖化带领小强盗回过来。哗——回到山上。"呃嗬！廖将军，救火。"廖化说：勿救哉。咦，啥体勿救？烧也烧得差勿多哉，也用勿着救哉。救点啥？一片火法场，俫是枯焦木头了，救点啥呢？嗯，格么格个廖将军啦，呐吭，呐吭弄法呢？呐吭弄法？俫是俫嚘。再做一趟，再做一趟。连下来么吃六个月。那么俫去吃六个月吧。今朝夜饭也勿着杠了哉。嗯哼！格么廖将军，呐吭弄法呢？呐吭弄法？各奔前程。各逃生命哉哦。廖化呒不办法了，只好解散格帮小强盗。廖化自家走了。到啥场化去呢，追关公，呒不只面孔。喔！关公关照吾，弃邪归正。汏手，勿许再打劫。吾去寻着关公，嗯，因为再打劫仔一趟了，碰着蔡阳了，吃仔败仗，强盗山烧光。关公勿拿吾杀头嘎？勿看吾勿起格啊？呒没面孔见关公么，流浪江湖。

流浪到啥场化呢，流浪到四川。将来刘皇叔进川，廖化投奔刘皇叔。那么刘皇叔问清爽格段历史之后么，就关照：廖化，俫仍旧到荆州去，俫去碰头关公吧。那么廖化再赶奔到荆州了，碰头关公。格个一错了，要错脱十几年。后来呢，失荆州了，关公死。廖化呢，逃出来。廖化回到刘备搭。后来就跟诸葛亮。诸葛亮六出祁山，廖化也跟仔一道打。姜维九伐中原，廖化也跟仔一道打。廖化格寿交关长。到后来呢，四川，差勿多点大将，啥格五虎将，关、张、赵、马、黄了，也包括其他魏延了等等，俫勿在哉，廖化还在。佴呢，倒专门做先锋的。所以有什梗一句闲话哟，叫"蜀中无大将，廖化作先锋"啊。格是后段格事体。格么廖化呢，吾未来先说了，拿佴表过。

现在再说关公，往门前头赶路。过了黄土岭，朝门前头过来格辰光，有书则说，无书则表。

路上赶路格辰光么，着生头里叫啥乌云密布，阵头雨。哗——倾盆大雨下来。关公、孙乾、华吉、关西汉落得笼统裹阴，连车子里向两位夫人身上，也落得汤汤渧。躲雨也呒躲处。而且阵头雨落格辰光，风来得格大，身上落潮仔。哗……风吹着叫冷啦！好得是阵头雨。雨过了，天倒好哉。云，散开来了。太阳倒出来。

关公心里向转念头，身上笼统裹阴，呐吭弄法了，要寻格地方，停一停下来，烤烤火，拿衣裳烤干，着上去。否则要生病的。望门前头过来呢，辰光已经下半日。再隔一歇，太阳要落山快了。啥地方过夜吧？

嗳！看见门前头有座村庄。关照华吉：倷上去问格信看，该搭点啥地方。阿能够在俚笃庄子上借住夜？华吉跑过来一问呢，此地一座庄子，叫郭家庄。郭家庄上格员外，叫郭常。华吉讲明来意么，底下人到里向去报告员外。员外听见说是关君侯路过此地，因为落雨，身上潮哉，要想到该搭点来借住夜，格当然。格点方便应该要行。何况关云长，名望颇颇。

老员外关照：说吾出接。员外出来接。关公、孙乾，下马。搭员外见过一礼么，请关公进去。关公说车子上还有两位皇嫂。员外马上派人到里向去，拿老太太请出来，郭太太到外头，拿甘、糜二夫人请下车辆，请到内堂去。让两位夫人么，沐浴了，换衣服了，潮衣裳么烘干了。

关公呢，关公搭孙乾跟仔员外到里向院堂上，稍微坐一坐。马上先去换衣裳。到房间里，拿干格衣裳拿过来。换过之后，潮衣裳呢，脱下来烘干。底下人么也什梗，马呢外头喂料。家将了，马夫了什梗么，在外面吃夜饭。郭常呢，摆酒款待关公。关公当中，孙乾上首，员外坐在下首啦。甘、糜二夫人，由郭太太陪仔了内堂吃酒。吃酒辰光谈谈讲讲。关公心里向转念头。吾，在许昌出来，路过胡家庄了，老员外胡华接待吾。胡华还托吾带一封信到荥阳，交拨俚格儿子胡班。幸亏有什梗一封信，胡班帮吾格忙，避脱了王植格奸计啊，冲过了荥阳。不过胡班为啥道理勿跟上来么？关公弄勿懂。那么现在呢，路过郭家庄，郭员外搭胡员外两样。胡员外从前在朝堂上做过官，有学问的。郭员外呢，只是格赅铜钿朋友。屋里向有家当，但是朆做过官。关公心里向转念头，俚勿知，阿有儿子嗄？吾来问问俚看啦。"郭庄主。""不敢，君侯。""请问庄主，有几——位公郎？""若说老汉么。单生一子。嘛啊。"一声长叹。吧？关公听仔勿懂。吾问俚阿有几个儿子。俚说，单生一子，独养儿子。独养儿子连下来，为啥道理要叹口气呢，"庄主，因何，长——叹？""君侯呀！寒门不幸哦！"吧，做啥？"怎——见得？""小儿，不肯用功勤读。专好，学习武艺。"啊呀，关公一听么，郭员外，倷格个想法勿对。叫啥说，俚格儿子勿欢喜读书，欢喜练武。练武么，啥格上勿好呢？呃，像吾就是练武的。练仔武么，赅一身本事，照样为国效忠，出仕皇家。文搭武一样的。乱世年间，武格只有比文格还吃得开点啦。"庄主，令郎学习武——艺，有甚，不——好！""君侯有所不知，他学习武艺，还则罢了。因为他不肯安分守己，交结下流，岂不是寒门不幸啊！"那么关公明白。练武，勿错的。问题就在下头两句，勿肯安分守己，勿肯好好叫轧淘，专门去结交下流，轧坏淘。喔，格个要闯祸。一轧坏淘，做坏事体，格倷家当赅得再大，人家要完在俚手里向。"令郎，何——在？"唔笃儿子呢？"出外游荡未归。"关公是格热心朋友。"但等令郎归来，唤来与关某相见。待关某，训教于——他！"

孙乾一听么，响勿落。对关公望望，倷什梗热心？人家儿子勿好，叫啥倷，倷搭俚笃老娘家什梗说：喔，唔笃儿子勿好，喊，喊俚回转来。回转来搭吾来碰碰头，吾、吾来训脱俚两声。俫，落阵头雨，身上落潮，路过人家屋里，借住夜，吃便饭。人家热情招待，摆酒款待，临时完结，喊唔笃儿子来，吾来好好叫训脱俚两声。那么，格儿子勿好么，只好爷娘自家讲。俫客气朋友呀，也呒啥客气朋友：唔笃儿子勿好。喊得来，吾来训俚。格爷娘勠动气格啊？勿晓得关公呢，直性子人。俚呢，确确实实从心里发出来，俫待得吾什梗好法，唔笃儿子勿好呢，作兴吾来劝劝俚呢，俚肯听吾格闲话。

唔笃在该搭点讲张么，叫啥俚格儿子回转来哟。儿子在啥场化来呢，强盗山上。格俫想想看，格个儿子搭强盗轧朋友，而且吃得酒水糊涂。别人说，人家去拍拍强盗马屁了，啊，买买俚格账。哎，叫啥强盗梗梗买俚格账了，请俚吃酒。郭员外格儿子，一埭路在回转来。格么郭员外格儿子，叫啥名字呢？嗳，格个人叫啥，呒没名字的。《三国演义》小说上，俫去看好哉。郭员外格儿子，叫啥呢，叫郭子。就叫俚郭子。那么因为书上呒不名字么，所以伲也说书的，也就叫俚郭子。

现在格郭子，转来。一埭路，蹬哒哒哒……在回转来格辰光么，将要到庄门口了。呃嗯——吃得了嘴巴里在馀出来。心里向在转念头，呐吭今朝庄门前闹猛得啦？

雨过天晴。哗——庄门口人勿少。其中，有格是庄丁庄汉，有格陌生人，勿认得。郭子再一看呢，庄门前结好两匹马，一匹白马，一匹红马，就是赤兔啰。咃？伲屋里向呒不马格啰，呐吭门口头结仔两匹马了？哈哈！好极了。

郭子心里向转念头，强盗山上格大王，俚托吾事体。俚搭吾讲，赛过阿有啥，俫帮帮吾忙。哪怕铜钿出得多点，倒勿要紧的。搭吾买一匹马。因为格大王呢，缺一匹马。顶好么是要龙驹马。价钱贵做贵，愿意出。托俚格啦。格么郭子心里向转念头，伲屋里向，牛么有的，马呒不吭。咦，今朝门口头，呐吭会得有两匹马格啊？特别是格匹红马，虽然鞍鞒卸脱了，结好了，但是看得出格只马，骨骼雄壮，神气啊！郭子心里向转念头，吾来试试看，格只马，到底阿灵勿灵。大王搭吾讲的，说龙驹马呢：头，铜的。背心，是铁的。俚格只腰呢，软档。像美人一样，碰勿起的。铜头铁背美人腰。格么吾来试试看。格只马到底阿灵勿灵？郭子走到赤兔马旁边头，起两条手，用足全身气力，望准格只赤兔马腰里向，当！推上去。如果说，格只马直避格避出去，推扳的。推上去勿动么，格只马是崭货。俫两条手望准赤兔马腰里向，辣！推上来格辰光，格只赤兔马呐吭？四只蹄子像生根的。四蹄如铁炮么，动侪勿动。格只赤兔马，阿觉着？呐吭会得勿觉着。呵嘚尔——马头抬起来，对郭子一看。马面孔一板，马眼睛一弹，啥格路道？陌陌生生，什梗勿客气？望准吾腰里向什梗，戆！一推。算啥名堂？正叫吾了嚄，俫如果换仔旁边头格白马是，拨俫推上，避出去哉嚯。陌陌生生，客客气气，就格怎样子？拨一脚拨俚搭搭。赤兔马想想踢俚一脚。但是赤兔马对俚一看么，晓得俚是，员外格儿子。旁边头一位壮丁俦在叫俚少爷了。刚巧俚笃爷，请吾吃过一顿马料。吃仔俚笃爷格马料，再踢坏俚格儿子么，倒像煞有点勿好意思。算了！马马虎虎。马头低下去。嗬嗬尔——哈呀！格只赤兔马是真好啊！通情达理。本来要踢的，现在买俚笃爷格面子了，勿踢了。倓么什梗，哈呀！郭子开心！只马崭的。崭。弄俚下来勿得了，献拨了大王，大王勿晓得要哪恁样子看重吾。倓在得意辰光么，旁边头华吉，已经勿开心。格马夫搭马，像亲兄弟一样。倓推格只马格腰，俚当然心里向勿快活。啥格名堂，正要想发作么，旁边头格庄丁在喊。"少爷，倓转来哉啊。豪燥进去吧，里向有客人了，老员外关照吾来寻倓的，进去，进去，进去。豪燥见客人去。""明白了。"喝噔噔噔……郭子进来。到院堂上一看，老娘家、两个客人，俚客人勿见，先来搭老娘家碰头。"爹爹在上，孩儿有理。"唉！员外响勿落。倓看，啥格样子？帽子么歪的，衣裳么扯的，吃得酒水糊涂。格种腔调啦，一副勿习上格样子啦，坍台啊！"罢了。见过了君侯，孙老爷。""君侯，孙老爷在上，小子有礼。"孙乾是会做人，"啊呀呀呀呀，大官人不敢，在下有礼"。关公对仔格郭子，"喔唷，喔喔喔喔……噗！"乒！组苏根根翘起来，实头勿登样！什梗种腔调啦。关公要想训俚格辰光么，但人勿看见了。

人呢，一溜头，进去。俚唱脱格喏么，拨转身来就跑了。关公叹口气，摇摇头。对员外望望，勠怪倓心里要难过，唔笃格儿子么，像么，实在是勿大像样。

员外是窘啊。面孔涨得煊红。好了，格酒也吃啥吃头。酒阑席散。关公、孙乾，书房间里耽搁。甘、糜二夫人，内堂休息。华吉、家将，拿马牵到里向后院，马栓好。然后呢，华吉、家将，搭庄丁庄汉，困在一道。毕静。乡下呀！又吃不市面。一到夜头，天黑哉么，一眼吃不声音。大家俦困，起更哉。毕卜，毕卜，毕力卜咯，嘭，嘭！二更天。一个朋友起来，"喔——喔，啊——打一个哈欠。啥人呢，郭子。郭子刚巧一溜头，溜到自家房间里向，和身困。等到一忽醒转来，二更。动手吧。拿格只赤兔马，带俚到卧牛山山上去，碰头大王，立大功。开心。

跑过来，出房门，到后院。月亮光蛮好。月亮光底下看得清清爽爽，两匹马结好了。归面呢是牛棚。鞍鞯？鞍鞯在里向。先拿鞍鞯拿出来，鞍鞯拿到外头。望准赤兔马马背上放上去，哈啦！肚带收一根。

格么吾牵仔马跑么？要开后门格咯？吾先拿后门开直，后门开直仔再过来。吾，豁上马背，哈啦！出后门，马上就可以望准山上去。对。后门开直，回过来，再想收肚带，上马么。格只赤兔马觉着哉哟，勿对。啥格路道？鬼头鬼脑，轻手轻脚，演过来，拿鞍鞯装到吾背上，一根肚带收好。马上去开后门，后门开好再过来收肚带。苗头勿对。格家伙，勿动好脑筋。格只赤兔马几化灵。心里向转念头，倓来动吾格脑筋，对勿住，拨一脚拨倓搭搭！踢俚啥场化？要俚格命，软档里，辣！一脚。倒是俚笃爷独养儿子，就赅什梗一只芽。踢煞俚，说勿过去。格呐吭呢，硬档，大腿上。喔！只赤兔马是有分寸啊。

　　唒——哼！当！一脚踢哉，"啊呀！"嘚尔——锃！郭子掼出去。郭子盗马。那么关公过来，要卧牛山收裴元绍。下回继续。

第十二回
收周仓

关公，保两位皇嫂，千里寻兄。路过郭家庄，过夜格辰光，勿晓得半夜里出事体。郭员外格儿子，来盗格只赤兔马。拨了赤兔马，磅！格一腿，踢哉。嘭！当！掼倒。

郭子呢，嗤冷嗤冷，叫起来。倷在做贼骨头，偷马呀。倷呐吭好哇啦哇啦叫呢，俚忘记哉。倷，哇——一叫么，华吉听见。二十名关西汉，马夫华吉侪困在后头。赤兔马叫格辰光，俚笃就觉着，勿对。特别是华吉，惊醒的。格只赤兔马，夜头啦，一般勿叫的。而现在叫格声音呢，异样。搭往常两样啦。俚竖起来。月亮光底下，蛮清爽么。只看见赤兔马马背上，多仔副鞍鞒了。再一望么，一个人掼在旁边头，哇呀哇呀在极喊。晓得勿对。有贼骨头。

俚要紧，当！嘶——噗！跳出来么，窜到后院。郭子要想起来逃，呐吭来得及。华吉手脚几化快呢。夹颈皮，拿俚一把抓牢。当！一只脚馒头跪在俚背心上么，拳头，望准里背心上，捌上来。"好家伙，盗我们的马，还了得！"啪！啪！拳头敲下来。"啊呀，你们休打。呃，休要动手。"倷在喊勿要动手么，里向格班家将，包括庄丁、庄汉侪在跑过来哉。哗——有的手里向还拿了火把。"哎，啥体啥体，啥体啊？"说，捉牢一个贼。庄丁、庄汉跑过来一看么，勿对。勿是贼骨头，该格么是伲小东家嚟。"喂喂喂。唉，格个，马夫啊，倷弄错了哉。格个勿是贼骨头哟。格个是伲小员外哟。哎，倷夣打酿。"怎么？小员外？小员外为啥道理要盗马？俚来盗马么，就是要打。哗啊！华吉还在打么，旁边头庄丁跳起来。"哎哎，格马夫啊，倷讲讲道理酿。唔笃路过该搭，落阵头雨，身上落潮哉。到伲该搭庄子上，借住夜、吃便饭，让唔笃烘干衣裳，留唔笃过夜。什梗待唔笃，啊，临时完结，吭啥谢了，拿伲格小员外揿牢仔，当贼骨头用了，噼里啪啦格打，格算啥格名堂！倷阿放？""勿放。"

叫啥有两个长工，去拿锄头铁镋了，杠棒了，门闩了，侪掮过来。要打哉哟。那么格廿个关西汉大家拿家什抽出来，哐哐哐哐哐哐，噗——刀侪拔出来格辰光，蛮紧张。

哗……后院里向，啰哜起来。关公听见。关公在里向书房里，马叫，俚也听见的。格么关公唵困了呢，俚还勥困。孙乾困哉，而已经困着。关公呢，在看书。俚也是习惯哟，夜头困觉之前呢，总要拿本《春秋》拿出来，翻脱两页，那么再困。现在听见马叫声音，也听见啰哜声音么，晓得出事体。俚要紧拿本书一放，蜡台火一执。格个辰光孙乾呢，也醒哉。孙乾要紧起来，着好衣裳，跟仔关公，一道过来到后院么，哗——看该搭点格长工，要搭家将打起来。啥格事体？

关公大喝一声:"住——呃了!"关照家将:勿许动手。家将看见关君侯来哉么,要紧拿刀,咴!入一入匣。再过来拿关公手里向,一盏蜡台火一拿。"君侯。""你们,因——何喧哗?"吵点啥呢?格个辰光家将勿响。关公来啦,有威势的。格点庄丁、庄汉呢,啰唗声音,也慢慢叫静下来。

关公过来问格辰光呢,华吉报告。什个长,什个短,困觉辰光,听见马叫声音。跑出来看,格个人已经拨了马踢倒。因为俚呢,是来盗格只马。何以见得么?一个,鞍鞯本来是摆在伲困格地方,俚拿副鞍鞯偷出来,装到马背上去。而且肚带呢,已经收好了,还缺一根呒不收。后门呢,开直了。困格辰光啦,后院门是关好的。现在门开着。蛮清爽,俚是装了鞍鞯,开了门,预备要想肚带收好了,上马,骑仔只马跑格啦。因为拨了格只马踢倒了,所以吾跑出来,拿俚捉牢。那么俚笃格点庄丁、庄汉,说吾伲弄错了。俚是小员外,勿是贼骨头。关照吾甭动手,所以争起来了,啰唗。

关公一听么,蛮清爽。华吉讲格道理侪对的。后门哪恁会得开?鞍鞯哪恁会得到马背上去?盗马。而关公呢,顶顶爱,心爱格就是格只马。战场上打仗,有赤兔马,搭呒不赤兔马,大不相同。俬骑一只普通格马,就勿能得心应手。骑着格只赤兔马呢,无论是往门前头冲,或者要转弯,啊,或者要用拖刀计,格是得心应手,配合得叫好了。关公心里向转念头,郭子啊,俬也呒不本事。俬拿吾只龙驹马盗得去仔,俬有啥格用场?俬阿晓得,吾失脱仔格只龙驹马,将来吾打起仗来,要大受影响。俬格小家伙勿习上,到什个样子地步。云长心里向,火。手,搭到剑柄上。"大胆——郭子,竟敢,盗我——马匹!"咴,哐!俬在手搭剑柄格辰光么,背后头孙乾要紧过来拦牢俚,"君侯,且慢!"

员外也来哉。郭员外听见啰唗声音,赶到该搭一看情形么,响勿落。儿子做贼骨头,盗马。关公发脾气,要拔宝剑哉么,俚急伤。卜落笃,跪下来。"啊,君侯,看在老汉的份上,饶恕了这小子吧!因为老妻单生一子,十分——溺爱,杀了这小子么,恐怕老妻,也不能活于人世了——哦。"

关公一听么,响勿落。员外什梗讲,独养儿子,老家小,顶顶欢喜。俬拿俚杀脱么,老家小活勿落。那么老家小死脱么,好了嚄。啊,不言而喻,老员外也活勿下去哉略。看俬面上。云长宝剑,咴!入一入匣。"看在庄——主,份——上,庄主请起。"

俬拿俚挽扶起来么,孙乾也过来劝。劝关公到外头去。关公关照华吉,俬放手。那么华吉手松脱。郭子呢,呋——噗!跳起来。庄丁、庄汉,锄头、铁锘、杠棒、门闩全放脱仔了,回过去困觉。俚笃呢,拿赤兔马马背上鞍鞯卸脱,后门关上,也回过来休息。

关公到外头院堂上,灯点得锃亮。关公搭员外讲,俬拿唔笃格少爷喊得来,吾来好好叫,问问俚看。俚为啥道理好事体勿做了，呃，要做什梗种坏事体呢？郭常答应。郭常马上派人去喊郭子，叫啥手下人来禀报哉。"嘿嘿员外，唔，少爷勿看见哉。勿晓得跑仔啥场化去。房间里也呒不。"哼！关公响勿落。勿上，勿在么呒啥多说头。那么，孙乾讲：员外，俚到里向休息吧。格个事体么，横竖，已经过也过脱哉咯。将来，唔笃儿子回转来么，俚再好好叫管教俚。员外答应。千多万谢。格么孙乾呢，搭关公一道到书房间里。让俚笃么休息。员外么，也到里向安置。

好了嘎，半夜已经过脱了嘎。隔勿多一歇么，天亮。关公、孙乾起来，梳洗已毕，吃过点心，到院堂上。关公要跑了。郭员外夫妻两家头，侪跪倒关公门前，拜谢关公，饶恕了郭子了。关公倒意勿过，要紧拿俚笃老夫妻搀起来。勿敢当。吾呢，昨日夜头，也是一时之火啦，本来是要想训教训教俚。现在呢，唔笃魯客气，起来。

那么两位皇夫人么，也出来。关公要走，员外请俚住日把，休息休息。关公说：吾勿能耽搁。因为吾千里寻兄，急如心火。恨勿得生仔鸡翅了，飞过去。故而了，现在呢俚勿能耽搁。蛮好。

俚走么，员外送。送到外头。关公、孙乾上马，甘、糜二夫人上车子，家将、华吉，跟仔马匹车辆，轧冷轧冷……去了。

郭员外回到里向么，搭老家小大相骂。怪家小，侪是俚。拿格小囝宠得来，什梗种腔调。百依百顺。吾要管么俚也勿答应。俚看，轧坏淘，做坏事体，弄到什梗格地步。郭太太是也响勿落，等到儿子转来了，好好叫再训教俚哉咯。唔笃么老夫妻到里向去。

关公呐吭呢？关公替孙乾，往门前头过来格辰光。该搭点河北大道上，荒凉得极。

该格地方呢，曹操管勿哉的。因为已经过了黄河。袁绍呢，也勿大来管。因为该搭点是边疆地界。所以双方侪勿大管得哉么，因此格条路呢勿太平，强盗特别多。

关公在路上过来格辰光，勿看见格客商哟。呒没啥格生意人推仔车子啊，或者挑仔货色啊，在该搭点经过，呒不。单身格人，也勿大看见。所看见格呢，山，树木，茅草。磕格矻咳、磕格矻咳……轧冷轧冷，过来。风蛮大，哗……

关公呢，拿两根长组苏，须囊袋里向囥一囥好。格风一大，关公格组苏长啦。俚格组苏要一尺八寸，沓到肚皮上。风一吹，组苏飘起来，弄得眼花绿花，走路勿方便。所以呢，须囊袋里向囥一囥好。俚马匹在往门前头过来，离开郭家庄呒不几里路啦，只听见门前头，嘭嘭，嘭，嘭……一棒锣声。哗……一路人马冲出来。"哒，猴子献宝呃，猴子献宝哇！"强盗。锣声响处，为首为头格朋友过来呢。骑一匹马，马背上张牙舞爪。喤冷喤冷，对仔格关公。"嗵，大胆的君侯，孙老爷，昨日晚，大老爷，被你们打——了一顿，那还了得。如今你还不与我，将龙驹宝马留下。如若不然，可知晓我们大王的厉害！"

关公一看么，呆脱哉哟。叫啥后头么，勿少小强盗啦，门前头来格郭子。郭子呢，骑仔一匹马，喤当喤当，指手画脚。唵，昨日夜头么，俚笃拿吾打了一顿了，今朝么吾要来报仇哉。倷还勿搭吾拿只龙驹马，留下来。哼？关公心里向转念头，郭子啊，倷格人进步快的？昨日夜头做贼骨头，今朝早上做强盗哉。贼骨头还是偷偷摸摸了，强盗是明火执仗。郭员外养着倷格个儿子么，勿晓得作仔啥格孽了。关公在对俚笑，倷有啥格本事？倷哪恁来，拦得牢吾了，好夺吾格只马呢？勿晓得郭子，有背后头格撑腰格人了。"大王爷来呀，龙驹宝马来了。"倷一声一喊么，后头格强盗大王来。哈——马匹过来。关公一看，喔唷！喔哟，格个强盗结棍。

倷看酿，坐在马背上不分长短，站立平地身高九尺向开，青面孔。头上黄巾捆头，手里向执一对青铜锤头，身材魁梧。格个人，看得出格力道是结棍。形容恶刹，啥等样人？

郭子在搭俚讲，大王。喏！马就在门前头。格强盗嘴里在喊。"前边马背之上，游子听了。与我留下龙驹马，我就放你过去，如若不然，可知晓大王——的，厉喝喝害呃！"

关公心里向转念头，格个强盗，眼光凶的。晓得吾勿赊家当，呒不铜钿。别样值铜钿物事呒不。格只马呢，顶吃价。龙驹宝马。所以俚要来夺吾只马。格个人格打扮，看得出，黄巾余党。倷看酿，头上黄巾捆头。吾来问问俚看，叫啥名字。"前边来者，留——下名来。""大王爷，当年天公将军麾下，大将军我叫裴——元绍哦。"关公一听，原来俚呢，从前黄巾党有格首领叫天公将军张角，是张角手下一个大将。此人姓裴，名字叫元绍。裴元绍。"裴——呃元绍，想尔既为黄巾，可知晓，破黄巾的英雄，刘关张呃——么？"黄巾，总应该晓得刘关张，桃园弟兄。"红脸的，大王爷不晓得什么刘关张不刘关张，大王爷只知晓汉寿亭侯关君侯，乃是大王爷的主——人呃！""哈——啊？"

那么关公呆脱哉。叫啥说，吾勿晓得啥格刘关张勿刘关张，吾只晓得一个人。啥人呢，汉寿亭侯关君侯。格个人呢，是吾格主人。关公响勿落。吾是倷格主人啊？吾啥辰光有倷什梗一个手下？莫名其妙。倷弄勿懂哉么，孙乾倒也呆脱。孙乾格只马上来，问俚。"裴元绍，我问你。你说，汉寿亭侯关君侯，是你的主人。那么你看，马背之上，他，是什么人呐？"倷阿、阿认得，格个啥人？裴元绍一看么。"不认识。他，不是我的主人。"啊。勿认得，勿是倷格主人？来格么，的的赞赞关君侯嘎，呐吭勿是倷格主人？"我问你，你可知晓，关君侯怎生模样？""大王爷当然知晓。我的主人，是一个红脸，长——须之人。"

孙乾一想关公么是红面孔，长组苏。为啥道理说勿对？一看么，哦，格两根组苏，拨须囊袋遮没了。"二将军，请把长须显出。"关公就从须囊袋里向，拿两根组苏，呋！呋！噗——喤！透出来。五绺长须，根根过腹。裴元绍一看么，呆脱了哟。哎呀，门前头来格红面孔，长组苏，格是吾东家嘎。要好得格来，出来抢劫马匹，抢到仔东家头上。俚要紧拿手里向格对锤头，咏嘟——一撩。要紧从马背上，噗！跳下来格辰光么，拿郭子，辣！夹颈皮一把抓牢，嗅！马上拎下来，往地上，嗨！一揿。自家，卜落笃！跪下来。"主人在上，小人磕头。冒犯主人，还望恕罪，都是这个家伙的不好哦。"

卜卜卜卜卜！裴元绍连连磕头么，只左手抓牢仔郭子格颈皮，拿俚格颗郎头望准地上，卜卜卜卜，在碰。郭子作孽，格只面孔拨俚碰开，满面流血。"啊呀，啊呀呀呀呀呀呀呀呀！"

关公关照俚，放手，放手。裴元绍手一松。关公就问俚哉咯。裴元绍，为啥道理说，吾，是俚格主人。侬为啥道理，也是要到该搭来，抢吾格马匹？裴元绍讲：君侯。吾呢，本来是黄巾余党。黄巾失败之后么，流浪江湖。在此地附近有一座山，叫卧牛山，落草为寇么，做强盗。专门打劫过往客商。后来呢，吾有一个结拜兄弟，俚对吾讲，吾俚叫什梗强盗做下去呢，总勿是格事体。应当要弃邪归正，投一个东家，好好叫干一番事业。那么俚搭吾讲，当今格英雄当中，侬只有投奔一个人。啥人呢，红面孔，长组苏，汉寿亭侯关君侯。所以吾呢，心里向已经定下来了，一定要投奔君侯。关君侯呢，就是吾格主人。但是呢，吾缺一只好马。因为吾格人，又是格长，又是格大，分量重。吾格只马呢，压勿起，瘦得来，一塌糊涂。皮包骨头啦。只马骑仔打仗有困难。那么吾想买只马，但是呢，买勿着。那么格郭子呢，一径到俚山上来白相。那么吾么搭俚讲，郭子啊，侬搭吾打听打听哦，倘然有龙驹马宝马么，侬搭吾买一匹下来。唵，价钿大，勿关的。吾铜钿肯出。但是马呢，要好。那么今朝一早呢，俚跑到俚山上来了，来搭吾讲了。说有一匹好马，在俚庄子里向过夜的。马上就要到此地来了，侬豪燥下去打劫。昨天夜头，吾为仔盗格只马了，拨俚笃刮了一顿。现在吾逃出来，到该搭来报信。那么吾到该搭点来，吾哪恁晓得，拦牢格就是侬呢。主人，侬要饶恕吾的！俏是郭子勿好。

那么关公明白。关公心里向转念头，裴元绍格事体，慢一慢处理，先来问问郭子看。"郭子。""呃嘿，君侯。""抬——呃头。""小人不敢。""我问你，你下回，可要这——样么？""唉，下回是，再也不敢了。"关公心里向想，本该呢要拿侬杀的。因为侬做坏事体，吾要与民除害了，拿侬结果性命。但是刚巧早上出来格辰光，郭老夫妻两家头，跪在吾门前，拜谢救命之恩。郭员外待吾勿错，吾再拿侬杀呢，讲勿过去。不过关公关照俚："如今关某，看在你父母的份上，放尔回去。尔，要弃——邪归正。倘若你再要胡作非为，日后关某，路过此间，莫怪某家，无呃——情！""嗯，是。下回是再也不敢了。""回去吧。""多谢君侯。"

郭子立起来么，哈哒哒哒……回到屋里。到书房，磅当！门关上。端准一盆面汤水，揩过一把面。对镜子里一照么，格只面孔上弄得一塌糊涂。俏碰开了，皮俏碰破。心里向转念头，吾勿好了。勿听老娘家格训教，轧坏淘，弄出格种事体来。叫幸而碰着关公。否则么，吾性命保勿牢。从此以后，郭子再也勿出去，到卧牛山，搭强盗往来。也勿搭别格坏人搭界，安分守己。在屋里向，听老娘家格训教。后来，老娘家过世之后哉么，俚就继承格份产业了，日脚过下去。做一个规规矩矩格老百姓。所以郭员外留关公过夜么，关公搭俚管好格儿子。因为关公格种浩然正气，使得郭子呢，弃邪归正。郭家庄吾勿去交代俚。

关公就关照裴元绍。"裴——呃元绍。""君——侯。"俦要投奔吾，吾可以拿俦收下来。吾问俦，俦山上有几化人？说：吾山上，人倒要有千把啦。喔唷！有介许多人？格山规模勿小。将来，吾碰着大哥之后，吾俚立定脚头，需要有军队，俦格个千把人，弄过来倒是可以派用场。不过关公搭俚讲，裴元绍，吾收呢，收俦下来。俦呢，现在勤跟吾去。因为吾要赶奔到冀州去寻阿哥。路上多带人马呢，勿方便的。俦留在该搭点卧牛山上等吾。辰光勿会长格哦，顶多一个月。吾会得派人到该搭点来，喊仔俦了到指定格地方去。以后呢，俦可以为国立功。"是是是，小人遵命。"不过关公关照俚，俦回到卧牛山之后，千定千定，俦要记牢，俦是吾格手下人。俦再也勿能够打劫过路客商。俦违背吾命令，莫怪。噢。是。裴元绍答应。有数目了。关公跑，裴元绍送。关公说俦用勿着送，俦回转去吧，裴元绍答应。

裴元绍带领喽兵呢，回到山上。裴元绍关照手下小强盗哦，从今朝起始，勿可以再打劫过路客商哉哦。随便啥格生意勿做了，就等在该搭点等关公来喊了。不过呢，吾只马一定要换。格只马勿来赛。瘦得来，勿好打仗哉啦。关照小强盗，唔笃下去搭吾打听。假使有贩马格马贩子，经过该搭点呢，去问俚买马。出铜钿噢，勿能抢格哦。价钱再大，吾勿关的。小强盗答应，到下头去打听。那么裴元绍格个强盗呢，搭廖化勿一样。廖化在黄土岭啦，俚粮草少，吃一个月，勿够啦。裴元绍在该搭点，坐吃一个月，富足有余。俚山上存货多了，勿要紧的。所以俚用勿着再去抢人家格物事。格么裴元绍，为仔要弄格只马呢，俚是煞费苦心。将来为格只马，出事体了，吾用着再交代。拿裴元绍呢，甩开来。

关公往门前头走格辰光呢，拿两根五绺长须，仍旧须囊袋里囥一囥好。因为格风，呼——哗——还在吹。关公带仔孙乾，往门前头过来格辰光，分路哉。左手里一条路，右手里一条路，往哪面走？关公问孙乾，俦阿熟悉？嗯，孙乾说：吾勿大熟悉。吾走么走过一埭了。吾是走，右手里格条路的。右手里格条路呢，交关远。弓背啦，绕弓背走。大概顶顶起码要推位一日了，勿是两日天路程啦。走左手里格条路呢，格条路好走。弓弦，一拔直走。不过呢，客商笃侪勿肯走。为啥么？勿太平，有强盗。格俦看吧，还是走右手里呢，还是走左手里？

关公心里向转念头，如果望右手里格条路上跑，走弓背，要多走一两日天路程，吾耽误勿起呀。吾要紧去搭刘备碰头，恨勿得生仔鸡翅飞得去了。当然拣近路走啰。近路走么勿太平，有强盗！啊吔！强盗怕点啥？吾一马一口青龙刀，哪里格强盗能够战胜吾？勿怕。走！就往该面，近路上跑。关公一讲么，孙乾当然同意喽。关公领前，孙乾、华吉、关西汉在后头。车子，轧冷轧冷……过来。

奇怪？半日天跑下来，一个人侪勿看见。越走越荒凉。好像该条路，吭不人走的。有人走。何以见得么？倷看格条路上呢，有车辆格印子呀。轮盘碾过，有印子。格既然有轮盘印子么，肯定有人走过啰。格为啥道理现在吭不人？又勿是落雨。奇怪？看上去该条路呢，问题是有点问题了。

嗳！叫啥跑过来，勿能走了。为啥道理勿能走？门前头有座高岗拦牢，跑勿过去。而且关公看车辆格印子啦，车辆到了该搭高岗门前，勿过去了。勿上岗了，掉转头来跑。上高岗格场化，格条路上呢，吭没车轮印子。格么可见得格条高岗，勿好走啰。

路在啥场化？关公阿要看的。关公跑过来一看，喔唷！门前头格个高岗，吓人啦。为啥？长满格茅草。格茅柴，兴得了要有一人一手高，密密忙忙。本来呢，有条路的。该条路上过来，上高岗么，一直可以朝门前走的。但是现在呢，高岗上格路，路上，长满格茅柴。因为长远吭没人走了，所以路上也长仔茅柴。茅草岗，大概有三里路长。横里向呢，也要有两三里路宽啦。呐吭办呢？一个，可能有强盗。第二个，吭没强盗呢，一定有非常凶恶格野兽。所以客商勿敢走啦，车辆到仔该搭点，侪打回票，侪回转去。格么吾哪恁办法？

关公过来搭孙乾商量。孙乾也看见了。说：二将军，倷看吧。还是回转去呢，还是继续往门前头走？关公说：什梗，还是往门前头走。强盗，吾可以拿俚打退。野兽，也不在话下。格么孙乾说：别样吭啥，倷么勿怕。两位主母，女流之辈，吃勿起吓头的。勠过去格辰光，害俚笃紧张了，吃吓头呢。关公想，格个闲话倒也勿错。什梗，孙乾，倷搭华吉，二十名关西汉，在下头，保护车子。吾呢，上高岗去。吾先走一遍。有强盗的，拿强盗杀退。有野兽的，拿野兽劈脱。如果说太平的，吾再回下来，再带唔笃一道，跑过去，试探一下看。孙乾说：蛮好。

关公望准茅草岗上，咳咳砃咳、咳咳砃咳……摸上去。华吉呢，刀抽出来，二十名关西汉，刀也侪拿好在手里向。哈啦！围成功一个圈子。拿两部车子呢，围在圈子里向。孙乾么，在马上，非常警惕的，眼睛在对周围看。等关公，上了茅草岗之后，有啥格消息传得来，再决定走。

忑磕砃咳、忑磕砃咳，关公上高岗。到茅草岗上头，哈啦！马扣住。朝对门前一看，风一吹，哗……茅草摇摆。吭没人。倷看，该搭本来是蛮好条路，而且蛮大条路啦。路上现在长满茅柴。呐吭弄法？走呀。走么，格茅柴阻碍格马匹，在马格眼睛旁边头越来越去，讨惹厌啦。什梗，关公往门前走格辰光，口青龙刀，望准两边格茅柴上，唓唓唓唓——拿茅柴砍倒。砍开茅柴好走路。一路走，一路砍茅柴。关君侯格把青龙刀啦，专门斩大将的。今朝口青龙刀在砍茅柴，大材小用啦。关公在往门前头来格辰光，总跑仔大约，一里光景路。走脱，三分之一，蛮太平。

嗳！倷还要想往门前头走啊，勿太平。手里向，有样触耳朵格声音啦。吹吹吹吹……啥格名堂？关公阿要看格啦？对准手里一望，哟！关公也有点紧张。为啥么？只看见茅草当中，吹吹吹吹……有一样物事在过来。为啥道理？茅柴格倒啦，俚勿是往一顺边倒。假使风吹么，比方说：上风头吹过来么，茅柴往下风头倒。现在俚格个茅柴啦，往两边分开来。吹吹吹吹……当中样物事，过来。而且速度交关快。啥格物事？关公呆瞪瞪。龙刀执在手里向，在对俚看格辰光么，来哉哟。越来越近哟，吹吹吹吹——看格样物事，从左手里向茅草堆里出来，在关公马前头过，望准右手里过去格辰光，只觉着格样物事墨腾赤黑，滴溜滚圆。吭没头，吭没尾巴，吭没脚，嗬嗬尔——嚓啊，在关公马前，哈啦！过去格辰光么，格匹赤兔马从来齁看见过，什梗种奇怪格物事。马一吓哟，一个羊桩，呛……唔……喔磕踢砭、喔磕踢砭，望准背后头，直退格退下来。关公推位一眼在马背上掼下来。关公要紧，砭在领鬃毛上，噔！抓牢领鬃毛。嗨！拿只马磕下去。踢咳砭磕、踢咳砭磕……马要退下去十几步路，那么再立定。吓头吃得勿小。啥格物事？齁看清爽。墨腾赤黑，滴溜滚圆，刷啦！一来，过去了。从来吭不看见过。勠去管俚，再往门前头跑。忑磕砭咳、忑磕砭咳，再走，再继续拿茅柴斫开。嘿嘿！跑得半里路，又来哉。格声音，仍旧从左手里向过来——啜啜啜，啜啜啜啜啜啜。关公在心里向转念头，该趟过来，该趟过来，拨一刀拨俚吃吃。龙刀执好在手里向，等俚过来。越来越近，越来越近，越来越近，从茅柴堆里向窜出来，从马前头，嘻——啊！滚过去格辰光，关公要想劈刀么，格仔赤兔马仍旧吓一吓哟，不过吓得比方才好过相点。刚巧么，竖起来，打了格羊桩。现在呢，格只马望准后头，退下去四五步路，踢咳砭磕、踢咳砭磕，拨倷什梗往后头一退么，关公要劈一刀啦，来勿及哉。看俚望准右手里向，吹吹吹吹……去了。搭第一只看见一样。也是墨赤黑，滴溜滚圆。啥格物事呢？勿懂。跑。关公胆大，再往门前走。倷再往门前头过来格辰光，亦跑仔半里路，倒来哉哟。吹吹吹。吪？仍旧在左手里向，搭——勿多一歇功夫，要到马前经过快了。关公想，现在，现在么，非拿倷劈一刀勿可。龙刀，嗔——举起来，看俚从茅柴堆里向出来。在马前头，唰！过格辰光么，关公一刀下来，"看——刀！"噗——嗔！赤兔马第三趟看见格只野兽，勿吓了。勿往后头避。关公呢，准备工作做得蛮充分了，一刀下来，着了。劈上去，只听见，嚓冷！火星，啡——关公格青龙刀直弹格弹开来。只看见格只野兽望准横垛里向，嘻嘻嘻嘻——去了。关公，一身冷汗。啥名堂？格只野兽厉害得不得了。八十二斤重格青龙刀，辣——一刀下去，当！火星直迸。直弹格个弹出来。倷看俚仍旧极快的，嘻嘻嘻嘻——去了。怪勿道老百姓勿敢走，勿是老虎，也勿是其他格野兽，叫不出名堂格啦。再走。

三里路茅草岗走完，吭没事体。回过来，再走一遍，也吭不事体。吪？刚巧看见三次，回转来一次也吭不。啥名堂？大概俚拨吾，劈着一刀啦，死么勿死，痛总归蛮痛的。格么人有人格闲话，野兽也有野兽闲话呀。那么只野兽回转去板要搭其他野兽讲：勠过去哉哦，格朋友气力大的，吾拨俚吃着一刀啦，蛮结棍的，勠过去。所以侪勿过来。拨吾一刀吓退了哉。对。

关公俚下茅草岗，跑过来搭孙乾讲，什个长，什个短，碰头三趟，刀枪不入。后来呢，就吪不事体了，俫看呐吭？格么孙乾说：吾吃勿准喽，俫看呢？关公说：吾看可以走。因为吾回过来一埭啦，一只野兽侪吪不看见。即使来么，吾顶多再拨一刀拨俚吃吃么，好哉嚜。蛮好。

关公第一个，孙乾第二个，甘夫人第三个，糜夫人第四个，家将分两边，华吉在阿末。家将搭华吉呢，刀侪拿好在手里向。假使野兽来么，劈。车子在当中。什梗呢，门前头了，有关公挡，吪没事体。

忑磕矻咳、忑磕矻咳，轧冷轧冷……嗳！叫啥车子一埭路过来啦，三里路茅草岗走完，太太平平，一眼吪不啥名堂。下茅草岗，关公倒蛮快活。喔唷，吃着格赛过虚惊啦，吪啥道理的。格野兽过脱么也算数。

吪啥道理格啊？俫倒想太太平平往门前走啊？

来格哉！嘭，嘭，嘭，嘭，嘭——一棒锣声响么，哗——门前头山上，冲下来一路人马。人勿多，三百个。一色打扮：皂布捆头，皂布短袄，兜裆扎裤，赤脚，麻筋草鞋。三百个人，手里向侪拿刀。一口单刀。格种步伐整齐，而且轻身法，看上去侪好。

哈——过来。路上，哗啦！散开来，拦牢。关公勿好过去。

领头格人，皂布捆头，皂布短袄，廿四档密门纽扣，小袖口缲起，兜裆扎裤，赤脚，麻筋草鞋。手里向执一对锤头。格个人格卖相，看见仔吓一跳啦。呐吭样子？格个人立在平地上，身高八尺。搭裴元绍比起来呢，比裴元绍来得矮一点。裴元绍要身高九尺。格个人只面孔呢，蛮特别的。别人格面孔么，终归横埭里向么狭，竖里向么长。长方面孔。叫啥俚格只面孔啦，横埭里么阔，竖里向么短的。像东南西北格"西"字什梗，勿是长方面孔，横方面孔。两道板刷浓眉，配在额尖。一双电光眼，黑多白少，双目炯炯如电。狮子大鼻泡，血盆大口，两只獠牙俘出。怕就怕在格两只獠牙上了。露出在外面，雪白。俫如果摆在现在，呃，眼睛勿便当点看见，当仔格老倂官，派头大得了，香烟两根一呼了什梗。勿是香烟，两只獠牙俘出了。墨赤黑格面孔，煊煊红格嘴唇，雪雪白格牙齿。招风大耳，阿胡子。格个阿胡子格兴是兴得少的。别人格阿胡子么，连鬓，大胡子。俚啊，非但乎连鬓，连颧骨上侪生满格阿胡子。满面像生毛格啦。那么俚格胡子呢，蛮特别的。看看勿长，蜷着拉拉蛮长。如果俚拿格阿胡子，嗬嗨尔……拉开来啦，有一尺多长。手一放呢，呋——缩上来。俚格组苏名堂叫啥，叫虬髯。俫摆在现在弄错是，当仔格朋友漂亮得了，阿胡子用为俚奶油电烫了什梗。勿是电烫，生天蜷。手里向执一对锤头，跳了跳，跳了跳，过来。

关公晓得，又碰着仔强盗了。啥格名堂？倷在对俚看么，车辆退下来哉。华吉、孙乾俫往后头退一退，关公格只马上来。格强盗跳到门前对仔关公。"哒——呃！马背上游子，你且听了，把龙驹宝马留下，吾就放你过去。如若不然，可知晓大王爷，我的厉害呃！"关公一听，好！想勿到，今朝在格只马身上啦，出着勿少事体。郭家庄，郭子盗马。卧牛山，裴元绍抢马。现在路过茅草岗格强盗呢，俚也看中吾格只赤兔马。倷搭吾只马留下来，放倷过去。否则么，谈也勿谈。哼！关公对俚一笑啦："狗强徒，尔要关某的马匹，可以送——与你。""好哇，你将马匹留下。""但是关某手中的龙——刀，它不肯将马匹，送与你呀。""啊！"喔？人答应的，刀勿答应。什梗说起来，就是要喊吾打啰，要打得倷口刀答应仔了，那么倷再拿马留下来。"好啊。既然你龙刀不允，你与我放——马！""溜呃腿。"赢得吾手里龙刀，送拨倷。

哈……关公马匹过去么，格强盗，啪啪啪啪……窜过来。轻身法好。到关公面前，起手里向格对锤头，望准关公赤兔马马头上，两记。"照打。"噗——乒！两锤头过来。关公要紧拿赤兔马，哈啦！马头一圈么，起青龙刀格刀头招架。"且——慢！"嚓冷！倷刀头掀着么，俚格对锤头，在倷刀头上一架，一掀。关公拿龙刀格刀头往上头，乒——一挑么，俚借倷格点力道，锤头在倷刀头上，喤！一掀。两足一攒，身子一蹬，当，吙，嗬哴——人往上头窜上去。关公昂起头来一看，嚯唷！哈——格个轻身法是好得热昏。窜到上头半空当中，哈啦！落下来，头往下，脚朝上，顶倒顶，竖叉仔下来，望准关公头顶心上，两记。"上边照打！"

噗——乒！两锤头。关公要紧起龙刀刀柄，嚓冷！掀着么，格强盗，吙——噗！一个鹞子翻身，到马后立停。望准马屁股上，辣！两锤头过来。关公回过身来，嚓啷！掀开俚锤头。俚，噗！往左手里一跳，望准倷腰眼里向，辣！两锤头过来。关公起刀钻，擦冷！抵开。俚往地上一困，笃落！一滚。一个擦地龙滚过来，啪！跳起来，望准倷右手腰里向，啪！两记过来。擦冷！掀开。俚，噗！又到门前头，马头上两记。倷掀开，俚，啪！又往上头去。格个人格轻身法好得来。人家么，打前、后、左、右四面，俚还打多一个上面，还要多一个下面。好打六面啦。

啪啪啪啪……格路锤头发急么，叫啥关公格青龙刀只有招架了，吭没还手。嚓冷冷冷……大战一百回合么，关公勿回手着一刀。关公呆脱。关公心里向转念头，什梗好格轻身法，吾从来勿碰着过。呐吭格个人格本事什梗好法了。不过，关公觉着奇怪。奇怪点啥？倷轻身法什梗好，头等头格步将。倷为啥道理要夺吾马匹？喏，裴元绍抢吾马，有道理的。因为俚人长大，俚格只马瘦勿过，压勿起，生病。要换一只马，格对的。格倷步下本事蛮好，倷要马作啥？关公勿懂。关公喝住俚。"且——慢！"倷喊俚慢么，格强盗，喤！家什收转，噗！往后头一跳。"吙喝喝喝喝。红脸的啊，你打不过大王，你将马匹留下来。""我问你，你叫何，名——呃字？""大王爷，俺叫周——仓呃！"喔！原来格个人姓周，单名一个仓，叫周仓。"周仓，我看你，步下的本领甚好。

因何，要夺取关某的，马——匹呀？""吠嘿嘿嘿嘿，大王爷我不要你的马哒。"哈，也是嗟，吾晓得倷用勿着马格吃。"那么你，因何，挡——住去路？""嘿嘿嘿嘿！大王爷，我要你的马唷！"哒？呐吭讲出来格闲话一句出，一句进？刚巧么，赛过勼倷格马，现在么要吾格马了。"为什么？""大王爷，把你的马匹夺了下来，要送给我家，主——人呃。"啥物事啊？送礼？吭不礼物，拿吾只马抢下来，送礼的。送拨啥人呢，送拨俚笃主人。关公心里向转念头，不得了。格个周仓格个主人啦，格个强盗呢，勿晓得要哪恁狠法了！倷格周仓什梗狠啦，还只能做格个脚色格手下人。吾倒来问问俚看，倷格主人啥等样人？"尔的主人，叫——何名字？""吠嘿嘿嘿，大王爷的主人啊，言讲出来，你马上要跌下来的。"狠的！不得了。讲出来，吾马上要跌下来得了。"讲啊。""你马背上坐——稳了。"关公倒上俚格当，马背上坐坐稳。蛮好呀，听倷讲讲看，看吾阿会听见仔，马上掼下来嗟。周仓拿格对锤头，腰里向，吠！吠！插一插好。得意啊。讲着俚格东家，俚开心哦。

"你听了，大王爷吾的主人，当年虎牢关，温酒斩华雄，斩颜良，诛文丑，汉寿亭侯关君侯，便是大王爷的主——人呐！""哦唷，嚯嚯嚯嚯……噗！"嚯！哒？周仓想呐吭道理啊？吾讲出来，俚倒勿吓，吾倒拨俚一吓哟。啥格名堂？关公是气昏。关公心里向转念头，啥格名堂呢？世界上冤枉事体啦，实头有的。嗳！今朝幸而吾路过该搭。倷倘然别人路过此地，碰着周仓。俚要抢马，抢仔马来送拨东家的。啥人？关君侯。那么好了嗟，人家要讲着喽。喔哟！关云长，表面上么，道貌岸然，正人君子。哪里晓得是一个坐地分赃格大强盗，俚手档上格小强盗热昏啦。茅草岗格周仓，就是俚格手下强盗，要抢仔马了，要贡献拨了关云长的。阿要冤枉煞人？倷想想看，吾格名誉勿就什梗坏脱么？倷气得昏脱么，孙乾在背后头是也笑出来。孙乾想，刚巧么，碰着格裴元绍。现在么，碰着格周仓。俙喊关君侯是俚格主人。孙乾熬勿住，马匹跑过来。"周仓。""唔。""你说，关君侯是你的主人？""着哇。""关君侯，你可认得？""当然认得。"当然认得？哼，当面说鬼话。"呃，到底你认得认不得？""呃！到底呀，到底么，勿认得。"哼！又是么当然认得，又是么勿认得。"哎，我问你，你可曾看见过关君侯么？""天天看见。"要死快来，赛过在热昏什梗，日朝看见的。"其实你可曾看见？""呃，其实么？没有看见过。"嗳，格朋友讲闲话，呐吭在缠格呢？一歇歇在翻来翻去了。"我问你，既然你说，关君侯是你的主人，那么马背之上，此人是谁呀？""这个，马背之上，呃！不对。他不是吾的主人。""为什么？""吾的主人红脸长须，他是红脸短须。须髯勿对。""哈哈哈哈哈哈哈哈"，孙乾笑出来。对关公一看，今朝倷格两根组苏困拢么，偏偏碰着格个人啦，俚只认得组苏了，勿认得倷格人。"二将军，请把长须显出。"

关公是也气昏。俚笃拿吾格组苏，当商标什梗，只认得商标了，勿晓得货色的，赛过。关公拿青龙刀一架，拿两根长组苏，须囊袋里拿出来，呋！呋！乓！透开，铺满胸膛。"周仓，你再看，马背之上怎么样啊？""勿用看，方才看见过了。""再看一看。""噢，再看一看。哦唷，会变格啊？"变了哉嗄。刚巧短组苏，现在变仔格长组苏了哉。"呃，慢来慢来慢来。你勿要走哦。大王爷吾有凭据的，吾把凭据拿到这里来，对上一对。"

说完，哈啪啪啪……去哉哟。孙乾弄勿懂。孙乾对关公看看，啥俫格人有凭据格啊？格个，又勿是合同了，一、一半一样，拿出来一对，格么可以弄得明白。啥场化来格凭据呢，关公也吃勿准。吾格凭据是啥物事，倒勿晓得嗄。

哎，来哉。周仓快勿过，啪啪啪啪……进来哉。只看见俫翻肋子底下，搿一顶轴子，跑到此地。望准旁边棵树上，嗤！一跳。轴子拿出来，一头，树丫枝上结牢，尔嘚——轴子放下来。周仓，噗——跳下来。关公、孙乾跑过来，对格顶轴子在看。只看见轴子上画好一个，青巾绿袍，赤面长须，关云长。勿骑马的，立着。一个千里独行之势。画是画得好得来，活龙活现，笔法生动。关公呆脱。啥人画的？

叫啥周仓在对哟。俫根据画图上搭真格人在对。"呃，红脸？红脸一样的。长须？长须对的。两条卧蚕眉？差不多。一双丹凤眼？一样的。大鼻？大鼻。阔口？阔口。青巾绿袍？青巾绿袍。对的，主人来了。"

尔嘚——卟！跪下来。后头三百名喽兵，大家跪下来，"见主人——呐啊！"关公呆脱了哟。"周仓。""有。""此画，哪——里而来？""这个画哦，是一个老和尚给吾的。"老和尚？呐吭弄仔格老和尚出来哉呢？其实么啥人拨俫呢，普净老和尚。

周仓讲：吾在山上，有日仔搭来格老和尚，到吾寨门跟首来化缘。那么吾搭俫讲哉咯，侬该搭强盗山，俫呐吭来化缘呢？说：唔笃强盗也可以发发善心。格蛮好，格吾说拨两个铜钿拨俫了，俫去吧。说吾铜钿勿要。格么俫要啥物事呢？阿是要化材料造庙宇呢？也勿是的。格么俫要化啥呢？吾要化俫颗心。格周仓说，吾格心拨仔俫么，吾勍死脱格啊。勿呀，吾要俫格坏良心变成功好格良心。格么周仓说，吾啥格上良心勿好呢？俫啥格上良心好呢？俫在该搭点山上，打劫过路客商。人家千里经商，赚两个铜钿。屋里向么家小、小囡侪在等的，俫拿俫打杀。教俫笃屋里向，孤儿寡妇，呐吭过日脚？格吾呒不办法嗄，山上要吃饭格咯。吾勿下去抢么，格人家勿拿物事留下么，吾山上勍肚皮饿煞脱格啊？所以哟，吾来教俫。俫赶快投一个东家，弃邪归正，干一番事业。将来呢，名标青史，流芳千古。乱世年间，俫叫吾去投奔啥人？吾来介绍俫一个人。格个人呢，曾经在虎牢关，温酒斩华雄，斩颜良，诛文丑，汉寿亭侯关君侯。格吾勿认得！吾来画副画拨俫。那么俫带好格轴子了，俫画一副画拨吾么，就拿俫画了哉。因为画图上格主人啦，呒不马的。格么吾想吾等主人来么，吾总要送点礼拨了主人，作为进献之礼咯。那么吾想东家缺一只马么，俫到该搭点来么，吾拿俫只马抢仔下来了，送拨俫东家的。

　　关公想，格个老二官格种戆头势是少呈拙见的。因为看见画上吭不马了，所以要抢只马送拨了吾。关公也笑出来。蛮好。既然是普净老和尚，关照俫要投奔吾么，吾可以拿俫收下来。关公拿周仓收下来哉哟，那么往门前头过来到古城。要古城相会，下回继续。

第十三回

古城相会

全滬空中書場一覽表

亞美・麟記 （六七〇十週）
（電話30213）
大百萬金香煙
11.30—12.15　沈醉搭　珍珠塔
12.15—13.00　張雙搭　顧蠡瓜
13.00—13.45　楊三搭　錫金鳳
13.45—15.30　楊仁麟　雙珠球

大中華・大陸 （九三〇十週）
（電話98157）
信大祥棉布莊
恆源祥絨線號
21.30—22.25　黃靜蓉　屠翦雄
22.25—23.10　徐素九　三笑
　　　　　　　徐寄月
23.10—24.00　周陳搭　邵君和尚

大達・滬聲 （一〇七〇十週）
（大達電話8661）
（滬聲電話3712）
原子藍布
20.30—21.30　嚴雪亭　楊乃武
21.30—22.10　周郎搭　珍珠塔
22.10—23.00　蔣王搭　林冲
23.00—24.00　張雙搭　十美圖

東方・華美 （一三一〇十週）
（電話35372 32561）
紅金牌香煙
17.00—18.00　楊仁麟　白蛇傳
18.00—19.00　朱雙搭　珍珠塔
老協大祥棉布莊
19.00—20.00　張雙搭　顧蠡瓜
20.30—11.00　楊雙搭　大紅袍
21.00—21.45　蔣王搭　玉蜻蜓
21.45—22.30　蔣謝搭　厲金蓉
22.30—23.0　嚴雪亭　楊乃武
23.20—24.00　周陳搭　陳園園

九九・大美 （一三七〇十週）
（九九電話64796）
（大美電話88760）
R.C.A.止咳糖
18.00—19.00　蔣月泉　開篇
　　　　　　　楊振言
百雀牙膏　百雀香粉
一字牌香煙
20.30—21.15　張雙搭　十美圖
21.15—22.00　周華搭　文武香球
22.00—22.40　唐狄良　太平天國
22.40—23.20　周陳搭　陳園園
23.20—24.00　蔣王搭　玉蜻蜓

建成・新雅 （一四三〇十週）
（電話65754）
下午
11.00—12.00　馮晨御　開篇
　　　　　　　呂逸安

大中國・大同
（一四六〇十週）（大同電話82563）
（大中國電話66001）
雅　霜
美麗肥皂
16.00—17.00　周陳搭　珍珠塔
17.00—18.00　張雙搭　十美圖
新錨霖藍布
20.30—21.20　周華搭　玉蜻蜓
21.20—22.10　李徐搭　楊乃武
22.10—23.10　楊三搭　錫金鳳
23.10—24.00　沈薛搭　珍珠塔

原載原子藍布開篇集一九五〇年出版

关公，路过茅草岗，周仓要投奔俚。现在拿幅画挂在树上，一对下来么，搭画上一似一样。格是周仓随便呐吭要投奔关公，要求关公拿俚收下来。

那么关公弄明白。格幅画，就是镇国寺里向，碰着格老和尚，普净所画。也就是说，普净，拿周仓推荐拨了吾，要跟吾一道跑。关公蛮高兴。为啥？俚看中周仓格点轻身法，窜、跳、蹦、纵，看看俚人蛮结棍，但是呢，身轻如燕。打一百个回合，关公要拨俚打得，只有招架了吭不回手，可见得俚格本事，是好了。而且关公呢，自从得着仔格只赤兔马之后，俚就感觉到，原来格马夫华吉啦，跟勿牢格只赤兔马，总归要推扳一滴滴。慢着一拍。华吉虽然轻身法也算好，因为格赤兔马格速度，实在快勿过，华吉跟勿牢。格关公心里向转念头，倷周仓，轻身法什梗好，倷有条件，能够跟得牢吾格只马，让吾来问问俚看。

"周仓。""有。""尔要投奔关某。不知你，可能跟得上，关——某的马——匹？""吙喝喝喝……"周仓笑出来。关将军问吾，倷阿跟得牢吾只马？周仓想，倷问吾阿识字，阿会做文章？吾两只眼睛只好拨瞪拨瞪，一句闲话吭没讲了。倷问吾，阿跟得牢倷只马了，格么勿是嗨外，阿要马上试喏？还是倷马快了，还是吾两条腿快！"呃嗬，主人啊，吾同你，当场试验。"歇讲的，跟得牢跟勿牢。灵勿灵当场试验，准勿准过后方知，倷看呐吭？比一比。

关公一听，倷骄傲得啦。啥当场试验？吾勿相信倷格两条腿，能够比吾格只马格四只脚，跑得来得快！蛮好，既然倷嗨外么，吾搭倷试喏。"走！""主人，你先请。"哼！嗨外得了，倷步下，跟马，还要喊吾马先走。关公说倷先走。"勿，主人你先请。"骄傲。板要吾先走，格蛮好。就吾先走好了。

关公，噔！两只手搭到领鬃毛上，拿赤兔马领鬃毛一拎，两只脚，乓！裆劲一紧么，格只赤兔马望准门前头直窜格窜出去。哈呀呀呀……四蹄腾空，如飞一般。

周仓呐吭呢？周仓对锤头，掼在旁边，轻身。倷马跑，那么俚起动。吙！噗，噗噗噗，啪啪啪啪……跟上来。

关公阿跑仔几化路呢？总大概，五、六里路。嚯儿——噔！马扣住。回转头来对后面一看么，人影子也吭不。吾原说，倷呐吭比得过吾格只赤兔马？吾今朝是快极了。格只赤兔马，泼开四蹄，像飞什梗过来么，周仓是跟勿牢。再等仔一歇，回转头去看看，原旧吭不。那么关公心里向勿快活。如果是华吉啦，等什梗一歇辰光，俚也要到。倷看？周仓叫啥影子也呒不呀。嗨外，夸张大口。关公见仔说大话格人呢，讨惹厌。第一趟搭吾碰头讲闲话，就瞎讲一泡了。格算啥？等等看，等仔一歇，仍旧勿来么。呐吭道理呢？如果俚追上来呢，好好叫拿俚讲脱两声。

倷还在等么，叫啥只看见门前头周仓在回过来哉哟。当当当当——奔到该搭点。"哦，主人啊，你为什么勿来啊。吾在前边等你呦。""哈——啊！"关公呆脱哉。要好得格来，叫啥周仓跑仔吾门前去哉哟。俚比吾还要快！俚在门前等等吾尽管勿来了，当当当当当，回转来。啊吔，倷啥辰光追到吾门前头去的？吾呐吭会得呒不注意了，齁看见？周仓格两条腿，称为叫啥？叫飞毛腿。格跑得实在快。老早追过倷只马了，往门前头去。

嗱哟关公想倒勿容易。啊？会跑得什梗快？回转去再试。"走。""请。"

哈啦！关公圈转马头。原路回转，哈——倷马跑，周仓在背后头跟过来。周仓俚心里向转念头，勿高兴什梗奔。到底蛮吃力。刚巧格个冲刺几化快了。现在呐吭？省力点。呐吭省力？俚有办法。

俚，啪、啪、啪，窜过来，到关公门前。当！两足一攘，身子一蹬，望准赤兔马格马屁股上，噗——跳上去，躲在格马屁股上。

格只赤兔马觉哉，吔，屁股上多仔格人哉，啥格路道？一痊。周仓呐吭？周仓索落，落到马肚皮底下。两只手呢，在后头，拿格肚带抓牢。两只脚呢，在马肚皮底下，勾牢门前头。人呢，荡了下头哟。哈——带过去。关公又看勿出。倷骑在马上么，呐吭晓得马肚皮底下荡一个人呢？

格赤兔马有数目格呀。赤兔马心里向阿要火冒。嗳！周仓，倷啥格路道？唵？喔？马背上骑一个，肚皮底下还要荡一个，吾吃得消格啊？格只马勿窝心，嘭当、嘭当格跳，要想拿俚跳下来哟。勿晓得格周仓，手抓牢肚带，两只脚勾牢倷格门前头了，俚格肚皮霍牢倷格肚皮，格本事么实在大，倷再跳，跳俚勿下来。

关公弄得勿懂，该只马啥格路道？唵，以前呒不格嚜？啥格跑跑路，乒嘭，乒嘭格跳。勿晓得格只马在发脾气。格周仓晓得的。周仓俚呐吭？俚一只手抓牢肚带，一只手伸出来，望准马屁股上，嚓嚓嚓——拍两记。格只赤兔马呐吭？勿跳哉。啥体勿跳么？周仓拍仔俚马屁。

嗳！千穿万穿，马屁勿穿。勦说人吃马屁，格马也吃马屁。拨倷马屁一拍么，格只马，哈——正常了。往门前头跑了。将要到起点格场化着呢？周仓俚，嗒！两只手、两只脚一脱，呋——噗！望边上一跳。等到关公格只马，到起点格地方，哈啦！马扣住么。周仓，噗！跳到赤兔马旁边头，格只手，嚼环上一搭。"主人啊，周仓来了。"哦喔！关公窝心，实头快！吾刚巧扣马，俚已经立到吾旁边头。连连称赞。"真是飞毛呃腿！""勿见得。"格只马对周仓一个白眼，呀——呒——老面孔！飞毛腿么，勿见得了，嗨外其谈。倷算啥格飞毛腿？倷揩吾格油，吾带倷过来的！格么格只马，阿要说穿帮俚呢？马有横骨的，勿会讲闲话。俚只能够叫一声，对周仓表示表示。周仓对格只马笑笑，"吠喝喝喝"。赤兔马啊，帮帮忙。噢，吾搭倷下来一直要搭档了。

关公又勿晓得。关公心里向转念头，格是俚比华吉格速度是快极了，能够跟得牢吾格只马匹。那么关公关照俚。周仓，倷既然要投奔吾，吾问倷，倷手下喽兵有几化？三百个。啊哟，吾勿好带倷。为啥呢？因为，吾现在带车子，往冀州去，要寻访大哥。多带人马啦，赶路勿便当。什梗吧，倷留下来。倷在该搭茅草岗山上等吾，顶多顶多一个月，吾派人到该搭点来喊倷哟。"喔哟，主人啊，吾一定要马上跟你走的。""为什么？""呃，老和尚讲的。哦，一定要跟你主人走。"和尚关照，倷勿好错过格机会。倷碰着关公么，哪怕倷搭俚执马鞭子，执鞭随蹬，倷也要跟仔关公一道跑。格个机会错脱呢，将来，倷要后悔。所以吾板要跟倷跑哟。

那么关公倒的确，是蛮看中俚。格么呐吭弄法呢？问声嫂嫂看，听听两位阿嫂格意见。关公马匹过来，到车辆跟前，告诉两位皇嫂，什个长，什个短。周仓要跟吾一道跑，"不知，皇嫂意下，如——爬何？"甘、糜二夫人一听，倷要想带周仓跑，格个事体蛮讨厌。啥体么？因为吾伲路过黄土岭，杜远拿吾伲打劫上山，廖化杀了杜远，救吾伲下山。廖化要跟倷一道跑，回头俚。叫廖化，在黄土岭等一个月。现在呢，勿能带倷，倷只好登在那。路过卧牛山，裴元绍要跟倷跑。倷也关照裴元绍留下来，登在该搭点，等吾一个月，派人来喊倷。格么倷两个勿带，就带一个周仓么，好像对勿住裴元绍搭廖化。特别是廖化。因为廖化救过伲两家头。所以两位皇夫人，拿格个道理讲出来。"二叔，带了周仓，未免厚此——薄彼？"勿好忒看重周仓了，看勿起廖化。对的，关公回过来，再搭周仓商量。实在因为多带人马，勿便当。倷等吾吧。"喔哟，主人啊，吾一定跟你走格呀。吾一个人跟你走。"三百个人倷嫌比忒多，讨厌么，吾一干子总勿要紧。格么关公问俚哉啰，倷一干子跟吾跑，格三百个喽兵呐吭呢？群龙无首，呒不头。俚笃闯起祸来，格勿得了。"主人啊，勿要紧。"倷有啥格办法呢？吾有办法。叫俚笃到吾阿哥搭去，耽搁脱一抢。等吾，将来看倷主人到了啥地方，立定脚头了，回过来再带俚笃过去好了。倷格阿哥在啥地方？近的，就在该搭点卧牛山。叫啥名字呢？倷格阿哥。伲格阿哥，叫裴元绍。吾也关照俚，要投奔倷主人的。

哈，关公响勿落。那么弄清爽。对格呀，路过卧牛山格辰光，裴元绍讲的，吾有格结拜兄弟，俚关照吾要弃邪归正，投奔倷关君侯。格么裴元绍啊，倷搭吾讲一声酿。吾格结拜兄弟，俚叫周仓。俚么是在茅草岗的，俚也要投奔倷。吾投奔倷么俚介绍，俚本人更加要投奔倷哉。格么吾路过该搭点，刚巧碰着倷，吾就要问倷哉咯。倷阿是周仓，吾么从裴元绍格搭点来，吾么就是某某人。格么根本用勿着打。勿会有什梗种误会哉啦。什梗一看格裴元绍，实在憨，勿搭吾讲清爽。蛮好。既然倷一个人跟，三百个小兵，可以到裴元绍搭去么，格吾就带倷走，呒啥大事体啰。

关公再到嫂嫂门前，请示。周仓一个人跟，唔笃两位阿嫂看起来，呐吭？甘、糜二夫人两家头转念头，一个人跟么，不在话下。因为廖化勿可能一个人跟偓。俚格点喽兵吭不寄处。周仓格点喽兵，好到卧牛山么，格随便偓，偓做主好了，伲吭不意见。那么关公过来交代周仓，两位阿嫂，同意了。偓呢，马上回到山上去，收拾收拾好了。叫喽兵么，赶到卧牛山去，横竖顶多一个月呀。偓么再过来，吾在该搭点等偓。周仓答应。

周仓跳到树头顶上，拿顶轴子拚下来，笃落一卷，翻肋子底下一掰，带哉喽兵回到山上。然后叫喽兵，唔笃拿自家格物事收拾收拾好，到卧牛山去吧。搭裴元绍讲清爽，顶多一个月。但是呢，唔笃勿能够再做，强盗格事体了。要弃邪归正了。汰手，勿能再抢劫了。三百个喽兵答应。那么俚笃拿仔粮食了，哈，再自家格行李物事、铜钿等般拿仔么，卧牛山去。

周仓呢收拾停当，拱拱拱拱……放一把火么，拿山上房子侪烧光！

偓从山上下来格辰光，关公呆脱哉哟？哈吔，格周仓，呐吭道理？临时走快，放一把火。偓现在投奔仔吾么，偓勿能像强盗一样，杀人放火。刚巧弃邪归正，连下来马上放火烧山，格啥意思？

只看见周仓，来了。格周仓身上身打扮，漂亮。头上戴一顶荷叶盔，帽子格边交关阔，像六月里向荷水池里向格荷叶什梗，荷叶盔。红绒球高扎。身上一身软甲，一件锦袍。薄底靴。格身打扮，是一个副将格打扮。关公心里向转念头，偓么也勚立过功，也吭不官职，呐吭身上已经是副将打扮？周仓有道理格呀。因为俚有一次到近段城里向去，看见有一个副将，什梗一身打扮，倒蛮漂亮。那么俚跑到戏装店家去，出铜钿了买仔一套副将格打扮，带转来。那么今朝投奔关公哉么，俚要换一身漂亮点格衣裳了，所以着格副将格服装。后首来，碰头刘皇叔之后。刘皇叔看俚格身打扮么，刘皇叔也问起哉咯。那么云长拿格情况，讲拨了大哥一听么。刘备说蛮好，格么就封俚做副将吧。所以格周仓格副将呢，勿是立仔功了，当副将的，而是着一身衣裳着得来的。当然，后首来俚也立了勿少功劳么，吾也勿去交代俚。

现在周仓跑到东家公门前头。"主人啊，周仓来了。"关公问俚哉咯：偓为啥讲究，临时跑快，要放火烧山？"哦，这个。"周仓讲：吾本来呢，勿放火。吾想啦，吾伲该搭点格地形蛮好。只怕吾跑脱了，三百个喽兵也走脱，山上房子空了。有别格坏人路过此地，俚倒勚住下来了，打劫过路客商，俚有格立脚点，要害老百姓。因此呢，吾放火烧山，倒巢灭穴，别格坏人路过该搭点，立勿停脚头，勿能够再危害客商。哦！关公蛮赞成。什梗一看周仓，哈，弃邪归正之后，转出来格念头呢，侪蛮好。能够是为客商着想，勚去害百姓哉。格么关公再问俚哉咯，周仓，吾要问偓一桩事体。呐吭？说唔笃该搭点茅草岗上，有一种奇奇怪怪格野兽，偓阿晓得啥格名堂？

"这个。"周仓回头东家：吭不格咯。茅草岗蛮太平，勿有种啥奇奇怪怪格野兽。有的，吾亲眼睛看见的。刚巧吾跑格辰光，吾碰头三只野兽，一似一样，滴溜滚圆，墨腾赤黑。吾一刀劈上去，刀枪不入，火星直进。格野兽厉害得勿得了，倷阿晓得啥格名堂？"吷喝喝喝……主人啊，是吾呀。"啊！啥物事啊？是倷啊？"咳。"格倷呐呒格滴溜滚圆了，快得勿得了，就经过呢？勿瞒倷东家讲。吾方才辰光，在山上看，看见倷啦，拿仔把刀，一埭路斫茅草，一埭路过来。吾心里向已经火哉。为啥呢？茅草岗上格茅柴，勿许碰断一根。吾要让经过此地格客商笃大家看看。该搭点茅草岗格大王狠得了，吭不人敢碰倒一根茅柴。格个也赛过吾格本钿啦。格么倷一埭路过来，扯扯扯扯，拿格茅柴侪砍倒么，倷赛过在坏吾格牌子嚛。那么吾要寻着倷。所以吾手里向，拿仔对锤头，一埭路舞锤头，一埭路窜过来么，在倷马前经过。吾第一趟，哈啦！过去仔么，吾第二趟再来。为啥道理要来呢？因为吾啦，噤，隐隐约约一看，好像，格只面孔熟得啦。有点像画上格主人一样。吾第二趟再来看看看。第二趟一看么勿对的。组苏忒短。勿是画上格主人，另外一个人。格第三趟呢？第三趟吾所以要来么，吾看中倷格只马哉。吾想哉，画图上格主人，吭不马的。吾第三趟过来么，想夺倷只马。勿晓得拨倷拉起来一刀。劈在倷啥场化呢？劈在吾头上。啊？倷格头什梗硬？劈上来，火星直进？勿是劈在吾颗郎头上，颗郎头吭不什梗硬。劈在吾锤头上。吾锤头舞着上来，劈在吾锤头上，当！一来，火星直进么，吾往横里向去。喔！那么吾觉着倷格个一刀格分量蛮结棍，吾一干子就什梗动手啦，恐怕搭勿够。所以吾回到山上，带哉喽兵跑过来。拿倷拦牢了，要来抢倷格马匹。那么关公弄明白，原来是什个样子。蛮好。

一路走，一路谈谈讲讲。关公，该格辰光收着格周仓，心里是蛮高兴。而周仓呢，投奔仔关公之后，今年是建安五年，到建安廿四年，实实足足，周仓跟关公二十年。走麦城，关公、关平父子两家头，壮烈牺牲。周仓在麦城城头上，看见关公父子格首级么，磅！当！从城头上跳下来，顶倒顶，颗郎头撞在下头。当！脑浆迸裂，自杀的。

所以现在关帝庙里向，总是当中么关公，旁边头一个关平，一个周仓。也跟仔关公一样，名垂千古！俚格运气，比裴元绍好，比廖化好，比胡班也好。格个几个人要投奔关公，就勿大顺当。有格跑脱了，有格甚至于性命也送脱。只有周仓呢，一投奔关公，跟关公走，二十年，始终如一，忠心耿耿。最后搭关公一道牺牲。

现在关公带俚在走格辰光，关公问俚哉。该搭点格路，倷阿熟悉？熟的。往门前头去，哪条路好走？嗯，大路好走。大路平坦好走，特别是车子。小路呢？小路崎岖难行，外加勿太平，有强盗。强盗特别多。格么关公说：吾伲走大路。勿，东家，走小路。咦，倷格脾气呐呒，另有一功格啦？大路好走么，为啥道理勿走大路了，要走小路呢？小路强盗多。强盗勿要紧格呀。小路上格强盗，吾侪认得的。吾一句闲话一讲哉，俚笃勿敢动手。倷放心。走小路好了。嗳，吾问俫，俫为啥道理勿愿意走大路？吾带格车子，走小路颠得厉害，啥意思？"喔唷，主人啊，你勿晓得呀。"呐吭？走大路啦，要完税的。啊？要完税啊？咳，门前有卡子，要收税格啦。格收税么小事体。"喔哟，吾勿高兴。"格地方官，为啥道理要收税，吾亦勿是做生意人，用勿着完税格咯？"啊呀，主人，你勿晓得。他，人要完税，马要完税。"只要俫通过俚格地方，勿管俫是人，或者是一匹马，通通要完税。做生意是，勿谈了。勿完呢？勿完么要打。啥地方呢？格个地方叫古城。古城城里向有官长好讲。勿是官长呀。啥格名堂呢？东家，强盗呀。啊？古城城里有强盗？咳，格个强盗夺仔座城关了。格个强盗啥等样人呢？格个强盗，外国人。啊。外国人？啥格强盗，还有进口强盗了什梗？格怪了？外国人啥等样人呢？说俚格名字叫海外都大王。海外来的，都大王。哦？叫啥名字呢？叫无名大将军。勿得了，海外都大王，无名大将军。吭么名字的。格个人哪恁样子呢？格个人，在该搭点设立卡子，收捐钿。所有路过客商俫要赋税。赋税么，搭俫勿搭界。搭界格呀。为啥道理搭界？吾搭俚冤家。俫呐吭会得搭俚冤家呢？喏，东家，吾讲拨俫听酿。俚在古城，设立卡子，过路客商，赋了税之后，俚出一张收条拨俫。倘然俫再往门前头跑，碰着别格强盗抢脱，俫回转来。凭格张收条，吾可以赔还俫格点货色。喔，保俚格险？嗳！格么俫啥格在搭俚冤家呢？吾吃过俚苦头呀。哪恁呢？俚保过格客商，路过茅草岗。吾下来打劫，那么俚搭吾讲，吾完过税了。啥场化完过税？古城完税，俫勿能够抢的。那么吾阿买俚格账？俫也是强盗，吾也是强盗。喔？俫好收税，吾就勿能抢物事？勿买账。哔里啪啦——吾拿点物事通通俫抢过来。客商呢？客商么逃走。吾抢脱物事么，也勿去伤俚笃人，让俚笃逃哉咯。哼！勿晓得，格客商回到古城，搭古城格都大王讲，路过茅草岗，拨了茅草岗格强盗抢脱了。嗯，那么格个古城格都大王么，带仔小喽啰赶过来，赶到茅草岗，喊吾。那么吾从山上下来，搭俚碰头。俚问吾，俫阿晓得格个老百姓在吾搭完过税的。说吾晓得的。晓得格么呕出来，拿物事通通俫还拨俚。吾收仔俚格税，俫就勿能够抢了。格么吾勿买俫格账。吾说俫格强盗倒特别的。喔，只许俫做强盗，收别人家税，勿许吾抢别人家物事？勿服帖？勿服帖么打。哔里啪啦——打起来。

那么关公说：俫格对锤头厉害，哔啪哔啪哔啪，烂敲一泡。哦唷，吭么用场的，都大王还要结棍哟。俚格条长枪对仔吾，哔啪哔啪，烂搠一泡哟。喔！打到后来呢？打三百个回合。嗯。吾吃俚勿消。唔。俚搭吾讲，俫阿呕出来，勿俚呕出来么要放火，要烧光吾茅草岗点茅柴哉。唔。那么吾僵，点茅柴烧脱仔，吾一点苗头吭不。吾登在该搭点，呐吭再去打劫别人家，呐吭再买狠劲呢？那么吾吭不办法，只好拿点货色，呕出来还拨俚。嗯。因此么，所有格客商，俫要到古城完税。有种，用勿着经过古城的，也特为弯到古城去完税，买一个太平。拿仔俚格张收条哉么，随便啥场化格强盗，勿敢去抢了。哦喔。格么关公问俚哉咯：格个强盗，呐吭格相貌呢？东家，俚格个相貌啦，搭吾近情的。嗯。人呢？比吾还要长大。唔。也是格黑面孔，阿胡子。唔。两只眼睛，比吾还要大，滴溜滚圆，环眼。呃，用啥格武器呢？用一条蛮长、蛮长格枪！

俚在说格辰光么，孙先生登在背后头，听得明明白白。张飞！为啥？俚听酿：黑面孔，阿胡子，一双环眼，用一条蛮长蛮长格枪。张飞格条枪啦，叫丈八矛，比普通格枪来得长。周仓讲勿清爽么，喊俚蛮长蛮长一条枪。

喔哟！好极了。啥张飞在古城啊？啊呀呀！刘皇叔瓛看见，先碰头三将军是，一桩喜事啊。孙乾要紧在后头喊："二君侯，周仓如此言讲，古城之中，莫非是三？"俚要想说，莫非是三将军。关公要紧回转头来对俚手，喢！一扬。覅讲。说到三字上，缩住。

关公为啥道理叫俚覅讲呢？关公有意思。俚如果说仔三将军啦，格周仓板要问：啥格三将军呢？喏，就是关公格兄弟。那么周仓要笑哉啰，"吷嘿呵呵，主人啊，呃，吾做强盗，你格兄弟，也做强盗的？"难为情。那么阿是张飞，勿是张飞？现在还吃勿准了。覅去管俚，到门前碰仔头了再讲。样子呢？有点像。但不过勿一定是，板定是张飞。

所以关照：周仓，吾现在呢？决定走大路。完税？完税么勿管俚事。又用勿着俚拿铜钿出来，吾会得完格呀。"吾，吾吃过他苦头。"啊，俚吃俚苦头么，格事体另外一回事体哟。覅去管俚，走大路。吾勿欢喜走小路，吾要走大路。啊，横竖，有机会么，吾会得搭俚报仇格呀。关公骗骗俚哟。周仓想蛮好，吾么打勿过格个海外都大王。俚格东家本事大，两个打一个，总能够拿格海外都大王打败。吾好报仇。对。周仓勿响，就跟仔关公一道往门前头跑。

那么收周仓格段事体呢？讲起来啦，有两种说法。俚说起来呢，就是有普净老和尚介绍，有一幅画了，因此周仓投奔关公。

那么也有一种讲法呢，另外一种传说。叫啥周仓搭关公碰头打，打起来么，关公打勿过周仓。因为俚格轻身法好勿过。那么关公用计哉，就搭周仓讲：俚慢慢叫看。吾问俚，吾现在勿搭俚用兵器打。吾搭俚比，啥人气力大，啥人做主人。啥人气力小，啥人就跟啥人。格周仓说蛮好，搭俚比呀，啥人气力大？

关公说：俚搭吾拔一根草，丢到河对过去。看俚也丢得过？那么拔一根茅柴丢，丢勿过。终归半当中横里落下来。连丢几次丢勿过么，关公说：吾来。关公，辣！用一捆茅柴，哈啦——扎一扎紧，嗝尔——一记，丢到河对过。"嚯！"喔哟。周仓佩服。吾一根丢勿过，俚一捆丢过去。勿晓得，一根呒不分量，忒轻，丢勿过。一捆有分量么，当然能够掼过去。周仓上当。俚还勿服帖。还勿服帖么，关公说什梗。俚看，石头上有一只蚂蚁，俚搭吾一拳头打打看，俚阿打得煞？周仓想，只蚂蚁么呐哼会得打勿煞？哔啊！周仓一拳头下去么，只蚂蚁仍旧在跑。哔啊哔啊，连敲三拳头，拳头敲开，血滴粒搭喇滴下来么，格只蚂蚁仍旧在走。敲勿煞。关公说，俚三拳头呒没敲煞。俫看吾，一只节头子，一揿么，只蚂蚁死脱。

"嚯！"那么周仓服帖，吾三拳头打勿煞，俫一个节头揿煞么，俚本事比吾大！那么周仓再投奔关公。格个一种传说呢？是在另外一本三国志，叫"茅柴三国"。格部书呢，是农民创作的，一种民间传说啦。说关公用智谋了，拿周仓收下来。那么吾啊，现在也赛过介绍一下喽。实际在么，照倪老先生讲起来么，一幅画上，普净老和尚介绍。

关公带俚过来格辰光呢。天，慢慢叫要夜哉。离开古城，近了。

格搭点有格镇，一个小镇。镇上市面倒蛮好。那么开栈房。栈房开好，吃夜饭。周仓、华吉、关西汉大家困了。两位夫人，在另外一只房间里休息。关公呢，搭孙乾两家头，在房间里商量。关公说什梗，已经听店家介绍过。古城呢有夜市面，俫要连夜过去也可以的。现在呢，吾勿过去。俫呢，搭吾到城里向，俫去打听打听看。城里向呢，阿是张飞勿是张飞？倘然，是张飞的，格么俫勠来哉。俫就在城里向等吾，天亮为期哦。天亮俫勿来，格么肯定是张飞，吾就往城里向来。假使说，城里向勿是张飞，俫弄明白的，俫连夜搭吾出城，到该搭点来。勿管啥辰光俫来好了，吾终归在栈房里等俫。碰仔头么，明朝倪早上吃过点心么，用勿着到古城，倪往别格路上跑，到冀州去哉嚛。

"噢"，孙乾答应。孙乾跑出来上马，望准古城去。

关公呢？勿困了。拿仔本书，看书。为啥呢？心里向蛮兴奋。自从兵败徐州之后，一脚，呒不张飞下落。勿晓得张飞，还是死还是活？哎！想勿到收了周仓，在周仓嘴巴里向听着什梗一个信息。假使是张飞，格几化好。碰着仔张飞，吾就可以拿两位嫂嫂留在古城。吾带仔周仓搭孙乾一道，赶奔到冀州去寻大哥，更加便当。因为带了两部车子跑起来，究竟勿便当。一直，到天亮，孙乾呒不来。关公是喜出望外。跑过来先到嫂嫂搭，告诉嫂嫂，什个长什个短，可能古城是张飞了，倪豪燥过去碰头吧。两位皇夫人当然也蛮高兴。那么大家吃过点心之后，房饭金付脱，跑出来。

关公上马，周仓、华吉、二十名关西汉，带仔车子，轧冷轧冷……过来。唔笃望准古城来，横竖到古城了，吾再交代。现在暂时拿俚笃，丑一丑开。

先说孙乾。孙乾一匹马，哈啦！过来。还勠到古城啦，看见城外头一个要隘口子，必经之处。灯光锃亮，有勿少人。小强盗，还有过路客商，侪有。孙乾马上，哈啦！下来。往门前过来格辰光么，小强盗在喊。"呔，不要走！""怎么样？""完税。""在下并非客商，何用完税？""不相干。咱们这儿，人要完税，马要完税。"俫勿带货色，勿做生意，照样完税。路过该搭点就要付铜钿。买路钱。"噢噢噢，怎样完税呢？""人，二两。马，二两。"喔，结棍。格税倒蛮高啦，人要二两银子，马也要二两银子。因为俫骑得起马么，俫就总归付得起捐钿了。

拿出四两银子来，交拨俚笃。照样出为俫收条了，敲为俚图书。蛮硬的。俫别格卡子上碰哉，用勿着再付第二笔了。收条拿过，袋袋里向一园，孙乾上马。

一路过来。啊呀！古城城里向闹猛呵。店家勿打烊，而且灯烛辉煌，锃亮。大街上来来往往格人蛮多。吃息店家俫在做生意。勿是吃息店家么，照样灯火锃亮。想勿到，该种场化是非常荒格呀。古城是格小县城呀。呐吭会得有夜市面？

磕磕咕咳、磕磕咕咳……勿晓得衙门在啥场化？问格讯吧。马背上跳下来，拿只马呢，牵到旁边头小街，一棵树上结一结。走到该搭点一爿南货店门前。"店家，请了。""嗳，客官请哉。啊，阿要作成点啥？""在下并非买卖东西。""格么俫有啥事体呢？""借问，一讯。""问讯？问到啥场化？""衙门。""到衙门？到啥场化衙门呢？""都大王的衙门。"喔，到都大王格衙门。喔，俫，俫做生意？完税？完税么，用勿着到衙门格嘎。俫卡子上去好哉嘎。城外头卡子上，完完税么便当来西。衙门该搭点，勿受理完税格事体的。"店家，在下并非完税。""哦？""在下是拜客。""拜客？拜望啥人？""都大王。""啊？俫来拜望俚都大王？俫搭俚都大王啥格关系啊？""在下与你们都大王么，是同乡的乡亲。""啊？俫搭俚都大王同乡乡亲啊？""是呀。""哦唷，好极哉，好极哉。来来，来来来，先生，里向来来来。"招呼俚进来。

孙乾也弄勿懂。孙乾听俚说话，跑到店堂间里，凳子摆好，坐定。马上倒茶拨俚吃，客气得来，殷勤非凡。"客官啊，俫用勿着到衙门去的。""为什么？""该格辰光到衙门去，见勿着都大王。""怎见得？""因为都大王要出去哉哟。""哪里去呀？""到城外头卡子上去。""都大王为什么要到关税上去呢？"俚到卡子上去查账的。所以现在俫去么，马上就要出来了。俫看喏，都大王骑马，要经过伲该搭点门口的。俫一看么，俫就晓得哉。

喔哦。孙乾就问俚哉咯。"格么，唔笃格都大王啥辰光来格呢？""来仔好几个月了。""格本来古城阿有夜市面呢？""吭不的。"哦，勤到太阳落山么老早就打烊了，冰清冷火，吭不啥人的。"格么为啥道理现在夜市面兴起来仔呢？""都大王欢喜闹猛。都大王关照，一定要兴夜市面的。勿兴夜市面，俚夜头跑出来啦，要勿开心的。要板面孔格啦。那么，伲想想呢也勿错，都大王来仔之后呢，客商俫往该搭点跑得来，俫到卡子上来完税。因此么，拿伲格市面也带起来。伲生意也好做了，铜钿也赚得多哉。都大王关照兴夜市面么，伲就兴起来。一兴夜市面么，加二生意大了，所以大家俫蛮高兴。""噢！"哈咦，格个店家是客气得了，非但请俚吃茶了，还招呼俚吃点心。啥体要拍俚马屁么？因为该搭点格都大王顶狠。大家要买俚格账。格么俫是都大王格乡亲。格老板想，吾拍拍俫格马屁么，下趟作兴要去求见都大王，通通啥格路子什梗么，就好寻格个乡亲帮帮忙。俚算拉关系的。

格么孙乾在搭俚讲张么，叫啥外头来了。哈——一匹马跑过。喔，骑马朋友拆烂污，街上人蛮多，俚马跑的快得啦，要撞人格嘿。格朋友，一路走一路在喊。"呔，闲人让开，都大王来了。"哈——马过去。

格个一声一喊，勿得了。在路上格老百姓，哗——往两旁边卸。侪立到店家柜台门前，街在吮没人。因为啥？都大王要来。勿多一歇功夫，来了。乞磕唾咳、乞磕唾咳……哈——哈——哈，哈，哈。孙乾就问格老板。门前头两匹马，马背上两个将军，哪里格是都大王？两个侪勿是的。啊？啥人呢？都大王手下先锋。先锋？嗳。叫啥名字呢？哦，吾只晓得，一个姓毛，一个姓苟，毛先锋，苟先锋。

孙乾响勿落。张飞手下两个先锋，一个毛，一个苟。嗳，果然来了。两个将官蛮神气的，乞磕砑咳、乞磕砑咳……马过去。哈，哈，哈，哈，哈——背后头小强盗。喏，要来快哉，倷看好。果然，灯光锃亮，用为俚仪仗队。倷看，前头走格朋友，两个一对，两个一对，手里向侪提格香炉。格个叫啥？叫提炉队。啥体要点香呢？喏，街上，作兴有啥格气味啊，勿干净啊，提炉经过么，街上可以空气好一点。讲究得像城隍老爷出会什梗，有提炉队。提炉队过脱，行牌出示。行牌上，一面"海外都大王"，一面呢"无名大将军"。

孙乾也介险乎笑出来。格种名头么，只有张飞提得出。别人勿大会得用的。呐吭弄仔格无名大将军？来啦。仪仗队过脱么，一柄家什。四个小强盗，两个前，两个后，扛一条枪。格条枪上，扎为俚红绿格彩球。吭吭嗨吭——重得啦，要四个人杠。其实么两个人杠，也杠得动哉。张飞要出风头，弄四个人扛么，表示俚气力大。俚格条枪啦，要四个人扛得动得了。枪，过去。那么看见来了。喔哟！灯光锃亮。火把灯球，照得像日里一样。

只看见马背上坐好格人。坐在马上不分长短，站立平地身高九尺向开。头如巨斗，墨腾赤黑，黑得像乌金子什梗，锃亮。两道板刷浓眉，一双环眼。大鼻、阔口，两耳带招。颌下须髯，噗哈……炸开两厢。头上戴一顶乌油盔，盔分三叉。红绒球抖抖擞擞。身上，着一副锁子连环镶铁甲。内衬，皂罗袍。左手里向，龙泉剑，右手里向，打将鞭。脚上，虎头靴。胯下一匹登云豹。看俚在马上，踢咳砑磕、踢咳砑磕……过来。两只手，将仔格阿胡子，在对两旁边看。"呋喝喝喝……"孙乾磕在柜台上一看，嗫唷！神气啊。阿要精神？

孙乾响勿落。刘、关、张弟兄三家头，俚运气顶好。刘备顶倒霉，弄得现在在河北，拨了袁本初看起来，像吃官司一样。借住夜，吃便饭。关公呢，关公也勿及张飞。倷想酿，关公兵困土山，下邳失守，约三事。许昌耽搁。连下来么，过五关斩六将，跑到该搭点来。吃几化苦头？张飞好。登在该搭点古城，关门做大王，弄仔格海外都大王出来。是哟，倷看。额骨头锃锃亮。人，像煞壮仔点，吃得好。也在发福哉。忈磕砑咳、忈磕砑咳……马过去。

孙乾阿喊呢？勿喊。该格辰光喊，勿是当口。等歇到衙门里去搭俚好大讲张。在街上呐哼讲法呢？张飞唵看见孙乾呢？齁看见。因为啥？柜台门前立满格人了。孙乾磕在柜台上，格张飞勿会注意。

等到都大王过脱了，街上清爽，呒不人。老百姓侪散了。孙乾告辞出来，店家要打烊哉。说：都大王还呒不回转，唔笃呐吭已经打烊着呢？都大王该搭点出城，在别扇城门进城，勿经过了，可以打烊了。

孙乾搭店家分别，跑出来牵仔马，上马。跟在张飞格导子后头过来。只看见张飞到城外头卡子上。喔！勿少小兵四面站岗。俫孙乾勿能够近俚格身，老远看，远照。只看见张飞坐好在马背上。卡官呢，跪在俚门前。头上么，顶一本账簿，请张飞查账。小强盗一接么，拿过来，交到张飞手里。旁边格火把么，高高举起，照明，让俚看。张飞拿账簿翻开来，一版，一版，一版，一版，啪啪啪啪——蛮厚一本账簿，一歇歇功夫，侪看完了。看完了，账簿一合。看俚两只眼睛一闭。一只手拿账簿，一只手格两只节头子，望准太阳里向一搭，点一点头，好像核对清爽，一眼呒不差错。账簿乱拨了卡官，卡官拿得去。

张飞手一招么，回转。毛先锋、苟先锋，哈——门前头领路。张飞，嚯落落——跟在背后。孙乾呢，跟在俚后头过来。孙乾佩服啊。近来张飞，心算好极了。一本账簿，啪啪啪啪——连着翻。而且眼睛一闭，节头子，太阳里一搭，点点头。好像已经全部侪查清爽。

其实张飞唵查账？齁查哟。查账呒不什梗快的，一版一版，啪啪啪啪——掀过去哉。格么俚为啥道理要查账？吓吓人哟。因为卡子上，进账好勿过。后首来发现有人揩油了，舞弊。分赃勿匀，吵到张飞搭。那么张飞查了。曾经杀脱过一个卡官。那么，从此以后么，俚每日要出来查账。格查账做做样子，吓吓人。使得下转卡官晓得，哦，大王要查账的，勿好揩油。张飞为啥道理什梗顶真呢？因为格个铜钿弄仔下来啦，将来寻着刘备。大哥要打天下，要铜钿格啦，要军饷。啥场化来呢？吾趁该格机会么，授点铜钿了，让大哥将来，可以派用场。

现在呢，张飞从另外一扇城门进城。到衙门口，下马。丈八矛，手下人扛进去，威武架上插一插好。张飞直到大堂上坐定。俫坐定么，酒水摆过来。毛仁、苟璋旁边头坐下来，陪俚。尔喏——在张飞门前杯子里向洒满一杯。张飞拿只杯子，拿到手里，毛仁、苟璋杯子也拿起来。"大王请！""大王请啊！""请！"呋，拿格沫吹一吹开。呜呜呜呜，咳——一饮而尽，杯子放下来。

喏儿——又洒好一杯。张飞对杯子里向一看么，只看见杯子里向一个刘备哟。咦！大哥嘎！再定神一看么，自家只面孔。勿是刘备。因为啥？牵记得格大哥勿得了，眼花哉，好像酒杯里格影子，就是刘备。张飞叹一口气。"啊！龙无云，虎无风，英雄，困顿草——呃莽中。昨宵梦里，兄弟会，醒来依旧，影——呃无踪。大哥，二哥，你们在睡梦之中，来哄弄老张，则甚——呐！"张飞格眼泪，到眼膛里。自从兵败徐州，小沛失守之后，搭大哥冲散。二哥勿知生死，大哥未晓存亡！勥想打听得着俚笃两家头格下落。现在困梦头里侪看见阿哥。因为张飞格人啦，勿会做梦格的。俚勿动脑筋格啦，乩下去困着，醒转来天亮。现在居然也做为俚梦。梦见阿哥么，哭一场。今朝吃吃酒，会得杯子里向好像，看见仔格刘备了。

俫么在心里向难过，毛仁、苟璋劝俚哉咯。"大王不要难受，桃园弟兄一定能够相见的。喝酒吧。"杯子拿起来，再吃。唔笃在吃酒么，孙乾到哉。孙乾在衙门口，马背上跳下来。马，旁边头结好。踏过来格辰光么，衙门口小强盗看见。"呔，站住！""是是是。""什么人？""在下到来，要求见你们都大王。""你要来见我们都大王？""是啊。""你可是来完税？完税到城外去""在下并非完税。在下，是你们都大王的同乡乡亲。"啊？搭俚都大王乡亲啊？"既然你是我们都大王的乡亲，你什么地方到这儿来的？"那么孙乾想尴尬哉。吾呐吭讲法呢？吾晓得格呀，张飞是燕山人。格么吾曼得说，吾是燕山来的，是搭张飞同乡。小强盗勿晓得俚叫张飞。小强盗只晓得俚是海外来，海外都大王。吾说仔燕山么，勿像乡亲。管俚，就跟仔唔笃缠么拉倒。"呃！若问在下么，乃是从海外，一个奇谈的地方到此。"

小强盗一听，俫对吾一看，吾对俫一望，推扳一眼笑出来。格个朋友胆子大，冒认乡亲。俚说，俚从海外奇谈到该搭点来。伲都大王，啥场化是海外都大王？伲都大王是"燕山张翼德"哟。该格小强盗是从芒砀山，芒砀山上格强盗跟张飞一道到古城来，晓得张飞格底细。俫什梗一讲么，有数目了。一个小强盗对归面格朋友看看，看牢俚啊。吾马上到里向去报告，有数目了。小强盗奔到里向来。"报——！禀都大王。""怎——样？""外面来了一个，冒认都大王乡亲之人，请都大王定夺。"张飞问俚哉咯：俫呐吭晓得俚冒认乡亲呢？小强盗说，什个长，什个短。吾问俚，俫从啥场化而来，俚说是从"海外奇谈"到该搭点来，阿是冒认俫都大王格乡亲？哼？张飞心里向转念头，几日天勡杀人，今朝要杀一个人白相相。格朋友来冒认吾乡亲，蛮好。"来呀，把冒认乡亲之人，押上来！""是！"

小强盗跑出来到外头么，拿孙乾，辣！颈皮上一把抓牢。恍！拎起来。一个朋友抓牢俚只左手，望准俚左手翻肋子底下一叉，一个朋友抓牢一只右手，望准俚右手翻肋子底下一叉，恍——拿俚格人叉得了荡荡空空，两只脚勿着地。"都大王钧谕，冒认都大王乡亲之人进——进，呼——咦！""见都大王当面。"嗬得儿——锃！"嗹唭！""都大王在上，小人叩头。""冒认乡亲之人，见了都大王，还不与我抬起头——来？""有罪，不敢抬头。""叫你抬头，抬呀！""嗯哼，是。"孙乾格头，乓！抬起来。

俫头抬起来，张飞对下面一看，大堂上灯光锃亮，看到下面清清爽爽。孙乾！哈呀！张飞开心啊。自从兵败徐州之后，勡碰着过自家人。今朝第一趟看见自家人么，喜出望外！要紧去搀俚。张飞，嗖！立起来，喊一声，"我道是谁，原来是老孙！"嗖！立起来，两只手，拿只台子一得，一桌酒水望准横垛里向，哈冷当！碗盏家什侪掼脱。啥体么？俚要紧来掼俚起来。转出席面要转弯，要走远路。趷脱只台子么抄近路，一直走，用勿着兜圈子。心急哟。喳！两只手拿俚掼起来么，孙乾立起来。嘿！掼牢仔孙乾，望准里向进去么，毛仁、苟璋跟进去。

旁边两个小强盗呆脱哉。"啊呀。喔唷，来格朋友实头是都大王乡亲。""啥格亲眷么？""外甥。""倷呐吭晓得？""格么都大王在叫俚老孙。""格么外甥呐吭格组苏蛮长？""老外甥。"哦，当仔老外甥来，倒有点急的。刚巧得罪过俚了。

张飞到里向二堂上，酒水也摆出来，赅家当。俚到啥场化么，酒水摆到啥地方。张飞、孙乾当中坐定。毛仁、苟璋过来，张飞介绍一下。毛仁、苟璋走过来见过孙乾么，旁边头坐定。"来来来，老孙，长久不见，先饮三杯。""是是是。"杯子拿起来，先吃脱三杯么。天亮哉哦。但是二堂上格灯，还点了，还觍收脱了。张飞要紧问哉喽。"老孙啊，你，怎么到这里来的？""三将军，孙乾先要请教将军，你怎样到此？"张飞讲拨俚听，吾搭大哥一道在小沛，一场大败。拨了曹操杀败之后么，小沛失守。吾搭大哥呢，失散。吾逃出去，逃到芒砀山，碰着强盗。喏，就是毛仁、苟璋两家头。俚笃下来打劫吾，拨吾拿俚笃打得马背上掼下来，俚笃跪下来投吾。要求到俚笃山上，做俚笃格大王。

那么吾想，该格辰光呒不去处么，管俚，就山上登一登哉啦。那么上山。到山上做大王么，吾关照俚笃，勿可以再去抢人家物事。吾是刘皇叔格兄弟，呐吭再好去抢人家物事呢？但是山上坐吃山空。打听消息么，徐州下邳侪失光了，大哥二哥勿知下落。芒砀山坐吃山空，呐吭弄法？跑吧。流浪江湖，去打听大哥消息。一埭路下来呢，路过此地古城。粮断哉，呐吭弄法呢？那么吾派人到城里寻知县官，问知县官借一点粮草。知县官问哉啊，唔笃啥场化呢？说吾伲是芒砀山格强盗。知县官想啥物事啊，只有官兵捉强盗，强盗来借官兵格粮草？知县官派人到城外来捉强盗，拨吾打进城关，赶脱知县官么，变仔吾做知县官。

孙乾是也响勿落，世界上有格种事体？哦，噢！倷做仔知县官么呐吭呢？吾就登在这。那么吾做仔县官么，勿好再去抢人家物事。那么后首来想出来格办法，设立卡子，收捐钿。开始呢，客商笃勿敢来，古城城里变仔强盗了。后首来，也有格种勿领市面朋友，偶而路过该搭，卡子上拦牢，叫俚笃完税。完过税之后，拨一张收条拨俚笃。再跑出去，又碰着其他强盗抢，回过来寻着吾。那么吾关照俚领路。领到格面强盗山上，关照格强盗下来，物事呕出来。勿肯？勿肯吾搭俚打。喳！一枪搠脱俚。结果俚性命之后，物事抢转来，还拨了客商。客商到外面一宣传么，就此名气响得勿得了。四面八方侪到该搭点来，侪来完税。吾一想机会也蛮好。近段有种强盗山头上勿买吾账么，吾冲过去搭俚笃打。拿俚笃格大王结果性命么，拿俚笃山上格物事侪抢下来。大鱼吃小鱼，小强盗拨吾收罗仔，越来越多哉。嚯！吾预备打听着大哥消息么，将来就可以请大哥到古城来，起义。好极了。"格么，老孙啊，你，怎么到这里来呢？"勿瞒俫三将军讲，吾呢，徐州失散之后，逃到汝南。在汝南城外灵山，碰着格强盗刘辟、龚都，拿吾打劫上山。晓得吾是刘皇叔手下人么，就请吾在山上做强盗军师。"好哇！吾做强盗大王，你做强盗军师。好极了！"吾搭俫好搭挡，一个大王，一个军师。格么吾问俫，俫阿晓得大哥在哪搭点呢？二哥在啥场化呢？

孙乾正在讲拨俚听么，勿晓得城外头关公到哉哟。周仓闯穷祸，打开卡子冲过来。那么张飞要杀到城外头，古城相会。下回继续。

第十四回
斩蔡阳

关公，保两位皇嫂，千里寻兄。现在到古城，叫孙乾先到城里向去，探听消息。到底，城里向格海外都大王，是勿是张飞？现在孙乾搭张飞一碰头么，开心呀。实头是老戆。张飞也交关快活，摆酒款待，两家头谈谈讲讲。张飞先拿自家，呐吭到芒砀山落草，呐吭跑到古城来，做大王。格番经过情形呢，侪讲拨了孙先生听。孙乾呢，也告诉俚。吾徐州失散之后，流浪到汝南，也在强盗山上，做强盗军师。嚯哟，张飞开心啊！吾么强盗大王，倷么强盗军师，吾搭倷倒好拼双档。

"这个，老孙啊，老张要请教你，吾家大哥，你可知道，现在哪里？""哦，皇叔？""哉啊。"吾听见过。非但听见过，而且还亲眼看见过皇叔。"哦！"刘皇叔现在呢，是在河北冀州，袁绍，袁本初格搭。俚是兵败徐州之后，先到山东，后到河北。借住夜、吃便饭，耽搁在冀州。张飞一听么，心里向交关快活。大哥勿死，而且蛮好，在河北冀州，袁绍格搭。格是吾可以想办法到冀州去，寻刘备了，兄弟相会。"那么吾家二哥，怎么样呢？""二将军啊？""嗯。"哈呀，孙乾是更加兴奋。因为讲起关公来啦？事体顶多。

格么孙乾呀，倷简单点讲讲哉哟，关公么，搭吾一道来的，过五关、斩六将。现在么在城外头，马上要来搭倷碰头哉。倷曼得讲什梗两句，就呒不事体。孙乾忒兴奋，俚要从头至尾讲。拿关公格经历，详详细细，讲拨了张飞听么，张飞肯定，感动得要出眼泪。倷想想看，关公要经历仔几化艰难困苦。格么，其实孙乾啦，大意。格个辰光，天已经亮。东方发白，太阳就要出来，关公马上就要来快哉哟。倷勿应该什梗详详细细讲。一个人快活勿过哉，就忘记脱当时辰光格情况。

三将军，倷问起唔笃二哥啦，吾讲拨倷听。唔笃二哥，在守下邳，曹操大队人马赶奔到下邳辰光，唔笃二哥出城。曹兵败，俚追。到土山，拨了曹兵团团包围。下邳失守么，唔笃二哥就此跟仔曹操了，一道到许昌。"啊？"张飞一听，已经勿来哉。啥物事啊，红面孔守下邳，下邳失守，并勿是战死疆场，也勿是突围而去，而是跟仔曹操到皇城。格个么也勁问得，投降哉咯。张飞格肝火，嘎啦啦，吊起来么，端起只酒杯，呜、呜、呜、呜，嗝啊！一饮而尽。杯子放脱么，小强盗，嗬嘚儿——搭俚又满斟一杯。"到了许昌，怎么样呢？"嚯哟，到了许昌，曹操待得唔笃二哥好啊。三日一小宴，五日一大宴，上马金，下马银，赠袍赐马，美女十名。张飞愈加窝塞。

好，红面孔享荣华、受富贵，高官厚禄，外加有美女十名。好了嚜，俚心变脱了嚜。完全叛变了桃园弟兄，投降曹操。肝火一烊么，又是一杯酒，呜呜呜呜呜呜，咳啊！格种杯子，大杯，像盛小菜格碗什梗一只得了。一杯一竖头，吭！下去。格几化结棍了。张飞本来已经吃仔几杯，现在什梗，咕嘟咕嘟，下去么，醉，更加醉得厉害。

孙先生还在讲：那么唔笃大哥在河北冀州，叫袁绍么发兵，攻打曹操。袁绍么是派颜良，连下来么是派文丑，两路人马兵进中原。叫啥曹操打勿过颜良，拿唔笃二哥请出来。白马坡斩颜良，延津渡诛文丑。颜良、文丑一死，袁本初得信之后么，袁本初跳起来哉啊。俫刘备劝吾攻打曹操，俫格兄弟帮仔曹操，杀脱吾两员大将。两次要拿刘皇叔杀么，因而刘皇叔，会说会话了辩过。现在拨了袁本初派人，一日到夜看起来么，赛过像囚犯一样。

张飞听到格个地方，暴跳如雷。只杯子，呜呜呜呜呜呜，又是一杯下去。张飞心里向转念头，红面孔，好，俫忘恩负义。拿大哥，要害到什梗格程度，连杀两员河北大将。俫要么勥到古城，要到古城来，吾勿搭俚拼命么，吾勿叫张飞！

连下来么，吾在汝南啰。阿是吾帮仔刘辟、龚都，拿汝南城关么夺下来。预备将来刘皇叔到汝南么，还有格立脚地方。"嗯？"勿晓得唔笃二哥带领人马，攻打汝南。

哈呀！张飞火啊！红面孔啊，俫辣手。大哥在河北，俫斩颜良、诛文丑。孙乾在汝南，刚巧立定脚头，预备将来刘备有格立脚地方，俫就去攻打汝南。格是勥说得，吾在古城，俫也要带人马到该搭点来，攻打吾古城。张飞是更加光火哉。又是一杯酒，咕咕咕咕咕，下去。

孙乾想么讲到该搭，俫听得来肝火烊啊，恨得红面孔勿得了。连下来吾要讲拨俫听哉嗒。吾在汝南城外头碰着关公。关公么晓得刘备消息，俚非常后悔斩颜良、诛文丑。俚所以斩颜良、诛文丑，是为了要报答曹操的，待俚格点好处，将来可以去寻刘备，所以了俚才动格手。那么吾搭俚分手之后么，俚回转去么，就是碰头陈震了，送刘备格信了，挂印、封金、过五关、斩六将。格段事体呢，孙乾还觑讲，预备要讲。讲出来呢，当然，张飞格气也会得消，也会得觉着是二哥勿容易。曹操对俚格怎样子好，俚照样挂印、封金了，过关斩将。要感动得张飞会得出眼泪。如果讲完格说法了，肯定是什梗。

但是孙乾格闲话还觑讲出来，还在喉咙口，外头来了。哈哒哒哒……奔进来格小强盗。"报！禀都大王，大事不好了。城外关卡之上，来了一个什么关君侯不关君侯。不肯完税，反把关卡打掉。而今要杀奔城下来了，请都大王定夺！""哇呀呀呀……"张飞一听，吼叫一声。立起来拿格桌酒水，哐！得起来，往横垛里向，哈冷呃当！酒水甩脱么，张飞关照旁边头小强盗。"备马，扛——枪——啊！"

俫关照备马杠枪，要冲到城外头去搭关公拼命么，孙乾急得魂灵心也出窍。嚯哟，孙乾想不得了，张飞该格辰光到城外去，要闯穷祸的。吾关公格后半段事体，还蔑讲了。俚要误会格咯，孙乾要紧喊住俚。"啊！三将军且慢，快向城外，去迎接二将军！"张飞听仔勿懂，呐吭道理啊？俫叫吾到城外头去，迎接红面孔？"老孙，你此言怎讲？""啫啫啫啫，我与二将军一同到来。"孙乾先讲格句闲话么，俚晓得张飞必要问格咯。吧？红面孔打脱俫格汝南，搭俫是冤家。呐吭俚会得搭俫一道到该搭点来格呢？那么吾就可以讲，汝南城外头吾搭俚碰头，告诉俚刘皇叔消息。那么俚挂印、封金了，过五关、斩六将。喏，曼得张飞问一问，俫呐吭会得搭俚一道来呢，就吭没事体。

张飞吃醉格酒了哟。肝经火烊得了，感情冲动，根本吭不理智。俚听俫孙乾讲，俫是搭红面孔一道到该搭点来。好，勠问得，俫是奸细。是红面孔派俫到该搭来，探听消息格奸细。"如此说来，你与红脸的一同到来，你是个奸细！来！""是！""与我把奸细，拿——下了！"哗——小强盗过来，扎！拿孙乾颈皮上一把抓牢，哈啦！拖下来，两条手翻剪转来。绳捆索绑么，望准旁边庭柱上，搭擦搭擦……嘿！捆起来，扎牢。

张飞望准外头，哈哒哒哒哒哒哒哒，跑出去么，孙乾魂灵心出窍。"哈啊！三将军慢走，三将军请回来呀！二将军未曾降曹，三将军回来呀！"急得格孙乾哭出来。俫喤冷喤冷喊，张飞听也蔑听见。张飞已经冲出去，呐吭听得见？而且孙乾拨俚笃捆牢在庭柱上，走么又勿能走。好走的，俚可以跟仔张飞一道到城外去，还好做劝客了，还能够讲讲清爽。现在勿能动了。而且旁边头小强盗也吭不，传话也吭不人传话。孙乾想吾今朝格个穷祸闯得勿大勿小。想勿到关公来得什梗快，那么呐吭弄法呢？孙乾么急煞。

格么，关公呐吭会得打脱城外头卡子了，要杀奔城下而来？格个也是误会啦。讲来讲去呢，卡子上格小强盗么勿好。因为今朝早上，关公等孙乾来。孙乾勿来。天亮勿来么，蛮清爽，古城城里向是张飞。关公是快活得勿得了。保皇嫂千里寻兄，大哥蔑碰头，无意当中先见三弟。格个真是一桩喜事。马上过来报告两位嫂嫂，甘、糜二夫人一听么，也心里向交关快活。搭三阿叔分别仔有几个月，该抢终算能够碰头。

房饭金付脱了，跑出来，到外头。甘、糜二夫人上车子，关公上马、提刀，带了周仓、华吉、廿个关西汉，出栈房。轧冷轧冷……忒磕矻咳、忒磕矻咳，一路过来，勿多一歇么，到卡子。经过卡子，卡子上格小强盗是，勿管随便啥人，天皇老子路过，要完税。为啥么？俚都大王本事大。随便啥人打勿过俚笃都大王，吭不一个人可以免税。

"哒，不要走。"华吉就问："怎么样？""完税。""我们不是做生意的，不用完税。""不相干。咱们这儿人要完税，马要完税。""呃嗬，这个。这个这个这个，怎么完？""人二两，马二两。"华吉响勿落，呐吭人要二两，马要二两。"我们是关君侯啊。关君侯到这儿来，还要完什么税吗？"

俫以为拿关君侯格名字讲出来么，可以劈完税。碰着格小强盗，眼睛摆在额骨头上，勿认得人格呀。"什么关君侯不关君侯，天王老子路过，都要完税。别啰唆！完税！"板要关照完税了，周仓跳起来。周仓心里向转念头，啥格名堂？完税？阿是俫东家到该搭点来，还要完税啦？俫本来搭都大王，有难过了。俫吃过张飞苦头。俫拔出锤头来么，哗哩啪啦，两记么，好。拿台子敲脱，卡子打脱么，小强盗，哗——逃散。

那么一个小强盗奔到城里向来报告，城外头来仔一个啥格关君侯勿关君侯，勿肯完税了，拿关卡打脱，要杀奔城下来了。其实格声"杀奔城下来了"么，俫加出来的。

等到周仓敲脱卡子么，关公就喝住。关公拿俫训斥，"周仓，吾吭不命令，俫呐吭可以自说自话动手？勿应该动手"。"嗯？"周仓呆脱。那么关公马上过来关照，通知格卡子上逃散格小喽啰：唔笃回转来好了，俫自家人。呃，根本吭不事体的，唔笃用勿着逃的。所以等到一个小强盗到城里向去禀报格辰光，该搭卡子上一点事体吭不了。重新收拾好仔了，又在收别格过路客商格捐钿。关公心里向想，周仓敲脱卡子，格张飞当然心里要窝塞格咯？不过吾俫桃园弟兄，誓同生死。格种交情，打脱格小小卡子么，吾打格招呼么也算了，勿见得会有啥格大事体。关公一眼勿防备啊。俫在该搭点等，车子么停好了。华吉、家将、周仓俫立了后头，城里向来。

张飞出衙门，手下人马带过来，俫豁上马背，丈八矛呈上来。扎！丈八矛手里向一执，带领毛仁、苟璋，一千名喽兵，炮，当！一响么，张飞，哈呀呀呀……冲出来。俫冲出城关，往门前头，过来格辰光么，关公看见。关公听见炮声响。哦，兄弟么，实头隆重的。弟兄碰头么，用勿着放炮格咯，啥体要放炮呢？炮声一响，哈啦！张飞马匹出城，背后头格小兵，哗——杀声震动。关公一呆。吔？只看见张飞眉毛竖、眼睛弹，两只眼睛发红，满面怒容，手奉长枪。关公晓得勿对，啥格事体，要什梗光火？云长要紧，龙刀望鸟嘴环上一架。"三——嗯弟，愚兄在——此！"俫叫应一声，兄弟啊，吾来哉哦。张飞一听，啥物事啊？三弟？哼，吾还是俫三弟啦？俫勿是吾格阿哥！吾么勿是俫格兄弟！今朝吾搭俫么敌人，吾么就是要俫格命。吾要搭刘备报仇！张飞，哈啦！冲过来，面孔一板。"哒呦！红脸的，哪个是你三弟？看枪！"噗……乓！迎面一枪。

那么关公呆脱哉哟。啥格闲话啊？啥人是俫三弟？一枪。吔？关公俫要紧起龙刀招架。呐吭格周仓打脱格卡子，兄弟要火到什梗格程度，搭吾来拼命呢？关公要紧起手里向龙刀招架，嚓啦嘟嘟嘟嘟嘟！"三弟，住手！愚兄手下之人，打倒了尔，小小的关卡。难道你，忘怀了桃——园，弟——兄？"哼。张飞想，打脱卡子，忘记桃园弟兄？忘记桃园弟兄格是俫！"红脸的，想你归降曹贼，贪生怕死。享荣华、受富贵，忘记桃园结义，斩颜良、诛文丑，两番陷害兄长。今日里还有何面，来见老张？着枪！"噗——乓！兜胸一枪。关公俫要紧再起龙刀招架，嚓啦啦嘟嘟嘟，嘟、嘟、嘟！关公呆脱哉哟。勿对了，勿是为卡子。俚说吾贪生怕死，投降曹操。俚说吾享荣华、受富贵，忘记桃园。斩颜良、诛文丑，两次害阿哥。兄弟啊，格个完全是误会呀。云长一方面起龙刀招架住俚丈八矛么，阿要搭俚解释？"三——弟，愚兄，兵——困土山，二嫂——危急。"两位阿嫂在城里向，已经拨了曹操攻下仔下邳城，两位嫂嫂性命要保勿牢。吾不得已而约三事，降汉勿降曹，暂且在许昌耽搁。曹操待吾三日小宴，五日大宴，上马金，下马银，格种事体，吾根本觑动啥过心。至于说吾斩颜良、诛文丑，吾是勿晓得大阿哥在冀州。吾为了要报答曹操，好千里寻兄了，因此吾立点功劳。吾走起来好方便点。想勿到事实上是害仔阿哥。格个事体是误会，吾觑晓得格呀。"三弟，愚兄不知兄长，在于冀州，还望三弟，住——手。""红脸的，想你兵进汝南，如今又带领人马，前来夺取老张的古城。着枪！"啪！又是一枪过来，关公再起龙刀招架，嗒嘟嘟嘟……"三弟，愚兄，不知兄长下落，往汝南探听虚实。遇见了孙乾，知晓了兄长下落。如今愚兄挂印，封金，辞别曹操。过五关，斩六将，千里寻兄，来到此间。还望三弟，息怒啊！"

张飞阿相信？呐吭肯相信。倷么回头仔曹操，挂印封金了，过五关斩六将，全本鬼话。倷么到该搭来，夺吾格古城。今朝么，吾就是要倷格命！"红脸的，胡言乱语，谁来信你。着枪！"辣——又是一枪过来么，关公再起龙刀招架，嚓嘟嘟嘟……

关公想呐吭弄法？吾什梗搭俚讲，拿情况侪讲拨俚听，俚总是勿相信。格么啥人格闲话，俚可以相信？吾弄勿懂嘠。孙乾俺进城？阿搭倷碰头？如果搭倷碰头么，吾格情况俚侪晓得，俚应该讲拨倷听。勿晓得关公啊，俚讲仔一半呀。倷格啥格挂印、封金、过关、斩将，俚还觑来得及讲，小强盗已经报得来。关公勿晓得格呀。关公想现在，看上去苗头呢，只有让俚去问两位阿嫂。吾格闲话俚勿相信，甘、糜二夫人格闲话，俚总相信格咯。"三弟，愚兄的情形，三弟不信。请三弟，去问二位———皇嫂。"

倷在讲格个闲话辰光，背后头车子上也看见。甘、糜二夫人听见门前头，哗……喊杀格声音了，打格声音么，阿要看哉咯。帘子掀起来一看，囉哟！叫啥格三阿叔，在搭二阿叔拼命哟。那么两位皇夫人紧张，要紧喊："三叔住手，愚嫂在此，三叔请快来——呀！"倷喊，张飞阿听见？呐吭听得见。两位嫂嫂格声音低哟，张飞在动手打格辰光，拼仔命在交战。外加还有小兵格声音么，听勿出的。倷听勿出么，甘个家将搭华吉一道喊。"呔，三爷噢。不要动手唉，二位皇夫人在这里，请你过来相见啊，哗……"家将，喤当喤当，一道喊。喏，到底人多了，喊格声音响，张飞听见哉。

张飞收住丈八矛，对准门前一看。两部车子，车子在帘子侪挂起来，甘、糜二夫人急煞之人格面孔，手在招。"三叔住手，三叔来——呀！"阿嫂喊吾过去。阿要过去呢，勿过去，看勿起嫂嫂。看勿起嫂嫂，就是看勿起大哥。格勿对，应该过去。格别样吭啥，吾过去，觑红面孔望准吾背心上，辣格一刀！勿、勿能勿防啊。哦勿勿。倷看看张飞，粗心么粗心，粗中有细，格场化俚来得格细心。对关公一看么，关公想蛮好，两位阿嫂在喊。"三弟，问过了两位皇嫂，便能知晓。""哼，二位嫂嫂，要老张过去相见。老张见过了二位嫂嫂，再来与尔，拚命——呃！"见过阿嫂，搭倷拚命。"三弟请便。""红脸的，老张过去相见二嫂，你不要阴谋暗算。夹背一刀——呃！""嚯哟！嚯嚯嚯嚯……"关公气得介险乎喷血啦。啥格闲话呢？张飞叫啥关照吾，吾么搭嫂嫂去碰头，倷勦阴谋暗算，望准吾背心上一刀。倷当吾啥人呢，吾阿是格种烂小人了，要阴谋暗算了，拿倷背心上劈一刀呢？"三弟，请！"过去吧。

张飞格马匹过来一看，啊！只看见车辆旁边头格周仓。周仓手里向，执好对锤头了。周仓本来要上来帮忙格啦。俚看见格东家，拨了格海外都大王，打得了回手俏吰不。俚要上去帮忙，拨华吉拖牢。华吉搭俚说，倷还好上去帮忙啦？今朝格穷祸么，俏是倷闯出来的。倷勿打脱卡子么，城里向格海外都大王，也勿会过来搭偈东家拚命。倷阿晓得格个都大王啥人？格个都大王是偈东家的，兄弟哟。俚笃弟兄相会，是三将军张飞。倷拎勿清哉，倷上去帮忙么，那是加二弄勿懂哉。哦，蛮好嗄，倷弄仔格茅草岗格强盗，一道过来打，愈加打得结棍，要讲勿清爽。勿许过去。那么周仓明白，勿好过去。看见张飞格只马，哈啦！过来么。周仓蛮识相，跑跑开吧。吾登在该搭点，俚要勿定心。冤家。勦俚对吾身上一枪，吾还是打好了，勿打好呢？所以周仓，啪啪啪啪啪，跑得远点。让倷张飞少一个顾忌。张飞也看见，周仓跑开了。张飞心里向转念头，嗨，红面孔啦，是变坏了。非但投降曹操，而且还搭强盗轧仔朋友了。倷看酿，茅草岗格强盗，吾认得格呀。吾搭俚打过。现在，茅草岗格强盗，跟仔俚一道。近失者赤，近墨者黑，搭强盗一道并仔帮哉么，红面孔哪恁会得是好人呢？

到车辆门前，华吉、二十名关西汉，张飞俏认得的。勿防备，用勿着防备得。一个么，俚笃也吰不格点本事，好近吾格身。张飞丈八矛鸟嘴上一架。"二位嫂嫂，张飞，有——呃礼。""三叔少礼，因何要与二叔交战？"唉呀，张飞讲：嫂嫂啊，红面孔投降曹操，忘恩负义，陷害大哥。斩颜良、诛文丑，外加还要打汝南。现在来夺取古城么，吾呐吰勦搭俚拚命呢？"嫂嫂，老张杀了这个不义之人，再来，请嫂嫂进城。"吾先弄脱俚，弄脱仔俚吾再来请俚笃进城。"唉——嗳，三叔，休要错怪了二叔。二叔未曾降曹。"偈俏晓得格哟，俚勦投降曹操。当初下邳失守，俚在土山上拨曹操包围住。曹兵人马冲进城了，拿衙门也围困牢了。偈两家头呢，预备要自杀。但是呢，曹操关照小兵，勿许冲到里向来。因此，暂时还勿碍。后首来呢，二阿叔完全是为仔顾虑偈两家头格性命，勿得勿赛过了保护偈了，停止战斗。而且搭曹操讲明白，勿投降曹操，只投降汉朝皇帝的。要优待两位阿嫂，而且还要，得着大哥消息么，马上就要跑的。倷冤枉仔俚！"唉呀，嫂嫂啊，他斩颜良、诛文丑，陷害兄长！""三叔，误会了。"唔笃二阿叔，勦晓得唔笃大哥在冀州了，所以斩颜良、诛文丑，立功报曹了，可以辞别曹操跑哟。现在俚得着仔唔笃大哥讯息之后，马上回头曹操，过五关、斩六将，到该搭点来。"三叔，你怎能错怪二——叔？""这！"张飞那么呆脱哉哟。

红面孔搭吾讲，俚过五关、斩六将，吾勿相信。俚格闲话靠勿住。阿嫂搭吾讲，嫂嫂好人，勿会瞎说一泡。难道说红面孔真格过五关、斩六将？勿勿勿，吾要弄弄清爽。唔笃嫂嫂还是看见的，还是听见？因为耳闻是虚，眼见为实。剹唔笃上红面孔格当呢？"二位嫂嫂，红脸的过五关、斩六将，二位嫂嫂可曾看见？"格么两位皇夫人唵看见呢？剹看见。为啥剹看见呢，因为打格辰光了，关公总是交代华吉，车子调头。回避。为啥呢，嫂嫂女流之辈，胆小。看见杀人，要吓的。因此，过五关、斩六将呢，两位皇夫人吥没看见过。侪是关公杀脱仔大将，再到车子门前来，报告了嫂嫂，望门前头跑。格么甘、糜二夫人，就在张飞门前，说声把鬼话，勿要紧格呀：是的，伲看见的。俚是过五关、斩六将。那么事实上么，是的确过五关、斩六将呀。两位皇夫人么，老实头人，一个回挖勿转么，讲仔老实闲话。"二叔过关斩将，怕愚嫂等受惊，车辆回避。虽然未曾看见啊，然而，确有其——事。"勿晓得唔笃两个阿嫂闲话讲坏。张飞该格辰光拿格红面孔，看得是坏透坏透。俫听听看？打格辰光，剹看见，过后仔，报告。明明滑头戏，唔笃上仔当了。"嫂嫂，你们上当了。常言道耳闻是虚，眼见为实。红脸的，瞒得过二位嫂嫂，他却瞒不得老张。老张杀了红脸，再请嫂嫂进城——呐！"说完，噔！圈转马头，哈啦啦啦啦啦啦，回过去。两位皇夫人那么觉哉，唉呀，闲话说坏了。"呃呀，三叔回来。三叔回来！"唔笃哭，嚎啕大哭，吥不用场。张飞勿听，非杀红面孔不可。马匹，哈——过去。甘、糜二夫人后悔莫及，放声大哭。华吉、关西汉，心里向侪难过。那僵，弄勿清爽。

张飞格只马在过来辰光么，关公龙刀原旧拿在手里向。看见张飞回过来么，问过嫂嫂，大概弄清爽。"三弟，见过了二位皇嫂，可知晓，愚——兄的情形？""呔！吔！红脸的，二位嫂嫂女流之辈，被你瞒过。你瞒得了二位皇嫂，焉能难瞒得老张。今日老张，要尔的人头，看！枪！"噗——乒！兜胸一枪，关公再起龙刀招架。"三——弟，且慢！"嚓嘟嘟嘟……那么僵。阿嫂闲话勿相信。那呐吭弄法？"三弟，既然不信二嫂之言，那么三弟，你可以问愚兄手下，这二十名家——将。"俫问华吉，俫问廿个关西汉。俚笃侪看好了。俫问俚笃，吾阿是过五关、斩六将？张飞想，问俚笃？俚笃是俫格心腹。俚笃呐吭肯讲老实话拨吾听。终归帮俫，勿会帮吾。"家将乃是你的手下之人，他们岂肯实言。不用多言，着枪！"叽！又是一枪过来。关公再起龙刀招架。那是张飞勿停格动手，上一枪下一枪，左一枪右一枪，一枪连一枪，一枪接一枪，叽叽叽叽……发一个勿住手。关公起青龙刀，嚓冷冷冷……只有招架，并无回手。阿是关公勿能回手？能够回手。为啥勿回手？呐吭好回手？勿回手，尚且讲勿明白。吾回手，俚更加要怀疑。哦，俫实头要吾格命。格么呐吭弄法？讲勿清爽。孙乾勠起作用，阿嫂俚勿听，家将俚勿问。俚板要吾死，格叫吾呐吭弄法？

徐想想看，关公从许昌动身，过五关、斩六将，千里寻兄。一埭路，路上下来，夜头是呒不好好叫困过觉。几化辛苦噢。可以说是人困马乏。今朝蛮兴奋，能够碰头张飞哉。蛮高兴。想勿到弄出什梗一种事体来，周仓打脱卡子，俚要搭吾拼命。而且呢，对吾连连痛骂。骂吾忘恩负义，骂吾贪生怕死，骂吾陷害大哥。呐吭弄得清爽？关公冤哉，实在心里向委屈勿过。吾活在世界上还有啥味道？想当初兵困土山，吾是要死，吾勿活呀。张辽来搭吾讲，徐勿能死的。徐死脱，唔笃两个阿嫂也要死，徐对勿住阿嫂；徐死脱，刘备、张飞也要死，徐对勿住阿哥、兄弟；徐死脱，徐对勿住国家，徐勿能够为国立功。吾勿能死，格么呐吭弄法呢？为了要保阿嫂、为了要寻弟兄、为了要为国家出力，因此么，吾提出三个条件来：降汉勿降曹；优待两位阿嫂；得着刘备消息，吾马上要走。曹操三桩条件接受，那么吾放下武器，停止战斗。跟仔俚到许昌去。吾并勠啥格贪生怕死了、忘怀桃园了、贪图荣华富贵，呒不什梗种事体。吾从许昌动身到该搭来，可以说是历尽了艰难困苦，吃了几化苦头。老实讲，敌人要吾格命，吾勿怨的。顶顶难过么，就是自家人，勿理解吾。兄弟，勿相信吾，口口声声说吾是，叛变了桃园弟兄，一定要置吾于死地。呐吭弄法？看上去呢，吾要讲清爽仔死，办勿到的。死，呒不道理格呀。吾曼得徐兄弟说一声，哦，原来徐勠投降曹操，吾错怪徐了，徐再拿吾一枪，吾死仔口眼也闭。现在格桩事体办勿到。为啥事体办勿到呢？因为弄清爽仔，俚勿会杀吾格呀。看上去呢，死仔倒弄得明白。为啥呢，吾死脱，两位阿嫂在该搭。俚要拿阿嫂请到城里向去。俚板要细细到到去盘问两位阿嫂。嫂嫂讲拨俚听什个长，什个短，红面孔勠投降曹操。弄清爽了，那么徐酒么也醒哉，脑筋么也清哉，会得赶到城外头来，抱牢仔吾格死人颗郎头，嚎啕大哭。"二哥啊，小弟错怪了你了啊！"死仔，弄得明白。罢哉，吾本来死勿落。为啥道理死勿落？因为吾要保两位阿嫂。现在勿要紧了。吾格阿嫂，也就是徐格阿嫂。吾死脱，徐会得保护阿嫂，徐会得拿阿嫂送到刘备搭，替刘备碰头么，吾死，有啥格了勿起呢？

关公转定当念头，哈啦！两骑马一个照面碰头格辰光么，关公拿口青龙刀望准地上，嚓郎——一撩，龙刀掼脱。乒！两条手分开，胸一挺。喏，兄弟，徐拣吧，眉心、咽喉、兜胸，格侪是致命格地方。徐欢喜搠啥场化，徐搠啥地方。眼睛一闭么，嘴里向说一声。"任凭我弟，拣——中，便了！"拣中吧。乒！徐手一分，等俚枪过来么，张飞枪来哉。"红脸的，着枪！"噗！徐一枪，往关公胸前刺过来么。关公，乒！身体扑上来，迎徐格条枪格枪头子。

格个辰光，张飞格条丈八矛格矛尖，离开关公胸口头，总大概半粒米，勿到什梗一滴滴。再进一眼，关公死。嗨！叫啥张飞格条枪，乒！将要近关公格胸前么，勿知呐吭会得觉哉，两只臂膊里向，格叻叻叻——一抖。啥体？格张飞格脾气，蛮特别。俫越是要招架？俚越是要俫格命。俫笃脱家什，青龙刀掼在地上，两只手分开，让张飞搠。叫啥俚倒又勿肯搠哉。啥格名堂呢，脾气呀。虎不吃伏食。老虎啦，俚伏在俚门前头格种小野兽，俚勿吃的。俚又是大，或者要搭俚打，俚就要咬杀俫。张飞觉着奇怪，红面孔为啥道理甩脱家什，让吾搠？张飞，哗啦！收住丈八矛。要问问清爽看。"红脸的，你为什么不招架？"关公是气得了，响勿落。俫要吾格命么，俫问吾为啥道理勿招架，有啥格问头呢？"今日愚兄，有死而——已——嘿嘿嘿。"关公说到格个地方，丹凤眼里向，噼儿……两行热泪。泪流满面。

嗳，奇怪。关公说一声吾今朝有死而已。吭啥闲话多讲，只有死。张飞叫啥会得觉着鼻头发酸格呀。俚从来勿看见过二哥哭。关公格人啦，刀架了头颈上，勿行出眼泪。硬汉子。今朝受得格张飞格委屈，实在伤心透了么，眼泪下来哉。"难道老张，冤屈了你红脸的，不——成么？"张飞想，吾勿冤枉人的。难道说，吾今朝冤枉俫啊？"三弟，今日愚兄，满身是口，也难，申——说明——白。"吾勿想搭俫辩哉，吭啥讲头。吾满身生嘴，吾讲勿清爽格哟。俫枪搠吧，勿讲了。俫越是喊俚搠么，张飞叫越是勿搠。奇怪？红面孔为啥道理什梗伤心，眼泪也下来？"如此说来，你不是来夺取老张的古城？"关公想吾呐吭会得夺俫古城呢。"唉呀，三弟呀！今日愚兄，若要来夺取古城，愚兄必带三千，或五千曹军。你看愚兄手下，可有曹呃——军哪？""这这，这！"嗳，张飞想格句闲话倒对格哟。红面孔假使到该搭点来，是要来夺吾古城的，俚一定要带兵。少说点了三千。至少么，喏，三五千人马总要带啰。三五千总要带。嗤，现在一看，两部车子，两个阿嫂，马夫华吉，二十名家将，归搭点么，喏，还有一个强盗周仓。"这，这这。"阿呀？阿呀？吾冤枉仔二哥哉？张飞格个辰光，酒，有点醒。打仔半日下来，脑筋也有点清。拨了关公格点感情呢，打动仔俚。张飞相信。张飞预备要放脱丈八矛，下马磕头了，当面谢罪。相信了。

嗨嗨！齐巧在格个要紧关子辰光，出事体了！出啥事体？蔡阳兵到。

老蔡阳带领三千名人马，追关公。夐当夐当夐当，赶到古城来。老老头要搭外甥金宝塔秦琪报仇，来搭关公拼命。俚格人马到卡子上，卡子上格小强盗么，真格叫瞎天盲地。天亦吭不箸帽大。对仔格曹兵："慢走！""干什么？""完税。""什么完税？""这儿是古城。""古城又怎么样？""古城海外都大王，无名大将军，什么人口到这儿来，都要完税！""我们不做生意，不带货物，完什么税呀？""人要完税，马要完税。""怎么完法？""人二两，马二两。""我们三千曹兵。""有一个，算一个。""我们老将军蔡阳？""照样完税！"天王老子要完税。那么格曹兵过来报告蔡阳老将军，门前头是古城，海外都大王、无名大将军格地界。人马也要完税，人要二两，马要二两。天王老子路过要完税。

蔡阳是气得了要喷血哉。一个人触起霉头来了，碰得哉咯。外甥拨了红面孔杀脱，路过黄土岭，强盗来打劫官兵格粮草。跑到古城强盗要关照官兵完税。路过该搭要付买路钱。啥格闲话！老老头关照，打！俫关照打，手下人炫上来，哔哩啪啦！拿卡子打脱么，小强盗奔过来报告。哈哒哒哒……刚巧张飞要相信关公，预备要放丈八矛下马么，小强盗到。"报——禀都大王，大事不好了。那里来三千曹兵，为首曹将蔡阳，不肯完税，反把卡子打掉。如今要杀奔城下来了，请都大王定夺！""哇呀呀呀……"张飞一听，吼叫连连。对关公一看，"红脸的呀，红脸的，你用——得，好计！"俫格条计策用得好。啊？自家么，带廿个家将先过来搭吾碰头，用哀档。喔哟，出眼泪了，做功阿要好哇？三千曹兵、蔡阳老将马上后面赶过来，帮俫忙。要夺吾格城关，还当了得。吾幸而勯上当哟。俚要紧拿条丈八矛拿起来，望准关公兜胸。"看枪！"噗——兜胸一枪。

那么关公想僵。死脱仔也弄勿明白。刚巧拨俚，嚓！一枪弄煞。请阿嫂进城还弄得明白，现在弄明白。俫勿是来打吾古城，俫为啥道理，背后头有三千曹兵了，有曹将蔡阳。关公心里向有数目了。蔡阳到该搭点来，是要搭外甥报仇，要来搭吾拼命，勿是来打古城的。现在张飞弄勿清爽，说吾用得好计。辣！一枪过来。关公要紧身体，哈啦！一偏。嗙！张飞一枪搠格空么，关公起两只手，望准俚丈八矛格矛杆上，扎！一把。抓牢。"三弟，息怒。蔡阳到来，待关某上前交战，将蔡阳首级砍下。三弟可能，信得愚兄么？"那弄得清爽，吾过去搭俚打，俫看呐吭？"这，喳喳喳喳……"张飞心里向转念头，蔡阳如果搭俫是搭档，唔笃连档的，俫勿会搭蔡阳打，蔡阳也勿会搭俫打。唔笃一道来打吾古城。现在俫过去搭蔡阳拼命，拿蔡阳颗郎头拿下来，表明俫格心迹。好。张飞收转丈八矛。"既然如此，老张，念桃园弟兄之情，助尔三通战鼓。三通鼓之内，你斩得蔡阳，还则罢了。三通鼓之内，你斩不得蔡阳，红脸的啊红脸的，你休来相见，老张——呃！""好！"关公想蛮好。准定格恁样子，三通鼓为期。关公俚马上回过头来关照。"华吉！""有。""保了二位皇嫂跟三将军，进城，而——去。""是。"华吉答应，华吉带二十名关西汉推仔车子，轧冷轧冷……跟张飞进城。啥体？因为阿嫂车子在城外头，有危险。三千曹兵杀到，勶弄点事体出来。因为关公搭蔡阳到，胜败还是一个，暂时还弄勿清爽。假使说，关公拨了蔡阳，喳！一刀结果性命。格两位皇嫂在城外头，岂勿是有性命危险。那么当然喽，如果说蔡阳拿关公杀脱，张飞也能够相信关公。俚是勯投降曹操的。俫投降曹操，蔡阳勿会拿俫杀的。关公杀脱蔡阳，也证明关公是勯投降曹操，否则，俚勿敢拿蔡阳结果性命。

那么张飞看见华吉、关西汉保仔甘、糜二夫人车子跟俚进城，阿防备呢，勿防备。华吉，俚了解的。二十名关西汉，俚也熟悉的。两位阿嫂进城更加呒不事体。让俚笃进城好了。轧冷轧冷……车辆进城。张飞、毛仁、苟璋、嗫兵，通通俔进城。城门关起来！嘎杠杠杠……城门紧闭。张飞下马，丈八矛一放。上城楼。俫上城楼么，毛仁、苟璋、小强盗俔跟到城楼上。张飞关照，搭吾摆一面战鼓。一面战鼓摆好，两根鼓槌旁边头一放。张飞拿两根鼓槌拿在手里向，等俚笃两家头放马交战么，擂鼓助威。三通鼓格辰光勿长格哦。三通鼓顶多打十个回合，而且十个还可能勿到点，就要敲完。换句闲话讲，关公今朝一定要在十个回合里向，拿蔡阳结果性命，张飞相信侬。否则，俚就勿相信侬。

张飞么在该搭点看。关公就马上交代，"周——仓！""有。""龙刀，侍候。""是。"周仓跑过来，要紧拿口青龙刀，嘿！呈到上面。扎！关公龙刀手里向，噗——执一执好。对门前一看么，蔡阳人马来哉。哗……三千曹兵到。旗门设立。蔡阳格只马过来。关公看得清清爽爽。老将军，白银盔，白银甲，胡子雪白，手奉银板刀。两只眼睛哭得眼窝气胖，眼睛发仔红了。该格辰光叫，仇人相见，分外眼红。冤家来，还了得。吭不儿子，外甥当儿子。侬拿秦琪杀脱，侬就掘脱吾蔡阳格只老根。吾今朝搭侬拼！命！哈啦！马到。关公亦然马匹过来，两家头相见。

关公先叫应俚："老——呃将——军。""红脸的！你、你、你你你你你，你好哇。老夫与你无仇无契，你、你为什么要把我的外甥儿，结果性命哇？"关公心里向转念头，勿是吾要搭俚笃外甥打。吾算得好哉，搭俚笃外甥碰头，搭俚商量：阿能够让伲过去，吾么总归勿会忘记侬的。将来搭侬战场上么，有碰头日脚。吾蛮客气，俚对仔吾：侬要过去可以的。吾可以放侬过去，吾刀勿肯放侬过去。侬胜得吾手里刀，那么侬过去。什梗讲仔，吭不办法动手打。"老将军，关某，与令外甥相见。令外甥，一定要阻挡，关某。不得已而，将他斩——首。还望老将军，明呃鉴。""好哇，今日里老夫，要尔的人——头！与我放马！""放马！"嗵！嗵！两家头各人圈转马头，哈——两马相交。

唔笃马匹在打照面格辰光，城头上张飞鼓槌拿起来，呱呱！咚咚！卜隆卜隆卜隆卜隆！噗……侬在城头上，击鼓助威么，该面三千曹兵，"杀呕！杀哇！"声势，蔡阳大。因为蔡阳手下有三千人马，关公手下只有格周仓。而且周仓还勿能够上来帮忙，只好立在旁边头看。哈——两骑马碰头格辰光，蔡阳心里向转念头，吾今朝搭俚打，呐吭打法？用看家本事啰，下杀手。蔡阳有两路刀法，一路叫"连三刀"，一路叫"偃月刀"。吾今朝还是，用连三刀呢，还是用偃月刀？路过滑州关辰光，听见滑州关格小兵告诉吾，外甥秦琪搭俚碰头格辰光，就是用连三刀，拨了红面孔破脱连三刀。嚓！回手一刀了，拿吾外甥结果性命。格么连三刀勿好用了。因为俚已经晓得哉啦。俚熟悉格个刀格技巧哉么，吾再用上去，就勿稀奇了。俚有准备。吾另外一路刀法，格路刀法叫啥？叫"偃月刀"，也是蔡阳格绝技。

蔡阳格只马匹过来，两马相近，就起手里向格银板刀望准关公面门上，迎面一刀。"红脸的，你看——刀！"噗——一刀过来哉。关公看俚银板刀过来么，要紧起手里向青龙刀格刀钻子掀上去。"且——慢！"嗵！侬刀钻掀上来么，哪里晓得老老头手脚叫快，兵！刀一收。哈啦！收下来，落下来望准关公赤兔马马头上一刀。"去吧——啊！"噗——下头一刀来。关公刀钻，噔！点一个空。看俚格银板刀，望准下头过来么，关公要紧起龙刀刀头子，哈啦！掠过来。"慢——来！"噗——乒！佲龙刀刀头望下头撩过去格辰光，哈啦！手脚叫快。老老头刀，乒！又是一收。俚格上一刀、下一刀，两刀是虚格啦。真家伙呢，当中横里格一刀。俚拿口银板刀，哈——啦！一透。格个一透厉害格哦。刀头在门前，刀钻在后头，格一透，太阳光齐巧要当顶快哉，太阳光照过来，照到格刀头上，磕——尔！豪光万道，银光闪闪，滴溜滚圆，哈——啦！像一只匾什梗大小。望准关公胸前过来格辰光，有勿勿少少格刀头子。勿少刀头子，侪是假的，侪是虚的。当中一刀格刀子么是真家伙，而且格个太阳光一照，咳——尔！豪光闪烁。佲眼睛侪张勿开。佲两刀掀两个空，俚当中一刀过来，格个就是偃月刀，看家本事。那么关公呐吭办法呢？关公是要大破偃月刀，斩蔡阳，兄弟释疑么，下回继续。

第十五回

赵云战周仓

　　关公，古城相会。叫啥蔡阳老将军，人马赶到。第一个招面，就拿看家本事拿出来，发一路偃月刀啦。上一刀、下一刀是虚的，引开俫格注意。当中一刀呢，崭货。而且格个一刀啦，有名堂。嗥！格刀头一透啦，尔嗼——赛过像一只球，滴溜滚圆。格里向俫是格刀头，嗤嗤嗤嗤——太阳光照在刀头上，搭尔——格光线强得了，刺眼睛。俫曼得一个眼花，弄勿清爽俫格真家伙格刀头在啥场化。俫弄一弄错，俚，啪！进门，俫就完。好得关公啦，俚一对眼睛好啦，丹凤眼。看起物事来，特别清爽。现在看俫，乒乒——上下两刀，掀两个空，当中一刀过来，滴溜滚圆像一个球。而球格中心点，就是俚格真家伙格刀头。格个关公懂的。关公起手里向格刀柄招架。"且——慢。"嚓冷！曼得俫掀着俚格刀头么，格点刀花，啡——散了。刀花就哄不了。好，完结了。蔡阳偃月刀拨了关公已经破脱。心里向，别！一跳。啊呀，那下来哪怎办？俫还勪想出哪怎办格办法么，关公回手一刀过来。格个一刀格名称叫啥？叫"单手刀"。俚勿是两只手拿刀，是一只手拿。一只手拿格刀捻头，哗啦！刀抬平格辰光啦，嗥！左手往上头一推，刀钻子上一推，尔嗼——刀头搠出去。右手呢，就捏牢格刀钻格搭，望准蔡阳，右手格头颈格搭点过来了。"看——刀！"噗——一只手执家什。格个一刀格名称叫啥么？叫"单手刀，断臂要离刺庆忌"。列国辰光，要离刺庆忌，一只手啦，辣！一刀，过来。蔡阳一看，哦哟！勿灵！刀来了。俚要紧望准左手里向一让，嘿！让过去。勿晓得那么俫上当。关公格一刀格技巧，在啥场化呢？俫看看好像，望准俫右手里过来的。那么俫板是往左手里偏的。其实呢，俫格头颈要望准右手里迎上去，俫倒勿碍的。啥道理呢？因为关公格个一刀，到俫头颈旁边头啦，俚勿往俫头颈上过来，俚哗啦——翻格身，从俫头上反过来，甩到左手里向，嘿！过来。那么就估计到俫，看见右手里刀来，俫板往左手里让。俫往左手里让呢，俚格刀反到左手里，哗啦！过来么，俫齐巧凑到俚格刀口上。蔡阳勿晓得什梗一个道理了。俫望准左手里向，嘿——让过去么，关公口刀头已经翻过来！嚓！头颈里向一刀，着！尔嗼——锃——嚓嘟——哈啦啦啦！落马翻缰。蔡阳一死是，旗门底下三千名曹兵是，"逃哇……"唔笃逃，关公俚要紧关照周仓："周仓！""有。"俫搭吾过去，俫拿格个扯旗格个小兵，抓过来。吾关照俫哦，只要捉活的，勿要死的。弄煞脱仔，吾勿搭俫完结的。"哦。"周仓有数目了。周仓，哈哒哒哒——追过来。格个扯旗格朋友还骑一匹马了。俫格匹马哪里有周仓格飞毛腿快呢。周仓赶到，嗒！一把拿俚抓牢。嘿！马上拉下来么。好了，逃勿脱了。旗子乱脱么，拨周仓拿俚往腰里向一搿呀。哈啦！回过来。回到关公旁边头么，拿格个人放下来。关公呢，现在勿去问俚。等歇，到张飞来仔，叫张飞问俚。

俚在对城头上看格辰光么，张飞在擂鼓，咚，咚，咚，噗——一通鼓还呒不敲完，蔡阳落马翻缰，人头落地么，张飞那么明白了。关公，呒投降曹操。俚投降曹操，俚呐吭会得拿蔡阳杀呢，吾冤枉仔俚。张飞格两根鼓槌，哪里想捏得牢。啡——鼓柱甩脱，人，从城楼上跌颠冲赶下来。开城门。城门开，张飞出城门，卜！跪下来。用脚馒头走路，膝行上前，来向关公请罪了。

关公看见兄弟脚馒头走路，在跪过来格辰光，也看到张飞格眼泪，哈……下来。一路膝行上前么，一路在哭啦。关公心里向倒有点不忍。龙刀，嚓啷！一撂。马背上跳下来。跑过来么，拿张飞扶起。张飞哪里肯起来。张飞两条手抓牢仔关公格脚了，嚎啕大哭。"二哥啊，二——哥！方才小弟冒犯二哥，罪该万死。二哥啊，你把小弟杀了——吧！"关公格个辰光眼泪也下来了。心里向转念头，兄弟，吾勿怪俚。为啥道理吾勿怪俚呢？假使吾，真格是投降仔曹操，是昧尽良心斩颜良、诛文丑害大哥啦，俚拿吾一枪挑煞，俚对的。俚完全对。问题是因为格里向误会啦，吾呒投降曹操。现在误会，解释清爽。俚喊吾拿俚杀，格呐吭会呢。"三弟，说哪——里话来？如今，你，可以问一下，蔡阳的部下，蔡阳，因——何，到此？"俚问一问，捉牢格活口了。蔡阳哪恁来的？蔡阳阿是奉仔曹操之命，来接应吾，打古城？还是，叫吾先来了，俚跟在后头，马上就赶得来，夺俚城关？俚、俚问一问。吾勿问。因为吾问啦，倒算俚搭好仔当了，串通好仔，拨俚扛木梢了。现在要俚自家来问。那么张飞立起来，其实张飞格辰光心里向，完全相信关公，因为二哥关照俚问一问么，俚就问格个小兵哉。"呃，老张问你啊，你们蔡阳老儿的人马，为什么到这里来？""呃喝，呵。大王，嗯，小人勿敢瞎说。小人通通俚是讲老实闲话。蔡阳老将军呢，在许昌，奉仔曹丞相格命令，带三千人马，兵进汝南。因为汝南城呢，拨了强盗抢仔去哉。""啊？""呃，格个，拨了一个大王抢仔去了哉。那么，丞相问，啥人到汝南去，拿汝南夺转来？蔡阳老将军讨令，俚去。那么带领三千人马路上下来。勿晓得，路过第五关，滑州关格辰光么，俚格外甥秦琪呃，喏，拨了关君侯杀脱了。那么老将军俚，恨得勿得了。因为俚呒不儿子格啦，拿外甥当儿子。俚杀脱俚外甥么，赛过断脱俚只根。俚带领人马，汝南也勿去，违背仔丞相格命令，带人马，戆当戆当，跟仔关公了，一埭路追过来。预备到此地，拿关君侯结果性命，搭外甥报仇。小人勿敢瞎说，通通俚是真话啦。"

关公在旁边头，也听得蛮清爽。"三弟，可，听——得否？""哦！"张飞那是加二明白哉。"那么二哥啊，既然如此，把这个家伙杀了拉倒！"关公说勿，勿拿俚杀脱。因为俚呒不罪，搭俚勿搭界，放俚回转去。格么张飞当然啰，俚二哥关照勿杀么，俚也勿动手。关公就拿格个扯旗格朋友喊过来，关照俚。俚，马上去追唔笃自家格部下，追牢仔唔笃格部下呢，拿老将军格死尸，带回许昌，备棺成殓。搭俚入土为安。那么倷呢，到丞相门前，代吾向丞相报告一下。说吾，过五关，斩六将，到古城，斩蔡阳，侪是不得已尔！格个闲话呢，倷一定要到许昌，"面禀，丞呃——相！""是！小人有数目哉。"

那么格朋友，哈啦！上马，哈——追过去。再喊点弟兄过来，拿蔡阳老将军格死尸带转去。蔡阳格马、刀也带转去。俚自家格刀呢，也上马。路上买着一口棺材呢，拿俚成殓。刚巧唔笃要走的，还勩到五关上了哦，来了。哈——一个旗牌官到。格旗牌官啥人呢，奉仔曹操之命，来追蔡阳军队来，要吊转去。因为张辽报告仔曹操之后啦，说蔡阳老将军可能勿会去汝南了，要去追关公了。曹操派格旗牌官，倷搭吾赶快拿老将军格人马，吊回许昌。半路上碰头一问，好样式，也勩吊哉。已经，老将军格棺材也在了。吊点啥呢，人，已经死了。那么俚笃回到许昌之后，碰头曹丞相，报告。格个扯旗格小兵呢，就拿关公关照俚带格信，搭曹操讲。"赛过，关君侯关照吾带信。俚过五关、斩六将了，到古城斩蔡阳了，完全叫，不得已而。曹操心里向转念头：哼，不得已尔，七个大将惨脱。还有啥闲话好讲呢。曹操落得坦气，格呐吭去怪关公呢，侪是俚笃勿好啰。格么蔡阳老将军格死尸呢，让俚笃入土为安。吾一言表过。

曹操方面丑一丑开么，再交代关公。搭张飞一道进城。两位皇夫人呢，也碰头了。皇夫人蛮快活，总算兄弟释疑，言归于好。到衙门口，毛仁、苟璋要紧进去拿孙乾格绑松脱。孙乾是绑得了，手脚侪发仔麻了。跑过来到关公门前头，卜咯笃！跪下来。吾该死，格事体是吾弄出来。倘然吾早点讲仔过五关、斩六将呢，张飞就勿会冲到城外来，搭倷拼命哉啦。关公也响勿落，格个事体呢，三搁六凑，好了，那事体也过脱了，勿谈了。

张飞关照摆酒。关公、张飞、毛仁、苟璋、孙乾，一道在外面吃。甘、糜二夫人到内堂休息了，内堂吃酒。刚巧在吃酒辰光呢，叫啥城外报得来哉。城外来两个人，自称倷都大王格乡亲。现在呢，已经到了衙门了。喊进来一看么，勿是别人，一个是糜竺，一个是糜芳，是刘备格两个阿舅。糜竺呢，是糜夫人格阿哥。糜芳呢，是糜夫人格兄弟啦。请俚笃到里向来见过之后么，问俚笃，唔笃呐吭到该搭来格呢？说：伲么嗒，兵败徐州。徐州失守之后么，伲逃走。逃到乡下去隐蔽。打听皇叔消息么，打听勿哉。但是最近呢，听做生意人讲啦，说古城到了一个海外都大王，无名大将军，黑面孔，阿胡子，用一条丈八矛。那么伲想阿会是三将军，所以赶到该搭来碰头么。想勿到二将军也在了，孙先生也在。哦！张飞开心啊，蛮好蛮好。那么现在嗒，就缺脱格大哥。再缺脱格文官简雍。假使简雍、刘备一到么，伲徐州失散格点人，通通侪碰头哉。糜竺、糜芳么，亦然一道吃酒。

酒阑席散之后，关公就关照张飞：三弟，吾呢，明朝跑。啊？倷为啥道理什梗心急呢？嗒，吾要去寻大哥去。因为大哥在冀州啦。大哥格个日脚，也相当困难了。那么好得呢，倷在此地。

两位嫂嫂，倷用勿着带得去哉啦。吾就带一个周仓，吾就带一个孙乾，三个人，干脆利索，比较爽气的。用勿着多带人的。华吉，二十名关西汉，俚笃也跑得蛮吃力了，就让俚笃留了该搭点吧。因为吾去，用啥格办法，能够拿大哥安全脱离冀州了，一道到古城来碰头哟，还要路上商量起来得了。那么张飞答应。格么张飞说：二哥，吾搭倷一道去，倷看呐吭？哦，倷勿去。一来，倷去仔啦，容易闯祸，弄出事体来。该格辰光呢，要用计，拿大哥骗出来格啦。倷，况且呢，古城倷也离勿开。倷离开了古城，作兴有别场化人马打过来，讨惹厌。古城呢，吾倷要当一个立脚格地方，拿大哥请出来呢，一道到古城碰头。那么张飞答应。耽搁了一夜，到明朝转来早上，关公，孙乾，周仓，三家头动身。甘、糜二夫人，糜竺，糜芳，毛仁，苟璋，三将军张飞，华吉，关西汉，侪留在该搭。那么一桩事体呢，吾先拿俚讲脱。啥格事体呢，华吉因为路上下来啦，实在是疲劳过度，生病了。等到关公请着刘备，回到古城来呢，华吉，已经生病，病重了，医治无效了，死哉。关公倒蛮伤心，格个马夫啦，交关忠心。死脱么，哪惂办法呢？就备棺成殓，就葬在古城城外。倷为啥道理要先拿格桩事体讲一讲呢？因为啦，周仓勤出场格辰光，关公就带一个华吉。马夫华吉不离左右。格么周仓出场之后哉呢，关公主要是带周仓了。那么华吉呢，因为疲劳过度生病死脱么，吾拿俚交代过哉。因为说到下段书里向啦，只有关公了，周仓出来。作兴老听客要想着格华吉格人，倒像煞格个形象，蛮可爱格啦。哪惂现在一直勿提着呢？喏，就是在古城相会之后了，疲劳过度，实在忒辛苦了，死脱了。

古城，吾拿俚表过。再交代关公，孙乾，周仓，那快了。两匹马，周仓呢，飞毛腿。唔笃马有几化快么，俚步下有几化快。跟过来了。格路上下来，爽气。今朝呢，已经到了，离开冀州二十里之遥，格个地方。格搭有座山，格座山叫啥呢，叫马天岭。马天岭格座山，再过去就到冀州了。那么关公搭孙乾商量。吾现在呢，勿能到冀州。为啥？如果现在到冀州啦，因为刘备拨袁本初软看起来，一日到夜派人监督格啦。吾一进城，要出城，就困难了。要商量商量看，用啥格办法，又是么，能够让刘皇叔离开冀州的，又是呢，吾勿至于贴进去了，到了冀州一道拨袁本初看起来啦。孙乾说：蛮好，格么到旁边头看看看，借住一夜再讲。

唔笃望准横里过来呢，离开马天岭勿远，只不过两里路啦，门前头有一座村庄。关公关照周仓：倷上去问格信看，阿能够在该搭点借住一夜？周仓跑上来问信。"啊——这个，门上有人么？"门上一看么，嚯哟！吓煞哉。啥体么？周仓只面孔怕勿过，满面生毛。黑面孔，看见仔吓人倒怪了。獠牙俉出。当、当仔碰着仔啥格妖怪了，勿知啥格？孙乾要紧马背上跳下来，过来。"哈——列位，休要惊慌，我等是借问一信。"哦哟，哦哟吓煞哉。看见仔格只面孔。呃，格个客官，倷倷，倷问啥啦？"这里什么所在？"该搭点啊，该搭点么因为倷员外姓关，该座庄子呢，就叫关家庄。"哦，关家庄。""是的。""费心到里边，通报你们员外，汉寿亭侯，关君侯路过此间。天色将晚，欲在宝庄借宿一宵，不知可能应允？""可以，可以。"底下人到里向一报告么，老员外马上关照，开正门出接。

"员外出接哉！"一声一喊么，正门开。员外从里向出来，关公也下马。周仓呢，拿两匹马带过去，旁边头树上结一结好。关公跑过来呢，孙乾先上来介绍：嗜，该格一位，就是关君侯。那么员外要紧问：倷呢。呃，吾么，叫孙乾。哦！"君侯，孙老爷。老汉，迎接有礼。"一躬到底。关公、孙乾回过一礼。往里向进来呢，到员堂，坐定。底下人送茶。员外关照备酒，接风。格么关公要搭俚攀谈哉咯。问员外，尊姓大名？员外说，吾姓关。巧么真巧啦，两家头是五百年前同一家，大家伲姓关。员外呢，单名一个定，叫关定。

关公心里向转念头，吾从许昌出来啦，路过了好几座庄子过夜。胡家庄，老员外胡华，俚格儿子胡班呢，救吾的。郭家庄，郭员外叫郭常，俚格儿子郭子呢，就勿大好了。啊，盗吾格马匹了，带仔强盗来抢吾格马。那么此地关家庄，勿晓得员外，阿有几个儿子啰？问问俚看。"请教庄主，有几位公——郎？""呃呵呵。若问老汉么，膝下有两个孩子，大儿叫关宁，小儿叫关平。大儿学文，小儿习武。"哦，关公一听好。赅两个儿子。大儿子叫关宁，小儿子叫关平。大格呢，读书的。小格呢，练武的。将来文武双全啦。"二位公子，可在？""大儿在书房用功勤读，小儿么打猎未归。"蛮好，大儿子在读书，小儿子去打猎了。格么先请唔笃大儿子出来见见酿。员外马上关照到书房间里，请大少爷出来。大少爷到外头，见过老娘家。关定关照俚见过君侯，孙老爷。"君侯、孙老爷，小子有礼。""少礼。""罢了。"孙乾关照请坐，关宁坐下来。关公搭俚攀谈两声么，叫啥格大公子啦，勿大出客的。客人难扳接触的，看见仔关公，好像拘束得勿得了。一讲闲话么，怕难为情。面孔会得红起来什梗。格关公想，格个读书人勿出趙的。倷看呢，讲闲话格辰光，啥格面孔要红。格么看上去练武格呢，一定要比俚出趙。就关照员外，倘若唔笃格二少爷转来呢，请俚到该搭来见见。蛮好。

员外派人到外头去看，倘然二少爷转来，赶快叫俚到该搭来见客人。底下人跑出来一看么？来哉，哈啷啷啷……一匹马，哈——关平，带了庄丁、庄汉打猎回转。打着格种獐猫鹿兔，俚马背上跳下来，跑过来么，底下人喊。"嗳！二少爷！""怎样？""豪燥到里向去，有客人了。员外关照倷进去见客人。""嗯，是！"关平进来哉。一看么，爷，阿哥，还有两个客人伲在。"爹爹在上，孩儿，有礼。""儿啊，罢了。""哥哥。""呃，贤弟。""儿啊，见过了君侯，孙老爷。""嗯，是。君侯、孙老爷在上，关平有礼。""二公子不敢。"关公把手一招，"罢了"。哎！孙乾想，倷格人勿会客气。格别人家二少爷，搭倷唱啥么，倷说一声少礼也可以，罢了，直别别的。嗯，关公想搭格个小人么，呒啥大客气头喽。孙乾关照摆座头，请关平一道坐。关平坐下来添好副杯箸，一道吃酒辰光么，关公问俚。"二公子。""君侯。""听令尊言讲，公子喜欢习练武艺。""嗯，是！"

"不知公子，喜欢用，什么兵刃？"俉用啥家什？"若问小子么，喜欢用一口，大——刀！"哦哟，那关公想好了，搭吾同行，吾用刀，俚也是用刀的。"既然如此，关某要请教，公——子的刀法。""嗯，是！"关平马上关照："来！""是。""大刀伺候。""是。"底下人马上到里向去。哼吼！拿出来，一口银板刀。嚓啷！天井里一摆。关平立起身来，往天井里去。

关公在对俚看。二少爷，漂亮是真漂亮。站立平地身高七尺，长方面孔，脸如傅粉。两道剑眉，一双俊目，鼻正口方，两耳贴肉。天庭饱满，地角丰隆，头上武生巾，身上尖干，丝带系腰，薄底快靴。看上去英俊气概，讨人欢喜。俚扭下身去，拿口银板刀拿起来，哒！噗——嗖！开一个四门之叶，叭叭叭叭……一路刀法使完，嚓啷！银板刀一摆，跑上来，夯是夯得来，气喘吁吁，汗流脊背。面孔么涨得熏红。"君侯、孙老爷，呵——小子，呵——献丑了。"孙乾几化会做人了。"哟哟哟，二公子刀法精通，武艺粹臻。可敬，可敬。"碰着关公对仔俚，"刀法，不——好！"孙乾响勿落。借住夜、吃便饭，路过该搭点，人家老娘家什梗客气，摆仔酒水请俉吃。俚笃儿子，使一路刀法拨俉看。哪怕戳脚么，俉说声把好听闲话也勿要紧。哦，呒啥呒啥，蛮好。格么也可以。格啥体对仔别人家，直别别。刀法，勿好！为啥道理勿好？俉看酿。一路刀法使下来，面孔么涨得煊煊红，夯么夯得来，像偷格石人石马什梗。一身大汗。俉格种，有功夫格啊？好上战场打仗格啊？勿来格嚄。差得远了。关公是，实性子朋友。俚勿欢喜啥格说假话。好么是好，勿好么是勿好，勿灵！

关平，小囡呀。从来呒不听见过，有人当面这样对俚讲，勿好。落勿落。"哦，君侯，小子的刀法平常，那么小子要请教你君侯的刀法，如——吔何？"啊吔？啊吔，孙乾想呒趣哉。叫啥俚对仔关公，格俉说吾刀勿灵，格么俉格刀法呢？吾倒看看看酿。"好，待我，使来。"关公勿知呐吭哟，欢喜格小囡。俉要看看吾刀法，格么吾来让俉开开眼界。俉看看看，吾格刀法哪恁？马上关照：外头格青龙刀去拿进来。一声一喊么，周仓拿刀，拿到里向。嚓啷！刀，望准天井里向一摆。关公跑过来。关公只脚，刀柄上踏哉，尔——一捻么，刀已经到仔俚脚尖上。乒！一挑么，刀，尔嘚——起来，喳！刀拿好在手里向。哗啦！刀钻在门前，刀头在背后。摆好一个架子，就是啥，春秋刀格架子。刀钻在前了，龙刀在后。俚舞一路刀法。舞啥格刀法呢，就是春秋刀。只看见格路刀法实在精彩。叫：

> 赤马刀，考叔挟车姿多奇；
>
> 起首刀，效学开弓养由基；
>
> 翻身刀，管仲仇寇惊小白；
>
> 扫叶刀，卞庄刺虎腾空起；
>
> 单手刀，断臂要离刺庆忌；

　　合盘刀，孙武执法斩二姬；

　　迎面刀，专诸巧戏鱼藏剑；

　　回马刀，老臣急躁报恩义。

　　一刀化八刀，八八六十四。叭叭叭叭……格种刀法格精彩是，精彩到呐吭程度呢？叫只见刀光，不见人影。倷一面盆水，嗖！泼上去。身上衣裳，勿行会潮。啥体么？俚格刀舞急了，滴水不进。钝是勿讲钝格酿。侪什梗，嗳，刀，舞急在滴水不进，格落雨天覅着雨衣哉。大家拿把刀在手里，哈——一埭路舞刀。格是，马路上，还敢走路格啦。大家拿刀在手里向是，可以滴水不进，别人家，鼻头、耳朵侪带脱仔了完结。格个叫形容哟。总而言之么，关公刀，是舞得好。一路刀法完，嚓唧！刀一撂。格是嗨外。勿行气喘，勿夯的。非但勿夯，汗侪勿出的。外加呢，面不改色。不过关公面孔转色么，人家也看勿出。因为俚本来红面孔，假使俚即使红么，人家也看勿出。何况呢，俚是勿红。俚确确实实，是面不改色啦。

　　关平一看："嚯哟！"服帖。关平心里向转念头，倷格种么叫刀。吾格种啊，只好算——刁。格刁字看看搭刀字像倒有点像的，写起来两样。刀是上头下来的，刁是下头撇上去，大推大扳了。"哈呀，君侯。果然刀法精通，小子佩服。还望君侯要指教小子。"关公当然，愿意教俚。回过来吃酒辰光么，点拨俚。倷使刀呢，要呐吭呐吭呐吭呐吭。格基本功，应该呐吭样子练好。打好基本功，那么倷再可以学刀法。哈呀！格老娘家是开心啊。什梗一看，呃，吾儿子，有福气。关公格种刀，虎牢关，温酒斩华雄，斩颜良、诛文丑，过五关斩六将，擂鼓三通斩蔡阳。格是可以说，用刀格当中，最最好格水平。吾儿子能够向俚学点刀法是，还有啥说头呀，开心。

　　酒阑席散。等到关公搭孙乾么书房间里耽搁，周仓么困在外书房。两匹马么，牵到里向去。关平呢，到里向去，拖牢仔老娘家格袖子管，"爹爹"。"儿啊，怎样？"倷随便呐吭勿能放关公跑格哦。为啥？倷拿俚留下来。啥体呢，吾要向俚学刀法。格么要留几化日脚呢？顶起码三年。嗳，留三年下来让吾刀法学会，倷再好放俚跑。否则勿能让俚走。吾寻勿着，什梗种师傅呀。哼，员外对俚笑笑。呐吭拨倷想出来。关公什梗种有名气、有身价格人，俚要为国效忠，替国家办事体的。呐吭有可能，请仔三年假了，登了该搭点做家庭教师，教倷刀法。勿可能格么。什梗，慢慢叫，再留留俚。三年么勿来的，阿好留格半年。有格半年到三个月是，吾也已经满足得勿得了。

　　唔笃爷儿子么，到里向去。关公呢，搭孙乾在书房间里向困觉之前么，两家头商量。关家庄呢，看上去格员外蛮热情，可以留一留。但是明朝呢，孙乾讲啦，倷顶好覅进城。假使倷一进城，拨了袁本初，嗖！软看起来。僵哉。或者拿倷搭刘备隔一隔开，也僵。两个人侪勿好走。格么用啥格办法呢？什梗。孙乾说倷让吾，明朝一个人进城。吾明朝进城呢，吾也勿去碰头刘皇叔。吾先打听一下消息看，刘皇叔最近格情形呐吭。探听明白了，吾城、城里向过一夜，开栈房。到明朝转来，早上一早呢，吾去碰头刘皇叔。吾搭刘皇叔讲，关公来哉。在城外头，栈房里。为啥道理勿进城呢？因为勿搭倷碰头啊，俚勿肯进城。要兄弟见面了，俚再肯进城啦。那么板要去碰头袁绍格咯。碰头袁绍之后么，吾就搭袁绍讲，关将军到哉。但是呢，俚勿看见刘皇叔么，俚勿肯进城。那么袁绍板要关照，叫刘备倷到城外去请。喊吾么领路，那么刘皇叔跟吾来。即使有两个大将，背后头在监督了什梗么，勿要紧的。两个大将总归打勿过倷格哟。倷呢，赛过到后日格太阳当顶，就在马天岭，山顶上看。吾呢，领刘皇叔来。日中，总归可以到马天岭了。倷日中在马天岭上等么，即使有大将，倷，哈啦——冲下来，搭大将打。拿大将杀退，倷就可以搭刘皇叔一道，到关家庄。然后呢，吾促离开关家庄了，再赶奔古城。拿条计策格名堂呢，叫"调虎离山"。拿刘皇叔，骗到俚城外头来。嗳！关公一听蛮好，格个办法通的。

当夜耽搁过呢，明朝转来，一早，孙乾起身梳洗已毕，吃过点心么，辞别员外，先跑。关公呢，留在该搭。不过关公交代哦，周仓，倷用勿着登在该搭点，倷跑吧。嗯，到啥场化去呢？倷什梗。倷搭吾跑两个地方。一个，黄土岭。一个呢，卧牛山。做啥呢？倷到黄土岭呢，倷去寻廖化。因为廖化投奔吾哉啦。吾关照俚在黄土岭等吾消息。倷关照廖化带仔人马赶奔到古城吧。吾呢，在古城总归要登一段辰光了，廖化人马过来呢，就好到古城碰头。格么吾黄土岭下来呢？倷再到卧牛山，碰头裴元绍。倷叫裴元绍收拾好人马之后么，带仔卧牛山格喽兵，也到古城了，古城碰头。吾横竖就要回古城格呀。吾到明朝转来，碰头刘皇叔之后么，吾到古城么，倷传脱信么，倷也到古城来见面。周仓答应。周仓去。

关公呢，留在关家庄。勿厌气格呀。因为关平要讨教俚刀法呀。关公么点拨点拨俚。哎哟，员外是开心得勿得了。总算关公今朝勿走哉，愿意留在该搭点，帮吾格儿子练刀法。那么关公在关家庄，吾也慢一慢说。

孙乾今朝进城呢，今朝俚还勿会去寻刘备了，今朝也吭不事体。让俚开好仔栈房，打听消息了，要明朝早上，再派俚用场，去寻刘皇叔。

那么吾交代周仓。周仓飞毛腿，快得热昏。俚心里开心。本来是约好裴元绍要一个月，那现在根本用勿着一个月。吭不几日天，就可以赛过马上喊到古城去。啪啪啪啪……那么俚路上，格飞毛腿下来格辰光，从路程上讲，应该先经过卧牛山，慢到黄土岭。不过周仓心里向想，吾勼到卧牛山。为啥呢，吾先到卧牛山，搭裴元绍一讲。关公叫倷去，到古城，吾会得带倷去的。不过吾现在要到埭黄土岭。那么吾到黄土岭么路远呀，作兴要过脱一夜回转来了，明朝转来，再可以到卧牛山啦。裴元绍急性子，格个人心急得少的。吾搭俚一讲，俚恨勿得马上喊吾走。格么吾勿到黄土岭，吾事体勼做好，吾勿好走的。俚勿晓得格个消息，俚倒也勿急的，倒也不过什梗。吾何勿先到黄土岭，吾寻着廖化，关照廖化人马到古城。那么，吾马上回到卧牛山。吾搭裴元绍一讲，裴元绍马上要走，蛮好。吾就等俫，弄好哉，立刻就跑么，省得让裴元绍坐立不安了，夜头么困勿着觉了。急性子朋友。所以周仓呢卧牛山躺弯。啪啪啪啪……直达此地黄土岭。上山一看么，呆脱哉哟。山上房子呒不了。一片焦土，侪烧光。啊呀，房子呢，呒没了。呐吭会得烧光呢，廖化人呢？喊，喊勿应。下山来打听格辰光么，碰着小强盗。小强盗告诉俫，什个长，什个短，蔡阳路过此地，劫粮草。廖化拨蔡阳杀败，廖化跑脱，山上房子拨蔡阳烧脱。曹兵走脱么，伲格点喽兵么，散在该搭。背娘舅打闷棍，做点小生意了，过日脚。格么周仓说什梗，唔笃寻勿着廖化么，算了。唔笃拿点喽兵帮喽兵了，通知一下。唔笃愿意到古城的，唔笃赶快到古城。就说唔笃是廖化部下，横竖张飞在古城了，会得收留唔笃的。噢。那么小喽啰俫通知吾，吾通知俫，蚂蚁传信什梗。阿有几化人呢，本来有三百个人。有种么侪散脱了，有格么做生意去哉，有格么勿愿意到古城去。碰头下来呢，总大概还有百把格人。格个百把人头呢，让俫笃到古城，并入张飞格队伍么，吾先拿俫交代脱。

那么周仓过来了，夜头也勿困哉，连夜赶路。叭叭叭叭……到明朝转来，天刚巧亮么，到了。到卧牛山。要想上山去，寻裴元绍么，呆脱。啥体么？山脚下有人。啥人呢，茅草岗格小强盗。小强盗侪在割草。吔，呐吭道理？大清老早，就在山脚下割草。那周仓有点勿大开心。啥格在勿开心呢，裴元绍啊，吾搭俫弟兄。吾手下三百个喽兵，叫俫笃到卧牛山上来，寄在俫搭点，借住夜、吃便饭。等到吾来通知唔笃么，一道到关公搭去。格么吾手下喽兵登在俫搭点么，多少总归是客气格吷。阿呒啥天也刚巧亮了，就叫俫笃登了该搭点割草。哦，俫自己手下喽兵勿派，差吾手下小喽啰么，在该搭点割草。格周仓有点勿大开心。跑过来。"啊，孩子们啊！"喽兵一看。"哟，大王，大王。俫，俫呐吭到该搭点来啊？""吾到这里来，呃，叫你们一同到主人那里去啊。""哦哦，俫、俫、俫来喊伲到，到主人搭去？""对啊，呃，大王呢？""大王啊。""嗯。""哼，大、大王。"啊？呐吭道理啊？吾问起裴元绍，叫啥俫笃对吾哭出乎拉。眼泪也出来哉哟。"怎么样啊？""嚇嚇嚇嚇嚇嚇嚇，大王，该搭点大大王已经死脱格哉。""啊！"那么周仓呆脱，分手仔呒不几化日脚，裴元绍身体蛮好，从来寒热也勿发一个。格呐吭会得着生头里死脱呢？"他怎么死的啊？""昨日死的。""昨天啊？""嗳。""什么毛病啊？""呒不毛病。""没有病，他怎么会死格啊？""勿瞒俫讲是拨了一个，拨了一个马贩子，一枪搠杀脱的。""啊！"那么呆脱。呐吭会得拨格马贩子一枪搠杀脱格呢？大哥格本事，一对青铜锤头，力大无穷，两膀千斤之力。呐吭会得打勿过一个马贩子呢？

那么小强盗报告。昨日，有一群马贩子路过该搭点，山上大王得报。大王要买马，俫晓得格啦。大王人长大，俫骑格只马呢蹩脚勿过。俫要想跟仔关君侯战场上去立功么，要弄一只好马。

因此呢，关照小喽啰在下头打听，马贩子路过，看见有好马要问俚笃买。后首来发现，马贩子自家骑格只白马呢，龙驹宝马。搭格马贩子讲，要买俚只白马。别格马覅。叫啥格马贩子讲，别格马侪可以卖的，就剩格只白马呢，勿能卖。说倷价钿尽管开好哉哟，倷铜钿勿关格呀。勿关的。万两黄金勿买的。那么小喽啰到山上去报告大王。叫大王下山来，拦牢马贩子搭俚打。打败马贩子，拿俚只马抢下来。抢仔下来再拨俚铜钿。因为就什梗问俚买，俚勿肯么。打仔下来拿只马夺下来了，夺下来之后么，倷强盗勿能做哉咯，再折还俚价钿拨俚么，就呒不事体。那么大王带人马下山，拦牢马贩子。搭马贩子打格辰光，一个照面，马贩子一枪过来，大王两柄锤头，嚓啷！掀上去。掀格辰光，马贩子格枪架在大王锤头上，吭！往下头一掀。大王用力往上头一抬么，勿晓得大王格只马勿来赛，背梁脊骨在吃勿起两个人格分量。哼！背梁脊骨断，磅当！马掼倒，大王马上跌下来么，拨了马贩子，唰——一枪结果性命么，大王身亡。后来呢？后来么，后来格马贩子追过来格辰光么，俚呒不办法了，大家跪下来投降。说格个，搭格马贩子讲啦，请倷到山上来做俚格大王吧，因为俚现山上呒不大王。现在？现在马贩子就在山上，做俚格大王。"哦！"周仓一听么，眼泪下来。一问，裴元绍格坟，就在门前头。一个新坟。刚巧死。昨日弄好格吭。周仓，卜落笃，跪下来，磕头格辰光放声大哭。俚马上关照小喽啰：上山去，喊马贩子下来。吾，吾要搭马贩子拼命，吾要替大哥报仇雪恨！是。

哈哒哒哒……小喽啰跑到山上。"报——禀新大王。"该格大王新大王。"怎——样？""山下，我们二大王来了，他要跟我们大大王报仇，请新大王下山交战。""明白了，来！""是。""提——枪，带呃——马！""是！"手下人提枪带马。格马贩子啥人？格马贩子勿是别人，常山，赵子龙！格赵子龙，呐吭会得做起马贩子来着呢？喏，赵子龙本来啦，俚是投奔袁绍。俚第一个东家是袁绍。因为袁绍看俚勿起，勿肯重用俚，郁郁不得志。那么俚投奔北平太守公孙瓒。公孙瓒齐巧搭袁绍在打。盘河大战，推位一眼眼公孙瓒要死。赵子龙赶到，挡住河北将。盘河大战救公孙，投奔公孙瓒。公孙瓒呢，也是勿识人。俚觉着赵子龙啦，是河北真定常山人。袁绍格势力，在河北的。倷河北人，到该搭来投降吾。倷到底是真心，还勿是真心？所以对俚呢，忌一脚。后来刘备到，搭公孙瓒碰头。刘备也碰头赵子龙。嘿嘿，叫啥刘备搭赵云啦，一见如故。后来，刘备要跑了。战斗结束，刘备回平原去。赵子龙送刘备格辰光么，依依不舍。赵子龙对刘备讲：赛过，吾想投奔倷。吾要离开公孙瓒。刘备勿肯。刘备说：子龙啊，吾从心里发出来，吾欢喜倷格本事啦。吾顶好倷能够跟吾跑。但是现在呢，吾勿能带倷。为啥道理吾勿能够带倷么？因为吾搭公孙瓒，弟兄。有交情。吾格个平原令，是俚推举吾。倘然说，吾拿倷带仔跑呢，公孙瓒对吾要有意见。说起来，吾挖俚格墙角，拿俚手下格大将挖出来了，到吾搭点，勿好的。什梗吧，倷耐心点。倷公孙瓒搭暂且登一登。来日方长，后会有期。那么两家头洒泪而别。

刘备回平原。后首来刘备呢，接着北海太守孔融格讨救兵格信。刘备要去救孔融了。格么只有关、张两个大将啰，刘备再赶到北平，问公孙瓒借了格赵云。那么再过来，解北海之危了，救孔融。然后跟仔孔融呢，赵子龙也一道跟得去的。到徐州，解徐州之危，因为曹操在打徐州。等到曹操人马退了，陶恭祖三让徐州。刘备留了徐州哉么，赵子龙因为徐州格战事结束哉么，就回转北平。碰头公孙瓒。公孙瓒呢，原旧对俚不过如此。派赵子龙，偕搭吾到口外去，买一批马转来。所谓口外么，就是长城外头。就讲起来就是现在格内蒙古格一带地方。那么赵子龙带仔铜钿，带仔点小兵么，到口外买马。买马啦，并勿是简单格事体。该搭点买着一点，归面挑选着一点，要买蛮多马匹么，就勿是一个地方能够买得全的。买了好多辰光，买着三百多匹马。赵子龙回转来。回到北平么，公孙瓒死。呐吭会死格呢？就是袁绍打北平，北平被围。格辰光赵子龙在口外，赵子龙讯息俹呒不。结果呢，拨了袁绍打开北平城。公孙瓒放一把火，火烧易经楼么，自己烧煞的。所以赵子龙到北平么，北平变仔袁绍地界了。蛮好，赵云倒心里向转念头，那吾可以去投刘备。为啥？吾呒不东家了呀。刘备当初勿肯收吾么，就是因为吾在公孙瓒搭，俚搭公孙瓒有交情了，弄僵格哟。公孙瓒死脱，格个一层关系解除了。格么吾到刘备搭去，刘备勿会回头吾。

赵子龙从北平赶下来，一埭路呢，就做马贩子。带仔手下小兵，押仔一群马，路上下来。赶到徐州，投刘备么，勿晓得刘皇叔徐州失手，不知去向。后来再打听么，关，关云长已经到仔许昌。张飞呢，张飞毫无下落。那么完结。赵子龙心里向转念头，呐吭弄法？回北平，呒不意思哉咯。到啥场化去呢？流浪江湖，到处打听，刘备在啥场化，想办法去寻刘备。勿晓得路上下来呢，路过卧牛山，裴元绍要来夺俚格马匹。一个照面，赵子龙巧将，辣——一枪过来，裴元绍格锤头去招架辰光，赵子龙条枪，架在俚格青铜锤头上，往下头，当！一揿。两膀千斤之力，裴元绍也是两膀千斤之力，嚓唡——掀上去么，嘿！两个人格力道，磕了只马背上，只马吃勿住，哼！背梁脊骨断，掼下去了，裴元绍死。

那么喏，赵子龙杀盗登山。上卧牛山，做新大王。因为赵子龙，也呒不去处了哉哟。俚当然强盗勿肯做的。到山上呢，暂且登一登再讲。打听着刘备消息，或者打听着关、张格消息，吾再去搭俚笃碰头。耽搁脱一夜。今朝早上，派两个喽兵，到山脚下去割点马料，割点草过来喂马啦。现在得报，山脚下叫啥来仔格二大王了，大大王拨吾弄脱，来格二大王。二大王么，吾就搭二大王打，斩草除根了。赵子龙豁上鹤顶龙驹宝马，手奉银枪。俚自家部下呢，有两三百个人。卧牛山上，带下来五百个。周仓手下，也有三百个。一千多人，哗……下来哉。偕要下来格辰光么，看见周仓立好在格面。周仓看见来格马贩子么，俚呆煞脱了。啥体么？格个马贩子白银盔，白银甲，白马银枪，身材素小。佝大哥，长一码，大一码，何等魁梧。两个人摆了一道，比比么，大小推位勿少。好像一个重量级了，一个轻量级。呐吭格重量级会输拨了格轻量级么，弄勿清爽。

周仓跑过来。"呔呃呃！大胆的马贩子，你擅敢把我家兄长结果性命，哪还了得。可知晓，二大王的厉害呃！""毛贼，你与我，溜呃腿！""你放马！"哈——一个放马，一个，啪啪啪啪……溜腿。碰头格辰光，周仓起手里向格对锤头，望准赵子龙，鹤顶龙驹宝马格马头上，两锤头过来。"照打！"噗——乓！两锤头。赵子龙马头一圈，银枪招架。"且慢——呃。"嚓喇——掀着。倷掀着，俚锤头在倷枪头子上，当！一掀，两足一攮。赵子龙条枪在往上头挑么，俚借倷格点力道，人望准上头，呋笃——叭！跳上去哟。赵子龙抬头一看，囖哟！格个高是，不得了啦。阿有几化高？八丈。说得出的。好跳到八丈高得啦？火冒呀。周仓因为心里向火透哉么，火冒么跳到八丈高。现在人落下来格辰光，头往下，脚朝上，尔喏——望准赵子龙头顶上，两记。"着打。"噗——乓！两锤头。像天打什梗下来了。赵子龙要紧起长枪枪杆，"且慢——呐！"嚓喇——掀着，呋——噗，一个鹞子翻身，落下来。到倷马后，望准倷马屁股上，两记。"着打。"噗——乓！两锤头。赵子龙旋转身来，起枪钻子，哒冷——掀着。噗——到左手里向。啪！腰眼里两记。赵子龙枪头子，噌！掀着么，往地下一困，喏尔——擦地龙滚过来。噗——窜起来，乓！望准倷右手腰眼里，两记。磴！掀着。啪！又到门前头，马头上两记。掀开，噗！又往上头去。或前或后，或左或右，或上或下，啪啪啪啪……

格么俚滚过赵子龙格只马格马肚皮，为啥道理勿往赵子龙马肚皮上，当！一锤头，拿只马打杀脱俚？勿舍得。周仓看中格只马。啥体呢，格只马是龙驹。懂的。浑身毛片雪白，头顶心上一摊炫炫红，鹤顶龙驹宝马啦。周仓想啦，吾在茅草岗辰光，曾经动过脑筋。要抢一只马了，送拨东家，作为礼物的。勿晓得东家有马的。格么，该只也是龙驹马。吾拿格只马弄下来，打败了马贩子，吾拿格只马夺下来，回转去么送拨了东家。今朝高兴出来骑赤兔马，明朝翻翻行头哉，再换一只白马过来。嗳，周仓也是看中赵云只马了。所以俚勿打马，就打倷格人。啪啪啪啪……打一个富贵勿断头。赵子龙格条枪，擦冷冷冷……只有招架，吭不还手。赵子龙算得本事大了。嘿嘿，叫啥拨了周仓打得，吭没还手。赵子龙心里向暗暗称赞。好，格个二大王，比大大王还要狠。轻身法好。赵子龙看中俚。格个人收下来，如果做吾格马夫是，吭不闲话讲了。叫啥赵子龙也看中俚呀。勿晓得人家定脱了，已经跟仔关公了。倷要想喊俚做马夫，勿来赛了。赵子龙勿晓得格哟。

赵子龙搭俚打格辰光，周仓格路锤头呢，八十记。一路锄头，啪啪啪啪……打完，那么第二路再来。第二遍啦。第二遍再来呢，仍旧什梗打法。周仓格缺点，是格啥物事呢？也是学本事辰光格毛病，打得非常呆板的。总归马头上两记，啪！跳上去。头顶在两记，啪！落下来。马屁股上两记，啪！窜到左手里。腰眼里两记，打脱，啪！又到右手里。右手里腰眼里两记，打脱，再回到门前头。马头上两记打脱，再往上头去。叫啥俚打得了，只会什梗两来兴。勿会变化。假使俚格轻身法什梗好，变化再一大是，对手呒不路的。因为俚呒不变化啦，倷招架起来就有格数。晓得格呀，呆板数的。马头上打脱么，要上头来，倷防上头好了。上头掀脱么，要朝屁股头了，倷身体旋转来好了。屁股头招架脱么，要到左手里了，那么回到右手里，那么再到门前头。

赵子龙格种巧将，聪明朋友。俚打起来，善于研究对方格弱点啦。俚发现，发现周仓打得非常呆板，只会什梗两来。赵子龙想，吾有机会可以还手。啥格机会可以还手呢？就是说俚马头上两计敲脱，人，啪！窜上去格辰光。格个辰光，俚还勦到上头，还勦落下来敲吾头上格辰光，俚窜上去格当口，吾可以发一枪。格辰光好搠俚一记。所以打到该格辰光，乓！周仓两锤头，马头上敲上来。嚓唥！赵云条银枪挑上去，周仓，啪！周仓窜起来么，赵子龙条枪，噌！抬起来。辣！一枪。搠俚啥地方？赵子龙因为欢喜俚格本事，勿搠杀俚。而且要拣吃得起苦头格场化，拨点苦头拨俚搭搭。望准俚小髈上，髈肚肠子上，嚓！轧——一枪着。周仓吃着痛，尔噂——锃！掼下来。笃落！扑！跳起来，哒哒哒哒——跑过去。离开赵子龙几十步路，格搭有棵大树。俚锤头放脱，只脚翘起来一看，一个洞。绑腿布搠穿了。笃笃笃笃……绑腿布解下来。哒，呒不金疮药啦，血在流出来了。旁边头抓一把沙泥，嘿！望准格洞眼里揿下去。绑腿布调格头，咯咯咯咯……扎一扎好，拿格只脚伸两伸，缩两缩。

赵子龙一看，俚眉头也勿皱。哦，吃价。阿哟哇，勿喊。眉头也勿皱。赵云倒笑出来。"毛贼，你再敢来啊么？""来么哉哇！"周仓想阿是吃着仔一枪了，见倷怕啊？勿敢来哉啊？就是要来！啪啪啪啪——窜过来，马头上，辣！两记过来。"且慢，呐！"嚓唥——呋——啪！格么周仓啊，刚巧倷吃仔苦头哉么，该抢，倷夢跳酿。俚只会两来兴，又往上头跳。格么赵子龙阿发枪呢，勿发。啥体勿发？跳得快勿过。嚓啊——等到倷要发枪，人已经窜上去。落下来，头顶心上，头顶心上掀开，又到屁股头。左手里、右手里，再回到门前头，啦！两记。乓！窜起来。赵子龙条枪抬起来。"去吧！""嚓——尔噂——噌。"扑！跳起来。哈哒哒哒——跑过去。周仓锤头放脱，一看么，好样式，老疤上。一枪过去啦，拿点沙泥俙搅脱了。绑腿布解下来，再抓一把沙泥，喤——揿下去。格条绑腿布两面有洞哉，调一只脚绑腿布，噂噂噂噂，扎一扎好，归条破格绑腿布，左脚上扎一扎。弄好舒齐，只脚伸两伸，缩两缩么，眉头稍微皱一皱。哼，赵子龙看，倒吃价。"毛贼，你再敢来么？""来么哉嚯。"周仓勿买账，跑过来么，连中三枪吆。那么赵子龙要赶奔到马天岭，赵子龙马天岭救驾，下回继续。

第十六回

兄弟相会

周仓，奉关公之命，到卧牛山，要想拿裴元绍带到古城。哪里晓得格裴元绍，已经拨了格马贩子一枪挑杀。周仓要报仇，搭马贩子打，连中两枪。而且格个两枪呢，搠在一个地方。周仓俚拿绑腿布换过，重新扎一扎好。格只脚呢，伸两伸，缩两缩，不过眉头稍微皱一皱，好像还呒啥大格痛苦。

赵子龙在马背上看，看看倒蛮有趣。嘿嘿！格朋友狠的。吃着两枪，好像还无所谓。赵云在引俚。“毛贼，你，还敢来——吔么？”“来么哉嚯。”周仓心里向转念头，阿是吃仔两枪了，就见倷怕啊，就勿敢赶过来打啊？勿买账，再打。锤头一执，当当当当……奔过来，到赵子龙门前。起两柄锤头，望准赵子龙马头上。“照打！”噗！赵云介险乎笑出来。赵云想周仓啊，倷哪吭格锤头，板要在马头上开场。格倷马屁股在也可以先打两记。哦，勿关的。叫啥俚只会什梗两来，也是学着格毛病。俚勿什梗仔啦，勿来赛。先是马头上两记过来么，赵子龙长枪招架。“且慢——呐。”嚓冷——挑上去。格么周仓啊，倷覅往上头跳酿。倷往横垛里跳，也勿要紧的。嘿嘿，叫啥俚板要往上头跳。改侪改勿过来。锤头在赵子龙枪上，当！一揿。两足一攮，身子一蹬，当！嗖！啪！往上头窜上去么，赵子龙推位一眼笑出来。又往上头窜。赵云那是有数目了，格条枪，乓！抬起来么，望准俚小膀上。“看枪！”噗——嚓！嗬嘚尔——铿！呋——噗！跌得快，爬得快，当当当当……奔过去。

奔到老场化，停下来，锤头放脱。拿只脚翘起来，一看么，吼哦！周仓响勿落。第三枪仍旧搠了老疤上。那是拿点沙泥全撬脱格哉嚄。再抓一把沙泥，嘿！揿一揿。绑腿布调一头，嘚嘚嘚嘚——扎一扎好。格只脚伸两伸，缩两缩么，看得出，非但眉头皱，面孔上，好像有一眼眼痛苦格表情。赵子龙心里向想，连中三枪，看倷哪吭？“毛贼，你再敢来么？”“勿来哉。”老实的，勿来哉。“为什么不——来啊？”“要吃枪的。”喔！老实的。啥体勿来么，要吃枪哟。周仓心里向转念头，再搭倷什梗打下去，吾还有生路啦？叭！叭！叭！枪连着往老疤上搠，格吃勿住，勿来了。周仓心里向转念头，那么哪吭弄法？裴元绍拨俚结果性命，吾搭俚打，连中三枪。再打下去，勿来。格哪吭报仇呢？凭吾格点本事，勿好报仇。只有去拿东家请得来。吾赶到关家庄，拿东家请到该搭点来么，再搭俚动手。对。

周仓锤头腰里向插一插好，对仔格赵子龙，“马贩子，你听了，你勿要猖獗。大王爷，吾去请吾家主人到这里来，再来报仇雪恨呃！"说完，啪啪啪啪……去了。俚一走么，赵子龙呆脱哉哟。"哈——啊？"赵云想，啥物事啊？阿是格个强盗还有东家啦？呃吔，格是俚格东家勿晓得要呐吭狠法？赵云要紧回过头来，问背后头格小强盗，"喽兵们"。"有。""我问你们。""是。""你们二大王的主人，是哪一个？""嗬！这个。禀老板将军，我们二大王的主人么，就是我们大大王的主人。"也就是裴元绍格东家。裴元绍两膀千斤之力，格个脚色，轻身法什梗好。"那么你家大大王的主人，叫什么名字？""嗯我们，大大王的主人么，也，也就是我们二大王的主人。"赵子龙对俚望望，俚也赛过勪讲。二大王格东家也就是大大王格东家，两个人一个东家。"他叫什么名字呢？""嗯。小人不知道。"格个强盗笨勿过。勿晓得，叫勿出关公名字。赵云再问，阿有啥人晓得，大大王、二大王格主人是啥人？茅草岗来的，有一个喽兵比较拎得清点。"嗯，这个老板将军。这个我们，大王的主人哪，不是旁人，就是当初虎牢关，温酒斩华雄，斩颜良、诛文丑，过五关斩六将的汉寿亭侯关君侯，就是我们大王的主人。""喔——呼呀！"那么赵子龙呆脱了。啊，没趣没趣。啥俚是关公格手下？倘然吾早晓得俚是关公格手下么，吾决勿会拿把裴元绍，叭！一枪挑脱。也勿会拿俚连中三枪。"你们二大王，他叫什么名字？""嗯，他叫周仓。""周——仓。""是。""这？"

赵云心里向转念头，周仓回过去，碰着关公报告。说吾枪挑裴元绍，拿俚连中三枪。那么关公带仔人马到该搭点来，吾搭俚碰头，难为情伐？呃，关公说起来，赵子龙俫枉空。搭俚是老朋友，打狗么，也要看主人面。吾格手下人，俫为啥道理，一个要拿俚挑煞，一个要拿俚连中三枪。叫吾呐吭讲法呢？误会，完全是误会。倒是吾，啥场化去寻关公？寻着关公，吾当面要搭俚解释解释了，打格招呼啰。而且，寻着仔关公呢，有一个方便。啥格方便么？寻刘备便当。因为关公板要到刘备搭去。吾本来预备到古城去，寻格个海外都大王。因为格海外都大王格样子啦，蛮有点像张飞。格么寻着张飞么，也可以寻关公了刘备。那么现在吾如果去寻着仔格个关公了，寻刘备就更加方便。倒是吾勿晓得格周仓望啥场化去跑，关公现在住在啥场化呢？俫问喽兵，喽兵俫说勿晓得。赵子龙想，格么吾只好到山上去，等周仓，拿关公带到该搭点来哉咯。

正要想走格辰光么，只看见，当当当当……周仓回过来。吔咦，呐吭道理，又回过来哉？周仓为啥道理回过来么？因为俚跑到仔一段路，俚想着。吾么跑到关家庄，路蛮远的。到关家庄寻着主人，拿主人请到该搭卧牛山来，打一个来回，蛮多点辰光。格马贩子要逃走脱的。俚怕伲主人来，俚逃走脱哉，吾到啥场化去寻俚？岂勿是裴元绍格仇，勿能够报，吾吃格苦头变白吃了。拨俚想出一条计策来。跑到该搭点来，吾来喊格个马贩子，俫阿有本事跟吾跑？跟到吾东家搭去么，俫算俫大好佬，激将俚。让俚跟吾走么，到关家庄。拿东家喊出来，马上就可以劈脱俚。对。周仓回过来哉。赵云看见俚回过来么，心里向倒蛮高兴。"周仓，你回来了？""马贩子，你勿要猖獗。你可有胆量？你有胆量，你跟吾跑，跑到吾家主人那里去，你敢不敢？"哦哟。赵云心里向转念头，蛮好。周仓在用计哉。问吾阿敢跟俚跑？格吾就跟俤跑吧，吾顶好要去寻关公了。"好哇，既然如此，你前边，带——呢路。"

赵子龙回转头来关照自己手下，马贩子，说唔笃搭吾跟仔格点喽兵，到山上去。不过唔笃回到卧牛山呢，第一，勿能抢劫过路客商。第二呢，勿要窝里翻，自家人搭自家人打起来。伲呢，侪是自家人。等到见仔关君侯，就会来寻唔笃的。那么格点马贩仔了，茅草岗、卧牛山格小强盗，侪回到山上去么，等赵子龙回过来，喊俚笃去。赵云然后拿只马头一拎。哈啦！过来。"周仓，你慢走。本将，来呃——也！""你来呀！"周仓在门前头，哒哒哒哒……赵子龙在后面，哈呀呀呀……

格么真叫周仓，连中三枪，跑得格速度稍微慢点。否则是，赵子龙只马啦，追勿牢周仓。格里向，是勿是唔笃说书，也有点过分夸张了？阿是小膀上连中三枪，还能够奔得了，像龙驹马什梗快啊？喏，格一点要讲明白的。赵子龙拿周仓，连中三枪啦。浮伤，轻伤，勿重的。不过呢，划破一眼皮肤而已。为啥道理，因为赵子龙看中俚格本事。赵子龙想收俚下来做吾格马夫么，不忍心拿俚，辣！一枪。如果赵子龙要用一用力气，嚓——一枪，搠得俚对穿对，骨头也搠断脱仔了完结。真真，搭——破一眼皮肤。浮伤。格么听俤说格辰光，好像，去吧！噗——嚓，嚓！一来兴，蛮结棍了哉。格个是夸张。因为说书俤格枪搠上去了，俤板要，嚓！哦，格么像煞，有劲的。啊，听起来。倘然说，俤格枪搠上去，看枪！噗——磕，一眼眼，划破点皮。听着呒没劲的。格个声音呢，有点夸张。因此周仓伤呢，并勿重，还能够跑得非常快。赵子龙跟俚过来，一个飞毛腿，一个龙驹马，望准关家庄格方向跑。哈——等到要到关家庄快哉么，太阳将要当顶。格么吾拿俚笃，且了路上哦。反正俚笃到马天岭格时光，吾再交代。

现在呢，吾缩转身来要交代孙乾哉。孙乾昨日搭关公分别。孙乾进冀州城，俚先去开栈房。开好栈房之后，然后跑出来到街上来打听消息。一打听么，方晓得，刘皇叔呢，住了啥地方。但是呢，刘皇叔格处境，仍旧像从前一样。有两个将官，五百个小兵，一日到夜，一夜到天亮看牢，行动勿能自由。完全像囚犯一样。打听明白之后，那么俚到明朝转来，一早么，房饭金付脱，栈房里出来，到刘皇叔公馆。下马。派人报进去，求见皇叔。

刘皇叔在书房间里得报，说：孙乾到，求见。"唉——嗳。"刘备心里向勿快活。为啥么？孙乾啊，俤来做啥？上一回，俤到冀州来，吾在街上看见俤。俤要叫应吾，吾对俤眨眨眼睛。搭俤表示格意，俤勿来叫应吾。因为吾现在，像吃官司一样。俤来叫应吾，拨袁本初晓得，马上袁本初拿俤收起来。好了，将来俤行动，也要勿能自由。上抢，吾在街上搭俚碰头，眨眼睛，俚能够领会的，晓得吾格意思的。所以俚街上呒不叫应吾，也勤到该搭来拜望吾。格么今朝，俤为啥道理要到该搭点来？侬来见吾啦，侬勿是见刘备，侬来投袁绍的。侬要拨了袁绍收得去。吭说法。"请。"侬关照请到，外头孙先生进来。到书房里。"参见主公。""少礼，请——呃坐。"孙先生坐定，手下人送茶。孙乾对刘备只面孔一看么，看刘备，愁容满面。晓得俚心里，勿快活了。格么刘备也要问俚着喽。"孙先生，哪——里而来，有何，事——呃情？""回禀主公。下官，与二将军一同到来。二将军在许昌接到了主公的书信之后，立即向曹操告别。过五关、斩六将，千里寻兄。现在冀州城外招商旅店之中，叫孙乾么，先来拜见主公。""啊！"

刘备一听，啥物事啊？兄弟已经来哉啊？喔。接着吾格信，马上回头曹操，过五关、斩六将，千里寻兄。现在城外头栈房里。派俚先到该搭来见吾。刘备叫又惊又喜。喜则喜，弟兄可以碰头。惊则惊么，兄弟一来，带仔吾家小跑到该搭点来，碰头袁绍之后，那是僵哉，跑勿脱了。兄弟要拨俚扣起来。吾呢更加拨俚看得紧。因为吾跑脱，兄弟也要跑的。刘备心里向转念头，那么呐吭弄法呢？再对孙乾一看，刘备就问俚哉咯。"既然，关将军到了冀州，为什么，不进城关？""呃哈，回禀主公。二将军说，未见主公之面，不肯进城，一定要主公出城关，兄弟相见。然后呢，再进关厢。"刘备一听俚格闲话，心里向，豁然开朗。明白了，明白了。从孙乾格眼神里看得出，格里向有名堂了。兄弟为啥道理勿进城？兄弟讲，因为勿晓得吾，到底现在格情形呐吭？板要吾到城外去搭俚碰头，弟兄见面，那么再肯进城。蛮清爽了，要吾到城外去搭俚去碰头么，兄弟就是勿进城啰。从孙乾格眼神里向格表情可以看得出，要拿吾骗到城外头弟兄相会，马上杀退河北将了，哈啦——另奔他乡。好好好，刘备点点头。"既然如此，我们上辕门去禀——报，侯爷。"

到辕门上去，碰头袁本初，告诉侯爷。因为袁本初是封侯格啦，叫俚袁侯爷啦。见过侯爷，报告之后，马上搭俚到城外头去。孙乾答应。两家头立起来往外头走么，高平、高怀跟过来，监督格小兵也跟出来，到外头上马。刘备到辕门下马。往里向进来格辰光么，袁本初已经得报。袁本初升仔堂，文武官员俦齐集了。高平、高怀在看牢刘备。孙乾来讲格闲话，俚笃已经派人先到该搭点来报告哉。袁本初一听交关快活，关云长来哉。嗳！俚杀脱吾颜良、文丑，俚到该搭点来投奔吾么，齐巧赔还吾两个大将。吾格里向蛮合算了。现在刘备到，关照——请俚进来。刘备到里向，见过袁本初么，旁边坐定。袁本初问俚。阿有介事，侬手下文官孙乾来哉？刘备说：有介事的。人呢，在外头。请。袁本初关照请到么，孙先生进来。见过袁本初，旁边一立。袁本初就问俚哉咯。"孙先生，你，哪里而来？""呃，下官么与二将军一同到此。关君侯在许昌接到了皇叔书信之后，辞别曹操，过五关、斩六将，千里寻兄，来到冀州。现在城外，招商旅店之中。""为什么不进城关？""因为二将军言讲，未见皇叔，不肯进城。兄弟相会，再进冀州。""好。"袁本初想蛮好。格个闲话呢，搭高平、高怀派人来报告吾格啦，内容一样。要让刘备出城啰？唉，吾就可以叫刘备到城外头去。"玄德公。""明——呃公。""你与孙先生，一同到城外，与你家兄弟相见。随后，同进冀州。""喏喏喏，遵——呃命。"

刘备答应格辰光，刘备心里向想，吾、孙乾哪怕就是高平、高怀跟得去，勿要紧的。高平、高怀格本事，呐吭打得过伲兄弟。兄弟，哈啦！出来，青龙刀一荡么，两家头逃也来勿及。伲笃逃么，吾搭孙乾马上就跑了。另奔他乡。刘备刚巧答应，立起来格辰光么，只听见旁边头。"且——慢！"刘备一看么，心里向，别！一跳。为啥？勿是别人。旁边头坐好了位军师，邓芝，邓伯苗。伲喊一声"且慢"么，格刘备啥体要心发荡呢，呐吭蓦急？看见就慌了。因为格个邓芝啦，峨眉山上下来的，会得论算阴阳。吾刘备心里向转啥念头，伲侪晓得。现在伲喊一声"且慢"。别样吭啥，勠伲兄弟用调虎离山之计，叫吾到城外头去，搭伲碰仔头逃走，拨伲算出来，告诉袁本初，吾要走勿成功的。刘备心里在急，勿知伲阿会晓得哦？

袁本初问邓芝："邓军师，怎样啊？""明公，刘备用计。""啊！用什么计呢？""关云长不肯进城，要叫刘备到城外兄弟相见，再进冀州。只怕刘备出了城关，与关云长见面之后，远走高飞。他们要逃——遁了。""此计为调虎离山之计。""哦？"袁本初一听，两只眼睛对准刘备一望么。刘备心里向，别别别别……格邓芝格家伙，可恶到仔极点。吾转格念头伲侪晓得，拨伲说穿，那么呐吭弄法？袁本初对刘备一望。"玄德公，你要用调虎离山之计，逃遁么？""啊呀，明公，说哪里话来？岂有此理，岂有此理。刘备受明公之恩，哪有逃遁之理。明公，休听邓芝，一派——呐胡言。""哼哼哼哼……"邓芝一声冷笑。"人心难测。"人心啥侪料得到的？袁本初马上对邓芝讲，邓先生，侬放心好了。吾立刻派张郃、高览、高平、高怀、吕旷、吕祥、焦触、张南、马延、张颠十员大将，带五千兵，出城去，看牢伲。假使红面孔来，要带刘备一道走的，吾马上关照伲笃十员大将，一道动手么，拿伲笃砍为肉酱。

刘备一听完完大结。去十个大将，侬想张郃、高览，四庭柱大将之一。高平、高怀等辈格八个大将，是河北道上八虎将。什梗十个大将到城外头去，吾逃得脱格啊？伲兄弟本事再大，打一个两个勿要紧。要打伲笃十个一群，格勿来事。一人难挡四手，寡不敌众。完结了。邓芝啊！侬搭吾啥格冤家呢，要弄得吾什梗走投无路。碰着格邓芝在旁边头开口，"明公，何必大动干戈"。用勿格咯。派十个大将，五千兵了，大勤功。啥体呢！格么袁绍问伲：吾勿派什梗兴人去么，伲要逃走格呀！"明公放心。有邓芝在此，邓芝只要带领五百军卒，押刘备出城，叫关云长进冀州，来见明公。"啥物事啊？侬去啊？侬一个文人之辈，带五百个小兵，能够压得住关云长了，搭刘备格啊。"邓先生，你，你一人，能么？""哼哼哼哼……"邓芝格条手，右手啦，望准肩胛上格宝剑剑柄上一搭。"明公，邓芝背上的飞剑，要来何用啊？"吾有飞剑啦。吾宝剑拔出来，往天上一甩，嘡！节头子一指，搭——一道剑光，过去。哈啦！往伲笃头颈里向一转么，颗郎头马上就下来了。怕啥？媷说俫一个红面孔，一百个红面孔，吾要拿俚笃颗郎头拿下来，囊中取物。对对对对对对对，袁本初心里向转念头，邓芝有仙法的。俚呢上通天文，下知地理，撒豆成兵，论算阴阳。外加呢，背心上飞剑苴出来，马上可以拿别人家颗郎头拿下来。格是比吾派十个大将还要便当了。"好啊。邓军师，带五百军卒，押刘备、孙乾出城而去，把关云长叫进冀州。""遵命！刘备，孙乾，走啊！"

刘备心里向，闷闷叫格一气，完结哉。俫兄弟本事再大，俫碰着邓芝什梗种人，呒没办法的。为啥？妖里妖气。俚所谓有仙法，其实是妖法。常言道，力不斗功，功不斗法。俫碰着格种妖法，叫兄弟哪恁办呢？呒说法，押牢绞仔走。刘备跑出来，孙乾也跟过来么，到外头。三家头大家上马，邓芝在前头，五百名军兵，跟在邓芝旁边头，嚯落落落。刘备、孙乾登在后头。磕嗑酷磕、磕嗑酷磕……出城。

一路过来么，过市梢。格市梢也蛮长格啦。嗨！叫啥城外头格市面跑完，荒野来了。邓芝还在往门前头走。刘备对孙先生一看，孙乾呆脱了。孙乾心里向转念头，格个邓芝格家伙，看上去啊，真格会得论算阴阳。为啥道理？因为吾刚巧说格鬼话哟。吾说关公么在城外头，在招商旅店，住了客栈里等俫。嗨！叫啥邓芝在门前头领路格辰光，经过客栈，不管大客栈、小客栈，俚头也勿拨，问也勿问。唉，孙乾啊，阿在格爿栈房里啊？阿在归爿旅馆啊？俚勿问，伊晓得勿了哈，而且跑完了，出市梢了，俚仍旧勿问呀？看上去俚晓得的，关云长在关家庄。格个有道理，佩服。其实孙乾啊，邓芝格种人叫老鬼啦。俚为啥道理勿问？问么，呒不资格哉嚯，勿像会得论算阴阳。俚想，假使关云长在栈房里，俫孙乾板要喊：唉，跑过头哉哦，在该爿栈房。俫也勿喊么，总归勿了哈。勿了哈么，总归往门前头走，何必来问俫呢？孙乾又勿晓得，格朋友江湖诀啦，有办法。孙先生勿晓得。

刘备在对俚看。刘备心里也在转念头，兄弟到底阿在栈房里？孙乾摇摇头，勿在栈房里。格么在啥场化呢？两家头咬耳朵哉啊。咬耳朵格声音，轻来西。索落索落，门前头格邓芝是，肯定听勿见的。就算听见声音么，听勿清爽内容的。刘备在问俚了。孙乾，兄弟在啥场化？关家庄。离开该搭阿有几化路？二十里之遥，在马天岭附近。格么，啥辰光出来呢？吾搭俚约好，太阳当顶为期，就在马天岭等吾俚。唔笃两家头在讲张格辰光么，刘备说：什梗吧，孙乾啊，搭俫逃走吧！横竖邓芝在门前，邓芝勿在对背后头看。俚看勿见俫后头格情形，吾搭俫马上溜到马天岭碰头了，往关家庄去。孙乾说：蛮好。唔笃两家头，刚巧商量要逃走么，叫啥门前头格邓芝，哈啦！马扣住，左手里向拿格拂尘，乓！拂尘一扬，右手格只手望准剑柄上一搭。"众三军。""哗……""刘备要逃遁了，你们看仔细。""哗……"五百名小兵弓上弦，刀出鞘，对刘备看。"怎么？你要跑了？"啊呀，刘备心里向转念头，格个朋友，后脑勺子在生眼睛格喏。吾在搭孙乾咬耳朵，商量逃走，俚呐吭会得晓得的？论算阴阳。论算阴阳嚄！

其实邓芝阿是算阴阳算出来的？勿是的。格么呐吭晓得唔笃要逃走呢？因为唔笃在咬耳朵。唔笃两匹马本来一前一后，磕磕唾磕、磕磕唾磕，格声音听得出。现在两匹马并排并。并排并走么外加咬耳朵，虽然字眼听勿出么，声音总归多少有点。切粒踒啰格声音，邓芝门前头听见么，唔笃为啥道理要咬耳朵呢？正大光明格闲话么，尽管哇啦哇啦格讲好了嚄，让吾听见也勿要紧格啦？勿拨吾听见，板是商量逃走，所以晓得唔笃要逃走。刘备又勿晓得的，刘备心里向转念头，格种小兵回转头来看上么，刘备要紧对俚笃摇手。"啊呀呀，误会了，误会了。刘备哪有逃遁之——理啊？"跟在后头，忐磕酷磕、忐磕酷磕，过来了。刘备对格邓芝是恨尽恨绝。冤家，前世里一劫。看上去桃园弟兄，俦要拨俅捆煞仔了完结。那么呐吭弄法？好来好去，俚在往门前头走啦。俚勿在回转头来对背后头看。吾腰里向有一口宝剑了，让吾冲上去，拔出宝剑，望准俚后脑勺子上，嚓——一宝剑，结果俚性命。拿俚杀脱么，笃定，逃走。刘备恨伤心。哈——啦！人马匹冲上来格辰光么，叫啥邓芝，哈啦！马扣住。"众三军，刘备要来行刺我了。""哗……"小兵大家回转头来哉么。好，刘备呐吭好行刺？人家俦在注意俅。而且邓芝格只手，已经搭到仔剑柄上，要拔飞剑么，刘备阿要吓格啦？"啊呀呀呀，邓先生，说哪里话来。刘备哪有行刺先生之理啊。"磕磕唾磕、磕磕唾磕……唔笃在望准门前头跑格辰光，孙乾弄勿懂。刘皇叔要冲上去拿俚行刺，俚后脑勺子上勿生眼睛格啦？俚呐吭会得晓得呢？其实么孙乾啊，邓芝是聪明朋友。刘备格只马，哈啦！冲上来。俅跟吾走。吾走得勿快，俅为啥道理，哈啦！要冲上来。俅冲上来，分明要近吾格身。近吾格身做啥？俅恨伤吾，俅要行刺。所以俚晓得俅要行刺。现在，刘备勿敢动哉。孙先生在转念头，为啥道理？格个邓芝，顶牢仔刘备打上。出城，离开城关蛮远哉哦，出了市稍也有一段路哉哦。

孙乾心里向转念头啦，吾有一桩事体想勿通。啥格想勿通么？终归觉着，邓芝格只面孔，像一个人。像啥人呢，像刘皇叔手下格文官，简雍。不过，简雍说闲话么要快点了，俚说闲话格节奏比较慢。简雍说闲话喉咙要响点了，俚声音交关低。喏，格个两点勿像。多下来呢，只面孔，面架子了什梗么，活龙活现。不过简雍么，方巾海青。俚呢，道巾道袍。简雍呢，腰里向吙不葫芦的。俚腰里向结一只葫芦。简雍背心上吙不宝剑的。俚背心上多一口宝剑。而且一只手里向拿柄拂尘，格种腔调么倒蛮有点，赛过仙气。孙乾想吾来看看看，到底阿是简雍，勿是简雍？因为俚，搭简雍是登在一道同事长远。简雍耳朵背后啦，有一摊记。吾来看看看。邓芝耳朵背后，阿有一摊记？世界上，相貌相像，有的。暗记相像，吙不的。孙先生一看么，果然耳朵背后有一摊记，好极了。"大胆简雍，你，你好——哇？"孙乾喉咙一响，对俚大胆简雍么，门前头，哈啦！邓芝马扣住。回过头来，对俚只节头子往嘴唇上一放，嘘——劲响。吔？孙乾一呆，啥体啊？喊吾勠响？"众三军""哗……""你们回归城中。""干什么？""去回复袁侯爷，刘备与孙乾要走了。""他们走，你，不能放他们走啊。""贫道论算阴阳，他们命里注定不在冀州，所以要放他们远走高飞。""你，你这个。呃军师，你，你，你怎么样呢？""本军师么，要跟随了刘皇叔与孙先生一同去了。""吔，吔，吔。邓先生，你为什么要走啊？""论算阴阳，老师吩咐，命里注定，要跟刘皇叔一同前去。""邓先生，我们不能回去。""你们倘然不走，可晓得吾背上，飞剑的厉害。"哼！手搭到剑柄上，"不走，飞剑将你们杀死"。"逃啊……"五百个小兵拨俚吓偏格心了。邓芝装神作怪，背心上格飞剑杀人。虽然勿看见俚杀过人么，但是格个，大家相信俚。拨俚手往剑柄上一搭么，五百小兵逃走。

哈啦！简雍马匹过来。"哈呀，主公，公祐兄，简雍有礼。""啊。"刘备呆脱哉。俙，实头是简雍？吾上抢对俙看，问俙，面熟得极。俙对仔吾，面孔一板，啥人搭俙面熟勿面熟？面孔来得格凶啦。啥啥，实头是简雍？刘备弄勿懂。俙呐吭到该搭点来呢？那么简雍讲给刘备听。吾呐吭会得来？自从兵败徐州，徐州失散之后，吾搭孙乾、糜竺、糜芳一道逃散。吾逃出来，流浪江湖，到处打听俙格消息。后首来得信，俙在冀州哉，吾就跑到冀州来。正好是斩颜良之后，俙跟仔文丑发兵过去。那么吾打听着，吾晓得袁本初，俚曾经派人，到四川去，请过一个邓芝，邓伯苗。连请三埭吭没请俚出山。那么吾想呢，利用什梗一个机会么，就端准仔道巾道袍了。拨吾乔装改扮，化名邓芝，摆摆野人头，到该搭来骗俚上当。格么刘备说：俙，俙啥场化学会格阴阳论算？吾几时会得阴阳论算？吓吓人的！全本热昏。啥格撒豆成兵了，呼风唤雨了，卖卖野人头。格么袁本初要试俙？试俙么，吾可以摆噱头，搭俚讲。俙喊吾呼风唤雨，喔哟，风式大哦。要要成功风灾，要吹坍房子格哦。落雨？落雨田里要余脱的，影响收成的。撒豆成兵，兵一多，格个弄勿清爽，老百姓要吃吓头格哦。论算阴阳，那么吾晓得，俚板要喊吾算俙，一算俙么，吾就有数目哉咯。吾晓得俙么，因为刚巧跟文丑回转来。文丑死脱了，袁本初一定要拿俙杀。俙么板要说，吾写信去叫兄弟到该搭点来投降俙，赔偿颜良、文丑，估得到俙什梗。而且吾晓得俙写仔信呢，俙要逃走。因此么，吾搭袁本初讲清爽，让俚派两个大将五百个兵，看牢俙。

啊呀，格么刘备说：俙既然要来救吾了，帮吾格忙么。俙为啥道理，要说穿帮吾格心思了，让袁本初派人拿吾看起来呢？哈呀，东家啊，俙勿晓得，俙跑勿脱格呀。因为颜良、文丑结拜弟兄多。俙格种张郃、高览包括格种高平、高怀、吕旷、吕翔等辈，格些人啦，侪搭文丑、颜良有交情的。袁本初让俙写信，吾看得清清爽爽啦。吾看到旁边头格班大将，对俙侪怒目圆睁，恨得不得。俚笃要搭颜良报仇。勿等到俙逃走啦，俚笃先拿俙行刺了，结果性命。那么吾特地来说穿。说穿仔么，叫袁本初派人看牢俙。表面上么，有两个将官、五百名军兵，一日到夜，一夜到天亮拿俙看牢。其实呢，看牢俙是假的，保护俙倒是真的。因为有什梗两个将官、五百个兵保护，啥人还好近倷格身？要进倷格门倜勿容易哟。喔哦，原来什梗。格么今朝呢？今朝么，吾想机会来哉。孙乾到该搭点来，吾听得蛮清爽，关公勿肯进城。格么，要拿倷喊到城外头去啰，到仔城外头么要逃走啰。格么吾晓得袁本初板要派大将跟的？大将跟么，倷又有危险啰？假使俚大将派得多么，恐怕二将军打起来也讨惹厌啰。那么吾讨差使，吾跟倷一道跑。什梗格情形了，那么吾伲一道可以过去了，碰头二将军。

啊呀！刘备一听好极了。原来对格个邓芝恨尽毒绝。原来是简雍，暗中保护。那么刘备问孙乾哉咯，倷呐吭会到该搭点来呢？孙乾就拿关公格事体讲出来：吾呐吭样子到汝南。关公到汝南，吾搭俚碰头。原来么，吾到冀州么打探消息么，要去寻关公，报信。勿晓得俚已经接着倷格亲笔信了。那么俚挂印、封金、过五关、斩六将。到黄河边上，吾搭俚碰头。那么嗒，收廖化，收裴元绍，收周仓。古城相会，擂鼓三通斩蔡阳。所以呢，张飞在古城，两位主母也在古城。二将军呢，现在在马天岭附近格关家庄。倷拿格番情节讲格辰光么，刘备听得了，哈！心里向是，叫讲不出格味道啦。吾，吃败仗逃出来，受尽苦楚。叫啥张飞，在古城做强盗。二弟吃什梗兴苦头，千里寻兄。唔笃在讲格些闲话格辰光么，一埭路走一埭路讲啦，勿觉着时间。而且一埭路走一埭路讲呢，格速度勿会快，快仔勿好讲闲话哟。因为，简雍要请孙乾讲二将军格事体。刘备搭孙乾听简雍讲自家格经过。什梗讲么，辰光蛮长格啦。唔笃跑得慢么，后头来哉哟。

当！哗……刘备回头一看，啊呀！追兵来哉。啥人赶到着呢，张郃，高览，高平，高怀，吕旷，吕翔，焦触，张南，马延，张颛十员大将，五千军兵。哗——冲过来了。

俚笃呐吭会得来格呢？五百个小兵进城，到辕门去报告袁绍。袁绍跳起来，马上派十个大将，带五千人马追出来。要活捉刘备了，拿红面孔一道捉上来。唔笃在来格辰光，刘备马上关照孙乾、简雍，豪燥走吧。催马加鞭。哈呀呀呀呀，勿晓得唔笃马快，后头格马也勿、也快的。而且后头来的，大多数是骑兵呀。骑兵跑起来几化快了，哈……

刘备心里向转念头，三家头登在一道逃，目标忒大。容易拨俚笃追牢。刘备就关照：吾伲分路走吧！马天岭集合。孙乾走左手里，简雍走右手里，刘备在当中。哈——唔笃背后头追过来，追一个，放脱两个，勿可能三个一道追的。碰着后头追过来格人呢，叫孙乾也勿追，简雍也勿追，就追倷刘备。因为追牢俚笃两个文官朊不价值格哟。倷拿俚笃捉牢，红面孔勿会得来的。倷捉牢刘备，红面孔为仔要搭刘备碰头么，俚只好进冀州城格哟。所以俚笃十员大将人马追过来么，就盯牢仔刘备打上。"拿刘备啊，捉刘备呃，刘备下马哇……"

刘皇叔格只马，哈呀呀呀——望准门前逃过来格辰光么，离开马天岭近。刘备抬头一看么，太阳还勚当顶了。马天岭上，朊不兄弟踪迹。假使说，二弟云长在马天岭顶上，格么嗒，追兵来，还勿要紧，还可以挡一阵。马天岭朊不人了，啊呀呀呀！那么呐吭弄法？危险哉哦，追兵近哉哦。而且刘备勿晓得关家庄在啥地方。只晓得在马天岭附近么，吭寻处格呀。倷正在弄僵，性命危险么，救星来哉哦。当当当当……哈呀呀呀……周仓、赵子龙赶得来。

周仓呐吭？周仓到马天岭，俚勿往山上去哉，俚哈啦！转弯了。转过一个树林，哈——往关家庄去，喊东家出来了。赵子龙，哈啦！追过来。到马天岭一看。哋？忽然之间周仓勿看见哉哟。人呢？"周仓，周仓在哪里？"慢，树林、茅柴，门前头么山岭，啥场化去寻呢？让吾到山头上去看看看。以高而望远呃，可以看得出周仓在啥场化啦。赵云拿只马一拎，哈啦！上山么，听见门前头，拿刘备啊……再对门前一看么，一个人在逃过来。逃过来格人，头上戴一顶七龙冠，身上着一件狮爪蟒袍。胯下白马，催马加鞭，狼狈得极。往马天岭方面在过来。背后头呢，河北大将十员。哈哈哈哈……在赶过来。赵子龙一看么，清清爽爽。门前头刘皇叔，打扮范畴。再一看相貌么，实头是刘皇叔。赵子龙想好极了。吾原来在卧牛山要想寻张飞。后来呢，跟周仓来寻关公。想勿到关公还蹢碰头，先碰着刘备。而刘备拨了河北大将在追么，豪燥让吾下去相救吧。

赵子龙将马一拎，哈啦！从马天岭上冲下来么，嘴里向喊一声，"皇叔，休得惊慌。末将，来——呃也"。哈啦啦啦——倷马匹过来格辰光，刘皇叔一看，啊！门前头来一个大将，白银盔，白银甲，胯下白马，手奉银枪，赵子龙。刘备做梦也吭不想到，赵子龙会到该搭点来。"啊呀，子龙，快快相救，刘备啊！"赵云过去么，刘备格只马，哈……上马天岭。

倷上马天岭么，赵子龙已经冲过来，搭张郃碰头了。"贼将休得猖獗，本将来也。"张郃一看，门前头来格大将，勿认得。白盔白甲。"来将留下名来？""你与我先通名来。""张郃便是，你与我留名送死。""若要问大将军威名，枪上，领——呐取。""放马！""放马！"哈——马打照面。张郃起手里向勾镰枪望准赵子龙面门上，喇！一枪过来。赵子龙起银枪招架。"慢来。"擦冷！尔嗬——张郃枪荡开。赵子龙要回手格辰光么，高览冲上来。"白袍将，休得猖獗，看斧。"噗——凤尾金雀斧，一斧头过来。赵子龙银枪招架，"慢来"。哒冷冷！掀开高览格斧头么，高平上来了。高平八角紫金锤，望准俚头上，搂头一锤。赵子龙银枪，擦冷！掀开。高怀过来。高怀手里向一字流金镗，望准俚腰里向，揽腰一镗。"去罢！"嗨！一镗过来。"慢来。"嗒啊冷冷！钻子点开。吕旷过来，金板刀，马头上一刀。擦冷！掀开。吕翔银板刀往倷肩胛上一刀过来。赵子龙，擦冷！掀开。焦触窜过来，双板斧，啪！劈过来。"慢来。"哒冷！掀开。噗！焦触跳出去。因为焦触是步将。张南、马延、张颉侪是步将。张南过来，张南手里向柄四环刀。"看刀！"哈冷冷冷冷冷冷，乓！马脚上一刀。"慢来。"嗒冷！卜！跳出去。马延过来，日月紫金刀，望准倷马眼乌珠里向，两刀。"看刀。"乓！两刀过来。赵子龙银枪招架，嚓冷！噗！跳开。张颉过来，棍子望准倷腰眼里向，喇！一棍子过来。嗒冷！掀开。啪！张颉跳出去。张郃又来了。俚笃六个马将，四个步将，拿赵子龙团团包围。赵子龙到底一干子啦，要打十个大将，吃力。只有招架，吭不回手。

嚓冷冷冷……十个人包围住俚动手了打格辰光么，杀声震动。

格辰光孙乾、简雍也到。孙乾、简雍马匹上马天岭，到山头上面对下头一看么，赵子龙在打。呐呒格赵子龙会得到该搭点来？问刘皇叔么，刘皇叔说吾也勿晓得呀。俚呐呒会得来？刚巧唔笃在该搭点讲张，要想叫孙乾去请关公到该搭来帮忙格辰光，来哉！当当当当……周仓来。周仓已经到关家庄，拿关公请出来。

格么关公哪恁会得出来得晚点呢？因为俚齐巧在搭关平讲刀法。太阳么还觑当顶，想辰光还早么，就觑出来。周仓一到么，关公齐巧要了庄门跟首，报告关公什个长，什个短。格马贩子枪挑裴元绍，拿吾连中三枪。现在在外头，倷豪燥出去搭吾报仇吧！关公想吾呒不功夫搭倷报仇嚘，该格辰光吾要去接大哥了嚘，大哥马上要到马天岭来了。觑去管俚，出去仔再讲。云长上马，提青龙刀，关平要跟。呕！关公说倷勿好跟。倷呒不本事，倷呐呒好跟呢。倷留在该搭点等吾。关平勿跟么，关公只马，哈——后头过来。周仓快，周仓先上马天岭。周仓到马天岭上面对下头一看，只看见格马贩子拨了十个大将包围住在打。嗟哇，好！马贩子啊！倷冤家忒多哉。嘿嘿！觑说吾要搭倷打，倷看有十个河北大将也在搭倷打。俚对下头喊一声。"呃，这个主人啊，马贩子就在下面。吾先去打。"啪啪啪啪——窜下去。窜到下面么，起对锤头望准赵子龙马头上，两记。"照打。"噗——乓！"啊呀。"赵子龙想，那么要命。周仓又来夹篙撑，吾打十个人也吃不消，倷十一个人，呐呒来事呢。"慢来。"嗒啷！掀着。格么周仓倷觑跳酿，倷又要跳。呋！啪——跳上去。落下来望准赵子龙头顶心上，两记。嚓冷！掀开。噗，马后打。马后打仔，左手里打，右手里打，再回到门前头打。俚一打么，十个大将勿打。啥道理么？十个人弄勿懂，吪吪吪，吪！夹篙撑。呐呒横垛里来格黑面孔，哔叽哔叽——乱打一泡呢。插勿落手，拨俚包脱了哉哟。

格么赵子龙为啥道理勿再拿俚一枪呢？晓得仔周仓是关公格手下人么，自家人呀。呐呒下落得了手呢，只好招架俚。擦冷冷冷……刘备看得勿懂？呐呒多仔格黑面孔出来？孙乾说格个是周仓，关公手下人。格么自家人啰？嗳。按道理说么，自家人。格自家人为啥道理打？格孙乾说吾也弄勿清爽。因为孙乾进城，俚勿晓得裴元绍了周仓格事体格哟。

唔笃弄勿懂么，哈啦！关公马到了。关公格匹马上山，看见大哥么，刘备要紧关照俚，二弟倷豪燥喊下头格周仓，觑搭赵子龙打。让赵子龙动手，去替河北大将打。关公一听，那么明白。怪勿道，格个马贩子什梗狠，原来格马贩子常山赵云。云长要紧对下头喊。"周呃——仓唔。""有！""休与，白袍将军交战。与黄脸战将，交呃战。""勿对格呀！"东家，俚拿吾连搠三枪。呃，黄面孔搭吾勿搭界么，呐呒喊吾去搭俚笃打呢？关公说倷觑去管俚，倷觑搭白脸孔打，搭黄面孔打。弄勿懂！格周仓弄勿懂。但是呢，东家格命令终归要服从格咯。俚拿锤头跑过来，对仔赵子龙看看，"马贩子啊，饶恕你哟"。挑挑俚哦，东家关照格啊。

俚跑过来望准张郃马头上，喇！两锤头。吡，张郃对俚看看，俫到底帮啥人？弄勿清爽。一歇歇搭白面孔打，一歇歇打到吾头上来。"慢来。"嚓冷！掀着。俚，啪！跳起来。落下来，望准高览头上，哗啊——两记炫过来。高览起斧头，嚓冷！掀开。俚，落下来，噗！搭高平打。高平掀开，搭高怀打。高怀掀开，俚去搭吕旷打。俚一干子打搭六个马将。赵子龙呢，打四个步将。格赵子龙要轻松得多了。刚巧打十个人么吃力，现在搭四个人打，还好了哟。

云长要紧过来搭刘备碰头，"兄——长"。"二——呃弟"。弟兄相见。大家侪有千言万语，从肚皮里要讲出来么，勿晓得先讲仔哪句好了，喉咙口轧满，讲勿出。刘备心里向转念头，该搭辰光勿是讲闲话辰光，俫赶快下去。豪燥到下面，帮仔赵子龙、周仓杀退河北将要紧，讲闲话格辰光长了。现在勿是谈心格当口。"二弟，速速下去，杀退河北战将。""是。"

关公答应。关公龙刀一执么，往下头冲下来。云长在山上喊一声："河北将，休得猖獗，关——某，来呃——也。"哈呀呀呀——俫格只赤兔马上冲下来格辰光，那么河北将吓伤哉。为啥道理？因为关公啦，斩颜良、诛文丑，在河北道上格名气响得啦，可以说是威震敌胆。俚笃格十个人搭白面孔、黑面孔打格辰光，也不能够僭到上风。再来一个红面孔么，吃勿消。

张郃第一个圈转马来走。张郃一走么，高览也跟仔跑了。背后头八员大将跟仔俚笃两家头，哗——溃退下去。唔笃人马退下去，关公冲到下头，周仓过来报告："哦，主人啊，就是这个马贩子，把吾连中三枪。"赵云要紧过来相见啦。"君侯，想赵云不知周仓，乃是君侯的手下之人，误伤了周仓。还望君侯，恕——呃罪。"俚笃勒讲起是俫格手下。云长说不知不罪。俫勿晓得，勿好怪俫了。刘备从山上下来么，赵子龙要紧过来相见。"参见，皇——叔。""子龙将军，你，怎样到来？"赵云就报告：因为公孙瓒，兵败身亡。吾呢，千里寻主。吾寻俫皇叔。寻到徐州，勿看见俫人，晓得徐州失散了。后来呢，好勿容易路过卧牛山，什个长，什个短，枪挑裴元绍，碰着周仓，再赶到该搭点来相见。现在吾看见到俫皇叔哉么，"还望皇叔，要收容——末将"。从前俫勿肯收吾。因为吾有东家公孙瓒，俫搭公孙瓒有交情的。现在公孙瓒已经死了，毫无瓜葛，俫可以收吾下来哉啦。"我得子龙相助，何愁，大——事不成。"

那么关照孙乾领路，到关家庄。老员外得信要紧过来接。接到里向，摆酒款待。好得关家庄格地方比较隐蔽，河北道上格大将退下去，俚笃是勿会晓得的。那么刘备在该搭点吃好酒下来么，辞别员外，要跑了。呃哦，员外说：皇叔，唔笃要走呢，吾勿留。因为唔笃有国家大事了。吾只想留关将军。为啥么？因为吾格儿子关平啦，要拜俚做先生了，要跟俚学本事。就什梗跑脱仔么，呒不机会学哉咯。阿能够什梗，关将军留在该搭点，勿想多，半年。留半年。刘备说：勿要说半年，半日天也勿好留。吾侪靠二弟三弟，什梗一批人在打江山么，㖞吭好留在该搭点做家庭教师了，教唔笃儿子格刀法呢？嗯？格么刘皇叔，吾儿子赛过要学本事，格个呐吭弄法呢？刘备说：什梗吧，吾来介绍。唔笃格儿子过房拨了伲兄弟，做仔俚格过房儿子，跟俚一道去么，可以，长期教唔笃儿子本事。员外倷看呐吭？格员外说：格是当然求之而不得啰。问二弟呐吭？关公交关欢喜格个小囡，生天有缘分啦。关平蛮讨人欢喜，关公说好。那么拜香案，卜落笃，跪下来，改口。叫关公叫爷了。而且大家同姓，侪姓关，姓也用勿着改得的。关平，拜了关公过房爷之后，跟关公一道走么，搭周仓一样。二十年之后，到麦城么，两家头冲出去辰光，父子被俘了，不屈人亡。关平流芳千古。喏，也是一个机会啦，否则在乡下场化么，永远勿会有什梗点名气了，受到天下人格敬仰。

刘备离开关家庄，老员外送。刘备、关公，关平、周仓，孙乾、简雍，一道望准古城来格辰光么，关公就关照周仓，倷到卧牛山去，拿俚笃点人马了，通通侪带到古城来吧。

周仓答应，到卧牛山，拿赵子龙手下，裴元绍手下，包括俚自家手下，还有廖化手下人，通通侪带过来哉么，赶到古城。

在古城相会格辰光么，真叫大团圆。倷想酿，刘备搭甘夫人、糜夫人，夫妻团圆。刘、关、张弟兄相会。赵子龙搭刘备君臣相会。糜竺、糜芳搭孙乾、简雍侪失散了，现在重新相聚。外加还收着格毛仁、苟璋，汝南还有刘辟、龚都。四面八方格小喽啰，收下来再招点兵，集中到汝南格辰光么，刘备叫啥有一万左右人马了。哈呀！刘备开心啊。败徐州之后啊，文官照样是格个四个，武将呢，除开了关了张，还多了一个赵子龙。还有什梗点副将，再有关平、周仓么，刘备心里蛮快活。

勿晓得刘备啊，倷勠快活。阿晓得曹操人马打过来，曹操十万大军，兵进汝南。下回继续。

第十七回

怒打蔡瑁

刘皇叔，到汝南，刚巧立定脚头，心里快活格辰光，勿晓得马上喊侬勿快活。啥体么？曹操十万大军打过来了。曹操用兵好，刘皇叔一场大败，汝南失守，可以说是全军覆没。汝南失守，逃出来，带仔关、张、赵云，文武官员，甘、糜二夫人，五百名败残军兵，离开汝南逃到汉江边上么，立脚格地方侪呒不。孙乾献计，吾来到荆州去碰头刘表。刘表搭侬是同宗弟兄，请俚派船只来接侬过去，到荆州耽搁。靠了刘表格力量么，曹操勿会马上就打过来。格刘备说：蛮好，侬去酿。孙乾到荆州，碰头刘表。就拿刘皇叔受皇帝衣带诏书搭曹操誓勿两立，败徐州之后现在到汝南。汝南再失败，现在到汉江边上，要想到该搭点来，投奔侬。

刘表一口答应么，旁边头叫啥有格人反对。

啥人反对呢，蔡瑁。蔡瑁是身为都督，而且，是刘表格阿舅，俚勿能容纳刘备到该搭点来，恐怕要侵犯到俚格权力。因此俚跑出来讲，大王，侬勿能够拿刘备收下来。因为吾伲搭曹操呒不仇寇。平常辰光呢，边疆上，相安无事。侬拿刘备收下来，刘备搭曹操是冤家，曹操就可以来打荆州。俚说起来吾勿是来打侬刘表的，吾是来打刘备的。侬拿刘备收下来么，叫揽格虱了头里搔搔。而且刘备格人呢，侬收仔下来之后，将来养虎伤身了，对侬勿利。照吾看起来，什个样子。拿孙乾捆起来，推出去，嚓！杀头。拿孙乾颗郎头送到许昌，放交情，放拨了曹操。侬拒绝刘备到荆州来。什梗一来，曹操对伲有好感。下趟呢，俚就勿会来打吾伲荆州。

喔唷，孙乾一听勿得了。格个家伙阿要恶毒啊。非但勿肯收刘备，外加要拿吾格颗郎头送到曹操格搭去。孙乾扬声大笑。大王，侬如果听蔡瑁说话，要拿吾杀，尽管杀。吾一眼侪勿怕。横竖格个是非呢，天下自有公论。刘表心里向转念头，对的。吾哪恁可以拒绝自家格兄弟了，反而去搭曹操勾勾搭搭。曹操是挟天子以令诸侯。刘备是受皇帝衣带诏，灭曹兴汉，一笔写勿出两个刘字。吾勿能勿收哟。所以拿蔡瑁训斥一番。侬格种话讲得勿有道理，退下去。马上关照，准备好五十号船只，叫孙乾领路到汉江边上，拿刘备接到荆州。

刘表呢，出城关，亲自出接。刘备到城里向，住在馆驿里。文武官员么，搭家眷，通通住在馆驿里。五百名军兵就驻扎在馆驿外头空地上。军饷呒不，吃用开销，通通侪归刘表负担。刘备心里向倒蛮感激。刘表着实待吾勿错。嘿嘿。叫啥蔡瑁啦，拿刘备看得像眼睛里向一颗钉，一定要拿刘备置之死地而后快。巧哉，叫啥来一道告急文书。江夏郡城外，有座强盗山，叫青云山。青云山两个强盗大王，一个叫张武、一个叫陈孙。力大无穷，骁勇善战。曾经刘表派人去交过手，呒不人打得过。后来呒不办法，派人去当说客。劝俚笃投降，招安。拨俚笃铜钿，封俚笃官。嗳，招安得勿长远啦，铜钿用光了，又出来做坏事体了，横行不法。

蔡瑁来报告刘表，刘表弄僵脱了，格呐吭弄法？问手下，啥人可以去打么？荆州格大将，见仔张武、陈孙俩有点吃算了，呒不人讨令。格刘备说吾来。吾手下有关、张二弟，还有常山赵云。吾去剿匪。刘表问俚：倷要带几化军队呢？用勿着多得的，三千军兵，半月为期。足够了。哈呀，刘表心里向转念头，兄弟啊，你说大话。三千人，半个月就舒齐啦？吾打过格呀，格个两个强盗，狠得不得了。蛮好，既然倷兄弟什梗讲法么，吾依倷。那么刘表下命令，关照蔡瑁，搭吾点精兵三千，明朝动身，半个月为期，消灭土匪。蔡瑁开心啊。蔡瑁心里向转念头，叫刘备去搭张武、陈孙打呢，叫借刀杀人之计。张武、陈孙几化厉害，俚笃地形又是熟悉。倷刘备跑到格地方去，陌陌生生，倷呐吭打得过俚笃呢？而且蔡瑁恶了，刘表关照要派精兵三千。俚啊，俚去收罗三千个老弱残军，可以说是毫无战斗力，不堪一击，诚心害倷刘备。倷手下一塌刮子五百个兵，看倷呐吭去应付。刘备又勿晓得的。

到明朝转来，早上辞别刘表。刘备关照张飞做先锋。张飞带五百名军兵，前头先走。刘备呢，在后头过来。张飞是开心啊。啥体么？因为汝南败仔下来，到荆州长远哉哟。一径吃饱仔饭，呒不事体做，勿有仗打，厌气煞哉。该抢有仗打是，俚开心啊。点好五百名军兵，先锋，人马出发了。哈——倷先走么，刘备呢，带领关云长、赵子龙、孙乾、简雍、糜竺、糜芳、毛仁、荀璋、刘辟、龚都、关平、周仓出城关，带三千兵出发辰光么，刘备呆脱哉。啥体呆脱么？刘备一看格个三千兵，刘表关照是精兵呀。现在倷看，胡子兵。而且格种胡子啦，还是花白胡子啦。有种是作孽哉，残废。只賒一只手嘎。有格是跑路，脚要撑仔、拿格枪杆子当俚拐杖什梗，撑仔枪杆子了跑路。格种人好打仗格啊？格蔡瑁，为啥道理要发格种兵拨吾呢？那么俚明白了。因为蔡瑁是勿欢迎吾到荆州来。孙乾拿格个事体讲拨刘备听，不过刘备关照俚啦，勥拨张飞晓得。因为张飞晓得仔，要闯祸的。所以，蔡瑁要拒绝刘备了，要杀孙乾格事体，张飞勿晓得。

现在刘备看到格个三千老弱残军，心里有数，晓得蔡瑁存心不良。好得吾呢，勿靠格个兵。吾靠吾自家手下五百个人，靠大将多了。唔笃人马在往门前头过来么，勿晓得前队张飞跑得快勿过。回转头来看看，脱节了，大哥勿在来，呐吭道理啊？路距离得越来越远哉咯。张飞格只马，哈呀呀呀……到刘备门前头，酷——扣住马匹。"大哥啊！""三弟。""小弟在前边开路，为什么你大哥，慢吞吞慢吞吞，还勿来啊？"刘备响勿落。刘备心里向转念头，呐吭讲法？吾带格是老兵。刘备还勥开口么，旁边头格文官孙乾嘴快哉。"三将军有所不知。你看哪，我们带的三千人马，都是一些老弱残军。""啊？"张飞一听，对后面一看么，果然，要好得格来。刘表昨日，蛮清爽，关照是发三千精兵。呐吭弄什梗三千个老兵来呢？"大哥啊，为什么大王发三千精兵，这个样子呢？"

刘备想叫吾呐吭讲法？蔡瑁搭吾冤家，反对吾，勿好讲格呀。因为张飞格脾气，俚如果晓得蔡瑁在搭吾作对，诚心拨吾吃苦头是，俚耐勿住。俚在荆州要闯穷祸格呀。那么，格蔡瑁格人么，又是碰勿起。蔡瑁非但是刘表手下，统属文武总管，兵马钱粮大都督，实权派。外加蔡瑁格阿姐，蔡夫人，是刘表顶顶得宠格家小。格么俫想，俚是刘表格阿舅呀，俫呐吭惹得起？那么万一闯点啥祸出来么，吾要轧扁颗郎头。伲现在是在借住夜、吃便饭，所以刘备呐吭好讲出来。"呃呵嗬，三弟有所不知，这三千名老兵么，是愚兄去请求兄长拨下。"吾要求俚拨三千名老兵的。"啊，大哥啊，什么讲究啊？"啥格意思呢？"三弟你可知晓，老马识途，老兵善战么？"不知呐吭拨刘备想出来的。刘备讲两句闲话。俫阿晓得，叫老马识途。马老了，跑么跑勿快了，但是俚认得路。俚跑过一遍哉，嗳，俚马上回转去起来，认得路，叫老马识途。格句闲话呢，确实战场上是有什梗一种经验。但是格老兵善战么，是刘备临时想出来格鬼话。刘备讲起来么哪恁呢，呃，俫勥看老兵哦。老兵也有老兵格好处的。老兵么，经验丰富，老兵么，胜仗败仗打得多，临阵起来么，有经验，一眼勿吃慌。勿像新兵，俫看看俚年轻力壮，俚吭不战斗经验。一上战场么，心情紧张了，反而战斗力勿强。所以老兵么，也有老兵格好处。

张飞心里向转念头，终归，尽管俫刘备讲得像煞有点道理，格个道理终归，随便呐吭讲勿大通的。心里格疙瘩。张飞存仔格疙瘩么，后首来就要怀疑了。当时俚勰想出来是蔡瑁格事体。张飞回到门前去，刘备格军队在后头跟过来。

原来荆州到江夏郡格路勿远格呀，跑三日天啦，尽管可以到哉。现在呐吭？跑六日，加一倍。跑勿快。三千老兵，俫跑得急一滴滴要吭格呀，气喘吁吁。俫呐吭来赛呢？到第七日天到洪山。

离开洪山五里路，设立营头。俫刚巧扎营么，叫啥营头外面，声音已经来哉。噔！咚！当！三声炮响。杀啊……杀声到哉。手下人报进来：禀皇叔，洪山反贼张武、陈孙带领强盗过来讨战。看上去来格人马呢，要有四五千啦。刘备就关照：点五百名军兵，格三千小兵勰出去，出去也吭不用场。就罍得吾自家部下五百名军兵就够哉。关云长、张飞、赵子龙，文官么孙乾、简雍、糜竺、糜芳，武将么毛仁、苟璋、刘辟、龚都，还有关云长格寄儿子关平，副将周仓。刘备侪了么，只赅格点家当。所谓兵不满千，将不满十。刘备带领人马出营门，到战场旗门设立，两军对垒。刘备对准门前一看，嚯哟，格个强盗，漫山遍野望勿到底的，四五千。

为首为头两个强盗头。只看见一个强盗，坐在马背上，不分长短，站立平地，要身高九尺向开。人要像板门什梗一扇。头如巨斗，腰大十围。黑面孔，形容恶煞。手里向，噗——执一柄长柄混铁锤。格个啥人呢，就是张武。倸看格卖相好，长一码，大一码，身大力不亏。不过张武啦，面孔墨赤黑，乌油盔、镔铁甲，浑身也是墨赤黑。叫啥俚骑格只马呢，勿是乌骓马，雪雪白一匹白马。

喔！刘备一看张武格匹马好极了。骨骼雄壮，头到尾巴要一丈，蹄子到背心要八尺。看上去格样子，头等头马匹。因为刘备看自己兄弟的。关云长骑格匹马叫赤兔马，格龙驹宝马。张飞骑格只马叫登云豹，墨腾赤黑，日行千里。赵子龙骑格只马，混身毛片雪白，头顶心上一滩煊红，像一只仙鹤，鹤顶。赵子龙格只马叫鹤顶龙驹宝马。那么现在张武格只马呢，搭赵子龙格只马比起来，同样是白马，同样是骨骼雄壮，但是又有勿同格地方。勿同在啥地方呢？赵云格只马头顶心上一摊是煊红的。叫啥张武格只马啦，浑身雪白。但是三只蹄子雪雪白么，有一个蹄子墨赤黑，蛮鲜明。抢色的。那么俚格马头呢，从额骨头上起，到鼻头为止，搭——有条黑线。该只面孔赛过一分两什梗，当中一条黑线。额骨头上有十几点黑点。黑白相印，来得格好看。别人讲起来么，马么最好要呒不杂毛。要完全白么，全部俦白。嗨！叫啥格只马啦，稀奇。虽然面门上，有条黑线，额骨头上有十几点黑点，有一只蹄子是墨赤黑的，格望上去好看，抢色的。用现在讲起来呢，香槟色啦。啊！有抢颜色，看起来，更加赛过漂亮点。格刘备一看么，连连称赞。"啊呀呀呀呀呀，你看，这强徒胯下的白马，真乃是一匹龙驹良马哇！"

因为刘备自己骑格只白马呢，蹩脚的。一般性。马么也老哉。格只马呢，普通马啦。看兄弟，还看赵云俦是龙驹马。当然刘备也眼热格只龙驹马。倸在称赞格只马，真是龙驹良马。赵云格种人，聪明人，晓得东家看中格只马了。格倸看中格只马么，吾去想办法，拿格只马夺过来。

所以赵云讨战，"待赵云出马"。"好。"炮，当——一响么，赵云格匹马，哈——冲上来。张武手里向执仔一柄混铁锤头。一看对过来格大将，白银盔、白银甲、白马长枪。但是人，并勿长大。赵云身高七尺，望上去呢，是一个白袍小将。那么张武，身高要九尺向开。两家头要相差两尺多么，望上去赛过，一个像大人了，一个像小囝呀。张武心里向转念头，来格朋友啥等样人？刘备是孤穷，所以叫俚孤穷将。"前边来者，孤穷将，住——马通名！"赵云，酷——马扣住。"狗强徒，你与我先通名来。""大王爷，张武呢！你与我留下名来。""枪上，领——呐取。"赵子龙勿留名。赵云格留名，一直要到当阳道，百万军中单骑救主，那么俚再留名。现在名俚勿留。倸要问吾名字，倸枪头子上来领。张武心里向转念头，看看格小将，人么身材素小，闲话讲得阿要狂？枪上来领。吾一个照面就敲脱仔倸完结。

"放马！""放马！"哈啦啦啦——两骑马，马打照面。马匹相近么，张武先动手。张武起手里向格柄混铁锤头，望准赵子龙格只鹤顶龙驹宝马马头上一锤头。"小将，你着打！"噗——乒！一锤头下来。赵子龙格种大将，聪明，巧。酷——马头，哈喇！一圈么，一锤头敲格空。呋——倸格锤头在往下面沉下去么，赵子龙就起手里向根银枪格枪头子啦，望准俚锤头上一盖。"且慢——呲！"礠！该格名堂叫啥？叫四两拨千斤。俚要本来锤头在沉下去，赵云再往俚锤头上头，礠！一点么，俚沉得加二快。"喔哟！"呋——张武格锤头在望准下头沉下去么，赵子龙条枪，噔！翻起来。一个阴翻阳，望准俚喉咙口一枪。"看枪！"噗——俚枪过来么，张武咙不办法招架。为啥么？因为格混铁锤头，尔嘚——往下头上沉下去。枪来哉。啊！俚让，哪恁来得及招架。赵云一枪望准俚喉咙口，噗——嚓！着！尔嘚——礠！擦冷！张武落马翻缰。

赵子龙单手执枪，左手拿条长枪一执，右手要想过来带格只马格辰光，一看么，哈！赵云一呆。啥了一呆么？只看见马背上坐好一个黑面孔。咃咃？咃，格黑面孔拨吾，嚓！一枪，当，掼倒下头。哪恁马背上又坐好一个黑面孔了哉哟？再一看，格个黑面孔，勿是别人，周仓。格周仓呐吭会得骑到马背上呢？因为周仓在旗门底下，也听见刘备在称赞，格只白马是龙驹良马。格么周仓心里向转念头，吾自从茅草岗，跟仔关君侯以来，搭刘备碰头下来了，吾勿曾立歇过功劳。今朝呢，吾去立功劳。立啥格功劳么？拿只马去弄得来。俚轻身法好，哒哒哒哒——窜出来。赵子龙搭俚放马格辰光么，俚已经兜到张武背后头。俚，呋——噗！跳到张武格只马格马屁股上，乓！身体一蹬，锤头拔出来么，预备望准张武格后脑勺子上，噗！一锤头拿俚打脱。勿晓得俚还曾动手么，嚓！赵子龙一枪已经拿俚着了。赵子龙拿张武，尔——乓！马背上挑下来么，周仓一看，鞍鞒上空了，空了么，格么吾就坐下去吧。啪！往鞍鞒上一坐，俚拿只马一拎么，哈——回旗门。嘿嘿，赵子龙倒笑出来。赵云想世界在有格种事体格喏。喔，吾枪挑仔格个张武了，俚过来凑现成功劳，得只马。赵云跟俚一道回过来。

周仓到旗门底下，马背上跳下来，拿只马牵到刘备门前。"呃，王爷啊，周仓把马匹带到了。"马带到哉。刘备哈哈大笑。赵云回过来，对周仓笑笑。周仓俚勿应该的。格个功劳是吾，俚呐吭夺吾格功劳呢？其实周仓倒勿是诚心要夺功劳，俚勿懂。啥格军队里向格种军法了，规矩了，墨黑咙咚。那么俚想格个顺带便么，拿只马带转来么。俚又勿晓得格个规矩是勿可以的。那么刘备关照赵云：覅去怪俚，不知者不罪。以后搭俚讲讲清楚好了，俚赵云枪挑张武，其功非小。

刘备在看格辰光么，对过陈孙冲出来。陈孙一马，一柄一字流金镋。哈啦！冲出来么，张飞上去。格俚想，陈孙呐吭打得过张飞？拨张飞，嚓！一枪么，结果性命。张武、陈孙一死，格个小强盗亡魂丧胆，哗——往后头奔溃，退下去。

刘备指挥手下五百名军兵，冲过来，乘胜追击，杀上洪山。拿洪山强盗山占领，小强盗来勿及逃走，跪下来投降。格么刘备呢，拿格点土匪通通俚收编下来。有格呢，就地遣散。山上，强盗格金银财宝呢，通通拿俚造账成册。为啥么？要，要送到刘表搭去。该格物事，俫是吾奉刘表格命令到该搭来剿匪，缴获着格物事，应该要上缴。山上格支房子呢，一蓬火烧脱。为啥么？因为该搭是格强盗窝，张武、陈孙虽然死脱了，但是格个强盗窝摆着，将来别格坏人到该搭点来占山为王，再危害地方。所以刘备关照放一蓬火，烧脱俚。

喔，刘备格个一仗打得漂亮。当日到，结果张武、陈孙性命，冲上山。明朝，清理战场。结束之后么，收兵回转来。张武、陈孙两个颗郎头，先派人送到荆州，城门号令，红旗捷报送到荆州。刘备来，跑六日天；回去，跑六日天；打一日天，清理战场一日天；来回共总俦了十四日天。刘备讲好半个月剿灭土匪，结果呢，还提前了一日天。

格个刘表在荆州得信之后，快活是快活得来，真格心花怒放。张武、陈孙格两个家伙，吾一径看作为心腹大患，灭么叫灭俚笃勿脱，守么叫守俚笃勿住。该抢世里么，总算兄弟帮忙，一仗成功，拿俚笃消灭。现在兄弟回转来。刘表亲自到城外头接。文武官员么，当然跟仔刘表一道来接哉咯。刘备几化客气，看见老兄来么，要紧马背上跳下来。"兄长！小弟回来，何劳兄长出城迎接。真是不敢呐不敢。""贤弟，大获全胜，为愚兄，除却心腹大患，哪有不迎接之理啊！贤弟，请上马。"

刘备上马。刘表、刘备两家头，并马而行。走格辰光，刘备眼梢一窥么，只看见刘表旁边头格蔡瑁。蔡瑁格只面孔难看。别格文武官员蛮兴奋，因为打仔胜仗，灭脱仔土匪。唯有格蔡瑁格只面孔阴得极，一眼呒不笑容。为啥？俚心情复杂哟。三千名老弱残军，存心要害煞刘备。结果非但害俚勿脱，外加还提前一日天，消灭了土匪。格弄勿懂，刘备怎格厉害？刘备手下两个大将俦不得了。而且侪看，刘表对刘备格好感，越来越深。那么刘表搭刘备越来越亲近么，就是吾搭刘表越来越疏远。老实讲，荆州是吾格一统江山。刘表下来就是吾执掌大权。吾还有阿姐蔡夫人做靠山。格俦想，拨俦格刘备从横埭里向夹进来么，格讨厌伐？所以蔡瑁心里向交关窝塞。刘备在进城格辰光么，刘表连连称赞兄弟，旗开得胜，马到立功。刘备几化会做人。刘备说，老兄啊，该格打胜仗，勿是吾本事大，是俦老兄福气大。俦老兄洪福齐天，再加上，张武、陈孙格两个家伙，作恶多端么，恶贯满盈。所以，吾去么一仗成功，完全是靠俦老兄格福气。格刘表听了，阿要窝心啊？

两骑马在将近到辕门格辰光么，刘表发现，叫啥刘备骑格只马啦，搭出去骑格只马两样。会得看在眼睛门前一亮。目下比色哟。本来一只是普通马，现在格只马是龙驹宝马。格刘表看着到底懂的。"呃，贤弟，你胯下的龙驹是哪里来的啊？"刘备就报告，"此马乃张武坐骑，赵云枪挑张武，夺下这马匹。呃哈，是沙场得来的"。战场上得得来。"喔！好马，好呃——马。"刘表连连称赞好马。好啊。那么刘备弄僵哉。看上去格苗头，老兄也蛮喜欢格只马了。称心上么，勿肯送格啦，自己喜欢格只马。倒是俦老兄对吾什梗好。吾兵败汝南，立脚场化俦呒不，幸亏得俦拿吾招留下来，借住夜、吃便饭。一切吃用开销俦归俦来。非但五百个小兵格饷、文武官员格薪俸，通通俖是俕老兄拿出来。哄不俕啦，吾勿晓得现到啥地方去。那么俕待吾什梗好，俕在称赞格只马，吾呐吭好勿送呢？只好忍痛割爱。

"喔，兄长喜爱此马。呃嘴，小弟即将此马匹送与兄长。""哦，愚兄岂可夺贤弟之所好呢？"俕也欢喜的。俕欢喜，吾夺格只马么，呃，勿妥当。"兄长说哪里话来，此马，乃战场所得，理应上交兄长。"格只马勿是吾自家格哟，战场上得得来，战利品。一切缴获要归公，俖是俕刘表的。那吾从强盗山上掳掠着格种俚笃留下来格金银财宝，吾通通俖造账成册啦，要送拨俕老兄。格个物事是俕老兄格物事，吾不过骑仔转来罢了。格俕老兄欢喜么，格个应该送拨俕老兄。刘表是更加快活哉，"如此说来么，愚兄恭敬不如从命，多谢贤弟了"。刘备从马背上跳下来，关照手下人，拿吾自家只马牵得来。该只龙驹宝马就送拨刘表。

刘表挽仔刘备格手往里向去么，文武官员陆陆续续跟进去，吃贺功酒。今朝大堂上大办宴席，犒赏文武。

唔笃在望准里向进去格辰光，蔡瑁在辕门口，看刘备，拿格只白马送拨刘表，俚牙齿咬得嘎嘎响。刘备格个家伙，真厉害啊。俕看俕看，俕看，伲大王不过称赞仔一声，马好，俚马上就拿格只马送拨了刘表。什梗一来么，大王搭俕感情更加好哉。蔡瑁格个炉忌，火越烧越旺。哼！俕在看格辰光么，叫啥旁边头跑过来一个人。轻轻叫，对俚耳朵旁边，咬一句。"蔡都督。""嗯？"蔡瑁一看，荆州文官，此人姓蒯，单名一个越，号叫异度。"蒯先生，怎么样？""蔡都督，这白马，你与主公言讲，千万勿能坐骑。""为什么？""此马孤蹄绱鼻，额有黑点，眼有泪槽，名唤的卢。乘则妨主。""啊？"蔡瑁一听啥物事啊？哦，格只马勿吉利？格只马相书上有的，马格谱上有的，名叫的卢马，骑仔要死东家的。"喔！"哦，哦，俚关照吾，马上去告诉声刘表，格只马勒骑，勿能骑。骑、骑仔有危险的。勿相信。"蒯先生，您怎么知道？""先兄蒯良在日，善于相马，所以在下，略知皮毛。"吾格阿哥，现在是过世了，俚叫蒯良，蒯殷大。俚善于相马。俚屋里向有马格谱，吾跟仔老兄学的，所以吾现在一看是的。那么蔡瑁拨俚一指点么，果然。看格只马，额骨头上到鼻头，搭——一条黑线，格个名堂叫绱鼻。三只蹄子雪白，一只蹄子墨黑，格名堂叫孤蹄。孤单格孤了，孤蹄。孤蹄绱鼻，额有黑点。眼睛下头有两条槽，格两条槽呢，叫泪槽。出眼泪，淌下来，就在格两条槽里向下来的。格只马还有格特点，俕拨俚吃马料啦，俚要哭的。一路吃，一埭路淌眼泪。所以格只马呢，叫妨主马。勿能骑的。

蔡瑁心里向转念头，好极了！刘备啊刘备，俕格个家伙真是恶毒到极点。俕明明晓得格只马勿能骑，明明晓得格只马是妨主马。俕看吾伲大王身体勿大好，一径病汪汪，病汪汪。俕拿格只马送拨吾伲大王，明明是阴损伲大王，陷害伲大王。等大王死脱么，俕要夺取荆州，鸠夺鹊巢。好极了！现在格机会来哉，吾本来一径要想到刘表门前，去讲刘备格坏话，刘表终归听勿进的。

现在，现在格只马么，倷刘备要陷害大王格凭据来了，铁证在手。格世界上冤枉格事体，是实头有的。天晓得，刘备豳晓得格只马是妨主马。刘备送格只马拨刘表还是赛过，忍痛割爱了，叫听勿办法了，勿能勿送。嗨！叫啥蔡瑁望出来，倷是有意送的，倷是明知故犯啦，倷是晓得格只马是妨主马，所以要害刘表。

蔡瑁、蒯越一道往里向进来。到里向大堂上，叫啥侪在吃酒，俚笃也入席吃酒。吃酒格辰光么，刘表还在搭刘备讲。兄弟啊，吾格荆州呢，东面有孙权，北面有曹操，两面夹攻。孙权搭吾冤家。因为孙权格爷孙坚打江夏郡啦，战死江夏。有杀父之仇，经常要来侵犯吾。曹操呢，看上去格苗头，俚对吾伲荆州也有想法。那么吾荆州两面受敌么，吾本来有点鼾丝。现在倷兄弟来哉，倷兄弟手下两个大将关、张，赵云侪是本事大。今后呢，要倷兄弟多多帮吾忙，来保守荆州。刘备说：老兄，倷放心好了。如果倷老兄需要格说法，派赵子龙带领船只，长江巡逻，防备江东人。派关云长，镇守襄阳，防曹操。吾搭张飞留守荆州。江东来的，吾马上带张飞赶到东面去，搭赵子龙登在一道，杀退江东人马。曹操来的，吾马上带张飞赶到襄阳，替关云长一道，阻挡曹兵。倷老兄吩咐么，吾哪怕赴汤蹈火，万死不辞。哈。刘表更加快活了：有靠傍哉，有靠傍哉。倷兄弟手下有三个大将帮吾一道守荆州么，吾要定心得多。叫啥格蔡瑁听了又勿对。哦哟，喔哟！蔡瑁心里向转念头，倷听听看，倷听听看。刘备格家伙阿要坏？唵！俚叫啥连下来，要派赵子龙么守长江，要派关云长么守襄阳。俚自己搭张飞么留在荆州，两面有事体么，俚去接应了。格侪是要害部门。俚拿吾伲格要害部门占领下来么，听啥客气，将来是，哈喇！一卷头，连刘表侪拨俚缠脱仔了，连伲格班人，通通侪勿在俚眼光里。俚就要来夺吾伲格地方。鸠夺鹊巢。格蔡瑁望出来，刘备格好意啦，侪变恶意。

酒阑席散。文武官员退出。刘备么就骑仔自家格普通马回转去，回到馆驿去。关、张、赵云、文武官员也跟仔一道回转去。

刘表呢，到里向。倷刚巧到书院里坐定，蔡瑁进来。"大王。""怎样啊？""我说大王，刘备，他不怀好意啊。""啊？为什么？"蔡瑁说：倷听酿，俚刚巧说派赵子龙长江巡逻，派关云长镇守襄阳，俚自己在荆州了，俚蛮清楚，有鸠夺鹊巢之心。要想占领要害部门了，慢慢叫夺吾伲格权啊。"哦？此话从哪里说起。"俚蛮诚心帮忙么，倷呐吭去怀疑俚，要夺俚格权了，要抢吾格家当？"大王，您还不知道，刘备他要您的命啊。""啊？为什么？""刘备把这马匹送给你大王，他就是不怀好意。""怎见得？"蔡瑁就拿刚巧蒯越格番闲话讲拨刘表听：格只马叫的卢马，格只马勿吉利的，骑仔要死东家的。刘备明明晓得格只马是触霉头格啦，送拨倷大王，要倷好看。哦？勿相信，吾勿相信。既然格只马勿吉利么，刘备为啥道理自家骑转来呢，吾勿信。倷搭吾拿只马牵过来。那么拿只马牵到里向天井里，叫马夫喂料。奇怪？一桶马料摆在格只的卢马门前，格只的卢马在吃马料，吃得呒不几口马料么，马眼睛在淌眼泪。在格泪槽里向，尔啴——眼泪挂下来。啊呀？孤蹄绺鼻，额有黑点，眼有泪槽，吃物事辰光淌眼泪，准的。格个勿是假的。刘表在怀疑，呲，阿会兄弟真格是格恁样子。蔡瑁还说：侪想想看，刘备格家伙几化糗。刘备从前搭吕布登在一道。白门楼，曹操要杀吕布，吕布讨饶。曹操问刘备：侪看吕布哪恁，还是放还是杀？刘备回头曹操一句闲话：吾在想一个事体。想啥格事体？吾在想丁原搭董卓格事体。因为吕布拜丁原做寄爷，杀脱丁原，投奔董卓；认董卓为寄爷，杀脱董卓，投奔王允。俚连杀过两个寄爷，格个人好留格啊？好！曹操听了刘备说话，就拿吕布杀脱。连下来曹操拿刘备请到皇城。刘备就要杀曹操。曹操防备得紧了，刘备勿、勿能动手，那么刘备逃出来，逃到徐州。所以刘备格个人，俚到一堂场化，要搭一个人反对。侪随便呐吭勿能够上俚格当。

其实蔡瑁格闲话勿对。吕布本身是格反复无常格烂小人。刘备勿讲，曹操也要拿俚杀的。老实讲，而且吕布呢，夺刘备格徐州。勿是刘备去搭吕布勿对，是吕布去夺刘备格徐州。那么，至于说刘备要杀曹操，因为是皇帝有衣带诏。皇帝咬碎节头子，写了一道衣带血诏，叫董国舅，联络一班忠臣，要灭曹兴汉。刘备看见仔格衣带诏，在格个上签字了，加入俚笃格个一派人，要一道灭曹操。刘备格杀曹操是为国锄奸哟，是受皇帝格圣旨，呐吭好说是刘备格人，品德勿好呢。喏，蔡瑁糗的。蔡瑁就拿格种闲话来讲。刘表心里向转念头，到底是勿是真的。那么蔡瑁又讲，侪想，大王，侪晓得的。张武，长一码，大一码，赵子龙身材素小，赵子龙呐吭能够，嚓！一枪拿张武搠脱呢。勿可能格喔，张武勿是死了赵子龙枪上，张武是拨了格只的卢马，克脱格呀。妨主马，妨脱格呀。已经张武也死脱哉，侪大王还好骑格只马啦。"呃？"格个闲话刘表听了，倒有点动摇哉。对格哟，张武长一码大一码，张武什梗格身材，赵子龙身材素小，一个照面，拨赵子龙一枪搠脱。赵子龙真有什梗狠啊？勍真格张武是拨了格只的卢马，克脱格呀。

格么呐吭弄法？什梗，吾来试。明朝校场比武，吾派吾俚荆州格金枪将文聘搭赵子龙比武。文聘格条金枪，荆州第一。两家头一比武，就可以看得出，赵子龙到底有勿有真本事。第二，吾拿格只的卢马还拨刘备。兄弟，格只马吾还拨侪，看俚呐吭。倘然说俚一口答应，呃呃，蛮好蛮好。格么喏，俚勿晓得格只马是要妨主。倘然吾还拨俚，俚面孔急得转色了，嗯，嗝嘴嗝嗒了，急急巴巴了。格么喏，刘备要搭吾客气，一定要吾骑格么，刘备是转坏念头，是想要害煞吾。啊呀！刘备危险啊。刘表要想试刘备格心。拿格只马还拨俚，作兴刘备倒客气一番，格老兄吾送仔拨侪哉么，侪何必还吾？侪骑好哉。完。侪就杀头。讲侪讲勿清爽。拨了格蔡瑁在当中横里一扇么，扇出什梗点事体来。刘备想勿到。

明朝早上，刘表带领文武官员出城，到校场，操兵。请刘备带领关、张、赵云一道到城外来看操兵。操兵是假的。操完兵，刘表就提出来哉。吾想看看赵云格本事。请赵云使一路枪，格么赵子龙耍一路枪。说吾要请吾伲荆州格金枪将文聘搭赵子龙来比比武。

好，两家头比武。那么，金枪将文聘呢，格个人啦，是刘表手下格忠臣。人呢，也交关正派。俚心里向转念头，赵子龙搭吾是客气的。俚格东家刘备，吾格东家刘表，东家帮东家是兄弟，吾俚是朋友。当然，格个比武么，应该要有点分寸。所以，文聘只用八分张本事。那么赵子龙呢，赵子龙心里向转念头，吾搭文聘比武，吾勿能够砸俚面子格啊。吾要情让一点，因为俚该格所处格地位啦，是在俚借住夜、吃便饭。赵子龙交关懂。赵子龙只用六分气力搭俚打，打一个平手。而且，格个平手呢，看得出赵子龙还软着一滴滴，文聘呢稍微僭着一滴滴上风。

蔡瑁心里向转念头，文聘啊，倷僭上风么，倷加加油酿。倷拿赵子龙杀败，格么可见得赵子龙，是吭不本事格唉。张武格死脱么，是拨了的卢马，克脱格唉。叫啥格文聘，假痴假呆。看上去样子，文聘功夫觑用足了。蔡瑁光火。蔡瑁从演武厅里跑下来，跑到下面礓礤上，嘎冷嘎冷喊。"文聘！文将军！你怎么啦？比武啊！不要给荆州大将丢人哪，大王在看着你呢？你为什么，不把本领拿出来啊？来，助威。"呱呱，咚咚，嘭——击鼓。拨倷什梗嘎当嘎当，吼叫连连么，文聘听得蛮清爽。蔡瑁在施加压力啦。倷、倷勶坍吾伲荆州人格台啊。格倷金枪将，平常辰光蛮狠，呐吭今朝勿拿本事拿出来。文聘吭不办法，只能够拿十分本事拿出来。格么赵云一看，俚分量在加哉么，赵子龙也加，加到格七八分。原旧让倷文聘僭一滴滴上风。文聘在僭上风格辰光么，蔡瑁一看，喝！倷呐吭勿再用点力。再用点力么，让赵子龙败下去。或者么，倷拿赵子龙，喳！拣勿是要害格场化捅一枪，几化好呢。"文聘！加油啊！击鼓。"嘭——蔡瑁自家在敲鼓。穷凶极恶。文聘弄僵哉。文聘对赵子龙看看，赵将军，对倷勿住哉哦。吾今朝只好无礼一点。文聘条枪望准赵子龙兜胸，喇！一枪过来。赵子龙起条银枪，望准俚金枪在盖上去。擦啦冷！文聘十二分气力，倽用出来还勶去讲俚，拿格身体前夹心望准枪杆上一磕，连身体一道压下来么，要拿赵子龙格条枪搭下去呀。嚓嘟嘟嘟……磕下去么，反起来，叭！一枪。捅脱赵子龙顶盔帽啦，吾总算好交交账了。

赵子龙勿来赛了。赵云心里向转念头，文聘啊，俚搭倷客气格呀。倷为啥道理要什个样子，忒嫌勿讲礼貌哉嚛。连身体倽磕上来。那么赵子龙，提功夫。倷格恁样么，格么勶怪吾也要勿讲交情。赵子龙运足功劲，拿条长枪往上头一挑。呀喝！嚹！赵子龙好运运功夫的？文聘，只觉着两只臂膊里向震得发酸、发麻，格条枪捏勿牢。人往后头晃转去么，俚格条金枪左手脱手，嗻尔——一个单脱手。人晃几晃，像马背上要掼下来格样子么，总抵讲，赵子龙要回手发一枪，心里阿要急格啦。要想扎面子么，夹里倽狠脱仔了完结。那吭趣相。倷心里向在慌么，叫啥赵子龙条枪一架，跑过来两只手拿文聘格手抓牢。搀扶牢俚呢。"文将军，坐稳了。"文聘捏牢仔赵子龙只手，眼泪到眼眶里。啥体？赵子龙非但枪法好，武艺好，功夫好，顶顶重要一点是，品德好。

今朝俚明明可以拿吾，叭！一枪。或者挑脱吾顶盔帽，或者拿吾甲上格吞头，嚓！搿脱。俚侪勿什梗。非但勿什梗，外加还过来搀扶吾。原赛过是打一个平局。文聘心里明白格啊，所以捏牢仔赵子龙格手么，表示感谢。口勿开。在格捏手格里向，手搭手格力道格交流里向，就拿俚心里向格闲话、感情，统统通过捏手表达出来。此时无声胜有声。所以连下来文聘要拜赵子龙师父，要学，学俚格枪法。赵子龙哪恁肯呢？后来赵子龙搭文聘结为一个要好朋友。经常交流交流枪法了，练练武了什梗。格么是以后格事体，吾现在拿俚表过。

文聘退下来，赵子龙退下来。两个人见过刘表，旁边头一立么，刘表看得蛮清爽。赵子龙有本事。赵子龙枪挑张武，勿是偶然。并勿是张武拨了格只马克脱。妨主马未必一定是真的。那么现在要来试刘备哉。俚送格只马拨吾，俚到底是勿是明知故犯，要来阴损吾呢，俚还是无意的。"贤——弟。""兄长。""昨日多蒙贤弟将龙驹宝马，送与愚兄。愚兄老哦了。年迈多病，难得上马临阵。贤弟，经常要临阵作战，岂可无龙驹良马？愚兄将这马匹奉还贤——弟。"还拨俚，蛮诚心的。面孔上格表情，谢谢俚。吾使用机会勿多，俚用吧。俚带转去吧。刘备呐吭？刘备随便呐吭想勿到。刘备昨日，送拨俚也是勿舍得，叫吭不办法哟。俚现在还俚，吾老兄体谅吾，晓得吾经常要临阵作战。"是是是，多谢兄长。"刘表一看俚一口答应。外加面孔上充满了格种感激格表情么，蛮清爽，俚是酁晓得格只马要妨主。眼梢甩过来对蔡瑁看看，蔡瑁啊蔡瑁，俚明明侪是热昏。俚心里向在想，以小人之心，度君子之腹。俚看，刘备马上拿只马收回去。

操兵结束，刘表回进城。刘备也回转，文武官员侪散了。从格日上起呢，以后，众将官经常要到城外头来操兵。关、张、赵云么也要来操兵了，交流本事。格个是吾勿去细说俚。

不过刘备回到城里向之后，吃过夜饭，在书院里向搭文武官员在讲张格辰光么，刘备心里明白了。明白点啥呢，苗头勿对。今朝为啥道理，赵子龙在校场里向，搭文聘比武格辰光，蔡瑁要下去穷凶极恶，高声喊叫：勤，勤文聘啊，俚勤坍吾佖荆州大将格台啊。俚、俚、俚拿本事拿出来啊。而且亲自要擂鼓。格个勿正常格呀。所以刘备心里向转念头，从格种迹象上看出来呢，吾登在该搭荆州格处境，很不妙。看上去蔡瑁在做手脚。那么顶好搭文武官员要讲一声，吾佖平常辰光，勿论是讲闲话，勿论是办事体，或者搭荆州格文武官员接触格辰光，处处要谨慎小心。千万勤拨蔡瑁扳牢错头。授人以柄啊，格个事体讨厌。

刘备要想讲么，又勿敢讲。啥体么？张飞坐了旁边头。俚格个闲话一讲出来，拨张飞听见啦，俚要闯穷祸。格么呐吭弄法呢？巧哉，叫啥张飞肚皮痛哉。"哦哟！啊，大哥啊，吾，跑一跑。"俚要上厕所去哉。张飞立起身来望准外头走么，刘备马上对旁边格底下人一看，搭吾门关起来。手下人马上，尔嘚——磅，掴！书院门关上，栓好么，让张飞好勿听见。勿晓得格底下人啊，俚关门声音轻点酿，张飞刚巧跑出去了哟。底下人么也粗心仔点，张飞前脚出去，俚后脚拿门，磅——捆！张飞走得呒不几步路，听见背后头，磅——捆！吨吨？啥体啊？嗺——勿对嘎。喔，吾张飞在辰光门开的，吾跑脱么门要关了。蛮清楚，唔笃是要避开仔吾张飞了，讲啥格闲话。怪勿道，刚巧吾坐了，刘备嗝子嗝嗒，讲仔勿少闲话么，侪是不着边际了，无关紧要。格呒啥要紧事体商量么，应该散了，大家去休息。还在赛过连牢仔了，闲文野章瞎讲张。喔，吾跑出去哉，拿门关上，勿拨吾听。越是勿拨吾听么，吾偏要听。张飞叫啥肚皮勿痛哉哟，受仔一点刺激了，俚马上会得觉着肚皮勿痛了，用勿着上厕所。而且张飞细心的，轻轻叫轻轻叫，一脚一脚演过来，演到此地，书房门口，耳朵贴了书房门缝缝上听。听里向讲点啥呢？只听见刘备在里向关照。"众位先生，列位将军听者。想我刘备自来到荆州之后，蔡瑁与我作对。前番兵进江夏，他发下三千个老弱残军，分明要置我于死地。而今日，赵云与文聘比武之时，他也如此模样。所以，众位先生，列位将军，你们在此荆州与他们交往的时节，一言一行都要谨慎小心。而且千万勿可让张飞知晓，如若三弟知晓，他性似烈火啊，一定要弄出事情来啊。"哗——众人一听么，大家觉着对的，应该要注意。今朝赵子龙处理得交关好。搭文聘呢，就勿伤文聘格尊严啦。旁边头孙乾开口。孙乾说，皇叔，以前吾搭侬讲过，搭文武官员侪勿讲。吾今朝也要讲一讲。吾俚兵败汉江，从汝南逃过来逃到汉江边上，吾到荆州去，碰头刘表。游说刘表，阿有啥让吾俚人马好到荆州去耽搁。叫啥蔡瑁跑出来，搭刘表讲，刘备勿能收留的，收留仔曹操要打过来的。吾俚搭曹操勿能够产生格种隔阂。应该呐吭？应该拿孙乾杀头。拿孙乾颗郎头送到汝南，献拨曹操，拒绝刘备到荆州来。格恁样子一来么，俚搭曹操阿能够保持一个客客气气格局面，荆州可以太平无事。侬想，吾去碰头刘表，蔡瑁竟然说得出，要拿吾格头杀下来仔献拨曹操，格个人是居心狠毒。唔笃在讲么，张飞在外面听得清清爽爽。嗺——喔哟！啥蔡瑁格恁样子恶劣啦？好哦！蔡瑁啊蔡瑁，侬要么勠碰着吾张飞。侬碰着吾张飞，吾勿拨苦头拨侬吃么，吾勿叫张飞。大哥啊大哥，唔笃倒好格呀，拿吾瞒了鼓当中。阿是啊。要吾去上厕所，唔笃关上仔门了商量。唔笃商量，吾就是要动脑筋，要寻着蔡瑁。刘备呐吭想得到，侬要想勿拨张飞晓得，张飞已经侪晓得了。

当夜耽搁。到明朝转来早上，关云长、赵子龙、众将官，侪要到城外去操兵，喊张飞一道去。张飞俚关照二哥，"哦哈，二哥啊，你们先走哦，啊哈，吾有点肚子痛"。俚又要肚皮痛。其实，肚皮痛是假格啦，勿搭唔笃一道跑。俚要跟刘备了。关云长勿防备的，云长、赵云、众将官到城外去。

张飞一看，刘备也走了。刘备出此地馆驿，上的卢马，往辕门去。张飞呢，上登云豹，跟在刘备后头，距离一大段路，勿拨刘备晓得。刘备到辕门，下马，往里向进去。张飞也到辕门，下马，远远叫跟过来。走得极轻极轻极轻，勿拨刘备晓得。刘备叫啥走到端门跟首，看见蔡瑁坐好了。为啥道理坐好在端门跟首么？就是文武官员要去见刘表啦，侪要通过蔡瑁。就什梗勿能进去。俚阻止端门。那么刘备心里向转念头，格冤家坐好在端门跟首，吾勿能勿上去搭俚见礼。格心里是有数目，侪对吾呐吭种样子。表面上还要客气一点。

刘备踏上一步，"蔡都督，你好早啊。刘备，有——呃礼"。格么蔡瑁啊，侪还礼酿？蔡瑁眼开眼闭了，看见刘备过来，心里火已经吊起来。看见刘备在对俚唱喏，冤家！唱喏？睬也勿睬俚。身体望准右手里向一拨哟，眼睛闭拢是，理也勿理。刘备连得落场势也吭不呀，阴干大吉哟。格么刘备想，再来搭侪唱喏。老实讲，骇人怕恭敬。刘备转过来再到蔡瑁门前头，"蔡都督，你好早啊，刘备这厢有——礼了"。格么蔡瑁啊，侪还礼酿，张飞在格面过来哉哟。叫啥格贼胚，勠看见张飞。俚格头，望准左手里向一拨么，仍旧勿睬俚。刘备想侪勿睬吾啊，吾非要唱喏唱得侪还礼不可。刘备再兜过来，兜到蔡瑁门前头。"蔡都督，你好早啊。刘备这厢参见都督，喏喏喏喏喏，有——呰礼了。"第三个喏唱下来，一躬到底么，蔡瑁仍旧眼睛一闭，哗啦——身体一拨么，勿去睬俚。

张飞已经走到刘备背后头。张飞看见什梗种样子，俚还耐得住啦。跑上来，起格只手，望准蔡瑁面孔上，噌——一记耳光么，尔嘚——碏！蔡瑁掼出去。格个一记耳光打脱蔡瑁四只牙齿，那么闯穷祸哉哟。呐吭弄法呢，蔡瑁就要陷害刘皇叔，下回继续。

第十八回

火烧馆驿

　　张飞，怒打蔡瑁，拿俚一记耳光么，蔡瑁连人带凳子掼出去要两间门面。张飞心里火透，俙格家伙忒嫌过分哉。刘备想：兄弟呀，俙呐吭好闯什梗格穷祸？刘备勿防备张飞会得跟仔一道到该搭来，格辰光刘备也拼命，起两条手望准张飞腰里向，拦腰一挦，"哎呀，三弟啊，你，端端使——不得。"张飞肝火阿要烊的？大哥，俙格个，俙挦牢吾做啥？格家伙糇得什梗样子，还好勿上啦。"大哥啊，你放，呃，你放！"

　　刘备是拼仔命挦牢么，随便呐吭勿肯放。蔡瑁识相，晓得勿灵。俚，磅！身子一攮，啪！跳起来。只觉着眼睛门前，墨腾赤黑，耳朵管里向，嗡……眼睛门前金星乱冒。只觉着嘴里向咸溜溜，血滴呖嗒喇在嘴角上滴下来，再觉着嘴里向闹猛得了，吐出来到手心里一看么，好！四只牙齿。对仔刘备一看，又是格恨又是格吓。吓啥？吓黩刘备挦勿牢，张飞冲上来起来，吃勿消。恨是恨得勿得了。俚从来也吭不拨人打得什梗结棍的。"好哇，孤穷刘备，你纵容兄弟打我呀？我去告诉大王，咱们走着瞧。"哈哒哒哒……蔡瑁望准里向去，哭诉刘表。

　　刘备格个辰光，两只手一松么，呆脱了。格个祸闯得勿大勿小。蔡瑁是荆州，统属文武总管兵马钱粮大都督，刘表以下，就挨着俚哉。而且俚是实权派。伲，现在是寄人篱下，俗言攀谈，只好蜷蜷尾巴，缩缩脚，忍气吞声。求得一个息事宁人。吾昨日夜头瞒脱仔张飞，关照文武官员，大家要谨慎小心。格张飞呐吭会得晓得？张飞呐吭会得跟到该搭点来？眼眼调吾去搭蔡瑁行礼，俚勿还礼，俚会得上来一记耳光。俙么称心，打了一记，俙阿晓得格个穷祸一闯，收勿落场了。蔡瑁是蔡夫人格兄弟，刘表么又是见蔡夫人怕的，那格个事体哪怎弄法呢？"哈呀，吾把你这匹匹匹匹、匹夫啊，谁叫你把蔡瑁如此痛打，你可知晓闯下了泼天，大——地祸。"张飞心里向转念头，对大哥看看：俙为啥道理勿让吾过去拿俚一脚踏死，打蛇勿煞么一个害。格个家伙勿是格物事，什梗样子欺人太过。"大哥你放心。闯祸，一人做事一人当。"吭不俙格事体。打是吾打的，有啥格处分吾来，吾勿怕。张飞就是格种脾气，俚勿买账的。发起脾气来，不计后果。

　　前番，格句闲话早了，桃园结义下来还勿长远了。刘备在安熹县，做一个知县官。上任得勿长远，地方在官声蛮好。嗳，叫啥皇城里向来格钦差大人。格钦差格官名叫啥？叫督邮。俚专门来巡视地方。看看看，新派上去格地方官，能勿能胜任？其实呢，格督邮是来敲诈勒索。俙地方上，有金子银子孝敬俚，格么俙格官，继续当下去。那么刘备是清官哟，刘备吭不孝敬。吭不孝敬么，叫啥俚，要革脱刘备格安熹县。当地格书吏衙狱，老百姓等班，大家俙来求督邮：刘备是格好官，好知县，对伲地方在非常好。俙阿能够拿俚留下来，勿拿俚黜革。督邮勿听，随便呐吭勿听。要有金条、银条，那么肯完结。张飞吃饱仔老酒，炫过来，冲到衙门里向，拿督邮，扎——一把胸部抓牢，嗄！拖出来。拖到衙门口，格搭有一棵杨柳树，拿俚望准杨柳树上绑一绑好么。嗒！拗几根杨柳条下来，望准督邮身上，拦头拦面格打。"好哇，你要金条、银条，老子请你吃柳条。"哗叽哗叽哗叽哗叽，打得格督邮喊救命。喊刘备豪燥来救命。刘备得信赶得来，拦开张飞么，已经弄勿落哉哟。钦差大人，俚有生杀之权，刘备格官还做得落啦。刘备是呒不办法，叹口气么，就拿安熹县知县官颗印信，望准督邮头颈里向一挂，带仔关、张离开安熹，去投奔北平太守公孙瓒。因为公孙瓒搭俚是弟兄。格张飞桃园结义之后，第一转闯穷祸啦，就是鞭打督邮，打钦差。今朝，今朝好了，怒打蔡瑁。又要闯穷祸了。刘备是急煞哉。

吾笃两家头么登在外头，刘备心乱如麻。勿晓得蔡瑁进去之后，格情形呐吭？蔡瑁果然，到里向来哭诉哉。刘表坐好了书院里向。蔡瑁奔到书院里向，卜落笃，跪下来。"哼！大王。"哭了。刘表呆脱了。吔？啥格名堂？也从来呒不看见过蔡瑁，跑进来就跪下来，放声大哭。眼泪滴呖嗒啦在下来。蔡瑁，呐吭格面孔上，壮起来哉啊？格刘表弄勿懂。壮么应该两面一道壮，现在叫啥只壮一面。外加面孔上五个节头印，炫炫红，看俚嘴角上格血，还在滴下来，滴了胸口头。吃过生活？啥格名堂？"蔡瑁，怎——样啊？""禀大王，刚才我在外厢的时候，二主公跟张飞到来。那张飞不问情由，开口就骂，动手就打。嗯，把我打得那么惨，请大王做主。""噬，嘎——啊？"

刘表呆脱。张飞不问情由，开口就骂，动手就打。俙看，蔡瑁面孔上，五个节头印，格一记物事，打得结棍了。再看俚手心里向，牙齿四只。格是狠仔命了打的。格张飞为啥道理要什梗动手？而且刘备一道来的。刘备讲道理。刘备登了旁边头么呐吭？"张飞，为什么要打你呀？""我也不知道哇？"其实蔡瑁晓得的。刘备搭俚唱三个喏，俚勿还礼仔了，拨了张飞一记耳光。但是俚格个闲话勿讲的。刘备来唱三个喏了，吾么拦架子了，勿睬俚了。格个闲话一句也勿讲。格刘表听着呒不道理的。格张飞啥体无缘无故拿俙一记。"那么，二主公，在旁——侧，怎样？""二主公，在旁边他冷眼旁观，不发一言哪。""喔哟，嚯嚯嚯嚯……噗！"刘表那么真格气哉。兄弟啊，俙格来勿应该的！唔笃格三弟，拿蔡瑁打得什梗种腔调，俙会得冷眼旁观，不发一言。算啥名堂？其实蔡瑁格家伙，阿要恶啦？俙呒不刘备拿张飞拦腰一挀，挀牢张飞格说法，张飞冲上来一脚，拿俙命俙保勿牢，头也踏扁仔了完结。蔡瑁格家伙忘恩负义。俚还得说得出，刘备登在旁边，看冷铺了，一句闲话俙呒不。格刘表火。刘表心里向转念头，阿要下命令，拿俚笃抓起来？勿。格事体要弄弄清爽，弄清爽仔再处理。"来。""吤。""请二主公。""是。"刘表对刘备是真格蛮好。俚关照手下人，刘备是吾兄弟，唔笃叫吾叫主公，叫刘备呢，要叫二主公，是吾兄弟么。

所以手下人到外头。"二主公，大王有请。""呃喝喝喝，来了。三弟你在这里等着。""知道了。"张飞心里向转念头，大哥俫放心，勿会逃走。俫到里向去搭刘表碰头，看刘表呐吭好了。张飞仍旧怒气冲冲，立在端门跟首等。刘备望准里向进来，提心吊胆。勿晓得里面呐吭格情形了。

踏进书院，只看见蔡瑁呢，跪在地上，还在出眼泪。对刘表只面孔一看么，只看见老兄怒容满面。刘备心里向难过，踏上一步。"兄长，小弟，有礼。""贤弟少礼，请坐。""呃喝喝，告坐。"刘备旁边头坐定。"贤弟。""兄长。""方才张飞，因——何要痛打，蔡——哋瑁。""呃！"那么呐吭讲法？老兄问吾，张飞，为啥道理要打蔡瑁？假使吾说，因为吾今朝早上要来搭俫老兄碰头，端门跟首，蔡瑁坐好了。吾上去搭俚行礼，连行三个礼。俚勿睬吾，那么张飞拿俚一记耳光。吾勿能什梗说。吾什梗说呢，显而易见，吾是在帮张飞。祖护自家兄弟。格么呐吭弄法？刘备蛮策略格啦。"呃呵呵，兄长。请兄长把我家三弟呼唤进来，自己问他。"俫问张飞吧，勿吾来讲。"来。""喳。""唤张飞到来。""是。"手下人到外头。"三将军，大王有请。""来了！"张飞心里向转念头，进去么进去，有啥道理？看刘表呐吭？刘表讲理性的，便罢。刘表勿讲理性么，吾连刘表，也是一记耳光。那是格张飞横竖横拆牛棚哉，预备闯穷祸。望准里向，哈啦噌噌……拎仔甲揽裙进来。

俫进书院么，蔡瑁阿要吓格啦。蔡瑁晓得张飞格人，拗脱帽子，呒不脑子。勿吾跪着，俚跑过来，喇——格一脚，拨俚踢着是，命要保勿牢。所以蔡瑁要紧脚馒头跪得刘表再近一滴滴。如果俚过来，吾马上就好望准刘表背后头一闪，让刘表挡一挡。张飞到里向立定。"参见大王。""少礼，今日你，可曾把蔡瑁痛打。""打的。"勿赖的，是打的。"你因何要，痛打蔡瑁呢？""打这个王八蛋。""嗨嗳！匹夫。"刘备想，俫呐吭开出口来，就呒不礼貌。骂人。好好叫讲好哉嚜。"打他？打他么，有格讲究格嚜。""什么讲究？""大王，吾么勿会讲鬼话。今天，大哥到这里来参见你大王，在端门跟首，蔡瑁坐着。大哥跟他行礼，连行三个礼，他礼也勿还，睬都勿睬，好大的架子。竟敢把吾家大哥，如此欺负。所以张飞，打的。""啊？这！"刘表心里向转念头，啥？啥有什梗种格事体啦？对蔡瑁看看，俫勿讲哇？刘备跑得来搭俫连唱三个喏。俫头别别转，假痴假呆。那么引得张飞光火。"蔡瑁。""在。""二主公与你连行三礼，你因何，礼也不——还呐？""呃喝，这这这，这这这，大王，我，我我，我没有瞧见呐。"刘表想勿会。勿看见，唱一个喏，作兴的。看野眼，勿看见。唱第二个喏，就勿至于勿看见哉。何况连唱三个喏呢？问问刘备看。"贤弟。""兄长。""可是如此？"阿是什梗桩事体呢？"呃喝，兄长，那、那是蔡都督，没有看见，都、都是吾家三弟不好哇！还望兄长恕——罪。"

刘备讲得非常有策略。刘备勿说蔡瑁俚勿还礼，而且说蔡瑁是呒不看见，怪来怪去，俫要怪吾兄弟勿好了。格个刘表心里向阿要火？刘表肚皮里向转念头，蔡瑁阿蔡瑁，刘备，是吾格同宗弟兄。俚搭倷连唱三个喏么，倷看吾面上，倷也应当要回礼。喔，倷就拦什梗种架子，头别别转，倷是要拨张飞打哉。"喔哟，嚯嚯嚯嚯……""大王，你说说看，蔡瑁这家伙，该打勿该打？""该打呀！该——打！""吶喝喝喝……格么阿要砍他格脑袋？"刘备想，倷要死快来。格张飞胡得落调，刘表说仔一声该打了，手望准剑柄上一搭，张飞要拔出宝剑，格么阿要杀脱俚吧？"啊呀！吾把你这匹夫，休要发疯，不许多言。""呼哦。"大哥拿俚扼住，张飞勿响。"蔡瑁匹夫，你，你还不与我，滚——出去！""是。"

蔡瑁立起身来，望准外头走格辰光，回转头来两只眼睛对刘备一看么，刘备只觉着心里向——别别别。为啥？因为格个眼光，蔡瑁格眼光，搭刘备格眼光接触格辰光，只有刘备能够领会到。蔡瑁口勿开的。但是眼光里俦是闲话。俚格眼神里向是咬牙切齿，恨如切骨。对刘备一看。刘备啊刘备，倷好！今朝刘表帮仔唔笃格忙了，拿吾赶出来。寒天吃冷水，点点在心头。格个仇吾勿报，吾勿叫蔡瑁。慢慢叫，倷看吧。刘备晓得，刘备会得觉着，身上格汗毛，根根竖起来，毛骨悚然。蔡瑁格眼光里向，闲话勿知几化了？蔡瑁望准外头去，其实俚吭不到外头。俚出书院，哈登登……到里向去，哭诉蔡夫人。刘表呐吭呢？刘表心里向转念头，张飞呢，动手打，勿应该。不过蔡瑁先勿好。"三将军。""大王。""下回你，可还要把蔡瑁，痛打么？""呃，他勿得罪吾大哥，勿打。得罪吾大哥么，吾还是要打。"格倒好，爽气的。一滴滴吭不转弯抹角。俚勿得罪刘备吾勿打，俚得罪刘备，吾也要打的。"那么有人，得罪了孤王么，你便怎样呢？""有人得罪你大王啊？吾同他拚命。""喝喝喝喝，哈哈哈哈哈。"刘表笑出来了。张飞格句闲话啦，倒勿是啥格，诚心拍马屁。因为俚也勿会的。俚从心里发出来的，俚觉着刘表格人，公正。并吭不偏袒自家格阿舅。吾张飞拿俚蔡瑁，打得了牙齿俦拍下来，俚非但勿怪吾，而且还拿蔡瑁赶出去。辩明是非，讲道理。所以张飞说，有人要得罪倷大王么，吾搭俚拚命。其实格句闲话刘表听上，实在窝心啦。张飞对刘备好，对吾也好。关照张飞退下去。

张飞退出去么，刘表搭刘备打招呼。"贤弟，愚兄，手下之人，若有冒犯贤弟之处，看在愚兄份上，莫作计较。""兄长说哪里话来？今日，都是吾家三弟匹夫不好，呃喝，还望兄长原谅。这，这也是小弟管教不严呀。"责任要吾负，吾拿张飞吭不管好。所以，闯什梗种穷祸。倷就事论事讲，张飞是错的。为啥道理呢？因为刘备搭蔡瑁唱喏，三个喏，蔡瑁勿还礼，顶多呐吭？顶多吭不礼貌。张飞动手打人，打得别人家，牙齿俦掉下来，血滴呖搭啦挂下来。格个，格个勿是啥格，吭不礼貌格问题了。俚打，故意伤害。倷拿倷，从现在讲起来，是犯法格啦。一个俚格是作风，吭不礼貌，勿应该的，顶多批评批评。但是呢，倷要看格桩事体格骨子。骨子里向蔡瑁呐吭？蔡瑁实际上是诬陷刘备，诽谤刘备，外加还有陷害刘备，预谋杀人么，故意陷害。蔡瑁格罪名要深，不过刘表勿晓得什梗种情况。

刘备搭刘表还在讲张辰光，叫啥里向跑出来一个丫头，在刘表耳朵旁边头，轻轻叫一句，说一声：主母有请么，丫头进去。

刘备一看，晓得勿灵哉。丫头跑出来到，板是蔡夫人关照出来的。刘备也识相，立起身来告辞。刘备出去，回到馆驿，拿张飞狠格骂了一顿：三弟啊，倷想想看，倷今朝，闯什梗格穷祸，事体哦不完结了！倷孾当仔，就什梗刘表拿蔡瑁骂出去，就太平哉。下来格日脚好好叫要难过了。勿晓得蔡瑁有点啥格手段了，要拿出来。

刘备走，刘表到里向。刘表一到上房，蔡夫人，蔡瑁俖在那。蔡瑁在哭么孾去讲俚。蔡夫人也在哭。蔡夫人叫啥怪刘表啦，大王，倷欺人太过。为啥道理，吾格兄弟蔡瑁，拨了刘备格兄弟，打了一记耳光，打得格惈样子惨？倷非但勿处分张飞了，外加要拿吾格兄弟赶出来，倷袒护刘备，偏袒张飞。倷格种算公正格啊？啊？刘备式哦不良心了。刘备兵败汝南，立脚场化也哦不。跑到俚荆州来，借住夜，吃便饭，一切吃用开销俖是俚的，倘然哦不俚什梗招留俚，刘备勿晓得流落到啥地方去？现在刘备恩将仇报。大王，倷一定要拿刘备杀，连张飞一道杀。否则格说法，蔡瑁下转哪惈好做事体啊？勿能够发号施令。还有啥人服帖。人人俖可以动手拿俚打。刘表讲：格里向么，蔡瑁也勿好。刘备跑得来搭俚行礼，俚勿还礼，那么惹火冒张飞么，再动手的。倷勿能单怪一面，要两面来看。蔡夫人说：吾勿关。倷要么拿刘备杀，倷勿拿刘备杀么，赶刘备动身。荆州勿是俚登格地方。否则格说法，吾搭倷哦不完。哭了格吵么，刘表格头，痛极了。哦不办法。格呐吭弄法呢，刘表关照：蔡夫人，倷孾吵，让吾考虑考虑，想一个妥善格办法来处理。

刘表跑出去么，发毛病。啥格毛病呢，哮喘，气管炎。刘表有什梗种哮、哮喘毛病么，一刺激啦，人勿灵。困倒床上。请医生来服药调理么，一下子勿会马上就恢复过来的。哈呀！其实格刘表，俚是在担心，刘备格桩事体呐吭弄法？看上去，再要让刘备留在荆州么，勿太平的。特别是，张飞搭蔡瑁，经常要碰头，容易发生摩擦了，要闯祸的。弄出事体来，越来越弄僵。格么倷说到，拿刘备赶出荆州，驱逐俚，勿让俚登格在该搭，格么刘备到啥场化去呢？刘备也哦不去处了。刘表是通情达理，也要搭兄弟考虑考虑。俚是为国尽忠，搭曹操反对了，拨曹操打败仔，弄得赤脚地皮光的。

三日天下来，蔡夫人呢，还在逼俚。今朝刘表困在书房间里向，看着一道公文。啥地方来格呢，新野县。叫啥格新野县，有格知县官，在任病故，过世哉。地方上缺少一个县官。要请大王呢，派一个人去，担任新野县格县官。刘表心里向转念头，孾缠哉，让刘备到新野去吧。离开荆州远一点么，可以勿再发生矛盾。就派人去拿刘备请得来。

刘备一到该搭点，见过刘表之后，刘表就搭俚讲：兄弟啊，吾呢身体勿大好。该两日天勿能够升堂理事。最近呢，因为新野县，有消息来，地方官病故。吾要想派俫到新野县去，留守新野。吾另外呢，勿派知县官。俫兄弟就登在新野县立脚吧。新野县格地方呢，是小了，也是格穷地方，委屈点俫兄弟，大材小用，勿晓得俫兄弟意思呐吭？刘备一口答应。为啥？刘备求之而不得。阿有啥，赶快让吾离开荆州，离开格个是非之地。因为搭蔡瑁格摩擦越来越结棍，登在该搭点勿太平格呀。老兄关照吾到新野县去，也是格种意思。格么刘备想，吾还是到新野县，哪怕穷，哪怕苦，格么吾用勿着提心吊胆，寒毛凛凛，一径赛过朝勿保暮什梗。刘备答应么，明朝就动身。为啥道跑得什梗快么？因为刘备穷呀，一塌括子赈五百个兵。兵不满千，将不满十，收拾行李也简单，拆脱营篷，马上就好跑格呀。刘备明朝要动身么，刘表关照，两个儿子，大公子刘琦，二公子刘琮，带领文武官员，到长亭送别。

格么刘琦呢，是刘表格大家小，陈夫人养的。陈夫人呢，也已经过世哉。刘琮么，蔡夫人养的，弟兄两家头是蛮好。但不过蔡夫人格里向呢，也是有问题的。俚要想拿格刘琦除脱，将来刘表过世下来么，格份家当侪归刘琮得。弟兄道理也有矛盾的。当时俚笃送到十里长亭分别，刘备带领文武官员，动身往新野县去。刘琦、刘琮带领文武回进城。刘备在望准新野县赶路格辰光么，只听见后面，哈冷冷冷……马铃声音。只听见后面有人在喊，"二主公，住马。二主公，慢——走"。酷——刘备拿马扣住，回转头来一看么，后头来格文官，胡子已经花白哉。啥人呢，此人姓伊，单名一个籍，号，叫机伯。是刘表手下格幕宾大夫，也就是，大公主刘琦格教书先生。人蛮正派。刘备心里向转念头，刚巧，老大夫，已经在长亭，替吾敬过酒了，送过别。为啥道理现在长亭分手之后，俚还要追上来呢。刘备就骑仔格只的卢马，踢咳矻磕、踢咳矻磕，候上来。"啊！老先生，请了。""二主公，请了。""老先生追赶到此，有何见教？""二主公，伊籍到来非为别事。喏喏喏喏，伊籍，闻得蒯越言讲，二主公胯下的马匹，孤蹄绺鼻，额有黑点，眼有泪槽，名唤的卢。乘则妨主。因此，二主公，此马，乘不得也。"

刘备一听么，老老好意，俚跑到该搭点来，特为来拨格信。因为俚听朋友讲吾格只马呢，勿能骑的。孤蹄绺鼻，额有黑点，眼有泪槽，叫的卢马。骑仔要死东家。喔！那么明白哉。怪勿道，刘表拿只马要还拨吾！大概刘表就是听仔人家讲，格只马起仔要妨主了，所以俚勿敢骑。刘备阿相信？勿相信。刘备一笑。"喝喝哈哈哈哈，多蒙老先生前来指教，刘备不胜感激。然而刘备想，为人，死生有命，富贵在天。岂——马力之所能妨吾哉？备不信也。"喔！伊籍一听么，佩服，佩服。什梗一看，刘备格人豁达，想得开啊。刘备呐吭讲法？马呐吭会得妨人，一个人格死活，当然刘备格个闲话，拿现在格观点推敲起来么，也勿顶对格啦。刘备呐吭讲法？刘备说，死了活，有命的。命里注定的，叫死生有命，富贵在天。马勿能妨吾。但是，俚比刘表呢进了一步了。刘表听见格只马妨主，骑也勿敢骑。刘备还是要骑。刘备认为，马，勿可能妨主。伊籍佩服。伊籍心里向转念头，吾啊，投错格东家。刘表呢，搭刘备勿能比，单单在格只马身上格态度，就两样。"二主公，老汉有一句说话，告禀二主公。""请教。""二主公到了新野，日后，倘若要到荆州而来么，二主公，你一定要带，大将，保——护。""喔喔喔喔喔，多谢老先生指教。刘备明白了。"老老格句闲话有意思格噢，下趟作兴刘表要请俫来。或者俫呢，有事体要到荆州来。俫千万千万哦，一定要带大将保护。俫勿带大将保护，俫格条性命就危险。为啥呢！用勿着讲明白，因为蔡瑁要谋害俫了。伊籍什梗一讲么，刘备交关感激。格个闲话呢，吾要听的。

当时伊籍回转去。从今以后呢，伊籍对刘备产生了特别格好感。所以刘备到荆州来呢，伊籍总要搭俚碰碰头了，接触接触。格么伊籍回转，吾勿交代。

再说刘备带领关、张、赵云，文武官员，甘、糜二夫人，五百军兵一道，到新野县。新野县地方上，衙门里格人，侪过来接。接到衙门里坐定之后么，刘备要调查。新野县实在穷勿过，地方又是偏僻。但是呢，搭曹操格地界接界。新野县再过去，背后头有座城关叫樊城。樊城呢，现在拨曹操夺得去了。樊城再过去，就是襄阳。所以刘备登在格个地方呢，刘表也有点派俚俫赛过留守了前线了，万一曹兵打过来么，好阻挡阻挡。

格么刘备呐吭呢？刘备在新野县么，刘备自家也是老百姓出身。刘备格出身是织席、卖木屐的，懂得民间疾苦。所以俚减轻赋税，有种捐呢，侪免脱。让格老百姓格生活呢，安定下来。让农民呢，生产可以慢慢叫兴起来，好恢复生产。只有生产发展上去哉么，老百姓格日脚会得慢慢叫好过。所以刘备在新野县，交关得民心。俚自家呢，非常俭朴。格么阿要到荆州去呢，要去的。有转把，刘表要牵记俚，请俚去哉。有转把呢，俚自家去了。去终归带大将的。带啥人呢，要么是关云长，要么是赵子龙。张飞勿带，为啥道理？因为张飞勿好去格呀，张飞去仔蛮容易搭蔡瑁碰头了，勠再弄出事体来。所以刘备终归带关了赵，两个大将当中带一个。

那么刘备一到新野，辰光蛮快，一年一年过去哉。格个辰光叫啥有格机会来哉哟。啥格机会么？曹操已经打败了袁本初。袁本初已经死。袁本初格儿子，袁谭、袁尚、袁熙啊，夺家当，夺勿匀落。那么曹操打过去么，先拿袁谭杀脱，拿青州、冀州得下来。袁尚、袁熙呢，逃到仔乌丸。曹操带人马呢，就追到乌丸。乌丸啥场化么？就是现在格蒙古格个地方。内蒙古格一带，塞县了，察哈尔格只角里向。那么俚再往门前头过去呢，要打辽东。袁尚、袁熙逃到辽东么，曹操轻骑袭辽东了，带人马往辽东方面来。

格个辰光曹操离开皇城许昌，越来越远么。刘备心里向转念头，机会好极了。曹操已经离开仔自家格老窠。只要刘表，调动二十万大军，兵进许昌，得曹操格后路。曹操来勿及回转来救的。那么俚拿皇城得下来，皇帝到吾俚手里一边着了，马上就可以皇帝下诏书了，讨伐曹操，天下人侪响应么，可以灭曹兴汉。所以刘备赶到荆州碰头刘表么，搭刘表讲，曹操向北方打过去，深入北方了。皇城空虚。伲马上去兵进许昌。老兄，俫调二十万大军，吾愿意效犬马之劳。刘表心里向转念头，兄弟啊，俫就太平点吧。俫还要带兵，去攻打许昌，打曹操了。俫阿晓得，格兵权啥人在抓？蔡瑁在抓哟！管理大军，蔡瑁手下格批大将，蔡勋，蔡立，蔡新，蔡中、蔡和，蔡志、蔡祥，蔡家党格人，基本在占领了实权部门。俫要调兵，调勿动的。那么再讲，蔡瑁再到里向蔡夫人去一讲，蔡夫人搭俫刘备又是冤家，俚呐肯拿格兵权，让俫刘备拿过去了，带仔人马去攻打许昌呢？刘表讲勿出格句闲话。刘表晓得格呀，机会是蛮好呀！刘备是一片好意啦！可以发展地盘了，好打到许昌去。但是刘表勿能够拿心底里格闲话告诉俚。因为蔡氏弄权啦！吾做勿动主。吾自家身体也勿好。刘表只好对兄弟讲，老弟，吾呢，年纪大哉，年迈多病。也勿想再望准外头发展。吾晏得能够保牢荆襄九郡么，吾已经心满意足。所以兄弟算了吧！朆打哉。

刘备听着格句闲话么，赛过像兜头一桶冷水，从头上冷起冷到脚上。完结了。该格机会错脱啦，下趟朆不机会好去搭曹操打。刘备心里有数目，曹操平定了北方，回过来，回到许昌，俚将来就要来打荆州，打江南。俫勿打俚，俚要来打俫。有啥办法呢！吾刘备，有灭曹兴汉之心，但是吾朆不力量。刘表有格个力量，但是俚朆不格个心。看上去呢，汉朝么，终归要亡哉。大汉气数已绝。随便吧！刘备灰心了。刘备从格个一次，再回到新野县以后么，意志消沉。完结了。本来呢，刘备还有雄心壮志，要借助刘表格力量，搭曹操去决一雌雄。现在，朆不办法了。刘备想，吾格人活在搭死脱也一样价钿，随便了。

勿晓得曹操果然呀。打平定了北方，回到许昌，俚在许昌格方面，开一条河。格条河叫啥？叫玄武池。派人呢，打造船只，训练水军。训练水军啥用场呢，就预备要兵进荆州，攻打江南。曹操格野心蛮大的。北方打平了，现在曹操势力顶大，号称雄兵百万，战将千员。袁本初格点地界，山东青州，河北冀州、幽州、燕州，山西并州，再加上乌丸，再加上辽东，格些地方，连曹操自家本部人马，河南、安徽，格点人马么，差勿多大半格中国，侪拨了曹操统一。刘表在荆州得着消息之后么，懊悔了。哈！俫看，曹操现在在打造船只，操练水军。看上去格样子，要来攻打荆州了。那么后悔。派人去到新野县，请刘备到荆州议事。刘备呐吭？听见老兄喊俚去么，去哉嘎。阿带大将么？勿带。赵子龙也勿带，关云长勿带，一干子，单身独骑，骑只的卢马去。

为啥道理勿带？呃，带点啥。吾带大将，就是为了要保护自家，恐怕有危险。现在，现在么，死脱就死脱。吾死、活，搭国家朆不出进哉啦。因为吾刘备只赊五百名军兵，吾朆不办法了。所以刘备，灰心得极么，俚大将侪勿带，一干子去。到荆州，进城。辕门跟首下马，望准里向来。到书院，见过刘表，摆酒款待。弟兄两家头一道吃酒格辰光么，刘表对兄弟讲，蛮抱歉啦。"贤弟。愚兄，悔不听贤弟之言，兵——进许昌。如今，曹操在操——练水军，有恐要攻打荆州。啊！愚兄，好——悔也！""哼！"刘备心里向转念头，悔，悔有啥悔头？朆啥说头。"兄长说哪里话来？方今天下大乱，机会岂有尽乎？若能应之于后，未为迟——也。"机会多的是，天下大乱，一径在打仗，机会勿会完结的，下趟还有了。不过刘备格个闲话是敷衍闲话，并勿是真心闲话。因为北方已经打平了，曹操要打南方。俚要想去偷打一记了，打俚格空虚，勿来赛了。吭不什梗种机会。叫安慰安慰俚老兄罢了！刘表叫啥喝仔一口酒么。"唉！"叹了一口气。眼泪，到眼眶里向。呲？刘备弄勿懂？老兄为啥道理要哭？唵？"兄长，因何掉泪？兄长若有什么事情要委托小弟么，喏喏喏喏，哪怕赴汤蹈火，粉身碎骨，小弟，万死——不辞。"刘表讲拨俚听，兄弟啊，勿瞒俫讲。吾现在呢，有一桩心事，掼勿下来。吾有两个家小。大家小呢，姓陈，人蛮贤惠。俚养格儿子叫刘琦，陈夫人已经过世。刘琦么，俫晓得的，人勿错，蛮正派。但是呢，懦弱一点。蔡夫人呢，养一个儿子，叫刘琮。年纪么虽然小，人交关聪明，吾非常喜欢俚。那么现在，吾自家么，身体勿好，要传位，建立一个王世子。俚是大王，大王格儿子叫世子。皇帝格儿子么是太子啦。要确定一下，啥人来接班了？啥人做继承人。

那么刘表搭兄弟讲，老弟啊，吾想传位拨了大公子刘琦吧？但是，蔡夹里侪执掌大权。蔡夹里勿肯完结。那么吾想传拨了小儿子刘琮呢，但是，废长立幼，恐怕舆论勿好听。所以为格个事体呢，吾心里向交关难过，夜头觉侪困勿着。"因此请贤弟到来商议，贤弟，你——看怎样？"刘备一听么，格种事体。老兄，格俫何必什梗难过法子。汉朝有法律的，国有储君，家有长子。继承，应该是大儿子。而且俫如果拿大儿子废脱，废长立幼，格个是要混乱。从古以来，废长立幼啦，国家大乱格事体实在多勿过。特别是列国志里向，顶顶多了。"兄长，自古以来，废长立幼，取乱之道。国有储君，家有长子，兄长应当传位于大——公子刘琦。倘然兄长，恐怕蔡氏族中权重，那么趁兄长健在的时节，可以将蔡氏之权，徐徐削之。"俫怕，传位拨了大公子之后，蔡夫人了，蔡瑁了，外加还有一班蔡家大将，将来要作乱。格俫老兄，现在有权在。俫健在格辰光，俫马上拿蔡瑁格都督么撤脱，拿蔡家大将格权柄，一个一个一个慢慢叫削，削光仔俚笃么；俚笃就勿能够作乱哉咯？"呃？"刘表一听么，吭不回答。也勿说好，也勿说勿好。为啥么？因为刘表自家格感情摆勿平。俚欢喜小儿子，同时么也欢喜蔡夫人，又是么见蔡夫人怕。

格么俫什梗一讲呢，要拿蔡夹里格权柄削，吭不什梗简单。勿晓得刘备啊，俫格个闲话勿好讲的，俫式直哉哟！为啥道理？蔡夫人在后头听壁脚哟。因为俫刘表搭刘备碰头，或者刘表搭其余宾客见面，蔡夫人终要在屏风背后头，或者门角落里向，暗暗叫偷听。了解外头格情况。今朝刘备讲到格两句闲话，格蔡夫人格牙齿咬得嘎嘎响。想刘备啊刘备，俫格个家伙，恶劣透顶。吾辛苦经营，为啥？就是要拿刘表格家当，传拨吾自家亲生养儿子刘琮的。喔！俫来关照刘表一定要传拨刘琦，外加么，要拿俚蔡夹里格权柄么，一个一个慢慢叫削光。"好！"俫搭俚蔡夹里过勿起呀？今朝夜头吾看俫刘备格条命，阿想能够活得成功？

刘备呐吭想得到，一句闲话，险介乎杀身之祸。不过刘备出口了以后么，又有点后悔。啥体么？哈吔，多吃仔口酒。照规矩，清官难断家务事。特别是看到吾什梗两声闲话一讲，刘表呒不啥表情，也勿说好，也勿说勿好，在低头沉吟么，刘备有点后悔了。何必呢，吾到底客气。该格兄弟是勿是嫡亲兄弟，堂房兄弟。吾何必什梗多讲，说三道四。刘备立起身来，告一个别，吾要上墝厕所去。刘备到厕所里向，回过来，再坐定吃酒么，刘表呆脱哉哟。啥道理么？叫啥只看见刘备，在出眼泪呀。吔？刘表肚皮里向转念头，兄弟呀！吾，从来呒不看见过俫哭过。"贤弟，因何掉——泪？""兄长啊！小弟方才如厕，见两腿髀肉复生，因功业未建，老将至矣，因此，伤——感。"

刘备哭点啥？刘备说：吾刚才，到厕所里向去小便。小便格辰光呢，发现吾两条腿上，髀肉又长出来。啥叫啥髀肉呢？髀么就是，骨字边旁加一个卑，尊卑格卑。格个两块肉在啥地方呢？就在脚馒头上面，里裆，靠里裆格两块，大腿上，格个肉叫髀肉。叫啥刘备，平常辰光呢，髀肉呒不的。因为啥？一径在打仗，骑马。骑马么，格两条腿，夹裆劲。夹裆劲么，格搭点肌肉邪气硬啦，因此勿会生，长就什梗格长肉出来。今朝刘备去发现呢，叫啥格两腿啦，发胖，髀肉上格老茧去脱了，髀肉复生。格个两块肉生出来呢，也就是说明，该格几年，吾勿大骑马，也勿出去打仗，因此呢，荒废哉。武功荒废哉么，髀肉又生出来哉。髀肉长出来，说明一个啥格问题呢？说明吾该格几年，一事无成。年纪大哉哟，组苏有两根花白了。吾刘备空有雄心壮志，而现在呢，两腿髀肉复生，老将至矣。吾就要老，吾再也勿能够干一番事业。想到功业未建，吾现在还在借住夜，吃便饭，也勿能够灭曹兴汉。国家格前途，个人格前途，联系起来想想么，呐吭勠出眼泪，哭呢？格个刘备格眼泪叫啥？叫英雄之泪。刘表格眼泪叫啥？叫儿女之情。刘表是为一家，为格份家当到底传拨啥人；而刘备呢，是为了天下。刘表一听么，去安慰兄弟。"贤弟，何用掉泪。想当年，曹操青梅煮酒，论英雄时节，说天下英雄，唯贤弟与他，曹操尚不敢居吾弟之先，吾弟日后必成，大——事。"俫到底年纪轻来，五十岁还勤到，俫还能够成功大事。而且，刘表呐吭讲法呢，曹操佩服俫格啊。曹操搭俫一道在青梅煮酒论英雄辰光，天下英雄，曹操一个俦看勿入眼。曹操认为，天下英雄，只有俫刘备搭吾曹操两个人，"唯使君与操耳"。只有伲两个人。格么可见得，曹操勿敢摆了俫前头么，俫将来能够成功事体。刘备一听老兄格两声闲话，刘备多吃仔口酒么，说出来格闲话就呒不分寸哉。"啊！小弟恨无基业。小弟若有基业，天下庸庸碌碌之辈，何足道哉？""啊！"格句闲话呒不趣相。刘备格面孔，红起来。刘备呐吭讲法？吾呒不家当，吾勿有基业哟。吾有基业，天下庸庸碌碌之辈何足道哉。格声庸庸碌碌之辈，啥人呢，就包括刘表在内。因为当初论英雄格辰光，江东孙权呐吭，东川张鲁呐吭，西蜀刘璋呐吭，荆州刘表呐吭，西凉马腾呐吭，刘备一个一个俦列举出来么，曹操一个一个俦否定。格个种人俦勿能算英雄。曹操眼光里望出来，英雄只有俫刘备搭吾曹操两个人。所以刘备讲一句，吾勿赅家当，吾有实力格说法么，天下庸庸碌碌之辈，就包括刘表在内何足道哉。俫勿在吾眼睛里向。该格叫，赅仔和尚骂贼秃哟。格个刘表阿要难过。刘表面孔两样么，刘备觉着：要死格来，失言失言失言失言。哈啊！吭趣哉。"呃嘿，小弟醉了。醉后失言，还望兄长恕罪，小弟告辞。"俫要走么，刘表送，立起身来送一送。刘备到馆驿里向去耽搁。残看有人收脱么，刘表到里向休息了。勿晓得俫去休息啊，蔡夫人比俫还要早到里向。蔡夫人一到里向，马上通知，派人去拿蔡瑁喊得来。蔡瑁到上房，搭蔡夫人碰头之后么，蔡夫人关照蔡瑁。今朝刘备到该搭来，什个长，什个短，讲什梗几句闲话。刘备格家伙恶劣透顶了，吾一定要结果俚性命。俫关照到格句闲话么，蔡瑁说：蛮好，有吾，吾马上回转去安排。

蔡瑁回到屋里向，立刻请张允拿蔡家大将，全部俫召齐，赶到该搭点来碰头格辰光，蔡氏众将到齐。蔡瑁就宣布：蔡夫人有命令，今朝夜头，一定要想办法拿刘备结果性命。吾伲是勿是带军队过去，包围馆驿。嚓！一刀拿刘备杀头。张允一听么，要紧立起来。"蔡都督，且慢。""张大夫，怎么样啊？"张允是格厉害角色，搭蔡瑁是一搭一档，俚是副都督。俚是刘表格外甥，是蔡瑁格死党，肚皮里向呢邪气阴险。阴间秀才，狗头军师，坏脑筋动得来得格多。"蔡都督，你说派人马，前往馆驿，把刘备结果性命？""是啊！""杀了刘备之后，倘然张翼德，兴师问罪，兵进荆州，都督怎么样？""嗯？这这。"那么僵，蔡瑁天勿怕，地勿怕，就见张飞吃算。因为拨了张飞，唰——格一记耳光，拍脱俚四只牙齿么，苦透苦透。现在听见说张飞要兴问罪之师，带人马到该搭点来，格吃勿消。"这。"勿杀刘备？勿杀刘备么，格个岂勿必？蔡夫人有命令下来了，非要拿刘备结果性命不可。"张大夫，你有什么办法呢？"张允格对水蛇眼睛，笃落落落落，一转。"蔡都督，我倒有一计在此。""请教。""今天晚上三更时分，我们将馆驿，团团包围。前后架火，火烧馆驿，把刘备活活烧死。""嗳！哼哼哼哼……好，好办法！"格办法好。刘备在馆驿，吃醉仔酒困觉了．伲前后门放火烧，拿刘备烧煞。格么作兴刘备逃出来？逃出来也勿怕。格吾伲带领人马，守好在前后门。强弓硬弩，刀枪密布。刘备逃出来，叭叭叭，乱箭一放，搠得刘备回进去。回进去么，拱——烧煞。烧煞之后，伲通知关、张跑到该搭来收尸。刘备格死尸已经烧得像枯焦木头什梗。张飞要跳起来：唔笃害煞伲大哥？啥人害煞？刘备搭大王碰头，吃酒，酒醉之后到馆驿，碰翻了蜡烛，困着了。蜡烛倒下来，拱——烧起来。房子起火，拿馆驿俫烧光。伲要问刘备赔房子来，衲到要到该搭点来，怪刘备死了伲手里。火烧烧煞，俚自家失火，关伲啥体啊？伲来一个死吭对证，一眼眼勿晓得。对，格个办法好极了，好极了。蔡瑁关照，"众位将军，你们就不要回去了。在我这儿喝酒，喝到三更时分过去动手"。"好啊……"

关照里向摆酒，里向在办酒格辰光么，蔡瑁心里向突然想着，啊呀，商量计策格辰光，吭不回避家将。格点底下人侪在旁边头，俚笃侪听见了。三更天要放火，火烧馆驿，覅走漏风声？蔡瑁厉害。"我说，来呀！""是。""把家将，下人，通通叫来。"嚯落落落……心腹家将、底下人、住了该搭点值班格通通侪喊过来。"你们大家听了，刚才本都跟张大夫商议的时候，今天晚上三更时分，火烧馆驿，烧死刘备。你们都听到了？""哼，是。嗯，是，是。"有格么是听到的，清清爽爽。有格立了门口头么，大约听着一滴滴，勿详细。现在拨了蔡瑁什梗一提哉么，侪呆脱。那侪明确了，三更天放火，烧煞刘备。"我告诉你们，这是大王的命令。你们不准走漏风声，你们谁要是泄漏风声，马上——杀！""是，是，是。"

嚯落落落……底下人退出去么，面孔侪转色了。啥体？勿能泄漏。啥人泄漏风声，吾今朝夜头要去火烧馆驿，烧煞刘备啦，马上就要杀头。那么呒不闲话好讲，极端秘密。蔡瑁摆酒吃酒，调动军队，三更天炫过来到馆驿，包围馆驿。动手要火烧馆驿，害刘皇叔么，下回继续。

第十九回

襄阳大会

　　蔡瑁、张允，在都督府，连夜商量，今朝夜头三更天火烧馆驿，拿刘备烧煞。关照众将官唔笃也勦回转去吃晚饭了，就在此地都督府里吃酒吧。吃到格二更敲过，将近三更么，俚马上就可以去动手。而且蔡瑁道地，张怕拨了家将听见仔传出去，所以俚关照合府底下人，勿许走漏风声，啥人要讲出去呢，马上就要，嗑！杀头。那么听着格个俚笃商量格两个家将呢，心情侪沉重，紧张。只有俚几个人听见，讲出去么，就是俚几个人。嚯，倒难行相。

　　蔡瑁以为吾格恁样子一关照么，可以限制在听着格几个家将身上，其他人勿会晓得。勿晓得蔡瑁啊，俙错了。为啥道理呢，俙勿去关照格两声说话，格两个家将听见，倒不产心，勿当桩事体，也勿会特特为为去讲拨别人家听。俙一布置，啥人走漏风声要杀，施加了压力呢，叫啥一个人格心理呀，名堂叫逆反心理。俙越是关照勦讲，越是要讲。赛过像现在格小道消息什梗，关照要保密的。呢！传得叫快了，比大道还要来得快。越是什个样子，越是要讲拨别人家听。算表示吾晓得得多，吾格消息来源、灵通、吃价，有什梗一种思想。

　　那么格个阿福呢，搭阿寿顶要好。俚觉着格桩事体要关照一声阿寿，让阿寿提高警惕。就什梗勿好讲的，拍拍俚格肩胛，领着阿寿到厕所间里向。"兄弟啊。""喔唷，福阿哥。""讲拨俙听，今朝出大事体。""啊？出大事体啦？""轻点酿。""啥、啥格大事体？""今朝夜里蔡都督要请客吃酒。""啊呀，福阿哥，俙么阿真真。蔡都督请客么经常请的，格有啥了勿起呢？""勿是呀，今朝在吃酒前头，俚笃在书房间里商量，吾听见的。蔡都督关照，今朝夜里三更天，要火烧馆驿，烧煞刘备。而且关照俚两个人，勿许讲，讲出来要杀头。吾搭俙要好了，讲拨俙听。不过阿寿啊，吾么讲拨俙听啊，俙别人门前，俙随便呐吭勿能讲格啊。""哦哟，福阿哥，俙笃定酿。俙讲拨吾听么，吾可以说一声，叫守口如瓶。像一只瓶什梗，随便呐吭勿会讲出去。""蛮好。"

　　勿晓得阿福搭阿寿要好么，阿寿，搭阿昌有交情。去讲拨阿昌听。阿昌呢，搭阿德小弟兄，去讲拨了阿德听。那么好哉，蚂蚁传信，一歇歇功夫么，差勿多蔡都督屋里向格底下人，统统侪晓得。不过晓么晓得哦，格个消息传勿到刘备耳朵管里向。因为蔡都督屋里向格底下人，搭刘备毫无瓜葛了，勿会有人去通风报信。

　　蔡瑁吃酒辰光，蛮快活。啥体么？今朝么总算好出一出气。自从拨了张飞，辣！一记耳光，拍脱四只牙齿之后，怀恨在心。寒天吃冷水，点点在心头。今朝，蔡夫人明确关照，要动手杀脱掉刘备。那么想想刘备呢，实在可恶。俚去撺掇刘表，要传位拨大公子刘琦，张怕吾伲蔡夹里格班人，将来要作梗。而且关照刘表，趁俫大王健在格辰光，拿蔡夹里格权柄，统统侪削脱。俫倒想想看，刘备阿要恶劣？要拿吾伲蔡夹里格兵权，统统侪削光。该个权力是，生死搏斗。拿俫刘备烧煞么，方消吾心头之恨。反正，吾底下人统统侪布置过了，勿会有人，走漏风声。所以开怀畅饮，交关高兴。

勿晓得蔡公馆门口头，有一个人经过。忑磕唾磕、忑磕唾磕，马上格人呢，叫伊籍，伊机伯，就是大公子刘琦格教书先生。俚搭刘皇叔呢，交关要好。今朝，下半日，俚到辕门上去，去碰头大公子刘琦，去教书格啦。俚看见辕门口，结好一匹马，格匹马呢是刘备格坐骑的，的卢马。那么伊籍心里向想，的卢马来么，刘备到荆州了，不晓得带啥人保护？嗳！叫啥看到的卢马旁边头，呒不其他格马匹。

本来刘皇叔来，总归是带关云长保护，格么赤兔马，结好在的卢马旁边头。如果勿是关云长来呢，赵子龙保驾。赵子龙只鹤顶龙驹宝马，结在的卢马旁边头。今朝叫啥的卢马旁边头，既呒不赤兔马，也呒不鹤顶龙驹马。蛮清楚，刘备是单身到荆州。啊呀，伊籍心里向转念头，刘备啊！俫忒嫌大意哉嚛。吾老早就搭俫讲的，俫如果到荆州来，俫一定要带大将保护，不可不防。今朝刘备疏忽，单身赴会。后来呢，大公子留伊大夫吃夜饭，吃过夜饭之后么，伊籍回转来。伊籍带着底下人，格只马匹经过蔡瑁公馆。因为俚格屋里向，离开蔡瑁公馆，不过十几家门面，近相邻。伊籍看见蔡瑁公馆门口，结好勿少马匹，其中有张允格坐骑，有蔡勋格马匹，有蔡中、蔡和格坐骑。伊籍呐吭会认得呢，一径碰头格呀。马，看得出格啦。粗莽之间勿晓得，陌生人弄勿清楚，熟悉格人，一看就是。正赛过像现在开会，俫蔓得看门口头停在格汽车好了。熟悉格朋友一看就晓得，喔！格个某人格车子，归格某人格车子嚛，大概格个几个人，侪在里向，一样格意思。

伊籍看见到蔡家大将格马匹，侪结好在蔡公馆门口么，心里向顿然一震。为啥呢，刘备到荆州，蔡瑁屋里向，夜头哉，还集中仔一班人，在鬼商量。商量点煞呢，阿会格个事体搭刘备有关系？因为伊籍关心刘备格安全，所以俚看到什梗一种动向呢，俚心里向就在转念头，要打听打听看。伊籍回到屋里向面下马么，到书房间里，关照格底下人叫伊乐。俚晓得伊乐和蔡瑁公馆里格蔡昌，一村上人，出科小弟兄，蛮要好，经常走动的。就关照伊乐，俫搭吾去打听消息。问问看，蔡公馆里向，有点啥事体？噢。要秘密哦。

伊乐答应，身边带仔眼零碎银子跑出来。到蔡公馆门口，托门上去喊蔡昌，蔡昌听见要紧跑出来看，"喔，阿乐啊，啥事体啊？""阿昌，来来来来。""做啥啦？""来酿。"阿昌到外头，阿乐拿俚一把，扎！搀牢么，要紧跑到对过，弄堂口一爿酒店，"来来来，吃脱一杯"。"啊呀！阿乐吾呒不功夫啊，今朝倷屋里向都督府请客，吾要去值班。""哦哟，阿昌倷么又来哉，倷当吾勿晓得啊，蔡公馆里向底下人要几化？上上菜，端端酒么，嘎许多人，带也带脱仔。倷格点生活有啥道理啦？来来来，吃脱一杯。""阿乐啊，倷作啥。啥体板要今朝请客？""倷忘记哉啊，今朝吾小生日，倷屋里么到乡下去哉，那么吾一干子，总要自家搭自家做做生日啰。拿倷喊到该搭点来么，一道来吃脱一杯。""哦？格蛮好蛮好。"

　　坐下来么，阿昌是贪杯朋友，阿乐搭俚，尔——酒洒好么，一盘干切牛肉，一盘白斩鸡，一盘盐水花生摆出来么，侪是阿昌喜欢吃的。吃酒讲张格辰光，伊乐假痴假呆问俚，"阿昌，今、今朝唔笃蔡都督屋里向请客？""嗳。""阿是蔡都督做生日？""勿是的。""格么啥事体介？""啊呀，勿去讲俚，大事体。秘密的，勿好讲的，讲仔要杀头的。""啊？哦哟哟。喔哟阿昌，格倷倷随便呐吭勿讲啊，倷、倷讲出来，要出事体的。""嗳！对啊！""格么阿昌，到底啥格事体呢？阿，阿好讲拨吾听听看。讲拨吾听，倷放心，吾随便啥人门前，吾勿会去讲的。"

　　那么僵哉。阿昌搭阿乐呢，是一村人，出科小弟兄，一道到荆州来的。伊乐呢跑到伊籍公馆里去，俚么留在蔡公馆里向做底下人。平常辰光一径碰头了喝酒的，无话不谈。今朝拨俚什梗一讲，勿说么？倒算吾贪生怕死，倒算吾半吊子了，赛过要紧大事体，勿肯讲拨了自己一村上格人晓得。"格么，阿乐啊，讲么讲，倷，倷别人门前随便呐吭勿能说的。""倷笃定，吾阿会去搭别人讲？倷放心。""什个长，什个短，三更天火烧馆驿，要杀煞刘备。""哦哟，格种事体么，搭吾搭啥界。来来来吃酒。"得尔——一只鸡大腿搠过来么，阿昌拿到手里向，在咬鸡腿么，想着屋里向到底在请客，别人侪在端酒上菜，吾跑开辰光过分多仔啦，勿好。"格么阿乐啊，吾、吾、吾去哉，搭、搭倷过日碰头吧。"

　　说完么，望准外面去。一路走，一路还在咬只鸡腿。伊乐等到俚一走，酒钿付脱，要紧回转公馆，报告伊籍，什个长，什个短。伊籍一听么，心里向，别别别别别别。啊呀，完结。原来蔡瑁今朝夜头三更天要火烧馆驿，要烧煞刘备。那呐吭弄法？吾不相救，谁人搭救？吾呐吭去救呢，吾马上跑到馆驿，搭刘备讲，倷赶快走吧，蔡瑁要来烧煞倷哉。刘备逃脱，吾条命送脱。为啥呢，蔡瑁来放火辰光一问，刘备跑了。呐吭跑的，伊籍前脚后脚到，格蛮清楚，是吾走漏格风声。勿好。格么吾直明直白去，勿来赛么，用啥格办法去通信呢？哦，有了。伊籍一方面重赏伊乐二十两银子，关照俚端正好一盆面汤水，预备好一套马夫格衣裳，搭吾外头格只马，什个什个预备好。伊乐照办。伊籍俚揩面，手心里向拷一点水，香炉里向格香灰抄到手心里向，尔唪——调一调糊，当俚雪花膏什梗，望准面孔上涂上去。涂得格只面孔上，乌勿三白勿四。拿两根白组苏，得尔——一搓么，搓得乱不几糟。然后袍帽卸脱，头上戴一顶遮阴草帽，身上皂布短袄，廿四挡密门纽扣，兜裆扎裤，薄底快靴。马鞭一执么，跑到外头。伊籍格只马身上，也用香灰涂得一塌糊涂。使得人家一望之间，认勿出是伊籍格坐骑。伊籍豁上马背，哈——出西门，哈——绕到北门。进北门，哈——到馆驿门口，酷——扣马。俚为啥道理要兜一个圈子？西门出去了，北门进来。因为新野县在北面，俚表示从新野县来，而勿是城里向过去么，让人家勿至于疑心。

到门上，关照看门的，到里向去禀报刘皇叔。说新野县关君侯，派马夫到该搭点来，有紧急军情报告。就是刘皇叔已经困了，要喊俚起来，一定要马上报告。门上到里向来格辰光，外头敲更声音蛮清楚，别立卜，别立卜，别立卜落，邦——邦！二更哉。

刘备唵困呢，还豁困。为啥呢，因为刘备从辕门上回到馆驿，泡仔一壶茶，在吃茶格辰光，刘备心里向蛮后悔。懊悔点啥呢，吾勿应该在刘表面门前讲格两声闲话。啥格天下庸庸碌碌之辈，吾如果有家当格说法么，何足道哉。格句闲话，刘表格面孔转色了。为啥呢，吾伤害仔刘表格尊严。因为刘表也是各帮诸侯之一，吾拿俚看成为庸庸碌碌之辈。尽管刘表是有庸庸碌碌格一面，只顾恋自家一家人家，只顾恋自家一份家当，对于灭曹兴汉毫无兴趣。格么格个闲话啦，吾勿好当面说的。吾呐吭就什梗冲口出了，得罪刘表，伤感情呢。而且刘备还在懊悔。刘表问吾，两个儿子，刘琦、刘琮，到底家当传拨啥人？按照道理讲呢，清官难断家务事。吾搭刘表，毕竟是同宗弟兄，勿是嫡亲弟兄。格种闲话，也勿是吾应该讲的。吾会得说，一定要传拨大公子刘琦。那么俫说，刘琮是蔡夫人养的，蔡夹里权柄重，慢慢叫慢慢叫削，格种闲话，刘备心里向有数目，侪是有分量的。蔡夫人经常要听壁脚。如果拨了蔡夫人晓得吾讲格两句闲话，吾难免杀身之祸。所以刘备预感到，有一桩危险格事体，到二更天俚还吭困。

刚巧预备要安置哉么，外头底下人进来。"禀二主公，新野县关君侯派马夫到该搭点来，有紧急军情报告。""喔？唤来。""是。"刘备心里向转念头，新野县兄弟，派马夫连夜到该搭点来，做啥？阿会曹操发兵，攻打新野县？弄勿懂。只看见外头格马夫进来，刘备一看，呆脱。为啥么，格个马夫勿是周仓。因为，二弟旁边格马夫么周仓。现在进来格人，一看样子就看得出，勿是周仓。但是俚头沉到了，看勿清爽面孔。马夫到刘备门前，卜落驾，跪下来。"王爷在上，小人磕头。""罢了，到来，何——呃事？""军情紧急，请王爷回——避左右。""来来来，左右回避。"嚯咯咯咯……底下人统统侪退出去。伊籍立起来，门，乒！关上。咽驾，闩好。回过来么拿顶草帽推一推起了，对仔格刘备压低仔声音，"啊，二主公，伊籍有——礼了"。"啊！"刘备一呆。一看么，蛮清爽，老大夫伊籍。非但身上马夫打扮，而且俫看俚只面孔上，乌勿三白勿四，勿认得了。但是格眼神里，可以看得出，十分焦急。

"老大夫少礼，便——怎样？""啊呀！二主公啊，前番伊籍与二主公言讲，倘若到荆州而来，一定要带大将保护。今日里，你为什么要单身到此，不带大将保护呢。喏喏喏喏，如此这般，这等这样，今日晚上三更时分，蔡瑁要来火烧馆驿，把你二主公烧死。二主公，伊籍冒险而来，通风报信，还望二主公快——走。"

刘备听完么，心里向，别别别别——跳个勿停。心里明白，看上去，吾在刘表门前格两句闲话，一定蔡夫人晓得仔，通知蔡瑁，要来动手害吾。那呐吭弄法？"啊呀，老先生，你，你叫刘备立即动身。吾未见兄长，岂能——不别而行？""哎！"伊籍对刘备看看，俫格人啊，真格式老实哉。俫还要去回头刘表？刘表该个辰光困着了，俫要碰头刘表，俫要等天亮。勿到天亮，俫已经烧得变成功一蓬灰了。"二主公，你怎能告辞大王，你快走！事不宜迟，伊籍走了。二更已过，三更将到，军情紧急。二主公你，快走——吧。"

伊籍说完么，嘎！门一开，哈得得得——伊籍到外头豁上马背，哈——出北门，哈——绕到西门，进城。回到公馆，下马。往里向进去。面孔上香灰汰脱，衣裳换过，外头格只马，由马夫去收作。到天亮，再上辕门去见刘表。

吾拿伊籍丑开么，刘备呐吭？刘备心慌意乱，辰光二更敲过哉一歇，三更马上就要到哉。蔡瑁格人前脚后脚，马上要到该搭点来，吾呐吭好再登下去。刘备要紧到外头么，关照门上，"带——吔马！""二主公，啥场化去？""方才，新野县，有人到来禀报军情紧急，叫刘备立即要回归新野，喏喏喏，你与我在大王面前告禀一声，说刘备，不及告辞，回去——吔了。""是！"

手下人马上拿的卢马带过来，刘备肚带收紧，备鞍鞒，掭踏蹬，豁上马背，哈——朝北门过去。刘备刚巧走么，呱呱呱呱——五百名军兵到。哈喇！拿馆驿团团包围。树杆、茅柴、硫磺、烟硝，统统俫准备好了。弓箭手，弓箭俫拿好，假使刘备跑出来，啪！放箭，拿刘备射死。

蔡瑁拿馆驿格门上喊过来，"问你！""哎，蔡都督。""刘备睡了没有。""刘备？""嗯。""二主公俚走了哦。""啊？什么时候走的。""刚巧走，嗳，搭俫都督前脚后脚喏。""怎、怎、怎么，刘备他为什么要走啊？""因为新野县来格马夫，到该搭点来，有紧急军情报告。马夫先走了，那么刘备跟仔到后头出来。俚关照俚带马么，喊俚到大王门前回头一声，俚说新野县军情紧急，俚勿能耽搁了，俚马上就跑了。""哦！刚走？""是，刚巧走，好像城还咗不出了。""追！"

哗——蔡瑁带领蔡勋、蔡立、蔡新、蔡芝、蔡祥、蔡中、蔡和、五百名军兵，飞骑追过来，到北门一问，刘备刚巧出城勿远，"走！"哈——追到城外头呢，看勿见了。为啥呢，刘备格只的卢马，龙驹马，日行千里，夜走八百，马实在快勿过。俫蔡瑁赶到城外，已经马铃声音听勿见，影踪俫咗不了。一直追到四更天，看勿见刘备哉么，蔡瑁俚只好回去。蔡瑁心里向转念头，恁格巧呢，眼眼调新野县有人到该搭点来报信。看上去格苗头，走漏风声。一定有人去放龙，告诉刘备了，拨刘备逃走脱。算算吾关照底下人勿许讲，呐吭刘备仍旧会得晓得呢，奇怪了。

蔡瑁俚回过来到馆驿，天亮。蔡瑁下马，肚皮里向转念头，难道就这样让刘备跑？谈也勿谈。要动脑经害死刘备，用啥格办法么？一转念头，有了。俚跑到书房间里磨得墨浓，舔得笔饱，提起管笔来，用刘备格口气，在粉墙上题下一首反诗，说刘备要造反。

反诗题好，俚马上出来。上马，到辕门，见刘表报告。说：回禀大王，刚巧，馆驿里向有人来报告。说刘备昨日夜头，不别而行，离开荆州了，回转新野。而且临行时节呢，在墙头上，题写反诗一首。刘表勿相信。

刘表肚皮里向转念头，刘备自从到了荆州来以后，吾也嬲看见过俚做过诗嘎？"此言当——真？""大王不信，可以去看嘛。""嚯喔。"耳闻是虚，眼见为实，蔡瑁格闲话，吾勿大好相信。刘表关照备马，通知文武官员一道去。踢咳酷磕、踢咳酷磕，蔡瑁、张允、文武官员，簇拥仔刘表，直到馆驿，下马。

蔡瑁领刘表，望准里向书房间里过来。踏到书房间里一看么，雪白格墙头，粉墙上一首反诗，五言。呐吭写法？

> 数年徒守困，空对旧山川。
> 龙岂池中物，乘雷欲上天。

"啊？哦哟！嚯嚯嚯嚯——噗！"刘表阿相信？相信。为啥道理相信，格首诗是像刘备格口气。俚呐吭说法啦，该格几年，数年徒守困，困守新野县。空对旧山川，荆襄九郡，四十二州县，嘎好格地方，吾呒不动手夺下来，空对山川。龙岂池中物，吾刘备是一条龙，新野县是一个池潭，吾刘备呐吭好长期困守新野县，龙勿应该在池潭里向。乘雷欲上天，龙呢，雷响了，就要上天的。吾刘备呢有机会，要夺取荆州。

"苦恼啊，苦恼——啊！刘备啊，刘备。孤，哪一桩亏待于你？你竟然夺取——江山，那——还了得。吾誓杀这，不义——呃之臣！"蔡瑁窝心啊，倷看倷看倷看，刘表光火得勿得了，面孔侪红，恨刘备是格不义之臣。"大王，孤穷刘备，实在可恨，墙上题下反诗，要夺取大王的江山，还了得吗？大王，请你下令，吾马上带领十万大军，兵进新野县，把这不仁不义之人，拿下之后，到荆州来，请大王处置。"吾来去，吾带十万人马，吾带领荆襄九郡格大将，赶到新野县，团团包围。勿说打，围困牢新野，新野县城里向粮草侪不多，饿侪饿煞仔俚了完结。到格个辰光，拿刘备生擒活捉，解得来，倷定俚格罪好了。

刘表想勿错，是要去拿刘备捉得来，忒嫌过分了。昨日当面对吾说："小弟若有基业，天下庸庸碌碌之辈，何足道哉。"回转来，墙上题诗，拿俚格心迹，统统侪表明了。格呐吭好勿拿俚杀。刘表正要答应格辰光，旁边头老大夫伊籍，别！心里一跳。伊籍肚皮里向转念头，格首诗呐吭会是刘备写呢。吾昨日报信拨刘备，吾走了，刘备马上就走。阿难道俚临走快，作死了，还会墙头上去题首反诗？那么格两个字，伊籍看得出，蔡瑁格笔迹。格么算算刘表也认得出蔡瑁格笔迹，呐吭会得看勿出呢？勿错呀，刘表气昏了，动仔感情。心里向一光火仔么，好，看勿出，上当。格么呐吭弄法呢？吾来说穿俚，吾来搭刘表讲，格个勿是刘备格笔迹，是蔡瑁格笔迹。勿相信，俫喊蔡瑁写，马上对笔迹。笔迹一对，穿帮，刘备就呒危险哉。

不过吾什梗一讲么，蔡瑁对吾咬牙切齿，俚当场拿吾呒呐吭，过后要来算计吾。格是吾条性命，总归在俚手心里向。早点挨点，惨脱仔了完结。格么呐吭弄法呢，老老厉害，一动脑筋，"啊，大王，伊籍有禀"。"老大夫，怎么样啊？""大王，想刘备墙上题下反诗，要夺取大王的荆州，其实可恨，应该拿捉。不过伊籍想，刘备既要谋反，他在荆州定有余党。或者，刘备的余党到来，把墙上反诗毁灭，纵然擒获刘备无凭无据，怎能将他定罪呢？""呃？"格刘表想格句闲话勿错。刘备既然要造反，俚荆州一定有余党。格俚格余党，趁该搭点呒不人格辰光，弄进来，拿墙头上首反诗铲脱，毁诗灭迹。吾就算拿刘备捉牢，刘备赖，吾勿题，吾墙头上勿写诗。过来看，呒不了。格俫呐吭定俚罪？"依——你之见？""呃喝，伊籍看来么，请大王把反诗抄下，以作为物证。喏，文武官员可以作为旁证。旁证物证齐全。"

俫曼得拿首反诗抄下来好了。刘表想对的，刘表对旁边头一看，叫什么人来抄呢？俫还勿题开口，叫啥人来抄。蔡瑁心里向转念头，吾来抄，快点。格别人抄起来慢呀，吾一抄抄好么，马上就可以动身去打新野县。"大王，吾来抄。"蔡瑁马上就坐定下来，书桌上，拿张纸头过来，尔喏——磨好墨，蘸好笔，提起笔来，沓啦啦啦——一挥而就。拿张纸头交拨刘表，"大王，写好了"。

刘表一看呆脱哉。刘表心里向转念头，蔡瑁啊，格首诗，俫过目不忘啊？俫抄格辰光，呐吭勿对墙头上看的。人家说么，看一句，写一句。看一句，抄一句。俫瞄侪勿瞄一瞄，一挥而就，沓啦啦啦！就写好哉。勿错呀，格首诗是蔡瑁创作格呀，俚做出来格诗么，俚侪晓得了，呐吭会得弄错？用勿着看得的。蔡瑁么，实在脑子简单，格么俫做功好点，也瞄一瞄了，写一句。俚心急呀，想马上就要发兵打过去哉么，俫格屏啥格辰光呢，沓啦啦！一来兴么，写好交拨刘表。立刻好动身哉呀。

刘表拿张纸头接到手里向一看，"噬。数年徒守——困"。再对墙头上一看，看一句对一句，纸头上看看，墙头上望望，一对么笔迹完全相同。那么刘表恍然大悟。"哦哟！喔喔喔喔……噗！"对蔡瑁眼睛一弹，俫好！俫好！栽赃陷害。明明墙头上格诗，俫蔡瑁写的，还拿格罪名，去弄了伲兄弟身上。要叫吾发兵去打新野县了，弄脱伲兄弟。现在俫自家招实口供，拿笔迹一对么，穿帮。刘表叫啥拿张纸头，喀——喀！扯得粉粉碎，望准旁边一甩，腰里向宝剑，哼！哐！噗——抽出来，拿墙头上反诗，嗤——勿别人来铲了，吾自家铲了，拿俚弄弄干净。蔡瑁弄得呆脱哉哟。"呲呲呲呲！"蔡瑁弄得呆脱了，呲做啥？做啥格个反诗么恨脱了？墙上格诗句么铲脱了。"嗯，这个这个，这个大王。可，可，可要我蔡瑁带人马兵进新野县？""我把你这匹夫，嚯——哟！"

刘表本来有毛病格人，现在心里向一气，一激动，一受刺激么，好了。气管痉挛，旧病复发。擦冷！宝剑脱手，面孔夹醿死白么，人望准后头，尔——倒转去。底下人要紧过来拿刘表扶牢么，还好，呒不掼到地上。拿刘表扶到床上，搭俚马上用高枕头垫起来，喝——喝——格气喘得不得了。

刘表有肺气肿毛病，勿能受刺激。情绪勿好过分激动，气管痉挛，旧病复发，气侪透勿转，胸口头闷得不得了。呐吭介？手下人一看么，马上关照外头准备轿子吧，马是也骑勿动哉。轿子端准好，拿刘表扶出来上轿，送上辕门去。一方面通知医生，赶快替大王去急救，大王急性发作。文武官员侪望准外面退出去。

馆驿里向就挺蔡瑁、张允两个人。张允跑过来对仔格蔡瑁：蔡都督，倷今朝，呐吭在缠格呢？墙头上格反诗，是倷写格么，倷呐吭纸头上还好去抄一遍呢。蛮好大王上当哉，可以发兵打新野县。倷自家去不打自招，拿口供去招出来。大王发现笔迹相同么，俚呐吭肯发兵打，倷糊涂啊！"嗨，他妈的，该死。"蔡瑁拿自家格拳头，敲自家格脑袋，吾呐吭昏脱。怪来怪去侪是伊籍勿好，格老家伙，想出划出，格拿首诗么抄下来，作为物证。格用勿着抄下来格，吾统统侪晓得了，何必去拿俚抄下来呢。格么抄呢，也应该喊别人抄了，吾勿应该自己抄了。勿知呐吭一个鸡头昏，自家会得抄下来。好！那事体穿了，要害刘备，害勿成功。

蔡瑁、张允回出来，到大王辕门，来看刘表格辰光么，刘表勁搭俚笃碰头。蔡夫人在里向服侍刘表，医生么在看病。蔡瑁派丫头去搭蔡夫人讲，请蔡夫人出来。蔡夫人到外头房厅上，拿蔡瑁一顿痛骂。倷格家伙办事体，格怎样子粗莽，那好了嚘，害刘备格机会，就错脱了。蛮好昨日夜头烧煞刘备，勮成功。墙头上反诗，又勿来事。张允说：主母啊，有办法的。吾还有一条计策。啥格计策呢？骗刘备来，再拿刘备杀。刘备还肯来啦？刘备吃仔该转苦头是，倷下趟要喊俚到荆州来，俚随便呐吭勿肯来。勿呀，勿喊俚到荆州来，喊俚到襄阳去。到襄阳？嗳！到襄阳做啥？啊呀，主母啊，襄阳要大会哉呀。三年下来，荆襄九郡格文人，侪要到襄阳集中，赶考，考孝廉。孝廉么，就是原来格举人。考孝廉个人辰光呢，九郡太守侪要碰头。大王呢，亲自要到襄阳去，主持襄阳大会。大王要搭九郡太守了，荆州文武官员敬酒了，慰劳俚笃。表示俚笃三年里向格辛苦。那么趁格个机会呢，老实讲，大王有病，大王勿能够去。那么俹去搭大王讲，请大王呢，自家去。大王勿去么，叫俚写信去喊刘备，到襄阳赴会，代表大王主持会议了，慰问九郡太守。嗯！只要刘备到襄阳么，俹就在襄阳，准备好酒水，请刘备吃酒，席面上埋伏刀斧手，结果刘备性命！哎！格个办法，非常好。

决定之后么，蔡夫人仍旧到刘表旁边头去。蔡瑁、张允两家头拿一道公事到里向，"禀大王，有公事一封，请大王观看"。刘表戳好在床上，背后高枕头么垫好，吃仔点药呢，气稍微平了一平。拿公事接过来一看么，一道公文。九郡太守要汇聚襄阳，今年是第三年，齐巧逢着考场格辰光，要考孝廉。要叫吾去主持大会。"孤，有病在身，不能——前去。""那大王怎么办呢？"倷勿去，叫啥人去呢？"二位，公——子前去。"叫刘琦、刘琮两家头代表吾去。"大王可是，二位公子年纪太小，恐怕，不懂事啊。"赛过格个去，分量忒轻了，格两位公子么，侪只有十几岁，去去来，赛过对荆襄九郡格太守了、文武官员讲起来，好像还勿够分量。"那么，依——你之见？""我们看么，最好，是请二主公去。"请刘备去。"嗳！"刘表想格倒也勿错。刘备可以，俚代替吾，去主持会议。一方面呢主考，主考结束呢，代吾，向九郡太守敬一敬酒。"既然如此，你们写书信，请二主公，前——去。""这个，呵呵，大王，我们写信，不行吧。"蔡瑁面有难色，因为吾写信去啦，老实讲，刘备搭吾感情勿好了，俚该应要去，看见吾格信，俚也勿肯去。"这恐怕要你大王，亲笔写信才好呢。"

刘表想勿错，要吾亲笔写信。那么底下人，端准好文房四宝，一只炕几搬到俚床上，摆一摆好么，刘表就提起管笔来，写好一封信。然后用过图章。签名盖章么，依照途径，就派出家将，搭吾拿格封信，送到新野县，邀请刘备，襄阳赴会。

蔡瑁跑出来，关照送信格家将。倷送到新野县之后，刘备来了勿来，倷回转荆州去格辰光，倷从新野县到荆州，一定要路过襄阳，到襄阳弯一弯。吾在襄阳。你来报告吾一声。吾可以晓得，刘备要勿要来。"哦。"家将答应。

那么蔡瑁、张允，带仔荆州太守，荆州一班文武官员，大公子刘琦，二公子刘琮，要动身快么，蔡夫人拨一条金批大令拨俚。格条令箭，侪归蔡夫人在里向保管，刘表勿晓得。蔡夫人关照蔡瑁，倷拿格条大令去，等到襄阳大会格辰光，要发令箭杀刘备，作兴有人勿听么，倷就说，格条金批大令，大王拨倷的。啥人违令？要照军法办事。蔡瑁答应。拿着格条金批大令，笃定。

蔡瑁、张允到襄阳，荆襄九郡格太守，文武官员，侪到襄阳集中。唔笃侪在襄阳等刘备来么，勿知刘备到底阿来在勿来？唔笃在等消息格辰光，吾再来交代刘备。

刘备从荆州，单身独骑逃回新野县。一到新野县之后，俚拿格种火烧馆驿格事体，俚侪勿讲。连关、张、赵、文武官员侪勿晓得。格刘备为啥道理勿讲呢，俚怕张飞晓得仔要闯穷祸。张飞格种炮仗脾气，俚勿能晓得，俚晓得仔要跳起来。要出大事体。所以呢，勿讲。

那么今朝刘备齐巧升堂格辰光，外面报得来，荆州大王派家将送书信到。"请。"家将到里向。"二主公，小人奉大王之命送书信到来，请二主公观看。"信呈上来，刘备接到手里向一看么，就关照格送信格家将，"外厢伺候，稍停停于你回——信便了"。"是。"

家将到外头去，赏酒饭，让俚吃饭休息，等刘备格回信。刘备心里向转念头，刘表亲笔写信拨吾，要吾到襄阳，赴会。阿要去？去，吓呀。荆州逃难逃出来，吾再到襄阳去，自投罗网？勿去，勿去么，刘表格亲笔信，什梗一桩大事体，开考、主考，而且还要主持宴会。俚自家么，有病，勿能去，来求吾去。那么自家呢，从兵败汝南逃到汉江边上，立脚场化侪呒不，幸亏得刘表照顾。阿是什梗一点事体来委托倷，倷勿肯答应啊？刘备为难。

刘备拿封信，交给了文武官员，大家看。看过之后哉么，刘备就问，“众位，你们看呐，荆州兄长，要刘备到襄阳赴会。你们看来，可去——得么？”哗——文武官员议论纷纷。

孙乾开口了：主公，倷要问伲，有啥格意见？吾先要问倷，倷上抢到荆州去，为啥道理回转来格辰光形色仓皇，看倷格神色，交关不安。倷也勦讲出来，上抢到荆州去，究竟呐吭桩事体。倷先拿上次到荆州格情形，讲拨伲听。格么伲了解情形之后呢，伲可以相帮倷一道参谋，襄阳到底要去了，覅去？

那刘备呒说法，只好讲清爽。就拿荆州赴会，伊籍送信，蔡瑁要火烧馆驿格情况，讲清爽。喔哟，孙乾摇头，照什梗讲起来，勿能去，去有危险。张飞也跳起来，“大哥啊！蔡瑁这家伙，要火烧馆驿，陷害你大哥，那还了得。襄阳，不能去”。关公旁边头开口：嗯？大哥，吾问倷，格封信，阿是大王格亲笔？是亲笔。格么大王亲笔哉呢，倷要考虑考虑。因为啥呢，吾觉着啦，刘表勿会害倷。对啊，刘表是不会害吾。当然，蔡瑁要害倷，不可不防。那么再说，倷在荆州，伊籍来送信，说要火烧馆驿。格桩事体到底真格了假格呢？虽然伊籍总勿见得会来瞎说，但是伊籍格消息，作兴是传来之言呢。况且火烧馆驿格桩事体，又勿是亲身看见。勿是啥起仔火逃走，格么真格是火烧馆驿。火烧之前，来关照倷，倷逃走。格个事体，作兴是外头人格闲话。俚听着格是谣言，俚来讲，也说勿定的。倘然说，刘表亲笔来信倷勿去呀，吾觉着，不近人情。有点对勿住刘表。“啊呀！二哥啊！蔡瑁这个家伙。你，你勿能去的。”张飞看煞蔡瑁勿是好人，勿能去。赵子龙旁头跑出来，“主公，据我赵云看来，既然大王来信，襄阳之会是不——能不去。然而蔡瑁这、这家伙非常阴险，据赵云看来，若去襄阳不能不防。喏喏喏喏，赵云愿请将令一支，带领三百军卒，保护主公，襄——阳，赴——吔会”。

好！刘皇叔心里向转念头，赵子龙闲话讲得有道理。襄阳，勿能勿去，但是呢，勿能勿防。赵子龙跟吾一道去，赵子龙带三百军兵，寸步不离保护么，老实讲，可以太平无事的。“好！子龙言之有理。”“呃，大哥啊。既然你要带老赵一起赶奔襄阳，那么，小弟与老赵一同前去，保护兄长。”“呃，三弟，你不去也罢，不去也罢。”刘备覅俚去，啥体？倷去要闯穷祸。倷看见仔蔡瑁，要弄僵格呀。唔笃两家头容易摩擦，噔！蹦起来。闯穷祸么，反而勿好。倷还是搭二弟登在该搭点保守新野，接应吾吧。让赵子龙一个人去，尽管足够。“好！”张飞回过头来，对赵子龙看看，“老赵啊，那么吾告诉你哦。你把大哥带到襄阳，太平无事，倒也罢了，倘若大哥有什么三长两短，老赵啊老赵，你休怪，老张——啊！嗯"。赵子龙觉着压力蛮重，张飞拿刘备交拨吾，出事体要唯吾是问。"翼德将军放心，赵云一定保——驾。"笃定好了。赵子龙点三百名军兵。格么啥勿多带点人马去呢？啊呀！刘备一家一当，只赅五百个小兵。带三百个兵是已经大半家人家了，勿能再多带哉。还挺两百个兵要留在该搭点保守新野。

那么刘备写好一封回信，叫格个送信格家将，回荆州去，报告大王，准定吾立刻动身，赶奔襄阳。家将拿仔回信离开新野县，回荆州去辰光，路过襄阳，搭蔡瑁报告一声，什个长，什个短，刘备就要来哉。蔡瑁蛮快活。送信人回荆州，吾勿去交代。

刘备来哉。刘备带领常山赵云，三百名军兵，离开新野赶奔襄阳。到城外么，蔡瑁、张允、大公子刘琦、二公子刘琮、各郡太守、各郡大将侪到该搭来迎接。拿刘备接进城，请到馆驿。刘备住了馆驿里向呢，大公子刘琦，二公子刘琮，陪刘备一道住在馆驿里。赵子龙定心一半。为啥呢，因为两位公子陪刘备一道住呢，该搭点放火烧格危险吤没了。为啥？蔡瑁不可能拿刘琮烧煞的。刘琮是蔡夫人格嫡亲养儿子，是蔡瑁嫡嫡亲亲格外甥，将来预备拿家当要传拨刘琮，勿可能拿刘琮放火烧煞，所以格点好笃定。而蔡瑁该次呢态度特别好，刘备从来吤不看见过蔡瑁格恁样子，和颜悦色，满面笑容，客客气气，迎接刘备，摆酒接风。

赵子龙拿三百名军兵，扎在馆驿外头，日夜分班巡逻。蔡瑁呢，再派五百名军兵，在赵子龙三百军兵外面，再布置好巡逻。警戒线，闲人根本就勿能够，到该搭点馆驿里向来。

明朝开考，三日天考场，刘备主考。格么格个考场呢，吾一言表过。因为别部书里向，赶考功名么，总归是书里向有一个主要脚色，而三国志里向格襄阳大会呢，是一个插曲而已，主要是蔡瑁要害煞刘备啦。所以格个考场，吾拿俚表过。

三日天考场结束，当夜耽搁，明朝早上呢，就在刘表格在襄阳有座行宫，行宫里向呢，银鸾殿上摆酒水，大会文武官员。刘备呢，就搭文武官员一道敬酒。向各郡太守敬酒么，代表刘表格身份，表示慰问之意。赵云心里向转念头，吾曼得当心今朝夜头好了。今朝夜头赵子龙勿困，轻装扎束，腰悬宝剑。刘备在内书房，俚在外势。如果屋面上有动静，俚马上就可以跳出来动手。外面呢，军兵巡逻，严加保护。明朝早上，到行宫集中。一顿酒水吃好，下半日就能够离开襄阳，回转新野。

赵子龙想，只要今朝夜头过脱么，明朝吤没事体了。明朝夜头就好回新野县。勿晓得赵子龙啊，今朝夜头就出事体。就在今朝夜头，蔡瑁公馆里向，灯火辉煌，文武聚集。所谓文武聚集，并勿是九郡太守侪来。蔡家大将，蔡瑁格心腹，还有荆州来一批文武官员，集中到蔡瑁公馆。蔡瑁呢，是襄阳格望族，戤家当。格支公馆非常大。当初刘表平定荆襄九郡，襄阳蔡夹里呢，出了大力气，立了功劳。再加上蔡夫人，再嫁拨了刘表么，因此蔡家格权柄呢，大得了嗨外。

蔡瑁在公馆里向，吃过夜饭之后，就在厅堂上，灯光锃亮么，蔡瑁拿条金批大令拿出来，当中一供。"众位先生，列位将军听了，大王有令。"对格金批令箭一指，该个是大王格令箭哦。吾呢，奉大王格令箭到该搭点来，通知唔笃，"因为孤穷刘备，狼子野心，要夺取我们大王的江山。大王吩咐，要我，在襄阳把刘备结果性命。你们按照我的将令埋伏。谁要走漏风声，谁要不服大王将令，大王的军法无情呢！"哗——旁边头格班蔡家大将，侪高兴。蔡瑁格心腹是，个个人赞成，杀刘备，应当。除脱眼睛里只钉。金枪将文聘、金刀将王威、老大夫伊籍，格批人听着么，侪对吾看，吾对俚望，呆脱。

只看见蔡瑁一条令箭关照旁边头："蔡勋听令！""有！"蔡勋，是蔡瑁格堂房兄弟，善用开山巨斧，好本事。"令箭一支，带领五百军卒，保守北门。明天关厢紧闭，然后在岘山道上埋伏弓箭手五百，刘备要是走，就将他乱箭射死。""得令！"蔡勋五百名军兵守北门，北门紧闭。北门城外有一条小路，叫岘山小道，是从襄阳赶奔到新野去格必经之处。五百名弓箭手埋伏好，刘备要来，乱箭射死。

蔡瑁又是一条令箭，"蔡立，蔡新"。"在！""有！""五百军卒，保守东门，东门紧闭。""得令。""遵令。""蔡志，蔡祥。""在！""有！""五百军卒，把守南门，南门紧闭。""得令！""遵令！""蔡中，蔡和。""在！""有！""令箭一支，五百军卒，带领刀斧手埋伏在行宫之中，明天本都掷杯为号，你们冲出来把刘备，砍脑袋。""得令！""遵令！"叫煞蔡瑁，北门、东门、南门三座城，侪城门关起来。侪有人守好。就剩西门勿关，西门呒不大将守。为啥呢，因为西门城外是条死路，逃出西门，赛过勦逃出去，呒不用场。所以西门勿守。

蔡瑁再是条令箭，"文聘，王威"。"在！""有！"金枪将文聘、金刀将王威跑过来，"二位将军，明天你们监视赵云，里边动手杀刘备的时候，你们把赵子龙的脑袋砍下"。"酌！"文聘心里向转念头，蔡瑁格家伙，坏透，坏透。杀刘备格事体由蔡家大将去做，监视赵云，杀赵子龙，派吾搭王威。赵子龙啥格本事，吾打得过俚？哪怕有王威帮忙，两个打一个么，也搭俚勿够格呀。嗻，"这！"俚呆一呆么，"文将军，这是大王的命令！"呒不办法，上命差遣。"遵——呐令！""得令！"文聘、王威接令退下去。蔡瑁令箭发好，布局停当。一宵已过，直抵来朝。到明朝天亮么，刘备来了。

刘备带领大公子刘琦、二公子刘琮出馆驿，赵子龙保护，直到行宫，下马。因为今朝行宫里向人到的特别多，刘备格马匹、赵子龙格马匹、大公子格马匹统统侪望准里向后院结过去。该搭点么停文武官员、各郡太守格轿子了，马匹。刘备到里向银鸾殿坐定，大公子刘琦、二公子刘琮旁边头陪。停一停，文武官员侪到。荆州太守、襄阳太守、南郡太守、长沙太守、零陵太守、桂阳太守、武陵太守、巴陵太守、江夏太守，九郡太守侪到齐。还有荆州一班文官，也在里向，席面摆开来。

蔡瑁心里向转念头，赵子龙立好了刘备背后，动起手来勿方便。要拿俚弄出去。"赵将军，请您到外面去喝酒吧。""赵云要保——护主公，不饮——也罢。""赵将军说哪儿的话呀，今天众位将军在外面等候你啊。您不去，不能开席嘛。二主公，请你下令，叫赵将军去吧。"因为里向一桌啦，是刘备坐当中。外头一桌呢，要赵子龙坐当中。俚赛过是代表，各方面的，大将当中格头头了。俚到外面去，也要搭外面格众将去敬酒。

赵子龙勿肯去，刘备心里向转念头，去吧。为啥道理呢，该搭点银鸾殿，搭外面格一进，隔开只天井，看侪看得见。嗅！喉咙响点，喊得应。有事体俚赵子龙马上好进来。再说，席面上有两个阿俚坐在吾旁边头，大概勿会有事体。"子龙，你往外厢饮酒去吧。""嗯——是！"赵子龙呒不办法，东家关照，只能去。赵云心里向转念头，隔一座天井，吾经常回转头来看看。有情况，吾马上就进来动手好了。

赵云到外面，文聘、王威请俚坐定么，吃酒。蔡瑁，在外头敬酒，刘备在里向敬酒。刘备叫啥在各郡太守门前酒敬下来，敬到荆州文官老大夫伊籍门前，得尔——"老先生！用——酒！"刘备对俚呢，心里向是非常感激。荆州俚救吾性命，今朝吾敬俚一杯。老老头直立格立起来么，格只手对刘备一扬，"二主公，不敢！"

俚只手一招么，刘备呆脱。照规矩啦，洒酒，对方格人，拿只手望准杯子旁边头一扬，是客气格表现。因为刘备看到，伊籍格只手格手心里向有字了。啥格字呢，只看见俚手心里向墨笔写好八个字，清清爽爽——席间有难，西门生路。

刘备格个一急么，魂灵心，啡——出窍。今朝席面上有劫难，非常危险。别场化侪勿能够走了，只有西门是生路。老大夫冒仔性命格危险，写在手心上，叫吾看。格刘备想呐吭弄法呢？喊赵云，来不及哉。格个辰光马上就走吧。那么刘备要逃出西门，要刘皇叔马跳檀溪河，下回继续。

第二十回

马跃檀溪

刘皇叔，襄阳赴会，想勿到蔡瑁又要谋害俚。老大夫伊籍，昨日夜头，看蔡瑁在发令布置格辰光，急仔一夜天。因为，连夜到馆驿去报信，勿可能。馆驿已经拨蔡瑁包围住了，进勿进去。只有今朝在席面上送信。呐吭送法呢？就想出来，手心里向写八个字，让刘备看。刘备看到格个八个字，格个一急，急得魂不附体。"席间有难，西门生路。"东门、南门、北门统统勿能走，留了该搭，也非常危险。只有呐吭呢，一条路，往西门走。刘皇叔心里向转念头，吾现在马上就跑，蔡瑁要进来杀吾。看见吾人勿在，俚要问格啊，刘备呐吭走格呢？刘备敬酒，敬到伊籍门前，敬好酒，马上就跑脱。格么伊籍有嫌疑，通风报信。吾活命了，伊籍格条命保勿牢了。格吾呐吭好去害俚呢，刘备，脑子还是蛮清爽。

格么格呐吭弄法？有了。刘备再望准门前头过来，在伊籍隔壁，就是副都督张允。刘备到张允门前敬一杯酒，"张大夫，请用酒"。尔——张允立起来，也什梗手一招，"二主公，不敢"。刘备叫啥格酒壶一放么，两只手按到肚皮上，眉头一皱，"哦哟！作作作……"好像肚皮痛得勿得了。"众位太守，列位大夫，刘备腹中疼痛，要入内更衣，你们多——用一杯。"说完，噔！袍一撩，嗝蹬蹬蹬……往里向去。那么人家一看么，勿产心。当仔刘备忽然肚皮痛了，要上厕所去。伊籍呐吭？心里有数目。晓得刘备，到张允门前敬脱酒跑呢，人家啦，勿会疑心到吾身上。伊籍，俚叫啥拿格只手心，假痴假呆，摆到嘴半边，舌头往手心上，尔嘚——一舔，然后么，拿只左手望准裤子在一揩么，八个字通通侪揩脱。当场来检查，也查勿清爽。格个通风报信，做得了非常巧妙。

刘备呐吭呢，刘备已经逃到后花园。后花园里向马，结好了。关照马夫："马僮！""二主公。""带——啊马。""二主公啥场化去？""不用多言。"马，忑咳唾咳、忑咳唾咳，带过来。刘备要紧拿肚带收紧，鞍鞯整一整，备鞍鞯，点踏蹬，豁上马背，手里向马鞭子一执，哈喇！出辕门么，朝西门格方向，哈——跑了。

刘备刚巧跑脱么，蔡瑁进来。因为蔡瑁在外头敬酒，外头一皮酒敬好么，俚要到里向来敬酒。里向敬酒格辰光呢，准备拿只杯子，擦啷！往地上一摔，让蔡中、蔡和带领刀斧手冲出来么，拿刘备，嚓！结果性命。叫啥蔡瑁踏到里向一看，呒？只看见当中一桌酒水，大公子刘琦、二公子刘琮坐在两旁边，中间格刘备，勿见了。再对着两旁边一看么，刘备也勿在敬酒。刘备格人呢？俚要紧问旁边人，"来啊"。"是。""二主公呢？""二主公因为肚皮痛了，到里向去更衣哉。""哦？"蔡瑁，头脑反应蛮快，勿对。早也勿更衣，迟也勿更衣，偏偏吾要进来动手格辰光，刘备上厕所去了。劚出毛病哦？

格么呐吭？到里向去看。"各位，你们多喝一杯。"喝蹬蹬蹬……蔡瑁跑到厕所里向一看，啥场化有啥刘备格踪迹。马上赶到后花园，看见马夫在，"马僮！""有！""我问你，二主公，来了没有？""呃喝！刚巧来。""到这儿干什么？""俚关照带马。""现在呢？""上仔马，出后园门去了。""怎么！他走了？""是。"

啊呀！蔡瑁心里向转念头，不得了哉，刘备一定有奸细。啥人，弄不清爽。蛮清爽，有人通风报信。刘备要紧上马了，出后园门逃走了。不过刘备啊刘备，倷要想逃？倷逃勿脱的。因为东门、南门、北门吾侪派大将守好，城门已经关了。西门，虽然城门开在那，但是城外是条死路，倷走勿脱。蔡瑁就关照马夫，"马僮！""有。""带马呀。""是。"马夫要紧拿马忑磕唾磕、忑磕唾磕，带过来。蔡瑁，备鞍轿，豁上马背，哈啦！出后园门。吾往哪搭点追呢，追西门。不过吾去追西门，兵侪在辕门上。俚，哈啦！兜到门前头，手里向金背刀一执，点五百名军兵。"众三军！""有！""赶奔西门！""走。"哗……蔡瑁往西门去。

格么里向赵子龙呐吭呢，赵子龙在外头一进上，在吃酒。齐巧搭金枪将文聘、金刀将王威吃酒，谈谈讲讲。竖上来，赵子龙，经常要回转头来看里向，刘备格情形。看看刘备么，在搭各郡太守敬酒，连看几次么，好像蛮正常。后首来，赵子龙突然看见，辕门外头军队移动，嚯咯咯咯……咦？为啥道理外面有人马移动？赵子龙再回转来一看么，里向格刘备勿看见。哈？刘备呢。再一看，蔡瑁也勿看见哉。勿对，赵子龙要紧立起来，关照文聘、王威，"二位将军请用酒，赵云，告——呃退！"吾有点事体。喝蹬蹬蹬……拎甲揽裙进去。格么文聘搭王威，为啥道理勿拦牢赵云呢，因为呒不命令。里向动手掷杯为号了，格么吾侬要搭赵子龙打哉，勿让赵子龙进去保驾。现在呒不命令动手，赵子龙进去么，只好让俚进去。

文聘、王威仍旧在外头吃酒，赵子龙已经到银鸾殿。赵子龙要紧问旁边头大公子，"吾家主公，他往哪——里去了？""叔父往里边更衣去了。""嚯喔。蔡都督呢？""也往里面去了。"

"啊——呀！"赵子龙肚皮里转念头，勿得了哉。刘备进去，逃走。蔡瑁进去，追赶。赵子龙要紧赶到厕所里一看，呒不刘备踪迹。跑到后园么，马夫在。"马僮！""有。""我问你，我家主公，可——曾，到——呃来？""来过了。""人呢？""上马走了。""可有何人到此？""蔡都督。""人呢？""上仔马，出辕门去了。"

"啊——呀！"刘备仓皇出走了，蔡瑁紧紧追赶。格局面是非常危急。赵子龙要紧关照马夫，"马僮"。"有。""提枪，带——马！""是！"马夫要紧拿只马忑磕酷磕、忑磕酷磕，带过来。赵子龙备鞍鞯、掭踏蹬，豁上马背，银枪一执，哈啦！出后园门。心里向转念头，吾往啥场化去寻刘备？东家啊！侬跑格辰光，侬为啥道理勿拨格信拨吾呢？吾在外头一进吃酒，或者侬喊吾一声，吾马上进来么，吾可以跟在侬旁边头。格么东家勿喊吾到么，可见得当时格局面啦，是非常紧急。俚要紧跑。格么吾也现在勿晓得，蔡瑁往啥场化去？

赵子龙要紧绕过来，回到辕门门前头，问自家部下三百名军兵。"众三军。""赵将军。""我问你们，方才人马移动，他们往哪里而走？""刚巧是蔡瑁带人马到该搭点来，关照俚笃往西门进发。""向西门而去？""是的。""众三军。""有！""向西门去——追！""走。"嚯咯咯咯……赵子龙带三百名军兵，望准西门过来。

侬在往西门来格辰光是，刘备，老早就到仔西门。刘备格只马，哈——到西门一看，城门开了，守关将看见刘备来，卜咯笃，跪下来。"二主公，小人迎接二主公。""罢了。""二主公，侬到啥场化去？""不用多——问。"嗖！马一拎，哈啦啦啦……去哉。

守关将弄勿懂哉。啥体刘备急急忙忙，侬看俚格面孔上格表情，慌慌张张，往西门城外头去，做啥。侬弄不懂格辰光么，隔一歇工夫呢，蔡瑁人马来哉。嚯咯咯咯……守关将要紧跪下来，"蔡都督，小人磕头"。"罢了罢了。吾问你，刘备，来了没有？""二主公，刚巧来过。""上哪儿去了。""出西门去哉。""他走了？""是！""好啊，众三军，追。"

哗……蔡瑁蛮笃定。啥体蛮笃定呢，刘备跑勿脱。西门城外一条死路。老实讲，侬想要想回转新野县，你绕到北门去，也走勿过去。因为北门有条小路，叫岘山小道。吾埋伏好五百名弓箭手，侬要跑到岘山呢，乱箭射煞侬。侬要朝门前走呢，门前死路，侬跑勿脱的。

蔡瑁带人马，哈——追上来格辰光，守关将弄勿懂。刘备跑脱，蔡都督马上带人马跟上去，做啥呢？侬弄不懂格辰光，隔一歇么，赵云来哉。哈！酷——赵云马扣住，守关将看见要紧过来迎接，"赵将军"。"罢了。吾问你，刘皇叔可曾到来？""嗯，二主公来的，已经出西门去了。""蔡——都督呢？""蔡都督也来的，蔡都督带领人马也出西门去了。""明白了。众三军！""有！""赶——路吧！"

哈啦——嚯咯咯咯——不过赵子龙啊，侬跑到西门出城去么，路离开仔脱远哉。刘备格踪迹侪看勿见，连蔡瑁格踪迹也看勿见。赵子龙只好拼命望准门前过去。吾拿赵云乱了后头，等到侬赵子龙来是，甮说一个刘备，十个刘备也死脱。来不及的。

那么再交代刘皇叔。刘皇叔一匹马，喝啦啦啦——拼命在往门前头跑，跑仔大概有五里光景路么，只看见面前头白茫茫，波浪汹涌。一条河啦。刘备要紧拿只的卢马，酷——扣住。一看么，格条河啦最狭格地方，要六七丈快开宽。宽格场化是也甮去讲俚。而且齐巧该搭点是转弯之角上，格水流得急得热昏。嚯咯咯咯——哄咚——吭当！通襄江的，波浪汹涌。风，呼——风浪什梗大么，船侪哴不。桥，根本勿有。刘备再对河边一看，河边在有块石碑，石碑在两个大字呢：檀溪。檀溪河。这样宽格河，呐吭过去？跳，跳勿过的。刘备心里向转念头，豪骚回过去吧。回到西门城脚底下，沿城脚绕到北门了，走岘山小道，回转北门了，新野县去。

刘备圈转马头，哈啦啦啦——回过来。回过来三里路勯到么，看见尘土荡漾，人马，蔡瑁在来。"哈呀！"吾再要跑过去么，送死，担到老虎嘴里向。蔡瑁已经在来哉咯。那么呐吭弄法呢，刘备索性再圈转马头，仍旧往檀溪河边上，哈——到河边，扣住马匹。要跳？勿敢。浪头实在急勿过，风，呼——吭当——浪花要溅到刘备面孔上。

刘备再回头一看么，蔡瑁近哉。蔡瑁格只面孔上，面目狰狞，"哼……"在对刘备笑。刘备啊刘备，吾看倷今朝往啥场化走？要杀仔倷长远，总算机会候着。本来么，刀斧手冲出来拿倷杀。现在，现在就在檀溪河边上，拿倷结果性命。倷还想跑？倷搭吾伲蔡家格怨，结得忒深了。倷想要夺吾伲大王格江山，要想派赵子龙，沿江巡逻，要想派关云长镇守襄阳，倷自家带张飞留在荆州，取而代之。大王搭倷商量，传位传拨落俚格儿子，倷一口回头，要留拨大公子刘琦，反对传给吾格嫡亲外甥刘琮，反对蔡夫人格儿子即位。蔡夹里权柄重，将来要作乱，倷撺掇刘表，要关照拿吾伲蔡家格权柄一个一个统统侪削光。吾搭倷是，死活冤家。今朝，今朝么，除脱倷格只眼中钉。

"哼哼哼哼"，蔡瑁格只马，在望准檀溪河边上，赶过来格时候么。刘备想僵哉，看蔡瑁格只面孔，吾搭俚求，吭不用场。格么呐吭弄法？吾有格拨俚，嚓！一刀结果性命么，吾还不如望准河里向一跳。刘备拿只马一拎，"宝马，走！"忑咳唾咳、忑咳唾咳，已经在河边上，倷再往门前头走么，往水里向去。忑酷磕，刘备以为龙驹马会游水么，总可以过去。勿晓得，格只马，尔嘚——勿能走。为啥道理勿能走么？两只前脚，陷到仔淤泥沙滩里向去。河滩上，烂泥滩呀，倷格马脚，噇！窝下去么，刘备阿要吓格啦。格马脚窝下去，勿能走哉嘎。刘备要紧起两条手，望准领鬃毛上，噇！一拎，"宝马！你与我，跳啊！"倷用手一拉么，格只马叫啥吃着痛，要想往上头竖起来，两只脚越是用力要想往门前头掭仔了，拔出格淤泥沙滩。勿晓得格淤泥沙滩啦，倷越是用劲么，马脚越是往下头涺。倷勿用劲么，窝得浅点；越用力么，窝得深点。蔡瑁只马，哈——过来。"哼哼哼哼哼，还想往什么地方走。"噗———金刀挥动，要劈过来哉么，刘备想完。

刘备心里向转念头，吾懊悔啊。懊悔啥？懊悔勯听伊籍闲话。伊籍搭吾讲：二主公啊，倷骑格马叫的卢马。格只的卢马呢，骑仔要死东家，妨主马。吾勿相信，吾认为格马么哪恁会得妨脱吾？嘿嘿！勿晓得今朝么唔，吾定见拨格只马妨脱，要死在檀溪河边上。刘备实在吭啥说么发急嘎，"的卢啊，的卢！今日妨——吾——了"。

格只马气呕，马听得懂刘备格格闲话。啥格攀谈，"的卢的卢，今日妨吾？"倷自家吭不本事。

倘然吾投着格东家，是关云长，是张飞，是赵子龙，格俚笃怕啥格蔡瑁？蔡瑁也根本勿是俚笃格对手。吾跟着倷格刘备么，倷本事实在蹩脚呀。倷呒不武功，勿怪自家打勿过蔡瑁，呒不办法了，怪到吾身上来？说吾妨倷，只马勿服帖。只马呐吭？格么倷倒看看看，今朝是妨倷了，还是救倷？格只马，两只前蹄，嗵！一掂么，噗——从淤泥沙滩里拔出来。

说起来，倷格个闲话，讲得矛盾哉哇？刚巧倷勿是说格啊，淤泥沙滩里，勿能用力的，越用劲么，越是马脚往下头窝。格么现在刘备在领鬃毛上一扳，马脚用力往下头，当！一掂，哪恁会得拔起来呢？喏。格里向有道理。啥格道理呢，叫啥格淤泥沙滩啦，层次比较浅，淤泥层比较浅啦。淤泥层下头呢，有一块大石头，格只马脚，踏着仔块石头哉啦，硬哉。用得出力么，嗵！一掂么，马脚拔起来。格恁格巧呢，眼眼调淤泥滩下头么，有块石头？啊呀，格来叫无巧不成书哟。倘然勿巧么，格刘备条命要保勿牢。刘备死脱么，格个书要说勿下去。那么再讲，淤泥下头有块石头么，也讲得通的。冲积在那，上头拨了格淤泥俇盖没。现在马脚，当！一掂么，竖起来。

只老中生嘘声乱叫，恰呒——前蹄一掂，后蹄一攮，望准檀溪河里向，嚯隆呃咚。一跳阿有几化路？二三丈。刘备呐吭？刘备只觉着耳朵旁边格风，呼——嚯隆！刘备急得了眼睛闭拢，勿敢睁开来看。觉着呐吭？觉着脚上阴当当，裤子潮脱了。马，尔——弄到河当中。刘备格两只手抓牢领鬃毛，眼睛闭拢，磕在马背上，动也勿敢动。蔡瑁呐吭？蔡瑁齐巧一刀。蔡瑁一刀，望准刘备背心上夹背劈下来，噗！忽然看见只马，吭当！跳过去么，一刀劈个空。哎！蔡瑁呆脱哉。呐吭道理哟？刘备拨俚跳下去哉啊？只看见刘备格只马，尔嘚——竖上来窝到水里向，格只马全部到水里。刘备半个身体露出在上面，马格身体，窝在水里。一般讲起来呢，普通格马会游水的，马头鹤起，马屁股翘起，马背心齐水面，马脚能够游水了，游过去。那么现在呢，龙驹马，比一般格马要来得好。俚能够呐吭？俚能够马肚皮齐水面，马格身体露出在水面上，四只脚在水里向。四只脚呢，划动，就像四柄桨什梗，哄咚，吭当！哄咚，吭当！游水游过去。

刘备，刘备勿敢看。浪头，轰！轰！打过来，水花俇溅到俚面孔上。刘备搦在马背上，马在游过去格辰光么，蔡瑁呐吭？蔡瑁想随便呐吭要追上去，今朝是非杀刘备不可。

蔡瑁，哈喇！圈转马来，哈——退下去五六丈路，再圈转马头，哈——到檀溪河边上，要想跳么，格浪头，轰——打上来，水花溅到蔡瑁面孔上么，蔡瑁要紧拿只马，酷——扣住。蔡瑁心里向转念头，水花溅到面孔上阴当当，格勿来赛。刘备是拼仔命了，刘备是呒不办法了，望准河里向跳的。那么吾只马，勿是龙驹马。吾望准河里向一跳，劲拨了浪头，吭——一冲，冲下去，到老老阔格地方，连人带马性命要保勿牢。刘备叫呒不办法，拼命。吾用勿着拼命，吾屋里向百万家私，身家什梗重，吾啥体要去拼命呢，呒不必要么。喏，保身家哉。蔡瑁格只马，忎磕酷磕、忑磕酷磕，在檀溪河边上，来来回回，兜了几埭。要想跳，勿敢跳，要想跳，勿敢跳么，只看见刘备格只马已经游到对岸，上岸了。

格只马，浑身毛片，嗞！一洒么，水全洒在河、河滩上。刘备格只马在往门前头磕嗑酷磕、磕嗑酷磕，过去格辰光么，蔡瑁想，吾笨啊。吾呐吭会得觔想着的？刘备跳到河里向格辰光，吾关照背后格小兵，放一排乱箭么，拿刘备射煞仔了完结。现在来不及哉。吾自己来射。俚要紧要拿刀，鸟嘴环在架一架好，乓！拎一张弓，拔一条箭，攀上弓弦，嘎，嘎嘎嘎嘎，嘎嘎嘎——拿弓弦开足么，在喊，"哎！二主公，你为什么要走啊。宴会还没有结束，要请你回去终席呢。二主公，你住马呀！"

刘备听见背后头喊格声音，只听见——嘎嘎嘎嘎，嘴里向客气得了，还觔终席了，要喊吾回转去，再去参加宴会。手里向在开弓要射箭么，刘备要紧拿只马一拎，哈——俅往门前头逃格辰光么，只听见，当！嗞嗞嗞嗞……一箭过来，刘备人往马背上，嗞！一磕么，格条箭在俚背心上头飞过，嗞——嚓！射在树上。刘备回转头来，对蔡瑁看看，好辣手啊！逼到吾檀溪河边上，吾吭不办法，跳在檀溪河里，俅还要放一条箭。刘备呐吭？刘备是绕过树林么，哈——去了。

蔡瑁，看刘备绕过树林，人影子也看勿见。因为树木，遮没脱哉。吭不办法追。要追要有船，船吭不。俅调船，呐吭来得及。心里向转念头，"他妈的"，格刘备，额骨头恁格亮？格只马，居然拨俚跳过去呢。吭不办法。蔡瑁只好回过来，弓插一插好，手里向奉仔口金背刀，带领部下五百名军兵，没精打采，嚯咯咯咯——唔笃人马在回过来格辰光，回得不过一里多路，人马来了。啥人？赵子龙到。

赵云看见蔡瑁么，赵云心里向，别别别别……完。为啥道理？俅看酿，蔡瑁回转来哉。老实讲一声，蔡瑁回转来么，刘备死哉呀。俚一定要拿刘备，置之于死地。刘备勿死，俚勿转。俚转，转么，刘备完结。赵子龙心慌。蔡瑁呐吭？蔡瑁也看见赵子龙，蔡瑁心里向，别别别别……那么完结。碰着赵子龙。格赵子龙问吾要起刘备格人来，吾呐吭对付俚呢，格要命啊。

蔡瑁心里向在慌，那么搭赵子龙见面格辰光么，俚面孔上还要装出笑容，要和颜悦色一点。心情么紧张的，格俅想，笑出来阿会自然相？"哼，这这这，赵、赵、赵将军。"俚在叫应俚格辰光么，赵子龙起一条银枪，望准俚金板刀格刀盘上，铿！一别。蔡瑁格个一痛么，痛得勿得了，虎口爆开。两只臂膊发麻。尔——刀荡开去么，虎口上格血滴沥哒啦在滴下来。"赵、赵、赵将军，你、你干什么呀？""我且问你，我家主公，他往哪里去了？""我、我、我也在这儿找寻呀。""可曾寻得？""没有啊，没有。""既然你要找寻我家主公，你为什么要全装披挂？手执金刀，带——领军卒？"俅寻？俅寻，寻人为啥道理要全副武装？俅寻吾伲东家，俅为啥道理手里要奉口金板刀？俅带五百名军兵，俅啥格意思？"哎呀，我说赵将军呐，现在是襄阳大会，荆襄九郡四十二州的文武官员都到这儿来了，我，恐怕二主公有什么危险，我只能够带了人马到这儿来，保护二主公，找寻二主公呀。"

哼，闲话说得阿要漂亮？刘备到该搭点来，襄阳赴会，因为人多，九郡太守，文武官员侪到，人多眼杂，恐怕有危险。勿能勿全副武装。赵子龙在对俚队伍里向看，再对着蔡瑁把刀上在看。看俚刀上阿有血迹？刀上如果有血迹么，板是拿刘备一刀劈脱了，刀上吭不血迹。再对俚队伍里看看，阿有刘备格马？吭不。阿有刘备格颗郎头？勿有。阿有刘备格蟒袍或者衣裳，形迹可疑格啥事？仔细一看，也吭不。

格么呐吭弄法？心里向转念头，要么俚真格蔰寻着刘备啊。闲话要拨一句拨俚，"蔡瑁，你且听了，今日，我家主公太平无事，还则罢了，倘然我家主公，有甚三长两短，蔡瑁啊蔡瑁，你当——心哪"。"哎哎，哎哎哎，赵将军你放心。呃，二主公一定没有事。一，一定没有事。"其实格句闲话，蔡瑁啦，口冲的。俚蔰看见刘备格么，俚呐吭晓得刘备一定吭不事体呢，呐吭可以保险呢。蔡瑁想，吾亲眼睛看见刘备马跳檀溪河，跑脱了呀。勿会有事体，俚俚俚，笃定好了。俚用勿着对吾穷凶极恶的了。

蔡瑁带人马回转。赵子龙呐吭？赵子龙继续往门前走。哈——一路过来么，旁边吭不小路。直到檀溪河旁边上一看。赵子龙仔细一看么，该面河滩上，淤泥里有马脚印子，对对过一看，对过河滩上，好像有一滩水迹。难道俚东家，连人带马跳过了檀溪河？什梗宽格河，什梗汹涌格浪头，勿可能格嚄。格么勿跳过去，刘备又是到啥地方去呢？出了西门到檀溪河，阿会有别条路可以走呢？赵子龙带领军兵再回过来么，蔡瑁已经勿看见。蔡瑁进城去了。

赵子龙走完格个五里路，回到西门城关跟首。吭不别条路。要么沿城脚，绕城脚望准北面去。否则格说法，别条路吭不格呀，只有往檀溪河去一条路。赵子龙再问一声守关将，刘备到底唵出西门，蔰出西门？说：是出西门格呀。格么既然刘备出西门么，呐吭会得寻勿着俚格人呢？跳檀溪河，勿可能。赵子龙心里向一转念头，阿会俚格东家，沿城脚绕到北门，走岘山格条路了，回转新野县？让吾再去寻寻看。赵子龙勿敢进城的。

赵子龙就此沿城脚，带领军兵过来，到岘山小道。岘山路上有弓箭手，五百名埋伏好。刘备来，预备拿刘备乱箭射煞。格么赵子龙来呢，赵子龙来俚笃勿射。一来呢，赵子龙本事好，俚笃吓。况且么，蔡瑁格命令啦，就是关照射刘备，其他人，吭不命令关照开箭么，大家勿响，埋伏在山路里勿出来。赵子龙过了岘山小路之后，俚关照手下三百名军兵，唔笃在路上跑好了，吾要先走。为啥道理？吾搭唔笃一道跑，辰光式慢了。让吾赶快到新野县去看看看，倘然刘皇叔，回到新野哉么，格吾也用勿着再回转来寻。

赵子龙格匹马，哈啦啦啦……到新野县么，天已经夜了。问守关将：刘皇叔唵回转新野？吭不呀。刘皇叔勒回转来。啊，戛！赵云心里向转念头，刘备勒转来。格人到啥场化去哉呢。心里向一转念头么，俚关照守关将，倷赶快去报告关将军、张将军。说吾呢，已经搭刘皇叔失散了，吾现在马上回转去，到襄阳去寻。请关、张二位将军赶快带人马，到襄阳来，接应于吾。吾来不及去搭俚笃碰头了。"赵云——去吧！"关照完结么，俚圈转马来，哈——去哉。到半路上，寻着三百名军兵么，侪赶奔襄阳，寻找刘皇叔。

赵子龙一走么，关云长和张飞得报。俚笃在衙门里向，听见守关将来报告，赵子龙回转来，搭刘备已经失散。刘备勒回转新野县么，刘备勿晓得到啥场化去。张飞，是跳得八丈高，"二哥啊！都是你们不好！"吾老早关照，勿能去的，勿能去的，唔笃板要去。赵子龙还拎勿清，还要保驾。格么倷保驾么，保好酿，搭刘备会得失散。呐吭在保格呢？"二哥啊！快去带领人马，杀往襄阳。"

云长响勿落，劝刘备去，看上去是错了。豪燥走吧，要紧关照周仓带马，关云长上赤兔马，带领关平、周仓。张飞呢，上登云豹，手里向奉丈八矛，关照毛仁、苟璋、刘辟、龚都，孙乾、简雍、糜竺、糜芳，唔笃留守新野县，我们呢，赶奔襄阳，接应赵子龙了，寻刘备去。连夜动身。

哈——两百名军兵往襄阳来。格么为啥道理人马带得少得了，只带两百名军兵？啊呀已经全部出动了。刘备一家一当只赅五百个兵。赵子龙带脱三百么，城里就挺两百。关云长带两百名军兵过去是，已经倾巢而出了，城里向一个小兵侪吭不了。格么让俚笃连夜赶奔到襄阳方面来。张飞心里向转念头，吾一到襄阳，看见蔡瑁，吾一定要拿俚抓牢。倷勿交出刘备格人来，吾，嚓！拿倷格头搬场。所以喏，今朝如果说，是张飞保刘备格说法，城外面碰着蔡瑁，蔡瑁吭不命。张飞勿会放蔡瑁过去。赵子龙因为是谨慎小心，吭没弄清爽事体啦，俚勿会拿蔡瑁结果性命。格么让了张两家头赶到襄阳方面来，吾拿俚笃，乱在路上。现在吾要交代，跳过檀溪河格刘皇叔。

刘备格只马，忑磕磕、忑磕磕，过了树林，笃定。回转头来看看，背后头看勿见了。心里向转念头，哈，赛过做着一场噩梦，想勿到格马，会得跳过檀溪河。刘备起格只手，望准的卢马马头上，拍两记，领鬃毛上么，撸撸，"宝马，的卢！人家说你是妨主马，今日看来，你是救主的龙——马哇"。只的卢马，酷——对刘备一个羊白眼。刚巧么，穷凶穷恶，急煞之人。"的卢的卢，今日妨吾。"喔唷，现在跳过檀溪河么，拍马屁哉，救主马了。下趟碰着危险么，勠再来怨吾。格刘备又勿晓得，马在对俚倷逼一个白眼了。

刘备再望准门前头过来一看，喔！此地风景好极了，望过去群山环抱，山清水秀。附近呢，隔一两里路，一座村庄。隔半里路，一座村庄。田里向呢，麦苗青青，菜花黄，桃红柳绿，好一派春景。刘备逃出西门格辰光，其实西门城外头，也什梗麦苗青青菜花黄，桃红柳绿。刘备因为拼命在逃难么，俚也勿去看啥格名堂。吭不心路看风景。现在，现在过了檀溪河，心定哉么，看看此地格景色，实在好。

刘备在望准门前头过来么，嗳！只看见门前一个童儿，年纪不过十三四岁，骑着一只老黄牛，横骑在牛背上。手里拿一管竹笛，短来西的，在吹笛。格笛声悠扬，传过来，牛呢走得极慢。一路在田岸上走，一路还在吃草。叫啥刘备听见笛声，看着牧童骑牛过来么，刘备叹一口气。"啊！我，不如他。"吾勿及俚。

为啥呢，牛背上格人几化写意，吃饱饭，出来放牛。牛，吃好草了回转去，吃夜饭，睡觉，与世无争。太太平平过日脚，无忧无虑。吾呢，吾看看是蛮好，骑在马背上，一径在逃难。从前，徐州逃难，逃到河北。古城相会之后，从汝南逃难，逃到荆州。在荆州搭刘表碰头，要火烧馆驿了，荆州逃难，逃回新野县。赶到襄阳来，又逃难，逃出西门。啪！马跳檀溪河。格逃难是，实在多勿过哉啦。吾呐吭及格骑牛格朋友来得稳，叫"马背不如牛背稳"。

刘备在叹口气格辰光，对格童儿在看么，格童儿也发现刘备。叫啥俚格笛子勿吹了，拿把短笛，望准腰里向，格带子里束一束好。对刘备一看，"前面马背之上，莫非是，刘——玄德么？""啊？"啊吔？刘备奇怪极了，叫啥格牧童认得吾格吆。马背上阿是刘玄德。刘备对身上看看，吾身上又吭不啥格标记，胸口头，又吭不一块牌牌头，写出刘玄德，奇怪了。

"呃，你，怎样认识刘备啊？""我在庄上，听得我家老师，时常与朋友们言讲，当世有个英雄，姓刘名备，字玄德。两耳垂肩，双手过膝，是当世英雄。见过将军两耳长大，所以动问。""哦，哦哦。"刘备那么明白，原来俚在庄子上听俚笃格老师搭朋友讲起过，当世有个英雄叫刘备。刘备呢有个特点，啥？两只耳朵特别大，两耳垂肩。俚看见吾耳朵大，所以问吾，倷阿是刘备。"正是刘备。请问你家老师是谁啊？""我家老师，复姓司马，单名一个徽，字德操。道号水镜先生。就在前面水镜庄上。""哦哦哦！"

刘备心里向转念头，听见过。人家讲，南庄，水镜庄，有格山林隐士，叫水镜先生，司马徽。学问非常好。喔，倷就是司马徽格童儿？"童儿，在下正是刘备，久闻你家老师的大名。欲拜访你家老师，费心童儿，前边引道。""好啊。将军随我来。"

童儿骑仔牛，在门前头先走，刘备格只的卢马，跟在牛背后过来。滴露马心急呀，马跑惯的，快路，千里马。格牛走路几化慢，像踱方步什梗，笃笃定定，慢吞吞慢吞吞，往门前头走，路上看见青草壮么，还咬一口。哈呀，只的卢马心里向火啊，快点酿，并在算啥呢。马头望准牛屁股上，噇！撞上去，催格只黄牛跑得快点。碰着格只黄牛勿客气，尾巴，噇！一豁么，豁在滴露马面孔上。急点啥？乡下小路么，是什么腔调。要快么，倷前头先走。喔！的卢马气啊。要俚领路？吭不办法，吾认得么，吾当然往门前头先走咯。格牛搭马勿开心了。格名堂叫，牛头勿对马嘴。

一路过来，离开水镜庄近。刘备一看，格座庄子真漂亮。门前头呢，苍松翠柏，背后头呢，一片大格竹园。风一吹，哗——竹头在摇动。过一顶小石桥，小石桥下头格溪水，清爽啊。泉水呀，几化干净相。过小石桥，一个仓场。再过来，是篱笆，竹篱。

刘备下马，童儿下牛，刚巧预备拿牛了马了，在旁边头结好么，叫啥里向窜出来一只狗，一只黑狗。"乌哇！哇哇哇哇"，望准的卢马门前头串过来。陌生人来哉么，只狗要上来叫的。只的卢马阿要火的？啊呀，跑到该搭点来，啥格只狗也要来欺满吾。恰呒——马叫起来么，格童儿要紧要喊了，"阿黑，不要叫！嗤，作作作作"呼只狗。阿黑，黑格狗。黑狗看见童儿在喊么，认得的，自家人。俚带来格陌生人了，格只马么，大概是客人来哉。所以格只黑狗呢，哇哇哇——跑过去。

刘备呢，跟仔个童儿，进篱笆门。里向呢，砖头人字式扁砌格一条街，蛮清爽。落雨天呢，勿至于踏湿脚，勿会像烂泥地什梗，踏脚窝脚。格条砖头街格旁边头呢，俦种点花草。哈！格个地方，实在是好极了。走到草屋门前，格草屋么，蛮大的，三开间门面了。刘备叫啥听见里向，传出来格弹琴格声音，"筒当嗒啷"。刘备拍拍格童儿肩胛，徐慢慢叫跑的，听听看，格个音乐，实在好听。徐立定在侧耳静听，嗳！叫啥忽然格琴声停了。而且格个琴声停呢，并勿是只曲子弹完仔了停。如果弹完停了，有余音的。当嗯！余音袅袅。现在呒不余音，是揿停的。嗄！呒不了。只听见里向，有声音在传出来，"琴韵，清幽声中，忽起高亢之调，必有英——雄——窃听，外面是，谁——呀？"

哦哟，刘备一听，不得了，今朝碰着仙人了。里向操琴格人，哪恁讲法呢？俚说格琴韵啦，交关清爽。琴韵清幽声中，忽起高亢之调，格声音发梗了，外头，有个英雄在听壁脚。阿是仙人？格么司马徽真的，琴韵里向能够听得出，外头有个英雄听壁脚，神仙啊？勿是。因为刘备刚巧来格辰光，格只的卢马到了，黑狗窜出来，汪汪汪汪汪汪叫，只马也叫了，里向司马徽俦听见。狗叫有陌生人，认得格人，俚勿会叫的。马叫，来格朋友是骑马的。后首来，格只狗为啥道理勿叫仔呢，童儿在喊住俚。"阿黑，嗤，作作作作"，狗勿叫了。格蛮清爽，童儿领格客人在过来。那么俚在想，今朝啥人到此地来呢？马叫声、狗叫声，心静一想哉么，嗳，叫啥心思勿对哉啦，操出来格琴，音会得勿准的，因为分仔心了。操琴板要全神贯注。那么俚就拿琴音揿停了，外头有人听壁脚。骑马来的，必有英雄窃听。

嘎，嗻尔——门开。刘备一看，"喔！"出来格老老，胡子已经白了。头上戴一顶道巾，身上着一件道袍。丝带系腰，粉底靴儿。清奇古怪，相貌是非常清气，飘飘然，神仙体态，像勿吃烟火食。童儿在介绍："啊！老师，这位就是刘玄德将军，今日要来拜访老师。啊将军，他就是我家老师，水镜先生呀。"刘备抢上一步，"老先生，呃喝！刘备久闻大名，今日幸会，这厢有——礼"。"啊呀将军不敢，不知将军驾到，有——失迎迓，还望勿罪。""哪里哪里，刘备来得鲁莽，还望老先生海涵。""将——军请。""老先生，请。"

两家头到里向。刘备一看，一间书房，分宾主坐定。旁边头书架，书架上叠满格古书，整整齐齐。格面，一只石头格台子，青石的。石台上，摆好一面七弦古琴。门前头一只香炉，香炉里面香烟缭绕，老先生在焚香操琴。童儿献茶。然后童儿退出去，到外头，拿马在牛牵到里向，去喂料去。

老老头，对刘备只面孔一看，"将军，今日好——险——呀"。"啊？"哈咑！刘备心里向转念头，格老老，实头仙人。叫啥俚说吾今朝好险。倷呐吭晓得吾好险，马跳檀溪河，倷勿可能看见的。蔡瑁要害煞吾，吾面孔上又勿写了，倷呐吭会得明白吾好险？刘备再对自家身上一看么，原来格件袍，下半身潮了。靴筒了，裤腿上，有眼潮了。跳在河里向，哄！一窜头，窝下去格辰光，马背齐水面格时候么，下头潮了。格刘备心里向转念头，今朝天蛮好，天气晴朗。如果落雨，落雨么，要浑身侪潮的。倷上半身勿潮，下半身潮，蛮清爽，板是跌在河里向咯。

格么老老头看见吾下半身潮么，倷险啊，跌在河里向，推位一眼沉煞。大概是格个意思。"老先生，今日刘备偶尔失足落河，并无危险。""呵呵呵呵……将军何用瞒我。将军是从襄阳，逃——难，到此。"哈咑！刘备呆煞脱。老老头回出来报门来。倷是从襄阳逃难到该搭点来的，倷是从檀溪河里向，逃过来的。格么老老呐吭会得晓得呢，轮算阴阳？呒不格桩事体。因为老老啦，虽然么住在水镜庄，村上格人，也有到襄阳去买物事，上街上。有格么，或者到南庄县城里，有格望准襄阳府里向去。那么襄阳该两日天，襄阳大会，各郡格太守、大将侪到，在开考么，该搭点农村里向也晓得的。所以俚晓得，倷刘备今朝来呢，倷是从襄阳来的。襄阳来呢，板要过檀溪河，檀溪河呒不船，呒不桥。倷身上潮了呢，倷板是跳在檀溪里。为啥道理倷要往檀溪河里跳？格条河跳下去，非常危险。因为倷刘备背后头，板有追兵。有人要追杀倷，倷呒说法了，往河里一跳么。倷逃难到该搭点来，倷好险啊。司马徽并勿是仙人，有根据。

刘备是心里向，实在佩服。那么从头至尾，拿襄阳赴会，蔡瑁谋害，马跳檀溪河，到该搭点来格情节，讲拨老老听。"老先生，今日刘备有幸得紧，与老先生相见。"老老一听么，非常感慨，对刘备摇摇头。"将军，老汉久闻将军大名，何将军直到如今，还落魄不偶？""喝！咦。"刘备叹口气。啥体么？司马徽格句闲话，吊仔俚心境哉。司马徽搭俚说，吾听见倷刘备格名气长远了。为啥道理，倷刘备到现在还只得，借住夜，吃便饭，寄人篱下，登在新野县。呐吭倷还呒不一个好好叫格根据地呢？

刘备想呐吭讲法呢？搭吾一起出场格曹操，二十年前，一道在虎牢关。现在曹操独霸中原，雄兵百万，战将千员。一道出场格孙坚，孙坚死脱了，传拨儿子孙策。孙策死脱了，传拨兄弟孙权，有江东六郡八十一州。吾刘备呢，借住夜、吃便饭。过什梗种日脚，外加格颗郎头，一径拎在手里向，命在且夕。"老先生，刘备命——运，不济——哟！"命苦呀，吾命勿好。老老头勿同意。俤格个闲话，说法勿通的。"将军，只怕是将军左右，不得其人尔。"勿是命，命哎啥勿好。也勿是运道，是俤手下哎不人！哎不大好佬。刘备格句闲话勿服帖啦。

"老先生！备不才，文，有孙乾、简雍、糜竺辈，武，有关、张、赵云之流，竭忠相扶，颇赖其力，何尝左右无人？"格两个大将侪头等头哦。关云长、张翼德，赵子龙，可以说是少少叫的。吾有人呀，有人，勿能够交时么，阿是吾运勿好？"将军，关、张、赵云，皆有万人之敌，惜乎无指挥之人。若说孙乾、简雍、糜竺辈，不免书生耳，非经纶、济世之才也。"

刘备一听么，老老头一针见血，讲得对。关、张、赵，格种大将万人之敌，万夫不当之勇，但是哎不指挥格人呀。孙乾、简雍、糜竺，格两个文官，文才好。但是格种人呢，只能够做做太守啊、刺史啊，地方官员，一般格大夫，可以了。但是要叫俚笃领兵指挥，运筹帷幄之中，决胜千里之外，俚笃哎不格本事。讲得清爽一点，俤像周文王，缺脱一个姜子牙，或者像汉高祖，缺脱一个张良。俤手下是缺乏，像姜子牙搭张良什梗种人才，而勿是格种孙乾、简雍、糜竺，格种什梗一般性的文官。"老先生，刘备意欲邀请山林隐士，奈何未遇其人——啊。"吾在新野县，吾也想请人格呀，吾请勿着，勿晓得格大好佬在啥场化呀？"将军，可知晓，十室之一必有中心，十步之内必有芳草，将军自己不能找寻么？"大好佬啥场化哎不，孔夫子也讲：十步之内必有芳草，十室之一必有中心。哪怕有十家人家格地方，终归有大好佬，俤眼睛要往下，要去寻、要去访。"老先生，刘备愚昧不识，还望老先生，指——点迷津。""将军可知晓，卧龙、凤雏二人？得一，可安天——下。"刘备听着格句闲话么，只觉着眼睛门前，唰！一亮。为啥？俚说：俤阿听见过，伏龙、凤雏二人，得一可安天下。格伏龙、凤雏两个人俤曼得着一个，定天下了。

"请问老先生，卧龙，凤雏二位，现在哪里？他们，姓甚名谁？"格个两个名字，好像道号。俚笃真名字叫啥？人在啥场化？俤介绍得清爽一点，让吾去请俚笃出山。"喝喝哈哈……时光不早，用了晚膳再讲。"吃夜饭吧，麭客气哉。天，要夜了，童儿在外头开夜饭。

喔哟，刘备想，老老还要卖关子，勿肯告诉吾，要吃脱夜饭再讲。格么也勿客气，吃夜饭吧。而且刘备肚皮，觉着蛮饿哉。因为今朝早上起来，吃仔一点物事，中午开宴会格辰光，刘备忙着敬酒，自家麭大吃物事。逃难逃过来，麭吃中饭格呀。过檀溪河格辰光，吓得魂灵心出窍，肚子饿根本忘记脱了。现在坐定下来，一杯茶一吃，谈谈讲讲，觉着肚皮里向是饿了，轱辘轱辘在叫哉。

老老头请俚吃夜饭么，勿客气。跑到外头，童儿拿夜饭开出来。喔，刘备一看两个小菜，赞。炒菜苋，时鲜货，菜花刚巧黄啰，炒菜苋。拌马兰头，竹笋丝么炒枸杞头。哎哟，还有油闷笋，一只蛋花汤。格种物事，侪是老老自家屋里向格物事，后头格竹园么笋多得极啦。怪勿道老老身体好了，经常吃素。等到吃开夜饭，刘备要问哉啊，"老先生，这卧龙、凤雏二位，他们是谁啊？""时光已晚，明日奉告。"今朝勿讲了，明朝日里向讲吧，困觉吧。乡下，日出而作，日入而息。困觉吧。

哈呀！刘备想，还要卖一夜天关子。那么到隔壁房间里向，一只竹榻预备好，被褥端准舒齐么，刘备困觉了。刘备困到竹榻上么，心里向倒在吓哉哟。蔡瑁剋连夜寻过来，假使俚追到该搭点，哈喇！一个团团包围，挨家挨户搜索，格吾危险啊。那么再想到，赵子龙搭吾失散之后，勿晓得情形呐吭？新野县呐吭？蔡瑁阿会带人马，杀到新野县去？刘备七想八想，想格辰光么，困勿着了，竹榻上，嘎啦啦、结唎唎，夜深了。只听见外面，乌喔喔喔喔喔！乌喔喔喔喔喔喔！隔壁村庄上狗叫，一犬吠音么，百犬吠声。附近村庄上格狗侪在叫，再听见，此地水镜庄上格阿黑，乌哇，乌哇——狗叫得蛮急么，啊呀刘备心里向想勿灵，陌生人来哉。只听见外头，当当当当！碰门声音么。刘备想，一定是追兵追到该搭点来。那么呐吭弄法么？下回继续。

第二十一回

单福投主

　　刘皇叔，马跃檀溪河，夜宿水镜庄。想勿到半夜里向，远远叫村子上狗叫，连下来，自家村子上格狗也在叫，再连下来司马徽屋里向格只狗，汪汪汪汪，叫得交关急么，外头有碰门声音。刘备心里向转念头，不得了，一定是蔡瑁，带领人马渡过檀溪河，在村子上，挨家挨户要搜索。格呐吭弄法呢？刘备俚要紧从竹榻上起来，拿身上衣裳着一着好么，靴子拔上。预备，开后门上的卢马了，马上逃走。

　　不过俚要想逃走格辰光，忽然听见外头，碰门声音，"开门来，开门来"。刘备一听格个喊开门格声音啦，并勿是很急，而且格只狗呢，勿叫哉。奇怪？刚巧只狗叫得交关凶，现在呐吭会得勿叫哉呢，要么来格人，认得格啊？刘备再一听么，里向司马徽在答应，"来——了"。司马徽答应格声音，一眼勿急，假使陌生人来碰门么，俚要问：啥人啊？外头啥人啊？格问格声音啦，要发急的。"来哉啊。"蛮笃定。再听听看。司马徽起来到外头，嘎，尔——门开。"吾道是谁，原来是，元——呃直。"哦，刘备一听认得的，司马徽认得俚的。在叫俚，吾当啥人，原来是元直。大概格个客人姓元，单名一个直。"老师，正是门生。""哦哟哟哟"刘备一听加二好哉，来格是司马徽格学生子，门生。听司马徽，门，乓——关上，咽！拴好，领仔格元直往里向进来么，在讲张。"元直，你从哪里而——来？""老师，门生从荆州到来。""荆州去，做——什么？""老师，门生闻得荆州刘表，招贤纳士，特往投奔。及于相见，方知刘表外有虚名，内无实际。该善善而不能用，恶恶而不能去，难成大事。故门生不别而行，夤夜到——呃来。"

　　刘备听到格两声闲话么，从心里向发出来格佩服。好！格位元直先生，俚格个眼光，看得真准。俚对刘表格评价是呐吭？外有虚名，内无实际。叫善善而不能用，恶恶而不能去。俚晓得格个人是好人，格么俚用酿，勿用。比方说吾刘备，刘表晓得吾是忠心帮俚格忙，愿意为俚效力，但是俚勿能用吾，拿吾望准新野县一放。为啥？因为俚，斗勿过蔡夫人了，及蔡瑁格帮人了。呒不办法用吾。叫善善，不能用。格么刘表也晓得蔡瑁弄权，也晓得蔡瑁格人么作风勿好。格么俚既然对蔡瑁恨，俚拿俚格权剥夺脱，拿俚格官职削脱酿？嗳！叫啥俚勿能去，叫恶恶而不能去。格个人啦，实在是拨了格元直说得了一针见血。只听见格司马徽，在埋怨俚格学生子。"元直你好惶恐啊，刘表，非明——主也，尔岂可，投之。可知晓明主即——在，目前哦。"

　　哈呀，刘备一听心里向快活啊。司马徽在推荐吾哇。俚听呢，司马徽在说呀，俚惶恐，刘表勿是明主，倸去投奔俚做啥呢。明主么，就在眼睛门前。就在眼睛门前，啥人么？吾刘备。蛮清爽，司马徽在介绍拨吾。格是好极了。想勿到逃难逃该搭点来，会得碰着一个大好佬。豪燥让吾出去碰头吧。刘备格只手搭到门上，要想开房门出去，搭元直见一见面么，一想勿妥当。半夜三更，人家来个客人，吾冒冒昧昧开门跑出去碰头，何必呢。一来是呒不礼貌，二来么天就要亮的，格么吾困脱一夜天，明朝早上起来，司马徽搭吾讲张格辰光，吾再问司马徽昨日夜头来格啥人。哦，是吾学生子。格么请出来碰头。大大方方，笃笃定定，也用勿着大家紧张来西了，吃一个吓头。所以刘备熬住，勩出去。只听见司马徽，领仔个学生到里向去，困觉去了。外头格声音呒不了。狗叫格声音呢，也平息下来。村子上寂静无声，就是风吹在树上，吹在竹园上，萨啦啦啦——有一滴滴风声而已。

那么刘备拿衣裳卸脱，靴脱脱，横到竹榻上，被头一盖么，心定，困着了。

到明朝转来早上，金鸡报晓，刘备起来。童儿过来服侍刘备，梳洗已毕，吃过点心，到外势。司马徽也出来，宾主，坐定身子，童儿献茶。刘备问："老先生，昨日晚上有客到此？""嗯。"司马徽点点头。刘备，倸昨日夜头，倸勩困着哇，拨倸俙听见了哉咯？"是啊，小徒元直到此，惊吵了将军么？""哪里哪里哪里，请问老先生，令高徒何在？""他往荆州投奔刘表，被老汉将他埋怨了几句。他呢，欲投明主。今日一早，投明主，去了。""啊？啊呀呀呀……"格么刘备想呒趣哉。司马徽啊，格倸为啥道理，勿拿俚介绍拨吾呢。昨日夜头，像煞听见倸在讲，明主即在目前。格蛮清爽是指吾，格么倸应该留住俚，让俚早上搭吾见见面。倸为啥道理，勿留牢俚呢？哦，倸埋怨俚，刘表勿是明主，倸勿应该到荆州去。那么俚一早就跑哉。啥地方去，投明主去哉。投明主到啥场化去呢，勿晓得。刘备心里向转念头，格元直去投奔明主呢，决计勿会到新野县来投奔吾。为啥么？因为吾刘备穷勿过，只赅五百个小兵，一座小小新野县。勿起眼格啦。人家要投明主么？总归捡有基业，家当大，富了强，有前途格地方去。呒趣了。

不过刘备心里向转念头，昨日，司马徽搭吾讲，山林里向有两位隐士，一个叫伏龙，一个叫凤雏。吾来问问俚看。伏龙、凤雏两家头，究竟叫啥名字，住在啥场化。倸告诉仔吾么，吾登门相请了，请俚笃两家头出山。"老先生，昨日讲的，伏龙、凤雏二人，得一可安天下。请问老先生，这二位，姓甚名谁，家居哪里？""哦？伏龙、凤雏么？呵呵呵呵哈哈哈哈……他们——好！"格刘备想，吾晓得好了，倸讲出来呢！倸为啥道理还要卖关子呢？叫啥司马徽正要开口么，听见外面声音来哉。哗——阿呀。啥格声音？声音蛮大的。人声马嘶，啰唪声音，哗——外头格童儿奔进来报告："老师，外面村上人马来了。"

哈？有人马来了。刘备心里向转念头，勤是蔡瑁格军队杀到该搭点来，让吾出来看看看。刘备跑出庄门，到篱笆跟首一看么，勿是别人，赵子龙来了。赵子龙带领三百名军兵，昨日夜头回新野县，听见说刘备俚勯转么，俚回过来。半路上碰着三百名军兵，问信绕过檀溪河，寻到此地来么，各个村子上问，唵看见刘皇叔。刘备要紧从篱笆门跟首过来，到小石桥桥面上，提高喉咙喊一声。"啊，子——龙，刘——备，在——此。"赵子龙听见。赵云看见刘皇叔，在门前头桥面上么，俚要紧，哈啦！马过来。酷——马扣住，噗！马背上跳下来。枪，嚓！一倚。拿马匹缰绳，枪杆上拴一拴好了，"主公，赵云参见主公，昨日，赵云未曾保护主公，使主公受惊，云之罪——呃矣！"

刘备想，呐吭怪俦呢。昨日勿是俦保护不周，是吾勯及时通知。因为吾得着信息，风声紧急，吾勿能留了，吾也来勿及关照俦了，要紧溜出后门了，出西门逃走。害俦呢，急煞快。"子龙，何罪之有。你，怎样到来？"赵子龙就报告刘皇叔：昨日，吾看看俦勿上，吾跑到后园，吾带领人马，马上赶奔到西门，出西门到檀溪河边上么，看见该面河滩上，有两个马脚印子了。对岸呢，有一摊水迹。吾想俦，跳过檀溪河吧？勿大可能。吾回过来呢，回到西门。一问西门守关将么，是出城的。那么吾想，俦阿会绕城脚了，过岘山小道，回到仔新野县去。所以吾连夜回新野县么，一问新野县守关将，说俦勯转。所以吾连夜寻到该搭点来，绕过檀溪河了，寻到此地。"主公，火速回去，只怕蔡瑁的人马，要杀——往呃新野。"军情蛮紧了，蔡瑁勿肯就什梗完结的。劙俚带领人马杀奔到新野县，俦啊勿上，吾也勿上，剩关、张两家头，格个局面比较紧急。"好，我与你，立即回去。"

刘备领赵子龙过来进庄子，见过司马徽，刘备要回头。"老先生，赵将军找寻到此，刘备，要回归新野。请问老先生，这伏龙、凤雏二位，毕竟是谁，家住哪里？""哎呀呀将军，时光匆促，不及告知。喏喏喏，将军请回新野。过日，老汉到新野，前来拜访将军，从——长细谈。"慢慢交再讲，现在时间太局促了，来勿及讲哉啦。"呃呃呃，呃喵，老先生，既然如此么，刘备欲请老先生出山，到新野县相助刘备。还望老先生勿却。"格俦帮帮吾忙阿好呢？司马徽摇摇头，捋仔两根白组苏，对组苏一看，"将军，老汉，年——迈了"。吾格点年纪，呐吭还好出山呢？"将军回归新野，只要寻访山——林隐士，必有，大贤相助。"俦去寻好了，大好佬总归有的。"是是是，老先生，刘备告辞。昨日惊吵到庄，多多讨扰。""怠慢将军，望勿见责。""再见。""再见。"刘备呢，领赵子龙出来，司马徽送到俚门口分别。

刘备上的卢马，赵子龙上鹤顶龙驹宝马，带领三百名军兵，一路过来么，到檀溪河边上。刘备就指拨俚看喏，昨日，吾从格个地方逃过来。俦看，树上还有蔡瑁一条箭了。赵子龙拿格条箭，乒！拔下来一看么，箭杆上还有蔡瑁格名字。带转去，格个是凭据，望准走兽壶里向一插。然后，刘皇叔、赵云、三百名军兵一埭路回过来，回转新野么，半路上碰着，关云长了张飞赶过来了。

关、张两家头急得勿得了。听见赵子龙回到新野县,搭守关将一讲,俚搭刘备失散么,两家头赶到该搭来接应。看见刘备,嚯!总算胸口头,一块石头拿下来了。弟兄见面之后,刘备就拿马跃檀溪格事体,讲拨两家头一听么,格张飞跳起来了,"大哥啊,蔡瑁这家伙如此可恨,那还了得?待小弟杀往襄阳,把蔡瑁结果性命,方消俺老张,心——头之恨!""啊呀三弟,使——不得。"现在杀过去,勿妥当,回到新野县,商量仔再讲吧。张飞只好答应。

刘、关、张、赵子龙,一埭路回过来,到新野县。文武官员大家过来相见,总算刘皇叔逢凶化吉。到衙门里向,大堂上,刘备搭大家商量哉咯,格桩事体呐吭办?孙乾献计。孙乾搭刘备说:皇叔,俫现在辰光从襄阳回转来,蔡瑁呢,俚一定要到荆州去碰头刘表,颠倒是非、混淆黑白,拿错处呢,侪怪在俫身上来。格么呐吭弄法呢?什梗,俫写一封信,拿襄阳大会格全过程,写一写清爽。吾来送到荆州,连蔡瑁格条箭一道带过去。格个是铁证。蔡瑁格箭呐吭会得到俫手里向呢,就是因为俚射箭要射俫齁射着,吃牢在树上了,拨伲带过来。吾去碰头刘表,说穿格番情形,看刘表呐吭样子处置。

刘备想蛮好。刘皇叔写好信,还拿格条蔡瑁格箭,交拨孙乾。孙乾带两个底下人,立刻动身,赶奔荆州。俫到荆州来么,果然不出孙乾所料。蔡瑁拿襄阳大会格事体草草结束,各郡太守侪回转。俚带领文武官员,回到荆州么,搭刘表讲,襄阳大会弄得不欢而散。叫刘备代表俫,搭各郡太守去敬酒么,齁敬完,刘备就半当中横里逃席而去,溜脱了。弄得了大家意见纷纷。刘表一听,心里向蛮窝塞。兄弟俫格来算啥格名堂呢?吾身体勿好,有病,委托俫,到襄阳去代表吾支持会议。格么俫应该要有始有终。俫为啥道理,要半当中横里,不辞而别,逃席?算啥格名堂呢。俫勿是存心赛过,在寻吾开心?格刘表蛮光火。

刘表在光火辰光么,蔡瑁要塞松香哉。"大王,刘备既然这样,不讲道理,我看一定要带领人马杀往新野县,惩罚于他!"罚罚俚。刘表还齁开口么,外头报得来,刘皇叔派孙乾到,求见。刘表关照请。蔡瑁只面孔就两样哉哦,晓得孙乾跑到该搭点来么,事体要弄穿帮的。果然,孙乾拿刘备格封信,还有蔡瑁一条箭,呈到刘表门前。

刘表拆开书信看过之后么,气得面孔夹黪死白。对蔡瑁一看:"哦哟,嚯嚯嚯嚯……噗!蔡瑁!你——好!谁叫你在襄阳设下牢笼之计,陷——害玄德,那还了得!来!""喳。""把蔡瑁拿——去,砍了!"哗——捆绑手过来拿蔡瑁绳捆索绑,要压出去格辰光,孙乾开心啊。该抢刘表总算像个大王了,像个男子汉大丈夫,秉公办事了,要拿蔡瑁杀头。开心啊。旁边头文聘、王威、伊籍,格班勿是蔡家党里向格文武官员呢,大快人心。蔡家党格批人呢,侪急得面孔两样。

正在格个辰光么,只听见里向,煞俏格喉咙,丫头喊一声:"主母出——堂。"孙乾想勿落。啥体啊?刘表格家小蔡夫人出来了。刘表格只面孔,也会得两样。蔡夫人到外头,又是哭,又是闹。说蔡瑁从前辰光，平定荆州有功，为啥道理要拿俚杀脱？勿看俚从前点功劳面上么，也应该看吾面上，饶恕俚。呐吭亨弄法呢，刘表么怕家婆。蔡夫人一哭么，俚，呒手筛锣，弄勿连牵。今朝要杀蔡瑁，勿可能。拿蔡瑁放，坍台啊。该仔孙乾，该仔嘎许多文武官员，格面孔摆在啥场化去？格个辰光格刘表是气得了，又在气急哉。又要发病快哉。

孙乾一看苗头么，杀勿成功。局面摆煞了。蔡夫人一出来，偘呐吭杀得成功？刘表做难人了。算了吧，吾来讨仔个情，拨一个落场势拨刘表吧。"大王，刀下留人，蔡都督虽然不好，大王，却不能将他斩首。杀了蔡都督，吾家主公心中不安，也不能安居新野。"格闲话俦了哉哦。偘勿能拿俚杀的。偘杀脱，刘备要弄僵。刘备在新野县，也要勿太平的。蔡瑁死脱么，有蔡瑁手当上格一帮人，勿会完结格呀。偘看刘备面上，看吾面上，饶恕仔蔡瑁吧。

刘表心里向转念头，终算有仔个落场势。"不看贤弟及孙先生的份上，定——斩这匹夫，来，松绑。""是。""乱棒逐出！""啊！"哔哩吧啦一顿生活，敲出去。"夫人，进——去。"台拨偘坍完了！蔡夫人呢，丫头搀仔，往里向进去。

刘表心里向转念头，吾对勿住兄弟。吾亲笔写信，叫俚到襄阳赴会。勿晓得蔡瑁，用计谋害，刘备得着风声，马上跑。当然，刘备说格得着风声么，信上齣写明白是伊籍报信。格个事体是保密格哦，因为俚讲穿帮之后，事体俦晓得哉啦，伊籍条命要保勿牢。蔡瑁要报复，要杀伊籍。所以刘备，格、格个情节呢，俚勿写了。格么刘表觉着呢，兄弟，该抢吃仔苦头，吾对俚勿住。吾写信，赛过像骗俚到襄阳去赴会了，要害煞俚。呐吭意得过呢。刘表就自家写了一封信，向兄弟抱歉。派啥人送得去呢，就关照大公子刘琦，偘搭吾送到新野县。

刘琦呢，带了底下人，跟着孙先生一道动身，离开荆州，直到新野县。进城来碰头刘备。"叔父大人，小侄见叔父有礼。""贤——侄少礼。""奉了吾家父王之命，送书信到来。父王说，看在吾家父王份上，休——要动恼。蔡瑁么确乎不好啊。"说完，拿封信拿过来，交拨刘备。刘备看过书信之后么，付之一笑。信，里向归好。摆酒，款待大公子。吃酒辰光呢，刘、关、张，一道坐在吃酒。

嗳？叫啥大公子搭刘备，吃吃酒啦，突然之间眼泪，嗍儿——下来。大公子为啥道理要哭呢，触景生情。俚看见刘、关、张，弟兄三个，明明勿是一个爷娘养，异姓弟兄，桃园结拜。然而俚笃格异姓弟兄，要好得了，比仔亲骨肉，同胞弟兄还要来得好。而吾，搭吾格兄弟刘琮，是一个爷，两个娘，同父异母。叫啥弟兄道里感情推位，吾蛮想搭兄弟接近，兄弟呢，也愿意搭吾接近。但是蔡夫人从中作梗，勿拨俚弟兄淘里见面。就算碰头了，马上就要拿刘琮喊过去。为了刘琮，蔡夫人动尽脑筋，要结果吾性命。偘想想看，俚格弟兄，搭俚笃格弟兄，呐吭好比。所以俚眼泪落下来。

刘备弄勿懂。"啊,贤侄,你因——何掉泪?""叔父啊啊,小侄在荆州,被后母蔡氏,常欲加害,迟早性命难保,要请叔父,相——救。"刘备心想,吾呐吭救侄呢?吾泥菩萨过江,自身难保。吾不过讲得一句公道闲话,吾在刘表门前说,家当要传拨了大公子,因为法律规定的,国有储君,家有长子。吾讲了什梗一句闲话,蔡夫人对吾是恨尽毒绝。火烧馆驿,马跃檀溪,两次用计陷害吾,吾条性命也介险乎保勿牢。吾保自家侪困难么,吾呐吭来保侄呢?所以刘备没啥闲话讲。"贤侄,我看你啊,要孝敬后母,谅来么,便能无——事。"侄对蔡夫人好一点,孝敬孝敬俚,比着亲生娘还要来得尊敬俚么,人心肉做,也能够感动仔俚了,会待侄好一点。"吭不用场",刘琦对阿叔看看,摇摇头,吭不用场。吾算得尊敬俚,吾算得孝顺俚哉。俚叫煞吭不好面孔拨了吾看。为啥么,格里向有夺家当问题了。俚要拿荆襄九郡传拨俚格嫡亲儿子,而法律上规定,是吾继承的。嗳,俚要想办法弄脱仔吾了,让格份产业传拨了兄弟。

侄在哭格辰光么,张飞登在旁边头听听,俚光火:"侄儿啊,你放心!你碰到蔡瑁,你跟他讲。他,要谋害你啊,当心老张再给他吃嘴巴!""嗯——是!多谢三叔!"格三阿叔么,实头好的。俚保吾格险,要吾带信拨了蔡瑁,勿识相,三将军又要请侄吃耳光。刘备心里向转念头,侄么又要戆头戆脑了,远水难救近火。侄在新野县,呐吭到荆州去保护刘琦呢。

酒阑席散么,刘备送俚动身。叔侄两家头一道出城,到十里长亭,洒泪而别。刘备在看刘琦格背后影,慢慢叫越走越远,越走越远。心里向交关难过。为啥呢?想想刘琦苦恼。自家格亲生娘已经过世,在晚娘手里过日脚,而晚娘呢,要拿刘表格份家当,传拨俚自家亲生养儿子刘琮的。拿个刘琦,看得像眼睛里向一只钉。早点晚点,要拿刘琦结果性命仔了完结。就看,蔡夫人啥辰光动手么,刘琦格脑袋,啥辰光落地。刘备,又吭不办法救俚,爱莫能助。不过刘备再想想自家啦。哈,吾搭刘琦格命运,五十步与百步,相差也勿远几化。刘琦呢,早点挨点,要拨蔡夫人杀。吾呢,吾早点挨点也要拨曹操结果性命。前两年,曹操为啥道理勿打过来?因为曹操在打北方,打袁绍。袁绍死脱,打袁绍格儿子,再打乌丸打辽东。格个几年工夫,俚向北方发展。现在,北方侪打平了,曹操有百万雄兵、千员战将,而且在操练水军,预备望准荆州了江南打过来。那么吾新野县呢,首当其冲。早点挨点,曹操啥辰光到呢,吾刘备啥辰光,完!刘备想到格个地方么,心里向交关难过。不过再一想呢,司马徽搭吾讲过,要请大好佬帮忙。吾格所以勿能够立定脚头,就是因为手下,缺脱一个大好佬。格个大好佬呢,俚介绍了两个人,一个伏龙,一个凤雏。但是勿晓得伏龙、凤雏究竟姓啥叫啥,屋里住在啥地方,吾到啥场化去请俚呢。吾吭不办法。

一埭路望准城里向过来格辰光,还趱到衙门么,只看见衙门前,一作堆人,立好了。老百姓侪在看。叫啥说有一个痴子。为啥道理说俚发痴呢?因为俚一干子在自言自语,在街上弹剑作歌。刘备在马上望过去么，看得蛮清爽。圈子里向一个人，道家打扮。手里向呢，左手执口宝剑，右手格节头子，在弹宝剑，嗒冷——嗒冷——嘴里在唱歌。唱点啥呢，四句，翻来覆去在唱。呐吭四句物事呢："天地反覆兮，火欲殂；大厦将崩兮，一木难扶。山谷有贤兮，欲投明主；明主求贤兮，却不知吾。"

啊呀，刘备心里向转念头，格个四句，含义蛮清爽了。头上俚讲，天地反覆兮，火欲殂。火，汉朝格国运属于火。火要阴了，汉朝要衰亡。第二句，大厦将崩兮，一木难扶。一支大房子要坍脱了，一根木头撑勿牢。汉朝要失败了，靠吾刘备一个人，呒不办法，拿俚挽转局面。连下来俚讲，山谷里向有个人，要想投奔明主，明主要想请个大好佬呢，但是俚，勿晓得吾。哈哈！刘皇叔心里向转念头，看上去苗头格个人呢，就是伏龙先生。豪燥让吾过去搭俚碰头吧。大概呢，伏龙先生跑到新野县了，帮吾忙。

刘备从马背上跳下来，拿老百姓关照，让一让开一条路。刘备到圈子里向么，走到格道家打扮格人门前，一躬到底。"伏龙先生，刘备有——呃礼！"格朋友对仔俚态度交关冷淡，"在下，并——非伏龙"。礼侪勿还，为啥道理礼也勿还？俫格个喏，是搭伏龙先生唱的，搭吾勿搭界，用勿着吾来还礼的。刘备想勿是伏龙么，一定是凤雏哉。"哟哟哟，原来是凤雏先生。刘备也闻名久矣。今日幸会，这厢——有礼。""在下，也非凤——雏。""啊敕敕敕敕敕敕敕。"刘备难为情啊，面孔侪红哉。看上去俚勿是痴子，吾变痴子快哉。陌陌生生格人，上去叫别人家，卧龙了，凤雏了，侪勿的。格算啥名堂？吾也忒嫌冒昧。应该先问一问清爽。"那么，愿问先生大——名！""在下姓单，单名个福。""哦，原来单先生，喏喏喏，喏喏喏，刘备有——哋礼。"单福拿口宝剑，哐！哼！入匣。回一个礼，"将军不敢，单福有礼"。"单先生，卑衙就在这里，请先生往卑衙一走。""请呐。"

刘备搀仔单福格手，望准里向进来么，老百姓散脱。等到到里向，二堂上坐定。刘备呢，拿关、张、赵云、文武官员侪介绍过来，搭单先生见面。见过之后，大家在旁边头坐好么，单福问刘备："将军，在下，闻得将军有匹龙驹宝马。可能带来一观？"刚巧，吾在衙门口，瞥看清爽。听见说俫格只龙驹马交关好啦，吾想看一看。

刘备马上关照手下人，拿只的卢马去带进来。带格只马，刘备是交关开心。为啥呢，因为格只的卢马是马跃檀溪，簇新鲜救吾性命。等到格只的卢马，忑磕酷磕、忑磕酷磕——带到天井里向，请单先生看。单先生仔细一看么，摇摇头，叹口气。"将军，此马孤蹄，绺鼻，额有黑点，眼有泪槽，乘则妨主，名唤的卢。此马，乘不得也。""喝喝喝喝哈哈哈哈……单先生，想这的卢马，并非妨主马。它，乃是救主马呀！"刘备就拿襄阳大会，马跃檀溪河，格只马跳过檀溪河格情形，细细到到讲一遍么，救主马。吾要搭俚恢复名誉。俚勿是妨主马，人家侪吃煞俚，勿吉利的，骑仔要死东家的，热昏！救东家。单福仍旧摇摇头，"将军，此马虽则救了将军，然而此马终究要妨却一人"。到底要妨脱人。"哦？""在下倒有一个办法，能解此祸。""哦？"喔，格只马，到底要妨脱东家，有办法可以解。啥格办法呢，请教单先生有何妙法？"明公可有什么冤仇之人？若有冤家么，将这马匹送与这冤家坐骑，待冤家死后，然后明公收回的卢马么，太平无事了。""哈——啊？"刘备一听么，面孔转色呀。啥体么？听勿进。单福俫格个啥格闲话？哦，吾晓得格只马骑仔要死东家的，就拿这只马去送拨了格冤家。表面上么，吾搭俫格冤家要好得了，吾送只马拨俫嗐，好搭俫和解了。结果，让冤家骑仔格只马，冤家死脱，那么吾再拿格只马收回吾骑么，呒不事体。俫格种算啥格闲话？"单先生，初到新野，不叫刘备以仁义之事，而教刘备损——人利己之事，刘备不敢领教！"对勿住，俫格大好佬吾勿用。损人利己么，俫格种计策忒嫌勿好哉。"哈哈哈哈……"单福笑了。"在下久闻将军大仁大义，有所不信。今日试来么，方知将军果然，话不虚传。"刘备一听，啥物事啊？哦，俫也在试吾格心意。俫晓得吾，赛过外头有点名气，大仁大义，有点勿大相信。那么出什梗一个坏格主意了，叫吾拿只马去做损人利己格事体，吾勿听，那么俫相信。哦，俫真格是大仁大义。"哎呀呀呀！"刘备心里向转念头，如果格个东家推扳一点说法，听俫闲话是，俫要跑的。俫勿肯再登在该搭点。

刘备请教单先生安邦定国之道，单先生回答得头头是道。关云长请教俫《春秋》上格事体，单福先生回头格两句闲话是，哈呀！听得关君侯，可以说一声是非常钦佩。因为云长熟读《春秋》，对《春秋》上格事体俫了解。听俫什梗一讲么，有学问。赵云、张飞请教俫兵书战策，用兵打仗，单先生讲得来，交关好。张飞佩服，赵子龙也佩服。众谋士也来掂掂俫斤两，问问俫问题么，俫问上去，问一答十。对答如流。刘备一看么，好！格个人有本事。为啥呢，因为文武官员大家都搭俫，提问题了，问闲话。俫侪能够回答得了，大家通通侪表示钦佩。赛过像考核什梗了，经过集体考核，通过了。有本事，刘备就拜俫为军师。

不过刘备心里向转念头哦，口头上考核，容易回答。俫曼得多读两本书，肚皮里向宽一点，渊博一点，俫可以回答俫。不过事实上，俫是勿是经得起考验？勿晓得刘备啊，考核马上来哉。啥体么？曹操打过来哉呀。

曹操在北方，晓得刘备在新野县。前两年勿打么，就是刘备刚巧所想的。曹操在打北方，呒不工夫来顾虑刘备，现在北方平哉么，俫要来消灭刘备。派曹仁、曹洪、吕旷、吕翔、三万三千军兵屯扎樊城，兵进新野县。探马报到之后么，刘备心里向大吃一惊。曹兵要来三万三千，吾新野县该几化军队？五百个。相差要六十六倍。一个人要搭六十六个人打。虽然说有单福军师用兵，来赛勿拉？刘备也有点怀疑。碰着个单福呢，面不改色，笃笃定定。俫布置，俫发令，虽然人马勿多，一共侪在只有五百个人了，但是俫调度得了，来得格灵光。

经过单福用兵么，赵子龙枪挑吕旷，张翼德钻打吕翔。曹仁、曹洪，摆出来一个八门金锁阵，拨了单福大破八门阵。关云长兵进樊城，偷袭樊城么，樊城夺下来，曹仁、曹洪三万三千人马全军覆没，大败而回。哈呀！刘备开心啊。什梗一看，单福经得起考验。用兵打仗，硬碰硬格事体。人家三万三千人马来，还有八门金锁阵，在单福手里向，打得俚笃落花流水，溃不成军。吾本来只有一个小小新野县，现在得着个樊城。樊城呢，老百姓也多，地方富裕，钱粮足备，刘备可以添勿少实力。在格败兵当中俘虏一部分人，收下来降兵几化呢，四百五十个。连刘备原来五百个加起来么，有九百五十个。一千个么，喏，还缺着五十个。不过比刘备原来格基础么，增加了将近一倍。

哈呀，刘备开心啊，本来呢，刘备对自家格前途，觉着是黑暗得极，吭不希望了。曹操打过来，吾人家总归完。现在，现在刘备叫啥振奋起来，有信心了。为啥么？喏，单福帮忙呀。单福格本事好极了么。俚什梗用兵好，曹操人马打过来，吾用勿着担忧。吾依靠了单先生，还是有希望，逐渐逐渐积累人马，扩大地盘。还有希望灭曹兴汉。勿晓得刘备啊，倷勤快活。曹操诶，厉害脚色。三万三千人马失败，俚肯就什梗完结格啊？倷刘备快活，马上要弄得倷刘备家人家，完！刘备呐吭想得到，刘备方面吾拿俚丢一丢。

吾现在关照曹仁、曹洪败转去碰头曹操。禀报曹操，吃败仗格经过情形。曹操一呆呀。想勿到刘备哪恁会得现在，突然之间狠起来哉哟。再一问，刘备手下啥人在用兵么，曹仁、曹洪讲，战场上听到格消息，说刘备手下有个军师。格军师姓单，单名个福，叫单福。

"哦？"曹操心里向转念头，勿得了。单福。格个人格名字，吾从来吭不听见过。拨俚"单得一单"么，单脱吾三万三千人马，单脱吾一个樊城，单脱吾一个八门金锁阵。拨俚什梗单下去是，吾家人家要拨俚单光的。曹操心里向转念头，格个人啥格底细。曹操啥勿马上发兵，打新野县，为曹仁曹洪报仇呢？勿。

曹操格厉害，就厉害在格种地方。俚先要调查一下，究竟单福啥等样人？弄清爽了，那么吾再想办法去，兵进新野县。曹操问旁边头文武官员："众位先生，列位将军，你们可知晓，刘备手下的军师，单福，是何许样——人哪？"哗——相堂上，嘎许多文武官员，吭不人晓得。从来吭不听见过啥格单福？无名之辈。

等到啰哩声音静，曹操手下大好佬人多呀。而且，天下各地侪有的。内当中叫啥，一个人晓得，踏出来："回禀丞相。""嗯？"曹操一看勿是别人，程昱，程仲德。曹操手下心腹谋士。"怎——样？""回禀丞相，单福者，并非单福。此人乃姓徐名庶，字元直，单福是其化——名也。""喔！"曹操奇怪，格单福，假名字。俚格真名字叫啥？叫徐庶徐元直，格么倷呐吭晓得俚是化名呢？程昱说：吾搭俚是同乡。

　　程昱说：吾是河南颍上人。徐庶呢，也是颍上人。俚住在徐家村，吾住在程家村。两个村子呢，隔开一条河。徐庶格爷，是个读书人，但是伲勿考取功名，就在乡下场化呢，开一只私塾学堂，训蒙童为生。吾小辰光呢，就在徐庶笃爷搭点，读书。徐庶小辰光么，也在自家屋里向读书。吾搭俚同学，年龄也相仿。后来呢，徐庶格爷过世了，那么俚有个娘，俚笃弟兄两个。一个兄弟叫徐康。徐庶格小明叫福官，徐康格小明叫寿官。俚笃格娘呢，姓单，单太夫人。单夫人呢，也是书香门第，肚皮里有学问的。男格死脱之后呢，俚继续教书，训蒙童。所以吾在徐庶格娘屋里向呢，也读歇过书的。

　　徐庶呢，年纪轻格辰光，一方面读书啦，一方面俚欢喜练武。俚轧一班小朋友格淘，欢喜搭人家打抱勿平。有一回在城里向，看见恶霸，强抢民女，路见不平，拔刀相助么，徐庶就拿个恶霸杀脱了。结果呢，徐庶拨了衙门里格人捉得去。俚笃格一班小弟兄呢，逃散脱了。拿徐庶解到衙门里向之后么，知县官要升堂哉略。问伲叫啥名字，伲一帮人么，同党屋里住在啥场化？名字叫啥？勿肯讲。徐庶想吾呐吭好讲呢，吾讲出来么，俚笃俦要弄僵了。俚讲义气，勿讲。问徐庶，伲叫啥格名字呢，俚也勿讲。啥体么？吾讲出来仔啦，要害娘，要害兄弟。像哑子什梗，一言不发。知县官拿俚吭不办法。但是知县官心里向转念头，俚杀脱格人啦，有势力。格个吾勿能勿拿格个人重办。所以拿徐庶呢，绑在一部车子上，拿部车子推出去，在街上游街。叫衙门里向格差人么，敲锣。问老百姓，唔笃啥人叫得出俚格名字。喊老百姓出来赛过，检举俚。那么格部车子，在街上游街辰光，敲锣么，老百姓看见，认得格呀，徐庶。啥体勿讲呢，勿愿讲，同情徐庶。因为徐庶杀脱仔个恶霸。与民除害，搭伲老百姓有好处，格伲为啥道理要讲出来？那么再讲，伲如果要讲一讲出来格说法啦，徐庶一班小弟兄勿搭伲完结。嘿，要寻着伲起来，伲倒霉。所以吭不人敢讲。那么游街游街游到小街上，冷落格场化么，徐庶格帮小弟兄冲过来，拿衙门里两个差人杀退么，拿徐庶绳子解掉，放徐庶逃走。徐庶俚逃出去呢，俚勿敢回到自家屋里，张怕害娘。那么俚流浪江湖，在水镜庄，拜司马徽为先生，弃武习文么，学道二十年。是水镜先生格学生，好学问。"哦！"曹操心里向转念头，水镜先生格名字，吾听着歇过。襄阳格名士，格徐庶啥就是，司马徽格学生子。格么，格么俚格本事纳呐吭？程昱说：俚格本事，胜吾十倍。"哦！"曹操想想倒窝塞的。为啥道理格个大好佬，勿来投奔吾了，要去投奔刘备呢。拆穿点讲，刘备么，穷得一塌糊涂，伲投刘备吭不前途的。

　　曹操叹口气，"啊，惜乎这天下贤士竟投奔了，刘——呲备！""丞相，可要徐庶到来，归降丞相么？""嗯？"曹操想当然要啊。问程昱，伲有啥办法呢？程昱说：吾有条计策。啥格计策呢？因为吾搭俚同乡，吾晓得俚屋里向格底细。徐庶呢，是孝子，对娘，孝得不得了。俚现在要跑出去二十年，呣转歇过啦。娘在乡下，苦度光阴。让吾来写一封信，冒充徐庶格信，派人到俚屋里向去，拿徐母骗到该搭点来。然后倷相爷关照徐母，写一封信，叫徐庶呢，离开新野县，赶到该搭点来，投奔倷。那就吭不事体了。徐庶一来呢，刘备断掉一只臂膊，倷丞相得着一个帮手。好极了！

这个办法比用兵打还要灵。倷派兵打过去，徐庶用兵好，吾有吃败仗危险。吾格损失忒大。现在吾拿个乡下老太捉到该搭点来，叫俚写一封信么，老实讲是十拿九稳。农村里格老太呀，到相府里向来，看见仔，吓也吓煞哉。那么吾再和颜悦色搭俚讲，倷写一封信哦，喊唔笃儿子，到该搭点来投降，将来么倷有好日脚过，唔笃么母子团聚。格个闲话讲上去么，稳格啦。

曹操就关照程昱，倷搭吾去办。程昱马上派人，写好一封信，拿封信送到徐家村，请徐母来。徐母在乡下么，齐巧小儿子徐康经商回转，得病身亡。徐康死脱，刚巧料理开徐康格丧事，在乡下心里蛮难过格辰光么，忽然接到大儿子一封信。叫啥说，现在大儿子已经在许昌投奔曹操，做仔官了。要请吾娘，到许昌去享福，母子团聚。老太喷生怹格一气。啥体？徐庶，倷勿是吾儿子。为啥？倷从前辰光杀人出跑，吾勿怪倷。因为倷杀脱格是恶霸，是坏人，与民除害，倷勿养吾娘，吾一点勿怪倷。吾而且赞成倷。格么倷，水镜庄去学道，学仔本事么，倷应该要投一个好好叫格东家呀。倷为啥道理，去投奔个曹操呢。曹操格名声勿好听。

从前辰光曹操俚打徐州啊，沿途要屠村屠城屠镇。一百里路范围当中要杀得鸡犬不留，烟囱管里向吭不烟啦。百里无人烟。残酷啊。外加曹操呢，杀脱格太医吉平，三拷吉平。再拿董国舅笃，五个大忠良，七百余口，通通俙杀光。老太呐吭会得晓得呢，因为格吉平、吉太医啦，俚是洛阳人。洛阳离开该搭河南颍上，勿远几化。同一个省份里向。吉平有个外甥住在徐家村的，跟娘舅学本事，齐巧屋里向有事体回转来么，吉平出事体。吉平拨曹操敲牙割舌，打得了，总归惨无人道啦。为啥么？因为吉平搭董国舅商量好，为皇帝格衣带诏，要灭曹操，重兴汉室么。结果事体穿帮，拨了曹操弄死脱的。那么吉平格外甥，在徐家村上来，拿格消息传开来一讲么，徐母晓得哟。徐母心里向转念头，曹操格人上欺天子，下害忠良，屠杀百姓，名声什梗坏，倷为啥道理要去投奔俚呢？徐母心里向转念头，格个福，吾勿享。吾情愿登在乡下的，苦度光阴。但不过，送信人已经来了，吾呐吭弄法呢？去，吾到皇城去。到皇城呐吭，吾就要训斥儿子，关照儿子赶快辞职，离开曹操。否则？否则么，吾拿起拐杖来，望准俚头上，噗！一记么，吾情愿打煞儿子，勿许俚为奸贼效力。所以徐母拿相邻亲眷喊得来，底下人带得来格种礼物呢，分配拨相邻了亲眷，说吾有事体要到皇城去脱一埭，屋里呢，托唔笃照顾照顾。

徐母上骡轿车，跟仔个底下人，一路过来么，直到许昌。进城，到相府辕门跟首，嘎啷！骡轿车停。底下人到里向去报告程昱，程昱得报。晓得徐母来，搭曹操讲一声，吾到外面去接。蛮好。程昱到院门口，"啊伯母，小侄迎接伯母。有——礼"。"哈——啊！"老太一呆。呐吭儿子徐庶勿来接吾了，来个陌生人呢。"尔是何人？""伯母，不认识了么？小侄，呃喝，就是颍上，程家村上的二官呀。"拿小名讲出来，吾程家村上格二官呀，吾小辰光在俚搭读歇过书的。"喔"，一讲小名，晓得。程昱，程仲德。俚在曹操手下做官，那吾儿子勿来接了，俚来接吾呢？"吾儿，何——在？""伯母，元直兄在里边与丞相议事，叫小侄到来迎接伯母。""呃嗬，哦！"老太气啊。为啥，儿子做得格官，迷了哉，俚只要做官，俚勿要娘哉。娘来，托朋友出来招呼招呼。

老太从车子上下来，跟仔程昱直到相堂大堂上。程昱上来禀报："禀丞相，徐——母到。"曹操手一招，程昱旁边头一立。曹操直立格立起来，转出案桌，上来迎接。"啊——单太夫人！老夫，迎接太夫人，有——礼。"旁边头格底下人一想，不得了呃，徐母格面子大极了。相爷格身份立起来，转出案桌，要搭俚唱喏，脸上扉金。"太夫人，咱们丞相在那儿跟你行礼啊。""丞相不敢，老身，万——福。""摆——哩座头。"座头摆好。"请——坐。""太夫人，请坐吧。"曹操虎案里向坐定。徐母呢，旁边头坐好。照规矩相堂在呒不第二只位子，所谓叫堂上无二座。今朝徐母来，得到特殊格优待，照样摆还俚位子了，请俚坐。有坐必有茶，送过香茗，茶罢收杯。徐母心里向转念头，吾儿子呢，吾儿子在啥地方呢？"请问丞相，吾儿，元——直何在？""咦，呵呵嚯嚯哈哈……太——哋夫人，令郎徐元直，天——下之奇才也，竟在新野投奔刘备，背反朝廷。真是，明珠投暗，美玉落于污泥之中，芝草生于马粪之上，十分可惜。老夫请太夫人到来，要写书信，劝令郎前来归降，可以高官显爵，你们母——子团聚，共享这天——伦之乐，岂不美——哉？"

曹操关照文房四宝伺候，逼徐母写信。那么弄僵，徐母呐吭肯写格封信呢？连下来要徐母骂曹。下回继续。

第二十二回

走马荐贤

曹操，在相堂上关照徐母写信，劝徐庶到该搭点来投降，那么徐母恍然大悟，儿子，勿投奔曹操。儿子在啥场化呢，在新野县，投奔刘备，刘玄德。格么吾乡下接着格信，明明是儿子出面格咯？勠问得，程昱写的。俚晓得侬格底细，拿吾格情形搭曹操一讲么，用计，骗吾到该搭点来上当。那呐吭弄法呢，吾已经落到曹操手里了，老实讲一声，格封信？吾随便呐吭也勿能写的。吾呐吭好写？刘备，吾晓得格呀，当今皇叔，大仁大义。吾儿子投奔俚，得着东家了，吾蛮快活。不过，曹操要逼吾写信，吾勿写，曹操勿会搭吾完结的。俚要拿吾杀，也作兴勿杀，勿杀么呐吭呢，勿杀么，在吾身上出主意，叫儿子到该搭点来投降，倷勿来，勿来，吾要杀唔笃娘。那么，徐母晓得自家格儿子，孝子啦。听见娘拨了曹操捉牢，俚要勿定心，俚勿能够在刘备搭帮忙。总归赛过，舞蹴舞蹴、三心两意啦，弄得勿巧么，上曹操当，弄到该搭点来，格呐吭弄法呢，徐母心里向转念头，看上去，吾勿能够活的。吾只好死。倘若吾死脱？儿子晓得，吾是拨了曹操杀脱的，俚要替吾报仇，报杀母之仇，不共戴天，拼搭曹操打。帮刘备忙，俚有前途。

徐母读书人，俚晓得汉朝，四百年前头啦，刘邦开国格辰光，刘邦手下有一个大将叫王陵，文武双全，好本事，王陵呢，也是个孝子，王陵格娘拨项羽捉牢，项羽逼牢绞仔王陵格娘，到战场上，拿口宝剑，拨了王陵格娘，倷喊倷格儿子来，叫俚投降，勿投降么，吾就要拿宝剑来杀倷了。那么王陵上战场，旗门底下看见娘，拨俚笃捉牢，而且娘手里向拿口宝剑。呐吭弄法呢，王陵上来搭娘碰头格辰光心如刀割。王陵格娘搭儿子呐吭讲法？儿子啊，倷投奔刘邦对的，刘邦是当世明君，倷勿应该到项羽搭来，倷听吾闲话，倷要帮刘邦消灭项羽。吾娘呢，是因为项羽拿吾捉牢仔，呒不办法了，所以吾死脱。说完么，俚就拿口宝剑往头颈里向，搭——一勒么，王陵格娘伏剑而死。那么王陵拼命帮刘邦格忙，搭项羽打，成为开汉朝的，开国功勋。汉高祖造一只凌烟阁，凌烟阁在拿忠臣格图像都画出来么，王陵也就是凌烟阁上画图的，名标青史。

徐母心里向转念头，看上吾呢，要学一学王陵格娘，吾要死拨儿子看。老太预备仔死倒勿慌了，倒反而冷静了，俚对仔格曹操："丞相，吾儿在新野，投奔刘备，那刘备是何许人啊？""哦！"曹操心里向转念头，徐母勿冤枉，是有学问的，俚要问问吾，刘备啥等样人？格么曹操当然要说坏点刘备咯，"刘备么，沛郡小辈，足凑匹夫，冒称皇叔，伪君子而烂小人。背反朝廷，叛逆国家。如今，老夫正要去剿灭这个刘备呐！"糇货，唔笃儿子投奔俚么？一块羊脂白玉，掉在烂糊泥里，一朵蛮好格鲜花，插在牛粪上，俚赶快写信。

徐母听完曹操什梗一讲么，眉毛一竖，眼睛一弹，拿个拐杖在相堂方砖上，当！一纵。"咋！""啊！""曹——呃操。""啊？"曹操一呆呀，直呼其名，相堂上，该仔文武官员，还了得，曹操发嘎仔呀。"尔一派——呐胡言！老身久闻刘玄德，乃中山靖王之后，孝景皇帝阁下玄孙，当今天子叔父，大仁大义、爱民如子，正是当——世英雄。吾儿投之，得其主也。尔，名为汉相，实为汉贼，上欺天子，下杀忠良，残害百姓，天下之人，都恨不能食尔之肉，擒尔之臂，尔反说刘备背反朝廷，竟是颠倒是非，指鹿为马，好不羞惭呀！你要叫老身写信，万万不能！今日老身，上为国家锄奸，下为天下除害，与你这老贼拼了——罢。"

徐母拿台子上只砚台拿起来，望准曹操头上，得儿——一砚台，铛！掷过来么，曹操一吓呀。曹操有武功，乒！头一偏么，砚台瓩个空，嚓啦！"喔哟——嚛嚛嚛嚛……"格个气是气得俚，面孔转色。曹操碰着格种人，在当面，该仔嘎许多文武官员骂的，从前只碰着过一个。啥人呢，祢衡，打鼓骂曹。祢衡是个狂士，今朝碰着一个老太，乡下老太，当仔嘎许多人，拿吾，横冷横冷格骂。非但骂，外加拿只砚台拿起来，要望准吾头上笃，吾如果被俚瓩着了，脑浆迸裂是，真真癫团死在瞎搭里了。堂堂丞相，百万雄兵，千员战将，死在格乡下老太手里，还了得。吾拨面子拨俚，抬举俚，叫俚写信，让俚相堂在坐，俚会得什梗样子对付吾。

曹操一记台子一碰："来！""喳！""与吾把这老婆子拿——去砍了！"哗——捆绑手过来拿徐母两条手翻剪转来，绳捆索绑。"带走！""好！"嚛咯咯咯……望准辕门外头又出去么，要结果性命。徐母呐吭，徐母心里向来得个快活，吾就是要激恼俚，吾就是要俚光火拿吾杀。俚拿吾杀脱么，吾儿子可以搭吾报仇了。再也会到曹操搭来了。徐母在拨刀斧手、捆绑手，推出去格辰光，曹操拔行刑令么。程昱要紧从旁边头过来，"丞相，刀下留人！""嗯？"程昱过来搭曹操咬耳朵：相爷，俚勿能拿徐母杀格哦，为啥？徐母格怎样子得罪俚，为啥？俚就是要死。俚拿俚一杀，俚得着一个不义之名，而成全仔徐母格大义大德。那么外加徐庶在新野县，得信俚格娘拨俚丞相杀了，俚要替娘报仇，杀母之仇不共戴天，是对俚丞相更为不利。"嗯！"格么呐吭弄法呢？哦，吾拨俚骂么，白骂。砚台瓩过来么，吭不办法拿俚杀，俚看呐吭呢？程昱说：吾有办法，拿徐母饶恕下来，吾拿俚带到屋里，优待俚，待俚特别好，吾想办法骗着俚格笔迹，那么俚用俚格笔迹写一封信，叫徐庶到该搭点来投降，徐庶只好来。徐庶一来哉么，事体舒齐，再也勿怕徐庶帮刘备，搭俚丞相作对。

曹操仔细一想，头脑冷静点考虑么，程昱格闲话对。杀徐母，勿聪明的。反而挑挑刘备呀，本来徐庶十分力帮刘备忙，吾拿徐母一杀么，俚十二分格力道，拿出来帮刘备忙，对吾更加不利。从大局出发，要拿徐母饶下来。那么关照程昱：俚去处理吧。松仔绑，俚拿俚带转去，本来，勿杀，要推上来，谢不斩之恩。剠俚谢。啥体么？曹操想剠弄上来，再拨俚骂脱两声，勿犯着。曹操见俚也吃算，因为俚勿怕死哉啦，随便啥吭不道理了。

曹操么退堂进去，文武退出。程昱跑过来，关照外头捆绑手松绑，绑松脱，程昱上来打招呼："伯母，受惊了，小侄该死。"侪怪吾勿好，照顾勿周全，害俚伯母受惊了。"哼，二官人，你好！"勿作兴格哦，小辰光俚在吾搭读过书，俚搭吾儿子还是同学，同乡。出卖朋友，卖友求荣，俚勿作兴格哦！"伯母请息怒，到小侄家中叙谈叙谈。"

拿徐母请上车子，带到程昱公馆里向，程昱家小出来接待，其实程昱家小，侪晓得格个事体了呀。假痴假呆只算勿晓得。问清爽之后么，程昱家小当仔徐母格面，拿自家男人埋怨。哈呀！俚勿应该哇，伯母待俚什梗好。小辰光，俚在伯母格搭读过书的，俚呐吭可以，让伯母吃什梗种苦头呢。伯母啊，俚剠动气哦，程昱也叫吭不办法，在曹操手下吃饭，吃他一碗，凭他使唤，身不由己。总而言之呢，吾男人勿应该做什梗桩事体的，伯母，俚息怒，俚在该搭点住脱两日，吾要请教请教俚了。

徐母一看，程昱家小，蛮懂道理。火，倒退仔点下来，格么就住脱两日哉咯。徐母要回转了，程昱家小留俚，说俚俚俚剠走酿，吾要请俚该搭点再住脱一抢了。因为俚路上来么蛮辛苦，在相堂上，又吃仔点吓头，身体么也勿大好，吾想请个中医，来搭俚看看病了，服药调理。好好叫，休息两日天了，慢慢叫再回转。倒也蛮好。那么请格医生到该搭点来么，搭俚开方子吃药，调理。程昱家小有学问格啦，徐母有学问么，俚就请教徐母，徐母么就什梗搭俚谈谈讲讲。格感情倒慢慢叫、慢慢叫在建立起来。但是徐母呢，勿留笔迹，徐母搭程昱谈谈讲讲，赛过登脱两日天么，预备就回转格啦，结果程昱家小搭徐母讲：伯母啊，俚再住脱两日天吧。为啥么，吾也想到乡下去，想去看看爷娘，吾搭俚同路呀，路上也有个伴，好照顾照顾。否则俚伯母一干子回转去么，吾也勿大放心了。伯母，俚再住脱一阵。那么徐母看，程昱家小什个样子热情么，倒像煞情不可却了，也只好再住脱两日天。反正在乡下，也一干子呀。小儿子徐康么也死脱哉，屋里么也吭不人。格么登在该搭点，住脱两日天么也算了。

有日仔搭呢，徐母从房间里出来，到书房间来想来看看书，说跑到书房间里一看，书房台子上，有张稿笺。有首诗，只写好三句，缺一句。格首诗啥人作格呢，程昱家小作的。徐母一看呢，一首牡丹诗，写好三句。五言。呐吭三句呢？诗不过什梗格哦。"牡丹称富贵"，牡丹是富贵花啦；"全凭绿叶装"，牡丹虽好么要绿叶辅助；"名花谁不羡"，牡丹是花王，名花，名花呢，啥人勿羡慕，啥人勿眼热。老太看得有兴么，提起杆笔来，续了一句，叫"虽艳惜无香"。格句句子啦，双关。说牡丹花呢，看是好看，娇艳。但是呢吭不香味的。牡丹花，叫有色无香。徐母格含义啥格含义呢，俚程昱虽然在曹操搭做了大官，享荣华受富贵，摇摇摆摆，像煞赛过蛮出风头了，蛮显焕。但是倷帮格奸臣。倷格个官勿香串的。换句闲话讲，遗臭万年。臭格啦。徐母格个一句刚巧写完么，程昱家小从后头出来哉：啊呀，伯母啊，倷写得好极了，好极了，好极了，好极了。

俚就拿格张诗稿拿得去。勿晓得格个一首诗啦，等于像掘好一个陷阱，等倷上当。徐母算得有资格么，会得熬勿住写了一句，好！出毛病。程昱家小就拿格张牡丹诗格诗稿，交拨程昱，程昱拿到相府里向，去拨曹操看么。曹操派手下，写字写得非常好格人过来，描摹俚格个五个字格笔迹，像临帖什梗，描摹得了活龙活现。写好一封信，格封信呢，就用徐母出面，写拨徐庶的。

信写好，程昱派格底下人，带点铜钿了，一匹快马，赶奔新野县，送信送拨徐庶，请徐庶来。送信格人，拿封信包裹里向包一包好，一匹快马，哈——一路下来并无耽搁，到新野县进城。问信问到军师府门口下马么，"门上，有人吗？门上，有人吗？"门上出来问："啥人啊？""是我呀。""倷啥人啊？""啊哈，我，我是，徐军师的，家里来的。""啥物事啊？""我是奉了太夫人之命到这儿来，送书信给徐军师的。""倷弄错喽。倪该搭点只有单军师，呒不徐军师的。""是的，你去报告徐军师，呃呵，徐军师就是单军师，单军师就是徐军师。""哦？""吾是，奉了太夫人之命到这儿来，送信的。""哦？"

格门上人弄勿懂，军师么明明姓单，呐吭俚板要喊姓徐？又是奉太夫人之命，到该搭点来。到里向来一禀报么，徐庶呆脱了哟。啊呀，徐庶心里向转念头，吾，吾格真名字徐庶，呒不人晓得格哟。新野县大家晓得吾叫单福呀。呐吭外头来格送信人，说奉吾娘格命，到该搭来送信拨徐军师呢？吾为啥道理要化名？因为娘在曹操地界上生活，吾现在搭曹操在作对，吾勿能用真名字了，所以吾易名改姓，姓娘格姓了，用自己格奶名福官，叫单福。现在呐吭会得，有人晓得吾姓徐，马上关照请。

送信人到里向，卜咯笃，跪下来，包裹打开书信呈上。"军师，小人奉了太夫人之命送书信到来，请军师看。"呈到上面，徐庶接到手里一看，呆脱哉哟。娘格亲笔，拆开来一看么，格封信呐吭写法？"近汝弟康丧"，新近，唔笃兄弟徐康死脱。只是格个一句看着么，徐庶格头，嗡——发胀，眼睛门前发黑。倷想酿，吾，勿在乡下，全靠乡下兄弟养娘呀。兄弟死脱了，格娘呐吭弄法呢。看下去，"近汝弟康丧，举目无亲。正悲惨间，不期曹丞相随至许昌，言汝背反，下吾于缧绁，赖程昱等救免。若得汝来降，能免吾死。书到之日，可念劬劳之恩，星夜前来，以全孝道。然后徐图归耕故园，免遭大祸。吾今命若悬丝，专待救援，更不多嘱"。格封信写得活龙活现。像徐母格口气。搭徐庶讲啦，唔笃兄弟徐康么死脱哉，吾么在乡下，举目无亲。悲惨格辰光，曹操拿吾骗到许昌，说倷造反，拿吾关在监牢里。幸亏得程昱来救，救仔出来之后呢，要侬来投降，能够免掉吾格死罪。那么侬接到仔书信么，侬阿有啥，搭吾日夜赶路到许昌来，救吾条命吧。到了许昌之后呢，也覅登在曹操搭做官，"然后徐图归耕故园"，回到乡下去种田，仍旧做老百姓。也覅帮刘备，也覅帮曹操。喏，格句句子，就是让徐庶上当格地方。如果说，劝徐庶到曹操搭去做官呢，就勿像徐母格性格。徐庶就勿会上当。上当就上在格上头。"然后徐图归耕故园，免遭大祸。"娘格条性命呢，赛过像蜘蛛网上格丝，荡下来什梗，命若悬丝，等得及风一吹，就要断脱了。"专待救援"，等吾去救。那么呐吭弄法？徐庶格个辰光，叫啥方寸大乱，心如刀割，泪如雨下。

格么说起来，徐庶么水镜庄学道二十年，格本事什梗大，呐吭会得，一封假信侬辨别勿出格呢？为啥道理，勿再研究研究格笔迹呢？一来，笔迹像。二来呢，徐庶孝子。当局者迷，旁观者清。侬接着格个信，想着娘格种危险格处境么，动感情。一动感情么？好了，俚勿理智，感情掩盖了理智，忘记脱哉呀。"哈哈呀！"那么呐吭弄法？二十年前吾杀人出亡，拿娘丢在乡下，吾已经对勿住娘了。现在吾帮刘备格忙，要想灭曹兴汉建立功名，将来有机会么，拿娘接到新野县来。而想勿到曹操辣手，已经拿吾娘捉到仔皇城。吾勿能勿去哉嚛。吾勿去，娘格条性命要保勿牢。所以徐庶关照格送信人，侬登在该搭点吃夜饭，哦，等吾。吾马上到衙门去碰头刘皇叔，回头仔刘皇叔了，吾搭侬一道动身，到许昌去。送信人心里向交关快活，格桩事体办好是，回转去重重有赏。

徐庶呐吭呢，拿仔格封信，望准衙门里向来，碰头刘备。

今朝新野县衙门里向悬灯结彩，喜气洋洋。为啥道理快活呢，因为刘备打仔胜仗，得着仔樊城，局面改变了。新野县格老百姓侪在庆祝。新野县老百姓侪在讲啊：刘皇叔来了该搭点几年，俚老百姓格生活呢，有所改善，日脚么也过得好哉。曹操三万三千人马杀到该搭点来，呒不刘皇叔拿俚杀退呢，俚老百姓就要遭灾。现在打了胜仗，俚应当去犒赏。所以老百姓自发的，拿点猪啊，羊啊，酒啊，送到衙门里向来。作席庆祝胜利了，慰问俚笃文武官员、大小三军。故而今朝衙门里向悬灯结彩，开庆功大会。今朝夜头么吃酒。

张飞是起劲得来，今朝张飞亲自动手，杀猪。因为张飞是杀猪格出生，张飞卖肉格啦。为了庆祝，高兴么，自家重操旧业，再来杀一杀猪。杀猪宰羊。酒水呢，侪预备好了。文武官员呢，通通侪在书房里向，搭刘皇叔一道了。就等军师来了，军师一到呢，开席，吃酒。大家侪是心里向，心情舒畅。

叫啥外头军师来哉哟。刘备一看么呆脱哉哟。啊咦？只看见格军师眼泪汤汤渧呀，一埭路哭进来呀。"啊！军师！则甚——啊？"尔嘚——卜！徐庶到刘备门前跪下来，"呃喝呀，明——公"。"哎呀，单军师，你因何要掉泪呀？""明公，在下并非单福，在下乃姓徐名庶，字元直。单福乃是化名也！""哦！"刘备一听，俫到仔该搭点来，嘎许多辰光，哦？俫格真名实姓，今朝刚巧讲出来。俫勿是叫单福，单福是假名字。俫格真名字叫啥呢，徐庶，徐元直。

刘备心里向转念头，元直格个两个字熟得啦，听着歇过。啥地方听到着，哦，想着哉。马跳檀溪河，夜宿水镜庄，半夜里有人来碰门。司马徽开门讲，吾道是谁原来是元直，哦！哦半夜里碰门格就是俫哦。格么既然什梗么，俫，俫为啥道理要化名，俫为啥道理现在要哭进来呢？"元直，因——何掉泪？""明公，想徐庶在故乡，年幼时，杀人出亡，流浪江湖。水镜庄学道二十年，近至荆州投奔刘表，方知刘表是无用之人。夤夜到水镜庄上，老师与我道及，说皇叔在此何不投奔。故而徐庶，作狂歌于市，以动明——公。蒙明公不弃，即赐重用，敢不尽肱股之力，意图报效。怎奈慈亲被折，手书来唤，不容不去。今当告辞，容图后——吔会。"说完，就拿娘格一封信呈到上面，拨刘备看。

刘备听完俚格番说话么，心里向，别别别别……跳格勿停。拿封信接到手里作孽，手俫发抖啊。徐庶，俚格娘在乡下，被曹操捉得去。现在娘写信来要叫俚去救，俚来回头吾要跑。刘备拿封信拆开来一看，在读格辰光么作孽。读是勒读出声音来了，嘴唇皮也在发抖。信还吭不看完么，刘备格眼泪，尔嗒——下来。文武官员在旁边头，毕静！一滴滴声音俫吭不。大家听得，赛过像青天里格霹雳哟。做梦也想勿到，徐庶要跑哉呀？张飞登在旁边头是，牙齿咬得嘎嘎响。两只眼睛，眼睛里向，格种毛细血管俫暴断脱，眼睛充血了，眼睛发红了。张飞心里向转念头，曹俫格贼，俫恁格恶呢？啊！俫有本事俫打过来？明枪交战。俫为啥道理用格种暗箭伤人，用格种卑鄙手段，拿徐庶格娘捉到皇城，逼牢仔老太写信来叫徐庶跑，俫格个算啥格名堂呢？忒嫌卑鄙了。用现在闲话讲起来是绑架。拿徐母绑票绑到许昌，作为人质，那么逼牢绞仔俚格儿子去。

大家俫在对刘备看格辰光么，刘备格眼泪，嗒尔——下来。格个辰光刘备格思想斗争得一塌糊涂。为啥呢，那呐吭弄法呢。娘来信叫俚去，徐庶么孝子，要去救娘，回头吾。吾放勿放呢？放，徐庶跑脱，吾一只臂膊断脱。新野县完结了。阿刘仍旧是阿刘，回到老疤上。曹操人马，嘎啷当，打过来。新野县，铲饭除。可以说一声是，毁灭性格灾害。吾勿能放俚走的。格么吾留牢俚吧，勿让俚去吧，曹操要拿俚笃娘杀的，俚笃娘死脱，吾那对得住徐庶呢？再讲，徐庶登在该搭点，吾勿放俚去，俚日朝对仔吾眼泪汪汪，格吾格日脚也难过格呀。放，吾人家完。留，留么，断脱俚笃母子之情。呐吭弄法！文武官员俫在对刘备看，看俫呐吭决定。还是留，还是放？

刘备想到，吾自家也有娘格呀。吾爷早死，娘从小，拿吾拖大，靠织织席，打打草鞋，那么吾拿到街上去卖卖。织席卖木屐，母子两家头相依为命。倘然说吾刘备格娘，活着，拨人家捉得去，娘来信要叫吾去救。吾哪恁呢？想自己，比他人，吾呐吭好留牢徐庶呢。"罢——啊。"吾牺牲吧，只有自我牺牲，让徐庶去搭俚笃娘碰头，母子团聚。

所以刘备调一调脚么，"元直，母子乃天性之亲，元直无以刘备为念。待与太夫人相见之后，日后再得奉——教"。俫去吧。啊呀，徐庶感激啊，感激得了眼泪也下来。心里向转念头，俚晓得格呀。刘备是离勿开吾的，刘备让吾走，并勿是勿需要吾，也勿是对吾呒不感情，俚是要吾格呀。但是，俚在吾格角度想仔么，俚放吾跑。"多谢明公，徐庶告辞。""且慢。""啊？""今日时光已晚，不急动身。屈留一宵，明日再走。"留一夜天吧，今朝本来办好酒水，要吃庆功酒。现在庆功酒呢，改为践行酒，搭俫送行吧。那么徐庶立起来说：什梗，吾转去，收拾一只包裹，弄好仔行李了，吾再到该搭点来。说完么，徐庶去。

徐庶一走么，旁边头格文武官员俦跳脚哉：哈呀，东家。俫呐吭放徐庶跑呢。俚该搭点，一家一当俦在那，只该九百五十个小兵。外加，俫搭刘表该搭点格关系么，又勿是顶好。蔡瑁、蔡夫人么，时常要谋害俫，吾俚格处境，什梗恶劣法子，徐庶一去碰头曹操，格只底牌一掀，曹操，哈嘟当，人马来么，新野县，完！东家俫勿能放俚去格呀。

刘备说勿放么，呐吭弄法呢？文官孙乾献条计策，"回禀主公，孙乾有一计在此"。"计将安——出？""请主公把徐庶苦苦留住。不放他前去，曹操久待徐庶不去，必然将徐母斩首。徐母被杀，徐庶要为老母报仇啊，一定要死心相助主公呃，与曹操作——战。"俚就用曹操格办法来对付曹操。曹操拿徐母捉得去扣留牢，做人质。俚拿徐庶，当！扣留牢，勿放俚去。看起来，软禁。徐庶俚勿去，曹操等等徐庶勿去么，曹操板要拿徐母，嚓！杀。等到俚得着消息，徐母杀脱了，告诉徐庶，俫勿要去哉，唔笃娘已经死了。俫搭唔笃娘报仇吧，那么徐庶咬咬牙齿么，俚要帮俫格忙，死心塌地帮俫格忙了，恨如切骨对待曹操么，搭曹操去打。

刘备心里向转念头，那条计策吾呐吭好听呢。"先生说哪——里话来，人杀其母，吾用其子，不仁也。为刘备一人，断绝人家母子之情，不义也。备，宁死，不做此不仁不义之——事也哦也。""啊？"孙乾叹口气，完结了。刘备啊，该格种时势，俫还好讲仁义道德啦？俫讲仁义道德，曹操勿搭俫讲仁义道德了。曹操用格种卑鄙格手段，拿徐母绑架得去，逼牢绞仔徐母写信，格么俫为啥道理勿以其人之道，还治其人之身呢。俫也可以拿徐庶扣留。嗨！叫啥刘备说，人家杀脱俚格娘，吾用俚格儿子，不仁。为吾断绝人家母子天性之亲，人情上讲起来，讲勿过去的。文武官员呒不办法哉哟，刘备勿听了。

隔了一歇，徐庶来了。送信人也来了，送信人一道跟到衙门里。因为酒水吃好，从衙门里动身。张飞看见格送信人来是，好啊。心里向转念头，俦是格个送信朋友勿好。俫，格封信勿送得来，徐庶勿会跑。徐庶勿跑，刘备人家勿会完。徐庶跑脱么，新野县格顶梁柱断脱了。张飞手搭到剑柄上，哼！哑！噗——宝剑抽出来，"下书人，都是你这家伙不好！看！剑！"杀脱俚。俫要拿送信人杀么？送信人吓伤哉，兜过来兜到徐庶背后头："呃呵，徐老爷救命！""啊呀三将军使不得，明公，明公！"倷在喊刘备格辰光么，刘备要紧拦牢张飞。"哎呀三弟，与下书人何干？"倷杀俚做啥呢？事体勿是在送信朋友身上呀，倷杀俚，完全吭不用场哟。而且倷杀脱俚，徐母日脚难过。徐庶回转去格日脚也难过。结果倒霉格，还是徐母搭徐庶母子两家头，搭曹操勿搭界格哟。"三弟，休——得鲁莽。""啊——嘻！"

张飞吭不办法。宝剑，哐——咚！入匣。当时呢，送信人到外头去，另外一间，也要拨点酒饭俚吃吃了，让俚登在该搭点登一夜天。刘备、徐庶、文武官员，关、张、赵云，侪到大堂上，入席。刘备搭徐庶一桌。文武官员，两旁边陪席。酒水摆出来，大家格心境侪勿对了。呐吭吃得落呢？新野县面临着，一场灭亡格灾祸。本来么像煞，喜气洋洋，信心十足。徐庶到了该搭点来么，吾俚能够转危为安了，局面好扭转来。现在完结了，要紧人跑脱了。刘备搭徐庶洒酒格辰光么，徐庶呐吭吃得落。徐庶想想二十年前杀人出亡，害娘在乡下吃苦。二十年下来，娘拨曹操捉得去关在监牢里，什梗大格年纪，头白堆衰，还要吃什梗大格苦头，吾呐吭对得住娘呢。"啊，元直，请——用酒啊！""明公，徐庶闻得老母被囚，心如刀割。纵有金波玉液，滴酒难——下咽喉。明公请啊。"倷吃酿。"元直，刘备闻得元直将去，如失左——右手，纵有龙肝凤髓，食不甘——味。"吾也吃勿落格哉哟。倷么，一滴酒也喝勿下去。吾呢，哪怕是龙格肝，凤格髓，山珍海味，再好吃格小菜，吾吃到嘴里，吾还有味道格啦？两家头叫，相对而泣。文武官员也吃勿落。张飞算得欢喜吃酒哉，今朝叫啥一泩侪吃勿下去。张飞心里向转念头，徐庶搭吾么，顶要好。因为熟哉啦。熟哉么，有转把张飞到徐庶屋里向白相么，徐庶搭俚讲啦。三将军，人家说倷戆大，吾勿相信。倷叫粗中有细。"呋喝喝喝"，张飞窝心。倷，倷快人快语。倷看见勿对，倷就要出来讲闲话。看见坏人，倷就要打。督邮勿好，鞭打督邮。蔡瑁勿好，怒打蔡瑁。倷格种人，吾顶顶佩服。嗨——张飞开心啊。格位军师么，是吾知音客。现在，现在格个知音朋友要跑了。而且吭不人代替，俚跑脱么，俚呐吭弄法。所以张飞也急的。刘备要想，阿有啥今朝格时间么，过得慢点。今朝过脱到明朝天亮么，徐庶要跑的。希望说夜么长点，只听见外头——哔哩卜，哔哩卜，哔哩卜咯，梆——梆——二更。接下来，梆——梆——梆——三更。

哈吧？刘备想平常辰光么，好像二更到三更啦，当中时间蛮长的。今朝呐吭时间恁格短呢，一歇歇工夫，二更刚巧敲过么，接下来三更就到哉。其实刘备啊，勿是敲更格朋友，缩短辰光在敲。敲更是仍旧照常办事敲的，因为倷刘备希望多留俚一歇，啊有啥，希望格时间慢一滴滴过去么，时间还是照常在过去么，刘备只觉着时间过得忒快了呀。

眼睛一眨，天亮了。徐庶要跑了。刘备送，文武官员跟着一道送呢，家将挑一桌酒水到十里长亭饯别。下书人背仔只包裹，跟在徐庶背后头，心里吓愣愣。啥体呢，看见张飞怕。剽拨黑面孔，辣！格一宝剑。所以，离开张飞远一点。

唔笃马匹，忢磕砑咳、忢磕砑咳——出了城，往长亭在过来格辰光，风，呜——吹过来，树上黄叶飘飘。徐庶到新野县辰光，春天，花红柳绿，欣欣向荣。现在跑了，深秋，秋风一起么，黄叶飘飘。格种景象呢，看在心里向，更加来得悲惨。马匹一埭路过来到长亭，下马。马手下人带过，大家进长亭去。送信朋友离开长亭比较远，长亭上讲格闲话，送信人听勿见。

刘备坐定下来，提起酒壶，得尔——搭徐庶洒好一杯。该格一杯酒么，真正格践行酒哉。吃脱该杯酒么，徐庶要跑了。不过刘备心里向想，吾有句闲话，要搭徐庶讲讲清爽。啥格闲话呢，就是关照声徐庶，倷到了许昌之后啊，勿要拿吾刘备摆在心上。现在倷去投奔新格东家了，倷勥觉着，哦哟，帮仔新东家来打老东家么，勿好意思了，意勿过了。啊，因此么，勿敢出力了，勿敢立功了。倷，勥什梗。倷尽管立功，倷尽管帮曹操打过来。为啥道理吾要什梗想法，搭俚讲清爽呢？因为刘备转停当念头哉。吾预备离开新野县。啥场化去呢，吾要带仔家小，带仔两个兄弟，到乡下去隐居。吾勿想再在新野县登下去。为啥呢，因为吾再要在新野县登下去，曹操打过来，吾害人呀。众将，战场阵亡。老百姓要遭毁灭性的灾难。要杀得鸡犬不留。吾何必呢。吾等到徐庶跑脱之后，吾拿文武官员么解散，叫俚笃另外去投东家，寻自己格出路。吾搭两个兄弟也讲明白，唔笃假使要做官的，唔笃另外投东家去。随便投啥人，侪可以。假使唔笃要跟牢吾阿哥的，那么你们跟吾一道到乡下去种田。总而言之呢，吾刘备要离开新野县哉。倷徐庶勿晓得，倷倒还到仔曹操搭么，勿敢来打新野县，勿敢用计了，出力了，勥。吾现在搭俚讲讲清爽。

"元直，想你此去许昌，善事新主，以成功名，无以刘备为——吣念。"徐庶听着格句闲话是，赛过刀在望准心上戳呀。啥格闲话呢，刘备关照吾，要到曹操门前，忠心耿耿帮曹操忙打过来，格呐吭可以呢？"明公说哪里话来。想徐庶，自幼杀人出亡，流浪江湖，到新野县投奔明公，蒙明公不弃，十分重用，敢不及肱股之力，效犬马之劳。怎乃慈亲被折，不容不去啊。明公，徐庶到曹操营中之后，苍天在上，厚土在下，徐庶终生不为，这，老——贼，设一谋！"徐庶对刘备罚一个咒。倷听好，吾到曹操搭，吾一生一世勿帮曹操想一条计策。为啥呢，因为吾，吾被迫到俚搭去格呦。吾恨也恨煞俚，吾为娘吭不办法，吾只好去呀。但是吾勿会帮俚忙，吾勿会忠心向俚。倷要叫吾啥的，帮着俚格忙了，献计策来打新野县，格个事体，吾根本勿会做，倷放心。"嗳，唉。元直何用如此呢。元直去后，刘备也要，远遁于山林了哦。"啊！啥物事啊？哦，吾跑脱，倷也勿想做事体哉，预备到乡下去隐居哉。哎呀，格个何必呢？"明公，何出此言？想吾徐庶在新野县，能与明公共事者，全仗此方寸耳。今，以老母之故，方寸大乱。纵使留此，已然无益。明公，宜别求高贤辅佐，何用灰心如此啊？"

刘备想，倷格种啥格闲话。哦，倷喊吾另外去请大好佬。倷格种大好佬，吾留勿牢了，吾再、再请啥人？吭请处哉呀。那么吾也勿想请，吾总归弄勿过曹操了。格徐庶格闲话讲得也对的。徐庶说，吾能够在新野县，帮倷忙做事体，全靠方寸，方寸么就是思想。说吾娘拨了曹操捉得去仔呢，吾方寸乱了，思想乱脱了。吾留在该搭点也吰不用场。因此，吾只好走。那么倷呢，另外请大好佬。"天下之高贤，无出先生之右者。"刘备摇摇手，吰不格大好佬，再能够超过倷，或者搭倷差勿多。吾勿想，吾灰心了，吾看穿，吾还想到乡下去啦。徐庶对旁边头文武官员："众位先生，列位将军，徐庶去后，尔等，要善事皇叔，有始有终。休要学我徐庶，有始无终，半途而——别。"格个是徐庶格临别赠言，关、张、赵、文武官员听在心侪发酸。徐庶呐吰讲法的，唔笃待刘备要好点哦，唔笃要忠心耿耿帮刘备忙，共事到底。覅像吾一样，有始无终，半途而别。"明公，徐庶告——辞——了。"去哉。"备，相送。"

倷格杯酒敬上来么，徐庶，搭——一饮而尽。格杯酒板要吃的，送行酒。酒杯放脱么，徐庶俚，下长亭，上马。刘备也上马，文武官员跟上马么，跟在后头，送徐庶跑。照规矩呢，长亭饯别。长亭上分别哉么，算数了。应该是刘备回转了，徐庶上路。叫啥刘备还要送，不忍搭俚分手。下哉长亭还要送，送了一程再要一程，再要一程，还要一程。

哎呀，徐庶心里向转念头，倷覅送哉呀。为啥道理呢，送君千里终须一别。倷又吰不办法送吾到许昌的。勿能去，倷去要拨曹操捉牢格呀。倷何必再送呢，那么再讲，吾现在牵记娘，吾恨勿得生仔鸡翅，飞到皇城去救娘啦。倷送吾么，只好慢慢叫，荡了荡，荡了荡，慢吞吞跑。格个慢吞吞跑，要影响吾赶路格时间。徐庶回转头来，对刘备拱拱手，"明公，常言道送君千里，终须一别。徐庶，就此告辞。不劳明公，远——呃送"。倷覅送哉。

刘备，咋！起两只手，拿徐庶只手抓牢，紧紧抓牢。格个抓紧手格里向格感情交流是，勿是闲话所能够形容得出的。刘备格眼泪含在眼眶里向了。"元直此去，天各一方。未知相逢，却在何——呃日？"今朝搭倷分手仔，勿晓得何年何月何日，再能够搭倷碰头喔。徐庶感动得了眼泪汤浪浪下来，"明公，人生何处不相逢。后会——有期！"刘备格只手，噇！一松，"再——哋见！"

刘备，头拨转去，不忍看俚跑。徐庶，对文武官员拱一拱手么，拿只马，噇！领鬃毛一拎，鞭子，噇！一扬，哈啦啦啦……快马加鞭。送信人跟仔徐庶一道，哈啦啦啦……两骑马上路。去。刘备呢，含仔眼泪，在看俚格背后影——哈……嘴里在咕："元直去——矣，吾将奈——何！"那么徐庶真格跑脱哉。俚跑脱哉，吾纳呐吰弄法哦？

文武官员侪在对刘备看：东家啊，转去哉呀。有啥讲头呢，吰不办法咯。格现实是什梗样子格现实。曹操拿俚格娘捉得去，母子天性，俚孝子，俚板要去，有啥法子呢？倷哭，哭也吰不用场。还是想想办法，下来吾伲呐吰办啦。唔笃侪在对刘备看格辰光么，刘备叫啥对仔门前头看，徐庶格背后影看勿见了。刘备拿马鞭子对门前一指么，嘴里向在咕，"啊！吾好恨——呐！"

孙乾心里向转念头，刘备在咕，恨。恨啥呢？哼！恨懊恼昨日夜头，勿听吾说话。听仔吾说话，扣留徐庶，勿放俚跑。徐庶勿去，曹操杀徐母，事体就呒不哉。现在，现在么懊闷痛，懊劳啊，恨哪，恨勿听孙乾之言。孙乾问俚："请问主公，恨着谁来？""吾好恨前面这一带树木，恨不能于昨日晚上，将它们尽——行伐去！""咦？"孙乾听勿懂。刘备说叫啥，恨门前头格树。门前嘎许多树木，懊劳勿昨日夜头，拿点树通通侪伐脱俚。"主公此言为何？""因为前面这一带树木，阻吾望元——直之目也。"

孙乾呆脱。刘备呐吭讲法，刘备说：门前头格树木，懊劳勿昨日夜头拿俚截脱。为啥呢，因为呒不格个树林，吾还看得见徐庶格背后影。因为徐庶跑过去，拨了格树林挡没哉么，徐庶格背后影，吾看勿见哉么，吾恨呐！恨门前头格树木，遮脱吾格眼光。文武官员转念头，看上去样子，刘备要发痴。那呐吭弄法？徐庶跑脱，东家痴脱，格事体更加难办哉。大家要想劝刘备，勿看吧，有啥看头呢，人也勿看见了，而且勿看见仔一大歇了，人家老远去，侪还登了该搭点做啥呢？

要想劝刘备回转么，叫啥刘备在笑。眼泪在眼膛里向么，在笑。"哈——咦，喝喝哈哈……"孙乾想勿好哉，勿好哉，勿好哉，勿好哉，实头发痴哉。侪看酿，一路哭一路笑，神经失常了。"主公因何大笑？""元直回来了，元直回——来了。元直去而复来，一定是不去了啊！"咦？实头发痴哉。侪看酿，刘备在说，徐庶转来哉，徐庶转来哉。徐庶回仔转来仔么，俚勿会再去哉。徐庶呐吭会得回转来呢？大家再对门前一看么，果然呀，哈——一匹马回转来。酷——徐庶扣马。

刘备为啥道理要什梗快活法子呢，因为去格辰光，徐庶带送信人一道跑，两个人。回转来呢，一干子。单身独骑，看上去呢，吾感动仔徐庶哉。俚勿想去哉。俚想想，还是刘备对吾好，算了吧，吾回转来吧。所以一干子回转来。刘备要紧候上来，"啊！元直，想你去而复来，莫非是不去了么？""非也，非也，非也，非也。"徐庶连连摇手么，刘备赛过呐吭，赛过一桶冷水，兜头浇得了，笼统裹阴么，头上冷起冷到脚上。勿是的，勿是的，勿是，勿是。勿是么，侪回转来做啥呢？"那么元直回来做什么？""方才徐庶临行时节，心乱如麻，临行匆促，忘怀了一句要——紧的说话。"孙乾一听么想勿落。啥体么？徐庶说俚忘记脱一句要紧闲话。啥格闲话么？一只箱子，忘记在公馆里向，勿拿的。回转来搭刘备讲一声托侪吧，搭吾拿只箱子，阿有啥寄寄到许昌去。要么什梗仔咯。

刘备也弄勿懂呀，"元直有什么话儿？""明公，襄阳城西二十里，有一地方，名唤隆中。有一大爷在彼隐居，明公，宜前往相请。""喔，哦？"刘备一听，俚来推荐格人拨了吾。俚说襄阳西门外头二十里，格个地方叫隆中，有个大好佬，在该搭点隐居，喊吾去请。哎呀！刘备心里向转念头，吾嘎门。啥体？吾得着侪徐庶，也要被曹操弄得去么，吾再去请啥格人？"那么费心元直到隆中，把此人请到新野。"托、托倷吧，倷搭吾去带格信了，请俚到该搭来吧。"哦，哟哟哟哟，明公说哪里话来，此人不可屈之，必须明公亲前去相请。"

徐庶对刘备看看，倷啊？弄错脱了哉，勿是吾。吾呢，挨上门、自得戤，弹剑作歌，跑到倷新野县来，投奔倷。俚啊，带格信去请？倷自家到俚屋里去请，俚阿肯出山，勿肯出山，还弄出来为准。要倷自家去。"哦？那么此人的本领，与元直比较怎样？""胜吾十倍！"刘备想呒不的。世界上格大好佬，比倷再要大十倍格本事，搭倷差勿多吾已经心满意足。胜倷十倍，勿可能格么。"那么，愿问此人之名？"俚叫啥名字呢。"明公，此人复姓诸葛，名亮，字孔明。山东琅琊郡人士，其父名珪，曾为泰山郡丞。诸葛亮父母早亡，从叔诸葛玄。诸葛玄是荆州刘表有亲，故而迁居到隆中之地。他隐居隆中卧龙岗，又号卧龙先生。明公若得此人相助，何愁大——事，不成？"诸葛亮，孔明，山东人逃难到该搭来，住在隆中，道号叫卧龙先生。噬，刘备心里向转念头，吾在水镜庄听司马徽讲，有个大好佬叫伏龙先生。勿晓得格卧龙先生，搭伏龙先生，格个两条龙，哪里条龙本事大？"元直先生，刘备在水镜庄，听司马徽老先生言讲，伏龙、凤雏二人得一可安天下。未说，这位卧龙先生与伏龙先生相比，便怎样？""啊呀，明公，伏龙者就是卧龙，卧龙者即是伏龙。他道号伏龙么，又号卧龙。"伏龙搭卧龙两条龙原来是一条龙呀。"哦！啊吔，喝喝哈哈……"刘备眼泪含在眼膛里向么，叫啥笑出来。破涕为笑。"若非元直言及，刘备有眼赛如孤目。多谢元直指教，刘备当前——去相请。""好，明公再见！"哈——徐庶去。

刘备格个辰光呐吭？刘备赛过，在黑暗当中，重见光明。吾本来想，水镜庄司马徽卖关子，俚勿搭吾讲，格伏龙、凤雏啥人。现在晓得了，伏龙就是诸葛亮。诸葛亮呢，又叫卧龙先生。诸葛亮，能够请出山，到新野县来帮吾格忙，格么，可以定天下。所以刘皇叔回到新野县城里向，准备好礼物。那接下来要三顾茅庐，下回继续。

第二十三回

两顾茅庐

徐元直，走马荐诸葛。刘皇叔一听，诸葛亮就是伏龙先生，格个真叫喜出望外。水镜庄司马徽老先生讲，伏龙、凤雏二人，得一可安天下啦。想勿到，诸葛亮就是伏龙。格是吾应该，马上赶奔到隆中，去拿诸葛亮请出山了。所以刘皇叔呢，搭徐元直两家头分别，回转新野县。

徐庶呐吭呢，徐庶俚要紧赶过来，哈——追到门前头，追牢格个送信人格底下人。送信格人，勿晓得俚，回转去是荐诸葛亮，所以回许昌，呒不办法去向曹操报告什梗格事体。曹操勿会晓得的。格么徐庶望准许昌来格辰光，俚心里向转念头，吾么，拿诸葛亮推荐拨刘备，刘备呢，要到卧龙岗去聘请孔明。但是诸葛亮格脾气，吾晓得的，俚勿相信做官的，甘心淡泊，无意功名。劝刘皇叔跑到俚屋里向，避而不见，格是刘备仍旧请勿着格大好佬出山。格么呐吭弄法呢，送佛送到西天。吾有心到卧龙岗弯一弯，碰头诸葛亮。吾拿格番情形讲拨俚听，吾么要到许昌去哉，拿倷推荐拨了刘备。刘备就要到倷搭来请倷，倷阿能够看吾面上，出去帮刘备格忙。刘备格个东家呢，实在是好勿过。对，徐庶转停当念头么，特为弯到卧龙岗来。离开卧龙岗一段路，就关照格送信格人，倷在该搭等一等，吾要上山去一埭，看一个朋友。看脱朋友呢，吾马上到该搭来，搭倷一道动身。送信人有数目，扣住马匹么，就在该搭点等俚。

徐庶呢，哈——直到卧龙岗。到诸葛亮笃门口头下马，碰门，到里向，相见孔明。就讲拨孔明听，吾本来在新野县投奔刘备，因为娘拨曹操捉牢。娘来信，吾勿能勿去，刘备呢，并勿拿吾扣留，送吾动身。吾实在感动勿过哉么，拿倷老兄，推荐拨了刘备。刘备呢，就要到卧龙岗来请倷，倷阿能够看吾面上，出山去，辅佐刘备。碰着诸葛亮面孔一板，对徐庶讲，倷勿是勿晓得，吾勿想做官的。吾是苟全性命于乱世，不求闻达于诸侯啦。格倷走么走哉嚛，倷为啥道理要拿吾推荐出去。诸葛亮说完，面孔一板么，望里向一跑哟。徐庶交关难为情，呒趣哉。吾么什个样子，热情介绍。碰着诸葛亮，还勿想出山了。格么就看刘备哉哦，刘备本事大，就能够拿诸葛亮请出山。吾总归尽仔吾格心么，也对得住刘备。

徐元直马上出来，到外头，上马。哈辣！下卧龙岗，碰头格个送信格人。那么两家头，日夜赶路，直望许昌进发。一路呒不耽搁。今朝，到许昌。进城，到辕门，下马。先要来见曹操。为啥道理勿先去见娘呢？因为俚还勿晓得娘在啥场化。娘拨了曹操扣留了，吾要见仔曹操了，再能够搭娘碰头。倷望准里向进来么，曹操是交关快活，马上关照请。徐庶到里向见过曹操。当面呢吾要谢曹操，说丞相，多谢倷宽留吾娘。吾呢，非常感激。曹操搭徐庶讲，徐先生，倷赅了什梗一身好本事，倷为啥道理，要投奔新野县格穷刘备呢？倷应该到该搭点来。一来可以母子团聚，共享天伦之乐。二则么，倷飞黄腾达，大有用武之地。是是是，徐庶说吾因为流浪江湖，偶然路过新野县么，搭刘备登在一道了。现在吾想去见娘。好哇，倷见过老太太，倷再到相府来。吾等倷，搭倷接风。

徐庶告辞退出来呢，程昱领仔俚过来。到公馆门口，下马。望里向进来么，程昱指拨徐庶看：元直兄，倷看，唔笃娘就坐好在房厅上，倷过去碰头吧。吾勿陪倷哉哦。程昱为啥道理勿陪徐庶过去呢？程昱有数目，徐庶搭娘碰头，格个碰头是难行啦。因为格封信是假的，冒了笔迹，写格信去，骗徐庶到该搭点来。母子见面，假信穿帮么，娘一定要拿徐庶骂。而且骂格辰光呢，板连吾一道带了。因为格个主意是吾出格啦，勿犯着，登在旁边拨俚骂得狗血喷头。弄得了，立脚场化侪吭不了。吾归吾跑出去，让俚笃母子见过面了，吾再来搭俚碰头。所以程昱呢，望外头去。徐庶呢，望房厅上过来。

徐庶对房厅上一看，当中，娘坐好在一只交椅上。二十年矕碰头了呀。只看见娘，头发已经雪雪白了。人，瘦呀。可见得，俚格身体勿大好了。徐庶直扑的，扑过来，到娘门前头，嗍尔——卜！双膝跪下，"母亲在，不肖孩儿，见母亲，叩——呃头！"卜！"哈啊？"老太一呆，儿子来见吾？吾格小儿子徐康，已经死脱了。大儿子徐庶，在新野县投奔刘备，勿可能到该搭点来。格自称儿子格人是啥人介？老太年纪大，眼睛推扳。再加上呢，搭徐庶分别了二十年，样子有点变了，人长大仔点，徐母勿认得俚了。

"尔是，何——人？""哈呀，母亲，孩儿福——官。"讲小名，福官呀。老太一听么，呆脱了。"哈……"福官？福官徐庶啰。唉呀，儿子啊，倷在新野县投奔刘备，倷呐吭会得跑到许昌来呢？"儿啦，你怎样，到——此？"哒？阿哒，徐庶心里向转念头，倷写信拨吾，叫吾到该搭来救倷格性命，呐吭倷问得出，倷为啥道理到该搭点来？"啊呀，母亲，孩儿辞别母亲之后，浪荡江湖。水镜庄，学道二十年。行至新野县，投奔刘皇叔，因得老母书信，故而到来相见母亲。难道母亲，忘——怀了么？""哈啊"老太呆脱哉哟。倷在新野县，接着仔吾格信，到该搭来。吾啥辰光写过信拨倷？"啊呀，儿啊，为娘何时，与你写——信哪？"哈哒？徐庶肚皮里向转念头，格娘哪怎难道年纪大仔了，脑筋什梗推扳？写过信，会得忘记脱的。那么拿身边格封信，摸出来，呈上来，"母亲，请——呐看"。倷格亲笔呀。

老太拿封信接到手里向一看么，呆脱哉哟。为啥道理？格封信上格笔迹啦，活灵活现，像徐母写的。写得了，几可乱真啦。再拿信格内容一看么，连口气侪像吾的，骗徐庶到该搭点来，也劝帮曹操，也劝帮刘备，回到乡土去种田。儿子上当，跑到该搭点来，徐母格个心里向是，恨透恨透。徐母心里向转念头，曹操要逼吾写信，吾拿块砚台，当！丢过去，要丢杀曹操，吾勿肯写信。吾就是预备死了，让倷儿子登在新野县，赤胆忠心帮刘备格忙哟。想勿到，曹操实头厉害，拿吾宽留下来，住在程昱屋里向。吾格日仔搭，在首牡丹诗上，写了五个字，留了笔迹。格个笔迹，拨曹操拿得去，描摹吾格笔迹，写一封假信，骗儿子上当。儿子居然中计了，会得到该搭点来么，老太心里向恨透恨透，火大呀。

"我把你这，辱——子！"老太为啥道理勿骂徐庶逆子？因为徐庶勿是忤逆娘，徐庶是孝子呀。为仔接着倷格信来救倷么，呐吭是逆子？老太骂俚叫啥？辱子。格个辱是耻辱格辱，羞辱格辱，倷坍台吾娘格台啦，倷辱没门庭。"我以为你，浪荡江湖二十年，学业有进，何其反不如其初呀？尔既读书明理，须知尽忠不能尽孝，忠孝难以两全。刘皇叔，当世英雄，仁义布于四海。曹操，则是欺君、罔上的奸——贼！尔既投奔皇叔，得其主矣，理当竭力尽心，为国尽忠，博得个名标青史，姓垂竹帛，也不枉为娘教子成名。呃呕呀，吾把你这辱——，想你竟凭这一纸伪书，更不详察，星夜前来，自投罗网，弃明，投暗，弃正，归邪，自取污名，岂不愚蠢啱？想尔玷辱祖先，败坏门风，空生于天地之间，有何面目来与为娘，相见哦！"

老太拿根拐杖望准方砖上，当！当！两踵么，骂得格徐庶脸涨通红，伏在地上，头侪抬勿起来。"唉呀，母亲，孩儿，该——吔死！"徐母格闲话有道理的。倷水镜庄学道二十年，倷读书，倷懂道理。倷应该晓得忠孝不能两全。曹操奸臣，刘备英雄。倷投奔刘备哉么，倷应该要好好叫做事体啦。格么啱，倷将来，名标青史，姓垂竹帛么，吾娘阿有光彩，总算吾教子有方。想勿到倷，会得凭仔格个一封假格信，根本勿去好好研究了，详察。日夜赶路，跑到该搭点来弃明投暗，到奸臣手下做事体。倷格个是，坍祖宗格台啊。倷辱没门庭，倷还有啥格面孔来见吾？徐庶，头侪抬勿起来，"啊恰恰恰……"心里明白哉哟，上仔当哉哟。上仔当，娘勿会写什梗一封信的。娘格脾气搭二十年前一似一样。

那么呐吭弄法？老实讲一声，倷到许昌来容易，倷离开许昌，休想。在曹操格统治底下，倷跑勿出去。那格个事体呐吭弄法？徐庶跪在地上，头侪抬勿起来。跪得两只脚馒头疼了。老太呒不闲话，房厅上毕静。哎吔？娘啊，倷呐吭尽管勿开口呢？吾跪勿动，脚馒头疼哉呀。徐庶俚，抬起头来一看么，哈！叫啥坐头上，呒不娘呀？啊吔，娘呢？对旁边头一看么，丫头立好在那。"丫鬟们，吾家母亲往哪里去了？""老太太里向去哉。""啊！呀！"徐庶已经预感到，勿灵哉，勿灵哉。娘骂仔吾，望准里向一跑头，覅出啥子事体介？马上关照丫头，"前边，领——呃路！"丫头领徐庶过来，到老太太房间跟首，房门紧闭。碰门，呒不声音。推门，门闩了，推不开。张，张勿出。徐庶晓得出事体哉么，用足全身气力，退下几步，当当当！格奔过来，格肩胛望准门上，当！撞上去。门印子去脱，咣当！门倒下来。徐庶扑倒里向一看么，只看见一只凳子，倒在地上。徐母悬梁高挂，吊在梁上。"啊——呀，母亲！"徐庶要紧，起两条手拿娘，扎！拿娘掰牢，乓！从圈圈里向探下来，摆到床上一看么，老早断气了。死脱哉。徐庶两只眼睛望头卄骨里一迁，牙关咬紧么，尔嘚——蹭！倒转去，厥过去哉啦。

丫头要紧到外面头去报告程昱。程昱跑进来一看么，响勿落，徐母自杀了。徐庶呢，昏厥。马上掐人中，喊。总算拿徐庶慢慢叫喊醒过来，"啊呀！母——亲！"程昱劝俚：元直兄啊，倷么也甭哭，人死不能复生。倷呢，现在还是平平心，静静气，想想办法，呐吭样子来料理后事吧。徐庶咹不主见了，人呆脱了呀。当时呢，程昱到相府去禀报曹操。

曹操听完么，喷喷叫一气哟。曹操心里向转念头，格徐母实头厉害。搭吾碰头，一只砚台盍过来，要掷杀吾。吾拿俚儿子骗到该搭点来母子团聚，让俚笃过好日脚，叫啥俚好日脚勿过啊，悬梁高挂，自杀，死拨儿子看。结果呐吭呢，结果让俚格儿子来恨吾。曹操心里伲明白了。格老太，实头可恶。那么呐吭弄法？曹操会白相。曹操俚亲自到该搭点府上来，慰问徐庶。曹操拿一笔铜钿出来，关照料理丧事。格排场是大极了。曹丞相亲来祭奠，破格的。倷徐庶又咹不功名的，现在还咹不官职，是一个普通老百姓样子。倷娘死脱，当朝丞相，亲临吊祭，格面子大极了。曹操是要笼络徐庶格心哟。格么曹操一来吊祭么，文武官员大家伲来。格场面大极了。等到开丧完毕，成殓了，徐庶俚跑到相府去，搭曹操讲，丞相，吾娘么死哉，人死勿能再活，吾要想拿俚入土为安了，伴枢回乡。回到河南颍上去，阿能够结假拨吾了，让吾跑吧。曹操呐吭肯让俚走。曹操心里向转念头，吾能够拿倷徐庶弄到该搭点来，就是因为捉牢仔唔笃娘。唔笃娘死脱了，照道理讲起来，徐庶俚咹不牵挂了，俚可以跑了。俚如果拿娘口棺材，运到乡下去，俚乡下勿去，望新野县一跑，回到刘备搭是，好了。杀母之仇，不共戴天。一口毒气伲哈在吾身上，吾吃勿消的。曹操厉害，曹操对徐庶说，元直先生，人死脱呢，也勿一定板要回到故乡去埋葬。喏，许昌城外头，有一块坟地，风水交关好啦。吾送拨倷，入土为安么，就葬在该搭点吧。倷要上坟祭奠么，也便当点，省得再赶到乡下去了。

徐庶阿有数目？懂。曹操关照拿徐母葬在许昌南门外头，坟地极好格个一块地方，拿俚落葬。啥意思呢，曹操就是拿徐母格口棺材，作为抵押。让倷徐庶，永远勿能回到刘备搭去。倷要回到刘备搭去啊，哼，咹啥客气，吾就要拿徐母格坟墓发掘。徐庶是孝子呀，俚不忍老太太格棺材撬来了，尸骨暴露在外头么，俚只能够一生一世，一辈子登在吾搭点。俚就回勿到刘备搭去。曹操格计策厉害。徐庶明白，徐庶肚皮里向转念头，曹操，倷咹不用场格呀。倷留得住吾格人，倷留勿住吾格心。老实讲一声，吾格感情搭倷是，伤透伤透哉。娘拨倷骗到该搭点来，倷伪造书信，骗吾到该搭上当。伲娘本来勿会死，因为吾来，所以死。格个杀母之仇，不共戴天，吾呐吭会得帮倷忙呢？吾老早在刘备门前说过，终身不设一谋。现在，现在吾要加一条，吾非但为曹操终身不设一谋。而且吾要用计策拨曹操上当，要俏得俚家人家，赤脚地皮光。曹操随便呐吭想勿到格啊，请着一个外国忠臣来。那好白相哉，徐庶呢，专门候机会拨曹操上当。登在该搭点帮刘备格忙，曹操想勿到。曹操算得厉害哉哟，损人利己。拿徐庶骗到该搭点来，让刘备断脱一只臂膊，吾得一个帮手。勿晓得格事实呢，恰恰相反。刘备失脱一个徐庶，刘备得着一个诸葛亮，比徐庶还要狠。曹操得着一个徐庶呢，请着一个大奸细，嘿嘿，碰碰拨俫上当么，俏得俫家人家，赤脚地皮光。曹操哪怠会得想到呢。曹操本来马上就要发兵去打新野格啊，因为天冷哉，冰天雪地，不宜兴兵。想开年，春暖洋洋点了，再讲吧。曹操一方面呢要建造船只，在玄武池里向，训练水军了，准备攻打荆襄。格么曹操方面，吾拿俚丑一丑开。

　　回过身来，吾再要交代，新野县格刘皇叔。刘备等到搭徐庶分手之后，回到城里向，关照底下人，准备好礼物。明朝早上呢，吾要赶奔到卧龙岗，请诸葛亮出山。隔夜侪预备好。早上起来，梳洗已毕，用过点膳，带领关云长、张翼德，预备要动身格辰光么，外头报得来，"禀皇叔"。"何——呃事？""外头来格道家打扮格人，求见皇叔。""哦？哈哈！"刘皇叔心里向转念头，用勿着吾到卧龙岗去哉，诸葛亮来哉。诸葛亮自家上门哉，大概呢要么是，徐庶到俚屋里向搭俚讲仔了，所以诸葛亮跑到该搭点来。刘备马上关照，说吾出接！

　　外头一声一喊，刘皇叔跑出来。刘备走到衙门口一看么，哈呀，来格勿是诸葛亮。啥人呢，司马徽。水镜老先生来了。刘皇叔要紧抢上一步，"啊，老先生，刘备不知老先生驾到，未曾远迎，还望勿罪。这厢，有——呃礼"。"将军不敢，老汉有——礼。""请！""请。"挽手同行到里向，书房间里坐定身子，手下人送过香茗，茶罢收杯么。刘备问俚，"老先生，刘备前日，在水镜庄拜别先生以来，十分挂念。本则要到宝庄前来拜访先生，当面请教。因为军务繁忙，不得分身，今日老先生到来，正是刘备之幸——也"。"老汉闻得，小徒元直在此，特来看——他。""啊？哎呀呀呀，老先生，来得不巧了。令高徒元直接到其老母的书信，昨日离开新野，往许昌——去了。""啊？"司马徽一听，啥物事啊？哦，徐庶昨日跑脱的。啥场化去么？皇城去，因为徐母来信，叫俚去。所以俚勿能勿走了，动身了。"唉！"老老头叹一口气，摇摇头，"元直不去，其母——不死。元直若去，其母必——死！""啊？"哈哒？刘备心里向转念头，格闲话听勿懂哉哦。叫啥司马徽说，徐庶勿去，俚笃娘勿死。徐庶去，俚笃娘板死。格么刘备心里向转念头，应该梗梗来讲，徐庶勿去，曹操要杀徐母，格么唔，徐母要死的。徐庶去哉，曹操就勿会杀徐母了，格么徐母就活了。哪怠老老格闲话，颠倒讲格啦？"老先生，为——什么？""因为徐母高贤，决不肯写此书信。这书信一定是伪造的。元直到了许昌，其母羞见其子，必然自尽而死。""哦喔。"那么刘备服帖哉。啥体？司马徽晓得徐母格性格，因为徐庶搭俚一道格辰光，徐庶要拿娘格性格，讲拨了司马徽听。司马徽晓得徐母格性格，俚勿会写格种信的。格封信板是假的。徐庶勿去，曹操勿敢拿徐母杀。张怕徐庶要报杀母之仇么，俚只能够赛过款待徐母了，拿俚留下来做人质。勿会杀的。徐庶去搭娘碰头，娘看见仔格儿子么，板光火的，俚勿愿意看见儿子么，板自杀的。所以俚去到仔，娘要死。

"唉呀呀呀呀"，刘皇叔心里向转念头，倷勿早点来格哟。徐昨日仔搭，格个辰光来呢，吾还能够留住徐庶，勿超至于俚笃娘死于非命。那现在来勿及。刘皇叔心里向转念头，徐庶临时走快格情形，吾要讲拨俚听。"老先生，元直先生临行时节，把隆中诸葛亮，作荐于刘备。老先生，其人如何？""喝喝哈哈……"司马徽一笑，"元直去便去，还要引此人出来，呕——心血也。"跑么跑哉曜，为啥道理要拿诸葛亮出来，呕心呕血呢？"老先生，诸葛亮的本领怎样？"司马徽说：诸葛亮格本事，可以说一声，在山林隐士当中，称为佼佼哉。诸葛亮搭几个人顶顶要好，博陵崔州平、颍川石广元、颍州徐元直、汝南孟公威，格个四个人呢，搭诸葛亮是要好朋友。四个人读书呢，专门赛过读得非常熟，叫务于精纯啦。诸葛亮呢？则是看俚格大略。但是诸葛亮呢，曾经搭俚笃四家头讲：唔笃假使出山去，投奔一个东家，可以做到刺史、郡守。格么大家问诸葛亮，倷呐吭呢？诸葛亮笑笑，俚不肯讲。照吾看起来，诸葛亮格本事，在俚笃四个人之上。倷能够得着俚呢，当然是好的。"哦，哦，哦哦哦。"刘备心里向转念头，倷讲格伏龙、凤雏，伏龙就是诸葛亮么，当然好哉咯。

司马徽立起身来告辞辰光，出去么，就在天井里向咕一声："啊，卧龙虽得其主，未——得其时。"两句闲话，说诸葛亮虽得着仔个东家么，虽得其主，未得其时。啥意思呢，刘备，当世英雄。格个东家，倷投着的。不过时间呢，推扳了。啥体么？刘备兵不满千，将不满十。困守新野、樊城两座城关。倷格对手曹操，雄兵百万，战将千员，大军压境。倷诸葛亮本事再大，在什梗一个局面底下，而荆州刘表呢又靠勿住。蔡夫人、蔡瑁呢，又是拒绝支持刘备么，倷格诸葛亮出来，格危险式大。可惜啊，倘若诸葛亮格本事，俚出来，汉朝在上山势格辰光，诸葛亮就能够一统天下了。现在诸葛亮本事再大么，能够打出三分天下来，已经是了勿起。叫"虽得其主，未得其时"。司马徽去哉。其实格个两句话呢，司马徽是再拿诸葛亮推荐一番，说诸葛亮比崔州平、石广元、孟公威、徐元直本事还要来得大么，刘备当时心里向快活啦。格么刘备今朝阿要到卧龙岗去呢，来勿及哉。因为搭司马徽谈仔一歇么，辰光晚了。到卧龙岗蛮远格呀，当日天要来回格说法呢，今朝去勿成功，要明朝。

所以要明朝早上，刘、关、张弟兄三家头，带了家将，带了礼物，出新野县，望准隆中过来。一埭路离开隆中卧龙岗近了。刘皇叔一埭路过来，只看见地垸里向，有农民在种田。有三个农民，年纪侪蛮轻了，休息。休息格辰光么，铁镨，摆在田里向。两只手呢，抓牢仔格铁镨柄，立着休息么，在讲张。只听见格面格农民在搭俚讲，"老二啊，老二啊！""哎。""啊呀，做得格生活吃力得啦，唱只歌听听哉嚯。""勿俏哉。""哎呀，倷么孬客气，倷么歌么唱得来得格灵。来来来，唱只歌听听看。""啊，格个，格么吾唱得勿灵，唔笃勿能笑的。""啥格闲话呢，老二，来来来。"老二在唱歌，刘备一听啥物事啊？啥该搭点格农民，会得作歌了什梗？诗词歌赋，侪是有学问格人做的，刘备倒听听看，俚唱点啥格歌呢。只听见俚在唱：

　　　　吾说苍天如圆盖，陆地似棋局；

　　　　世人黑白分，往来争荣辱；

　　　　荣者自安安，辱者定碌碌；

　　　　南阳有隐士，叫高卧眠不足！

"啊哈哈哈哈哈哈，老二，唱得灵，唱得灵的。"刘皇叔一听么，"哈——啊！"喔哟，格只歌好极了。为啥？倷听俚讲酿。俚说格天了，苍天，像一个圆格盖，天圆的。陆地似棋局，地是方的，陆地呢好像只棋盘一样。世界上格人呢，像棋盘里格棋子，黑白棋。世人黑白分么，往来争荣辱。为名忙，为利忙，荣辱大家在争啊。那么得意格朋友呢，僭上风格人，所谓荣者啦，光荣格荣啦。荣者自安安啊，是蛮得意。辱者定碌碌，失意格人呢，辱格人呢，一定是忙忙碌碌啦。南阳有隐士，南阳格个隐士呢，俚看穿了格个世界上是一局棋。俚也勿高兴出来参加格个一局棋。南阳有隐士，高卧眠不足，俚情愿登在乡下隐居。刘备心里向转念头，格只歌格内容么是诸葛亮唱格哇。对哉，对哉。倷听酿，归格农民在叫俚笃啥？叫俚老二。诸葛亮排行第二。诸葛亮弟兄三个，老大叫诸葛瑾，出仕江东为官。老二诸葛亮，老三诸葛均。老二老三么留在该搭点种田的。诸葛亮自家躬耕于南阳。老二，种田，诸葛亮。格只歌，诸葛亮。哈哈！用勿着到卧龙庄哉，半路上就看见诸葛亮。刘备要紧拿鞭子，噇！一撂，噗！马背上跳下来，走到田里向么，对仔格老二，一躬到底。

"哈，卧龙先生，刘备久闻大名，如雷贯耳，今日得见，不胜荣幸。这厢，有——呃礼。"倷一个喏唱下来格辰光，归面两格个农民是，掼脱铁锵逃走哉。该格老二，拿仔根铁锵啦，面孔涨得汹汹红，走么勿好走。嘴巴么："格个、格个，嗯，格个……"俚看见刘备俚呆脱哉哟。啥道理？刘备头上七龙冠，身上狮爪蟒袍，玉带围腰，粉底靴儿。格种打扮么，只有城隍庙里格城隍老爷俚看见歇过。俚从来孬看过什梗大种格官职。"呃，格个、格个，格个，倷弄错哉呀，吾、吾、吾，吾勿是诸葛亮呀！""呃，刘备方才听得先生所作之歌，极其高雅。""格只歌是卧龙先生做格呀，吾、吾么在田上做生活辰光，听见卧龙先生在唱格只歌，那么吾记牢哉么，今朝俚笃喊吾，赛过休息格辰光唱唱么，吾就什梗拿卧龙先生只歌瞎唱唱，吾、吾、吾，吾勿是卧龙先生呀。""嚯嚯喔，那么卧龙先生在哪里？"喏卧龙先生么，就在格面喏。卧龙岗树林旁边头，格搭有格庄子啊，叫卧龙庄，就在庄子里向哟。"哎呀呀呀，惊吵了。""好说，好说。"

刘备回过来，上马格辰光么，张飞登在旁边头，"呋喝喝喝……"笑得了，肚皮肉也痛的。对大哥看看，老兄呀，吾佩服俫。嗳！俫想得格诸葛亮迷脱了哉。看见仔格农民种田，在唱歌么，也会上去搭俚俫行礼了，叫俚卧龙先生了什梗，勿是格呀。

刘、关、张弟兄三家头过来，上卧龙岗。到卧龙庄庄门跟首，扣马。马背上跳下来，家将拿马旁边头结好么，刘备过来碰门。"开门来，开——门来。""来了。""轧，嗯儿……"门一开，跑出来格童儿，年纪不过十三四五岁，相貌蛮清秀。看见仔刘备么，"外面是谁呀？""童儿，这里可是卧龙庄？""正是。""费心往里边，通报卧龙先生，说大汉左将军，宜城亭侯，豫州牧，新野县刘备到来，拜访先——生。"刘备报了一连串格官衔么，童儿一听，摇摇头。"将军，吾记不得许多名字。"俫格名字忒多哉，一大串，吾呐吭记得牢介。

嗱哟？刘备心里向转念头，格诸葛亮屋里格童儿，搭别家格童儿也的。一般讲起来，人家格童儿，听见仔客人官衔一大串是，马上要非常势利格跪下来磕头了，欢迎么啥了。俫看，格诸葛亮屋里格童儿，对仔吾淡漠得极。嗯，吾记勿清爽嘎许多名字，吾呐吭去报呢？"你往里边通报先生，只说，刘——备，拜——访。"阿清爽了？两个字，刘备，到该搭点来拜望卧龙先生。"先生不在庄上。""啊，哪里去了？""不知。""先生何时归来？""或三五日，或十余日，归期不定。""哦，啊嚓嚓嚓嚓嚓嚓。那么，可能允刘备到庄上稍坐片刻？""先生不在庄上，不敢留客。"说完，嗱嗯儿——磅！咽！闩好。人进去。

张飞登在旁边头，"呃熹！"对格童儿格背后影看看，心里向窝塞。格小囝一眼吭不礼貌。刘备说吾格么到里向稍微坐脱一歇呢。勿来的，先生勿在屋里向，不敢留客的。勿会偷唔笃物事格哟。啥体什梗穷凶极恶，要紧拿门关好了，闩上。跑到里向去。张飞要发脾气么，刘备拿俚拦住。算了算了，诸葛亮勿在，出去哉。勿错呀，秋高气爽，好天气么，诸葛亮作兴出去白相去哉。那么，刘皇叔带了关、张，大家上马，离开卧龙岗哉。

带领家将，在卧龙岗一毬路，下山来格辰光，刘备回转头来，再对庄子看看啦。刚巧来，一门心思来看诸葛亮，也吭不留心欣赏此地山景。现在走哉，回过头来看看，再到门前头望望。卧龙岗风景真好啦。叫：山，不高而秀雅；地，不广而平坦；林，不大而茂盛；池，不深而澄清。松篁交翠，猿鹤相亲。该搭点呢，俫看，又是松树，又是竹头，好像又有仙鹤飞过，又听见猢狲声叫。格种样子了，好像勿大有人来的。还保留着一种半原始的，格种风貌。

刘备马背上，咳咳矻咳、咳咳矻咳——在山路上过来格辰光么，忽然看见门前头，在山路小道上，走过来一个人。格个人头上戴一顶逍遥巾，身上着一件皂布袍，粉底靴儿。手里向拿一根藜杖，相貌呢，交关清秀，三绺须，慢腾腾、慢腾腾、淘悠悠，在踱步过来。一路走么，一路还在欣赏风景了。

哈呀——刘备一看么，诸葛亮嚄。诸葛亮外头白相仔转来哉嚄。刘备要紧兜边赶下马，抢步上前。"哈，卧龙先生，刘备方才到宝庄拜访先生，不遇空回。不想在此相见，十分有幸，嗒嗒嗒嗒，刘备，有——呃礼！""哎呀呀呀呀，将军不敢。想在下并非孔明，乃孔明之友，博陵崔州平，是——也。"啊，勿是诸葛亮，诸葛亮格朋友。博陵人，姓崔，名字叫州平，听见过。司马徽讲过，俚搭诸葛亮是要好朋友。"哦哟哟哟，崔先生，刘备也闻名已久，这厢有——礼。""不敢，不敢。"张飞在旁边头"吠喝喝喝喝喝"，对刘备看看，大哥啊，俚要好得的。刚巧看见格农民，唱歌，当俚诸葛亮上去搭俚行礼。现在看见格陌生人，跑上去，又叫俚诸葛亮，勿晓得是崔州平。今朝一连串，认错仔两个诸葛亮了。俚在对俚笑格辰光么，刘备就搭崔州平讲。"崔先生，今日有缘相会，请席地而坐。领教，领——教。"旁边头有石头了，就搭俚该搭点树林里向，石头上坐一歇，谈谈吧。"好——哇。"崔州平倒蛮随和，跟刘备过来，就在松树林门前头，两块石头么，一人一块石头上坐定。关、张两家头下马，关了张，望准刘备背后头一立。崔州平一看，一个青巾绿袍，赤面长须。一个乌油盔、镔铁甲，黑面孔、阿胡子，"吠喝喝喝……"看俚笃弟兄实头要好，一个坐了，两个立在旁边头侍立。

"将军，今日欲见孔明，有何贵干？""崔先生，刘备到卧龙岗拜访卧龙先生么，嗒嗒嗒嗒，因为天下大乱，诸侯割据。刘备欲请教卧龙先生，治国安邦，之——道。""哦。"题目大，要来请教诸葛亮，现在么天下大乱，诸侯割据。汉朝么也弄得了衰败哉。要请诸葛亮来搭俚讲一讲，治国安邦格道理。哪恁可以拿格乱，平定。天下呢，恢复到太平。"将军，以平乱为主，虽是仁心。"俚格心叫关好，俚要想以平乱为主。不过，皇叔，俚要晓得啦，世界上格大势，格历史格发展，俚呢，是有一定格规律的。乱，长远，太平。太平长远，要混乱。混乱长远，再太平哉。然后，再混乱。俚曀得看，从前辰光，秦始皇，始皇无道，天下大乱。吴广、陈胜起来，起义兵，揭竿而起。后来呢，项羽发兵，刘邦发兵么，天下大乱。那么刘邦呢，灭脱项羽，推翻秦国，平秦灭楚。开汉朝，一统天下。格个是从大乱到太平。刘邦传下来两百年，太平长远啊，太平了两百年哦。到汉平帝、汉哀帝手里向呢，王莽篡位，天下又乱了。格个呢，是从太平重新到混乱。后首来，光武皇帝刘秀出来了，中兴汉室，灭王莽。那么嗒，重新从大乱回复到太平。也要经过了几十年啦。等到汉光武平定之后，天下太平了，传到现在汉桓帝、汉灵帝手里呢，也是两百年，民安日久啊。现在呢，刚巧是从太平走向混乱格辰光。俚说要从混乱回到太平呢，还有一个过程。格个过程呢，恐怕诸葛亮本事再大，要跑出来解决也勿能够了。因为啥？格个叫：数之所在，理不得而夺之；命之所定，人不得而强之。

刘备一听么，崔州平讲格闲话啦，俚是讲天数，或者是讲天命。数定了，人力，呒不办法挽回。命定了，人也呒啥争头。叫人不可与命争，格么侪什梗听哉俚格说话么，吾也用勿着做事体哉，阿用勿着起来，灭曹兴汉了。登在乡下登登么好哉嚘，格个闲话勿对啦。吾明明晓得，格桩事体是艰苦的，是困难的，但是吾还应该做。因为吾受当今皇帝衣带诏，灭曹兴汉，吾勿能坐着看汉朝完结啦。

"崔先生之言，甚合天理。然而刘备忝为汉室宗亲，受当今万岁衣带诏，灭曹兴汉，岂能坐视国家危亡？不敢委之数与命。"吾勿能够推头在数上了，命上了，吾勿出来做事体。"啊呵呵呵……将军，老汉是山野之人，不知安邦定国之道。因为将军动问，姑妄言之。"吾瞎说说格呀，吾格种乡下场化登格人么，呐呒懂天下事体呢？俚还是慢慢叫去请教诸葛亮吧。吾，吾瞎讲讲哦，姑妄言之。"崔先生，可知晓卧龙先生，现——在哪里？"唔笃好朋友嚘，俚总晓得，诸葛亮在啥场化喽？"呃，便是老汉么，也来寻找卧龙啊。""啊？喔！俚也是来寻诸葛亮啊？勿晓得。"那么，崔先生，请往敝衙一走，允刘备请教？"格么一道到衙门里去坐歇，衙门里住脱两日天了，吾再请教请教俚。"呕嗬，山野之人，不惯作城市居。"谢谢。乡下登惯了，城里向忒闹。吾勿想到城里向去。"再见。""再见。"崔州平立起身来，手里向执仔根藜杖，在山路上飘然而去。转一个弯勿看见。

张飞呐吭？张飞登在旁边头叹一口气哟，"呃咦！"大哥，俚么多花头。格种咬文嚼字格人，啥格数了、命了？听仔俚说话么，勒做事体哉嚘。有啥格啰唆头呢。"走罢！"回转去吧，格么刘备只好听俚说话，回转来。

刘、关、张弟兄三家头上马，带领底下人，回到新野县么，辰光已经二更敲过了。当夜耽搁。刘备派人打听，诸葛亮唵转来了？诸葛亮勿转，吾也勒去跑白埭。俚派人打听，一日一日一日一日下来，直到格日上，手下人来报告，听见说，卧龙先生已经回到庄子上。

"哦！"刘备马上关照，备礼物。礼物备好，明朝早上动身。一到明朝早上，俚要带关、张走么，张飞跳起来。"大哥啊，今天你不要去罢。""为什么？""天气勿好！"天勿好呀。俚看酿，天上阴云密布。风，哗……西北风怒号，彤云密布。看格种样子呢，恐怕天要落雪了。格俚勒去哉呀。刘备说：勿，越是天气勿好呢，吾越是要去。为啥呢，因为天气好了，可能诸葛亮出去白相。天勿好呢，诸葛亮勿会出去。格么吾到俚屋里向去拜望俚呢，吾终归能够碰头。"哦哟，大哥啊，你就勿要去哉哟。"吾勿去么，诸葛亮勿会出山咯。"派格人，到他家里去，请他到这里来。"格张飞么蛮、蛮便当的。张飞想派一个人，到俚搭去，喊俚到埭城里向来。老实讲一声，城里向请诸葛亮跑过来，到衙门里请俚吃酒，俚呐吭会得勿来呢？"三弟，使——不得。"请大好佬，勿应该什梗种态度。板要自家去。倘若俚三弟怕冷，俚勒去，吾搭唔笃二哥一道去。"二位兄长去，小弟哪有不去之理？去呃！"张飞要去，那么刘、关、张弟兄三家头上马，带仔底下人，出城。一出城么，风加二大了，城里向还有城墙挡拓，还有民房挡拓，风还小一点。一到乡下是，一无挡拓哟。呼……哇——朔风怒号。那么大家在望门前头过来格辰光，忑磕矻咳、忑磕矻咳……呼咯咯咯。蹭到半路么落雪哉哟。大雪纷飞，鹅毛片片，勿多一歇功夫，地上雪白。

张飞马上关照，"大哥啊，你看，下大雪了。回去吧"。"诶——嗳。"刘备心里向转念头，雪，有啥道理。老实讲一声，终归落哉。吾现在回到新野县，一半路，到卧龙岗也是一半路。吾现在回转去，勿到卧龙岗。路上照样要落着雪。格么吾到卧龙岗一半路么，也不过落着雪哟。那么再讲啦，落雪天，吾跑到诸葛亮屋里向去，好感动诸葛亮。诸葛亮说起来，刘备格人实头好，诚心诚意请吾出山。落什梗大格雪，冒雪冲风，赶到伲乡下来，吾呐吭好勿出山呢？板要去。"三弟怕冷，三弟一人回去。""小弟死都不怕，还怕什么冷啊。"格张飞窝塞，大哥板要去么，吭说法啦。只好一道跟过来。

刘、关、张带领底下人，一埭路过来辰光，离开卧龙庄，勿远了啊。哎，只看见格搭点，村坊上有爿酒店。呐吭晓得呢，酒店门前有面旗。格个旗就是招牌，格旗上写一个"酒"字，就说明，格里向是一爿酒店。刘备心里向转念头，乡下，该搭有爿酒店，阿会诸葛亮搭朋友在该搭点吃酒格啊？也讲了。

哎！刘备格马匹，刚巧在酒店门前过格辰光么，听见里向有人在唱歌哟。歌声从窗缝缝里向传出来么，刘备在外头俏听见的。酒店里向还会有人唱歌。唱啥格歌呢，刘备一听，歌词格大意是啥格意思，吊古。吊从前辰光两个古人，吊一个是姜子牙，吊一个是郦生。姜子牙呢，如果说勿碰着周文王，一辈子只好登在渭水河边上钓鱼，做格捉鱼老老。郦生呢，就是郦食其。俚如果说，勿碰着汉高祖刘邦，勿能够东下齐城七十二呢，俚也勿能够，成为汉朝格开国功勋。俚格只歌格意思，是啥格意思呢？赛过世界上大好佬啦，历代俏有。而且格种大好佬呢，往往是在民间。姜子牙，是渭水河边上一个渔翁，郦生是一个高阳酒徒。俚笃勿碰着周文王，勿碰着汉高祖，俚笃只能够一辈子埋没于民间。

刘备心里向转念头，格唱歌格人，在吊从前辰光两个古人。嗳，另外一个人，也在跟仔俚一道唱啦。拿只筷子，在敲一只酒杯，当、当、当——拍板。俚格只歌叫啥呢，叫吊今。吊现在情况格时势。俚说汉朝传仔四百年哉，到桓帝、灵帝手里向，汉朝衰落，天下大乱。想伲格班人呢，登在乡下，叫闷来村店饮村酒。心里向气闷哉，到酒店里向来吃一杯酒。独善其身尽日安，何须千古名不朽。吾伲只要能够在乡下独善其身么，何必要到外头去做事体了，千古扬名呢。

一个是吊古，一个是感今。刘备心里向转念头，格个两个人当中啦，肯定有一个诸葛亮了。哦，诸葛亮兴致蛮好，落雪天登在该搭点吃酒喏。格吾省得到卧龙岗哉，吾到里向去碰头吧。刘备马背上跳下来，关、张也下马，推开门一看么，里向热气腾腾。格面一只台子上，坐好两个人，道家打扮，一个白面孔，长组苏，一个清奇古怪相貌啦。唱歌就俚笃两个人，看得出格呀。

刘备跑过来，"哈，两位先生。不知哪一位是卧龙先生？刘备久仰大名，今日，在此相会，真是有缘得极，这厢，有——礼了"。一个喏唱下来么，白面孔长组苏格人，要紧立起来还礼。"啊呀呀，将军不敢。将军莫非刘皇叔？欲见卧龙先生么？""啊？二位？""呃，想吾等二人并非卧龙，乃是卧龙之友。在下汝南孟公威，这一位是颍川石广元。"白面孔长组苏，倷是孟公威，汝南人。格面一个人呢，石广元，颍川人。刘备心里向转念头，石广元、孟公威，两个人，侪是司马徽所讲起过。"二位先生，刘备闻得司马老先生，道及二位大名，今日在此相会，真是有缘。待刘备请教。""啊呀呀，将军不敢。吾等是山野之人，不知安邦定国之事，请将军自往卧龙岗，一走。"倷到卧龙岗去吧。谈勿落哉么，刘备只好告辞退出来。张飞登在旁边头一看，"呋喝喝喝"。大哥哇，倷认错仔四个诸葛亮了哉，又认错两哟。

退出酒店，上马。冒雪冲风过来，直到卧龙庄庄门跟前。刘备过来碰门。童儿开门。刘备看见童儿就问倷，"今日，诸葛先生可在庄上？""先生正在庄上。"哈呀，刘备开心呀。对张飞看看，幸而勿听倷说话，半路上回转去喏。倷看，诸葛亮倒在屋里向哉嚄。今朝先生在屋里向么，刘备想吾可以到里向去搭俚碰头哉。格么刘备阿要碰头诸葛亮呢，要下回继续。

第二十四回

三顾茅庐

　　刘皇叔二顾茅庐，到卧龙庄门前，碰门格辰光，童儿出来开门。刘备问俚，诸葛先生今朝阿在屋里向。在，俚今朝可以碰头。刘备开心啊，真是心花怒放，喜出望外。回转头来对张飞看看，吾幸亏得嬲听俚说话，俚叫吾半路上回转去，雪什梗大，勿烦着到卧龙岗去。吾听俚说话，回新野县么，好，错脱什梗一个机会，就碰勿着诸葛先生。所以刘备蛮高兴，带了关、张、家将，进卧龙庄庄门。往里向过来格辰光呢，刘备要紧拿身上格雪透一透脱。然后，到草堂跟首么，童儿进去禀报。刘备踏进草堂一看，只看见里向，生好一只火炉，炭火烧得蛮烊，里向到底要比外头，要暖热得多。只看见里向诸葛先生坐好在那。刘备在看格辰光呢，诸葛先生还嬲看见刘备来了，俚还在抱膝长吟，嘴里正在唱歌，刘备在听，俚唱得啥呢？四句。

　　　　凤翱翔于千仞兮，非梧不栖，

　　　　士伏处于一方兮，非主不依。

　　　　乐躬耕于陇亩兮，吾爱吾庐，

　　　　聊寄傲于琴书兮，以待，天——时。

　　哦哟，刘备一听好极了，格个四句物事清清爽爽，表达了俚格志向。俚哪恁唱法呢，俚说一只凤凰，凤凰飞得极高，翱翔于千仞，一仞八尺，一千仞就是八千尺。凤凰要飞到八千尺高。但是凤凰躲格地方呢，勿是梧桐树啦，凤凰勿肯躲的。为啥呢，因为梧桐树清高，梧桐树可以做琴。梧桐树如果，俚造在人家房子旁边头啦，勿管俚格个房子，二层楼，哪怕俚三层楼，叫啥棵梧桐树格树顶啦，一定要超过俚格屋顶。俚清高呀，俚高傲呀。如果勿能超过俚屋顶呢，叫啥说梧桐树要气煞的。那么不过格种闲话呢，只好在以前辰光讲讲。为啥么？因为以前呒不高层建筑。俚如果说梧桐树种在，二三十层楼格房子旁边头，俚也喊俚去高得了，树顶去超过屋顶啊，也勿可能格呀。从前了，赛过平房，二层楼么已经蛮多了，三层楼是，很少很少。格么梧桐树格树顶超过屋顶么，是呒啥稀奇啦。但是呢，凤凰别格树勿躲，俚板要躲梧桐树，就表示梧桐树清高。凤凰呢，非梧不栖。山林格隐士，一个名士，俚呢，伏处在一方。俚嬲出来投东家格辰光，隐居在乡下格树林里。勿是当代格明主啦，俚是勿肯投奔的。第三句呢，俚讲，吾现在辰光啦，乐躬耕于陇亩，在乡下种种田，吾爱吾庐。聊寄傲于琴书，操操琴，读读书，以待天时。阿就是说，俚在等机会要出山哉啦。

刘备要紧抢上一步，"啊，卧龙先生，今日刘备得见先生，不胜有幸。这厢，有——呃礼！"诸葛先生要紧立起来，"啊呀呀，将军不敢，在下回礼不周。将军莫非刘皇叔，欲见二——家兄？""啊？"啥物事啊？刘皇叔一听，倷勿是诸葛亮，倷听俚格闲话酿，俚说倷阿是刘皇叔，倷阿是要来见俚，二阿哥？"呃，请问先生，大——名？""我等弟兄三人，长兄诸葛瑾出仕江东为官，孔明是二家兄，在下乃诸——葛均矣。""哦，原来是三先生。""嗯，是。""请问，令兄何在？"孔明呢？"家兄，昨暮为崔州平相约，出外游——玩，去了。""嚄——喔？"叫啥昨日夜快点，崔州平倒该搭点来白相，约仔俚老兄啦，出去哉。昨日夜头就出去的，今朝孬转来了，勿在屋里向。

刘备回转头来对格童儿看看，阴阴然格童儿，倷勿作兴的，请吾吃格空心汤团。吾刚巧问倷格啊，诸葛先生阿在屋里向？倷回头吾在屋里，倷可以去碰头哉。临时完结，仍旧勿在。童儿对刘备看看：倷呐吭怪吾呢。倷刚巧问吾啥人？诸葛先生阿在屋里向？格么吾回头倷在屋里。诸葛均也是诸葛先生呀，诸葛亮也是诸葛先生呀。格么倷，要见诸葛亮么，倷应该讲清爽，卧龙先生阿在？或者伏龙先生，或者二先生，格么吾晓得，俚勿在。倷混格笼统问吾诸葛先生，吾回答倷在么，诸葛均是在呀。倷是可以碰头格呀。

刘备响勿落，冒雪冲风赶得来，扑一个空。昨日夜快点出去的，勿晓得在啥地方？让吾来问问看。假使，崔州平格屋里，离开此地勿远的，格么吾也勿回去新野县哉，因为回转去嘎许多路，冒雪冲风，吃勿消啦。格么吾就到崔州平屋里向去，拜望俚。"三先生，未识令兄在何处游玩？"阿有地点？"或驾小舟，于江湖之中，或访僧道，于山岭之上，或乐琴棋，于洞府之内，或寻朋友，于村落之间。往来莫测，行踪不定。"哼，寻勿着的，呒不办法寻的。倷听酿，诸葛均呐吭讲法？俚驾格白相，或哉么，访格种高僧高道，在山林上。或者么，弄只小船，在江湖里摇摇船。格么说起来，今朝风大雪大，俚勿可能出去摇船格咯。格么或者呢，寻朋友，在村落里向。勿晓得哪里格村庄，寻哪里格朋友。也勿晓得。或者呢在山洞里向，操操琴啊，着着棋啊，乐琴棋于洞府之内。倷啥场化去寻呢？往来莫测，行踪不定。

"三先生，令兄何日归来？"唵讲，啥辰光回转？假使俚说，明朝转格么，刘备心想勿客气哉，老老面孔么，要求在该搭点过夜吧。因为吾回转去了，恐怕也要下半夜了，或者要天亮哉。格么吾宿索脚在该搭点过一夜天，明朝俚转来么吾好搭俚碰头。"三先生，令兄何时归来？""或三五日，或十余日，三月五月，归期，未——可定也。"哴没一定的，从三日五日到三个月五个月，吃勿准格呀，勿晓得俚啥辰光回转来。

格是刘备心里向转念头，登在该搭点借住一夜，也勿解决问题咯。倷心里想在难过么，张飞登在旁边是火啊。张飞心里向转念头，刘备呀，嗨嗨！倷为诸葛亮，倷要发痴了，倷一连串，认错仔五个诸葛亮。呐吭五个么？喏，种田格乡下人老二，崔州平，石广元，孟公威，现在么诸葛均，阿是五个？听听看，诸葛亮转格日脚俦吮不，人勿在么，偢登在该搭点做啥呢？"啊，大哥啊，既然那先生不在，无用啰唆，回——呲去罢！"走哉哇。"唉！三弟，愚兄既到此间，哪有不与三先生叙谈之——理呀！"难得格机会，到也到该搭么，应该搭诸葛均也谈谈咯。诸葛均马上关照，"摆座头，将军，请——呐坐"。立客难当，偢来仔，坐也勿坐。坐头摆好，刘、关、张三家头坐定，童儿献茶。三杯茶献过来，一人拿杯茶，拿到手里向。天冷勿过，冷得格节头子，也有点冻僵。拿着一杯热茶，烘烘手，吃口热茶下去么，暖暖肚，要稍微好过相点。茶叙已毕。刘备心里向转念头，吾来看看看，草堂上，有副对联，上一联叫"淡泊以明志"，下一联，叫"宁静以致远"。格个一副对联呢，表达了孔明格心情。俚呢，甘心淡泊，无意功名。淡泊明志，宁静致远。格个是诸葛亮格心情。

"三先生，闻说令兄熟读兵法，深通韬略。令兄平日所读之书，与所作之书，可能借——来，一观？"听说唔笃老兄著作也不少，俚看格书，或者俚写格书，阿能够让我看看？"家兄之事，在下不——知。"张飞心里向转念头，格朋友，偢看偢看偢看？问上去，总归回头勿晓得的。诸葛亮哪搭去，勿晓得。诸葛亮几时转来，勿晓得。诸葛亮看格书、写格书，勿晓得。俦勿晓得么，偢搭俚讲点啥呢？"啊，大哥啊，风雪甚紧，回去罢！"风越来越大，雪越落越紧，回转去路俦看勿清爽，要有危险格呀。格种废话，偢讲俚做啥呢？"唉——嗳，三弟，休得多言。"刘备拿俚喝住。吾来也来哉，吾总要留封把信了，表达表达吾格意思，让诸葛亮回转来，看见封信么，也晓得吾刘备到该搭点来。"三先生，且借纸笔，容刘备留下书信，将来交与令兄。""嗯——是。"旁边一只书桌，请刘备过来写信。刘备坐定。水盂里向挑好点水，嗻儿——磨好墨，笔拿起来一看么，格笔头，冻牢了，天冷勿过哟。刘备拿管冻格笔，哈——摆在嘴巴旁边头，哈一哈，哈开冻笔。刘备提起管笔来，写信。格封信呐吭写法呢？"备，久慕高名，两番晋谒，不遇空回，惆怅何似！窃念备，汉朝苗裔，滥叨名爵。伏睹朝廷陵替，纲纪崩摧，群雄乱国，恶党欺君，备心胆俱裂。虽有匡济之诚，实乏经纶之策。仰望先生仁慈忠矣，慨然展吕望之大才，施子房之鸿略，天下幸甚！社稷幸甚！先此布达，容再斋戒薰沐，特拜尊颜，面倾鄙悃。统希鉴原。"信写好，看一遍，勿错了，交拨诸葛均。

诸葛均接过来一看是，刘备写得真好啊。刘备讲：吾来两趟，嬲搭偢碰头，心里向交关惆怅。那吾现在回去了。因为吾刘备呢，是汉朝皇帝格后裔，滥叨名爵。吾接受了皇帝格衣带诏，要灭曹兴汉。现在格朝堂上呢，群雄乱国，恶党欺君，吾吭不办法呀。吾虽然有匡扶国家的一片诚心么，但是吾呢缺乏经纶济世格良策。吾听见说偢先生呢，本事实在好，吾希望偢出来呢，像姜子牙什梗，展吕望之大才，施子房之鸿略。偢像张良一样，出来帮帮吾忙。格么喏，汉朝格天下幸甚，社稷幸甚，国家也好了。吾么先留封信拨偢，表达表达吾格意思。然后吾回转去么，吾再吃素，洗浴，换衣裳，斋戒薰沐，再来拜访倷了，当面拿吾格种心情，讲拨倷诸葛亮听。格封信写得交关好，诸葛均一看么，旁边头一放。

"三先生，刘备，告辞了。""将军，家兄归来，待其到新野县，前来答拜将军。""呃呵，不敢不敢。倘若卧龙先生回来，何劳先生到新野呢？应该刘备，再到宝庄，拜访——先生。"刘备告辞走么，诸葛均送，童儿在门前头领路。踏出草堂，天井里过来，到门口，门开，外头格风雪，呼——哗——雪花结棍。草堂里向过来，到篱笆门口，童儿在看。童儿只看见门前头，有两个人在过来么，嘴里上喊，"啊，老先生，回来了"。

刘备听见俚在喊，老先生回转来哉么，阿要看的？一看么，只看见门前头山路上来两个人。一个骑在一只小毛驴上，一个呢，背后头跟了。骑在小毛驴上格人呢，头上戴一顶紫酱缎格暖帽。啥叫啥暖帽呢，暖帽么就是连耳朵也遮没，背后头要岔到背心上。喏，吾俚看见格种，福、禄、寿三星，格种啥落雪辰光，头上戴格种帽子，披在背心么，就是所谓叫暖帽啦。紫酱缎格暖帽，挡风的。身上呢，紫酱缎格狐裘，狐开袍子。一件大氅啦，披在身上。骑一只驴子呢，墨赤黑。只看见格老先生，肩胛上、帽顶上呢，侪是格雪。背后头呢，跟一个青衣小童。格个小童手里向呢，拿一根拐杖，格根拐杖么，就是老先生用格拐杖。拐杖头上呢，结一只葫芦，葫芦里向呢，拷一葫芦酒。冷天，落雪，拷仔酒么，到该搭点来，烤火炉了，吃老酒。童儿拿格拐杖掮在肩胛上，一葫芦酒荡在后头，跟在只驴子背后头在过来。

只看见格老先生，从小石桥桥面上下来么，篱笆旁边头有几颗梅花。梅花呢，雪落得再大，勿关的，俚照样开。而且一阵清香在送过来。老先生在小桥上下来格辰光，骑在驴背上么，嘴里向在唱一首诗。刘备听得蛮清爽。格首诗哪讲法呢，只听见老先生在唱：

> 一夜北风寒，万里彤云厚。
>
> 长空雪乱飘，改尽江山旧。
>
> 仰面观太虚，疑是玉龙斗。
>
> 片片鳞甲飞，顷刻遍宇宙。
>
> 骑驴过小桥，独叹梅花瘦。

哈呀，刘备一听，格首诗好极了。骑驴过小桥，独叹梅花瘦。诸葛亮回转来，外加拷仔一葫芦酒了转来。刘备要紧抢上一步。"啊，卧龙先生，方才刘备到宝庄拜访先生，未曾相会，如今先生回来，得能相见啊，真是刘备之幸——矣。备，有——呃礼！"倷一躬到底么，格老先生要紧从驴背上下来。老先生还躭开口么，诸葛均在背后头喊哉。"啊，将军弄错了，此人并非二家兄，乃二家兄之岳父，黄承——彦矣。"张飞一看，"吠哈哈哈"，大哥认错仔六个诸葛亮，第六个，黄承彦。诸葛亮格老丈人回转来，叫啥刘备又当俚诸葛亮哟。

刘备一看，"啊嚓嚓嚓……"窘啊，面孔侪红哉。为啥道理要窘么？因为黄承彦六十多岁了，胡子雪白。阿有啥的，兄弟诸葛均么眉清目秀，唇红齿白，颔下无须，不过廿多岁。一个阿哥么，六十几岁，胡子雪白，勿可能格么？格滴滴常识总归有，弟兄两家头，呐吭会得相差什梗许多年纪呢？吾，昏脱哉哟，一门心思，想格诸葛亮么，拿格老先生也当诸葛亮了。

黄承彦从驴背上下来，"哟哟哟，将军不敢，老汉有礼"。"老先生方才所作之诗，极其高雅。""呵呵，此非老汉所作"，勿是吾做的。格首诗是吾女婿，诸葛亮做的。诸葛亮做格叫"梁父吟"。那么吾呢，看见仔格个首诗呢，记牢了。刚巧骑仔驴子从小石桥，桥面上过来格辰光，看见篱笆旁边里有梅花么，所以吾有所感触么，就骑驴过小桥了，独叹梅花瘦，读出来哉。读出来辰光，想勿到拨了倷听见。"啊呀呀呀，惭愧，惭愧。""老先生，请问老先生，令婿何在？"丈人总归晓得女婿，唔笃女婿在啥场化呢？"呃喝喝，便是老汉么，也在找寻吾家小婿啊。"吾也是来寻女婿格呀。倷问吾么，吾呐吭晓得呢？"啊嚓嚓"，也勿晓得。那么刘备只能够，替黄承彦、诸葛均分别。刘、关、张上马。黄承彦呢，搭诸葛均到里向去。童儿跟进去，庄门紧闭。俚笃呢，烤火，吃酒，开心。

张飞是怨啊！张飞心里向转念头，人家么嗒，去烘火了，吃酒去哉。倷呢，倷还要回转去了嚯，冒雪冲风，嘎许多路。路几化难走了，格桥面上，雪积得蛮厚。刚巧有人走过之后，冻得了滑滋滑塌，勿大好走了，真要当心。刘、关、张三家头过小石桥，望门前头过来么，积雪蛮厚。马在雪地上过来格声音，砗、砗、砗、砗。本来在山路上走，怎磕、怎磕矻咳。现在呒不格个声音，因为侪是格积雪了。

刘备回转头来看看，雪呢，越落越大。呼——哇——噬——鹅毛片片。刘、关、张弟兄三家头冒雪冲风，回到新野县。进城，到衙门么，四更敲过，五更将近了。底下人看见刘备回转来，要紧烧姜汤，让俚笃大家吃姜汤，解寒。连下来呢，准备酒水，让俚笃吃酒吧。吃点酒么可以暖暖肚。又是格冷，又是格饿，苦头吃足。

刘备呐吭呢？刘备勿灰心，还要去。一面派人去打听诸葛亮唵转了？等到开春了，春暖洋洋了。刘皇叔马上去派人，请一个起课先生到该搭点来。请起课先生，来搭吾寻个日脚看，哪里一日呢，是黄道吉日，吾要到卧龙岗去，寻诸葛亮。起课朋友一查日脚，嗒，某日，日脚，倷可以去。那么刘备有数目，就是三日之后可以去咯。那么该格三日天呐吭呢？刘备关照，厨房间里向，吃三日天素，三日天勿吃荤。而且刘备呢，还要潝脱一个浴，要换脱一身衣裳。格三夜天呢，勿到夫人房间里去，就在外头书房里登着。格个诚心是诚心得了，比仔杭州去烧香，还要来得诚心啊。名堂叫啥，叫斋戒熏沐。

格么什梗说起来，刘备格人脱迷信哉嚯？什梗落后呀？还要请人来，捡格黄道吉日了，要吃素了，要淴浴了。唉呀，格辰光呀。三国年间，距离现在要一千七百多年，毛两千年了。搭现在人格情况勿一样。现在是科学发达，也根本勿会有人去，相信格种迷信了。就是有，也是极少数。所以刘备呢，还是俚格恁样子去。礼物，通通侪端准好了。侪要到卧龙岗去，第三次请诸葛亮么。叫啥，关、张侪反对。关云长，前两趟俚齣开过口，齣发表过意见。今朝熬勿住哉。俚跑得来搭刘备讲，"大哥，小弟看来，不去，也——罢"。"啊？二弟，为什么？"大哥，侪想想看，伲去请诸葛亮，一次，两次。为啥道理诸葛亮终归是，避而不见。照吾眼光里看起来啦，诸葛亮格人叫外有虚名，内无实际。俚勿敢搭俚碰头啦，碰头要穿帮的。俚呒不格点本事呢，俚索脚盘拢了。盘拢哉么，好保存俚格点名气。所以吾看起来呢，两次去勿见么，算了，勿一定再去了。"哎呀呀呀，你说哪里话来，想当年，齐桓公，欲见东郭野人，五返而方得一面，何况愚兄啊？"

刘备晓得关云长熟读《春秋》，就搭俚讲《春秋》里向格故事。春秋格辰光，有个叫齐桓公。齐桓公要去见一个山林隐士，就住在东门外头，叫东郭野人。去五埭，刚巧见着一面。侪想想看，齐桓公去不过去见一个东郭野人而已，尚且要去五埭。吾现在上手只有第三埭了，格第三埭么有啥了不起呢？云长响勿落，侪什梗搭齐桓公一比，去五埭么，现在赛过还缺三埭了？要、要凑满仔五埭了，算数得了？云长呒不闲话讲了哟。张飞勿答应哉。"大哥唯，你为什么还要去呢？""愚兄不去，卧龙先生，不能出山呀。""小弟有办法。""三弟，有何——高见？""小弟派几个兵，拿一根麻绳，把诸葛亮捆得来！"刘备想，侪说得出要死快嘞。索脚好哉，派两个小兵了，拿一根麻绳，跑到卧龙岗去，拿诸葛亮绳捆索绑，架到该搭点来。诸葛亮是名士，大好佬呀，吾要去请俚出山，侪呐吭好去拿根麻绳，去拿俚捆得来？格种样子，还像请大好佬啦？像捉人哉哇？"三弟说哪里话来？可知晓当年，周文王请姜尚的故事么？"

当年辰光，周文王请姜子牙，姜子牙在啥场化呢，在渭水边上钓鱼，是个渔翁。周文王呢，亲自去请。周文王先勿去，先派格儿子武王去请。武王去请格辰光么，姜子牙在钓鱼格辰光咕了一句，"大鱼不来小鱼来"。咦？周武王响勿落哟。哦，吾算小鱼的，赛过。老娘家么大鱼，要大鱼了，那么俚肯出来啦。就什梗俚勿肯出来。回转来，告诉老娘家么，周文王亲自去。周文王到渭水河边上，恳求姜尚出山。那么姜尚答应。姜尚出山么，从此地到城里向路蛮远格咾，格交通工具哪弄法呢？周文王自家有部车子，本来格部车子文王坐的，现在让姜子牙坐。让姜子牙坐，还勠去讲俚，文王亲自在门前头背绳索，背格部车子，轧冷、轧冷——周文王要背车子背多少路呢？要跑，八百步！轧冷！停下来哉。跑仔八百步么，休息一下了。那么姜子牙对俚说，将来侪格子孙啦，有八百年天下。为啥呢，因为侪跑了吾八百步路。格么吾再来背。说穿就勿来赛哉。所以周朝格八百年天下么，就是周文王背车子，背了八百步路。当然格个是有点说说笑话而已啦。不过刘备搭张飞讲格闲话呢，周文王格身价，尚且要亲自跑到渭水河边上，去请姜子牙出山啦。吾刘备，哪恁麼自家去？第三趟何足道哉。刘备心里向转念头，诸葛亮勿是一般人呀。
老实讲，吾刘备吭不诸葛亮，吾勿能够成功大事。吾得着一个徐庶，吾就能够杀败曹仁、曹洪
三万三千人马，得着一座樊城。而诸葛亮格本事，要胜徐庶十倍。司马徽也搭吾讲了，伏龙、凤
雏二人，得一可安天下。格个人可以安天下格人，吾呐吭好怠慢？呐吭好听倰孌大格闲话，拿根
绳了，去拿倰捆到该搭点来？"三弟，你留在城里，不用去了。愚兄与你家二哥前去。"张飞又勿
肯格呀，心里么勿愿的，那么两个阿哥去么，倰板要跟的。"二位兄长去么，小弟哪有不去之理
呢？"不过刘备关照倰哦，去么去噢，谢谢倰噢。倰麼开口，麼闯祸，阿有数目？"知道了。"张
飞是勿服帖的。倰啥体勿服帖诸葛亮？诸葛亮腼出山咯，腼碰头咯，倰想诸葛亮賅几化本事？旧
年介绍拨刘备格辰光，说诸葛亮只有廿七岁。廿七岁格小伙子么，混身俻是本事，倰养出来就读
书读到现在么，只有几化本事？勿可能本事大到哪搭点去。勿相信，倰。又吭不办法呀。

　　刘、关、张弟兄三家头，上马，出城，带领家将，准备礼物。礼物么，俻是在家将拿了。一
路过来，离开卧龙岗还有三里路了，刘备勿骑马了。啥体啊？走，下马。马呢，让底下人带仔，
矻咳唾礧、矻咳唾礧，在背后头跟。格么刘备为啥道理勿骑马到庄子门前呢，勿可以。吾前两趟
去啦，俻是骑马上卧龙岗，勿够诚心，吾要跑得去。

　　哦哟，赛过现在，有种人到杭州去烧香什梗，到灵隐寺去是，倰勿肯坐公共汽车格啦，倰板
要走的。哎，从栈房里出来，沿仔西湖，一埭路跑到灵隐寺。头颈里向么，挂仔只香袋，朝山进
香，诚心啊。格么刘备现在格诚心呢，不下于格种烧香格老太什梗。

　　倰一埭路在跑过来格辰光么，哎，离开卧龙庄，还有一里光景路啦，看见门前头来格人。啥
人呢？认得的，诸葛均。"啊，三先生，刘备有礼。""将军不敢，在下有礼。""请问三先生，令兄，
卧龙先生可在庄上么？""家兄正在庄上，今日将军可去，相——见。""好好！""然而在下，有俗务
在身，不便奉陪。再见。""再见。"诸葛均说吾有点事体，吾勿陪倰了。诸葛均呢，飘然而去。

　　诸葛均一走么，张飞又在咕。"哼，好大的架子。吾大哥到这里来，你在前边引导也可以嘛！"
倰看看架子阿要大？刘备啥格身价，当今格皇叔，跑得来看倰笃阿哥么，倰门前头带带路，领到
门口头也勿碍嘛。"吾有事体了，吾勿陪倰了"，看见倰笃就惹气！张飞望出来，诸葛亮、诸葛均
俻勿是格物事，倰看勿入眼了。一埭路过来，直到庄门跟首，刘备碰门。

　　倰在碰门呢，童儿出来开门了。轧！嘚儿……"哟！将军又来了？"童儿认得倰哉哟，哈哈，
倰又来哉啊。第三趟哉嘛。"是啊，刘备又来了，请问童儿。伏龙先生、卧龙先生、二先生，可
在庄上么？"哦哟，童儿对倰望望，道地得了，讲仔一个名字就可以了呀。啥体要讲三个呢，上
抢吃过苦头哉。上抢说仔声诸葛先生阿在么，结果弄错，碰着格诸葛均。"将军，今日吾家先生，
在庄上。不过么，在堂上昼寝。"因为，刚巧吃过中饭啦，先生在打中觉。困了草堂上，阿要吾

去喊醒俚？喔，刘备对俚摇摇手，勿喊醒，勿喊醒。啥道理么？打中觉是习惯。俚要打中觉，倷让俚困。倷喊醒俚啦，俚浑身勿适意的。那么吾搭俚第一趟碰头，就使得俚懊糟得了，浑身不舒服来搭吾碰头么，格第一个印象就推扳了。倷让俚自家醒，自然而然醒转来，吾再搭俚碰头么，俚高兴的。勿报，千万勿报。童儿答应，不过刘备心里向转念头噢，吾么可以等诸葛亮，困脱一寤，中觉起来，再搭俚碰头。戆大勿来赛的。刘备就搭云长讲啦，二弟呀，倷带仔三弟，就在该搭点卧龙岗四周围，去兜兜圈子了，白相相，欣赏欣赏山景吧。衲用勿着，登在该搭门口头等。"噢。"云长答应，因为来仔三埭了，侪勿白相过。格么今朝趁格个机会么，白相脱一歇。

云长就带仔张飞，在附近，山上，树林跟首，到处走走。格地方蛮大。唔笃么去兜圈子去，刘备呢，跟仔格童儿过来。进庄门，过了一个天井，到草堂门口，因为天暖热哉啦，草堂格窗，开了。刘备对草堂上一看么，草堂当中放好一只榻，炕床之类格种名堂。榻上，诸葛亮呢困在那。被头么盖好，仰面而卧。刘备呢，就立在草堂格瞭沿底下，滴水檐前，眼观鼻，鼻观口，毕恭毕敬。在等俚醒转来。童儿呢，只好登在旁边头陪咯。童儿试仔几试要报么，刘备就对俚招手，勿报，勿报，千万勿报。让俚自家醒转来。童儿么只好熬住。

关、张在外面兜圈子，白相。卧龙岗前前后后，四面兜过来，阿有几化辰光么？一个时辰。格古代一个时辰，现在讲起来有两个钟头咯。云长心里向转念头，格两个钟头么，总大哥已经到里向搭诸葛亮在谈话哉。跑过来到此地庄门跟首，对里向一看么，只看见刘备，立好在草堂滴水檐前，毕恭毕敬。像天打木人头什梗，还只得立好了。老样子。

哈吶，格诸葛亮格打中觉格辰光到长了，还勿醒格啦？张飞是看得是肝经火烊哉。诸葛亮，倷也忒嫌过分哉哇？啊？打中觉有的，困仔一寤，眯一眯么总起来哉咯。俉登在该搭点山上，白相仔嘎许多辰光，到此地来。倷还只得，困着勿醒，倷算啥格名堂？张飞实在熬勿住，"二哥啊，你看诸葛亮好大的架子。午睡到现在还没有起来。二哥，你在这里看好，小弟到后门跟前去放一把火，看诸葛亮起来勿起来？"云长，扎！一把要紧拿俚抓牢。要好得格嘞，戆大说得出，到后门去放火。后门火着，看俚阿起来勿起来？刘备在里向听见外头张飞，嘎！声音么，刘备阿要吓的？刘备回转头来一看么，要紧对外头摇手，拆烂污哉嚯。呐吭好到后门去放火？倷在对云长摇摇手么，云长，扎！一步拿俚抓牢。格个是大哥格事体，倷何必去多管。倷拿张飞抓住，幸而叫关云长拿俚抓住。否则格说法，张飞真格做得出的。格张飞，嘎！喉咙一响，诸葛亮醒哉。吵觉。咕噜，在翻身，童儿要进去报么，刘备再对俚摇摇手，慢点。让俚自家醒，那么俚再去报。俚勿醒，俚刚巧在动么，倷慢一慢报。诸葛亮，咕噜！翻一个身，面孔朝里向么，又困着哉哟。

哎呀呀呀，童儿对刘备看看咯，侪是倷唔。刚巧翻身么，有点醒哉。格么吾去报一报么，俚好起来。倷还要叫吾勿报么，俚，又困着哉嚯。那、那勿晓得要等到啥辰光了嚯。刘备想等好了，诸葛亮勿会连底冻，困到明朝，天亮起来。无论如何勿会的。哪怕俚辰光长么，倷就要起来格呀。刘备格耐心么真好。

诸葛亮面孔朝里床，又困仔一歇，慢慢叫醒转来。醒转来格辰光，嘴里向在咕，在念一首诗：大梦谁——先觉，平生吾——自知。草堂——春睡足，窗外日迟——呃迟。

俚刚巧在咕格辰光么，童儿要紧上来报告："啊，先生。""有俗客，来——否？""先生，新野县刘皇叔前来拜访先生，等候，多——时了。""唉呀，呀呀呀，有客到来，何不早禀。待我入内，更——衣。"格吾，榻上爬起来，呐吭好马上搭客人见面呢。吾到里向去换衣裳去。诸葛亮起来，往里向去么，更换服装。童儿拿格只榻上格物事收拾清爽，又隔仔一歇，诸葛亮出来。

刘备对诸葛亮一看，哦，好相貌。诸葛亮呐吭样子？站立平地，身高八尺。长方面孔，面似冠玉，眉清目秀，鼻正口方，两耳贴肉，天庭饱满，地角丰隆，髋下三绺清须。头上戴一顶纶巾，格个纶字呢，写起来么，像个"轮"字。绞丝偏旁，就是老九纶格纶啦，经纶格纶。格个呢，是一种草格名字，摆在格个草格名字上头呢，要读纶的。所以叫纶巾。用席草织成功格一顶帽子，纶巾。身上呢，穿一件鹤氅。身披鹤氅，丝带系腰，粉底靴儿。手里向，羽扇轻摇，飘飘然，神仙之体态，赛过像勿吃烟火食的。

诸葛亮跑过来么，刘备踏上一步。"啊，卧龙先生，刘备久闻大名，如雷贯耳，两番晋谒，不遇空回，今日得见，三生有幸。刘备，有——呃礼。"一躬到底。"将军不敢。南阳野人，疏懒成——性，何劳将军，屡次光顾，不胜惭愧。有——礼。"诸葛亮回礼。诸葛亮说吾格人啦，叫南阳野人。山野之人，散懒惯常，疏懒成性哉。一径跑到外头去白相，勿大在屋里向。那么倷来仔两趟吾搭倷觖碰头，吾勿能够接待倷么，交关抱歉。拿刘备请到里向草堂上，坐头摆好，坐定身子。童儿献茶，茶叙已毕。

"先生，刘备上番留下书信一封，不知先生可曾见得？"吾留封信，交拨唔笃兄弟的，倷阿看着？诸葛亮点点头，看着的。"将军。亮，昨日归来，见将军之书。足见将军，有忧国忧民之心。但恨亮，年幼才疏，恐误下——问。""哎呀呀呀，先生，客套了。司马德操之言，徐元直之语，几许谬赞？还望先生不弃鄙——贱，曲赐教益。"勿要客气，司马徽、徐庶多次介绍，倷格本事吾晓得了。"将军，司马德操、徐元直，当世之名士。亮，乃一耕——夫耳，二公谬赞了。将军奈何舍美玉，而求顽石乎？"司马徽、徐庶么，大好佬。吾不过什梗格呀，俚笃是讲得吾忒好哉呀。倷为啥道理，忒脱仔格个美玉、白玉，勿得了，来寻块石头呢？"先生，何用客套。大丈夫抱经纶济世之才，岂可空老于林泉之下？还望先生，赐——教。"格么，"愿闻，将——军之志"。那么，吾听听看，倷刘备有点啥格想法呢？

刘备就讲拨诸葛亮听：实不相瞒，吾刘备作为中山靖王之后，孝景皇帝阁下玄孙，总归是汉朝皇帝格后代。吾勿能够，亲眼睛看见汉朝亡国，亡了现在。眼睛门前呢，曹操弄权。皇帝呢，发过衣带诏。但是格衣带诏发下来辰光，有董承、马腾、吾，还有四个人，俚七个人一道签名的。结果呢，事体穿帮。董国舅等被害。马腾逃到西凉。吾呢，逃出皇城。现在要想搭曹操反对。但是呢，吾呒不格个力量。因此呢，吾呒不办法了。屡战屡北了，到该搭点来呢，就是要请教俟先生，灭曹兴汉、中兴大汉格计策。

"喔喔喔喔。"诸葛亮搭刘备讲：将军，大汉，格汉朝，回顾一下啦。汉朝为啥道理，会到现在什梗种田步？弄得诸侯割据，天下分裂。皇帝呢，成为一个傀儡。为啥呢？格个事体侪出在董卓身上。当年，董卓造孽。董卓作乱之后哉么，那么汉朝分裂的，诸侯割据哉。在格诸侯割据当中呢，曹操最突出。曹操格势力勿及袁绍。袁绍有七十万精兵，袁绍有青州、冀州、并州、幽州，占据北方大片土地，兵精粮足，兵多将广。曹操格势力勿及袁绍，而曹操竟能够打平袁绍，拿袁绍格地方，全部侪夺下来，为啥呢？非但曹操是，占着格天时啊，其实呢，也是因为曹操啦，俚手下文臣武将多。格里向，有人的力量了。再讲，曹操眼睛门前，雄兵百万，战将千员，独霸中原。眼睛门前，俟刘备呢千万勿能够去搭曹操正面对抗，叫"不可与争锋"，俟勿能够去搭曹操争锋。俟要争锋呢，俟要失败的。俟格力量相差脱大了。那么再讲，江东孙权。孙权从老娘家传下来到现在，已历三世，有六郡八十一州格地方，民强国富。格么江东孙权格方面呢，俟只能够搭俚团结，只能够搭理联络，而勿能够去动脑筋夺江东格地方，叫"可为援，而不可图"也。格么诸葛亮分析天下大势，曹操呢，叫"不可与争锋"，孙权呢，叫"可用为援，而不可图"。

格么俟刘备可以得啥地方呢？眼睛门前看起来啦，只有荆州。荆州格地方，好地方。北面沔阳、汉阳，"北据汉沔，利尽南海，西通巴蜀，东连吴会"。西面通四川，东面连江苏、浙江。格个是四通八达格用武之地，勿是当世格明主呢勿能够守。刘表呢，勿是明主，俚守勿牢格个荆州。吾看俟呢，是天有意思，要拿格荆州格地方，让拨俟刘备去得。曹操勿好打，江东勿能打，格么哝，荆州可以先得下来。俟拿荆州得着之后，连下来可以动啥场化格脑筋呢？俟可以去攻打四川。西蜀格刘璋呢，昏庸暗弱。西蜀格地方呢，好地方。益州千里，天府之国。沃野千里，民殷国富，人才也多。但是刘璋呢，勿晓得爱惜人才。刘璋呢，勿会治理好四川格地方。搭边疆上格南蛮孟获呢，还弄得关系勿好么，经常起刀兵。四川场化格大好佬呢，想得明主。格个地方呢，还可以留拨俟。吾在想啦，俟刘备应该先拿荆州得下来，作为一个立脚点。然后俟拿四川得下来。四川得下来之后呢，再拿东川张鲁格地方得下来。什梗样子一来呢，俟有三分天下了。那么俟呐哝弄法呢？西和诸戎，南和彝越，搭边疆上格少数民族，搞好团结关系。呒不后顾之忧。那么"内修政理，外结孙权"。内部呢，俟要囤粮积草了，治理好自家格滴滴地方。外方面呢，对外呢，俫团结好孙权，拿孙权作为一个助手。等天下有变，有机会了，一方面荆州派一个大将，打宛城，打洛阳。俫刘备自家呢，从西蜀出发，到长安，出祁山，可以兵进长安，两路夹攻。到格个辰光，天下格老百姓呢，大家会得箪食壶浆，来欢迎俫将军。

诸葛亮关照童儿，里向拿出来一顶立轴，嘚儿——轴出画，拿顶立轴张起来一看么，格上一张地图。诸葛亮说，格个唔，是东西两川，五十四州格地图。照吾格看法呢，俫北面让曹操占天时，南面让孙权得地利。俫呢，可以得人和。先成格功三分天下，鼎足之势。然后呢再徐图一统。诸葛亮格个一番闲话，叫啥？叫"未出茅庐，已知三分天下"。

诸葛亮出山之后，就是照格个俚格方法，照俚订了格个决策去做。先得荆州，后取西蜀，再得东川，三分天下。后首来因为是关公出事体了，大意失荆州。关公死脱，刘备再打江东，火烧连营七百里么，好。那么挺西蜀、东川格个地方呢元气大伤么，要一统江山，勿来赛了。诸葛亮格个三分天下，俚格个办法啦，通通侪讲明白了。现在勿能搭曹操打，现在勿能够搭孙权打，要打只好得荆州，只好得西蜀。

刘备一听么，拨诸葛亮什梗一分析，一开解了，天下格形势清爽了，出路明确了，部署也明确了。不过刘备搭诸葛亮讲啦，好虽然蛮好么。但不过，西蜀刘璋是吾格兄弟，荆州刘表是吾格阿哥，格吾去夺自家弟兄格家当，恐怕勿大好，天下人要讲闲话了。诸葛亮笑笑。诸葛亮说：俫放心。刘表呢，身体勿好，吾看俚呀，不久于人世。刘璋呢，昏庸暗弱，西蜀场化格老百姓呢，大家心侪勿向俚。老实讲，俫勿去得刘璋格西蜀，曹操也要去得西蜀。俫勿是去夺刘璋格西蜀，俫是比曹操快一步，拿格地方得下来。得仔下来，俫可以搭曹操打。俫勿是去欺负刘璋，而是要拿格个地方得下来仔，去为汉朝格一统天下做准备。

刘备一听么好极了。"卧龙先生，言之有理，先生一番金玉良言，使刘备，茅塞顿开。还望先生不弃鄙贱，出山相助。"格么俫出山吧。诸葛亮摇摇头，"亮，久乐耕锄，懒于应世。将军宜别求——高贤"。刘备想啥物事啊？诸葛亮勿肯出山。诸葛亮说，吾登在乡下，赛过散淡惯常格哉啦，俫喊吾出去做事体，吾办勿到啦。俫另外请大好佬吧。

刘备叫啥两笃眼泪，"先生不出，其如苍——生何！"俫勿出山，天下老百姓呐吭弄法呢？老百姓吭不救哉。吾现在为仔，上扶国家，下救百姓，所以要请俫出山。刘备哭啊，哭得了衣襟尽湿。诸葛亮一看么，刘备实头诚心。"先生不出，其如苍生何。"俫看老百姓面上么，俫也应该要出来。诸葛亮答应。"将军"，不过吾搭俫讲清爽，俫要吾出山呢，可以的。吾有个条件。啥格条件呢，等到三分天下打平啦，吾要求回转卧龙岗，退归林下。先搭俫讲明，三分天下之后吾要转。

刘备心里向转念头，吾现在勤说三分天下哉，吾连到一厘一毫也吭不了。吾假使有仔三分天下是，吾也笃定哉呀。好，吾答应俚，准定算数。

格么后首来，诸葛亮打平仔三分天下，诸葛亮为啥道理勿回转来？格官做下去仔呢。喏，格里向有道理。因为等到三分天下打平，云长死。关云长一死么，刘备要搭关云长报仇。诸葛亮劝刘备，俚江东勿能打。江东吾俚只可以搭俚团结，勿能够打的。刘备偏要打。刘备说吾，如果说，勿能够搭二弟云长报仇了，忘记脱桃园弟兄，哪怕万里江山，何足为贵？俚叫啥，兄弟情重，江山轻么，俚一定要兵进江东。连下来，张飞被刺。造白旗白甲了，张飞被刺杀了。诸葛亮算得劝，勿听呀。拿诸葛亮乩在四川成都么，刘备亲自带人马，御驾亲征，兵进江东。火烧连营七百里么，全军覆没。刘备退到白帝城，病重。拿诸葛亮从成都请到白帝城，永安宫。就在刘备床门前碰头格辰光，刘备搭俚呐吭说法呢？丞相，吾后悔了。吾勿听俚格说话，弄到现在什梗格地步，一场大败。吾呢，看上去身体勿来赛了。吾格儿子刘阿斗呢，俚也晓得的，本事比较推扳，吰用场人啦。什梗吧，丞相。俚看，假使刘阿斗能够辅佐的，辅佐。勿能辅佐的，格么就，俚作四川格主人。俚来做皇帝，也能够灭曹兴汉了，打出去。

诸葛亮听到格个闲话么，呆脱哉哟。刘备要拿天下让拨俚。天下勿传拨刘阿斗了，而传拨俚诸葛亮么，诸葛亮呐吭答应得落？诸葛亮，卜落笃！在刘备床门前跪下来么，"亮，敢不竭肱股之力，效犬——马之劳"。直到吾死，吾终归辅佐刘阿斗。结果呢，结果么诸葛亮六出祁山，鞠躬尽瘁，死而后已。诸葛亮在卧龙岗出山之前，讲好，三分天下平，要回转。后来所以勿回转么，就是因为刘备永安宫托孤。要拿天下拨俚哉么，诸葛亮答应勿落。诸葛亮只好搭刘备再拍记胸脯，吾帮刘阿斗，吾一直帮俚到死。

那么现在，刘备什梗一讲，答应哉么，诸葛亮也同意。刘备马上关照，叫关了张两家头到里向来，相见卧龙先生。

云长过来唱一个诺，"关某有礼"。"二将军，不敢。"张飞跑进来，俚真也勿高兴叫诸葛亮。对仔格诸葛亮："呃唔……"舌头上打个滚哟。诸葛亮晓得，格戆大，勿大窝心了。刚巧诸葛亮侪听见，到后门去放火了，要烧脱俚房子了什梗。现在，现在假痴假呆，嘴巴里，舌音勿清爽了，也勿叫俚啥格名堂，就，啰……一来兴么，诸葛亮也搭俚招呼一下。

那么诸葛亮关照童儿，摆酒，款待刘备。刘备呢，拿带得来份礼物送拨诸葛亮。诸葛亮勿肯收，诸葛亮随便呐吭勿肯收。刘备说俚板要收的。请俚诸葛亮出山，格点礼物呢，忒轻。但是呢，表表吾刘备格心，那么诸葛亮答应，收下来。当日夜呢，刘备就住了卧龙岗。明朝起来早上么，诸葛亮上四轮车，跟刘、关、张到新野县。勿晓得曹操打过来哉呀，所以要博望坡军师初用兵么，下回继续。

第二十五回

相堂发令

　　刘皇叔，三顾茅庐，请诸葛亮出山。诸葛亮一到新野县，叫啥格班文武官员，对诸葛亮格感情，比较冷淡，勿像搭徐庶什梗来得热络。为啥呢，因为刘备去请仔三埭，诸葛亮再出山。有些人有看法，认为诸葛亮架子大。为啥道理要刘备连请三埭呢，那么外加诸葛亮格人呢，勿擅于，啥格搭格个敷衍了，归个么去谈谈了，比较冷淡。特别是张飞，看见诸葛亮么，头别别转。诸葛亮，要想搭俚讲闲话呢，根本就讲勿上。假使刘备勿在么，张飞心境勿好，还要骂脱两声山门。那么诸葛亮晓得，格个侪是，在三顾茅庐格辰光，结下格一滴滴毒啦。不过诸葛亮勿关。俚一到新野县之后，俚非常认真的，到新野县城外，四面去察看。看地形。为啥呢？诸葛亮估计，曹操格人马，就要打到新野县来。假使来，吾呐吭样子应付。倷勿熟悉地理，勿了解地势，倷就蛮难用兵指挥。

　　诸葛亮定期，派出路探子，打探消息。有格到许昌，打听曹操方面格情形。有格到江东，打听孙权方面格消息。还有格呢，到荆州，打听荆州方面，阿有啥格动静？只有四面八方格消息灵通了，格么诸葛亮指挥起来，就是有办法。

　　嗳，叫啥曹操方面吭不消息来啦，江东有消息来。而且格个消息呢，很紧张。因为江东孙权，带领人马，兵进江夏郡，打刘表。江夏郡格太守呢，叫黄祖。江夏郡格城，拨了孙权攻破。江夏郡太守黄祖，乱脱仔江夏，逃走格辰光么，拨了东吴大将甘宁，嚓！结果性命。现在呢，江夏失守，黄祖阵亡。荆州方面格形势比较吃紧。

　　诸葛亮打听明白之后，就搭刘备一道商量，阿会孙权格人马，长驱直入，兵进荆州呢？假使孙权人马要打荆州哉啦，刘表板要来请刘备去商量。不过诸葛亮再调查下来么，搭刘备讲，说格桩事体，讲来讲去，要怪黄祖勿好。为啥呢？因为黄祖手下有格大将叫甘宁。甘宁呢，是长江里向格强盗出身，后首来弃邪归正么，投奔江夏太守黄祖。黄祖呢，老迈昏庸。黄祖想的，就是呐吭样子捞铜钿。对待投降得来格甘宁呢，俚是看勿起的，认为俚出身勿好。孙权有一回，派人马打过来，兵进江夏。因为孙权格爷孙坚啦，是死在江夏郡。俚要报杀父之仇。甘宁立了大功，杀退了江东人马之后，黄祖非但勿搭俚记功，外加背后头讲，格种是劫江贼，出身勿好，呐吭可以记功，呐吭可以重用呢？因此甘宁在江夏郡郁郁不得志。有朋友劝俚，俚登在该搭点也吭不啥前途，那么甘宁投奔江东孙权。孙权得着甘宁呢，重用俚。因为甘宁是一个人才。那么叫甘宁领路么，兵进江夏。甘宁熟门熟路，打破江夏，黄祖逃走。甘宁追上来，黄祖搭俚商量：甘将军，侬阿好赛过放吾一条生路。甘宁对俚讲：哼，格辰光，吾在侬手下辰光，侬哪惬待吾？侬一径拿吾作为一个劫江贼看待，今朝侬倒要来求吾哉？辣！一箭么拿黄祖射杀。黄祖格头割下来，献拨孙权了，祭孙坚，报杀父之仇。所以格个事体啦，要怪黄祖勿好。

接下来再得着一个消息，刘表派人来请刘备，到荆州去议事。刘备搭诸葛亮一商量下来，吾阿要去呢，应该去。搭诸葛亮一道去。带赵子龙保驾。有赵子龙呢，蔡瑁也勿敢下辣手，来暗害刘备。不过路上，跚到荆州格辰光，诸葛亮先搭刘备讲：假使说，刘表要托侬带领人马去，兵进江夏郡搭孙权开战，要夺回江夏郡呢，侬勿能答应。为啥呢？因为吾伲将来啦，要搭江东孙权团结起来，要依靠江东孙权。倘然说现在，伲帮仔刘表去搭孙权一打是，将来伲要联络孙权，有困难的。格么作兴，刘表讲起来，吾呐吭讲法呢？侬曼得回头俚，侬说：吾要到新野县去，搭文武百官商量商量了，再决定。为啥么？因为吾杀退了曹仁、曹洪三万三千人马，曹操要来兵进新野，报仇雪恨。吾恐怕离勿开新野。吾伲搭江东人，勿能得罪，要留一条后路了。该个就是诸葛亮，在卧龙岗格辰光，搭刘备讲格啦，要"东和孙权"。孙权呢，只可以用为援助，而勿能够去动孙权格脑筋啦，搭孙权闹破裂。

那么刘备听俚格说话。刘备等到到荆州，进城。馆驿里耽搁下来么，明朝转来，带诸葛亮碰头刘表。刘表摆酒款待。正在吃酒讲张格辰光么，果然呀，刘表提起来：兄弟呀，现在黄祖阵亡，江夏失守。孙权呢，欺人太甚。俚带人马，要来侵犯到吾格界。所以吾要想拜托侬兄弟了，兵进江夏，夺回城关，替黄祖报仇雪恨。刘备对诸葛亮一看么，诸葛亮眼睛一闭，阴阴然：东家，吾老早搭侬讲好了，侬用勿着问吾得。那么刘备就讲：老兄，侬关照吾去，兵进江夏呢，格是吾应该听侬格闲话啦。不过呢，曹操恐怕要来打新野县，吾顶好要回到新野县，商量商量再讲。格闲话倒也勿错。

那么刘表搭俚吃酒格辰光，席散之后，回到馆驿么，消息来了。啥格消息来呢，孙权退兵了，放弃江夏了，收兵回转了。现在江夏郡呒不人了，江夏地方上格人写信到荆州来，要请刘表另外派太守去，镇守江夏，收复城关。

格个消息蛮奇怪。为啥呢？因为孙权既然得着江夏，俚为啥道理勿打过来呢？而忽然，又收兵回转去哉呢？其实一眼也勿奇怪。因为孙权格娘，新近过世。俚能够报着爷格仇，拿黄祖格头拿下来，祭在孙坚格灵位。同时呢，还祭仔自家格娘。因为娘活着格辰光，跚看见，吾儿子去替老娘家报仇啦。现在总算侬娘过世哉么，格个仇，吾报着了。因为江夏郡离开江东比较远，战线拉得忒长，补给线忒长呢，不利于作战。俚恐怕刘表劙带领大队人马，哈唧当！冲过来，格个俚比较难打啦。所以孙权听手下闲话么，放弃江夏了，收兵回转。适可而止，俚格目的是报仇。勿单单是要夺江夏一座城关。刘备得着格个消息么，心里向一宽。啥体么？否则刘表要关照俚去打江夏哟，要搭孙权开战。那么诸葛亮反对搭孙权打格吆。哎，在格个辰光呢，叫啥刘表格大儿子，大公子刘琦，来拜望阿叔。

刘备拿俚请到里向书房间里坐定么，诸葛亮也在旁边头，大公子搭孔明见过一礼。叫啥大公子对刘备啦两笃眼泪，"叔父大人！""啊，贤侄，因何掉泪呀？""叔父哇。"告诉阿叔：老娘家格身体呢，一年勿如一年，叫一日勿如一日。爷病越重呢，吾格处境越困难。因为爷有点啥三长两短了，马上要面临一个，啥人来接位格问题。蔡夫人呢，俚勿能够容忍吾。俚板要拿吾杀脱之后，那么格份产业，可以传拨了兄弟，所以吾格性命交关危险。要请徕阿叔，阿能够帮帮吾格忙了。"呃喝，援——救小侄！"刘备叹口气，叫吾呐吭讲法？唔笃格家务事体啦，吾虽说是徕格阿叔么，远房格呀，客气。呆瞪瞪。对诸葛亮一看么，诸葛亮摇摇头。诸葛亮也呒不闲话好讲。那么刘备只好回头阿侄。"贤侄，呃喝！此乃家事，愚叔不便多言。""嗯——是。叔父，明日小侄在家中略备粗肴，请叔父前来饮酒。""好好好。"刘备答应。"卧龙先生也请到来。"诸葛亮点点头。东家去么，吾总归陪东家一道来咯。大公子告辞走，刘备送，诸葛亮勿送了。送到外头分别格辰光么，刘备在刘琦耳朵旁边头，搓咯搓咯搓咯，咬几句耳朵。刘琦有数目了，刘琦回转。

那么刘备回到里向来。到明朝转来早上，大公子刘琦派人到该搭点来。用请帖，请刘备、诸葛亮到府上吃酒。刘备说蛮好。刘备关照下头备马，诸葛亮么准备四轮车。刚巧准备停当，刘备要走，忽然刘备两只手，望肚皮上一拂，"哦哟！作作作作。哎呀，卧龙先生，备腹中疼痛，不能赴宴。请军师一人前去"。徕搭吾，到阿侄门前，打个招呼吧。吾肚皮痛，勿舒服，看上去吾勿能来了。格么诸葛亮只好答应哉咯。因为请是请两个人了，东家肚皮痛了，临时勿能去么，格么就吾一个人去哉嚯。

诸葛亮出来到外头上车子，轧冷冷冷，一路过来到大公子公馆门口。车子停，大公子出来接。接到里向书房间里坐定，茶叙已毕么，大公子问卧龙先生，"先生，吾家叔父因何不来呀？""哦，哦哦，因为我家，主公身——子，不爽。""噢，哦。"阿叔身体勿好。大公子对旁边头底下人一看，家将通通侪退出去哉。只剩俚笃两个人，书房门摇一摇上。"卧龙，先生。""公——子。""琦，有一桩事情要请教军师。还望军师，教——吾。""请讲。"啥格事体呢？那么大公子讲拨诸葛亮听。勿瞒徕讲，吾自家格亲生娘陈氏夫人呢，几年前头就过世哉。吾老娘家呢，还有一个后母，蔡夫人呢，俚养一个儿子叫刘琮，就是吾格兄弟咯。现在呢，蔡夫人要想等格老娘家将来千年之后，拿格产业传拨了刘琮。那么，照规矩啦，应该是长子承继啊。那么因为俚要想传拨了自家格小儿子么，所以，拿吾呢当做眼睛里向一只钉，要拿吾陷害。那么吾条性命呢，非常危险。久慕徕卧龙先生才高学广、足智多谋，肚皮里计策蛮多，吾要想请徕军师，阿能够教吾一条计策了，让吾保全性命。"还望先生，救——我！""喔喔喔喔，"诸葛亮一听么，连连摇头，"公子，常言道，疏不间亲。亮，怎——能多言。"吾外头人呀。俫想，唔笃阿叔，尚且勿能够讲闲话，何况吾呢。吾出来讲闲话么，更加勿妥当哉哟。"亮，告辞。""啊呀，先生慢走，用水酒一杯。"今朝请俫来吃酒格哟，啥格酒勿吃了，俫马上就要跑哉呢，到里向吃酒去吧。

诸葛亮情不可却么，跟仔俚过来，到里向。里向格个房间叫啥，叫密室。非常秘密的。讲闲话呢，呒不别人会得晓得的。密室里向一桌酒水摆好，两家头入席，坐定。大公子提起酒壶来，在卧龙先生，杯子里向洒好一杯，自家杯子里也洒一洒，酒壶一放呢，底下人退出去，密室门关上么，只剩俚笃两个人。"卧龙先生"，该搭点是密室，非常秘密，吾晓得俫卧龙先生格心思，只怕勤讲仔出来，消息传出去，拨了蔡夫人晓得，拨了蔡瑁晓得呢，交关勿便当。所以了，俫卧龙先生勿肯讲了。格么现在在密室里向呢，呒不别人会得听见，"先生一定要，相——救刘琦！"俫有心教教吾条计策酿。诸葛亮面孔一板，"公子。亮，早已言讲，不能多——言"。吾勿好讲闲话。诸葛亮马上就要走哟，酒勿吃了。俫勿是请吾来吃酒，俫是来问吾计策，拨吾做难人。格种事体吾呐吭好讲呢？

诸葛亮晓得该搭点格情况，非常复杂的。俫如果传出去起来，难免格呀。俫拨了蔡瑁、蔡夫人晓得，非但对吾不利，对东家也不利啦，勿讲。俫要走么，大公子一定要留。"先生，请用酒。"诸葛亮说，吾勿大会得吃酒，谢谢俫。算数了，吾心领了，吾要跑了。格么卧龙先生，俫酒勿吃么，吾有本书，吾想请教请教俫。啊，啥物事啊？喏，吾有本古书，在后头藏书楼上。吾看哉么也勿懂，吾要想请教么，呒不问处啦。俫卧龙先生呢，学问交关好，吾想拿本古书请俫看一看，格上有几段物事，吾勿大懂么，俫教教吾。诸葛亮叫啥听见书本么，勿走哉。为啥呢？因为卧龙先生非常好学，特别是听见格种古书啦，俚板要看一看。蛮好，格么跟俫到后头，藏书楼去看看看。

两家头立起身来，出密室，到后花园。后花园有只楼叫藏书楼，大勿大几化的。赫冷噔噔……上楼。到楼上，踏到门前一看么，交关清爽。书架，上头侪是书本。诸葛亮坐定就问公子哉咯，"大公子，书在哪——里？"书拿出来看酿。刘琦对俚摇摇头。"卧龙先生，古书呢，是没有。琦，相请先生到来，想此间，上不至天，下不至地，出于君口，只有琦耳，望先生救——我！"三次求计。刚巧密室里，俫觉着还勿保险，该搭点顶保险。楼上，上勿到天，下勿着地，俫嘴巴里出来，吾耳朵里听见，呒不第三个人晓得，俫尽管笃定讲。诸葛亮窝塞了，格俫俫在骗人嚯，啥格一歇歇么，喊吾看本古书了，要请教吾。临时完结，俫骗吾到该搭点来，要问吾计策。诸葛亮面孔一板么，"亮，告——呃辞"。计策呒不，跑了。拨转身来走，要下护梯么，"啊呀！"呆脱了。啥格上呆脱么？叫啥只扶梯拆脱哉呀。俚笃两家头上楼格辰光，下面格底下人拿格只短梯，笃！抟脱仔哉哟。阿呀，梯吭不了，倷呐吭弄法？

诸葛亮回过头来对刘琦一看么，墙壁上叫啥挂一口宝剑了。大公子拿口宝剑，哼！哐！噗——抽出来，对仔诸葛亮两笃眼泪，"卧龙先生，倘然先生不肯教我，琦，迟早难免一死，倒不如死在先生跟前，也——罢！"死罢。因为吾吭不生路。蔡夫人要害杀吾，吭不人好救吾。倷诸葛亮勿救吾么，吾将来终归是死呀。格么早点晚点死么，吾就死在倷诸葛亮门前头。拿口宝剑要往头颈里向勒么，诸葛亮想那么弄僵。勠弄条人命在身上。还讲得清爽啦？楼上么只有两个人，那么俚么死脱哉，格个算啥格名堂呢？诸葛亮要紧喊住俚。"啊，公——子且——慢！"慢慢慢慢慢。"先生，怎样？"阿有计策？吭不计策吾马上死。诸葛亮说：计策有格呀，倷宝剑放好酿。勠拿在手里，吓人倒怪。那么大公子拿宝剑，哐！哼！入匣。

诸葛亮就搭俚讲哉，公子，倷俺看过列国辰光格故事？从前晋国，搭倷公子格情形呢，有某种程度是相似的。晋国有两位公子，一位叫申生，一位叫重耳。也是晚娘，要害杀俚笃两家头。那么格申生呢，在内而死了，重耳呢，在外而生。重耳跑出去。跑出去仔保着性命，阿哥申生杀脱了，拨了晚娘弄杀的。后首来重耳出亡于外，兜了一个圈子，回到晋国来么，老娘家死脱哉。晚娘格小囝登基即位了，格么俚回转来么，晚娘格个留在一份家当么，乱脱哉啦。国里向乱得一塌糊涂。重耳回转来即位么，就是晋文公重耳。重耳跑出去，俚活命了。格么倷公子也曼得，效学重耳一样好了。倷留在荆州，倷性命是有危险的。倷离开荆州，倷就太平。"那么军师，往哪——里去？"有办法的。最近勿是江夏郡太守黄祖，拨了孙权杀脱了么？江夏郡，吭不人在保守。倷公子只要写一封信，告诉唔笃老娘家。报告老娘家，江夏郡吭不人去了，吾愿意去。格么倷到江夏郡去之后仔呢，路到底离开得远呀。蔡夫人只手，吭不什梗长，俚勿能够伸到江夏郡来弄杀倷啦。格么倷就离开了虎口了。"多——谢军师！"大公子然后起只脚，在楼板上，咚！咚！咚！调三脚么，下头只梯装好。"先生，请！"下楼吧。

诸葛亮响勿落。诸葛亮想，吾卧龙岗出山，勠拨别人家上当，自家先上仔当了。今朝格只梯并勿长，短来西。诸葛亮出卧龙岗，叫啥碰着人家拔短梯。诸葛亮心里向，那现在清爽了。该个是刘备想出来的。板是刘备在送大公子出去辰光，搭公子商量好的。呐吭，呐吭，呐吭，拿吾骗到该搭点来，噔！短梯拨脱。吾勿能够跑下去哉么，弄僵。弄僵哉么，只好教计策出来。格个一回书叫啥？叫"荆州城，公子三求计"。诸葛亮什梗一讲呢，下楼，回转。大公子写报告拨了老娘家，要求去镇守江夏。刘表搭刘备商量下来，说：大公子要去倷看呐吭？刘备说：蛮好哇，大公子去守江夏么，托得落格咯。叫老大夫伊籍，陪仔一道去好了。

那么刘表就拨三万兵，叫大公子刘琦带领老大夫伊籍，还有几个副将，镇守江夏郡。大公子一走呢，俚格条命保牢了。实际上，诸葛亮勿单单是救了大公子刘琦。诸葛亮为自家呢，也留好一条后路。因为曹操攻打新野县，新野、樊城失守。荆州刘琮投降，荆襄九郡，除出江夏啦，通通拨了曹操夺得去，刘备兵败当阳道。当阳道一场败仗下来，吭不去处哉呀。到啥地方去呢？那么哝，就退守江夏。因为大公子刘琦在江夏么，刘备、诸葛亮带领败兵，就可以退到江夏郡，作为一个立脚之地啦。

大公子刘琦去了。刘备、诸葛亮、赵子龙回转新野县。勿晓得唔笃回转新野县，曹操人马要打过来哉哟。那么现在吾又要交代到许昌方面，曹操格搭点。

今朝曹操在相堂上，升坐大堂，商议军情。外头奔进来个探子。"报——禀丞相！""何事，报——呃来？""小人奉令在新野县打探军情。刘备请到了一个南阳诸葛亮为军师，在那里招兵买马、积草屯粮，请丞相定夺。""再——哋探。""是！"探子退下去，再去打探消息。

曹操一听么，"呃呃呃呃，嗯嗯嗯……"探子报道：刘备现在，又请着一个军师，叫南阳诸葛亮。诸葛亮啥等样人？格刘备花头多的。前脚请着一个军师，徐庶。拨吾弄到仔许昌来之后，俚手下吭不军师啦。嘿嘿，又请着一个，南阳诸葛亮。格诸葛亮啥等样人？格个名字吾从来吭不听见过。让吾来问问手下文武官员看，唔笃阿有个把人晓得。假使诸葛亮一般的，格么好，笃定，吭啥道理。如果诸葛亮是格厉害脚色，吾勿能够等闲视之。要想办法去除脱俚了。

"众位先生，列位将军。""哗……""公等可知晓刘备手下的军师，南阳诸葛亮，是何许样人——哪？""哗……"文武官员偨对吾看，吾对偨望么，侪在摇头。从来吭不听见过什梗格名字，勿晓得。大家摇头是，徐庶开心啊。徐庶心里向转念头，吾临时动身辰光，拿诸葛亮推荐拨了刘备。吾还到诸葛亮屋里去弯一弯，要求俚出山帮刘备格忙，诸葛亮回头吾，勿肯。嘿嘿，现在消息到，诸葛亮已经到新野县。什梗一看，刘备有本事，居然拨俚拿诸葛亮请出山。徐庶眼梢甩过来对曹操一看，曹操啊，那么偨家人家，有完结格希望哉。心里向想，老东家，那偨放心吧。诸葛亮出山呢，偨可以脱运、交运了，局面有转机。就可以矮子爬扶梯了，一阶高一阶了，刘备得到一个转折点哉，徐庶蛮快活。格么曹操上问诸葛亮啥等样人，俚阿要跑出去来讲呢？勿讲。啥体？卖卖关子。让偨曹操难过难过也是好的。因为徐庶恨伤曹操了，勿愿意讲啦。

曹操一遍问下来，吭不人跑出来么，在对徐庶看。想偨山林隐士咯，偨刚巧从刘备搭来，大概偨总有点数目。偨上对俚看么，叫啥徐庶格眼睛，勿搭曹操眼光接触，对别场化看么。好了，勿响哟。曹操再问，问第二遍。"列公。你们哪一位知晓，南阳诸葛亮啊？"哗——文武官员对曹操看看，相爷偨多问脱的。偨问一遍，侃晓得么，老早跑出来讲了。问一遍，侃勿晓得么，格偨何必再问第二遍。多此一举。曹操两遍问下来，吭不人跑出来么，笃定。啥体？因为单福，易名改姓格单福，尚且吾有人晓得，俚是徐庶，俚勿是单福。俚啥场化人，啥格本事，有人晓得。易名改姓也有人晓得，诸葛亮真名实姓，吭不人晓得么，可见得诸葛亮格本事平常得极。曹操格心，定哉。

"哼哼哼哼……"有点得意。格声笑呢，是看勿起诸葛亮，轻蔑。顺带便再问一声，"你们哪位知晓哇？"曹操晓得吭不人跑出来哉呀。顺言之下什梗带一句：啥人晓得啊？叫啥格徐庶听曹操一笑，心里有气啦。曹操格笑是蛮清爽，看勿起诸葛亮。认为诸葛亮吭不本事。徐庶想，吾本当么，勿出来。那倒要跑出来仔。嗳，侪看勿起诸葛亮呀，吾要拿诸葛亮说得天上掉勿下，地下出勿出，好得异乎寻常，让侪曹操心里向闷脱。让侪手下格班大将，听见诸葛亮格名字，魂飞魄散。下转有啥人带人马去打新野县，新野县也勪到，已经心慌意乱，见诸葛亮已吓了。格个名堂叫啥，叫心理战。

转定念头，徐庶从旁闪出。"丞相在上，徐庶有礼。""嗯？"曹操看见徐庶跑出来，心里向就窝塞。为啥？糗货。俚到许昌来，吾待俚勿错啊？俚娘死脱，吾亲自去吊丧。那么吾还请到俚相府里向来，搭俚吃酒。请俚吃酒格辰光呢，吾问俚。吾说徐先生，侪是水镜庄学道二十年，名闻天下。吾要请教请教侪，侪六韬三略是，件件佳能喽。六韬三略么是兵书，黄公三略，黄公么就是黄石公啦，就是送三本兵书拨了格个张良的。弃履老人，黄公三略。六韬呢，是吕望六韬，姜子牙编的。六韬三略是兵书格名称。曹操在请教俚辰光么，徐庶叫回头得爽气啦：丞相，侪问起格六韬三略了，吾叫啥连得七韬四略侪勿晓得的。那么曹操问俚哉略，侪在水镜庄，学点啥格本事呢？徐庶说吾在水镜庄学格本事么，比方说是一块地皮，步弓量一量，吾马上就能够计算出来有几亩几分几厘。哼，学格量地皮。还有呢？一块银子，摆在戥盘里称一称，几化重量。一两银子好换几化铜钿，吾马上就能够算出来，格块银子可以换几化铜钿。吾学格钱庄店。再有呢？再有么，善观气色，搭别人家相面。因为水镜先生善于相面咯。哼，曹操对俚笑笑，好大才，好好好好好。曹操心里有数目了。侪格心勿向吾了，侪完全在热昏。侪帮仔刘备格忙，侪照样能够大破八门金锁阵，拿曹仁、曹洪三万三千人马打得全军覆没。侪呐吭会得勿懂六韬三略呢。蛮好，明明侪啦，心勿向吾。因为侪娘死脱之后，对吾是怀恨在心。那么曹操心里向转念头，徐庶，侪赤胆忠心帮吾忙，吾提拔侪。吾着实要重用侪。侪如果说，饭么吃吾的，心么是向刘备的，侪当心。侪要么勍拨吾扳牢错头，扳牢错头么吭啥客气，吾就要拿侪颗郎头拿下来。

现在曹操看见徐庶跑出来么，俚马上就想着格七韬四略。曹操心里向转念头。侪徐庶，赤胆忠心帮吾忙，吾重用侪。侪要对吾勿三勿四格说法么，吾早点晚点扳牢错头，拿侪颗郎头搬场。"元直，少礼。怎——呐样？""丞相方才问及那个南阳诸葛亮，吾徐庶倒略为认识。""嗯？嚯嚯嚯嚯……"曹操一听侪听听看，格半吊子，讲出来格闲话吊里吊气啦。俚勿肯着着实实的。俚回头格个南阳诸葛亮呢，吾稍微有点认得。老实讲，要么认得，要么勿认得。吭不啥，稍微有点认得的。曹操要敲牢俚。"先生是，认——识？""认是不认识，因为他与吾家老师是朋友，故而在下略为认识。""啊，呃呃。"

曹操一呆。为啥呢？徐庶说了，诸葛亮勿是吾朋友，俚搭吾格先生是朋友。吾在先生屋里读书辰光，俚来拜访吾佴先生，吾偶尔看见过一趟。但是呢，吾搭俚勿是朋友，俚是先生格朋友。曹操心里向转念头，俚格先生水镜庄司马徽哟。啥人勿晓得水镜先生是大名鼎鼎，山林里向格有名气格隐士。诸葛亮能够搭司马徽成为朋友是，诸葛亮格本事勿会推扳几化。所谓近朱者赤了，近墨者黑。格啥等样人介？"诸葛亮，他是何许——人哪？""诸葛亮是山东琅邪郡人士。"诸葛亮格上代头，叫诸葛丰。曾经呢，做过汉朝格太尉，位列三公，身家也蛮高。诸葛亮格爷叫诸葛珪，曾经做过山东泰山郡丞。诸葛亮格爷呢，老早就死脱了。俚跟阿叔诸葛玄，诸葛玄搭荆州刘表有关系，所以迁居到襄阳，在卧龙岗隐居。诸葛亮呢，欢喜读书，可以说是上通天文、下知地理、熟读兵法、深通韬略。有时呢，俚自家要比两个古人，"自比管仲、乐毅"。"啊，住——吧口！"曹操喊住俚。啥体？曹操听勿进了。曹操觉着了，诸葛亮格个忒骄傲了，拿自家比得忒高了。说诸葛亮欢喜读书勠去讲俚，诸葛亮要比两个古人，一个叫管仲，一个叫乐毅。管仲呢，就是列国里向齐国，齐桓公手下一个大好佬，上大夫，叫管仲。帮仔齐桓公呢，九合诸侯，一匡天下。乐毅呢，是燕昭王手下一个大将。俚帮了燕昭王，在半年里向，破齐国七十二个城池。格两个人，侪是列国格辰光格名臣。诸葛亮呐吭好去比格个两人呢？"诸葛亮，一个村夫罢了。自比管仲、乐毅，比之太——过呃了！""丞相，据吾徐庶看来，诸葛亮，他另有二人可比。""嗯。"嘿嘿，徐庶格张嘴么，实头会讲。吾说诸葛亮比勿过管仲、乐毅，俚马上说，诸葛亮另外有两个人好比。总大概管仲、乐毅么，头等头脚色，比勿过么，俚比两个二等头脚色，拨了吾听听哉咯，"可比何——人哪？""可比兴周八百年之姜子牙，旺汉四百载之张子房。""呀呀吒！嗵嗵嗵嗵……"曹操心里向转念头，头等头比勿过，比两个特等头拨吾听听哟。姜子牙开周朝八百年天下，张良开汉朝四百年天下，格个两个人，不得了。诸葛亮呐吭搭俚笃两家头去比。

曹操心里向转念头，俚既然什梗比，曹操厉害格哦。曹操格句闲话说出来呢，可以说得倷徐庶，呒不闲话好讲了。"那么，既然如此，诸葛亮与元直比较，怎样——啊？"比倷呐吭呢，那么世界上格人呢，本事终归自家格大，决计勿肯承认自家比别人家推扳的。那么徐庶俚板要说，诸葛亮好是蛮好了，啥场化么，还勿及点吾了。嗳，某些场化么，喏，吾比俚还要赛过，高明着一点点。俚总要什梗讲格咯。曹操在问俚，倷看，比倷呐吭？

徐庶心里向转念头，吾啊，吾勠好。吾要拿诸葛亮比得好。因为诸葛亮好呢，即就是刘备好。吾要拿自家呢比得糨点。吾糨点么，拿倷曹操带得恘点也是好事的。吃仔砒霜药老虎。俚搭曹操勿对了，有意要什梗说。"丞相，把诸葛亮与徐庶相比。""嗯？""诸葛亮如同中秋之明月，吾徐庶呢好比萤火之浮光。诸葛亮是人世之麒麟，徐庶是无用之驽马。诸葛亮是花中之牡丹，徐庶是草间之野花。诸葛亮是黄金，徐庶是黑铁。诸葛亮是美玉，徐庶是顽石……""足够了！"问仔一声，拆仔一坑。拨徕侪比到了。"丞相把徐庶与诸葛亮相比么，正所谓叫寒雀配鸾凤，犬羊对虎豹。""噢哟！嚯嚯。"还要两声找头了，还觉比光了。诸葛亮是八月半夜里格月亮，俚是萤火虫。诸葛亮是麒麟，俚是吭不用场一只老马。诸葛亮是牡丹，花王，俚是野花。诸葛亮黄金，俚是黑铁。诸葛亮白玉，俚是块石头。诸葛亮是凤凰，俚是老鸦。诸葛亮是老虎搭豹，俚是狗搭羊。徕呐吭比法呢？

曹操心里向转念头，拨徕侪比到家。曹操气呀。徐庶还在讲了哟，"诸葛亮因为隐居卧龙岗，故而道号卧龙先生，他又号伏龙先生。水镜先生时常道及，伏龙、凤雏二人，得一可安天下。诸葛亮呢，即是伏龙先生"。"喔！"那么曹操听得坐立不安。诸葛亮叫啥就是伏龙先生。因为司马徽讲过，伏龙、凤雏二人，得一可安天下。什梗一看，诸葛亮着实有本事了。

曹操心里向转念头，拨了徐庶什梗一讲，觉着格人，有点灰溜溜哟。诸葛亮啥本事什梗大法？不过曹操，厉害实头厉害。曹操要想算计徐庶，呐吭算计徐庶呢？人家听是听勿出的。而且，勿容易察觉，曹操在用计了，要想杀徐庶。曹操对俚笑嘻嘻。"元直，既然诸葛亮如此有名人物，那么他六韬三略，善于那一路哇？"格么诸葛亮什梗本事大么，俚格用兵，六韬三略里向么，善于哪里一路呢。倘然徐庶，讲忘记脱哉，当当当当当，讲下去，俚六韬么哪恁了，三略么哪恁。曹操马上扳错头：哦。喔，六韬三略俪晓得的。吾上抢问徕六韬三略，徕回头吾，七韬四略勿晓得。今朝徕六韬三略么，叽叽叽——讲出来一连串，蛮好，徕从前讲格闲话欺骗吾。欺骗吾相爷还当了得，拿去砍了！杀头。

曹操在格上，想扳一记错头了，弄脱徐庶。而且俚看勿出格啦，表面上还笑嘻嘻：啊，格个俚六韬三略善于哪格一路哇。徐庶阿上当？徐庶啥格资格了，俚会得上徕格当。俚晓得曹操在动坏脑筋，在问吾六韬三略，吾哪恁好讲。格犯门，勿能讲格呀。"回禀丞相，诸葛亮的用兵善于哪一路么，徐庶在吾家先生庄上读书的时节，常闻得吾家老师道及。"好了，漏洞俪补脱了。吾在先生屋里向读书辰光，听见伲先生讲起过的，诸葛亮用兵打仗什么属于哪里一路。格个呢，是吾先生搭听得来的，勿是吾自家晓得的。曹操对俚望望，格家伙，厉害么实头厉害，要扳俚格错头，勍想扳得牢，俚弄到先生身上去。"嗯。""吾家老师道及，诸葛亮一旦用兵啊，不过是水火二字。"两个字，一个是水，一个是火。善于用水攻，善于用火攻。曹操听完么，在笑，"嘿嘿嘿嘿……"咃？格徐庶想吾觉说错，曹操为啥道理要笑呢？曹操在骄傲。曹操嘴巴里在咕："老夫，濮阳遇吕布，火中取胜。宛城遇张绣，水攻取胜。这水火二字，何足道——哉呀！哼哼！"水攻火攻，吭不道理，吾见得多。吾曾经攻打濮阳格辰光，搭吕布打。吕布拨吾上当，关紧仔城门拿吾烧啦，火烧濮阳。吾烧得了，组苏、眉毛俪烧脱。吾回到城外头，吾将计就计、计中生计么，一仗拿吕布打败，收回了濮阳。宛城搭张绣打，俚笃用决水，吾反败为胜了，吾打败了张绣。水攻、火攻吾见得多了，无所谓。吭啥道理的。

徐庶心里向转念头，曹操，俟弄错哉。俟碰着吕布格种火攻啦，俟只能算火发场旁边头走走。俟碰着张绣格种决水是，俟只好算在湖滩上跑跑。俟勪碰着诸葛亮格水攻搭火攻，俚格水么叫水，火么叫火。要么勿勬烧，烧起来么，总归拿俟家人家，烧得干干净净，赤脚地皮光。俟看吧。果然，诸葛亮格三把火啦，烧博望，烧新野，烧赤壁么，拿曹操家人家，烧得赤脚地皮光。曹操手一招，叫徐庶退下去，徐庶望准旁边头一立。

曹操心里蛮窝塞哦。拨了格徐庶拿诸葛亮捧得什梗高法是，格呐吭弄法呢？俟心里在窝塞格辰光么，叫啥旁边头有一个大将，跳起来。格大将啥人呢，此人双姓夏侯，单名一个惇，号叫元常。八虎将军，曹操格阿侄。眼睛只賅一只。俚呐吭会得一只眼睛格呢，因为从前在战场上，吃着一箭了，射瞎一只眼睛。勇敢得不得了了。俚听勿进。因为徐庶拿诸葛亮捧得太好了，盖仔俚格招。夏侯惇骄傲煞的。夏侯惇认为，世界上格大好佬让回吾，比吾再狠格人吭不了。有是也有的，只有两个。呐吭两个么？一个么，曾经死脱了。一个么，还勩养出来。眼睛门前么，还是吾顶狠。眼珠子么一只，看别人家侪看勿起的。认为别人才了然得极，格名堂叫一目了然啦。

夏侯惇从旁闪出，"丞相在上，末将有礼"。"罢了。""请丞相休听徐元直荒谬之言，无稽之——谈呢！诸葛亮不过是卧龙岗上一个村夫罢了，到得哪里？末将不才，愿请将令一支，带领数千精兵，兵进新野县。我要生擒刘、关、张，活捉诸葛亮，来见丞相，交——令呢！""喔，哼！哼！"曹操一听，痛快，痛快。为啥道理？夏侯惇讲得几化嗨外。格诸葛亮有啥道理，诸葛亮么乡下人种种田的，到得哪里呢？俚蔓得带几千兵，杀奔到新野县，叫啥要生擒刘、关、张，活捉诸葛亮。一网打尽，通通侪拿俚笃弄得来。曹操对徐庶看看，俟嗨外奇谈，捧诸葛亮。俟听听看，夏侯惇还要比俟狠嗏。徐庶一看，夏侯惇，哈哈，徐庶心里向转念头，夏侯惇格骄傲吾勿怪俚，匹夫呀。嗳嗨，顶好俚去。让俚去么诸葛亮放一把火烧烧，火烧夏侯惇。让曹操好吃吃败仗，徐庶俚勿响。

曹操拔一条令箭，"元常，令箭一支，带领五万军卒，为行军都督，兵——进新野"。"得令！"曹操关照退堂，文武官员退出，曹操回到里向，休息。

夏侯惇手奉大令，回转公馆。那公馆里闹猛了。为啥？升官了。官居行军都督，本来是八虎将军，现在变都督，要改为都督府。夏侯惇关照底下人，唔笃搭吾准备酒水。啥体？吾一升官么，板有文武官员来送礼物，来贺喜格啦。来贺喜么，吾要请客吃酒。果然哟，拍马屁格人真多啦。夏侯惇升官哉，自家人要来，夏侯渊呀、夏侯德呀、夏侯尚呀、夏侯青呀、夏侯雷呀，等等。夏侯姓格大将么，统统侪赶到该搭点来碰头。还有曹仁、曹洪、曹真、曹休，曹家门里格大将也来。因为俚笃全是曹操格亲眷哟。曹操格亲眷有两种，一种么姓夏侯，一个么姓曹。姓曹呢，听听搭曹操是同姓。姓夏侯格呢，好像搭曹操是两个姓。其实呢，其实是一个姓。为啥呢？因为曹操格爷，叫曹嵩。曹嵩本来勿姓曹，曹嵩姓夏侯，俚叫夏侯嵩。因为曹操格阿爹，曹腾了，俚呒不儿子的，拿夏侯嵩过继过来，改姓为曹了，叫曹嵩。所以呢，曹操实际上是夏侯氏格血统。因此俚亲眷么，曹也是亲眷，夏侯也是亲眷。

那么夏侯惇一升官哉么，自家人侪要来贺喜。文武官员也要来凑趣，也来贺喜。所以都督府里向闹猛得不得了。酒水摆出来么，开席了。夏侯惇当中一桌，旁边头格陪客，文官杨修。其他文武官员四个人一桌，四个人一桌，席面摆列两厢。唔笃正是在吃酒、行令，高兴格辰光么，叫啥外头一个人来了。啥人呢，徐庶。

徐庶蛮高兴，曹操派夏侯惇去攻打新野县么，诸葛亮可以大显身手。夏侯惇格种匹夫之辈，呐吭是诸葛亮格对手。俚呒啥事体么，公馆里出来。嗳！经过此地夏侯惇门口呀，只看见轿马纷纷，门口头轿子搭马勿少。可见得文武官员侪在里向咯？徐庶也好白相么，跑进来。不过徐庶呢，并呒不送礼。俚也呒不啥帖子，就什梗一干子望里向信步进来。

踏到天井里对里向一看么，只看见夏侯惇坐在劈许当中，哦，骄傲得了，坐为里当中了什梗，一点勿客气。勿晓得夏侯惇也看见徐庶哉。夏侯惇想呐吭道理呀？倷徐庶跑到该搭来做啥？贺喜？贺喜么要送礼格咯。勿送礼，勿送礼吃白食啊？夏侯惇格人，派头么也实在小。格么徐庶来也来哉么，倷就请俚吃一杯酒么，也无所谓咯。嘿嘿！俚叫啥对徐庶有气。因为倷刚巧在大堂上，拿诸葛亮捧得什梗高了，盖仔吾格招哉，摊仔吾格台了。今朝倷跑到该搭来，吾冷待倷了。夏侯惇叫啥拿只杯子望准台上，当！一盅么。呃嘻！叹一口气，臂膊撑子台上一撑，拳头太阳里一息，一只眼睛闭拢，看也勿对俚看哟。哦？杨修想啥体啊？吃吃酒叹气了，杯子一盅了。对外头一看，徐庶来。啊，徐庶，倷格个来做啥呢？夏侯惇搭倷勿大开心了，格个自讨没趣。

倷在对俚看格辰光。嗳，徐庶也看见。阿呀？徐庶想夏侯惇什梗种态度，勿欢迎吾咯？那倒弄僵，跑也跑到仔该搭来。退出去么，倒说打回票啊。格进去？进去么，什梗种腔调。格再一想，人有见面之情。吾到里向去搭俚唱喏么，俚总要回礼，礼无不答啦？所以徐庶跑过来到夏侯惇门前头，欠身一躬。"都督在上，徐庶参见都督，有——咃礼。"夏侯惇冷淡俚，竖上来么勿开口。连下来呐吭？噔！头抬起来，眼睛张开，对俚摆手一招，"罢了——呃！呃嘻！"眼睛一闭么，仍旧头沉倒，拳头望太阳里一息。

哦，格徐庶窘啊。夏侯惇倷狂得了呒不道理。啥格对仔吾"罢了"一来。吾又勿是倷格底下人。回礼也勿回，格算啥名堂。对旁边头杨修看看，隐隐然，杨先生，帮帮忙，缭缭边酿。拨格落场势拨了吾。杨修对俚看看，倷自家勿好嚯。啥人喊倷到该搭点来，勿关吾啥体。杨修假痴假呆。哦哟，徐庶气呀。夏侯惇什梗对待吾，杨修格种样子。格么哪哼呢，吾算俫回礼哉，立起身来，对夏侯惇只面孔一看么，徐庶一笑。"呵呵呵呵……"拨转身来就走，走在五六步路回转头来，"哼哼哼哼……"又跑。又走了七八步路，"哈哈哈哈哈"连笑三声么，往外头去。

夏侯惇听见笑格声音去远，张开眼睛一看么，果然徐庶望外头去。"杨先生，众位先生，列位将军，徐元直到来，被本都得罪，他——今去了。""哗……"杨修搭夏侯惇咬耳朵：大都督啊，俫错哉。呐吭？俫今朝做都督，俚到该搭来见俫贺喜。礼无不答。俫勿回礼，俚出去，板要去见相爷报告。俚一禀报丞相，丞相就要拿俫喊得去，就要埋怨俫。格俫刚巧做都督，就要拨了丞相喊得去埋怨，阿坍台呢，勿吉利格呀。"嗯，那么依你之见"。吾倒有格办法。"请教？"吾格办法呢，到外头去，拿徐庶喊转来。徐庶说过格啊，善观气色，善于相面。请俚回转来，搭俫都督相格面，明朝兵进新野县，吉凶如何？倘然俚说得好听的，请俚吃一杯酒。说得勿好的，俫孬说拿俚骂，俫刮俚格人，俚吭不闲话好讲。说起来，俚触仔俫霉头么，应该吃生活。俫看呐吭？嗯，夏侯惇想蛮好嚯。吾倒从来勿相过面。呃，请俚来相格面勿啥道理。水镜先生学生子，有名气格咯。格么托俫去请吧。好。杨修俚，当当当当当！追出来。出公馆一看，徐庶在门前头。要紧在街上追过来，"啊，徐先生，元直先生"。徐庶回转头来一看，杨修，"杨先生，做什么？""来来来来来。""啊哈，我是不来了。"杨修走到俚旁边头，起两条手，扎！望准徐庶左手臂膊上抓牢。"我奉都督之命，请先生回去。来来来，来来来。大都督要与你当面赔罪。"拉仔俚就走。

徐庶本来勿高兴过去，格拨俚什梗一拖么，吭说法，只好跟仔俚过来哉咯。街上，拉拉背背，成何体统呢。到都督府，直到大厅上。杨修手一松，"大都督，徐先生到"。"请坐。"杨修坐定。夏侯惇立起来，转出餐桌，到下头来接。"元直先生，本都迎接先生，有——礼了。"哋？格徐庶想，刚巧么对吾什个样子，"罢了"。现在么跑出来接，格里有啥花样经了？"都督不敢，徐庶有礼。""请！""请。"

到里向，摆座头，添杯箸。"元直先生，请——坐。"徐庶坐定。夏侯惇提起酒壶来，在俚杯子里向，唝儿……洒满一杯，自家杯子里满一满，酒壶一放，杯子拿起来。"徐先生，杨先生，众位先生，列位将军，请！""请……哪！"那么徐庶倒弄勿懂？格俫请吾吃酒么，管俚，吃仔一杯再讲吧。杯子拿起来正要想吃么，夏侯惇格人，派头实在小。要相好仔面了，拨俫吃得了。俫想先吃酒，谈也勿谈。

夏侯惇拿杯子望台上一放，"徐先生"。"都督。""本都久闻大名，先生善观气色。明日本都，要兵进——新野县，不知吉凶如何？要请先生与俺相这么一相啊！"哦，那么徐庶明白哉。喊吾到该搭点来，要喊吾搭俫相格面。相得好吃一杯酒，相得勿好也得吃。啥？吃生活。老实讲，今朝格种态度，吾呐吭会搭俫好好叫相。一动脑筋，有了。"大都督，要吾相面么，还是要吾奉承几句，还是要吾实意谈相？"哼哼，夏侯惇想江湖诀也来哉，相面么当然要讲老实闲话。"要请先生实言谈相。""实言谈相么，只怕都督听了要动——恼哇。""嗳，常言道君子问灾不问福，哪有动——恼之理。""喏喏喏喏，我恐怕都督动恼，先行告罪。徐庶告罪了。"一个喏唱下来，吾先告一个罪。夏侯惇弄僵，只好恕俚无罪。"恕先生，无——罪吧！"

徐庶对旁边头文武官员一看，"众位先生，列位将军，大都督要我相面。我问还是奉承，还是实言。他要我实言。我说实言听了要动恼，他说君子问灾不问福。我恐怕都督动恼，先行告罪，大都督恕我无罪。众位，你们大家听见？大家看见？""哗……"文武官员想，倷格个多花头哇。啥格，要，要俚大家看见。呐吭？搭俚做见证啊？用勿着得格咯。勿晓得，徐庶格句闲话大有讲究。那么徐庶要激怒夏侯惇，兵进新野县。诸葛亮登台拜将，张翼德三闯辕门。下回继续。

第二十六回

登台拜将

夏侯惇，官封行军都督，明朝要发兵攻打新野县。今朝在吃酒辰光么，叫徐庶搭俚相格面。俚么要想讨讨口彩了，图一个吉利。碰着格徐庶呢，心里向转念头，傽夏侯惇对吾什梗格态度勿好了，吾勿会有好话拨傽听。但不过，吾触仔俚霉头，吾要往外头逃。俚要追吾，吾登在大厅上跑勿得的。因为两旁边侪是酒水，文武官员侪坐好了。随便啥人拿吾拦一拦牢，夏侯惇追过来，扎嗒！一把抓住。格个一顿生活敲起来，性命半条把。格么呐哼弄法呢？徐庶一转念头，有了。㖧俚到外头天井里去，逃起来便当点。

故而了徐庶特为，眉头一皱，对仔格夏侯惇，"大都督，相面，有三——不谈"。"啊？"夏侯惇想啥物事啊？相面叫啥有三个条件底下，勿能相的。呐吭三样呢，徐庶说：第一，刚巧剃好头，或者刚巧汏好浴，或者吃过酒，格个三桩呢，侪勿能够相面。因为面孔上格气色啦，搭平常辰光正常格气色，有所勿同。相出来就勿准了。那么今朝傽夏侯惇呢刚巧吃过酒了，傽面孔上格气色，搭往常还有眼两样。"呃喝，那便怎样？""喏喏喏，请都督把座头移到庭心之中，待吾细细一览。""嗯"，夏侯惇想好的。凳子搬到天井里，亮头里，俚看得仔细一点，相起来可以准足。"好好。"夏侯惇立起来，关照：拿只凳子，搭吾搬到天井里。夏侯惇天井里坐好，徐庶也到天井里，文武官员仍旧在厅上。不过文武官员，酒勿吃，大家格眼光在对徐庶看。看俚呐吭对夏侯惇相面。

唔笃在看格辰光，徐庶到夏侯惇面前。"大都督。""嗯。""请升冠。"好口彩，关照拿顶帽子㧒脱，升冠。音同字勿同啦，好像要升官了发财哉。夏侯惇马上拿盔帽格刘海带解脱，盔帽㧒下来，交拨底下人。徐庶呢，起三个节头子，来摸。摸夏侯惇格额骨头，天灵盖，后脑勺子。俚格路相法叫啥？叫"摸骨相法"。碰到格夏侯惇呢，怕肉痒的。啊呦，摸上去么，弄得俚格个痒得了，只面孔叫十恶不赦。"哎呵，喔、喔。"徐庶介险乎笑出来。摸好。"大都督，请高冠。"戴上去吧，盔帽带好，刘海带扣好。

徐庶心里向转念头，第一句啦，就要触触俚格霉头。对仔格夏侯惇，"大都督，可知晓，将军，难免阵——前亡"。"啊！"夏侯惇格个一气，跳起来，"哇啊呀呀！"啥格闲话啊，吾明朝发兵，俚回头吾，将军难免阵前亡。大将，格难免要战场上死脱了，还了得。"苦恼哇，苦——恼呃！"噗——拳头举起来要想敲下去么。徐庶叫转弯转得快了。"恭喜大都督，贺——喜大都督。"

"嗯？"夏侯惇倸敲酿？勿敲了。连下来有喜讯来哉。剟一拳头搁脱仔格喜讯了。"喜从——呃何来？""大都督，别位将军，难免要沙场阵亡。大都督，保管寿终在府，徐庶力保。""哼哼"。拨俚格漏洞补脱了嚯。别个大将，难免要死脱了战场上。徐笃定，俚保险寿终在府，死在屋里向。勿会死在战场上。格拳头倒敲勿下去。"嗯"，听俚呐吭讲下去。

徐庶在搭俚讲哉，眉毛叫保寿官，眼睛叫监察官，鼻头叫审问官，嘴巴叫出纳官，耳朵叫采听官，"此之谓叫，五——官也"。"呃，五——官怎样？""想得，大都督五官俱全。""着啊。""惜乎啊，惜乎。""嗯？"夏侯惇想惜乎是靠勿住哉。"惜乎怎样？""惜乎都督眼睛，少一只。""喔，噗！"夏侯惇气呀，当面寻吾开心。俚说吾五官俱全，吾胡声调：对的。俚说可惜少脱一只眼睛。

格么夏侯惇格个一只眼，并不是养出来格毛病，战场上，有一段光荣历史。俚格辰光，打吕布是头队先锋，搭吕布手下一个大将叫高顺打。俚拿高顺杀败，高顺逃，俚追。夏侯惇追过去么，对过旗门底下有格大将叫曹性，放一条冷箭，啪！一箭过来。夏侯惇听见弓弦声音，头一偏么，嚓！一箭，射在俚左首只眼睛上，痛得勿得了。夏侯惇起格只右手，拿箭杆上搭牢，乒！拔出来么，叫啥一只眼乌珠带出来。夏侯惇想格个眼睛是爷娘传下来，勿能够掼脱格咯。叫啥拿只眼睛望准嘴巴里向，嗷呜——囫囵吞咽下去呀。所以金圣叹批俚叫啥？说夏侯惇叫：一目观其外啊，一目观其内。一只眼睛么看看外头格花花世界，一只眼睛么，看看自家格肚皮里向五脏六腑。所以夏侯惇如果说，肺上勿好了，内脏器官有毛病，用勿着透视了，X光照的，俚自家倸看见了。喏喏喏，毛病在格个地方、啥场化，因为俚肚皮里向，有只眼睛了。

夏侯惇晓得俚寻开心，"嗯"，听俚相下去。大都督，额骨头叫南岳。下巴呢，叫北岳。两块颧骨呢，叫东岳了西岳。鼻头呢，叫中岳。格么名堂叫五岳。"嗯，五岳怎样？""想得大都督，额尖上起其一纹，内有红光炎炎，隐在夏么秋初。此番兵进新野，旗开得胜，马到立功。五万军卒剩两万回转么，便是你大都督大——获全胜。"夏侯惇格笔账么，随便呐吭弄勿清爽。俚说吾旗开得胜、马到立功。叫啥五万军兵，剩两万回转来么，就算吾大获全胜哉。五万剩两万回转，已经三万惨脱了，呐吭算大获全胜？"否——则怎样？"否则啊？看徐庶，一个喏唱下去，好像有句好闲话来哉。其实呢，俚扤下去，并勿是唱喏啦，俚是拿格件道袍前头后头，撩一撩起来，做好一个逃走格架子。"否则啊，否则么要烧得你都督焦头烂额，全军覆没，片——甲不回！"说完么，望准外头，哈哒哒哒哒……逃出去。

夏侯惇格个一气么，气得俚三尸神暴跳，六窍内生烟。格么应该要七窍内生烟，因为夏侯惇有一窍勿通了哉么，只好六窍生烟。"哇呀呀呀！苦恼哇，苦恼——呃！"哈噜噜噜……要来追徐庶。徐呐吭追得牢呢。徐庶着格道袍，外加徐庶有武功，轻身法又是好，拨转身么嘚嘚嘚嘚……老远去哉。夏侯惇，头上戴一顶乌油镲铁盔，十来斤啦，身上着一副乌油镲铁甲，六七十斤，背在身上几化分量了。侵侵侵、嗲嗲嗲！像挑副铜匠担什梗么，呐吭追得牢呢。

俫追勿牢么，杨修过来做劝客，"大都督且慢"。夏侯惇对俚眼乌珠一弹，"都是你不好"。侪是俫，想出来格相面、相面，相出一包气来。大都督，俫何必光火？俫用勿着自家去追徐庶。老实讲，俫追牢徐庶，俫拿俚打，俫错的。俫应该去报告丞相，拿格个情形搭相爷一讲，徐庶有罪的。格名堂叫：出军不利、妖言惑众、惑乱军心。单单凭格个几条，俚可以杀头。俫让丞相去拿俚杀么，替俫报仇，俫何必自家去动手呢。夏侯惇想对的，见相爷去，就关照文武官员，慢慢叫吃酒吧。"同往相府一走。""请哪……"

关照厨房间里，格菜么，停一停烧。吃仔一半么，等一等回过来再吃，先去告仔徐庶，再讲。夏侯惇性急人呀，等到散仔席也已经等勿及，现在就去。文官上轿、武将上马，到相府辕门。文官停轿出轿，武将下马，往里向进来。门上过来接。夏侯惇关照格门上，"通报丞相，本都求见。请丞相，升堂理——吔事！""是！"门上到里向禀报相爷么，曹操呆脱。辰光么要夜快点了，夏侯惇跑得来要求吾升堂？用勿着升堂的。俫明朝要发兵哉，今朝来请示请示么，书房间里谈谈也可以，为啥道理俚要求吾升堂呢？大概，总有啥大事体了。自家人呀，曹操又是欢喜格阿侄的，照顾点俚，就升堂吧。

升大堂么，规格式大哉，就升二堂吧。曹操关照，二堂伺候。因为辰光要夜快哉么，二堂上，灯点得锃亮，文武官员侪到二堂上伺候。曹操跑出来，到二堂当中坐定，文武官员参见已毕，两旁站立。曹操对夏侯惇一看，隐隐然，夏侯惇一本正经到该搭点来，俫有啥事体，俫跑出来讲酿。夏侯惇"呵冷噜噜噜"从武班里出来，"丞相在上，夏侯惇，参——见丞相"。"罢了，怎——样啊？""回禀丞相，方才奉令回归家中，文武官员，他们都来贺——呃喜本都。""啊！"曹操对俚眼睛一白哟。啥格俫好在吾门前自称本都？本都，只好对俫下头格人讲讲，叫本都。在吾相爷门前只好自称末将，呐吭好自称本都。格点规矩也勿懂。曹操对俚眼睛一白么，夏侯惇一吓，好，闲话侪讲错了。后头格闲话就脱头落鎈。"不料徐元直先生到来，如是因般，这等这样，惑乱军心，出军不利，妖言惑众。请丞相定——呃夺！""嚯！"曹操想有格种事体呀？算算徐庶么，资格交关好，勿大会得落错头。俚什梗讲到么，蛮清爽，有杀罪。曹操心里向转念头，俫夏侯惇闲话靠大勿住，吾勿能够就什梗听俫，"此言，当——真么？""丞相不信，请问文武官员。"曹操对两旁边格文武官员看看，隐隐然夏侯惇讲格闲话，阿靠得住？文武官员想有介事，大家在点头。文官点头么，武官也胡调，也一道点头。就什梗一桩事体么。

曹操想好极，手一招，夏侯惇退下去。曹操肚皮里向转念头，徐庶啊徐庶，吾本来就想动脑筋杀俫格头，叫扳勿牢错头。今朝，俫自家落一个错头下来么，杀之再杀。格么徐庶到啥场化去仔呢，可能逃走哉。逃到啥地方，回到屋里么吾派人去传。俚勿在屋里向，盘了其他地方，吾关仔城门挨家挨户搜。俫逃出城，吾画形图影拿俫捉。捉俫勿牢？唔笃娘口棺材，在葬在城外头，吾可以发掘唔笃老太格坟墓。老实讲一声，勿怕俫徐庶逃走。不过曹操心里向转念头，徐庶格正经，格个人阴咽咽，勍吾么派人去传俚了，俚么，俚立好在吾堂上。让吾先来看看看，人阿在勿在？

曹操眼睛对准旁边头文班里向，看过去么。叫啥看到阿末一个，立好一个徐庶。"啊！嗯嗯。"实头立好在那。徐庶对曹操看看。曹操啊，俫当吾逃走哉啊？俫放心，吾真阿勿会逃走，嘿嘿！吾走是要走的，啥辰光走么，要等到俫家人家，赤脚地皮光了，那么吾走。现在俫人家也勿完了，吾有得搭俫俏下去了，勿会走的。徐庶晓得夏侯惇要到相府的，俚也到相府。因为文武官员走在前头，俚缩在阿末一个么，呒不人注意。现在曹操发现哉么，文武官员跟仔相爷格眼光，侪望准格只角里看哟，看见徐庶，连夏侯惇也看见。夏侯惇气呀，夏侯惇对旁边头两个文武官员看看，唔笃枉空。吾么眼珠子打对折，只贱一只，看勿大清爽。唔笃眼睛，一只侪勿少呀，呐吭会得勍看见徐庶？倘然看见么，吾老早一顿生活，刮仔俚再说。现在贱仔相爷倒勿能动手，只好对准徐庶上看。

徐庶跑过来，到曹操门前头，欠身一躬，"参见丞相"。"罢了，夏侯惇，所讲之言，尔可曾，听——得？""听得。"好了，格么省得吾，再论亘到古今问哉。夏侯惇格闲话，俫侪听见了。"可有，其——呃事？"阿有介事？"有之。"好极了，曹操心里向转念头，今朝徐庶爽气，两个字两个字，全是胡调。唵听见？听见的。阿有介事？有之。格么吾托俫最胡两个字调好了。曹操特为面孔上装得笑嘻嘻，"可知——罪么！"阿知罪啊？只要俫说一声"知罪"，杀！徐庶心里向转念头，胡调啊，要看当口起的。该格辰光勿能再胡调哉。再胡调，颗郎头要掉下来。"回禀丞相，大都督，有告禀——之言，徐庶有，面诉——之语，常言道，有——告，必有诉。""嗯嗯，嗯嗯。"哦哟，格个闲话凶的。俫听仔原告格闲话，俫也听听吾被告格闲话。吾，也有闲话要辩一辩。"讲——来。""方才徐庶，到都督府前去贺喜。大都督赏我饮酒，席间要我相面。我说还是奉承，还是实言，他说要实言谈相。我说实言恐怕你都督听了要动恼，他说君子问灾不问福。我恐怕都督动恼先行告罪，大都督是恕我无罪。""呃呃，呃嗯。"哦哟，曹操心里向转念头，刚巧夏侯惇别样闲话侪讲，格两句闲话勍讲哇，啥格有告罪了、恕罪了。"当——真么？""丞相不信，请问文武——官员。"曹操对两旁边文武官员看看，隐隐然徐庶讲格闲话，阿是什梗桩事体？文官想有介事。俚告罪，夏侯惇恕俚无罪。连下来徐庶对俚说，唔笃大家看见格啊，大家听见格啊。格是有什梗桩事体。格也勿好瞎说的。文官点头。武将看见文官点头么，胡调，阿在点头。夏侯惇拎勿清，也在胡调，也在点头。

曹操心里向转念头，俚告过罪了，一边恕过罪么，格罪名已经轻脱一半了。"嗯"，听俚讲下去。徐庶格种闲话真会讲。"丞相，这相面一道啦，并非我徐庶一人知晓，也难瞒你丞相"。一顶高帽子戴上来。相面勿是吾徐庶一个人懂，老实讲，瞒勿过倷相爷。其实曹操相面勿懂的。虽说曹操相书也看歇过么，赛过勿精格啦，拨俚什梗一讲哉么，曹操想对的，吾也懂的。"嗯嗯嗯"，也在点头。"丞相请看，大都督额尖上起其一纹，内中红光炎炎，隐在夏么秋初，必有火灾。"倷看！曹操拨徐庶一点穿，在灯光底下，曹操捻一捻眼睛，对夏侯惇只面孔一看么，果然，额骨头上原来有格疤，现在吃仔格酒呢，格疤里向加二发亮光。灯光底下一照么，格疤，锃锃亮。外加格里向吃哉酒么，格里充仔血了么，格个色道发红格呀。其实徐庶装榫头哟，说俚格红光炎炎，必有火灾。曹操外行啦，勿懂，当仔俚相面有道理。所说老法头里格人，侪迷信点笃，算命相面，通通侪有点相信的。曹操想对的，夏侯惇额骨头上红春春了，格是勿能去。倷徐庶非但吭不罪，外加有功劳，提醒吾，否则夏侯惇要烧得一塌糊涂。"元直无罪，退——呃下。""喏。"徐庶退下来格辰光，得意呀，两只眼睛对准夏侯惇一看，隐隐然夏侯惇，那光景？一本正经，带仔文武官员，到相府来告吾一状，结果哪恁呢？辩论终结，宣告无罪，不起诉处分。"哈哈哈哈哈哈哈"，得意啊，白辛苦。

倷格种样子么，夏侯惇看得心里向真气啦。嚯，倷看倷看倷看，倷看徐庶格家伙，阿有恶劣啊？"嗯"，勿晓得倷勃气，还有气格事体在后头。曹操在喊俚："元——常。"夏侯惇号叫元常。夏侯惇从旁闪出。"在！""尔脸上气色不佳，不能领兵。令箭拿来，都督撤销，老夫另——遣别将。""啊？"夏侯惇推扳一眼厥过去。啥格闲话啊？曹操叫啥说吾额骨头上气色一塌糊涂，勿能领兵的。令箭吊转，都督取消，另外派别人去。吾一本正经告状杀徐庶，临时完结自家格都督惨脱了。阿是吾格都督，只做半日功夫啊？文武官员来送拨吾格礼，贺喜，格个礼吾是受好了，还是还俚笃好？顶顶嚜么，俚笃来贺喜吃格酒，酒吃得一半，叫啥格都督已经惨脱了哉呀。夏侯惇您呐吭坍得落什梗盘台呢？"呃喝丞相，末将难以为情。"格难为情。

曹操一想，阿难为情？实头难为情的。算了，照顾点俚吧。"那么，尔仍旧为行军都督。令箭拿来，老夫另遣——别人。"都督格衔头拨倷保存，挂着。实权么吭不了，兵么勿要倷领哉，吾另外派别人去。格么夏侯惇啊，倷蛮有面子了哉呀。倷格衔头仍旧保存，仍旧是都督，倷好落篷哉哇，答应酿。勿肯。所说夏侯惇在曹操门前绕脚惯常。自家人，亲眷，欢喜，发哆劲，"嗯哼，末将，难以为情！"嗯，还只得勿答应。曹操光火。曹操想倷呐吭弄勿明白的？好派倷去么，吾派倷去哉。倷勿来赛，倷去要烧格呀，倷阿晓得啦。曹操要板面孔哉哦。只要曹操一记台子一碰，令箭拿出来！格么夏侯惇也吭不办法，也只好服服帖帖拿令箭交上来。

旁边头格徐庶在后悔哉。吾顶好让夏侯惇发兵去，诸葛亮，蓬！一把火一烧，让曹操损兵折将，触触俚格霉头也是好的。现在拨吾什梗一讲，曹操拿令箭吊转，另外派别人去，格局面就两样。格呐吭弄法呢？吾无论如何让曹操要派夏侯惇去。格么吾出来呐哼讲法呢？徐庶格本事真大，讲闲话格技巧高明。俚出来叫反装门印子啦，来一个反激法。从旁闪出。"丞相，千万不能让大都督率领人马前去。倘然前去，一定要烧得焦头烂额，败得全军覆没。如其大都督得胜回来，我徐庶愿将首级砍下。""嗯嗯。"曹操一听对的。俚去能够打胜仗，俚头是好拿下来。夏侯惇勿来赛，追老虎上山。俚徐庶恶到呐吭一日了？哦，吾去打胜仗，俚头也好拿下来，格坍得落什梗盘台的？"回禀丞相，末将定要领兵前去。倘然失败回来，愿将首级交领！"好，那么完，推车上壁。吾吃败仗，吾头拿下来。曹操格条令箭调勿转，曹操那么明白，上仔徐庶格当了。格家伙出来反装门印子，恶啊，啊那呐吭弄法呢？"你们，可愿立军令状——呃么？""愿立！"夏侯惇是斗仔气了，情愿死的，随便呐吭要去，立军令状好了嘎。徐庶当然也立了，两家头军令状立好，拿过来交拨曹操，退到旁边。

曹操拿两张军令状拿到手里一看，三角眼甩过来对徐庶望望。徐庶啊徐庶，俚格脚色什梗恶劣。俚晓得夏侯惇去要烧，俚搭俚立一张军令状。格么讲拨俚听，权柄在吾手里。夏侯惇就算吃败仗，吾勿拿俚杀，俚也好拿俚杀？哼哼，老实讲一声，吾只要夏侯惇兵进新野县，勍得俚赢的。蔓得俚队伍停下来，住脱格几日天，屏一屏辰光，吾关照夏侯惇来一封假佬戏格红旗捷报，只说打仔胜仗了，吾就凭格封假格红旗捷报么，吾马上拿俚徐庶，嚓！杀头。勿晓得曹操啊！唔笃格阿侄，实在勿争气。一到就打，一打就烧，一烧就完，一完就回转来，连得造格红旗捷报格辰光侪来勿及。吭不格呀。曹操呐吭想得到？

曹操拿军令状台上一放，眼梢甩过来，再拿夏侯惇只面孔看看看。复一复看，阿有挽回？灯光底下一看么，哼，叫越看越勿祥，越看越要烧。那么呐吭弄法？曹操心里向转念头，有了。哪恁办法么？吾再发一条令箭，多派两个大将，多派五万兵，点三个将官，十万大军，杀奔到新野县去。格局面，就可以挽回过来。吾多派两个啥人呢？那吾要吸取教训，先要相一相面，看看看啥人额骨头亮，派啥人去。额骨头皮蛋色，就勿能够派。

曹操对旁边头一看么，看来看去看中两个将官。一个白面孔，一个黄面孔。白面孔格朋友，额骨头上，白得像白银子什梗锃锃亮。黄面孔格朋友是，黄得在赤蜡焦黄。哦，格两家头运道好了。白面孔叫李典，黄面孔呢，叫乐进。"李典、乐进，二位将军，听——令！""在！""有！""令箭一支，你们带领人马五万，为左右副将，与夏侯惇，同往——呃新野。""得令！""遵令！"李典、乐进两家头接令箭格辰光么，旁边头徐庶心里向，别！一跳。对曹操看看，曹操，俚辣手。格个勿作兴的。俚军令状是吾搭夏侯惇两个人，只有夏侯惇一干子带五万兵。啥现在俚多派五万兵，多派两个大将。假使格两个大将本事大一点，运道好一眼去，勿吃败仗，吾就输脱。格呐吭办法？让吾来看看看。如果说俚笃两家头去，有可能勿输格啦，吾格军令状要讨转，要取消。徐庶踏出一步一看么，两家头接仔令箭上下来。灯光底下蛮清爽，看到俚笃两家头额骨头铿铿亮，介险乎笑出来。心里向转念头曹操啊，俫格相面原旧是洋盘。格个两家头额骨头上亮，并不是交运格亮，回光返照。也在触霉头。哈哈，蛮好，本当死五万人马，那可以死十万人马。让曹操格损失，加二大一点了，徐庶愈加得意。

曹操弄错。曹操看见徐庶跑出一步，当做俚要来讨转军令状了，取消军令状。曹操想豪燥退堂跑进去，觱拨俚出来讨转军令状。曹操立起身来往里向一走，"退——吔堂！"溜什梗溜进去。徐庶介险乎笑出来，曹操，俫慢慢叫走好哉。觱什梗心急，一跤跟斗掼下去，要中风的。老实讲一声，俫请吾出来，求吾讨转军令状，吾也勿会来讨。为啥么？因为俫格十万人马去，要死光的。徐庶蛮快活，退下去。夏侯惇呢，带领文武官员，回转都督府，终席，格么吾勿去交代了。

曹操到里向哪恁呢？曹操动脑筋。吾格个十万兵，啥场化去调。五万就在许昌附近调，还有五万兵呢，曹操派人备一封文书，到山东青州调五万青州兵。因为格个青州兵啦，是曹操格心腹部队，战斗力强，一个好抵两个。格个五万人去对夏侯惇大有好处。俫调兵格文书发到青州么，山东青州太守叫韩浩，善用青龙刀，人称马前无三合之将。俚是亲自带领五万人马赶到许昌，先来碰头夏侯惇。要求夏侯惇，俫到相爷门前添两句好话，吾愿意跟俫一道到新野县去，攻打刘备了，立功升官。好，夏侯惇是叫花子吃死蟹只只好，人越多越好。俚马上去碰头曹操，搭相爷咬耳朵，阿能够多派一个韩浩。哼，曹操响勿落，俫格脚色贪得无厌。本来只有一干子领兵的，吾多派仔两个大将，现在还要增加一个。可以。曹操因为自家人么，终归照顾点格吆。所以曹操带领文武官员到城外头，祭旗开兵。等到祭旗完毕，曹操一条令箭关照旁边韩浩，带一万人马，头队先锋，兵进新野县。韩浩接令箭退下来么，徐庶一吓呀。哎哟？曹操俫忒过分了。喔！多派李典、乐进，吾觱搭俫交涉仔了，现在俫再派一个韩浩。如果韩浩去要打胜仗是，吾稳死格咯。徐庶在旁边头，对韩浩只面孔一看么，只看见韩浩额骨头上香灰色。皮蛋色么，皮蛋剥脱仔壳，还有点亮光。额骨头上香灰色是，连亮光侪呒不了。格老二官去，条命也保勿牢。哈哈，徐庶肚皮里向暗好笑，曹操格抢势里败得了，一塌糊涂仔了完结。韩浩头队，夏侯惇、李典带七万兵中队，乐进带两万兵，解粮草后队。十万人马，浩浩荡荡兵进新野。曹操呢，回进皇城，派探子去打探消息么，勿必交代。

格么夏侯惇人马路上在下来格辰光，刘皇叔派了格探子打探消息，探明白。哈——一匹快马回转新野县。进城，到衙门下马。奔进来报告么，刘备齐巧升堂，文武齐集。诸葛亮也坐好在堂上。"报——禀皇爷，小人奉命打探消息，曹操派遣夏侯惇为行军都督，韩浩为头阵先锋，李典、乐进为左右副将，十万大军杀奔新野县，人马离关厢不远，请皇爷定夺。""再——吔探！""是！"

探子退下去打探消息格辰光，刘备心里向，别别别别……紧张。为啥？夏侯惇人马要来十万。吾该搭赅几化人马，九百五十个，算俚一千。格么要推位一百倍。呐吭弄法？刘备心里向转念头，勿要紧。现在有诸葛亮了，诸葛亮有本事，请俚发兵。"啊，卧龙先——生。""主公。""夏侯惇兵进新野，呃，要仰仗军师，发令破敌。未识先生，可有妙——计呃么？"诸葛亮坐头上立起来，"亮——"刘备窝心啊。到底诸葛亮，问上去么计策来哉哦，马上就立起来。可见得俚肚皮里向，老早就想好了。刘备随便呐吭勿抵张，诸葛亮会下头讲什梗两声说话。"亮，本则要在主公麾下效——力，只因身子不爽，欲，乞假一月，回归卧龙岗，养病。病体痊愈，再来辅佐——吾主。"说完么诸葛亮叫啥望准外头门外跑出去。刘皇叔随便呐吭想勿到。诸葛亮呐哼说法？叫啥身体勿好，要求请一个月病假，回卧龙岗养病。一个月病好再来。诸葛亮，一个月病好俫勦来，用勿着一个月哉，吾新野县已经踏为平地了，弄得鸡犬不宁。"卧龙先生，呃喝，请回来呀。没有计策么，我们大家好商议商议。"俫勦走酿，好商量呀，用勿着请病假了。

诸葛亮呐吭？诸葛亮，头也勿回转来，仍旧望准外头跑。诸葛亮心里向转念头，呒不计策回转来商量商量。吾会得呒不计策格啊。老实讲一声，计策一肚皮两胁里，浑身俨是计策了。现在勿能拿出来。为啥道理勿能拿出来么？因为诸葛亮心里向转念头，吾自从卧龙岗出山到新野县之后，表面上刘备叫吾军师，实际上吾呒不权柄格呀。叫，有职无权。关、张，关云长对吾面和心勿和，口服心不服。张飞冤家，看见就要骂山门。文武官员对吾带种怀疑格眼光，俨勿大信任吾。在什梗种情形底下，吾呒不实权，吾呐吭来发令，吾呐吭来布置。所以诸葛亮拨转身来往外头一走头。

刘备又勿晓得，诸葛亮肚皮里向转啥念头。呆脱哉哟。"呃嚄……众位先生，列位将军，你们可有高见呀？"文武官员大家呆脱哉。三顾茅庐，一本正经请诸葛亮出山，临时完结，听着什梗一句闲话。曹兵勿来，身体蛮好。曹兵杀到，病假一个月。格算啥名堂？文武官员响勿落格辰光，张飞旁边头跑过来，"大哥啊，小弟有一计在此"。嗳嘿，想勿到，张飞有计策。"三弟，有何妙计？""大哥啊，你讲格咯，请了诸葛亮出山，如——鱼得——水，现在曹兵杀到，你把这个水放出去，淹——死曹兵哪！"刘备一听么气得面孔转色，眼仙人俨发定。张飞出来触俚格霉头。张飞搭刘备呐吭讲法，俫一径说格哇，吾得着诸葛亮么如鱼得水。格么现在曹兵杀到么，俫拿格个水放出去酿。水，懑当懑当，格冲出去么，拿点曹兵俨沉杀脱仔了完结。"匹夫，退——叱下！"张飞退下来，刘备关照退堂吧，文武官员大家俨退出去，呒啥说头哉咯。

文武官员退出来呢，俨到官厅里。关云长、张飞、赵子龙、孙乾、简雍、糜竺、糜芳、毛仁、苟璋、刘辟、龚都、关平、周仓、刘封等等，俨在官厅里向议事。看阿有啥办法？唔笃么去。刘备呢，到里向书房间里坐定，心乱如麻，坐立不安。呐吭弄法呢？俫正是心里向在急格辰光么，外头叫啥诸葛亮派一个童儿来，送一封信。刘备拆开来一看么，诸葛亮格亲笔，信上呐哼写法呢？因为吾有三桩毛病，"头疼脑涨、胸中发闷、四肢无力"，因此要请假一个月，回转卧龙岗，请求偧主公同意吾。哼，刚巧么口头请假，现在办手续了，书面请假了。三桩毛病，格种毛病，到医生搭去看啦，病假单偧呒不的。算啥格毛病？刘备关照格童儿："回去回复先生，稍停停，刘备到来与先生诊——呃脉。"吾来搭俚看病。童儿回转去一报告军师么，诸葛亮晓得，刘备会得到该搭点来搭吾看病。既然俚来么，吾勿能坐在书房间里，坐着勿像生病样子。诸葛亮马上到里向，内书房，床上坐定。纶巾脱脱、鹤氅卸脱、靴脱脱，横倒床上，被头一盖，就关照格童儿，"来"。"是！""稍停停皇叔到来，速来，禀——吾。""是。"童儿响勿落。诸葛亮到仔该搭点来，别样本事勿显，扮起假生病来，倒拿手好戏哟。偧看横下去，实头像生病格种格局了。

刘备来了。底下人接。接到书房门口，喊一声："皇叔进来！"里向诸葛亮在关照："说吾有——请，嚯……唔……"喔唔？刘备在外头一听，啥里向喔唔喔唔了。偧听听看，毛病勿轻哇？唵。刘备踏进书房，底下人座头床沿旁边摆好。刘备座头上坐定，对诸葛亮一看么，诸葛亮两只手撑在被头上，要想升起来，搭刘备行礼么。刘备要紧关照："先生，请安睡，不必起来了。"勿起来了，算数哉。童儿献茶，茶罢收杯。"先生，刘备闻得先生有贵恙缠身，特来与先生诊脉。""费心主公。"台上拿一本书，笃咯一卷，做脉枕。床沿上一摆。诸葛亮格只右手被头洞里向伸出来，书上一搁。刘备左手，起三格节头子，望准诸葛亮脉门上搭上去么，把俚格脉。啥刘备会看病格啊？会。有点懂的。因为刘备从前辰光读书啦，拜一个先生好本事。格先生叫啥，叫郑玄，郑康成。后汉的，有名气格读书人。俚屋里向，连得丫头侪会得做诗了什梗，称为叫书癖。刘备书读得多么，医书也读过，懂点皮毛。所以从前有种医生啦，俚呒不先生教的，俚自家学的。在医书上学得来，名堂叫啥？叫儒医。读书人做医生。

刘备把脉把上去么，诸葛亮六脉调和，身体蛮好了。呒不毛病。刘备再问一遍，"先生，有哪几桩贵恙？"诸葛亮再拿三桩毛病说一遍。诸葛亮在对刘备看，隐隐然刘备，吾格个并勿是三桩毛病。吾是三只"谜谜子"。拨偧猜猜看。猜得出，偧是吾东家。猜勿出么，抱歉。吾也呒不办法，在该搭点，做下去。

刘备心里向转念头，诸葛亮第一桩毛病，叫头疼脑涨。为啥道理要头疼？自从诸葛亮到仔新野县之后，别人勿讲，就讲俚格三弟张飞，看见诸葛亮就要骂山门，骂得格诸葛亮头疼脑涨。要医好俚格桩毛病，就要关照张飞，下转来，绝对勿能够拿诸葛亮骂。第二桩毛病，胸中发闷。啥体要气闷呢，因为俚衔头上是军师，其实，呒不实权的。俚看吾办事体，办得勿称心，俚为啥道理勿开口呢？俚说了，恐怕吾勿听，反而弄勿好。因此呢，俚看吾办得格事体，气闷得一塌糊涂。要勿气闷呢，吾要拿点事体侪交拨俚办。第三桩，叫四肢无力。手了脚呒不气力。大丈夫不可一日无权，吪不权就是吪不力。俚吪不权，俚勿可以指挥吾两个兄弟，也勿能够指挥文武官员。呐吪好喊俚领兵打仗呢？哈哈，刘皇叔明白了。诸葛亮勿是生病，俚在问吾讨权柄。格么讨权柄么，倷老老实实讲好了，用勿着有三桩毛病。倷拨三个哑谜拨吾猜猜么，格么吾也来拨一个谜谜子子拨倷猜猜。

刘备俚竖起来，"先生的贵恙，刘备尽皆明白。待刘备回归衙门开方儿，请先生服药便了"。说完拨转身来往外头走。诸葛亮晓得，从刘备格面孔上表情看得出，吾格心事，俚晓得了。俚要拨回吾门面板了，拿大权付托拨了吾。既然什梗，吾扮啥假生病，被头，嗟！一掀，人坐起来。"主公，请回来。亮，有告——禀。""先生的贵恙，刘备尽行知晓。呃嗬，不用多言，开方儿请先生服药。"刘备往外头一跑头，诸葛亮想六月债，还得快。衙门里俚喊吾，吾往外头一跑。现在吾喊俚，俚也往外头一跑。格么刘备去，既然是要拨回吾门面板仔呢，吾要准备发令。诸葛亮床上起来，俚就准备锦囊了。破夏侯惇十万大军格锦囊妙计么，现在就在准备。

刘备呢，回到衙门，书房间里坐定，提起管笔来写好一张条子，派人去拿赵子龙请得来。赵云到，"参见主公！""罢了。令箭一支，带领三百军卒，照此纸行事，二更时分回来复命。""遵——呐令！"赵子龙接令箭退下来，拿张条子曳开来一看么，哈！一呆。格张条子上呐吪写法呢？刘备关照俚：倷搭吾到城外校场去，要造一堵罩墙，造两只吹鼓亭，一座辕门栅栏。头门、二门、三门，外加还要造一只登台拜将格将台。二更天要完工的，三更天诸葛亮要登台拜将。赵子龙想呐吪来得及，三百个兵，人再多点也来勿及。工程实在弍大哉，回转头来对刘皇叔看看，摇摇头，搭勿够酿。刘备对俚面孔一板，"速去——呀！"来不及也要来得及。为啥呢，因为格个时间弍局促了，勿能再屏。倷就马马虎虎搭搭酱弄弄就可以了。格赵子龙心里向转念头，只好搭酱点。

赵子龙接令箭，在望准外头出来格辰光么，只看见关、张，在进来了。因为官厅里向商量商量，商量勿出啥名堂来。文武官员大家回转去哉么，关了张两家头望衙门里向进来，预备去吃酒解闷去。看见赵云来么，云长拿俚喊住，老兄，叫俚进去勿知啥事体咯？"子龙，兄长请——尔——则甚？"赵子龙就拿张条子交拨了关公，"君侯请看"。云长接到手里向一看么，"吪——"呆脱了哟。大哥要关照造将台请诸葛亮登台拜将，诸葛亮有啥格资格，好登台拜将？

云长一呆么，张飞也要看，"呃，二哥啊，待小弟观看"。云长拿张条子交拨张飞么，张飞接到手里向一看，跳起来，"老赵，诸葛亮他有什么本领啊？他怎么能够登台拜将？勿要去！"张飞拿张纸头要根脱么，赵子龙弄僵。对关公一看，格纸头勿能根格咯。云长，扎！一把拿张飞抓住，拿张纸头拿过来，"三弟，此乃子龙之事，与尔，何——干？"搭倷勿搭界，又不是派倷去。倷让赵子龙去好了。条子还拨了赵云，赵云走。

云长、张飞到西书房，摆酒，两家头吃酒解闷。张飞问二哥：二哥，今朝夜头三更天，诸葛亮城外头登台拜将，倸阿去？倸呢？吾勿去。关云长说：吾也勿去。"好！"大家勿去，勿拨面孔拨俚看。俚要登台拜将，勿承认俚。

唔笃两家头么，在该搭吃酒。赵云呢，赵云跑过来。带三百名精兵到北门城外校场，要造将台么，随便呐吭来勿及的。一看呢，此地校场里向，有只演武厅。格只演武厅呢，当俚将台用。一个大工程，就省略脱了。那么拿搭凉棚喊得来，关照搭凉棚的，唔笃搭吾，搭一座头门、二门、三门，搭两只吹鼓亭。用竹头竖竖，芦席拦拦，箆条什梗卷卷么，人手多点了，小兵一道帮帮忙，还勉强可以来赛。横竖用一夜天呀，马马虎虎就算了。罩墙？罩墙倸要用砖头砌起来了，还要刷纸筋、石灰了，画画了什梗么，来勿及的。赵云派人碰开布店格门，布店里向去剪点白布，叫裁缝师傅绘一纶好，用竹头绷起来，喊漆匠来画一画。画点啥格平升三级了，五彩探鸾了什梗么，用竹头一夹么，一插。勿是真格罩墙，像戏台上格布景什梗，画出来的。格么辕门栅栏，板要用木头做。请木匠来做，漆匠来漆，辰光来勿及。赵云派人到城里向。庙宇门口，拿格栅栏去借得来。庵观、寺院、庙宇门口格栅栏，通通借到么还勿够。四门城外有几只祠堂，祠堂门口格栅栏也去借得来，拼拼凑凑么，勉强搭像一座辕门栅栏。各种颜色侪有的。红颜色格也有的，黑颜色格也有的，新格也有，旧格也有。横竖一夜天呀，马马虎虎弄弄么拉倒。所以张飞来闯辕门，格个栅栏一推就倒。勿牢格呀，四面去借得来格哟。

二更天，舒齐了。赵子龙马上去进城。到衙门，见刘皇叔报告："工事完毕。"刘备就关照俚："子龙，通知文武官员、大小三军，校场集合。三更，伺——呐候。"三更天，诸葛亮要登台拜将，倸搭吾去通知吧。"嗯，是。"赵子龙答应，通知文武官员，带领大小三军，集中校军场。几化人马呢，九百五十个。唔笃么侪到城外头去哉啊。刘备晓得，别人侪去，关了张两家头，勿一定会去。因为张飞搭诸葛亮冤家。晓得俚笃在对过书房里吃酒么，刘备跑进来。刘备进西书房么，关、张立起来接，当中添好一只位子么，刘备坐定。添一只杯子过来，尔噂——酒好一杯酒。"大哥哇，喝酒哉嚄。"刘备啥人要吃啥酒。"二弟。""兄长。""今日晚上三更时分，军师在城外，登——台拜将，二弟，你可去么？""这——个？"云长吭不闲话讲。心里勿情愿，而且吾搭张飞讲好，勿去。大哥问吾，吾呐吭讲法呢？马上回头么，倒像煞做勿出。倸么屏住，勿响，头沉到呀。那么刘备一看俚面孔上格表情，有数目了，晓得俚勿乐意了。"三弟，你可去么？"张飞，当！一记台子一碰么，"勿去啊！"刘备想倸勿去么勿去好了，用勿着碰台子，碰得格只杯子也跳起来，酒也泼出来，算啥格名堂？刘备心里蛮难过。刘、关、张桃园结义二十年，从来闲话吭不高低。吾说仔长，兄弟勿行喊短。想勿到为诸葛亮格事体上，弄得弟兄淘里勿愿意讲了，勿一致起来。

刘备回过头来对关公看看，"二弟，谅必你，又不去了哦？"张飞勿去么，倸总也勿去，唔笃总咬好牙齿印了哉略？云长眼梢一窥么，只看见刘备有点眼泪汪汪，晓得老兄蛮伤心了。桃园弟兄，几化义气得了，阿是为格点点事体，吾回头啊？答应吧。答应么张飞要动气。张飞勿动气么，刘备要伤心。两个当中，终归要得罪一个啦。如果得罪刘备呢，刘备伤心长远了。得罪张飞呢，俚动气一歇歇，过后就忘记脱了。格么就抱歉，对勿住点兄弟吧。"小弟同——呃去。""好。"张飞一听，啊！红面孔倸格来勿作兴格哇，半吊子。讲好大家勿去，临时完结倸去哉。哦，凶人么叫吾来做。格张飞勿开心。云长想，吾呒不办法，吾勿去大哥要伤心哉，倸只好原谅一点哉。"三弟，你在城中好好饮酒，千万不要到城外，军师点名由愚兄，代你应允。"倸勠去哦，倸搭吾登在该搭吃一夜天酒吧。张飞只好答应略。

刘备带关公往外头走格辰光么，齐巧门口头，两个底下人进来添酒了，上菜。看见刘备出来么，旁边头一让，刘备就搭底下人咬一句耳朵，唔笃两家头到里向去服侍三将军，搭俚一道吃酒。只要今朝夜头，三将军勿闯祸呒不事体么，唔笃其功非小，重重有赏。两家头答应，有数目。刘备呢，搭关云长准备好一切物事么，让俚笃到城外头去。

两个底下人过来，酒壶台上一放，小菜台子上摆好。"三将军。""三爷。""喝酒吧。""对呀，三爷，用酒吧。"张飞是一肚皮格气，刚巧么搭二哥一道吃酒，来仔格大哥呢，辦脱一个二哥，剩一干子吃闷酒，阿要呒趣相。两个底下人喊俚吃么，张飞想出来，"啊，你们两个王八蛋，陪伴老张一起来喝酒哇！""呵呵。嗯，小的不敢。"倸将军，佣底下人，呐吭好搭倸坐在一只台子上。"没有关系，大家都是自己人。"底下人想蛮好，搭张飞一道吃，呒大呒小勿要紧的。因为张飞搭俚笃一径溜白相，溜惯的。有转把，底下人蛮好立了伺候么，张飞跑过去一只脚一个槛子，手一推，吧啦嗒！一个跟斗摜下去。碰碰要拿底下人摜跟头。后首来格底下人，也摜得怕了。看见张飞过来是，先往地下困下去。张飞拿俚拎起来再摜一跤。那么俚算好白相。有趣。蛮好，搭俚张飞，呒大呒小点勿要紧的。

两家头两旁边坐定。张飞坐当中，酒杯拿起来，"来来来，你们勿要客气，喝酒呀！""嗯，是，三将军请。""三爷请。"杯子拿起来，"咕咕咕咕，哈！唉，哈！干了！""三爷，我已干了。""我也干了。"两个底下人来得格贪杯，平常日脚吃酒呒不机会格呀。要自家挖铜钿去拷酒吃么，还勿大舍得。今朝好机会吃白食，酒尽吃。而且吃小菜也用勿着拘束得，挺挺喤喤，唔笃格种样子呢，配张飞格胃口。张飞搭俚笃，倸一杯吾一杯，吃下去么，张飞是海量，大海之量。尽多尽少吃得落。那么两个底下人，勿来赛的。干煞酒鬌，竖上来么，吃起来蛮狼仓，蛮凶啦。吃到后首来勿来赛哉。两家头吃勿落，杯子放下来。"三爷，小人吃不下了。""勿吃要打！""呃，是！"那么僵。勿吃酒要吃生活。有格吃生活么，还是吃酒。两家头咬哉。拿起酒杯来，"三将军，请"，

"三爷请"。呜呜——作孽，吃得眼乌珠里要滴酒出来。两家头想，今朝格性命要吃杀脱仔了完结的。那么呐吭弄法？嗳，后首来两个底下人想办法出来。因为张飞吃酒格只杯子大，张飞吃格辰光，呜呜呜呜呜——格只酒杯要合到面孔上，趁张飞只杯子合到面孔上格辰光么，底下人马上嘴里格酒吐在酒杯里，拿一杯酒望准墙角旁边里一铲。拿只杯子望面孔上一盖，等到张飞只杯子放下来，"老张干了！"那么底下人杯子也拿下来，"我又干了"，"呵呵，我亦干了"。"嗳，阿是你们吃得下的？""呵，我们吃得下的。"两个底下人想，哪笃定陪俫吃。

算刘备倒霉，拿酒氅里格酒倒了杯子里，结果一杯一杯侪往墙脚旁边铲。两个底下人想，哪勠说陪到俫到三更天，陪到天亮侪勿要紧。俫靴着牢，佘脱么，勿关伲啥体。张飞呐吭晓得。张飞搭俚笃吃到三更天么，张飞到城外头哉哟，那么张飞要出城关，三闯辕门，下回继续。

第二十七回

初闯辕门

　　刘皇叔，派赵子龙建造将台。今朝夜头呢，请诸葛亮登台拜将，正式接印。倒是接印要有颗印信格咯。从前徐庶在做军师格辰光呢，马马虎虎，连印信侪勿端正的，因为刘备穷呀。那么现在，俫诸葛亮登台拜将，勿能一双空手，要铸一颗铜格印，时间根本来勿及，请刻字格人来刻一颗木头格印，也来勿及。格么刘备想出来格办法，拿新野县县印，拿出来，横竖黄布包没，看勿出的。人家看看么当俚军师印。其实呢，内当中勿是。横竖将来再铸好一颗，搭俚调回来。那么吾就未来先说，拿俚交代过。再拿点名簿子、办公格物事，整顿舒齐么，刘备、关羽两家头出城，到校场。赵子龙、文武官员拿刘备接到演武厅坐定之后，那就缺一个诸葛亮。派人去请吧。格么照规矩诸葛亮应该自家来格咯？因为刘备想，吾搭俚分手格辰光，齁关照好俚三更天，登台拜将。只说吾是回到衙门里开方子，请俫吃药。齁诸葛亮还困了床上等吃药，格两搭其桥么耽误辰光格咯。

　　刘备派文官去请，孙乾、简雍、糜竺、糜芳到军师府，叫门上进去报告。晚歇点门上出来：请各位老爷到城外头去，回复一声皇叔，军师呢，现在吃夜饭，吃好夜饭马上就来。文官到城外去一报告么，刘备想勿错，诸葛亮困床上起来，格么今朝夜头要一夜天笃，是应该吃吃饱肚皮再来，等吧。等仔半日么还齁来呀？派赵子龙带领众将去，请军师，除出关公勿去，多下来格班大将侪去。进城到军师府。赵云派人进去报告，等一等门上出来回报了，赵将军请唔笃到城外头去，回复一声皇爷。格军师现在换衣裳，换好衣裳么就来。

　　赵云回到城外来禀报格辰光么，刘备等等叫啥，仍旧勿来呀。哈哈，刘备心里向明白，诸葛亮格派头，非三请不可。只有自家去哉。一干子么寂寞，就带仔兄弟一道去吧，关照二弟，搭俫进城去。

　　云长响勿落。云长心里向转念头，诸葛亮什梗横请竖请勿来么，吾看上去呀，诸葛亮是吭不本事，俚吓哉。今朝一接印信是，要真家伙拿出来，俚拿勿出真家伙来么，只好盘在城里向，避而不见。俫大哥一定要去么，格吾就陪俫去吧。

　　那么两家头进城，到军师府下马，往里向进来。刘备关照云长，俫外头坐歇，吾一个人去。蛮好，云长登在外头坐一坐。啥体勿进去么？因为云长搭诸葛亮面和心勿和，碰仔头，反而赛过勿大好过。刘备踏进书房一看么，喷生怹一气。为啥？只看见诸葛亮眼开眼闭，坐在打瞌睡呀。哈哈，刘备心里向转念头诸葛亮，倷勿作兴格哦。东家不过穷一滴滴，啥倷架子什梗大法？吾在城外头等仔倷半半日日，倷老娘家登在城里向打瞌睏。

格么诸葛亮阿是在打瞌睏呢？勿是，冤枉格呀。诸葛亮在动脑筋。夏侯惇十万军兵要来，伲该搭只赅九百五十个小兵，格个实力相差悬殊。格个仗呐吭打法？虽然诸葛亮是有点准备了，但是有准备么，诸葛亮晓得，手下格班文武官员啦，对俚勿大服帖格啦。发下去格令箭能勿能执行，诸葛亮还在担心恁大张飞，劲跌搁矫了寻着俚。因为格张飞搭俚格感情勿好哟。诸葛亮在动脑筋，假使碰着啥格情况么，吾应该用哪恁格办法来对付？

俚格个闭目养神是在思考问题。刘备弄错哉。刘备踏上一步，"啊，军师，刘——备，有礼"。"主公，不敢。"诸葛亮立起来接一接，回过一礼。请刘皇叔坐定。刘备问哉咯，"军师，刘备在城外等候军师，出城关登台拜将，军师缘何不来呀？""亮，有三桩大事告禀，主公应——允，立即出关。否则么，不能从——命。""哈——啊？"刘备一呆，叫啥诸葛亮又提出来三桩条件。倷格个三桩事体答应的，吾出城。否则，交关抱歉，吾勿能从命。

哪三桩呢？刘备问哉咯。诸葛亮说：第一桩，吾接印之后，所有格文武官员、大小三军，侪归吾诸葛亮一个人指挥，别人呢，勿能插手，包括倷主人在内。倷阿能够答应？刘备一听么，道理也勿错。诸葛亮要求指挥统一，否则老大多仔，要打翻船的。格么又是军师要发令了，又是吾刘备勿答应了，要弄僵脱的。诸葛亮提出来格个要求啦，倒并勿是俚格权力欲特别旺盛，一定要吾权柄独揽，勿是的。因为打仗指挥啦，倷勿能够多头多脑。

"好，第一桩刘备应允。请问先生这第二桩？"诸葛亮说：吾格第二桩呢，就是说有功劳要赏，有罪名要罚。哪怕是倷刘皇叔格亲眷，顶顶要好格人，犯仔罪吾照样要罚。哪怕格个人是倷刘备格冤家，倷搭俚勿对的，俚立仔功劳，吾照样要赏。赏了罚，由吾诸葛亮一个人按照法律办理。倷主人勿能够干涉。哈哒，刘备心里向转念头，格个啥闲话呢，赏罚么应该分明，有法可依。倷照法律办么，吾哪恁会得反对呢？

"好，刘备也应允。请教这第三桩。"诸葛亮说：第三桩么，就是吾要求，阿能够让吾仍旧随身打扮。因为吾在卧龙岗惯的。头上么纶巾，身上么鹤氅，羽扇轻摇。倷喊吾做官，要着仔冠服，啥格头上要戴纱帽了，身上要穿红袍了玉带围腰，格种打扮啦，吾勿大习惯。吾要求，阿可以让吾随身服装？哦哟，刘皇叔说着衣裳么，倷何必讲呢，随便倷好了。倷欢喜呐吭打扮，就呐吭打扮好了。诸葛亮的确，劲说现在辰光做一个军师，俚是随身打扮。将来诸葛亮，俚要官居为大汉丞相、武乡侯、益州牧、平北大将军、主内外事，格个权柄大得了，总归刘阿斗以下，就挨着诸葛亮，权柄侪在手里向。诸葛亮在格个辰光呢，照样是纶巾鹤氅，羽扇轻摇，身上，原像在卧龙岗上什梗种打扮。诸葛亮勿会，啥格头上带相雕，身上着红袍了，玉带围腰，勿会的。

刘备听俚三桩事体侪答应了，格么诸葛亮说蛮好，吾马上到城外来。格么刘备说吾出城，等俚吧。格么诸葛亮为啥道理，要提出什梗点名堂来呢？哦！有讲究。因为停一停诸葛亮登台拜将，张飞闯辕门，诸葛亮要拿张飞杀，刘备板勿答应啰。因为刘备说起来格个是吾兄弟，伲兄弟桃园结义，誓同生死。格个俚特殊的，俚勿能够杀的。诸葛亮就可以回答，勿来赛。随便啥人犯了罪，按照法律办理。偌勿能够来干涉了，偌来，按照偌格办法来处理。只有什梗样子一讲哉么，刘备就呒不闲话好说。诸葛亮有言在前。

刘备与关云长到城外去等。诸葛亮呢，身上检点舒齐，到外头上四轮车，出城到辕门。刘备带领文武官员过来接。接好之后，拿诸葛亮接进辕门么，诸葛亮在演武厅下面稍微等一等，刘备替文武官员呢，先上演武厅。演武厅上要安排了。当中摆好一只香案，红蜡高烧、香烟缭绕。虽然刘备穷，格点点场面还是要摆了。香案要摆好，要正式要交印了、接印了，祭印了，偌套仪式侪是要预备好了。等到舒齐哉，那么请诸葛亮来。

卧龙先生整一整纶巾，理一理鹤氅，羽扇轻摇，缓步轻移，上演武厅。刘备拿俚接到香案间里，刘备手里向奉一颗印，"啊，先生，刘备今将汉室大事，尽行，付——托先生"。一颗印传过来。诸葛亮拿把扇子台上一放，双手拿印一接，"亮，尽——力，以报吾——主"。现在讲起来叫宣誓。老法呢，就是什梗样子讲。刘备拿印交拨俚辰光说：汉朝格事体呢、国家格命运、前途，吾侪交托拨偌了。诸葛亮呐吭讲法呢，吾尽力，为偌主人效劳。诸葛亮讲出来格闲话算数的。到将来，七星灯、五丈原，诸葛亮死在前线么，可以说是鞠躬尽瘁，死而后已。拿毕生格精力，包括俚格生命，侪来报答刘备了，报答汉朝。

诸葛亮拿印信接过，当中一立，手奉好颗印。刘备呢，要过来磕头。照汉朝规矩，要磕廿四个头，拜廿四拜。拜印。格么刘备要过来磕头格辰光呢，旁边头文官孙乾出来拦牢，"主公且慢"。"孙先生，怎样？""常言道，君不拜臣。高皇帝拜韩信为大将，萧丞相代拜。孙乾虽不及萧丞相才德，愿代主公，一——拜。"刘备一听么摇摇手，用勿着。为啥呢，汉高祖拜韩信为大将，君不拜臣，萧何代拜。那么吾刘备拜诸葛亮为大将军，勿能叫君不拜臣。因为吾勿是君，吾也是臣。君是啥人，君是吾格阿侄，建安万岁。吾刘备呢是皇帝格阿叔，吾不过受了皇帝格衣带诏，要灭曹兴汉。吾有格个心，呒不格力，所以吾要委托诸葛亮来指挥大局。要靠诸葛亮来办了，所以吾用勿着偌代拜的。倘然刘备现在以君自居了，吾也要做君，好像汉高祖一样呢，格么刘备岂不是也想谋王篡位。现在刘备呒不格个思想。一直要等到曹丕篡汉，汉献帝下台，汉朝呒不皇帝了，那么诸葛亮搭文武官员劝刘备。刘备格辰光是汉中王，国不可一日无君，汉献帝已经拨了曹丕废脱了，俚自立为魏王了。那么偌呢，应该称帝。那么刘备在格个辰光再称帝。现在刘备勿能有称帝格思想。

刘备过来磕头，拜廿四拜。拜过了，刘备旁边头一立。诸葛亮拿印信呢，交拨执印官，执印官拿过来台子上放好。香炉收拾开，台子上重新安排。台子上啥格物事呢，十二条令箭、签筒、笔架，文房四宝，办公用具，还有点名簿等班。那么诸葛亮呢当中坐定。俚居中一只虎皮交椅，诸葛亮接仔印么，正式要办公了。那么刘备、关云长、文武官员侪立在两旁边咾，诸葛亮关照摆两把座头，上首里一把座头，请刘皇叔坐。下首里一把座头，请关云长坐。因为关云长勿是一般格大将，俚有衔头的，俚是——大汉前将军、汉寿亭侯。因此呢，俚格个身份可以摆一只座位。

刘备、关云长，两家头坐定，诸葛亮呢，就拿点名簿拿过来，要点名了。该格是规矩。登台拜将么要点卯了，点卯之前诸葛亮先下一条命令。"起鼓！"击鼓。下头，呱！呱！卜隆！卜隆！卜隆！噗——敲一通鼓。三百六十五记。等到敲完，辕门里向毕静，演武厅上毕毕静。诸葛亮点名。

诸葛亮取管银珠笔，在银朱砚台上蘸一蘸，点名簿拿过来。掀开来一看么，诸葛亮一呆。为啥呢？叫啥格第一版上，两个字：刘备。诸葛亮对刘备看看，东家，呐吭道理？啥老板格名字写到格职员表上来。按照道理讲，刘备勿属于点名格范围，用勿着俫格名字写到点名簿上。格么刘备格名字，呐吭会弄到点名簿上呢？格句闲话还是以前格几年啦，刘备从荆州到新野县来格辰光么，要弄一本点名簿。那么刘备么也实在穷，而且刘备呢，非常做人家，节约行政开支。总归随便啥格物事，可以有代用格么，就勿去买新格哉。在衙门里向寻着一本五百版通作，蟩用歇过格个旧账簿，就拿俚当点名簿吧。那么手下人头实在少勿过啦。那么刘备拿自家格名字呢写上去，掀起来么闹猛点，多版把。勿晓得今朝要要紧紧到该搭点来呢，蟩检查一下，忘记脱拿格个物事扯脱，或者拿格个名字圈脱。那么俫名字写好在么，诸葛亮勿客气，有一个名字点一个。笔望准下头点下去，"刘——备"。"阿嚓嚓嚓"，哦，刘备窘啊。经理先生点老板格名字，刘备只好立起来，"呃嗬嗬，先生，刘——备在"。"噢，原来——主公，请坐。""酌酌酌"，刘备觉着，还有落场势。诸葛亮蛮拨俚面子了。哦，哦原来俫东家，吾当仔另外还有一个刘备了。其实刘备么，只此一家、并无分出，呐吭会得另外有格刘备呢，吾勿晓得俫，蛮好蛮好，原来俫，请坐。

刘备坐好，诸葛亮再掀过一版，第二个名字：关羽。关云长格单名叫羽，关羽。云长立起来答应一声，仍旧坐定。

诸葛亮再掀过一版，对上头一看么，诸葛亮只觉着格头脑子，嗡！啥体么？头疼呀。呐吭会得头疼呢，看见两个字：张飞。看见格个两个字么，诸葛亮会得头疼脑涨哟。啥道理么，因为三顾茅庐辰光，张飞要放火烧脱俚格房子，后门口要放火。为仔诸葛亮打中觉勿爬起来了，张飞要烧房子了什梗。那么现在诸葛亮到了新野县么，张飞看见诸葛亮就要骂。刘备在么俚勿骂。刘备勿在么，总归要拿诸葛亮骂脱两声。格么诸葛亮只好假痴假呆，勿去理睬俚。现在，格名字只好点咯。"张——飞。""哗……"毕静。吭不人答应。张飞觑来呀，张飞在城里向吃老酒。俚勿承认侬诸葛亮是军师，俚勿来参加侬格登台拜将么，侬点名点上去，当然吭不人答应。

诸葛亮笔一搁，关照旁边头，"再起——鼓"。两通鼓。噗……等到两通鼓敲完，再点。"张——呃飞。""哈——啊？"诸葛亮命令再起一通鼓。三通鼓。哪勿得了。三通鼓一敲，点名点上去，再勿答应，就成立罪名了。格个罪名叫啥？叫三卯不到。三卯不到，如果论准军法，要杀头。诸葛亮在关照敲三通鼓格时候么，云长登在旁边头熬勿住。关云长丹凤眼，眼梢甩过来，对刘备一看。大哥哇，侬在城里向搭张飞讲好，诸葛亮点名么，吾代表侬答应。格么现在在点名么，侬为啥道理勿跑出来呢？嗯！侬看冷铺勿响，格罪名要在张飞身上咯？

侬在对刘备看格辰光么，刘备心里向转念头，吾难为情跑出来呀。为啥么？因为俚第一个名点着吾。第三个名点张飞，吾跑出来，诸葛亮勒对吾有意见格啊？啊？东家，吾名点仔三个，侬老娘家出来两埭。下来啥人勿到，侬总归出来代表答应一声么，好了哇。点名簿侬包得去哉嚄。格还有啥格法律可以办呢？刘备难为情答应。"张翼德，三将军，张呃——飞。"刘备拨了诸葛亮，点名点得实在吭不办法哉么，只好立起来，缩缩势势，"呃，先生，呃，呃嚄，在，在呀"。"又是主公？""阿嚓嚓！"刘备面孔侪红了。诸葛亮口气两样了，刚巧勿晓得，原来主公。现在，啊？又是侬东家。侬倒忙了，侬又出来哉啊。"主公，三将军因何不到？""呃呵，他，不、不、不在辕门。""现——在哪里？"人呢？刘备想僵。吾呐吭讲法。人么，在城里向吃老酒。格句话勿好讲，讲出来有罪名格呀。

侬想格张飞藐视诸葛亮，诸葛亮登台拜将，明明通知文武官员侪要来。张飞非但勿来，登在城里向吃酒，放肆到呐吭格程度？刘备格句鬼话勒端准，勿防备诸葛亮会盘问么，现在弄僵哉哟。"哪里去了？""呃嚄，他，他，他，因公出外。"出差去哉。"何一方去了？"那么要命，逼煞。"呃嚄，他、他、他，他往荆州去了。"说得远点，查也查勿着的。荆州去哉。"荆州去，做呃什么？""呃，这、这、这，这荆州去么，因为，我家兄长叫他前去。"刘，刘表喊俚去。诸葛亮想，侬热昏么好哉嚄。刘表呐吭会喊张飞去呢？张飞么搭蔡瑁冤家，曾经拿蔡瑁打过一记耳光的。蔡瑁是该搭点格都督，权柄大得勿得了。张飞呐吭会得一干子跑得去呢？侬热昏。而且诸葛亮估计到，张飞马上就要来，俚勿可能勿来。既然侬东家说鬼话么，吾勿搭侬多讲。拿张飞格版名字上纸头啦，天一只角，做一个记认。掀过去。

诸葛亮再点："赵——呃云。""末将赵云，在——吔。""听令。""是！"非但点名，外加发令箭拨侬。"令箭一支，子龙将军今日，为辕——门值将，为军正官之职，点卯完毕，封锁辕门。如有谁人在辕门前胡闹，立时，拿——下。""遵——呐令！"赵云接令。

旁边头文武官员侪对吾看，吾对侬望，有两个侪在撇嘴。啥体要撇嘴么？哼，诸葛亮本事不过什梗，勿识人么。叫赵子龙做啥？叫赵子龙做辕门值将，军正官。喊赵子龙看守辕门，点名完结了，辕门封锁。如果有谁人在辕门跟前闯祸么，马上抓起来。格种事体么，偏裨牙将格事体呀。老实说辕门跟前闯祸有啥人啦？老百姓吃饱仔老酒，吱五舌六跑得来神之耶乎，偏裨牙将跑出去，面孔一板喉咙一响么，老早吓退了。何必板要赵子龙去？赵子龙格种大将，一马一条枪战场冲锋，先锋格材料哟，派俚做辕门值将？嗯，勿恰当。大家在摇头。勿晓得唔笃，弄勿清爽。诸葛亮发令啦，俪有针对性。诸葛亮晓得赵子龙本事好，今朝特为派俚当辕门值将。为啥么？因为今朝格闯祸胚啦，偏裨牙将上去，勿是格闯祸胚格对手，拨俚老早一脚踢出去。只有赵子龙么，克得住俚。那么赵子龙勿关，俦关照吾做辕门值将么，吾做辕门守将好了。能上能下，格无所谓啦。得一只皮榻子，辕门跟首摆好，点名完毕么，封锁辕门。赵子龙呢坐好在格搭点，值班。

那么赵云退下去，诸葛亮再点。点下去文武官员呐吭一班人呢，文官孙乾、简雍、糜竺、糜芳，武将呢毛仁、苟璋、刘辟、龚都、关平、周仓、刘封，一塌刮子格两个人呀。点名舒齐了，那么下头还有九百五十个小兵咯。格小兵勿是诸葛亮自家去点。派代表，就派毛仁、苟璋两家头去点名。那么两个副将要点九百五十个人么，也脱多哉咯？点队长。廿五个人为一队，一队当中有一个队长。一百个人四队，一塌刮子俪在，只有九百五十个么，三十八个队长。点过三十八个队长名字么，让队长去点部下小兵格名字。

点卯完毕，辕门封锁。辰光，三更敲过仔一大歇哉哦。诸葛亮接印辰光是三更天哦，现在要近四更。辕门里向寂静无声。诸葛亮心里向明白，闯祸胚要来快哉。阿来？来格哉！啥人？张飞。张飞在城里向吃老酒，吃到三更天，吭心相。为啥么？两个底下人陪俚一道吃，吭不劲格呀。吃酒板要有闲话，所谓叫"酒逢知己千杯少"。搭两个底下人吃么，吭啥闲话。"请啊""吃啊""吃啊""请啊"，吭啥花头。张飞吃吃厌气了，勿高兴吃了，人立起来，"啊，老张不要吃了"。两个底下人顶好看牢俚，顶好俚吃到五更天。因为刘备关照的，今朝夜头，如果说三将军勿到城外去，勿闯祸，唔笃其功非小，重重有赏。格笔赏赐勿得了。俦三更天张飞要跑出去么，两家头阿要急格啦？俦出去，难免要闯祸。一闯祸，俪非但吭不功劳，连奖金俦敲光，格勿打棚的。两家头要紧立起来，"三将军，酒还有，菜还有，将军，喝酒啊"。"不要喝了！""嗯，是。"张飞格脾气，俚要吃，俦勿拨俚吃，人也吃得落。俚勶吃，俦板要喊俚吃，台子也拨俚踢翻仔了完结。俦只好让俚出去。

张飞拎甲揽裙，呵冷噜噜噜，往外头出去么。两家头商量，呐吭弄法？要想办法留牢俚。张飞除开欢喜吃酒，另外还欢喜点啥呢？一商量，有哉。两家头跟出来，跟到外头，齐巧大堂上么，大堂上还有点灯了。张飞走到大堂上，还勚往外头跑么，两个底下人，卜！跪下来，"三爷"，

"三将军"。"怎么样啊？""三将军，今天你没有抱小少爷，又长大了。""嚯！呋呵呵呵"张飞一听开心。啥体么？俚顶欢喜刘阿斗。俚每日天要抱抱刘阿斗。说今朝一日天齁抱啦，又长大哉多哉。一日天又会长大几化呢？两家头摆嚡头哟，留牢张飞，倷阿要看看少爷吧？张飞想好格呀，今朝是一日天齁抱哉。"啊，快去抱来！""是。"

一个底下人看牢俚，一个底下人到里向碰中门。管家婆问啥事体？说三将军要抱少爷，豪燥关照奶娘抱出去。管家婆也响勿落，半夜三更，少爷困阿困哉，还要拿俚抱出去，齁吓坏仔，呐吭办法。呒说法嚘，张飞格脾气咯。俚说要抱，倷板要抱出去的，否则拨俚打进来，门也踢翻仔了完结。管家婆到里向奶娘房间里，喊醒奶娘，叫奶娘赶快拿少爷抱出去。奶娘么拿刘阿斗弄醒，喂饱一顿奶奶，抱仔俚望准外头过来么，直到大堂上。张飞立好了。奶娘就拿格少爷传过来，"叫一声三叔叔"。小囡勿会叫么，奶娘代表叫一声。喏，叫声三阿叔喏。张飞两条手，扎！拿刘阿斗抱到手里，"呋哈哈哈……呋！倷儿啦！"嚯哟，奶娘想死快嘞。半夜二三更，深更半夜，汪啷汪啷，小囡齁拨倷吓坏格啊？叫啥格刘阿斗吓惯格哉呀，日朝要听到着格种雷响格声音，勿听见倒要困勿着了什梗。俚格种喉咙响，非但勿吓么，外加对仔格张飞，嘻啦哈哈，嘻啦哈，小嘴张开来仔在笑哟。"呋哈哈哈……"格张飞窝心，小囡在对吾笑是，吾交运，额骨头亮了。"呋哈哈哈……倷儿啊，你大起来勿要像你家老子啊！"吔？两个底下人替格奶娘俨听勿懂。张飞叫啥对刘阿斗讲，倷大起来勿像唔笃爷。那勿像俚笃爷么，倒想倷格个戆大阿叔啊？张飞有道理格呀。啥格道理么？唔笃爷样样俨好，就是对诸葛亮式好了。诸葛亮呒不格点本事，为啥道理要三顾茅庐？为啥道理要请俚登台拜将？唔笃爷，在格桩事体上么，错透错透。倷歇两日大起来么，齁像唔笃爷，对诸葛亮什梗种腔调，倷么要对诸葛亮要摸点，阿有数目？哈呀！格张飞恨得格诸葛亮，连得对一眼眼格小囡要去灌输，仇恨诸葛亮格心理。

当然，旁边头格底下人弄勿懂。"呋喝喝喝，没有我老张，不会生倷儿。"旁边头底下人一听么，格闲话勿大像腔。叫啥张飞说呒不吾啦，勿会养格个阿倷。其实俚格句闲话啦，倒不是俚嗨外。事实倒是什个样子。为啥呢？因为刘备到新野县格辰光，一直是刘、关、张弟兄三家头登在一道，勿到里向去搭夫人登在一道。格是书上俨有格啦，说刘、关、张像弟兄一样。吃，在一张台子上吃。食则同桌，寝则同床。困，在一张床上困。张飞搭刘备一张床，关云长另外一张榻。那么自从到了新野县之后么，张飞一径在动脑筋哟。为啥？刘备，四十几岁，五十岁就在眼睛门前。俚还勿有小囡了。不孝有三，无后为大。俚去搭二哥商量。二哥啊，格大哥一径搭吾困在一道，勿对的。倷阿有啥想想办法，劝劝大哥到里向去，搭嫂嫂登在一道么，阿有啥养格把阿倷出来呢？关云长面孔一板，说格种事体倷齁来搭吾讲。云长格种严肃来西，格种闲话听勿进。喔唷，像煞有介事。问问倷么，拦架子了。齁来搭倷讲，倷齁讲么，哪恁？吾呒不办法？"老张用计！"用计。张飞也要用计。一条计策，总大约拨俚想仔，半个多月了想出来。总算聪明。

一日仔搭夜头吃过夜饭，大家困觉。困到床上么，关云长另外一只榻哉略，刘备搭张飞困了一张床上么，一个被封洞。勸到半夜么，张飞两只脚，咈——咈，伸伸缩缩么，刘备觉着背后头格风，呼——呼！喔！吃勿消，要伤风。"三弟，做什么？""呃！吾肚子疼！"格肚皮疼么，俫去上厕所呢。"好！"张飞起来着好衣裳，书房门一开，踏到外头，"啊呀，兄长不好了！哇呀呀呀"。哦哟，刘备想外头勳火着了啥？刘备阿要急的？刘备要紧着好衣裳，跑出来。俫出此地房门么，张飞，哈辣！回进房门，呼！门关上。咕嘟！一闩，拿只靠背望门上一撑么，人往靠背上一坐，"呋哈哈哈……"拿刘备关出在外头。刘备弄勿懂哉哟。外头蛮太平，又呒不火烛。啥体张飞要哇呀呀呀？回过来推门，推勿开，"三弟，开门来"。"呋喝喝喝。大哥哇，呃，你今天到里边去同嫂嫂在一起吧。这里，勿让你进来。""愚兄，不去。""小弟，勿开。"那么僵，天冷。格刘备登在外头，吃勿住哉么，到里向，碰开甘夫人格房门么，就住到甘夫人搭去。

从格日仔起头么，张飞就勿许刘备困到该搭点来。刘备就困到里向去。隔勿长远呢，甘夫人怀孕了。在建安十二年，就是旧年格春天，养刘阿斗。养之前呢，衙门上头飞得来一只白鹤，叫四十几声。里向报出来，添仔少爷哉。刘备题一个单名，叫刘禅。关云长题一个字，叫啥，叫公嗣。刘禅，刘公嗣。叫张飞，俫题个奶名吧。张飞心里向转念头，题奶名，题点啥呢？据说阿嫂得着仔阿俫格身孕之后啦，曾经做过一个梦。梦头里向，拿天上粒北斗星吃下去，"格么叫他：阿斗！"刘阿斗格名字啦，张飞题出来的。嘿嘿！刘阿斗格名气响得呱啦啦。刘禅，刘公嗣，倒呒不啥人晓得。刘阿斗侪晓得。所以张飞说呒不吾用计，拿刘备关出在房门外头么，勿会养阿俫。

"呋喝喝喝……"叫啥张飞抱小囡有格习惯，交关勿好。啥体么？小囡笑呢俚会得抱，小囡哭仔呢，俚勳抱。有转把，小囡勿哭么，去惹哭俚。张飞去香俚格面孔。俫想张飞格阿胡子几化结棍？阿胡子硬得了，戳到刘阿斗面孔上格肉疼了，"哇……"哭了，那么放手。今朝呢，勿去香俚格面孔，独场对俚笑。吃饱格老酒，笑格辰光，臭馋唾，哗——哗——像小人国里格阵头雨什梗，一跹一跹在下来么，格刘阿斗吃勿消。"喔啊！"刘阿斗一哭哉么，张飞勿高兴抱了。"喔，去去去去去！"传拨了格奶娘么，奶娘要紧接到手里向，拍拍俚格背心，"哟！回头一声三叔叔，明日见啊"。扼下身来，拾一滴滴醒鼹，袋在小囡袋袋里向，"哦，少爷，进去吧"。张怕勳吓脱魂了什梗。奶娘进去，张飞又呒不事体哉咯？呒不事体呐呒呢，外头去。呵冷噌噌……出衙门。

两个底下人僵哉。格抱刘阿斗只抱得一歇歇辰光，又出去了。只好跟过来。跟到外势。张飞立到衙门口，照墙门口头立定么，"呋喝喝喝，有趣的！"两个底下人弄勿懂，啥格上有趣？呒啥有趣。其实么张飞吃得格酒，蛮热了。跑出来呢，一阵风，吹到照墙上，回墙风回过来，吹在俚身上么，觉得阴嗖嗖。有趣。格底下人弄勿懂。张飞立好了格辰光么，只听见远远叫传过来，得嘟、得嘟、得嘟，"哼。鬼叫？"鬼叫啊？勿像鬼叫。得嘟、得嘟，啥物事？回过头来一看么，只看见格面街上来格人。右手拿一盏灯笼，左手臂膊弯里抄一只篮，篮里向侪是碗盏家什。得嘟、得嘟，走路格辰光，碗盏家什要碰么，得嘟、得嘟响格声音。

格个人呢走路格辰光，因为人实在吃力勿过哉，头么也沉倒。冲了冲，冲了冲。在跑过来。张飞心里向转念头，格个家伙，走路也要打瞌睏。格倷要困觉么，倷应该到床上去困。倷啥体走路打瞌睏？倷幸亏得走了该搭点，要走在河滩上，一个勿当心，勿要跌到河里沉煞脱格啊。吾来警戒警戒俚。

张飞搭俚恶溜，实在么无聊。跑过两步，街当中一立，臭肚皮叠出，等格个朋友跑过来。格朋友勿晓得。得嘟、得嘟，冲过来么，格额骨头冲到张飞肚皮上么，张飞拿格肚皮望里向一缩。格朋友再踏上一步，头冲上来么，张飞拿格肚皮往外头，当！一叠。倷，当！一叠么，格个朋友"嚯哟！"哈冷噔噔……吠冷礚，嚓冷！哄呃，扑铁托！"阿哇哇哇……"张飞撞倒仔别人家，还要拿格人家埋怨。"你这个家伙，跑路不小心，跑到老张，肚腹上起来格啊！"走路走到别人肚皮上。"阿唷哇，阿唷哇，阿唷哇哇哇哇哇。"格么刚巧呐吭有嘎许多声音来呢，"噔噔噔蹬"脚步声音，"吠冷礚"一跤跟头，掼到地上。嚓嘟！一篮碗侪打碎。"哄"蜡烛头竖起来，灯笼壳子烧烊呀，"扑铁托"灯笼杆子甩脱。"啊哇哇哇！三爷，吾道哪个，原来是三爷。小人该死。"吧？张飞想俚呐吭认得吾的？"啊，你怎样认识老张啊？""三爷，小人不是别人呀，小人是衙门里向大厨房里，买办阿三呀！""半夜三更，你在街坊上做什么？""喏，三爷，今朝夜头军师在城外头登台拜将，小人到城外去当差。刚巧舒齐收作仔回转来呀。""喔！"嗨，格句闲话勿好。啥体么？触动仔张飞格心境。阿三因为诸葛亮城外头登台拜将，到城外去当差，当好差刚巧回转。张飞心里向转念头，诸葛亮格家伙阿要可恶。啊，为仔倷要搭架子，要登台拜将，害得大厨房里买办阿三，一夜天呒不困觉。"这样说来，你一个晚上没有睡觉？""嗳，到天亮勿困着么，两个半夜勪躺。""如此讲来你很苦恼？""哦，有仔口饭吃吃仔啊，勿敢嫌比苦恼。""一定苦恼！""啊，格么准其苦恼。嗳，苦恼，苦恼的。"张飞逼牢绞仔俚要说苦恼，倷越苦恼么，诸葛亮越可恶，吾寻着俚起来越有道理。"起来！""嗯，是，是是。唉呀，三爷对不住啊，交关抱歉了。吾走路勿当心，走到你肚皮上，踏痛倷肚皮么，三爷倷原谅哦。""吠喝喝，王八蛋"，倷踏痛吾肚皮么，喊吾原谅。一篮碗打碎，刘备格晦气。灯笼烧脱么也勷哉。操仔只空篮回转去么，阿三一跤跟头跌伤。后首来，火烧博望，张飞回转。晓得格个大厨房里格朋友拨俚，磅！一跤跟头，掼坏仔么，张飞倒意勿过。就送伤膏药拨俚了，问俚看病用脱几化铜钿么，张飞挖腰包了，向俚抱歉了什梗。阿三吾勿去交代俚。

　　张飞格肝火吊上来。本来俚还勿想到着城外去。现在听见说，诸葛亮在城外头登台拜将，什个样子，为所欲为，架子搭足么。吾非要去上上俚格腔不可。回转头来关照两个底下人。"来！""是。""备马，扛枪。""咦？咦，三爷。你在衙门跟首跑来跑去，就不用带马了。""老张叫你们带马，你们带。""三爷就别带马了，好吧？"张飞想啥物事啊？阿是吾喊唔笃带马俫勿肯带？手望准剑柄上搭上去，哼！喔！宝剑要拔出来么，两家头一吓，要紧，哈嘚嘚嘚，奔过去带马。忒磕酷磕、忒磕酷磕，酷——马带到。"三爷，马来了。"张飞拿鞍鞒一整，肚带检点，点马踏镫，豁上马背。"扛枪！""三爷，枪就不要了。"又勿打仗，扛啥格枪。"叫你扛，你为什么不扛？""呃嗬，是是，去扛去扛。"两家头呒不办法，拿枪去扛过来。"三爷，家伙来了。"张飞拿条丈八矛，扎！噗——接到手里向。嗥！一透么，往鸟嘴环上一架，格匹马朝北门过去。磕嗑酷磕、磕嗑酷磕。俫过去么，两个底下人急煞。刘备关照，今朝夜头勿闯祸么，其功非小，重重有赏。现在往城外头去勥闯祸哦？吃得酩酊大醉了。两家头要紧在背后里跟过来，呵噜噜噜……张飞听见背后头有脚步声音。回过头来一看，两个底下人在跟么，张飞拿只马一拎，哈辣辣辣……跑得快了。俫马跑得快么，两个底下人呐吭追得牢，奔得俚笃上气勿接下气么，当中横里要断气。呒说法，只好回衙门。天亮，城外有老百姓进城，打听消息。昨日夜头张飞俺出城？出城的。俺闯祸？军师格辕门也拨俚爬攤，那么该死。呃嗬嗬嗬……格两家头浑身发抖。刘备回转来，勿知要拿伲呐吭处罚？其实刘备回转来，阿怪俚笃呢？刘备明白人，通情达理。兄弟吃醉仔酒，勿要说唔笃两个底下人看俚勿牢，吾格阿哥，也尚然呒不办法，拦牢俚。所以刘备也勥去怪俚笃。

　　两个底下人，吾勿交代么。张飞格只马出城，直到校场。酷——马扣住。噗！马上跳下来。嚓！枪地上一倚，缰绳枪杆上一拴。张飞拎甲揽裙，呵冷噜噜噜，跑过来一看。辕门已经关了，封条贴了。封锁，勿好进去。灯光锃亮，看看倒蛮气派。张飞想看看看，有点啥格名堂。跑过来一看，辕门跟前挂着一块一块虎头牌。虎头牌上啥格物事呢？斩将军令。张飞抬头一看么，嘴里在读了："闻鼓不进，鸣金不退，旗举不起，旗倒不伏，此之谓叫谬军。谬军者，斩。""哼，牛鼻子道人将令森严。"跑过来再看，"点名不到，呼时不应，违期不至，动乘帅律[1]，此之谓慢军，慢军者，斩"。"嗳！倒有点花头花脑的。"再看，第三块虎头牌上，"营中大小将领，无赏不许饮酒，酒后撒泼，立取首级"。"嚯！"哦哟，张飞心里向转念头，诸葛亮，俫格条将令，有针对性格哇。寻着吾哇。俫晓得吾张飞么，每日天要吃酒，一日不可无此公。喔，俫格上，定出一条限制。所有营头上格大将，呒不功劳勿许吃酒。吃醉仔酒，闯祸要杀头。格么呐吭？吾张飞一个月勿立功劳么，一个月呒不酒吃啊？格条令箭勿能摆在那。看得入眼让俫挂挂，看勿入眼，取消

1　此条为"动乘师律"之口误。

俚。张飞人长呀，点一点脚么，嗟！拿块牌挣下来，嘚儿——望半空当中甩上去，得下来，啪啦沓！一得三块，哓哓薄格板，勿牢格呀。

旁边小兵看见响勿落。要紧拾过来拿根绳子扎一扎好么，赅仔张飞当面俫勿敢挂了。俫挂上去俚要光火，阿是吾掼脱了，俫挂上去啊？只好等张飞跑远点了，等歇再挂。

其实张飞打脱虎头牌，格个罪名也是触犯军法，要杀头。张飞是也稀里糊涂，吃饱哉老酒酹晓得。俚还在看。看么，俫注意注意脚底下酿。搭凉棚格，到该搭点来布置格辰光，往往地上掘仔潭，打仔桩。桩起脱，潭酹填平，就跑了。因为辰光仓促，来勿及弄。张飞跑过来，一个勿当心，一踏一捺，踏到格低潭么，人，尔嘚——冲过去。"唉唷！"晓得勿灵，"要跌哉！"要跌哉么，两条手望准辕门栅栏上，当！推上去。要想借栅栏格力道，当！撑住么，劲跌下去。勿晓得该格栅栏勿牢壮格呀。庵观、寺院、庙宇门口头格栅栏，祠堂门口格栅栏借得来，拼拼凑凑搭像一座辕门。张飞啥格力道了，两条手搭上去，格辕门望准里向，哗——嘟——当！张飞一个跟头，嘚儿……锃！掼下去，两只手顶臼，嗟！一攮，啪！跳起来。张飞关照旁边头小兵，"来来来，攮起来"。攮起来。俫么关照攮起来，小兵响勿落。吃饱仔老酒，神之耶乎跑得来，辕门侪拨俚弄倒脱了。吭说法哇，张飞关照攮么，只好攮咯。

唔笃拿辕门在扶起来格辰光么，声音大。三更敲过仔一大歇，近四更哉。毕静，哗——嘟——当！格个声音，演武厅上侪听见。诸葛亮心里向明白，晓得格宝货来了。派人查。外头啥格声音。俫派人出来查么，赵子龙辕门值将，俚先得报。小兵过来先报赵云："禀赵将军，三将军张飞，在城里向吃醉仔酒，跑到该搭点来，拿辕门打倒了。""住——口！""是。""三将军城中酒醉而来，无意间，把辕门带倒了。""呃喝，是。""退下。""是。"小兵想，吾么说格打倒，俫赵子龙一定要改一个带倒？打倒也是倒，叫带倒也是倒。终归倒么俫换脱一个字，有啥意思呢？勿晓得小兵啊，俫吭不资格。赵子龙是在帮张飞格忙。因为城里向吃饱仔老酒来，拿辕门打倒。打倒格罪名要杀的。因为啥？吾诚心来闯祸了打倒。现在赵子龙拿格个"打"字改成功格"带"字。吃醉仔酒跑到该搭点来，拿辕门带倒哉，格么是无意的。无意格啦，格个罪名要轻脱勿少。赵子龙搭张飞有交情格呀，希望大事化小事么，换脱个把字眼。

赵云上演武厅，喝冷噜噜噜，到诸葛亮门前。"禀军师，翼德将军在城中酒醉而来，把辕门带——倒。请军师定夺。""退下。"赵子龙武班里一立。诸葛亮心里向转念头，赵子龙在帮张飞忙嚯？听得出格嚯。拿辕门带倒，俚呐吭会得带倒。俚么诚心来寻着吾。好，勿管俚呐吭，等张飞来仔。诸葛亮回过头来对刘备一看，"主公"。"军师。""方才主公说，三将军荆州去了，怎么在城中饮酒呀？""呃嗬。呃，这这这，这刘备倒还未曾知晓。"刘备弄勿落了，鬼话侪穿帮。诸葛亮当场责问么，吾只好回头勿晓得。孔明想劲去管俚，今朝俫张飞拿辕门带倒，外加俫有三卯不到格罪名。吾要拿俖喊上来问问俖看，俖如果认罪的，勍去讲俚。俖勿认罪的，吾就要照法律办了。否则，吾何以服众？

诸葛亮拔一条令箭，关照旁边头，"三——班听令"。三班呢，是军牢手、刀斧手、捆绑手，旁边头跑过来。哗劣卜落，跪下来，"呃，参见军师，小的三班见军师，三班见军师。见军师，见军师"。"罢了。""是。""把不法将张飞拿来。""是。"前头格朋友，格条令箭勿敢接，后头格年纪轻格朋友，勿懂事体，该只手伸过来，"喝，得令呃"。俖拿令箭接么，大家答应，"得令啊！"年纪轻格朋友，俚算出风头格啦。接仔条令箭，下演武厅。"诶，各、各位，跟吾一道过去拿张飞捉。""老弟啊。""嗳！""吾问俖。""呐吭？""俖阿想活两日啦？""呫呫，呫呫？格句闲话啥意思介？""勿瞒俖讲，倽么阳间难得来埭把，要想多活两年。俖倒想想看，张飞，刘皇叔也不买账，关君侯也不服帖，诸葛亮俚会买账的？三班俚会买账？俖拿条令箭去捉俚，俖要死么，俖去好了。勿瞒俖讲，倽么还想活两日了，不想去哉。""呫，格个，那么格个军师发格令箭么，终归要接。""啥体倽前排里勿接了，要俖后排里伸条手过来接呢。""格，格个么，吾想，前排搭后排么一样格咯。""一样格么，俖一干子去呀。""格个，吾一干子么呐吭好去。格个、格个唔笃勿去么，吾拿令箭去回拨了诸葛亮。""嘎便当。哦，接也刚巧接了，好还啊。呒不什梗便当。""格个，格个，格、格、格捉么又勿好捉，还、还、还、还么又勿好还，格、格、格、格，叫、叫、叫、叫吾呐吭弄法呢？""勦喊俖要接格条令箭。"呫呫，那弄僵。旁边头三个人唱两个喏，各人有各要好。接令箭朋友也有人搭俚比较要好点么，跑过来帮忙。帮忙格朋友蛮会白相，老弟呀，吾一径关照俖的。有种公事困难格么，俖勍惹了前八尺。俖啥格路道呢，前头人勿接令箭，要俖后头人伸过手来。啊，对勿住对勿住。各位，看吾面上去带带看，能够拿张飞带过来么最好。勿来赛格么，倽再回过来见军师交令。

"格么喏，今朝看俖面上喏。勿看俖面上么，谈也勍谈。""好好，谢谢俖。""老弟，下转，俖格种令箭么，少接接。""下转？哦、哦，永、永、永远也勿接哉。"嚯唷，永远也倽说仔出来。唔笃在过来格辰光么，里向还在喊威，"军——师，有令，拿不法将，张——飞。呼——咦！"

张飞在辕门外头一听，啥格物事啊？捉不法将张飞？吾啥格上不法？吾么可以说是奉公守法。拿辕门推倒了，关照手下人揿起来，再好呐吭好法呢？况且格个辕门是刘备的，刘备么是吾阿哥，兄弟弄倒阿哥格辕门么，管俖诸葛亮啥体？要俖硬出头了，来干涉？张飞光火哉，关照旁边头格小兵，"勿要揿了！""咦？揿也揿起来哉。"张飞拿只脚，当！踢上去。哗啷呃当——侪踢翻。横竖横哉，终归闯祸。张飞立了等三班过来。

廿四个头，跑到张飞门前，哗哩吧啦，跪下来。"啊，三爷在上头，小人三班见三爷磕头，见三爷磕头，磕头磕头磕头。"噼里啪啦，噼里啪啦。捉人格人，看见仔犯人，跪下来磕头么，也少的。"罢了。""嗯哼，谢仔三爷。""你们奉牛鼻子道人将令，到这里来拿捉老张啊？""三爷侭勿敢的。喝喝，侭么呐吭敢来捉俫三爷呢。侭不过是奉仔军师格令箭，到该搭来，请俫三爷上演武厅，去聚聚呀。呃嗬，诶，军师要搭俫聚聚呀。"客气得嘞，喊聚聚了什梗。"呋喝喝喝，牛鼻子道人叫你们捉，你们尽——管捉。"喔唷，看上去格苗头，今朝张飞，奉公守法，蛮服帖了。"格个三爷，格么，俫关照侭捉的。对勿住哦，呃嗬嗬，要得罪哉哦。"令箭腰里一别，立起身来，要想上来毛手毛脚。张飞想，吾搭唔笃溜溜。啥格唔笃真格要来毛手毛脚？张飞格条手搭到剑柄上，哼！喱！闪嗯！宝剑出匣，"你们来——呃！"来！俫拿宝剑一扬么，廿四个人吓得拨转身来就逃，"逃哇！"逃得慢点，勠拨俚一宝剑。唔笃哔哩吧啦逃过来，上礓礤格辰光么，呒不一个人勿跌跟头。有格是，爬起来仔再跌下去，噼里啪啦，望准上头爬上来。直到诸葛亮门前头，急得了面孔俫转色了。"喝喝，喝喝，军师在上头，小人三班见军师磕头。奉命去拿捉不法将张飞，张飞拒捕。小人实在呒不办法，请军师恕罪。"诸葛亮令箭收过，令架子上一插，"退下"。"是"。嚯咯咯咯，三班退下来，旁边头立好。

诸葛亮对下面一看么，来了。张飞眉毛竖、眼睛弹，满面怒容，血盆大口咧开，一只手里向执仔口宝剑，一只手里向提格甲揽裙，呵噜噜噜——一埭路走，一埭路在骂。"牛——鼻子道人，摆——架子的村夫，老张打倒了兄长的辕门，与你牛鼻子道人何干？你来讲老张不法，哼，老张来——了啊！"呵冷噜噜——冲过来。

俫在冲过来格辰光么，诸葛亮呐吭呢？对刘备看。隐隐然，刘备啊，俫看吧。俚犯仔罪，还要拿宝剑冲上来拿吾杀，俫看哪哼办吧？刘备是响勿落。刘备对下头张飞望望，刘备格只手要紧捉没仔诸葛亮，拿左手来对俚摇呀。兄弟呀，谢谢俫帮帮忙，勠来俏哉。曹兵十万要杀过来，局面什个样子紧急，全靠诸葛亮发令破敌。俫还要上来夹篐撑，算啥格名堂呢？谢谢俫阿有啥下去吧。俫在对俚摇手。张飞阿看见？看见了。上礓礤就看见。只看见大哥哭出乎拉只面孔，在对俚摇手。再对二哥一看么，二哥也在对俚摇头。意思里俫喊俚勠上去。喔，那么僵。两个阿哥叫吾勠上去。上去？对勿住桃园弟兄。勿上去？气勿过诸葛亮。格么哪呐吭？还是看阿哥面上。宝剑，喱！哼！入匣。"牛鼻子道人，老张打倒兄长辕门，与你牛鼻子道人何干？你要来难——为老张，今日老张不看二位兄长的份上，定将你脑袋砍下！如今老张回衙门饮酒去了，你便奈何老张！苦恼哇，苦——恼！"

张飞宝剑入匣，拨转身来，呵冷噜噜——去哉。其实俫张飞勿骂格两声，拨转身来走呢，那诸葛亮也还可以落得落场。马马虎虎就过去了。现在临走快，拨俫，枉当枉当，什梗骂么。诸葛亮格面孔涨红，还有啥格军法？三卯不到、闯辕门、拒捕，还要到该搭来咆哮公堂、辱骂军师，还当了得。格个俫勿拿俚办，法律在啥地方。

诸葛亮，嗒！令架子上拔一条令箭，"子龙！听令"。"末将，赵——云，在——吥。""令箭一支，把不法将张飞带上，堂——来。""这——个！"那么弄僵赵子龙。赵子龙心里向转念头，吾去拿张飞带，吾呐吭对得住刘备了，关云长。俚笃桃园弟兄。吾勿去拿张飞捉，诸葛亮格命令下来，吾呐吭回头？赵子龙眼梢甩过来对刘备一看，隐隐然东家，傓看呐吭办？刘备对俚望望，傓看仔吧。吾一眼呒不办法啰。吾已经答应过诸葛亮哉，赏罚、指挥，侪归俚一个人管，吾呒不办法管俚。所以刘备摇摇头么，随便傓吧。赵子龙只好接令。"遵——呐令。"那么赵子龙过来动手，要赵子龙生擒张飞，大闹辕门么，下回继续。

第二十八回

三闯辕门

　　诸葛亮登台拜将，张飞拿辕门推倒。诸葛亮派赵云，拿张飞去带上堂来。赵云蛮尴尬，对刘备看看，刘备不发一言。对云长看看，见云长垂头丧气，呒不闲话。格么格令箭只好接。不过赵子龙接令箭，望这外头来格辰光，心里有数。张飞今朝吃醉格酒了，倷要想拿俚带上来见诸葛亮磕头赔罪，谈何容易？上命差遣，呒不办法，只好过来。

　　赵云一埭路下演武厅，追上来么，张飞在门前。赵云要紧喊一声，"翼德将军慢走，赵——云，来——哩！"张飞在门前听见，背后头赵子龙来哉。张飞回转头来，对赵子龙眉毛一竖、眼睛一弹、面孔一板、拳头捏好，"老赵，你奉牛鼻子道人将令，前来拿捉老张，好哇，你来——哩！"来！张飞心里向转念头，倷赵子龙枉空。吾搭倷几化年数格老朋友，今朝倷勿帮吾格忙，勿拿诸葛亮一道得罪了，倷反倒帮仔诸葛亮，到该搭来拿吾捉，倷来来看？吾搭倷朋友拆交情。"打！"

　　赵云要紧立定。赵子龙只面孔，和颜悦色，对仔张飞，"三将军。今日，军师登台拜将，点卯时节，你三卯不到，酒醉而来，又把辕门。哈哈！"赵子龙拿格拳头对俚演演，隐隐然倷是打倒，吾搭倷改格带倒了。"如今，军师命吾到来，请将军上演武厅。喏喏喏喏，只要将军在军师跟前磕一个头，赔一个罪，那就，完了——啊。""吥！要么叫牛鼻子道人到来，同老张磕头，赔——罪！"赵子龙响勿落，吾关照张飞上演武厅去搭诸葛亮磕一个头，赔一个罪么，格桩事体好撸过了。阿有啥大事化小了，小事化。叫啥张飞回头呐吭一句闲话啊？要么叫诸葛亮到该搭来，搭吾磕头赔罪。格个配勿拢头寸了。那么倷三卯不到呀，倷拿辕门推倒，呐吭叫诸葛亮搭倷磕头赔罪，倷格个啥格道理呢？

　　格张飞有道理的。张飞心里向转念头，啥格三卯勿到？诸葛亮登台拜将，吾勿承认。而且刘备关照吾，倷在城里向吃酒好了，诸葛亮点名吾代替倷答应。根本呒不啥格三卯勿到格种事体。再说拿辕门带倒，辕门带倒么呐吭？格辕门又不是倷诸葛亮卧龙岗带出来？就算倷卧龙岗带出来格么，推倒倷，赔还倷，修作倷，顶多哉咯？何况格个辕门是刘备的。吾是刘备格兄弟，兄弟推倒阿哥格辕门，管倷诸葛亮啥体？要倷夹篙撑，要倷来多管闲事啊？还要么派人来拿吾捉了，再要么喊倷赵子龙来过来拿吾绑，谈阿勤谈。诸葛亮跑过来么，搭吾打招呼：三将军，对勿住，刚巧么种种抱歉，阿有啥倷宽恕仔吾吧，扑落笃，磕一个头。格么吾："罢了！"格么喏，马马虎虎。

张飞是什梗想法了。

赵子龙响勿落。"翼德将军，今日里，军师命吾到来，请你上去。倘然将军不去，叫赵云怎能——交令？"吾弄僵了。"将军，喏喏喏，只要你上演武厅与军师磕头赔罪，赵云亦在你将军跟前，与你将军磕头赔罪。你看，怎——样？""嚯！慢来慢来啊，待老张，吾来划算划算啊。"张飞叫啥拆蚀格事体俚勿肯做，俚要划算划算。心里向转念头，赵子龙搭吾商量，叫吾么上去搭诸葛亮磕一个头、赔一个罪。那么俚么，也来吾门前头磕一个头、赔一个罪。吾俇扯拢来，赛过齤磕头了，齤赔罪。外加一来呢，文武官员，大家侪可以看到，吾张飞格人够朋友，勰弄僵赵子龙。为了帮赵子龙格忙了，上来的。勿是吾搭诸葛亮磕头赔罪。二来呢，格桩事体过去哉么，好让大哥也呒啥闲话好说。

张飞要想答应么，再一想慢慢叫看，"吠喝喝喝……老张勿上你的当。诶，老张同牛鼻子道人磕头赔罪，众目昭彰，大家看见。你老赵同老张磕头，只有老张一个人知晓，勿来！"张飞来得格拎得清。俦、俦搭吾磕头赔罪，又勿会等在大堂上，又勿会赅仔文武百官了，众、众目昭彰底下，扑落笃，跪下来搭吾磕头。俦勿会格呀。俦么跑到吾屋里向，呒不人格辰光，扑落笃，跪下来。喏，磕还俦格头，赔还俦格罪喏。格个事体只有吾一个人晓得，吾坍台大家看见。俦赔罪，扎面子，吾一干子晓得，勿来勿来勿来。

赵云心里向转念头，啥人说俚戆，俚来得格门槛精了。"翼德将军，倘然你上演武厅与军师磕头赔罪，赵云也在文武官长之前，在演武厅上，与你将军磕头，赔——呐罪。将军，怎么样啊？"吾呢，同样情景。俦在演武厅上磕头，吾也赅仔文武官员，跪在俦门前头，那总好哉咯。"嗯！"张飞眼珠子笃落在转，阿要答应勰答应。看赵子龙蛮为难格种样子。"翼德将军，你成全了，赵——呃云。"帮帮吾格忙，吾弄僵。吾接仔令箭来，板要完成什梗一桩事体。俦勿去，吾勿好销差。张飞心里向转念头，格么喏，看俦赵子龙苦恼，马马虎虎，格么吾上去一埭。俚自家犯仔罪，还要看拨俚面上，"好好好，既然如此，那么看在你老赵的份上，上去"。"翼德将军，请。"

赵子龙搭俚一道回过来格辰光，赵子龙在撸顺俚格毛头。三将军啊，今朝俦搭诸葛亮反对么，吾心里向也蛮赞成。"喔！"诶，格诸葛亮年纪什梗轻，到底有勿有本事，吾也吃勿准。那么老实讲一声咯，吾搭俦三将军啥格上勿同呢？吾现在勿搭俚反对，吾要看一看夏侯惇十万兵要杀过来哉，诸葛亮能够杀退夏侯惇十万人马的，吾佩服俚。倘然俚勿能够杀退夏侯惇格人马么，勰说俦要寻着俚，吾也要寻着俚。"吠呵呵呵……"张飞听着窝心。吾格脾气么搭俦就格上两样哟。俦么要看一看，吾么等勿及看哉。吾么吃煞诸葛亮呒不本事的。诶，所以吾马上就要上俚格腔。好好好，俦赵子龙看仔一看了，再寻着俚。到演武厅，滴水檐前。赵子龙关照俦等一等啊，吾先上去禀报。张飞立了下头。

　　赵子龙上演武厅，到军师案前，"末将奉命，把翼德将军带——到。请军师定夺"。诸葛亮令箭接过来，令架子上插好，手一招，"将军，请退"。"是。"赵子龙，呵冷嗖嗖——武官班里向立好。

　　诸葛亮蛮佩服，赵子龙有办法，诶，俚上去几句话一来么，拿张飞带过来。孔明就关照，"传，不法将张飞，上——堂。""军——师，有令，传不法将张飞，上嗯——堂！呼——咦！""嚯……哦哟！"张飞对赵子龙看看，吾扛仔俫木梢哉哦？啥格上堂要呼吆喝六了什梗？那么停一停，俫赵子龙搭吾磕头赔罪，旁边头总勿见得会喊"不法将赵云向张飞磕头赔罪，呼！"格个勿会。吾格上已经吃亏了。

　　俫在对赵子龙眼睛弹格辰光么，赵子龙在对俚招手，在对俚眨眼睛：马马虎虎俫上来吧，夠弄僵吾哉。张飞对俚眼乌珠弹弹，真叫看俫面上。勿然？勿然么随便呐吭勿上来。张飞拎甲揽裙，呵冷嗖嗖嗖嗖嗖，上演武厅。直到诸葛亮虎案门前。心里向转念头，照规矩到虎案门前么，要跪下来磕头格咯。阿是吾搭诸葛亮磕头格呀？谈阿勤谈。勿磕的。勿磕么立了勿像腔格咯。格么呐吭弄法呢，有了哉。匍下来吧。匍下来搭格跪下来，横竖错妨勿多。对，张飞两只脚一绞，人匍下来，勿肯下跪。格么要叫应一声，叫俚啥呢？叫俚军师，吾勿承认俚军师。格么叫俚先生？谈阿勤谈。吾叫俚先生？格么叫俫牛鼻子道人？格么诸葛亮勿情愿。格么呐吭弄法呢，勿知呐吭拨俚想出来，含糊其辞，对仔格诸葛亮，"呃，么酿么酿，呼噜咕噜，嗯嗯嗯……"诸葛亮听啥物事啊？哦，当吾吃局物事用？么酿么酿，呼噜咕噜，嗯嗯嗯……格一来兴。俫含糊其辞么，诸葛亮清清爽爽。一记台子一碰，"着，匹夫，张呃——飞！""牛鼻子道人！"张飞格声吆不骂出口，骂在喉咙口。为啥呢，诸葛亮在骂俚匹夫张飞，俚抬起头来对诸葛亮看，要回嘴骂一声牛鼻子道人。叫啥抬起头来对诸葛亮一看么，只看见诸葛亮格两只眼睛对俚，当！一弹。张飞一吓呀。啥了要一吓么？因为诸葛亮格两只眼睛，一径眼开眼闭，勿大看见俚眼睛弹。难板眼睛一弹啦，怕人势势。张飞一吓么，勬骂出声音来，骂在喉咙口，嘴唇皮在牵，嘻里咕噜……格声音真正只有一眼眼，听勿出字眼的。格么俫嘴唇在牵么，诸葛亮看得出格咯。张飞在回嘴咯，不过声音吆不罢哉。

　　"今日本军师，登——台拜将，点卯时节，三卯不到。城中酒醉而来，又把辕门，带——倒。"诸葛亮格讲闲话呢，节奏啦比较慢。格张飞匍着脚也酸的。张飞眼梢甩过来对赵子龙看看，赵子龙啊，吾扛仔俫木梢了。吾当仔匍仔下去，马好立起来？碰着诸葛亮格闲话么来得格多。哈呀！笃笃定定，一是一，二是二。俫晚歇跪在吾门前，总勿会跪噶许多辰光格咯。张飞心里向已经在毛爪七抓，勿耐烦了。

倷在对仔赵子龙看格辰光么，赵子龙独场对俚眨眼睛：马虎点，耐心点，也就什梗过去哉。勿、勿发脾气。倷在对俚看格辰光，勿晓得诸葛亮，格个下头格闲话，张飞会得齣听清爽。诸葛亮先说俚三卯不到，连下来说俚酒醉而来，拿辕门带倒。"论你这两罪，本军师，本欲将尔，推出辕门，斩——首。"诸葛亮格个闲话呢，显然还吭不完。因为诸葛亮说，论倷格两桩罪名，吾本欲，要拿倷推出辕门杀的。现在么，呐吭、呐吭、呐吭，可以勿杀哉咯。有格"本欲"两个字了。

叫啥格张飞回转头来，对赵子龙看格辰光，俚"本欲"两个字齣听见。格闲话就变成功呐吭呢，就变成功诸葛亮说俚：倷么三卯不到，倷么推倒辕门。论倷格两桩罪名，本军师要把你推出辕门斩首。"本欲"两个字拿脱哉。张飞想啥格物事？哦，磕了头、赔了罪，还是要推出辕门斩首。格么吾跳起来，骂脱倷两声么，吾也顶多推出辕门斩首咯。张飞就，当！呼——噗！跳起来，眉毛一竖、眼睛一瞪，对仔格诸葛亮"哒——呃！牛鼻子道人，老张与你磕了头、赔了罪，你还要把老张推出辕门斩首？老赵哇，老赵——呃，老张上了你的当了。如今老张回衙门喝酒去了！牛鼻子道人，你便奈何，老——张？"说完么拨转身来，呵冷嗤嗤……往外头去。格个诸葛亮，格个窘是窘得了，面孔俟涨得煊煊红。刚巧张飞骂诸葛亮，是在演武厅下头骂的，还好假痴假呆好相点了。现在是家官节头，指到诸葛亮格鼻头上，枉当枉当，格骂。诸葛亮心里向转念头，倷闲话俺听清爽？吾本欲要拿倷推出辕门斩首。哦，倷马上就跳起来，就什梗破口大骂。照倷格种样子，多一条罪名。叫啥？咆哮公堂，还当了得。

诸葛亮心里向转念头，如果吾见凶上树，见倷怕，让倷就什梗跑出去，下趟吾勿能够发令。下趟随便啥人只要对吾凶么，吾就呒不办法哉啰？诸葛亮，嗒！令架子上拔一条令箭，关照旁边头："子龙，听令。""末将，在——㕸！"赵子龙跑出来格辰光，叫勉强。心里向转念头，诸葛亮，倷别人也好派派，倷为啥道理板要派吾呢？倷辕门值将，军正官，今朝辕门里格事体，俟归倷负责么，诸葛亮当然要派倷咯，何况派别人去搭勿够张飞。"令箭一支，与我把不法将张飞，拿上堂呃——来。""呃嗯，是！"

那么弄僵，格条令箭呐吭接得咯？赵子龙心里向转念头，张飞格罪名升级了。刚巧诸葛亮关照吾，把不法将张飞带上堂来。带上来呢，散手散脚，用勿着绑得的。现在关照吾要拿不法将张飞拿上堂来。拿到是要绳捆索绑，捆起来。拿张飞去捆起来，格吾呐吭做得出？何况，张飞啥格本事，力大无穷。实事求是讲，气力，赵子龙勿及张飞大的。人，张飞长了格大，赵子龙要比俚素小。赵子龙要去拿张飞捉，格几化困难了。诸葛亮命令下来了，格条令箭吾哪怎办法呢？回头当然勿可以。接令吧？格么还要考虑到桃园弟兄格情分。吾拿张飞捉仔上来，刘备、关公会对吾呐吭看法？赵子龙眼梢甩过来对刘备一看。隐隐然，东家，倷看呐吭办？刘备心里向转念头，有啥办法呢，兄弟勿争气。闯穷祸闯得什梗付吞头。诸葛亮老早搭吾讲好，一切赏罚侪归俚做主，按照法律办理。格么现在张飞是错了，吾勿能够硬出头了，勿许侬去捉。刘备头沉到，勿响。随便侬。侬愿意接令，侬接好了，侬勤来对吾看，吾呒不意见。赵子龙再对关公一看。关云长呐吭呢，叫啥刘备垂头丧气么，云长眼睛一闭，也呒啥闲话好讲。兄弟是勿好，阿哥吭不办法硬出头。刘、关两个人什梗种态度么，赵子龙吭不办法，只好接令。"遵——呐命！"

赵云令箭一接，过来，带八个捆绑手。关照捆绑手，唔笃绳索拿好。唔笃分两旁边过去，吾勿对唔笃看，唔笃勤上来。吾对唔笃看，那么唔笃上来。捆绑手有数目。捆绑手从两面兜过去。赵子龙心里向转念头，今朝要去拿张飞捉啦，困难的。因为张飞出场到现在，从来齁拨别人家捉牢歇过。勤说齁拨别人家捉牢过啦，张飞搭别人家打仗，讲一拔一动手打了，俚从来齁吃歇过败仗。虎牢关搭吕布打，吕布算得狠哉。张飞要，辣！一枪，拿吕布头上束发仔金冠挑下来。格侬想想看，吾要去拿俚捉，几化困难了。

赵子龙后头过来么，在动脑筋，只能够用计。勿用计，勿来赛的。下演武厅么，俚喊一声："三将军慢走，赵——云，来——呐！"一声一喊，张飞在门前走。张飞听见赵子龙又来哉么，哗啦！身体拨转来，眉毛竖眼睛弹，牙齿咬得嘎嘎响。刚巧扛仔侬格木梢，搭诸葛亮磕仔头、赔仔罪了，现在侬倒又来哉啊。"老赵，方才老张，上——呃了你的当。如今，你奉了牛鼻子道人将令，又要来拿捉老张。来来来，你来——呐！"来！拳头对俚扬扬。赵子龙要紧立定，"翼德将军，吾与将军乃是知己的朋友，哪有把将军拿捉之理？军师有令，吾不能不接，吾追赶到此，就是要请你将军，快些走——哇"。赵子龙对俚歪歪嘴，快点走酿，吾吭不办法呀。令箭下来吾勿好勿接格呀，侬走得快点，吾只算追侬勿牢么，吾好回转去销差。侬走酿！

张飞看见赵子龙对俚歪嘴，哈啊，窝心。到底老朋友。俚接令箭叫吭不办法，场面上做做。实际上呢，侬看，要对吾歪嘴巴么，蛮清爽，豁翎子，关照吾快点走。"呋喝喝喝，牛鼻子道人，你要来拿捉老张，你办不到！"侬派得来捉吾格人，要好朋友，有交情的。俚勿肯拿吾捉。格么侬关照吾走么，吾走。张飞拨转身来，喝冷噜噜——往辕门跟首过去么，赵子龙再来。"三将军慢走，赵云来—吔！""啊，老赵，怎么你又来了？""哎——嗳，翼德将军，你在辕门之中慢慢行走，赵云回去要被军师责备。为什么放走将军？将军，你要与吾跑得快些呀。你，走——哇！"侬忒慢哉呀，侬什梗踱方步么，吾勿好回过去交令格吠。诸葛亮要怪吾。"呋喝喝喝，对格对格对格对的。"吾也要拨点面子拨了赵子龙，让赵子龙好有格落场势，好回转去交令。格么吾跑得就稍微快点。拎仔甲揽裙望准外头，呵冷噜噜……跑得快了。

赵子龙晓得俚上当。赵子龙马上拿格条令箭，望准肋夹套里向别一别好。拿头上顶盔帽整一整好，刘海带，得！扣一扣紧。两只袖子管扎袖紧一紧，甲揽裙拎起来，挂一挂好。然后对两旁边一看么，两旁边格捆绑手，哈哈哈——兜过去。赵子龙然后用轻身法。"吠，啪啪啪啪……"冲过来。到张飞背后头么，张飞拎格甲揽裙两只手扯开了。赵子龙起两条手六个节头子，两把擒拿，望准张飞脉门上，嗒！抓牢。嘿！望后头一曳。张飞勿防备的，拨俚搭牢了么，嘿！两条手反剪转来。"啊！"等到俚觉着，回转身来对赵子龙看，"老赵，你怎么样？"俚问俚呐吭道理么，赵子龙只脚一镗，一个嵌子。嘿！一曳么，张飞两只脚在赵子龙脚上一拌么，嘚儿……铿！一个跟头掼下去。赵子龙跟俚跌下去么，跌在张飞上头。张飞合扑下去，赵子龙右脚格只脚馒头，望准俚格背心上，辣！一授，两把擒拿。嘎啦捏紧么，捆绑手从两旁边，哈……兜过来。

张飞要紧喊，"哈啊，老赵，你放酿。老张同你好朋友啊！"赵子龙想好朋友啊，格个辰光公事公办，嘎辣辣辣——两把擒拿捏紧么，捏得格张飞又是格酸，又是格麻，又是格涨，又是格痛。"嚯！"张飞心里向转念头，格个好朋友半吊子。吾扛仔俚木梢哉。投！呐吭投得落。人合扑在地上，背心节牢，动勿动。捆绑手过来绳索，嘎啦、嘎啦、嘎啦啦啦——拿张飞捆牢么，赵子龙两条手一脱。啪！跳起来。赵云跳起来么，捆绑手拿张飞搀起来。

张飞格个辰光心里向是火是火得来，要冒穿天灵盖快哉。啥道理么？张飞心里向转念头，吾出邦到现在，从来勿拨人家捉牢过。今朝扛赵子龙格木梢。吾扛木梢扛在啥场化么，就是歪嘴巴上。俚勿什梗对吾歪嘴，吾也勿会上当，吾会防备哉。吾防备哉，老实讲俚要捉吾，俚谈也勿谈。

"好！"嘎许多年数格老朋友，俚帮仔诸葛亮格忙，今朝到该搭来拿吾张飞捉。张飞咬牙切齿，调调脚对仔赵子龙："老赵哇。你，好哇——啊！好！"赵子龙晓得俚心里向恨透。吭不办法。赵子龙拿条令箭拔出来，对张飞扬扬，"翼德将军，赵云，不得已而"。吾吭不办法，上命差遣，吾只能什梗来。"好！"张飞心里向转念头，赵子龙，俚要拿吾捉？俚尽管捉，俚曼得搭吾讲明白。格么吾就勿怨格咯。俚跑上来对仔吾：张飞，三将军，吾么弄僵哉哝。诸葛亮么下命令，关照吾要拿俚捉。吾搭俚么老朋友，有交情的。吾呐吭好拿俚捉，吾勿拿俚捉吧，诸葛亮要拿吾杀头。拿俚捉吧，吾对勿住朋友。三将军，俚看吾哪哼办？格么喏，为朋友，勿勒弄僵俚，勒害俚死，吾两条手翻剪转过来俚绑好了。格么吭不闲话讲。哦，俚张断命嘴，对吾歪法歪法啊，算搭吾热络的。关照吾走得快点，临时完结拿吾搭牢。张飞心里向转念头，吾今朝死脱么便罢。吾勿死，勿几记耳光拿俚张嘴巴拍歪哉么，吾勿叫张飞。火透。

捆绑手拿张飞扯牢仔，嚯咯咯咯……推过来。赵子龙上演武厅，到诸葛亮门前："末将奉命，把张飞，拿——到。请军师，定——夺。"诸葛亮令箭收过，令架子上一插，手一招，"将军，请退"。"是。"赵子龙旁边头一立。

诸葛亮心里向转念头，好。赵云，有办法。勿容易。老实讲一声，要拿张飞捉，只有赵子龙。别人一个俦搭勿够。诸葛亮关照："把不法将张飞押上堂来。""军——师有令，把不法将张飞押上堂来。走，走！呼——咦！""走走走！走！走！嗨！"要拿俚推上来。张飞阿肯上来？谈阿夥谈。吾上去做啥？吾要活命，格么吾上去喏，扑落笃——磕头、讨饶、吾认错，格么阿有啥求得诸葛亮饶恕条性命。吾肯嘎？吾情愿死，格个头勿磕。张飞两只脚乒，嗤！用一用力一运功夫么，好了。格两只脚，像生仔钉什梗。捆绑手算得用力气推，呐吭推得动，动侪勿动。张飞在下头破口大骂："牛鼻子道人，你要把老张斩首，也何用上堂。老赵哇，老赵——呃，今日老张上了你的当。老张不死，与你老赵拚——命啊！"勿死么搭偨拼命。赵子龙头沉倒，呒不办法。诸葛亮一看，推俚勿上来，推不上来么，呐吭弄法呢？格么呒啥客气，照军法办。"来。""喳。""把不法将张飞推出辕门，斩首。""军——师有令，把不法将张飞推出辕门斩首，呼——咦！走，走走！走。"嚯咯咯咯……

格点么张飞吃价。要俚上堂磕头，谈啊夥谈，勿上去的。要拿俚杀头，跑得格快。用勿着唔笃推，自家来。死有啥道理？坍台勿能够坍。嚯咯咯咯……望准外头在押出去么，诸葛亮，嗒！令架子上，行军令拔起来，要拿张飞执行军法。

刘备在旁边是急煞。刘备心里向转念头，想勿到登台拜将，还夠发令搭夏侯惇打，先要杀脱张飞。格呐哼弄得连牵。刘备要紧立起来："军师，刀——下留人。""主公，怎样？""军师，今日吾家三弟，冒犯军师，罪当斩首。还望军师念吾家三弟，昔日在刘备手下立功颇多，把他前日之功，赎今日之罪。望军师，恩准。""请坐。"

喏。刘备坐定，诸葛亮一听，刘备讨情哪讲法呢？说张飞格罪名应该要杀的。不过呢，张飞跟仔刘备二十年，格个二十年当中立过汗马功劳，不计其数。念俚从前格点功劳面上，阿能够赎今朝格罪名了，拿俚饶恕。格诸葛亮想勿可以。从前是从前，现在是现在，功劳归功劳，罪名归罪名，勿能混淆在一道。"主公，翼德将军昔日有功，在主公麾下。今日犯罪，在山人帐前。岂可，以前日功，赎今日罪？主公可知晓前高皇帝，拜韩信为大将，执法斩殷盖之事——乎。""啊，嚓嚓嚓嚓嚓"，刘备响勿落，呒不话好讲了。为啥呢，诸葛亮讲清爽。从前唔笃格上代头，汉高祖刘邦，拜韩信为大将，也是登台拜将。汉高祖有格亲眷，是汉高祖格阿舅，叫殷盖。俚勿服帖，闯辕门。好了。韩信执法斩殷盖。别人讨情勿来的，尽管俚是皇亲国戚，俚是皇帝格阿舅，杀，照样杀。执法斩殷盖。今朝，就是张飞犯罪么，同样啰，照法律办。俚格军法够得上要杀头么，偨刘备有啥闲话好讲。

刘备响勿落么，关公立起来。到底弟兄。"关——某，参——见，军——师。""君侯，少礼。""吾家三弟，冒犯军师，罪当斩——首。还望军师念关某等，桃——园结义，誓同生死。若斩——翼德，吾与兄长，也不能生于人世，念看桃园弟——兄份上，饶恕了，三呐——弟。""请坐。""酌。"云长坐定。

诸葛亮心里向转念头，关云长哪讲法？云长说，刘、关、张二十年前桃园结义，罚过咒。不求同年同月同日生，但愿同年同月同日死。倘然说拿张飞一杀，俚也勿能活，刘备也勿能活。格么呐吭弄法呢，看俚笃两个人面上，拿张飞饶？格种讨情格理由是非常勉强，听勿落。为啥？哦，拜了弟兄可以勿杀头么，大家去拜弟兄好了。下趟吾要拿格个大将杀，俚马上就讲，军师俅慢慢叫看。俚弟兄六个，桑园结义，罚过咒的，一个活，大家活，一个死，大家死。俅拿吾杀，俚笃五家头也要死。俅看俚笃五条性命面上饶恕吾。格勿来赛。格么刘、关、张桃园结义，俅为啥道理答应？因为刘备么是东家。皇子犯法与庶民同罪，法律面前人人平等。俅呐吭讲法？诸葛亮心里向转念头，勿能听。"君侯，桃园结义，弟兄私情。辕门犯罪，军中公事。岂可，以私废公？君侯熟读《春秋》，谅必知晓孙武执法，斩二姬之故事。""喏，喏，噢喏。"

云长窘啊。为啥呢，诸葛亮搭俚讲，俅熟读《春秋》。春秋列国辰光故事俅侪晓得。吴王拜孙武为大将，叫孙武操兵。孙武说非但男人可以操，女格也可以操。吴王派两个妃子做队长，派三百个宫女做小兵，孙武教好之后开操了。开操么，格个女格勿习惯呀，叽叽叽、嘎嘎嘎，笑格笑。有格是笑得匍下去哉。听见鼓声响，勿操呀。孙武板面孔，一通鼓，勿听。两通鼓，勿听。三通鼓，再勿听。再勿听么关照，拿两个队长杀。为啥杀队长呢，因为俅队长治军不严，小兵勿好问队长。勿能拿三百个人侪杀，就拿格两个队长杀。那么格个两个队长是吴王格两个爱姬，得宠格家小。俚马上讨情，勿听。大将在军队里向，叫将在军，君命有所不受。嚓、嚓！拿两个爱妃结果性命么，那么三百个宫女吓哉。啥人勿听命令要杀头，俅看，吴王家小侪杀脱。鼓声一起么，哈、哈、哈、哈、哈——操兵整齐。吴王虽然心里向难过么，但是孙武用兵好，能够帮俚格忙，打败越国。果然，孙武是立功劳。孙武为啥道理能够，打仗必胜呢，因为俚治军严，按照军法办事。所以呢，诸葛亮回头关公，俅格个讨情啦，勿是按照法律来讲，吾勿能够听俅，勿能以私废公。云长呒不闲话好说。俅么，脸涨通红。

赵子龙登在旁边头，跑出来。赵子龙心里向转念头，东家搭关公讨格情，理由勿充分。吾来吧。格么刚巧赵子龙俅拿张飞捉，现在跑出来讨情么，是勿是矛盾呢？勿矛盾。格赵云想吾拿张飞捉，格个是公事公办，上命差遣。现在吾出来讨情，格是吾搭张飞格私人交情。赵云到诸葛亮门前，"末将，参——见，军师"。"少礼。""今日军师登台拜将，翼德将军犯下大罪，理应斩首。还望军师一则念皇叔、君侯，桃园结义之情。二则曹军十万，将及到此，未破曹军先斩大将，于——军不利。还望军师把翼德将军权且饶恕，容他戴罪立功，将——功赎罪。伏契军师，恩准。"好，诸葛亮点头。诸葛亮心里向转念头，什梗一看，赵子龙脑筋清，讲出来格闲话啦，有道理。俚说：张飞格罪名，虽说应该要杀，不过呢，一来要念桃园弟兄之情。因为格个是实际情况。二来呢，曹军十万，将要来了。吾伲搭敌人打格辰光，大将多一个好一个。拿张飞权且饶一饶，搭佢记一桩过，让佢戴罪立功。破了曹兵，立了功劳，那么再将功赎罪。不过诸葛亮心里向转念头，还只得欠缺着一眼眼。勿能够听倷。

诸葛亮面孔一板，“子龙，张飞犯罪，按军——法当斩。曹——兵到此，又何用惧怯？莫说夏侯惇十万人马到来，纵然曹操百万大军到此，本军师，尚然不惧。何况区区夏侯惇乎？不用多言，退下。”“呃嗬嗯，是。”赵子龙蛮窘，退下去。诸葛亮呐吭讲法？夏侯惇有啥道理啊？夏侯惇格十万人马来，真也吓勿到吾。曹操一百万人马来，吾尚且勿怕，何况夏侯惇？哦，呒不张飞，吾就勿能打仗哉？呒不张飞，吾照样打胜仗，法律勿能够宽恕。

赵云退下去格辰光么，旁边头格班文官心里向转念头，好。诸葛亮办事体公正。喏，刘备讨情，佢马上回头。关公讨情，立刻就打回票。赵子龙讨情，诸葛亮考虑了一下，动了一动脑筋。因为理由勿充分，所以拿赵子龙驳下去。格么既然佢是，勿讲地位，勿讲身份，而是讲格个道理，格么伲跑出来讨情吧。

孙乾、简雍、糜竺、糜芳、毛仁、苟璋、刘辟、龚都、关平、周仓、刘封通通侪出来。“军师在上，下官见军师。”“卑职见军师。”“末将见军师。”“小将见军师。”“哗……”讨过情格嘞出来么，嘞讨过情格侪出来。诸葛亮呆脱哉。诸葛亮心里向转念头，戆大格人缘恁格好呢？呐吭侪帮佢格忙了，侪搭佢要好呢，看上去苗头，今朝尽光搭吾一个人勿对咯？欺苦，张飞搭别人侪蛮好，就是搭倷一个人勿对。“众位，怎样啊？”孙乾开口，佢代表。“军师，今日军师登台拜将，张翼德犯下大罪，理应斩首。还望军师一则念桃园弟兄之情。二则曹军十万将要到此，未破曹军先斩大将，于军不利。三则今日军师登台拜将，黄道吉日，不能杀人。若斩大将么，于事不吉。还望军师把三将军饶恕，叫：只此一遭，下不为例。伏乞军师恩准。”“是啊……”诸葛亮一听，好。孙乾格闲话讲得有道理。啥格道理呢？佢说，倷军师今朝登台拜将，好比做生意法门，新开店。新开店呀，应当要拨人家拓点便宜货。新开店也要讨一个吉利的。勿能够新开店么，搭买客吵起来了，哈呀，弄得头也打开了，经理弄到派出所。格个勿像腔格啰。倷今朝么饶佢一饶，让佢戴罪立功。那么格个讨情呢，叫：只此一朝，下不为例。下趟别人勿能够效学的。下趟别人要效学格说法呢，倷尽管可以回头佢。上抢饶张飞是两样的。因为吾登台拜将，新开店了，大放盘啦。现在老店哉，勿折勿扣，呒不便宜货拓。好了，归个朋友就呒不闲话好讲了。“今日，不看皇叔、君侯、赵将军及众位的份上，定把这匹夫，斩首。众位，请过两厢。”“谢军师啊……”嚯落落落，退下来旁边头立好么，大家有面子。因为买面子并勿是买孙乾，而是连刘备、关公、赵子龙侪带着么，让佢笃面子上好落一落。

诸葛亮就下命令，“把不法将张飞押回来”。“军——师有令，把不法将张飞推——回来，呼——咦！”“走走走！”“走！”嚯落落落……拿张飞押过来么，回到演武厅，滴水檐前。

张飞呐吭呢，张飞预备死的。登在辕门外头，俚也魆活哉哟。俚头颈伸伸长了，等唔笃一刀来。张飞心里向转念头，吾活够了。出邦到现在，从来魆拨人家捉牢歇过。今朝，今朝胃口倒完，绳捆索绑。下趟吾还好嗨外啦？"老张么天下无敌，第一个狠人。"别人说：倷谢谢吧。辕门里向拨赵子龙吃大闸蟹，扎起来。倷忘记脱哉？格倒胃口。现在叫啥推转去哉呀？那么俚呆脱哉，啥体推转去？吾要死呀，啥人要倷诸葛亮饶恕吾？嘿嘿，叫啥诸葛亮饶恕仔俚，俚又搭诸葛亮勿对。

军牢手、刀斧手、捆绑手拿俚押到此地，滴水檐前立定么。"三将军，没有事了，你不要骂了哈。"倷关照俚魆骂，俚骂得格结棍。"牛鼻子道人，摆架子的村夫，你要把老张斩首，无用饶恕！"骂。诸葛亮关照俚："松绑。"绑松脱，押俚上来。倷要关照推俚上来，磕头谢罪么，谈阿魆谈。随便呐吭勿肯上来。诸葛亮看俚什梗种偏强法子么，心里也火哉。什梗讲勿清爽。"匹夫，如此不——法，来。""喳。""将军虽好，本军师不用。乱棒逐——出。""啊，军师有令，把不法将张飞，乱棒逐——出。呼——咦！走走走！走！"噼啪、噼啪，皮鞭军棍敲过来。唵敲在张飞身上？呐吭敢？敲在张飞身上，魆拨俚拎起来掼嘎？棍子举起来，皮鞭望准棍子上抽上去，噼啪！噼啪！声音蛮响，张飞身上一记也魆敢敲。

张飞呐吭？听得蛮清爽。哦，将军虽好么，本军师不用。要拿吾乱棒打出。哦，倷算饶恕吾？倷饶恕吾啊，吾勿饶恕倷的。格绑松脱哉么，张飞格条手，搭到剑柄上，咢！哐！唰嗯——拿宝剑抽出来，望准演武厅上头冲上来，"牛鼻子道人，你把老张如——此难为，那还了得。今日老张与尔，拚命——呃！"呵冷噌噌……冲上来。张飞转啥念头，倷一歇歇拿吾带，一歇歇拿吾捉，一歇歇拿吾杀，一歇歇拿吾饶，一歇歇要拿吾乱棒打出。倷拿吾坍台坍得呐吭一日了。该两个是英雄，叫士可杀，而不可辱。倷拿吾什梗坍台么，吾要你格命！当！冲上来。

诸葛亮看蛮好哇。对刘皇叔望望，倷看吧。唔笃格宝贝兄弟，实头好的。吾勿杀脱俚，俚杀脱吾哉咯。啊？倷在对刘备看格辰光么，刘备也响勿落。有啥闲话好说呢，兄弟莽猛得了，实在勿讲道理。刘备在怨，懊劳喊俚在城里向吃酒。那么倷看，吃得格酒，醉得什梗副腔调，无理可喻。

格么诸葛亮呐吭？张飞出宝剑冲上来了。诸葛亮阿要吓？阿要讨饶？阿要盘拢到刘备背后头了，或者逃走？诸葛亮格点狠的。诸葛亮坐在当中，对张飞看，俚动也勿动。看倷张飞阿有格本事上来，望准吾头上，辣！一宝剑。格么张飞阿是预备冲上来，望准诸葛亮头上一剑呢，格倒并非。俚预备呐吭？俚预备冲到上头，格口宝剑望准诸葛亮虎案上，扎！一记。然后起格只手，扎！拿诸葛亮一把胸脯抓牢。当！拿俚格人拎起来。嗒！再拿俚下身抓牢，嗙！举过头，尔嗬——尔嗬——两荡，望准辕门外头，嗬儿——稻柴什梗戳俚出去。啥名堂？倷要登台拜将上台呀，吾乱傤下台，掼傤辕门外头去。勠乱杀脱格啊？管俚。张飞就是格种脾气。

傤冲上来格辰光，文武官员侪呆脱了。响勿落。张飞到演武厅上头，嗅！立定。对诸葛亮一看，只看见诸葛亮面不改色，岿然不动。哦哟，诸葛亮倒狠了？张飞再对刘备一看，只看见刘备摇头叹气，"喝哈"。难为情。赅着什梗一个勿讲道理格兄弟，有啥闲话好说。摇头叹气。"嚯"，张飞，俚一仗水退八尺。大哥对吾什梗种腔调？再对红面孔一看，只看见关云长，垂头丧气，眼睛闭拢，看也勿对兄弟看，呒不闲话讲。兄弟实在勿争气。傤头低下去格辰光，张飞再对文武官员看。傤对文武官员看么，文武官员大家头拨拨转，眼睛勿对俚看。拨格后脑勺子拨俚看看。大家侪勿同情张飞，傤脱过分。别人搭傤讨仔情么，好仔嚯，呒不事体咯。乱棒打出么，也叫呒不办法呀。傤勿肯上来，勿肯上来么，只好拿傤乱棒打出。哦，傤还要拿仔口宝剑冲过来，算啥名堂？

文武官员大家头拨转去，那么张飞心里向怨哉。格个张飞格难过是难过得了，眼泪到眼眶里。为啥呢，俚孤立哉呀。俚看大哥、二哥、赵子龙，文官、武将，侪立了诸葛亮一边。俚呢，只剩一干子，感觉到孤独。文武官员帮诸葛亮，俚勿难过。两个阿哥？一个，垂头丧气；一个，摇头叹息。格个是张飞，心里向在出血。啥体？俚桃园弟兄呀。二十年前桃园结义，罚过咒，上报国家，下安黎庶，不求同年同月同日生，但愿同年同月同日死。弟兄，吃，在一张台子上吃。困，在一张床上困。哦，想勿到现在辰光，来仔格诸葛亮，两个阿哥帮诸葛亮了，勿帮吾兄弟。张飞郁哉。吾为啥道理要杀诸葛亮？老实讲一声，吾杀脱诸葛亮，两个阿哥也勿会同情吾，也勿会搭吾好哉。吾登在该搭还有啥味道？什梗一看，桃园弟兄缘分满哉。俚笃有仔诸葛亮，勠吾哉。张飞心里向转念头，此地不留人，自有留人处。诸葛亮刚巧说的，将军虽好，本军师不用。吾板要拨傤用格啊？该两个张怕呒不人用啊。天下什梗大，呒不吾张飞格立脚地方？吾也勿相信。

张飞难过，宝剑，哐！咚！入匣。满腔悲愤。"啊！二十年前，桃——园结义，人人道及刘关张，刘关张！到如今，只有刘、关，诸葛亮——啊！"格个闲话是伤心透了，只有刘、关、诸葛亮。吾张飞已经开除出桃园弟兄了，补仔格诸葛亮上去，勠吾哉。"不用老张，老张降曹操去了！"呵噜噜噜——拨转身来，望辕门外头去。

刘备听着格个闲话是心酸啦。对诸葛亮看看，蛮好，军师，傤出来帮吾格忙。现在勿是帮吾搭人家了，在拆人家。桃园弟兄格三老弟，傤看，拨傤赶脱了哉。俚要投奔曹操去，那吶吭弄法呢？心里向难过。傤在对诸葛亮看格辰光么，诸葛亮心里向也不忍。看刘备眼窝盈盈，心里向转念头，吶吭弄法？吾勿能够拆散俚笃桃园弟兄。格么让吾来发一条令箭，关照刘备，傤搭吾拿张飞喊转来，吾么马马虎虎，算了。不过一想，勿来。吾倘然要发格条令箭，叫刘备去，傤搭吾拿张飞追转来啦，刘备梗梗要埋怨吾。刘备说起来诸葛亮啊，傤既然要吾拿张飞追转来么，傤刚巧种架子也拦得脱足咯。吾反而要吃下胁。吾决计勿能够做青石屎坑板，又硬又臭。心里向转念头，今朝么，一不做，二不休，扳倒葫芦泼了油。张飞要去投奔曹操？翻过来讲，俚要投奔敌人，倷也就是吾格敌人。既然倷是投奔敌人哉，格呒啥客气。嗒！诸葛亮令架子上，拔一条令箭，关照旁边头："子龙，听——令。""在——哩！"赵子龙对诸葛亮看看，军师啊！倷派派别人哉呀，谢谢倷。呐吭专门盯牢吾打上，格日脚难过。"令箭一支，带领弓箭手五十，追赶张飞。遇见这黑贼，将他连人带马乱箭射死。将黑首取下，回——来，交令。""嗯——是。"赵子龙格条令箭么，随便呐吭接勿咯。诸葛亮关照俚带五十个弓箭手，追上去，啪啪啪啪——开放乱箭，要拿张飞射杀，拿俚黑颗郎头割下来，回转来交令。格呐吭可以？弄僵。

刘备心里向转念头，诸葛亮啊，伲兄弟到底酚抱仔唔笃儿子丒在井里向呀。倷为啥道理要恨得俚什梗副吞头呢？一定要拿俚置之于死地而后快。刘备要紧立起来，"啊，先生，且慢。吾家三弟冒犯军师，罪在不小。嗒嗒嗒嗒，待刘备追出辕门，把吾家不肖三弟呼唤回来，与军师赔——呃罪"。诸葛亮心里向转念头，吾也求之而不得了。顶好倷自家跑出来讨情。"子龙，退下。""嗯——是。"嚯哟，赵子龙想阿弥陀佛，总算，推位一眼眼弄僵吾嗒。退下去。诸葛亮关照旁边头："二将军。""有！""保——护皇叔，出辕门而去。""遵——令！"

格么诸葛亮为啥道理，要派关公保刘备呢？诸葛亮有道理的。因为张飞吃醉格酒了。刚巧格种闲话是讲得绝了。二十年前桃园结义，人人道及刘、关、张。现在只有刘、关、诸葛亮。俚拿格张字扣脱了。勠刘备追上去：三弟回来。"哪一个是你三弟？"扎！一枪，拿刘备搠脱。哪还弄得连牵啦？要闯大祸的。张飞阿做得出？呐吭做勿出呢。古城相会，关云长保皇嫂千里寻兄，过五关斩六将，到古城搭张飞碰头么，张飞冲出城关，辣！一枪。要结果关公格性命。所以，派关公保护呢，保一保险。可以勿至于出事体。

刘皇叔带了关云长过来，到辕门跟首，"来"。"是！""带——吔马。"手下人马上拿刘备格只的卢马带过来。刘备摆鞍轿，豁上马背么。云长，上赤兔马。刘备要紧过来，问此地辕门口军兵："军士们。""有。""翼德将军往哪里而去？""呃嗬，三将军往北面去了。"啊呀！实头望北面去哉。刘备要紧拿只马一拎，追，哈……关公跟在后头。哈辣辣辣——唔笃两骑马在追，路离开一大段了。

张飞呐吭？张飞方才，哈啦！跑出来，到辕门外头。噔！缰绳解脱，丈八矛一执，鞍轿一整，肚带紧扣，点踏镫，飞身上骑。马一拎，走！啥场化去？投降曹操。今朝，今朝么投降仔曹操，带领曹兵到该搭点来，搭诸葛亮格拼命。"走哇！"噔！拿匹马领鬃毛一拎么，只老中生望准门前头，哈辣辣辣……望准北面，哈……

刘备搭关公要离开一大段路。呐吭追得牢呢，那么呐哼弄法么，要下回继续。

第二十九回

张飞立军令状

三将军张飞，酒醉闯辕门。现在一怒之下，要去投奔曹操。豁上马背，哈辣辣辣……马匹望准北面去。俚想勿通啊，桃园弟兄什梗要好，誓同生死。自从来仔格诸葛亮，弟兄淘里感情侪变化了，两个阿哥吭不吾兄弟。格么吾呐吭？吾板要来受俙诸葛亮格气啊？吾投降曹操，吾带领曹兵冲到新野县来，吾第一个就拿诸葛亮，辣！一枪，结果性命。

格个辰光，完全是感情用事。马匹望准北面，哈……过去格辰光，劈面，风吹过来。格个辰光，因为天要亮快哉。格个风叫啥名堂呢，叫"卯时风"。风交关冷，呜——呜——哗——张飞觉着身上，阴飕飕一来，尔——会得肌肉痱子一身，叫啥脑筋清爽。

嗤，张飞心里向转念头，自家在搭自家讲闲话哉啊。"老张啊，你到什么地方去啊？""归降曹操"。"降曹操？""对啊。""曹操，他是一个奸臣。你！怎么能够去归降他，难道你忘记了么？""嚯——对。"张飞想着，别人侪好投奔，曹操勿能投奔。为啥么？因为曹操是奸臣呀。从前在许昌辰光，刘、关、张，跟仔皇帝，还有曹操一班人，到城外头去打猎。打猎格辰光，有一只鹿跑过来了，皇帝射仔两箭，豳射中，叫曹操射。曹操就借仔皇帝格弓搭箭射了，辣！一箭，拿只鹿射中了。因为格条箭啦，是皇帝格箭，金鈚箭。那么旁边头格小兵看见了，弄错了。因为俚笃豳看见曹操射，看见格条箭呢，当皇帝射的，山呼万岁了。哗——在向皇帝道贺格辰光么，叫啥皇帝要想上去受贺么，曹操拿皇帝望背后头一拦呀。俚到门前头，俚来受贺。格个辰光，关云长、张飞侪看见的。关公举起青龙刀要冲过去拿曹操一刀劈脱么，拨刘备，咋嗒！一把抓牢，勿许俚过去。为啥呢，投鼠忌器。倘然俙兄弟上去，辣！一刀，拿曹操结果性命。曹操手下大将过来动手格辰光么，皇帝格条性命要保勿牢。为仔要保皇帝么，俙随便呐吭勿能够动手。所以关公拨刘备拉牢，张飞要发火么，也拨刘备扼住。格个情景张飞侪看见。所以俚想着曹操是奸臣，俙忘记哉啊？吭不忘记，曹操是奸臣。许田射鹿，清清爽爽吾看见的。

"那么，曹操勿能投奔。""对啊。""勿能投奔曹操，到哪里去呀？"酷——马扣住，要动动脑筋。既然曹操勿能投，格么吾，"呋哈哈哈……有了"。有了。"老张回到城里，喝酒去吧。"格桌酒水还吭不吃完，回到城里向，盘了城里，吃老酒去吧。唉呀，吾到城里向吃酒，诸葛亮要晓得格咯。诸葛亮得信之后，诸葛亮勿要笑的。喝呦，张飞，穷凶极恶。哈，浪头么大得来，啥格要去投奔曹操？临时完结，盘在城里向，一干子，关紧仔门，吃老酒。孬种，吭不胆量。要拨诸葛亮笑格咯,看勿起的。新野县,勿去勿去。格么勿到新野县,到啥地方去啊?另外投东家,投奔啥人?"这样,到荆州去。"到刘表搭去。刘表搭吾啦,感情蛮好。吾拿蔡瑁,辣!一记耳光,拍脱俚四只牙齿。刘表非但勿责怪吾,外加拿蔡瑁骂出去,说蔡瑁自家勿好,得罪仔刘备了,是要拨了张飞打。那么可见得刘表对吾蛮好么,吾到荆州去登脱一抢再讲。要想往荆州去,"呃,勿好"。为啥道理勿好呢?诸葛亮背后头要讲格咯:刘表么,是刘备格阿哥,又勿是俚张飞格阿哥,俚跑到刘表搭去啦,俚仍旧是离不开刘备,原旧是刘备格条路。狠得了,离开桃园弟兄,只有刘、关、诸葛亮了,呒不吾张飞了,俚格种闲话仍旧勿啦哈。格么呐吭弄法?荆州刘表搭勿去,撇开刘备,在诸葛亮面上要争一口气。

格么撇开刘备么,勿到荆州,新野县城里也勿去么,到啥地方去?"投奔江东孙权!"孙权,家当大格啊,有江东六郡八十一州,投孙权去。"啊呀。这个?"投孙权么,孙权出身低微,孙权格爷孙坚了,曾经做过钱塘知县官。俚是钱塘小吏之子,搭刘备勿好比。刘备是中山靖王之后,孝景皇帝阁下玄孙,当今天子皇叔,勿好比。格么孙权勿投,投啥人?西蜀刘璋,汉室宗亲。刘璋庸庸之辈。格么到东川去,投奔东川张鲁。张鲁,碌碌之徒。张飞格眼价高得了,天下格各路诸侯啦,俚呒不一个看得中。俚看得中格么,就是格刘备。那么僵,啥地方才勿能够去了,也呒不一个理想格东家,可以投奔了。"格么老张到哪里去?有了!"有了,天下什梗大,勿见得难煞吾张飞。难道说,呒不吾张飞容身之地啊。啥场化去?回转去,回老家。张飞燕山人,"回到家乡,吾啊?开肉店去!"做老本行,开肉店去啦。张飞是杀猪卖肉格出身,现在,现在回转去么,吾再去卖肉。开店啰,做个体户咯。哦,拿卖肉么,进账也勿错。对对,对对对。张飞格只马预备望准自家屋里向格方向去么。"喤,啊呀。"慢来慢来慢来。

吾回到屋里向去,乡邻、亲眷俬要问吾格咯。二十年前吾跟仔刘备、关云长离开家乡辰光,屋里向格种乡邻俬问吾:张飞呀,俚屋里日脚蛮好过,有两个铜钿啦,俚为啥道理要出去当兵呢?那么吾搭俚笃讲:男儿志在四方,吾要出去求得一官半职,将来呢荣宗耀祖,显扬门庭。格么吾现在回转去哉,二十年了。吾回到屋里向去,乡邻要问吾哉咯:张飞呀,俚外头,浪荡江湖二十年,做仔点啥格官回转来呢?"嚯!"那讲勿清爽。做啥官?呒不啥正式格衔头啦。"老张,老张做了一个皇帝三叔叔。"格个官,俚自家想出来。因为吾是刘备格兄弟,刘备是皇叔,吾是三弟么,吾是皇帝格三叔叔。格么乡邻要问哉咯:张飞啊,俚既然做仔格皇帝三叔叔么,俚为啥道理要回转来呢?"老张,告老回乡。"勿对勿对勿对勿对,热昏。告老回乡,俚年纪又勿大,俚今年一塌刮子只有四十三岁了。俚齁到退休年龄,离退二线,也捱勿着了。俚、俚呐吭会回转来?俚勿是告老回乡。勿是告老回乡搭俚笃呐吭讲法呢?"老张同、同牛鼻子道人反对!"格么乡邻又要问哉咯:格么刘备待诸葛亮呐吭呢?"先——生相仿。"格么俚错了,刘备待诸葛亮先生什梗么，俫也应当对诸葛亮先生像先生一样。"老张不高兴。"勿高兴么俫错了。"老张勿错！"俫勿错么啥人错呢？"呃，这个。"回转去总要讲得出啥人错，那么吾还有点理由咯。"老张回去讲。嗯，这个，讲徐庶，差的。"徐庶勿好。呐吭远顶八倒，想着仔格徐庶呢。因为徐庶临时动身辰光，走马荐诸葛，侪是俚拿格诸葛亮荐拨了刘备。俚勿拿诸葛亮荐拨刘备么，吾也勿会离开新野县。格只根了，还是在徐庶身上，要怪徐庶勿好的。格么乡邻要讲哉咯：徐庶勿错的。徐庶为仔俉笃刘备手下吭不大好佬帮忙，俚推荐格诸葛亮拨了唔笃大哥么，俚啥格上错呢？勿错格咯。"格么徐庶不错，哪一个错呢？赵子龙不好！"赵子龙，今朝一歇歇么拿吾带了，一歇歇么拿吾捉了，弄得吾么，毛抓七抓火来哉，坍仔台哉啊，面子上落勿落。所以吾离开新野县，赵子龙勿好。格么乡邻又要讲哉咯：赵子龙勿错格啊。赵子龙是奉诸葛亮格命令，勿能勿拿俫捉。上命差遣，俚错在啥格上呢，赵子龙勿错的。"格么赵云不差么，哪一个差？难道老张差？老张总归不错！格么老张不差么，哪一个差？吠啊呵呵，酒差的！"酒勿好，要怪酒。吾今朝勿吃醉酒啦，吾勿会闯祸的。吃醉仔酒，那么神之乎了之了闯穷祸哉。要怪绍兴人勿好啦，为啥道理绍兴人发明格酒出来，害吾吃醉仔了，闯穷祸。乡邻也要讲格咯：张飞啊，俫格闲话也勿对。酒么在盆里向的，是俫拿俚倒在杯子里，咕嘟咕嘟吃下去，又勿是酒自家跑到俫肚皮里向来，俫呐吭怪酒勿好呢？酒勿错的。"格么酒不差，哪一个差？难道老张差？老张勿差！格么老张不差，哪一个差？呃，弄勿清楚！"

叫啥张飞一干子审官司，俚审勿清爽。俚要拿张飞格错撇开，拿错处怪到别人身上去，因为今朝别人才勿错呀，俚去怪啥人呢？张飞弄僵。但是俚自家呢，还勿肯认错。正在格个辰光么，忽然听见后头呀，哈冷冷冷——马铃声音。张飞回过头来一看，天要亮快了。隐隐约约看得见，两匹马，哈辣辣辣……过来了，一匹是的卢马，一匹是赤兔马。两骑马来么，问也匆问得，刘备、关公，两个阿哥追上来，要请吾回转去。张飞得意呀，到底桃园弟兄，两个阿哥勿舍得吾跑了，追上来。

既然俚笃追上来么，吾呐吭？"老张啊，吾要，摆架——子！"吾立在该搭点等俚笃，坍台的。吾要跑，吾要跑得快，要让俚笃拼命追，那么吾有面子。俚想格张飞阿糗勿糗？本来已经走投无路，吭不去处了，两个阿哥来请俚回转去蛮有落场势么，叫啥戆大要搭架子，俚要跑哉。俚拿只马领鬃毛，嗙！格一拎么，格只马望准门前头，哈辣辣辣……跑出去哉。啊呀，啊呀张飞想："忒快哉。"什梗勿好。吾马跑得什梗快，两个阿哥要追勿牢。追勿牢吾回转来寻俚笃是，要倒胃口啦。"慢点！"酷——拿只马扣住。唉呀，格马立定也勿好啰。马立定么，两个阿哥一看么，喏，张飞弄僵哉喏，吭走处哉喏，屏、屏僵在路上，格坍台的。"跑！"哈啦！"忒快仔！"酷！"走酿！"哈啦！"慢点！"酷——格只马阿要弄勿懂格啦？张飞格只坐骑叫登云豹，龙驹马。只龙驹马心里向转念头，懑俫格贼啊！俫受仔诸葛亮格气了，到吾身上来出气格啊？唵？哦，一歇歇么要吾走的，要吾走哉么又要扣住的，扣住么两只脚拼命往肚皮上夹么，又要喊吾跑的。哦，吾跑哉么，又要拉住缰绳的，吾立停哉么，俫又要拿领鬃毛一拎了，再往门前跑。吾刚巧跑么，又要拿吾扣住，俫算啥名堂？寻开心啊？只马光火了。张飞懑大，叫啥格只马也有点懑头懑脑。只马火起来。嗤！一个前羊桩，马匹格两只前蹄竖起来，像人什梗立直哉呀。吭当！俫两只前蹄竖起来么，张飞要紧起两条手望准领鬃毛上抓牢，身体往门前头一磕么，拿格马匹格前蹄压下去呀，噗儿——前蹄压下来么，格只马马头往下面一滋，马屁股一翘么，两只后脚竖起来，打一个后羊桩呀。吭当！张飞要紧身体望准后头仰转去，拿格领鬃毛，嘿！一拎么，拿只马头拎起来，拿马屁股压下去。马屁股压下去么，俚格前蹄又竖起来哉，吭……张飞再拿俚撳下去。

张飞开心呀，"咈哈哈哈哈……那么对哉！"对哉，啥格上对么？老远看过来，格只马格快是快得了，在跳起来格在走，其实路么，一步也勿起的，配仔俚胃口。后首来格只马跳跳勿跳哉，张飞去拎得俚跳哉呀。磅当！磅当！跳一个勿停啦。俫在跳个辰光么，刘备、关公，两匹马到了。酷——扣马。刘备是也响勿落。诶，格懑大兄弟俫看酿，吭啥寻开心，拿只马在弄白相。呼嗙！呼嗙！跳，算啥一出呢？刘备要紧来喊俚："三弟。啊，三——弟！"其实张飞心里向是已经软下去哉。但表面上，俚还勿买账。回过头来面孔毕板，"大哥！"

刘备一吓。刘备一看张飞格面孔么，火还勶退了。就什梗喊俚回转去，搭诸葛亮磕头赔罪是，俚勿肯听格咯。格么呐吭弄法呢？什梗吧，骗俚回转。等到俚转去仔了，再想办法。"三弟，方才你，在辕门之中，军师把你难为。愚兄责备了军师。呃，军师么，他倒十分后悔，所以叫愚兄到来，相请三弟回去，军师他要与你磕——头，赔——俚罪。""咈哈哈哈哈……大哥啊，阿真格啊？"格刘备响勿落，张飞问得出阿真格叫啥。"呃，三弟不信，问你家二哥。""呃喝，二哥啊，当真么？"关公响勿落，关公心里向转念，大哥啊，俫格种鬼话啦，说得吭不名堂。马上要穿帮格呀。要张飞回转去搭诸葛亮磕头赔罪，又勿是诸葛亮搭张飞来磕头。一转去就穿帮么，俫叫吾呐吭讲法呢？俚晓是也晓得刘备格用意，勿说鬼话呢，张飞勿肯回转。说鬼话呢，马上就要穿帮。那关公格人呢，勿欢喜说鬼话，俚也顶顶反对说鬼话。今朝吾倘然勿说鬼话，搵穿帮大哥，张飞勿肯回转，大哥要怪吾。吾说仔鬼话和仔调，回转去，弄穿帮，张飞要怪吾。格么呐吭弄法呢，关公会白相，一想有了。"三弟，你只要，回——归辕门，便知，分——晓。"俫用勿着问得的，俫到辕门。一到辕门俫看见诸葛亮，俫就可以晓得，到底还是俫磕头呢，还是俚磕头。"呃喝喝，这倒对的。二位兄长，请！"嚯，刘备对兄弟望望，兄弟啊，俫格人实头古板的，和调俫勿肯和。好好。

一埭路回转来格辰光么，刘备第一个，张飞登在第二，关公阿末。刘备么回转头来，埋怨张飞：三弟啊，倷今朝算啥格名堂？吾离开衙门格辰光，关照倷，登在城里向好好叫吃酒。吃好仔酒么，倷困觉格呀，鹕叫倷到城外头来。倷为啥道理要到城外头来？啊？倷想想看，诸葛亮，俚在卧龙岗，俚鹲出来呀。是吾三顾茅庐拿俚请出来，登台拜将。登台拜将，也是吾去请俚出来格哟。吾请仔俚出来登台拜将了，倷三卯不到，闯辕门，还要拿诸葛亮杀。倷格个算啥格名堂呢？倷掉一个头喏，倷在乡下隐居，诸葛亮么是吾格兄弟，吾拿倷老弟请出来，请到新野县，请倷张飞登台拜将。诸葛亮吃饱仔老酒来闯倷辕门，倷心里阿好过？一个人么，要想自己，比他人。诸葛亮又吼不武功的，手无缚鸡之力。倷闯辕门，欺蛮别人家，倷明明是倚强凌弱，倷有啥格面子呢。老弟啊，倷，错透错透。

刘备格怎样子搭俚一讲么，张飞，嘴巴里勿肯认错格啊。心里向转念头，大哥什梗讲法呢，看上去苗头，昨日夜头格事体吾错啊，倒像煞，是有一滴滴错的。张飞承认了，承认几化呢，承认一滴滴，有一滴滴错的。而且格个一滴滴错呢，还是像煞一滴滴。外加格个像煞一滴滴呢，俚还承认在俚肚皮里，嘴面上俚勿肯认错，格就是张飞格脾气。

刘备一看，张飞勿响了，晓得俚格脑子有点清爽。老弟啊，倷刚巧临时走快，种啥格闲话。啥叫啥二十年前么刘、关、张啰。现在么只有刘、关、诸葛亮了，倷拿俚两个阿哥当啥物事。老弟，倷实在勿应该哦。兄弟，吾关照倷，曹兵么要到快了，大局为重。倷回到辕门去，即使，诸葛亮要关照倷，上演武厅，磕头赔罪。倷也应该听诸葛亮闲话了，上去磕头，阿有数目？"嚯？"格张飞想，吾弄勿懂在俚。到底还是诸葛亮搭吾磕头赔罪了，还是吾搭诸葛亮磕头赔罪？刘备什梗讲法么俚也响勿落哟。

弟兄三家头，到辕门，下马。马，手下人结好。三家头一埭路过来格辰光么，关公先上来禀报。奉命保护大哥，大哥回转来了。君侯请坐。关公旁边坐好。张飞呢，立在滴水檐前。刘备呢，上演武厅。"军师，刘备奉命，把我家三弟呼唤回来。还望军师看在刘备份上，从——宽，发——落。"刘备对诸葛亮望望，隐隐然军师啊，帮帮忙，吾今朝说格鬼话了。吾骗俚回转来，倷架子么，阿有啥鹲拦得脱足，马虎一点。能够马虎一点过去哉么，也算数哉。诸葛亮关照刘备坐，刘备旁边头坐定。诸葛亮两只眼睛对下面张飞一看，张飞立好在那。张飞手提格甲揽裙，两只眼睛也在对诸葛亮看。"嗯——"张飞啥格意思呢？对诸葛亮望望，诸葛亮，喏，大哥来请吾回转，说倷已经承认错误了。倷愿意搭吾磕头赔罪，格蛮好。吾格人，量怀蛮大的。倷诸葛亮来磕头呢，用勿着磕四个头，你曼得跪下来搭吾磕一个头，"嗯，罢了！"马上说过掀过，算数。过去就过去了，吾勿来计较倷。

诸葛亮对张飞只面孔一看，啊？啥张飞什梗种神气啊？再对刘备望望，东家，倷呐吭搭俚讲的？看格样子，勿像俚搭吾磕头赔罪，像吾搭俚磕头赔罪咯。刘备也响勿落，刘备对诸葛亮望望，军师啊，豁满倷讲，吾说个鬼话，骗俚回转来。格诸葛亮想勿关，倷转来么转来，吾应当要喊俚上来问问俚看。倷到底昨日夜头，阿错了勿错？

诸葛亮真要喊俚上来，喊俚上来又要弄僵的，因为碰勿落头寸了。正在格个辰光，来了！外头，喝噔噔噔——奔进来一个探子，奔上演武厅，"报！禀军师"。诸葛亮看见探子到么，当然先要问格咯。但是诸葛亮勿去问俚"何事报来"，诸葛亮关照俚："住——口。""是！"慢慢叫讲。

只看见诸葛亮拿节头子搭来搭去，在算。"我问你，莫非夏侯惇，十万大军兵进新野，头队先锋韩浩，副将李典、乐进。人马离关厢不足一百里，可——是么？""哼哼，这个。呃，是的。""赏银牌，再——探。""是。"探子对诸葛亮望望，军师啊，还是吾报拨倷听了，还是倷报拨吾听？格弄勿懂，呐吭倷侪晓得了哉。探子领着银牌，退下去格辰光么，呆脱了。舌头侪沓出来。诸葛亮赛过仙人。刘备一看是佩服啊。刘备心里向转念头，对下头张飞望望，张飞，倷看倷看倷看，格诸葛亮本事阿大勿大？用勿着探子开口报告，已经侪晓得了。阿是曹兵离开新野县将近一百里，今朝可以杀奔到此地。俚笃来格都督啥人，头队先锋啥人，副将啥人啥人，俚通通侪晓得。格个名堂叫啥，叫运筹帷幄之中，决胜千里之外。嗨外呀。对下头在看，阿佩服？

倷在对张飞看，问俚阿佩服勿佩服么。张飞呐吭？张飞也看见，俚也听见。叫啥张飞对格个人服帖着呢，样样侪好。张飞对俚勿服帖呢，俚就是勿买账的。看见刘备在对俚演手势格辰光么，张飞跳起来。"喔唷，大哥哇，假格呀。有什么稀奇啦，他们串通的！""呼呼呼呼……噗！"诸葛亮格个一气么，气得两根组苏根根翘起来。对张飞望望，倷格人哪怎什梗格啦？阿是吾诸葛什梗下作啊？哦，吾搭探子么，串通的，假佬戏，来骗骗倷张飞的。咦，张飞上什梗想格哟。张飞想，刚巧么，伲刘关张弟兄三家头么，侪勿在辕门。来格探子，报，禀军师：啥格啥格，啥格啥格。哦，倷等歇搭吾再来一埭。等到伲刘关张兄弟回转来哉，那么探子来。"报，禀军师。"慢慢叫看，阿是啥格啥格啥格。呃。是格是格。格种，格种么有啥稀奇，串通格哟。诸葛亮想吾倒要喊倷上来，问问倷看，倷呐吭晓得吾串通的。

诸葛亮正要拿张飞喊上来跟辰光，抬头一看么，唉呀。啥体？东方发白，天亮了。诸葛亮心里向转念头，军情紧急，吾呒不功夫搭张飞去缠了。吾要发令，马上要布置，格个是大局。因为夏侯惇打过来，格个矛盾啦，敌我矛盾，非常尖锐。倷勿能够屏辰光。张飞呢，张飞到底自家人，而且格矛盾呢，也还有所缓和哉。吾破脱曹兵之后，吾慢慢叫再来收服张飞，还来得及。轻重要分开，勿能感情用事。格么张飞在下头呐吭？让俚去兮。阴干俚，勿睬俚。嗳嘿，叫天下无难事，顶怕阴干啦，阴干顶凶。

诸葛亮身边一叠锦囊摸出来，台子上摆好。对仔旁边头，"众位先生，列位将军，听者"。"哗……""曹军将到，本军师发令破敌。众位，奉——令而去，照锦囊行事。如有谁人违背将令，莫怪本军师，军——法，无——情。"哗……诸葛亮闲话先说在门前，吾一发令箭，唔笃大家照吾将令办。诸葛亮要准备发令格辰光么，下头格张飞尴尬哉。张飞心里向转念头，哦哟，诸葛亮格家伙恶劣格呀，拿吾掼在下头，睬也勿睬吾。俚管俚发令，吾立在下头算啥格名堂呢。张飞心里向转念头跑上去，看俚发令。格么诸葛亮勿喊吾么，吾呐吭上去呢？嗳，张飞脸皮老，自说自话会上去。甲揽裙一提么，嘴里向在咕："啊，去看他发令啊！"呵冷噜噜噜噜——看俚发令去。

望准武班里向一立。张飞两只眼睛对诸葛亮一望，隐隐然诸葛亮，侪勿会弄错哦。侪发令箭，勿会发到吾身上来。为啥么？吾勿是侪手下大将，吾勿听侪指挥的。吾今朝，吾今朝是旁听、列席，看侪发令。令箭发得好么吭啥，发得勿灵啊，一记耳光。

诸葛亮呐吭，勿睬俚，让侪登在旁边头，勿搭侪多盘。诸葛亮令架子上拔一条令箭，拿起一封锦囊，关照旁边头："公——祐，听——令。"公祐，啥人呢，就是刘备手下格文官叫孙乾，孙公祐。孙乾还觑答应咯。张飞登在下头接冷嘴，"名字都弄不清楚，要吃嘴巴！"㖿？咦，诸葛亮对俚看看，呐吭道理呀？吃耳光？啥体吃耳光？张飞心里向转念头，诸葛亮侪发令箭，侪阿会发啦？名字唵弄清爽啦？老实讲，新野县本事顶多的，啪！吾张飞。发令箭么第一个总归吾张飞。那么现在吾搭侪勿对了，侪当然勿会派吾格咯。勿派吾么，连下来派第二个啥人呢，呆板数，总归是伲二哥。再下来么赵子龙。伲二哥叫啥，二哥叫君侯，关君侯。侪发令么，应该喊君侯听令，现在侪勿喊君侯了，喊公祐。公祐听令，侪、侪名字也弄勿清爽，拨记耳光拨侪吃吃。

诸葛亮想侪缠啥格名堂，吾是喊孙乾，孙公祐哟，啥人在喊啥君侯啦？勿理侪顶凶。让侪去登在旁边里发疯，自说自话。格么孙乾为啥道理勿出来呢，孙乾也当诸葛亮弄错的。夏侯惇十万大军杀到该搭点来么，第一条令箭，勿可能派文官。总归是武将。嗳！叫啥喊俚。诸葛亮呐吭，指明白仔来。"孙乾，孙公祐，听——令。"孙乾要紧旁边头出来，哪一眼吭不错了，"喏喏喏，军师在上，末士孙乾在"。诸葛亮一听，俚格称呼也是特别的。大将么有自称末将的，谋士么吭不自称末士的。孙乾叫啥自称末士，诸葛亮赛过当侪格物事了派侪去，侪勿是格物事吾也勿派侪去哉哟："令箭一支，带领马兵五十，乔装改扮，难民相仿。离博望坡十五里之遥埋伏，曹将先锋到来，先生当——呃头——阵。"

哈？孙乾呆脱哉哟。孙乾对诸葛亮看看。诸葛亮啊，侪勿是搭张飞勿对？看上去侪搭吾有点难过了。格种令箭呐吭发出来的。派吾，带五十个小兵，扮成功难民，扮到老百姓么，当然吭不兵器格咯。该搭点赶到博望坡，二三十里路。博望坡再过去十五里路，埋伏好。等曹将先锋冲过来么，喊吾带仔五十个难民什梗样子格人，冲上去当头阵。一个文官，带五十个人，勿拿家什当头阵，侪勿是要吾死呀？孙乾急得面孔侪转色，双手乱摇。"呃呵，回、回禀先生，孙乾无能，还望先生另遣别将。""嚯嚯嚯嚯……噗！"诸葛亮，喷生怃一气。第一条令箭，第一个炮仗就勿响，打回票叫啥。孙乾回头，勿去。俫另外派别人，吃勿住。诸葛亮面孔一板："尔若不——去，违背军法，临阵畏缩，立——取首级。"阿去？勿去，勿去马上杀。俫格个叫啥，违背斩将军令十七条当中有一条，临阵畏缩。派上来勿敢答应，勿接令箭，抗拒命令，按照军法杀头。孙乾心里向转念头，那么呐吭弄法呢？硬上么，勿去要杀头。去，去么拨了曹将，嚓！也是杀头。看上去今朝总归死。让吾来划算划算看，还是死在辕门里向适意呢，还是死在战场上合算？假使吾死在辕门里，人是省力的。绑起来，推出辕门，嚓！一刀，路也勿走得的。不过，格个死呢，臭的。别人说起来贪生怕死、临阵畏缩，杀之再杀，遗臭万年。倘若吾接令箭，到战场，死在曹将手里向。格人家说起来，说吾在战场上英勇作战，壮烈牺牲，为国捐躯，因公殉职。流芳千古，格个死香串的。而且对于家属格待遇也勿一样。死在辕门里向，是有罪杀头，屋里向呒不啥待遇。吾死到战场上，硬碰硬烈士啊，按照烈士家属待遇是，屋里向家眷俫有好处。接令吧、接令吧，总归死么，死得香串点，流芳千古。"酌酌酌，遵令。"

孙乾作孽，手俫发抖。接令箭拿锦囊退下来。令箭旁边头一放么，拿锦囊拆开来看。格辰光，旁边头格班文官，简雍、糜竺、糜芳俫在对俚看，两个文官心里俫急嘎，兔死狐悲，物伤其类。诸葛亮看上去苗头，要收作脱两个文官性命了。因为格两个文官，平时对诸葛亮俫勿大服帖格哟。虽然闲话勿讲么，眼神了、表情，诸葛亮能够体会得到。格么现在看，孙乾拆开锦囊格苗头吧。唔笃在对俚看么，孙乾竖上来是，眉毛打结，面孔急得夹蹩死白，嘴唇发抖，手也在抖。现在叫啥看锦囊格辰光么，两样哉。手么也勿抖哉，眉毛打格结么也松开来，面孔上格肌肉么也活络了，眼气也活泼，勿是眼睛定洋洋。等到看完么，叫啥孙乾在笑哟，"喝呵哈哈……非我不可！"吔？旁边两个文官弄勿懂？非吾不可。呐吭道理呀，诸葛亮格锦囊上写点啥格名堂了？弄勿懂哟。孙乾带五十个小兵，乔装难民，照诸葛亮锦囊办，让俚去。

诸葛亮再拔一条令箭，关照旁边头："简雍，听令。"第二个文官简雍，简雍从旁闪出："下官简雍在。""令箭一支，带领五十军卒，晓谕百姓，安居乐业。""得令！"简雍接令箭退下来，拆开锦囊一看。锦囊上关照俚，带五十个小兵，到城里向张贴告示，安慰老百姓，安居乐业，勿要恐慌。曹兵人马杀过来呢，诸葛军师派人马去，战场破敌，俉笃老百姓用勿着惊慌得。倘然有老百姓要造谣生事、妖言惑众，或者聚众抢劫，淘混仔水捉鱼呢，马上要抓下来，照军法办。简雍去，格个事体比较便当，勿像孙乾什梗，赛过担风险，要到前线去当头阵格了。

诸葛亮再拔一条令箭，关照旁边头："糜竺、糜芳二位先生听令。"糜竺、糜芳从旁边头跑出来格辰光么，关公呆脱哉呀。关公格丹凤眼，对旁边头大哥看看，隐隐然大哥啊，吾弄勿懂哟？呐吭诸葛亮发令，破曹兵，只派文官了勿派大将呢？俫看酿，三条令箭派四个文官哟。刘备对关公看看，兄弟啊，俫对吾看有啥看头呢，勿瞒俫讲，俚葫芦里卖啥格药，连得吾也勿晓得，只好随俚便哉咯。糜竺、糜芳两家头过来，诸葛亮关照俚笃："令箭一支，五十军卒，糜竺镇守衙门，糜芳城关巡逻。""得令。""遵令。"两家头接令箭退下去。糜竺，到衙门里向镇守衙门。衙门里格人人心安定，老百姓大家到衙门里来拔苗头，一看样子，衙门里也蛮笃定么，呃不事体了，也用勿着逃难。糜芳呢，带五十个小兵城关上巡逻。弟兄两家头走。

诸葛亮再是一条令箭，"子——龙，听——令"。"赵——云，在——哩！"呵冷噜噜——赵子龙旁边头跑出来，欠身一躬。赵云得意呃，军师啊，刚巧俫发令箭，叫吾带张飞、捉张飞么，吾实在吃勿消。现在，现在勿要紧。搭敌人去打么，吾可以沙场临敌，开心啦。"令箭一支，将军带领长枪手五十名，离博望坡五里之遥埋伏。曹将先锋韩浩到来，将军上前迎敌。只许败，不许胜，败则有功，胜则有——罪。""哈啊？"赵云响勿落。诸葛亮格种令箭勿知呐吭在发的？关照吾带五十个小兵，离博望坡五里路埋伏。曹将先锋韩浩来，上去当头阵，搭韩浩打。关照吾叫啥只许败，勿许赢。败有功劳，赢有罪名。格种令箭第一趟听着哟。别人说败么有罪名，赢么有功劳。诸葛亮调个头。格赵子龙想勿要紧，吃败仗总归便当的。俫勥拿本事拿出来么，俫就可以败哉咯。连下来，诸葛亮关照俚格令箭，赵子龙响勿落哉。"将军把韩浩引领至博望坡，用回马枪，把韩浩一枪挑死，第一大功；两枪挑死，无功无罪；三枪挑死，非但无功，并且，有——哋罪。""哈——啊？"赵云呆脱。格条令箭吾接得咯？哦，关照吾拿韩浩领到博望坡，一枪挑煞，第一大功；两枪挑煞，功过两平；三枪挑煞，非但呃不功劳，并且有罪名。诸葛亮，勿是啥说俫，刚巧从卧龙岗出山，呃不经验，也勿晓得大将战场上格艰苦。大将战场上打，勿是稳赢格啊，碰着对方本事比俫推扳，那么俫可以赢。本事差勿多打平手，俫就要动脑筋。俫如果说，碰着格对方本事比俫大点，自家性命侪要有危险。现在诸葛亮关照吾，板要三枪里成功的。一枪挑煞，大功；两枪，呃不功劳，呃不罪名；三枪挑煞，非但呃不功劳，而且有罪名。倘若吾打十个回合，发几十枪拿俚挑煞，吾回转来是要满门抄斩，九族全诛，连祖坟侪掘脱仔了完结了。格个令箭呐吭接得落？不过赵子龙梗转一想么，喝啊，吾人笨了。格令箭么接好了，又呃不关系。吾接仔令箭去，吾拿韩浩结果性命。尽管吾几十条枪拿俚挑死，吾回转来报告军师，军师啊，吾拿韩浩两枪挑死格哦。啊，吾功劳么也勿贪，罪名么也勥，马马虎虎。对的。"遵——呐令！"

赵云接令箭退下来，锦囊拆开来一看么，"啊——呀！"啥体要呆一呆，锦囊上写得交关明白。为啥道理关照俫赵子龙一定要在三枪里向成功？就是因为，如果俫三枪之外，拿韩浩挑死啦，俫自家条命要保勿牢。诸葛亮要下令放火格哟。俫三枪里向拿俚挑煞，俫还来得及走。还好安全格撤退到后方。倘然说，俫三枪之外，诸葛亮，当！埋伏一下，烧起来啦，博望坡里向山路烧断。俫赵子龙格条命要保勿牢，也要烧杀仔了完结。俫非三枪，成功不可。赵子龙呆脱了，只好去哟。赵云走了。

诸葛亮再是一条令箭，关照旁边头，"毛仁、苟璋、刘辟、龚都诸位将军听令"。"在！""有。""有。""在。""令箭一支，各带军卒一百，领取埋伏，往博望坡，照锦囊行事。""得令。""遵令。""遵令。""得令。"毛仁、苟璋、刘辟、龚都，四个大将接令箭退下来，拆开锦囊一看。叫俚笃每人带一百个兵，共总四百个。到诸葛亮屋里向去领埋伏，啥格么仔呢，火药、硫磺、烟硝、地雷、火炮。格些埋伏呢带到博望坡，俚格上地图俙画好的，关照俚笃呢，分四面埋伏。让俚笃去，照军师锦囊安排。

诸葛亮再是一条令箭，关照旁边头："君侯，听令。""关——某呃在。""令箭一支，将军带领公子关平，副将周仓，军卒一百，照锦囊埋伏，不得有误。""遵——呐令。"云长接令箭退下来，拆开锦囊一看，锦囊上讲点啥？关照俚领五十条牛，要按照像列国志里向田单用火牛阵格式，布置埋伏。埋伏在啥场化呢，埋伏在豫山山脚下。曹兵来，俟火牛阵冲锋。然后呢，俟带人马杀出去，收降兵，破曹军，夺粮草。关公去，因为关公熟读《春秋》，火牛阵格故事俚晓得的。让俚领仔五十条牛了，到豫山山脚下去布置埋伏。

诸葛亮再拔一条令箭，对准两旁边一看么，摇摇头，叹口气。"呵哈，惜乎啊，惜——乎！"刘备弄勿懂，发令箭喊惜乎。"请问先生，惜乎怎样？""惜乎，缺少一员大将。""请问先生，有了大将，有什么用处呢？""有了大将，望一处地方埋伏，能够擒曹兵，捉曹将，夺马匹，立一桩，大大的功——劳。""哦？呵呵呵呵……军师，如今别的大将没有了，喏喏喏喏，吾家三弟在班，请军师差遣。"刘备极力介绍，别格大将俙派光了，张飞在，派俚去吧。诸葛亮叫啥嘴一撇，摇摇头，"哼，别位将军去，都能成功。他去啊，不能，成——功"。"呃呃呃呃，这、这。""呃儿，噗！"刘备对准兄弟咳一声嗽，老弟呀，俺听见喏。吾么已经介绍俟、推荐俟哉，碰着俚哪怎讲法，别人去俙能成功，就剩俟去勿成功，阿有数目？

张飞登了旁边头听得了，气得格肚皮要气穿脱快哉。啥格闲话啊？别人去俙成功，就剩吾去勿成功。诸葛亮，俟格句闲话要颠倒讲的。老实说，别人去俙勿成功，吾去成功。格么有什梗桩事体的。吾张飞也勿成功，世界上哦不人会得成功。格闲话气人，格么呐吭弄法？跑出去讨令。跑出去讨令么有点难为情。吾刚巧对仔俚"牛鼻子道人，摆架子的村夫"，拔出宝剑要杀脱俚。现在跑出去问俚讨么，难为情勿啦。格算了，勦出去，勿好意思。勿出去么，倒是气勿过格句闲话哇。啥叫啥别人俙能成功了，就剩吾勿能够成功。张飞心里向转念头，讨令，有啥道理啊？讨令是帮大哥办事体，又勿是拍俟诸葛亮格马屁，为俟诸葛亮办事体。出来出来，呵冷噌噌……到虎案跟前，那么叫俚啥？现在要客气点哉，吾叫声俚先生，"先生在上，张——飞，有——呃礼"。

嚯，诸葛亮一听是窝心呕。为啥道理要心花也开么？因为诸葛亮，自从卧龙岗出山之后，张飞叫俚先生了，今朝还是第一趟。以前，以前从来勿叫的。诸葛亮出山之后，比方说刘备搭诸葛亮在一道，看见张飞过来，刘备总归关照三弟，叫声先生。张飞立得远呢，只当齁听见，假痴假呆。立得近，呒不办法了，那么对仔诸葛亮，啊嗯哪唔噜，舌头上打格滚，从来勿叫的。今朝，今朝么清清爽爽，叫先生。诸葛亮心里向转念头，倷搭吾客气么，吾搭倷也客气。"将军少礼，怎——样啊？""方才先生言讲，有一处地方可以埋伏，能够擒曹将、捉曹兵、夺马匹，没有人去，张飞，愿——呐去！""哼，别位将军去，都能成功。你去呀，不能，成——功。"嚯，张飞气呀，那是好了，当面对吾说格种闲话。"先生，倘然张飞成功了回来，先生，你——便怎——样？"成功回转来呐吭？"成功了回来么，本军师，跪在将军马前，头顶一盘。盘内，美酒三杯，跪——敬将军，如何？""呋哈哈，好——的！"听得进。倘然成功回转来，俚跪在吾门前头，头上顶一只盘，盘里向放三杯酒，跪敬三杯。"那么不成功回来，你便怎样呢？""不成功啊。不成功回来么，见先生交令啊！"哦哟，诸葛亮想倷门槛倒精了嚯。噢？成功回转来吃三杯酒，勿成功回转来交令。倷只有赢了，呒不输了哉咯。格是勿来赛。"不成功回来，将首级，砍——下。""嚯，慢来慢来啊，待老张划算划算啊。"张飞要算算账哉，成功回转来吃三杯酒，勿成功回转来杀颗郎头。赢得式小，输得式大仔哇。勿，闲话弄弄清爽看。"啊，请问先生，张飞擒获曹将回来？""饮酒三杯。""倘然，捉到一个曹兵呢？"将官捉勿牢，捉到一个小兵呐吭？"亦然如此。""倘然，小兵也没有抓到，逮到一匹马呢？""本军师也是跪敬三杯。""呋哈哈哈，稳——的！"张飞想，笃定！答应好了，稳的。曹将捉勿牢曼得捉牢一个小兵。小兵捉勿牢，曼得捉牢一只马。捉牢一只马，回转来，照样好吃三杯酒。凭吾张飞格种身胚，守在格条路上，大将捉勿牢，小兵拨俚溜脱么，哦，吾拦只把马，吾总归拦得牢了，答应好了。"张飞愿去。""立下军——令状。""好！"立好了。笃定。

　　那么张飞退下来，旁边头端准好一只半桌，文房四宝摆好，磨得墨浓，舔得笔饱，提起笔来，立军令状。张飞识字，有文化。就是喏脾气躁点罢哉，俚会写字，而且字也写得交关好。军令状立到一半么，叫啥张飞笔一放。"哦，先生啊，倘然，你叫张飞埋伏在这条路上，曹兵不到那条路上来，那怎么样呢？"哦哟。喔哟诸葛亮心里向转念头，张飞格人细心的。假使说曹兵勿走格条路，格俚根本呒不办法捉人了，拦马喽。"倘然曹兵不向那条路上而来，本军师失料，亦然跪敬三杯。""好！"张飞想，那是笃定，稳的。曹兵勿来？曹兵勿来，吾照样好回转来吃三杯酒格啦，军令状完篇，拿过来交拨诸葛亮。诸葛亮一看勿错了，交拨刘备，托倷保存。刘备接到手里向一看么，刘备心里向勿放心。啥体么？张飞憨大，倷搭诸葛亮枉东道，呐吭弄得过诸葛亮呢。"三弟，当心啊！""呋，喝喝，大哥呀，稳格呀！"笃定呀，稳格呀。

　　诸葛亮一条令箭，"翼德将军，带领二百五十军卒"。诸葛亮派俚带几化人马啊？两百五十个。

俚人马带的顶多，人家侪带一百个，俚要带两百五十个。为啥呢，因为九百五十个小兵，到现在了，挺两百五十个，全部拨俚带得去。倷呐吭晓得齐巧挺两百五十个？可以算账格呀。第一条令箭孙乾五十个。简雍五十个么，一百个。糜竺、芳五十个么，一百五十个。赵子龙五十个么，两百个。毛仁、苟璋、刘辟、龚都四百个么，六百个。关公带脱一百个么，七百个。九百五十，去脱七百么，净多两百五十个，侪交拨了张飞。"将军到安林道埋伏。二更时分博望起火，四更时分曹军必抵安林道。将军切不可擅——离阵地。""得令呃！"

张飞接令箭退下来，拿锦囊拆开来一看，安林道埋伏，二更天博望起火，四更天曹兵人马来，关照吾勿要离开安林道。笃定啊，四更天来么，吾马，总归捉得牢一只？而且吾啊，大将勿捉，小兵勿捉，就捉一只马，气气倷诸葛亮。回转来吃倷三杯酒。张飞想稳的。阿稳？呐吭会得稳？倷搭诸葛亮枉东道，勿可能成功呀。所以要博望坡军师初用兵，下回继续。

第三十回
枪挑韩浩

三将军张飞，立下军令状，带两百五十名军兵到安林道埋伏。诸葛亮锦囊上写得交关清爽，二更天博望坡起火，四更天呢，曹兵必到。倷曼得捉牢一只马回转来，就算赢了。吾诸葛亮，就跪了倷门前，跪敬三杯。张飞想稳的。照得牢牌头。大将捉勿牢么，马总归捉得牢只把。勿晓得弄到完结么，连狗侪勳捉牢一只。格张飞随便呐吭想勿到。那么让张飞到安林道去埋伏，吾说着再提。

诸葛亮令架子上拔令在手，对两旁边一看么，摇摇头，叹一口气，"惜乎啊，惜——乎！"吔？刘备弄勿懂哉。东家穷一点，倷看格军师发令格辰光，碰碰在叹气。勿晓得惜乎点啥？"请问军师，惜乎怎样？""惜乎，还缺少一员大将。""哎呀呀呀，军师，如今大将没有了哇。"侪派完哉哇，呒不人哉略。"只得烦劳，主公一走。"啊，啥物事啊？叫吾去啊？哈哈，将罢郎头独出，连吾也要派用场。"请问军师，叫刘备去做——什么？""请主公，打——头阵。""哦哟！哟哟。"刘备想，勿知呐吭拨倷想出来的？发令箭么，应该第一条令箭是当头阵的。那么当头阵格大将么，只有红面孔、黑面孔、白面孔。哦，倷关、张、赵云勿派，看中吾，叫吾去当头阵。勿瞒倷讲，吾是叫外有虚名，内无实际。说起来么，吾刘备也会打仗的。虎牢关么，照样三英战吕布。其实是，吾黻两个兄弟格牌头呀。靠关了张搭吕布打，吾登在旁边头，叫搭搭色格呀，勿起作用的。刘备是格三等头将官。何况现在长远勿打仗，倷喊吾去当头阵，格呐吭吃得消呢？

"唉呀，军师，刘备武艺不好，没中用了。怎么能去打头阵呢？""呵呵呵呵……主公待——请放心。诸葛亮，保——驾。""啊？倷保驾？唉呀呀。"刘备想倷保吾格驾，还是吾保倷格驾？因为倷格本事好勿及吾。倷是文人，手无缚鸡之力，倷呐吭保吾驾？大概倷说笑的。"请问军师，保驾，你可与刘备同去么？""保驾么，当然同去呀。"勿一道去么，呐吭叫保驾？蛮好，刘备想，倷搭吾一道去么，拆穿点讲，勿会有危险。有危险啦，倷也勿肯去。"既然军师保驾，刘备，愿——往。"好，曼得倷答应么，诸葛亮点点头。

诸葛亮格条令箭，就关照旁边头："公子，听令。"啥人呢？刘备格过房儿子，叫刘封。就是樊城太守刘泌格外甥。爷娘侪死脱哉，那么就投奔刘泌。俚本来姓寇，单名格封，叫寇封。刘备打樊城之后了，看到老太守旁边头立在一个少年，卖相蛮好，英俊得很。问起情况么，刘备说既然俚呒不爷娘哉么，过房仔拨吾，做吾格继儿子吧。格老太守说蛮好，那么改姓刘了，叫刘封。

不过当时，刘备拿俚收下来做继儿子，关云长是勿赞成的。啥体么？倷大哥有仔儿子。倷养仔刘阿斗哉么，倷何必再去领格继儿子？那么倷领仔格继儿子，将来家当传拨啥人，格里向要发生矛盾格啦。当然咯，到后首来，刘备做皇帝哉，要立太子，就立格刘禅刘阿斗。因为刘阿斗是俚嫡亲格儿子，归格是过房儿子。格刘封就勿开心。刘封觉着吾是长子，哪怕领得来么，勿关。吾应该赛过，吾做太子。那么格上就搭关云长勿对。所以后首来，关公走麦城么，刘封了，俚是拆烂污。覅去接应关公了，在后方捣乱。关公在格上，吃了勿少苦头。格么格个是以后格事体哦，现在刘封呢？还可以了。

诸葛亮喊俚听令么，刘封从旁边头跑过来。“军师在上，刘封在。”“令箭一支，带——吔领。”唉呀，刘备心里向转念头：诸葛亮，那么倷豁边。啥体么？吾手下一塌刮子侪在，只赅九百五十个小兵哟。倷发格点令箭啦，拿九百五十个小兵侪派完了。吾手下呒不小兵了。倷又要令箭一支，带领，带领点啥？呒啥带出来哉。倷在对诸葛亮看么，诸葛亮勿行错的。俚照样有办法。“令箭一支，带领三班衙狱、家——将们等。”“嚯嚯嚯”，刘备也响勿落。三班衙狱就是军牢手、刀斧手、捆绑手，还有家将，格点人呢，勿属于格九百五十个编制里向，还是可以派。诸葛亮关照俚笃：“照锦囊行——事。”“嗯——是。”刘封接令箭退下来，拆开锦囊一看，关照俚带领格点三班家将，赶奔到博望坡古城山，建立好一座帐篷，准备好酒水么，等刘备来。

那诸葛亮令箭，全部侪发光，派得了辕门里向空荡荡，一个人侪呒不了。再休息仔一歇，诸葛亮关照刘备：“主公，请。”“呃呵，军师请啊。”两家头演武厅上下来，到辕门口。刘备呢，摆鞍鞯，掂踏镫，豁上马背。诸葛亮呢，上四轮车，两个童儿，轧冷、轧冷、轧冷轧冷……四轮车背后头过来。刘备心里向转念头，诸葛亮部车子慢得极。两个小囡，就十三五六岁，有啥格气力，跑又跑勿快的。刘备格只是千里马，刘备只好耐仔心，慢慢叫慢慢叫，乱松仔裆劲，磕、磕、唾、磕，磕磕唾磕，等俚部车子。叫嘴巴里勿能讲，勿能说嫌比倷诸葛亮忒慢了。勿晓得倷么勿能讲，诸葛亮倒讲哉：“啊，主公，为什么缓缓而行？主公，请快马加鞭。”吔？快马加鞭啊，哈哈。刘备心里向转念头，吾慢腾腾走么，倷格部车子还勉强跟得牢。吾要快一点格说法是，倷部车子勿知掼到啥地方去？“呃嗬，只怕军师的车辆追赶不上。”“呵呵呵呵，试这么一试。”好。刘备心里向转念头，倷勿服帖，板要试，格么试酿。刘皇叔就拿格只的卢马，噔！领鬃毛，一拎。鞭子，乓！一扬。两只脚裆劲里，噔！一煽么，格只马望准门前头，哈啦啦啦……跑出去几里路呢？三里多路。刘备拿只马，酷——扣住，心里向转念头，等吧。那有等头了嘞。勿知要等到啥辰光了，诸葛亮格部车子会得到。刘备索脚，眼睛闭拢了，在马背上闭目养神。休息。勿晓得倷在休息格辰光，只听见背后头格声音到哉哟。“主公，请再将宝马，加——上一鞭。”“啊！”刘备呆脱哉哟。回转头来一看，诸葛亮格部车子，轧冷当！立在后头。已经到哉呀。哈吔？恁格快？倷呐吭跟得牢吾只千里马呢？刘备对两个童儿看看，两个童儿跑勿快几化。两个童儿也在对俚笑，嗳，倷孲看轻俋，倷马到么，俋部车子也到哉。

刘备勿相信，再拿只马，一拎，尔辣！一鞭子一抽么，格只马望准门前头，哈啦啦啦，五里。酷——扣马。刘皇叔回转头来对背后头一看么，来了，轧冷冷冷……轧冷！车子停。那么刘备看出来。诸葛亮格部四轮车，并勿是两个童儿推仔，在路上走啦。如果说在路上走，两家头奔得再快，无论如何是跟勿牢刘备格只马。格么哪怎会得什梗快法呢？刘备看出来。原来两个童儿，坐在背后头格车杠上，两只脚呢，望下头踏。两个童儿两面踏，嗒嗒嗒嗒，踏急。下头有踏板。踏板呢，搭格现在格脚踏车什梗。俚，哈嗒嗒嗒，踏急么，下头用绞轮，绞轮，喀啦啦啦啦啦，俚格轮盘前头小了，后头大。倷踏得越快呢，俚格轮盘转得越急。诸葛亮格部四轮车，用现在格闲话讲起来，叫半机械化。而且汽油也用勿着，柴油也勿点，能源俫哦不，靠人啦。人，倷哈……踏急，就跑了。老法辰光，轮船，有种轮船叫木轮船。格木轮船呢，是哦不机器。就是用人，吭、吭、吭——推。俚格轮盘，哈……转动么，产生动力了，望门前头去。

诸葛亮哪怎会得发明什梗一部车子出来呢？那么可以讲拨了老听客听，格部车子，并勿是诸葛亮发明的。啥人发明呢？是诸葛亮格家主婆发明的。诸葛亮格家小啥人？黄承彦格女儿，黄夫人。喝呀！格本事大极了。讲起诸葛亮讨家婆，襄阳俫晓得的。格么诸葛亮格卖相好。站立平地，身高八尺。如果折合现在格尺来讲起来么，至少要一米八以上。格是英俊，卖相好。面如冠玉、眉清目秀，条杆又是长，面孔又是漂亮，肚皮里学问又是好。当然，大家俫愿意拿囝唔或者拿妹子配拨俚。叫啥诸葛亮俫回头。诸葛亮选择对象，交关严格。俚勿是讲究面孔漂亮，或者屋里向么赅家当，铜钿多。诸葛亮要选咋格对象呢，要有学问，要人好。那么唔，黄承彦自家来搭俚讲，老丈人搭赛过囝唔，来做媒人啦。俚搭诸葛亮讲，听见说倷在选择家主婆。啊。吾呢，有格囝唔，面孔难看的。面孔呢，黑的。头发呢，黄的。生有丑女。但是呢，俚格才，俚格德，足可以搭倷匹配。诸葛亮一听么，俚晓得黄承彦是名士，有学问的，上通天文、下知地理，格是肚皮里向学问好极了。诸葛亮去请教俚过格呀。黄老先生格点本事，俚格女儿勿会推扳几化。后首来，诸葛亮亲自到黄家庄去。去格辰光么，搭黄承彦格女儿碰头。用现在闲话讲起来，叫相亲哉咯。但是俚就发现啦，黄承彦屋里向，里向哦，有两只狗。当！诸葛亮跑进去么，两只狗，哈啊，窜出来咬么，诸葛亮一吓呀。要赶么赶勿脱哟。后首来，跑一个丫头出来，在狗头上一拍，拿狗格耳朵一拎么，叫啥格两只狗，笃笃笃笃，回到外头去。仔细一看么，勿是真格狗，假的，木头做的。外头呢，披格狗皮。样子呢，蛮像真格狗。俚有机关格啦，头脑上一拍，噇！耳朵一拎，回转去。退回原处。啰哟，诸葛亮想，勿得了。俚笃屋里向，啥有格种名堂了。那么后首来，诸葛亮搭黄承彦女儿成亲了。成亲之后么，有一回诸葛亮搭家小一道，到黄承彦屋里向来。带家小回娘家。那么齐巧格个辰光呢，刚巧地里向在割麦，新麦登场。水镜庄司马徽呢，派学生子徐庶到该搭点来，请黄承彦过去尝新，新麦登场么，请俚去赏新去。那么黄承彦么，骑仔只驴子，带仔格童儿走了。徐庶呢，搭诸葛亮，长远勿碰头哉么，就登在该搭黄家庄上坐歇。勿晓得着生头里徐庶肚皮痛哉呀。为啥道理肚皮痛么？因为徐庶来格辰光，路上天热勿过。太阳头里跑嘴干哉，就在山涧里向吃仔点冷水。吃仔点冷水跑到该搭来么，勿晓得大概格冷水，勿清爽呢，还是啥格名堂么，肚皮痛。那么诸葛亮马上搭俚把脉。格么诸葛亮懂医道格啦，弄点啥格成药拨俚吃吃下来么，肚皮痛，倒好了。但是呢，马上要回转去，勿来赛。黄承彦么已经先跑了，诸葛亮就拿徐庶留在该搭点，说：俆登在赅搭吃饭吧。蛮好。格俆想吃点啥呢？赛过吾刚巧肚皮痛什梗了，胃口勿大好，吾想吃点面了。那么，蛮好。诸葛亮就马上到里向去关照夫人，俆弄点面哦，徐先生要吃面了。那么家小答应。那么诸葛亮心里向明白的，格个辰光么，新麦刚巧登场。麦子割下来，还在，格麦子啦，还在格麦床上，还曝掼下来。掼仔下来，还要牵磨，牵仔磨过后，还要赛过弄好。再去和面了什梗，有一大歇了，勿会马上就拿格面做出来。隔年格面么侪吃光哉咯。那么诸葛亮摆只棋盘哉么，替徐庶一道着棋。着脱一盘棋么，消磨消磨辰光。等里向弄好仔么，再出来吃。勿晓得刚巧在坐定下来，在着棋，开始着得呒不几步物事么，叫啥里向就拿只面端出来哉。丫头拿到外头来，请徐庶吃面。喥？诸葛亮呆脱哉。诸葛亮晓得呒不陈麦了。新麦登场，呐吭来得及呢？徐庶在吃么，诸葛亮溜到里向来看。溜进来一看么，叫啥看见木头人在牵磨，哈吔格快，格速度快得热昏啦。那么诸葛亮佩服，原来黄承彦屋里向还有机器人。嘿嘿，现在，勿是世界上机器人蛮通行？机器人，啥人第一个发明么？喏，黄承彦格女儿，黄小姐发明。诸葛亮一看么，呆脱。哈呀，家小本事大极了。

所以后首来，诸葛亮搭俚结婚之后，三顾茅庐诸葛亮出山。黄小姐登在里向呢，帮诸葛亮啦，做了勿少勿少事体。后来诸葛亮啥格六出祁山，格种木牛、流马等等啦，侪是黄承彦格图唔相帮俚设计。诸葛亮得着格贤内助。尽管面孔勿是呐吭样子漂亮么，但是心灵美了，人交关好，是诸葛亮格贤内助。诸葛亮后首来到四川，取了成都之后，格四川啦，本来出蜀锦的。蜀锦交关多啦，绸缎了，大家侪晓得的，蜀锦。唉，叫啥一出绸缎之后啦，可以营销到外头去。因为刘璋在格辰光，捐税重。那么喏，格点老百姓呒不啥利益可以得到么，格机房侪停下来。蚕么勿养了，桑树么砍脱了。蜀锦格生产呢，一落千丈。格么诸葛亮呢，为了要来发动老百姓，重新再来种桑树、养蚕、纺丝、织绸，但是要号召老百姓起来办，勿容易的。诸葛亮设立了一个专门格一个机构，派一个官叫锦官，专门管蜀锦的。那么张怕大家勿肯弄呢，诸葛亮就在相府内外，空地上，荒地，种了八百棵桑树。采桑，就是喏，黄夫人采桑咯，黄夫人亲自带头养蚕。俆想，丞相夫人在种桑树了，养蚕了，纺丝么，其他官也要学样哉咯。老百姓当然跟仔一道做起来么，蜀锦生产欣欣向荣。非但满足了市场格需要么，还能够出口。出口到啥场化呢？出口到吴国，出口到魏国，一出口么有外汇啦。啊，硬通货侪来哉啊。那么金子银子运得来么，诸葛亮就拿俚充裕国库了，变成功军费。将来六出祁山打仗格军费呢，就是靠出口格点蜀锦，运得来点经费了，来充裕国库了。格个就是黄夫人格持家有道。所以诸葛亮临时死快，说，臣家成都有桑八百株么，就是黄夫人种格个八百棵桑树。而且黄夫人呢，拿儿子诸葛瞻、孙子诸葛尚，侪教育得非常好。将来诸葛瞻、诸葛尚战死绵竹，侪牺牲在战场上，为国捐躯，成为两代格烈士。连诸葛亮在内，诸葛亮牺牲在战场上，在五丈原归天么，三代侪是为国捐躯。格个搭黄夫人格个持家有道分勿开。所以格部四轮车讲出来，大有来历。

现在刘备觉着诸葛亮格本事大极了，格部车子阿要快啊。到博望坡，古城山，刘备下马，诸葛亮出车子。上山，公子刘封过来迎接。帐篷已经搭好了，俚笃进帐坐定么，酒水摆出来，就在山上吃酒。刘备心里向转念头，诸葛亮，倷勿是喊吾来当头阵的。倷是请吾到该搭点来，看看野景了，吃吃酒水。格种当头阵是，笃定泰山。勿晓得刘备，现在倷勤快活，等一等急得倷人中吊仔了完结。刘备想勿到的。

格么刘备、诸葛亮吾拿俚表过了，现在要交代夏侯惇格人马，路上来。哈、哈、哈、哈……十万大军，浩浩荡荡，兵进新野县。头队先锋叫韩浩。青州太守，手里向执一柄青铜刀，带领一万军兵，俚前队。嚯咯咯咯……行军在过来格辰光，离开博望坡大概还有十六七里路格辰光。该搭点离开博望坡十五里路，埋伏好一路人马。啥人么？文官孙乾，带五十个马兵，乔装改扮成新野县格难民一样，埋伏在该搭点附近，茅草堆了树林里向。曹兵过来格灰沙看得见、军号听得出哉么，小兵马上过来报告孙乾，来快了。孙乾关照，勿慌，照锦囊办。吾刚巧搭唔笃讲好了，停一停，如果搭曹兵碰头之后呢，唔笃笃定。"噢。"等到曹兵先头部队离开此地近哉么，孙乾带一批人，哄——从茅草堆里起来，望准横垛里道："勿好哉，人马杀得来哉，豪燥逃哇！"唔笃逃么曹兵看见，吔！"我的哥。""怎么说？""你看，那边有奸细。""对，抓，抓！""拿哇！"冲过来。唔笃冲过来么，格面树林里向又钻出来几个，再跟过去么，归面茅草堆里又出来几个。东也捉，西也捉，零零散散，四面捉过来呢，共总捉牢五十一个。格么连孙乾也捉牢了。格个五十一个，并勿是真格要逃走，装装相腔格呀，做得格样子像逃走么，让唔笃好上当、相信。

拿五十一个人捉牢，押到后头来，韩浩得报。说开路格先头部队，捉牢奸细，五十一个。韩浩一听，蛮好，押过来问问看，"将奸细，押上——呃来！""是！""走！走！"嚯咯咯咯——过来。"跪下，跪下，见我们大将军磕头！跪下！""呃、呃呵，是，格个大将军在上头，吾伲新野县小百姓见仔大将军磕头哉。"哔哩钵落、哔哩钵落——跪下来。韩浩一听，将军么称叫大将军，从来呒不搠叫大将军的。格听着像煞拍格啦。"罢了，抬——起头来。""伲小百姓，呃，勿敢抬头的。"

"容你们抬头，抬——头便了。""呃嗬，格么，是哉。"大家拿头在抬起来。孙乾呢，夹在人当中，俚勿在第一批，当中横里向。头抬起来一看，哦！只看见韩浩，坐在马上，不分长短，站立平地，身高八尺向开。头似巨斗，青面孔，两道浓眉，一双铜铃眼，大鼻阔口，两耳带招，竹根须髯，啪——炸开两厢。头上戴一顶青铜盔，盔分三叉，身上扎一副青铜甲，甲起龙鳞，护心镜光华闪烁，甲揽裙金钩吊起，足蹬虎头云跟靴，胯下青骢马，一口青铜刀，噗……乓！奉好在手里向。

韩浩现在拿口刀，鸟嘴环上一架，将仔格两根竹根组苏，对下头一看。五十一个老百姓，各种打扮俱有。哼，奸细。为啥道理看出来俚笃是奸细？侪看，侪是年轻力壮，年纪轻轻。逃难老百姓么，总归有男、女、老、小，阿有啥清一色，侪是年纪轻格啦？"着！你们都是诸葛亮派来的奸——细吔么？""唉呀，大将军，冤枉的。侪勿能够冤枉好人的，俚侪是新野县城里向格老百姓呀。侪，侪说俚奸细么，罪过的。俚是逃难逃到该搭来。""呀——呀呸！逃难，逃难怎么逃到大将军的马前而来？"逃难，俚格军队从北面来，唔笃逃么应该朝南面去，唔笃呐吭望准北面逃过来。呐吭迎着仔吾俚格军队跑过来？根本格路线勿对了。"唉呀，大将军啊，有道理格呀。俚为啥道理跑到该搭点来么，因为俚笃讲的。赛过，皇城里向有人马要杀到该搭点来哉，俚登在城里向么，性命有危险。那么逃难呢，俚笃有什梗句说话，叫大难么避于乡，小乱么避于城。现在是大难临头哉，俚乡下场化避一避。风头过脱么，那么再回转去。那么俚到仔乡下去呢，要一样吭一样。再回到城里向去拿点物事么，结着点淘伴了，大家过来。将军啊，侪，侪勿能弄错的。俚侪是好人哦。俚、俚屋里侪逃在格面横垛里乡下呀，俚是到城里向去拿点物事格呀。""嗯！"韩浩吃勿准。听俚笃讲讲倒也有点道理，乡下避一避。侪在研[1]、怀疑格辰光，还是拿俚笃杀呢，还是哪惩办？背后头来了。"将军，都督有令，把奸细押往后面，大都督亲自审问。"夏侯惇要问？韩浩想蛮好，格么侪去问，用勿着吾来管。"把这些奸细押往后面。""是！""带走，走！"嚯——"吔，做啥啦？""见我们都督去。""吔，刚巧见仔唔笃将军么，好哉嚄。啥体还要见唔笃都督呢？""走，走，走。"嚯咯咯咯，在过来。到后头，"跪下，见我们都督磕头"。"呃嗬，呃，是。格个都督在上头，俚新野县老百姓见都督磕头，见都督磕头。"哔哩钵落、哔哩钵落，跪下来。

夏侯惇一只眼对下头一望，"罢了，抬起头来"。"抬头！""呃，呃呵，格么是，俚放肆哉。"大家头抬起来。孙乾在当中横里，头也在头抬起来。一看么笃定。啥体？刚巧韩浩两只眼睛，也齣看出俚是奸细么，现在夏侯惇眼乌珠只赅一只，打仔对折了，愈加看勿清爽，让俚去。孙乾么勿响。

夏侯惇对下头看，嗯，勿少人，身上打扮，老百姓。"你们，可是新野县城中，刘备、诸葛亮派来，打探军情的奸细？""勿是的，勿是的。俚、俚刚巧搭唔笃格位将军已经讲过哉呀，俚侪

是新野县城里向格老百姓。听见说，啥格皇城里有人马杀得来，那么大家要逃难么，所以就望准乡野逃格呀。格倷想城里向皇爷也逃仔难哉么，伲老百姓呐吭好勿逃难呢？那么伲逃到仔乡下，再到城里向去拿点物事了，再回转去了，拨唔笃碰着，在该搭点正巧捉牢。都督啊，倷做做好事啊，倷随便呐吭要放伲回转去，伲一家老小侪在乡下等伲转去的。"

夏侯惇一听，别样闲话俚听勿进，就听进一句，皇爷也逃仔难哉，俚小百姓当然要逃难。皇爷啥人？刘备。刘备逃难哉？哈哈，相爷已经关照过，用兵打仗到敌人地界上去，最好呢，捉牢当地格老百姓，查明军情。叫俚笃领路呢，勿至于走冤枉路。对。现在吾来问问俚笃看，刘备逃在啥场化？假使刘备勿在城里向，吾就可以冲到刘备逃难格地方去，拿刘备捉牢。"我问你，刘备逃往哪里？""啥人啊？""刘——地备。""伲勿晓得哇？""诶，就是你们方才讲的那个皇爷。""哦，哦，皇爷。啊，倷问皇爷么伲晓得的。倷问刘备么伲勿认得的。"咦？哈哈，什梗一看，格种老百姓头脑简单，只晓得刘备叫皇爷，勿晓得俚名字。"嗯，这皇爷在哪里？""皇爷在啥场化？"刚巧要说么，后头格朋友要拿俚一揿，"呃，格个，勿讲勿讲勿讲！勿晓得！""嗯，为什么？""喏、喏……后头格人拿吾揿一揿，赛过，平常辰光皇爷在城里向么，待伲侪勿错的。俚逃难逃在啥场化么，伲勿好做半吊子讲出来格啦。讲出来仔，唔笃要去捉皇爷么，伲良心上讲勿过去，伲、伲意勿过。呵，呵，勿晓得。倷譬如酾听见。""诶，倘然不讲，要将你们斩首！""啊哈？要、要杀头格啊！""讲了出来，重重有赏！""哦、哦，讲、讲仔出来么有赏赐的。格么老弟呀，唔不办法哉哦，勿讲要杀头的。吾、吾屋里还有七十岁格娘了，吾、吾只好讲哉哦。格么、格么，格都督啊，吾，吾讲拨倷听哦，别样唔啥，倷勿能够去告诉皇爷是吾讲的。""诶，哪会去言讲。""格么，吾讲拨倷听。皇爷逃难么，逃在博望坡，古城山。""博望坡，古城山？""诶诶，诶诶，对的。博望坡了，古城山。""嗯。"博望坡，古城山，"离此有多少路程？""离开该搭点呀，离开该搭点总大约三十几里路。"其实唔不的，瞎说一泡的，瞎讲有三十几里路。"好，你可认识？""伲么呐吭会得勿认得呢？该搭点伲经常去格么，当然认得格咾。"夏侯惇想蛮好，认得么，喊俚笃领路。哦，不过一想，慢。为啥呢？吾捉刘备啦，便当的。因为刘备唔不本事的，刘备两个兄弟，红面孔、黑面孔侪厉害得不得了。吾来问问清爽看，格两个人现在在啥地方？"我问你，还有一个红脸长须的关云长，现在哪里？""哦，倷问起格红面孔、长组苏，大家叫俚关君侯格人了，阿是？""着哇！""格个，吾晓得的。关君侯么，皇爷派俚到樊城去，量米去哉。""嗯？"啥量米到樊城去量？哦，催粮筹粮，勿在。"还有一个黑脸的张飞，现在哪里？""黑面孔阿是有阿胡子的？""着啊！""大家叫俚三将军？""正——呐是。""晓得的。皇爷派三将军到皇爷搭去借兵哉。"哪恁皇爷么到皇爷搭去借兵？"怎么讲啊？""喏，新野县格皇爷派张飞到荆州格皇爷搭去借兵哉。"嚯嚯，讨救兵去哉。好极了。张飞也勿在，那是捉刘备稳了。"好极了，既然如此，你们在前面引道，引领本都望博望坡古城山，拿——捉这个皇爷。""呃！勿去勿去勿去勿去！格个是随便呐吭说勿过去的。俚在城里向皇爷待俚蛮好么，格俚呐吭好领仔倽过去了，拿皇爷么捉牢了，格俚呐吭对得住皇爷呢？俚勿去！""不去，不去要砍脑袋！""啊哈？勿去要杀头格啊？""去了，重——重有赏。""格去仔有赏哉么，那、那么倒弄僵哉嚛。诶，格不过别样呒啥哦，都督俚要搭倽讲明白的。一个，俚领到仔博望坡古城山，倽马上要放俚回转去的。俚一家老小侪在屋里向等。俚转得晚仔，俚娘要急格啦。""嗯，明白了。领到了那边，放你们回去就是。""哦，蛮好蛮好蛮好，既然，引领到该搭点好放俚回转去。唉，呒不办法，要保性命么只好领哉哇，格么俚大家走哉嚛，走。""走。"

嚯咯咯咯，五十一个，门前头领路。夏侯惇关照，叫韩浩格军队，跟仔俚笃五十一个人走。唔笃大队人马跟在后头，五十一个老百姓拎仔包裹，在门前头走，格么唔笃走得快点酿？叫慢啦，蚂蚁侪踏得煞，蹳方步。曹兵阿要火的。"走啊。""在走哇。""快一点。""蛮快哉嚛。""刚才你们不是跑得很快。""刚巧逃难。现在是领路，两桩事体，逃难要活性命，只好快。现在呢，奔仔半日奔勿动哉，只好慢慢叫走。""他妈！""哎，倽孏骂人。啊哦，唔笃都督关照领俚侪领的，勿是唔笃都督关照领是，随便呐吭勿领的。诶，倽勿相信，倽去问唔笃都督唦？唔笃都督关照格勿、勿许难为俚的。"拿俚笃呒呐吭哇。因为夏侯惇是关照的，勿许难为俚笃。本、本当是，刮也刮上去哉。只好让俚笃慢慢叫走，慢慢叫走。

走仔总大约，两三里路么，停下来了。"哦哟，肚皮饿哉，啊哇哇，肚皮饿得啦！""走哇！""走勿动哉。""为什么？""肚皮饿。""刚才你们为什么不饿？""刚巧拨唔笃一吓么，吓饱哉。现在么越走越饿。倽听酿。蛔虫在搠板油，搠得哒哒响哉唦。"勿知呐吭拨俚讲出来，蛔虫搠板油，有声音了什梗？拿俚笃呒呐吭。夏侯惇关照勿许难为俚笃。

马上到后头去报告，"格个，禀都督，老百姓他们腹中饥饿，跑不动了，怎么办？"其实蛮简单，老百姓说肚皮饿，走勿动哉，拨点干粮拨俚笃吃吃就可以。夏侯惇勿的，为啥呢？夏侯惇细心。想格批人到底是勿是老百姓？或者么是奸细，拨俚上当。吾要考察考察。既然俚笃肚皮饿呢，"来，叫他们埋锅造饭"。叫俚笃烧饭。埋锅造饭只有军队会。路上，掘一个墰，拿只镬子架上去，那么拿柴火摆在下头烧，叫埋锅造饭。老百姓呢勿会的。夏侯惇派人去看，假使说俚笃埋锅造饭是内行，格么唦，统统是军队扮了，杀！如果说俚笃埋锅造饭勿会，格么看上去苗头，唔笃是真格老百姓哉。

倽关照发镬子下去，叫俚笃烧饭。其实，五十一个人用勿着五十一只镬子格呀。为仔要考察俚笃么，拨五十一只镬子拨俚笃，"好了好了好了，我们都督有令，叫你们埋锅造饭"。"啥物事啊？""给你们煮饭。""哦，喊俚烧饭吃啊？""嗯。""哦，蛮好嚛。格么，唔笃格厨房在啥场化？"

"诶，行军没有厨房。""格么唔笃格灶头呢？""没有。""格么在啥场化烧介？""在这锅子里。""就在镬子里。"格只镬子倒蛮大，旁边头有两个攀攀头了什梗，"哦，就在格只镬子里烧？""嗯。""格么，老兄，来来来。""干什么？""呃，唔笃两家头帮帮忙。""怎么帮忙？""唔笃两家头帮吾，拿只镬子搭吾得起来，吾在下头烧。""唉呀，亏你讲得出"，两个人得牢仔，俫在下头烧，勃烫痛手的。"要埋锅造饭。""埋锅造饭？勿会格嘎。""吾做给你看。"拿把铲过来，辣辣辣辣，几铲掘一个墰，拿只镬子望准格墰墰上头一搁，该面进柴的，归面可以出烟的，"喏，就这个里头烧"。"哦哟，老兄，俫倒聪明格喏，一只行灶，拨俫搭好了哉。蛮好蛮好，格么，唔笃格米呢？""在这里。"车袋里米拿过来。"托俫搭吾去淘一淘哉哇。""哎呀，他妈的。"还服侍俚笃。夏侯惇关照么，只好什梗做。那么就拿格点米么，到旁边头山涧里向，淘一淘好拿过来，"来了"。"格么，呃，老兄啊，唔笃格柴呢？""没有。""呒、呒不柴，哪恁烧呢？烧大膀？""唉呀，你旁边去割点茅草。""格个，格个托俫有心搭吾做做好事了，割点来哉嘎。"呒不办法，还要去服侍俚笃。旁边头格茅柴，嘁——割点下来，树丫枝再拾点过来，"来了"。"格、格么，火呢？""喏喏喏喏，喏。"火刀、火石拿过来，噼噼啪啪，打烊。茅柴弄好，侧烊。其实埋锅造饭俚笃侪会，五十一个人侪老鬼，装腔。故意拿一捧茅柴，当中夹两根树梗，火点烊烧着塞下去，当！一撬么，格只镬子，哈啷当！翻脱。"哎呀呀呀呀，格个灶头被吾弄坍脱，镬子侪打翻。""唉呀，你草塞得太多了！""格么，重新托俫搭吾弄弄吧。"

真讨厌啊。重新弄好，米淘好，水放下去，再搭俚格柴塞下去，哄！烧烊。"喏，这个样子煮饭。"哦哦，哦，有数目哉。归面又打翻脱了哉，落拾柴。格个五十一个人侪是做得了，通通侪勿懂埋锅造饭格意思。夏侯惇派得来格家将一看，回转去报告，说禀都督，格点老百姓一个侪勿会埋锅造饭。俚替俚笃烧。哼哼，夏侯惇笃定，什梗一看，真格老百姓。真格老百姓哉，吾可以捉刘备。用勿着杀奔到新野县，就好在博望坡古城山，拿刘备捉牢，立大功。好好好。

等到饭烧好，"老兄啊。""怎么样？""饭烧好哉哦。""嗯。""格么要吃饭哉嘎。""哎。""碗呢？""喏喏喏。"曹兵碗借拨俚。"格么菜呢？"拿过来一篮，萝卜干，"在这里"。"啥物事啊？""萝卜干。"萝卜干啊？格种物事好吃饭的？俚百姓，人么穷，嘴倒侪是猫咪嘴，荤搭搭的。呒不荤腥勿吃饭，格种萝卜干俚勃吃！"他妈的，我们也吃这个东西！""唔笃吃惯的，俚勿来赛格呀，俚老百姓呀。""要吃就吃，不要吃拉倒！""哦哟哦哟哦哟哦哟，夯势人哉，要吃么就吃，勃吃么拉倒了。哦，俫晓得俚肚皮饿，晓得俚黄浪水要饿出来哉，呒不菜也只好吃，谈也勃谈。情愿饿煞么，勿吃的。嗳。""不吃怎么样？""走，不吃么走！"大家拎起包裹来么，嗒咯咯咯咯，望门前头走。格两个曹兵气呀，一本正经烧饭，屏仔半日辰光，临时完结叫啥大家勿吃。格么其实俚笃肚皮阿饿？勿饿呀。勿饿么，为啥道理要烧饭呢？诸葛亮关照。因为诸葛亮估计辰光，曹兵人马到博望坡啦，日清日白，天魆夜了。天勿夜呢，勿能够放火烧的。为啥呢？一来，毛仁、苟璋、刘辟、龚都布置火攻，还吼不布置停当。二则呢，日里烧，路线清爽，逃走起来也便当。夜里烧呢，黑铁墨拓，看勿清爽啦，俚笃更加来得混乱。吾伲可以取得格效果呢，更好。什梗了，诸葛亮关照俚笃路上要烧饭，推头肚皮饿，特会弄得勿会烧么，屏点辰光。真正吃呢，俚笃覅吃。其实侪吃饱了。

那么曹兵就拿烧好点饭呢，望准干粮袋里向装装么，镬子弄起来仔，跟仔俚笃再往门前头走哉咯。囔咯咯咯……走仔又不过头两里路么，又勿走了。"囔哟哟，走勿动哉。""啊哇哇，走勿动哉。""怎么又不走了？""脚痛。""刚才你们怎么不痛的呀？""刚、刚巧么，熬仔了走的。吾脚底下泡也走出来，泡也踏穿特格哉，勿来赛了。""他妈的。"拿俚笃吼呐吭，脚痛哉，走勿动哉。过来报告韩浩，韩浩说吾勿关，侪去报告夏侯惇。韩浩，称韩浩心上，老早拿格个五十一个人杀。俚看出来格苗头勿对，格批人像奸细。碰着格夏侯惇呢，要关照俚笃领路，捉刘备么，韩浩吼不闲话讲。现在俚笃跑勿动路么，韩浩勿关账，让夏侯惇去做主。

手下人报到后头，"回禀都督，五十一个老百姓他们足上疼痛，走不动了，怎么办？"嗯，走勿动。格也难怪俚笃，为仔要跑得快点么，"来，赏他们五十一只马匹，要他们骑马领道"。骑马。"是！"跑到门前来关照，"好了好了好了好了啊，咱们都督有令，叫你们骑了马，在前面领道"。"啥物事啊，阿是喊伲骑马啊？""嗯。""哎呀呀呀，好极哉好极哉，吾养仔出来，还魆骑歇过马。吾、吾只有在乡下骑歇过牛。哈哟，格骑马是，吾登在城里向一径看见的。哈咙，叫啥格个刘皇叔了，哈，还有勿少将官头了，侪骑仔马在路上走格呀。""嗯。""格么，老、老兄啊，托侪拣只好点格马哦。""知道了。""顶、顶好拣一只大、大、大点了，壮、壮点格呃。"马有啥拣大点了壮点，外里外行闲话。"好了好了。"

门前头开路格马队有五十一个，一个领队，五十个小兵么，大家在马背上跳下来，马牵过来，忐磕酷磕、忐磕酷磕，带到门前。"骑马。""哦囔囔，哦哦，来、来哉，阿是？格么老兄啊，托侪阿有啥借只凳子。""干什么？""让吾凳子上掭一掭了，豁到马背上去。"侪呐吭讲出来的，骑马要拿只凳子垫一垫了，侪倒勿拿张扶梯过来，搁在马身上仔了再爬上去。"唉呀，你要抓摆鞍轿，掭踏镫，豁上去的。""格老兄，吾魆骑歇过哟。吾勿会骑格呀，格、格么侪、侪抱抱吾吧。"曹兵也响勿落，好好好，抱抱抱。抱哉嗄。"嗯！"拿俚抱起来。蛮好马头在左手里，马屁股在右手里，格么侪格个抱上去么，应当格只左脚上踏镫，右脚豁过去么，蛮好了。叫啥俚颠倒来的，右脚上踏镫，左脚，哗啦！在马头格面豁过去，等到骑好，"诶，骑好哉，骑好哉。啊咙？""干什么？""呐吭唔笃格只马，吼不颗郎头格啊？""哈哟，王八蛋，你倒骑了！""哦，颠、颠倒了哉。嘿嘿，蛮好蛮好，托侪抱吾下来，重新再骑。"曹兵笑得肚皮肉也痛。碰着点通通侪是外行，勿会骑马。

勿晓得勿会骑马啊？五十个侪是马兵呃。孙乾带格骑兵到该搭来，装腔呀。特为要迷惑唔笃。一个一个一个抱上去，马背上通通侪骑好。拿包裹呢，侪背在身上。两只手呢，抓牢仔格缰绳。"呃嘘，呃嘘。呐吭唔笃格只马勿走的！""唉呀，格马又勿是赶驴子了，呃嘘呃嘘赶赶。骑马么侪用裆劲格呀，"你要两条腿煽动的。""吾勿会格嚜。诶，俫手里勿是有马鞭子了，格鞭子拨了吾。格俫勿骑马拿啥鞭子，吾骑马倒吭不鞭子。""蛮对，吾也要鞭子！""喏喏喏喏。"鞭子拨俚笃。五十一个人，鞭子侪拿到手。鞭子呢？勿往马屁股上敲的，望马头格搭点，扬了扬，扬了扬，侪像姜太公钓鱼什梗，"呃……嘘，呃……嘘"。俫格鞭子扬了扬么，格马忑磕酷磕、忑磕酷磕，走得快了。军队里格马，军马啊，格跑起来是蛮快，磕磕唾磕、磕磕唾磕，后头格曹兵本来骑马么，现在侪变步行。跟了俚笃后头过来，有两个是笑得来肚皮肉也痛，俫看，摇摇晃晃，侪像马上、马上就要掼下来格种样子。

孙先生回转头来一看，五十一个人侪弄好，上路哉么，孙乾，噔！拿鞭子望上头一举。俫鞭子一举么，五十个人跟仔俚一道鞭子一举，孙乾拿马鞭子落下来，望准马屁股上，辣、辣、辣！三记一抽么，五十个人，侪拿马鞭子望准马屁股上，辣！辣！辣！抽上去。马鞭子一抽么，马望门前头冲出去么，哈啦啦啦……刚巧格马慢慢叫走，俚笃摇摇晃晃要跌下来，现在马跑得快哉么，叫啥俚笃来得格灵光。手侪抓牢领鬃毛上，哈啦啦啦……侪是好功夫。唔笃望准门前头去么，后头格曹兵一看，"不好了，他们走了，追！""追呀！"阿追得牢？呐吭追得牢呢。唔笃两只脚，俚笃四只脚了，跑得快极哉么，哈……去。

两个曹兵追追追勿牢么，回到后头来报告韩浩，"报，启禀韩将军，不好了。这五十一个老百姓他们上了马之后，他们都走了。我们被他们骗去马匹，五十一匹"。"呀——呀吓！"韩浩心里向转念头，要死快来，碰着五十一个骗子。哦哟，格两个骗子倒可恶。骗，骗到仔伲军队里向来，骗脱伲五十一只马，"那还了得，通报都督"。一面关照通报都督么，韩浩手里向青铜刀一执，指挥手下一万名军兵，"追！""杀啊——"追上去。

手下人报到后头来，夏侯惇得报，说五十一个人上仔马，大家侪去了么。夏侯惇响勿落，要好得格嘞，第一个炮仗就勿响。被俚笃骗得去五十一只马，格个损失几化大了。夏侯惇马上关照追。夏侯惇从后面接应过去，韩浩在门前头还要快。但是呢，韩浩赶过去啦，孙乾替五十个马兵已经老远去哉。哈……离开博望坡，总大约还有五里路么，看见。赵子龙带领五十名长枪手，通通侪在门前头。孙乾看见赵云么要紧叫应一声，"赵将军，孙乾，有礼！""孙先生，你回来了？""是呀。回来了，后面追兵将到，请大将军退敌。""孙先生放心，只管过去。""嗯，是。"孙乾带领五十个马兵，哈……过去，进博望坡到古城山。后山，下马。上山。孙乾到帐篷里向，碰头诸葛亮。“参见主公，参见军师。”“罢了。”“少——呃礼。”“奉了军师将领，照锦囊行事，得马匹五十一匹。请军师定夺。”“其功非小，回归城中，保守。”“遵命。”孙乾退下去，对刘皇叔看看，眯花眼笑。东家那傣放心吧，格位军师格本事，大得不得了。吾照俚格锦囊办事么，五十一只马到手。拿辰光呢，埭晏仔蛮大一大歇啦。东家，傣有什梗一位军师帮忙，笃笃定定打败曹兵。刘备看孙乾面孔上格种表情，佩服得格诸葛亮勿得了么，刘备心里向当然快活。孙乾下山，带五十个马兵，回到城里向么，加强在新野县城里向格巡逻力量。格么孙乾走了，吾勿交代。

刘备、诸葛亮仍旧在山上吃酒。韩浩追过来呢，碰头赵云。韩浩一看，门前头一路人马，一员小将。银盔银甲，白马银枪，韩浩也响勿落。格刘备格派头小么，算得小。派出来刚巧来骗伲上当格呢，派五十个。现在门前格将官带几化人呢，又是五十个。格种算啥格名堂？出来格兵侪是几十、几十个一来。韩浩队伍停。一万个军兵队伍停好，韩浩马匹过来么，赵云格只马也上来了。“来将——呃，通名。”“白袍将，你且听了。本将非别，曹丞相麾下青州太守、夏侯都督帐前头阵先锋韩——浩呃！你这小将，与我留——呃下名来！”“韩浩，你要问大将军威名，枪——上，领——呐取！”“放马！”“放——马！”哈……两骑马碰头，韩浩起手里向青铜刀，望准赵子龙头上搂头一刀，“看刀！”噗——辣！一刀过来。赵云起银枪招架，“且慢——呐！”嚓啷啷啷！啷！韩浩，尔嘚——刀荡开。赵云回手一枪，“去吧！”噗……乓！兜胸一枪。韩浩起刀柄“慢来！”嚓啷，掀着。赵子龙格条枪，尔嘚……直荡格荡出去。三个照面么，赵子龙勿来事。赵子龙家什，推扳一眼要脱手，圈转马来就走。喊一声，“姓韩的，果然本领高强，大将军去也！你休——得，追赶！”哈辣辣！傣圈转马来走么，五十名长枪手，哗……逃。韩浩心里向转念头，格白袍小将第一个照面，吾刀劈过去，俚，辣啷！一掀。拿吾刀逼出来了，倒像煞觉着俚还有点本事。第二个回合就推扳。第三个照面是，俚枪侪要脱手。到底格种小将，呐吭敌得过吾。该两个是，马前无三合之将。“白袍将，你往哪里走？众三军。”“哗！”“追！”哗……韩浩追上来。

赵子龙逃了有头两里路，哈啦！扣住马匹。韩浩看俚扣马，韩浩也要紧扣马，张怕俚覅有啥回马家什了，暗器家什过来。赵子龙回转头来关照俚，“姓韩的，你休要追赶。前面博望坡中，吾家军师，准备下火攻埋伏，尔若追赶，要烧得尔焦——头——烂——吔额！”哈啦啦啦，去哉。“吔？”韩浩一听啥物事啊，俚劝吾覅追，追过去呢？门前头博望坡，俚笃军师有火攻埋伏，要烧得吾焦头烂额。真格了假的？心里向一转念头，傣有火攻，瞒吾也来勿及，保密也来勿及，为啥道理要讲拨吾听？讲拨吾听，就是要吓住吾。让吾勿过去，勿过去么呐吭？俚好逃走。嚯哟，格小将倒坏了：“白袍将，你往哪——里走！”哈啦啦啦，追。

傣追上来辰光，又跑仔头两里路么，赵子龙，哈啦，回转头来关照，“姓韩的，你休要追赶。大将军吾有回马枪，尔若追赶，吾把回马枪，一枪挑——死吔！”说完，哈啦！圈起马来走。韩浩呐吭？韩浩马俜勿扣。韩浩心里向转念头，格白袍小将，叫穷极无聊。呐吭拨俚想出来，嚯哟，俚么有回马枪了？吾追上去么看，要拿吾回马枪一枪挑杀。俚勦说回马枪，俚随便啥格枪来，吾勿买俚格账，"白袍小将，你休得猖獗，胡言乱语，往哪里走！"哈啦啦啦……追过来。

格来诸葛亮嗨外。诸葛亮关照赵子龙搭俚笃讲明白，吾用火攻的。诶，吾有回马枪的，讲明白仔来。勿晓得俚越是讲明白么，俚越是要追了，哈……赵子龙逃进两山合抱，山路口。博望坡格山路口呢，两面两座山，像豁圈门什梗，两座山壁陡高耸，当中一条路，哈……就叫两山合抱。俚马匹望准山路里向去么，韩浩追过来。哈啦啦啦，不过韩浩格军队离开一大段路了。为啥呢？因为一万个是步兵。赵子龙马快，韩浩格马也快，步兵跑得慢。所以背后头格步兵已经看勿见韩浩了。韩浩俚单刀匹马，追赵云，奔进两山合抱，望准博望坡山路里向来。辰光呢，夕阳西下，夜色苍茫，天要夜下来。

赵云格只马望门体里逃格辰光，赵子龙马跑得慢了。俚马越跑越慢、越跑越慢么，韩浩格只马越跑越快、越跑越快么，追近哉。韩浩一看，搭得够哉么，就起口大刀，望准赵子龙背心上，夹背一刀，"白袍将，你看刀！"噗……嘿！一刀过来么，勿晓得赵子龙特为放慢速度，让俚追过来，让够得够，辣！一刀下来么，俚格回马枪。厉害就厉害在格上。俚格刀过来格辰光，俚只马勿能圈得忒快。圈得忒快，喏，俚格一刀勿劈下去哉。俚刀要收住，刀收住，回马枪过来俚就可以招架。赵子龙哪恁呢？险也就险在格上，风险也就在格上。要让俚格刀过来，将要劈着格辰光，俚，乓！拿只马往旁边头一圈，让俚劈个空。俚格刀沉下去么，俚回过身来一枪。格要练格个本事，勿容易的。当初俚练格辰光，有人搭档格啦。背后头格朋友拿把木头刀，望准俚背心上劈，那么俚哪怕圈马圈得慢点么，一刀砍在背心上么也勿要紧。要练得格刀，赛过齐巧格刀将要到快，那么俚格只马过去。赵子龙听见俚背后头，"看——刀！"哗啦！刀来了。赵子龙，嗌！圈转马头，领鬃毛一拎么，格种马俜训练好格呀，哈——辣！马望准旁边头一窜么，嘿！韩浩一刀劈格空哟。劈格空么，力道用得忒猛，一刀劈格空么，刀望准下头，呜——沉下去。俚格刀在沉下去格辰光，赵子龙格只马在横垜里向，回过身来一条枪，望准俚喉咙口一枪哟。"看——枪！"噗——嚓！牢。尔嘚——噌——嚓唥！哈啦啦啦——落马翻缰。赵云，噗！马背上跳下来，枪，嚓！地上一倚，拿腰里向宝剑，哼！哐！出匣，拿俚颗郎头，嚓！头颈里一剑，头割下来。哐！宝剑入匣。头发拎起来，颗郎头，望准腰里向一结，拿死尸望准枉横垜里向，嘚尔——乱柴堆里一掼，拿口刀，嚓唥！乱柴堆里掼脱。然后赵子龙拔枪、上马，哈……带五十名军兵，兜小路上后山，去向诸葛亮报告去。

俚一走么，夏侯惇人马在后头来。夏侯惇军队赶过来辰光，听见说韩浩马匹溜缰，韩浩身亡，那么夏侯惇冲进山路来哉呀，所以要火烧博望坡，下回继续。

第三十一回

火烧博望

　　夏侯惇，十万大军兵，兵进新野县，还勦到博望坡，骗脱五十一只马，夏侯惇心里向已经光火了。后来，韩浩追上去，碰着一个白袍小将。韩浩拿白袍小将杀败，白袍将逃走，韩浩追上去。夏侯惇、李典得报呢，要紧赶到门前头，来接应韩浩。因为白袍将格马快，韩浩格马也快，两骑马已经冲进博望坡去。韩浩手下格一万军兵呢，步兵，跑起来，来得慢。搭门前头格个马，脱离了一大段。夏侯惇赶到门前么，带仔韩浩格队伍，望博望坡方向，冲上来格辰光，离开博望坡还有一里勿到一滴滴路。忽然，韩浩手下格马夫看见了，在博望坡山路里向，哈啦！出来一匹溜缰马，格只马是青鬃马，是韩浩格坐骑。马夫晓得勿对。为啥呢，马溜缰啦，韩浩格条命危险。何以见得呢，因为格战马啦，俚懂格。俟大将，自家格个主人，搭对手在打，如果说从马背上掼下来，假使说格个大将，掼下来勿死，受伤。格只战马马跑勿远。俚看见主人受伤，俚会得回过来。假使吰不敌人格辰光呢，俚会得听主人格闲话。比方说，主人受了重伤，勿能够再立起来上马。甚至于格只马，会得匍下来，困到格个主人旁边，让主人豁上马背，那么俚再立起来么，驮仔主人跑。如果说格个主人死脱了，那个格只马，哈啦！溜缰。一埭路望准老地方回过去。马认得路，哪怕俚第一遍经过该搭点，俚也认得。格个名堂叫啥呢，老马识途。

　　现在，韩浩格只溜缰马，在回转来到么，蛮清爽，韩浩死哉。格马夫俚要紧跑过来拿只青鬃马，嗒！嚼环上一把抓牢，"宝马，韩将军怎么样了？"格马又勿会开口。但是马呢，听得懂马夫格闲话，晓得俚在问，主人呐吭？格只青鬃马，头，点两点。马眼乌珠里向，眼泪在汪出来。"吔，是不是韩将军，出了事了？"马，恰咇咇……表示是的。韩先行阵亡了。

　　马夫牵仔只马过来到夏侯惇门前，卜落笃！跪下来，"禀都督，大事不好了，我们，先行将阵亡了"。"你怎样知晓？""韩先行的马匹溜缰，看来我们先行将凶多吉少啊。""啊！"

　　夏侯惇心里向明白，韩浩死，拨了白袍小将结果性命，"苦恼哇！苦恼——哇！"先是损失脱五十一只马，连下来是牺牲一员大将，格个还当了得！

　　夏侯惇马上下命令，"来，传我将令，人马杀进山路，拿捉白袍将，与韩先行报仇雪——恨！"俟下令要往博望坡里向冲进去格辰光，李典要紧，一拦。"都督且慢。""嗯，李将军，怎样啊？"李典呢，比较细心，战场上经验么也丰富。因为临时动身辰光，曹操搭吾讲过的。李典呀，俟此一番当副将，跟夏侯惇一道到新野县去，夏侯惇有格啥场化呢，比较粗心、毛躁。俟呢，登在旁边头提醒提醒俚。李典心里向转念头，辰光夜了呀，墨腾赤黑看勿大清爽。徐望准山路里向去，假使说敌人有埋伏，吾伲勿了解，要吃苦格啊。所以要紧劝住俚，"都督，末将看来天色已晚，不宜兴兵。如若进入山路，恐怕中敌人诡计"。"诶——嗳，李将军，难道说，我们不与韩浩报——仇吗？""大都督，仇要报，然而要命人往山路之中探听虚实，敌人可有埋伏，然后再行，决定。"徐慢一慢下命令，先弄弄清爽看，山路里向么到底阿有敌人格埋伏。

诶，夏侯惇心里向一想么，李典格闲话勿错，夐冒冒失失马上就过去。刚巧韩浩已经吃仔苦头了。嗯，好，夏侯惇硬劲拿格点火搭下去。就关照旁边头，"来！""与吾进山路探听虚实，敌人可有埋伏。""是！"派两个能干格探子，到里向去，探探看，到底山路里向是吭一种情形。

两个探子望准博望坡一堠路过来格辰光，只看见格山路口，两山合抱。两旁边是两座山，当中一条路。进山路，进格个两山合抱格山路口，里向么嗻，就是博望坡了。哦哟，里向格地方大极了，好空旷啊。而且树木茂盛，茅草兴旺。夜快点呢，起风了，风交关大，呜——呜——哗……哦，两个探子觉着，蛮舒服。因为日里向行军冲锋交关热啦。现在到该搭点来，嘿，格风什梗大法子，吹在身上阴飕飕，蛮凉快。里向吭啥啥，暗星夜，月亮还吭不出来，看勿大清爽。一堠路过来格辰光，总要跑三里光景路，勿看见一个人。白袍小将，踪迹也吭不。跑到三里路光景呢，转弯哉，一个钥匙弯。转弯过来对门前一看，哟，门前有灯光。黑头里向有光啦，看过去蛮清爽。只看见门前有座山，山上有座营篷，营帐篷里向呢灯光锃亮。帐篷里向有一桌酒水，有人在吃酒。两个探子跑得近点一看么，看清爽。帐篷里向坐一个，头上戴七龙冠，身上罩狮爪蟒袍，玉带环腰粉底靴儿，刘皇叔。还有一个呢，道家打扮，羽扇轻摇。格个啥人呢，哦，想上去是刘备手下格军师，诸葛亮。阿呀，什梗说起来，该座山就是古城山，该搭点格地方就是博望坡。因为刚巧听老百姓讲过，刘备逃难逃在博望坡古城山。再一看，半山啦，有点草棚棚，草棚棚呢，有好几间啦，六七间草棚棚。格草棚棚啥格名堂？哦，大概是刘备囤积粮草格地方。俚笃赛过盘在该搭点山路里向，勿在新野县么，吾伲人马去打新野，俚笃可以避过格锋芒，逃在该搭点。豪燥回过来报告。

两个探子要紧，噔噔噔蹬……出山啦，到夏侯惇门前跪下来报告。"禀都督，小人奉命到山路里向去探听消息，原来此地就是博望坡，里向格地方大得不得了，树木茂盛，茅草兴旺。跑在大概好一段路，转弯，看见了。门前头山上有一座帐篷，帐篷里向有灯光，里向有一桌酒食，有两个人在吃酒啦。一个是孤穷刘备，还有一个道家打扮么，大概是妖道诸葛亮。半山腰里向，还有六七间草棚棚，大概是俚笃囤积粮草格地方。请，都督定夺。""哈哈！"夏侯惇听得开心啊，好极了。刘备、诸葛亮俦在山路里向，格是吾冲进去，可以拿俚笃生擒活捉。吾用勿着到新野县，此地块就可以成功。吾来个目的就是消灭刘备，吾在曹丞相门前夸下海口，吾十万大军杀过来到么，老实说孤穷刘备兵微将寡，吾一定要生擒刘、关、张，活捉诸葛亮。现在，格个目的可以达到哉。"探得有功，赏银——呐牌。""谢都督。"两个探子领银牌退下去。

夏侯惇回过头来对李典看看，"李将军"。"都督。""孤穷刘备与诸葛亮在山路里边，我与你冲将进去，将他们生——擒活捉！""且慢！""啊，李将军，怎——样啊？"李典细心。李典觉得今朝格苗头勿对，吾伲开头碰着五十一个老百姓，骗脱五十一只马。韩浩追上去，碰头白袍小将。白袍小将逃，韩浩追，结果呢，韩浩阵亡。现在，吾伲才打探消息，刘备、诸葛亮在山上吃酒。该个蛮清爽，敌人在用计。用啥格计呢？叫诱敌深入，骗吾伲上当。弄脱仔马，火哉，追上去，死脱一个大将。再要火哉，再冲过去，刘备在，哦，顶好，冲进去捉刘备。好，上当。格个蛮清爽，是诸葛亮格诡计埋伏。李典细心。"大都督，诸葛亮诡计多端，他们在山路之中恐有埋伏，据末将看来，今日晚上不——能进去。""嗯？那么依——你之见？""依末将看来，待得明日天明之后，杀进山路。""嗳——嗳"夏侯惇呐吭听得进，啥格等到明朝天亮仔了，再冲进山路去。天亮冲进去么，刘备勃逃走格啊。刘备俚笃也要打探。博望坡外头十万大军赶到，俚笃晓得吾伲人马来，俚笃勃走格啊？格打仗格正经，时间非常宝贵。机会呢，勿能错过。格个名堂叫啥，叫"机不可失，时不再来"。格吾伲要马上冲进去么好成功，到天亮，错脱辰光哉喔。"李将军，你说哪里话来，天明进去，刘备早就逃——遁了。只有如今杀——将进去！""大都督，丞相再三嘱咐，说诸葛亮善用水、火二攻，叫我们狭处须防火，下流防水冲，树木丛中谨防火攻。如今博望坡内树木茂盛，茅草兴旺，恐怕敌人有火攻埋伏。""嗯！"夏侯惇心里向转念头，李典呀，侬格人胆子忒小。曹丞相是什梗讲格呀，诸葛亮么善用火攻。那么关照伲，树木多了茅草兴格场化么，当心，勃碰着敌人火攻埋伏。诸葛亮，什么俚格东西？种田人呀，隆中一个种种田格一个农民呀。俚有几化本事？年纪轻轻，一塌刮子只有廿七岁格人，格种人是吾格对手啊？吾出道打仗，诸葛亮还在遢鼻涕，在乡下了。阿是吾见俚怕啊？何况吾人马多，吾要十万大军，十万大军见仔刘备一眼眼人马怕啊？根本用勿着的。"李将军啊，你过——虑了，刘备织席贩履之夫，诸葛亮南阳道上一个农夫罢了，他们有多大的能为，纵有十面埋伏，本都何惧——吧！"李典心里向转念头，曹丞相闲话，侬还勿肯听。格么呐吭呢，吾再来劝劝俚吧。因为吃仔败仗，吾回转去，也要承担责任。"大都督，你可知晓，徐元直在丞相驾前言讲，说诸葛亮上通天文，下知地理，熟读兵法，深通韬略，胜过当年吕望、张良，不——可轻——敌。"格句话一讲么，夏侯惇跳得八丈高。为啥呢，因为李典去讲，诸葛亮本事大的。侬勃看轻俚是个种地人，徐庶曾经在相爷门前头介绍过，说诸葛亮格人上通天文、熟读兵法、深通韬略。而且呢，胜过当年格姜子牙搭仔汉朝格张良，不可轻敌。夏侯惇心里向转念头，吾该次讨令么就是搭徐庶斗气，徐庶格闲话好听的？徐庶是特为什梗讲格呀，拿诸葛亮捧得来，天上掉勿下，地上出勿出。格么喏，什个样子一来么，好挫丞相格锐气，长刘备格威风。格是徐庶存心搭伲作对，在触触伲格霉头，夸大诸葛亮格本事。吾听勿进哉，所以吾跑出来讨差使。徐庶说吾要吃败仗，吾搭徐庶立军令状，倘若吾打胜仗回转来，徐庶颗郎头搬场，徐庶格闲话哪恁好相信？"李将军哪，徐元直一派胡言，岂——可听信，本都定要——呃进去！"一定要进去，刘备，呐吭好勿捉呢？刘备是吾伲丞相格劲敌，丞相顶顶恨格就是刘备。吾一定要冲进去，格个机会勿能够放脱格，倷拨刘备逃走脱哉是，要懊悔。吾得新野县吪不稀奇，吾捉牢刘备格功劳，比得新野县还要来得大了。

李典一看苗头，勿来事哉。劝勿醒。吾算得阻挡了，夏侯惇还是勿肯听，格么呐吭弄法呢？李典心里向再一想么，"大都督，既然你定要杀进山路，那么请都督把粮队留——在外厢"。粮草队留下来吧，乐进，带两万兵保护粮草队。粮队甭进去了。为啥么？单单人马进去啦，进了出，还便当点。有格粮车推仔进去啊，讨惹厌的。粮队留了外势。嗳。夏侯惇心里向转念头，格句闲话就听听俚吧。甭一句闲话也勿听么，俚要窝塞格啦。曹丞相一本正经派俚出来，做吾副将，要提醒吾了什梗，要拨点面子拨俚。"好。"

夏侯惇马上就下令，关照乐进：倷甭进山路了，倷带人马保护粮草队，倷留了外头好了。夏侯惇下命令噢，关照门前头格八万人马，冲进博望坡去格辰光，勿许放炮，勿许击鼓，勿许吹号头，也勿许呐喊。路上讲闲话侪勿许。为啥道理？声音要轻，要悄悄然、默默侧侧冲进山路。要让刘备、诸葛亮在门前头山上一眼勿晓得。等到吾伲转弯哉，能够看见俚笃仔，那么格个辰光，再杀声连天。赣当！冲过去拿俚笃捉么，俚笃要逃也来勿及。

夏侯惇命令一下去之后么，人马进山路了。嚯咯咯咯……声音交关轻噢。进博望坡来么，里向格地盘大呀，登得落人头。哗——人马散开来，外头格军队勿断的，像潮水什梗，望准博望坡山路里向，嚯咯咯咯——涌进来哉。

唔笃格人马在进山路格辰光，刘备搭诸葛亮在山上吃酒。诸葛亮已经听见了，脚步声音。为啥么？因为诸葛亮细心。而且诸葛亮意识到该个辰光，差勿多了。夏侯惇格人马要来了。果然，嚯落落落——格脚步声音啦，听得见。对刘备一看呢，刘备勿觉着。刘备为啥道理勿觉着呢，因为刘备啦，听格风蛮大，风吹在树上格声音也蛮响的，哗——哗——哗——风声里向再夹杂仔格脚步声音，蛮容易拨了格风，吹在树上格声音掩盖脱。所以刘备啦，一眼龆觉搭。

诸葛亮想倷勿觉搭么，吾陪倷再多吃两杯酒，让倷慢慢叫晓得，否则倷要紧张格啦。孔明拿杯子拿起来，"主公，请——哪"。刘备是蛮开心，"呃呵，先生请"。刘备心里向转念头，诸葛亮在发令格辰光，叫吾出来当头阵。吾听听凶险得来，当头阵。其实呢，诸葛亮吓吓吾，骗骗吾，俚叫吾到该搭点来做啥？到古城山上来吃酒，吹吹风凉。风么蛮大，吃吃酒讲讲张么，蛮开心。所以刘备杯子拿起来，呵啊——一饮而尽，酒杯放下来。

诸葛亮喝干之后，酒杯放脱，拿酒壶拿起来，在刘备杯子里洒满一杯，自家杯子里向再洒好一杯，再举起杯子来，"主公，请——啊"。"呵呵，先生——请。"诸葛亮格喉咙提高点，为啥么？因为格脚步声音越来越响哟，噻落咯咯——诸葛亮想吾声音响点么，拿格刘备格注意力，可以错开来，勿让俚发觉仔。让东家好少急一滴滴啦。

勿晓得曹兵转弯哉呀，人马，哈——冲进来，哈啦！转弯么，面向古城山。夏侯惇看得清清爽爽，果然山上，帐篷里刘备、诸葛亮在吃酒，那么要喊哉哦："众三军！""哗！""拿——刘备！"俚关照喊一声"拿刘备"么，一道么喊起来，"拿刘备呃，捉诸葛亮诶！""捉诸葛亮呃，拿刘备，哇……"

曹兵一声呐喊，格个声音几化响了。刘备听见到声音么，"啊！"杯子刚巧拿起来哟。看见门前头格曹，哗——漫山遍野而来。方才俚笃火把勤点的，现在火把亮出来，灯球火把一亮么，看得清清爽爽。曹将夏侯惇乌油盔、镔铁甲，乌骓马，手里向执好一条鸦乌紫金枪。李典银盔银甲，白马长枪。两个大将领头，格曹兵，哗……杀过来格辰光，格种声势是大极了。

刘备格手也发抖。酒，从杯子里向泼出来。要紧拿只杯子望台上一放，对诸葛亮一看么。诸葛亮呐吭？左手执杯子，右手拿把羽扇，格把羽扇呢，拿只杯子一遮，格杯酒呢，齐巧在嘴唇边上，诸葛亮叫啥照样，呵啊——在吃呀。喔哟，刘备心里想，诸葛亮俚还吃得落酒么，吾终归佩服俚。曹兵杀得来哉呀，俚怎格胆大呢？哦，诸葛亮勤看见，扇子遮么格面孔了。肭没发现嘎许多曹兵杀过来。格么算算勿对咯，眼睛看勿见么，耳朵听得出的。喊格声音，哗……几化响了，难道说诸葛亮格耳朵，出毛病哉哦？刘备呆脱了。看诸葛亮格杯酒喝过，杯子放下来，扇子呢，也拿到下面了。

刘备要紧叫应俚。"啊呀军师，你看哪，下面曹兵曹将冲——杀来了！"俚急得勿得了么，诸葛亮阴唱唱，笃定啊，"是啊，曹兵，来——了"。哋？哈咦咦，刘备心里向转念头，俚呐吭勿急格啦？"唉呀，先生，曹兵冲杀到此。请问先生，山上可有大将？"诸葛亮拿扇子摇一摇，"山上，并——无大将"。"那么请教军师，山下，可——有埋伏？"诸葛亮摇摇头，"山下，并——无埋伏"。"军师，山上无有大将，山下无有埋伏，曹军冲杀到来，这这这这这这，这便如何是——好？""哼哼哼哼——请主公，当——呃头阵。"发令格辰光，讲好格噻，俚到该搭点来，就是要俚当头阵呀。格么曹兵杀到么，俚老将出马哉噻。刘备心里向转念头，吾当俚遛遛白相相，寻寻开心。俚真家伙要喊吾上去，吾呐吭来赛。刘备蛮有自知之明，吾只该三等头将官本事，吾搭俚二弟云长、三弟张飞勿好比的。何况呢，吾格三等头将官，已经长远勿打仗了，本事也荒疏脱了，那是连三等头也勿到了哉哟，呐吭好打呢。"啊呀先生，刘备，呵喝，武艺荒疏，没中用了。""哼哼哼哼——哈哈哈哈，主公，待请放心，诸葛亮保——驾。""啊？哎呀呀呀……"刘备心里向转念头，诸葛亮，倷胃口实头好。倷实头笃定，还要说笑话了。吾勿能够打头阵么，倷保吾格驾。倷保吾格驾是，还是吾保倷格驾吧。吾还有格勉强好打打格三等头将官格本事，倷诸葛亮手无缚鸡之力，倷勿能打格哟，倷呐吭好打？"先生，休——得取笑。"叫啥诸葛亮，酒壶拿起来，往刘备杯子里满一满，因为酒已经泼脱仔点哉哟，嗻儿……再往自家杯子里向，嗻儿……洒好一杯。酒壶一放，杯子拿起来，"主公，再——饮，一杯"。"啊？唉呀呀呀呀，先生，刘备，吃不下了。"吾呐吭吃得落。倷寻开心哉啰，曹兵杀过来，马上就要到山脚下哉哟。山上一塌刮子俫在那，只賳一个公子刘封。刘封格本事，瘪脚货呀，勿能打格呀。叫外加山上小兵也吭不，一塌刮子只有三班衙役，军牢手、刀斧手、捆绑手，三八廿四个人呀，而且格个廿四个人勿是战士。倷喊俚笃打仗，搭勿够，刘备想吾吓煞哉。什梗是要，胆也要急碎仔了完结。嗯，吾走。倷要什个样子么，吾只好告辞了。

刘备立起身来，"呃喝，军师，刘备告辞了"。倷要走啊，诸葛亮勿拨倷走。诸葛亮拿把扇子一放，扎搭！一把，拿刘备只袖子管抓牢。"主公，且慢。""啊？"刘备心里向转念头，算啥格名堂呢？倷、倷拖牢仔吾，阿算赛过陪倷一道死啊？同归于尽，算好白相？"先生，做什么？""主公，待——请放心，亮，自能退——敌。""哦？先生能够退敌？""是啊。""那么请先生快快退敌。"倷豪燥动手吧。"那么主公，再——饮一杯。"格杯酒喝脱俚，门前清，干脱俚。阿好！"哦，哦哟哟，刘备吃不下了。"人中也吊了哉，还吃得落酒了？无论如何夃吃哉。诸葛亮就关照手下，"来"。"啊！""残——肴，收拾。""啊！"

手下人马上过来，酒壶、酒杯、碗盏家什，统统俫拿开。拿块抹布过来，台子上揩揩干净。格么诸葛亮为啥道理什梗丝游蔓套呢，诸葛亮有讲究，诸葛亮在屏辰光。啥体要屏辰光？诸葛亮在看哟，曹兵进山路来有几化？因为早点动手，曹兵进山路格人马就少。好比讲，俚笃只进来五万、六万，吾，烘！一把火烧了，外头还挺四五万人马，要收拾俚笃就比较困难。那么顶好呐吭呢，总归一把火，俚笃来八万人马，也是一把火。俚笃来三万人马么，也是一把火。同样一把火么，多屏些辰光么，让曹兵望准博望坡里向来，好多来点。多来点么，外头的压力好减轻一点。该搭点么同样一把火是，可以拿曹兵消灭得多一点，所以诸葛亮屏辰光。

刘备急煞。看诸葛亮关照手下人，拿碗盏家什收开么，通知两个童儿："来。""啊？""取，退——敌家——伙。"拿家什，刘备心里向转念头，诸葛亮有退敌格本事，用啥格办法退敌？勿懂。倷在旁边头看格辰光么，隔仔一歇，一个童儿先出来。格童儿手里向拿一只盘，盘里向呢摆好一只香炉。香炉里向呢架好檀香，香烟缭绕。香炉台子上摆好。刘备一看只香炉么，刘备勿懂，拿香炉拿出来做啥？哦，诸葛亮道家打扮，俚是道士先生咯，道士先生拿只香炉出来么，看上去格苗头，俚要召天兵天将了，六丁六甲，做道场打醮，请天将哉。要么什梗。嗤，算算勿会格咯。刘备想，啥场化会得有啥格天神天将来呢？

再一看，里向又来一个童儿，童儿翮肋子底下夹一张琴，一张七弦古琴。琴，台子上摆好，琴囊去脱。一只凳子呢，捅到当中，诸葛亮坐下来。诸葛亮先拿格琴弦要和一和正，咚——铜——当！"主公，亮，焚——香操琴，一曲之后，再行，退———吔敌。"吾操脱一曲琴，啊，倷听脱一只曲子，听过音乐么，再动手。刘备对俚望望，诸葛亮啊，吾总归认得倷。夏侯惇格人马，马上就要冲到山脚下头。该座山又勿高几化的，杀上来来，真真一煞之间格辰光。俚笃人马要冲上来，倷还要操琴，还要喊吾听脱一只曲子。格只曲子，趤等到倷弹完么，曹兵已经冲上来。拿吾，哈啦！绑起来么，性命也保勿牢。倷屏辰光哉呀。

刘备要紧起两只手，望准琴弦上揿上去，勿拨俚弹，"先生的妙琴，刘备缓日领教，请先生快快，退——吔敌！"乒！刘备两只手揿到琴弦上，当！揿住，勿拨俚弹哉。诸葛亮一看，动手吧，啥道理么，刘备急得实在勿成功。再屏下去，趤急坏仔东家，推扳勿起。

诸葛亮对下头一望么，毛估估啦，终归下头，八万么还勿到啦。曹兵进山路来了，七万左右么，有哉。至少六七万人马有哉。动手吧。诸葛亮，嗄！人立起来。倷立起来格辰光呢，两只手，举起来，做一个手势。格手势呢，就是一只大拇指头，搭一只当中格节头，搭第四只无名指搭在一道。一只指明节头搭只小拇节头呢翘起来，赛过像恰一个诀什梗种样子。两只手一样格手势，往上一举，嘚儿……嘭！倷两只手，哗啦！举起来格辰光，刘封在背后头看。诸葛亮举手为号，刘封俚马上关照后面，动手！

倷关照动手么，后面有个小兵，一个炮手，专门是放炮格啦。俚火把拿好在手里向，一尊号炮，就望准药线上，啡！策上去，噔！敹上去么，药线，啡——捅进去么，一炮。格个一炮就在帐篷背后头，搭刘备赛过隔着一层布。刘备趤防备哟，炮在屁股后放出来，吓得格刘备，直跳格跳起来。只听见，当！嚯哟！一炮。格个一炮放到半空当中，炸开来，变一百响。格个名堂叫啥，叫百子流星炮。啪啦啦啦……该个一炮，信号。好像总开关一样，当！啪啦啦！百子流星炮响么，下面动手了。

博望坡，山上埋伏好四员大将，就是毛仁、苟璋、刘辟、龚都。每人带一百个兵么，共总侪在四百个兵。百子流星炮响么，俚笃在下面接应，"咚！噔！咚！炮声不绝么，每一个小兵手里向有两根火把。格两根火把，嗄！拉出来，越烊。呼——呼——火把越烊么，望准山路上掼下来了。嘚儿———坉到下头茅草堆里、树木面上么，烘、烘烘烘烘——烧起来。

倷想想看，乡下场化哟。清明节上坟，勿当心吃一个香烟，香烟头，坉在坟山窝落里向，茅草烧烊，变成功野火，烘！要烧一大片了。格么一个香烟头呀，现在俚是火把呀，比香烟头格范围，好好叫要大了。要烧得，八百根火把掼下去，那么俚勿是分散掼的，指定格地方，拣几个点上，当、当、当、当——掼下去，烘烘烘烘——烧起来么，火势可以延蔓开来。

两山合抱，山路口的，山上，有一百部车子。一百部车子上装格啥格物事么，一捆一捆树杆、茅草、硫磺、烟硝，绳子扎紧在车子上。炮响，车子上烧起来，点火，烘烘烘烘——格个一百部车子烧烊么，变成格一百部火车。车子从上边放下来了，轧冷冷冷……放到下面么，拿格山路口叠断。两山合抱格山路口烧得像火焰山一样哟。在山路外面格曹兵冲勿进来，山路里向格曹兵呢逃勿出去。正好在山路口格曹兵拨了一百部车子下来呢，压煞在里向，烧杀在里向。

诸葛亮格第一步就是拿条出路闸断，懑！关门打老虎，让俚笃呒不办法跑出去。火，烘烘烘烘……烧起来。夏侯惇勿防备格呀。夏侯惇听见，当！啪啦啦！百子流星炮响，再听见四面格炮声，哗——过来，风大哟。吾刚巧就讲，风特别大。起火烧么板要风大，呜——呜……

照规矩，森林是活格树，活格树么潮格呀。诶，就什梗想想么，活格树总勿大容易烧烊，像生煤球炉子，柴爿潮点么，烟雾腾腾，要扇煞人了，勿大肯烊。何况活格树，活格草啦！嘿嘿，叫啥树了格草来得格容易烧烊。原因啥？就是风大。风大，而且是该个几日天，长远勿落雨，风干日燥。火把，嘎！氽下来，烘！格一来么，树烧烊。树烧烊么，延蔓开来，旁边头格树，哈——天生格燃料，下头已经烧得格火，范围蛮大了。

夏侯惇格个大将啦，可以说是经验丰富，打仗斜气泼辣。一向是冲锋在前了，勇不可挡。所以在曹操手下称为叫八虎大将之一。八只老虎当中格一只，八虎将。现在听见炮声一看四面起火么，搭俚从前辰光，跟仔曹操，在山东濮阳搭吕布打，吕布也用火攻，火烧濮阳格火，搭该搭点格火比起来是，小巫之见大巫，勿好比的。博望坡格火势范围来得大哟。夏侯惇慌了，"李将军？李将军！""都督。""你看，满山是火，如——何是好？"啊！李典叹一口气，喊俤勠进来，勠进来，勿肯听呀。随便唔吭勿肯听哟。说说么要光火，板要冲进来，好，那么好。吾搭俤讲诸葛亮有火攻的，曹丞相关照过，树木丛林谨防火攻，勿听，好了嚯，烧起来。那哪唔吭弄法呢，豪燥退出去吧。

"大都督，下令撤退！""来！""是。""传本都将令，前队改后队，后队改前队，人马倒——退！"退，俤关照退么，哗——叫啥退下去人马勿动呀。啥道理么？山路口叠断脱格哉哟，一百部车子唔当！掼下来，山路口烧得烊得像火焰山什梗么，俤唔吭过去？看见仔俤吓煞人了。"哒，都督呃，不能退了，山路口烧断了，没有办法走啦……"

夏侯惇听见，山路口烧断，退勿出。格唔吭弄法呢？现在四面俤在烧起来。心里向转念头，吭不别样办法想，索性望准古城山上冲吧。冲上去，勠说能够捉刘备，就算刘备捉勿牢么，吾格个古城山作为一个突破口，突围而出，对。"李将军，后退无路。我看，杀上古城山，你看怎样？"李典心里向转念头，也是一个办法。索性杀到古城山上去，作兴格个地方还能够跑出去，"大都督，下——令冲锋"。"来！传本都将令，人马杀往古城山！"夏侯惇，嘡！马一拎，鸦乌紫金枪一执，李典银枪一奉，带领部下小兵，"杀哇……"望古城山上来哉。

唔笃人马在冲上来格辰光，刘备该个辰光定心得多，刘备看见下面格火烧得什梗样了，心里向转念头诸葛亮是有准备。偓看，偓看，哈呀，格博望坡，火越烧越烊。现在，夏侯惇格人马在冲上来么，刘备要紧问诸葛亮，"呃喝，军师，你看，夏侯惇人马冲杀上山，这便怎样？"诸葛亮对俚笑笑，"请主公，打头阵哪"。"哎呀呀呀，休得取笑。"勤寻开心哉，吾打头阵么实在勿来赛。

诸葛亮把扇子，嘡！对后头一招哟。偓格把羽扇一招么，后头人马来了。啥人？赵子龙到哉。赵子龙刚巧枪挑韩浩之后，从一条小路兜过去，兜到后山，带五十名长枪手到山上，俚埋伏在后面勿出来，诸葛亮扇子招，俚来了。

赵子龙手奉长枪，带领五十名长枪手，冲到帐篷门前头，刘备笃定，赵云到。只看见赵子龙立好在帐篷门前，拿格条银枪望准天上一指，噗——乓！格个名堂叫啥？朝天一支香，偓枪往上头，乓！一举，五十名小兵有数目了，动手。格个五十个小兵叫啥，叫火箭部队，专门用火箭。偓在热昏哉，一千七百多年前头，三国辰光，已经有火箭哉啊？火箭么是现在科学，发明了，格么有导弹了，有火箭了。一级火箭，两级火箭，三级火箭。格辰光哪恁来火箭呢？格辰光火箭，搭现在火箭，叫么侪叫火箭，但是内容勿一样。

格辰光格火箭么，叫真格火箭。一条箭三尺长，叫三尺雕翎七尺弓。三尺长一条箭，多一个装置，就箭头下面格箭杆上，缚一根竹管。格根竹管么，像吾伲秋天捉瑞唧格瑞唧竹管什个样子。一头是没的，一头么是开的。那么俚格竹管里向呢，溺满格火药，药线呢通在里向，药线一头呢通在外面。格竹管呢，缚牢在格箭头下面格箭杆上。俚格条箭将要放辰光呢，先要拿格药线，啡！侧烊，药线在着了，那么格条箭搭上弓，嘎嘎嘎嘎——开足，当！嗖——格条箭射出去。等到格条箭，嚓！射牢。俚格药线通到竹竿里向，唝！里向格火药炸开来，炸开来么烊。格个火箭是，是古代辰光格火箭。

现在五十名长枪手每人带一张弓，每人侪带火箭，火箭拿出来，药线点着么，啪啪啪啪……火箭射下去。往啥场化射呢？射在半山腰里格草棚棚格屋顶上。啪啪啪啪，等到射到屋顶上么，烘！火烧起来。格草棚棚里向啥格物事呢？草棚棚里向呒不人的，也勿是粮草哟。草棚棚里向一捆一捆格茅草树梗，扎紧的。外头呢，还撒一点硫磺烟硝，草棚棚屋顶烧烊，嘡！屋顶晓晓薄，一来兴么烧脱，屋顶烧脱，格墙头又勿是砖头了，也勿是格种坚固格物事砌在，竹头拦拦格呀，竹头也烧烊么，墙头，吭！坍脱，墙头坍脱，屋面烧坍了，里向格个一捆一捆格茅草、树梗烧起来哉。烧起来么，从山上滚下来，该个山是，坡度蛮陡的哟。俚格咕咯咯，一捆柴滚出来，草烧烊仔么，像一个火球什梗骨碌碌咯咯——滚下来，六七间草棚棚里向，火球要几化了。啪啪啪啪，火箭着。草棚烧坍，骨碌碌咯咯……火球在滚下来格辰光，夏侯惇刚巧跑到半山，夏侯惇一吓哟，"哦哟！"啥格名堂，哈——火球在滚下来，勿好冲。

夏侯惇圈住马来就走，李典也要紧圈马逃，哈啦啦啦……唔笃退下来么，曹兵来勿及。马快，步兵慢。火球滚过来，滚在身上么，烘！身上烧起来。身上着格种衣裳，也是容易引火，烘！衣裳烧起来么，帽子落脱么，汉朝辰光格人，头发长勿过，头发也是引火的。烘！头发也烧起来，磅当！掼下去么，人烧煞了。也有种人身上烧烊仔，烧得痛勿过哉，拿旁边里格朋友，扎搭！一把抓牢。抓牢旁边头格人么，好，拿火带到归格人身上去哟。人身上俫会得火延蔓开来。哗……唔笃在退下去格辰光，火球，骨碌碌咯咯咯——滚下来。滚到山脚下么，山脚下格茅草堆，哧哧哧哧……烧起来。茅草堆里也有药线，药线着，啡——通下去，地皮底下装格竹管，竹头啦，打通格节，药线在通过去，地皮地下埋伏在格地雷。

夏侯惇额骨头还算亮了噢，勿在地雷上面噢，在地雷上面，也要炸煞仔了完结哦。夏侯惇离开地雷还有一段路了，地雷上面还有点曹兵了。有格是山上逃下来的，有格是在横垛里向涌过来的，当！地雷炸起来哟。轧冷冷冷……呱——啊——在地雷上面格种曹兵，嘚儿——有格一只手，有格一条腿，有格半个身体，吠——血肉横飞，死尸就地乱抛。

刘备呆脱了哟，刘备从来吤不看见过什梗种埋伏，"哈啊，军师，这这这，是什么埋伏？"格个啥埋伏？诸葛亮笑笑，"地——呃雷"。该格叫地雷。"哦，这这。"雷响么从天上来，雷响呐吭从地皮底下来？"请问军师，这地雷，何物能克？"啥格物事可以制服地雷呢？诸葛亮说句笑话："天雷。"天雷，天上格雷响，可以制服地雷。

叫啥诸葛亮格句笑话，拨俚说着格呀。诸葛亮火烧博望、火烧新野俫用过地雷。最结棍一次么，火烧藤甲兵，全部用地雷了。阿末一趟，诸葛亮用地雷是六出祁山，火烧上方谷。拿司马懿、司马师、司马昭爷儿子三家头骗进上方谷么，咣当！山谷闸断。下令点火烧，地雷要炸起来么，预备拿俚笃爷儿子三家头，炸煞了上方谷里向。勿晓得格日天气勿好哟，雷阵雨，轰——乌云密布、大雨倾盆。一抢阵头雨落下来，雷阵曛显么，拿点药线俫落潮么，好，地雷通通落阴，一个俫勭放出来。叫天雷克地雷，那么拨司马懿爷儿子杀出重围，逃出上方谷。诸葛亮格句笑话啦，要将来在六出祁山格辰光会得应的。

刘备一看勿得了，下头格火，烧得像一片火海。

> 只见漫天烟延，遍地火蔓。
>
> 万道红光，个个心惊胆战；
>
> 千团火舞，人人魄散魂消。
>
> 四面，喷筒火箭，满山树叶松茅。

风狂火烈，岳动山摇。

两面火炮，打着身粉骨散；

中有地雷，轰着额烂头焦。

茅草，芦苇淋落，硫磺烟硝油浇。

卷得干干净净么，随地即荒郊。

手脚，空中飞起；死尸，就地乱抛。

偏裨将，有力难用；马步兵，无处奔逃；

哭的哭，嚎的嚎，难把生路找；

纵格纵，跳格跳，爬起又跌倒，

夏侯惇，狼狈不堪，走投无路；

诸葛亮谈笑自然，羽扇轻摇。

可称，诸葛用妙计，吓得曹将，无处逃。

刘备心里向转念头，博望坡格火烧得了实在结棍。俫登在古城山山上觉着热了，辐射蛮厉害了，热得蛮结棍。再闻闻格味道也勿好闻。为啥呢？格树木、茅草烧烊，人在烧哟。而且勿是烧一个人两个人，下头成千上万格人在烧，皮肉烧焦仔格味道，几化难行了。

"军师，我们回去吧。""主——公，请。"诸葛亮、刘皇叔、赵子龙、刘封，众三军拿营篷拆卸，到后山。让俚笃呢，回转新野县。吾勿去交代刘备，吾再交代格夏侯惇。

夏侯惇僵。夏侯惇冲上去，冲勿上。退下来碰着地雷火炮，那是火越烧越烊，"呃，李将军。呃喝，李将军"。"都督。""方才本都，悔不听将军之言，中了诸葛亮的诡计，如——今，你看怎样是——好？"哼，李典心里向转念头，哪俫明白了。那么讲出来，悔不听吾格闲话。你早点听酿！早点听仔么，勿会吃格种苦头哉呀。现在，现在明白吭不用场。哪往啥场化去呢？古城山，冲勿上了。原路，两山合抱，山路口烧断了。只有望准里向去。看啥场化火势弱，可以逃走。老实讲，诸葛亮布置格埋伏了，勿见得会布置格绝阵的，拿生路截得干干净净。打仗啦，古代辰光也有网开一面，多多少少要挺一条生路拨别人家。

"大都督，不用惊慌。吾想，乐将军在外面定会来相救我等。我等，且望前——面，找寻。"到前头去寻寻看，啥场化有生路，往生路里向走，捡火势烧得稍微小格地方，火势弱格场化跑过去。夏侯惇哪是吭不主见，慌了，跟仔李典跑吧。还是俫冷静一点了，动得出脑筋。心里向转念头，乐进啊，俫蹢进山路哟，俫在外面，俫快点来救救吾酿！俫勿能看吾在里向烧了，俫登在外面看火着了，侪勿管了喽。

格么其实夏侯惇啊，俫冤枉仔乐进哉。乐进呐吭会得看冷铺呢。乐进在山路外面，俚带两万兵，保粮草队。冲进山路七万人马，还有一万是夏侯惇格部队，还有一万在外头。格个一万搭乐进格两万并在一道么，有三万人马了。乐进听见百子流星炮响，看见博望坡里向起火，再看到两山合抱山路口烧断，那么僵。否则应该抢住个山路口，格么让里向格人马可以从原路上退出来。现在格条路断脱了，格呐吭去救呢？乐进带仔人马在外面看，旁边头侪是山啦。什梗吧，要么吾冲上一座山头。抢占一座山头之后么，吾对里向喊：嗳！吾已经山头得着了仔，唔笃望该座山上来么，翻山逃出来。路虽然难走么，终归可以跑脱点人咯。

乐进带领人马，望准旁边头山上冲上来。哈——俫望准山上冲上来格辰光么，勿晓得山上有人守了哟。毛仁、苟璋、刘辟、龚都，四个大将带四百名军兵，拣几条山，有山路格地方，统统侪守好。照规矩，俫笃人马勿多。但是呢，俫笃守得住。为啥呢，下面冲上来是仰攻，交关吃力啦。头要鹤起来对上头看的。而且呢，山路狭窄，俫只能够什梗席席狭格山路上，往上头冲上来。那么山上守格人，俫曼得拿一块大石头，块大石头，当！一脚一踢，骨碌碌碌——滚下来。格块石头滚下来么，好了，俫拨了格石头压着么，脑子侪压出来，身体侪搭烂，或者手脚侪压断仔了完结。檑木滚石，外加放箭。凭高而守，以高而往下，便当呀，顺势呀。啪啪啪啪……乱箭射下来么，下头格人马，呐吭冲得上？哗……退下来。

乐进连冲两冲，冲勿上。该座山冲勿上，旁边座山也冲勿上。因为山上侪有人马守好，勿能拨唔笃冲上来格呀。乐进心里向转念头，"这，这这这这，这便如——何是好？"总要想格办法么好。现在山路杀勿进，山头冲勿上，博望坡里向，救夏侯惇已经勿可能了。格么呐吭弄法？乐进心里向转念头，"哦呵，有——了！"有了。

诸葛亮格埋伏集中在此地博望坡，俫格新野县后防空虚。吾此地还有三万兵在，吾格个三万兵绕过博望坡，杀奔到新野县，拿新野县踏平。俫诸葛亮哪怕前线打胜仗，俫博望坡要收兵回转去么，对勿住，俫新野县拨吾得着了。俫格只老窝拨吾掘脱了。所以想到格个地方，乐进关照："众三军。""哗……""绕过博望坡，杀往新野县！""哗……"人马往新野县来，格个一着棋子非常凶。俫看看乐进，头脑虽然简单。嘿嗨，叫啥拨俫人马杀奔到新野县，新野县城里向，一塌刮子侪在只有孙乾、简雍、糜竺、糜芳四个文官，一百五十个小兵，俫三万人马赶到么，定坚新野县要踏平仔了完结。格么呐吭弄法呢，下回继续。

第三十二回
安林道

火烧博望坡，夏侯惇在山路里向走投无路。乐进在外面还有三万曹兵，俚要想救夏侯惇，是呒不办法救。索性带领人马绕过博望坡，杀奔新野县。拿诸葛亮格只老窝端脱俚，倷前线打胜仗，后方座县城拨吾攻脱。嘿嘿，乐进厉害。俚不愧是曹操手下，跟仔好多年格一员战将。就是在格个失败格情况底下，俚还想得出格办法，去打新野县。而新野县城里向呢？只有四个文官，根本是挡勿住乐进。

不过，倷乐进格人马来，诸葛亮老早就估计到。从此地，博望坡要望准新野县方面去，一定要经过一座山。格座山叫啥呢？叫豫山。豫山山脚下守好一路军队，诸葛亮派在那，啥人呢？关云长。关云长带领公子关平、副将周仓，有一百名军兵埋伏在该搭。云长自家么坐好在帐篷里，坐镇。周仓么，在外头探听消息。哦，格周仓忙啦，因为云长关照俚到外头去看呀。诸葛亮锦囊上说的，二更天博望起火。三更天呢，曹兵要到此地豫山来。云长是勿相信的，倷诸葛亮说得什梗着实，有格恁准啊？未必。为啥呢？总有点上下格啦，呒不什梗准足法子的。关公对诸葛亮格本事将信将疑。表面上，俚也勿发表意见。心里向呢？勿服的。就派周仓到外面去探听消息。

周仓一想要二更起火么，现在辰光还早，俚来寻关平。关平在啥场化呢？关平在雀尾山，山路里向。关平在做啥呢？关平带五十个小兵，有五十条牛，埋伏在该搭。周仓过来一看么，公子关平在安排呀，在检查。五十条牛，牛角上侪结好刀。格刀口呢，朝外。刀口交关锋利啦。牛脚上，也结刀。格么牛脚上结格刀呢，短一点。俚格刀口也朝外的。假使拨俚，当！踢着了，脚踝骨拨俚踢断仔了完结。牛格尾巴上呢，用树木格皮，摆在桐油里向浸，浸透仔呢晒干。然后呢，望准牛格尾巴上，搭嚓搭嚓——绕上去。绕得阿有呐吭大小么？总大概，像饭碗什梗大小。绑了。格么牛格尾巴么，欢喜豁了豁，赶赶苍蝇了什梗。荡仔格个老鬼三么，豁起来勿便当。牛也弄勿明白，啥格路道要弄什梗种名堂？格么周仓看仔也勿懂。周仓来问关平么，关平讲拨了周仓听。吾俚该搭点今朝摆一个阵图。格个阵图叫啥呢？叫火牛阵。呐吭叫火牛阵呢？停一停曹兵来，吾在牛格尾巴上一点火，尾巴上引火之物了，烧烊么，牛痛了，拼命往门前头冲。冲到曹兵队伍里向，牛角上格刀，嚓嚓嚓嚓——捋过去么，就可以拿曹兵，杀得落花流水。格么周仓问俚哉咯，格呐吭想出来，用什梗种办法呢？哈哈，关平对俚笑笑，周将军啊，讲拨倷听。俚爷搭吾讲过了，格个火牛阵呢，并勿是诸葛军师发明的。列国志里向，老早有人发明。啥人发明呢？老娘家熟读《春秋》。俚介绍拨吾听了,齐国有格大将叫田单,善于用兵。齐国搭燕国打,叫啥,拨燕国打过来,齐国七十多个城池失守,剩最后两座城关。一座叫即墨,一座叫莒,莒县了。田单呢,就守在即墨。城外头呢,是燕国军队。燕国军队人马多得热昏了,敌强我弱。田单在城里向,一共侪在,只有几千人。俚要想杀败燕国军队,要收复齐国格城池,几化困难?俚想在很多很多很多办法,最后冲出去。拿一千条牛,俚考究,牛格身上还着衣裳,衣裳上还画为俚鳞甲。那么冲出去格个几千个小兵呢,侪开花脸,面孔上侪拓得五颜六色,让人家看勿清爽。当仔天上格神道、神兵杀到了。牛身上着仔衣裳,画仔鳞甲么,让人家也看勿出牛。格么牛格尾巴上么,也是弄仔格引火之物。牛角上,也是结仔格锋利格钢刀。在城墙上呢,挖仔几十个洞洞。然后,牛尾巴上一点火么,牛在洞洞里冲出去,望准燕国大军营头上杀过去格辰光,弄得格燕国军队一场大败,溃不成军。背后头外加格种,开花脸格小兵冲过去么,俚笃加二吓了,当仔天上格神道来了。燕国军队一场大败,俚格主将骑劫拨田单结果性命。就在半年里向,田单要收复齐国失地七十个城池。拨了燕国人占领格城池呢,统统侪夺转来。靠啥?就是靠火牛阵。火牛阵呢,就是说,军队少,敌人来得人马多,以少胜多,以弱胜强,就是用什梗一条计策。那么吾倷该搭点呢,用勿着一千多条牛,五十条牛亦够哉。格么也用勿着牛身上,搭俚阿浩衣裳了、画鳞甲了什梗,那么也用勿着小兵面孔么开花脸了,弄得了,拓得五颜六色,侪用勿着。就曼得格个五十条牛,等一等冲过去,就好派用场。

周仓一看:"哄喝喝喝喝喝。"好,诸葛军师想得真好。周仓一看,辰光将近要二更。俚跑过来,在旁边头,雀尾山山顶上一望么,博望坡里向起火。烘烘烘烘……周仓俚要紧奔到帐篷里向来报告。"禀君侯。""怎——呐样?""博望坡中,起——火了。""什么时——候?""二——更。""嗯……"关公一呆。嗰哟,格诸葛亮倒厉害格嚜。啊?说二更起火么,定坚二更起火。阿是诸葛亮本事大呢?俚额骨头亮,运道好。偶尔拨俚说说了,说着的。云长再关照周仓,到外头去看。周仓去看,乐进人马来哉哟。周仓看见俚笃人马来么,要紧过来报告:"禀君侯,曹军,来——呃了!""多——少时候?""三——更。""这——呃个!"哦哟?诸葛亮厉害。定坚三更天,曹兵到了,算得倒实头准足格呀。不过云长心里向转念头,单单格一次打仗,拨俚齐巧说着,还勿能说,诸葛亮格本事大得了哪恁哪恁。云长格佩服诸葛亮呢,一直要等到火烧赤壁,曹操逼走华容道。诸葛亮派关公在守华容道,诸葛亮料定关公一定要拿曹操放。云长勿服帖,立军令状。果然,曹操来了。果然,关云长拿曹操放走。那么到格个辰光么,口服心服,再佩服诸葛亮格本事。所以现在呢,云长嘴里向是勿讲的,心里向转念头么,作兴诸葛亮偶尔一个巧了,齐巧拨俚说着的。"周——仓。""有。""备——马,扛嗯——刀!""得令!"

周仓到外头,马上拿只赤兔马牵过来,矻咳唾磕、忑磕唾磕,云长从里向跑出来。头上青巾一整，扎袖紧一紧，绿袍撩起来，丝带里向，噔！一塞。摆鞍鞒，踮踏镫，豁上马背，周仓就拿八十二斤重，格口青龙偃月刀，呈上来。云长拿龙刀手里向，噗——执一执好。倷已经登在豫山山脚下等么，只看见门前头人马来了。哗——乐进在前头，哈啦啦啦啦啦，奉仔口金板刀在冲过来。云长关照点炮么，一声炮响。嗒！火把、灯球照得锃亮么，乐进在门前头听见。乐进要紧扣住黄骠马，酷——金板刀手里向执一执好，对门前头一看，只看见豫山山脚下一路人马。军队勿多，五十个小兵，二十名家将，人头么虽然勿多啦，但是格个主将，威风。倷看，一面大督旗，绿缎子，红字旗，旗号上写点啥呢？大汉，前将军，汉寿亭侯，关。关字旗号底下，只看见关云长，青巾绿袍，胯下赤兔马，手执青龙刀。“这！”乐进心里向转念头，碰着关云长。关云长啥格本事？当年斩颜良、诛文丑，过五关斩六将，擂鼓三通斩蔡阳。吾今朝搭俚打，吃俚勿消。但不过，勿冲过去搭俚打，吾就杀勿到新野县，吾就勿能够拿诸葛亮格只老窝，端脱。也勿能够搭夏侯惇，报仇雪恨。“这，这这。”乐进再一想，勿要紧。为啥道理勿要紧么？吾今朝僭胜，吾有三万人马。红面孔，红面孔只赅五十个小兵、二十名家将，七十个人。连红面孔了，还有旁边里格副将侪加了么，七十二个人。搭吾伲哪恁好比，实力相差悬殊。作为将搭将单独打，吾打俚勿过，俚格本事是好。但是，吾人马多呀。吾现在人马，哈唧当——冲上去么，像潮水一样，俚呐吭拦得牢吾？俚七十多个人，呐吭拦得牢吾三万人马？吾还是可以冲过去，杀奔到俚笃新野县。对。

乐进格只马冲上来，心里向转念头，先搭俚打脱三个照面。然后吾关照大队人马，冲。果然呀，乐进格个想法是厉害。假使俚三万人马冲过来啦，哪怕倷关公本事大，哪怕倷青龙刀乱劈乱斩，或者周仓格对锤头，算得狠。格么俚笃到底人头多，倷拦俚笃勿牢。真正拨俚笃冲过豫山，去杀奔到新野县是，格桩事体又讨惹厌了。乐进只马，哈——啦！上来格辰光么，替关公碰头。两家头认得格呀。因为当初关云长曾经在曹操搭，登过一段辰光。就屯土山约三事，到许昌，住过一个阶段。所以搭乐进碰过头，两家头用勿着通名得的。云长喊住俚：“乐将——军。”酷——乐进拿马扣住。“关将军！”“想尔，不是关某对手，何用交战，火速，退——吔下。”乐进想啥物事啊？哦，倷喊吾覅打，吾勿是倷格对手。大将在战场上碰头，吾哪怕勿及倷，吾要拼一拼，吾人马多了。“红脸的，你休要猖狂，旁人惧你，俺乐将军不惧，放马！”“放——吔马！”放马。两骑马，哈——打照面格辰光，周仓心里向在转念头，哼，格个曹将阿要猖狂？叫啥对仔伲主人呃，别人么怕倷，吾勿怕。倷，倷狠点啥？倷呐吭好搭伲东家打？命也勿去算算。倷手里向用啥家什？倷手里用口金板刀呀，倷到关老爷门前头来使大刀么，格倷呐吭来赛呢？周仓上对俚看格辰光么，两匹马碰头哉呀。乐进起手里向口金板刀，望准关公头上，搂头一刀，“看——刀！”噗——乓！一刀过来。云长起青龙刀刀钻子招架，“且——慢！”嚓——唧！嘚尔——乐进格刀直荡格荡出来么，云长回手一刀，望准俚腰里向过来，"去吧——啊！"噗——兵！拦腰一刀啦。乐进俚要紧收转金板刀，用刀柄招架，"且慢！"嚓唧唧！嗒唧、嗒唧唧唧……呐吭想掀得开？俚格本事，勿能搭关公比。乐进想勿来事，本来么，预备打三个照面，关照手下人马冲，等勿及哉。等勿及三个照面，马上就要关照人马冲。"众三军，你们冲——啊！"俚格条冲锋格命令刚巧下，背后头格人马还蹰起步么，等勿及哉。啥体么？关平公子格火牛阵来哉哟。关平在雀尾山山路里向看得清清爽爽，老娘家已经搭了乐进碰头了。而三万曹兵呢？在后头，在乐进格后头啦。俚笃在后头呢，齐巧对准雀尾山格山路。因为关公排立旗门格地方呢，算准的。齐巧吾在该搭点立旗门，唔笃在归面停队伍么，五十条牛冲过来，齐巧冲到唔笃队伍里向。

现在五十条牛格眼睛，通通侪用黑布，扎没。为啥道理要拿牛格眼睛扎没？因为，牛叫啥看见仔人啦，俚勿大敢望准人身上冲。牛做生活辰光唔笃去看，油车里向格种牛，在牵磨啦，牵磨格辰光，叫啥俚格眼睛要扎没的，勿拨俚看见。格么俚，笃落落落落，转起来，蛮灵。俚眼睛如果说勿拿俚罩没了什啦么，做起生活来勿便当。那么另外还有一种传说。啥格传说么，说牛格眼睛大勿过。牛为啥道理见人怕么，因为眼睛大啦，俚望出来人格比例也大。俚看出来格人啦，好像要像宝塔什梗一尊，比格牛好好叫要大了，俚吓。那么还有人讲，养着格种鹅，白乌龟就是鹅啦，眼睛小得一点点，俚看见格仔人，吭、吭、吭，敢来咬，敢叫来敢上来搿人。为啥道理格鹅什梗胆大呢？因为俚眼睛小，俚望出来格人是小得来，不过像自来火梗什梗长短。格俚想，鹅吾比俚大得多么，所以，吭吭吭，敢来搿俚。有什梗一种说法。格么阿靠得住，靠勿住么？因为格个吭不办法去查考，叫民间传说罢哉。但是牛眼睛扎没做生活，格一点是有的。现在格牛要望准曹兵队伍里冲呢，眼睛拿俚扎没，扎没仔么俚拼命，冲过去了，看勿见。勿晓得啥格物事，总归一直一直望门前头冲么好哉哟。

牛眼珠子扎没好呢，火把拿过来了，望准牛格尾巴上，点上去。嗤！侧着。俚想格树木，摆在桐油里向浸，浸透仔晒干，几化引火了，烘！蓬蓬蓬蓬……牛格尾巴烧起来。火窜上来么，烧在牛格屁股上，牛阿要吃勿消的。啥格名堂？火往屁股上烧上来。牛格尾巴格骨头是一节一节一节，活格啦。兵！一痛么，牛格尾巴翘起来，翘起来么火烧着。虽然烧勿着屁股么，但是俚格尾巴也痛格哟。牛极叫一声，哞——哞！哈啦啦啦——冲出去。勿是一只牛，要五十只牛得来。本来牛格走路是慢得一塌糊涂，吉里咽、吉里咽，形容走路慢么，叫啥？叫牛步化。好像牛走格路子么总归格步伐很慢。但是勿关，牛烧得痛勿过哉了，俚照样奔。奔起来勿比马慢几化，急呀。啥体现在有种人，急煞之人，当当当当，在跑。别人看见：唉，老兄。俚啥体啊？啥、啥体要跑、跑得什梗快法仔？嚯哟，勿要去讲俚，火烧在屁股头。俚急仔，喊火烧在屁股头。形容词。所以说，格火烧了屁股头哉么，俚跑起来是要快哉。

五十条牛望准曹兵队伍里冲过来，嚓嚓嚓嚓……牛角上格刀，拿曹兵像砍瓜、切菜相仿。曹兵也勚懂哟。开头有种曹兵侪对门前头关公格队伍看，勚晓得横垛里向有火牛冲过来。嚓！颗郎头去脱，也勚晓得自家呐吭死的。归面点曹兵看见勿对。呐吭门前头队伍乱起来？哈——一看，牛。牛格尾巴上有火。也有种曹兵懂的，火牛阵。"不好唉，兄弟们快走啊，火牛阵，来——啦！"五十条牛拿三万曹兵冲得溃不成军、一片混乱。

乐进在门前头打哟。乐进刚巧下脱命令，"众三军，冲"。侪关照俚笃冲格辰光，只听见后头，哗——"火牛阵哪！"乐进回转头来一看么，果然，火牛阵冲锋。"唉呀！"心里向一慌。格个俦好慌一慌，打仗啦，俦一慌么，云长格龙刀，嚓啷啷！一逼么，乐进人马背上坐勿牢了。呵嗯儿——铿！嚓啷！落马翻缰，金刀脱手。完结。乐进想今朝条命保勿牢。人在马上跌下来，家什侪脱手哉么，云长从上面，辣！一刀下来么，总归死。眼睛闭闭拢，牙齿咬咬紧，"唉！"准备行俚一刀。叫啥等等俚格刀勿来呀。吧？呐吭道理？乐进呆脱哉哟。云长拿俚俦，嚓啷！从马背上逼下来之后，本来要想举起刀来，一刀劈过去。看俚掼得什个样子么，云长格刀收住哉。喊一声："乐进，听者。关——某平生不斩——落马之将。放——尔吧——去。"乐进呆煞脱了。关公呐吭讲法么，说：吾叫啥，不斩落马之将。格个大将从马背上跌下来，勿杀。啥体？派头哟。俦骑马，俦搭吾打，格么吾要结果俚性命。俦掼到地上了，吾再杀俚啦，勿稀奇。云长并勿是啥格杀伐重来西，俦跌下来么，嚓！照样一刀。落马之将，勿杀，派头大。乐进开心啊，"多——谢君侯！"俦要想跳起来么，谈啊勚谈，周仓过来。周仓听见啥格闲话？对东家望望，俦量围弎大哉哇？刚巧格朋友对仔俦：囔哟，红面孔了，俦休要猖狂了，别人怕俦么吾勿怕俦。俚口出狂言，现在俚马上跌下来，要俚掼也勿容易，啥体要饶恕俚？俦饶恕俚，吾勿饶。周仓拿腰里向锤头，呋呋，抽出来，"照打！"噗——乓！锤头要敲下来。乐进阿要急的？啊咦，格俦东家饶仔吾，手下人勿饶。"啊！君侯，救命！"关公要紧喊住周仓："周仓，住——手。"算了。吾讲好仔不斩落马之将，饶恕俚么，俦再过去拿俚一锤头，结果性命，算啥名堂呢？住手。算了算了，饶俚吧。周仓因为东家关照，呒不办法，只能拿锤头往腰里向，呋、呋，插一插好，对仔格乐进："哼哼，饶——了你！"呃咦，响勿落。格东家对吾倒蛮客气，格伙计登了旁边头跳起来，饶饶俦。乐进要紧拿口金板刀一拎，啪！跳起来。奔过去，拿只溜缰马带一带好。溜缰马看见乐进，磅！掼下来，勚死呢，马跑勿远。马要等在旁边头看，格马懂的。所以乐进跑过来拿只马带住，啪！跳上马背。哈——俦在望准博望坡方面，回过去格辰光，云长带人马拦过来。做啥？收降兵。公子爷关平，带五十个小兵，从雀尾山，山路里向也冲过来。一面大格白旗，白旗上四个大字："降者免死。"投降格可以勿杀，"呔，曹兵听了，你们归降者不杀，投——降吧！"投降。曹兵一看，一面关公在冲过来，一面关平在杀上来，队伍已经乱得一塌糊涂了。格呐吭弄法呢？投降吧。大家拿刀、枪往地上，嚓啷！乱脱。手伲拘起来么，"我们愿降啊！"

关公带关平、周仓、一百名军兵，算算人马勿多嚯，但是威势足了。曹兵因为呒不队伍，溃不成军，呒不抵抗力量。所以格点降兵呢，收过来哉。阿要收着几化降兵呢？哦，结棍。要收着一万光景。另外呢，乐进带着格粮草队，全部侪撂了。格点粮草呢？通通侪带转去。本来刘备军粮缺乏，该格一场胜仗打下来，拿十万曹兵格军粮呢全部侪夺过来，派长远用场。关公回转去，见诸葛亮交令，记大功。格一万降兵呢，诸葛亮派人去了解，衲愿意投降伐？愿意投降的，留下来。勿愿意投降的，拨还衲盘缠，让衲回转去。不过呢？刀枪要放下来的，号衣要脱下来的。那么有种曹兵呢，愿意投降。还有种曹兵呢，伲家小在后方，俚勿好投降。俚投降仔，屋里向呒不办法照顾。格蛮好，放俚回转。讲出来闲话，有信用的。勿是啥俚勿投降么，马上拿俚结果性命了什梗。遣散格人马要几化呢，要两千多啦。侪发仔盘缠了，让俚笃回转去。诸葛亮收下来点降兵当中么，关云长提出格要求，吾想在格点降兵当中，挑选五百个人，做吾格本部人马，校刀手。诸葛亮答应。所以挑选出来格个五百名么，侪是身材健壮，后来关云长杀出来格辰光么，总归有五百名校刀手跟随。就是现在辰光，博望之后，关云长从降兵当中挑选出来。格么吾未来先说了，先拿俚表过。

再说乐进。乐进一埭路，败下来格辰光，狼狈不堪。因为刚巧从马背上掼下来么，弄得头盔么也歪戴哉，身上格甲么也扯哉，心里向么还在急。急点啥么？吾现在呢，弄得了一塌糊涂。粮草么拨了敌人夺得去哉，队伍么溃不成军了，勿晓得博望坡里向格夏侯惇，到底呐吭了。

俚在担心夏侯惇格辰光呢，那么吾再交代夏侯惇在博望坡里向，搭李典两家头，也是狼狈不堪。在烟火当中穿来穿去，勿晓得生路在啥地方？但是李典细心。拨李典发现了，该搭点是个生路。为啥呢？因为门前头啦，天然格地形呢，格搭是一条山涧。格个山涧呢，蛮长的。但是现在山涧里呒不水。为啥呢？一个么长远勿落雨。第二个呢，上头格泉眼侪塞没脱了哉。毛仁、苟璋、刘辟、龚都布置埋伏格辰光，因为该搭点还是一个口子啦。俚笃就拿树木截下来，铺在该搭点山涧里向。茅柴割下来，也铺在该搭山涧里向。博望坡起火了，山涧旁边头呢，也有两个小兵，东横头乱格火把，西横头乱格火把。烘，烊，蓬蓬蓬蓬蓬蓬蓬，从两横头烧到当中合龙门么，变成功一条火格壕沟么，该搭点格出路就断脱了。但是从东西两横头，望准当中烧拢来合龙门呢，有一段辰光。阿有多少时间么，总一个钟头勿到点。在格个一段辰光里向，曹兵跑过来的，就看见该搭点生路，就可以冲出去，就勿死了。假使说俚冲勿出来，到该搭来得晚了，两面火舌头合龙门了，变壕沟哉么，俚就呒不办法冲出去。

李典现在发现呢，格条火格壕沟里向，当中还有一段，总大约两丈勿到点，一丈多点啦，一段还呒不烧烊。不过两面火舌头呢，已经燎过来。东面、西面火舌头，烘！俚要到当中碰头么，火舌头，蓬！剥开来，格么心里向转念头，趁现在火势头还觎合龙门，快点走吧，"大都督，这里生路，请都督快走！""这？"夏侯惇一只眼睛对准门前头一看，勿来赛嘎。火烧得什梗样，呐吭走法呢？"呃呵，呃，李将军，你先请。"倷走拨吾看看看。李典心里向转念头，夏侯惇啊，该格辰光，勿是啥格客气格辰光哟。还要倷先请了，吾先请了。蛮好，倷勿走么，就吾来走。李典呢，勿马上望前头跳。因为马上跳了，借勿着一股势的。俚格只马，哈啦！退下去，几十步路。然后圈转马头，哈啦啦啦——裆劲一紧，马扫过来，到山涧边上，领鬃毛，乓！一拎，马匹前蹄一踮，后蹄一攘么，望准对过，吭——当！穿过火沟么，到对岸。酷——马扣住，回过头来招招手，"大都督，请——来呀！""哦，明白了。"

　　夏侯惇明白。明白点啥呢？李典跳啦，有门槛。就是往背后头退一退，然后，当当当当当当，奔过来，借股势么，跳得远了。对的。就在该搭边上跳，勿容易跳的。夏侯惇亦圈转马头，望准后面，哈啦啦啦啦，退下去。然后重新调转马头，往火壕沟旁边头，哈啦啦啦啦，过来到壕沟边上，看准足，火舌头齐巧分开了么，俚领鬃毛，乓！一拎，马匹前蹄一踮，后蹄一攘，吭——当！冲过去。勿晓得夏侯惇，少学着一个乖。啥格门槛俚觎学着格呢？李典跳啦，是东西两横头火势当中合龙门，那么俚领鬃毛一拎，乓——跳。倷跳到半当中横里么，火势头齐巧，蓬——合仔龙门再分开来，吭——分开么，倷格只马跳过去，正好。格夏侯惇门槛勿精在啥场化呢？俚跳了，等火势头分开来格辰光，俚，乓——马一拎，跳。那么倷跳到半当中横里么，刚巧两面火舌头，烘！合龙门，齐巧烧着。夏侯惇豁边，就豁在格上。跳到半当中横里，只看见火舌头，轰！燎过来么，夏侯惇一吓哟，啊呀！夏侯惇要紧起只右手啊，望准面孔上，嗟！一遮。右手去拿面孔遮没脱。格么其实夏侯惇啊，倷要遮没，倷两面面孔一道遮没，倷为啥道理只遮右面一半？因为夏侯惇眼光里望出来，右面有火舌头燎过来，左面吭不。格明明左面也有火舌头燎过来，夏侯惇呐吭会得，勿看见格呢？因为夏侯惇一只眼呀，俚左面格只眼睛瞎脱格哉呀。吭不眼睛俚看勿见，所以俚只遮一半。倷右面么遮没脱，左面觎遮没。左面格火舌头燎过来，望准俚左面格面孔上，烘！啡——扎辣辣辣辣，一燎啦，夏侯惇格个一痛么劲去讲俚。马是拨俚跳到对岸，但是人马背上勿要想坐得牢。呵嘚儿……噌！嚓啦！马背上掼下来，长枪脱手么，消来滚去，嘴里向吼叫连连，"哇呀呀呀……"倷在极叫格辰光么，李典响勿落。夏侯惇啊，倷当心酿。倷就在火格沟旁边头，倷如果勿当心，磅当！滚到火沟里向，拱！烧起来，要烧煞脱格呀。李典要紧枪，嚓唧！一撂，扑！马背上跳下来，喤！拿俚格人扶起来。"大都督，请——起！"倷拿俚扶起来格辰光，"哦嚯嚯嚯……"夏侯惇痛极了。李典在火光里向对俚只面孔一么，呆脱哉哟。夏侯惇烧得呐吭子呢？两条眉毛了，左手里条眉毛烧脱了，眉毛剩一条。诶，倷看看格眉毛啦，摆着么像煞吭啥用场。拿脱仔一条么，叫算得格难看。面孔上呢，烧得来，脓滚拔疱，起仔泡泡。夏侯惇是三绺须，哄！啡！一燎么，两绺组苏燎脱。还挺右手里向一绺组苏。风吹仔么，飘了飘、飘了飘。嚯嚯，弄得了拾柴八足。"大都督，请上——马。"上马吧。倨拿俚扶上马背，再拿俚条鸦乌紫金枪拾起来，交拨仔夏侯惇。夏侯惇拿枪，乌嘴环上一架。李典呢，自家也提枪上马。回过头来一看么，拱拱拱拱拱，好了。连得格一丈多路距离呀，也统统烧断了。里向格人逃勿出来了，博望坡里面格曹兵呢，烧得了一塌糊涂。该面呢，夏侯惇、李典在寻出来格辰光，"呵呵，李将军，如今往哪里去呀？""找——寻乐进。"寻乐进。乐进在外面。俚还有三万人马，至少有两万。格么俚有格个两三万人马在呢，吾伲寻着俚倨啦，还勿要紧。埃，夏侯惇想勿错，只要去寻乐进好了。格么徐庶搭吾立军令状格辰光讲好，说吾要烧得焦头烂额、全军覆没。现在焦头烂额拨俚说着，只要乐进外头，有两三万兵，吾拿点败兵带转去呢？还勿能够说吾已经是全军覆没。

倨在寻乐进么，格面来哉呀。乐进刚巧豫山山脚下，拨火牛阵杀败之后，逃过来格辰光么，搭夏侯惇碰头。李典看见了。李典要紧在喊，"乐将军，请了！""啊？李将军？都督呢？""在这里。"乐进过来一看么，夏侯惇烧得来一塌糊涂，焦头烂额。"都督，乐进有礼。""呃，乐将军，你、你怎样了——啊？"乐进就讲拨了夏侯惇听：勥去说俚，博望坡起火，吾要想冲山路，山路口烧断。吾要想冲上一座山头，占领山头拿唔笃人马，从山头上引出来，冲勿过。山头上有人马埋伏。吾想绕过博望坡、杀奔新野县，端脱诸葛亮只老窝，勿晓得豫山脚下碰头关云长。吾搭关云长打格辰光，吾要想关照大队人马冲锋么，哪里晓得火牛阵冲锋，队伍冲得一塌糊涂，溃散哉。吾自家呢？从马背上跌下来，家什侪脱手。格么倨条命呐吭保牢呢？幸而关君侯，俚说平生不斩落马之将了，放吾回转。否则么，格条命吭不了。哼哼，夏侯惇心里向转念头，对乐进望望。乐进啊，倨额骨头亮的。倨幸亏碰着格是关云长，马背上跌下来饶恕倨。倨如果碰着张飞么，倨吭不生路。格么倨人马呢？说败兵还在后头。一看么七零八落，也吭不几化人马了，溃不成军哉呀。现在呐吭弄法呢？李典问向导官，向导倒还在。向导官说，吾伲现在只能够，从安林道格条路上，回转许昌。格蛮好，走安林道吧。

夏侯惇人马，在望准安林道上来格辰光么，夏侯惇就去问，李典、乐进。说，吾问唔笃，刘备手下狠人一共有几个？三个。呐吭三个呢？红面孔，黑面孔，白面孔。格么格个三个狠人，阿出来仔几个呢？白面孔出来过，枪挑韩浩。红面孔也出来过哉，簇新鲜，乐进碰着。就剩格黑面孔么，还勚出来。"嚯嘿！"夏侯惇一吓呀。啥体要一吓么？黑面孔勚出来。勥路上下去，眼眼调碰着黑面孔介。格碰着黑面孔，吾情愿碰着红面孔。红面孔心肠软，倨在俚门前里苦苦哀求，俚会得放倨过去的。倨碰着黑面孔，吭不生路。倨勥说，登在俚门前哭了求。倨死在俚门前，俚只当倨羊牵风。俚照样要拿倨，扎！一枪，结果性命仔了完结。格勿讲交情。夏侯惇搭李典、乐进讲，黑面孔格人吾晓得的，性子急得热昏啦。嘿嘿，俚要出来老早出来。到现在勿出来，勿会来。人呢？作兴么，在新野县城里向生病。病假，勿出来哉。勿知呐吭拨了夏侯惇想出来，去巴望张飞病假。唔笃格人马往安林道上来么，勿晓得安林道上格张飞，等仔唔笃长长远远。

张飞呐吭？那么吾现在交代张飞哉哦。三将军张飞在辕门里向，搭诸葛亮立仔张军令状。带两百五十名军兵，十八个家将，到安林道，营篷设立。旗子插好，张飞下马，帐中坐定。诸葛亮封锦囊拿出来，反反复复看。锦囊上讲得蛮清爽，二更天博望起火，四更天曹兵必抵安林道。俚张飞呢，要守好在安林道上。倘若俚捉牢夏侯惇回转来，吾诸葛亮跪在俚门前，跪敬三杯。假使说俚夏侯惇曹将捉勿牢一个，捉牢一个小兵回转来，照样吃三杯酒。格么万一，俚小兵也捉勿牢，捉牢一只溜缰马回转来，吾诸葛亮也是输脱。吾也跪在俚门前头，跪敬三杯。张飞心里向转念头，"呋喝喝喝喝喝喝，稳的！"笃定。该格一抢诸葛亮搭吾枉东道么，诸葛亮终归一定是输定，输定。俚想吾张飞格本事，外加带两百五十名军兵，守好在该搭点。阿，难道捉一个小兵会捉勿牢格啊？曹将，算俚俚门槛精，拨俚逃走脱了。小兵，小兵终归拦得牢的。就算小兵拦勿牢么，拿吾点身胚讲起来，拦一只溜缰马，总不在话下。而且张飞心里向转念头，吾该抢，要寻寻诸葛亮开心。呐吭么？吾大将勿捉，唉，吾小兵也勿捉，吾就捉一只溜缰马。吾拿只溜缰马牵仔回转来，到辕门，拿张军令状摊开来，拨诸葛亮看。嘿嘿，诸葛亮，扣搭扣，赢俚。捉牢一只溜缰马。那么诸葛亮呒不办法，诸葛亮只能够，卜落笃，跪下来，跪在吾门前头，头上么，顶一只盘，盘里向么，洒好三杯酒。格么刘备了，二哥了，啊，赵子龙了，文武官员么，俪在旁边头看。那么吾张飞，马背上跳下来，到诸葛亮门前头，"呋喝喝喝喝。唉，立下军令状，要喝酒了！"喏，成功哉喏，吃酒。吾拿第一杯酒，嗒！拿到手里。吾勿马上就吃的。吾先要对大哥望一望，对二哥看一看，再对赵子龙、文武官员望一望，"老张，叨扰了！"呜呜呜呜呜呜呜，呵——第一杯吃脱。只杯子望准俚盘里向一放。第二杯拿起来，看看旁边头阿有小兵，看格人越多越好么，吾面子扎足。格个三杯酒吃得了，脸上扉金。"呋喝喝喝喝。"张飞叫啥俚事体勿做，回转去摆架子，呐吭摆法啦，面孔上要做点啥格表情了，啊？已经俪想好了。

张飞关照，下半日，搭吾早点吃饭。啥体？早点吃好夜饭么，吡，二更天起火，四更天曹兵来么，吾准备工作俪做好么，吾就可以动手哉咯。所以太阳觑落山么，夜饭已经吃好了。夜饭吃好之后，张飞碗盏家生叫手下人收过。坐着再拿封锦囊拿起来看看，张飞关照，来来来，点灯。吡，三将军，夜还觑夜啥体点灯呢？啊，差勿多了，点灯。张飞种心理作用，好像点仔灯么，已经夜哉。快点到二更，灯点好。隔仔一歇，张飞拿格家将喊过来。"来啊！""是。""老张问你。""呐吭？""二更到了了么？""嚯！呵呵，三将军，啥格二更介，太阳还觑落山了么，呐吭有二更。俚、俚跑出去看看看，阿有啥出太阳敲更格啦？""哦？""唉。"张飞跑出来一看，果然，太阳还齣落山了。"唉。"张飞心里向转念头，太阳啊，倷快点落下去酿。倷豪骚夜酿。呐吭格今朝格太阳落山，恁格慢呢？平常日脚吾看，看太阳在山上，看俚一歇歇、一歇歇功夫么，马上就落下去了，天就暗下来。格今朝格太阳跑得恁格慢。其实勿是太阳慢哟，倷心忒急了。张飞回到里向坐定。手下人拿一道香茗送过来，吃脱一杯茶，锦囊再看仔一看。"来！""是。""老张问你。""呐吭？""三更阿到了？""吙？三将军，刚巧夜了哇。二更齣敲了，哪会得有啥三更呢？"嚯！唉呀，讨厌。啧，张飞心里向转念头，今朝格天老爷实头搭吾寻开心么好了。格平常辰光，吃、吃过夜饭么，好像二更是眼睛一眨么，就到哉。有转把，吃酒么，吃得开心格辰光，一歇歇，三更哉哟。格呐吭格今朝格辰光，尽管勿肯过去。"嗯！"坐着也勿好，立起来也勿好，到外头走走也觉着勿适意。人么像热石头上格蚂蚁什梗，舞就舞就，等人心焦。唉呀，张飞想，照什梗僵的。格吙不办法，拿点辰光消遣脱。格呐吭弄法呢？心里向一转念头么，"这"。哎，有了！消磨辰光格办法拨俚想出来。

张飞跑到外头，"众三军！""哗——""集合！""哗——"两百五十个小兵队排好。队伍齐。"啊，老张吩咐你们，你们前面一百个弟兄，跑出来。"前头一百个小兵，哈——哈，跑前两步。"你们一百个人，在安林道保守。你们要手执刀枪，好像曹兵要杀到这里来。你们知道，军师锦囊吩咐，二更时分博望起火，四更时分，曹军到来。你们在这里，把——守安林道。""三将军，我们在这儿把守安林道，三将军您呢？""老张啊？""嗯。""老张到旁边山上，观看，博望起——火。""哦，您上山，看火。我们在这儿保守？""是。""三爷啊，要是曹兵来了，怎么办呢？""你们高声喊叫，叫老张到来动手。""这，三爷啊，我们叫你来，有一会儿时间，要是曹兵杀到这儿来，我们挡不住啊。""挡不住？你们一百个人，怎么会挡不住啊？""曹将厉害啊。"夏侯惇八虎将，李典、乐进也是狠的，喊俚搭曹将打，呐吭打得过呢？"哦，你们打不过曹将。曹将来，你们放他们过去好了，没有关系。"哦，曹兵来让俚笃过去，吙不关系。"那么曹兵到这儿来。""老张问你们，曹将放走之后，你们一百个人捉一个小兵，抓得牢吗？老张只要你们捉住一个曹兵。"格是格两个小兵，心里向转念头，一百个人捉一个曹兵，再捉勿牢是啊，勿像腔哉。"三将军，有办法。我们一百个人，抓一个小兵，一定抓得住。""诶，你们如果抓不到小兵，也没有关系，只要捉到一匹溜缰马。捉到一匹马，就可以了。""好，行。""队伍排好。""哗——"一百个人队伍排好。"刀枪拿好。""是！"噗——刀枪拿好。"摆架子。"要摆架子。摆啥格架子么？好像煞，门前头曹兵已经杀得来，赛过眉毛竖、眼睛弹、刀拿好，眼睛对门前头看，有格手里向拿仔枪么，还跳了跳，进入临战状态，一级战斗准备。好像曹兵马上就要杀到格种样子。呢，张飞满意哉，满意满意。什格样子一百个人，立好仔该搭点，就算拨夏侯惇、李典、乐进逃脱么，一百个人捉一个小兵总归捉得牢。因为吾格条件实在便当勿过，捉一个人就可以。

张飞上马，丈八矛手里向一执，带十八个家将，还有一百五十个小兵带过来。离开安林道大概半里路么，关照五十个小兵，唔笃守在该搭点。假使安林道上，一百个人喊：曹兵来了！唔笃马上就喊。五十个小兵在该搭点接应。到门前头，也是半里光景路，一座山，山脚下五十个小兵登好。假使半路上格小兵喊，唔笃也喊，唔笃对山上喊。吾马上下来。哦，张飞跑到半山，半山也登五十个小兵，山脚下喊，唔笃就对上头喊。格个办法叫啥，叫蚂蚁传信。连环报。什个样子一来呢，即使曹将到，俚笃一喊么，吾马上，立刻就可以冲下来。

张飞然后带十八个家将，到山顶上。扣住马匹，丈八矛，鸟嘴环上一架。对准博望坡格方向望过去么，二更到哉哟。俫看，博望坡里向火光看得见。隐隐约约还听得见炮声啦。而且格火，开头辰光，火焰燎起来。后首来格火是，越烧越炀。哈呀，张飞开心啊。"好军师，好先生！果然，本领高强。你看，博望坡中，起火了。烧得好哇！老张，佩——服你了！"佩服，实在佩服。旁边头十八个家将熬勿住哉，"三将军啊，俫说佩服军师"。"嗯，佩——服先生。"格听说俫，三顾茅庐辰光，呃，要拿根麻绳去拿诸葛亮绑出来？"嚯！""俫到哉诸葛亮笃门口头，俫还要放一把火了，烧脱诸葛亮格房子？""哇！老早的事情。""老早格事体？格么俚要问俫哉咯，三将军啊，勿长远，诸葛亮登台拜将。俫吃饱仔老酒，闯辕门，拔出宝剑要冲上演武厅，要结果诸葛亮性命，骂俚牛鼻子道人。""喔哟。"张飞心里向转念头，唔笃格种人，算啥格名堂？格个，格个么有啥意思！"老张喝醉了酒，嗳，冒犯军师，叫不——知不罪。""哦，自家搭自家原谅，不知不罪了。"张飞拨俚笃说得了，面孔也有点红起来，难为情。格诸葛亮本事什梗大，吾呐吭做得出格呢？要用麻绳去绑俚了，烧脱俚房子了。顶顶说勿嘴响么，闯辕门。拿格诸葛亮骂是骂得来，牛鼻子道人长，村夫短，要弄煞俚。"呋喝喝喝……"张飞现在佩服了，"好先生呢，好军师啊！老张从前，呃，一时不明，冒犯先生，你勿要生气啊。张飞啊，诸葛先生，这样本领高强，你得罪军师，你这个人呢，真是一个匹——夫！"旁边头十八个家将，俫揿没仔嘴在笑哟。嘿嘿，张飞叫啥自家在骂自家匹夫。心里向服哉哟。格么张飞呀，俫既然佩服诸葛亮哉么，俫看仔一泡火着，俫下山酿。起火，二更。俫看仔一泡么，辰光蛮多了。俫在山上下来，带仔人马回到安林道上来么，要三更敲过。那么四更天眼睛一眨，就在眼前门前头。夏侯惇来么，俫捉牢夏侯惇，立大功。格为啥道理勿下山去呢？看火着，忘记辰光哉。火着好看。老远么，拱烘烘烘——面积越来越大，火越烧越炀。张飞看得得劲啊。从来勚看见什梗大格场面起火啦。格么张飞胆大在啥格上？吧，勿碍格呀。一百个人守好在路上，手执刀枪、冷眉暴目、满面杀气、戒备森严。就算夏侯惇逃得脱，李典、乐进拨俚笃溜脱，勿碍。捉一个人终归捉得牢的。诸葛亮曼得吾捉牢一个人好哉哟。一百个人捉勿牢一个人是，吾随便呐吭勿领盆。何况曹兵是，败军之将，人马败到格搭点来格辰光，狼狈不堪。流散格曹兵，捉一个下来么，俫舒齐。

张飞今朝格毛病，出在啥格上么？就是诸葛亮搭俚枉东道格条件，实在省力勿过。曼得捉牢一个俘虏，勿论啥人，用勿着大将得的。嘿嘿，张飞想总归稳哉么喏，大、大意出毛病哉。如果诸葛亮只拨俚五十个小兵，而且诸葛亮俚关照一定要捉牢夏侯惇，那么回转来饮三杯酒。捉勿牢夏侯惇就要杀颗郎头，张飞就吭不什梗胆大。格么捉夏侯惇，一百个人捉勿牢格呀，只有俚自家守在格搭点。因为捉牢一只马侪可以哉么，定心。张飞格牌头侪照在格一百个人身上。格么的确，一百个人守好在门前头呢，要捉一个人啦，无论如何是可以捉得牢。格么张飞在山上看火烧着，吾勿交代么，吾现在再要说格面夏侯惇格人马在来哉。

夏侯惇带领李典、乐进、败残军兵，望安林道上过来格辰光，夏侯惇要派人去打探消息哉。为啥么？因为李典提出来："大都督，前边就是安林道。命人探听消息，敌人可有埋伏。""好。"派人去探探消息看。俚派人去探听消息么，格个探子跑过来。看见安林道上格旗号，啪啪啪啪——飘。走近看得清爽，旗号上，燕山，张！张飞格旗号。格探子格个吓是吓得了，别别别别……魂灵心出窍了。定坚张飞守着。因为张飞在曹兵当中有威信。张飞杀人如麻，特别俚冲锋陷阵格辰光，俚格条丈八矛乱戳乱挑，看见过格曹兵侪吓的。现在看见张飞格旗号么，急煞了。

探子探听明白，要紧回过来报告。"报——禀都督，大事不好了。""啊？此言怎讲？""回禀都督，小人到前边去打探消息，前面安林道上有敌人埋伏。""谁人埋伏？""前面旗子上说，燕山张！张飞在那儿埋伏！""唉呀……"夏侯惇心里向转念头，吾顶顶怕，顶顶怕格事体，眼眼调碰着。张飞在门前头。俚碰着关公还好求，俚碰着张飞，求侪吭不用场。格么夏侯惇呐吭样子过安林道呢，要明朝继续了。

第三十三回

张飞拜师

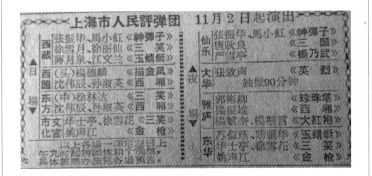

上海市人民评弹团 **11月2日起演出**

西藏 日场 东方 市文化宫	张振华、马小虹《神弹子》
	徐雪月、徐丽仙《三 笑》
	蒋月泉、江文兰《玉蜻蜓》
	(头)杨德麟《描金凤》
	沈伟辰、孙淑英《西 厢》
	(中)徐林达《三 笑》
	沈伟辰、孙淑英《西 厢》
	华士亭、徐雪花《三 笑》
	姚声江《金 枪》

以上各场一律定2日上午九时起售团体和个人预票，具体售票办法见各场预告。

仙乐 夜场 大华 雅庐 东华	张振华、马小虹《神弹子》
	唐耿良 《三 国》
	严雪亭 《杨乃武》
	张效声 《英 烈》
	独檄90分钟
	郭彬卿 《珍珠塔》
	杨振雄 《西 厢》
	杨斌奎、杨振言《大红袍》
	苏似荫、薛雁华《玉蜻蜓》
	华士亭、徐雪花《三 笑》
	姚声江 《金 枪》

夏侯惇，从博望坡里向逃出来，将要到安林道。叫啥探子报得来哉，安林道上，张飞在埋伏哟。因为张飞格旗号，俚看见。夏侯惇得报之后，急得魂灵心出窍。"啊呀，李将军，你——看怎样？"

"都督，待李典上前，探——听虚实。""全仗，李——将呃军。"李典蛮细心的。俚要过去格辰光呢，先拿马头颈里向串马铃，捋下来。而且李典还道地啦，关照小兵，号衣脱下来，包在吾格马蹄上。

李典安排停当呢，慢慢叫往门前头过来。到安林道跟首，果然呀。只看见门前旗号，像探子方才所讲格一样，啪啪啪啪——迎风飘扬。格么旗号、帐篷俦看见哉，呐吭吭不警戒格小兵呢，呐吭勿看见张飞本人呢，俚格只马，再望准门前头轻轻叫过来。近树林哉么，看见了。帐篷里吭不人，道上吭不人。树林里向呢，有声音。啥格声音么，打鼾声音。呼，呼，呼……此起彼伏。吡，呐吭道理啊。路上吭不人保守了，树林里向有勿少人在困觉？啥意思呢，李典勿懂。

格个么，吾要拿俚交代出来了。为啥道理，树林里会得有打鼾声音？因为刚巧张飞离开安林道辰光，派一百个小兵：唔笃搭吾守在路上。夏侯惇人马来，夏侯惇逃过去，两个曹将跑脱，吾俦勿怪唔笃。唔笃曼搭吾捉一个小兵。那么偌格个命令一下么，一百名军兵，大家笃定。曹将勿捉，捉个把小兵总归有把握的。大家刀枪俦拿好，眉毛竖、眼睛弹，打足精神，好像煞，曹兵马上就要冲过来。有两个是卖力得了，跳了跳、跳了跳，已经进入临战状态哉。那么张飞看着蛮笃定么，张飞望准山上去哉。那么格一百格小兵，大家在大路上，激出仔眼睛在等曹兵来。勿晓得格点小兵啦，大部分是俦蛮好。也有个别格懒怕朋友，想想么实在吃力了。自以为，俚自以为聪明，啊，俚心里向转念头，用勿着得格嚄。现在么二更天，曹兵么要四更天来得了。偌现在，五劲狠仔六劲，力道用足，二更天立到四更天，精力么俦消耗完结。等到曹兵一来，还打得动仗啦？那么自作聪明朋友，搭旁边头格人讲啦，嘡！臂膊撑仔拿隔壁一搋。"唉。""做啥？""做啥？"吾问偌做啥啦？穷凶极恶，眉毛竖、眼睛弹，像煞有介事，阿赛过戆大啦。"呐吭啦？三将军关照，大家要准备好，当曹兵要马上杀过来一样，叫伲守在路上，勿错的。""勿错？张飞戆大，啥偌也戆格啊。张飞格闲话讲得蛮清爽，二更天博望坡起火，四更天曹兵到该搭点来。现在么，刚巧二更。二更到四更，辰光几化长了？小半夜天了。偌现在什梗，穷凶极恶、力道用足。吾问倽，等歇曹兵来哉，倽眉毛么竖得酸哉、眼睛么弹得吃力哉、气力么也投光哉，打起来么呒不劲道哉，倽呐吭捉曹兵？倽呐吭立功劳？""嗯。嗯，格么，倽、倽、倽看呐吭呢？""吾看呐吭？吾看么，到旁边树林里向坐歇，戤一戤，吹吹风凉，休息休息，养精蓄锐。等歇，曹兵杀得来，呢冲出去么，格名堂叫以逸待劳、百战百胜。格滴滴道理也勿懂，枉空。倽实头像戆大。""嘿嘿，格、格格闲话倒讲得有点道理喏，啊？"勿错哟，格懒怕朋友讲出来格理由啦，倒蛮足的。可以到旁边头休息一歇，养养精神。等歇打起来么，加二劲道足。那么俚格个一讲呢，一百个人，一歇歇功夫大家侪同意哟。呒不人反对。蛮好，到树林里向坐脱一歇，落得该格辰光，戤戤，吹吹风凉，啊，讲讲笑话、闭闭眼睛、养养神，打个把瞌睏。

勿晓得唔笃，勿好坐下来格呀。唔笃如果立了大路上，倽轧牢吾，吾轧牢倽，大家侪穷凶极恶样子，虚火吊足么，有精神的。坐定，一放松，好了，勿来赛了。为啥道理么？因为格点小兵啦，昨日仔搭，诸葛亮登台拜将，一夜天勩困，格么一日一夜。今朝，又是一日天。到现在二更么，半夜天。两日一夜半，眼睛勩闭歇过。人啊，精力到底有限制格啊，倽索脚敌人在冲过来，肉搏、拼命打，有性命出进，诶！俚勿会困着的。哪怕倽三日三夜，还好顶一顶。就怕吃力仔下来，坐定，眼睛一闭么，豁边。上眼皮搭下眼皮碰着仔，勠想再睁得开来，得牢。吃力勿过哉哟。风吹过来，风凉笃笃，阴飕飕么，前脚嘴里向还在讲：哎嗨大家屑粒呼噜好仔，格嘴里向格闲话，字眼也勿清爽。隔得呒不几化一歇歇辰光么，呼呼，呼呼，困着了。格打鼾声音要过人的。赛过像格夜头，大家侪在吃力格辰光，一个朋友打哈欠么，勿少人才会跟仔拨俚一道打哈欠，赛过要传染格啦。一个人困着哉么，大家跟进哉。叫啥，倽也困，俚也困着么，呼——呼——李典赶到该搭来一看么，出色。一片打鼾声音。格蛮清爽，格点小兵，自说自话，勿守在路上了，在旁边头休息了。格个机会再好侪呒不了。

格么张飞呢，张飞勿在。再对旁边头看。望过去，格面有座山，山上有灯光，张飞带十八个家将，十八个家将手里有灯球、火把，有灯笼火了。老远望过去看得见。李典寻格个方向，朝门前过来格辰光，风当中隐隐约约送过来张飞格声音："好军师，好呃先生，博望坡中，烧得好——哇！"隐隐约约听得出张飞格声音。李典心里向转念头，明白了，明白了。看样子呢，张飞在山上看火烧，叫小兵守在路上，小兵拆烂污么，困觉。该个是极好极好一个逃走格机会啦。李典要紧，哈啦！回过来，替夏侯惇碰头。拿探听消息格番情形，搭夏侯惇一讲么，夏侯惇还只得想勿出，呐吭逃走法子。因为俚现在冲过去，路上呒不人守。格么张飞得信，要追格呀？追过来还是有危险啦。李典说吾有格办法，什个长，什个短，夏侯惇一听么蛮好，格么就照俚格说话办吧。先派两个小兵，根据李典关照的，过安林道去布置埋伏。格个几个布置埋伏格小兵一走么，李典搭夏侯惇讲，可以跑了。那勠紧了。李典、乐进带领败残军兵，马一拎么，朝门前头，哈啦啦拉……嚯咯咯咯……冲过来哉，用顶快格速度冲过安林道。嚯咯咯咯……

　　安林道树林里向，困着格点小兵，并勿是个个人困死觉。也有个把人，比较惊醒。听见马蹄声音、人走路格声音么，醒哉哟。眼睛张开来一看么，哈呀！曹兵，嚯咯咯咯，过去了。来格哉嚯，格么劲问得，四更天到了。格么侪冲出去酿，呐吭敢介？吾一干子呢。俚笃人头多，寡不敌众，吾冲出去送死呀。黑铁墨搭，自家格刀摆在啥场化也摸勿着了。喊酿？勿敢喊哟。一喊，曹兵听见吾在喊，俚跑进来，嚓！拿吾一刀哟。勿喊么，俚笃倒就什梗过去。看格点曹兵，嚯咯咯咯咯，过安林道大路。那么俚发急嘎，起爆头，"兄弟们，快醒。不好了，曹兵来了，曹兵来了，曹兵来了"。哗——一百个人侪惊醒转来么，侪对山上喊："哒，三将军快来呃。曹兵、曹将来了，张将军快来——呀！"唔笃一喊么，消息传到山上，张飞听见。张飞心里向转念头，啥物事啊，曹兵来哉啊？好。张飞俚要紧带领十八个燕将，哈啦！山上冲下来，到半山。半山五十个小兵跟仔一道下山，山脚下五十个小兵，半路上五十个小兵，一百五十个人集合在一道，冲到安林道么，搭安林道一百名军兵汇合。两百五十名军兵碰头了。张飞俚就要紧问路上格一百名军兵："众三军！""有！""曹将呢？""曹将过去了。""曹兵呢？""曹兵也冲过去了。""那么拿到没有？""一个也没有拿到。"嚯！张飞想要好得格嘞。吾关照唔笃守了，啥唔笃一个人也勤捉牢？再一想勿错呀，有曹将了。曹将冲过去么，侪叫格点小兵呐吭挡得住？张飞想，埋怨俚笃么，先要埋怨吾格呀。上梁勿正，下梁歪呀。吾自家到山上去看火着么，呐吭好侪去俚笃呢。好得曹兵刚巧逃过去，还追得牢。"快追！"张飞关照追么，俚只马，一拎，哈啦啦啦……追过来哟。背后头十八个家将、两百五十名军兵，哗——跟过来了。跑了一段路，门前分路。左手里一条小路，右手里一条大路，张飞拿只马扣住，酷！啊呀，分路哉咯。勿晓得曹兵走哪里条路？俚笃走小路呢，还是大路呢？看又看勿清爽，听听声音看。张飞侧转仔耳朵一听么，左手里小路上，有马铃声音传过来，喝冷冷冷……"在这里！"在该面。张飞拿只马，一拎，对后头招呼一声，望小路上冲。哈——马铃声音越来越响，喝冷冷冷……老远望过去天要亮快哉哟，蒙蒙亮。看得见了。只看见门前头，啪啪啪啪啪啪啪啪，有旗子。再看见树林里向好像有格人，晃了晃，晃了晃，在树林里。张飞心里向转念头，好极了。吾只要捉牢一个小兵。现在马铃声音响，哪怕吾捉牢一只溜缰马，够了。吾回转去，就好赢诸葛亮了，吃三杯酒。马，哈啦！冲近么，起格条枪望准旗杆上，嗖嗖——一拦，尔噶儿，啪！两面旗倒脱。嗯？叫啥格旗倒下来，呒不人格呀。就是两面旗，插在树林外头。哈冷冷冷……哈冷冷冷……马铃声音响。张飞仔细一看么，树桠子上挂了三串马铃。因为格树桠子细，风吹仔么，树桠子要动的。树桠子动么，马铃，哈冷冷冷冷冷冷，哈冷冷冷冷冷冷。"嚯？"啊呀，三串马铃。格么格人影子呢？再对树林里向一看么，只看见树桠子上套好一顶盔帽，挂好一副甲。风吹仔么，荡了荡，荡了荡，一副盔甲嚯。

哎呀！上当。俚笃小路上弄马铃、旗号、盔甲，人板往大路上走了。豪燥回过来吧。哈——佟圈马回过来么，十八个燕将，跟过来。哈——二百五十名军兵，跟仔一道望准右手里条大路上过来，到大路跟首一看么，天亮足了。望过去影踪全无。夏侯惇、李典、乐进替曹兵，逃得干干净净，一个俦勿看见。"中——计吔了！"上当。敌人格条啥格计呢，格名堂叫金蝉脱壳啦。摆一副盔甲在小路上，摆三串马铃在小路上，俚笃自家往大路上跑。张飞上当。现在人明白了，中计了，来勿及。拨俚笃已经跑脱了。张飞心里向火。一看么，两百五十名军兵过来了。呐吭弄法呢？小路上点马铃、旗号、盔甲带转去，也算俚格战利品。近段看看看，阿有曹兵？啥场化有呢？俦跑光格哉哟。弄僵，那么张飞弄僵。吭说法。搭诸葛亮立过军令状，只好回过去交令，丑媳妇难免见翁姑。

格么张飞望准新野县去，吾慢一慢交代。吾先交代夏侯惇噢。

夏侯惇听李典格说话，派两个小兵，拿自家身上副盔甲，搭马头颈里向格马铃，还有两面旗号，派人过去，在小路上布置。那么俚笃望大路上去。总算李典细心，拨俚用金蝉脱壳之计逃过重围。现在到曹操地界上么，笃定。夏侯惇要点点数哉，败兵还剩几化？队伍停，一报数，检查下来呢，败兵一共俦在，挺九十六。连夏侯惇、李典、乐进三个大将一道摆下去么，共总俦了，九十九。十万大军败得了剩，九十九个人回转去么，可以说得上，全军覆没。夏侯惇叹口气，完结了。虽然逃过重围，回转去格条命保勿牢。因为吾在曹丞相门前立军令状哟。吾搭徐庶两家头枉东道。徐庶么，说吾要烧得焦头烂额，败得全军覆没。如果吾赢，或者吾勠全军覆没回转来，格徐庶颗郎头拿下来。现在呢，果然像徐庶所说格一样，吾弄得一塌糊涂。回转去么，肯定颗郎头拿下来。曹丞相执法无私。曹操自家马踏青苗，就打宛城格辰光啦，曹操俚骑格只马，俚下命令关照，勿许到麦地里。如果要踏坏庄稼，踏坏麦苗么要杀头。勿晓得眼眼调，曹操自家格只马，在田岸头上过来辰光，一只鸟，飞过俚格马前，格只马一吓，哈啦！逃到田里向去么，扣俦扣勿住。哈——踏坏一大片苗。那么呐吭弄法呢？曹丞相就讲：吾关照过，勿许破坏庄稼。啥人弄坏庄稼，杀头。命令是吾下，现在吾自家犯了法，那么吾应该拿颗郎头拿下来。文武官员大家俦劝哉啊：丞相啊，俦，俦两样格咯，俦勿一样。小兵犯法么，应该要杀头。俦丞相，俦赛过格地位高。古代辰光有，有两句闲话。叫：刑不上大夫，礼不下庶人。格么俦格刑法咯，刑法勿能够上到大夫身上的，刑不上大夫。俦是丞相，比大夫还要高了，刑法可以豁免，可以勿罚到俦身上。格曹操说，勿可以，执法如山，吾如果勿执法，何以服众？但是呢，吾要领兵打仗，吾死脱吭吓人指挥。格么呐吭办法呢？曹操叫啥俚，拔出宝剑，拿顶帽子抟脱么，拿自家头上格头发，搭——一绺头发割下来么，结在根竹头上，交令。关照小兵：喏，曹丞相马踏青苗，割发代首。拿头发代替颗郎头。曹操格执法，要严到什梗格程度啦。

夏侯惇心里向转念头，吾回转去拿头发割下来，格个也吭不用场。格照样还是要杀。曼得徐庶咬牢么，吾吭不命活的。因为格个军令状立好了。勿晓得夏侯惇啊，倷放心，出乎夏侯惇格意料。叫啥回转相府碰头曹操，别人齣讨情么，徐庶跑出来讨情。徐庶对曹操呐吭讲法？夏侯惇吃败仗回转来哉。打仗呢，叫胜败军家之常事。格个有啥稀奇？夏侯惇从前立过功劳的，外加倷破诸葛亮，先拿夏侯惇杀头，于军不利。吾徐庶自愿撤销军令状，豁免夏侯惇。曹操开心啊，好，徐庶拨了吾一个落场势。夏侯惇是吾格亲眷，吾欢喜的，是吾格心腹，吾当然勿舍得拿俚杀。倷徐庶跑出来讨情么，比随便啥人讨情还要有力，而且倷自愿撤销军令状。

格么徐庶为啥道理什梗做？拍夏侯惇马屁呀？用勿着的。徐庶格种人么，叫眼光远。俚晓得的，曹操搭夏侯惇格关系，曹操是勿可能拿夏侯惇杀的。别人也要跑出来讨情，假使吾顶住，非杀夏侯惇不可？曹操要恨尽毒绝。就算俚拿夏侯惇杀脱么，俚对吾啦，咬牙切齿。夏侯惇自家人要几化？夏侯渊、夏侯德、夏侯尚、夏侯青、夏侯雷，俚笃自家一帮人，对吾呢，当然是恨尽毒绝，也要来暗杀吾、行刺吾，搭夏侯惇报仇。吾登在该搭点呢，吾性命危险。吾现在跑出来讨情，放了一个交情拨了夏侯惇，夏侯惇对吾呢，感恩不尽。曹操手下格帮夏侯氏格大将么，也对吾有好感。曹操么也见吾格情。俚见仔吾情，对吾有好感么，下转吾拨俚上起当来啦，容易叫曹操扛木梢。吾格目的，并不是要死脱一个夏侯惇。吾希望要呐吭，要搅得曹操家人家赤脚地皮光，那么达到吾格目的。为了一个长远目标，吾就现在辰光耐点气了，拿格张军令状讨转来。徐庶是动什梗种脑筋啦。曹操上当。所以曹操对徐庶格印象蛮好，连下来接连勿断的，上徐庶格当么，横竖吾说下去要交代。现在勿必去说得。

那么夏侯惇格路人马回转去，吾且俚笃在路上。吾交代张飞。

张飞僵哉。张飞心里向转念头，回辕门去见诸葛亮交令，呐吭弄法？阿有希望活命？吾立军令状格咯，捉牢夏侯惇，或者捉牢格小兵，格么回转去，诸葛亮吭不闲话讲，跪在地上，跪敬三杯。现在吾马也齣捉牢一只，吾要杀头。闯辕门辰光，诸葛亮要拿张飞杀，张飞顶好死，齣活了。坍得格台什梗种腔调。格么格辰光吃饱老酒，神之乎之辰光。现在神志清爽，俚佩服得格诸葛亮不得了。俚想诸葛亮格本事什梗大，倃大哥有诸葛亮帮忙，灭曹兴汉，大有希望。吾在诸葛亮手下，将来搭曹操打起来是，立功劳格机会真多。吾倃刘关张弟兄，在曹操手里向，吃得格败仗是也，勿晓得几化趟数哉。打一仗败一仗，从来齣赢歇过啦。就人家说笑话啦，刘备搭曹操打么，叫孔夫子搬场侪是输，吭不赢的。那么现在，现在有希望赢哉呀。有希望赢哉么，吾顶好勿死。格么倒是，军令状立好了，吭不挽回的。

张飞关照燕将：唔笃先回辕门探听消息。诸葛军师收令的，情形呐吭？张飞啥格意思呢，张飞顶好么，文武官员立功劳格人勿多，犯错误格人勿少，那么吾回过去，好赖极皮。阿是嗜，俚也勿成功了，格个也勿成功了，格个也有缺点了，归格也有毛病。嗯哈哈，勿是吾张飞一干子勿好了，大家俦勿好么，格么徐军师应该豁免点吾，阿是啊？张飞呒不啥别样办法想，想出来的，巴望别人家，大家勿立功。所以俚特为路上走得交关慢，缓缓而行，等消息来。

格燕将，在辕门里向探听明白，回过来报告。"回禀三将军。""嗯。""吾回到辕门里去打探消息，已经探听明白了。""嗯。""军师令箭已经俦收好了。""哦？""孙乾带五十个马兵，乔装改办老百姓，冲到曹兵队伍里向，得马匹五十一只。立，大功一次。""嚯——"张飞格面孔红起来哉。一个文官，一眼武功呒不的，带五十个小兵，马要得着五十一只。吾一个大将，狠得了顶天立地，带两百五十个小兵，狗也勼捉牢一只了，胃口倒完。"嗯。""简雍、糜竺、糜芳守城关有功，大功一次。赵子龙一枪挑死韩浩，大功一次。毛仁、苟璋、刘辟、龚都，布置火攻埋伏有功，大功一次。关君侯，用火牛阵收降兵一万，大败曹兵，大功一次。""退下！"张飞听得了，肝经火提起来了哟。徐听听看，大功一次、大功一次、大功一次、大功一次、俦是大功一次。就剩吾呒不功劳，那呐吭弄法呢？张飞心里向转念头，吾呐吭会得拨了夏侯惇逃过去的。讲来讲去么，俦是诸葛亮厉害啦。诸葛亮拨吾上格当，吾不知不觉当中扛格木梢。俚搭吾立军令状格辰光，如果关照吾，非捉牢夏侯惇不可，格么嗒，吾就勿敢离开安林道，吾也勿会去看火着。诸葛亮刁啊！徐曼得捉牢一个小兵，甚至于，徐曼得捉牢一只溜缰马回转来么，吾总归跪了徐门前头，顶一只盘了，请徐吃三杯酒。格个条件脱便当，吾上当，就上在格个忒便当上。那么木梢扛进。吾跑到山上看火着么，闯穷祸。蛮好哟，诸葛亮拨吾上当，用什梗种办法。吾啊，吾回转去也要拨诸葛亮上一个当。诶，吾要试试徐诸葛亮看，徐格本事到底阿大了勿大？吾呐吭回转去，拨诸葛亮上当么？张飞心里向想，吾回转去搭诸葛亮讲，夏侯惇拨吾捉牢了，安林道大获全胜回转来。诸葛亮一吓，卜落笃，跪下来，头上顶一只盘，盘里向三杯酒，那么吾拿三杯酒吃脱么，夏侯惇呢，勼捉牢。啊呀！上徐格当。岂敢？杀头。死仔口眼也闭哉。张飞心里向转念头，嗳，吾还要来看看徐诸葛亮格本事，究竟如何？勿知呐吭拨了格恋大想出来，糗么也实头糗。

到辕门，下马。往里向进来格辰光，派人去报告军师，张飞求见。诸葛亮关照："请。""三将军，军师有请。""来了。"喝冷噌噌——提甲揽裙，上演武厅格辰光，张飞心里向转念头噢，要拨了诸葛亮扛木梢，吾勿能够急煞之人格哦。吾如果心急慌忙，哈呀！面孔上么神色仓皇、心神不定了，诸葛亮勿会上当。吾啊，吾么要装得快活，要笑得来得意洋洋。让诸葛亮一看么，一吓，唉呀，张飞为啥道理什梗快活么？成功哉。那么俚会得扛吾木梢。

张飞一埭路笑上来，"呋喝喝喝……呋喝喝喝……"徐在笑上来格辰光么，文武官员大家一看，喔哟？喔哟，张飞什梗快活是，看上去格苗头，立仔功劳了。诸葛亮倒也有点呆瞪瞪，格张飞为啥道要什梗快活？"先生在上，张飞，参见先生。""罢了。埋伏安林道，行事如——何？"

"奉了先生将令，埋伏安林道，不出先生之料，二更时分博望起火，四更时分曹军到来，曹将夏侯惇，被张飞拿——住了！特来见先生，交——令呃。"哦哟！诸葛亮格个一么么，非同小可。啥物事啊？夏侯惇拨俫捉牢哉啊？吾料到俫，马也捉勿牢一只的。呐吭会得拨俫拿夏侯惇捉牢？唉呀呀，那么吭趣。军令状上讲好，俚捉牢夏侯惇回转来么，吾只好，卜落笃，跪下来，头上顶一只盘了，请俚吃三杯酒。格个胃口倒完，一世话嘞。诸葛亮在对张飞只面孔看格辰光，"吷喝喝喝……"只看见张飞满面笑容。"将军，请过旁侧。""噢！"张飞望准旁边头一立，呵冷噌噌噌噌噌，等诸葛亮拿三杯酒拿出来。碰着格诸葛亮，勿关照拿酒。两只眼睛呢，盯牢哉张飞只面孔，在对俚看。看俫面孔上格表情呐吭？

那么张飞啊，俫，做功好点酿，有心笃定点。到底下软虚格呀。笑么在笑，急是也在急哟。"吷喝"刚巧一笑，连下来马上眼睛定洋洋哉。一看诸葛亮在注意俚么，"吷喝喝，吷喝喝"。诸葛亮一看，格笑得勿对，笑得有点僵哈哈了。啥体笑格当中，眼神里向流露出一种仓皇之色？诸葛亮心里向转念头，让吾来下命令，看过明白仔再说。"来。""啊。""传本军师将令，把曹将夏侯惇押——上堂来。""啊！军——师有令，把曹将夏侯惇押——上堂来。""呼——咦！""嚯——"张飞想那么人家完。拿夏侯惇要推上堂来么，啥场化有啥夏侯惇了？捉牢一副盔甲呀。张飞格做功叫好，对仔下头，"啊，来啊，你们把曹将夏侯惇押上来啊。你们要小心，勿被夏侯惇跑掉。啊，这个，先生哪，喝酒哉嚯！"酒拿出来酿，张飞想三杯来勿及吃么，抢着格一杯，也是好的。

诸葛亮睬也勿睬俚，诸葛亮心里向转念头，俫极吼吼点啥。夏侯惇拨俫捉牢么，赖俫勿脱的，总归按照军令状办事，勿好少俫一杯酒。俫何必要什梗极呖呖。诸葛亮在对下头看格辰光，下面两个小兵来哉呀。一个朋友掮两面旗号，拎三串马铃。哈冷冷冷冷冷，一个朋友手里向夹一副盔甲，两个小兵走到礓礤上，实在难为情走上演武厅。唔笃两家头在过来，人立定在礓礤格辰光么，诸葛亮看得蛮清爽。诸葛亮心里向转念头，嚯嚯嚯嚯嚯嚯，匹夫啊匹夫。俫，捉牢格壳子，芯子拨俚逃走脱了。人家用金蝉脱壳之计。哦，俫现在回转来，还要拨吾扛木梢？诸葛亮面孔一板，一记台子一碰，啪！"着，匹夫，张呃——飞！"张飞要紧从旁闪出，嗬儿嘚——噗！跪下来，"张飞，该——呃死"。刘备在旁边一看，佩服。啥体？诸葛亮，俫有本事。张飞格脾气，几化糯得了。俫一记台子一碰，对仔俚：匹夫张飞。俚马上对俫，牛鼻子道人。格朋友揩脱帽子，吭不脑子。现在俫，当！一记台子一碰，骂俚匹夫张飞，俚马上，噗！跪下来，口称该死么，可见格个诸葛亮格本事几化大啊？

诸葛亮在责问张飞，"曹将夏侯惇，被尔擒——获了？现——在哪里？""嚯——嚯！呃，这个。这个，回禀先生，张飞奉了先生将令，埋伏在安林道，二更博望起火，四更曹将到来，张飞人马杀出，夏侯惇跪在张飞马前，苦苦哀求呃。张飞一时动了恻隐之心，不忍下手了，把他放——掉了！""哦哟，嚯嚯嚯嚯……"诸葛亮想，倸赛过在热昏。夏侯惇么跪在倸门前苦苦哀求，倸么不忍哉喽，动仔恻隐之心么，拿俚放脱了。倸有啥格恻隐之心啊？夏侯惇来捉牢俚，回转来有三杯酒吃。恻隐之心？赛过在热昏。"我把尔这匹夫，还要胡言乱语。还不与我，从——实招——来！""嚯——鬼话都瞒他不过。"那么张飞呒不办法，只好老实交代。吾么喏，自家勿好。派小兵守了路上，吾到山上去看火着。下头喊，吾冲过来，追上去。结果么，拨俚笃用金蝉脱壳之计，夏侯惇逃走。弄着一副盔甲了，弄着点旗号、马铃回转来。拿格经过情形，详详细细报告军师。"先生，张飞，该——地死。还望先生，恕——地罪！""哼，匹夫，临行时节，立下军令文书。成功回来饮酒三杯，不成功，首级交领。如今尔既然失利归来，本军师不得不按军法。捆绑手。""有。""把张飞，拿——去砍了。""啊！军师有令，拿不法将张——飞，呼——咦！"捆绑手从旁边头跑过来要绑张飞格辰光，张飞嘴里向连连讨饶。"哦哟，军师啊，张飞该——死。还望先生开恩，饶恕张飞。"嘴里向么，连连在讨饶。手里向捏好两个拳头，眼睛对两旁边捆绑手看看，唔笃来来看。来么，勿一拳搠唔笃出去？吾见诸葛亮么要怕。见唔笃捆绑手，吾用勿着怕得。"啊，张飞该死，吭——望先生恕罪。嗯。"倸在对两旁边眼睛弹，拳头扬发扬发么，两个捆绑手响勿落。对诸葛亮望望：军师，格个叫倷哪吭动手？倷勿好绑了。诸葛亮介险乎笑出来，看俚，卜、卜、卜、卜，连连磕头。既然倸，认罪，格么倷哪吭呢？诸葛亮对张飞格性格，是蛮欢喜。格个人快人快语，直爽。搭倸勿对，就是骂倸。佩服倸了，就是搭倸磕头。像什梗一种大将，诸葛亮当然也勿舍得拿倸杀。但是要饶，总要有格名堂咯？

诸葛亮扇子对捆绑手一招，唔笃慢一慢动手，捆绑手立定。"匹夫。""噢！"那是叫俚匹夫，噢噢应了什梗？"尔要本军师饶恕，这也容易，只要尔办得成一桩事情，将功赎罪。办不成，两罪俱罚，首级交领。尔可愿办么？""呃，这个？"张飞心里向转念头，诸葛亮啊，倸要饶恕吾么，爽气点饶。倸啥体还要喊吾去办一桩事体呢？老实讲，张飞呒不信心办好。倸叫吾带两百五十个人，捉一只马也蹦捉牢么，格倸想叫吾办别格事体，吾哪吭办得好呢？不过，勿答应，马上杀头。答应么，至少还可以多活两日天。"呃，张飞愿办的。""起来。""啊哦。"张飞立起来。诸葛亮提起管笔来，嗒啦啦，写好一张条子，拔一条令箭，连张条子一道交拨俚。"令箭一支，带领五百军卒，照此纸行事。""得令——呃！"张飞接令，退下来拿令箭肋夹套里一别，拿张条子曳开来看。格张条子上，写得交关简单。张飞在读出来，"匹夫张飞，吭喝喝喝"，诸葛亮骂吾，勿高兴嘴里骂，写在纸条上骂。"匹夫张飞，擅离信地。"安林道擅离信地，俚俫晓得了哉。"归来撒谎，岂有此理。"回转来说鬼话，拨俚批评，岂有此理。嗯嗬。"博望一带，战场清理。扑灭余火，掩埋尸体。将功赎罪，免尔一死。""多谢，军师——地！"张飞开心啊，该格是诸葛亮挑挑吾。叫吾带五百个兵到博望坡去，火，扑灭扑灭。死尸，埋葬埋葬。清理战场。格种事体么，用勿着吾张飞去格呀。俫，哪怕派一个偏裨牙将，随便啥人去也办得成功格呀。格么诸葛亮为啥道理要派吾去呢，蛮清爽，挑挑吾。拨吾一个机会将功折罪了，免尔一死。

张飞点好五百名军兵，赶奔到博望坡。博望坡格火呢，还好。因为四面是山了，俚勿会越过山峰了，烧到外头来。所以呢，里向格火，已经差勿多了。张飞再进去拿点余火扑灭扑灭。那么死尸热昏。格个死尸，俫勿拿俚葬脱了，要变成功瘟疫的。张飞马上关照小兵，掘壏埋葬，拿点尸体侪掩埋。曹兵掼了格种刀枪剑戟，军需品，啥格锣鼓了，还有路上掼了格种帐篷了，格种物事呢，统统侪带转来。

张飞等到清理战场完毕，回到城里向，见诸葛亮交令么，诸葛亮拿军令状还拨俚。将功抵过，功劳呒不了，罪名么勿记俫，军令状还拨俫。张飞拿军令状收过么，正在犒赏三军呀。犒赏三军，吃三日天酒么，今朝第三日天。格张飞回转来么，喊俚坐下来吃酒。毛仁、苟璋、刘辟、龚都晓得的，张飞格脾气，吃起酒来，狼吞虎咽了，赛过像抢什梗打上。诶，今朝奇怪。张飞叫啥坐下来吃酒辰光，吃勿进了。客气得了，酒么酒也勿喝，菜么菜也勿搛。咃？阿咃格张飞变脱哉哇？只看见俚面孔上，呆瞪瞪，眼珠子呢，定洋洋，好像啦，有满腹心事。啥格心事？毛仁、苟璋弄勿明白。

酒阑席散，大家回转。那犒赏三军事体就结束了，要恢复正常办公。文官孙乾回到屋里向，书房间里坐定。刚巧坐定勿多一歇了，外头底下人报进来："禀孙老爷，三将军张飞求见。在外面。""哦？"咃？难得的。张飞到该搭来看吾。孙乾俚要紧跑出来，到门口么，张飞就立好了。三将军，难得难得，哪里一阵风，拿俫吹到该搭点来，里向请。"呃，慢来。"啥体？勒进去哉，就门口头搭俫讲两声吧，叫立谈几句。唉唷，三将军啊，俫格人呐哼恁格心急呢？俫坐定仔讲，会来得及了。勿勿勿，吾现在就搭俫讲。啥格事体呢？说：老孙，现在吾明白了。俫明白点啥呢？一个人啊，要有文才。呒不文才呢，勿来赛的。三将军，俫格个啥闲话。文搭武么一样的。太平年间，文才比武功出风头，乱世年间是武将出风头了，文才勿及武功。勿勿勿，老孙，俫勿要讲格种闲话。吾现在明白了，一个人只有武功，呒不文才啊，格个人只好算匹夫！咃？咃咃咃？孙乾介险乎勿相信自家格耳朵，要张飞讲格个闲话倒勿容易的。哈哈，三将军，俫、俫、俫太谦虚在哉嚜。勿是谦虚，吾现在真格明白了。啊。吾现在吃亏呢，就吃亏在呒不文才。吾现在要想学点文才了。俫学文才，呐哼学法呢？赛过，吾想拜先生，学本事。拜先生，俫想拜啥人呢？哦，别人侪勿拜。吾想拜诸葛亮做先生。吾来寻俫老孙，俫搭吾到诸葛亮门前去讲讲，阿能够拿吾收下来，做俚学生子。嚄嚄，三将军啊，格个，诸葛亮？哎。俫拜俚先生？哎。格俫三顾茅庐辰光，要拿根麻绳去捆俚出来了，再要放火烧脱俚房子了，登台拜将么还要杀脱俚了。格俫现在去拜俚先生，算啥名堂？"喔唷，老孙啊"，俫勿要掀吾冻疮疤酿，格个叫此一时，彼一时。格辰光呢，吾勿懂，勿认识，所以了，做仔点蠢事体。现在吾明白了，吾要拜诸葛亮先生。呃，嘿嘿，蛮好蛮好。既然什个样子么，那么三将军倷请回转。横竖，随便几时，有空，吾去搭先生碰头么，吾去说说看，看军师阿答应勿答应。老孙，倷现在阿有事体？现在事体是吭啥事体。吭啥事体，倷何必要再过脱几日天呢？倷搭吾马上就去。哦，省得带马哉喏，吾格马就在旁边，倷骑仔吾格马，到军师府去。吾留在门口里等倷，立等回应。唉呀，孙乾也响勿落，有格种心急朋友，叫啥要立等回应。好了好了，倷立等回应么也勿必。什梗吧，倷，倷格怎样子。倷到吾屋里向书房间里坐脱一歇，倷格马吾也骑勿来。吾骑自家格马去，吾马上就去。"好！"

那么张飞到里向去等。孙乾关照底下人带马，俚上马到军师府门口下马。跑进来见诸葛亮么，诸葛亮拿俚接到书房间里向坐定。问哉咯，孙先生，倷阿有啥事体呢？呵呵，军师，吾来么勿为别样。吾特地来介绍格学生子拨倷，有格人要拜倷先生。诸葛亮说吾从来勿收学生的。诶，格个人交关诚心啊。俚别人侪勤拜了，叫就是要拜倷。阿能够看吾面上，倷收仔下来吧。啥人呢？三将军张飞。哦呃，诸葛亮头也摇得落，勿收勿收勿收勿收。唉呀，军师啊，吾晓得的。张飞从前辰光冒犯过倷，得罪过倷，倷么大人不作小人之过。吾刚巧也问俚格呀，格倷从前冒犯卧龙先生，倷为啥道理现在要拜先生？俚说此一时也，彼一时也。当初么，吭不认识，现在么认识了，所以要来拜倷先生。阿能够看吾面上，倷无论如何要拿俚收下来。嗯！诸葛亮考虑仔一歇了，好。格么喏，孙先生啊，别人来讲么，吾勿听格喏。倷来讲么，准其算数。格么只收什梗一个啊，别格学生子来，吾勿收的。蛮好蛮好。

孙乾告辞退出来。到外头，上马。回到自家公馆门口，还勤下马么，张飞已经在里向奔出来，"啊，老孙啊，阿成功？"三将军，别人去讲勿成功，吾去讲么一句闲话，卧龙先生答应哉，那倷笃定哉哇，回转去，拣一个黄道吉日，备仔香烛了拜先生去。老孙啊，用勿着拣黄道吉日，吾勿相信的，叫拣日不如撞日，拣时不如撞时，搭倷马上就去。倷马也勤下哉，吾骑仔马了，跟倷到军师府。孙乾说：吭不什梗心急格嗄，格门生帖子也勤端准。张飞说：吾带得来格哉。叫啥俚袖子里向帖子拿出来，预先带好仔来。孙乾也响勿落，先生勤拜，介绍人也勤去了，叫啥俚帖子已经带得来。格么香烛吭不哇？香烛么，路过香烛店买一副么便当来西。好好好。

孙乾也索脚马上勿跳下来哉。张飞上马，关照底下人路过香烛店，买一副香烛。那么喏，到诸葛亮公馆门口，下马。派人报进去么，诸葛亮出来接，接是接孙乾，并不是接张飞。等到诸葛亮搭孙乾见过礼，过来招呼张飞格辰光。张飞格辰光格只面孔，十八个画师也画勿像。啥体么？尴尬。到底有点难为情。从前辰光得罪诸葛亮，骂得俚狗血喷头，宝剑抽出来要劈煞俚。现在带仔香烛了，拿仔帖子，到该搭来，要磕头拜先生，想想终归有点窘咯。张飞格只面孔，嗨，嗨，贼脱兮兮，跟仔诸葛亮到里向来。格规矩要摆足的。香炉摆好，香烛点好。那么照规矩拜先生么，要拿师母请出来格嘎。诸葛亮师母勿在，在隆中屋里向，勿在该搭点，诸葛亮一干子出来的。那么，诸葛亮坐了当中，旁边摆只空位子么，算是师母的。孙乾么登了旁边头。张飞么，跪下来，卜、卜、卜、卜、卜，磕头。磕好头舒齐，香案收作开。大家坐定。讲脱两声么，孙乾立起身来告辞。孙乾走，诸葛亮带张飞送，送到外头分别。孙乾回转去，笑得肚皮肉也痛哉。诸葛亮收着格个学生子，横竖头脑子要发涨的。

诸葛亮回到里向来坐定。张飞呢，望准诸葛亮旁边头一立，规矩倒蛮好，像格学生子样子。先生坐在么，立在旁边头。诸葛亮说：张飞啊，倷坐酿。倷是吾学生子，又勿是底下人，格倷用勿着立得，倷坐啊。"噢！"张飞坐下来。唵吃夜饭了？"没有了。"格么登了该搭吃夜饭哉哇。"好的。"那么诸葛亮夜饭开格出来，端准好酒，张飞要吃酒格呀。格么张飞吃酒。刚巧为啥道理犒赏三军，吃贺功酒格辰光，佢酒吃勿落呢，佢满腹心事呢，就是要想拜先生。现在先生答应哉么，佢酒放开胃在吃。等到夜饭吃开，碗盏家什收拾脱，诸葛亮坐着么，张飞在对过也坐下来咯，搭诸葛亮一道讲张咯。诸葛亮关照啊，张飞啊，辰光勿早哉哇，倷可以回转去哉哦。"呃，慢来。"呐吭啦？吾拜仔倷先生么，倷本事也勿教吾，呐吭就叫吾回转去仔呢？哎呀呀，诸葛亮说：格个学本事么，要慢慢叫来的。倷什梗式心急嚛？格吾就是为仔心急了要拜倷先生。从前格个几十年啦，吾魍好好叫学过本事。嘿嘿，现在吾要学本事哉。哦，诸葛亮看佢格种精神倒真的，勿容易呀，刚巧拜先生，马上就要学本事。

那么诸葛亮搭佢讲，诸葛亮说：倷要学本事呢，倷要去读点书，兵书战策，啥格黄公三略、吕望六韬，格种书呢，必须要读的。要赛过倷，战场上打仗格基本功了，倷格个基本功要打好。那么用计呢，讲起来，勿是三言两语讲得完的。总而言之呢，要根据对手，敌人是啥等样人，那么倷呐吭样子用计。比方说，该次夏侯惇来。吾用格计策呢，叫诱敌深入。吾先派人，骗脱佢五十一只马。连下来，赵子龙拿韩浩领进博望坡。那么夏侯惇来哉啦，夏侯惇勿会马上就进山路。吾特为让刘备在古城山上吃酒。刘备呢，赛过像钓鱼钩子上格鱼食，夏侯惇呢，像一条黑鱼，佢看见鱼食么，佢板要冲进来，劝阿劝勿住。板要进博望坡么，那么吾再放火烧。那么再讲吾人马少，敌人人马多，以少胜多，吾就用火牛阵。火牛阵拿佢笃格人马冲散脱。那么吾晓得倷张飞守在安林道上，为啥道理搭倷枉东道呢？吾晓得倷格个心思，倷大意的。吾格条件降得交关低，曼得捉牢一只马，就回转来好吃三杯酒。那么倷上当，倷跑到山上吃酒，中佢笃格金蝉脱壳之计。所以打仗呢，蛮重要格一条，要揣摩敌人格心理，要了解敌人格性格。那么倷可以赢佢，格个名堂叫啥，叫知己知彼呢，百战百胜。比方说，吾伲格对手是曹操。倷就要晓得曹操格人呢，有格特点，疑心病交关重。平生多疑。那么倷搭佢打格辰光呢，倷不妨就用疑兵之计，取胜佢。格个呢，倷先要记牢。"嗯，好！"张飞想蛮好。诸葛亮就拿博望坡格个一仗，打格情形讲拨俚听么，有数目。张飞回转，那么诸葛亮休息咯。

到明朝转来早上，诸葛亮刚巧起来，在揩面咽嘴么，外头底下人报进来："禀军师，张飞到，求见。"喔哟，张飞倒来得早了。天也刚巧亮，已经来哉。请啊。张飞进来，"参见先生"。俚呐吭什梗早就来哉呀？"学本领！"哦哟，学本事，倒实头巴结的。夜头老晚回转么，天一亮，马上就跑得来。格么，张飞在诸葛亮旁边头看诸葛亮办公，听诸葛亮布置事体，近朱者赤，近墨者黑。在诸葛亮格熏陶底下了，张飞格进步非常快。张飞在拜诸葛亮先生之前，戆大。而且是真戆大、全戆大。拜了诸葛亮先生之后呢，开窍了。慢慢叫聪明起来，格个叫啥，叫半戆大。一半戆大了一半聪明。到后段书里向，张飞兵进西蜀，打巴州格辰光，奇设疑宴，打东川格辰光，智败张郃。后三国里向格张飞是，哈呀，眉头一皱，一条计策就来了，诡计多端。敌人讲：张飞么戆大。俚自家先戆。张飞到后段书里是，也勿叫半戆大哉，叫假戆大。诶，俚看看俚么戆大，其实该格戆大是假的。俚真聪明。所以张飞格性格发展，拜了诸葛亮先生呢，连下来，俚就要用计。刘备是开心啊。刘备心里向转念头，诸葛亮勔出山格辰光，张飞对俚有意见的。三顾茅庐辰光，仇结得交关深。连下来么，闯辕门。现在诸葛亮博望一仗之后，文武官员佩服诸葛亮了，诸葛亮格威信提高了。顶顶反对诸葛亮格张飞，拜仔俚先生了。张飞在进步了，刘备心里向转念头，那么吾家人家要兴旺发达。本来吾只赅九百五十个小兵，现在吾格人马也多了。人马已经发展到，近近叫一万。所以刘备呢，充满了信心，特别高兴。

俚高兴么，诸葛亮叫啥上心事。为啥道理诸葛亮要上心事呢？因为诸葛亮明白，曹操格个对手勿好对付。为啥呢？夏侯惇吃败仗回转去，报告曹操之后，曹操勿肯善罢甘休。俚一定要报仇雪恨。如果俚报起仇来了，俚勿会像，派夏侯惇什梗种大将来打新野县。说勿定，俚会得自家领兵到该搭点来。吾俚搭曹操格军队格实力比较起来呢，众寡悬殊啦，实在相差得大勿过。

诸葛亮派人到许昌打听消息，今朝探子来了。"报，禀军师。""何事，报——呃来。""小人奉令在许昌打探消息，今有曹操谎奏天子，说江东孙权霸占六郡，荆襄大王连年不贡，新野皇爷拒绝皇师十万。三处连同叛逆，万岁龙性大怒，下旨命曹操为大将，带领七十五万大军，屯兵宛洛道，即日要兵进新野县，请军师定夺。""再——呃探。"探子退下去辰光，诸葛亮一听不得了了。曹操要带七十五万大军，兵进新野县。呐吭办法呢，下回继续。

第三十四回
荆州借兵

刘皇叔在新野县得到报告。夏侯惇兵败回转许昌之后，曹操叫啥俚上朝见驾。奏明万岁，说江东孙权，霸占六郡。荆州刘表呢，连年勿进贡。新野县刘备么，抗拒皇师十万。格个三堂场化连同叛逆。因此，皇帝下圣旨。派曹操为大将，要调七十五万大军，兵屯宛洛道，己丑七月丙午日出师，攻打新野。格个消息呢，刘备听了，真格像当头一个霹雳呀。生仔耳朵，勿大听见，啥格发动大军要七十五万啦。

刘备心里向明白格呀，曹操说么说，啥格江东孙权么，霸占六郡，荆州刘表么，勿进贡了。俚要打江东，假的。为啥？江东有长江天险，俚吭不水军，俚要想打过去，困难。打荆州刘表，还是一种名义。因为刘表有三十万大军，有相当实力，也勿是容易能够拿俚消灭的。真正曹操格目的，是要来攻打吾刘备。因为吾小小新野，还连带一个樊城，一共侪在，只赅两个城关。就算现在人马，稍微扩充一点，还勿超过一万。那么俫想，要用一万勿到格军队，抗拒七十五万人马，呐吭来事呢？那么刘备再问探子，许昌还有啥其他讯息。探子报告，还有一桩消息。就是曹操在上朝见驾，要兴七十五万大军来打新野县格辰光呢，朝堂上有人反对的。当时有个人，就在金殿上跑出来，向皇帝奏上一本，反对发人马攻打新野县、荆州了替仔江东。啥人呢，是孔夫子的第二十世孙子——太中大夫孔融。孔融出来阻挡哟。但是，俫呐吭拦得牢曹操呢。曹操叫啥反咬一口啊，说孔融通同叛逆、背反朝廷。那么孔融跳起来，吾呐吭去背反朝廷？俚就起手里向象牙格朝板啦，望准曹操头上打上去。说俫么名为汉相，实为汉贼，欺君冈上，反说吾孔融背反朝廷么，辣！格一朝板，吾搭俫拼了。曹操偏得快呢，一朝板打在俚格相雕翅上，哼！相雕翅断脱了。孔融牙笏刺相雕啦，那么曹操板面孔。说孔融金殿失规，皇帝呢，就拿孔融打入天牢。曹操回转相府之后，自作其主。因为曹操搭孔融是冤家。孔融有格要好朋友，叫祢衡。祢衡呢，曾经击鼓骂曹，骂得曹操狗血喷头。因为祢衡搭孔融是要好的。有人就在曹操门前触过壁脚，说祢衡格骂俫啦，是孔融指使。该抢么，趁在金殿上，两家头板面孔格机会，曹操就下命令，拿孔融笃一家门，连孔融从天牢里调出来，绑到大街上，押赴市曹，满门抄斩，全家诛落。而且死尸呢，暴露在了上，勿许人收尸。后首来有人去哭了，哭了孔融，求曹操，阿能够拿孔融收尸？那么曹操算为了收定人心么，勉强答应，拿孔融死尸埋葬脱。

刘备听到格个消息，心里向交关难过。为啥呢？因为孔融搭刘备有交情格呀。从前孔融，是十八路诸侯当中格一路，俚是北海太守。孔融在北海格辰光呢，曾经碰着土匪管亥，包围北海城。孔融弄勿落了，派太史慈到平原见刘备。刘备格辰光在做平原令，做一个知县官啦，要求刘备去救。那么刘备带仔关、张，还问北平太守公孙瓒借了一个赵云，杀奔到北海。关云长刀劈管亥，刘皇叔渤海救孔融，解北海之围么，所以孔融搭刘备格感情，是非常好的。该格一次孔融出来奏明万岁，要求皇帝勠发兵攻打新野县么，刘备心里向明白，孔融呢，也是搭吾有感情格关系。而现在呢，孔融，满门被害。曹操实在猖獗。

现在大军呢，向宛洛道集合。宛洛道呢，就是宛城到洛阳格当中一段路。格个地方呢，曹操在屯兵。刘备心里向转念头，曹操大军压境。格事体呐吭办法？再一想么，只有搭诸葛亮商量。上一回夏侯惇十万人马来吾也急得了不得了。诸葛亮谈笑自然，羽扇轻摇，杀退曹兵，拿十万人马呢，弄得全军覆没。格么现在，问问军师看，俚阿有啥格办法？"卧龙先生。""主公。""曹贼，兴动人马，兵进新野，请问军师有——何，妙计退敌？"诸葛亮摇摇头。啥道理么，因为众寡悬殊，少不敌多，呒不办法好打的。"主公，寡不敌众。亮，无能为力。"刘备想，勿能怪诸葛亮呦。因为吾穷，吾人马实在忒少。"请教先生，要有多少人马，方能退——敌？"俚倒也拨一个尺寸拨了吾看呢。俚看，几化人马么，好打打哉？诸葛亮想了一想么，"至少二十万"。喏，有二十万兵么，勉强可以应付应付。刘皇叔一听么，"呃，这这、这。军师，这二十万人马，刘备，想——法"。吾去想法子。诸葛亮对俚望望，俚、俚格个大话说得了一眼呒不道理。新野县连老百姓侪在，勿满二十万人呀。二十万人马有啥格办法好想？"主公，有何办法？""喏喏喏喏，刘备赶奔荆州，相见我家兄长刘表。问景升兄长借兵符印信，调二十万大军与军师发令，破——敌。"诸葛亮一听么，刘皇叔格设想勿错的。到荆州去碰头刘表，搭老兄去商量，刘表有三十万人马，问俚借廿万。格个廿万人马借着，就可以打了。诸葛亮心里向转念头，勿来赛。为啥呢？因为刘表格权柄，勿在自家手里。在蔡夫人手里，在蔡夫人格兄弟蔡瑁手里。俚笃呢，执掌大权，决计勿肯拿二十万人马借拨俚。因为俚搭刘备是冤家。诸葛亮摇摇头，"恐怕不能成功"。"诶，先生说哪里话来，如今曹——贼要攻打新野，讨伐荆襄。如新野失守呢，荆襄危急，唇亡则齿寒，我想兄长定能应允。"诸葛亮想，俚格道理，讲得侪对格呀。新野县是荆襄格外围，新野县能够保住，格么荆襄也太平哉。新野县失守么，好有一比，嘴唇，磕——根脱，牙齿就直接受着攻击了，唇亡齿寒。道理对的。但是，蔡瑁、蔡夫人，俚笃勿肯的。俚笃勿搭俚讲道理。俚笃顶好借曹操格力量，拿俚消灭了。诸葛亮还在摇头，刘备说吾一定要去借，试试看。俚说勿成功，吾说能够成功的。诸葛亮心里向转念头，好了，格么就去一埭吧。为啥呢？勿去，登了新野县，曹操人马打过来，也是呒不办法。那么，将来吃仔败仗么，刘备要怪的。蛮好吾到荆州去借兵，俚反对哇。俚板勍去嚯。那么好，现在嗬，一塌糊涂，守也守勿住哉。格么吾陪俚去一埭。成功，当然求之而不得。勿成功呢，格末将来新野县守勿住，俫刘备也吭不闲话好讲的。诸葛亮答应。诸葛亮说：派赵云带三百名军兵保护。叫关云长、张翼德弟兄两家头留守新野县，防备曹操人马勚打过来。有啥事体呢，马上到荆州来报告。关、张两家头答应。

刘备、孔明、赵子龙带领三百名军兵离开新野县，到樊城，过襄江，到襄阳。过襄阳，直到荆州。进城，到辕门。刘备、赵云下马，诸葛亮出车子。唔笃三家头进去么，三百名军兵留在外势。刘备踏进来辰光么，辕门上格传线官，卜！跪下来，"小人迎接二主公"。刘备一看么，认得的，传线官。此人姓宋，单名格忠。"罢了。通报大王，说刘备，求——见。""二主公，大王有病，不能见客。您要进去么，请您上端门。"俫到端门再讲吧。吾该搭点辕门上，勿报哉。里向关照的，随便啥客人来，勿见哟。噢？要到端门。要叫端门上报进去。刘备心里向转念头，啥老兄格病，重得什梗了？唉呀，格么吾，吾哪会得勿晓得格呢？吾在新野县，吭不接到过吾老兄病重格书信。唔笃望准里向进来格辰光，到端门口，就是大堂过来，里向就是端门。端门口有只皮榻子，有格人么坐好了。啥人呢，顶头冤家蔡瑁。蔡瑁为啥道理守在端门上？俚就是截断外头格文武官员，任何人勿得进去，搭刘表碰头。为啥呢？因为刘表病重，看上去不久人世。蔡瑁搭蔡夫人商量好，该格辰光，让刘表勿搭外头接触。将来刘表死脱，吾伲就可以推头，讲刘表临终遗嘱，废脱大公子刘琦，要立二公子刘琮即位。该格横竖死吭对证。吭不人搭刘表碰头，吭不人出来做见证的。啥人晓得，格个遗嘱，是真格了，假格了？因为俫外头文武官员也罢哉。其他人能够搭刘表碰头，刘表可能要漏出来，要立刘琦即位么，格个事体风声传出去，对吾伲不利啦。所以呢，蔡瑁守好在该搭点。

刘备看见蔡瑁么，吭不办法嚄，走他门前过，怎敢不低头。今朝要去见刘表么，板要打通蔡瑁。明明俚从前辰光，火烧馆驿，襄阳大会，弄得吾马跳檀溪湖，两次性命俫推位一眼保勿牢。但是现在，还只得要出仔格笑脸了，上去求俚。"蔡都督，刘备参——见都督，这厢有——礼。""嗯？"蔡瑁在闭目养神呀。听见刘备声音，俚眼珠子张开来一看，只看见刘备对俚唱喏么，蔡瑁俚要紧从皮榻子上立起来。心里向，咯噔，格一来。嘿，该格辰光，眼眼调刘备跑到此地来？"二主公不敢，蔡瑁有礼了。""蔡都督，请通禀大王，说刘备求——呃见。""嗯？二主公，您知道吗？我们大王，他有病在身，病得很厉害。文武官员一概不见，叫吾在这儿把守端门。二主公，您有什么话，跟我说。等大王病好之后，吾告禀大王，大王命人到新野县，再请您到这儿来相见，好吗？"啊？啥物事啊？哦，有闲话搭俫讲。叫吾么回转，刘表病好了，俫告诉刘表，那么刘表再派人到新野县，叫吾来。吾是来讨救兵。常言道救兵如救火，格哪好耽搁呢？吾是一歇歇也耽搁勿起。"啊，蔡都督，今日刘备到来，一则面见兄长当面请安。二则么，有重要事情要与兄长相会，还望蔡都督行一个，方便。"

蔡瑁心里向转念头，格呐吭可以。因为刘表写过两封信到新野县，请刘备到荆州来商量。啥道理？刘表自家晓得病重了，看上去该抢呢，勿容易好了，要准备后事。现在刘表呢，头脑清醒。晓得吾家当送拨了小儿子刘琮，废长立幼呢，要违反法律。因为汉朝辰光格法律啦，家当一定要传拨大儿子，叫国有储君、家有长子。倘如果说废长立幼呢，格个事体啦，众人勿服的。虽然刘表，也非常欢喜刘琮么，格呒不办法呀，碍于法律。而且晓得了，倷只有让刘琦到该搭点来即位，格么再拿刘备请到荆州来，让刘备来辅佐刘琦。到格个辰光，即使曹操人马打过来么，刘备、诸葛亮运用了吾荆州格点人马，就能够杀退曹兵，保全荆襄。否则格说法，家当传拨了刘琮，刘备、刘琦搭刘琮勿对，曹操人马再打过来，刘琮是呒不办法挡住的。所以刘表写了两封信。第一封去，拨蔡瑁捏脱的。因为蔡夫人关照蔡瑁，格个信勿能发出去，捺搁脱。隔仔很多日脚，新野县呒不消息来，刘表再写一封信，仍旧拨了蔡瑁捏脱的。蔡瑁侪晓得格哟。倘刘备到里向，搭刘表一碰头，如果说吾托孤格事体，交拨倷刘备啦，将来伲要立刘琮为王，格事体就办勿成功。格呐吭好让倷进去呢？"二主公，不是我蔡瑁不让你进去，因为大夫说的。"医生讲格啦，刘表格病重得一塌糊涂，任何人勿能接见。如果一接见，一受刺激，病势加重，推扳勿起。所以交关抱歉了，倷有闲话倷搭吾讲，有事体倷搭吾说。吾能够解决格吾帮倷办。格刘备想呐吭来事？吾搭倷讲么，赛过勚讲呀。倷决计勿肯借二十万军队拨吾。那么说起来么：哦，格个事体，事体式大哉。调二十万大军格事体呀，吾蔡瑁做勿落主的，吾要禀明仔大王再讲。格么倷去禀大王酿。大王病重，勿能够禀报。那么格个事体仍旧捺搁下来。所以刘皇叔要往里向进去。"蔡都督，费心你通报一声，倘若兄长不见，刘备再行回去。"倷报一报，试试看。实在勿能见的，呒不办法。蔡瑁心里向转念头，好呀。看上去勿用点手法是，刘备勿肯回转去了。"好的，来呀！""是。""到里边去。"倷搭吾去问一问医生，大王能勿能见客？假使医生问大王，大王可以见的。倷到该搭点来关照好了。"知道吗？"蔡瑁对格底下人眼睛一眨么，底下人懂的。该格是喊吾摆一记噱头，到里向去打一个转，马上就回出来报告。"喝喝，医、医、医生说的，大王格病交关重，勿能见客。所以，蔡都督，呃呵呵，大王勿见。""二主公，听到吗？大——夫说的，不能会客。"呒不办法呀。"要是我们大王说，让您进去，那您尽管进去。"喏，勿是吾勿答应嗻。现在蛮清爽，吾搭倷报过哉嗻，医生讲的。而且大王勿见，大王说请，倷尽管进去。曼得大王请么，倷进去。格个闲话，俚说得几化冠冕堂皇，大王答应，倷就进去。

刚巧在格个辰光么，只听见里向传出来一声声音。"二主公，大王有请！"啊？蔡瑁一听，呐吭道理呀？里向着生头里传出来，大王有请呢。啥人在喊介，回转头来一看么，看见格背影。格个人，哈哒哒哒，跑脱了。格个人为啥道理喊仔一声，马上就跑脱呢？勿是刘表关照。格个家将胆子么也实头大。为啥呢？俚上服侍刘表啦，刚巧下班。刘表病重哉呀，服侍刘表格人轮班的。

一日到夜，一夜到天亮，勿断人登在旁边头。格个底下人呢，下班之前，立好在床门前，伺候刘表。听见刘表在咕，刘表在叹气。刘表咕点啥呢？啊，玄德，惶恐啊惶恐，倷搭吾是弟兄。啊？吾啥格上待亏倷。吾病重到什梗格地步，吾写两封信到新野县，请倷到该搭点来碰头，倷人勿来，连得回信也呒不。倷格弟兄之情何在？格底下人听得心里向交关难过。底下人心里有点数格呀，晓得勿是刘备勿来，当中有人在作梗呀。但是底下人又勿会说的。看刘表什梗在气得来，在连连在咕么，底下人心里也蛮难过相。下班了退出来，几个底下人要想到外头去吃点物事，刚巧走到二堂上一看么，只看见刘备，在求蔡瑁。蔡瑁呢，拦牢仔刘备，勿让佢进去。而蔡瑁么，嘴里向说得闲话交关好听：大王请么倷进去。只要大王喊倷进去么，倷尽管进去。底下人侪听见。底下人想，里向格大王是牵记得格二主公勿得了哉，气煞了，就是拨唔笃当中横里拦牢哟。喊？勿敢哟。倷如果喊刘备进去，拨蔡瑁晓得，嚓！杀头。勿喊？心里向难过。关照，其他两个人，"唔笃跑开，吾来喊"。"拨蔡瑁晓得。""勿碍。"佢身体拨转，背心对外，头偏一偏，喊脱"二主公，大王有请"。哈哒哒哒——马上跑脱么，面长面短呒看见呀，变成功桩呒头案，蔡瑁佢查也呒查处的。

格个底下人一声一喊么，刘备快活啊。意想勿到。"啊伊，哈哈！蔡都督，大王有请，呃，刘备要进去了。""呃，这这这、这这，这这。"那么僵。呐吭弄法？闲话说僵脱。刚巧吾已经讲了，大王请倷进去，格现在里向大王请哉，呐吭办法呢？"二主公，您到里面去见我们大王的时候，我们大王病得很厉害，您说话的时候，要当心一点。如果你，吓坏了我们大王，哼哼，你负得了这个责任吗？"闲话里向还有闲话了哦。倷到里向去歇瞎三话四。啥格吾蔡瑁在该搭拦牢倷了，勿让倷进去，格种闲话倷侪歇讲。倷识相点噢。倷如果一讲，一刺激刘表，刘表病重，吾勿搭倷完结的。刘备懂啊。刘备心里向转念头蔡瑁，倷放心，吾决计勿会讲。吾今朝来格目的，并勿是要到大王门前来告倷格状。吾来格目的，是要借兵符印信，调二十万大军，阻挡曹兵，保守新野。实际上么，也是为了保守荆襄。"刘备明白了，先生请。""来了。"诸葛亮答应一声，不过诸葛亮进去之前啦，佢，对赵子龙一看，扇子一招。赵子龙耳朵凑过来，诸葛亮在佢耳朵旁边，撮落一句么，赵子龙去。

诸葛亮跟刘备望里向进去格辰光，蔡瑁皮榻子上坐定。蔡瑁是，对诸葛亮格背后影一看，看见仔就有气。刘备本来在新野县，曹操人马打过来，新野县守勿牢，刘备格命要保勿住。侪是诸葛亮用仔兵，杀退曹兵了，使得刘备现在狠起来。蔡瑁连诸葛亮一道恨了。等到刘备、诸葛亮望准里向进去么，蔡瑁马上关照，传底下人来。搭吾从此地端门口跟首立起，离开十步路立一个，八步路立一个，一直立到里向大王书房门口。刘备在里向搭刘表讲啥闲话，唔笃马上传出来。格个名堂叫啥？蚂蚁传信，连环报。所以里向格事体了，蔡瑁外头通通晓得。那么老法辰光哟，呒不啥格种现代化设备，如果说现在什梗么，曼得用只闭路电视么俏解决哉。镜头一照么，外头，啪！电视机一开，里向在做点啥格事体，啊，通通俏能够看见，而且好录像录下来了什梗。古代辰光呒不格种名堂，只能够用蚂蚁传信，连环报格办法哟。

蔡瑁让俚登了外头，听里向格消息。刘备到里向来，熟门熟路。带仔诸葛亮直到里向，书房门口。书房门口有底下人立好了，关照底下人到里向去，禀明一声大王，说吾求见。底下人望准里向进来。该格辰光，巧么蛮巧。刘表么，戤在床上。迷迷蒙蒙。蔡夫人呢，服侍刘表啦，也蛮吃力哉。跑到里向去休息一歇。所以，只有刘表一个人，在书房间里。俚是气喘毛病，喘得交关厉害，透气也困难，勿能困平。困平格气，透起来就困难了。人坐在床上，背后头么枕头垫好，被头么盖了上身。"啊……"在呻吟。底下人进来，"禀大王，新野县二主公到，求见"。"哦？"刘表眼睛张开来，刘备来哉啊？好，兄弟啊，吾望得倷，头颈也要望酸。倷今朝，刚巧想着到该搭点来。"说我，有——请。""是。"底下人到外头："二主公，大王有请。""来了。"刘备进外书房门么，关照军师，倷外头坐歇。为啥道理勿带军师一道到里向去呢，老法规矩，迷信交关重啦。里向有生病人格辰光呢，陌生人勿好进去的。陌生人进去仔，一刺激病人，如果说病人病重了，要怪的。生人进来，带仔啥格邪进来，有格种迷信。所以诸葛亮啦，只能够等在外面坐下来。刘备撩袍踏进内书房来一看么，呆脱哉哟。几个月勿看见刘表，只看见刘表人瘦得了，皮包骨头。颧骨上两摊，煊煊红。啥物事？烧啦。人，眼睛呒不神了。格种形容看得出了，不久人世。刘表一阵难过，看见兄弟来。在对俚招手格辰光么，刘备到床门前。刘备心里向，蛮酸啦。因为俚笃弟兄之间感情好。"兄长，小弟参见兄长，有——呃礼。""贤弟，少礼，请坐。""是是是。告坐！"刘备坐定，底下人送过香茗。"兄长，小弟不——知兄长，贵恙在身。未曾前来见兄长，请安。还望兄长，当面恕——罪。"哼？刘表心里向转念头，勿晓得吾生病。吾写两封信到新野县来，倷呐吭勿晓得吾生病？倷明明晓得吾病重了，倷勿来。刘表气哟。"这也难怪于你，你近来是，贵——忙得紧乎？"倷近来，贵忙啊。倷忙得在连写一封回信格辰光俏呒不哉啊？其实刘表是心里向在恨刘备啦，刘备会得拎勿清。因为刘备勚接着过信么，俚勿晓得刘表格意思啦。"小弟在新野么，呃呵，因为曹操派遣夏侯惇，率领十万大军兵进新野，小弟在彼，退——吔敌。"倷说吾忙，是忙的。呐吭忙么，在搭曹兵打仗。"啊？"啊，刘表呆脱。啥物事啊？夏侯惇十万人马杀奔到新野，哎呀呀，倷新野县兵不满千，将不满十，十万人马来，倷呐吭办法呢？"贤弟，如今，新野怎样了——啊？""呵呵，兄长，多亏卧龙军师用兵如神，火烧博望坡，将夏侯惇十万曹军烧得全军覆没，大——败而回。""哦？嚯——哟。"刘表胸口头格块石头拿下来，还好还好还好。总算诸葛亮本事大，拿格夏侯惇杀得全军覆没，退下去，新野县勚出事体。唉呀，格么兄弟呀，什梗格大事体，倷呐吭勿来，写封信告诉吾一声呢。那么，其实格种事体么，蔡瑁应该晓得格咯，蔡瑁为啥道理勿来报告吾？刘表再一想么，大概曹兵人马杀过来么，兄弟张怕紧张了，齗写信拨吾。蔡瑁么，因为吾病重了，勿来报告吾，所以吾齗晓得什梗格事体。其实勿对格呀，刘备有过信来，拦脱格呀。大获全胜之后，写过一封信来报捷。蔡瑁勿拨俚晓得呀，蔡瑁拿封信捺搁脱格呀。蔡瑁也晓得夏侯惇十万人马杀奔到新野县，也晓得诸葛亮火烧博望坡。俚勿讲。就是要封锁刘表了，让俚内外断绝。刘表又勿晓得的。

　　刘表心里向转念头，兄弟呀，吾佩服俫。俫有办法，拿诸葛亮请出山。诸葛亮就在襄阳西门城外，二十里格隆中隐居。吾勿晓得有什梗格大好佬，吾勿晓得，吾齗去请俚出来。俫兄弟在新野县三顾茅庐，拿诸葛亮请出山。现在诸葛亮发挥作用了，杀退曹兵，好极。俫兄弟，有什梗格大好佬帮忙，前程光明。"贤弟，卧龙先生现在新野？""呃，卧龙先生么，与小弟一同到来。"啊？一道来的？一道来格么，人，吾呐吭勿看见？"在哪里呀？""在外书房。""何不请——来，相见？""是是是。"刘备派人到外头去请军师进来。孔明踏进内书房，见过刘表，坐定身子。刘表一看，诸葛亮飘飘然神仙体态。诸葛亮对刘表一看呢，心里向有数，刘表格气色，病情，看上去是已经到了非常危险格程度。如果说刘表一死之后么，荆襄格大局，又要起变化了。诸葛亮也在担心哟。刘表心里向转念头，俫兄弟打胜仗，喜事。但是吾写两封信拨俫，俫为啥道理勿写回信拨吾？吾倒要问问俚看啊。"贤弟，愚兄病倒床衾，有两方书信到新野，请贤弟到来。你因何人也不来，回信全无啊？"啊？"唉呀，兄长，小弟从未接到兄长的书信啊！"吭不哇？刘备对诸葛亮看看，阿有信？诸葛亮摇摇头，啥地方有信？"怎样，怎么样啊？"齗接着信格啊？齗接着信？刘表"嗼哟，嗼嗼嗼嗼……噗！"胡子根根翘起来么，刘备还拎勿清了。"兄长，书信何日所发？只要命人，查——来！"俫派人查一查啊。俫格信该应初一发出的，初一啥人值班的，问值班格人。俫格封信为啥道理吭不发出去？刘表心里向转念头，勿查哉，蛮清爽。蔡夫人、蔡瑁拿格信捏脱格哉。有啥查头呢？勿查一包气，查查两包气。弄到完结么又要吵。刘表心里向转念头，现在吾病重到什个样子，吾也吭不格点精力，搭蔡夫人去相骂了、争吵了。"喔嗼。"·格么吾格信俫齗收着，俫为啥道理到该搭点来呢？"贤弟，你，今日到此，有——何事情啊？""兄长，小弟到来非为别事。夏侯惇兵败回去，曹操恼羞成怒，在金殿谎奏天子。说江东孙权霸占六郡，荆襄兄长连年不贡。小弟么，拒敌皇师十万，三处连同叛逆。万岁下旨，命曹操为大将，带领七十五万大军，屯兵宛洛道，要兵进新野、讨伐荆襄、攻打江东。小弟么，特来告——知兄长。"刘备闲话还吭没说完啦，刘表气得来，"喔哟，嗼嗼嗼嗼……"曹操，俫忒式可恶。俫在皇帝门前谎奏一本，说吾么啥的，连年勿来进贡了。说江东孙权么，霸占六郡。兄弟么，抗拒皇师。哦，俫就要带七十五万大军来攻打吾荆襄？曹操啊，想当年，俫在攻打辽东格辰光，后防空虚，刘备跑到荆州来搭吾讲，趁曹操北伐格辰光，许昌空虚。俫马上借军队拨了吾，吾来打到许昌去哦，端脱曹操只老窝了，断俚格归路。曹操呢，鞭长莫及。来勿及回转来救。吾勿答应。为啥道理勿答应么？一来，吾么也身体勿大好。二则么，多一事勿如少一事，吾搭俚曹操么，河水勿犯井水。吾也勿来打俚，俚么，也覅来打吾。大家保持一个太太平平格情形。啊，当年俚打辽东格辰光，吾攻打许昌格机会是非常好。但是吾听勿听刘备格闲话。结果呢，俚曹操平定辽东，北方舒齐了，俚人马多了，俚实力强了，俚就来打吾了。什梗一看好人做勿得格。听刘备还在讲下去。"兄长，小弟兵微将寡，难以拒敌。今日小弟到来，欲来恳求兄长，借兵符印信，调二十万大军，杀退曹兵呃。还望兄长，应——允。"刘表那么明白，兄弟到该搭点来格目的，是来借二十万军兵。"诶，贤弟此言，差——矣！"啊？错啦？刘备对诸葛亮看看，拨俚说着格嗻。吾刚巧开口，俚马上就说吾错了。"我与你是弟兄。你要兵符印信，只管拿去。何用这借——字啊？"刘备一听是快活啊，喜出望外。俚听听看，刘表呐吭讲法？吾搭俚弟兄，弟兄么有啥格借了勿借呢？吾格么就是俚的，俚要么，俚尽管拿得去，何必要说格借字呢？刘备对诸葛亮看看，诸葛亮，俚估计豁边。嘿嗨！老兄一口答应。我说仔格借字，俚还在勿开心了。诸葛亮对俚望望，东家啊，俚慢慢叫高兴。印信勿会在刘表枕头旁边头的。俚拿着仔印信了再讲。"来。""是。""往里边，见主——母。把兵符印信，取——呃来。""是。"底下人望准里向去，去问蔡夫人拿兵符印信。诸葛亮已经晓得危险哉哦。印信在蔡夫人手里向么，俚看，呐吭会得拿出来。

刘表呢，还在问问诸葛亮，俚博望坡格用兵以少胜多，俚是呐吭样子用兵法子格呢？那么诸葛亮么，解释拨俚听。格博望坡呐吭呐吭呐吭，用诱敌深入之计，火烧博望，拿曹兵杀败。唔笃在外头讲张格辰光，隔仔一大歇，里向，底下人回出来。到床门前，"大王"。"啊？"刘表一看勿对哇，底下人两手空空，覅拿着印信。再对底下人只面孔一看么，看俚尴尬得了，哭出乎拉，眉头么皱紧。"我问你，兵符印信呢？""回禀大王，印信，呒不。""啊？你可曾见主——母啊？""见的。""为什么不把印信，取来？""格个，格个，格个。"说勿出呀。为啥道理说勿出么，因为里向蔡夫人格闲话，实在难听勿过。俚格闲话勿敢当仔刘备格面讲。"讲啊。""小人勿敢讲。""容——尔讲，讲就是——了。""格个，大王。吾，哼，吾刚巧到里向去碰头主母，问主母拿兵符印信。主母问吾为啥，那么吾就讲了，新野县二主公到该搭点来，要借二十万军兵了，去保守新野了，杀退曹兵。主母俚对吾讲。主母，说的，说格二主公勿应该。啊，听见说大王病势沉重，到该搭点来，明说是么借兵符印信，其实么，要来夺取荆襄九郡的。趁俚大王病重格辰光，来夺权、夺兵、夺地方。因此大王答应么，主母勿答应。""嚯哟！"刘表还覅开口么，刘备在旁边头响勿落。格个闲话几化难听了。说吾是趁什梗一个机会到该搭点来骗印信、夺军兵、夺权，夺荆襄的。趁老兄病重，病危，来做什梗种事体。格个真是冤枉日张。吾保守新野县么，也是为仔保守唔笃荆襄。新野县搭荆襄是嘴唇搭牙齿格关系，唔笃呐吭讲得出什梗种闲话呢？"唉呀，兄长，这、这，这这这，这印信小弟不要借了。"勿借哉。刘表一听么，啥格闲话？印信是吾格大权，又勿是蔡夫人，嫁妆里向带过来的。"贤弟说哪里话来，这印信，又不是蔡氏妆奁之物。愚兄做主，哪有不借之理呀？吾把尔这狗——头。"对底下人眼睛一弹，"是"。"还不与我进去，问主——母，拿——取印信。倘若拿不到印信，你这狗头，休——来见我！""是！"底下人想尴尬了，逼牢绞仔吾，到里向去拿印信。格吾、吾又呒不权柄的。蔡夫人勿答应么，有啥办法呢？

大王关照，底下人呒不办法，只能够望准里向进来。到里向房厅上，碰头蔡夫人：禀报主母，什个长，什个短，吾刚巧到外头，拿俫主母闲话回报之后么，大王就光火了，板要叫吾到该搭点来拿印信，拿勿着，就勿许吾到外头去碰头。蔡夫人一想么蛮清爽，刘备在逼刘表。板要叫俚拿印信交出来。蛮好，关照底下人，吾自家来，吾来到外头去。蔡夫人跟仔底下人过来格辰光，俚心里向转念头，刘备搭吾是冤家。吾要拿自家格嫡亲儿子刘琮扶上去，接刘表格位。刘备反对。刘备老早就搭刘表讲，废长立幼么取乱之道，一定要家当么传拨刘琦。蔡夹里权柄重么，拿蔡夹里格权柄，慢慢叫削好了。削光俚笃权柄么，将来蔡家就勿能够作乱。格个刘备，可恶是可恶得了，搭吾格姓蔡格势不两立，不共戴天。吾啊，吾自家出去。

蔡夫人问底下人，外头来几个人？说外头么一个是二主公，还有一个么是诸葛亮，军师也来了。那么蔡夫人本来呢，要跑进内书房，当面拿刘备训斥。现在呢，听见说有格诸葛亮在么，做勿出。到底是大王格夫人，虽然莽猛么，俚也要保持自家格身价。所以蔡夫人到外书房门口，对里向在喊。"刘备啊，刘——备。想你闻说大王病势沉——重，明说到来借兵符印信，其实要骗取大王荆襄九郡。大王虽允，哀家不允，不允哪，不——允！"俫在外书房枉当枉当对里向在喊，刘表答应，吾就是勿答应。刘备一想，不得了。格个莽猛嫂嫂吵出来，弄得勿巧要跑进来，拿吾一记耳光。"唉呀，兄长，小弟这印信是、是，是不要借——了！"勿借哉，随便呐吭勿借。刘表一听，要好得格嘞，蔡夫人自家吵出来，枉当枉当格拿刘备在骂。刘表落勿落，格印信是吾格大权。哦，摆在俫搭点，就是俫做主了，勿拿出来。今朝在兄弟门前坍台，还勿去讲俚。家丑，勿会传到外面去。在诸葛亮门前坍台，家丑外扬。吾刘表人，勿做哉。实在刺激得厉害勿过，"哦哟，嚯嚯嚯嚯……"两只眼睛往头片骨里向一迁，牙齿咬紧、拳头捏紧么，人倒转去。昏厥过去。底下人一看勿得了，大王厥过去了。"大王，大王，大王！"要紧过来掐人中格辰光，刘备阿要急格啦。跑到床门前，"兄长醒来，兄长醒来，兄长醒——来！"诸葛亮要紧立起来。诸葛亮起三个节头子，望准刘备袖子管上抓牢，拉一拉。东家，走吧，再勿走讨惹厌。蔡夫人什梗在外头吵啦，弄勿连牵。当然咯，诸葛亮对刘表格个屋里向，家庭什个样子腐败么，俚随便呐吭想勿着。蔡夫人居然会得，勿顾俚格身份，堂堂一个大王格夫人，会得跑到外头来什梗吵法子，勿成其局。俫拉拉刘备袖子管走么，刘备还不忍离开刘表。因为老兄死过去了。再一看呢，勿碍哉。为啥呢？掐人中之后啦，刘表虽然眼睛闭拢了，看得出眼珠在动。鼻头边上，有滴滴在煽动么，碍勿碍。刘备就关照旁边头底下人："稍停停，兄长醒来，代吾告禀大王，说刘备告辞了。""是，二主公。""军师，请。""请。"刘备、诸葛亮，望准外书房出来么，蔡夫人还在外头骂了呀。唉呀，刘备听见心里向难过啊。㑚听听看，闲话越骂越结棍。刘备啊刘备，㑚当初兵败汝南么，立脚场化俉吮不。幸亏得大王救仔㑚，到倪荆州来耽搁。大王病重，㑚勿想报恩了，反而趁格个机会，到该搭点来，要来骗兵符印信了调人马。大王答应么，吾就是勿答应！还在外头吵了呀。

刘备想那么呐吭弄法呢？勷跑出去，格莽猛阿嫂，嚓！一记耳光呀。㑚缩缩势势辰光么，诸葛亮想吾来吧，格个辰光保驾。诸葛亮抢前一步么，走到刘备门前头，咳一声嗽，"嗯。噗！"踏出书房。㑚出外书房一看么，哦，格个就是蔡夫人？㑚在对蔡夫人看么，蔡夫人也看见，里向跑出来一个道家打扮，诸葛亮。到底难为情。蔡夫人身体，哗啦！拨转么，诸葛亮望准蔡夫人门前头一立，对里向刘备一看：东家，㑚走吧。假使蔡夫人要动手么，打吾。勿会打着㑚的。㑚跑好了。㑚在对刘备看，嚯哟，刘备苦恼，像逃什梗样子。袍一拎，呵噜噜噜——去了。㑚去，诸葛亮跟过去。蔡夫人呢，蔡夫人马上进书房，帮仔一道掐人中了，来喊醒刘表。格么里向格事体，吾慢一慢交代。

刘备、诸葛亮望准外头出来格辰光，刚巧走到二堂，来勿及。啥体么？蔡瑁进来了。蔡瑁呐吭会得进来呢？蔡瑁在外头端门跟首，俚派人在里向，蚂蚁传信、连环报，探听消息。里向讲啥，外头俉晓得。里向刘表厥得么，外头也晓得哉。大王厥得去，厥得去，厥得去，厥得去。一埭路消息传过来，蔡瑁一听，叫啥刘表昏厥么，俚心里向明白，刘表格昏厥是，为仔阿姐跑出来吵了，落勿落哉啦，气得了昏厥哉。但是吾可以借什梗格机会，咬刘备一口么，结果刘备性命。

蔡瑁望准里向进来，刚巧蔡瑁上二堂么，刘备从里向出来，刘备也走到二堂上。刘备一看蔡瑁来了。只看见蔡瑁，眉毛竖、眼睛弹，冷眉爆目。刘备晓得勿灵，刘备格步子放慢。蔡瑁对仔刘备，"好哇，孤穷刘备，你刚才进去的时候，本都怎么样跟你说的？大王病重得厉害，要你说话的时候，要当心一点。你到里面胡言乱语，吓死了我们大王，现在你，还想往什么地方走！""唉呀，唉呀呀呀！"刘备想俚呐吭说、说得出的。叫啥说吾，胡言乱语了，吓煞大王？"唉呀，蔡都督，你，错怪刘备了。兄长乃是自己昏厥，何尝刘备，将大王吓——死啊？"呒不格桩事体呀。倪大王早也勿厥过去，晚也勿厥过去，㑚刘备到该搭点来，俚就厥过去？勿是㑚，弄得倪大王发厥么，啥人呢？啊？啥格发厥介，实头是拨㑚吓煞仔了完结。"孤穷刘备，你还要往什么地方走？"手搭到剑柄上，哼！哐！噗！宝剑在抽出来格辰光么，刘备急煞。刘备退，退到墙头旁边。再退，呒退处哉。推车上壁。蔡瑁已经到俚门前头，手在拔宝剑。刘备对诸葛亮看看，诸葛亮啊！㑚想想办法酿。㑚看酿，蔡瑁要动手哉呀。"啊呀！军——师！"

倷在喊军师格辰光，诸葛亮呐吭？诸葛亮心里向转念头，东家倷放心，有吾保驾。诸葛亮拿把扇子，喤！对外头一招。扇子一招么，救星来了。啥人么？赵子龙。赵子龙刚巧，诸葛亮搭俚咬耳朵啦，关照俚隐蔽了外面大堂上，监督蔡瑁。有啥风吹草动么，倷盯牢俚。格么赵子龙盘在啥场化呢？赵子龙盘在大堂格一面鼓的，鼓架子里向。格搭地呢，地方比较暗，蔡瑁呒没注意。所以蔡瑁勿晓得的。因为大堂上也毕静的。大堂到端门近么，端门该搭点，蔡瑁得报里向格情况，赵子龙也听得见。现在里向传出消息来，大王厥得去，蔡瑁，喤！立起来望准里向进去么，赵子龙要紧从鼓架子里出来。蔡瑁过天井，上二堂么，赵子龙已经穿过大堂到天井。蔡瑁拿刘备推倒墙壁跟首，宝剑，哧！哐！噗——在抽出来格辰光么，赵子龙刚巧到二堂口。来勿及哉，离开一个二堂进深。就算倷赵子龙，马上拿宝剑抽出来，往里向窜进来么，蔡瑁已经一宝剑拿刘备，嚓！结果性命。

赵云心里向转念头，呐吭办法？吾要上去招架俉来勿及。路，距离忒远。赵云一转念头，有了。赵子龙喊一声："主公，休得惊慌，赵——云，来——了！"倷一声赵云来了，蔡瑁听见。蔡瑁眼梢一窥，只看见外头，呵噜噜噜——赵子龙在过来。蔡瑁心里向转念头，那么呐吭弄法？赵子龙格本事，俚尝过味道。襄阳大会，刘备要马跃檀溪格辰光，回转来搭蔡瑁碰头么，赵子龙条枪，望准蔡瑁格刀架上，铿！一挑么，蔡瑁推位一眼家什脱手、虎口爆开、鲜血直流，吃过苦头。俚晓得赵子龙格本事。现在心里向转念头，吾拔出宝剑，拿刘备，嚓！一剑，赵子龙呒不办法救。吾还可以杀刘备，因为俚刚巧在冲进来。但是别样呒啥，吾拿刘备，喳！一剑么，赵子龙冲进来拿吾也是，喳！一剑。吾也要死。吾来勿及逃。刘备死脱，格是吾心里向顶好。勒吾死脱，就勿犯着。吾啥体搭刘备一道死呢？蔡瑁实在呒不办法哉么，宝剑，哐！哧！入匣。"呵，这个，二主公。刚、刚才大王昏厥过去，我蔡瑁一时不明，冒、冒、冒犯您二主公，还望二主公，恕罪。"哈呀，刘备气呀。赵云勿来么，孤穷长、孤穷短，拿吾骂得了勒去讲俚。赵子龙一到么，倷马上就此，扮乎狗脸了，要求吾恕罪。刘备捏起格仔钻拳头么，望准蔡瑁额骨头上，拓——拓！蔡瑁吃着毛栗子么，还价俉呒不的。"是是，是。该死！""我把你这狗头，兄长病——重如山，你、你竟敢如此猖狂。倘若我家兄长，有甚不——测，这荆襄九郡，要断送在你这匹夫之手。""不敢不敢，要是大王有什么事的话，我一定请你二主公，到荆州来的。""我把你这狗头，还不与我滚下去！""是。""子龙。""在——呐！""外厢带——马。"嗱，刘备现在狠得了，关照赵子龙，倷外头带马。对蔡瑁看看，蔡瑁，倷唵看见？倷么见赵子龙怕，吾好喊俚带马得了。蔡瑁也响勿落。格倷手下人么，倷喊俚带马，尽管喊好了。不过蔡瑁上动坏脑筋，赵子龙跑到外头去带马啊？吾马上就要拿俚倷结果性命。嘿嘿，趁该格机会，俚还想杀刘备了哟。那么呐吭弄法么，要下回继续。

第三十五回

刘琮降曹

刘皇叔，荆州借兵。因为蔡夫人作梗，一事无成。出来辰光碰着蔡瑁，要结果俚性命，幸亏赵云保护。刘备是气透，心里向转念头，傺蔡瑁，覅看见赵子龙辰光，对吾是啥格态度？穷凶极恶、蛮不讲理。赵云一到，马上就低头服笑，低声下气。刘备关照赵子龙，傺搭吾带马，赵子龙嘴里答应一声：遵——呐命。蔡瑁叫啥，又在动坏脑筋。俚想蛮好，赵子龙跑到辕门外头去带马格辰光，赵云勿在半边，吾还可以拔出宝剑，拿刘备，辣！一剑结果性命。眼梢一窥啦，叫啥赵子龙勿往外头走。为啥道理赵子龙勿走么？赵云几化聪明。俚晓得，刘备关照吾带马是，是拨了蔡瑁看看的。傺么见赵子龙怕，傺看，吾叫赵子龙去带马哉喏。也是气头上格种闲话。格吾呐吭好出去？吾出去，刘备吭不人保护，格么蔡瑁岂勿是又要趁机下手。赵子龙勿走，让刘备、诸葛亮往外头去格辰光呢，赵子龙仍旧勿走。非但勿走，望准蔡瑁身边逼近过来、一步、一步格走过来。蔡瑁看见赵子龙眉毛竖、眼睛弹，满面怒容，手搭剑柄么，蔡瑁格心里向，别别别别……紧张。格个辰光蔡瑁，叫勿看赵子龙啦，也勿好，看么，心里向慌。笑么，赵子龙什梗光火么，傺也勿好笑，哭呢，倒也勿能对俚哭，真叫啼笑皆非。只面孔尴尬。十八个画师也画勿像。"呵呵，呃，这个，嗬。"傺在对赵子龙看么，赵子龙走到俚门前头。"哈哈！""嘿嘿！是、是，赵、赵、赵大将军。"赵云对俚眼乌珠一弹，格里侪有闲话了：蔡瑁，傺阿有本事追喏？傺倘然有本事追到城外头来，吾勿拿傺，辣！一枪，结果性命么，吾勿叫常山赵子龙！蔡瑁对俚看看，赵子龙啊，傺去吧，吾见傺怕。傺登了旁边头是，吾坐立不安，像热石头上格蚂蚁什梗。傺在对赵子龙看么，眼睛勿敢对赵子龙望。赵子龙拨转身来，呵噜噜噜……提甲揽裙，跟上刘备，到外头。

刘备上马，诸葛亮上车子，赵子龙豁上马背，带领三百名军兵，保护刘备，出城关么，回转新野县。路上呢，刘备是交关伤感。为啥么？今朝搭刘表一别，恐怕今后，再也勿能够碰头。老兄格病，重得了，可以说是病入膏肓，不久人世。照现在蔡夫人弄权，蔡瑁在执掌大权，刘表死脱下来是，荆襄格局面，勿晓得要弄得呐吭种腔调？蛮难过。

诸葛亮呐吭呢，诸葛亮是想得更多。诸葛亮路上转啥念头？借兵，勿成功。格个是吾意料之中。现在回转新野县，曹操人马要打过来。当然，曹操为啥道理，勿立即发兵攻到新野县来呢？曹操也有俚格顾虑格一面。顾虑点啥呢？叫赛过逼得脱紧啦，刘备搭刘表合并在一道，刘备就利用仔荆州刘表格兵力，来阻挡曹操。格个一点呢，曹操是有顾忌的。曹操顶好呐吭么？赛过拿刘备搭刘表分隔开来，那么从从容容了灭脱刘备。但是诸葛亮心里向转念头，刘表病重了。看上去，刘表一死之后，格个荆襄九郡啦，肯定蔡夫人要拿家当传拨了刘琮的。兄弟夺阿哥家当。那么兄弟夺阿哥家当呢，刘表手下文武官员当中，并勿完全侪是蔡瑁、张允一党里格人，勿侪是蔡家党。还有一帮比较正直格文武官员，俚笃要反对，内部形成分裂。那么内部一分裂，曹操人马要打过来了。而根据诸葛亮格估计呢？蔡瑁，既怕刘备要联合仔刘琦来打刘琮。同时呢，又怕曹操来打刘琮。猜想上去么，蔡瑁会得撺掇刘琮去投降曹操。假使说刘琮格降书、降表，一到曹操搭之后，那么完结。吾俚该搭一只底，全部暴露出来了。曹操晓得，哦，原来刘表死脱，刘琮来投降吾，格是刘备后退无路。哈唧——当！大军压到新野县来呢，吾俚叫呒不办法能够抵抗。

诸葛亮心里向转念头，呐吭？回到新野县派人打探消息，密切注视，荆州、襄阳方面格情况。隔了一日，诸葛亮得报，叫啥说，有一日仔搭，荆州城里向了，辕门上文武官员齐集。等到文武官员散出来辰光呢，看见勿少，年纪大格人，侪在揩眼泪。或者呢，眉头皱紧。还有种呢，哭出仔声来。啥格名堂？勿晓得。诸葛亮问哉咯，既然有什梗一个情形么，有勿有开丧格表现？假使说刘表死脱，应当开丧，应当要奏明皇帝，因为俚是一方诸侯。同时呢，要向天下诸侯发丧，报丧啊。特别是该搭刘备搭，板要来报的。因为刘备是刘表格兄弟。叫啥探子回报，呒不开丧格表现。也勿看见啥格辕门里向么，扎格白格彩，格个彩牌楼了，呒不的。呒不办丧事格种举动。格么为啥道理，有批佬佬要哭了，要揩眼泪呢？蛮清爽，刘表肯定死了。格个名堂叫啥，叫闭丧不报，蒙蔽天下人。诸葛亮再派人去打探消息。格个果然，诸葛亮料事体呢，完全拨俚料着。

刘表在八月初四，死了。刘表临死之前，拿蔡夫人、刘琮、蔡瑁、张允侪喊到床门前碰头。刘表关照格哦：夫人啊，吾么，看上去不久人世哉。吾死之后呢，唔笃如果贪图眼睛门前格富贵荣华，格么唔笃闭丧不报，让刘琮即位，权柄侪在俚笃手里向，为所欲为。唔笃是富贵以极。但是呢，好景不长。日脚蛮快。一来刘琦要勿服，二来文武官员要勿服。曹操再打过来格说法么，荆襄难保。唔笃格富贵荣华呢，也保勿住。倘然说，唔笃愿意听吾格闲话，要长期，过比较好格日脚格说法呢，唔笃应当，马上去拿新野县刘备请到荆州来。拿江夏郡大公子刘琦，也请到荆州来。俚笃到之后，让刘琦即位，名正言顺。让刘备呢，辅佐刘琦。刘备手下文官有诸葛亮，武将有关、张、赵云，纵然曹操人马杀过来呢，还可以抵挡曹兵，保全荆襄。那么荆襄保全，虽说刘琮勿能够身居王位，格么俚终归是格二主公。阿哥是荆襄格大王，继承为荆州牧，格么侬兄弟，也勿推扳了么，唔笃还是可以比较安富尊荣了，过好格日脚。蔡夫人哪里肯听刘表说话。蔡夫人一门心思，家当要传拨吾自家亲生养格儿子，吾哪恁可以拿家当去传拨了刘琦呢？不过晓得俚刘表病重哉，吾阿勿来违拗俚。嘴巴里答应，心里有数。吾，我行我素，好了。表面上答应么，立张遗嘱。格张遗嘱呢，刘表签了格字，就是吾死之后，传位于大儿刘琦。勿晓得等到刘表一断气啦，蔡夫人马上就关照张允，倷根据啦，刘表格笔迹，另外改一张遗嘱。大字改格小字，琦字改格琮字，就变传位于小儿刘琮，下头刘表格签字呢，是张允描摹俚格笔迹弄的。那么召齐文武官员，宣布，大王么，已经过世哉。大王格遗嘱呢，要关照刘琮即位。格个呢，是勿能违拗的。现在呢，避免曹操人马要杀到该搭点来，避免刘备搭刘琦要到该搭点来缠绕不休，因此呢闭丧不报。所以了，辕门里向，呒不啥格种开丧格举动，那么格消息总是要传开来格呀。

诸葛亮再派人来打探消息辰光么，叫啥又得报了。得报点啥？荆州大王，王府里向格人马啦，全部俫望准襄阳搬过去哉。为啥道理要搬到襄阳去呢？因为荆州，刘琮格日仔搭升堂，得报了。曹操人马要兵进荆襄，屯兵宛洛道。刘琮问手下人，哪恁办法？蔡瑁、张允出来讲，曹丞相人马要杀到该搭点来，吾伲是呒不办法抵抗的。况且呢，刘备、刘琦也要到该搭点来欺瞒倷。因为吾伲要三面受敌么，呒不办法好打的。只有去投奔曹丞相、依靠曹丞相，借了丞相格力量，来保护吾伲自家，格么刘备、刘琦不在话下，无所谓了。刘琮勿肯听呀。刘琮心里向转念头，老娘家传拨吾家当，还呒不几化日脚。爷死仔骨头还呒不冷，吾马上就要去投降曹操，吾呐吭对得住九泉之下格老娘家呢？旁边头有格大忠良叫李珪，跑出来。曹操呐吭好投降？当初先大王创业艰难，有荆襄九郡，四十二州。现在要去投降曹操，吾勿答应。格么刘琮问俚哉咯，李珪啊，倷有啥办法呢？说吾有一个办法。啥格办法么？倷拿蔡瑁、张允两家头抓下来。拿俚笃抓下来有啥用场呢？拿蔡瑁格颗郎头送到新野县，叫刘备到该搭点来。蔡瑁颗郎头勿去，刘备是勿肯来的，因为蔡瑁屡次陷害皇叔。再拿张允头颗郎头拿下来，送到江夏郡，请大公子刘琦到该搭点来。倷二公子呢，脱袍让位。大公子即位之后，刘备一到，那么喏，就可以运用吾伲此地荆襄格人马了，杀退曹兵。刘琮想勿错啊，老娘家临终关照格闲话，搭李珪所说格完全一样。刘琮倒听哉呀。勿晓得倷听么，里向蔡夫人跑出来。蔡夫人叫啥对仔格李珪啊，说：老匹夫，大王临终遗嘱关照，要立刘琮即位，倷为啥道理要拿刘琦喊到该搭点来？倷违背了大王遗志啊。蔡瑁、张允是有功之臣，倷为啥道理要陷害俚笃了，要拿俚笃颗郎头拿下来呢？关照拿李珪拿去砍了。蔡夫人做主。李珪，长叹一声么，宝剑出匣。啥人敢过来捉吾？俚拿宝剑拿到手里向么，对准天空当中，老大王，老大王！吾当初跟仔倷平定荆襄九郡，想勿到倷大王死尚不久，荆襄九郡就此要断送，吾也勿勠活哉！俚宝剑，嗙——自刎而死。当场死脱了大堂上。

刘琮一吓么，生病哉。那么一生病么，医生看俫呒不用场呀。受格刺激么，已经赛过，乱梦颠倒了，嘴里向胡说胡话。蔡夫人搭蔡瑁、张允商量么，看上去荆州勿好登了。拨了格李珪什梗一来啦，俚吃仔吓头，豪燥搬场吧，调格地方，迁地休息。格么喏，改格环境么，作兴刘琮格毛病会得好。格搬到啥场化去呢？襄阳。襄阳有大王格行宫。那么蔡夫人就下命令，迁移襄阳。拿刘表口棺材呢，带出去。路过荆门州，就拿刘表呢，入土为安了，就葬在当阳道，荆门州。等到刘琮一到襄阳之后，文武官员、蔡家人马，通通侪跟仔一道到襄阳行宫么，刘琮格病倒好哉。

刘琮在蔡夫人搭蔡瑁、张允格威胁、利诱、硬压底下，呒不办法，投降曹操。因为倷勿投降曹操，倷格出路呢？如果刘琦、刘备一道打过来，曹操再打过来，三路夹攻是，吾呒不办法挡得住。格么嗻，要保牢蔡家，而且蔡夫人做主关照儿子啦，倷投降曹丞相，倷勿错的。那么俚写了降书降表，就派传线官宋忠，赶奔到宛洛道，求见曹操，献降书降表。荆襄九郡就在格上了，完结。但是格个事体呢，外头还勿晓得，还是内部文武官员有数目。老百姓勿晓得，襄阳城里向一般人勿了解。宋忠呢，秘密动身。带仔礼物，备仔降书了，从襄阳出发，赶奔宛洛道。

诸葛亮得报。诸葛亮派探子去打探消息。听见说，王府里格人全部从荆州出发了，已经搬到仔襄阳。为啥要搬场？勿懂。襄阳离开宛洛道近了，比荆州要近好几百里路。格么曹操格人马打过来么，当然襄阳是更加感受得快咯。诸葛亮晓得，估计上去，刘琮呢，一定要投降曹操。趁诸葛亮心上，马上发人马过去，要打襄阳。拿襄阳得下来，夺取荆襄九郡，联合大公子一道过来动手。那么吾伲拿荆襄格兵权拿到手，拿蔡瑁、张允格批奸党全部侪消灭脱。团结仔一班荆襄格大忠良，借俚笃格力量一道来保守荆襄，杀退曹兵。但不过格桩事体呢，刘备勿会答应。啥道理？因为刘备一来呒不晓得刘表死。就算俚晓得仔刘表死，俚也决计勿肯发兵，去攻打襄阳。俚笃弟兄感情深呀。而且吾说，现在刘琮投降曹操了，刘备勿会相信。倷瞎讲。格么吾呐呒办法呢？吾一定要拿牢真凭实据。而且单单拿牢刘琮格降书降表，还勿来赛。吾顶好要拿着，曹操写拨刘琮格信件。到格个辰光么嗻，真凭实据。襄阳已经勿是刘表，也勿是刘琮，襄阳是曹操格哉。那吾伲现在去打襄阳名正言顺，是打曹操格襄阳，拿襄阳夺下来么，拿荆襄格兵力抓过来，抵挡曹兵。诸葛亮转什梗格念头。所以诸葛亮勿去搭刘备讲。

诸葛亮就发令了，派人去拿周仓喊得来。周仓到，周仓见过军师之后，诸葛亮关照俚：倷搭吾，到北门城外白河边上，格搭有格摆渡口啦，白河渡口。倷就在白河渡口旁边头，树林里向守好。倷密切注意。注意点啥呢，从襄阳方面，有一帮人来，可能有一个差官么，是骑马的，带几个底下人，扛仔点行李格种物事，在后头跟。那么俚笃路过白河渡口辰光呢，倷覅去惊动俚。倷蔓得拿差官只面孔记牢，等到俚笃到仔北方，回转来辰光，再路过此地么，倷搭吾拿差官，抓下来。有数目。周仓答应。周仓俚马上身边干粮袋弄好，回过来，先去搭关公报告一声。搭君侯讲，诸葛军师派吾出去有事体呀，吾要离开该搭点几日天，关公说倷去好了。那么周仓跑出来，到北门城外白河渡口，格搭有格树林。守在该搭点呢，周仓格本事大，轻身法好啦。俚望准树上，吠——噗！一跳。跳到树顶上，人，哗啦！树桠子抓住，拣一个比较合适点格地方，坐下来。戤下去么，树桠枝上可以靠靠。下头两只脚呢，搁在另外格树桠枝上。边上么，还有树桠子可以把把手。吃力了，闭闭眼睛，打格瞌睏，也勿要紧。肚皮饿了，干粮袋里格干粮摸出来，吃一眼干粮。因为周仓从前是在茅草岗做强盗出身，啥格守在茅草堆里了，或者躲在树头顶上，守候过往客商了，俚是习惯的。诸葛亮晓得俚有什梗格本事了，所以派俚在该搭点，俫登在此地等候。那么周仓就坐下来，等哉哦。格勿晓得俚笃啥辰光来。格么夜头呐吭呢？夜头也勿转去，夜头就在树上困觉。勿生病格啊？露宿在树上？勿碍的。周仓身体好，格身体结棍了。格种小小叫格毛病，上勿上俚格身。笃定。

诶。叫啥今朝，上半日，看见来哉。在白河边上一只船，停。有人上岸。果然，有一个差官模样格人，上马。还带领四个底下人，扛仔条箱，跟在格马背后。只看见格只马，忈磕酷、忈磕酷……周仓么，对俚看。俫上对俚看么，马背上格差官，就是格个传线官宋忠，刘琮派俚去送降书格人，俚又勿晓得树头顶上有人在监视，勿晓得的。忈磕酷磕、忈磕酷磕……马在往门前走格辰光，宋忠非常警惕。两只眼乌珠骨溜骨溜骨溜骨溜，既对门前看，又对横埭里看。为啥道理么？俚要注意。阿有新野县格巡逻兵？因为蔡瑁关照：俫此一番到宛洛道去，要经过新野县城外。俫过新野县城外格时候，俫要特别把细，要看清爽。吭不人，默默侧侧，赶快跑过去。为啥呢，因为蔡瑁吓啦。格个事体是勿能拨刘备晓得格吤。拨刘备晓得，俚笃就会得兴兵问罪，派人马打过来。所以交代宋忠呢，特别警惕。

宋忠在马上过来格辰光，忈磕酷磕、忈磕酷磕……眼睛骨碌碌碌碌，对四面看么。吭不。吭不人，蛮定心。勿晓得吭不人啊？树头顶上格朋友，等仔俫长远了。宋忠只对四面看，勿会对上头看格呀，俚呐吭想得到树头顶上躲好一个人了。周仓看清爽了，哦，格差官。面长面短，有数目了。那么俚要到北方去，等俚回过来么，吾再拿俚捉。俚勿会马上就回过来格呀。那么周仓从树上跳下来，回到城里向报告军师，已经发现仔格个踪迹了。那么诸葛亮一估计，从此地到宛洛道，几化路，大概路上要跑几日天。到了以后，回过来要几日天。格点日脚呢，俫勿守着勿要紧。俫终归超前格一两日天么，就守到格搭树林里向去。等格个差官回转来么，俫搭吾拿俚捉牢，带转来。顶好捉俚回转来格辰光么，勿惊动别人。那么关照俫噢，只能捉活的，勿能捉死的。俫捉死的，俫就功劳就吭不了。周仓有数目。那么到挨模样么，周仓就带仔干粮袋了，再到白河渡口树林里向去，等宋忠回转么，吾勿必交代。

现在吾再说宋忠。一埭路，路上下来心急啊，豪燥点赶路。到宛洛道，曹操营头上，派人去报告曹操。曹操得报了。曹操已经离开许昌，到仔宛洛道格大本营。现在七十五万大军呢，集中了。为啥道理勿马上发兵么，粮草还勤催齐。要各路粮草到齐了，那么人马出发。打仗啦，粮草顶要紧。所谓叫大军未发么，粮草先行。俫粮草跟勿上，俫格仗，就吭不办法打。曹操现在在营帐棚里向得报，襄阳有人到该搭点来求见。啊？啥人？关照：喊俚进来。差官到里向，踏进帐中，卜落笃，跪下来。"丞相在上头，小人见丞相，磕头。""罢了，尔是，何——人？""小人是荆襄大王，辕门值将传线官，奉大王之命，送降书降表，求见丞相。""哦？嗯嗯，嗯嗯，嗯嗯嗯。"荆襄大王，来投降吾？曹操一呆，刘表勿会投降吾格啦。降书拿过来，降书拆开来一看么，曹操，当！一记台子一碰。"大胆匹夫，一派——呐胡言！""吡嘿，相爷，小人勿敢。"曹操就问：荆襄大王刘表，啥人勿晓得？倷为啥道理格上，写得荆襄大王刘琮？分明是一派胡言。"嗯，格个，哼，格个，回禀相爷，倷勿晓得呀，吾伲老大王，已经在八月初四晏驾了。现在是二公子刘琮即位，听见说丞相人马在该搭点了，所以派小人到此地来，献降书降表。""哦！嗯嗯嗯嗯……"那么曹操明白，刘表死，刘琮来降。降书从头到底看完是曹操开心啊，"咦，嘿嘿嘿嘿……"啥体要什梗快活？曹操心里向转念头，吾原来认为，刘备搭刘表，捏成功一气，吾要消灭俚笃就吃力。天帮吾格忙，吾格运道，是好极了。刘表死，现在是二公子即位。吾晓得格呀，刘表有两个儿子，一个刘琦，一个刘琮。现在是兄弟夺阿哥家当。那么格兄弟，张怕阿哥去寻着俚，又怕吾打过去。因此么，来寻靠山了，投奔吾。格个勿是挑挑吾？不费一兵一卒、不费张弓只箭，马上唾手而得荆襄九郡。荆襄九郡拨吾得着，刘备格后路断绝，吾要灭脱刘备啦，可以说是易如反掌。马上就可以解决。曹操开心。曹操关照宋忠，倷呢，献降书有功，吾现在呢，封倷为列侯之职。哎呀，宋忠开心啊，勿得了。曹操呐吭？曹操叫啥封倷做侯爷呀。格个侯爷叫啥，叫列侯。列么，就是列位格列啦。列侯，虽然格个侯爷，并勿哪恁大几化，是侯爷当中格顶顶起码格侯爷，当时讲起来，格吭没用，终归是开仔侯爵了。格宋忠，一交跟斗跌在青云里，呐吭想得到，曹丞相会封俚为列侯了什梗。曹操说：倷到帐篷里耽搁。吾停一停拨回文拨倷。啊，倷回转去，搭唔笃小大王刘琮讲好了，俚到该搭点来投降吾呢，交关好。吾呢，立刻上本章，奏明万岁。请万岁下圣旨，包管得唔笃小大王刘琮呢，袭爵为王，继承荆州牧。皇帝格圣旨一到呢，唔笃就得到一个合法格地位了。哎呀！格宋忠更加高兴。宋忠退出来，到帐篷里耽搁，那是待以上宾，侯爷了哉。四个底下人格礼物呢，送到中军帐，送拨了曹丞相。格么曹操当然咯，照单全收。当时曹操就派人写一封回文。其实格封回文啦，完全是欺骗性的，稳住刘琮。吾么，可以在皇帝门前保举倷了什梗，让倷么正式袭爵为王，永镇荆襄。骗骗俚的。到格辰光，横竖吾拿荆襄再夺下来。回文呢，派人去交拨了宋忠，让俚明朝动身，回转去。

曹操心里向转念头，好。吾马上就好打了。本来么要等到粮草到齐，再发兵，稳足一点啦。现在吾可以派先锋打过去，吾先拿刘备弄脱。老实讲，刘备是吾眼睛里向一只钉。刘备格人摆着么，吾始终勿会安意的。诶！因为啥？曹操望出来啦，天下英雄，啥格格种江东格孙权了、西凉格马腾了、西蜀格刘璋了、东川格张鲁了，侪勿在俚眼光里。俚看勿起。格批人勿是吾对手，包括荆州刘表。只有刘备，刘备么，是吾格劲敌。曹操在青梅煮酒论英雄格辰光，就搭刘备讲过了。天下英雄么，只有——倷搭吾——两个人。格个闲话倷听听看？而且刘备放在俚之上——倷搭吾，两个人。刘备一吓。刘备觉着，曹操什梗样子看重吾啦，吾条性命危险了，俚要除脱吾的。因为一座山上，勿能容许两只老虎。果然呀，曹操一直拿格刘备当做最厉害格敌人。后来刘备逃出许昌到徐州，曹操就打徐州。刘备徐州失守，逃到冀州袁本初搭，等到古城相会刘备到汝南，曹操就马上打汝南，拿刘备赶出汝南。刘备就逃到荆州刘表搭，现在刘表死脱么，曹操就要趁机拿刘备消灭。

　　格么吾派先锋么，派啥人做先锋呢？刘备人头么勿多啊，军队见数煞的，但是两个大将侪狠。诸葛亮是厉害，吾派格个先锋将呢，一定要文武双全、熟读兵法、深通韬略，诸葛亮格种计策呢，俚有鉴别能力，能够搭诸葛亮应付应付。算来算去，只有一个人。啥人么？张辽，张文远，是曹操格左护卫大将，二虎将军，文武双全。格么吾派张辽为先锋。张辽虽说本事好，格么张辽如果搭关、张一道打起来啦，格是一个人，打勿过格个两个大将。吾要派一个狠点格将官，辅佐张辽，好能够搭关了张敌敌。啥人呢，派许褚，许仲康。许褚格个蛮力是大得热昏啦。俚曾经抓牢仔两条牛格尾巴，当当当当当当当，顶倒顶，拿两条牛，要拉一百几十步路。格气力比牛还要结棍，人称痴虎大将军。老虎么已经不得了，老虎再发一发痴，痴虎，格倷想想看，力道几化大？许褚呢，就是碰着关、碰着张，也能够搭俚笃斗一斗。格么张辽、许褚两个人去，顶好呢，再要派一个熟门熟路格人陪仔一道去。因为张辽虽然熟读兵法，但是张辽勿搭诸葛亮交过手，勿熟悉诸葛亮格用兵奥妙。吾要派一个熟悉诸葛亮格人，陪张辽、许褚一道去，发现有啥可疑格地方，就可以提醒张辽。啥人呢，夏侯惇。格么夏侯惇吃过败仗？诶，吃败仗也有吃败仗格好处。俚有经验。俚懂得敌人用兵格种情况，一看迹象俚就晓得。曹操煞费苦心，派先锋去，选格三个大将，看准足仔来的。

　　曹操派人去，拿格三个将官去喊得来，三家头到。"丞相在上，末将张辽参见丞相。""啊，许褚见丞相。""末将夏侯惇，参见丞相。""令箭一支，文远，为头队先锋。率领十万大军，兵——进新野，仲康、元常，为左右副——将。""得令！""遵令！""得令！""仲康，前往新野，尔要辅佐文远。""知道了。""元常。""有！""文远未遇孔明，尔博望回来，懂得孔明用兵之奥——呃妙。倘然敌人用火攻么，尔要提醒文——远。""遵——命！"夏侯惇答应。三家头接令箭在退下去格辰光么，夏侯惇心里向在急。急点啥么？唉，阿叔，看得起吾。派吾陪仔张辽了许褚一道去搭诸葛亮打。格诸葛亮难弄勿过，吾吃过俚苦头，那是吾服帖哉。格诸葛亮火攻厉害，勃该抢去再拨俚烧？上抢烧得哇哇抓抓回转来，看病看脱长远了。格面孔上烧焦脱格呀，焦头烂额，请郎中看也呒不用场。后首来，有人送一种药拨俚，一拓就好。啥物事么？据说是勃出毛格老虫，摆在菜油里向浸，浸烂之后，拓火烫么百发百中。那么夏侯惇马上派人，出大价钿，各界征求老虫油。

果然，拨俚收着勿少。那么俚端准好一只瓶，园好一瓶火烫药。园了身边，万一下趟搭诸葛亮碰头，再碰着火烧，烧伤格辰光么，火烫药，马上好拿出来派用场。所以该次夏侯惇出兵打仗么，俚格老虫油，园了袋袋里，有备无患。

格么张辽、许褚、夏侯惇，接令箭退出来之后，马上点兵。点好兵呢，天勿亮，人马就出发。嚯咯咯咯——蛮快格哟，唔笃人马去了。因为军队在调动格辰光么，宋忠夜头困勿着哉。啊哋！外头啥格路道？嚯咯咯咯——独听见脚步声音。格军队调动。到天亮起来，有人来服侍俚格辰光，揩面吃点心么，那么俚就问哉：格个天勿亮格辰光，外头格人马啥格名堂呢？喏，是曹丞相派张辽、许褚、夏侯惇十万大军去攻打新野县。哦？那宋忠想，格个事体搭吾勿搭界。俚回头一声曹丞相，一封回文呢，摆了包裹里，背了背心上。带仔四个底下人，扛仔空格条箱，离开宛洛道，出营头，回转襄阳。

那是宋忠赶路快啊，日夜赶路。为啥道理么？俚心里向转念头，一交跟斗跌了青云里，送送降书了，弄了仔格侯爷了。吾啊，吾回转去么，要叫裁缝师傅，做两套漂亮点格衣裳。着仔侯爷格衣裳么，骑仔马，在街上兜两个圈子。让亲眷朋友大家看看，近来宋忠升烧，地位高哉，做仔大官了，荣宗耀祖了，显扬门庭，开心。日夜赶路么，两个扛条箱格朋友触霉头。跟仔俚傺么，勿停哉呀。俚心急，衣锦荣归。矻咳唾磕、矻咳唾磕，路上下来辰光，将要到白河渡口哉，两个底下人呢，先过去叫船了。宋忠么，在后头过来。忐磕矻咳、忐磕唾磕，经过此地啦，俚格心会得发慌的。为啥么？因为蔡瑁关照俚，傺路过新野县白河渡口格辰光，傺特别要警惕，勿要暴露，勿拨新野县人看见。所以俚对周围在看，一看么，呒不人。横竖底下人到门前头去哉，门前两个扛挑箱格人，一共四个人呀，两个去叫船么，两个扛仔空条箱，在俚马前走。为啥道理勿是马后跟了，要马前走么？宋忠催促俚笃要跑得快了，倘然俚笃跟在后头，俚笃好拖。俚笃在前头，拨宋忠逼牢了么，只好跑得快点。两个底下人怨煞。"宋老爷，该抢，傺，哼哼，又是升官了，又是发财。那么伲去呢，赏赐也勿拿着几化。宋老爷，等到回到襄阳之后，碰头大王，禀报格辰光么傺有数哦。大王门前添两句好话么，阿有啥让伲赏赐好多拿两钿。""放心放心。"嗯，唔笃走得快点。吾先到襄阳，侪在吾身上。晓得。扛条箱格朋友，脚步在带紧过去格辰光，宋忠格只马，望树林旁边经过格辰光，周仓看得明白，来了！周仓呐吭？周仓就在树头顶上，两只脚一攘，噗——啪！往上头一窜。格应该往下头跳，呐吭俚往上头窜呢？嘿嘿，周仓特别。乓！窜到上头，落下来格辰光么，头往下，脚朝上，顶倒顶下来。嘚尔——还勿落地，在空当中横里，哗啦！一个鹞子翻身，噗！到宋忠马匹旁边头，立定。宋忠一呆。着生头里天上掉格人下来呀。俚也勿晓得树上跳下来的。吧？傺呆一呆，还勿看清爽，周仓格动作几化快。周仓起格只右手，望准俚腰里向，扎！一步抓牢。嘿！马背上拉下来，往腰里向一搿，宋忠要喊么，来勿及哉。周仓格只左手，望准俚嘴巴上，嗯！一揿。揿牢么，发开两腿，啪啪啪啪……去了。宋忠投，拼命投。两只脚，磅当磅当磅当磅当，甩。俟投么，投得格结棍，周仓夹得格紧啦。两只靴侪投脱。宋忠勿敢投哉。再投下去肋棚骨要夹断快哉。勿好投。周仓拿俚带仔，望准新野县去么，吾慢慢叫交代。

两个底下人叫船，叫好回过来，看见扛条箱朋友在过来。"兄弟啊！""哦啊？""船叫好了。""蛮好。""宋老爷呢？""宋老爷么在后面。"勠溜哉哇，后头啥地方有介？"嗳，俟听酿，马在过来。"怘磕矼咳、怘磕矼咳，马走得交关慢，在过来。两个扛条箱朋友，回转头来一看么，马背上人朆不哉。"吔？吔，宋老爷呢？""小便，小便去了。""宋老爷，船叫好了。宋老爷！宋老爷！"朆不人。吔？"人呢？""蹲坑，蹲坑。"草堆里，阿在蹲野坑，跑过来寻寻看。一看么勿好了，看见只靴呀。拾起来一看么，宋忠只靴。格么有一只靴么，还有一只了嚯？再寻过来一看，门前头还有只靴。勿好哉，勿好哉，宋老爷拨老虎吃脱。一定窜出来一只老虎，阿呜！一口拿俚咬牢，衔仔俚跑，俚痛得，呼嗙呼嗙！一投么，两只靴掉下来。身体勿看见，人勿看见？格蛮清爽，拨老虎衔脱哉哇。勿好了，走吧。一双靴拾过来，望准空条箱上一摆么，格底下人要紧下船。摆到对岸，船钿付脱，上岸么，格四家头轮流落班骑马、扛条箱，望准襄阳方面过来。俚笃走得慢哉哦。因为宋忠勿在逼俚笃么，路上下来，日夜赶路，朆休息过哟。老早开栈房困觉，老晚再起来动身。让俚笃么，望准襄阳方面过去，吾停一停再交代。

再说格宋忠，拨了周仓搿牢绞仔，望准新野县方面在奔过去格辰光，宋忠弄勿懂。宋忠心里向转念头，吾蛮好在马上赶路，为啥道理天上掉格人下来？扎嗒！一把，拿吾拖下来。嘡！拿吾腰里向一搿，拂开两腿就走？格人啥格人呢？面孔，吾朆看清爽啦。要看么勿来赛。因为嘴巴上，拨俚只手捏牢了，动阿勿好了。颗郎头勿好动哉么，眼梢歪过来，拼命在对上头看。俟在看，叫啥周仓在吓呀。周仓为啥道理要吓么？因为开头辰光，搿牢仔俚跑啦，俚会得投了，呼嗙呼嗙，脚乱甩。到现在辰光，勿动哉哟。周仓心里向转念头，别样朆啥，勠拨吾搿杀脱仔哦？格么诸葛亮关照要捉活的，搿杀脱仔吾有罪名。周仓要扡下头来，看看俚只面孔看。"嗯。"俟头凑下来对俚一看么，格朋友一吓，嚯哟！宋忠俚嘴巴么勿好开口啦，眼睛要紧闭拢。哈呀。啥道理么？周仓只面孔实在怕勿过。

周仓生啥相貌？墨腾赤黑，一只黑面孔。俚格只面孔呢，与众不同，横垛里阔了，竖垛里短，像格东南西北格西字什梗啦，横阔竖短。墨腾赤黑。俚两道板刷浓眉，一双电光眼，黑多白少，双目炯炯。狮子大鼻泡，血盆大口，两耳招风。搭——阿胡子，炸开两厢。俚格阿胡子呢，搭张飞勿一样的。张飞格阿胡子呢？长，铺满胸膛，蛮漂亮。周仓格阿胡子呢，短，蜷拢来，不过拉，拉得长的。如果俚要拿格组苏拉长，一掰么，尔——还能够掰掰一尺多长，手一放呢，呋——阿胡子又缩过去，蜷拢来。格个名堂叫啥？叫虬髯。俚如果拨了现在人看起来是弄错了，当仔格老娘家派头大得了，阿胡子还用为俚奶油电烫了什梗。勿晓得勿是电烫的，生天卷的。俚格阿胡子兴得了，别人说连鬓阿胡子啦。俚非但连鬓，连颧骨上侪生满格毛。颧骨上格毛要二三寸长得了，风一吹，哗——飘了。周仓，格场种相貌么，外加还有两只獠牙了呀。啥叫獠牙呢？俚格血盆大口里向，浮出来两只牙齿。浮出了外面，翘起来。别人呢，别人讲起来老虎牙，阿是，重叠的。俚勿对的，俚长啦，浮出来。假使现在人弄错仔，当仔格老二官哪恁浪费得来，香烟两根一呼了什梗。勿是两根香烟，俚两只牙齿浮出来。

宋忠心里向弄错了，俚想吾肯定死脱了。格个朋友勿是人，判官，是应该是判官。大概吾呢，阳寿到哉，拨了格判官，嗹！捉牢么，好了，弄到阴间去哉。俚看酿，进城哉喤。到城里向，哦，城里向市面倒蛮好，来来往往人蛮多。啥格城呢？丰都城喤。到衙门跟首，啪！拿俚放下来，捆起来了。捆起来格朋友，对俚侪是动作粗暴得极。嗹！嘿、嘿、嘿！捆。啥人呢，小鬼。拿吾押进去见啥人，见阎王。格小鬼为啥道理要什梗凶呢？有老古话的，叫阎王好见，小鬼难挡。小鬼是什梗凶。判官拿吾捉得来么，小鬼拿吾捆起来。勿知呐吭拨俚想出来的，当仔到仔阴间去。

周仓望准里向进来，报告格辰光么，刘备、诸葛亮坐好了。周仓跑到军师门前。"参见军师。""罢了。""奉了军师将令，拿捉奸细，奸细拿到了。""大功一次，退下。""好！"周仓退下去。"来。""是！""把这奸细首——级砍下。""是！""军师，且慢。"刘备要紧喊住俚。啥格诸葛亮俚粗心得了，周仓捉牢仔格人回转来，报告一声，捉牢格奸细，俚马上下命令，要拿格奸细杀头。周仓哟，勿比张飞。张飞虽然粗心，但是俚粗中有细。格周仓格粗心呢，叫只粗勿细。俚勿会细心。那么俚现在下命令，拿捉牢格朋友杀，作兴倒勿是奸细呢。颗郎头拿仔下来，得是得勿上去的。什梗，让吾来问问看。"先生，呃，待刘备把奸细审问一下，如何？"诸葛亮心里向转念头，俚要问，蛮好。格么格奸细勿会死了。"来，把奸细押进——来。""是！军师有令，把奸细押进——来。呼——咦！""走走走！走！"喤啰啰啰啰啰，拿宋忠押进来格辰光，宋忠走到天井里，对准堂面上一看。只看见一个刘备，一个诸葛亮，格个两个人俚认得。啊呀，啊呀，勿是阴间，是阳间哇。格个是刘备，归格是诸葛亮，格么此地是新野县喤？哦哟，哦哟，格齁死。齁死是笃定。俚要紧极喊哉："二主公，救命。二主公，救命！"刘备心里向转念头，俚听听看，格朋友在叫吾二主公。格蛮清爽，刘表手下人喤。俚呐吭拿刘表手下人，捉牢么，就当俚奸细呢？假使俚结果仔俚性命，将来刘表来问起吾来，吾呐吭样子回答？刘备关照松绑，绑松脱。

宋忠到上面，卜落笃，跪下来。"二主公在上头，小人见二主公磕头。""罢了。""谢二主公。""抬起头来。""小人勿敢。""容尔抬头。""是。"刘备一看么，面熟的。辕门上曾经看见过。"尔是何人？""小人是荆州大王手下，辕门值将传线官宋忠。""既是辕门值将传线官，为什么路过新野？""呵呵，二主公，小人是奉仔大王之命，到宛洛道见曹丞相，送降书降表去格呀。""哈——啊？"刘备一呆。"难道我家兄长，命你——去见曹——操，送降书降表么？""唉呀，二主公，啥倸侪勿晓得格呀。大王，大王在八月初四已经晏驾哉呀。"倸说到格搭么，刘备呒不准备。俚晓得是晓得刘表病重，但是刘表格死讯俚勿晓得哟。诸葛亮虽然得着探子消息，诸葛亮勿去讲拨刘备听。为啥勿讲么，俚晓得刘备格人啦，容易哭，容易伤感。讲拨俚听么，啼啼哭哭，难过煞哉。反正俚驾也呒不公布么，吾就慢慢叫告诉，让东家少难过点么，阿有啥身体，勿受影响。什梗了，诸葛亮勿讲。现在刘备听见宋忠讲，刘表已经在八月初四晏驾么，眼泪下来了，"兄长——啊"。诸葛亮想吾晓得的，倸一听见刘表死，倸板要放声大哭。"主公，问——下去。"问酿。哭，日子长了哟，现在倸问奸细。刘备眼泪揩一揩干。"大王晏驾之——后，为什么不来告知与我？""格个，大王晏驾之后么，闭丧不报。荆州城里向老百姓也勿晓得的，就是文武官员么有点数目。后首来呢，说是大王格遗嘱要关照二公子刘琮即位。后来因为曹丞相人马要打过来哉，大家文武官员有格么要投降，有格么要打，结果么，李珪死脱。那么喏，迭格，二公子生病。主母就关照，迁到襄阳。一迁到襄阳之后么，听见说，曹丞相人马在宛洛道，马上就要来攻打襄阳哉。那么听仔主母格闲话了，听仔文武官员格闲话了，办仔降书降表。所以派吾去见曹丞相，送降书降表。现在吾呢，从宛洛道回过来，路过此地了，拨了倸二主公手下人捉牢。二主公啊，勿关吾啥体的。二主公饶命！"

刘备一听，已经到曹操搭回过来。"尔背上什么东西？""曹操格回文。""拿来！"手下人马上拿俚倸，包裹解脱。包裹打开来一封回文，传上来拨刘备，刘备拆开来一看么。曹操格上明明是完全骗骗刘琮啦。啥格奏明万岁之后，保管倸能够袭爵为王了，永镇荆襄。刘备拿封信，搭搭搭搭，扯得分分散么，旁边头一甩。"曹贼，一派——咃胡言！宋忠，你、你与我回归襄阳，传言刘琮！""是。""你与刘琮言讲，叫他与曹贼，要断绝往来。""是。""倘然他，再要与曹操往来，莫怪孤，要联合了江夏郡大公子刘琦，兴问罪之师！""是。""回去你可讲么？""小人讲。""倘然不讲呢？""倘然小人勿讲么，总归呒不好死！歇两日头颈，长子出来了死！"罚了一个咒。好。"既然如此，回去吧。""是，谢谢二主公饶命之恩。"宋忠跑出来格辰光，对衙门口两个当差的，谢谢倸，讨一双靴。啥体啊？吾鞋子呒不了。倸鞋子呢？鞋子丑脱格哉。因为到该搭点来，一投了，鞋子落脱哉哟。那么拨一双旧鞋子，拨俚着好。俚要紧离开此地，喝噔噔噔……赶奔襄阳。

勿到襄阳么，碰到四个底下人，一个骑仔马了，三家头，两个人扛空条箱，在往门前头走么，宋忠要紧喊："慢慢叫看！""咦！宋老爷！"骑马朋友要紧马背上跳下来，"咃，宋老爷倸拨老虎吃脱哉。倸、倸呐吭会到该搭点来？""放屁！啥格拨老虎吃脱介。吾，吾么在白河边上。"

格么呐吭倷寻俉，寻勿着介？唔笃齣来寻吾。冤枉的。宋老爷，天地良心哦，倷是喊俉的。格么宋老爷，俉、俉白河边上，到啥场化去的？吾么蹲野坑。蹲野坑？格么宋老爷，蹲野坑么，倷格双靴呢？啊？倷格靴呢？脱脱哉！宋老爷，蹲野坑，用勿着脱靴格嚓。吾格脾气！嘿嘿，倷格脾气。喏，靴在该搭点喏，倷倒拾着的。嘿嘿，宋老爷，啥场化去么，倷自家有数，哦。一双靴拿过来拨俚。宋忠也勿响。新野县去格事体，随便呐吭勿能够讲。旧鞋子掼脱，靴着好，带底下人进襄阳，碰头刘琮。就拿宛洛道去献降书降表格事体，报告之后么，说曹丞相关照吾，赶快回转来，见倷报告。回信也来勿及写哉，总归俚奏明万岁么，保管倷袭爵为王、永镇荆襄。勿长远，就会得有圣旨下来的。"哦？""而且还封了吾做侯爷。""哦？"哈呀！蔡瑁、张允一听是，开心啊。宋忠去，要封侯爷。格是倷，竭力主张投降曹丞相，曹丞相勿晓得，要待得倷呐吭好法了。曹操厉害。曹操封一个人做侯爷啦，要使得荆襄所有格文武官员俉动心，更加要投奔曹操。

宋忠呢，拿到新野县去格事体，统统俉瞒过刘琮，勿讲。为啥？因为讲出来之后啦，刘琮要犹豫的。刘琮要勿投降。刘琮勿投降哉么，吾格侯爷也呒不。俚要保牢自家格侯爷了，新野县格事体，俚完全拿俚吃脱。格么襄阳方面吾拿俚且一丑开么，吾再交代刘备。

刘备、诸葛亮，看宋忠一走，正要商量事体么，外头报得来了。伊籍到，求见。刘备关照请，刘备亲自下堂，到外面来接。为啥呢？因为伊籍是俚格救命恩人。当初火烧馆驿、马跃檀溪，两次俉是俚相救么，今朝要亲自出来迎接。接到里向坐定。问伊籍，倷呐吭到该搭点来么，伊籍说：吾是奉大公子之命，到该搭来报丧。因为大公子在江夏郡，得信。荆州大王已经晏驾，但是呢，俚笃闭丧不报。兄弟夺阿哥家当，外加迁居到襄阳。所以要到该搭点来，报告倷二主公了，请倷二主公，做主。哦，刘备说：老大夫啊，倷齣晓得。倷但知其一，不知其二啦。刘琮非但弟占兄业，外加现在投降曹操。一封回文喏，曹操搭发得来，拨了吾扯脱哉。宋忠，吾关照俚回转去带信，有什梗桩事体。"喔！哎呀，二主公啊，二主公。想那刘琮闭丧不报，弟占兄业，还要归降曹贼，把先大王的锦绣江山，拱——手送敌，那还了得。请二主公兴动新野的人马，待伊籍回归江夏，与大公子言讲兴动人马，两路发兵，攻打襄阳。然后夺取荆襄，再行阻挡曹——军！"诸葛亮一听，好极了。倷伊籍也什梗想，再好呒不。诸葛亮连连赞成。阿要打襄阳呢？下回继续。

第三十六回

初冲雀尾

老大夫伊籍，从江夏郡到新野县碰头刘备。拿刘表已经宴驾格事体告诉皇叔，刘备搭老大夫说，刘琮非但兄弟夺阿哥家当，而且投降曹操。格伊籍说，刘琮格恁样子荒唐，实在是忒过分了。请傺皇叔准备人马，吾马上赶奔到江夏郡去，叫大公子调齐江夏军队，两路分兵，攻打襄阳。诸葛亮登了旁边头一听么，连连称赞。

诸葛亮就搭刘皇叔讲：老大夫说的有理。叫啥刘备，连连摇头。诸葛亮问俚：为啥呢？刘备说：军师啊，傺格心情，吾也明白。不过，傺阿晓得。吾当初辰光兵败汝南，逃到汉江边上，立脚格地方才呒不，老兄待吾勿错，让吾到新野县来。现在老兄刚巧死，俚格尸骨还觉冷，吾马上就要发兵，帮仔格大阿侄，去抢小阿侄格家当。弄得俚笃同室操戈，兄弟阋墙，吾呐吭对得住九泉之下格刘表？吾不忍心呀。诸葛亮说：东家啊，傺要明白，现在刘琮投降了曹操，俚要帮曹操一道来打傺，傺呐吭办法呢？勿，吾现在已经关照宋忠，回转去带信拨了刘琮，叫刘琮搭曹操要断绝来往。假使俚能够搭曹操断绝往来，回头是岸么，吾伲仍旧自家人。假使说，俚勿听吾闲话的，到格个辰光，再兴问罪之师，还来得及。

诸葛亮心里向转念头，呐吭弄法呢？傺赛过，希望宋忠回转去，搭二公子刘琮讲仔了，让刘琮回头。勿可能格呀。诸葛亮估计到，宋忠回转去根本就勿会讲，所以，诸葛亮还要想劝刘备格辰光么，外头叫啥奔进来一个探子，"报，禀军师"。"小人奉令打探消息，今有曹操派遣张辽为头队先锋，许褚、夏侯惇为左右副将，率领十万大军，兵进新野县。他们的人马，已经离开宛洛道，请军师定夺。""再——叱探。"探子退下去。诸葛亮心里向转念头，傺看傺看傺看。宋忠一送降书，曹操晓得吾伲后路断绝，俚马上派先锋部队打过来了。现在，一方面是刘备勿肯听俚闲话，去攻打襄阳，就是刘备肯听，眼睛门前格局面摆着，张辽格人马要杀到哉。吾首先要杀退张辽军兵。所以诸葛亮呢，对老大夫看看。老大夫啊，伲东家勿肯发兵呢，攻打襄阳格事体，只好慢一慢再议。老大夫也明白哉，老大夫立起身来告辞。"二主公，军师，伊籍，告——呃辞了。"刘备要送，诸葛亮说傺甮送哉，吾代傺送吧。

诸葛亮送伊籍出来，两家头分别格辰光么，诸葛亮搭伊籍讲：老大夫，拜托傺，傺回到江夏郡，拿此地格情形，向大公子禀报一声。顶好呢，请唔笃拿江夏郡格船只，齐集在一道。为啥呢？新野县守勿住了，曹操人马一到啦，新野县马上就要放弃。樊城呢，也勿是久留之地，因为吾侬呒不力量，挡得住曹操格人马啦。看上去呢，吾侬离开新野、樊城之后，要赶奔到唔笃江夏郡来。因为刘皇叔呒不去处戰咯，只有到江夏郡来。唔笃拿船只预先准备好了，将来吾侬逃难，逃到江夏郡来呢，唔笃可以立即出动舟船，到江边迎接。因为江夏郡，有条江可以阻挡。曹操又勿会马上杀奔到江夏郡来。老大夫伊籍答应。伊籍走，诸葛亮看俚格背后影去。该格是诸葛亮一只棋子，预先伏好了。否则，刘备兵败当阳之后，到啥地方去？曹操人马，在后头追过来。俚前进不得，后退无路，只有到江夏郡。俚临时到江夏郡去，要俚笃调船只，来勿及格哟。追兵一到，根本来勿及。现在有诸葛亮关照仔伊籍，伊籍回转去搭大公子刘琦一讲呢，刘琦当然要安排船只了，准备迎接刘备。格么等到吾说着，再关照。

伊籍走，诸葛亮回到里向搭刘皇叔碰头。说：东家，现在张辽格人马，要杀到该搭点来，俚看呐吭办？刘备心里向转念头，吾是呒不办法，全靠俚军师。"全仗军师。"诸葛亮讲：照兵书上看起来，对敌作战，有五个字。呐吭五个字呢，第一，能战则战。格么刘备说：吾侬呒不力量好战了么，第二个字呢？格不能战则守。勿能打的，要保守。刘备一听么，保守，看上去，也困难。格么守勿住呢？第三个字，不能守，则走。逃走。第四个字呢，不能走则降。投降。第五个字呢，不能降则死。阿末一个字么，死。投降俫勿能投降哉么，死终归好死的。刘备心里向转念头，现在吾侬叫，既不能战，又不能守，更不愿降，也勿超至于要死。第三个字好用，走。格么军师啊，要么到樊城去吧。离开新野县，退走樊城。格么诸葛亮问哉咯，吾侬到樊城去么，新野县格点老百姓呐吭办法呢？刘备说：吾要带俚笃一道去的。为啥呢，因为曹操在博望坡全军覆没，有十万大军。俚，恨得格新野县勿得了。吾跑脱了，俚人马冲到新野县来，俚勿会放老百姓过门。曹操要迁怒于百姓么，乱杀一泡，要杀得鸡犬不留，吾对勿住格点难民。吾要拿俚笃带到樊城。

诸葛亮要皱眉头：东家啊，俚一片好心，愿意拿老百姓带到樊城县去。不过主人？俚要明白啦，樊城县吾侬也守勿住格哟。假使说，曹操人马马上就打樊城了，哪恁办法呢？再走咯。再走么，格新野县老百姓呢？格当然带俚笃一道跑，吾已经拿俚笃带到樊城哉么，吾樊城走起来，也要带俚笃一道跑。格么到格个辰光，樊城县百姓也要跟格咯？格么一道走。一道走么，吾侬要负担嘎许多难民路上逃难，逃勿快。勿碍，吾有办法。俚有啥格办法呢？拿点难民可以寄到襄阳去。刘琮，虽然勿能够来接引吾，格么新野、樊城属于荆襄地方格哟，俚搭老百姓勿是冤家哟。格么俚应该让格些无家可归格难民，到襄阳居住。让俚去安顿难民么，吾搭俚就可以离开襄阳了，赶奔江夏郡。诸葛亮心里向转念头，俚东家什梗说到么，只能依俚哉咯。不过诸葛亮心里向想，就怕襄阳将来，勿肯留收百姓么，那么讨恶厌。格么带泥萝卜，只好汏一段吃一段。先拿新野县格问题解决吧。

诸葛亮马上准备锦囊，然后，下令升堂么，聚将鼓击动。文武官员统统侪到大堂到齐。卧龙军师，当中坐定。文武官员见过，两旁伺候。刘备、关公旁边头坐好。诸葛亮一叠锦囊摸出来，台上一摆么，准备发令。大家侪在对诸葛亮看格辰光么，张飞顶起劲。为啥呢？张飞心里向想了，上抢火烧博望坡，吾呢，三闯辕门，拿诸葛亮么得罪。所以么，吾格条令箭么，弄到阿阿末末了派着。现在两样哉，起了变化了，吾已经拜仔军师为先生，吾是俚学生子。那么老实讲，师生之情么，俚发起来令箭来，头令，终归是吾张飞。吾呢，好立一桩头功。上抢倒胃口，连一个曹兵也勿捉牢，一只溜缰马侪勿捉牢。格么该抢呢，吾要立一桩特大功劳，来补一补上抢勿立功劳格欠缺哉。所以张飞立了第一个，激出仔两只眼睛，在对诸葛亮看。俚格透气声音么也大："喝嘿——呵嘿。"隐隐然，先生，俫学生子立了旁边哦，俫唵看见？

诸葛亮令架子上，拔令在手么，拿起一封锦囊："公祐，听——令。"公祐是文官孙乾，孙公祐。孙乾还勿答应么，张飞登了下头咕一声，"呃，明白！"明白。明白点啥呢？吾挨勿着头一个。诸葛亮发令，呆板数。第一条令箭板是派文官孙乾，那么挨下来么简雍了，糜竺、糜芳了。那么赵子龙了，毛仁、苟璋、刘辟、龚都、二哥，阿末一个么，派着吾。吾张飞呢，勿立了前头哉，别人家上来接令箭格辰光，七碰八碰勿犯着，明白哉。诸葛亮发令箭，顶狠格大将，阿末一个派的。吾赛过唱戏什梗，压台戏啦。张飞是立到下头，蛮识相，看诸葛亮派令箭。孙乾从旁闪出："军师在上，下官孙——乾在。""令箭一支，锦——囊一封，带领五百军卒，立即准备舟船，停泊樊河。先生，往樊城安排房廊，容百姓到来，居——住。""遵命！"

孙乾接令箭退下来，拆开锦囊一看。诸葛亮叫俚，首先拿新野县所有格大小船只，全部侪集中到樊河里，让难民可以摆渡，到樊城去。孙先生调度好船只之后，俚先到樊城，搭樊城太守刘泌碰头。关照刘泌，衙门里向呢，房子出出空。刘皇叔来起来，要耽搁。馆驿呢，打扫一下。文武官员来起来，要居住。老百姓格空房子，借下来。还有格种庵馆、寺院、庙宇、祠堂、所有格种空格地方呢，全部侪拿俚出清。啥体么？难民来起来，要耽搁。因为老百姓空余格房子，未必会多几化咯。格么连格点庵馆、寺院、庙宇也勿够么，哪恁办法呢？在空旷格地方，再拿竹头了芦席，临时搭一点格种简单格房子。让难民来起来呢，勿至于露宿街头。好有一个安身所在。孙先生呢，让俚起调派。

诸葛亮再是一条令箭："简雍，听令。""下官简雍在。""令箭一支，带领五百军卒，晓谕百姓，在三——天之内，撤离新野。""得令。"简雍接令箭退下来，拆开锦囊一看，关照俚去准备告示，大街小巷四面张贴。并且呢，派人在街上敲锣，到处晓谕，通知老百姓："呃，新野县老百姓，你们大家听了哦。曹操的人马，就要来攻打新野县了。刘皇叔、诸葛军师决定退向樊城。你们老百姓，有自己去的地方，你们就自己去。要是你们愿意跟皇叔一起上樊城的话，你们在三天之中，马上就走。不往樊城，到别处去的，在三天里边，一定要离开新野。到第四天，曹兵杀到，就不能保护你们了。"嘭！嘭嘭！四面去敲锣。啊呀！格个辰光是，老百姓人心惶惶。为啥道理么？曹操人马要杀得来，茶坊酒肆里向，侪在议论。

曹操格名气，实在坏啦。因为当年，曹操兵进徐州格辰光，为仔要搭老娘家报仇。曹操格爷叫曹嵩，在安徽。曹操在山东得发之后么，要拿自家格爷从安徽接到山东去。徐州太守陶谦呢，拍曹操马屁。派人护送曹嵩。勿晓得路上落阵头雨，到庙里向躲雨辰光，拿行李打开来，烤烤火了，烘烘。勿晓得金银财宝露仔眼。护送格个副将，叫张闿，见财起意，就此拿曹操笃一家门杀光。曹操格爷、娘、阿叔，所有格亲属侪杀光。物事抢光么，望准山里向做强盗去。因为格张闿本来是强盗出身。勿晓得，杀脱俚笃满门格辰光呢，逃走脱一个底下人，翻墙头逃出去。逃到山东报告曹操么，曹操要搭老娘家报仇，带领人马兵进徐州。还齑到徐州，终归见一个村屠一个村，见一个城屠一个城。杀得在一百里路范围当中，灶堂里向吭不人烧火，烟囱管里吭不冒烟。格个名堂叫啥？叫百里无人烟。可以说是杀得鸡犬不留。甚至于，徐州城外头老百姓格坟墓，统统侪发掘了。照规矩是勿作兴的，因为杀脱唔笃爷了娘，是张闿，是格个一帮土匪，而勿是老百姓。俚为啥道理要拿老百姓统统侪杀光？该格是历史上侪有的。陈寿《三国志》曹操格传记上也写明白。俚打徐州的辰光，俚只有一句闲话，叫："所过，多所残落。"所经过格地方呢，杀得格人勿得了。那么该格风声啦，大家侪晓得。曹操格名气坏、人缘勿好么，也是在格种地方。那么老百姓大家要商量哉哇，曹操人马要杀到新野县来哉。上抢博望坡么，烧杀脱十万曹兵。现在俚要替曹兵报仇，俚冲到城里向来是，也要像打徐州一样，要拿伲点老百姓通通杀光，鸡犬不留。登了该搭点是吭不命活的。格么呐吭弄法呢？大部分人，侪跟着刘备一道去。为啥？因为刘备啦，人缘好。刘备在新野县呢，也登仔好几年哉，搭老百姓格感情，蛮深。老百姓晓得，刘备勿会待亏俚笃的，跟刘备一道去吧。那么要紧收拾仔行李，拖男带女，扶老携幼，到城外头摆渡到樊城去。那么城外头樊河边上呢，有简雍五百名官兵，在维持次序，保护老百姓下船。一批一批，一船一船，运到对岸。那么对岸呢，孙乾也派人在该搭点照料俚笃，拿俚笃接到樊城县么，在空房子里向安居。该格三日天里向是，城里向吭不市面，碌乱纷纷。格么简雍走。

诸葛亮派第三条令箭，关照旁边头，"糜竺、糜芳，二位先生，听令"。"在！""有！""带领五百军卒，保护主母、公——子，及办公物件，各官长家属，送往樊城。""得令！""遵令！"糜竺、糜芳接令箭退下来，马上就保护仔糜夫人、甘夫人、刘阿斗，各官长家眷，还有呢，衙门里所有格办公应用物事，全部侪送到樊城县。

糜竺、糜芳一走，诸葛亮再拔一根令箭，"子——龙，听令"。"末将赵云在——呃！""令箭一支，将军带领一千军卒，照锦囊行事。""遵——呐令。"赵云接令箭退下来，拆开锦囊一看，锦囊上关照俚：倷呢，一千名军兵分两路，一路五百个。五百名人马，埋伏在新野县东门城外，等到新野县起火，曹兵逃出来哉。俚笃要往东面跑呢，倷就从东门，嚮——冲出来，拿俚笃拦到东北角里。那么倷赵子龙自家，带领五百名军兵，守在东北角里呢，倷杀出来么，拿曹兵逼到北面去。张辽、许褚、夏侯惇人马望准北面退过去呢，北面是一条河。格条河呢，就叫白河。白河里向吾布置好埋伏，白河决水呢，拿点曹兵全部余光。赵子龙去，照锦囊埋伏。

诸葛亮再拔一条令箭："毛仁、苟璋、刘辟、龚都，四位，将军听令。""在！""有！""有！""在！""令箭一支，各带军卒一千，照锦囊行事。""得令！""遵令！""遵令！""得令！"四家头接令箭退下来，拆开锦囊一看，诸葛亮关照俚笃：准备硫磺烟硝，火药埋伏。该抢呢，要在老百姓屋里向布置火攻。因为是火烧新野县，勿是火烧博望坡，荒野场化布置火攻了。但不过呢，诸葛亮关照俚笃四家头，唔笃去布置火攻辰光啦，千定千定要注意，一定要等到老百姓跑光了，呒没人了，那么唔笃跑进去布置。有难民了，唔笃勿能布置。为啥呢？因为格个火药埋伏啦，布置在灶膛里向。倷老百姓还勬走，倷灶膛里向火药么，侪摆好哉，那么老百姓临时走快，倒作兴肚皮饿，要烧点物事吃吃。拱——一烧么，咣——炸起来么，好。完结。曹兵勬烧，自家人先烧。格推扳勿起。一定要检查清爽，让老百姓跑光了，那么倷进去布置。

毛仁、苟璋、刘辟、龚都，四家头带领人马去。诸葛亮再是一条令箭，"君——侯，听令"。"关某，在——哩。""令箭一支，君侯带领公子关平，副将周仓，军卒一千，在白河上流，安排埋伏。""遵——嗯——令。"接令箭退下来。关云长锦囊打开一看，关照俚带领关平、周仓，一千军兵，格一千名军兵么，包括俚个五百名校刀手在内，叫俚笃呢，到白河上流布置埋伏。哪恁布置么？拿白河上段闸断俚，河里向作坝。坝作好之后，等曹兵一到，曹兵在下游白河里向在渡河格辰光呢，倷马上开闸放水呢，吭当！决水么，拿俚笃人马侪冲光。

关云长去，诸葛亮再拔一只令箭，"三将军，听——令"。"呋哈哈哈……"张飞对旁边头一看么，果然，文武官员一个也全吭不。嘿嘿！那么令箭挨着吾哉，"张飞，在——哩"。"令箭一支，将军带领，一千军卒，前往博陵渡埋伏。此番将军，略有微——功。""嚯——"喔！张飞气呀！对诸葛亮望望，先生，倷勿作兴的。为啥呢，叫吾张飞带人马到博陵渡埋伏。叫啥说，该抢么，倷略有微功。张飞想吾，要立大功、要立头功、要立特等功！格么是配吾胃口哟。倷派吾去，叫啥只好立一滴滴微功。微功上头还有加两个字，叫略有微功。稍微有一眼眼功劳。阿是吾立一滴滴、一密密、一屑屑格功劳啊？勿服帖。该抢么要搭倷斗气，一定要立一桩大功回转来。"得令——呃。"张飞接令箭退下去，拆开锦囊一看。关照俚带一千人马，保守博陵渡。该抢呢，倷守在博陵渡，要记住！上抢火烧博望坡、守安林道格教训哉。倷千定千定勿能够再离开博陵渡了，去看火着，否则倷微功也立勿着的。"嚯——"张飞响勿落。张飞呢，让俚带领人马，赶奔到博陵渡去。

诸葛亮再拔一条令箭，对旁边头一看："啊，惜乎啊，惜乎啊。"刘备弄勿懂，呐吭又在喊"惜乎"哉。"军师，惜乎怎样？""缺少一员大将。""啊呀军师，如今大将没有了哇。""只得烦劳，主——公一走。"嘿嘿，刘备想，诸葛亮打仗，碰碰要将罡郎头独出，要派吾格用场。"请问军师，叫刘备做什么？""请主公，当——头阵。""哈哈！请问军师，你可保驾么？""亮，保驾。""军师保驾，刘备愿——往"。刘备心里向转念头，倷保驾，呒不事体的，搭火烧博望坡一样，笃定答应好了。

诸葛亮关照旁边头，刘备格过房儿子，"公子听令"。"刘封在。""令箭一支，带领五百军卒，照锦囊埋伏。""嗯，是。"刘封接令箭退下来，拆开锦囊一看。关照俚带五百名军兵，二百五十个轻骑队，二百五十个护旗队，到雀尾山、雀尾坡布置埋伏。刘封走。

那诸葛亮令箭发好，退堂。安排老百姓撤退。该抢诸葛亮布置得早，有三日天空档。因为探子来得快么，张辽人马下来格辰光，格探子催马加鞭，飞奔到新野县来，所以张辽格人马要三日之后，第四日啦，会得到该搭点来。

格么诸葛亮发令箭布置，叫老百姓撤退格辰光，俚要出来检查。第一日天摆渡到樊城去的，主要侪是公家格物事。还有种呢，老百姓人家简单的，单夫只妻，或者一个小囡，带仔么就跑了。或者么穷人家，行李比较简单的。那么倷人头多一点的，物事多一点的，格样要带，归样也要带得去。哪怕穷么，所谓叫穷家难舍啊。要离开自家屋里向哉，终归心里难过。甚至于有种老百姓么，还要到城外头坟上，去祭一祭祖。因为现在离开仔新野县，离开仔祖宗格坟墓，勿晓得啥辰光，再可以回到新野县来，回归故土。

诸葛亮呢，亲自到城外头来检查。第一天过去格人勿多。第二天呢，连一半格人侪勶到。城里向第三日天，还有一半多百姓，有好几万人了。那么诸葛亮急。诸葛亮派人敲锣，关照老百姓，唔笃赶快走吧。而且要日夜动身哉。否则格说法，来不及摆渡，曹兵一到啦，吾俚呒不办法来保护唔笃老百姓性命。那么紧张。所以在格第三日天上，甚至于到夜头，还有人在樊河边上等摆渡了，逃难逃到樊城县去。到第四日天早上么，新野县城里向，可以说是老百姓通通跑光，呒不人了。就挺啥人呢，就挺刘备、诸葛亮、底下人，其他么，就是毛仁、苟璋、刘辟、龚都，四位将军手下四千名军兵。因为俚笃布置火攻格埋伏时间，也蛮局促。今朝曹兵要到了，全靠在今朝格日脚上，安排好。那么到人家屋上，一家一家一家去布置。布置格辰光呢，而且还勿能露出痕迹，勿能拨了曹兵发觉，发觉仔俚笃要勿上当的。俚笃在布置火攻呢，诸葛亮跑了。诸葛亮替刘皇叔，带仔底下人出新野县。一路过来呢，直到雀尾山。在山脚下刘备下马，诸葛亮下车子，马匹、车辆、底下人带过。俚笃两家头上山，雀尾山并勿高几化。到山顶上呢，帐篷已经搭好。

有刘封安排好了。里向一桌酒水摆好了，等唔笃来吃酒。刘备坐定下来吃酒辰光么，蛮笃定。嘿嘿！诸葛亮格种当头阵，滑头戏。喊吾来吃点啥。格蛮好，笃笃定定，登在该搭点吃酒好了。

　　唔笃么，在此地吃。勿晓得刘备，徐勣笃定。张辽人马，马上就要到。该次张辽来是，俚抱定宗旨，一定要，杀进新野县城关，大获全胜了，要搭夏侯惇报败兵之仇。而且曹操关照俚，徐此一番去，徐特别要注意，诸葛亮格火攻了水攻。因为徐庶讲过，诸葛亮善用水、火两攻。上一回，火烧博望，还加火牛阵。夏侯惇十万大军，败得全军覆没。该抢徐去，徐要吸取俚笃格教训。徐勿明白格场化呢，徐问问夏侯惇。所以张辽，路上下来格辰光，问夏侯惇了。夏侯惇啊。嗳！吾问徐。呐吭？上抢徐，攻打新野县，碰头诸葛亮吃败仗，徐拿格个全过程，详详细细讲拨吾听听。嗯，夏侯惇勿高兴。啥体勿高兴么？格坍台事体呀。徐讲打胜仗么有面子的，讲起来扎劲的。徐吃败仗，讲格种倒霉事体，啥人高兴讲了，越讲越倒胃口。哼哼！啊呀，格种么，过也过脱了。格个吃败仗么，有啥个多讲头？勿勿勿，徐讲酿。相爷关照格呀，叫吾么要问问徐，在徐身上么，吸取点经验教训。假使说，徐讲拨吾听仔，有啥格名堂，吾对诸葛亮有点数目哉么，就勿会上俚格当的。讲酿，为了大局，你讲酿！夏侯惇呒说法，今朝丞相关照仔了，张辽逼牢绞仔要问么。格么就讲哉咯：喏，讲拨徐听喏。吾上一回带领人马，攻打新野县，还勒到博望坡。在半路上咯，离开博望坡还有十几里路，先碰着五十一个难民。那么格点老百姓拨吾捉牢之后，俚笃瞎三话四，啥格刘备么搭诸葛亮逃难逃在古城山，那么吾叫俚笃领路。结果呢，俚笃走勿动哉。吾么叫俚笃骑马领路。一上马么侪逃光，拨俚笃骗得去五十一只马。嘿嘿！张辽一声冷笑哟，夏侯惇已经窘哉。格个徐算啥格名堂？骗脱五十一只马么，格当然咯，格个是吾脑子简单。呒盘问清爽，就什梗扛俚笃木梢。讲下去呢。啊嗨，那么连下来么，韩浩追上去。韩浩追上去，碰着白袍小将，搭白袍小将打。小将么败，那么韩浩么追。那么吾在后头接应上去。还勒到博望坡山路口么，叫啥韩浩格只溜缰马跑出来。战马溜缰，韩浩已经死脱了。呃！那么吾要冲进山路去么，李典劝吾勥打。慢慢叫进去，派人打探消息。吾派人一打听么，叫啥里向，山上一座帐篷，帐篷里一桌酒水，刘备、诸葛亮，在山上吃酒。吾要冲进去捉刘备么，李典劝吾勥去。赛过夜头哉，山路里向么树木多，当心要火攻。那么吾勿听俚闲话，吾看勿起俚笃，一定要杀进去。那么好，冲到里向么，看见刘备、诸葛亮在山上。吾冲过去要上山去抓刘备么，诸葛亮叫啥俚，酒水收拾开，拿出来一只香炉。呃！再拿出来一面七弦琴。嗯。那么诸葛亮焚香操琴。喔！还操琴了！嗳。俚操琴格辰光么，叫啥两条手，往上头一举。双手一举，满山起火。百子流星炮响，烧得一塌糊涂。吾冲，冲勿上。逃又逃勿出。因为山路口已经闸断。后首来好勿容易，在另外一条路上跳出来，烧得焦头烂额。乐进在山路外头呢，碰着红面孔。关云长用火牛阵冲锋么，拿乐进点队伍侪冲得了溃不成军。那么再败下来么，到安林道，碰着黑面孔张飞。结果呢，用金蝉脱壳之计，逃过安林道。十万大军，剩九十六个回转许昌。嘿嘿！吔？喔哟？夏侯惇触心境。啥体么？张辽熬勿住，又是一声冷笑。呐吭？俫问俚呐吭么，张辽对俚冷笑笑。嘿嘿！夏侯惇，格种败仗，只有俫一只眼么，会得吃。啊！你看吾该抢带领人马去攻打新野县，阿会像俫一样败？哼哼。夏侯惇对张辽看看：俫劅狂。吾劅碰头诸葛亮辰光，吾比俫还要骄傲来。吾要生擒刘、关、张了，活捉诸葛亮得了。结果么，剩九十六个。喔，吾一只眼去么，要吃败仗。你两只眼睛去，就勿吃败仗哉？谈阿劅谈。老实讲一声，诸葛亮放火么，照样烧。俫口勿开，眼乌珠在对俚瞄格辰光么，张辽觉着格句闲话说得忒狂了。夏侯惇，嗳！就算吾张辽去，也吃败仗么，决计勿会败得像俫夏侯惇一样，剩九十六个人回转。夏侯惇心里向转念头，难讲的。嗳，吾么剩九十六个。啥俫稳，勿止九十六个？吾晓得诸葛亮厉害。吾在巴。夏侯惇动气哉啊。拨了张辽格种闲话一讲之后，俚，伤仔俚格感情哉啦。俚心里向转念头，俫张辽劅嗨外奇谈。嗳，诸葛亮，诸葛亮么照样要烧。吾巴望诸葛亮，该抢势里烧起来么，比博望坡还要结棍，扎扎蹦蹦格烧一烧。顶好俫张辽吃败仗回转去么，连得九十六个小兵也勿到，剩九十五个，还要比吾少一个。为啥道理？什梗么，吾还好扎点面子。下趟别人家要讲咯：夏侯惇搭张辽，两家头啥人本事大？当然张辽。谈阿劅谈，夏侯惇。为啥道理呢，夏侯惇搭张辽，大家十万人马打新野县，大家俩吃败仗。夏侯惇还剩九十六个人回转，张辽连得九十六个俩勿到。从格个一点上看起来，夏侯惇比张辽本事大。夏侯惇勿知呐吭拨俚想出来，挖空心思。俚巴望，阿有啥，张辽仗败吃得了，勿如仔俚了完结。格来么喏，讲闲话啦，张辽也有缺点哉。因为张辽搭夏侯惇，平常辰光感情不过如此。夏侯惇么是曹操格亲眷，戤仔阿叔格牌头么，盛气凌人，对张辽什梗是不在话下格啦。那么张辽呢，是曹操格心腹。张辽虽然搭曹操勿是亲眷，从前是吕布格旧部。但是俚投降曹操之后呢，曹操待俚非常好，甚至于有格场化呢，要超过了对夏侯惇。夏侯惇么，也有点妒忌张辽。张辽么，也有点看勿入眼夏侯惇。所以今朝夏侯惇在讲格个闲话辰光，吃败仗，败剩九十六个回转么，张辽也赛过顺言之欲，格么因为格种意识啦，潜在在思想深处。两家头有点矛盾啦，那么今朝偶而一个机会，乓！暴露出来么，吾阿会败得像俫夏侯惇一样？好了，张辽格句闲话出仔毛病哉，得罪仔夏侯惇。那么格里向，要闹出勿团结来哉啊。夏侯惇在幸灾乐祸哉，巴望张辽吃败仗。张辽人马，在路上过来格辰光，太阳当顶了。唔笃格军队今朝可以杀奔到新野县，哈，哈，哈，哈，哈，哈，哈。门前头马队开路，哈啦啦啦……五十一个马队是侦察兵，专门在门前头打探消息，背后头么十万大军，嚯落落落……过来了。

雀尾山门前头，有一座山坡叫雀尾坡。开路人马在过来格辰光，还劅到雀尾坡么，只听见门前头，当！一声炮响。哗——雀尾坡旁边头，杀出来一路人马。哗——杀声震动，开路格马队一看，勿好！酷——马扣住。格个一吓么，吓得不得了，大家要紧圈转马来，望准背后头，哈——

退下来。用勿着慌得格呀，五百个小兵。叫啥开路格马队，望上去，勿是五百个。看上去要几化人马啊？看上去好像要一万朝外。五百个搭一万朝外么，大推大扳了。呐吭格点侦察格部队，会得吃勿准格呢，诸葛亮埋伏巧妙。因为古代打仗啦，廿五个人作为一队，一队格人，有一面旗。一百个人呢，有四面旗。照规矩五百个小兵么，只有二十面旗。现在诸葛亮派着格队伍叫啥？叫青旗队了，红旗队。五百个小兵么，两百五十面青色旗，两百五十面红旗么，一个小兵等于一队。等于是一个人，要加出廿四个人出来啦。一个人等于一队了。变五百队。本来只有二十面旗，现在五百面旗。炮声一响么，青旗队望准红旗队冲过去，红旗对望准青旗队格搭冲过来。青红旗对交着么，一片旗号，哗——好像煞，格人马是多得不得了。开路格马队要紧，哈啦！退转来。前头格马队，队伍一停么，退转来哉么，后头格步兵队，也队伍停下来。哈！哈！唔笃队伍在停哉么，张辽在马上听见。门前头炮声，当！吔？炮声？一看，队伍停了。酷——张辽，马扣住。手里向大刀一执，对门前一看，一个小兵过来报告，"报！禀先行将"。"何——呃事？""我们在前边开路，忽然听得炮声响亮，前边山坡之上，杀出无数埋伏军卒。""啊？"杀出无数埋伏军兵？张辽还勚开口么，夏侯惇登了旁边头："喔喝！吔？"张辽对俚看看，倷啥格路道？啊，拨倷一吓得了嗄。夏侯惇心里向，别！一跳。勿灵哉，信号来哉。嘿嘿，吾上抢攻打新野县，还勚到新野，先碰着五十一个老百姓。倷现在呢，勚到新野县，碰着无数埋伏军兵。格无数埋伏军兵格意思啦，搭五十一个骗马格骗子，一样格意思。先拨点苗头拨倷看看，连下来么要烧。夏侯惇一吓一跳么，张辽拨俚也一吓哟。啥格路道呢，寒势势，寒势势？埋伏军兵，吾怕点啥？

老实讲一声，刘备、诸葛亮格军队，勿会比吾多。吾十万大军杀过去，绝对优势。"既然如此，前边领道。""是！"小兵门前头领路，张辽跟在格探子背后头，磕嗑酷磕、磕嗑酷磕。许褚对夏侯惇看看，走！磕嗑酷磕、磕嗑酷磕。许褚手里向九环镶铁大砍刀一执，夏侯惇手里向鸦乌紫金枪一奉，三匹马跟仔格探子，往门前过来格辰光，门前头树林。转过树林么，就是雀尾坡。探子已经在报告了。"呃，先行将，您过来看。树林那边山坡上，就是埋伏军卒。"领过树林，对门前头山坡上一指。"先行将，您看，埋伏军卒就在这儿。"张辽，一只手将仔组苏，一只手执仔大刀，对准门前头山坡上一看么："哈——啊？"一呆。啥了一呆么？山坡上勠说人呀，影子倈勿看见。风一吹，呼——树丫枝摇动，茅草，哗——人影全无。张辽对格探子眼乌珠一弹，"我问你，埋伏军卒，在哪里？""呃呵？这这，呃这，呃这？"那么要死。门前头，一个人也勿看见。吔？刚巧清清爽爽，转过树林过来格辰光，当！炮响，人马冲出来。呐吭现在会得吮不人？日青日白哟，勿会做梦格呀？"嗯，这个。"那么僵哉哦。该格名堂叫啥，谎报军情，论准军法，杀头。格探子紧张哉。"嗯，这，这这。呃，这，报告将军，埋、埋伏军卒，还在前面。"本来要杀的，因为倷先在讲呀，树林过脱，山坡上埋伏军兵。大将军来看，埋伏军兵在该搭。结果看，吮不。

吭不么，俫瞎说。瞎说么杀头。格么张辽晓得，格个小兵呢，平常日脚报告消息，还是比较老实的，格么今朝呐吭呢，放俚一马。饶恕俚。"领道！""是。"再领路。领过来格辰光忐磕酷磕、忐磕酷磕。大约走了有半里多路，"埋伏军卒，在那厢啊？""回大将军的话，埋伏军兵，还在前面。""再行领路。""是。"探子想那么要死。再往门前头领过去，假使再勿看见埋伏军兵么，颗郎头搬场。呃，今朝条性命要领煞脱仔了完结。日青日白，碰、碰、碰着仔赤佬了。呐吭道理？刚巧炮声响，清清爽爽人马冲出来。现在会得，一个人俦勿看见。

过雀尾坡，再过去就是雀尾山。探子一看么，只看见雀尾山上一座帐篷，帐篷里两个人在吃酒，一个是刘备，一个是诸葛亮。"喔！"那么心定。总算看见刘备。豪燥回过来报告吧。"报，禀将军。""怎样？""小人到前边观看，埋伏军卒是不见了。那边山上一座帐篷，帐篷里边有两个人在那儿喝酒，一个是孤穷刘备，一个是妖道诸葛亮。请，大将军定夺。"张辽还勦开口么，夏侯惇在旁边头："喔喝！吔？"呃，张辽对俚看看，俫啥格路道呢？俫啊。拨俫人俦吓得坏。格俫急点啥格名堂？夏侯惇晓得勿灵哉哦，寿星唱曲子——老调。嘿嘿！宝宝撒水——连一连啦。该抢势里向，俫看好了，刘备、诸葛亮在山上吃酒么，搭博望坡一似一样。诸葛亮焚香操琴，双手一举，满山起火。夏侯惇要紧起只手，望准袋袋里向摸一摸，摸点啥呢，摸一只瓶。啥格名堂呢，瓶里向一瓶老虫油。火烫药。该抢势里，俚出来打仗，火烫药带好。曼得碰着诸葛亮呢，蛮有重新烧伤格危险。等到要回转去看呢，苦头要吃长远得了。所以俚火烫药呢，一瓶带好。弄僵么，好拿出来拓拓，霉头拨俚先触好了。张辽关照，探子领过来。兜过雀尾坡，朝对门前雀尾山上一望么，"哼！"张辽一声冷笑，"喝喝喝喝……诸葛亮啊，诸葛亮，你好，枉——空吔！"

夏侯惇弄勿懂。吔，呐吭格张辽去看勿起诸葛亮了，说诸葛亮枉空，枉空点啥呢？张辽为啥道理要冷笑？张辽一看，门前头雀尾山上帐篷，帐篷里向刘备、诸葛亮在吃酒，搭博望坡格个局面完全相同。不过张辽对四周围格地形一看么，俚觉着诸葛亮枉空。博望坡为啥道理，俫在山上吃酒，火可以烧起来，夏侯惇要吭不救？因为博望坡格地形好。进去，两山合抱，山路口。吭当，闸断，俫跑也跑勿出来。那么博望坡呢，四面俦是山，等于赛过围困在里向，挺烧的，吭不路。只要山上格山路闸断么，俫在里向啦，吭不办法逃走。而现在格雀尾山呢，是孤吊零零一座山。俫孤吊零零一座山，四面散得开格呀。即使俫山上有火攻下来，吾人马，哗——散开去么，也吭不两山合抱，山路口么闸断。吾格退路啦，勿会断绝。格么吾怕点啥？格么诸葛亮，为啥道理仍旧在山上吃酒呢？看上去苗头，诸葛亮格人啦，交关迷信。好像从前打仗，第一仗，在山上吃酒打仔胜仗么，该抢仍旧在山上吃酒，讨讨吉利。大概是什梗种心思。张辽心里向转念头，像赛过格种山，吾也用勿着十万大军冲。张辽厉害的。张辽就下一条命令："来！""是。""传我将领，调三千名军卒。"三千，三千人马冲过去，足够。张辽第二条命令下来："来。""咋！""传我将令，大队人马，倒——退，三里。""啊！"命令一下么，大队人马，哗……倒退三里。啥体要倒退三里呢？喏，张辽细心。假使吾冲过去，冲上雀尾山，碰着埋伏，哈啦！人马退下来，后头，有块空挡，因为离开大队有三里路了。吾退下来之后，勿至于冲动后头格阵脚。否则格说法，吾人马，因为十万军兵一道冲啦，上起当来，哦不路的。就是三千人马冲，吭当，退下来，冲到自家队伍里向啦，拿格队伍要冲乱脱。吾，先留好一个余地，大队人马倒退三里，吾即使碰着埋伏，哈啦！退下来么，吾勿要紧，一眼吭啥啥。所以转停当念头，两条命令下脱了。三千名军兵么，到哉。

张辽下令："来！""是。""人马，冲——往，雀尾山！"当！呜——呜——呜——呱呱！咚咚！卜隆！噗！杀——啊！三千名人马望准雀尾山冲过来格辰光，刘备看见。张辽、许褚、夏侯惇带人马在杀过来。刘备阿吓？定心。为啥道理要定心点么？因为刘备心里向明白了，上抢博望坡看见过诸葛亮格本事，有仔经验。"啊！先生，曹将，来——哩了。""请问军师，山上可有大将？""公子刘封。"啊，刘封？刘封格勿好算数。俚格本事，勿灵下。"请问军师，山下可有火攻？"诸葛亮想，俫倒看出味道来哉，阿是啊？山脚下阿有火攻？俫想看火着？"此番火烧新野，并非火烧雀尾山。"该抢烧新野，城里有火攻，该搭吭不。那么刘备有点紧张了。"军师，山上无有大将，山下无有埋伏。曹军冲到，这便如何是好？""哼哼哼哼……烦劳主公出马，当头阵哪！""啊呀呀呀呀，刘备武艺荒疏，没中用了。要请军师保驾。""好，山人保驾。来。""咋！""残看收拾。""啊！"碗盏家什收过。"取退敌家——伙。""是。"

底下人到里向去，隔仔勿多一歇，一个底下人跑出来。手里向拿只盘，盘里向一只香炉，香炉里向，香烟缭绕。盘，台上一摆。香炉拿出来台上放好么，盘，旁边头一戳。童儿退下去。一个童儿，该搭拿过来一面七弦琴，台上摆好，琴囊去脱，诸葛亮，拿只座位，捅到当中，拿琴弦和一和准么，咚，彤，铿铿！"主公，亮，焚香操——琴，一曲之后，再行退敌。""嗳呀呀呀呀"，刘备一看，张辽格人马已经到山脚下，望准山上在冲上来。张辽、许褚、夏侯惇是比上一回阵容好好叫要强了。刘备要紧起两条手，望准琴弦上揿上去，"先生的妙琴，刘备，缓日领教"。噔！"请先生，快快退敌。"诸葛亮格人，嗯！立起来，对下头一看么，下头格夏侯惇是一眼勿眨，激出仔眼乌珠在对上头看。看见诸葛亮香炉了，琴拿出来，格心里向跳是跳得了，别别别别……老调来了，老调来哉。许褚也在急。许褚因为听夏侯惇介绍过，诸葛亮焚香、操琴，双手一举么，满山起火。非但许褚晓得，连小兵也晓得了。小兵呐吭会得晓得么？因为夏侯惇败转去，有九十六个小兵，博望坡里逃出来啦。俚笃回转去，格点败兵就编在队伍里向。该抢来格十万人马里向，也有九十六个户头在。那么俚笃路上下来格辰光，曹兵侪要打听，问格咯。唔笃上次诸葛亮火烧博望坡么，诸葛亮呐吭烧的？那么，诸葛亮焚香操琴，双手举一举，满山起火。所以，格点曹兵也俦晓得了。格种消息蛮快，一人传十，一户通百家。大家俦晓得的。诸葛亮焚香操琴，双手一举么，要起火了。大家眼乌珠俦在对上头看，"兄弟们，注意啊，诸葛亮焚香操琴了。你看，站起来了，站起来了"。看诸葛亮立起来，只看见诸葛亮两只手，喤！捏好一个诀。大拇节头搭第四个节头、第三个节头搭成功一个诀。第二个节头搭第五个节头翘起来，双手往上头，乓！一举么，下头格曹兵格个慌是慌得，"不好了，起了火啦"。拨转身来就跑哟。夏侯惇眼乌珠勿灵格呀。俚拿耳朵当眼睛，听见三千名军兵在喊起了火了么。心里向明白，诸葛亮火攻来了。"文远，老——呃调。"老调来哉。圈转马来，哈啦！就走。俚一走么，碰着格许褚，俚觚碰着过诸葛亮。夏侯惇呢，曾经拿诸葛亮讲得来勿得了，了勿得。夏侯惇为啥道理要代诸葛亮什梗宣传了吹嘘？因为诸葛亮本事越大么，吾吃败仗啦，坍台就坍得少点。假使诸葛亮本事蹩脚，吾再输脱么，格个倒胃口。诸葛亮实在是狠勿过了，所以吾吃败仗。那么许褚门槛也精，俚戆么戆，嘿嘿！俚也有经验。俚啥？俚看好夏侯惇只马。俚冲，吾跟俚冲；俚退，吾跟俚退。吾唯夏侯惇之马首是瞻。因为俚有经验么，俚逃走么，吾跟俚一道逃。跟仔俚一道，哈啦！退下来格辰光么，"呃！埋伏来了"。

俚喊一声埋伏来哉么，张辽也要紧，哈啦！圈转马来，退。哗——自相践踏，乱得一塌糊涂。张辽逃到山脚下，哈啦！还勿到雀尾坡了，喤！马扣住。回转头来对山上一看么："喔哟，嚄嚄嚄嚄……噗！"喷生恁一气。为啥么？叫啥山上，吭啥啥了勿有啥。尽光诸葛亮两只手拊一拊。要死快哉，夏侯惇，俚格贼胚，老调？老调俚格死脱。啥场化有啥火攻了？瞎天盲地，起了火哇——喊得人心惶惶。吭勿埋伏，完全是虚张声势。上仔俚格当了。张辽要紧关照。"来。""是。""传我将令，鸣金停队。"棒，棒，棒，棒——敲锣，队伍停。张辽命令下来，另外调三千名军兵过来，该次冲上去么，非拿诸葛亮捉牢不可。那么张辽带领人马要二冲雀尾山，下回继续。

第三十七回

火烧新野

张辽，兵进新野县，冲上雀尾山。哪里晓得，诸葛亮焚香操琴，双手一举，曹兵吓得亡魂丧胆，噼里啪啦，格退下来。夏侯惇是急得来，火攻又来格哉。夏侯惇一走么，许褚跟仔也跑。人马，自相践踏。狼狈不堪。张辽退下雀尾山，还蹓到雀尾坡，听见后头吭啥声音。俚回转头来，对准雀尾山上一看，叫啥山上，吭啥啥了勿有啥。尽光诸葛亮双只手举一举，已经吓得俚笃曹兵勿得了。因为诸葛亮，火烧博望坡格辰光，也是焚香操琴，也是双手一举，满山起火。那么格点曹兵么，侪算有经验哉，听博望坡里逃出来人一讲，说：焚香操琴，举手么，起火。哪里晓得该趟么，只举手了，勿起火。

张辽俚要紧下命令："来！""是！""传我将令，鸣——金！"唔笃望准后头传令过去么，三千名军兵队伍停下来。陆陆续续在回过来格辰光么，夏侯惇，也回过来哉呀。夏侯惇已经逃到仔着着后头。俚听见锣声响么，奇怪？停队了。回过来时候，听见小兵在喊：叫啥山上，吭不火攻。张辽关照人马回过来。夏侯惇介险乎，勿相信自家格只耳朵。山上勿有火攻？勿可能格么。诸葛亮么善用火攻，吾么就是拨俚烧得了焦头烂额。该抢呐吭会得吭不火攻呢？回过来看。夏侯惇回过来么，许褚也跟仔俚一道回过来。

回过雀尾坡，对准雀尾山山上一看么，夏侯惇肚皮里向叹一口气：哎，诸葛亮啊诸葛亮，倷呐吭只会欺瞒吾夏侯惇。啊？是勠怪张辽要骄傲哉哟。说起来，诸葛亮格种火攻么，只有倷一只眼么会得上当。好像俚两只眼睛么，就勿会上当的。格么倷烧仔吾夏侯惇么，倷搭吾张辽也烧一烧酿。应该是同样待遇，机会均等。那么倷什梗一来，张辽要骄傲哉哟。张辽说起来，倷诸葛亮独吃吾夏侯惇，看见仔张辽么就一筹莫展了，吭不办法了？格倷，火攻吭不么，烟火也放一蓬拨吾看看酿。勿知呐吭拨俚想出来。叫啥火攻吭不么，放蓬烟火看看。俚是幸灾乐祸，顶好巴望张辽家人家完。张辽火透。"元常。""嗯，文远。""我问你，火攻，在哪里啊？""呃喝。"夏侯惇响勿落，头低倒，吭不闲话讲。张辽再埋怨许褚。"仲康。""呃嘿，文远。""你为什么，未奉将令，擅——自倒退？""呃，文远哪，唔看见夏侯惇退了么，唔也一道退了。"哼，倷自家吭不主见。自家勿生眼睛的，跟牢别人的。外加去跟牢格夏侯惇哟。张辽气昏。张辽命令下来：搭吾后头，调五百个马兵过来。五百名骑兵到了。张辽下令，关照五百个骑兵：唔笃等在后头看好，就在雀尾坡该搭点看好。"稍停停，本先行下令冲锋，不论大将军卒未奉将令，擅自倒退者，立刻斩——首！"

张辽格条命令下得辣手。停一停唔笃看，吾关照退，呒没闲话讲。格么吾关照退么，唔笃呐吭晓得呢？喏，吾拿大刀举起来。刀，朝天一枝香，举过头了，格就是吾格命令，关照倒退了。格么唔笃勿杀。假使说，吭不吾格命令，勿论大将，也就是夏侯惇了，或者许褚，啊，包括小兵，吭没命令，临阵脱逃，往后头退下来格说法呢，唔笃搭吾杀！该格叫监军，自己人杀自己人。俫退下来？退下来吭啥客气。张辽对夏侯惇眼乌珠一弹，隐隐然，俫唵听见？夏侯惇是响勿落，完结。张辽下仔死命令，吭不命令，退下来，要杀头。那呐吭弄法？只有死路一条了啘。要么冲上去？夏侯惇勿响。

张辽拿方才格三千名军兵，检查一下，死脱格人马，死尸拉拉开。张辽下令："来。""是。""传吾将令，冲——上雀尾山！"咚！噔！当！"杀呃，杀——哇啊！"张辽领头，夏侯惇第二，许褚第三，三匹马望准雀尾山上，哈啦啦啦……冲过来。唔笃人马，二冲雀尾山。山上刘备俫看见。刘备一眼勿吓。刘备心里向转念头：诸葛亮啊，吾佩服俫。俫格本事格恁大？用勿着起火得的。曼得俫两只手，嗄！举过头么，曹兵亡魂丧胆，抱头鼠窜，弄得一塌糊涂啦。现在俚笃又来哉啘。"啊，军师，曹兵又来了。请军师，呃喝，举——手啊。""再来一来酿。"诸葛亮笑笑。诸葛亮想，东家啊！该格两只手举一举，只好来一趟。俫如果说，再来一来，人家就勿上当。该格是上一回，因为博望坡起仔火，有点余威，能够拿俚笃吓退。现在要拨真家伙拨俚笃看了。诸葛亮对准山脚下一望，张辽上山了。张辽、夏侯惇、许褚三千名人马，冲上雀尾山。哗——到半山。唔笃人马冲到半山，往山上杀上来么，叫啥诸葛亮手里向把羽扇朝对门前头一指。喤！俫格把羽扇朝门前一指么，刘封看好了。后山一声炮响，当！格个一炮，放到半空当中炸开来，变一百响。啪啦啦啦……百子流星炮响。后山人马杀出来，杀啊——就是刚巧的，两百五十名青旗队，两百五十名红旗队。现在青旗、红旗俫放脱哉。强弓硬弩，灰饼石炮，望准下面，叭叭叭叭——埋伏发下来。后山格火，拱拱拱拱——火光冲天，浓烟腾起。夏侯惇听得清清爽爽，看得明明白白。山上，当！夏侯惇心里向，别！啪啦啦啦啦，别别别别……夏侯惇为啥道理，要心慌得了什梗种腔调？因为火烧博望坡，也是一门百子流星炮响。流星炮响，那么起火。现在俚一看，山上，拱拱拱拱……后山火光冲天么，清清爽爽火攻来哉。外加上头有乱箭了，灰饼石炮，打下来。"文远，你看——可是老调！"那俫看看看，阿是火攻勿是火攻？张辽抬头一望，喔哟！非但火攻，外加还有乱箭、灰饼、石炮在打下来么，豪燥退吧。张辽晓得吃勿住哉。张辽马上拿口大刀，往上头，乓！一举，"传——令！倒！退！"

俫格条命令下来，关照倒退么，夏侯惇第一个。格逃走是勿罪过，俚终归第一个。什梗了，夏侯惇格逃走名气，响得，直到现在，还有人在讲。逃走勿叫逃走，叫啥？叫夏侯惇夏脱哉。某人呢，老早夏脱格哉，夏侯惇。夏侯惇变成功逃走格代名词。可见得俚格逃走本事，是有道理。现在夏侯惇圈转马头，望准山脚下下去么，哈啦！侬走么，许褚也跟俚一道退哟。张辽也圈转马来，往下面退么，三千名军兵，哗——调转队伍在退下去格辰光，人多呀，拥挤不堪。夏侯惇拆烂污哉哦。夏侯惇看见马前头，侪是点自家人，格唔笃拦牢着，吾格马要跑勿快格呀。俚也只顾怜自家逃性命么，勿顾怜小兵格性命。俚条枪望准小兵身上，嚓！搠过去，嗯，嗯！往两面拦开来，"你们让路啊，让——呃！"叭叭叭叭叭叭。许褚想啥物事啊？啥格枪，好往自家人身上搠上去格啊？那么有种曹兵被俚搠杀么，勁去讲俚，掼倒。有格吃着枪，磅当！掼下去，格小兵阿要喊，"都督嗳，我们自己人呢"。"本都的性命要——紧呃！"勿知呐吭拨俚说出来。叫啥吾格性命要紧。那么侬，夏侯惇，带仔什梗格坏头么，许褚好样勿学了，坏样一学就会。俚看见门前头，轧得一塌糊涂，格匹马跑勿快么，俚拿口刀劈上去。枪，一枪只好搠一个了，刀是，一刀好劈劈两三个得了呀。"呃，你们让开来啊。"嚓嚓嚓嚓——刀在劈格辰光，只马，哈哈哈哈——往下头去。曹兵勿死在诸葛亮格火攻上，叫啥死了自家人格枪上了，刀上。张辽是也气得了响勿落。张辽想蛮好嚯，张怕诸葛亮烧勿光，自家人先来收作脱点。自相残杀，算啥格名堂呢？哗——退下来。格个退，退得结棍哉哦。退过雀尾坡。一直退到着着后头，大队人马跟首。张辽拿马扣住，酷！队伍停了。张辽心里向转念头，吾上诸葛亮格当。为啥道理？吾仰面而攻。俚山上，勁说有火攻哉啦，单单格点乱箭、灰饼石炮下来，吾已经挡勿住。格么吾呐吭弄法？现在，吾调大队人马上去。吾勿冲了。勿冲么，呐吭拿刘备、诸葛亮擒捉呢？有办法的。吾拿格座雀尾山，团团包围。吾十万人马要围座山是，也笃定。拿山围在当中么，诸葛亮了刘备困煞在山顶上。勁说打，饿侪饿杀脱哉俚笃了完结。

　　张辽转停当念头么，下命令。拿门前头格败残军兵，队伍收拾一下，清理清理。然后呢，关照调大队人马过来。张辽，许褚，夏侯惇，三个大将领前，十万大军在背后头，哈，哈，哈，哈，哈，哈！嚯咯咯咯——往门前头过来。矻咳唾磕、矻咳唾磕，转过雀尾坡。张辽预备要下命令，拿雀尾山团团包围。叫啥抬起头来，对准雀尾山上，一看么，"哈——啊！"张辽呆脱哉哟。啥了要呆脱么？侬看酿，山上勁说人呀，影子侪呒不了哟。帐篷勿有哉，小兵呒不哉，刘备、诸葛亮不知去向。后山连格点火了烟，也统统侪呒哉哟。吧？张辽想今朝，嗳，做梦还是啥啊？方才明明雀尾山上有嘎许多人马，现在呐吭会得一个侪勿看见哉。侬在发呆格辰光，夏侯惇也在看。夏侯惇抬起头来一看，"呃嘻"，叹口气。啥体要叹气？嗳！诸葛亮啊诸葛亮，侬实头独吃吾夏侯惇。看见仔张辽，侬勿会烧的。吾刚巧在想，火攻呒不么，放蓬烟火拨吾看看。侬倒好的，实头放一蓬烟火，拱——啡！一来。

　　其实格点火，啥格名堂呢？诸葛亮派小兵拿茅柴，树木截下来，堆在雀尾山旁边头，等到炮，百子流星炮响，五百名小兵冲出来，发箭格辰光么，乩一火把，拱拱拱拱拱拱拱，烧起来。树木、茅柴上还洒一眼硫磺、烟硝，火烊是烊得不得了。不过格个火，呒不后劲。烧光么，呒不了。所以张辽到后头，调大队人马过来，一大歇辰光，到该搭一看么，山上火种灭迹，侪呒不了哟。奇怪伐？张辽心里向转念头，人马到啥场化去哉呢？"来。""是。""与我上前打探！刘备、诸葛亮，他们往哪——里去了！""是。"探子跑到山上来一看么，山上人影全无。回过来报告，勿看见。后山也勿看见人马了。呐吭道理么？刘备、诸葛亮跑脱了哟。张辽得报俚笃已经逃走哉。嘿嘿！张辽心里向转念头，诸葛亮啊诸葛亮，倷倒恶劣格呀。倷跑到该搭来寻寻吾开心，拦吾一拦，先拨点小苦头拨吾吃吃。啊？现在，现在跑脱了。倷心里向在光火么，许褚也跳起来了。许褚心里向转念头，刚巧吃夏侯惇苦头。啥体么？夏侯惇先逃么，那么吾跟俚逃哟。那么吾出邦到现在，也从来勿行，啥格逃走么，差在前头了？诸葛亮勿看见，吾去追。"呃，文远。吾来追上去看看看，刘备、诸葛亮，他们往哪里去了。""好，你要当——心了。""明白。"许褚拿九环镔铁大砍刀一执，拿只马一拎，哈啦！上山。哈啦啦啦啦，追过去。

张辽、夏侯惇，带领大队人马，在后面呢，紧紧跟随。因为唔笃大队人马慢，许褚只马快。哈啦啦啦……下雀尾山，望准门前头追过来么，看见了。远远叫，刘备、诸葛亮，还有五百名军兵，哗啊啊啊啊啊，已经逃到新野县跟首了。许褚追到新野县跟首。看诸葛亮、刘备逃进城么，许褚追进城。刘备、诸葛亮替小兵逃出城么，俚追出城。刘备、诸葛亮逃到樊河边上么，许褚追到樊河边上。穷追不舍。今朝，今朝非要拿倷诸葛亮搭刘备捉牢不可。许褚一干子哦，单身独骑。离开仔大队了，俚顾俚追过来。倷追过来格辰光，离开樊河边上近么，只看见诸葛亮对俚笑笑，拿把扇子，嘡，嘡，嘡！招三招呀。诸葛亮扇子三招么，哈啦！树林背后头出来一员大将。啥人么？赵子龙。诸葛亮关照赵子龙，在东门外头埋伏。但不过呢，先叫俚到樊河边上，来等一等。现在诸葛亮羽扇一招，赵子龙，哈啦！马匹过来。喊一声："从奸贼将，休得猖獗！本将来——吔。""呃。"许褚一看是气啊。旁边头冲过来一个白袍小将，身材素小。倷格种身胚，好搭吾来打格啊？

许褚几化结棍。许褚坐在马上，不分长短。站立平地，身高九尺向开。头如巨斗，腰大十围，虎背熊腰。人，魁梧得勿得了哟。赵子龙身材素小，如果勿是两家头骑马，立在平地上，要推位一大段啦。赵子龙身高不过七尺。按照道理讲，七尺呢，也勿算矮了。六尺么已经算奇男子，七尺么也赛过蛮高哉哟，在一般讲起来。但是许褚因为长勿过，要九尺朝外。两家头要推位两尺多点了。外加许褚非但人长，门面还阔了哟，身体还厚。两个人格单作，摆在一道一看么，大推大扳了。许褚心里向转念头，倷格种小将，好来搭吾打的？哈啦——马匹冲上来么，俚看勿起白袍小将，拉起来一刀，"看刀"。噗！喝冷冷冷冷冷冷，九环镔铁大砍刀，一刀过来格辰光，赵子龙起手里向银枪招架，"且慢——吔"。擦冷！"喔哟。"许褚随便呐吭勿防备。啥格白袍小将格力道大得什梗？因为许褚格力道勤用足哟，骄傲轻敌。就什梗拉起来一刀么，勿是全身功劲。赵子龙是全身功劲，铿！掀着么，尔嘚——许褚格刀直抛格抛出来。赵子龙回手一枪，望准俚咽喉跟首过来，"看——枪！"噗——啪！格一枪过来。傸一枪过来么，许褚要紧偏，因为收转刀来招架，已经来勿及哉。偏得快么，一枪，望准俚肩尖上，嚓！还好，搠脱一个吞头。俚格甲上，肩胛上有只老虎头，叫吞头啦。大将身上有九吞头、十八扎。赵子龙一枪么，齐巧搠在俚格吞头上。啪！吞头落脱么，许褚圈转马来就走。哈啦啦啦……许褚心里向转念头，看他勿像样，格白袍小将格本事什梗厉害？傸圈马就逃么，赵子龙也勿去追俚。赵子龙格目的是保刘备、诸葛亮，安全渡河。格么刘备、诸葛亮带领公子刘封，让俚笃到樊城县去，吾勿必交代。赵子龙呢，按照诸葛亮格锦囊埋伏，关照俚到东门外头去守好么，赵子龙仍旧去埋伏去。

吾再交代格许褚，哈啦啦啦……回过来，仍旧从新野县穿城关过。回过来格辰光，离开新野县还有什梗六七里路么，碰头张辽了，夏侯惇在来哉。"哦，文远！""仲康，你追赶刘备，可曾看——见他们？""看见啊。吾追过去看见刘备、诸葛亮他们往前边逃遁，吾追过新野县，到樊河边上，遇见白袍小将。呃，一个照面，被他一枪，戳掉一个吞头，逃回来了。""喔？"喔哟，张辽心里向转念头，格白袍小将厉害。而且格白袍小将啦，连名字俫勿晓得的。战场上，因为白袍小将勤留歇过名了，呒不人晓得俚叫啥名字。许褚格本事，一个招面拨俚搠脱一个吞头么，可见得格个人格本事几化大了？"我问你，你经过新野县，城中可有人——马？""啊，城中没有人！"空城。吾进城出城，出城进城，从来呒不看见过一个人。一座空城呀。"噢！"张辽再派人过去一看，果然，新野县四门大开，吊桥平铺。城里向勁说是小兵，连老百姓俫勿看见一个，空荡荡一座城关。张辽心里向转念头，"这个。呃？"张辽细心的。张辽熟读兵法，俚懂。因为兵书上有，叫空城莫入。傸格座城头是空的，包括俚格营头。格座营头是空的，空营，傸勒进去。为啥？傸进去啦，容易上当。况且呢，天要夜下来快哉。吾到城里向去啦，勿方便的。万一敌人有埋伏，哪哼办法呢？那么还有一点了呀，张辽格种大将，俚非常讲究军纪。如果说，吾格人马进城，夜头哉。有种小兵敲开老百姓格门，煊到里向去。有格么，要勿规矩，抢铜钿。也有格么，要强奸妇女。格种事体一做啦，坏名誉。张辽呢，俚受曹操之命，身为先锋到该搭点来啦，俚格军纪考究了，对当地格老百姓，俚勿去侵犯。所以张辽格个大将，将来俚守合肥格辰光，孙权兵进合肥，张辽用兵，威震逍遥津，打得孙权一场大败啦。张辽格名气要响得呐吭？要江东小囡，夜头在哭，爷娘喊俚勠哭，喊勿住。曼得说一声：张辽来哉。一声张辽来哉么，一吓，就此勿敢哭。所以历史上俫有的，"张辽能止小儿夜啼"。小囡夜头在啼哭了，俚能够止得住。可见俚格威势，威震逍遥津，威风要到什梗格程度。

张辽想，就城外头扎营吧。到明朝天亮之后，再进城搜索还来得及。"传我将令，就在这里安营立寨。""是！"命令一下么，就在该搭点空阔格地方扎营头。那么格种营头叫啥呢，叫浮营。啥叫浮营呢，浮营搭格老营勿同的。老营是准备在该搭点要固守，格么要开壕沟，堆土墙。格防御工事呢，要做得非常扎实，要花很大功夫。要相地形，看清爽，那么唔，再开壕沟了，堆土墙。现在呢，浮营，浮营么，壕沟勿开了，土墙也勿堆。就什梗钉钎子，铺帐篷，埋锅造饭。大家吃一顿夜饭，休息仔了明天再讲。

张辽是什梗格打算。张辽下马，许褚、夏侯惇也下马，到帐中坐定，酒水摆出来。大将么，俚格随军格辰光，俚格酒啊，啥格菜啊，侪准备好了。摆出来，马上就可以吃。像小兵什梗么，要掘墦、埋锅，马上去取水了，淘米了，烧夜饭。张辽坐定下来，夏侯惇、许褚旁边头侪坐好。端起杯子来要吃酒辰光，张辽叫啥面孔一板，对仔夏侯惇：夏侯惇。嗯。吾问倷，倷阿读过兵法？兵法读过的。曹丞相关照要读么，当然读过。倷既然读过兵法，倷阿晓得，身为大将，对待小兵，应该呐吭？嗯，对待小兵，要像爷待儿子一样。倷呢？吾问倷，刚巧雀尾山上，逃下来格辰光，为啥道理，倷格条枪，望准自家人背心上乱搠一泡？倷格个算爷对待儿子一样的啊？许褚啊，倷为啥道理跟仔俚格样，拿口刀望准自家人身上乱劈乱斩？"嗜——"许褚也响勿落。张辽说：吾讲拨唔笃听。曹丞相一再关照吾伲，要学一学战国年间的大将，叫吴起。吴起打仗，为啥道理总归能够赢？吴起嗨外。俚打过七十六仗，赢六十四仗。讲和十二仗。呒不败歇过。各种大将，历史上少的。大战七十六，全胜六十四，和十二仗。俚做兵法格哟。孙吴兵法么，孙子十三篇，吴起六篇么，吴起就写过六篇兵法啦。俚对小兵要好到呐吭格程度？小兵生病，俚去望病。有格小兵啦，背心上生格脓滚头，用现在闲话讲起来叫啥，叫发背。嗳，格种毛病蛮讨惹厌格啦。叫啥吴起作为元帅啊，主将。格小兵背心上生发背，俚拿自家格嘴巴，凑到俚格发背格脓口头，呋！拿俚格脓去呼出来啦。格个勿容易，因为诊破，俚用嘴巴去呼啦。呼出来以后，那么唔，再搭俚敷药，小兵好。后来，格个小兵为仔吴起，打仗冲在前头，情愿死的。为啥？倷想想看。大将对小兵要好的什梗，俚生仔发背，要亲口用嘴巴去呼俚格脓，格感情几化融洽了。只要俚下命令么，哪怕是赴汤蹈火，照样往门前头冲过去。大将就要做到什梗种样子么，格么叫：大将待小兵，要像爷待儿子一样。能够打成一片。唔笃两家头好的，一个么乱戳乱挑，一个么乱劈乱斩，弄得格小兵么怨声载道。人心就勿向了哟。下转倷要指挥俚笃了，叫俚笃去拼命，呐吭肯呢？吾关照唔笃。假使说，唔笃下趟还要格种样子，吾报告曹丞相，要请丞相按照军法办理。夏侯惇响勿落，呒不闲话好讲。格许褚也勿响哉咯。因为是错格呀，阿有啥自家人杀家人？

张辽厉害的。张辽勿进城。该抢诸葛亮火烧新野县么，俚格火攻啦，就是布置在城里向。嗳，唔笃只要进城么，烘！烧。张辽勿进城么，就勿中诸葛亮格计。新野县就烧勿成功。即使烧，明朝日里向到城里向去啦，格个损失要减轻顽尽顽是。因为日里烧搭夜里烧，勿一样。夜里视线勿清爽，看见仔火，人发慌啦，逃起来比较困难。格日里向呢，清清爽爽，心要定得多。格么张辽勿进城么，什梗来诸葛亮格条策，就勿来赛哉咯？嘿嘿，诸葛亮叫啥逼得张辽进城。呐吭来逼法么？发风哉。格个诸葛亮懂天文了。诸葛亮估计到，张辽作兴勿肯进城，空城莫入，俚也懂的。俚勿进城呢，诸葛亮是估计到，夜快点要发风了。格个风大得热昏啦。几化大法么？用现在闲话说起来啦，至少要六级以上，阵风要达到八级。风，呼，呼，呼，哗……风大得呐吭样子么，小兵扎着格营帐篷，拨了格风，嘡！吹了么，尔嘚——钉下去格钎子啦、铁钉啦，吪不用场。乒！吸起来，帐篷坍脱么，人，吭！侪倒下去。扪了格帐篷里向，搭扪麻雀什梗。在帐篷外头烧饭格朋友，呐吭烧得成功。风，哗——一吹，人，摇摇晃晃掼下去么，镬子，嘡当！翻脱么。勿好烧哉。那么俫要点火，哗——风一吹，拿点柴侪吹脱了。掘墰而烧饭格哟。就什梗地上挖一个墰，镬子摆上去，格柴塞进么，什梗大格风，呐吭来赛？帐篷搭勿牢了。勔说小兵格帐篷搭勿牢，就是中军帐，张辽格座大帐啦，比较扎得来得结实相一点，格风吹仔，吭，吭，吭，吭，帐篷也在摇哟。"这？"

张辽跑出来的到一看么，呃。呼，哗——飞沙走石，军心大乱。烧饭勿好烧，帐篷勿能扎，那么呐吭弄法？张辽听见小兵侪在议论，议论点啥呢，为啥道理勿进城呢，进？就勿怕，风再大，有城墙挡没。大家晓得，叫"城外格风，城里格雨"。为啥道理，城外格风比城里要大一点呢，因为一无挡拓。城里格雨好像要比城外大一点呢，为啥呢，因为寮檐头水结棍，屋沿上，哗——寮檐水冲下来。那么小兵侪在讲，为啥道理张辽勿肯进城？俚只要进城么，有城墙挡拓，有老百姓格民房挡拓。格么格风力，要减少顽尽顽是，军心大乱。看上去格帐篷难扎了。饭也勿能够烧。

张辽心里向转念头，听得出咯？小兵大家侪要想到城里向去，格么阿要进城呢，对天上看看。黑洞洞，乌刺刺，看勿清爽，天么在黑下来。呼——哗——风看上去勿像停？进城吧。格么进城么，勔小兵煴到老百姓屋上去闯祸了，做坏事体呢，勔紧，吾下条命令，关照小兵进城之后，勿许进民房。啥人闯进民房，杀头。扎营，就登了空地上扎营。格么唶，有城墙、有民房挡榻么，像什梗种风，还勔紧。对。张辽就下一条命令："中军官。""有！""传吾将令，大小三军，弃——营，拔寨，人马——进——城关。""是。"

俫格条命令一下是"哗——"喔，开心啊！总算张辽体惜俚的，晓得俚帐篷也勿能扎了，饭也勿能烧了。马上拿营帐篷么卷卷好，物事整理整理，大家准备进城么。张辽上马，手里向大刀一执，夏侯惇、许褚也上马。天已经黑下来了，众三军火把灯具手里向执好么，张辽在门前头领路"七戈卜戈、七个卜格"，嚯咯咯咯咯咯咯，人马往新野县来。将近到北门跟首，有顶吊桥，张辽上吊桥，"七戈洄戈、七戈洄戈"。

"这？"张辽在桥面上对河里一看么，"哈——啊"。为啥道理呆一呆么？只觉着城河里向格水，好像比较浅，非但比较浅，外加看上去格样子啦，混浊浊。张辽心里向转念头，苗头勿对，格水发混啦？看上去格样子，诸葛亮在水上会放毒了。何以见得么，张辽俚研究过的。兵书战策上有的，列国辰光，有一个大国去打一个小国，格小国呢，兵微将寡，挡榻勿住，俚笃就用个办法，就在别人来扎营格地方河里向，放点格种、巴豆、大黄浸在水上。让唔笃用格条河里向格水烧饭了，或者烧茶吃么，霹雳扒拉，格肚皮拆，拆得俚笃，侪眼白颠倒，吼不办法打仗。勿有气力哉，那么人马只好退下去。水中藏毒，张辽心里向转念头，看上去格样子，城里向格水勿能用。张辽厉害就厉害在格种场化。张辽马匹下吊桥，到城门洞口么，小兵手里向拿火把灯具照得蛮清爽。张辽抬头一看，只看见北门，城门洞上面，贴好一张纸头，上头写四个大字，清清爽爽："内有火攻。""哈——阿！"啥物事啊？内有火攻？城里向有火攻啊？哏哏！热昏，有火攻？勿会贴广告。张怕吾赛过，就什梗进城去。勿晓俚要用火攻了，写明白"内有火攻噢，唔笃勠来噢"。吓吓人，格个是吓人倒怪，吼啥意思。夏侯惇也在看呀，夏侯惇仔细一看："内有火攻。""嚯喝。"看上去僵了，诸葛亮板要烧，何以见得么？上一回韩浩到博望坡格辰光，碰头白袍小将，白袍小将搭俚讲：俫勠来噢，俫勠追吾噢，博望坡里有火攻格噢，俫追过来，要烧得唔笃全军覆没，要烧得唔笃焦头烂额。韩浩勿服帖，追上去，那么，吾么后头跟过来。结果到博望坡里向么，烘——一把火。烧得一塌糊涂。该抢？该抢么，诸葛亮讲明白仔来，诸葛亮格打仗，就格点好，关照清爽，有火攻！"内有火攻。"夏侯惇对张辽只面孔一看，看张辽不以为然。夏侯惇心里向转念头，横竖吾勿碍，嘿嘿！吾袋袋里向园好一只瓶了，瓶里向呢，一瓶火烫药，作兴烧起来么，万一烧坏么，吾好拿出来拓拓。嘿嘿！格点么喏，张辽、许褚两家头侪吼不的，唔笃侪勿带火烫药，等到停一停烧起来之后，吾啊，勿拨唔笃拓，痛煞唔笃两家头。格贼，糗么实头糗。勿知呐吼拨俚想出来的，火烫药只好自家一干子用。勿晓得，勔带火烫药格朋友，侪勔烧坏，就烧坏带火烫药格朋友。格是夏侯惇意料之外，吼不想着。

张辽进城，马匹到衙门口，张辽就下令："中军官！""有！""传我将令，大小三军，进得关厢之后，不许擅入民房，在宽阔之区安立营寨，如有谁人，擅入民房者，军法斩——呐——首。""是！"一条命令，勿许进民房。张辽再下第二条命令。"来。""是。""传我将令，大小三军，进得关厢之后，埋——锅造饭，不能用城内之水，要往北门之外，白河中——取水。""是。"第二条命令，叫啥要用水，埋锅造饭。要用水格说法，城里格水勿好用，为啥？城里格水搭城河格水通格呀，作兴俚水里向藏毒呢，到北门城外一条大河，叫白河，白河呢，河面开阔，水么也流得急，格条河里向，藏勿牢毒的，即使俫摆毒了，马上就冲淡脱，吼不用场。

第二条命令一下之后，手下人马上去传令。张辽呢，下马。许褚、夏侯惇也下马，马呢，衙门口结好。张辽手里向大刀一执，夏侯惇鸦鸟紫金枪一执，许褚镔铁大砍刀一提，跟仔张辽往上进来了。进衙门，衙门里向灯光锃亮，灯俱点起来了。张辽呢，跑过来，到大堂当中，暖阁里向坐定——身子。旁边摆好两只位子，夏侯惇、许褚，左右两边坐下来。关照小兵，搭吾准备酒水。手下人去准备。大堂上灯光锃亮，张辽对准台上一看么，台上有只多层盘，多层盘下头压好一张纸头，张辽拿张纸头抽出来，一看么，上头写四个字，呐吭四个字呢？"少顷起火。"停一停起火。张辽一看。哼！一声冷笑。啥道理？诸葛亮吓人。吓人？该格名堂叫啥？叫心理战。叫吓吓唔笃，城门洞口么，贴一张纸头"内有火攻"，现在么关照清爽"少顷起火"。勿可能格么，阿有啥起火，关照俫辰光了什梗。俫一声冷笑么，夏侯惇也要看，夏侯惇拿张条子拿过来，凑到眼睛门前一看："少顷起火。""哇喝！"嚯哟，勿灵哉，看上去火是板要烧了，诸葛亮什梗一再叮嘱，要起火啊，或者停一停就要起火，那夏侯惇还定心得落啦？

嗳，小兵到里向厨房里向一搜索，大概刘备，逃格辰光勿忙勿过，有勿少物事侪笃了，里向还有一甏酒了，拿一甏酒端出来，"先行将，他们有酒"。阿要吃酒唦，甏头泥扒脱，马上就可以吃酒了。"且慢！"张辽关照拿甏头泥啪下来，俚拿顶盔帽拧脱，嗒！拿只骑发簪拔下来，只骑发簪是银的，望准酒甏里向，尔——一淘，拿出来一看么，墨腾赤黑，张辽对夏侯惇、许褚看看，阿看见？格酒好吃伐？诸葛亮实头厉害，摆一甏酒了，酒里向藏毒，让唔笃吃，吃仔下去就死。格个兵书上有的，叫啥，叫"饵兵勿食"。敌人留下来格物事勿能吃的。张辽俚熟读兵法，俚懂的。一试验下来，果然有毒么，勿吃了。奇发簪揩揩干净，仍旧头发上奇好，盔帽戴好。夏侯惇服帖，呃！张辽有道理，要吃酒？吃自家格酒，敌人格物事勿能吃。横竖自家带得来格熟菜了，酒了什梗侪有了。拿过来台子上摆好，三家头吃酒。那么张辽格命令下去之后呐吭呢，小兵扎营头侪扎在空地上。空地上设立营头，格么城里有种场化还登勿落十万人马，吭不嘎许多空地咯，城外投也可以搭营的，城外头，一部分军兵营帐篷搭好仔扎营。

两条命令下来，第二条命令，勿准许用城里向格水，违令要杀。要烧饭、要吃水，要到北门外头白河去取水。格么在北门格小兵要烧饭，去取水吭不问题的，路近。在南门格小兵响勿落。张辽啊！俫脱过分哉了。关照伲勿许进民房，格吭不办法，勿好违抗的，心里是顶好到民房里去，逼牢绞仔老百姓拿点物事出来吃吃，还好么发发横财，捞点物事。勿许进民房。吭不办法，只好听。勿许用城里格水烧饭？要到北门外头白河里向去弄水么，南门格人就勿高兴了。南门跑到北门要穿一个城，出仔城还要跑几里路，到白河边上去拎水，拎仔水回转来烧饭是，格顿饭也勠吃哉。格么呐吭呢："他妈的，不吃了。"勿吃一顿也勿会死的。困觉，困觉了。

那么勿少小兵，大家侪勿愿意到北门外头去取水，困觉。日里向蛮疲劳了，行军行到该搭点来，外加冲雀尾山了什梗么，就休息吧。唔笃么休息。

张辽今朝进城啦，样样侪对的。勿进民房也对的，不许拿城里向格水烧饭也对的，有一桩么，欠缺了，啥物事欠缺呢，俫关照小兵勿许进民房，格么俫自家，呐吭可以进衙门呢，俫也应该登了营帐篷里。假使张辽，今朝登了营帐篷里么，格么新野县今朝夜头烧勿起来。因为张辽自家到衙门里，俫么晓得要舒服了，到衙门里向去，叫小兵登了营帐篷里哉么，小兵勿服贴。一么，肚皮饿，路上冲锋，一日天豅吃物事，吃点干粮。有格是干粮侪吃光哉，夜饭么侪要到该搭点来烧的，勿许俚笃烧饭，其实是许格了，就是要到北门外头去弄水了。那么弄水？路实在远勿过，人疲劳，勿高兴去弄哉么，就困了。饿肚皮？叫困着仔可以忘记肚皮饿，困吧。勿晓得困着仔，可以忘记肚皮饿啊，肚皮饿仔，俫阿晓得困勿着啊。心要发糙，肚皮里向咕噜噜噜噜叫的。格两个小兵勿高兴。"他妈的。"困勿着，肚皮饿。立起来，跑到外头去，小便去。跑出来一看么，风倒好像小仔点哉，城里向毕竟有民房了，有城墙挡拓的。再对天上一看么，一眼眼星光，月亮是勿清爽。城里向毕静。老百姓家家人家，灯光侪呒不。那么俚心里向转念头：老百姓屋里向，终归有吃格物事，吾啥勿闯到老百姓屋里向去？吾夒抢铜钿，金银财宝吾夒，吾也规规矩矩，吾也勿去啥格奸淫掳掠，吾就关照老百姓，弄点物事拨吾吃吃，老百姓格点终归肯的。那么俚笃拿饭拿出来拨吾吃格辰光呢，格作兴到饭里向摆毒呢，格么吾叫老百姓先吃，俫吃拨吾看，俚笃一碗吃下去，呒啥啥，那么吾再吃，吃饱肚皮，回转来困觉么笃定。对！不过吾跑到老百姓屋里向去吃饭，别人看见仔，要去讲格啊，告诉张辽下来，"某某人，擅入民房，问老百姓拿物事吃"，杀头。张辽用兵执法森严，格呐吭？吾一干子到老百姓嗒去？提牢仔要杀头，吾到营头上去，掺得大家侪到老百姓屋里向去，犯法格人一多哉了，俚呒不办法处理。俚勿好拿十万曹兵侪杀光。侪杀光仔，俚呒不人打仗。对。格个家伙糇格啊。跑到帐篷里向，横下来格辰光。"嗳！"叹气，俫叹气么，旁边头格人阿要问？兄弟啊，困觉哉，叹啥格气？肚皮饿！俫肚皮饿？吾啥勿饿啦，大家一样肚皮格哇？肚皮饿，呐吭困得着？格么俫看呐吭？到老百姓屋里向去，叫老百姓拿点饭出来吃吃，先行将晓得要杀头。一干子么要杀头，几个人么要杀头，大家侪到老百姓屋里向去，先行将勿见得拿伲大家侪杀头了。嗳？格句闲话倒对的。格么，格的，唔笃阿去啊？阿去？一问么，侪喊去的。有种人还在讲了，先行将，自家么可以进衙门，勿许伲进民房，俚只许州官放火，勿许百姓点灯。伲跑出去！格个消息，非常快格传开来了，那么好哉啊，瞒上勿瞒下啊，就是瞒脱衙门里格张辽。差不多格点小兵呢，侪望准老百姓屋里向去。

那么一家一家人家侪要去关照呢，人家实在多勿过，吾呒不办法关照。吾就交代一家人家。格家人家是大人家，房子蛮大。门，当——打开进去么，火把灯头一照，呒不人。大厅上呒不人，备弄里进去，到厨房，厨房里向灯点好，看看看，阿有吃格物事？碗厨开开来，手伸进去一摸，得滋滋，拿出来一看，一碗红烧肉，"哈呀！"肚皮饿格辰光，看见红烧肉是馋唾水滴粒嗒啦滴下来了。有吃的。再一摸，还有其他菜。格么格个菜，呐吭会得留在格小菜厨里向呢，老百姓本来是要烧好仔饭，吃好仔再跑的。因为外头连连在敲锣，快点走吧。唔笃再勿走呢，城外头，要呒不船了，曹兵进城之后，唔笃性命要保勿牢，那么一吓么，吃勿落，物事就掼在哉么，要紧跑了。

那么刘辟、龚都、毛仁、苟璋、跑到该搭点，一家一家人家来布置埋伏格辰光，特为拿格小菜摆摆好，放在碗厨里向，让唔笃到该搭来上当。现在看见小菜。"阿有饭呢？"饭箪箕里呒不，镬锅盖削开来一看么，只看见镬子里向，米么摆好，水么加好，就剩歠烧。烧一烧呢，就可以吃了。啊呀，好极了。吾来烧。一个小兵揎到后头去。灶跟头，稻柴有了。哈啦！稻柴拿过来，弯一个草把，嗅！塞进灶膛，火点一点着，轰，烧起来。傛么在该搭点烧啦，哈哟，七张八嘴，阿有酒了，有酒么弄点出来吃吃了？哗——声音蛮大。

勿晓得俚笃格埋伏，就布置在灶膛里向，灶膛里向有药线，火药格药线。草把塞进去，烘——药线着，啡啡啡啡啡啡啡。格药线往啥地方去呢，通到烟囱管里。烟囱管里结牢一样物事。叫啥？叫马蹄炮。大么勿大的，就像马蹄什梗大小，里向装火药。药线通上去么，马蹄炮就会打下来的。那么现在格药线，啡、啡、啡啡啡、啡啡啡，望准烟囱管里在上去格辰光，烟囱管俚格烟丝，犀利嗛，在掉下来么，格小兵弄勿懂？呐吭道理啊？呐吭格草把塞进去烧么，啡啡啡啡啡啡，有醒齷在掉下来？啡啡啡啡，啥格声音？傛呆瞪瞪，头扢来对上头看么，马蹄炮响了，哐当——！马蹄炮打下来，格灶头掀么，旁边头傛是稻柴，稻柴上洒格火药了。嗅——火星溅着，烘——烧起来么，勿得了，厨房间里烧起火了，烘烘烘烘……曹兵慌了：要死快了，烧饭格灶头也拨俚爬坍脱了哉。看见厨房间里起火么，大家要紧逃出来。哗——唔笃望准外头逃出来么，逃到外头大街上，看见对过一家人家也有人在奔出来：

"我的哥不好了，失了火了。"吔？啥倪也歠告诉唔笃起火，唔笃也起火了？隔壁家人家也跑出来，"不好了，起火了"。斜角对过一家人家也有人跑出来，"起了火了""起了火了""起了火了"。哗——声音大起来了。张辽在衙门里，正在吃酒格辰光，听见外头探子报进来，"报——禀先行大将军，大事不好，东门民房起火"。"退——呃下。""报——禀大将军，大事不好，西门民房起火。""再，探！""回禀大将军，北门民房起火。""明——白了。""大将军，南门民房起了火了。""哈——啊。"

张辽那么呆脱了，火着有的，老百姓勿当心，失火。阿有啥东门、南门、西门、北门，四门一道起火。约好仔来格啊？格苗头勿对？傛碍一呆格辰光，叫啥里向，哈——厨房间里奔出来了。厨房间里格上灶，煮菜的，拿仔菜刀在炒菜。下灶在烧火，烧火格辰光，烘烘烘烘烘，咣——当！炸起来，厨房间里起火么，俚要紧逃出来，奔到外头大堂上，到张辽门前头，卜落笃，跪下来，拿把菜刀上头一举："回禀大将军不好了，大厨房起了火了。""啊？"张辽心里向转念头，大厨房里起火么，俚菜刀用勿着举起来拨吾看。张辽还勼开口么，夏侯惇登了旁边头呆脱了。四门起火？勿去讲俚，衙门里也起火？"文远，老调——来呃了。"喝冷噜噜……提仔甲揽裙，望准外头逃出去。许褚看见俚一走么，也要紧提仔大刀往外头逃出去，"呃，文远，埋伏来了"。哈哒哒哒哒哒哒，跟了后头出。张辽马上人嗥——立起来，两只手往台子上一得，拿桌酒拎起来，望准旁边头，嗥——一甩，嗒！大刀一执，拎起甲揽裙，佛冷磕磕……

下大堂，勿晓得俚刚巧下大堂，到天井，还勼到衙门口，里向灶膛里火，烘——一样啦，俚格药线，拿竹头打开节，摆在地皮底下弄好的，一尊地雷埋伏在张辽吃饭格只台子下头，地雷爆发，"戈冷冷冷，呱冷——格当"！张辽回转头来一看，嚯——哟！吓煞人，大堂炸瘫了。吾如果走得慢一步么，炸煞了里向仔了完结。张辽到衙门口。衙门口，手下人马上拿匹马带过来了。张辽摆鞍鞒，踮踏凳，豁上马背，出衙门一看么，奇怪？叫啥夏侯惇上仔马，还勼走？许褚上仔马，提仔刀，也勼走？啥体还勼走么？夏侯惇在研究，东门、南门、西门、北门，四门俟烧的，勿晓得哪里一扇门是生路？逃么终归要往生路上逃么勁紧。勁逃错一条路？逃到仔死路上去是完结了。夏侯惇在拔苗头。俚在看格辰光么，许褚呢，也勿走。许褚要跟夏侯惇的，夏侯惇往啥场化走么，俚也往啥场化走。张辽过来么，信息传得来哉，"先行将，不好了——西门外面有火箭射得来了"。"南门外面有火箭呐。""北门外面也有火箭呐。"张辽一听，城外头有火箭搠进来，听得出西门、南门、北门三门有火箭，东门呒不。东门呒不消息来么，东门是生路。往东门走吧。"传吾将令，东门生路，快往东门——而——呃去！""是！"张辽格条命令一下，关照望准东门方面走么，夏侯惇第一个，逃走勁罪过，俚终归顶快，马一拎："呃！文远，夏侯惇在前面开路——呃了。"噇——马一拎，哈啦！过去了。"呃，许褚，走了哇。"许褚跟了俚后头。张辽在后面，俚阿末一个走么，望准街上走格辰光，街上实在轧勿过。小兵俟从旁边头逃出来，俟要往东门格方面去。"哗——"火烧得烊极了。

过来么，城外头还有埋伏了呀，那么要烧新野县，白河决水，请听下回。

第三十八回

白河决水

　　张辽、许褚、夏侯惇从衙门里向逃出来，一路望准东门进发。离开东门城门洞口，大约还有三十家门面，格搭点呢，有一片店家，三开间门面，排门板上格火呢，侪烧烊了。夏侯惇格只马在跑过来，俚格只马早也勿到，晚也勿到，齐巧根骑门梁烧断格辰光么，夏侯惇格只马到。

　　骑门梁，哼！断。从上面，尔嘚——落下来格辰光，像火龙什梗一条。格么夏侯惇偢索性格只马冲过去倒也罢哉，夏侯惇去拿只马扣住，酷——根骑门梁望准俚马前，尔嘚——落下来格辰光么，勿得了。夏侯惇想啥格名堂？火龙什梗一条哟。俚要紧起手里向格条鸦鸟紫金枪，望准根骑门梁，下头，叭！一枪掤过去。偢望准俚下头掤过去么，根旗门梁望准自家身上倒过来，尔——哦哟！夏侯惇晓得勿对。要紧身体，嗟！往右手里向一偏么，根骑门梁在俚左手肩胛格搭，尔——落下去。火舌头，烘——拨了风一撩，火舌头撩过来么，望准俚左首面孔上，扎啦啦啦——一撩。夏侯惇格个一痛，痛得俚作孽，面孔上又烧得浓滚拔泡。该面，两绺组苏，生出来仔勿多一眼眼，啡——拨了火一炭么，好，又炭脱了。夏侯惇格只马，哈——逃过去。嘴里向吼叫连连，哇呀呀呀……

　　许褚第二，哈啦！过来。喳！张辽阿末。张辽格只马，离开东门城门洞口，还有十几家门面么，勿得了。啥体格东门格城楼烧烊。因为城外头有小兵，啪啪，火箭掤到城楼上，城楼烧起来，格个是毛仁、苟璋、刘辟、龚都手下小兵布置的。拱拱拱拱……城楼上烧得烊得一塌糊涂么，看上去格个城楼要坍下来，城门洞危险。

　　张辽要紧喊一声："众三军，你们让——路——呃。"张辽关照让路么，曹兵格点好，哗——边上让一让。张辽格只马，哈拉！过城门洞。上吊桥，下吊桥。偢刚巧下吊桥么，城楼坍。城楼，吭——当！坍下来，城门洞勿牢呀，新野县格种小城关。好拨偢城楼坍下来，格城门洞压坍了，哈冷——压下来么，逃在城门洞里格曹兵，作孽了。吭——压下来，全部侪压杀脱。

　　后头格曹兵逃勿出来。因为城门洞没脱哉呀，变成功一堆火哉呀。偢往后头去么？西门、南门、北门城楼统统压坍。城门洞锉脱么，好，侪烧煞啦城里向仔了完结。张辽下吊桥，听见背后头，嗟当——声音么，一吓呀。俚回转头来一看么，不得了。"好——呃险。"

　　张辽现在往门前头过来么，但看见东门市梢上，城外头民房也在起火哉。逃出市梢，那么离开火法场远一点。张辽扣住马匹，只看见夏侯惇、许褚侪在门前头。夏侯惇顶快，因为俚第一个逃。俚现在辰光扣住哉马匹，面孔上么也痛勿过。拿条枪望准鸟嘴环上一架，身边拿只火烫药格瓶摸出来。一瓶老虫油，塞头去脱，望准左首面孔上洒上去么，火烫药一拓啦，荫飕飕，凉笃笃，适意得多。

夏侯惇在拓火烫药格辰光，旁边头也有种曹兵，也烧坏脱了。看见夏侯惇在弄啥格名堂，"都督啊，俫、俫、俫在用啥格物事啊？"夏侯惇对俚看看，"呵呵，火——呃烫药！""火烫药？呃，都督啊。小人也烧坏了哉嘸，谢谢俫，拨点拨吾拓拓"，"对了都督，给吾一点吧"。

夏侯惇叫啥格个人，吝啬么实在吝啬，勿肯。叫啥对仔俚笃："呵呵，本都，下回还要用——呃。"吾下趟还要用了。格两个曹兵心里向转念头，啥物事啊？别人家么巴望阿有啥该趟烧过哉么，阿有啥，下趟勿烧哉。叫啥俚说下趟还要用了，"格蛮好，都督啊，俫慢用哦。巴、巴望俫火烫药，一年用到头噢"。

夏侯惇晓得格句闲话说错。火烫药好一年用到头格啊？一年用到头是，吾格人烧得像枯焦木头什梗。勿去搭俚笃多盘，塞头塞一塞好么，还有半瓶老虫油，身边一园。格么下趟阿要用呢？还要用。夏侯惇要烧三趟得了，第三趟么，用过之后，好了。那俚格火星，算比俚逃过。

夏侯惇逃在门前头么，许褚后头来了。许褚到，再等仔一歇么，张辽也赶到。张辽一看见，败兵慢慢叫在回拢来，格辰光队伍是呒不了。但是，四面八方人在回拢来格辰光，张辽毛断断一看么，还好。还有几化曹兵呢，大概还有什梗格两三万。格么就说明城里向就烧脱七八万啰。有毛三万人马么，还勿要紧。夏侯惇火烧博望坡剩九十六个人回转。吾呢，吾还有三万兵，格是吾比夏侯惇要登样得多了。格么夏侯惇也在看张辽面孔上格种表情。只看见，张辽检点一下人马格情况。俚蛮笃定格诸样子，夏侯惇心里向俦晓得的。看上去格苗头，张辽在笃定。为啥么？还有两三万兵了，勿算全军覆没。败得比吾登样。夏侯惇肚皮里向在暗好笑：张辽，俫勿快活，新野县城里向一蓬火，俫当就什梗完结哉啊？嘿嘿！呒不什梗便当。吾，吃过诸葛亮苦头，对于诸葛亮格点花样经啦，吾有点数目的。上一回，吾火烧博望坡格辰光，博望坡外头啦，也有三万兵。乐进带了，结果呐吭呢，红面孔冲出来，火牛阵杀出来，黑面孔再埋伏在那，好了，十万人马，剩九十六个回转。俫现在辰光，火烧新野县，红面孔还呒碰着过了，火牛阵也呒出来过，黑面孔也呒到了。俫定心啊？嘿嘿。吾劝俫勿定心，老实讲一声，等到火牛阵、红面孔、黑面孔一到么，看上去苗头，俫败得要勿如仔吾了完结。

夏侯惇肚皮里是暗暗叫有数目了。格么呐吭呢，走哉嘸。登在该搭点做啥？"文远，夏侯惇前边开路——呃了。"俚第一个逃走，还有名堂，吾开路噢。马一拎，哈啦——过去。许褚呐吭呢，跟在俚后头。许褚心里向想，跟夏侯惇勿错的。刚巧，夏侯惇在逃格辰光，根火梁，磅——落下来格辰光，夏侯惇烧坏，吾呒吃着苦头。如果吾跑第一个么？火梁就要落了吾身上来了。许褚跟仔夏侯惇，哈啦，往门前头来。张辽阿末一个，背后头格小兵呢，哗……跟上来。

离开东门总大约三四里路，只看见门前有埋伏来。一声炮响，嗒啊——喔呃！夏侯惇要紧拿马扣住。夏侯惇对前头一看么，老远，只看见火往上头一动，一动。火舌头往上头窜，而且单根头一动，一动。声音蛮大。哇，哇，哇，哇，哇，哇，哇，哇……

啥物事？勿得了，火舌头一动，一动，朝上。火牛阵。牛格尾巴上，火烧烊仔，乐进搭吾讲的，牛尾巴翘起来么，火舌头朝上的。倷看酿，一点一点格火，拱！拱！拱！往上头在窜。上一回啦，火牛勿多，该抢火牛多哉。倷看密密满满格火。火牛阵，勿好打的。牛尾巴上烧起来，拼命往门前头冲。俚勿账帐，滥撞一泡，牛角上侪结刀的。比俚撞着了，性命要保勿牢了。

豪燥转弯吧。夏侯惇要紧喊一声，"仲康，火牛阵来了，快往哪——边跑？"豪燥往东北角里向走。夏侯惇圈转码头，哈啦啦啦——朝东北角小路上跑。倷往东北角里向走么，许褚也一吓哟。许褚想，火牛阵吪弄头的，挡勿牢。因为格牛尾巴上，烧得痛勿过哉，往门前头冲啦，倷啥人拦得牢？豪燥走吧。跟了夏侯惇背后头，哈啦！也往东北角里向走。张辽心里向转念头，什梗一看么，喏，夏侯惇出来仔，别样好事体勿做，该桩事体做得勿错。吾勿碰着过火牛阵，吾勿晓得火牛阵呐吭样子种规模。俚一看呢，对格呀，倷看门前头格火一动，一动，声音蛮大。哈，哈——大概牛在奔过来。

勿晓得张辽啊，夏侯惇上格当呀，门前头来格勿是火牛阵。赵子龙手下五百名小兵，一个偏将带仔，每人手里向拿一柄火把，散开来。火把点烊仔么，双手一举，拿火把举过头，往上头一耸——耸，好像牛尾巴上格火，烧得烊勿过哉，翘起来么，牛尾巴，嘡！翘上么，火舌头，往上头一动，一动。那么嘴里向么喊，喊格种声音么，像牛跑格种声音，哈哈哈哈——虚张声势。倷往门前头冲过去呢，一眼吪啥啥。五百个小兵有啥花样经啦？又拦勿牢倷。如果勿是夏侯惇扛木梢，往东北角里向走呢，张辽就要朝门前头跑了。朝门前头走呢，就勿会白河中计。因为夏侯惇上当么，张辽也中计哉。张辽圈转马来，望准东北角里向走么，小兵，哈哈哈哈……侪转弯。

唔笃转弯呢，赵子龙手下五百名小兵勿过来。看俚笃侪往东北角里向去仔么，那么俚笃也勿喊。火把熄熄阴了，沿途过来，拿格种逃散格兵，收降兵。曹兵甀了地上格刀枪剑戟、锣鼓旗幡，帐篷格种军用品呢，拾一拾下来么，回转去交令。该格五百个小兵吾勿交代。

夏侯惇望准东北角里向来格辰光啦，勿晓得东北角里向，守好一个人。啥人呢，赵云。赵子龙带领五百名军兵，守在该搭点，就是勿让俚笃望准东北角里向去。拦到俚笃北面去么，让俚笃白河中计。现在看见夏侯惇人马来哉，赵子龙关照手下，点炮！当——一声炮响，赵子龙带领五百名军兵，从树林背后头，哗——冲出来辰光呢，火把灯球，照得像日里向一样。赵子龙在马背上，手奉长枪。倷人马在过来么，夏侯惇听见声音了。门前炮声响，俚，哈啦！马扣住。一看，白袍小将，白马——银枪。

"喔嘿！又是老调。"埋伏又来哉。白袍小将狠格呀。俚想酿，韩浩碰着俚，拨俚，喇！结果性命。许褚碰着俚，嚓！一枪，搠脱个吞头。吾搭俚打，吭啥打头。夏侯惇蛮识相，圈转马来望准北面，哈啦啦啦——跑了。俚往北面去么，许褚也勿敢打。因为许褚搭俚交过手。刚巧打，一个照面搠脱格吞头么，格现在搭俚打，还有啥打头呢。许褚也无心恋战么，圈转马来，就跟仔夏侯惇，哈……跑。

张辽一看么，白袍小将冲过来。吾格个三万小兵侪在背后头，大将逃过去，点小兵要拨俚拦脱。格呐吭办法？只有吾上去搭俚打。张辽明明晓得，格白袍小将勿推位。因为许褚已经在俚手上吃过败仗，但是该格辰光呢，为了要掩护自家部下军兵撤退，只好硬硬头皮，冲上来动手搭俚打。

张辽格只马上来格辰光喊一声，"白袍小将！你与我住——马，通——名"。酷！"从奸贼将，你与我，先——通名来。""大将军，曹丞相麾下，先行将，张——辽呢！你与我，留下名来。""张辽听者，你要问本将威名，枪——上领——呃取。""放马！""放——马。"两家头大家放马，各人圈转马头，哈——马打照面。张辽格只马冲来，起手里向口大刀，望准赵子龙头上，迎面一刀，"看——刀！"噗——乓！一刀过来。赵子龙起银枪招架，"且慢——呃！"擦冷！掀着。张辽，尔嘚——刀荡开。赵云回手一枪，望准俚胸口头过来，兜胸一枪，"看——枪！"噗——乓！回手一枪。张辽要紧收转大刀，"且慢——呐！"嚓冷冷冷——掀开俚长枪。两骑马，哈啦！擦肩过。打第二回合。张辽竖上来，拦腰一刀，赵子龙掀开俚格刀，乓！迎面一枪，嚓冷！张辽掀开。两家头再行交战。

张辽明白，格白袍小将厉害。出手快，打得泼辣，而且武功也好。就什梗呢，勿敢搭俚多打。多打，对于吾讲起来是有危险的。但是为了要掩护自家部下点小兵跑么，张辽咬咬牙齿，使尽平生之力，啪啪啪啪——替赵子龙打。格么赵子龙心里向转念头，唔笃格种小兵，要往门前头逃，吾让唔笃逃。为啥呢？因为诸葛亮关照的，吾格个目的啦，守在该搭点东北小路上，就是要拿点曹兵，拦到俚笃北面去，让俚笃白河中计。该格打是，拦拦人马过去，并勿是真格板要拿张辽置之于死地。打了几十个回合，小兵跑得差勿多了，张辽心里向转念头，吾也勤打，吭啥打头。

"白袍将，大将军去也！你休——得追赶！"噻！圈转马头，哈啦啦啦，跑了。俚跑，赵子龙追。赵子龙格个追是，赛过拦俚笃一拦，赶一赶俚笃。赵子龙并勿要穷追俚。赵云追了一阵，马上就回转来。俚回到外面呢，替外面格偏将、五百个小兵汇合了一道。赵子龙回转樊城，见诸葛亮交令么，立大功，吾勿必交代。

　　再说夏侯惇，夏侯惇跑得顶快。哈——跑到门前来，借仔天上格星光，还有一眼眼月亮光，看见，门前一条河。勿能跑哉。酷——马扣住。勿晓得啥格河。俫马扣住么，背后头，哈啦！许褚也到哉。张辽呢，张辽还呒来。小兵侪陆陆续续过来。哗……再隔一歇，张辽也到。

　　夏侯惇上来禀报："文远，前边一条大河，拦——阻，不能过去。""噢。"张辽心里向转念头，门前有条河，啥格河？张辽跑到门前头来看格辰光么。"向导官！"传向导，向导跑过来，"大将军"。"这里，什么所在？"向导仔细一看么，"先行将，这里，白河"。白河？白河格条河蛮大。往上流过去呢，就可以朝宛洛道格方向退。张辽在看格辰光么，小兵侪在罗唝，"唉，先行将呃，我们口渴得不得了，要喝水。白河里的水能喝吧？"哗——小兵在啰唝。因为新野县逃出来，热得不得了。逃到该搭来么，浑身大汗，嘴么也干得热昏。格辰光肚皮饿呢，忘记哉。叫啥格嘴干啦，比肚皮饿，还有来得难行。特别是热，火里向逃出来，看见白河么，想再好侪呒不。张辽在城里向下过命令格呀，唔笃要烧饭，要到白河里向去弄水，白河里格水呢呒不毒的。格么现在俚嘴干了，要到白河里向吃点水，可以勿可以呢？格张辽心里向转念头，当然可以的。"你们饮——水，便了。"吃好了，那么小兵侪望准河边来。不过再一看呢，格条河啦，并勿阔几化。为啥道理么？因为上流作格坝，上头格水，侪闸住了。现在唔笃看见一条河是，当中一条河槽。或者呢，叫河床。现在唔笃立格岸上呢，实际上已经在白河河里向了。因为格水，只有流下去，上头呒不下来了，所有格河变成功狭了。

　　曹兵又勿晓得，俚笃跑到河当中，扞下身来，起两只手，又呒不碗了，两只手奉在一道，拿格水奉起来，哈——噢！格个冷水吃下去适意呀。唔笃大家在吃水么，有两个朋友，水吃好仔么，拿号衣脱下来，水里向，竞嗤竞嗤，一汰么，绞一把面孔上揩揩，顶好是涩脱格浴。那么唔笃什梗在弄么，旁边头吃水格朋友阿要勿开心。格身上格号衣什梗醒醒法子，格俫还要摆了河里向透透，过过了，俫什梗一弄，旁边格水也醒醒哉了，吃了勿窝心哉。

　　格么呐吭呢，往河当中走点过去。走到横竖格水齐脚馒头深，再扞下身来，拿格水拷起来么，吃水。人多呀，两三万人，沿白河边侪望准河里向，哗——跑过去吃水格辰光，夏侯惇非常警惕，俚勿下马。枪呢，奉好了手里。为啥么？因为夏侯惇晓得，火牛阵来过，白袍小将呢，又来仔一埭，红面孔还蹿出来。格么火牛阵来过么，应该红面孔在火牛阵旁边头啰。勿一定。火牛阵来过，红面孔蹿杀出来，格么可见得，红面孔还埋伏在那。黑面孔还蹿出来过了。花样经是，还着实有点了。所以夏侯惇俚勿下马，俚在马背上枪执好，一径在看。俫像惊弓之鸟，特别警惕。张辽呢，也勿下马。张辽也在看，看小兵侪往白河里去吃水。许褚熬勿住，许褚块头么大，汗么也出得多，嘴巴么干得了，喉咙里要绷擦了，也想吃水。

　　啪——马背上跳下来，拿口刀一放。"噢，好热呀。"热得啦，头上顶盔帽拺下来，拿下来一放。拿身上付甲一卸，喔，轻松啊。因为顶盔十几斤，身上付甲，六七十斤。俫格七八十斤格物事卸下来么，是要觉着一轻松得了哟。"啊——文远，吾也要喝水。"俚也要吃水，哼，张辽响勿落。现在嘎许多人，侪在河边上，有格侪走到河当中去哉。有两个甚于跑到仔河对过哉。什梗性脚，浸在水里向，格水阿会干净？俫吃得落格种水么，吾佩服俫。俫在对俚看么，许褚大跑过来，一看水实在龌龊。因为人侪在跑过去，格脚河里向一踏，泥要泛起来格呀，泥泛起来仔，格水加二浑。许褚一看倒勿、勿来赛，什梗龌龊法子，哪吭吃法呢？

俫在看，勿晓得上流头，关公守好在那。关公带一千兵，带关平、周仓，三日前头就到该搭点。诸葛亮关照俚布置埋伏，俚笃带得来格麻车袋呢，装好烂泥。再附近竹园里向格竹头截下来呢，编好竹排，筑成功坝，沙袋叠起来，河流闸断。当中呢用竹排，噔——竖起来，竹排背后头用沙袋叠好。竹排上头呢，用千斤索缚起来，勿少根千斤索通过来，到岸上么，有根总格千斤索。只要根千斤索一断，竹排就坍下去了。竹排坍下去，竹排背后格沙袋跟仔一道倒下去呢，上面格水，吭——就要往下面冲了。上游格水位，搭下游格水位高低推位一大段了。夏侯惇、张辽立格地方其实侪在河里向，俚笃又勿晓得。关公守好在上面，周仓在探听消息。周仓一看下游格人热昏，人声马嘶，哗——声音传过来，听见哉，人马到哉。

周仓要紧跑到该搭帐篷里向，来禀报关公："禀君侯。""何——呃事？""下流，人声马嘶，曹兵，已——到呃！"曹兵到了。关公心里向转念头，可以动手。俚跑出来到外头对下游一望么，曹兵已经侪在河里向。

"周——仓。""有！""起埋——呃伏。""得令——呃！"周仓跑过来，就执一柄斧头，格把斧头邪气快了。俚望准根总千斤索上，嚓——斩下去。千斤索，喔！断，竹排，吭——坍。登时像闸门一样，竹排，吭——倒下去么，沙袋，哈——卸下去么，坝有缺口哉。坝一有缺口，望准门前头过来格辰光，水结棍。从高到低，波涛汹涌，嚯咯咯咯……炮响。当！水冲下来，下头夏侯惇侪听好了。夏侯惇听见炮声响，晓得苗头勿对，对准上流一看，水冲下来格声音几化响了，像钱塘江格潮水什梗。哗……"啊呀"，勿得了。该抢花样经多的，还有决水埋伏了。徐庶讲过的，诸葛亮擅用水攻、火攻的，嘿嘿，张辽啊，俫今朝比吾碰着格名堂多哉。非但有火牛阵，外加还有白河决水。

"喔，文远，又是老调来了。"俫看！夏侯惇要紧格只马，望准高格地方，哈啦！跑过去么，张辽也听见。张辽对上面一看么，星月之光下头，哗——水在淹过来么。张辽要紧喊一声："仲——康，快——走。"张辽圈转马头，哈啦！望准高格地方去。许褚听见喊格声音，要紧奔过来，格水，哗——已经在来哉。俚连忙拿口刀一拾，盔甲来勿及拿哉哦，啪！跳上马背，噔！马一夹么，马蹄该搭已经侪是水了哉，哈啦啦啦——往上头去。俫格只马上去。在河边边上格曹兵，逃得快格还能够逃一点上来。有格在河当中朋友，呐吭来得及逃？水冲过来，齐胸口，俫就立刻住，人发晃了，磅！倒下去么。水来哉，咕哆咕哆，吃水。嘎许多水，俫吃得光格啊？连哭格声音俫来不及喊，"不好"，刚巧一声不好喊出来。水，咕——已经延蔓过来，哗……水冲急么，波浪汹涌呃。拿格个两三万曹兵，卷得无影无踪。

白河水通襄江的，哈……夏侯惇逃了上头一看，好，结棍啊！该格一场水一冲是，上来格小兵勿多了。而且格水，戆当——一冲，勿会单单来水，勿像潮水。该格白河里向，俫想为啥道理，早也勿来潮水，晚也勿来潮水，吾侬人马到么潮水来？不问可知是诸葛亮格埋伏。走吧，登在该搭点呒登头的。等等伏兵要来了。

"文远，夏侯惇开——路呃了。"噌——圈转马来望准上游，哈啦啦啦——扫过去。张辽一看，俚走仔么，也只好走。拿只马一拎，哈啦！过去么。"仲康，快——走。"哈——张辽走，许褚还在看。许褚在肉麻一付盔甲，俚付盔甲拨上头俫冲光了，冲得无影无踪。逃上来格小兵勿多。心里向转念头，诸葛亮厉害，花样经实头多。放仔火么，还要来一场水了什梗，俚算水火相济。一看，啊呀！夏侯惇跑脱了，张辽也走脱了，吾一干子孤吊零零，登在该搭点做啥呢？许褚也要紧圈转马头，哈——往上游去。败兵剩人头勿多，只挺一百多个人。沿仔白河边上，跟了许褚背后头，哈——步兵过来，俚笃落得老远了。

唔笃三个大将朝门前头过来格辰光么，关公呐吭？关公传令叫周仓去起埋伏。俚就吩咐外头家将，备马扛刀。云长出来。上赤兔马，提青龙刀。公子关平，银盔银甲，白马银刀。一千名军兵，在上游，旗门设立。嚯咯咯咯，队伍散开来，火把灯球照得锃亮。唔笃在该搭点等曹将来格辰光么，关平心里向转念头，吾自从关家庄，跟仔老娘家到现在啦，好几年哉。战场上呢，老娘家从来勿让吾上去打仗。只好登在俚旁边头。为啥么？老娘家一经当吾呒不本事，说吾本事推位，勿放心让吾上去立功了，打仗。其实关平心里向转念头，吾，老娘家教仔吾格本事，吾已经蛮好了哉。现在曹将要来快了，该抢势里向么，吾无论如何要立点功劳，要捉格把曹将下来。那么假使吾搭老娘家讲，讲明白，俚又勿让吾去。俚勿放心吾。格么呐吭？吾瞒脱老娘家，偷伴溜过去，到下游。等曹将来，看有搭得够格，相巧格么，吾冲出去，扎！抓格把下来。回转来就可以搭老娘家讲：现在吾格本事有进步啦，呃呵呵，俫看唔，曹将拨了吾捉牢哉。关平叫啥俚假痴假呆，格只马，忐磕酷磕——朝门前树林跟首过去。关公阿看见呢，看见的。看见关平格只白马，望准下游格方向过去么，而且往树林格面转过去么，弄错了。当仔俚大概，要么去小便去啊？随便呐吭勿防备俚会动手打的。如果俚要上去打么，关公要喊住俚，勿拨俚过去。

关公勿产心么，关平到下游，转过树林，老娘家看勿见了。哈啦——再往门前跑一段路。格搭树林加二大哉，转到树林旁边头，背暗格场化，手里向执仔口银板刀，守好了，等。等曹将来么，冲出去动手。

俫在看，夏侯惇来了。哈啦啦啦——夏侯惇格只马过来么，关平看得蛮清爽。来格曹将，一只眼，手里向奉一条枪。一只眼啥人呢，夏侯惇。老娘家讲过歇。曾经，老娘家在黄河边上，拨了夏侯惇、夏侯渊、夏侯德、夏侯尚，俚笃弟兄四家头团团包围，打得蛮艰苦。老娘家说的，本事顶大，夏侯渊。第二就是夏侯惇，俚是曹操手下八虎大将之一。格么吾阿要冲出去动手打呢，勿来赛，要量量力的。八虎将呀？勿打棚。放俚一马。让俚过去，嬲打。

哈啦啦啦，夏侯惇过脱了。关平再看，隔仔一歇，又来一个将官，哈——一只马到。一看，勿是别人，认得的。老娘家搭吾指点过。张辽。一马一口刀，马匹在过来。阿要冲出去打呢，勿来赛。嬲说张辽是二虎大将，本事大。就是张辽本事推扳，吾也勿能上去打。因为老娘家搭吾讲过，俚在曹操搭格辰光呢，有两个朋友，比较谈得来。一个张辽，一个徐晃。尤其是张辽，搭老娘家顶要好。因为老娘家，曾经救过俚性命的。格辰光张辽是吕布部下，白门楼张辽被擒，张辽押过来，曹操要拿俚杀，是老娘家跑出来讨情。格个大将呢，交关好，俫阿能够看吾面上了，嬲拿俚杀。格么曹操就拿俚松绑了，收下来。白门楼呢，关公救张辽，救过的。搭老娘家要好朋友。后首来呢，俚也帮过老娘家忙。啥辰光帮忙呢？屯土山，约三事。就是张辽救仉老娘家。后首老娘家过五关、斩六将，千里寻兄，到黄河渡口，拨了夏侯惇、夏侯渊、夏侯德、夏侯尚，包围牢格辰光，寡不敌众，一人难挡四手。老娘家有危险辰光么，又是张辽格只马赶到，喝退夏侯惇了，帮老娘家格忙。俚搭仉老娘家是要好朋友，吾呐吭好动手？爷面上么，就算吾捉得牢俚，吾也勿能够动手。让俚过去。张辽格匹马，哈——也过去哉。格么张辽也勿晓得，旁边有格将官守好了。

再等仔一大歇，来了，哈——一匹马来。"嗯？"关平一看，黑面孔，一马一口刀。嗳——看上去，格个家伙么吾搭得够俚哉。嗳，为啥了？俫看酿，俚头上么吭不盔，头发么披在后头，身上么吭不甲。格个大将打得蹩脚得了，连盔甲俖吭不哉么，可想而知俚格本事，推扳的。格么吾就是仔俚吧。哈啦！马匹冲出来。勿晓得关平啊，那么俫豁边。三个人当中，俚本事顶大呀。俚是痴虎大将军许褚。俚格吭不盔甲是，登在白河边上，热勿格，吹风凉，头盔卸下来，甲拨脱，拨浪头冲脱，勿是俚打得蹩脚勿过了，拿盔甲卸脱格呀。喏，一个人勿识人么，吃苦头哉。

关平，哈啦！马匹冲出来么，起银板刀，望准许褚头顶上一刀，"贼将，你往哪里走！看——刀！"噗——兵！一刀过来。"噢哟。"许褚勿防备。横垛里向冲出来一个白袍小将，拉起来就是一刀。白袍小将？勿是格个用枪格白袍小将，另外一个白袍小将。俚起手里向九环刀一掀，"慢来"。铿——掀着么，关平作孽啦，推扳一眼，家什脱手。许褚格力道几化结棍了。"啊呀。"尔嘟——银板刀直抛格抛出来。许褚心里向火透了。啥格名堂？夏侯惇俫勿打，张辽俫勿打，下来就看中吾？当吾好吃果子了，来吃吃吾哉。蛮好，今朝要倷格命。许褚就起手里向口九环镔铁大砍刀，望准关平腰里向，拦腰一刀，“孤穷将，你看刀！”喝泠泠泠泠泠，噗——乓！拦腰一刀过来么。“哎——呀啊！”完结。为啥道理完结？呒不办法招架哟。因为关平口银板刀，直抛格抛出去，要收转家什来招架，搭勿够。一刀过来么，定做是，乓！拦腰一刀，砍为两段。关平呐吭呢，呒不办法哉，眼睛闭闭拢，牙齿咬咬紧，“嗳——嗳”，吭一刀吧。自己勿好，瞒脱仔老娘家，自说自话，跑到该搭点来，勿识人头。替曹将打，碰着个狠人，那完结了，预备死。眼睛闭拢是等杀。勿晓得倷在等杀么，俚格刀倒勿来，格名堂叫等杀勿来。啦——只听见，嚓泠！嚓泠泠泠……咦？吔，关平弄勿懂？看上去格个黑面孔一刀，劈到仔铁凳上了。嚓泠泠，嚓泠泠泠泠——啥格声音？吾格腰呒不什梗硬咯嚯，呐吭劈上来会有，嚓泠泠——格声音呢？

眼睛张开来一看，“喔——唷！”救星来哉。啥人来救俚？周仓。周仓呐吭会得来救俚呢？周仓刚巧，啪！一斧头，拿千斤索砍断，水，吭——嗯！冲过去之后么，俚跑过来。斧头放脱，到旗门底下一看么，吔？奇怪。只有东家一个人，公子关平勿在旁边头。俚轻轻叫问旁边头格家将。“公子呢？”“公子啊，公子么到下头去哉。”“到下头去哉啊？”“嗳。”

啊呀，出毛病。周仓晓得的。周仓心里向转念头，关平曾经搭吾讲过，该抢火烧新野县呢，俚一定要立立功劳。立点啥功劳呢，要捉格把曹将，在老娘家门前，显显俚格本事。那么吾搭俚讲：该抢么勿好打的。该抢来格人啦，比上抢还结棍。上抢，夏侯惇狠的，八虎将。归搭，李典、乐进呢侪比较推扳一点。现在来格人狠哉。现在来格是张辽、许褚、夏侯惇。格个三个将官，倷一个也打俚笃勿过。俚瞒脱仔老娘家望准下头去，勠出毛病介。

格呐吭弄法呢，吾去看看看。勿能搭关公讲，倷如果搭关公一讲呢，关公勿放俚去。默默侧侧，勿声勿响，啪啪啪啪——窜过去。关公阿注意呢，覅注意。啥了覅注意么，因为关平、周仓勿拆烂污格啦。终归跟在俚旁边头么，勿防备周仓也跑脱了。周仓俚，啪啪啪啪——窜过来。到下流么，看见。呕，关平在树林背后。周仓呐吭，周仓望准树头顶上，啪！一跳。俚格轻身法好勿过啦，关平覅晓得。夏侯惇马过，关平，哈啦！窜出来，看一看覅动手。夏侯惇过脱了。嗳，好。周仓想勿错，公子爷，倷有眼力的。夏侯惇倷吃俚勿光，倷勿出去搭俚打？好的。哈——张辽来哉，关平一看，覅打？张辽也过去。嗳，对呀，张辽二虎大将军，倷根本搭俚勿够。后来看见许褚格只马过来，哈啦！关平冲上去动手么，啊呀！完。

周仓心里向转念头，嗳，公子啊公子，倷呐吭三个当中，拣格顶狠格朋友打呢。倷要打么，格只有一只眼啃，在三个人当中比较软一点。格么倷尚且打俚勿过，倷去拣一个顶狠格人打么，倷完结。周仓俚要紧从树上，噗——啪！跳下来么，窜到关平旁边。要拦已经来勿及，关平一刀过去，锃！拨了许褚掀着，喤！刀抛出去。辣！许褚拦腰一刀过来么，周仓，俚要紧起格对锤头，望准俚刀上，擦冷！掀住。擦冷冷冷——关平张开眼睛一看，周仓来，再好呒不。格蛮好，俆打吧。

关平拿只马一拎，哈——往下游去。俚到下游作啥？下游还有点曹兵在逃过来，关平拿格点曹兵，嚓嚓嚓嚓——乱劈乱斩。关平搭许褚打么打勿过，搭两个曹兵打是，呒不敌手，俚顶狠。关平去，吾勿交代。

现在吾只交代周仓，动手在替许褚打。许褚弄勿懂。许褚想，呐吭吾一刀过去劈俚格腰眼，劈上去，嚓冷冷冷，火星直蹦？格个白袍小将刀枪不入啊？啊！呐吭道理啊，弄勿懂。现在看清爽哉。擦冷冷冷——周仓等到关平一走，俚用足力道，锃——锤头一掀么，尔嘚——许褚格刀荡一荡开。周仓起一对锤头望准许褚马头上两锤头，"着打！"噗——乒！两锤头过来。许褚要紧起九环刀格刀头，锃！往上头一跳么，俚锤头在俆刀头上，噔！一掀，两足一攘，呋，尔嘚——往上头窜上去。格个周仓格轻身法是，好得热昏啦。尔嘚——窜到上头落下来，头往下，脚朝上，顶倒顶下来，望准许褚格头顶心上两锤头："上边，着打。"噗——磅！两锤头。许褚一看，喔哟？喔哟格朋友轻身法好的。俚要紧起手里向九环镔铁大砍刀，刀柄往上头，锃！掀着么，尔嘚——啪！周仓在半空当中一个鹞子翻身，落到俚马后么，望准俚马屁股上两锤头。"着打！"噗——乒！两锤头过来。"慢来！"锃！掀开来。啪！往左手里一跳。腰眼里两记过来。锃！拦开俚左手格锤头么，俚往地上一困，嘚尔——一个擦地龙滚过来，在马肚皮底下滚过来，啪！窜起来，往俚右手腰眼里向，两锤头过来。刀头，当！掀着么，俚，噗！窜到俚马前头，马头上两记。锃！掀开，俚，啪！又跳上去。

格个周仓格种快头势少的，或前、或后、或左、或右、或上、或下。人家打四面，俚要打六面。而且格动作快，啪啪啪啪——许褚起手里向九环刀，嚓冷冷冷——只有招架，并无还手。许褚是步将出身，俚也有轻身法。但是俚碰着周仓格轻身法么，俚服帖。格个人轻身法比吾还要好。呐吭道理，啥等样人介？打得吾只有招架，呒不还手。周仓搭俚打八十锤头。俚一路锤头啦，八十记，啪啪啪啪——打一个富贵勿断连。不过周仓格打法呢，比较刻板。呐吭刻板法子么，马头上两记敲脱，啪！板往上头去。头顶心上两记敲脱，板往背后头去。马屁股两记敲脱，板往左手里。左手里敲脱，板回到右手里。右手里敲脱，又回到门前头。那么俆要捉着仔俚格老包呢，俆掀起来就比较便当，勿会慌的。俚勿搭俆打乱。俚按仔次序来的，赛过学了的，本事比较呆板啦。啪啪啪啪，八十记。一个周围敲完，周仓晓得了，敲俚勿脱。八十记里向敲俚勿脱呢，格朋友有办法招架的。吾来是救关平，吾勿是要搭俚打。格么呐吭呢，去吧。关平往下游去哉，虽然夏侯惇、张辽、许褚俪过脱，下头呒不有名气格狠将，格么勦关平再出点啥事体介，让吾去看看俚去。

噔！锤头收转，对仔俚："黑脸的，不同你打了。"勿打哉，许褚心里向转念头，倽倒要跑哉啊？打仔半日天，姓啥叫啥也勿晓得。"慢来，你留下名来。""你要问大将军姓名，你且听了，汉寿亭侯关君侯麾下副将，周仓——呃。"许褚一听，"惭愧呀，惭——吔愧"。难为情，为啥呢？俚是关公手头一个副将。吾呢，曹丞相手下一个大将。今朝大将拨了格副将打得只有招架，呒不还手么，惭愧呀，惭愧。许褚格只马，让俚望准门前头过去。周仓呐吭呢，周仓寻到下游，看见关平还在杀曹兵么，俚搭关平公子说，算了算了，回转去吧。格么让俚笃两家头回过来。吾拿俚笃，丑一丑开噢。

现在吾再交代夏侯惇到门前。倽望准白河上流在过来么，关公守好在那。关公一只手执仔青龙偃月刀，一只手，捋仔两根五缕长须，在马背上朝门前头看么，只看见门前格曹将来了。俚就关照旁边头，点炮。当——炮响。夏侯惇听见炮声么，心里向，别！一跳。要紧拿只马，酷——扣住。朝对门前一看，火把灯球照得锃亮。门前头一千名军兵，队伍散开，旗门设立。绿缎子，红字旗，旗号上：大汉前将军，汉寿亭侯，关。关公。只看见关公头上青巾，身上绿袍，胯下赤兔马，手执青龙刀。嘿嘿！红面孔来哉。那呐吭弄法呢？夏侯惇想，冲上去搭俚打是，吾随便呐吭搭俚勿够。要紧圈转马头，哈——退下来。倽退下来格辰光么，后头张辽来。吔？张辽看见夏侯惇退下来。张辽晓得勿灵哉，夏侯惇好走啦，俚板往门前去。俚要退下来到么，门前头走勿脱。

"元让，你怎样回来了？""文远，夏侯惇冲将过去，前面一路人马杀出，关君侯拦住去路，不能过。""喔？你为什么不上前交战？""末将烧得焦头烂额，焉能交战？特来禀报先行将。"哼！张辽也响勿落。俚现在有推头呀。吾烧得焦头烂额，身受重伤，倽叫吾呐吭能够打呢。吾来禀报倽，喔哟，规矩大得了，禀报了什梗。等等许褚吧，许褚来仔一道再商量。哈——许褚来了。张辽问俚啊：许褚啊，倽呐吭到该格辰光再来呢？嚯！勿去讲俚，唔笃俩家头跑脱了。吾在后头过来，碰着一个白袍小将。啊？白袍小将又来哉啊？勿对的，另外一个白袍小将，望准吾头上一刀。喔？吾掀开俚一刀么，吾叭！回手一刀过去，要劈脱俚。嗳！勿不晓得来格黑面孔。啊？来格黑面孔，阿是张飞？勿是的。啥人呢？用锤头的，一个步将。俚拿吾家什掀开之后，白袍小将跑脱。黑面孔用锤头搭吾打。吾拨俚打得只有招架，呒不还手。后来俚跑脱了。俚跑么，吾问俚叫啥名字？俚回头吾，叫啥是关君侯手下格副将叫周仓。惭愧吾大将打勿过一个副将。哼哼，许褚啊，倽碰着格副将弄勿落。倽阿晓得关公，现在本人守好在白河上流。啊？碰着副将勿来赛，再碰着俚本人是加二吃勿消。"呃——这个。哪怎么办呢？"所以呀，吾俚一道商量商量看，哪恁办法？

夏侯惇讲：文远啊，倽，搭关公有交情，倽上去，搭俚商量商量。阿能讲讲交情了，放俚笃过去？假使，倷放仔么，倷两家头也一道可以过去。倷看呐吭？张辽说什梗，上去吾就上去好了。吾上去搭俚碰头，假使俚肯放的，再好吭不。勿肯放的么，倷三家头一道搭俚打。三个打一个，作兴有希望能够突围而走。好。

张辽格只马过去。许褚心里向转念头，吾要跟牢张辽哉。为啥道理勿跟老夏侯惇呢，诸葛亮格火攻，夏侯惇内行，格么跟牢夏侯惇勿吃亏。关公呢，搭张辽要好，搭夏侯惇吭不交情，吾跟牢夏侯惇勿灵的，吾跟牢张辽。假使张辽能够放过么，吾跟俚一道过去。所以许褚第二个。夏侯惇肚皮里向转念头，啥人说许褚戆大么，嘿嘿！格朋友自家先戆。俚门槛几化精啊！啊哈，倷看，俚晓得张辽搭红面孔有交情了，所以俚第二个跑。赛过张辽放脱么，俚好先走。夏侯惇肚皮里向转念头，格么叫声倷许褚，嘿嘿！气力，倷比吾大。武功，倷比吾好。逃走格门槛啦，倷随便呐吭勿及吾精。该两个别样勿及倷，逃走本事比倷大。红面孔勿放，吭不办法。假使红面孔肯放的，倷要想第二个逃？倷谈也勿谈。要吾辈跑脱了，挨得着倷。夏侯惇格家伙，别样念头勿转，呐吭样子第一个先逃，俚想得出办法。俚跟了许褚背后头过来，唔笃两匹马在后头慢慢叫来么，张辽先上来。

张辽到关公门前，扣住马匹。刀，鸟嘴环上一架。双手一恭，"前边来者，吾道是谁？原来是云——长兄。张辽，这厢有——呃礼"。欠身一恭。关公一看，老朋友，长远勿见，俚笃有交情。青龙刀鸟嘴环上一架。"文远，少——呃礼。"欠身一恭，回过头。"云长兄，今日张辽兵败到此，还望吾兄念黄河渡口之情，放吾过去。"关公心里向转念头，倷格个闲话多讲的。啥格要念黄河渡口之情了，放倷过去。就算吭不黄河渡口格事体，吾也要放倷过去格吭。黄河渡口呢，因为关公许过俚。格辰光，关公过五关、斩六将，在黄河边上，拨夏侯惇四个人团团包围。打得非常艰苦格辰光，张辽到，喝住夏侯惇，搭俚笃讲：吾奉丞相命令，送过关文凭到该搭点来。丞相关照的，关将军所到之处，一律要接、送。啥人要拦，要照军法从事。喏，有丞相格文凭在该搭点。那么，后来俚拿路凭要交拨吾格辰光呢，吾搭俚讲：谢谢倷。勿过五关，格张路凭有用场。现在黄河也过了，离开了丞相地界，格张路凭要来何用呢？倷带回去，还拨了曹丞相么，在丞相门前讲一声：丞相待吾好处呢，吾有数目，日后图报。那么倷文远呢，不辞劳苦，日夜赶路，送路凭到该搭点来，吾亦感激倷格。歇两日呢，吾搭倷战场上有碰头日脚么，横竖吾有数目。到格个辰光呢，龙刀上容情一二。今朝，提格个闲话，龙刀上容情一二么，吾当然要放倷过去。

云长，嗷！马头一圈，"众三军"。"哗——啊。""队伍散开。"哇……乓！刀一荡，让开一条路，"文远，请——了"。"多谢君侯。"张辽回转头来，对背后手一招，哗啦！马过去。夏侯惇、许褚来，关公勿放要拦牢俚笃。勿晓得，门前头还有张飞格埋伏了哟。那么要张飞大战博陵渡，下回继续。

第三十九回

博陵渡

关云长守在白河上游呢，张辽来了。因为张辽搭关公是老朋友，云长当然勿会拿张辽捉，让出一条路么，隐隐然张辽，倷请吧。张辽心里向蛮感激。

张辽回转头来，对背后头许褚、夏侯惇一看，手，嘡！一招，隐隐然，唔笃来吧。俚自家呢，拿领鬃毛，乓！一拎，裆劲一紧，格只马望准门前，哈啦啦啦……许褚在背后头看见仔开心啊！张辽，的确有道理，上去呒不几句闲话么，关公马上拿队伍闪开来，让俚过去。一个放仔么，背后头当然也会得放的。许褚俚要紧拿领鬃毛，乓！一拎，裆劲，辣！一紧么，要想窜上去。今朝只马勿对。本来领鬃毛一拎，裆劲，乓！一紧么，格只马直窜格窜出去，现在格只马动也勿动。非但勿动了，外加望准背后头在退呀？格个咕，格个咕，吔？吔吔？许褚心里向转念头，要紧逃命了，倷搭吾寻开心啊？勿走哉。"跑酿！"嘡！领鬃毛再一拎，啪啪！两条腿望准马肚皮上，辣！辣！夹上去么，格只马吃勿消了，嗬吭……忐磕酷磕……又在往后面退。

哈吔？许褚想啥格路道呢？俚阿要回转头来对背后头看格啦？倷回头一望么，格个一气，勠去讲俚。夏侯惇格个人格下作么，实头下作的。啥格名堂？夏侯惇想许褚啊，喔，张辽跑脱，倷要想先走？倷谈也勠谈。气力倷比吾大，武艺倷比吾好，逃走本事，倷远了。要吾走脱了，好让倷走了。夏侯惇呐吭呢，夏侯惇格只左手，辣！望准许褚格匹马格马尾巴上抓牢，哈啦！绕了一把，拼命往后头在拉呀，嗨咦！格只马吃勿消，窜勿出。拨俚格尾巴上拉牢了。

许褚阿要火格啦，该格辰光倷寻啥开心？红面孔放走张辽，吾可以过去的，倷拉牢吾格马尾巴？算啥格名堂呢，"夏侯惇啊，你做什么？"倷问俚倷作啥么，夏侯惇用足全身气力，嗨！一拉么，格只马望准后头，忐磕酷磕、忐磕酷磕退转去。夏侯惇，嘡！裆劲一紧么，俚格只马，哈啦啦啦……上去。嚯唷！格许褚气啊，有倷格种家伙？啊？拿吾马尾巴揪牢仔，倷先跑脱，让吾阿末一个。赛过第二个放么，第三个要捉的。格火透。

格么许褚格在背后头上来么总归慢着一点，夏侯惇先上来。夏侯惇格匹马，望准关公队伍该搭点，哈啦！在过来格辰光么，叫啥关公勿放哉。云长心里向转念头，吾搭张辽，老朋友，有交情，当然勿会拿俚捉。倷夏侯惇，吾搭倷呒啥交情。非但呒不交情，外加在黄河边上，你替夏侯渊、夏侯德、夏侯尚，拿吾团团包围。吾算得搭倷讲，吾是离开许昌辰光，辞别过曹操，曹操送到三里桥分别，吾勿是不别而行，吾勿是逃走。曹操还送吾动身。倷啥体要拦牢吾？倷说起来吾吭不过关路凭，非要拿吾打得马背上掼下来不可。四个人拿吾包围住。叫张辽到了，喝退夏侯惇，然后吾再过去。今朝狭路相逢么，当然勿会放俫。

云长，嗖！马头圈过来，拿口龙刀，噗——嗖！往路上一拦，喊一声"住——马"。酷——夏侯惇拿马扣住，心里向，别别别……跳。啥道理么，心里向有鬼哟。从前，吾搭俫有难过，黄河边上拨吾拦牢歇过，俫吃过吾苦头。嘿嘿！今朝报复哉。"喝喝，君侯，末将兵败到此，烧得焦头烂额，还望君侯，怜——惜。"

夏侯惇对自家面孔，左面半爿指指，俫看酿，烧得焦头烂额。受过伤格将军，俫拿吾捉牢，俫也吭不啥面子了。唔，云长对俫一看，旗门底下有灯光，看得蛮清爽，夏侯惇，两条眉毛烧挺一条，三缕组苏烧脱两缕，还剩一缕。面孔上的确，脓滚拔泡。看俫苦恼，而且夏侯惇对仔关公一滴眼泪。啥勿是两滴眼泪呢，因为夏侯惇眼乌珠只賸一只，归只眼睛勿会出眼泪，塞没脱了。所以俫眼泪只有一舭，一行热泪。哭哉，俫阿好赛过放吾过去？关公格种人啦，俫越是硬，越是狠，俫偏偏勿放。俫对俫苦苦哀求，那么出眼泪了，云长倒赛过心肠软了，下勿落手。俫格人吃软不吃硬。算了，格种受伤格人，败军之将，捉俫也有啥意思呢。云长，兵！马头往旁边头一圈，龙刀，哗啦！举起来。吾放俫过去呢，搭放张辽有分别的。放张辽过去，吾青龙刀望准横埭里荡过去，出空条路，让俫走。俫夏侯惇，敌将，吾虽然放俫过去呢，俫口龙刀高高举起，要让俫呢，在刀底下钻过去。表示俫格条命啦，是在吾刀头底下让俫过去。嗖！龙刀举起来，"走！"喏，刀底下逃生。

夏侯惇一看，"哇喝！"心里向转念头，格汗毛凛凛，刀举起来，喊吾在刀口底下钻过去。别样吭啥，俫勷做半吊子。勷吾逃到半当中横里，俫口刀，哗啦——落下来。望准头顶心里向一刀是，吾一眼吭不生路，招架倳勿好招架。其实夏侯惇俫放心好哉呀，关云长勿是格种人呀，说到放俫么，呐吭会得半当中横里一刀下来呢，动手不可能格呀。夏侯惇么叫小人之心，度君子之腹了。谢在门前头，所谓叫未吃先谢，敲钉转脚。

"多谢君侯不——斩之恩！"嗖！马一拎，哈啦啦啦——刀底下过去。夏侯惇一走么，许褚来。许褚格只马在过来，云长，嗖！刀落下来，勿放了。"住——马！"酷——许褚跳起来。许褚心里向转念头，呐吭吾今朝倒得格霉，什梗副腔调得了。刚巧是白面孔，张辽勿打，夏侯惇勿打，尽光搭吾打？黑面孔用锤头格么，也是张辽勿打，夏侯惇勿打，搭吾打？现在俫红面孔呢，好了，俫张辽勿捉，夏侯惇勿捉，就要捉吾？呐吭唔笃倳要欺瞒吾格啦？"君侯啊，你两个都放掉了，难道单单要拿捉俺许褚不成么。"

欺众勿欺一，俫勿作兴两个放脱了，阿末一个要捉了。云长一看许褚，头上吭不盔帽哉，头发么披散在后头。身上么吭不甲，狼狈不堪。极话倳说出来哉，两个也放仔么，俫吾啥道理单单捉吾呢。算了算了，有心放俚过去吧。龙刀高高举起，"刀——下逃——生"。噗——乓！走吧。许褚直胎子，俚勿会防备啥关公半当中横里一刀劈下来，"多谢君侯"。马，嘡！一拎，哈啦啦啦——过去。

许褚一走呢，云长拿口龙刀往地上，嚓冷——一撅，"周——仓，嗯！""报告君侯，小人在。"关西汉跑过来，拿口龙刀一拾，肩胛上捎一捎好。吔？周仓呢，关公一问么。哼，关西汉说：周将军下游去了。云长眼梢甩过来一看么，关平也勿在。"公子，往哪——里去了？""也到下游去了。"

吔？关公心里向转念头，笑话。呐吭两个人侪离开仔吾了，望准下游去？格唔笃要到下游去么，唔笃应该先在吾门前讨差使，讲一声。勿声勿响，离开该搭点队伍了，望准下游去，算啥名堂？云长下命令，关照拿战场上收拾，该搭点布置格埋伏，能够撤销格么，要拿俚弄脱。再等仔一歇，关平搭周仓两家头来了。

周仓过来禀报："君侯，周仓参见。"关公问俚，俖啥场化去的？吾到下游去的。为啥呢？因为吾方才，砍断绳索之后，白河决水，吾回过来到旗门底下头一看，看见公子关平勿在。吾一问家将么，说到下游去哉。吾问俚笃，俺向俖请示么，说，鹙向的。那么吾担心，惄公子跑到下游去搭曹将打，有啥危险了，所以吾跑过去。吾跑到下头一看呢，果然，公子在搭许褚交战。一个回合非常危险么，吾跳过去，相救公子。搭许褚打住，什梗一桩事体。

云长心里向一转念头么，周仓，俖救吾伲子，俖是有功劳。不过俖未奉将令、擅离职守啊，俖是有罪名的，关照周仓：下转俖呒不命令，勿许擅自离开啊？噢。该转呢，饶俖初次了。噢！也勿搭俖记过，但是也勿搭俖记功，算过去。周仓退到旁边头。

关平上来。关平下马，银板刀一放，到老娘家门前，卜咯笃，跪下来，晓得做仔错事体了，"爹爹在上，孩儿叩头"。"哼！""是。""方才你，未奉将令，往下——流而去，做呢——什么？"那么关平只好报告：吾不自量力，吾想到下游去么，阿有啥捉格把大将，回转来么，好立点功劳。下趟上战场去么，让俖老娘家，可以同意吾，认为吾可以上战场，单独去作战哉。勿晓得么，碰着许褚。一个照面，推扳一眼眼性命保勿牢，幸亏周仓相救。老老实实，从头至尾禀报："爹爹，孩儿，该——死！""尔可，知——罪——吔么！""孩儿知——罪。""下回可敢——否？""下回是再——也不敢了。"下转勿敢，好，格么饶恕俖初次，否则格说法，要照军法办。

关公心里向是蛮光火的。为啥么？关平，俖拆烂污。倘然勿是周仓，跑过来救俖，俖今朝条命呒没了。俖一死脱，吾呐吭对得住唔笃老娘家。因为关平勿是关公养格，螟蛉子。关平格老娘家是，叫关定。俚笃弟兄两家头，是关家庄上格公子爷。因为关云长千里寻兄，路过关家庄，借住夜格辰光，那么老员外关照两个伲子来碰头关公。特别是格小伲子关平练武的，一口银板刀，啪啪啪啪啪啪啪，到关公门前使一路刀。关公看看倒蛮讨人欢喜么，就拿俚收下来了，作过房佴子。因为大家姓关，姓也用勿着改得。关公自己养格佴子叫关兴，还有一个叫关索。关平，是领的。因为俚一直跟老娘家，到后首来麦城升天，父子殉难么，关平跟了老娘家一道死。所以后首来倷看，造关帝庙，关帝庙里向啦，当中关公，旁边头一个周仓，一个关平。周仓么捐口青龙刀，关平么奉一颗印。倒人家倒俦晓得关平么是关云长格佴子，关兴、关索格名气啦倒吰不关平来得大。

因此关公搭俚讲，倷如果出点啥事体，吾呐吭将来搭唔笃娘老家碰头？唔笃老娘家拿倷，托拨了吾，带倷到战场上，要让倷锻炼锻炼呀，将来么为国立功。吾所以勿派倷上战场，因为倷本事还勎到把了。倷勿肯好好叫练，今朝倷吃苦头，倷阿明白？倷阿晓得倷格本事，差远了。关平连连认罪么，喏，该趟饶恕倷第一趟，下趟再要什梗，吾就要勿客气。

关平格个刺激受得蛮深的。本来么，也叫赛过瞎天盲地，也勎晓得自家到底赅几化本事，自以为终归蛮了勿起了。今朝一吃苦头么，那么关平埋头苦干了，拼命锻炼。所以到后段书里向，关云长水淹七军，关平有头等头将官本事。关云长格辰光臂膊上中过一条毒药箭，刮骨疗毒。身体呢，受仔伤了，一只手啦，用起来格力道总归推位。徐晃冲过来打关公，吃勿住，退下来。关平杀上去，大战徐晃，打八十个回合，不分胜败么，就说明关平格本事提高了。呐吭会提高么？喏，就是白河上流决水格辰光，吃仔苦头了，发奋图强。当时关公呢，拿埋伏收拾好，带了关平、周仓、军兵，回转樊城，见孔明交令，吾拿俚表过。

现在再交代张辽，哈啦！到门前，扣住马匹。等仔一歇，夏侯惇来哉。再隔仔一歇，许褚来哉。许褚一到么，搭夏侯惇板面孔，世界上有倷格种人格啊？倷算啥格名堂呢，蛮好吾在门前，张辽走了，吾要走哉，倷揪住吾马尾巴，倷算啥？夏侯惇么贼脱嘻嘻。勿响，讲勿出格呀。阿末一个走么，恐怕性命危险呀。逃，逃在前头么，好过相点。张辽一问情形，晓得许褚是格只马，拨了夏侯惇拿格马尾巴揪牢仔，拉转去仔了，所以夏侯惇跑了前头么。张辽气昏。好了好了好了，倷格个家伙啊，实在是忒推扳。许褚，也勎多盘哉，走吧走吧。

唔笃往门前头走格辰光么，夏侯惇第一个。夏侯惇为啥道理俚要先逃么？俚想，佴三个人俦逃走，红面孔一个人也勎捉牢，功劳勎立着。勎红面孔开头么，派头么蛮大了，放吾佴。过后哉么，懊闷痛哉，重新追上来。张辽勿要紧的，俚笃老朋友，终归勿会捉。许褚，气力大，俚可以突围而走的。吾呢，搭红面孔有点难过，有宿仇。俚追上来起来啦，别人勿捉，定归捉吾，格么呐吭弄法呢？豪燥让吾走吧。"文远，夏侯惇开路了。"噹！马一拎，哈啦啦啦——走哉。

"喝！"张辽响勿落。张辽对许褚看看，倷看格家伙，逃走起来第一个。而且逃走，还有理由了，叫开路。好像披荆斩棘了，在前头开路前进，还有功劳。其实么要紧逃命。张辽心里向转念头，俫慢慢叫快活，麵起劲先逃。门前作兴还有埋伏来，还有埋伏吾看俫呐吭办？呐吭办，呐吭办么回转来嚇。夏侯惇皮厚、面孔老，勿关的，碰着埋伏，俚会得往后头来。张辽、许褚在后面过来格辰光，夏侯惇再朝门前跑呢，四更敲过。将近五更，门前格荡地方叫啥呢，叫博陵渡。

博陵渡守好一个大将，三将军张飞，带一千个兵，守在博陵渡上。张飞该抢搭诸葛亮斗气啊，为啥呢，诸葛亮藐视俚。军师发令箭格辰光，关照俫张飞该抢势里向么，俫，略有微功，稍微好立一眼眼功劳。张飞想吾么偏偏要立一桩大功。微功，微功麵立的。所以俚，今朝夜头，守在博陵渡上么，觉勿困，守住了，勿离开自家格阵地。

二更天，城里向起火哉。瞭望格小兵看见过来报告："三将军，新野县起火，嗨哟，火烧得旺样了，三将军，阿要到旁边头土山上去看火着？""勿要！"

张飞心里向转念头，还好看火着啦？上一回火烧博望坡，吾守了安林道上，因为看火着了，夏侯惇逃走。金蝉脱壳么，侪溜光。弄到完结么，弄着一副盔甲、两面旗号了，三串马铃回转去，推扳一眼眼颗郎头也拿下来。今朝，今朝么活狮子出现吾也麵看。火烧？让俚去烧好了，吾终归守了路上，勿离开旗门。嗳，张辽、许褚、夏侯惇来么，吾非要拿俚笃大将捉牢不可。捉牢一个将官回转去，就勿是微功，就是大功。俫守好在么，来哉呀。夏侯惇来了。

哈啦……张飞在旗门底下，火光锃亮，火把灯球，密密层层。张飞在马背上，奉好仔格条丈八矛，看见夏侯惇在过来么，张飞大喝一声，"汏——呃，一只眼哪，此番你，跑呃——不掉了！"夏侯惇听见门前头喊格声音么，要紧拿仔马，酷——扣住。一看，"哇喝！"要好得格来，黑面孔守好在那。哎呀，碰着黑面孔，吾情原碰着红面孔。碰着红面孔，俫对俚出一出眼泪了，苦苦哀求，俚肯放俫的，俚会得动恻隐之心。黑面孔张飞是俫碰着俚？你麵说了俚门前哭，俫跪了俚门前讨饶，俫死了俚面前，俚只当俫羊癫疯，照样拿俫捉牢仔了完结。格么呐吭弄法呢，勿能过去哉略。哈——啦！圈马退转。俫退转来么，背后头张辽、许褚两匹马在上来。

张辽看见夏侯惇打回票么，晓得出事体。门前又有埋伏了，呒不埋伏，俚蛮会逃走了。"怎——样啊？""前面，黑贼张飞，拦住去路，不能过去。""你来，则——甚？""特来禀报先行将。"喔哟，有青头啊，特来禀报吾军情。"你为什么不上前开——路，与——他交战？""文远，你看哪，我夏侯惇身受重伤，烧得焦头烂额，焉——能交战。"俚有推头了。吾受格伤了，俫看酿，烧得什梗副吞头势，呐吭打法呢？张辽对俚看看，要喊俫打哉么，面孔上烧坏。喊俫逃走么，俫第一个。俫倒勿喊烧坏了，要慢慢叫走了，落了后头。

张辽、许褚、夏侯惇，三家头一道过来，看见了。门前头火把、灯球照得锃亮。旗门设立，要道口子博陵渡，张飞守在那。那么僵。张飞是生力，俚是乏力。火烧新野，白河决水，败军之将到该搭点来，人困马乏。搭俚打，呐吭来赛，冲勿过去的。

张辽一转念头么，许褚，嗯。夏侯惇，嗳。张飞守了博陵渡，吾伲要想过去，困难。格么呐吭弄法呢？只有一个办法。啥格办法呢，要拿张飞骗过来。用调虎离山之计，拿俚骗到该面，离开博陵渡口子。那么三家头拿俚包围住，杀败张飞么，那么可以冲过博陵渡。倷冲上去勿来的，俚守在口子上，倷逃勿过去的。格蛮好哇，呃，夏侯惇说：格个调虎离山之计么，拿张飞骗仔过来么，格么伲三家头，俦好过去哉咯。啥、啥、啥人去骗呢？夏侯惇说：吾推荐许褚。嗳，为啥道理么？许褚么出名格许戆大，张飞么张戆大，许阿戆去骗张阿戆么，门当户对。"去去！"许褚对俚眼乌珠一弹，啥格许阿戆许戆大了，格许褚戆么戆，俚自家勿临盆戆格啦，要么倷么戆大。张辽说，慢慢叫。夏侯惇啊，骗，叫许褚上去骗张飞过来，可以的。伲闲话呢，先要讲好在门前。呐吭？约法三章。呐吭约法？拿张飞骗仔过来，伲拿俚包围住，动手搭俚打，逃走起来呢，要三家头一道逃的，有福同享，有难同当，要活一道活，要走呢一道走，倷阿答应？格么倘然先走？如果啥人要，拔短梯要先走么，该抢势里，火烧新野、白河决水，吃败仗格罪名，俦在啥人身上，啥人承担。答应得落的，派许褚上去，答应勿落的，算数。

夏侯惇肚皮里向转念头，那么僵。格张辽恶格啦，想得出什梗一个办法。啥人第一个先逃么，吃败仗格责任俦叫啥人来负。那么老实讲一声啦，逃走起来，俚笃勿会先逃，终归吾第一个。那么吾第一个，再要负担格十万军兵吃败仗格罪名么？吾吃勿消。上一回火烧博望坡，吾吃仔败仗回转，按照道理已经要杀头。曹丞相宽恕吾，觎拿吾杀的。该抢火烧新野，再什梗一来兴，格罪名要弄在吾身上，两罪俱罚吃勿消。勿答应？勿答应么，俚勿派许褚上去骗。勿派许褚上去骗，张飞冲过来，噬，打起来格说法，看上去，吾总归本事顶推扳了。在三个人当中讲起来，吾顶推扳一点。吾有危险。勜去管俚，答应仔再讲，到格辰光见机行事，临机应变好哉。好！好！文远，算数，叫、叫叫许褚去拿张飞骗过来，三家头一道搭俚打，打下来呢，三家头一道走好了。一言既出，驷马难追。好好好，既然什个样子么，许褚，倷上去拿张飞骗过来吧。伲守在该搭点，等张飞来么，伲一道冲上去动手搭俚打。

格么许褚说吾去骗俚，勿来呢。勿来么，倷搭俚什梗讲。再勿来呢？再勿来么，倷搭俚格怎样子一讲么，俚板来。噢！许褚听闲话，许褚格只马上去哉。

张辽，夏侯惇，埋伏在旁边头树林里向。等张飞来。唔笃在该面等么，许褚只马上来哉，哈——直到博陵渡。张飞一看，吠喝喝喝——一个一只眼来，拨吾，吭！一声一喊，退下去。现在调仔格两只眼睛来哉。一看啥人么？认得的，许褚，从前战场上碰过头。

"汝——呃，许褚啊，老张在此。""老许来了。"两家头倒俦是老字。一个自称老张了，一个自称老许。"来来来，来与老张，较——呃量。""张飞，你来呀，你到这里来同老许交战三百个回合。"张飞一听，啥物事啊？打三百个回合？哈——呀，配胃口啊。张飞顶喜欢打三百个回合。

为啥了？因为张飞格气力大，本事好。俚战场上搭别人家打，往往三个照面，喳！一枪拿对过搠脱，终归不过瘾。碰勿着赛过旗鼓相当格对手。许褚，曹操营头上，气力顶顶大格大将。俚搭吾打三百个回合，今朝好过一过瘾。格张飞听着听得进："好啊，你到这里来，同老张交战三百个回——吧合。""你到这里来同老许交战。""老张勿来。吠，喝喝喝喝，卧龙军师吩咐，勿能离开博陵渡，勿上你格当！"

俚连得诸葛亮关照侪讲出来。勿上俚格当。勿来，唉，勿离开博陵渡。"吾饶你张飞，也勿敢来！""啊？"张飞想啥物事啊？饶吾勿敢来啊？格句闲话听了跳起来了。吾会得勿敢格啊？"老张来了。"

马，喤！一拎，哈啦！冲上来。俚格只马冲上来么，许褚圈转马来就走。张飞，哈———追上去么，背后十八个家将、一千个小兵侪喊："三将军哦，你不能过去唉，你过去了，曹兵到这儿来，他们要跑掉的唉。"

张飞回转头来关照："众三军啊，你们放心。老张一个人，你们一千个人。"唔笃一千个人守在该搭点，也拦得牢俚笃了。张飞跟仔许褚，哈啦啦啦——追上来格辰光么，横埭里夏侯惇冲出来了。

夏侯惇格条鸦鸟紫金枪望准张飞腰眼里向一枪，"张飞，看——枪！"噗——乓！一枪过来。张飞一看："吠喝喝喝喝，一只眼啊，你在这里？"喳唧！掀着，嘚尔——夏侯惇枪，直荡格荡开来么。张辽从横埭里向过来，张辽格大刀，望准张飞头顶心上一刀，"张飞，看——刀"。噗——乓！一刀。"慢来。"嚓冷——掀着。尔嘚——张辽刀荡开。许褚门前头，哈啦！圈转马来，起九环镔铁大砍刀，望准张飞格只马格马头上，"看刀"。喝冷冷冷——辣！一刀过来。"慢来！"擦冷冷！掀着。尔嘚——许褚家什荡开。夏侯惇，乓！一枪过来，张飞掀开夏侯惇。张辽，辣！一刀过来，张飞拦开张文远。许褚，喤！一刀过来，张飞掀开许仲康。夏侯惇、张辽、许褚，一个八虎将，一个二虎将，一个痴虎将，三只老虎将拿俚包围在当中。张飞只有招架，吭不还手，所谓叫一人难挡四手，俚笃六只手了。

张飞在动手搭俚笃交战辰光，竖上来拨俚笃打得了只有招架，吭不还手。连下来格张飞叫啥发脾气。啥物事啊？喔？唔笃算人头多了，拿吾包围住啊？只让吾招架了，勿拨吾还手啊？张飞叫啥拿看家本事拿出来哉。

张飞看家本事啥个名堂呢，叫野战。五虎将啦，侪有看家本事。关云长么拖刀计、赵子龙么七探蛇盘枪、马超么回马一流星锤、黄忠么百步穿杨一条箭。侪有拿手本事。张飞叫野战。啥叫野战？比方说夏侯惇望准俚腰里向，辣！一枪过来，张飞勿去招架，张飞就用丈八矛望准夏侯惇兜胸，"你也看枪"。噗——啪！一枪过来。格别人枪先搠？勿关。俚搠俚格了，吾搠吾的。格么倷先要吃家什？勿会的。啥道理么？张飞条枪长呀。别人格枪一丈二尺，或者再长点么，一丈四尺。再长点么，一丈六尺是不得了。张飞，张飞格条丈八矛，长一丈八尺哟。一丈八尺是像晾衣裳竹头什梗一根得来，倷格枪觑搠着俚么，俚格丈八矛先刺到倷身上来。那么夏侯惇只好收转鸦鸟紫金枪，擦冷！掀开张飞丈八矛么。张飞回过头来，望准张辽面门上，辣！格一枪，张辽，擦冷！掀开俚家什。张飞，哈啦！圈转马来，望准许褚身上，辣！一枪过来。许褚，铿！掀开俚么。俚再望准夏侯惇身上，啪！一枪刺过去。俚僣格啥？人长，马高。丈八矛长，俚格只马勿停的，哈——在圈子里兜么，一条丈八矛，啪啪啪啪——滥搠一泡。打得俚笃三家头，叫只有招架了，吭不还手。

夏侯惇想，那僵哉。黑面孔实头厉害。三个打一个，梗梗拨俚打得了只有招架，吭不还手。那呐吭弄法？辰光打长，俚吃勿消。俚生力，俚乏力。刚巧张辽讲是讲好的，要逃么，要三家头一道逃。看上去，三家头一道逃格条件吭不了。为啥呢，三家头一道逃，除非打胜仗。打胜仗，杀败张飞，张飞逃走，格么俚三家头好一道跑。现在格局面，张飞僣上风，俚吃下胁，呐吭好一道跑呢。一道跑是勿可能格么。只有呐吭呢，只有一个一个，陆陆续续格走么，倒反而走得脱。格么呐吭弄法呢，让吾先走吧。格么刚巧讲好格咯，啥人先走么，十万军兵吃败仗罪名要啥人负担。喔哟，格个吃败仗负担罪名，以后格事体。活命，是眼睛门前格事体。何况么，在吃下胁格辰光，一道跑勿可能的。要从实际出发，嗳！夏侯惇想吾来先溜吧。吾来带一带头，吾带仔头么，让俚笃慢慢叫一个一个也好走。所以夏侯惇等到张飞一枪过来，擦冷！掀开张飞丈八矛，看张飞望准张辽身上家什搠过去么，夏侯惇圈转马来，拖枪而走，哈啦啦啦——往博陵渡去。

格么张飞为啥道理勿追呢？张飞要搭张辽、许褚打了，吭不办法追，只好让俚逃走。夏侯惇冲到博陵度，博陵渡有十八个燕将，一千名军阿拦得牢夏侯惇？格是呐吭拦得牢，夏侯惇八虎将呀，唔笃点小兵，本事推位一大段了。夏侯惇格条鸦鸟紫金枪，啪啪啪啪——舞急了么，杀一条血路，冲过博陵渡。

夏侯惇逃脱。一千个小兵喊，"哒——三将军不好了，一个一只眼跑掉了，一只眼走啦……"张飞一听，夏侯惇跑脱了，俚回过头来，关照格点小兵："呃——总三军啊，你们不用慌张，一只眼跑掉，还有两个两只眼睛在这里。"逃脱一个一只眼，现在还有两个两只眼睛了。格个两个当中，捉牢一个就可以。

那么倷想吧，三个打一个也尚且吃勿住，两个打一个是更加困难。张辽心里转念头，那么呐吭弄法？夏侯惇勿是格物事。讲好有福同享，有难同当，结果俚拔短梯，先跑脱了。那呐吭弄法呢？看上去吾要搭许褚一道走是勿来赛了。格么呐吭？走吧。格走么，要拿许褚掼了该搭点哉咯？格个勿能怪吾。因为夏侯惇拆格烂污啦，夏侯惇勿走，吾也勿会走。

张辽看准格机会圈转马来，哈——跑脱。张辽杀一条血路冲过博陵渡么，一千个小兵在喊，"三将军呃，一个红脸将跑掉了，红脸将走啦！"张辽红面孔，红面孔跑脱了。张飞回转头来一看："众三军啊，你们放心啊，还有一个黑脸将在这里。"红面孔跑脱，还有黑面孔，大功还是可以立。

张飞开心啊。张飞对许褚看看，嘿嘿！许褚啊许褚，唔笃两个搭档朋友侪是半吊子。叫倷么来喇吾，阿是啊？拿吾骗开博陵渡，调虎离山，领到该搭点来，弄到完结。俚笃么放放倷格生了，一个一个溜脱哉。那么倷么留了该搭点，今朝么吾格大功，希望侪寄托在倷身上。张飞一条丈八矛不停哉哦，啪啪啪啪……许褚作孽，只有招架呒没还手。擦冷冷冷……许褚火啊。俚勿怪夏侯惇，俚怪张辽。为啥呢？张辽倷勿作兴。夏侯惇格种糗货，是什梗种腔调的。拔短梯先逃，吾勿怪俚。倷勿作兴的。倷搭吾要好，吾替倷是搭档呀，曹丞相旁边头，一个左护卫大将军，一个右护卫大将军，专门保护曹丞相，张辽、许褚。啊？喔，骗么倷叫吾上来，拿张飞骗到该搭点来，逃走么倷也先逃？拿吾么掼了该搭点，算啥名堂？吾吃得住格啊？想办法走吧。盯倒是拨了格张飞盯牢了。许褚一动脑筋么，有了。看上去只有用老本行格办法逃走。

啥格老本行呢？许褚叫啥，勿是马将出身。俚原来是格步将出身，轻身法叫关好。后首来投奔仔曹操之后么，那么曹操搭俚讲，许褚啊，倷步将呢可惜的。因为战场上打仗啦，步将终归是次一点，马将呢重要。吾看倷阿要乱脱仔步下了，骑马吧。那么许褚，步将改为马将么，练起马背上格本事来。因为俚气力大、武功么，马背上本事练得了也是头等头了。今朝要骑仔马走呢，勿来赛哉。只有乱脱仔只马呢，还好跑。

许褚转定当念头么，俚打到该格照面上，两只脚踏凳上一脱，屁股呢，离开鞍鞒。张飞，辣！一枪过来么，许褚起手里向九环镔铁大砍刀，擦冷冷冷——掀住。张飞拿条丈八矛，锃！一逼么，许褚从马背上一交跟斗跌下来，得尔——锃！其实格交跟斗，俚有心跌的。跌下来勿会掼伤。跌到下面么呐吭呢，俚左面格刀钻，噔！地上一撑，嗨，撑住，勿受伤。倷掼下来张飞开心啊，许褚拨吾弄得马背上跌仔下来，望准俚身上一枪。"看枪！"噗——乓！倷望准俚身上一枪刺过来么，许褚动作叫快。刀钻，噔！一掭，两只脚一攮，吠——啪！跳起来。喏，在白河边上揿脱顶盔，卸脱付甲么，僭便宜了。着仔盔甲跑啦，跑勿快。因为顶盔十几斤，一副甲七八十斤，背在身上，分量实在重。现在脱脱仔盔甲么，轻装了，跑起来几化快？挞挞挞挞……跑脱了。

倷跑么，张飞，辣！一枪，人翩刺，刺在格地上。嚓！倚到烂泥里。嗨！拔起来一看，"喔哟！"跑脱哉嗫。因为俚骑马进勿进树林的，步下呢，可以进树林。哈——从树林里向溜脱哉哟。

张飞一呆么，后头格小兵看清爽，"三将军不好喽，黑脸将又走啦"。"这个！"张飞想那么僵。诸葛亮说吾立勿着功劳，稍微好立一眼眼微功。那是黑面孔也跑脱哉。刚巧夏侯惇走脱么，还有两个两只眼睛，红面孔跑脱么，还有黑面孔。黑面孔跑脱，弄点啥呢？张飞一看，"吠喝喝喝，众三军啊，还有一只马——来"。还有一只马在。因为许褚人逃脱，格只马掼在那。今朝得着只马回转去么，总算稍微好立一眼眼功劳。十八格家将响勿落，嘿嘿！张飞啊！安林道俫捉着一只马么，回转去吃三杯酒。想勿到，博陵渡呢，就弄着一只马。那么张飞带仔十八个燕将、俘虏着一只马让俚笃回转樊城去么，吾拿俚乒乓一乓开。

吾先交代门前头夏侯惇，逃仔一段路，哈啦！马扣住。等仔一歇，哈冷冷冷——马铃声音。回转头来一看张辽来了。张辽到门前对俚眉毛竖、眼睛弹。夏侯惇，俫格个家伙，恶劣透了。刚巧呐吭讲法的？刚巧讲好要逃一道逃。喔，弄到完结，俫原旧拔短梯先走？啊呀，张辽啊，俫勿怪吾酿，吾呒不办法。张飞实在狠勿过，要杀败张飞么，好一道走呀。打勿过俚么，俫呐吭走法呢。格么只好赛过吾带一带头，吾领领头跑脱么。阿是，俫也好过来哉。格么俫阿晓得，许褚弄僵脱。哈呀！战场上格正经，拆穿点讲，只好先顾恋点自家。在可能范围里向照顾别人，勿来赛格辰光么，只好照顾仔自家再说。张辽对俚看看，格家伙，实头可恶。俚心话也讲出来哉，战场上只好顾恋自家。哼，回转去到丞相面前呐吭交帐？呐吭对得住许褚？骗么叫俚去骗张飞，弄到完结么，拿俚掼了后头。好了好了好了好了，张辽勿讲了，走吧走吧。总算大家恭喜恭喜，倽搭俫两条命侪保牢了。

唔笃马匹在望准门前走格辰光，砭咳唾磕、砭咳唾磕，张辽心里向终归不忍，噌！马扣住，回转头来对背后头看看，呒不踪迹。许褚也勿在来。那么呐吭弄法呢，咳咳砭咳、咳咳砭咳，夏侯惇勿耐烦。张辽啊，快点走哉呀，俫慢吞吞啥？等等许褚——作兴许褚要来了。张辽啊，勿痴心妄想哉。勿会来的。嘎许多辰光，许褚会得来格啊？看上去格苗头么，许褚已经拔了张飞，扎！一枪搠脱格哉。

俫格句闲话刚巧讲完么，许褚从旁边头树林里向跳过来，齐巧拔了许褚听见呀。俫格一只眼么要拔了张飞搠脱仔了完结，唔笃两家头倒好笃。啊，掼掼吾了，放放吾格生，就什梗跑脱。张辽说：俫勿响，刚巧倪讲好，约法三章，有福同享，有难同当。夏侯惇第一个逃，倪回转去到相爷门前，咬煞俚。拿火烧新野、吃败仗、全军覆没格罪名么，侪怪到夏侯惇一个人身上。"好！"夏侯惇一吓：哦，张辽，勿搂噢？呵呵，格个吾负担勿起的，吾上抢已经博望坡火烧得全军覆没了，现在回转去，还要罪名弄在吾身上，吾吃勿住。格么俫为啥道理要拔短梯了，一干子先溜啦。俫看，弄得格许褚马也呒不格哉。啊！自家人，马马虎虎，帮帮忙。吾终归有数目了。

张辽一转念头么：格么什梗，许褚因为俫，牺牲一只马。现在呢，俫马上跳下来，俫只马让拔俚骑，俫步行走。夏侯惇心里向转念头，呒不办法嘎，有格回转去顶罪名么？还是让脱只马。苦两只脚，走哉嚯。许褚啊，俫看呐吭？许褚想呒不马骑，变有马骑么终归听得进："嗯，好！"那么夏侯惇，啪！马背上跳下来。拿只马，咳咳砭咳、咳咳砭咳，牵到许褚门前：许将军，请！

许褚拿刀一放，哗啦！鞍鞯一正，肚带收一收紧。噔！掭踏凳，飞身上骑。夏侯惇呐吭呢，枪，嚓！地上倚一倚好。头上顶盔一正，流海带，嗒！扣一扣紧，扎袖紧一紧。甲揽裙提起来，钩子上挂一挂好。啥，啥体么？摆好架子，靴拔一拔上，预备跑长路。夏侯惇心里向是有一种不可告人格得意。啥格上得意？夏侯惇想，上一回吾兵进新野县，火烧博望坡吃败仗回转，全军覆没，吾还有九十六个小兵回皇城。该抢张辽吃败仗回转去，十万军兵火烧新野县，白河决水，剩三个大将了两只马回转去，小兵一个侪吭不。格个败么真格叫败得了，干干净净。格个全军覆没么，彻底全军覆没。格么可见得张辽勿及吾。吾还有九十六，俚、俚一个也吭不哉咯。嘿嘿！夏侯惇还在得意。倷在得意格辰光么，张辽心里向转念头，夏侯惇啊，自从兵进新野县以来么，逃走起来倷终归第一个。现在倷僵哉嚜？现在倷只有两条腿了，马吭不了哉咯？张辽对许褚眼睛眨眨，"仲康"。"文远。""张飞在后面追赶，我们快走。""请啊！"两家头，噔！噔！马，一拎么。哈啦啦啦……啊啦啦啦……唔笃两匹马像飞什梗冲出去格辰光，夏侯惇苦。夏侯惇一只手里向提仔条枪，一只手提甲揽裙，哈冷噜噜……"文远慢走。"哈冷噜噜……"仲康慢走。"哈冷噜噜……

那么倷想酿，头上顶盔，身上一副甲，嘎重，着在身上，呐吭跑得快？"揪揪揪，嚓嚓嚓"，像挑一副铜匠担呀。喔，夏侯惇吃不住。枪一放，头上顶盔抟脱，嚯——甩脱，身上副甲脱下来，擦冷——掼脱。好了，盔甲又剥脱哉，头发披散在后头。重新拿枪执好，腾腾腾腾……望准门前头奔过来么，俚还在吓了哟。倘然张飞从后头追上来是，张辽、许褚两匹马跑脱了，吾步下跑勿快，张飞追上来，吾格条命还保得牢格啦？喝腾腾腾……跑仔总大概有三五里路么，奔得俚上气勿接下气，当中横里要断气。只看见格张辽、许褚扣住仔马，在门前头对俚看。天么亮哉，夏侯惇格种狼狈头势，两家头侪在暗好笑，笑得肚皮肉也痛哉。唉，该抢倷勿能够先跑，也让倷吃吃苦头。

夏侯惇赶上来：张辽，勿作兴格噢。吾马让脱么，唔笃要搭吾一道走。格背后头张飞追上来起来么，唔笃还好帮帮忙了哟。噢，唔笃两家头两匹马像飞什梗过去，拿吾掼了后头，唔笃算啥格名堂？张辽说：要倷吭吭味道。倷碰碰先逃呀，倷勿晓得后头逃格人啥格味道？倷也勚晓得许褚刚巧心里向啥格上窝塞。现在么让倷行一行，让倷也晓得，阿末一个逃走，心里向难过。格勿来的，格，格，格，马还吾。马还倷么也勚还倷哉，倷看用啥格办法呢？格是要吾先走。好好好，格就让倷先走。

夏侯惇先走。张辽、许褚在背后头跟过来。唔笃路上回转来格辰光，碰着曹操。用勿着到宛洛道。曹操已经从宛洛道出发。人马望准新野县在过来。现在前队在报得来，张辽、许褚、夏侯惇吃败仗回转么，队伍停，设立营头。

曹操下马，进帐中坐定。文武官员两旁边伺候好，报得来，三家头到。叫俚笃进来。三家头到里向，"丞相在上，末将见丞相，请——呐罪"。尔得——卜！张辽跪下来。许褚、夏侯惇，卜！卜！也跪下来。"呃？"曹操关照俚笃，"抬——起头——来"。"是！"乒！三家头格头抬起来。曹操一看张辽还好了，盔、甲还算整齐。许褚呢，已经狼狈。再看到夏侯惇是，"喔哟，嚯嚯嚯嚯"，又烧得焦头烂额了，勿像腔。

"你们兵——进新——野。怎——样失利回——来？从——实讲！"张辽报告："禀——丞相。"俚奉倷丞相命令，带领十万大军兵进新野县。还勶到新野县辰光，报得来，门前有埋伏军兵，冲过去一看，埋伏军兵呒不了。刘备、诸葛亮在雀尾山山上吃酒。冲上去，诸葛亮焚香操琴，双手一举，人马倒退。当仔又要火烧博望坡一样格烧起来，结果呒啥花样经。再带人马冲，百子流星炮响，满山起火，灰饼石炮，乱箭埋伏下来，退下来。吾第三次冲锋，准备调大军包围雀尾山么，刘备、诸葛亮已经跑脱。许褚追上去，追到樊河边上，碰着白袍小将，一枪，掇脱格吞头。回过来报告么，说新野县一座空城。辰光呢，天要夜了。吾勿进城，就在城外头扎营。因为空城莫入，勿好进去哉。勿晓得营头设立停当，刚巧要埋锅造饭，发风了。狂风大作，营头扎勿住，军心大乱。大家要求进城，那么吾答应进城。但不过进城格辰光呢，吾关照俚笃，勿许擅入民房，空地扎营。吾看见城河里向格水发浑，吾张怕水中有毒，叫俚笃到北门外头白河里向去拎水。勿晓得小兵违令，到老百姓屋里向烧饭，灶膛里向起火，满城起火么，火烧新野县。

那么逃出来格辰光呢，东门外头碰着火牛阵，东北角里向碰着格白袍小将，逃到北面么，门前条白河。小兵烧得口枯舌干，下河吃水么，上头，呒荡——开坝，上头水冲下来，白河决水么，两三万人马侪冲光。到白河上游，碰头关公。总算关公放交情，让俚过去。到博陵渡碰着张飞么，弄得了全军覆没。剩三个大将，两只马回转来，见丞相请罪！

"末将兵败回来，还望丞相，恕——他罪。""嗯！嚯嚯嚯嚯嚯嚯，噗！"曹操心里向转念头，结棍。败得了比夏侯惇还要惨。夏侯惇还有九十六，俚九十六个也呒不了，而且三个大将，马侪勿连牵，剩两只马回转来了。

曹操心里向转念头。诸葛亮，厉害！阿能怪张辽？勿能怪。为啥呢？因为夏侯惇吃败仗啦，夏侯惇格头脑简单，听见说，刘备、诸葛亮在博望坡里向吃酒，磅当！冲进去，两山合抱，山路口闸断。拱！起火烧，吃败仗。外头碰着火牛阵。现在呢，张辽蛮好哟。俚冲雀尾山格种做法啦？吾在用兵，也不过格点花头。而且俚到新野县，空城勿进去。发风哉，天勿帮忙。逼得俚呒说法，只好进城。那么俚关照小兵甮进民房，小兵因为饿肚皮了，揎到老百姓屋里向去烧饭吃，结果么起火。满城起火，逃出来火牛阵。再碰着白袍小将拦到白河边上，嘴干，吃水。吾在，俚笃吃，吾也要答应。慂当！白河决水么，人马侪冲光。再接下来，碰着红面孔、碰着黑面孔么，是要全军覆没了。张辽用兵勿错呀，按兵法办事。因为啥？诸葛亮实在厉害啦，棋高一着。弄得俚笃败得什梗副腔调回转么。曹操心里向转念头，诸葛亮俚是吾格劲敌。格个人呢，吾非除脱俚不可。

不过曹操心里向一转念头，吾要怪夏侯惇。俚吃过诸葛亮苦头，该抢张辽到新野县去，俚为啥道理勿提醒提醒俚呢？"元常！""有！""临行时节，老夫叮嘱于你，文远兵进新野，尔应该从——旁提醒文远。"俚要做做参谋的。俚呐吭登在旁边勿开口？夏侯惇响勿落："嗬哦，诸葛亮诡计多端，末将无法可想。"

张辽心里向转念头，曹操啊，俚勠去怪俚哉。啥格登在旁边头勿开口，俚啊！俚巴望人家完。独在"老调，老调"，横也火来哉，竖也火来哉。别人勸走，俚第一个带头跑。外加枪么，望准自家人身上乱搠一泡。格种闲话是也勠去讲俚哉。曹操搭俚笃各人记一桩过，立起来，旁边头伺候。

曹操下令，兵发新野县。大队人马浩浩荡荡过来，离开新野县，还有总三里路扎营。曹操六十五万大军营头扎好。曹操亲自带领手下文武官员，跑到新野县城关跟首来一看么，城里向烧得来一片焦土，断壁残垣。曹操心里向转念头，诸葛亮格人，阿要厉害啦。啊？打仗，老实讲，就要夺城关，夺老百姓。为啥道理老百姓要夺下来呢？因为俚老百姓夺下来么，俚笃好生产呀，俚笃好做生意呀。那么俚么，可以收捐钿了，可以收公粮了，可以了在俚笃身上赛过有好处。俚拿点老百姓侪带光了，劳动力呒不了，还勠去讲俚。格么俚空城好留拨吾格呀？拱！一把火全部烧光。那么俚烧光容易呀，俚重新建设起来，要恢复什梗一座城关，俚勿是一日、两日，一个月、两个月能够恢复得过来。曹操心里向转念头，诸葛亮啊诸葛亮，俚勠快活？俚勠当仔，啊，现在辰光俚在樊城县，就可以活命哉。

曹操俚回到中军帐，马上发令，关照旁边头："张郃、高览、毛玠、于禁。""在。""有。""有！""在！""带领三万人马，樊河建立浮桥，兵——进樊——呃城。""得令！""尊令！""尊令！""得令！"

四个人接令箭退下去，带三万人马搭浮桥么。旁边头一个朋友急坏了。啥人呢？徐庶。"啊呀！"徐庶心里向转念头，诸葛亮啊，呐吭俚火烧新野县，守在樊城呢。樊城守勿住格呀。曹操现在下命令，派三万兵搭浮桥。浮桥搭好，哈冷当！人马冲过来，哈啦！拿樊城团团包围，内无粮草，外无救兵么，死得割割裂裂。

格么诸葛亮为啥道理勿逃走呢，勿懂。按照道理讲，应该逃。俚勿逃，俚总寄希望吾徐庶，弄僵，吾会得帮俚格忙。格么呐吭弄法呢？吾来帮忙吧，徐庶转停当念头，俚跑出来讨差使。徐庶到樊城去碰头刘备，帮诸葛亮离开樊城县哟。那么，曹操人马要兵进樊城县，下回继续。

第四十回

兵进樊城

曹操，发令箭派四个大将，带三万军兵，在樊河面上建立浮桥，预备要强渡樊河了，兵进樊城。格辰光旁边头格徐庶急煞。哎呀！徐庶心里向转念头：诸葛亮啊，吾倒勿懂，倷火烧新野县，又毁灭了曹操十万大军，倷为啥道理，还要留在樊城县？老实讲，小小樊城，倷是挡勿住曹操格百万大军。曹操人马一过樊河，拿城关，哈啦！一个包围。内无粮草、外无救兵，刘备搭诸葛亮，要困煞在樊城县仔了完结。吾算算诸葛亮，蛮会用兵，啥格道理，勿离开樊城？看上去，俚笃一定有点啥格困难。格么呐吭弄法呢？吾，搭刘备是有交情的。诸葛亮，又是吾格要好朋友，吾勿能够袖手旁观。吾要想办法，劝曹操慢一慢搭浮桥打樊城。吾来讨差使，到樊城去，搭刘备碰一碰头，吾再问一问诸葛亮，倷为啥道理勿走？倷有点啥格难处，倷搭吾讲，吾终归竭尽能力，帮倷格忙。想办法，让曹操慢一慢打了，然后，唔笃可以脱身，离开樊城县。

拨曹操上当，用啥格闲话去搭曹操讲呢？徐庶一转念头，有了。从旁闪出，"丞相在上，徐庶有——礼"。"呃！嗯，嗯，嗯，嗯，嗯。"曹操看见徐庶跑出来，曹操格警惕性交关高。俚晓得，徐庶饭呢，吃吾的，心呢，向刘备。现在倷跑出来，有点啥格名堂呢？问问俚看。"元直少礼，怎——呃样。""回禀丞相，丞相发令箭，填塞樊河，兵进樊城。"喏，照吾徐庶看起来，倷丞相百万大军，打到樊城县，赛过像啥呢？像泰山压到一个鸡蛋上，格是肯定拿樊城县打得粉粉碎，稳赢的。不过呢，丞相倷要明白，樊城县现在城里向啦，有两县百姓。新野县格难民，侪到仔樊城县哉，连樊城县格人侪在那，里向格人是拥挤得勿得了。倷丞相格大军冲进樊城去，老实讲"火烧昆岗"，叫玉石难分。倷要消灭刘备啦，老百姓也要吃苦头。格避免勿脱格咯。假使说老百姓伤害得一多，天下人就要讲，说起来倷丞相么，勿顾恋老百姓格生命。倷看，糟蹋脱嘎许多百姓格性命，真是不仁不义。格个名气交关难听。顶好呐吭呢，樊城么要得下来的，倷丞相么名誉么又是勿损坏。格个是顶顶妥当格办法。"未识丞相以——为，如何？""嗯？"嗳，勿错啊。曹操心里向转念头，徐庶讲得有道理呀。吾曹操搭刘备来比格一比，从实力方面讲起来，格是刘备呒不办法搭吾比。吾雄兵百万，战将千员，独霸中原，势大滔天。刘备叫孤而又穷。但是，吾有一桩呢，吾是勿及刘备。格曹操也明白。哪里一点呢，就是人缘勿及刘备好。刘备呢，得人心。民望，侪向刘备的。所说吾曹操么不仁不义，说刘备么大仁大义。倷看看，名气么有啥了不起？呃，有道理的。民心向背，格个有关大局。曹操蛮懂得什梗点道理。因为从前辰光，曹操俚打徐州伐陶谦格辰光，屠城屠村，杀过勿少老百姓。所以老百姓呢，对俚格印象勿好。那么现在进樊城，难免要杀百姓么，吾格印象更加勿好哉咯？

既然倷徐庶讲到么，吾倒来问问倷看，你有点啥格办法呢，"未知元直，有何高——见"。"丞相，徐庶有一计，在——此。""请教。""喏喏喏，只要丞相派遣一个说客，进城关，用三寸不烂之舌，游说刘备，归——降丞——相。"派一个人去，劝刘备投降。假使刘备肯投降呢，倷浮桥也用勿着搭，樊城也用勿着打，叫不费吹灰之力，唾手而得城关。几化便当？老百姓么又勿伤害了。

曹操一想，格办法是对格呀，刘备该格辰光日暮穷途。前头有吾曹操，背后头有刘琮、蔡瑁、张允，是搭俚冤家。俚呒不办法呢，也作兴肯投降的。不过曹操心里向转念头，万一刘备勿投降呢？"元直，倘然刘备不——降呢。"多花头哉咯，多此一举啊？"丞相，倘然刘备不降么，喏喏喏"，只要倷相爷派说客进城格时候，派人到茶馆里、酒店里，去搭老百姓讲明白：丞相本来么要来打樊城的，为仔张怕唔笃老百姓受难了，所以派人来劝刘备投降。现在呢，刘备勿肯投降。勿肯投降哉么，丞相只好打哉。打破城关之后，唔笃老百姓吃着苦头，唔笃勿能怪曹丞相辣手格噢。喏，格个责任啦，怪来怪去，侪要怪刘备勿好。俚勿投降仔了，所以害唔笃老百姓遭难。什梗一来呢，城关么又是打下来哉，倷丞相格名望么又是好了。"未识丞相，以——为如何？""好——啊！"曹操一想，格条计策勿错，手一招，关照徐庶退下去，徐庶望准旁边头一立。

曹操命令下来，叫张郃、高览、毛玠、于禁回转来，浮桥慢一慢搭。吾先要派人进城去，要去劝刘备投降了。派啥人去呢？曹操心里向转念头：老实讲，吾手下两个文官，口才好、会说会话格人，勿少，有学问格也蛮多。但是呢，单单凭倷会讲啦，倷未必能够劝刘备投降。顶好派得去格人，非但么嘴巴来得能言善辩。而且呢，要搭刘备有感情的。感情蛮重要的。倘然倷呒不感情，倷哪怕会讲么，俚看见倷格人就触气，俚就勥要听倷格闲话，一种逆反心理就来哉咯。曹操在对旁边头文官当中看，派啥人去？倷在挑选人格辰光呢，徐庶心里向明白了，晓得曹操要喊俚。因为俚有格个条件，不过徐庶有资格。俚看也勿对曹操看，眼睛看别场化，表示吾是勿想去，勿在讨差使。

曹操对旁边一看么，看来看去，只有徐庶顶顶合格。俚搭刘备有交情的，派俚去。"呃哦"，派俚去，有风险格啊。啥格风险？勥俚去仔勿来呢，鹞子断线。俚帮仔刘备忙，一道来搭吾打是，格刘备赛过是又多得着一条臂膀。刘备有仔格诸葛亮已经了勿起哉，再加一个徐庶是，更加讨厌。不过曹操再一想么，勿碍。徐庶一定要回转来。何以见得呢，因为徐庶是孝子，俚格娘，徐母，死脱之后，一口棺材葬在许昌城外。该格赛过像一个押包。倘若徐庶去仔不来啦，俚张怕吾曹操，要拿俚笃老太太格坟墓发掘，尸骨要暴露在外头。俚不忍老母死仔之后，再拿格棺材撬开来了，尸骨暴露。俚一定要回转来，对的，派俚去。"元——直。""在。""费心元直，进樊城，解劝刘备，归降老——呃夫。""遵——呐命。"徐庶心里向转念头，吾晓得格呀，倽曹操勿会派别人，终归派吾去。吾去么，来得正好。

徐庶退下去，回到自己的帐篷里，派格底下人，到河边上去寻一条船。因为到樊城去，俙必定要摆渡格啦。倽如果叽不船只，倽勿能够过樊河，就到勿了樊城。底下人去叫船，格船难叫。因为曹操大军到，一般格种船呢，俙逃走脱哉。好勿容易在茅柴窝里寻着一只小网船，讲好价钿，明早呢，到樊城去。大价钿噢，出俚十两银子摆一个渡，打一个来回。底下人回转来报告徐庶，徐庶当夜耽搁。

到明朝转来，早上，天亮，起来。梳洗已毕，用过点膳，带一个底下人，出营头。一路过来寻到芦柴边上，只小船停好了里向。格底下人一声一喊，那么只船摇过来。到该面靠岸。篙子掭一掭牢，喤！跳板一传，请徐庶下船。徐庶踏跳蹬舟，刚巧到船头上立停，还勚下舱，底下人呢，还勚上跳板格辰光么，只听见该面格脚步声，哈哒哒哒哒哒哒哒哒。俹？徐庶回转头一看，奔过来四个人。啥等样人呢？曹操手下心腹家将，看俚笃跑得吭是吭得了，闲话俙说勿连牵。独场仔对仔格徐庶，"呃，呃，呃，呃"。"四位管家，你们喘息未停，慢慢地讲啊。""喝嗨——喝嗨——喝嗨。"喔哟，看俚笃吭啊。

格四个底下人呐吭会得来格呢，曹操派得来。曹操昨日夜头吃过夜饭之后，心里向在盘算。徐庶么到樊城去劝刘备劝降，假使刘备肯投降的，顶好。万一刘备勿投降呢，徐庶总勿见得，会跑到茶馆、酒店里去搭老百姓宣传。啊，讲吾曹丞相么大仁大义，爱民如子。靠勿住格的。格么呐吭呢，吾来派四个底下人跟俚一道进城。倽徐庶去碰头刘备么，四个底下人茶馆店里吃茶了，酒店里吃酒啊，四面去讲去。什梗样子一来么，消息就容易散布开来。所以曹操关照四个家将：唔笃现在呢，早点去困觉。明朝早上么，早点起来，跟仔徐老爷一道到樊城。进城之后，茶坊酒肆宣传吾曹丞相大仁大义，爱民如子。假使刘备勿投降格说法，将来唔笃吃苦头么，勿能怪吾。"噢！"四个底下人答应。办事成功，重重有赏。

喔，格四个底下人一听，重重有赏是，听得进了。回到自家帐篷上么，早点困。快点困着，明早一早要跟徐庶跑的。嘿嘿，困觉啦，蛮奇怪。倽要俚困着，偏偏困勿着。倽勥俚困着么，眼皮倒在搭闭下来了，会得打瞌睡。四个底下人翻来覆去，覆去翻来，越是困勿着么，越是要讲闲话。越是讲闲话么更加困勿着。到下半夜，落窘哉。醒转来么，天也亮哉。

四个底下人，一看不得了，天亮哉喔。勥徐庶跑脱介。面也来不及揩，点心也勚吃。当当当，奔到徐庶营头上么，说徐老爷已经跑哉啊。啊呀，那么不得了，相爷关照伲早点困觉，要一早跟仔徐老爷进城。结果呢，伲困失窘，徐庶跑脱了，勥拨了丞相责罚？四个底下人拼仔命跑么，作孽，奔到该搭点河边上，刚巧看见徐庶下船。所以吭得了闲话俪讲勿出。现在平一平气，"徐老爷啊，我们是奉了丞相之命，到这儿来伺候你老爷的"。"蛮对，伲是来伺候俫老爷，一道到樊城去的。""噢噢噢噢噢"，徐庶一听，明白了。曹操待吾什梗好啊？喔，派仔四个底下人专门来照顾吾了，服侍吾啊？吭不各种事体。勚问得，俚派底下人要跟吾进城呢，就是预备到茶坊酒肆去讲曹操格好话。

好，徐庶关照自家底下：格么俫勚去哉，吾有四个人了，跟仔去么，俫回转去吧。自家格底下人呢回营。四个人呢，踏跳、蹬舟、下舱、坐定。船开。唵，得尔——嗞嗞嗞嗞……船只过来，离开樊城总还有一里光景路呢，勿能摇了。啥体么？河里向打桩，封锁了，船开勿过去。船，就在该搭点停好。

徐庶关照：唔笃等穿吾噢。吾到仔城里向，就要回转来的。有数目。船上人么在该搭等。徐庶带仔四个底下人，一埭路过来，往樊城进发。抬头一看，喔哟？只看见樊城，城头上旗幡飘扬，绣带招展，刀枪密布，挡箭牌插得密密层层。格座城关，拨诸葛亮一到之后，修理过了。看样子比从前辰光要坚固得多。曹操要凭实力来打，并勿是啥一下子，就能够攻下来。

俫在对上头看么，城头上也有人看见哉。城外头来格人，五个人。"嗳！什么人，看箭！"要搠箭。徐庶俚马上关照，"啊！守关将听了，速去通禀皇叔，说吾徐庶到来，求见皇——叔"。"嗯？"守关将仔细一看么，认得的，徐军师。因为徐庶刘备搭等过，所以了，守关将认得俚。"好好好，军师请稍待啊。"等一等噢。俚马上去报告去。

守关将赶到衙门里向，刘备、诸葛亮、文武官员，俪在大堂上。为啥道理呢，因为刘备搭诸葛亮发生仔分歧。啥格上分歧呢？诸葛亮搭刘备讲，曹操大队人马到新野县，马上就要填塞樊河了，打到樊城来。樊城呢，吭不办法守。内无粮草，外无救兵，困守孤城么，要束手就缚。

格么刘备问俚哪怎办法呢？走呀，只有放弃樊城县，过襄江，逃难去。逃到啥场化去呢？到荆州。只有到荆州去，拿江陵得下来，格么噈，吾伲有格立足之地。而且江陵呢，钱粮比较足备。假使江陵去勿成功呢？江陵去勿成功么，吾伲退江夏郡，到大公子刘琦嗨头去。刘备搭俚讲：格么去起来么，格点老百姓呐吭办法呢？诸葛亮说：只能够勿带。分歧就在该格场化。

刘备呢，认为新野县格百姓吾要带的。因为新野县难民跟吾逃难逃到樊城县来，吾离开樊城了，拿俚笃掼在该搭点，讲勿过去。格么格诸葛亮说：俫要带新野县百姓么，樊城县老百姓也要跟格呀？格刘备说：要跟么只好一道跟咯。格么俫带两县老百姓逃难，曹操追过来，吾伲逃勿快，要拨俚笃追牢，格完结啦。刘备说：勿要紧。横竖过仔襄江，要经过襄阳，吾可以拿点老百姓寄到襄阳去，让俚笃在刘琮嗨头耽搁。刘琮勿肯答应格嗄？勿碍。吾可以搭刘琮讲格呀，新野、樊城是荆州格地方，格个老百姓呢，是荆湘格老百姓。俫，搭吾刘备有仇寇，勿放吾进城，格么老百姓搭唔笃是吮不仇寇的。荆湘格百姓到该搭点襄阳城里向来耽搁么，倷刘琮责无旁贷，应该要收留。诸葛亮么勿肯答应。因为曹兵马上要到，倷要带老百姓过江，倷吮不三日天，呐吭来事呢。而曹操用勿着三日天，马上就要打过来哉。在格个一个问题上么，两家头分歧了。

现在，底下人报到。"禀，主公。城外头，徐军师到，求见。""啊？元直军师来了？""是的。""军师。""主公。""元直先生到来，我们同去迎接。"诸葛亮关照：慢慢叫看。诸葛亮问格个报事：来几化人？说，来么，来徐老爷一个。还有呢，四个底下人。"喔"，诸葛亮一想，有数目了。为啥道理徐庶要来么？俚勿放心，俚要到该搭点来搭吾碰碰头。心里一转念头么，有了。

"主公，元直到来，何劳主公亲自，出接。三将——军。""张——飞在——哋！""前往城关，迎接元直先——生。""得令。""啊呀，卧龙军师，吾家三弟呆头呆脑"，倷呐吭，接客人么，派张飞去呢。"哼哼哼哼……主公，三将军近来，今非昔比，粗中有——细。"笃定啊，张飞搭从前两样了。张飞一听见诸葛亮在称赞俚是，窝心啊！"大哥啊，你放心，小弟粗中有细，今非昔比呀。"哈哒哒哒哒，那是倷拉侪拉俚勿牢。

刘备响勿落。诸葛亮自家懒怕去么，呃，派格张飞去？刘备是勿大放、放心。格张飞呐吭呢，张飞到外头，跟仔外头守关将一埭路过来。到北门城关跟首，下马。张飞要想关照开城门，下吊桥，接徐庶么。一想，慢。为啥？诸葛亮称赞过吾，说吾是粗中有细，今非昔比。让吾上城关看看苗头看，城外头有点啥花样经？

张飞俚上城楼，到城楼上一看么，徐庶，还有四个底下人。"徐先生，张——飞有——呃礼！"徐庶一看，三将军来哉。"啊！翼德将军不敢，徐庶还——呃礼。"徐庶抬起头来，对俚看看恭恭手么，对俚演一个手势。张飞一看，徐庶在对俚演手势。格手势呐吭演法呢？徐庶叫啥指指自家胸口头，翘起四个节头子来，摇摇手，噬——弄勿懂？指指自家，演四个节头子摇摇手么，倷还算要进城了，还算勥进城呢？其实么，徐庶啥意思呢，关照张飞倷看好，吾背后头有四个底下人，勥放俚笃进城。

徐庶什梗意思，张飞弄勿清爽。"呃，这？"不过心里向一想：勥去管俚，徐庶到该搭点来么，终归要进城的。"来啊。""是。""吊桥放下。"咯呃咁咁——吊桥放下去。"城关开放。"嘎嘎嘎嘎——城门开。张飞下城楼么，徐庶过吊桥。徐庶过吊桥么，四个底下人也跟过吊桥。徐庶到城门洞口者么，张飞出城。"徐先生！张飞迎接先生，有——呃礼！""三将军不敢，徐庶有礼。""徐先生请！""三将军请！""喔哟！徐先生啊，你是客，要你先——请。"徐庶心里向转念头，近来张飞确实有进步哉。啊？搭吾登在格辰光两样哉，居然倷是客，要倷先请。"好好好，我们挽手同行。"

徐庶起格只右手来搀张飞格只左手么，张飞拿只左手，传过来。徐庶右手，望准张飞左手格脉门上，嗒！一把抓牢。用足全身气力，嘎啦啦啦啦，格一把。哄——张飞想呐吭道理啊？阿是长远勿碰头了，搭吾绞把手了啥？俫捏吾是无所谓，呃吾捏俫，俫吭勿住的。张飞对徐庶一看么，徐庶对俫歪歪嘴，啥意思么，背后头四个底下人勒放俫笃进城，阿有数目？那么张飞拎清。哦，原来如此。

俫，噎！手一松，回过头来，对背后四个底下人："汰！""唉嗨，唉嗨，呃，将，将军。""你们干什么？""我，我，我们是伺候徐老爷一起进城的。""徐先生进城，为什么要你们跟随啊？勿许进城。""唔？""来啊。""是！""吊桥扯起。""是！"张飞搭同徐庶进城，"城关紧闭"。嘎嘎咁咁——城门关上么，吊桥，嘎嘎嘎嘎……扯起来。四个底下人一看么，急得双脚跳了，呃喝喝喝——那么要僵哉，城门关脱，吊桥扯起，张飞拿俫弄在该搭点格尴尬场化。俫要到城里向去么？呒不办法了，门关上了。俫要回转去吧？吊桥扯起来哉。该格场化么，又呒不店家，又呒不人家。格个早上起来，面也呒揩了，点心也呒吃了，肚皮交关饿。预备进城，到茶坊酒肆去，吃茶、吃酒了、吃物事的。现在张飞拿俫笃关在该搭点，徐老爷如果三日天勿出城是，吾侪要饿煞脱仔了完结。格四个底下人急得双脚跳。

张飞一到城里向，徐庶笑得了肚皮肉也痛，"哈哈哈哈……"张飞聪明的。四个底下人，拨俫关在城外头么，蛮好哟。张飞关照带马，马匹带过来。"徐先生，请上马。"徐庶一看，格只马是张飞格坐骑，"将军的坐骑，徐庶，怎——能坐啊？"俫格马，吾骑勿上。"啊呀"，张飞想，吾少带一只马。粗心哉。格么呐吭弄法呢，吾骑马，喊俫徐庶走，勿像格咯。格么索脚搭俫一道挽手同行吧。

两家头平排平走过来格辰光么，徐庶要问问张飞，自从吾搭唔笃分手之后么，新野县格情况如何？张飞么讲拨俫听：俫跑脱之后么，大哥到诸葛亮屋里向去三顾茅庐。吾么呐吭样子搭诸葛亮勿对。后首来，诸葛亮登台拜将么，吾闯辕门，寻着俫。火烧博望坡之后么，吾佩服俫了，拜俫先生。"喔——哈哈哈哈！"好极哉。后来么，喏，火烧新野，白河决水了，退到樊城。

张飞讲拨俫听么，呃，徐庶当然侪明白哉咯。等到唔笃到衙门口。刘皇叔里向得报哉。刘备带诸葛亮到外面来迎接。"啊！元直先生，别——来呃，无——恙？""明公不敢，徐庶有礼。"大家到里向大堂上，刘备坐定么，旁边座位摆好。徐庶也坐好，诸葛亮也坐好。要问问徐庶，分别之后格情形。徐庶摇摇头，叹口气，叫一言难尽。

自从吾搭俫分手之后，到皇城么，吾娘悬梁高挂。为啥呢，因为格封信是假的。曹操假冒吾娘格笔迹，写什梗一封信到新野县来。当时吾离开仔俫，回转去搭娘碰头么，娘恨得勿得了么，上吊自杀。因此吾呢，在曹操搭，有杀母之仇，不共戴天。格刘备说：蛮好咯，俫既然什梗么，到该搭点来么，俫就勿回转去，俫留在该搭点帮吾忙吧。勿能的，吾板要回转去。为啥呢，因为吾如果勿转去格说法啦，吾娘格坟墓要保勿牢。曹操要发掘吾老母坟墓。所以吾只能回转去。明公，倷放心好了。倷有卧龙先生帮忙，倷一定将来能成大事。尽管眼睛门前是很困难。

徐庶再问孔明："卧龙兄，曹操百万大军，兵进樊城，立即要填塞樊河，包围关厢。卧龙兄，你可知晓么？""明白。""为什么不三十六？"三十六计走为上计。倷啥体勿走呢？"来——不及。"刘皇叔要带两县难民跑么，顶顶起码要好几日天日脚。吾哪恁来得及跑呢？"卧龙兄，要多少日期方能脱身？""三天。""好好好，多则不能应允，如数斗胆。"徐庶俚拍一记胸脯：倷放心，吾回转去，拨当拨曹操上。叫俚三日天里向呢，勍来攻打樊城。倷在格三日天里向，倷赶快想办法，撤退。"承情，承情"，再好侪呒不。"请问卧龙兄，府上怎样？""早已安——置。"徐庶问俚啥格意思呢，倷屋里向呢，倷格家小，倷格家属，阿在卧龙岗了呢？诸葛亮说：老早跑脱哉。吾是吸取倷格教训，火烧博望坡之后，吾就写信回到屋里向去，关照吾家小搭老丈人，赶快离开卧龙岗。因为当初辰光倷徐庶用兵打败曹操之后，曹操马上拿唔笃格娘捉到许昌。吾要吸取倷格教训了，所以吾关照屋里向，离开卧龙岗了。"明白，明白。"有数目。"拜托，拜托。""在吾，在吾。"啥意思呢？诸葛亮晓得，徐庶格条计策格大体上情形啦，看上去，文章要做到吾屋里向去。格么拜托倷吧，吾屋里向还有两间破房子么，托倷搭吾去弄脱仔俚吧。徐庶说了吾身上，为倷弄得干干净净。

徐庶立起身来："明公，徐庶告——辞了。""啊呀！元直，既来之则安之，那有便——去之——礼？""明公，事不宜迟。卧龙兄要安——排撤退。"诸葛亮有事体了，吾么也有事体要回转，吾勿能够登在该搭点耽搁。徐庶跑么，刘皇叔送。诸葛亮关照旁边头。"三将军。""有！""送客。""好！徐先生！请哪！"张飞送俚跑。

刘备心里向转念头，吾应该要摆桌酒水，请俚吃一顿酒，好好叫叙谈叙谈，拨诸葛亮关照张飞送客哉么，好了，呒不办法哉，只好让俚跑。刘备就到衙门口，一恭而别。张飞呢，搭徐庶一道望准城关跟首过来。

吾再交代城外头格四个底下人，急煞了。俚笃又勿晓得徐庶进仔城，隔一歇就会得出来。心里向着急么，急，有啥急头呢。哭也呒啥哭头咯。要饿煞么，只好饿煞喽。听听看，阿有啥动静？只听见城里向：嘎冷嘎冷……车辆声音。仔细一听么，里向有人在讲张哟。"我的哥。""怎么说。""曹操的人马就要到这儿来了。""是啊。""军师安排火攻埋伏，要把他们的人马，烧得干干净净。""是的。""地雷在哪儿啊？""在这儿。""埋着呢。""是！""火炮呢？""火炮在那边。"

四个底下人听得清清爽爽。城里向车辆声音，运输物事。小兵在讲张，叫啥说诸葛亮该抢在樊城县呢，又要安排火攻。地雷呢，埋藏在城门洞口。等到吾伲人马一进城？蹩当，地雷、火炮起来么，吾伲点人马要烧得干干净净。嘿嘿！诸葛亮倒实头厉害。博望坡一蓬火，新野县一蓬火，樊城县倒又要来一蓬火。俚倒真格新官上任三把火。火烧起来仔是僵哉嗄，伲跟仔曹丞相一道来么，伲也要烧煞仔了完结。四个底下人急煞。

格么四个人听着格种闲话，回转去俏要讲格呀。格种消息传起来叫快啦。一人传十，十人传百，一户通八方么，曹操营头上，差勿多点俏晓得。该抢势里，诸葛亮呢，樊城城里向，又在安排火攻埋伏，又要烧哉。曹操一本正经派格个四个底下人，跟徐庶进城，到茶馆、酒店里去放谣言。结果四个底下人呢？谣么瞎放啊，带点谣言转去放放，弄得曹操营头上人心惶惶。曹操是做梦也吭不想到。

四个底下人正在呆瞪瞪格辰光呢，城门开了，嘎嗖嗖嗖……吊桥，嘎嘎嘎嘎——放下来。只看见徐庶在跑出来，背后头格黑面孔在追过来。徐庶急煞仔人出城门洞，带底下人走么，只看见格黑面孔追过来在关照："姓徐的，老张此番，饶——尔初次。下回你休要到来。下回你再到樊城，莫怪老——张，要尔的性——命呢！""是是是，下回再也不来，再也不来。"哈腾腾腾……徐庶逃过吊桥么，四个底下人要紧跟过吊桥。唔笃一过吊桥，吊桥扯起来，城门紧闭。张飞回转去么嘴里在笑，"咈喝喝喝喝喝"。啥体笑么？徐老爷关照吾闲话啦，吾俏做好哉。

为啥呢？刚巧徐庶跑过来，还瞎到城门洞格辰光，徐庶关照俚：三将军，吾要托俏一桩事体。呐吭？吾回转去见曹操复命啊，吾需要俏帮帮吾忙。帮啥格忙呢？就是出城格辰光，俏拿吾骂脱两声。俏要非常光火。那么吾回转去好拨曹操上当。说起来，吾是在樊城县，拨俚笃赶出来。"嗯"，张飞说：格难为情的，吾搭俏要好，吾呐吭骂俏呢？格个，骂勿出口。俏非骂不可，俏只算骂曹操好了。阿好，谢谢俏。骂一骂么，吾回转去就成功了。那么张飞枉当枉当拿俚骂：下趟俏勃来，下趟俏再来么，吾要俏格性命。

张飞回过去搭诸葛亮碰头。诸葛亮呢，已经在衙门里发令了，准备撤退难民。离开樊城县了，摆襄江到对岸去。格么诸葛亮方面格事体，吾慢一慢说。吾先交代徐庶，带领四个底下人过来。勿多一歇，到船只停泊格地方，下船。船回过来离开曹营近了，船停，徐庶拿出十两银子来，拨了船上人。船上人去，吾用勿着说得的。

徐庶带四个底下人上岸，进营么，四个底下人先去见曹操报告。说吾伲呢跟仔徐庶一道去，城瞎进的，就在城门洞口，后来还听着点啥格啥格啥格声音。喔！曹操升帐，文武官员齐集。只看见徐庶来，徐庶只面孔看得出，面色勿大好了。

"元直，往樊城解劝刘——备归降，行事如——何？""嗉呦丞相！我徐庶进了樊城，到了衙门，见了刘备，我就与刘备言讲。吾说曹丞相百万大军、千员战将，兵进了樊城，浑如泰山压卵之势。何不皇叔归顺丞相，既能够保全了皇叔，又能够使两县百姓免遭刀兵之苦。刘备哪里肯听。刘备不降还则罢了，旁侧黑脸张飞，宝剑出匣，他把我连连大骂。他说，你徐庶好生大胆，忘恩负义。归降了曹操之后，居然相助曹操前来谏劝大哥归降曹呃操。大哥愿降，我张飞不降。我要尔的性命。他要将我结果性命么，幸得诸葛亮从旁闪出讨情，刘皇叔喝住了张飞，饶恕于吾。然后，他们把我驱逐出城。徐庶此去，差一点被张飞所杀。""哦？嗤嗤嗤嗤……噗！"曹操喷生恁一气，关照徐庶：偯退下去。刘备勿投降，偯拨了张飞骂出来，推位一眼眼拨了张飞结果性命。蛮好呀，刘备勿投降，吾发令。吾马上搭浮桥，冲过樊河，包围樊城，结果俚性命。

曹操正要发令么。"回禀丞相。""噢？"哋？呐吭道理，徐庶还有闲话啦？"元——直怎样？""回禀丞相，刘备所以不愿归降丞相者，徐庶看来，他是依仗了诸葛亮的本领。"曹操想勿错啊。刘备勿投降，俚是戤诸葛亮格牌头。因为诸葛亮本事大，所以俚有恃无恐了，拒绝投降。"嗯？""徐庶有一计在此，可以使丞相唾手而得城关。"喔？偯还有条计策，用勿着打的。"有何高——见？""唔唔，唔，唔，诸葛亮的家就在襄阳城西二十里，隆——中。丞相只要派一大将，带领数百军卒，前往卧龙岗，拿捉诸葛亮家眷。然后命诸葛亮的妻子写书信，劝孔明归降。孔明不降，把他的家眷，杀戮于城关之下，诸葛亮方寸大乱，丞相攻关，一定成功。倘然诸葛亮愿降，刘备是失却一臂，刘备也不得不归降丞相。未知丞相，以——为如何？"

"嗳"，曹操觉着格个办法对格呀。格条计策么，当初徐庶呐吭会得来投降吾？吾就是拿徐庶格娘，捉到皇城来，骗着笔迹，写一封假信，骗徐庶到该搭点来投降吾。格么诸葛亮屋里向呢，离开此地近，就在隆中卧龙岗。吾曼得派人到卧龙岗去，拿诸葛亮笃家主婆捉得来。拿俚笃一家门捉到之后，叫俚笃家主婆写封信，劝诸葛亮投降。人非草木，诸葛亮看见家小、小囡一家老小，侪拨吾捉牢哉，俚也呒不办法，俚也只好来投降。那么诸葛亮一投降么，刘备像呒脚蟹肚肚么，俚也呒不办法再抵抗吾么，也投降。格比仔吾打城关、攻城夺池，拼性舍命，要牺牲大将、小兵，要好得多么。嗳——格办法，勿错勿错勿错勿错。"元直，言——之有理，请过旁——侧。"

勿晓得曹操啊！偯又上仔当哉。为啥？因为俚搭诸葛亮碰过头哉，俚晓得诸葛亮家眷勿在。俚要撺掇偯派人到卧龙岗去么，就是要耽搁偯格日脚哟。偯勿去打樊城么，好让刘备、诸葛亮逃走。曹操木梢扛进。因为徐庶闲话讲得蛮有道理。

曹操对旁边一看，派哪个大将去？这桩事体交关省力。但是功劳呢，大得不得了，要挑挑自家人。曹操对旁边一看么，夏侯惇在对曹操望。隐隐然，阿叔啊，派吾去，吾吃得诸葛亮苦头勿得了。两把火，烧得吾焦头烂额。嗳！吾拿俚笃家眷捉牢么，在俚笃家属身上出出气。曹操想，蛮好。夏侯惇也犯得格罪名，两次吃败仗，罪名勿小。挑挑俚，让俚立桩功劳吧。

曹操就拨一条令箭，派夏侯惇带三百军兵，兵进卧龙岗，擒捉诸葛亮家属。夏侯惇接令退下去。今天晚哉，来不及动身。到明朝转来，早上，夏侯惇带领三百名军兵，赶奔到卧龙岗么。叫啥黄承彦还在了哟。就在仓场上，搭几个老朋友在吃酒呀。

夏侯惇人马要冲过来么，俚笃望准里向逃进去。格夏侯惇想，几个老老头往里向逃进去么，稳捉牢俚笃咯。勿晓得冲上礓磜格辰光，上卧龙岗，有一层街沿，上面一个竹篱笆。噇！篱笆劈散开么，勿晓得下头地皮底下有埋伏。叫啥？叫地炉。啪啪啪啪——地炉发起来么，地炉箭头上侪有毒格。吃着哉呢，见血封喉。戤当！一百个小兵冲过去，掼下来么，八十六个人跌到哟。一看么，叫啥牵仔一牵，吭不声音哉哟？死脱哉呀。

夏侯惇一问，叫啥一交跟斗跌煞八十六个哟。啊呀，格是吾一塌刮子带三百个兵，吭不几交跟斗好跌嘎？啥该搭点格老鬼三什梗厉害？回转来报告曹操么，曹操光火。地炉，唔笃有地炉有啥道理。下趟去起来曼得试探一下，让格地炉先发出来就吭不事体了。

曹操就关照夏侯惇，二搜卧龙岗。结果又勚成功。三搜卧龙岗么，诸葛亮笃屋里向吭不人哉呀。夏侯惇放一把火么，拿诸葛亮笃格房子烧得干干净净。格么卧龙庄烧脱之后，直要到将来，诸葛亮进川，刘阿斗做仔皇帝哉，那么派人到该搭点来，重建卧龙庄，再修复。格么格个是以后格事体，吾勿去交代俚。

夏侯惇回转来见曹操复命，一事无成呀。净光烧脱诸葛亮笃一支房子。曹操那么心里向明白，对徐庶看看，徐庶啊，吾上仔俚格当，又扛俚格木梢。俚关照吾到卧龙岗去，结果搞七捻三，三日功夫白忒脱。夏侯惇去，劳而无功，损兵折将。曹操对徐庶看看，俚当心，嘿嘿！下趟要么勚扳牢错头，扳牢错头么，吾拿俚颗郎头拿下来。徐庶勿响。徐庶心里向转念头，曹操啊，该两个别样本事吭不，保吃饭家什本事还有。下转要么勚有机会，有机会啊，仍旧要拨俚上当。嗳！要俏得俚家人家赤脚地皮光，那么吾搭俚算数。

曹操命令下来，派张郃、高览、毛玠、于禁，带领三万军兵，填塞樊河，建立浮桥。到明早转来，浮桥完成么，曹操亲自统带六十五万大军，渡过樊河，浩浩荡荡，直向樊城进发。

曹操人马来，吾拿俚丑一丑。吾先交代樊城县城里向诸葛亮。

诸葛亮等到徐庶一走，张飞回转来交令么，诸葛亮马上就布置。诸葛亮，第一条令箭，就派关云长带领三千军兵渡过襄江，江边立营。为啥要派关公去呢？因为诸葛亮估计到，襄阳方面，蔡瑁会得派人马到该搭点来，封锁襄江，勿拨伲逃走。果然，拨诸葛亮料着。因为曹操一到新野县，就发信到襄阳去。通知襄阳蔡瑁，俚一定要封锁襄江，勿拨刘备逃走。如果说，唔笃能够拿刘备捉牢格说法么，千金重赏，官封万户侯。

蔡瑁、张允接着信之后么，马上就派蔡中、蔡和带领三万人马来封锁襄江。等到唔笃人马来么，关公已经先过江了哟。关公骑了赤兔马，提了青龙刀，带了关平、周仓冲上来格辰光，蔡中、蔡和一吓呀。蔡中、蔡和心里向转念头，伲打得过红面孔嘎？豪燥识相点逃吧。哗——三万人马就回转襄阳。关公呢，等于先到襄江对岸，建立好一座桥头堡。营头设立停当么，让背后头格难民，替仔刘皇叔格手下文武官员，家属等班，侪可以到襄江归岸啦，设立营头去。

关公一走，诸葛亮再是一条令箭，派孙乾。倷呢，搭吾准备船只，拿此地樊城县所有格船只呢，全部侪停泊在襄江边上，准备让大家摆江派用场。

诸葛亮又是一条令箭，派简雍，带五百个兵，倷搭吾城里向张贴告示，晓谕老百姓。曹操人马就要来哉，刘皇叔决定放弃樊城，退居江陵。假使唔笃愿意去的，跟刘皇叔一道过江，格么限定三日天里向板要走的。倘然三日天勿走呢，吾伲就哎不办法准备船只了，让唔笃摆渡。假使说，唔笃老百姓另有出路，樊城乡下有亲眷，有朋友，可以自谋出路的，唔笃自家去投亲访友。或者唔笃要留在樊城县的，也可以。不过吾伲呢，要跑了。

格恁样子一来么，告示一贴啦，新野县格老百姓大家要走。因为俚笃想，吾伲从新野县跟仔刘皇叔到樊城县来，刘皇叔搭吾伲在樊城县安排得妥妥贴贴。现在刘皇叔要跑了，伲到啥场化去？新野县一片焦土，回不得家乡。刘皇叔爱民如子啊，照顾伲老百姓么，跟刘皇叔一道么，勿错的。所以新野县百姓要走。樊城县老百姓呢，也有格预备到乡下去避难，也有呢，跟仔刘皇叔一道跑。格么老百姓格三日天里向，城里向格市面交关乱噢。大家准备走，新野县百姓比较简单了。因为俚笃逃过一次难，到该搭点来哉么，那物事比较便当了。收拾收拾就可以走了。樊城县老百姓，格还要大家商量起来呐吭走法了。呃，准备行李等班。

诸葛亮再是一条令箭，派糜竺、糜芳，派毛仁、苟璋、刘辟、龚都，叫俚笃呢，带领三千名军兵，保护甘夫人、糜夫人、刘阿斗，各官长家属，还有呢，办公物事啊，先行送过襄江。

赵子龙呢，亦然在襄江城外头伺候了，带人马，跟仔过江去。

阿末一条令箭呢，派张飞，保护刘皇叔。张飞答应。刘备阿末一个走。

第一日，新野县百姓过脱十分之三、四，樊城县百姓，不过过脱十分之一。到第二日天，新野县老百姓十分之七、八侪跑脱了，樊城县百姓不过跑脱十分之三。那么诸葛亮派人再关照俚笃，要走么只有第三日天噢，再勿走，到第四日天，吾伲跑脱之后，曹操人马杀到，吾伲就勿供应船只了，勿能够让唔笃一道摆渡哉。第三日天么顶顶拥挤啦，难民大家侪要去摆渡。船少人多，要排仔队，挨仔次序了下船，一船一船过去。空船再过来，再装该面格人过去。

到今朝第四日天早上，也就是曹操垫平樊河，带人马离开新野县，杀奔到樊城县来格一日天上。刘备、诸葛亮、张飞带领手下随从人等出城。离开樊城格时候么，刘备心里向蛮难过。为啥？格座樊城县，还是旧年徐庶来格辰光帮吾拿城关得下来。想勿到一年，一年功夫么，樊城县吾就甩脱了。哎不办法。

刘备到江边来一看么哈呀！刘备一吓呀！啥道理么？江边还有总什梗一万多老百姓哎不过去。船呢，一船一船在装过去，大哭小喊。有种老百姓是昨日夜头出城，到今朝早上还觋排队，还齐挨着下船。那么刘皇叔来呢，格当然刘备有专门格船，来接俚的。赵子龙带领文武官员到该搭点来接刘皇叔。刘备下马，张飞下马，诸葛亮出车子。俚笃上船。马匹、车辆另外有船装载。唔笃开船去格辰光，刘备心里向蛮沉重。晓得该格辰光，曹操人马恐怕要来了。那呐吭弄法？老百姓还有嘎许多，还齐摆江了。

刚巧刘备开船，还齐到江心，格面来了，哈啦啦啦——到一匹马，一个探子，哈——从樊河方面探听消息，穿城关过，要来报告刘皇叔么。因为刘皇叔已经出城了，俚跑到此地江边一看，江边简雍，还有五百个小兵在该搭点维持次序。俚，酷——扣住马匹。啪！马背上跳下来，问旁边头过江格小兵："兄弟。""怎么样？""皇爷呢？""皇爷走了。""走了多少时候？""刚走啊。""好，还好。"勿要紧，刘备下船，刘备跑脱了。勿要紧。"暖，我的哥，干什么？""不好了。""怎么样？""曹操的人马，他们冲过樊河，向樊城而来。军情很紧急呀。""喔！暖，暖暖，老哥，你看，这儿，这儿的许多老百姓还来得及走吗？""恐怕是来不及了。"

勿晓得小兵啊！唔笃讲闲话轻点酿，唔笃勿能什梗枉当枉当格呀。叫啥说，江边还有一万多老百姓，要摆渡过江，来勿及哉。曹操追兵要到了。旁边头格百姓听见仔阿要吓啦，"呃，刘皇叔唉，勿好哉！倷么摆江到对岸去，曹操人马在后头追过来，俚来勿及过江，俚该搭点点人，侪要死了曹兵手里向，皇爷啊……"哭声震动。一万多个人，男男女女老老小小侪在江边，一片哭声，格个声音听了几化惨了。

简雍带五百个小兵在维持次序，关照老百姓覅哭，呐吭劝得住？该面吓不过江格老百姓在哭。摆渡在船上格人听见仔，也在哭。已经摆过江了，在对江格人听见消息，也在哭。已经过江格人为啥道理要哭呢？因为有种人家啦，下船，俚是一半一跑的。爷、娘，过去哉，小囝还留了该搭，来勿及么，只好分两船过去咯。否则么，格个讨惹厌，齐巧挨着格搭家人家，一拦两。格么爷娘在对岸心里阿要急格啦？俚么倒过来哉，子女还在对岸。曹兵追到，俚笃性命要保勿牢。早晓得什梗么，情愿让俚子、囡唔先摆江，俚老格留在归面。格么俚老格死脱么，小格可以保存下来哉。所以过江格老百姓也在哭么。两岸哭声震动。

刘备在船舱里向听见么，呆脱哉哟。刘备跑出来走到船头上一看，声音传得蛮清楚，曹操人马追过来。曹兵将到，百姓遭难。刘备心里向转念头，怪来怪去侪要怪吾勿好。是吾刘备一个人害仔嘎许多百姓。哈！刘备叫啥放声大哭。诸葛亮要紧劝刘备，回到舱里向么："主公，休——得伤悲。""卧龙先生，想这两县百姓，为吾一人，要死——于非——命。我，于——心——何忍哪？啊，啊，啊！"吾呐吭对得住点老百姓。刘备说：罢哉，曹操人马追过来，并勿是要追百姓，是要追吾。要救格点老百姓呢，只有一个办法。啥格办法呢，让吾死。吾死脱之后，唔笃拿吾颗郎头割下来，送到曹操搭去。曹操看见仔吾刘备格头，俚呢，可以原谅格点老百姓了，可以勿杀格点老百姓。有的，嘎许多人要哭，嘎许多人要死么？还是让吾一个人死吧。所谓叫一路哭，何如一家哭啦。

刘备在讲格个闲话辰光么，文武官员听见仔俦蛮伤心。刘备叫啥手搭到剑柄上，要拔宝剑么，诸葛亮要紧拿俚按住："主公，且慢。曹兵到来，主公又何用惊——慌？待亮发令退敌，保护百姓过——江。"俚用勿着死格嗜。何必呢。俚担心的，老百姓来勿及过江，曹兵要追到，格吾马上派人马过去，挡住曹兵，掩护老百姓过江。"全——仗军——师。"托俚吧。

格么刘备什梗一哭，文武官员，俦晓得，隔壁船上老百姓也晓得。老百姓俦蛮感动的。所以《三国志》上有首诗称赞刘备。说刘备是：

临难仁心存百姓，登舟挥泪动三军。

至今凭吊襄江口，父老犹然忆使君。

刘备待老百姓好，大家俦晓得。诸葛亮，拔令在手，对两旁边一看。"三将军，听——令。""有！"张飞立起来，张飞心里也蛮沉重。张飞肚皮里向转念头，诸葛亮发令，看上去要派吾过去阻挡曹兵。"令箭一支，将军立即离舟登陆。到江边，挑选五十军卒，进樊城，阻——挡曹——兵。"嚯——诶！张飞一听呆脱了，啥物事啊？对诸葛亮看看，俚在搭吾溜溜么好哉嗜。叫吾上岸，带几化兵？带五十的。带五十个小兵，到樊城县去阻挡曹兵百万。五十个人挡一百万，一个人要挡两万。也瞀打哉？俚笃大家吐口馋唾么，沉煞仔了完结。

张飞格条令箭接勿落。"先生，张飞——无能。先生，另——遣别将呃！"叫啥张飞打回票哟，勿答应。那么诸葛亮发令箭，拿锦囊呐吭交拨俚么，张翼德立即要离舟登陆，要张翼德独挡樊城，下回继续。

第四十一回

战樊城

曹操追兵将到，军情紧急。诸葛亮就关照张飞，俫替吾马上上岸去，点五十个小兵，到樊城阻挡曹军，保护老百姓安全过江。张飞一听呆脱哉呀，对仔格诸葛亮双手乱摇："先生，张——飞无能。请先生，另——遣别——将呃！"

诸葛亮对俚笑笑："将军，何——必胆怯。愚师有锦囊在——此。"诸葛亮说到格搭么，身边挖一封锦囊出来。

张飞看见诸葛亮拿出锦囊来么，那么笃定。勿碍勿碍勿碍，吾勿碍。军师有计策拨了吾的。因为火烧博望、火烧新野，两场火攻，破曹兵二十万，全靠诸葛亮格锦囊妙计。老实说，吾张飞格武功，再加上诸葛亮格锦囊，格是可以说天下无敌。

张飞笃定，"得令——呃！"俫上来接令么。诸葛亮关照，"将军"，格封锦囊，俫拿得去，俫现在勿能够看，上岸俫也慢慢叫看。俫一定要，进仔城，到仔衙门里向，曹兵杀到了，那么俫再可以拿出来看。早看，呒不用场的。晚看呢，错过时机了。板要到格个辰光，那么俫再可以看。张飞心里向转念头，格封锦囊特别的，规定好时间、地点，一定要到啥地方、啥辰光，那么再可以拆开来看。好，锦囊一接，身边袋一袋好。张飞马上下命令，关照拿船只回转去。

那么船只掉头，回过来，回到襄江边上，张飞上岸。张飞格匹坐骑登云驹，张飞格柄武器丈八矛，还有张飞手下十八个家将、十八匹马，统统俫带到岸上。那么张飞过来关照简雍，俫搭吾传令，晓谕老百姓。叫老百姓勿要哭了，唔笃用勿着惊慌。因为诸葛军师派吾张飞，到樊城去阻挡曹兵，保护唔笃老百姓定定心心过江。

那么简雍派人敲锣、传谕，关照老百姓：大家人心定一定下来，三将军张飞去阻挡曹兵。那么老百姓哭格声音慢慢叫、慢慢叫停下来了。维持秩序。简雍呢，押俚笃一船一船一船开过去，空船过来么，再让其他格老百姓按次序下船。然后张飞再问简雍点五十个小兵，简雍问俚做啥？说：吾要带五十个小兵到城里向去阻挡曹兵。

简雍呆脱。简雍心里向转念头，对张飞望望，张飞啊张飞，俫格人呒不脑子的，带五十个小兵，呐吭能够阻挡曹兵百万？不可能够格咯。噢，简雍再一想么，张飞什梗样子笃定，看上去苗头，一定是诸葛亮有计策拨俚了。否则俚呒不什梗定心格呀。五十个小兵点好，队伍排齐，格么张飞要先关照清爽："众三军。""哗！""你们五十个人，跟随老张进樊城，前去杀退曹兵百——万呃！""哗……"

五十个小兵一吓哟。倷对吾看，吾对倷望。啥物事啊？阿是倷带俚五十人，去杀退曹兵一百万。五十个，一百万？一个人要打两万。勿说曹兵手里向有家什，哪怕曹兵武器侪放脱，头颈伸长等俚去杀，一个人要杀两万格人，嚓——嚓——一刀一刀劈，劈也劈勿动。刀也额口了，臂膊要酸。格呐吭来赛呢，倷、倷在寻开心嚰，大家顿然面孔紧张，神色仓皇，侪呆脱哉哟。

张飞，"吙喝喝喝喝喝喝喝。众三军啊，呃——你们放心啊。老张现在今非昔比，粗中有细"，乒！一只手往肚皮上一拍，"腹中自有妙——计呃！"吾肚皮里向有计策了，五十个小兵看到张飞面孔上格种表情么，心里向有数。看上去苗头，诸葛亮有锦囊拨俚了。张飞到底也勿是戆大哟，带五十个人，勿能够够抵挡一百万曹兵，俚格点俚总也懂的。既然张飞什梗笃定么，格俚也何必惊慌？老实讲一声，大将格性命总要比俚值铜钿点了。好！那么小兵稍微定心。

张飞关照带马，马带过来。张飞摆鞍鞒，掂踏蹬，豁上马背。丈八矛，噗——手里向执一执好。关照五十个小兵领前，张飞在后头，十八个家将也跟了后头，嚯咯咯咯——忐磕酷嗑、忐磕酷磕——进樊城。格辰光城里向，呒不人。老百姓统统逃光哉，一座空城。街上一个人也呒不看见。嘿！奇怪了，算算今朝日清日白，叫啥五十个小兵进城，看到街上，一个人也呒不，心里向会得吓的。为啥？该格是一种逃难前夜格景象。逃过难格人有体会的，城里向呒不人看见。街上，寂静，吓老老。因为倷夜头走路，马路上呒不人，勿会吓的。晓得辰光夜深哉，大家侪困觉了，勿稀奇。倷日清日白，大街上，一个人也勿看见，另有一功。一种沦陷前格景象。大家心里向侪虚呀呀。

到衙门口，酷——张飞扣马，十八个家将也下马。十九只马，衙门口结好。张飞丈八矛一执，带领家将、小兵，往里向进来。到大堂天井，张飞上大堂，到暖阁。张飞拿条丈八矛，望准暖阁背后头一戳，望准当中座殿上，喤！坐定么，嘴里向在咕："吙哈哈哈，有——呃趣。"

啥格上有趣么。张飞想，该只位子，平常辰光，刘备坐的。刘备勿坐呢，诸葛亮坐。刘备、诸葛亮侪出去仔么，关公坐的。吾总归挨勿着坐。今朝么，嘿嘿！小鸡当中做凤凰。吾张飞居然，也坐为俚当中格只位子。有趣。张飞坐定。一看么，十八个家将、五十个小兵，侪在天井里向，勿上堂。啥体勿上堂呢，因为小兵呒不资格，到大堂上来，只好天井里立立。张飞想唔笃么立在天井里，大堂上么一个人也呒不，吾么坐在暖阁里，距离忒远哉咯，勿闹猛。

张飞去招呼俚笃："呃——众三军啊，你们上来。来来来来来来来，到大堂，都来参见老张。"摆摆架子。十八个家将，五十个小兵统统，嚯咯咯咯——上大堂。"三将军，三将军，三爷，见三将军哪！""呃！罢了罢了，两厢站立。"嚯咯咯咯——两旁边立好。嘿嘿！张飞自得其乐，心里向转念头，吾升堂比刘备风头来得健。大哥升堂么，文官四五个，武将么八九个，大堂上阴落落，吭不啥人格啦。傝看吾今朝升堂，几化闹猛。两旁边立满，五十个小兵，再加十八个家将，有六十八个人，比大哥要好几倍了。

"呋，喝喝喝喝。"不过张飞想，坐定之后么，应该里向有人出来送茶格咯。呐吭吭不人出来送茶呢？啊呀，衙门里向傝逃光哉呀。一座空城。衙门里吭不人么，有啥人出来送茶呢？张飞心里向转念头，吾坐在当中办公事，办点啥呢？吾来格目的，杀退曹兵，掩护老百姓过江。格么吾现在勿晓得曹操人马，究竟到啥地方哉咯？刚巧听着消息，说曹操人马离开新野县，冲过樊河，向樊城进发。勿晓得俚笃距离城关有几化路？让吾来派格探子去探探看。傝正要想派探子去探，用勿着了，外头探子来哉。

哈啦啦啦——一匹马，从北门外头进城，要穿城而过。啥人呢，阿末一个探子。格个探子呢，是在樊城北门外头，离开曹兵顶近格探子。格个人跑脱之后么，北门外头探子也吭不了。该格消息也可以说是最后格消息哉。

探子一匹马，哈——进北门，预备穿城过，出南门到江边，摆江去报告诸葛亮，曹兵人马来哉啦。叫啥路过衙门口，探子一看么。"嗳！"酷——马扣住。啥体要扣马么，俚看见张飞格坐骑，结好在衙门口。哋？今朝张飞保护刘备。张飞在衙门么，看上去刘皇叔还勚走了？啊呀！探子心里向转念头，曹操人马已经冲过樊河，杀奔到樊城来，离开城关近了，呐吭皇叔还勚走呢。豪燥让吾进去禀报吧。俚要紧马背上跳下来，马衙门口结结好，喝腾腾腾——奔进来。

奔到大堂天井里向，对上面一看么，"嗳？"奇怪，只看见暖阁里向坐的，既勿是诸葛亮，也勿是刘备，叫啥坐格黑面孔张飞。嗨，格张飞呐吭会坐到该搭点来？奇怪哉。傝呆瞪瞪立定么，张飞看见了。外头奔进来格探子？嗳！对呀！升仔堂么，板要办公事。办公事么总要有啥消息。吾用勿着派探子去么，探子来了。

只看见格探子，到天井里向立定，勿上来，呆瞪瞪。哋？做啥？看吾勿起啊？"哎，你跑上来啊，来禀——报，老张。"来来来，傝在喊俚上来么，探子心里向明白。看上去苗头，张飞是留守樊城，阻挡曹兵。格么吾先去报告俚吧。"报——禀三将军，大事不好，曹操的人马，他们冲过樊河，向樊城进发。离关厢不过三里之遥，军情紧急，请将军定夺。""明白了，过江去，禀——报军师。""是。"探子退下去，到外头，豁上马背，哈啦！出南门到江边，摆江到对岸去，禀报军师。吾勿必交代。

张飞听到说曹兵离开城关不过三里之遥，军情紧急。张飞对两旁边一看么，只看见十八个家将、五十个小兵，面孔俬在转色。鼻头旁边格肉，俬僵哈哈哉。傝对吾看，吾对傝望。面面相觑，曹兵来哉嘎。离开城关近了嘎，军情紧急。哪呐吭弄法呢？唔笃俬在紧张格辰光么，张飞笃定。"呋喝喝喝喝喝。众三军啊，你们放心，老——张自有妙——计。"计策来哉。格只手伸到袋袋里向，"呋！"锦囊摸出来。五十个小兵搭十八个家将心定了。"嚄！"勿碍，勿碍，勿碍。啥体么？有军师格锦囊。诸葛亮格锦囊是威信蛮高的，小兵大家侪晓得锦囊妙计格作用，二十万曹军就是在格锦囊妙计里向全军覆没。怪勿道张飞笃定，原来有军师格锦囊了。看张飞拆锦囊。

张飞心里向转念头，诸葛亮拨吾格封锦囊啦，特别的。板要到仔衙门里向，曹兵杀到，那么可以拆开来看。现在么嗻，就是看锦囊格辰光到哉。张飞拿锦囊，嗒！舔一舔开，格只手伸到锦囊壳子里向，去拿信笺摸出来看看，啥格计策了？只手伸进去一摸，叭嗒！她？叭嗒！她？摸两个空。勧摸着呀？呐吭道理啊？呼、呼，锦囊壳子吹一吹大，颠倒颠望准手心里拍。笃笃笃，笃笃笃——喔，大概格锦囊在下头了。俚拍出来。笃笃笃！她？拍仔两拍，里向吭啥物事倒出来。喔，得牢哉，得牢哉。大概得锦囊格辰光，勿当心么，拿格信笺一道得牢了下头了。呼——呼——拿格锦囊壳子吹一吹大。张飞一只眼睛闭拢，一只眼睛张开，望准锦囊壳子里向张进去看格辰光，张飞叫啥格个一急么，急得俚魂灵性出窍。

叫啥格锦囊里向，吭啥啥了，勿有啥。一封空锦囊。格个是出乎张飞意料。张飞发急嘎，吼叫连连。"乍——乍！哇呀，哇呀呀呀……"俚在极叫格辰光么，旁边头五十个小兵，"啊哈哈哈喝喝喝喝"，那么要死哉。诸葛亮拨一封空锦囊拨俚，吭不计策了。张飞在极叫哉嚛？呃，曹兵人马，马上就要杀到，那么呐吭弄法呢？"啊喝喝，这，啊喝喝……"看上去性命侪要保勿牢。

张飞心里向转念头，呐吭道理呀？啊！诸葛亮，俉还是，忘记脱拿格计策摆在锦囊里向呢，俉是存心勿摆了，弄僵吾呢？

诸葛亮阿是忘记脱呢？勿是的。诸葛亮做事体，几化细心得了，呐吭会得锦囊里向勿摆计策格呢。诸葛亮存心勿摆，拨一封空锦囊拨了张飞。格么诸葛亮啥格路道呢，诸葛亮么搭张飞勿对？因为张飞么从前得罪格诸葛亮了，打击报复？拨点苦头拨俚吃吃，阴损张飞？格勿是诸葛亮格种人。诸葛亮呐吭会得什梗做呢，格么诸葛亮为啥道理勿摆计策在锦囊里向呢？有道理。

因为张飞自从拜仔诸葛亮先生之后，竖上来，学本事蛮用功，蛮专心。后首来呢，学到难哉，学得难么，张飞有点缩缩势势。难哉么，俚要想跳过去了，避过去。格诸葛亮想格个勿来赛的。啥学本事好什梗样子怕艰苦？而且呢，诸葛亮派张飞去办啥事体么，张飞总归说一声"锦囊拿来"，要拨吾计策。诸葛亮心里向转念头，俉办啥事体，板要伸手问吾讨锦囊，格么老实讲一声，将来吾伲格人马，实力要扩充。俉张飞格种大将，以后要独当一面。俉勿会永远登在吾手脚旁边。俉独当一面格辰光，独立作战，要俉自家动脑筋想计策。俉勿能够依赖吾格咯。诸葛亮想，一定要逼牢绞仔张飞，自家想条把计策出来。格么想计策格正经啦，一次能够想出来，下趟就有办法。格个名堂叫啥？格叫一法通万法通。也叫头难头难，头上难点啦。格个一关突破了么，下趟就有办法了。那么诸葛亮封空锦囊么，摆在身边长远哉，一径吭不机会拨了张飞。今朝么机会来哉，拿封空锦囊拨俚。诸葛亮格意思呢，就是逼牢绞仔张飞，自家动脑筋想格计策出来，阻挡曹兵。

格么老听客要问哉咯，诸葛亮拆烂污哉啊？张飞格正经，基础差咯。俚碰着曹兵人马马上要杀过来，想勿出计策么呐吭办呢？万一张飞倒战死沙场，牺牲在樊城城外头哉，倷诸葛亮呐吭对得住张飞？倷呐吭对得住刘备了关云长呢俚笃桃园弟兄？倷岂勿是变仔阴损张飞哉咯？诸葛亮格人，平生谨慎，勿会冒险。诸葛亮另外派赵子龙，带三千兵，拨一封锦囊拨赵子龙，关照俚伏在樊城城外头，密切注视张飞格动静。假使张飞有计策，能够杀退曹兵的，倷勠出来。张飞哄不办法了，弄僵哉，那么倷照吾锦囊妙计办事。倷冲上去，接应张飞了，挡一挡曹兵。不过诸葛亮关照赵子龙，倷埋伏在城外头格桩事体，绝对秘密。千定千定勿能够拨了张飞晓得。如果张飞晓得城外头有赵子龙带人马守好，有诸葛亮格锦囊妙计么，张飞今朝条计策想勿出的。为啥？人有惰性的。俚晓得横竖笃定，哄不计策勿要紧的。有赵子龙了，吾勿想了，勿高兴想了，俚就勿会想哉。勿拨俚晓得呢，格个名堂叫啥？叫背水一战。非要倷动脑筋想计策出来不可。该格名堂叫啥？诸葛亮是在逼张飞，逼牢绞仔俚想办法。那么用现在格闲话讲起来么？诸葛亮在培养张飞。要培养俚克服依赖思想了，能够发挥自力更生格作用。

格张飞又勿晓得。张飞心里向转念头，那么想出来呢。嗳，怪勿道，诸葛亮刚巧指指吾格肚皮，对吾讲：倷近来是今非昔比，粗中有细，腹中自有妙计。俚为啥道理要讲该格闲话呢？蛮清爽，就是说诸葛亮该趟哄不计策了，要吾张飞自家想办法，肚皮里向想条计策出来。张飞心里向转念头：先生啊，倷哄不计策么，倷早点搭吾讲讲穿酿：张飞该抢抱歉哉，吾先生么已经计穷了，吾想勿出计策了，倷自家动脑筋吧。格么喏，吾上岸动脑筋，一埭路想到现在么，作兴拨吾想仔条计策出来也讲了。倷还要安吾格心，拨一封锦囊拨吾，关照吾么勠看。啊！勿能够早看，勿能够晚看，要到仔衙门里，曹兵杀到，那么倷好拆开来看。那么吾笃定哉，横竖有锦囊了么，吾用勿着动脑筋。上岸之后，神之乎之，勿晓得在想点啥格名堂么，龂动过脑筋呀？现在倷临时要喊吾想计策，吾呐吭想得出？

格么张飞蛮好逃走咯？该格是诸葛亮拆烂污，倷拿空锦囊往身边一园，枪一执，带领小兵，哈啦！退出城关，马上摆渡，逃到对岸去。老百姓来不及过江么？侪勿归倷啥体。事体是诸葛亮拆格烂污，用勿着倷负责得的。张飞勿会。张飞心里向转念头，吾既然接到令箭，来到樊城么，吾就是要阻挡曹兵。要埭晏一歇辰光，要让老百姓安全过江。因为江边还有一万多人了。俚笃格希望，侪寄托了吾身上。照吾格牌头，争取时间了，能够过江去。张飞心里向转念头，吾哪怕死，吾要死了樊城。吾决计勿能够圈转马来逃走了过江去。格点张飞硬的。

那么俚想，诸葛亮既然对吾肚皮指指，说吾腹中自有妙计么，吾想诸葛亮格肚皮一眼眼，计策一条一条来得格多。阿是吾张飞格肚皮什梗大了，会得呒不计策嘎？吾倒也勿相信。动脑筋，自己来想计策。张飞对旁边头一看么，只看见格个五十个小兵，十八个家将面孔夹蘸死白，眼仙人发定，魂灵性侪要出窍快了。

张飞想唔笃什梗种急煞之人，吾也拨唔笃带急的。先来安慰安慰俚笃。"啊嗬，众三军啊！你们勿要慌啊。呃！老张，自有妙——计啊。"格两小兵心里向转念头，傝张飞想出格计策是：床底下放鹞子——大高而不妙了。见数煞格喽。"呃，哼哼哼，是是是。"喊伲勃慌，傝自家面孔急得什梗种腔调，极叫连连，呐吭叫伲勃慌呢？

张飞想动脑筋，无论如何要想一条计策出来。"这，咋、咋、咋，唔唔唔唔……"张飞捋仔两根阿胡子，眼乌珠，笃咯咯咯……在转。一个人啦，真正摆到紧急格辰光，也会有办法可以想出来。格个名堂叫啥？叫急中生智，也叫情急智生。张飞拨俚想条计策出来。"众三军啊，有——了！"哦哟，来哉来哉。"三将军，什、什、什么计啊？"张飞关照俚笃，说：唔笃格点小兵、包括家将，侪到老百姓民房里向去。拿俚笃留在格稻草侪搬出来，搬到北门城脚底下，分成功十堆，拿俚火点烊。点烊之后呢，上头薄溜溜格柴，再铺一皮上去。只要让俚冒烟，勿要让俚起火。火要烊快哉，再铺一皮柴上去，烟雾腾腾。那么再关照十八个家将，唔笃骑仔马到城头上，哈——城头上兜圈子。那么五十个小兵呢，两个小兵看一堆稻柴，两个小兵看一堆稻柴，二十名看好十堆稻柴。再派十个小兵么，川流不息，到老百姓屋里向去，拿柴搬出来，做接替。还有二十个小兵呢，奔出北门，十个小兵沿城脚，望准东门走，当当当当……到东门进城，回到北门，出北门，往西门走。当当当当……那么另外还有十个小兵呢，出北门往西门跑，当当当当……到西门进城回过来，回到北门，往东门出城。出仔城呢，往东门去。东门，西门，进城，出城，出城，进城，有奔，呒奔，譬如，勿奔。川流不息，用什梗条计策，吓退曹兵。

格么两个小兵听仔，格条算啥格计呢？"三将军，你这条计，叫什么计啊？""呃，这个！"计策么想仔出来了，计策叫啥格名字，还勿想出来。张飞第一趟用计。"老张这个一条计啊，叫——叫吓——曹操！"叫吓曹操。勿知呐吭拨俚想出来。三十六条计策当中呒不一条吓曹操格计策。

其实张飞格条计策呢，有名堂。叫啥？叫疑兵计。疑兵，放烟，吓退曹兵。格么张飞呐吭会得想出什梗一条计策来呢？有根据格啊。因为诸葛亮一径搭俚讲，自从张飞拜仔诸葛亮先生之后，请教先生用计格诀窍。诸葛亮关照俚，用计啦，呒不一定，勿能够赛过死板板的，呒不啥刻板文章的，要灵机应变。首先要看敌人，是啥人？那么再考虑吾伲自家格兵力哪惹？格个名堂叫啥？叫知己知彼，百战百胜。那么现在晓得敌人是啥人呢，吾格敌人是曹操。曹操有啥特点呢，诸葛亮搭俚介绍过，曹操格用兵是交关好，熟读兵法，深通韬略，用兵如神。但是呢，曹操有格缺点。啥格缺点么，疑心病特别重，平生多疑，俚疑心病重。搭曹操打仗俬如果用疑兵之计啦？喏，正好赛过对症下药。那么俚再考虑到自家，火烧博望，火烧新野，卧龙先生两蓬火，烧脱曹兵二十万。诸葛亮格火攻有威信，曹操人马看见仔俬吓的。吾该搭点布置火攻，吾也吭不格条件。嗳，吾可以虚张声势咯。弄点稻草在墙脚底下漫漫，让俚起点烟，烟雾腾腾，吓退曹兵。所以张飞到底受诸葛亮格熏陶，诸葛亮教俚格种用兵格办法，到在急格辰光么，张飞拨俚想出来格个办法来。

五十个小兵，十八个家将照张飞格吩咐去安排。张飞自家呢，拿封空锦囊拿起来，天一天，身边园一园好。啥体？杀退曹兵之后回转去，吾要寻着诸葛亮。吾要搭诸葛亮板面孔，有俬格种拆烂污先生。啊？图死日图到吾门上来。吭不计策么，俬老实搭吾讲好了。啥体要安吾格心了，拨一封空锦囊拨了吾呢。啊？幸亏得吾张飞了，还有办法，能够杀退曹兵。俬如果换仔第二、三个，叫俚笃呐吭弄法？俬诸葛亮严重失职。俬吭不资格做吾先生。帖子还吾，俬拜吾先生了。嘿嘿！勿知呐吭拨张飞想出来的。要想回转去，搭诸葛亮去讲闲话去。空锦囊身边园一园好，然后拿格只虎案得起来，嗅当！旁边一撩。扎！丈八矛一执，喝冷磕磕……出衙门。

张飞豁上马背，哈啦！马过来，到北门，在北门城门洞里向张飞看。

十八个家将呢，稻柴搬仔过来之后。俚笃就上马，上城关。到城头上兜圈子，哈——十八匹马在城头上，川流不息，兜。该搭点呢稻草十堆已经摆好。离开二丈路摆一堆，离开三丈路摆一堆，沿城脚空地上弄好。再拿火侧烊，拱拱拱拱——烧起来，上面薄溜溜格柴铺一皮上去。等俚冒烟，等到要冒穿了，再薄溜溜格柴铺一皮上去。假使要阴脱哉，再挑一挑让俚再弄得烊一点。一堆一堆格个烟冒起来蛮结棍的。二十名军兵看好十堆柴，还有十个小兵么，专门去搬柴来接济。再有二十名小兵呢，哈啦！奔出北门，十个望东门，十个望西门，哒哒哒哒——去奔去。张飞么在该搭点准备，曹兵人马也来了。

曹兵开路格队伍，嚯咯咯咯……离开樊城近了。门前头，有三百匹马队探马，先头部队在侦察格啦。离开城关很近了，吊桥、城门有点看得清爽，着生头里看见城里向烟，哈啊啊啊……冒起来。格烟结棍，十堆的了。外加城墙围了格烟在透上来么，直冲天空。浓烟滚滚。曹兵一看一吓哟。酷——马扣住，豪燥退下来吧。哈——门前头格探马，哈啦！倒退。啥了要退呢，看见仔烟，心里向慌。

因为诸葛亮，曾经派人在樊城城门洞口放过谣言。上一回，曹操派徐庶到樊城去劝刘备投降辰光，派四个家将跟仔过来，在城门洞口听见声音。城里向，嘎朗嘎朗……车辆声音。还听见俚笃在讲张，说诸葛亮该抢么，又布置埋伏火攻，埋装地雷、火炮。曹操格人马来么，要烧得俚笃干干净净。格个四个人回转去阿要讲拨人听格啦？格种消息传播起来叫快啦，一人传十，一户通八方么，曹操合营侪晓得有什梗格消息，该抢樊城又要烧，诸葛亮又准备好火攻了。所以踰来格辰光，心已经慌了。现在看见烟雾腾空么，哈啦！马扣住，噔！退下来。唔笃队伍一退下么，曹操后面格队伍停下来。

曹操正要想派人来调查，为啥道理门前队伍停。小兵奔过来报告："报，禀丞相。小人奉命，在门前头开路，将要到樊城，忽然看见城里向狼烟冲天，烟雾腾空，勿晓得城里有啥格埋伏，请丞相定夺。""退——地下。""是。"报事退下去。

曹操手里向执一面令字旗，对两旁边文武官员一看，门前头城里向狼烟冲天，啥个名堂？吾来看看看。忑磕酷磕、忑磕酷磕，文武官员，嚯咯咯咯，跟了相爷旁边头，到前面，标远镜拿起来，曹操对门前头樊城一看么，嚯哟，烟，哗——滚紧，比烧窑真要结棍了。烧窑么一只窑里向冒出来格烟，俚要十堆得了哟，面积蛮大，一堆稻柴要两三间门面什梗大得了。哈——烟腾起来几化结棍了。外加今朝天气又不好，阴滋天。多云到阴，局部地区有零星小雨，天蛮窝塞了。那么俫格个烟，冒上来，因为风呒不啥么，格烟滚紧的，哈——直往上头去。本来格天气也不大好么，好像这烟腾上去，要搭上头格云接牢快哉哟。啥格名堂？曹操标远镜里向再一看么，哎呀！城头上有人在跑马。为啥呢，因为格马过啦，有一阵风的。风一吹，烟，哈——散一散，烟一散么，哈拉！看见一个人一只马。等到格人、马过脱了，烟又合拢。晏歇点又是一匹马，哈拉！过来。烟又散一散，马过脱了，烟再滚紧。哈，哈，哈，哈——十八匹马了。不停格在走，走马灯什梗打上。

啥名堂？曹操再对城脚底下一看，城脚底下比较清爽，因为烟往上格啦，下头比较清爽。只看见有两路人马，喝蹬蹬蹬……一部分，往东门去，一部分，往西门去。啥个名堂？晏一点城里向又出来人，一部往西，一部往东。哈哈？城脚下有小兵在奔来奔去，城里向烟雾腾腾，城头上有人在跑马。嘿嘿——曹操心里向转念头，不问可知，诸葛亮虚张声势！在用计，要吓退吾。格种计策蹩脚是算得蹩脚了。城头上弄点马跑来跑去，城脚下弄点小兵奔来奔去。城里向放点烟，哈哈！实在蹩脚。曹操心里向转念头，俫想吓退吾啊？俫谈也呒谈。吾马上冲过去，冲进樊城。今朝，今朝吾一定要生擒刘备，活捉诸葛亮。

曹操要想下命令，冲！"呃？呃呃？"慢，呒心急。考虑考虑看。为啥？诸葛亮格家伙诡计多端。假使诸葛亮要用疑兵计，虚张声势？俚应该高明一点。勿会啥弄两个人，城脚底下么跑跑了，弄点马匹么城头上兜兜了，城里向么放点烟，格条计策忒蹩哉啦。蹩计啦。什梗种蹩脚格计策么，勿像诸葛亮用出来的。用兵打仗，虚虚实实。因为诸葛亮火烧新野县一座空城，张辽上当，进城，拱！起火烧了。该抢樊城县城里向，假使准备火攻埋伏，也是一座空城。晓得吾曹操勿上当，吾勿会进城。那么俚特为派点人么奔来奔去，派点马兜来兜去，弄点烟么烟雾腾腾，那么让吾么当仔俚虚张声势，嘎嘟当！冲进去，结果么俚，拱——真家伙来哉，拿吾点人马侪烧光。格个名堂叫啥？叫，虚则实之，实则虚之。倷看看俚虚张声势啦，其实骨子呢俚有埋伏。格么诸葛亮所以什梗懃呢，用什梗格种蹩脚格计策呢，该格是拨吾上当。勿能忘记，叫大智若愚。特别聪明格人，做出来格事体像懃大。大智若愚呀。勿晓得曹操啊，今朝格条计策，是懃大用的，是懃头懃脑一条懃计呀。今朝叫啥？叫大愚若智。因为懃大用出来格计策么，倒像是格聪明人用出来格呀。曹操因为俚忒细心，也是因为曹操格疑心病特别重，所以俚勿敢冲过去。勩中诸葛亮格计。勿冲？勿冲么，吾吪不办法捉诸葛亮了，捉刘备格咯。冲？冲么只怕上当。

呐吭弄法呢？曹操对准旁边头一看，吾来搭众谋士商量商量看。一人吪不两人主见。让俚笃大家想想办法，问问看，到底有勿有计策。“众位先生，列位大——夫。”“丞相！”“丞相！”“丞相！”“丞相！”“你们往前边观看，可有埋——哋伏。”“遵命！”“遵命！”“遵命！”“遵命！”

众谋士大家到门前看，格两个文官侪是曹操手下，头儿、脑儿、顶儿、尖儿，有地位的。贾诩贾文和、程昱程仲德、满宠满伯仁、荀彧、荀攸、刘烨、徐庶、蒋干，曹操手下大好佬多啊。看过之后么，大家交头接耳了，交换意见。大家看看看，究竟城里有勿有埋伏？格程昱讲，照吾看起来，吪不埋伏。格个倷看，城头上，弄点马跑来跑去，城脚底下弄点小兵奔来奔去，虚张声势，想吓退吾俚，笃定冲过去，吪不埋伏。

程昱什梗一讲么，徐庶阴咽咽登了旁边头一句：程先生，倷什梗一讲，丞相听仔倷闲话，冲过去。诸葛亮格正经，诡计多端，倷阿能够绝对保险，俚是吪不埋伏呢？假使俚有埋伏，丞相中计，损兵折将，丞相就要怪嘎。要怪唔笃格班文官判断错误。听仔唔笃闲话了，所以吃什梗格败仗。倷要讲么，倷一干子负责，吾俚勿参加意见。啊？程昱拨俚什梗一讲，倒寒势势。格个吾一干子负责是，吾也吃勿消。格听听大家讲仔的。格么也有人说，格么什梗，俚到相爷门前去讲，城里向看上去，有埋伏的。格也勿好咯。格么也有人说仔有埋伏，丞相听仔俚闲话，队伍勿过去。万一城里向倒是虚张声势，吪不埋伏呢。丞相听俚闲话，勿过去了，拨刘备、诸葛亮逃脱了，丞相要追究责任格啊？啥人喊唔笃吓讲一泡，判断错误，说俚笃有埋伏，以至于贻误军机了，错过辰光，拨俚笃逃脱了。呃，格是僵哉，说有埋伏，有风险。说吪不埋伏，也有风险。格呐吭弄法？后来商量下来么，什梗、什梗、什梗、什梗、什梗去大搭丞相讲吧。

大家回过来，“丞相！”“丞相！”“相爷！”“丞相！”“众位上前观——看，可有埋——哋伏？”一个文官开口。啥人呢，蒋干，蒋子翼。“回禀丞相，下官等到前边观看，但见樊城之中，狼烟冲天，城关之上有人马往来，城墙之下有军卒奔走，据吾等看来么，恐怕是虚张声势呢。”“嗯！”“然而，或者有火攻埋伏么，叫也未可知。”“啊？”“倘然有火攻埋伏，丞相难免要损兵折将。如其虚张声势么，丞相必能够大获全胜。还望丞相，三思而行。”“喔哟！嚯嚯嚯嚯……噗！”曹操对蒋干望望，俫死人叹气。赛过郇讲嗄？有埋伏要吃苦头的，呒不埋伏会得打胜仗的。临时完结么，相爷，俫自家决定吧。一只皮球踢过来，俚笃呒不肩胛。曹操心里向转念头，问唔笃赛过郇问。格么呐吭弄法呢？肚皮里向转念头，就什梗勿冲？勿甘心的。冲？冲么只怕上当。什梗，投石问路。吾来试探试探看。用现在格闲话说起来，叫火力侦察。吾派一小部分人马，冲过去看，看俚笃城里阿有反应。根据俚笃格反应，再决定，还是冲，还是勿冲？

曹操转停当念头，俚格匹马，哈啦！望准旁边头土山上扫上去。马上土山么，曹操拿手里向格面令字旗，朝对门前头一越。"冲！"俫命令一下么，下头炮声响。镗——咚——哒！呜——呜……呱呱，卜隆，卜隆，噗！"杀呃，杀——哇"该格冲啦，并勿是大队人马一道冲过去的。曹操派一万兵，先头部队啦，众将官一道冲过去试试看，看俚笃阿有啥反应？

唔笃人马，哗——往城里向冲过来格辰光，张飞在城门洞里看。张飞看得蛮清爽，曹操大队人马到哉哟。队伍停了，按兵不动。啥格名堂？隔仔一歇，炮声隆隆，号头连连，战鼓声声，杀声震动。哗——人马在冲过来。啊呀！张飞心里向转念头，那么完结，曹操勿上当，人马来了。俫看！哗——俚笃要六十五万得了，吾该搭点城里向，五十个小兵，加十八个家将，连吾张飞自家也算进去么，只有六十九个人了。格呐吭打得过，呐吭弄法呢？走，勿好走的。吾如果逃？吾逃出城，俚笃追出城。吾逃到江边，俚笃追到江边。吾下船，来勿及下船，俚笃已经追到。那么外加老百姓来勿及走么，还要几化人牺牲了该搭点。格呐吭弄法呢，吾硬硬头皮冲出去，能够拿曹兵挡一挡住，让点老百姓全部撤退过江么，吾张飞就算死，也值得的。

张飞转停当念头，拿只马，噔！一拎。哈啦！从城门洞里向冲出来，上吊桥，到吊桥桥面上，酷——马扣住。丈八矛鸟嘴环上一架，张飞将仔格两根阿胡子。"吱、吱，嚹……"满面笑容。两只手在对曹兵招，嘴里向在喊："来呀，来——呀，来来来，你们来——嗯！嗯！"

来！叫啥格点曹将看见张飞，大家要紧拿马，酷——扣住。"呃，嗯嗯嗯嗯……"浑身会得发抖。啥道理么？因为张飞名气实在大。当初战虎牢，吕布格本事算得大，张飞嚓——一枪，拿吕布头上，束发紫金冠挑下来了。而且张飞呢，大家侪晓得，百万军中取上将首级，如探囊取物。今朝张飞冲出来，哪恁办？大家马扣住，回转头来对背后头看，看相爷格命令。

曹操在土山上望。标远镜里向望过去，蛮清爽。看见城里向冲出来一个大将，头戴乌油盔，身穿乌油甲，胯下乌骓马，手奉丈八矛。嗤哟，人，像乌金宝塔恁一尊，张飞。只看见张飞，满面笑容，连连招手。唔笃来呀——唔笃来呀——来来来，曹操心里向转念头，俫喊吾来啊？吾定坚勿来！为啥道理？因为张飞戆大哟。张飞肚皮里向囥勿牢物事，侪在表面上。俚城里向有火攻埋伏了，俚看见吾佴人马冲过去，俚开心煞哉，唔笃来呀，唔笃来烧啊，唔笃来烧啊。曹操想，俫喊吾来么？嘿嘿！吾马上下命令队伍停。

曹操要紧拿令字旗，噌！往后头一越么。下头，嘭，嘭，嘭嘭嘭嘭……敲锣。人马，哗——退。部队呢，听见鼓声，冲。听见锣声呢，停。鸣金收兵么，门前头格点曹将，哗——退下来。曹军打标远镜，还在看张飞格动静么，张飞看得蛮清爽。

张飞一看，只看见曹将在退下去哉，张飞心里向快活啊！心花怒放。但不过张飞有资格。俚叫啥，看曹兵退下去么，眉毛一竖，眼睛一弹，"呃嘻——嗯！"双只手一摊，哈，表示非常遗憾：唔笃为啥道理勿来，唔笃蛮好来嚜。曹操一想，俫看俫看俫看，张飞侪摆在面孔上。吾人马退下去哉，俫看俚光火得啦。哈哈，吾勿上仔俚格当了，俚吼煞了。嘿嘿，曹操心里向转念头啊，俫喊吾来呀，吾偏偏勿来。嗳，曹操在对俚看格辰光，勿知呐吭，曹操觉着头上顶帽子上，啧啧啧啧啧啧啧，啧啧啧啧啧啧啧。哋，啥格名堂？算算土山上呒不树？勿会是树丫枝在吾帽子上"啧啧啧"，啥格名堂？

曹操回转头来一看。曹操背后，有格心腹。格朋友手里向拿一顶伞，叫红罗伞盖。曹操到啥地方呢，俚格顶伞撑到啥地方，跟了曹操背后头。赛过像城隍老爷出会什梗，背后头一顶伞。那么格朋友呢，眼睛来得格尖，俚看见张飞，哈啦！城里向冲出来，上吊桥么，心里向慌。为啥道理要慌么，因为俚记得一桩事体。啥事体呢，因为当时辰光关云长白马坡斩颜良，曹操摆酒，搭云长庆功。曹操搭云长讲：哈！俫飞马斩颜良，一个照面，拿颜良结果性命，天下英雄，推俫将军为第一。关云长呐吭说法么：丞相谬赞，吾本事到得哪里？吾真勿及俚三弟张飞。"啊？"俫还勿及唔笃兄弟张飞啊？"嗳！"唔笃兄弟张飞有啥格本事呢？说："吾家三弟翼德，百万军中——取上将首级，如探囊取——哋物。"曹操一听一吓呀！张飞有什梗点本事？曹操马上关格底下人：来来来来来，赶快搭吾拿笔墨砚台拿过来。文房四宝摆好，尔——磨好墨么，曹操就提起管笔来。就望准自家格件红袍，撩起来，在大襟上写好：几时几日，关云长讲，张飞百万军中取上将首级，如探囊取物。日后相逢，不可轻敌。格辰光，日记簿也呒不的，上帐要上在袍子上。曹操当场要慎重得了，拿格桩事体记下来，记了袍上。当时去拿文房四宝格啥人么？喏，就是格个掌红罗伞格个家伙。当年俚亲耳朵管听见，关公讲过，张飞百万军中取上将首级如探囊取物。那么丞相呢，丞相么百万军中上将，丞相格颗郎头呢，赛过像张飞袋袋里向格物事。张飞要拿丞相格颗郎头么，赛过伸只手到自家袋袋里向摸样物事出来。那么吾呢，跟了丞相旁边头。吾格颗郎头呢，赛过在张飞格袋袋边上。剬张飞来拿丞相格颗郎头格辰光，一个勿当心一带么，连吾格脑袋也一道带脱仔了完结。

俚越想越吓么，越吓越抖么，手里向格伞梗，嗝嗝嗝嗝——抖么，格顶伞望准曹操头上，啧啧啧啧……嚯！曹操气啊。格个家伙寒势势，寒势势，抖了抖，抖了抖。霉头也拨俫触完了哟。曹操对俚眼乌珠一弹："匹夫，退下！"退下去。"是！"

噻哟！格个家将听见说，要喊俚退下去是，叩头、放生，求之而不得。顶好退下去，豪燥走吧。格么倷要走么，倷定定心心，镇静点酿。先么拿顶伞落下来，放好。那么再别转身来走。叫啥格朋友实在慌，因为看见仔格张飞啦，紧张勿过。俚格动作呢，有点异常哉，反常哉啦。呐吭反常呢，叫啥俚身体先别了，伞慢落下来。哈啦！一个别身，俚再嗅！落下来。格顶伞落下来么，齐巧望准曹操格头上，叭戈——一套，套牢哟。套牢曹操颗郎头，俚也齣看见，俚还在背了呀？"嗨！"呐吭道理？刮牢哉。顶伞，啥场化刮牢？嗨！用力一拉么，曹操介险乎在马上跌下来。"噻哟"，擦冷——曹操格标远镜脱手了。曹操"噻哟"一来么，格家将听见，回头一看么，要死快了，丞相要拨吾马背上扳下来哉。俚要紧拿顶伞往旁边头一甩么，蹬蹬蹬蹬——逃哉哟。倷望准山脚下逃下来，山脚下格小兵，看勿见山上格情形，更加勿晓得张飞格情况呐吭？看见曹操一个撑红罗伞盖格朋友，从上面在奔下来么，而且只面孔紧张得勿得了，要紧问俚："嗳！伙计哥，怎么了？""丞相有令，倒退！"

格么曹操有令倒退是，喊倷一个人退呀。勿是关照大队人马退。嘿，叫啥格个家伙，俚格语气好像在传达命令什梗，"丞相有令，倒退！"好像关照大家人马退了。下头格小兵阿要问："为什么要倒退呀？""恐怕张飞来了。"其实是"恐怕张飞来了"，下头格小兵弄错了，当仔张飞已经杀得来。"不好嘞，兄弟们快走呃，张飞来了，逃哇……"

曹操在山上，竖上来拨顶红罗伞盖，噜！套牢。眼睛门前炫炫红格一来么，曹操一吓呀，当仔火烧到眉毛上了，也勿知啥。"噻哟"，等到格顶伞落脱么，标远镜去脱。曹操年纪大哉哟，五十四岁，眼睛打折头。吭不标远镜，俚看勿清爽。听到下头俩在喊："不好嘞，兄弟们快走呃，张飞来了，张飞来啦！""喔哟！"曹操想，吾么眼睛觜脚，小兵眼睛俩清爽，俚笃说张飞来么，看上去张飞是来了？豪燥让吾走吧，俚要紧，哈——从山上逃下来辰光么，嘴里也在咕："噻哟！快走啊！张——飞来——了！"

倷在咕张飞来了么，有种小兵在相爷旁边头俩听见。丞相嘴巴里讲出来"张飞来了"，格个消息是绝对可靠，权威方面消息，靠得住："张飞来啦！"本来格人马啦，前头格一万人马退，退到老场化，队伍要停的。后头格大队人马，用勿着退得。因为拨了格掌红罗伞盖格朋友传一传错，蛮当——一退，人马嗶里啪啦——格退下去么，大队人马俩退了。乱哉，自相践踏，踏煞脱格人勿少。

曹操回转头来一看，背后头黑面孔，拿仔条枪，哈——盯牢俚马屁股打上。"喔唷哟……"格么其实背后头来格黑面孔，阿是张飞呢，勿是。啥人么？夏侯惇。夏侯惇奉仔条枪，跟了相爷背后头。俚算拍马屁，保护丞相的。因为夏侯惇也是乌油盔，镔铁甲，乌骓马，手里向奉一条枪么，曹操眼睛勿大灵光，望过去一看，黑面孔，奉一条枪，哈拉！在追上来么，大约是张飞来哉么。曹操磕在马背上，哈——拼命退。俫退下去，其实张飞俺过来么，勪过来哟。张飞一看："吠喝喝喝喝喝"，曹操上当，真格退下去。

"众三军！走！"走吧。十八个燕将下来，五十名小兵跟仔张飞退到襄江边上么，老百姓已经全部摆江了。张飞下船，摆江，到对岸。一到对岸，刘备、诸葛亮已经往门前头去仔啦。张飞要走格辰光，想"慢！"为啥道理慢呢，江边格船只勿勿少少了。吾跑脱了，曹操退下去队伍要停的。曹操回过来一看，江边船只勿少。樊城城里向呒不埋伏。吾跑脱，俚晓得上当，利用吾伲该搭点格船，追过江来，大哥逃勿远。格么呐吭弄法呢，张飞心里向转念头，有了。让吾来拿点船只烧光俚。烧光仔点船只，襄江阻隔，曹操俚勿能够生仔鸡翅了飞过襄江来。俫命令一下么，重新带小兵再下船，哈——拿对岸船只烧，拿该岸船只也烧，两岸船只烧得一片红光么，勿晓得，张飞啊，那么俫拆烂污哉。

为啥道理，因为格个船是诸葛亮特为挺在江边。俫格个船，挺在江边，曹操看见有船，曹操倒勿敢追格吃。唔笃待吾脱好哉嚯，船只端正好哉啰，让吾追啦。俫拿点船只全部烧光么，俫赛过告诉曹操，伲呒不埋伏哉。黔驴技穷了，拿点船只侪烧光。那么曹操人马倒要追过来哉吃。张飞格来么，到底粗心了，虽然俚用仔条计策么，该上面一个漏洞出来哉。俫拿点船只一烧么，曹操人马回复阵追过来哉吃，那么刘皇叔要兵败当阳道，下回继续。

第四十二回

兵发当阳

张飞独当樊城，喝吓曹操大军。叫啥张飞过江格辰光，拿江边格点船只，全部烧光。那么张飞追上来，追刘备，追到门前头，看见刘备。张飞马背上跳下来，要紧上来相见："呃——参见大哥！""三弟，少——呃礼。"刘备开心呃，为啥呢，因为刚巧赵子龙回过来报告，张飞用计，吓退曹兵。刘备得意，得意在啥场化么？张飞是戆大呀，该抢诸葛亮齣拨计策拨俚，俚会得自家动脑筋想办法，用计策吓退曹兵，了不起啊。格个是吾在交运哉，张飞大有进步了。

"啊，三弟，方才你往樊城之中，怎样将曹军杀——退呀。""吷喝喝喝喝，"张飞得意："呃，大哥啊。方才小弟奉了军师将令，拿了锦囊，进了城关，曹兵杀到时节，吾把锦囊取出观看，锦囊之中，空空如也，没有计策。""呃呃呃，那么三弟，你便怎样啊？""吷喝喝喝，小弟不慌不忙，略施小——计。"诸葛亮登在旁边头听得了，介险乎笑出来。俫听听看，张飞阿要嗨外——吾拆开锦囊一看，锦囊里向呒不计策么，吾不慌不忙了，略施小计。其实么急得了魂灵心出窍，吼叫连连。格诸葛亮侪晓得了，听俚哪恁讲法。

"那么，小弟这么长，那么短，将曹操的人马吓退了。""啊——咦，喝哈，三弟其功非——小！三弟，曹军人马退下之后，你看他们可会，追赶来么？""他们啊？呃，他们不会来了。"刘备还齣问俚，俫呐吭晓得曹兵勿会来么，诸葛亮听见哉。

诸葛亮马上关照，喊张飞过来。"三将军，军师有请。""嗯。"张飞心里向转念头，诸葛亮啊，吾要搭俫算帐嘞。啊！俫刚巧拨封空锦囊拨吾，阴损吾。计策么呒不，逼牢绞仔吾自家动脑筋。俫格种算先生嘎？好好叫训脱俚两声了。"参见先生。""罢了，我问你，你怎样知晓——曹操的人马不会来了？""回禀先生，张飞过江之后，看见两岸，留下不少船只。曹操人马，他们可以利用舟船，过江追赶。所以张飞把两岸的舟船，放火焚烧，曹操没有舟船，他们不会来了。""啊呀，我把尔这，匹——夫！"张飞："嚯！"阿咦，张飞想，吾也齣埋怨俫，俫倒先骂起吾来，呐吭道理啊？"这个？""愚师故意将舟船，停——泊江边，曹操见有船只，恐怕吾等有埋伏，他是不敢追赶。你把舟船放——火焚烧，是明使曹操知晓，我军计穷力竭，所以，烧——船而去，你好枉——空！"

"嚯！"那么张飞响勿落，叫啥两岸格船只啦，诸葛亮特特为留在那。假使有船只在，曹操勿敢追。为啥？曹操要想格：诸葛亮待吾能够格好呢，张怕吾勿能追了，两岸船只停仔勿少，让吾摆渡追过来。不问可知，俚江边板有埋伏。吾勿能追，俚倒吓哉。勿敢追。那么倷拿点船只去烧烧脱呢，倷赛过去告诉曹操：曹操，倷弄勿落哉啊，倷实在呒不办法了噢，只能够够拿点船只烧光仔了逃走哦。倷就是赛过显只底了，倷告诉俚吾俚呒不埋伏。

张飞怨啊，今朝蛮好用吓曹操格计策，吓退曹兵。临时完结，夹忙头里去烧脱两只船哉，格么真叫，画蛇添足，多花头。下转，下转么吾记牢。格种船呢，吾随便呐吭勿烧哉。勿晓得张飞啊！下趟倷船么勿烧，桥，倷还要拆脱顶把。将来拆断长坂桥逃走么，搭该次烧船只格意思一似一样。同样性质。所说张飞到底是粗中有细，虽然俚能够细心用计策，吓退曹兵，但是俚仍旧是个粗胚，还有俚粗莽格一面。故而张飞呢，俚分阶段的。张飞在拜诸葛亮先生之前，格个戆大呢，全戆大，真戆大。拜仔诸葛亮先生之后，受了诸葛亮格熏陶呢，变半戆大。勿是全戆大哉，一半戆大，一半聪明。到后三国里向，张飞独当一面，兵进西蜀么，异设疑烟，攻打东川么，智败张郃了，智取瓦口关了，张飞碰碰眉头一皱啊，计策来哉。格个辰光格张飞呢，名堂叫假戆大。人家看看俚样子还是像戆大，其实格个戆大是假格个，真聪明。所以张飞从全戆大、半戆大，到假戆大啦，有一个发展过程的。该格辰光呢，俚还是粗莽一点，拿点船只侪烧脱了。诸葛亮关照人马快点跑吧，因为呢，曹操人马恐怕就要追过江来了。

格么刘备、诸葛亮、张飞格班人马，吾慢一慢交代。吾再说曹操。

曹操逃下去是狼狈啊，自相践踏。曹操而且心里向还在慌了呀。张飞在背后头追过来，曹操眼梢一窥，看见背后头格黑面孔大将，手奉长枪，盯牢俚匹马在追。曹操急啊，张飞就盯在吾后头啦。其实曹操啊，勿是张飞呀，倷格阿侄夏侯惇呀。夏侯惇么是乌油盔、镔铁甲、乌骓马、鸦乌紫金枪。俚呢，算拍曹操马屁的，跟牢了相爷马格背后头，在保护相爷。那么曹操么眼睛勿便当。俚弄错当仔张飞来么，回转头来一看么，隐隐约约看见一个黑面孔，拿仔条枪在追过来么，俚当仔张飞。所以吓得魂灵心出窍么，拼命格逃。

倷还在逃呢，旁边头张辽过来，张辽拿曹操格只马，马头金钢股，嗒！一把抓牢，"丞相，住——吔马"。酷——"啊！文远，怎样啊？""丞相，不用惊慌，何必逃遁，张飞不在追赶。""啊？张飞，在追赶——呐。"在追啊。曹操回转头来一看么，夏侯惇只马到丞相旁边："嚯喝丞相，末将在后面保护丞相。""匹夫！嚯嚯嚯嚯嚯……"

曹操响勿落，对夏侯惇看看，吾认得倷。倷格种保护吾是，吾拨倷吓得魂灵心侪出窍。格么既然张飞勿在追，吭不事体哉咯？曹操马上就下命令，队伍停，锣一敲，队伍停下来。就在该搭点，就地扎营。辰光夜了，埋锅造饭，饱餐一顿。

吃过夜饭之后手下人报得来，说：回禀相爷，樊城格方面火光冲天。

曹操跑出来看。曹操带领文武官员，到中军帐外面，用标远镜对准，樊城格只角里向一看么，火烊啊，拱拱拱——火光冲天。该格火啥格火呢，就是襄江两岸烧船只格火啦。火来得格烊，因为望过去方向是同一个。看勿清爽么，终归当仔樊城火。格樊城城里阿有火呢，也有的，十堆稻柴。十堆稻柴烧烧烊起来——拱拱拱拱。还好，离开民房远了，民房总算覅起火。

望过去，看见火光么，俚弄错。俚当仔樊城城里向是有火攻。因为张飞看见吾勿过去上当么，俚呒不办法，放一把火自家烧脱了。嘿嘿！曹操心里向转念头，什梗一看啊，吾自家到底还是有主见。拨吾看出苗头来，城里向有火攻了，吾勿过去。倷看，现在归面在火烧，曹操得意。“咦！嘿嘿嘿嘿嘿……嚯嚯嚯哈哈哈哈”“请问丞相因何大笑？”“众位，你们看——呐，樊城之中，火光冲天。他们城中有火攻埋伏，老夫不去中计，他们放火焚——烧。嘿嘿嘿嘿！张飞匹夫，老夫岂会中尔的诡——计哟。嘿嘿嘿嘿……”

曹操得意。当夜耽搁，营头外面呢派人巡逻。张怕诸葛亮覅过来劫营。一夜天来得格太平，呒不事体。曹操派人到樊城去打探消息么。现在讯息来了。

“报，禀丞相，小人奉命到樊城探听消息，樊城一座空城，城里向一个人也呒不。北门城里向，城脚底下有十堆稻柴灰，原来俚笃昨日仔搭是蔓稻柴。吾再跑到城外头襄江边上一看，两岸船只全部烧光，枯焦木头氽满江边啊，请丞相定夺。”“喔？嚯嚯嚯嚯……退下！”“是！”曹操气呕，难为情啊。面孔侪起红来。昨日夜头红光冲天，吾当仔俚笃拿樊城县房子侪烧光。勿晓得张飞呒不计策了，临时走快，拿点船只统统烧光。啥体要烧船呢，张怕吾要追呀。所以俚呒不办法么，拿点船只全部烧光。曹操想想冤格啊，堂堂丞相，什梗格用兵如神，经验丰富。上戆大格当么，握拉勿出。

曹操关照张辽，倷搭吾带领一万人马，进樊城去，城里空房子里搜索，是勿是有火攻埋伏？张辽懂的。那么张辽带一万兵到城里向去，一家一家人家去搜查，包括灶膛里向，烟囱管里，统统侪要检查过。阿有火攻？呒不。回转来报告呒不埋伏么，曹操笃定，人马进城，到城里向衙门驻扎。

格么城里向一座空城，老百姓也呒不么，勿像市面格咯，呒不人在那。曹操就派人到近段乡下，去贴告示，关照老百姓，唔笃逃难格呢，覅慌。唔笃尽管回转来好了，曹丞相呢，欢迎唔笃，回到城里向来安居乐业。决勿会难为唔笃。格么也有种逃在近段格百姓呢，陆陆续续慢慢叫回到城里来么，吾勿去交代俚了。

曹操进了樊城之后，俚要马上去追刘备啊？勿。啥了勿马上去追刘备呢？因为俚想要去追刘备啦，到底还是省力的。吾顶多派人搭浮桥么。但是呢，吾勿搭浮桥了哉。吾写一封信到襄阳，通知蔡瑁。叫蔡瑁呢，弄五百只大船，到该搭点来，让吾人马摆渡过江。老实说，现在刘备呢，呒不逃处。新野、樊城全部侪放弃。荆襄九郡是刘琮格地界，是蔡瑁格场化。俚笃投降吾哉，俚笃当然勿会收容刘备。格么刘备赛过像啥呢，像丧家之犬。俚逃勿脱格啦。俚终归在吾手心里向。早点、晚点，吾可以拿俚收拾脱。现在格目的呢，吾先要拿荆襄得下来。因为荆襄九郡好地方，非但钱粮足备，外加人马也勿少。吾可以拿俚笃并过来了，并到吾队伍里向么，吾格实力更加发展。什梗了曹操停了樊城呢，等蔡瑁送船只到此地块来。格么曹操人马，吾也慢一慢交代。

吾再交代刘皇叔，过了襄江之后，往门前头赶路么，那么刘备觉着，听诸葛亮格闲话勿错。现在呢，吾觑听诸葛亮格闲话，带老百姓跑，老百姓走勿动哟。因为格点老百姓，要二十余万了。二十余万，并勿是年轻力壮格小伙子，俚年纪轻的，跑路无所谓。格里向，还有年纪大的，白发苍苍格老老头，或者老太太，还有呢吃奶奶格小囡，还有搀在手里向走路格小人。走么走勿动，抱呢，大人到也真家伙，也抱不动。那么格点难民，又勿是空身逃难，总要带点物事格咯？箱笼物件。下来天么要冷哉，冷天衣裳阿要带点了？肚皮要饿的，粮米也要带点了。那么格点物事带仔俚跑么，请教俚呐吭跑得快？

刘备心里向转念头，什梗慢吞吞慢吞吞格跑，背后头追兵一到是，完结啦。要想办法。

嗳！刘备对门前一看，一座城关，襄阳到哉。什梗吧，吾来到襄阳去，搭阿侄刘琮碰头，吾搭刘琮讲：老贤侄，该格两县老百姓呢，俦是唔笃荆襄格老百姓。俚笃为仔避曹操人马格追击，所以跟吾一道过江，到此地来。老百姓呢，走勿快。吾也吭不办法带俚笃跑，俦拿城门开一开么，阿有啥让格点老百姓，到城里向来耽搁。拿点老百姓留下来之后呢，吾单单带领自家部下军队跑了，行军就快了。刘备搭诸葛亮一讲么，诸葛亮心里明白，勿来赛。俦要想拿点难民寄到襄阳城里向去，蔡瑁呐吭肯答应俦。但是一看刘备呢，俚自以为：刘琮会听吾闲话的。因为吾待刘琮也勿错啊？老大夫伊籍来搭吾讲，大公子刘琦要搭吾一道，兴兵攻打襄阳，兴问罪之师去讨伐刘琮。吾吭不去打俚。吾对待俚也勿错么，格么吾想，又勿是吾自家要到城里向去。吾拿点老百姓寄么，俚笃终归肯答应格呀。格么诸葛亮想让俦去试试看。寄得脱最好，寄勿脱的，再讲。诸葛亮点点头么，就关照赵子龙保驾。刘备带领手下小兵，主要是难民啦，望准襄阳城关更首过来。离开城关近么，刘备呆脱哉哟。只看见城门紧闭，吊桥扯起。城头上，挡箭牌，插得密密层层，戒备森严，如临大敌。

咦，啥格名堂？刘备关照喊。"呔——关厢上听了，刘皇叔到这儿来呃，请你们小大王到这儿来，相见呐诶。""呕——城里向听好仔嗳，刘皇爷到该搭点来嗳，唔笃开城门啊……"老百姓跟仔一道喊。守关将一看，啊呀！刘备来哉嘥。刘备关照要开城门，格么呐吭呢，勿敢做主。要紧到衙门来报告。

到辕门，蔡瑁坐好了。"禀都督，襄阳城外头，二主公刘皇叔，带领勿勿少少难民么，到城脚底下，要求开放城关。请，都督定夺。""退下。""是！"报事退下去。

蔡瑁呐吭呢，蔡瑁正在光火，在发脾气。在骂蔡中、蔡和两只饭桶。因为吾派唔笃两家头带领三万兵，到襄江边上去阻挡刘备，劚拨俚笃摆江。结果呢，俚笃到也勧到襄江边上，马上就回转来。问问俚笃么，叫啥碰着关云长。关君侯带领人马已经过江，建立好营头。看见关公么，俚笃勿敢打了，马上就回转来，回襄阳。蔡瑁心里向阿要气格啦？曹丞相关照的。要截断刘备退路，勿拨俚过江。好，结果原旧拨刘备过江了。曹丞相关照的，捉得牢刘备啦，千金重赏，官封万户侯。

现在得信守关将来报告，刘备到城外头哉么，好极了。封锁襄江格桩事体，吾呒没做好，曹丞相要怪吾。格么捉刘备格机会来了。假使吾捉牢刘备是千金重赏，官封万户侯。俚马上带领文武官员，出辕门，上马。

蔡瑁头上金盔，身上金甲，全装披挂，手里向一口金板刀。带领手下文武官员，嚯咯咯咯咯，忑磕矻咳、忑磕矻咳——到北门。酷——蔡瑁扣马。蔡瑁要想下命令开城门、放吊桥，哈啦！冲到城外去，去拿刘备生擒活捉。一想慢慢叫，勧看见苗头，劚马上下命令开城门。开城门便当的，关起来就讨惹厌了。让吾先到城楼上看一看苗头看。好捉的，吾再冲侪去。

蔡瑁下马，拿守关将喊过来："来呀。""是。""我吩咐你，今天不论哪一个，没有本都的将令，不准开放城关。""是。"守关将答应。

蔡瑁带领文武官员下马之后，大家上城头，到城楼上坐定。在拦杆边上对门前头一看么，刘备矐。刘备就在吊桥归面。只看见刘备头上七龙冠，身上四爪蟒袍，胯下的卢马，手里向执仔根马鞭子，昂起仔格头，在对上头看啦。蔡瑁心里向转念头，刘备啊刘备，嗳！倷来挑吾立功劳哉。马上拿倷捉牢么，千金重赏。对刘备旁边头一看，一部四轮车，四轮车里向，纶巾、鹤氅、羽扇轻摇，诸葛亮。诸葛亮呒不本事，捉刘备么，连诸葛亮一道带脱。俚再对诸葛亮背后头一看么，只看见诸葛亮背后头一员大将，头上银盔，身上银甲，胯下鹤顶龙驹宝马，手奉银枪，火目圆睁。也在对上面望。"哈——啊！""这这这……"

蔡瑁看见到格个白袍小将么，推位一眼眼魂灵心出窍。啥体？赵子龙呀。俚看见赵子龙吓格呀。马跃檀溪湖，碰过赵子龙格头。赵子龙条枪，在俚刀把上，锃！一点，虎口侪爆开。克星呀。好了，刘备啊，今朝呒不办法拿倷捉。倷带赵子龙来么，一眼呒不办法了。不过捉么勿能拿倷捉，倷要想进城么，谈也勿谈。吾也勿会放倷进城。

在拦杆边上对城脚下，"城下吾道是谁，原来是二主公，蔡瑁有礼了"。双手一恭。刘备看见，蔡瑁、文武官员侪到城楼上。"啊！城关之上蔡都督，请了，刘备，马——上有礼。"亦然欠身一恭。"二主公，到这儿来，有什么事啊？""蔡都督，刘备到来非为别事，要求见吾家二贤侄，刘——吔琮。喏喏喏，请吾家贤侄去来相见。"

嗯？啥物事啊？搭刘琮碰头啊？哼，刘琮好搭倷碰头嘎？老实讲一声，刘琮就是操纵了吾手里。吾勿拨俚搭倷客人见面么，俚随便啥人勿能够见的。拨倷一见讨惹厌。

"这个，二主公，您来得不巧了。咱们小大王，他身体不好，不能见客，您有什么话，您就跟我说吧。啊，我跟您传达。"刘备想倷勿让吾搭刘琮见面么，格么只好搭倷讲哉咯。"蔡都督，刘——备为曹——操所逼，弃新野，走樊城，移民渡江。这两县百姓，跟随刘备，背井离乡，来到襄阳。因为他们，老的老，小的小，行路不便。刘备意欲请都督，开了城门，容百姓进城安居，免得他们，受那流离之——苦。""噢"，蔡瑁肚皮里向转念头，倷想拿点老百姓寄到吾俚城里向来？哼，好答应倷格啊？答应仔，吾勠拨曹丞相吃牌头格啊？老实讲，倷带仔点难民，倷跑勿快。曹丞相追过来，随便啥辰光追，就随便啥辰光拿倷追牢。倷拿点老百姓寄到该搭点来，吾一收留，倷跑起来轻松了，卸脱一个包袱咯，好轻装前进咯。曹丞相要追倷，就追勿牢了。格曹丞相岂非要恨吾？勿来赛。

"我说二主公，不行啊。咱们襄阳的城，太小了，怎么能够容纳得下二十万老百姓呢？二主公，你有本领带得来，那费心你就带得去吧。"啊，刘备一听，啥格闲话啊？襄阳城么忒小了，登勿落嘎许多老百姓。"啊——呀，蔡都督，新野、樊城是荆、襄属地，两县百姓，都是荆、襄子民，难道你都督眼睁睁袖手旁观，置之不理。看这许多百姓，遭颠沛流离之苦，要他们受尽磨——难不成。都督，看在先大王的份上，你总要开城容——呃纳。""废话。我告诉你，你这条计策，瞒得过旁人，瞒不了我呀。明说到这儿来，要把老百姓寄到城里。其实，你要骗开城关，夺我的襄阳。本都怎么会中你的诡计，去去去去去，去吧。"刘备格个一气么，血侪喷得出啦。倷听？蔡瑁叫啥贼咬一口，说吾并勿是真格到该搭点来寄百姓，是关照小兵，乔装改扮老百姓。到该搭点来骗开仔城门、冲到城里向，要夺俚格襄阳。俚呢，勿上吾格当了，勿肯开城门。"啊呀，蔡都督，你看呢，老的老，小的小，男男女女，老老少少，难道是军卒乔装改扮不成么？"倷格点总看得出，白发苍苍格老老头，年迈苍苍格老太太，抱在手里向格小囡，搀在手里向格小朋友，格个难道是小兵扮格啊？"蔡都督，这些都是荆襄百姓。你，你你你你你你你，你不肯开城容纳，眼睁睁看这些人民，被曹军追到之后，横尸遍地，血流成河。你、你死于九泉之下，有何面目见先大王——呃么？""胡说八道，我要是不看先大王的份上，我早就把你拿下了。刘备，吾告诉你，你放明白一点。曹丞相有公文的这儿来，要我把你拿住，拿下了你，千金重赏，官封万户侯。本都不将你拿捉，我还是念在先大王的份上，你还要胡说八道，你要不走的话，弓箭手。""有。""弓箭伺候！"

哗……城墙上，城肚子旁边格挡箭牌，啪啪啪啪——去脱，弓箭手强弓硬弩，拿好了手里向，马上就要发箭下来。诸葛亮要紧拉拉刘备袖子管：东家走吧，搭格种糜货有啥讲头呢，俚勿捉傛已经算蛮照顾傛了哉，来来，跑跑跑跑跑。傛拉拉俚袖子管么，刘备响勿落。"哈！蔡——
瑁瑁，"傛好，"先大王在生时节，哪一桩亏待于你。兄长，死尚未久，尸骨未寒，你卖主求荣，
归降曹——贼，你、你、你有何面目见先大王九泉之——下喔。"诸葛亮想，傛格种闲话去讲俚
做啥呢，格种人有啥个良心了？跑吧跑吧。

格冷格冷格冷，忑磕砣咳、忑磕砣咳，刘备圈转马来走么，老百姓跟仔一道跑，老百姓也恨
伤。"呃，皇爷嗳，城里夠去哉，蔡瑁格脚色糗货呃，格种人又勿有好下场的。格种人啊，今年
年夜饭侪吃勿着仔在完结，走啊。"百姓骂格骂，哭格哭，跟仔刘备、诸葛亮格车子，望后头退
下去。

蔡瑁"哼哼哼哼"，傛在一声冷笑对下头看格辰光么，赵子龙阿末一个走。赵子龙对城头上
一看，眉毛竖、眼睛弹、咬牙切齿，对蔡瑁望望，枪一透，阴阴然蔡瑁，傛阿有本事追，傛有本
事追到城外头来，吾勿拿傛，辣！一枪结果性命么，吾勿叫赵子龙。

"苦恼哇，苦恼——吔！"忑磕唾磕、忑磕唾磕，赵子龙走格辰光，蔡瑁对俚看看，冤家，哈
哈！冤家。侪是拨傛，俏脱吾一千两金子，一个万户侯，否则么吾好升官——发财。

看赵子龙走，蔡瑁捋仔两根小组苏，磕在拦杆里向，还在对下面望格辰光么。勿晓得旁边头
气坏一个人。啥人呢，格个大将姓魏，单名一个延，号叫文长。新野县沂阳人。好本事，俚格个
本事啦，仅次于五虎大将。

将来刘备手下五虎大将么，关、张、赵、马、黄，马超了黄忠。挨下来呢，就是魏延。如果
排名字么，俚就在五虎大将之后。好本事。格人呢，脾气暴躁，人直爽，有魄力。

魏延登在旁边头，看得心里向肝火烊。蔡瑁啊蔡瑁，傛格人几化恶劣。啊？刘皇叔拿新野
县、樊城县格老百姓带到该搭点来，下头哭声震动，老百姓要想借住在该搭点，夠让俚笃去逃难
了。傛不肯答应，傛还要放箭。傛只顾恋投降曹操，卖主求荣，傛就勿顾恋嘎许多老百姓格性
命。魏延心里向转念头，吾看勿入眼。哪恁弄法？吾今朝拔出宝剑，拿蔡瑁，辣！一剑，结果性
命。开城关、放吊桥，请刘备进城。魏延手搭到剑柄上，要想动手格辰光，一看勿来。为啥勿来
么，蔡瑁旁边头蔡家党大将多，蔡中、蔡和、蔡立、蔡新、蔡芝、蔡祥、还有蔡勋。格种侪是好
本事啊，蔡勋格本事头等头将官。魏延晓得的。俚嘎许多大将守在旁边头，吾拔宝剑，俚笃听见
吾宝剑出匣声音，马上回过来搭吾打，吾一人难挡四手。吾弄俚笃勿过的。

格么看看阿有啥人可以帮帮吾忙，旁边头文武官员是勿少，大部分侪是蔡家党的。只有一个
人。啥人么？金枪将文聘，文仲业。格个人比较正派。傛看俚登在旁边头，头沉倒，勿开口，面
孔上带一点格种忧愁格样子。看上去俚也是同情刘备。要么吾来搭文聘辩辩挡？噬，慢。文聘
啦，吾搭俚平常辰光吭不啥大交情。俚在荆州，吾在襄阳，虽然现在碰头哉么，一般性的。那么

俚屋里向么有娘了，有家小了，有小囡了，勠吾去搭俚讲么，俚非但勿帮忙了，外加泄漏风声去豁翎子介？呃呃，勿好。干格种事体，勿能够人脱多。算了，一干子来。一干子么哪哼呢，吾下城头。吾上马、提刀，关照开城门，拿吊桥绳索砍断，吾马上就去请刘皇叔回转来。只要赵子龙杀进城么，就哦不事体。对。

魏延转停当念头，俚假痴假呆，轻轻叫，演下城楼，哈啦铿铿……到城脚底下，关照旁边头小兵："带马扛刀！""是！"咳咳砭咳、咳咳砭咳，红鬃马带过来。魏延拿头上红铜盔一整，身上红铜甲检点，摆鞍鞯，掂踏蹬，豁上马背。红铜刀拿过来，嗒！噗——手里向执一执好，在城门洞口。"守关将。""魏将军。""开城门。""魏将军，啥场化去？""到城外。""魏将军，阿有都督令箭？""这——倒没有。""格哦不令箭？蔡都督刚巧关照的，哦不令箭，勿能开城门的。呃，魏将军，请俫到城楼上去，碰头都督，问都督拿仔令箭了，再到该搭点来。"魏延想，吾哪哼好去拿令箭？吾拿令箭，蔡瑁勿会拨了吾，格哪哼好听俫？"那——个不行。""格么，俫，俫，俫自家勿肯去问蔡都督拿令箭么，什梗，俫等一歇，吾来到城头上，吾去请示仔都督了，那么再开城门，俫看阿好？"魏延想，勿是一笔账？俫去告诉仔蔡瑁么，仍旧开勿了城门。"不能！你与我开——关厢。""格魏老爷，俫令箭么哦不的，吾去请示么，俫又勿肯的。格个吾哪哼好开城门呢，蔡都督关照的，哦不令箭开城门，要杀吾格头。""魏老爷叫你开城关，你就不开？""咦，魏老爷，俫虽然是襄阳大将，可以开城门。但是今朝情形两样，格个今朝、今朝格个勿来赛。""你敢讲三声，不——开关厢？"格守关将倒梗着呀，格魏老爷，格个哦不令箭吾勿开。勿许吾请示，吾勿开。勿开，勿开么就是勿开。魏延想啥格物事？俚连说五声勿开，俚就起手里向口红铜刀，望准俚头颈里向"去吧！"嚓！尔嘚——铿！掼倒了。魏延就起手里向把刀，望准城关上格锁上，辣！一刀砍上去么，擦冷！锁去脱。开城！关照旁边头小兵，搭吾开城门！俫刀一扬么，旁边小兵拨俚威胁了，哦不办法么，只好拿城门，嗝呃咁咁……城门开。

魏延格只马，哈啦！出城门，上吊桥，到吊桥桥面上，俚，嗯！两只脚踏蹬上立起来，啪！躲到马鞍鞯上，拿口刀，嗯！举起来，望准上头根绳索上，嚓！砍着，绳索断。哈冷——荡，吊桥平铺。等到吊桥铺好，魏延格只马，上吊桥。俚要紧喊："二主公，请回来，进城关，共杀卖主求荣，蔡——贼。二主公，你回来——呀！"俫在喊么，刘备唵听见？勠听见。啥了勠听见么？因为老百姓格声音大勿过。哗——哭声、骂声、喊声。况且么，俚笃跑仔一大段路了。俫魏延一干子在该搭点喊么，哪哼听得见？听勿见。魏延枉当枉当喊，看俚笃哦不反应么，俚阿要急格啦？格么魏延啥勿拿格只马追上去，追牢赵子龙，叫俚笃回转来？俚勿敢离开吊桥。吾离开吊桥，勠拨俚笃，绳索接好，拿吊桥扯起来，城门再关上么，勿来赛。原旧哦不用场。

俚勿好离开吊桥，只好在吊桥桥面上喊。"赵将军哪，你慢走啊，你快快回来呀！"俫在该搭点喊么，城头上蔡瑁得报。"报，禀都督，不好了。""怎么样？"什个长，什个短，魏将军刚巧下去，拿守关将结果性命，斩关落锁呃。现在辰光俚砍断吊桥绳索，要到城外头去，拿二主公人马引进关厢。"啊？"蔡瑁对准吊桥上一看么，果然哟。魏延枉当枉当在喊刘备回转来。"好啊，他妈——的，来啊！""是。""把千斤闸放下。"城门拨俚劈坏，有个千斤闸。千斤闸可以放下来的。嘎嘎咁咁……咁！千斤闸，落。好了，城外头勿好进来。

蔡瑁那笃定，只要一下千斤闸，就呒啥问题了。"蔡中、蔡和。""在。""有。""到魏延家中，把他老母、妻子两颗首级，拿到这儿来。""得令。""遵令。"两家头去。马上去拿魏延娘了家小两个颗郎头，拿得来了。

蔡瑁贼眼乌珠咽溜溜对两旁边一看。魏延阿有同党？一看么金枪将文聘搭俚勿是自家人。对文聘望望，文聘啊文聘，侬阿要动？侬要动么，吾旁边头大将俦在。格辰光蔡勋已经立到仔文聘旁边头来哉。文聘心里向难过啊。文聘想，魏延啊，吾搭侬虽然勿是有啥格深交，格么今朝侬做格桩事体，侬啥勿搭吾商量商量呢？吾同情侬呀，吾愿意帮侬忙的。假使吾搭侬商量好，侬下去斩关落锁，吾马上宝剑出匣，望准蔡瑁头颈上一架。侬动？侬动，吾马上斩脱侬颗郎头。拿蔡瑁做人质么，俚勿敢动手。勿敢动手，就可以引刘皇叔进城。但是现在勿来，侬又呒搭吾商量，侬下去了。好了，蔡瑁现在千斤闸落，派蔡中、蔡和到侬屋里向，拿侬娘了、家小颗郎头拿下来。蔡勋已经走到吾旁边头，要帮忙俦帮勿转。那么吾屋里向也有格白发苍苍格老娘了，吾如果轻举妄动么，娘格性命也要保勿牢。文聘，心如刀割了，爱莫能助，头沉倒勿响。魏延枉当枉当喊，叫啥刘备格人马越喊越远，喊喊看勿见哟。因为转过树林了，勿看见俚笃哉哟。

"哎呀！"魏延回头一看么，千金闸落，那么完结。不好进城，千斤闸落仔下来。喔哟，魏延想着吾城里向还有一个娘了，还有格家小了。勠蔡瑁阴损俚笃。俚要紧圈转马头，对城楼上，"蔡都督请了"。"不敢当。"刚巧骂吾卖主求荣，蔡贼，现在叫吾都督，勿敢当。"方才魏延一时糊涂，冒犯都督。谅必都督不容了。喏喏喏喏，可能把我的老娘、妻子，放出关厢，魏延另投别主。日后，决不忘怀你都督的恩德。""好说，好说，你的老母、妻子，本都派人去请了，马上就到。""多——谢都督。""不要客气。哼哼哼哼哼哼哼。"格贼，阿要糊啦？明明派人去，拿魏延娘搭家小颗郎头割下来，俚还要说派人去请俚笃到该搭点来。蔡中、蔡和去杀魏延笃娘了家小，几化便当。手无寸铁，两个女人妈妈，嚓嚓！一来兴，两个颗郎头就拿下来。两颗血淋淋首级已经送到城楼上，摆到蔡瑁旁边头。

蔡瑁拿两个颗郎头拎起来，"魏延，你看好啦啊，你的老母、妻子，来了！"噢！两个头拎起来，尔噷——尔——尔噷，两荡么，望准城外头，尔——抛出来。魏延看见两颗首级，噷！得在马前头地上么，娘、家小，两个脑袋。魏延马背上哪里想能坐得牢，擦冷！尔——噔！掼下来。膝行过来，扎扎！发臼上抓牢，两个颗郎头拎起来一看："啊呀，母亲，娘——啊！妻啊！我的夫人啊！都是魏延不好，累及老娘与妻子，受一刀之苦。蔡屁贼，你杀我老母、妻子，不共戴天，日后魏老爷，要与老母妻子，报——仇雪恨，嗯！"两个颗郎头格发臼，缚一缚牢。马头颈里一放，嗒！刀一执，啪！跳上马背，"蔡贼，吾不杀你这蔡贼，誓——不，为——人"。哈啦啦啦……去。"哼！好吧，我等着你。我等着你来，哼哼哼哼哼。"啊呀？啊嗯，蔡瑁想吾忘记哉喏，刚巧蛮好放一排箭，一排乱箭发下去么，拿俚搠煞仔了完结。现在逃脱，算了。让魏延去。

魏延到啥场化？一般讲起来么，俚应该去投刘备的。吾为俤刘皇叔，斩关落锁，要请俤进城，结果么喏，吾娘了家小俦拨蔡瑁杀脱。吾到该搭点来投奔俤。格么刘备呢，非常感激俚了，而且要重用俚。但是魏延呢，勿去投刘备。啥了俚勿去投刘备呢？魏延也有想法。魏延想刘备，自身难保了。俚在吃败仗，逃难。吾现在马上是要带人马来搭娘、家小报仇么，吾呐吭去投刘备呢，投仔刘备报勿着仇格呀。吾现在要去投一个东家，要有力量的，马上带兵好杀到襄阳来。一转念头么，只有一个办法。啥格办法呢，去寻自家阿哥去。俚有格结拜弟兄叫黄忠黄汉升，在长沙，执掌兵权。吾去投奔黄忠去，对。

路过三岔路口，两个颗郎头带仔赶路勿便当的。扣马，马背上跳下来。挖一个墰，拿两个颗郎头墰里向一放，泥盖一盖没。嚓！斩一棵树丫枝下来，望准坟门前插一插，做一个记认。然后魏延，卜咯笃，跪下来，叩头通神："母亲，老娘啊，不孝孩儿，累及老娘，被蔡贼所害。如今孩儿往长沙，吾要带领人马到来，与老母、妻子报仇雪恨，还望老母、妻子在冥冥之中，要保佑孩——儿呃！"俚，嗒！刀一执，啪！跳上马背。哈冷冷冷冷，哈啦啦啦——到长沙。

当时到长沙格路路蛮远格啊。一日一日下来。其日仔搭到长沙，进城关，到黄忠公馆门口下马。跑进来要求见黄忠么，叫啥黄忠格家属讲，老将军勿能见客。为啥么？病重如山。老将军在生病，病重得蛮危险了。魏延只能够，到病榻门前看仔一看，也勿好开口哉。看黄忠病重得什梗样子，吾呐吭好去问俚借兵呢。吭不办法，黄忠格家属拿俚留下来，就住在黄忠格屋里向。

隔了一抢黄忠格病好。魏延过来碰头黄忠么，黄忠呆脱哉呀？贤弟啊，俤哪恁戴格孝了嗨啊？勍去讲俚，吾娘过世了。啥辰光过世呢？什个长，什个短，家破人亡，老母、妻子被杀。吾呢跑到该搭点来，要来问俤老兄借点人马了，杀奔到襄阳。吾要拿蔡瑁结果性命，替老母、妻子报仇。呃，黄忠说：俤豪燥勍讲格闲话。为啥？现在谈勿上。呐吭啦？长沙太守刘蟠，是刘表格阿侄，现在下台了。跑脱了，隐居去了。长沙来仔格新太守，新太守啥人呢，曹操派得来的，叫韩玄。现在该搭点长沙变仔曹操地界了。蔡瑁是曹操手下格都督哟。蔡瑁如果晓得俤逃在长沙，俚一封公文到该搭点来，俚马上好拿俤捉格啦。俤性命侪危险，俤呐吭去报仇呢？"黄大哥啊，如此说来，吾老母、妻子之仇，付与流——水，不成？"兄弟，勍难过。君子报仇，十年未迟。

倸该搭点权且登下来，将来有机会，再报仇。

魏延听不办法，大哭一场。黄忠拨俚五百两银子，办两口棺材，寻到襄阳城外头，就是做好记认格地方咯。就拿两个颗郎头拿出来，棺材里再摆点衣裳么，算代表身体。拿老母、妻子入土为安。然后呢，魏延回到长沙，就做黄忠格副将，在韩玄手下办事。直要到将来，俚得信，蔡瑁到赤壁，拨了曹操，嚓！结果性命。蔡瑁拨曹操杀脱。喔哟！俚开心啊！狗咬狗。嗳，总算格个蔡瑁格家伙，勿死了吾手里么，拨了曹操杀脱，格仇赛过替吾报了。后来呢，要关云长兵进长沙郡，魏延搭救黄忠，杀韩玄，投奔关公，再到刘备搭么，格是后书再提啦。吾拿俚表过。

那么吾现在又要交代，刘备搭诸葛亮。离开襄阳，往门前头赶路格辰光。格个时候，诸葛亮胸口头，赛过放好一块大石头啦。心情沉重。为啥呢，诸葛亮在想，老百姓寄脱，格是上上大吉。老百姓寄勿脱，带仔俚笃一道跑路，跑勿快呀。男男女女老老小小，搀格搀，抱格抱，呐吭来赛呢。倸走得什梗慢，曹操人马追过来，追牢，格场败仗，叫非败不可。赛过挺打啦、让俚笃追过来打。刘备假使败起来，呐吭办法？吭不人来救，呐吭办法？诸葛亮格个辰光，要思考。

诸葛亮出场，投刘备啦，是刘备齐巧在最困难格辰光。诸葛亮在将来格出师表上，有两句，叫"受任于败军之际，奉命于危难之间"。格个两句闲话呢，就是指，出茅庐之后到刘备搭，齐巧刘备在败军之际。刘备在顶顶困难、顶顶困难格辰光。诸葛亮要应付什梗格局面，既要保护刘备，又要想办法，能够立定脚头。非但能够立定脚头，而且还要扩充实力。还要搭曹操去抗衡，还要成功三分天下。格个几化困难了。现在是三分天下渺渺茫茫，还勿可考虑格个问题辰光。首先要考虑，哪怎样子保全刘备格实力。哪怎保护好东家，在吃败仗格辰光，勿至于全军覆没了，牺牲在战场上。诸葛亮一转念头么，别样办法吭不，只有去讨救兵。啥场化去讨救兵呢，江夏郡。江夏郡大公子刘琦搭还有几万兵。荆襄九郡，八郡投降了。因为侪是刘琮格地方了。刘琮投降曹操么，侪归曹操所有哉咯。只有江夏郡，大公子刘琦，搭老大夫伊籍呢，俚笃勿会投降。俚笃勿投降呢，看上去苗头，吾伲江陵去勿成功么，江夏还是可以去的。虽然吾搭老大夫伊籍讲过，请老大夫伊籍，向大公子刘琦报告，叫俚笃准备仔船只，弄僵格辰光么，可以接吾伲到江夏去。现在呢，吾要派人正式到江夏去讨救兵。诸葛亮就搭刘皇叔讲，吾伲现在格人马，到此地来啦。襄阳勿能够寄脱老百姓，追兵将到。吾看，要派人到江夏郡去问大公子刘琦讨救兵。勿讨救兵呢，勿来赛。格么刘备说，派啥人去呢？派关公。

诸葛亮就拔一条令箭，关照旁边头："君侯，听令。""关——某，有！""令箭一支，带领公子关平，副将周仓，校刀手五百名，立即赶奔江夏，相见大公子刘琦，讨取救兵，前来接应主公。""尊——命。"接令。云长退下来，锦囊拆开来一看。诸葛亮关照俚，马上赶奔到江夏郡，去问大公子讨救兵。讨着救兵，倷就过来，从该条路上来迎接好了。关公去，然后呢，诸葛亮、刘备、张飞、赵子龙、文武官员，败残军兵，搭难民们等，让俚笃呢，望准门前头去。等到俚笃到当阳道了，吾再交代。

缩转身来，吾再交代襄阳城里。蔡瑁呐吭呢，蔡瑁俚马上下令，拿魏延屋里向，两个吭头尸段成殓埋葬。魏延屋里向家当全部抄没。俚呢，又接着一封信，曹丞相关照俚送五百只船去。俚禀明刘琮之后么，刘琮说倷送啊。五百条船送到樊城，蔡瑁、张允见过曹操，曹操收下一票礼物。曹操马上就封蔡瑁，为大汉水军正都督，镇南侯，张允为大汉水军副都督，征南侯。格呐吭两个侪是真南侯呢，音同字勿同。蔡瑁格镇南侯，斜金边旁，加一个真假格真，是镇压格镇，镇南侯。张允格征南侯呢，双眼人加一个正月里格正，征伐格征。曹操为啥道理封俚笃两家头侯爷呢，先拨点好处拨俚笃，让俚笃死心塌地帮吾格忙么，吾人马过去起来啦，得襄阳就便当。曹操有五百号船只之后么，六十五万大军，离开樊城，摆江。到对岸，上岸，行军过来，直到襄阳城外，离城十里，设立营头。

营头立好，曹操派人去请刘琮到城外来碰头。刘琮出城关相见。刘琮请丞相明朝进城，曹操答应。曹操还骗刘琮了，吾终归奏明万岁么，皇帝圣旨就要来的，吾保管倷能够永镇荆襄，刘琮上当。勿晓得明早转来，曹操俚一进城关，哈啦！拿大权就夺到手里，马上就假传圣旨。朝廷圣旨已下，说倷刘琮父丧不报，不孝之罪，第一大罪；弟占兄业，夺阿哥家当，第二大罪；未奏朝廷，自立为王，第三大罪。格个三大罪呢，倷勿能够做荆州牧，也勿能够袭爵为王。现在朝廷开恩，罚俸三年，到青州做太守之职，立即上任动身——么，刘琮呆脱了呀，勿能勿走。那么蔡夫人、刘琮，带仔丫头、家将，车子，嘎冷嘎冷——出城。唔笃出城么。曹操关照蔡瑁、张允送。送只能够送到城门洞口，勿能够送出城，蔡瑁、张允回过来，见曹操报告，俚笃出城了。

曹操问：阿有大将保护？咦，格个吭不。啊？吭不大将保护呐吭来赛啊？曹操马上发令，派毛玠、于禁两家头带领五百名军兵，保护刘琮。其实呢，关照毛玠、于禁两家头，乔装改扮黄巾强盗，冲上去，嚓嚓！拿刘琮母子结果在路里向。拿车子上点物事全部抢光。曹操辣手。什个样子一来，刘琮母子死了。荆襄八郡，侪到曹操手里。荆襄八郡有二十八万大军。集中到襄阳来，也归曹操所有。曹操另外抽十万兵驻扎在荆襄八郡。

曹操派人打听刘备消息么，今朝曹操得报，"报——禀丞相"。"何——呃事？""小人奉领打探消息，今有刘备带领两县百姓，他们逃难，离开了樊城一月有余呃，只有三百余里。刚到当阳道还未及长坂坡。请丞相定夺。""再——地探。""是。"探子退下去，曹操得意啊！"咦！嘿嘿嘿嘿……孤穷刘备带领人马，逃仔一个月内，只有走三百余里。现在人马叫啥，刚巧到当阳道，还勪到长坂坡。格是吾一日一夜就能够追牢刘备哉。那吾要去消灭刘备了。

曹操俚拔一条令箭，关照旁边头："高览听令。""有！""令箭一支，带领轻骑队三万，限尔一日一夜，追抵当阳。如将刘备拿获，千金重赏，官封万——呃户侯。""得令——呃！"高览接令箭，退下来。带领三万轻骑队，日夜赶路，赶奔当阳道。那么刘皇叔要兵败当阳，赵子龙单骑救主，下回继续。

第四十三回

刘备祭墓

　　曹操兵进襄阳，现在得信刘备，带了老百姓逃难，刚巧跑到当阳道。曹操派高览带三万个轻骑队，限高览一日一夜，要追到当阳道。倘然倷能够拿刘备捉牢呢，千金重赏，官封万户侯。

　　曹操自家带几化军队接应呢，七十二万。本来曹操，在宛洛道发兵格辰光，是七十五万军队。火烧新野县，张辽损失脱十万人马呢，曹操还剩六十五万。那么曹操一到襄阳之后，拿刘表部下二十八万军队呢，并到自家格队伍里，格么共总侪在呢，曹操有九十三万大军。曹操就在自家本部格六十五万军队里向，抽十万出来，驻扎在荆州、襄阳、南郡，零陵、桂阳、武陵、长沙等等格些地方。因为荆襄九郡啦，江夏郡大公子刘琦勿投降的，八郡到曹操手里。格么曹操拿二十八万军队并到自家队伍里向呢？共总侪在，留出十万之后啦，俚还有八十三万。格个八十三万大军，将来到赤壁么，就是格个数字。格么其中呢，有八万是水军。曹操关照蔡瑁、张允两家头，唔笃拿水军，船只齐集之后，待命发出。吾等到消灭脱刘备之后啦，吾马上来通知唔笃，从此地出发呢，预备兵进江东啊。所以蔡瑁、张允勿到当阳去。拿点水军呢，在此地集合。格么刘表部下格水军人马勿少，船只要有两千多号啦。蔡瑁、张允当然咯，对曹操呢，叫又是感激，又是恨，非常复杂的。感激点啥呢，曹操封俚笃两家头为大汉水军正、副都督，镇（征）南侯，高官显爵，地位高了。恨点啥呢，就是曹操拿刘琮母子两家头结果性命。因为蔡夫人是蔡瑁格阿姐，刘琮呢，是蔡瑁格外甥。开头勿晓得，曹操派毛玠、于禁带五百个兵去保护刘琮，送俚笃到青州去，说半路上碰着接格人了，回转来。后首来，人口扎勿没的。消息传开来，拨了蔡瑁晓得之后么，蔡瑁当然是耿耿于心。但是呒不办法。俚要高官显爵，享荣华、受富贵么，俚只能够拍曹操马屁，但是呢感情上终归有什梗一个疙瘩。曹操后来也晓得的。所以曹操一到赤壁之后，对蔡瑁、张允呢两家头是另眼相看。为啥呢？忌一脚。因为吾杀过刘琮母子，可能够俚笃两家头对吾有看法的。故而后首来，群英会蒋干盗书，曹操中计，拿蔡瑁、张允两家头杀头呢，格种根啦，就是现在种下的。

　　格么蔡瑁、张允方面格事体，吾且一且开。曹操七十二万大军，接应高览呢，部队从背后头出发，曹操行军也是非常快，比轻骑队呢，要稍微要慢着一点点。唔笃人马在望准当阳道方面，浩浩荡荡赶上来。格么刘备呐吭？刘皇叔、诸葛亮、赵子龙、张飞、文武官员，败残军兵，还有呢二十余万难民。点难民，路上下来，吃，呒不好好叫吃；困，呒不好好叫困。碰着风雨交加格辰光么，生病人也有。那么有种年纪大格人，本来身体勿大好格么，当然在逃难格辰光，医药条件总归比较困难一点咯，死脱。死脱之后呐吭弄法呢，就地埋葬。要棺材也呒不的，就什梗拿茅柴裹一裹，挖一个墰么，葬脱了。那么格家人家有仔一个人，死脱在路上么，当然伤心格咯。哭。哭了以后呢，影响别格人家格情绪。所以老百姓沿途呢啼啼哭哭了，真是叫惨不忍闻。

刘皇叔今朝路上下来格辰光，刘备勿晓得该搭点是当阳道。因为吃得格败仗，一埭路下来格时候啦，俚也昏头昏脑了。诸葛亮脑子蛮清爽，诸葛亮在刘备马匹旁边头。车子，轧冷轧冷，忎磕吃咳、忎磕吃咳，太阳呢，偏西了。有种老百姓已经在啰唪："噢，皇爷唉，俉走勿动哉，阿能够安营休息吧！"刘备就问孔明："军师，你看，可要安营？"诸葛亮想辰光早了嚜，刚巧太阳偏西，马上就要安营哉。俉路走得实在少勿过啦。老实讲，俉望东南面多逃一里路呢，就是离开曹操远一里。俉少走一里路呢，曹兵追上来起来，就更快格拿吾俉追到。"主公，再——走一程。"再跑脱一段吧。"好啊，请军师传令。"诸葛亮格部车子到门前，通知手下，唔笃去敲一敲锣，关照老百姓，再跑脱一段路，休息。那么小兵命令传达下去么，老百姓望准门前头，嚯咯咯咯咯，在赶路。

诸葛亮车子往门前去呢，刘备搭张飞两匹马平排平，咳咳吃咳、咳咳吃咳。马匹在过来格辰光，刘备呢，心事重重，昏闷。张飞呢，俚勿上心事，俚想得开煞。俚也晓得困难，也晓得危险。曹操人马有可能在背后头马上要追上来。格张飞呐吭想法，曹兵来，来么打。打勿过，打勿过么走。走勿脱，走勿脱么死。死么一重关，大不了一个死字。急有啥用场呢，急仔曹兵勿来啦？急仔么败仗就勿吃啦？困难就过去啦？勿可能够格么。所以俚在马背上跑格辰光呢，还在对旁边头看。望到旁边头，山接山，山连山，丛山峻岭。

张飞抬头一望："嚯！喔哟！大哥啊，你看，此地出鸟的所在到——呃了。"刘备一听么响勿落。兄弟啊，呐吭俉格人什梗戆头戆脑？叫啥说，该搭点出鸟格场化到了。鸟么啥场化呒不呢？哪惒说，此地是出鸟格场化。刘备阿要抬起头来看。抬头一望么，"嚯唷"只看见天上格鸟啦，一大群。可以说后面格天，侪要拨俚遮没了，黑沉沉一来啦。刘备奇怪了，哪惒有嘎许多鸟呢？"哗啊——"鸟飞过格辰光，其中还有只老鸦在对下头叫了哟。"哗——哗——哗！"

"嗞，奇——呀？"刘备心里向转念头，老鸦归窝？辰光勿对。老鸦归窝么应该是夜快点，夕阳西下。那么唗，飞鸟归巢。现在勿像鸟归窝咯？而且格鸟并勿就是乌鸦咯？很多鸟，哗——各其各式的，侪飞了。而且格种鸟格样子侪看得出，蛮惊慌。哗——惊鸟啦，朝东南方面在过去了。刘备弄勿懂。

格张飞看见仔开心。"呃，大哥啊。嗳，小弟来放箭上去，射几只下来，晚上喝酒。"刘备对俚望望，俉实头勿动脑筋的。叫啥要放点箭了，射两只鸟下来，夜头吃野味了，吃老酒吧。因为路上行军，吃得实在苦勿过。开开荤了，打两只鸟下来。"哈呀，三弟啊，我们赶路紧要，何必去伤害它们。"算了算了，吭不格种心思在打啥种鸟了。那么刘备吭不兴趣么，当然张飞也勿射箭哉咯。

诸葛亮部车子在门前头，听见背后头张飞在讲，此地出鸟格场化到哉么，诸葛亮也要看哉。卧龙先生颗郎头从车子里向探出来，抬头一望么，"哈——啊！"嘎许多鸟，哗——飞过去。诸葛亮心里向明白，啥体啊？曹兵马上就要到了。看上去勿会过今朝夜头三更。何以见得呢？鸟啦，就是一种信号，一种迹象。因为曹兵人马从后头，哈——冲过来了，路上格鸟阿要吓的？一吓么，拱——飞起来。曹兵从西北方面过来么，鸟往东南方面去。因为曹兵勿是一个两个啦，人头实在多。三万轻骑队在行军过来格辰光，吓得格种鸟往门前飞么，鸟是越聚越多，越聚越多，朝门前在过去。诸葛亮看到什梗许多鸟，而且格鸟飞格样子啦，很急，格种鸟叫啥？叫惊鸟。格鸟受过惊吓了。为啥道理要惊鸟南飞么？北面有人马来了。

啊呀！诸葛亮心里向转念头，倘然说，今朝夜头三更天，曹兵要杀到此地块么，呐吭办法呢？吾派关云长到江夏郡去讨救兵，直到现在，讯息全无。云长还吭不来。那么吾留在该搭点，曹兵到，吃败仗。吭不人来接应，要弄得了不可收拾格咯。格呐吭办法呢，孔明一动脑筋，只有一个法子。吾立刻离开当阳道，啥场化去呢，吾来赶奔到江夏郡去碰头大公子刘琦。关云长去借兵，吭不借着，吾去搭刘琦商量。唔笃阿叔，现在在当阳道吃败仗了。俟弄点船只，弄点救兵了，让关云长带仔过去，接应唔笃阿叔了，拿俚笃接到江夏郡来。别人去勿来。只有吾亲自出马。啊呀，别样吭啥，吾跑脱了，刘备在当阳道吃败仗，人家勷讲格啊？人家说起来，诸葛亮格家伙，糨货。俚晓得追兵要到哉，晓得刘备要吃苦头，俚拔短梯，一溜头，跑脱了。俚么到太平格场化去，让刘备么，留在当阳道吃搁别。格个名气难听了，人家要议论的。格么吾勿去，要顾恋自家格名气。吾留在该搭点，帮刘备格忙，吃败仗么一道吃，有吾在该搭点指挥么，终归要好过相得多。吾勿去么，俟派别人去讨救兵，讨勿着格啦。因为啥？关公去，关公，搭大公子刘琦，多少是有点关系的。因为刘琦是刘备格阿侄，关公呢，是刘备格兄弟，结拜弟兄。格么总算叫名头，也有点叔侄之情。关公去借兵俦借勿着么，别人去勿来赛，只有吾去啦。因为吾搭大公子有交情。大公子当初在荆州辰光，蔡夫人要害煞俚，俚搭吾商量啦，荆州城，公子三求计。是吾想出来格办法，叫大公子到江夏郡。离开荆州，蔡夫人就勿能拿俟害煞。吾对刘琦呢，有救命之恩，俚对吾是感激的，吾去讨救兵呢，俚无论如何会答应。什梗一来呢，可以拿刘备接到江夏郡，避过什梗一个灾难。从大局着想，只有吾去。至于人家要议论，勿能考虑格些名堂。只要吾问心无愧，吾并勿是见仔困难了溜脱，也勿是虬脱仔刘备了，做半吊子，吾管吾逃走，勿是什梗格意思。

诸葛亮转停当念头么，就下令："停——队。"军师命令一下，停队么，哗——队伍就停下来。扎营吧。马上顶钎子，布帐篷，埋锅造饭。老百姓了小兵么，就可以端准吃夜饭。刘皇叔下马，文武官员大家下马。诸葛亮出车子，到中军帐齐集。坐定下来休息格辰光，诸葛亮问刘备："主公。""军师。""二将军，江夏借兵，怎说，音信全无？""着啊，刘备也在这里挂念吾家二——弟呀"啥格路道，俚勿来呢。"莫非大公子不肯借——兵。""这。"刘备想勿会。为啥呢，大公子刘琦格人啦，非常忠厚、善良，搭吾格感情呢，交关好。吾有危难了，吾派兄弟去问俚讨救兵了，俚无论如何会得答应，勿会回头的。"只怕未——必。""那么，因何君侯，不——来呢？"既然大公子肯借格么，啥体关公勿来呢？"呃、呃，这，这，这倒刘备未曾知——晓。""吾看，救兵不到，如其曹军杀至，难以抵——敌。""军师有何高——见？""亮，赶奔江夏，前去相见公子，讨取救兵，然后再来接应——主公。""喔？军师前去？""是啊！""啊呀呀呀呀，军师去后，倘然曹军杀到，叫刘备，如——何是好呐？"吾全靠俚在指挥，俚跑脱，吾弄勿连牵。"不妨，亮，发令，安排就——是。"吾会得发令的，吾跑脱啦，吾交代文武官员，各人做啥格事体，侪安排停当。万一曹兵杀到呢，也能够应付。刘备心里转念头么，诸葛亮走呢，勿舍得的。吾离勿开诸葛亮了。诸葛亮勿走呢，救兵勿来，救兵勿来呢，要完结的。格么只好硬硬头皮，让诸葛亮去吧。"既然如此，那么烦劳先生，发令，安——排。"

诸葛亮马上提起一管笔来，写了两封锦囊。拔一条令箭，关照旁边头："子龙，听——令。""末将赵——云在——吔。"赵子龙从旁闪出。诸葛亮手招招，"站——近些"。走得近点。赵云弄勿懂，为啥道理诸葛亮关照吾要走得近点呢？喝冷蹭蹭——走到虎案门前头。"将军，令箭一支，带领五百军卒，保护二位主母，与小主人，前队赶路。"诸葛亮说到格个地方，起格只右手，望准赵子龙格只左手上，嗒！脉门上抓牢，嘎啦啦啦——一把，"将军，须要当心，保护主母、公——子"。"嗯——是！"赵云呆脱哉哟。诸葛亮格语气，俚关照吾，保护甘夫人、糜夫人、刘阿斗。特别关照，主母公子俚要"当心啊！"说到当心，望准吾脉门上，嘎啦！一把，一震。格个捏一把啥意思？有勿少闲话，勿便讲清爽，只能够在手势里向来了。嘎啦！一把么，隐隐然俚当心噢。俚格任务重大，主母搭小主人是非常危险，全靠俚哉哦。"遵——呐令。"赵云退下来，拿锦囊拆开来一看么，"喔——嚯呀！"为啥道理？紧张。照诸葛亮锦囊上关照，好像曹兵啦，马上就要杀到，甚至于今朝夜头，就会得到当阳道来了。俚关照吾，俚呢，带领五百名军兵，保护头队望准门前头赶路格辰光，一定要过了长坂坡、长坂桥，过桥，那么算安全。勿过长坂桥呢，俚随便呐吭勿能够离开车辆。要寸步不离，保护主母、公子。

赵子龙心里向明白，晓得局面紧急。俚跑到外势关照，五百名军兵集合。叫五百名军兵，唔笃埋锅造饭之后，要做好战斗准备，随时随刻，命令一下，马上就能够出发。用现在闲话讲起来是，一级战斗准备，进入临战状态。赵子龙关照停当之后，回过来，旁边头坐定。

诸葛亮在拔第二条令箭，"三将军，听令！""有！"张飞立起来，诸葛亮勒关照俚走近点，张飞心里向转念头，赵子龙刚巧走近点，诸葛亮捏俚一把么，格是吾搭赵子龙一样啦，吾也应该要走上去。诸葛亮勒关照么，俚自家跑上来，"呃，站近些些"，喝冷蹭蹭——哗啦！只手伸过来，对诸葛亮一看，赵子龙捏一把么，看上去，吾也要捏一把。诸葛亮响勿落，对张飞望望，那么张飞啦，虽然么战樊城格辰光会用计了，但是俚戆大格性格一面呢，还是保存了。吾赛过捏仔赵子龙格手，勿捏俚格手是，张飞要勿窝心了什梗。喔哟，格诸葛亮么看重赵子龙了，看勿起吾了，俚欢喜俚了，格阿戆要吃醋了什梗。诸葛亮关照俚："三将军，愚师此往江夏，讨取救兵，多则五日，少则三天，便要归来。尔，代——理军师。""呋喝喝喝"，喔哟，张飞一听窝心格。诸葛亮搭俚讲，叫吾代理军师。掌大权啦，二哥勿在，啊，吾保护大哥么，吾代表诸葛亮了，代理军师。三日天、五日天里向，横竖诸葛亮就要来格啦。"皇叔，由尔保护，倘然愚师归——来，主公太平无事，还则罢了。若有不测，尔这匹夫，休来见——吾"。扎！一把抓上去，嘎啦！一震，"嚯！"张飞顿时就觉着，肩胛上格分量重。为啥呢，诸葛亮关照俚：吾跑脱之后，刘备在俚身上，刘备倘然太平无事，还勒去讲俚。有点啥三长两短么，俚勒来搭吾碰头！"得令啊。"

张飞接令箭退下来，锦囊拆开来一看，喔，诸葛亮格语气是，写得非常紧张。关照俚：注意，吾跑脱之后，俚要寸步不离，保护好刘备。随便呐吭勿能够搭刘备离开。假使曹兵杀到，诸葛亮加一个虚字眼了，假使了，其实是诸葛亮心里明白，曹兵就要来快哉了。假使曹兵杀到，俚呢，往东南方面撤退，记好方向，往东南方面走。要过长坂桥，那么俚可以守。格名堂叫啥，遇桥而守呀，遇林而伏。诸葛亮交代俚两句闲话，看见桥，俚保守住。看见树林，俚要布置埋伏。张飞心里向转念头，"阿呀！"照格封锦囊上格语气讲是，情形蛮紧急了。老师，昨日也勒讲要跑，今朝早上勒说要走，现在着生头里临时提出来，要跑了。看上去苗头蛮讨厌。俚关照吾保护刘备，寸步不离，格么呐吭弄法呢？张飞拿锦囊身边一袋么。俚自家勿坐了，俚望准刘备背后头一立。捋仔格两根阿胡子，"嗯"，啥体么？保护刘备啊。啥体要立在贴身呢？咦，寸步不离哟。寸步不离么，吾就勿能够离开刘备式远了。立好在俚背后头么，吾终归看牢大哥。

诸葛亮心里向转念头，点老百姓呐吭办法？再是条令箭，"老太守"。樊城太守刘泌立起来，"刘泌，在"。"带领公子刘封、三千军卒，保——护百姓。""尊——令。"刘泌答应。刘泌呢，搭公子爷刘封，带三千兵，在后队，保护百姓。因为俚是樊城太守，俚对老百姓呢，感情比较深，让俚登在后队，掩护老百姓望准东南方面走。诸葛亮心里向是明白的，老太守虽然有点武功，毕竟年纪大。看上去该格一次，俚在后队上，比较危险。但是也吭不办法啦，只好派俚去。那么俚去保护百姓还比较合适一点啦。

诸葛亮心里向想，吾么跑，终归叫赵子龙一个人，要保护甘、糜二夫人搭刘阿斗，看上去危险比较来得大，勿大放心。而且张飞一个人保护刘备呢，也有危险。因为曹兵，哈冷当，冲到之后啦，难免刘备搭张飞要有发散格辰光，顶好呐吭呢，顶好让赵子龙搭张飞两个人保刘备。一左一右，格么嗻，纵使曹将杀到么，有俚笃两个人在，就是一个人离冲冲过去打，有一个人保护刘备么，刘备就吭不危险。格保险系数赛过可以高一点。格么赵子龙要保护刘备么，两位主母呐吭办法呢，刘阿斗呐吭办法。什梗，吾来搭刘备商量，让吾拿甘、糜二夫人，刘阿斗带仔一道跑，撤退到江夏郡，离开当阳道。什梗样子一来么就吭不事体哉。保护刘备格力量呢，也好增加一点了。

"主公。""军师。""二位主母与公子，待亮带往江夏，主公以为如何？""噫，这？"刘备心里向一转念头，诸葛亮蛮诚恳提出来，要拿吾两个家小搭儿子一道带仔，动身到江夏郡去。先送到后方，太平格地方去，万一曹兵杀到么，可以避过格个一场灾难了。好是交关好了。倷诸葛亮格情，吾心领了，但是吾勿能够什梗做。为啥呢，假使倷拿吾家眷带到江夏郡，曹兵，嘎冷当！冲到，老百姓遭难，勿晓得要死脱几化人。俚笃要怨格呀，俚笃要讲格呀：刘备是晓得曹兵要来哉，拿自家格家眷么，先送到太平格场化，到江夏郡去。俚格家眷么是性命，倷老百姓格家眷么勿是性命，应该死脱在当阳道的。格个名气就难听了。刘备心里向转念头，曹兵勿来，吾家眷倷也用勿着带得。曹兵要杀到，吾家眷更加勿应该倷带仔跑。吾呢，要搭老百姓一样，即使吾家眷吃着点苦头，格么嗻，老百姓吭不闲话讲嗻。老百姓说起来，勿是啥俚么吃败仗么，要死脱家属了什梗。刘皇叔格家小，刘皇叔格儿子，搭伲一样，同样在乱军当中逃难了。

刘备想到格个地方么，就回头诸葛亮："军师，不必了。呃喝，刘备的家属，就留在这里吧。"诸葛亮心里向明白，刘皇叔是要搭老百姓同患难、共生死。勿愿意让家眷先跑。好，既然什梗么，算了。格吾就跑吧。

"孙乾听令。""下官，孙乾在。""带领五百军卒，保护本军师，同——往江夏。""得令。"孙乾接令退下来。点五百个兵，保诸葛亮。

刘备呢，送孔明动身，出中军帐，诸葛亮上车子，孙乾上马，五百名小兵保护。轧冷轧冷——忑磕矻咳、忑磕矻咳——嚯咯咯咯……刘备对诸葛亮在招手么，诸葛亮回转头来，拿把扇子也在对刘备招。君臣两家头分别。看诸葛亮去远了，那么刘备回到中军帐来。格个辰光刘备只觉着，赛过失落仔一样要紧物事。

刘备搭诸葛亮呢，好有一比，刘备么是一条鱼，诸葛亮么是水，鱼搭格水啦，勿能够离开的。一离开之后呢，格条鱼啦，吭不水，好像失落脱仔一样非常重要格物事。刘备心里向感觉到的，所谓叫预感啦。感觉到的。诸葛亮着生头里提出来要跑啦，看上去格局面是终归蛮危险了。

关照文武官员，唔笃大家回到帐篷里休息吧。有事体吃过夜饭再碰头。文武官员呢，退下去，各归帐篷。刘备呢到内帐坐定，家将一道香茗送上来。刘备端起只杯子，在吃茶格辰光么，呆瞪瞪。刘备终归想勿通。啥道理，关公到江夏郡去借兵么，会得呒不讯息？难道真格大公子勿肯借兵？其实刘备呀，大公子勿是勿肯借兵，大公子在生病呀。大公子呐吭会得生病格呢？因为曹操兵进襄阳，曹操派毛玠、于禁，嚓！拿刘琮母子结果性命之后，格推刘琮母子格车子，格车夫啦，逃走脱的。逃到江夏郡呢来报告大公子：二公子、蔡夫人在襄阳拨曹操赶出来，表面上蛮好听，到青州去做刺史。结果呢，出城勿远，追兵赶到，就拿刘琮母子结果性命。伲逃到该搭点来呢，要来报告倷大公子，阿要去收尸？大公子一场大哭。心里向转念头，老娘家死脱勿长远，晚娘蔡夫人，闭丧不报，夺吾家当，弟占兄业，废长立幼。现在呢，结果拨了曹操杀脱。俚笃格死呢，死不足惜。但是可惜点啥呢，老娘家传下来格点锦绣江山啦，完结了。吾从前在荆州格辰光，蔡夫人经常要拿吾害煞。吾格条性命危险是一径危险得不得了。现在俚笃拨曹操杀了，阿是吾去收尸啊？勿去。大公子一面哭么，一面勿肯去呀。那么老大夫伊籍劝俚：公子，倷呢，看得开点。虽然蔡夫人从前待倷勿好的，现在呢，俚笃母子两家头已经死了，拨了曹操杀脱了，叫自作孽、不可活，咎由自取。俚笃夺仔倷格家当，拿曹操当靠山，结果呢，拨了格靠山杀脱。虽然俚笃死不足惜啦，格么蔡夫人到底是倷格后母，刘琮到底是倷格同父异母格兄弟！俚笃死得什梗惨，倷勿去收拾、勿去收尸么，啥人去弄呢？倷要对得住九泉之下格老大王啊。

大公子拨俚什梗一讲么，哭得更加伤心哉。那么就关照伊籍，倷去吧。伊籍就跟仔车夫，带仔小兵，乔装改扮仔老百姓，弄仔两口棺材，赶奔到格个地方，就是襄阳城外头啦。拿刘琮母子呢，成殓埋葬啦，入土为安。大公子因为受到格个刺激之后么，一场大病。关公赶到江夏郡么，老大夫伊籍勿在。大公子呢，病重如山。医生关照勿能见客，特别是关公来讨救兵格啦，格个消息更加勿能告诉大公子。俚再受一受刺激，格条命要保勿牢了。那么关公呒不办法，弄僵。只好耽搁在馆驿里向。后来等到老大夫伊籍回转来了，大公子格病，还呒没好，只好慢一慢再告诉俚吧。所以了，关公耽搁在江夏郡，并勿是大公子勿肯发兵，而是因为刘琦病重，开勿出口啦，什梗了人马勿能够来。

刘备又勿晓得，刘备正在吃茶格辰光么，勿知呐吭觉着后脑勺子格搭点，风一阵一阵。“嘶——嘶！”吔，脑后风？啥格名堂。背后头又呒不窗的，呐吭会得格风一阵一阵过来？刘备回转头来一看么，一吓呀。啥体么？张飞立好在背后头哟。因为张飞格鼻头管大，张飞格透气啦，结棍。“嘶——嘶！”望准刘备格后脑勺子上吹过来么，刘备觉着阴飕飕啦。格张飞倷啥格路道介？眉毛竖，眼睛弹，面孔毕板，立好在吾背后头。“三弟，则甚哪？”“大哥啊，小弟奉了先生将令，保护兄长，寸——步不离。”“啊呀呀呀呀”，刘备响勿落。戆大啊，寸步不离勿是什梗解释格呀。寸步不离是战场上，曹兵曹将杀得来哉，有危险，喊吾甋离开倷，倷么也勿离开吾，格么倷可以保护吾。现在坐好在中军帐，内帐里向，吾在吃茶，倷也要寸步不离，倷眼乌珠激出仔在了保护吾？倷格种气力侪用在瞎搭里向。

"三弟，曹军杀到，愚兄危急之际，要你寸步不离，左右保护。如今么，三弟，你回归自己帐中，歇息去吧。"倷也去休息休息吧。倷路上，也蛮吃力哉。假使曹兵杀到，还需要倷来打了。倷养养精神，倷何必呢，立在背后头。拨刘备什梗一讲么，张飞只好答应喽，"呃，大哥啊，既然如此么，呃，你勿要跑来跑去啊"。刘备是也气昏，当吾小朋友用，喊吾甋跑来跑去了，跑勿见脱哉。张飞呢，回到自家帐篷里向去休息去。

刘备呢，勿知呐吭坐在座上，终归觉着有点坐立不安啦，武愁武愁。出来散散心，走走吧。刘备底下人也勿带，一干子，踏出中军帐，也勿去喊张飞。到外头一看呢，小兵营帐篷么扎好哉，老百姓么在埋锅造饭，刘备看看格种老百姓是也苦恼。倷看酿，男男女女，老老小小，有格年纪侪蛮大，白发苍苍，有格小囡呢还要喂奶奶。俚笃看见刘备来，侪在叫应刘备么，刘备还要搭俚笃安抚两声，关照俚笃好好叫休息啦。

刘备信步而行，踏出帐篷。刘备也稀里糊涂，也甋显得该搭点啥场化？只觉着该搭点呢一块平地。其实该格啥场化呢，该格叫当阳道。旁边一座山叫啥呢，叫景山。格个景呢，是风景格景。景山再朝东南面去呢，格搭点格地方叫啥？叫长坂坡。长坂坡再往门前头去呢，格搭有一条河，叫长坂河。长坂河河面上有顶桥，叫长坂桥。长坂桥过去之后，到门前头啥场化仔呢，格个地方叫汉津。再朝门前头去呢，东南面有座山，格座山叫啥，叫飞虎山。飞虎山有条小路，叫飞虎谷。飞虎谷该搭点呢分两条路，一条路呢，往汉江去的，一条路呢，往长江去的。如果朝汉江格面去呢，格个地方叫啥？叫汉津渡口。格么当阳道往西北面去呢，就是襄阳格方向喽。景山后面格搭有个村子，叫巴岭村。格搭有顶桥呢叫巴岭桥。那么刘备现在格营头呢，就是在巴岭村格东南，在长坂坡格西北，在景山旁边头。

刘备又勿晓得，刘备信步而行过来，心里向昏闷么。跑到山脚下。一排树林，哈——风一吹么，树木上声音蛮大，哗——松树，松涛啦。哈……

转过树林一看么，一座牌坊，刘备抬头一看，牌坊上有四个字。呐吭四个字呢，刘荆州墓。"啊？"刘荆州？刘表嗄。因为刘表格官衔是荆州牧。所以人家叫刘表呢，又叫刘荆州。格刘备格官衔叫啥呢，叫豫州牧，人家叫俚叫啥呢，叫刘豫州。拿格个地名呢当俚名字什梗用。刘荆州坟墓？喔，刘备明白了。原来该搭点呢，是荆门州。啊呀，逃难逃得糊里糊涂。荆门州是当阳道咯？刘备心里向转念头，老兄生前搭吾讲过的，将来俚老千年之后呢，坟在啥场化？在荆门州。该搭点是老兄格坟墓。老兄死，吾甋送终的。老兄落葬，吾也甋来吊过。格么今朝既然路过此地么，让吾到坟上看看看吧。

刘皇叔一路过来，牌坊底下呢，砖头砌格甬道啦。人字式格砌法啦，叫甬道。甬道上一路过来到门前么，一个坟墓。"大汉荆州牧，刘景升之墓。"一块碑门前头呢，石台子。石台子门前呢，石拜台。坟格周围呢，露馅，砖头砌的。一排短墙头啦赛过。旁边头侪是树木，还有石人、石马、石羊格种名堂。哎呀，刘皇叔心里向转念头：老兄啊，抱歉哉。吾觊晓得傺格坟，在该搭。早晓得呢，吾应该要带一点香烛，带一点祭礼，到该搭来祭傺一祭啦。回转去拿呢，也来勿及。呐吭弄法呢，刘备就扛下身来，抓一把烂泥，望准石台子上一摆。格个名堂叫啥？叫彻土为香，拿烂泥当香烛。刘备，卜落笃，跪下来，默默通神，暗暗祝告："兄长啊兄长，小弟不知兄长坟墓在此，匆忙之间未备香蜡，彻土为香，略表寸心。"卜卜卜卜，磕了四个头。刘备心里向转念头，老兄啊！傺么过世哉，勿知傺阿晓得，襄阳刘琮已经投降仔曹操，拿傺老兄传下来格点锦绣江山，拱手让敌。吾要问傺借兵，俚笃勿肯借。蔡夫人无论如何勿肯借，从中作梗。现在呢勿能够阻挡曹兵，吾么逃难逃到该搭点来，荆襄么到仔曹操手里向。曹操唾手而得荆襄九郡。

现在呢，诸葛亮跑脱了，看格形势呢，军情紧急。假使曹兵杀到该搭点来，吾刘备吃败仗是无所谓。因为吾刘备败惯了。从前么败徐州、初败徐州、二败徐州、败汝南、败新野、败樊城。但是，吾吃败仗勿要紧，吾受难无所谓，两县老百姓要二十余万啦，跟吾到该搭点来，假使说曹兵杀到，格是俚笃要受刀兵之苦，吾呐吭意得过呢。傺老兄在阴间，如果有灵心格说法么，希望傺冥冥之中，要保佑格两县百姓。

刘备么跪在坟门前，痛哭流涕，在通神祝告。勿晓得格张飞，俚在帐篷里吃勿住，坐勿停格呀。因为张飞格脾气，俚心急人。俚回到自家帐中，手下人一道香茗送过来，喝脱仔口茶么，大哥么关照吾去休息。吾呐吭休息得落。再拿诸葛亮格锦囊拿开来看看，锦囊上格闲话越看越凶险，看样子曹兵有可能够马上就要杀到了。还是回到大哥旁边头去，勿定心。因为诸葛亮闲话讲得蛮凶格啦，拿吾，嘎啦！一把捏格辰光，关照过：倘然吾回转来，刘备太平无事勍去讲俚，有点啥不测，傺勍来见吾。格个勿得了，还是回到大哥搭去吧。

喝冷蹭蹭——跑到中军帐内帐。"啊！大，啊地？"大哥吭不了哟？阿地，老兄人呢，对旁边头底下人一看，"来！""嗯，是。""王爷呢？""嗯嗯，王爷跑出去了。""什么时候走的啊？""刚才走。""你们为什么不来报告老张啊？""嗯，我们刚要来报告，您三将军来了。""这个？嚯！"格底下人会讲。刚巧要来报告，吾来了。吾勿来，唔笃也勿来报告吾。

张飞心里向转念头，大哥啊！吾关照傺格呀，勿要跑来跑去，跑来跑去。傺跑出去，傺呐吭勿来搭吾讲一声？张飞出中军帐，问：唔笃阿看见刘备？看见的。啥场化去？出营去的。朝哪格方向？朝格面方向过去。张飞，哈哒哒哒——奔过来一看，一个树林。风一吹，哗——大哥勿晓得在啥地方？转过树林，看见格牌坊，刘荆州墓。"啊？"刘表格坟墓嗻。阿会老兄到刘表格坟墓上来？倷在对牌坊上头格字看么，刘备在里向哭得来，泣泣之声。一口气还勿转，"喔喔喔啊啊啊呐呃，呃呃！"张飞听见格哭声么，心里向，别别别别别，一跳。"嗻——"坟上听见格种声音，阴落落，汗毛凛凛。鬼叫？勿会，日清日白，太阳在天里向，呐吭会得有鬼叫？张飞对门前头一看么，"嗻哄——"只看见格刘备，跪好了坟墓门前格石拜台上，在哭啦。衣裳看得出的，七龙冠，四爪蟒袍。唉！张飞难过啊！张飞心里向转念头，老兄倷格个算啥名堂呢？倷心里向有难过么，格倷尽管哭好了哟，倷啥体要到别人家坟上来哭呢？该格名堂叫啥，叫借坟墩了哭自身。到别人家格坟墓上来，发泄自家心里向格难过。因为吃败仗，败到该搭点来，忧忧郁郁，一径愁眉不展，闷闷不乐。平常辰光么勿好哭，那么现在喏，到坟上来么，趁抢势里，哗——感情发泄么，痛哭一场。

张飞心里向转念头，吾去劝劝吧。劝大哥，有啥哭头呢，哭又勿解决问题的。不过俚晓得刘备格脾气，吾去劝俚勠哭么？俚哭得格起劲。张飞看见格阿哥哭啦，有点怕。格么呐吭弄法呢，有了哉，让吾来搭阿哥寻寻开心，引得俚快活快活。笑笑。什个样子一来么，好分散脱点俚格种忧愁格种心思。所以张飞轻轻叫，演过来。一脚一脚一脚兜到坟墓背后。到刘表格坟背后么，身体蹲倒，两个臂膊撑子，坟上一撑。两只节头子呢，望准鼻头上一夹，等门前头老兄开口么，接冷嘴。

刘备又勿晓得的，俚勿晓得张飞来。刘备跪着，还在哭了。开头是默默通神、暗暗祝告啦，现在是哭出仔声来："兄呃——长，呃啊啊啊！"张飞接冷嘴，节头子夹牢格鼻头了："贤——呐——弟。"门前头刘备格个一吓么，吓得俚魂灵心推位一眼出窍，别别别别……心跳啊！啥体么？老兄开口哉呀。吾在哭兄长，俚在答应吾，叫吾贤弟。刘备阿要吓格啦。嗳，奇怪啦，活在格辰光，刘表格人明明蛮善良了，也蛮软弱格啦。叫啥死脱仔开口啦，大家会得吓的，刘备当然也要吓。

刘备抬起头来一看么，呒不人，左右呒不人。只看见树上一只鸟，哇——啡——啪啪啪啪！"喔哟"，汗毛凛凛。不过刘备心里向转念头，老兄啊！既然倷开口哉么，吾有心大倷讲讲，自家弟兄，也呒啥吓头。倷就是捉吾去么，吾也勿怕。"当年小弟兵败汝南，无立足之地，幸而兄长相救，方有今日。如今小弟，在新野，曹军杀到，小弟弃新野走樊城，这两县百姓，跟随刘备逃——难，到此。闻得曹军在后追赶，啊哈呀，兄长，还望兄长在冥冥之中，要保佑这两县百——姓喏喔……""贤弟，此乃，在劫不在数，在数最——地难——逃。"啊呀，刘备心里向转念头，老兄闲话讲得是有道理。对格呀，诸葛亮也搭吾讲格呀。在劫不在数，在数最难逃。"军师，也与吾讲呃——的。"张飞口冲来哉噢。"我也是卧龙先生那里，听得来——的。""啊！"哈呀，刘备心里向转念头奇怪了。呐吭俫，也是诸葛亮该搭听得来格啊？诸葛亮到江夏郡去讨救兵哉哟，呐吭跑到坟上来呢？刘备，乓！头抬起来看格辰光么，张飞在坟背后面，颗郎头也在探起来哟。张飞颗郎头探起来，刘备看见坟背后一个颗郎头么，刘备阿要吓，啊呀。

俫一吓么。张飞要紧跳过来，转到门前头，"呋喝喝喝喝。喔哟大哥啊，是吾呀"。"喔哟！嚯嚯嚯嚯……噗！"刘备气昏。对张飞看看，别人家心里什梗难过，俫还寻得落开心。人吓人，拨俫吓煞人。"三弟，你好啊。""大哥啊，你哭什么东西呢，曹兵还没有来，你为什么要这样惊慌？就是曹兵杀到么，也叫在劫不在数啊，在数最难逃。""嗳——唉！""大哥，回营去吧！"扎！一把，拿俚搀起来。

刘备响勿落。刘备想俫来是，吾也哭勿成功了，走哉咯。眼泪揩一揩么，跟仔张飞回到中军帐。手下人开夜饭。夜饭开出来，刘备是阿吃勿大落。张飞不管的，挺挺喤喤、狼吞虎咽，饱餐一顿。夜饭吃过，收拾开，文武官员齐集。老规矩，每日天，早上起来，中军帐齐集，碰一碰头，有啥事体安排一下，马上就出发，跑。到夜头，吃过夜饭，文武官员到该搭点碰一碰头，有啥事体叮嘱两声，那么唔，大家去休息。现在呢，夜饭吃过了，文武官员俫到此地帐中来。搭刘皇叔一道碰头格辰光，风大得热昏，风越吹越结棍，呼——呼——嘘——只听见外头，呱嗒！轧嘟——当！

"啊！"刘备马上派人到外头看，啥格物事？手下人回过来禀报。说：回禀王爷，中军帐外面，一面旗，风吹过，旗杆折断，呣！倒脱了。"啊？退下。""是！"刘备心里向觉着勿是格味道。为啥呢，格老法人迷信格呀。老法人叫啥打仗，格旗杆勿好断的。旗杆断呢，触霉头。所谓叫不祥之兆啦。格现在忽然之间，根旗杆断脱了，"众位先生，列位将军，大风吹过，这旗杆折断，众位，你们看来，吉凶——如何？"

文官简雍，俚会得起课的，说吾来起起课看。摆好香案，得得得得——文王课，起出来一看么，啊呀。"哎呀主公大事不好了。课上看来，旗杆折断是大凶之兆，至今日晚上，曹——军必到。"啊！今朝夜头，曹兵要杀到。"啊呀呀呀呀呀呀呀呀，那么简先生，如何是——好呐？"文武官员格面孔俫转色哟。虽然起课格种事体啦，勿一定可靠。呒没用，听简雍什梗讲么，心里终归急格喔。简雍想仔一想，说："回禀主公，危境之地，只有一个法儿，请主公立即动身，赶奔江夏。"马上走，马上离开当阳道。而且呢，要瞒脱老百姓，勿能拨百姓晓得。俫拨百姓晓得，俫带俚笃一道跑，跑勿远。因为老百姓走起来慢。格么曹兵追到么，吾俚仍旧要拨了曹兵追牢。俫瞒脱仔老百姓，默默侧侧，离开此地，立刻动身逃，脱离危险么，还能够赶奔到江夏郡去碰头诸葛亮去。

刘皇叔一听格句闲话啥格闲话呢。叫吾虱脱仔了老百姓逃难。吾走脱了，老百姓吃苦头。吾勥拨天下人骂煞的。"先生说哪里话来，两县百姓跟随刘备离乡背井，逃难到此。岂有大难临头，刘备弃民而走。岂非要被天下之人唾——骂。备宁死，不作此不仁不义之事也。"吾要搭俚笃同甘苦、共生死。诸葛亮要带吾家眷跑，吾尚且勿答应，何况吾现在辰光，丑脱仔老百姓了，吾一干子溜脱呢。刘备随便呐吭勿肯么，文武官员哝不闲话好讲，刘备关照，唔笃大家去休息吧。旗杆作兴勿牢壮了，断脱了。起课，未必一定可靠。万一曹兵来呢，照诸葛亮锦囊办事。

　　俫命令一下，大家退下去。勿晓得，曹兵实头来哉吆。那么曹兵三更天冲到此地么，要刘皇叔兵败当阳，赵子龙单骑救主。下回继续。

第四十四回

刘备遇险

刘皇叔，当阳道设立营头。勿晓得夜头发风，旗杆折断。简雍起课，说格个是大凶之兆。看上去今朝夜头，曹兵要杀到当阳。劝刘备摞脱仔点老百姓，带仔家眷，赶快逃难吧。刘备哪里肯听呢？刘备说：两县老百姓，离乡背井，跟仔吾一道逃难，逃到该搭。曹兵要杀得来哉，吾拍拍屁股，拿俚笃摞脱仔了，一溜头。吾呐吭对得住俚笃？虽然吾刘备保护嘎许多老百姓。格么喏，总算吾搭俚笃是同患难、共生死。况且旗杆折断，旗杆嘛，年份多哉，或者受过损伤，风大点，吭！一记断脱么。格种，也普通得极格事体，勿一定板是曹兵杀到。所以刘备关照文武官员，唔笃大家回到自家帐中，休息去吧。万一，有点啥事体么，俚笃听中军帐聚将鼓为号么，紧急集合。刘备关照停当，文武官员大家退出去。文武官员心里向呢，侪蛮感动。觉着刘备啦，格种场化，是确实勿容易。虽然诸葛亮跑脱了，局势非常危险。而且刚巧下半日么，还有嘎许多鸟，从北面飞过来，朝南面过去。格种迹象呢，侪是说明，背后头追兵就要到快了。而刘备还是要顾恋格点难民，真是仁义之至。

文武官员回到帐篷去，赵子龙顶顶当心。赵子龙关照自家部下五百名军兵，唔笃夜头困觉格辰光，衣裳覅脱了，刀枪摆在旁边头。万一有啥格事体么，立时立刻就可以出发。赵子龙再关照自家手下心腹，拿格只鹤顶龙驹宝马，马料喂好。本来格只马，夜头是鞍鞒要卸下来的。马也要休息的。让俚赛过松一松了。现在赵子龙关照，马鞍鞒覅卸下来了。为啥？喏，作兴有事体跑出来，吾马上就可以上马了。否则，侪还要下来装鞍鞒，要收肚带，又要一歇辰光得了。格时间紧急。所以呢，大将身上格甲，勿脱了。格个名堂叫啥？叫人不脱甲，马不离鞍。赵子龙拿条枪拿过来，望准自家行军床旁边头放一放好。就着仔副盔甲，和身困到床上去。

赵云么，老早就准备了。刘备搭张飞呐吭呢？本来张飞一干子一座帐篷，刘备也是一座帐篷。现在张飞呢，拿自家格部躺车，行军床啦，弄到刘皇叔帐篷里向来，搭大哥困了一座帐篷里。为啥么？因为诸葛亮关照俚，要保护刘备，要寸步不离啊。格俚想，为了防万一，吾搭大哥困了一座帐篷里向来吧。台上呢，红蜡高烧。刘备关照张飞，侪困吧。嗯，大哥侪勿困么，叫吾困做啥呢？哎呀，吾么，也就要困哉呀。三弟侪蛮吃力的，侪先困吧。"好，那么大哥啊，小弟先睡啊。呃，你勿要跑来跑去啊。"刘备也响勿落。侪实头当吾小倌，喊吾勿要跑来跑去。夜头，吾跑到啥场化去呢？"三弟，安睡。""好。"

张飞亦然拿条丈八矛，床横头放一放好。关照搭吾拿格只登云豹带在外势，鞍鞴鞴卸下来啊。张飞呢，盔甲也勿脱哉，坐到躺车上，嘎嘎，尔唥——蹭，横下去。颗郎头刚巧碰到枕头么，只听见"呼——呼！"刘备也响勿落。颗郎头刚巧碰着枕头，已经在打鼾。该格假困哉？刘备走过来到俚床门前一看么，定坚假困着嚯。傎看酿，张飞叫啥格眼睛张开。人家困着么，眼睛侪闭拢的。张飞格眼睛张开，一路打鼾么，一路眼睛激出哟。呼——呼！啊？傎到底算困着了，还算醒了呢？听听打鼾声音？困着哉。看看俚两只眼睛？像醒了。刘备起格只手，到俚眼睛门前越两越，试试看俚眼睛阿眨了？俚眼睛一眨侪勿眨哟，呼！仍旧在打鼾哟。那么刘备晓得，原来张飞有什梗一个习惯啦。叫啥困着仔啦，眼睛要张开来的。格么张飞困下去格辰光，眼乌珠阿闭拢呢？闭拢的。困下去格辰光眼睛闭拢。等到一着么，眼睛张开来。慢慢叫越张越大，越张越大。鼾打得越响么，眼睛弹得越出。所以夜头，别人家勿敢到俚房间里偷物事的。傎对张飞只面孔看看，眼乌珠张开了么，傎呐吭敢偷？格么嘴巴里在打鼾？打鼾么，当俚假困着哟。其实么张飞是什梗一个毛病，俚困着仔会得张开眼睛。

刘皇叔回过来，坐在座头上。拿格杯茶拿起来喝了一口么，杯子俚一放，困勿着哟。实在困勿着。想想诸葛亮么跑脱了，如果真格曹兵杀到么，格事体叫吾呐吭弄法？老实讲，吾死啦，顶多是一家人家。老百姓要几十万人了。刘备格心情交关压抑、难过。困呢，也总归困勿着，踏到外头看看看。刘备轻轻叫立起来，走出中军帐。

抬起头来对天上一看么，天上一轮明月。风，呼——呼——秋天，外加夜里向，风吹过来蛮冷的。呼——风声当中，传过来格种百姓隐隐约约格哭泣之声，勿是哇啦哇啦格哭。为啥勿哇啦哇啦哭呢？因为人多呀，老百姓困场化，帐篷里要困几化人得来。傎心里向难过，比方说，路上死脱仔自家格亲人哉，夜头困觉困勿着，要哭。哭么，也要吵觉旁边头格人格哟？格么傎勠哭酿？勠哭么，心里难过呀。格么格种哭格声音么比较低。嚎啕大哭么，格声音就响了，放声大哭么也结棍的。顶顶难过格种哭格声音么叫泣，格声音啦，吞在里向，隐声痛泣。只有一眼眼声音传出来，在风当中送过来，刘备还是听得见。吭吭吭吭……哈，刘备心里向转念头，一路下来，年纪大的，生病格老百姓，死脱仔勿少了，侪什梗就地埋葬。其他格家属么，再继续往门前头赶路。刘备心里向转念头。天啊，傎，如果说有眼睛，傎要保保该搭点，二十多万老百姓，俚笃侪吭不罪名的。因为吾刘备在新野县，曹操杀过来了，那么吾逃难么，老百姓跟吾跑。吾到樊城么，樊城格老百姓，也跟仔吾一道跑了。刘备想着，从前辰光有一个皇帝。叫啥？叫汤。成汤，就是商朝啦。汤叫啥登基之后啊，有七年旱灾。格灾情叫关重。那么格汤呢，向上苍祷告。俚杀脱仔只羊，拿羊皮剥下来，披在自家格身上。自家呢，就算代表一只羊哉。那么跪在香案门前么，向天上哪恁祷告法子呢？叫，万方有罪啊，罪在朕躬。朕躬有罪呢，无以万方。吾是皇帝。

吾皇帝有罪呢，勿带歪老百姓。如果老百姓有了罪，得罪仔俫上帝仔呢，格么格罪名归到吾一个人身上。吾就算代表一只羊什梗，作为牺牲了，来祭告上苍。感动了上苍呢，天就落雨了，旱灾就解除哉。格是古代历史上，有什梗一段记载了。当然格个是迷信色彩蛮强烈的。啊，表示赛过，格汤么，为老百姓了，啊，愿意格恁样子，用羊皮披在身上，来祭告上苍。格么刘备想着什梗一个典故呢，想吾也来求求天看。其实呢，叫吭不办法了。一个人往往在吭不办法格辰光，下意识里向会得有的。或者么喊天啊，或者么喊娘啊，总归什梗的。刘备，卜咯笃，跪下来。嗳，默默通神，暗暗祷告："苍天在上，厚土在下。弟子涿州刘备，逃难到此，两县百姓二十余——万，跟随刘备。闻说曹军在后追赶，如其曹军杀到，喏，喏，喏喏，愿死弟子一人。万望上苍，保佑，这数十——万无辜——百姓喔喔喔……"

刘备格祷告呢，祷告在肚皮里向。其实呢，是一种感情上格发泄啦。实在叫吭不办法了，走投无路了，求求天吧。俫跪了哭么，叫啥里向格张飞醒转来了。呐吭会醒转来么？张飞在做梦呀。做着一个噩梦，梦头里向叫啥曹兵，嘎冷当，冲过来哉，俚马上上马提丈八矛，保仔刘备动身。哈唰当！曹兵炫上来，俚上去搭曹将打么，刘备拨了曹将包围。张飞要紧回过来救刘备么，推位一步，只看见刘备拨了曹将，嚓！一刀，磅当！马背上掼下来。嚯哟！俚一吓，醒转来么，别别别别……张飞格只手，摆在胸口头，手压迫仔心脏么，做噩梦哟。因为日里向，诸葛亮临时动身格辰光关照俚，刘备在俫身上。有点啥三长两短么，俫勿来见吾。嘎啦！拿俚手腕子上捏一把啦，俚蛮紧张。那么刚巧旗杆吹断哉，啥格种种格种迹象么，对张飞也是有影响啦。那么胡思乱想么，做梦。梦头里向大哥出毛病。现在眼乌珠张开来一看，对刘备床上一望，大哥人吭不嚯。对帐篷里一看，勿有哇？啊呀，大哥呢，俚要紧起来，噌！冲出帐篷么，刘备跪好在地上。俚了刘备身上一绊么，推位一眼跌交跟斗。等到忍住一看么，只看见大哥，跪在地上，还在哭了哟。"天咦！"哈呀！张飞心里向真格光火的。扎嗒！一把拿刘备搀起来，望准帐篷里就跑了。啥体勿登在外头哇啦哇啦么？因为旁边帐篷里格人侪困哉，勿去吵觉人家。张飞回过来，回到里向，拿刘备望准座头上一揿，"大哥啊，你干什么呢？不睡觉，跑到外面去。啊，啼啼哭哭。人家都要安睡啦，被你一哭，人家睡不着，明天怎么能够赶路呢？哭！有什么用啊？"张飞心里向转念头，哭是吭用场格表现。啥体要哭呢？张飞想穿的。曹兵来，来打。打勿走，逃。逃勿脱？死。顶多死。有啥道理？吭啥怕头！"大哥，睡觉。""三弟，先——行安睡。""大哥不睡，小弟也不睡。"俫勿困，吾也勿困。吾刚巧困着，俫已经跑出去。吾还好先困啦？格么刘备晓得，吾勿困么，看上去苗头，张飞也勿肯困哉。格么呐吭呢，格么吾困哉哇。刘备呢，靴侪勿脱哉，衣裳侪勿卸了，和衣而睡。横到床上，拿被头一盖，隔仔一歇，刺——刺——鼻息浓浓。张飞坐着对刘备在看。吭——刘备困着。走到床门前，"大哥啊，你睡着哉啊？"刘备刚巧要困着快，拨俚，嗱！一声么，哪恁困得着呢？刘备想俚格种问别人家，唵困着是，困着仔是也拨俚吵觉了。勿能眯俚。俚一理眯啦，那是俚又勿肯困哉。刘备仍旧，刺——刺！"佛喝喝喝……你睡着啊，小弟也要睡觉。"

张飞跑过来到自家床门前，嘎嘎！尔——蹭——呼——刘备响勿落。吾也朆困哉，俚倒已经睡困着了。格个朋友勿动脑筋，得木而睡。颗郎头曼得碰着枕头么，马上就打鼾了。好福气。刘备呐吭困得着呢？因为路上赶路呢，实在疲乏勿过。到后来呢，朦朦胧胧，迷迷痴痴，又像困哉，又像朆困格辰光么。忽然听见，风，呼——唵——嗯！帐门拨了风吹开了。只看见外头进来几个人呀，嚯咯咯咯——踏进来格人呢，侪是家将打扮。头上披肩巾，身上方袖马褂，尖干，薄底金统快靴，每人手里向侪拿一盏红纱灯。家将。吔？啥场化来格家将？只看见家将后面走进来一个人，头上戴一顶七龙冠，身上着一件狮爪蟒袍，玉带围腰，粉底靴儿，白面孔，三绺清须。踱过来，到刘备床门前。刘备一看么，啊？阿呀！勿是别人，老兄刘表嚯。哈呀，刘备心里向转念头，刘表啊，俚呐吭会到该搭点来嘎？刘备好像煞想，想起刘表死脱格哉哇。死脱格哉么，呐吭会到该搭点来呢？嗺，朦朦胧胧，刘备像煞开口叫应声老兄么，刘表在对俚讲："贤——弟醒呃——来。曹军——将到，速往东——南而呃去。"嗺——嗺！袖子管一透么，嚯咯咯咯，家将侪往外面跑。刘表别转身来出去格辰光么，刘备呆脱哉哟。啥物事啊，曹兵要来快哉，关照吾，豪燥逃，往东南面逃。刘备要紧去抓牢刘表格袖子管："啊呀，兄长慢走。"扎！一把抓牢，眼睛张开来一看么？抓牢格帐子哟。对帐篷里向一望，台子上格蜡台火，门缝缝里有风吹进来么，摇了摇，摇了摇。蜡烛油，尔嘚——在淌下来。外头，呖比卜、呖比卜、呖卜呖比卜，棒、棒、棒——三更。一个梦呀。

"奇啊，哈呀！奇——啊！"刘备忘形现，连喊两声，奇啊，奇啊是！那么张飞拨俚喊醒，"啊，啊呀，这个大哥啊，怎么样啊？""哈呀，三弟，好奇啊。""奇什么？""三弟，方才愚兄得一奇兆。"啊？做着个梦。"呃，梦中看见什么啦？"看见刘表跑到该搭点来对吾讲，喊吾快点醒，豪燥往东南面跑吧。说曹兵就要杀得来哉，清清爽爽。俚说阿奇怪了，勿奇怪呢？张飞心里向一转念头么，"噢哟，大哥啊。白天，你到他坟墓之上啼啼哭哭，这个一来呢，叫日有所思，夜有所——梦"。吥啥道理的。俚朆去当俚真的。日里向俚到俚坟上去哭，想着仔老兄哉，那么夜头做梦哉。勿会无缘无故做啥、做梦过呀。该格梦蛮清爽，呐吭会得说曹兵要来呢？刚巧简雍讲的，看上去夜头曹兵要杀得来哉。往东南面去，呐吭讲格呢？诸葛亮讲的。诸葛亮关照有事体么，往东南面跑。俚锦囊上搭吾讲往东南面走。啊，看见桥梁么太平，遇桥而守了，逢林而伏。格个清清爽爽关照的。格个俚，吥啥道理。刘备听俚一解释么，倒对格呀？日里向，吾上仔圹坟么，现在夜里向心悸哉呀。"三弟，安睡吧。""嗯，小弟要到外面去，呃，撒尿！"拨俚一吵，吵觉哉么，要去解手。

张飞叫啥有个习惯，俚解手啦，欢喜跑到格种高墩墩场化上去。算空气好点了。奔出帐篷，帐篷外头有一座土山。俚上土山，到山上小便。小好便，舒齐，预备要想下山。夜头，毕静格呀。所谓夜静更深。张飞像煞耳朵旁边头听哉，隐隐约约格种军号声音。卟乌……嚯——军号？虽然路远么，隐隐约约听见了。张飞心里向转念头，伲营头里向格人侪困觉了，勿会吹号头。该格军号，从啥场化来的？张飞朝对西北格只角里向一看么，西北面是山。望过去俚看见哉。只看见格只角里向，火光，火把灯球，哈——照得锃亮。好像煞火把灯球底下，还有曹兵人马在移动，哗——啊——啊——在过来。曹兵实头追到。

张飞格个一急么，急得不得了啦。嗅！在山上奔下来格辰光么，嘴巴里在喊："大哥，不好了。曹兵，来——哩了。"哈哒哒哒——俦奔到帐篷里向来格辰光么，刘备听得清清爽爽。张飞在喊大哥，不好了，曹兵来了。嗅！刘备拿被头一掀，人从床上竖起来么，张飞已经进来。"啊，三弟，怎么样啊？""大哥啊，不好了，曹兵来了。""三弟，当真么？""小弟听得清清爽爽，军号之声，火把灯球，曹军人马离此不——远呐。""三弟，当真？""大哥不信，你去看哪！""三弟，领道"，俦领路。刘备跟仔张飞跑过来，上土山去看么，勿得了哉哦。中军帐上格小兵，大家侪醒了。老百姓也听见仔张飞格声音么，阿要慌了，张飞喉咙响呀。营篷里格种老百姓听见，"勿好哉，曹兵杀得来哉？呐吭弄法？豪燥端准逃难吧"。哗——一片哭喊之声。刘备跟仔张飞上土山，到山上："三弟，曹兵在哪里？""大哥，你看啥！"张飞对西北角里向一指，刘皇叔对准西北角里一望，"哈——啊！"吭不。吭不哇？既吭不灯球、火把，也勿听出军号之声。"三弟，你说曹兵在哪里啊？""呃，这个。""在哪里啊？""呃？"张飞也呆脱了。张飞节头子，指过去看格场化，吭不哉呀。啊吔，奇怪了？刚巧吾清清爽爽看见，呐吭现在吭没哉呢？刘备心里阿要光火格啦：兄弟啊，俦寻开心勿能什梗寻法。半夜里，俦汪一声一喊，俦听听看，俦听听看。老百姓哭格声音不得了酿。下头一片混乱，哗——"啊呀，我把你这匹夫啊，半夜三更你造言生事，惑乱人心，你你你你你"。"呃，这个？"

那么张飞觉着委屈。吾勴造谣言，吾勿是打棚呀。俦在刚巧做梦。吾，蛮清爽，吾到该搭来解手。小便之后，吾是听见军号声音，西北角里向火光清清爽爽。人马移动，哪惎现在会得吭不格呢？格么其实呐吭道理呢，并勿是张飞瞎说哟。张飞是听见军号了，是看见火把、灯球。格么刘备来，格么就是隔一歇歇辰光，呐吭会得军号声音吭不了，火把、灯球勿有呢？刚巧是毕静的。万籁无声，因此俦听外头，隐隐约约西北角里格军号声音，听得见。现在自家营头上格声音，哗哗哗哗哗——啰啌声音什梗大么，俦呐吭听得出呢？声音掩盖脱哉呀。格么刚巧格火把、灯球，现在呐吭会得看勿见呢？因为刚巧齐巧在望过去格豁档场化啦。俦望过去看得见。现在拨了一座山遮没，山遮没哉么，看勿见了。格么自家营头上格火光在亮起来哉，侪在点灯了。因此加二看勿清爽，西北角里向格火光了。

其实曹兵呐吭？曹兵兜过来，俚笃格先头部队，刚巧张飞看见是末尾上一眼眼人马啦。先头部队已经上山哉。上山，从山上下来么，火光锃亮，像一条火龙什个样子。人马出山上，哗——翻山在跑过来。俚笃抄格近路。哈——张飞看得明明白白："大哥啊，你看哪，火光冲天。曹兵，来——呃了。""啊——呀！"刘备一看么，实头，曹兵来哉。要紧拉仔张飞手，跑到中军帐来么，刘备来勿及关照手下人起鼓。就自家起两条手，鼓槌上抓牢，望准聚将鼓上，呱呱，咚咚，卜隆卜隆，噗——聚将鼓击动。文武官员，嚯咯咯咯咯咯，侪到中军帐碰头。中军帐上，灯，点得锃亮。刘备坐好在当中么，面孔夹黪死白。"众位先生、列位将军，听者。曹贼人马追赶到此，孤的方寸已乱，你们按照卧龙军师，安排的锦囊行事。人马快走。向东——南而去。"刘备关照停当么，众将、文武官员统统侪望准外头，嚯咯咯咯咯咯咯，跑出来。

赵子龙第一个。赵子龙踏到中军帐外头，就关照自家手下小兵："军——士们。""有！""提枪，带——呲马。""是！"忐磕唑磕、忐磕唑磕，鹤顶龙驹宝马带过来。赵子龙鞍鞯，噔！一整，啪啦！肚带收紧，摆鞍鞯，掂踏墩，豁上马背，银枪手里向，噗——奉好。五百名军兵，哗——列队，豪燥拿甘夫人、糜夫人格车子推过来，嘎冷冷冷冷冷。"有请二位主母与公子，上——车赶路。""是。"小兵跑对该面座帐篷里来喊哉："请两位主母搭公子快点出来，到外头上车子吧。"甘夫人床上起来么，要紧搭刘阿斗着衣裳。刘阿斗哭么，还要喂点物事拨俚吃吃。俚在搭俚着衣裳，自家身上还豁弄么，糜夫人身上已经收拾好哉。外头连连来催，糜夫人踏到外头一看，甘夫人还豁好，甘夫人刚巧搭小囡弄好了呀，糜夫人说吾来抱吧。嗒！俚拿刘阿斗一抱，先到外头上车子。嘎冷冷冷冷冷，一部车子先行动。然后甘夫人身上收拾停当，到外头，上车子么，第二部车子，嘎冷冷冷冷冷冷冷，赵子龙带仔军兵，嚯咯咯咯，忐磕唑磕、忐磕唑磕，轧冷轧冷轧冷轧冷，前队先跑了。

俚为啥道理要什梗，详详细细交代，是糜夫人怀抱公子了，先上车辆。喏！格里向说书就是伏笔，就种一只根啦。停一停，赵子龙头队失散，两位主母搭公子呢，失落在乱军当中，逃散了。甘夫人搭糜夫人也逃散了。赵云后首来三进当阳道，单骑救主，首先拿甘夫人救转去。然后再到当阳道，曹操百万军中，冲进么，拿刘阿斗救出来。刘阿斗在啥人手里救出来么？就是在糜夫人手里向，救出来。《三国志演义》上呢，格个一笔勿交代的。往往有人有什梗一个怀疑，啥格怀疑呢？刘阿斗是甘夫人养的，逃难辰光么，应该自家生身娘抱阿斗咯？为啥道理，甘夫人勿抱了，倒是糜夫人抱呢？呐吭赵子龙单骑救主，勿从甘夫人怀抱当中救出来了，倒从糜夫人身边救下来呢？格里啥格道理？演义小说上吭不的。格个一点吭不的。但是吾伲说书呢，就要交代清爽。否则老听客要问格呀，那么又勿能强百嘴：格个，养么是甘夫人养的，抱么一径是糜夫人抱的。勿通格么，格小人要吃物事，要吃奶奶了什梗的。就是刚巧讲的，出营帐篷格辰光，要紧上车子，甘夫人动作慢。因为俚先要收拾小人，那么糜夫人快，一干子么，先弄好了，抱仔刘阿斗跑出去。格么上仔车子，为啥道理糜夫人勿拿刘阿斗还拨了甘夫人呢？刘阿斗困着了。风大，天冷，小囡夠碰风，格么吾抱了手里向一样格么，就觑去交拨了甘夫人。等到慢慢叫小囡吵了，醒了，要哭，要吃物事了，再传到甘夫人搭去。勿晓得觑等到刘阿斗醒转来么，头队就冲散。冲散头队之后哉么，糜夫人抱仔公子望准山路里逃么，勿见得因为格刘阿斗勿是吾养格了，与吾无关，吾就拿俚掼脱？格到底也有感情格呀。虽然勿是糜夫人亲身养么，俚小辰光养下来之后，勿长远俚就抱了，对小囡也有感情，也当俚自家养出来一样。所以赵子龙单骑救主，救阿斗么，从糜夫人手里向救下来。格个就是现在，拿俚伏一笔。

赵子龙前队跑哉。刘皇叔踏出来。张飞关照，大哥啊，俫换衣裳。俫头上七龙冠，身上狮爪蟒袍，俫乱军当中，拨了曹兵看见，马上就捉牢仔了完结。一看就看出来，俫就是刘备。刘备想对的，要换衣裳的。七龙冠、狮爪蟒袍卸脱。头上戴一顶黄金盔，身上着一件黄金甲，全装披挂。刘备有三等头将官本事，一对黄金双股铜，手里向执好。到外头，刘备上的卢马，张飞上登云豹。带领文武官员，保仔刘备，中队赶路么，营帐篷拆卸，人马，嚯咯咯咯……去。

顶顶困难么？老百姓。老百姓跑，拆帐篷来勿及，只好掼脱。觑说是拆帐篷来勿及啦，老百姓带出来格种行李，嘎许多物事，呐吭拿法呢？俫要逃性命格呀。笨重来西格行李，只好掼脱哉哟。带点轻格物事，细软格物事。人顶要紧，抱仔小囡，搀仔年纪大的，往门前头走。心急慌忙么，蛮容易轧散。轧散仔么，嚯唷，爷娘么在寻小囡哉，小囡么在喊爷娘哉。家小在寻男人，男人么在喊家小。格啰唣声音，哭喊格声音，哗——后队上啥人呢？老太守刘泌，还有公子刘封。俚笃是娘舅、外甥两家头，带三千兵，断后，保护老百姓，掩护难民撤退。

唔笃人马在跑格辰光呢，曹兵到了。高览从山上下来，到平地上了。高览啥等样人呢，是河北袁本初格旧部，投降曹操的。在河北格辰光呢，高览人称为四庭柱大将之一，头等头本事。呐吭叫四庭柱呢，就是四员大将啦。颜良、文丑、张郃、高览。格个四个大将，是河北道上，名气顶顶大格四个。颜良、文丑已经老早拨了关云长，结果性命。张郃、高览俫投降曹操。张郃在后面，跟曹操一道来。高览是百万大军格正先锋。俚现在手里向拿一柄鏨金雀斧，格把斧头是不得了，有半个把轮盘什梗大小。分量结棍，俚气力大呀。俚带四个大将。呐吭四个大将呢？一个叫韩猛，一个叫吕威璜，一个叫淳于琼，一个叫韩莒子。俫是河北道上格名将。跟俚带三万轻骑队一道追到当阳道来。现在，已经看见门，刘备人马在门前头跑了，声音俫听得清清爽爽。老百姓哭喊的声音俫听见。高览俚关照，叫手下四位将军："众将官。""有！""你们听了，丞相有令，如有谁人拿获孤——穷刘备，千——金重赏，官封万——户侯。"哗——众将一听，开心。曹丞相命令，只要捉牢刘备，勿管啥人，勿管俚原来是啥格地位，俫只要拿刘备捉牢么，一千两金子，一个万户侯。啥叫万户侯呢？就是俫格个侯爷啦，可以管辖，一万户人家。格一万户人家交格钱粮呢，侪归俫用的。非但俫本人，一世可以用，终生享受。俫格儿子，俫格孙子，世世代代还可以世袭下去，不得了。千金重赏，官封万户侯，格点头衔摆着是，利之所在，大家侪想碰碰运气了，阿有啥拿刘备捉牢。

四个大将呢，分四路往门前过去。为啥道理分四路呢？喏，大家各人有各格想法了。有格想刘备逃难么，终归逃了前头，顶顶前头。吾追后头，后头老百姓呀，有啥追头？吾抄到门前去捉刘备，俚算门槛精的。哈啊——绕过去。那么也有两个将官呐吭想法呢？刘备呢，勿会在前队，也勿会在后队。刘备么肯定在当中横里向的。格吾俫要捉刘备呢，应该要从横埭里闸进去，打俚腰令洞。俫从后头追上去呢，隔开嘎许多老百姓，速度来得慢。所以有两个将官呢，分两路。一路左手里，一路右手里。哈——打腰领洞，望准当中横里向杀进去。格么也有格将官呐吭想法么？刘备呢，搭老百姓一道跑的。因为晓得刘备爱民如子，俚搭老百姓一道跑呢，吾冲到难民当中去捉刘备啦，希望来得大。就算刘备勿能够捉牢么，难民该搭点，物事好捞起来结棍。趁抢势里向么，发横财。所以分四路往门前冲。

格么高览呐吭呢？高览气派蛮大，立功格机会让拨了手下，唔笃过去好了，吾在后队过来。四位将军，各人带三千兵，一万两千人马，哈——上去。俚呢，带一万八千军队后面过来，嚯咯咯咯咯咯，踢咳砼、踢咳砼。格么顶顶快，追牢门前头后队的，是啥人呢？格个曹将姓韩，单名一个猛，叫韩猛，金盔、金甲，一口金板刀。冲过来辰光么，碰着一路人马。就是保护老百姓逃难，掩护老百姓撤退格三千军兵。樊城太守刘泌，银盔银甲，白马银刀，胡子雪白。公子刘封，银盔银甲，白马银枪，跟在娘舅背后。老太守一匹马过来么，看见曹将到了。"从奸贼将，住——马通名。""孤穷将，你且听了，大将军非别，曹丞相麾下，先行将帐前，韩猛呃。你这老儿，留下名来。""樊城太守，刘泌。""放马。""放——马。"哈——两骑马碰头，动手打格辰光么，樊城太守刘泌，年纪大哉呀，胡子雪白，到底是年迈力衰。俚因为对老百姓有感情了，俚不忍掼脱仔老百姓跑了，要拼命要上来打一打。韩猛呢，年轻力壮，正在壮年啊。老太守打到三个招面上，辣！拨韩猛一刀结果性命。落马翻缰，刘泌阵亡。刘泌一死么，公子爷刘封呆脱，啊呀！娘舅拨俚结果性命哉。俚冲上来。起一条枪，望准韩猛兜胸一枪："贼将，看——枪。"噗——乒！俫一枪过来格辰光么，韩猛勤防备呀。韩猛刚巧，嚓！一刀，拿老太守结果性命，着生头里门前头格小将，嘿！一枪过来，俚要紧身体，喤！一偏。嘿！刘封一枪戳格空，在俚身边，呼——过去哉。韩猛呐吭？韩猛就起格只左手，望准俚枪杆上，扎！抓牢，嘿！一拉哟。俚想呐吭？俚想左手拿条枪杆抓牢，吭！一拉，拿俫个人往门前一冲么，吾右手格把刀举起来，望准俚头上嚓——一刀劈过去么，结果俚性命。刘封枪拨俚抓牢么，啊呀！嘿！拼命用力要扳么，"嗳，哎！"俫在往后头扳格辰光，韩猛想啥物事啊？俫还想夺转去哉啊？哋。吭！往后头一啦呀，力道用足，吭——刘封晓得格力道搭俚勿够，刘封那两只手一脱，啡——放放俚格生呀。韩猛勔防备的，用足全身气力了。俫一脱手么，韩猛推位一眼眼在马背上跌下来呀。人望准后头仰转去，呃——仰转去，推位一眼跪下来么，拼命要去拿格身体拧住，在马背上晃几晃，重新恢复平衡，马上坐好。俫曼得晃几晃么，刘封就乘格个机会圈转马来，哈啦啦啦……跑脱。韩猛看见俚逃脱么。就拿俚条枪，嚓啷！地上一撂。指挥部下军兵，"众三军，冲！""杀——啊！"唔笃人马冲上来么，俫想，刘泌阵亡，刘封逃走么，格个三千名军兵呐吭好打？溃不成军，四散奔窜。队伍乱脱了。

再冲过来么，冲到老百姓搭。老百姓慌啊，曹兵冲上来，非但杀人，还要抢物事了呀。拿唔笃身上格包裹，辣！夺下来。细软值铜钱格物事，望准自家身边撳，又勿讲纪律的，趁该抢势里向么，发一票横财。乱劈乱斩么，老百姓哭声震动。哗啊——后队去脱。刘备在中队上赶路，格中队稍微快一点。嚯咯咯咯咯咯，咳咳砺咳、咳咳砺咳，听见后面哭声，哗——刘备听着心如刀割了。后面，哈——刘封来了。刘封一匹马逃过来，逃到门前头，看见老娘家，看见张飞么，俚要紧上来叫应："爹爹，三叔。""儿啦，罢——了。你，怎样到来？""哈呀，爹爹，方才孩儿在后面，吾家母舅大人，与曹将交战，被他们结果性命。孩儿上前交战，一个回合，长枪脱手，逃遁到来。哈呀，三叔父啊，三叔父。后面曹将在那里，乱杀百姓，还望三叔过去，结果曹将性命，保护百姓呐！"嚯——张飞一听，啥物事啊？喔，唔笃娘舅已经拨曹将结果性命。俫呢，枪脱手，逃过来。曹兵现在在乱杀百姓，关照吾要冲过去，救百姓了，杀退曹兵。张飞格个辰光心里向格火，大是大得了不得了，格曹将可恶已极。拿老百姓乱杀，勿应该。再听到老太守阵亡么，到底自家人。格呐吭，吾要替老太守报仇。吾马上冲过去，结果曹将性命，掩护百姓撤退啦。张飞要想走格辰光，"呃？这？"慢。为啥道理慢呢？勿能去。吾今朝是保刘备呀。诸葛亮临时动身辰光，再三叮嘱，刘备在俫身上哦。太平无事勔去讲俚，有点啥三长两短，俫勔来见吾。诸葛亮格只手在吾脉门上，嘎啦！一把，吾呐吭好去？吾一去，刘备喊啥人来保呢？勿去勿去勿去勿去勿去。张飞抱定宗旨勿听刘封说话。"呃，这个刘封啊，你不用多言。老张要保护大哥，勿能去。"刘备想，俫呐吭好勿去？"三弟啊，愚兄，喏喏喏，有毛仁、苟璋、刘辟、龚都，在这里保护。三弟，你去杀退曹军，保护百姓呐！""呃，这个。"张飞心里向转念头，大哥啊，吾呐吭好去呢？俫说，俫有毛仁、苟璋、刘辟、龚都，四个人在保护俫，勿要紧？格个四个人吭不本事格呀，侪是三等头呀。格四个三等头，摆着起啥格作用呢？吾跑脱，哈冷！曹将一杀杀到，俚笃自顾也不圆了，呐吭来保护俫刘备？吾心里向顶好冲过去搭曹将打，去拿曹兵杀一个畅。格吭不办法格呀。吾勿能去格啦。"大哥啊！这个军师有令，叫小弟保护大哥，要寸步不离，小弟，不能去。""三弟，你去——呀。"百姓要紧呀，倷去酿。张飞勿肯听。正在格个辰光，横垛里人马来哉。杀啊——哇——一路曹兵冲过来么。"啊呀，三弟，曹军来了。"勿是后头来的，横里来。张飞心里向转念头，啥格物事？吾勿冲过去搭俚笃打，俚笃冲上来搭吾打啦？张飞拿只马，哈啦！竖过来，只看见来个曹将。格曹将乌油盔，镔铁甲，乌骓马，手里向执一口镔铁大砍刀。

"来将通名。""大将军，陈泰便是。"格此人是格偏将，姓耳东陈，单名一个泰，叫陈泰。俚是淳于琼手下一个偏将。俚带领五百个人，快得极。首先杀过来么，要想从横垛里冲过来捉刘备的。捉牢刘备，虽然吾是个偏将啦，吾照样千金重赏了，官封万户侯了。倷留名叫陈泰，"放马！""放——马！"两家头碰头格辰光，陈泰起手里向刀往张飞面门上，乒！一刀过来。张飞起长枪招架，"慢来！"磴！唪！嚓！嗯尔——铿！哈啦啦啦——一个照面，张飞拿俚结果性命。曹兵，"逃啊！"唔笃五百个人逃，张飞拨唔笃逃？谈也勍谈。张飞冲上来，拿条丈八矛望准俚笃背心上乱戳乱挑。哑哑哑哑……张飞格条丈八矛，搭赵子龙格条枪两样。赵子龙格条枪格枪头子下面，有个装置，叫留情结。啥叫留情结呢？比方说，一枪，嚓！搠牢一个人，只好搠一个。再搠，搠勿过去哉。格留情结在喉咙口刮牢了，或者在胸口头刮牢了。要拔出来，那么再好搠第二个。那么张飞格条丈八矛呢，有格点好处。俚呒不留情结，勿装留情结，尽管搠得落。而且张飞搠起来，往人多格场化搠，"看枪！"噗——嚓！一枪，五个。搭钎光地力什梗一串。噔！噔！一甩，头头上两个甩脱，后头三个甩勿脱。张飞，乒！格只脚，踏蹬上脱下来，尔噷——靴脚在死人身上一踏，枪往后头一拉么，朴咯咯咯咯咯，三个落下来哉，烂杀一泡哟。俚心里向转念头，曹兵在后面杀老百姓么，吾在该搭点杀曹兵。吾也算搭老百姓报仇。格么杀老百姓，勿是该格五百人？勿关咯，终归是唔笃曹兵。

张飞冲上来，哑哑哑哑——俚格打仗讲打一个畅，杀一个痛快。哑哑哑哑，曹兵，哗——退下去。张飞还要想追么，"呃？"勿能追。勿能追。啥了勿能追？豪燥转去看刘备吧。吾搭大哥要寸步不离的，吾已经现在离开仔一大段路了。张飞，哈啦！圈转马来回过来，哈啦啦啦——回到方才搭刘备分手格场化一看么。"大哥！"刘备哝不哉哟。非但刘备勿看见啊，连毛仁、苟璋、刘辟、龚都，文官简雍、糜竺、糜芳统统勿看见，小兵也勿看见。队伍乱脱了。只看见啥呢？只看见又是有难民，又是有后面逃过来格败兵。也有格种曹兵，窜来窜去，一片混乱格个情况。刘备呢，大哥呢？

其实么倷张飞过去枪挑陈泰、乱杀曹兵辰光，该面横垛里也有人马冲过来。戆当！人马一冲么，队伍冲散。刘备搭文武官员统统俦逃散脱。那么张飞僵哉哟。啊呀！张飞心里向转念头，吾、吾勿应该离开刘备。吾应该让曹将冲到刘备旁边头来辰光，吾再结果俚性命。吾勿应该主动出击，离开仔刘备过去打。那现在回过来，格大哥勿看见哉。大哥到啥场化去？张飞心里向转念头，如果说，大哥朝东南方面跑，勿要紧。一来，前队上有赵子龙，二来，就是碰勿着赵子龙，俚往东南方向跑，逃过长坂坡到长坂桥，格个是太平地方。就怕呐吭？就怕大哥晕头转向，逃错方向。往西北面去，冲到曹兵格队伍里，格么有危险。格么吾寻刘备到啥场化去寻呢，东南面，吾勿去寻也勿要紧。因为格搭是生路，比较太平。吾要寻要到西北角里向去寻。对的。

　　张飞圈转马来望准西北角方向，哈——冲过来，看见难民就问：俺看见刘备？覅看见。哈——冲过来，看见败兵问：俺看见刘备？也覅看见。哈——直冲到曹兵队伍里，哈——拿曹兵乱杀一泡。曹兵纷纷让开。哈——张飞一直冲到着着后头格高览队伍上。已经冲过仔韩猛格队伍了，冲到仔后面高览格大队哉。高览在后面过来。高览手里向执好一把錾金雀斧，看见门前头冲过来一个黑面孔大将，拿曹兵乱戳乱挑。哗——小兵纷纷在让开来么，高览光火。高览想格朋友倒猖獗了？俺？杀到吾门前头来？高览拿匹马，一拎，哈啦！冲上来搭张飞碰头。喝一声："唪，黑贼，休得猖獗！嗨吔，哈哈——斧呃。"噗——錾金雀斧，望准张飞格匹马格马头上，噗——乒！一斧头过来了。张飞要紧，噎！葵花蹬一挑，马头，酷——一圈。一斧头劈格空，尔嘚——斧头沉下去。其实张飞啦，高览格斧头沉下去么，俺应该望准俚斧头上头，碏！一盖么，叫趁势踏沉船，让俚沉得加二快点了。张飞格打仗，就呒不赵云格什梗聪明，呒不赵子龙什梗巧。俚呐吭？俚从下头去撩起来的。俚已经在沉下去，咁咁从下头去撩起来，格几化吃力了？双倍格气力了。张飞格打仗蛮勿过。格条丈八矛望准俚斧头上撩上去，"慢来！"嚓冷冷冷冷冷冷冷冷。高览心里向转念头，老二官罍噱噱的。吾斧头已经在沉下去，俚还从下头撩起来，格是俺几化吃力了？吾利用现在格机会，趁势望准下面要嚓冷冷冷——高览格臂膊上，用足力道往下头在压下来格辰光么，张飞想啥物事啊？俺想拿吾条丈八矛压下去啊？俺谈也覅谈。嚓冷冷，辣冷冷——张飞格力道叫天生神力。《三国志》里格张飞啦，随便哪里狠人，俚勿会败的，顶起码打格平手。勿管前段书里向格吕布，后三国里格马超，随便哪里格狠人，俚侪能够打。所以有人形容，张飞格本事，像一杆秤，称格分量再俺重，俚杆秤终归称得起来。张飞条丈八矛，辣冷冷，辣冷冷，运足全身功劲，嚓冷冷嗯，往上，嗨！一挑么，高览格斧头，噗——抛出来哟。"喔。"高览佩服。高览心里向转念头，黑面孔气力比吾大哦。吾什梗大格力道，还能够拿吾撩起来，乒！拿吾斧头掀开来是，格朋友气力比吾结棍。吾吃俚勿光。高览心里向已经有数了哉，预备黑面孔要还手，丈八矛刺过来。叫啥格张飞，丈八矛勿刺。为啥道理勿刺么？俚激出仔两只眼睛，在对高览只面孔看，呆瞪瞪。吔？高览拨俚看得奇怪哉。啥格路道，打么勿打，盯牢仔吾面孔看。吾面孔有啥好看？"认识你了！"认得俺哉，叫啥。圈转马来，哈啦啦啦啦，去哉，勿打了。弄得格高览覅懂。看仔看吾格面孔，说一声，认得吾哉。算啥格意思呢？

其实么，张飞有意思的。张飞心里向转念头，格个曹将本事大，力道结棍。张飞顶好碰着格种曹将。俚搭陈泰打，呒不味道。一个照面，嚓冷，啡！嚓！尔嗯——铛！掼下去哉。打着呒不劲格啦。吾本事再好，格个，吔，发勿出嘎啦。俚顶好碰着气力么大，武功么好，打起来么有劲。所谓叫棋逢敌手。格么打起来有味道。现在碰着高览哉么，俚想好极了。格种人，吾好搭俚打打三百个回合么，好过瘾。好搭俚打一打。但是，吾现在勿能搭俚打。啥道理么，吾要保护刘备。大哥勿晓得呐吭了？吾搭格个黄面孔动手打，打得辰光一多，即使吾拿黄面孔结果性命，吾回过去，刘备死脱哉，吾得不偿失。格么呐吭弄法呢？豪燥去救刘备，救仔刘备回过来再搭俚打。格么救仔刘备回过来搭俚打么，俚格只面孔，吾要忘记脱格咯，让吾认认清爽。所有俚呆瞪瞪、呆瞪瞪，对准高览只面孔看。看清爽了，好！认得侬了。吾救着刘备么，吾回过来再来搭侬打三百个照面。张飞是什梗格道理。那么侬想高览呐吭弄得明白？高览呢，让俚从后面仍旧带领大军，朝东南方面冲杀过来了。

格张飞回过来格辰光，张飞心里向转念头哉，刚巧吾一直跑，觑看见刘备。一直跑，看上去难寻，大哥勿会在中心点上。让吾望准横垛里跑。张飞走格路呢，曲尺形。哈呀呀，哈呀呀呀……像三曲之什梗，哈啦啦啦……寻过来。侬么在寻刘备，勿晓得刘备拨曹将包围牢了。因为刚巧刘备冲散队伍之后啦，俚一干子一匹马，溜在树林里向。文武官员么冲散，刘备一看树林外面曹兵人马少一点，就哈啦！树林里出来。要朝东南面走么，老百姓过来。刘备关照俚笃，豪燥往东南面跑。那么老百姓，侬喊吾，吾喊俚，跟仔刘备一道跑么，刘备带仔勿少难民朝东南面走么，跑勿快。因为侬带难民，勿可能跑得快哟。侬跑得慢么，横垛里向曹兵到。啥人么？韩猛来了。

韩猛得信刘备在门前头么，韩猛呐吭会晓得门前头是刘备？因为老百姓在喊：呃，皇爷嗳，侬慢慢叫走呃，唔笃豪燥来。皇爷在该搭点。什梗一喊么，赛过拿目标暴露出来，晓得刘备在门前头。韩猛军队，哈啦！过来，一个包围，拿刘备团团围住。刘备跑勿脱了。老百姓可以往草堆上，往树林里向隐蔽过去。刘备只能够搭韩猛碰头。韩猛开心啊！"孤穷刘备，你见了大将军，还不与我下——马受缚。""韩猛匹夫，休得猖獗，你与我放马。""放马！"哈——两骑马碰头，韩猛起手里向金板刀，望准刘备头上，搂头一刀，"看刀！""兵！"一刀下来。刘备起手里向双股铜十字花一绞，剪刀叉，往上头掀上去，"且慢！"嚓冷冷冷冷冷，冷，冷。韩猛口刀在望准下头在架下来，侬刘备想掀得住吾格金板刀，谈也勿谈。身体，嚓冷冷冷冷冷，磕下来格辰光么，刘备只觉着两只臂膀在发抖呀，呃，啦冷冷冷冷，冷，冷——勿来哉。黄金甲在低下来。刘备越低越下哉么，韩猛格个金板刀，离开刘备格肩胛，还距离大概一根头发丝光景，格个名堂叫啥，叫千钧一发啦！那么呐吭弄法么？喏，要明朝再连下去哉。

第四十五回

张飞救刘备

　　刘皇叔，在当阳道上，碰到曹将韩猛。刘备格条性命，就在呼吸之间，要保勿牢。格么呐吭弄法呢，救星来哉。啥人呢，三将军张飞。哈——张飞格马在寻过来。听见门前头喊杀格声音，喊捉刘备格声音么，俚晓得门前头大哥在。格骑马拼命像飞什个样子，哈啦啦啦——扫过来么，已经来勿及。俚看见格呀，刘备拨了曹兵围好在一绞圈里向，曹将格刀，架在刘备格黄金铜上，往下面搭。刘备已经掀勿住。张飞想吾哪怕快，吾冲进圈子，到刘备背后头，吾要去相帮俚掀，搭勿够了。刘备已经要落马翻缰了，性命保勿牢。格么呐吭弄法呢，张飞一转念头，有了。让吾来借一点气力拨刘备吧。气力呐吭好借？嗳，俚有办法。叫啥张飞，俚老远喊一声，"汏——吔呃，兄长休得惊慌！小弟张飞，来了——嗯。"张飞大喝一声。刘备听见到张飞格声音，勿知啥场化来格气力呀。俚双股铜望准上面，铿——一掀么，韩猛格金板刀，嘚尔嘚——直荡格荡出来。格么阿是真格张飞格气力借拨仔刘备了，刘备格气力大起来哉呢？勿是的。勿是刘备格气力大出来，是韩猛格力道缩小哉。刘备听见张飞声音，心情一振，铿——借股势，往上头一掀。韩猛听见张飞声音，心里向，别别别别——一跳。因为张飞先声夺人。张飞格本事，啥人勿晓得？百万军中取上将首级，如探囊取物。虎牢关上格吕布，算得狠哉，拨张飞，辣！一枪，束发紫金冠挑脱。韩猛听见张飞格种霹雳交加格声音，心一慌么，手一软。好了，格点力道散脱。所以拨刘备，铿！一掀么，刀，尔嘚嘚——直荡格荡开来。刘备，哈啦！圈转的卢马，对后头一看，张飞已经冲进圈子。张飞关照刘备："大哥，你闪开！"刘备格只马，哈啦！让在边上么，张飞直接搭韩猛碰头。张飞心里向转念头，倰格家伙，刚巧要结果俚大哥性命，还当了得。就起条丈八矛，望准俚喉咙口一枪，"看！枪！"噗——乓！一枪过来。韩猛俚要紧起金板刀招架："且慢——呐。"嚓冷冷冷冷冷，掀上去么，哪里想掀得开。拨张飞用足力道，铿！一逼么，尔嘚嘚——韩猛格刀直荡格荡出去。张飞望准俚兜胸，嚓——一枪，着。尔嘚嘚——铿！嚓冷！哈啦啦啦啦，落马翻缰。

　　韩猛一死么，韩猛手下格曹兵大家要紧逃。"勿好哉，黑面孔厉害。黑脸将，厉害呀！"唔笃在逃么，张飞追上来。张飞想，刚巧唔笃猖獗，现在要唔笃好看。格条丈八矛望准曹兵身上，咽咽咽咽——乱搠乱挑，曹兵"黑脸将，厉害呀"。"老张，一向厉害。"唔笃刚巧晓得吾厉害？吾么也一向厉害，厉害仔几十年了哉。曹兵亡魂丧胆，抱头鼠窜，溃不成军。张飞勿追。啥了勿追么？因为刘备在后头，俚想吾要保大哥。吾勿能穷追俚笃，就饶恕俚笃吧。哈啦！圈转马回过来，到刘备旁边头，"噢，嗻嗻，大哥啊"。"三弟，方才愚兄，幸而三弟，否则，性命休矣！""大哥啊，你为什么，要同曹将交战？"刘备响勿落，呐吭拨俙问出来？问吾为啥道理要搭曹将去打？吾，勿是要搭俚笃打呀。俚笃包围吾，逼牢绞仔吾打格呀。"呃，三弟。方才愚兄与三弟分手，曹军杀到，包围愚兄，不得已，而交战。""好了好了好了，大哥啊，现在快走吧。回归东南。"豪燥到东南面去吧，到长坂坡，到长坂桥，就勿要紧了。因为诸葛亮关照吾，要逃出当阳道，要过长坂坡，到长坂桥，那么喏，逢桥而守，遇林而伏，到格个辰光么，太平哉。"大哥啊，走吧！""三弟，前面开路。""好，你就跟上来。""明白了。"张飞拿只马一拎，哈啦！冲上去么，刘备格只的卢马跟在后头。哈啦，哈啦啦啦啦。唔笃两骑马在过来格辰光，旁边头格难民，也有种是后头来的，也有种是横埭里向来的，"呃，皇爷嗳，俙带俚一道走呢"。哗！啊呀？张飞心里向转念头，勿能够带。为啥道理勿能够带？一带唔笃呢，速度慢。速度一慢呢，曹兵要追到。而且带难民啦，难民越聚越多，越聚越多。等到曹兵追上来，哈啦！一个包围么，唔笃格性命反而保勿牢。假使唔笃分散走，四面逃，零零散散走呢，曹兵勿注意唔笃了，倒勿会来伤害唔笃。集合在一道呢，反而要送脱性命。所以张飞心里向转念头，既是为来顾怜老百姓么，同时也是让刘备快点跑吧。

"大哥啊，啊，不能集中了那么多的人马一起走，我们快走吧。"哈啦啦啦——张飞格马勿停。张飞在望准东南面去格辰光，俚急煞之人了。啥体么，要紧赶长坂桥。"呃，大哥啊，小弟到了长坂桥，那么你呢，在长坂桥那面守住。文武官员在前边么，叫他们跟你一起守住。小弟呀，还要赶奔西北，还要去打！"俚还要去打。俚搭刘备讲啥格意思呢？因为刚巧俚碰着格曹将高览。格个黄面孔，用斧头格朋友，力大无穷。吾搭俚打一个照面。格个人呢，吾可以搭俚打三百个回合。像什梗种敌手呢，吾长远勿碰着了。张飞打仗，顶好要碰着对手要狠。格么喏，旗鼓相当，越打越有劲道。碰着像刚巧韩猛格种脚色，嚓冷——嚓！一来兴，惨脱么，张飞吭不劲格啦，觉着吭不味道。忒简单，嚓冷！一来，就舒齐哉。"啊，大哥啊，到了长坂桥么，小弟赶奔当阳，找这个黄脸的，用斧头的大将，吾要同他交战三百个回——呲合。"哈啦啦啦——"大哥啊，你为什么勿响啊？"哈啦啦啦——呲？呐吭吾搭俙讲张，俙吭不回音格啦？讲闲话，板要一个问，一个答。一个在讲，一个在接应，有交流，格么讲得下去。独自一干子讲哉么，吭不味道格咯。张飞想呐吭道理？哈啦！马扣住，回转头来对背后头看么，因为张飞格相道，俚格头颈生得矮勿过，赛过吭不头颈的。像只老虎。老虎叫啥吭不头颈，叫虎无项。张飞别转头来，对背后头看呢，要连个身体一道别转来的。"呃，大哥！"俙连身体一道别转来，对后头一望么，嗻——大哥勿见。只有吾一干子。哎呀！该搭点长坂坡，离开当阳道，一大段路了。大哥啥辰光勿跟上来？哈呀老兄啊，当阳道乱军当中，曹兵人马四面八方在杀过来。倷跟牢吾呢，呒不事体。曹将杀到，吾可以保护倷，好搭俚笃交战。倷离开了吾，倷如果再碰着曹将，呐吭弄法呢？张飞急煞。圈转马来，哈啦啦啦——回到原路上来寻刘备啦，已经来勿及。

啥体？刘备老早拨了曹兵包围。格么刘备呐吭又会得拨曹兵包围格呢？喏，刚巧张飞在前头，刘备在背后。横垛里向难民过来，在喊刘备么，刘备扣住马匹去招呼点老百姓。刘备看看格点难民呢，心里向交关不忍，"列位父老，你们休要痛哭。喏喏喏，往东南而去，只要过了长坂桥，便能平安无事。你们，快——走啊"。"呃，皇爷暧，背后头曹兵杀得来，一塌糊涂，拿俚老百姓在乱杀一泡呀。""是是是，孤也明白了。快走啊。"哗——勿少难民在涌上来么，也有种难民倒蛮好，对刘备讲，皇爷啊，倷勤带俚一道走哉。倷带仔俚呀，人忒多，目标忒大啦，俚晓得哉呀，到长坂桥呀，俚会得往东南面走的。倷自顾自，倷管倷一干子走吧。倷搭俚登了一道，倷跑得慢，倘然曹兵杀过来，要拿倷围困牢格呀。刘备心里向想想，格点老百姓真好了。在家破人亡、妻离子散格情形底下，还在顾怜吾格性命。要叫吾一干子先走，俚笃自顾自会得往长坂坡来。刘备心里向转念头，唔笃手无寸铁。吾呢，到底手里向还有对黄金铜。搭曹将打么，勿来事。曹兵冲上来杀唔笃老百姓，吾还可以去挡一挡，好拿点曹兵杀退。刘备不忍离开俚笃。"呃嗬，你们快来呀。"勿晓得门前头格张飞跑远，刘备一看么，看勿见张飞。"啊！三弟！三弟！"啥场化有啥张飞格踪迹，张飞格只马，哈——老远去哉。刘备只好带仔格点难民在过来，跑得呒不几化路么。当！一声炮响，哗——横垛里杀出来三千人马，拿刘备一个包围。老百姓吓伤，望准旁边头乱柴堆里向、树林里向钻么，刘备骑格马，目标来得大，要钻进树林么，也老实讲一声钻勿进去。茅柴堆里，呐吭藏身得牢？刘备一看，好了，围上来。已经拨俚笃围在圈子里向，要走呢，也走勿脱。刘备对门前头一看，只看见门前头来个大将，旗幡飘扬，旗号上有灯光，一虎大将军"淳于"两个字，双姓淳于。俚呢，人称一虎大将军。因为俚笃弟兄五个，俚是老大，俚叫淳于琼。俚有四个兄弟，老二叫淳于普，老三叫淳于导，老四叫淳于杰，老五叫淳于安。格淳于安呢，已经死脱哉。老早就死脱。为啥老早死脱么，俚格名字叫得好勿过，叫淳于安，老早就入土为安了。战场上牺牲脱。还是在从前辰光官渡大战辰光，拨了曹操打煞脱的。俚本来是袁本初格旧部，俚笃弟兄五个呢，人称五虎将。今朝呢，淳于琼是跟仔高览到该搭点来。听见手下头报得来，刘备在门前头，带仔难民一道走么。俚坏啦，俚竖上来勿放炮。等到人马，哈啦！包围格态势形成了，当！炮响么，一个圈子已经拦牢，刘备跑勿脱。

淳于琼手里向捧一柄金顶枣阳槊。格柄家什也是蛮笨得热昏。啥叫啥金顶枣阳槊呢？一柄长柄的，像锤头什个样子。锤头么是圆的，或者么八角形的。俚呢，是长圆形的。格长圆形格上面呢，还有纯钢打成功格刺。一只一只格刺，像狼牙棒什梗种样子。阳面有三十六个刺，阴面有七十二个刺，一共一百零八个。头头上呢，还有格枪头子什梗。格柄家什又可以么搣，像枪什梗刺。又可以么砸，像砸锤头什梗砸。分量交关重。俦是格种蛮笨，蛮力大格朋友用格家什。那么刘备认得俚的，刘备也晓得俚格本事。从前刘备逃难逃在河北袁绍袁本初格搭点，替淳于琼歇过头。刘备晓得俚格本事，比韩猛要大得多。那么僵哉。张飞么勿在，呐吭弄法？俚要放吾过去？勿可能。打，呐吭打得过？刘备心里向一转念头，只有搭俚屏一歇辰光。呐吭屏一歇辰光？多屏脱一歇辰光么，阿有啥张飞回过来，好救吾。所以刘备上来呢，对仔格淳于琼拱拱手。"前边来者，我道是谁，原来是淳于大——将军！刘备这厢，有礼——吔了！"

淳于琼心里向转念头，嗨！孤穷刘备上来搭吾唱喏哉。战场上碰头，有啥客气。啥人搭俦多礼？"刘备，罢——了！"刘备是也响勿落。堂堂皇叔，大汉，左将军，豫州牧。俦想想看，什梗格身份，吾搭俚唱喏，惹俚"罢了"一来。"淳于将军，久违了，刘备还是在冀州时节，与将军相见。日月如箭，光阴如梭，呃喝，一眨眼么，八年了哇。"咦，淳于琼心里向转念头，呐吭格刘备闲话恁格多呢？啥格从前么，在冀州辰光搭俦碰头了，分手仔日脚蛮快，格辰光么建安五年，今年么是建安十三年，光阴如箭么。眼睛一眨，八年功夫哉。啊吔？吾要捉俦格人么，俦为啥道理闲话恁格多呢？勿晓得刘备在用计呀。刘备想，搭俦多讲歇闲话么，多屏点辰光，阿有啥张飞发觉吾勿在后头哉，俚赶过来么，好来救吾。

"刘备，不用啰唆，你与我下——马！""啊呀呀，淳于将军。呃喝，八年分手么，将军一向是别来无恙。"喔哟，讨惹厌啊。啥人搭俦来讲客气，十八九年了，别来无恙了。淳于琼心里向转念头，曹丞相下命令的。高览刚巧也关照过，捉牢刘备么，千金重赏，官封万户侯。俚眼睛里望出来格刘备啦，已经勿是一个人了。是啥？是一只元宝，一只老大老大格元宝，是一千两重格金子打成功的。外加捉牢仔俦，非但得着一千两金子，还好官封万户侯，封妻荫子，子子孙孙俦好吃一万户格个俸禄了。"孤穷刘备，你不要啰唆，你与我下马，受——缚。""哎呀，淳于将军。刘备当初在冀州时节，与将军有一面之交。难道今日将军，竟要拿捉刘备，不成么？还望将军可能够看在当初的份上，把刘备放走啊！""呀——呀，呸！我奉丞相将令，把你拿捉，怎肯放你过去。不用多言，下马！"刘备晓得勿来赛，闲话么啰哩啰唆，讲仔勿少了，再要讲下去，俚勿搭吾多讲了，俚家什要砸上来快哉。呒不办法。只好打哉。就什梗下马受缚么，吾倒也勿高兴。打一打死么，总算是死得还光彩一点。"好，淳于将军，不念旧交，定要把刘备拿——捉，那么，刘备只得在将军马前放肆！呃喝，将军请放——马。""嗯，哼。"淳于琼心里向转念头，刘备格胆子倒实头大格呀？啊？放马？俦来搭吾打？俦米气也吭不了。俦来搭吾打？"你放马。"刘备圈转的卢马，哈啦！淳于琼圈转马头，两骑马，哈啦啦啦，打照面么，曹兵喊杀连天。"刘备下马嗳，刘备下马哇。"杀呃——呱呱，咚咚，卜隆，卜隆，噗！战鼓响亮，哗——杀声当中，火光丛中，两骑马，哈啦啦啦啦啦啦啦，碰头。淳于琼先动手。淳于琼起金顶枣阳槊，望准刘备小肚皮上，"去吧——啊"。噗——乓！一槊刺进来。倷一槊在当枪什梗样子刺过来么，刘备要紧，哈啦！马头一圈，身体一偏，嗅！淳于琼一槊，挑一个空。刘备心里向转念头，吾刚巧搭韩猛打，吾吃亏。吾是下盘家什，两只手，荡荡空空往上头掀，吃力。现在呢，倷家什在下面，吾可以用上盘了。刘备黄金铜十字花一绞，望准倷金顶枣阳槊格槊柄上，嚓冷！一剪呀，连个身体一道磕下来了，"且慢——呃"。嚓冷冷冷冷冷冷冷，倷在往下头掀下来格辰光，淳于琼心里向转念头，啥物事啊？哈哈！穷刘备啊，倷想拿吾格家什掀下来？倷谈也勿谈。该两个一虎大将军，打勿过倷个孤穷刘备是，人也勿做哉。就拿柄金顶枣阳槊往上头挑呀。嚓冷冷冷冷！喔哟，刘备觉着勿来赛。格臂膀里向在发震，人在往上头耸上去，屁股要离开马鞍鞒了，如果拨倷，铿！一抬头，吾马背上掼下来是，还了得啦？刘备倷要紧两只脚，从踏蹬上抟下来，望准马格肚皮底下，当！一勾。马肚皮勾牢，倷要挑么，要么拿只马一道挑起来。刘备拿格身体磕到黄金铜上。借自家身体格力道，一道磕下来，咬咬紧牙齿，"嗳——唉"。嚓冷冷冷……连身体侪磕下来。其实格个喏，淳于琼叫笨啦。淳于琼假使扎乖一点格说法，倷用勿着用蛮力往上头挑。倷曼得拿家什望准下头一沉好了，放放刘备格生。倷家什，乓！一收么，刘备定做一交跟斗在马上，叭啦哒，掼下来。因为刘备连个身体侪磕下来了。格么淳于琼为啥道理勿什梗打呢？喏，匹夫呀。格种人格头脑，实在简单，卖勇斗狠。倷算搭刘备打，吾如果用什梗种办法赢是，倒胃口的。阿是吾吭不格点气力挑下来啊？倷刘备哪怕连身体磕下来，哪怕倷两只脚马肚皮底下头勾牢，吾非拿倷格人从马背上挑下来不可。倷用一用气力，"吔嘿，喔喝"。嚓冷，嚓冷，嚓啦啦冷——刘备觉着勿灵哉，勿灵哉，勿灵哉。两只脚马肚皮底下已经勾勿牢哉，乓！两只脚从马肚皮底下松开来，格屁股搭格鞍鞒，松了松，松了松，要离开鞍鞒。刘备是牙齿咬紧，浑身吃奶奶格气力侪用仔磕下去，吭不用场。因为双方格实力，实在相差得远勿过。

马还在兜圈子，马又勿立停。唔笃大将搭大将在屏，一个在挑了，一个在压了，马照样在跑呀。哈——马在兜圈子哟。竖上来两个圈子，刘备勉强维持。到第三个圈子上，刘备实在勿来赛。鞍鞒上坐勿牢，看上去马背上要掼下来。该格辰光马背上掼下来么，性命保勿住。张飞么，张飞勿来。啊呀！刘备喊天哉，其实么应该喊苍天啦。刘备么也心慌勿过，牙齿咬紧，"阿呀！皇天——呀"。喊皇天了。倷齐巧在喊皇天格辰光，张飞赶到。

格么为啥道理格救星啦，板要在最最危险格辰光啦赶到？格救星么，啥勿早点来呢。格张飞早点来么，刘备就勿会什个样子着急。该格么喏，吾欢喜扯穿点讲拨了老听客听。俚老先生教的。格书里向格要紧人、好人，主角，俚有危险呢，板要让俚格险是险得来，勿能再险哉。就推扳嘀嗒一来兴，马上性命要保勿牢哉。那么格个辰光么，救星再可以到。勿能早来的。为啥？

早来哚不劲格呀。偨刘备刚巧搭淳于琼碰头格个辰光，打也还勦打了，闲话也勦讲了，哈啦！张飞赶得来，拿淳于琼结果性命，格书就勿好听哉啦。一眼赛过勿紧张。那么板要造成功什梗一种紧张格气氛，要刘备么搭格曹将打，打得来，性命么，就在眼睛门前。推扳只有一口气哉，顶顶危险辰光，那么张飞到，救。赛过有劲道了。格么也有种老听客要问哉咯？作兴张飞推位一眼眼呢，一个嘀嗒，倒齐巧推位一个嘀嗒勿来么，刘备岂勿是要死脱呢？格来么，老听客，唔笃放心。勦说听三国，唔笃听别部书，也什梗的。勿会危险的。嗳，勿会推扳嘀嗒一口气的。终归在顶顶危险、推位一眼眼格辰光么，救星板要来哉。啥道理，因为救星再勿来，格个好人死脱，格个主人公一死死脱么，书也要说勿下去。格么格个侪在说书嘴里向，勿会拨俚弄僵格吜。

就在顶顶危险格辰光么，张飞到哉。张飞格只马，哈——过来格辰光，俚听见哉呀。门前头战鼓声音，门前头喊杀格声音，喊刘备下马格声音。俚格只马，哈——过来格辰光，一看见大哥在搭曹将打。格曹将长一码，大一码，比刚巧格韩猛好好叫要结棍了。张飞心里向转念头，僵哉。大哥在盖俚格家什，盖勿住哉。马上要跌下来，吾勿好喊哦。刚巧吾搭韩猛打格辰光，吾喊一声，让大哥借点气力，磳！往上头一掀了，掀得开。现在，吾如果喊一声，大哥勦一松介？俚因为在往下头掀呀。俚听见吾来，心里向一快活，一松，一松么，乒！一挑么，好，性命要保勿牢。所以张飞勿能响。张飞格只马冲过来，条丈八矛望准曹兵队伍上刺进去，嘎，嘎！一拦，曹兵让开俚格只马，进圈子，到刘备背后么，喏，齐巧刘备"皇天呀！"张飞一听见刘备在叫"皇天"哉么，笑出来。大哥呐吭格皇天也叫出来？俚格条丈八矛格矛尖，望准格淳于琼格金顶枣阳槊格槊尖上，铿！一盖，嘴里向喊一声："黑地——呀。"偨喊皇天么，吾来格黑地。铿——盖着，尔嘚——人比人叫气死人。刘备咬紧牙齿拼性舍命，浑身气力用出来，勦想能够拿俚格家什掀下去。张飞条丈八矛还勿是十分气力，矛尖望准俚金顶枣阳槊槊尖上，铿！一盖么，格金顶枣阳望准下头，嘚尔——直沉格沉下去。刘备是推位一眼眼，在马上掼下来呀。嚯唷——因为刚巧在往下头掀，着生头里下面家什，嘚尔——沉下去哉么，幸亏得张飞喊一声"黑地呀"么，俚稍微有点准备。晃几晃，晃定么，哈啦！马让开来。

刘备马让开么，张飞搭淳于琼面对面碰头。淳于琼要紧拿下面家什收起来，望准张飞面门上一记，"黑贼招打！"噗——乒！一槊过来。张飞丈八矛，磳！掀着，尔嘚——槊荡开。叭——喉咙口一枪，着。尔嘚——铿——嚓冷——哈啦啦啦啦啦啦，落马翻缰。曹兵"逃啊……"张飞冲上去哑哑哑啊……又杀了一阵。然后回过来一看么，刘备作孽。刘备两只脚，踏蹬上挑好，黄金铜单手一执，吭是吭得来。节头子，拿额骨头上格汗勒下来，在往下头甩。一身大汗，汗流脊背。"嚯唷，三弟啊。愚兄幸而三弟，否则性命不——保。""大哥啊，方才小弟在前面开路。你为什么不紧紧跟随，要在这里同曹将交战呢？"刘备搭俚讲：兄弟啊，勿是吾熬好戏，要搭曹将打。

吾搭倷一道走，倷往门前去，横埭里难民过来，吾要带仔难民一道跑。那么难民在跟吾走格辰光呢，横埭里曹军兵包围上来。一个圈子围牢，吾要走，走勿脱。弄僵仔了搭俚笃打格呀。"好了，三弟，前边开路。""小弟不开路。"咦，"为什么？""小弟开路，你还是要同曹将打。"

张飞晓得自家格毛病。啥格毛病呢，吾格头颈短，头回转来勿便当。外加吾格两只眼睛生得勿好，侪生在门前头。假使吾格眼睛，一只生在门前，一只生在背后，格么哎，倷登了后头勿要紧，吾照样看得见。倷有危险么，吾过来救倷。格两只眼睛侪在门前头，后脑勺子上，勿生眼睛。吾再开路，倷登了后头。吾跑仔一段路，回转头来看看倷吭不。倘然吾回转来得稍微慢一步，倷性命保勿牢，吾呐吭搭诸葛亮碰头。吾吓煞了。诸葛亮临时动身辰光几化凶了。对仔吾，神态严肃。刘备在倷身上，三日五日当中，刘备太平无事趱去讲俚，有点啥三长两短么，你这匹夫休来见吾。嘎啦！拿吾一把，吾趱吓煞格啊？吾勿开路了。"那么，三弟，意下如何？""大哥你先走。"倷先走，倷在门前，吾在后头。倷在门前，有曹兵杀得来，吾看见，吾可以搭俚笃打。吾在后头，曹兵后头追上来，俚笃要来搭吾打，俚笃会得有声音，吾会得晓得，吾好后头去打，什梗么保险。刘备晓得张飞格脾气，格么吾就先走吧。刘备格只马，哈啦！在门前么，张飞在后头。唔笃往门前去，走得吭不几化路么，又有难民从后头来了。有格从横埭里向过来，"呃，皇爷暧"。刘备倒又要扣马哉。张飞心里向转念头：大哥呀，倷格个扣马，倷勿是救俚笃，倷是害俚笃啊。人集中在一大堆，趱当，曹兵过来，杀起来便当呀。勿能让倷带俚笃。倷如果再要拿那么齐集在一道？倷变去伤害俚笃。反正俚笃大家晓得往长坂坡走，零零散散，分散仔跑呢，化整为零，倒吭不危险。

格么吾要叫刘备快点跑，刘备勿听格呀。刘备格脾气，张飞侪晓得的。格么呐吭弄法呢？只好硬手硬脚，硬上了。张飞叫啥拿条丈八矛，哈啦！调一个头，矛尖朝后了，矛格钻子往门前头。先要搭刘备打个招呼。让刘备思想上有格准备。"大哥！"刘备回转头来看。"三弟，则甚？"倷问俚则甚么，张飞格矛钻子，望准刘备格只的卢马格马屁股上，呱——一记。俚算轻轻叫的，张飞格落手重勿过，倷轻轻叫么，格只的卢马已经吭勿住。的卢马心里向转念头，啥格倷敲得什梗重法子？马痛得跳起来，恰！吭！哈啦啦啦——格只马跳起来格往门前头跑么，刘备吓煞哉。刘备推位一眼在马背上跌下来。刘备要紧两只手抓牢领鬃毛，搭在鞍轿上，哈啦啦啦啦啦啦，张飞在背后头，噔！裆巾一紧，哈啦啦啦……跟上来了。刘备阿要呆脱？"三弟，你，做什么啊？""大哥啊，这个一来么，叫逃难！"格来么叫逃难。逃难么是要快。逃难有啥蹑方步，慢慢叫走。

刘备，哈——到长坂坡，张飞跟到长坂坡。那么老百姓勿看见。只听见背后头格声音，曹兵也勿看见。刘备格只马格裆劲在丑松。裆劲丑松么，马格速度慢下来。张飞想啥物事啊？又要慢哉啊？张飞旁边头，再拿条丈八矛调一个头，"大哥"。刘备还勴回头么，格只的卢马，望准门前头，哈啦啦啦——直窜格窜出去。为啥道理么，格只的卢马几化聪明，龙驹马。张飞在喊大哥么，俚晓得又要吃生活哉，快点跑吧。哈——一窜头。张飞笑出来了，"呋喝喝喝"。只马聪明的。嗳，吃着仔一记生活啦，第二记敲俚勿着。俚已经晓得吾要刮俚了，所有俚直窜格窜出去。哈——张飞跟过来，直到长坂桥。酷——刘备扣住马匹，张飞也扣住马匹。"三弟。""大哥。""桥梁到了。""对。"月亮光底下一看，旁边头一块石板：长坂桥。长坂桥。该搭长坂河，再过去就是汉津。诸葛亮关照要过了桥，那么太平。"大哥啊，呃，你过桥梁去吧。军师吩咐，逢桥而守啊，小弟要在这里保守。""好，三弟，那么愚兄过去观看，赵云与文武官员，他们可在前面？""好。"

张飞关照大哥，俙去看，倘然赵子龙在前头哉呢，俙马上关照，叫赵子龙来守长坂桥。吾马上就要赶到西北面去。吾要搭格黄面孔，要去打三百个回合了。张飞心心挂念，要回过去搭高览打了。刘备答应。张飞呢，守在长坂桥桥面上。刘备过仔桥梁，往门前头来。磕磕唾磕、磕磕唾磕，跑下长坂桥，兜到门前一快平地，一个树林，转过树林，一看么，哗——横埭里出来一点人。刘备一吓哟。啥人？再一看呢，自家人。两个大将，一个叫刘辟，一个叫龚都。带几化人呢，一百多个马队。还有张飞手下十八个燕将，十八只马。俚笃一百多个人，一百多匹马，先到该搭点来。看见刘备来么，刘辟、龚都，要紧上来相见，"参见主公！""二位将军，少礼。你们怎样到此？"那么两家头报告。说，吾俚，本来在中队上，搭俙一道赶路。因为曹兵、曹将冲到，队伍冲散。那么俚呢，带仔马队朝门前头走么，跑得快。一路过来么，已经到了此地长坂河。过长坂桥，在此地等俙主人，到该搭点来。格么刘备再问哉咯："赵将军，可曾到来？"赵子龙在前队咯？赵云唵带甘、糜二夫人，到该搭点来呢？"禀主公，赵将军没有到此。"啊？龊来？什梗说起来，赵云还在当阳道。"那么，文武官员呢？"别人呢？比方像毛仁、荀璋，还有文官么，简雍、糜竺、糜芳，再有么公子刘封，俚笃唵来呢？两家头摇摇头，说：就是俚两个人逃到该搭点来。其余么，俙是点小兵。文武官员统统呒不来。刘备一听，赛过当头一桶冷水。好了，一场败仗，败到该搭点。只挺吾、张飞、刘辟、龚都四个人。其余么，一百多个马队。赵云、甘夫人、糜夫人、刘阿斗、文武官员，生死不明，存亡未卜。刘备关照，来来来，派张飞手下十八个家将，唔笃过去，三将军在长坂桥，叫俚守住桥梁，随便呐呒能离开哦。赵子龙勿在此地，文武官员俙呒不来，就是刘辟、龚都在该搭点。哦，十八个家将过去关照。张飞一听么，张飞心情也蛮沉重。看上去格局面还是蛮危险。赵子龙也还呒不到了。只挺刘辟、龚都两个人。格吾呐呒走呢？吾跑开来，叫刘辟、龚都守长坂桥，守勿住。叫俚笃两家头保刘备，吾勿放心。顶起码，要赵子龙在该搭点么，勿要紧。格是看上去，吾要搭格黄面孔打，呒不格个机会了。张飞呢，只能够守住在长坂桥桥面上。十八个家将在旁边头陪陪俚。刘备呢？下的卢马。的卢马由刘辟带过去，旁边头树上拴一拴好，就捡石头上坐定。

刘备抬起头来一看，辰光呢，已经三更敲过，近四更。天上一轮明月。风吹过来，呼——哗——树木上声音蛮大。该搭点因为离开当阳道远，老百姓哭格声音听勿大见。毕静，就是风，吹在树上格声音。月亮光洒得一地。刘备看看月亮么，只觉着心里向有点酸。为啥呢？吃败仗，败到该格程度。家小、小人，勿晓得在乱军当中，阿太平勿太平？顶顶可怜，两县老百姓。格抢势里向，妻离子散，家破人亡，真是一个空前浩劫。诸葛亮，到江夏郡去。勿晓得啥辰光，可以来接应？刘备想到前途，想到现在辰光吃败仗什梗一种凄凉格情景么，心里向呐吭勃难过。眼泪在眼睫里滚了滚，滚了滚。勿晓得，赵云究竟呐吭？

俫在牵记赵云么，那吾也要交代赵子龙。当阳道刘备是三队人马。后队上，老太守刘泌搭公子刘封。首先是刘泌阵亡，刘封逃走，后队冲散，百姓遭难。其次，是刘备格中队。刘备搭张飞、文武官员在一道。横埭里曹将冲杀，背后头曹将冲上来，中队冲散。刘备搭张飞，逃到长坂桥。刘辟、龚都过去哉，文武官员失散哉，中队也完结哉。刘备格三队人马呢，去脱两队，就挺一队。头队上，赵子龙还有五百个人，保护仔两部车子，轧冷轧冷……磕磕唾磕、磕磕唾磕，嗄咯咯咯，在门前头赶路。格么阿有曹将冲过来么？有的。零零散散小股曹兵，也有种偏将冲上来。要想来冲赵子龙格头队，碰头赵云么，一个照面，嚓！马上结果性命。啥人打得过赵子龙？所以头队上比较太平。那么距离后头西北角里向高览格队伍么，也远了。

赵子龙格心情蛮焦急。赵云心里明白，诸葛亮锦囊上关照，要过长坂坡，过长坂桥，那么太平。吾现在呢，就是要保护车子，保护主母、公子，安全到长坂桥。但是现在呢，还是在当阳道。后面老百姓哭喊格声音啦，赵子龙听得清清爽爽。赵云心里也蛮难过。称心上呢，要到后头去，接应接应张飞，搭刘备一道跑。或者么杀退曹兵，多掩护点老百姓撤退。但是，呒不办法。吾受诸葛亮格关照，军师格命令，勿能够离开车辆。吾要保车子往门前头赶路。现在车辆在前头，赵子龙在后头，忐磕唾磕、忐磕唾磕，俫在断后格辰光么，只听见后面，哈冷冷冷冷冷冷冷冷，马铃声音。有人在喊："大将军住马，大将军慢走？"酷——赵云马扣住。回头一看么，来个人。啥人？公子刘封。"大将军，刘封有礼。"赵子龙一呆，"公——呃子"。"将军。""你在后队赶路，怎样到——呃此？""大将军，我在后队赶路。曹将杀到，我家母舅大人阵亡。我与曹将交战，一个照面，长枪脱手，逃遁到来，头队失散了。"喔？老太守死哉。刘封打得格仗，枪侪脱手哉，一双空手逃过来。格么赵云想勿对，俫从后队逃上来么，俫应该到中队，搭中队人马一道赶路，俫呐吭跑到仔吾前队上来了？"公子，你为什么不在中队赶路啊。""哈呀，大将军，中队也冲散了呀。"啊？"中队失散了？""是啊。""吾问你，主——公怎样？""啊呀，大将军，大事竟不不不不好了。""哈——啊。"赵子龙格个一急么，心侪吊起来。吾问俚刘备呐吭？俚回头吾，不不不不不好了。赵云阿要慌的。"你待怎——讲？""大将军，吾家爹爹被曹将包围，三叔父寡不敌众，十分紧急，所以吾赶奔到此，请大将军速去，接应三叔，援救我家爹爹。""嗬——喔。"赵子龙听说中队失散，张飞、刘备拨曹兵包围。叫啥三将军寡不敌众，皇爷呢，非常危险。俚叫吾去接应张飞了，救刘备去。赵子龙定一定神，"公子，我问你，皇爷被曹将包围，翼德将军寡不敌众，你，还是耳闻，还是目睹啊？""大将军，吾是耳闻的。""喔——嗬呀！"赵子龙想采采，拨俚一吓。耳闻的？耳闻格闲话勿好听。亲眼睛看见，赞货。听得来格么，呐吭好相信？"公子啊，耳闻是虚，眼见为实。翼德将军本领高强，皇爷一定太平无事，放——心便了。"用勿着吾去得的，放心好哉。张飞格本事，吾相信俚保护刘备，呒不事体。用勿着吾过去。"是。"刘封听着格句闲话，心里向交关窝塞。对赵将军看看，俚对吾伲老娘家一点感情呒不。啥格耳听是虚，眼见为实，放心好哉。俚放心，吾勿放心了。倘然伲老的，出仔毛病呐吭弄法？耳闻？耳闻，有人在喊道么，终归有点因头格咯？哈啦，刘封格只马往门前头去。赵子龙看俚马匹往门前头去仔么，赵云要喊想住俚。为啥呢？俚勒搞七捻三，跑到车辆跟前，搭甘、糜二夫人去讲，王爷拨曹将包围了，张飞寡不敌众，格是两位主母吓勿起的。俚笃胆小，赵云要想喊么，一个活特啦，赛过勒马上出口，马已经过去哉。格么俚追上去喊呢，勒拨主母听见。拨主母听见仔反而勿好。说起来呐吭，赵子龙啊，阿是吾儿子要来看吾了，俚拦脱俚啊？封锁消息，勿妥当。赵子龙想，刘封到底也勿是小图，也懂事体。吾什梗搭俚讲呢，俚大概也明白吾格意思。况且背后头传过来格声音，哗——老百姓哭喊格声音。

赵子龙一个犹豫，勒喊住刘封么，勿晓得毛病就出在格个一个犹豫上。磕磕唾磕、磕磕唾。吔？车辆停了。哈啦！一匹马过来。"大将军，主母有请。"赵云一看，勿是别人，家将格头脑叫王德。王德来叫吾过去，"主母有请"。出事体哉。该格辰光主母喊吾过去到么，不问可知，板是刘封在主母门前讲仔格两声闲话。格呒不办法格吃，要搭主母去解释。磕磕唾磕、磕磕唾磕，酷——扣马。嚓冷！枪一摞。噗！马上跳下来。赵子龙到车辆门前么，只看见刘封格只马在车子旁边头，对刘封一看么，刘封头别别转，面孔上格表情看得出，告过状哉咯。吾勿听仔俚闲话了，俚到主母门前来讲过，所以主母叫吾到该搭点来。赵子龙心里向已经窝塞。到车辆门前，只看见，甘夫人格车子上帘子已经掀起来，挂在旁边格扎钩上。糜夫人格车子呢，仍旧帘子下了。为啥？糜夫人抱格阿斗了。

赵子龙到主母门前："主母在上，赵云有——呃礼。"欠身施礼。"将军，少礼。""谢主母，呼唤赵云，有何吩——咐？""方才吾儿到来言讲，皇叔被曹将包围，三叔寡不敌众，请你过去援救。你因何不——去呀？""这！"赵子龙对刘封看看，好极了。定坚什梗两声闲话。赵子龙看甘夫人眉头皱紧么，面孔上惊恐得勿得了。"禀主母，方才赵云问过公子。"吾问得蛮清爽哟。吾说皇爷拨曹将包围，张飞寡不敌众，俚还是亲眼睛看见，还是听见的。俚搭吾讲是听见的。主母啊，眼见么为实，耳闻是虚呀。"乱军中，传来之言岂可听信？主母，但请放心，只管，赶路。""嗳——唉。"甘夫人心里向转念头，赵子龙倷胆子脱大哉啊。虽然听的来格闲话，传来之言不足凭信。不过倷要晓得，刘备是要紧人呀。"将军，虽然乱军中，传来之言不足凭信。然而，你可知晓，王爷，是金枝玉叶。"刘备是当今皇叔，受当今万岁衣带诏，灭曹兴汉，身负国家重任。刘备格人，搭国家兴亡关系非常之大。哪怕是传来之言，叫宁可信其有，叫不可当其无。勿怕一万，就怕万一。倷刘备出到事体啦，有关国家兴亡。将军倷还是要去。"将军，速去援——救。"

那么要命哉。赵子龙心里向转念头，甘夫人闲话是勿错呀。刘备是要紧人。"主公有翼德将军保护，一定，太——平无事。主母啊，赵云奉军师将令保护主母、公子，军师锦囊嘱咐，不能擅——离职守。"诸葛亮再三关照吾，勿能离开车子，而且一定交代要拿车子送到长坂坡，送过长坂桥，那么太平。太平格个辰光，吾再打听，刘皇叔唵到长坂桥。假使刘皇叔到达长坂桥，格么勚去讲俚。如果说，刘皇叔还勩到长坂桥，格么格怎样子，吾马上赶奔到当阳道，吾再去救，还来得及。现在呢，吾伲只管往门前赶路。"主母，放——心便了，只管赶——呐路。"甘夫人听啥物事啊？喔，你赛过要到仔长坂桥，再打探虚实。刘备勿到长坂桥的，倷再过去。"将军说哪里话来，救兵如救火，岂可顷——刻耽搁，将军速去！"倷搭吾走！"这？"赵子龙心里向转念头，那么要命哉。主母呢，夫妻情深，俚也勿单单关于夫妻了。而且还考虑到国家大事，刘备死脱，影响大局。板要关照吾马上就去。那呐吭弄法？按道理讲，刘备是重要。首先应该考虑是刘备格安全。不过诸葛亮下令箭格辰光，当时关照清爽格呀，大家分好工格啦。张飞负责保刘备，吾负责保主母公子。而且关照清爽，勿到长坂桥，倷勿能离开车子。随便啥格事体，倷勚去管俚，倷总归到长坂桥再讲。吾首先要保主母搭公子格安全。

赵子龙心里向转念头，格呒没办法了，诸葛亮格命令吾只能够服从。"主母，赵云奉军师将令，保护主母、公子。军师再三嘱咐，未到长坂桥，不能离开车辆。主母，但请放心，向前赶路就是了，军士们。""有。""车辆，赶——呃路。"走！"是。"轧冷——轧冷——轧冷——赵子龙强行关照车夫推车子跑么，甘夫人拿扶手板一拍呀。"停——下。"停下来！车夫，轧冷！车子停。甘夫人阿要光火，赵子龙倷啥格态度？喉咙三板响，放心好了，往门前头赶路。刘备勿要紧，倷顾怜俚？倷个意思吾也懂格呀，诸葛亮关照倷，保护俚两家头搭仔小东家，倷勿能够离开俚。倷阿晓得，刘备死脱，俚，也勿能活哉。俚两个女人搭一个小囝，活着有啥意思呢？老实讲，汉朝勿能哦不刘备，是可以哦不甘、糜二夫人搭刘阿斗。俚，哪怕伲死脱，倷拿刘备救着，送到东南，倷就是顶顶大格功劳，诸葛亮勿会怪倷错的。"将军，你可知晓，皇叔是擎天玉柱、架海金梁，岂可有半点差——池。倘然哀家等一死，与大局无关。而皇叔若有不测，有关国家兴亡。将军，速去相救。如其将军不去么，哀家愿死于车辆之——前。""这——个！"那么僵。赵子龙尴尬。主母闲话说尽说绝了,可以吭不甘、糜二夫人、刘阿斗,勿可以吭不刘备。轻、重、缓、急,分得蛮清爽。家属牺牲勿要紧,刘备要保全,因为刘备有关大局。吾如果勿听,俚情愿死在车子门前。那呐吭弄法?逼牢绞仔去!"主母,赵云去后,车辆谁人保护啊?""有刘封在此。"哈呀!赵子龙心里向转念头,刘封有啥格格本事?俚自家格枪侪吭不了哉。呐吭保护俫呢?吭不办法,赵云只好走。不过赵子龙心里向转念头,什梗吾赶奔到当阳道。吾只马快,千里马。吾跑到当阳道去看一看,倘然说刘备真格是拨曹将包围,张飞寡不敌众,格么吾接应张飞,援救皇叔。如果说,吾一打听,刘皇叔搭张飞已经到仔东南面去哉,吾马上回过来,追车子。吾只马快,打一个来回呢,大约还勿超至于出事体。对,转停当念头么,赵子龙只好答应:"主母,赵云遵——命。公——呃子爷。""刘封在。""我把车辆、付托与公子,都在——你身上。""是是是。在吾啊,在吾。""马童。""有。""提枪,带——眬马。""是。"忑磕唾磕、忑磕唾磕,马带过来。赵子龙,嗅!摆鞍鞴,掭踏蹬,豁上马背,长枪一执。马,嘡!一拎么,望准当阳道,哈啦啦啦……去。到当阳道,碰头难民,问难民:唔笃唵看见刘备?看见的。唵拨曹将包围?包围的。后来呢?张飞赶到相救了,回转去了。喔?唔笃看见的?看见的。哈啦!再过去,看见点败兵,问败兵,唔笃唵看见刘备?什个长,什个短,刘皇叔搭三将军去了,往东南去了。清清爽爽刘备在门前,张飞在后头,快马如飞去了。赵子龙心里向转念头,什梗一看,刘备是拨了曹将包围过。但是呢,张飞是厉害的。张飞拿曹将结果性命,保存刘备了,回东南去了。几堂场化问下来,老百姓搭败兵侪什梗样子一讲么,赵子龙心定。格么豪燥让吾追上去,追车子吧。大概一歇歇功夫,车子勿见得会出毛病,勿晓得,赵子龙就在格个一歇歇功夫里向,车子出毛病哉哟。那么赵子龙失散头队,要当阳道,单骑救主。下回继续。

第四十六回

两进当阳

　　赵子龙，到当阳道，打听刘备——消息，四面问下来，刘皇叔有三将军保护，已经冲出重围，往东南面去。格个消息可靠，刘皇叔太平无事么，赵子龙胸口头块大石头放下来了。所以赵子龙圈转马来，望准东南方面赶上来格辰光，到方才拿车辆交拨刘封格所在，酷——马扣住，赵子龙对周围一看么，啊呀，车辆吭不嚛。难道吾跑一跑，就出事体啊？勿会格咯，辰光只有一歇歇咯？赵子龙梗梗一想么，啊呀，吾忒紧张，忒紧张了。

　　吾刚巧是在该搭点，吾记得蛮清爽。离开主母，吾拿车辆交拨刘封，吾望准当阳道去。俚笃呢，朝门前头赶路。格么吾望准当阳道去，打一个来回么，虽然辰光勿长，格到底要跑勿少路了，也有一大歇时间了。吾想，刘封格人聪明的，俚会得带仔车子朝门前头，轧冷轧冷轧冷轧冷——赶路赶得蛮快。吾勿应该在老场化寻，吾应该追到门前头去，俚笃肯定跑了一段路。对的，赵子龙什梗一想么，定心。拿只马一拎朝门前头，哈啦啦啦——过来。跑了一段路，吭不呀。哋？刘封跑得恁格快呢，难道说，俚还要在前头啊？算算格车辆啦，轧冷轧冷——格时间交关慢，俚跑起来跑勿快啦，车辆速度勿快格哟。格吾追仔什梗一段路，呐吭仍旧勿看见车子踪迹。喔，阿会得俚笃拼仔命了跑，还在门前头。吾再过去看。

　　赵子龙只马，哈啦啦啦，叫越往门前跑，仍旧勿看见车子么，赵子龙格心情，紧张。为啥？勿可能的，就算俚笃拼仔命跑，车子速度再快不会跑嘎许多路。格么，出毛病哉啊？出毛病么，吾路上也觃看见过打过仗格踪迹，如果格搭打过仗么，路上终归有死尸。车辆冲散格说法么，车子总归倒在路上，俦吭没看见。让吾再往门前来寻寻看。哈啦啦啦……一路过来么，直到长坂桥。

　　桥面上张飞看见。张飞看得蛮清楚，老远一匹马在过来。近哉，看清爽，赵云来了。开心啊，赵子龙来么，两位嫂嫂，替仔阿侄俦送到。"呃，老赵啊，你回来了？"酷——赵云扣马，看见张飞，赵子龙心里向交关高兴。"三将军，赵云有礼。请问三将军，主——公，何——在？""噢，吾家大哥啊，在前面，主公无——呃恙？""呃，大哥太平无事。""呜——呼呀"，赵云心里向一大定。张飞亲口告诉吾，刘皇叔平安无事，在前头休息哉么，勿碍哉。因为刘备到底是最最要紧。"请问三将军，甘、糜二夫人与公子，她们可——曾到——此？""哄——"张飞响勿落。张飞想，格句闲话要吾问俚呀？两个嫂嫂搭阿侄现在呐吭？因为吾奉诸葛亮令，保刘备，俦奉军师将令保主母、公子。格呐吭倷来问起吾来仔呢？"老赵啊，你奉军师将令保护谁人啊？""赵云奉军师将令，保护二位主母与小——主。""那么老张要问你啊，吾家嫂嫂、侄儿，他们怎么样了啊？""哎，这。三将军你有——所不——知。"刚巧吾在赶路格辰光，虽然有曹兵杀过来，吾拿曹兵杀退。忽然背后头刘封公子赶到，倻来搭吾讲，皇叔拨曹将包围，说倷三将军寡不敌众，叫吾过去接应倷三将军了，搭救皇叔。吾问倻，还是看见，还是听见，倻说是听见的。那么吾说听见格是谣言，不可相信。吾勿听倻说话，勿晓得，倻去告诉两位主母。主母惊慌不得了，拿吾喊过去，一定要叫吾赶奔到当阳道，要去搭救皇叔。吾回头主母讲，格个传来之言，不足定信，主母说，皇爷要紧，宁可相信倻有，勿能够怀疑倻呒不的，倷赶快去。吾说吾奉军队令箭，吾勿能够离开倷头队，吾板要拿倷送到长坂桥了，吾再好离开啦。主母说倷再勿去格说法么，倻情愿死在车子门前，勿肯赶路。那么吾弄僵，呒不办法，吾只能拿车队交拨了公子刘封。吾呢，赶奔到当阳道，打探消息。一路上探得明白，晓得倷三将军拿皇叔保到东南了，那么吾再回过来。但是吾回过来格路上呢，吾勿看见主母部车子。也勿看见刘封格队伍，所以吾要问倷呀。"请问翼德将军，公子刘封可曾保护甘、糜二夫人到此啊？""她们没有来呀！""啊——呀……"

赵子龙，那么魂灵心出窍。吾一埭路，路上过来，勿看见主母公子格车子。倻笃也勿到长坂桥。格勃问得咯，出仔毛病了，那呐吭弄法？赵子龙要紧圈转马来去。"三将军，请你在长坂桥前等候赵云。赵云找寻主母公子去——吧！"嗵！圈转马头望准当阳道，哈啦啦啦——回过去。"老赵你慢走！"张飞要喊倻回转来么，呐吭喊得应。

张飞心里向转念头，赵子龙啊，倷慢慢叫走酿，要走么吾搭倷一道走。倷一个人寻么，只好寻一条路，格么吾搭倷两个人过去么，好寻两条路。为啥道理要一道走呢，因为倷先走么，吾跟过来么，倷寻过格路，吾再重复寻一遍么，浪费时间，效果勿大的。格么搭倷两家头同时去么，好一点。倷喊，哪里想喊得应。赵子龙已经老远去哉。哈呀，张飞对格刘阿斗么是顶顶喜欢。听见说阿侄出了毛病，勿晓得呐吭办法了。

倻马上关照旁边头格家将："呃，来呀。""是。""快去禀报王爷，请大哥另外派遣大将来保守长坂桥，这么长，那么短，老张要赶奔当阳，去找寻嫂嫂、侄儿。""是。"偏将答应，要紧过来禀报皇叔。

刘备得信么，心里向当然交关难过。夫妻呀，感情叫关好。外加刘备今年四十八岁，老来得子。刘阿斗是独养儿子，几化欢喜得了。现在听见说家小、儿子已经搭赵子龙失散了，勿晓得现在辰光死活存亡。张飞还要去，刘备心里向转念头，称心上顶好让张飞去咯。快点拿吾家小、儿子寻转来啊。但是，勿能去的。张飞一走，长坂桥呒不人保守，假使曹兵冲过来么，刘辟、龚都挡勿住，吾只好再逃走。吾再逃起来，目标呒不，乱逃一泡，逃散脱。就算张飞、赵子龙回过来要寻吾么，寻勿着格人，那是完全溃散哉。收拢来侪勿容易，现在有顶长坂桥在保守，总算有个立脚点。格么喏，文武官员逃过来，陆陆续续，只要过长坂桥么，就能够集中在一道哉。张飞呢，勿能够走。

刘皇叔亲自过来到长坂桥，碰头张飞。关照兄弟："三弟，你，不必去了。""大哥啊，嫂嫂、侄儿，凶多吉少，小弟哪有不去之理？""三弟呀"，倷勿去哉呀。倷一走，走脱，长坂桥要吭不人保守。老实讲一声，吾虽然，也希望拿家小搭儿子救转来，但是目前格大局呢，倷只能够守住长坂桥，作为一个立脚点。让文武官员，所有格人，包括败兵难民来起来呢，侪有一个安身之地了立脚地方。格么吾伲再可以想办法到江夏郡去。如果长坂桥失守，该搭点吭不一个立脚点哉啦，吾伲格队伍就散脱哉，崩溃了，完全散脱了，收拾勿拢来了。三弟啊，倷就登在该搭点勿去哉。就算赵子龙回转来，俚救勿着吾家小、儿子，倷传命令，倷说吾讲的，叫赵子龙也勿去哉，为啥道理呢，吾宁可牺牲家属么，吾勿能再牺牲一个大将。吾要保存吾伲格力量。那么格点力量，将来要翻本，东山再起，卷土重来，格点有生力量是非常非常重要的。

张飞对大哥看看：大哥啊，倷只顾恋大将，只顾恋别人，倷就是勿顾恋自家格家眷。"大哥啊，你眼睁睁看嫂嫂、侄儿失散在乱军之中吗？"刘备说：兄弟呀，倷要晓得，吾搭家眷失散，并勿是第一次，好几次了。从前，倷在守徐州辰光，因为倷吃醉老酒，得罪吕布格丈人，吕布打过来。倷吃醉酒，离开徐州，酒醉失徐州。吾两个家小拨了吕布俘虏过去。后首来吕布拿吾两个家小送转来了，初次失散。第二次，二弟关云长守下邳，保护两位皇嫂。曹操人马打下邳，下邳失守，二弟兵困土山。吾呢，两个家小，拨了曹操捉得去。后首来二弟保皇嫂千里寻兄，古城相会么，夫妻再碰头，已经失散过两趟。该次第三次失散。老实说，吾伲格夫妻缘分好，总是能够碰头的。刘阿斗是吾格儿子呢，俚勿会死，倷放心好了，乘天由命。现在呢保存力量要紧。

张飞听得心里向蛮难过，"好好好，大哥你去，小弟不去了"。格么吾就登在该搭点守。张飞拨了刘备说服。刘备呢，回过去，仍旧回到刘辟、龚都嗨头，树林跟首坐下来么，刘备是嘴里么勿讲啦，心里向到底是急的。家小搭小囝，勿知赵子龙过去，阿寻得着，寻勿着？

张飞呢，激出仔眼睛，在长坂桥上，对西北格方面看。但希望呢，赵子龙刚巧来格辰光，搭刘封跑错一条路。刘封走格叉路，横垛里一条路，队伍呢横垛里。赵子龙回过去，寻着俚笃呢，还能够平安无事回转来。

倷么在巴望，吾再交代赵子龙。哈啦啦啦——回到当阳道来格辰光，该格呢，叫赵子龙二进当阳道。喏，刚巧离开车子，去寻刘备格辰光，赵子龙叫初进当阳道。现在呢，二进。第二次再寻。哈啦啦啦，不过赵子龙心里向想，吾刚巧来格条路，吾勿必再跑了。因为来格条路吾刚巧看过了呀，吭不主母、公子，也吭不队伍。格吾一直跑吭不意思格，吾要注意横垛里向。所以赵子龙呢，走经织弯，像织布格梭子什梗。一梭子东，一梭子西，格恁样子两旁边寻么，面可以广一点。

哈啦啦啦——赵子龙一埭路寻过来，到此地一看。“哈？”酷——马扣住。啥体？发现路上有死尸。月亮光底下看得蛮清爽，格个死人呢，是吾部下小兵，身上格号衣看得出。该搭打过，死过人哉。再往门前过去，忑磕酷磕、忑磕酷磕，死尸增加了。偶而也有曹兵格死尸，但是呢，是吾部下小兵格死尸多，看上去打得蛮结棍。

忑磕酷磕、忑磕酷磕，赵云再过来一看么：“啊——呀！”啥体要喊一声啊呀么，甘夫人、糜夫人两部车子，倒脱在路上。赵云起格条枪，望准车子上挑上去，吭当——拿车子挑一个翻身一看么，车辆旁边头呒不人。车子上格点箱笼物件是，侪抢光了。拨了曹兵侪抢光了。车辆旁边头呢，还有点家将格死尸，还有点小兵格尸具。血，流得地上一塌糊涂。甘夫人也勿看见，刘阿斗也呒不，糜夫人也勿见，刘封也呒不。那么呐吭弄法？蛮清爽，队伍是在该搭点失散的。人到啥场化去哉？旁边头呢，山路。格面一条山路，归面一条山路。横垛里还有树林，阿会打过之后，甘、糜二夫人盘在树林里向格啊？

让吾来喊喊看，“乱军中，失散的人儿，你们听了。本将军，奉了刘皇叔将令，前来找寻你们，你们在哪里？你们——在何——方呀？”唔笃在啥场化？唔笃在啥地方？赵子龙勿敢喊夫人格名字，倷喊仔甘夫人、糜夫人，只怕偶而拨了曹兵听见仔，晓得刘皇叔家小失散，俚笃要搜索起来啦，有危险。只能喊乱军当中失散格人，唔笃在哪搭？吾来哉，吾奉刘皇叔格命令来寻唔笃。格么假使俚笃听见吾声音，晓得吾赵子龙来，俚笃也会出来碰头。呒没呀，忑磕酷，山路口喊喊，呒不。忑磕酷磕、忑磕酷，树林旁边头喊喊，呒不。再在车子旁边头转转，格种箱子呢，侪踏碎脱，弄得一塌——糊涂。物事呢，抢光了。“嘿！”赵子龙心里向转念头，刘封啊刘封，吾今朝苦头侪吃在倷身上。倷勿在甘、糜二夫人门前讲皇叔拨曹将包围，三将军寡不敌众么，甘夫人就勿会逼牢绞仔吾离开头队。吾勿离开头队么，何至于头队失散？现在当阳道格地方什梗大，局势格恁样子混乱，叫吾到啥场化去寻甘夫人、糜夫人？诸葛亮临时动身格辰光，发令箭格档口，俚起格只手，在吾脉门上，嘎拉！震一把，关照吾主母公子侪在倷身上，要倷当心的，格千斤重担是吾挑格呀。吾呐吭还有只面孔搭诸葛亮去碰头呢。刘皇叔年近半百，只有什梗一点骨血。假使刘阿斗失散，死脱在路上，格叫吾呐吭弄法？吾呐吭对得住东家？赵子龙格个辰光叫心如刀割，欲哭无泪。月亮光底下风，呼——哇——风吹在树上，哗……

喝泠泠泠泠，吔，马铃声音？赵云对西北角里向一看，喝泠泠泠泠，一匹马近了。再一看，自家人，啥人？刘备格阿舅，糜芳。糜芳逃难逃过来。赵云要紧马匹上来，喊应应一声：“糜芳！”“嗳，啊呀，吾道是谁，原来是赵将军，赵将军，你怎样在此？”赵子龙心里向转念头，我有啥心思来搭俫多讲闲话，我要问问俫看，"糜芳，你从乱军中逃遁而来？""是啊，我从乱军中逃遁到来。""我问你，你可曾看见甘、糜二夫人与公——呃子？""啊？甘、甘、甘、糜二夫人与公子么是赵将军保护，怎、怎、怎么说问吾啊？""哎——呲！"赵子龙回过头来，拿格枪头子，噔！一点，俫看。糜芳对门前一看么，两部路桥车倒在地上，旁边头横尸遍地，箱笼物件俫破脱了，物事俫抢光。"哎呀，啊呀。啊呀，赵将军，我、我、我没有看见甘、糜二夫人与公子啊。"赵子龙心里向转念头，俫呒不看见，格吾也勿搭俫吾多讲哉。呒啥闲话多说，吾跑吧。

哈啦！赵云望准西北面去。糜芳要紧问俚："赵将军，呃嗬，你、你、你往哪里去啊？赵将军你、你往何处去啊？"赵子龙呒不心思搭俚多讲。赵子龙因为格个辰光心情烦躁得勿得了。"糜芳，你且听了，头队失散，车辆倾——倒，主母、小主，下——落不明。"说到格个地方，赵子龙只马越跑越快哉，"赵云赶奔西北，救——主去也！"哈啦啦啦……去了。

哎呀，糜芳一听不得了。赵子龙呐吭讲法？"头队失散，车辆倾倒，主母、小主下落不明，俚呢赶奔西北。投主去也"——投降曹操去哉。俚呒不格只面孔回转来，格么呐吭呢，投降曹操去哉。啊呀，赵子龙啊，俫、俫啥体要去投奔曹操呢？弄勿落哉，犯仔罪了，畏罪了，畏罪潜逃，背主投敌。俫想想糜芳阿该死？赵子龙蛮好说的，赶奔西北救主去也。救主，俚叫啥会得听错一眼眼啦，当仔投主去也。投搭格救声音相差一眼眼，糜芳一听么，因为赵子龙格辰光马跑得快，路离开得远，俚一听，听错么，当仔投主去了。俚感觉到是畏罪潜逃了，背主投敌。

格呐吭弄法呢，豪燥吾关吾走。要紧格只马，喝冷冷冷……回过来，直到长坂桥，碰头张飞。"三将军。""喔！"张飞一看，"糜芳，啊呀，糜芳啊，你受了伤了嗄？""是啊。"受了伤。吾乱军当中逃格辰光，失散格时候，拨曹兵一箭，吾偏得快。偏得快么，在颧骨上擦着一滴滴了，耳朵边上，噔！吃着一记。耳朵上出一点血，受一眼轻伤。"呃，这个，糜竺呢？""失散了。""简雍呢？""也逃、逃散了。"俫搭简雍了糜竺统统俫逃散。"你从西北而来？""是啊。""你可曾看见过赵子龙啊？""看见的。""赵子龙，他怎么样啊？""赵子龙他投降曹操去了。""啊！呸！王八蛋，胡说八道！"

张飞听哉么，热昏。赵子龙去投降曹操？呒不格种事体的。"一派胡言。""三将军，不是一派胡言。""听到的谣言？""不是谣言呀，他亲口与我言讲，我亲耳听到。""哄——"啥物事啊？实乎实事？勿是乱军当中传来之言？喔，赵子龙亲口讲，俫亲耳朵管听见？格张飞倒有点疑惑疑之哉。"慢来慢来。呃，你讲讲清楚，你怎么样遇见赵子龙？他怎么样与你言讲？""我从西北中乱军中逃遁回来。看见赵云，他叫我，他问我可曾看见过主母、公子？我说我没有看见。我说你，奉了军师将令，保护主母、公子，怎么问我啊？他用长枪一点，车辆倾倒在地上，两旁都是尸殍。箱笼物件，遗弃一地，头队冲散了。他呢，向西北而去。我问他，我说赵将军，你往那里去啊？他对我言讲，他说：头队失散，车辆倾倒，主母、小主下落不明，故而赶奔西北，投主去也。你说，他可是去投降曹操？"当真么？""当真。""果然？""果然。""啊？""吔？""哇，哇呀呀呀……"张飞格个一气么，暴跳如雷。"苦恼啊，苦恼呃——嗯！"赵子龙啊赵子龙，头队失散，吾勿怪俫。因为是刘封格过失，勿是俫赵子龙格错误。俫要去投降曹操，俫勿应该。啊？喔，俫晓得刘备吃败仗，走投无路，无不前途哉。那么俫么，头队失散，吭没面孔回转来见诸葛亮，也吭没面孔登在刘备手下办事体。拍拍屁股一跑，望准曹操搭一走。俫去图俫格荣华富贵。张飞心里向转念头蛮好，既然俫，吭不刘备，俫投降曹操，吾搭俫就是敌人！敌人有啥客气的，吾就要俫格命。

张飞带仔糜芳，哈啦！离开长坂桥，长坂桥就挺十八个燕将在保守。到后头来碰头刘备："大哥！""三弟，则甚哪？""大哥，你派遣人马，保守桥梁，小弟要赶奔当阳去了。""啊？啊呀三弟呀，你为什么又要到当阳去了？""小弟要赶奔当阳，找寻赵子龙，与他拼命！""啊？哎呀呀呀呀，三弟，你疯——了么？"刘备想，呐吭俫发疯了，俫想得出的，搭赵子龙去拼命哉。"你，你为什么要与赵将军拼命？""赵子龙，他去归降曹操。""哎——嗳，三弟说哪里话来。这这，乱军中的传来之言，岂可听信？赵将军大大的忠良。决不会归降曹——贼呃！""喔哟，大哥啊，有人听见格呀。""谁人？""你问糜芳？"俫问俚。刘备问糜芳么，糜芳拿方才格闲话从头至尾再讲一遍呀。"赵子龙投主去了。""呀呀吓。糜芳啊糜芳，一定你传闻之误！"

刘备心里向转念头，赵子龙决计勿会去投降曹操。碰着格糜芳还勿肯认错了呀。格赵子龙是什梗搭吾讲投主去也么，吾又勿错的。"三弟啊，休要错怪了子龙。难道你忘怀了么，古城相会，你冤屈你家二哥去归降曹操的故事？"俫呐吭专门上当，专门弄错。从前辰光，唔笃二哥，千里走单骑，过五关、斩六将，到古城来搭俫碰头。俫冲到城外头要拿俚一枪结果性命。俫说唔笃二哥是去投降曹操。叫后首来蔡阳人马到，唔笃二哥斩了蔡阳，那么俫再相信。否则格说法，俫拿唔笃二哥一枪搠脱，俫抱恨终天。俫随便呐吭后悔来勿及的。现在俫又要去冤枉赵子龙哉？"喔哟，大哥啊，赵子龙跟二哥不一样呀。"二哥搭伲是桃园结拜兄弟，罚过咒的。上报国家，下安黎庶，不求同年同月同日生，但愿同年同月同日生死。格么吾是冤枉俚，赵子龙搭俫勿是弟兄呀。赵子龙虽然搭吾感情也蛮好，搭、搭俫东家也勿错。但是赵子龙跟仔俫嘎许多年数呢，功名呢，前程呢，俫吭勿。那么勿出事体啦，俫刘备待俚蛮好，俚还勿想着走了。因为头队失散哉，主母、公子失陷在乱军当中，俚吭不格只面孔再来见俫，也勿好意思再去见诸葛亮交令，那么拨俚跑了。俚该格是蛮清爽啦，犯了错误，犯了罪之后，跑了。同时么，赵子龙什梗把年纪，也要考虑考虑自家格前途，也要想想自家格功名、富贵，跟俫勿不出路了，茫茫然，还是投降曹操去。"小弟认为他一定去归降曹操，还是要同他拼命的。""三弟呀，你可知晓，赵云从孤于危难之际，心如铁石，非富贵之所能动摇。你，休要错怪于他！"

格点么刘备嗨外。叫啥？叫识人。有知人之明。俚呐吭讲法？赵子龙投奔吾格辰光，假使说，吾在得发，吾蛮有势力，地位蛮高。那么现在呢，吾勿得意哉，吾势力也吭不了，前途么也危险了，那么赵子龙跑，格个还可以，好讲得清爽。赵子龙当初投吾刘备格辰光，啥辰光？吾也在整脚当口呀，也在吃败仗，立脚地方侪吭不。赵子龙投奔吾之前，吾搭俚就是朋友。格辰光俚在公孙瓒手下，吾搭公孙瓒是弟兄。吾借赵云到北海救孔融，徐州救陶谦，吾就借了赵云一道去，后首来俚回到公孙瓒搭。公孙瓒拨了袁本初灭脱，俚浪荡江湖来寻吾。吾呢，兵败徐州，在河北冀州借住夜，吃便饭，后首来吾从冀州逃出来，到关家庄，赵子龙到关家庄碰头，古城相会。接下来马上就是败汝南，败仔汝南呢，就逃到荆州。连下来么嗒，弃新野，走樊城，败当阳，到此地。俚跟仔吾嘎许多年数，吾一直是倒霉瞎睏了，借住夜、吃便饭，立脚场化侪吭不。伲格种交情叫啥？叫患难之交。俚投奔吾格辰光是患难，现在吾也是患难，俚不会抛弃吾，吾信得过赵子龙。三弟啊，你随便呐吭勿能够赶奔到当阳道去，倷要搭吾守在长坂桥上。而且赵子龙回转来，倷随便呐吭勿能冤枉俚，哪怕俚救勿着吾家小、小囡回转来。倷关照赵子龙勿要去哉，吾宁可牺牲家属，吾要保全赵子龙什梗一个大将。"呃嘻！"张飞听得了，心也酸。大哥待人几化好了，对赵子龙什梗相信，吾还是怀疑。

格么呐吭弄法呢，当阳道勿能去哉咯？张飞吭说法，回过来，回到长坂桥。张飞心里向转念头，知人知面不知心。吾啊？吾么等赵子龙。老实讲，俚投降仔曹操，俚板要来格，俚要来立功格呀。而俚对该搭点格情形熟门熟路么，曹操板要派赵子龙做先锋，领路领到该搭点来。赵子龙到长坂桥来搭吾碰头格辰光，吾搭俚两马相交碰头，吾一句闲话也勿讲，吾拉条枪来，望准俚喉咙口，喳！一枪。等到拿俚马背上，当！挑下来哉之后，吾再问俚："你阿要去归降曹操了？"赵子龙危险哦。赵子龙推位一眼眼，勿死了敌人手里，死在自家人手里。

倷想想格糜芳阿要拆烂污？俚听错一个字，回转来造什梗一个谣言，张飞要搭赵子龙拼命。而且赵子龙回转来勿会防备张飞。倷马匹相近格辰光，张飞，辣！一枪过来，赵子龙防也来勿及防么，定做拨俚一枪搠脱仔了完结。格么张飞让俚登在该搭点等噢。吾慢慢叫交代，吾现在要交代赵子龙。

赵子龙搭糜芳分手之后，望准横垛里向来，哈——看见门前头格山涧脚，好像煞听见有曹兵部队移动格声音。赵云，哈啦！上格个山趐脚。天还吭没亮了，不过五更左右。只看见下面火把灯球照得锃亮。一路人马，嚯咯咯咯……在过来。

只看见有一员曹将，头上青铜盔，身上青铜甲，骑一匹青鬃马，一只右手呢，执一柄斧头，青铜斧。格只左手呢，捉牢一个人。拿格个人呢，夹颈皮一把抓牢，嘿！揿在马背上，揿在俚格鞍鞒上。赵子龙一看，斧头呢，架在头颈里。磕嗑酷磕、磕嗑酷磕，嚯咯咯咯……赵子龙一看，喔哟！一个曹将捉牢一个人。啥人？看勿出。因为背心朝上，面孔朝下，看勿清爽面孔。格魗问得，俚捉牢格个人啦，总归是刘备手下的，自家人。格么吾应该要救俚，兔死狐悲，物伤其类。格么吾呐吭救法呢，吾从山趄脚上，哈啦！冲下去，搭曹将打，结果曹将性命，拿俚救下来。勿来。为啥道理勿来？吾从山趄脚上冲下去，曹将看见，喔哟！刘备方面又来一个大将，格么俚一只手抓牢格人了，俚抓牢仔格人，勿好搭吾打格咯？俚就顺手格把斧头，望准格朋友头颈里向，嚓！一斧头，颗郎头斩下来。当！死尸甩脱，再过来搭吾打么。格吾勿是去救下头格自家人，吾变害俚哉。本来俚还可以勿死了，现在马上就要吃斧头。格么呐吭呢，吾勿能够冲下去打。

赵云一动脑筋，有了。拿条枪鸟嘴环上一架，腰里向，抟一张弓，拔一条箭，攀上弓弦。赵子龙对下面喊一声："下面的曹将，你且看——哟！"看！曹将勿晓得啥人在喊，回转头来看，"看什么？"嗨！回过来对山上望格辰光么，赵子龙望准俚喉咙口一箭。"看箭——咃！"嘎——当——嘡！嚓！尔嘚——铿，擦冷！拂冷格铿！

呐吭有两个人掼下来么，因为捉格人，也要跌。吃着箭，曹将，尔嘚——铿，擦冷！归格朋友，拂冷铿——掼倒地上。曹兵，哇——逃散。赵子龙拿张弓，嗰！弓袋里向插一插好，枪一执，从山块脚上，哈——冲下来格辰光么。跌了地上格朋友，爬起来。揎揎好眼睛，看见赵子龙么要紧上来叫应，"啊，赵将军，刘封有礼"。"哈——啊！"赵子龙看见刘封么，心里向，别别别别。啥体要慌呢，完结。刘封被擒。倘然刘封勿被擒呢，刘封还能够保仔主母、公子逃了山路里向。那是僵哉嘎，刘封拨格曹将捉牢么，主母、公子保格人也呒不了，赵子龙心里呐吭不要慌呢。"公子爷，你，怎样被这曹将擒——呐获？"

那么刘封报告，方才辰光，刘封搭俙赵子龙分手之后，刘封手里又呒不枪的，问小兵拿一条枪过来。小兵心里已经虚哉，枪么传拨俚。心里向在想哟，俙格个大将，打得格仗，枪俙呒不格哉。要用佷小兵格枪么，俙格本事好煞有限。五百个小兵跟赵子龙格辰光，心里向侪蛮笃定。曹兵冲过来格辰光，哗——俚笃冲上去打啦，狠的。为啥道理呢，因为赵子龙本事大呀，照得牢牌头稳赢。格么现在调仔个刘封来哉么，心里向慌。假使曹兵杀过来，呒不心路打哉。该格名堂叫啥？叫强将手下无弱兵，弱将手下无强兵。

刘封带仔队伍在跑么，巧么真巧。赵子龙刚巧离开，刘封刚刚接手，轧冷轧冷——车辆往门前头走么，门前头拦过来一路曹兵。格曹将叫啥，姓叠口吕，双名叫威璜，吕威璜。俚带领人马三千名，哈——兜到门前头来拦刘备。格么刘封一吓么，要紧调转车头往西北面退了，往横堆里向下。所以赵子龙正面格路上碰勿着，俚笃退到仔横堆里向。轧冷冷冷冷——俙车子在退下去辰光，吕威璜冲上来。吕威璜搭刘封碰头格辰光，两家头，嘡！一个照面，擦冷！刘封枪脱手，两骑马擦肩过。吕威璜单手执斧么，格只左手望准俚颈皮上，扎！一把抓牢，嘿——拎起来么，望准鞍鞒上一揿。刘封格护心镜揿在鞍鞒上么，痛得了人昏过去呀。哈冷当！吕威璜队伍冲上来格辰光么，小兵还要抵抗了，还要保护车子。轧冷冷冷——车子拼命在退格辰光，轧冷冷冷——该面家将、手下小兵，还挡一阵。挡一阵格辰光么，牺牲勿少人。那么唔，就是赵子龙路上看见格死尸。小兵格死尸，家将格死尸了，偶尔也有点曹兵格死尸么，就是该搭点打了一仗。呃，车子在退到横埭里向格辰光，该搭格路难走勿过，七高八低呀，轧冷当——车子翻身么，糜夫人从车子里向跌出来。糜夫人抱格刘阿斗了，俚要顾恋刘阿斗，勠受伤，自家格只脚闪了一闪么，糜夫人条腿受伤哉。俫从车子上跌下来格辰光，旁边头两个家将拿俚一扶么，要紧望准横埭里向，山路里扶下去。甘夫人车子，轧唧当！倒下来，甘夫人跌出来倒还好。俚手里呒不小囡了啦，撑住，另外家将拿俚一保么，望准归面条山路里向，哈——一跑头。

叫啥甘、糜二夫人逃开，勿是逃在一道，各人跑一个方向。什梗咯赵子龙要寻起两位主母、公子来，困难就困难在格上。并勿是，寻着一个么，还有一个也在旁边。因为俚笃逃散脱了。那么曹兵冲过来么，车子上物事么侪抢光，再杀了一批人，格种小兵了、家将么又牺牲了一些。俚笃两位主母呢，望准山路里向去了，跑了，勿看见了。那么刘封报告赵子龙呢，刘封只能够报告到自家被擒为止。至于后首来格车辆哪恁倾倒了，甘、糜二夫人搭刘阿斗到啥地方去哉呢，俚侪讲勿出。因为俚人痛得昏过去哉呀。

"赵将军，吾与你分手之后，曹兵杀到，吾被曹将擒获。呃喝，晕将过去，后来头队就失散了。""我问你，二位主母与小主，他们怎——样呃了""呃喝，刘封不知。"赵子龙格个肝火格烊是烊得了，怒从心上起，恶向胆边生。"公子爷啊，你，好——呃——啊。"赵子龙想，今朝吃苦头么，就是吃了俫身上。俫拆得落什梗格烂污？误传凶信，甘夫人逼吾离开头队，现在头队失散。俫叫吾到啥场化去寻呢，称赵子龙心上，望准刘封咽喉，嚓！一枪，结果俚性命，出出气。不过赵子龙再一想么，硬劲克制自家感情。啥体？刘封是刘备格过房儿子。俚是有罪名的，俚格个罪名，只好让刘备去怪俚。或者让诸葛亮去处分俚。吾呒不格个资格，也呒不格个权力，能够拿俚结果性命。

赵子龙硬劲拿条枪收住。那呐吭弄法呢，事体也终归什梗一笔账了。"公——呃子爷。""将军。""如今，车辆倾倒，主母与小主，下——落不明。你与我往东南而去，三将军在长坂桥上。你与三将军言讲，叫他在长坂桥前等候于我，说我赵云，哪怕上——天入地，出生入——死，一定要将主母、公子，相救回来——也！""嗯，是。"赵子龙说完，哈——马匹往门前头去。

赵云一走呢，刘封呐吭？刘封俚要紧跑过来，拿吕威璜格匹溜缰马带过来，牵一牵好。拿吕威璜口斧头拾起来，摆鞍鞒，豁上马背，斧头一执么，心里向转念头，该两个枪勿用么，斧头也能够用。十八般武器，件件皆能。其实么，十八般武艺，件件勿能。刘封想走吧，赵子龙关照吾带信，要告诉三阿叔，叫俚在长坂桥上等穿赵子龙。赵子龙么一定要拿吾娘了、兄弟救转来。

哈——刘封要往东南面去。勿晓得听见门前头，嘡咯咯咯！"哼？"曹兵声音。一吓，转弯吧。哈——听见归面，当！嘡唷，炮声。吓了。哈——再转弯。几个弯一转，天还黢亮。瞎天盲地么，方向弄错脱哉，刘封叫啥望准西北面逃，逃到仔着着西北角里。一直要等到天亮，太阳出来，一看，啊呀？跑仔反方向了哉，豪燥回转来。等到俚天亮出太阳再回转来么，吾再交代刘封。刘封跑脱。

赵子龙呐吭呢，赵子龙马匹往门前头过来格辰光，喔哟，看该搭点结棍。啥体？老百姓格死尸勿少。忑磕酷磕、忑磕酷磕——勿少难民格死尸。勿晓得主母、公子在啥地方？勿看见。让吾再来喊喊看。"乱军中，失散的人儿，你们在哪里啊？你们在何——方啊？本将军，奉了刘皇叔的将令，前来找寻你们，你们快来呀，你们快来——哪。"咹没声音，忑磕酷磕、忑磕酷磕，当！炮声。咚，当！三声炮响。赵云一看，门前头一座土山，让吾上土山去看看看。磕嗑酷磕、磕嗑酷磕，到土山山上，东方发白，天亮了。

赵子龙望下去，看得清爽。只看见下面，曹兵一座营头。喔，格座营头结棍。营头刚巧立好，啥人格营头呢，高览格营头。高览三万人马，停队了，在该搭点休息。赵子龙在山上望下去，看见曹兵陆陆续续在归队么，赵云心里向想，吾来看看主母、小主人俺拨俚笃捉牢？捉牢看得出格呀，俚笃要带过去格啦。假使吾看见，吾马上冲进去，杀退曹兵，乱军当中去拿主母、小主人救出来。

俤么在山上对下头看。格么高览为啥道理要停队呢？因为高览从襄阳动身追，一日半夜，拨俚追到当阳道。派手下四个大将，嘎冷弹！冲过去，要去擒捉刘备。冲到将近五更么，刘备还咹不捉牢。那么也有人搭俚讲哉，先行将，阿要休息休息吧。已经打仔，跑，伲跑仔一日半夜，又打仔半夜天。刘备么勿知到底在啥场化？伲停一停队，吃一点干粮，吃一点开水，休息脱一歇。那么派人打听，刘备死脱了，格么伲就在死尸堆里向寻刘备，拿刘备死人颗郎头割下来，回转去交令么，照样可以到相爷门前领重赏。假使说刘备活的，格么伲打听，刘备逃在啥场化，伲马上追过去捉刘备。俤看呐吭？现在就什梗寻么，黑铁墨拓，赛过效果勿大啦，阿要休息脱一歇？格高览想，倒也勿错，需要休息，因为跑得是蛮吃力。

三声炮响，停队伍。钉钎子，布帐篷，设立营头，烧一点开水。因为俚笃侪是轻骑队，勿带粮草，只带干粮。吃点干粮么总也要有点水格咯。水壶里向点水吃光哉么，阿是马上就要烧点水起来。唔笃在埋锅、烧水、停队、休息。高览自家呢，下马，中军帐坐定。手下人拿酒水摆出来。因为先行将，先行将格地位特别么，俚有桌酒水，随身带的。格种冷盘，小菜侪摆好哉么，酒拿过来。手下人报得来，韩莒子回转来哉。请。手下四员大将中格一员，韩莒子到。

　　"参见先行将。""韩将军，请——呃坐。"俫坐下来。登在旁边一道吃酒。韩莒子陪陪俚，坐定下来。外头探子又报得来哉。"报——禀先行将。""何——事报——来？""韩猛韩将军，要拿捉孤穷刘备，结果被黑贼张飞结果性命。现在韩猛的人马回来了。""明白了，退下！""是！""呃——嘻！"一个大将死脱。韩猛，要捉刘备，吭没捉牢，拨张飞结果性命。黑面孔是厉害。"报——禀将军。""何——事报来？""淳于琼将军，要拿捉孤穷刘备，被黑贼张飞结果性命，他们的人马也回来了。""明——白了，唔！"好了，两个大将惨脱。一个韩猛，一个淳于琼。"回禀大将军。""怎么样？""吕威璜将军，刚才拿住了一个孤穷将，人马在回来的时候，被另外一个孤穷将，开放一箭，结果性命。他们的人马也回来了。""退下！""是。""呃——嘻！"高览叹口气，吾带出来四员大将，韩猛、吕威璜、韩莒子、淳于琼，现在就挺格韩莒子。三个惨脱。两个拨黑面孔弄脱，一个拨白面孔弄脱。阿要窝塞。刘备勔捉牢，倒牺牲脱几个将官。

　　酒水摆出来，"韩将军"。"先行将。""请——哪。""请！"杯子拿起来，高览一手执杯子，一只手抲组苏，正预备要想吃酒辰光么。外面叫啥奔进来一个小兵。"报——禀先行将。"啊呀，高览想讨厌得来，又是个报事来哉。杯子放下来，"何——事报来？""回禀先行将，小人在营门跟首观看。营门外面，山岗之上，有个孤穷白袍小将，在那里偷看我们营中动静，请大将军定夺。""唔！"高览一听，营头外面山上，有个孤穷白袍小将，在偷看吾伲营头上格情形。算了，啊呀，个把白袍小将么，到得哪里？算了算了，让俚去兮。

　　"一个小将罢了，到着哪里？由——他观看。退下！""是？""韩将军。""先行将。""请！""请！"高览杯子拿起来要吃酒格辰光么，叫啥下头格探子，勿走了。"我说，这，先行将。"吪？格家伙，闲话多得来，烦煞了。"怎么样啊？""先行将，呃，我们冲锋到这儿来，开始还看见孤穷刘备，到现在刘备的踪迹都没有了。不晓得刘备还是死，还是活？那白袍小将在营外，请先行将出马，把小将拿捉，问一下，刘备在哪儿？他说刘备死了，我们在尸体堆里寻刘备。刘备还活着，我们就冲过去，拿捉刘备。先行将，你看怎么样？""这个！"嗳唉。高览心里向转念头，格两句闲话讲得勿错。吾现在勿晓得刘备格死活存亡，派人打听，勿容易打听出来。格个白袍小将是刘备手下头。吾去拿俚捉牢，捉牢仔吾问俚一声，究竟刘备还是死，还是活？问清爽，那么吾追过去。该应刘备活格么，吾冲上去捉刘备。捉个把小将，便当来西，酒就慢慢叫吃好了，"言之有理，来！""是。""外面点五百军卒。""是。""备马，扛——家伙。"吾来出去打，用勿着多带人马，带五百个小兵足够哉。韩莒子要紧立起来，"先行将，拿捉白袍小将，何劳先行将出马，待末将呃前去"。"韩将军，你辛苦了，你在这里饮酒，待——我出马。"

　　高览勔俚去，俫，俫吃酒好了。高览转念头，捉格种白袍小将啊，真不费吹灰之力。那么吾到仔该搭点来，也蹩出过手，蹩立过功。格吾出去，拿小将捉牢仔么，问问清爽，就便当来西，俫吃吧。其实么呐吭？其实么，高览今朝格桌酒水啦，俚呒不福气吃哉。俚只能够像过节什梗，闻闻了、哈哈热气哉。俚要出去，送在赵子龙条枪上。格么韩莒子呢，比俚福气好一点，还能够吃一顿。不过吃么吃啦，消化么也来勿及消化哉。啥体？停一停俚也要死脱哉呀。格么韩莒子一干子吃吾勿交代。

高览到外面。手下人拿黄骠马带过来。芯磕矻咳、踢咳矻磕。高览头上金盔一整，身上金甲检点，鞍鞯一整，肚带，哈啦！收紧。摆鞍鞯，豁上马背。手下人拿錾金雀斧，嚯！呈上来。高览手里向，咂！噗——奉一奉好。一声炮响，当！营门开放，轧轧戀戀——嚯咯咯咯——人马出营。高览出营门，队伍停，旗门设立。高览抬起头来，对山上一看么，天亮。看得蛮清爽。山上一个白袍小将，身材素小。因为赵子龙在山上，赵子龙本来格身体么也小，俫底下望上去么，像煞更加见小一点。高览心里向是转念头，捉格种小将，气力也用勿着用得的，稳照牌头成功。俫在对上面看么，赵子龙也在对下面望。赵子龙一听见炮声响，营门开，一路人冲过来，到门前，旗门设立。一员大将从旗门底下出来。"唷！"格个朋友长一码，大一码，威风凛凛。啥等样人？

俫在对俚看么，高览在开口。"喴！山上，白袍小将，你与我留下名——来，送——呃死。""从奸贼将，你且听者，你要问大将军威名，你先通名来——吔！"高览想要喊吾先讲，蛮好哟。格吾就先讲好了。"孤穷将，你要听大将军的威名，你马——背上坐稳了。"啥体要关照俚马背上坐坐稳，吾格名气讲出来啦，俫要吓得从马背上掼下来啦。俫搭吾先坐一坐稳，骄傲。"讲——啊！""大将军非别，汉天子驾前，值殿将军，曹丞相麾下，百万正——先行，高呃——喝喝览——呃。你这小将，与我留——下名来。""这！"赵子龙一听，该格大将狠，勿是普通大将。俚是曹操营头上一百万军兵当中格头队正先行，姓高单名格览。赵云晓得的。河北道上，袁本初手下有四个大将，人称"四庭柱"。颜良、文丑、张郃、高览，头等头将官。"高览匹夫，你要问大将军的威名，这也容易，你只要去问阎——罗天—呃子。""啊？"——高览一听啥物事啊。要死快了。喔，问俫格名字，叫啥要去问阎罗王的。格问阎罗王是要到来格条路上去仔好问。格小将赛过转弯抹角在讲，要喊吾死仔在俚枪上了，再好晓得俚格名字。"苦恼啊，苦恼——呃，你这小将，与我下——山——岗！"赵子龙想，俫喊吾下山啊，吾勿下来。唉，要么俫上来。俫上来，吾搭俫打呢，吾僭胜。赵子龙格种大将啦，就叫门槛精。俫上来么，吾上盘，俫下盘。吾如果到下头啦，平地上打，俫人长大，吾人矮小，吾总归吃下胁了，俫僭上风。现在，赵子龙要抢占有利格地形。"高览匹夫，来来来，你与我上——山——岗。""你与我下——山岗。"高览也晓得咯哟。吾上来，吾下盘家什，吾吃亏。吾要俫下来。俫下来么，吾搭俫打稳赢。"有胆量的，你与我，上山来呀！"

　　高览心里向转念头，喊俚下来，俚勿下来，板要喊吾上去。格上去就上去。老实讲一声，吾格人，长一码，大一码，吾搭俫打啦，勠说打哉，吾拿肚皮剖开来，拿俫小将格人，放到吾肚皮里向，孔隆孔隆孔隆，还摇得响了。吾压了俫身上，拿俫压侪压煞脱仔了完结。身材长短要推位几化？格蛮好，吾就上来。那么高览冲上来哉呀。所以赵子龙要枪挑高览。下回继续。

第四十七回

三进当阳

　　赵子龙，在曹营门前一座山上，看见曹将高览。高览要叫俚下山来打么，赵云勿肯，叫俚倸上山来。因为高览上山，赵子龙僭格上盘家什，要有利得多。碰着格高览呢，俚明明晓得，上山打，吾是下往盘家什，吾吃亏的，无所谓。格种白袍小将身材素小，浑身侪是气力么，能赅几化本事呢？吾冲上去一个照面么，马上拿俚好抓下来。所以高览关照下头小兵，唔笃绳索端准好，吾只有一个回合。吾，扎！拿俚抓牢，乓！望下头一氚么，唔笃撖牢，绑起来。那么吾拿俚押到营头上，吾下马，放脱斧头，坐停吃酒么，拿格小将押上来。问俚，刘备么到底还是死还是活？一路吃酒一路问，问清爽，那么拿小将。嚓！结果性命么，再冲过去提刘备。

　　高览是一只手里向如意，一只手里向算盘，像赛过已经稳的。那么格五百个小兵么听仔俚闲话，也以为赛过稳格啦。大家绳索手里侪拿好，看高览格只马，往山上，哈啦啦啦——冲上去。赵云一看，高览上来了。赵子龙俚圈转马来再往上头点去。为啥呢，该格地形啦，还勿是顶好。俚要选择一个更有利格地形。赵云到上面，哈拉！圈转马头，对下面一看么，高览上来。喔！看到高览格相貌，形容可怕。

　　高览呐吭样子呢？要搭俚开一开相。为啥道理板要搭俚开开相么，因为今朝勿搭俚开相，下趟吰不机会哉。俚是阿末一趟打了。河北道上四庭柱大将，曹操营头上，百万军中，正先锋。俚生得呐吭样子呢，坐在马背上，不分长短。站立平地，身高九尺向开。头如巨斗。俚格只面孔呢，像一个申字，伲上海格申啦。两头尖了，当中大。橄榄形。叫：

> 天生就一张申字脸，
>
> 天庭削，地角尖，
>
> 赤蜡焦黄，黄金面。
>
> 两道扫帚眉，一双铜铃眼。
>
> 大鼻阔口招风耳，骸下须髯似钢线。

身上格身打扮呢，叫：

> 头戴金盔，盔樱飘，威风旗带，带飘摇，
>
> 冠甲黄金，金冠甲，内衬杏黄，黄战袍。
>
> 甲揽裙，裙勾吊，披袍扎索，索虎腰。

袋内弯弓，弓如月么，壶中插箭，箭几条。

战靴，靴挑葵花蹬，銮铃响亮，亮云霄。

胯下，千里黄骠马，錾金雀斧，手中招。

哈——马冲上来格辰光，格么真叫长似金刚、胖如罗汉。赵子龙心里向转念头，让吾来起档卦看。吾今朝到底能勿能救着吾格主母、公子？赵子龙肚皮里向，在通神祷告。格个声音呢，高览听勿出的。但是吾要拿俚讲出来："苍天在上，后土在下。弟子，常山赵云，今日，与高览相见，倘然赵云能救得吾家主母、小主，把高览一枪——挑死！"俚起档卦啦。吾救得着主母、公子格么，吾一枪拿俚结果性命。那么俦，声音么吭不，嘴唇皮在动。高览看得蛮清楚，只看见格个白袍小将嘴唇皮墨扭墨扭，啥格名堂啦？阿会得俚是左道旁门，在念啥格咒语？有妖法的。

"白袍将，你在哪里讲什么语言？"赵子龙想，格个吾在起卦么，呐呒好告诉俦呢，赵子龙要紧说么，说错一个字。"高览休得多问，枪尖上，领——卦呃！""吔！"高览一听勿懂，枪尖上么只有领死，呐呒叫枪尖上领卦呢？因为赵子龙在起卦，俚想着仔个卦么，所以说错了呀，变成枪尖上领卦。高览心里向转念头，甮俦多盘，动手吧。哈啦！马冲上来，近了，搭得够么，俚就起手里向格柄錾金雀斧，朝仔赵子龙格只鹤顶龙驹宝马，马头上一斧头砍过来格辰光，浑身格力道倮用足，"白袍将，看——呃斧"。噗——兵！一斧头过来。赵子龙看俚家什过来么，赵子龙动作几化迅速啦，哐！葵花蹬一挑么，格只马，酷——马头一偏。高览一斧头劈个空。斧头劈俚格马头，劈个空么，尔嘚——斧头沉下去。赵子龙格种大将，就叫巧将，看俦斧头在沉下去么，俚格枪头子，望准俦格斧脑勺子上，当！一揿，盖一盖呀。格个名堂叫啥？叫"趁水踏沉船"，也叫"四两拨千斤"。借俦格力道搭俦打。"且慢——吔！"噌！那么俦想，高览格力道几化大？高览两膀千斤之力，劈一个空么，格斧头在沉下去啦，力道已经结棍，尔嘚！那么赵子龙也要千斤之力，赵子龙格千斤之力，望准俚格斧脑勺子上，铿——一盖么，高览格斧头落得更加结棍哉。尔嘚——两千斤格力道了。望准下头劈下来么，眼眼调下头，有一个一人合抱粗格大树根。格搭本来有棵大树，前两年呢，拨了近段格农民截脱了。树根露出在地面上，总大约一尺多点。高览格斧头下来呢，齐巧望准格树根上，嚓！两个人格力道，几化结棍了？格口斧头总十分帐当中么，砍下去七分。斧头拨了格树根，咬牢哉。格么高览啊，俦豪燥丒脱仔斧头，马上逃酿，或者从马上跳下来，咕落落山上滚下去么，俦还能够避过赵子龙格一枪。高览叫啥一时头上，回划勿转。俚想呐吭？俚想拿格斧头额下来，埂仔埂仔——拿里额仔下来么，再好替白袍将打呀。俦想想看格斧头要被树根咬要十分之七，几化结棍了。哪怕俦高览力气大，一时三刻要想额出来是，俦谈也甮谈。

"喔嚯。伊嘿，阿——哈。"那么俦在额斧头格辰光，赵子龙又勿停顿。赵子龙勿见得老实得了——倷快点快点，快点呃起来，吾等倷额仔出来，吾再发枪。吭不格种事体。倷在额斧头么，赵子龙格枪，望准俚格眉心里向一枪过来，"高览，看——枪"。噗——乓！一枪过来。格么高览到底不愧是河北道上四庭柱大将，有本事。看见倷白袍将一枪过来么，俚要紧两只手斧头柄上一放，"嘿！"颗郎头一偏。颗郎头一偏么，赵子龙一枪搠个空呀。噗！倷一枪搠个空么，高览就起两条手，望准赵子龙格条枪格枪杆上，嘿！嗒！搭上来。搭牢么预备呐吭？预备望准下面，吭！格一拖么，拿倷格人从马背上拖下来。高览格力道大呀，俚要拉倷便当呀。倷在下头，倷赵子龙在上头，俚望下头曳么，赵子龙定做，要拨俚从马背上，曳仔下来了完结。赵子龙格个一急么？非同小可。枪好拨俚捏牢？拨俚捏牢，俚格身胚大，蛮力结棍。吾格力道随便呐吭勿及俚。

赵子龙用足全身功劲，拿条枪望准后头一收呀。"呀——嗨，嘿！"格么，如果说，高览两只手拿赵子龙格枪杆捏牢，倷赵子龙要想收呢，随便呐吭收勿回来。力道高览比赵子龙大。格么格个高览要拉，夺俚根枪，唵抓牢呢？喔唷，格个辰光是，真微妙啦。高览两只手，搭到赵子龙格条枪格枪杆上，手么搭牢哉，节头子么，在蜷拢来哉，但是呢，劲道还斸用足。那么倷想吧，节头子搭牢，到捏紧、用功夫格个时间是一刹那。别人是一个滴答，俚一个滴答侪吭不。是一秒钟当中不过格十分之一、两，噬！一来兴呀。刚巧搭牢，节头子犄拢来，还斸捏紧格辰光，赵子龙格枪。嗤！往后头一收，捏紧就收勿回来了。斸捏紧，嘿——收回。收回，等到倷收回么，吭！两把捏紧。

格么捏紧么地方勿对哉，本来是捏牢在赵子龙格枪杆上，现在，嗒！捏紧，捏牢在啥场化么，捏牢在赵子龙格条枪的，枪头子上，枪尖上。勿晓得格枪尖五指开锋，开口格呀，两面锋利无比。倷节头子捏紧，枪尖往俚手上，呵——一勒么，高览两只手，八个节头子掉下来么，挺两个大拇节头斸落脱。格个八个节头子落脱格痛头势，所谓叫十指连心。痛得格高览挑起来，"哇——啊！"两只手在甩格辰光，格血滴沥搭啦，望准赵子龙格马头上，在甩上去。赵子龙条枪顺手望准俚喉咙口一枪，"去吧——啊"。嚓！牢。格一枪着呢，赵子龙运足功劲，拿俚格死尸，乓！——挑起来么，高览格人离开鞍鞒了。因为格条枪，在俚喉咙口吃牢，搠得对穿对么，拿俚格人挑起来。

赵子龙对下面喊一声："贼兵听者，你们的先行将，高——览，来呐——喝喝嗬了一呃！"乓！嗻尔——死尸从山上滚下来。下头格五百个小兵，侪在对上头看。总认为高览冲上去，一个照面，擦冷！白袍将枪脱手，扎！一把抓牢，啪！人虮下来么，就好拿白袍小将绳捆索绑。想勿到现在辰光高览中枪，磅！荡！掼下来么，呆脱。"不好嘞，兄弟们快走噢，白袍将厉害哦，先行将丢了命了，只有一枪呃，一枪挑死高先行哪。"格个名堂叫啥？叫照面枪挑。只有一枪。

曹兵在逃格辰光么，赵子龙拿只马一拎，从山上冲下来了。哈啦啦啦……赵子龙冲过来辰光，曹兵逃进营头，要紧拿营门去关上，嘎梗梗梗……刚巧营门关上还蹢拎么，赵子龙只马已经到哉。赵子龙起格枪格枪钻子，望准俚笃营门上，当！点上去么，营门，尔——开，赵子龙杀进营头。曹兵逃啊。赵子龙格条枪乱捌乱挑，远者枪挑，近者钻打。嘴里向喊一声："贼兵听者，你们让路则生，断路者则死。大将军来——哒。"哈啦啦啦……俚在望准门前头冲杀过来，曹兵"逃哇啊……"整个营头上混乱。

高览部下骑兵队多，轻骑部队，马队大家要紧上马，哈——往门前头逃过来么。中军帐上还有个将官，叫韩莒子，高览带得来的。韩莒子在帐上吃酒格辰光，听见外头啰哄声音，俚要紧跑出来看。一看么人马像潮水什梗在退下来，而且听俚笃在喊，"白袍将厉害，照面枪挑先行将，结果性命"么，韩莒子呆一呆呀。高览格种本事，曹丞相营头上，也板节头挨得着，头等头大将。随便一等格狠人来搭俚打，俚要想一个照面结果高览性命，呒不的。勿大可能。格么现在硬碰硬，高览死脱。白袍小将已经在冲过来了。韩莒子心里向转念头，唔笃格种小兵慌点啥？用勿着逃得格呀。白袍小将一干子，单枪匹马，有啥格了勿起？啊，俚在望准此地块来，吾伲队伍停，吾伲要三万人马。三万人马吾拿俚团团包围，强弓硬弩，乱箭，叭叭叭叭叭——一放么，可以拿小将捌得像偷瓜血什梗一只。

韩莒子转停当念头，俚要紧过来，嗬！两条手一分么，拿败兵一拦呀。"众三军，你们站住了，白袍小将单枪匹马，到得哪里？你们不用惊慌，停！队伍停站！"勿晓得韩莒子啊，俚喊勿停格呀，马队，哈——在逃过来。格马队，门前头格人，唵听见韩莒子喊格声音呢，听见的。为啥道理勿听呢，勿能停呀。因为马队自家做勿动主。前头格马队要停么，后头格马队在撞上来。格么后头格马队为啥道理勿停么？步兵在涌上来。格么后头格步兵为啥道理勿停么？赵子龙格枪，在望准背心上捌上来，做勿动主的。哈——涌过来格辰光，韩莒子拎勿清去拦么，呐吭拦得牢？马队，戆当！冲过来么，马头望准俚肩胛上一撞。韩莒子，尔——锃！掼下去么，人马在韩莒子身上踏过是，哗——韩莒子拨了自家人踏得像肉酱相仿。俚格条性命么，叫拎勿清，肮脏亡命送脱的。人马败兵像潮水什梗在退下来，俚要想逆流而上，俚呐吭来赛呢，勿可能格呀。格么格个人死脱呢，算帐呢，也在五十四个头里向的，也算赵子龙枪挑五十四员有名上将之一。其实呢，并勿是赵子龙拨了挑脱的，而是拨了自家人踏煞的。

赵子龙望准门前头冲过来，曹兵逃出营头，一片混乱。曹兵独在喊："白袍小将厉害呃，逃——啊。"赵云刚巧冲出营头格辰光么，只看见门前格曹兵又是乱成一团。哗——人马往两旁边卸，前头在喊："不好来，前边又来一个白袍将唉，两个白袍将啊。""哈——啊。"奇怪？赵子龙心里向转念头，呐吭弄仔两个白袍将出来？门前，叫啥又来一个白袍将。啥人介？赵云对门前一看么，果然一个白袍将来哉。哈——马匹在上来。啥人呢，勿是别人，公子刘封。刘封昨日夜头搭赵子龙分手之后,迷失路途,跑到西北角。天亮,太阳出来一看方向勿对,回过来。回过来么齐巧高览格败兵在退下来。看见来个白袍小将么,吓煞哉。因为高览死了白袍将手里么,俚笃看见着白袍格人才吓。所以刘封叫额骨头亮,幸而是赵子龙先到。假使赵子龙慢到,刘封先到么,刘封要拨了高览结果性命,或者拨了高览捉得去。现在格刘封也弄勿懂哉。啊呀,刘封想吶吭道理啊?曹兵看见仔吾侪会逃走的?而且侪在喊白袍将厉害,吶吭吾厉害么,吾自家勿晓得了,俚笃倒晓得了哉?莫名其妙。俚往门前头来,看见赵子龙来么,那么清爽。原来赵子龙在后头冲杀,刘封要紧过来扣住马匹:"赵将军,刘封有礼。""啊,公子爷,你怎么从西北而来?""赵将军,昨晚分别,迷失方向,今日天明方才回来。大将军,你怎样到此?"赵子龙告诉俚:吾什个长,什个短,枪挑高览。现在呢,曹兵侪退下去哉。俚笃格营头扎在那,俫搭吾召集山路里向格种败兵搭仔难民,叫俚笃拆卸仔营篷了,回转长坂坡去。俫到长坂桥,碰头三将军张飞么,托俫带个信。关照三将军无论如何要等穿吾。吾呢,到乱军当中去寻找主母、小主。刘封答应:"嗯——是。"

赵子龙往横垛里向去,刘封过来要紧来喊,旁边头格山路多呀,山路里向侪有败兵了。刘封一通知么,俫关照吾,吾关照俚,四面声音一大么,大家侪晓得曹兵逃下去哉。那可以出来,吾侬自家人赢了哉。败兵、难民人出来勿少,有一万多人哟。跟仔刘封过来,到高览营头上,起钎子了,扯营篷,拿营帐篷卷脱。高览三万军兵,吃格干粮,干粮袋侪卸在旁边头么,俚笃拿点干粮侪带转去。刘备本来还有点粮草,粮车拨俚笃抢着,格么也一道带俚转去。曹兵抢格格种老百姓格箱笼物件包裹之类格种物事,叫颁尽颁是。格么老百姓也拿俚带过去。以后认认看,认得着自家物事么,还好物归原主。格么让俚笃呢,陆陆续续望准长坂桥方面过去。路上格人呢,越聚越多,越聚越多。到后来,到长坂桥,差勿多有两三万人啦。格么刘封去,吾勿必交代。

再交代赵云往横里向来。曹兵,退下去了,当阳道又平静。赵子龙看看,该搭点,死尸勿少。侪是难民格死尸。作孽啊,老百姓拨了曹兵杀脱几化啊?横尸遍地。赵云勿晓得甘、糜二夫人,刘阿斗到底盘了啥场化?忐磕酷磕、忐磕酷磕——马匹一埭路走么,赵子龙一埭路在喊:"乱军中失散的人,你们听了。本将军奉了皇叔的将——令,前来找寻你们,你们在哪里?你们,在何——方啊?"赵子龙在喊格辰光,俚发现门前头一堆死尸,叠仔起来。顶顶上头格死尸,颗郎头侪吰不,真格叫惨不忍睹。赵云在对俚看么,叫啥格个吰不颗郎头格死尸,咕咯咯咯咯咯,翻一个身,从上头滚下来呀。赵云阿要吓的?"哈——啊。"

呭,吶吭道理?头也吰不哉,还能够翻身啦?再看见咕咯咯,咕咯咯,咕咯咯,几个死尸一动么,里向钻出一个活人来。赵云心里向倒有点吓势势。啥人介?一看,格个人身上,浑身血骚,面孔上侪是血,赵子龙认勿得俚,俚倒在叫应。"赵将军,赵将军。""你是何人?""下官简雍。""啊？"简雍？哈呦，简雍呐吭倷弄得什梗种样子？"简先生，你怎——样在此？"勍去讲俚。昨日夜里，队伍冲散，吾竖上来骑马逃，因为四面八方曹兵杀过来，吾想骑了马，目标忒大。吾虱脱仔马了，步行逃。步行逃么，混了老百姓格当中么，稍微好过相点。但是曹兵冲上来，乱杀一泡么，吾紧张。吾望准格地上一困，吾拿格死人往自家身上一盖么，算一个死尸么，曹兵吭不注意。

勿晓得天亮快么，曹兵要到该搭点来寻哉，寻死尸堆里阿有刘皇叔？格种曹兵恶劣么实头恶劣的，叫啥俚笃还在死人身上摸袋袋。死人身边有银子、有金子么，俚笃还要拆外快。那么吾急是急得来，别样吭啥，勍摸到吾身上来。吾身上还热烔烔了。那么作兴摸着吾肉痒场化一动么，曹兵要当仔吾吭不死透，嚓！格一刀么，吾条命要保勿牢。吾响也勿响，还好，因为天吭不亮了，曹兵吭不注意。俚笃在格面搜过格死尸么，侪往该面笃过来，噼里啪啦，格死人侪压在吾身上。吾推位一眼眼拨死人压煞脱仔了完结。总算勉强好透口气。刚巧吾隐隐约约听见倷将军声音，用尽平生之力，拼命拱出来了，搭倷将军碰头。将军倷呐吭到该搭来的？

那么赵子龙讲拨俚听：吾么头队失散；什个长，什个短，枪挑高览到该搭点来。现在呢，倷回转去吧。刘皇叔了、三将军张飞侪在长坂桥。刘封呢在前头，不过俚笃已经跑了。倷过去，作兴还能够追得着俚笃也说勿定。蛮好，蛮好，格末将军，搭倷再见。倷回转去，碰头张飞么，托倷搭俚讲一声啊，吾到山路里向去，吾去寻甘、糜二夫人了，吾去寻小主人哉。晓得。简雍搭赵子龙分手。

赵云望准该面过去。简雍朝东南面来，哈呀，一埭路走格辰光，总觉着格面孔上勿适意得来，皮肤绷紧。为啥道理绷紧么？因为格死人格血侪滴了俚格面孔上，绷紧了。呐吭弄法？跑过来看见一个山涧。山涧里向有水了，扼下身来，就山涧里向潮点水，弄在面孔上，拿衣裳撩起来，拿面孔浪格点血迹呢，揩一揩，揩揩干净。

"囖——"再立起来走格辰光么，只听见后头有人在喊，"简雍，简雍"。啊？啥人喊吾？回头一看么，勿是别人，同事。刘皇叔格大阿舅，糜竺，糜子仲。"啊呀，糜兄，你怎样到来？"糜竺追上来，简雍啊，不瞒倷讲，赵子龙叫吾来追倷的。啊？倷也碰着赵子龙？对的。倷呐吭碰着俚格呢？赵子龙在走格辰光，吾看见了，吾从树上落下来。呐吭倷从树上落下来呢？囖唥，勍去讲俚。昨日夜头队伍冲散了，曹兵到，吾吭不办法，虱脱仔只马，步行逃吧。勿晓得曹兵围拢来。格么吾吭不办法想么，吾小辰光学会格落树本事，脱脱仔靴了，拨吾落到树上。树上树叶子蛮浓么，总算勸拨了曹兵注意。后来呢，吾一直勿敢下来。方才看见赵子龙只马过来，那么吾树上落下来，搭赵子龙碰头。赵子龙讲拨吾听，俚去寻主母、公子。叫吾呢豪燥追上来。说倷呢，浑身血骚，在门前头还能够追得着。所以吾拼命奔过来，看见倷浑身侪是血啦，吾喊倷。简雍也响勿落，简雍心里向转念头，乱世年间格文人么是勿及武将啦。武将可以冲锋陷阵，英勇杀敌。文官呢，吾钻在死人堆里，糜竺落在树头顶上。两家头，一个上天了，一个入地。唔笃两家头呢一埭路过来，朝东南而去，到长坂桥碰头张飞了，吾再交代。拿俚且一丢开。

现在再说赵云。赵云在望准门前头过来格辰光，忑磕酷磕、忑磕酷磕。看见门前有个山淌脚，好像听见归面有人马格声音，哗……"咃？"赵云，哈啦！马匹扫上山淌脚。到山淌脚上一看么，只看门前来一队人马，有五百个曹兵。只看见格个五百个曹兵当中有个大将。嚯唷，格曹将狠得来，前夹心挺起，手里向奉仔口刀，哈，哈，哈，哈——队伍在过来。只看见队伍门前呢，还捉牢一个将官。格个将官拨俚笃绳捆索绑。呀？曹将捉牢格人夠问得，总终归是刘皇叔手下人。啥人呢，看看看。俫对下面一望么，看见哉。勿是别人，毛仁。毛仁拨了格曹将捉牢了。毛仁还犟，还勿大肯走。拨俚笃拿格枪杆，啪啊，脚踝骨上敲上去，刀背，啪！背心上蛤上去么，俚只好往门前走。

毛仁抬头一看，看见山淌脚上有人么，俚要紧喊。"赵将军，救命啊！"赵子龙一听，喊救命。格毛仁，俫放心。自家人，吾终归会得来救俫的。赵云拿只马，一拎，哈啦！山淌脚上下来么，搭曹将碰头。"来将通——名。""大将军杨明是也，你与我留下名来。""枪上领取。""放马！""放马！"哈啦！两骑马碰头格辰光，杨明起手里向大刀，望准赵子龙头上一刀："看刀！"噗——兵！一刀过来。赵子龙长枪招架，"且慢——呐！"擦冷！啡——嚓！尔嘚——铿，哈啦啦啦。曹兵"逃啊……"一个照面，家什脱手，落马翻缰，结果性命。

格么呐吭赵子龙搭俚打什梗容易呢？啊呀，格种将官，三等头呀，搭赵子龙呐吭好打？赵子龙当阳道，枪挑有名上将要五十四员，俚勿可能多打。狠做狠格将官搭俚碰头，呒不几个照面，就惨脱了。俚如果一个大将要打一百个回合，还吃得住格啦？呒不格点力道格呀。况且呢，双方格本事相差悬殊么，一个照面就结果性命。

现在毛仁奔过来，到赵子龙门前，身体别转来，背心向赵云："大将军，费心松绑。"赵子龙想吾下仔马来搭俫解绳索倒勿高兴，就起格挑枪，枪头子望准俚格绳索上，嗑嗑嗑嗑嗑——割上去么，叭！绳索断，毛仁，喝啊哒哒——奔过去。赵子龙想呐吭道理？救仔俫性命谢也勿谢了，一跑头啊。跑到啥地方去？叫啥俚奔过去，拿曹将杨明格只溜缰马一带，忑磕酷磕、忑磕酷磕——回过来，杨明掉在地下口刀，俚，啪！一拾，跳上马背，刀一奉。"大将军，好了。"赵子龙倒笑出来了，刚巧拨别人家绑牢，一个囚犯，苦透苦透。现在俫看，神气得了，又是上马、提刀了，像一个大将样子。"毛仁，你怎样被这曹将擒——呐获？"嚯唷，勍去讲俚。大将军，吾讲拨俫听。中队失散之后，吾开头搭苟璋一道跑。后首来曹将来了，吾搭俚打，打仔总几十个回合么不分胜败，吾勿能赢俚。那么吾想假败了，吾用回马刀取胜吧。勿晓得吾假败过来格辰光么，门前头有个树根，吾只马呒没看清爽，当！马脚在树根上一绊，戆当！一交跟斗在马上跌下来么，就此拨俚生擒活捉。幸而碰着俫大将军，否则是完结了。谢谢俫救命之恩。

赵子龙心里向转念头，吾枪挑高览么，幸而碰着一个树根。高览，斧头吃牢，俚呒不还价了，叭！结果俚性命。俫呢，俫么因为碰着仔格树根了，马失前蹄，人掼下来，拨俚捉牢。什梗一看格树根，也有巧了勿巧的。

"苟璋在哪里？""就在门前头。"毛仁领俚过来，一座土山，上土山。一看么，下头围好一绞圈，哗——只看见格苟璋替曹将在打。格曹将叫啥名字呢，叫朱富。杨明、朱富两家头呐吭到该搭点来么，俚笃是奉曹操之命，带仔三千人马，押解粮草来接应高览。因为高览是轻骑队，轻骑队只带干粮了，勿带粮草的。所以背后头呢，要有人来专门补给。那么俚笃两家头呢，贪功。关照自家手下格小兵呢，唔笃两千格人解粮草，一眼跑。日夜赶路，往门前头来。俚笃两家头各人带五百个兵么，拿粮草队掼了后头了，拼命冲到当阳道。

啥道理么，因为曹承相关照过的。如果杀到当阳道，啥人能够捉得牢刘备格说法么，千金重赏，官封万户侯。两家头么要想碰记额骨头了，阿有啥能够拿刘备捉牢，因为刘备呒不本事格呀。作兴乱军当中碰头呢，巧一巧么，千金重赏。勿晓得俚笃过来么，碰着毛仁、苟璋。现在格曹将朱富，搭苟璋啦打得辰光蛮多，差不多打仔要有七八十个回合。两家头么，俫也三等头，俚也三等头，叫烂木头余在一浜头。两个人格本事错妨勿多。俫也勿能够吃脱吾了，吾也勿能够消灭俫。打么打得侪吭哉，气喘——嘘嘘，汗流脊背。格么夠打酿，还要打，打得实在吃勿消哉么，要休息一下。俚笃格种打仗，半当中横里，有暂停了什梗。各人圈转马来，噎！

赵子龙一看，哦，苟璋门槛蛮精的。苟璋守住了山路口。俚格匹马呢，马屁股在山路里向，马头在山路外头。俫曹将要想冲进山路呢，俫冲勿进。看苟璋对仔格曹将，吭得来喝——喝——"从奸贼将，你可知晓苟大——将军的厉害？"格曹将也在吭，喝——喝——"孤穷将，你可知晓，曹承相麾下朱大——将军的厉害！"赵子龙是啊介险乎笑出来。一只狗，一只猪，哈呀，两家头穷凶极恶，还在卖狠劲。赵子龙看得实在熬勿住哉，哈啦！从山上冲下来么，到圈子里。"贼将放马！""唔！"朱富一看，又来一个，好极了。门前头来一个白袍小将，身材瘦小。刚巧格个姓苟格大将长一码，大一码，吾搭俚只好打格平手，现在来格身材瘦小格人是，吾扼吃俚。冲上来望准赵子龙面门上一刀，"白袍将，你看刀"。乒！一刀过来，赵子龙长枪，擦冷！掀着么，"喔哟！"唪——家什脱手么，嚓——迎面一枪，嗯儿——锃！哈啦！"逃啊……"曹兵侪逃光。

苟璋看见赵子龙拿朱富结果性命么。俚格只马，哈啦啦啦——山路里冲出来。往门前头追过去，俚追倒勿是去追曹兵，追格只溜缰马。拿格只溜缰马，嗒！一带，忑磕酷磕、忑磕酷磕，回过来。"赵将军，苟璋有礼。""你做什么呀？"嗤嗤，大将军，不瞒俫讲，吾刚巧搭格个曹将打格辰光，打一个平手。吾看中俚只马，俚只马比吾只马灵光，吾想打败仔俚么，拿俚只马夺下来，换一匹坐骑的。勿晓得么一径吭不办法赢俚呀，那么倷将军来，拿俚结果性命么，格只马，吾看中了。所以吾带俚过来。

赵子龙也介险乎笑出来，格脚色叫贼勿空手。啊，去拿只马弄过来。"苟璋，我问你，你可知晓？主母、小主，现——在哪里？""这，这倒不知。""既然如此，你们在山路口等候，赵云往里边找寻。倘然曹兵杀到，你们不用交战，前来通知于我。""知道了。"

毛仁、苟璋两家头守山路口。赵子龙呢，往里向去。为啥道理要派人守好山路口呢，因为只怕曹兵大队人马一到，拿山路口封锁仔了，吾勿能够冲出来。要留好一个出路的。毛仁、苟璋下仔马，三匹马旁边头结好么，两家头旁边石头上坐定，大讲张。"毛贤弟"，"苟大哥"。倷呐吭搭赵子龙一道来？喔哟，勥去讲俚，吾刚巧搭格个杨明打格辰光，吾想用回马刀么，结果马背上掼下来，拨俚捉牢，幸亏赵将军救吾。喝嗨，毛贤弟啊，什梗一看到底还是苟大哥本事大。倷看吾还能够搭俚打一个平手，倷就勿来赛。嗤嗤，佩服苟大哥。毛了苟两家头么，在山路口大讲张。

赵子龙呢，往里向进来。"喔！"里向场化蛮大，还有树林，有老百姓。老百姓看见赵子龙格马在过来，有种胆小在吓。"勿好哉，外头又有曹将冲得来哉，豪燥盘拢呃。""哇……"赵子龙要紧喊："列位父老听了，你们不用惊慌。本将军乃是刘皇叔麾下，奉了皇叔之命，前来找寻你们，你们休——得逃遁。"也有个老百姓听见哉么过来："喔，喔，大将军，倷是奉刘皇叔命令，到该搭点来救伲嘎？""正——呐是。""格么，格么倷带带伲一道回转去哉嚆。""着啊！我问你们，你们可知晓刘皇叔的夫人可在这里？""在呀，听见说在里向呀。""呃，里向听好唉，刘皇叔格夫人在啥场化呃，刘皇叔派大将来寻哉。"里向在喊出来："在该搭点唉，请将军来哦。"

赵子龙跟仔格声音一墟路望准里向进来么，里向格人越来越多，人头挤挤，男男女女、老老小小勿少，轧勿过哉，马勿能骑。赵子龙下马，枪，擦！地上一倚。缰绳枪杆上拴一拴，托两个老百姓搭吾照看一下。赵子龙在问："主母，在——哪里？主母，在哪——里呀？"里向声音传出来："在该搭点唉。"

赵子龙过来一看么，果然。树林门前头，甘夫人搭难民坐在一道。看得出样子，从车子上逃下来格辰光，头发蓬松，衣衫零乱。看得出样子，吃仔勿少吓头了。赵云俚要紧过来，擦冷！卜，跪下来。"主母在上，末将叩——呃头。""嚯！"甘夫人看见赵云是心里向快活啊，"将军少——礼"。"谢——主母。赵云奉军师将令，保护主母、小主，害主母头队失散，受尽惊吓，此乃赵云之——罪呃矣。"

甘夫人想格个勿能怪倷。队伍失散呢，是吾关照倷到西北去救刘备了，以至于拨曹兵冲散。"此非将军之过。哀家问你，如今主公怎——样？""主公么，有翼德将军保护，回归东南，现在长——坂桥。""你还是耳闻，还是目睹？""赵云目睹翼德将军在长坂桥上。""主公无——恙？""主公无——呃恙。""谢天谢——地。"甘夫人蛮快活。总算刘备太太平平，一眼呒不事体。"啊将军！糜夫人和吾儿，他们怎——样了？""哈——啊！"

赵子龙呆脱哉。叫啥甘夫人问俚，糜夫人搭刘阿斗呢？赵云想啥唔笃勗逃在一道？啊呀，吾看见旁边还有个难民，手里抱小囡，吾当仔糜夫人着仔难民格衣裳。啥唔笃失散仔啊？那么呐呒弄法？赵子龙心里向转念头，吾倘然说仔一声糜夫人搭刘阿斗吾勗看见，格是甘夫人板勿肯回转。甘夫人大贤大德，先人后己。俚板要关照吾先去寻糜夫人、刘阿斗，俚慢慢叫带吾回转。俚勿肯走，要叫吾跑。格么吾去寻糜夫人、刘阿斗，呒不寻着，曹兵大队冲到，吾再要来救甘夫人，甘夫人又逃散了。驼子跌跟斗，两头勿着落。现在呢，只能够，带泥萝卜，汰一段，吃一段。顾恋仔眼睛门前再讲吧。吾拿甘夫人送仔转去，碰头张飞了，吾再来救糜夫人搭阿斗。

格么赵子龙格个呆一呆，哈！一来兴，是在肚皮里向。并不是嘴巴里向喊出来的，喊出来，甘夫人也要拨俚发觉的。赵子龙想法极快，眼乌珠笃落一转么，闲话已经想好。"禀主母，糜主母与小主赵云相救，已经回归东南去了。""他们都好？""他们都好——啊！""如今你，怎样到来？""如今么，吾枪挑高览，如此因般，到——此。"啊呀，甘夫人说勿来咯嗹，高览拨俚枪挑，先锋队退下去，大队人马就要到。吾呐呒好回转呢，俚拿只马让拨吾骑，俚步下。俚步下勿好开路，"将军，哀家坐了将军的马匹，将军无有坐骑，怎能交——战啊？""嗳——唉，主母，但请放心，外面有空余马匹。"外头有马。

啥场化来格马呢？吾刚巧碰头荀璋，荀璋搭朱富打，吾结果朱富性命。荀璋冲过去，拿俚只溜缰马带过来么，外头多一只马了。勿存在吾只马让拨俚骑仔，吾自家呒不马了，勿能够搭曹将打。格甘夫人想蛮好，那么关照带马。

外头呢，马带进来，甘夫人豁上马背，赵子龙提枪带马。赵云关照毛仁、荀璋两家头断后，赵云领路，甘夫人在当中，难民跟在两旁边。哗——一出山路么，望准东南而来。格么唔笃在来，吾拿俚掼一掼在路上。吾缩转身来，再交代，长坂桥上格三将军张飞。

张飞听着仔糜芳格传来之言，赵子龙去投降曹操，俚要去搭赵子龙拼命，拨刘备拦牢，勿许俚去，俚心里向火得不得了。俚想赵子龙投降曹操，总要来的。俚要立功格呀。俚要带曹操人马到该搭点来么，吾首先拿赵子龙，辣！一枪结果性命。俚在看格辰光么，等仔一歇，看见人来哉。哈——刘封到了，"啊！三叔父，小侄，刘封有礼"。张飞看见刘封，肝火加二样，"你这个小王八蛋，都是你不好"。"嗯——是。"张飞埋怨俚呀，俫是俚呀，登在甘、糜二夫人门前，讲啥格皇叔么拨了曹将包围了，吾张飞么寡不敌众了，军情紧急。逼牢绞仔赵子龙要赶奔到当阳道来接应吾了救刘备。那么好，俚保护头队么，头队失散，车辆倾倒，弄得了嫂嫂、阿侄失落在乱军当中。赵子龙呒没面孔回转来，赵子龙去投降曹操，闯祸。格只根侪在倷身上。倷在骂俚格辰光么，刘封连连认罪。"是是是，呃，小侄该死。不过三叔父，失散头队么，是刘封不好。赵将军呢，并没有归降曹操。""啊？你怎么知道？""赵将军救吾两次。"啥物事啊，"他怎么样救你啊？"——喏，第一趟，吾拨曹将捉牢，弄在马背上。赵将军开放一箭，射死曹将，救吾性命。第二趟呢，俚枪挑高览，冲出营头，搭吾碰头。如果俚勿枪挑高览，吾搭高览碰头，吾条性命就呒不了。所以俚救吾两趟。俚关照吾拆卸营篷，带仔败兵、难民么，回转来。而且关照吾带信告诉倷三阿叔，要请倷呢，在长坂桥上等穿俚。俚呢，无论如何，要拿吾娘了兄弟救转来。"喔！"

张飞弄勿懂。呐吭道理？格糜芳么，实乎实事。赵子龙赶奔西北，投主去了。清清爽爽亲耳朵管听见的，赵子龙亲口讲投主去了。格么现在格刘封，也是亲身经历呀，赵子龙救俚两趟。格么既然要投降曹操么，啥体要救刘封呢？既然救刘封，俚勿去投降曹操么，为啥道理要说投主去也？格事体矛盾格咯？勤去管俚，让刘封先过去。"呃，你先过桥梁去。""是！"刘封过桥，那么老百姓呢，也统统侪过桥梁去。让刘封去碰头老娘家。

张飞心里向转念头，要么赵子龙心思活啊？碰着糜芳辰光么，是想去投降曹操。碰着刘封哉么，俚勿高兴投降曹操了，又重新救刘封。勿懂。倷弄勿明白，嗳！叫啥看见来两个文官。"三将军！""张将军！"张飞一看么，喔哟，糜竺、简雍。哈呦！一看简雍浑身血骚么。"哦——简先生啊，老张佩服你。"为啥？倷比吾狠啊，吾曹兵杀得勿多，所以身上格血呢，也飙着得勿多。倷是勿知杀脱仔几化人了，浑身侪是血。简雍说，勤搞哉，吾呐吭有本事去杀曹兵。吾身上格血，侪是死人身上格血。什个长，什个短，盘在死人堆里向，所以了血染衣服，浑身发红。喔？格么唔笃从西北方面来么，俺碰头赵子龙呢？碰着。因为赵子龙指点仔俚了，所以俚回转来。格么赵子龙唵投降曹操呢？热昏。赛过在热昏，赵子龙呐吭会投降曹操？三将军，吾问倷，赵子龙投降曹操，格句闲话倷啥场化听得来的？"你兄弟讲的。"倷小弟糜芳讲的。哎呀，糜竺说三将军啊，倷呐吭去听糜芳格闲话呢。糜芳格张嘴，靠勿住格呀。俚么专门什梗瞎三话四，轻事重报，一点点格事体弄得野野大。倷听俚格闲话么，叫盐钵头里出蛆。"哦！照如此讲来，赵子龙没有归降曹操？""当然没有。""你们可能担保？""呐吭担保？""保赵子龙不去归降曹操。""愿保，赵子龙归降曹操么，我等二人将首级取下。"俚两个颗郎头保赵子龙。"好好好，你们二位先生，过桥梁去。"

两家头过去么，也去搭刘皇叔碰头。张飞心里向转念头，什梗看起来，肯定糜芳弄错了。不过赵子龙来呢，吾还要问问俚清爽，倷到底唵投降曹操？倷或者，阿有一个活特，一闪念之间，想过要去投降曹操，有什梗个思想活动？倷在等么，又隔仔一歇，只看见西北方面来了。哈——白盔白甲，白马长枪，一匹马近么，赵子龙来。

赵子龙看见张飞么，要紧喊应俚。"三——将——军。""老——赵，你归降曹操，降得——好啊。""哈——啊！"赵子龙听得莫名其妙。"三将军，你此话从哪——里说起？""要不是简雍、糜竺两个人作保，老张早已把你一枪挑死。""喔——呼呀。"

赵子龙一听呆脱哉哟。倘然勿是糜竺、简雍两家头担保吾是，俚拿啊一枪搠杀。啥人夹嘴舌、造谣言，说吾投降曹操？"三将军，赵云如今将甘夫人援救回来，倘然赵云要归降曹操，为什么要将甘夫人相——救到此啊？"世界上格事实最能说明问题，格个名堂叫啥？叫事实胜于雄辩。吾如果要投降曹操，吾应该拿甘夫人送到曹营上去，吾为啥道理要拿甘夫人送到长坂桥来呢？俚看酿，甘夫人在后头。"好，老张见过了嫂嫂，吾再来问你。"张飞，嚓唧！枪一撂，噗！马背上跳下来，往门前头过来，"嫂嫂，张飞有礼"。"三叔少礼，你家兄——长怎样？""呃，大哥啊，在长坂桥那边，嫂嫂放心，大哥平——安无事。""嗯——是。"甘夫人马上过去，让俚过长坂桥搭刘备碰头。

毛仁、苟璋背后头过来了，"张将军"。"三将军。""呃，毛仁、苟璋，你们两个人都没有死啊？""呃喝嗬，没有死。"张飞算搭俚笃客气。俚格客气直拔拔的，喔，唔笃赛过侪勸死，额骨头亮的。什梗格曹兵大队涌到，唔笃格本事推扳，居然侪能够活仔回转来。毛仁、苟璋两家头也过长坂桥去。难民统统侪在陆陆续续过桥么，吾勿去交代。

张飞要喊赵子龙过来哉："老赵，你来。"赵子龙马背上跳下来，枪，擦冷！一撂。赵子龙勿敢近俚格身，为啥？因为张飞格脚色，性格躁勿过，勥俚毛手毛脚，拉起一宝剑，格吃勿消。情愿稍微距离得远一滴滴。因为古城相会，俚曾经拿关云长，辣！一枪要挑过去。真叫关云长格本事了能够招架住，否则格说法弄勿连牵。

"老赵，老张问你：你从西北而来，你可曾看见过糜芳？""糜——芳么？""吭。""看见的。"看见的。"你同他，讲什么话呀？""这。"格赵子龙一时头上，一个活特讲勿出。"你讲呀。""这这。""快讲！"赵子龙想仔一想么："将军，赵云与糜芳，在乱军中相见，吾问他：可曾看见主母、小主？他说没有看见。吾便往西北而去，他问吾，你往哪里去？吾说，头队失散，车辆倾倒，主母、小主下——落不明，赵云赶奔西北，救主去——哋。""你讲赶奔西北，救——主去也。""真——呐是。""哄——糜芳同老张讲，赵云赶奔西北，投主去也。投主，救主，投，救，哦哟，这个王八蛋，他听差的。"那么弄清爽，听错真正一眼眼。勿晓得格救主搭格投主，声音么推扳一点点，意思，完全相反。

"呃，老张啊，错怪了你老赵，赔——罪——呃了。"张飞搭俚欠身一恭，对勿住，错怪倽了。赵云气的，什梗多年格老朋友，倽还要怀疑吾。张飞讲拨俚听：如果勿是大哥拦牢吾，吾早已赶奔到当阳道，要拿倽一枪挑煞。吾恨倽，倽勿应该去投降曹操。大哥搭吾讲：勿会的，赵子龙是吾老朋友。子龙是吾故交。再说，子龙从孤于危难，心如铁石，非富贵所能动摇。所以吾拨了大哥拦住了呃不来。

徕拿格番情形讲拨了赵云听格辰光，赵子龙感动得热泪盈眶。为啥呢，因为格东家实在好勿过。俚理解吾，俚信任吾，说吾搭俚是危难之交，决计勿会半当中横里动摇。碰着什梗一种能够知心格东家么，吾哪怕死脱，吾也愿的。"三将军，请你在长坂桥前，等——侯于我，赵云告——呃辞了。"啊，徕来也刚巧来，马上就要走哉？"老赵，你往哪里去啊？""赵云要赶奔当阳，找寻糜夫人与小——主。""啊呀老赵啊，你不能去了。""为——呔什么？""你想高览死了，先锋队退下，曹操百万大军，马上就要到当阳道。他们大队一到，你此往当阳，凶多吉少啊！""三将军，你说哪——里话来，赵云奉军师将令，保护主母、小主，倘然不将糜夫人与公子相救回来，怎能见军师交令哪？""喔哟老赵啊，头队失散，都是刘封不好，你把甘夫人相救回来，你有了大功，你不去也罢。""三将军，你说哪里话来，主公年近半百，只有公子这一点骨血。赵云怎敢贪——生怕——死，耽误了皇爷的后代根苗啊？""老赵啊，你自己的性命不保啊。""三将军，这为将之道：受命之日，则忘其家，领军压束，则忘其亲，沙场冲锋，则忘其身。赵云一定要将主母、公子相救回来，马童。""有！""提枪，带——马！"

那么赵子龙要三进当阳道，单骑救主。

第四十八回

双箭齐发

赵子龙，关照提枪带马，马上要赶奔到当阳道去，拿糜夫人、刘阿斗救回长坂桥。张飞要紧拿俚，咋嗒！一把抓牢，"老赵啊，你慢一点走，老张问你，你腹中可饥饿么？"阿要吃点物事啊？俫还是昨日夜头吃过一顿晚饭。连下来，三更天曹兵杀到，马上动身走，打了一夜天，今朝又打了半日。早饭朆吃、中饭朆吃，体力消耗什梗结棍，俫肚皮夠饿格啊。俫勿吃一点物事去，勿晓得啥辰光好回转来了？赵子龙摇摇头，"赵——云不饿！"勿饿。张飞理解，为啥了勿饿呢，气饱哉。刚巧吾冤枉俚，说俚去投降曹操。因为是糜芳，听错一个字，回转来瞎讲一泡么，那么好，赵子龙光火哉。所以赵子龙受了刺激呢，忘记脱自家肚皮饿。俚朆吃，吾勿觉着饿。"那么老赵，你自己不饿，你的马——匹，可要喂料啊？""这，这这这这。"赵子龙，那么冷静下来。人勿吃一顿，还勿碍。马勿来赛。格只马，还是昨日在夜快点，喂过一顿料，一夜半日下来。吾现在再望准当阳道去，勿晓得要打几化辰光了，再能够拿刘阿斗救出来。格个完全吃不底的。那么人，好熬一熬。格马勿来事。马，冲锋陷阵打仗，勿吃饱肚皮，呐吭来事呢？赵子龙点点头。"这倒要——呃的。"

那么张飞马上关照手下人：来来来，拿赵将军马匹，牵过去，饮水喂料。小兵过来拿鞍鞒卸脱，拿格匹鹤顶龙驹宝马带过来喂好料，饮过水，再搭俚溜汗。忒磕酷磕、忒磕酷磕——拿身上点汗，俦溜一溜干。格来么嗒，叫张飞粗中有细。幸而俚提醒。如果勿搭赵子龙格只马，饮水喂料，赵子龙再冲到当阳道去，实实足足再要打一日一夜朝外。格俫想，赵子龙外加还要跌了陷马坑里，俫格只马如果该格一顿勿吃啦，俚呐吭跑得动呢，俚陷马坑里再能够跳出来呢？勿可能格啦。现在是，赵子龙也勿晓得，估计血战，要打到呐吭格程度。格俦勿了解。马牵过去喂料么，要有一歇了。那么张飞总勿见得搭赵子龙，立着等格只马喂料。张飞搀仔赵子龙格手，过长坂桥，就在桥堍下皮榻子上坐定。手下人送点开水过来，赵子龙吃仔一口茶，人定一定神么，觉着肚皮里向，咕咯咯咯咯，饿哉。刚巧么气头上，现在一冷静，觉着肚皮饿哉么，赵子龙勿客气。问张飞：三将军，俦干粮呢？张飞晓得俚，肚皮饿哉，那么马上拿干粮袋拿过来。赵子龙在该搭点吃干粮。俫在休息，等格只马，喂好料么，动身走。

刘备呢，搭甘夫人碰头。夫妻失散之后，重新见面么，赛过像隔仔一世人生什梗。刘备关照：夫人俦赶快到里向去休息吧。甘夫人跑到里向，一问底下人：阿斗呢？吭没啊。糜夫人呢？勿有呀。俚笃在哪里座帐篷里。魙回转来哇。啊？赵子龙讲，勿是拿俚笃救转来了？吭没吭没吭没，啥场化救转来过介。那么甘夫人晓得勿对，甘夫人马上出来问皇叔，赵子龙刚巧搭吾讲，说糜夫人替阿斗已经回转东南。现在到里向寻寻人吭不，赵子龙骗吾。赵子龙为啥道理要骗吾呢？俚魙寻着刘阿斗搭糜夫人，应该讲老实闲话，勿应该先拿吾救转来，应该格段时间摆在去寻糜夫人搭阿斗咯？甘夫人在讲格辰光呢，牵记儿子么，眼泪俉下来了。

刘备安慰俚，倷勿要难过，倷到里向去，吾有数目了。甘夫人呢，吭不办法，只能够回到里向去。刘备呢，明白的。赵子龙，为啥道理要在甘夫人门前说鬼话？因为赵子龙讲明白仔，糜夫人、刘阿斗魙救着的，甘夫人板勿肯回转。那么俚再去寻糜夫人，如果糜夫人也寻勿着，再回转来救甘夫人，曹兵到，队伍冲散，驼子跌跟斗，两头勿着落。俚只能够先拿甘夫人救转来仔再讲。所谓叫带泥萝卜，汰一段，吃一段。

刘备马上就关照旁边头家将，倷搭吾赶到长坂桥去，立刻搭吾去拿赵将军请得来。为啥呢，刘备要拿赵云喊到该搭点来呢，勿让俚再去。刘备也考虑到，高览死脱了，先锋队退下去了，曹操格大队人马，马上就要到了。大队人马是要百万雄兵，倷赵子龙哪怕本事大，枪法精通，武艺粹臻，倷到底只有一个人，单枪匹马。倷要想杀进百万军中，去救糜夫人搭刘阿斗是，可以说是绝对勿可能的，白白里送脱一条性命。刘备派家将去请赵云来格意思，就是要劝住赵云，随便呐吭勿拨俚再到当阳道去。何必呢，糜夫人搭刘阿斗在乱军当中。将来，命不该绝格说法，总是有一日，会得搭吾碰头的。那么倷赵子龙现在去，徒然牺牲一条性命么，吾勿犯着哉。吾有格牺牲大将，吾情愿失散家小了儿子。刘备拿格爱大将啦，胜过了爱自家格家属。家将跑过来一看么，齐巧赵子龙搭张飞两家头，坐好在皮榻子上，赵云手里向拿仔干粮，在吃干粮。

"赵将军，喝喝，主公叫吾到该搭点来，请倷到后头去，马上去相见。"赵云点点头："明白了，你去回禀主公，赵云饱餐之后，即刻就来。"家将回过去，禀报东家，赵子龙吃干粮，吃好干粮马上就来。格么刘备等俚哉咯。赵云等到干粮吃饱，立起来过长坂桥，一看小兵呢，马料喂好了，马饮水也饮好了，溜汗也溜干了，可以跑了。

"三将军，赵云告——呃辞了。"张飞问，"啊？老赵，你为什么要走啊？大哥请你去相见哪？""三将军哪，赵云未曾将糜夫人与小主相救回来，有何面目与主公相见？请你三将军等候于我，赵云去也。""呃，慢来！"张飞心里向明白，赵子龙救勿着刘阿斗，俚勿肯搭刘备见面。俚格责任心实在强勿过。"老赵，你一定要去，老张也不来挽留你，来来来，你把这干粮袋带得去。"张飞再拿一只干粮袋，传到赵子龙手里。赵云摇摇头，吾吃饱了呀，刚巧吃饱么，倷何必再拨干粮袋拨了吾呢。"你带得去，备而——不用。"格干粮袋，分量又勿重的，作兴倷辰光打得多了，肚皮饿，到格辰光要吃，吭不吃处哉。倷干粮袋带得去。

赵云心里实在勿要，因为张飞格怎样子重感情，板要拨俚么，叫情不可却。赵子龙拿只干粮袋一接，望准身上，嗞！背一背好，"马童！""有。""提枪，带马！""是。"忒磕酷磕、忒磕酷磕，马带过来。赵子龙拿只马，鞍鞒，嗞！整一整。肚带，哗啦！收一收紧。水白蓝银枪一执，掂踏凳，飞身上骑，长枪一奉。"翼德将军，费心你在长坂桥前，等——候赵云，赵云去——也！""哎，慢来。""怎——呃样？""老赵啊！你，此去当阳，什么时候回来？老张等到你什么时候啊？"俚拨一个辰光拨吾，总要有格限度格咯？俚啥辰光么板转来哉？俚格个辰光勿转来么，吾要跑了。因为吾勿能无限期格等下去。

赵云想，格倒也对的。应当要拨一个辰光拨俚。约辰光呢，情愿约得宽一点，勿约得式紧，到格辰光吾来勿及回转来，人家反而要"等人心焦"的。赵子龙抬头一看么，太阳刚巧当顶。格么吾就约，明朝太阳当顶为期。"三将军，赵云待等来日日中为期。日中能够回来，还则罢了。日中不能回来，与你三将军，来——生，再——见哩。"嗞！马头一圈，哈啦啦啦……

张飞听着格句闲话，只觉着，鼻头上酸汪汪一来。为啥？难过。赵子龙自家也吭不把握，是勿是一定能够见着糜夫人搭刘阿斗。俚搭吾讲，明朝太阳当顶之前，能够回转来，格么救主也救回来了。假使，到明朝太阳当顶勿转是，搭俚来生再会。换句闲话讲，吾已经牺牲了。今世里呢，勿会再搭俚碰头了，格个闲话几化悲壮？赵子龙格责任性几化强啊？张飞蛮感动。那么后悔自家刚巧勿应该对仔俚什梗粗暴了，会得误听谣言了，去责怪俚投降曹操。张飞在看俚格背后影么，哈——赵子龙格马去远。

嗳，叫啥格面又来一个人。啥人呢，公子刘封过来。刘备派俚到该搭点来，再来请赵云。"三叔父。""啊，刘封啊，你来干什么？""父亲叫吾到来，请赵将军，往后面相见。""赵将军啊，他走了。""啊？哪里去了？""赶奔当阳。""做什么啦？""他要去相救糜夫人与公子。他临行时节讲的，他说明天日中为期，能够回来还则罢了，不能回来么，死在曹操营——中的了。""嗯——是！"

刘封回过来碰头老娘家，就拿赵子龙格闲话，重复讲一遍。刘皇叔一听，"嘛！"一声长叹。格个叹气啥意思？赞成格叹气，赞叹。"子龙，真——忠——臣也。"

刘备格闲话讲得蛮简单，赵子龙真是忠臣啊！文武官员听仔，大将侪在点头。的确，赵子龙格种人么，可以说是大大的忠良。大家侪点头么，就剩一个朋友，头对刘备看也不看。啥人呢？糜芳。啥体么，难为情。因为是吾回转来，搭张飞讲，赵子龙赶奔西北投主去也。临时完结，赵子龙一片忠心，救甘夫人回转来，还要去相救糜夫人了刘阿斗。格么勿讲哉嚄，显而易见吾听错格咯？糜芳怪啥物事呢，怪自家只耳朵，刚巧拨了曹将，嗞——一箭呀，射过来，偏得快，箭格翎毛在俚耳朵上，呵！擦着一擦，耳朵擦碎了，耳朵痛得蛮厉害。大概格只耳朵痛么，听力受仔影响哉，所以了听错一个字。其实么，勿是听力推扳，是俚以本人格思想，去代替赵子龙格思想。因为俚看见格呀，头队失散了，车辆倾倒在路上，横尸遍地。俚想如果吾保护头队的，头队失散，吾拆了格个烂污了，吾呐吭有只面孔回转去搭东家碰头。格麼缠哉，另外去投格东家吧。格个名堂叫啥呢，"以小人之心，度君子之腹"。所以糜芳到后段书里向，俚保守公安，俚搭傅士仁两家头守公安。江东吕蒙白衣渡江，兵进荆州，公安失守，糜芳、傅士仁投奔吕蒙。荆州失守，关云长逼走麦城，父子归天。刘备大报仇，兴兵打江东。江东人败得一塌糊涂，吭不办法。孙权呢，派人拿糜芳、傅士仁捆起来，送到刘备搭，要求讲和。那么糜芳回转来搭刘备碰头么，跪下来叩头，赛过吾么是犯格罪了，阿能够看当初糜夫人面上么宽恕吾了，饶恕吾。刘备哪里肯。俤背主投敌，使得关云长后退无门，害得了云长父子侪战死沙场。拨敌人俘虏得去杀脱，牺牲脱。俤还想活命啦？刘备就下命令，摆一只香案，摆仔关云长格灵位，拿糜芳、傅士仁，嚓——颗郎头拿下来，血祭关公。所以糜芳将来格下场勿好。格个人啦，用现在格闲话讲起来叫啥？品质勿大好。所以刘备在称赞赵子龙"真忠良也"么，俚响勿落。俚头低倒，吭不闲话好讲，格比打俚还要难过。面孔在红起来。格么刘备在该搭点等俚。

张飞呢，在长坂桥上，有转把呢，骑在马上，跑下长坂桥一段路，对西北面看看，阿有？赵子龙阿在回转来？吭不。再回过来。马背上坐仔一歇，厌气哉，马背上跳下来，长坂桥旁边头走走，皮榻仔浪坐坐，吃点干粮。天夜哉，赵子龙吭不来。月亮老高了，赵子龙勿转。三更敲过了，只听见长坂河里向格水声音，嚯咯咯咯咯，流水潺潺。对西北面望望，杳无影踪。天亮了，对西北角里看，人影全无。太阳老高了，不见影踪。太阳当顶了，张飞在马背上，执仔条丈八矛，朝对西北格只角里向一看么，叫啥，影踪全无。啊呀。太阳到底唵当顶勚当顶？张飞关照，来来来，叫小兵拿压一根枪过来，嚓！插在地上，看影子。一看影子么，非但太阳当顶，外加偏仔一滴滴西了哉。张飞格个辰光紧张啊，别别别别，心跳个勿停。呐吭道理？赵子龙讲好太阳当顶，板要转来格呀。勿转来么，要搭吾来生再会，死在曹操格营头上。现在太阳偏仔西哉，哪恁办法？吾还是再等呢，吾还是跑呢。等下去？只怕麼曹操大队人马冲过来，刘备要脱身，跑勿脱。现在如果走呢，麼眼眼调赵子龙倒回转来哉，曹兵在背后头追，吭不人接应，赵子龙人困马乏，性命危险。那到僵了，摆勿定宗旨哉咯。派人过去问刘备，阿要再等？刘皇叔关照再等一等。再等一等赵子龙作兴会得回转来。一直要等到啥辰光，用现在格钟表讲起来，一直要等到下半日一点敲过，两点勿到点光景，那么赵子龙回转来。赵子龙三进当阳道，实实足足要打廿六个钟头。格个勿得了，张飞意想勿到的。让张飞在长坂桥格搭点等赵云么，吾拿俚丑一丑开。

现在吾交代赵子龙，匹马单枪，三进当阳道。哈啦啦啦——那么赵子龙马匹在望准当阳道来格辰光，现在是在长坂坡了，长坂坡往西北面去么，就是当阳道了。赵云心里向想，阿会巧一巧？呐吭叫巧一巧呢，比方说，高览格败兵么，退仔下去哉。曹操格大队人马么还勤到，齐巧一个空缺，那么吾赶到当阳道去呢，糜夫人怀抱阿斗，跟仔一批难民了败兵一道跑，从山路里啊，或者树林里啊跑出来，在回转东南。那么吾搭俚路上碰哉么，吾马上马背上跳下来，让糜夫人上马。吾呢，执仔条枪，跟在马匹旁边头，或者吾牵仔马了，带糜夫人回转长坂桥。格个么是顶顶合乎理想。阿会有格种巧事体？勿可能格呀，该格叫如意算盘。齐巧偨过来么，糜夫人抱仔刘阿斗出来了，曹兵还勤到？

赵云格只马望准西北面，哈啦啦啦——过来格辰光，长坂坡将要跑完，要进入当阳道地界了么，只听见门前头，噔——咚——嗒！酷——赵云拿马扣住。炮声，啥地方炮声？赵云拿格只马，望准门前头格土山上扫上去。哈——到土山顶上，哗啦！马扣住，长枪鸟嘴环上一架，赵云对门前头一看，"哈——啊！"

赵云格个一呆么，出乎意料之外。曹操大队人马到了。偨看，营头就在土山门前头，格头营。曹操格营头，大得呐吭样么？终归赵子龙在山上望过去啦，望勿出俚格后营在啥地方。因为曹操格营头实在大勿过，叫一望无际，看勿见边了。本来呢，当阳道格座山，叫景山。一般讲扎营呢，营头终归扎在山路里向。格么嗒，对手望过来呢，看勿出吾俚营头到底有几化大，人马有几化多？格个名堂叫啥，叫山包营。现在呢，曹操因为人马实在多勿过，山路里向扎勿落的。曹操格营头大得了，要拿格座山，包到仔营头里向去。格个名堂叫啥？叫营包山。那么赵子龙明白格呀，糜夫人、刘阿斗在啥地方呢？在山路里。在景山格山路里。现在格景山呢，在曹操格中营上，是在俚格营头当中。那么吾去寻糜夫人、刘阿斗呢，吾首先要冲透曹营，而且勿是冲透一座营头，头营、二营、三营、四营。那么嗒，再好近山了，望准山路里向去。

那么进仔山路，也勿见得在山路口。格景山蛮大格呀。山接山，山连山，勿晓得糜夫人在啥场化？就算吾寻着糜夫人搭刘阿斗，吾拿俚笃保仔出来，吾拿只马让拨糜夫人骑，吾执仔条枪，牵仔马格辰光，吾还要经过四营、三营、二营、头营，那么吾再好冲出头营了，回转长坂桥。来赛嘎？匹马单枪。人家是百万大军，勿来。哪怕偨有天大格本事，勿来赛。格个困难呢，几乎是呒不办法克服。呐吭弄法？赵子龙耳朵旁边忽然响起，张飞格闲话。张飞关照：老赵啊，偨勤去吧，头队失散，格个是刘封格过失。你拿甘夫人救转来，偨已经立仔功了，糜夫人搭刘阿斗么算了。而且呢，刘皇叔派人来请偨回转去。赵子龙勤回到长坂桥格辰光，刘皇叔就替张飞讲过，张飞也告诉赵云的：假使子龙回转来，救勿着吾格夫人搭仔小囡么，关照赵子龙也勤去哉。吾宁可失散家眷，勿能牺牲大将。何况吾现在已经拿甘夫人救转，见诸葛亮交令么，也讲得过去，吾可以回转哉。阿要回转呢，赵子龙想吾呐吭好回转呢？赵子龙眼睛门前出现了糜夫人格形象，俚只觉着糜夫人眉头皱紧，眼泪含在眼眶里，手里向抱了公子阿斗，头颈伸长，非常焦虑格目光在对外面看，在山路里向，在等吾赵子龙过去相救。吾身为大将，奉军师将令，保护主母、公子，吾呐呒能够拿糜夫人、刘阿斗丢脱在乱军当中，自顾自，顾恋自家格性命了，回转去呢？吾刚巧搭张飞呐呒讲法？身为大将，接受到命令格辰光，要忘记脱自家格家庭。带了部队，领军压束，要忘记脱自家格父母、妻子、儿女。战场上冲锋要忘记脱自家格生命安危、忘记脱自家格身体。格个闲话，并勿是嘴巴里讲讲，要拿身体去实践格呀。喔，嘴里讲格是一套，实际上做的，又是一套？格算啥格名堂呢，言行不一。

赵子龙心里向一想，"嗳——唉！"吾今朝，只有冲进营头。吾要么拿糜夫人、刘阿斗救回长坂桥，要么，吾死在曹操营头上。吾枪挑过高览，高览格名望，高览格身份，吾拿俚，喳！结果性命。吾就是马上死脱，吾也勿蚀本。何况吾还枪挑了其他一些杨明、朱傅了，一箭射杀吕威璜等等。吾冲进去，挑脱一个赚一个，挑脱两个赚一双。对！赵子龙想到格个地方，想到诸葛亮格命令，想到刘皇叔只睐刘阿斗什梗一个儿子哉么，吾身背上格责任，吾无论如何勿能够后退了，只好往门前头冲锋。往哪条路上冲？进山路比较近一点。赵子龙在看地形。

俚在山上对下头看格辰光，勿晓得营门上格曹兵，也看见了。看见营头外面山上，一个白袍小将，银盔银甲，白马长枪，在看吾伲营头上格动静。俚要紧过来报告。头营有两个大将，弟兄两家头，阿哥叫高平，兄弟叫高怀。俚笃呢，是高览格堂房兄弟。是河北道上有名望的，八虎将军之一。弟兄两家头，带领人马到该搭点来，丞相下令扎营了，那么炮声三响，设立营头。头营立好之后呢，两家头摆好一桌酒水，点好一对香烛，供了老兄高览格一副牌位。弟兄两家头在叩头，在祭阿哥。为啥呢，因为俚笃两家头格本事，是阿哥教的，俚笃两家头格做官是阿哥提拔的。现在阿哥到当阳道来，升为百万正先行，碰头刘备手下一个孤穷白袍小将，只有一个照面，结果性命么，两家头哭得交关伤心。想想么，想勿通。伲老兄格本事，可以说一声，力大无穷，是河北道上格四庭柱大将军之一，对手本事再大，也勿超至于一个照面了，只得一枪，就结果性命。格么看上去格苗头呢，是伲老兄疏忽、骄傲、轻敌。所以了，肮脏亡命送脱仔条性命。弟兄两家头在商量，等到丞相下命令，望准门前头冲格辰光，吾伲杀过去呢，捉勿捉刘备小事体，顶顶要紧拿格白袍小将捉牢，要拿俚开膛破肚，血祭高览。

唔笃两家头正在哭格辰光么，消息来了。"报————禀二位高将军。""何事报来？""营门外面土山之上，有个孤穷白袍小将，匹马单枪，在那里观看我们营中动静，请二位将军定夺。""退下！""是。"高平对兄弟看看，兄弟对阿哥望望。"哈哈，哈哈，啊咦——嚯喝哈哈。"开心，啥了要开心呢，老兄阴魂有灵，拿格白袍小将，大概鬼摸仔俚格头了，送到伲营门跟前来。格伲马上好出去动手。两家头一面派人到中军帐，禀报丞相。吾伲要带人马，冲出营头要去交战。用勿着等丞相命令来哉哦，吾伲先冲出去。去报一报了赛过。

外头呢，点三千兵。高平、高怀关照外面："备马——扛———家伙。"马匹家什预备好。弟兄两家头踏出帐篷，高平豁上马背，手下人拿一柄八角紫金锤，嗖！呈上来。扎！噗——手里向一执。高怀上马，一字溜金镗呈上来，嗒！噗——奉一奉好。炮，当——营门开放，呜——呜——嚯咯咯咯……军号响亮，人马冲出营头，旗门设立。赵子龙在山上对下面一看，曹兵来了。三千兵，一座旗门，两个大将。赵云心里向转念头，吾终归要冲下去，吾用勿着登在山上。吾格目标要进营，进山。所以赵子龙拿只马一拎从山上，哈啦啦啦——扫下来。偬格只马扫下来么，高平心里向，别！一跳。回过头来，对兄弟一看，丑一个眼色。啥名堂呢？兄弟啊，格白袍小将狠格啊，何以见得？偬看酿，伲弟兄两家头带领三千人马来，俚只得一干子。俚非但勿吓，勿圈转马来逃走，外加敢于从山上，哈啦！冲下来搭吾俩对阵！呒不本事，俚敢什梗嘎？勿敢格呀。该格名堂叫啥，叫：来者不善了，善者不来。赵子龙格点气势，已经压到了高平、高怀。所以高平心里向，别！一跳，对兄弟望望，看上去一个人打，勿来赛的，要两个人一道动手的。兄弟对俚点点头，有数目，阿哥偬放心好了。两骑马一道上来。

"孤穷将，住——马通名。"酷——赵云拿鹤顶马扣住。"从奸贼将，你们先通名来——吔！""你且听了，大将军非别，曹丞相麾下，头营大将军高平。""喔喝，高怀——哟。""你这小将，与我留下名来。"赵子龙一听高平、高怀，名气听见过的。因为赵子龙从前是河北人，在河北登过。听见过高平、高怀格名气，也晓得俚笃是高览格堂房兄弟。"高平、高怀听者，你们要问大将军的威名，只要去问令兄高览——也。""哇喝！""哇呀呀呀！"高平心里向转念头，格白袍小将阿要恶劣？叫啥问俚格名字，要去问伲阿哥，高览。高览死脱哉，要去问高览么，换句闲话讲，就是要喊伲死到阴间去问咯？"苦恼啊，白袍小将你与我放马！""放——马。"噪！哈啦啦！赵子龙圈马么，高平、高怀也圈马，哈——旗门底下，呱呱！卜隆卜隆卜隆，噗——战鼓响亮。哈——马匹碰头格辰光，高平在前头。高平起手里向长柄锤头，八角紫金锤，望准赵子龙面门上，一记过来。"白袍将，你着打！"噗——乓！一锤头。赵子龙运足功劲，起银枪招架。"且慢——吔！"——嚓浪！掀着么，高平格锤头，尔——往后头，直甩格甩过去。高怀一看勿灵，豪燥上去帮忙。格帮忙么，偬大路点，兜一个圈子过来。俚叫啥抄近路哉，在老兄弟格翻肋子钻出来。要想望准白袍小将腰眼里向，噪！一鎏金镗。勿晓得偬格只马，哈啦！在上来格辰光么，高平拨了赵子龙，镗——掀着。赵子龙格力道大勿过，俚格锤头，望准后头在甩转去呀，嗯尔——高平格锤头在甩转去么，后头高怀格颗郎头在送上来呀，呒——锤头搭颗郎头碰头哉。只听见，噗！脑浆迸裂么，高怀，尔——蹭！擦冷！哈啦啦啦——落马翻缰。高平一看，要死快来，阿哥格仇勧报，送脱仔兄弟一条性命："喔喝，贤弟啊！"高平啊，该格辰光偬好哭兄弟嘎？偬在哭兄弟么，赵子龙家什要来格呀。赵子龙勿会等到偬，揩干仔眼泪了，再回手发家什了，勿会格呀。赵云格条枪，望准俚喉咙口一枪："去吧——啊！"噗——嚓！尔嘚——蹭！擦冷，哈啦啦拉……曹兵一看吓格呀，拨转身来就逃，"不好嘞，兄弟们快走呃，白袍小将厉害呃，二位高将军丢了命喽！"也有在喊："只有一枪唉，一枪挑死了，两个高将军呐。"

赵子龙一听笑出来哉，哈！叫啥曹兵在夸张，说吾一枪，挑煞两个高将军。明明一个自家敲煞脱的，一个是拨了吾枪挑脱的。那么俚笃呢，只看见白袍小将发一枪，但是呢，两个高将军俦死脱了。格么也可以说，一枪挑煞两个高将军。赵云拿格只马一拎，哈啦！冲上来格辰光，曹兵逃进营头，要想关营门，呐吭来得及？赵子龙已经杀进营门，赵云嘴里向喊一声："让路者生，断路者死，本将军来——吔。"哈啦啦啦……冲过来格辰光，远者枪挑，近者钻打，哈——朝门前头冲。赵子龙么冲进头营，中军帐上曹操得报。

曹操人马到当阳道，下令停队，埋锅造饭，饱餐一顿。曹操已经得信了。高览，碰着一个白袍小将，照面枪挑。带得去格四员大将，韩猛、吕威璜、韩莒子、淳于琼全部阵亡。还有点偏牌牙将，也一道带脱了。曹操蛮窝塞格噢。一个先锋队，所有大将统统牺牲了，败兵么回转来了。刘备手下，黑面孔也厉害，白面孔也厉害。曹操停好队伍之后呢，预备派人去打探消息。刘备逃在啥场化？弄清爽了，吾马上发兵追赶。该格一仗啦，吾一定要拿刘备消灭脱。

曹操在中军帐上叫啥得报。"禀，丞相，高平、高怀两位将军派吾到该搭点来禀报，营头外面到一个孤穷白袍小将。两位高将军，带领人马出战，叫吾来禀报丞相定夺。"曹操手一招："退下。""是。"曹操马上派探子，搭吾去探听消息，高平、高怀两家头出去，俺拿白袍小将捉牢？一个探子出中军帐豁上马背，哈——要往头营上来打探消息么，用勿着到头营。刚巧过四营，三营也踋到，消息已经来了。白袍小将替两位高将军碰头，一个照面，一枪挑煞两个高将军。哈——探子回转来，勔去哉曬，半路上已经得着消息，俚回到中军帐下马奔进来。探子回到中军帐，"报，禀丞相。""何——呃事？"曹操觉着奇怪，格探子去也刚巧去，呐吭已经回转来了。看上去徐踋到头营嗄，因为路远，来勿及的。"禀丞相，小人奉命打探消息，现在消息来了。孤穷白袍小将与二位高将军交战，一个照面，白袍小将一枪，挑死了二位高将军，已经冲进了营寨，请丞相定夺。""喔，呃呃呃，嗯嗯？"

曹操想啥物事啊？白袍小将一枪，挑煞两个高将军，勿可能的。为啥道理呢，因为枪呀，勿是叉呀。丫叉头，有两根叉，两个人平排平立了，嗒！一叉。格面格尖念头射着归格，该面格尖念头射着格个，格么一叉，叉煞两个，作兴有可能。枪勿会。枪只有一个枪头子，枪头子下面，还有一个叫留情结。俚一枪，嚓！射煞一个，要拔出来。那么再射第二枪么，好射第二个。不像矛，丈八矛啦，俚吭不留情结的，要两个人如果立在一道，俚，嚓——一个射得对穿对，透过去，还好射第二个。枪勿来赛。

曹操勿懂了。"老——夫问你，这一枪，怎样挑死，二位将军哪？""呃，这这。"那么僵，探子颭看见，俚是听来格呀。对格呀，你想想酿。呆想想，一枪哪恁挑煞两个？勿可能格呀。"嗯，这这。嗯，这。回、回丞相的话，这个一、一枪挑死两位高将军，这这，这就是两位高将军这个被一枪挑死了。""噢哟！嚯嚯嚯嚯……"赛过在热昏，一枪挑煞两个么，就是两个一枪挑煞，赛过颭讲。该格犯忌的，俚报告军情，要报清爽。报事不明，属于谎报军情之类，准军法，杀头。

曹操心里向本来光火了，死脱仔嘎许多大将。"大胆探子，谎报军情，砍了！"哗——捆绑手过来拿俚绑么，格朋友已经冤枉了。吾看也颭看见，听着格消息过来报告，现在讲勿出个所以然，要杀颗郎头。"呃嗬，丞相饶命。丞相饶命。"捆绑手拿俚捆起来格辰光么，旁边头徐庶心里向转念头，格朋友死得有点冤枉日张。什梗吧，吾来救俚一条性命吧。

"丞相，刀下留人。""吭！"曹操一看，徐庶。俚搭俚来讨情？"怎样啊？""回禀丞相，这探子军，去尚不久，立刻回来见丞相禀报，可见他，是未到头营，不是亲眼所见。丞相把他权且饶恕，命人探听消息。头营之上，可有这样的传言？若有传言，饶恕于他。没有传言，谎报军情，再作处理。丞相以——为如何？""呃呃，嗯嗯！"

曹操一想，徐庶格闲话讲得合情合理。俚是听得来的。格吾派人去调查一下，头营上阿有什梗格说法，一枪挑煞两个。有格种传言的，格马马虎虎。呒不格种传言的，格么俚造出来的，谎报军情，再处理。暂时拿俚饶一饶，颗郎头寄在俚头颈上。曹操关照松绑，拿俚押起来，一面再派人去打探消息。

曹操心里向转念头，格白袍小将倒结棍的，高览照面枪挑，高平、高怀一枪挑脱两个，格朋友啥等样人？"元直，你可知晓，这白袍小——将，姓甚名谁呀？""这。"徐庶心里向转念头，白袍小将么，吾当然晓得。刘备手下白袍小将有两个，一个刘封，一个赵云。格么来格呢，显而易见勿是刘封。因为刘封呒不本事的。赵子龙么有格点本事。那么赵子龙，俚在战场上，勿大愿意留名。格么俚勿留名，吾何必搭俚讲出来呢。那么徐庶搭曹操冤家呀，让俚难过难过，卖卖关子。让俚窝塞点也是好的。"回禀丞相，徐庶未见其人，不知其名。"格个人单单说一个白袍小将，世界上着白袍格人多来西。俚呐哪晓得俚叫啥名字，勿清爽格呀。要看见俚格人，那么吾有数目。"请丞相登山观看，小将何许样人？倘然小将本领高强，丞相用埋伏将他擒捉。如其小将不过如此么，派遣数员上将，把他生擒活捉。丞相以为如何？""这，嗯嗯嗯嗯嗯。"

曹操心里向转念头，有理。徐庶劝吾到山上去看。一个，看清爽仔人，那么可以吃准，俚叫啥名字。第二个，山上去看一看，格小将到底赅几化本事。本事大，吾派大将去搭俚打，徒然牺牲，勿犯着。格么吾就用陷马坑啊，绊马索啊，安排一点埋伏拿俚捉牢。假使说格小将，本事么，并呒不呐哪道理，俚刚巧格种赢啦，偶然的。格么吾派两个搭得够格将官，狠一眼格下去，拿俚一个包围了，生擒活捉。

曹操转停当念头，俚发令，派大将军郝萌带领焦触、张南、马延、张颛四个大将，唔笃一共五个人，保守中军大帐。格么守中军帐为啥道理要派五个将军呢？因为中军帐有曹操一面三军司命格大督旗，保是保格面旗哟。然后曹操关照张辽，带三千兵，先到景山山上去，扎点营篷。让吾伲呢，到山上来起来，可以在帐篷里向休息。张辽先上山。然后曹操带领手下文武官员，出中军帐上马。忑磕酷磕、忑磕酷磕——到山上，下马。马，手下人带过去，曹操进帐篷坐定。手下人拿标远镜拿过来，曹操跑出来看。

曹操踏到外面，标远镜拿起来，格么文武官员看起来，呒不标远镜哉咯？另外再弄两只标远镜，文官轮流落班看一只，武将轮流落班看一只。大家在看格辰光，曹操拿标远镜看。拿啥格物事做标准呢，中军帐格面大督旗。喏，大督旗格地方，中军帐。朝东南面一点四营。再过去，三营。再过去，二营。还过去，头营。

曹操对头营上一看么，白袍小将冲到仔头营的，后头。哈——嗃嗭！威风啊。只看见格白袍小将：

> 头戴蓝缨盔，身披梭子甲。
>
> 银鬃马似游龙戏水，蓝缨枪如风舞梨花。
>
> 浑身雪白，遍体银装。
>
> 马似宣天狮子，人如白玉金刚。
>
> 枪到处，人人丧命；马到时，个个身亡。

格个似入无人之境。曹兵抱头鼠窜，狼狈不堪。威风！曹操看在心里向欢喜。好，格小将有本事。回过头来，到旁边头徐庶看看。"元直，看——见么？""看见了。""这小将，姓甚名谁？""回禀丞相，我徐庶，在刘备营中，时间很短。我未见其人啊，不知其名。""嗃嗃嗃嗃……"曹操心里向转念头，倷格个家伙，就是格点糊。倷明明晓得白袍小将叫啥名字，卖关子，勿肯告诉吾。格有啥稀奇？白袍小将在吾营头上冲锋，战场上打，终归要留名的，吾终归要晓得的。

曹操看仔一番么，回到里向坐定。文武官员呢，还在外头看。唔笃在看格辰光，赵子龙冲透头营哉哦。头营冲透，往二营上过来格辰光么，二营上两个大将得报。二营上两个大将啥等样人呢？弟兄两家头，曹操格亲眷，阿哥叫曹顺，兄弟也叫曹成。呐吭弟兄道理么侪叫曹成呢？《三国志》里向叫曹成格人共总侪在有四个。不过呢，音同字勿同。名气最响一个曹仁呢，是仁义道德格仁。曹仁有个兄弟呢，是绞丝偏旁一个屯，纯洁格纯。格么现在二营上两个曹成呢，阿哥格曹顺，人称赛养叔，俚格顺是顺风搭逆风格顺，顺逆格顺。兄弟呢，叫胜潘党曹成，俚格成呢，是成功失败格成，翘脚成。所以，音么是同的，字勿同的。弟兄两家头有特别本事，好箭法。阿哥叫赛养叔，兄弟叫胜潘党。养叔，就是养由基，养由基搭潘党呢，侪是楚国格名将，好箭。箭法要好到呐吭样子呢，养由基格箭打一个巧，名为叫百步穿杨。比方说，一颗杨柳树，距离一百步路，杨柳树叶子上，画三个圈圈，做三个记号啦。距离一百步路，风一吹么，杨柳树格叶子要飘动格啦。俚格靶子是活格啦，勿是死的。当——一箭过来，只看见，嚓！第一瓣杨柳树叶子格圈圈上中了。连下来，嚓嚓！两箭，侪在杨柳树叶子格圈圈上射中了。格个眼功要好得呐吭格程度了？百步穿杨。潘党格射箭呢，气力大，俚拿七副甲，大将身上着格种铁叶甲。七副甲扎在一道，俚一箭过去，距离一百步路么，嘎当！吹嚓！七层革射得对穿对。格名堂叫啥？叫力透七甲。透过七层甲。那么有人搭养由基讲，养由基，潘党么射穿七层甲，倷倒也来射射看嗻。那么养由基自家有数目格呀，吾气力勿及俚大呀，吾要射穿格七层，勿来赛。格么说好的，吾也来试试看酿。俚拿条箭过来，也是一百步路，嘎当——吹——射过去。养由基格条箭呢，去射在潘党格条箭格箭屁股上。噗！潘党格条箭穿出了格七副甲，养由基格条箭，登在潘党格条箭格窝堂里向，噗！跟过去。格名堂叫啥，叫鸠夺雀巢。格个两家头格箭法是楚国独一无二。嗨外。

格么曹顺、曹成两家头呢，也是好箭法。今朝俚笃在该搭点守二营格辰光，消息传得来哉。说白袍小将冲透头营了，杀奔二营而来，离营勿远。那么两家头僵。阿哥搭兄弟商量，呐吭弄法呢？白袍小将搭高览打，一个照面。搭高平、高怀打，一枪挑两个。俚弟兄两家头格本事出去动手搭俚打是，两枪两个是，已经赛过面子勿小了。稳死，格个打，吭不味道的。格呐吭弄法？逃吧，放弃营头，溜脱。让俚冲过去，勿来格噢。如果俚放弃营头跑脱，白袍小将冲仔过去啦，丞相要拿俚杀头。格个名堂叫临阵脱逃。虽然吾俚搭丞相是亲眷，丞相按起军法办啦，勿讲亲眷，照样要杀的。格么呐吭弄法呢？什梗，两家头一商量下来么，扬长避短。靠俚格点武功，搭俚打，打俚勿过的。靠俚格点箭法。阿哥说，吾上去，搭白袍小将碰头，打三个照面，吾假败。吾往头营上逃，俚往二营旗门底下穿，倷在旗门底下呢准备好弓箭，发一箭射煞俚。好，兄弟有数目。因为啥？俚笃两家头格箭法侪好，兄弟发一箭拿俚射煞么，白袍小将死脱哉哟。

那么关照外头："来！""是！""点人马三千。""是。""备马扛刀。""是！"外头，忑磕酷磕、忑磕酷磕，马预备好。曹顺、曹成两家头踏出帐篷，豁上马背，手里向大刀一执，弓、箭侪带好。炮，当——一响，三千人马，二门营门一开，哇哇哇哇——冲出二营，旗门设立。只看见白袍小将来哉，哈——马在过来。

赛养叔曹顺，哈啦！马匹冲出来，"白袍将，住——马"。酷——赵云扣马。赵云只看见门前头来格大将，头上戴一顶青铜盔，身上着一副青铜甲，胯下青鬃马，手执青铜刀。青面孔，阿胡子，形容恶刹。"前边来者从奸贼将，先——通名来。""白袍将，你且听了，若问大将军非别，曹丞相麾下，二营大将军曹顺呐！你，与我留下名来！""曹顺听者，你要问本将军威名，枪上领——呐取！""放马！""放——马！"各人圈转马头，挑转葵花蹬，哈——两骑马碰头格辰光，曹顺起手里向青铜刀，望准俚头上一刀，"看刀！"噗——乓！一刀过来。赵子龙起长枪招架，"且慢——哋"。擦冷！掀着，得尔——曹顺格刀荡开，赵子龙望准俚喉咙里一枪，"看枪"。噗——乓！枪刺过来，曹顺俚要紧收转青铜刀，"慢来！"嗒冷冷冷……嚯！唷！白袍小将格功夫热昏么好哉。

本来曹顺预备打三个照面，再诈败。现在呢，用勿着三个照面假败，一个照面就真败哉。擦冷——劈开俚家什么，圈转马来，望准头营上，哈啦——逃了。赵云看俚逃走，"哋？"格个曹将叫啥勿往二营上逃了，往头营上逃？格吾勿好追俚。因为吾追俚，要走回头路的。吾目的要往门前头冲，吾要冲透二营。吾要望准里向山路里去。

赵云，马一拎，哈啦！往旗门底下过来么。旗门底下格兄弟看得清清爽爽。抽弓搭箭，嘎嘎，嘎嘎嘎嘎，嘎嘎，嘎嘎——弓开足，望准赵子龙喉咙口一箭。阿哥赛养叔，哈——逃下去。回头一望，白袍将勿追，俚，哈啦！回过来，跟在赵子龙背后。阿哥转念头，兄弟格箭法好，平常日脚百发百中，勠今朝要紧关子上，眼眼调来个一发勿中？忒紧张哉呀。

格么呐吭，吾也来帮一箭。刀一架，喳！抟一张弓，嗒！抽一条箭，嘎嘎嘎嘎——望准赵子龙后脑勺子上一箭过来。两条箭不约而相同，同时出发。当！当！噻！哈——赵子龙唵防备？勚防备。两家头格箭阿中呢，可以说两家头两条箭侪要中啦。一个喉咙口了，一个后脑勺子上。格两条箭在过来，赵子龙勚防备，呐吭办法呢？要下回继续。

第四十九回

夺桑三条

赵子龙三进当阳道，单骑救主。冲到二营上，碰头两个曹将。叫啥俚笃侪是好箭法。兄弟在旗门底下，嗔！望准赵子龙喉咙口一箭，阿哥在背后头，往赵子龙后脑勺子上，也是一箭。格个两条箭叫不约而同，同一个时间发出的。

赵云在望准门前头冲格辰光么，呐吭想得到，前后两条箭会得射过来？格么呐吭弄法呢？喏，巧得来哉。赵子龙跑格辰光啦，俚格条路是山路，七高八低。门前齐巧有只低潭，赵子龙马匹跑过来格辰光么，俚格只龙驹马也勿防备。当！两只前蹄踏着格低潭么，朝门前一跪。格名堂叫啥？叫马失前蹄。赵云一吓呀。推位一眼人要从马背上一个跟斗，扞下来。赵子龙要紧起格条枪，望准门前头地上，嚓！一倚么，身体，嘿！一磕哟。马一跪，赵子龙身体往门前一扑。格怎样子一来呢，要低脱几化啊？要低脱三、四尺。格两条箭呢，在赵子龙头顶心上面，啡——嗤——飞过。赵子龙根本也勿晓得，上头有两条箭飞过。因为俚自家紧张得了，要在马背上掼下来。嗔！格条枪往地上倚上去，赛过像船上撑篙子什梗。格名堂叫浪里抛篙啦，当！撑住。两条箭过门。格阿哥，手里向拿仔张弓在看呀，吾格条箭，勿知阿中勿中？中的。唔笃兄弟条箭来哉。嚓！喉咙口着了么，赛养叔，尔嗫——蹭！嚓冷！哈啦啦啦拉啦啦。格兄弟，胜潘党，也在旗门底下看。手里拿仔张弓，两只手么，又开在望，勿晓得吾格条箭阿着勿着？着的。唔笃阿哥条箭来哉。阿哥条箭望准兄弟格眉心里向，嚓！尔嗫——蹭！嚓冷，哈啦啦啦啦啦啦。旗门底下格曹兵，格个一乱么，乱得不得了。"不好来，白袍小将厉害呃。"赵子龙想，呐吭吾跌跟斗也厉害嗄？吾跌跟斗么，厉害在啥场化呢？"我们大将军一箭射死了二将军唉，二将军一箭射死了大将军，不好啊……"那么赵子龙听明白哟。原来俚笃弟兄两家头，大家放一条箭。吾眼眼调一个跟斗，当！往门前一扑格辰光么，两条箭在吾头顶心上飞过。叫啥阿哥射煞格兄弟，兄弟射煞格阿哥。赵子龙拿只马，嗔！领鬃毛上一拎，马匹，前蹄一直，乓！裆劲一紧，朝门前头冲过来。

曹兵逃进营头么，赵子龙追进营头。格辰光曹操，在山上得报。探子来报到山上，"小人奉令打探消息，刚才白袍将冲到二营，二营大将军出马。大将军败阵下去，大将军开放一箭，二将军开放一箭。不料，大将军一箭射死了二将军，二将军一箭射死了大将军。现在白袍将冲进二营，请丞相定夺"。"啊？呃呃，嗯嗯，嗯嗯嗯。"曹操一听么，响勿落。

"老夫问你？"为啥道理，阿哥要射杀兄弟，兄弟要射杀阿哥？"讲啊！""呃，这。嗯，这个这个，呃。"那么僵。探子也甏看清爽哟。俚听见门前头小兵，哗！什梗一喊么，要紧回过来报告。至于具体格情形，两家头射箭，赵子龙马失前蹄，箭在头上飞过，自家人射死自家人，讲勿清爽的。"呃，这个这个，呃，这。"俚，支支吾吾，结结巴巴，讲勿清爽格辰光，格曹操要板面孔。探事不明，谎报军情，要杀头。

曹操正要光火格辰光么，旁边头一个人跑出来哉。啥人呢，徐庶。"元直，怎——样啊？""回禀丞相，方才徐庶在外面，看——得明白。"刚巧白袍小将，冲到二营格辰光，大将军吃败仗退下去。二将军在旗门底下开放一箭，大将军在后面相助一箭。格两条箭发出来格辰光呢，白袍小将有样绝技。啥格绝技呢，格个名堂叫接箭还箭。俚接了大将军格箭，啪！一箭射杀二将军。接了二将军格箭，啪！一箭射杀大将军。所以人家弄勿清爽么，当仔大将军射杀二将军了，二将军射杀大将军。"呃！呃！"曹操一听，对。喏，格个闲话讲得有道理哉。白袍小将实在本事好勿过。俚笃弟兄两家头射箭，侪拨俚接牢。那么俚拣出弓来，当当，接箭还箭。曹操对格探子眼睛一弹，"听得么！白袍小将，接箭，还——箭"。"呃嘿，哦，是是。是。"探子想吾也甏看清爽，啥辰光接箭还箭。但是俚也勿敢多讲。因为徐庶讲明白仔，俚可以吭不罪名格呀。"噢，是是。是。"退下去。

曹操心里向转念头，不得了。格个白袍小将，非但枪法精通，武艺粹真。拿先行将高览照面枪挑，拿高平、高怀一枪挑杀两个，外加俚还有格种绝技，接箭还箭。别样吭啥，吾营头上好箭格大将多啊，歇俚笃看见白袍小将来，俦也放一条冷箭，俚也放一条冷箭，结果呢，侪拨俚接箭还箭惨脱。勿放箭，吾可以少牺牲一点。格么呐吭弄法呢？吾来下一条命令吧。"来！""是！""传下老夫将令，白袍小将所——到之处，不许开放，冷——箭。""是。"

中军官接令箭退出来，到外头马上关照传令兵：俦赶快下山去传令。丞相有令，白袍小将所到格场化勿许放冷箭。"是。"传令兵答应。传令兵豁上马背，手里向奉仔条大令，哈——到山脚下各座营头上传令了。"丞相有令，白袍小将所到之处，不许放——箭！"哈。嘿嘿，叫啥格个传令兵啦，落脱一个字。落脱格啥格字呢，落脱格"冷"字。曹操关照格勿许放冷箭。俚传令就关照"白袍小将所到之处不许放箭"。放冷箭搭放箭啦，是两回事体哟。俦偷偷盘盘，墨墨策策，暗底下，乓！放一条箭，格叫冷箭。假使白袍小将冲到营头上来，营头上，啪啪啪啪，乱箭射出去，拿俚搠住，勿拨俚冲营，格个就勿叫冷箭。那么拨俚关照一声勿许放箭么，是箭，侪勿能放哟。格个命令下下来么，弄得大家侪弄勿懂哟。中军帐上格大将军叫郝萌。郝萌心里向转念头，哪惢丞相会下什梗条命令呢？啥道理关照，白袍小将所到格场化，勿许放箭呢？跑到山上去问，路远。吾就跑到四营上，打听打听看，阿会吾听错。

俦跑到四营上，碰头四营守将金枪将文聘。文将军。郝将军。方才丞相传格命令，俦阿晓得？晓得的。为啥道理丞相要关照，白袍小将所到之处，勿许放箭呢？文聘因为搭赵子龙是老朋友，有交情的。俚格个解释呢，就立了，倾向于赵子龙一面来解释的。郝将军啊，照吾看起来，丞相有意思的。啥意思呢？丞相是非常爱才，特别喜欢有本事格人。那么白袍小将本事实在好勿过么，丞相看中俚。丞相要拿俚收下来，投降丞相仔了，帮丞相打天下。那么张怕勨俚营头上放箭，拿格白袍小将射杀么，丞相要少一员大将了。因此，丞相下命令关照，勿许放箭。倷看，吾身上连得弓弩箭侪统统都卸脱哉。哋？勿许放箭么，倷曼得关照小兵勿许放箭，倷自家身上弓箭，为啥道理要拿脱呢？喏，吾把细。勨别格大将勿识相，拎勿清，放一条箭，射杀白袍将。丞爷要光火的，啥人射的？那么捌格朋友吓哉，拿条箭去园脱，赖脱。赖脱么，丞相要查啊，啥人身上带弓箭的，啥人就是有嫌疑。那么吾为了避免嫌疑么，吾拿弓箭拿脱，就算有人放冷箭么，搭吾勿搭界。哎，郝萌想，格句闲话倒勿错。吾格弓箭也来拿脱俚。勿知呐吭拨了文聘想出来的？为了要避嫌疑了，拿身上弓箭侪拿脱了。

所以赵子龙，在当阳道百万军中，冲进杀出，尽光碰着曹顺、曹成两条箭。如果说，没有徐庶帮忙，噼噼啪啪，乱箭一射么，凭倷赵子龙格本事呐吭大，倷无论如何格条命保勿牢。倷冲勿出当阳道，要乱箭身亡。格么赵子龙当然勿晓得，格是徐庶在帮俚格忙。

曹操俚传开命令之后，俚跑出来看哉。文武官员大家侪跟出来，拿起标远镜对下面望。曹操看到二营上，白袍小将冲锋陷阵。哈呀，拿格种曹兵呢，远者枪挑，近者钻打，杀一条血路，在往三营方向冲格辰光么，曹操心里向转念头，格个白袍小将实在好极了。倷看，几化漂亮啊？英俊，气概。曹操心里向转念头，可惜啊可惜。可惜格个白袍小将，投仔孤穷刘备了。刘备日暮穷途，俚有啥格前途呢？假使说，格个白袍小将，在吾手下说法，帮仔吾格忙去打天下啦，俚勿晓得好立下几化功劳。格是将来高官显爵，封妻荫子，前程无量。曹操越看越欢喜。曹操眼梢甩过来，对自家旁边头手下两个大将一看么。倷看看，格种大将，五颜六色格面孔，五黑楞登格身材，头颈里格筋么，长得像大拇节头野野粗。开出口来么，侪是呕吼——格种哭出乎拉格声音，吾越看越惹气。啥人及得到下头格个白袍小将，几化漂亮啊？格么曹操，倷心里向转念头么，倷嘴巴里向勨咕出来酿。曹操也是忘形现。曹操嘴里在咕："白袍小将，英俊气——概，真乃，当——世英雄。老夫手下这许多将军，哪一个及得，这白袍小——将啊！"曹操格个名堂叫啥，外香骨里臭。自家手下格大将呒不人及得到格个白袍小将。倷格种闲话，几化伤感情？手下班大将，听听阿要勿服气啊。伲侪是有本事。喔，难道说伲一个侪勿及白袍小将？勿服帖，跑出来讨差使。一下子出来五个人哟。"丞相在上。""末将见丞相。""小将见丞相。""参见丞——相。""见相——喝爷。"曹操想，吾听见格种喉咙就触气，倷看，阿要难听？五个，跑出来。两个弟兄，步下大将，阿哥叫王勇，兄弟叫王飞，轻身法好得热昏。阿哥有格绰号叫，钻天龙。兄弟有格浑名叫入地蛟，蹿跳蹦纵好本事。还有三个大将，是淳于导、淳于普、淳于杰。俚笃弟兄五个，老大淳于琼称为叫一虎将军，已经拨了张飞结果性命。老五叫淳于安，在官渡大战辰光阵亡。现在呢，就挺俚笃弟兄三个，善于用金顶枣阳槊。俉是力大无穷，骁勇善战。

"各位将军，怎——样啊。""方才丞相言讲，白袍小将本领高强，无人是他对手，末将等不才，愿请将令下山，把小将拿——上山岗。""好，你们下去，要把这白袍小将生——擒活捉。""得令。""遵令。""遵令。""得令。"五家头接令箭下山。

格个辰光徐庶在旁边头心里向吓哉。为啥呢，赵子龙尴尬了。两个步将，三个马将，五个人一道下去包围住俚动手打么，俉赵子龙呐吭有希望赢呢？有所说，叫一人难挡四手，四手最怕人多。俉么，在搭赵子龙担心。吾再交代五家头下山。上马，点三千名人马，冲到三营。不过俚笃在下山来格辰光，淳于普、淳于导、淳于杰，三家头呢，搭王勇、王飞吭不交情的。一看见王勇、王飞两家头在咬耳朵。虽然闲话听勿清爽么，勿晓得俚笃在讲点啥格名堂？但是从神色上看得出啦，俚笃步下大将，自以为轻身法好。赛过搭吾俉一道冲上去，假使拿白袍小将捉牢之后么，功劳呐吭分法？还是五份开拆呢，还是步将多一点呢，还是马将多一点？闲话听勿出，面孔上格神气看得出。王勇、王飞的确是在讲呀，因为俚笃两家头搭淳于普、淳于导、淳于杰是勿大对劲的。呃，俉两家头动手么，也可以拿白袍小将捉牢，何必五个人一道上去？在咬耳朵，还是俉先上去，还是俚笃先上去？勿混在一道。大家已经多仔心了哉哦。

等到到三营，三营上也有两个大将，弟兄两个，阿哥叫晏明，兄弟叫晏腾。听见说，山上丞相派人下来，蛮好。跟仔俚笃一道过来么，有七员大将，三千名军兵，在三营门前旗门设立。只看见门前头白袍小将，哈——冲透二营，在往三营冲过来格辰光，淳于普对仔王勇、王飞，"二位王呃——将呃军！""淳于将军。""白袍小将到来，不用五个人一起上前，你们二位先去，不能取胜，吾等再行——上前。"王勇、王飞一听已经有气了哉。喔哟，叫俉先上去，勿能赢的，那么俚笃上去。喔，俉打么板勿赢的，唔笃打么稳赢的。唔笃算三只老虎，狠煞哉？"好吧，那么我们两个先去，要是我们不能取胜，看你们的。"闲话里向俉有骨头了。俉两家头勿能赢，看唔笃赢。王勇心里向转念头，俉两家头勿能赢，唔笃也勿见得能够赢。等到唔笃吃仔败仗退下来，就要丑唔笃一句闲话，哦，唔笃倒也输脱嘎！也吃败仗嘎！格么俉倒想想看？五个人，分两条心，窝里翻哉。

所以呢，王勇、王飞两家头先出来。俚笃勿骑马，步下大将，轻装扎束。一人手里向奉一对日月紫金刀，啪啪啪啪啪啪啪，连窜带蹦过来了。看见赵子龙只马近么，喊一声："汰！白袍小将，住马通名！"酷——赵云马扣住，一看，来两个步将。"前边来者，从奸贼将，先——通名来！""听了！曹丞相麾下，钻天龙王勇，入地蛟王飞，你这小将留下名来。""要问大将军威名，枪——上，领——呐去！""放马！""溜——呖腿！"哈啦啦拉，啪啪啪啪啪啪啪，等到搭得够，王勇跳上来，起格对双刀，望准赵子龙格只马，马头上，"看刀！"噗——乓！两刀过来。赵子龙，哈啦！马头一圈，起格条枪招架，"且慢——呐！"嚓冷！掀住。俫掀住俚双刀么，俚双刀十字花一绞，望准赵子龙格条枪格枪头子上一架，拼命，连身体一道搭下来，唉！嚓冷冷冷——拿俫条枪，往下头在掀下去。背后头格王飞，噗——啪！跳进来，跳到赵子龙马背后，嗅！双刀举起，要劈赵子龙格马屁股。赵子龙心里向转念头，勿灵下了。俚眼梢格余光，已经看见，又是一个步将，往背后头过来。吾门前拨俚掀牢，吾呐吭招架后头？赵子龙用足功劲，拿条长枪往上头一挑呀，"呀——嗨！"铿——一挑么。王勇搭勿牢。王勇双刀往俚枪头子上，噌！一掀，两只脚一攘，呋！尔唠——噗！借俫格劲道，一个鹞子翻身，啪！跳出去。赵子龙回过身来，起条枪望准王飞双刀上，"且慢呐！"嗒冷！掀着。王飞也是双刀十字花一绞，扎冷！一掀。俫一掀么，王勇，噗——啪！门前再跳进来。喔哟！赵子龙想格讨惹厌囉。铿！用足力道掀开王飞家什，王飞，啪！跳出去。赵子龙圈转马头再来应付王勇么，王勇两刀过来。俚笃弟兄两家头练就一功，一个前一个后，打俫格措手不及。顾前，顾不得后。只要俫马屁股上，或者马头上，或者马脚上，吃着一刀，马跪倒，人跌下来么，性命保勿牢。马将搭步将打就格点吃亏哟。步将可以蹿跳蹦纵，轻身法好哟。赵云心里向转念头，勿能够搭俚笃多打。多打下去啦，吾只要力道一脱，拨俚笃，乓！蹿进来，马身上吃着一刀，就讨惹厌。赵子龙在动脑筋哉。俚捉着一个规律。啥格规律呢？俚笃两家头格打法一样的。呆得勿得了啦。比方说王勇双刀过来，俫嚓冷一掀，俚板是双刀望准俫枪头子上一架，十字花一绞，嘿！连身体一道搭下来，一掀。那么俫招架俚格辰光么，王飞过来。那么俫用力，喧！挑开王勇家什，回过头去招架王飞呢，俚也什梗是双刀一架，嘿！一掀。一是一脱色，俚笃也赛过练就一功，打得非常呆板的。赵子龙格种巧将。赵子龙战法啦，经常在变化，让俫敌人捉摸勿定。打到第三个照面上，噌！王勇双刀过来，赵子龙条枪掀着，王勇仍旧双刀一架，往下头，嘿！一掀么，俚预备俫白袍小将条枪，往上头一挑么，吾借俫点力道，一攘么，啪！跳出去。勿晓得赵子龙条枪，豳往上头挑了，往横埭里向一逼了。"呀——嗨！"铿！一逼啦，力道用格方向勿对哉，勿是往上头去，俫往下头掀，勿来，俚往横埭里一逼么，王勇对双刀，尔唠——一个大开门，身体往前头一冲呀。俫往门前一冲么，赵子龙往俚喉咙口一枪，"看！枪！"噗——叭！一枪过来。王勇双刀一个大开门，要收转来招架，来勿及。枪来哉么，往喉咙口来哉啊。俚要紧颗郎头，嘿——一低，呐吭来得及？俫头一低么，本来喉咙口。现在一枪过来呢，搿在鼻子底下，嘴巴上头，齐巧人中上。嚓！一枪着。喤！刺进牙肉，直点到喉咙口。嘎啦！枪头子一绞么，尔唠——铿！嚓冷！王勇掼倒哟。王飞齐巧从后面跳过来，看见老兄死么，一吓，勿敢打，因为俚笃弟兄两家头搭惯档的。如果一个死脱，好了，第二个勿敢打。打下去完结了。俚别转身要走。赵子龙想俤倒要走啊？吭不什梗便当。赵云条枪望准俚背心上刺上来，圈转马头，"去吧。啊！"乒！一枪。俤一枪么，王飞晓得勿好招架。王飞往地上，啪！一跤跟斗掼下去，往地上一扑呀，嘿！俤扑到地上，赵子龙一枪刺格空么。赵子龙来一个浪里抛篙，望准俚背心上一枪刺下来，"去吧。啊！"噗——辣！一枪。王飞晓得勿对，王飞俚要紧拿格刀柄，嘿！一移，两只脚尖，嗤！一捺，一个蜈蚣滚，吠——啪！蹿出去。勿晓得俤蹿得慢仔一点，赵子龙枪已经下来。本来格一枪呢，背心上。现在格一枪呢，望准俚格肛门上，嚓——着了么，结果性命。旗门底下阿要乱？"不好来，白袍小将厉害呃，枪挑钻天龙、入地蛟……"

淳于普、淳于杰、淳于导三家头一看，两位王将军阵亡么，跳起来。尽管搭王勇、王飞是吭不交情的，格么总归是吃曹操格饭，是立在一只船上的。所谓叫兔死狐悲了，物伤其类。"点炮！"咚！噔！当！哈啦！三骑马冲出来。"着，孤穷白袍将！你，留——呃下名来！""从奸贼将，你先通——呃名来！""二虎大将军，淳于普。""三虎大将军，淳于导。""四虎大将军，淳于杰！"赵子龙一听，淳于氏，老二、老三、老四，三只老虎。"小将，你留——下名来。""枪上领——去！""放马！""放——马。"哈——马匹碰头，三家头俤是金顶枣阳槊。格种家什，蛮重得极。头头上有一百零八个纯钢刺，俚搭狼牙棒什梗。不过狼牙棒么是短的，俚格是长柄的，分量来得结棍。二虎大将军赶过来，起金顶枣阳槊望准赵子龙头顶上一槊呀，"着——打"。噗——乒！一槊过来。赵子龙起长枪招架，"慢来！"嚓冷！掀着。尔嘚——老二家什荡出去么，老三竖上来。三虎大将军过来，望准赵子龙格肩胛上一槊哟。"白袍将，去吧！"乒！一槊。赵子龙起枪杆，嚓！嘎嘟！夹开俚家什，老四赶到。老四望准俚面门上，噗——一槊进来。"慢来！"嗒冷——掀着。马，哈——擦肩过。赵子龙搭俚笃三家头打格辰光么？只有招架了，吭不还手。因为俚笃三家头轮流落班搭俤打么，俤一干子来勿及还手。而且俚笃格家什呢，分量俤是来得格重。两个回合打仔下来，赵云心里向转念头，勿能够多打。吾今朝格目的？要冲进山路去，相救糜夫人、刘阿斗。吾格精力有限啦，吾勿能够多打。但求速战速决，越快越好啦。格么吾可以保存体力啦。赵子龙打到第三个回合上，动脑筋哉哦。俚要冒风险了哦，要改变方才格打法啦。二虎大将军，淳于普过来，望准俚头上，搂头一槊，"着打"。噗——乒！过来么，赵子龙勿去招架俚，让俤格槊下来。赵云呐吭？赵云俚右手执枪，左手出空，身体，嗤！一偏哟，起格只左手望准俚金顶枣阳槊槊柄上，咋！一把抓牢，夺住俚柄槊啦。嗨！抓牢，嗤！一曳呀。俤一曳么，二虎大将军身体往门前一冲，赵子龙起条枪，望准俚眉心里向，嚓！着，尔嘚——铿！哈啦啦啦啦啦，落马翻缰。赵子龙拿俚结果性么。老三过来哟。老三看见老二惨脱么，三虎大将军跳起来哉，望准俚肩胛上，"白袍将，去罢，啊！"噗——赵子龙看俚家什过来，赵子龙勿用枪去招架啦。因为俚左手夺好一柄槊了，就拿柄槊，嗤！横转来，就拿二虎大将军格柄槊格槊尖，望准三虎大将军格槊尖上掀上去。"慢来！"铿！掀着。金顶枣阳槊格槊尖上，一百零八个纯钢刺，两柄槊，槊尖搭槊尖碰头么，噌！牙齿搭牙齿咬牢。赵子龙等到拿槊尖，喤！咬牢辰光么，就起右手格条枪，望准俚喉咙口，"看枪！"嚓！尔嘚——铿！掼下去。四虎大将军一看，不得了哉，两个阿哥俫惨脱了，还当了得。望准赵子龙搂头一槊，"去罢！啊！"噗——乓！一槊过来。赵子龙勿去招架俚哉。赵子龙右手格条枪，喤！往鸟嘴环上架一架好。等俚金顶枣阳槊落下来辰光，赵子龙身体一偏，起格只右手，望准俚槊柄上，咋！一把抓牢，嗨！一曳。四虎大将军往门前头一冲么，赵子龙，左手有两柄槊了。两柄槊呢，一柄是横的，一柄是竖的，像格曲尺形了。赵子龙就拿柄槊，喤！移一移开，格个老三格柄格槊钻子，齐巧在老四格颗郎头旁边头。赵子龙，喤！移一移开，甩过来么，槊钻子望准四虎大将军脑壳上，噗——敲着么，尔嘚——铿！四虎大将军落马翻缰，结果性命。

旗门底下，曹兵一看，"不好咧，白袍小将厉害呃，枪挑王勇、王飞，夺槊三条哇……"赵子龙对手里向一看，"哈——哈！哈——哈！啊——咦，喝喝喝喝，哈哈哈哈哈哈"。啥体赵子龙要高兴么？夺槊三条，左手两柄槊，就老二老三家什。右手一柄槊，老四格家什。枪呢，架好在鸟嘴环上。连夺三柄槊，格种战场上勿大看见的。也叫偶而一个巧了。俫如果再来三个用槊格大将，动手搭赵子龙打，照式照样也要夺槊三条，格就勿大可能。现在赵子龙格三柄槊，要俚做啥呢？家伙式多，也呒用场格咯。赵云就拿三柄槊，嚓冷！地上一撂，乓！枪一执，哈——往旗门底下冲。

俫在冲格辰光么，山上曹操在看。曹操一看见下头王勇、王飞、淳于普、淳于导、淳于杰，相继阵亡。心里向转念头，格个白袍小将本事好极了。死脱五个大将？俚一点勿肉麻。啥体？格种大将，匹夫之辈。吾只要拿白袍小将生擒活捉，格个小将一个人啦，顶得过吾一千个大将，或者一百个大将。曹操嘴里向在咕，"这五个匹夫，自不量力。徒然送——命，真是死——不足惜。众位，你们可知晓，这白袍小将他，姓甚名——谁呀？"曹操问别人是假的，其实在问徐庶。隐隐然，徐庶啊，勿卖关子哉呀，俫告诉声吾，俫难过煞了。格白袍小将到底姓啥叫啥？打到现在，吾还勿晓得俚叫啥名字。碰着格徐庶假痴假呆，颗郎头别别转。白袍小将自家勿留名，吾去搭俚讲点啥？吾搭俫曹操，冤家。让俫难过，吊吊俫格胃口也是好的。徐庶头拨拨转，勿响么，曹操拿俚呒呐吭。曹操心里向转念头，俫徐庶勿讲，吾派人下去问，专门去问俚格名字，总要拨吾问出来。

派啥人去呢？对旁边头一看，有了。"曹——洪，听令！""有！""下山岗，盘问这小将，姓甚，名——谁。""得令！"曹洪答应。曹洪俚马上出帐篷，上马，哈——下山。曹洪心里明白格哦，到战场上问白袍小将名字，很危险。为啥？白袍小将本事大啊。高览什梗格种头等头大将，拨俚照面枪挑。吾出去搭俚打。吾打俚勿过，送脱性命讲了。格么呐吭呢？名字么要问的，风险么要勠担的。用啥格办法么？有了哉。吾跑到四营上去，四营里上有格守将，是荆州刘表旧部，文聘，文仲业。刘备呢，曾经在荆州住过一段辰光，格么白袍小将，也在荆州登过咯？文聘肯定搭俚碰过头，文聘总晓得俚叫啥名字。吾去问文聘。哎，对啊。转停当念头，马匹跑到四营下马。到帐中碰头文聘坐定。文聘问俚哉咯：曹将军，侬来做啥呢？文将军，吾来勿为别样，特地来请教侬桩事体。啥格事情呢？刘备手下格白袍小将，现在在营头上冲锋，马上就要杀到四营上来快哉。吾想问一声侬，格白袍小将姓啥叫啥？文聘肚皮里向转念头，刘备手下白袍小将，吾晓得的，呒不别人格啦，只有赵子龙。吾搭赵子龙要好。吾要拜俚先生，俚勿肯收，俚教吾枪法。吾啥体去搭俚讲名字呢，要讲让俚自家讲。俚勿留名，总有俚格想法咯。格个，喝喝，曹将军啊，交关抱歉哉，格白袍小将，人呢，吾是认得的。俚是刘备手下人啦，俚到荆州也登过一段辰光。格么吾搭俚碰头格辰光，格么曹洪说：侬总要问俚格咯？姓啥叫啥？吾问格呀。吾问俚，吾说小将军，侬尊姓大名？那么俚说慢慢叫看，吾先请教侬。侬尊姓大名？格么吾说，吾么，姓文名聘，号仲业。侬呢？嗯哼，叫啥俚痴化哑眯一来么，勠讲。后首来吃饭哉么，大家吃酒水了，也糊里糊涂，呒没讲下去。格么第二趟碰头呢？第二趟碰头，吾要问俚么，俚痴化哑眯一来，也就什梗混个笼统过去哉。格么第三趟呢？后首来碰头，人么认得哉，面孔么赛过蛮熟格啦，那么再去问俚名字么，倒像煞有点勿大好意思哉么。吾总归叫俚小将军长，小将军短。吾只晓得俚叫小将军。嗳，侬要问俚姓啥叫啥么，曹将军，你自家去问吧。曹洪肚皮里向转念头，文聘格家伙，坏格呀。半吊子，勿肯讲拨吾听。格么吾只好自家去问哉喽。格文聘，吾问侬借三千兵。可以。三千兵点好，文聘带队，曹洪跟仔俚过来。出四营，旗门设立。文聘马匹，守在旗门底下。曹洪只马，哈啦！冲上去么，赵子龙已经冲透三营。格么三营上还有两个大将，晏明、晏腾咯。拨了赵子龙，一个照面，嚓嚓！结果性命。格么侬啥勿再打一打呢？在当阳道打格实在忒多哉，横打竖打独听见，嚓冷冷，嗒冷冷么，也呒啥好白相了。像晏明、晏腾格种一般性格大将上来，动手搭赵子龙打，嚓嚓！惨脱么，吾就简单点讲了。因为赵子龙来格目的，顶顶要紧，俚是要来救刘阿斗。有种重要格打么，要交代一下。一般性的呢，就拿俚表过。

现在赵子龙冲进三营，往四营上来格辰光，只看见战场上一个大将已经在等俚。格个大将红铜盔，红铜甲，胯下红鬃马，手执红铜刀。认得的。曾经战场上碰过头，赵子龙晓得格啦，俚是曹操格阿侄，曹洪，曹子廉。侬，哈啦！马扣住么，曹洪在喊。"孤穷将，曹洪在此，你与我留下——名来。""曹洪听了，你要问本将军威名，枪上领——呃去！""白袍将，你且听了。倘然你，将名儿留下，曹洪与你交战三百个回合。"赵子龙一听，打三百回合，吾真也勿怕侬。"好啊，你与我交战了三百个回合，吾再把名儿留——与你！"曹洪肚皮里向转念头，吾能够搭侬打三百个照面。侬再拿名字留下来，拆穿点，勠说三百个照面，三个照面也难打。吾那好搭侬打呢？

"呃，白袍将，你一定要留下了名来交战。""交战了，留——呃名！"曹洪像牛皮糖什梗，绕牢仔板要俚先留名么，赵子龙讨惹厌。赵云格只马，哈拉！冲上来。俥冲上来，俚，哈啦！让开。俥追过去，俚，哈啦！回过来。搭俥兜圈子。"喝喝，白袍将，你与我留——下名来。"赵子龙转念头，讨厌伐啦？勿留名，俚勿肯搭吾打了。阿要留名呢，留吧。以前，赵子龙战场上勿大留名。从来呒没留过名。一来呢，赵子龙赛过勿大喜欢扬自家格名气。二成之间，变成功习惯哉啦。赛过战场上搭别人家打，先问清爽，俥叫啥格名字，嚓！动手，拿俥结果性命。好了，算了。习惯哉么，嘎许多年数下来，战场上一径勿留名哉么。今朝着生头里要留名啦，好像有点勿大习惯。赵云肚皮里向转念头，百万军中，冲仔嘎许多辰光，吾已经杀脱勿勿少少曹将。倘然吾死脱？吾死在该搭营头上，别人勿晓得吾啥名字，只晓得一个白袍小将。算了，就留名吧。该格辰光留名，可以了。"曹洪，你要听大将军威名，你，且听了。""且慢！"咦，吾要留名，俥为啥道理要关照吾慢慢叫？"众三军，不许喧哗！"哗——俚回转过头来，关照三千名小兵，也勿许敲战鼓，也勿许吹号头，也勿准喊杀。寂静。勿许有声音，觌来干扰吾。吾要听白袍小将格名字。因为白袍小将从来勿留名了，格个名字非常金贵，觌听错。那么丞相派吾到该搭来格任务，就是专门是来听名字的。恨勿得拿耳朵拉拉长。"讲！"讲吧。赵子龙介险乎笑出来，关照小兵要寂静无声仔了，听吾讲。"呃呀，罢——啊！"讲吧。曹洪一听啥物事啊？白袍小将，呃呀罢。姓韩，名字叫呀罢。勿像哇？留心在听么。"唉——嗳。"讲吧。咦？曹洪想，格个白袍小将姓三个头姓，两个名字。姓韩呀罢，名字叫嗳嗳。韩呀罢嗳嗳，咦，像外国人，勿大像中国人。呐吭道理啊？俥还在留心听格辰光，"常山赵云，字——子龙！是，也"。曹洪听明白，"明白了，见过丞相禀报之后，再来与你交战三百个回合"。哈啦啦啦——逃什梗逃走。曹洪开心啊，名字问着了。哈——俥回到山上去格辰光，赵子龙在该搭一留名么，当阳道百万军中，一人传十，十人传百，一户管百方，大家侪晓得，冲营伤将格白袍小将，原来是常山赵云，赵子龙。

曹洪呐吭？曹洪上山。到山顶上，帐篷门前扣马。马背上跳下来，跑到里向。"丞相在上，曹洪有礼。""罢了。这小将，叫什么名——字啊？"回禀丞相，这小将的名字赖里赖带。咦，曹操想奇怪了。一个人格姓名，呐吭会得赖里赖带？什梗复杂得了。"他，叫什么名字？""呃，他的名字叫韩呀罢嗳嗳，常山赵云字子龙，呃喝，是也呐。"曹操拨俚搞昏脱了，啥格名堂？后来曹操仔细一想么，熬勿住笑出来。"咦。嘿嘿嘿嘿……"对曹洪看看，俥格戆大啊？"这白袍小将，姓赵名——云，字——子龙，常——山人氏。有什么赖带，不赖带啊？""啊？"格么曹洪想，韩呀罢嗳嗳，勿在名字里向去格啊，格么吾上俚格当。曹操对旁边头徐庶看看，徐庶啊，俥做半吊子，勿肯告诉吾，吾现在也晓得哉喏——常山赵子龙。徐庶想，对的，是常山赵子龙。不过徐庶弄勿明白，赵子龙为啥道理要单枪匹马冲杀进百万军中，俚为啥？格个是一个谜，弄勿清爽。

曹操派人到下头去打探消息。赵子龙冲到四营上，情形如何。倷在打听格辰光么，文聘出来哉哦。旗门底下，当！炮响，哈啦！文聘手奉金枪，冲出旗门。赵子龙也在看，曹洪走脱，赵子龙弄勿懂了。叫啥曹洪说，吾要去禀报丞相，再来搭倷交战三百个回合。一本正经到该搭来骗吾格名字，啥格路道？格弄勿懂哉哦。再看到门前头旗门上，一面旗号，啪啪啪啪啪啪，随风飘扬。旗号上——大汉江夏太守，关内侯，文！嗯？江夏太守，关内侯，文？啥人？难道是金枪将文聘啊？算算文聘格人蛮忠心，吾搭俚要好，俚是刘表手下忠臣，难道俚，也投降仔曹操啦？倷呆一呆辰光，看见马匹冲出来，金盔、金甲。黄骠马，一条金枪么，实头是文聘。那么赵子龙觉着吭趣了。为啥呢，文聘搭俚老朋友哟，有交情格啦。在荆州格辰光相当要好，现在俚冲出来，吾还是搭俚打好呢，还是勿打好呢？勿打，吾哪吭去救主母、公子？打，么么像煞有点难为情。

倷在对俚看么，叫啥文聘看见赵子龙格只面孔，文聘心里蛮窘的。文聘特为面孔一板，喉咙三板响，对仔格赵子龙，"前边来者，可是常山，赵——呃云么？""哈！"咦？呐吭道理？俚问吾，前头来格阿是常山赵云？喔，倷现在投奔仔曹操，封仔侯爷，官升哉，眼界高了，老朋友勿认得。可是常山赵云？赵子龙心里向有气啦。"前边来者，可是襄阳，文——呐聘么？""岂敢，赵云你不用多言，放马！""放——马！"哈啦啦啦……两家头放马。赵子龙心里向转念头，好，文聘。倷越是搭吾板面孔，吾越是高兴。为啥？吾就怕倷对仔吾握求苦恼：赵将军啊，谢谢倷阿好勥打吧，拨口饭拨吾吃吃，吾投降曹操，也叫吭不办法。倷冲过脱营头么，吾要拨曹操杀的，谢谢倷勥冲吧。格么吾弄僵戏。倷现在对吾面孔壁板，马上放马，放马么公事公办，枪上见高低。两骑马，哈——碰头格辰光么，文聘先发枪。"赵——云，看枪！"噗——兵！一枪过来。赵云一呆哟。咦。咦，呐吭道理？枪要近点了发枪，叫啥离开二三丈路，辣！一枪过来。赵子龙想，勥说倷搠吾勿着，吾招架俧招架倷勿着。看来文聘长远勿打仗啰，荒疏啦，糊里糊涂。但是防倒勿能勿防。

赵云马上起手里格条枪，嗤！掀出去，"且慢——呐！"尔唔——掀一个空。两条枪还距离一段路了，尔唔——大家勥碰头哟。两骑马，哈啦！擦肩过。哈——打第二个照面。赵云想总大概，文聘长远勥上战场打了，荒疏哉，吭不数目，吭不料目。老远就发枪。第二个回合近一点了，啪！文聘一枪过来，赵子龙要想掀出去么，还是路距离得比较远。虽然两条枪，枪头子搭枪头子碰着么，真正碰着一眼眼，大家用勿出力道格啦。嚓冷！一来兴，尔唔——两条枪俧荡开，两骑马，哈——擦肩过，打第三个照面。第三个照面近哉，搭得够哉。文聘望准赵子龙胸前，辣！兜胸一枪。赵子龙起银枪招架，枪头子望准俚金枪枪头子盖上去，嚓嘟嘟嘟嘟，一盖。文聘用足力道，嚓冷冷冷冷，格么两条枪，枪头子搭枪头子，嚓冷冷冷冷冷冷冷，有响声格辰光么，文聘声音夹得交关低，只有赵子龙听得见。背后头格小兵俧听勿出文聘讲啥闲话。"赵将军，请你落荒而走，文聘有言，告——禀。""哈——啊！"啥物事啊？俚关照吾落荒而走，俚有闲话要搭吾讲。从眼神里向看得出，俚非常诚恳。在求吾。到荒野场化，搭吾讲两声闲话。格蛮好。赵子龙收转长枪，圈转马来就走。"姓文的，果然厉害。赵云非你对手，去了。"嗒！圈转马头，哈啦啦啦——落荒而走。文聘金枪一举，"你往哪里走？众三军"。"有。""追。""杀啊！"哈啦啦啦——文聘追上来。赵子龙望准横垛里逃，横垛里也有营头格哟，营帐篷勿少。冲过勿少营帐篷，哈啦！兜到树林跟首，营帐呒没了。

兜过树林，到门前头，又有一个树林来哉么，四顾无人。赵子龙，哗啦！马扣住。俚马扣住么，文聘格只马也扣住。赵子龙问俚："文将军，有——何，话——讲？""赵大将军，文聘要请——问将军：你，匹马单枪，冲进百万军中，所——为，何——呃事？"俚阿能够告诉吾，俚冲到该搭点来，俚为点啥？"这，这这。"赵子龙为难。啥了为难呢？赵子龙心里向转念头，吾勿好讲格哟。吾是为仔救糜夫人、刘阿斗了来的。吾讲拨俚听，别样呒啥。俚告诉曹操，曹操拿景山，哈啦！堵煞，封锁住了。吾冲勿进的，回勿出。讨惹厌。格呐呒办法呢？心里向一转念头，为难。俚在弄僵格辰光么，文聘看得出的。看得出，俚格只面孔，比较为难。勿错哟，地位勿同哉哟。吾现在在曹操营头上，赵子龙要防吾一脚。文聘心里向转念头，赵子龙啊，勿瞒俚讲，吾投降曹操，呒不办法哟。当初，曹操冲进襄阳辰光，吾勿出来，吾也勿做官。吾预备登在屋里向，服侍自家格娘。因为娘已经八十岁。后来，曹操派人来请，一请两请勿出来。第三埭，曹操自家来请了。那么文聘呒不办法，只能搭曹操碰头。曹操就搭俚讲，文将军啊，侬为啥道理搭吾见面得什梗晚呢？文聘说，吾身为大将，吾是吃刘表格饭的。刘表死脱了，现在刘琮即位，吾勿能够保东家，勿能够守城关。吾搭侬碰头，吾觉着忒早了。吾惭愧。曹操想，好，格个人真是忠臣。格么，文将军请侬出山吧。勿，吾屋里向有格娘，吾勿能出山。勿碍，勿碍。唔笃娘，反正派人服侍好了。侬无论如何要出来。那么，文聘请示哉娘么，叫啥，出来吧。所以，俚到曹操搭呢，曹操就封俚：江夏太守，关内侯。文聘拿格个经过情形，讲拨了赵子龙听啦。"赵将军，文聘，归降曹操，是为老——母之故。出于无奈，并非卖主求荣。大将军，你有什么为——难之事，只管言讲。倘然吾文聘要走漏风声，苍天在上，厚土在下，文聘要死于刀枪之下，不得善——终！""言重——呐了！"赵子龙听俚罚仔什梗重格咒么，勿好意思。文聘搭吾是好朋友。格么吾就讲拨俚听吧。"文将军，呐——啊。"实不相瞒，吾奉诸葛亮命令，保护头队，保护主母、公子。甘夫人已经救转去哉，糜夫人、刘阿斗失陷在乱军之中。吾现在辰光呢，是要到该搭点来，相救主母、公子。吾问侬，曹操营头上唵捉牢糜夫人、刘阿斗？如果捉牢的，在哪里座营头上，侬阿能指点拨吾，让吾过去相救。文聘对俚摇摇头，赵将军啊，勿哟。曹操营头上勿捉老唔笃主母、公子，格个吾晓得，吾勿会骗侬。唔笃主母搭公子呢，一定在该搭山路里向。侬应该往山路里向去寻。俫冲营头，呒没意思。老实讲一声，俫一个人，曹操营头上雄兵百万，战将千员。将军难免阵前亡。俫人困马乏，精疲力尽，俫总是打勿过曹将格啦。俫要寻，俫进山路去。赵子龙点点头，对的。但是，吾勿晓得山路呐吭走法。说，俫该搭走过去。俫转过一个树林，往归面左手转弯么，该搭就是山路。俫过去好了。蛮好，谢谢俫。两家头正讲到格搭，背后头三千小兵涌到哉呀。哗——文聘对赵子龙眼乌珠眨一眨么，拿条金枪拿起来，"赵云，看枪！"喇——一枪过来。"且慢——呐！"嚓冷冷，"看枪！""慢来。"哒——冷冷。三千名小兵一看，哗——喔唷，文将军搭赵子龙在该搭点打哚。喔，打得结棍啊。勿晓得唔笃来仔了打的。唔笃勿来，俚笃在大讲张。俚笃呐吭弄得明白呢。文聘对赵子龙眼乌珠眨眨，赵子龙啊，格种气力犯勿着用哉，走吧。赵子龙点点头。"文聘果然厉害。赵云非你对手，去了。休得追赶！"喤！哈啦啦啦。"你往哪——里走！"哈啦啦啦啦啦！文聘追过来。再转过树林，朝左手转弯么，山路来了。赵云格只马，哈啦！进山路。乓！圈转马头。对文聘拱一拱手，"文将军，后会有——哋期"。"赵大将军，前——途珍重。"两家头拱手而别，一个说前途珍重，一个说后会有期。文聘圈马回转，赵子龙进山路。

文聘回过来，三千名小兵赶到。"唉！文将军，赵子龙呢？""逃遁了！""啥场化去的？""进山路。""格俫为啥道理勿追呢？""山路很多，不知他往哪——条山路而去。""格么现在伲呐吭呢？""回归四营。""好，回转吧。"哗——文聘人马，回转四营。文聘蛮快活。啥体呢，吾今朝叫一面打墙，两面光。在曹操面上讲起来，吾守住四营，勮拨了赵云冲透。在赵子龙面上讲起来，吾留了一个交情拨俚，送俚进山路，让俚去救主母、公子。消息传到山上，曹操得报，赵子龙杀到四营，拨金枪将文聘杀败。现在赵子龙逃进山路。曹操开心啊，什梗一看，文聘有本事。嘿嘿！吾请俚三埭出山，合算的。俚能够杀得败赵子龙是，勮说请三埭了，请六埭俱划得算了。徐庶在转念头，文聘呐吭打得过赵子龙呢？文聘比赵子龙顶顶起码要推扳一只棋子。不过吾晓得的，俚笃是有交情的。赵子龙为啥道理进山路呢，看上去格苗头，阿会赵子龙勿见脱啥格要紧物事？因此俚要往山路里向去，大概呢，文聘送俚进山路里去的。徐庶明白，徐庶当然勿响。曹操派人打听，倘然赵子龙要出山路的，吾马上就要派大将下去包围。要拿俚生擒活捉。

现在吾交代赵云进山路来哉。一进山路，山路里向呒不曹兵。但是呢，路上就看见勿少老百姓格死尸。还有败兵格死尸。太阳落山哉，在山路里向有山遮没，加二像煞要夜得快一点。风吹过来，呼——吹在树上。呼啊——赵云杀得浑身是汗么，觉着阴嗖嗖。肚皮倒有点饿哉，拿点干粮出来吃吃。格来么喏，张飞好啦，拨点干粮拨俚。赵云勿晓得主母、公子在啥场化，让吾来喊喊看。"乱军中，失散的人们听了。常山赵云奉了皇叔之命，前来找寻你们，你们，在哪——里啊！"矻咳唾磕、矻咳唾磕，呒不声音。只有自家格回声啦，呒不人答应。赵子龙心里向在慌，天黑下来哉哟。而且呢，天上有云，月亮光眈不。赵云格只马，跑到门前，着生头里格只马，立停勿走哉哟。酷！咦？喤！拎了，马还是勿走呀。奇怪，马为啥道理勿走？赵云再对门前看，墨腾赤黑，伸手不见五指。看勿出哟。

第五十回

王德报信

赵子龙单骑救主，进山路之后，天夜了。望出来呢，墨赤黑。叫啥格匹马越走越慢，越走越慢啦。走到门前头，格只马立定，勿肯跑哉哟。赵子龙觉着奇怪。啥意思，格只马勿肯走呢？抬起头来对天上看看，天上有云，旁边是山，一点点光呒不。手伸出来，看勿见自家格节头子。赵云心里向想，格只马呐吭道理啊？倽勿往门前头走，吾到啥场化去寻糜夫人、刘阿斗呢？拿鬃毛一拎："宝马，你与我走啊。"嗗！叫啥格只马非但勿走，反而望准后头退两步哟。砭咳唾磕、砭咳唾磕，"奇——呀！"嗗！大腿望准马肚皮上一夹么，格只马，酷——领鬃毛，嗗！一透。马头一摇，马身体起抖么，动侪勿动哟。"这——个！"赵子龙晓得勿对，因为赵子龙搭格只马啦，登了一道十多年了。十多年前头，赵子龙到口外去，现在讲起来，就是在内蒙古，大草原上去买马啦。格只马呢，据草原上格人讲，是马格王。在马群当中，俚是头，但是呢，性格交关犟。赵子龙刚巧要骑上去试格辰光，磅当！掼下来。磅当！跌下来。后首来，赵子龙再上去，摸熟俚格性格了，那么控制住。后来呢，跟仔赵子龙转战沙场，格是赵子龙觉着称心啦。倽要俚快点就快点，倽要俚慢点就慢点，倽要俚呐吭转弯哉，啊，抢前哉，或者来格马失前蹄哉，训练得了，赛过大家有数格啦。

现在格只马勿肯走，究竟是啥格原因呢？弄勿懂。赵子龙心里向一转念头，喔！要么格只马肚子饿哉啊？俚勿肯走啊？对格呀。刚巧进山路，太阳还呒不落山，吾自家呢，干粮袋里干粮拿出吃饱肚皮了。格只马呒不喂料了，要么马肚皮饿仔，勿肯走啊？干粮袋里干粮还有了，哗啦！摸出来一张烙饼，卷一卷望准马嘴里塞进去么，格只马吃了。等到干粮塞进去，吃饱，再要喊俚走，俚仍旧勿走哟。格个么要命哉。黑头里，马勿肯走，吾呐吭去寻呢？糜夫人、刘阿斗究竟在啥场化呢？尴尬了。退转去吧？走原路。格么仍然寻勿着主母搭公子格啦。又隔仔一大歇，赵子龙突然觉着，眼睛门前，唰！有亮光哉啦。吧？哪恁有亮光啦？抬头一望么，只看见山上曹兵勿少，手里向侪拿仔篾、火把、灯球，侪在对下头照，哗——还有声音。"看哟，赵子龙在什么地方呢？"哗——拿格火把、灯球在对下头照哟。门前头有亮光了，哪怕格个光头是比较微弱的，那么有一点点光啦，终归能够看得清爽啦。赵子龙对准门前头一看，格个一吓么，浑身冷汗。汗毛，根根竖起来了。为啥啦？叫啥门前头一个万丈深潭。如果格只鹤顶马，再往门前头走两步，磅当！掼下去么，连人带马，完。"嚯——哟！"赵子龙心里向转念头，怪勿道，格只鹤顶龙驹宝马俚勿肯走。马看见了，门前有深潭，勿肯跑了。格么呐吭赵子龙看勿见么，格只马倒看见仔呢？所说，龙驹马格眼睛啦，比人格眼睛来得好。马眼乌珠像夜明珠什梗两粒，黑头里向，俚捉了光，俚还能够看得出，哪怕俕黑头里，俚看得出门前头，是一个万丈深潭，勿能再跑了。立定了，随便呐吭勿肯走。俕扳领鬃毛，扳得俚痛，俚反而往后头退呀。赵子龙起格只手，在马头上、领鬃毛上，撸撸俚，嘴里向在称赞啦："宝马！宝马！"谢谢俕，真格要感激俕了。格只马，恰呒——用勿着客气得，也勿单单是为俕。因为往门前头走几步啦，俕性命保勿住，吾格条马命也要保勿牢，搭俕是一样的。甮客气得的。

赵子龙再对上头一看，火把、灯球勿勿少少。勿是啥一个两个，一百两百，实头，山上一片啦，勿勿少少格火把、灯球。赵子龙心里向转念头，呐吭道理啊？阿是曹操张怕吾在山路里向，看勿清爽了，派人来点点路灯了，照照吾格亮啊？曹操待吾恁格好呢？莫名其妙。

勿晓得赵子龙啊，勿是曹操待俕好，是徐庶帮俕格忙。为啥呢？山上曹操吃过夜饭之后，大家呢，侪在谈谈讲讲。徐庶么，也坐在旁边。徐庶俚晓得，赵子龙此一番进山路去呢，一定是俚保护格人失散了。因此俚必需要去寻，所以要杀进重围，冲进曹营，再进入山路去。倒是别样呒啥，该格辰光天上云多，墨腾赤黑。赵子龙看勿出格哟，对俚格寻人很勿便当。呐吭帮忙呢？顶好让吾来拨曹操上一个当，叫俚派点人，在山上点点灯、火把了，照照赵子龙。但是格句闲话呐吭出口呢？徐庶正在动脑筋么，只听见曹操在对大家讲。说：众位先生，列位将军，赵子龙呢，已经逃进仔山路哉。今朝夜头呢？勿能够去拿俚捉。因为黑头里看勿大清爽啦。但等到明朝天亮，吾派众将下山，杀进山路，包围赵子龙，拿俚生擒活捉么，劝俚投降。曹操格句话讲完么，徐庶俚马上就立起来，"相爷！""唔！"照吾看起来，俕相爷预备，天亮派人下山去，捉赵子龙。格么假使赵子龙，俚半夜里，从山路里向出来，回转东南么，呐吭办呢？"呃？"嗳！曹操想勿错啊。吾么预备天亮下去动手拿俚捉。格赵子龙俚半夜里倒山路里出来哉，头营、二营、三营、大将统统侪牺牲了，营头上虽然有将官在保守么，偏裨牙将，无能为力。赵子龙冲也冲得进，杀也杀得出。假使拨俚冲出了头营么，纵虎归山咯？吾仍旧勿能够拿俚捉牢。格么呐吭办法呢？就问徐庶，俕看，阿有啥格高见？徐庶说：吾有一个办法。曼得俕相爷派三千兵，拿仔火把、灯球在山上照。赵子龙假使说，俚勿出山路的，让俚起夕。天亮派人下去捉。假使说俚要出山路的，小兵看见，立刻过来报告俕相爷。赵子龙是走哪里面一条山路，俕马上派人下去拦、堵，就可以拿俚包围住。曹操想，对啊。山路口多呀，如果每一条山路口，侪要派十个、八个大将，没有嘎许多将官好派哟。小兵多了，吾可以派三千小兵，拿仔火把、灯球在山路口照。赵子龙出去哉，走哪里格方向山路，一报告，吾马上派人，抄近路过去，哈啦！拿俚拦牢么，可以捉牢赵子龙，格个顶顶便当了。

所以曹操派中军官点三千兵，四面八方，在山上，特别是山路口格方面，照灯光。看赵子龙阿要出来？赵子龙又勿晓得。所以今朝，呒不徐庶帮忙啦，赵子龙要想单骑救主，在百万军中冲进杀出，几乎是勿可能。俚第一次帮忙，就是关照甮放冷箭。结果么，一条箭也甮放。赵子龙甮碰着箭么，已经保全仔赵子龙格生命了。第二次呢，就是派人点灯。赵云勿晓得的。啥格徐庶在帮忙了，叫曹操扛木梢，俚勿晓得的。赵子龙借了格点光线么，看得出。圈转马头，矻咳唾磕、矻咳唾磕，望准里向进来。马在走格辰光，赵子龙嘴里向还在喊。风，呼——吹过来，身上阴嗖嗖。风吹在树木上，哗——声音蛮大。而路上呢，东也老百姓死尸，西也败兵格死尸。赛过在死尸堆里向往门前头走。赵子龙在喊，"乱军中，失散的人们，听——了。常山，赵——呃云，奉了刘皇叔的将令，特来找寻你们。你们在哪里？你们，在何方——啊？"矻咳唾磕、矻咳唾磕。俚在喊格辰光么，只听见，传过来一声声音："将——军！救——命！""哈——啊！"酷——赵子龙马扣住。格声声音听着阴咯咯，汗毛凛凛。啥场化在喊介？"你在哪——里？""我在——这里。"矻咳唾磕、矻咳唾磕，俚往前头过来格辰光，门前头格人在喊，"将——军！"酷——赵云马扣住，那么看清爽。只看见树根上，戤好一个人。格个人呢，浑身血骚，蛮可怕。面孔呢，看勿大清爽。

赵云问俚："你——是何人？""赵将军，小人非别，头队上保护车辆的家将，王——德。""哈！"赵云一听么，原来是保护甘、糜二夫人车子格家将头脑，姓三划王，单名格德，叫王德。啊呀，王德。俚，俚呐吭会得到该搭点来格呢？仔细一看，俚形容憔悴，怕得勿得了。"王德，你怎样到——此？""将军哪……"王德眼泪也下来。俚报告赵子龙啦：吾搭俚分手之后，俚望准当阳道去，寻找皇叔，接应张飞。吾呢，跟仔公子刘封，保护车子，往门前头赶路。曹兵杀到，公子刘封被擒。吾伲人马呢，反而望准西北角里向拼命逃，曹兵追上来格辰光么，车子俵翻倒。吾带仔一批家将，冲上去搭曹将动手打，掩护后头主母可以安全撤退。勿晓得打格辰光呢，吾拨了一个曹将，嚓！一刀，拿吾只右脚斩断。吾从马上，磅当！掼下来么，幸而有两个弟兄拿吾一拆了，望准门前头山路里向逃进去。当时呢，吾痛得已经昏过去哉。后首来，到了山路里向，吾呢自家两个小兵呢，就搭吾拿腿上格伤势包扎停当，就戤在该搭点，勿能动了。天亮了，看见糜夫人抱仔刘阿斗过来。糜夫人呢，车子上掼下来，也受仔伤，搭难民一道，望准门前头跑，吾叫应了一声主母以后，吾要想派两个家将跟上去。旁边头两个小兵，就是救吾格人，吾想派俚笃一道仔糜夫人去，保护主母啦。勿晓得，听见后面有喊杀格声音么，吾马上关照两个弟兄，唔笃赶快过去阻挡曹兵。冲进来格曹兵人头是勿多，俚笃零零散散。其实俚笃是来抢物事格啦。那么听见有种老百姓在喊主母了、夫人了什梗么，俚笃也拔出苗头来，晓得里向有格要紧人了。冲过来格辰光呢，两个弟兄上去搭俚笃交战么，统统拨俚笃结果性命。格辰光糜夫人抱仔刘阿斗，走路交关困难，逃么又逃勿快。好得门前有条山涧，就匐到山涧里，该搭点有顶桥格啦。因为山涧齐巧在枯水期间，山涧里呒不啥水，糜夫人抱仔阿斗呢，就钻在格桥门洞里向，拨了顶桥挡没脱了，曹兵看勿见。那么曹兵寻寻，寻勿哉。跑过来看吾格种打扮么，晓得吾是，赛过是刘备手下，身上着格衣裳看得出，是家将咯。就问吾咯，唔笃格主母在啥场化？吾呐吭好讲呢。主母搭公子就在格桥门洞里向，吾勿好讲格呀。吾勿晓得，"阿讲？阿领过去？倷领过去，捉得牢的，重重有赏。如果倷勿领过去的，要倷好看"。格吾说，吾勿晓得。吾勷看见么，吾呐吭能够讲得清爽呢。啊，倷要吾走，吾一条腿也去脱哉。吾剩一只脚，吾呐吭领倷过去呢？好，倷既勿肯讲，也勿肯领。蛮好呀。拉起把刀来，拿吾只左腿，叭啊——又是一刀么，左腿砍脱。那是吾像呒脚蟹肚肚什梗，人呢，也痛得昏厥过去。等到吾醒转来呢，主母搭小主人老早就跑脱了。难民呢，也一道去了。该搭点旁边头就横点死尸，曹兵也勿看见哉。吾本来呢，流血过多，也不久人世。吾心里向总在想，主母搭公子，在山路里向，呒不人去救，呐吭弄法？顶好碰着个把人，吾搭俚笃讲一声，叫俚笃带信拨倷么，希望倷将来，可以来救主母、公子呃。想勿到现在能够碰着倷将军么，再好呒不。"将军哪，主母身受重伤，怀——抱小主，往前边去了。请将军前去，相救主母、小——主。"

"嗅——哟。"赵子龙听俚讲完格番情节么，心里非常难过。王德，勿容易啊。为了要保护车子了，两只脚，侪去脱。一只脚，是搭曹将打格辰光拨俚笃劈脱的。还有一条腿呢，俚勿肯讲出糜夫人、刘阿斗格踪迹，拨了曹兵，嚓——拿俚格只脚砍脱。真是忠心啊。虽然是一个家将格头脑啦，勿容易啊。赵子龙交关感激俚。吾本来呢，心里向一眼勿踏实，勿晓得主母、小主人在啥场化？拨倷什梗一讲呢，有点数哉。大概就在该搭点近段，吾曼得去寻呢，有希望可以寻着了。"王德，多谢你告知下落。喏喏喏喏，待我过去找寻主——母、小——主。"吾要去救小东家去。"将军，且——慢。""啊？怎么样——啊？""将军要去相救主——母、公——子，我要恳求将军，也救吾一救……""这——个！"赵子龙心里向转念头，王德啊，倷要叫吾也救倷一救，吾呐吭救法呢？你有两条腿，倷跟吾一道跑。马前马后，曹兵冲过来，吾可以杀退曹兵救倷。现在倷变成功格残废，两只脚侪呒不，吾呐吭带倷跑呢？"王德，你叫本将军，相救于你，怎么救——啊？""将军——哪。"勿瞒倷将军讲，吾要倷救呢，并勿是要倷拿吾带出山路去。因为吾呢，流血过多，疼痛难熬。吾是痛苦极了。吾只希望倷将军救吾么，就是说，要恳求倷将军，捅吾一枪。让吾早点解脱了，早点呒不知觉么，吾就可以解脱了痛苦哉。"将军，你赏我一枪，救我一救……"

赵子龙一听么，鼻子侪有点酸。为啥？俚勿是要吾带俚跑啦.俚为仔痛苦到极点哉，自家要死呢，呒不办法。俚喊吾拿俚捅一枪，解除俚格痛苦，帮帮俚格忙。俚总归死哉呀，格么何必多受痛苦呢？"好啊，王德，既然如此，吾就赏——你，一枪。"噗——哐！赵子龙条枪拿起来啦。

王德蛮感激。俚两只手分开，头昂起，眉心、咽喉、兜胸，格个三个部位俆可以一枪致命的。谢谢侬，让吾少受点痛苦吧。眼睛闭拢么，嘴里向还在说一声："多谢，将——军嗯。""王德，你看——枪！"噗——赵子龙条枪，喤！喤！两透，要刺过来格辰光么，只觉着两只臂膊里向，格叻叻叻……一抖么，勍想刺得下去哟。为啥呢，不忍心呀。呐吭下得落格只手？格么赵子龙在战场上搭曹兵、曹将打格辰光，呷呷呷呷呷呷呷呷，乱戳乱挑，呐吭搠得落的？现在一个王德，还手也勿能还手的，为啥道理搠勿落呢？啊呀！情况勿同格呀。赵云搭敌人打，侬要吾格命，吾要侬格命，战场上你死吾活。格当然要动手拿别人家一枪一枪结果性命。现在王德是自家人，俚为了保护车子，为了要保护主母搭公子，两条腿俆牺牲脱哉，为国尽忠。什梗一个好人，吾，拿俚一枪搠脱，吾呐吭下得落格只手？不忍哟。

赵子龙心里向转念头，呐吭，呐吭弄法呢？勿搠，看俚多受痛苦。搠，实在勿来赛。王德等等俚条枪来，还勿来么，眼乌珠阿要张开来看？只见赵子龙眼泪汪汪，手在发抖么，晓得赵子龙勿肯搠。"将军，你，为什么不——救我啊！"侬勿是杀脱吾，侬是救吾呀。"王德，我且问你。你，可有什么心事啊？"阿有啥闲话要讲讲。"身受重伤，心——乱如麻，没有什么话了。""王德，我问你，你家住哪里？""陇西¹，宕渠县。""家中还有何人？""家中还有一个老妻，一个孩子，他们在东门外王家庄。""你的儿子，他叫什么名——呃字？""他叫王平，王子均。""今年，几岁了？""今年，一十三岁。""明白了，王德，大将军救了主母、公子，回归长坂，告禀主公，命人到你的家中，抚恤你的家属。日后你儿子成人长大，赵云将他提——拔便——吔了。"啊呀，王德感动啊。眼泪，哒啦啦啦啦啦啦，下来啦。赵子龙阿要好？吾想勿出心事，俚来启发吾。侬屋里还有点啥人，俚说要碰头仔刘备，派人到吾屋里向去，抚恤吾格家属。等到将来吾儿子长大之后，俚预备，总好好叫提拔、照顾吾格儿子。"将军，公侯——万代。王德，今生不能补报，来世犬——马图——报。将军，你还是要救吾一救。"侬既然照顾吾家小，照顾吾儿子哉么，侬有心照顾吾一下，侬再搠一枪，吾谢谢侬哉呀。"呐！王德，你叫我，把你一枪挑死，我是于心不忍哪。""也罢。""乓！"赵子龙，枪望准鸟嘴环上一架，手搭到剑柄上，哗！哐！闪嗯——宝剑出匣，拿口宝剑望准俚身旁边一甩，嚓冷——"我赠你宝剑一口，生死由你自决。赵云去——也……"矻咳唾磕、矻咳唾磕，王德看赵子龙走格辰光么，心里向非常感激。赵子龙自家搠一枪呢，俚实在勿忍心。俚拿口防身宝剑，甩拨了吾，死了活，侬自家决定。王德想，吾是要死呀。因为吾旁边头吭不快口，死勿成功。侬拨口宝剑拨了吾呢，谢谢侬。宝剑拾起来，拿到手里向。"赵将军，王德，感——谢将军。"再朝对东南面看看，"主公，王德，受主公厚恩，日后，犬——

1　此处为演说者口误。

马图报。啊呀，老妻、儿啊，我也顾不得你们的——了喔"。扎！宝剑左手一执，望准头颈里向，磕——一勒么，人，嗻尔——倒下去。王德死了。格么王德死脱之后，俚格死尸、格口宝剑呐吭呢？赵子龙阿要回过来拿口宝剑呢？勿来哉。啥道理勿来哉呢？因为赵子龙呒不功夫哟。赵子龙要紧去寻糜夫人、刘阿斗，要救仔俚笃出山路去么，呐吭会得来寻格口宝剑呢？所以赵子龙勿来了。王德格死尸呢，后首来，拨了曹兵清理战场辰光，掘一个墰，就什梗连人连口宝剑一道，葬脱仔了完结的。

格么将来啥人来收拾呢？喏，说书就要未来先说了，表一表。隔十一年，到建安廿四年，刘备打东川，汉水大战，赵子龙格头队先锋。曹操手下格头队先锋啥人呢，徐晃。徐晃手下有格副先锋，王平，就是王德格儿子啊。王平格辰光呢，俚是陇西人啦。就在东川地界，俚本来是投奔格张鲁。张鲁投降曹操么，俚也投降曹操。那么曹操打过来，因为俚是本地人，熟悉地理了，所以关照俚跟仔徐晃一道来，当副先锋。那么徐晃呢，要渡过汉水，带队伍了去搭赵子龙打。王平么劝俚，徐勿去。为啥道理勿去么？因为渡过汉水徐去打，倘然徐退下来啦，来勿及摆渡，有危险的。哈呀，徐晃对俚讲，徐格人勿懂兵法的。从前辰光，韩信搭人家打仗么，就是背水列阵。因为呒不退路，大家拼命打了，所以大获全胜。格个名堂叫破釜沉舟了，背水一战。徐勿懂兵法。啊呀！王平说：先行将啊，韩信碰着格对手是啥人？徐碰着格对手啥人？情形勿同。徐勿能够完全照俚什梗办格呀。徐晃勿听俚。勿听俚，结果背水列阵，碰头赵子龙么，徐呐吭打得过赵子龙。结果呢，一场大败，逃到汉水边上，来不及乘船么，沉煞在水里向格人勿少。等到到营头上碰着王平么，埋怨王平，徐为啥道理勿带兵过来，来接应吾。呃吔，王平说，吾勿能带兵过来格哟。吾一来，倘然说，再一排敌人冲过来么，营头要保勿牢。况且么，徐过去打，吾劝徐勿打的。勿背水列阵，徐勿听闲话，吃仔败仗，回过来，倒反而来怪吾哉。王平勿服帖咯。那么叫啥徐晃去报告曹操么，拿格罪名侪去怪到王平身上。那么王平跳起来，俚放一把火，拱！烧营头么，带仔人，渡过汉水么，到赵子龙营头上，投降赵子龙。赵子龙问俚，徐叫啥名字。吾叫王平。赵子龙听着王平格名字么，啊？好像格两个字熟得啦。啥辰光吾听见过啊。赵子龙仔细一想么，想着。建安十三年，兵败当阳道，单骑救主，碰着王德。王德讲过俚有格儿子，叫王平。那么就问俚哉咯，徐格号叫啥呢？吾叫王子均。呃，对的。徐今年几岁呢？今年廿四岁。那么格辰光建安廿四年啦，俚格个是建安十三年十三岁么，现在么正好是廿四岁咯。徐住在啥地方呢？吾住在宕渠县东门外王家村。唔笃爷叫啥名字呢？伲爷叫王德。做啥事体格呢？从前，在刘皇叔部下，后首来，建安十三年之后么，消息就断脱了。

啊呀，赵子龙想对的。建安十三年前，吾单骑救主，回转去碰头刘备。后首来刘备退到江夏郡了，吾就搭刘皇叔讲，要派人去抚恤王德格家属。刘皇叔派一个人带二百两银子，扮仔一个客商，赶到宕渠县去。勿晓得格个人去仔之后啦，一脚呒不转来，消息呒不，勿晓得到底哪恁。其实呢，其实格个送银子格人，半路上碰着格坏人。住在栈房辰光，两百两银子拨俚偷脱哉啦。那么格个送信格人回勿转来哉么，呒不面孔碰头刘备么，自杀在路上。所以王平屋里，也豳晓得格桩事体。现在赵子龙问俚，俆呐吭会到该搭点来。一边讲清爽，什梗桩事体。赵子龙就拿俚双手扶起啊，好，王德有仔后代了。赵子龙呢，收王平为门生。拿全身本事，侪教拨王平。后首来王平在六出祁山格辰光，赵子龙归天之后么，王平等于能够代表赵子龙什梗一只位子啦。后首来，俚格官要做到大得呐吭呢？在刘阿斗手下，俚官封到前护军、镇北大将军，汉中太守，安汉侯。

现在四川成都，刘备格只庙，就是武侯祠，朝立庙啦，庙里向啦，梁上画有文武百官格塑像，其中有一尊塑像呢，就是王平格塑像啦。喏，吾曾经去参观过啦。吾也看见旁边有格说明，说王平格个人呢，俚从小赛过在军队里向长大，勿会写字的。识格字呢，勿超过十个啦。格么也顶多识九个字咯。呒没文化，文盲啦。但是呢，王平蛮用功的。比方说，俚要写文书，侪要别人代笔格啦。俚嘴巴里讲，人家写下来。俚嘴里讲的呢，文书上写出来，意思呢，非常通顺。为啥呢？因为俚请个人，专门在俚旁边头读书，读《史记》啊、读《汉书》啊，读古代辰光格种名人格传记啊。嗳，俚听仔下来啦，俚就晓得里向格意思。往往俚讲点道理出来呢，嗳，搭古代辰光格情形啦，俚听仔下来，俚完全靠耳朵听了，心记的。而且能够实际当中来运用。后首来，诸葛亮派马谡、王平守街亭。马谡勿听王平说话，高山立营么，失守街亭。所以马谡斩首么，王平是有功的。因为如果听王平格说话啦，街亭是勿会失守。那么以后王平格事体呢，吾未来先说了，拿俚表过。

格么赵子龙呢，再往门前头过来。赵云心里向转念头，勿晓得主母搭公子，究竟在啥场化。嗳！忽然听见隐隐约约，山路里向传出来格种泣泣之声。格声音听着蛮凄惨。哭么在哭了，勿敢哇啦哇啦哭，张怕拨了曹兵听见，要进来搜索。勠哭呢，熬勿住。格种哭格声音是，呜——呜呜呜呜。难过。赵子龙要紧对里向喊了，"新野、樊城乱军中失散的子民，你们听——了。常山赵云，奉了刘皇叔的将令，特来找寻你们，你们在哪——里啊？"里向有声音来哉。因为听见，是刘皇叔派将官来，"将军哎，俚在该搭点哎"。矻咳唾磕、矻咳唾磕，赵子龙过来呢，看到有勿少老百姓在从树林里向过来。"赵将军。""列位父老，请了。""喔哟，总算俆到该搭来救俚哉。将军谢谢俆，拿俚救救转去吧。""请问列位父老，可知晓糜夫人与公子现在哪——里？""喔！俆问起糜夫人搭唔笃格小主人。""正——呐是。""就在里向，就在里向只庙里。""费心领——呐路。""蛮好，将军，俆该搭来。"

赵子龙跟仔老百姓，一埭路过来辰光，转过格个树林么，看见就靠土山该搭点啦，有一只庙。一只土地庙。格只庙呢，破败得勿得了，墙头侪坍脱。赵子龙下马，枪。嚓！地下一倚。缰绳，哗啦！枪杆上拴一拴好啦。跟仔个老百姓踏进庙来呢，格个辰光，已经要二更过。天上因为风大，云吹散么，今朝九月十六夜头，月亮光啦。再加上，山上还有点灯光呢，看下来啦，比较能够看得清爽。赵云一看，里向一撮堆难民，坐好了。勿晓得哪里一个是主母，看勿出的。因为糜夫人身上，也着格难民衣裳了。"主母在哪里？主母在哪——里啊？"倷在喊格辰光呢，糜夫人听见。糜夫人怀抱阿斗，头抬起来。"将军，哀家在——此。"赵云一看，糜夫人头发蓬松，衣衫褴褛。看格个样子是狼狈不堪。赵子龙心里向一阵内疚。尔嘚——嚓冷，卜！跪下来，"主母，赵子龙奉军师将令，保护主母、小主，都是赵云不好，头队失散。使主母、小主，受——尽惊吓，赵云之，罪——吔也"。糜夫人心里向转念头，呐吭是倷格罪名？是伲，关照倷一定要离开头队，到当阳道去救刘备，接应张飞。以至于曹兵冲到，刘封被擒，头队失散，勿是倷格罪名哟。"将军，何——罪之有？将军哪，如今主公怎——样？""喏喏喏，主公有翼德将军保护，早已回归东南去——呃了。""主公无恙？""主公平安无事。""甘夫人，怎样？""甘夫人么，有赵云相救，送回长——坂桥去了。""他们都好？""他们都好啊。""谢天谢——地。"

糜夫人从心里向发出来格高兴，谢天谢地。总算甘夫人也转哉，刘备也呒没事体，文武官员通通侪到仔东南。"将军，你怎样到——此？""禀——主吔母。"赵云报告，吾拿甘夫人送转去之后，在长坂桥上搭张飞分别。赶过来格辰光呢，曹操百万大军已经到。吾唯拼一命，冲进曹营，枪挑高平、高怀，碰头曹顺、曹成，夺槊三条。结果呢，冲进山路，到该搭点来碰头倷主母。赵子龙拿方才冲锋陷阵格番情节啦，详详细细从头至尾，包括碰着王德等班格事体，全部侪讲拨了糜夫人听。糜夫人一听，勿容易呀。但不过，再想想赵子龙啊，外头有百万曹兵包围。倷要拿伲救出去，何等困难。"主母，如今赵云得见主母、小主，赵云之幸焉。请主母，速往外面，上赵云的马匹，待赵云步行开路，保主母、公子，回——归东——南。"糜夫人一听，勿来赛。格随便呐吭勿来赛。为啥呢？倷赵子龙只马让拨吾骑，吾怀抱公子骑倷只马。倷呢，步战。提仔条枪跟在马前马后，冲出山路，冲到曹营上，搭曹将打么，要杀一条血路了，救伲回转。勿来。倷赵子龙狠，狠在马背上，倷格擅长是马战。倷拿只马，让拨了吾，让拨了刘阿斗，倷格本事要大打折头。老实讲，倷杀脱仔嘎许多曹将，曹操肯搭倷完结嘎？大队人马包围上来，倷条命保勿牢。倷死脱，吾、阿斗，统统被伲笃抓得去，性命同样保勿牢。三家头呢，要同归于尽。格么呐吭办法呢？马只好倷骑。格么倷骑马，吾呒不办法骑在倷一只马上。马身上只有一副鞍骄，只能一个人骑咯。吾勿能骑马，吾只好留下来。刘阿斗呢，横竖人小，倷拿伲胸口头囿一囿，或者背心上背一背呢，倷可以拿伲带出去。现在呢，顶顶实际格说法么，倷救刘阿斗一个人跑。吾么留在该搭点。将来曹兵撤退了，吾跟仔难民，逃难跑出来，打听刘备在啥场化。打听明白的，吾再寻得去。夫妻缘分齣满，能够搭刘皇叔碰头。如果说勿来赛的，格么吾，譬如在乱军当中死脱。糜夫人转停当念头么，"将军，外面曹兵重重包围。你将马匹让与哀家坐骑，你是马将，岂可无马？若与曹将交战，将军性命难保。与其三人同——归于尽，何不将军救了公子回去。哀家留在这里，乘天由——命"。"哈——啊！"赵子龙想啥格闲话啊？喔，倷只叫吾救刘阿斗出去，倷留了该搭点，乘天由命。格呐吭来赛呢？吾奉诸葛亮命令保护头队，就是保护两位主母，一位公子。将来吾搭诸葛亮碰头，拿倷留得在乱军当中，吾呐吭有面孔，去碰头诸葛亮呢？那么吾救仔刘阿斗，回到仔长坂桥，倷叫吾再要杀进当阳道来救倷，吾吭不格点本事，也搭勿够。"主母啊，赵云奉军师将令保护主母、小主。倘然主母不肯回归东南，赵云有何面目与皇叔、军师相见。赵云唯拚一命，一定要将主母、小主救——回东南——哋！"糜夫人心里向转念头，赵子龙啊，倷格心是好格呀。但是倷，勿冷静。倷齣考虑到外头格个局面。糜夫人还要搭俚讲格辰光么，忽然听见外头声音来。"呃，将军哎，勿好哉，曹兵来哉。""啊！"赵子龙仔细一听么，果然。"拿赵云噢，捉赵子龙，哗——""啊呀！"外头人马来了，要来捉吾哉嘟。格么呐吭弄法呢？豪燥让吾先去杀退仔曹兵了，吾回过来，再来救主母吧。"主母，曹军已到，待赵云杀退了曹兵，再来相救主——呃母。""将军，速去。"

赵子龙立起来，哈啦蹭蹭——出土地庙。啪！缰绳一解，枪一执。啪！跳上马背。哈啦！出来。出山路么，俚勿敢一直过去，转一个弯。为啥呢？因为该格辰光来格曹将啦，老实讲，本事勿会推扳。吾赵子龙已经枪挑高览，夺槊三条，啥人勿晓得吾格本事？来到格朋友总要量量自家格底呀。俚要搭得够，那么好来搭吾打。所谓来者不善，善者不来。吾假使该搭点冲过去动手搭俚打，万一吾死脱，曹将要想格啊？赵子龙为啥道理在该条道路上出来呢，跑进来一看，看见老百姓，嘟吓骗一问。问出来，糜夫人在土地庙里向，糜夫人、刘阿斗统统俟俚笃捉得去，性命难保。那么吾呢，转一个弯过去，曹将就勿会怀疑到该条路上。万一吾死脱，糜夫人、刘阿斗搭难民在一道，将来曹兵跑脱之后，作兴俚笃还有格希望，好寻着刘备了，夫妻相会，父子团圆。所以赵子龙想得蛮细，勿是一拔直过去。哈啦！绕一个圈子兜过来。倷过来么，看见呀，火把、灯球照得锃亮。"拿赵——云哪？"啊！赵云看见哉。门前头曹兵到哉。哈啦！赵云马冲上来，拿只马，噔！一扣么，曹将也看见。门前头赵子龙来了，五百个小兵队伍停。哗——一个大将，哈啦！马匹出来。赵子龙一看奇怪？来格个将官打扮啦，勿像一个普通格将领。何以见得呢，倷看酿。俚头上戴一顶束发金冠，红绒球振顶，雉尾双挑，有两根野鸡毛。身上呢，银叶软甲，外罩锦袍。白马，一条枪。格种打扮呢，是格少爷，是格公子。而且呢，勿是普通人格公子。啥等样人？倷在对俚看么，格朋友，哈啦！马匹过来。

格来格朋友啥等样人呢，勿是别人，是曹操格阿侄。双姓夏侯，单名格恩，恩惠格恩。夏侯恩。夏侯恩到该搭点来做啥？捉赵子龙啊。俚呐吭会得来格呢？因为曹操在山上帐篷里，搭大家讲，赵子龙么跑进仔山路去，呒不出来。等到俚天亮出来么，吾再派人去动手拿俚捉。那么夏侯恩听得勿服贴哉。啥体板要到天亮再捉呢，为啥道理勿能现在捉呢？吾来。吾跑出来讨一条令箭，进山路里去捉赵子龙。不过阿叔啦，勿相信吾。俚总抵讲，吾呒不本事。其实吾是狠得不得了了。瞒脱阿叔，溜到下头去，带一路人马了，冲进山路来。所以俚假痴假呆出帐篷么，曹操呒不注意呀。当仔俚跑出去，或者身上冷了，添件把衣服去哉啦。勿防备里俚会下山去，动手捉赵子龙。

夏侯恩一到中军帐，碰头中军帐守将郝萌。搭郝萌讲："郝将军。""嗳。"俫搭吾点五百兵。啥用场？吾要进山路去，捉赵子龙。啊？郝萌一呆。俫好去捉赵子龙的？吓脱格魂什梗。哈哈，呃，公子，俫阿有丞相令箭？呒不。格个呒不令箭点兵，格勿来事格咯。顶好俫倒山上去，拿条令箭再来。勿高兴。格么勿高兴么，俫该搭坐脱一歇，吾来派人到山上去，请示一声丞相了，再拨俫带兵。勿可以！夏侯恩心里向转念头，拨俫一请示么，完结嘞。阿叔板勿答应格咯。勿可以么，格个吾勿能够让俫带兵去。郝萌啊郝萌，俫格人，枉空！咦！夏侯恩面孔一板，怪勿道有勿少人，登了伲阿叔门前头讲，说俫郝萌格人么，只知不见，俫格人么，戆头戆脑，现在什梗一看么，俫格人实头是个匹夫。咦咦咦，耶耶耶，咦，阿是吾班公子到该搭点来，还要令箭啊？吾还要令箭啊？郝萌拨俚夯倒。啥道理么？曹操特别欢喜格个阿侄。立着的曹操。啥人要拍拍俚格马屁，俚在相爷门前添点好话呢，俫终归提拔上去有希望。啥人要搭俚勿对格说法，俚触触壁脚了什梗么，俫有得苦了哉。郝萌拨俚夯倒呀。嗯哼，格么，格么公子俫孬动气，孬动气。格么点兵么，准其点兵。外头点五百个兵么，让俚带五百个兵进山路去。

格么老听客就要问哉咯，夏侯恩呒不本事么，俚呐吭胆子什梗大了，敢来搭赵子龙打呢？喏，格里向么，讲来讲去么，格条命啦，是拨了曹操害脱的。格么曹操喜欢俚么，呐吭会得害脱呢？曹操的确喜欢俚。欢喜得了，甚至于像自家格儿子一样欢喜啦。大家侪见俚怕，侪要让让俚的。那么是有一帮人么，专门包围俚，拍俚格马屁：哈呀，公子啊，俫格本事么，大得不得了！哈呀，公子啊，俫么哪恁哪恁。俫是老实讲一声，营头上格种张辽了许褚真勿及俫啦。俫叫勿交运，战场上赛过孬亮过相了，孬出名啦。其实是，伲晓得，俫格本事大得了比张辽、许褚还要狠了。孬邋哦，勿见得哦。勿相信俫搭俚比武啊。那么夏侯恩拨俚笃一嚎，嚎上么，来寻着张辽。张辽，吾要搭俫比武。咦？呐吭比法？大家敲一拳头，看啥人狠？张辽肚皮里向转念头，敲一拳头？吾敲煞你也便当。俫打吾呒不道理的。格么吾还手，假使拿俫敲坏么，相爷要怪吾格咯。说起来张辽啊，俫枉空啊，俫大人大马，呐吭搭格种小囡去一般见识呢？俚勿懂，俫好让让俚嚛。所以张辽呒不办法，格个，格蛮好。啥人先打呢？格是吾班公子，要吾先打的。噢，噢噢，格么让俫先打。张辽摆好架势，让俚先打么，夏侯恩跑上来，噗——兵！兜胸一拳头，一个黑虎偷心。俫一拳头过来，还龊敲着么，张辽，尔嘚——锃！一个跟斗跌下去。夏侯恩，叭！一拳头搠个空哟。嗨！张辽，爬起来。勿算，重新再打。喔唷，作作作作。劐装腔，吾敲也龊敲着俫。公子，俫本事实头大格哦。大啊？吾敲也龊敲着俫。俫敲龊敲着么，俫格拳头搠过来，吾拨俫拳风打倒哟。哦，哈哈。夏侯恩心里向转念头，吾拳风打倒张辽是，吾格本事狠得勿得了哉。那么格句闲话传出去么，拨了许褚听见，许褚跳起来。到张辽营头上来骂张辽，张辽俫要死快了，俫护卫大将军格胃口拨俫倒完哉。啊，俫会去搭夏侯恩打，拨俚俫，当！一拳头格拳风搠倒么，俫好去买块豆腐，撞撞煞哉。哼，张辽对俚看：俫懂点啥？吾特为什梗！啥道理啦？吾拿俚敲坏，相爷要怪的。吾特为跌交跟斗拨俚看看，让俚两只眼睛搬场。下趟俚在战场上打，俚赢哉。那么俚心里向转念头，张辽好赢是，吾更加好赢哉。吾冲上去打，让俚吃苦头。弄得哇哇抓抓，让对方去教训俚么，比俚教训还要来得好。嗯？许褚啊，俫阿有本事，也去跌交跟斗拨俚看看喏。呃！嗳，许褚想倒勿错哇，损损俚了。特为跑到夏侯恩搭，"呃！公子啊，阿来打！"嗯，嗯，格个，今朝勿讲出拳头哉，格个要踢一脚。"好啊，吾先踢。"勿，勿，吾公子，要吾先踢。来啊。那么许褚立好，夏侯恩，当当当当当，奔过来，起一条腿，乒！一腿踢过来。将要踢着么，许褚，尔嘚——蹭！一个跟斗掼下去。立起来，立起来。勿算，重新再踢一脚。作作作作，"公子，你厉害的，吾被你脚风踢倒"。其实是许褚听仔张辽格闲话，在损损俚。那么夏侯恩眼乌珠搬到天灵盖上，目中无人。张辽、许褚，曹丞相营头上格头等头格大将，尚且拳风、脚风拨吾弄倒么，那格种赵子龙有啥格格勿起呢？赵子龙顶多，搭张辽、许褚本事一样大么，一重关哉。

俚是盲目格揎到该搭点来。现在看见赵子龙，奉仔条枪冲上来，"呔！赵子龙，你还不与我下马受缚"。赵子龙看俚年纪轻轻，资格嫩来西。心里向转念头，啥等样人呢？"来者贼将，住——马，通名！""你听了。本公子非别，曹丞相是我的叔父大人。本公子叫夏侯恩。"赵子龙介险乎笑出来，俚留名，先要拿阿叔曹操格名字讲出来的。俫拿曹操名字㧒出来，有啥道理啊？唔笃自家人听见俫曹操格阿侄，格么要让让俫，见俫怕三分。吾搭俫敌人呀，俫勠说是曹操格阿侄哉，俫曹操格阿爹么，吾照样结果俫格性命。"小国贼，不用多言，放马。""放马。"哈——两骑马在打照面格辰光，背后头格五百个小兵侪晓得，夏侯恩呒不本事的。"杀——呃。"嘴里喊杀么，心里侪在慌，晓得勿来赛了。哈——两骑马碰头，夏侯恩先动手。"赵子龙，你看枪！"噗——乒！一枪过来。俫枪搠过来格辰光，赵子龙去银枪招架，"且慢——呐"。嚓冷！啡——格条枪勿晓得飞到仔啥场化去哉。两骑马，哈拉！擦肩过。赵子龙心里向转念头，格种蹩脚货，呐吭好来搭吾打？阿要拿俚一枪结果性命？勿高兴，实在忒蹩脚哉。吾格条枪，嚓！拿俚搠脱啦，要弄醒鼹吾条枪头子。格么呐吭？一把拎起来，掼掼煞拉倒哉。赵子龙，嗒！拿条长枪左手一执，单手执枪，起条右手望准俚背心上抓上来，预备一把抓牢，拿俚拎起来，往地上，碯！一掼么，掼煞仔俚拉倒啦。"小国贼，你往哪——里走？"噇——一把抓上来。夏侯恩一吓，嘿！往门前一磕呀。佫往门前一磕，赵子龙，咋——一把抓牢。赵子龙觉着奇怪。啥格上奇怪么？佫晓得吾要抓俚背心的？叫啥背心上有格柄呀，一把齐巧抓牢在格个柄上。赵子龙用力一扳么，只听见，咵，哐，闪嗯——格口宝剑背在背心上。赵子龙抓了剑柄上，噇！抽出来么，赵子龙觉着的，格口宝剑在面孔门前，呜——过去格辰光，只觉着阴嗖嗖一来啦。冷气森森、寒光闪闪么，赵子龙晓得是口好剑啦。就拿口宝剑，望准俚头颈上，嚓！一宝剑着，颗郎头，嗲落托，掉下来。格个嫩是嫩得了，赛过像洋铅皮划水豆腐，袭嫩格一来，颗郎头掉下去。叫啥格死人勿跌下来，死人仍旧骑在马上，哈——要跑了一段路，那么头颈里格血，噗——飙出来么，尔嘚——蹭！死尸再掼下去。因为俚格血，齁飙出来格辰光，俚身体还有感觉了，手还抓牢在领鬃毛上，还齁跌下来。血一飙哉么，死尸掼下来了。

赵子龙再拿口宝剑一看么，"哈——哈"。开心啊。为啥开心呢？原来格口宝剑啊。天下闻名啦。叫啥，叫青釭剑。曹操有两口宝剑。一口自家挂的，叫倚天。一口呢，叫俚格阿侄，背在背心上。俚格衔头家叫啥？叫背剑郎。专门是跟仔相爷了，一道跑。现在赵子龙得着口青釭宝剑。格口宝剑要好得呐吭？好得削铁如泥，切金断玉，吹毫断发。赵子龙刚巧拨了王德一口极普通格宝剑，现在得着一口无价之宝，锋利无比格宝剑么，赵子龙开心。赵子龙拿口宝剑，望准剑壳里向，哐！袋下去。袋下去呢，露出一段剑口。为啥？因为赵子龙只剑壳啦，短。赵子龙格口宝剑，是三尺长，称为叫三尺青锋。格口青釭宝剑呢，有三尺六寸半长，按周天三百六十五天数，要长出六寸半。格么赵子龙啥勿再到死人身上，拿只剑壳去抟下来呢，呒没工夫。赵子龙要紧去救糜夫人、救刘阿斗去哉，呒没工夫再来拿格只剑壳啦。等到拿宝剑，噇！自家剑鞘里向袋一袋好，哗啦！圈转马来，望准土地庙跟首过来。赵子龙心里向转念头，那勿碍哉。夏侯恩去脱了，吾得着口宝剑了，吾可以拿糜夫人、刘阿斗救回东南。勿晓得糜夫人勿肯走呀，那么要糜夫人，投井身亡，赵子龙单骑救主。

第五十一回

救主出山

赵子龙单骑救主，得着一口青钉宝剑，格个是真叫喜出望外。吾拨了王德，一口普通宝剑，该口青钉宝剑是，削铁如泥，无价之宝。嗳！勿晓得赵子龙啊，俫虽然得着一样宝贝，俫阿晓得下来俫吃格苦头，就吃在格上。为啥道理呢？因为格口宝剑是曹操格呀。曹操一共赅两口宝剑，一口叫青钉剑，一口叫倚天剑。曹操自家腰里向呢，挂一口是倚天宝剑。格口青钉宝剑呢，就是俚格阿侄夏侯恩，背了背心上。夏侯恩格官衔叫背剑郎。现在夏侯恩死了，宝剑拨俫夺得去了。夏侯恩部下格小兵，哗——跑过来，因为赵子龙走脱了么。俚笃就拿夏侯恩格死尸，连格脑袋，一道带回中军帐，报告郝萌。郝萌是中军帐守将。俚听见手下人来报告，夏侯恩阵亡，青钉剑夺脱么，格个急是急得魂灵心出窍。拿夏侯恩背心上格只剑壳了，解下来，拿格剑壳带到山上，进帐篷么。曹操坐好了。曹操也觉着奇怪，夏侯恩跑仔出去一大歇，哪吭勿回转来？当俚身上冷了，去添一件衣服的。格么一歇功夫，也应该回转来。俫在奇怪，手下人报得来，郝萌求见。请！郝萌到里向，尔嚄——噗！双膝跪下，"丞相在上，末将郝萌见丞相请——呃罪"。"呃呃，嗯嗯！"曹操想奇怪，俫跑得来请罪，有啥罪名呢？"回禀丞相"，刚巧吾了中军帐上格辰光，夏侯公子到军帐来，问吾点五百个兵，要进山路去捉赵子龙。"嗯，喔？"吾问俚阿有丞相令箭。俚说吭不。吾说吭不令箭勿能点兵，要俫拿仔令箭再来。公子大发雷霆，拿吾训斥了一番，说吾公子到该搭点来，还要啥格令箭？那么吾自家勿好啦，一个活特么，就此让俚拿兵带到山路里向去。勿晓得俚碰到赵子龙，一个照面，拨赵子龙夺去青钉宝剑一口么，还拿公子结果性命。现在公子阵亡，格个事体呢，吾郝萌是有罪的。剑壳呈上来。手下人一接，摆到虎案上，郝萌是连连磕头，卜卜卜卜！"末将该死，望丞相定——呃罪。"曹操听完么，格个一气，"喔哟，嚯嚯嚯嚯……噗！"心里向转念头，郝萌啊，俫枉空。俫老公事，俫跟仔吾要几化年数，格点道理俫勿懂。阿要拿郝萌杀？看俚连连磕头，格种声音呢，听得出，下原虚得一塌糊涂，心惊胆战。那么曹操格点好。俚在埋怨别人格辰光么，俚也要思考思考，郝萌为啥道理，会得拨了夏侯恩吭倒？勿能单单去怪郝萌格呀。应该说，吾自家也有责任。因为吾对格个阿侄忒宠哉，宠过仔头了。那么吾手下点大将呢？侪见俚吃算。随便啥么，喔！看在相爷面上，让点俚吧。呃，随便啥，依仔俚吧。喏，格个事体讲起来啦，吾也勿好了。曹操心里向转念头，夏侯恩死了，吾再杀脱格郝萌么，吾损失忒大哉"郝将军，绕尔初——次，恕尔无罪。下回——不可。""酊，谢丞相不罪——

之恩。"郝萌开心啊，曹操明白人，总算吾初次，格么喏，饶恕俫。下趟么，随便呐吭勿可以。郝萌呢，辞别相爷，回到中军帐保守。

曹操俚看看台上格口青钊宝剑格剑壳，实在是心里向难过。赵子龙俫太辣手，俫杀脱吾手下种种大将，啥格高览啊、高平、高怀等等，吾心里向勿恨的。因为俫本事大，格种大将拨俫揿脱，吾只要俫赵子龙投降吾，吾还划得通。格俫勿应该，拿吾格顶喜欢格阿俫，结果性命。格个仇，吾一定要报。格口宝剑，俫休想带出营头去。呐吭报仇？派人去搭俚打？危险。赵子龙实在狠勿过。俫派人去搭俚打呢，打俚勿过。牺牲忒大了。格么，什梗。曹操一动脑筋，下辣手了。俚本来只要活赵云。现在呢，吾要死赵云，要俚命。拔一条令箭，关照旁边头，张郃听令。"有。"格个大将叫张郃，张儁乂。俚是袁本初手下旧部。当初呢，搭颜良、文丑、高览齐名，是河北道上四庭柱大将之一。擅用勾镰枪，头等头将官。"令箭一支，带领五百军卒，往头营安排陷马深坑。赵云到来，将他，骗——下陷——马坑。""得令！"张郃接令箭望准外头走。

格个辰光，旁边一个人急得魂灵心出窍。啥人呢？徐庶哇。啊呀！徐庶心里向转念头，完结。赵子龙啊，俫弄得曹操跳起来，曹操要俫格命。派张郃到头营上掘一只陷马坑，等到俫从山路里向出来，领俫过来到陷马坑，磅当！掼下去么，老实讲，俫呒不命活。何以见得呢？因为陷马坑格底上啦，刀、枪密布，格刀头朝上，枪头朝上，像尖刀山什梗。俫如果从陷马坑上头，磅当！掼下去。第一个，马格肚皮揿穿，嚓！马肚皮戳穿，马跪倒。那么俫人，马背上跌下来么，旁边头俬像尖刀山什梗。就算俫偶度侥幸，勿死、勿致命，格么俫身上，揿得七穿八洞，也终归流血一塌糊涂了，甚至于要成为残废。那么呐吭弄法？而且曹操刁啦，俚格陷马坑勿布置在四营上。因为赵子龙杀出山路回到四营上，作兴还会有点防备了，到三营作兴还有点警惕了，到二营呢，就大意一点了，到头营是俚勿睬心哉哟。因为格几座营头冲过了，马上就要出头营去么，俚勿防备，勿晓得眼眼调格只陷马坑是在头营上，赵子龙踏着陷马坑，磅当！掼下去，格条命送脱。吾心里向勿安意的。赵子龙可以说是刘皇叔的一只臂膊，左右手，格个人哪恁好牺牲。顶好呐吭，让吾出来，在曹操门前说两声闲话，拨一个当拨曹操上上。要求曹操么，顶好格只陷马坑么甏弄。格个做勿到。为啥道理做勿到么，曹操呐吭肯听呢？俚格阿俫死脱哉，青钊宝剑夺脱了，俫要叫俚甏弄陷马坑是，连得吾自家条性命俬保勿牢。呐吭一来么，可以使得曹操听吾格闲话呢？徐庶，聪明人，挖空心思拨俚想出格办法来。立起身来，到相爷门前，"参见丞相"。"嗯。"曹操看见徐庶跑出来。曹操对徐庶啦，忌的。因为俚是刘备手下人。虽然，到该搭点来投奔吾，饭吃吾格，俚格心向刘备。曹操心里明白格吭，聪明人。俫跑出来，啥路道。"罢了。则甚呢？""回禀丞相，方才丞相下令，叫张郃安排陷马坑。徐庶想，倘然赵云跌下陷马坑，十分可——惜。""呃！呃！"曹操一听，啥物事啊？呐吭俫讲出来格闲话七翘八掀？啥格赵子龙跌下陷马坑么，十分可惜？格么赵子龙跳出陷马坑，逃走脱，格就非常满意哉咯？格啥意思？"何以见得？""回禀丞相。"相爷，倛要考虑。陷马坑里向密布断刀断枪，像尖刀山一样。赵子龙，磅当！掼下去，勿死受伤。受伤之后，倛拿俚捉牢，解到山上来。问俚闲话辰光，假使赵子龙，俚倒愿意投降倛丞相呢？倛马上派军医官搭俚治疗，等到毛病看好，手坏脱哉，脚坏脱哉，变成功一个残废哉，勿能够打仗。大家晓得，千军易得，一将难求。千将易得么，叫猛将难求。赵子龙格种大将，可以称得一声超等大将。出什梗一个人，勿容易的。倛现在辰光，要拿俚弄得了歪歪抓抓，就算拿俚捉牢，俚掼下陷马坑么，可惜勿可惜呢？曹操心里向转念头，有啥可惜呢？俚弄脱吾阿侄，吾就是要俚命，吾就是要搭阿侄，报仇。"他杀了老夫的侄儿——啊。""丞相啊"，俚伤害夏侯恩，因为俚是在刘备手下。所谓叫：两国相争，各为其主。俚帮刘备忙，俚要杀脱倛格阿侄。倘然俚投降仔倛，俚就要去脱刘备格阿侄。格个倛勿能够怪俚格吰。"嗯嗯，嗯嗯。"诶，格闲话倒对格呀，勿能够怪赵子龙。格两国相争，那么各为其主，是应该要动手。"那么，先生有何高——见呢？""徐庶有一个法儿。""请教。"喏，吾格办法，就是倛相爷马上下命令，叫张郃去掘陷马坑格辰光，陷马坑里向呢，勦放断刀断枪，一眼埋伏侪吅不。赵子龙跌下去呢，俚勿会死的。然后拿俚生擒活捉。捉到山上来，倛问俚：阿投降勿投降？假使赵子龙勿肯投降的，格么蛮好，嚓！结果俚性命，替夏侯恩报仇雪恨，夺回青釭宝剑。假使说，赵子龙愿意投降的，格么倛丞相得着一个帮手啊。倛有赵子龙投降么，何愁天下不平了，大事不成？"未说丞相意下如何？""呃呃，嗯嗯嗯嗯嗯嗯嗯。"嗳，曹操心里向转念头，徐庶讲出来格闲话啦，入情入理。陷马坑照样安排，陷马坑里向呢，勿有断刀断枪。清清爽爽一只陷马坑。目的，就是活捉。捉牢之后么，由吾做主哉啦。勿投降，杀；投降的，顶好。曹操马上关照，豪燥派人拿张郃喊转来。关照张郃，倛带五百个兵到头营去掘陷马坑，倛里向埋伏一点勦用。啊，要生擒赵云，活捉子龙。有数目！张郃去。格个徐庶格帮忙是，可以说，帮到极点。本来赵子龙掼下去，勿可能跳出来，性命侪保勿牢。因为徐庶一帮忙，陷马坑里向吅不埋伏。那么赵子龙跌下陷马坑去格时候呢，就有格条件，有格希望。俚跳出陷马坑了，逃走。格个，赵子龙勿晓得格哦，啥格徐庶在暗当中横里帮倛格忙。当阳道赵子龙百万军中单骑救主，单单靠赵子龙一马一条枪格勇敢，还是勿够的。还是要有徐庶帮忙。

曹操呢，有格心情，俚是非常爱才，倛格人有本事，本事越大，俚越敬重，俚越希望倛投奔吾，来帮吾格忙。现在俚好像，赵子龙么已经抓牢哉，赵子龙么已经解到山上来，吾劝俚投降么，俚答应了。那么曹操心里向转念头，俚答应投降吾哉么，吾总要拨点好处拨俚咯。曹操看到台上青釭剑格只剑壳么，吾停一停就可以搭赵子龙讲：赵子龙啊。哎。倛刚巧夺着吾口青釭宝剑。呃呃，是的。倛勦急啊。吾，气量蛮大的。嗳，倛得着吾口宝剑，吾决勿问倛要转来。不过赵子龙啊，宝剑么倷得着哉咯，剑壳倷勰得着咯？格口宝剑是三尺六寸半长，倷原来格剑壳勿配格咯？呃，对格对格对的。吾是想另外去弄一把剑壳。倷勰去弄哉，另外弄起来，勿是原配么，总归勿大灵光。喏，吾该搭点有只原配格剑壳，送拨倷，做一个纪念吧。吾拿只剑壳送拨俚是，赵子龙见得格情啊，俚更加要赤胆忠心帮仔吾格忙了，一道动手。曹操勿知呐吭拨俚想出来的，只青釭宝剑格剑壳啦，俚还可以做一个人情了什梗。曹操呢，派人到下面去，打探消息，赵子龙到底阿出山路，勿出山路？山上格事体，吾拿俚乓一乓。

再交代赵子龙回转土地庙。到庙门口，赵子龙下马，枪，嚓！地上插一插好，马缰绳枪杆上一缚。赵子龙拎甲揽裙，喝冷蹭蹭蹭蹭蹭，进土地庙。到糜夫人门前么，双手一恭，"参见，主——呃母"。糜夫人一看，赵云回转来。外头喊杀格声音呢，也吭不了。"将军，方才，行——事如何？""禀主母，方才曹操的侄儿夏侯恩到来。赵云与他交战一个回合，夺得青釭宝剑一口，将他结果性命。如今，请主母往外面，上赵云的马匹，赵云步战开路，保护主母回归东南——去吧。"

糜夫人一听么，心里别别别别，为啥道理心里要跳？勿好。赵子龙啊，倷非但杀脱曹操营头上嘎许多大将，而且倷拿曹操格侄侪结果性命。外头是百万军兵格大营，曹操呐吭肯就什梗搭倷完结？倷拿马只让拨吾骑，吾抱仔阿斗骑在马上，倷部下拿仔条枪保护。倷等到出山路，到曹营里向，曹将上来包围倷。倷狠是狠在马背上，倷是马将。倷吭不仔只马，倷格本事要打大折头，倷呐吭能够杀出重围呢？假使倷死脱，曹将要想格啊，啥体赵子龙自家格只马勿骑，要让拨了格女人搭小囡骑呢？肯定是要紧人。哑！拿俚捉牢。弄到曹操搭，当然咯，母子两家头，性命难保。三家头呢，统统要牺牲。糜夫人心里向转念头，让吾再来说服赵子龙，拿吾呢，留下来吧。倷单单救仔刘阿斗跑。因为刘阿斗到底人小，倷单单带一个小囡，怀藏公子么，还有希望骑仔马，冲出去，杀出重围。

"将军，你是马将，岂可无——马？"现在倷，马让拨吾骑，勿来赛的。倷拿公子带得去。倷要念刘皇叔，年近半百，飘零江湖，就赅刘阿斗什梗一只芽芽头。倷救仔公子去吧，吾呢，留在该搭点，生死置之度外，乘天有命。"将军，你救了公子，去——吧。""哈——啊！"赵云想格个呐吭来赛？刚巧吾要劝倷到外头骑仔马跑，倷说因为有曹兵杀到，叫吾杀退仔曹兵再过来。现在曹将被吾结果性命，曹兵退哉，啥倷仍旧勿肯上马了，就叫吾带格刘阿斗回转去，格呐吭可以？赵子龙，尔嘚——卜，跪下来，"哈呀，主母啊。赵云奉军师将令保护主母、小主，倘然主母不肯回归东南，赵云有何面目见军师交令，怎能与主公相见？赵云哪怕上天入地，出生入死，一定要将主母相救回——去呃"。"喔——喔！"糜夫人心里向转念头，赵子龙啊，倷勿怕死，哪怕出生入死，板要拿吾救出去。格个情，吾心领了。但是吾人呢，勿能跟倷去。吾跟仔倷去，害倷也要死。刘阿斗搭吾仍旧要死。格么有格三家头同归于尽么，为啥道理勿让唔笃两家头活呢？本来，吾只讲吾留下来，唔笃两家头去。吾呢，听天由命。假使能够活的，吾就登了该搭点，等将来有机会的，再去寻刘备。勿能活的，格么吾死。名份班，乱军当中死脱么，也在本上咯。现在呢，吾勿能留下来。因为吾留下来，赵子龙勿肯去。格哪吭弄法呢？吾只有马上死拨赵子龙看。吾死脱，刘阿斗摆在旁边头，赵子龙呒啥闲话讲。俚只好救仔刘阿斗去。格么喏，为了刘阿斗，为了倷赵子龙么，吾，死仔吧。顾全大局。有格三家头死么，还是一个人死。但是格个闲话呢，勿能讲拨赵子龙听。讲拨俚听，俚板勿肯格呀。

“既然如此，将军，外厢带——马。”“遵——呐命！”嚯！总算答应哉，关照吾到外头去带马。赵子龙立起身来，望准外头去格辰光么，旁边还有十几个难民了。男男女女老老小小，侪在讲：“嗯，夫人啊，倷去么，倷带伲一道去噢。”“嗳，夫人啊，倷、倷要带伲一道走格哦。”糜夫人心里向转念头，哪吭带呢？吾自家预备死哉，吾哪吭带唔笃？赵子龙根本勿能够带唔笃。唔笃勿出去，登了该搭点，还能够活命。一出山路，到曹操营头上，碰头曹兵么，唔笃统统侪要牺牲啦。格个闲话，勿好搭俚笃讲的。那么再说，吾要自杀，嘎许多老百姓在里向，看见吾，俚笃勿会拨吾自杀，板要来救吾的。什梗吧，把俚笃差出去吧。“列位父老，请到外——面，等候。”“噢，格晓得哉。格么伲大家到外面去等吧。”嚯咯咯咯咯咯咯，格点老百姓统统跑出去呢，庙里向就挺糜夫人母子两家头。刘阿斗呢，困着了。糜夫人对旁边头一看么，旁边头有一口井。格么赵子龙唵看见呢？赵子龙刚巧覅看见。为啥呢？因为井栏圈旁边侪坐格人，身体遮没格井栏圈了，赵子龙勿注意。现在点老百姓统统跑出去仔么，格井栏圈就清清爽爽了。糜夫人日里到该搭点来，老早就看见格口井。糜夫人动好脑筋的，如果说曹兵到该搭点来，有格拨俚笃侮辱了什梗么，吾就往井里向一跳。刘阿斗呢，吾塞拨了老百姓，让难民将来想办法去寻刘备。吾自家呢，跳井。现在呢，总算刘阿斗福气好，赵子龙寻到该搭来哉。格么吾拿阿斗交拨赵子龙救转去么，吾，就死在格口井里向吧。

糜夫人，好勿容易立起来。因为俚格脚上受格伤，立起来勿大方便。勉强用足力道，人立起来格辰光，还覅望准井旁边头走过去么，赵子龙已经来哉。咦，赵子龙手脚快哟。赵子龙跑到外头拿根枪，乓！拔起来。缰绳解脱，一只手执枪，一只手带马，忑磕哐磕、忑磕哐磕，到庙门口，对里向看，“主母，请来，上——马呀”。哎呀！啊！糜夫人想弄僵哉。赵子龙，提枪带马，立好在庙门口对吾看，吾要望准井旁边头走过去，俚侪看见。俚看吾到井旁边，放下刘阿斗来要跳井，俚明明晓得吾要自杀哉。吾动作慢。赵子龙是武将，俚丢脱枪马冲过来，拿吾，咋嗒！一把抓牢，那是扭结固结，吾随便哪吭死勿成功。格哪吭弄法？勿能拨俚看。糜夫人一转念头么，有哉。“将军，回——避。”“这！”赵子龙心里向明白哉，糜夫人关照吾回避。啥体要回避么？女人妈妈，总有俚笃格事体。勿便拨了男人看格呀。所以俚要紧身体别转来，磕磕唾磕、磕磕唾磕，背心向庙门，面孔对外。糜夫人想，那勿碍哉。赵子龙后脑勺子上勿生眼睛，俚勿会对里向看的。

糜夫人慢慢叫跑过来，到口井旁边头立停。拿刘阿斗轻轻叫放下来么，肚皮里向在讲闲话哦，嘴巴里是呒不声音的。因为一有声音，赵子龙要听见。阿斗啊，俫快点醒转来吧，吾再也勿能够抱仔俫了，回到唔笃爷格搭去哉哦。俫快点醒醒啊。拿俚望准地上一放，要想往井里向跳。呃，慢。糜夫人想，吾勿能跳。为啥呢？刘阿斗该格地位摆得勿好，在井格门前头。吾投井，有声音的。赵子龙听见声音，俚要进来救吾，地上一格人了，俚看勿见。因为到底夜头，勜俚勿当心，一只靴脚望准刘阿斗脑壳上，辣——一脚踏着，颗郎头也踏扁脱完结。那僵哉，吾么投井自杀，刘阿斗么踏煞，赵子龙还活得落格啦？嗯，勿好勿好勿好。赵子龙，跑进来起来，对刘阿斗有危险的。要拿刘阿斗调格地方。糜夫人对准旁边头一看么，有哉。因为格垛土墙啦，坍倒一半，有格缺口，旁边有格乱砖堆。就拿刘阿斗呢，轻轻叫望准乱砖堆里向一放。糜夫人再用嘴巴，往刘阿斗格额骨头上亲仔一亲。小囡是困得交关好了。儿子啊，虽然俫勿是吾亲生养的，然而逃难，什梗许多辰光登了一道么，感情也更加来得深。现在，吾要搭俫再会了。放下刘阿斗，回出来，到井旁边头，卜咯笃！跪下来。朝对东南格方向，磕四个头，算是替搭皇叔永诀，搭甘夫人分别了。然后，糜夫人立起身来，两只手一举，两只手、一个头，望准井栏圈里向钻下去格辰光么，嘴里向说喊一声："罢，啊。"俫一声罢字出口么，外头赵子龙听好了。赵子龙晓得的。罢，勿是好字眼，罢字出口，万事全休。晓得出事体了。赵子龙，俚要紧，枪，嚓冷！一摆。乒！马缰绳一放，哈啦！身体旋转来，两足一攒，身子一蹬，噗——啪！跳进来。到庙里向，对正面一看呒不，对横里向一望，月亮光底下，清清爽爽一口井。糜夫人上半身已经钻到井里，两只脚在竖起来，赵子龙格个一急么，急得俚魂灵心出窍。主母啊，俫为啥道理要投井呢？赵子龙连窜带蹦，噗——啪！跳到井旁边，起两条手，望准糜夫人脚上猗上去，"哎呀，主母，你使——呃不得！"嘿！俫两只手猗上来么，勿晓得上身重，下身轻，尔嗮——已经下去了。赵子龙脱着半拍，一拍仴勿到，推位半拍。嘿！俫猗一个空么，赵子龙要紧只手伸到井栏圈里向，人跪下来，嗨——格只手伸下去，要想抓牢糜夫人格脚，拿俚格人颠倒颠拎起来么。勿晓得格井栏圈，在翻肋子底下刮牢，伸勿下去。只听见下头，嚯隆呃咚——水花溅起来，冰冰阴，溅到赵子龙手上。赵子龙到格个辰光么，放声大哭，"主母，二主母。呜——啊……啊！啊！啊！赵云奉军师将命，保护主母、小主。不幸，头队失散，使主母，受——尽惊吓。赵云之罪，罪在不小。好容易，冲进重围，得见主母，正要将你相救回去，你为什么要投井身——亡啊？主母啊，赵云有何面目回归东南，见军师交令，与主公相——见呐。也，喝喝，罢——啊！"赵子龙勜活哉。俚吮不面孔回转去搭刘备碰头，也吮不面孔见诸葛亮交令。死吧，赵子龙起颗郎头望准井栏圈上，当！撞过去。凭俚赵子龙功夫好，俚颗郎头如果搭井栏圈碰着么，总归脑浆迸裂啦，性命完结。

赵子龙好死嘎？赵子龙一死么，格书，要说勿下去，弄勿落格哟。赵子龙颗郎头正要撞上去格辰光么，叫啥刘阿斗早也勿哭，晚也勿哭，齐巧在格个辰光么哭起来。为啥道理呢？因为困了乱砖堆里向，困了糜夫人身上格辰光，几化舒服。困了乱砖堆里么，硬起壳翘，背心拨了格砖头掴痛了。刘阿斗醒哉，哇——哇——哭起来。小人一哭么，赵子龙头，撞勿落哉。当！马上缩住。对旁边头一看么，月亮光底下蛮清爽，土墙一个缺口，旁边格乱砖堆。刘阿斗两只小手、两只小脚拼命在摇动，哭得蛮厉害。赵子龙心里向明白，糜夫人留下阿斗，投井身亡，蛮清爽，就是拿阿斗托拨了吾，要吾拿阿斗救转去。小东家在，吾呐吭好死呢？赵子龙脚馒头走路，膝行上前。到土墙旁边头，拿刘阿斗抱起来，月亮光底下，哈呀，看刘阿斗哭得结棍啊。"公子，我的小主人，嗯，嗯，嗯。想主母，留下你公子，分明是要叫我把你相救回——去。哎呀，公子，你、你不要哭——啊。"俚喊俚夥哭，喔哇——喔哇——哭得加二厉害。

赵子龙弄勿落。格小人一哭啦，大人格心，会得吊起来，会得分心了，想勿出办法来了。赵子龙正在弄僵格辰光么，外头来哉。外头格老百姓伲听见，伲望准里向来。蛮清爽，老百姓伲在淌眼泪。糜夫人为啥道理要死？常言道好死勿如恶活。蚂蚁么，也尚且要爱惜自家格生命，何况一个人呢。糜夫人做出什梗格决定，往井里向一跳。蛮清爽，俚是要为了阿斗、赵云两个人活命。因为俚骑马出去，伲要死。有格三个伲死，还是俚一个人牺牲。格个名堂叫啥？叫舍己为人。勿容易啊，自家牺牲。老百姓伲感动得淌眼泪，伲过来劝赵云：赵将军啊，唔笃主母么，俚格心，伲伲明白格。伲是为仔俚将军，就什梗马让拨俚骑仔么，俚要出危险，那么俚笃么，也要弄僵。所以了，跳在井里向自杀。拿公子么，托孤托拨俚。将军啊，俚夥哭哉。人死么，也勿能够再活。俚就，照唔笃主母所讲格，救仔唔笃公子了，回转去吧。蛮对，赵将军，俚夥哭哉。"列位父老，我家公子在这里痛哭啊。"小人哭，叫吾呐吭弄法呢？吾拿俚抱在身上，冲出去搭曹将动手打，吾在打格辰光，俚，哇——哇——格个吾勿来赛。那么格老百姓说，什梗吧，让俚喂饱顿奶奶吧。好得旁边难民当中有女格啦，俚有小囡死脱在乱军当中。奶奶呢，还吮没干。日里向，糜夫人曾经问俚讨过一顿奶奶，拨刘阿斗吃过。现在，再问俚讨一顿奶奶吧。那么就拿格个女格难民请过来，搭俚商量，当然肯格咯。拿刘阿斗传过来，奶奶头塞到刘阿斗嘴里向么，到底小了呀，有奶便是娘。俚啊，也勿晓得糜夫人已经跳仔井，自杀了，勿懂的。等到奶奶吃饱，困着。拿刘阿斗传过来，交拨赵子龙。赵子龙接到手里，只看见刘阿斗，嘶——嘶——鼻头上还有点汗滋滋。吃奶奶，吃力勿过哉，吃出汗来哉。嗳！赵子龙心里向转念头，公子啊，俚倒困得着。吾呐吭救俫？吾一只手抱俫格人，一只手拿枪，单手搭人家打，勿来。格板要两只手。格吾拿俫放了啥场化？捔了肩胛上？捔了肩胛上么，格马跑起来，颠得结棍勿过。俫捔勿牢哟。吾又勿好抓牢俫格脚的。俫，磅当！要跌下来的。背了背心上，拿根绳子缚一缚牢，格个比较稳当。背了背心上仔么，吾照样门前动手打么，无所谓，呒不妨碍的。不过背心上，格只位子勿好。因为啥呢？吾后脑勺子上勿生眼睛。假使背后头格曹兵放一条冷箭，嚓！射在俫身上，吾一眼勿晓得。俫吃着冷箭，死脱了，吾哪怕就算冲到长坂桥碰头刘皇叔。噢唷，主母么自杀，小主人交拨吾，带转来，解下来一看，老早死脱哉。格个吾救，毫无意思哉啦。赵云一动脑筋么，有了。摆了胸口头。呐吭摆法呢？俫拿刘阿斗先托一个老百姓抱一抱。拿自家护心镜勾子拧脱，衣裳解一解开，拿刘阿斗抱过来，放到俫胸前。两只脚呢？立了腰里，颗郎头在肩胛格搭，斜格啦。那么拿衣裳塞一塞好，衣裳勿能扣了。因为摆仔格人了，俫就是护心镜上上去么，勾子只好少挂一点。放仔格人么，捆起来。等到弄一弄好么，赵子龙立起来，再拿条枪拿过来，演演手势看，阿有影响？阿有妨碍？勠吾条枪，嗔——一逼了，枪杆望准刘阿斗格脑壳上，壳！一记。格也勿来赛。一看，呒没问题了。什梗比较保险。那么赵子龙枪一放，在井门前头，卜咯笃，跪下来。磕四个头，搭主母告别，"主母，如今赵云，依照主母吩——咐，将公子相救回去。还望主母，在冥冥之中，保佑，公——呃子"。通神完毕，立起来。赵云要想望准外头走格辰光么，"喔——嗬，且慢"。慢慢叫看。为啥道理呢？吾望准外头走，曹兵要进山路来的。曹兵到山路里向一看，看见该搭一只庙，一口井，那么俫笃要怀疑格咯。逃难格难民，路过此地，阿会拿金银财宝丑在井里向？将来太平仔么，再到该搭来拿。那么曹兵要发横财么，拿挠勾往格井里向去掏、扎，一扎扎牢。喔哟！分量蛮重。拎起来一看，一个死尸。就拿格死尸望准横垛里一甩。一个，可能拨野兽拖脱。还有一个可能呢，拨了曹兵，就什梗拿俫搭许多难民格死尸一道去葬脱。将来刘皇叔要派人到该搭点来搜尸格说法，糜夫人格死尸保勿牢。糜夫人是为仔阿斗了，跳井的。吾一定保护好俫格尸首。呐吭办法呢？有了！让吾拿格井栏圈盖一盖没，拿垛墙头推倒，盖了井上头。就算曹兵来，俫笃勿会发现下头有口井。根本不会去动糜夫人死尸。格么要对勿住该搭点格土地菩萨咯，打格招呼。对土地神像拱拱手，肚皮里向转念头哦，该抢，对俫勿住。吾只好拿格土墙推倒了，希望俫么保佑吾，哈，让吾回到仔东南之后，禀报刘皇叔么，将来派人到该搭点来，终归搭俫呢，重修庙宇了，再镀金身。许好一个愿。

那么赵子龙过来，到井旁边头，身体蹲倒，两只手搭到井栏圈上，憋！一移动，用用气力，嘎啦！井栏圈横过来么，哽！望准井口一垫么，好。那格个上头格物事掉勿下去哉。拿俫井口盖没，赵子龙再过来，拿条枪一执，噗——枪，嗔，嗔！几透，望准土墙上，噇！敲上去，嗔冷当！墙头坍脱，拿井口盖没。那么俫再拿格枪杆子拿格墙头，乱砖头啦，啪啪啪啪！拍一拍平，好像该搭点坍仔长远哉，就什梗人家粗忙之间一看呢，看勿出有井栏圈了，也根本料勿到下头有口井。赵子龙处理停当，踏到外头，鞍鞒一整，肚带收紧，提枪上马么，也有格老百姓要跟俚一道跑，"将军啊，倷、倷回转去么，谢谢倷，带带伲一道去吧"。"蛮真，将军，倷带伲一道去。"赵子龙摇摇头，"列位父老，外面百万曹军，你们跟随赵云，恐怕凶多吉少"。勿是吾勿肯带唔笃，勿是吾心肠来得硬，拿唔笃掼了该搭。唔笃跟吾走呢？一来，吾马快，唔笃跟勿牢。二来呢，就算唔笃跟牢冲出去，曹兵包围上来，吾自顾不暇，吾呐吭来救唔笃？唔笃留了山路里，唔笃还有活格希望。唔笃出去呢，死得割割裂裂。所以交关抱歉，吾勿能够带唔笃。

赵云拿只马一拎，哈——去。倷去么，也有种老百姓骂山门。"赵子龙格人勿讲道理，寻糜夫人格辰光么，晓得要俚，喊俚老百姓领路的。现在倷跑脱么，勿带俚。"也有种年纪大格讲："老弟啊，倷覅去冤枉赵将军哉。赵将军，倷想，俚要救糜夫人出去。糜夫人啥体跳井啦？糜夫人跳井么，就是因为勿能出去呀。出去仔，赵子龙也要死了，俚也要死。格倷想俚主母也勿能够救么，呐吭好带俚呢？赵子龙对的。赵子龙说俚出去凶多吉少，俚还是登了该搭点。"那么老百姓呢，让俚笃散脱。以后曹兵撤退之后，老百姓到江夏郡去，讨饭流浪到江夏郡，再到刘备搭么，吾勿去交代。

现在再说赵子龙往外头走格辰光，赵子龙心里向转念头，刘阿斗在吾胸口头。吾出去呢，吾勿能搭曹将打。勿像进山路，吾冲进当阳道，百万军中格辰光，吾是横字当头，准备死的。吾也覅活了，吾挑脱唔笃一个赚一个，挑脱两个赚一双。救着主母顶好，救勿着，吾就死了唔笃嗒，吾也勿吃亏，勿蚀本。现在，现在两样。现在吾格目的，要拿刘阿斗救转去。吾最好覅打，最好覅碰头曹将。格用啥格办法，能够比较安全格回转去呢？赵子龙想着一个念头。吾到四营，吾去寻金枪将文聘。文聘搭吾有交情。刚巧碰着吾辰光，多谢俚指点吾，叫吾进山路来找糜夫人搭阿斗。现在吾再去看俚，吾告诉俚，吾已经寻着仔阿斗哉，阿斗么在吾胸口头，吾要拿阿斗救转去。但是吾晓得曹营上格埋伏情形呐吭。谢谢倷，倷搭吾打，倷假败，吾追。倷到三营二营头营，吾跟倷一道跑。啥场化有埋伏，倷会得绕开，吾终归跟倷一道走么，平安无事。要托文聘帮帮忙。吾想文将军搭吾有交情啦，俚格点忙肯帮的。格么吾可以打也覅打了。太太平平出去，赵子龙转什梗格念头。

勿晓得赵子龙啊，倷跑错脱条路呀。因为赵云到底是，该搭点格路线勿熟，外加是夜头，进来转过几化弯啦，俚记勿清爽。俚少转一个弯。喏，推位勿起啊。少转一个弯啦，倷如果再多转一个弯，朝左手格方向，顺弯倒弯出去呢，到四营。倷少转一个弯，顺弯倒弯往后面该搭点过去呢，倷勿是到四营，而是到中军帐，到六营，到第七座营头上去。走着格反方向呀。赵云又勿晓得。赵云格只马在出来格辰光，哈——朝门前头走么，该搭点还吭不营头了。再冲过出去出山路，要有营头哉。哈——只听见门前，当！一声炮响。哗——一路人马来。咦，有曹兵？赵云扣住马匹，对门前头一望么，只看见门前头旗帜飘扬。有三千曹兵，一员大将。格个大将，乌油盔、镶铁甲、乌骓马，手里向执一柄浑铁镋，形容恶刹。旗号上两个字，辽西——公孙。格朋友双姓公孙，啥人？倷过来看，俚是第七座营头上大将，辽西大将军，叫公孙泰。得报，赵子龙来了，那么俚带领人马过来打啥叫。该格辰光捉赵子龙，顶便当。赵子龙已经打仔一天一夜多，人困马乏。要拿俚擒捉呢，容易。执仔柄浑铁镋过来，在喊："赵——呃子龙，你见了大——呃将军，还不与我下马受缚。"赵子龙一听，哭出乎拉格声音，啥等样人？"贼将，留下名来。""辽西大将军，公呃孙呃泰！""放马。""放——呃马。"哈——两骑马碰头，公孙泰混铁镋过来，"照打！"噗——乓！迎面一镋。赵子龙起长枪招架，"且慢——呐！"嚓啦啦啦啦啦冷，格么真要命。赵子龙顶好勿碰着曹将，偏偏碰着。希望碰着格曹将么，本事推扳点，眼眼调碰着格气力大朋友。枪掀上去，勁想掀得开呀，擦冷冷冷——赵子龙该格辰光，呒不心路搭俚打。也勿想赢俚，也勿想结果俚性命。只想呢，夺路而走。现在赵云呐吭办法呢？赵子龙，当！马头一圈，拿条枪，乓！一收，俚往下头一沉一收么，马，哈——突一条路往门前头走。公孙泰呐吭肯放？"赵子龙，你往哪里走！大将军，来吔——喝喝了。"哈——追。背后头格曹兵，哗——跟上来。赵子龙望准门前逃过来么，该搭点俦是坟山窝呀，七高八低，东一个孤坟，西一个荒坟。在坟墩窝里面跑么，赵子龙跑勿快，只马格速度，很慢。俚马走得慢么，公孙泰比俚快呀。为啥呢？因为公孙泰日里就到该搭扎营，该搭格路，比俚熟悉。所以俚追过来快哟。哈——越追越近、越追越近么，要命啊，赵子龙逃俚逃勿走。还要赛过回转身来搭俚打。对付什梗格大气力格朋友，当然，赵子龙动脑筋想尽办法，要赢是，还是有可能赢的。但是赵子龙是呒不心路打。赵云往门前头逃过来格辰光，门前头有座牌坊，一座石牌坊。啥格朝代么，也无从查考，旧了。格牌坊呢，上头一根石条已经断脱了，掉下来么，掉了下头根石条上。下头根石条呢，年深月久，也绷仔尺了。赵云呢，眼睛比较好。哈啦！马匹从牌坊底下过去。俚因为跑得慢啦，刚巧从牌坊底下过去么，公孙泰已经追到。公孙泰一看，搭得够哉。就起手里向混铁镋，望准赵子龙背心上，夹背一镋："赵呃子龙，你照打！"噗——一个盘头一起，嘿！一记敲过来。格么公孙泰呀，倷看看清爽酿，一个牌坊在门前。格个家伙眼大勿带光，夜头外加格月亮呢，一歇歇云过来哉，遮没。云过去哉，清爽。齐巧俚镋在起盘头辰光么，云拿月亮光遮没，背后头虽然有灯光，路远么，黑铁墨拓看勿大清爽。公孙泰格人么，也粗心仔点，气力么也大仔点。磅！一记过来，俚格混铁镋勿是去敲了赵子龙背心上，敲了格石牌坊上。别啊——石条断脱了，下头格石条，绷仔尺了，一记敲着么，四块石头掉下来，第一块，掉下来，比啊——得了俚马头上。好了，只马头搭烂，俚人掼下来。还有三根石头下来，望准俚身上，比啊——叭——别——连人带马么，叫砸为肉酱。

后头格曹兵一看，"不好来，赵子龙厉害呃！"赵子龙想啥物事啊？吾逃走也厉害格啊？哈哈！吾厉害了啥场化呢？"我们大将军，自己打死了自己啊！"呫，赵云一听，奇怪。自家打煞自家？回过头来一看么，齐巧格月亮光出来，牌坊拨俚敲断，石条倒下来，连人带马打煞，赵子龙心里向快活啊。"哈——哈，哈——哈，啊——咦，喝喝哈哈！"肚皮里向转念头：刘阿斗啊，倷，命大的。吾是靠倷格福气。搭曹将打，曹将什梗气力大，吾吃俚勿消。居然，俚会得自家打煞自家。赵子龙阿要开心？有希望，可以回转去。哈——倷往六营上来么，只听见门前头，当！一声炮响，人马冲出来。"呔，赵子龙下马呃，一只手大将军来了，一只手将军来啦。""呫，嗳。"酷——赵云拿马扣住，对门前一看，叫啥说，一只手将军来哉。来格朋友残废？只賒一只手？啊呀，格一只手格朋友板是狠得不得了，否则俚勿敢出来的。啥等样人呢？倷在对门前头看，来了。赵云一看么，两只手，勿是一只手，不过俚用单手家什。来格啥等样人呢？勿是别人，辽东无敌大元帅、无敌大将军，赛元晋。

格么为啥道理，曹军要喊俚一只手将军来哉呢？格里有格讲究。因为赛元晋本事实在大勿过。在辽东呢，没有敌手的，所以称为无敌大元帅、无敌大将军。曹操打平辽东之后，辽东太守公孙康投降。曹操问公孙康，倷手下阿有几个大好佬？说吾有格大将叫赛元晋，本事大得不得了，辽东无敌。喊得来一看么。果然呀，身高九尺向开，长一码，大一码，长似金刚，胖似罗汉，格卖相是狠得勿得了。格曹操说蛮好，赛元晋啊，倷跟吾到中原去吧。辽东么，倷已经呒不敌手了，让倷到中原去显显本事。格赛元晋当然高兴。格么公孙康呒不办法，见曹操怕么，只好割爱，让赛元晋跟曹操一道去。勿晓得赛元晋格人有格毛病。啥格毛病？喜欢说大话，骄傲，目中无人。讲出闲话来，容易得罪人。好像世界上格大好佬么，让为俚顶顶狠了。本事比俚再狠格呢，只有两个。呐吭两个么？一个从前死脱了，一个么，还曶养出来。眼睛门前么，还是俚顶顶狠。勿晓得曹操对于格种，嗨外奇谈格朋友触气，尔痒相。那么外加众将么也对俚倷，侪感情侪不大好，勿大对劲。所以俚在曹操营头上，呒不地位了，孤立的。曹操勿当俚老爷看待了，就拿俚留在该搭点后头，六营上。那么格赛元晋到当阳道扎仔营头么，一日到夜发牢骚了，骂。骂啥呢？骂曹丞相眼乌珠瞎脱了，勿识人。蛮好像吾什梗种大将，做头队先锋么，赵子龙老早拨吾捉牢哉，或者打煞哉。派高览。高览格种人格本事，呐吭好搭吾比啊？唵？倷看赵子龙，二营、三营，哈，一埭路冲过来，呒没敌手。为啥道理呢？因为吾在后头营头上，吾发勿出嘎呀。有力呒处用。那么，倷什梗嗨外辰光么，旁边头格种小兵，侪劝俚哟。赛将军，勍什梗讲。高览有本事的，河北道上四庭柱大将之一。赵子龙实在狠勿过了，拿俚一个照面枪挑。倷像高平、高怀，拨俚一枪挑脱两个，有本事的。谈也勍谈，有本事，吾真勿买账啦。格么，假使赵子龙到该搭点来么，呐吭呢？赵子龙要么勍到吾营头上来。嗯，到吾营头上来么，吾饶俚一只手。啥格，倷讲啥格啊？饶俚一只手。用勿着用两只手搭俚打，一只手搭俚打，就好赢俚。哼哼，大将军倷格句闲话，阿作数的？当然作数。大丈夫一言既出，驷马难追。刚巧讲到格搭么，手下人报过来：赵子龙冲出山路，往此地来了。啊，来了。来么蛮好。关照外头点三千名军兵，备马，扛家什。倷关照外头备马，扛家什格辰光么，手下人问俚了："请问大将军，喃，您用哪一只手家伙？"问俚用哪只手家什，倷饶俚一只手。赛元晋用啥家什呢？用一对独脚铜人。一柄铜人要几化重？六十斤。两柄要一百二十斤。《三国志》里向，用兵器顶重么，就是俚。关云长算得本事大哉，青龙刀八十二斤。典韦一对双戟八十斤。俚格对铜人，要一百二十斤。因为倷刚巧在嗨外，饶俚一只手，格么当然勿是用两柄铜人咯？手下人问俚哉咯，倷还是用左手柄铜人呢，倷还是用右手柄铜人？格赛元晋肚皮里向转念头，搭赵子龙打么，吾仍旧要用两柄铜人。呐吭好用一柄？用一柄么，吾吃亏格咯。格么阿要关照，仍旧用两只手家什，倒胃口。吾前脚在嗨外，赵子龙来，吾饶俚一只手，闲话也刚巧在嘴半边了，赵子龙来哉，吾仍旧用两只手，吾即使拿赵子龙打败、捉牢，手下人要讲：嚯唷！赛元晋对勿住哉，言而无信，讲么讲得嗨外奇谈，弄到完结么，原要两只手。格坍台。说大话说僵。好得赵子龙打仔一日一夜多，乏力哉，吾就饶俚一只手吧。用右手家什。"用右——手的家伙。"好！用右手家什。赛元晋跑出来，豁上马背，铜人呈上来，咋！铜人抓好。嗨！千金索套一套好，炮声一响过来么，小兵在喊，一只手将军来了！哗——赵子龙看见。赵子龙对门前头一望，火把、灯球照得像白昼相仿。一员大将，长似金刚，胖似罗汉，旗号上飘飘荡荡，辽东无敌大元帅、无敌大将军——赛。赵子龙身高七尺，搭俚一比，要推位两尺。好推位嘎许多，像小人搭大人打。

赵云马匹上来，"贼将，住——马通名"。"赵——呃子龙，你——且听了，大将军非别，辽东无敌大元帅、无敌大将军，赛元晋呃！你见了将军，还不与我下——马受缚。""贼将听了，倷与吾放马，枪上领死。""放马。""放——马。"哈——两骑马碰头格辰光，赵子龙对胸口头刘阿斗看看：公子啊公子，吾冲进曹营辰光，覅碰着格种狠人。救着倷公子，眼眼调碰着格无敌大元帅。赵子龙自家晓得格力道搭俚勿够，用啥格办法呢？赵云就起格条枪，望准俚马头上一枪呀。"贼将，看枪！"噗——乓！一枪过来。赛元晋，嘡！左腿环花蹬一挑，酷——马头一圈，啪！赵云一枪格空。俚起右手格柄铜人，用足全身功劲，外加格只左手往右手手腕上一搭，帮一帮忙，铜人望准俚枪杆上敲过来，"且——慢呃！"噗——格个力道，大得热昏，如果敲着是，赵子龙格条枪一定要脱手么，呐吭办法呢？要下回继续。

第五十二回

相逢张绣

赵子龙，单骑救主，想勿到现在碰着辽东无敌大元帅、无敌大将军赛元晋。赵子龙一枪，辣！往俚马头上刺上来么，赛元晋起右手格柄铜人，望准赵子龙枪头子上敲上去。倘然说拨俚敲着么，赵子龙格条枪要震得脱手，捏勿牢。因为俚格力道，实在结棍。外加俚两只手啦，只左手，还搭了右手格手腕上，帮帮忙，连格身体一道磕下来，几化结棍了。"且慢——呃！"噗——嘿！格来么喏，赵子龙就打得巧。等倷铜人在敲下来格辰光，还勩碰着俚银枪格枪杆么，俚要紧拿条银枪望准里向，哗啦！一收。赛元晋敲一个空，那么苦哉。敲一个空么，俚格力道用得大勿过，望准下头直沉格沉下去。"喔！"尔噶——连身体俏一道冲下去。乓！赵子龙条枪翻起来，"贼将，你看——枪！"噗——啪！一枪过来。那么赛元晋苦哉。拼命拿颗郎头一低，"诶！"倷格头低下去么，赵子龙格条枪齐巧刺了俚额骨头上，呵——有五个指头什梗开阔，一层皮去脱。穿进盔帽，乓！往上一挑么，盔帽下头格流海带，叭搭！断脱，盔帽，啡——去脱。格个一痛么，痛得俚作孽。圈转马来就逃，吼叫连连，"哇呀呀呀……"倷在急叫辰光，后头格曹兵一看，勿得了哉。赵子龙拿赛元晋，辣！一枪么，前头格小兵别转身来就逃，"不好来，大将军中了枪喽"。后排里格曹兵看勿见，一听见前排里在喊，中了枪。中了枪么，终归呒不命哉哇，"丢了命啦"。咦，赛元晋想，吾死也勩死了，唔笃已经喊丢了命了？赛元晋格只马已经逃得蛮远了。格么赵子龙勿去追赛元晋，俚呒不心路去追俚。俚跟仔小兵，哈——往门前冲过去，预备回东南。

格么吾先交代赛元晋。赛元晋，哈——落荒而走，逃出营头。右手痛得了，格柄铜人脱仔手了哉。脱仔手么，因为有格千斤索，套牢了格脉门上，柄铜人荡了下头。正叫俚格身胚，倷推位点是，只臼俏扳脱仔了完结。几化重了。六十斤重，摆着。赛元晋要紧左手，哗啦！马扣住。马背上跳下来，马，旁边头树上结一结好。铜人，挢下来，嚓冷！地上一摆。人呢，旁边头块石头上坐定。格只手摸到额骨头上，血嗒嗒渧，身上一塌糊涂。还好，就是搓脱点皮。天灵盖上搓脱点头发，受一眼轻伤，勿致命的。那么俚拿腰里向宝剑，咛——哐，噗！抽出来。拿格件战袍，拎起来么，呵——大襟上割一块下来。宝剑，咛！入匣。身边金枪药摸出来。大将出来打仗，格种物事身边俏带的，万一负伤么，马上好拿出来派用场。赛过像现在战场上打仗，身边终归要带一个急救包啦，临时可以派派用场。赛元晋拿金枪药，头上敷一敷好，割下来格一块战袍，搭！头上，嘚嘚嘚嘚，包一包好。"呃嘻！"倒霉，出场到现在，勩中过枪。碰头赵子龙，俏是骄傲，骄出来格报应。那呐呒弄法？回营去吧，难为情。吾在曹操面前嗨外，天下狠人么，让为吾顶狠。比吾再狠格人，呒没了，天下无敌。那么现在吾回转去，别人曼得对吾阴唧唧讲一声：赛元晋啊，倷旗号上是无敌大元帅、无敌大将军。吾看倷阿要改脱一个字吧，改一个有敌大元帅了，有敌大将军吧。狠天狠地，倷只好狠了辽东，吃吃辽东人。倷到中原来就勿来赛，中原大好佬多。倷看，赵子龙照样好拿倷，辣！一枪。吾呐呒有面孔做人呢？平常辰光，闲话说得忒绝。曹操营头上勿能去。格么勿到曹操营头上去，到啥场化去呢？回转去吧，回辽东故乡吧。要想回辽东么，想想也是难为情。为啥呢？因为吾在辽东嗨外奇谈，顶顶狠就是吾。那么吾现在回转去，格人家要问格咯：赛元晋啊，倷跟仔曹操到中原去仔什梗一阵，倷立过点啥格功劳呢？有点啥格成绩呢？呐呒倷一干子回转来哉呢？盘了盘，盘了盘么，弄穿帮。晓得吾在当阳道，曹操营头上，碰头常山赵云，辣！一枪，穿冠断发。格个是实在无脸见辽东父老，回勿转哉。勿好做人了。格么既然辽东勿好去，当阳勿能回，格么吾到啥场化去呢？另外投东家。投奔啥人？有了。俚想着自家从前在辽东有格朋友。格个朋友呢，姓木易杨，单名格松树格松，叫杨松。从前杨松在辽东格辰光呢，不过什梗，很勿得意，潦倒了。那么赛元晋呢，拨一笔铜钿拨俚，资助俚。后来杨松跑了。离开辽东么，杨松到啥地方呢？到东川，张鲁搭。投奔张鲁么，做仔官哉。后来杨松写过一封信，告诉赛元晋。格么赛元晋心里向转念头，吾到东川去，投杨松吧。托俚在张鲁门前讲两句好闲话么，阿有啥吾在东川谋一只位子，好少坍一个台哉哟。

转停当念头，俚铜人一执，豁上马背么，往东川来哉。哈——路勿认得，问信啊。一埭路，路上下来，太阳当顶了，肚子饿，吃饭吧。路过一个市镇，到饭店门口下马，跑到里向吃饭。饱餐一顿之后，回账。一摸身边，好样式，一个铜钿也呒不呀。因为俚出来搭赵子龙打仗辰光，身边勿带银子。战场上搭对方去拼命么，何必要带一个银包呢？那么倷铜钿呒不，格勿来赛，又勿好吃白食。人家店家勿让倷走。罢了，柄铜人卖脱俚。六十斤重柄铜人，浇脱。那么倷想，倷格柄铜人去浇脱么，三钿勿值两钿，勿值啥铜钿的。当时辰光赛元晋打格柄武器格时候，代价蛮大的。格现在是也勿能谈了，就什梗卖卖脱。付脱一顿饭钱之后，再路上过来，吃一顿夜饭，再住一夜天。到明朝转来吃脱早顿么，格铜钿呒没了。格么呐呒弄法呢？再下来过日脚么，拿身上副甲卖脱。盔呒不哉，勿全哉。赛过像旧货什梗格物事，外加格上还有血迹，倷去卖脱么，也勿值铜钿格咯？一副甲吃脱。离开东川，还有一阵路了。一口宝剑卖脱，防身家什也勜哉。就赤手空拳吧。宝剑卖脱，吃吃么，倒又吃光哉。一问么，离开东川还有两日天路程，铜钿倒呒不哉。倷两日天，勿吃物事，勿困觉，勿来赛的。罢了！拿只马卖脱。格么格只马好马，龙驹马。卖脱么，值铜钿，卖着几十两银子。嚯哟，赛元晋心里向转念头，那是笃定，到东川去，吃勿光用勿光，格五十两银子么，笃笃定定。格么倷做人家点用用酿。因为路上一径省吃俭用么，勿能够放开怀抱，好好叫称称心心吃一顿啦，现在银子总归用勿完哉么，喊一桌酒水，一干子吃独桌。挺挺喤喤，狼吞虎咽，吃得脱结棍哉，暴饮、暴餐。酒吃得一多么，身上衣裳敞开来，窗口头吹着风么，着点凉。叫啥到明朝转来早上，寒热沸沸烫，爬勿起来哉。店家一看阿要吓啦？客人毛病蛮重，马上去请格医生来搭俚看病。一看，啥格毛病么，吃坏脱。隔食伤寒。外加心里向么又勿好，忧忧郁郁，有点气。什梗样子一来么，好，吃坏么，生病哉。而且格个病啦，交关慢，牵丝得来。吃药、住栈房、请医生，开销蛮大。到啥辰光毛病好呢？五十两银子全用光。格个名堂叫啥，叫财去身安乐么，风吹鸭蛋壳，铜钿完结么，病好哉。那么店家赶俚动身，走哉哇。格么走么，路上，呒不物事吃咯？铜钿呒不了？卖拳头。格卖拳头外行呀，蒯跑过江湖，卖过拳头么，弄勿着几个铜钿。而且毛病刚巧好么，来得格吃得落。狼食。吃么又吃勿饱，哈呀，作孽啊，狼狈不堪。等到跑到东川是，像瘟三什梗一个。打听，杨松杨大夫屋里在啥场化？问信问着哉，到杨公馆。对公馆门上人讲，说俫到里向去禀报杨大夫，辽东有格老朋友，叫赛元晋，到该搭来，拜望俚。门上到里向来禀报杨松么，杨松奇怪了。赛元晋在辽东，格呐吭会跑到该搭点来？一问情形，说来格人呐吭格局？蒯是冒名冒姓。呃，说来格人像叫花子，蒯扮得的。又是格龌龊，又是身上么，一塌糊涂，臭血血的。哦，杨松格脚色呢，是一个势利小人。一听见赛元晋什梗格局么，勿肯见。俚就关照门上：俫去回头，说吾勿在屋里向，出门去哉，叫俚过脱一日再来。门上出来回头俚么，杨老爷有事体，出去哉。昨日就跑的，勿在屋里向。格么阿能够留留吾？嗯，杨老爷勿在家里向，倷勿能够留客人的。那么弄僵。说倷格个日脚呐吭过法呢？等杨松转么，勿晓得俚几时回转来？其实是杨松在家里向，赛元晋又勿晓得。

赛元晋忽然在街上看见一张告示。啥格告示呢？招兵。东川张鲁在招兵，当兵吧。当兵么，一口饭总归好混混。跑到招兵格地方，报名。叫啥名字，叫赛元晋。那么招兵处格偏将一看么，喔唷，格个朋友长一码，大一码，啥什梗长大格人啊。倷叫啥名字啊？吾叫赛元晋。啥场化人呢？辽东人。倷，阿有武功格呢？唔，稍微有点。俚那是谦虚得了，因为吃骄傲格苦头实在结棍勿过哉么，勿敢再嗨外哉。稍微有点。格么倷施一路刀拨吾看看看。好的。啪啪啪啪啪——一路刀法使下来，蛮灵光。再撒一路枪看。啪啪啪啪啪啪，枪法也是好。哦哟，格招兵地场化格偏将一看，俚本事比吾大哇，那么去报告张鲁。有什梗一个，长一码，大一码，刀枪剑戟样样侪来格人，喊俚开弓么，居然弓背侪拨俚拉断脱，力大无穷。张鲁拿俚喊得来，一看么，果然，格个人喊俚当兵，糟蹋脱的。马上就叫俚做大将。接下来齐巧巧哉，边疆上有事体叫俚去打仗么，大获全胜。几次功劳一立么，杨松晓得。杨松马上过来搭俚碰头，哈呀赛元晋啊，听说倷到过吾屋里向来的，阿是。吾齐巧出门去仔呀，抱歉抱歉，总算吾回转来搭倷碰头，倷呐吭来的？赛元晋讲拨俚听。赛元晋上俚格当，蒯晓得格脚色是格势利小人。现在倷一得发了，张鲁得宠倷在，杨松要拍俚马屁哉。俚登了张鲁面前添好话了，赛元晋官封为都督，在东川，又狠起来。

后首来，曹操兵进东川，张鲁投降曹操么，赛元晋再回到曹操搭。吪？曹操觉着奇怪哉咯。倷，在当阳道，拨了赵子龙一枪挑脱格哉？说吾勴死的，当场挑脱一顶盔帽。吾逃出来了，流浪到东川，吾吰不面孔来见倷丞相，所以到张鲁搭。哦，曹操想蛮好。那么喏，仍旧回到曹操搭。到建安廿四年，刘备兵进东川，赵子龙大战汉水么，枪挑赛元晋。隔十一年么，赛元晋仍旧要死了赵子龙条枪上。不过俚多兜了一个圈子罢哉。因为后段书里要交代格啦，所以拿赛元晋格下落表一表清爽。

赛元晋去了，赵子龙往门前头过来。赵云心里向转念头，门前头看上去是中军帐，要冲过中军帐了，那么到四营。赵子龙呐吭会晓得门前头中军帐呢？因为中军帐上，有一面三军司命格大督旗。格面旗特别大，旗上有灯了，看得出。赵子龙晓得吾走错仔路了，吾跑到四营格后头去哉。倷在往门前头过来么，门前，赛元晋部下格小兵俫在逃："不好了，兄弟们快走呃，赵子龙厉害啊，逃——啊！"着生头里，叫啥门前头格队伍停下来哉哟。"呔，兄弟们不要走呃，队伍停下来呃。张君侯来了，张君侯来——啦！"败兵队伍停。

赵子龙对准门前头一看么，"哈——啊！"东方发白，天亮哉。望过去看得清清爽爽，门前头一面黄缎子，红字旗。旗号上清清爽爽：大汉宛城侯北地枪王——张。"啊——呀。"赵云急得了心里向，别别别别……跳一个勿停。心里向转念头，跑出来眼眼调碰着狠人。来格朋友啥人？宛城侯、北地枪王张绣。

张绣呐吭会到该搭点来呢？开头张绣勿在当阳道。俚是从宛城带三千兵，解粮草，昨日夜头到当阳。俚在后营上粮队，拿粮草停下来，赶到中军帐来，参见丞相。中军帐守将郝萌迎接，郝萌搭张绣讲：君侯，赛过，相爷勿在中军帐，倷明朝搭俚见吧。相爷人呢？相爷在山上，景山山顶上。啊？为啥道理丞相立营么，勿登了下头中军帐了，要跑到山上去呢？张君侯啊，勿瞒倷讲，丞相到当阳道立营之后么，刘备手下有格大将冲到俚营头上来，狠是狠得不得了。一枪挑死两个高将军。接箭还箭，结果曹成、曹顺性命。枪挑王勇、王飞，夺槊三条。格个本事大是大得热昏。喔，格个人叫啥名字？格个人叫常山赵云，赵子龙。用啥家什的？搭倷侯爷一样，也是用枪的。张绣一听么，心里向赛过吃着一刀。为啥？张绣格个人，心情来得狭隘，量怀极小极小。因为俚用枪，枪格当中俚顶狠，称为叫北地枪王。倷赵子龙用刀，倷刀劈啥人，刀劈啥人，赛过搭俚格关系呢，还勿顶大。因为倷是用刀格么，吾用枪的，两只路子的。现在呢，眼眼调赵子龙也是用枪的。拿百万正先行高览照面枪挑，连下来，冲进营头如入无人之境。现在在山路里，曹操跑到仔山顶上去。张绣心里向转念头，格是吾，勿能够就什梗让俚跑出当阳道。假使吾勿来，无所谓的。说起来张绣勿在，张绣么，赵子龙吰没命活的。吾现在已经到了当阳道，赵子龙还格恁样子狠法，格吾坍台伐？天下人，要拿吾格地位降低。说起来格个枪王到底不来赛了，应该是让赵子龙成为天下第一名枪。完结了，吾块牌子坍脱哉。喏，格个人心情狭隘。俚容勿得别人家。特别是用枪的，超过俚格地位。上山去，搭郝萌讲：吾要上山，见相爷去。郝萌领俚上山么，到山上。

曹操得报，北地枪王张绣到哉，求见。"呃！嗯，嗯，哦哦哦哦哦。"曹操心里勿快活。曹操听见张绣格名字，就触气。为啥呢？冤家。曹操格大儿子叫曹昂，曹操格阿侄，叫曹安民，曹操格顶顶欢喜格大将典韦，侪死了张绣手里向。格个仇，永远也勿能忘记。那么格两个人，呐吭侪会得死了张绣手里呢？格桩事体讲起来啦，曹操又是坍台的。因为曹操去打宛城。张绣呢，听手下一个谋士贾诩劝，说勿打哉，投降吧。曹操格势力来得大。那么张绣听贾诩格闲话么，叫贾诩到曹操营头上送降书，投降。那么曹操么进宛城，蛮好咯，张绣么照样是宛城太守。勿晓得格曹操啦，登了宛城之后么，勿规矩哉。曹操有格毛病，叫啥俚吃饱仔老酒啦，问旁边头左右：城里向阿有妓女？格俫想，阿要下作。打仗，占领仔一座宛城，去问阿有妓女。曹操是平生好色。俫看，《三国志》历史上，陈寿《三国志》上，有的。曹操家小要讨几化？讨十三个，侪是有名有姓的，除出格个原配格卞夫人之外啦，多下来，还有十二个。所以外头烂弄一泡，还有了。格勿在格十三个头里向。曹操儿子、図唔要养廿五个啦。如果摆了现在计划生育讲起来是，格个错是也犯得了，勿能谈了。那么曹操一问阿有妓女么，曹操格阿侄，曹安民也是格糗货，专门是拍曹操马屁。说吾在街上兜过来，看见一个女人，交关漂亮啦。啥人呢？张绣格婶娘，就是张济格家小，叫邹氏。曹操关照：去拿俚请得来。那么请到曹操官驿里向。格个邹氏呢，并勿是张济格原配，如夫人，所以年纪比较轻。张济呢，老早就死脱了。那么曹操搭邹氏就此登了一道。格么登了一道，登了城里总归勿便当格咯，到城外去。一到城外营头上，曹操就此公事也勿办了。那么关照格典韦呢，来守好中军帐外头格营门。随便啥人，朕没吾许可，勿可以进来的。典韦么，看营门。曹操搭邹氏么，登了帐篷里，寻欢作乐，公事侪勿办。那么格种事体，张绣要晓得格呀。张绣得信之后，格个心里向火是火得不得了。曹操俫勿作兴，吾见俫怕，投降俫，买俚格账。格俫也要拨点面子拨吾，吾要做做人格呀。格邹氏，是吾格婶娘呀，俫搭吾婶娘搞七捻三登了一道，别人家背后头，勿指牢仔吾格背梁脊骨，勿骂格啊？吾还像样子格啦？那么搭贾诩讲，吾格个一口气咽勿落，吾一定要报仇，吾要结果曹操性命。贾诩说，勿来的。曹操手下格大将典韦，善用一对双铁戟，力大无穷，狠得不得了。俫冲过去，恐怕冲勿进俚格营头。搭手下人商量，先要解决脱典韦。那么俚手下，有格马夫，叫胡车儿。胡车儿格轻身法是好得热昏啦。说有办法的。吾去送两甏酒拨了典韦，请俚吃酒。拿俚灌醉之后么，拿俚格对双铁戟偷脱，俚吭没家什了，那么俫冲进去打么，俫就可以赢了。好格呀。那么两甏好酒，胡车儿送到典韦搭来么，典韦平生格毛病就是喜欢喝酒。那么格种好酒拿得来，放勿落手哉。咕咕咕咕咕咕，一氅酒么就此吃光。还要吃，只觉着龊吃畅么，第二氅，别别别别——又倒出来再吃。两氅酒吃光么，喝得酩酊大醉，人困着了。那么胡车儿拿对双铁戟，乓！偷脱。到半夜里向么，张绣来。张绣冲进营头来格辰光，哗——杀声一起么，典韦跳起来。啊呀，典韦晓得勿灵。有人来冲丞相营头。俚跑出来吭不家什呐吭办法？双铁戟寻勿着哉。就拿把刀，一柄朴刀，劈叭劈叭劈叭劈叭劈叭，到外头拿张绣手下人乱杀一泡么，劈得格把刀额口哉。刀额口勿好用哉，劈勿孽哉，刀掼脱么，俚，扎！抓牢张绣手下两个小兵，就拿俚笃两个小兵脚抓牢，拿格人当兵器用。拿两个小兵敲过去么，拿格人去打人，拨俚噼里啪啦，敲倒勿少人。张绣看着，真结棍啊，典韦阿要厉害？放箭，叭叭叭叭叭叭，因为典韦从床上爬起来，龊着甲。赤格膊了，一赤膊么完结。箭，嚓嚓嚓嚓——身中数十箭。手里向捏着两个人，脱手哉。张绣赶到俚背后头么，望准俚背心上，辣！一枪么，后背通前心。典韦大叫一声，哇——两只手抓牢营门么，就死脱哉。叫啥人么死脱了，勿掼倒，立着，就什梗手撑在营门上。叫啥典韦尽管死脱了，身上么几十箭，外加拨了张绣后背通前心一枪，叫啥俚格副吃相啦，人死脱仔，张绣手下小兵勿敢在俚门前头走。看见俚格形象，吓勿过。张绣呢，马匹冲到中军帐，曹操得信，逃。

曹操逃出来么，叭——后头格箭射，曹操格只匹马是好马。吃着三箭么，熬仔格痛拼命逃。曹操带仔阿侄一道逃出去么，邹氏就留了该搭点了。张绣刺婶娘。张绣在背后头追曹操格辰光，曹操逃过来一条河。逃过了河么，格只马眼睛上吃着一箭，马，磅当！掼倒。俚掼倒格辰光么，曹操格儿子曹昂，拿只马，让拨了自家老娘家。曹操上曹昂马匹，哈啦！逃走么，曹昂，叭叭叭叭叭叭，中箭身亡。曹操格阿侄曹安民踏为肉酱。格个一仗，曹操败得惨。非但儿子、阿侄替仔大将典韦死脱，外加名气还臭了。生活勿好啦，人家侪勿同情俚，侪觉着张绣应该什梗做。那么再隔仔一阵，曹操二次打宛城了，经过贾诩当中横里再穿扇面么，那么张绣才投降。张绣投降下来，曹操就了皇帝门前上一道本章，封俚为宛城侯。让俚呢，留守宛城。曹操封俚为侯爷呢，老实讲一声，也叫安抚安抚俚。曹操用呢，勿去用俚，让俚留了宛城。阿有啥俚勠搭吾捣乱，勠背后头来寻着吾。该抢曹操发兵追刘备格辰光，勠去调张绣格人马，就是拨一个通知拨俚，叫俚弄点粮草来。那么张绣呢，亲自解粮草到此地来。所以现在曹操得信张绣到，想着儿子、阿侄，替仔典韦格死，总归对格张绣心里向勿快活，但是吭不办法哇，俚是宛城侯啊，宛城太守。身份范畴，吾板要亲自到外头来接。

曹操就关照："说老夫，出接。""丞——相，出接。""呃——嗬，噗！"曹操踏出帐篷么，张绣下马。张绣抢上一步，"丞相，张绣到来，何劳丞相迎接。张绣，有——呃礼"。欠身一礼。"君侯，老夫接待来迟，望勿见责。这厢，有——呃礼。"曹操对旁边头文官一看么，贾诩，现在是在曹操搭。本来是跟张绣的，曹操欢喜俚，拿俚调到自家搭来。看见老东家来哉么，带一批文官上来，"君侯！君侯！君侯！君侯！下官见君侯。在下见君侯"。"迎接君侯啊。"张绣一看，贾诩，自家人。"贾先生，列位大夫不敢，本——爵，有礼。"拱拱手。张辽、许褚格班大将，搭张绣呢，对俚勿大对的。特别是许褚，因为俚搭典韦是要好朋友。典韦死在俚手里向么，看见俚就惹气。吭不办法，相爷面上，只好过来迎接。"末将，迎接君侯。""小将，迎接君侯。""迎接君侯。""迎接君侯。""哗——"张绣对格班曹将看看，哼，心里向转念头，唔笃格批人，饭桶！赵子龙匹马单枪，搲到该搭营头上来，嘎许多辰光，一个俕勿能拿俚捉牢。唔笃，吃干饭格俕是。格么张绣啊，俺看勿起俚笃么，摆了肚皮里，勃露到面孔上来。格种人，就叫资格浅，叫啥对仔格班大将，嘴唇皮么，一批，眼光里流露出格种貌视格神色。"众位将军，少——呃礼。"乓！手一招啦，礼也勿回。格班大将气是气得了，肚子要爆穿。特别是格许褚，许褚对张绣看看，啥格名堂？倷接俺是，老实讲一声，相爷面上，吭不办法，勿能勿出来接。典韦死了俺手里，吾恨勿得，辣！一拳头。像煞有介事，狠天狠地，面孔笔板，手一招哟。俺当俚啥物事啊，俺狠点啥？俺为啥道理做侯爷。俺、俺是靠唔笃婶娘搭曹操要好仔了，有什梗点地位哟。鸭屎臭，摆了鼻头旁边闻闻，血血叫，倷懂啊？格批大将俕在心里向咕，嘴里向勿响。

喔咯咯咯咯咯，跟仔到里向来，曹操摆座头，张绣坐定。送过香茗，茶罢收杯。张绣身边张粮单摸出来，"丞相，张绣押解粮草到此。请丞相观看"。粮单接过来，验收过，勿错了，交拨手下头。"君侯，路上辛——苦呃了。""还——好！"曹操关照摆酒。酒水摆出来，一席丰盛酒肴。曹操、张绣两家头入席吃酒么，文武官员吭不吃的，俕只好立了旁边头，看俚笃吃。竖上来呢，讲两声客气闲话。张绣实在熬勿住了。张绣心里向转念头，吾来讨差使下去，拿赵子龙捉牢。"丞相。""嗯？""张绣要请问丞相，因何不在山下中军大帐之内？在景山之上，所为何——呃事？""哦，呃。君侯有所——不知。"吾奉旨出师，打刘备，追刘备追到当阳道，设立营头格辰光么，刘备手下来格大将叫常山赵云，赵子龙，一马一条枪，勇不可当，杀进营中。现在呢，望准山路里向去哉。吾呢，因为俚，冲得实在厉害勿过了，所以到山上来，格个名堂叫，暂避其锋。避避俚格锋芒。格句闲话，其实是曹操格客气闲话，曹操并勿是避赵云格锋芒了，离开中军帐。俚是要到山上来看看，格白袍小将到底狠得呐吭样子了，上山。上仔山么，俚就吭不下山。曹操讲格句闲话，曹操啥意思呢？曹操也有意思。曹操是触触俚格霉头，讲得格赵子龙狠得来，哪恁哪恁哪恁狠法。而且突出赵子龙是用枪的。那么吾么现在，要避避俚格风头。格恁样子一来么，抬高赵云了，贬低张绣。张绣听得格句闲话，心里向勿服气。啥格闲话，倷丞相见赵子龙怕得了，要跑到山上来，避避俚格锋芒了什梗。"丞相，赵云，如此猖獗，那还了得？张绣愿请将令一支，带领人马下山，将赵云，擒——捉。""嘿嘿！"曹操心里向转念头，倷下去啊？用勿着，根本用勿着。啥道理？捉赵子龙，吾俚安排好。吾叫张郃带领人马，在头营上，掘好一只陷马坑。赵子龙过去，磅当，跌下陷马坑，生擒活捉，何必派俉去呢？老实讲，该格辰光俉去啦，稳赢。何以呢？赵子龙昨日夜头三更天打起，打到现在，一日一夜朝外，打得人困马乏。俉，生力，去打乏脚兔么，手到擒拿。格个风头勿拨俉出哉。曹操厉害的。曹操硬劲搭住，"呃，君侯，想君侯乃是金枝玉叶。赵云么，是一个亡命之徒，美玉岂可与顽石争衡，不必了"。算哉。俉啥格身价，宛城侯，俉是一块羊脂白玉。赵子龙，赵子龙格种是亡命之徒。好比一块乱石头。俉块玉搭石头去碰，阿犯着呢？犯勿着么。金枝玉叶搭亡命之徒去打，剺去剺去。勿必哉。刚巧讲到格搭，张绣耐勿住么，山脚下消息来了。因为山上有人在照灯球、火把，看见赵子龙出山了。"报——禀丞相，常山赵云逃出山路。现在，在六营之上。""喔？"曹操一听，手一招，关照俚退下去。报事退下去。曹操转念头，让赵子龙出来好了，横竖有张郃，有陷马坑了，不在话下。曹操勿响。俉勿响么，张绣急了。张绣心里向转念头，赵子龙冲出山路，倘然拨俚冲出营头是，吾胃口倒完。吾勿能做人哉。嗖！立起来，蛮激动。"丞相，赵云在丞相营中冲营伤将，如此猖獗，岂可容他逃出营寨而去，岂非被天下之人议论丞相营中无有能人。末将定要请令，下山岗，擒——捉赵云。""君侯，路上辛苦，岂可烦劳君侯呢？"何必呢？俉路上什梗吃力么，俉应该休息格呀。"哎——吔，丞相，张绣受朝廷厚恩，理当为国效忠，一定要请丞相发令，下山岗，擒——捉赵云。"闲话里俉有骨子了。隐隐然，曹操，吾勿是俉手下格大将。吾搭俉是同朝为官，俉是宰相，吾是宛城太守、宛城侯。当然，俉官比吾大。吾现在出去动手，拿赵子龙捉，勿是帮俉曹操格忙，吾是为国效忠，替朝廷效力。吾吃皇帝格饭，食君禄，受君恩么，应该为皇帝办事体咯。俉呒不理由可以拦牢吾。

曹操一看，哼，好，蛮好。俉格种闲话里，俉有骨头了。好好，让俉去，让俉去。曹操关照，残看收过。"既然君侯下山么，待老夫发——令！"吾来发令。碗盏家什收开，令架子摆好，曹操当中坐定，手搭到令架子上，拔令在手。还酙发令格辰光，旁边头两个大将，心里向难过啊，特别是张辽。张辽，张文远，心里向转念头，张绣格家伙，恶劣的。板要讨差使下山去捉赵子龙。格么该格辰光俚去，阿能够捉牢赵子龙呢？稳牢。如果赵子龙搭俚打呢，稳死。为啥么？赵子龙昨日夜头三更天打起，打到现在天要快亮哉。一昼时朝外，天大格本事，俚呒不力道了。老实讲，用勿着俉张绣去，吾张辽去，也会成功。吾一干子勿来事，吾搭许褚两家头一搭一档，张辽、许褚两个将官下去，嗖！拿俚捉牢，也捉得牢的。格伲为啥道理刚巧勿讨令箭呢？因为相爷有陷马坑了，用勿着派大将下去，多此一举。现在，俉张绣下去成功了，伲面孔摆了啥地方？刚巧张绣已经对仔伲，把手一招，对仔伲嘴一撇了，眼睛一瞄了，格种神气，看伲勿起。俚捉牢仔赵子龙，好了，愈加要看伲勿起，唔笃格批人饭桶、吃干饭的。看见赵子龙俉吓昏了，一个人也勿敢动手，到底只有吾来。倽格个算啥格名堂？张辽肚皮里向转念头，格条令箭拦俚下来，勿拨俚去。吾来去。格么吾去么，只怕张绣板勿肯格咯？勿肯么，吾搭要去争起来，冲突格辰光么，呐吭弄法呢？劝相骂侪呒不的。顶好么让别人去，夺俚条令箭，假使相骂起来么，吾出去强加劝。喊啥人去？对旁边一看么，叫许褚去。因为啥，许褚也在对俚看。"喝——"许褚眼乌珠激出，阿胡子炸开。血盆大口咯开了么，馋唾滴粒答啦在滴下来。许褚也懂的。许褚因为搭典韦是好朋友，搭张绣是冤家。格个冤家要下去立功劳哉，而且稳立功劳，咽俚勿落。倽在看么，张辽想弄俚出去。张辽起一个臂膊撑一顶肘，望准许褚背心上，当！一记哟。许褚斠防备，当当当当，冲出来么，直冲到曹操门前。曹操弄勿懂，"啊？仲康，做——呃什么？""呃，这个。"许褚回过头来，对张辽一看，呐吭道理？张辽对俚歪歪嘴，眨眨眼睛：呃，条令箭弄俚下来，阿有数目？嘿嘿，许褚戆么戆，俚格种场化倒蛮敏感，拎得清的。"啊，回禀丞相啊。拿捉赵子龙么，何必要张君侯下山呢？杀鸡不用牛刀，许褚愿意下山，拿——捉赵云。""嚯嚯嚯嚯"，曹操对许褚眼睛一弹，匹夫，拎勿清朋友。吾人啥要倽去？张绣，勿是吾心腹。倽是吾顶顶心腹格大将。作兴倽下去，拨了赵子龙，扎！一枪，死脱。何必呢？张绣，张绣搭吾是冤家。俚下去，俚捉牢赵子龙的，也呒啥。俚捉勿牢赵子龙的，拨赵子龙，咋！一枪搠脱，吾来得正好。借赵子龙条枪，结果俚性命，弄脱吾格冤家。格拎勿清朋友，跑出来讨差使，而且也蛮有理由哟。嗳，倽看看俚么戆鬼啊，用为俚，杀鸡何用牛刀了。俚去？"呃嗬，君侯，仲康前往。君侯，不必辛苦了。""啊。"啥物事啊？许褚去啊？勥吾辛苦？格是吾桩功劳拨俚夺脱了。张绣眉毛一竖，眼睛一弹，对仔格许褚："许将军，我问你，赵云来这营中多——时了？"赵子龙来仔几化辰光了？"呃，很久了！""好啊，既然赵云来此已久，为什么你早不讨令，迟不讨令，本爵讨令的时节，你便从旁闪出，莫非你，要夺本爵的将令不成——吗？""呃，这个。呃！呃！"那么僵。许褚被俚搠得闷脱哉，呒不闲话好讲。格张绣闲话对格啊。赵子龙日里向就到该搭当阳道营头上来，嘎许多辰光，格倽为啥道理勿讨令？喔，等到吾出来讨令哉，倽跑出来，插一手了，倽阿是夺吾格令箭啊？许褚呒不闲话讲么，张辽要紧从旁边头过来，"啊，君侯息怒。今日常山赵云来至丞相营中，喏喏喏，擒捉赵云，是末将等份内之事，何劳你君侯出马？请君侯在山上饮酒，张辽、许褚下山岗，把赵云拿捉，擒获赵云之后么，把这一桩功劳送与你君侯"。

张辽满面笑容，闲话是客气得来。倽么是客人了，倗么是门面板了，份内所当了。倗下去动手，捉牢仔赵子龙，横竖功劳倗勥，功劳送拨倽。意思里，倽不过贪桩功劳呀？功劳让拨倽，面子要倗着，事情要倗去做的。格张绣虽然么糗货，面子上也落勿落，格种啥格闲话啊？"呀呀——呸，擒捉常山赵云，定要本爵下山，擒获赵云之后，吾把功劳送——呃与你。"功劳吾勥，捉板要吾张绣下去。"哎，君侯说哪里话来，末将等份内所当，末将等下山，把功劳送与你。""把功劳送与你啊！"格许褚也来介一脚。看上去马上要打起来。曹操趁格个机会，面孔一板，一记台子一碰，啪！"文远、仲康，张君侯是客，不得无礼。退——呃下！"退下去。唔笃呐吭可以出来夺令箭。"酌！""呃嘻！"叹口气。完结。相爷帮张绣么，有啥闲话好讲，只好退下来。倷望准旁边头一立格辰光么，许褚戆大呀。俚呒不张辽什梗涵养功夫好呀，退下来么嘴里在咕："啊，明白格啊，明白格啊。"

俚格明白格啥格意思呢？对曹操看看，相爷俉明白格啊。俚终归搭勿够张绣噢。张绣是因为、因为有姊娘哦。俚缺脱格姊娘搭倷要好了，所以格条令箭，俚得勿着。曹操对俚眼乌珠一弹，戆倷格贼，格种闲话倷勿能讲的。讲出来臭也臭煞脱哉，坍台伐啦？曹操对俚眼乌珠一弹么，许褚勿敢响哉。曹操一条令箭，"君侯，令箭一支，带领三千人马，下山擒捉赵云。老夫命人在后接应——君侯"。"遵——呃令。"张绣接令，张绣心里蛮快活，什梗一看，曹操还是讲道理的。令箭拨了吾，俚而且还要派人来接应吾。接令箭退下来辰光，眼睛瞄过来，对张辽、许褚看看，哼，看看看，啥人接令箭？唵？令箭扬扬，还要扎一记台形。喝冷锃锃锃锃锃，出帐篷。

到帐篷外头立定，勿走哉。啥了勿走么？俚想听听看，相爷派啥人来接应吾？假使接应吾格人，吾搭俚关系勿错的，格么吾就搭俚讲两声。格么吾上去动手搭赵子龙打，唔笃登在后头配合。听听看。曹操一条令箭，"文远、仲康，二位将军听——令"。张绣在外面一听么，"嚯嚯嚯嚯——噗"。心里向转念头，曹操啊，倷糇的。倷勿是派人来接应吾，倷派两个冤家来。老实讲一声，刚巧搭吾相骂，争得面红耳赤。俚笃下山来，呐吭会得来接应？勿弄僵吾也蛮好了。算了算了，也用勿着搭俚笃讲啥格闲话。张绣豁上马背，提枪，下山去。

张辽、许褚两家头旁边头过来，张辽是也呒不劲哉。刚巧条令箭已经拨了张绣拿仔去了哉，"在"。许褚是竖面孔，"呃，许褚有啊"。颗郎头别别转，看也勿对看曹操。哼，曹操想，两个匹夫，侪勿懂吾格意思了。"令箭一支，带领三千人马，下山岗，接应张君侯。他，与赵云交战，能够取胜，你们不用上前。不能取胜么，上前助——呃战。""得令！"张辽上来接令格辰光，嗒！令箭接到手里，曹操拿格令箭杆子，望准张辽手心里向搠两搠，"呃呃，吭吭，吭吭吭"。眼睛眨几眨，隐隐然，张辽，阿有数目？吾格闲话，说格反话。唔笃两家头下去，表面上，接应张绣。吾关照唔笃张绣要赢哉，唔笃剿上去。张绣打勿过哉，那么唔笃上去接应。其实呢，唔笃看，张绣要捉赵子龙快哉，要赢哉，唔笃冲上去。拿赵子龙捉牢么，功劳大家有份，勿拨俚独吞，唔笃也有面子。倘然说，张绣搭赵子龙打，打勿过赵子龙，要拨赵子龙结果性命么，唔笃拔拔短梯，看看俚格冷铺，让俚死脱仔拉倒。阿有数目？倷格令箭杆子在张辽手心里，点几点么，张辽格种人，几化聪明。"遵丞相令——呃下。"曹操再对俚看看，隐隐然，呃，张辽，许褚戆大哦，俚拎勿清的。倷、倷搭俚讲一讲，张辽点点头。有数目了。张辽跑出来，"仲康"。"怎么样？""来呀。""干什么？""吾有话儿在此。""勿要听！""附耳过来。""吾勿要听哟！"许褚为啥道理覅听？对张辽有气，侪上俚格当。本来吾勿出来夺令的。结果么，坍着一个台，拨了相爷么骂煞快，搭吾咬耳朵，格种耳朵有啥咬头啊？听阿覅听。别转身来就跑。结果么，张辽哙不机会搭俚咬耳朵。因为格个咬耳朵啦，板要俚耳朵凑过来，轻轻叫讲，旁边有人格呀。俚哇啦哇啦讲，被人家听见，诶！相爷关照伲做半吊子哦。而且假使张绣要输脱哉么，看看俚格冷铺，让俚死脱哇。格个闲话勿好哇啦哇啦讲，所以许褚覅晓得。等到张绣死脱，俚，哈啦！马上冲上去，要为张绣报仇么，就是勿听张辽咬耳朵格毛病。张辽、许褚两家头去。曹操再拔一条令箭，关照旁边头："曹洪听令！""有！""五百军卒，下山督战。""得令！"

该抢勿得了，派下来四个大将：北地枪王张绣，二虎将军张辽，痴虎将军许褚，八虎大将军曹洪。格个四只老虎下山么，俚想想看赵子龙，几化危险？赵子龙现在辰光，逼走赛元晋在冲过来，看见门前头旗号，飘飘荡荡，宛城侯、北地枪王"张"么，哪恁覅着急？天亮哉，张绣从旗门底下出来。张辽、许褚、曹洪，格个三个人呢，在旗门底下看。张绣格只马磕嗤酷磕、磕嗤酷磕，俚在上来格辰光，赵子龙心里转念头，呐吭弄法？逃，逃勿脱。俚往后头退么，往西北面去，根本跑勿脱。那么刘阿斗在吾身上，吾无论如何要冲过去。张绣啊，吾覅救着刘阿斗格辰光，吾顶好碰着俚格种狠人。为啥呢？因为吾搭俚打啦，吾死在俚枪上，勿坍台的。死在枪王手里。吾赢俚，吾格地位，辣辣叫提高，枪王侪拨吾打脱。现在，现在吾勿能打了。吾胸口头有格小主人了。呐吭弄法呢？赵子龙在对门前头看么，只看见张绣，马上过来格辰光，格种神气，骄傲。看得出样子，盛气凌人。

张绣呐吭样子呢？

> 站平地，高八尺。
>
> 圆盘脸，如满月，铁线眉，配在额。
>
> 一双眼分黑白，鼻端正，唇厚实。
>
> 双耳大，高颧骨，三绺须，乌赤黑。
>
> 头戴一顶蟠龙独占古铜盔，缠珍珠，嵌宝石，红绒一朵连当额。
>
> 身穿锁子连环甲，能工造，巧匠织，前后圆瓶盘秋月。
>
> 护心镜，惊人魂，照人魄，九吞头，十八只。
>
> 甲揽裙，勾旁织，刀不透，枪不入，内衬战袍猩猩血。
>
> 左悬剑，能斩钢，好削铁，
>
> 右挂鞭，扫千军，扫万卒。
>
> 飞羽袋内宝条弓，弓开如满月。

　　心中狼牙箭呃，串流珠，授红日。

　　足蹬战靴云跟铁，坐下龙驹紫花柳。

　　手里向奉一条双层虎头錾金枪，长六丈，五指阔，对方见了心胆彻。

　　俫看，几化神气。赵子龙心里向转念头，搭俚打，看上去，总归是打俚勿过。吾已经力乏了。呐吭办法呢？吾搭俚商量，阿能够看伲东家刘备面上，让吾过去吧。吾总归勿忘记俫。别样吭啥，刘备搭俚吭不交情格啦。吾提刘备格名字，赛过齁提。格么啥人搭俚有交情呢？哦，有了。荆州牧刘表，当初辰光呢，搭张绣是联盟。战宛城，刘表去接应过张绣。张绣吃败仗，曾经到刘表搭去，依附过刘表。俚笃两家头有交情。格么吾今朝上去，拿刘表格牌子搐出来，搭俚商量商量。阿能够看刘表面上，让吾过去。格么赵子龙心里向转念头，刘阿斗啊，吾今朝为仔俫。吾战场上，从来齁求饶过人。今朝要保全俫小东家生命么，吾只好上去，低头服小了，受点委屈。

　　赵云拿条枪，鸟嘴环上一架，忑磕唾磕、忑磕唾磕，俫马在过来。张绣也在看，张绣看见常山赵云，浑身血骚。甲上是血，袍上是血，连马身上侪是血，面孔上也有血了。赵子龙呐吭会得变成功一个血人呢？因为赵子龙杀人杀得实在多勿过。拿对方，辣！一枪。乒！枪收转来，血，噗——对方格血喷过来，喷在俚身上。有格喷在俚面孔上，有格喷在俚身上，有格喷在俚马上。因为杀人杀得实在多勿过哉么，血染征袍。看格样子，好像俚受仔重伤。其实赵子龙齁受伤。赵子龙一眼眼伤侪齁受。格个血是别人格血啊。那么俫想吧，看到对方格大将浑身是血，面孔上带血，眼睛炫炫红，看上去格样子啦，有一股杀气。格个杀气呢？俫看见仔，心会得发慌。张绣奉仔条枪，在对俚看格辰光，赵子龙，银枪一架。"前边来者，吾道是谁，原来是张君侯。赵云见君侯，马上有——呃礼！"双手一拱。张绣心里蛮得意，赵子龙买吾账了。啊，上来马上枪放脱了，搭吾唱喏。张绣，哗啦！金枪鸟嘴环上一架，一手撩须，一手一招，"赵云，罢——了！""君侯，末将赵云，昔年在荆州牧景升大王麾下。景升大王归天，所以跟随了刘皇叔，来抵当阳道。却巧遇见了你君侯，还望君侯看在景升大王份上，容——赵云过去。赵云决不忘怀你君侯的恩德，日后誓当图呃——报。""哈——啊！"喔哟，张绣心里向转念头，赵子龙会白相，门槛精的。俚晓得吾搭刘表有交情，拿刘表格牌子搐出来，要求吾放俚过去。"赵云，不提起景升大王，休想过去。提起了景升大王，我就放——呃你过去。""多谢君侯。""但是你，要在本爵马前战三合，挡三枪，吾再放——呃你过去。""啊——呀。"叫啥要打三枪么，赵子龙吭不办法，只能够动手仔呀。那么赵子龙要枪挑张绣，下回继续。

第五十三回

枪挑张绣

　　赵子龙，单骑救主，杀出山路，碰头北地枪王张绣。赵子龙为了要救阿斗，委曲求全，要求张绣，倷阿能够看当年刘表面上，放吾过去。叫啥格张绣恶劣，倷勿提起刘表呢，休想过去。倷提起刘表呢，吾就可以放倷过去。但是倷，要在吾门前战三合，挡三枪，那么吾再放倷过去。

　　赵子龙心里向转念头，阿好再搭俚商量商量。"君侯，赵云怎敢在君侯马——前放肆，还望君侯，念在景升大王的份上，容赵一云过——去吧！""赵云，你要过去，一定要战三合，挡三枪。如若不然，还不与我下马——受吔缚。""这？"那么吭不办法，推车上壁了。赵云对胸口头格刘阿斗看看，隐隐然，小东家，吭不办法了，只好打哉。吾，从来在战场上，勤向别人家求过情，要求过。阿能够赛过放点交情了什梗？吭不的。两军阵前么，总归是拼一个倷死我活。为了倷小东家，吾搭俚商量过，俚勿肯，只好打。格么假使吾死脱，倷小东家有点啥不测么，格么倷，原谅吾吧。吾也叫吭不办法。"既然君侯，一定要叫赵云较——呃量，那么君侯，放——马！"哦哟，张绣转念头，赵子龙发嘎哉，倷看，啊，喉咙也响起来哉，喊吾放马。哼，吾和倷打，吾紧张点啥。老实讲，倷格条性命，在吾手里向。张绣正要圈马么，嗒！马头旁边跳过来格人，拿俚格嚼环金刚箍上，咋！一把抓牢，勿让俚放马。嗯？啥人呢？张绣回头一看么，勿是别人，自家格心腹，也就是俚从前格马夫，姓古月胡，双名叫车儿，胡车儿。在大战宛城时候，俚是张绣格马夫。曾经靠俚，灌醉典韦，盗脱典韦格对双铁戟，所以张绣能够枪挑典韦。后来呢，胡车儿提升了，提升为副将，专门是跟张绣。今朝，也到战场上来。俚上来，咋！拿张绣格马，金刚箍上抓牢，"报告君侯，跟赵子龙交战，杀鸡何用牛刀。君侯，待胡车儿动手吧"。吾来。胡车儿为啥道理要跑出来讨差使？俚有想法。从前辰光，曹操营头上，顶顶狠、顶顶狠格狠人，典韦，死在吾手里。吾勿弄脱俚格对铁戟，俚勿会死。格么现在，赵子龙，在当阳道曹操百万军中营头上，冲进杀出，如入无人之境。曹营上吭不人是俚格敌手，格么也就是说，赵子龙是顶顶狠格大将。曹营上吭不人盖俚格招，格倷张绣要动么，啥勿吾来呢？格个便宜货吾来拓。为啥么？赵子龙人困马乏了。从前日夜头三更天打起，打到今朝天亮哉么，吭啥道理哉咯。倷看俚刚巧什梗苦苦哀求。啊。现在吾出来动手，咋！拿俚捉牢，那是吾胡车儿格名气就加二响哉。从前弄脱格典韦，现在杀脱格赵子龙。吾来吧。

　　张绣一想倒也蛮好，勠吾亲自动手，让吾手下，以前辰光格马夫出来动手，拿赵子龙捉牢，或者拿赵子龙结果性命。格么人家要讲了，赵子龙，格种什么里格东西，呐吭好搭枪王打？勠说搭枪王勿能够打，连枪王手下格马夫侪勿好打么，可见得枪王格本事，勿晓得要狠到呐吭样子了。吾格身价就更高。"胡车儿，你要当——心了。""是！"张绣，哈啦！圈转马来，回转旗门，手奉金枪，旗门督战。

胡车儿呐吭呢？轻装着束，手里向执好一柄钢刀，"赵子龙，你放马吧"。咃，赵云心里向转念头，张绣勿搭吾打了，来仔格步下脚色。啥等样人？"你——是何人？""你听了，宛城侯，张君侯麾下，胡车儿的便是！"大名鼎鼎格胡车儿，晓得伐？"胡车儿，你溜呃腿！""放马！"赵云圈转马头，喝啦啦啦——叭叭叭叭！胡车儿泼开两腿，两家头碰头。赵子龙心里向转念头，勠搭张绣交战，先来俚格手下，胡车儿来了。格么胡车儿，为啥道理什梗胆大呢？俚啊，一径拿格典韦死在俚手里向，拿自家呢，做了错误格估计。其实格典韦啦，是贪杯、好酒，俫两甏酒送得去拿俚灌醉，俫不过是盗脱俚对双戟呀。典韦格死是，还是死在张绣条枪上，勿是死在俫胡车儿手里向。那么俚么终归，夸大了自家格力量，眼乌珠么也搬场，一径狠得了自家勿认得自家。自以为吾轻身法好，吾出来打乏脚兔么，总归能够打赢的。所以俚冲过来到赵子龙门前头，起口单刀，望准赵子龙马头上一刀。"赵子龙，你看刀！"噗——乓！一刀过来。赵子龙格个辰光，浑身功夫侪运到两条臂膊上，起手里向格条水白蓝缨枪，望准俚刀上掀上去，喊一声："且慢——咃。"擦啷！格个辰光，赵子龙格力道运足了。铿！掀着么，胡车儿勿防备，想勿到赵子龙还有什梗大格气力了。"哎哟。"嗝尔！啡——单刀脱手。俫家什脱么，赵子龙望准俚喉咙口一枪，"看——枪！"噗——嚓！乓！枪收回么，死人格血，噗——喷得赵子龙马头上、身上一塌糊涂哟。死尸，铿！掼下去。

赵子龙身上，血染征袍。那是身上格血迹更加来得多。所以胡车儿刚巧格错误估计么，对赵子龙身上浑身格血迹，也是有讲究的。俚当仔赵子龙受得格伤是一塌糊涂了，像格血人什梗。勿晓得赵子龙身上格血，勿是俚自家受仔伤流格血。侪是曹将格血，喷着俚格身上。赵子龙勠受伤。赵子龙勠说，在当阳道百万军中勠受伤。赵子龙在战场上打，从出场起，磐河大战救公孙，一直到出祁山，赵子龙归天。数十年来，赵子龙战场上，从来勠受过伤。《三国志》里面称俚为啥，称俚叫"完体将军"。别人说一个大将，将军难免阵前亡。难免阵前亡么，好像是夸张一点。将军难免阵前伤么，格个闲话啦，比较符合实际。作为一个将官，战场上打仗，难免要受伤。而赵子龙呢，从来勠受过伤。所以俚格皮肤上，呒不疤斑。一眼眼呒不疤斑的。所了，有人寻开心，说赵子龙呐吭死的，说赵子龙死，是搭家主婆溜白相了，留煞脱的。说有一趟大热天，赵子龙在屋里向揩身。揩身么终归赤膊格咾，老家小在旁边头做引线生活。那么赵子龙嗨外，对家主婆说讲：夫人，俫看，老夫一生战场数十年，从未受伤。俫看吾身上阿有疤格嗻？在嗨外。那么家主婆搭俚溜白相么，就拿只引线，望准俚臂膊上，吱！一引线。说：老将军，俒勿是中了一枪？噢！只引线拔出来，血就在只引线眼眼里，啡——放出来。血，啡啡啡啡——淌么，揿也揿勿住，药俨敷勿牢，包俨呒不用场。啡啡啡啡——格点血放光，那么赵子龙死脱。为啥原因么？说赵子龙是天上玉皇大帝门前一只琉璃灯下凡。琉璃灯就勿能有眼眼，一有眼眼呢，油要流光。油一流光么，格只灯要阴脱的。格种闲话呢，俨是老法辰光，格种传说了，迷信色彩蛮浓。其实么，寻开心。赵子龙到七十多岁，生病了，死脱的，并勿是啥格老家小格引线拿俚捅煞。俨什梗是，引线捅得煞人是，打针，还有人敢打格啦？针头比引线好好叫粗了，勠吓煞脱仔了完结嘎？呒不格种事体的。

所以现在，胡车儿格血，喷到赵子龙身上，赵子龙征袍上，多仔一滩血迹。俒，哗啦！枪收住，对门前一看么，旗门底下张绣，格个一气，气得了胡子根根翘起来。胡车儿格条性命，肮脏亡命，像面里向格苍蝇什梗，白沉脱，糟蹋脱的。多花头。蛮好吾在动手，俒夹忙头里蹿出来。张绣在惹气格辰光么，只听见旁边头，"嘿嘿，嘿嘿嘿嘿嘿嘿嘿嘿"。嗰？有人在笑呀，叫啥。回头一看么，老戆许褚。许褚为啥道理要笑么？许褚搭典韦是结拜弟兄，两家头顶顶要好。格个两个人呢，是曹操营头上两只老虎，气力顶大。典韦是死在胡车儿手里向，今朝胡车儿被赵子龙，叭！一枪捅脱么，俚阿要快活格啦。开心啊！典韦啊，俒口眼好闭哉。偷脱俒格对双戟格坏蛋呢，现在拨赵子龙结果性命，用勿着吾来拿俚杀。嘿嘿！有赵子龙替俒报仇。俚情不自禁么，嘿嘿嘿嘿嘿嘿，笑出来。

俒什梗一笑么，格张绣阿要火的？对许褚眼乌珠一弹，俒算啥格名堂？幸灾乐祸。俒立在啥格立场上，啥格吾手下心腹结果性命，俒登在旁边头哈哈大笑，心里向更加窝塞。哈啦！马匹出来，心里在气。气啥物事气呢？气曹操。俒派出来接应格朋友，搭吾冤家。格种人，还能够接应吾啦？窝塞。现在要搭胡车儿报仇，要搭赵子龙来拼。马匹上来，对赵子龙眉毛竖、眼睛弹，"着，大胆赵云，竟敢把胡车儿结果性命，那还了得。你与我放马……""放，马！"赵子龙眉毛竖、眼睛弹，满脸杀气。放马。预备死，横竖横哉。打吧。张绣看到赵子龙满面杀气么，勿知呐吭，心里向会得觉着一痉格呀。刚巧赵子龙委屈求全，求俒。现在，现在横竖横哉么，横字当头，面孔就两样。俒看俚格对眼睛里格光头啦，充满了杀光么，格张绣是心里向会得一震得了。

两家头各人圈转马头，挑转葵花镫，哈啦啦啦……马匹在打照面。旗门底下张辽、许褚、曹洪俨在看，张辽关照起鼓，呱呱！卜隆卜隆！噗——击鼓助威。"杀呃。杀哇！"张辽呢，虽然搭张绣是勿对的。但是，俚心里向转念头啦，今朝赵子龙，危险是总归危险了。为啥？赵子龙打勿过张绣。有三点。第一点，俒赵子龙登了客地，俒是在当阳道曹操营头上。张绣呢，是主。是主人啦，在自家营头上。第二点，俒赵子龙匹马单枪，呒没人助威的，该搭点旗门底下，六千军兵，战鼓不绝，杀声震动，声势两样。第三点，俙赵子龙打得人困马乏，而张绣，生力。生力搭乏力打么，俙赵子龙明吃三分亏了。张辽也在看。两骑马，哈——碰头格辰光，张绣手里向格条双刃虎头錾金枪，噗——嗅嗅嗅嗅嗅，几透么，只看见格枪缨子，嘶嘶嘶嘶，铺开来。望准赵子龙胸口头，兜胸一枪，喊一声："赵云，看！枪！"噗——搭！一枪兜胸刺上来格辰光，赵子龙呐吭？赵子龙心里向恨极了。张绣俙格家伙实在可恶，俙别场化俙好搠，胸口头俙好搠嘎？胸口头还有格人了。如果拨俙一枪着了，性命要两条，连刘阿斗一道结果性命。赵子龙要紧，当！马头一圈，身体一偏，起手里向格条银枪，望准俚金枪枪头子上盖上去，"君——侯，且慢——吔！"擦冷冷冷——银枪格枪头子盖到金枪枪头子上，望准下面，摁——揿下去么，张绣条金枪往下头，嘚尔——一沉。喔哟！张绣心里向转念头，赵子龙狠的，力道勿推位。打仔一日一夜多，还有格点气力，还能够拿吾条金枪望准下头压下去。吾条枪好拨俙压下去嘎？格是胃口倒完。俚运足功劲，拿条枪，嗵！反起来么，一个阴翻阳呀。"嘿——吔。"嚓冷冷冷冷冷冷，金枪到上头，拿银枪搭倒下头。唔——揿下去。赵子龙阿要急格啦。赵子龙想，吾条枪拨俙揿到下头，俙条枪，当！反起来，辣！格一枪，吾还有命活格啦？赵子龙运足功劲，咦呀——嘿！嚓冷冷冷……再翻过来么，银枪反到金枪上头，拿金枪，嗵——往下头一揿呀。"哈——啊！"张绣想，不得了。第二次再拨俚，嗵！翻上来。啥格名堂，赵子龙俙力道格恁大？张绣心里向转念头，吾勿拿俙反下去，吾勿叫张绣。运足全身功劲，全部气力侪摆到两条臂膊上，咬咬紧牙齿，"哎！"嚓冷冷冷——金枪重新反到上头，拿俚条银枪，当！搭下去。赵子龙想，随便呐吭勿能拨俙搭下去，再运足功劲，嚓冷冷冷冷。好了，俙蹩说书哉，独听见嚓冷冷，嗒冷冷，伲勿会到铁匠店门口去听？叮叮叮、当当当，比俙格声音要好听得多了。啊呀！格个两条枪，一个是北地枪王，一个是赵子龙，俚是天下无敌格常胜将军，勿是普通格枪。两条枪碰头，三个上下，嚓冷冷冷……可以看得出两家头格本事，各有千秋。格么老听客要说哉咯，赵子龙既然打得人困马乏，俚哪恁还有什梗大格气力，还能够第三次拿格条枪来压到张绣格枪上面，拿俚硬劲搭，搭下去。赵子龙格力道，从啥场化来格呢？喏，一个人格力道，往往自家侪估计勿足，身体内部，潜在着一种力量。格个力量勿到紧迫格辰光，勿到性命交关格辰光，拿勿出来。俙平常辰光要叫俚什梗，勿来赛的。发极格辰光，诶！忽然之间会得来格种自家侪想勿到格力道。格个就是身体内部格潜在力量爆发出来。赵子龙该格辰光打，用现在格闲话讲起来，叫超水平发挥。因为赵子龙，俚看见张绣来格辰光，神经高度紧张，处于最高格种兴奋状态，打得了超过仔异乎寻常格一种力量了。所以还能够第三次，当！翻上来。

不过赵子龙到底是聪明。赵子龙心里向转念头，吾搭俚拼啥格蛮力呢？呒没意思的。老实讲一声，吾今朝又勿要赢俙。吾今朝打三个回合，战三枪，三个回合掀脱，俚只好让吾过去。吾格目的，过去，回长坂，碰头刘皇叔，把刘阿斗交拨了东家。格吾何必搭俚去拼蛮力呢？呒没意思的。赵子龙转停当念头么，就勿搭俚拼蛮力哉哦。赵子龙拿条枪，望准格横埭里向，噔——一点，使得格力道往横里向去，勿是正面绞了一道。当！两条枪就分开来了。尔嘚——两条枪分开么，俚枪头子下面有格枪缨子，红格一蓬苏苏头。两条枪，三个上下么，苏苏头碰苏苏头绕牢了一道。乒！分开么，枪缨子，叭！弄断脱。总十份当中，断脱二成。啡！散开来。两骑马，哈啦，擦肩过。打第二个照面。张绣起条枪，望准赵子龙马头上一枪，"去吧！"噗——乒！一枪过来。赵子龙，当！马头一圈，哈啦，枪刺一个空，赵子龙勿搭俙拼蛮力了，拿条枪望准俙枪上一架，往横里向一拦呀，锃！嘚尔——两条枪荡开，哈啦！马擦肩过。打第三个照面。赵子龙心里向转念头，两枪招架得开么，第三枪看上去呒不问题，可以过去。俙在转格个念头辰光么，张绣也在想。啊，呀！张绣转念头，想勿到，赵子龙是有功夫。吾以为三枪里向，一定好拿俚结果性命。现在看上去勿来事，两枪拨俚招架脱了。而且特别是第二枪，看得出啦，俚勿搭吾拼蛮力。俚搭吾用巧劲，当！使得吾用勿出力道，吾格枪往外头荡开来。格么两枪招架开，第三枪再拨俚招架开，吾要再打照面，搭俚打第四个回合，发第四枪，赵子龙就要发闲话哉啊。赵子龙说起来：侯爷，刚巧俙搭吾讲好格呀，战三合，挡三枪，放吾过去。格现在，俙打哉几个回合哉啊？俙在发第几枪了？俙枉空宛城侯，北地枪王，说出来格闲话勿算数，言而无信。吾面子摆到啥场化去。刚巧格种闲话，旗门底下，张辽了，许褚了，曹洪俙听见。吾呐吭弄法呢？辰光勿打得长，勿多发几枪，要赢俚，勿来赛。什梗吧，回合么，吾仍旧搭俚打三个回合。枪呢，吾勿一定发三枪。吾要拿看家本事拿出来。赖极皮哉，拿全身本事拿出来，拿俚格张家枪、独门枪，格一路枪法出来么，天下无敌。俚从出场起见啦，格路枪法出来，从来呒不人能够招架得住。特别是用枪的。所以张绣转定当念头么，俚格条枪，两骑马在打照面格辰光，用力在透，噗！呀！吔？赵子龙一看，勿对了哉哇？俚枪格格式，看上去搭一般两样了。勿像方才格场格种打法，有点啥花样经？赵子龙晓得嘎，张绣有枪法。俚格枪法张家枪，又叫百鸟朝凰枪，名闻天下。勷今朝俚拿枪法拿出来哦。俙在看格辰光么，两骑马近。张绣起条枪，望准赵子龙面门上，迎面一枪，辣！刺过来。赵子龙要紧起银枪招架，嚓冷！掀开。俚，乒！兜胸一枪。嚓冷！掀开。啪！俚马头上一枪。嚓冷！掀开。啪！翻身一枪。那是俚勿停哉哟，叭叭叭叭——一枪连一枪，一枪快一枪，一枪紧一枪。赵子龙，嚓冷冷冷——银枪招架格辰光，只看见，叫：

　　　　此枪出手凤来仪，片片翎毛百鸟飞。

　　　　上一枪寒意逼人，下一枪独立金鸡。

　　　　左一枪孔雀开屏，右一枪大鹏展翅。

　　　　前一枪黄莺穿柳，后一枪紫燕衔泥。

分身枪鸪舞升空，回马枪青鸾悲啼。

鹞鹰啄兔空中转，白鹤追蛇着地飞。

鹧鸪叫，杜鹃啼，枪枪发出有玄机。

若问此枪何出典么，朝凰百鸟世界稀。

叭叭叭叭——赵子龙竖上来蛮紧张，摸勿清爽俚啥格名堂。等到二三十枪之后么，赵子龙觉着，原来格路枪法，啥格张家枪了，就是百鸟朝凰枪。赵子龙阿会？会的。格么格路枪法只有张绣会，吪不别人会格么，赵子龙呐吭会得会呢？叫啥赵子龙拜格先生，就是张绣格老师。俚笃两家头一师门下。但不过，赵子龙勿晓得有什梗一个大师兄。张绣呢，也勿晓得有什梗一个小师弟。勿晓得的。哪恁会得勿晓得格呢？因为师父吪不讲过。俚格师父，姓童，单名格渊。从前在汉桓帝手里向，做过护驾大将军，善用金枪。天下闻名，称为叫神枪手。后来呢，告老还乡。回到陕西华阴山，隐居。张绣，俚格阿叔叫张济。曾经搭童渊同朝为官。两家头有交情。那么，张济就拿格阿侄送到华阴山，拜童渊为师，学枪法。那么看在老朋友面上，收下来。教俚本事。张绣学本事格辰光呢，年纪还轻了，倒总算蛮规矩了，还可以。等到枪法学会么，去了。回到阿叔张济格搭。勿晓得张济格主人，就是张济上头格人，上司啦，就是董卓。董卓手下有四个大将，李傕、郭汜、张济、樊稠。格董卓格家伙，可以说是残酷到极点，曾经董卓带仔人马，在皇城城外头，说是出去打猎的。结果呢，看到地方上，勿少老百姓侪在出会，赶会啦。有格会场。吭当！涌上去，一个包围么。看见男人，嚓嚓嚓嚓嚓嚓，侪杀。女人，掳过来，弄到营头上么，拨俚手下小兵奸淫。物事呢？侪抢光。拿格种男人格颗郎头，割仔下来之后啦，侪挂在车子上。回皇城格辰光么，只算是剿匪，大获全胜了，回转来哉。其实呢，残害百姓，十恶不赦。董卓要残酷到呐吭程度？吃人肉。放只油锅，把别人家眼睛抠出来，哑——油氽眼乌珠。拿别人家肚皮破开来，心挖出来，吃人心。格个家伙是，实头勿像人啦。那么倷想吧，张绣跟张济的，张济在董卓手下，董卓做坏事体么，俚笃四家头，当然也做坏事体咯。近朱者赤，近墨者黑。张绣在张济部下么，作风也勿好，也做坏事体。而且俚枪法好，本事大，吪不人打得过俚。格个讯息传到童渊搭，童渊听见仔心里向非常气愤。张绣啊，吾教仔倷本事，叫倷为国立功的，要保护百姓的。倷呐吭做格种坏事体出来，去杀老百姓呢？写一封信，非常严厉格教训张绣。倷要改邪归正，倷勿可以欺负老百姓。张绣么，假做写了封回信么，敷衍敷衍。算听倷老师格说话，其实呢，我行我素。而且变本加厉。后来童渊再来信，批评格个学生子辰光么，回信侪吪不了。睬也勿睬倷。童渊得信之后么，俚气昏，从此俚罚一个咒，从今之后，吾再也勿收学生子了，再也勿收学生子。啥道理？吾收仔格学生子，教仔俚一身本事，俚在做坏事体，吾呐吭对得住国家？吾呐吭对得住老百姓呢？

那么赵子龙呢，是河北人，也有人搭俚讲：赵子龙啊，俙欢喜用枪，俙阿晓得有格名师，叫童渊。隐居在陕西华阴山。俙学枪法么，应该到俚搭去。那么格歇辰光赵子龙又勔出市了，赵子龙就赶到华阴山来，看童渊。勿晓得格童渊前脚罚过咒，再也勿收学生子哉，勿害人哉。那么赵子龙来么，要拜俚先生，当然勿收了。呃，吾勿收学生子。赵子龙么，一定要登了该搭点，无论如何要拜俙先生。那么吾勿教俙，俙登勿牢，俙总要跑格脱格呀，勿睬俚。那么赵子龙硬劲赛过留着。俚以为，大概老师要考验考验吾，吾总归听俙老师格说话。童渊呢，关照俚么扫地、劈柴、淘米、烧饭，做顶顶苦格事体。而枪呢，勿教俚，让俚去歇。让俚登勿牢哉，跑。跑脱么最好。勿晓得赵子龙登一年啦，童渊还是勔教俚。童渊因为对格张绣格事体气勿过，气得人生病哉。赵子龙非常赤胆忠心格孝敬老师，服侍老师。老师俙病好仔了，俙再教吾好了。那么童渊自家晓得，看上去格病，勿会好。俚身边么也呒不小辈。一年功夫下来么嗒，俚觉着，赵子龙格人，搭张绣勿好比哉。格个人厚道，品德好，看得出格呀。张绣从前辰光，聪明是也蛮聪明的。表面上呢，做得还算赛过规矩。实际上呢，总有点赛过，品德推扳格场化暴露出来。当时么也勿在心上，年纪轻了，总有点缺点的。格么现在搭赵子龙一比啦，赵子龙好好叫要胜过张绣。童渊晓得，自家么年纪大哉，身体么勿好。吾再勿教赵子龙，吾对俚勿住。假使将来，赵子龙战场上碰着张绣，张绣拿百鸟朝凤枪用出来，赵子龙勿会招架，格条性命就要保勿牢。那么教俚。不过，从来勔在赵子龙门前讲起过哦，吾从前还收过一个学生子，叫张绣。俚勿讲。啥体勿讲？坍台。吾收着格个学生子，吾眼乌珠瞎脱了，坍台了，勿肯讲拨了赵子龙听。那么教俚枪法辰光呢，人，已经是卧病在床。那么赵子龙就拿仔竹竿，就在房间里，床门前，做拨老师看，那么老师点拨俚，枪呐吭样子用法。等到枪法学会么，老师死。赵子龙大哭一场，办棺成殓，拿老师入土为安。侪弄舒齐哉，那么赵子龙离开华阴山，出来投军。那么嗒，磐河大战，救公孙了，投奔公孙瓒。后来公孙瓒死脱，俚再投奔刘备。

赵子龙格路百鸟朝凤枪会的，但是俚从来勔用过。啥了赵子龙勿用枪法呢？赵子龙战场上搭别人家打，勿需要用枪法，也呒不机会用枪法。因为啥？赵子龙是聪明人。三国志里向顶顶巧格一员巧将。俙搭人家打，俙本事勿及俚的，俚用实力赢俙，嚓！结果俙性命。俙气力比俚大，功夫比俚好，赵子龙呢？用四两拨千斤，用巧劲，借俙格力道搭俙打，嚓！结果俙性命。赛过勿超至于赛过要弄得了呒不办法、走投无路了，再用枪法，呒不的。格么今朝，今朝搭张绣打，张绣格枪法来。竖上来，因为赵子龙听见讲的，啥格张家枪了、独门枪了。格么张绣为啥道理要讲张家枪、独门枪么？俚晓得格呀。老师写仔信来，回信也呒不。也听见说，老师对他恨透恨透么，所以俚索脚在外头嗨外奇谈。横竖老师又勿收学生子哉么，格路枪法叫啥只有吾一干子会么，就称为张家枪。就叫独门枪。所以传子勿传婿了，外头人勿会。勿晓得赵子龙会的。赵子龙竖上来勪觉着，等到二、三十枪之后么，看出来格个套路了。晓得格路枪法，就是老师教吾格百鸟朝凰枪。虽然呒不用过，但是从小练过啦，脑子里向有印象。所以打到后来呢，赵子龙应付自如。有数目了。俫枪要朝上哉，俚马上准备好。俫枪要朝下哉，俚马上过来。俫要呐吭动手哉，俚呐吭样子来应付。

张绣弄勿懂？哈吔？张绣心里向转念头，吾格路枪法，战场上从来呒不碰着过敌手。格赵子龙呐吭会得会格呢？要么吾手下人看见吾练枪么，偷伴学会仔，去教拨赵子龙嘎？算算吾练枪辰光叫关秘密。吾总归在屋里向面花园里，人侪要赶光，连得假山里向侪要看过，呒没人了，那么吾，啪啪啪啪啪啪啪，练枪。勿拨人家看的，绝密格呀。格现在，现在俚呐吭会晓得？张绣倒弄得奇怪。啪啪啪啪，枪在发格辰光，越发到后来，格枪越来越紧。战场上，"杀——哇！"杀声震动。看看呢，好像赵子龙只有招架，呒没还手，独是张绣占上风，赵子龙吃格下肷，其实呢，赵子龙能够应付俚格路枪法了。

山上曹操也在看，曹操标远镜里向望下来，看到下面，三军司命大督旗，格个是中军帐。在中军帐后头，喏喏喏喏喏喏，该搭点是旗门。张辽、许褚、曹洪登格地方，喏，格搭是战场。喔，只看见战场上，灰沙冲天，尘土荡漾。因为马，哈——跑格辰光，马跑着，灰沙飞起来。望下去赛过烟雾腾腾。只看见在杀气丛中两员大将，一个张绣，一个赵子龙。叭叭叭叭——两家头打得了难解难分。曹操一看么，嘴里向在咕："嘿嘿，足见张君侯本领高强，赵子龙只有招架，并无还手。嘿嘿嘿嘿……喝喝喝喝。"曹操在笑。那文武官员听听么，好像丞相在称赞张绣。赵子龙只有招架啦，呒不还手。其实曹操心里向转啥念头？曹操心里向转念头，张绣啊，枉空！俫格种北地枪王，谢谢一家门。赵子龙前日夜头三更天打起，打到现在。人，乏得勿得了。俫搭俚打，俫还只得勿能够马上赢俚，推扳。曹操心里向转念头，赵子龙啊，阿有啥争口气啊。俫搭吾拿格个张绣，咋！格一枪，拿俚戳脱俚。戳脱俚么，吾除脱格冤家，搭吾格儿子曹昂、阿侄曹安民、心腹大将典韦，还有吾格匹龙驹宝马，报仔仇哉。俫想想曹操阿糨勿糨。表面上是，赞扬张绣。心里向么，在巴望赵子龙阿有啥搭吾，咋！一枪，捌脱拉倒。

文武官员呢，也在看。顶顶急是徐庶。啊呀，徐庶搭赵子龙担心煞。呐吭弄法？下头呢，非但有北地枪王张绣，外加还有张辽、许褚、曹洪格个三只老虎了。倘然俚笃再上去帮一帮张绣格忙是，赵子龙完完大吉。勿晓得徐庶啊，俫放心好哉，三家头勿会上去帮忙的。曹操发令箭格辰光，拨过暗关子拨了张辽。关照张辽：张绣要赢了，唔笃冲上去，硬劲去帮忙，拨脱点俚格份头，让俚功劳勿能独吞，格么唔笃四份开拆，大家有功。假使张绣打勿过赵子龙，张绣要死哉，唔笃拔拔俚格短梯，看看俚格冷铺，让俚死脱拉倒。曹操发令箭有暗关子，关照过张辽。徐庶格个勿晓得。徐庶么，在担心，但是俚面孔上不露声色，也在注意下面格情况。

下面张绣呐吭？张绣发到九十几枪格辰光，心慌了。叽叽叽叽，呐吭道理，赵子龙实头全部侪会的？等到一百枪发完，赵子龙，擦唧！掀开。乓！两家头各人拿马一拎，跳出圈外。张绣呐吭？单手执枪，翘一个大拇节头，"赵——云，好！"好，好。吾张绣出邦到现在，格路百鸟朝凰枪，从来呒不一个人，能够从头到底招架完过。只有碰着侬，格么拿吾一百枪全部侪掀光。好！赵子龙呐吭？赵子龙圈转马头，当！跳出圈外，单手执枪，演一个小拇节头对仔格张绣："君侯，你也好——啊！"赵子龙嘴唇对俚一撇，眼光里向完全是种蔑视、藐视，看侬勿起。侬格种侯爷，言而无信。讲好发三枪，掀得住，就让吾过去，现在侬发仔几化枪数了？发了一百零二枪。恶劣伐？赵子龙对着俚演只小拇节头一指：侬好。格个张绣气是气得了，面孔转色。侬看，赵子龙格种眼光，啊？看吾勿起，藐视吾。好像一百枪掀完哉么，呒没危险什梗。侬谈也勁谈。叫声侬赵子龙，侬弄错了。吾格路枪法，百鸟朝凰枪，听听是一百发枪，一百只鸟，去朝见只凤凰了。侬阿晓得吾，百鸟朝凰枪之后，还有一枪。格个一枪是，一百枪当中化出来格精华。啥格名堂呢？格个一枪么是凤凰出来。刚巧是一百只鸟朝见凤凰，现在凤凰出来。现在格一枪叫啥，叫凤凰独立枪。凤凰出来。侬赵子龙又勿晓得。勿晓得么，吾凤凰独立枪上，结果侬性命。

张绣眉毛一竖，眼睛一弹，双手奉枪，哈啦！马匹上来，噗——金枪望准赵子龙面门上一枪，"赵云，你看——枪！"乓！一枪。啊？赵子龙想侬还要来啦？赵子龙要紧起手里向银枪招架，"且慢——呐！"噹！侬银枪掀上来辰光，张绣，哗啦！枪一收，赵子龙掀一个空，张绣落下来，望准赵子龙马头上一枪，"看枪！"噗——乓！一枪。赵子龙马头一圈，银枪落下来要招架，俚，哗啦，枪又是一收。乓乓乓！一透。格个一透不得了，望准赵子龙胸口头一枪过来，"去吧，啊！"噗——格个一枪么嗒，就是"凤凰独立"。俚格奥妙在啥场化？上一枪，下一枪，假的。叫虚晃一枪，转移目标。让侬一歇歇往上，一歇歇往下，一个眼花么，俚格目的，当中一枪。那么当时大将打格辰光，枪啦，发得交关快，并勿搭吾说书什梗一样。枪搠过来么，要关照一声："看！枪。"噗——枪过来。招架朋友还要答应一声："慢——来！"噗——招架。当时勿什梗格哟，当时快得呐吭呢？三枪差勿多赛过同时来格啦。辣！辣！上下两枪，乓！马上当中一枪。格么侬为啥道理赛过要喊"看枪"了，啊，有风声。噗——那么再一面招架么，要"慢来"了。喏，该格就是吾俚说书格打法，搭唱戏格表演，两样格地方。正式战场上打，格打得结棍了，呒没声音的。勿喊"看枪"啦，也勿喊"慢来"的。啪啪啪，枪就搠了。戏台上打呢？有锣鼓家什，羌羌羌羌！那么侬看俚笃两个大将，两条枪，叽叽叽叽叽叽叽叽，耍枪花。那么耍好一番枪花之后么，再来一个亮相，一个造型动作。有配合锣鼓家什。格是戏台上格打法。戏台上也勿喊啥格啥格"看枪"了、"慢来"了、"去吧"了，"且慢"了，侪呒不的。说书呢，说书因为是一干子，外加是靠语言。侬勿能像真格打一样，像真格打什梗，快来西，啪啪！三枪一道过来啦，听侪听勿清爽。俫，俫呐吭三枪？说书用格办法，赛过像现在电影里向，唔笃大家看见格慢镜头，用格种放慢格办法，放大的。俚格枪搠过来格辰光，"看枪！"噗！喔，那么听客一听晓得了，格个是张绣一枪过去。格么赵子龙格银枪来招架格辰光，"且慢——呐！"噎！噢，格赵子龙在招架。格么俫听上去，赛过有什梗格形象出来。真格打是快得热昏，说书是用慢镜头、用慢动作，拿俚分解开来仔了交代，那么可以听得清爽一点，是什梗格意思。

所以张绣格三枪，赛过是同时齐来，那么俚格阿末一枪，乓！来格辰光，往赵子龙胸口头来格一枪，难招架，难破，在啥格上？哗啦！一透呀。枪摇一摇头啦，所谓叫"枪怕摇头棍怕点"。尔得儿——俚格个枪头子有几化大小么，像现在格种杂匾什梗一只，喤——俫是枪头子呀。嗤嗤嗤嗤嗤嗤嗤，只看见一百零一个枪头子。一球，俫是枪头子，望准俫胸前过来。那么俫呐吭招架？俚一百个枪头子是假的，一个枪头子是真的。赛过多下来俫是枪花，正式格枪头子只有一个。格么俫格条银枪招架出去，俫掀着俚格真枪尖，格点虚枪花就散脱了。俫如果掀着俚格枪花，俚格真格枪头子进门，咋！俫结果性命。那么俫想，在一百零一个枪头子当中要寻一个枪头子，俫破，格个难，几化难了。外加现在么太阳出来。太阳光照到金枪格枪头子上，哗啦！格枪花，搭——光头强得不得了，勿容易看。格么赵子龙阿会破呢？会的。童渊就是临时死快，教俚百鸟朝凤枪。赵子龙学会格辰光之后，童渊就搭俚讲，还有一枪，叫凤凰独立。凤凰独立格奥妙呢，上一枪，下一枪，当中一枪。上下两枪是虚的，当中一枪是真的。有一百零一只枪头子过来，那么俫要破俚格辰光呢，俫格枪头子要拿俚捉一捉直。俚呢，叫凤凰独立。俫呢，叫凤凰对口，枪头子，乓！拿俚捉直。本来枪头子是扁平出去的，现在，哗啦！拿俚竖一竖起来。那么俫呢，要看准足。就是在一百零一个枪头子，最最当中格一点黑点呢，就是正式格枪头，其他么俫是枪花。格是俫要练，要在光线非常强烈底下能够看得清爽，眼睛要勿花。所以赵子龙学会格个枪法之后啦，俚经常早上一早起来，立在山上看太阳出来。眼乌珠激出对太阳看，要太阳光什梗强烈，俚要能够看得出，格个一点在啥场化。要练长远。所以今朝俫张绣格个凤凰独立枪过来，赵子龙会破。俚上下两枪，晓得俫是假佬戏，哈啦！赵子龙格枪头子已经捉直了。俫凤凰独立枪，乓！兜胸刺过来么，赵子龙看清爽，一百零一个枪头子，顶顶当中，一点黑点，格个地方就是正式格枪尖。赵云条条银枪，望准俚金枪格枪头子上掀上去，"且慢——呐！"擦冷！金枪、银枪碰头了。银枪格枪头子望准金枪格老虎头格留情结上，铿！点着么，枪花，啡——俫散脱。那么张绣到格个辰光么，完结。所谓黔驴技穷。俚格点看家本事俫拿出来，杀手铜拨赵子龙破脱了，俚呔啥啥，呆脱哉，顿然格人赛过像皮球什梗，走仔气哉，泄脱哉。"呃。"俫一呆么，赵子龙，当！枪收住。张绣心里面转念头，完结了，完结了。赵子龙实头狠的。吾倒勿懂，俚凤凰独立枪俫会得破。那呐吭弄法？张绣心里向转念头，什梗，要赢俚，勿来赛。扎点极面子吧。刚巧俚在吾门前求过，要吾放俚过去，格么吾现在就放俚过去哉唯。说起来吾是看刘表面上，心肠软一软，恻隐之心、好生之德，让俚过去。吾还好有点面子，对。

张绣，当！拿条枪一收，对仔赵子龙，"赵云，方才你，在本爵马前苦苦哀求，念在看在景升大王份上，放你过——去。如今本爵，好——生之德，吾就放你过去，便——了"。"这？"赵子龙一听，啥物事啊？放吾过去啊？哼，勿倷放哉。老实讲一声，倷今朝打三个回合，发三枪，吾掀脱倷，倷放吾过去，吾见倷格情。现在，现在倷发几化？一百零三枪。倷看家本事侪拿出来哉。百鸟朝凰枪侪在哉呀。噢，该搭辰光倷还想用格种，又要手里僭了，又要嘴里僭。看看刘表面上，好生之德，放吾过去。倷啥格好生之德？倷是拨吾破脱仔倷格百鸟朝凰枪，呒不办法了，只好让吾过去。喔，倷嘴里向还要讲格种闲话，太恶劣。赵子龙想，倷有看家本事，吾也有看家本事。吾今朝就要拿吾格路枪法拿出来，请教请教倷。"君侯，赵云在家乡时节，学得一路枪法，本则要赶奔宛城，来见君侯当面请教，恨无其缘。今日当阳相逢，赵云要将枪法使出，还望君侯，当面，指——呃教。""哈——啊！"喔哟！张绣心里向转念头，好家伙，赵子龙厉害的。赵子龙要掂掂吾斤两，叫啥说，俚在屋里向格辰光，学会一路枪法。本来么，要想到宛城来，向吾请教，呒不格个缘分。今朝在当阳道碰头哉呢，就想在当阳道拿路枪法使出来，让吾看看，喊吾点拨点拨。该格蛮清爽，倷报复吾。那么吾，名气蛮响，北地枪王，吾阿能够说，格个，算了算了。赵子龙啊，勿、勿看哉，可以可以可以。倷，倷，倷过去吧。讲勿出格吃。格个就变吾讨饶哉呀。张绣呐吭落得落？格个人还是要面子。"赵云，你把枪法，与我使——上来。"来来看。"嗯——是！"赵子龙枪法来哉，乒！拿条枪一收呀，哗啦！本来赵子龙格条枪，门前头七尺，背后头三尺，合盘抱两尺，其名叫前七后三，怀抱琵琶之势。现在俚一收呢，门前剩三尺，背后变七尺，前三后七，勿成比例仔呀。用枪，从来呒不什梗用法格呀。只看见俚条枪在透呀，噗——张绣勿懂。吧吨，吧吨？倷格个算啥格名堂？呐吭格枪法什梗来的？从来呒没看见过。

赵子龙格路啥格枪法呢？赵子龙格路枪法格名堂叫七探蛇盘枪。阿是童渊教？勿是。啥人教格呢？赵子龙自家创造发明的。啊？赵子龙会发明枪法？嗳。哪恁会得发明格呢？赵子龙因为俚是河北镇定常山人，常山是中国格五岳之一，就是北岳恒山啦。格么为啥道理在三国辰光，恒山要叫常山呢？因为古代辰光，皇帝格名字叫啥呢，要避讳。汉文帝格名字叫刘恒，那么恒山就勿能叫恒山了，所以改为常山。格个山是大得勿得了。赵子龙呢？有时到山里向去，练本事。忽然，看见一样很奇怪格情形。以前从来呒不看见过。啥格名堂呢？一条蛇，一只鸟。只鸟么，在树上，蛇么在下头。格条蛇呢，要想吃树上格只鸟。格只鸟呢，胆子蛮大的，勿怕倷。看倷呐吭？等到格条蛇从树上，索咯咯咯咯咯，游上去。游到上面哉么，格只鸟，啪！飞开。格条蛇呒不办法，只好回下来，回到下头。回到下头么，格只鸟狠的，仍旧飞过来，到老场化。还在叫，在逗俚。俚阿有本事上来吃吾喏？格条蛇，嗤嗤——再上来。鸟，啪！又跑开。连上去五次，弄俚勿牢。因为鸟鸡翻飞得快。等到第六次了，格只鸟仍旧飞到格个地方，对下头看么，格条蛇哪恁？赵子龙也在横埭里向看。赵子龙勿去惊动俚笃，倒蛮好看。啊，格个景色，看格条蛇到底有啥格办法，去吃格只鸟？只看见格条蛇格身体，哈啦啦啦啦，盘拢来。赛过像现在格种蚊虫香什梗样子盘拢来。盘拢来之后哉么，俚，乓！第六次啦，俚往上头蹿上去。格蛇要窜上去，俚身体先要弓一弓，乓！望上头蹿么，鸟，嗤——飞开。其实格条蛇呢？觑回下去了，嗤——往树顶上去。格只鸟弄错了，当仔条蛇回下去了，仍旧飞过来到老场化，在对下头看么。勿晓得格条蛇，从上头下来，咋！一口，咬牢。哗啦！一盘么，拿只鸟盘牢，就此拿格只鸟吃脱。赵子龙触景生情，受到启发。俚想：觑说一个大将在战场上动手，搭别人家打仗，要动脑筋，想办法。俚就说，一条蛇，要想吃脱一只鸟，俚也要动脑子。俚也要想样办法。上去，勿来赛。再上去，又勿来赛。噎！一记，蹿到上头回下来，那么吃脱。赵子龙触景生情么，就创造出一路枪法来。格个名堂就叫"七探蛇盘枪"。叫赵子龙看见哦。吾看见就勿来格哦。为啥道理？因为吾勿会武功格呹，呒不基本功。俚看见仔，勿可能会创造发明。赵子龙就是因为俚基本功好，枪法好。俚看见格种自然界中情形么，俚得到启发。俚就想出来一路枪法，叫七探蛇盘枪。以前呹没用过。今朝，今朝要用一用。俚格条枪，哗啦！一收，门前三尺，背后头七尺，格意思呢，就是像条蛇什梗，尔嘚——身体盘拢来格意思。现在格条枪，啪啪啪啪——在透格辰光，门前觑透开么，背后头格枪钻子格搭点，啪啪啪啪——透开来。

张绣勿懂。从来呹不看见过，又勿好问的。俚格路啥格枪法？奥妙在啥场化？勿懂咯。俚在对俚看么，赵子龙，哈啦！马匹冲上来，单手执枪，门前五尺，后头七尺，右手一条枪执好了，望准张绣面门上一枪过来，"得罪了！"乓！一枪。张绣肚皮里向转念头，赵子龙说俚勿会用枪吧，俚连得百鸟朝凰枪俦会得破。说俚会用枪吧，单手执枪。门前头么，一短短，背后头么，野野长。俚，一只手，能有几化功夫？俚枪望准吾面门上过来，吾曼得运一运功夫，当！逼着么，俚条枪勿脱手了，吾勿叫张绣。等到俚枪脱手，吾，扎！一枪，马上结果俚性命。吾还好赢俚。格张绣下作么，实头下作的。讲好要放俚过去，俚还想结果赵子龙性命。"且慢——呃！"金枪，噗——乓！往上头掀格辰光，赵子龙，哗啦！枪一收，望准俚兜胸一枪呀。"看！枪！"嗨！兜胸刺过来。张绣呐吭？张绣要紧拿条枪从上头落下来，望准俚枪上盖上去。还想盖脱俚条枪啦，"慢——吔来！"嘚尔——乓！落下来。赵子龙，噎！枪又是一收，望准张绣格只马格马头上，"看！枪！"辣！一枪。吔？张绣心里向转念头，呐吭道理啊。赵子龙独在空戳枪。上头一枪，当中一枪，现在望准马头上一枪来。俚往马头上来么，吾非拿俚条枪盖脱不可。张绣运足全身功劲，格条金枪望准俚银枪上盖上来，"且慢——呐！"噗——乒，下来。那么俰上当。赵子龙拿俰条枪骗下来，上头、当中、下头，俰，嗨！力道用足盖下来么，赵子龙条枪，乒！一收么，张绣盖一个空。力道用得忒结棍哉么，尔——格条枪沉下去。赵子龙条枪，乒！反上来，一个阴翻阳，哗啦！格条枪往门前头一透么，门前变九尺，后面变三尺。一枪望准张绣面门上刺过来，"去罢——啊！"噗！格么张绣阿死呢？让俚多活一夜天了，明天再说吧。

第五十四回

张邰诱赵

　　赵子龙，单骑救主，碰头北地枪王张绣。非要赵子龙挡三枪、战三合：倷能够挡得住吾三枪，放倷过去。结果赵子龙两枪掀脱么，张绣晓得三枪搭勿够哉，发哉百鸟朝凤枪，再发一百枪。拨了赵子龙破脱之后么，用杀手锏，凤凰独立枪。又拨了赵子龙破脱么，那么倷完结。黔驴技绝，吭啥花头经。倷倒要想放赵子龙过去，赵子龙回敬倷一路枪法，就是七探蛇盘枪。开头三枪，第一枪面门，第二枪兜胸，第三枪马头上。上头掀一个空，当中又是掀一个空，看倷往马头上来格辰光么，张绣浑身气力用足，格条金枪望准下头，噗——乓！盖下来么，存心要想拿赵子龙条枪，逼得倷脱手。因为赵子龙单手执枪了。勿晓得倷又上当哉。赵子龙条枪，哗啦！一收么，张绣盖一个空，力道用得忒大哉。张绣格条枪，尔嘚——沉下去，人往门前一个俯冲，看赵子龙身体，哗啦！好像往后头一仰。拿条枪，乓！往朝上一抬么，枪往门前一送。本来赵子龙格条枪，门前头五尺，背后头七尺。现在，往门前，当！一送么，门前头九尺了，后头剩三尺，像一条蛇什梗，啪！抟出来。抟出来么，倷格条枪，望准张绣格眉心，一枪过来。喊一声："君侯，去吧——啊！"噗——一枪过来。那么僵。张绣要拿起枪来招架么，格条枪还在沉下去，势头结棍，收勿住。倷要想撩起来招架，辰光搭勿够。逃？呐吭来得及逃。速度实在快勿过，张绣吭不办法么，颗郎头，嗹！一偏呀。"嗳！"倷格头，望准左手里向偏过去格辰光，本来赵子龙一枪，望准倷眉心里来的。因为倷，乓！往左手里一偏么，就在倷右手格颧骨上，嚓！着。赵子龙格条枪格枪头子，捉直了，就是方才辰光，破倷凤凰独立枪格辰光，倷是凤凰对口，枪头子作直的。从右手颧骨格搭点，嚓——进去么，枪头从左手颧骨格搭点，乓！搠出来。赵子龙拿条枪，枪杆，哼！一别么，颧骨断脱。颧骨断脱么，张绣格只面孔，噗咯拓，掉下来。那么好哉嚡，就挺上头格额骨头，下头半段吭没。张绣，人，尔嘚——锃！马上跌下来。枪，嚓冷！脱手，格只溜缰马，哈……旗门底下，"不好啊！"勿得了，赵子龙枪挑张绣。赵云呐吭？心里向快活啊，"哈哈！"嚯唷！总算还好。什梗一看，吾胸口头格小主人，刘阿斗呢，运气好了。今朝碰头枪王，倷勿肯放吾过去，吾是预备牺牲。想勿到现在辰光，还能够拿倷结果性命么，赵子龙当然心里向要快活。

　　勿晓得倷在快活格辰光么，对过旗门底下混乱哉。旗门底下还有三个大将。一个是张辽，一个是许褚，一个是曹洪。倷笃是奉仔曹操之命，来接应张绣。按照道理讲呢，三家头应该一道冲上来，搭张绣报仇了，替赵子龙打。而且格个三家头一道冲上来呢？赵子龙是呒不办法抵住。因为啥？张辽，二虎大将军，许褚，痴虎大将军，曹洪，八虎大将军。三只老虎一道冲上来，包围牢俚打，赵子龙吃勿消。格么张辽为啥道理勿出来呢？张辽心中有数。曹操发令箭格辰光，嘴面上么关照，唔笃下去，接应张绣。假使张绣能够赢的，唔笃覅上去。假使张绣要输哉，格么唔笃上去接应。张辽接令箭格辰光么，曹操拿格令箭杆子，望准张辽格手心里向，搠两搠。啥格意思么？隐隐然，张辽，俚记好啊，吾讲格闲话是反话啊。假如说张绣能够捉牢赵子龙哉，唔笃一道冲上去，硬帮一记忙，扒脱点俚份头。让俚功劳只能够得四分之一。假使说张绣搭赵子龙打，打勿过赵子龙，张绣条性命要保勿牢哉，唔笃在旁边头看看俚格冷铺，让俚死脱仔拉倒。张辽完全懂的。为啥么？俚晓得曹操搭张绣面和心勿和，冤仇蛮深的。曹操格儿子曹昂、阿侄曹安民、顶顶心腹格大将典韦，侪死在张绣枪上。曹操要想报仇么，叫板勿老错头。外加么舆论勿好，俚呐吭好去拿张绣杀头？今朝借赵子龙格手结果俚性命么，称仔丞相格心。所以张辽一眼勿紧张了，也勿准备冲出来。那么俚勿冲出来，曹洪呢？看俚张辽，俚是头头，三个人当中，以俚为首。俚勿出去么，吾佲当然也勿能马上冲出去，也呆一呆。勿晓得格老戆许褚熬勿住。为啥么？因为许褚戆头戆脑哟。曹操格令箭杆子，在张辽手心里搠两搠格个事体啦，俚勿晓得的。曹操是关照张辽，搭许褚要讲讲清爽。但是呢，许褚覅听。张辽要搭俚咬耳朵，俚覅听。因为刚巧受格气了，俚对张辽有点尔疟相，勿听俚格闲话。刚巧拨俚弄仔出来，吃着点搁头，勿高兴听俚了。那么现在看见张绣落马翻缰，阵亡么，到底自家人。所谓叫兔死狐悲，物伤其类。那么俚熬勿住，只马一拎，哈喇！冲出去。啊呀！张辽心里向转念头，许褚，俚出去啥体？覅关照俚上去。相爷喊佲是看冷铺，张绣死脱是本上。俚俚，俚格个算啥格名堂？俚用勿着上去得的。

喊？哪恁喊得住。许褚格只马，已经冲到赵子龙门前了。许褚起手里向九环镔铁大砍刀，拉起来就望准赵子龙头上，一刀呀。"赵子龙，你看刀！"噗！喝冷冷冷——辣！一刀过来。赵子龙看见许褚来么，俚要紧拿条枪，喤！双手一执。本来单手执了，现在仍旧双手奉枪。赵子龙起格枪尖呃，望准俚口大刀格刀盘上，掀上去。喊一声，"且慢——呃！"擦冷！该格辰光，赵子龙打得了，齐巧是最高峰格辰光。俚格力道、精神，处于一种巅峰状态，超水平发挥格辰光。用现在闲话讲说起来，就是属于一种最佳状态啦。而许褚呢？许褚出来，马也勰扣，气也勰屏，功也勰运足，冲出来，拉起来就是一刀么，俚格刀格力度啦，勿够。那么齐巧赵子龙格力量呢，最强烈格辰光。锃！掀着么，许褚格刀望准外面直荡格荡出来。"喔哟！"尔嗨——刀荡出来辰光么，因为马吭没停啦，两骑马，哈啦！擦肩过。交会了。

马擦肩过格辰光呢？许褚走格赵子龙下手。赵子龙心里向转念头，俚走吾上手呢，格么吾枪头子在门前格啦，吾，嚓！一枪结果俚性命。走吾下手呢，吾要圈转马来，再发枪拿俚刺脱么，辰光来勿及，要拨俚跑脱。格么呐吭呢？俫走吾下手么，现到嘴。枪钻子呃，望准俚背心上敲下去吧。喊一声："许褚，俟照打！"噗——乓！一钻子，望准俚背心上，哐！敲过来。"哦哟！"许褚晓得勿灵哉哦。要吃生活了，来不及逃。钻子往背心上来。格个一钻子好行嘎？许褚总算拎得清。俚口刀啦，本来望准后头在荡出去，索性荡过俚头吧。尔嘚——拿口九环镔铁大砍刀，望准自家背心上盖一盖。因为俚格刀头啦，相当阔的。覆盖在背心上，俟敲下来，如果敲在俚格刀头上么，等于像盔甲外头再摆一块钢板。格个要好过相得多啦，可以保护一下自家。

勿晓得许褚口刀在望准后头，甩过去格辰光么，巧么也真巧的。俚格刀头下面啦，有一只叫刀盘。格只刀盘格格局呢，像苹果式的。俚格苹果式格刀盘，齐巧嵌在第三粒算盘珠下头膏肓穴格穴道上。那么赵子龙格钻子敲下来呢，也勿敲在俚刀头上，也勿敲在俚刀柄上，齐巧敲在俚格刀盘上，直接么敲在刀盘上。其实呢，就打俚膏肓穴穴道上。镗！格个一钻子，啪！着。许褚格个一痛，痛得俚眼睛门前发黑，耳朵管里向，嗡——金丝粒头苍蝇，隆隆隆隆——在眼睛门前飞。口刀是脱手，捏勿牢。擦冷！许褚裆劲，乓！一紧么，格只马望准旗门底下，哈啦啦啦啦啦，逃下来。俟逃下来格辰光么，大家侪看见。许褚吃生活，吃着一钻子。

许褚在逃下来格辰光，张辽呆一呆。张辽格性子比较慢，俚还吭不出去。曹洪熬勿住。曹洪要紧一匹马，哈喇！冲出来，来接应许褚，要紧问哉："仲康，你怎样了？许将军，你怎么样——了？"许褚听，听得蛮清楚。曹洪来哉，俚问吾呐吭？许褚肚子里向转念头，曹洪啊，俟勤上去哉。俟上去，根本勿来事。拆穿点讲，俟格本事勿及吾。吾上去尚且要拨了赵子龙一钻子，敲得什梗副腔调。俟上去，命要保勿牢。许褚有青头格啊。俚要通知曹洪，叫曹洪勿勤上去。本来俚格张嘴抿牢了，现在嘴张开来，喊一声，"曹……"要想喊：曹洪，不能上前。勿晓得格曹字啦，是格张口音。俟闭拢仔嘴呢，格曹字，喊勿出来。喊曹字，格嘴板要张开来。"曹……"俟刚巧曹字出口，洪字还勷出口么，只觉着格喉咙口，赛过像有只小格手在搔呀。痒受受、痒受受一来么，熬勿住，一口血喷出来。望准曹洪，揽头揽面，噗——像大红皱纱格手帕什梗一块，乓！喷过来么，曹洪响勿落。曹洪心里向转念头，好的。俟格个真正叫含血喷人哉。啊？格个血喷得吾身上一塌糊涂。曹洪要紧圈转马头，嗒！拿许褚格人扶牢么，两骑马并排平，哈——回去了。唔笃逃走格辰光么，张辽晓得大势已去。走吧，吭打头。圈转马来保仔许褚，哈啦！一道走格辰光么，旗门底下乱了。因为赵子龙在冲上来，旗门底下侪在喊："不好来，赵子龙厉害呃。枪挑张君侯唉，钻打许仲康呃，血喷曹子廉唉，吓退了，张文远哪……"

张辽一听，气是气得了面孔煊红。啥格闲话啊？啊？啥格"枪挑张绣、钻打许褚、血喷曹洪、吓退张辽"？该两个吓得退嘎？该两个不过是因为要保护许褚哟，一道退下去罢哉哟。哪恁叫吓退呢？那是该格辰光，俟搭俚笃辩也辩勿清爽了。哗——人马奔溃、溃散。唔笃走格辰光么，赵子龙，当！枪一奉么，马一拎，朝门前头追上来。喊一声："让路者生，断路者死。赵云，来——哋。"哈啦啦啦——俫往门前头冲过去格辰光么，景山山顶上曹操也在看。曹操刚巧看见，张绣拦牢赵子龙，替赵子龙打，赵子龙只有招架，吭不还手。曹操倒在替赵子龙担心。啊呀赵子龙啊，俫危险哉哇。俫甏，别样吭啥，拨了张绣一枪结果性命啊？格张绣又要嗨外哉。吾搭张绣是冤家，吾是希望俫赢了，让张绣输脱。嗳！后首来，看见赵子龙招架开俚格枪法，回手发一路枪法过去。再看见到张绣，辣！中枪。磅当，落马翻缰，掼倒么，曹操俚一吓哟，标远镜，嚓啷！脱手么，哗——旁边头，文武官员一呆。"丞相何故惊慌？相爷怎么样了？""喔哟，不好，赵云好不厉害。竟敢把张君侯，结果性命。喔哟，嗬嗬嗬嗬……"大家看曹操气是气得来，胡子俦翘起来。其实曹操，俚心里向勿什梗了。曹操格心里向是，赵子龙啊，谢谢俫啊。俫弄脱仔吾格冤家，吾蛮感激俫。俫立仔功劳，做仔好事体了。将来俫投降仔吾么，吾好好叫要重用俫了。嘴里向么：嗬嗬嗬嗬……心里向呢："咦，嘿嘿嘿嘿……"嗒，曹操格人厉害格啦，心里在笑啦，别人看勿出的。面孔上，一眼看勿出。总抵讲，俚还在同情张绣了，勿舍得张绣阵亡了。

旁边有一个人呢，真格动感情，心里向蛮难过。啥人呢？一个文官，叫贾诩，贾文和。俚呢，曹操手下文官当中第一把交椅。自从郭嘉郭奉孝死脱仔之后呢，贾诩是第一了，足智多谋。格么俚为啥道理要动感情呢？因为俚是张绣格旧部，原来俚是张绣手下格文官。曹操战宛城，张绣投降之后，曹操呢，看中贾诩格本事啦，拿俚调过来，调到俚相府当差。张绣也是啊，吭不办法。而且贾诩也愿意去。因为跟俫张绣，终归勿如跟曹操来得地位高了，官职来得显。那么，贾诩搭张绣呢？毕竟是有感情。现在张绣死脱么，俚眼窝盈盈。心里蛮难过。其他文武官员呢，俫对吾看，吾对俫望，大家俦觉着非常之惊讶：啊呀！赵子龙实头厉害。张绣是枪王啊，赵子龙能够打了一日一夜朝外，还能够拿枪王结果性命，赵子龙可以说一声是超级枪王，比枪王还要狠了。唔笃大家呆瞪瞪。只有一个朋友么，心里向顶顶快活。啥人么？徐庶，徐元直。俚吃曹操的饭，心向刘备啦。搭赵子龙是老朋友，开心啊。赵子龙俫有道理，想勿到打得了什梗许多辰光下来，人困马乏，俫还能够拿张绣，辣！一枪结果性命。那笃定。

叫啥等仔一歇，山脚下消息来哉。张辽、许褚、曹洪败退下来，许褚呢身受重伤。现在呢，张辽、曹洪两家头上山，来见曹操报告。"参见丞相。""文远罢了，怎样啊？""回禀丞相，末将等奉命下山。"吾俚带人马过去，接应张君侯，拦牢赵子龙。勿晓得赵子龙实在厉害，俚枪挑张绣，钻打许褚，拿曹洪呢，喷得一头一面俦是格血，格么吾俚吭不办法，要保护许褚，退下来到后营。请军医官，搭俚俫服药、调理。现在许褚呢，在养伤。俚两家头到山上来，见俚丞相请罪。因为俚俫不能够帮仔张绣一道，拿赵子龙捉牢。"末将有——罪，望丞相恕——呃罪。"曹操肚皮里转念头，俫有啥格罪名？吾关照俫看冷铺，俫吭不罪。"文远、曹洪，闪过旁侧。""嗒。"谢过曹操不罪之恩么，旁边头伺候。

曹操马上派人搭吾下去，啥体？看许褚。许褚也是曹操格心腹大将，忠心耿耿。曹操手下气力顶顶大格大将，就挨着许褚。今朝拨赵子龙格个一钻子，敲得病情勿轻。真叫是许褚格身胚，别人说是双料头身体，俚呀？俚要三料头身体，甚至于四料头身体，结实勿过。俫换仔推扳点格是，老早，辣！一钻子，命也吭不了。许褚呢？口喷鲜血，身受重伤。后来，军医官上来报告，许将军呢，身体本原还好。现在外面敷伤药，里向么也在服药调理。看上去养一抢呢，就会得好的。嗯，曹操那么定心。所以许褚等到后首来病好，那么俚勿能碰着赵子龙。俚战场上再要碰着赵子龙了，俚勿敢上了。格个一钻子打得俚服服帖帖了，见到赵子龙怕透，怕透。许褚，吾拿俚笃开。

曹操在山上要跑下来看。踏出帐篷，再拿起标远镜来，曹操一共到山上来，带三只标远镜。赵子龙夺槊三条辰光，俚一吓，脱手一只标远镜，打碎。枪挑张绣，第二只标远镜去脱。现在挺阿末一只了。本来赛过么，三只么，曹操看一只，还有两只文武官员可以轮流落班看看。现在只有相爷一个人看。曹操拿仔只标远镜，踏出帐篷，对下头看么，俚格个目标啦，先要看中军帐格大督旗格旗杆。为啥呢？旗杆北面，六营、七营。后营哟。旗杆门前，四营、三营、二营、头营。格搭点是一个方向，一只坐标，一看就看得，看得清清爽爽。现在叫啥格只望远镜对下头望下来辰光么，看来看去，根旗杆看勿见哉。咦？呐吭道理啊？格目标吭不了哉哇？"啊？呃，老夫的中军帐，到哪里去了啊？"格中军帐勿见脱了。中军帐呐吭勿见哉呢？一根旗杆吭没了。格旗杆呐吭会得吭不呢？拨赵子龙敲断了。曹操看勿清爽，派人下去打探消息么。吾再交代赵子龙冲到中军帐。

赵子龙望准中军帐冲过来格辰光么，中军帐格营门开着，哈——俚杀进后营，往前营冲过来么，嘴里还在喊："贼兵让路，赵云，来——也！"哈啦啦啦——叫啥奇怪？俫冲进中军帐格营头啦，一个人俒吭不看见。一无阻挡，清清爽爽。哈——当中金顶莲花大帐，也吭不人保守。哈！咦？赵子龙觉着奇怪，一座空营啦？哪怎会得变成空营呢？赵子龙又勿晓得。其实格里向有格道理了。中军帐格个守将，此人姓郝，单名格萌，叫郝萌。郝萌呢？带领焦触、张南、马延、张颉，一共五个将官保守中军帐。俚笃在中军帐上得报，赵子龙枪挑张绣、钻打许褚、血喷曹洪、吓退张辽，现在往中军帐杀过来了。那么郝萌搭焦触俚笃四家头商量，那么呐吭弄法？赵子龙格本事什梗大，俒总归勿及枪王，也勿及许褚。要去搭赵子龙打么，白白里送命。勿打吧？营头拨俚冲透，俒逃走脱，营头冲过去了，失守中军帐，俒也有罪名。丞相要拿俒处罚。格么呐吭弄法？后首来想出来格办法，赵子龙冲到中军帐来，并勿是搭俒有难过，所以要冲破俒格营头。俚呢？要回转东南去，从西北往东南去，经过俒该搭点，过境啦。路过。既然俚路过中军帐么，什梗，俒拿中军帐格后营门开开直，前营门开开直，物事弄弄清爽，空出一条路来，一无阻挡。让赵子龙进后营，出前营。那么伲呢，带三千人马守好了前营营门外头，等赵子龙，哈喇！冲出前营去了，那么伲背后头追上去。表面上么，好像赵子龙逃走了，伲追俚啊。近呢，夠搭俚脱接近，离开距离远一点。格么赵子龙，勿会回过身来搭吾伲打。那么俚去远了，伲回过来。表面上呢，伲搭赵子龙打过的。打败赵子龙了，赵子龙逃走，伲追勿牢了，回转来。其实呢，拆穿勿得，营门开开直，让赵子龙过去。伲么也避免仔牺牲呃，相爷门前么，也可以交账。动什梗格脑筋了，所以营门开直。呒没阻挡，赵子龙又勿晓得的。

赵子龙格只马一埭路，哈啦！冲过来格辰光，冲进金顶莲花大帐么，觉着眼睛门前，墨赤黑。啥道理呢？亮头里到暗头里啦，看勿大清爽。刚巧赵子龙搭张绣打格辰光，太阳出来，射在金枪枪头上搭银枪枪尖上，光华闪烁，光头强烈得不得了，眼花落花的。那么刚巧在光头极强格场化动手打，哈喇！现在冲过来，到比较暗一点点格场化么，看勿大清爽。赵子龙格只马格速度，要稍微要放慢一滴滴。哈——过来格辰光，只看见门前头立好一个人，长一码，大一码，立着动也勿动。咦，赵子龙想吾喊过哉哟，贼兵让开，吾赵子龙来了。呒不人敢拦牢吾，哦，倷拦牢吾？蛮好。倷拦牢吾，吾就拨一枪拨倷嗒嗒。赵子龙起条枪，望准俚身上一枪，"看！枪！"嚓！等到枪，着。那么看清爽。啥道理？格个一枪勿是捅在人身上，门前一根旗杆。中军帐三军司命，一面大督旗格旗杆。格根旗杆高得不得了，要穿出帐篷得了。赵子龙鳓看清爽，当俚格人用。那么而且赵子龙格条枪格枪头子作直了，当！刺进去么，吃牢哉哟。拨了格木头咬牢哉。赵子龙只好拿格枪额出来，拼命用力在额。嗳，嗳。喏，还好。旁边头呒不人哦。旁边假使有人，赵子龙枪咬牢在木头上格辰光，旁边人来动手是，赵子龙连招架俏勿大好招架。好得呒不人。赵子龙几额么，拿格枪头，乓！拔出来。等到枪头子拔出来，圈转马来绕过根旗杆，赵子龙心里向转念头，人看见吾要让，倷格根旗杆勿让。格么呐吭？拨一钻子拨倷嗒嗒。起枪钻子，马已经过去哉哦，过仔旗杆了。回转身来，拿格枪钻子望准旗杆上，啪！一记。格旗杆本身呢，吃着一枪，额一额么，撬着一个洞。再拨倷格枪钻子，当！钻子打着，呱！旗杆断。旗杆望准后头，哈冷当！倒下去。赵子龙一吓呀。赵子龙张怕，夠格根旗杆压下来压在俚门前，拿俚格人像压麻雀什梗，压了帐篷里是完结哉。勿能跑出去哉。还好，旗杆往后头倒下去么，压在后头格营篷上，前头营篷呒啥啥。

赵子龙格只马，哈啦啦啦啦，冲前营门。倷刚巧冲出中军帐格前营门么，郝萌在旁边，在营门旁边。郝萌心里向转念头，赵子龙啊，倷忒过分哉哇？伲见倷怕，营门开开直，让倷过去。格么倷过去么，太太平平酿。倷为啥道理拿格旗杆敲断呢？倷敲断仔旗杆么，伲呐吭到相爷门前去交账呢？老实说，伲保中军帐，保啥？就是保格面旗哟。格面旗是三军司命格大督旗，代表丞相格呀。倷拿旗杆，呱！敲断，伲呐吭弄法介？勿能勿打，呒不办法。本来就预备放俚过去仔了，背后头表面上追，其实是送俚。现在只好动真家伙了。哈喇！马匹从横垛里过来，俚在左手里向，拿起手里格刀望准赵子龙头上，一刀。"赵云你，看——刀！"噗——乒！一刀。格一刀是横垛里来的。赵子龙朝门前走，俆朝劈直走么，横里向，啪！一刀，往俚格头上劈过来。赵子龙格条枪勿容易招架，因为俚格条枪啦，奉好在手里向。俚从左手里向来的。格么赵子龙要圈转马来，那么再好拿格枪杆起来招架，比较拗。格么呐吭呢？赵子龙格打仗非常灵活，听见声音，呼——横垛里刀来哉么，赵子龙马上，喤！人身体往后头一仰。一仰，尔嘚——刀落下来么，赵子龙起格只左手望准俚格刀柄上，咋！一把抓牢。抓牢俚格刀柄么，赵子龙格只左脚，喤！葵花蹬一挑，尔嘚——马头圈过来，搭郝萌面对面。

　　赵子龙右手格条枪，望准郝萌喉咙口呃，嚓！一枪，着。嚓冷！拿俚格刀甩脱么，郝萌死尸，尔嘚——锃！马背上跌下来，马匹，哈啦啦啦，溜缰。枪挑郝萌。赵云马往门前过去么，焦触、张南、马延、张颢，四家头弄僵。四家头心里向转念头，赵子龙啊，俆冲过中军帐，敲断旗杆还勢去讲俚，俆还拿吾伲守将郝萌结果性命，那伲呐吭好勢打？只好拼一记命。焦触，呋，啪！跳过来，俚是步将，起手里向格对双板斧，望准赵子龙格马头上，两斧头，"看斧！"噗，乒！两斧头。赵子龙，哈啦！马头一圈，起长枪，嚓冷！掀着么。呋——啪！焦触斧头荡开，人望准横垛里跳过去么，张南，噗！跳上来。张南手里向一口单刀，单刀上头有四个环，叫四环刀。四环刀望准赵子龙马头上，"看刀！"噗——乒！一刀。赵子龙起银枪枪头子，擦啷！掀着。呋——噗！张南跳开。马延，啪！从后头过来，马延手里向一对日月紫金刀，望准赵子龙马屁股上，喤！两刀劈过来。赵子龙要紧旋转身来，起手里向枪头子，擦啷！掀着。啪！马延跳开。张颢，噗！蹿进来，一根棍子，望准俚马脚上，一棍子呀，"去吧！"噗——乒！一棍子上来。赵子龙要紧起长枪，嚓冷！掀着，噗！张颢跳开来。焦触，门前头又回进来，双板斧再望准俚马头上过来，赵子龙掀开焦触么，张南格四环刀又过来了。嘿！叫啥赵子龙搭张绣、许褚打格辰光，侪是一个照面。嚓冷！一来兴，解决问题。而现在呢？碰着四个步将，拿俚包围牢，勿来赛哉。格么说起来，格种头等头大将，或者超等头大将，赵子龙能够拿俚笃打败，格哪恁碰着四个步将，会得勿来赛呢？所说，赵子龙刚巧碰着张绣，其实是已经人困马乏。因为拼命哉啦，虚火吊足。身体内部格点潜在格力量，完全发挥出来。所以虚劲吊足么，打败了张绣，也打败了许褚。现在呢，格虚火褪尽了。而格个四个步将，牛皮糖。格个打脱，归格来，归格打脱，格个来，轮流落班、颠来倒去。两个前、两个后，噼啪噼啪——什个样子，在川流不息搭俆动手打么，尽管俚笃格四家头格本事讲起来，单独打，本事侪勿大的。一拔一，呒不一个人打得过赵子龙。甚至于俆两个打一个，也打勿过赵子龙的。三个打一个，赵子龙还可以应付。四个打一个哉么，赵子龙手忙脚乱。人多呀。拿俆两前两后包围着。赵子龙格力道，在脱哉。

三千名曹兵呢？哈——一个人圈子围牢。赵子龙危险。山上曹操得报啦，说赵子龙冲进中军帐，打断大旗，郝萌人亡。现在被焦触、张南、马延、张颌团团包围。一场恶战。曹操那么明白，曹操跑出来看，虽然旗杆吃不了，仔细捉一捉方向，看一看么，看见。

只看见中军帐门前头，哗——围好一绞圈，赵子龙拨了四个步将包围着打，格四个步将生力，轻身法好，噼啪噼啪——跳得快哟。如果盘到后来，赵子龙曼得一个疏忽，或者一个懈怠、一个脱力，完。赵云就要马背上掼下来。曹操蛮快活。嗳，假使四家头能够拿赵子龙捉牢，倒也吃啥。吾本来呢，头营上预备格陷马坑拿俚捉牢，现在用勿着到头营上去，中军帐就捉牢么，也求之不得。曹操还在看格辰光么，赵子龙危险哉。赵子龙格汗，哈——剟说赵子龙出汗，连得只马身上格汗也在滴下来。人困马乏，只有招架，并无还手。

赵子龙打到该格照面上，出危险哉哦。啥格上出危险呢？就是背后头，马延，噌！双刀过来，擦唥！掀着。啪！马延跳开，张颌过来，混铁棍望准俚马屁股上，辣！一棍子敲过来，赵子龙起枪，擦唥！掀住。掀住格辰光么，本来是张颌应该，啪！马上跳出去，格么赵子龙好回过来，应付门前头格焦触、张南。嗳，叫啥该格一记，格张颌拼一拼命。俚拿格棍子呢，望准赵子龙枪头子上，一搭，连格身体一道扑下来么。嗨！擦冷冷冷——赵子龙要拿俚掀开了，要加力道了。"哎，唉。"擦冷冷，喏，就推位什梗一歇歇。假使，嚓冷！掀着。啪！跳开。赵子龙马上枪回过去呢，焦触斧头来，来得及招架。因为拨了张颌拼仔格命，身体磕上来，赵子龙要嚓冷冷冷冷，多掀一歇歇辰光，就在格个间歇里向，嗳！噗！焦触门前头已经到了。焦触对双板斧望准赵子龙马头上过来，嘿！两斧头。赵子龙唵看见？剟看见，哪恁会剟看见呢？赵子龙眼睛在看后头呀，在掀后面格棍子呀。身体在注意后面、眼睛在注意后头么，门前头格两斧头过来，俚剟防备。即使倷马上掀开张颌家什，回过来招架，来勿及哉，斧头要劈着马头。假使斧头望准俚马头上，嚓！着！马头劈开，马死，马掼倒。赵子龙人跌下来么，完完大吉。定做拨俚笃生擒活捉。格个辰光赵子龙格条性命，正所谓叫千钧一发，呼吸之间。斧头，尔得——下来。那么呐吭弄法呢？啥人来救赵子龙？老听客，勿要紧格噢，赵子龙有人会得来救格噢。救星来了。

格么格斧头劈下来？斧头劈下来，让俚停一停。赛过拍电影什梗、拍电视什梗，叫定格。停着。俚斧头，嗨！劈过去，还吃不劈下去了，救星到了。格么救星呐吭来呢？吾要表。表起来格辰光，就要有一歇啦。格个一歇呢，就是说，在斧头劈下去之前，其实格个救星已经到。格个救星阿是山上格徐庶呢？勿是。徐庶吃不办法帮忙。徐庶在山顶上，呐吭会来帮忙？来格个救星勿是别人呃，头上格大将军，此人姓弓长张，单名格部，号叫儁义，河北人。从前辰光在袁本初部下，称为四庭柱大将之一。后首来官渡大战，投奔曹操。曹操待俚非常好，俚成为曹操手下大忠良。后来曹操兵进辽西，俚立大功。血战沙场立大功。官封为平敌将军，都亭侯，侯爷。外加是格将军衔头，地位相当高。

俚奉曹操格命令，带领五百名军兵，在头营营头上，掘一只陷马坑。掘仔只陷马坑呢，要等赵子龙来，拿俚领下去，掼下陷马坑么，活捉赵子龙。那么格只陷马坑呢？掘起来交关紧张啦。因为赵子龙恐怕山路里向就要冲出来格啦，俫勿能够慢。所以哔哩吧啦，一来兴，马上就拿格陷马坑，人多么，陷马坑掘好了。挖好哉么，张郃还要做一些训练了呀。呐吭训练么？自己格只马，老远跑过来，跑到陷马坑边上，拿只马一拎，磅当，跳过去。格么喏，让赵子龙骑，跑过来格辰光，踏着陷马坑上头格细竹头了、芦席，磅！掼下去么，好拿俚捉牢。俫自家勿训练好，赵子龙鹬跌下去，吾在门前头逃，赵子龙背后头追，赵子龙鹬跌下去，吾先跌下去。那么俫张郃跌仔下去么，赵子龙看见哉，马上拿马一扣，扣住么，赵子龙就勿会跌下去哉咯。俚要练得了百发百中，万试万灵。乒磅乒磅，到该搭点，马头一拍，领鬃毛一拎，蹦！马过去哉。蹦！一拍、一拎，过去哉。要熟而又熟，训练好了，那么在陷马坑上头习习细格细竹头架好，芦席铺好，一批浮土撒好，搭旁边头格土、地皮烂泥格颜色差勿多。俫粗忙之间看看么，随便呐吭看勿出，下头是一只陷马坑。格么停一停张郃跑过来自家觑瞎天盲地，也看勿清爽了，自家觑跌下去格啊。勿碍，做记认的。做啥格记认呢？格么有几种说法哉。有种说法呢，在陷马坑格周围啦，用石灰印子，拍好一个印子。赛过像踢足球什梗，球门门前头啦，用石灰拍好一个印子。格个地方么是禁区，要冲进禁区俫射么，就有希望哉。或者罚十二码在啥地方，有石灰印子拍好。有标记格咯。格么踢足球么，应该弄格标记了。俫禁区里犯规么，罚点球了，啥种名堂。那么该格战场上打仗，只陷马坑，俫如果用石灰印子，拍好一个圈圈，赵子龙看得蛮清爽，赵子龙又勿是瞎子？俫张郃到石灰印子旁边头，马一拎，磅当！跳过去，赵子龙也学俫格样，也什梗，磅当！一拎，跳过去么，俫格只陷马坑白掘咯？石灰印子容易引人注目，容易拨了赵子龙看出来。

那么张郃弄点啥格名堂呢？勿弄石灰印子，插旗。就是在陷马坑边上插两排旗，左手里一排旗，右手里一排旗。旗东南面是陷马坑，旗西北面就是平地。那么俫看见旗，到旗该搭差勿多场化，磅！马一拎么，俫过去了。因为两面格旗啦，两面旗就在陷马坑旁边头呀。俫陷马坑旁边头，旗格当中么，就是只陷马坑，清清爽爽。赵子龙作兴勿注意格啦，边上有点旗号插着，勿稀奇。那么边上呢，另外还有两座营头，营头里向么埋伏小兵，就是等到赵子龙跌下去哉么，冲出来，拿赵子龙捉的。张郃俫安排好，吃力格噢。掘陷马坑、自己训练、马乒磅乒磅乒磅格跳，练好。那么喏，好等赵子龙来，活捉赵子龙了，立大功。

因为格只陷马坑里向呢，埋伏吭的。本来陷马坑底上，应该是插断刀断枪，铁蒺藜，麒麟钉，让俫掼下去么，马受伤，掼倒。人掼下去，受伤，那么拿俚捉牢。

因为曹操欢喜赵子龙，要拿俚收下来，要生擒活捉，勿许拿里弄成功残废，也勿许拿俚只马弄坏。因此格陷马坑底上呢，一眼吭啥啥，清清爽爽一只陷马坑。张郃侪弄好了。派连环探马，骑仔马，到后头去打探消息。赵子龙俺出来，假使赵子龙出来么，侪马上来报告，吾好做准备。因为吾勿能在头营该搭点等赵子龙。吾赵子龙一到，吾马上就跳勿来赛的。吾要候到门前头去，要跑一段路，要候到二营、或者三营呀，或者四营啊，甚至于中军帐啊，吾到格搭点拿俚一埭路引过来么，让俚俺到该搭点上当。

俚派人去打探消息么，消息来哉。"张将军，赵子龙已经冲出山路了。"喔。"现在呢，碰着辽东无敌大元帅、无敌大将军赛元晋，两家头在交战哉。"啊！一听么，喷生怃一气。完。赵子龙碰着无敌大元帅赛元晋。赛元晋力大无穷，啥人勿晓得？赵子龙人困马乏，碰着无敌大元帅，赵子龙弄僵哉嘎，稳死的。或者拨俚捉得去哉。现在呢？"张将军啊，呵呵，赵子龙实在厉害的。一个照面啦，枪挑赛元晋，过来哉哟。"张郃一听么，心里向，啡——一喜。笑龊笑出来的，表面上龊笑出来的。心里向一喜。为啥呢？赵子龙！好，好！服帖！有道理！无敌大元帅照样拨俚结果性命了，俚冲过来哉，最好吭不。一个人啦，立场勿对，感情会得起变化。按理说么，赛元晋么搭俚自家人，侪是曹丞相格部下，唔笃是同事。同事拨了对手结果性命么，俚应该要难过，应该要有点悲哀。哪怕勿是穷凶极恶格啥格格种十分伤心么，多少要有点淡淡的哀怨。啊，多少要有一眼眼。格么就是同事格感情咯。叫啥俚非但勿难过了，外加心里向，啡！为啥呢？因为赵子龙来，吾好捉牢赵子龙，吾有功劳哟。呃，赵子龙拨俚弄得去哉，吾完结哉呀。俚从个人格个立功劳格角度出发么，所以俚对自家人死脱啦，一点勿难过。俚想想，吾候上去吧。赵子龙总要来快。刚巧候到四营么，消息来哉。

"报——禀张将军。""怎——样啊？""赵子龙现在枪挑赛元晋之后冲过来啦，碰头北地枪王张绣，还有二虎大将军张辽，痴虎大将军许褚，八虎将军曹洪，拦牢在中军帐后头交战，请将军定夺！""哦！嚯嚯嚯嚯……"好，完结。吾运道推扳，白辛苦哇。格只陷马坑么白掘，一夜天，乒磅乒磅乒磅，什梗跳来跳去么，多花头。赵子龙碰头张绣，碰头张辽、许褚、曹洪，呐吭会勿拨俚笃捉牢呢？格个四个人，可以说是曹营上最最本事大格大将。而且还是格枪王了。张郃下命令：来来来，传令，拿陷马坑填脱俚吧。人马准备收兵，算吾倒霉，白辛苦。"张将军啊，侪啥体要紧拿陷马坑填脱呢？赵子龙虽然碰头北地枪王张绣么，赵子龙本事大啊，勍说赢，作兴赵子龙倒逃出来呢？赵子龙溜出来格辰光，张绣么追俚勿牢，格侪，啥人能拦牢俚呢？只有侪哉喽。侪只陷马坑还好派用场，还可以领赵子龙过去，让俚掼下陷马坑了，拿俚结果性命咯。还，还，拿俚生擒活捉，捉到山上去么，侪同样可以立功劳咯。侪、侪为啥道理，现在要紧拿陷马坑填脱了？侪填脱陷马坑么，老实说一声，填便当的。侪再要挖起来就勿来赛了。"

嗳？张郃心想倒也勿错，再打探打探看。那么俚自家么，望准三营四营方面、方向过来，派探子过去打探。连下来消息报告："张将军啊，赵子龙不得了，枪挑张绣、钻打许褚、血喷曹洪、吓退张辽，现在冲到中军帐，马上就要往此地来哉。"哦，哈哈！开心呃。推扳一眼眼哈哈大笑笑出来了。赵子龙啊，倷实头狠的。北地枪王张绣拨倷结果性命，痴虎大将军许褚拨倷打得口喷鲜血，吾佩服！俚为啥道理要特别开心么，因为赵子龙越是本事大，越是杀脱格大将多，俚格个价值越来得高。吾捉牢俚格功劳就更加大，水涨船高。赵子龙越狠么，吾陷马坑里拿俚捉牢了，吾，曹丞相搭吾记起功来，勿得了。吾本来是一个都亭侯，那是吾格侯爵还要升上去了，好好叫要升上去了。说勿定么，官升三级。工资呢，顶起码加两级。啊呀，吾，格名利双收呀。俚开心啊。死脱仔嘎许多人，啥人受伤，啥人受伤，俚在开心，幸灾乐祸。因为对俚个人有好处哟。只想着个人好处哉么，大局俉勿关了。关啥格大局，吾、吾有利么，俉了哉喔。张郃再望准四营里向过来格辰光，手下人报得来哉："张将军啊，看上去赵子龙勿会来哉。"啊？倷呐吭晓得呢？说，刚巧赵子龙冲进中军帐，打断大旗一面啊。旗杆敲断，拿郝萌结果性命。现在拨了焦触、张南、马延、张颉，拦牢着。赵子龙只有招架呒不还手，看上去蛮危险了。喔！张郃心里转念头，吾过去看看看。拨俚笃四家头拿赵子龙捉牢，倒瓮气相格哦。啊？吾忙仔什梗许多辰光，还是一场空啊。一个小兵坏，张将军啊，吾教倷，倷冲到门前头去。嗳，倷帮帮俚笃四家头格忙。倷勿帮忙，俚笃四家头也要拿赵子龙捉牢的，倷过去帮一记忙，咋！拿赵子龙捉牢么，一桩功劳，五分开拆，倷至少可以得到百分之二十。诶，张郃一想倒勿错嗲。啊，抢枪功劳看，五分之一功劳可以。所以俚马匹冲到中军帐，进圈子。已经到了三千名军兵格包围圈格圈子里向了，到圈子里向，俚格只马到，齐巧张颉格棍子敲到赵子龙马屁股上，赵子龙条枪在招架。张颉拼命一磕，赵子龙条枪枪头子一沉，焦触门前头跳过来。焦触格双板斧望准赵子龙马头上，要劈过去格辰光唷，张郃到。张郃一看。张郃心里向转念头，完。那是连得五分之一功劳俉勿有。格两斧头劈在马头上，赵子龙掼倒。拨俚笃捉牢么，吾有啥功劳。吾不过看俚笃打打。勿比吾插过手了，吾发过一枪了，赵子龙也掀过吾一掀了，说起来，也有吾一份功劳。格么呐吭弄法？张郃拆烂污哉哦。张郃用格条枪啦，叫钩镰枪。啥叫钩镰枪呢？枪头子下面有只扎勾头。俚看倷焦触斧头过去，拨倷斧头着，吾功劳就吭不。为仔自家格功劳么，对勿住，请倷格斧头慢一慢劈，俚拿条钩镰枪，噔！捅过来。倷只钩子望准焦触斧头柄上，嗒！抓牢。嘿！往后头，一拉哟。焦触格斧头，刚巧要劈过去么，唉。咦，呐吭道理？斧头柄拉牢。嗄！一拉么，俚身体往后面一让。回过头来一看么，张郃哟。啊呧！张郃倷格打旁勿是该歇辰光。呃，吾斧头要劈赵子龙马头，倷为啥道理，拿吾格斧头柄抓牢？别人说，硬装斧头柄。倷格叫，硬拉斧头柄。呃，格个算啥名堂？倷眼眼调格个辰光。张郃想，倷斧头劈着，吾功劳要吭不，对勿住。慢慢叫看。唉！在格个辰光呢，赵子龙拿背后头格棍子掀开。锃！噗！张颉跳开么，赵子龙，哈啦！回过来看见，门前头多一个马将。赵子龙心里向转念头，吾搭四个步将打，吃力得勿得了。再来一个马将，吾搭俚勿够。勚去管俚，先拿格马将捅脱仔俚再讲。赵子龙格条银枪，望准张郃面门上，一枪！"看枪！"噗——啪！一枪过来。张郃对俚望望，赵子龙啊赵子龙，俚格个人么，真叫狗咬吕洞宾啦，勿识好人心。呒不吾钩镰枪拿斧头柄钩牢么，斧头上吃着家什，俚已经掼倒哉。吾救仔俚么，临时完结，俚拨吾一枪，往吾面门上捅上来。格么呐吭弄法呢？张郃，嗒！钩子望准斧头柄上一松么，起钩镰枪望准赵子龙银枪上招架，"且慢！"嚓啷。掀着么，赵子龙格枪荡开。张郃，哈啦！圈转马来就走哟。"赵云厉害，张郃去也。"哈啦啦啦，往圈子外面去格辰光，对赵子龙一看，隐隐然，赵子龙阿拎得清，拎得清的，跟吾跑。俚对俚一看么，赵子龙格种人几化聪明，俚看见有机会好走，人马在让开来，张郃在逃出去么，俚跟牢张郃马背后，"你往哪——里走？"哈啦啦啦，那么马窜出去。

赵子龙跟张郃望准门前头去格辰光，张颉拿根棍子望准地上，嚓啷！一摞。跳跳脚，"呸"，对焦触吐一口馋唾。焦触啊，俚呐吭在缠？俚阿吃粥饭的？啊。刚巧吾在后头，棍子望准赵子龙马屁股上头敲上去，吾拼性命拿格身体磕上去，就想拿俚格条枪拦一拦住。巴望俚门前跳进去动手，好劈脱俚格马头。俚为啥道理门前头勿动手？啊，俚啥体要错脱格个机会。勿是吾要错脱格机会哟。张颉啊，吾什梗长，什梗短，张郃过来格钩镰枪，钩牢吾格斧头柄。吾拨俚拉住了，吾勿能动手哟。喔！现在，赵子龙跑脱了。跟仔张郃一道跑脱了。张郃钩住俚格斧头柄，格么，张郃搭俚冤家？吭没难过。既然吭不难过，俚为啥道理要帮赵子龙格忙了，要破坏伲格张功劳呢？格来啘，马延聪明。马延说，吾明白了。俚明白点啥？昨日夜头，张郃下山来，到中军帐，点五百名军兵，到头营上去，掘一只陷马坑。嗯，对的。掘好陷马坑呢，预备活捉赵子龙。赵子龙拨吾伲捉牢呢，俚就吭不功劳。俚拿赵子龙领过去，掼下陷马坑，活捉赵子龙么，俚格张功劳独吞。吭趣啦。张郃，俚格来算啥名堂？俚枉空。俚平敌将军，俚侯爷哟。俚地位已经什梗比伲高了，俚还心黑得了，要来夺伲格功劳。格只肉馒头，到仔伲嘴巴里向，啪！拍脱，俚拿得去吃。该格物事军队里有规矩，夺别人家功劳，要杀头。夺功之罪。格么呐吭弄法呢？上山，报告丞相去。格个事体一定要请丞相做主。俚、俚出来讲句闲话。四家头商量停当，放脱家什，马上上山。到景山山上，进帐篷。"丞相在上，焦触、张南、马延、张颉，参见丞相，请罪。"卜卜卜卜！"四位将军，罢了。怎样——啊？""回禀丞相，末将等奉丞相将令，保守中军大帐。"赵子龙冲过来，冲进中军帐。敲断旗杆一面。郝将军动手。郝将军，帮伲四家头，团团包围赵子龙，拼命交战，打得赵子龙只有招架，吭不还手。正要拿赵子龙捉牢格辰光，张郃赶到。张郃格钩镰枪拿焦触格斧头柄扎牢，兵！拿赵子龙领出重围。望准头营方面去呃，吾伲勿能够拿赵子龙捉牢。所以，"上山，要来见丞相，当面，请——呐罪"。曹操一听么，"喔唷。喔喔喔喔……"曹操肚皮里向转念头，张郃啊，俫枉空啊，枉空。格俫，有格拿赵子龙引到头营上去么，俫啥勿帮帮俚笃四家头格忙，一道拿赵子龙捉。老实讲一声，中军帐拿赵子龙捉，已经是稳了。可以说是稳了。俫拿俚领过去点，赵子龙是勿是跌下陷马坑？还勿晓得了。还在天上飞。假使赵子龙勿跌下陷马坑，拨俚逃走脱呢？逃走脱，就错脱一个机会。曹操心里向，火透火透。尽管张郃大忠良，战场上立过汗马功劳，封官赐爵，但是，俫今朝做格桩事体，过分了。夺别人家功劳。就算俫拿赵子龙捉牢，俫也呒不功劳。俫格桩功劳要拨了别人。俫呢，顶多将功折罪，呒不功，呒不罪名。一重关。假使俫拨了赵子龙逃走脱么，两罪俱罚，颗郎头拿下来。

曹操关照四家头，"四位将军，无——呃罪。张郃，夺尔等之功，老夫稍停停，将他定——罪"。吾会得处理，吾会得拿俚处罪。"酌，酌。"四家头退下来格辰光，蛮高兴。什梗一看，丞相公平的。丞相勿怪伲，尽管俫从前辰光立过功劳，俫今朝有夺功之罪啦。还是要依法办的。四家头下山去格辰光，在商量。商量点啥？阿有啥，巴望张郃拿赵子龙领过去，赵子龙觐上当。赵子龙勿跌下陷马坑。嘿嘿，赵子龙勿跌下陷马坑，拨俚逃走脱么，吾看俫张郃阿有格只面孔来碰头丞相交令。也有格说，就算赵子龙跌下陷马坑，巴望赵子龙跳出陷马坑，巴望俚逃走脱。嗳，让俫张郃弄勿连牵么，杀颗郎头。看俫跪在地上，磕头讨饶，出眼泪。俫、俫夺伲功劳哟，俫呒不好下场。四家头格个辰光，叫啥巴望赵子龙逃走。感情侪勿对了。

格么赵子龙呐吭呢？赵子龙跟张郃往门前头过来。张郃门槛精格哦。俚心里向转念头，吾单单从此地一直领到头营，赵子龙勿会上当。赵子龙要怀疑格啦。只好回过来搭俚打。"赵云，你休得猖獗。看枪。"噗——乒！一枪过来。"慢来。"嚓啷！掀开。两个照面一打，张郃圈转马来就走。且战且走么，赵子龙上当，那么赵子龙到头营上，要马跳陷马坑，下回继续。

第五十五回
救主回长坂

赵子龙，冲出中军帐，跟仔张郃望准东南方面过来。中军帐过来就是四营，四营上旗帜飘扬。文！就是文聘格营头咯。赵子龙心里向转念头，吾在龆出山路格辰光，吾就考虑到，吾如果出去，碰头文聘，吾搭俚商量。现在刘阿斗呢，吾已经救着，吾要想回转长坂坡，要冲出营头去咯。但是吾勿晓得该搭点营头上，是勿是有啥格埋伏，啥场化是危险的，啥场化是安全的，吾勿清爽。那么偲文聘明白格咯，那么托偲，阿好帮吾领一领路。偲在门前走，吾在背后头跟。表面上么，偲拨吾打败，吾追偲，偲逃走。其实呢，偲在门前头，领吾一条比较太平格路，领出头营么，吭不事体了，吾可以回转长坂坡。

格么现在看见文字旗，赵子龙阿要去看文聘呢？赵云梗梗一想么，勿必了。为啥呢？如果吭不张郃在门前头啦，格吾要去寻文聘的。现在有张郃在门前头逃，吾跟在俚背后头追呢。老实说，张郃向前，吾也向前。张郃转弯，吾跟俚一道转弯，亦步亦趋。张郃俚晓得该搭点营头上，有勿有埋伏。啥场化是太平，啥地方是危险，俚明白。吾跟在俚后头呢，吭没问题的。格么吾就龆去寻文聘。再讲，吾要去寻到文聘，文聘身背上担风险格呀。因为昨日下半日，吾搭俚打格辰光，吾假败，文聘追吾，拿吾送进了山路。那么今朝吾搭俚打，俚败吾赢，俚逃吾追，曹操要疑心的。呐吭昨日么，偲赢赵云的，而今朝么，偲又是拨了赵子龙打败？格里向有点啥格花头经了？曹操一疑心文聘，事体弄穿帮，文聘是吃里爬外，帮吾赵子龙格忙，送吾出去，文聘要吃搁头。文聘屋里向还有八十岁格老母，吾要害俚。赵子龙好心，就勿去寻文聘，跟牢张郃走吧。

格么张郃呐吭呢？张郃厉害嘎。张郃心里向转念头，吾在门前头逃，赵子龙在背后头追，如果说，吾一埸路领到头营陷马坑跟首，吾拿只马一拎，磅！跳过去，赵子龙板勿上当。赵子龙格种人，几化聪明啊。俚要想格啰，偲张郃，搭吾毫无关系，偲为啥道理要领吾跑？为啥道理偲到仔头营，磅当！一跳，跳过去呢？拨俚偲想出来，格里向吾是在用计，用陷马坑捉俚了，俚板勿上当。吾跳，俚也要跳。那么吾格个逃呢？要做功要好一点。吾一埸路搭俚打，打脱两三个回合，吃勿消了，逃，那么俚追。吾冲过一段路了，回过来再搭俚打一两个照面，吾再逃，俚再追，格个名堂叫啥？叫且战且走，戒掉赵子龙格疑心，让赵子龙勿防备。而且张郃厉害啦，跑到二营格辰光是，俚格只马已经在跳哉。格么该搭吭不陷马坑，偲啥体要跳呢？解赵子龙格疑呀。假使吾到头营陷马坑跟首跳，赵子龙跟吾也一跳，俚也跳过陷马坑么，吾完结了。吾现在有跳吭跳，譬如勿跳，瞎跳跳。开头，赵子龙作兴要做防备。连下来呢，赵子龙勿会防备哉，俚当仔吾吓昏哉，拼仔命在逃了，穷跳了。那么俚勿防备格辰光，俚追过来呢，到头营上吾跳，俚勿注意哉啦，俚会得跌下去。格张郃厉害。张郃在二营上格辰光么，马一拎，磅！一跳么，赵子龙果然呆一呆。咦？做啥？张郃为啥道理要跳？阿有啥格名堂喔？赵子龙特为在俚将要跳格地方，马扣住呃，拿格枪钻子在地下捅捅，吭啥花样经，那么格只马再跑过去。又打了一个照面，张郃再逃，又跳了。赵子龙开头还注意，后首来一看吭啥啥，俚一径在跳么，赵子龙勿防备。认为是大概张郃吓昏了，极跳了。什梗样子一来呢，望准头营上过来，离开陷马坑是越来越近。赵子龙勿晓得格啊，门前头，俚马上就要出危险哉哦。格张郃，格个辰光格心情也更加紧张。陷马坑要到快了，吾费仔嘎许多心思呃，就是要巴望拿赵子龙领过来，让俚掼到陷马坑里向，生擒活捉赵子龙，吾可以立功劳哉。所以张郃，也紧张得不得了。

山上曹操也在看。曹操俚在景山山顶上，用标远镜对下面望，拨俚寻着了。张郃前头逃走，赵子龙背后头追过去。而且呢，且战且走，一路打，一路走么，曹操心里侪明白，张郃在用计。在二营上马就跳哉，曹操也懂的。曹操完全能够理解张郃格心情，在麻痹赵子龙。让俚失脱警惕么，头营上可以上当。嗨嗨，不过曹操心里向转念头：张郃呀张郃，俚呢，本事确实好，吾了解俚的。因此吾封俚为平敌将军了，都亭侯。不过今朝格桩事体呢，俚做得脱体。俚勿应该，去夺焦触、张南、马延、张颉格功劳，拿赵子龙领出中军帐。即使赵子龙跌下陷马坑，拨俚捉牢了，立仔一桩特大格功劳。但是呢，今天格桩功劳，吾勿能搭俚记的。为啥？因为俚有罪了，顶多将功折罪，呒不功劳、呒不罪名，扯平，俚已经是运气蛮好。功劳要拨啥人？功劳要拨焦触、张南。本来是俚笃应该拿赵子龙捉牢。所以曹操在看。

离开头营近了，曹操在标远镜里向望过来，蛮清爽。曹操格心情也在紧张。因为赵子龙格员大将，俚实在欢喜啦。要拿俚生擒活捉，劝俚投降之后，吾有赵子龙什梗种大将，何愁天下不平，大事不成。曹操标远镜里向望过去，看见张郃已经到头营，陷马坑跟首，张郃将马一拎，戆当！跳过去，赵子龙背后头跟过去，赵子龙勿晓得，呱嗒！踏着陷马坑，赵子龙连人带马跌下去格辰光，曹操在山上，格个快活是快活得了。"诶，嘿嘿嘿嘿……"文武官员大家听曹操纵声大笑，笑得什梗高兴么，晓得成功哉。大概赵子龙捉牢？"丞相因何好笑？""嘿嘿嘿嘿嘿嘿！赵云跌下陷马坑，可以将他，拿——住——呃了！"曹操对旁边头徐庶看看，隐隐然，徐庶啊徐庶，俚今朝有功劳。本来陷马坑里向有刀枪剑戟，铁蒺藜、地铃钉，密布埋伏。赵子龙掼下去呢，马肚皮呢，先捅穿。人从马背上掼下去么，身受重伤，或者，死脱了陷马坑里。因为徐庶搭吾讲，陷马坑里向勿用埋伏，所以陷马坑里向呢，刀、枪、铁蒺藜、地铃钉一样侪呒放，赵子龙掼下去呢，顶多马脚掼断，马受伤，人勿会受伤的。那么张郃动手拿俚捉牢哉么，吾得一员虎将。所以曹操格眼光在对徐庶看格辰光么，充满了格种感激格神情。徐在对徐庶看格辰光么，徐庶表面上呢，也做得笑嘻嘻格样子了，好像在祝贺曹操，拿赵云捉牢了。徐庶其实心里向呐吭，格个心里格急是急得，勿能讲，完结，完完大结。赵子龙真以为上当了，跌下去。那僵哉，跌下去吭没命活。为啥呢？曹操拿俚捉牢，曹操要劝俚投降，赵子龙板勿肯投降。勿肯投降么，曹操勿会拿俚留着，板拿俚，嚓！结果性命。哎，刘皇叔，断脱一只臂膊。可惜啊，可惜。心里么难过的，但面子上勿能露形的，面子上还要装得笑嘻嘻。

曹操在对下头看格辰光么，吾要交代下面格赵子龙。赵子龙果然中张郃格计。张郃到陷马坑门前头，马一拎，磅！跳过去。赵子龙勿晓得门前头有陷马坑。赵云以为张郃格种跳是，见得多了，吭啥道理的。格只马跑过来，踏着细竹头，呱！细竹头断，芦席，尔嘚——卸下去么，赵子龙连人带马，望准陷马坑里向，尔嘚——下来。赵子龙，脑子交关清爽。俚晓得的，上当了，中张郃格计。现在格只马掼下去，从高而下，当！下去格辰光，格力道几化结棍，分量厉害。马脚，当！猛然着地么，马脚要整坏。赵子龙呐吭办法呢？俚就拿格条枪，望准下头一倚。格个名堂叫啥？浪里抛篙。像船上，拿格篙子点一点什梗啦，嚓——倚牢么，喝噯——咿！攮一攮，什梗一来，就有仔点阻力。格只马落下来格辰光，着地之前，嘿！稍微停一停，慢慢叫落下来呢，格马脚就勿会出毛病。尔嘚——落到下面么，芦席上格种浮土、灰沙，哈——往下面卸下来。赵云呐吭呢？赵云左手执枪，格只右手哟，要紧望准刘阿斗格头上遮上去。为啥？吾吃生活、吾受伤勿要紧，小东家推扳勿起。上面格种灰沙、石子下来，勴打在俚头上。所以赵子龙格只右手呢，遮在刘阿斗格颗郎头上。赵云心里向急啊，那明白哉，吾上张郃当。怪勿道，俚从中军帐一㽮路拿吾领过来，通过四营三营二营，到头营，俚笃只陷马坑是安排在头营上。张郃格种且战且走、且走且跳啦，完全是俚布置着格种埋伏，吾上当。那呐吭弄法？老实讲一声，吾死，无所谓。身为大将，战死沙场，是分内所当。何况吾已经杀脱仔勿少曹将，吾就是死，吾也吭啥遗憾。倒是别样吭啥哟，吾对勿住糜夫人。糜夫人临终之前，俚为啥道理要跳井呢？俚跳井么，就是为仔要让吾拿刘阿斗救转去。俚搭吾讲得清清爽爽，刘皇叔年近半百，飘零江湖，只有公子一点骨血。刘备毛毛叫五十岁格人，就赅什梗一个独养儿子。诸葛亮发令箭格辰光，再三叮嘱主母、公子在俚身上。俚对吾手上，嘎辣辣辣，还捏一把了。吾现在就好勿容易啊，百万军中，拿刘阿斗救出来。想勿到，在该搭点还要，磅当！掼下陷马坑，那完结了。呐吭办法呢？

赵子龙虽然么，身处困境了，俚还在动脑筋，用啥格办法能够脱离危险。上面格张郃听得蛮清爽，俚马跳过陷马坑，听见背后头，呱嗒！"啊呀！"晓得赵子龙上当。俚马上关照旁边头，点炮！当！一声炮响么，横埭里帐篷五百名军兵，哗——冲出来，挠勾、套索侪准备好，要活捉赵子龙。张郃是得意啊，快活得了，差勿多要发狂了，"哈哈！哈哈！啊咦，喔哈哈哈……"呐吭勥开心？赵子龙在相爷营头上，枪挑高览、夺槊三条，枪挑张绣、钻打许褚、血喷曹洪、吓退张辽，所向无敌。什梗一员虎将，今朝拨吾捉牢。吾解到丞相搭去格辰光，格功劳大得热昏啦。吾本来是格都亭侯。吾格侯爷呢？只不过是一个亭侯。现在呢？立哉什梗一个大功之后，吾顶顶起码啦，要升为乡侯。乡么，就是一个乡格乡。亭呢，一只亭子格亭啦。一只亭子么，等于像现在格种老法旧社会里向格种保甲什梗意思么。汉朝辰光刘邦格出身呢，就是一个亭长。一个亭长么，相当于现在格种保甲长之类格范围。就是俚吃格个地方俸禄。那么俫作为乡侯哉呢？吃俸禄格范围就大了，要一个乡所有格点粮食格公粮交下来啦，侪归俚了。啊，吾格侯爵呢，可以升上去。吾格平敌将军呢，还要升高一点啊。吾格工资呢，也要加高了。顶起码提两级工资。而且呢，家小还有俸禄。小图还好继承格种乡侯格吃格种俸禄。封妻荫子。哈哈！格个开心是开心得勿得了。手一扬，"把赵云，拿——下了！"哗—— 小兵手里向格挠勾、套索，往下头甩下来哉哦。叭叭叭叭！格挠勾、套索呢，分两种，一种呢，比较短的。竹头上头头上扎只钩子，去拿俚拉起来。那么格种竹头上弄格钩子呢，短，抓起，离开敌人比较近，勿大容易抓牢。绳索呢，长。绳索上头有只钩子呢，其名叫倒锁钩。格个倒锁钩呢，一根绳索上有十只钩子。搭格种香蕉什梗，一球了了。俫掼下去呢，顺抓也抓得牢，倒抓也抓得牢。俫十只钩子用勿着只只侪扎牢。抓牢格哪怕两只到三只，就吃得牢力了，上面格人就可以背了。一根绳索上呢，有十来格人可以背了。现在丑下去格辰光，当然用勿着十来格人，一道丑，曼得一个人丑好了。

有种叫挠钩手，啪啪啪啪！挠钩甩下来么，咋啊咋咋咋咋咋咋！赵子龙身体往门前冲，背心朝天，盔帽上，嗒！扎牢。肩胛上、背心上、臂膊上，侪抓牢了。上头在背，"呃……"赵子龙格身体望准后头在仰。赵云心里向转念头，拨俚笃背到上面，还了得啊？随便呐吭勿能拨俚笃背上去。赵云用足力道往门前一磕哟，"咦呀——嗬诶。嗨！"磕下去。俫磕下去，格个力道是热昏啦。上头格人侪背俚勿动。十来根绳索了。上面背格人，要百把人了。拨俚，嗨！往门前一磕么，上头格人会得统统立定了，外加倒退下去呀。"诶诶诶。吔、吔、吔？"嚯唷！俫对吾看，吾对俫望。赵子龙格气力倒大的。只有一根绳索上背起来，戆——拎起来。啥物事呢？一顶盔帽。赵子龙顶盔帽上，拨俚笃钩子，当！扎牢。嗨！拉上去么，盔帽带在头上，只不过头颈里向有根绳索，叫千斤索上套一套啦。那么俫，当！一背么，根索子出得格汗么也多哉，年数么也多，勿大牢桩几化，发仔拣了哉。戆！一背么，啪！绳断。绳断么，格顶盔帽，尔嗲——拉上去。流海带断脱，盔帽背到上面么，格根绳索上格小兵，错勿多侪跌跟斗。因为勿防备格啦。吭！一背。啪！盔帽拉起来，人掼倒么，当仔拿赵子龙格人拎起来。授过来一看么，一顶盔帽。银盔。拿顶盔帽来献拨了张郃。张郃一看蛮好。赵子龙呐吭盔帽侪去脱格哉，头发披散。赵子龙头发曰散脱，尔嗲——头发散乱得一塌糊涂。

张郃一看，嘎许多人背，勿来赛。呐吭弄法？因为背格绳索，并勿是一道背的。总归有点前后。那么格个，一根绳索上十个小兵呢，俚格出力啦，出得也勿齐的。俫在用力，俚还勤用力。格个力，勿在一个点子上。俚嘎许多绳索、嘎许多人，力道勿在一个点子上呢？格力道就推扳了，就散了。顶好呐吭呢？要同时。格个九根绳索，因为十根绳索掼下去，一顶盔帽去脱么，还有九根绳索。要九十个人，九根绳索，磅！同时出力一道拉呢，俫赵子龙气力哪怕大，俫顶勿住的。可以拿俚拉上来。但是呢，要有人指挥。格张郃想吾来指挥。张郃就关照："挠钩手！""有！""你们听了。"听好，吾喊口令，唔笃背。吾勿喊辰光，唔笃慢慢叫揩。吾喊到一、二、三、四、五，等到吾五字出口么，唔笃同时用力，喤！一拉，拿俚拉起来。阿有数目。"明白了么？""明白了，明白了。"哗——有数目。"准备了！""是！""一、二、三、四……"张郃格"五"字还勤出口格辰光，俫在上头布置啦，下头格赵子龙听得清清爽爽。赵子龙心里向转念头，张郃格家伙，厉害。俚要关照点小兵同时发力，格个力道结棍，吾屏勿住。吾要拨俚笃拉上去的。格呐吭办法呢？赵子龙脑筋快，俚眼梢一窥么，觉着格只陷马坑，勿深。因为连夜掘起来，就仔赵子龙就要来，勿敢再掘得过分深，就什梗草草弄好么，就舒齐哉。陷马坑本身讲起来，勿深。而且陷马坑底下呢，勿是烂污泥。该搭格下头是山石，比较硬，马脚也用得出力。枪呢，要掂一掂，也吃得着力。赵子龙起两条腿，望准马格肚皮上，喤！喤！喤！勾几勾，再起格只手，望准领鬃毛上，乒乒乒，拎几拎。在马格耳朵旁边头轻轻叫讲一声："宝马，宝——马，你与我往——上跳——啊！"注意啊，往上头跳啊。格只马阿懂？呐吭会得勿懂。龙驹马。俫，望准俚肚皮里向夹几夹，鬃毛上，乒乒乒，弄几弄，耳朵旁边头，搭俚，触咯，一句。马，听得懂人格说话。因为格只马跟仔赵子龙有十多年哉哟，懂得赵子龙格情况。

赵子龙利用上头喊格机会，齐巧张郃在"一、二、三、四"，俫在"四"格辰光么，赵子龙，喤！枪拔起来，当！枪尖一掂，领鬃毛，乒！一拎，脚，当！一勾，俫齐巧在，当！一点一拎一勾格辰光么，上头格"五"字出口，五！上头格人，哗——背么，赵子龙连人带马，望准上头跳上来。俫想，嘎许多人在背么，格只马，身上赛过吭不分量，外加赵子龙两只脚拿马肚皮夹紧，俫马跳得吭不什梗高么，上头格人拉一把么，乘股势望准上头窜上来哟。哈——嗯！赵子龙在窜起来格辰光，张郃在旁边头一看，啊！啊呀勿好，赵子龙出来。假使拨赵子龙走脱，格还了得啊。那么呐吭弄法呢？心里向转念头，有哉。拨一枪拨俚嗒嗒，随便呐吭要刺俚下去。拨俚逃走是还了得？张郃要紧起条勾镰枪，望准赵子龙面门上，一枪。因为赵子龙还勤离开陷马坑，还在下头蹿上来格辰光，俚从上头刺下去哟，"赵云，你看枪！"噗——辣！一枪下来。赵子龙左手格条枪，像撑高跳什梗，当！往下面一点么，枪勿好招架呀。上面张郃格一枪，在过来哉哟。赵子龙只右手空了，赵子龙要紧搭到剑柄上，拿青钉剑，噗——抽出来。青钉剑出匣么，拿青钉剑望准张郃格枪头子上，一掀，"且慢——呃！"嚓——嗯！撩着么。啊？张郃呆脱哉。啥体么？格枪头子呒不哉哟。赵子龙口青钉剑削铁如泥，擦冷！掀着么，枪头子掠脱，枪杆总大概拨俚掠脱哉一尺多点。赵子龙，兵！人在蹿起来格辰光么，顺手起手里向口宝剑哟，望准背后头，尔嘚——一掠。一掠么，格点绳索通通侪拨俚割断。绳索割断么，格点小兵呒不一个勿跌跟头。像背牵，牵绳断脱一样啦。噼里啪啦、噼里啪啦，掼下去。哗——赵子龙等到，兵！蹿到平地上，枪，当！一点么，马，磕磕唾磕、磕磕唾磕，上来哉。

俫格只马上来格辰光么，张郃僵哉。张郃心里向转念头，该格辰光如果被赵子龙逃走脱是，吾回转去要杀头的。那么俚脑子清醒了。吾为夺焦触、张南格功劳，老实讲，俚笃板要去见丞相报告。格上吾已经就有仔点欠缺了，现在再勿能够拿赵子龙捉牢，吾呐吭有格只面孔回转去见曹丞相交令？俚要紧起手里向格枪杆当俚棍子用哉，望准赵子龙头上一记。"赵云，你去吧！"噗——叭！一枪杆，敲过来哉。赵子龙再起手里向青钉剑招架，"且慢——吧！"铿！掀着。"啊呀！"那好，枪杆一掠两段么，挺一个钻子。格钻子要俚做啥？就拉起格钻子来，望准赵子龙面门上，尔嘚——虱过来，赵云头，兵！一偏，钻子，尔嘚——飞到后头么，齐巧跌在地上格曹兵立起来，望准格个曹兵脑袋上，噗！着了么，尔嘚——铿！小兵掼倒。张郃格枪，变成功三段，那是好了，手无寸铁。呐吭打法呢？张郃，哈啦！圈转马来逃，赵子龙追上去格辰光么，曹操在山上看。曹操标远镜里向望下来，看得清清爽爽。太阳光底下，只看见陷马坑里一道红光，搭——赵子龙连人带马跳出陷马坑，往门前头过去格辰光么，曹操格一急么，急得只标远镜捏勿牢，"喔哟！"擦冷！标远镜脱么，旁边头大家呆脱哉哟。"请问丞相何故惊慌？""请教相爷，便——怎样？""哦哟，不好了。赵云连人带马跳出了陷马——坑啊。"拨俚跳出来。文武官员，俫对吾看，吾对俫望。侪是呆脱哉。赵子龙不得了，呐吭陷马坑俚能够跳出来呢？曹操眼梢甩过来对徐庶看看，心里向转念头，好，徐庶，吾认得俫。格个木梢么，扛得勿大勿小，吃俫苦头。倘然吾陷马坑里向有刀枪，有铁蒺藜，地铃钉，俚呐吭跳得出呢？格只马呒不力道可以再跳，马已经死脱哉哟。侪是听仔俫闲话，陷马坑么勃摆埋伏，生擒赵云么，活捉子龙。那么活捉吧？那么活捉吧，人也拨俚逃走脱格哉嗄。曹操侪想出来，哦，俫关照吾么勃放箭，赵子龙么有接箭还箭格本事。半夜里么，关照吾派仔三千名小兵拿火把、灯球么在山上照，张怕赵子龙看勿出么，照照赵子龙，让俚逃走。哈呀，曹操心里向转念头，吾格个当阳道上，扛得俫格木梢勿是一根两根了，好几根木梢。那么好，拨赵子龙跑脱。曹操而且吃仔苦头，讲勿出了哟。俚拨俫上当么，俫好勃上格呀，俫自家听俚格说话。曹操毒在心里，曹操眼睛里喷得出火，对徐庶看看，好，徐庶，吾认得俫啊。俫拨吾扛仔嘎许多木梢，俫当心。嗨嗨，俫格条性命总归在吾手里向，要么勃板牢错头，板牢错头么，吾勿拿俫颗郎头拿下来么，吾勿叫曹操。徐庶心里向转念头，嘿嘿，曹操啊，该两个别样本事呒不，保自家吃饭家什本事还有。下转要么勿有机会啦，有机会么，还要拨俫上当来。嗳，要俏得俫家人家赤脚地皮光，那么咭，搭俫再会。

徐庶在旁边勿响。曹操心里向转念头，那好了嚄。赵子龙一出陷马坑是，吾呒不啥名堂了。格呐吭弄法呢？吾勶活格了，吾就蛮得死格好了。派人再结果俚格性命。曹操一条令箭关照旁边头："张燕，听令！""有！"格个大将姓弓长张，单名格燕，燕子格燕。狠的。从前在黑山地界上是，名望颇颇噢。黑山张燕。人呢，动作迅速，打仗勇敢剽悍，立过大功的。曹操呢，封俚为平北将军，安国亭侯，也赛过是有本事格人。"令箭一支，带领弓箭手三千名，骑兵追赶，把赵云连人带马，乱——箭射死。""得令——呃！"曹操下毒手。派张燕带三千个马队、弓箭手，赶快搭吾追上去，飞骑追赶。看见赵子龙呢，呒啥闲话多讲。吾现在勿要活赵云，因为结果俚性命。因为赵子龙回到刘备搭去，好像猛虎归山，蛟龙入海，后患无穷。结果俚性命吧。张燕马上下山，带领三千马兵，弓箭手，哈——紧紧追赶。曹操心里向恨透了。张郃俫格家伙，吾认得俫。今朝格事体就坏了俫身上，回转来么，吾搭俫算账。

张郃倒霉了。张郃本来平敌将军，都亭侯，回转来，曹操要杀俚格头！真叫贾诩讨情。贾诩呢，搭俚有点交情。贾诩对曹操哪怎讲法呢？丞相，张郃格罪名呢，应该要杀的。但不过呢，赵云在俫丞相营头上，伤脱格大将忒多哉。俫格损失忒大了。千军易得，一将难求。像张郃格种大将呢，还是可以派用场。阿能够让俚俫戴罪立功、将功折罪。勶已经死脱哉一大批大将，再杀脱一个大将，不利哟。那么曹操听贾诩说话，对张郃呢，撤脱俚格个都亭侯格侯爵格爵位，勿是侯爷了，撤脱俚格平敌将军格官职，降脱俚两级薪水。张郃倒霉了。心贪呀，夺别人家功劳，要想升官发财么，结果呢，受着严厉处分。俚直要到啥辰光，再恢复过来呢？一直要到，今年是建安十三年啦，一直要到建安廿四年，汉中大战。老黄忠刀劈夏侯渊，夏侯渊死脱，大军奔溃了。张郃挺身而出，维持残局，带领人马顶住黄忠，立了大功。那么咭，曹操再恢复俚格官职。后来张郃勿得了。在曹丕即位之后，俚官封为左将军，都乡侯。拨俚巴着哉，果然亭侯变仔乡侯哉。一直要到诸葛亮五出祁山，就建兴九年，五出祁山辰光，张郃追诸葛亮格时候，追到剑阁。在木门道，中诸葛亮格埋伏，"木门道万弩射张郃"么，拨了诸葛亮格乱箭就射死仔了完结。那么格个是后段格事体，吾拿俚未来先说了，先拿俚表过了。

曹操呢，让俚下山，准备带人马亲自追赵子龙。张燕先跑。

吾再交代赵子龙。赵子龙跳出陷马坑格辰光，旁边头格小兵看见。赵子龙在出陷马坑辰光，轰！一道红光。搭——当中还有一道青光。啥格名堂呢？小兵么勿懂。大家俫问吾，吾问俫："唵看见？赵子龙跳出陷马坑辰光，一道红光。""看见格呀。啥名堂呢？当中有雪雪白一道光，搭——耀眼睛的。""看上去赵子龙是星宿。""啥格星宿呢？"金龙星。红光一道，顶现金龙。"格么金龙应该是黄格咯？金龙么哪恁是白格呢？"要么是白金龙啊。"格吭不白金龙格咯。"弄勿懂。其实赵子龙阿是真格金龙星出现呢？吭不格呀。格么啥场化来格红光呢？赵子龙身上格副甲，拨了曹将格血喷过来，喷得俚身上浑身煊红，太阳一照，搭——反光啦。格么还有一道白光是啥物事么？赵子龙口宝剑。张郃，辣！一枪下来，俚，喤！宝剑往上头，嗖！一撩么，太阳光照在俚格宝剑上，口宝剑好勿过，咔——一道白光。红光里向还有一道白光么，就是甲上格反光了，搭仔宝剑上格耀光。但是格辰光人呢，迷信。一千七百多年前头，迷信思想几化结棍了。看上去赵子龙，金龙星。因此罗贯中写《三国演义》辰光呢，也是写得交关夸张啦。赵子龙，嘎嗒！一声跌下陷马坑，一道红光跳出陷马坑。那么下头么，就是有种议论啦。啥格议论呢？该格呢？是刘阿斗格福气。刘阿斗么，将来要做皇帝的。该格是阿斗救赵子龙。因此么，《三国志》上，《三国演义》小说上了，还有什梗一首诗，啥叫啥"红光罩体困龙飞"哟。红光罩体，吭——困龙飞么，赛过刘阿斗啦，格条龙啦，叫困龙。一径困丝懵懂的，一径糊里糊涂的。因为刘阿斗俚贫穷勿过哉了，格条龙赛过勿能够惊动了，叫啥格龙了，是条困龙。"红光罩体困龙飞，征马冲开长坂围，四十二年真命主，将军应得显神威。"拿跳出陷马坑呢，归功于刘阿斗将来要做皇帝的。其实格种呢，纯粹是迷信。赵子龙跳出来，吾刚巧交代得蛮清爽。陷马坑本身并勿深，而且下头是硬的。马脚，当！一踮啦，马蹄用得出力。再加上，上头呃，有百把个人在背。百把个人，一二三四五，同时发力，喤！一来么，实际上，拿俚拉起来格啦。所谓红光就是甲上格反光，白光么就是宝剑上格耀光啦。那么迷信讲起来么，哦，就变仔刘阿斗要做皇帝了，叫困龙飞。其实格种呢，时代格局限性了。因为罗贯中在写《三国演义》辰光，还是在几百年前头格事体，啊，勿科学的。

当时，赵子龙跳出陷马坑，旁边头小兵消息传开来了。报到山上来。"报——禀丞相！""何——呃事？""刚才赵子龙跌下陷马坑。后来一道红光，顶现金龙，赵子龙跳出陷马坑，回归东南去了。请丞相定夺。""啊！"曹操一听啥物事啊？一道红光，顶现金龙，跳出陷马坑。曹操心里向转念头：一道红光，吾倒像煞是看见的。啥还有顶现金龙？倘然拨俚一说"顶现金龙"，吾勿拿俚处理是，好嘞。吾手下班文武官员要想，看上去跟曹操吭不前途的，去跟赵子龙吧。赵子龙将来要做皇帝了。"跪——近些。"曹操关照俚：跪得近点。格探子还勿晓得了，当仔相爷要拨俚赏赐，吾探得明白点了，俚跪得上头点。曹操关照：俙再跪得近点。再跪得近点，膝行上前，跪到曹操门前头。曹操身体一侧，一手搭到剑柄上，哼！喔！宝剑出匣，噗——望准俚头颈里向，嚓！一宝剑，当！一脚么，尔——锃！死尸掼倒，颗郎头，噗咯咯咯，滚过去，头颈俚格血，噗——飙出来。曹操宝剑入匣。"大——胆匹夫！赵云，不过是刘备手下一个武夫罢了。顶现金龙，一派——呐，胡——言！"造谣言，谎报军情，杀头。再派人下去探。第二个探子，回上来格辰光，急是急得来，那么僵哉。报顶现金龙么，杀颗郎头。那么在陷马坑旁边头格小兵么，侪在议论，红光里向么还有一道白光了，看上去么是一条龙了，啥格种名堂。那么吾呐吭讲呢？前头格朋友已经杀脱了。吾再去报么，也颗郎头拿下来，勿犯着咯？格勿报，勿报么又勿过门。格老二官聪明的，奔到里面，“回禀丞相，小人奉命打探消息，刚才赵子龙跌下陷马坑，跳出陷马坑的时候，一道红光。原来赵子龙，他是格妖人啦，请丞相定夺”。曹操一听，“嗯嗯，嗯嗯嗯”。好，说得好。赵子龙啥物事？赵子龙是格妖怪啦，妖人。嗳，倷说妖人倒又有人相信格呀。因为在《三国志》里向啦，黄巾起义格辰光，就是有格种迷信格传说。啥个有妖怪了、妖法了格种名堂。“赏银牌，再——探。”好，格朋友聪明的。说着鬼话么，领着块银牌退下去。那么曹操下山，追赵云，吾拿俚丢一丢。

赵云呐吭？赵云已经冲出头营。张郃在门前头逃，赵云在背后头追。赵云冲出头营格辰光，一看，头营营门外面，有两面旗号。一面旗号上，四个大字：奉旨出师。一面旗号上，也有四个大字，叫吊民伐罪。哼！赵子龙心里向转念头，曹倷格贼。倷算奉旨出师嘎？倷么欺君罔上，皇帝么捏了倷手里，像傀儡什梗一个。啥叫啥奉旨，明明倷自家格主意。赵子龙马，哈啦！过来，起手里向青釭剑，望准俚旗杆上，嚓——砍着么，嘎冷荡——旗杆断脱。赵云再一看，该面旗号上，吊民伐罪。所谓吊民，就是救老百姓格意思。倷算救老百姓格啊？当阳道上，新野、樊城，嘎许多难民拨倷杀得了横尸遍地，流血成河。倷么，残害百姓，还好讲“吊民伐罪”。赵子龙起口宝剑望准旗杆上，嚓！一宝剑着了，旗杆，吭荡！倒下去。赵云再往门前冲么，听见，当！一声炮响，哗——杀出来一路人马，三千名曹兵拦住去路。勿让赵子龙过去。吔？赵子龙一看，又碰着人马？门前头来两个大将。啥人呢？夏侯惇格部下，一个叫钟缙，一个叫钟绅。奉了丞相之命，在营头外面巡逻。手下人报得来，赵子龙来了。赵子龙披头散发，浑身血骚，身受重伤。两家头过来一看，果然。炮声响亮，两家头过来，想打乏脚兔了，稳捉赵子龙。因为赵子龙从前日夜头三更天打起，打到今朝，现在太阳当顶，赵子龙脱力哉。再看到浑身是血么，肯定赵子龙格伤重得了一塌糊涂，流血过多，稳拿俚捉牢。勿晓得赵子龙身上格血，勿是俚自家格血哟，别人格血呀。俚拿曹将，嚓！一枪结果性命，枪拔出来，死人格血，噗——飙出来，喷在俚身上，叫“血染征袍透甲红”。赵云身上格血是，杀脱勿勿少少人，血喷过来格反应。俚身上一眼伤呒不受过。钟缙、钟绅呢，误会哉。再加上看见赵云头盔呒不，头发侪披散，拨了风一吹，哈——头发翘起来。外加身上呢，还有什梗八九根绳索，噼啪噼啪噼啪噼啪，割断下来。挠钩么，仍旧扎牢着。绳索么，总留下来大概一尺多长，噼啪噼啪噼啪噼啪，绳头还在甩么，当仔俚总勿来赛了。两家头炮声一响，冲上来格辰光，喊一声，“赵呃——子龙，你往哪里而走？钟缙，来吔！”“钟——绅，来吔！”钟缙手里向开山斧，望准赵子龙面门上一斧头，噗——乓！斧头过来。赵子龙要紧起条枪，擦啷！拿俚格斧头解开么，就起右手格宝剑望准俚头颈里，嚓！尔嘚——铿！擦冷！哈啦啦啦啦，落马翻缰。钟绅在背后头，望准俚背心上，辣！画杆戟刺过来。赵子龙要紧，哗啦！圈转马来，起宝剑望准俚画杆戟柄上，铿！掠着么，擦冷！画杆戟两段，赵子龙根枪搠过来，望准俚喉咙口，"去罢"。嚓！尔嘚——铿！嚓啦啦啦——钟缙、钟绅一死么，三千名军兵"哗——"逃光。

赵子龙，哈——朝门前头过来。张郃吓昏哉哟，张郃还在往门前头逃了呀。哈啦啦啦啦，张郃心里向转念头，呐唔今朝格赵子龙呐唔盯牢仔吾打格啦？还勿肯放吾过门。后首来，张郃抬头一看么，要好得格来。吾在往东南方面走嚄，吾吓昏哉。吾搭赵子龙跑仔一个方向，俚勿是要追吾，俚是要回转去。豪燥让吾转弯吧。假使俚存心追吾，格么俚勿往东南面走，俚也转弯。俚往东南面去的，俚就勿会追吾。张郃圈转马来，哈——往横埭里向逃格辰光，赵子龙阿追俚？勿追哉。赵子龙呐唔有心思去追张郃呢？心里虽然蛮恨张郃，但是呢，赵子龙心里向想，太阳当顶，而且在偏西。吾搭张飞约好在长坂桥碰头，吾呐唔有功夫去追俚？吓吓俚吧。"张郃匹夫，你往哪里走？赵云，来——也！"张郃一吓，喔哟，实头追过来哉！哈啦啦啦——在鞍鞯上，拼命逃。逃仔一段，听听背后头呒不声音，回过头来一看，赵子龙觖追，那么定心。哈——让俚回营去。

赵云在望准长坂桥过来格辰光，心里向转念头哦，太阳已经偏西哉哦。张飞勿知阿在等吾哇？吾昨日搭俚约是约到太阳当顶为期。太阳当顶之前，吾转的，吾拿刘阿斗救转来了。太阳当顶吾勿转的，格么吾死在曹操营头上。觖张飞等到太阳当顶勿转，俚跑脱哉。俚跑脱，吾到啥场化去寻俚？赵子龙心里向转念头，马啊："宝马，宝——呃马，你与我快快地走啊！"噔！噔！噔！两条腿裆劲，乓乓乓，三闪么，格只鹤顶龙驹宝马，也脱力了。前日夜头三更天打起打到现在是，几化辰光呒不休息过了。格只马速度慢哉，勿像原来什梗。原来俫裆劲，乓乓乓，一闪是，像射箭什梗，直窜格窜出去。现在格速度，降慢哉么，哈啦啦啦啦啦啦，看看马还是在跑，但是搭以前勿好比。

赵子龙回转头来一看么：啊呀！啥体？追兵来哉。张燕带三千马队，俚笃生力呀。格马跑起来格速度，比赵子龙格马格速度快呀。哈——虽然路离开蛮远么，因为三千匹马，同时在冲锋格辰光，后面格灰沙，哗——飞起来，杀气腾腾，灰沙冲天。赵云晓得，追兵要来。吾再要打，吾吃勿消。"快——走啊！"只马，恰——呒！吾快勿出了，吾心里也蛮想快了哟。哈啦啦啦——唔笃么，在往长坂桥来，张燕呢，在后面紧紧追赶。

长坂桥呐唔呢？三将军张飞等得嘞，可以说头颈骨俫望得酸。昨日，太阳当顶，分别。张飞呢，在长坂桥上看。天夜，赵子龙勿来，勿急的。晓得赵子龙要明朝太阳当顶得了。夜头呢，张飞也勿困。张飞呢，搭手下家将一道，轮流落班在桥上望。俚自家呢，有转把，骑仔马，兜兜圈子。有转把呢，马上跳下来，就在长坂桥塸下，放一只皮榻子，皮榻子上坐一歇。眼睛闭闭，稍微休息一下。晚歇点再起来骑马，兜兜圈子。天亮，太阳出来。张飞对西北里向一看么，吭没影踪。太阳升高了，日上三竿，还是人影全无。张飞在担心了。太阳要当顶哉，对西北面望望，原就吭不。关照：来来来，拿吾条枪搭吾倚了地上，看影子。一看么，太阳偏西哉，那么张飞急。呐吭弄法呢？赵子龙还勿来了。勠出事体？派人去问刘备，还是再等下去呢，还是马上就撤退，跑？俫派人去问刘备格辰光，刘皇叔得信，太阳偏西，赵子龙还吭不回转来，看上去凶多吉少。俫说走吧，走么总勿定心呀。作兴赵子龙来，呐吭弄法呢？吾伲跑脱了，赵子龙到啥场化来寻伲呢？吭没办法寻格咯？勿走吧，勠赵子龙么死脱哉，俫么再屏着，曹操大队人马倒来哉。曹操大军一到，俫要走，俦勿能够走，逃勿脱哉哟。刘备心里向转念头，"哎，嗳"。咬咬牙齿，派手下人通知张飞，再等一歇。作兴，赵子龙要来。

等到现在格钟点上讲起来，下半日一点钟，还吭没来。张飞再派人去问刘备。刘备关照，有心再屏一屏，再等一歇看。哈吔，格张飞，心赛过摆在油镬子里向煎么好哉嗄。嗨！呐吭道理，还勿来？嗳！对西北角里向一看么，只看见一匹马在来哉哟。哈……哟！来格啥人介？只看见格个人，头发，哗——拨风吹得飘起来。非但头发飘起来，身上勿晓得有啥格名堂，绳子，吧嗒吧嗒——在甩。来格将官呃，面孔呢？黑面孔。格么赵子龙明明白面孔，呐吭会得变黑面孔？喏，赵子龙跌下陷马坑，上头灰沙，哗——浮土落下来格辰光，赵云面孔上满面是汗。尘土落下来，落在俚面孔上么，拨格汗俦得牢，白面孔变仔黑面孔了。身上呢？着一副红铜甲，炫炫红。骑格马呢？也勿是白马哉。格只马也浑身流汗了，灰沙一塌糊涂，变仔灰马了哉。啥人呢？张飞仔细一看么，啊呀！赵云哇！近哉，俚看清爽哉。要紧喊一声，"老——赵，你回——来了？"俫回来哉。赵云听见声音，对门前头一看么，张飞。"喔——呼呀。"勿碍了。三将军在门前！赵云马，哈——速度再放得慢一点，过来。张飞下长坂桥了。"翼德将军，赵云，回来了。将军呐，追兵将到，还望翼德将军，助我一臂——之力。杀退——追兵！"张飞一听么，心里明白了，赵子龙吃勿消了。俫听赵子龙讲闲话呢，声音，搭从前两样点了。节奏么，也慢。俚回头吾呐吭一句闲话？俫帮吾一臂之力，追兵来哉。俫杀退追兵吧。格闲话里向呐吭讲法呢？吾勿来赛哉，吾吃勿消。吾吭不办法再打了，俫救救吾吧，追兵来了。

张飞一看么，果然，西北角里向尘土荡漾，追兵过来。而且追兵人马勿少了。"老赵，你放——心便了，追兵到此，自有老张，阻——呃挡！""多——谢将军。""老张问你，吾家嫂嫂、侄儿，他们，怎样——呃了？""三将军，二主母投井身亡，赵云救得公——子，回来。"喏，胸口有格刘阿斗了。张飞一听么，眼泪到眼眶里。啥体？二嫂嫂投井身亡，留格公子拨俚。二嫂嫂为啥道理勿跟俚跑呢？一匹马，吭不办法登三个人。只好牺牲俚，刘阿斗留下来，自己跳井自杀。嫂嫂，牺牲。"好！老赵，你过桥梁去吧，追兵到来，自有老张，阻——挡。""嗯——是。"赵云格匹马，哈——过长坂桥。

张飞呢？勒马奉枪，守住在桥面上。刘备得报，手下人报得来，"报——禀皇爷！""何——呃事？""赵将军回来了！""啊！赵云回来了？""是的！""啊——咦，喝喝喝喝哈哈哈哈，哈，哈，哈。"刘备以手架额。太阳偏西了，俚还能够回转来，勿容易啊。"可是，禀皇爷，赵将军他发了疯了。""啊？此言怎讲？""赵将军，他发了疯了！"发痴啦？"你何以知晓？""我们在迎接赵将军的时候，赵将军叫我们，让路者生，他竟不认得我们自己人了。"啥物事啊？赵子龙关照唔笃让路，活？让路活么，挡路就要死咯？打得了自家人也勿认得了？刘备想让吾出去看看看，作兴格呀。赵子龙三进当阳道，在百万军中冲进杀出，打得格神经紧张过头，刺激受得深勿过哉么，勿认得人了。倘然俚发仔痴，勿晓得阿恢复得过来了？刘备要紧带领文武官员，跑出来看。一看么，赵云格只马。忑磕唾磕、忑磕酷磕，速度在放慢，慢慢叫在点马过来。

格么小兵呐吭会得来报告赵子龙发痴呢？因为刚巧赵子龙过长坂桥，小兵跪下来接赵子龙格辰光么，赵云关照俚笃让路。赵子龙在当阳道曹操营头上闲话说惯了，"让路则生，断路则死"。那么俚关照小兵让开来，"众三军，你们让路"，说惯哉么，下头多仔两个字出来，"让路则生"，小兵一吓哟，当仔赵子龙勿认得人哉，要杀自家人么，喊俚发痴。什梗了，过来报告。

刘备过来一看么，只看见赵子龙左手执枪，右手执剑，浑身血骚，头发披散。也可以想象得到，格场血战，打得几化厉害了。赵云宝剑，嚓冷！一撂，枪，当！掼脱，人从马背上豁下来格辰光么，立勿稳哉。骑马格辰光实在多勿过，跳到平地上来格辰光，倒反而立勿稳了，晃几晃，晃定么。刘备俚要紧过来搭俚碰头了，"啊！子龙，你回来——呐了！"赵云，尔——卜！双膝跪下，"赵云参见主公，请——呐罪！"卜！刘备要紧拿俚搀起来，"子龙，你何——罪之有啊！"徛拿俚扶进帐篷来格辰光，赵云到里向，卜落笃，跪下来。文武官员侪在旁边头。赵云报告："主公，赵云在当阳道乱军之中，得见二主母，二主母投井身亡，留下公子。如今请主——公观看！"赵子龙，噇！拿护心镜解脱，拿刘阿斗在抱出来格辰光，格个一急么急得不得了。为啥么？赵子龙突然之间想着，刘阿斗从昨天夜头三更天放到胸口，到现在太阳甩西，一动也勰动，一牵也勿牵。刘阿斗如果出毛病死脱么，俫呐吭弄法呢？格么到底呐吭么？

第五十六回

喝断长坂桥

赵子龙，回转长坂桥。现在替刘皇叔见面格辰光，就报告三进当阳道格战斗经过，拿刘阿斗呢，从胸口抱出来格辰光么，赵子龙叫啥格心里向，啪啪啪啪——跳一个不停。为啥？刘阿斗从昨天夜头三更天摆到吾胸口头，直到现在下半日太阳已经偏西了，什梗长一段时间，叫啥刘阿斗动也勿动，牵也勿牵，哭也勿哭。别样呒啥，勒吾拿刘阿斗抱出来，去呈拨了东家格辰光，刘阿斗已经死脱格哉哟？格是吾枉费心机，穷凶极恶，一场空咯？所以俚心慌得不得了。等到拿刘阿斗抱出来，对阿斗一看么，只看见格刘阿斗，呲——呲——鼻息浓浓，好困得勿得了，困着了。"喔——呼呀"，赵子龙心里向转念头，阿斗啊，吾佩服侬。战场上打得什梗结棍，马跑得了，哈——颠一个勿停，侬还能困得着么，大好佬。格么老听客也要问哉咯，格哪恁什梗格战场上打得格恁结棍，赵子龙格马跑得格勿停，外加还跌下过陷马坑，再从陷马坑里跳出来，刘阿斗呐吭会得勿醒格呢？是勿是真格像迷信讲起来，刘阿斗么是困龙星下凡，格条龙么一日到夜困觉的，所以了勿醒。格个是勿科学。吾老早就讲过，格个是迷信啦，呒不什梗桩事体。格么刘阿斗为啥道理能够困得着呢？实际上呢，倒符合规律的。

府上，如果有小宝宝，一几岁多点嗲，因为刘阿斗现在一几岁多点了。一几岁多点格小囡，侬拿俚抱在手里，侬如果勿动？坐定着，或者立着，抱仔格小囡勿动，小囡格两只脚要点，手么要划，嘴里向么要吵，哇！哇！要吵的。那么侬只有呐吭呢？侬抱在手里向，拿俚颠，吭吭吭——什梗一颠一颠一颠么，小囡来得格适意，响也勿响，动也勿动，哭也勿哭，甚至于困着哉。有种小囡呢，摆在摇篮里向，侬板要拿俚摇，摇了摇、摇了摇、摇了摇，算算在动咯？嗳，摇了摇、摇了摇，俚倒能够困着。那么赵子龙骑在马上，格匹马勿停格呀，哈啦啦啦——一高一低，一高一低么，刘阿斗赛过困了一只大格摇篮里向。那么外加困在赵子龙格贴身，赵子龙打得浑身是汗，热得不得了么，俚赛过困在有空调设备格一只摇篮里向了。外加撋紧仔，夯荡夯荡夯荡什梗在摇动么，因此，刘阿斗困得来得格舒服了。勌醒的。赵子龙那么定心，拿刘阿斗呈上来："主公，如今，公子，来——吧了！"侬，嗯！两只手拿刘阿斗托上来格辰光，刘备过来，咋！拿阿斗抱到手里，格个辰光刘备是叫感慨无穷。为啥呢？侬格小囡，一几岁多一点，赵子龙为仔侬，要三进当阳道。听赵子龙方才报告格战斗经过。吾是勌细说，因为前头书里侪讲过哉了，用勿着从头至尾再细讲一遍。格个经历，当然赵子龙讲得还是比较简单的，简单么已经勿得了哉哟。从枪挑高览，碰头高平、高怀、曹顺、曹成，夺槊三条；进山路，见王德，碰头糜夫人，得青釭剑，杀脱夏侯恩。连下来冲出山路，碰到公孙泰、赛元晋，碰到北地枪王张绣，还有许褚、张辽、曹洪，冲进中军帐，枪挑郝萌，力战四将，跌下陷马坑，结果钟缙、钟绅性命，杀回东南。格个一场战斗经历是，可以说一声，惊心动魄。勿得了啊。打几化辰光喔。赵子龙从前日夜头三更天打起，打到现在太阳偏西。假使说，用现在格钟点讲起来么，大概三十八个小时左右，四十个钟头勿到一滴滴。呒不休息格呀，连着打的。一直在马背上，而且敌人一个狠一个，一个厉害一个，碰着格挫折、困难、磨难，哈呀，勿得了啦，始终处于一种高度紧张格情况底下，噼里啪啦，冲锋。格赵子龙打得几化厉害了，为倷什梗一眼眼格小囡，要付出几化心血？

所以刘备叹一口气："啊！为了你，这小小孺子，几损我，一员大将！未知你，日后如——何？"为仔倷，赵子龙推位一眼眼格条命保勿牢。那么格里向呢，有几种处理方法。有一种处理呢，叫啥说刘备啦，拿刘阿斗接到手里向，望准地上，当！一掼，对仔格刘阿斗呐吭讲法？侪是为仔倷！推位一眼，害煞吾格大将赵云喏。那么掼得刘阿斗，哇——哭起来。那么赵子龙么磕头，赵子龙么感动。好像倷刘备啊，对吾呢，非常珍惜，对自家格儿子呢，倒反而去恨俚。喃，推位一眼眼牺牲赵子龙格性命。那么也有人么，就批评刘备，说刘备格掼儿子叫收买人心。赛过收买赵子龙了，做拨赵子龙看的。是什梗一种处理方法，完全说得格刘备是假仁假义。那么伲呢，格老师传下来就勿什个样子讲法的。为啥呢？刘备今年四十八岁，五十岁就在眼睛门前，独养儿子，老来得子，父子情深。俚呐吭舍得拿格儿子去望准地上掼？独子呀。那么现在家庭么，老实讲一声，独子居多。唔笃讲讲看喏，唔笃阿舍得拿格独养儿子，望准地上，锃！一掼。勿肯格呀。格个不近人情。刘备也是人呀，刘备勿会什梗做。刘备对赵子龙是高度信任，刘备晓得，赵子龙格人一片忠心，用勿着用什梗种物事来对待。所以伲老师格传下来格脚本，就是呒不刘备拿儿子往地上，锃！一掼，格个一段呒不的。

现在刘备呢，对旁边头一看，甘夫人立好在边上。那么就拿刘阿斗传到甘夫人手里。甘夫人拿儿子接过来格辰光么，眼泪就像落雨什梗在下来。甘夫人为啥道理要哭得什梗伤心呢？因为听赵子龙报告，糜夫人为了要照顾到阿斗，照顾到赵云格安全啦，俚勿愿意骑马回转。因为俚一骑马，赵子龙呒不马骑，赵子龙就勿能够杀出重围了。所以糜夫人呢，舍己为人，拿刘阿斗留下来，人往井里向，蓬！一跳，为儿子牺牲。甘夫人哪恁勠哭呢？因为俚笃两家头交关要好啦，曾经在一道同危难格哟。十年前，张飞保甘、糜二夫人，结果张飞吃醉酒，闯穷祸。酒醉失徐州么，结果甘、糜二夫人沦落了，拨吕布俘虏过去。后首来，八年前头，关云长保甘、糜二夫人守下邳。结果关云长在城外头拨曹操包围，下邳失守么，曹操拿甘、糜二夫人围困起来。后来呢，关云长千里寻兄保皇嫂，过五关、斩六将，再搭刘备碰头。曾经两次夫妻失散，结果呢，最后侪是团圆的。而该格一次在当阳道上，勿能团圆了。失散之后，吾呢，安全回转。儿子呢，死里逃生。而糜夫人呢，跳在井里向，哪恁心里向勒难过？刘阿斗哭了。因为格辰光调几只手么，刘阿斗醒哉哟，肚皮么也饿哉。那么甘夫人拿俚抱到里向去，搭俚去吃物事了，啊，收作了什梗么，吾勿去交代。

刘备拿赵云扶起来么，赵云还在请罪。"主公，赵云奉军师将令，保护主母、公子，不幸头队失散，甘夫人与公子受尽惊吓，糜夫人投井身亡，是云之——罪——也！"吾对勿住诸葛亮。俚发令箭关照吾保护两位主母，吾呒不完成任务呃。结果呢，糜夫人死脱了。刘备要紧搭俚讲，"子龙，你说哪里话来？头队失散，是刘封误报凶讯，非尔之过，如今你，将甘夫人与公子，相救回来，杀了数十员曹将，真是其功非小，何——罪之有喔？"

刘备拿俚扶起来，旁边头摆只坐头，让俚坐。刘封登在旁边头听得是难为情。确实呀，赵子龙勿离开头队，头队勿会失散。侪是吾误报凶讯，逼牢绞仔赵子龙到后头去救刘备，那么吾保头队了，头队失散，毛病出在吾身上，责任应该是吾负的。现在叫啥赵子龙在请罪哉。刘封脸涨通红。一看呢，赵云叫啥坐着格眼睛闭拢，上眼皮落下来，搭牢下眼皮啦，勒想再能够睁得开。头呢？低下来哉，嘴角上格馋唾，滴沥哒啦在滴下来。刘备晓得俚，高度疲劳。前日夜头三更天打起，打到现在辰光，呒停歇过，呒不休息么，现在回到自家营头上来哉，心里向松一松哉么，好了，人疲乏勿过。刘备马上关照端正一只行军床，拿赵子龙扶过来么，搭俚拿身上格甲卸脱，靴脱脱。格种挠钩钩子呢，一只一只侪拎下来，让赵子龙行军床上困好。头发呢，搭俚理一理，面孔上格血迹了、灰沙了什梗么，搭俚揩脱一点。但是赵子龙自家已经勿晓得哉，已经鼻息浓浓了，困得着透、着透。

刘备看手下人拿赵子龙脱下来格副银甲，盔帽是呒不了。因为格顶盔帽在陷马坑里向，拨曹兵弄脱哉。慢慢叫要搭俚配一顶盔帽。但是格副甲上，格件袍上，可以看得清清爽爽。格件袍上格血，阴里阴。侪是敌人身上格血喷到俚身上，溅到俚身上。格件袍赛过在血里向染过一染，叫"血染征袍透甲红"，连甲上侪发仔红啦。银叶子上。所以《三国志》上有一首诗，称赞赵子龙。格首诗呐吭讲法呢？就叫"血染征袍透甲红，当阳谁敢与争锋？古来冲阵扶危主，只有常山赵子龙"！

列古到今，冲锋陷阵，拿主人救出来，像赵子龙什梗种打法，少的。只有赵子龙。刘备看到格副甲，看到格件袍，咳！叹一口气："子龙啊！子——龙！想尔，不畏艰险，冲锋陷阵，舍身忘死，把吾儿相救回来，真乃忠——臣也！"像俚格种忠臣，少的。俚勿是勿晓得危险，俚晓得曹操百万大军到了，明知山有虎，偏向虎山行。丒脱仔自家格性命危险格事体，置生死于度外了，拿吾格儿子救出来。勿得了啊。刘备在称赞赵子龙格忠诚么，旁边头格糜芳，头低下去。为啥道理呢？因为俚夹嘴舌，回转来讲拨张飞听，赵子龙投降曹操去。弄得格张飞推位一眼眼要搭赵子龙拼命，要拿赵子龙一枪搠脱哟。现在，现在侬看看看，赵子龙枪挑有名上将五十四员，杀得什梗英勇。吾去报告，说俚侬投降曹操了，背主投敌，贪图荣华富贵。格个蛮清爽，吾冤枉俚了。不过糜芳心里向转念头，赵子龙侬好么也勿好，侬讲话么，应该讲得清爽点。啊，侬搭吾讲，赶奔西北，救主去也。但是侬格个救主格救字啦，说得勿清爽。那么吾听上来啦，像赶奔西北投主去也。应该怪赵子龙啦，舌音勿清，咬字勿准，以至于了，造成了什梗格误会。那么侬想想看，糜芳格家伙，一滴滴呒不啥格自我批评格精神。明明是侬，以小人之心，度君子之腹。赵子龙蛮清爽，说格救主去也。俚拿格"救"听之为"投"。为啥么？格个家伙，品质勿好。现在是呒啥了哦。到后段书里，喏，格句闲话再要隔十一年，到建安廿四年，俚在守公安，关云长在前线打，兵进襄阳。啊，打襄阳下来，战樊城，水淹七军，打得蛮好格辰光，江东吕蒙在背后头插一刀啦。吕子明白衣渡江打公安么，糜芳在守公安。糜芳搭还有一个将官叫傅士仁，两家头投降江东了，完结。断脱关公格后路了，那么荆州失守，关公回勿转么，兵困麦城，被俘之后，不屈身亡么，关公、关平父子侪死脱的。格个事体侪是糜芳弄出来。到后首来，刘备兴师报仇，大报仇。兵进江东，打一仗胜一仗，江东人败得一塌糊涂么，孙权弄勿落了。孙权派人送书信到刘备搭，愿意投降。而且呢，拿糜芳、傅士仁两家头解过来，引渡过来，送回到刘备营头上。那格糜芳拨俚笃绑牢绞仔，到刘备门前，跪下来磕头，刘备格辰光已经做仔皇帝哉哟。陛下陛下，圣恩浩荡，阿能够看在糜夫人面上，饶恕吾条性命吧。刘备对仔俚大喝一声了：糜芳！侬是吾亲眷，侬是吾阿舅，云长是吾兄弟。兄弟在前方打得什梗艰苦，侬在后方投奔江东了，害得俚兄弟后退无路，以至于以身殉职，战死沙场。侬格个罪名，还好饶赦啦？杀！刘备就关照摆香案，摆仔关公、张飞格牌位，拿糜芳、傅士仁格颗郎头割下来，血祭关公。将来格个家伙，呒不好下场。因为俚本身思想、品格勿好，所以俚会去怀疑赵子龙。

现在，刘备在称赞赵子龙真忠臣也么，俚会得头低下去，响勿落。但是俚心里向勿大服帖的，还在怪赵子龙，讲闲话字眼勿清爽。刘备呐吭呢，刘备心里向转念头，应该走啦。赵子龙也来哉，刘阿斗也回转来哉，应该马上离开该搭了，到江夏郡去搭诸葛亮碰头吧。派人到长坂桥去看，阿能够叫张飞立即队伍撤退了，动身走。勿晓得派人去一看，手下人报得来，勿得了。曹兵人马，杀到长坂桥。现在呢，三将军张飞在阻挡，局面蛮紧张。啊呀，刘备心里向慌啊。那么呐吭弄法？曹操人马来了，勿晓得张飞，阿能够挡得住，勿能够挡得住。侬派人去，那么探听消息，吾再交代张飞哟。

张飞等到赵子龙一走，俚在桥面上，对准西北角里向看，哗——曹兵来哉哟。灰沙冲天，尘土荡扬，侪是马队，骑兵呀，哈，哈，哈，哈！平北将军、安北亭侯黑山张燕，带着三千弓箭手，骑仔马了，冲到此地来，要来结果赵子龙性命。现在曹操勿要活赵云，就要死子龙，乱箭搠杀俚了。赶是赶得快的，拨俚已经赶到长坂桥。离开长坂桥近么，看见哉，长坂桥桥面上有人守好，背后头一面大旗，旗号上，燕山——张。张飞。张飞守好在桥面上。张燕队伍停，哗——格手下副将也要来问俚哉咯：张将军，俫看，赵子龙勿看见了，张飞在门前头，吾伲阿要冲上去，放一排乱箭，拿张飞结果性命？"不要！"为啥啦？相爷命令，关照乱箭是要搠煞赵子龙，勿是关照乱箭搠煞张飞。勿能动手。格么预备呐吭？吾上去搭俚打。

格个脚色么，也有点戆得转弯的。曹操是关照俫乱箭搠死赵子龙，格俫乱箭射煞张飞也勿要紧格呀。暖，叫啥俚勿射。俚要上来搭张飞较量。为啥俚要来搭张飞较量么？有道理。因为张燕，俚在黑山啦，格名气是大得不得了。人家送俚格绰号叫啥？说俚快得像飞一样，称俚为飞燕，格只燕子在飞啦。称俚为叫：彪悍敏捷，打仗快得热昏。曾经俚势力最最大格辰光，啸聚绿林，各帮格强盗俏搭俚挂钩，俚是格大强盗头子啦，号称百万。其实一百万是呒的。曹操打冀州辰光，打袁绍么，就派人去笼络张燕。那么张燕过来，在袁绍背后打一仗了，袁绍大败了，因此曹操灭脱袁绍了么，张燕立了大功。封为平北将军，安北亭侯，地位蛮高的。那么张燕心里向转念头，吾呢，从前辰光搭吕布打过。但是呢，打勿过吕布。在吕布手里向败过一败。除出吕布，吾搭别人打啦，吾伲呒不败过。那么听见说，张飞呢，曾经搭吕布打过，在虎牢关，三英战吕布。张飞拿吕布头上束发金冠俏挑下来。有什梗点名气。那么也有人呢，搭张燕讲过的，张将军啊，俫格只面孔，像一个人。像啥人呢？像张飞。张飞黑面孔，俫也是黑面孔。张飞阿胡子，俫也是阿胡子。张飞乌油盔、镔铁甲，俫也是浑身墨黑。张飞骑一匹黑马，俫也骑一匹黑马。张飞用一条丈八矛，俫也是用一条丈八矛，俫倒蛮像格啦。人家送一个绰号拨俚，叫俚叫啥？叫：赛张飞张燕。那么俚呢？对格个"赛"字啦，有点勿大满意。赛张飞，赛过吾，赛过像张飞。吾顶好有机会搭张飞碰头，吾拿俚打败。打败之后呢，吾格个"赛"字就换脱了。叫啥呢？叫"胜张飞"张燕。格么吾格个档次呢，就要比张飞再高出一格。赛么，好像总俚是正品，吾像副品种什梗格腔调，总推扳一滴滴啦。所以张燕存心上来，要搭张飞打一仗。

俫格匹马在过来格辰光，张飞也看见哉。三将军心里向转念头，来格啥人介？旗号上，黑山——张。吔？吾么是"燕山张"，俚么是"黑山张"，推位一个字。而且看见来格大将乌油盔、镔铁甲、乌骓马、丈八矛、黑面孔、阿胡子，"吠喝喝喝"。咦？叫笑话。呃，格个腔调倒有点像吾格喏。啊。张飞心里向转念头，勿知后头还有几化人马，曹操大队人马埯到？张飞吃勿准。吃勿准么呐吭呢？搭俚敷衍一歇，屏歇辰光。拿敌人格情形摸一摸清爽，再作道理。那么张飞马匹在长坂桥桥上，丈八矛架好在鸟嘴环上，看见张燕过来么，俚喊："哒——呃，前边来者，从奸贼将，住-——马！"酷——张燕拿马扣住。"你姓什么叫什么，哪里人氏？今年多大年纪，——

地讲——啊！"张燕响勿落，张燕心里向转念头，战场上碰头么，顶多来将通名，报一个名就算数了。叫啥俚问得什梗道地？倷么姓啥叫啥，啥场化人，今年几岁？像调查户口什梗打上，啥格名堂？弄勿懂。啊呀，格张飞在屏辰光，俚要摸清爽倷格底，要看唔笃格人马到底来几化了，想出、挖出点办法来搭倷敷衍，多屏歇辰光。张飞是什梗格意思。但是张燕又勿晓得。"你——且听了，大将军，我姓——张！""不对！""吔？为什么不对？""张家门里，不出你这种，蟊——呃贼。"

倷勿姓张，倷勿许姓张。为啥，吾姓张。吾姓仔张，倷呐吭好姓张？张家门里，勿出倷格种蟊贼啦。喔哟，格张燕倒拨俚骂得了心里向光火。张燕肚皮里向转念头，吾勿姓张，俚呐吭会得晓得？格个事体，呒不人晓得格啦啊。其实张燕阿姓张呢？的确勿姓张。俚姓啥呢？俚姓褚。勿是撇末朱哦，衣字边旁加一个之乎者也格者。就是《三国志》里格大将许褚，就是姓格个褚。叫褚燕。俚呢，年纪轻格辰光做强盗的。后首来呢，在黑山格只角里向啦，俚本来俚是河北镇定人，搭赵子龙倒是同乡哟。赵子龙是河北镇定常山，俚也是河北镇定常山，不过俚是做强盗的。那么当地呢，有一个大强盗。格个强盗呢，势力大了。此人姓张，名字叫牛角，就是一只牛格牛，牛头上格角啦，叫张牛角。张牛角呢，啸聚绿林了，各帮强盗俫投到俚搭点，褚燕也投到俚搭点。后首来，张牛角在战场上，搭别人打仗格辰光么，中着一条箭么，身受重伤。那么俚自家晓得勿来赛了，俚就拿格些心腹喊得来，关照说，吾死之后，只有啥人可以替代吾只位置呢？只有褚燕。唔笃应该要听俚格说话了，奉俚为王。让俚做头头。那么人家就搭褚燕讲了，嗯，张牛角格名气响不过，黑山张啦，大家俫服帖，已经赛过有仔威势哉。呢现在变成"黑山褚"什梗了，赛过牌子喊出去，勿响格啦。什梗吧，倷索脚改姓张吧。就变成功张牛角格第二，那么旗子上么，仍旧是黑山张。因此么，褚燕，改为张燕。顶替的。俚勿是自家本身姓张，俚是顶替张牛角了，所以褚燕改为张燕。

那么今朝张飞是无意，张飞实际上搭俚寻开心，屏辰光。要看背后头曹兵格军情了，所以说俚倷勿能姓张。啊，张家门里勿出倷格种蟊贼的。张燕么弄错哉，当仔俚晓得吾底细，晓得吾姓褚了，后首来改姓张的。"呃，你叫什么名字啊！""大将军，叫张——燕！""你哪里人？""黑山人氏！""今年几岁了？""四十八岁！""没有格哦！"吔，格张燕想格个呒不讨价还价。啥格年纪有格啥吭不格了。"为什么！"吾是四十八岁，倷为啥道理说吾吭呢？"老子今年只有四十三岁，儿子怎么样会有四十八岁嘎！""哦赫！哇呀呀呀呀"张燕一听么明白哉哇，张飞是在讨吾便宜啰。啥叫啥爷只有四十三岁么，儿子呐吭会得有四十八岁，看上去张飞今年四十三岁。"苦恼啊！苦恼！""呃，这个张燕啊。老张问你，桃园结义，刘、关、张弟兄，你听得么？"格个听见格哦，桃园结义刘关张，啥人勿晓得呢？"听得的。""吾家大哥叫刘备，他有格螟蛉子叫刘封，你知道吗？”吾勿晓得，刘备格继儿子，吾呐吭会得清爽？“不晓得。”“吾家二哥叫关云长，你听见过么？”“听——得的！”关云长名气，也响的。“他也有一个螟蛉子，叫关平。”格张燕想，侬格个用勿着告诉吾，关云长有继儿子叫关平，格个多说脱的。“那么大哥二哥都有螟蛉子，老张没得螟蛉子。吾看你呀，减掉二十岁年纪，做了老张的儿子，你看阿好？”“哇——赫！”张燕想，好得格来，叫吾要额脱廿岁年纪了，做俚格继儿子。好像刘关侪有哉，俚还呒不继儿子么，俚要叫吾做俚格继儿子。“苦恼啊！苦恼——呃！我把你这黑贼。”“啊！”张飞想侬骂吾黑贼，侬又勿是白面孔，侬也是黑面孔。“你讲什么？！”“你与我下桥梁，前来领死！”“呋喝。”张飞心想，下桥？下桥吾勿下。啥体？格个桥梁是格咽喉要道，吾要守住顶桥梁。吾下来，唔笃人马多了，拨唔笃包围了，吾吃亏。吾守在桥面上。“呃，你有本领啊，你上桥来！”侬来。侬上桥来。张燕心里向转念头，上桥么就上桥。老实讲一声，吾搭侬打，吾败在侬手里，勿坍台的。吾赛张飞，败在真张飞手里向，本上。假使吾打败侬么，吾就是胜张飞了，就勿叫赛张飞。张燕，拿只马一拎，哈啦！冲上来，起条丈八矛望准张飞格只马格马头上，“看！枪！”噗——叭！一枪过来。张飞，噹！葵花蹬一挑，酷——马头圈过，起手里格条丈八矛，望准俚格条枪上掀上去，“慢来！”擦泠泠！侬掀上来格辰光么，张燕拿格枪头子，望准张飞格枪头子上磕上去，用力望准下面一搭呀，擦泠泠泠！喔哟？张飞心里向转念头，格个家伙倒有点气力的。啊？居然拿吾条枪往下头揿下去。侬想揿得吾下去，谈也覅谈。张飞运功夫，功夫运足么，拿条枪，擦泠泠！辣泠泠，辣泠泠泠——到底张飞力道结棍，辣泠——一来么，张燕格条茅，尔嘚——直荡格荡出去么。张飞望准俚喉咙口，一枪，“去吧！”噗——嚓！“嗨！这个儿子莫中用，老子勿要你。”侬格儿子蹩脚勿过哉，勿要了！噹！挑起来，望准旁边头，尔嘚——锃！一撂么，咕咯咯咯咯，嚯咙格咚，死尸掼到长坂河里。格只马，哈——溜缰退下么，三千骑兵吓煞，别转身来就逃。“不好来，兄弟们快走呃，赛张飞丢了命啦！”张飞听错，当仔俚笃在喊张飞丢了命了，赛张飞，俚当仔三将军张飞。“呔——你们弄错了！死掉格是儿子，勿是老子啊！”

张飞还在搭俚笃寻开心。看俚笃格人马，哗——笃定笃定笃定，呒不花头哉。曹兵人马退下去，吾可以收兵哉。张飞马上派一个人去报告一声刘备，唔笃后头准备吧。曹将张燕拨了吾一枪挑煞，俚笃格先锋队退下去了，唔笃可以准备拆营篷了，人马撤退。张飞关照，树林里向格埋伏，覅弄了。因为长坂桥南面啦，在横垛里向，有一带树林，非常茂盛，树林背后头呢，张飞有埋伏了。埋伏格啥物事呢？有一百多只马，俚关照拿树丫枝截下来，缚牢在马尾巴上，倘然吾命令下来关照起埋伏么，唔笃一百多个人，在后头跑。哈啦——跑格辰光么，马尾巴上结格树丫枝，在地上拖。拖过呢，灰沙透起来，虚张声势。刚巧已经跑仔一歇哉，现在可以关照俚笃停一停，覅跑了，收拾埋伏了，准备退吧。

张飞倒要想走。倷要想走？呒不什梗便当。啥体？曹操大队人马来。张飞朝对西北角里向一看么，张燕退下去格部队，调转队伍在过来哟。哗——哈——刚巧只有来三千人马，现在曹操倾巢而出。当阳道格大队人马来，曹操亲自出马，带领文武官员在前头，哗——追过来。张燕死，败兵退下来，碰头曹丞相报告：张燕阵亡，赵子龙勿看见了，张飞守在长坂桥。曹操关照，调转队伍，吾亲自带队冲长坂桥。格个一仗，吾连张飞一道打，吾非要拿刘备、赵子龙、张飞一网打尽，消灭在长坂桥。所以曹操亲自带人马过来，哗——哈……张飞一看，不得了。望到西北角里向，叫一望无际，看勿到底，勿知来几化人马了。而且曹操三军司命大督旗也来哉。再看见，前队上，有一顶红罗伞盖。格顶红罗伞盖蛮清爽，曹操来了。张飞俚马上回过头来，关照旁边头手下人，"来啊，快去报告"。关照去报告刘皇叔，勿能走。

啥体？曹操大队人马到哉。吾现在勿能跑。叫俚笃呢，准备着。倘然吾回转来，吾能够杀退曹操的，回过来跑。勿能杀退曹操呢，吾准备在该搭点，血战长坂桥。手下人去报告。张飞马上派人通知，叫树林背后头格个一百多格骑兵啦，马尾巴上格树丫枝，勿好解下来。树上缚着格旗号，勿卸脱。唔笃继续搭吾跑，嘴巴里要喊。倷命令一下么，一百多格马队，哈——在树林背后头跑来跑去。跑来跑去，灰沙，哗——飞起来。而且叫俚笃嘴巴里还要喊。喊点啥呢？随便唔笃喊点啥。声音越大越好。一百多格人喊，声音还勿够响，背后还有几百个小兵，跟仔一道喊，哗——哗——哗！后面还有山，山上有回声，什梗子一来呢，声音交关大啦，哈，哈，哈，哈，哈。

张飞自家呢，守好在桥面上，留心对西北角里向看。曹操人马，越来越逼近，越来越逼近哉。张飞心里有点慌。那么呐吭弄法？曹操百万大军到哉。吾，一干子，赵子龙勿能照牌头哉。赵子龙已经打得人困马乏，不堪再战，勿好再打哉。那么该搭点，刘备手下还有几化大将呢？毛仁、苟璋、刘辟、龚都，还有格公子刘封，侪是三等头。二哥，勿在。诸葛亮也勿在。吾俚格败兵人马勿多。吾靠一条河，靠一顶桥，单身独骑，挡得住曹操点人马嗄？寡不敌众，勿来赛格哇！那么呐吭弄法？走啊？撤退啊？撤退，撤退到啥场化去呢？背后头老百姓勿少了。吾关照大哥跑，吾离开长坂桥，曹操人马追上来么，一歇歇功夫就追着了。逃？呒逃处。只有挺在该搭点。要死呢？只有死在长坂桥桥面上。张飞回思一想，赵子龙匹马单枪，尚且要冲到百万军中，杀得俚笃落花流水，枪挑有名上将数十员。赵子龙身材素小，吾呢，身材高大。阿是赵子龙一滴滴格身体，也勿见俚笃怕了，吾什梗大格身体，吾倒要见俚笃还怕啊？吾更加勿见俚笃怕哉。那么再想到，诸葛亮关照吾，代理军师。吾现在格地位是，仅次于刘备。诸葛亮关照吾代理军师是，赛过该搭点格事体啊，要吾负起责任来。诸葛亮搭吾讲的，俚锦囊留拨吾的，关照吾是叫"逢桥而守，遇林而伏"。桥，要守住。一夫守桥，万人难过。树林，树林背后头吾有埋伏了。吾侪照诸葛亮说的在做。而且诸葛亮一径搭吾介绍的，曹操格个人呢，疑心病特别重，平生多疑。吾上抢在樊城，放一滴滴烟啦，虚张声势，拿俚吓退。吾现在背后头有一百格马队，跑来跑去，灰沙冲天，也作兴能够拿曹操吓退。曹操格人呢，见凶怕，见善欺。俚疑心病重么，吾要笃定。吾啊，吾守在该搭点。要坦坦叫，好像煞吾背后头有埋伏，有诸葛亮格靠山。俚又勿晓得诸葛亮勿在，俚也勿晓得关公勿在。对。张飞转定当念头么，面带笑容，态度镇静。大不了么，牺牲性命。在战场上，张飞打得多。二十年战场打下来，啥格场面吭不经历过？就拿丈八矛架好在鸟嘴环上，不慌不忙，激出仔眼睛，在看曹兵人马过来。

曹操军队，哗——停下来。曹操格马在前头，磕磕唾磕、磕磕唾磕。旁边头文武官员，磕磕唾磕、磕磕唾磕，跟过来。大将勿少，保护曹操。说么说曹操离开长坂桥近，其实是蛮远了。为啥？俫勿好过分靠近。俫一靠近，拨俚笃，啪啪啪啪，乱箭射过来，曹操性命勔保勿牢格啊？曹操啥身份了，宰相。百万军兵当中格统帅。俚就是离开长坂桥近做近么，要在一箭路之外。要一百步以外啦。就是俫放箭过来，俫射勿着曹操啦。曹操眼睛推位，用标远镜看，手下人标远镜拿过来，曹操手搭到标远镜上，朝对门前在看格辰光，哦哟！只看见格张飞，在马背上阿要神气。眉毛竖、眼睛弹，阿胡子炸开两厢，头上戴一顶乌油盔，盔分三叉，绒球抖抖搂搂，身上着一副乌油镔铁锁子连环甲，甲飞珑玲，护心镜光华闪烁，内衬皂罗袍，左悬弓，右挂箭，腰悬三尺龙泉，胯下蹬云豹，一条丈八矛，架好在鸟嘴环上。"吠喝喝喝……"捋仔两根组苏在对该面看。倒蛮笃定格种样子。喝嗯！再一看，背后头一个树林。喔哟，喔唷格树林兴。长坂桥归面格树林，密密层层，像原始森林。树林上面还有旗号，拨了风一吹，啪啪啪啪！旗号多是勿多，东一面，西一面。看到树林背后头，勿得了。哗——灰沙冲天。格灰沙，就看得出俚笃有人马在移动。格灰沙啦？老法讲起来，又叫啥？叫杀气。好像有一股气在升上来。其实么，人马跑动之后，尘土荡扬，灰沙冲天么，望过去好像有股气的。曹操懂的。有格点灰沙，灰沙佘得什梗高，灰沙格面积格怎大，看上去有苗头，格搭人马勿少了，有埋伏。

曹操停下来，仔细在看格辰光，张飞呐吭？张飞格门槛精的。假痴假呆，身边去摸出来一封锦囊。一封啥格锦囊呢？就是诸葛亮关照俚守樊城格一副空锦囊，俚一径摆在袋袋里，勔掼脱的。现在拿封锦囊拿出来，噇！拆开来，锦囊舔开么，俚看锦囊格背后头。那么人家又勿晓得，俚锦囊背后头吭啥啥花样经了。俚看仔之后么，假痴假呆，还要点点头。"嗯——"好像领会了锦囊格意思。俚想着，战樊城格辰光，吾凭格封空锦囊，一眼计策吭不。吾城头上派点人跑来跑去，城脚下派点小兵奔来奔去，城里向弄十堆稻柴放放烟，照样拿曹操吓退。现在，现在吾锦囊上有"逢桥而守，遇林而伏"。笃定啊！锦囊放好，吠！身边袋好，回转头来关照，"来啊"。"是。""快跑。""三将军，上哪儿去？""往后面跑。""跑到后面去，干什么？""没有什么！跑到后面曹操看勿见格地方，站停，马上回过来。""回过来干什么？""回过来再来报告。""是！"喝蹬蹬蹬……格小兵跑。曹操一看，唷唷，唷唷唷，咦，啥名堂？张飞看仔看锦囊下来，马上就拿锦囊袋好，派一个人望准后头，蹬蹬蹬蹬蹬蹬，奔过去。格劻问得咯，看了锦囊么，再看一看诸葛亮弄点啥格名堂，派一个小兵望准后头奔转去么，板是拿该搭点格情形，去向诸葛亮报告。再隔仔一歇，格小兵奔转来哉，蹬蹬蹬蹬——"三将军，呃，回来了！跑得阿快？""快格。""嗯，那么三将军，连下来呐吭呢？""再跑！""嗯，再跑作啥呢？""没有什么事情。""嗯，吭不事体么，吾跑跑蛮吃力？""哈咦，你跑酿！""是！格跑到仔后面做啥呢？""跑到后面再回来！""是！"蹬蹬蹬蹬……喔哟，曹操想，勿对勿对勿对。格个小兵回过来呢，板是来传达命令，拿诸葛亮格闲话去讲拨张飞听，关照张飞要哪怎哪怎。那么张飞么，再拿该搭点格情形讲拨了格小兵听，叫俚去报告诸葛亮。蹬蹬蹬蹬……又过去。格个小兵呢，联络员，专门通消息的。拿后面格情报、前方格消息，搬来搬去，在报告。勿晓得曹操，俚扛仔木梢了哉呀。张飞关照格小兵瞎奔奔，有奔吭奔，譬如勿奔，一眼吭啥花样经，叫故弄玄虚。因为张飞晓得俚曹操疑心病重么，俚特为弄什梗点花样经出来。曹操老奸巨猾，木梢扛进。曹操还在看，看俚呐吭。俚在看格辰光，张飞屏勿住哉。张飞心里向转念头，派格小兵奔来奔去，曹操勿动勿变。勿动勿变么，呐吭呢？吓吓俚。张飞对仔格曹操，"呔——吔！曹——呃贼！燕人张翼德在此，谁敢与我交战三百个回合！来呀！来呐——嗯！"

来！张飞喉咙一响，霹雳交加。曹操听得蛮清爽，张飞格种口气大。叫啥燕人张翼德在此，啥人敢来搭吾打三百个回合？唔笃来啊。曹操心里向转念头，俚张飞，狠，吾晓得的。有名气的。虎牢关拿吕布头上束发紫金冠挑下来，关云长曾经讲歇过，百万军中取上将首级，如探囊取物，形容俚张飞格本事。但不过，俚关照吾派人来搭俚打呢？吾勿来的，吾勿派。啥体勿派？俚守在桥上，格个桥面到底狭呀，俚勿好嘎许多人一道冲，只好一个一个来。个别打，搭俚打啦，打俚勿过的。嗳，因为俚一拨一打，单打啦，俚狠。俚张飞阿有本事下来喏？俚假使从桥面上冲下来，冲到吾队伍该搭点来啦，吾派大将上来搭俚打，吾勿派一个人搭俚打。俚一干子，吾派一个团体出来。团体赛搭单人赛啦，无论如何是团体格人，来得合算。吾五个大将打勿过，派十个。十个大将打勿过，派廿个。团团包围，哪怕三十个，吾大将多了。吾数量上绝对优势。吾可以拿俚围困牢么，马背上拿俚结果性命。所以曹操心里向转念头，嗳，派？勿派。俚来，欢迎。

勿知呐吭，曹操在看格辰光么，只觉着自家格顶帽子上，喷喷喷喷喷喷，喷喷喷喷喷喷，眼睛门前好像有红兮兮格物事，嘶嘶嘶，嘶嘶，嘶。啥格名堂？曹操回过头来一看么，"嚯哟！嚯嚯嚯嚯……"啥体要窝塞么？背后头格掌红罗伞盖格朋友，拿仔顶伞登在曹操背后。格顶伞么，撑在曹操头顶心上，蛮大格呀，红缎子。下头么，还有红格丝线摆格苏苏头什梗，流苏呀，荡在下头。格老二官登在相爷旁边头么，看张飞俚也看得蛮清爽。俚晓得格呀，张飞百万军中取上将首级如探囊取物，丞相是百万军中上将，张飞拿丞相颗郎头，像袋袋里向挖样物事。吾在丞相背后头么，好，张飞来拿丞相颗郎头么，连吾格颗郎头一道带脱。吾是立在最危险格地方。所以俚慌，慌哉么，抖。抖哉么，格顶伞，格格格格格格格，格格格格格格格，一抖么，格顶伞下头格苏苏头，望准曹操格帽子上，嗒嗒嗒嗒，嗒嗒嗒嗒嗒，曹操阿要光火？格家伙，寒势势，寒势势，霉头也拨俚触完。对俚眼乌珠一弹，"退下！"退下去！曹操想，在樊城格辰光，也什梗。拨了一个家将，背后头掌顶红罗伞盖。张飞冲出来了，吾心里向一吓，俚也是一吓。吾关照俚退下去，俚拿顶伞往吾头上一套，往后头一拉么，吾推位一眼马背上跌下来。标远镜打碎么，以误传误么，就此乱得一塌糊涂了，退下去。今朝俚顶红罗伞盖倒又要来哉。曹操对俚眼睛一弹，下去，去去去。那么格小兵要紧识相，拿顶红罗伞盖轻轻叫放下来。伞收脱么，别转身来跑。

张飞一看，灵的，灵的。拨吾，汪——一声一喊啦，曹操格顶伞拿脱哉。顶红罗伞盖像曹操格招牌什梗。招牌拼脱么，格爿店要打烊快哉。勿晓得曹操勿走呀，拿脱顶伞是防一防啦。勠又出啥格意外了什梗种名堂。曹操还在看。曹操心里向转念头，张飞，老实讲一声，狠煞一干子。呒啥大不了。怕，就怕诸葛亮格火攻。特别原始森林，原始森林火烧起来，呒不救的。救火也勿能救。风外加又是大，哗——那么俚看看，森林背后头格灰沙，哗哗哗哗——隐隐约约，声音也有点听得出。唔，怕就怕诸葛亮火攻埋伏。碰着火攻埋伏，呒不生路。俚人马再多么哉，俚火烧过来，俚有啥办法？曹操心里向转念头，吾来算算看哦，诸葛亮该抢是勿是有火攻埋伏。呐吭算得出呢？可以算得出。因为诸葛亮格埋伏啦，有规律的，摸得出的。比方说，第一仗，吾搭诸葛亮较量，交战格辰光，夏侯惇攻打新野县。第一仗是火烧博望坡，烘——一蓬火，真家伙。唔，诸葛亮第一仗，一蓬火。连下来，张辽带人马兵进新野县，三冲雀尾山，虚张声势。再连下来，呵——火烧新野县，货真价实。再连下来，吾打樊城，虚张声势。樊城虚张声势，现在长坂桥么？"哦哟！"曹操一吓，齐巧碰着货真价实。因为打仗是一次实一次虚，一次实一次虚，该格一次齐巧碰格实上。勿晓得曹操，那么俚扛仔木梢。打仗好拨俚捉死仔的？打仗从来呒不啥一仗实一仗虚，实、虚，实、虚，再实。打仗叫虚虚实实，实实虚虚。俚是灵机应变，奥妙无穷，变化多得勿得了。所以俚木梢扛进哉。张飞是呒啥花样经了。

曹操还在看，看俚呐吭？看俚阿有格本事冲过来。旁边头格徐庶佩服。徐庶心里向转念头，张飞，好！吾佩服。晓得俚看锦囊是滑头戏。晓得俚派格小兵后头跑来跑去，是虚张声势。背后头树林后头灰沙，也是滑头戏。但不过俚做得蛮好。张飞有进步，拜仔诸葛亮先生之后啦，人聪明哉。徐庶在替俚高兴。不过，徐庶在旁边勿开口。曹操问格呀。问旁边头班文官，唔笃看看看，门前头到底有勿有埋伏？大家摇头，吃勿准的。因为格诸葛亮诡计多端，实在厉害。啥人敢说呢？俚说仔有埋伏，结果俚倒呒啥花样经。俚说仔俚呒啥花样经，冲过去倒眼眼调有埋伏。俚格个物事要负责任格啊，要担肩胛的。因此曹操问俚笃么，大家摇头。呒不结论性格闲话，也呒不比较着着实实格意见，侪摇头么，呒不闲话讲。请俚丞相决断，因为俚是三军统帅，应该俚看。曹操想吾看啊，吾看再屏歇。屏屏看，拔苗头。吾要看看张飞面孔上格表情，再看看俚有点啥格花样经。曹操厉害，勿走了。

张飞一看么，慌。啥体要慌哉呢？太阳慢慢叫在下去。辰光晚哉。树林背后一百多格马队，跑跑跑勿动。喊喊喉咙要哑哉，喊勿动哉。外加灰沙飞起来格辰光，在灰沙里向，哈——马跑，哇呀哇呀哇呀，叫。灰沙弄到嘴巴里，呛得来，喉咙口血要呛出来。喊格声音低哉，灰沙也小哉。格个虚张声势埋伏格势头啦，越来越推位哉。张飞心里向转念头，那么僵。要拨了曹操看出苗头来。如果拨俚看出苗头，俚真正大队人马像潮水什梗涌过来，吾到底挡勿住的。呐吭弄法？吾来，张飞是也豁出去。预备拼一记。

"曹贼！这里无有埋伏！你快来中卧龙先生的妙——计啊！曹贼！你既不来中卧龙先生的妙计，又不派遣贼将，来与老张交战，来又不来，退又不退，是——何道呃理？"张飞想僵哉。看上去只好吾冲过去。再勿冲过去，勿来赛哉。"曹——贼，你既不来，好，老张来——了，嗯……"吾来！张飞一声吼叫，"哇呀呀呀……啊……"格个一声吼叫，好像，霹雳交加，声音响得热昏么，好哉嚄。曹操一听，"哦哟不好，张飞来了哇"。哈啦啦啦——俚圈转马来逃么，文武官员哗……其实张飞奄来？勼来。格么曹操门前呐吭有人掼下来呢？曹操格阿侄叫夏侯杰，俚实在胆小勿过，张飞霹雳交加格声音，俚一吓么，要紧圈马逃走。俚只马圈转来，俚格马头望准曹操马头上，当——一撞么，曹操只马一个羊桩，夏侯杰只马也是一个羊桩，夏侯杰马背上功夫推位，磅当！一个跟斗掼下来么，跌在曹操门前。曹操格只马搭下来格前蹄踏在俚胸口头，噔！踏牢，一口血，噗——喷出来。俚是拨了张飞吓得了落马翻缰。现在曹操人马，哗——退下去格辰光么，张飞开心啊。张飞呒不冲过来，看俚笃人马退么，笃定。张飞俚马上下命令，收拾埋伏，回转去。格么张飞啊，俚走么，走哉呀。嘿嗨，叫啥张飞拆烂污哉哦。"来啊。""是。""把长坂桥，拆掉它！"啥体拿长坂桥拆脱？张飞怕勼曹操人马追过来。勿晓得，俚勿拆长坂桥么，曹操勿追啦。曹操得信张飞断桥而去，那么人马追过来，刘皇叔要误走汉江。下回继续。

唐耿良谈演本

长篇苏州评话三国

唐耿良说演本
长篇苏州评话《三国》

下 卷

唐耿良 著述

唐力行 黄鹤英 张 进 整理

张 进 评点

商务印书馆
The Commercial Press

第五十七回

汉津口

三将军张飞，独当长坂桥，拿曹操人马吓退，张飞心里向是非常得意。为啥呢？吾呒啥花样经哟，就不过派点小兵，在树林背后头骑仔马跑来跑去，虚张声势。拿曹操百万大军吓退么，呐吭嬲快活呢？所以《三国志》上，有一首诗称赞张飞，格首诗呐吭讲法呢？"长坂桥边杀气生，横枪勒马眼圆睁，一声好似轰雷震，独退曹家百万兵。"

格个是了不起。不过张飞临时走快呢，俚关照手下小兵，搭吾拿格顶桥拆脱俚。为啥要拆脱么？俚想曹操人马退下去，队伍停了，回过来一打听，吾张飞已经勿在。俚一调查哦，该搭点呒啥埋伏，俚马上就要追过来。格顶桥梁摆着，对曹操是方便、有利。吾拿桥梁拆脱呢，长坂河蛮阔啦，有好几丈宽了，俚勿容易马上就过长坂河来。

所以张飞命令一下么，噼里啪啦，桥梁拆脱。张飞呢，带领手下，往后头营头上来。倷过来见刘备格辰光么，刘皇叔正是提心吊胆，在担心张飞。勿晓得俚在长坂桥跟首，情形如何？后来手下人过来禀报，三将军张飞一声吼叫，吓退曹兵百万。刘备快活啊。俚要紧从帐篷里向跑出来，接张飞。勿容易！三弟，粗心煞略哟，勿大懂得用计。现在拜仔诸葛亮为先生之后，大有进步。居然俚以少胜多了，拿曹操人马吓退。格刘备呐吭嬲高兴呢。刘备踏出帐篷来格辰光，只看见张飞格个只马，在回过来。刘备喊俚："啊！三弟！"张飞拿丈八矛，擦冷——一撂，噗——马背上跳下来，抢步上前，"啊，大哥啊！""三弟，方才你，怎——样把曹兵吓退？""吙喝喝喝喝喝，大哥啊！曹操的人马到来，如此这般这等这样，小弟略施小计，将曹兵吓退——呔了。"

哼，刘备响勿落。张飞板要嗨外，吓退曹兵么，俚板要用略施小计，稍微赛过用一眼眼计策么，拿曹操人马吓退了。"三弟，你看曹操的人马倒退，他们可会追赶来么？""呃，大哥啊，他们不会来。""啊，三弟，你怎么样知晓，他们不会来了呢？""呃，小弟恐怕他们人马，要追赶到此呃，所以把长坂桥拆掉了！""啊——呀！三弟啊！你勇则有——余，惜乎智——谋不足！""烘！"张飞想啥物事啊？拆脱长坂桥，看刘备急得了面孔转色，埋怨吾。倷格勇敢么有余了，倷格聪明智慧啦，还搭勿够了。"呃——大哥啊，为什么呢？""三弟，你把桥梁拆断，是明使曹操知晓，吾军计穷力竭。他，必然要追赶到此啊。"倷桥梁勿拆，俚勿敢来的。因为曹操也要想格吭，张飞人马跑了，为啥道理格顶桥保留着，格么蛮清爽，是要吾过去咯？要吾过去么，苗头勿对，俚笃肯定有埋伏，俚倒要怀疑了，俚倒勿敢追。倷拿格顶桥梁拆脱呢，显底哉。倷就是告诉曹操，俚张怕倷要追过来，呒不办法了，只能够拿顶桥梁拆断。格个事体么，曹操本来勿追啦，俚现在板要追。本来俚要慢点追，现在是特别快格要追过来。格个事体倷闯仔祸哉。倷唵忘记脱，诸葛亮在樊城格时候，搭倷讲格闲话。倷过襄江了，拿襄江江边格点船只，喷——放一蓬火，全部烧光。诸葛亮埋怨倷，倷船只留着，曹操俚勿敢马上就追，烧脱船只，倷告诉俚，对江俚呒不埋伏，俚就要追过来。格个道理是一似一样。"哄——"啊呀，张飞怨啊。蛮好一条计策，立大功，有面子。夹忙头里，画蛇添足，多此一举，去拿顶桥梁拆脱，阿要怨格啦。"呃，大哥啊，那么待小弟回去，再把桥梁搭好！""呃喝！不必了。"勁多烦哉，倷要回过去，再拿顶桥梁搭好，要几化辰光。俚豪燥走吧，该搭点，不宜耽搁。

"三弟，快走吧！""呃——嘻，倒——呃灶！"倒霉，真正倒霉。倷喉咙三板响，喊一声倒灶么，惊醒仔里向格赵子龙。赵子龙困着了，人疲乏透了。张飞讲闲话喉咙响么，拿赵子龙惊醒。赵子龙马上，从行军床上起来，拿眼睛捻一捻呢，踏到外头来，看见刘备、张飞俙在么，赵云上来参见，"参——见主公"。"啊，子龙，你，起来了？""嗯——是。请问主公，军——情怎样？"刘备就讲拨俚听，什个长，什个短，张飞在长坂桥吓退曹操，但是俚拆脱桥梁呢，看上去曹操格人马，马上就要追过来，吾俙豪燥走吧。

"哦！这——个。"赵子龙一想对啊，刘备格估计对的。曹操人马看上去就要追过来。"既然如此，那么我们快快赶路。""子龙，你前——队开路。""遵——呐命。马童。""有。""提枪，带——马！""是！"磕磕唾磕、磕磕唾磕，拿赵子龙格匹鹤顶龙驹宝马带过来，赵子龙整一整盔，理一理甲，提枪上马么，俚前队。甘夫人抱仔刘阿斗，上车子。嘎冷，嘎冷嘎冷，前队，老百姓统统俙在门前头，嚯咯咯咯，走。刘皇叔、张飞、刘封、毛仁、苟璋、刘辟、龚都，文官么，简雍、糜竺、糜芳俙搭刘皇叔登一道。败兵呢，也聚集在后队上。因为恐怕曹兵人马要背后头追过来。唔笃人马望准门前头，嚯咯咯咯咯咯，跑过去格辰光呢，刘备勿放心的。刘备马上派人，搭吾到后头去看。看啥呢？曹操格人马阿在追过来。如果追过来格么，快点来报告。倷派人到后头去打探消息么，吾缩转身来再交代曹操了。

曹操呐吭？狼狈啊。哈——磕在鞍桥上，望准当阳格方面退下去么，曹操张怕张飞在后头追上来，两只手，乒！望准头上一抱。倷两只手去抱牢自家颗郎头么，因为格手抬起来辰光，格两根相雕翅一带，噗落拓，格顶相雕落脱了。骑发簪落脱么，头发，尔哪——披散下来。《三国志》书上俙有的。演义小说上讲，曹操叫"冠簪俱落"。俚格帽子、骑发簪俙落脱。头发披散，狼狈啊。哈啦啦啦——倷在马上望准当阳格方面退下去格辰光，只觉着有格人，从旁边头过来，拿曹操格只马，金钢股上，嗒！抓牢，酷——扣住马匹。

"丞相，请——住马。"曹操一看么，勿是别人，张辽张文远。"文远，怎么样啊？""丞相，勿用惊慌，请住马。""文远，张飞可在后——面，追赶？""回禀丞相，张飞不在追赶。"吾看得蛮清爽，张飞踯过来。格么曹操问张辽哉咯，既然张飞踯追过来么，吾清清爽爽看见马前一个人，磅当！掼下去，血飙上来，飙到吾马头上。明明是张飞冲到吾旁边，叭！拿一个大将一枪挑煞，马上掼下来，血喷上来了。相爷，勿是张飞过来哟，吾在俫旁边头看得蛮清爽，是俫格阿俉夏侯杰，圈转马来，俚拨张飞一声吼叫，俚吓煞了。俚圈转马来逃格辰光，俚格马头，撞在俫相爷格只马格马头上，俫格只马一个羊桩竖起来么，俚格只马也是一个羊桩。俫相爷拿只马领鬃毛抓牢，兵！磕下去么，俚格只马，磅！竖起来，夏侯杰马上功夫推位，叭辣搭！一个跟头跌下来，掼在俫相爷门前头。俫只马格么，嗥！马蹄落下来，踏在俚胸口头么，俚嘴巴里格血，兵！喷出来么，喷得俫马头上一塌糊涂。并勿是张飞追过来。是夏侯杰吓得亡魂丧胆，落马翻缰。

"喔？"曹操那么定心，勿要紧，总算张飞踯追过来。命令下来，来来来，停队。就在此地，就地扎营了，下马休息。一方面呢，吃夜饭，埋锅造饭，饱餐一顿。一面呢，派人到长坂桥，探听消息。勿多一歇工夫，曹操夜饭刚巧吃开么，探子来哉哟，"报——禀丞相！""何——呃事？""小人奉命打探消息，长坂桥跟首，张飞的人马已经不见了。长坂桥，被他们拆断，请丞相定夺。""啊！哦哟，嚯嚯嚯嚯……噗！"曹操气呃哦，组苏根根翘起来。要好得格来，张飞非但呒不追过来，外加俚笃逃走格辰光，拿长坂桥拆断。拆断长坂桥么，蛮清爽，俚笃是呒啥埋伏，张怕吾追过去了，所以拿桥梁拆断，上仔当了。

曹操俚马上下命令，关照探子退下去，一面吩咐旁边头，"文——远、公明，二位将军听令"。"在！""有！"张辽张文远、徐晃徐公明两家头从旁边头过来。"令箭一支，带领一万军卒，立即冲往长坂河，建立浮桥，人——马，追。""得令！""遵令！"

张辽、徐晃带一万人马，哗——赶过来。到长坂河，建立浮桥。张飞真格叫懑啦！曹操大队人马里向啦，专门有人逢山开路，遇水搭桥。用现在格闲话讲起来，陆军部队里向在赶路格辰光，有一种部队叫啥？叫舟桥部队。啥叫舟桥部队呢？就是专门用船搭桥的。俚电影里向勿是一径看见么，部队要往前面头冲，一条河来哉，俚，哈——过来。啊，马上就拿格种一只一只格船横过来，上头拿阔板一铺么，坦克车了或者汽车，就可以在格顶便桥上，嘎啦嘎啦嘎啦，过去。格个专门有一支部队是准备好各种材料搭桥的。老法讲起来么，就叫逢山开路了，遇水搭桥。俚笃格部队要过来搭桥，便当来西。又勿是搭一顶桥，一顶桥勿够的。人马多，冲过去搭一顶桥呐吭来赛？搭十顶浮桥，而且极快，浮桥俫搭好。

曹操背后头格大队人马来哉。曹操俚呢，老早又换过一顶相雕，亲自带领文武官员，几化人马呢？二十万。用勿着带一百万。二十万军兵足够有余了。曹操心里向转念头，吾今朝夜头追过去么，吾一定要拿刘备、张飞、赵子龙一网打尽，就地歼灭。勿能比俚笃逃走，逃走脱讨惹厌。

该格辰光冲上去，完全有可能拿俚笃追牢。曹操人马浩浩荡荡一埭路过来，冲过长坂河，望准门前，哗——追过来。唔笃人马冲过长坂河么，刘备派得来格探子，探听明白，要紧过来报告。探子，哈——一匹快马追到刘皇叔门前头，兵！扣马。马背上跳下来，"报，禀主公"。"何事，报——呃来。""小人奉命打探消息，曹操派遣人马在长坂河建立浮桥。现在曹操的人马，冲过长坂河，向此间追赶而来，军情紧急，请主公定夺。""再——哋探！""是！"探子退下去，打探消息。刘皇叔眼梢甩过来，对张飞一看，隐隐然，张飞，俺看见？探子报得来，曹操已经搭浮桥，人马马上就追过来。刘备也懒去批评张飞，就不过对俚看一看。张飞阿懂？呐吭勿懂？张飞胸口头赛过，别！吃着一拳头，闷脱了。

"嚯——嘿！"张飞心里向转念头，曹傃格贼，俚实头可恶。吾一个疏忽，拿顶桥梁拆断，格么俚明朝追也可以，倒实头快了，马上就追过来哉。那呐吭弄法？来。来么预备打。张飞口勿开噢，心里向闷。刘皇叔下命令，派手下人过去。"刘封！""在。""速往前面，通知赵云，快快赶路。"豪燥跑。刘封要紧一匹马，哈——到前头，"赵将军"。"公——呃子。""父亲命我到来，跟赵将军言讲，曹操的人马，他们在长坂河建立浮桥，冲过长坂河，追赶到此。父亲说，请将军火速赶路。""嗯——是。"赵子龙心里向也急的，背后头格追兵在来哉，该搭点带仔难民，男男女女老老小小，几万人了。要快，蛮难格哟。赵子龙马上就关照，"众三军"。"哗……""通知百姓，快快赶路，追——兵来——呃了。""是！"

小兵马上去通知老百姓么，老百姓哦不闲话讲，加紧脚步，豪燥往门前头走吧。轧冷，轧冷轧冷，轧冷，磕磕唾磕，磕磕唾磕。嚯咯咯咯……黑头里向点起仔火把，灯球。好得天上还有点月亮光，哦不闲话了，只听见脚步声音，嚯咯咯咯——往门前跑。

门前一座山，格座山叫啥？叫飞虎山。赵子龙心急慌忙跑错路哉哦。按理讲，赵子龙应该左手转弯，看看是条小路，左手转弯过去呢，就是往长江格方向去，对江，江夏郡。俚要逃到江夏郡去碰头大公子刘琦呢，比较方便。赵子龙因为心急慌忙，该搭点么也哦不来过，路径么也勿熟悉，往大路上跑，右手转弯。右手转弯，路好走，嚯咯咯咯咯咯咯，轧冷轧冷……勿晓得右手转弯，格条路跑错脱哉。勿是往长江格方向过去，方向越来越偏么，望准汉江格方面过去。赵云又勿晓得。磕磕唾磕，磕磕唾磕，嚯咯咯。

唔笃望准门前头走格辰光，刘备在后头，嚯咯咯咯咯咯咯咯，跟过来哉。曹操格人马，哗——过长坂河。曹操派人来打探消息，打探点啥？刘备往哪格方向跑？如果说刘备到飞虎山，朝左手转弯，往长江去，今朝夜头哦不希望拿俚捉牢。为啥呢？到长江边上，对面江夏郡，喊也喊得应的。一喊，对江有船只过来，刘备就能够摆江逃走啦。假使刘备走错路，朝右手转弯，朝汉江格方向去，格么喏，离开江夏郡路远了，吾就可以拿俚生擒活捉了。曹操也有探马在门前头打探消息，现在格探子探听明白回过来报告。

"禀丞相，刘备的人马，向汉江进发。""喔？咦——嘿嘿嘿嘿……嚯嚯嚯嚯哈哈哈哈……列公。""哗……""孤穷刘备，向汉江而去，如同瓮——中之鳖，网——中之鱼，老夫能将他们一网打呃尽——了。"

曹操下命令，关照张辽、徐晃加紧追。哗——曹操心里向转念头，刘备啊，那倷逃勿走。那赛过像瓮中捉鳖了，勿怕倷逃走。倷人马望准门前头过来格辰光，刘备又勿晓得。刘备逃到飞虎山啦，二更。再往门前头跑格辰光，三更左右么，到汉江边上。门前头勿能走哉呀。队伍停下来。老百姓在啰唣："呃哦，赵将军嗳，该搭勿好走哉，门前有一条江了哉，勿能走了。"哗——赵子龙要紧马匹过来关照，"列位父老，你们不用惊慌，吾等要赶奔江夏，本则是要过长江——而呃去"。"喔哦，本来是要过江的。""正——呐是。""要、要、要过长江的。""着啊！"

勿晓得旁边头又有人啰唣起来哉哟。"赵将军嗳，该搭点勿是长江嗳，倷走错仔路了哉。""啊？你怎样知晓？""赵将军，倷、倷看酿，该搭点有块碑文格吆。"赵云格只马，磕磕唾磕，磕磕唾磕，跟老百姓指点格地方过来一看么，月亮光底下蛮清爽，拿火把一照，明明白白。一块碑文，碑文上四个大字：汉津渡口。勿是长江哟，长江边上勿会有"汉津渡口"碑文格吆。格蛮清爽，该搭是汉江。

"啊呀！"赵子龙心里向一吓哟，马上要紧马匹望准后面头来。齐巧刘备在过来，赵子龙上来禀报，"禀主公，吾等错——走路途"。"啊？子龙何以见得？""吾等要赶奔江夏，要过长江而去，这里乃是汉津渡——呃口！""啊！"刘皇叔跟仔俚一埭路过来，到江边一看么，"啊嗤嗤嗤嗤嗤嗤！"完结了，汉江。那明白哉。吾呢，走错仔方向了。刚巧转弯啦，勿应该朝右手转弯，应该朝左手转弯，来勿及哉呀。因为曹操人马已经过来了。倘然说，吾俚人马回转去，回到飞虎山么，曹操也赶到飞虎山，齐巧撞在曹操格枪口上。送上去拨俚笃杀。那呐吭弄法呢？往门前头走吧，白茫茫一条汉江。浪头，轰咚！吭当！风，呼——哗——风浪几化急。江面上船，呒不哟。倷月亮底下清清爽爽，前呒不舟船，后有追兵。倷呐吭弄法？

"啊！"刘皇叔抬起头来对天上看看，心里向转念头，天啊，吾刘备造了啥格孽，命要苦到什梗格地步？刚巧从当阳道，乱军当中逃出来，离开龙潭虎穴。想勿到现在，又走到仔绝路上，跑到仔汉津渡口。吾刘备死，只不过一家门，老百姓要几万人了。当阳道，长坂坡，已经死脱仔勿少老百姓哉，到该搭点，虎口余生么，还只得勿能保牢么，刘备心里向阿要难过？"天呀！天——呀！"倷刘备在喊天格辰光，赵子龙心里向难过啊，要怪吾勿好。因为啥？吾前队呀。吾前队赶路，呐吭会得勿仔细了，走错条路？尽管呒不向导，吾如果派人探一探，了解一下，再问一问，作兴有格把人晓得。吾勿走错路，到长江边上，呒不格种危险了。格么呐吭办呢？祸是吾闯的，让吾赶奔到后头去阻挡曹兵呃。

"主公，赵云，该——吡死！""啊？子龙怎样？""赵云在前开路，错走汉江，使我等，不能过江而去呃，云之罪——吡矣。喏喏喏，待赵云匹马单枪，赶往后面，与曹贼决一死——战也。"吾去打。吾哪怕死，吾也要截住俚笃，挡一挡了，来保护俫主公、保护该搭堆点老百姓。俫要走么，张飞登在旁边头开口哉，"慢来！""翼德将军，怎——样啊？""老赵，你不能去。老张去。"咦？赵子龙想，吾去搭俫去么，勿是一样的？"翼德将军，赵云错走路途，理应赵云前去，死——战也！""老赵，你不能这样讲，桥梁是老张拆断，曹贼的人马追赶到来，都是老张不好。要死，应该老张去死。"

张飞讲得蛮清爽，祸是吾闯的。格呐吭喊俫赵子龙过去阻挡？要死，吾去死。赵子龙要拦牢俚，"翼德将军，说哪里话来，待赵——呃云前去"。"呃，老赵，你不要去。老张拜托你，大哥、嫂嫂、侄儿都拜托你了。老张去——也。"噇！张飞圈转马来，哈啦啦……张飞格两声闲话，说得非常悲壮。大哥、嫂嫂、阿侄刘阿斗，侪拜托俫哉。吾呒不办法保护俚笃。托俫保一保吧。吾去了。格声吾去了，就是说明，吾预备去搭俚笃决一死战，不回转来哉。壮士一去兮，不复还。

张飞格只马去格辰光么，赵子龙格眼泪含在眼腔里向。呐吭讲法呢？张飞跑脱，吾再跑脱，该搭就呒不人可以保护刘备了，保护甘夫人、刘阿斗，替仔老百姓哉。赵云只能够停留在该搭点。刘备心里向想，那么呐吭弄法？张飞匹马单枪过去，一个人啦。方才还有条长坂河，还有一顶长坂桥，凭桥而守，还能够阻挡。现在无险可守，俫张飞一干子，要想挡住大队曹兵，勿可能。看上去张飞该抢去呢，凶多吉少。心里向难过，又呒不办法，喊也喊勿住俚。张飞匹马，哈啦啦啦——望准长坂桥方向过来。先要到飞虎山，俫格只马在过来格辰光么，只听见门前头，咚！当！叮！炮响。

张飞听见炮声三响么，嘴里向在咕："曹贼，你放什么炮，你吓不退老张。"俫放炮呒不用场的，吾张飞勿买账。照样要过来，搭唔笃拼一个明白。俫格匹马，哈——过来么，到飞虎山。只看见飞虎山，哗——一路人马，排开队伍。火把、灯球照耀得如同白昼相仿。五百名校刀手一字儿排开，二十名关西汉两厢站列。左手里向白盔白甲，白马银刀，公子关平。下手里向，荷叶盔，镔铁甲，薄底靴，手里向执一对锤头，黑面孔，阿胡子，副将周仓。正中央，一面绿缎子红字旗，旗号上：大汉，前将军，汉寿亭侯——关。一面关字旗号，关字旗号底下一员大将。头上青扎巾，绒球正顶，身上鹦鹉绿战袍，丝带系腰，脚上，虎头战靴，腰里向三尺龙泉，胯下赤兔胭脂宝马，手奉青龙偃月刀。张飞一看么，开心啊。

"呋喝喝喝喝喝喝"，想勿到，二阿哥来哉。张飞要紧马匹过来相见。"呃，二哥啊！张飞有礼。"

云长看见张飞来，青龙刀鸟嘴环上一架。"三——弟！少礼。"云长也对俚拱拱手。"二哥啊，你怎么样到这里来的？""愚兄么，奉了军师将令，在此埋伏，接应兄长，阻——挡追！兵！""喔！"诸葛亮派俫来的，守在该搭飞虎山，挡曹兵了，保护大哥。"二哥啊，你，什么时候到的啊？""二——更时分。"啊，二更天到的？啊呀？格么俚路过飞虎山格辰光，也是二更天。"呃，二哥啊，方才大哥人马，路过飞虎山，错走路途，你可曾看见哪？""愚兄，看——见。""唉——呀！"张飞心里向勿快活哉。

"二哥啊！你为什么不打格招呼呢？"俫老早就到该搭点来，看见俚走错路么，俫关照一声，格么俚用勿着望准汉江去，俚可以望准长江格方面去。俫啥体勿响呢？"三弟，军——师吩咐，不用通——报。"诸葛亮拨锦囊拨吾，锦囊上搭吾讲明白的。军师老早就预料，唔笃心急慌忙，要错走汉江，关照吾用勿着通知唔笃。军师呢，安排船只，在汉江边上，接大哥动身。追兵来，有吾在该搭阻挡。所以用勿着通知了，嗯，让唔笃去好了。"哦！呋喝喝喝喝喝喝喝。"张飞一听，格个快活是快活得勿得了。肚皮里向转念头，先生啊，俫真是格好先生。俫赛过晓得吾张飞要闯穷祸的，晓得吾要拆断长坂桥，曹操要连夜追的。故而呢，派二哥在该搭点埋伏。而且呢，晓得俚要走错路的，特为派船只，到汉江边上来接，什梗一看，有格种好格先生是，祸再闯得大，吪不问题。

"好！那么二哥啊，可要小弟在这里跟随你，一起阻挡曹兵。""不用了。"用勿着，吾一干子在该搭点够了。俫可以去，俫去碰头大哥好了。"三弟。""二哥！""兄长兵败当阳，大哥，可好？""呃，这个，大哥好啊。""二位嫂嫂，与侄儿怎——样？"俫问到格声么，张飞心里向难过。"二哥啊，大嫂嫂、侄儿都好。二嫂嫂呢，如此这般，在当阳道投井身亡。""这——个！"云长听到格句话么，眼泪介险乎滚下来。老兄兵败当阳道，家破人亡。虽然老兄齣出事体，大阿嫂甘夫人、阿侄刘阿斗侪平安脱险。二嫂嫂呢，为了顾全阿侄，顾全赵云，舍己为人，在当阳道投井身亡。云长为啥道理要难过么？勿错呀。前一番，关云长守下邳，甘、糜二位夫人在城里向。关云长在城外头土山上，拨了曹兵保围。下邳失守，城里火光冲天。关云长呢，急得不得了，勿晓得两个嫂嫂死活存亡，如何？后首来，张辽搭俚碰头，屯土山约三事，保护两位皇嫂，一道到许昌耽搁。后来，得着仔刘备消息，辞别曹操，保两位皇嫂。过五关、斩六将，千里寻兄，古城相会，让两位嫂嫂搭大哥夫妻碰头。想勿到该格一次，当阳道格一仗，二嫂嫂投井身亡，云长当然听见仔心里向要难过。

"三弟，速去禀报兄长，不用担心。"关照俚笃勿担心，俚笃急煞了。俫，俫快点去吧。"知道了，二哥，再见！"张飞圈转马来，哈啦啦啦——望准汉江边上来。

俫圈马过来格辰光么，汉江边上格人，大家侪提心吊胆了。勿晓得张飞过去阻挡曹兵么，到底挡得住挡勿住？能勿能够拿曹兵杀退，吉凶如何？侪勿晓得了。现在看见归面，哈啦啦，月亮光底下，张飞一匹马在过来么，大家紧张，啊呀，勿得了了。张飞回转来到么，出毛病。板是吃败仗，挡勿住曹兵了，逃转来。格俚逃转来么，看上去曹兵格人马要追上来，倷该搭点大家侪危险。哗——侪激出仔眼睛在看么，刘备格只马要紧过来。"三弟！""喝啊，大哥！""你回来了，曹贼人马追赶到此，怎么样了哇？""呋喝喝喝喝喝。"咦，咦咦，还笑得出，吾认得倷。"三弟，怎——样啊！""呋喝喝喝。"别人么，急得了魂灵心出窍，倷尽管笑得了嘴侪抿勿落。"三弟，毕竟怎样？""呋喝喝喝喝。大哥啊，方才小弟过去，看见曹操的人马要到来，小弟准备上去交战。""嗯。""听得炮声隆隆，飞虎山杀出一路人马来了。大哥啊，你可知道，谁——人到此？""愚兄不知。""二哥来了！""啊？你家二哥来了？""着啊！"刘备听见关公赶到飞虎山么，当然心里向蛮快活咯。"既然如此，那么，你家二哥是怎样到来？""呃，二哥奉了军师将令，埋伏飞虎山，他看见我们人马走错路径。""啊？他为什么不告知愚兄？""呃，二哥讲的，先生吩咐不用通报。因为卧龙先生早已知道，曹操的人马要连夜追赶。早已预料，大哥要错走汉江。所以军师派二哥埋伏飞虎山，阻挡曹兵，军师安排船只在汉江迎接。大哥，但请放心，拆断桥梁，没得关系。"格刘备想，格句闲话倷用勿着讲得的。格张飞板要讲格吃。啥体么？刚巧么倷埋怨吾，侪是倷拆断桥梁勿好。所以了，曹操人马连夜追过来。现在倷好放心，拆断桥梁，呒不关系。诸葛亮本事大，嗳嘿嘿，嗳，倷笃定好了。刘皇叔一听么，以手加额，"喔——嚯呀"。还好还好还好还好，总算诸葛亮料事如神。如果说，呒不诸葛亮离开当阳，赶奔到江夏去安排，叫兄弟在格搭点埋伏么，吾危险哉。曹操追过来呐吭弄法呢？汉江边上呒不船只呐吭弄法？现在在月亮光底下，望过去么，看见哉哟。汉江江面上有风帆，有船只，从远而近。哈——而且船勿是啥来得少呀，颠尽颠是格船，哈——扬起风帆在过来。离开江边近哉，蓬，尔嘚——落下来，船只撑过来，到江边停泊么，一个人上岸。格个人呢？胡子侪花白了。啥人？老大夫伊籍。看见刘备来，要紧上来相见，"二主公，伊籍迎接二主公"。"啊，老先生，你怎样到来？"

　　刘备看见伊籍是感情特别浓。为啥么？恩公呀。当初刘备在荆州辰光，火烧馆驿，马跃檀溪，两次性命危险，侪是老大夫伊籍相救。现在老大夫伊籍带船只到该搭来么，刘备当然快活了哟。那么刘备就问俚哉啊，"老大夫，你怎样到此？"倷呐吭晓得吾到该搭点来呢？老老就讲，因为卧龙军师已经到了江夏郡。卧龙军师到江夏郡格辰光，搭大公子刘琦碰头，说明倷二主公兵败当阳。那么搭大公子讲，要准备船只了，到该搭来迎接。大公子就关照军师，倷尽管去调度好了，那么军师就派吾呃，带领船只，有三百号舟船到该搭点来，拿倷迎接到江夏郡去哟。格么诸葛亮呢？诸葛亮留在江夏，呒不到该搭点来。哦？那么刘备要紧下船。甘夫人、刘阿斗、文武官员、老百姓，大家侪上船格辰光么，还是船少人多。江边至少还有好几千人，来勿及上船。而且格里向难民多，败兵少。刘备上船开船哉么，格点老百姓跳脚了，"呃，刘皇叔唉，倷么开船去哉。倘然背后头追兵到该搭点来，伲呒不船只，前、前头么是汉江，后头么是追兵，叫伲呐吭弄法呢？皇叔——啊！"啰唪了。刘备在船上听见么，刘备俚要紧从舱里向踏出来。到船头上，对岸上招手，叫大家覅吵。刘备提高喉咙搭俚笃讲，"列位父老听了，你们但请放心。刘备过江之后，立即派遣舟船，前来迎接你们。你们不负刘备，刘备也决不负尔——等也"。唔笃格点可以相信，吾刘备决勿会辜负唔笃了，忘记唔笃。刘备什梗一讲么，江边头格点小兵留下来的，也俬劝劝老百姓。覅哭哉，刘皇叔马上过江，上岸之后，立刻拿船只到该搭点来。后面炮声隆隆，好像煞打得一塌糊涂。勿晓得曹兵人马阿要追过来，关云长是勿是挡得住，格刘备俚又勿晓得，老百姓也勿晓得了。

正了格个辰光么，江面上，叭啊，叭啊，叭叭叭叭叭叭叭。哈——又有船只过来。刘备阿要紧张格啦？刘备问老大夫伊籍，倷带得来点船，唵俬到了？俬到了。格么呐吭门前头又有船只来呢？格勿晓得哟。刘备心里向转念头，阿会曹操派船只拦上来？可能格呀。因为曹操俚得着荆襄之后啦，荆襄有水军。蔡瑁、张允投降么，当然格点水军俬归曹操管啰。曹操要调度点船只，到汉江边上来拦，完全可能。而刘备手下又呒不水将，赵子龙也勿会水性，在江面上打，打俚笃勿过。那呐吭弄法呢？刘备在急呀。只看见归面船上，灯光锃亮，哈——船只过来。看上去，又有一两百号船。近哉么，刘备看见。只看见船头上，立出来一个人。头上一顶纶巾，身上鹤氅，粉底乌靴，羽扇轻摇。诸葛亮。诸葛亮背后头，立好一个文官，头上纱帽，身上大袍。啥人呢？文官孙乾。诸葛亮、孙乾，带船只来。哈呀！刘备开心啊，军师来哉。

那么两面船只靠近么，诸葛亮过船只。孙乾呢，带仔船只到江边来，拿江边剩下来格点老百姓呢，统统接上舟船。让俚笃呢，跟仔一道到江夏郡去。刘备就问军师哉：倷啥场化来呢？诸葛亮就说：吾是从夏口来。因为江夏郡点船只俬调度脱了，由老大夫伊籍带仔到该搭点来，吾估计到格点船呢是勿够的。所以吾马上跑到夏口，吾搭夏口格知县官商量停当之后么，问夏口格知县官调了总有一两百号船只了，赶到该搭点来，来接应倷主人。飞虎山呢，有关云长在带人马阻挡曹兵，倷放心好了。现在吾伲可以到江夏郡，立定脚头再讲。

刘备心里向转念头，诸葛亮格调度实在是有办法。倷倒看诸葛亮好像蛮定心，其实诸葛亮勿定心。诸葛亮为啥道理勿定心呢？诸葛亮心里向转念头，该格辰光，眼睛门前马上有危险格事体，过脱了。但是呢，更大格危险在后头。啥格更大危险？一个，云长是勿是能够挡住曹兵。就算云长能够拿曹兵吓退，格么曹操人马回到当阳道之后，诸葛亮顶顶担心格是啥物事呢？曹操调齐船只，统带荆襄水军，哈唧当，人马压到江夏郡来么，江夏郡小小一座城关，即使连夏口俬了，两座关厢，呐吭挡得住曹操百万大军？像泰山压卵之势了，伲该搭是一个鸡蛋，当！像一座泰山什梗压上来么，俫格鸡蛋呐吭保得牢呢？故而，诸葛亮是着实担心。不过诸葛亮格点好，急？急在心里，勿搭刘备讲。刘备看俚蛮定心么，刘备格心也定了。格个就是诸葛亮格本事。喜怒不形于色，尽管心里向着急的，担心的，但是面孔上人家看勿出。格个勿容易，要有本事。包括到后段书里向，诸葛亮初出祁山，马谡失守街亭，司马懿十五万大军，嘎嘟当，冲到西城，西城城里向只有五百名老弱残军，大将俨呒不。逃，来勿及哉。调大将回来，来勿及哉。敌人突然赶到，诸葛亮索性派人，拿城门开直，派点老兵，城外头街道扫扫清爽，城里向街道扫扫干净。俚登在城楼上焚香操琴，让司马懿进城来。司马懿登在城外横看竖看，横想竖想么，勿敢进城。为啥呢？因为俚看诸葛亮格只面孔，实在笃定。面带微笑，扇子还在招，欢迎俫进城。张怕俫赛过要，嫌比该搭点卫生工作勿好了，拿街上扫扫清爽，洒扫街道，欢迎俫贵宾进城。因为俫诸葛亮什梗笃定，不动声色么，司马懿吓了，司马懿勿敢进城。嘿嘿！诸葛亮诡计多端，诸葛亮平生勿冒险，吾勑上俚格当，豪燥撒退吧。喏，格个就是诸葛亮格修养。能够泰山崩于前，而色不变，麋鹿兴于左，而目不瞬。所以今朝呢，诸葛亮搭刘备往江夏郡去，尽管诸葛亮是忧心忡忡，但是面孔上一眼看勿出。

格么刘备、诸葛亮到江夏郡么，吾慢一慢交代哦。吾现在要交代曹操格人马冲过来了。曹操关照张辽、徐晃在门前头领路，人马，哗——往飞虎山过来么，只听见门前头炮声三响。张辽派人去打探消息，门前头啥花样经？手下人过来禀告，"报——禀二位将军，飞虎山，关云长带领人马拦住去路，不能过去，请二位将军定夺"。"退下！""是。"张辽到门前一看，果然，关公守好在飞虎山。那呐吭弄法呢？吾搭俚要好，有交情。勿长远，在新野县白湖边上，俚还放吾走。现在吾上去搭俚打，做勿出的。搭徐晃讲：公明将军，俫看，关云长阻挡飞虎山，俫晓得的，吾搭俚有交情，吾勿好意思过去，要么俫上去打吧。唔——徐晃摇摇头，勿勿勿。为啥呢？吾搭关公也要好的。关君侯，俚在许昌格辰光，俚别人勿轧淘，老朋友是俫，新朋友是吾，只有搭张辽、徐晃两个人么，顶顶赛过谈得拢。那么，今朝俫难为情上去动手么，吾倒也勿好意上去搭关公板面孔了，两军交战。格么呐吭弄法呢？回转去禀报丞相吧。对。

两家头因为搭关公要好，两骑马，哈啦！退下来。唔笃退下来么，曹操格大队队伍停哉哟。因为门前头格先锋队队伍停哉么，曹操格大队人马队伍也停下来。曹操一看，为啥道理队伍停？正要派人去问，张辽、徐晃到了。"参见丞相。""罢了，怎——样啊？""回禀丞相，末将等奉命在前面开路，忽然听得炮声隆隆。命人一看，飞虎山。汉寿亭侯、关君侯挡住去路，请丞相定——夺。""呃，嗯。呃，呃，呃，呃，呃，呃，呃。"那么呆脱，红面孔来哉，曹操响勿落。红面孔啊，俫搭吾有交情的。格么俫阻挡吾，格吾还是冲好呢，还是勿冲好呢？冲？好像煞难为情。勿冲？勿冲么，吾呐吭拿刘备捉呢？吾从襄阳追出来，追到当阳道勿能够拿刘备消灭，冲到长坂桥，拨了张飞一吓，退下来。现在吾连夜动身赶到该搭点来，侪出来阻挡吾。难道说，为仔侪关公了，啊，吾就此勿拿刘备捉啊？勿拿刘备一网打尽啊？勿成功。哪怕吾搭侪有交情，今朝，为了要消灭刘备，吾叫侪让开来，搭侪勿搭界。侪算中立，吾勿搭侪打。让吾追过去到汉江边上，消灭刘备。对。

　　曹操关照张辽、徐晃：跟仔吾一道过来。张辽、徐晃答应。磕嗤酷磕、磕嗤酷磕，霍咯咯咯咯咯，曹操往门前来，近哉。灯光底下清清爽爽，只看见关公，抟马横刀，挡住飞虎山。曹操旗门设立，众将侪在后头。曹操马匹上来，搭关公碰头。磕磕唾磕，磕磕唾磕，两骑马近。曹操对仔俚，"啊，前边来者，吾道是谁，原来是二将军。老——夫，这厢，有——礼呃了"。"丞——相，不敢。"云长青龙刀鸟嘴环上一架，侪对吾行礼么，礼无不答，吾应该回礼。"关某，有——礼。""二将军，老夫与将军，三里桥一别，直到如今，君侯，别来——呐，无——恙？""关某，托丞相之福，全躯尚好，丞——相好？""呃嗬嗬，老夫么，托君侯之福，呃，倒也好啊。君侯，请问君侯今日里带领人马，从何处而来，往哪里而去？在这里有何贵干呢？""这——个。丞相，关——某，先要请教丞相，率领人马，将欲何——往？""老夫么，嘿嘿，奉旨出师，拿捉逆臣刘备。君侯，你呢？""关某，奉了军师将令，在此埋伏，保护兄——长，玄——德。""呃！"喔哟。"君侯呵呵，老夫奉旨出师，拿捉孤穷刘备，上命差遣，不得不来。为望君侯，念在老夫与君侯是知己朋友，请君侯人马闪过旁侧，与君侯无关！""丞相，今日，可能看在关某份上，人马倒——呃退。""君侯，呃，老夫奉旨出师，圣命难违，怎能倒——退啊？""丞相，今日丞相，看在关某份上，人马倒退，否则，只怕丞相大——军休——矣？""哦？君侯，呃，为什么，老夫的人马不退么，大军休矣呐？"啥道理啊。哈，侪有，有点啥花样经啊？讲讲看呢？关公格只马，磕磕唾磕，磕磕唾磕，再跑得近一点，声音呢？搭得更加低啦，"丞相，两军阵前，本则关某，不能泄露军机，因为关某当——初，受丞相大恩，不得不，从实告禀。关某奉军师将令，埋伏飞虎山，安排地雷、火炮。丞相，大军不退，莫怪关——某，哼哼……""哦！"曹操一吓呀。叫啥关公讲，俚奉诸葛亮命令，在该搭点埋伏，布置好地雷、火炮，倘然勿退么，勿怪吾"哼哼"。哼哼一来兴，勿客气，地雷、火炮就要放出来。"喔，喔，原来如此，呃，呃，那么，老夫准其退兵。呃，呃。"曹操嘴巴里么答应，吾准其退兵。曹操心里向转念头，红面孔，侪勿说鬼话啊，侪勿骗人啊。地雷、火炮？吾来拔拔苗头看，到底阿有地雷、火炮、勿有地雷、火炮？对准两旁边一看么，假的。为啥道理假的？如果有地雷啦，俚格地皮要掘松，掘松仔么，那么下头好装地雷。现在地皮邪气结实么，滑头戏。侪吭不地雷、火炮。吾上侪格当，人马退兵，谈也勿谈。嘴巴里讲，"呃，老夫退兵，呃呃呃呵，一定退兵"。动也勿动啦，勿下命令。侪勿下命令辰光，关公心里向转念头，格曹操实头厉害，不出孔明所料。吾什梗搭俚讲，吾以为吾格点信誉啦，曹操一定会得上当，人马倒退。倷勿退，勿退么，呒不办法哉。

关公眉毛一竖，眼睛一弹，"丞相，关某泄露军机，请丞相人马倒退。丞——相不信，怀疑关——某，哄骗丞相。今两国相争，各为其主，关某不得不执行将令，关平！""有！""周——呃仓！""在！""下令，开呃——炮！""得令——呃！"周仓过去动手，那么曹操不得了哉哟，要关云长独当飞虎山么，下回继续。

第五十八回
江夏开丧

关云长，埋伏飞虎山，阻挡曹兵。俚叫曹操倸赶快退下去，吾此地埋伏格地雷、火炮，勿退呢，莫怪，反目无情。曹操勿相信，认为红面孔说鬼话吓吓俚。该格机会呐吭肯轻易放过？曹操勿肯退么，云长板面孔：丞相，吾搭倸有交情的，所以吾泄露军机。倸勿退，蛮清爽咯，倸是怀疑吾，瞎说一泡骗骗倸。格蛮好。既然倸对吾勿相信呢，莫怪吾勿讲交情。俚通知关平、周仓：开炮。命令一下么，关平、周仓两家头望准后面，哈——退下去。云长圈转马来，哈啦！退到旗门么，旗门往后头撤呀，哗，哗，哗，哗——往山脚下方面退。只看见周仓跑到山上，格只手一举么，一声炮响，当！啪啦啦啦……格门炮叫百子流星炮。只看见山上火光锃亮，火把、灯球照耀得如同白日相仿，半山腰里向，一大堆用油布遮盖。只看见俚笃油布一块一块掀开来，哈啦，哈啦，哈啦，哈啦，哈啦，哈啦——掀开来么，里向露出来，一两三四五，六七八九十，十尊红衣大炮。炮口，侪像面盆口什梗大小了，瞄准曹操格方面，周仓下命令："在也，开炮——呃。"开炮。旁边体格小兵，哈啦！手里向火把从竹筒里向拔出来，呼，呼——越样。每尊红衣大炮后头一个小兵，一根火把。望准药线上，唪！侧上去么，只看见格药线，呋呋呋呋呋，火星在爆出来。格个辰光，曹操格急是急得了，魂灵心出窍。对仔格关公连连唱喏，"啊，二将军！二君侯啊！千不念，万不念，要念三日小宴、五日大宴的份上，大炮开不得。曹操一定退兵，来，传——令，倒退！"

曹操命令下来。关照倒退，回头一看哟，用勿着倸下命令倒退，后面格文武官员，大小三军侪圈转马头，调转身体，哗——退下去。

因为俚笃也看见哉哟，周仓跑到半山，百子流星炮响，当！大家心里向，别！啪啦啦啦啦啦啦啦，别别别别别别别。油布掀开，看见十门红衣大炮么，大家侪要紧别转身来走。勿等倸曹操下命令退，自家退。曹操要紧搭在马背上，哈——退下去么，只听见后头炮声不绝。当！"哦哟，嚯嚯嚯嚯！"咚！"喔，嚯嚯嚯嚯。"急啊。所以曹操逃过去格地方，背后头，盾——一炮。曹操转弯哉，在后头，盾——又是一炮。炮声不绝。

格么其实，关云长到底阿有十尊地雷、火炮呢，格个十门大炮是滑头戏。十棵大树，截仔下来，小丫枝去脱，外头用红布包没，搁在半山腰里向。红布外头么，再用油布遮盖。油布，哗啦！掀开么，十尊红衣大炮。红布么，掀勿得哉。掀开来么，十根树梗梗，侪是老老粗老老粗格树杆。曹操呐吭晓得呢？格么格药线，嗤嗤嗤嗤，要着哉咯，格炮呐吭会得勿放出来呢？格药线特别长，长得要要命命。那么就讲，算药线通到炮门里向么，格个炮是滑头戏么，格个炮当然勿会放出来，吓吓俫曹操哟。该格是阿末一将军。因为诸葛亮关照关云长，俫劝曹操倒退。假使俚勿退呢，俫拨点颜色拨俚看看。格么曹操，俫有心艮一艮酿。俫看俚格炮呐吭开出来，俚炮开勿出，俫再冲过去么，格么关云长也弄勿落的。因为关云长到底只有一干子，哪怕有关平了、周仓了，格么人马勿多格呀，滑头戏呀。

那么曹操逃过去格地方，背后头，哽！一炮，格种炮是，名堂叫"阴开错"。并勿是真格有地雷、火炮。格个炮，而且在曹操马格门前头，呒不的。为啥道理呢，因为面前头炮响啦，呒不人掼倒，如果说地雷炸起来，也呒不人血肉横飞么，曹操也要发觉上当哟。所以俚格个炮呢，侪在曹操马格后头来的。格名堂叫啥呢，叫马后炮了。曹操呐吭晓得呢？曹操是拨俚吓得紧张得来，魂灵心出窍啦。唔笃人马，噼里啪啦，望准长坂桥方面退下来格辰光，队伍乱哉哟。马队呢，望准步兵身上撞。步兵，噼里啪啦，倒下去么，马兵格马蹄，就在人身上踏过去么，自相践踏。踏煞脱格人，不计其数。等到到长坂河、长坂桥，虽然有十顶浮桥，还嫌比勿够哟。拼命上桥轧么，一轧么，桥，到底勿阔几化哟。格么唔笃人在过去格辰光，人涌上来，旁边又呒不拦杆的。磅当！一来兴么，好，人掼下去，嚯咙格咚。第一个人掼下去，还蟸游起来么，第二个人，咽咙咚，又掼下去哉。长坂河里向死尸要叠满。叠得哪恁？要叠得格河里向水，断流哉。勿得了哉。有种场化桥俫踏坍脱哉。到天亮，退到长坂坡，死脱格小兵不计其数。

曹操呆脱了。曹操心里向转念头，好险啊。幸而关公放交情，炮呒没开出来。否则格个十门大炮，戀——一开是，完嘞。吾统统完结嘞。曹操格马，在慢慢叫放慢格辰光么，旁边头一个朋友跑过来哉，啥人呢？蒋干，蒋子翼。"回禀丞相？""嗯？"曹操一看，蒋子翼，作啥呢？"怎么样——啊？""回禀丞相，昨天晚上飞虎山，关云长并无地雷、火炮。丞相，中计了。请丞相火速派遣人马，冲将过去，定能够把关云长擒获，把刘备拿捉。""呃！嗯嗯。"啊呀，曹操心里向转念头，蒋干有点道理。俚格个闲话不可不信啊。既然有地雷、火炮，为啥道理勿看见炸起来呢，既然俚笃有埋伏，格么为啥道理，勿看见伲格人拨了火炮打杀呢？蛮清爽，虚张声势，上仔当哉。俚关照吾，回过去，打回复阵，冲到格面么，马上去拿红面孔提牢，拿刘备、张飞、赵子龙一网打尽。阿要过去？

曹操再一想呢，过去也没用场。为啥？辰光耽误脱了哟。就算刘备误走汉江，有关云长拦一拦，屏嘎许多辰光，吾现在已经退到长坂坡了。吾马上过去么，已经来勿及，跑脱了。格么还有一点了哟，吾马上过去么，显而易见，吾昨日夜头是上格当。曹操呢，要面子朋友，俚怕坍台格啦。吾倘然听俫说话么，就肯定，吾昨日中计。俚么叫敲开仔耳光了充胖子。曹操对蒋干眼乌珠一弹啦！"吓！"为啥道理地雷、火炮勿放出来，因为吾搭关云长有交情。倷阿晓得，三日一小宴，五日一大宴，上马敬，下马迎。赠袍赐马，美女十名。吾搭关云长什梗要好，所以俚拿格炮格药线，揿阴脱的。地雷吭没放出来。倘然倷回复阵过去，假使关云长板面孔，大炮一开，倷阿担得落什梗一个责任呢，蒋干一吓。格个责任，啥人担得落呢？响勿落。"多口了！"多说三话了。蒋干响勿落，一本正经上来，要想献点功劳了，弄条计策出来表示吾看得准。啊，倷丞相上仔当。碰着曹操拿俚一顿埋怨么，还说俚多说三话，多口哉。蒋干只好退下去。曹操呐吭呢，退到长坂坡，回到当阳道么，队伍停。曹操下命令，清理战场。拿死尸呢，掘墥埋葬。新野县、樊城县两县难民格死尸，也要拿俚笃安葬脱。死脱格曹将备棺成殓，扶柩回乡，抚恤俚笃家属。清点下来呢，曹操死脱格将官要五十四员。在赵子龙身上，要死脱五十四员有名上将。

那么曹操连下来呐吭呢，曹操心里向想啦，吾格去路，有几个方案。一个，吾拿荆襄九郡消化一下。拿荆襄九郡格钱粮，并到吾搭，吾呢，回皇城去，休息，以后再讲。就到此为止。阿什梗做呢，曹操勿肯。

因为吾格大队人马，已经到了此地当阳道。吾收兵回转去啦，勿合算。下趟再要出来，要调动嘎许多人马，发兵了什梗，很费手脚。现在呢，趁吾占领新野、樊城，得荆襄九郡，什梗一股势头，现在格势头非常好啦，吾要趁势打过去，一统江山。格么吾打过去么，打啥人呢，有两个对象。一个是刘备，一个是孙权。刘备呢，逃到江夏郡了，因为江夏郡是大公子刘琦，刘备搭刘琦有交情的。刘琦勿肯投降吾，刘备就退到江夏郡。格么俚到江夏郡，吾呢，带领人马，横竖吾现在水军也有了。荆襄蔡瑁、张允投降之后，荆襄方面有战船千艘啦。吾可以带领荆襄水军，包括陆路人马，浩浩荡荡兵进江夏，消灭刘备。格是稳赢的。为啥呢？因为吾雄兵百万，战将千员。刘备呢，穷得嗒嗒滴。吾去打俚倒是，可以说，手到擒拿。

但是呢，曹操勿去。啥了勿去呢？俚觉着勿合算。因为刘备只赅什梗一个小小江夏郡。吾百万大军兵进江夏啦，喏，有格勿大恰当格比喻，好像做生意法门，吾犯仔大本钿了，赚着一个极小数目格利润。利润忒低了，勿犯着，勿合算。大材小用。格么吾呐吭呢，吾一样格打啦，吾到赤壁。吾兵进江东，吾去威胁孙权。孙权地界大哉，有六郡八十一州。江南六郡，富庶之地，鱼米之乡。吾曼得写一封信拨了孙权，吾现在人马到赤壁，倷呢，搭吾一道联合。侃掆起手来，一道去打江夏郡。表面上么，搭俚联盟，其实呢，就是叫俚投降。俚答应吾联盟么，吾大军就可以过长江。一过长江，六郡归吾控制。六郡一得，回过来，拿刘备是，哈啦！一带头呀。赛过像格龙卷风什梗了，倷格尾巴，尾巴，哈啦！一豁么，江夏郡就去脱哉。不费吹灰之力。那么等到江夏郡打脱，刘备灭脱之后么，吾现在，天下敌手，剩吭不几个。屈指可数了。一个，西蜀刘璋。一个，东川张鲁。还有一个，西凉马腾。但是俚笃呢，侪是庸庸碌碌之辈。马腾，虽然武功好，俚格地方小，荒凉得及，在西凉州。那么吾大军再过去一带头么，拿西蜀、东川，包括西凉，吭不嘟，打平么，天下一统。到格个辰光呢，吾就关照汉献帝，俚让位吧。吾做皇帝哉。吾曹操开国了，一统天下。曹操格野心蛮大啊。俚勿仅仅现在霸占中原，就算数了，俚要一统江山。那么一统江山呢，到赤壁，用现在闲话讲起来，就是一个最佳方案。吾同样调动格点人马，吾格收获就大哉。六郡八十一州得下来之后么，刘备不在话下。西蜀、东川，唾手可得。曹操格目标、俚格野心大啦，俚要做皇帝。

所以曹操下命令，现在俚要做呐吭点工作呢，荆襄九郡，丢开江夏郡，还有八个郡。八个郡侪投降了，实权侪到曹操手里。荆襄有几化军队呢，一共有二十八万。曹操拿格二十八万军队，归并到俚搭。格么曹操有几化军队？曹操出兵格辰光，是七十五万。诸葛亮火烧新野县，张辽全军覆没，死脱十万人。格么曹操还剩六十五万。曹操在格六十五万里向呢，提十万出来。格十万人马呢，驻扎到荆襄八郡。为啥？拿俚笃八郡格人马，集中到吾手下。地盘上呢，派吾自家格心腹军队去保守。只要有军队控制哉么，老实讲一声，格八郡，吾也勿怕俚笃有啥格风吹草动哉。格么曹操还剩五十五万军队。五十五万军队，再加上得着荆襄格二十八万军队，合并在一道，共总几化么？大军有八十三万。曹操就是用八十三万大军下江南的。曹操拿大队人马呢，分为水陆两路。水路，叫蔡瑁、张允为水军正、副都督，带领水师，顺流而下了，往赤壁江边进发。曹操自家呢，率领大队人马陆军，从陆路上浩浩荡荡，兵进赤壁。一方面写封信，一道檄文传檄过江，威胁孙权投降啦。

曹操侪部署停当哉哦。其实格里向呢，曹操是失着，走错一步棋子。曹操勿应该先到赤壁的。曹操应该先打江夏，现现成成江夏郡，哈啦！捲脱。刘备、诸葛亮侪拨俚消灭脱了，那么俚人马打江东么，江东吭不人帮忙了。格么俚曹操，有胜利格希望。曹操因为看勿起刘备、诸葛亮，啊呀，俚笃还剩几化人马啦？一塌刮子一座小小江夏郡。有啥格了勿起？俗言攀谈，小泥鳅，翻勿起啥大风浪。吭啥了勿起。曹操随便呐吭想勿到，诸葛亮到江东，联合仔江东一道了，孙、刘联和，共破曹操。俚在赤壁山，哈嘟当，全军覆没。一家人家铲饭厨，败得叫惨了。八十三万大军，要败剩廿七个人，廿七只马，回转去。曹操就是走错什梗一步棋子。就蔓得俚，一着走错么，满盘皆输。毛病出了啥场化么？骄傲。骄兵必败了。俚看勿起刘备、诸葛亮。俚想勿到诸葛亮的能量会什梗大。俚能够联合仔江东一道来打，格曹操吭不估计了。那么曹操方面，让俚往赤壁格方面去。

关云长呐吭呢，关云长在飞虎山，拿格点埋伏清理停当，回转江夏郡，见诸葛亮交令。关云长当然有功喽，飞虎山挡曹。那么刘备一到江夏郡之后，搭大公子刘琦碰头呢，刘琦格毛病轻松仔一点了。大公子刘琦看见阿叔来，叫关快活。马上关照老大夫伊籍，拿江夏郡太守格印信拿出来，交拨了阿叔。为啥呢，因为吾有病。吾勿能够料理日长世久格事体啊，俟阿叔来哉呢，吾印信交拨俟。因为俟要调度军队，俟要安排事体。俟哝不印信，哝不权，勿来赛的。印交拨俟么，俟可以去处理工作。刘备哪里肯呢？格刘备说：江夏郡格印信是俟格呀。吾是到该搭点来，拆穿点讲，吃败仗，逃得了立脚场化侪哝不了，到唔笃格搭来是，借住夜了，吃便饭呀。吾呐哝说得出，拿俟格印信拿下来，拨别人家孋讲格啊。说起来，吾阿叔来夺俟侄格权，格勿可以。刘备随便呐哝勿肯。大公子刘琦讲：阿叔啊，俟孋误会酿。勿是俟要来夺吾格印信呀，是吾拿印信交拨俟。因为吾么在生病，江夏郡么势单力薄，曹操格人马要打过来，军情格怎样子紧急。吾呢，也哝不文官、武将，可以使用了，阻挡曹操人马。俟手下么，文有诸葛军师，武有关、张、赵云，那么吾格点军队，吾格点钱粮，交拨仔俟么，俟可以调度。俟来帮吾保守江夏郡，并勿是俟来夺吾江夏郡呀。哝不俟，曹操打过来，吾要完结格呀。

那么诸葛亮就登在旁边头劝刘皇叔，什梗吧。印信呢，俟权且，领一领。等到大公子毛病好了，曹兵退下去了，局势恢复了，那么再印信再还拨了大公子。眼睛门前么，吾㑚暂时领一领。老大夫伊籍也登在旁边头劝刘皇叔么，刘皇叔勉强答应。刘皇叔就拿印信交给诸葛亮，格么军师，一切事情侪归俟来调度。诸葛亮拿印信接过之后，一切兵马钱粮，也归诸葛亮安排了。诸葛亮要做工作了。诸葛亮蛮担心的。担心点啥？曹操人马孋马上来攻打江夏。假使打过来，江夏是立勿牢的。诸葛亮派人一打听下来么，曹操格军队，往赤壁方向进发。诸葛亮心里向，定，勿碍了。至少眼睛门前勿碍哉。曹操勿是马上，矛头指向江夏啦。格么诸葛亮要做点啥事体呢？诸葛亮先派一路小兵，乔装改扮老百姓一样，带仔一口棺材，赶奔到当阳道。依据赵子龙所指点格地方，到格只土地庙里，拿土墙格残砖搬开来，井拦圈去脱。拿糜夫人格死尸，从井里向捞起来，成殓之后么，入土为安。先拿糜夫人安葬脱。其他老百姓格死尸呢，由曹兵掘墰埋葬了，诸葛亮用勿着去料理得。因为糜夫人格死尸啦，曹操人马勿晓得的，看勿出格呀。拨了格土墙推倒下来盖没脱，下头有井栏圈了，一口井了。格糜夫人死得什梗悲壮啦，诸葛亮一定要拿俚好好叫成殓安葬。

那么诸葛亮搭刘皇叔讲，江夏郡是景升大王格地方。刘表刘景升，俚归天之后啦，哝没开过丧。当初蔡夫人、二公子刘琮呢，闭丧不报，蒙蔽天下。现在呢，应该要搭刘表开一开丧，正式办一办丧事。刘皇叔一想，对的，格个应该的。那么诸葛亮再讲，城外头呢，还要办一座丧厂，搭啥人开丧呢？二主母。二主母在当阳道投井身亡。也要设好灵位了，祭一祭。格个刘备一想，倒也应该的。格么诸葛亮再讲，新野县、樊城县嘎许多难民，牺牲在当阳道，不计其数。有种家属到该搭点来哉，叫俚笃，家家人家要料理丧事了，要办祭礼、祭菜什梗呢，恐怕有困难。格么呐哝呢，为了安慰一下老百姓么，城外头也设立一座丧厂，弄一个总格牌位。就是新野、樊城两县百姓之灵位。牺牲在当阳道、长坂坡格方面格人，格么嗒，有一块总格牌位么，让老百姓，大家到丧厂里向来磕一个头了，总算也对得住祖先了，对得住死脱格家属哉。刘皇叔一想，对的，也用得着。那么到明朝转来呢，刘皇叔出城吊丧。刘皇叔吊过之后么，关云长、张飞、诸葛亮、赵子龙，文武官员，包括江夏郡格文武官员，轮流落班按次序，到城外吊丧。格么老百姓呢，也要来吊丧。而老百姓来吊丧呢，诸葛亮特别优待俚笃。关照俚笃啦，唔笃来吊丧，就曼得一个人来好了，香烛侪预备好着。格种啥格黄千纸物，也端正好着。唔笃逃难逃到该搭点来，格日脚也蛮难过。还要搭唔笃安置，收容难民了，要搭俚笃安排生活。所以唔笃送礼用勿着送了，来磕一个头好了。而且呢，还办一滴滴豆腐饭，请唔笃吃一顿豆腐饭。

人多。几万个人得了。老百姓到该搭点来，还有几万了。格川流不息到该搭点丧厂里向来是，哈呀，勿得了啦。格笔开销结棍格哦，刘皇叔弄勿懂哉哦。刘皇叔问孔明：倷为啥道理要什梗安排呢，老百姓人多呀，跟仔倷离乡背井，死得阿要惨？倷阿应该好好叫安慰安慰俚笃呢？格么刘备说，闲话是勿错哟。倷阿晓得，格个铜钿勿是吾格铜钿。吾穷得一塌糊涂，该格铜钿是江夏郡的。大公子刘琦仓库里向格钱粮哟。倷拿格铜钿开销什梗大，哈啦哈啦，像流水什梗用出去。将来大公子病好，吾要还拨俚。格笔账，交拨俚格辰光，用脱俚嘎许多铜钿，吾呐吭对得住俚呢？唉，诸葛亮说，倷放心，格个名堂叫啥？叫小钱不去啊，大钱不来。是要用脱两铜钿的。刘备弄勿懂。格诸葛亮，倷为啥道理要什梗呢？诸葛亮就搭俚讲，东家，勿瞒倷讲啦，吾有格道理。啥格道理呢？开丧格场面要什梗大，目的，为了扩大影响。要让格消息，传出去。吾要等一堂场化人来吊丧么，吾格个丧就停了。格么刘皇叔问俚哉咯：倷要等啥场化格人来吊仔孝么，格个丧厂可以停呢？等江东，要孙权派人到该搭来吊孝。俚一到，今朝到，吾明朝就停。刘备一听，哦，格倷等江东人来，有啥意思呢？哈！成败在此一举啊。现在老实讲一声，曹操人马到赤壁去，要靠吾伲格力量搭曹操去应付呢，吾伲也吭不格点本事。只有借助江东，吾伲要搭江东联合。联络仔江东人一道搭曹操打么，还好打打。但是呢，吾伲呐吭去搭江东联合呢？吾又勿就陌陌无头，就什梗乘仔一只船了，握上门、自得戤，跑到江东去碰头孙权，去劝孙权打。孙权勿肯听格呀。格么吾呐吭呢，吾只好等俚笃人来。等俚笃人一到之后，借一个机会么，吾跟仔来格客人，一道到江东去么，就可以用三寸不烂之舌，游说孙权，攻打曹操啊。打败曹操，吾伲就可以渔中取利。哦，刘备说：倷等一等哦。刘皇叔跑到里向去，碰头大公子刘琦。问刘琦，阿侄吾问倷，江东孙权，搭吾伲荆州阿有往来的？红白喜事，阿有人情往来？大公子刘琦讲：吭不往来格呀。非但吭不往来，吾伲是冤家呀。啊？冤家？嗳！啥格冤家呢，嗒，阿叔啊，倷忘记哉啊。从前辰光，孙权格老娘家叫孙坚，就是为了兵进江夏郡，江夏郡太守黄祖，发一顿乱箭了，拿孙坚搠死。所以呢，江夏郡搭江东啦，有仇的。孙权是恨得吾伲勿得了，杀父之仇。俚打江夏打过好几次。直到后首来一次，拿黄祖杀脱，那么倪收兵回转。倪算报着仔仇哉。因此，江东人搭吾伲呢，吭没往来的。喔，啊呀！刘备心里向转念头，诸葛亮倷豁边哉。倷在等江东人来，江东人勿会来。江东人勿会来，倷格丧，尽管开下去，格个开销几化大，吾吃得住嘎？刘备要紧到外头，拿诸葛亮喊过来，搭俚讲啦。"军师，你要等候江东之人前来吊唁，江东人不会来的。""怎见得？""如此这般，孙权与江夏有杀父之——仇。"勿往来格呀。诸葛亮一听么，笑笑。"呵呵呵呵呵呵呵呵呵。主公，但请放心。他——们不往来，亮偏要他们往来、往——来。"咦？硬上格喏。叫啥俚笃勿往来，吾板要弄得俚笃往来往来。诸葛亮有啥格把握呢，诸葛亮心里向明白。倷如果太平辰光，江夏郡开丧，场面再大，孙权无动于衷。勿可能派人到该搭点来吊孝。现在，现在有可能。为啥呢？因为诸葛亮估计到，曹操格人马兵进赤壁。江东人格压力重得勿得了。俚笃也要想出路，俚笃也要寻帮手的。因此呢，吾估计江东人会到该搭来。格么，刘备说，作兴俚笃勿来么，呐吭弄法呢？开丧开下去。尽管勿来？什梗，倷放心，一个月为期。假使一个月，俚笃勿来的，吾丧事闭停。假使一个月以内，江东人今朝到，吾丧事明朝就停。

刘皇叔吭不办法，只好听俚说话。其实诸葛亮，非但在江夏郡开丧。俚还派仔人，乔装打扮客商一样，到江东去，到处在讲。听听么好像是做生意人，贩卖货色了什梗。其实么，在宣传江夏郡开丧格事体。所以消息传到江东，江夏郡刘表开丧，是刘备主持的。那么刘表死脱仔，闭丧不报了，现在重新在开丧。格么消息传出去，吾勿交代哦。诸葛亮么，伸长仔头颈，在等东吴方面消息。

现在吾要关照江东方面哉。那么说三国啦，前番呢，一径说格是两国格事体。曹操搭刘备两方面对仗，只有曹、刘两方。现在么，要牵涉到三方哉，就是孙权一方哉啦。三国三国么，就是曹操、刘备、孙权。现在呢，说么说叫三国啦，其实还吭不真正建立起国家来。真正建立国家还要在十几年之后。曹夹里呢，建立仔魏国了。刘备在西蜀呢，建立仔蜀国了。孙权在江东，建立仔吴国了。魏、蜀、吴，格个辰光么，叫真正叫三国。现在呢，三国赛过还是在蕴酿过程当中。表面上，还是汉朝格皇帝。东汉啦，汉献帝一统天下。其实格个汉献帝呢，傀儡，吭没权的，完全是一种名义而已。实权在曹操手里向。格么孙权呢，就是霸占了江东，独霸一方。表面上，也算是汉朝格臣子的。其实呢，俚在该搭点，独立起来了。割据一方。因为自从黄巾起义、董卓造反，董卓造孽以来呢，各路诸侯崛起啊。现在各路诸侯归并归并，并剩吭不几路。到眼睛门前为止么，就挺曹操、刘备、孙权、刘璋、张鲁、马腾，什梗几个方面。而马腾格种小邦，张鲁也是小邦，西蜀地方虽然蛮大么，但是刘璋吭不啥实力的。真正当代格英雄呢，就是曹、刘、孙格个三方面。假使说，曹操人马打江夏郡，拿刘备、诸葛亮消灭了，就吭不《三国志》。因为孙权，也要被拨了曹操消灭的。《三国志》呢，勿成立了。现在呢，正是要赛过蕴酿，三方鼎立格辰光。

刘备在极穷困格当口呃，哪恁样子联合仔江东，打败曹操，好建立三国。

因此呢，江东孙权，吾开书到现在啦，还呒没提着过。现在呢，正式要交代江东方面格事体。曹操搭刘备打，孙权俚晓得的。有消息格吃。刘备弃新野，走樊城，败当阳，奔夏口，孙权俚晓得格啦。孙权心里向明白的，已经赛过感应得到哉啦。看上去曹操格人马在逼近江东。本来孙权登在啥场化呢，登在镇江。现在格镇江，江苏省。三国辰光叫啥呢，叫南徐州。孙权在南徐州呢，坐立不安了。得着格个刘备连连吃败仗格消息，也晓得刘表么死哉，刘琮降曹，荆襄已经落到曹操手里向。好像格战火要延蔓到江东来哉。因此孙权呢，带领文武官员，从南徐动身，到柴桑郡。柴桑郡呢，就是现在江西省格九江。那么格个地方呢，离开湖北比较近。得着消息起来，便当一点。好比讲，首都，吴国格首都，镇江，南徐。现在呢，俚搬到一个陪都来哉。柴桑格个地方呢，也是蛮重要啦。孙权现在到柴桑。今朝孙权在柴桑郡升坐大堂。文武官员聚集格时候呢，外头探马报到："报——禀吴侯。""何事，报——呃来。""小人奉命打探消息，今有曹操并吞荆襄，刘备兵败当阳，逃入江夏。现在曹操的人马向赤壁进发，水陆两路，兵进赤壁。三江口军情紧急，请吴侯定夺。""再——嗰探！""是！"探子退下去，再去打探消息。

孙权心里向，别！一跳。格个震动，震动得厉害。啥体？曹操实头要来打江东。曹操人马已经到了赤壁，三江口军情紧急，假使曹操一过长江，完结了。吾现在就靠长江天险，守住了。那呐吭弄法？孙权自从即位以来啦，从来呒碰着过什梗严重格局势。因为格个孙权格家当，勿是俚自家打下来，是阿哥传下来。俚格老娘家叫孙坚，孙坚战死江夏之后么，小霸王孙策，平定江东六郡八十一州。小霸王孙策廿六岁就死的，家当就传拨了兄弟孙权。孙权即位格辰光只有二十岁。今年孙权几岁呢？廿八岁。年纪轻了呀。碰着什梗格局势么，当然心里向要震动。呐吭办法呢，孙权心里向转念头，搭文武官员来商量商量看。用啥格方法，能够挡住曹操了，保全江东。"众位大夫，列位将军。""吴侯啊……""曹操兵——进赤壁，江南军情紧急，未识众位，有何高——见？"哗——文武官员倷对吾看，吾对倷望，议论纷纷。议论仔一阵下来呢，毕静。呒没声音哉。格个呒不声音，空气更加紧张。看得出的。有两个文官，面孔俚在转色啦。格个局面呐吭办法呢？打？老实说，曹操百万雄兵，吾呐吭打得过俚。从实力上讲起来，江东军队号称有二十万。实际上呢，十万人马。真正能够拉到第一线打格是，十万大军。那么曹操要一百万，十倍啦。交错十倍，倷呐吭打法？勿好打。勿好打么，呐吭办法呢？投降。投降么，完结了。本来孙权，俚也有雄心壮志，要想打平天下了，一统江山。现在倷一投降，一投降么完结。前途完结了。锦绣江山，拨别人得得去。所以文武官员，大家呒不闲话讲么，寂静。静得格孙权心里向难过啊。觉着闷得了，赛过像一块石头，压在胸口头。对文官看看，呒不人跑出来。对武将望望，也呒不人走出来。格呐吭办法呢，又屏仔一歇，跑出一个文官来。

"吴侯在上,下官有——礼。"孙权一看勿是别人,江东文官当中第一把交椅,长史。俚格官衔啦,长史。姓弓长张,单名格昭,号叫子布。格个人呢,是孙权阿哥,小霸王孙策临时死快,托孤托拨俚格重臣。老早就投奔江东的,两代了。而且俚威望极高。文官当中呢,让为俚地位最高。"子布先生,少——礼。有——何高见?""回禀主公,曹丞相百万雄兵,千员战将,吾江东兵微将寡,难以抵敌。为今之际,只有归降丞相,才能太——平无事。""嗯?子布请退,容孤三——思。""酌!"退下来,文班里向一立么,旁边班文官,大部分人侪在点头。好,张昭闲话讲得对。从实力上讲,该格仗吮打头。明明晓得要吃败仗,鸡蛋去搭石头碰,何必呢?吮不意思的。而且俚一吃败仗,曹操人马,哈啷当,冲过来,老百姓要死脱几化?生灵涂炭。那么俚早点投降,勿打,格条件就两样,待遇就勿同了。而更主要格呢,老百姓勿吃苦头。老实讲,别格文官勿敢讲格个闲话,因为俚讲格个闲话啦,担风险的。劝东家投降是等于叫吴国完完大结了。说起来俚卖国求荣啦。其实,张昭阿是卖国求荣?绝对勿是。张昭是忠臣。而且格个人正派,俚搭荆襄方面格蔡瑁、张允勿同的。蔡瑁、张允的确,糇货,卖主求荣。投降曹操之后做大官,从个人目的出发的。张昭勿一样。张昭是,用现在闲话讲起来,俚是认识问题啦。勿是立场问题,勿是品质问题。嗳,格个人,人品还是好的。俚觉着,俚格见识,该格打呢,是吮不希望,勿好打。俚什梗提出来,叫孙权投降么,孙权呐吮听得落呢?投降?便当格呀。拿印信送过去,拿钱粮解过去,江东归曹操管。吾自家呢,挂一个名,或者么,到皇城去,做一个寓公,吃吃太平钱粮,日子是也蛮好过的。不过呢,势力吮不了,权,吮不了。

孙权心里向转念头,事体忒大了。喔,马上就过去投降?孙权心里向转念头,张昭什梗讲法,吾哪怎办呢?俚还吮吮不主见格辰光么,旁边头一个大将跑出来。喝冷蹭蹭——甲揽裙响。一个大将走到孙权门前头。"末将参——见主公!"孙权一看勿是别人,黄盖,黄公覆,是跟俚老娘家是一道的。当初辰光,大战虎牢关。后首来呢,跟阿哥孙策。孙策死仔,再跟吾。三代了。该格名堂叫啥?三代旧臣,开国功勋。年纪六十朝外,胡子雪白。只看见俚脸涨通红,眼睛也发仔红了。"公覆,老将军,怎样啊?""主公!张昭之言,不能听!"呱辣松脆,张昭闲话,勿好听的。"为什么?""常言道,兵来将挡,水来土掩。曹贼人马兵进赤壁,哪有不战而降之理。当初先主人,创业艰难,岂——可把锦绣江山,拱手让——呃敌?还望主公下令,发兵交战。黄盖战死沙场,死而不怨——呐。""是啊……"武将大家侪拥护。孙权一听,黄老将军慷慨激昂。是勿好投降格吮。"老将军,请过一旁,容——孤想呃——来!""酌。"黄盖,喝冷蹭蹭蹭蹭蹭!旁边一立。孙权心里向转念头,也有道理。讲得勿错啊。江山来之不易啊。但不过,张昭说话有根据格呀。俚兵微将寡。曹操兵多将广,实力相差悬殊。就明明晓得勿好打,俚去打,阿对呢?孙权吮不主见了。投降?勿情愿。打?吮不把握。格个事体叫吾哪怎办呢?自从即位以来,从来龆碰着什梗严重格局势。"这——呃个。"

孙权格两只眼睛在对旁边头看，搭啥人商量呢，轻易打，当然并勿是聪明格事体哟。对旁边一看么，只看见一个文官，在摇头。孙权注意格呀，刚巧张昭在讲，俚也在摇头。现在黄盖在讲，俚也在摇头。格个人格主见与众不同，吾搭俚商量。而且孙权对俚有信仰。格个人是啥人呢？此人姓鲁，单名格肃。号呢，叫子敬。是孙权手下格参谋大夫，孙权特别相信俚。俚投奔了孙权之后，孙权搭俚议论天下大事，讲得了，终归孙权听得了头头是道。有一转仔搭，吃过夜饭之后，别人侪跑了，就留鲁肃留下来。两家头谈到半夜里。孙权留俚同榻合铺，困在一只床上。君臣两家头，抵足而眠，倾夜长谈。鲁肃呢，眼光交关远。提出建议拨孙权，应该呐吭样子拿江东来发展。先得荆州，后取西蜀，图帝王之业，一统江山。听得格孙权是，开心得勿得了了。明朝转来呢，重赏鲁肃。拿鲁肃格娘接得来碰头，送了很多很多重格礼，送拨俚娘。因为啥？鲁肃是格孝子。格个人呢，有见识。让吾来搭俚商量商量看。"鲁——大夫！"鲁肃从旁闪出。到主人门前欠身施礼。"主公在上，鲁肃参见主公。""大夫，曹操兵——进赤壁，军情紧急，张子布劝孤归降，你看怎——样？"鲁大夫一听，东家问吾呐吭么，吾据实而告。"回禀主公，曹操兵进赤壁，张子布谏劝主公归降曹操。吾想先主人创业维艰，不战而降敌，怎么能见先主人于九泉之下，张子布先生的说话，听——不得。"好！孙权心里向转念头，倷说到吾心窝潭里。对格呀。张昭闲话勿能听格呀，吾对勿住老娘家了，对勿住阿哥格呀。"那么，黄老将军劝孤交战，你看如——何呢？""呃，主公，黄老将军的说话，主公倒也不——能听从。""啊！"那么孙权呆脱了。叫啥黄盖格闲话也勿能听哟。"为——什么？""因为黄老将军，凭借血气之勇立即要兴兵抵敌，所谓兵是凶也，战是危也，干戈宜解不宜结，草此兴兵，并非上——策。""这，这，这，这，这，这，这，这。"

孙权心里向转念头，鲁肃考虑得真周到。俚说黄盖格要打啦，是凭血气之勇，草此兴兵，勿相宜的。倷马上就打过去，准备不足，敌情了解得勿清，情况不明，倷兴兵打，忒盲目了，有危险。所以格个闲话呢，也不宜听从。"那么，子敬看来，有何高——见呢？"倷有啥办法呢？旁边头文武官员响勿落。张昭对鲁肃望望，鲁大夫啊吾佩服倷。嘿嘿嘿，吾看倷呐吭讲。曹操人马到赤壁，出路只有两条，一个投降，一个打。倷，投降反对的。打，也勿好听的。勿投降、勿打么，倷用啥办法呢，呒不第三条路格呀。看倷鲁肃呐吭回答。"回禀主公，鲁肃有一计，在此。未识主公，以为如何？""计将安出？"倷有啥计策呢？"回禀主公，曹操人马兵进赤壁，曹操的军情如何，人马多少，吾等不得而知。喏喏喏喏，刘备刘玄德久与曹操交战，必然知晓曹军之虚实。如今刘皇叔兵败当阳，退入江夏，在那里为刘表开丧。请主公命臣前往江夏吊丧，探听虚实。倘然曹操兵多将广，不宜交战，战则必败，再行归降。如其曹操外有虚名，内无实际，可以交战，那么吾等再发兵交战。先探虚实，后定大——计。"偰格个办法讲出来，众将在点头么，叫啥孙权眉毛一竖，眼睛一弹，一记台子一碰。"子敬，你好枉——空也！"啊？"酌酌酌酌酌酌，鲁肃该——吤死。""当初，我父亲，战死江夏。他们与我，有杀父之仇。难道孤，往江夏郡同他们行庆——吊之礼不成么？亏尔讲出此计。""啊呀呀呀呀呀，主公啊。"鲁肃马上回答，鲁肃叫接得快啦。"啊，主公，当初先主人战死江夏，冤仇乃是黄祖与刘表。如今黄祖已杀，刘表亦亡，冤仇已不在人世。如今，我们去吊，明说是吊刘表，其实是吊刘备。所谓吊生不吊死，何况吊丧为名，探听虚实为重，还望主公，三——思而行。""这——个。既然如此，子敬，你与吾立即动身赶奔江夏，吊丧为名，探听虚实。""酌酌酌酌酌，鲁肃遵命。""退——堂。"哗——文武官员退出去么，议论纷纷。格班文官是恨得格鲁肃勿得了。为啥？鲁肃偰跑错地方。偰跑到江夏郡去打探信息么，老实讲一声，偰探勿着消息的。为啥？有倾向性格呀。刘备搭曹操冤家呀。偰去打探讯息么，该因曹操军队多，刘备也要说得俚少点。刘备顶好希望唔笃江东人动手搭曹操打么，借唔笃格拳头去打曹操么，代刘备报仇。偰格个讯息勿可靠格啦。所以班文官侪反对鲁肃。而鲁肃呢，到外头派底下人去准备船只。一方面呢，俚到里向来，回头一声东家。

搭孙权讲：主人，吾么要跑了。偰还有啥格吩咐？喏，吾去打探消息。比方讲，曹操格实力相当强，用江东一方面格力量，搭勿够。如果说联合仔刘备，格个就两方面格力量呢，可以搭曹操打打。格么偰看，阿要搭刘备联合？因为吾要格个问清爽仔来的，吾勿好自专其主，搭刘备去谈联合格事体咯。

孙权说，偰看，偰到江夏郡去拔苗头，刘备到底有勿有实力。听说刘备吃败仗，败到江夏郡，蛮惨。倘然说刘备呒不实力，联合仔俚勿起作用的，格么偰多此一举。偰看准足仔，那么偰办好了，见机行事。好。鲁大夫心里向转念头，东家授权拨了吾了。偰拨权柄拨了吾，吾可以便宜行事么，格么吾到格搭再讲吧。今朝早上，离开江夏郡还有一日路程么，只听见外头，咚！噔！叮！啊，炮声。啥地方炮声？鲁大夫派底下人到外头一看么，说：禀大夫，外头有座营篷呃，炮声隆隆。哦？营篷？曹操格营篷啊？曹操营篷在该搭点，好像弍近。俚笃在赤壁格咯。心里向转念头，吾出来看看，啥人营篷？一看么，原来是刘备格营篷呀，那么鲁大夫赶奔到江夏郡了，要江夏吊丧，聘诸葛亮过江。舌战群儒，下回继续。

第五十九回

鲁肃吊丧

鲁肃，奉孙权之命到江夏吊丧。吊丧是假的，探听曹操军队格虚实是真的。因为刘备呢，簇新鲜在当阳道，还搭曹操打过一仗，当阳之前么，樊城县、新野县也打过，俚晓得，曹操营头上格底细。查清楚了，回转去向孙权报告。曹操或者外有虚名，内无实际，吭不嗄许多军队的，凭吾俚江东格力量能够打，格么喏，让东家，下决心交战。如其说曹操人马实在是多，力量强大，不可抗拒。打呢，多此一举，白白里牺牲。格么算了，勥打了，投降吧。鲁大夫格目的是格恁样子。

现在俚格船只望准江夏郡来，今朝早上，离开江夏郡大概还有一日天路程。鲁大夫在船舱里听见外头炮声隆隆，俚马上跑出舱来到船头上，此地有水军？难道说曹操格人马已经到了武昌口啦？勿会过江到此地来嚄，让吾来看看看。鲁大夫再一看，一面大督旗，拨了风一吹，啪啦啦啦啦……旗帜在飘。望过去，旗帜上清清爽爽，大汉，牧，刘！格面旗号，是刘备格旗号哟。

啥？刘备在当阳道逃下来，退到江夏郡，那么俚格水军呢，就驻扎到该搭武昌口来。不过外头有什梗大一座水营哟。鲁大夫懂的，照格座营望进去格船只，热热昏昏了。何以见得么？俫看桅杆好哉，一只船上，大点格船，有三根桅杆，小点格船一根桅杆，桅杆总归有的。现在望到水营里向格桅杆，密密层层，如同芦苇相仿，可见得格船只热昏了。少讲点，总归要有七八百号，甚至于上千号船。

哪恁会得刘备有什梗大一座水营，有嗄许多船只？俚笃在做啥呢？看营头上船只在移动。嘭嘭嘭嘭——锣声？蛮清爽，操兵咯。啥人在主操呢，鲁大夫一看么，又看见一面旗号，白缎子，黑字旗。旗号上，常山——赵！哦哟，赵子龙。啥赵子龙在此地武昌口操练水军？鲁大夫回到舱里坐定格辰光么，动脑筋。照什梗大一座营头，少讲点，人马要三万以上。啊呀！既然刘备水军有三万多，陆军肯定比水军还要多。刘备格实力着实可观。假使说刘备，的的确确有实力，凭俚江东一家人家，是打勿过曹操的。搭刘备联合起来，两个打一个，就够得上哉。格么吾倒是可以想办法，搭刘备联合。孙刘联合，共破曹操。本来呢，一径虚呀呀。啥体么？刘备穷。搭俚一道去合作啦，比方说，像合做生意什梗啦，俚吭不本钿的。本钿侪要靠吾的，格呐吭来赛？格么现在一看，勿是什梗一回事体。刘备有实力，俫看什梗许多船。格么呐吭鲁肃望进去，七八百只船？加出嗄许多来呢？桅杆多么，就是船多。其实勿晓得俫老远望过去看勿出，门前头几皮呢，确实是船。诸葛亮派人在江夏郡夏口木行里里向，去搭老板商量。唔笃格点木头呢，租拨吾伲，出唔笃租钿，有一日算一日。下头么是木排，木排上头么，囫囵木头竖起来。老远看过么，一根一根一根一根格桅杆，密密层层，芦苇相仿，勿晓得假的，假佬戏呀。既吭不船舱了，又吭不风帆。就是一根囫囵木头竖了代表桅杆哟。老远看，看勿出格呀。鲁大夫上当了。

现在船只一塝路过来，过一夜，到明朝早上到江夏郡哉。鲁大夫蛮开心，上岸，先去吊丧。因为祭礼侪带了了。吾来格目的是吊丧咯。表面上看看是，吾是为一种礼节，红白喜事，人情往来，作为一种礼貌了什梗。让船只靠仔岸么，吾就好上岸了。吊好丧么，吾再碰头刘备。那么喏，真正格目的所在么，来探听曹兵虚实。唔笃格船只，蓬落下来，船摇过来。唵，嗲尔！唵，嗲尔——船只在摇过来，要想来寻靠岸格地方么，船上格水手呆脱了。为啥？吭停处。呐吭会得吭不停处呢，码头上格船只，停满！非但停满啦，外加有两皮头。有格场化轧点是，三皮头格船。就是说后头格船只啦，要借门前头船上格勒木、跳板，走一走路了，好上岸。靠勿上去。码头是蛮大啦，因为吊丧船上格水手心里向转念头，那么呐吭弄法？船吭不停处了，吭不泊位，好靠过去。

鲁肃格心腹啦，晓得鲁大夫是顶好马上就上岸。兜仔一个圈子，寻勿着停船格场化么，呐吭办法呢，啥场化好排排档喏？嗳，看见该面喏，一皮头船，在边边上，码头靠边上。格个两只船呢，船头碰船头么并拢了。船艄搭船艄呢，有点豁开。那么顶好呢，请俚笃篙子拔一拔，拿格船艄么，再豁得开一点。那么吾伲格只船么，嵌进来，停在俚笃两条船格当中。那么借俚笃格勒木、借俚笃格船头、借俚笃格跳板，上一上岸么，也可以上去哉。格个事体呢，要搭俚笃船上商量。鲁大夫格底下人，出仔格笑脸，蛮和气，对归面船上格水手打招呼，"喝，前面，两位老哥请了。请了"。对俚笃拱拱手，唱一个喏。对过两只船上、船艄上侪有水手了，格水手侪是夹夹壮壮，身上格号衣侪是：大汉，刘！格水手在对鲁肃格手下人看，"怎么说？""喝喝，两位老哥，对不起，请你们把船，喝喝嗯，再、再让一让，让我们的舟船停下来，好上岸去哟。""怎么？要我们把舟船让开来，让你们登陆？""是的，是的，麻烦你了，辛苦辛苦。""我问你，你什么地方来的？""喝喝，我们是江东来的。""你们到这儿来干什么的？""喝喝，我们是来吊丧的。""你们来的是什么人？""呵，我们来的是，江东鲁大夫。""鲁大夫？你们什么时候到的？""我们今天刚到。""他妈的！"吔吔？吔？吔，格鲁肃手下人，啥格上错了？开出口来，就是勿讲礼貌，骂山门起来？"呃，呃。这，这。""我们大王到这儿来吊丧，等了七天，侪能够上岸。你们小小的大夫到这儿来，一到就要上岸，昏了天、黑了地，昏头了！去去去去！"那么明白哉，底下人想等七日天，伲是格大夫，路近到该搭点来，外加是江东，而且刚巧到，马上就要上岸，倷昏头了！该搭点吊丧格排场几化大？吊客几化多？挨得着唔笃一到就上岸？伲大王等七日天了。俚受仔气啦，等仔七日天，出气出到吾身上来了。鲁肃格底下人也响勿落，"哼，那么老哥，我、我、我们要等多少时候？""至少半个月。"

吮！呆脱了哟，要等半个月。格呐吭吃得消呢？马上到舱里向来禀报鲁肃。什个长，什个短，勿好上岸，要等半个月。鲁大夫想吾半日天也等勿及，呐吭好等半个月呢？因为江东军情紧急，孙权呢，心急得了，赛过格颗心摆了滚油镬子里向在煎呀，恨勿得马上听吾消息。吾呐吭好等半个月？哝不时间格咯。格么人家大王来等七日天，吾来看看看，俚笃格大王是啥等样人？假使俚笃格大王搭吾伲东家孙权有关系的，有来往的，格么吾送一张帖子过去，吾去面见大王。作兴俚笃手下人么穷凶极恶，大王么，总好讲闲话。上头人讲仔么，让格个大王下命令，船移一移开，让吾伲靠上来么，就可以了。鲁大夫从船舱里跑出来，走到船头上，对准门前旗号上一看么，只看见旗号上：大汉，西蜀，益州牧，刘！鲁大夫一看，明白了，啥场化来？四川成都来的。西蜀，益州牧，刘。啥人？刘璋，刘季玉。汉室宗亲。搭刘备呢，同宗弟兄。人家四川路远迢迢，赶到该搭点来，等七日天上岸。而且刘璋搭孙权毫无往来，一眼吮不关系，吾格种帖子投上去，吮不用场。勿起作用的。算了算了，再寻寻看。鲁大夫关照拿船只摇过去，从该头摇到归头，看看看，阿有机会能够寻格地方，靠岸。

俫船只在摇过来，鲁大夫在看哟，到底有几化客人，到该搭点来吊丧。啪啪啪啪——旗子勿少。该面船上旗号：东川，张。啥人呢，东川，汉中王，张鲁。也是一方诸侯。再过来看，旗号上：西凉，马！西凉太守伏霸将军马援之后裔，老将军马腾。就是马超格老娘家。再看，还有一面旗号：西凉，韩。西凉刺史韩遂格旗号。马腾、韩遂是一道格啦。船只再开过去看，哈！梧州太守，吴！鲁肃一看么，心里向，咯噔，格一来。为啥呢？梧州啦，就是广西梧州，在江东后头。梧州太守姓吴，口天吴，单名格绳子格绳，叫吴绳。格个吴绳呢，搭江东是冤家。从前孙权格阿哥小霸王孙策，发兵去打过梧州，梧州太守吴绳呢，勿肯投降。紧闭城门，俚地势好，粮草多，打勿开俚格城。后首来，吮不办法哉，那么孙策就收兵回转。吴绳呢，搭江东有仇。但是俚自家吮不力量报仇，因为俚格军队勿多，俚要来打江东啦，勿来赛的。但是今朝俚哪恁会赶到该搭点来，吊丧。俚搭刘备也勿搭界咯，噢？大概开刘表格丧，是刘备主持，因此么，俚要拍马屁，从广西梧州，路远迢迢赶到该搭点来。

再过来看，大汉，刘；大汉，刘；大汉，刘。侪是皇亲国戚，皇子皇孙，刘夹里格种族。喔唷，格排场大啊，可以说各方诸侯侪到该搭点来吊丧。鲁大夫想，幸亏得吾搭伲东家讲仔了，也到该搭点来吊丧。否则要拨刘备看勿起的。哈呀，江东人勿上大场面，什梗大格排场勿来参加参加是倒胃口，倒说伲气派小。鲁大夫一个圈子兜下来么，寻勿着停船格地方。那么僵哉，呐吭弄法呢？呐吭上岸呢？俫在担心思格辰光么，只听见岸上，哈冷冷冷冷冷，一匹马到哉。马，哈——到此地，酷——马扣住。一个旗牌官，手里向奉一条大令。大令一举，嘴里向喊一声，"列位大王、各路诸侯、太守、刺史、将军们等听令，汉军师，令下啊"。格个一声一喊么，嘎许多船只，什梗大格啰哼声音，毕静，哗！刀切？吭不什梗齐，一滴滴声音也吭不。

嗹哟！鲁大夫心里向转念头，不得了，不得了。格个军师格权威格大是大得了，吭啥闲话好讲哉。本来，哇哇哇哇——啰哼声音几化大？俚格只马到，乓！令箭一举么：列位大王、各位诸侯、大夫、太守、刺史、将军听令，汉军师令下。乓！令箭一举呃，鸦雀无声。格了勿起啊。勿晓得鲁大夫啊，倷又上仔当了哉。点大王、诸侯、大夫、太守、刺史、将军，侪是诸葛亮派着的，自家人扮格呀。令箭，乓！一举，声音毕静是，俚笃练过三遍哉呀。所以马到，大家侪看好，等俚一开口，声音就停。乓！令箭一举么，寂静无声。鲁大夫呐吭晓得俚笃操练好的。鲁肃也在听，格旗牌官在关照："汉军师有令，今天，开丧末一天了，开丧吊过的，可以开船回去。没有吊过的，上岸一祭。今天吊过，明天要闭灵啦。"说完，圈转马来，哈啦啦啦——去。那么啰哼声音又大哉，哗……

鲁大夫听得清清爽爽，嗹哟！吾额骨头亮的，齐巧吾赶到么，今朝开丧阿末一日天，今朝吊过，明朝闭灵，勿吊了。那么已经吊过格呢，可以开船回转去了。用勿着停船停在该搭点。既吊过格呢，赶快上岸。鲁大夫想，豪燥寻格空档，趁有人开船么，伲格只船可以过去。关照船上人赶快寻。果然呀，有种船只起铁锚，抽跳板，篙子一点，嘎嘎嘎嘎——船只在撑出来。鲁大夫要紧关照，豪燥拿只船摇过去靠岸。其实鲁大夫啊，倷勚急得格呀，倷急点啥呢，诸葛亮，就在等倷到该搭点来吊丧的。倷以为巧得了，吾齐巧今朝到，俚笃明朝闭灵。勿晓得倷明朝来，俚笃要后天闭灵。倷后日来，俚笃要大后日闭灵了。就等倷来仔，再闭灵。格鲁大夫又勿晓得的。

好勿容易，船只靠岸，停船。鲁大夫上岸，底下人跟，背后头么条箱、祭礼、祭菜侪带上岸。倷上岸么，有格种小兵在招待格啦。领仔鲁肃到该搭点丧厂里向来。吊丧之前呢，先要到迎宾室坐一坐。负责迎宾室，接待宾客格是啥人呢？文官孙乾。孙乾要紧跑过来，搭鲁大夫见过一礼，通名道姓之后么，叫鲁肃请坐，吃一杯茶，休息休息。然后么，领俚过来吊丧。那么问鲁大夫：伲该搭丧厂有三个，倷勿晓得要吊哪里一个丧厂？格么鲁大夫心里向转念头，格三个丧厂么，勿知啥人格哇？请教请教呢？第一个丧厂，就是荆州牧刘表格丧厂。呃，要吊。因为吾到该搭来，就是吊刘表格丧。第二个丧厂呢，就是吾伲格二主母，糜夫人，在当阳道投井身亡，所以刘皇叔呢，也搭俚开丧。鲁大夫一听，吾现在要搭刘备联合，吾要想在刘备搭探听曹兵虚实，刘备家小是更加要吊哉。要要要。第三个呢，是两县老百姓。因为俚笃牺牲在当阳道格人，实在多勿过哉，所以刘皇叔呢，也设厂开丧了，祭俚笃一祭。鲁大夫心里向转念头，刘备大仁大义，爱民如子，话不虚传。连老百姓也要开丧。勿错呀。真正有本事格人，明主，俚对百姓板好。因为从前辰光，孟夫子也讲过啦。孟子呐吭说法么？民为邦本，老百姓啦，是国家格根本。老百姓来得重了，国君啦，皇帝啦，君为轻，民为重。社稷以之，拿老百姓摆在第一位。

那么当然喽，刘表格丧要吊，糜夫人格丧也要吊，老百姓格丧同样要吊。鲁大夫到三个丧厂行过礼，祭奠完毕。孙乾领仔俚过来，到迎宾室，坐定。鲁大夫一看，迎宾室里客人勿少。有格侪是七龙冠，狮爪蟒袍，玉带围腰。看上去呢，侪是皇亲国戚了，皇子皇孙。勿认得格咯。勿知刘备阿在勿在？那么问孙乾，"孙先生"。"鲁大夫。""皇叔，可在这里？""我家主公？""着哇。"孙乾讲，本来呢，吾伲东家是在该搭点迎宾室，接待宾客。因为今朝开丧阿末一日天，客人比较少一点了，所以今朝俚勿来。叫吾在该搭点负责接待。皇叔在城里里向。鲁大夫心里向转念头，迎宾室里坐得人头济济，座无虚席，还说今朝呒不啥人头啦，格是平常格日脚，格种轧头势，勿谈了。"呃喝，孙先生，鲁肃，欲求见皇叔，当面请安。可能容鲁肃进城拜见？"可以可以。孙乾说吾陪倷一道去。格是鲁肃说，再好呒不。外头备马，两匹马预备好，孙乾、鲁肃上马。此地迎宾室呢，孙乾另外派人到该搭点代替俚格工作，照料大家。一埭路，磕磕唾磕、磕磕唾磕，鲁大夫格底下人呢，跟在后头。望准城关跟首过来，还勩到东门，看见进城、出城格人蛮多，市面蛮好啦。因为新野县、樊城县格难民到该搭点来么，该搭点格人口增加了蛮多，所以市面也蛮好了，蛮闹猛。磕磕唾、磕磕唾，马在过来么，叫啥后面赶上来一匹马。哈啦啦啦啦，格匹马快呀，齐巧鲁肃走到城门洞，还勩进城。在城门洞里向格辰光，城门洞里还有老百姓了，归面来一匹快马么，老百姓望准边上让一让。让一让格辰光么，只听见快马上格朋友在喊，"哒，闲人让路，粮车来了"。哈啦啦啦——格匹马过去。俚专门负责清道，关照老百姓让让开，粮车来哉了。跟在后头，轧冷——轧冷……

鲁大夫心里向转念头，粮车来哉。如果说，叫老百姓让让开，吾进城么，也是可以的。但是鲁肃特为勿响。啥体勿响呢，俚要看看看，刘备格粮草阿多勿多？倘然说刘备格兵马蛮多，粮草勿多啦，实力推位。格是看上去有困难，勿好搭俚联合。今朝顺带便，齐巧一个机会呀，旁边老百姓拿俚笃轧住，轧在边上，让粮草过去，鲁大夫趁机看一看，俚笃格粮草啦。喔！结棍。粮车上，要一个小兵在门前头背，一个小兵在后头推，车子上一袋一袋格米，装满。分量重呀，倷看轮盘在石板街上滚过辰光，轧冷轧冷——冷冷冷冷，一部过去一部来，一部过去一部来。川流不息么，跑勿完呀。哦哟，鲁大夫心里向转念头，什梗一看，刘备粮草足备。倷看酿，看仔嘎许多辰光，还呒不完结了。其实鲁肃啊，倷又上仔当。诸葛亮一共侪了，几化车子？一百部。一百部么要过完格呀。俚东门进城，北门出城，出仔城再回到东门，再进城再出城么，登着赛过像调龙灯呀。轧冷冷冷冷冷冷冷……格么鲁肃覅看出来格啊？刚巧格朋友过了，现在格朋友又来？调人格呀。车子勿调，人调格呀。刚巧长子在背，矮子在背，挨歇点矮子在背，长子在推。歇歇在调档，一眨过一眨过么，鲁大夫勿留心，勿会注意格呀。而且看见一部车子过来格辰光，麻车袋上，大概拨老虫咬着一个洞，米，尔嘚——在漏下来。如果说解到仓库是，格袋米要漏脱颜尽颜是了。鲁大夫眼梢对孙乾一看，呐吭俫，视而不见，勿开口格呢。蛮好弄张纸头，洞眼里塞一塞没。啊，或者拾张荷叶，拿俚塞塞没么，格米勿会糟蹋脱哉咯。俫什梗漏，米呀。民以食为天，粮为军中宝，呐吭看俚什梗糟蹋呢，格孙乾，徒望望，好像无所谓。呃，浪费脱点，不在话下。轧冷冷冷冷冷——格部车子过去得勿多一歇辰光，后头又来哉。轧冷轧冷，前头部车子两个人呢，大概吃力哉，车子跑得慢。后头一部车子呢，快，年纪轻，力道大。轧冷！超车哉。抢上去格辰光么，勿当心，路狭呀，噔——一搠么，前头部车子上，一袋米掉下来，掉在石板街上么，车袋缝在格麻线，勿牢哉，豁开来，侧仔啦，噗——漏开来格辰光么，格米，哈——石板街上一塌糊涂。后头格步超车格车子，轧冷冷冷冷，过去么。后头格朋友骂山门了，"他妈的，你干什么要这么快啊，冒失鬼"。在骂俚，格么俫拾起来么，好好叫拾酿。应该一袋米掉在地上，拿抓牢漏格一头，拎起来么，下头勿漏么，半袋米可以保存。格种小兵，拆烂污么实头拆烂污的，抓牢好格一头格车袋角，嗅！拎起来么，一袋米，噗——弄得地上一塌糊涂，空车袋往车子上一甩么，轧冷冷冷，过去。后头格车子，轧冷冷，在米上碾过。嗳！鲁大夫肉痛啊，鲁肃好人呀。俚心里向转念头，孙乾，俫勿应该，格俫可以关照一声，叫小兵拿只畚箕，米么垄垄起来，车袋么弄弄好，麻线么缝缝上去。啥格事体？一袋米糟蹋脱。"谁知盘中餐，粒粒皆辛苦"，要出一粒米勿容易啊。俫在对孙乾看么，孙乾肚皮里在暗好笑。孙乾心里向转念头，鲁大夫啊，勿瞒俫讲，倪现在看见格辰光么，车子轮盘在米上滚过。等到吾搭俫跑脱之后啦，俚笃一粒一粒，连石板缝缝里向格米，会用洗帚丝，一粒一粒俫挑起来仔了，拾得干干净净，勿会挺格呀。刘备穷啊穷得什梗一塌糊涂了，那么该格米为啥道理要糟蹋呢？做点拨俫鲁肃看看，嘎许多车子上，净光两袋么，是米。多下来啥物事呢，勿是烂泥么，就是石子镶砻糠。纯纯砻糠么分量忒轻，纯纯石子么，七翘八裂，勿像米。当中么石头，外头么砻糠，外面包一层糠。俫看看么分量重的，样子么又有点像米，格个是装点场面拨俫看看，让俫安安心。刘备么赊家当的，非但军队多，粮草也足备了。鲁肃又勿晓得。轧冷冷，车子还在过去么，鲁肃煞看哉。鲁大夫心里向转念头，看上去苗头，刘备粮草是足了，车子过勿完么。搭孙乾商量，阿能够请俫关照一声，叫俚笃粮车，后头慢一慢，前头快一点，让倪搭俫两家头过去吧。

孙乾答应，通知一声么，粮车停一停。后面停，前面过去，老百姓让一让开，俚笃两匹马带底下人过去辰光么，后头格车子，轧冷冷冷……等到鲁肃转弯么，车子勿推哉，俚笃就回转去。该格像做戏，像穿龙灯什梗，做拨俫看的。格么诸葛亮为啥道理要什梗呢？唔，诸葛亮变勿老实哉咯。啊，弄虚作假。啥体诸葛亮要什梗么？格个名堂叫啥？叫兵不厌诈。诸葛亮是在用心理战。刘备穷，江东富；刘备弱，江东强；刘备人马少，江东人马多。刘备、诸葛亮要联合仔江东，一道搭曹操打，江东人勿放心，勿愿意搭倷联合。格么呐吭办法呢？那么喏，就要摆点场面拨倷鲁肃看看，先让倷看着一座水营。连下来，让倷看看吊丧格场面。再连下来拨倷看看粮草。让倷鲁肃吃一定心丸，喔，刘备赊家当的，人马勿少，粮草足备，看上去是搭得够了，搭俚笃联合勿吃亏的。格个要做拨倷看哟。

格么什梗说起来诸葛亮，阿是赛过格个作风不大好咯，有点像骗子什梗？勿是。诸葛亮什梗做，非但是为刘备搭江东联合，同时，也是为江东。假使说诸葛亮老老实实，人马勿多，穷得嗒嗒渧，倷告诉鲁肃。鲁肃回转去如实告禀，孙权勿敢搭刘备联合，孙权勿敢打，孙权投降么，江东也完结了，刘备也完结。保刘备，也就是为了保江东，诸葛亮从大局出发了，所以什梗样子安排。鲁肃又勿晓得，孙乾肚皮里向是在暗好笑。

一路过来，齐巧转一弯要上大桥了。还勸上桥么，桥上下来，磕磕唾磕、磕磕唾磕，马队门前头呢，号头，呜——呜——军号连连。人马，磕磕唾磕、磕磕唾磕，囉咯咯咯……骑兵队、步兵队、大刀队、长枪队、弓箭队，一队队，一标标，一营营，一哨哨，囉咯咯咯……神气啊。号衣一嵚集齐，刀枪，吵白铿亮，格个是大公子刘琦手下军队也有，刘备手下军队也有。诸葛亮安排好了，让倷看看军容。鲁大夫搭孙乾商量，阿能够请俚笃队伍慢一点跑，前头过去，后头请俚笃勸上桥，伲搭倷过仔桥，转仔弯了再让俚笃走。孙乾答应，通知停一停，让一条路。孙乾、鲁肃过桥，转弯，到辕门跟首。

两家头下马。马呢，辕门口结好。鲁大夫一看，辕门跟首轿马纷纷，勿得了。里向文武官员勿少。因为在鲁肃脑子里向有格想法，听见人家讲，刘备手下叫兵不满千，将不满十，人马很少很少。现在看见轿马纷纷么，勿会少。人少么，勿会有嘎许多轿子了马匹格咯。倷在看呢，孙乾说：倷请外面请坐脱一歇噢，迎宾馆里坐一坐。吾先到里向去禀报仔皇叔了，再请倷进去。好的。鲁大夫坐歇，孙乾望准里向进来么，刘备升格堂了。今朝诸葛亮搭刘皇叔讲：东家，鲁肃来了，要进城了，请倷升堂吧。倷呢，搭鲁肃见面，鲁肃来格目的，要打听曹操军情。假使俚问倷呢，倷回头勿晓得。倷说起来呢，打仗格事体，倷归诸葛亮管的。要问？要问诸葛亮。那么俚问起么，吾在里向。倷喊吾出来啦，吾再搭俚碰头。刘备说：有数目了。不过东家，今朝倷升堂之后么，喝，倷做格思想准备啊，倷到外头去呀，看见格种奇怪格事体么，倷当俚吭介事。见怪不怪。倷总归，照倷手里向兜，阿是有啥事体来么，倷照往常一样办好了。倷勿多说三话，勿有露出奇怪格样子。格刘备想吭啥奇怪？升堂么，一径升的，有啥格奇怪？诸葛亮用勿着什梗交代得的。东家，倷再换一套衣裳。说：吾套衣裳蛮好么。勿勿勿，今朝接待宾客，要换一套新衣裳，神气一点。诸葛亮考究哦。刘备升堂，俚七龙冠、狮爪蟒袍、玉带围腰、粉底靴儿，行头毕挺。格人要衣装啦，一打扮下来么，更加精神抖擞了。

刘备踏出来辰光，外面在吆喝："皇——叔，升——堂，呼——咦！"当——嗒当，咚——夺咚。嘎，尔嘚——麒麟门开。刘备到外面，南阁当中坐定，只听见旁边头文武官员过来相见，"主公在上，下官见主公。在下见主公，卑职见主公，末将见主公，小将见主公。参见主公。参见主公。见主公啊……"刘备一吓呀。啥了一吓么？今朝格声音恁格大？平常日脚升堂啦，文官，五六个，格么连大公子刘琦手下文官也侪了哉。武将呢，八九个，十来个。今朝格声音侪听听看，"见主公哇……"哪恁有嘎许多声音？刘备对两旁边一看么，"呃呵！众位"。刘备呆脱哉哟。啥体么？陌生人勿少哟。吔吔？呐吭道理啊？今朝吾还是在自家屋里向升堂呢，还是到别人家升堂，呐吭旁边有勿少陌生人呢，"呃喝，呃，你们请过两厢"。嚯咯咯咯——文武官员退下来，两旁边立好，手下人香茗送上来。刘备茶勿吃，捋仔两根绀苏，对准旁边头文班里向一看么。文官四五十，立两皮。头上两个认得的，简雍、糜竺、糜芳、老大夫伊籍，还有江夏郡几个文官。后头几十个人么，侪勿认得。再对该面武班里一看，哦哟，武将结棍了，立三皮。顶起码六七十。头上两个格大将，认得的。啥人呢？周仓、关平、毛仁、苟璋、刘辟、龚都、刘封，其他呢，勿认得了。有两个是大公子刘琦手下的，江夏郡格种偏裨牙将，稍微有点面熟。多下来格点人呢，侪勿认得了。看俚笃侪是顶盔戴甲，狠巴巴格种样子，侪狠得了侪像老虎也打得杀了。刘备心里向转念头，诸葛亮，今朝侪啥格路道呢，啊！喏，勿什梗关照是，吾真格要吓一跳哟。哪恁会得今朝大堂上，闹猛起来？对武班里向一看么，只看见第二皮，第三个，立一个大将。只面孔么有点面熟，啊呀，格个人狠得嘞，头么憨转着，头颈里格筋么涨得像大拇节头什梗粗，"呃——喝"。啥人介？只面孔像煞看见过，面孔红得发紫，紫得了像猪肝颜色什梗了。啥人？哦！想出来哉，勿是别人，厨房间里格挑水阿三哇。啊咦咦咦，要好得格来，呐吭格阿三顶盔戴甲了，立到大堂上来呢。啊？侪在对俚看格辰光么，阿三响勿落。刘备再一看啦，阿三勿是狠，阿三吃勿消了哉。

诸葛亮关照周仓去问俚的：阿三啊，阿要赚外快嗒？啥外快呢，侪戴一顶盔，着一副甲，大堂上立脱一歇。一退堂，就吪不侪格事体。立一立，银子一两。喔，格要的！一两银子勿得了。格么侪，阿吃得住呢？试试看酿。一顶盔帽拿过来十多斤哦，一顶盔帽头上一戴，重是蛮重的。为一两银子么，行一记。一副甲六七十斤，侪着着看。勿要紧。一担水要一百多斤得了，侪格个一副甲，着在身上，吪不问题。老早着好哉，在等刘备升堂。等仔半半日日。刘备刚巧升堂么，俚头上顶盔帽，实在分量重勿过，吃勿消哉。颗郎头憨转来了，头颈里向格筋么，涨得像大米拇节头什梗粗，汗么汤汤淌。心里向转念头，周仓，吾认得侪，嗳，格个一两银子勿好赚的。慢慢叫要到药材店里向，去买点吊筋药，吊筋。定做别蚀仔头颈骨了完结。"喔喔。"

刘备响勿落。好了好了好了，诸葛亮侪啥格路道呢，关照吾见怪不怪，吾是勿能怪哉。原来侪做戏，做拨鲁肃看的。刘备呆脱格辰光么，孙乾过来了。孙乾一看，嘎许多陌生人么，孙乾也响勿落，想诸葛亮格花样经实在是多。"主公在上，孙乾有礼。""少礼。""江东鲁大夫到，在外求见。""说我有——请。""是。"孙乾跑出来到外头：鲁大夫，侬东家有请。吾呢，勿陪倷哉。吾要到城外头去，料理丧厂里格事体。蛮好蛮好蛮好。格倷请便吧。孙先生呢，到城外头去。鲁大夫，头上纱帽一正，身上袍一理。组苏理一理好。尔——噗！一堽路过来，上大堂，到虎案门前么，恭恭敬敬，一恭到底。"皇叔在上，江东下官鲁肃，参见皇叔。这厢，有——呃礼。"刘皇叔，嗤！立起来。"大夫不敢。备，有礼。摆座头。""是。""大夫，请——呐坐。""皇叔在上，鲁肃理应伺立，不敢妄坐。""大夫是客，哪有不坐之理？请坐。""酌酌酌，谢——哋坐。"鲁大夫座头上坐定。送上一张礼单。再代表孙权，向刘皇叔问候。格种侪是官场格礼节啦。格种礼节弄开了，手下人送过香茗，茶罢收杯。鲁大夫心里向转念头，什梗一看啊，听得来格闲话，勿能作数的。啥人讲刘备么，文官只有五六个了，武将只有十来个了。倷看倷看，大堂上，嘎许多人，人头济济，热气腾腾。所以人家说起来，啥格耳闻是虚，眼见为实。现在呢，鲁大夫心里向想啦，吾现在眼、眼睛门前看见了，人家闲话是说坏刘备。刘备赅家当，到底皇帝格阿叔哟，穷穷穷么，还有三担铜。吾亲睛看见哉啦，吾相信哉。勿晓得鲁肃上当么，就上在亲眼睛眼见。本来，确实呀。听来的，滑头戏；看见的，赞货。其实鲁肃听得来的，赞货；看见的，滑头戏。拨诸葛亮颠倒了，鲁大夫又勿晓得的。鲁肃想，勿去管俚。让吾先来问一问曹兵格虚实吧，"啊，皇——叔"。"大夫。""鲁肃要请教皇叔，曹操手下，大小水陆路马部三军，不知共有多——少？""嗯？"刘备心里向转念头，鲁大夫啊，倷实头不出孔明所料，到该搭点来打听曹操军队格数目的。"大夫，若问曹军之数么，刘备不知。""啊？皇叔屡次与曹操开战，怎——说不知？""因为，刘备与曹操交战，寡不敌众，屡战屡北。况且么，刘备将大权，付托与军师呃，军情大事，要问卧龙先生。"一来，吾打勿过曹操，吾吃败仗逃走，格个大家侪晓得的。弃新野，走樊城，败当阳，奔夏口。至于打仗领兵，诸葛亮管的。好比一爿大格公司，董事长，俚勿了解的，总经理掌握全面。倷要具体要问经理的。"那么，卧龙先生可在这里？""在里边。""可能请来，相见？""可以。来。""是。""请军师。""是。"手下人到里向去请。鲁大夫心里向转念头，诸葛亮勿在大堂上，在里面？隔仔一歇，里向喊出来："军师，出堂……"鲁大夫捋仔两根组苏，在对里向看。鲁肃心里向转念头哦，诸葛亮，吾勿认得的。诸葛亮格嫡亲阿哥，诸葛瑾，搭吾要好。因为诸葛瑾在江东孙权手下做官，官居马兵大夫，同事，而且性情也比较接近。吾搭俚蛮要好的，听俚讲起过诸葛亮格情形的。人，吾勦看见过诸葛亮。现在诸葛亮出来，踏出来格辰光，鲁大夫一看，嚯唷，话不虚传。诸葛亮站立平地身高八尺，长方面孔，面如冠玉，眉清目秀，鼻正口方，两耳贴肉。颌下三绺清须呃。头上戴一顶纶巾，身上着一件鹤氅，丝带系腰，粉底靴儿。手里向羽扇轻摇。飘飘然，有神仙之体态啦，像勿吃烟火食的。哈！看上去秀气啊！

俫在对俚看呢，诸葛亮到刘皇叔门前，"亮，参见主公"。"军师少礼。请——坐。"诸葛亮告坐，旁边头坐定。"军师。""主公。""江东鲁大夫到来，请军师相见。"刘备搭俚介绍，诸葛亮马上立起来，走过一步对鲁肃，欠身施礼。"大夫，亮，有——礼。"鲁大夫要要紧紧立起来，"啊呀呀呀呀，卧龙先生不敢，鲁肃有礼。鲁肃在江东，与令兄十分知己呢，久闻令兄道及先生大名，今日相见，三生有幸。有礼了"。"请坐。""请——呃坐。"坐定。鲁大夫心里向转念头，吾来问问诸葛亮吧，"啊，卧龙先生"。"大夫。""鲁肃，久闻先生屡次与曹操开战，火烧博望，火烧新野，两场火攻，破曹军二十万，真是令人钦佩。""谬赞了。""呃，鲁肃要请教军师，曹操手下，未识共有多——少人——马。""若说曹军之数，待——亮告知。""呃嗬，乞道其——详。"

诸葛亮羽扇一招，要开口格辰光么，叫煞外头，哈哒哒哒——奔进来一个探子，"报——禀主公"。刘备心里向转念头，刚巧诸葛亮要说格辰光，探子勿识相，跑进来了。"何事报来？""赵子龙将军在武昌口，操演水军回来，在外求见，请主公定夺。"啊？刘备一呆呀。赵子龙在武昌口操演水军，刘备心里向转念头，吾勿晓得哇。啊呀，诸葛亮，俫呐吭在缠？鲁肃从江东俚要经过武昌口的。倘然俚经过武昌口，瞧看见水营，格俚要怀疑，唔笃格个格事体，还是真格了还是假呢？俫在对诸葛亮看格辰光，诸葛亮对刘皇叔眼梢一窥，东家啊，俫瞀看吾，俫看鲁肃酿。刘皇叔眼梢甩过来，对鲁肃一看么，只看见鲁肃在点头，有介事，有介事，有介事。吾路过武昌口看见俚的，"常山——赵"字旗号，赵子龙是在武昌口操兵，对格对格对的。格刘备响勿落。吾勿晓得，俚侪晓得了。"请来。""是。"

探子到外头一请么，来哉。"赵——云来——也！"喝冷铿铿——进来。鲁大夫对准外面一看，只看见，进来一员大将，白银盔，白银甲，内衬白罗锦袍，护心镜嵌相仿，腰悬青钉宝剑，足蹬虎头战靴呃，面如傅粉，唇若涂脂。哈呀，威风啊！是像当阳道上，百万军中无敌格名将。俫在对俚么，赵子龙到上面，"参见主——公！""罢了，见过军师交令。""嗯——是！"赵子龙跑过来，到诸葛亮门前，"参见军师"。"少礼。""奉了军师将令，在武昌口操演水军。操兵已毕，水营取消，将人马分扎在……"说到格搭点么，声音轻哉哦，咬耳朵哉，契契……鲁大夫在旁边头一听，赵子龙报告诸葛亮，在武昌口集结水军，操练人马。操兵结束，水营取消，拿人马分扎到……分扎到啥场化去？俚勿讲的。啥体？格个是机密。勿好哇啦哇啦讲的。军中机密，所以鲁大夫听勿出的。诸葛亮呢，连连点头，表示有数目了。啊，吾晓得俫格点安排了。格么诸葛亮为啥道理要叫赵子龙讲格两声说话呢，因为明朝鲁肃动身，回转江东，经过武昌口，格座水营呒不了。勿什梗讲一讲啦，鲁肃要疑心的。呔？呐吭，呐吭水营，来格辰光看见水营，回转去水营呒不哉呢？拆脱哉，赵子龙水军驻扎到别场化去哉。格么诸葛亮为啥道理要紧勿煞，拿格水营取消呢？因为木排是木行里向租得来的，出铜钿的。多开销一日天啦，蛮贵的。所以诸葛亮关照拿营头拆脱么，木头还拨木行里向么，好节约点开支，什梗格道理。鲁大夫勿晓得的。诸葛亮拿赵子龙令箭收过，令箭，令架子上一插："见过了江东鲁大夫。"赵子龙，哈啦！旋转身来，到鲁肃门前，欠身一恭，"鲁大夫，末将赵云，有——呃礼"。"啊呀呀，将军不敢，鲁肃有礼。鲁肃在江东闻得将军当阳道百万军中，单骑救主，枪挑有名上将五十四员，令人可敬，令人可佩呀。""谬——哋赞。"

"啊军师，曹操手下的人马，未识共——有多少？""若说曹军之数，待——亮告知。""呃喝，请教——呃了。""报——禀军师。""何事报来？""关君侯催粮回来，在外求见。""请。""是！"探子退下去辰光，刘备一呆呀。刘备对诸葛亮看看，倷又在缠哟？啥格二弟么，催粮回转。穷也穷得嗒嗒渧，啥场化有啥格粮草催转来呢，倷在对俚看格辰光么，诸葛亮对东家望望，倷覅看吾酿。倷看鲁肃。刘皇叔眼梢甩过来，对准鲁大夫一看么。只看见鲁大夫又在点头。喔，鲁肃想，对格对格对的。吾看见的，城门洞口，轧冷轧冷，粮车颠尽颠是，勿得了。啊呀呀，原来关云长在催粮。外头关公来。"关某来——也。"云长先来见刘备："参见兄长。""二弟罢了，见过军师交令。""参见军——师。""少礼。""奉令催粮回来，催得粮草。"催得粮草几化数目，秘密的。咬耳朵哉。啜啜……"检点数目，并无短缺，如今进入仓库已毕。仓库中堆积不下，仓场上堆——积如山，请军师定夺。"令箭批过，令箭架子上插好。"见过了鲁大夫。"到鲁大夫门前，"参见大——夫"。"啊呀呀，君侯不敢，鲁肃有礼。鲁肃在江东闻得君侯，过五关斩六将，擂鼓三响斩蔡阳，名闻天下。今日得见，三生有幸。请坐。""酌。"关云长退到旁边头，旁边一只座位坐定。

鲁大夫心里向转念头，刚巧么，来格红面孔，现在外头勿知阿有人了？有人么，让俚报脱。报脱仔，吾再问。一看，吭不人。问吧："请教卧龙先生，曹军之数，毕竟多少啊？"诸葛亮扇子一招，"待亮告知"。"报——禀主公。"哋？刘备心里向转念头，倒又来了哉？"何事，报呃来。""三将军操演陆军回来，在外求见。""请来。""是。"外头张飞来了："老张，来——也！"哈冷蹭蹭——张飞跑进来，一看。嚯哟，大堂上闹猛啊，文官嘎许多，武将勿、勿少。再看见格挑水夫阿三，也着仔盔甲，立在旁边头。"呋喝喝喝喝喝"早晓得什梗好白相么，老早就好到该搭点来。"呃！参见大哥。""罢了，见过军师。""嗯！呃，参见先生。""罢了。""奉了先生将令，操演陆军归来。请先生定夺。""见过鲁大夫。""明白了。鲁大夫！张——飞有礼。""翼德将军不敢。鲁肃有礼，鲁肃在江东闻得将军，长坂桥一声吼叫，吓退曹兵百万，令——人钦佩。""啊，鲁大夫啊，张飞在长坂桥一声吼叫，你江东都听见嘎？""喔，没有听得，没有听得，乃是旁人传言。""呃，你没有听得，格么阿要老张吼叫一声，给你听听。""噢，不敢不敢不敢。"格倷马上叫拨吾听，格呐吭吃得消呢，诸葛亮响勿落，鲁大夫碰着仔憩大，弄勿连牵了。那么关照张飞退下来，鲁大夫就请诸葛亮过长江，要舌战群儒，下回继续。

第六十回

孔明过江

　　鲁大夫，江夏郡吊丧，大堂上碰到着三将军张飞。鲁大夫说，吾在江东听见讲，倷长坂桥一声吼叫，吓退曹兵百万。佩服，佩服。张飞弄勿懂，阿是吾，长坂桥叫一声，唔笃江东也听得见啊。格鲁大夫说，并勿是吾在江东听见，是人家传到江东来的。格么张飞说，阿要吾马上来叫一声拨倷听听喏。格鲁大夫双手乱摇：呃，勿敢勿敢勿敢勿敢勿敢。鲁肃想倷好叫格啊，一百万曹兵拨倷"哇呀呀呀"一声一叫，马上人马要退出去，吾一干子，勿晓得要吓得呐吭怎样子了。连连摇手么。诸葛亮介险乎笑出来，要紧喊住张飞："三将军，鲁大夫是客，休——得无礼。退下。""噢。"张飞退下来，望准诸葛亮背后头一立。格么张飞啊，倷立到诸葛亮背后头么，倷太平点酿。张飞叫啥熬勿住。"呋喝喝喝喝"，笑。啥体要笑么？俚想今朝大堂上闹猛的，轧得来，人头济济。平常日脚升堂，吭不几个人呀。倷看酿，一个挑水夫，阿三，顶盔贯甲，颗郎头么憨转仔，头颈里格筋么，涨得像大拇节头什梗粗，阿是倷有资格，好立到该搭点大堂上来。张飞拿后头格毛仁拱一拱开么，去拿格臂膊撑子望准阿三肩胛上，嗤！一搠呀。阿三阿要急格啦？本来也吃勿消了，拨倷，当！一搠么，叽粒咽咯，望准后头退转去。倷往后面退转格辰光，诸葛亮一听勿灵哉，背后头，叽粒咽咯格脚步声音。一想吾今朝是，俖是假老戏，布景啊、道具啊，还有跑龙套啊，临时演员啊，俖有哟。呃，拨倷张飞什梗一来，万一弄穿帮，格鲁肃勷疑心格啊？啥格唔笃手下大将，一碰，叽啦哒，一跤跟头，脚花也吭不，呐吭打仗呢，勿太平哉。金鲫鱼缸里向来仔条黑鱼精。格么呐吭弄法呢，叫俚出来。"三将军。""有！"张飞，喝冷蹭蹭蹭蹭，跑出来，要紧到军师门前，欠身一礼啦。诸葛亮拨一条令箭，身边拿一封锦囊出来，"令箭一支，照——锦囊行事，不得有误"。"得令——呃！"张飞接令箭退下来，拿锦囊拆开来一看么，"嚯哄——"呆脱了。啥道理呢，锦囊上关照，倷回转去，照锦囊办事。明朝早上一早呢，吾，要动身哉。吾诸葛亮动身，到江东去格辰光呢，倷要马上搭吾追到城外头，追到码头上，要讲呐吭两声闲话。表面上么是送吾，其实呢，要搭鲁肃讲呐吭几句闲话。闲话呢，俖要照锦囊上写好格什梗背，背出来，勿能弄错。张飞心里向明白了，诸葛亮要动身。格么关照俚讲格闲话么，俚当然要去研究哉咯，呐吭讲法呢？让俚么去端准，明朝早上再派用场。吾拿俚叽开哉。

　　鲁大夫登在大堂上，对准外头看看，阿有探子来。吾刚巧问诸葛亮，曹兵格军情，叫啥俚总归羽扇一招，外面来格探子。一歇歇功夫么，到三个大将。吾问三趟么，来三个探子。现在勿知阿有。假使有么，吾勿问哉，让俚报脱再来吧。鲁大夫再对外头一看么，外头呒不，问吧。"啊，卧龙先生，未说曹军之数，共有多——少。""大夫，军情机——密，请往里首，告——知。"诸葛亮羽扇轻摇，回头俚格悒两句闲话。军情秘密，大堂上讲，嘎许多人，不合适的。到里向去讲拨俚听吧。鲁大夫想蛮好。的确，格个是军情秘密啦，勿好就什梗随随便便讲。"好啊。"诸葛亮对刘皇叔一看，刘皇叔下令退堂。文武官员退出，有种文武官员，真家伙格呢，去办公。滑头戏格呢，去换衣裳，恢复原状。停一停，领赏赐。格么吾勿去交代俚笃哉。

刘备、孔明、鲁肃三家头到二堂，二堂上酒水摆好么，入席。刘备当中，鲁大夫上手，军师，下手。三家头在吃酒辰光么，谈谈讲讲。鲁大夫再问诸葛亮："请问军师，呃喝喝，曹操的军情，如——何啊？"诸葛亮叹口气，摇摇头，拿扇子呢，又摇了一摇。诸葛亮讲闲话习惯，讲格辰光呢，总是羽扇轻摇。鲁大夫明白了，刚巧外头格探子来，吾总归好像诸葛亮扇子一招么，来一个探子。其实呢，勿是的，探子本身要来的。诸葛亮格种扇子招啦，是俚格习惯动作。其实呢，刚巧格探子来，是诸葛亮扇子一招了，来。诸葛亮张怕鲁大夫要疑心么，所以现在讲闲话格辰光，总归扇子要招一招，戒脱俚格疑心。"大夫，曹军号——称百万，吾军屡战屡北，啊，哪里，说起。"

鲁大夫一听，诸葛亮讲，曹操格人马呢，号称百万，勿晓得还是真格有一百万，还是超过一百万，还是勿到一百万？而诸葛亮讲到曹军号称百万，俚呢，打一仗败一仗。弃新野、走樊城，败当阳、奔夏口，退到此地，摇摇头，叹一口气。好像是遗恨无穷。鲁大夫顺仔诸葛亮格话头么，接下去问，"啊，军师，既然兵败当阳，未识军师，可有报——仇之意么？"诸葛亮对鲁大夫讲，"大夫说哪里话来，有仇不报，非丈夫也"。当然要报仇，有仇勿报，勿是大丈夫，但是君子报仇呢，十年未晚。鲁大夫又问哉，"军师，那么，如今曹操兵进赤壁，未识军师，可有与曹操交战之意？"现在徐阿要打！诸葛亮摇摇头，"寡不敌众，无力再战"。呒不力量。俚格人马呢，打勿过曹操。"我家主公，决定退往一处地方，休——养生息。十年深仇，十年教养，卧薪尝胆么，徐图报仇。"嗹哟，鲁大夫一听，原来刘皇叔有格长远计划。仇？肯定要报，现在呒不力量。格么哪恁办法呢，休养生息，准备退到一个地方，十年生聚，十年教养。到格个辰光呢，就像当年格越王勾践一样，困在稻柴上，一个鱼苦胆，吊了俚门前头，经常去拿格舌头，舔舔格鱼苦胆。勿忘记，在吴国受辱格情景。卧薪尝胆，报仇雪恨。果然，二十年之后么，吴国拨越国灭脱了。勿晓得刘备，要退到啥地方去，吾来问问看。"请问军师，皇叔意欲退——往何处？""西蜀刘璋，东川张鲁，西凉马——腾老将军，多次相请。皇叔，并——未应允。""哦。"喔唷！鲁大夫一想勿得了，请刘备去格人，实头多的。西蜀益州牧刘璋，东川汉中王张鲁，还有西凉老将军马腾，侪来请刘备去，而刘备呢，统统勿答应。或者呢嫌比路远，或者么嫌比条件勿好，看勿中，勿去。格么勿知要到啥场化去？"那么，军师，皇叔，意欲何往？""梧州太守吴绳，屡次相请，吾家主公，情不可却，准备往梧州而去。"鲁大夫一听么，心里向别别别别——跳一个勿停。为啥啦？吓呀！格刘备到梧州么，鲁大夫为啥道理要吓呢，因为梧州太守叫吴绳，搭江东是冤家。从前小霸王孙策，打过梧州。但是呢，吴绳本事大，紧闭城门，扯起吊桥，城里向粮草足备，凭城关而守么，孙策呒不拿梧州打下来。后来呢，粮草，后方格粮草运上来，接济勿上哉，那么孙策就收兵回转。后来呢，孙策死哉。孙权即位，也呒不再去打过梧州。

　　但是梧州太守吴绳，吃过孙夹里格苦头，"寒天吃冷水么，点点在心头"，俚要报仇。俚报仇哪恁报法呢，梧州格力量很薄弱，要来搭江东人打，勿是江东人对手。俚呒不力量报仇。现在呢，要拿刘备请得去。格刘备到梧州是，拆穿点讲，吴绳有意图的。俚要利用诸葛亮，利用关、张、赵云格力量，来搭吾伲江东打么。因为吴绳接界格地方，就是伲江东地方。让吾再来摸摸底看。"啊，军师，想那梧州，地方狭小，怎么能够容得下皇叔麾下这许多人马呢？"地方小咯，登勿落。"我家主公，也与吴绳道及。吴绳说，到了梧州，再取近——处关厢。""哦？"鲁大夫一听么，加二心慌了。为啥？事体摆得蛮明白，刘备回头过吴绳，唔笃地方小，登勿落。吴绳搭刘备呐吭讲法：俫来好了呀，俫来了么，近段场化格城关，得几座下来么，就够哉咯。近段格城关啥场化，侪是吾伲江东的。格是蛮清爽，刘备一到梧州，马上就要夺吾伲江东格地盘。那僵哉。门前头赤壁山，曹操百万大军。背后头梧州，江东格后头，有刘备、诸葛亮、关、张、赵云打过来。前门拒虎么，后门进狼。两路夹攻是，江东吃得住嘎？等得及完结格咯。随便呐吭勿能拨刘备赶奔到梧州去。刘备一到梧州对江东不利。格么呐吭弄法呢，什梗，好得孙权搭吾讲过的。假使刘备有相当实力，联合仔刘备，可以打败曹操的，叫吾就联系，搭刘备联合格事体好了。所以吾现在想办法，拿诸葛亮、刘备拉到江东去，叫俚笃梧州觑去。一来呢，免脱背后头格危险啊。二来呢，可以做伲一只帮手了，共破曹操。鲁大夫上当了。其实诸葛亮格里向侪是门槛呀。诸葛亮先说西蜀刘璋，哈呀东川张鲁，西凉马腾，侪来请，伲么统统回头勿去。其实人家梦也觇做着一个哟，有啥人来请了。侪是诸葛亮在瞎说一泡呀。吴绳？吴绳根本也勿晓得刘备在该搭点开丧。勿可能派人到此地来。诸葛亮格只棋子，好就好在格上。威胁俫鲁肃啦，伲要到吴绳搭去哉，吴绳么，就是唔笃格敌人，那么伲一到唔笃格敌人搭么，也变唔笃格敌人，也要来打唔笃格后路，逼得俫呒不办法么，只好搭刘备联合。明明是诸葛亮要求搭江东联合仔了，借江东格力量去破曹操。现在诸葛亮有格办法，争取主动，要鲁肃来求诸葛亮，阿能够搭伲来联合仔了，一道搭曹操打。该格就是诸葛亮格棋高一着，逼得俫鲁肃开口要求。

　　"啊，军师，皇叔。鲁肃认为，梧州么，路程遥远，往返不便，要报仇雪恨，诸多不便呢。喏喏喏喏，如今曹操屯兵赤壁，吾江东兵精粮足，民强国富，吴侯能够与皇叔联合，孙刘联合，并肩作战，共破曹操。一来，免得长途跋涉。二来么，可以报仇雪恨。未说皇叔、军师，意下如何？"刘备一听么，听得进啊。诸葛亮有本事。鲁肃来求伲搭俚笃联合。梧州么，勿去哉，路远，跑起来勿便当。格么近点吧，何必舍近而求远呢，搭吾伲江东联合，吾伲江东有实力。一道搭曹操打么，可以帮唔笃报了当阳道格败兵之仇。刘备是求之而不得。想要一口答应么，叫啥诸葛亮，撇口回头。诸葛亮面孔一板，"大夫，此番前来，不过是吊丧而已。两国联合，非大夫之所能——问也"。倷吮不格个权力。倷格个差使，到该搭来吊孝，送格人情，尽一点礼节，红白喜事，两方面往来，联络联络。两国联合，要有东家格授命的，要主人拨权拨倷，那么倷可以谈判。倷只是来吊丧，倷呐吭好谈两国联合呢？鲁大夫要紧讲，"啊哈，卧龙先生，鲁肃在临行时节，吴侯与吾言讲，若能孙刘联合，共破曹操，便叫鲁肃进行其事哦"。吾有权，全权代表，东家关照过吾的。"噢噢噢噢噢噢噢，孙刘联合？"看诸葛亮，还要慎重考虑了，到底阿答应勿答应？其实诸葛亮恨勿得马上答应了。"倒是，皇叔麾下，并无心腹人可派，前——往江东。"派勿出相当格人哇，既然要孙刘联合么，该搭点要派一个人跟倷一道去格咯？派啥人去呢，吮不什梗一个心腹，既能够全权代表，又是有相当格地位。鲁大夫马上讲哉，"哈啊，卧龙军师，令兄诸葛瑾在江东，与鲁肃十分知己呢，非常挂念先生。喏喏喏喏，何不请军师过江，一则，谈孙刘联合之事。二则么，你们可以弟兄久别重逢，叙谈骨肉之情，未识军师以为如何？"倷去，勿另外派心腹人哉，倷诸葛亮去么，顶顶合适。唔笃阿哥，牵记倷啊，分手仔嘎许多年数，勿碰头。唔笃可以公私两便么，公事上，搭伲东家碰头，谈谈孙刘联合。弟兄淘里呢，倷可以碰碰头了，叙谈叙谈阔别之情。

诸葛亮还勿开口了哦，刘备马上回头，"哎，大夫说哪里话来，卧龙军师，是刘备之师。刘备，顷刻不能离开军师，哦，不能去，不能去"。勿来的。诸葛亮是吾老师，吾离开诸葛亮么，好比一条鱼，离开仔水哉，勿活落哉。吾板要搭诸葛亮登在一道，吾勿放。"啊呀呀呀，皇叔啊，军师过江，即刻便能回来，还望皇叔应允。""大夫，卧龙先生到你们江东而去，江东文人颇多。只怕卧龙先生过江，呃，有什么不测，叫刘备如何是好？刘备放心不下。"勿来的。诸葛亮是吾格宝贝，是吾两只手，左右双手啦。吾离开了诸葛亮，吾完结了。诸葛亮到唔笃江东去，唔笃大好佬多。那么老实说一声，人心难测。倘然诸葛亮去，拨了唔笃暗算、谋害，或者行刺，诸葛亮一死是，吾完结了。吾一支房子格正梁就断脱嘞，勿答应。勿放勿放。"啊呀呀呀，皇叔你放心便了。卧龙军师过江，有鲁肃力保，诺诺喏喏，若有三长两短，只要问我鲁肃。"别啪别啪！鲁大夫手望准胸口头，嘭当嘭当格拍胸脯。倷放心，诸葛亮过江，吾负责。啥人碰坏俚一根汗毛么，搭仔阴架造还倷。

倷什梗连连拍胸脯么，刘皇叔对诸葛亮一看，诸葛亮对俚眼睛一眨，隐隐然，东家，好答应哉，好答应哉。那么刘备好像煞，嗯子嗯子，沉吟哉一歇，"这这这这这。既然如此，那么大夫啊，卧龙先生跟随你过江而去，都在你大夫身上，若有不测，莫怪刘——备无情"。"酉酉酉酉酉酉，皇叔你放——心便了。"鲁大夫看刘备答应是，开心啊。那勿碍哉。诸葛亮帮刘备格忙，火烧博望、火烧新野，两蓬火，烧脱曹兵二十万。格个用兵是好得了，可以说是用兵如神。诸葛亮能够到吾伲江东去，帮吾伲江东格忙，拿俚格计策拿出来，吾伲江东格实力，比刘备要强得多。格是搭曹操打起来，吾伲好像老虎身上生两爿鸡翅一样，何愁不胜。"军师。""大夫。""何日过江？"那么，既然刘皇叔答应哉么，几时动身呢，"半月之后"。啊？隔半个月啊？"为什么？"诸葛亮说：吾还有勿少公事要办了哇。吾作为一个军师，吾跑脱，吾管格事体，格要分工拨啥人，归格吾要分工拨啥人。吾要一个一个安排停当，调度舒齐。总至少，要有半个月。

　　鲁大夫，想等勿及格哦，江东紧急得不得了，曹操人马已经到赤壁。而且江东呢，已经思想混乱了，文官么要投降了，武将么要打。孙权么弄得毫无主见。该格辰光是，恨不得马上吾回转去，生仔鸡翅飞到柴桑郡，相见孙权，决定大局，格呐吭好等半个月呢，"卧龙先生，实不相瞒。江东军情紧急，吴侯在等待鲁肃，回去商议呢。军师，可能早一些呢？"诸葛亮考虑再三么，三日天。格个三天是，吾紧张得不得了哉。格么阿能够再早一点呢？喏，诸葛亮，又想仔一想么，什梗吧。吾马上派人，从夏口拿简雍喊得来，吾再拿几个文武官员喊得来，今朝夜头吾预备一夜天勿困了，拿点公事全部侪办好，移交。明朝早上跟倷动身，倷看呐吭？"喔哟哟哟，多谢先——生！"鲁大夫立起来，一恭到底。诸葛亮格人，够朋友。明朝一早就动身。从半个月改到三日天，从三日天改到今朝一夜天解决。鲁大夫告辞刘皇叔，回转去，到馆驿里向耽搁。

　　诸葛亮呢，马上拿文武官员喊得来，俚要安排。格么刘皇叔要问诸葛亮哉咯。军师啊，倷为啥道理板要到江东去呢？格诸葛亮说：吾勿能勿去。格个局面老实讲，江东人，能勿能搭曹操打？敢勿敢搭曹操打？现在还活里活落。吾去呢，用三寸不烂之舌，吾去游说孙权。要说得孙权下定决心，发兵交战。借江东人格力量打败曹操，那么喏，吾伲再可以得取荆州了，开始打三分天下啦。格个事体呢，别人去侪勿来赛，只有吾去。事体呢，已经到了非常紧急格辰光。东家，倷放心好了，吾去仔，能够成功么，恭喜恭喜。倷下来格日脚，就好过了。刘备想，倒也勿错。因为吾现在在江夏郡，借住夜、吃便饭，住在阿侄该搭。只有江夏郡了，只有夏口，什梗一笃笃地方。曹操随便啥辰光打过来，吾随便啥辰光就完！现在，俚去，调动江东人的力量搭曹操打，吾就有希望啦。诸葛亮虽然去一段辰光呢，但是对吾前途、大局有好处。

　　那么诸葛亮发令，画两张安营图。倘然吾走了之后，唔笃派人打听，江东孙夹里格军队，到三江口扎水营哉，那么唔笃呢，军队也要开扎出去。扎到啥地方呢？扎到樊口，格搭有座山，叫范口山。范口山江边呢，唔笃扎好水陆路营头啊。表示搭江东人，成为犄角之势了，接应江东。

安营图画好，交拨了关、赵，众谋士。钱粮呐吭安排，难民呐吭安置，诸葛亮一桩桩、一件件统统俰交代停当。

格么刘皇叔要问俚哉咯：军师啊，倷到仔江东去么，几时回转呢，三日天，阿办得到呢，噢，勿来格啊。格么十日天呢？讲勿定。格东家，倷麰等吾。吾呢，事情办好了，吾会得转来。办勿好呢，吾就要辰光，多留一歇。那么老实讲，只怕吾去仔，马上就回么，完结了。吾格个事体呒不成功，江东人劼听吾闲话，勿肯打，投降了。格么吾登在呒不意思了，吾只好马上回转来。马上回转来呢，吾伲格前途也危险。吾能够登在江东格日脚，留得越长，就说明对倷呢，越有利。啊呀，刘备心里向转念头，从感情上讲起来么，勿舍得诸葛亮去。但是从大局上讲起来么只好让俚去。今朝忙一夜天啦，诸葛亮又要做格样，又要做归样。到天亮鲁大夫来。鲁大夫踏进来一看么，蜡烛火还点好着。可见得，诸葛亮昨日夜头，真格一夜天劼困。看俚格脸色呢，蛮疲劳了。"大夫早。""呃喝，先生，早。"刘皇叔马上关照，准备点心，大家吃点心。吃开点心，鲁大夫要走哉么，里向大公子刘琦出来了。

因为鲁大夫到该搭来吊刘表格丧。大公子刘琦格毛病呢，还劼十分痊愈，好么已经好仔点哉。所以昨日，呒不出来接待鲁大夫。今朝鲁肃要跑了，大公子刘琦跑出来，搭俚碰碰头，作为一种礼节性的相见。见过之后，谢一谢倷到该搭点来吊丧。然后大公子刘琦呢，仍旧回进去。格么说书为啥道理板要关照，刘琦搭鲁大夫见一见面？格里向就叫种根。到将来，诸葛亮一夜得三郡，拿荆州、南郡、襄阳得下来。鲁大夫跑到荆州搭诸葛亮办交涉，本来格个城关应该伲得的，为啥道理唔笃得？诸葛亮就讲，勿是吾得的，大公子刘琦得的。因为荆襄九郡是刘表格家当。刘表死脱，小儿子刘琮投降曹操，应该家当传拨刘琦的。刘琮兄弟夺仔阿哥家当，投奔曹操，拨曹操夺得去。现在吾是，帮大公子来克复荆州、襄阳。大公子得荆州是名正言顺了，天经地义。因为是俚笃老娘家家当，本来俚格产业么。鲁肃勿相信，大公子在江夏郡生病，呐吭会到该搭点来。诸葛亮拿大公子请出来，来搭鲁大夫见面么，鲁大夫一看，实头是大公子。为啥呢，就因为江夏郡吊丧见过面的。诸葛亮在大年夜夜头，带仔大公子刘琦进荆州城了。所以，鲁大夫看见仔刘琦么，呒不闲话讲。后段书里要派用场，所以该搭点呢，要种一只根。

鲁大夫告辞，诸葛亮也告辞，刘皇叔送。刘皇叔呢，送到衙门口。刘备勿送了。不过刘备临走快么，再三叮嘱鲁肃：卧龙先生在倷身上哦。鲁大夫再拍胸脯：倷放心，放心。有吾。文武官员送，送到啥地方呢，送到城外码头上。诸葛亮关照唔笃回转去吧。那么大家俰回转。文武官员回转哉，关公了赵子龙、孙乾、简雍、糜竺、糜芳等班，统统俰回转。鲁大夫心里向转念头要下船哉哇，鲁大夫对江边一看，哦哟，今朝码头上是冷冷清清，为啥呢，吊丧格船只俰开脱哉。就是喏，江东格船停好了。格面一只角呢，还有十几只船停好着了。哪里一帮诸侯还劼跑介？鲁大夫一看么，旗号上，啪啪啪啪啪啪，梧州太守——吴。吴绳格旗号。哈哈，鲁大夫开心呃，吴绳啊吴绳，倷失败了。倷倒要想拿刘备请得去仔，来打吾伲江东格后路，谈也覅谈。该两个本事比倷大，刘备搭江东联合，诸葛亮跟吾动身哉。倷，一场空。其实是吴绳梦也𠲎做着一个哟。诸葛亮特为派十几只船，扯起仔吴绳格旗号了，在该搭点做拨倷看。格鲁大夫呐吭晓得呢。

鲁大夫一看，诸葛亮自家呒不船，看上去诸葛亮要搭吾格船，便船动身，也呒啥，路上好闹猛点。鲁大夫请孔明下船，到舱里向坐定。鲁大夫跑到后梢头问问，说卧龙军师唵派人送行李来，呒没。𠲎送行李来的。鲁大夫心里向转念头，看上去诸葛亮跑得忒匆忙哉，底下人也𠲎带，行李也𠲎准备。好得鲁大夫赅家当，俚有的。横竖一到柴桑郡之后么，替换短衫裤子，到要用格物事，全部侪由鲁大夫做仔了，送过来。

鲁大夫心里向转念头，开船吧，呒不事体哉。倷下命令开船么，船上人要紧拿铁锚去脱，跳板一抽，篙子一点，嘎嘎嘎，船刚巧要开么，叫啥岸上，哈泠泠泠——一匹马到。酷——马扣住，一个大将，喉咙三板响，对仔鲁大夫格船上人。“汏——吔！不能开船！”停下来！勿许开船。船上人马上抛锚，停船。篙子撑住。要紧下舱来禀。呃，鲁大夫勿好哉，岸上来格黑面孔将军关照，勿许开船。啥人介？鲁大夫替卧龙军师一道跑出来，走到船头上一看么，只看见是张飞哟。张飞乌油盔、镔铁甲、乌骓马、丈八矛，看见诸葛亮出来么，丈八矛，擦泠！一摆。嚶——噗！马背上跳下来，走到江边，对仔诸葛亮唱喏：“先生！张——飞有礼。”“将军少礼，到来则——甚呐？”“张飞闻知先生要赶奔江东，特来相——送先生。”“明白了。愚师往江东而去，不久便要归来。尔，照锦囊办事，办——事成功，愚师回来，与尔——记功。”“多——谢先生。”“愚师去了。”“张——飞，相送。”“呃——噗。”诸葛亮羽扇轻摇，头一扼，下舱了。鲁大夫立好在船头上咯，鲁大夫心里向转念头，昨日搭里认得仔么，今朝也要回头俚一声。

鲁肃对俚恭恭手，“啊，三将军，鲁肃告辞了”。“且慢——吔！”啊？鲁肃一吓哟，啥格路道呀？“呃喝喝，请问将军，怎么样啊？”“鲁大夫！”“将军。”“老张问你，你可知晓，卧龙先生，是俺老——张的何人？”“呃，鲁肃知晓，卧龙先生么，是你三将军的老师。”“着啊！”是吾先生。“鲁大夫，我家老师，跟随大夫，往江——东而去，倘然先生，太平无事回来，倒也罢了。倘然先生有甚不测，鲁大夫啊鲁大夫！你就休怪老张——呃！”“酌酌酌酌酌酌酌酌酌”，“三将军放心，有鲁肃在此，有鲁肃力——保”。鲁肃是拍得格胸脯，肋棚骨侪拍痛。然后张飞提枪，上马么，哈啦！回转去。回转去格辰光，张飞蛮得意，啥格上得意么，锦囊上格闲话，一句侪𠲎忘记，统统侪讲出来哉，𠲎漏脱的。因为诸葛亮关照俚要到该搭来，讲什梗两句闲话。格么张飞进城，让俚去兮。格鲁肃呐吭呢？鲁肃格心，别别别别别别，张飞格喉咙实头响，俚对仔吾：诸葛亮是吾老师，跟倷去，太太平平回转来，覅去讲俚。有点啥三长两短么，鲁大夫啊鲁大夫，倷休怪老张。格个一声，鲁大夫只觉着肩胛上格分量，有千斤之重。格副担子结棍的。诸葛亮勿能出事体。诸葛亮一出事体，勥说刘备勿搭吾完结，张飞要搭吾拼命。其实么，俉是诸葛亮派得来的，鲁大夫勿晓得的。那么诸葛亮为啥道理要什梗安排呢，诸葛亮心里明白格呀，到江东去，勿会太平。诸葛亮做好冒险格准备。但是呢，有张飞什梗对鲁大夫穷凶极恶关照，诸葛亮有点啥三长两短么，俉勥怪吾张飞！格个一来呢，鲁肃担心思。所以吾说下去，周瑜要用计策，害诸葛亮，横要拿诸葛亮杀，竖要拿诸葛亮结果性命，鲁肃总归连连唱喏、讨情，啊呀都督啊，诸葛亮勿能杀的。都督啊，俉看吾面上，勥动手吧。为啥呢，俚有肩胛格呀。俚负格责任了，担保格呀。诸葛亮要出事体，俚要活勿成功。格诸葛亮赛过搭俚自家啦，多什梗一个保险。

鲁大夫回到中舱，那么开船。船望准柴桑郡过来格辰光么，路上两家头谈谈讲讲，交关之事。虽然么俚笃是初交啦，谈得来。为啥呢？因为两家头志趣相同。诸葛亮，俚在卧龙岗辰光就搭刘皇叔讲好。吾出来要打三分天下，首先要执行的，是东和孙权，北拒曹操。曹操呢，吾伲呒不办法搭俚讲和的，要打的。但是眼睛门前，勿能搭俚打，打俚勿过的，不可与争锋。江东孙权呢，只能够拿俚团结起来。作为吾伲格帮手，可用为援，而不可图也。就是东面联合孙权，北面抗拒曹操。而鲁肃呢，鲁肃心里向明白的。江东眼门面前，最最凶、最最大格敌人，曹操。凭江东一方面格力量搭曹操打，有困难。喏，只有联合刘备，要西合刘备，北拒曹操。所以诸葛亮搭鲁肃，两家头格观点，相同的，因此呢，讲得来。

路上么，诸葛亮还要问问俚，曹操人马到仔赤壁之后么，唔笃江东方面，文武官员格反应呐吭呢？喔唷。鲁大夫说，勥去讲俚。鲁大夫格人，老实头人，蛮直爽的。拿江东情形，一样一样一样俉介绍拨俚听。诸葛亮一听么，心里明白。江东文官，以张昭为首，主张投降。江东格武将，以黄盖领头，主张要打。那么张昭啥格身份，官居长史，而且是孙权格阿哥，小霸王孙策，托孤重臣啦。孙策临终辰光，当了孙权格面关照：吾死之后，俉有啥事体，勿能决定呢，俉曼得问张昭好了。可见得张昭格地位不得了了。文官当中第一把交椅，就是张昭。因此呢，张昭主张投降么，诸葛亮就感觉到，吾要去说得孙权动手搭曹操打啦，困难是非常非常大。首先张昭就要搭吾反对。张昭勿是吭不身份格人，勿是吭不影响格人。俚格声望、俚格年龄、俚格权力，俚要搭吾反对，而且格个反对啦，并勿是一般嘴巴上格反对，而是主战搭主降，格个两派格斗争。用现在格闲话讲起来啦，可以说是生死搏斗。格个斗是，斗起来结棍啦。勿让的。所以诸葛亮思想上已经有准备哉。那么鲁大夫再介绍，江东文官格特点，出生呐吭的，学问呐吭的。诸葛亮呢，赛过拿江东文官格点底细啦，基本上肚皮里有格数。什梗了，诸葛亮进迎宾馆，舌战群儒，搭江东格班文官，在唇枪舌剑，在交量格辰光呢，诸葛亮差勿多点有数目了。俉是呐吭的，俚是呐吭的，俉有点啥格弱点，俚有点啥格缺点，俚差勿多俉晓得。因为鲁大夫讲拨俚听格吭。因为路上，辰光蛮长，勿是一日天就可以到哟。俚笃讲闲话格时间多么，诸葛亮可以像随便瞎讲讲什梗么，拿江东格情形已经基本上了解了。

船只到今朝，下半日，到柴桑郡，江边停船。鲁大夫格底下人，拿鲁肃、诸葛亮陪上岸，端准马、轿子。问诸葛亮，俫还骑马还是坐轿子。诸葛亮说，吾喜欢走走。吾马也勿骑了，轿子也勿坐。格么鲁大夫陪仔俚一道走。到啥地方呢，到城里向馆驿。啥叫馆驿呢？用现在闲话讲起来么，高级宾馆。格么格种宾馆呢，做生意人，勿接待的。贸易界了，啥格迭格呒不的。侪是官场，各帮诸侯，派人到该搭点来，或者大夫、刺史、将军，啊，到该搭点馆驿里向耽搁。用现在闲话讲起来么，就是高干宾馆。专门接待高级干部，在该搭点住，当然比较考究啦。

格么鲁大夫道地啦，鲁大夫因为拿诸葛亮待以上宾之礼么，特地派人到屋里向去，拿一副铺盖来，张怕该搭点还勿干净，勿够标准。拿吾屋里顶好的，拿得来。再派两个心腹格童儿，专门来服侍诸葛亮。因为该搭点馆驿里向格底下人，可能事体多了，照顾勿周到。有两个人呢，别人格事体侪勿管的，就是服侍诸葛亮，是鲁肃派得来的。鲁大夫拿俚领到馆驿里向，安排停当。刚巧在书房间里坐定，休息，吃茶，外头来格旗牌官。

"鲁大夫。""呃，怎么样啊？""吴侯派吾到该搭点来，请俫大夫，马上上辕门相见。""明白了，说吾就来。"旗牌官去。鲁大夫回头一声军师，卧龙先生，俫，今朝么，就在该搭点耽搁。吾呢，吴侯喊吾去，吾勿陪俫了。蛮好蛮好。吴侯啥辰光要搭吾碰头么，俫来通知吾一声。好好，好好好。鲁大夫跑出来，到外头，豁上马背，跟旗牌官到辕门下马。鲁大夫弄勿懂。吾转也刚巧转了，刚巧上岸，刚巧到馆驿，安排停当诸葛亮格住格地方，呐吭吴侯已经晓得？而且立刻派人来喊吾。看上去，格事体蛮急了。到辕门下马，往里向进来，到大堂上一看么，孙权升格堂了。旁边头呢，文武齐集。而且鲁大夫看得出，文官格面孔侪拉长了。格种神气呢？叫关忧郁。武将呢，眉头皱紧。有两个呢，怒容满面，侪光火得勿得了。孙权呢，面孔上格表情，交关严肃。啊呀，鲁大夫一看，格种气氛啦，晓得勿对了。勿知出仔啥格新格事体了。

到吴侯虎案门前，鲁大夫欠身施礼，"吴侯在上，鲁肃参见！""少礼。大夫，你往江夏郡吊丧，探听——曹军之虚实，行事如——何？"鲁大夫心里向转念头，吾格张消息讲拨俫东家听，俫勿晓得要呐吭快活了。吾拿格天下世界上本事顶顶大格大好佬诸葛亮请到该搭点来哉。不过格个事情呢，慢一慢讲。因为啥？旁边班文官侪在，特别是张昭。俚笃格眼睛侪猫立仔，侪在对吾看。吾讲出来起来，轰隆轰隆，马上就要箩箩翻哉。慢一慢讲吧。个别讲吧，勿赅仔嘎许多人就什梗讲出来。

"呃，呃喝，回禀主公。鲁肃呢，知晓大略，尚容徐禀。"孙权一听，俚晓得格大略，让吾慢慢叫讲。啥体要慢慢叫讲呢？孙权聪明人咯。看鲁肃格眼光对两旁边一扫，蛮清爽，当了文武官员，俚勿愿意讲。俚要搭吾个别讲。好的，格么等歇吾再搭俚讲吧。"大夫，自从你，往江夏之后，曹操有檄文到来，尔——去观看。"曹操来一道檄文。送檄文格人，吾已经打发俚回转去哉。檄文在该搭点，俚看吧。鲁大夫上来，拿檄文一接。格辰光呢，下半日，天已经要随夜快，光线比较暗啦。大堂上已经点灯了，鲁大夫在灯光底下一看么，格上呐吭写法呢？孤，曹操呢，自家称孤道寡。其实曹操呒不封王，俚勿能称孤，要妄自尊大，称孤。"孤近承帝命，奉诏伐罪，旌麾南指。刘琮束手，荆襄之民，望风归顺。今统雄兵百万、战将千员，欲与将军会猎于江夏，共伐刘备，同分土地，永结盟好。幸勿观望，速使回音。"蛮简单，就是刚巧格个几句闲话。但是格个意思啦，内涵格意思大得勿得了了。鲁大夫心里向转念头，曹操讲，吾呢，奉皇帝格圣旨，"孤，近承帝命，奉诏伐罪"。奉圣旨，讨伐刘备。讨伐有罪名格人。"旌麾南指"么，吾现在打到南面来了。而荆襄刘琮呢，俚束手投降，"望风归顺"。吾眼睛门前呢，雄兵百万，战将千员。讲是讲得蛮客气噢，吾要想搭侬孙权呢，一道去打猎。围猎啦，到啥场化打猎呢？到江夏郡。打猎是一种提法啦，实际上去打刘备啦。欲与将军，赛过围猎于江夏，共伐刘备，一道去打刘备，"同分土地"，拿江夏郡呢，一分两。侬也一半了，吾也一半。"永结盟好"，吾搭侬呢，结成联盟。侬呢，勿观望，"幸勿观望，速使回音"。马上拨格回音拨吾。好像蛮客气，曹操搭俚讲，叫俚呢，要搭曹操结盟，共同去打刘备。其实，其实格个闲话含义啦，就是说，吾呢，有皇帝圣旨，"旌麾南指"了。吾打到南方来，唔笃勿能抗拒的。唔笃抗拒呢，唔笃就是叛国，就是逆旨，就是欺君。曹操是挟天子以令诸侯。格是第一条。第二条呢，荆襄刘表，俚格儿子刘琮，包括荆襄九郡格老百姓，"望风归顺"。荆襄有相当实力的，吾曹操来，俚尚且要马上投降了什梗。格侬孙权也勿客气哉。侬打啦，侬也勿来赛的。暧，现在吾搭侬永结盟好，同盟。一道到江夏郡去围猎，一道打刘备，一道分土地。闲话是好像蛮客气，搭侬结为盟好。只要侬同意结盟，曹操格大军就开过长江。一结盟哉么，吾搭侬联合。侬格地方就是吾格地方，俚格军队就要开过来。俚格军队开过来呢，也就是说，曹军占领江南。侬孙权格实力、武装解除了，统统侪到俚手里向了。格个勿得了了。

明明是叫侬投降，用什梗种名义。格道檄文凶险得极了。鲁大夫拿檄文看脱，台上一放："请问主公，尊意如何？"侬意思呐吭呢？孙权叹了一口气，"尚——无决策"。吾决勿落。"那么，可曾商议呢？"唵商量呢？侬还勿讲完么，旁边头张昭跑出来。"回禀吴侯，曹丞相奉旨出师，吊民伐罪，拒之不臣。曹丞相已得荆襄九郡。有了水军人马，我们江东能与丞相抗敌，全仗长江天险。如今曹丞相得了荆襄，长江无险可守。若战？必然失利哟。还望主公，还是及早归降。一，可以保主公之荣华富贵；二，免得百姓遭生灵涂炭。""哗——"文官，大家侪拥护，觉着张昭闲话讲得对。曹丞相格檄文上讲得蛮清爽，还是投降吧。投降好保牢侬孙权格荣华富贵，投降可以免得江东老百姓受兵戈之苦，生灵涂炭。孙权一听么，头涨哉哟。吾六郡八十一州就什梗献拨了对方么，吾呐吭情愿呢？旁边格武将有两个在吼叫，"哇呀呀呀！"有两个在跳脚，有两个手搭了剑柄上，哗——议论纷纷。武将侪反对。孙权心里向转念头，格事体呐吭办？

鲁肃讲，俚到江夏郡去打探消息，晓得格大略，要当面搭吾讲。格么吾索性到里向，问仔鲁肃，江夏郡探听虚实格情况之后，再做决定。所以立起来，手按一按。唔笃勿吵了，吾呢，到里向去换脱件衣裳，上趟厕所，等歇再来。临走快么，对鲁肃眼睛一看，呃，隐隐然，鲁肃跟吾进来，阿有数目？俫丢一个眼色么，鲁大夫当然聪明人咯，点点头，有数目哉。吾马上就来。孙权进去。大堂上文武官员，哗——两种观点，议论纷纷。鲁大夫趁大家勿防备么，袍一提呃，转过屏门跟进来。

俫跟进来到里向。穿堂，天井里格辰光么，孙权在前头走，听见背后靴声拓拓，回过头来一看，鲁大夫来了。孙权，哈啦！旋转身来，咋！拿鲁肃袖子管上一把抓牢，"子敬，方才子布之言，你看怎一样？""啊，主公，据鲁肃看来，众人皆可降曹操，唯吴侯不能降曹——呃操！"鲁肃观点非常清爽。文官，大家侪可以投降的。就剩俫，勿能投降。为啥呢？因为鲁大夫讲，别人投降，比方说，像吾鲁肃，吾去投降曹操。吾在俫孙权手下，官居大夫，吾投降到曹操搭，吾格官也勿会小，吾可以保住原来格级别，甚至于呢，还可以提升一点。吾仍旧可以在俚搭点做官。格俫投降呢，俫投降图格啥呢？俫有啥格前途呢？俫投降，俫不过跟仔曹操到皇城去，拨一支房子拨俫，让俫住住。官呢，顶多封俫一个候爷。叫位不过封候，车不过一人，骑不过一匹，从不过数人，呐吭能够在江南称孤道寡呢？所以俫勿能够投降。孙权一想格个闲话对，格么俫看呐吭办法呢，鲁肃说，吾已经拿诸葛亮请到该搭点来，俫搭俚商量，一定有办法。孙权说，好。马上去拿诸葛亮请得来，那么诸葛亮要舌战群儒，下回继续。

第六十一回

舌战群儒

鲁大夫，搭孙权在内堂碰头，报告情形，吾到江夏去打探虚实。现在呢，吾拿刘皇叔手下格军师诸葛亮，已经请到柴桑郡。倷主人可以搭俚碰头，当面谈一谈。卧龙先生上通天文，下知地理，熟读兵法。而且呢，搭曹操打过几仗，倷一问俚，倷就可以明白。孙权一听，快活啊。想勿到的，鲁子敬实头有办法。俚去吊丧，打探虚实，外加请仔个大好佬来。诸葛亮格名气，吾听见过。俚是吾手下文官诸葛瑾格兄弟。隐居在卧龙岗，刘备拿俚请出山之后，火烧博望、火烧新野，两场火攻，破曹兵二十万。俚来，吾搭俚碰头，吾就好讨教俚。倷看，根据吾伲江东什梗点实力，搭曹操，有勿有办法可以打？假使说勿能打，倷讲要投降的，格么吾也死心掉落，呒啥打头！格么阿要马上搭俚碰头呢，勿妥当。为啥呢，辰光要夜哉。夜快点，升堂？那么外加吾该搭点大堂上，文武官员么，也呒不到齐，粒粒落落，人头勿多啦。外加么身上格打扮么，也比较随便。倒勿如，明朝早上，吾一本正经，像像样样，召齐城里向所有格文武官员，统统到该搭来。叫文官呢，侪要大袍阔服。武将呢，明盔亮甲。格么也有点气派。孙权格人，赛过还有点虚荣啦。要想摆点排场拨了诸葛亮看看。所以关照鲁肃，倷搭吾到外头去，通知堂上格批文武官员，叫俚笃呢，回到屋里向去。明朝早上么，到该搭点来，吾升坐大堂，要搭诸葛亮碰头么，叫俚笃一道见面。吾呢，勿出去哉。孙权，回到里向去休息。

黄盖替众将官出武人宾馆么，张昭替格班文官出文人宾馆。大家出来格辰光，侪眼乌珠倷对吾白白了，吾对倷撇撇嘴，侪像冤家什梗。班文官么，在说武将，匹夫之勇，意气用事，不顾大局。碰着格班武将呢，骂格班文官，贪张怕死，卖主求荣，寡廉无耻。喔！恨勿得吵起来什梗。当时呢，文官侪到张昭屋里。武将呢，侪到黄盖屋里向去。武将四更天来，吾勿交代。

格批文官厉害。众谋士在张昭屋里向吃酒辰光，一方面商量，伲明朝哪吭样子应付诸葛亮？同时还在研究。研究点啥呢，倘然说，伲明朝，五更天，跑到迎宾馆里向去等诸葛亮来，覅鲁肃比伲还要早？格鲁肃格正经，俚心急煞的。防不胜防。总要想一个办法，使得鲁肃，勿会比伲再早，拿诸葛亮领到里向去。一商量下来有了。张昭派一个底下人，搭俚咬一句耳朵，倷搭吾什梗什梗什梗去办。底下人有数目。张昭格底下人拎仔盏灯笼，跑出公馆，到鲁大夫公馆跟首一看么。因为辰光，已经二更哉，鲁大夫公馆格门关上了。

碰门，“开门噢！”笃笃笃。“开门噢！”里向格门上刚巧横下去，在被头筒里听见外面碰门声音么，要紧问哉："啥人啊！来，来来，来哉哦！""格个，吾是吴侯府上来的。倷勿起来哉，用勿着开门。吾搭倷门外头搭倷讲一声好了。""好，蛮好蛮好。"哦哟，门上倒蛮快活，也用勿着跌跌冲冲赶出来。"倷，倷，倷讲好了。""呃，吾是吴侯府上来的。吴侯关照，明朝鲁大夫呢，先搭吴侯碰一碰头，然后再拿卧龙先生领到里向去搭吴侯见面。勿要一脚落手拿诸葛亮领到里向去，阿有数目了？""晓得！"张昭格底下人回转去。

门上要紧着好衣裳，到里向去禀报鲁大夫，吴侯派人来关照。明朝早上呢，倷勿一脚落手领仔卧龙军师到里向去搭碰头吴侯。喊倷呢，先要去搭吴侯见面，谈脱两声。那么，再去拿卧龙军师，请到里向去。鲁大夫弄勿懂，为啥道理孙权要搭吾先碰一碰头呢？大概俚还有啥格要紧事体啊。勤弄清爽了，要问好仔吾了，那么再好拿诸葛亮请进去。勿懂。其实是，张昭一条阴谋诡计，假传孙权格命令。让鲁大夫先去碰头吴侯么，老实讲，吴侯终归要天亮仔起来。倷等到吴侯天亮起来见面，再拿诸葛亮领得来，诸葛亮在迎宾馆里坐么，俚就有办法，拿诸葛亮骂得狗血喷头。让俚倷狼狈逃窜。鲁大夫又勿晓得的。

当夜，耽搁过。到明朝转来早上，鲁大夫起身。梳洗已毕，关照外头底下人备马。俚吃好点心，跑出来要上马，往辕门上去么，一想，慢。吾现在上辕门，碰头孙权。谈脱闲话之后，吾还要赶到馆驿，拿诸葛亮再请到辕门。路啊，来得比较远。格么吾啥勿现在先到馆驿，请诸葛亮，拿诸葛亮带到辕门。吾么到里向去碰头吴侯，请诸葛亮么，迎宾馆里向坐一坐。格么吾搭吴侯见仔面出来么，就曼得从迎宾馆里拿诸葛亮领进去是，时间就缩短。让吴侯很快就能够搭诸葛亮见面。对。

鲁大夫转停当念头就过来，到馆驿，碰头军师。说：吾呢，已经搭吴侯讲好了。今朝么请倷去，搭吴侯见面。诸葛亮说：蛮好。倷阿要骑马？勤。坐轿子呢？吾也勿欢喜。格么呐吭呢？走走吧。格么鲁大夫陪仔俚走走。好得路也勿远哟。路上么，鲁大夫搭诸葛亮打招呼哦：军师啊，倷碰仔俚东家格头，倷勤忘记噢。倷千定千定勿能拿曹兵格数目说得过分多。因为说得过分多仔啦，俚东家要胆小，要勿敢动手搭曹操打。诸葛亮点点头：晓得了。不过，倷也勿能够说得忒少格噢。倷说得忒少仔啦，吴侯要疑心的。当倷骗俚，拨俚上当。因此呢，俚倒反而勿相信倷哉啦。诸葛亮说：吾有数目的。到格辰光，吾见机行事。终归吾说出来格数目呢，既是使得孙权相信，又是呢，俚胆大敢动手打。嗳——鲁大夫说：那么对哉。

一路过来，到吴侯辕门。一直进去呢，大堂、中门、吴侯格内宅。两旁边呢，东面，文官格迎宾馆。西面，武将格迎宾馆，那么鲁大夫关照，军师，倷呢，到迎宾馆里稍微休息一歇。吾呢，到里向去通报吴侯。然后呢，再请倷到里向去搭吴侯碰头。

诸葛亮一听么，心里向咯噔一来。为啥呢，鲁大夫要搭俚分开。假使说，吾到迎宾馆去，有侪鲁大夫在一道，要定心得多。为啥呢，侪鲁大夫人头熟。有啥格名堂什梗，侪还可以赛过搭吾挡一挡。那么侪望准里向去见孙权，格么吾到迎宾馆里向去么，江东格批文官，吾侪勿认得格呀。而诸葛亮心里向有数。吾搭格批文官，看法勿一样。老实讲，吾是主张要搭曹操打的。那么鲁大夫告诉吾，格批文官呢，主张要孙权投降的。看法勿同，矛盾。而且格个矛盾，非常尖锐，不可调和格啦。格么吾去到么，当然，俚笃也对吾勿会客气。假使俚笃勿三勿四了什梗么，格吾哪恁办呢？格么吾勿吧？吾立在该搭点，等鲁大夫，碰仔孙权头了，再回过来，格勿像样子。梗梗一想么，怕点啥呢，吾就往迎宾馆里向去好了。老实讲一声，江东格批文官对吾客气的，吾也蛮尊重俚笃。俚笃要对吾勿客气么，格对勿住，吾诸葛亮，也勿是好欺瞒格人。吾也会得，针锋相对。就用唔笃格办法来对付唔笃。所以诸葛亮望准迎宾馆跟首过去。鲁大夫又勿晓得江东格批文官，辩好仔毒药了，要上诸葛亮格腔，俚勿晓得格吓。

俚兴冲冲，"呃尔——噗！"一路过来，穿过大堂，直到中门跟首么，预备要想派中门上格人，到里向去禀报孙权。一见吴侯么，立即拿诸葛亮好领进来。辰光勿会长几化格呀。嗳？叫啥走到中门跟首一看么，呆脱哉哟。为啥呢？中门紧闭，孙权勸起来了。何以见得呢，该搭点规矩，孙权起来了，中门开了；孙权困着，中门就关。那么侪中门关了呢，侪碰门也呒不用场。因为吴侯呒没起来，侪随便啥人勿许跑到里向去的。所以碰门呒不用场。只有等里向孙权起来，里向中门上格人开门。格么鲁大夫想，吾就在该搭点等歇吧。不过肚皮里向转念头噢，天也亮仔一歇了，太阳要出来哉，呐吭格东家还勸起来了呢？

其实孙权俺起来呢？今朝孙权是老老早早就起来。可以说天勸亮就起身。格么为啥道理中门勿开呢？孙权关照勿开！为啥呢？孙权想，吾今朝要搭诸葛亮碰头。吾见诸葛亮以前，吾勿想搭江东格批文官见面。为啥呢？因为江东格批文官侪主张投降格啦。那么俚笃先要在吾门前头来烦，阿呀东家啊，侪应该投降格噢。诸葛亮格闲话，侪勸听噢。叽里咕噜搬仔一大套理由出来么，弄得吾格头脑啦要浑的。脑子一乱呢，诸葛亮来搭吾讲格闲话啦，吾就勿容易辨别清爽，还是应该听了，还是勿应该听。吾呢，要让脑子静一静。今朝第一个，就是碰头诸葛亮。吾问诸葛亮闲话以后，那么吾有数了。该应听，还是勿听。诸葛亮来呢，鲁肃板领得来格啦。鲁大夫俚会碰门。因此孙权还特地关照两个心腹：唔笃等在中门跟首等，外头鲁大夫碰门，唔笃开。勿是鲁大夫碰门，唔笃勿许开。随便啥人来碰门，勿许开。那么里向底下人么，中门么闩上了。俚笃么，戤在中门里向，在等鲁大夫来碰门。看看天么亮哉，呐吭鲁大夫还勿来了呢。大概鲁大夫今朝困晚早，太阳也出来，呐吭道理？鲁大夫还勿来？

勿晓得鲁大夫在中门外头踱方步呀。鲁大夫看看，太阳蛮高哉。啊呀！今朝格东家呐吭道理？照规矩，曹操百万大军，兵屯赤壁，军情紧急。格侪东家，勿应该困晚早，应当老老早早就起来。呐吭格太阳老高，还勿起来呢？格么鲁大夫，俚碰门酿。俚勿碰。啥体勿碰么？因为该搭点规矩，孙权勿起来，碰门吭不用场的。所以俚勿碰。格么里向格家将，唔笃开门酿。孙权关照，要鲁大夫碰了，可以开。鲁大夫勿碰么，随便啥人来，也勿能够开。

好样式，鲁大夫在等里向开门，里向格底下人么，在等鲁大夫碰门。鲁大夫勿碰么，里向勿开。两搭其桥什梗屏下去。喏，今朝诸葛亮吃苦头么，就吃了格个地方。倘然说鲁大夫老早碰门，搭孙权见面。孙权说起来：吭啥多说头哇。唵？哦，诸葛亮来哉么，吾马上升堂，马上见面。格么，鲁大夫跑到迎宾馆里来，领仔诸葛亮了，就可以上大堂。诸葛亮登了迎宾馆里格辰光，勿会长的。很短。因为鲁大夫勿碰，里向中门勿开，两搭其桥，尽管拖下了，诸葛亮在迎宾馆里格辰光就延长了。那么拨了江东几十个文官围攻。俚讲脱，俚来；俚讲脱，俚来。格个局面勿好应付格啊。大辩论。而且俚诸葛亮，俚又勿晓得俚笃要问啥格闲话出来？俚马上就要回答。提出来格闲话，老实讲一声，勿会客气。因为双方格观点是敌对格呀。鲁大夫又勿晓得。

诸葛亮在望准迎宾馆跟首，踱过来格辰光么，迎宾馆里格批文官是，哗——闹猛得了像茶馆店什梗。也有种人，讲起来是资格真推扳了。在献计哉：张大夫啊。呐吭？诸葛亮格人，老夫拓之。俚跑到里向来，望准边上一坐。伲呢，要弄僵诸葛亮。要弄得俚，心里向非常窝塞。用啥格办法呢？迎宾馆里本来客位蛮多格啦，今朝呢，伲有一个文官，摆一只位子，空凳子统统侪拿光。让诸葛亮跑到里向来，坐也吭坐处。立着。格个俚心里向几化难过。一难过么，情绪就勿对哉，闲话拣错格讲。格么伲上俚格腔么，诸葛亮更加语无伦次了，吭不办法招架。照规矩，格种办法，实在脱低级哉。拿点凳子得得开，勿拨诸葛亮坐，也算一条计策的。碰着格张昭么也听得进。因为俚笃是反对诸葛亮么，无所不用其极。空位子全部侪拿光。还在讲，呐吭样子说煞诸葛亮格办法。

勿晓得旁边一个朋友，听得了心如刀割，坐立不安。啥人呢，诸葛亮格嫡嫡亲亲格同胞阿哥，大先生诸葛瑾。俚笃弟兄三个啦，俚老大，老二么诸葛亮，老三么诸葛均。老大呢，在江东孙权手下为官。俚格官叫啥？叫马兵官，马兵大夫。好人，肚皮里学问交关好，非常谨慎。但是呢，也是怕事体朋友，胆子呢，比较小一点。大先生心里向转念头，那么僵哉，唔笃侪在熬毒药，上伲兄弟格腔。那么伲兄弟要来快哉，倘然俚跑到该搭点来，吾呐吭弄法？吾还是帮吾兄弟好呢，还是帮江东文官好？吾两面侪勿好帮。吾只好中立，勿开口。不过勿开口格日脚，也勿好过。江东文官，在触诸葛亮霉头格辰光，倘然说伲兄弟吃下胁，兄弟麴搭吾讲嘎：阿哥啊，俚勿作兴的。伲搭俚是一母所生，同胞手足。兄弟坍台，俚阿哥也吭啥面子了。俚为啥道理，等在旁边头看冷铺了，勿帮吾格忙？格叫吾呐吭回答呢？吾对勿住兄弟，也对勿住爷娘嘎。格么，假使说兄弟有本事，兄弟占上风，江东格批文官吃下胁，输脱了。江东格文官也要寻着吾：诸葛瑾啊，倷也是江东文官，倷也是吃孙权格饭。伲搭倷，侪是一道在朝为官，同事。江东文官坍台，倷吭啥光荣了。啊？倷为啥道理勿开开口？勿帮仔伲格忙了，一道寻着诸葛亮？吾又弄僵脱格啦。那倒尴尬哉。今朝吾连中立侪吭不办法守了。两面侪勿能够得罪，两面侪勿能够帮。勿帮也错的。格呐吭弄法呢？算了吧，走吧。吾离开该搭点格种是非之地。兄弟来，老实讲，伲兄弟勿是好弄格人。勿像吾，嘴唇么厚，闲话么讲勿大来。伲兄弟会说会话，七国里翻牛，八国里翻马，死格说出活格来。晤笃江东文官勶以为本事大，人头多，吭没用场。伲兄弟勿大好对付的。吾走吧，吾离开吧。

立起来对仔张昭：“啊，子布先生，诸葛瑾有俗务在身。不便奉陪，再见了！”“是是是，请便。”诸葛瑾望准外头出去。等到诸葛瑾一走么，张昭，嚄！蛮好。对旁边头班文官看：昨日，诸葛瑾勿在大堂上，啥人去拿俚请得来的？咦？倷勿是关照，勶来格人要去请么，吾去请的。哈呀，倷枉空啊。别人侪好请么，诸葛瑾勿能请格呀。诸葛瑾是诸葛亮格阿哥。那么，伲搭诸葛瑾么，感情侪蛮好。赅仔俚阿哥格面，拿诸葛亮过分得罪么，像煞倒有点做勿出。所谓打狗看主人面，阿是？俚笃到底弟兄。现在好哉，俚识相，跑了。俚跑了么顶好，伲可以毫无顾忌的，尽管拿诸葛亮得罪。旁边头格文官马上关照底下人：来来来，诸葛瑾格只位子拿脱俚。一只空凳子马上得开，旁边头一个空格窝堂么，边上两只位子稍微靠得拢一滴滴么，看勿出格搭点拿脱一只凳子。所以诸葛瑾跑脱，格只空位子去脱么，诸葛亮进来，仍旧吭不座位。

哗——晤笃么在啰唪，诸葛瑾呐吭？诸葛瑾掀门帘，踏出迎宾馆，嚄——只觉着眼睛门前一清爽得了。登了里向，闷也闷煞哉。现在踏出来，倷刚巧出迎宾馆，往门前头走，准备上轿子，回转公馆么，门前头诸葛亮来哉。诸葛亮眼睛尖，一看，呀？老兄哇。长远勿碰头。俚笃弟兄有几化日脚勶见面呢，十九年。当初诸葛亮十多岁，离开山东跟仔阿叔，往襄阳去格辰光，诸葛亮还小。因为山东勿太平，诸葛亮、诸葛均跟阿叔诸葛玄，还有两个阿姐，一道动身了，到襄阳去避乱。因为诸葛玄搭刘表是朋友。那么诸葛瑾呢，留在山东，守住自家格份家园。后来实在留勿过哉么，那么诸葛瑾就离开山东了，到徐州。后来再到扬州。一到扬州之后么，江东孙策招贤纳士。那么有人呢，拿俚介绍到江东来，就投奔江东。所以弟兄淘里长远勿碰头。

诸葛亮看见阿哥么，要紧抢上一步，“啊！兄长。小弟，有——礼”。诸葛瑾眼睛推扳，看见兄弟叫应俚哉么，要紧：“啊呀呀呀呀，吾道是谁，原来是贤弟。呃喝喝，贤弟少礼。你，几时来的？”“昨日，傍——晚时分。”“哦，贤弟，既然到来，为什么不到愚兄家中，叙——谈、叙谈呀？”“哥哥，小弟奉皇叔之命，过江办公。公事未毕，不敢及私。”诸葛亮公事，搭私事分得交关清爽：吾来，奉刘备格命令，来碰头孙权。格孙权派鲁肃到江夏来吊丧，吾要到该搭来谢丧。公事吭没结束呢，吾勿好到倷屋里向来，要办脱仔公事了，吾再来望倷。“好好好，那么既然如此,贤弟,见过吴侯,到愚兄家中而来。""小弟要来的。""愚兄有俗务在身,不便奉陪贤弟,愚兄去了。""好好,小弟相送。嫂嫂、侄儿好?""呃喝嗬,他们都好。"诸葛亮关照:倷搭吾望望嫂嫂。有数目。

诸葛瑾搭俚分手格辰光么,咳一声嗽:"尔——嘡!"咳嗽里向有意思。啥格意思呢:兄弟啊,当心点哦。吾是呒不办法,逃出来格啦。江东格批文官,要上倷格腔了。倷自家注意哦。诸葛亮阿懂?哪恁会得勿懂?俚从老兄面孔上上格表情就看出来,看见老兄眉头皱紧,满面愁容,一种无可奈何格神情。俚晓得老兄尴尬。因为吾搭江东批文官碰头,江东批文官要寻着吾,俚登了旁边头勿方便,所以俚跑脱了。蛮好。老兄,倷放心。吾搭倷两样。倷是好人,忠厚老实,吃炒米怕香,树叶子掉下来,张怕掷开颗郎头格人。吾呢,老实讲一声,俚笃以礼相待,吾搭俚笃客客气气,礼尚往来。假使说俚笃要勿客气的,格么吾呢,即以其人之道了,还治其人之身。倷慢慢叫打听吧。等歇俚笃会得来告诉倷的:哈呀,大先生啊,唔笃兄弟,哈呀!格张嘴讲,不得了。啥人啥人啥人啥人侪拨俚说得了走投无路。倷停停听好消息好了。诸葛亮胆子蛮大。诸葛瑾呢,回转去。格么吾勿去交代俚噢。

诸葛亮在望准迎宾馆来格辰光么,只听见里向格啰啈声音大得热昏,像茶馆店什梗。里向在讲点啥?哈呀。说:诸葛亮,弃新野、走樊城、败当阳、奔夏口,无容身之地。哗……刘备觅得着诸葛亮格辰光,还有新野县、樊城县,得着仔诸葛亮,弄得赤脚地皮光。哗……诸葛亮一听么,只觉着耳朵根上,有点热烘烘。心里难过格噢。为啥?触心境格闲话。而且俚笃是概括、提炼仔了来的。说吾,弃新野、走樊城、败当阳、奔夏口,立脚格地方侪呒不。格还勿去讲俚,还说,刘备觅得着吾诸葛亮格辰光么,还有新野县,樊城县。有两座城关。得着仔诸葛亮呢,赤脚地皮光,连得立脚场化才呒不。逃到阿侄刘琦搭,借住夜,吃便饭,狼狈不堪。格种闲话,何等尖锐。诸葛亮心里向当然勿快活,要动感情。格勿作兴。唔笃也勿了解吾诸葛亮格处境,也勿了解刘备赅几化实力,也勿晓得吾诸葛亮格里向做了几化工作。唔笃就拣吾顶顶赛过整脚格场化,拎出来,哗哗——像唱山歌什梗打上。诸葛亮梗梗一想,慢。勿气,冷静点。为啥呢?因为江东格批文官,明明晓得吾要来哉,枉当枉当,在里向什梗讲。该格名堂叫啥?心理战。先弄得倷头脑发热,先弄得倷么,赛过情绪激动。只要倷一光火,倷跑到里向来,倷讲出来格闲话,就勿大会合乎逻辑啦,就冷静勿下来了。格么吾呐吭?吾啊,吾相反。吾要勿走气氛,非常非常格冷静,来对付唔笃所有格攻击。

所以诸葛亮笃笃定定,往门前过来。明明晓得里向是勿好对付的,格两声闲话已经听着了。但是呢,吾还是要闯一闯。赵子龙三进当阳道,百万军中单骑救主,讲勇敢、讲武艺、讲聪明智慧。而诸葛亮跑到迎宾馆里来,对付江东格批文官呢,勿是讲武艺哉。靠文才,靠灵机应变,靠俚格思想敏捷，靠俚格口才。就赛过要有外交家格种口才，侪各种各样格闲话来，用勿着打葛棱，马上就可以应付。诸葛亮一埭路过来，走到迎宾馆门口，门帘下了。因为天冷哉呀，棉门帘下了。

诸葛亮，嗖！门帘一掀，一只脚，跨进迎宾馆。侪格只靴脚在进来格辰光么，外头诸葛亮只脚进来么，里向文官侪晓得了。因为诸葛亮来，已经有人看见，先进来报过信哉呀。诸葛亮么搭诸葛瑾见面，诸葛瑾么去哉，诸葛亮么过来了。大家晓得诸葛亮来哉。也有人估计啦，诸葛亮勿敢进来了。听见俚里向什梗种讲法啦，俚吓也吓煞哉。嘿嘿！俚还敢进来啦？只好登了外头吃西北风，冷得瑟瑟抖，等鲁肃来领俚进去。板格啦，勿敢来了。想勿到现在，嗖！门帘一掀，噗！诸葛亮格只脚，跨进来，外加格个鹤氅袍子格只角，带进来格辰光么，大家一呆。"喔哟！""喔哟！"来哉哇。大家咬耳朵哉哦："诸葛亮来了，侪看酿！一只脚。""一只脚""一只脚""一只脚""一只脚"。戚戚促促，侪在讲"一只脚"，声音静下来哉。独听见"一只脚，一只脚"。

诸葛亮也听见哉。呵呵，侪看，吾一只脚跨进去，里向格声音，就小下来了。侪在喊：一只脚。蛮好，唔笃当吾只有一只脚？吾还有一只脚了。嗳嗨嗨！有心拿归只脚跨进来。第二只脚，跨进门槛到里向，门帘一放，立定。诸葛亮眼睛对两旁边一窥么，几十个文官，哗——毕静。一滴滴声音侪呒不。大家侪是眼观鼻，鼻观口，一动勿动。头上么纱帽，身上么大袍。玉带围腰，峨冠博带，一身大打扮。像约好什梗。甚至于声音轻得了，静得了一只引线掉在地上方砖上侪听得见声音。"哟？"诸葛亮勿防备的。吾勬进来辰光，里向像茶馆店什梗，闹猛啊！啰哄得一塌糊涂。等吾进来了，寂静。一滴滴声音也呒不。诸葛亮懂的，该格也是一种办法。啥格办法呢，阴干。格个阴干格难行么，比起啰哄还要来得难行相。诸葛亮心里向转念头，唔笃倒想得出的，用各式各样格办法对付吾。毕静，静得侪吓啦。诸葛亮呐吭？诸葛亮心里向转念头，刚巧吾在外头，拨唔笃，枉当枉当，独拣吾触心境格闲话讲。吾现在啊，要报复。吾也要弄得唔笃心里向勿平静，也要弄得唔笃动情绪。让唔笃呢，脑子一乱，好对付吾诸葛亮起来啦，好多讲点错格闲话。格个办法叫啥？心理战。

诸葛亮轻轻叫咕一句，咕格声音很轻格噢。因为毕静了，所以大家侪听得蛮清爽。"凤——凰一到，鸟——雀无——声——嗯。"哗——江东几十个文官侪对吾看，吾对侪望，眉毛竖，眼睛弹，面孔上格火，侪表现出来。怒容满面。喔哟，诸葛亮刁的，恶格呀。诸葛亮讲啥？"凤凰一到，鸟雀无声。"吾，凤凰。吾诸葛亮鸟当中格王。唔笃格种呢，侪是小鸟，鸟雀。凤凰一到啦，鸟雀无声，唔笃一滴滴声音侪呒不。"嚯！"大家心里向气啊，蛮好呀，侪诸葛亮拿自家比凤凰，拿俚当小鸟。侪当心。嘿嘿，俚鸟么小鸟啦，嘴啊，是钢嘴、铁嘴。停一停啄得侪凤凰身上，五彩毛羽一根侪勿挺，弄得侪像赤膊络什梗了完结。大家心里向侪在火。

诸葛亮一看么好了，怒容满面，眉毛竖、眼睛弹。诸葛亮格目的达到哉。让唔笃心里向乱一乱么，一光火了，吾就有办法对付唔笃，诸葛亮想，俪勿来招呼吾咯。勿来招呼吾么，该搭点迎宾馆有空位子么，吾坐一只么就算了。等鲁大夫来碰头，领吾进去搭孙权碰头。吾今朝来格目的是见孙权，只要孙权同意吾打，格么吾格目的达到。诸葛亮对准两旁边一看么，啊呀！有一个文官摆一只位子。有一只位子，坐一个文官。空凳子一只俪呒不。啹？奇怪啦？呐吭格迎宾馆里向，会得呒不空位子的。诸葛亮心里向转念头么，哦！有数目了。嗨！唔笃江东格班文官格派头，小么小得少的。喔！让吾诸葛亮赛过立着，呒戤呒立。弄得吾赛过手足无措，唔笃就算赢哉。格个忒气人。吾立着，勿像的。总要想办法坐一坐么好。啥地方有座位呢？诸葛亮仔细一看么，当中，有一只太师靠背，克劳盘交椅。格只交椅啥人坐呢，孙权坐的，独座。因为孙权有时啦，大堂上搭大家议事么，格班人俪只好立着。立着么议事，阿是辰光长哉么，立得要脚酸哉咯。那么孙权大堂上，勿能够解决事体，再到迎宾馆里向来，搭大家一道坐坐、谈谈。格么喏，当中有只孙权格位子的。格只位子别人俪勿好坐的。格么刚巧底下人拿脱位子么，客位俪拿脱。格只主座呢，齆拿脱。诸葛亮想管俚啦，格只凳子空了，吾就往格只凳子上坐一坐再讲。

徺望准格只克劳盘交椅门前头，踱过来格辰光，"喔哟！"格班文官俪在对张昭看：张昭，徺看，诸葛亮胆子阿要大啊，要坐格只位子哉喏。啊哟，刚巧倒、倒失着哉，忘记脱拿格只位子拿脱嚄。张昭对旁边头看看：唔笃放心，诸葛亮勿敢坐的。格只位子孙权坐的，俚呐吭有资格坐。俚坐下去，俚就错脱。唔笃在对诸葛亮看格辰光么，诸葛亮走到格只太师靠背门前。诸葛亮并勿马上坐下去。马上坐下去，徺就呒不礼貌，就失礼哉。诸葛亮起格鹤氅袖子管，望准只凳子上掸两掸，其实是蛮干净了。呒没用，格种派头，掸两掸。嘴里向在咕，其实是咕拨了江东格班文官听格呀："我乃大汉军师、中郎将诸葛亮是也。奉了大汉皇叔之命，到江东，求见孙将军。未见孙将军，暂借孙将军的座头，坐这么一坐。得罪，告呃——坐。呃尔——噗！"

诸葛亮，啪踢拓，当中坐定。哗……格班文官对张昭看看：喔唷，张昭啊。徺看，诸葛亮格脚色厉害的。俚坐下去，招呼先打在门前，"吾么大汉军师中郎将诸葛亮，奉仔大汉皇叔格命令，到该搭点来，碰头孙将军"。因为孙权啦，从名义上讲，俚还是汉献帝手下一个侯爷，一个将军。吴侯么，孙将军。格么大汉军师，齆搭将军碰头，先借将军格座头坐一坐，得罪，告坐。招呼打过，坐下去么，叫一眼勿错，呒不失礼。而且孙权也勿会怪俚，孙权只有怪江东格班文官，唔笃勿好哇，迎宾馆里嘎许多座位，啥体要拿光仔了，勿拨诸葛亮坐？大家呒不闲话讲。

张昭对诸葛亮一看，诸葛亮相貌好。站立平地身高八尺，脸如冠玉，眉清目秀。鼻正口方，两耳贴肉，三挀青须。头上纶巾，身上鹤氅，丝带系腰，粉底靴儿。手里向羽扇轻摇，飘飘然神仙之体态。料定俚，今朝到该搭点来，是做说客，是来劝孙权动手搭曹丞相打。来了，来么见礼哉。格点点礼节要有的。江东点文官，大家立起来，通名道姓，施礼已毕。坐定，送过香茗，茶罢收杯。格点点门面板格客套，总还是要有格咾。众谋士勿开口，目光俦对张昭看。因为俙张昭，位置顶高，本事顶大，口才也好。俙是头。今朝要俙先出头，俙去搭诸葛亮进行舌战。唔笃在对张昭看格辰光么，张昭心里向转念头，当然咾，格个千斤担应该吾挑。因为诸葛亮来，勿是桩小事体。勿是搭吾个人有难过，有关江东大局。孙权听仔俚说话，万一发兵一打，一吃败仗，曹兵过江。六郡八十一州老百姓，俪要生灵涂炭。格个是不得了格事体。为了保全江东六郡老百姓格生命，为了保全伲东家，勿至于拨了曹操人马冲过来之后，弄得身败名裂。要保牢孙权格点位子，富贵荣华，吾只能够现在辰光对付诸葛亮。

张昭开口："卧龙先生。""不敢。""张昭是江东无名下士，久闻先生大名，如春雷贯耳，今日得见，不胜荣——幸。"诸葛亮一听，阿要客气。啊？吾张昭么是江东格无名下士，听见俙格名气响得了，像雷响什梗，如雷贯耳。今朝碰头是光荣啦，不胜荣幸之至。格俙客气么，当然，诸葛亮也客气，"子布先生，不敢。亮有何——名可闻？""卧龙先生，张昭闻得先生在——隆中，自比管仲、乐毅，不知可有——之么？"喔哟！喔唷，诸葛亮一听，辣手！第一句闲话就勿客气。叫啥问俙啦：吾听见说，俙卧龙先生，在南阳鹋出山格辰光，俙曾经自家比歇过两个古人，一个叫管仲，一个叫乐毅。管仲呢，是齐桓公手下格相国，管仲帮齐桓公格忙，九合诸侯，一匡天下，成为列国辰光，五霸当中格第一霸。管仲有本事。乐毅呢，燕国名将。燕昭王，黄金台招贤，乐毅投奔燕昭王。帮燕昭王格忙，发兵攻打齐国，为燕国报仇。在半年里向，下齐国七十余城。管仲、乐毅两个人是并称的。那么听见说俙诸葛亮，在卧龙岗自家比过管仲、乐毅，阿有介事？格句闲话蛮难讲。倘然诸葛亮说有介事的，吾是比管仲、乐毅。格么像煞俙诸葛亮忒嫌骄傲。啊？俙自满得了，俙好搭两个第一流格古人去做对比啊？倘然吾诸葛亮说，嗨嗨！呒介事格噢。那么，吾是讲歇过格句闲话，勿是鹋讲歇。吾是在山林隐士格范围当中讲过的。吾自家比管仲、乐毅。格么吾现在说呒介事么，吾自家拿自家弄煞，吾停一停有种闲话就勿大好讲哉啦。吾勿能够超过管仲、乐毅。

诸葛亮心里向转念头，今朝哪吭对付俚笃？什梗，吾今朝要老过俚格头，吾要采取攻势。非但有介事，并且还勿止格点，塞没俙张嘴，让俙呒啥好讲。"有之，此亮平生，则以小可比之。"喔哟！张昭心里向转念头，诸葛亮嗨外。诸葛亮哪恁讲法？有介事的，一点勿错。呃，吾诸葛亮还以为，吾、吾稍微可以搭俚笃比比。赛过呢，管仲、乐毅格本事虽然大啦，搭吾诸葛亮比起来呢，还比吾推扳一滴滴。小可比之。还是，并勿是吾搭俚笃有差距，俚笃勿及吾。张昭想蛮好呀，俙诸葛亮骄傲呀，俙闲话说得比吾还要狠。吾就在俙格句闲话上做文章。"卧龙先生，张昭闻得先生在隆中，与刘皇叔言讲，思欲席卷荆襄。今一旦隶属曹操，未审先生，是何主见？"真刀真枪。格个闲话，凶极了。俚说，听见俫卧龙先生搭刘皇叔，在未出茅庐时，选定三分天下辰光就讲的。一出卧龙岗呢，第一个目标，就是要得荆襄，要得刘表格荆襄九郡。那么现在俫诸葛亮么出山了，俫么帮仔刘备格忙了，荆襄九郡呢，拨曹操得仔去。俫诸葛亮既然要得荆襄，呐吭格荆襄会拨曹操得得去呢？曹操离开荆襄远，哈啦！拨俚席卷荆襄。俫诸葛亮离开荆襄近，俫倒一眼眼呒不办法。非但勿能够得荆襄了，外加弄得立脚场化侪吭不。啥道理呢？诸葛亮心里向转念头，张昭闲话问得凶。格嘲笑嘲笑得结棍。吾是讲过要先得荆襄。现在事实上，荆襄是拨了曹操得得去哉哟。吾呐吭回答俚？

诸葛亮一动脑筋么，诸葛亮格回答很快，俫张昭格声音断，俚格闲话马上就来。"我看收荆襄之地，易如反掌。我之皇叔，大仁大义，不忍夺同宗之基业，故力辞之。刘琮孺子，听信谗言，归降曹操。以致曹贼，有今日之猖——獗。目下我主，屯兵江夏，另有良——谋，非公等可——知也。"张昭心里向转念头，诸葛亮格家伙，俫听听看，阿要狂啊？俚说吾看要得荆襄，省力得来，赛过翻一翻手什梗便当。因为伲东家刘备，大仁大义，刘表要拿荆州让拨俚，俚勿。吾路过襄阳，要打襄阳，刘备勿肯，勿愿意夺同宗之基业。现在曹操呐吭会得得荆襄？曹操是因为刘表死脱，刘琮即位，听信蔡夫人、蔡瑁、张允格闲话，投降曹操。所以了，拨了曹操唾手而得。勿是曹操本事大了得荆襄，是伲东家勿愿意得荆襄。勿是吾诸葛亮吭不本事得荆襄，也勿是曹操格本事特别大了，能够拿荆襄得下来。眼睛门前，伲东家，屯兵在江夏郡，另外有好格办法。叫别有良谋。格个良谋，是啥格计策？哼，勿是唔笃弄得明白的。"非公等可知也。"张昭心里向转念头，阿要狂啊，阿要狂？简直讲得了，好像勿得荆襄无所谓的。现在格办法是唔笃弄勿明白，唔笃吭不资格来弄明白。格么诸葛亮，勿客气哉哦，要下杀手。

张昭心里向转念头，闲话呢，要讲倒俫诸葛亮，说得俫无言对答。"卧龙先生，若此言，先生言行大——相违也。先生在隆中，抱膝长吟，笑傲风月，目空一世，藐视古人。既然投了刘皇叔，理当要兴利除害，剿灭乱贼。见皇叔未得先生之时，尚且纵横寰宇，割据城池。今得先生之后，人皆共仰，虽三尺蒙童，也替皇叔欢喜。以为拂高天之云翳，仰日月之光辉，拯民于水火之中，措天下于衽席之上，在此——时也。何先生，自归豫州啊，曹兵一出，弃甲抛戈，望风而窜。上不能报刘表以安庶民，下不能辅孤主，而据疆土，乃弃新野、走樊城、败当阳、奔夏口，无容——身之地。呃，皇叔得了先生，反不如前初也。张昭实言，望勿见责。"哗……江东格批文官大家起哄，张昭格些闲话出来，看俫诸葛亮哪恁回答？

诸葛亮自有办法格呀，所以卧龙先生要说退张昭，舌战群儒。

第六十二回

说退陆绩

本书同志：你好，你是已古稀，还能弦々不倦地为评弹难作贡献，我很钦佩。此愿你保住事成，将来好评弹有後继之望，保你功德无限大的。

评弹是以苏书为主，每进岁人都终身投身于书坛，出了不少风派的地栏。在这一点上风派很，但是评弹之所以像陈云同志有过说这些是一是一个大的难相系，不下一些他们起着承上启下的中纪人把这个东西保留承下来。这些地栏系系系参与自己独善其身，不断地为评弹难作贡献一定在我国三四国里文们家跳继往往事业归脉连作累，听讲江苏拓我在将在至有国王书叫听人，一些问题或或只此大学十三书之一岁。思是在了整本期终续续说"地老爱"的地前传承连成了零半，这白陈今承二次听惑冠到七六年才开始恢复传统，同心局十六年，评容系地郎仙也了，可谓见九天失余，有些青人今在绝难地知国俗各从原先有传统讲式《三国》《赵本》《嘶家》《水浒》《弹义》《珍珠塔》《描金家》《三关》单本，团面系仍文明继续讲续《想失国课》话火国课》《千骨》系虽系系品明么《机玩惟》《连生感》从《西斯过》《相比老师有三大程》这里新祭系自都系经引成运过这传统。详许系是这样探讨收探继往开来化系层。

在十条十零及太早十三书中送些传统的剧目而，后继无人。这些评弹难振地留困难所往往，人系系系系系系系系系。

评弹书未保存在志同和志法艺术也，现在的青年继承系统告弱的寻同，只有在生流派唱腔为说责艺术钢收而系地由的传统收法就系统系了。

评弹以流派及唱和传统的子作好教材毕业了再有栽斟许学各备学的文艺二三年五目单从人才难发我！

你根集系的系系系系果能在招系鸿等新师谤途务听系系系合理，这以以系地的的学师，重则地的仍地连传系之实地，当是统义明彼里一大程系，也好补与思研系列系则更为好且系统会会的有些听见原记各各补之律，以提高州各系统和系地手段，扑是地仍系无的缺陷。

　　诸葛亮到迎宾馆，碰头江东文官。张昭第一个，搭诸葛亮交手，格个是勿客气。因为张昭想，吾勿拿倷诸葛亮说得置身无地，倷呢，勿会离开江东。所以张昭格个一篇话说完啦，旁边头格点文官"哗——"跟仔一道起哄。迎宾馆里闹猛。哈呀，格批文官开心啊！大家侪在对张昭看，眼光里向，充满哉一种佩服。好。张昭，倷是有办法，水平高。拿格诸葛亮骂得了，可以说是，呒不办法再留下去。而且，张昭格手段高明。俚骂诸葛亮，并勿是，一开场马上就骂。一开场是捧俚。格种方法，就厉害。先拿倷往上头抬，抬到倷格半天空里，叭啦哒，一记掼下来么，掼得倷粉身碎骨。连下来格闲话呢，倷诸葛亮出山帮仔刘备格忙，想勿到，曹操格人马刚巧出来。曹兵一出呢，倷呢虱脱仔盔甲，掼脱仔兵器，拨转身来就逃走。弄得来，上勿能够保刘表、安百姓，下勿能够辅孤主、据疆土，弄得弃新野、走樊城、败当阳、奔夏口么，连得立脚格场化呒侪不。刘备勮得着仔倷格辰光，刘备还有新野县、樊城县。得着仔倷呢，弄得赤脚地皮光，反而勿如当初。格么，吾倒要问倷诸葛亮哉咯，管仲、乐毅唔搭倷吃歇过败仗，弄得什梗狼狈过呢？格么可见得，倷诸葛亮完全是嗨外奇谈，吹牛。

　　江东格批文官呢，侪拿张昭格点闲话在重复。"是啊！""弃新野、走樊城、败当阳、奔夏口，无容——身之地。""是啊！""刘备未得孔明，有新野、樊城，得了孔明，反不如其初也。""哗啊……"格怎样子，一阵一阵，取笑倷。冷嘲热讽。格种白眼相向，诸葛亮格日脚，难过。

　　诸葛亮呐吭？俚晓得的。因为吾来，主张孙权要发兵搭曹操打。江东格批文官，主张孙权要投降曹操，吾倷格观点啦，水火不相融。俚笃肯定要反对吾。呐吭反对？当然不可预料。而现在碰头了，当面接触了，张昭，啪啪啪啪，一番闲话来哉，吾呐吭招架？诸葛亮心里向转念头，要镇静，勿能动肝火，勿能思想乱。倘然倷情绪一波动啦，倷要反击起来，倷格闲话就勿来赛。要冷静思考，根据对方提出来格点问题，吾呐吭样子，一个一个去回答。所以旁边头格批文官起哄，诸葛亮只当俚笃耳边风，睬也勿睬。格么诸葛亮为啥道理勿开口呢？有道理。因为唔笃在旁边头，哇哇哇哇哇，什梗啰唪，吾开口反击，吾讲格闲话，唔笃听勿见的。格吾格闲话白讲脱哉，何必浪费精神？格么吾呐吭办法？勿响。沉默。用沉默来反击唔笃，让唔笃呒不落场势。格么江东批文官，意料以为：诸葛亮总大约，拨俚什梗一哄么，一定么要面孔涨得汹汹红，甚至于红到耳朵根上了，红到头颈里。凳子上么，坐勿牢。坐立不安。觉着该搭点么，缺一个地洞钻钻。拨转身来么，望准外头逃走。溜出去，狼狈不堪。总抵讲什梗。想勿到，诸葛亮不动声色，仍旧坐在那，看侪勿对唔笃看。闭目养神。看得出格呟，俙看俚格面色呢，照常办事，一眼呒不啥格红一阵、白一阵了，非常激动格种样子，呒不的。那么弄勿懂。江东格两个文官，侪在交头接耳。诸葛亮格皮恁格厚，难道俚聋箁，听勿清爽张昭格说话。伲什梗起哄，格人倒无动于衷。格个人血冷脱脱哉啊，呒不感情格啊。勿懂。因为诸葛亮不动声色，江东批文官胡调胡勿落哉，起哄，也呒不劲哉，声音停下来了。等到唔笃格声音慢慢叫、慢慢叫静下来么，诸葛亮开口。

诸葛亮在笑："哼哼哼哼哼哼哼哼喝喝哈哈哈哈哈哈哈。""咦？"江东格批文官呆脱哉哟。哈吔？诸葛亮！什个样子格一篇闲话上来，侬非但勿觉着难为情了，还笑得出啦？啥道理？听俚在讲，讲点啥？诸葛亮格个话呢，又像是搭张昭讲，又像是搭全体文官讲，又像么是自说自话。"鹏——飞万里，凤翔千——程，其——志向远高，岂寒雀鹪鹩能——识乎？"

哗——江东格批文官俙对吾看，吾对侬望。诸葛亮咕点啥？诸葛亮说：大鹏，大鹏要么勠飞，一飞，就是一万里，鹏程万里。凤凰呢，要么勠飞，飞起来，高得不得了，要一千程。程，是一种计数。一程就是八尺，一千程就是八千尺。凤凰要飞到八千尺以上。大鹏格远，搭凤凰格高，格种啥格麻雀了、燕子、鹪鹩，格种小虫呢，根本看勿出。因为啥？因为只能够飞到寮檐什梗高，在瓦楞里向做做窝。俚是低层次。大鹏格远，搭凤凰格高，麻雀是勿能够理解，也根本看勿见。喔哟！格两个文官心里向转念头，诸葛亮厉害。诸葛亮格两句话在侮辱吾伲。俚自家在比大鹏，比凤凰，拿吾伲当格种小鸟、鹪鹩、起码鸟啦。赛过俚格志向啦，吾伲呒不办法理解。嗐唷，倒心里向气了嚏，看侬诸葛亮呐吭样子回答下去？

那么诸葛亮继续讲，诸葛亮呐吭讲法？好像诸葛亮勿是正面回答张昭格说话，在讲其他格事体。其实呢，诸葛亮讲的，搭回答张辽格闲话，非常有关系。

诸葛亮呐吭讲法呢？诸葛亮说：比方一个人，假使说生仔毛病，而且格个病呢，勿是一般格病，重病。非常危险。那么郎中先生，要搭俚看病格辰光，应该呐吭看法呢？呐吭处方了，下药呢？第一步，就拨点薄粥汤拨俚吃吃，再拨点比较缓和格药拨俚吃吃。让俚格病情呢，稳定下来。那么弄清爽，俚是啥格毛病，对症下药。让俚格病体呢，渐渐叫恢复。在恢复过程当中，那么再拨重头药拨俚吃。格个药呢，可以用得重一点。同时呢，也好让俚进点补。非但是药补了，外加还可以食补。吃格里向，也可以让俚吃得好点。倘然说，格个人在病重得不得了格辰光，侬拿千把种猛药、重头药，拨俚吃下去。像笃一只蹄髈啦，烧一只甲鱼了，格种厚味格物事，让俚吃下去。俚接受勿落的，虚不受补。那么侬下格种重头药下去，俚抵抗勿住。格个呢，侬勿是要俚活，侬反而催促俚死。因为侬格药勿对，侬格治疗方法，错误了。诸葛亮格个意思，就是说，一个郎中先生看病，格个病人本来勿会死的。因为格个郎中本事蹩脚，是格庸医，那么唓，庸医杀人。一个大臣，帮助东家处理国家大事。倷假使说，格个人吪不本事，勿是一个良臣，一个有本事格大臣，而是一个庸臣，庸臣呢，就要误国了，格个国家就要失败了，就要亡国了。

诸葛亮借了看病格个情形来做比方。实际上讲啥呢，就是要讲到刘备身上去。"我主刘皇叔，昔日兵败于汝南，寄居于荆楚，此是病势沉重之时也。"诸葛亮讲，吾投刘备，唔笃了解的。刘备处于一种啥格环境？刚巧败汝南，汝南失守，立脚场化侪吪不。刘备呢，过汉江，逃到荆州。刘表拿俚招留下来，借住夜、吃便饭，寄人篱下。后来，蔡瑁要害俚，荆州登勿牢哉。刘表让刘备呢，到新野县。格新野县是一个啥格县城，是一个衰僻小县。老百姓亦勿多，地方又交关穷。刘皇叔不过暂时借一借，登一登了。刘备格个辰光，只赅几化兵马？九百五十个兵。大将只有几化呢？只有关、张、赵云。只有什梗几个人。赛过像一个人格病重得一塌糊涂。什梗一个局面，吾诸葛亮出山，倷倒讲讲看，吾用啥格办法去搭曹操打？硬拼？正面去搭俚拼，鸡蛋搭石头碰，徒然牺牲，勿来赛格吪。吾，搭管仲、乐毅勿一样！管仲帮齐桓公。齐国，强国，民强国富。乐毅帮燕昭王。燕昭王，黄金台招贤，也是欣欣向荣了，国力比较强。管仲、乐毅投着格东家好，吾诸葛亮投着格东家穷。虽然吾格东家什梗穷，兵不满千，将不满十。而且呢，军不经练，粮不继日。粮草又是少，城关又是小。格个城关么，又勿巩固。在什梗一个局面底下，曹操派人马打过来，吾诸葛亮火烧博望、火烧新野、白河决水，两蓬火一场水，拿二十万曹兵杀得全军覆没。使张辽、许褚、夏侯惇望风而窜、心胆俱裂。老实讲一声，管仲、乐毅格用兵，也不过如此。

诸葛亮反转来哉哦。诸葛亮讲：吾并勿是勿及管仲、乐毅，吾超过俚笃。因为刘备穷，勿能够搭齐桓公了燕昭王比。吾在什梗格一个环境底下，吾能够破曹兵二十万。格个，倷请教管仲、乐毅，如果说，活到现在来帮刘备忙，阿做得到吾诸葛亮格点了。恐怕做勿到吧？至于讲，荆州失守，吾勿能够拿荆州得下来，格个勿是吾诸葛亮格过失。当初刘表预备拿荆州交拨刘备的，刘备回头，勿肯。后来走樊城，过襄江，到襄阳，大公子刘琦派人到樊城来搭吾联系的，预备两路合并了，攻打襄阳，拿襄阳去得下来。刘备勿肯。刘备呐吭讲法么，刘表死仔勿长远，骨头还齁冷。吾不忍去夺，同宗弟兄之基业。格个是刘备格大仁大义啦。勿得荆襄，勿是吾诸葛亮吪不本事了，勿得荆襄。格么倷再讲，当阳道格吃败仗，为啥道理吃？当阳道吃败仗，因为刘备带了新野县、樊城县两县难民在逃难，一日天不过跑十里路。跑了一个月，只有走三百里。曹操人马追过来哉，刘备得信，有人劝刘备，乱脱仔老百姓跑，刘备勿肯，情愿搭老百姓同患难、共生死。至于曹兵追到，刘备格家小跳井自杀，儿子失落在乱军当中，格个是刘备格大仁大义。并勿是吾诸葛亮吪不本事，也勿是刘备勿能够离开当阳了，避免脱格场败仗。格吃败仗格客观情况，什个样子格情况。

诸葛亮什梗一来，拿俚兵败当阳格道理统统侪讲出来哉。清清爽爽，勿是吾诸葛亮格过失。

再讲，韩信当初辰光，帮汉高祖，搭项羽打。韩信也并勿是仗仗打胜的，也有吃败仗辰光。刘邦败起来还蛮结棍格呀。但是呢，在九里山一仗，项羽兵败乌江，自刎于乌江。韩信呢，平定天下。刘邦开汉朝，一统天下。格么说起来韩信一径跟刘邦格咾，跟汉高祖格咾，为啥道理，并勿是仗仗打胜仗呢？世界上打仗，从来呒不常胜将军，吃败仗是正常情况哟。所谓叫胜败，军家之常事了。胜不足为喜，败不足为忧。而是要分析，吃一堑、长一智，呐呒样子可以再翻转来。格么既然韩信帮汉高祖格忙，也并勿是场场侪打胜仗格么，为啥道理勿能容许吾诸葛亮，吃场把败仗呢？诸葛亮什梗一讲哉么，俚格理由统统侪翻过来。

接下来诸葛亮闲话，反攻哉。"盖国家之大计、社稷之安危，是有主谋，非比夸——辩之徒，虚誉欺人。坐议立谈，无人可及。临机应变，百无一能。诚为天下之人，笑及公等——也。""哗……"诸葛亮格个一番闲话，说得张昭面红耳赤，头侪抬勿起来。张昭佩服。诸葛亮，的确有本事。吾刚巧格一篇说话啦，是昨日夜头构思，想了一夜天，而且搭大家商量仔下来，用什梗几个办法：俚自家比管仲、乐毅啊，俚勿得荆襄啊，刘备勌得着俚么有新野、樊城啊，得着仔俚么，反而勿及当初啊。俚么勿及管仲、乐毅啊。格番闲话，一层一节，哪恁样子去羞辱诸葛亮了，去坍俚格台啦，要考虑得蛮长远。而诸葛亮又勿晓得吾要什梗讲。诸葛亮就不过等吾闲话讲完，静了。哈——脑子一转，马上闲话来了。拿格点道理统统侪讲出来：吾，并勿是勿及管仲、乐毅。吾为啥道理要弃新野、走樊城、败当阳、奔夏口，侪讲出来哉。接下来，诸葛亮讲得几化清爽。动脑筋，看问题，要从天下着眼，要宏观来看问题。要盖国家之大计、社稷之安危，从大局上来考虑。格么叫有主谋。诸葛亮格连下来讲，唔笃江东人哪恁哪恁，勿像格种夸辩之徒，夸夸其谈。哈呀，嘴讲来得的。名气倒蛮响，有点虚名气。所谓虚誉欺人，坐着议议，立着谈谈，说说空话，本事一等。临机应变么，百无一能。拨天下人要笑唔笃。诸葛亮格个一番闲话么，江东班文官，侪响勿落。好了，吃瘪了。张昭开勿出口了。

格么难道说，江东点文官就什梗完结哉啊？哪恁肯。嘎许多文官了，勿肯完结的。

张昭么失败了，第二个人上来了。格个人姓虞，单名格翻，号么叫仲翔，浙江余姚人，孙权手下格大夫，蛮有名气的。"啊！卧龙先生，虞翻有礼！"诸葛亮因为刚巧搭俚见过礼，晓得俚是虞翻，鲁大夫也搭俚介绍过啦。"仲翔先生！""卧龙先生，曹丞相雄兵百万，战将千员，龙骧虎视，并吞江夏。不知先生以为如何？"喔哟？诸葛亮一听，俚出一个问题。俚讲啦，曹操雄兵百万，战将千员，龙骧虎视，马上要来并吞江夏了，俚有啥感想？格闲话呐呒回答呢？倘然说曹操来勿怕，勿怕么，俚呐呒会吃败仗呢？倘然说怕？怕么好了，已经俚输脱了哉。格点威势，统统侪打脱哉。还有啥格威风？

诸葛亮心里向转念头，闲话么短的，就问吾曹操打过来，俚看呐呒？诸葛亮当然勿会让俚，针锋相对。"仲翔先生，曹操收袁绍蝼蚁之兵，结刘表乌合之众，虽有百万啊，何——足惧——也？"诸葛亮劈口回头，勿怕！照吾诸葛亮看起来，吭啥怕。为啥呢？因为曹操格兵虽然多，但是俚格兵源啥场化来的？俚一方面，是收袁绍格兵，多得像蚂蚁什梗，蝼蚁之兵。刘表部下是乌合之众。格种蝼蚁之兵了，乌合之众，虽然有一百万，照吾诸葛亮看起来，吭啥怕。"哈哈哈哈……兵败于当阳，计穷入夏口。到江东而来，明明求救于人，大言不惧，好不惭愧唷！"勿客气哉！俍诸葛亮推位啦，还说勿怕。勿怕么，俍为啥道理兵败于当阳？勿怕么，俍为啥道理要计穷入夏口呢？俍现在到江东来，清清爽爽。俍是来求救江东。还要口出狂言了，勿怕曹操人马，拨别人家笑喔。"仲翔先生，刘皇叔以数千仁义之师，安能敌百万虎狼之众。退守夏口，所以待——时也。"诸葛亮蛮坦率的：吃败仗，有介事的。为啥道理吃败仗？兵力悬殊。因为刘备只赊数千个，几千个仁义之师，在当阳道，呐吭挡得住一百万格虎狼之众呢。现在退到夏口，为啥？在等辰光，等机会，以待时机。"今江东，有六郡八十一州之地。前有长江之天险，后有河海之坚固。而欲使其主屈膝降贼，不顾天下人耻笑。由——此而论，我主真不惧曹——操也！""呃，这个。"虞翻拨俚搿住。

诸葛亮厉害。诸葛亮说：唔笃江东，有六郡八十一州，兵精粮足，民强国富。前有长江，后有河海，什梗好格条件，唔笃格两个文官勿争气，要撺掇孙权去投降。格俍倒说说看，啥人怕？明明唔笃在怕。刘备虽然吃败仗，虽然什梗穷，但是刘备，还是要搭曹操打，屡战屡北，而屡北屡战。刘备还勷想到过投降，还是要打，可见得刘备勿怕。刘备为啥道理勿怕？因为有吾诸葛亮有本事，吾诸葛亮在撑俚格腰，吾在帮俚格忙，所以勿怕。孙权为啥道理要怕？为啥道理要吓？因为用着唔笃格种庸夫俗子呃，贪生怕死、卖主求荣格文官，所以孙权要怕。俍吭不资格来笑吾诸葛亮怕！虞翻还有啥闲话好讲？响勿落。两个打倒。

第三个来哉。第三个文官，此人姓步，一步路、两步路格步，单名格骘，号么叫子山。"啊，卧龙先生，莫非你，要效学苏秦之伶口、张仪之巧舌，前来游说我们江东么？"诸葛亮一听，喔。俚呐吭讲法？俚说吾诸葛亮，俍阿是要效学苏秦、张仪，用伶牙利嘴，舌剑唇枪，到该搭来做说客。嗯，诸葛亮想想，步骘啊，俍格个闲话是吭不力量的。就算吾吭不回价，承认吾是说客，有啥坍台呢？吾搭苏秦、张仪一样么，有啥坍台？苏秦，张仪，侪是列国辰光有名气格人物。喔，俍拿俚笃赛过看得很低，贬低俚，认为俚笃是靠嘴讲吃饭的，完全是靠三寸不烂之舌。因此么，俍也看勿起吾诸葛亮？"步子山，以苏秦、张仪为辩——士。此言差矣。苏秦、张仪，乃豪——杰也。苏秦，六国封相，张仪，两次相秦，皆有匡扶天——下之才。非比君等，畏刀惧剑之人一般。君等闻曹操虚诈之词，便欲畏惧请降，敢笑苏秦、张仪——乎？""呃，呃，这。"步骘吭不闲话了。为啥道理？诸葛亮就拿俍格闲话来回答俍。俍看勿起苏秦、张仪，苏秦六国封相，张仪两次登了秦国做宰相。啥格资格了？俏宰相一级格资格。俚笃从来齮劝东家投降过，呒不的。唔笃呢，唔笃看见曹操人马在赤壁山，发一道檄文到该搭点来，已经吓得了魂灵心出窍。要叫孙权赶快去投降吧，勿能打嘎，投降投降。唔笃呐吭有格资格去笑苏秦、张仪呢？搭苏秦、张仪距离远了！步骘呒没闲话好讲。诸葛亮说退了第三个。旁边头大家毕静，呒不声音。只听见一个人咳得勿得了。

"喔嚯朴朴……"呛。格朋友啥等样人呢。此人姓薛，单名一个综，号么叫敬文。老大夫，年纪大，身体勿好，在咳嗽。用现在格闲话讲起来是，肺气肿。呛得蛮厉害。按照道理讲么，冷天，齐巧在咳嗽发病格辰光，勿应该出来。俏是两个年纪轻格小谋士，张温啊，骆统啊，跑到俚屋里向去讲，老大夫啊，俅出来吧，俹啊要搭诸葛亮舌战了。俅出来呢，俅年纪大，名气响。俅是从前辰光，孟尝君田文之后裔啊！俅出来么，镇镇风水，让诸葛亮看见哉么，吓一吓。格老老拨俚笃一讲么，来了。来哉么，开头坐在旁边头，已经格气勿大平了。吼——吼——拨了诸葛亮说退张昭，说退虞翻、步骘么，老老头实在气勿过。江东两个文官坍台啊！拨了格客人弄得来，哑口无言。呒不闲话好还价。老老实在熬勿住哉么，开口哉。但是在发病，情绪一激动，呛得更加厉害。"卧龙先生！喔嚯喔嚯……"诸葛亮一听，啥人介？一看，组苏雪白，薛综。因为鲁大夫搭吾介绍过的，江东文官当中年纪顶顶大，薛综。"敬文先——生。""我问你，曹操，是何许样人——呐？"吾问俅，曹操啥等样人？咦，格诸葛亮心里向转念头，俅格闲话多问脱的。曹操啥等样人么，大家俏晓得的。俅为啥道理要来问吾呢？"曹操，乃汉——贼也，又何——必问？"曹操是汉贼！俚表面上是汉朝格宰相，实际呢，是汉朝格奸贼。名为汉相，实为汉贼。俅问俚做啥。"此言差——矣。"错啦。诸葛亮想，吾错了啥格上？"大汉传至于今，四百余年，天数已绝。哪有不亡之国，哪有不败之家？曹丞相三分天下，已有其二，人皆归心。刘备不识天时，强欲与争，安得不败，安得不败哟？喔嚯嚯嚯。"

诸葛亮一听，啥物事啊？薛综格个闲话，岂有此理？俚呐吭讲法？俚说，汉朝传到现在四百年了，天数已经绝了。哪有不亡之国，哪有不败之家，气数已到，汉朝是呒不救哉。曹操呢，三分天下，已有其二。天下人格人心，俏向曹操。而刘备勿识相，板要去搭曹操打么，叫不识天时，强欲与争。呐吭会得勍败呢，呐吭勍败呢？诸葛亮想，俅啥格立场？喔，俅立在曹操一面，讲汉朝应该要完结了。而诸葛亮是属于灭曹兴汉格立场。当然，两家头格个观点冲突得勿得了了。诸葛亮勿客气哉，对仔俚面孔一板，"敬文说此言，乃无父无君之——人也！"格个一句闲话，骂得格薛综更加气。诸葛亮呐吭讲？诸葛亮说：俅说得出格句闲话啊，俅格人是呒不爷的，俅格人是呒不皇帝的，叫"无父无君"。当时，在诸葛亮格个辰光格时代啦，封建时代。封建时代就是讲忠、讲孝。忠么忠于国君，孝么孝爷娘。诸葛亮就说，俅、俅格人是不忠不孝之人，也是吭不爷了，吭不皇帝的。无父无君的。

格闲话讲得非常非常重，在当时讲起来，是极重极重格闲话。薛综当然要气。诸葛亮为啥道理要说俚无父无君呢？因为唔笃爷，汉朝格大臣。唔笃格上代俉是汉朝格官职，世代是汉朝格官职。俉为啥道理现在，要立在曹操角度上，讲汉朝应该要亡！俉阿是无君？唔笃爷是汉朝格忠臣，你为啥道理做汉朝格奸臣？要立在汉贼格一面，俉阿是对住唔笃爷。"人生天地间，以忠孝为立身之根本。足下既为汉臣，理当为国尽忠，剿灭乱贼。曹操乃汉相曹参之后，如今欺君罔上，专权肆横。足下反以天——数归之，真无父无君之——人也！不足语！请勿复——言！"诸葛亮对俚面孔一板，俉吭不资格搭吾讲闲话，免开尊口。俉忘记脱仔唔笃格上代头了，忘记脱仔汉朝了。曹操，曹操俚应该是汉朝格忠臣。因为曹操格上代头是曹参，汉相之后，俚应该要忠心为国。现在曹操做啥格事体？非但拿汉献帝围困在宫里向，带剑上殿，立而不跪。外加呢？一幅白绫，拿董贵妃绞杀。董贵妃肚皮里向还有身孕了。因为衣带诏事体穿帮，董国舅满门抄斩。俚进宫来逼宫格辰光，董贵妃肚皮里向有小囡么。汉献帝就求，阿能够让俚贬入冷宫。俚有罪，小囡吭不罪名，养下仔小囡了再拿俚处分。曹操勿答应。曹操回头呐呒一句闲话啊？留下这孽种何用？难道要为母报仇啊？一幅白绫，吭——拿董贵妃绞煞么，连肚皮里向几个月格身孕，一道死脱。格个是残酷，勿讲人道。曹操什梗糇，俉反而要拿格天命去归拨俚。啊？俉，俉啥格立场？俉对得住唔笃上代头格祖宗？对得住汉朝格历代皇帝么？勿许俉开口！诸葛亮什梗一讲么，老老头拨俚气得了，那是咳得加二厉害。"喔哟，嚯嚯嚯嚯嚯嚯，喔嚯喔嚯喔嚯。"

旁边头两个人一看勿好，老老头劲发厥。劲掼倒在该搭点迎宾馆里向。豪燥点拿俚扶出去吧。老先生，老大夫劲动气，劲动气。拿俚扶出来，扶到外头，一肩轿子送到俚屋里向，马上请医生来看。药吃下去，吭不用场。勔到三日天么，呜呼哀哉！伏惟尚飨。诸葛亮在迎宾馆里向，骂杀一个薛综。格俉格句闲话阿忒夸张？人，骂得杀嘎？嗳，骂得煞的。《三国志》里向有一回书，叫诸葛亮骂死王朗。诸葛亮出祁山，在战场上搭王朗碰头。王朗也是格种观点，搭诸葛亮讲，啊，汉朝么应该亡国，魏王么应该要登基。俉，勿识时务，俉还要来出祁山打么，俉错脱哉。吾看俉阿要投降吧。诸葛亮拿王朗骂，格一句闲话骂得结棍。最后两句结语是："苍髯匹夫，皓首老贼，即日死于九泉之下，有何面目见大汉二十四帝？"王朗，"哦哟！"磅当！马上掼下来。等到人扶起来一看么，断气哉。已经死脱。骂杀的。其实呢，其实么老老头年纪大哉，本来么血压高，心脏么也勿大好。拨诸葛亮一骂，磅当！从马上跌下来，一跤跟斗一跌么，心肌梗塞，死脱哉。真正讲，说闲话能够当场说得杀人，格个勿大可能。有其他格毛病，并发了，死的。格么骂死王朗，《三国志》小说上有。说杀薛综吭不。舌战群儒上吭不的。俚格回书里向，俉寻勿着的。不过一点呢，可以证明。啥物事可以证明么？俉看下去。《三国志》一百二十回看完，从舌战群儒再往下头看啦，薛综一脚勰出过场。为啥道理勿出场，死脱哉，所以勿出场。俚如果勿死么，俚总要出趟把场。格么薛综既然是拨了诸葛亮说杀的，为啥讲究，薛综格家属勿搭诸葛亮打官司呢？可以去控告诸葛亮咯？俚过失杀人罪！或者俚故意杀人罪。勿好告的。为啥道理？呒不凭据。因为打杀人啦，验得出伤的。用毒药药杀人，也验得出的。唯有说杀人呢，验勿出的。俚阿能够说杀仔格人了，马上送到医院里向解剖，或者么用 X 光透视了，咪咪咯咯，是格两句闲话说杀的。嗱，格两句闲话就是"不足与语！请勿复言！无父无君之人也！"就是格个两句闲话，在心脏旁边拿心血管堵塞了，以至于死脱。查勿出的。勚说俚 X 光，W 光侪呒不用场。验勿出格呀。所以格辰光苏州人有句笑话啦，叫"说杀人，勿偿命"。说杀仔人，用勿着抵命的。因为呒不凭据，查勿出的。其实呢，薛综本身有毛病，肺气肿已经到了后期，心力衰竭哉。受点刺激回转去，吃药呒不用场么，天么冷，病一发么，人，死哉。并勿是诸葛亮当场一句闲话，拿俚说得了立刻断气，呒不什梗一桩事体。夸张一点讲起来么，诸葛亮就是在迎宾馆里向，说死一个薛综。

当时，薛综么去了。两个小谋士拿俚扶到外头上轿么，两个小谋士回进来坐定。薛综一只空位子咯，张昭格底下人算拎得清的，拿只空凳子马上去搬脱。哈呀，格张昭对底下人看看，俚格个家伙么多此一举。为啥呢？格只凳子俚拿脱俚作啥？诸葛亮勰进来了，空凳子要拿脱，格么让诸葛亮进来，呒不坐。现在诸葛亮已经坐好了哉。俚格只空凳子拿脱么，派头忒小哉。赅了诸葛亮格当面，显得出吾伲江东格文官气量几化小了。一有空凳子马上就拿脱，勿拨别人坐。张昭也响勿落。

薛综一走之后么，旁边头又有一个小谋士开口。俚熬勿住哉。俚觉着诸葛亮，俚脱过分哉。讲出来格闲话，一眼呒不分寸。拿人家老先生骂得什梗种腔调。俚年纪大，气勿起。吾年纪轻，勿买账。吾要来搭俚诸葛亮谈谈。"啊，卧龙先——生！"诸葛亮一看，喔哟，年纪轻。头上方巾，一方绿珏。身上海青，丝带系腰，粉底靴儿。眉清目秀，唇红齿白，骹下无须。文官当中，让为俚年纪顶顶轻。俚来搭吾谈，谈点啥？

诸葛亮两只眼睛在对俚看呢，俚开口："卧龙先生，曹丞相虽则挟天子以——令诸侯，然而是汉相国曹参之后裔。刘豫州虽说当今皇叔，然而无可稽考。眼见者，乃是织席贩屦之夫耳。何足与曹公抗——衡哉！"诸葛亮一听，蛮清楚，俚在比出身，比身价。曹操虽然挟天子以令诸侯，但是呢，俚毕竟出身好。俚是汉朝开国功勋，曹参之后裔。刘备呢，刘备虽然说起来，中山靖王之后。但是呒不稽考，呒不查考呀。刘备格出身啥物事，织织席了，卖卖木屦呀。做小生意格呀，一个小贩，有啥了勿起？俚呐呒不资格搭曹操去抗衡。勿能比。相差忒远了。诸葛亮晓得，格个年纪轻格人，因为鲁大夫搭吾讲格啦，江东文官当中年纪最老的，薛综，最小的，此人姓陆，单名格绩，号么叫公纪，苏州人。诸葛亮晓得俚格名姓，晓得俚格出身底细。诸葛亮对俚一笑，"足下可是袁——术座间，怀橘之陆郎——乎？"诸葛亮问俚，侬阿就是曾经在袁术袁公路席面上，园歇过两只橘子格陆绩，阿就是侬？"呃，正——是！"陆绩面孔侪红起来。为啥道理？难为情啊。

诸葛亮在说俚侬格老话哉。陆绩身上有桩故事。陆绩格辰光只有十岁了，但是呢，人聪明，已经对答如流了，蛮有点文才了。齐巧格辰光，袁术袁公路，要做皇帝，自立为皇帝哉。那么问手下，阿有啥格祥才。那么有人讲，地方上有格人，虽然勿是吾伲该搭点本地人么，是苏州来的，但是学问交关好，是庐江太守陆康格儿子啦，叫陆绩。喔？嗳！年纪么小，对答如流。喔？格个是祥才。是像侬要做皇帝哉。那么袁术关照：喊俚来。拿陆绩喊到宫里向，袁术蛮喜欢俚。搭俚谈谈讲讲么，果然，讲闲话倒蛮有点文才。赐一桌酒水，请俚吃酒。小囡呀，坐在席面上么，蛮拘束了，勿敢吃。那么袁术呢，照顾俚，立起身来往里向进去，让俚一干子吃。一干子吃啦，稍微可以放松点。袁术进去哉么，旁边头人侪跑开。酒水台子上呢，有只盆子。盆子里向有四只炫红格大橘子。喔！格橘子好，拿两只望准袖子管里一园。等歇，吃仔一泡。袁术出来一看了，少脱两只橘子。格两只橘子么，大概俚吃脱哉咯？吃脱哉么，咾吭台子上皮也呒不，核也呒不呢。阿会得小囡勿懂了，连皮一道吃脱嘎？也不在话下。吃好仔之后，再讲脱一歇么，陆绩要跑了。那么袁术么实在欢喜格小囡，脱小了呀，十岁。封俚做官么还勿来赛，只好过脱一抢等俚大点了，再派俚用场。跟俚出来，欢喜俚。勿晓得格陆绩弄错了，当仔袁术在送俚了，回转身来唱一个喏么："小人，告——辞。"一个喏唱下来，俚忘记脱仔袖子管里向有两只橘子了。朴咯拓，两个橘子落出来么，旁边头两个底下人阿要笑的。"嘿"，格个小囡，吃仔一顿，还带两只橘子回转去。唔笃在笑格辰光么，陆绩叫啥马上对袁术讲，陛下，臣呢，家中有老母，在生病。病里向呢，要想吃橘子，市面上呢，买勿着。那么吾看见席面上有了，所以吾带两只橘子转去，吾拨了吾娘吃。归兮老母。"喔！"袁术对旁边头底下人讲，唔笃覅笑俚噢。格个小囡了勿起。为啥呢，因为侬孝娘。俚看见橘子好，俚就要带转去，归兮老母。叫"陆郎怀橘"。关照，来。格个橘子，外头市面上是呒不卖格么，是外头进贡来的。关照送两篓橘子，到陆绩屋里向去。陆郎怀橘么，当时就传开来。所以现在二十四孝格图上，其中之一就是陆绩，陆郎怀橘。眼睛门前勿大看见。吾小辰光还看见年画上，有二十四孝格图。因为格侪带点封建色彩。陆郎怀橘么，二十四孝之一。

其实吾小辰光，读书辰光。吾看见格个孝子，吾顶顶勿服帖了。为啥么？格个孝子吾也会做的。吾跑到水果摊门前，看见鸭儿梨，嗒！捞两只鸭儿梨往袋袋里一园。水果摊老板拿吾一把抓牢，嗳！侬为啥道理要偷鸭儿梨啊？嗯，转去拨伲爷吃的。伲爷在生病，要吃梨。喔？喔，孝子。唐郎怀梨。就可以说，吾赛过小辰光，带两只梨回转去拨了爷吃。来来来，送两网篮梨拨吾。格么格个孝子，大家会得做的。格么诸葛亮现在辰光对俚讲啥格闲话？诸葛亮并勿是表扬俚，诸葛亮是取笑俚。倷是偷两只橘子。倷曾经在袁术席面上偷仔两只橘子，带转去拨了娘吃。手脚勿干净，有过什梗一段劣迹的。

二十四孝上，的确呀。倷仔细看看，有几个孝是，实在是勿通的，也勿值得去学习的。倷比方说，有格孝子，叫王祥，卧冰求鲤。冷天，娘要吃鱼，河里向么结仔冰哉。鱼捉勿着，买勿着。那么俚脱脱仔衣裳，赤仔膊，困在冰上。拿格冰烊出一个洞，孝心动天，一条鲤鱼喷！从洞里向跳出来。拿格鱼带转去拨了娘吃。吾为啥道理小辰光，从小就反对格个孝子？因为俚苏州格冰薄勿过呀。倘然说吾娘要吃鱼，结仔冰哉，吾困到冰上，冰还来勿及烊脱，酷弄通，冰碎脱，人掉下去了，勿沉煞脱嘎？所以格个孝，勿好学的。吾顶顶反对二十四孝里向有格孝子，叫郭巨。俚格故事叫啥？叫"埋儿得金"。因为郭巨么夫妻两个，养一个小囝，上头有格娘。做小生意的，赚格铜钱很少，穷。那么养仔娘呢，小囝吭不吃。拨小囝吃仔呢，娘要吭不吃。蛮困难了。那么好婆呢，喜欢格孙子，自己勿吃么，侪去喂拨了格孙子吃。小囝么一日壮一日，好婆么一日瘦一日。变成功什梗格情况。那么郭巨两夫妻两家头商量。两家头商量下来，娘，年纪大，望得见。勿能够让娘什梗瘦下去。小囝，吾搭倷将来还可以养的。现在吾俚只好承担赛过三个人格开销啦，勿能有四个人。垒一个墰，拿格小囝葬脱。那么，物事呢，让娘可以吃饱。后首来，俚笃去挖墰格辰光么，孝感动天了。地皮底下挖着一只甓，甓壳开来么，一盆金子。有仔格甓金子哉么，小囝也用勿着葬脱哉。因为俚是孝子了，所以叫"埋儿得金"。格么倷为啥道理，从小就要反对这格个郭巨呢？因为吾格辰光家里向也穷呀。俚爷，也赚勿动。吾屋里也有格娘，也有格好婆。那么吾看仔格个，年画上格幅图么，吾一径吓的。吾想吾格爷，勿挖仔格墰，拿吾葬脱了，养好婆介。啊，一径担心思的。那么老实讲一声，垒下去，垒着一只甓，甓里有金子，格种事体是非常偶然，勿大可能格啦。所以格个孝呢，也勿值得提倡。像陆绩格种孝，也要打只问号。

今朝诸葛亮搭俚讲啥格闲话呢？倷阿就是曾经在袁术席面上捞歇过两只橘子格小贼，阿就是倷？陆绩阿要窘格啦？面孔涨得炫红。诸葛亮对准旁边头一看，"哼！"一声冷笑。嗹！江东格批文官窘啊。诸葛亮格个啥意思呢？诸葛亮对旁边头两个文官看看，像煞有介事，行头笔挺，文质彬彬，诗乎腾腾。手脚不干净格朋友，也在做文官，阿要坍台。旁边头两个文官对陆绩看看，陆绩啊，倷手脚勿干净么，就免开尊口哉呀。倷看诸葛亮在取笑倷，赛过看一看江东文官当中，除出捞橘子的，阿有偷文旦格人了。勿像煞俚，侪有点嫌疑了。嗹，弄得蛮难为情相。诸葛亮对陆绩是轻薄的，勿客气。"请安坐，听我，一言。"倷坐好。赛过像对小囝什梗，倷坐好哦，听吾讲哦。长辈来训教倷。"刘皇叔堂堂汉室宗亲。当今天子，在金殿，对谱赐爵，何尚'无可稽考'？织席贩屦，乃是孝养母亲，何足为——辱？"诸葛亮第一个驳掉俚，倷看勿起刘备，说刘备织席，卖木屐，坍台的。坍啥台？刘备第一，俚勿是冒称皇叔。因为俚在金銮殿上搭皇帝对谱。家谱对下来，刘备，要比汉献帝长一辈。所以当场改口，称俚为皇叔。勿是冒充皇叔，勿是呒不稽考。第二点，刘备为啥道理要织席、卖木屐？因为刘备爷，老早就死，屋里有格娘。穷，读勿起书。开伙仓有困难，娘织席，刘备做木屐。做好仔之后，拿到路上，市场上，摆一个摊，卖席、卖木屐，做小贩。将本求利，孝养母亲，啥格上坍台？刘备又勶手脚勿干净了，去偷过别人家橘子，呒啥坍台咯。"曹操，既然是汉相国曹参之后，理当忠心为国。如今曹操，欺君冈上，不惟无祖，亦是无君。足下真乃小儿之见，岂足与高——士共——语！"俆呒不资格搭吾讲闲话。俆拿曹操捧得了，是汉朝相国曹参之后裔。就算曹操是曹参格后代，曹参是汉朝格开国功勋，格么曹操应该是忠臣咯？应该忠心报效汉朝咯？现在曹操呢，欺君冈上，杀害忠良，挟天子以令诸侯。俚非但是，对勿住皇帝，对勿住汉朝，同时还对勿住俚格上代头祖宗曹参。俆倒反而赛过拿出身高贵，去表扬曹操了，去捧俚。俆还有啥格资格？俆阿有是非？俆格种小囡见识，俆呒不资格搭吾讲闲话。陆绩"啊！嗞嗞嗞嗞嗞嗞嗞"，窘啊。面孔涨得炫炫红么，缺一个地洞钻钻。呒没闲话好讲。

　　诸葛亮一连串，张昭、虞翻、步骘、薛综、陆绩，说退了五个文官。就什梗完结啦？江东格班文官，就什梗收场啦？让俆诸葛亮得意洋洋，不可一世？当然勿肯。旁边头有格文官又熬勿住哉。第六个。此人姓啥，姓严，单名格畯，号么叫曼才。人呢，条干蛮长，面孔黑，带瘦。又长又黑又瘦。对仔格诸葛亮，"卧龙先生，想你好为大言，未必真有实学，未识你平生，治何——经典？"吾问俆，俆诸葛亮格真赞货本事有几化？俆治出过哪里一部经，哪里一部典？俆在四书五经，格些经学上，俆下过啥格功夫？俆搭吾讲讲看？搭俚讲学问。诸葛亮当然要回答俚咯。诸葛亮舌战群儒，碰头孙权么，要下回继续。

第六十三回

智激孙权

诸葛亮，在迎宾里向，一连说退仔五个谋士。现在第六位，叫严畯，严曼才。俚搭诸葛亮讲，倷刚巧格种闲话啦，完全是强词夺理，倷有啥格真才实学呢，吾请教倷，平生治歇过啥格经，治歇过啥格典？诸葛亮一笑，"曼才先生，寻——章摘句，世之腐——儒也"。诸葛亮讲，倷寻两本书，翻开来，哦，格搭点一句抄抄下来，归搭一段摘摘下来，格个名堂叫啥？叫寻章摘句。那么再拿俚拼凑起来，写成功倷自家格文章。格种读书人，讲得难听点啦，叫读死书。勿是一个安邦定国、或者兴邦立业格人。诸葛亮讲，商朝有格开国功勋，叫伊尹。伊尹是耕种于莘野。还有一个姜子牙，在渭水河边上钓鱼的。伊尹是兴商，姜子牙是兴周。那么再讲近点，汉朝张良、陈平之流，邓禹、班超、耿弇之辈，侪有匡扶天下之才。吾也勿晓得俚笃平生，治歇过啥格经，治歇过啥格典呢？吾诸葛亮，勿单单是靠读几本书了，或者治出几部著作出来，而是要为国家，做一点事体出来。吾应该去搭张良、陈平什梗去比较。吾决计勿会效学格种书生。"区区于笔砚之间，数黑论黄，舞文弄墨而——已乎？""呃，这。"严畯呒不闲话讲。因为诸葛亮立格角度搭俚两样。诸葛亮是一个政治家。俚是以安邦定国，天下为己任，所以对格种读书了，啥格经典著作了什梗啦，并勿当桩大格主要事体来看待。

严畯呒不闲话讲么，旁边头又是一个人出来哉。第七个，格个人是汝南人，姓禾旁程，单名一个秉，号叫德枢。"卧龙先生。"诸葛亮一看么，格个人人比较矮，面孔白的，身材也比较胖。搭严畯呢，齐巧一个对比。严畯么，是长了格黑了格瘦。俚呢，是矮了格白了格胖。听听看，俚讲点啥？程秉格闲话很简单，对仔诸葛亮："你呀，好为大言，未必真——有实学，恐怕为儒者所笑哦！"诸葛亮一看，啥物事啊？俚说，说吾格种侪是说大话朋友，夸夸其谈。倷有啥格真才实学？倷勿像一个读书人。倷啊，要拨了读书人笑的。俚拿格儒，拿格儒格标准来笑倷诸葛亮啦。诸葛亮回头俚，"德枢先生，儒有君子、小人之别"。读仔两本书，识点字，读书人。但是读书人呢，分两种，一种是君子，一种呢，小人。格君子格读书人，格个人是守正、恶邪，拥君、爱国，对当时的老百姓有好处，可以名流后世。格个是君子之儒。格么小人之儒呢，专攻翰墨，青春作赋，皓首穷经。叫：笔下虽有千言么，胸中实无一策。"成为天下笑尔。"诸葛亮格个一句闲话，得罪格人多了。勿仅仅是，得罪了格程秉，所有格读书人侪拨俚得罪了。诸葛亮说起来，嗳，倷格种读书人，倷一径在青春作赋，皓首穷经，专攻翰墨。看上去呢，文章写得蛮多。叫笔下虽有千言呃，胸中实无一策。倷比方说，古代辰光一个人，叫扬雄。诸葛亮讲啦，扬雄有本事的。文才好得不得了啦。但是呢，扬雄去投奔格王莽。结果，王莽失败了，扬雄投阁而死。格个人格名气就坏了。因为俚丧失了气节，投奔了一个篡汉自立格王莽。所以，倷格个读书人，还要讲俚格品德了哟。非但讲俚格才学好啦，还要讲俚格品德好。倷品德勿好呢，倷书读得再多，呒没用场。所以有人讲啦，严嵩，明朝辰光格严嵩。格两个字，写得好得不得了啦。但是书法家看俚勿起的。倷字写得好，但是倷格人品勿好啦。倷比方讲，宋朝，南宋，秦桧。秦桧学问也好的，考取过状元得啦。但是，人家对俚倷批嘴。看勿起。为啥呢？因为倷是卖主求荣、卖国求荣格人。跪在岳王坟门前头，拨了万人唾骂。南宋还有格宰相，叫贾似道。贾似道学问也好的，格两个字写得也好的。但是，俚也是因为人品勿好了，人家就贬低俚格书法，看俚勿起。

所以诸葛亮讲啦：一个读书人，倷如果说，读书人呒不品行，要拨天下人笑。俚闲话当中还含蓄一点啥物事呢？唔笃江东格批文官，侪撺掇孙权要投降曹操。唔笃难道说，勿是卖主求荣么？最低限度讲起来，唔笃是贪生怕死。呃，诸葛亮勿直接去点明，江东人格种行为。但是俚格说法里向啦，就对于格种小人之儒，文人无行呃，是很贬低的。但是诸葛亮格句闲话犯仔众怒哉。"哗——"迎宾馆里啰唪起来。有种人立仔起来啦，侪在问诸葛亮："孔明，你说读书无用，那么我等要请教你，你可曾读过书么？""哗——"啰唪了。因为诸葛亮格句话讲，等于讲读书呒不用场。格么既然读书呒没用场么，格么倷唵读过书的？倷既然读过书的，倷为啥道理说读书无用呢？有两个小谋士在交头接耳讲哉。看上去苗头，今朝搭诸葛亮舌战，用闲话来搭俚辩论是，说勿过俚的。格么呐吭呢，看上去要拨一顿生活拨俚吃吃。俚人多了，人多为王，板牢错头么，呒啥客气，拿诸葛亮拖下来，别！别！擗脱俚格两拳头啦。格两个人倒好的，勿想文斗了，要用武斗。因为倷诸葛亮手无缚鸡之力，也一干子，寡不敌众，俚该搭人多为王。唔笃，哗哗哗哗，啰唪么，诸葛亮晓得闲话豁边哉。因为啥？因为刚巧格个闲话啦，诸葛亮说退仔六个文官，呒不敌手哉么，对第七人讲起来，就好像说得敞仔一点了，得罪仔人哉。有种人已经在立起来。

诸葛亮心里向转念头，勿能拨唔笃什梗唵过来。唵过来仔讨惹厌。"啊！众位先生，列位大夫，请坐啊，这里是迎宾馆，并非校——军场。小弟说错了，容许辩——论。请大家，坐下。""哗——"批文官一听么，诸葛亮闲话倒也对格咯。因为诸葛亮讲该搭是迎宾馆，侪是文人、雅士聚会格地方，侪是有学问的，水平侪高的，勿是校军场。校场里向、操场上练兵，格么讲拳头大，胳膊粗，啥人武功好，啥人气力大，啥人就赢了。该搭点，大家用闲话来讲啦。唔笃说得勿对，吾可以驳脱唔笃。吾讲得勿对，唔笃可以来责问吾。那么吾呢，也容许辩论。唔笃大家坐下来，听吾讲讲看呢。那么批文官一想倒对的。勿能脱体。啊，大家立仔起来，勿大像样子了。格么坐下来，听诸葛亮讲。看倷呐吭讲法。

"众位，江南六郡，并无过失。曹操兴无——名之师，兵进江东。公等可能作一赋，作一诗，以退曹兵？不——能啊！吾说的是，叫乱世文章，不值钱。""哗——"批文官一听么，诸葛亮张嘴，实头会讲的。诸葛亮讲啦，吾勿是说，读书呒不用场。也勿是说，文章呒不用场。文章做得好，当然是好格咯。因为现在是乱世年间，曹操一百万大军打过来哉，江东又呒不错，江东呒不过失哟。曹操打过来是呒不道理格哟。格个名堂叫啥？叫无名之师。俚无名之师打过来，唔笃阿能够写一篇文章，或者么，做一首诗，拿到赤壁曹操营头门前去读。宣读格篇文章之后么，曹操一吓了，拨转身来就走了，拨唔笃一首诗，啊，就此杀退哉了。俚笃人马退下去，勿可能格哟。格个名堂叫啥？叫乱世文章勿值钿。乱世年间啦，文章呒不用场。还是要讲实力格啦。诸葛亮刚巧讲，格个文才呒没用场，好了。"岂亦效学书生，区区于笔砚之间，数黑论黄，舞文弄墨"，啊，阿像唔笃格种赛过青春作赋了，皓首穷经。诸葛亮格个闲话一讲么，也有道理呀。对格呀。乱世文章是勿值铜钿呀。

旁边班呒不闲话讲哉么。两个小谋士立起来。一个姓张，单名格温。一个姓骆，单名格统。张温，骆统，年纪轻，毛头小伙子。跑过来，到诸葛亮门前，面孔侪火气呃，已经动感情哉哦，勿讲道理哉哦。"卧龙先生，张温有礼。""卧龙军师，骆统——呃有礼。"诸葛亮一看，两家头面孔毕板，眼睛激出，火气烊得勿得了。啊呀，勿灵下了。勿是坐在搭吾讲，立近仔来谈。倒勿大好应付。啊呀，格鲁肃呐吭勿来了呢？叫吾在该搭点坐歇，弄得嘎许多辰光，一连串说退了七个文官。现在又有两个文官来，诸葛亮倒弄僵哉哟。诸葛亮还勶回礼，正在弄僵格辰光么，只听外面，声音来了。喝冷磕磕……甲揽裙声音。一个人，还勶进迎宾馆，俚格声音已经来哉。啪！"卧龙先生，乃是江东之宾客。尔等不以贵宾之礼相待，反与先生斗口，成——何体统？老——夫来——呐也。"喝冷磕磕磕磕，磕、磕、磕——格声音传进迎宾馆么，大家侪听见哉。啥人呢，声音听得出的，黄盖格声音。

黄盖格两声闲话是非常凶的。诸葛亮，是吾伲江东格宾客。唔笃格批谋士，勿拿贵宾格礼节，去接待诸葛亮，而是去搭诸葛亮相骂、斗口。成何体统？张温、骆统一吓么，要紧退下来，自家原位置上坐定么，勿敢再响了。因为啥？黄盖是江东三代旧臣，开国功勋。艮得勿得了。俚看见勿对，勿客气的。一把拎下来也讲了。因为伲是错了。张温、骆统所以蛮识相，退下来么，黄盖来了。

格么，呐吭黄盖早勿到、晚勿到么，格个辰光倒来哉呢？有道理格哟。黄盖昨日夜头，替众将官在屋里向吃酒，吃到四更天，就跑到此地官厅里来。俚笃武将也有迎宾馆格哟。对过间迎宾馆是武将的。隔开蛮大的天井。黄盖一到武人宾馆，坐定之后，就派俚格老底下人，偍搭吾到对过迎宾馆去看，文官唵来了。假使文官来了，过来报告。那么到五更天，文官侪来哉么。底下人报告：来哉。文官侪来哉。侪在对面，唧唧啜啜。哦，偨搭吾去看，诸葛亮唵来？诸葛亮来了，马上就报告，让吾过去。噢。那么格老底下人跑过来，在迎宾馆跟首，笃笃转，聚聚转，张头探脑，看诸葛亮唵来齁来。那么，张昭格底下人呢，玲珑心。一看么，认得格哟。黄盖格底下人哟。"伯伯。""唉，兄弟啊。""偨到该搭来，打听消息格嗄？""勿。勿喔，吾走走白相相。""啊呀，伯伯偨么也齁骗吾哉嚯。老实讲一声，东家搭东家么，赛过有点主张勿对。格伲底下人搭底下人是，呒啥道理格嗄。阿是，偨阿是来打听消息啦。天冷得来，西北风蛮大，偨、偨啥体立在该搭点？来，来，来来来。该搭来坐歇唠。啊，倘然诸葛亮来么，嗳、嗳，偨马上过去报告好哉哟。现在还齁来了。"老伯伯响勿落。张昭格底下人侪晓得的。关照俚坐歇。对到对格哟，一夜天齁困，服侍老东家。现在到该搭来探听消息。要是诸葛亮勿来，吾笃笃转、聚聚转，吃西北风，是犯勿着。张昭格底下人蛮热情，搭俚捡窝风点格场化，摆好一只凳子。老老头坐定下来么，因为实在疲劳勿过，昨日忙仔一日天，夜里向再连一夜，呒不困。现在，勿坐定呢，还好。笃笃转、聚聚转辰光呢，倒还勿想打瞌睡了。坐定下来，风吹勿着么，嗞——困着了。后来，诸葛亮来，里向在舌战，俚侪齁晓得。一直到，等到诸葛亮格句闲话说错，哗——一个啰唪，轰起来。那么老老头惊醒。过来掀开门帘一看，诸葛亮坐好在当中，班文官哇哇哇哇哇，声音蛮大么。俚晓得，啊呀，诸葛亮来格哉嚯。看上去苗头，来仔勿是短辰光，蛮长了。喝蹬蹬蹬蹬，要紧奔过来，到对过迎宾馆。"禀报老将军，诸葛亮来哉。""喔。"现在格批文官哇哇哇，侪在啰唪，在寻着诸葛亮。喔。黄老将军关照，众位唔笃跟在吾后头来。吾先过去，倘然俚笃要得罪诸葛亮么，勿客气，吾就要寻着俚笃。老老头跑过来，齁到迎宾馆么，俚先对里向喊一声。喊一声，就打个招呼了。齁真格跑进去，毛手毛脚，呒趣相的。先让唔笃晓得一下，吾来了。而且先批评江东格班文官，唔笃对待客人，什梗呒不礼貌，算啥格名堂？现在，嗻！门帘一掀，老老头踏到里面一看，"哈——啊？"一呆。

　　为啥么？俚对门前头一看。只看见诸葛亮，坐好在孙权格只位置上。"啊，啊。"诸葛亮，偨呒趣哉。格只座位勿是偨坐格呀，伲东家坐的。偨呐呒老夫拓之，望准当中一座啦。是齁怪格批文官，对偨要勿讲礼貌了。偨自家先呒不礼貌了。诸葛亮一看，黄盖来了。因为俚听鲁大夫讲过，黄盖是主张搭曹操打，搭吾格观点相同的。嗳，格么赛过比较搭吾谈得来格咯。但是看俚踏进来，对吾一看，眉头一皱。面孔上，好像露出一点勿快活格样子。诸葛亮聪明人，懂格呀。因为吾坐格只位置，坐得勿好啦。俚认为吾勿应该坐在该只位置上。哼！诸葛亮心里头转念头，老将军啊，勿是吾要坐在该只凳子上哟。旁边空凳子侪拿脱了，吾呒坐处了，只好坐到该搭来。诸葛亮对黄盖一看，眼光对两旁边一窥，扇子对两旁边什梗一指么，隐隐然，老老，偨看看看，旁边阿有空位置了？老将军拨了诸葛亮眼光对旁边一看么，俚也跟仔诸葛亮眼光看哉咯，一看么，

"喔哟，噰噰噰噰噰噰噰"，响勿落。有一个文官摆一只位置，有一只位置坐一个文官，空凳子一只侪吭不。迎宾馆里向，招待宾客是应该有客位的。客位呢，拿光了。明明格批文官，存心要弄松诸葛亮，羞辱诸葛亮。所以拿空凳子侪拿脱，因而，诸葛亮坐好在当中，格勿能怪诸葛亮。

所以老老头，喝冷磁磁——跑过来，到诸葛亮门前么，欠身一躬。"卧龙军师，黄盖有——呬礼。"诸葛亮马上，立起来。"老将军，不敢。亮，有——礼。""卧龙军师，黄盖闻得，多言获利，不如默而无声。有金石之论，应当为吾主言讲，何必与众谋——士斗——呬口？"喔哟！诸葛亮拨了黄盖格句闲话么，说得俚哑口无言。江东文官格闲话，一个侪勿能说倒诸葛亮。嗨，来格武将格句闲话，诸葛亮吭不回答。为啥呢？黄盖讲，吾听见人家说，多言获利，多说闲话有好处啦，不如默而无声，还是静默，勿讲闲话好。俚，有好格主见，有高论、宏论，俚应该去搭孙权讲。俚为啥道理要搭格班文官去相骂呢。诸葛亮一转念头，格吾哪恁回答？"啊呀呀呀，老将军，因为众谋士不识世务，互相责难，亮，不容不答。"吾吭不办法呀，俚笃来寻着吾哟。俚笃要寻着吾么，吾当然吭不办法，只好回答俚笃。"着啊，江东这批文人，都是不识时务之辈？"侪是勿识相。"军师，请！与我家吴侯，相——呃见。"吾陪俚去，见伲东家去。诸葛亮一听蛮好。俚陪吾出去是，求之不得。就跟在老老头背后头走格辰光么，诸葛亮对准旁边头张温、骆统看看，隐隐然，呃，唔笃刚巧跑上来是，毛手毛脚想勿客气哉咯？现在黄老将军来了。哪恁，阿要谈了？要谈么，过来喏。噰！格张温、骆统气啊，诸葛亮糨格呀！该格辰光俚有人保驾哉，而且是黄老将军保驾，明明晓得伲勿敢过来，俚还对伲看看了什梗。两家头要紧头低倒么，吭不闲话了。

孔明跟仔黄盖，踏出迎宾馆。江东批文官，哗——大家侪搭张昭讲，张大夫，张先生，哪恁办？诸葛亮去了，那是俚要搭吴侯碰头哉。倘然俚一见东家，伲主人，吭不啥主见。棉花耳朵，风车心。拨了诸葛亮勿格种，啊，闲话七搭八搭什梗一讲么，马上东家就要发兵动手打，要上诸葛亮当的。张先生，俚应该想想办法咯？张昭说，对格呀。现在伲迎宾馆里向搭俚舌战，已经失败了。吭不办法说倒诸葛亮。格么伲停一停，吴侯升堂，伲到堂面上去听，听诸葛亮呐吭搭伲吴侯讲。假使伲班牢错头呢，就可以在吴侯面前啊，劝吴侯勿听诸葛亮说话，诸葛亮是来拨俚上当。唔笃格批文官么，大家在议论。黄盖呢，领仔军师出迎宾馆。到对过么，众将官大家侪过来，黄老将军搭俚介绍。众将官大家见过军师之后，就在该搭点武人迎宾馆里向坐一坐。黄盖说吾到里面去，看看看，为啥道理伲东家还勿升堂？太阳老高了，吴侯应该起来升堂了。诸葛亮有众将保护么吭不事体啦。

黄老将军望准里向进来，穿过大堂。到中门跟首一看，只看见格鲁大夫在中门前，踱来走去，走去踱来了。"鲁大——夫。""呃呀呀呀！老将军！""在此则甚哪？""等候吴侯，中门开放。"

"啊？难道吴侯尚——未起身？""是啊。"中门勿开么，吴侯还蹶起来了。"啊吔！曹贼人马兵屯赤壁，怎说日上三竿，吴侯尚——未起身。待我叩门。"黄盖心里向交关惹气，东家勿像闲话了。现在啥格时势了？曹操百万大军在赤壁山，江东吃紧到什梗格样子，今朝诸葛亮跑到该搭点来哉，倷东家还要困晚早，还勿开中门。倷要过来碰门么，里向两个底下人，听好了。两个底下人作孽啊，天亮快就在该搭点等哟。等鲁大夫来碰门。等到现在鲁大夫蹶碰了哟。现在听见黄盖搭鲁大夫两家头在外头讲张，枉冷枉冷，黄盖要来碰门哉么，俚笃要紧拿门栓去脱。门，格嘎咭咭咭咭咭咭开。"老、老将军。呵，鲁大夫。""我问你，吴侯可曾起身？""呃喝，老将军，吴侯今朝天蒙蒙亮就起来。""啊？"既然吴侯天蒙蒙亮就起来，唔笃为啥道理勿开中门？因为吴侯关照的，今朝么，要鲁大夫碰门了，再可以开。勿是鲁大夫碰门，勿能开的。黄盖回过头来问鲁肃：倷啥辰光来的？吾来仔一歇哉嚛。鲁大夫来仔一歇哉，唔笃为啥道理勿开？鲁大夫蹶碰门呀，俚要等鲁大夫碰门了，好开得了呀。鲁大夫，倷唵碰门？喔唷，吾看见中门关了蹶开，吾想总大概吴侯还吙不起来了，也用勿着碰，想等到开仔门了，吾再报告。"呃！嘻！"黄盖响勿落。里向么在等鲁肃碰门，鲁肃么在等里向开门。鲁肃勿碰么，里向勿开，两搭其桥，一直屏到现在。格个辰光侪多屏脱格么。马上关照：去通报吴侯，卧龙军师来了，请吴侯升堂吧。鲁大夫说：倷搭吾到里向去报告一声，因为吴侯叫吾先来见一见面。现在吾来了，阿要让吾先到里向去，见仔吴侯了再升堂。底下人说：倷等一等，吾到里向去报告去。

底下人到里向去一报告孙权么，孙权等得了厌哉乎也。哈呀！呐吭格诸葛亮困晚早，到现在还蹶来了呢？听底下人来一报，说诸葛亮来哉，鲁大夫先要求见么。吴侯想多花头哉嚛，吾一脚落手升堂，搭诸葛亮见面，何必鲁大夫先进来呢？关照外头升堂吧。叫鲁大夫登了外面大堂上碰头好了。哦。底下人出来关照："鲁大夫啊，呵呵，吴侯讲的，倷用勿着碰头哉。一脚落手请诸葛亮见面好了，吴侯下令就升堂吧。"

"吴侯——君谕，大——堂伺候，呼——咦！"外面连连吙喝么，文武官员，嚯咯咯咯——侪往大堂上来。鲁大夫要紧过来碰头诸葛亮。诸葛亮对俚讲：倷好，倷叫吾么到迎宾馆，倷么到里向去见吴侯。屏仔嘎许多辰光蹶来。倷阿晓得，在迎宾馆里向，格批文官什个长，什个短，寻着吾。嚯唷，鲁大夫说，抱歉抱歉。因为里向呢，门蹶开。吾，等吴侯开中门了，那么再好到里向禀报。倷先生吃苦头。现在呢，吴侯马上升堂。就要请倷过去相见，倷在外面再等脱一歇歇。吾见仔吴侯，禀报下来么，倷就到里向来见面。晓得。千定千定噢，碰着仔俚东家头么，倷曹兵勿能说得过分多格噢。有数目了。鲁大夫进来，立好在文班里向。

当——嗒当，咚——嘚咚，嘎！嘚尔——麒麟门开，孙权到外面，暖阁当中坐定。文武官员上来参见。参见已毕，两厢站立。鲁大夫要紧踏出一步，"禀吴侯，鲁肃奉命，把江夏郡卧龙军师，相请到来。现——在外厢，请吴侯传——呃见"。孙权手一招，叫鲁肃立好在旁边头。孙权心里向转念头，诸葛亮，是客人。请俚进来，好像礼貌勿够了，要吾亲自到外面去接一接。其实俚请俚进来也可以哟。因为俚是江东格吴侯啦，江东，俚顶大。格么诸葛亮是刘备手下军师么，俚请俚进来也足够哉。勿，今朝孙权特别尊重诸葛亮。为啥呢，因为孙权要搭俚商量了，吾弄勿落哉。曹操人马兵进赤壁，吾勿晓得到底还是打好呢，还是投降好？吾请诸葛亮来帮吾决断。

　　所以孙权立起身来么，亲自望准外面出接。江东点文武官员响勿落哦。啊，今朝诸葛亮是面子大极了。破格相待，吴侯亲自出接。孙权到外面么，外面连声吆喝啦："吴侯出接，呼——咦！"诸葛亮抢步上前，搭孙权见面。"卧龙军师，权迎接军师，有——礼！"孙权双手一躬，诸葛亮要紧欠身回礼，"将军，不敢。亮，有——礼！""先——生，请！""将——军，请！"

　　到里向大堂上，孙权当中坐定么，诸葛亮，尔嘚——噗！跪下来。为啥道理要跪下来见礼呢？因为吾是奉主人格命，到该搭来谢丧。俚派鲁大夫到江夏郡吊丧，磕过头，行过祭礼了。俚来吊丧么，吾要谢丧。格个是老法格礼节。该格磕头呢，吾是代表刘备磕格头。等到谢丧已毕，立起来呢，孙权关照旁边头，摆座头。按照道理讲起来，堂上无二座。大堂上勿大允许摆第二只位子。诸葛亮是贵宾，孙权对俚特别客气，摆一只座头。"先生，请——呃坐！""亮，理应侍立，不敢妄坐。""有话请教，哪有不坐之礼？请——呃坐！""谢——坐。"诸葛亮谢过。望准旁边头过来格辰光么，诸葛亮对立在半边格文官看一看。隐隐然，哦呃，各位大夫，刚巧在迎宾馆里向，唔笃拿空凳子全部侪拿光，勿拨吾坐。现在，在大堂上，孙权要请吾坐。交关抱歉喔，唔笃只好立哉。嘿嘿！该格，吾要坐哉。阿要寻着吾？阿要咽勿落？嚯！江东格批文官是响勿落啊。对诸葛亮看看，厉害的。诸葛亮坐定下来，眼光对俚一扫啦，格个一扫里向，有勿少闲话了。吭不办法喔，只能看俚坐，因为俚是客人咯。

　　诸葛亮坐定，手下人送过茶。茶叙已毕。先是谈两声客气闲话，代表刘备向孙权问候。问候已毕，那么孙权要搭俚谈正事哉哦。"卧龙先生，权闻得鲁子敬道及先生大——才，今日得见，十分荣幸。权有不明之处，要请——教先生，还望先生教——我。""将军，不敢。亮，碌碌庸才，何名可闻？年幼才疏，空误名——分。"诸葛亮交关客气。啊呀，吾么年纪轻，书么也读得少，学问么也浅薄。俚问吾么，恐怕吾回答勿好了。"客套了。"孙权想俚客气，吾晓得俚本事。俚在新野县辰光，火烧博望，火烧新野。两蓬火，烧脱曹兵二十万。俚格个本事了勿起啦。吾要请教俚。"卧龙先生，权请——教先生。曹操手下，共有多少人——马？""容禀。"诸葛亮还龊开口么，鲁大夫在旁边头咳一声嗽，"尔，噗"。啥意思？噢，诸葛亮，对勿住噢。吾招呼先打过仔喔。吾路上就搭俚讲过，到了柴桑之后，一路过来，还龊到辕门吾又搭俚讲过。刚巧，在迎宾馆外头，吾又搭俚讲过。连讲三遍，俚碰头俍东家，曹兵数目勿能够说得多。现在东家在问俚哉，倷勠说得过分多哦！诸葛亮眼梢对俚一窥，啊呀！倷什梗咳嗽么，叫吾呐吭讲法呢？鲁大夫心里向转念头，倷也勿能讲得过分少。讲得过分少呢，伲东家又要勿相信的。晓得倷在骗俚，在嚎俚搭曹操打，俚倒反而要疑心了，勿敢打格啦。倷不寸不光，格点数目么，伲东家，既是能够相信么，又是有胆量敢打。格么诸葛亮在对吾看，吾来搭俚演格手势吧。鲁大夫对俚演五个节头子，隐隐然，呃哦，说格三五十万，呐吭？倷在对俚演五个节头子么，叫啥诸葛亮格头，往格面别过去。啊呀，吾搭倷演手势么，格头别转去。鲁大夫转到该面，袖子管遮没孙权，再对俚演五个节头子。呃哦，讲格五十万。哈呀！眼乌珠闭拢了，别人搭倷搛翎子么，倷眼睛勿睁开。等到俚睁开来哉，再对俚演演五个节头子么，诸葛亮点点头。

诸葛亮还朆开口啦。江东格批文官，侪眼乌珠激出，拉长仔耳朵，在听。俚笃晓得，晓得诸葛亮今朝搭孙权讲呢，决计勿会拿曹兵讲得多的。肯定要七折八扣，拿曹兵么说得非常少。吭啥了勿起，可以打，骗伲东家动手。看倷呐吭讲法？诸葛亮格辰光闲话，勿容易讲喔。为啥？因为诸葛亮晓得，吾如果拿曹兵说得少，非但江东批文官，当场就要来搭吾较量：倷瞎说，倷完全瞎说。同时呢，孙权要疑心的。孙权晓得，刘备新近当阳道吃仔一场败仗，要想报仇，搭曹操打。自己吭不力量，那么倷诸葛亮跑到伲江东来，倷要嚎得吾动手，搭曹操打么，好搭唔笃报仇。那么倷呢，肯定要拿曹兵数目说得少。今朝吾不能说得少。说得少，勿来赛的。而且诸葛亮已经拿孙权格相貌看过了。孙权异相。孙权格个相道，在《三国志》里向讲起来，特别的。特别在啥格上？有两点。一点呢，俚格两只眼睛啦，碧碧绿的。俚格组苏呢，发紫颜色的。格个名堂叫啥？叫碧眼紫髯。别人吭没的。绿眼睛了，紫组苏吭没的。格么诸葛亮看到孙权格相貌，诸葛亮了解。因为孙权格年纪啦，搭诸葛亮同年，今年侪是廿八岁。刘备请诸葛亮，旧年请，诸葛亮是廿七岁。今年诸葛亮出山么，廿八岁哉哟。孙权也是廿八岁。孙权俚二十岁，就执掌江东六郡八十一州。到现在八年功夫，俚会用人。而且看得出俚格情性。诸葛亮从俚格相貌，从俚格经历，就晓得孙权是格英雄，勿是一个普通人。倷勿能以为俚年纪轻了，啊，好像勿领市面了，勿懂世事。格倷错脱了。俚懂，完全侪懂，而且是格英雄。今朝吾搭俚讲呢，诸葛亮就懂了。倷勿能拍俚马屁啦。吾勿能独自一味去迁就俚了，去奉承俚了，什梗。吾越是什梗呢，俚越是怀疑吾，俚越是勿相信吾。格么吾搭俚，要呐吭讲呢？要激将俚，吾要弄得俚光火。先让俚火冒起来。那么连下来，吾再搭俚好好叫，平心静气讲么，俚倒反而能够听吾闲话。所以该格一回书叫啥？叫智激孙权。

诸葛亮跑动江东来啦，激怒两个人，一个孙权。连下来呢，周瑜。先是激权，连下来是激瑜。诸葛亮用格办法叫激将法。激将啦。格个勿容易格哦。倷讲话啦，要对症下药。诸葛亮一看孙权格相道，俚老早肚皮里向有什梗一个底。现在鲁大夫在对俚演手势，江东批文官，侪激出仔眼乌珠，在看好俚哪恁讲法么。诸葛亮来了。"若说，曹操手下，大小水陆路，马步三军，共有一百五——十万。"鲁大夫一听，"哈，嗤嗤嗤嗤……"急得了面孔俏转色哟。对诸葛亮望望：俫要好得格来。吾叫俫说五十万，俫搭吾加仔两倍，变成仔一百五十万。那是伲东家还敢打格啦？混俏哉哇，俫啥格路道呢？鲁肃呆脱了。张昭，江东批文官，出乎意料哟。吪吪，吪？诸葛亮哪恁会得讲一百五十万的？大家呆脱了哟。格俫明明要希望孙权打，格俫什梗一讲么，孙权还敢打格啦？江东文官勿懂。江东武将也勿懂哉哟。莫名其妙。吪，俫格诸葛亮啥格路道？孙权阿相信呢，勿相信叫啥。为啥道理勿相信俚讲格一百五十万呢？因为孙权转念头，曹操写格个檄文拨吾。曹操道檄文上呐吭讲法呢？雄兵百万，战将千员。俚自称一百万。那么自称一百万呢，肯定讲俚是勿满一百万。要俚加点浇头上去，号称百万。现在俫诸葛亮搭俚加浇头哉。俚自家只有讲得一百万，俫倒搭俚加成功一百五十万。格当然勿相信。

"莫非诈——乎？"阿是诈？"非——诈也。"勿假。一点勿是诈。吾可以搭俫算账。曹操在十八路诸侯伐董卓格辰光，起义兵，到后首来动手打，俚有十万兵。俚本身有十万。后来，俚得着青州黄巾余党三十万，格么有四十万哉。俚搭袁绍打格辰光，打败袁绍，袁绍手下有七十万兵，大部分拨俚俘虏过去哟，有六十万。格么四十万加六十万么，已经是一百万哉。俚灭脱吕布、袁术、张绣等等格批人，得着俚笃降兵几化呢，三十万。格么一百三十万。俚等到打平辽东、辽西，得下来几化？三十万。格么一百三十万再加三十万么，有一百六十万。连下来，新近得着荆襄九郡么，又要收降兵三十多万，共总加起来么，要毛毛叫二百万啦。

"亮，只以，一百五十万言之。因为恐怕吓坏江东文——人。"诸葛亮把扇子，嗒啦！甩过来，对文官一指。吾啥体勿讲两百万，而只讲一百五十万么？张怕吓坏唔笃手下两个文官。唔笃两个文官，听见一百万，已经是魂飞魄散。听见仔两百万是，马上要厥过去也讲了。啊呀，江东格两个文官是气呃，拨诸葛亮羞得了置身无地。俫听听看，俚在东家门前，还要取笑伲。鲁大夫是气昏。蛮好，日长夜大。俫看酿，刚巧说一百五十万，连下来变毛二百万，赛过在热昏么好哉曜。孙权呐吭？勿相信。无论如何勿相信。曹操呒不什梗性军队的。俫诸葛亮特为拿俚俫夸大了。

再来问问看，算俚兵多了，俚格将阿多勿多？"先生，曹操手下，文——武官员，不知共有多少？""尔——嘭！"鲁肃咳一声嗽，呃哦，诸葛亮，兵么拨俫弄僵哉哦。讲仔颃尽颃是哦。将，托俫讲少点噢。诸葛亮头别过来对鲁肃一看：俫看酿？俫看讲几化？俫拨一个尺寸拨了吾。鲁大夫对俚演一个节头子，再演两个节头子，隐隐然，呃哦，说格一两百，一两百。诸葛亮点点头。哦，鲁大夫想笃定，诸葛亮有数了。"曹操手下，能征惯战之将，本领高强者，共有一二。""嗳！"鲁肃想那么对哉：一二百。豪燥百。勿晓得诸葛亮勿是百哉，"一二千——人"。"啊嗤嗤嗤嗤嗤"，鲁大夫响勿落。变一两千叫啥。结棍，孙权一听结棍。兵一两百万，将一两千员。格呐吭好打呢？"卧龙先生，曹操，取了荆、襄之后，先生看来，他可有远——图呃么？"诸葛亮一听啥物事啊？孙权问吾，赛过曹操得着仔荆襄九郡之后，俚还有啥其他格目标伐？有啥格图谋，远图啊。俚格目标在啥场化？诸葛亮心里向转念头，曹操得着仔荆襄九郡，俚勿回转皇城享福，俚格军队朝长江边上进发，兵临赤壁。勿想打江东的，偌看想打啥场化？多问脱的。"将军，曹操取得荆襄之后，并不收兵回去，兵发长江，赤壁立营。不欲取江东，将军看来，待取何处？""呃？"孙权面孔一红。啥体？吃着格钝头。诸葛亮说，曹操人马在赤壁，勿想打江东，偌看想得啥地场化啦？是要打江东哟。"卧龙先生，曹操，欲并——吞江东，战与不战，孤不能决。望先生指——教。"诸葛亮一听，孙权老老实实讲，曹操人马到赤壁来既然要打江东的，打了勿打？就是该应打，还是投降，吾勿能够决定。偌帮吾出出主意看。

众谋士、众将官，侪在对诸葛亮看。希望诸葛亮说出来格闲话呢，是符合俚笃格心思。当然，格批文官晓得的。诸葛亮勿可能会得劝孙权投降，板是劝孙权要打的。呐吭劝法？阿有错头？扳牢错头么，俚就可以当场辩驳了。众将官呢，希望诸葛亮：呃哦，军师啊，打噢，打噢。搭吾俚立在一边噢。应该讲打噢。叫啥诸葛亮，勿去注意两个文武官员，俚顾俚讲。诸葛亮呐吭讲法呢？"亮，有——一言，不知将军，可——能容纳？""请——教唯。"诸葛亮分析，天下格形势。当初，董卓造孽，十八路诸侯伐董卓，各帮诸侯崛起。孙将军，就是偌孙权格爷，孙坚，平定江东。但是，江东勚平定格辰光，孙坚就中箭身亡，死在江夏郡了。唔笃阿哥孙策，拿江东六郡八十一州打平。孙策死了，偌呢，继承即位，统治江东。格个是一面。而刘备呢？可惜，勿能够立定脚头啦。假使说今朝刘备，已经得着荆襄九郡，搭唔笃江东一道联合，格么喏，可以联合作战啦，共破曹操。搭曹操呢，好并争天下。但是现在格局势，勿是格怎样子。因为荆襄已经拨曹操得仔去哉，而刘备呢，新近当阳道，吃仔一场败仗，逃到夏口。格么可以说一声，自身难保。偌看吧，偌孙将军自家估计估计看。用唔笃江东格点实力，搭曹操打。能够打的，偌发兵。勿能够打格呢，"何不，从众谋士之论，北面而降——之！"真正勿来赛格么，还是听仔江东班文官闲话了，写仔降书降表，到曹操门前，卜落笃，跪下来了，去屈膝投降吧。格个闲话孙权听了，心里向交关勿高兴：偌、偌啥格闲话，啊，要、要吾叫啥，跪在曹操门前去投降？

诸葛亮接下来格闲话，还要难听了。说偌呢，偌孙将军啦，外表面看起来，好像是服从国家。因为偌是江东格将军，吴侯，在、在江东一带。其实呢，偌心里向，想要利用江东格地方呢，夺取天下，以图霸业，割据一方。但是偌现在辰光呢，心里向勿能定。啊，在曹操人马已经兵进赤壁，非常紧急格局面当中，偌犹豫不断啦。叫事决而不断啦，祸至无日矣！偌马上就要大祸临头了。孙权一听么，气得了面孔转色。叫啥俚劝吾投降哟？说吾，到了决定格辰光，偌还勿能够，赛过拿出主见来啦。大祸要临头了。孙权钝钝取笑诸葛亮。"诚如先生之言，刘豫州何不降——曹？"倷诸葛亮什梗说法，格么刘备为啥道理勿去投降？倷蛮好劝刘备也去投降咯。诸葛亮格闲话，听着是更加难听哉。刘备，刘皇叔，是中山靖王之后，孝景皇帝阁下玄孙，当今天子皇叔，受皇帝衣带诏，灭曹兴汉。刘备是当世格英才，天下大好佬。愿意投奔倻，帮倻格忙干事体。虽然现在吃败仗，时之不济啊，此乃天也。格个是天勿帮刘备格忙。所以刘备败。从前，齐国有格人叫田横。田横在齐国灭亡之后，逃在一个岛上，一个孤岛上。刘邦平定天下之后，派人去通知田横，叫田横投降。田横勿肯投降，倻带五百个壮士啦，全部自杀在格个孤岛上。格个岛现在还在山东，取名就叫田横岛。说：田横，是齐国一个壮士，倻尚且勿愿意屈膝、投降。何况刘备？刘备呢，只能够壮烈牺牲，倻勿能够投降曹操。诸葛亮格句闲话，啥意思么？倷孙权呒不资格搭刘备去比啦，倷也呒不资格去搭田横去比啦。倷可以投降的，倻东家勿能够投降。格种闲话是，实际上侮辱孙权啦。赛过倷起码人咯。刘备只能死，勿能投降。倷，倷可以投降。

哈呀！孙权格个气是气得了。面孔转色，绿眼乌珠爆出，紫组苏根根翘起来，对鲁大夫望望，蛮好哇蛮好。啊！倷一本正经到江夏郡去，拿格诸葛亮请到该搭点来，对仔吾格种态度。啥格闲话啊？啥叫啥刘备勿能投降，吾么可以投降？吾起码人啊？真叫是客人了。否则格说法是，乱棒打出。当面坍吾格台，还了得。孙权是英雄性呀，立起身来，搭住仔火了，组苏已经翘起来，"喔哟嚯嚯嚯嚯……噗！"嗐！袖子管一透么，喊一声，"退——吧堂！"往里向一跑头。

大堂上，"哗——"文武官员望准外面退出来格辰光，批文官开心啊，哈哈。诸葛亮要死快哉。刚巧在迎宾馆里向，对仔倻，横啊，说得倻置身无地；竖啊，说得倻，赛过难为情做人。啊，倻到仔该搭点来，惯哉。格张嘴敞哉，肆无忌惮哉。拿倻东家，也萝卜勿当小菜什梗，切葱切菜。那么好，那么好。倻一本正经跑到该搭点来，要撺掇孙权打曹操打。结果拿倻格东家得罪，东家往里向一跑头，睬也勿睬倻。阴干倻。勿搭倻多盘，往里向走脱了。开心开心开心。批文官大家望准迎宾馆里向去。格两个武将退出来傍在调脚："呃嘻！"诸葛亮啥格名堂？到该搭点来劝倻东家投降，外加还说刘备么，勿能投降的，倷么可以投降的。倷当倻东家啥格名堂？早晓得什梗么，懊劳到迎宾馆里向保倻出来，让倻拨了班文官刮脱一顿。众将官气昏了，也往武人迎宾馆里向去。

大堂上剩两个人。呐吭两个呢？一个，坐着格诸葛亮。一个，立着格鲁大夫。鲁大夫是气得发仔昏了哉。一看大家傍跑脱了，大堂上呒不别人了。倻走到诸葛亮门前头，对仔诸葛亮："喔哟，嚯嚯嚯嚯嚯嚯嚯嚯。卧龙先生，你好啊！""大夫，怎么样啊？""鲁肃，再三叮嘱，请先生在我家主公面前，不要讲曹兵太多。为什么你要在我家主公面前，讲曹兵一百五十万哪？""一百五十万？""呃。""是你大夫教吾讲的呀！""啊？"哈，要死快了，吾喊倷讲嘎？"鲁肃何尝叫先生讲一百五十万？"侬登了吾格面哪恁？吾对侬演演五个节头子，叫侬讲五十万。格么吾头别过去，侬对吾哪恁？吾再演五个节头子，原叫侬讲五十万。格么后来呢？后来么，吾因为侬眼睛闭拢瞅看见，等侬眼睛争开来么，仍旧叫侬讲五十万。"好了，三五，不是一百五十万哪？""嗵嗬。嗵嗵嗵嗵嗵嗵。"蛮好，做加法哉，三五一百五十万。侬呐吭在缠格呢？"先生哪，你千不该，万不该，你不该把我家主公如此冒犯，还当了——呃得。"那好了，东家一怒而去，往里向一跑头。算啥格名堂呢？"哼哼哼哼。"啊？侬还笑得出啦？"吴侯，量气——狭窄！"啊？倃东家量气脱小？喔，拨侬得罪仔么，要对侬笑？对侬唱喏，感谢侬？拿俚钝，拿俚侮辱，呒不什梗一桩事体格咯。"为什么？"吴侯请吾来啥体？吴侯请吾来，是商量破曹操格事体。大堂上，嘎许多文武官员。俚问吾，吾哪恁讲法呢？倘然走漏风声，大事休矣。吾勿能当面搭俚讲的。格么侬应该呐吭呢？吾现在什梗，浑身侪是计策。吴侯问吾，地方勿对，环境勿对，吾勿能讲哟。格么侬阿有破曹操格计策呢？吾呐吭呒不呢？老实讲一声，吾么专门搭曹操打。两场火攻烧曹兵二十万。现在曹操大军兵屯赤壁，勿是嗨外，只要吾诸葛亮格只手一举，曹操人马就齑粉，完全粉粉碎。"喔？"侬计策有的？"嗳。"格蛮好。吾到里向去报告东家，请侬倒里面去商量。然后俾东家搭侬赔罪了，一道定破曹之计。蛮好。那么鲁大夫到里向来哉哟。所以孙权要请诸葛亮再商量么，要决计破曹操，下回继续。

第六十四回

周瑜会师

　　诸葛亮激怒孙权，孙权往里向一跑头么，鲁大夫埋怨孔明：倷为啥道理，拿伲格东家格恁样子得罪？哈呀，诸葛亮说：吾是讲几句笑话。啥孙权格量气什梗狭小？俚马上就跳起来。那么再讲，孙权叫吾到该搭点来，是要问吾破曹操格计策。那么格个计策么，呐吭可以登在大堂上，赅仔嘎许多文武官员，讲出来？何况江东格文官，大部分侪主张要投降曹操。一讲之后，俚笃走漏风声，完结了。格么鲁大夫问：倷阿有计策呢？诸葛亮笑笑。哼哼，勿是嗨外，格计策有的是。鲁大夫说，蛮好。既然倷有计策的，吾到里向去，禀报伲东家。倷坐一坐，停一停来，请倷进去。诸葛亮答应。

　　孔明呢，仍旧坐在大堂上。鲁大夫要紧撩仔件袍，蹬蹬蹬蹬蹬蹬蹬，往里向进来。到里面一看么，孙权刚巧走到二堂上。鲁大夫要紧抢上一步，"啊，主公！"孙权回转头来对鲁肃一看，对鲁肃眼乌珠一弹，"子敬，你把孔明相请到此，他、他、他欺人太——吔过！""主公，方才鲁肃在外厢，也曾埋怨卧龙军师。卧龙军师言讲，他说你主公量——怀狭窄。他几句戏言，你便容纳不下。"哦，啥物事啊？得罪仔吾，吾勿去骂俚，俚还在笑吾量气忒狭窄。"他与你如此言讲，你便怎——样？"吾搭诸葛亮讲格呀，吾说卧龙先生啊，吴侯请倷到该搭来是，对倷有非常高格期望。希望倷能够帮助吴侯想办法，用计策，杀退曹兵。倷为啥道理，反而要劝吾伲东家投降呢？那么诸葛亮对吾讲哉。说，鲁大夫啊，唔笃东家啦。既然要请吾到该搭点来商量计策么，为啥道理登了大堂上呢？大堂上，嘎许多文武官员。计策，特别是对曹操作战，格种高度机密格事体呀，只能够几个人，在小范围里向，非常保密格来谈。哪恁可以登了大堂上，什梗哇啦哇啦讲呢？倷走漏风声之后么，岂勿是弄巧成拙了？大事休矣！

　　哦？格对的。孙权心里向转念头，谈格种计策么，应该要讲究到地点，秘密一点喽。格是吾失策哉。吾勿应该请俚在大堂上问俚，"那么卧龙先生，可——有妙计？""他，浑身是计呢！"诸葛亮，格个人，可以说一声，像一只囊袋。格只囊袋里向呢，摆满格侪是聪明智慧格办法。诸葛亮格人，就叫智囊。一肚皮格计策了。"既然如此，你与我相——请先生，前来相见！""酌，遵命！"鲁大夫马上跑出去，到外头大堂上，请诸葛亮进来。

　　两家头等到进中门么，孙权已经关照底下人哦，中门紧闭，闩上。为啥呢，吾要打诸葛亮在里向谈，勿能拨了外头文武官员进来。勠文武官员闯进来之后啊，诸葛亮仍旧勿肯讲计策的。现在中门关好。孙权要紧从二堂上过来，亲自到天井里向，接诸葛亮格辰光，当面打招呼："卧龙先生，方才孤，一时不明，多——有冒呃犯。望先生，恕——罪！""啊呀呀呀，将军不敢。亮，方才，亦多多冒——犯将军。"那么两家头大家俫做了自我批评么，好了哇，方才格点气，全部俫消失哉略。

　　孙权揽仔诸葛亮格手，带仔鲁肃到里向。书院里，坐定身子么，摆酒。吃酒格辰光，谈工作。格个名堂叫啥呢？就是边吃边商量。吃，是一种形式。商量工作是真的。所以直到现在，报上大家还能够看到啦——举行了工作午餐。或者么，早餐会谈。在吃点心辰光，就是吃饭格辰光，一方面吃，一方面商量事体么。格个辰光，三国格时候就有哉。孙权搭诸葛亮商量么，就是在酒席面上，讨论计策。孙权搭诸葛亮讲，"卧龙先生，实不相瞒"。吾讲拨俫听了，吾认为，曹操平生所顶顶忌的，有呐吭几个人呢？就是袁术、袁绍、吕布、刘表，还有呢，刘备搭吾。眼睛门前，袁绍、袁术、吕布、刘表已经俫拨了曹操消灭，就挺刘备搭吾两个人。那么吾呢，有江东六郡八十一州之地。吾决计勿愿意拿江东六郡，去送拨曹操了，跪在俚门前投降啦。吾是决心要想搭俚打的。老实讲一声，能够搭曹操打格人，非刘备不可。因为刘皇叔屡次搭曹操开战，虽然吃败仗，但是俚还是继续要打。格点斗志呒不丧失，所以吾是相信，只有刘备能够搭曹操打。倒是别样呒啥啦，现在刘备新近在当阳道，吃了一场败仗。勿晓得俚格实力，还能不能够搭曹操打呢？

　　诸葛亮一听，明白了。孙权格意思，已经讲得蛮清爽。打，俚是要想打的。投降是勿愿意的。但是呢，一个是怕曹兵多，江东呒不格点力量，可以抵抗得住啦。那么要想搭刘备联合。俚晓得刘备呢，是能够搭曹操打的。俚在寒，寒点啥么，刘备实力勿够。诸葛亮心里向转念头，问题已经讲出来了。一个怕刘备呒不实力，一个怕江东呢，抵敌勿过曹操。曹操格兵实在多了，实力强。诸葛亮就讲了，将军。刘皇叔啦，虽然新近兵败当阳道，但是呢，关云长俚还保留了实力。俚老早就离开当阳了，退到江夏郡去的。所以关云长呢，还有精兵，万人。格么诸葛亮格个闲话讲得蛮含蓄的。俚格精兵万人呢，也可以说是一万个人，也可以说是勿止一万个人。就是讲，关云长还有精兵万人。江夏郡，大公子刘琦，俚勿愿意投降格啦。俚手下呢，还有数万精兵。格么诸葛亮呢，也勿拿具体格数目讲出来。因为讲得忒多，人家要怀疑；讲得忒少，倷孙权反而心里向要赛过胆小。索脚含混一点，数万。刘琦手下还有几万个精兵。格么就是说，关云长有一路人马，大公子刘琦搭有一路人马。两路人马合并在一道呢，还有相当可观格实力。因此呢，刘备是可以搭倷合作，一道动手打的。诸葛亮再讲，曹操格人马，打到该搭点来，看看呢，外表面是其形可怕。实际上，倷做一些分析啦，呒啥怕头。何以见得呢？曹操最近追刘备，从襄阳出发，一日一夜跑三百里路，追到当阳道。格种行军格速度快是快极了，但是俚格疲劳，疲劳到极点。该格名堂叫啥呢，叫强弩之末，势——不能穿鲁缟。啥格意思呢，就是说，俚格条箭啦，虽然格力道是强的。但是格条箭，只能射一百步路。在一百步里向，射得杀人。一百步之外，俚格力道就脱了。已经到了强弩之末，强弩之末连到鲁缟侪穿不过。鲁缟啥物事呢？鲁就是山东。缟就是一种极薄极薄，顶顶薄格绸。用现在闲话讲起来了，赛过像蚕衣什梗哓哓薄哓哓薄格种绸啦。就是说格条箭，射过来，脱力了，俚碰着鲁缟俚也穿勿过了，俚要噗落托，掉下来。强弩之末，不能穿鲁缟。就是说曹操已经脱力了。再讲呢，北方人马，勿懂水战。诸葛亮讲，格个是曹操致命弱点。大家侪晓得格么，南方人善于乘船，北方人善于骑马。曹操乩脱仔俚格长处，俚要用水军来搭江东打呢，俚是扬俚格短了，乩脱仔俚格长。因此俚呢注定要失败的。再讲说，曹操已经得着荆襄刘表部下格军队。刘表部下有水军的。格么阿可怕呢，也呒啥可怕。为啥呢，因为刘表手下人投降曹操啦，勿是从心里发出来格要投降曹操。迫于形势，被迫无奈，呒不办法啦。心，勿向曹操。那么曹操手下人马呢，也可以说一声，是乌合之众。因此，只要孙、刘两方面联合。联合起来呢，是可以打败曹操。曹操一败，人马退下去，刘皇叔马上就可以兵进荆州。只要刘皇叔拿荆襄九郡得着，联合唔笃江东么，三分鼎足之形已成。诸葛亮话讲在前头，等到打败曹操之后呢，刘备要得荆襄。刘备得着仔荆襄，刘备有仔实力呢，就可以搭孙权永远联合在一道，抗争中原么，曹操打过来起来啦，俚就有顾虑啦。也就是可以说，江东能够得到长期稳定。

诸葛亮讲："此亮，所以为将军谋。惟将军暂——酌。"倷可以考虑考虑。孙权听完诸葛亮格个一番闲话么，心里向交关快活。也可以说是，豁然开朗。曹操强弩之末，呒啥可怕。第一点。第二点，北方人勿懂水战。多少点，荆襄投降，迫于形势。人心勿齐。曹操呒啥道理。再讲，刘备有相当实力。刘备搭吾联合，有可能拿曹操打败么，吾为啥道理要投降呢？吾本来就是急曹操兵多将广，吾呢，呒不办法抵抗得住。刘备呢，也呒不实力来帮吾忙。现在格点疑团侪解释开么，孙权定心。"卧龙先生，听君一席话，茅——塞顿——开。孤心已决，兴——兵交——战。"鲁大夫一听是快活啊。孙权倷看，非常激动。决心下了，打了，随便哪吭勿再投降。关照鲁大夫，倷送卧龙先生到官驿去，好好叫待待卧龙先生。让俚休息一下。连下来呢，通知文武官员，吾马上升堂议事呃，要商量发兵之事。鲁大夫蛮快活，好。诸葛亮有办法。先拿孙权激怒，连下来呢，说服孙权，下决心动手打。那么鲁大夫领仔孔明出来，出中门，到辕门外头，陪诸葛亮到官驿。鲁大夫再回过来么，见孙权。预备通知文武官员了，商量兴兵之计。诸葛亮当然心里向也蛮快活咯，格桩事体，总算成功哉。

勿晓得鲁大夫拿诸葛亮送得去，孙权刚刚送脱客人，里向碗盏家什还勤收清爽么，外面来了。啥人？来四个文官。哪吭四个？张昭、顾雍、虞翻、步骘。俚笃四个人，为啥道理进来？因为刚巧在大堂上，诸葛亮激怒了孙权。孙权往里向一跑头，文官退出来到迎宾馆里向，是快活啊。快活得了，手舞足蹈。哈哈，呃，诸葛亮要好得格了。在迎宾馆里向，搭吾伲舌战格辰光么，拿吾伲说得来，置身无地呢。俚格张嘴，敲惯哉。在伲东家门前，俚去得罪伲东家么，作死。嗨嗨。现在东家往里向一跑，睬也勿睬俚。诸葛亮赛过齱来，开心开心开心开心。格么大家阿要回转呢？勿。打听打听看，里向情形呐吭？还有点啥格动静？张昭派底下人到里向一看么，回出来哉。说，大堂上文武官员俙跑脱了。挺两个人？呐吭两个呢？一个鲁大夫，一个诸葛亮。哦，再去看看看。底下人回过来报告：大堂上，还剩一个人。啥人呢？诸葛亮。鲁肃呢？勿看见哉。鲁大夫唵往外头来呢？齱看见俚出来。俙呐吭晓得？咦，吾刚巧进去，勡看见鲁大夫跑出来么。格鲁大夫啥场化去哉呢？再到里向去看？嗳，格底下人回过来报告：回禀张大夫，里向一个也吭不哉，连诸葛亮也吭不。人？勿晓得。唵出去？俙齱看见俚笃出去。嘻，格奇怪？呐吭格两个变一个了，一个变勿个？一个也吭不了哉嚆。既然齱出去，到啥地方去？派人到里向来看么，中门紧闭。啊呀，勿好哉。张昭说，一定是，鲁大夫领仔诸葛亮到里向去，再去碰头孙权。那么呐吭弄法呢？伲去看，倘然有办法能够进得进中门格么，伲到里向去，看诸葛亮搭孙权讲点啥闲话？勿晓得，唔笃过来么，中门紧闭。勿好进去哟。格么格两个文官，只能够登了中门旁边头，笃笃转，聚聚转。停一停，中门开了。鲁大夫领仔诸葛亮跑出去格辰光么，只看见鲁大夫满面笑容。诸葛亮呢，好像也蛮得意格种样子。张昭晓得出事体了。鲁大夫快活，俚是主张要打格啦。看上去，孙权听仔诸葛亮闲话了。看俚笃两家头去哉。那么四家头要紧进来，碰头孙权。

孙权刚巧书院间里向，底下人在收拾残肴，俚坐着吃茶格辰光么，四个人进来哉哟。"参见主公。""啊？子布先生，你们，则——甚哪？"主公，刚巧诸葛亮跑到里向来，搭俙呐吭讲法？什个长，什个短，俙呐吭呢？吾预备动手打了。吾觉着诸葛亮闲话讲得交关对。吾要兴兵交战。"啊呀呀呀呀，主公啊，你中——计了。""啊？"中计？呐吭中计呢？张昭说：诸葛亮格闲话俙勿能听格呀。诸葛亮为啥道理要撺掇俙搭曹操打？因为诸葛亮帮刘备格忙，打一仗败一仗，打一仗败一仗，新近兵败当阳道，立脚场化俙吭不，逃到夏口。俚自家要报仇，要搭曹操打，俚吭不力量。俚跑到该搭点来做说客，用三寸不烂之舌，撺掇俙东家发兵，动手搭曹操交战。俙一打？打胜仗的，搭俚报仇。吾伲就拨了刘备、诸葛亮利用。吃败仗的，死脱人也勿关。搭俚勿搭界，死格俙是吾伲江东人。江东打烂，老百姓生灵涂炭，搭诸葛亮，毫无关系。俙呐吭去听俚格说话？啊呀，东家，吾问俙，俙自家量量力看？俙搭袁本初比，阿比得过袁本初？孙权一转念头，比勿过。为啥道理比勿过呢？因为袁本初实力强哟。袁本初当年，有冀州、青州、并州、幽州，四个州。格个四个州，俙大州哟。天下九州当中，挨得着的。河北冀州，山西并州，山东青州，幽州么就是北京。北京么，勿单单包括一个北京城了哟。还有北京以外格一些地区了哟。袁本初要有七十万兵。大将不得了。四庭柱，一正梁，五虎将。嘎许多将官，人才济济。搭曹操打，结果呐吭呢？一场大败。孙权摇摇头，吾勿及袁本初。倷摇摇头么，张昭讲，袁本初格实力比曹操强十倍。官渡大战么，曹操大获全胜。袁本初呢，全军覆没，狼狈不堪，格个一败，叫惨败啦。败得惨得不得了。倷想想看，袁本初七十万大军，曹操只有七万人马，尚且袁本初要大败。而现在，曹丞相有百万大军，吾伲格实力还勿及曹操。吾伲哪恁动手搭俚打呢？东家，倷再从长计议。想想看，倷麹去上诸葛亮格当了，中俚格计啊。

"呃？"孙权拨俚什梗一讲么，心倒又活哉哟。连下来旁边格顾雍，开口哉。顾雍平常辰光勿大讲闲话。名堂叫啥呢，叫寡言语。俚闲话勿多的。但是俚，要么麹讲，讲出来格闲话呢，有分量的。顾雍呐吭讲法？顾雍对孙权讲啦："主公，你听孔明之言，与丞相交战，好比负——薪救火。"孙权一听么，觉着浑身格汗毛竖起来，一凛得了哟。啥道理？顾雍搭俚讲：好有一比，倷去搭曹操打，好比是背心上背仔一捆柴，跑到火法场里向去救火。负薪救火，火麹救阴，倷自家背心上已经烧起来哉。格个几化形象了。孙权拨俚一讲负薪救火么，好像自家背心上也烧起来哉。好像格背梁脊骨上，拨火舌头燎得了，扎啦啦啦格痛会得。人会得汗毛直竖格哟。"众位，你们，请——退。"唔笃退下去，让吾再来考虑考虑看。

格两个文官还勿肯走么，外头，喝冷磁磴——甲揽裙响，大将进来哉。那么格两个文官想，麹多讲哉，跑吧。张昭、顾雍、虞翻、步骘四家头，刚巧退出去么。外面来四个大将。啥人？黄盖、程普、韩当、周泰。格四个大将当中，三个，黄盖、程普、韩当啦，开国功勋，侪是跟孙权格爷孙坚，打了几十年仗了。后首来孙坚死啦，跟小霸王孙策，就是孙权格阿哥，平定江东六郡八十一州，现在跟孙权，三代旧臣了。周泰，名将，是孙权非常喜欢格一个将官。四家头跑进来。四家头呐吭会得进来呢？俚笃也在武人宾馆里向哟。刚巧打听，打听么，诸葛亮、鲁肃勿见哉。现在，诸葛亮搭鲁肃，跑了。跑出去呐吭呢？满面笑容。鲁大夫在笑么，总归事体蛮好了。也有人说：文官往里向去哉。喔唷，文官跑到里向去，板是捣乱。板是要去塞松香了，劝孙权投降。豪燥俚进去吧。那么四家头要紧跑进来。四家头进来么，齐巧文官退出去。四家头冲到里向。"参见主公。""参见吴——呃侯。"程普是组苏雪白，银丝相仿。黄盖呢，黄盖胡子也是雪雪白。黄盖格胡子白得了，胡子格根上已经有象牙颜色。比程普还要来得老。韩当，年纪轻点，五十多岁。周泰，更年轻一点，四十多岁。"参见主公。""众位将军，少礼。怎——样啊？"众将就问啦：吴侯，刚巧诸葛亮搭鲁肃，唵来搭倷碰头？碰头的。呐吭讲法？劝吾打。倷觉着呐吭呢？吾觉着蛮对。好啊！格么倷应该听诸葛亮闲话啊。现在看上去还勿能打。为啥呢？因为张昭俚笃刚巧来搭吾讲，一个，吾勿及袁绍。袁绍尚且要失败，何况吾。第二个，听诸葛亮闲话，诸葛亮是要想利用吾伲打。吾去打么，负薪救火。"啊——吔！"黄盖跳起来，"吴侯啊！你决不可归降曹——呃贼！"俫随便呐吭勿能投降！吾也要问俫，袁绍有格儿子叫袁谭，俫阿晓得？晓得的。袁谭在袁绍死脱之后，投降曹操。曹操竖上来对待俚非常好，甚至于要拿格囡唔配拨俚，拿俚召为女婿。曾几何时，好。曹操一板面孔么，非但囡唔勿嫁拨俚，嚓！外加拿袁谭，结果性命。噡，投降格下场，就是格怎样子。再讲刘表格儿子，刘琮。刘琮听仔蔡夫人格闲话，投降曹操。曹操一进襄阳之后，马上拿刘琮母子驱逐出襄阳。表面上，叫俚笃到青州去做太守。离城不远么，就拨了曹操派人马追上去，嚓！嚓！拿刘琮母子结果性命。吴侯啊，袁谭、刘琮投降俿拨了曹操杀。难道说，俫也要投降了，拨了曹操杀吗？有格投降仔了拨俚笃杀，遗臭万年，拨天下人笑，格么俫为啥道理勿兴兵交战？宁为玉碎，叫不作瓦全。

格个闲话听得格孙权，赛过像一桶冷水浇在身上。格刺激结棍。俫投降酿？袁谭、刘琮俿投降的，前车可鉴。俚笃投降下来格结果呐吭呢？通通拨了曹操结果性命。吾现在去送脱条性命啊？打，失败，壮烈牺牲。死仔，赛过活着，死得香穿的，流芳千古。俫投降，投降仔，拨俚，嚓！结果性命，遗臭万年。臭不可闻，天下人耻笑。格种人实在是勿识相，叫死有余辜。应该死。吾呐吭好投降呢？嗤，格事体叫吾呐吭办法？孙权急得了，毫无主见。叫啥格周泰，嚓唧——噗！跪下来。"主公啊！不能，归降曹——呃贼！"一路说么，一路格眼泪，啃啊——下来。周泰在讲格句闲话辰光么，孙权只觉着格心，啪啪啪啪——跳哟。为啥道理？因为周泰搭俚有特殊感情的。俫看酿，周泰俚格面孔上一条疤，搭——蛮深格一条疤。单单面孔上。格条疤现在是好哉啦，受格伤啦，好哉。但是格疤，俚一激动啦，格疤发仔亮光。面孔涨红么，格疤上，搭呵——红光也在现出来啦。周泰呐吭会得受伤？保孙权呀。格句话十年了。今年是建安十三年。在建安三年格辰光，孙权只有十八岁，阿哥孙策还勿曾死了，孙权在守一荡地方，就是安徽格宣城。宣城，出纸头格地方。宣纸。周泰呢，保孙权，勿晓得格个宣城附近俿是山，山里向呢有强盗，格山匪啊。势力交关大啦。

有一转搭夜头，孙权困哉哟已经。周泰保俚了。着生头里，外头，哗——啰哔了。啥道理么？山匪冲进城，在城里向呢，奸淫掳掠，杀人放火。要来捉孙权。孙权梦中惊醒么，周泰，兵！跳起来。周泰连衣裳俿来勿及着哟。天么也热仔点，周泰赤格膊了。周泰扶仔孙权跑出来，冲出衙门，扶孙权上马。周泰手里向执一口刀，在门前头领路格辰光么，山匪已经冲到衙门附近了。拨周泰冲上去，嚓嚓嚓嚓——连杀脱十几个人。再冲过去，孙权在后头跟过来么，一个山匪哟，跃马挺枪，到周泰门前。望准周泰眉心里向，辣——一枪过来，周泰身体，嗖！一偏。扎，抓牢俚条枪。嘿，一曳么，格个山匪，磅！马上掼下来。辣！拨周泰结果性命。周泰夺仔俚格枪，啪！跳上马背么，保护仔孙权冲出城关去。路上格山匪人，实在多勿过，外加周泰身上赤格膊了，周泰身受重伤，身上要中十二枪。包括噡，面孔上格伤痕，十二枪。但是呢，俚终于拿孙权保出来。碰着救兵哉，会齐哉。周泰叫啥从马上，嘡！下来格辰光么，昏过去。啥道理么？流血过多，昏迷不醒。孙权关照，无论如何要想办法拿俚抢救过来。医生看，吭不用场，伤实在受得重勿过。巧么也实在巧，天下名医，华佗在。华佗得信，周泰为了保护孙权出来，身中十二枪，遍体流血。那么俚赶得来，亲自来搭周泰治病。华佗哟，神医哟，本事实在好。周泰条命，活转来。而且呢，恢复得邪气好哟。俫现在周泰啦，单是面孔上一条疤啦，身上还有十一个疤了。身中十二枪，真正是从血泊当中，拿孙权救出来。俚跪在门前头，格眼泪，沓——下来。东家，俫随便呐吭勿能够投降格啊！孙权心里向，呐吭勢，啪啪啪啪啪啪啪，跳呢。强刺激了。好好，周泰，俫起来。唔笃退下去，格个事体实在大勿过，让吾再慎重计较，考虑考虑。

那么四位将军，望准外头去。四家头一走之后么，孙权为难啊。呐吭办法？打吧，张昭格闲话，吾勿及袁绍。袁绍要败，何况吾？打吧，负薪救火。听诸葛亮闲话吧，诸葛亮是要利用吾，为刘备报仇。听众将闲话吧，打，再吃败仗呐吭办？投降？周泰，哈——泪如雨下。俚愿意拿自家格身体，拿自家格性命来保吾，俚也勿愿意，吾拿江东去投降曹操。格个事体叫吾呐吭办法？孙权眼泪下来。

俫在犹豫格辰光么，鲁肃进来哉。鲁肃也听说文武官员到里向来哉。鲁大夫心里向转念头，要来问问东家看，阿要召集文武？阿要升堂议事了，商量兴兵格办法？"啊！主公，鲁肃奉命把卧龙先生送回官驿，请教主公可要升坐大堂，召集文武，商议兴——兵之事？""子敬请退，孤三——思而——行。"俫让吾再考虑考虑。"唉，主公啊，张昭之言不能听从。还望主公要听信卧龙先生的说话。"刚巧俫已经下仔决心要打，俫呐吭现在又反悔，又动摇起来仔呢？俫退下去，俫退下去。让吾再想想看。鲁大夫退出来么，一声长叹。"喝哈！"吭不办法。

格个辰光，可以说孙权已经陷入到极度矛盾格环境当中。投降也勿好，打也勿好。哪恁办呢，吃勿落。到吃夜饭辰光，手下人开夜饭出来，请俚吃夜饭，俚勢吃。勿吃。夜头到里向去见老太太，请仔一埭安，回出来么，困吧。头，有点疼了。困到床上，呐吭困得着呢？翻来覆去，覆去翻来。困勿着哟。格呐吭弄法呢？到明朝转来早上，手下人来伺候俚，要让俚起来，到外头去升堂议事，因为该格辰光，是军情紧急格当口。俫要来伺候俚起来么，起勿来哟。一看孙权，勿对了。眼圈么发仔黑哉，形容憔悴。一摸俚额骨头上么，啡啡烫。寒热也来哉。"啊呀！"底下人想格呐吭办法呢？马上请医生。拿医生请到该搭来，搭俚看病格辰光么，格药吃下去，赛过浇在石头上，一眼用场俦吭不。为啥道理？因为孙权格个毛病是心病啦。心病，俫拨俚吃药吭不用场，勿解决俚问题。所以孙权毛病加重哉。

孙权关照底下人：外头，文武官员来求见，一概勿见。因为啥，格个辰光吾见俚笃做啥呢？吾吭啥闲话好讲了咯。让吾再思考思考看。吾有病。好，俫孙权生病，病重勿能会见文武么，文武官员俫呆脱了哟。鲁大夫要见，也见勿成功，勿让俚进去。鲁大夫再到官驿里向去碰头诸葛亮么，讲拨诸葛亮听，说现在吴侯病倒。诸葛亮心里向转念头，看上去，格个事体啦，蛮困难了。吾搭孙权当面谈，孙权已经决心下了，听吾格闲话了，原意打了。结果？众谋士到里向去。几来兴，孙权心，又变脱。那呐吭弄法？孙权生病。嗳，吾，用勿出力道呀，诸葛亮也咦不办法呀。诸葛亮急，急点啥？因为曹操格人马望准赤壁来。一日多一日，一日多一日啦。强敌压境，军情紧急，格局面是到了一个非常非常危险格阶段。眼眼调孙权生病。俫病还痊好，曹操又勿等俫。勿见得曹操打过来么等俫：嗳，快点啊。呃，快点取消仔病假了，吾再打过来。咦不什梗桩事体格哟。俫生病么，俚顶好哟。哈冷荡，人马冲过江了。好了，唔笃该搭点和战之计未决，兵临城下哉。敌人人马已经杀到俫城脚底下，俫呐吭弄法？诸葛亮是客人，无能为力。当然诸葛亮心里向，忧急得勿得了。格个事体哪恁办呢？鲁大夫也咦不办法想。

一日、两日、三日，孙权生仔三日天毛病。叫啥惊动仔一个人。惊动啥人呢，孙权格娘，吴国太。因为孙权是孝子，每日天，早上，夜头，要到里向去见娘，请安。该格三日天呢，咦没进去。三日勿进去啊，老太太疑心。为啥道理？派底下人到外头来问。吴侯阿在？唵出门去了？一问么，在。在书房间里。格么为啥道理勿进来？再派人去问媳妇，孙权唵到里向来？也咦不进来，在外头。做啥？勿晓得。格么呐吭会得生病会得勿晓得格呢？因为孙权关照底下人的。吾生病格事体要保密，勿能够拨了老太晓得。为啥呢，恐怕老太担忧。急，让吾一干子急吧。勠让老太太也为仔格桩事体急得不得了。连得曹操一百万大军，兵进赤壁格桩事体，孙权也瞒过娘。啥道理？娘急勿起哟，年纪大哉呀。所以老太，一眼勿晓得哟。现在派底下人一问，吴侯在书房间里向么，吾自家出去看俚。

老太来了。带仔丫头，踏进书院么，孙权格底下人急哉哟。要紧过来报告吴侯，国太到。孙权想勠拨娘看见仔吾格恁样子格情况了，急得不得了，豪燥让吾快点上去接吧。装得了好像吾身体蛮好格样子。但是人竖起来格辰光么，只觉着格头，像劈开来什梗格疼。哈呀格头痛啊！起勿来哉。格么呐吭弄法呢？就背后垫两个枕头，拿件袍呢身上披一披。强装精神么，看娘进来。"母亲，孩儿不能迎接母亲，还望母亲恕——罪。"老太对儿子一看么，"哈啊？"呆脱了。叫啥三日天勿看见啦，儿子人变脱了。面孔瘦脱一廓呀，眼腔么发仔黑哉，眼睛么有点红。格只面色看上去是交关难看。形容憔悴。大毛病哇！"儿啦，罢了。""母亲，请——坐！"底下人座头床门前摆好，老太坐定。"儿啊，你怎么样了哇？""母亲，孩儿感冒风寒，服药之后，好得多了。有恐母亲受惊，不——敢告禀。"老太心里向转念头，哦，感冒。伤风感冒，发寒热。现在么好得多哉。所以勿告诉吾么，张怕吾急。俫格心是好的，不过俫格闲话是假的。为啥呢，吾看得出。俫格病，勿是好了，而是非常重。从俚格眉头上看得出。尽管俚是强装欢笑了。但是格种眉目之间啦，看得出俚有种极大极大极大格心事了。"儿啦？你，可有什么心——事啊？""呃喝，没有。没有，没有，没有，没有。"吭不，吭不。老太明白，俚勿肯讲。不肯讲到呢，板是大事体。格么吾问俫，俫勿肯讲。吾问清爽仔，吾再来搭俫讲闲话。"既然如此，为娘去了。""孩儿，不送——了。"

老太出来，到对过书房间里向坐定，关照：服侍孙权格两个底下人，拿俚笃喊过来。格么两个底下人到里向来，卜落笃，跪下来。"见国太。"吾问唔笃，吴侯几时得病的？"三日前。"啥体勿到里向来禀报？"嗯！吴侯关照勿能报的。报、报仔，赛过要杀头格啦。所以伲勿敢报。"吾问唔笃，该两日，吴侯有啥格心事？"嗯，格个？"底下人想，心事伲晓得格呀。曹操人马打过来，俚落落乱，急得来，急出毛病来呀。格呐吭好讲呢。孙权老早就关照过格啦，曹操人马杀到江东来格事体，勿能够告诉国太啦。勿敢说。"呃，回国太。呃，小人不知道。""呃嗬，我我我我我，我、我们不知道。""卒！""是。""还要瞒我？倘然你们，不从实言讲，把你们一个一个，活活地处——死。""呃嗬，这这。"那么僵哉。讲吧，孙权要杀。勿讲吧，吴国太要拿俚打杀。看上去，总归吭没命活。"嗯嗬，这。"格两个底下人，俫对吾看，吾对俫望，急得吭不办法格辰光。老太懂的。"讲就是了，吴侯怪罪，有哀家在——此！""嗯哼，是。"那么笃定。倘然吴侯要拿俚杀，吴国太要讨情的。俚保俚格险么，讲吧。那么底下人禀报。曹操百万大军兵进赤壁，檄文到该搭，鲁子敬江夏吊丧，领诸葛亮来，什个长，什个短。文官要降，武将要打。吴侯急得吭不办法了，忧出毛病来了。什梗格情形。底下人所了解到的，全部侪报告国太。

老太心里向转念头，儿子啊。什梗大格事体，俫为啥道理瞒脱吾？为啥道理勿来搭吾娘一道商量商量？格位老太，俚对于国家大事，俚也懂的。所说吴国太啦，还勿是孙权格生身娘。实际上是孙权格阿姨。吴国太俚笃姐妹两个，侪是九江太守吴景格妹子。姐妹两个一日上，嫁拨了孙坚，就是孙权格爷。大格吴国太，养四个儿子。大格孙策，第二个孙权，第三个孙翊，第四个孙匡。该格吴国太呢，养一个儿子，一个女儿。儿子呢，叫孙朗，在七岁格辰光就死脱了。囡唔呢，叫孙仁，就是现在格郡主小姐。下一回书里向，就是要嫁拨刘备，做刘备家小，孙夫人。那么大格吴国太呢，也过世哉。过世辰光呢，关照过儿子。搭孙权讲，吾死之后，俫待吾格妹妹，要像待吾娘一样。倘然俫，要待亏吾妹妹么，吾死在阴间勿安意的。因此呢，孙权对现在格国太，像自己格生身娘一样。吴国太相信念佛的。孙权呢，广建庙宇。吾伲上海，有只龙华寺。有座塔，叫龙华塔。啥人造格呢，孙权造的。因为娘相信念佛了，造格龙华寺、龙华塔。苏州城里向，在火车上下来，或者俫火车路过苏州，老远就可以看得见一座宝塔。苏州人喊俚叫北寺塔。因为俚在苏州城格北面，所以称为北寺。格个塔么，就叫北寺塔。其实格只寺院叫啥？叫报恩寺。格座塔叫啥名字呢？正式格名字，叫报恩塔。啥人造格呢，孙权造的。孙权孝娘了，所以造只庙了，造一座塔。从格点上可以看得出，孙权是非常孝娘。那么老太呢，格辰光跟仔老男人孙坚，一道在外面打仗格辰光，俚笃是随军出发的。国家大事啦，孙坚有转把，也要搭俚笃姐妹两家头商量。俚笃呢，并勿是啥格，只懂得家务事体了，勿晓得天下形势。晓得格呀，懂。那么孙权俚现在勿告诉俚么，俚当然呒没办法出主意咯。现在晓得儿子是为什梗格原因生病么，让吾到里向去搭俚碰头。

老太再进来么，底下人要紧喊一声。"国太进来！"孙权一吓哟。啊呀，格娘刚巧去，呐吭隔仔一歇又来哉呢？强打精神，坐一坐好啦。看娘，手里向拿仔根拐杖，望准床门前过来。"母亲，去而复来，有——何吩咐？""儿啊，为娘问你。你可有什么心——事啊？""没有，孩儿没有——心事！""哼！还要瞒我！曹操人马兵进赤壁，你因何要蒙——蔽为娘？""啊？"孙权心里向转念头，娘俦晓得啦？格勠问得，底下人讲出来哉哇。啊呀，格个事体，让吾一干子急哉呀，勠连累俚也急。百万曹兵，兵进赤壁，俦娘，勠吓杀仔了完结格啊？"呃，这！""儿啊，吾问你，你与文武官员商议，怎么样了啊？""回禀母亲，武将要——战，文官要——降。""你的心中，怎么样呢？""孩儿，不——能决策。"吾下勿落格决心啊。"啊呀，儿啦，你好枉——空。""是。""难道你，忘怀了你家哥哥临——终嘱咐你的言语么？他叫你，内事不决问张昭，外事不决问周郎。你为什么不叫周郎回——来议——事！""这——个。"啊呀！孙权在格个辰光，赛过像做着一个梦，刚巧醒转来，恍然大悟。吾忘记哉。因为当初辰光，自家阿哥孙策，临终辰光搭吾讲的：兄弟，吾么要死哉，吾拿事体呢，俦托拨了张昭了、周瑜，俦总归记好，内事不决问张昭，外事不决问周郎。曹操人马打过来是外事呀。外事不决，为啥道理勿搭周瑜商量？周瑜在啥场化，周瑜在鄱阳，在操练水军。还呒没回转来。对格对格对的，吾忘记哉，忘记仔一个顶顶要紧格角色，有数目。"母亲，若非母亲提及，孩儿倒忘怀了。孩儿立即命人，请周郎回——来。""好了，为娘进去了。""孩儿，相送。"老太关照，那用勿着瞒吾哉，可以到里向去休息。里向呢，可以照顾得稍微好一点。老太望准里向进去。

孙权呐吭？孙权马上派人，拿顾雍去喊得来。顾雍到，见过吴侯。说：俦搭吾写一封信。马上去叫周瑜从鄱阳湖收兵回转，到柴桑郡来见吾。就拿曹操人马到赤壁，江东格番情形，写得详细一点。吾呢，现在急得在生病哉。等周瑜回转来决定。有数目。顾雍信写好，拨了吴侯看。吴侯看过勿错了，敲过一个图书，就派一个旗牌官，立即动身，日夜赶路，到鄱阳湖，请周瑜回转来。一面孙权呢，再请医生到里向来看病。格医生呆脱哉哟。嗳？叫啥现在格孙权啊，精神好了。格毛病好像轻脱仔一大半呀。因为孙权格心病解决。只要周瑜回转来，俚就有办法，所以心胸开阔了，舒畅得多了。再一帖药吃下去么，大有起色，毛病马上就好转。格么孙权，在等周瑜回转来，吾慢慢叫交代。

旗牌官下去。旗牌官望准鄱阳湖来，要来请周瑜回转么，用勿着倷到鄱阳湖，周瑜已经回转来。为啥呢，因为周瑜在鄱阳湖操兵啦，长远了。去仔之后，俚也派人在外面打探消息。周瑜得信了，曹操派夏侯惇带领十万大军，兵进新野县。诸葛亮火烧博望坡，夏侯惇十万大军，全军覆没。周瑜一听，哦哟？喔哟，格诸葛亮有本事。一出茅庐，第一仗用兵，就烧脱曹兵十万。再打听，后来第二次消息来了，张辽、许褚、夏侯惇，十万大军兵进新野县。诸葛亮火烧新野县，白河决水，张辽十万大军，全军覆没。败转去了。哈哈！周瑜心里向转念头，不得了。诸葛亮，格倷本事大。第一把火，人家勿晓得倷格底细，容易上当。格第二把火就勿容易哉。人家晓得倷善用火攻，带人马冲过来要防备的。而且张辽、许褚，比夏侯惇格本事要大得多。倷照样一蓬火，拿俚笃全部侪烧光，了勿起。格诸葛亮啥等样人呢，现在打听出来。叫啥就是吾伲江东文官，诸葛瑾格嫡亲兄弟。格周瑜交关勿快活。勿快活点啥呢，诸葛瑾倷枉空。倷赅什梗一个大好佬格兄弟，倷为啥道理勿拿俚介绍拨吴侯？到江东来么，就是吾周瑜一只臂膊了，好帮仔吾格忙，一道打天下。可惜啊，格大好佬，拨刘备请得去哉。后来周瑜再打听，诸葛亮放弃樊城。曹操虎入襄阳，刘琮母子被杀。曹操追刘备，刘备兵败当阳，逃到夏口。曹操人马沿江进发，向赤壁而去么，周瑜心里向转念头，不得了。啥体？战火，烧到江东来了。周瑜心里向转念头，吾勿能再操兵，豪燥回转。操兵格计划，已经基本上完成了。那么俚马上收拾好队伍，带领人马，回转柴桑郡来格辰光，今朝呢，离开柴桑，只不过剩一日路程。周瑜坐好在船舱里向，嘴里向在咭。"破浪乘风演水军，征袍凡先便付今，高山已有知音在，愿把此生——尽保君。本都，姓周名瑜，字公瑾。奉了吴侯之命，鄱阳操——练水军。闻说曹操，兵进赤壁。本都回归柴桑，怎说吴侯没有公——文到来，思想起来，好不纳闷人——也！"

周瑜心里向转念头，国家，有什梗严重格军情，局面紧急。孙权应该老早有信拨吾，呐吭到现在，消息侪吙不呢？顶顶奇怪！也是想勿通的。吾托好一个人。吾离开吴侯格辰光，吾搭鲁肃讲过，因为鲁肃是吾顶顶要好格朋友。吾关照鲁肃，吾么到鄱阳湖去练兵了，倘然国家有啥格重要军情呢，倷写信拨吾。倘然说，倷觉着写信讲勿清楚的，倷人来一埭，倷到鄱阳湖来，倷当面来搭吾讲一讲。鲁大夫答应格呀。嘿嘿。叫啥答应得哦哦应，忘记得干干净净。直到现在辰光，人也勿来，信侪勿有。格鲁大夫在转啥格念头呢，吾托人托仔格王伯伯了。其实鲁大夫到江夏郡去格呀，俚去吊丧，拿诸葛亮领得来。舌战群儒、孙权生病，急得舞蹴舞蹴，鲁大夫老早忘记脱了，吙不辰光想着写信。格么周瑜弄勿懂。

船只在过来格辰光，叫啥底下人过来报告："禀都督！""何——呃事？""吴侯派旗牌官送文书到，在外面求见。""请来。""是。"底下人跑到外头来请，旗牌官进来。旗牌官拿份公文送上来，"都督，吴侯文书到"。手下人一接，交到周瑜手里。然后旗牌官，卜咯笃，跪下来磕头，请过一个安，旁边头伺候。周瑜拿公文拆开来一看么，"哈——啊！"呆脱了。公文上写得交关清爽，曹操人马兵进赤壁，武将要战，文官要降，孙权急得毫无主见，生病，病蛮重。现在要请吾见着书信，立即回转柴桑，商量和战大计。啊呀！周瑜心里向转念头，啥事体已经紧急到什梗格程度了哉！格么呐吭弄法呢？吾赶快回转去吧。那么周瑜回转柴桑郡，要诸葛亮智激周公瑾，下回继续。

第六十五回
辕门拒客

周瑜，鄱阳湖操兵回转，半路上接到吴侯文书，叫啥信上写得交关明白，曹操百万大军，兵进赤壁。江东呢，文官要降，武将要战。孙权么是急得呒办法，生病了。叫吾接着信，立刻动身，回转柴桑郡，共议大事。

周瑜呆脱。"哈——啊。"想勿到，江东会乱到什梗样子，急得格东家生病了。吾勿明白。信上说，文官个个要投降，吾勿相信。吾格要好朋友鲁肃鲁子敬，俚格性格吾了解，俚决计勿会主张投降曹操。格么呐吭格浪说，文官俏要投降呢？而且吾，到鄱阳湖操兵之前，临时动身，吾搭鲁大夫讲过。吾说，鲁大夫啊，吾么去哉。该抢操兵格日脚比较长。假使说，有啥重要格事体么，俦来封信。或者呢，俦有空格说法，俦来一埭，俦赶到鄱阳湖来，当面碰头，搭吾来谈一谈。吾俏关照出来。格为啥道理鲁大夫人也勿来了，信也吭不呢。

格个事体奇怪！吾来问问格个旗牌官看。"旗牌官！""有。""我问你，鲁大夫可在柴——桑——郡？""禀都督，鲁大夫前几天不在，现在回来了。""哈啊？"前几日天勿在？"他往哪——里去了？""呃，鲁大夫到江夏郡吊丧。"哋，格奇怪，鲁大夫跑到江南郡去吊丧？江夏郡搭吾伲江东有仇的，格呐吭现在会得派鲁大夫到江夏郡去吊丧呢？弄勿懂。"如今？""现在鲁大夫从江夏回来了，回来的时候，把刘皇叔麾下的军师诸葛亮，也请到了我们江东，也在柴桑郡。"

"哈——啊？"啊呀，周瑜心里向转念头，鲁肃啊，俦呐吭去拿格诸葛亮请到江东来？吾晓得，诸葛亮格人本事交关大。两场火攻烧脱曹兵二十万。俚跑到吾呢江东来，清清爽爽，要来撺掇吾伲江东，搭曹操打，南北争斗，俚可以渔中取利。诸葛亮来，俚要渔中取利，也就是说对吾伲江东不利。吾麸看见俚。吾啥人要搭诸葛亮碰头，格鲁大夫多花头。格俦蛮好到吾鄱阳湖来搭吾商量，周瑜俚马上提起笔来；写好一封回文，关照格旗牌官，"回去禀明吴侯，说瑜——明日就到"。"是。"

旗牌官拿回文一接，辞别周都督出来，下小船，哈——小船跑。小船先回柴桑郡。周瑜大船呢，速度比较要慢一点。让周瑜的船只在后头过来，估计呢，明朝下半日，周瑜格大船可以到柴桑郡。格么，旗牌官快呀，小船调头、拨头也快，路上下来，哈——一路并无耽搁。俚比周都督格大船要早到半日。早上就到，上岸。进城关，到辕门，碰头孙权。就拿周都督格回文呈上去。拨了吴侯看。吴侯心里向交关快活。什梗一看，周瑜信息也蛮灵的。用勿着吾文书到鄱阳湖，俚已经回转来,已经在半路上碰头。既然俚今朝下半日可以到,格么什梗,吾明朝早上升堂么,搭俚碰头吧。交代旗牌官,俫退下去休息。一方面呢,孙权下一条命令,通知文武官员。唔笃大家准备一下。下半日,周都督格船只要回到柴桑郡,唔笃文武官员呢,到城外头码头上去迎接。孙权自家呢,勿去。因为俚格病体刚巧痊愈。手下人呢,劝俚勿去。俫还是登在该搭点等消息好了。反正过一夜天,明朝早上就可以搭俚碰头格哉。格么为啥道理勿当夜见面呢,啊呀,周都督路上回来也蛮辛苦哉。格么让俚回转公馆,休息脱一夜么,明朝早上再碰头。

孙权格命令一下之后么,文武官员大家侪晓得。格个辰光文武官员心里向侪明白,看上去呢,格个大局好定下来。为啥呢,决策格人转来了。周瑜可以说是江东能够决策格人。孙权对于周瑜呢,非常相信。格班文官心里向转念头哦,下半日,一定要到城外头,码头上去接周瑜。顺便呢,搭周瑜碰碰头,探探俚格口气看。俫心思里向,到底是要打呢,还是主张投降。同时呢,吾侬也要拿吾侬主张投降格想法,讲拨了周瑜听。影响影响周瑜。阿有啥,争取周瑜听侬格闲话了,也主张投降。文官么,格恁想法。武将一样,武将也什梗想法。好,周都督回来了。呐吭大局好定哉。大都督是无论如何,勿会主张要啥格投降。肯定要打。侬到城外头,上官船,去搭周都督碰头。拿侬格心思讲拨周都督听,让周都督决定。明朝碰头吴侯么,发兵开战。文武官员侪有格种想法。下半日,休息一歇呢,陆陆续续侪望准城外头,码头上,接官亭去。吾别人勿交代,只交代格鲁肃。

鲁大夫得到消息之后,周都督回转,哈,快活啊,好朋友回来了。

啊呀呀呀呀,吾真该死,吾糊涂。周都督临时动身快,关照吾格哎,有啥格紧急事体么,叫吾到一埭鄱阳湖去。实在跑不开么,写封信。吾呢,答应得嗷嗷应,忘记得干干净。叫人也勿去,信也勿发。那俫看哦,周瑜碰仔头,一定要骂吾哦。鲁肃,俫枉空啊。唵,吾托人拖着格王伯伯。俫呐吭会得一滴滴休息也勿拨了吾。板要拿吾责备。好得呢,周瑜搭吾是要好朋友,讲得清爽的。吾曼得去搭俚讲,呒不办法。曹操人马打过来,乱得一塌糊涂。吾赶到江夏郡去吊丧,拿诸葛亮请到该搭点来。啊呀,什梗一搞么,忘记脱哉。请俫大都督原谅。格么吾想,好朋友一定能够谅解吾格种心情。

吃过饭,休息脱仔一歇,鲁大夫想辰光差不勿多了,通知外头备马。马备好,出公馆,执鞭子,豁上马背,带底下人,忐磕酷磕、忐磕酷磕,望准城外头过来格辰光么,叫啥路过官驿。嗳,心里向转念头,诸葛亮在官驿里,诸葛亮该两日等消息是,也是等得来,心焦得勿得了。让吾去告诉俚一声吧,俫勿急哉。马上就要决定,周瑜转来,明朝周瑜搭孙权碰头事体侪舒齐。

鲁大夫下马,派人报进去,求见。手下人报到里向,诸葛亮得信,鲁大夫来。出来接。拿俚接进书房,坐定身子么,该两日诸葛亮心里向也急得勿得了。因为俚搭孙权碰头之后,几日功夫下来，孙权生病，讯息侪呒不。诸葛亮担心，勿俦孙权还勿决定到底还是投降了还是打。嘎嘟当，曹操人马冲过江来，江东完结了。到格个辰光，俦要想打，准备工作也来勿及做。呒不消息。现在看见鲁子敬来么，蛮好。而且，看到鲁大夫格面孔上，满面笑容。好像有啥喜事在么，大概有啥好消息。

"大夫到来，有——何贵干？""啊，先生，鲁肃到来，非为别事，特来告知先生，我家周都督，他今日回来了，鲁肃要往城外迎——接。""喔——哦。"孔明一听，周瑜转来哉。诸葛亮晓得，周瑜搭孙权是亲眷，俚笃之间格关系是非常密切。密切到呐吭格程度么？吴国太啦拿周瑜当儿子看待，因为周瑜搭孙权格阿哥小霸王孙策同年。周瑜呢，小几个月。周瑜拿孙策当阿哥什梗看待。当初孙坚死脱，江东格势力啦，咕咯笃，一记，退下去。孙策带仔孙权啦，孙权格辰光还小了，避难。避到啥场化呢，就跑到周瑜屋里向。周瑜呢，接俚。格辰光大家侪只有十几岁了呀。周瑜屋里向有支大房子，格支公馆大得不得了，因为周瑜屋里赅家当。孙策来呢，就拿孙策格娘，孙策格一家门，兄弟，妹子，通通航布朗当侪住在周瑜格公馆里向。周瑜自家呢，搬出来，搬到隔壁头一支小房子里登。所以俚笃呢，非常要好。后来，周瑜搭孙策讨格家小呢，是姊妹两家头。侪是苏州人，就是乔国老格囡唔，孙策讨格大乔，周瑜讨格小乔。俚笃还是连襟了呀。外加呢，孙策临死快呢，拿周瑜作为托孤重臣，关照过孙权，吾死之后，内事不决问张昭，外事不决问周郎。所以诸葛亮晓得，周瑜回转来要决定大局。估计上去呢，周瑜不见得会主张投降，格个人格性情，吾听说过。不过，吾一定要搭周瑜碰头。虽然吾见过孙权面了。因为孙权勿作主，当家的，实际上是周瑜，俚掌权的。孙刘联和，算勿算成功呢，格张事体吾一定要跟周瑜碰头。要周瑜当面来搭吾讲，卧龙先生，俦帮帮吾忙，吾侃一道打吧。格么喏，那么算数。好正式成为孙刘联和。吾勿搭俚见面呢，吾格个计划就失败了。

俦鲁大夫来讲，俦要到城外去接么，格么吾跟俦一道去吧。"莫非大夫，要山人同往城外，迎——接都督？""呃嗬，不敢不敢，先生是客，岂可烦劳先生？喏喏喏，待鲁肃见过了吾家都督，然后，再引领先生前望都督府，与吾家都督相——见。"诸葛亮一听，倒亦好的。俚喊吾勿去。俦是客人，勿敢当的。横竖俚搭周瑜碰仔头，再拿吾领到都督府，搭周瑜见面。顶好什梗。因为吾到城外头去，文武官员也要见都督，嘎许多人碰头，讲闲话也勿方便。还是单独去见面了，要好过相得多。

"请问大夫，你往城外迎接都督，可能与都督相见吗？""呃嗬，一定相见。""如其文武官员不见，那么你可能相见吗？""可以！""为什么？""呃喝嗬，因为鲁肃与周都督是莫逆之交。"吾搭俚格感情是好的勿得了。超过一般格文武官员。别人勿见，吾还是可以见的。鲁大夫，乓！一记胸脯一拍，什梗说起来，鲁肃格人阿有点狂了？有点拿大呢。别人才勿见么，就见俦。俦啥格上搭周瑜有交情？

格么俚笃格交情的的确确是深。深了啥格上呢，就是说鲁肃还勿出山了，还在乡下隐居格辰光，周瑜搭俚就有交情。有一回周瑜打仗，经过鲁大夫格个地方，鲁肃还在屋里向。勿晓得打格座城关，还勿打下来么，后路格运粮格粮道截断。后面格粮草供应勿上。周瑜眼看马上就可以拿格座城关打下来，就是因为粮草不济，勿来赛。那么一打听么，近段该搭点有个鲁家庄。格鲁员外呢，赅家当。可以去搭俚去碰头商量，问俚借点粮。

那么周瑜赶奔到鲁大夫屋里向碰头鲁肃，搭俚商量：吾断粮了，倷阿能够帮帮忙了，借点粮拨吾。鲁肃一听周瑜什梗讲法么，一句闲话。鲁肃赅家当，千顷良田，万贯家财。屋里向格粮米多得勿得了。俚屋里向，赅两囷米。啥叫囷呢，一囷啦，就是三千斛。两囷么六千斛。鲁肃就领周瑜过来看：喏喏喏，吾该搭粮有了，现在格个一囷，吾送拨倷了。节头子，嗟！一指么，指囷相赠，三千斛。格个三千斛得哉么，周瑜，好了。粮食问题解决了，马上打胜仗，拿城关打下来了。后路接通哉么，周瑜大获全胜回转。格个功劳啥场化来？鲁肃帮忙。呒不鲁肃送三千斛粮，周瑜非但城关勿能够打下来，外加后路截断，处于相当危险格境地。所以周瑜呢，非常感激鲁肃。后来，周瑜就到孙权门前介绍，拿鲁肃推荐拨了孙权，那么鲁肃出仕，所以俚笃呢交情非常深。俚笃之间格关系啦，三国里向称为叫啥？叫赠囷之交。什梗啰鲁大夫拍得落记胸脯，别人勿肯见，吾总归可以见。"那么文武官员统统接见，大夫你可能相见么？""啊呀呀呀呀，这是何消说得。"别人勿见啊，吾好见得了，别人见到是，吾更加好见哉。"那么大夫见过了都督，不能忘怀，一定要把山人引领前去相见。""明白了！"

两家头正在讲张么，只听见城外头，嗒！咚！噔！炮呐吭低？城外码头上放么，该搭城里馆驿里听见，是不过声音勿响几化。鲁大夫一听炮声，都督船只到哉。码头上在鸣炮欢迎哉，豪燥让吾去接吧。"啊，先生，吾家都督来了。呃喝，鲁肃要去迎接，告辞了！"诸葛亮送出来么，再三叮嘱：勿忘记噢，见仔周都督，马上来领吾过去相见噢。晓得嘞，倷放心。

鲁大夫豁上马背，带底下人，哈啦啦啦——往码头上去。诸葛亮呢，回进来，书房里向等俚消息。勿晓得鲁大夫到城外头啦，周都督格船只已经到了。因为倷搭诸葛亮讲张么，慢着一步。文武官员看见周都督官船到码头，停船哉。鸣炮相迎。三声炮响，吹鼓亭里向吹吹打打。文武官员格帖子集中在一道，派一个底下人，坐一只小船，摇到大船旁边。格么周瑜格只官船呢，勿靠在码头上，离开码头还有几丈路，船就停了。为啥道理勿靠岸呢，张怕勿文武官员拥到船上来见面了，所以俚格船勿靠岸。往来呢，俫要用小船摆渡。现在小船上帖子拿过来，拿到官船上，请周都督格家将到里向去禀报：文武官员求见。

家将拿帖子拿到舱里向。"禀都督，文武官员求见。"一叠帖子呈上来，台子上摆好。周瑜一张一张翻开来看，从头到底看完，别人格帖子俖有么，就剩鲁肃格帖子呒不。周瑜气啊！蛮好！好朋友，俖实头轧着仔格新朋友了，忘记脱仔老朋友！只有诸葛亮了，呒不吾周瑜？别人俖来接吾，俖勿来！气昏。文武官员来，阿要见呢？要见的。为啥道理要见？吾是要想摸一摸情形，到底唔笃阿是文官么，个个人俖要投降了，武将么，大家俖要打仗？要想接见么，一想，慢。文武官吾可以接见，一个人吾勿勲见。啥人？诸葛亮！诸葛亮吾勿勲见么，现在诸葛亮帖子勿在，吾接见文武官员么，诸葛亮勿可能来格。勿，勿。诸葛亮格家伙，厉害。俚能够猜到吾格心思。俚呢，一定跟仔鲁肃一道到该搭点来。俚晓得格啦，俖鲁肃格帖子摆着么，吾周瑜要疑心的。鲁肃帖子来哉么，诸葛亮也会跟得来。什梗呢，关照鲁肃，俖帖子勿送上去，只有文武官员格帖子。周瑜接见文武官员么，俖鲁肃一道跟上去，那么吾搭俖一道上去。什梗样子呢，周瑜一定要搭吾诸葛亮见面。其实周瑜估计豁边，其实诸葛亮勲来的。俚当仔诸葛亮关照鲁肃，帖子勿拿上去么，所以呒没鲁肃格帖子勿见。为了要回避诸葛亮么，吾连得文武官员么，一律勿见。

　　周瑜关照。"通知，文武官员，说本都，鄱阳操兵辛苦，路上回来，感冒风寒。文武官员，明日吴侯大堂相见。""是！"底下人回出来，就拿帖子，还拨了送帖子格个底下人，回去回复一声文武官员吧。大都督勿见，什个长，什个短。那么格底下人，拿帖子还过来么，还拨了文武官员。搭文武官员讲清爽，周都督说的：因为派鄱阳湖操兵辛苦，路上回转来么，感冒仔点风寒了，在发寒热，身体勿大好，勿见了。明朝早上，吴侯大堂上碰头吧。

　　文武官员一听么，响勿落。该格是冠冕堂皇回头吾俚，并勿是真格生病，格个大家懂的。勿见么有啥办法呢，回转哉咯。文官预备上轿，武将准备上马，正要走格辰光么，只听见，哈冷冷冷冷冷，马铃声音，哈——一匹马到。酷——大家一看，勿是别人，鲁肃。鲁大夫赶到，鲁肃马背上跳下来，马上关照自家格底下人，搭吾去投帖子，求见。鲁肃格底下人过去投帖么，文武官员勿走了。为啥？呃，有希望了。因为鲁肃搭周瑜，顶顶要好。鲁肃格帖子去，周瑜要接见。假使周瑜接见鲁肃，呒没客气，俚文武官员，握也要握上去。俖身体勿好，呐哢鲁肃来，俖身体就好哉啊？俖格个勿公平？既然俖鲁肃能够见，吾也要见。憨弹！大家一道拥上去么，勿怕周瑜勿搭吾俚见面。所以文武官员勿跑了。盯牢仔鲁肃格底下人看，看俚格张帖子上去，阿见了勿见？

　　鲁大夫格底下人，小船摇过来到官船旁边。因为东家搭东家要好么，底下人搭底下人也熟悉格了。"嗳！大哥！""嗯，兄弟，好久不见哪。""对了，你们回来了？""是的，我们回来了。""嗨，鲁大夫到，要求见都督，请你去通报一下。""好！我知道了，你等一下。"

　　周瑜格底下人。马上拿张帖子拿到里向来。"禀都督，鲁大夫求见。"喤！帖子拿上来。周瑜拿张帖子接过来一看，鲁肃。再翻过来一看，下头呒不帖子，只有一张。哼！心里向转念头，鲁肃啊，实头拨诸葛亮利用。啊？文武官员帖子上来勿见，那么诸葛亮关照鲁肃了，俖一家头帖子上去。唔笃要好，见倷么？吾搭倷一道上去。板是诸葛亮关照鲁肃送一张头，诸葛亮自家格帖子勿摆了。吾今朝，偏偏勿见诸葛亮。

拿张帖子，噹！往地上一甩，"说本都，不见！""是！"家将呆脱。周瑜在说着格声不见格辰光，当！一记台子一碰，面孔一板。看上去对鲁肃有气了。嗯，格老朋友长久勿见面，啥格上勿开心呢，家将弄勿懂。呒不办法，拿张帖子拿出来么，到外头对仔格鲁肃底下人，"兄弟嗳，嗨嗨！你去报告一声鲁大夫吧，大都督实在身子不好，不能见了，明天吴侯大堂见吧"。啊，对不起哦。鲁肃格底下人帖子拿过来，小船回到江边，停好上岸，禀报鲁大夫，勿见。

鲁大夫喷生恁一气。啥体么？因为刚巧俚在诸葛亮面前说过大话。文武官员勿见，吾，见！为啥？因为伲要好。那么倒胃口哉，眼眼调今朝勿见。勿见么哪吭办呢？又勿好硬上的，只好回转。鲁肃摇摇头，叹口气，坍着格台。嗳，大话勿好多说的。噹！张帖子身边一囥么，别转身来走。倷别转身来走么，张昭、黄盖格班文武官员一看，好了，周都督公平交易，大家勿见。连鲁肃也勿见哉么，走吧。文官上轿，武将上马，一个一个统统俖回进城关么。鲁大夫骑马来的，乒磕酷磕、乒磕酷磕，马匹进城。

鲁大夫在进城，要回转公馆格辰光呢，一定要经过官驿。格么鲁肃啊，倷到官驿里向弯一弯酿，告诉一声诸葛亮。吾么刚巧去投过帖子哉，周都督么实在身体勿好了，勿能见，要明朝吴侯大堂上碰头。反正吾明朝吴侯大堂上见过都督之后，吾再来领倷到都督府去好哉。格么倷什梗关照一声么，诸葛亮就勿等哉呀。否则格说法，等人心焦。唉！鲁肃是拆烂污，勿去。为啥道理勿去呢，一个，有点难为情。因为刚巧嗨外，稳见的。现在碰得一鼻头灰，勿见。格么有点难为情。难为情还是一桩事情，外加背后头文官格轿子俖在过来，鲁大夫也有点压力格啦。吾过分搭诸葛亮接近，文官背后头要议论。说起来，倷格鲁肃啥格名堂呢？啊？自家人勿商量，喔，江东格文官，倷一个一个勿来碰头，倷就搭格诸葛亮什梗要好。格个赛过日脚勿大好过啦。格里向要考虑到各方面格种关系。算了算了算了，诸葛亮聪明人，吾勿去搭俚碰头，勿关照么，俚也晓得的。大概吾总劙见着周都督了，所以勿去领俚碰头。

因此么鲁大夫，一个活特，下马进去么，直接回到自家公馆。一到公馆里么，事体多哉。一有事体么，拿格桩事体忘记脱了。连得劙去搭诸葛亮见面，也劙派人去关照的。鲁肃走脱，吾勿交代哦。

周瑜呢，上岸。等到文武官员俖跑脱了，离舟登陆，天要夜快了。因为冷天呀，日短。周瑜带领家将，到岸上，豁上马背，乒磕酷磕、乒磕酷磕，进城。直到都督府辕门跟首么，辕门上闹猛啊！合府底下人俖过来接。周瑜下马。马，手下人带过。周瑜往里向进来，到大堂天井么，俚就关照一声，"来——呀"。"是！""传门——呃上。""是！门上！"一声一喊么，门公要紧过来。

"都督，小人在。""头门上，回避牌高挂，若有文武官员前来求见本都，说本都身子不爽，概——不见——客。""是！"

门公答应，门公马上过来，拿来一块虎头牌，虎头牌上有两个字——回避。格块回避牌呢，朝头门上一挂。所以文武官员来，一概不见。因为周都督高挂回避牌。周瑜格块牌子挂了做啥？格块牌子挂着么，拆穿点讲，就是要回避诸葛亮。勿搭俉诸葛亮碰头。俉来投帖，吾有理由拒绝。说起来，回避牌挂了，勿见客。

周瑜望准里向进来格辰光呢，周瑜格太太出来接。周瑜格爱人呢，就是小乔，是乔国老格小囡唔。俚笃姐妹两家头，江东有名气的，最最漂亮的，两个美女。大乔嫁拨了孙策，小乔嫁拨了周瑜。乔玄呢，苏州人。苏州住了啥场化呢，城里向。现在讲起来叫人民路。一头呢，通大成坊，格条巷叫啥？叫乔司空巷。苏州人啦，格个大好佬，曾经住过在格条巷里向。就拿俚格官名，取格个名字。赛过范仲淹住在苏州的，俚住格条街呢，就叫范庄前。该搭点有范仲淹格义庄格啦。那么乔玄呢，因为曾经住过在格条巷里向，所以格条巷呢，叫乔司空巷。因为乔玄格官名司空，位列三公，司徒、司寇、司空。格种、格种司字头啦，侪是大官。那么小乔呢，搭周瑜，养了两个儿子了，一个囡唔。大儿子叫周循，小儿子叫周胤。将来呢，周瑜搭孙权格关系密切头势要到呐吭格程度么？周瑜格大儿子讨格家小，就是孙权格囡唔。后来孙权做仔皇帝哉啦，公主配拨俚。周瑜格大儿子就是驸马。周瑜格囡唔嫁拨啥人呢，就是嫁拨了孙权格儿子。俚笃赛过连环亲。格个亲情是勿得了啦。那么大乔是孙策格家小么，周瑜搭小霸王是连襟。非但是连襟啦，外加孙策临时死格辰光，孙策死交关早，二十六岁就归天。八年前头就死了。格个辰光周瑜也是二十六岁，周瑜在外头打仗啦，孙策死格辰光，俚勿在床门前。小霸王临时死快就关照，关照啥呢，就是一个"内事不决问张昭，外事不决问周郎"。同时呢拿大乔夫人喊到面前来讲：夫人啊，吾呢，勿来赛了，吾死仔下来，别样吭啥托俉，吾娘，俉要好好叫服侍。大乔当时哭得勿得了，服侍娘么是应该格事体咯。还有一点呢，俉搭唔笃妹妹讲一声，就是搭小乔讲一声啦，等到周瑜回转来之后呢，叫唔笃妹妹搭周瑜讲，要喊俚好好叫辅佐吾兄弟孙权。大乔统统答应。后来，周瑜得着消息，日夜收兵赶路回转来么，大乔已经搭小乔讲了。小乔就拿大乔格闲话讲拨了周瑜听，周瑜一听么，哭得勿得了，到孙策格陵前，哭祭一番。吴国太呢，非常欢喜周瑜，拿俚当儿子什梗看待。所以俚笃之间，孙夹里搭周夹里格关系啦，密切得勿得了。

今朝，小乔拿周瑜接到里向，摆接风酒，搭周瑜一道接风格辰光么，就讲拨了周瑜听：阿姐呢，昨日已经来过了，来搭吾讲，因为是国太，叫俚来的。曹操人马打到赤壁，局面交关紧急。现在呢，吴侯已经急得生病了。吴国太呢，关照吴侯，写信叫俉回转来。同时呢，搭大乔讲，叫大乔到吾搭点来。搭吾讲一声，叫吾拿格个情形讲拨俉听。叫俉呢，明朝到大堂上去，碰头孙权格辰光，勠忘记脱孙策格托孤之重，要好好叫思考出国家大计。

小乔拿格番情形一讲之后么，周瑜听了，当然心里蛮激动的。因为该格一仗啦，可以说是关键性的，有关到夹家里，有关到江东六郡八十一州格前途、命运、生死存亡的大局。小乔夫人呢，倸看，好像蛮忧虑，因为格个是国家大事，局面什梗严重，周瑜搭孙夹里关系，又是什梗密切，可以说是同富贵了，共患难格啦。看小乔好像瘦仔一点哉，周瑜心里向也蛮感动。唔笃夫妻么在该搭点吃酒，叙谈家常。周瑜，吾勿交代。

缩转身来，吾再交代诸葛亮。"啊呀"，诸葛亮格个辰光担心思啊。啥体么？因为鲁肃一走之后，诸葛亮就在等俚格回音来。估计：哦，鲁肃么到码头哉，大概么搭周瑜见面了。现在么应该要进城，应该要到该搭点来了。为啥道理勿来？要么船上谈格辰光多哉啊？还勿来了。等等勿来，望望勿来么，头颈骨俪望酸了。真叫望眼将穿。风，呼——十月里。农历格十月里，蛮冷的。窗外头，萨啦啦啦，窗外头有一排竹头，风一吹，萨啦啦啦，碰到窗上。天呢，阴云密布，诸葛亮当然满面愁容，在思考，啥道理，鲁大夫到现在还勿来？吃夜饭，夜饭吃过了，鲁大夫还勿来？上灯哉，诸葛亮心里向转念头，今朝格事体勿顺当。鲁大夫到该格辰光勿来，阿会俚勘见着周瑜的？格么勘见着周瑜，倸应该来拨一个回音拨了吾。回音也勿来，啥格名堂？

诸葛亮已经考虑到，周瑜是个厉害角色。俚可能勿愿意搭吾见面。因为俚勿搭吾见面啦，俚呒不损失的。吾勿搭俚见面呢，吾格任务，就完勿成，孙刘联和格目的达勿到。达勿到啦，老实讲一声，要渔中取利，完结了。格个是影响大局。格么呐吭弄法？

诸葛亮一转念头，什梗吧，倒勿如让吾，派人去探听消息。"来——呀。"旁边两个底下人，卜卜，跪下来，"军师！""军师！""你二人，叫何——名字？""禀军师，小人自幼卖给鲁大夫家中，赐姓鲁，小人叫鲁吉。""小人叫鲁祥。"鲁吉、鲁祥。是买就底下人，姓东家格姓。"你二人，能——干否？""呃喝，呃，请军师吩咐。""前往都督府，探听消息。大都督头门上，或有回避牌、公出牌悬挂。可有文武官员相见？如有文武官员求见者，见与不见，看个仔细，到二更时分回来禀报。本军师，重——重有——赏。""是！小人能干。"能干。两家头答应，马上就去。

本来呢，刚巧服侍诸葛亮吃夜饭，碗盏家什收脱么，两家头在担心思，诸葛亮好像夜饭俪吃勿大落。自己呢，还勘去吃了。因为要军师吃好了，挨得着俚笃吃了。现在诸葛亮派俚笃去，到都督府探听消息，两家头有想法。啥体么，因为吾伲是奉鲁大夫格命令，专门到该搭点来服侍诸葛亮。鲁大夫道地，张怕勘官驿里向格差人呢，服侍诸葛亮起来勿周到，专门派俚两家头到该搭点来，寸步不离服侍军师。服侍得好，重重有赏。服侍得勿好，鲁大夫要责罚。碰着诸葛亮呢，自从到了该搭来仔之后，从来勘差俚笃，因为呒不事体么。那么诸葛亮也勿去差俚笃。今朝，第一趟，派俚笃出去探听消息。而且诸葛亮许过，探得明白，重重有赏。格赏啦，还勿是一般格赏，重重有赏，有分量了。顶起码，十两。一个勿得法二十两银子。老实讲一声，两家头到该搭点来服侍诸葛亮格辰光是，合府格底下侪眼红格啊。侪对俚笃左耳而视格啊。啥道理？好差使啊！鲁大夫派唔笃两家头去服侍外头来格宾客，服侍外宾，哈哈，格里向格进账不勿得了啊！肯定诸葛亮送下来格铜钿蛮结棍。勿晓得么诸葛亮从来覅差过俚笃，今朝第一趟。那么外加许重重有赏么，两家头更加得意。

格鲁吉问鲁祥："兄弟啊，军师派伲去，侪看，伲夜饭覅吃了嚜，阿要吃仔夜饭去？""侪饿煞鬼转世啊？夜饭覅吃歇过？难扳格呀，稍微晚点吃么，也勿要紧了。马上到都督府去，多探听点消息，打听得越详细，回转来报告么，赏赐越多。""喝喝，格句闲话倒勿错，军师讲到重重有赏，勿会推扳。""顶起码十两。""对的。格么去吧，夜饭回转来吃吧。"

两家头饿仔肚皮，就拿仔盏灯笼，出该搭点馆驿，一路过来，直到该搭都督府。都督府辕门上已经上灯哉呀，日短。天已经暗哉么，上灯了。进辕门，对头门上一看么，只看见头门上挂好一块牌，牌上两个大字——回避！喔唷，鲁吉对鲁祥望望，鲁祥对鲁吉看看，诸葛亮赛过仙人！俚来也覅来，已经晓得该搭点，或者有回避牌，或者有公出牌高挂。果然，侪看，回避牌高挂。看噢，阿有文武官员到该搭来见哦。假使有的，回转去报告。唔笃两家头，噗！灯笼里蜡烛火吹阴，灯笼往腰带里向一别么，就在辕门里向、头门外头，张头探脑在看。

格么照规矩，都督府格辕门，戒备森严。辕门口侪有小兵站岗的。唔笃什梗鬼头鬼脑在该搭点看么，呐吭呒不人来干涉呢。因为辕门上格守备格小兵，一看啦，格底下人有灯笼，腰里向有腰牌，灯笼上格官衔呢，是鲁大夫格官衔。那么格小兵晓得格啦，鲁大夫搭周都督么，是顶顶要好格朋友，说勿定么鲁大夫在里向，所以么两家头在该搭点伺候。等鲁大夫出来，格吭啥稀奇的，因此覅去干涉俚笃。

唔笃在看，等仔一歇，墨腾赤黑哉。只看见来四件轿子。轿子停，出来四个文官，往里向进去么，鲁吉、鲁祥也认得的。啥人呢，张昭，顾雍、虞翻、步骘。江东文官当中，地位最高格四个人。俚笃到该搭点来作啥？看。唔笃两家头在望格辰光，张昭过来，熟门熟路，到头门跟首，摸着根棒槌，望准格棒上敲上去。因为该搭点规矩，用勿着说：门上阿有人，覅问得的，敲棒好了。文官来，敲三记，武将来敲四记。格个名堂叫文三武四。棒槌拿起来望准格棒上，噗！噗！噗！三记一敲，棒槌放脱，一看，门房间里人出来。

门公到外头一看，喔哟，格四个老爷，侪是江东文官中格头儿脑儿。"呃，四位老爷，小人叩头。""罢了，到里边通报都——督，说我等求——见。""嘿嘿，四位老爷你们来得不巧了，我们都督，鄱阳湖操兵辛苦，回来的时候感冒风寒，身子不爽，文武官员一概不见。因此头门上回避牌高挂，诸位老爷，你们请看。"对上头一指。张昭抬头一看，果然，回避牌高挂。眉头一皱，格个事体，上庙勿见土地，来也来哉，勿能见面，呐吭弄法。心里向一转念头，有了，有了。马上对个底下人一看，"费心管家，到里边通报一声，倘然大都督不见，我等再行回去。如其都督能见者么，容我等进去。拜托拜托"。张昭对俚拱拱手，那么格门上人么受宠若惊。张昭，江东格托孤重臣，文官当中第一把交椅。俚格个身价，对吾格个小小门上拱拱手，托俸报一报。勿见，伲再回转。倘若能够见么，谢谢俸。去吧，报一报吧，难为情的。帖子一拿，望准里向进来。

周瑜呢，刚巧吃开晚饭，在外头休息格辰光么，底下人来了。"禀都督，四位老爷到，求见。我说都督有令不见，他们一定要叫小人通报。请问大都督，见，还是不见？"帖子传上来。周瑜一看，张昭、顾雍、虞翻、步骘。俦是有地位的，阿要见呢，要见的。吾是想问问看，到底俚笃格心思里向呐吭？但不过，慢。格个四个人吾可以见的，诸葛亮吾勿见。勁诸葛亮跟仔俚笃一道进来。吾来问一声看，外头诸葛亮阿有？格个门上勿认得诸葛亮咯。那么再说诸葛亮勿会搭俚笃四家头在一道的。何以见得么？因为诸葛亮主张要打的，张昭主张要投降的。两家头观点勿同了，勿及和讲格啦。诸葛亮要来呢，板是搭鲁肃一道来。吾曼得问门上，外头鲁大夫阿在？外面鲁大夫在，勿见。鲁大夫勿在，见。

"门上。""有。""鲁大夫可在——外——边？""呃嚄，鲁大夫不在。""说本都，有——请！""是！"门上跑出来到外头，"四位老爷，喝，我们都督有请"。四家头开心啊，对底下人点点头，眼光里向隐隐然，谢谢俸啊。所说，俸报得有功了，周都督接见。四个人望准里向进去，周瑜出书院迎接，接到里向坐定。

茶叙已毕，周瑜问。"子布先生到来，有——何贵干？""大都督，你可知晓江东之危——急么？""本——都不知！""啊呀呀呀，大都督，曹丞相奉旨出师，吊民伐罪，雄兵百万，战将千员。兵屯赤壁，染及江东。吴侯与我等商议，我等以为，不能抵敌，因为寡不敌众。谏劝吴侯，识时务者为俊杰，为不免而降之。吴侯听了诸葛亮以及众将之言，意欲兴兵交战，我等力劝不成。要请都督回来，决定大——计。请问都督，你有何高见？"俸呐吭？

周瑜一听，心里向交关勿快活。转念头，张昭啊，俸老毛病。俸格个老毛病，一直吭不改。为啥呢，对曹操恐惧得不得了。周瑜想得蛮清爽。今年是建安十三年，在建安七年，也就是六年前头，孙策么死哉，孙权即位刚巧两年，曹操呢官渡一仗，拿袁本初打败。格辰光袁本初还齣灭亡了，只是仅仅官渡了吃仔一场败仗。曹操格势力呢，增加。曹操派人，送一封文书到孙权搭，关照孙权，现在呢，吾已经打败袁绍。吾通知俸。俸呢，是汉朝格将军，现在呢，请俸派一个兄弟，送到皇城来做官，随朝伴驾。格个封信格意思是啥意思呢，就是要关照俚派一个人过去做人质。因为孙权格儿子小勿过，儿子送得去做人质勿来赛格呀。抱了手里向，或者一眼眼大格小囡哪惢做官呢，不好封官的。因为唔笃弟兄有四个了，倷送一个兄弟来，在朝为官，伴驾。那么孙权接着仔格封信么，蛮紧张。搭吴国太商量。派啥人去？要勿要去？吴国太说搭大家商量商量看。文官当中，张昭说么，曹操兵多将广，曹操现在是来搭倪商量，请一个人到皇城里向做官，还是蛮客气的，是勿是吾倪派格人去吧。否则格说法，得罪仔曹操，恐怕勿太好，有点顾虑。

问周瑜，周瑜回头，勿去。为啥道理勿去？倷如果说，派一个兄弟去，到皇城做官，格个勿是派人去做官啦，是派一个人去做人质！拨俚押起来。那么下趟呢，曹操来一封信，要倷解几化粮草，倷只好送过去。要倷派几化兵去，倷只好去。要倷做啥，倷只好依俚。倷勿听，嚓！就拿皇城里向做官格倷格兄弟结果性命。拿人质要杀脱。倷啥体要送人质去呢？曹操不过刚巧打一场胜仗，刚巧拿袁绍打败，用勿着见俚怕。人质，勿送！写封信去回头。倪该搭点派勿出。

周瑜什梗一讲么，吴国太点头称赞。好！周瑜格主见好，吾赞成！因为吴国太也赞成了，那么孙权就听周瑜格闲话了，写封回信拨曹操，勿送人质去。格么曹操为啥道理勿打过来呢，因为曹操袁本初还勿灭掉。俚还需要向北方发展，碰着格钉子么，勿成功呀。格桩事体啦，张昭搭周瑜格观点相反，张昭是吓，预备劝孙权送兄弟去。现在呢，曹操人马来哉，俚就要主张叫孙权投降，勿能够打。周瑜心里向转念头，倷托孤重臣，小霸王孙策拿事体托拨倷格呀，倷呐吭什梗呒不肩胛。而且倷一主张投降啦，倷阿晓得格影响几化大！孙权是要急得生病。格么吾现在要打，吾阿要辟口回头俚？吾要打的。勿，暂时勿。呒不必要。

周瑜就问其他三个文官，"子布先生，意欲归降，其他众位先生，意下如——㑚何？"三家头讲，倪格个思想啦一样咯，完全一样。完全一样么，蛮清楚，唔笃侪要投降。"啊——咦，哈哈！众位先生，言之有——理呃。明日本都，在大堂相见吴侯，从长——计——呃议。"周瑜格闲话讲得交关活络，交关含蓄。唔笃闲话讲得也有道理，吾明朝碰头仔孙权么，从长计较了，再商量吧。听听呢，好像唔笃闲话有道理么，俚也同意要投降的。其实呢，俚还沓一句"从长计议，明朝再讲"。张昭等班交关快活，告辞，退出去。

文官刚巧走么，哈——到四匹马。四个人下马，往里向进来。来四个大将，黄盖、程普、韩当、周泰。到门前拿起棒槌来，噗！噗！噗！噗！四记一敲，门上跑出来一看么，"喝，四位将军，小人磕头"。"罢了，通报都督，说老夫等，求——㑚见。"底下人心里向转念头，格四个大将，三个是江东开国功勋，三代旧臣。资格比都督还要老。一个，一个是孙权护驾大将军，保过孙权，身中十二枪格周泰。格个四个人来，吾呐吭好勿报呢。刚巧文官来也报哉么，武将来有心报吧。

帖子一拿，到里向来。"大都督，四位将军到，求见。"周瑜一看，呃，格个四个人吾要见，有代表性。三个三代旧臣，一个保驾有功。慢慢叫看，诸葛亮勿也跟得来哦。"我问你，鲁大夫可在外厢？""嗬，鲁大夫没有来。""说本都，有——请。""是！"

底下人到外头，"四位将军，都督请！"四家头到里向，书院门口么，周瑜踏出来接。接到里面，坐定身子。"众位将——军到来，未说有——何见教？"程普开口，程普搭周瑜最要好。俚笃格要好，开头有段经历的。啥格经历呢，开头程普做都督，周瑜还勔做都督。因为程普是开国功勋，后首来孙坚死，孙策即位。有一趟打仗辰光呢，程普生病。生病哉么，格都督勿能做哉咯。要派人代咯？叫啥人代呢，叫周瑜代。孙策叫周瑜代么，周瑜领兵打仗，指挥有方么，成绩比程普好好叫得灵光。那么孙策，就关照程普，俚退下来做将军吧，让周瑜做都督，一脚落手做下去吧。开头，程普勿服帖。啥格物事！吾开国元勋，俚年纪轻轻。啊？啥格吾只位置，就什梗一生病了，生脱了？下来就挨勿着吾复原啦？勿服帖。那么喏，寻麯丝。搭周瑜勿对，周瑜终归让俚。后首来呢，感动了程普。那么程普佩服周瑜，周瑜的的确确本事比吾好。看到颜色了，那么重新再来搭周瑜打招呼。吾对俚有些看法，过去是勿正确的，现在俚勔动气。因此，两家头格个交情啦，称为叫忘年之交。一个年纪大了，一个年纪轻么。程普一径讲的，讲啥呢，搭周瑜轧朋友啦，好像吃着一杯陈酒。一杯好格酒，俚觉也勔觉哉，已经醉了哟。所以两家头感情非常深。

"大都督，程普特来告禀都督，你可知——晓，江东有亡——国之祸了！""啊！老将军何——出此言？"程普就讲：曹操人马兵进赤壁，吴侯搭大家商量，俚主张要打，吴侯听了文官格闲话，要投降。俚算得劝，呒不办法，东家勿听，要等俚都督回转来决定。"都督，请问你，还是交战，还是归降啊？"周瑜一听，非常感动。老将军一片忠心，俚程普是这什梗，格么其他两位将军哪怎？"老将军，其他众位将军，他们，怎么样呢？"黄盖开口，黄盖起只手，望准自家额骨头上，嗲！一记。"头！可！断！誓——不降——曹！"嚯，周瑜感动得眼泪俦介险乎落下来。俚看看，老老头格种决心几化大了！头好断，曹操勿能投降。韩当，周泰统统一样，周瑜蛮快活。"众位将军之言，正与我——心相通。明日，大堂相见吴——侯，自有道——呃理。""好！"四家头蛮快活，周瑜格心搭吾俚一样，格么当然，周瑜也要打哉咯。"末将等，告退了！"退下去。

四家头刚巧走，外头又来三个文官。啥人呢，一个诸葛瑾，一个张温，一个骆统。三家头来求见。门上也到里向报。周瑜本来勿见。因为诸葛瑾来，要见。为啥？因为诸葛瑾是诸葛亮格阿哥。诸葛亮到江东来，格阿哥阿帮忙？如果格个阿哥呢，手，朝诸葛亮格面弯，格么吾下趟对格个人格看法要进一步了。哦，俚、俚格人勿对，俚在帮唔笃兄弟格忙。请俚笃三家头进来相见。诸葛瑾自家是勔来，因为俚是怕事朋友。张温、骆统要来见都督么，呒不资格，那么拉个诸葛瑾一道来哉。俚格点身价来么，周都督会得接见的。见个辰光么，俚可以打听打听消息。到底周瑜主张要打了还是要投降？三家头问都督呐吭么。周瑜摇摇头，吾心思还勔定。"诸葛先生，俚看呐吭？"嗯，诸葛瑾说，吾交关难讲。为啥呢，因为㑚兄弟到该搭来做客人，吾要避避嫌疑了，吾勿好讲。格么㑚秉公而论讲一声看，究竟呐吭么？诸葛瑾说："照吾看起来么，投降呢，保险。打呢，恐怕要失败。"周瑜想，是像俚性格。打呢，怕败。投降呢，稍微保险点。"三位先生请退，明日本都大堂相见吴侯，自有道——呃理。"诸葛瑾等班退下去。

周瑜通知门上，那如果还有啥文武官员来，一律勿见了。为啥？要见格人，吾已经见到。情形，吾已经了解。㑚关照下来，门上答应。随便啥人来，勿见。勿晓得眼眼调诸葛亮要来见哉呀。那么诸葛亮要相见周瑜，智激周公瑾！下回继续。

第六十六回

初见周瑜

周瑜，从鄱阳湖操兵回转，到柴桑郡都督府格辰光。连夜，有文武官员来求见。现在，已经了解到文武官员格情形。所以周瑜关照门上：以后，再有文武官员来求见么，一律勿见。为啥？吾要见格人，吾已经统统侪见过了。周瑜呢，要处理公事。因为明朝早上，要上大堂去搭吴侯碰头，拿鄱阳湖操兵格情形，要向吴侯禀报。所以俚要看一看公文。

格么俫么在里向办公。外头呢，鲁吉、鲁祥，在辕门跟首看。诸葛亮派俚笃来打听消息。一看么，果然，拨了卧龙先生侪料着的。头门上么，回避牌高挂，文武官员么，果然有人来。而且来到呢，全部侪接见，三批得了。两家头心里向转念头，二更要到快哉，快点回转去禀报吧。出辕门，回到馆驿，到书房门口，噗！灯笼吹阴，灯笼外头挂好，两家头跑进来么，诸葛亮坐好了。

卧龙先生在等俚笃两家头格消息。"探听消息，行事如——何？""嘿嘿！军师！小人佩服军师。""果然，佩服军师。""讲——啊！""回禀军师，小人方才，奉了军师之命，到都督府探听消息。看见都督府头门上，果然有回避牌高挂。文武官员呢，有人去求见的。""哪几个？""文官是张昭、顾雍、虞翻、步骘。武将是黄盖、程普、韩当、周泰。后来么，还有你，喝喝，军师的哥哥诸葛瑾、张温、骆统他们都去了。""大都督，统统接见？""是的是的，大都督统统接见。""嚏——喔喔喔喔喔喔。"

诸葛亮听完么，心里向一顿。为啥？好！不出吾之所料。周瑜挂回避牌，为啥道理要接见三批文武？既然要接见文武，为啥道理要挂回避牌？格个现象是矛盾格咯？蛮清楚，又是接见文武的，又是挂回避牌的，就说明周瑜，俚要见俚愿意见格人。俚勿愿意见格人，俚就可以回避。因为外头，牌子挂好了。格么俚要回避啥人呢？哼！不问可知，针对吾的。要回避吾。侪周瑜，勿搭吾碰头，侪是毫无损失。吾诸葛亮勿搭侬见面，孙刘联和格计划，全部落空。格呐吭弄法？嚏，诸葛亮格个辰光，脑子，哈——像风车什梗转急急，在动脑筋。

侬在动脑筋么，鲁吉、鲁祥两家头跪在下面，俚笃在等诸葛亮拿铜钿拿出来，重重有赏。叫啥报告完结，声音侪吭不。抬起头来一看么，只看见卧龙先生眼睛闭拢，又像煞有一眼眼睁开，但是看得出，俚格眼乌珠，在眼皮里向咕噜咕噜在动。呐吭道理介？忘记脱哉啊？赏赐呢？两家头只好老老面皮："呵呵，军师，小人去的时候，是傍晚时分。这个，回来的时候呐，已经二更了。"诸葛亮拨俚笃格个一句闲话么，惊醒，打断仔俚格思路。肚皮里向转念头，格个傢用勿着报告的，啥去格辰光么夜快点，回转来么，已经二更仔了。格傢报俚做啥呢，无关紧要。"明——白了。""呵呵，小人，晚饭还没有吃。"夜饭齁吃么，傢到厨房间里去吃好了，傢何必要告诉吾呢。"吃晚饭去啊！""呃，这。"那么响勿落了。什梗提醒法子，诸葛亮还假痴假呆。鲁祥熬勿住，"报告军师，小人嗨嗨，去的时候，傍晚时分。打探消息以后，回来二更时分。晚饭还没有吃，肚子饿了"。格诸葛亮想，啥格路道？勒煞吊死。横一遍，竖一遍，讨厌勿啦。诸葛亮再一想么，哦，明白哉！

诸葛亮反应过来了。原来俚笃两家头，临时动身格辰光，吾讲过的，"探得明白，重重有赏"。那么现在两家头呢，伸出手来讨么，勿好意思，那么只能够勒哉。去么啥辰光了，回转来么啥辰光了，夜饭齁吃了，肚皮饿了。其实么在提醒吾，傢格个重重有赏，呐呒，呒不行动格呢。诸葛亮心里向转念头，吾如果说，身边有铜钿，吾挖两个银子出来，拨唔笃么，也无所谓格事体。倒是诸葛亮从江夏郡动身格辰光，实在勿忙勿过，勿说银子齁带，连行李铺盖也齁拿，空身一个。替换短衫裤子，侪是鲁大夫借拨俚，啥场化来啥格铜钿呢？

格么现在俚笃两家头，什梗勒煞吊死么，格么呐呒弄法呢，诸葛亮关照俚笃，"你们探得明白，办事能干，本军——师，明日发——赏！""是！"两个人响勿落，赏赐欠欠。格谢倒要现谢格啦："是。""多谢军师！""谢军师。"两家头退出书房间么，相骂哉。"侪是傢，蛮好吃仔夜饭去。板要，嗥唷，军师么第一趟派了，该抢出去么，赏赐么十两，讲勿定么二十两了。铜钿呢，一角里也呒不，欠欠。赏赐有啥欠账？""好了好了好了，齁讲哉。军师今朝，身边勿便了。俚明朝拿出来，勿是一样的。戆嘞，明朝拿搭今朝拿，有啥格勿同？今朝拿仔夜头哉，也勿见得好到外头去买物事了。吃夜饭去，吃夜饭去。"那么两家头跑到厨房间，厨房间里辰光挨哉呀，二更哉呀。啥场化来啥格夜饭呢，冷饭。冷饭么炒炒吃哉嚯。刚刚炒热夜饭，准备要想吃格辰光，叫啥诸葛亮派人来喊。

为啥呢，因为鲁吉、鲁祥一走，诸葛亮心里向转念头，吾无论如何，今朝夜头要搭周瑜碰头。一定要让周瑜当面来求吾，要吾帮忙。那么喏，吾达到了孙刘联和，共破曹操格目的。格么吾要去搭俚见面，撞到辕门上去投贴，肯定勿见。因为回避牌挂了，摆定了。

格么吾要用啥格办法，能够使得周瑜见吾呢？诸葛亮一动脑筋，有了！"来——呀！"书房外头，官驿里格底下人跑进来，"军师"。"不是唤你！""呃嗬，是！""唤鲁吉、鲁祥，到来。"叫俚笃两家头。馆驿里格底下人，心里向勿快活的。诸葛亮差办事体啦，嫌比伲勿能干，板要鲁吉，鲁祥。跑来，到厨房间里一看么，两家头刚巧炒好仔夜饭，盛起来，要吃，还齁吃个辰光么。"两位兄弟，军师喊唔笃去。""干什么？""干什么？军师有事体。因为唔笃能干。""他妈的，还要能干"，能干，能干得一个铜钿也觖拿哉。能干点啥？吪不办法嚯，军师喊，只能马上就去喽。拿夜饭碗放一放，看上去，今朝顿夜饭么吪不吃了。

两家头回过来，回到书房间里向，"军师，叫小人有什么吩咐？""本军师要拜客，掌——灯伺——候。""呃，是！"两家头呆脱哉，叫啥军师要出去拜客。喊佢准备灯笼。二更天，别人说起来，叫夜不兴兵。格个夜头出去，算啥呢？"请问军师，您要拜访哪一位老爷？""拜客么哪有一定？叫拜到哪里，是哪里呀。"格诸葛亮为啥道理什梗讲呢，因为诸葛亮，因为俚笃两家头问得实在急勿过哉，去拜望啥人？诸葛亮格脾气，倷越是问得急么，俚偏偏勿讲。吪没一定的，拜到哪里是哪里。鲁吉、鲁祥响勿落。好了好了好了，灯笼点好，诸葛亮格贴袋准备好。领诸葛亮出来，到官驿门口么，鲁吉心里向转念头，那总要讲了。倷讲明白，格么该应朝左手里走，或者往右手里跑，格么佢可以晓得呀。"请问军师，往哪儿走？"其实在逼诸葛亮讲出来去拜望啥人。碰到诸葛亮格耐心么，实头好勿过，对仔个鲁吉："你看走哪一边啊？随便走哪一边。""俹？军师，你拜客。""是啊，本军师拜客。"好，拜客叫啥要问吾的，倷看走哪面么，随便走哪面好了。格倷拜客么，吾又勿是倷肚皮里格蛔虫，吾吶吭晓得往哪里面走呢。鲁吉对诸葛亮格脚一看么，喔，诸葛亮格脚，往左手里歪了，大概俚要往左手里去。其实么，鲁吉啊，倷站在左手里，灯笼拎在俚左手里么，诸葛亮格脚，跟倷格灯笼。俚自作聪明哉，大概要往左手里走。"军师！请走好。"

鲁吉领路，诸葛亮跟在后头，鲁祥背仔只贴袋，跟在后头。鲁祥是也响勿落。哼，勿晓得跑到啥场化去哉。夜头，风么来得格大。呼——身上么有点阴嗖嗖，肚皮里饿哉么，加二觉着冷。嗳，服侍着什梗一个宾客么，也响勿落。一埭路望准门前头跑过来么，夜头街上吪不人哉呀，毕静。

经过一座公馆么。鲁吉勿采心，跑过去哉。诸葛亮立定。"这里是哪一位的公馆？"鲁吉一看，呃，禀报军师："这儿是黄盖黄老将军的公馆。可要拜客？""老将军是武的。""是啊。""武的，本军师不往来的。"哦，诸葛亮文官，文官么要拜望文官的，搭武格么勿往来的。格么，领倷转弯过来吧。转弯过来，经过一座衙门，立定哉。军师，可要拜客？"这里是哪一位的衙门？"这里是严畯严老大夫的衙门。"严畯。""是的。""他是年老的。""对。""老的是，本军师不往来的。"哦，鲁吉想勿错。诸葛亮年纪轻了，自家只有廿八岁么，当然俚要拜望年纪轻格喽，老不搭少啰。再转过来，门口头一座公馆，"军师，可要拜客？""这里是哪一位的公馆？""这里是陆绩陆公纪陆先生的公馆，他年纪很轻。""嗯，年轻的是，本军师更不往来。"鲁吉那么响勿落。武格勿往来，文格勿往来，老格勿往来，小格勿往来，倷要拜望啥人呢？看上去苗头呢，诸葛亮有毛病。啥格毛病呢，梦游病。啥叫啥梦游病呢，据说有种人啦，夜头困觉做梦格辰光，俚从床上爬起来，会得跑出去做事体的。也有格么扫地，也有格么挑水啊，倷问俚做啥么，俚自家亦勿晓得。停一停，做好事体往床上一困么，再困着。格个毛病叫梦游病。大概呢，诸葛亮今朝事巧发病，困虽然勿困，要出来兜圈子哉。当然格个拜客俚吭不目的格么，瞎讲一泡。算倷两家头倒霉。那么格鲁吉发晔劲。既然倷诸葛亮格个也勿往来、归格也勿往么，缩脚引倷到荒野场化去兜，还是倷走得动了，还是倌底下人跑得动。总归跑得倷诸葛亮格两条腿，脚酸腿涨，跑勿动了，那么倷讨饶，回转去。拆烂污哉哦，鲁吉领过来，勿往大街走，拣准格种小街、荒野场化，甚至于坟山窝里，往格种场化跑过来。使飙劲哉。勿晓得现在曹操人马在赤壁，柴桑郡离开前方啦，并勿十分远。外加么孙权、周瑜、文武官员集中在该搭点么，该搭点格夜里向，更加是戒备森严。夜头有巡逻兵的。

门前头巡逻兵过来，巡逻兵看见门前来几个人，有一盏灯笼么要紧喊："站住！""嗯，呃是。""口令！""呃，这这。"口令吭不格呀。"什么人？""呃，是鲁大夫的手下。""干什么的！""拜客！""他妈的！拜客拜到这个地方来！""嗯嗯，是。""腰牌有没有？""有有有。"腰牌一检查么，果然，是鲁大夫格手下人鲁吉。拜客，拜到坟山窝炉里向来。"走！""嗯，是。"哦哟，鲁吉一身汗也急出来。太平点吧，大街上走走吧。到该搭点来拜客，格是讲勿清爽。诸葛亮在暗好笑，诸葛亮格阴功好勿过。跟倷跑，看倷呐吭？那么回过来，拣熟悉格场化走。走过来，经过一座公馆呢，叫啥门口头还有灯光，像煞还蛮闹猛，有人了。

鲁吉勿睬心跑过去哉，诸葛亮立定。"止——呃步！""军师，可要拜客？""这里是哪一位的公馆？"鲁吉一看么，"呃喝，禀军师，这儿是我们老爷的公馆。鲁大夫的公馆"。"鲁大夫的公馆？""是的。""拜客，拜客。""是。"鲁吉气啊。诸葛亮啊，倷要拜望鲁肃么，倷早点讲酿。出了官驿，转一个弯，马上就到。勿肯讲，那么弄得倌瞎寻一泡，摸到现在刚巧摸到。对后头格鲁祥一看，"鲁祥！""有！""拜客！""嗯，是。"

鲁祥跑过来，鲁祥拿仔张帖子，到门房间关照格门上，到里向去禀报大夫，军师求见。门公拿帖子一接，对鲁祥看看，笑嘻嘻。"嘿嘿，兄弟啊。在馆驿里向服侍军师，好差使嗄。哼哼，赏赐不得了。请客。"耶，鲁祥响勿落。赏赐欠欠，还当倌发财了，要要请客。请啥格客呢，"不不不，不要说起了"。门上拿张帖子，望准里向来，禀报鲁大夫。格么，说起来，嘎挨了，鲁大夫哪恁还勿困？门口头还有灯光？因为鲁大夫是管理各路文书。今朝，到了两封紧急文书。鲁大夫在处理公务，签发回文。所以呢，拿回文格朋友刚巧走么，公馆门口头个灯还勿阴。现在底下人望准里向来禀报辰光么，鲁大夫坐好了。鲁大夫呢，本来预备到里向去休息了。底下人进来。"禀老爷，有客人到，求见"，帖子传过来，鲁大夫一看么，啊，诸葛亮。哈哈，诸葛亮自从到了柴桑郡，只有吾到馆驿里拜望俚，俚从来吭不到吾屋里向来过。奇怪哉。二更敲过，跑到该搭来作啥？"开正门，说我出接。""是，老爷出接哉。"正门，戆戆戆戆——开直。"哼——噗！"鲁大夫踏到外头街上一看么，诸葛亮立好了。只看见诸葛亮面孔笔板，神气看得出，勿大快活了。啥格路道。

鲁大夫要紧笑嘻嘻，走到诸葛亮门前欠身一躬，"啊，军师，鲁肃迎接军师，有——礼了！""哪个同——你客套！""啊？"礼勿还，叫啥对仔吾面孔一板，啥人搭侬客气！"呃，先生请哪。""本则是来找你啊。"呔呔？赛过来讨债哮。吾喊俚请，俚说本当来寻着侬。咦，啥格路道？

鲁大夫跟仔俚在后头，望准里面进去么。鲁吉、鲁祥就在门房间里向搭门公瞎讲张，敷衍。诸葛亮跟着鲁肃往里向进来格辰光，到书房间。"先生请坐。"诸葛亮老夫拓之上手里一坐。"你也坐了。""呃嗬，鲁肃告坐。"诸葛亮介险乎笑出来。告坐么，只有客人告坐，从来呒不本主儿告坐的，叫啥俚主人家告坐哉。鲁肃亦拨俚气昏了。

鲁肃心里头转念头，看上去格苗头，诸葛亮什梗光火，跑到该搭点来寻着吾，一定啥格上得罪仔俚。算算吾待俚天地良心，再好呒不。哦，要么吾派得去两个底下人，服侍诸葛亮勿大周到。因此么，诸葛亮勿开心。得罪仔俚了，所以俚跑到该搭点来，寻着吾。哈呀，呐吭侬格人，格量器什梗狭窄的。底下人即使有点啥怠慢么，格侬看在吾面上，马马虎虎，格啥体要格恁样子呢。连夜跑到该搭点来，算了，算了，让吾来搭俚打个招呼。想来想去，要么格张事体哉嘞。

"先生，呃，鲁肃手下，这两个奴才，伺候先生，若有什么不到之处，请先生看在鲁肃的份上，休要动——恼。"诸葛亮一听，瞎缠点啥？底下人得罪仔吾了，喊吾覅动气。"两位管家，十分殷勤，他们怎敢得罪——于我？欺负我诸葛亮的么，哼！只有你这蠢头。""喔哟，嚯嚯嚯嚯……"鲁肃气啊。鲁肃有个雅号，人家叫俚蠢头。因为俚人民勿过。但是，格个蠢头呢，呒不人当面讲俚，就背后头议论议论。哈呀，格个家伙么，蠢头。现在诸葛亮倒勿客气。底下人勿敢得罪吾，欺瞒吾，要么侬格蠢头。

"啊，先生，鲁肃哪一桩得罪了先生哪？""我问你。""请教。""你身为大夫，枉空得紧，可曾读过书啊！"嘿嘿，鲁肃响勿落，勿读书么呐吭做官呢，"呃呵，略知一二"。"既然如此，我问你，曾子曰：吾日三省吾身。"鲁肃一听，诸葛亮考考吾哉，格个是《论语》上有的，曾子，曾子是孔夫子格学生子咯。曾子讲过一句名言，叫曾子曰：吾日三省吾身。吾一日天，吾要反省自家三趟啦。鲁大夫格种侪读过格么，顺言之下背出来，跟上去哉。"吾日三省——吾身，为人谋而不忠乎？与朋友交而不信乎？传不习乎？""住——口！"慢慢叫看。"呃，怎么样啊？""我与你大夫怎么样啊？""朋友之交。""你为什么要失信于我？""呃？"呀，就在格两句闲话上扳吾错头。因为曾子讲的，吾日三省吾身。为人谋而不忠乎？与朋友交而不信乎？传不习乎？现在俚就说，既然吾搭侬是朋友，侬为啥道理要失信？格吾啥格上失信了？"请教先生，鲁肃哪一桩失信于先生？""今日，你到我官驿之中，讲些什——么？""呃，呃呃。"那么想着哉。"呃，今日鲁肃在官驿之中与先生言讲，见过了周都督，引领先生，前往都督府相见。""那么你见过了都督，为什么不来引领吾诸葛亮，前去相见呢？""啊呀呀呀呀呀，军师，有所不知，因为都督鄱阳操兵辛苦，路上回来，感冒风寒，文武官员，一概不见。""住——口！""啊！""又要在我面前撒谎。""没有啊！""只怕大都督文武官员，一个一个相见。就是你这蠢头一人，不——见！""呀呀——呸！"呒不格桩事体，吾在接官亭，吾到码头上去接周瑜格么，蛮清爽，文武官员勿见，吾帖子上去，也是勿见。吾回转，文武官员回转，啥辰光有人见过呢，呒没人见过。其实诸葛亮是讲辕门里格事体，鲁大夫弄错了，"没有——呃其事！""大夫不信？""着啊。""来——呀。""是。""唤鲁吉、鲁祥。""是！"底下人到外头去喊鲁吉、鲁祥来对。

那么鲁大夫明白。原来是鲁吉、鲁祥两家头，到诸葛亮门前去搬嘴舌，瞎三话四，讨好诸葛亮。啥叫啥今朝周都督文武官员么一个个俏见的，就是鲁大夫一个人勿见。那么诸葛亮光火么，连夜跑到该搭点来寻着吾。格两个奴才，胆子倒大了，停一停来问问俚笃看。为啥道理，唔笃要瞎三话四？俫在对外头看格辰光么，鲁吉、鲁祥进来哉。俚笃在门房间里听见喊么，也勔晓得啥格事体。踏进书房一看，只看见诸葛亮，态度严肃。再看老爷，鲁大夫呢，怒容满面，冷眉暴目，气氛勿大对了。

军师在，先要来见军师的。卜落笃，跪下来。"呃，军师，小人叩头。""小人叩头。""罢了。""是。""方才到都督府探听消息的情形，从头至尾，再说一边。""是！小人刚才奉了军师之命，到都督府探听消息。大都督头门上回避牌高挂，文武官员求见，大都督统统接见。""哪几个？"文官是某人某人某人。武将是某将军某将军某将军等。"统统接见？""是的。统统接见。""听得么？"对鲁肃望望，唵听见，唵听见？别人俏见格嗒。鲁大夫心里向转念头，热昏！格个闲话，前后矛盾的。大都督头门上么，回避牌高挂，文武官员去么，统统接见。挂回避牌，呐吭会得接见？"鲁肃不信！""哼哼，还——要不信？"俫格底下人，又勿是吾江夏郡带来格了，吾搭俚笃搭好仔档来咬杀俫。俫格底下人勿见得来帮吾了？

"待鲁肃自己问来。""你去问来啊。""两个狗头，与我跪上来！"鲁吉、鲁祥晓得勿对，脚馒头走路，跪到鲁大夫门前，"老爷！""大夫！"鲁大夫缭缭起袖子管，捏起两个滋钻拳头，望准俚笃额骨头上，突！突！两个人吃着毛栗子么，回转头来对诸葛亮看，军师啊，重重有赏，赏赐么勔拿哉，毛栗子倒吃着了。

诸葛亮倒有点意勿过哉，"啊呀呀，大夫，你有话好好的问哪！何必要责打他们？"俫打俚笃是假的，俫是打吾。因为是吾叫俚笃去探听消息，勿称仔俫格心了，所以俫要拿俚笃打？俫阿赛过打到吾身上来了。嚯！鲁大夫气啊，吾自己格底下人，吾要打，诸葛亮还勿同意。勿能打了，打仔俚要多心。"好啊，我把你们这两个狗头，说什么大都督文武官员统统接见，就是我鲁老爷一人不见，明明是一派——呐胡言。还不与我从实地讲来？"鲁肃格人么，艮的。碰着格鲁吉、鲁祥呢，一个是钝的，一个是笨的。今朝么，艮了的、钝了的、笨了的碰仔头。鲁吉、鲁祥转念头，伲黯错呀，是什梗一桩事体呀。啊？赏赐黯拿哉，毛栗子吃哉，额骨头上块，掁起来么，两家头阿要火了。"回禀大夫，我们奉了军师之命，到都督府探讨消息，回避牌高挂，文武官员求见，大都督统统接见。倘若你大夫不信，明日到都督府打探消息，如果小人有胡言乱语，半句不是，请老爷把我们活活地处死，死而无怨。"

两家头艮得了，死而无怨了什梗。"喔哟！嚯嚯嚯嚯。"鲁肃又要打么，诸葛亮在旁边："哼哼！"哪恁？俺听见？硬得了，可以到都督府去质对，好去核实，调查。"先生，你且听了。倘若今日周都督文武官员一个一个接见，就是吾鲁老爷一人不见呀，喝喝，我就！""你就怎么样啊？""吾就把都督府拆为——吔平地。""啊呀呀呀呀，在我面前么，夸张大口，见了都督又要胆——怯。""先生不信，可要看看我鲁肃的手段？""好啊，吾本则是要看看你的手段。请哪。""请哪。"

格个名堂叫啥？叫追老虎上山。闲话说僵哉嘎。鲁肃只好去哉哟。

关照鲁吉、鲁祥，预备吾格贴袋，上辕门！那么两家头到外头，再拿好鲁肃格贴袋，身上挂一挂好，领仔俚笃一埭路过来。诸葛亮格来叫，先拿鲁大夫激怒。激怒仔鲁大夫么，利用俚格光火，跑到都督府去，求见周瑜。等到到辕门，进都督府，直到头门跟首。鲁吉灯笼一照么，回避牌还挂在那。"老爷，您看，回避牌还在。"阿是吾瞎说喏？回避牌挂在那。鲁大夫走上一步一看，果然，回避牌高挂。"呵呵，呃！文武官员到来，一个一个接见，高挂回避牌，分明是要回避我鲁老爷一个啊！好啊，你回避我，吾就打——掉你。"鲁肃发蠢劲哉。噔！两只手伸上去么，拿块回避牌，哈啦！抟下来，要往地上掼哉呀，怒打回避牌。诸葛亮要紧过来，羽扇翻肋子底下一搿，左手三个节头子托牢鲁大夫格臂膊撑子，右手拿块牌，咋嗒！一把抓牢，"大夫且慢"。"啊！怎么样啊？""我等只要见都督，何必去打掉它呢？""好，看在你的份上，否则么，我就要打——掉它，拨倷。"

诸葛亮为啥道理要拦住？因为格个祸勿好闯。倷打脱回避牌啦，犯军法的。如果板起面孔来，军法从事啦，格事体要弄得勿大好收场格啦。所以诸葛亮过来拿块牌，夺下来。诸葛亮拿块牌拿到啥场化呢，拿到外头石狮子背后一戳。诸葛亮自家，拿仔把羽扇么，演在石狮子背后，看倷头门上格鲁大夫呐吭？鲁大夫呢，摸着个榜槌，望准榜上敲哉。照规矩么，文官敲三记，武将敲四记。格么倷鲁大夫曼得敲三记好哉嘎。倷就是敲错一记，敲四记也勿碍格咯。鲁肃今朝心里向肝火烊了，拿起格榜槌来，望准格榜上，"噗，噗，噗，噗，噗噗噗噗……"一敲几十记，搭卖糖粥什梗打上。倷在敲榜么，里向格门房间格门上，又黯困了，刚巧吃好酒。因为周都督鄱阳湖回转来么，合府底下人侪有赏赐，所以大家底下人侪有酒吃。吃好仔酒么，搭鄱阳湖回转来两个底下人，在门房间上，泡好仔杯茶了，大讲张。听见外面，噗噗噗噗噗噗噗，格门上阿要恨。哪里格角色搭吾寻开心？侪格什梗打棚，假使拨里向周都督晓得，吾勤歇生意嘎？卷铺盖滚蛋么，吾一只金饭碗就此敲脱哉。格门上火。关照两个兄弟，"唔笃等一等，吾到外头去看看。哪里格家伙在搭吾捣蛋？"

从门房间里跑出来，跑到头门上么，门房间里格灯光比较亮，头门上只有一盏灯笼火，暗侧侧。亮头里走到暗头里，看勿大清爽，俚也勤看见鲁肃。假使俚看见鲁肃呢，俚格声山门勿敢骂的。因为勤看见么，一埭路在骂过来。"外面是哪一个王八呀！"啊呀，格鲁大夫是火上添油。心里向转念头，吾今朝触得格霉头？啊，诸葛亮么要骂吾蠢头，该搭点格门上么骂"哪一个王八"！还当了得。袖子管缲起，捏起仔吱钻拳头，望准格门上额骨头上，突！突！突！"我把你这狗头，你骂的是哪一个？"门上吃着毛栗子么，眼睛门前清爽。一看是鲁肃么，要死格来。周都督顶顶要好格朋友，吾还骂得落山门么，吾作死哉。尔——噗！髈一软么，卜咯笃，跪下来，"呃嗬，大夫，小人该死，请大夫恕罪。""我把你这个狗头，你、你骂的是哪一个？""呃，小人没有看见。"门上嘴里向么在讨饶，心里是勿服的。格鲁大夫侪来么，敲三记榜好了，侪为啥道理要滥敲一泡，格吾格个侪勿好怪吾格咯。"我把你这狗头，还不与我到里面去通报都督，说我鲁老爷要见呐！"

本来呢，格门上应该到里向去禀报。因为张昭来，黄盖来，诸葛瑾来，三批人来，俚侪去报的。格么像鲁大夫搭周瑜格交情么，更加应该要进去报哉咯。但是现在门上勿愿意去。为啥呢，毛栗子敲在额骨头上，到底痛的。头浑浊浊。那么还有一点了呀，周都督刚巧关照过呀，以后随便啥人来勤报么，格点点权，吾要弄一弄。嗳！今朝吾，拨侪敲仔什梗几记么，吾格上，勿自家弄弄权啊，勿报复报复啊，有点格口气咽勿落。

"这个，回禀大夫，我们大都督鄱阳湖操兵辛苦，路上回来，感冒风寒，文武官员一概不见，大夫不信您看，回避牌高挂。"俚节头子往上头一指，侪看喏，回避牌。块回避牌，其实拌脱了，戤在石狮子背后，俚又勤看见。俚还在往上头指法指法："喏，侪勿相信看喏，回避牌喏。""喝嗬吼，张昭、黄盖、诸葛瑾等到来，你一个一个通报，我鲁老爷到来，你就不——报。哈哈，莫非你，要我的门包？今日身上不便，改日带——于你。"

啊呀，格门上想，勿得了。鲁肃有消息的，别人来吾侪报，俚晓得的。外加还含血喷人。侪阿是要吾格门包？要吾孝敬侪，格么吾今朝身上勿便，勤带得来，过脱日再带得来。勿晓得周瑜门上，绝对禁止门公收门包。下过命令的。如果啥人要收门包格说法，杀，照军法从事，要杀头。侪好什梗讲嘎？吾还弄得明白啦？"呃，这个，这个大夫，并、并、并不是作弊呃，而是都督吩咐，不、不、不能通报。""我把你这狗头，你报与不报啊？倘若你不与我到里边去通报都督，倘若周都督不与我鲁老爷相见，呵呵，我鲁老爷就要把都督府拆为——吔平地！"阿要试试看诺！那么门上弄僵。门房间里还有两个底下人，跑过来拉拉俚格袖子管：报哉呀！识相点哉呀。倷去搭鲁大夫碰点啥呢，俚么是周都督最要好格朋友，倷拨俚敲格种生活，侪是白吃脱格呀。倷何必呢，勿见得周都督帮仔倷了，去得罪老朋友了，报酿。"嗯，是！"

门上呒不办法，立起来，拿鲁大夫格帖子一拿，望准里向跑进去格辰光，心里向怨啦。虽然吾骂倷一声是错的，不过倷敲榜，敲十几记，倷、倷先错呀。那么周都督是关照吾勿报呀，额骨头上烂揿一泡么，吾啊，吾到里向去哭诉周都督。嗳。门上踏进书房间么，周瑜坐好了。

周瑜在办公事，公事刚巧办完，预备到里向休息了。因为明朝早上，要上大堂去见孙权。门上进来。啊！周瑜想，讨惹厌啊。吾刚巧关照过哉呀，随便啥人来求见，勿见哉。格倷还跑进来做啥呢，拎勿清！

"都督在上，小人叩头。"噗！呀，哭出乎拉。啥体啊？哦，要么吾今朝回转来，发赏赐，吃酒。那么吃醉仔酒，底下人帮底下人打相打，那么俚吃着仔生活么，跑到里向来哭诉。格种鸡毛蒜皮格事体，烦勿清爽，周瑜也勿快活。"何——呃事？""小人在外面门房之中，听得榜声乱敲，跑出来一看，原来是鲁大夫驾到。他要叫小人来通报都督求见，吾说都督有令，这个，回避牌高挂，不能见客。不料鲁大夫开口就骂，动手就打，说小人作弊。我说不是作弊，是都督的命令。他说要是小人不报，都督不见，就要把都督府拆为平——地，请都督定夺。""哈——啊！"

周瑜呆脱哉。热昏哉！鲁大夫在发痴啊？啥格门上勿报了，喔，吾今朝勿接见了，俚要拿吾格都督府拆为平地！吾支房子造也造得勿长远，啥已经过期了，要拆房子哉啊？啊，倷当吾啥物事啊？周瑜阿要光火。对门上一看么，额骨头上，几个块报起来哉，勿是假的。真家伙，是吃着生活了。勿报么，是吾关照勿报的，呐吭格鲁肃什梗猖狂？帖子拿到手里向一看，鲁肃。再看下头，呒没第二张帖子。因为诸葛亮格帖子勿摆了。周瑜心里向转念头，吾来问问看，外头来几个人？假使诸葛亮搭鲁肃一道来的，勿见。鲁肃一个人来的，吾就见。

"外面来几——个人——哪！""外面么，鲁大夫一个，还有两个管家。"诸葛亮还有一个，诸葛亮盘在石狮子背后，呒看见。所以俚报不出的，只有一个鲁肃，两个底下人。周瑜想，要见的。鲁肃一个人来么，吾好好叫要整整俚。啥格名堂？什梗猖狂！假使吾今朝勿拿俚好好叫整一整，下趟文武官员侪要来学样了。周瑜格门上，蜡烛。勿报，打好哉。一打，马上就报。格下趟，吾门上还有人肯做啦？

"来。""是。""二堂伺候！""啊呃。"二堂伺候。二堂上，点得灯火辉煌，照耀如同白日。三班、家将，两旁边立得齐齐崭崭。周瑜呢，到外面，二堂上坐定。喊门上过来，门上到二堂上。

周瑜关照："到外面，唤鲁肃进——呐见！""是！"哈呦，格个门上开心啊，周都督搭吾做主，哈哈！升堂哉。格个名堂叫啥？公事公办。拿鲁肃喊到里向，二堂上见面格辰光么，吭啥客气，就要搭鲁肃板面孔。吾看俫登在外头穷凶极恶，到里向来么，卜咯笃，跪下来讨饶了，赔勿是。

门上开心啊，得意。一埭路跑出来，跑到外头头门跟首，"鲁大夫，大都督有请"。"我把你这狗头，都督本则是要接见我老爷，都是你这狗头，从中作弊呀！""呃呵，是。""还不与我滚下去呀！""呃，是。""滚——下去！""呃！是、是！"门上想，剺狠，诶，现在么俫喊吾滚下去，停一停么吾看俫跪下去。得意啊。鲁大夫回过头来一看，诸葛亮勿看见，"啊，先生，你在哪里啊？大都督有请，军师，请来啊"。

石狮子背后诸葛亮转出来，"亮，在此"。"先生——请。""请！"两家头并肩而行，往里向进去格辰光，门上格个一急么，急得魂灵心出窍，面孔转色。"呃喝喝，呃这这？呃喝喝喝……"僵哉。为啥道理要着急？多仔格人出来。旁边头格底下人弄勿明白，阿要问俚哉啦，"门上大哥，怎么样啊"。"不不不，不好了！""干什么了？""刚才我到里面去通报都督，大都督问我来几个人，我说鲁大夫一个，还有两个管家。现、现、现在，多、多、多了一个了。"俫要死快嘞，俫眼乌珠生着出气嘎？一个两个俫弄勿清爽哉啊？周都督勿问俫格句闲话是吭不问题的。问到俫格句闲话么，格桩事体有出进了。嗳，俫两个报一个，到里向去，周都督看见之后么，等得及歇生意、卷铺盖滚蛋！"老兄啊，吾看俫，阿要拿衣裳理理好了，打打包裹了，铺盖打打好，掮仔铺盖准备走吧。""阿嚓嚓嚓嚓……"

门公急得浑身发抖。本来呢，要到里向去，看鲁大夫跪下来讨饶，赔勿是。现在还有兴致进去啦？自家只饭碗头也保勿牢。俫么在浑身发抖。其实周瑜阿来怪俚？勿会怪。啥体呢，周瑜什梗想的。当场，周瑜是有点火的。过后仔呢，周瑜想想，啊呀，去怪底下人做啥呢？诸葛亮本事大呀，吾也要上俚格当得来，也剺说底下人哉。责人先责己，算了算了，剺去怪俚的。所以格门上，后首来剺吃着处分的。

当时卧龙先生，跟仔鲁大夫，望准里向进来格辰光，走到二堂天井，诸葛亮对准堂面上一看么，呆脱。为啥？俫看，周瑜升堂了。客人呀，客人求见么，应该书房间里向，客厅上。啥体要升堂？升堂，办公事。公事公办，一眼勿讲交情。明白了。板是鲁大夫刚巧，拿格门上，突！突！突！打仔之后，那么格门上到里向去哭诉周瑜。周瑜么光火，升堂，那么吭趣。鲁大夫上去，要吃勿色头。那么吾诸葛亮，跟在旁边头么，阿要吭趣相呢。

诸葛亮，拉一拉鲁大夫，轻洞洞搭俚咬一句耳朵。俫先上去碰头，吾在天井里等俫。停一停介绍清爽了，吾再过来。现在吾勿过去。鲁大夫点点头答应。诸葛亮立在天井里，勿过去哉哦。鲁大夫一干子上去。天井里暗，二堂上亮。诸葛亮在天井里呢，周瑜剺看见。假使周瑜看见到么，俚连鲁肃也勿见了，往里向一跑头。豂看见。

鲁大夫整一整纱帽，理一理大袍，撩袍上堂。搭周都督长远勿见。直到虎案跟前，欠身一礼，"啊，都督。鲁肃参见都督，这厢有礼了"。"着！""着。""蠢头。""酌酌酌。"尔唔——噗！双膝跪下，"你可知——罪——吡么！""呃嗬！鲁肃知罪。"周瑜想，勿对。格底下人瞎说一泡，刚巧底下人来讲，鲁肃哪怎讲法格啦？俫阿报？俫勿报，周瑜勿见，吾拿都督府房子也拆脱俚。俚是来拆房子的，格么要么吃醉格酒了，或者么在发痴啊。啊，现在吾，嗖！一记台子一碰，面孔一板，着！如果说俚真格要来拆房子——呐吭？蠢头。放屁。拔转来。谈也勿谈！格么是像是拆房子格呀，好争起来。现在吾，当！拿俚骂格辰光，俚酌酌连声，卜咯笃，双膝跪下。蛮清爽，勿像拆房子。门上瞎说？也勿瞎说，格门上额骨头浪块挀起来，清清爽爽，吾是看见的。

周瑜心里向转念头，勿听仔一面头闲话了，拿多年老朋友瞎埋怨介，问声俚看。"下回可敢——否？""呃赫，下回是再也不敢了。"好，讨饶了。下转，随便呐吭勿敢了。既然什梗么，算了。周瑜手，嗖！一招么，三班衙役、家将，统统俫退下去。退堂仔咯。周瑜，嗖！立起来。转出案桌，到鲁大夫门前，两只手，嗒！拿俚一搀么，蛮客气，"子敬，请——起"。"啊，哈哈。"鲁大夫响勿落。长远勿碰头，搭吾溜溜白相相。哈呀，搭足架子，乒乒乓乓！碰台拍凳，喉咙三班响，溜溜叫啥。因为俚笃实在要好勿过，也要打棚了，溜白相格呀。鲁大夫要紧立起来，"呃——都督不敢！""子敬，请哪。""都督且慢。""怎么样啊？""今日江夏郡，卧龙先生到来求见都督，已在外厢，请都督相见。啊，卧龙先生，大都督有请，快来呀！""来——了。呃——噗！"

诸葛亮从天井里向跑过来格辰光，周瑜，呆脱格哉呀。"哈——啊。"哈吡！周瑜弄勿懂了，刚巧吾问门上，外头来几个人？清清爽爽，鲁大夫一个，两个底下人，没有诸葛亮。呐吭现在弄仔格诸葛亮来呢。外加鲁大夫自说自话，"啊，卧龙先生，大都督有请，来呀"，喊俚进来。吾勿看见诸葛亮呀，吾今朝挂回避牌么，就是要回避诸葛亮。呐吭搞七捻三，俫仍旧去拿格诸葛亮领到该搭来呢。

周瑜面孔一板，对仔格鲁肃："嗳，唉！子敬，卧龙先生到来，何不早些言讲？如今待本都，入——内更衣。"嗖！别转过身来往里向一走。吾去换衣裳去，换衣裳么是假的，进去哉么勿出来。到仔里向么，曼得派格底下人出来关照一声："呃，军师啊，时间挨哉哦。大都督勿会客了，请俫回去吧。明朝再见。"格么俫诸葛亮赛过勿来。

周瑜别转过身来要走么，格鲁大夫格人么，实头拎勿清。老实头人呀。听周瑜讲，要到里向去换衣裳：大都督啊，俫头上束发金冠，雉尾双挑，身上么银衣软甲，外罩锦袍，粉底乌靴，一身大打扮，行头也笔挺了，俫换啥格衣裳？用勿着换衣裳，蛮等样了。咋嗒！一把，拿周瑜格袍袖抓牢，"啊，都督，一身官服，何必更衣？呃，卧龙先生快来啊"。快点酿，人家要进去哉。

"来——了。"诸葛亮在后头跑过来。

周瑜火啊。格鲁肃，呐吭倸格人拎勿清格啦？吾要进去回避俚，倸还抓牢吾。拨倸抓牢仔，吾勿能走。周瑜用足气力，拿袍子一撒，"放手！"喤！一撒。那么格鲁大夫，勿是狠性命抓牢，拨俚，乓！一撒么，撒脱哉。周瑜别转身来，嗒！左手拿件袍一拎么，右手，喤！往背后头一放。格只左脚已经跨进去么，身体往里向去。好，鲁大夫想，那么完结。诸葛亮刚巧走上二堂，周瑜呢，一只脚跨进里向。两个人隔开一个二堂进深，见勿着面。错脱了嗄？周瑜实头辣手，客人也到哉，嗨！俚会得往里向进去。那呐吭弄法。倸在对诸葛亮看格辰光么，诸葛亮晓得。周瑜勿肯搭吾碰头，倸越是什梗，吾偏要搭倸见面。吾只好拨个当拨俚上上。诸葛亮，喤！拿格嗓音提高一点，身体扡下来，其实是去拎件鹤氅。格样子呢，像行礼格种样子。

"大都督，亮参——见都督，有——礼。"因为身体弯下去么，好像在施礼，其实么在拎袍啦。周瑜刚巧格只左脚，跨到里向，半个身体在外头，一只脚跨进去哉。听见诸葛亮在背后搭俚行礼，啧，那倒呒趣。诸葛亮已经走到仔吾背后，在搭吾唱喏哉。吾还是见好了，勿见好？见，勿愿意搭俚见面。勿见，拨诸葛亮要笑。哈呀，周瑜胆子小得来，看见仔吾，吓杀哉。见也勿敢搭吾见。吾在搭俚行礼哉，俚礼貌也勿讲。拨转身来，要紧往里向逃什梗逃进去。坍台勿过。格个名堂叫啥？叫失态。失脱吾格个应该有格态度啦。因为作为一个都督，江东孙权手下权柄顶大的，格个一个人。来仔客人，别人家在背后头搭俚在行礼哉，礼也勿还，往里向进去么，算啥名堂？算了，就搭俚见面吧。反正俚是来求吾，勿是吾要去求俚。吾今朝可以，完全搭足架子，非常主动的，听倸呐吭讲法。倸求吾，吾高兴的，答应倸，接受倸格要求。吾勿高兴的，吾就勿睬倸。对对对。

周瑜，哗啦！旋转身来么，"啊——卧"一看么，啊呀，诸葛亮还在老远得了哟。喔，原来倸喉咙响一点，好像已经到仔吾背后头哉，吾又上仔俚格当了嗄。那倒难为情，身体已经别转来哉么，勿便再望准里向进去。索脚抢步过来，"卧龙先生，瑜不知先生驾到，有失远迎，望勿见责。这厢有——礼"。"山人来得鲁莽，还望都——督海涵。"诸葛亮回过一礼。"啊，子敬——请！""都督，请！""先生——请！""都——督请！"

请啊请啊，到里向书房间。坐定。底下人送茶，茶叙已毕。周瑜对诸葛亮一看，纶巾鹤氅，羽扇轻摇，飘飘然神仙体态。心里向转念头，诸葛亮久慕大名，但是今朝倸碰着吾呢，算碰着仔定头货哉。因为吾勿会像孙权什梗，简单格来求倸，搭倸商量，拨还倸面子。今朝呢，吾勿理倸。吾勿搭倸讲闲话，要倸搭吾先开口。倸先来求吾。周瑜呢，也勿响，对诸葛亮在看。

诸葛亮呐吭呢，诸葛亮心里向明白咯哦。周瑜是一个很厉害格对手，显见得刘备是穷，江东是富。刘备是弱小，江东是强大。俚一道要合作，搭曹操去打，当然应该是穷格人求富格人，应该吾诸葛亮去求周瑜。但是诸葛亮心里向转念头，穷么是侃穷，但是从个人搭个人格智力比起来，从聪明智慧比起来，吾勿比俤周瑜推扳。吾今朝呢，虽然穷，但是要摆点穷架子，要俤先开口，要俤先来求吾。吾决计勿先开口求俤。喏，格个就是比较两家头格智力哉哦。俚笃真格叫智力竞赛哉。两家头在比啥人先求啥人，啥人先开口噢。

诸葛亮呐吭，诸葛亮看旁边头，挂在书房间里格字画、对条。格种样子呢，好像一眼勿急，啊，悠然自得。欣赏欣赏旁边头格种名人书画。嚯，周瑜气呕。俤看俤看俤看，诸葛亮啥格态度啊！啊，明明到该搭来要求吾的，俤看俚假痴假呆。嗤，格个闲话侪勿讲，看侪勿对吾看一看啦。蛮好，俤勿开口，吾也勿开口。隔一歇，吾关照底下人送第二道香茗。官场规矩，第一道香茗下来，就是讲事体了。等到第二道茶一送呢，格个意思就是送客了。送客，俤诸葛亮跑。俤今朝来赛过齁来。因为俤事体齁谈呀，具体工作，一点吭不商量哟，笃定。周瑜屏着勿开口，诸葛亮也勿开口。格么什梗么，事体要弄僵格咯？鲁大夫熬勿住，鲁大夫开口哉。那么诸葛亮连下来要用《铜雀台赋》，激怒周公瑾。下回继续。

第六十七回

智激周瑜

周瑜，在都督府，会见孔明。周瑜心里向想，今朝傺诸葛亮来哉，是傺来求吾，应当要傺先开口。故而周瑜呢，闷声勿响。叫啥碰着格诸葛亮，也在想。今朝吾到该搭点来，明明是，刘备穷，江东富，应该是吾来求周瑜，要吾先开口。但是诸葛亮勿讲。为啥呢，穷么穷，老实讲一声，吾格点智谋，搭傺周瑜来比起来啦，勿比傺推扳。虽然穷，穷得要有志气，穷得要有骨气。要傺先开口，而且呢，要傺来求吾。格个么就勿容易哉。诸葛亮心里向转念头，吾就要看看傺周瑜，哪恁样子来求吾。勿响呀。

唔笃两家头勿响么，鲁大夫碍煞脱哉哟。鲁大夫心里向在转念头，吾自家呢，本事推扳，轧两个朋友侪大好佬。周瑜，是江东格都督。格是可以说一声，江东吰不一个人，能够超得过周瑜。诸葛亮，是吾格新朋友。哈呀！诸葛亮年纪么虽然轻，肚皮里格学问好，足智多谋。今朝，老朋友搭新朋友，碰头哉。俚笃讲起闲话来，俚笃格种见识，格个能力，比侬要高得多。吾在旁边头听俚笃讲讲张啦，吾也可以长进勿少知识。

所以鲁大夫对周瑜看看，当仔周瑜要开口了。只看见周瑜，闷声勿响。再对诸葛亮望望，格诸葛亮应该要开口哉咯？叫啥诸葛亮默默无言。哈㖏，啥格路道？两家头大家侪勿肯讲。喔！要么初次见面，像周瑜什梗么，赛过缺脱点上场势啦。格么诸葛亮呢，怕难为情。因为第一趟搭周瑜碰头么，勿好意思先开口。其实么鲁肃侪豁边了。周瑜何尝吰不上场势？诸葛亮何尝啥怕难为情？俚笃大家侪有各人格打算，傺在屏吾了，吾在屏傺。该格像拗手劲一样啦，看啥人格力道大了，啥人格功夫好。斗智。鲁大夫勿晓得哟。

不过周瑜心里向转念头，鲁大夫勿来事哉，俚屏勿住哉。傺看俚格面孔酿，眼睛在，一径在对吾瞄嚯。格个意思里向，要喊吾开口咯？让吾来豁一个翎子拨俚，告诉声鲁大夫，吾勿响哉。傺呢，谢谢傺，也甭开口，阴干诸葛亮。故而周瑜对鲁大夫眼睛一眨，隐隐然，喝呃！鲁肃啊，甭开口啊。格么鲁肃唵看见周瑜眼睛一眨呢，看见的。唵领会呢，甭。为啥么，因为偶尔眼睛一眨么，勿采心格啦。鲁大夫因为两个朋友碰头，希望俚笃开口么，想既然唔笃吰不上场势么，吾来吧。吾中间人，穿针引线。让吾先来搭周瑜讲张么，诸葛亮可以叉进来哉。对的。

故而，周瑜对俚眨眼睛啦，俚勿产心。开口。"啊，都督。""嗯。"周瑜心里向窝塞啊，鲁肃，呐吭傺格人，什梗拎勿清？吾叫傺甭开口，傺偏偏开口。周瑜再对俚眨眨眼睛噢，隐隐然，鲁肃，谢谢俫，搭吾讲点闲文野章，无关紧要格事体。国家大事俫勿提，特别是曹操格事体，俫勿提。因为俫一提啦，吾蛮难讲的。吾搭俫讲真心闲话，拨诸葛亮听进去，喔，周瑜也要打了。哦，格是来得正好，俚马上胡调，胡进来，格么伲一道打吧。俚就可以借脚上街头，所以吾勿好搭俫讲的。因此呢，最好俫勿提曹操格事体。那么周瑜再对俚眼睛眨几眨么。"子敬，怎——样？""想那曹——呃操。""啊——呃！"周瑜响勿落。格个鲁肃么，真正。喊俚勿讲曹操么，第一句就是曹操。"想那曹操，兴无名之师，兵——进江东，大军屯——于赤壁。吴侯，连日商议，毫无定论。鲁肃与众位将军谏劝吴侯兴兵交战，不料吴侯听信了张子布先生的说话，竟欲归降曹——呃贼。鲁肃力劝无用，只得请都督回来，决定大计。请问都督，你可要交战啊！"周瑜心里向想，好！鲁肃，俫呢，是像吾格知己朋友。吾主张要打的，俫呢，也是主张要打。所以孙权信上来讲，文官俬要投降么，其实，并勿是俬要投降。鲁肃就勿要投降了。鲁肃，既然俫意思要打，问吾呐吭。吾勿能老实告诉俫，吾要打。吾老实告诉仔俫呢，拨诸葛亮要钻空子的。格么呐吭呢，吾来说反话。吾要说投降，吾要吓煞诸葛亮。因为诸葛亮也明白格啦。江东决定投降搭打呢，在吾身上。吾在孙权面前呐吭讲法么，就定下来了。那么现在吾要急急诸葛亮，偏偏要说投降呢，鲁肃也要急的。鲁肃格人老实头人啦，所以周瑜再对俚眨眨眼睛了，歪歪嘴。对诸葛亮格面歪歪，隐隐然，鲁肃，吾在说反话哦。吾嘴里向说投降么，其实吾是要打了。俫阿有数目？"子敬，常言道，寡——不敌众，少不胜多。曹丞相兵多将广，江东兵——微将寡，子布先生之言，实为上——策。"张昭格闲话是上策，还是应该要投降。周瑜说完么，再对俚眨眨眼睛，歪歪嘴：阿有数目？吾要打的，吾勿是真格要投降。碰着格鲁大夫，弄勿清爽了。

格么周瑜对俚眨眼睛，俚唵看见？俚看见格呀。歪嘴，也看见格呀。俚为啥道理呐吭会得弄勿明白格么？鲁大夫弄错格哟。俚想周都督，在鄱阳湖操兵，长远哉。鄱阳湖呢，湖面开阔，风大。大概周瑜在鄱阳湖面上，吹着一阵怪风了，所以吹得了有歪嘴了、眨眼睛格毛病的。勿知呐吭拨俚想出来。当仔周瑜吹着仔阵怪风了，面神经瘫痪了，歪嘴了，要眨眼睛。所以周瑜搭俚讲格吾要投降了，张昭格闲话是上策么。俚拿格反面闲话，去当正面听哉啦，急煞哉。"啊呀都督，你说哪——里话来？想当初，伯符将军临终时节，将江东大事付托于都督。奈何都督，听了懦夫之言，竟欲归降曹操！断断使不得！大都督，莫忘伯符将军这托——孤之重，定要，交！战！""啊呀，子敬。你可知晓，这兵，是凶也。战，是危也。这干戈宜解不宜结。倘然，不量力而行，一旦兵败。上，无以报君。下，不能安民。瑜，有何面目，见江东之父——老啊？子敬还是归降的好。"周瑜再对俚眨眨眼睛：阿有数目？

勿晓得格鲁肃发艮劲。俫还在对仔俚眨眼睛么，俚对仔格周瑜："啊呀！都督，你不要点——眉眨眼！"俫勿对吾挤眉弄眼。诸葛亮登了旁边头一听，啥物事啊？周瑜在点眉眨眼？哈哈，格鲁肃会讲得出来格喏。诸葛亮眼梢甩过来，对周瑜只面孔一看么，周瑜格是窘是窘得了，面孔涨得炫炫红。周瑜实在火透，蠢俫格头，俫弄勿清爽了！面孔一板，"本都定要归降！""呃，定要交战！"两家头争起来。争得不可开交。

诸葛亮蛮快活。啥体呢，鲁肃派用处的。今朝吾要讲格闲话呢，侪是鲁肃在替吾讲。两家头在争哉呢，诸葛亮想，吾可以开口哉。该格辰光蛮好一个机会啦。诸葛亮开口呢，没有话的。独是笑。格个笑格声音呢，勿大的。而且格笑格声音呢，是在鼻头管里向出来。格个笑叫啥？叫冷笑！"哼哼哼哼……哼哼哼哼……"俫在冷笑辰光，哈！鲁肃肝火烊啊。鲁肃心里向转念头，诸葛亮，俫啥格名堂？鲁大夫实在火透哉么，去寻着诸葛亮。"卧龙先生！"嚯嚯！周瑜想，也罢哉。总算鲁肃勿来搭吾缠。去搭诸葛亮讲，吾好松一口气哉。让俚笃去缠吧。周瑜听俚笃讲。"大夫。""先生，你为什么要冷笑啊！""吾亦不笑别人。""笑哪一个？""笑你鲁大夫，不识时——务。""喔哟！嚯嚯嚯嚯……噗！"鲁肃气得格两根组苏根根翘起来。非但勿帮仔吾忙，劝周瑜动手打，还在笑吾勿识相！鲁肃气昏了，"啊，先生。为什么，鲁肃不识时务啊！""大夫，曹操平生之劲敌，袁绍、袁术、吕布、刘表。今四雄尽被曹操所灭。天下无人，能与曹操交战。刘豫州不识时务，强欲与争，兵败当阳，逃入夏口。真乃，不识时——务啊！"鲁大夫一听，啥闲话啊？连下来，诸葛亮哪恁讲法？"大都督，欲归——降曹操，可以保妻子，全富贵。国家兴亡，付之天命，何足惜哉！"周瑜一听，喔哟，诸葛亮格家伙，恶劣的。周瑜心里向转念头，诸葛亮，俫尽管用反激法，俫尽管要想拿吾激怒。该两个晓得仔俫格名堂啦，偏偏勿光火，勿火冒。嗳，俫拿吾呒呐吭的。聪明人搭聪明人碰头，就厉害了。俫说格闲话，意思俚也懂。周瑜勿响。

鲁肃勿来事哉哟。鲁肃跳起来。鲁肃对仔格诸葛亮："啊呀先生，你说哪——里话来。想你，相见吴侯时节，吴侯说要交战，你便劝吴侯兴兵。如今，与都督相会，都督说要归降，你便要归降曹操。你这个人反复无常，是何道——理？喔哟！嚯嚯嚯嚯……岂有此——理！"鲁肃气煞了。俫在拿诸葛亮埋怨格辰光么，诸葛亮拨俚骂得了，难为情哉。其实格个难为情是做功，假的。好像诸葛亮觉悟哉，"啊呀呀呀呀呀，大夫，休——得责备"。"难道你忘怀了刘皇叔兵败当阳，不思报仇雪恨，反要归降曹操么？""大夫，休要责备。亮如今想得一条计策，可以退曹操百万雄——兵！""喔！"哈哈！鲁肃心里向转念头，拨吾一骂，骂仔条计策出来。诸葛亮难为情哉，好像俚忘记脱仔刘备兵败当阳道，忘记脱仔要报仇。唵？现在俚搭吾，想出一条计策来，好退曹操百万雄兵。格蛮好。"请问先生，有何妙——计，能退曹兵？""亮的计策，一，不消牵羊担酒，赔偿战费；二，不用吴侯亲——身过江，纳土献印，屈膝归降。""喔！"喔哟，鲁大夫想，格条计策好极了！"请问先生，只要怎么样啊？""只要派一个差官，备一叶扁舟，送两个人过江。曹操得此二人，不战而自——退。""喔！"喔哟，鲁大夫心里向转念头，好极了。曼得派一个差官，端准一只小船，送两个人过江。曹操得着格两个人么，马上就退兵！格两个人，勿知啥等样人了？"请问先生，送怎样两个人哪？""江东去此二人，如大木之飘一叶，太仓之减一粟耳。"喔哟，鲁大夫想加二好哉，江东去脱格个两个人，赛过一棵大树上，落脱一瓣叶子，或者像一个大格仓库里向，少脱一粒谷。格是勿伤皮毛，一眼眼呒不啥，对江东有啥格生死存亡格危险。好极啦！"请问先生送怎样两个人哪！""哼哼哼哼……"他？独在笑，勿肯讲。卖关子。"请教先生，送哪两个人呢？""哼哼哼哼，呵呵呵呵。"诸葛亮为啥道理勿讲呢？诸葛亮在等周瑜开口。要周瑜问，那么俚开口。俦周瑜勿问么，吾偏生勿说。

格么周瑜啊，俦争口气，熬住勤问酿。叫啥格口气争勿落，周瑜板要问格啦。啥人呢，让吾来问问看，熬勿住哉哦。"请教卧龙先生，送怎样两个人过江，可退——曹兵？""噢噢噢。"诸葛亮对周瑜看看，到底俦先问吾哦。蛮好，俦问吾，吾要讲哉。"亮，闻得曹操，在漳河，作一台，名曰铜雀台，极其壮丽。广选天下美女，以实其中。曹操本是格好色之——徒。他久闻江东，有一个乔玄，所生二——女。"俦说到格搭，下头还勤讲下去么，鲁肃一听，心里向，别！一跳。哈咦！诸葛亮拆烂污，要吃耳光哉，要吃耳光哉。格个两个人俦好讲嘎？叫啥说，曹操在漳河，河里向造一只台。格只台么叫铜雀台，造得呢非常壮丽。台高十丈，曹操拿天下格美女侪选仔了，送到铜雀。说曹操格人呢，有格毛病。好色！俚是好色之徒。俚听见说江东有格人，姓乔，单名格玄，叫乔玄。乔玄呢，有两个囡唔。格两个囡唔啥人呢？鲁大夫晓得格呀，一个是大乔，一个是小乔。大乔就是小霸王孙策格家小，就是孙权格嫂嫂。小乔，小乔就是周瑜格家主婆。俦要好得格来，俦去拿格大乔、小乔讲出来，勤拨周瑜，辣格一记耳光格啊？鲁大夫要紧登了旁边头咳嗽哉，"呃尔，噗！"噢！诸葛亮，勿能说下去哉。刹车！豪燥刹车。俦鲁大夫在对俚咳嗽，打招呼么，俚勤晓得格哟。俚管俚说下去，"长曰大乔，次曰小乔。有如花似月之容，倾国倾城之貌。曹操久欲得此二女啊！只要都督，命人在六郡之中，寻找这个乔玄，以千金买此二女，送往赤壁。曹操百万大军，卷旗束甲，不战而自——退也。此乃范蠡献西施之计。何不速为——之？"

诸葛亮格条计策，有名堂的。叫啥？叫"范蠡献西施"。当初，越国，拨了吴国打败了。越王卧薪尝胆，要报仇。用啥格办法，麻痹吴国了，可以打进吴国呢？俚格大臣范蠡，献一条计策。拿越国格美女，西施，送到吴国，献拨了吴王。吴王呢，宠幸西施么，荒淫无道，沉迷酒色，不理朝政，杀忠良，用奸臣么，好，吴国格国势，推扳哉。那么越国呢，十年生聚，十年教养，卧薪尝胆。嘎冷当！打到苏州么，吴王死。格条计策，是范蠡想出来，叫美人计。范蠡献西施。现在，现在俦周瑜也可以派人，在六郡里向，去寻格个乔公，出千金重价，买格个两个女人。买仔下来，俦送到赤壁么，曹操人马就退兵了吗？鲁大夫总抵讲周瑜要暴跳如雷，碰台拍凳。嗳，叫啥周瑜冷静啦，涵养功夫真好啦。"卧龙先生，曹操，欲得二乔，有何——证据？"啊呀，鲁肃想，那么僵哉，诸葛亮，侪格个闲话板哦不证据格呀。周瑜现在在问侪，曹操要想得大乔、小乔，有啥格证据？侪讲勿出证据，嚓！嚓！两记耳光。格哦不闲话讲。因为侪拿周瑜格家主婆要去送拨了曹操，格还了得了？周瑜在扳俚格错头，要查清爽侪格证据在啥场化。勿晓得诸葛亮哦不证据啦，俚勿会讲的，有仔证据了，讲的。

"曹操第三子曹植，字子建，下笔成文。作一赋，名曰《铜雀台赋》。杨修呢，改过两句。赋中之意，一，但道他家合为天子；二呢，欲得江东二——乔。未识都督可见过此——赋否？""哈——啊！"周瑜一听，呆脱哉哟。诸葛亮说得了，凿凿有据。曹操有格第三个儿子，叫曹植，曹子建。学问好啦，走七步路，就是一篇文章。所谓叫七步成章。曹操格大儿子叫曹丕，曹操格第三个儿子叫曹植。格个三个人在中国格文学史上讲起来，称为叫啥？称为叫"建安三杰"。汉献帝建安年间，格三个人格文才，是好得热昏啦。建安三杰。那么诸葛亮讲，曹操格第三个儿子，叫曹植。造好铜雀台之后呢，曹操关照俚写一篇文章。格篇文章叫啥？叫《铜雀台赋》。格篇《铜雀台赋》呢，曾经杨修改过两句的。赋里向格意思呢，一，就是说，曹操应当做皇帝。应当要一统天下。第二呢，就是要想得江东之二乔。周瑜心里向转念头，格《铜雀台赋》吾听见过的。因为格只赋，有名气。传诵一时。好像流传得蛮广。吾搭鲁大夫，曾经谈过歇过格桩事体。但是当初辰光，好像哦不《铜雀台赋》上有大乔、小乔格关系了。问问诸葛亮看，"请问先生，此赋还记——得否？""亮，爱其文华美，尚且记之。"记牢。因为篇文章写得实在好勿过了，所以吾读熟的。"请先生，背——㑚诵！"侪搭吾背一遍看。"容想。"让吾想一想看，因为长远勿曾背哉么，要动一动脑筋了，默一默哉。诸葛亮么头沉倒，眼睛闭拢，好像在动脑筋，默一默。其实是诸葛亮用勿着默的，老早就准备好仔，到该搭点来格哟。做功板要做一做格咯。好像煞，吾现在要考虑考虑了，想一想再来。

周郎对鲁肃看：鲁大夫啊，《铜雀台赋》吾搭侪一道看过歇，一道谈过歇。侪阿记得了，格原文，格上有勿有搭大乔、小乔有关系？嗯？侪在对俚看格辰光么，鲁大夫在摇头。看是看过的，但是记勿得。因为格个文章，吾哦不心相读了，也哦不心相背。因此，忘记脱。不过对大乔、小乔么，好像勿搭界。格么其实格只《铜雀台赋》，搭大乔、小乔阿搭界呢？勿搭界。呆想想好了哟，就算曹操要想得江东大乔、小乔，格么曹植是俚格儿子呀。阿可能，拿爷格种阴暗心理，色眯眯了，看中江东两个美女，看中人家两个有夫之妇，要想弄过来，就在文章里向直明直白格写上去？勿可能的。

原来格只赋，赋上有两句。吶吭两句呢，叫"连二桥于东西兮，若长空之虾蛛"。因为格只铜雀台呢，当中一只主台，叫铜雀台。是只铜格孔雀啦。左手里向有一只耳台，右手里向也有一只耳台。格两个台格名字叫啥呢，一只叫玉龙台，一只叫金凤台。那么铜雀台有十丈高啦，玉龙台搭金凤台同样高的，因为侪造在河当中的。河当中么，俚往来要用小船摆渡，勿便当格咯。那么造两顶桥，玉龙台上一顶，通到铜雀台。金凤台上一顶桥，也通到铜雀台。格两顶桥呢，交关漂亮，漆成功五彩格漆。那么侪格小船，如果在桥门洞里摇过，抬起头来看呢，交关高。天上格个五彩格个桥门洞，望上去像天上两道虹。伲苏州人叫"吼"啦。上海人叫"虹"。就是虹口格虹。格两道虹。所以原来格赋上，是叫"连二桥于东西兮"。连两条桥，在东面了西面。"若长空之虾蝶。"赛过像天上格两道虹。原来是什梗格意思。格么诸葛亮现在呢，拿俚改哉。哪恁改法呢？诸葛亮拿格"连二桥"啦，就改格"揽二乔"。揽么就是挑手偏旁加一个一览表格览。弄过来格意思。"连"就变"揽"哉。二桥格桥呢，原来格"桥"有木字偏旁的，是两顶桥。现在诸葛亮呢，拿格木头拿脱了，变成姓乔格乔了。格个字呢，改脱半个。原来呢，"东"了"西"，诸葛亮现在拿格"西"字拿脱了，换一个"南"字上去。变成功"揽二乔于东南兮"，格么就变仔，要拿大乔、小乔从东南方弄过来了。下头一句呢，一个虚字眼格三曲"之"。勤改的，多下来五个字呢，侪改脱了。本来是"若长空之虾蝶"，现在诸葛亮改格"乐朝夕之与共"。要想朝朝夕夕，快快活活。左拥大乔，右抱小乔，搭俚笃在铜雀台上一道共同欢聚格度过晚年，是什梗格意思啦。诸葛亮呢，改脱七个半字，拿两顶桥，就划到仔大乔、小乔身上去。格么也有格老听客要讲哉咯，诸葛亮是勿是弑冒险呀？假使周瑜屋里向，倒拿得出格篇稿子呢。拿出来，"诸葛亮，侬完全是热昏！侬造出来的。明明是'连二桥于东西兮'，侬呐吭改格'揽二乔于东南'？"诸葛亮格漏洞老早补好了。诸葛亮刚巧勿是讲了吗，格只赋，是曹植做的。杨修，杨德祖改过两句。因为杨修顶聪明。杨修呢，善于揣摩曹操肚皮里转格念头。而且呢，一眼勿避讳格拿俚心里向想格物事讲出来。因此呢，杨修改格两句，侬格赋曹植写的，老的。吾现在背格两句呢，是杨修改过的，新的。诸葛亮格补漏洞本事大。横竖格个又吭不对证的，俚什梗一讲哉么，侬周瑜就吭不办法去扳俚错头。何况周瑜又拿勿出什梗一只赋。格么照侬什梗讲起来么，诸葛亮格人弑坏了。破坏曹操格名誉，曹操《铜雀台赋》上，吭没要想弄二乔。诸葛亮偏偏要去说俚弄二乔么，诸葛亮变、变诬告别人家哉。诬陷曹操。勿诬陷的。诸葛亮讲格闲话有根据格噢。

为啥？因为曹操是一个好色之徒。侬曼得看好哉，曹操俚打宛城。大战宛城格时候，张绣投降。张绣有格婶娘，叫邹氏，面孔蛮漂亮的。曹操会得搭邹氏去发生格种勿正常格关系。去拿格邹氏，弄到城外头营头上，紧闭营门，寻欢作乐。弄得格张绣么置身无地了，难为情得不得了啦。那么冲到城外来劫营了，要来拿邹氏结果性命了，曹操弄得逃走，狼狈得一塌糊涂。曹操格种风流韵事啦，邪气多。连得《唐诗三百首》上，有一首诗，杜牧写的。杜牧格首诗呐吭说法呢，就是"折戟沉沙铁未销，自将磨洗认前朝。东风不与周郎便，铜雀春深锁二乔"。倘然吭不东风，勿客气，大乔、小乔就要弄到铜雀台去。所以诸葛亮格个说法啦，诸葛亮是有根据的，勿是冤枉曹操。格么当场呢？周瑜在等诸葛亮背格首《铜雀台赋》，鲁肃也在旁边头侧耳静听。诸葛亮呢，好像煞闭拢仔眼睛，在动脑筋，在想格只赋。

隔仔一歇，诸葛亮开口，来了。来了。周瑜听俚背。诸葛亮背格只《铜雀台赋》哉哦。头上哪恁讲法呢？"从明后以嬉游兮，登层台以娱情。见太府之广开兮，观圣德之所营。建高门之嵯峨兮，浮双阙乎太清。立中天之华观兮，连飞阁乎西城。临漳水之长流兮，望园果之滋荣。立双台于左右兮，有玉龙与金凤。"讲到玉龙与金凤下头格两句，来哉哦。"揽二乔于东南兮，乐朝夕之与——共。"俚背到格个两句么，下头周瑜劲听哉。啥体？凭据确凿，的的确确，曹操是要得二乔了。

周瑜实在熬勿住，立起来。当！一记台子一碰。"曹——呃贼！想你明欺江东无人，可知晓周瑜还未——死啊？"曹俫格贼，俫阿晓得吾周瑜还勔死了！啥格意思，现在忒过分了！大乔，孤孀，小乔格男人还活着。啊？俫造仔只铜雀台，就是想"揽二乔于东南兮，乐朝夕之共"。还当了得？"瑜与这老贼，誓——不两立！"诸葛亮格做功是真好啦，直立格立起来，"啊呀呀呀呀呀，大都督息怒。汉天子以疆界未尽，将公主与匈奴完婚。大都督欲退曹兵，奈何吝千金，而惜民间之两小女子啊？"啊呀呀，大都督啊，汉朝格皇帝，皇帝哉，算得狠哉。俚尚且为仔边疆上勿太平，匈奴打进来，单于打进来了，俚拿格囡唔公主，送到单于搭。搭匈奴和番了，完婚。俫想想汉朝格皇帝，也要拿囡唔送到归面边疆上去，送拨了番邦。何况伲呢？俫为啥道理，勿舍得格千金重价了，唵？勿舍得民间格两个女人呢？"嗳——唉，卧龙先生！你有所不——知。"其实诸葛亮阿晓得？金圣叹批的，叫"知之久矣"。诸葛亮晓得仔长远了哉。勿晓得，俚格种《铜雀台赋》瞎七搭八去背俚做啥？根本呒不意思的。"大乔乃孙伯符将军主妇呃，小乔是瑜之妻——也。"诸葛亮格做功是加二好，直立格立起来，面孔涨红，连连唱喏，"啊呀呀呀呀呀呀呀，大都督，亮——实出不知，失口乱言，死罪，死罪"。该死该死该死该死，啊呀，吾勔晓得哦，勔晓得小乔就是俫周瑜格夫人。啊呀，该死该死该死该死。"先生不知不罪。"搭俫勿搭界，"瑜与这老贼，誓——不两立！"吾总归搭曹操勿完结！

诸葛亮恶么实头恶的，连下来格两句闲话，诸葛亮呐吭讲法呢？"啊呀呀呀呀呀，大都督，寡不敌众，还望都督，要三思而行。免致后——悔。"劲，劲火冒哦，俫再考虑考虑哦。因为曹操人马多，俫刚巧自家讲格嗄，寡不敌众，少不胜多，打么要吃败仗，上勿能够报君，下勿能够安民，对勿住孙权，对勿住老百姓。所以格是桩大事体啊，俫再详细考虑考虑看喔。到底还是送两个女人过去呢，还是动手打？啊呀，周瑜窘是窘得勿得了。"卧龙先生，说哪——里话来？瑜，受伯符将军临终付托之重，哪有归降曹——呃贼之理？方才说要归降么，乃是戏——言呀。"打也齷打，侪招出来哉。吾刚巧说要投降，溜溜白相相，说说笑话呀，勿是真格要投降呀。吾呐吭会得去投降？"然而瑜，自知学疏才浅，还望卧龙先生，要助——瑜。""呃呃呃呃呃呃。"啊呀，周瑜想，要好得格来，说漏仔嘴了哉哇。呐吭说漏嘴么？吾去搭诸葛亮讲，"要助瑜一臂之力"。俚来求吾呀，应该是俚要求吾，帮俚格忙去搭曹操打呀。呐吭现在吾去求俚了，要求俚帮吾格忙起来哉呢？闲话已经说到格搭点，收么又收勿转，只好说下去。"呃呵，助瑜一——臂之力。"诸葛亮对周瑜看看：周瑜啊，到底还是倷求吾了，还是吾求倷啊？哈哼！现在蛮清爽，倷求吾咯？"大都督，若不嫌山人无学，愿效这犬——马之——劳。"那吭啥闲话多讲，周瑜已经表了态了，肯定要打。而且搭诸葛亮已经谈好了，倷帮吾格忙么，孙刘联和，共破曹操。诸葛亮立起身来告辞，鲁大夫也立起身来走。周瑜送，周瑜关照鲁大夫，陪卧龙先生回官驿，好好叫招待军师。鲁大夫答应。周瑜呢，回到里向去休息。

鲁大夫陪诸葛亮出来格辰光，鲁肃开心呃。"呵呵哈哈哈哈"，诸葛亮，吾佩服，佩服倷。吾劝周瑜动手打，穷凶极恶，哈呀，袖子管么缭起来了，头颈里向格筋么掁起来了，喉咙么响起来了，周瑜仍旧勿听吾格闲话，板要投降。倷诸葛亮只得半只《铜雀台赋》，几句闲话，弄得周瑜暴跳如雷，碰台拍凳——与曹操誓不两立。"卧龙先生！鲁肃佩服先生，果然本领高强。这《铜雀台赋》，使周都督兴兵交战。""哼哼哼哼哼哼哼"，诸葛亮对俚笑笑。诸葛亮心里向转念头，吾今朝动脑筋，动仔一日天。动啥？就是想格个办法。老实讲，勿用格只《铜雀台赋》，勿什个样子，讲大乔、小乔，周瑜哪恁会得肯在吾门前，讲起要搭曹操交战？当时鲁大夫送俚回转，鲁大夫对鲁吉、鲁祥两家头看看么，肚皮里向转念头，冤枉仔唔笃两家头哉。刚巧在唔笃额骨头上"突突"，烂搠一泡。唵？那么要拨点赏赐拨俚笃了，安慰安慰俚笃。鲁大夫呢，也回到自家公馆里向去休息。

当夜耽搁了。到明朝转来，早上天亮。周瑜起身。梳洗已毕，用过点膳。身上一身大打扮，外头备马。周瑜过来，上辕门。求见孙权。

倷要见孙权呢，孙权升堂了。文武官员聚集，侪在堂面上。周瑜还齷来了，孙权先升堂。孙权心里向想，今朝么嗬，要定局哉。周都督来，俚说投降，吭没闲话多讲，写降书降表。俚说要打，发兵交战，就拿令箭交拨周瑜，让周瑜带兵。吾就听俚。倷么什梗想，江东格批文官开心呃，特别是张昭。张昭心里向转念头，昨日夜头，跑到周都督公馆里向去，搭周都督碰过头，问周都督呐吭？周都督说吾格闲话讲得有道理。周都督呢，也主张投降。降得成功哉。哈！笃定。勿晓得武将也在笑。黄盖、程普、韩当、周泰，格批人在对文官看。哼，唔笃勍要开心。昨日夜头，倻搭周都督碰头了。周都督说，倻格心搭俚格心一样的。倻要打，俚也要打。嗳，周都督要说打哉么，看唔笃还有啥闲话好讲。呵呵！武将也在快活。其实呢，侪拨了周瑜瞒在鼓当中。

外头底下人报进来哉："禀吴侯，周都督到，求见。""说我，有——请。""是！"底下人跑出来到外面，"都督，吴侯有请"。"来——吔！"周瑜上大堂。头上束发金冠，雉尾双挑，绒球抖抖擞擞。身上银叶软甲，外罩锦袍，披袍显甲。腰悬三尺龙泉，足蹬虎头战靴。一身大打扮。周瑜过来，到虎案跟前，"吴侯在上，瑜参——见吴——侯"。一躬到底。"公瑾，少——礼，摆——座头。""是。"手下人座头摆好。"请——呐坐。""告——阨坐。"周瑜坐定。

格么，堂上无二座，周瑜么又勿是客人，为啥道理要摆座头，让俚坐呢？喏，格个特别的，也是有老早格历史原因的。因为当初，周瑜帮孙策一道动手打仗，平定六郡八十一州。心思呢，操劳过度。心血用得忒多呢，得着格吐血毛病。后首来养好病了，病还覅痊愈，就上殿来，替孙策碰头。孙策呢，就关照摆一只座位让俚坐。因为啥？俚身体覅好，而且俚是江东格开国功勋，立过特大功劳。摆只座头，那么坐。格么后首来病好哉咯，病好哉么，格只座头应该取消哉咯？老太太关照，覅取消了。因为吴国太喜欢周瑜，拿俚也当儿子什梗看待。周瑜因为搭孙策同年哟，比孙策小几个月呀。所以了，从格上起头么，周瑜一直有座位了。今朝，座头摆好，周瑜坐定。

周瑜呢，一叠公文送上来。"瑜奉命，鄱阳操兵，操兵完成，请主公定——夺。"公文，传到上面，孙权接过。周瑜坐定。孙权拿公文，略微翻一翻，呒没心思看。啥体？操兵格事体啦，以后再看好了。眼睛门前大事体，要搭倷周瑜商量。"公——瑾。""主公！""自从你，往鄱阳操兵，曹——阨贼兴动人马，兵——进赤壁。檄文到此，尔——去看——来。""嗯——是！"周瑜立起来，拿道檄文接到手里。格道檄文上么就是讲，曹操带百万大军到赤壁，要搭倷一道去，打江夏郡，共伐刘备，同分土地，永结盟好。格威胁利诱格闲话啦。刘琮么投降了，倷阿要投降吧。表面上呢，勿用投降两个字，说是吾搭倷结盟。联合。联合仔一道仔去打刘备。其实联合哉么，就是投降呀。曹操人马就可以开到江南了，就好到倷地界上来驻扎军队。拿倷格兵权全部侪剥夺脱么，倷就完结哉呀。周瑜看完，一声冷笑，"喝喝喝喝……"气过仔臼格哉。为啥么？昨日，诸葛亮夜头，到吾屋里向来搭吾讲过，曹操此一番，打到江东来格目的，并勿是为仔六郡八十一州来的。俚是为仔两个女人来的。动脑筋动到吾家主婆头上，恶劣透顶！一声冷笑么，俚就拿格檄文，台子上摆好。"请问主公，尊——意如何？"倷自家意思呐吭？孙权对俚摇摇头，"连日商议，毫无定——论"。"请问主公，文武官意下如——何？""武将要战，文官要降。""文官，哪几个劝主公归降？""张子布，先生等。""瑜要请教子布，降——贼之利。"吾想问问张昭看，投降曹操，有啥格好处。"尔去问来。"

"子布先生！""酌酌酌。"张昭踏出来格辰光么，心里觉着，勿对。啥体？周瑜格面色，周瑜格语气、声音，侪勿对。搭昨日夜头完全两样。倷听听看：吾要请问请问俚，降贼之利。投降曹操，有啥格好处？昨日是好像，搭吾格意思是一样的。吭不什梗面孔笔板了，叫曹操叫"降贼之利"。晓得有点变卦。张昭过来搭周瑜拱拱手，"大都督"。"请教子布先生，归——降曹贼，为了——什么？""大都督。张昭看来，曹丞相奉旨出师，吊民伐罪，拒之不顺。"第一是讲道理，曹操有皇帝圣旨的，伲抵抗，就是违抗皇帝格圣旨。道理上讲起来，伲是勿顺的。伲吭不名目的。俚是有名，伲勿是，勿有名的。"二呢，曹丞相兵多将广，江东，能与丞相交战，全仗长江之天险。曹丞相得了荆襄九郡，有了荆襄的水军，则长江天险已不能保——守。所以，与其交战失败么，还是及早归降，更——图后计。"喏，俚拖条尾巴。因为江东格力量呢，本来有条长江啦。现在长江吭不道理哉，因为曹操得到仔荆襄九郡，荆襄格水军到俚搭点来么，长江天险勿是吾伲有了，俚也有水军可以打过来。吾格意思么，暂且投降。以后再想办法，更图后计。图啥格后计？投降哉么完结嘞。还有啥格后计好想呢？

周瑜眉毛一竖，眼睛一弹，对仔格张昭，"此乃懦夫之言，亡——国之论"。俫忒懦弱，懦夫之言。俫格种闲话，亡国的。江东要完在俫手里向。张昭脸涨通红，"酌酌酌酌……"孙权倒觉着意勿过哉。啊呀！孙权心里向转念头，周瑜啊，俫火气忒大仔哇。张昭是文官当中格头，俫什梗拿俚骂了哉么，俚坍勿落格台。俚要结怨。结仔怨，将来唔笃，俫是武格当中执掌大权，都督。那么，俚搭俫反对，唔笃自家闹勿团结是要影响吾格啦。"公瑾，并非张子布一人劝孤归降。众人皆然，非子布一人之言。子布，请——呃退。""酌——酌，酌酌酌。"张昭退到文班里向么，脸涨通红，连耳朵根俬红哉。张昭头低倒。格班主张投降格文官格头，俬在低下来。俬吭不闲话好讲。

"公瑾，你的意下如——哋何？""回禀主公。想那曹操名为汉相，实为汉——贼。兴无名之师，兵进江东，哪有归降之理呀？况且，曹军之来，多犯兵家之忌。北土未平，守地难固。西凉州马腾、韩遂，是其后患，曹军之一败也。北军不习水战，不服水土，则生疾病，曹军之二——呃败也。千里运粮，时有机失，曹军之三败。曹贼人马，擅长陆战。他弃马下舟船，来与我江东交战，曹军之四——呃败也。曹贼有四败，江东有四胜。瑜愿请将令一支，率领十万大军，兵进三江，与曹贼交战。誓——灭操贼。倘然失败回来，瑜愿以当前领——呃罪！""好——啊！"孙权想好，那么孙权下令交战，要兵进三江口。下回继续。

第六十八回
劝降孔明

　　周瑜在大堂上，慷慨激昂，极力主张，要开兵交战。孙权听完呢，只觉着精神振奋。好像眼睛门前，豁然开朗。原来孙权为啥道理要闷？要急？甚至于生病？就是受了张昭格影响。张昭讲，曹操打过来，俚是有汉献帝格圣旨格，俚么是奉旨出师。吾伲抵抗呢，是抗拒皇师，于理不顺。第二点，曹操兵多将广，雄兵百万，我们兵微将寡，于力不敌。所以，只有投降。现在周瑜讲得交关清爽：曹操啥格奉旨出师？汉献帝是拨俚捏在手里向格傀儡，曹操叫"挟天子以令诸侯"。老实讲，汉献帝恨得格曹操勿得了。俚下过衣带诏，咬碎仔节头子，写一道血诏。关照国舅董承，要约仔一批人了，灭脱曹操，中兴汉室。故而，曹操名为汉相，实为汉贼。吾伲兴兵，搭俚去打，勿存在啥格抗拒皇师了，于理不顺。吭没格个一个道理。第二点，曹操格力量强，不可战胜，热昏！曹操是完全可以打败。格么周瑜讲出道理来，曹操俚有顶顶大一个弱点。俚格后方勿太平，叫北土未平，守地难固。西凉州马腾、韩遂是俚冤家。马腾也在衣带诏上签名格，要反对曹操。曹操现在带领人马，咁当咁当，赶到南方来，赶到长江边上，到赤壁。俚格后方空虚，假使说马腾打过来，马腾、韩遂从凉州发兵，攻进长安，打破洛阳，直扑许昌么，曹操后防空虚了，乱得一塌糊涂仔了完结。格个是第一条。再有呢，曹操是北边人，带得来格军队，是北方军队为主。而北方军队呢，勿懂长江水战。俚笃格本事好，马背上，好在步下。吾伲南方人格本事好，好在船上，好在长江里。那么曹操丑脱仔俚格长处，用俚格短处，俚格特短，来搭吾伲格特长打么，俚呐吭打得过呢？再讲北方军队到该搭点来，水土勿服。船上生活过勿来，要生病格呀。外加呢，曹操后方，离开此地忒远了，俚格补给线忒长了。兵书上有的，叫"千里运粮，时有几失"。外加冷天，曹操部下格马队交关多，草吭没了。冬季哉，草枯哉呀。俚勿能够就地取材。马吃格马料，也要靠后方运得来，呐吭来赛呢？什梗路程遥远，只要俚路上碰着落雨啊，或者俚运格料晚到一滴滴啊，俚格人、马，就要断粮缺草。俚呐吭打得过伲？那么，再回想起诸葛亮讲格，曹操格军队打仔长远哉，连年战争，兵火不熄，已经到了强弩之末。俚格风头，已经过脱了。那么诸葛亮还讲过，"如今，公瑾及子敬，思孤——呃哋"。俚讲，只有倷周瑜、只有鲁肃，唔笃格个两个人说格闲话，侪是为吾着想。分析得交关对。张昭格闲话耽误了吾。孙权立起来，对旁边头文武官员一看："众位先生，列位将军，从今日起，不许有人言及归降曹——操，如有谁人要言及归降曹——操者。"哼！喱！闪嗯——宝剑抽出来，望准格只虎案格台角上，辣！

一剑斩下去，"照此案为呃——例"。噗——嚓！喽落托，格只台角落地么，哗——大堂上一个啰唣。孙权格决心，要下到什梗。孙权拿口剑拎下来。

"遵——呐命。"公事呢准备得差勿多，就等明朝早上，可以发令，差人去寻鲁大夫来，鲁大夫到。"都督，传唤鲁肃有何吩咐？""子敬，你与吾往官驿之中，相见卧龙军师。你可以告诉他，今天早上吴侯发令指示。明日，本都要兵进三江口，你去请教军师，可有破曹——之计？""酌酌酌，遵——呐命！"蛮好，鲁大夫蛮快活，大都督想得周到的。发令之前，去讨教讨教诸葛亮，倷有点啥格办法？鲁大夫要走么，"呃，且慢"。"都督怎样？""你相见孔明时节，只说你自己前去问他，不要说本都命你前去。""酌酌酌酌，明白了。"

鲁大夫一埭路过来，出都督府，上马到官驿，下马。往里向进来求见孔明么，孔明出来接。接到里向坐定，底下人送过茶之后么，诸葛亮要问鲁肃哉咯？"大夫，到来何事？"鲁大夫先讲拨诸葛亮听，今天早上吴侯升堂，呐吭呐吭呐吭呐吭呐吭。周都督搭吴侯讲，吴侯么拔出宝剑，拿只台角，辣！斩脱。临走，宝剑交拨了周瑜。明朝早上么，周都督要发令，到三江口了。"噢！"诸葛亮听得连连点头，蛮快活。那孙权好像定心了，连只台角俏斩脱了。倷在听俚讲格辰光么，鲁大夫问，"先生，明日都督发令，兵进三江口，请问先生，你可有什么破曹之计啊？"诸葛亮两只眼睛对鲁大夫一看，倷来问吾，阿有破曹操格计策？格个事体应该周瑜来问吾，呐吭倷来问吾？诸葛亮两只眼睛对俚一看么，鲁肃有点虚哉。"呃！这是鲁肃自己前来问你，并不是周都督派我到来。"诸葛亮推位一眼笑出来。格个老实头人，老实得少的，连叮嘱一道讲出来，吾自家来嘎，勿是周瑜派吾来格噢。蛮清楚，周瑜派倷来的。诸葛亮想了一想，"大夫，现在，还不是决计之时"。啊？现在还勿能决计？"怎见得？""吴侯尚未——定心。"啊？孙权还勿定心啦？勿可能格哇，宝剑俏拔出来，辣！台角也斩脱么，格个心是定透定透哉哇。"为什么？""吴侯还在那里顾虑，曹军太多，有寡不敌众之意。""喔？""要请周都督参见吴侯，开解兵数。吴侯定——心之后，再能设计。""喔？"鲁大夫心里向转念头，倷诸葛亮格闲话，吾勿相信。勿相信，倷说得忒玄了。嗯？啥格个孙权么还勿定心了，还在怕曹兵多了，要先让孙权格心定仔下来，那么再可以设计。现在还勿到设计格辰光。劲去管俚，倷什梗讲么，吾走哉。"告辞了！""再会！"

孔明送过，鲁大夫出来，上马，回到都督府。往里向进来，碰头周瑜。"参见都督！""子敬，你相见孔明，怎样？""如此这般，这等这样，我问他可有破曹之计。呃喝，我告诉他，并非大都督派我前来，是我鲁肃自己来的。""嗳，唉！"格个鲁肃，倷多花头。格个闲话，吾搭倷讲。倷去搭俚讲做啥呢？"他便怎样？""诸葛亮说现在还不能设计。""为什么？""吴侯尚未定心。""怎见得？""吴侯怀疑曹军太多，有寡不敌众之意。要请都督前去开解兵数。吴侯定心之后么，再能设计。""哦喔！"周瑜在摇头。"大都督，你何不前往吴侯府邸，试这么一试啊？"倷去去看酿，碰碰孙权格头。看看看，俚到底呐吭？还是诸葛亮估计豁边，还是孙权的的确确有什梗种心思？格周瑜想倒格句闲话勿错。吾去试探试探看。跑一埭么，蛮便当。诸葛亮本事大勿大，立见分晓。关照鲁肃，倷在该搭点等。

周瑜跟仔格门上一埭路过来，直到书房门口立定。周瑜呐吭呢，侧耳静听。听里向有啥声音。只听见里向，靴声拓拓。孙权在里向踱过来，走过去，走过去，踱过来。那么格种踱步呃，显而易见，看得出俚坐立不安了。倷听酿，里向在叹气。"喝啊。"周瑜心里向，别！嗏？叹气？叹气终归勿快活。快活勿会长吁短叹。为啥道理要叹气？立定。"难——哪！"里向咕一句：难呀。啥格上难呢？周瑜再听："百万雄兵，千员战将，寡不敌众，公瑾也事之奈——何呢？"格两句闲话，周瑜听完，嘴巴里呒不声音格噢。周瑜格心里向，"啊——呀！"格个心跳是跳得了，别别别别……俚心跳点啥？诸葛亮！周瑜心里向转念头，诸葛亮格本事，要胜吾十倍。吾搭孙权从小登了一道，嘎许多年数，俚转啥格念头？俚格心思，吾勿晓得？吾只看表面上现象，俚拔剑斩脱案角，信以为真了，呒啥多疑惑了。而诸葛亮居然能够，比较深刻地看到孙权格内心想法。孙权是在咕呀，曹操雄兵百万，战将千员，寡不敌众，少不胜多，周瑜呐吭办喔？公瑾事之奈何？周瑜心里向转念头，诸葛亮搭孙权，只见过一趟呀。倷想想看，见过一趟，拿孙权格心思要摸得什梗清爽，真可以说是了如指掌。吾十几年，稀里糊涂，一眼勿晓得。吾呐吭搭诸葛亮比？那么现在，当然咯，孙刘联和，共破曹操，诸葛亮可以做吾伲格帮手的。将来，曹操打败之后，孙搭刘有利害冲突。将来有厉害冲突格辰光，吾搭诸葛亮打仗，吾打得过俚嘎？吾转格念头，俚侪晓得的。俚想格办法，吾一滴滴勿晓得的。吾呒不办法去搭俚打的。心里向转念头，呐吭弄法？格个人勿能留在世界上。格个人留在世界上，是吾周瑜格心腹大患！周瑜格条手，搭到自家宝剑格剑柄上，嗨！剑柄一摇么，俚剑柄下头，一蓬红丝线，摆在格流苏啦，苏苏头，尔嘚——甩一甩。声音呒不格哦，但是倷如果从周瑜格眼光看起来，俚格眼睛发红了。为啥？两根小血管爆断，震动得实在厉害。心里向在咕点啥呢："诸葛亮啊，诸葛亮，你如此本领高强，岂可留在世上，非——斩不——可！"诸葛亮显得一显本事，遭着格杀生之祸。周瑜心里向转念头，现在动诸葛亮脑筋，且一且开。吾先去碰头孙权，先拿格孙权思想、疑虑，搭俚解释一解释。然后再想办法去对付诸葛亮。

故而周瑜平一平气，定一定神。眼梢甩过来，对门上一看，倷进去报告好了。门上懂。门上到里向，"禀吴侯"。"何事？""周都督到，求见。""巧——哇！"孙权喊一声，巧哇。啥格上巧呢？吾本来要想去请周瑜来。想勿到，吾还勰去请俚，俚已经来哉。巧极了。"说我有——请。""是！"门上呢，往外头去。周瑜呐吭？周瑜再隔一歇进去，好像是从外面刚巧走进来。踏进书院，"参见吴——呃侯！""公瑾，少礼！请坐。""告——呃坐。""豦夜到此，有何——事情哪？""吴侯，瑜非为别事。犹恐吴侯在那里怀疑曹军太多，有寡不敌众的顾虑，特来参——见主公。""喔，公瑾，你真——知孤呃——也！"

孙权拿台子上曹操格道檄文拿出来，徠看。吾在看俚道檄文，今统雄兵百万，战将千员，吾越想越吓了，越想越吓。总归有点顾虑。尽管说吾伲有几桩要赢的，曹操有几桩要败的。但是双方格实力悬殊，少不胜多，寡不敌众，呐吭办？周瑜讲，东家，徠勥去上俚格当酿。曹操格道檄文上格话是瞎说呀，俚勿可能有百万军兵。何以见得？吾算拨徠听。曹操赅几化军队，吾伲晓得。吾有一笔账的。当初，曹操在官渡，搭袁本初打格辰光，伲也得着消息的。曹操只有七万兵，而袁本初要有七十万兵，阿慸也晓得。对的。喏，格个辰光曹操只有七万兵，虽然俚打败袁本初，那么袁本初格七十万兵，勿会侪投降的。有格么死脱哉，有格么逃走哉，有格么回转去哉，啥格。淘汰点下来么，曹操顶多顶多得着格三十万出头点，格么连俚格七万加了，到四十万是一重关了。勿能再多了。嗯！曹操俚打平辽东，打平辽西，再加上中原新招格兵，加起来十万，格么连格个四十万侪在么，有五十万。俚再得着刘表搭，有二十几万军队，加起来么，有七十几万。俚格总数啦，七十几万。而格个七十几万呢，俚有损失格呀。诸葛亮火烧博望、火烧新野，两蓬火烧脱二十万。格么喏，俚还剩五十多万。五十多万么，俚留十万兵驻扎在荆襄。因为俚荆襄刚巧得着，俚勿放心的，俚拿荆襄格兵么带到赤壁，拿自家格心腹部队么，留守在荆襄。留十万。格么俚还剩四十万。俚还要防备西凉方面，长安了洛阳，俚还要派脱格五万到十万兵么，俚到赤壁来啦，不过三十多万军队。外表面呢，叫号称百万。兵不厌诈。俚总要说得多一点的。真正俚一百万兵，俚就勿会写一百万了，俚要变两百万了。那么吾现在辰光带十万人马去搭曹操三十万军队打，吾稳赢的。一个打三个啦，吾有把握的。为啥呢，因为伲擅长水战，俚勿善于乘船。船上打起来呢，勥说一个打三个，一个打十个侪有办法好赢。所以东家徠尽管放心，吾是有把握的。"主公，瑜奉命领兵前去呃，倘然失败，愿将首级砍下，见主公交——令。"孙权听到格句闲话，周瑜是说得非常悲壮。吾拿颗郎头担保。倘然失败，头拿下来。好。"公瑾之言，使孤——疑团尽释。"那么吾勿疑心了。格个疑团呢，彻底解开。说到格搭点哉么，周瑜定心。东家放心。"瑜告——辞了。"

周瑜走了，孙权定心。喔，孙权今朝顿夜饭吃得香啦。因为思想问题全部侪解决哉么。回到里向去，禀报国太。吴国太也定心哉。勿晓得唔笃么侪定心哉。格周瑜勿定心哉。周瑜从来勥碰着过，像诸葛亮什梗种对手。俚觉着诸葛亮格个人，无论如何勿能够留在世界上。吾要想办法，呐吭去结果俚格性命。回到都督府，下马。往里向进来么，鲁大夫在接呀。

拿周都督接到书房里向坐定么，鲁大夫要紧问哉咯。"啊，都督，你去相见吴侯。吴侯可在那里疑惑曹军太多啊？""正——呐是。"吴侯是在疑心呀。"那么都督，可曾与他开解兵数？""开解了。""吴侯怎么样啊?""定——心了。""喔?喝喝喝喝,哈哈哈哈哈哈,恭喜都督,贺喜都督,诸葛先生本领高强,胜——你十倍。都督得诸葛先生相助,何愁大事不——成哪?"哈呀,格个诸葛亮本事比俚要大十倍啦。

勿晓得鲁肃啊,偍格个闲话勿好讲格呀,周瑜格根神经顶顶敏感。俚勿能够容许别人超过俚格地位。俚炉忌心来了。"子敬,诸葛亮如此本领高强,岂可留在世上?瑜,必!斩!之!""啊?"鲁大夫心里向转念头,偍格个呐吭可以?"啊呀都督,卧龙先生本领高强,正好相助都督一臂之力,共——破曹操。为什么都督要把诸葛先生结果性命?岂不是自断——其臂啊?"蛮好一只帮手,偍啥体要断脱自家格臂膀呢?"子敬,你可知晓?诸葛亮本领高强,在吾之上。破曹之后,必为吾江东之心腹大患,岂可不——杀?"现在诸葛亮是吾伲格朋友,等到破脱曹操,就要转化为吾伲格敌人。吾为了防患于未然,为了江东前途,拿格个潜在格敌人,也就是将来格敌人,吾先拿俚结果性命么,除脱一个心腹大患。鲁大夫连连摇手,"啊呀呀呀呀,大都督,你断断使不得!实不相瞒,鲁肃在江夏郡,请卧龙先生过江,在刘皇叔面前言及,先生到江东,若有什么三长两短,唯鲁肃是问。你把诸葛先生斩首,叫鲁肃怎样在刘皇叔的面前交代呀?"吾保人呀,吾保诸葛亮到该搭点来,张飞对仔吾穷凶极恶,枉冷枉冷。先生有点啥三长两短,偍孬怪吾。吾还立得直格啦,吾弄勿落格呀。"子敬,休要睬他。"让俚去歇。刘备、张飞,有啥道理?无所谓的。吾勿见得见俚笃怕了。"大都督,你,你你你你,你可能不杀先生哪?"周瑜心里向转念头,偍问吾,阿有可能勿拿俚杀?"除非他将来,不与吾江东作对。"哦,将来勿搭吾伲江东作对,偍就可以勿拿俚杀。鲁大夫一想么,"大都督,鲁肃有一计在此"。"计将安出?""喏喏喏喏,诸葛先生的兄长诸葛瑾,现在江东为官。何不都督,叫诸葛瑾到官驿,前去相见卧龙先生,劝他归——顺江东。如此么,诸葛先生便可以相助都督,共破曹操,共成大——呃事!""这——个?"嗳,周瑜心里向转念头,鲁大夫格个办法倒好格嗱。杀脱诸葛亮,忒可惜。什梗种人才,出一个,勿容易。那么吾怕,怕啥呢?就是俚帮仔刘备忙,将来搭吾伲江东作对。假使俚能够投降吾伲江东,格么吾得一个帮手。孙权手下,多仔一个大好佬。非但打败曹操,将来一统天下,格就完全有希望。"子敬言之有理,本都明晨去相请子瑜便了。""酌酌酌酌酌,鲁肃告退。"

鲁大夫退出来格辰光,勿定心。格个刺激受得蛮深。吾以为么,诸葛亮本事好么,应该快活,为啥道理周瑜会什梗光火?现在还好,总算周都督听吾说话,派人去劝诸葛亮投降。但愿诸葛亮能够投降江东哉么,再好呒不。不过鲁大夫再一想么,阿有可能呢,有可能。为啥道理有可能么,诸葛瑾搭诸葛亮,同胞手足,兄弟情深。阿哥去讲呢,兄弟肯听。那么一般讲起来呢,刘备么穷,江东么富,刘备么弱,江东么强,登了刘备搭么,呒不前途。到江东来么富贵、荣华、功名、前程、待遇,各方面讲起来,侪要强似刘备。对,作兴有可能。但愿孬出事体。格么鲁大夫让俚回到自家屋里向去。

周瑜呢，派人到诸葛瑾屋里向去，请诸葛瑾来。诸葛瑾来哉。诸葛瑾，号么叫子瑜，是江东格马兵大夫。孙权呢，非常得宠俚的。为啥？人好。忠厚，老实，学问又好。将来诸葛瑾格儿子，要在江东做宰相，叫诸葛恪啦。格本事也勿得了。所以诸葛瑾呢，俚自从诸葛亮到了江东来之后，一直处于一种紧张状态。为啥么？因为诸葛亮一到江东，得罪了江东一批文官。迎宾馆里向舌战群儒，树敌很多。那么诸葛瑾搭江东班文官碰头，有两个文官么，俫拨了诸葛亮说得了哑口无言，置身无地，面红耳赤，窘不可言。那么看见仔诸葛瑾么，唔笃总归是弟兄呀。啊，总归是感情上讲起来啦，有点两样。那么诸葛瑾呢，也觉着。老实头人，也觉着的。晓得诸葛亮冤家结多，那么吾下来格日脚难过。而且俚预料到啦，诸葛亮跑到江东来呢，俚是有啥格想法的。而且将来呢，板是利用江东搭曹操打，鹬蚌相争，渔翁得利。那么诸葛亮一得利么，板是江东失利。格板格啦，俚得么，江东要失。那么江东一失么，要怪哉，要恨诸葛亮。恨诸葛亮么，连搭要牵着吾。那么也有人，就会得疑心啊。倷诸葛瑾么，暗底下么帮兄弟格忙，拿江东格种重要格机密、消息么，去通拨俚。什梗样子，讲勿清爽格呀。所以，兄弟来仔啦，除出在迎宾馆外头，见过一面之后么，诸葛瑾勬去搭兄弟见过面。现在周都督连夜派人来喊俚碰头么，俚又在紧张。勿知搭兄弟阿搭界，阿有啥事体？但愿么，太平无事。

轿子一埭路过来，到此地都督府，停轿、出轿。到里向，进书院，见过都督，坐定。"大都督，唤诸葛瑾到来，有何见教？""子瑜先生，瑜请先生到来，非为——别事，只为令弟孔明。"啊呀，实头兄弟。勿知兄弟闯格格祸了哉，侧耳静听。"有经天纬地之才，安邦定国之学，可惜，投奔了刘备。正所谓美玉落于污泥之中，十分——可惜。瑜欲烦先生往官驿之中，谏劝令弟归顺江东。你们上则共事一主，下则弟兄朝暮相聚哦，还望先生勿却。""喔喔喔喔喔喔，这这这，这这这。"诸葛瑾心里向转念头，大都督要派吾去做说客，劝兄弟投降江东。兄弟勿知阿肯答应，勿肯答应。兄弟大哉，勿比小辰光啦，格么，爷娘死脱，吾阿哥，屋里向当家，俚总归要听听吾的。现在两样，人大哉呀，外加分开来长远哉哟。吾么在江东，俚么在襄阳，又勿见面。俚么已经投仔刘备哉，吾去叫俚乱脱刘备，投奔江东，格个是吾吰没把握的。"大都督，诸葛瑾，呃喝，前去谏劝吾家兄弟么，呃？恐怕吾家兄弟他不肯应允。""先生，你试这么一试，大事成功，其——功非小。"倷，老早就应该拿诸葛亮介绍拨了孙权，格大好佬，可惜，拨刘备请得去。现在唔，现在倷格桩事体成功下来，倷功劳大得不得了啦。诸葛瑾心里向转念头，好的，格么吾去试试看酿。"遵命！""先生，速去速来，瑜立等——回音。"周瑜心急啊。立等回音。

诸葛瑾答应，退出来。到外头，上轿。轿子往官驿来。心里向转念头哦，吾呐吰去讲法呢，劝兄弟，乱脱刘备，投奔江东？蛮难讲格啦。格再一想么，弟兄淘里，从小在一道。吾记得蛮清爽。诸葛亮，在四岁辰光，娘死脱。俚笃格生身娘，姓立早章。章氏夫人过世。那么后来俚爷，诸葛珪呢，又讨了一个续弦。讨仔格续弦之后，再隔几年么，在诸葛亮八岁格辰光呢，爷又死哉。那么喏，就诸葛瑾当家。因为俚大阿哥，下头么还有两个妹妹。再有么诸葛亮了，再一个顶顶小格弟弟弟诸葛均。勿晓得山东么，一直乱，勿太平，打仗。那么张怕勔出事体，阿叔来哉。阿叔叫诸葛玄。格么诸葛玄来呢，搭诸葛瑾商量好哉，就带仔诸葛亮、诸葛均，还有诸葛亮格两个阿姐，离开山东么，到湖北襄阳去避难。因为诸葛玄搭荆州刘表啦，老朋友，有交情的。所以呢，迁居到襄阳。格么诸葛瑾么留在山东。为啥么，因为山东有份产业格呀。格家园，要有人看好格呀。那么诸葛瑾搭家小，还有一个后母么，就留在山东。后来实在山东乱得一塌糊涂，登勿下去了。那么避难么，避到扬州。俚笃从山东琅琊郡到扬州。后首来江东，派人来请俚去。那么到江东，投奔孙权了，官居为马兵大夫。格么小辰光呢，诸葛亮的确蛮听阿哥闲话的。诸葛亮小辰光也蛮演格呀。有转把，皮得一塌糊涂，说说俚勿听么，诸葛瑾好人，好人么艮哉。艮哉么哭了，一哭么，好，兄弟就听了。诸葛瑾心里向转念头，看上去呢，吾今朝去啊，只好用感情打动俚。所谓动之以情了，晓之以理。硬上？勿来的。啥格拿出阿哥面孔来，格个勿来的。

轿子到官驿门口，停轿，派人进去报告。诸葛亮吃过晚饭哉呀。诸葛亮现在一听阿哥来哉，诸葛亮呆一呆。为啥么？诸葛亮自从到了江东之后，勔到阿哥屋里向去。就是在迎宾馆外头，搭阿哥见过一面之后，为啥勿去？诸葛亮交关知趣啦。诸葛亮晓得阿哥格地位，所处格处境。那么吾将来呢，拆穿点讲，南北争斗，渔中取利。江东人是要恨吾格啦，搭曹操打仔下来，打败曹操么，格里向呢，要弄点好处哉。鹬蚌相争么，渔翁得利。那么江东人要恨吾，恨吾么，板要连带到俚阿哥身上。那么吾如果搭阿哥接触得多了，讲不清爽格呀。人家板要赛过怀疑俚阿哥了，阿哥要吃搁头格啦。为了避免将来，老兄勔在吾身上吃苦头么，索脚吾现在勿去，也可以保护老兄。说起来么，诸葛亮阿哥屋里去也勔去。嗯，就是在迎宾馆格搭门口头见仔一面之后，勔见过面么，格么呐呒好去怪诸葛瑾？搭诸葛瑾勿搭界的。诸葛亮是什梗格意思。现在，老兄来哉，而且夜头来。啥道理？

诸葛亮踏出来接，到门口，老兄已经出轿。“兄长，小弟迎接兄长，有礼。”“贤弟，少礼！”啊，诸葛亮一呆。啥老兄眼窝盈盈，哭出乎拉？格么诸葛亮看见格只面孔，心里向倒蛮沉重。“兄长请！”“愚兄来——也。”到里向，书房间里坐定，底下人送过茶，底下人退出去。诸葛亮心里向转念头，老兄到该搭点来，勿知啥格事体哇？问问看，“兄长黄夜到来，有何吩咐？”“贤——弟啊！啊！啊！啊！”哈地？哈地格老兄一出眼泪，格诸葛亮格心里向，格难过是难过得少的。俚就见老兄哭怕啦。也赛过从小格印象。从小辰光，阿哥对俚一哭哉么，俚总归随便啥侪听，俚勿敢再皮了。“兄长，因何痛哭？莫非小弟，舌战群儒，众谋士他们来欺负哥哥。可是么？”阿是吾闯仔祸了，得罪仔文官了，俚笃来寻着俫。倘然是的，吾去寻着俚。格个，吾得罪俫么，俫来寻着吾好了。俫啥体去寻着伲老兄呢？"非——呃也。"勿是的。"愚兄受孙将军厚恩，谁敢欺——负愚兄？"勿是。勿是有人欺瞒吾。"那么哥哥，为什么要痛哭呢？""愚兄所哭者，非别，哭伯夷、叔——齐啊……"诸葛亮那么呆脱哉哟。老兄在哭啥人啊？哭伯夷、叔齐。伯夷、叔齐，啥等样人呢？就是在商朝格末，周朝格初。周朝八百年，汉朝四百年。就是一千两百年前头，格个辰光在商朝啦，有格小国。格个小国格名字叫啥，叫孤竹国。孤竹国国君呢，儿子蛮多的。大儿子叫伯夷，第二个么叫叔齐。叔齐呢，比阿哥能干。那么格爷，临终辰光，就关照伯夷。伯夷啊，俫格本事呢，勿及唔笃兄弟能干。吾死之后么，让唔笃兄弟即位吧。噢！伯夷答应。等到老娘家死脱，丧事料理开。伯夷关照叔齐即位，叔齐勿肯。

叔齐说：国家格法律，应该是长子即位的。吾是兄弟，吾呐吭好来夺俫阿哥格家当呢，勿可以的。阿呀，兄弟啊，该格是爷，临终遗言。俚临终遗言说的，吾勿听啦，吾对勿住爷的。俫就即位吧。嗯，勿可以勿可以，临终格闲话啦，俚格个勿对了哉。俚可、可能想得比较乱了哉啦，不足为凭。吾勿听。勿听么，伯夷逃出去了。家当放弃，让俫兄弟即位。碰着格兄弟，跟仔阿哥一道出去。结果两家头一道跑脱格呀。格么孤竹国，格只位子啥人接么，下头还有兄弟接上去。

那么俚笃弟兄两家头跑出去格辰光呢，正好武王要兴兵伐纣。因为纣王暴虐啦。周武王在兴兵伐纣么，俚笃两家头得信了，就把周武王格马拦牢。拦牢仔俚格马头么，谏劝武王，赛过纣王啦，虽然勿好，但是俚总归是格君，俫呢，总归是臣。臣呢，不可以伐君。俚格观点当然勿对，非常老法啦。臣子要服从君王，俫、俫勿能够去打的。武王说，吾、吾去打纣。吾并勿是臣子去伐君。因为纣王无道，害天下百姓，吾格个名堂叫啥，叫"吊民伐罪"。吾是救老百姓了，去伐有罪格人。纣王格罪孽，实在深重了。勿听俚笃两家头格闲话。结果呢，从西岐发兵，打过去。兴周灭纣。纣王灭脱了，开周朝天下了。俚笃弟兄两家头得信之后哉么，心里向交关反感。认为俫周武王，用武力去夺天下呢，勿对的。因为顶顶古格古代辰光讲让位的。啥格尧么，让拨了舜。舜么让拨了禹。到夏禹格辰光，那么侪爷传拨儿子哉。那么再一代代传下来，传仔格几百年。啊，传到出着一个昏君，实在大家侪反对俚哉。那么商朝格商汤出来，推翻夏桀，开商朝。那么商朝传仔又是什梗格六百年光景，传到纣王手里向，无道哉么，周武王出来，灭脱纣王了。那么顶顶早格辰光讲让的。所以伯夷、叔齐两家头呢，反对周武王。俫用武力夺下来格天下呢，不仁义的。伲呐吭呢，看勿起俫。既然勿搭唔笃周朝办事体了，外加勿吃唔笃周朝格饭。所谓叫耻食周粟。俚笃格饭，伲勿吃。勿吃，瘪肚皮饿格啊？俚笃就隐居在首阳山。吃啥格物事呢？吃树上格水果，果子。或者呢，吃河里向格种水生植物，叫薇啦。采薇度日。那么后来呢，碰着一个人问俚笃哉咯，说：唔笃两家头啥格事体呢，登了该搭点。啊？采格个河里向格薇当饭吃呢？什个长，什个短，侬耻食周粟，觉着周朝是可耻的，勿去吃俚笃格饭！那么说：侬格个错哉。现在"普天之下，莫非王土，率土之滨，莫非王臣"。天下，侪是周朝格地方。所有格官员侪是周朝格臣子。该格河，也是周朝格河，河里向格薇，也是周朝格薇。侬吃格薇啦，侬仍旧是周朝的。格么侬连格点薇也勿吃。勿吃么呐吭呢，饿杀脱的。伯夷、叔齐饿死首阳山。从顶顶早格观点讲起来是，说俚笃两家头叫守节。饿死事小了，失节事大。宁可饿死么，勿吃唔笃周朝格物事。当然格种观点是，老法格种封建观点，或者是格个更、更迂腐得极的。现在呢，老兄叫啥在哭，哭啥个物事呢，就是哭伯夷、叔齐。

诸葛亮一听，懂格咯。哭伯夷、叔齐是假格咯，侬借了格个意思，要来劝吾投降啰。啥人派俚来呢，周瑜。吾呐吭好听侬闲话？吾曼得问好，吾搭俚缠，缠到横埭里向去好了。"兄长，伯夷、叔齐，死之已久，兄长哭他则甚哪？"哭一千两百年前头格古人，吾勿懂哉。啥意思呢？"贤弟啊！伯夷、叔齐，生在一起，死在一方，何等义气？吾与你同胞手足，各事一主，各居一方，与伯夷、叔齐相比，岂不惭愧？还望贤弟，听愚兄的说话，抛弃了刘皇叔，归降了孙将军，上则共事一主，下则弟兄朝暮相聚，还望贤弟，应允——愚兄哦……"诸葛亮一听，果然，果然。果然劝吾投降哉喏。格吾呐吭好听侬的？一动脑筋，有了。先拿俚两笃眼泪骗脱仔再讲。因为诸葛亮见阿哥哭，怕的。"兄长言之有理，小弟也久有此心，弟兄共聚一方啊。""喔！贤弟应允了！好好好！愚兄去了。"豪燥去告诉周瑜吧，兄弟答应哉。"慢来，慢来。"诸葛亮关照底下人，绞把手巾过来，揩一把面么，两笃眼泪揩脱。诸葛瑾心里向一快活，心花一开，再要哭么，哭勿出哉。"兄长，方才兄长所说的，是弟兄手足之情。而今小弟要守的，是君——臣之义。想当初，小弟在隆中，刘皇叔三顾茅庐，于是出山。如今刘皇叔兵败当阳，十分艰难，岂可中——途而弃？岂不要被天下人耻笑啊？吾想，弟与兄之父亲，祖宗都是汉室之臣。为什么兄长，不从汉室，而投奔孙氏？望哥哥听小弟的说话，辞别了孙将军，归顺了刘皇叔，上不愧于祖先，下能弟兄朝夕共处，岂不美哉？未识哥哥意下如——何？""啊！"诸葛瑾一想，要好得格来，吾劝俚投降孙权，俚劝吾投降刘备呀。而且现在俚格闲话，道理比吾足呀。因为伲格爷诸葛珪，汉朝格官。上代头诸葛丰，汉朝格司隶校尉。历代侪是汉朝格大官，侬为啥道理勿登了汉朝做官，而侬要投奔孙家里呢？侬听吾格闲话，投刘备，回头孙权。上对得住祖宗，下弟兄登了一道。"哦，愚兄受孙将军的厚恩，怎能够归顺刘皇叔？""那么小弟受皇叔的厚恩，也不能归降孙将军呢。""呵呵"，诸葛瑾响勿落。再劝？吭不策儿了。再哭？眼泪哭勿出了。晓得上仔弟弟格当了。"呃，那么，那么既然如此，愚兄去了。"吾搭侬大家勿来去吧。侬也勥投降孙权了，吾也勿投降刘备。诸葛瑾走，诸葛亮送到外面分别么，心里向明白格啊。晓得俚去回头周瑜啦，吾不肯投降，周瑜勿会就什梗完结。恐怕周瑜，下来还要对吾下辣手。孔明吾勿交代。

诸葛瑾回到都督府，碰头周瑜。拿经过情形从头至尾报告周都督。周瑜一听么，心里向气极了。喔哟，诸葛亮糇的！诸葛亮咁咁去劝诸葛瑾投降刘备。"那么先——生怎样？""呃喝！诸葛瑾受吴侯厚恩，哪有归降刘皇叔之理呢？""既然如此，令弟不肯归顺江东，请先生回去，瑜自有服令弟——之计。"吾有办法，收服唔笃兄弟。"大都督，舍弟到来，必有所图，还望都督，提——防一二。""先生放心，令弟有什么事情，与先生无相干涉。"搭倷勿搭界，倷去好了。诸葛瑾定心。诸葛瑾回转么，周瑜勿定心。周瑜要动脑筋，谋害孔明。所以，接下来，周瑜要用（计，下回继续）。

第六十九回
周瑜设计

周瑜，派诸葛瑾，劝诸葛亮投降江东，叫啥诸葛亮一口拒绝。周瑜呢，怀恨在心。一定要想办法，拿诸葛亮结果性命，好永绝后患。所以，明朝早上周瑜发令，拿诸葛亮，带到三江口。诸葛亮呢，就留在长江边上，在格只船上耽搁。周瑜呢，搭鲁肃上岸，进陆营。鲁大夫回到自家帐篷里向去么，周瑜坐在中军账里，心里转念头，吾用啥格办法，拿诸葛亮杀？一动脑筋，有了！周瑜派手下人，拿水营上九张安营图，陆营上五张安营图，西山粮营上还有一张，一共呢，十五张安营图。派人拿鲁肃喊得来。周瑜关照鲁肃，倷搭吾拿格点安营图，拿到船上去，请军师看，倘然有点啥勿对格场化么，请俚画两笔。鲁大夫答应。

鲁大夫拿仔安营图，赶到江边，到船上见过孔明，说明来意。诸葛亮一听么，心里向，咯噔格一来。叫吾在安营图上画两笔？安营图是军队里向机密文件。倷如果说一画，涂改机密文件，格个罪名按军法，要杀头。鲁肃啊晓得勿晓得？如果说俚，搭周瑜搭好仔档，来拨吾扛木梢呢，倷格个朋友，吾要注意哉。不过，诸葛亮对鲁肃格面孔一看么，从眼神里可以看得出，俚豌晓得。俚也扛格木梢了，勿能怪俚的。诸葛亮拿安营图看完，问鲁肃，倷看呐吭？鲁肃说：吾看蛮好哇。诸葛亮领俚出来，到船头上，一只小扶梯。从小扶梯上跑到船棚上，用标远镜看。诸葛亮实地指拨俚看，说：大夫，倷看，水营前营上，好像旗号忒少，稀稀拉拉，声势勿大。唵。照吾看起来呢，头营上，中营、左营、右营，每一座营头，添五百面旗号，叫添旗勿添兵。格怎样子一来呢，好像煞，每座营头上要添一万军兵，又增加了三四万人马。嗳。鲁大夫想好的，添旗勿添兵。还有，水营搭陆营，当中空着一段，勿接气。应该补一座营头，让俚一气贯通。有动静，立刻就可以晓得。对对对对对对。再有，倷长江里向有探子探听消息，要从江心到江边，再上岸报告都督，距离忒长。应该造一只瞭高台，造在江边。一天到夜，派人在瞭高台上看。长江里有动静，立刻就可以报到中军帐，好缩短辰光。喔哟，鲁大夫想好极了！"啊——先生，请你就画——上几笔！"诸葛亮摇摇头，"大都督的安营图，亮断——断不敢画，另画两纸"。"啊呀呀，何必啰唆，就画在这上面。""不能。"倷要么另外画，画在上头呢，倷另请高明。呵！鲁大夫想呎说法，俚板要啰唆么，就啰唆点哉哇。另外拿两张纸头过来，诸葛亮提笔，画好，交拨俚。关照鲁肃倷去见周瑜，搭周都督讲：好用么用，勿好用呢，以作废纸，当俚呎介事好了，吾勿会动气。啊，顶好呢，勉用。鲁大夫答应。

鲁大夫上岸过来碰头周瑜，周瑜要紧问俚，"子敬，诸葛亮可画么？""哦，画的。""画多少？""两张。""哈哈！"画一张就好杀，画两张是更加好杀。周瑜拿安营图摊开来，一张一张一张一张看，看完，十五张么，呒没画哇。"他没有画？""在下边。"再掀开来看，下头添两张。添旗号、扎营头，造瞭高台，格个三点，正好是周瑜格缺点。周瑜一看，呆脱。诸葛亮非但本事比吾大，而且，俚还能够晓得，吾拨俚上当。俚勿中计了，另外画两张来。"他为什么要另——画两纸？""呃，诸葛先生言讲，都督的安营图，他断断不敢画。所以另画两纸。又说好用，则用之。不能用，以作废纸。大都督，我看呢，一定要用，非用不可！因为诸葛亮比都督高明得多啊。""嚯——唷！"周瑜懂，吾条计策拨俚识破。因为俚格种话里向，带因头啦。好用么用，勿好用么，以作废纸，顶好么勠用。就是意思讲，周瑜啊，倷格种蹩脚来西的，诱人犯法之计，来拨吾上当。倷下趟，阿有啥少用用吧。

周瑜一面关照鲁肃，倷搭吾到外头去，安排格个几样物事。添旗、扎营、造台。但是周瑜勿定心。诸葛亮格本事什梗大法，呐咿好留在世界上？吾一定要另外想办法，再用计策，结果俚性命。踱来走去，走去踱来，搜索枯肠。"喔——嚯，有——了。"吾如果说，派人去行刺诸葛亮，拿俚刺杀，刘备要来寻着吾。刘备说起来，孙刘联和，两国同盟。诸葛亮到江东来，帮唔笃江东格忙，格么应该倷周瑜，要负责保护俚。俚碰着刺客，害杀了，倷周瑜有责任，逃也逃勿脱的。刘备板面孔，如果带军队打过来，开战呢，呒没闲话说的。周瑜俚要拿诸葛亮杀呢，要杀得了，刘备勿好来寻着俚。所以现在辰光，俚一动脑筋，格条计策么，叫诸葛亮死脱之后啦，刘备呒不闲话的。

周瑜马上派人，去拿鲁肃、诸葛亮请得来，共议军情。鲁肃呢，是江东格陆军参谋大夫，周瑜下来，地位就挨着鲁大夫顶高了。诸葛亮，周瑜委任俚兼理江东水军参谋，长江巡警，监战师，兼三个职务。什梗么可以参与大事。鲁肃、诸葛亮到，一个陆军参谋，一个水军参谋，再加格都督，三个人碰头。坐定。手下人送过茶，退出去。只有俚笃三家头登了一道商量军情。"卧龙先——生。""都督。""瑜请先生到来，共议这破曹——之——计。""噢噢噢噢！"诸葛亮心里向明白，昨日用计，骗吾上当。吾勿扛倷木梢。倷今朝早上请吾到该搭来，表面上说，一道商量破曹操格计策。实际上呢，勠问得，倷格个心勿会死的。倷还是在动吾格脑筋。诸葛亮肚皮里向是锃锃亮。倷搭吾说，一道来商量计策么，蛮好咯。吾现在在担任江东水军参谋么，总归赞成格哟。

"愿闻高见！"请教请教倷大都督，倷有点啥格设想？"啊！军师！"周瑜讲，卧龙先生，倷么也明白的。曹操大军，要八十三万。吾俚江东，兵微将寡。少数人马，要搭多数军队去打，比力量呢，随便呐咿比俚笃勿过的。吾在想，弱打强，少攻多，只有一个办法。啥格办法呢，就是说去劫偠笃格粮草啦。曹操格大队人马驻扎在赤壁山。曹操格粮营呢，在聚铁山。聚铁山呢，距离赤壁，有好几十里地。格么，吾想先派一路人马去，到聚铁山，拿偠格粮营攻破。破脱仔偠格粮营之后，曹操八十三万大军断粮。呒不米，肚皮要饿，勿好打仗。粮为军中之宝啦。曹操偠吃勿住哉么，偠人马也只好退下去。什梗呢，吾用勿着正面用实力去搭偠拼。吾用破粮草格办法，来打败曹军。"先生你看，如——吔何？"诸葛亮一听么，好计策。格条计策呢，从前有人用过的。啥人用过呢？就是曹操。曹操从前辰光，只有七万兵。河北袁本初，有七十万兵。相差十倍。格曹操是打勿过袁本初。但是曹操用了一条计策。袁本初大军驻扎在官渡。袁本初格粮营驻扎在叫乌巢。曹操呢，就拿乌巢格粮营，打脱。得脱仔偠格粮营，袁本初大军断粮么，呒不办法，人马只好退下去。官渡大战，七万破七十万，所以成功，就是劫粮草。今朝偠周瑜，想什梗一条计策出来么，诸葛亮当然赞成。"都督之计，甚——好！""啊——喔。"周瑜笑出来。因为偠在赞成偠啊，格条计策好么，"啊，先生，想吾江东人马，不知聚铁山地理。先生久居荆襄，必然知晓聚铁形势。欲烦先生，率领人马，兵进聚铁山，劫取粮营。望勿推——却"。"噢噢噢噢噢噢噢噢噢。"诸葛亮一听，好！周瑜，辣手！偠讲劫粮草，吾说仔一声，格条计策好的，偠马上搭到吾身上。理由也蛮足的。江东军队，江东格大将，对聚铁山格地理情形，勿熟悉。偠诸葛亮住在卧龙岗，久居荆襄。对于聚铁山一带格地理形势呢，偠了解。那么格桩事体么，托偠吧。偠搭吾带领人马，到聚铁山去劫粮草去。

诸葛亮心里向转念头，格条令箭吾好接嗄？倘然吾到聚铁山，格条命，保勿牢。为啥呢？因为曹操平生专门劫别人家粮营，偠自家格粮营啦，有重兵，大将保守。偠叫吾去打聚铁山么，好有一比，拿只鸡蛋望准石头上去碰么好了噢。老实讲，偠叫吾去破粮营，假的。偠是借什梗一个机会，叫吾诸葛亮到聚铁山去，死在聚铁山。借曹操格刀，拿吾杀，借刀杀人。诸葛亮厉害，已经看出偠格条计策啦。格么阿要回头呢？回头到，就勿叫诸葛亮。倒算偠周瑜叫吾去，孙刘联和，两国同盟，第一转派吾出去，去打一座营头，吾就回头，失脱诸葛亮格身份。诸葛亮就赅格点本事，明明晓得偠格里向是圈套，而偠钻进仔格圈套之后，偠有办法，拿格圈套抟出来，还拨偠周瑜。

所以周瑜闲话讲完，托偠去呐吭么，诸葛亮马上就答应。而且表面上呢，笑嘻嘻只面孔，好像蛮高兴格样子。"都督吩咐，山人敢不从命？欲在都督营中，挑选水军一千，兵进聚铁山。""哈噢。"喔哟，周瑜想好极了，诸葛亮实头快的。偠勿回夏口去，勿到刘备搭去调兵，就在吾营头上带点人马去。而且要求勿高。曼得一千人。一千！周瑜想，格一千个人，到聚铁山去啦，可以说全军覆没，一个人侪回勿转来。吾预备牺牲一千个人，来换偠诸葛亮格条性命呢，合算的。因为偠诸葛亮格身份，偠格本事，偠格代价啦，超过了一千个人。"令箭一支，请先生往水营之中，挑选军卒，兵——进聚铁山。大功告成，重重相谢。""得令！"

诸葛亮接仔令箭，回头仔周瑜、鲁肃，别转身来，望准外头走格辰光，看俚格两步路是，轻松啊！满面笑容，洋洋得意，步履轻松。朝外头走格辰光么，周瑜呆脱哉哟。"哈——啊！"周瑜捋仔两根野鸡毛，激出仔小爆眼睛，在看诸葛亮格背后影。奇怪。曼得一千个人，而且什梗高兴，好像把握非常大格种样子么，呆脱哉哟。俚在对俚背后影看格辰光么，鲁大夫登在旁边，也在呆。鲁肃心里向转念头，奇怪。打聚铁山，什梗一桩大事体，为啥道理，周瑜勿亲自领兵？为啥道理，派诸葛亮去么，只带一千个人？啥勿多派点大将去？一千个人，勿来事格哟。奇怪。而且，鲁大夫晓得，因为昨日周瑜搭俚讲明白，派俚去拿安营图拨诸葛亮画，格是用条计策，要害杀诸葛亮。鲁大夫侪明白哉哟，格么今朝俚叫诸葛亮到聚铁山去，勁又是用计。诸葛亮出去哉，已经听勿见里向讲闲话么，鲁大夫可以问哉。"啊，都督。""大——夫。""都督，叫卧龙先生率领人马，兵进聚铁山，劫取粮营，是何道——理？""喝喝喝喝哈哈哈哈！子——敬！"周瑜讲，鲁大夫啊，讲给俚听酿。昨天吾诱人犯法之计，骗诸葛亮上当，俚勿中计。今朝吾拿俚请得来，叫俚带人马到聚铁山，攻打粮营，格个是吾借曹操格刀，拿诸葛亮杀。而诸葛亮呢，自投罗网，接令动身么，格条计策成功。诸葛亮一死啦，吾伲江东，"永绝后——呃患"。鲁大夫一听，呆脱哉哟。借刀杀人计。"啊呀，都督。倘然孔明被杀，刘皇叔闻知其事，岂不要来，责怪都督？""子敬，说哪——里话来？"勿会格哟。刘备决计勿会来寻着吾。为啥呢？因为诸葛亮死在曹操手里，刘备只有恨曹操，俚勿会来恨吾周瑜。而刘备呢，吾估计，板要搭诸葛亮报仇。刘备带领关云长、张翼德、赵子龙，大队人马，兵进聚铁山，搭曹操去拼命。曹操呢，带领大队人马到聚铁山，动手搭刘备交战。两方面，格个一仗打下来是，好白相啦。结果呢，刘备是全军覆没。全部死完。而曹操呢，曹操家人家起码要完结半家。为啥么，因为关云长、张翼德、赵子龙，武艺高强，曹操要消灭格点大将啦，俚付出格代价极大。俚家人家半家去脱了。什梗一来。刘备么全军覆没，曹操么损失惨重啊，吾再过江去打曹操，吾稳赢啦。好有一比，两只老虎，吾侪要打杀的。吾一个人去打杀两只老虎，吾要花几化气力了。现在呢，吾先让两只老虎自家搭自家打，结果么，一只老虎么咬杀脱了，一只老虎受仔伤哉。吾再拿格只受伤格老虎，去打杀么，几化省力。格条计策名堂叫啥呢？叫，效学当年"卞庄刺虎"啦。"子敬，你看本都的计策如——呃何？""喔喔，喔，这这这这，这个么。"鲁肃，呆脱。鲁大夫对周瑜看看，周都督啊，俚格条计策，好极了。一箭双雕，灭脱刘备，弄光曹操半家人家，不过，忒残酷哉。为啥呢？是害哉人家，俚自家得到成功。良心上，讲勿过去的。刘备是吾伲格朋友，诸葛亮是存心来帮伲格忙，一道来搭曹操打。俚牺牲仔朋友，害杀仔自家格同盟者，去得到胜利么，俚格个计策从道义上讲起来，勿大好。不过，鲁大夫再一想么，"大都督，鲁肃看来，此计，呃喝！未必成功"。"啊？为什么？"鲁大夫说：倷看酿，诸葛亮接令箭格辰光，满面笑容。跑出去格时候，步履轻松。老实讲诸葛亮聪明人，俚为啥道理讨令箭格辰光，曼得带一千兵呢？格说明，带一千兵去，俚就是可以成功。俚可以成功，破脱聚铁山，倷格条计策是叫枉费心机。因为诸葛亮格本事，神通广大，作兴会得成功的。周瑜一听么，"嗳——唉，子敬，你说哪——里话来？"诸葛亮勿会成功。为啥道理勿会成功？曹操，啥格本事？用兵如神，熟读兵法。倷想俚，平定北方。本来曹操人马勿多，七万个兵。俚灭脱袁本初，消灭脱袁术，再并吞脱吕布、张绣，打平了辽东，并吞了刘表，现在人马要发展到八十三万！什梗格势力，什梗格用兵，倷诸葛亮带一千人，会成功嘎？勿可能！诸葛亮去，性命保勿牢的。因为曹操专门劫别人格粮营，俚自家格粮营，板有大队人马保守。所以诸葛亮去呢，叫有死无生。"喔！喔！这！这这。"鲁大夫心里向转念头，周瑜格闲话也对格啦。格么呐吭弄法呢？诸葛亮是吾格要好朋友，俚到江东来，吾请得来。吾现在张开眼睛，看诸葛亮去死，对俚勿住。格么呐吭弄法？什梗，让吾到水营去。诸葛亮在挑选军兵，吾去碰碰俚头。吾问问俚，倷挑选军兵，到聚铁山去攻粮营，阿有把握啊？倘然诸葛亮回头吾，阿呀！把握勿大哇。那么吾告诉俚：倷勿去哦，一千个人去勿来赛格喔。有危险格喔。格么呐吭弄法呢？倷赶快回转去，碰头周瑜，要求周都督增加军队，顶起码两万、三万兵，顶起码派十个、八个大将，那么倷还好去打打。对。吾去豁翎子，拨点消息拨诸葛亮去。对对对对对。"那么，都督，待鲁肃往水营之中，打探消息，诸葛亮挑选军卒，如今，动静如何？"吾去看看俚格苗头看。"你速去速来！""酌！"鲁大夫答应。格么周瑜为啥道理派俚去呢？因为诸葛亮走出去格辰光满面笑容，好像蛮有把握。那么诸葛亮又勿是戆大。诸葛亮用兵也好格呀，火烧博望，火烧新野，两场火攻，烧脱曹操二十万大军。现在俚带一千个人去，俚总归格里有道理了。让鲁大夫去探探虚实，用得着。周瑜让俚去。

　　倷在等鲁肃格回音来么，鲁大夫望准江边去啊，诸葛亮先走咯。诸葛亮一到江边，下船。诸葛亮格只船呢，开到水营头营，黄盖营头上。黄盖老将军是水营头营正先锋，听见说诸葛亮来哉么，要紧过来接。接到舱里向，坐定之后，问卧龙先生，倷来做啥？诸葛亮告诉俚，吾奉周都督格命令，要出发。吾特地到该搭点来，挑选军兵，到倷老将军营头上来挑选。呃！格是好极了！黄老将军马上关照花名册拿过来，请倷军师挑选吧。黄盖蛮得意。啥体得意么？诸葛亮看得起吾。俚挑选军兵，勿到别人营头上去，到吾搭来。为啥呢，就是相信吾训练格军队，作战格能力强，水平高，相信吾。黄盖想吾要看看，诸葛亮挑选军兵，有点啥格奥妙？嗳！倷勿看诸葛亮年纪么轻啦，但是俚格用兵不得了！有本事。黄老将军六十几岁了，蛮虚心。得只凳子，坐好在旁边头看倷挑选。

　　诸葛亮当中坐定。挑选军兵哉。那么照规矩挑选军兵，蛮简单的。曼得拿点小兵喊得来，看一看，啥人面色勿好，面黄憔瘦，有病。或者年纪大，或者身、身上有啥格，受过伤啊，残废等般啊，老弱病残，淘汰。年轻力壮，出发。蛮简单的。格么三国辰光军队格编制么，廿五个人一队。一队格当中有一个队长。四个队一百个人呢，称之为一量。五百个人呢，称之为叫一旅。两千五百个人呢，称之为叫一师。一万两千五百个人呢，叫一军。大小三军格军么，就是一万两千五百个人。那么现在诸葛亮挑选，以队为单位。廿五个人一来。格廿五个人一到，见过之后，旁边头一立。照规矩么，诸葛亮曼得看一看，身体勿好格淘汰，其余去，嗳，诸葛亮两样，俚挑选军兵道地。要一个一个问的，拿管银朱笔，望准格个小兵名字上点上去，喊出来。

"张得胜！""有！""哪里人氏？""徐州。""今年，几岁了？""二十八。""父母，在堂否？""父母在堂！""可曾娶——过老婆？""呃，这。""哈——啊！"黄盖在旁边头一呆，诸葛亮问俚，唵讨过家主婆？俫搭俚做媒人啊？挑选军兵用勿着问唵讨家主婆格咯。格问倒细到了。"报告军师，小人，哼，已经娶了老婆了。""可有孩子呢？""哈，两个！""不能去！上有父母双亲，中有年轻妻子，下有儿女。沙场阵亡，叫他们依靠何人？不能去，退下。""是！"张德胜退下来。家庭人口太多，负担太重，勿及格。淘汰。

再点第二个。"李德功。""有！""哪里人？""徐州。""几岁了？""二十六！""父母在堂否？""爸爸死了，有一个妈妈。""可曾娶过老婆？""老婆娶了，孩子还没有。""嗯，不能去。上有白发老娘，下有年轻娇妻，倘然你沙场阵亡，叫他们如何生活？退下！""是！"第二个再退下去。

诸葛亮拿起管笔来，点第三个。"陈金彪。""有！""哪里人？""徐州。""今年几岁？""二十二岁。""父母在堂否？""妈妈死了，有一个爸爸！""可曾娶过老婆？""还没有。""家中可有弟兄？""两位哥哥。""你倒能够去的。因为你未娶老婆，无关无碍。家中虽有年迈的父亲么，有你两位兄长抚养。纵然战死沙场，亦然不妨。能够去。退下。准备。""是！"陈金彪一听么，心里向一吓哟。吾赛过好死得格哉。诸葛亮说俫死么哉哦，俫死么勿要紧的。嗳，为啥么？因为俫还勿讨家主婆了呀，屋里又呒不负担。唔笃爷，爷么有唔笃两个阿哥了。俫死脱么，照样勿要紧。

那么旁边头格点小兵听出来。今朝诸葛亮来挑选军兵，在挑选敢死队。到战场上去，俫是要预备死的。顶好要家里向呒不牵连，那么死脱也勿要紧。那么打仗格正经，晓得仔稳死，呒不力的。也要急的。死到底怕格人多了。格么俫勿晓得死，冲过去，偶尔牺牲么，倒也无所谓。格么现在俫明明晓得要死格么，那么有两个小兵，该应勿讨家主婆格么，说已经结过婚了，还有小图也有哉了什梗。俫喊屋里向有家庭负担。那么格个也勿好去了，归格也勿能去。黄盖一看是，气昏。诸葛亮格种挑选军兵，在寻开心么好哉哦，混俏。照什梗挑选一千个人，哪恁挑选得全呢？老老勤看，回头一声，诸葛亮，俫办公吧。吾有事体，吾去了。

诸葛亮晓得俚看勿落的。诸葛亮其实是在屏辰光，俚勿是真格在挑选军兵。诸葛亮在黄盖营头上挑选仔半日功夫下来，共总侪在那，挑选着大小三军？一个。半日天，净光挑选着一个，陈金彪哟。哈呀！陈金彪格名气是响得来呱啦啦，营头上侪晓得哉。黄老将军营头上，能够拨诸葛亮看得中的，可以上前线去打仗的，只有一个陈金彪。看上去陈金彪么，全才，模范士兵。俚出去打仗么，顶顶合乎诸葛亮格要求。勿晓得格陈金彪在冤命啦，懊悔勿说自家讨仔家主婆了，有仔小囡。那是弄僵，只好俚一个人去。

诸葛亮头营上挑选完结么，到中营上去挑选。跑到中营上挑选格辰光，鲁大夫来了。诸葛亮已经望出去，看见鲁大夫立好了船头上。格只船，离开此地近。那么诸葛亮换花样哉，"呃，你倒能够去的"。"报告军师，小人娶了老婆了。""准备出发！""还有三个孩子！""也要交战。""还有祖母大人。""有了这许多家属，为什么要出来当兵啊？养兵千日，用在一朝。马革裹尸，份内所当。为国捐躯，死——而犹荣。能够去，退下准备。""嗯，是！"诸葛亮能够去起来呢，屋里向家属再多，勿关账，照样要去。"来！这一队人马都能去的。""哗——"那勿是一个一个挑选哉，一队一队挑选。一队人马侪可以去的。

还在挑选辰光么，鲁子敬到。鲁大夫，过船只，到舱里向。"啊，先生请了。""大夫，请了。"诸葛亮关照摆座头，鲁大夫旁边头坐定。"大夫到来，有何事——情？""先生，鲁肃到来非为别事，特来请教先生。此番率领人马，兵进聚铁山，可能成功么？"阿、阿、阿有把握啊？诸葛亮一听么，叫啥面孔一板呀，面色也两样。对仔格鲁肃，"大夫，你说哪里话来？你把我诸葛亮，当作何等人看待？我诸葛亮哪有不成功之理？我岂是你大夫及周郎可——比啊？""呃？"鲁大夫吃着一个钝头么，钝得俚两眼墨赤黑。诸葛亮格种闲话是骄傲啦。吾呐吭会勿成功？侪当吾啥人？吾勿比侪鲁肃啊、勿比周瑜呀，吾会得勿成功？"呃，先、先生，你便怎样？""我诸葛亮么，马战、步战、车战、水战、唇战、舌战，六战俱全，岂是你大夫及周郎可比？""鲁肃呢？""听说你大夫，只能看守城门。""喔？吾家都督呢？""只会临江水战，呵呵呵呵……哈哈哈哈哈哈哈。""喔喔喔喔喔喔喔。"鲁肃气呃，诸葛亮骄傲，俚本事大的，样样侪来。马上就马上，步下就步下，水里就水里，六战俱全。叫啥说吾鲁肃呢，只会看城门，当吾城门官用。说伲格都督呢，只会水战，六战当中只会一战。搭诸葛亮比，赛过推扳远了。诸葛亮侪骄傲啊，侪死日在头上转，侪条命，马上要保勿牢，周瑜在用借刀杀人计，害杀侪。侪呐吭一点勿晓得，还稀里糊涂，还在自得其乐，骄傲了？鲁大夫熬勿住哉，"啊，先生。你可知晓曹操平生善断人的粮道，他自己的粮营，有重兵大将保守。先生此去，只怕凶多吉少——喔！""哼哼哼哼哼哼哈哈哈哈哈哈哈，大夫说哪里话来？曹操善劫人的粮营，他自己的粮营，没有重兵、大将保守。山人此去，稳稳成功。此之谓，叫：作窃之家，哪有防——窃之理呀？""喔？"

喔哟！那么鲁大夫明白了。恍然大悟。怪勿道，诸葛亮刚巧接令箭格辰光，满面笑容，洋洋得意。走出去起来，格两步路，要什梗轻松？原来俚是稳成功的。为啥道理稳成功？因为曹操专门劫别人家粮营，俚自家营头上，呒不大队人马保守。大概兵书上，有格啦。诸葛亮讲了两句原句。叫啥呢，叫——作窃之家，哪有防窃之理。格个人赛过专门扒儿手仔啦，俚自家格袋袋敞开了，铜钿摆在外口头，呒不人敢去捞俚。因为俚本事大勿过哉，用勿着防备，啥人敢去偷俚呢？诸葛亮该抢去，为啥道理曼得一千个人呢，格个名堂叫出其不意，攻其无备。曹操呒没防备格么，稳成功格啦。鲁大夫心里向转念头，既然格桩事体稳成功啊，格是勿挑倷诸葛亮去哉。嗳，为啥么？为仔倷格人骄傲勿过。拿吾鲁肃看轻得了，只会看城门。吾啊？吾马上去碰头周瑜，夹嘴舌，告诉都督。格条令箭吊俚转来，另外派别人去。勿然拨倷诸葛亮立仔功是，两只眼乌珠，要摆到后脑勺子上去哉，还要勿认得人了。

　　鲁肃有数目了。"呃呵！先生，鲁肃告辞了！""慢来慢来慢来慢来。""为什么？""大夫你，千万不要把我诸葛亮的说话，去告诉都督。""啊？""因为你告诉了都督，他要另遣别将，吾这一桩大大的功劳，就要付于东流。""呃呃，呃！"嘿嘿！鲁大夫想，本来么，勿去告诉周瑜，那么定坚要告诉。倷看诸葛亮下软虚，张怕吾去讲仔，拿条令箭吊转，所以喊住吾，关照吾勿要讲。倷喊吾勿要讲，吾定坚要讲。勿晓得鲁大夫，吾上仔当。诸葛亮顶好倷去讲。诸葛亮格本事，就大在格上，要倷去讲啦，梗梗喊倷喊倷勿要讲，欲擒故纵。鲁大夫扛仔木梢勿晓得，上岸去了。诸葛亮继续挑选军兵，等鲁大夫再来。

　　鲁大夫上岸，进营。碰头周瑜格辰光，满面怒容，气杀了。"参见都督。""子敬，怎——样？""方才鲁肃到水营相见孔明。"诸葛亮在挑选军兵，吾问俚阿会成功？俚对仔吾面孔一板，说吾看勿起俚，拿俚当啥等样人看待。俚说，俚去呐吭会勿成功？俚勿比吾鲁肃，也勿比倷都督。啊，俚自家么六战俱全，说吾鲁肃么，只会看城门。嚯！周瑜一听格个闲话，气啊。"喔！他说本都，怎样？""呃，呵，说你都督么，我不敢讲。""讲就是了。""说你都督，只能临江水战。""喔——喔！"格个周瑜气是气得了，面孔发青，眼睛爆出。啥格闲话？诸葛亮欺人太甚。吾周瑜只会临江水战？难道吾只会水战啊？吾陆路上，就打勿来啦？哦，俚么六战俱全。稳稳成功。周瑜火透哉，面孔侪两样。"由他夸——口！""啊呀，都督。鲁肃又问他，我说军师，曹操平生善断人粮营，先生此去，未必成功。""嗯。""诸葛亮对我说，曹操平生善断人粮营，自己粮营没有重兵、大将保守。此之谓叫：作窃之家，哪有防窃之理。啊呀都督，诸葛亮此去，出其不意，攻其无备，稳稳成功。倘然被诸葛亮立下大功，目空一切，藐视江东，哪——还了得？请都督，收回成命，另遣别将。喏喏，鲁肃愿请将令一支，自领人马五百，兵进聚铁山。倘然不能取胜，愿将首——级交领。""喔——喔。"周瑜一想，对。诸葛亮去，作窃之家，哪有防窃之理。攻其无备，稳成功。倷看，鲁肃么，算得谨慎。鲁肃要能够拍到胸脯，俚讨令箭，带五百个人去打聚铁山，勿成功好杀俚格头。格么格桩事体，是稳成功。稳成功？为啥道理，挑诸葛亮立功劳呢？勿烦着的，格条令箭吊俚转来。"子敬，你与吾往水营而去，把诸葛亮的令箭，调——呃回来。""呃，倘然诸葛亮不肯呢？"鲁肃老实头人，还张怕诸葛亮条令箭还勿肯脱手了。"倘然孔明不肯，你与他讲，只说本都要另遣别将，或者亲自领兵前去。因为众将前来禀报，军师是客，不便烦劳。""呃呃呃呃呃，遵命，遵命！""喝喝喝喝喝喝哈哈哈哈哈哈，诸葛亮啊诸葛亮，你一桩大大的功劳，被我三言两语，付于东流也！喝喝喝喝。"鲁肃开心啊。诸葛亮倷阿要骄傲？嗳，说吾只会看城门！倷看看城门官格苗头看。要倷立功，让倷去。勦倷立功么，几句话，乓！拿倷桩功劳就此俏脱。

鲁大夫一路过来，到江边，下船。到孔明船上么，诸葛亮还在挑选了呀。踏上一步么，"啊，先生请了！"诸葛亮格做功是好啦。看见鲁肃来么，装得一吓，好像已经预感到，出仔事体了哉。"啊！啊呀大夫，怎么说，你去而复来呀？""呃喝！"鲁肃倒有点尴尬。勿好意思只面孔，意徐得来，夹嘴舌，俏脱仔俚一桩功劳了。"呃呵，呃，先生。嗯，鲁肃么奉了都督之命，前来相见先生。方才众将官，前去报告都督，说军师是客，岂可烦劳军师，前往聚铁山。因此都督命吾前来调回令箭，大都督要另遣别将，或者亲自领兵前去。喝喝，先生，你把令箭，拿来吧。"诸葛亮，当！一记台子一碰！面孔一板！"啊呀呀呀呀，大夫啊！大夫！方才我再三叮嘱，不要走漏风声，大都督要另遣别将。你！你你你你你你你你！"倷勿应该，忒嫌勿够朋友哉嚯。吾关照倷勦讲勦讲，倷去一讲么。"呃，不是鲁肃走漏风声，众将报告。"鲁大夫还要赖了：呃，勿、勿关吾啥事体格啊。众将去讲仔了，所以要格条令箭要调转来哟。"好，待我解散军兵。"诸葛亮跑到船头上来关照，已经挑选好格点军兵，回到自家原来营头上去，大都督现在要另外派大将出发了。吾该格令箭调转了，唔笃回营吧。

哗——众三军回营。陈金彪顶高兴。嚯哟！危险啊！总算呒不事体，回到自家营头上去。该趟可以用勿着上战场。诸葛亮过来，鲁大夫问俚拿令箭么，诸葛亮说，倷慢慢叫好了。吾搭倷一道船回到江边去，令箭拨了倷好了。鲁大夫乘孔明格船，望准江边来格辰光么，诸葛亮就拿条令箭交拨鲁肃。鲁大夫令箭接到手里向，暗好笑。"嗯嗯，嗯嗯。"诸葛亮条令箭到吾手里，一桩功劳，去脱哉。得意。倷在得意了，熬勿住要笑出来么，诸葛亮叫啥也笑出来。诸葛亮笑格声音，侪在鼻头管里向出来。"哼哼哼哼……哼哼哼哼……"鲁大夫拨俚笑得，面孔上格汗毛，根根竖起来。嗳，阴唧唧、阴唧唧。格种笑是冷笑嚯？"啊，先生，为什么要冷笑？""我亦不笑别人，笑周都督，量——怀狭窄。"啥物事啊？笑伲都督，量器忒小？"怎见得？""方才我诸葛亮几句戏言，他便容纳不下，大发雷霆，调回令箭。""嗯？""大夫，相见都督，千万转告我诸葛亮的说话，请都督不要派遣大将兵进聚铁，更不能亲自领兵前去。倘然前去，一定要败得全军覆没，片——

甲不回,一败涂——地。""啊?为什么?""曹操,平生善断人粮道,善劫人粮营,他自己的粮营,一定有重兵、大将保守,此之谓叫:作窃之家,哪有被——窃之理。""啊?啊呀!啊呀呀呀。"啊呀,鲁肃一听,勿对了哉。诸葛亮格闲话叫啥翻过来哉呀,说曹操营头上防得特别格紧。因为俚专门破别人家格粮营了,俚自己格粮营,防守得更加严密了。叫:作窃之家,哪有被窃之理。方才么说的,作窃之家,哪有防窃之理么,一点点勿防备的。哪有被窃是,俚格物事偷得成功啊?俚比随便啥人要厉害一点了。鲁肃呆脱哉。俍闲话,啪啦!翻转来。吾,吾呐吭去见都督交代呢?刚巧,吾在都督门前拍胸脯,五百个人,稳成功。呃,现在,现在五千也勿来赛了哉嚯。

鲁肃呆脱哉呀。"啊呀,先生,方才你说,曹操营中全无准备,作窃之家,哪有防窃之理?""大夫,你听错了。我说的是,哪有被窃。""呃,防窃。""被窃,哼哼哼哼。"啊呀!鲁肃想,勿得了哉,吾格耳朵出仔毛病了。防窃,被窃,听听声音差勿多的,但是格意思,全部相反了。那么呐吭弄法呢?"呃,这这这。""大夫,费心你,转告都督,说我诸葛亮言讲的,劲敌当——前,大——局为重,休要自相残杀。应该用——计破曹。""酌,酌酌酌,酌。"诸葛亮该格两句闲话呢,是非常诚恳的。劝周瑜,曹操人马在赤壁山,劲敌当前,大局为重。勿要来动吾格脑筋,自相残杀。有格精力,动到吾身上来呢,还是想计策破曹操来得要紧。劢拿格主攻方向,弄错脱哉。鲁大夫只好答应。船到江边停了,诸葛亮说俍上岸去吧。

鲁大夫响勿落,一路过来到中军帐,碰头周瑜是,格只面孔叫尴尬啦,扛仔格木梢了。"呃!参见都督。""令箭?""呃哈,来了。"令箭交拨周瑜。周瑜拿令箭收过,令架子上一插:"你去调回令箭,孔明怎讲?""嗯,诸葛亮,他把令箭交还吾。回归江边的时候,对吾连连冷笑。""啊?笑什么?""呃,他所笑非别,笑你都督量怀狭窄。方才他几句戏言,你都督便容纳不下,大发雷霆之怒,调回令箭。呵呵,他叫我前来转告都督,千万不要派遣大将,兵进聚铁,更不要亲自领兵前去。倘然前去,一定要败得全军覆没,片甲不回,一败——呃涂地。啊呀都督,如今,你就是叫吾鲁肃去么,呃呵呵,吾也不敢去了。"周瑜想呐吭道理啊?俍格转变到快了哇。刚巧保拍胸脯,吾去,勿成功杀吾格头。现在,派俚去也勿肯去哉呀?"为——呃什么?""因为诸葛亮说曹操平生善断人粮营,自己的粮队,一定有重兵、大将保守,此之谓,叫:作窃之家,哪有,被——窃之理哦。""嗳唉,子敬,方才说的是——作窃之家,哪有防窃之理?""呃,现在讲的,作窃之家,哪有被窃之理了。""嗳——唉。"周瑜气啊!鲁肃扛仔木梢,拿过来交拨了吾。吾上当,拿条令箭调转。调转,说穿帮,聚铁山勿能去。吾格条借刀杀人计,拨鲁肃横一埭,竖一埭,奔两埭奔光脱的。周瑜气昏!"啊!都督,卧龙先生再叫我前来转告都督。他说,劲敌当前,大局为重,休要自相残杀。呃喝,还是用计破——曹为要。啊!都督,这是金玉良言。呵呵,不能不听啊。""嗳——唉。"周瑜格面孔,红起来。

　　啥道理？诸葛亮格闲话对的。是真理哟。劲敌当前，应该大局为重。为啥道理要自相残杀，去拿诸葛亮害杀？周瑜心里向那明白，诸葛亮厉害的。吾刚巧格条借刀杀人计，拨俚上当，发令箭拨俚。俚接令箭在往外头走，俚满面笑容，格两步路走得轻松，让倷看见仔奇怪，让倷在怀疑，俚已经在拨倷上当哉。格是诸葛亮反攻格第一步。那么等到吾派鲁肃去，鲁肃去搭俚一碰头，拨诸葛亮三言两语，先激将鲁肃：倷只会看城门。磅！鲁大夫跳起来。那么再连下来，说吾周瑜只会临江水战，磅！吾又跳起来。好。感情用事哉么，呒不理智，那么拿条令箭调转。拨俚格防窃之理，被窃之理了，搞七捻三一来么，令箭调转。令箭调转，搭倷讲清爽，勿来赛的。曹操搭勿好去打。俚要倷上当，让倷开心。倷刚巧在开心辰光，让倷动气。倷动气下来，令箭调转哉，俚再搭倷讲穿帮，勿来赛。吾格感情赛过拨俚在捉弄？吾格喜怒哀乐，赛过拨俚操纵。拨诸葛亮玩弄于鼓掌之间。格种"近敌当前，大局为重"，其实是诸葛亮格闲话蛮恳切，叫啥周瑜格理解，勿是什梗理解。周瑜觉着，诸葛亮是在教训俚。先么，拿吾弄弄白相相，让吾空欢喜。接下来么，让吾光火，暴跳如雷。连下来么，再搭吾讲清爽。再连下来么，训脱倷两声，大局为重。阿要气？格个人，还好勿杀？"子敬，你还不与我，退——哩下？"计策，完了在倷身上。"呃喝？"鲁大夫退出来么，格防窃、被窃，俚也弄勿清爽了。鲁大夫去。

　　借刀杀人计，失败了。周瑜心里向转念头，吾决计勿肯就什梗完结。诸葛亮蛮恳切格闲话，叫俚大局为重。周瑜就是勿顾虑大局。为啥？气呀。一股气捺勿下去，再拿诸葛亮杀，用啥格办法？借刀杀人计，勿好再用了。周瑜在动脑筋格辰光么，叫啥外头报得来哉哟。刘皇叔派一个文官糜竺，到此地来，犒赏三军。现在在外面求见。周瑜一看见片子，糜竺，刘备格阿舅，到该搭来犒赏三军。"喔——嚯，有了。"有了，看上去吾要拿诸葛亮杀，办勿到。诸葛亮本事比吾大。刘备在夏口，糜竺到该搭来犒赏三军，吾通过糜竺，拿刘皇叔请到三江口来碰头。吾席面上埋伏刀斧手，掷杯为号，刀斧手杀出，嚓！拿刘备结果性命。诸葛亮等到刘备死脱，俚东家呒没了。俚无家可归，有国难投。俚呒不主人了，俚要么投奔吾伲江东。否则，回到卧龙岗去隐居么，俚永远勿能搭吾伲江东作对。吾拿刘备弄杀么，赛过掘脱诸葛亮格格只根。格条计策叫啥？叫"倒树净根之计"。

　　周瑜马上拿刘皇叔骗过江来，所以要刘备过江，临江大会。

第七十回

刘备过江

周瑜用借刀杀人计，谋害孔明。拨了孔明避过之后，周瑜叫又是格气，又是格恨，又是格羞。想来想去，诸葛亮格个人，勿能留了世界上。格么倒是吾要拿俚杀，用啥格计呢？一般格计策，要拨俚上当？难的。巧哉，手下人报得来，叫啥刘皇叔手下，有一个文官，叫糜竺，到此地来，求见都督。啥格事体呢，说带得来几只船格礼物，牛、羊、猪、酒，到此地来犒赏三军，格周瑜想机会来了。吾倒勿如拿糜竺请得来碰头，叫俚带一个信拨刘备。明朝，吾请刘备过江赴宴，席面上埋伏刀斧手，掷杯为号，结果刘备性命。刘备一死，诸葛亮有国难投，无家可归。格么从根上解决问题。格条计策叫啥呢，叫倒树净根之计。周瑜派人去请糜竺来。糜竺上岸，周都督亲自踏到中军帐外面迎接。格糜竺呆脱哉哟。糜竺想吾，是一个普通格文官，到此地来，倷周都督请吾到里向来接见，吾面子已经蛮大。为啥道理周都督要亲自跑出来接，格个规格忒高了一点。

格么周瑜为啥道理要亲自出接？周瑜想，吾要骗刘备来上当，吾要拨糜竺一个好格印象。让俚一想，啊呀！周瑜待糜竺也什梗，刘皇叔来起来是，勿晓得要呐吭样子热情。先要让俚格底下人上当，那么可以骗得俚格上级来中计。

故而周都督踏上一步，"糜——先生，瑜迎接先生，有——嗰礼！""哎呀呀，都督不敢。下官到来，何劳都督迎接，不当啊不当，下官有——礼了。"一躬到底。周瑜搀仔俚格手到里向，欠身一番，坐定身子。送过香茗，茶罢收杯。糜竺，就拿一张礼单呈上来。说：吾奉皇叔之命，到此地来，有些许薄礼，犒赏三军。周瑜一看么，哪里肯收？说：无功不敢受禄，请倷带回去。糜竺说：皇叔讲的，格个一眼眼物事呢，无论如何请倷周都督要赏光。那么周瑜说：刘备是长者，长者赐，不可辞。却之不恭，受之有愧。就拿格点礼物收下来。

周瑜关照摆酒，酒水摆好，请糜竺入席吃酒。开场辰光呢，讲点客气闲话。糜竺么要问问，吴侯孙权身体阿好。问候问候周都督，格种侪是一般格礼节。客气闲话讲完了，糜竺心里向转念头，吾要等一个人来，为啥道理勿来？等啥人呢，等诸葛亮。因为糜竺，此番到该搭来，表面上，是犒赏三军。其实骨子呢，俚是有目的的。啥格目的呢，要拿诸葛亮请转去。因为，鲁子敬到江东郡吊丧，请诸葛亮过江去，碰头孙权，谈孙刘联和格事体。格么诸葛亮动身之后到了江东，日脚蛮多了，呒不信转去。刘备只是得信，江东方面发兵了，周瑜格军队，已经到三江口。

那么刘备格人马呢,就驻扎在夏口、樊口格个一带地方,江边,作为犄角之势,呼应江东。倒是孔明过仔江,一脚呒不回音来,勿晓得孔明,情形如何。刘备有点勿大放心,因为刘备离勿开诸葛亮。刘备说过一句闲话,吾搭孔明呢,如鱼得水。刘备是一条鱼,诸葛亮是水,鱼离开仔水呢,勿活络,勿来赛的。那么要去请诸葛亮转来么,勿晓得诸葛亮,阿在三江口?

呐呒样子可以去拿俚请转来呢,刘备搭手下人商量辰光么,糜竺献一条计。说:为了表示孙刘联和,让吾过江,带一点礼物去犒赏三军。格个呢,作为一种上场势,有个名目。然后吾到了江东,假使看见诸葛亮的,顶好。吾就说:东家在牵记俚哉,请俚跟吾一道回转去吧。格假使勿见孔明,格么碰头鲁肃,吾也好搭鲁肃讲一句。因为诸葛亮过江,是鲁大夫接得去的。既然鲁大夫是中间人么,吾搭当中横里格人也可以讲:皇叔在牵记军师,阿好,俚让军师让吾带转去吧?勿晓得吃酒格辰光,搭周瑜在攀谈么,诸葛亮也勿看见,鲁大夫也望勿哉。格么糜竺心里向想转念头,劾屏辰光哉,谈吧。直截了当搭周瑜讲吧。"大都督。""糜——先生。""卧龙先生,可在三江口?""先生,问——他则甚?""下官,奉了皇叔之命,特来把卧龙先生相请回去。因为皇叔,挂念军师,所以请问都督,军师可在三江口?""哦,喔!"周瑜心里向转念头,喔,原来俚来格目的是要拿诸葛亮带转去。格办勿到。诸葛亮假使拨俚碰头,带到夏口之后啦,吾劾说骗刘备来上当,杀刘备勿可能,吾就是再要拿诸葛亮杀,也呒不机会。赛过一只老虎,拿俚放到山里向去,格呐呒可以。诸葛亮,赛过像刘备牛鼻头管里一根绳,吾要牵格只牛来,曼得拉牢根绳,吾就有办法。

周瑜表面上,俚一点点看勿出俚面孔上格表情,在转坏念头,好像蛮自然的,回头糜竺。"糜先生,来得不巧。卧龙军师,在柴桑郡与吴侯商——议军情,要明日才能到——此。""哦哦哦哦哦哦。"啊呀,糜竺想,吾来得勿巧,诸葛亮在柴桑郡,搭孙权一道在商议国家大事,明朝再能够到三江口。假使吾明朝来,吾就可以请俚回转。今朝来,碰勿着头哉啰。吾又勿能搭周瑜讲,格么吾住一夜天了,等俚转来。俚勿留吾住,吾勿好住。况且夏口到此地,路又勿是远。

俚呆一呆格辰光,周瑜马上顺仔格势,闲话过来了,"糜先生,回去告——禀皇叔"。俚去搭刘皇叔讲,吾周瑜呢,慕名皇叔已久,吾一直要想来拜望皇叔。本来呢,应该吾,赶到夏口来。但是,因为吾现在在三江口,曹操格人马在赤壁山,军务繁忙,吾勿能够离开此地大营。所以么吾想托俚带一个信,回转去搭刘皇叔讲一声,明朝呢,请刘皇叔,过江到此地来。一来么,孙刘联和,两国同盟,吾俚一道叙谈叙谈,商量商量破曹操格计策。二则之间么,明朝卧龙先生来哉,让俚可以请卧龙先生一道回转夏口哟。俚去,搭皇叔讲一声。

"待等来日,请皇叔过江赴宴,望——勿推——却。""哦哦哦哦哦哦哦,可以,可以,可以。"糜竺心里向转念头,明白了。口音听得出,请诸葛亮,要刘备自己来。周瑜话讲得蛮客气,从身份上讲，俚应该到夏口。从实际讲，俚是江东格都督，执掌大权，一歇勿能离开三江口，那么要请刘皇叔过江来。格么倷什梗说呢，吾总归回转去报告啦。

糜竺吃脱一杯酒立起身来，"不胜酒力，告辞了！""再请用酒。""呃喝，不消了，定要告辞。""瑜相——送！"周瑜拿俚送到中军帐外头呢，再叮嘱一句，周瑜："先生回去，与皇叔告——禀，待等来日，瑜恭候皇叔，过江赴——呃宴。""遵命，遵命。"糜竺，辞别周都督，带领底下人，回到江边。下船，开船，回夏口去见刘皇叔复命。

周瑜呢，回到里向来。残看收过。肚皮里转念头，吾明朝，呐吭样子动手，拿刘备结果性命。俚正在想格辰光么，叫啥外面一个朋友进来哉，"呃尔——噗！"啥人呢，鲁肃。鲁大夫踏到里向，相见周瑜。"啊——都督，方才糜先生到来，呃呵，所为何事？""哈——啊？"周瑜一呆，叫啥鲁肃，跑进来就问，糜先生来做啥？糜竺来，俚呐吭已经晓得哉呢，嗯俚格消息倒灵了？

因为俚周瑜刚巧在中军帐外头送客，搭糜竺讲，明朝请刘皇叔过江来吃酒。齐巧鲁大夫手下，一个底下人，路过中军帐么，听着格两句闲话，回转来报告鲁大夫。鲁大夫一听么，一呆。呐吭弄仔个刘皇叔，过江赴宴？刚巧，俚用计要害煞诸葛亮，勿成功。现在请刘皇叔来，格里向有点啥花头？鲁大夫熬勿住了，所以赶到该搭来，碰头周瑜，问都督。

格么周瑜呢，搭鲁肃是要好朋友，实在知己勿过。俚问呢，总归讲拨俚听。"子敬，明日本都，如是因般，这等这样，请刘备过——江赴宴，将他结果性命。刘备死后，诸葛亮只得归顺江东，永不能与我们江东作对，此乃本都'倒树净根之——计'。""啊？啊——呀，都督，你断断使——不得。"周瑜呆脱哉哟，只看见鲁肃面孔夹醶死白，双手乱摇，两只眼睛急得发定，嘴唇倷抖了。连连摇手叫啥：勿来事，勿来事，随便呐吭勿来事。杀刘备哟，又勿是俚格亲眷，关倷啥体。啥体俚要急得什个样子呢？"子敬，怎见得？""啊呀都督，明日里，你把刘皇叔哄骗过江，将他结果性命，十分容易。你可知晓，刘备他，桃——园结义。他有个二弟关云长，斩颜良、诛文丑，过五关斩六将，擂鼓三通——斩蔡——呃阳。你把刘皇叔结果性命，关君侯率领人马，冲杀到此。吾江东，谁——能阻挡？""这——个？""刘备，他还有个三弟，姓张名飞，字翼德，百万军中取上将首级如探囊取物。长坂桥前一声吼叫，吓退曹操百万大军。你杀刘备，张翼德率领人马冲锋到此，我们江东哪一位将军是张飞的对手么？""呃呵，那个。""哎呀，都督，刘备手下还有一个心腹上将，此人姓赵名云字子龙，在当阳道百万军中，单骑救主，枪挑有名上将五十四员。你把刘皇叔结果性命，关、张、赵云率领人马，冲杀到此还则罢了。曹操在赤壁闻知其事，大军过江，他们两路夹攻，江东腹背受敌，三江口失守，六郡难保。啊呀，都督，你、你这条计策，成事不足，亡国有余，断断使——不得。"

"这——个。"周瑜拨了鲁肃格个一番闲话么，听得面孔上格汗毛，根根会得竖起来，心，别别别别……格跳。对格呀，鲁肃比较冷静，俚看出问题来了。杀刘备容易，刘备吭不啥大格武功，倷骗俚过江，埋伏刀斧手，嚓！拿刘备杀脱。刘备两个兄弟，关云长、张飞，再加上俚手下格心腹大将赵子龙，俚笃三家头带领人马到江东来，倷说说看，三江口哪里格大将及得上颜良、文丑？哪里一个大将比得过蔡阳？倷想，张飞在虎牢关，要拿吕布头上，束发紫金冠，嚓！一枪挑下来，东吴大将，啥人超得过吕布？赵子龙枪挑张绣，钻打许褚，血喷曹洪，吓退张辽，吾伲东吴大将，要及得到许褚了、张绣了格种人格本事，也吭不了哟。关、张、赵云带人马杀过来，还勥去讲俚，还只是一面头了。曹操在赤壁山，得着格个消息之后，嘎唥当大队人马一道过江，趁势踏沉船，两路夹攻，那完结啦。三江口前后受敌。假使三江口失守，六郡难保，格条计策，非但勿能成功，成事不足，叫亡国有余。利害关系讲得非常明白。

周瑜心里向转念头，鲁肃啊，格么倷啥勿早点来勿搭吾讲嘎？倷早来点讲仔，吾也勿请刘备到该搭点来了。格么其实周瑜啊，倷忒莽猛哉呀。倷啥勿早点搭鲁肃商量呢，鲁肃又勿是倷肚皮里格蛔虫，又勿晓得倷要请刘备过江来格事体。叫啥一个人莽猛起来啦，总归怪别人错了，勿怪自家错的。

那么周瑜格性格，要面子，坍勿落台。面孔上落勿落。心里呢，觉着的。倷鲁肃格闲话讲得蛮对，有道理。但是呢，嘴面上勿肯听。嘴面上听仔倷么，倒算吾，见关、张、赵云怕啊？见曹操大队人马怕啊？勿领盆格呀。所以周瑜对仔俚面孔一板，"子敬，你说哪——里话来？难道本都惧怕了刘备手下这几个武——夫不成？明日里，定杀刘备，还不与吾退下！"说完周瑜拿袍一拎，别转身来望准里向一走，勿关倷啥事体。刘备，杀定了！关、张、赵云何足道哉？曹操人马，不在话下。

其实格个闲话叫外强中干，表面上么什梗硬，心里向也有点虚了。鲁大夫又勿晓得，看周都督望准里向进去格辰光么，鲁大夫"啊？敕敕敕敕……"急煞，完结。那是周瑜豁上仔马背，骑虎难下了，落勿落篷哉咾？看上去，明朝俚是一定要拿刘备杀，倘若刘备死脱么，江东呐吭弄法呢？倷周都督，上对勿住国家，下对勿住百姓，格事体僵了。亡国之祸，灭门之祸，就在眼睛门前。

鲁大夫像热锅上格蚂蚁什梗，在帐中踱来走去，走去踱来。心里向转念头格个事体呐吭收场呢？"这这这这这。"嗳，叫啥鲁大夫仔细一想么，笑出来。"呵呵呵呵……"为啥道理笑出来么？笃定啊！刘备勿会来。为啥道理刘备勿会来？刘备呀！啥格资格。领兵打仗二十多年了，见多识广啊，经验丰富。俚搭倷周瑜认也勿认得，凭一句闲话，要俚过江来吃酒，俚马上就来啊？老古话，宴无好宴，会无好会，过江吃酒，有危险的。刘备，英雄。脑筋清爽，俚也要考虑的。既然俚考虑到宴无好宴么，俚勿会来。刘备勿来，倷周瑜格条计策，根本就勿能够用。格么刘备勿死，江东勿碍么，吾何必着急，笃定好哉。"喝喝喝喝，这，"啊呀！"阿，敕敕敕敕……"鲁大夫叫啥再一想么，"刘皇叔要来的"。要来的。何以见得呢，因为孙刘联和，两国同盟，并肩作战，共破曹操。周瑜格坏，就坏在格上。俚叫啥，请刘备过江来吃酒啦，是共同商量破曹操格计策。那么实事求是讲，刘备么穷，江东么富。刘备呢，依靠江东搭曹操打。俚要借吾俚格力量。那么俚有求于江东，周瑜请俚来，俚勿能勿来。勿来么，勿像孙刘联和，两国同盟。从同盟格角度上，刘备只得过江。刘备来，完结。周瑜落勿落，俚板要拿刘备杀，刘备一死，江东亡国。"啊呀，呀呀呀呀……"鲁大夫再一想么，"呃，这？呵呵！刘备不会来的，哈哈！"勿会来的。为啥呢？吾搭刘备见过面。上一回，吾到江夏郡去打探消息，去吊丧，碰头刘皇叔。吾就说：刘皇叔啊，倷让诸葛亮跟吾一道过江去，诸葛亮到了吾俚江东之后么，搭吴侯见面，一道商量破曹操格计策，可以孙刘联和。刘备对仔吾叫啥，连连摇头，呃，勿来的。为啥道理勿来么？诸葛亮是吾格先生，俚勿能够离开吾，吾也离开勿了俚。再说，唔笃江东大好佬多，诸葛亮到江东来，有危险，性命要保勿牢，勍拨唔笃江东人阴谋暗算了，拿俚害杀。那么吾搭刘皇叔讲：呒不格桩事体的，诸葛亮来么，客人，呐吭会得害杀俚呢。倷放心，吾力保，吾包拍胸脯。吾拍得格肋排骨侪痛了：诸葛亮有点啥啥，倷寻着，吾！吾求之再三，力保呒不事体，那么刘皇叔答应。倷想想酿，诸葛亮过江，刘备要什梗把细，俚自家过江，更加慎重。慎重到不会来。不会来，何必着急呢。"哈哈哈哈。啊呀！啊呀呀呀，要来的，要来的。"鲁大夫再一想，刘皇叔要来。为啥道理要来么？因为周瑜刁啦！周瑜搭糜竺呐吭讲法？诸葛亮今朝么，勿在，要明朝么到三江口。刘皇叔来，一方面么，商量破曹操计策，另外么，还可以搭诸葛亮碰头，拿卧龙先生请转去。刘备本当么勿会来，为了诸葛亮呢，要来。为啥呢，因为刘备请诸葛亮勿容易啊。冒雪冲风，三顾茅庐，卧龙岗要跑三趟啦。那么说起来，请个大好佬，跑三趟么，也无所谓。啊呀！当时格情形，诸葛亮名气又勿响，诸葛亮年纪又是轻，诸葛亮在乡下种田格呀。诸葛亮只有二十七岁了哟。那么刘备去拿诸葛亮请出来，要马上请俚做军师。吾赛过一家人家，国家大事，统统侪交拨了诸葛亮身上，格对诸葛亮几化看重了。倷换仔别人，哪恁肯呢？俚拿诸葛亮请出山，勿容易，当然俚是离勿开诸葛亮。为了诸葛亮呢，俚必定要到江东来。那么僵格哉，刘备一来么，周瑜格脾气，凑口馒头俚总归要吃。假使刘皇叔来，呐吭办？鲁肃心里向转念头，吾现在急，呒不用场。吾派人打听。假使说明朝，刘皇叔果然是到该搭点来的，吾就去搭周瑜碰头。吾搭周都督呐吭讲法呢？都督，刘备来了，倷阿要拿俚杀？倷假使说要拿俚杀的，蛮好，格么倷腰里口宝剑拔出来，倷先拿吾鲁肃格颗郎头，嚓！斩下来。倷让吾先死。为啥？吾不忍看见江东亡国，吾勿愿意看见老百姓遭难。倷先拿吾鲁肃杀吧。吾拿头拿下来，谏劝周都督。

　　鲁大夫么回转去，所以鲁肃格人格本事啦，确实是勿推扳。讲起来，用兵打仗有魄力、有决断，鲁肃勿及周瑜。但是从格个一点，对刘备、诸葛亮格态度上讲起来，鲁大夫是超过了周瑜。周瑜执着一见，要拿诸葛亮害杀，要拿刘备杀脱。其实格个做法呢，赛过自杀。鲁大夫能够看到，吾伲要破曹操，只有团结好刘备，只有搭诸葛亮搀起手来，叫西和刘备，北拒曹操。格个一点见识呢，鲁肃搭诸葛亮相同的。诸葛亮认为呢，是东和孙权，北拒曹操。周瑜呢，周瑜认为，北拒曹操，要先杀刘备。拿西面格刘备要杀脱了。从格个一点见识上看起来呢，鲁肃是超过了周瑜，不愧是格有见识格人啦。啥了将来周瑜归天之后，鲁肃能够接上去，做都督么，就是格个道理。当时，让鲁大夫么回转去噢，打探消息，吾拿俚乱开。

格么周瑜呐吭呢？其实鲁大夫方才格两句说话，对周瑜讲起来，有影响。周瑜心里向转念头，鲁肃格闲话，听么，勿大好听，耳朵管里梗梗叫啦，道理讲得蛮透。格么什梗，明朝呢，假使刘备勿过江的，算了，吾格条计策就勿用了。格么刘备如果说过江来，呐吭呢？过江来么吭不客气，吾还是要拿俚杀的。吾凑口馒头，终归要吃的。格么格里向，周瑜已经退仔一步了。本来呢，明朝刘备假使勿来，还要派人去请。一请勿来，两请。两请勿来，三请。终要拿俚请过江来仔了完结。听了鲁肃格闲话呢，请，勿请了，勿来，就算数了。格么周瑜，也在派人打探消息，看刘备明朝，是勿是过江。

格么吾现在交代糜竺，回到夏口来，见刘皇叔啦。糜竺到夏口城外头，停船上岸。进城到衙门。刘皇叔齐巧升格堂，文武官员么侪在。糜竺就拿到三江口格情形，从头至尾，禀报了刘备。

"回禀主公，卧龙先生要明日早上到三江口。周都督叫我转言——告禀，明日请皇叔过江赴宴。一则，共议破曹之计。二则么，把军师相请回来。去与不去，望主公定——夺。""糜先生，请——过旁侧。"糜竺，旁边头一立。刘备一听么，"这——个"。眼乌珠笃落一转，心里向转念头，明朝周瑜请吾过江，阿要去勒去？吾搭周瑜，吭不往来，从来勿见过面。俚一句闲话吾过江去，有勿有危险？勿去？勿去么诸葛亮勿能够转来。勿去？勿去么也勿像孙、刘联和喽。去？作兴有点危险。呐吭弄法呢？宴无好宴，格个事体刘备也晓得咯。

刘备想，什梗吧，吾来问问旁边头文武官员看。搭大家商量商量，唔笃看还是去，还是勿去？"众位先生，列位将军。""哗……""周都督，相——请刘备过江赴宴，众位看来，可能去——得么？""哗……"文武官员在议论格辰光，别人勿开口么，一个朋友跑出来了。啥人？张飞！"大哥！不要——去！"啊，勿去？"三弟，怎——呐样？""常言道，宴无好宴，会无好会。周郎相请兄长过江，据小弟看来，不去为——妙呃！""这。"

刘备心里向转念头，张飞格闲话，有道理。因为啥，倷看看张飞啦，戆头戆脑。嗳，俚也还蛮会动脑子。特别是拜仔诸葛亮为先生之后，看事体什梗，想得蛮周到的。张飞呐吭想法？从历史上看，鸿门赴宴，渑池相会，叫宴无好宴，会无好会。那么再从刘备自家格经历来讲，勿长远格事体啦。襄阳赴会，刘表还蹶死。刘表派人来请刘备到襄阳去，代刘表赴会。那么刘备呢，带赵子龙去。结果呢，蔡瑁，是刘表格阿舅，搭刘备冤家，埋伏好刀斧手，要杀刘备。刘备得信得早，逃得快。出后门上马，逃出西门。蔡瑁带军队追过来么，刘备是一干子溜的，赵子龙也蹶保护。逃到西门城外一条河，叫檀溪河。刘备跑勿过去哉，河面宽，追兵到，救兵呒没。幸亏得刘备格只马好了，的卢马。马跃檀溪河，从几丈宽格河面上，游水游过去了，逃过檀溪河，活着条性命。会，无好会。太平点。

刘备关照三弟，倷退下去，再搭别人商量看。刘皇叔问旁边头文武官员么，叫啥文武官员摇头格多。啥道理呢，也有两个人想的，劝刘皇叔过江去，呒不好处。因为刘皇叔去仔，太太平平回转来，呒不功劳格呀。喔，倷劝吾，吾么去了，一眼呒没事体，倷见识勿错，大功一次。呒不的。格桩功劳呒不的。那么倷劝刘备去，功劳么呒不啦，风险勿小。倘然刘备过江，出点啥事体，张飞要搭倷拼命的。吾劝刘备勿去，倷板要劝俚去，现在出事体了，寻着倷。啥人摆得落格个肩胛呢？只有坏处，呒不好处格事体了，勿大肯做。保险点，还是勿去。摇头。

嗳！也有人劝俚去的。啥人呢，赵云。赵子龙呐吭讲法，"主公，据赵云看来，应——当过江。孙刘联和，两国同盟。倘然主公不去，有失同——盟之——好！"

刘备一想，赵云格闲话，对。勿去？勿像同盟了。老实讲，吾刘备兵微将寡，穷得一塌糊涂，靠江东人格牌头。勿比吾力量大，人马多，俚笃在戤吾格牌头，俚笃喊吾去，吾不去，无所谓。格么现在，吾在照俚笃格牌头哟。呒不江东，吾就呒不办法搭曹操打格呀。吾现在格局面是，危险得不得了。真叫曹操人马去打赤壁，兵进江东。倘然曹操先来打夏口，吾总归完结哉。格么吾现在侪靠仔江东人格力量，打败曹操，再可以保牢吾夏口。格么周瑜请吾去，吾呐吭好勿去？

刘备在点头格辰光么，张飞跑出来埋怨赵子龙。"老赵，你劝大哥过江，你忘怀了，襄阳赴会，马——跃檀溪之事，你忘怀了么？"倷唵忘记啦？襄阳赴会，倷赵子龙保驾哟。倷保俚大哥到襄阳去。大哥出毛病了，逃出城，马跳檀溪河。倷追到城外头，呒看见。急得了，连夜回转新野县来，发极甲，刘备勿见脱了。城里向呒不，城外头勿有。那么连夜带人马，再赶奔到襄阳来。到天亮，那么在水镜庄，碰头刘皇叔。格个事体，倷忘记哉啊？倷自家经手的，倷上抢连夜回转来，搭吾碰头格辰光，说刘备勿见，倷急得了面孔转色，倷侪忘记哉啊？喔，今朝倷倒要劝刘备去啊？赵子龙响勿落，拨张飞什梗一讲么，赵子龙呒没闲话说。

刘备心里向转念头，争论蛮大，听啥人格闲话好？一看旁边文武官员差勿多，侪表过态了。哪怕勿开口，在摇头么，也是一种态度。刘皇叔一看么，就剩一个人勿开口。啥人呢，二弟，云长。俚比较持重，勿轻易讲闲话的。俚格见识比较好。吾现在拿勿动主意，吾来问声俚看。倷看到底还是去，还是勿去？俚劝吾去的，大概勿要紧。俚叫吾勿去么，算数了。"二——呃弟！""兄——长！""周郎相请愚兄过江赴宴，二弟你看可去得么？""唔……"云长捋在仔两根五绺长须么，开勿出口。

刚巧文武官员在张，俚听得蛮清爽。俚也晓得格桩事体为难。现在刘备问俚，呐吭回答呢？刘备格心思，俚也晓得。勿去？诸葛亮吭不转来日脚，推扳勿起。确实哟，刘备是要牵记诸葛亮。因为刘备穷呀，诸葛亮在江东格辰光，周瑜动过诸葛亮脑筋。诸葛亮有个大阿哥，叫诸葛瑾，在江东做官，同胞手足。周瑜派诸葛瑾去，劝诸葛亮投降江东。而且格个闲话呢就是什梗讲的。刘备么穷，江东么富，兄弟，倷跟刘备也吭不啥前途。倷还是到江东来吧。条件好，地位高。再加上么，吾阿哥也在这，伲弟兄登了一道么，倷看呐吭？诸葛亮勿肯。诸葛亮说刘皇叔三顾茅庐，冒雪冲风。现在刘备正是在吃败仗辰光。吾呢，受任于败军之际，奉命于危难之间。喔，在刘备困难格辰光，吾就此且脱仔穷格东家了，投奔一个赅家当格东家，吾勿拨天下人讲嘎？勿像闲话啦。再说，倷如果要弟兄登了一道的，格么倷阿哥阿能在孙权面前辞职了，倷投奔刘皇叔。倷到刘备搭来，吾搭倷登在一道。嗯，格诸葛瑾说：格勿来事的，孙权待吾好，吾勿能够到刘备搭。格么勿客气，刘备待吾好，吾兄弟也勿能到倷阿哥搭来的。是有人劝过诸葛亮，且脱刘备哟。格么诸葛亮勿肯了，刘备格知遇之恩啊，三顾茅庐。

格现在关云长晓得刘备格心思。格么呐吭弄法？一动脑筋，有了。云长立起来，"兄长，待小弟，入——内三思，然后，告——禀"。"好，二弟，请——呃便。"云长立起身来，往里向进去。文武官员大家侪呆脱。红面孔呐吭讲法呢，说吾来到里向去想想看。想停当仔，吾再答复倷。想么，倷何必到里向去？倷登了大堂上么，倷也好想的。喔，要么大概大堂上干扰多，文武官员侪在讲闲话了，或者有啥表情等等，啊，影响倷格想，所以要跑到里向去。登了房间里，关紧点房门，静点，动好脑筋，那么再出来啊？弄勿懂。唔笃在等，刘备也在等咯。

等仔酿半半日日，呐吭格兄弟还勿出来呢？刘皇叔熬勿住，要派人到里向去请。倷正要派人进去请格辰光呢，里向来了。嘞落落落——跑出来二十名家将。格个二十名家将呢，侪是关云长格心腹，关西汉。侪长一码，大一码。站立平地，侪要身高八尺朝外。一色打扮，头上披肩巾，身上尖干，外头么方袖马褂，兜裆扎裤。薄皮紧统快靴，腰里向鹿皮撩刀。二十名家将，嘞落落落落落，跑出来。从大堂走到天井，在天井里向，十个在上手，十个在下手，分开来两旁边立好。

格刘备弄勿懂。兄弟出来，为啥道理要关照带廿个家将出来呢。喔，要么俚赞成吾去，晓得吾手下家将么，卖相吭不俚手下两个家将来得神气。那么叫廿个家将跑出来，赛过做做样子。倷明朝去么，带吾手下廿个家将去，威风一点。勿对哇，总抵讲，家将出来仔呢，跟首兄弟也要跑出来。叫啥对里向一看，勿来哟。吪，鹞子断线？

为啥道理勿出来，问旁边头："家将们！""有！""二将军在里边，做——什么？"

倷问下去么，格廿个家将，下手里十个，侪对上手看。上手里十个呢，上头两个，对第三个看，下面七个也对第三个看。十九个家将，三十八只眼睛，视线集中到一个家将身上。刘备也觉着奇怪了。刘备将仔格两根绸苏，眼睛对准第三个家将一看么，吪啥两样哇。也什梗披肩巾，尖干、方袖马褂，薄底快靴。格朋友，头么沉倒，呼腰曲背，精神萎靡。啥体？刘备弄勿懂。为啥道理大家对俚看？倷在对俚看格辰光，仍旧觑看出啥名堂来么，格个人，自家跑出来。就踏到天井当中，起格条手，往帽子上头，噻！一推么，披肩巾推上去，两条卧蚕眉露出来。吪！吪！拿须囊袋里向两根五绺长须，吪——乒！露出来么，铺满胸前。踏上一步，"兄长，小——弟——呃在"。啊？"啊呀二弟，你为什么要乔装家将？""兄——长，容——禀。"云长讲：大哥啊，明朝周瑜请倷过江。勿去，勿好。去，有危险。那么吾想来想去，用啥格办法可以解决什梗一个问题呢？吾明朝扮一个家将，跟倷大哥一道过江，暗中保护。假使说，周瑜要害倷的，吾从旁边头跑出来，保护倷。周瑜勿害倷的，吾墨墨侧侧，头沉倒，勿响。客客气气，就什梗回转。格么为啥道理要先扮个家将，拨倷大哥看看呢。吾吪不把握，吾化妆得到底灵勿灵？那么吾先扮好一个家将，来拨了倷看看，拨了张飞看，让文武官员大家看看。桃园弟兄，二十余年登了一道，尚且看勿出吾乔装改扮。格么明朝吾过江去，周瑜，包括江东一些人，也看勿出吾是大将扮的。倘然说，倷大哥看出吾啥格破绽，倷搭吾讲仔呢，吾还好改正。明朝吾化妆起来呢，更加道地一点。所以了，吾乔装家将。

刘皇叔一听么，"啊——咦！喝喝哈哈——二弟，好——呃计——谋！"过江不能不去。去到，叫不能不防。兄弟扮家将去，顶顶妥当。倷赞成格时候么，张飞开心啊。张飞一想，二哥，呐吪拨俚想出来，扮格家将去呢。俚要紧从旁边头跑过来，"大哥"。"三弟。""明日小弟乔装家将，保护兄长，过——江赴——呃宴。""哈呀呀，三弟，不必了"，倷太平点吧。刘备心里向转念头，倷勿扮家将么，格张事体勿会穿帮。倷一扮家将么，保险穿帮。啥体么，别人觑看出来，倷自家先露出马脚来哉。倷勿停勿念，要熬勿住的。所以，刘备关照张飞，倷呢搭赵子龙，带领三百号舟船，明朝在江边伺候。等到吾太阳偏西，勿转来的，唔笃拿船只开到江面上来接应。张飞答应。

然后，刘皇叔退堂，文武官员退出。城外头呢，准备好一只船，侪是关云长在布置。城里向，叫文武官员保守，城外头有张飞、赵子龙带三百只船接应。到明朝转来早上，刘皇叔身上检点完毕，出城。到江边码头上，下船。倷踏跳登舟，到船头浪么，船头上立好一个水手。"迎接王爷！""啊？"刘备一看，啥人介？勿是别人，周仓。黑面孔阿胡子，头上戴一顶遮阴草帽，身上着一件皂布短袄，廿四档密门纽扣，兜裆扎裤，赤脚一双麻筋草鞋。为啥道理周仓扮格水手么？因为周仓水性好。俚从前在茅草岗做强盗辰光，黄河里向，练出来格水性。"后三国"里向，水淹七军，活擒庞德么，就是靠周仓格点水性好。关云长量才录用，所以，叫周仓扮格水手，保护船只。"罢了。"周仓退下去。

刘备踏进头舱，头舱里一个水手跑过来，"伯父大人"。"啊？"刘备一看啥人呢，关云长格过房儿子，关平。也是水手打扮，保护船只的。"贤侄罢了。""嗯哼——是！"关平退下去。刘备，中舱坐定。

关云长还有十九个家将，一道下舱。二十个家将当中，抽脱一个。啊，带一套衣裳么，就是关云长打扮仔么，充在格里向。现在云长身上向还是自家格打扮，青巾绿袍。停一停，开船么，到房舱里向去换衣裳去。其余底下人呢，侪聚好了。文武官员，送刘备下船。到中舱坐定，要刘备开船，那么，俚笃再上岸。刘备再关照脱两声说话，叫文武官员守城关么，注意。叫张飞、赵子龙到江面上接应么，哪恁样子安排辰光，勿忘记脱。

格么张飞蛮把细。"二——哥！""三弟。""二哥啊，今天，你保护兄长过江，不带赤兔马，不带青龙刀，单——身过江。二哥啊，龙潭虎穴之中，你要当——心哪！"张飞讲格闲话，蛮有分量了。俚红面孔狠，狠在赤兔马上。俚武功好，好在青龙刀上。一马一口青龙刀，格么嗒，颜良、文丑，哪怕是五关六将，老将蔡阳，侪拨俚青龙刀上一个一个结果性命。今朝俚过江，一勿能带赤兔马，二勿能备青龙刀，因为刀了马名气响。人家一看就晓得，格只马，关云长格坐骑。格口刀，关云长格家什，刀了马来，关云长格人板到。人家一看就晓得的。那么俚今朝去，为了要避免拨了江东人晓得，俚赤兔马、青龙刀侪勿带，俚是靠步下去保护刘备。步下啊，说仔勿能动气，二哥，俚步下格本事不过什梗啦。俚靠一口宝剑，要步战，在千军万马之中，龙潭虎穴之内，保刘皇叔太平无事，吾在搭俚担心啊。所以张飞说到一声，"俚要当心啊！"云长心里向蛮感激，好。三弟讲得好，有道理。俚搭吾担心，过江去，恐怕要有危险。格么弄法呢，一动脑筋，有了。"子——龙！""将军！"云长说吾搭俚商量，调口宝剑，回转来再调回。"嗯——是！"赵云答应。赵云拿腰里一口宝剑拎下来，交拨了关云长。云长口宝剑交拨赵云。

格么为啥道理，关云长要借赵子龙口宝剑啦？因为赵子龙格口宝剑，是在当阳道，曹操百万军中，从曹操格阿侄夏侯恩背心上夺下来。格口宝剑叫啥名堂呢，叫青釭剑！格口青釭宝剑啦，削铁如泥，切金断玉，吹毫断发。格口宝剑带过，要顺当得多了。宝剑调换，张飞、赵云上岸。刘备开船。

张飞、赵子龙看刘备格只船，扯起篷来，乘风过江么，俚笃就在城外头等。提早吃饭。太阳当顶，江面上吭不消息。太阳偏西了，再吭不消息。张飞派人到江面上去打探消息，仍旧看勿见刘备格船只来么，"老赵啊，凶——多，吉少！"危险了。赶快上去吧！格么让张飞、赵云，带领三百号战船，冲到江面上来，接应么，吾拿俚丑一丑开哦。

刘备格船只，哈——过江。俫过江来么，江东方面格船，在江面上探听消息。巡逻船看见刘皇叔格船只来了，因为船上有旗号，刘备格旗号：大汉左将军义仁亭侯豫州牧——刘。刘字旗号么，刘备来哉。巡逻船要紧回到江边，停船上岸。豁上马背，哈——一匹马，一球路过来到中军帐。扣住马匹，跳下马背，"报——禀都督！""何——呃事？""小人奉令在江上打探消息，夏口方面来的舟船一条，船上边刘字旗号，随风飘扬。刘皇叔单舟过江，离三江不远，请大都督定夺！""再——吨探！""是！"

探子退下去格辰光，周瑜开心啊！刘备单舟过江，一只船。保护格大将侪呒不，船上勿有大将格旗号。"哈——哈！哈——哈！啊——咦！哈哈哈哈……哈，哈，哈，刘备啊刘备，管教你来时有路，去时无——门也！"勿来，是俫刘备格造化。来到，格么俫叫自投罗网。呒啥客气，吾就要动手。周瑜马上发令，布置好埋伏，到临江亭，就要临江大会，谋害刘皇叔！

第七十一回

临江会（一）

周瑜，得信刘皇叔已经望准三江口方面在来哉，心里向快活啊。刘备啊刘备，勿来，是倷便宜。来到呢，格吭不客气，吾还是要照原计划办事，结果倷性命。不过吾，今朝搭刘备碰头，埋伏刀斧手，要害死俚，在啥个地方好呢，中军帐，本来是蛮好的，倒是中军帐上，有点勿便。啥道理么？因为诸葛亮，俚是水军参谋。有公事，要来搭吾碰头，假使拨俚闯进中军帐，看见刘备搭吾在，事体就尴尬。因为吾说格鬼话，诸葛亮勿在。对穿帮仔，当场要弄得局面蛮尴尬的。格个是一。第二呢，中军帐上，容易消息传开来。刘备来了，因为进出人多啦，再拨了鲁肃得信之后，赶到该搭点来么，鲁肃板要来夹篙撑，俚是反对吾杀刘备的。咯拨鲁肃一来，搞七捻三，勿便当。夠在中军帐搭刘备碰头。那么啥个地方好呢，一动脑筋，有了。在营头外面，离开长江江边呢，一段路，该搭有一只亭子。格只亭子叫啥？叫临江亭。吾搭俚在亭子上碰头。那么格只亭子，是小霸王孙策造的。为啥道理造格只亭子呢，因为当年周瑜，平定六郡八十一州，收兵回转来辰光，路过三江口，操劳过度，吐血生病，在三江口养病。孙策呢，赶得来搭俚碰头。为了要纪念周瑜格点丰功伟绩，就在江边，搭俚造一只亭子，作为纪念。那么在格个亭子上接刘备呢，对周瑜讲起来，又是一桩赛过蛮有面子格事体。而且临江亭离开营头一段路，吭不啥人会闯到临江亭来碰头。

周瑜转定当念头之后，马上关照手下，搭吾去请三位将军来。呐吭三个人呢，一个是六军正先锋，叫太史慈。还有两个呢，是周瑜格心腹护卫将，左护卫徐盛，右护卫丁奉。三家头到，见过周瑜。都督就关照："太史将军——听令！""有！"

周瑜搭俚讲：倷替吾带三千兵，到江边去，接刘备。刘备船到码头格辰光停船呢，倷夠放炮，曼得摇旗呐喊。为啥夠放炮呢，一放炮啦，容易惊动诸葛亮，查三问四起来，要穿帮的。所以炮夠放，只要嘴巴里向喊喊"欢迎刘皇叔"好了。刘备上岸，倷拿俚接到临江亭来，从码头到临江亭，格一段路，要搭彩牌楼，要排队伍，队伍要整齐，欢迎皇叔。那么等到刘备到临江亭呢，吾过来接。吾拿刘备接上亭子格辰光么，倷太史慈带三千兵，拿格只亭子团团包围。表面上，保护刘备，保护吾周瑜。其实骨子呢，围困刘备。吾在亭子上动手，酒杯，擦冷！掼到地上，掷杯为号。刀斧手冲上来杀刘备，作兴倒杀勿脱呢？刘备有武功，拨俚冲下亭子，杀出重围，要逃，格呐吭办法？那么喏，倷太史慈，三千兵，拿格只亭子围困得铁桶相仿，夠拨刘备逃走。就着俫太史慈,在马上,一马一条枪,嚓一枪,拿刘备挑脱。太史慈去。

周瑜第二条令箭关照:"徐、丁二位将军——听令!""在!""有!"周瑜说:唔笃两家头,搭吾带领刀斧手五百,埋伏在临江亭。临江亭旁边头呢,搭点帐篷,一来可以休息,还好隐蔽。等到刘备到临江亭格辰光,吾拿刘备接上亭子去,唔笃两家头在亭子边上看好。刘备来,作兴有家将,心腹护卫,要跟上亭子,那么格种护卫格人,跟上亭子,吾动起手来,终归碍手扳脚,多一个麻烦。格么唔笃两家头呐呒呢,就拿格点护卫、家将拦牢,勿放俚笃上来。说起来么,刘皇叔上亭子,有吾俚江东人在负责服侍,唔笃用勿着上去的。请唔笃呢,到旁边头帐篷里向吃酒。吃酒是假的,看牢俚笃是真的。亭子上动手呢,帐篷里向也动手,就拿这点护卫、家将,一网打尽,结果性命。徐盛、丁奉两家头,带领刀斧手杀刘备,两家头去。周瑜令箭发好,准备到里向去换一套衣裳么,接刘备去。

俫刚巧要走么,叫啥外头一个朋友,哈噔噔噔……跌踬冲赶进来,急是急得来。啥人呢,鲁大夫。鲁肃在帐中得信,说刘皇叔来哉。鲁大夫心里向转念头:刘备啊!俫呐呒好来呢,勿来,勿要紧。来到,出事体!刘备一死,江东要亡国格!两败俱伤!吾只有去劝牢周瑜,随便呐呒勿能够拿刘备杀。

所以鲁肃跌踬冲赶进来,到周瑜门前么,"啊——都督!鲁肃,参见都督!有礼!"欠身一躬。"唔。"周瑜想讨惹厌!吾要瞒脱鲁肃么,眼眼调已经晓得哉!俚赶到该搭点来,勿能拨俚开口。为啥呢?俚一开口,总归是劝吾刘备勿能杀。那么吾听仔俚格说话,要受影响的。疑惑疑之,缩缩势势,停一停要杀起刘备来啦,勿便当。格么呐呒呢?有哉。勿等到俫开口,吾先布置命令拨俫。"子敬!令箭一只!与吾保守军机大帐!未奉将令,不得擅离寸步,违令者,莫怪本督,哼——哼!"

周瑜说完,立起身来,转出案桌,望准内帐进去。鲁大夫一听,完了。开勿出口!俫要想讲闲话,周瑜马上关照,吾现在离开此地了,俫代表吾,镇守军机帐,办理公事,一步路也勿许离开!吭不命令,俫要离开军机帐一步,勍怪吾周瑜,哼哼!军法从事。鲁大夫心里向转念头,周瑜啊,俫执着一见要杀刘备,刘备死勿得格呀。鲁大夫抢上一步,扎嗒!一把,拿周瑜格只袖子管抓牢,"啊呀!都督!"啊呀,周瑜想讨惹厌。吾要走了,俫还拉牢吾袖子管作啥呢。周瑜用足力道,拿袖子管,噌!一洒么,"休——得啰唆"。

磅!俫袖子管一洒,鲁肃捏勿牢。周瑜望准里向进去辰光么,只听见鲁肃在后头发极嘎,喊一声:"都督啊!哈哈,哈哈,哈。"

周瑜回头一看么,只看见鲁肃格个两只眼睛,格两道眼光,看见仔,人会得凛一凛。为啥呢,鲁大夫是,又是格焦急,又是格绝望,感觉到吭不闲话好讲了。俫在一声"都督啊"里向包含了：都督啊，倷执着一见，勿肯听吾闲话。倷拿刘备一杀，红面孔、黑面孔、白面孔杀过来，曹操人马冲过来，两路夹攻么，江东完完大结。倷，上对勿住孙权，下对勿住江东老百姓，国破家亡，就在倷一念之错。闲话呒不，因为来勿及讲。但是俚格眼光里向，包涵着许许多多非常复杂格感情，能够传达拨了周瑜。叫啥周瑜看见俚格眼光，人会得觉着肌肉痱子一身了，汗毛凛凛。倷望准里向进去，鲁大夫呒不办法，行动勿能自由。

周瑜派两个底下人看牢俚，倷只能够登在该个军机大帐里向，勿能跑出去。鲁大夫坐定下来，要喊俚办公事。呐吭办得落公事？眼睛，看到格公文上，叫啥公文上格字，会得勿识的。只觉着格字，噼啪，啪噼啪噼啪——一个个在跳起来，眼花绿花呀。俚好像呐吭？好像觉着刘备已经来了，周瑜已经在接见了，已经命令下来，刀斧手杀出来，嚓！拿刘备一刀结果性命，血淋满地。晏歇点红面孔人马杀过来哉，黑面孔、白面孔，哈嘟当——冲到此地，曹操在对江，人马，哗——杀过来，三江口弄得狼狈不堪，腹背受敌。三江口失守么，六郡沦陷，孙权寻死路了，周瑜战死沙场么。老百姓呢，逃难，往乡下逃了，弄得了一塌糊涂么。鲁大夫呐吭看得落公文。坐在只凳子上呢，只觉着凳子上好像有引线屁股，呖戳呖戳呖戳呖戳，如坐针毡。立起来走走吧，走走么作孽，像热石头上格蚂蚁什梗，舞蹶舞蹶，坐也勿好，立也勿是，鲁大夫么焦急，吾拿俚丑一丑开。

再交代周瑜，踏到里向格帐篷里。心里向转念头，鲁肃吾已经拿俚差开了。不过鲁肃格两只眼睛格两道眼光啦，在周瑜脑子里向反复出现。倷看俚，眉毛打结，面孔转色，嘴唇发抖。手，格叻叻叻，对仔吾："都督啊！哈哈，哈哈，哈哈。"

格个声音里向，蛮清爽，俚有勿勿少少闲话要讲。不过鲁肃，倷甭讲了。倷格意思吾晓得的，但是今朝格刘备呢，非杀不可！因为啥？刘备是吾敌人！曹操是当前格敌人，刘备搭诸葛亮是吾未来格敌人。等到破脱仔曹操之后，吾就要面对刘备。尽管现在是客气的，但是将来是冤家。格么吾呐吭呢，勿等到俚成为吾敌人格时候，吾先拿俚结果性命，永绝后患，防患未然。不过，鲁肃一来之后啦，俚心里向又想着一个问题。顶好么，刘备么要死脱的，而天下人啦，勿晓得是吾周瑜拿刘备害杀。当仔刘备是，或者自家生病死的，或者另外有其他原因。用啥个法子呢，有了！吾今朝搭俚吃酒格辰光，吾酒内藏毒，拨一杯毒药酒俚吃。而且格杯毒药酒呢，吃下去，当场勿死的。因为吃下去马上就死脱了，也蛮清爽，中毒身亡。吃下去当场呢，勿觉着的，慢性格毒药。等到俚格杯酒吃脱，吾送俚动身，让俚到江边。到江边也蛮好，下船也呒啥，开船回转去，到夏口么，毒发，死。格么格个辰光，俚笃勿好来寻着吾。假使说，刘备手下人要来怪吾：周瑜，倷下辣手！用毒药酒，药杀刘皇叔。吾就可以讲：热昏！刘备在江东蛮好，吾送俚动身也蛮好，回到仔唔笃地界上死脱么，格唔笃呐吭来冤枉吾呢？吾搭刘备又勿是敌人，又勿是冤家。吾啥体要害杀刘备？吭不理由么！吾搭刘备么自家人，吾要依靠刘备了，一道搭曹操打的，吾呐吭会害杀刘备？肯定是唔笃，死人驮到吾门上来，移祸江东。吾来个勿认账，吾赖好了。勿是吾害杀俚，格个又吭不凭据。中毒？中毒么，唔笃自家人也好下毒。路上刘备总船上吃吃茶了什梗，茶里向放毒药呢。弄得清爽格啊？死吭对证。吾好出门勿认货，怪勿到吾身上。关、张、赵云么，也勿好来寻着吾！格场呢，计策么成功的，名气么勿担的，顶多么是嫌疑。嫌疑么无所谓，吾也勿怕，对。

周瑜俚马上下命令！拿军医官喊得来，搭吾准备好一包药粉。要求呢，是慢性的，摆在酒杯里向，拿格酒冲下去，冲和了药粉之后呢，拨刘备吃，害杀俚。俦一关照么，手下人去安排。不过周瑜心里向转念头，毒药酒备好，今朝要多做几手准备。万一毒药酒吭不用，刘备勿上当，刀斧手冲上来么，拨刘备杀退，因为刘备有武功的。从前辰光，虎牢关三英战吕布，刘、关、张一道搭吕布打过，作兴倒俚有武功呢。其实刘备格武功搭浆，三等头将官，搭吕布打是，靠是完全靠关云长了张飞。刘备是赛过介来的。说起来么三英战吕布，其实刘备吭不啥大格武功，格么周瑜勿晓得。周瑜想吾万一刀斧手杀俚勿脱，太史慈围困俚勿牢，拨刘备逃下亭子，冲出重围，逃到江边，下船回转啦，格是打蛇勿杀一个害。

格么呐吭弄法呢？周瑜再发一条令箭，叫陆营后营大将何灿：俦搭吾带五百个兵，到江边，搭一座营头，等刘备格只船停好。刘备上岸到亭子上来赴宴格辰光呢，俦拿俚笃船上格水手、船老大，统统侪请到帐篷上吃酒，犒赏俚笃。等到吾亭子上掷杯为号，命令下了，马上派人来通知俦。俦何灿呢，就搭吾拿船上所有格水手，包括船老大，统统结果性命，杀光。那么再拿刘备格只船呢，撑脱俚。刘备就算本事大，逃到江边来，船吭不了。前有长江，后有追兵么，俦刘备天大格本事，俦跑勿脱！不过周瑜想，作兴到刘备船上人也有点本事，何灿倒弄俚勿脱，格哪恁办法呢？再布置得道地。下一条命令，关照东吴格水军大将，甘宁甘兴霸、吕蒙吕子明，还有呢，蒋钦、陈武，叫格个四个水将，带一百只船，停好在江边。万一何灿勿能够解决俚笃船上格问题，刘备要逃下船呢，吾有四个水将，哈啦！拦过去。拿刘备拦牢么，格个是，俦刘备哪怕本事大，水里向打，长江里开战，无论如何打勿过俚江东人。周瑜可以说是铜墙铁壁，层层设防，俦刘备，无论如何是逃勿走。

埋伏布置定当了，那么周瑜去换行头，今朝去接刘备要一身大打扮了。弄好舒齐，出帐篷，上马，往临江亭跟首过来。

俦么往临江亭来噢，刘备格船，离开江边已经近了。刘备格只船，哈——开过来格辰光，还勐到江边。太史慈手下三千名军兵，已经在摇旗呐喊："迎接刘皇叔呢！""迎接皇爷啊……"刘备格只船上格篷，落下来，嗬尔——船，撑过来。嘎嘎嘎嘎嘎嘎嘎嘎——水手在勒木上撑篙子，拿只船望准江边码头靠过来格辰光，周仓立好在船头上。

周仓心里向转念头噢，今朝主人呢，保护仔皇叔到岸上去。关将军通知吾，叫吾立在船上，保护格只船。假使格只船出事体呢，要寻着吾。格侪是吾格责任。格么周仓心里向转念头，吾到该搭点来，要保格只船。俫看，江边格人马要几化？大队东吴军队侪在。心里向转念头，吾要显点本事拨俚笃看看。让俚笃停一停，勿敢藐视吾船上格水手，勿敢随随便便轻举妄动。格么吾，呐吭显本事？家什带得来的，一对锤头。舱里向拿对锤头出来，啪啪啪啪啪啪啪啪——舞一对锤头拨俚笃看看啊？格式明显。别人晓得俫格个水手，勿是真格水手，俫是大将扮着的。格么呐吭弄法呢？吾只能赛过在水手格身份上，显点本事。让俚笃觉着，吾格个水手，勿是普通格水手。用啥个办法呢，有了。周仓俚看到船头上，有一只大格铁锚，长江里格大船，船上格铁锚，分量重得热昏得了。让吾来拿只铁锚举起来，跳到岸上去。对。周仓转定当念头，格只船，嘎嘎嘎嘎——撑过来，离开码头还有一段路啦，周仓已经在准备了。扼下身来，右手铁锚角上，嗒！一把抓牢。格只左手，铁锚柄上，嗒！抓牢。嘿！拿格只铁锚拎起来，什梗重只铁锚，一个人拎起来，格份量已经蛮可观了。叫啥拿只铁锚两荡，尔嗫——尔——然后望准头顶心上，喤！举上去。举过头，嘿——攮两攮么，大家侪看得呆脱哉呀。什梗重只铁锚，能够，哗啦！举起来，啥格力道了。举起来还勥去讲俚，船离开江边还有将近一丈路了，还勪到码头，叫啥周仓，蹬蹬蹬蹬——退下几步，退到舱门口。举格只铁锚，蹬蹬蹬蹬——跑到船头边上，两腿一攮，身子一蹬，乒乓，吥！尔——噗！落地格辰光，份量极轻。喏，格个就是本事！倘若落地格辰光，铿！人么晃几晃，立也立勿定，俚勿是，落下来格声音极轻，吥。非但落下来极轻，两只脚格马裆摆好，身体勿行摇动。乒！铁锚举在手里向，晃两晃，噇！胸再一挺么，当！铁锚仍旧举着。格个造型，看着是真漂亮。看俚拿格只铁锚望准江滩上，铿！擦冷当——一只脚望准铁锚角上，嗒！搭上去，拿顶草帽，啪！往上头一推，挢仔两根阿胡子，吥！吥！哗……两个眼睛在周围看格辰光么，江边头格种东吴小兵，吭不一个勿称赞，"好啊……"

啥了要喊好？格种水手，江东吭没格！拣勿出格！格只铁锚份量什梗重，举过头，已经不得了了。外加举过仔头，俚还能够跳什梗兴路，啪！而且蹲下来，立定格辰光，声音什梗轻，拿格只铁锚放下去，好像俚个余力啦，吭没用完啦。俚格力道，还有勿勿少少，勪发挥出来。格种恁格水手，东吴勪看见过。勷说小兵看见仔呆脱，喊好，东吴大将何灿，看在心里向，别！一跳。为啥呢？因为何灿想，周都督要吾守在江边，要拿船上人么，喊到舱俚去吃酒，亭子上动手么，吾该搭也动手。动起手来要拿点水手统统侪杀光。那么必然，要搭格个举铁锚格水手动手打。那么像什梗大一只铁锚，吾何灿格点气力，拎？拎得动的。举？也举得起。不过举仔起来，要吾跳什梗点路，吾吭不格点本事。格是吾停一停打起来，吾打勿过俚。格个大将打勿过水手是，格个胃口倒完，还有面孔做人啦？吾呐吭在江东立脚呢，所以何灿心里向在紧张。本来么，倷何灿格本事，哪里及得到周仓？倷搭周仓打是打勿过的。不过现在，勿晓得俚是周仓，只晓得俚是个水手。

船停好了，跳板抽好，刘备从中舱跑出来。刘皇叔走过头舱格辰光，头舱里坐好廿个家将，其中有一个，就是关云长。关云长因为在船舱里向，换过衣裳哉。拿自家格青巾绿袍去脱。头上么披肩巾，身上么尖干，外头么方袖马褂，薄底紧统快靴。俚格两根组苏呢，有一只囊袋，纱锦格囊袋，园起来。塞在格马褂里向。外头呢，只露出一眼眼组苏。粗望之间么，看起来呒不组苏的。细看看么，一排短组苏，其实么园拢了。帽子呢，扰得交关下，连两条眉毛侪遮没脱，所以人家，侪勿容易注意。刘备在走过来格辰光，刘备也勿去搭俚讲张，也勿去叫俚二弟。刘备只不过呢，眼光对俚一看。一看里向，有闲话。啥个闲话呢？二弟啊！上岸去哉，当心啊！勿露出马脚来哦。云长对老兄一看么，肚皮里向转念头，阿哥，倷勿对吾看。希望倷上岸之后，尽量勿对吾看。因为倷越对吾看，越要引起人家格注目。为啥道理刘备，歇歇在对格家将看法看法？人家注意哉啦，容易穿帮。所以刘备过去格辰光呢，关云长搭其他格家将，侪跟在后头，嘿咯咯咯咯，到船头。刘备立到船头上是，江边格种小兵，喊得更加响了，"迎接皇爷啊……"

刘备离舟登陆，上岸么，太史慈要紧过来。太史慈认得刘备，呐吭会得认得么？太史慈勸投奔江东个辰光，已经搭刘备打过交道。格句闲话要十四年前头，刘备在平原做一个知县官平原令。曹操带人马打徐州陶谦，陶谦急煞了。陶谦派人到北海来，求北海太守孔融去搭救。孔融答应陶谦，要去救个辰光呢，孔融本身拨了个土匪包围牢。有一万多个土匪拿北海城围困牢，要问俚借十万匹粮草。孔融弄僵了，打么打勿过俚笃。呐吭弄法呢？太史慈杀进重围，到场，碰头孔融。因为太史慈是北海城外头人，离城二十里。太史慈是个孝子。屋里向只有个娘。太史慈因为年纪轻个辰光，曾经闯过祸。流亡到辽东去。孔融晓得太史慈是孝子，格娘一个人生活蛮苦的。那么孔融经常派人，送点米啊，铜钿啊，到太史慈屋里向来，养俚个娘。格么齐巧孔融拨了强盗包围格辰光呢，太史慈从辽东回转来，到屋里向见娘。那么娘关照俚，孔融有危险着，倷赶快去救俚吧。呒不孔融吾娘条命老早保勿牢。所以，太史慈一马一条枪杀进重围，到北海城里碰头孔融么，说明吾是奉母命到该搭来报倷个恩德，来救倷。那么孔融说蛮好，倷一个人来呢，还勿能够杀退城外头个强盗，倷搭吾去讨救兵。啥场化去讨救兵呢，此地附近有座县城叫平原县，倷搭吾到平原县去碰头刘备。请刘备带人马到该搭来帮帮忙。太史慈说好格，那么，孔融写好一封信，交拨了太史慈。太史慈匹马单枪杀出重围，赶奔平原，碰头刘备。呈上孔融书信么，刘备答应。刘备还赶到北平去，问公孙瓒借仔赵云，带了关、张、赵云一道赶奔到北海。有回书叫"刘玄德北海救孔融"。刘备呐吭会得到北海去呢，就是太史慈过来相救。那么格辰光太史慈只有几岁呢，只有二十六岁，小伙子，而刘备年纪也轻，刘备格辰光只有三十四岁。十四年勿碰头，太史慈在三十岁格年上，投奔江东。神亭大战小霸王孙策，搭孙策打一个平手，孙策欢喜俚，爱俚格才。后来呢，太史慈就投奔东吴。俚是东吴格一员名将。好本事。

太史慈看见刘备，心里向蛮难过格哦。啥道理么？因为俚晓得刘备是好人。

吾从前辰光去讨救兵个辰光，吾搭刘备又勿认得格，孔融搭刘备也勿认得格吃。就是一封信去么，刘备一口答应，见义勇为。十四年勿碰头，今朝碰头呢要杀脱俚。从吾心里向讲呢，不忍。吾晓得俫刘备是好人。但是呢，吾是东吴格大将，吾在周瑜手下办事体，上命差遣，两国相争，各为其主，吾只好拿俫刘备杀。虽然心里向勿愿么，也呒不办法，而且面子上勿能露形，要客气。

太史慈抢上一步，到刘皇叔门前，欠身一躬。因为俚顶盔贯甲，着仔盔甲了，勿好下跪，只能够欠身一躬，"皇叔！末将太史慈，迎接皇叔，有——呃礼！"

刘备一看么认得的，老朋友，十几年勿碰头了。要紧抢上一步，"太史将军，少——呃礼！呃，呃，刘备有礼！"

"带马！""是！"磕磕唑磕——一匹马带过来，"皇叔！请上——马！"刘备勿客气，鞭子一接，摆鞍鞒，掂踏凳，豁上马背。"将军，也请上马！""末将理当步行领道，怎——敢妄骑？""吾与将军故交，何用客套？请上马！"太史慈一听，俫看，刘备勿忘记老朋友。吾搭俫是故交。老朋友，勷客气。搭一般格东吴大将两样，俫上马酿。谢过刘皇叔，太史慈上马。

两骑马呢，并马而行。忑磕酷磕——望准临江亭跟首过来么，旁边头格东吴小兵呢，三千名军兵夹道欢迎。"哗……啊……"侪在对刘备看。

为啥呢？刘备格人缘好。刘备就格点，叫：远得人心，近得民望。尽管刘备是什梗穷，兵力是什梗弱，嗳，叫啥刘备格人缘好。《三国志》里向，曹操占天时，孙权得地利，刘备呢就得个人和。格么刘备格和从啥场化来呢，也是俚平常辰光做人做出来的，待老百姓好吃。俫勷讲别样，勿长远个事体。刘备兵败当阳道，带领新野县、樊城县两县老百姓一道逃难。背后头，探子报到：追兵将到，曹操人马来了。有人劝刘备，俫掼脱仔老百姓赶快逃吧。因为俫搭老百姓一道跑啦，慢勿过，逃勿脱的，要拨俚笃追牢。刘备勿肯。刘备说，老百姓离乡背井，尬脱仔故乡，跟仔吾逃难。哦，危急个辰光，吾掼脱着俚笃逃走啊？吾呐吭做得出呢。吾要搭俚笃共休戚、同患难。那么也有人对刘备讲，俫搭俚笃登在一道，老百姓还是要吃苦头。俫保俚笃勿住。俫登在老百姓也是死，俫勿在老百姓也不过一个死吃。格么俫自家可以呒不危险，俫跑着吃。刘备随便呐吭勿睬。结果么，追兵到。兵败当阳。刘备推为一眼眼死在战场上。幸而张飞相救了，拿俚救到长坂桥去。结果呢，刘备一家人家侪冲散。刘备格家小糜夫人抱仔刘阿斗，失散在乱军当中。

糜夫人身上么受仔伤，赵子龙单骑救主，冲到里向去救糜夫人搭刘阿斗格辰光呢，糜夫人拿刘阿斗交拨赵子龙，自家跳在井里向，投井自杀。刘备在格上面呢，死脱一个家小。自家本身推位一眼眼性命危险。尽管老百姓死脱勿少，老百姓苦头也吃足。但是吪不人怨刘备。为啥呢？因为搭伲一样么，刘备搭伲老百姓同样个处境，同样受损害。刘备格家小死在乱军当中。刘备格儿子失散在乱军当中，弄得家破人亡。搭伲老百姓同患难、共甘苦，所以格人心侪向刘备。该个勿容易了。要得天下，倷如果勿能得人心了，倷吪不办法能够成大事。刘备虽然受了损失，家破人亡，但是俚格收获，俚得到个名望、人心了，格是吪不办法估计。所以刘备来格辰光，东吴格小兵侪晓得刘备格名气。大仁大义，爱民如子。侪眼光侪在对刘备看。

关云长搭廿个家将呢，跟在后头，两个一皮，两个一皮——囉咯咯咯。格么，阿有人看出来，廿个家将当中有一个是关云长乔装打扮的。吪不人看出来。为啥了吪不人看出来呢？因为关云长打扮搭俚笃一样，鱼目混珠，混在格个里向，看勿出的。关云长格人，长点，因为关云长要九尺朝外，但是格皮家将呢，侪要八尺朝外。云长呢，呼腰曲背，头低得倒点么，旁边格家将么，挺胸叠肚点，两凑凑么，也像煞差勿多，勿十分显眼。格么关云长，阿有露马脚格地方呢？有格。啥地方是露出马脚格呢？一柄武器。家将腰里向，挂格是刀，鹿皮撩刀。关云长呢，腰里向挂一口剑，青钉宝剑。格刀搭剑有啥格区别？刀壳啦，带一眼弯的，有一眼眼弯势。剑壳呢，笔直的。格么为啥道理吪不人看出来呢？因为云长格宝剑啦，是挂在腰里向，靠左手里格一面。云长自家格人呢，立在俚靠右手一面。格云长格左手里向呢，还立好一个家将，两个人一并排。从右手里望过来格人呢，云长自家格身体拿格剑壳遮没脱一半。左手里向望过来呢，因为云长左边，还立好一个家将。身体挡没，拿俚格家什也挡没脱哉，人家吪不注意。所说格辰光注意力侪在刘备身上，吪不人注意家将，更吪不注意家将身上格武器，而且刀柄搭剑柄么，也相差勿远，差异勿十分大，吪不人看出来。

太史慈陪刘备过来格辰光，离开亭子近了，周都督来了。太史慈要紧马背上跳下来，告诉一声刘备：俚都督来了，吾上去报告一声。太史慈拎甲揽裙，哈冷蹭蹭蹭蹭——到周瑜门前，"都督！末将奉命，迎接刘皇叔。皇叔已到，请都督定——夺！""将军！退——下！""是！"

周瑜关照俚退下去格辰光，对俚眼睛一看，吪没闲话格哦，是眼睛一看，就是闲话！啥个闲话呢？太史慈，刘备吾去接俚上亭子。倷三千名人马，拿亭子团团包围，千万注意，勿要拨刘备逃走，吾亭子上掷杯为号，拿刘备杀。杀勿脱，俚要逃下来。逃下来格辰光呢，倷搭吾拿结果俚性命。如果说拨刘备逃出倷格包围圈啦，吾唯倷是问。太史慈点点头，有数目了。大都督，倷用勿着看的，格点，吾做得到。太史慈退下去，周瑜跑上来接刘备格辰光，刘备已经下马。马，有东吴小兵带过去。刘备拿头上七龙冠一整，身上狮爪蟒袍一透，踏过来接周瑜格辰光么，两家头初次见面。

格两家头碰头格辰光，大家要注意。周瑜对刘备一看，刘备格相貌是好极哉！刘皇叔呐吭样子？站立平地，身高七尺五寸。长方面孔，面如冠玉。两道浓眉，一双虎目，悬胆鼻，四字口，两耳贴肉。天庭饱满，地角丰隆，三绺清须，根根朗疏。头上七龙冠，身上狮爪蟒袍，丝带围腰，粉底靴儿。格么刘备格相貌呢，有个特点。照书上看起来啦，说刘备叫"两耳垂肩，双手过膝"。刘备格两只耳朵特别大。大得呐吭呢？大得能够荡到肩胛上。格么，该个么也带点夸张。耳朵大，有的。耳朵大得了，要荡到肩胛上么，像煞有点形容。除非倷要么到庙宇里向去，看见格种菩萨格塑像，格么俚个耳朵实头长的，大得了能够荡到肩胛上。一般人呢，呒不的。刘备耳朵么是大的，大得要荡到肩胛上么，好像夸张一点。所以《三国志》里向，有人骂刘备，叫俚啥？叫俚"大耳贼"，就是说俚格耳朵特别大。而且刘备格两只耳朵，好得呐吭呢？好得倷劈面看刘备啦，看勿见俚格耳朵。两只耳朵福福叫，叫对面不见其耳。双手过膝呢，说刘备格两只手，特别长，荡下来格辰光，节头子啦，能够过脚馒头。格么两个手能够过脚馒头呢，少，确实少。勿相信唔笃可以试，倷立直，笔挺。倷两只手荡下来，阿会过脚馒头？勿会的。

刘备，也在对周瑜看呀。初次见面，名气听见长远。一看周瑜，相貌好！周瑜站立平地，身高七尺。圆盘面孔，脸如傅粉，唇若涂脂。两道铁线钢眉，一双小爆眼睛，黑白分明，双目炯炯有威。悬胆鼻，四字口。两耳福福，天庭饱满，地角完好。颔下无须，周瑜组苏呒没的。头上戴一顶束发金冠，红绒球抖抖擞擞，雉尾双挑，两根野鸡毛。身上银叶软甲，外头罩一件锦袍。披袍显甲。啥叫啥披袍显甲呢？就是说俚左手有袍袖，右手呢呒不袖子管。格么难道俚做件袍子，只做一只袖子管啊？袖子管是两只，还有只袖子管，勿伸进去，跋在背后。为啥么？俚格身份，是都督。都督、元帅格身份呢，侪要披袍显甲。格是派头啦。赛过现在热天，也有种人，赤膊么难看，着香港衫么忒热。那么拿件香港衫么，披在肩胛上。倷说俚勿着短衫么，俚该面披件香港衫了。倷说俚着短衫呢，该面半面赤格膊了。倷问问俚啥个派头呢，披袍显甲。俚也算都督派头了。

格么周瑜呢，俚是身份格恁样子。脚上虎头靴，腰里向挂一口三尺龙泉，望上去风流、潇洒、英俊、气概，话不虚传。而且周瑜格个人啦，非但是文武双全，那么武功么稍微推位点。有武功，文武双全。而且周瑜还懂音乐，好琴，好曲子。随便哪里种曲子，俚听一遍就勿会忘记。下趟啥人在操琴，操错脱格地方，俚马上就要回转头来对倷看。所以江东人有两句说话，叫"曲有误，周郎顾"。称俚为顾曲周郎，知音啦。格音乐方面，也有修养。

周瑜抢上一步："皇叔！瑜接待来迟，望勿见责！这厢有——吔——礼！""都督不敢！刘备到来何劳都督迎接，备——有礼！""皇叔，请！""都——督，请！"

谦逊一番，挽手同行。两家头上礓礤，往亭子上过来格辰光，礓礤门前立好两个大将。一个金盔金甲，徐盛；一个银盔银甲，丁奉。俚笃是周瑜格左护卫、右护卫，两个心腹将官。周瑜在上亭子辰光，对徐盛、丁奉两家头一看，隐隐然，呃！徐盛、丁奉注意啊！俺看见？背后头家将一大排了，一个也勿许拨俚笃上亭子。俺对俚笃一看么，徐盛、丁奉两家头点点头：有数目了。都督，俺放心好了，决计勿放俚笃上来。

周瑜在过去格辰光，刘备呐吭？刘备上亭子之前，回头一望。俚看，勿是看别人，看兄弟。为啥呢？意思里向兄弟啊，吾上去哉哦。俺马上跟上来。俺在对关公看么，云长也看见。啊呀！云长心里向转念头：大哥啊，俺覅对吾看酿。俺越对吾看么，吾处境越困难。因为人家要注意的。云长头沉倒。等到刘备、周瑜两家头上礓礤，往亭子上面去，家将过来。头上两个家将呢，真格家将。关云长搭另外一个家将在第一皮，两个家将跑过来要上亭子么。徐盛，嗅！两条手伸开来一拦呀，"站住！""呵呵。""你们不用上亭！""我们要伺候王爷。""刘皇叔有我江东承奉，你们不用过去！""呃，是！"

勿能上去。两个家将望准边上，哗啦！一闪。回过头来对东家看：东家上勿去哉，呐吭办法？唔笃在对关云长看么，关云长格丹凤眼对两个家将一望：隐隐然有数目了。唔笃放心好了，吾来，吾上去。唔笃跟得上的，一道上来。跟勿上的，算了，唔笃就覅上来。只要吾一个人上去就可以。老实讲一声唔笃格皮人上去。上去搭勿上去也一样价钱，差妨勿多啦，吭啥大格出进了。云长俚假痴假呆，只算勿晓得俺徐盛在前头拦。沉倒仔头，冲了冲在过来格辰光，徐盛阿要光火？呐吭格朋友勿识相，前头两个家将已经勿过来，往边上一闪。俺跑过来做啥？徐盛对俚眉毛一竖，眼睛一弹，乒！两条手分开来，一拦。"站住！"

云长呐吭？勿响。勿来理睬俺，手里有数目。俺，哗啦——两条手分开来一拦么，云长起格只右手，噗——运一运功夫。那么俺倒想想看，关云长格臂膊，再运一运功夫！啥个力道了。云长平常时候用口刀，青龙偃月刀，要八十二斤重。八十二斤重格青龙刀拿在手里向，挥动如飞呃。俚格个两条手臂膊里格气力是，热昏！俚运一运功夫，噗——俺如果拿俚格袖子管撩起来，对俚格臂膊上看看，格种肌肉是，核桃、栗子、桂圆、白果、莲心、枣子，南货店好开一爿了。云长俚拿格只右手臂膊，望准徐盛左手格臂膊上锉上去，噗——搭！俺格臂膊望准徐盛左臂上，嗅！一锉么，徐盛俺觉着呢？觉着的。觉着啥物事啊？觉着赛过铁匠店里向，炉子里烧得燻燻红一根铁条，望准俚臂膊上，嘿咦——一烫。格个一痛，痛得俚眼睛门前一黑呀，格只手要紧缩转来，关云长冲上去还覅去讲俚，另外三个家将跟仔一道，咽咯！四个人上去。丁奉登在旁边头格肝经火烊啊！丁奉对徐盛看看：徐盛啊徐盛，俺要死快了。护卫大将军台拨俺坍完哉。大将拦勿牢个家将，俺好去死哉。徐盛对丁奉看看：俺懂点啥了？俚袖子管里囥根铁尺在那，俺阿晓得？

拦勿牢哟。

丁奉跳过来。丁奉两条手一分，对仔后头格十六个家将，"站住！""呃！是！""不用过去！""是是，是，是。"十六个头，心里向转念头，侬是好歗上去哉。东家上去仔么，侬上去也多花头。"嘿，是是。"

旁边头东吴小兵过来了，就是徐盛、丁奉手下两个刀斧手，侪出仔笑脸"嗨嗨，列位老哥，来来来来——唉，这个你们不用上去了，到这来喝酒吧。来来来来"。招待俚笃过来，到旁边头帐篷里向，酒水侪摆好了。请俚笃坐下来。客气得来，两个江东小兵陪一个家将，两个小兵陪一个家将。尔——酒洒好："请请请请请，咱们喝酒。"

亭子上吃酒么，侬该搭点，照样吃酒。而且小菜来得格丰盛。那么格两个家将，酒杯拿起来，酒么在吃，心里向侪明白啊。现在是看看两个江东小兵客气得来，两个陪一个，两个陪一个。等到停一停动起手来是，两个杀一个，两个捆一个，完结了。格个酒吃着，呐吭有味道呢，提心吊胆！

唔笃么在下面吃酒。刘备上亭子，刘备眼梢一窥，兄弟，来了，笃定。周瑜也上亭子。周瑜别过头来一看，上来四个家将。周瑜心里向窝塞。徐盛、丁奉，格个两个家伙，格办事体就格点粗心。吾再三关照，家将歗放俚笃上来，动起手来碍手扳脚，讨惹厌的。仍旧会得放上来四个。不过在窝塞格辰光，捷捷一想么，歗火哦。为啥道理歗火？吾现在要热情接待刘备，要让俚看上去，吾个人赛过客气得勿得了，非常热情。那么吾如果说，心里向一光火，一走气氛，面色一难看，讲起闲话来，格个情绪勿对，恐怕要引起刘备格怀疑。哈咦，再一想么，四个家将哟，有啥格了不起。吾该搭点有徐盛、丁奉两个大将，还有五百名刀斧手，下头还有太史慈，还有三千名军兵，江边还有何灿，长江里还有吕蒙、甘宁、蒋钦、陈武，嘎许多人马。吾见四个家将，要摆在心上么，吾也真正忒嫌小题大做了。事体看得忒大了，对对对对。当中座头摆好，请刘皇叔当中坐，"皇叔！请上座！待瑜拜——见！"

刘备哪里肯呢？谦之再三，行过常礼。刘备，上手里坐好。周瑜，下手里坐好。送过茶，酒水摆出来。两桌，一桌摆在当中，一桌摆在下手。请刘皇叔坐当中，周瑜自家呢，下手陪。刘备随便呐吭勿肯，再客气仔一番呢，刘备格桌酒水，统到上手里。刘备上手里坐好定，周瑜，下手里坐好。关云长等班四个家将呢，望准刘备背后头一立。云长仔细一看，勿要紧。啥了勿要紧呢，今朝席面上吃酒格杯子啦，银的，白银。筷子呢，象牙筷上包白银。为啥道理用银杯了，银筷呢？说起来格种器具么，也勿是顶顶值铜钿格物事。但是，请客人来吃酒，用到银杯、银筷啦，有一个意思。啥个意思呢？就说明酒里向是呒不毒的，菜里向呢也呒不毒。因为银子格样物事啦，碰着毒，马上就要发黑的。嗳，所以用银杯就是解俫格疑，让俫放心。看见银杯么，徕酒笃定吃好哉，呒没事体的。所以云长倒定心。

旁边头呢，周瑜手下两个底下人蛮聪明，上来，请刘备手下四个家将下去吃酒，要想嚷俚笃下去么，亭子上动起手来便当点。"呵！四位老哥，你们下去喝酒吧！王爷有我们在这儿伺候呢。"云长勿响，头低倒了。另外一个家将对着俚，"不要！我们要伺候王爷！""呵呵，是是！是！"

周瑜对自己手下心腹一看，多花头！格四个人已经上来哉么，俫何必去喊？俫越喊，刘备要疑心。俫对底下人一看么，底下人拎得清，退下去。

周瑜对刘备手下四个家将一看么，喔！只看见四个家将当中，有三个家将，头抬起。胸挺起，头颈里向格筋扳得像大拇节头什梗老老粗，手搭在刀柄上，挺胸叠肚。唔——看得出的，气力是大得热昏了。再有一个家将呢，垂头丧气，头么低倒，呼腰曲背，一点精神呒不，萎靡不振。周瑜心里向转念头，看上去格苗头呢，格个家将有毛病了，发寒热了勿知啥？格有毛病么，好请病假格咾？啥体到该搭点来呢，阿会请仔病假，张怕敲脱奖金啊？勿会格咾算算，啊？周瑜心里向转念头，格个四个人，三个侪狠的，五斤狠六斤。吾停一停动起手来，格三个人要特别注意。还有一个家将，笃定，勿摆了心上。呒不事体。

勿晓得周瑜啊，那么俫豁边哉。嘿嘿，格四个家将当中，三个呢卖相蛮好，呒不本事的。垂头丧气格朋友，停一停俫就要吃俚苦头。格周瑜呐吭想得到呢。现在周瑜搭刘备吃了几杯酒下来，一看时间差勿多，可以用毒药酒了。里向毒药酒拿出来，周瑜要请刘备上当，那么刘备要中计哉呀！所以临江大会，要关云长独保刘皇叔！

第七十二回
临江会（二）

周瑜，请刘皇叔过江赴宴。临江亭上，吃酒格辰光，周瑜真客气，对刘皇叔又是格尊敬，又是格热情。称赞刘皇叔大仁大义，爱民如子，接受皇帝格衣带诏，为国尽忠。终归格种好话，听得格刘备心里向交关快活。倷呐吭晓得，周瑜在热情格背后，另外有打算。等到吃脱了几杯酒，里向跑出来两个底下人。一个，手里向拿只盘，盘里向一把酒壶。一个手里向拿只盘，盘里向一只杯子。走到周瑜格席面旁边么，周瑜立起来，转出席面，就拿盘里向格把酒壶拿起来，照准归面盘里向格只杯子里，洒了一杯酒。格把酒壶呢，勿放到盘里，就摆了自家台上，而且摆下去之前，还在自家杯子里向，尔啃——添一点。

啥个意思么？就表明格个酒，吭没问题的。倷看，吾杯子里向也洒了。酒壶往自家台上一放，然后，拿盘里向格只杯子拿起来。叫啥格只杯子，很名贵，也勿是金杯，也勿是银杯，也勿是羊脂白玉杯，是犀牛头上角格盘，车成功一只杯子，叫犀角杯。格只杯格格式呢，下头有三只脚，像香炉脚什梗。上头呢，有两只耳朵，车格环龙式，两条龙。格只杯子格名称叫啥？叫爵杯。现在到博物馆里向去看一看，还可以看得见。古代辰光人，吃酒呢，就用什梗一种爵杯。周瑜拿格只杯子拿过来，搭刘备来上寿了，敬酒。

那么格个酒壶里向格酒，阿有毒呢？确实是吭不毒，好酒！格俚格毒，摆在啥场化呢？一包药粉，透在格只犀角杯格底肚里。那么周瑜拿炖热格酒，拎起来，尔——洒下去呢，就拿格药粉冲和了。为啥道理用金杯、银杯么？因为碰着毒，要发黑的。为啥道理勿用羊脂白玉杯呢？因为羊脂白玉杯，倷格酒发浑，看得出的。犀角杯，颜色黑赤落笃，酒有点浑呢，一眼看勿出。

周瑜是设想得蛮好。现在拿只杯子在拿起来辰光，周瑜一看么，"啊呀，有毛病"。啥个毛病呢？叫啥格毒药格药粉，拨了炖烫格酒，冲下去之后，起作用了。呋——氽起来一皮白沫，杯子面上氽满。格拿过去拨刘备吃，刘备看见仔要奇怪。为啥道理格个酒杯面上，氽满一皮沫呢，勿对！那么周瑜又勿能赅仔刘备当面么，拿格沫沫头么，呼呼呼——吹吹散，或者么望准痰盂里向，咽落笃，劈脱一点，倒脱一眼。侪勿可以。那么又勿能搭刘备讲，该个是啤酒哦，沫沫头蛮多格哦。汉朝勿行啤酒，讲勿出格呀，倷格个漏洞呐吭补法？

周瑜聪明，蛮沉着、蛮镇静，人家一眼勿会注意到。俚拿格只杯子拿过来，端到自家嘴唇皮边上，鼻头底下，屏一口气，鼻头管里格鼻风，呲——冲下来，冲到杯子里向么，沫沫头，呼——散开来。边上一圈有点沫，当中吺没了。那勿碍了。因为格酒炖得烫，或者酒格辰光，拎得高格说法呢，倒下去，也可能会得有一眼眼沫啦。刘备是勿会疑心的。

然后周瑜，走到刘皇叔席面门前，恭恭敬敬，拿杯酒传过来，"皇叔，瑜与皇叔上寿。愿皇叔千岁，千——千——岁！"寿酒。现在辰光举行宴么，席面上有祝酒，大家杯子拿起来祝酒、碰杯。古代辰光呢，叫上寿。格杯酒呢，倷要吃的，吃仔呢，长寿。

倷拿格杯酒在敬过来格辰光，刘备实在勿敢当。刘皇叔直立格立起来，对仔个周瑜，"啊呀，都督不敢！刘备何德何能，何敢都督如此客套？喏喏喏喏，此酒，刘备心领了！无以为报，借花献佛，还敬都督。请都督，满——饮此——杯"。"哈？"周瑜一吓呀，格声"哈"啦，当时是在肚皮里向，嘴上吺不声音。吾说书，要拿俚表演出来么，板要"哈"一来。

其实呐吭？周瑜心里向，别！一跳。哦哟！喔哟刘备厉害的，拨俚看出格杯酒里向有毒。倷听听刘备格种说话看，几化厉害啊？谢谢倷，格杯酒，吾算吃了，心领心领啊。吾吺啥回敬倷，借花献佛，就拿倷格酒回敬倷，倷吃仔吧。周瑜想吾好吃嗄？吾吃仔下去，还活得成功啦？老实讲，吾准备格毒药酒，要药煞倷，勿见得自家吃了。阿有啥人睁开仔眼睛吃毒药酒？

周瑜心里向转念头，慢慢叫看，吾来研究研究。刘备俚讲格个闲话，还是晓得仔格杯酒里向有毒，所以回敬吾。或者呢，俚勠晓得酒里向有毒，俚是无意当中，讲什梗两声闲话。

所以周瑜对刘备只面孔一看么，笃定！刘备面孔上格表情看得出，蛮诚恳。从眼光里格眼色看起来，俚格眼神一眼勿惊慌，也吺不恐惧，也吺不怀疑，而是蛮善意的，蛮和善的。格么倷是勠晓得格杯酒里向有毒。倷完全是客气，无意当中讲格两声说话。既然倷勿晓得酒里向有毒，吾还是要拨倷上当。

周瑜呐吭呢，右手执杯子，一只手抓牢杯子格柄，左手呢，拿件袍拎起来。尔嘚——噗，左脚脚馒头弯下来，落膝，单落膝，下跪。"皇叔，瑜跪敬皇叔，一定要请皇叔赏——光。"跪仔了敬倷，倷阿好不吃？刘备么，实在叫过意勿去。啊呀！周瑜忒客气哉。倷看，跪仔下来了敬吾。吾如果说还要拒绝，勿肯吃，吾格人变不近人情。格么呐吭呢，吃吧。所以刘皇叔格只手伸过来，接杯子。假使说格杯酒，接到手里向，咽！吃下去，完结。刘备格条命，吺没了。当场勿死格哦，当场一眼勿觉着。吃下去之后，回转去，勿等到到夏口，勿等倷上岸，半路上，药性发，性命就完结了。

刘备格只手伸过来要接格杯酒格辰光，当局者迷，旁观者清。旁边头格关云长，看得清清爽爽。

啊呀！云长心里向转念头，大哥啊倷上当仔哇。格杯酒勿能吃的。格杯酒，酒里向有毒！关云长呐吭晓得，杯子里向有毒呢？因为格只杯子犀角杯。关云长熟读《春秋》。列国年间，用毒药酒药人，格种事件多得很。云长看到格只杯子，俚脑子里马上出现了一个故事。

列国辰光，有一个国度叫郑国，耳奠郑，就是现在河南郑州格郑。郑国有个国君，叫郑厉公。郑厉公手下有个奸臣，叫祭仲。权柄呢，侪在格祭仲手里。郑厉公呢一点勿能自由。郑厉公要想除脱祭仲。

那么祭仲呢，有个女婿叫雍纠，跟仔郑厉公一道在花园里走格辰光，看见郑厉公闷闷不乐，连连叹气么，问主人：倷为啥道理要难过？

"唉！"说吾叹气，人勿及只鸟。鸟么，要飞就飞哉，叫么就叫哉。吾倒要讲闲话，有格场化勿好讲。要想做桩事体，有格场化就勿能做。"啊呀"，雍纠说：主人啊！听倷格个闲话是，倷在怀疑手下有权柄格大臣，限制仔倷了，对倷勿尊重了，使得倷觉着心里向勿痛快咯？倷有用吾格场化，吾终归尽心竭力，为倷主公尽忠。

那么一边问俚：雍纠，倷阿是祭仲格爱婿？说：吾是祭仲格女婿，但是爱婿呢，谈勿上。

喔！唔笃格丈人，什个样子对待吾，吾要想弄脱俚，呒不办法。倷阿有计策？假使倷有计策，能够弄脱唔笃丈人格说法呢，唔笃丈人格只职位啦就让拨倷，倷做。雍纠说，吾有条计策。外地遭格灾，水灾啦。倷主人，可以派祭仲去赈灾。俚动身格辰光，吾去送俚，长亭钱别，三杯毒酒毒煞祭仲。

蛮好！商量下来么，就去搭祭仲讲。祭仲答应，明早动身。那么格雍纠当夜，回到屋里向来，搭家主婆碰头。俚格家小就是祭仲格囝唔呀。看见格雍纠只面色勿大对么，就问俚，阿有啥事体？

勿敢讲。唔，呒没事体。家小晓得，丈夫有个习惯，吃醉仔酒呢，要说困话的。那么搭俚吃酒，灌醉俚。

天还黢亮格辰光么，推推俚，俚酒水糊涂、困死懵懂辰光，家主婆问俚：雍纠啊，难道倷忘记脱了吗？雍纠酒水糊涂：唔！主公但请放心，臣三杯毒酒毒死祭仲，不敢忘怀。

家主婆一听，不得了，要药煞俚老娘家！天亮，起来辰光就问俚，倷害煞俚爷？呃！呒介事。还要呒价事，昨日夜头，倷说困话，吾侪听见。

雍纠晓得自家有个毛病，吃醉仔酒要说困话。唔，格么倷勿能讲，讲出来起来，吾命保勿牢。而且格桩事体是郑厉公关照做的，弄脱唔笃老娘家呢，吾就是宰相。将来呢，倷就是相国夫人，吾搭倷共享荣华富贵。

那么家小说：蛮好，不过俚爷，年纪大哉，身体勿大好，俚是勿是出发，阿要吾转去打听打听，再来告诉倷？蛮好呀。

那么俚转去么，格家小就去碰头格娘，拿格桩事体告诉娘。娘拿格个事体去告诉祭仲么，祭仲有数。说：吾要跑的，倷回转去关照雍纠好了，按原来格计划走。

那么雍纠上当。三杯毒酒到长亭分别，要药煞祭仲么，拨祭仲，咋嗒！一把拿倨抓牢。拿酒杯拿到手里，当场化验，验出来酒内藏毒么，嚓！就拿格雍纠杀脱。冲到城里向要来捉郑厉公么，郑厉公得信得快，逃走。后来郑厉公得信，雍纠是吃醉酒，拿格事体讲拨了家小听了，坏格事体。那么倨叹口气，格个事体去搭女格一讲着么，泄漏风声。酒醉误事，祸延事体。郑厉公为三杯毒酒，介险乎弄得国破人亡。格毒药酒放在啥格杯子里呢，就是犀角杯。所以云长对犀角杯，杯中藏毒，印象很深。格么说起来，关云长啊，犀角杯么是一只名贵格杯子，《列国志》里向么，有人用犀角杯放过毒。格倷勿能够说，凡是犀角杯里摆格酒么总归有毒，格也勿通。云长吃准格杯酒里有毒，勿仅仅是因为杯子是犀角做的，还有另外几个角度上，看出来杯子里向有毒。

第一，刚巧吾伲格皮家将，跟仔刘备要上亭子格辰光，为啥道理有两个大将，要过来拿倨点家将拦牢，勿许倨上亭子？第一桩可疑。第二层，到了亭子上，摆酒哉，周瑜格底下人，还要来请倨四个家将到下面去吃酒，勒倨登在亭子上，要弄开倨。两层可疑。第三层，亭子下面，倷看，东吴军兵，大家昂起仔格头，激出仔格眼睛，手里向拿好仔家什。俦在对亭子上头看。从倨笃眼神里向可以看得出，是在待命。只要命令一下，就预备冲杀。等周瑜下命令么，刀斧手杀上来。格是第三层可疑。第四层可疑，今朝周瑜搭刘备吃酒之前，在讲格种客气话里向，恭维刘备，说格种好听闲话，说过了头了。刘备勿觉着，而且听得蛮适意。云长在旁边头就觉着勿对。一个人格谦虚，也有一定格分寸，要实事求是。倷周瑜谦虚得过头，过分客气了。格个名堂叫啥？叫过谦必诈。谦虚过头，格里有诈。第五层，周瑜刚巧敬刘备酒格辰光，刘备说吾心领，借花献佛，回敬倷。周瑜一听，只面色马上变一变。虽然周瑜格面色变，眼神里向露出一种惊慌格眼色，只是一刹那之间，刘备俦吭不看出来。别人也吭不注意。关云长因为观察得特别仔细，周瑜格眼色格变化，面色格转换，倨俦看好了。刘备说一声借花献佛回敬倷，倷为啥道理要吃惊呢？因为倷后来发现刘备，并勿是故意说格杯酒吾勿吃，请倷吃，而是客气。因此倷卜落笃跪下来，再敬的。倷格个面色搭眼色里向，吾就可以看得出，倷格里向虚了。再加上格只杯子，勿用金杯、银杯、白玉杯，而要用犀角杯么，肯定格杯酒里向有毒。而今朝老兄勤晓得，上当，伸手过去接格只杯子。假使说格杯酒接到手里吃下去，还有命活啦？格么呐吭弄法呢，勿能拨倨吃。只有吾跑出来拦脱倨，吾来代老兄吃，拿格杯毒药酒挡脱倨。格么吾跑出来要穿帮哉咯？要露出自家格本来面目了。穿帮下来哪恁办法呢？穿帮下来么，当然格事体要比现在要僵得多的。不过，僵，可以保护刘备。吾勿出来，刘备当场命要吭不。出来吧。

所以云长起只手，拿刘备一拦么，刘备往后头让一让。刘备呆一呆。吭！啥人拿吾一拦？一看兄弟。做啥？再一看关云长呢，起格只右手往帽子上一推，件披肩已经推上去，两条卧蚕眉露出来，须囊袋里两条五绺长须，呋！呋！噗——嗅！透出来。云长左手捋五绺长须，右手过来抓周瑜格只手，嘴里向说一声，吾代饮！

云长格声音，俚还算轻轻叫了。因为俚喉咙响勿过，开出口来格声音，声如洪钟！"某——代呃——饮。"

噗——俚格只手在伸下来，抓周瑜格只臂膊格辰光，周瑜听见。周瑜只觉着耳朵管里格声音，像庙宇里向撞钟什梗，汪——嗯——喳！抬起头来一看。只看见，一个红面孔。

关云长面孔红得呐吭样子么，叫面如重枣。啥叫啥面如重枣？一粒枣子分量蛮重，格么只是代表分量喽，重量勿代表颜色喽。要么红枣、要么黑枣、要么白葡枣，哪恁叫面如重枣？面如重枣呢，格意思就是说树上个枣子熟了。最最好格辰光啥辰光呢，是九月初九重阳节边。重阳节边格枣子呢，格颜色红得了宝光艳艳，脂油囊囊，有亮光，色泽特别显。所以叫面如重枣，俚个红不是就什梗一般格红。两条卧蚕眉，一双丹凤眼，大鼻阔口。面孔上还有七粒朱砂痣，两耳长大，五绺长须，根根过腹。

周瑜只觉着心里向，别别别别……一跳。格只手一抖么，酒杯里格酒泼出来一眼。泼在啥地方呢？银叶子格软甲上，有两瓣银叶子发黑。实际上格个酒里格毒，已经有马脚露出来。

周瑜看见红面孔，晓得勿对。要紧对旁边头一看么，周瑜手下格种家将，几化聪明。要紧拿只盘，乓！传过来。俚拿只盘传过来么，周瑜就拿只酒杯往盘里向一放。底下人拿仔只盘，别转身来往亭子下头一走，到背后头，拿杯毒药酒倒脱，荡一荡干净。另外再换过一杯酒么，马上拿出来验，一眼呒不毒。毒药酒出挡了，过门了。那周瑜笃定，呒不凭据了，硬得起来了。云长看见格只杯子，过门了么，云长格只手缩转来，就勿去抓周瑜只臂膊。

格么，也有格老听客要讲着嗷，关云长呐吭格手脚节奏慢得了。嗯，枉空大将，要抓俚只臂膊，夺俚只杯子会得夺勿下来的。格里向么，叫关云长特为勿去抓牢只杯子，故意的。

为啥？因为云长明白，酒杯里有毒。吾如果说拿格只杯子抓下来，抓仔下来么呐吭呢？抓仔下来么摊牌着呀。局面摆在那，蛮清爽。喏，杯子里么有毒。验出来有毒，呐吭？周瑜板面孔着喽，是的，有毒。今朝就是要害煞俚刘备，拍破面孔动手了。嘭，下头大将冲上来打。一塌糊涂，要弄得不可收拾。格种么要一塌糊涂。云长心里向转念头，吾来个目的是啥了？保护刘备。让刘备太平无事回转夏口。吾目的是保刘备，勿是要杀周瑜，也勿是要弄得孙刘破裂，也勿是要弄得两国开兵。老实讲，产生什梗种后果，弄僵哉，刘备家人家完了。吾伲还要借助江东，要借俚笃格力道一道去搭曹操打。因为吾伲格真正格敌人是曹操。搭周瑜呢，只好有点分寸。毒药酒俚想要害刘备，谈也勿谈。格条计策勿能拨俚成功的。但是呢，顶好么勿板面孔，客客气气。大家有个落场势，能够体面格过去，也勿叫俫周瑜么坍台，让刘备么吭不事体。喏，格个是最最好格的办法。所以，云长格只手伸过来个辰光，勿去急于抓牢俚只杯子，让俫格只杯子过门。是俚个策略，特为格恁样子做的。并不是云长吭不本事手脚忒慢。从大局出发，俚是什梗考虑。

周瑜呐吭呢？周瑜立起来。周瑜只面孔上格表情，勿大好看，有点僵哈哈："皇叔！这一位是谁啊？"刘备一看么，"呃，这！这！"哈，吭趣，吭趣，吭趣。

刘备心里向转念头，兄弟啊，俫啥格事体啦。俫今朝到该搭点来，讲好的。周瑜要谋害吾，俫跑出来保护；周瑜勿害吾的，俫勿出来，默默出出来，秘密得极格回转去，只当吭介事。格么今朝周瑜搭吾么最好吭不，什梗种客气格情形，俫跑出来做啥呢？而且俫看酿，帽子么推上去，组苏么露出来。红面孔，长组苏，也勥讲着嘞，啥人勿晓得是关云长。那么周瑜问吾，吾呐吭讲法？吾说是兄弟。接下来，周瑜板要问的，唔笃兄弟啥体要扮家将？吾就讲勿出。那么吾说鬼话吧，哼，格个，格是吾个家将。那么周瑜板要问个嘞。既然是家将么，格为啥道理，吾敬俫皇叔吃酒，家将可以跑出来接酒了代俚吃呢？家将吭不什梗种格资格嘞。何况兄弟格面目已经暴露，吾现在说仔鬼话是家将，停一停，搠穿帮，再说是关云长更加弄僵。

啊！刘备心里向怪兄弟，勿应该出来。老实讲吧，还是老实讲吧。"啊——都督，这这，这乃是吾家二弟云长！""莫非当初斩颜良、诛文丑的关君侯么？""然也！""啊！啊——喔。"实头是关云长！周瑜强装欢容，到云长门前，欠身一礼，"君侯！不知君侯驾到，多多失敬，望勿见责！瑜有呀——礼！""都——督！不敢，关某有——吔礼！"

"来！""是！""摆坐头！""是！""添杯匙。""是！"底下人一只座头，在刘皇叔一桌酒旁边头摆好，再添好一副杯子了筷唔，一把匙，摆好。

"君侯！请坐用酒！""关某理应侍立，怎——敢妄坐？""啊呀呀呀呀呀呀，君侯，瑜不知君侯驾到，故而方才多多失敬，未曾叫君侯请坐。喏喏喏喏，如今这厢，赔吔罪！呃呵，请坐！"

刘备心里向转念头，兄弟啊，请俫坐么俫就坐着呀。俫看周瑜种闲话讲得啊算得好着嘞。刚巧勥晓得俫来，所以了也勥搭俫行礼，也勥端正好座位了请俫吃酒。对勿住对勿住哦，失敬失敬哦，俫俫俫勥动气哦。"二弟坐啊。""告——呃坐。"

云长坐定，刘备坐好，周瑜也入席坐好。旁边头底下人过来，替云长杯子里向洒好一杯酒。周瑜呢，拿杯子拿起来，"皇叔！君侯！请！""请！""请！"

喀——周瑜一饮而尽。刘备，亦然干了一杯。云长呢，杯子拿起来，演演手势，仍旧放下来，勿吃。周瑜呢，拿台子上把酒壶，也就是刚巧，盘里向格把酒壶，尔嘚——杯子里再洒好一杯，再干了一杯。格个一杯呢，干拨了刘备搭关云长看。啥意思么？就说明，酒壶里刚巧格酒，吭不毒格啊。因为吾酒在盘里向格只杯仔里向，就是格把酒壶。现在吾自家杯子里向，方才么满过一满，现在么再洒满一杯，再吃拨俫看。假使酒里有毒，吾自家吃下去，吾就要死。俫在吃拨关云长看格辰光么，云长心里向转念头：周瑜啊！俫勠补漏洞仔呀，俫该种吃法，其实就是啥呢，就是"此地无银三百两，对过阿二勿曾偷"。为啥道理俫要补漏洞呢？因为格里向有仔漏洞了，所以俫要去补。格个名堂叫啥？叫欲盖弥彰。俫越是要掩盖呢，俫越是暴露。毒，勿是在酒壶里向的，毒是在杯子里向。云长勿响。俫吃拨吾看，俫就告诉吾，方才杯酒里向有毒。云长是更加肯定了。周瑜心里向转念头，刘备厉害！

吾原说，请刘皇叔过江来吃酒么，一干子。大将也勿带，单舟过江，小兵也勿有。哈呀，几化坦率啊，几化信任吾啊。一眼勿防备。哪里晓得偋有准备，而且准备得很周密，叫俚格兄弟扮仔个家将立好在边上，而且俚笃格兄弟眼光是准的，晓得吾酒内藏毒，跑出来拦脱。那么明白着嗄，怪勿到，吾叫徐盛、丁奉要拦牢家将勠拨俚笃上来，结果拦勿牢上来四个。呐吭会得拦勿牢呢，家将里向有个红面孔在，红面孔格本事比徐盛大吃，徐盛是拦俚勿牢。

哪侪清楚了。方侪辰光吾格手下要去请俚笃四个家将下去吃酒，叫俚笃离开，俚笃一个也勿肯走么，对的。方才为啥道理三个大将挺胸凸肚，一个大将垂头丧气，头沉倒勿响么，原来俚只面孔勿能拨了吾看见。哪侪想出来着。但是想出来呢，格杯酒，事体已经过脱了。

周瑜心里向转念头。刘备，俫厉害的！俫带唔笃兄弟，扮仔家将到该搭点来，俫厉害的。不过，俫条命仍旧保勿牢的。为啥呢？因为俫好像一只鸟，在临江亭，等于在江东一只笼子里向。俫要想破笼而飞，办勿到！吾埋伏，重重叠叠！侪安排好了！毒药酒是吾格第一步！毒药酒害杀俫呢，是有礼貌的，秘密的，可以勿承担责任的，弄杀俫。而毒药酒勿成功了，吾刀斧手准备好了。吾曼得呐吭？吾曼得拿只酒杯拿起来，擦冷！望准席面上，蹭！一掼，杯子碎脱。喤！下头格人马冲上来，刀斧手冲上来么，嚓！动手拿刘备杀！

关云长保护有啥用场。关云长一干子、一个人狠勿到哪搭。那么老实说，关云长格狠，狠在马背上，俚是马将，狠在青龙刀上。今朝赤兔马、青龙刀侪勿带，就是腰里向一口宝剑，俫格本事大大叫打折头。俫是虬脱仔格长处在用短处，步下勿是俫格擅长。吾今朝要弄杀俫，稳照牌头。真格赛过像手伸到袋袋里向去摸样物事出来什梗便当。

格么吾要拿只杯子望准当下掼，叫刀斧手冲上来，总要有个名堂？板面孔么，要有个上场势，板得落面孔。什梗，吾来质问刘备。今朝俫为啥道理，叫唔笃兄弟，乔装改扮家将？唔笃兄弟清清爽爽，原来格身份就是蛮大，关君侯，汉寿亭侯，俚汉寿亭侯格身份到该搭点来，吾也是要招接俚的。吾也是欢迎的。啥体会侯爷的打扮勿着，要扮一个家将，啥道理？俫搭吾讲个原因出来。刘备讲勿出格呀，刘备呐吭讲得出。张怕吾要谋害，叫兄弟扮家将，格个话是，所谓叫戏房里闲话，勿能摆到戏台上来做的。吾曼得问俫，俫讲勿出，为啥道理兄弟扮家将，那么吾马上就单刀直入。点穿俫：刘皇叔！吾明白的！俫叫唔笃兄弟扮家将到该搭点来么，问也勿问得，俫是张怕吾周瑜要害杀俫，所以唔笃要叫兄弟扮家将保护，对勿对？那么刘备叫承认也勿好承认，否认也吭不闲话。俚回答勿出格辰光，那么吾板面孔：刘皇叔，孙刘联和，两国同盟，应该是肝胆相照，生死与共。因为吾伲现在，在一只船上，风雨同舟。格么应该是俫帮吾了，吾帮俫，俫相信吾了，吾信任俫。今朝吾请俫过江来吃酒蛮诚心，欢迎俫皇叔到该搭点来。为啥道理俫要叫唔笃兄弟扮家将来防吾呢？俫勿当吾自家人看待，俫当吾敌人看待。俫勿像朋友，俫在防吾咯？格俫什梗种心情，俫对吾什梗种态度么，吾、吾搭俫哪怎合作得落呢？吭不基础哉！蛮好，本来么吾勿害俫，确实是朋友。因为俫勿当吾朋友，俫当吾敌人用，吭啥客气，格么今朝吾就当俫敌人用。勿是吾周瑜勿讲道理，因为俫先勿讲道理。俫先用格种态度对待吾，格吾就板面孔。铿！只杯子往下头一甩么，有道理啊，吾言之成理。

对。周瑜转定当念头么，对仔格刘备，"皇叔！""都督！""今日瑜请皇叔过江赴宴！蒙皇叔不弃卑贱，屈高就下，瑜不胜感激。今日君侯过江，瑜也万分欢迎。缘何君侯乔装家将，请问皇叔是何道——理？""呃，这。呃，这个。呃呃，呃呃。"

那么僵。呐吭讲法呢？刘备心里向转念头，吾又勿好说，张怕俫害杀吾。所以伲兄弟扮家将，暗中保护，说勿出的。俫葛嘴葛舌、支支吾吾么，周瑜格面孔就两样。

"皇叔，莫非在那里疑惑周瑜，要将皇叔谋害？故而叫令弟乔装家将，暗中保护。可是么？""呃，这这。"那么僵，点穿俫。刘备勿好承认，承认仔要弄僵。"呃，这这。"

俫，这这这这，说勿出格辰光么，周瑜格面孔加二板得结棍。"皇叔！瑜请皇叔过江，共议破曹之计，皇叔叫令弟乔装家将，太觉多——疑——吧了！"俫疑心病试重。只要刘备再讲勿出么，周瑜板面孔。齐巧在格个尴尬格辰光么，云长心里向转念头，大哥啊！俫开口酿。俚在问，俫要回答的。俫回答勿出，事体要弄僵。

格么呐吭呢？吾来。俫回答勿出么，吾来。"都——督！""呃喝，君侯！"奇怪了，周瑜听见关云长格声音，勿知呐吭格心，会得别、别、别——发荡。

格么算算，关云长格地位勿及周瑜高，权也吭不周瑜大。周瑜是江东孙权以下，地位顶高了，统率十万大军格都督。格为啥道理，关云长今朝扮一个家将跑到该搭点来，一开口，周瑜心就会得发荡？有道理的！因为今朝周瑜，勿转好念头。要害杀刘备，邪气念头，邪啦。关云长呢，关云长格面孔上，有一股浩然正气，正。周瑜是邪。格名堂叫啥？叫正能克邪！邪不敌正！所以周瑜，尽管地位高、权柄大、势力结棍，听见关云长格声音，心会得发荡。

"君侯！""嗒问关某，因何乔装家将？其中有个讲——究。""请教。"啥格讲究呢？

云长说：道理蛮简单。刘、关、张，二十年前桃园结义。吾伲结拜弟兄格辰光罚过咒，不求同年同月同日生，但愿同年同月同日死。后来，伲大哥，受当今皇帝衣带诏，要灭曹操兴汉室。曹操搭伲阿哥呢，势不两立，不共戴天。今朝，伲老兄过江来，到三江口替俫都督碰头。经过长江辰光，吾很担心。担心点啥呢？曹操派人马在长江有埋伏，半路袭击，谋害吾兄。所以吾乔装打扮个家将，暗底下保护，防曹操来袭击。因为曹操乱臣贼子，搭伲老兄不共戴天。格么俫都督，光明磊落。俫都督搭吾伲，无冤无仇。俫呒不道理，呒不理由要害杀伲老兄，所以吾绝对勿是防备俫周都督，吾是防曹操。俫覅动气，俫覅多心。老实讲一声，普天之下，要谋害吾伲老兄的，只有像曹操什梗一类格"乱——臣——贼子"。

"请都督不用多——疑。""哦——喔！"周瑜叫啥拨了关云长骂得了，面孔上只好笑嘻嘻。

啥道理呢？板勿出面孔。倵扮家将是防曹操的，勿是防备俫周瑜。因为长江里要经过曹操地方，要害刘备。害刘备，只有曹操，乱臣贼子，要害刘备。俫周瑜，好人，俫规矩人，俫呐吭会得害刘备呢，呒没理由。闲话里向啥意思呢？俫今朝要害刘备，俫实际上，就是立在曹操一面，俫也就是乱臣贼子一类里向。格么周瑜又勿能老老面孔：嗳！是格呀，吾是乱臣贼子，呐吭啦？格个闲话说勿出，就拨倵骂得了，只好点头。对格呀，吾是好人呀，吾是勿会害刘备的，喔——原来什梗？

刘备服帖。兄弟格嘴讲，会说。拨倵什梗一讲呢，避过去了。

唔笃再拿起杯子来吃格辰光么，下头徐盛、丁奉俫在看。喔！台子上多仔个人，红面孔，长组苏，关云长！云长名气响勿过，威震天下！

"哗……"唔笃俫在看亭子上周都督格面色，晓得周瑜板要动手的。周瑜呐吭呢？周瑜心里向转念头，扳错头要杀刘备，勿来事。因为关云长，拨倵格漏洞补脱了。格么吾呐吭呢，杀刘备还是要杀的，勿能放倵回转去。只杯子，仍旧要望准下头丢。呐吭丢法呢？假痴假呆。周瑜拿只杯子拿起来，喝着一口。放下来格辰光呢，格只杯子勿放在自家门前。放了啥场化？放了台角上。放了左手格台角上。周瑜呢，右手起三个节头子，拿左手自家格只袍格袍袖，兵！拎起来。古代辰光人格袖子管特别大，大袍阔服，袖子管大。倵拿袖子管，嗅！拎起来格辰光，只要三个节头一放，倵格只袖子管，尔嘚——荡过去么，荡在只杯子上。带着只杯子么，杯子，擦冷！落地。算一个勿当心，拂袖子管了，拿只杯子拂在地上。那么周瑜呢假痴假呆立起来，倵俫算张怕酒泼在身上了什梗么，望准里向一溜头。其实呢，格只杯子落地是信号，下面格人马就可以冲上来杀刘备，杀关云长。周瑜在三个节头子，拿格只袍袖拎起来格辰光，小爆眼睛对下头徐盛、丁奉一窥，眼睛一眨么，隐隐然，呃！徐盛、丁奉，注意啊！吾袖子管拎起来，吾马上就要带脱格只杯子。今朝格只杯子落地么，唔笃带人马冲上来，阿有数目？

俫在对倵笃两家头眨眼睛格辰光么，徐盛、丁奉看得蛮清爽：喔。有数！要动手！杯子已经放到台角上，袍袖在拎起来，袍袖带脱杯子么，伲冲。有数目，有数目。对周瑜点点头，晓得了。

徐盛、丁奉手侪搭在剑柄上，眼睛激出，看好周瑜上头格动静。五百名刀斧手呢，刀、枪，手里侪拿好。"哗……"眼乌珠侪激出，侪在等上头格命令。格个辰光，可以说是剑拔弩张，紧张得不得了。刘备勿晓得，刘备一眼勿觉着。呐吭晓得，周瑜三个节头一放，俚格条命危在旦夕。刘备勿觉么，云长看好了。云长丹凤眼眼梢一窥，啊呀老兄啊，侬看酿，周瑜要动手快哉嗻，老兄糊里糊涂，酚觉着。

世界上顶顶危险格就是啥？身临险地，而自家一眼勿觉着危险。旁边头人看见了，旁边格人比侬还要来得急。云长心里向转念头，格只杯子勿能拨俚落地！一落地，不可收拾。只有呐吭呢，杯子落地之前，制止俚。云长用啥个办法来制止周瑜么？俚格身体带侧，坐出一点。左手，搭在青钉剑格剑壳上，右手搭在青钉剑格剑柄上，俚格宝剑柄，下头荡一蓬红绿丝线摆格苏头，坠子啦，蛮长的。俚搭在剑柄上辰光，拿格剑柄，嗯！一摇。剑柄一摇么，下头格蓬苏苏头，嗤嗤嗤嗤——转一转，哗啦！一个圆圈圈一转呢，动作蛮大，可以让侬周瑜看一看。云长咳一声嗽，尔——噗！咳嗽格辰光，剑柄，嗯！一摇，嗤嗤嗤嗤——红绿丝线苏苏头，哗啦！挥一个圈圈么，周瑜听见。

周瑜刚巧三个节头子，要放格辰光，听见一声咳嗽声音。头别过来一看，只看见红面孔，手搭在剑柄上，嗯！宝剑柄一摇。有数目了，俚有准备了。格声咳嗽里格闲话，啥个意思呢？周瑜懂的，心领神会。格意思就是：周瑜，阿要酚动手？假使侬要只杯子带脱，吾马上宝剑出匣。侬要跑，吾先拿侬一宝剑结果性命。今朝么叫啥？叫咽落去一道死，同归于尽。侬要害杀刘备么，侬周瑜也酚想活！格个意思，周瑜阿懂？呐吭会得勿懂，几化敏感了。

关云长格眼光，搭周瑜格眼光，闲话么侪呒不的，眼光搭眼光里向侪是闲话。

俚在表示，叫吾酚动手。动手，俚也要动手。吾、吾来试试辰光看哦。周瑜想，吾三个指头一放，袍袖带过去，带只杯子，擦冷！杯子落地。杯子落地，红面孔，啪！立起来。吾立起来，红面孔，噗——跳过来。吾转出席面，俚宝剑出匣。吾别身走，俚宝剑望准吾头颈里向，嚓！一剑。徐盛、丁奉还酚冲上亭子么，吾格头，噗落笃，落地。刘备酚死么，吾先死。今朝吾，要杀刘备呀，勿是要杀自家哟。倘然吾自家死脱么，就算刘备搭关云长侪死脱，吾也勿晓得。老实讲一声，要保存自家，那么再可以消灭刘备。自己也勿能保存么，消灭刘备还有啥格意思呢？太平点吧。勿能动手，勿保险了。所以周瑜要紧眼睛对底头徐盛、丁奉一窥，嗤！勿能动手。袖子管望准横垛里向一放，拿只酒杯摆到当中，酒壶拎起来，尔嗬——洒一洒满。

"皇叔、君侯——请！""请！""呃呵呵！都督请！"刘备呐吭晓得，就在格举杯之间呢，性命就在眼睛门前，险啊！刘备勿晓得。

唔笃么亭子上吃酒，周瑜呐吭？动脑筋。总要有办法，摆脱关云长格监视，拿刘备结果性命。好来好去，吾下头埋伏重重叠叠，刘备跑勿脱的。现在暂时吭不机会，停一停再讲。

唔笃么在吃酒，亭子下面呐吭？哗……消息传开来。关云长来了，夐响。格关云长来，吭不用场的。俚赤兔马、青龙刀勿带，俚深入重地，俚离开夏口格路杳杳觅觅。夏口格重兵，吭不办法到该搭来接应，孤军深入，一拓括仔带得来廿个家将，就算有个红面孔，有啥用场？在吾伲格包围当中啦，俚格条性命，还是在吾伲手里。只不过等机会。

唔笃在待机而动么，吾交代一个朋友得信。啥人，诸葛亮！

今朝早上，诸葛亮起来之后，心里向在转念头：昨日周瑜，用借刀杀人计害吾。格条计策拨吾避过，而且吾叫鲁子敬带信，告诉周瑜：大局为重。因为曹操格大军在门前头，夐来害吾哉。一道动动脑筋，破曹操吧。那么吾自以为，格两句闲话呢讲得蛮诚恳，周瑜呢，大概能够接受。阿有啥回心转意了，共同对敌。不过，周瑜格人，捉摸勿定，勿知阿有啥另外花样来。今朝登在船上，吭不事体，蛮笃定。嗳，忽然看见岸上，一路军队，嘎咯咯咯咯咯——出发。啥事体？诸葛亮蛮敏感。就关照自家船上格船老大，此人姓撇未朱，排行第二，叫朱二官。说倷搭吾上岸去探听消息看，格路军队到哪里去？那么格朱二官呢，虽然搭诸葛亮，一道相处得吭不几日天。就是从柴桑郡到三江口来，格只船呢，变诸葛亮格船。船上人侪归诸葛亮差遣着啰。格么船老大算心腹的。诸葛亮呢，每逢随便啥事体，派俚去打探消息。探仔回转来，总归有赏赐。顶起码五两银子，或者么十两、廿两。格么诸葛亮铜钿夐带得来，欠账，关照俚做账。等到将来授授单了，一道付拨倷。所以个朱二官，听见诸葛亮派俚去打探消息是，又要有进账，上了。看见太史慈格军队望准归面去么，俚就跟过来。朱二官只面孔，叫韭菜面孔，一拨就熟，搭随便啥人侪笑嘻嘻，蛮会敷衍的。

唉，各位，唔笃到哪里去？接客人！接啥客人？夏口来格大客人！一道去！蛮好！

跑到江边，队伍排好，彩排楼搭好。看见一只船来，看见刘皇叔上岸，看见太史慈接刘皇叔，看刘皇叔上仔马，搭太史慈一道，望准临江亭跟首过去么，俚要紧回过来报告军师。

奔到船舱里向。回禀军师！小人奉命到岸上去打探消息，看见太史将军带领人马出来。吾跟俚一道过去，到归面江边，搭好彩排楼，队伍排好，看见一只船来。叫啥俚笃今朝接一个大客人。周都督在请客，就在临江亭上摆酒水哟。军师啊，倷阿晓得来格客人啥人？勿是别人呀。呃！军师，就是倷格东家，夏口刘皇叔到该搭点来，今朝俚一只船到此地呀。现在上仔岸了，搭太史将军一道，望准临江亭去仔呀。

倷闲话还夐讲完，诸葛亮格个一急么，急得俚魂灵心，啡——出窍。直立格立起来。嗬冷噔噔噔噔噔噔，跑到船头上看看看，阿看得见刘备？假使看见刘备呢，马上扇子搭俚招招，俆赶快下船，赶快动身回转去。俆临江亭去勿得。到船头上一看么，路距离得远勿过，看勿见。诸葛亮急杀了，嗬冷噔噔噔噔噔，到船梢上，也看勿见。船头上，船艄上，连跑几埭么，方寸大乱。

诸葛亮格人，勿大会得方寸大乱的。今朝急煞了。俚心里向明白，周瑜请刘备过江来，不怀好意。蛮清楚，叫刘备来，就是要害杀刘备。因为俚杀吾，杀勿成功。骗刘备来杀。刘备杀脱么，吾诸葛亮呒不东家，只能投奔江东，或者回转卧龙岗种田。俚格条计策叫倒树尽根。周瑜啊，俆脱辣手。昨日吾搭俆讲，劲敌当前，大局为重，俆非但勿听吾格说话，外加下辣手，拿伲东家骗到该搭来要害杀俚。而东家呢，粗心大意，居然上当，跑到该搭点来。来，有路，回转去呒不门。那是到龙潭虎穴之中。周瑜格人，勿达目的，俚勿肯罢休的。假使东家死脱么，叫吾哪恁办呢？投江东，谈也勿谈。俚变吾冤家哉哟，害杀吾东家是冤家。投周瑜，吾勿肯的。回卧龙岗，吾也勿愿的。老实讲，俆周瑜什梗辣手么，吾一定要报复。呐吭报复么？吾回到夏口去带领大将，带领人马，哈郎当！配合曹操，一道打过来，搭俆周瑜拼命！

所以周瑜格条计策，真危险。假使周瑜格条计策成功下来，诸葛亮再带领人马打到该搭么，周瑜人家也要完。不过诸葛亮心里向转念头，什梗办呢，刘备完结哉。吾今朝格目的要保刘备。呐吭弄法？吾上岸去。吾也到临江亭，勿来事。吾上岸，到临江亭碰头刘备。因为今朝周瑜骗刘备来啦，俚勿晓得用点啥格花头？吾去，鬼话对穿帮。恼羞成怒，落勿落场，横竖横，弄僵。反而要尴尬。再一想么，有了。吾到半路上去等吧。假使说刘皇叔太平无事回转，顶好！有事体的，勿搭俚完结。

不过吾想，刘备个人呢，吾了解，俚也是一个慎重格人，是个英雄，见多识广。俚勿会冒冒昧昧，一个人过江来，俚可能带人保护。而且听方才朱二官讲，停船格辰光么，有一个水手，举一只铁锚，啪！跳上岸，是一个黑面孔，阿胡子么，看上去格苗头是周仓。周仓来，说勿定关云长也来了。危险虽然危险，但是说勿定，还有一滴滴希望了，可以有救。

所以诸葛亮拿船开到半路上去等刘备啦。弄僵么，回夏口，拼命！但愿得么太平无事。

诸葛亮么去，勿晓得格亭子上格周瑜勿死心。周瑜格人就是格个脾气啦，俚落勿落。俚今朝勿达到目的，坍什梗格台，谈也勿谈。不肯完结的。俚下头有五百名刀斧手，外圈有太史慈三千名军兵，江边有何灿，水营里向还有吕蒙、甘宁、蒋钦、陈武，水、陆路人马重重叠叠。

第七十三回

临江会（三）

周瑜，哄骗刘皇叔过江，临江亭上，要想阴谋暗害刘备。格桩事体拨了江边诸葛亮得信之后，急得俚方寸大乱。虽然估计，刘皇叔是会带人保护。但不过，周瑜格人手条子脱辣，恐怕今朝是凶多吉少。所以诸葛亮在半路上听候消息。如果说刘备，要有点啥危险么，诸葛亮横竖横，要回转去，带领夏口格文武官员了，来替刘备报仇。格么孔明，让俚提心吊胆，在半路上，长江芦苇窝里向，等刘皇叔。

格么亭子上呐吭呢，周瑜搭刘备表面上看看，仍旧蛮热络，一道在吃酒。其实骨子呢，气氛已经搭刚巧两样。周瑜格热情，比方才是要减退，格刘备也觉搭的。格么刘备呢，勿怪周瑜。俚是心里向在怪兄弟，红面孔勿好。因为周瑜蛮客气，在请吾吃酒。俆跑出来，拦脱俚，代吃。蛮清爽，俆是在有怀疑。那么周瑜要勿开心。尽管说关云长漏洞补得蛮好：吾今朝来是保大哥，主要是防曹操，勿是防备俆都督。俆光明磊落，俆也勿多心。格么人家总归勿快活格呀。所以周瑜格冷淡呢，刘备倒能够谅解俚。不过吃酒辰光，发现关云长连连在对老兄眨眼睛。云长啥意思呢，大哥，阿有啥俆，快点跑吧。有啥格闲话要搭周瑜讲呢，马上讲脱。此地呢，最好勿多留。龙潭虎穴，不宜久留。辰光越多呢，危险越大。

俆眼色甩过来，刘备当然懂俚格意思的。刘备心里向想，吾今朝到该搭来格目的，就是要拿诸葛亮请转去。格么周瑜昨日搭糜竺讲的，诸葛亮今朝早上，回到三江口，勿知俚唔来了？吾来问声看。倘然说，卧龙先生已经到三江口哉，格么吾就想带俚回转。

所以刘皇叔问周瑜："都督。""皇——叔！""卧龙先生可曾回到三江口？刘备意欲把先生带回夏口。"周瑜心里向转念头，啥物事啊？喔，俆想拿诸葛亮带转去啊。诸葛亮人在，勿能拨俆碰头，更勿能拨俆带转去。老实讲吾今朝还是要想办法弄杀俆，呐吭好让诸葛亮来搭俆见面呢。"皇叔来得不巧，卧龙先生尚未到此。喏喏喏喏，待等先生到来，瑜把先生送——到夏口。""不敢不敢！"刘备连连摇头：勿敢当，卧龙先生来，俆曼得通知吾一声，吾再来接好了。啥格俆送得来么，因为俆都督军务繁忙，俆呐吭好离开三江口呢，勿敢当的。

刘备心里向转念头，既然，诸葛亮还呒来，格么吾跑吧。勿多耽搁哉，因为大家侪忙煞格呀。俆周瑜什梗，身为三军统帅，曹操在赤壁山，有几化公事在等俆去处理。格吾何必再多登辰光呢，所以刘备立起身来，"大都督，刘备不胜酒力，告——呃辞了"。"时光尚早，再请款座，用酒。""呃呵，不消，刘备告辞了。"

刘备一定要走么，周瑜立起来，双方要转出席面，唱一个喏。格老法规矩，名堂叫啥，叫终席。格桌酒水呢，就算结束了。两家头，大家在立起来，在转出席面格辰光么，周瑜又在动坏脑筋。

周瑜想，刚巧吾要想带脱只杯子，为啥道理勿敢带？因为吾坐好在那。吾袖子管带脱杯子，吾要立起来，再要转出席面，那么好望准后头跑。那么吾在立起来转出席面格辰光呢，关云长可以到吾旁边头，看牢吾。吾走，走勿脱。现在乘终席格机会么，吾本来要立起来转出席面，人家勿防备格咯？在转出席面格辰光，周瑜假痴假呆拿只酒杯往台角上一移。三个节头拿袍袖提起来，小爆眼睛对下头徐盛、丁奉一看么，隐隐然，注意！带杯子了要。

俫在对下头看，徐盛、丁奉两家头，眼乌珠激出仔在望，就在等周瑜格命令。看到周都督，转出席面哉，杯子放到台角上，在对俚眨眼睛么，有数目，晓得要上了。两家头手侪搭在剑柄上，等杯子落地，带领刀斧手往上头，冲！唔笃在看格辰光，周瑜三个节头子正要放下去，来勿及。啥体么，俫周瑜立起来，关云长也立起来。俫转出席面么，云长也转出席面。刘备觌注意周瑜格动作么，关云长格两只眼睛啦，始终是看好俫周瑜。一看周瑜假痴假呆，杯子放到台角上，袖子管拎起来，眼睛在对下头望么，心里有数目，晓得俚又在动坏脑筋。

格么周瑜啊，客气点，今朝格事体么，阿有啥太太平平完结。云长已经走到周瑜旁边头，周瑜还觌注意哦，云长轻轻叫咳一声嗽：呃……噗！俫咳一声嗽么，周瑜叫啥心里向觉着，别！一跳。关云长格声音，周瑜特别敏感。听见咳嗽声音，马上就注意。眼梢一窥么，只看见关云长，立好在俚旁边头。左手搭在剑壳上，右手搭在剑柄上，丹凤眼在对周瑜看。隐隐然，俫阿要动手？俫要动手带脱杯子，吾马上宝剑出匣，辣！一剑，拿俫结果性命。就算吾今朝死，刘备也勿能够活。格么周瑜咽落去，一道死，俫看呐吭？

"呃！"那么周瑜弄僵。拨了红面孔呆牢哟。俫勿好动手嘎。一动手，自家先死。所以周瑜假痴假呆拿只杯子揢一揢进，袖子管边上一洒，对徐盛、丁奉眼睛一眨，头一摇么，勿能动手的。徐盛、丁奉也晓得，勿来赛了。

周瑜到当中，搭刘备，唱一个喏，宴会结束，终席。

"大都督，刘备告辞了。""瑜相送。"刘备格种人，交关知趣。俫周瑜是个忙人，日理万机，什梗军务繁忙，还要拿吾送到江边了，或者送下亭子呢，要耽误俫公事。耽误公事，影响破曹操，对江东不利，对吾刘备，也不利。算了，覅送了。"大都督军务繁忙，不劳远送。喏喏喏喏，刘备心领，呃呵，告辞了。"算俫送到江边。俫什梗一说么，周瑜顺水推船，"哎呀呀，既然如此，皇叔是长者，呃呵！瑜恭敬不如从命呃，恕不远——送！"

周瑜闲话讲得阿要客气，恭敬不如从命，勿送倷阿哉。格刘备想覅客气。自家人么，何必呢，所以刘备别转身来，袍一提，下亭子去。周瑜，就立了当中勿动。格个辰光周瑜格心里向是，快活是快活得勿得了。好极了，刘备啊，倷覅吾送，吾求之而不得。倷现在辰光下亭子去，吾在亭子上头，红面孔呢，跟倷一道跑。唔笃两家头下亭子走，吾搭关云长脱离接触，吾就呒不危险了。吾只要在亭子上，嘡！只手一举好了。徐盛、丁奉、太史慈三千五百名军兵，哈啦！一个包围么，拿唔笃一网打尽。快活在心里向。倷在快活么，云长在旁边头心里向的，火是火得勿能谈。对老兄望望，老兄啊，倷个人呐吭什梗老实呢。周瑜要送么，顶好俚送呀。老实讲一声，伲今朝，赛过在老虎格窝里向，龙潭虎穴。随时随地有可能拨老虎吃脱的。嗳，格么呐吭可以会呒不事体呢？就是说，伲要拿只小老虎捉在手里向，作押包。倷老虎要来咬刘备么，吾就拿只小老虎掐杀。那么俚要保护小老虎呢，俚就勿敢来谋害倷刘备了。那么倷老兄跑，俚要送，倷覅俚送，俚来得正好。那么吾搭倷两家头下去，虽然吾在倷大哥旁边头，吾可以保护倷。呒不用场格呀，一人难敌四手，四手最怕人多。拨俚笃大队人马围困上来，吾一个人，吾呐吭挡得住？更何况，赤兔马、青龙刀勿在旁边头，打起来格本事要大推大扳，打大折头得了哟。吾呒不把握。格么呐吭弄法呢，一转念头，有了。

云长走到周瑜门前，恭恭敬敬，施一个礼，"都督，关某告——辞"。"喔——噢！"周瑜心里向转念头，红面孔回头吾，辞行。倷辞行么，吾呐吭呢，周瑜也顺言之语，冲口出来：吾送倷哦。格么周瑜心里向有个准备的。啥格准备么？红面孔，决计勿会要吾送。为啥么，身份范畴哟。刘备倷覅吾送么，俚呐吭有资格要吾送呢？横竖倷总归覅吾送么，吾乐得假客气。趁嘴甩，脱口而出："呃呵，瑜相送。"

周瑜是完全假客气。想勿到格假客气，碰着个真老实。格么周瑜勿防备。云长呐吭呢？转到周瑜下手，云长起格只左手，望准周瑜右手脉息上，嗒，一把抓牢。云长格只右手，望准自家青钉宝剑格剑柄上一搭，格个架子，就摆好了。有点啥，俚马上可以拔出宝剑，拿周瑜一剑了。嘴里向是客气得来，"都督，不劳远——送"。

嘴里向说不劳远送，手里有数目。乓！拖仔周瑜走。倷周瑜走得快点，俚捏得松点；倷要走得慢点格说法，俚节头子，嘎啦！稍微紧一点点么，周瑜已经痛得了勿得了了。倘若说关云长要用一用功夫，嘎啦——一把是，倷周瑜粉碎性骨折也讲了。啥格力道了。

周瑜拨俚什梗一捏一拖么，心里有数。格个用勿着讲的，手里都是闲话在，马上带紧脚步，跟俚走格辰光，嘴面上还要搭俚客气了呀："呃呵，瑜理应相送。""请都督留——步！""呃！定要相——送。"

周瑜响勿落，红面孔啊，倷还是要吾送了，覅吾送？嘴里是客气得来，留步啊，覅送啊。嘴里么客气，手里勿客气了。关云长格只手，勿说虚头么，总小小叫格蒲扇什梗一把，俚个两根节头子，总比太湖萝卜么，稍微细着一滴滴。捏在徕周瑜格臂膀上格辰光，啥格分量了。虽然周瑜也有点武功么，格到底推扳一大段了。捏着么，周瑜只好跟仔俚跑。

唔笃两家头在后面过来格辰光么，刘备在门前弄勿懂：吪，奇怪？呐吭格兄弟搭周瑜，忽然之间特别客气起来哉呢。啊，一个么再三勴送，一个么再四要送，一个么再五再六格勴送么，一个再七再八格要送，啥格道理呢？刘备眼梢一窥么，响勿落。周瑜拨了兄弟一把拖下来格呀。那么有数目，兄弟格用意。啊，只觉着兄弟，徕格里向好像过仔点分了。刘备又勿好响。

刘备在下礓礤格辰光么，徐盛、丁奉看见了。刘备送到俚门前，该个辰光要杀刘备是，顶顶便当。路也勴走得的。拔出宝剑，嚓！手起剑落么，刘备格头落下来。阿要动手呢，格呒不命令勿来赛。徐盛、丁奉两家头，眼乌珠在对周瑜望，隐隐然，都督，刘备来啦，阿要动手啊？徕曼得眨眨眼睛么，伲马上拔宝剑。周瑜格肝火真烊啊，对徐盛、丁奉两家头看看，唔笃格个两个家伙，阿生眼乌珠？唵看见，吾拨了红面孔一把抓牢了，吾在俚格手掌之中呀。俚左手抓牢吾，右手搭在剑柄上。徕拔出宝剑拿刘备，嚓！一剑，俚拔出宝剑，嚓！也是拿吾一剑么，吾勿是陪刘备一道死？格点点侪看勿出苗头。

周瑜火透，对着格徐盛、丁奉，"还不与吾，相送皇——叔"。"是！送刘皇叔，送关君侯，送皇叔，送君侯，哗……"

太史慈在马上，也看得蛮清爽。肚皮里向转念头，该个辰光要动手可以呀，喇！一枪，就好结果刘备性命。甚至于关云长也呒不道理呀，步下。步下俚发不出嘎格呀，英雄无用武之地了。但是，勿能动手，因为啥？周瑜在俚手里。好有一比，好比一只老虫，躲在一只翡翠盘上，在偷吃翡翠盘里格物事。那么徕看么看见，只老虫在偷吃物事，手里向拿块石头，要想去乱格只老虫，勿敢乱。徕乱下去，老虫勴乱煞，格只翡翠盘，擦冷！碎脱了。格个名堂叫啥呢，叫投鼠忌器。杀刘备呢，就要估计到，周都督勴拨俚笃结果性命，只好看哟。

而且一路上，望准江边来格辰光，周瑜是听见议论纷纷，还有种江东小兵在讲张了："老兄，啊，徕看徕看，徕看周都督，搭关君侯两家头几化要好。一个，斩颜良、诛文丑格英雄，一个，是江东格都督，两家头一见如故，挽手同行，叫英雄惜英雄，豪杰爱豪杰。徕看，要好得来，挽手同行，并肩而走，几化知己。"

周瑜是也响勿落。肚皮里向转念头，还要搭俚要好了，还要英雄惜英雄了？吾拨俚拖牢绞仔，叫呒不办法呀。唔笃呐吭弄得明白呢？表面上是客气啊，"留步啊"，"要送哦"。亭子上过来到江边路勿远，唔笃在望准江边来呢，江边呐吭，江边还有五百名军兵。俚预备夺船只了，杀水手格人。刚巧，刘备在亭子上吃酒，船上人也有酒吃。要请俚笃到帐篷里吃酒么，船上人回头。

说要么送到船上来吃，上岸么伲勿上。格么俚笃勿肯上岸么，只好拿酒水送到船舱里。格么周仓，啪！跳到船舱里，吃脱，噗！回过来，仍旧看好只铁锚。碗盏家生刚巧收拾开么，刘皇叔来了，周都督也送到。

到江边码头跟首么，刘备旋转身来，回头声俚："大都督，今日里叨扰了，改日再见，这厢告——呃辞。""嗯——是！"周瑜眼梢甩过来，对红面孔看看，关云长，那好放手哉。刘备在搭吾行礼，吾要还个礼，拨俫抓牢仔，吾喏也勿能够唱。云长格只手，兵！一松。周瑜人晃一晃，推位一眼避出去。周瑜对自家脉门上一看么，响勿落。啥体么，红，五个节头印。周瑜出场到现在，龀坍过什梗种台，心里格窝头势也勦去讲俚。表面上还要送刘备，还要客气了哇，"皇叔，今日里多多怠慢，望勿见责。呃，瑜相——送皇叔"。一躬到底。刘备撩袍，踏跳登舟，下舱。背后头二十名家将，除出关公勿上船之外，十九个也上船，也到船头上，下舱。云长阿末一个。

云长到船头上回过身来，对周瑜唱一个喏："关某告——辞。""瑜相送。"两家头大家在拱拱手格辰光么，云长对旁边头一看，"哈——啊！"呆一呆。

为啥道理呆一呆么？只看见江边开出来格船只，密密层层。船上东吴大将勿少。啥人呢？甘宁、吕蒙、蒋钦、陈武。四个水将，带领船只，停好在江边头。为啥呢？就是刚巧周瑜下命令。俚布置何灿该搭点，预备要杀水手，夺船只么，另外再派四个水将呢，在江边埋伏。预备陆路上杀勿脱刘备么，水路里向动手。格埋伏是可以说，一层——接一层，重重叠叠。

云长心里向蛮光火：周瑜，倷辣手，非但岸上亭子里有埋伏，长江里还有准备啦。那僵哉。吾刚巧，狠就狠在，拿周瑜只手搀牢，东吴格大将勿敢动手。俚笃要保周瑜么，俚笃只能够勿动手。而现在，吾搭周瑜离开了，周瑜本身呒不危险了，吾么开船，俚如果要指挥水将追来，呐吭弄法呢？吾呒不水性，船上搭俚笃打，更加是呒不抵抗格余地啦。虽然周仓懂一点水性，周仓一个人，也孤掌难鸣。格呐吭弄法呢？云长心里向转念头，要拨一点点老虎势拨俚笃看看。让俚笃，晓得晓得吾格厉害，有所顾忌啦。呐吭样子拨颜色拨俚笃看呢，心里向想，吾问赵子龙借仔口宝剑，还呒不用过。听说，格口宝剑，削铁如泥，格么吾今朝拿口宝剑，来拨俚笃看看。让唔笃晓得晓得，吾关云长口宝剑，也非比一般了。宝剑砍在啥场化去呢？吾本来要关照开船，要起铁锚，铁锚上根链条，很粗，胡桃大链。吾拿条胡桃大链，辣！一宝剑斩断。让俚笃晓得吾格厉害啦。什梗粗格链条，啪！一剑能够断，唔笃追上来，唔笃格点兵器是，勿见得比链条更牢壮了？对。

云长关照一声船上人："船——家。""有！""开呃————船————！"手搭到剑柄，哼——哐——噗！宝剑出匣，望准根链条上，嚓！斩下去，嚓冷！习嫩。赛过切菜刀，切在根水萝卜上，嚓！一记么，断脱了。宝剑，哐——哼，入匣。云长，头一扭，下舱。开船！链条断掉么，铁锚用勿着起。乱脱只锚。船上人马上拿跳板一抽，篙子，嘎嘎——一点么，船，尔嘚——在撑出去。

格个辰光，江边头格诸东吴军兵一看，呆脱了。什梗快格宝剑，勿大看见的。格恁粗格链条，嚓冷！两段。倷如果格宝剑斩到头颈上，格头颈比链条是要粗得多了，格咴不链条什梗牢格呀，格倷还了得格啦，"哗……"有点吓。

唔笃在看格辰光，周瑜也在光火：哦哟！哦哟红面孔啊。喔，倷临时走快，倷算向吾示威。喔，倷算赅口好格宝剑，链条斩断么，吓得吾赛过勿敢动手哉？谈也勿谈。链条斩断么吾照样追。老实讲一声倷格种恁样子，倷斩断根链条啦。倷格个就是在侮辱吾啦！周瑜赛过坍得个台，像吃着记耳光什梗。

周瑜正在光火，只听见旁边人在讲："唉，老兄啊！""呐吭？""一个人勿走。""啥人？""看铁锚的。""链条斩断，只铁锚勿起，俚忘记脱了。""呐吭道理啊？""看看只面孔看。"跑过来看周仓格面孔，勿晓得周仓相貌，怕人势势的。

周仓呐吭格局呢。站立平地，身高八尺。格只面孔横里向么阔的，竖里向么短的。别人么说长方面孔，俚么叫横方面孔。格只面孔呢，有点像东南西北格"西"字什梗的。七乔八裂，墨腾赤黑。两条板刷浓眉，一双电光眼，黑多白少，双目炯炯。狮子大鼻泡，血盆大口，两只獠牙浮出。阿胡子，哈——呵，俚个阿胡子兴是兴得来。非但是连鬓阿胡子，连颧骨上俙是格阿胡子，满面生毛。除出露出个鼻头，露出两只眼睛，面孔上俙是格毛。倷如果拿俚衣裳管撩起来看看，臂膊上格毛也兴。拿俚衣裳脱开来看，胸口头一蓬毛。毛人。而且周仓格阿胡子搭张飞格阿胡子两样。张飞格阿胡子长，铺满胸膛。周仓格阿胡子呢，长是么也蛮长，但是看上去短的。为啥么？俚个阿胡子蜷拢来的。格名堂叫啥？叫虬髯。球撸头了，抒起来抒得长。俚如果拿两根阿胡子，嗬尔——嘚——拉开来蛮长，手一放，呋——尔，缩上去，搭宽紧带什梗有伸缩性的。倷如果现在格人看见仔，当着格朋友业余华侨了勿知啥格名堂了，阿胡子用回俚奶油电烫什梗。其实勿是的，俚生天球撸头组苏。

"毛人！一个毛人。""哗……"大家在喊毛人。

周瑜眼梢阿要甩过来看，倷头别过来对俚看格辰光么，周仓格只脚，乒！铁锚角上收下来。嗒！右手铁锚角上抓牢，左手，喳！铁锚柄上抓牢。嘿！铁锚拎起来，两荡，尔嘚，尔嘚，尔嘚——乒！举过头。一段断脱格链条，搭在下面。看俚，噔噔噔——往岸上倒退几步，然后，啪啪啪啪啪——回过来到江边，两足一攘，身子一蹬，举起只铁锚，往船头上跳上去么，嘴里向喊一声："慢些——开船呃！"噗！啪！倷在跳格辰光么，大家都俙在搭俚担心。格朋友，一定要跌在长江里。为啥？船撑出去哉呀，而且一大段路了，至少一丈。而且格只船，还在往外头撑。倷跳过去格辰光，格只船又开出去一点了。俫手里向，举什梗重一只铁锚，呐吭来得及跳到船上呢？勿来赛格呀。

"哗……"大家在看格辰光么，咘——噗！跳到船头上立定么，乓！铁锚放下来，断链条撩起来，嚓冷！船头上一撩，遮阴草帽推一推起，将仔格两根阿胡子，拂！拂！一对电光眼，骨溜骨溜——在对岸上看，唔唔唔唔……俫在对岸上看格辰光，哗……东吴小兵侪呆脱了，周瑜也呆脱。

周瑜问旁边头格家将："你们可知晓，此人是谁？"家将卜跪下来："禀都督，此人非别，刘皇叔的兄弟，三将军张飞。""嚯——哦！"格家将说想黑面孔，阿胡子，总归张飞。有两个说，对，怪勿道叫张飞，会得飞的。俫看酿，拿只锚，举起来，阿赛过飞到船上去。

周瑜呆一呆，张飞？其实是周仓，勿是张飞。大家勿晓得。

唔笃在看个辰光，船调头着。嘎嘎嘎嘎嘎。只看见船梢头上有个水手，头上带一顶遮荫草帽，身上着一件皂布短袄，廿四档密门纽扣。右手搭好在大杠上，露出半只面孔在对着岸上看，一个侧影。"好——啊！"周瑜一看，哈，格个朋友啥人？面孔雪白，面如傅粉，唇若涂脂。问旁边头家将："挡舵的是哪一位？"噗，跪下来，禀都督："此人非别，常山赵子龙。""嚯！"白面孔么总归赵子龙。其实勿是的，关云长格过房侃子关平公子。俚笃弄错。

格个辰光周瑜心里向转念头好极了。刘备啊刘备，俫厉害的。吾当俫老实头人，啊，过江来么一点吭不准备。大将也勿带，小兵也勿有。一只船，带两个家将，单舟过江。勿晓得俫，埋伏重重叠叠。红面孔扮家将、黑面孔扮水手、白面孔扮挡舵的。关、张、赵云统统侪到该搭点来。格么周瑜呐吭？叫啥周瑜格脾气，俚心里向转念头，今朝唔笃三个大好佬侪到该搭点来么，吾就是要动手。

因为周瑜出场到现在，觚吃过下胁。搭随便啥场化打仗，总归顺风仗。今朝呢，拨了红面孔，扎嗒！一把，拖到江边，五个节头印，捏得燻燻红，格心里格肝火烊。再看见到有黑面孔、白面孔到该搭点来么，蛮好。刘备是倾巢而出。格两个有本事朋友侪带出来哉。好极了。机会，啥格机会呢，吾马上下命令，吾关照水将，船开过去，哈啦！一个包围。红面孔、红面孔、白面孔，侪是陆路上打狠的，马背上打狠的。长江里水性吭不的。南边人格乘船，北边人格骑马，各人有各人格特长。俚笃虬脱仔格长，用短格来搭吾俚打，呐吭打得过俚。吾可以拿俚笃一网——打尽，永绝后患。

周瑜熬勿住，下命令。俫在对旁边头看，正预备要想，啪！一举手，叫吕蒙、甘宁、蒋钦、陈武冲过去，另外再关照徐盛、丁奉、太史慈、何灿，也调一点船只，跟上去，一道接应，有八个大将上去，消灭俚笃。总是可以成功，以多胜少。

俫正要想下命令格辰光，格条命令一下不得了。就算周仓有水性，也弄勿连牵，打勿过俚笃噶许多人。俚笃派点水兵水性好的，弄到俫船底下，榔头、凿子笃笃笃拿俫只船搠穿么，好哉，搠沉俫船只。沉到长江底下么，全部沉杀哉完结。呒不救。刘备一死，好了。诸葛亮回过去带张飞、赵子龙来，曹操打过来，那是一场混战，一塌糊涂。格历史要改写了。就勿是像后首来什梗的，魏蜀吴三国啦变晋朝了，格历史乱脱了，要重新换一版书看看。所以，周瑜在只手举起来，正要下命令。刘备格性命，还是在危险格当中么，来了，哈冷冷冷……一匹马到。一个朋友马背上跳下来，奔到周瑜门前，卜！跪下来，"都督！""啊？"周瑜一看啥人？自家格心腹。咦，吾派俫在中军帐监视鲁肃，俫跑到该搭点来做啥？

"何——呃事？""鲁大夫叫小人到，投递书信。"乓！一道公文呈上来，周瑜拿道公文接到手里一看，鲁肃写的。拆开来一看么，很简单。

鲁大夫向周都督报告，长江巡逻船，捉牢对方江北来格一只船。盘问之下，是曹操派得来格一个差官。过江来，求见都督，下战书一封，约期开战。现在下战书格人，已经在中军大帐伺候。军情紧急，请周都督火速回转中军帐，办理公事。

"这！这这这这！"周瑜看到格封信么，人震动了。赛过像啥？赛过一个人在发高烧，温度高得热昏格辰光，有人拿一桶冰冰阴格冰水，望准俚头上，轰——浇上去。人，清醒。"这？"为啥道理清醒么，周瑜想，不得了。曹操派人来下战书，约日脚开战。

老法个打仗，叫啥先要写信来，约日脚。啥辰光搭俫战场上碰头，再动手打。格个名堂叫啥？叫宣战。战书，古代辰光么叫战书。摆在现在讲起来呢，叫最后通牒。用外国闲话讲起来叫爱送曼登书。要讲好仔再打的。不过，后首来么，也有种么勿讲规矩哉，打起仗来就勿通知俫了。偷袭了，偷打一记，不声不响，拱——人马来了。叫不宣而战。讲规矩呢，应该赛过要先来战书约仔日脚那么再打。

周瑜为啥道理要头脑清醒过来么，俚马上就想着。吾现在派人去追刘备，曹操就要打过来了，阿能追勿能追？就算吾追过去，能够拿刘备弄杀，刘备手下还有不少人了。俚勿仅仅是红面孔、黑面孔、白面孔，还有其他文武官员，还有军队在的。那么曹操打过来格辰光，俚格余部，文武官员带人马，搭刘备报仇，哈啷当！打过来呐吭办法呢？那么再说，刘备格只船已经扯篷了，顺风船，船开出去速度蛮快。吾马上下命令关照追，船上人准备起来，起脱铁锚，做准备扯篷追，距离一段路。刘备格只船，已经一段路跑脱了，勿能保险稳拿俚追牢的。追勿牢，拨刘备跑脱，格刘备毒得吾呐吭了。喔，周瑜啊，俫倒好笃，骗吾到这搭点来，原来俫要害杀吾。吾动仔身，俫还要派人马追上来。那么好！刘备回转去，就替关、张、赵云带领人马跟曹操一道打过来了，完结了。本来，是吾一只帮手。现在，要变成功敌手啦。那么吾搭曹操打已经是以少胜多，以弱敌强。格么刘备成为帮手，对吾有利。刘备成为敌手仔啦，吾到底吃亏。打仗，也勿能够树敌过多。周瑜心里向转念头，太平点吧。吾已经客客气气送刘备到江边，而且刘备，还看勿出吾，心怀不良，想拿俚害杀。刘备呒不觉搭，还呒没什梗格感觉。格么，今朝，吾勿拿俚杀。吾首先对付曹操。吾打败了曹操军队之后，吾还是有条件，还是有机会，可以去消灭刘备。摆在该个辰光去打刘备了，追刘备呢，勿聪明的，吾是的。那么俚想着鲁肃格闲话，对，现在勿能动手，就让俚笃去吧。

所以今朝啦，刘备所以能够太太平平回转去格说法，倒幸亏得曹操派人来下战书。呒没格封战书来呢，周瑜真格要派人追的。俚股气别勿转哉哟，感情用事，头脑发昏，温度高了。曹操人马一到仔么，解决问题了。所以三国格矛盾，就在这上。

刘备搭江东勿对。但是俚要依靠江东，应付曹操的，江东呢，搭刘备也勿对，格俚要应付曹操呢，俚勿得勿搭刘备赛过客气一点。看看是矛盾的，有个辰光呢就要统一起来。相互利用，相互敌对，相互依存。倷也勿能够排斥吾了，吾也勿能够排斥倷。就在格个一个三方鼎持格局面当中，要保持一个平衡啦，就勿容易。

周瑜现在辰光呢，只能够收兵回转。格么周瑜回中军帐么，吾拿俚且一且哦。吾先交代刘备哦。

叫啥刘备在船上，搭关云长两家头争起来。为啥争起来么，刘备去怪兄弟呀。倷临江亭上，勿应该跑出来代吾吃格杯酒。"啊呀！"云长说：大哥啊，倷勩弄错酿，吾出来是叫呒不办法，不得已呀。吾啥体要出来啦，俚用毒药酒要药杀倷呀。倷呐呒晓得俚毒药酒？犀角杯。犀角杯为啥道理有毒？列国辰光有人用过。列国辰光用过，犀角杯摆毒药么，难道说现在汉朝辰光用犀角杯板有毒药格啊。格倷兄弟也忒嫌懑了哉嘎。哈，俚还有其他迹象了呀。啥格迹象呢？喏，勿让俚家将上来，拦住俚，到仔上头么，叫俚下去。阿咦，格么请唔笃吃酒啊！请家将吃酒么，也就是待吾客气呀！周瑜，搭倷忒客气了，俚讲格闲话俙是甜言蜜语，有点过分了。格里向恐怕是存心不良。阿呀过分么，格个勿能够说俚板是恶意呀？俚搭吾蛮好，也蛮尊重吾。因为吾格辰光，搭孙权格爷孙坚，一道在虎牢关碰头，总算是江东孙权格长一点点。套长一点点，格么俚对吾什梗客气么，也是应该的。倷勿晓得，下面格种大将小兵，激出仔眼睛俙在对上头望，等俚格命令下来就要动手。啊呀，大将小兵登在下头么，俚笃做啥啦？保护呀。保护周瑜了，保护吾呀。周瑜到吾搭点来，吾也要派人马保护格呀。格保护辰光，俚笃是要对上头看，总而言之么，兄弟呀，倷疑心病忒重，倷格估计完全是错的。勿错的，吾吃准的。吾处处场化，吾才看出来，俚格里向苗头勿对。勿是吾疑心过头，是倷大哥，忒嫌拿好心去想别人家了。唉，吾认为倷大哥忠厚过头了。刘备勿承认。刘备说，周瑜呒不理由要害杀吾。蔡瑁、张允格辰光要害杀吾，蔡夫人要害杀吾，有道理的。因为吾，帮刘表格大倪子刘琦。蔡夫人呢，是刘琦格后母，勿是俚格生生娘。蔡夫人要拿刘表家当，传拨了自家亲生养儿子刘琮，所以要害杀吾，蔡瑁要害杀吾，侪有道理。吾搭周瑜无冤无仇，俚啥体要害杀吾？倷讲讲道理看酿。云长讲勿出哟，云长说：大哥啊，吾看俚是处处设防，处处有埋伏。非但亭子周围有军队，江边有军队，连江边水兵船只侪安排好了。吾看见旁边头，开出来很多船只，船上还有水将、水兵，俚笃格种面色啦，侪勿是一种要好格样子，而是准备要动手。格么兄弟啊，既然倷说，江东军队，水兵水将埋伏在长江边上，要预备拿吾害杀。格么俚笃为啥道理勿追上来呢，蛮好追上来？俚该搭又呒不水性的，只有一只船，俚追上来么，可以拿吾俚全部消灭，俚啥体勿追呢？云长讲勿出。

其实刘备倷勔晓得，曹操战书到仔了，勿追格呀。本来，是要追格啦。那么现在关云长又勿晓得，有什梗封战书格事体，关云长讲勿出理由。格么大哥，倷认为周瑜是好人，吭没毒药酒，勿想拿倷害。格吾认为么，俚还是什梗样子。搭倷争勿明白，勷讲了。将来，等诸葛亮回夏口，问诸葛亮。刘备想对，问诸葛亮。呃，诸葛亮讲出来，有道理。吾总归相信。

唔笃正在讲张格辰光，周仓过来报告。"禀王爷，芦苇丛中卧龙先生在——彼！"诸葛亮在。"哦！"刘备要紧踏出来，到船头上一看么。只看见门前芦柴窝里向一只船，船头露出在外面。船格本身呢，侪拨芦柴遮没了。

诸葛亮纶巾鹤氅，羽扇轻摇，立好在船头上。拿把扇子，在对刘备招，意思里向叫刘备只船靠过去。刘备马上关照：来来来来来，豪燥船只靠过去。刘备船上格篷，落下来。船，哈——摇过来么，望准诸葛亮格船只旁边头靠拢。

云长开心啊，云长心里转念头：那么喏，水落石出！马上就可以弄清爽，周瑜到底是勿是要害倷？

而且云长肯定，诸葛亮板讲格杯酒里有毒，何以见得？因为周瑜说鬼话呀。刚巧刘备问，诸葛亮唵转来了？诸葛亮到三江口么，吾带俚回转。周瑜回头：勔来，还在柴桑郡。柴桑郡是在三江口之东，夏口是在三江口之西。俚现在是往西面去，就算诸葛亮刚巧回转来，俚搭俚半路上碰头么，勿对。方向勿对哟。俚要到柴桑郡去，会得搭俚碰头。俚要到夏口去，勿可能碰头。蛮清爽诸葛亮只船，是停好在三江口。卧龙先生是晓得刘备到该搭点来，所以了，格只船停在半路上等俚。蛮清爽格事体。

好，那可以弄清爽。船只相近，篙子扎牢，诸葛亮过船只。刘备拿诸葛亮接到舱里向，坐定身子，云长搭军师见过一礼。

刘备还勔开口么，诸葛亮先讲"啊呀主公，今日好险哪"。"啊——呵？"刘备呆脱，劈口第一句，说吾好险，吾勔觉着险。"军师，呃呵！今日刘备，有甚危险？""周郎请主公过江，不怀好意，若非二将军保护，主公性命不保！""啊！"呆脱哉哟。喔！周瑜要害杀吾？

云长在旁边开口了。"军——师？""将军。"云长讲：军师，什个长，什个短，什个方，什个圆，临江亭上周瑜格只犀角杯，敬刘皇叔一杯酒，倷看格杯酒，阿有毒了勿有毒？"有毒啊！有——吔毒。"吃准俚有毒。诸葛亮为啥道理能够吃准么，呆板数。吾到三江口，俚诱人犯法之计，借刀杀人之计，两条计策要害杀吾诸葛亮。害吾勿脱，请吾刘备过江来，用什梗只犀角杯么，蛮清爽毒药酒，连得牢格呀。

刘备呆脱哉。刘备叫啥对兄弟格闲话勿相信，对诸葛亮格说话，相信。为啥呢？因为诸葛亮深谋远虑。思考问题，周密。俚说出来有毒么，总有道理了。

不过刘备一桩颙懂。"先生，刘备与周郎，今日无仇，往日无怨，他为什么要谋害刘备？""主公，此之为叫，两雄不并立。"诸葛亮闲话蛮简单的，但是说明俚个道理，啥格道理呢？两雄不并立，有倷就呒不俚，有俚就呒不倷。一座山上，勿能有两只老虎，只能一只老虎。如果摆两只老虎板要打的，总归一只凶格拿一只推位一点格赶脱，那么俚笃霸牢格座山头上。大好佬也什梗的，摆仔倷就呒不俚，两雄不并立。

刘备一想，对啊，"那么先生，既然周郎他要谋害刘备，为什么不派舟船追杀上前"。俚江边有很多船，俚为啥道理勿派船追上来呢，为啥道理不拿吾围困牢呢，为啥道理勿拿水路里向结果吾性命呢？诸葛亮讲勿出，格个道理讲勿出。因为诸葛亮到底勿是仙人，曹操齐巧派人送战书到，说得周瑜惊醒过来，勿敢动手，格个事体诸葛亮要过后仔了晓得了。当场勿晓得。诸葛亮，也是一样格人呀，俚勿是个神道呀，勿是仙人，俚勿会算阴阳格呀。诸葛亮不过可以说，周瑜所以勿派船只追过来呢，肯定有啥格特别格原因，但是格个啥格原因呢，现在讲勿清爽，总之呢，两雄不并立。

"那么先生，刘备到来，他要谋害刘备，先生在此，周郎待你如何？"刘备相信哉。为啥？因为诸葛亮老早在三江口，根本不在柴桑郡，周瑜说鬼话。推头说诸葛亮勿在，骗吾到该搭点来，单单从格个一点上看出来，格个人就是勿正派，勿规矩。格么两雄不并立，吾是雄，英雄，周瑜是英雄，俚要害杀吾。倷诸葛亮也是英雄。格么吾来俚要害吾，倷登在该搭，俚待倷呐吭呢？

诸葛亮想，吾勿能搭倷讲，讲起来要半日天辰光了，现在格时间交关紧迫。吾来是溜出来，搭倷碰头。吾马上就要回转去，如果拨周瑜晓得仔啦，俚又要扳吾错头，擅离职守了等等，勿便当的。吾只好用简单格闲话讲拨倷听。"亮虽居虎口，安如泰山。"

唔！倷听听看，诸葛亮呐吭讲法：吾虽然是住在老虎格嘴巴里向，东家倷放心好了，吾安逸得像泰山相仿。虽居虎口，安如泰山。泰山，顶顶笃定，笃定泰山。虎口，顶顶危险了。现在格泰山摆在老虎格嘴里，在极度危险格环境当中非常安全。虽然是安全得像泰山什梗么，不过呢，是在老虎嘴里向过日脚。哼哼，吓煞哉嚒，哪怕泰山么，总归在虎口里喽。

"先生，那么，跟随刘备，回夏口去吧。"算了吧，跟吾转去吧。"不能。""为什么？""公事未毕。"事体勿做好了哟。吾来，帮江东格忙，搭曹操打。单靠周瑜一个人格力量，破曹操有困难。吾要帮俚格忙。虽然俚要害杀吾，但是吾还是要帮俚格忙。吾帮仔俚格忙，一道破脱曹操，也就是使得吾伲，解除脱一个顶大格危险。那么吾呢，要帮到一定格辰光，吾拿江东格情形也全部了解了，对于吾伲赤壁打仗呢，有好处。所以吾现在勿能转。格么偌，啥辰光可以转来呢？在破赤壁格前夜，吾可以转来。格么吾呐吭来接偌呢？

诸葛亮说：什梗，等到吾搭偌分手之后，偌回转夏口，偌马上派一只小船，乔装改扮成渔船什梗，就停在吾该个停船格芦柴窝里向等吾。吾如果说，在将要破曹操之前，然后呢，吾就通信拨了芦苇窝里向格渔船，叫船上人回转来报告偌，吾大概可以肯定，几时要回转了，到格辰光么，偌过来接吾吧。蛮好，蛮好，格么吾准定派船只到该搭点来听偌格消息。

诸葛亮再身边挖一封锦囊出来，主人，偌回转去呢，照吾格锦囊办事。有数目。诸葛亮回头要跑了。"阿呣"，刘备说：格个，头也刚巧碰，闲话也勿讲几句，再讲脱两声呢。勿能讲了，吾该次出来，溜出来的。吾必须马上要回转去，否则，有所不便。刘备觉搭的。刘备晓得诸葛亮在江东格日脚，是老虎嘴里格日脚，勿好过。处处要警惕，刘备只好送俚。送到外头分别，诸葛亮过船只，刘备开船回转。诸葛亮回转三江口。

格么吾先交代刘备哦，刘备拿锦囊拆开来一看，诸葛亮关照俚，除出派船只在芦苇窝里联络之外，还要做准备，要准备多少木排，多少竹排，多少号衣，吾转来之后发令箭呢，火烧赤壁辰光，将来抢火法场，侪要派用场的。

刘备格个辰光呢，叫啥对仔个兄弟难为情，面孔涨得煊红。啥格道理么？错怪兄弟了。今朝，呒不兄弟，完结了。那侪相信了。毒药酒，刀斧手，江边格埋伏。当场刘备一点勿吓，在临江亭。现在呢，叫越想越吓了，越想越吓。格名堂叫啥呢？叫后怕，过后仔么，倒怕哉，危险啊。而且，吾刚巧还去埋怨兄弟，兄弟吃冤枉夹档了呀。俚动足脑筋，费尽心思保护吾，吾还要去错怪俚了。所以刘备搭兄弟打招呼：对偌不住。云长心里向转念头，啥格闲话呢？只要偌大哥明白么，就可以了。

门前头，哒——哦哟，炮声响，船只来了。一看么，哈——劈面开过来大队船只。啥人呢？张飞、赵子龙。两家头来接应刘备，放炮欢迎。

张飞过船只，要紧问刘备："大哥，你过江而去，怎——呐样？"刘备就拿俚临江大会格情形，讲拨了兄弟一听么，张飞跳起来，"大哥啊，小弟早已与你言讲，宴无好宴，会无好会，你不听老——张——之言"。偌不听老人言么，吃苦在眼前。偌勿相信吾张飞格闲话么，偌就要苦。刘备响勿落，拨俚埋怨。惹俚赛过卖老，不听老人言了什梗。再拿诸葛亮格事体一讲之后么，就派船只，到芦柴窝里向去，等俚孔明格消息。

格么将来，诸葛亮借东风之前，就要通知格只渔船上格人，叫俚笃准备，回转去报告刘备了，派赵子龙过来接。

格么刘备回夏口，吾拿俚表过了。诸葛亮回到三江口，一打听消息呢，晓得曹操派人下战书到，因此周瑜回去中军帐办公。诸葛亮有数，俚害吾害两趟，害刘备一趟勿成功。现在曹操打过来，眼睛门前劲敌当前，俚先破脱仔曹操，暂时总勿见得会来寻到吾诸葛亮。勿晓得诸葛亮，倷夠快活，周瑜破曹操格水军啦容易的。因为啥？南边人擅长水战，打北边人格水军，有把握。不过俚破脱了曹兵之后，俚马上就要寻着倷诸葛亮，所以周瑜要再次用计，陷害孔明。

第七十四回

周瑜探营

周瑜，临江亭上，送刘备到江边分别。本来呢，俚要派水兵追上去，拿刘备结果性命。因为接着仔鲁大夫格信，晓得曹操派人，送战书到三江口，所以呢，只能拿刘备放一放，回转来处理曹操格封战书。

周瑜马上一埭路过来，到中军帐下马么，鲁大夫过来接。

拿都督接到帐中坐定，鲁肃禀报："大都督，曹操命人过江，下战书一封，下书人现在外厢，请都督定夺。""明白了。"周瑜下令，升坐大帐。中军帐上文武聚集，周瑜到外面坐定，关照拿送信格人喊进来。

下书人到里向来一看，中军帐上，军威森严，心里向已经吓哉，"都督在上，小人见都督磕头"。卜！跪下来。"罢了。到来则甚？""奉了吾们丞相之命，到这儿来，战书一封，请都督观看。""拿来！""是。"

战书，包裹里解开来，顶在头上，值长官一接，送到周瑜手里。周瑜拿封战书，封面上一看么，喷声恁一气。为啥呢？封面上写："汉大丞相曹付江东周开拆。"

曹操呢，自称大丞相。其实曹操啦，是汉丞相，勿是大丞相。叫啥格大字啦是个衔头。汉朝历史上，称大丞相的，只有两个，一个萧何，一个曹参。其他呢，侪是汉丞相。曹操搭自家，加一个大字上去。付江东周，开拆。吾格衔头吭不了，应该是付江东都督周开拆。俚看吾勿起，周瑜对曹操格人有成见。为啥呢？因为诸葛亮在柴桑郡格辰光，到都督府碰头周瑜，搭周瑜讲过。曹操此一番兵进赤壁，有两个目的。一个，并吞江东，要想称帝称王。第二个目的，还想夺两个女人。一个，就是孙权格嫂嫂，小霸王孙策格家小，大乔。还有一个呢，就是周瑜格夫人，小乔。曹操是为哉二乔到该搭点来。凭据也有的。曹操格儿子，曹子建，写过一篇文章，叫《铜雀台赋》。格上面有两句："揽二乔于东南兮，乐朝夕之与共。"曹操想要拿大乔、小乔弄到铜雀台去。格个偬想，周瑜心里向几化恨了。曹操打到江东来，非但夺江东地盘，还要拿吾家小抢过去，国仇、家恨。外加周瑜呢，方才辰光受仔一包气，临江亭上，拨了红面孔，扎嗒！一把抓牢仔，寒包火。肝经火烊得勿得了了。看到格封信么，火上加油。

"军牢手。""有。""与吾把下书人，拿——去，砍了！""是！"军牢手过来拿俚绑起来，要推出去杀头格辰光么，鲁肃登了旁边头响勿落。

嗳嗨，鲁大夫心里向转念头：周都督，倷受仔关云长格气么，勿能够出气，出到格个送信人手里向。俚又呒不罪名。有规矩格，千错万错来人勿错。送信格人来，勿好拿俚杀。豪燥让吾过来劝劝吧。"啊！都督，常言道：两国相争，不斩来使。呃，这差官，不能杀。"倷拿俚一杀，将来吾伲派人送信过江，曹操也要拿吾伲派过去格人杀头。要报复格啦。倷，还是饶俚吧。

"子敬说哪——里话来。吾江南六郡并无过失，曹操兴无名之师，兵进江东。本都，本则大军过江，要将他们斩尽杀绝，如今此人到来，本都先将他斩首，可以长吾军之威风，灭敌人之锐——呃气。"吾拿俚杀，有道理。啥体么？触触曹操霉头。曹操骄傲得了，狂得勿像腔了。吾拿格个送信朋友一杀，表示吾勿怕倷曹操。倷派过来送信格人，颗郎头拿下来，叫俚拿颗郎头带转去。船上人去回复曹操，让曹操心里向光火么，吾搭俚打起来，更加来得得势。长一点点威风也是好的。

鲁大夫劝，周瑜勿听，呒不办法。拿个送信朋友押到外头，嚓！一刀两断。

颗郎头拿进来，请周都督验。周瑜关照：拿格个颗郎头，连一封战书，交给曹操去。

格封战书呢，就是曹操来格封战书，拆侪勿拆，勿看，拒绝接受。就拿格封战书翻转来，反面，周瑜提起管银硃笔来，写八个字：翌日临敌，誓杀曹贼！明朝打，就要拿曹操格颗郎头拿下来。

信往下面一甩，关照中军官：倷拿格个头，搭格封战书，拿到江边，送到俚笃船上。叫俚笃船上人，回转去碰头曹操，通知曹操明朝在长江边上，"洗——颈，候——呃戮！""是。"

周瑜格种闲话，气派是大极了。呐吭讲法么？要关照俚笃，船上人转去，搭曹操讲。叫曹操明朝呢，拿头颈汏汏干净。啥体么，等吾杀。叫洗颈候戮。为啥道理要汏汏干净头颈么，因为倷格头颈龌龊啦，吾格刀斩下来，拿吾把刀，要弄龌龊的。格种闲话是，口气大极了。

中军官马上拿格个送信人格颗郎头，连格封战书，带到江边么，丒到俚笃船上。关照北方来格只船，回去见曹操复命。通知曹操，明朝在长江里，洗颈候戮。船上人吓煞了，要紧回转去。

周瑜呐吭呢，防。今朝夜头曹操剹打过来哦。今朝夜头江面上，多添一百只船，巡逻。因为吾么约曹操明朝打，作兴曹操倒俚等勿及明朝，今朝就打过来呢，不可不防。

周瑜呢，注意到长江江面上格动静。假使俚明朝打过来么，吾明朝发令。一到明朝转来早上，周瑜得报，曹营上营门开了，大队水师格船只冲出来，到江面上来了。周瑜俚马上升帐发令，派甘宁、韩当、周泰，带三百条船，临江水战。

周瑜本当呢，要亲自跑到江边将台上去越旗、指挥。叫啥诸葛亮过来讨差使。诸葛亮说："长江初次开战，吾来代倷都督去越旗。"周瑜想蛮好，吾让倷诸葛亮去。假使倷诸葛亮越旗，打胜仗，顶好。吃败仗呢，也勿碍。啥格上勿碍呢，吾就好拿倷诸葛亮杀头。倷指挥错误，造成败局。杀诸葛亮起来，刘备吭不闲话好讲。

格么江东败勿得格呀，江东搭曹操格第一仗是，非常非常重要。因为江东第一仗如果败一败格说法，人心要动荡。因为周瑜到三江口来，拆穿点讲啦，是俚在孙权前面包拍胸脯：吾去打，吃败仗杀吾格头。

周瑜劚搭孙权讲格个闲话格辰光，江东有两派，文官一派，武将一派。文官格一派呢，以张昭为首。张昭是江东文官当中第一把交椅，也是孙策临死快格托孤重臣，拿兄弟孙权，托拨了张昭的。叫啥张昭主张投降，打勿过曹操。武将呢，主张打。以黄盖为首，说勿能够投降，要打。那么孙权决勿定，拿鄱阳湖操兵格周都督请转来，决定么。周瑜说要打，那么开战。假使第一仗败一败格说法啦，格是张昭有闲话哉：阿是喏，吾晓得勿能打，现在，长江江面上吃败仗，呐吭呢。孙权格心就要活，后方人心要乱，影响到前方周瑜格指挥。

故而周瑜该个一仗勿好败，俚让诸葛亮去呢，就是预备侪诸葛亮失败，吾拿侪诸葛亮杀头。同时呢，吾亲自带人马上去。周瑜另外再准备好五员大将，徐盛、丁奉、吕蒙、蒋钦、陈武。再带三百只船江边伺候。万一诸葛亮指挥失当，吃败仗了，吾亲自冲过去，败中取胜。胜仗么仍旧打，诸葛亮么还是可以杀。周瑜是如意算盘。

其实呐吭呢？其实诸葛亮格指挥，比侪周瑜还要灵。诸葛亮就是勿放心侪周瑜亲自去越旗，吾来去。因为诸葛亮到了此地营头上，搭江东水将黄盖、程普了甘宁了，侪联络过，侪了解过俚笃营头上指挥格情形。所以诸葛亮去指挥呢，得心应手。三江口格一仗打下来，北军大败，东吴人马大获全胜。杀脱对方大将蔡勋、蔡立、蔡新、蔡志、蔡翔。蔡瑁手下五员蔡家将，全部拨了江东人结果性命。俘虏对方船只两百余号。大获全胜回转来交令么，周瑜搭诸葛亮记功。周瑜佩服，诸葛亮实头厉害。俚从来劚在江东参加过水军操演，也勿晓得吾伲江东格水军战情形。今朝第一仗打，居然能够指挥得来得个灵光。大获全胜之后，周瑜马上就写红旗捷报，去报告孙权。后方呢，庆祝胜利，派人到前线来犒赏三军，人心安定。张昭那批人呢，吭不闲话好讲。周瑜说，稳稳取胜呢，有道理。

不过周瑜晓得格哦，该个一场赢了，曹操勿会甘休。曹操格用兵，可是说是所向无敌。侪曼得算好了，俚从十八路诸侯伐董卓起，东防西战，南征北讨。曹操要消灭几化人？李傕、郭汜、张济、樊稠，格个四个谋反叛逆，挟持皇帝格人，侪拨俚消灭脱。吕布，拨俚打败，白门楼吕布归天。张绣投降，宛城格张绣。袁术，在安徽，袁术格人马，拨俚全部消灭。袁绍，袁绍是袁术格阿哥，势力顶大，地盘也顶多。青州，山东青州，山西并州，河北冀州，还有幽州，就是北京，侪拨了曹操打下来。曹操还要打平辽东，还要拿内蒙古格搭一带，全部侪下来。曹操还打到南方来格辰光么，荆州刘表又拨俚消灭脱。刘表生病死脱，刘表格儿子投降，荆襄九郡四十二州，全部俦到曹操手里。可以说曹操是所向无敌。

俚此一番长江江面上吃了败仗之后，俚吶吭肯完结呢。俚板要马上打过来的。哎，奇怪？呒不动静呀。长江面上，一无消息。周瑜心里向转念头，阿会曹操俚，正面打三江口么勿来，俚从侧垜里来呢。或者上游，或者下游，迂回过来呢。不可不防。

周瑜马上派巡逻船出去打探消息。上流消息要来哉，照常办事；下游消息也来哉，呒不啥变化。奇怪了。一连串三日天，长江江面上，毫无动静。战场上沉默了呀。战场上在沉默，呒不动静，勿是好现象。赛过像啥？赛过像台风刚巧来格辰光，绝风，闷得不得了，暴雨要来了。曹操格个沉默啦，勿正常。啥格名堂，周瑜在疑心。

周瑜派人到江面上打听，江面上消息报得来，说曹操营头上，隐隐约约有听得锣声响亮。夜里向呢，灯火通明。究竟俚笃营头上，在做点啥格事体呢，不得而知。周瑜心里向转念头，格个事体奇怪了。看上去，就什梗派一个探子在江面上巡逻，打探消息呢，得勿着确切消息，只有吾自家去。吾亲自过江，到江面上去看看看。而且勿能够在江心以南，要到江心以北，要深入重地，那么吾可以看清爽，曹操营头上格动静。

周瑜心里向转念头，今朝夜头吾去。格么今朝夜头吾去么，阿要告诉别人？勿能告诉。该个事体是秘密的。因为周瑜格身份，三军司命大都督。统率三军格人，单身过江，冒险探营，是一桩危险事体。倘拨了手下人晓得，要反对，要阻挡。所以勿拨大家晓得。周瑜只是关照一个手下头人，极秘密的，通知西山。搭吾备好一条船，也勿是大船，也勿是小船，中等格船只，准备一只船。夜头要用，啥用场？勿去讲。

周瑜吃过夜饭之后，派手下人，拿鲁肃请得来。鲁大夫见过都督，问都督吶吭。周瑜做功蛮好，"子敬，瑜身子不爽，要往里边安——睡，费心子敬代理公——务"。

周瑜夜头要办公的。其实么吶吭呢？叫鲁肃在该搭点，坐镇中军帐，万一有点啥格事体来，格么有鲁肃可以应付。否则，手下人到里向来请都督，都督人勿在，要穿帮格啦。为啥么？因为周瑜跑出去探营，拨人家晓得仔以后，军心要乱的。倘大都督格身份范畴，倘勿好就什梗随随便便出去。格么鲁大夫勿晓得。鲁肃看周瑜眼睛定洋洋，讲闲话气力俦呒不，身体勿大舒服。难怪。大都督实在公事么多勿过，操劳过度。蛮好，倘休息吧。吾代替倘来夜头办脱点公事好了。鲁大夫吶吭晓得周瑜要过江去冒险？

周瑜到内帐，表面上安排得蛮好格哦。内寝帐呢，帐子么下下来。一双靴么摆在床门前。一顶束发金冠么，台子上摆好。两根野鸡毛么，插在旁边头只大格花瓶里向。人家看看呢，周瑜好像困哉，被头洞也摊好，而且被头洞里向呢，还摆两件衣服了。人家看么，总抵讲周瑜困了。其实俚跑出去。

周瑜换过一身打扮，带一个心腹，只有一个。极秘密拿仔盏灯笼，勿从中军帐前营门出来，侧行。侧埭里向格侧门里出来。跑出来到外头么，外面有巡逻。

巡逻看见，卜！跪下来，"迎接都督"。嘘——周瑜格底下人对俚眼睛一瞪，"不许多说！""是！"勿能讲。喔，大概周都督今朝要亲自出去巡逻。

格么底下人总抵讲，周瑜格巡逻么，就在中军帐附近一带，或者陆营上看看。想勿到俚要到对江，敌人地界上去。所以周瑜现在辰光跑，底下人呢，也勿去禀报鲁肃。

周都督带了个底下人，直到西山江边，下船。船上人看到周瑜来，呆脱哉，大都督呐亨会得到该搭来？要紧跪下来见都督么，周瑜关照：勿响。船搭吾开出去，开出去格辰光，船上勿许点灯。格么大都督，俚格船预备开到啥地方呢？江心，到了江心再讲。"是！"

船老大马上起铁锚，抽跳板，船开出来。哈——往江面上来。还勿到江心了。

今朝夜头暗星夜，墨赤黑。为啥吭不月亮光么？因为今朝是阴历格十一月初一，初一夜头当然是吭不月亮光的。哈——啊——船只过来。周瑜呢，从中舱里跑出来，到外面船头上立定。一个底下人跟在俚背后头，劈面个风，呼……吹过来，江面上墨腾出黑。吹吹吹吹——船只在开过去，周瑜关照标远镜拿过来，手下人标远镜拿过来么，周瑜搭在标远镜上看。

望准对面一看，因为接近江心哉。望到江北营头上看得出，灯火通明，锃亮。曹操营头上，为啥讲究灯火通明？而且格锣声蛮响。嘭！嘭嘭嘭嘭嘭嘭嘭！一片锣声。敲锣，是种信号，啥格信号呢，水战。

长江水战格个信号呢，搭陆战两样。陆路上听见鼓，闻鼓则进；听见锣，鸣金则止。叫啥长江里向两样，敲锣动手打，敲鼓停下来。格周瑜听见锣声么，就觉着该个是曹操水营里向在活动。活动点啥？俚船还在往门前过来么，想勿到横埭里向开过来只小船。"口令。"周瑜格底下人听见喊口令，一看么，巡逻船。江东格船。看得出格吭，近着吭。"唧。不许多说，都督在这儿！""是。"巡哨官一看么，一吓。近哉，看清爽，周瑜立好在船头上，带一个底下人，拿着个标远镜，在看江面上格情形。勿得了，军情吃紧。都督格身份，亲自到江心来巡逻，打探军情。还了得。巡哨官要紧退下来，吹吹吹吹——往俚个范围里向再去巡逻。过去。

周瑜对自家个底下人看看，关照俚，以后再碰着巡逻船来，俚笃喊口令，俚回报一个口令好了。用勿着搭俚笃讲明白，吾都督在该搭点。"是。"周瑜心里向转念头，拨俚刚巧什梗一声么，赛过告诉格巡哨官，周都督今朝亲自到江面上来巡逻。那么格个人万一讲出去起来，要有关人心，军心要动荡。

周瑜格船只，还在过来么，船老大过来报告："都督，江心到了。勿能过江了，再过江就是江北巡逻格地界。""不妨。前进。"再过去。为啥？周瑜看得出格吭。因为江心为界，江心以南是吾伲个巡逻地方，江心以北是曹操水营里向巡逻个地方。但是就在江心跟首呢，勿一定对方格船只会得齐巧开到江心格劈许当中。格么离开江心一段路么，俚笃也要回转去。再搭吾往前头去。船老大吪不办法，只好拿格船只，哈啊——再往门前开。

船只呢，是望准赤壁曹操水营格上游，靠西面在开过去。哈哈哈哈——船上灯吪不。舱里阿有灯？舱里有的。灯点在啥场化？点在只氅里向。氅里向呢，俙个灯光勿会泄露到外头来。格么自家人晓得格搭点有点光头呢，稍微可以作作光。篷勿扯，桅杆虽然竖了，篷勿扯。就摇过来。吹吹吹吹——船老大实在勿放心。"都督。勿能够再过去了，已经过了江心一段路了。"周瑜关照：船停下来，就在此地抛锚，停船。"为啥道理抛锚呢？"停啊，吾要看得仔细一点。

船上人吪不办法，心里是吓的。过了江心一段路，已经到仔敌人地界，俙停一停要回转去起来，万一拨敌人发觉是，非常危险。船头上一只铁锚，船梢上一只铁锚，抛下去，船停好。周瑜勿立在船头上看，立到船棚上看。一只小扶梯，跑到船棚上头，高格地方。一只手搭在桅杆上，一只手拿标远镜，对准对方水营一看么，清清爽爽。

那僵着。看得出曹操水营上格船只，吹吹吹吹——往来不绝。做啥？操兵嘛。操兵么，日里操嘛，为啥道理夜里还要操。估计辰光现在顶起码，二更要敲过，二更敲过还在操。天一亮，手下人就来报告过。说天一亮就有锣声响，格么可见得天一亮就操，要操到半夜再停。啥格事体要什梗拼命操兵呢？周瑜心里向转念头，啥人在指挥。再看。

仔细一看么，对方格大督旗上，灯光锃亮，看得出的。叭叭叭叭——旗号上"大汉水军正都督征南侯——蔡"，"大汉水军副都督镇南侯——张"。特别是蔡了格张，两个字，大得勿得了。望过去看得出，蔡，张。

"这——个。"看到蔡、张格个两个字么，蛮清爽，蔡瑁、张允。

蔡瑁、张允是荆州刘表格旧部，刘表死脱之后，投降曹操。俚笃本来是荆襄格水军都督，现在升了。曹操拿俚笃升为"大汉水军正副都督"，赛过从地方变成功国家一级了，本来是地方一级，荆襄现在变大汉了。外加两个侯爷。

蔡瑁、张允，熟悉吾伲江东水军。因为江东水军，曾经搭荆州刘表交过手，打过几次。

孙权格老娘家孙坚就是打刘表格辰光，在江夏郡打江夏格辰光拿黄祖抓牢。结果呢，自家死脱。孙坚中伏而死。死尸侪拨俚笃弄过去。后来小霸王孙策拼命打格辰光，双方谈判。拿黄祖格活人放出去，拿孙坚格死尸送转来。那么喏，孙夹里退兵。所以说，荆州方面格水军搭江东水军，打过几次仗，熟悉吾伲格情况。

现在蔡瑁、张允是水军都督，俚笃在操练人马，蛮清爽，要拿北方格水军训练成熟，再打过来。怪勿道，长江初次开战，曹操吃仔一场败仗，勿马上打过来。原来曹操下定决心，要拿俚笃水兵格技术，作战格本事提高。重新训练，叫蔡瑁、张允在训练。

周瑜心里向转念头：假使说，拨蔡瑁、张允拿北方格军队训练到有荆襄水兵格点水平，吾就吃勿消了。因为人数，俚笃比吾多。江东搭曹操打，靠啥呢，靠长江水战。因为南边人格水战本事大，曹操北方军队勿会水战。尽管俚笃人马数量比倷多，技术上，吾倷占绝对格优势，可以拿俚笃打败。那么现在拨俚笃，拿格水战格技术，提高得搭吾倷接近哉啦，吾倷数量上格劣势，打起来，是打俚笃勿过的，倷格个事体呐吭办？

周瑜心里向转念头：看上去，吾要破曹操格赤壁大军，吾第一个要解决一个啥格问题呢？要拿蔡瑁、张允两家头除脱。因为俚笃有本事，是个指挥人才。拿俚笃两家头杀脱之后啦，赛过呐吭？赛过拿曹操只臂膊斩脱了，让俚吭不帮手。格么俚个水战要提高呢，见数的。格吾要拿蔡瑁、张允两家头杀，用啥格办法。要用反间计。要借曹操格刀，拿蔡瑁、张允两家头颗郎头拿下来。格么吾条反间计呐吭用法呢？呐吭么可以拿蔡瑁、张允结果性命，叫曹操上当？

其实周瑜啊，倷到该搭来格目的，探听虚实。现在已经拨倷摸清爽了，曹操所以勿打，是在操兵。啥人在指挥操兵？是蔡瑁，张允。格么倷看清爽之后么，倷马上回转去酿。倷要用反间计，杀蔡瑁、张允么，倷回到仔三江口营头上，定定心心去想好哉呀。来日方长，今朝想勿出，倷想到明朝勿要紧格呀，倷为啥道理要登在该搭点，长江江心以北敌人地界上想计策。

所说周瑜格人胆子大，勿怕。俚忘记脱哉自家格危险。俚还在看。该个是孙夹里格作风。孙权格老娘家孙坚，打江夏格辰光，就是带领三十多个人，去追一路军队，中伏。结果呢，中箭身亡，孙坚死。孙权格阿哥，孙坚格儿子，小霸王孙策，打仗起来格是勇得勿得了。俚也是有一回，勪防备有人要行刺俚。一干子单身独骑，在镇江城外头山里向，碰着许贡三家客。叭！一箭，拿俚捅中，中箭受伤。后来呢，金疮爆裂了，死脱。孙夹里两代人侪是轻身冒险，叫啥周瑜也有什梗种作风。深入险地，勪觉着危险。俚还在看，还在想，总以为曹操营头上，勿会有人晓得。哪里晓得周瑜啊，若要人不知，除非己莫为。

倷过江来，呐吭瞒得过呢，因为曹营头上也有巡逻船。俚笃营头上操兵么，江面上巡逻船勿断的。在水营外头有巡逻兵，在江心跟首也有巡逻兵。一个巡哨军兵看见格搭黑头里，有只船停好。但是看勿出船上是啥人。因为暗星夜看勿清爽。回转去报告。报告一个水将呢，格个大将叫李通，曹操手下格心腹。俚在江面上巡逻，听见说，有东吴船只停好在江心以北，在刺探吾倷营头上格军情么，蛮好。立功劳格机会来哉。李通格只船开过来，哈——近哉。越来越近么，因为俚船上亦勿点灯格吭，一点灯要惊动江东船只。但是虽然勿点灯么，声音总归有格吭。倷格船扳桨在过来个辰光，嚓咘嚓咘——船上格桨勿是一柄，八柄桨。四柄桨在中间，四柄桨在后面，吹吹吹吹——过来。

周瑜格底下人听见声音，"都督，不好，有敌人"。倷说一声有敌人么，周瑜要紧对横垛里向一看么，果然，一只船在来。

周瑜马上从船棚上下来，下命令，"船家，开船，回——呐去！"倷关照开船么，船上人紧张。要紧拿铁锚在授起来格辰光，船头上，船艄上两只铁锚授起，要想扯篷，还来勿及么，曹将已经到了。

李通听见，对过船上："都督有令，开船，都督有令，开船！"听见"都督有令，开船"，再看见到船棚上下来一个人，望准舱里要走格辰光，蛮清爽。都督，江东只有一个都督，副都督也呒不的。啥人？周瑜。

"哈哈！"李通心里向快活啊。一个人运道来起来，呒不交代。想勿到，周瑜会得亲自过江来探营。那是近在咫尺，吾马上可以拿周瑜捉牢。李通船只开近，立在船头上，手里向宝剑出匣，哼！喔！闪嗯！"着！周郎小子，你——好大胆，竟敢过江探听虚实，那还了得，如今你还想往哪里而走，李——通来——也！"

李通准备要跳过来格辰光么，周瑜"啊——呀！"完结。拨了曹将发现。倷格只船刚巧在起锚，还来勿及在扯篷，还来勿及开快。人家船靠近，跳过船只，船上又呒不大将。格呐呒弄法？周瑜关照手下人："准——呃备。"呐呒准备么，预备拿家什拼一记。老实讲一声，有得拨俚笃捉牢，俘虏，受辱，还勿如搭俚笃拼。拼杀完结。周瑜也有点武功。周瑜格手搭在剑柄上，哼，喔，噗——宝剑出匣。倷拿宝剑抽出来，船上点水兵刀格刀、枪格枪，拿好在手里。但是格点水兵，要想去阻挡李通么，谈也勿谈。

格个辰光周瑜格性命是，危险到极点。李通船只靠近周瑜只船，两足一攮，身子一蹭，当！噗——跳过船只，到周瑜船头上，立定，手执宝剑，要冲下来格辰光。只听见后面，声音来："前面将军且慢动手你请看——呐！"

李通听啥人？在喊，慢慢叫动手。看，看啥物事？也勿晓得来的，自家人了还是敌人？回转头来看看。乒！头别转来，倷回头一看么，只听见，当——嘶嘶嘶嘶——嚓，咽咙呃咚！李通中箭落江。格东吴大将一箭放脱，拿张弓身上背一背好，哗啦！手里向双戟一执，喊一声，"曹军休得猖獗，甘——宁来——呐！"

"哈……"船只开过来。李通船上点水兵一看不得了，东吴大将甘宁到。长江初次开战，甘宁结果蔡勋性命，还打脱蔡立、蔡新，啥人勿晓得。甘宁来。甘宁带人马到该搭点来，俚还吃得住格啦？李通格条命也保勿牢了，何况俚。水兵要紧调转船头，嘶嘶嘶嘶——回转去报告蔡瑁、张允，大队人马来动手。

唔笃过来格辰光，甘宁，啪！跳过船只，要紧喊一声"都督，不用惊慌，甘宁来——也！"

"兴霸将军，速把舟船开——回——去！""是！"甘宁船上两个水手一道跳过来，帮俚笃格忙，篷，尔嗬——扯起来。舵，嘎嘎嘎嘎——一推么，船只，哈——调转船头，望准三江口格方向开过来。甘宁格只船在后头，周瑜格只船在前头，哈——唔笃在过来格辰光么，后面格追兵来，"哒，捉周瑜呢！"

"哗……"曹营上大队船只开过来。晏一步。为啥呢？周瑜船上格篷，已经扯起来了。顺风呀。西北风吹了么，哈——周瑜格船只已经逃过江心。曹将格船追到江心跟首扑一个空。只要过江心，不敢的。对方地界上，侬有危险。只好回转去，见蔡瑁、张允复命。

吾再交代周瑜。船只过了江心一段路，吭不危险，那么心定。周瑜拿宝剑入匣，肚皮里向转念头，奇怪。甘宁呐吭会得来接应吾？吾勿曾关照过俚，吾连鲁肃也勿讲么。关照，喊甘宁下舱。甘宁来。

甘宁拿双铁戟放一放，跑到周瑜门前，"参——见都督"。"将军少礼。""是。""将军，本督过江探营，尔怎样知晓，前来接应本——都？""都督，容——呃禀！"

为啥，甘宁要讲清爽。因为周瑜在问俚，侬呐吭晓得吾来？侬呐吭会得出现？从江东水营上格规矩啦，吭不周都督格命令，水将是勿能够过江心。侬出营，奉啥人格命令？侬总有人指挥。

甘宁禀报：勿瞒侬都督讲，今朝夜头，吾在营头上，卧龙先生到吾营头上来。啊？诸葛亮？嗳。卧龙先生来做啥呢？俚跑到吾船上，搭吾讲，"甘将军，侬赶快出去"。做啥？"出营头过江心，去拿一只船，保转来。"吾问俚保啥人呢？"侬勿去管俚。侬马上去，是吾关照侬去的。"勿勿勿，军师，侬一定要讲清爽，勿讲清爽吾勿敢出营。因为江东周都督有命令格啦，吭不都督将令，夜头勿好出营过江去，否则要有罪名。"侬放心，有罪名，有吾诸葛亮承担，有功劳，归侬甘将军到手。"格保哪一只船呢？"格么唔，讲拨侬听，是周都督过江探营，侬马上过去。"在哪个方向？"外头还有一只巡逻船，叫俚领路，领侬过去好了。"那么甘宁答应。

格么诸葛亮呐吭会得得信格呢？因为诸葛亮是水军参谋，长江巡警监战师，江面上格巡逻船，侪归俚指挥。诸葛亮夜头，也要跑出来到江面上转一转，兜一个圈子。不过，俚是勿到江心的，就在江面上，离水营勿远，兜一个圈子，就回转来了。也勿是每日天出来。今朝呢，俚出来一埭，出来一埭碰着一只巡逻船。格只巡逻船上格巡哨官呢，就是看见周瑜只船喊一声口令，拨了周瑜格底下人训了一番：勿多响。都督在该搭点。那么俚看见诸葛亮么，俚要报告军师。因为诸葛亮是水军总巡哨了。

侬报告诸葛亮么，诸葛亮关照有数目了，"侬跟吾一道来"。"为啥？""周瑜要有危险了。"俚就到甘宁营头上去关照甘宁，侬豪燥出去，侬跟仔格只巡逻船，侬搭吾过去，拿周都督救转来。

那么甘兴霸带只小船，跟仔格个巡逻船，一埭路开过来。朝周瑜停船格方向，往门前头开格辰光么，齐巧看见曹将格船，哈——开近只东吴船。啊呀，甘宁想尴尬，路距离式远。要过去动手打、救来勿及哉。那么俚要紧拿铁戟一放，抟一张弓，拔一条箭，喊一声"前面将军且慢动手"来看，李通别过头来看么，甘宁格箭法实在好勿过，叭！一箭么，拿李通中箭落江。

甘宁拿经过情形，讲拨了周都督听：是诸葛先生叫吾到该搭点来，救倷都督回转，而且说明白功劳归吾了，罪名归俚。"喔呵！喔。"周瑜听甘宁讲到格个两声闲话，格个心里向格味道是，错综复杂。

啥道理？实在佩服！吾做格事体，局局瞒勿过诸葛亮。吾过江探营，诸葛亮又晓得。顶顶感动格是啥呢？俚关照甘兴霸来救吾。勿容易啊。因为吾搭诸葛亮有仇格呀，诸葛亮到三江口来，吾连用两条计策，"诱人犯法""借刀杀人"，谋害诸葛亮，齣害成功。连下来用"倒树尽根"之计，骗刘备过江，杀刘备。刘备也齣杀成功，那么诸葛亮侪晓得。诸葛亮心里要恨吾呐吭？两次害杀俚，一次害刘备。俚现在晓得吾有危险，俚换仔一般人讲起来，格蛮好，求之而不得。吾要杀倷周瑜么，吾吭不格点本事，也没有格点资格。倷今朝过江去有危险，拨了曹操杀么，赛过替吾诸葛亮报仇。俚好出出气，俚可以趁机报复。俚勿救吾，俚也勿错的，勿是俚格门面板呀！而且诸葛亮晓得吾过江探营，俚马上关照甘宁来救吾。吾待俚有仇，俚施吾有恩。格个名堂叫啥？叫以德报怨。格个人格量怀，胸襟几化大！拆穿点讲，换仔吾周瑜，办勿到。调一个头好了哇，倷诸葛亮曾经害过吾，吾拿倷吭呐吭，敢怒而不敢言。今朝倷诸葛亮有危险，叫吾周瑜要来救倷，谈也勿谈，吾勿会的。而诸葛亮能够什梗，格个呐吭勿感激？呐吭勿佩服？

"唉——嗳！"又是感激，又是佩服，又是敬重，叫啥又是要杀脱诸葛亮。为啥？倷本事脱大哉，倷个人勿能留在世界上。倷留在世界上，将来是江东格害。格么呐吭呢，吾寻着机会，还是要拿诸葛亮颗郎头，喀——拿下来。

格么周瑜也式辣手哉，人家救仔倷性命，倷非但勿想报恩、感激，而仍旧要拿别人家弄杀。阿式过分呢？喏，格里有道理的。周瑜心里向想，倷诸葛亮救吾，吾感激的。一方面是感激的，一方面倷个人，勿能留在世界上。现在倷是吾格恩人，破脱曹操之后，倷就要成为吾格敌人。将来吾搭倷打起来，吾勿是倷格对手。非但吾周瑜吃倷苦头，江东格国家有危险。吾为了保护江东国家格前途，吾只好拿倷诸葛亮杀。吾情愿杀脱仔倷诸葛亮之后，吾派人送一大笔铜钿到唔笃屋里向，送拨唔笃家属。将来厚待唔笃家属，厚待唔笃格儿子。侪可以，格个侪可以。但是为了国家利益，为了消除脱将来格敌人么，吾只能够拿倷杀。周瑜是什梗格念头。

格么老听客也要讲哉，诸葛亮为啥道理，板要救周瑜呢。俚明明晓得周瑜害过俚。格么照规矩呢，诸葛亮可以看冷铺，诸葛亮难道说，格个人吭没感情格啊，气量大得了，宽大无边啊？勿是呀，诸葛亮有道理。诸葛亮晓得周瑜勿能死的。周瑜一死，江东缺脱什梗一个指挥人才，搭曹操打，打勿过俚，就勿能够破曹兵，江东要失败。江东失败，六郡八十一州拨曹操打脱，刘备也一道完结。刘备在江夏郡，兵微将寡，全靠依附江东，借江东格力量一道动手，破曹操。好有一比，江东是一棵大树，江夏郡是大树上一只鸟窝，刘备搭诸葛亮呢是鸟窝里向两个鸟蛋。如果说棵大树倒脱，鸟窝翻脱，鸟蛋滚出来么，朴咯拓，下头是个石子，鸟蛋碰着石子么，鸟蛋也要破脱。覆巢之下，安有完卵？救周瑜就是保江东，保江东就是保江夏郡，也就是保刘备，也同时是保诸葛亮自家。从大局出发，只好拿个人格恩怨丢一丢开，救俚。所以叫甘宁来，诸葛亮是什梗种心思。

周瑜呢？周瑜想，从个人来讲起来，俚救吾，吾感激俚，吾应该报答俚。但是从国家前途格利益讲起来呢，俚诸葛亮是吾伲江东将来发展格潜在格敌人，吾一定要弄杀俚。感激归感激，杀俚归杀俚。现在呢，甘兴霸有功劳的，周瑜搭俚记功。不过周瑜关照甘宁，俚回去呢，俚勿能够去，拿格个消息传来开来。因为吾过江探营冒险格事体，拨大家晓得仔，格众将官，心里要勿快活，而且军心要动摇的。俚大都督身份范畴，俚呐吭好冒什梗大格危险？

甘宁回转去，周瑜船只到西山老场化停船，上岸。周瑜带领底下人，回到中军帐坐定，吃一杯茶么，天已经亮了。

周瑜跑到外头搭鲁肃碰头，鲁大夫看见周瑜来么，"呵呵，都督，早——啊！"周瑜想勿落，早了，一夜天齁困，连底冻，是早了哇。"大夫，早——啊！"周瑜问鲁肃："子敬。""都督。""你可知晓，昨日晚上本都往哪——里去的？""呃？"昨日夜头到哪搭去？勿晓得。俚说身体勿好呀，在营头上休息。"都督在营中安歇。""非——也。""啊？不是安歇，都督往哪里去？"什个长，什个短，什么方，什个圆么，吾过江探营，推位一眼眼有危险。幸而甘兴霸相救，是诸葛亮派俚来救吾。

"喔？哎呀都督，你好险——呐，想你冒险过江，如其有甚不测，岂不是江东大——事休矣。"俚惶恐，孙夹里两代主人，侪是轻身冒险了，死脱在战场上。俚都督要有点啥事体，俚能够对得住江东呢，孙权拿大事全都付托在俚身上，要照俚格牌头，希望俚能够破曹操。老古话，叫"千金之子，坐不垂堂"。

啥解释么，屋里向啦，赅家当格人，勍多得的，赅一千两金子好了，俚格个儿子呢，寮檐底下，就勿能够立了。为啥勿能立在寮檐底下么？张怕勍寮檐底下，一块瓦爿得下来，得在颗郎头上，跌破颗郎头。叫"千金之子，坐不垂堂"。俚周瑜，身为都督，俚要探听消息，俚派人过江，何必俚自家去呢。下转俚随便呐吭勿可以哦！

周瑜想俚放心好了，该个一趟，吾已经吓头吃足，下趟吾呐吭会得去？"明白了。子敬，本都过江探得虚实。"现在曹操营头上操练水军，而操练水兵格个领兵指挥官勿是别人，就是荆州刘表格旧部，蔡瑁、张允。假使拨俚笃两家头，拿北方军队训练成熟，打过来起来，是吾伲江东心腹大患。吾要想拿俚笃两家头杀。"子敬，有何高见？""呃，这，这这这这这，大都督，要杀蔡瑁、张允，只有用反——间计！"

对啊，只有用反间计。鲁肃闲话讲得完全对。因为啥呢？鲁肃讲，蔡瑁、张允格个两个人，勿是曹操格心腹，也勿是俚格嫡系，是荆州刘表格旧部。而且搭刘表是亲眷。蔡瑁格阿姐，蔡夫人就嫁拨刘表的。刘表死脱，俚笃劝蔡夫人搭刘琮投降曹操，卖主求荣。结果呢，曹操得着荆州之后，就拿蔡夫人搭刘琮母子两家头结果性命。曹操蛮辣手的，得着荆州仔么，拿刘琮母子杀脱。为啥么？勿杀俚笃两家头，俚笃要勿满意现在格处境，因为地盘俚拨吾夺脱了，军队俚拨吾并脱，俚笃勿满意。勿满意么要捣乱，捣乱起来么，吾反而一个害。格么呐吭？干脆，拿俚笃两家头杀脱。所以母子二人，俜拨曹操在半路上弄杀脱格，蔡瑁、张允也晓得。蔡瑁、张允呢，叫敢怒而不敢言。俚笃两家头是升官了，但是阿姐、外甥统统俜杀脱。曹操呢，一方面要用蔡瑁、张允。为啥么？因为俚手下没有擅长指挥水战格人才，要靠蔡瑁、张允两个人，来指挥水师。一方面呢，曹操又是防备俚笃的，因为格两个人糇货，卖主求荣。而且呢，还有杀刘琮母子之仇，曹操也勿敢十分相信俚笃，叫勿能勿用俚笃。曹操对俚笃是有怀疑。那么蔡瑁、张允一方面呢，见曹操怕，因为曹操势力大。一方面呢，蔡瑁、张允又是见曹操恨。恨点啥？阿姐、外甥拨俚结果性命。那么有什梗一种错综复杂格关系呢，吾伲只要用一条计，叫曹操上当。说起来，蔡瑁、张允搭吾伲江东有往来，借曹操格刀，拿蔡瑁、张允杀，反间计。

周瑜想，俙个想法，搭吾想到一条路上来了，对。"子敬，这反间计，如——何过江？"反间计呐吭过江？吾伲在江南，曹操在江北，要拨曹操上当，格条计策要运用到对江去，勿来的，呐吭过江呢？"呃，这？"啊呀，拨曹操上当，叫俚扛木梢，格木梢呐吭摆到曹操肩胛上去呢，缺脱一个扛木梢格人嚜。"这，大都督，有了。""怎样？"鲁肃说：吾自家么吭不计策，让吾到江边去，碰头诸葛亮，请教请教卧龙先生，俚阿有啥格办法？"不必了！"

周瑜面孔俜红起来，勁去问俚，为啥？忒嫌坍台了。吾害杀俚？害勿成功。长江水战，是诸葛亮指挥了打胜仗，吾过江探营，又是诸葛亮派人来拿吾救转来。现在用反间计吭不计策，又要去请教诸葛亮，坍台伐？吭不诸葛亮吾勁打仗哉？阿是吾周瑜格都督什梗整脚了，局局俜要去问诸葛亮？周瑜落勿落篷，坍勿落什梗格台。勁去问。勁去问么，俙格个计策呐吭来呢？

正在商量格辰光么，叫啥消息来了。"报——禀都督！""何——呃事？"巡哨官说：今朝天亮之后，江面上来一只船。上前盘问，来一个人勿是别人，是俙周都督格同窗弟兄，叫九江蒋干。从赤壁到三江口来，求见俙都督，一张帖子，请都督看。

　　周瑜拿张帖子接到手里向一看：九江蒋干。蒋干，是曹操营头上格文官。俚现在从赤壁到该搭点来，勿问得，奉曹操之命来做说客，要劝吾投奔曹操。周瑜想吾要用反间计，吾格反间计呒不办法，派人拿格条计策交到曹操搭去。蒋干到该搭点来么，掮木梢格朋友来哉。吾根木梢交拨俚，让俚拿根木梢掮到赤壁，叫曹操上当，来得正好。

　　哈呀，周瑜，格个开心么，开心得勿得了，"啊——咦，哈哈哈哈哈哈哈哈！子——敬！""都督。""本都之计，成——功——了！""哦！"周瑜搭鲁肃咬耳朵，什梗什梗什梗什梗。格条反间计呢，就摆在蒋干身上，让俚上当。倷听吾安排，吾马上拿蒋干请到该搭点来碰头。鲁大夫答应。那么拿蒋干请过来仔呀，所以要群英会蒋干盗书。

第七十五回

群英会

　　周瑜得信蒋干过江，喜出望外。为啥呢，因为蒋干是曹营头上格参谋大夫。搭周瑜呢，从小同学，交关要好。后来先生搭出来之后呢，周瑜么在江东，蒋干呢，就到曹操搭去。此番俚过江来，不问可知，奉曹操之命，来做说客，要劝吾投降曹操。吾呢，本来要想用反间计，拿蔡瑁、张允两家头，结果性命。就是苦在格条计策，呒没办法，弄到江北去叫曹操上当。蒋干来呢，机会难得，掮木梢朋友来哉，吾木梢摆在俚肩胛上，托俚木梢掮到江北，叫曹操中计。所以周瑜关照鲁肃，格条计策呢，要俟搭吾配合。有几化几化几化事体，俟替吾去办，鲁大夫答应。

　　然后周瑜下命令，关照外面大帐伺候，叫文武官员大家来。一面周瑜，派一个家将，拿仔吾格帖子，用吾格轿子，到江边去，请蒋干上岸。周瑜呢，换过一套打扮。为啥么？今朝，同学来了，要簇光全新行头，搭俚见面。文武官员呢，今朝俦是全新打扮。文官，纱帽锦袍。武将，明盔亮甲。要摆摆江东格威风。而且周瑜搭文武官员俦商量好，要求俚笃停一停，呐吭样子做法么，文武官员俦有数目了。做好仔个圈套，等蒋干到该搭来上当。

　　俟在等格辰光，蒋干来哉。格么蒋干，呐吭会得过江来格呢？因为昨日夜头周瑜过江探营，蔡瑁、张允非但勿能够拿周瑜捉牢，还死脱了一员大将李通。蔡瑁、张允拿格个情形，向丞相报告。曹操得信之后，喷喷叫格一气。为啥呢？吾人马兵进赤壁，总抵讲，百万雄兵，千员战将，像泰山压顶之势，压得江东人，气俦透勿转，跪倒吾门前来投降。吾到了赤壁，派人送一道檄文过江，劝孙权投降。檄文上是蛮客气的。吾只是搭孙权说：吾曹操奉皇帝格圣旨，兵进江夏，讨伐刘备。现在呢，吾来搭俟一道联络。结同盟之好。伲一道呢，共伐江夏，同擒刘备啦。实际上，结盟是假的，曼得俟孙权一吓：喔哟，曹操来哉嘎。曹操先来赛过搭吾要好、热络，叫吾一道去打刘备。那么俚同意格说法么，曹操军队就可以开过江了。吧？吾搭俟同盟么，自家人了。吾格军队当然可以到唔笃江东来咯。实际上，曹操军队一到江东么，江东格实权，全部俦落到曹操手里。孙权也呒不地位了，顶多跟曹操到皇城去，拨俟一个挂名差使，拨点俸禄拨俟么，也让俟在皇城里向，过过惬意日脚就算了。江东格前途呒没了。曹操格道檄文去，威胁利诱。叫啥孙权，回音俦勿拨俚。后来晓得，孙权出兵了，派周瑜带人马到三江口扎营，隔江对峙。曹操就派人下战书过江。结果呢，下战书朋友，嚓！拨了周瑜一刀杀脱。一个颡郎头，一封回信，拿到赤壁来。曹操气啊：周瑜格胆子大极了，两国相争，不斩来使，千错万错，来人勿错。俟勿应该拿送信格人杀。格个蛮清爽，藐视吾。曹操光火。曹操就通知蔡瑁、张允两位水军都督，明朝长江开战。结果呢，长江开战，一场大败。败得来，惨得一塌糊涂。大将要死脱五个，俙是蔡瑁格心腹。啥格蔡勋、蔡立、蔡新、蔡志、蔡祥。差勿多是全军覆没，一场大败。曹操阿要光火。拿蔡瑁、张允喊得来责问俚笃：唔笃呐吭在指挥？

那么蔡瑁、张允跪下来，在曹操门前讲：回禀丞相，赛过俙，搭江东人打呢，有个道理。一个呢，北方军队啦勿懂水战。第二个呢，是吾俚荆襄格水军，长远劚操了，本事荒疏。所以搭江东水兵打么，吃着一场大败仗。格么曹操问仔咾：唔笃看起来，用啥格办法可以打败江东呢？格么说，现在近路是，也吭不办法超。只有扎扎实实，从头训练啦。让荆襄水兵呢，水战格技术，迅速提高。让北方格水兵呢，能够比较快格熟悉长江水战格经验，那么可以应付江东了。

格么曹操问俚笃：格唔笃阿要操几化日脚呢？顶顶起码要一个月。那么曹操说：格个勿来的，一个月呐吭来事呢。那么缩到二十天。后来曹操说：什梗，日脚么勿限定，唔笃马上搭吾去操，几时操好，差不多有把握了，格么吾几时过江。那么蔡瑁、张允答应。

勿争气，周瑜过江探营，非但勿能捉牢周瑜么，外加死脱仔一员大将。格曹操阿要气的。搭周瑜打啦，处处吃下胁。打么打俚勿过，探营，又拨俚逃走。而且周瑜胆子大得了，深入到江心以北。曹操想，照什梗打下去，吾呒不希望。呐吭能够拿江东打败呢？

格么曹操为啥道理勿收兵呢？勥打哉、承认失败、人马就还转皇城。那么唔，八十三万大军，可以保存实力，将来有机会再打到江东来。曹操叫啥下勿落什梗格决心。为啥呢？坍台哟。阿是吾到了赤壁，打了一仗，吃了败仗，别转身来就走，勿敢搭周瑜较量。曹操格脾气又是骄傲。因为俚打顺风仗，打惯的。平定辽东，扫平荆襄。差勿多，全国啦，三分之两格地方，归到曹操手里向。实力雄厚，就推位赛过江东，刘备是叫一眼眼地方啦，江夏郡，一带头。如果说，江东打平，刘备灭脱，挺下来就是西蜀、东川，再加上西凉州马腾是格个力量勿足为奇。曹操就可以一统天下，就可以拿汉朝格皇帝废脱，俚就能够称帝，开天下。

曹操俚勿肯退哟。格么呐吭弄法呢？搭手下人商量商量看：唔笃看，阿有办法，能够打败江东，反败为胜？拿格个局面，尽快格扭转过来？

那么曹操俚，身坐大帐，召集文武官员，就拿周瑜过江探营格事体搭大家一谈，说唔笃啥人有办法，能够破江东？文武官员俙摇头么，蒋干跑出来讨差使。说：回禀丞相，吾有条计策。啥格计策呢？吾搭周瑜，从小同学，交关要好，后来从老师搭出来么，俚到江东，吾就到中原来。吾搭俚呢，十几年劚碰头，今番吾来过江去。吾去碰头周瑜，只算俙是弟兄淘里，叙叙阔别之情。其实骨子呢，吾效学当初苏秦、张仪，用三寸不烂之舌，劝周瑜呾脱孙权，投奔丞相。格么曹操问俚着嘮，俙阿有把握呢？说：回禀相爷，有把握。为啥？吾可以搭俚讲，周瑜啊，俙勿弄错，倷要搭丞相打，打勿过的。曹丞相雄兵百万，战将千员，势大滔天，唔笃江东能有几化军队呢，实力上拼，拼勿过。将来失败之后么，倷周瑜身败名裂，国破家亡，呒不前途的。倷听吾闲话，倷马上去投奔曹丞相，非但可以保全倷格屋里，而且倷格地位着实可以提高。倷勿是一个江东格都督格身份。倷可以当朝一品，位列三公。吾呢，叫喻之以理，动之以情。用弟兄格情分，拿利害关系搭俚讲清爽，吾想周瑜聪明人，识时务者为俊杰，能够听吾闲话，来投奔倷丞相的。格么，曹操就问着喽，假使周瑜勿肯投降么，倷呐吭呢？吾回禀相爷，如果说周瑜勿投降，吾也勿会白跑一趟。因为吾到了江东，吾至少可以拿江东格营头，安扎营头格情形，吾凭耳朵听，用眼睛看，看到江东营头上格军情机密，吾回转来见倷丞相报告么，倷终归多得着点消息。只有好处了，呒不坏处。曹操想勿错。

不过，曹操心里明白格哦。蒋干过江去呢，有一个可能，非但勿成功，外加拨周瑜杀头。为啥呢？嗯，吾派人去送信，俚尚且要杀。吾派一个说客过江是，愈加要杀。俚呐吭肯就什梗完结呢。格么假使蒋干拨俚笃杀脱么，吾呐吭呢。曹操想，蒋干格种角色，本事中等头，并勿呐吭样子特别卖力、能干，俚个水平勿高格啦。俚死脱么，也随便，无所谓。假使俚成功，成功是不得了。周瑜肯投降是，吾用勿着打哉。吾只要人马开过长江，就能够平定六郡。所以曹操派蒋干过江。

那么蒋干呢，兵佮勿带，将官佮勿有，只带一个童儿。而且身上呢，勿着纱帽、袍服，便巾便服。完全赛过，弟兄道理，长远勿见面哉，今朝来叙谈叙谈。所以船只到了江边停好之后么，俚是拨了江东巡逻船，押到江边来的。俚格张帖子么，交拨了个巡哨官，叫巡哨官去见周瑜报告了。坐在船舱里向等仔一歇，叫啥周瑜格家将来哉。家将到船舱里，跪下来：蒋老爷，吾奉倷都督之命，请倷蒋老爷上岸。

蒋干一看，大红帖子。周瑜格帖子？派家将到该搭来接吾。什梗一看，弟兄格情分，俚蒯忘记。帖子来请到是，看上去，劝周瑜投降，三分帐巴望，已经有哉。蒋干就带仔个童儿上岸。倷上岸么，一肩轿子抬过来了。格顶轿子是周瑜自家坐的。私人格大轿。格顶轿子请蒋干坐是，蒋干脸上扉金。面子大极了。格种轿子周都督是，倷看，也勿什梗就牵只马来吾骑。倷看，周瑜自家个轿子，到该搭来接吾，几化热络了。格是劝俚投降，六成张把握。

蒋干上轿坐定，轿门帘上好，轿子一趟路望准中军帐抬过么，蒋干格童儿骑一匹马，跟了后头。

蒋干在轿门帘里向望出来一看，两旁边头江东军队，三步一岗，五步一哨，戒备森严。为啥么，保护吾。因为吾是周瑜格同窗弟兄。吾今朝到该搭来是，格种待遇，规格几化高了。帖子请，轿子接，外加沿途戒严，保护吾。哈哈，看上去格苗头，劝周瑜投降有九分希望。闲话一拍一抿缝么，搭俚见面之后，俚答应吾投降，印信交拨吾。吾拿了印信回到江北，见丞相复命。丞相大军过江，东吴平定，一统天下。丞相做皇帝么，周瑜呐吭，周瑜就是宰相格身份，周瑜可以当宰相么，周瑜勿会忘记吾的。俚有什梗点地位，全靠吾蒋干搭俚引见。俚一定要重用吾，提拔吾。格是到格个辰光吾个官也勿会小，佛脚上带带，一道上去哉喽。格丞相，俚做了皇帝之后，俚也要重重封赏。将来吾格个地位是高得了勿能谈了。哈呀，蒋干眼睛门前，只觉着自家好像已经升了官、发了财，荣宗耀祖，比现在格地位勿晓得要高脱几化。赛过像做梦什梗，眼睛门前出现仔幻觉。

勿晓得俫格轿子过来，离开中军帐呪不几步路么，只听见门前在喊："呔。前面来的是哪一个？"抬轿子格马上讲："呃呵，九江蒋老爷。""是蒋干吗？""是格。""轿子停下来。""是！""叫他跑出来。""是！"

蒋干在轿子里向一听，一呆呀。吔，啥格名堂？"轿子停下来，叫俚跑出来。"格种勿像接客人。格种口气，好像煞捉犯人格种样子。轿子停好，轿门帘去脱，轿手板拿脱。蒋干从轿子里向跑出来，轿子抬开么，两个军牢手跑过来。眉毛竖、眼睛弹，对仔蒋干："你就是蒋干吗？""呃呵，是啊！""咋！"一把胸脯抓牢，"搜！"

喊哉声"搜"么，旁边还有两个人一道过来。浑身上下，连得靴俫脱下来，袜统里俫摸过。周身俫搜查完毕，呪不夹带。

然后到里向去报告都督，"禀都督，蒋干身上搜检完毕，没有夹带"。"报名而进。""是！""都——督钧谕，传——曹营说客蒋——干进——见呼——咦。"

一个朋友，咋！一把，望准蒋干颈皮上抓牢，嘿！拿俚格人拎起来么，蒋干格两只脚，赛过像荡空一样。一个军牢手抓牢俚只左手，望准俚左手翻辣子底下，乒！一叉。一个朋友抓牢俚只右手，往俚右手翻辣子一叉么，好了。蒋干格两只脚，只有脚尖着地，望准里向呼威连连，嚄咯咯咯——进来格辰光，蒋干急得魂飞魄散。上岸坐一顶大轿，进中军帐，坐一顶飞轿，像飞什梗飞进去。到周瑜门前，"蒋——干当面"。尔——锃！"嚄——唷！"

蒋干要紧跪一跪好，心里向转念头完结了，完结了。看上去劝周瑜投降，九分张格希望呪不了。而今朝颗郎头要拿下来，倒有八九成张可能了。阿要慌格了，呐吭格一歇歇功夫，格局面变化什梗大。一歇歇在天上，一歇歇到仔地下来。跪一跪好么，"啊——世兄，都督在上，小弟蒋干见都督，叩——吔头"。周瑜一听，介险乎笑出来。

为啥道理呢，蒋干吓昏了。俚叫吾啥，叫吾世兄都督。俫叫了世兄，都督就用勿着叫了。俫叫仔吾都督，格么世兄顶帽子，可以抟脱了。叫啥俚道地得了，又是世兄了，又是都督。

格么蒋干为啥道理要用什梗种称呼呢，俚也想好。吾今朝如果只叫俚世兄，俚要动气。啥物事啊？阿是吾衔头啊，倷侪勿晓得？大帐上公事公办，都督也勿叫。面孔一板，啥人搭倷弟兄相称？要拨俚扳错头。格么吾假使只叫俚都督，俚又要窝塞格。哦，倷搭吾一点勿热络，只叫吾都督，同窗弟兄情分侪忘记哉。吾叫俚世兄都督呢，一方面么提醒俚，吾搭倷是弟兄哦，一方面么吾尊重倷，吾原旧叫倷都督。所以厚嘴赫讷得，叫世兄都督。

周瑜对俚呐吭？一声冷笑："嘿嘿！子——翼，想你远涉江湖，莫非为曹氏做说——客？""呃，非也非也，非也非也。"蒋干是连连摇手。勿是勿是勿是勿是。

蒋干为啥道理勿敢承认，吾是说客？蒋干拎得清。今朝格种局面，吾好承认做说客的？承认说客杀头。何以见得，呆板数。因为吾搭倷如果是弟兄，今朝来拜望倷，叙谈叙谈弟兄之情，倷无论如何呒不理由拿吾杀头。因为吾来呒不啥其他目的。假使吾承认说客，敌对行为。倷是曹操派得来的，做说客，劝周瑜投降。格么周瑜要拿吾杀，尽管讲得出。格倷想，下战书朋友，俚可以就什梗拿俚杀么，何况说客呢。勿敢承认。

周瑜对俚笑笑，"瑜虽不及师——旷之聪，闻弦歌，而知雅——意"。

周瑜格种闲话是，讲得风雅到极点。俚说：吾虽然勿及师涓聪明，但是吾一听见倷格弦歌声音，一听见倷琴弦声音啦，吾就晓得倷啥格意思了。师涓，是列国辰光晋国晋平公手下格一个琴师，善于操琴。格个琴师呢，勿是一般格操琴格人，是格官名，专门跟牢晋平公。那么俚，研究格琴，为了干扰多，分心格事体多，勿能够专心一致的，拿格琴提高。那么俚呐吭呢，叫啥俚就拿自家两只眼睛啦，燻瞎脱的。弄瞎脱。为啥？眼睛瞎脱了，看勿见别样物事，随便啥外界格物事，勿能够来干扰俚。那么俚呢，专注一心了，研究自家格只琴。俚格个琴，非但弹得好，曲子谱得灵，技法好。而且呢，俚是个知音人。随便啥格格琴曲，到俚门前来操，俚一听就可以晓得，倷格只曲子叫啥名字。倷格只曲子是啥人发明的。后来晋平公新造好一座王宫，请卫国格卫灵公，到该搭点来庆祝，一道叙谈叙谈了，赴宴。

那么卫灵公呢，也带一个琴师，格个琴师格名字叫师涓。一埭路从卫国到晋国来格辰光，卫国格音乐啦，也是有名气的。师涓格琴呢，也是好的。半路上路过一条河，叫濮水。濮水旁边头，有一座馆驿，就在格馆驿里向过夜。卫灵公也欢喜音乐的。嗳，叫啥半夜里，忽然听见河里向传出来琴声，"啊呀——"只曲子听了，格适意是适意得来，实头抒情啦。马上派人去拿师涓喊得来，师涓来一听么果然。师涓马上关照拿琴拿得来，俚就跟仔格个河里向传出来格琴声了，一道来摸。摸仔一半么，下半夜，琴声停了。那么问俚，说：格只曲子是啥人做格？师涓说：吾勿晓得。只琴，曲子好听极了。格么倷学会俚酿。说吾听着一半，什梗，再住一夜天，明朝夜头吾再听一遍，吾就能够记得牢。

那么卫灵公特为在濮水河馆驿里向，多住一日天。到夜头，果然，琴声来了。师涓马上拿格个谱记下来。到下半夜，琴声停了，俚格只曲子能够操出来。哈呀！卫灵公听了是开心啊！曲子好听极了。

那么到晋国，碰头晋平公。晋平公问俚，说：倷格琴师师涓唵带得来？带得来的。阿有啥新格作品？有的。请俚操拨吾听听。蛮好。那么就拿在濮水边上学得来的格只新格曲子，操出来一听么。哈呀——晋平公满意是满意得来。啊呀，好听好听，实在好听。

倷在喊好听么，叫啥师旷跑过来。师旷眼睛么瞎，俚耳朵好的。听清爽格搭点在操琴么，磅！拿俚格琴弦揿牢，勿能操。为啥道理勿能操呢？倷格只曲子勿能操。格只曲子有问题。啥格问题呢？格只曲子多听啦，要亡国格。啊？要亡国格啊？嗳！倷格只曲子，吾问倷，阿是在濮水边上学得来格？吔？倷呐吭晓得格？吾呐吭勿晓得呢？说：格只曲子，是纣王手下一个琴师，名字叫啥？叫"延"。一个头字名字，延。格操琴格琴师延呢，专门弹格只曲子。格只曲子呢，叫"靡靡之音"。纣王听了格曲子之后么，吃酒啊，跳舞啊，荒淫无道。结果，亡国。那么格延呢，就掮仔格面琴，望准濮水里向，磅！跳下去，自杀的。以后，凡是懂音乐格人，路过濮水呢，俚就要出来操。水里向就传出俚格个靡靡之音来。

晋平公马上就问卫灵公：阿是什梗一回事体呢？的的确确，是什梗一回事体。

格倷倒想想看，师旷格音乐，本事阿要大？听得出，倷格只曲子是啥人著作，是啥场化学得来的。格只曲子啥格名堂？靡靡之音。佩服。

格么周瑜讲格个闲话啥格意思呢？吾虽然勿及师旷什梗聪明，但是吾一听见格琴声呢，吾就晓得里向格意思。格么周瑜为啥道理用什梗一个古典么？因为周瑜也欢喜曲子的。周瑜非但是个军事家，是个政治家，同时呢，还是个音乐家。周瑜，随便啥格曲子，到俚门前来操，俚曼得听一遍，俚就记牢。下一趟，别人再在俚门前操琴，假使倷该只曲子操错脱了，周瑜马上就要回过头来对倷看：倷格里错脱了。所以江东人叫啥呢，叫"曲有误"就是错误啦，"曲有误，周郎顾"。俚要回转头来看。回过来，所以人家送一个绰号拨俚，叫啥呢，叫"顾曲周郎"。就表示知音。因为周瑜欢喜操琴了，所以用什梗格古典。倷蒋干格样子，倷格来意，吾一看倷格格局，吾就晓得倷是说客，倷夿赖。

蒋干叫啥面孔一板，对仔个周瑜："阿呀呀，世兄都督，小弟与世兄都督，从老师家中分别以来，十余年未曾相见。今日前来，特来叙阔别之情，何尝是为曹氏做说客？倘然世兄都督见疑么，蒋干就此告辞。"倷怀疑吾？吾马上就跑。

周瑜一听，"啊，噢。众位先生，列位将——军听者，蒋子翼并——非说客"。

"哗……"文武官员勿响。周瑜俚转出虎案，到蒋干门前，双手拿俚搀扶起来么，欠身一礼。"子翼兄，瑜有——呀——礼。"

那么格蒋干弄勿懂。今朝呐吭道理？周瑜格个感情格变化，起伏大得啦？一歇歇帖子请，轿子接。一歇歇浑身上下搜，三丑三掼喊进来，呼威连连，报名而进。一歇歇又过来，走出席面，拿吾搀起来。马上就要搭吾唱啥了，客气。啥道理？蒋干再一想，明白了，明白了。周瑜待吾是好的。同学呀，吾刚巧帖子来么，俚马上派人用帖子、轿子来请吾、接吾。那么俚升帐格辰光，文武官员晓得。江东格文武官员侪厉害格：呃，都督啊，那么蒋干是曹操营头上格参谋大夫，俚今朝到该搭点来，板是说客。

那么周瑜落勿落，因为江东现在决心要搭曹操打格辰光，勿许有人来做说客，更勿许有人要投降。那么周瑜吭啥客气，公事公办，拿吾身上抄，阿有夹带？吾，资格老，一点夹带勧带。吾也勧叫曹丞相写封亲笔信么带得来，吾侪吭不。就凭吾张嘴，吾格闲话侪在肚皮里。格唔笃看勿出。因为吾夹带吭不，吾赖得干干净净，吾勿是说客。格么周瑜想，勿是说客，吾搭倷是弟兄之情。俚马上就过来，请吾起来，搭吾行礼。周瑜是好格啦，文武官员搭吾冤家，作对。那么弄僵脱了。

蒋干要紧还礼："呃，不敢不敢不敢。蒋干有礼。""子翼兄，同往里首——饮——酒。""呃呵呵。""请——啊！"

蒋干对文武官员看看，嘿嘿，唔笃白起劲。唔笃捐牢吾。啊，叫周瑜么，拿吾身上搜查了，三吓头么问吾了。吭没用场。周瑜请吾到里向吃酒，倷到里向吃酒格辰光，旁边头，周围吭不人，吾还是可以劝周瑜投降格呀。倷蛮开心么，叫啥文武官员勿跑呀。

"哗……"交头接耳，议论纷纷。周瑜一看么，明白了："众位，你们为什么不走呀？明白了，莫非你们在那里疑惑蒋干，到里边，要游说本——都。也罢啊，我们同往里首饮——酒。""好哇……"

蒋干心里向火啊。对两个文武官员看看，唔笃搭吾啥格上难过呢。倷看，现在周瑜关照俚笃：唔笃勿肯走？吾明白的。唔笃是疑心蒋干是来做说客，格么一道到里向去吃酒。让唔笃大家听听喏，俚阿是说客了勿是说客？那么做说客做工作么，只能够两家头，秘密得极的，促膝而谈。那么吭不顾虑么谈谈心。赅仔嘎许多人，格闲话吾呐吭讲法呢？困难。格吭说法啦。蒋干又勿好关照俚笃勧进去。

到另外一座大帐里向，酒水摆出来。周瑜一桌、蒋干一桌，文武官员，四个人一桌，四个人一桌，席面排列两厢。周瑜拿杯子拿起来，对仔格蒋干："子翼，今日里，江东文武官员尽行聚集，都是江东的英俊，今日之会，可称为群英——会。""呃嗬！是是是，是是是。"

今朝，周瑜有名堂的。今朝格吃酒格会，叫啥？叫"群英会"。因为江东格英俊豪杰到齐了。"哗……"周瑜说仔一声"群英"么，后来京戏演员，如果演格个一出戏呢，戏格总名字就叫

"群英会"。群英会，实际上是赤壁大战。俚包括《草船借箭》啊，《苦肉计》啊，《借东风》《华容道》全部侪在了。格么说书呢，也叫《群英会》。非但演戏、说书侪叫"群英会"，甚至于现在生活里向，劳动模范、战斗英雄集会格辰光，格只会，往往报上用格标题，也用"群英会"。其实"群英会"格个名字，勿是现在行出来的，是三国辰光周瑜请蒋干吃酒辰光，是周瑜提出来，今朝格只会，叫"群英会"。

蒋干拿起来杯子来一饮——而尽么，两家头总要叙谈叙谈。先生屋里向分别以来么，身体么呐吭？前程如何？屋里向格家属么身体阿好？叙谈叙谈格种客气闲话。嗳，叫啥俚笃在讲闲话格辰光，文武官员出现什梗一种情况。逢到周瑜开口呢，文武官员吃酒归吃酒，讲张归讲张，声音蛮大。只要蒋干开口，回答周瑜闲话，或者问周瑜闲话辰光，文武官员该应吃酒了，酒杯拿到嘴半边，停下来。该应讲张了，马上煞车。毕静。一点点声音呒不，所有文武官员格眼光，侪集中到蒋干身上，盯牢仔看，听俚讲点啥？蛮注意。单单蒋干讲一句闲话，什梗么勿要紧。逢到蒋干开口，终归毕静了，勿吃酒、勿讲闲话。格个几化窘了？明打明格监视俚，看俚讲闲话里向，是勿是有啥格目的？是勿是在做说客？其实蒋干该格辰光，俚喊俚做说客，俚勿会，勿敢。哗哗哗哗，嘎许多人在，呐吭劝周瑜投降？劝勿进格呀。拨了文武官员什梗一来么，蒋干弄得了局促不安。窘得不得了。

周瑜也看出来了，周瑜拿只杯子一放，"众位，你们为什么要如此模样？"吃酒？快活事体，格唔笃啥格，盯牢仔格蒋干，算啥？格吃酒吃得呒不道。什梗，让吾来发令。

周瑜拿腰里向口宝剑探下来，关照旁边头："太史将军，听令！""有！"陆军正先锋太史慈立起来。"令箭一支，将军为监酒令之职。席间文武官员，只叙朋友之情，不许言及孙、曹两家军情。如有谁人违背将令，宝剑在——手。""得令！"该格官特别的，叫啥？叫"监酒令"，是监视大家吃酒。

太史慈拿仔口宝剑当中一立，"众位先生、列位将军听了，吾逢都督将令，席间为监酒令。今日，只叙朋友之情，不议国家之事，如有谁人要道及孙、曹两家之军情，莫怪宝剑无——呃情"。

"哗……"太史慈酒勿吃了，俚专门得只凳子，旁边头一放，坐定下来，监督大家讲闲话。今朝莫谈国事，只讲朋友之间格感情，只谈私事。啥人要讲起军情么，杀头。文武官员什梗一来么，吃酒讲闲话，勿去监视蒋干。因为有监酒令，专门监视俚。蒋干一看么，心里向，别别别别，一跳。为啥呢？叫啥太史慈格只凳子啦，勿摆在别场化，就摆在俚只凳子旁边头。俚勿是监视文武官员，俚是监视俚蒋干一个人。俚要讲起一声军情，拔出宝剑，嚓！一宝剑马上结果俚性命。要死格来，什梗吃酒还定心格啦？蒋干又呆脱哉哟。那么俚讲朋友感情，格种闲文野章辰光么，总不免要带着句把国家大事。作兴倒吾偶尔一个勿当心，冲一声出来，曹丞相营头上么呐吭了，俚马上一宝剑过来。格个吃酒还定心格啦？倷好有一比，现在开宴会，旁边头专门有个人，拿好仔根手枪，盯牢仔倷，倷讲错一句闲话，磅！一枪。倷格个酒还吃得落格啦？吃勿进格仔嚡。蒋干面孔夹鲞死白。

周瑜在喊俚格辰光："子翼，子翼兄。""呃，呃"，人在发抖。周瑜"哈哈哈哈"立起来走出席面，拿蒋干只手一搀，"来来来，往里首饮茶"。搭倷到里向去，吃脱一杯茶吧。

倷搀仔俚手进么，文武官员在外头吃酒。蒋干格心总算定下来。喔哟，救命王菩萨，周瑜搭吾两家头到里向是，嗨，到里向来么喏，还是有机会好劝俚投降。曼得坐定下来么，吾慢慢叫搭上去，再威胁利诱么，说勿定周瑜能够听吾说话。

叫啥周瑜搀仔俚只手到里向内帐啦，并勿坐。马上跑出来，换一扇侧门跑出来，领俚兜圈子，往营门跟首过来。散散步啦。散步格辰光么，沿途有江东小兵，看见周瑜，哔哩吧落，跪下来，见都督磕头。周瑜呢，终归要关照唔笃见蒋老爷磕头，"见蒋老爷磕头"。蒋干把手招招，蒋干觉着蛮有面子。别人搭周瑜磕头么，周瑜终归关照搭吾磕头，"见见蒋老爷"，当吾个人物，是勿冤枉。弟兄道理格感情蛮深了。其实蒋干啊，倷上仔当哉。

周瑜为啥道理，一路过来，沿途有人跪下来磕头，总要关照俚笃搭蒋干也磕一个头呢？有讲究。周瑜其实是在关照格种小兵。格种小兵啥等样人呢，巡逻军兵，敲更的。周瑜关照俚笃，唔笃看看清爽，喏，格个就是蒋干。今朝夜头，俚偷仔物事要逃走，唔笃在巡逻辰光碰着俚，要回避，勿能够拦牢。拦牢蒋干要耽误事体，要杀头的。喏，认认清爽喏，俚就是蒋干。夜头碰着，放俚过去，阿有数目了，敲更格阿懂了？那么敲更、格种巡逻军兵一看么，"哦，哦，蒋老爷，蒋老爷"，有数目了，认得的，认得的。哦什梗一来，夜头看见么，终归让俚过去。蒋干又勿晓得。

那么周瑜为啥道理要领俚到营门跟首？而且出仔营门么，领到江边，领到俚停船格场化。好像么是无意当中散步了，兜兜圈子，兜过来。其实格里向周瑜侪有道理。领俚出来兜圈子，走到江边停船格场化，因为蒋干上岸啦，是坐轿子，俚勿认路的。坐了轿子里向么，俚格路程当然弄勿大清爽。那么夜头俚偷仔信逃走格辰光，路要勿认得的，又勿好问讯的。那么周瑜日里向呢，领俚兜一埭。那么蒋干格种聪明人，走过一遍之后么，有点数了。夜头俚逃出来起来，路就勿会摸错。蒋干格扛木梢，侪扛在无意当中。周瑜格巧妙就巧妙在格种场化。表面上让俚看看军容，沿途江东格军队，几化气概。再领俚到粮营上，粮营在西山，看看吾伲江东格粮草。倷看吾伲格粮草几化结棍，堆积如山。吾勿当倷外头人用，吾勿以为倷是奸细。照规矩格种仓库重地，机密大事，江东格粮草多勿多，勿能拨了敌人晓得。领倷来看，而且周瑜还问俚："子翼，你看吾江东，文官如何？""才高学广。""武——将怎样？""能征惯战。""军卒如何？""十分雄壮。"

"粮——草呢？""呃，兵精粮足，兵精粮足。话不虚传。嘿嘿嘿嘿……""子翼，吾与你同学之际，却想不到，今——日之下！"

蒋干一听呢，周瑜格个闲话，得意忘形。俚搭吾呐吭说：哈哈，蒋干啊，吾搭倷格辰光在先生屋里向同学，一道读书辰光，吾呐吭想得到今朝在江东升为都督，一人以下，万人以上，真正想勿到有什梗格地位。阿是得意忘形？

格么蒋干胡调啦："呃呵，世兄都督才高学广，善于用兵，身居此位，实不为过。"呃嚼，倷有格点本事，倷应该做什梗格地位。"子翼，大丈夫处——世，遇知己之主，外托君臣之义，内结骨肉之亲，言必听，计必从，休戚相关，祸福相共。虽苏秦、张仪复生人世，哪怕口似悬河，亦难动本都之——心！喝喝哈哈……"

格两句闲话么，赛过望准蒋干头上，辣！一闷棍，打得格蒋干晕头转向，眼睛门前发黑。啥道理？周瑜搭俚讲：蒋干，一个人，活在世界上，大丈夫处世，碰着知己格东家，格顶顶难得的。像吾碰着孙权什梗，碰着知己格东家，外表面呢，吾伲是君臣之际。其实骨子呢，是骨肉至亲。周瑜搭孙权是亲眷。啥格亲眷呢，周瑜格家小，小乔夫人。孙权格嫂嫂，小霸王孙策格家小大乔。周瑜搭孙策连襟，搭孙权呢，当然也关亲格咯。俚笃格亲啦，勿是一般格亲，至亲。喏，现在吾未来先说，可以讲一讲。周瑜俚，将来养格儿子，长子叫周循。叫啥周瑜儿子讨格家小，就是孙权格图唔。周瑜养格图唔呢，嫁拨孙权格大儿子，叫孙登。俚笃格亲是，亲上加亲，亲上联亲。孙夹里搭周夹里格关系，密切得不得了。

所以外表面吾伲是君臣，其实是骨子呢，骨肉之亲。吾周瑜说上去格闲话，献上去格计策，可以说是言听计从。吾搭江东孙夹里格关系呢，祸福相共，休戚相关，一荣俱荣。江东人富贵尊荣么，吾周瑜也富贵尊荣。江东人失败么，吾周瑜也完结。所以哪怕是苏秦、张仪，列国辰光两个说客是顶顶有名气，死格说得出活格来，七骨里翻牛、八骨里翻马。哪怕像苏秦、张仪重新再活转来，要来劝吾周瑜去投降别人么，也说勿动吾格心。该个闲话蛮清爽，就是说：倷蒋干免开尊口吧。吾搭江东格种关系啦，倷格个说客勿必费心哉。

那么蒋干明白：好了好了好了，说客呒不办法做哉。周瑜只底牌，侪告诉吾。俚在江东格地位、身份，搭孙权格关系，哪怎讲法。那么怨命。吾忘记脱仔大乔、小乔姐妹两家头，一个嫁拨孙策，一个嫁拨周瑜。如果吾想到格一点哉呢，吾勿应该在丞相门前讨差使。险啊！今朝如果闲话，落脱一点点么，吾头马上就要掉下来。格么呐吭弄法呢？识相，回到里向吃脱一杯酒，立起身来就告辞。连夜回转。哪怕拨了丞相要怪了什梗么，也呒不办法。所以回过来，到里向，仍旧入席吃酒格辰光。哈呀，看周瑜起劲啊，横一杯，竖一杯。而且周瑜搭蒋干讲清爽：吾自从领兵以来，吾一口酒也勿吃。为啥？张怕误事。今朝呢，好朋友来了，弟兄来了，所以吾今朝呢，要畅——饮一醉。

一杯酒，呵——一饮而尽。尔——又是一杯，再下去。格么蒋干当然也陪仔俚一道吃咯。其实周瑜格个酒，阿是真格吃下去呢，假佬戏。假使真格什梗，横一杯、竖一杯干杯啦，吃得酩酊大醉，停一停呐吭用计呢。俚格个酒，十杯当中，七杯是倒脱的。因为格辰光人，格袖子管大。吃酒辰光，一只手拿杯子，一只手格袍袖要遮一遮，遮一遮格辰光呢，台子旁边有一只痰盂罐。因为帐中吃酒格声音大勿过，俚拿格杯酒望准痰盂罐里，咕咯笃，铲脱么，晏歇点拿袖子管放下来，拿杯子一扬，"干——了"。

干哉。其实么痰盂罐俚满哉。酒是齁吃下去，稍微吃一点点罢哉，蒋干又勿晓得。

蒋干立起身来要跑了，"世兄都督，呃呵，小弟不胜酒力，要告辞了"。"啊，啊？既来之，则安之。哪有便去之理？盘——桓三日。"登三日天，难扳碰头。"呃，喝，因为俗务匆匆，未便耽搁。""那么今日时光已晚，不及动身。屈留一宵，明日再走。今日晚上，瑜与子翼，要同——榻而眠，畅谈——终宵。"

那么勿好回头。三日天留，留勿住。留一夜天。倷看，点灯哉，夜哉。夜头倷开船回转去，勿便当。倷住一夜天。而且周瑜搭俚讲清爽，吾搭倷合铺，困一张床，同榻而眠，畅谈终宵。

蒋干答应。吾还有一个童儿，吾带得来格底下人，呐吭办法呢？勿要紧啊，周瑜关照派家将，拿个童儿送到船上去。让俚回到船上好了。那么格童儿呢，先回到船上去。蒋干呢，再坐定吃酒。

为啥道理拿童儿先要送脱么？因为蒋干偷仔信逃走，俚再要去寻个童儿勿便当。所以周瑜拿个童儿先安排，回到船上去起来，让蒋干逃走起来方便点。哈呀，周瑜起劲得来，吃吃酒么，舞剑作歌，还要表演俚回节目了什梗。等到酒阑席散么，辰光已经二更，文武官员大家散下去。周瑜呢，搀仔蒋干格手，搭俚要好得来，勾肩搭背，望里向进来。

蒋干响勿落，倷看周瑜格种腔调，活仔三十四岁格人，还是小图样子，还像同学辰光，勾肩搭背。周瑜呢，确实还有大小图格种脾气。什梗了，江东人叫周瑜叫啥？叫周郎。为啥道理叫俚郎呢？周郎么，就是有点大小图格意思在了。周瑜搭俚到里向坐定。内寝帐，蒋干心里向转念头哦，劝周瑜投降格机会么呒不。到内寝帐啦，好机会。格么真正到仔江东格要害场化。周瑜困觉格地方，板有啥格机要公文，或者有啥格重要军情，总有人过来报告周瑜。格么俚报告辰光，吾假痴假呆。吾只要耳朵竖起来听么，吾听着句把回转去，见丞相报告。说客勿成功，但是吾探听着勿少江面上探子所呒不办法打听着格消息。格种核心格机密，吾可以打听桩把回转去，同样可以立功劳。坐定下来了，底下人香茗送上来。

周瑜叫啥拿格茶杯，拿到手里向，喝茶格辰光："喔哟。"擦冷！杯子打碎。"呕！呕……"呕吐。周瑜吃得实在醉勿过。手下人要紧端准清水过来，让俚咽嘴、揩面么，"大都督，请休息吧"。那么周瑜关照：蒋干啊，俫坐一坐哦，吾横脱一歇，吾停一停再搭俫讲闲话。"哦，是！"

蒋干答应。手下人拿周瑜扶过来，搭俚头上两根野鸡毛去脱，身上换一换便衣。人横到床上么，和身困。靴俒齣脱的，和衣而睡。俫横上去格辰光，底下人拿呕吐在地下格物事，打扫开。打碎只杯子么收脱，另外泡一杯香茗台子上摆好。那么再搭蒋干说：蒋老爷，俚到外头去哉。呵，假使有事体么，俫喊俚好了。

为啥呢？因为底下人勿作兴立好在周瑜格卧室里向，所以再到外面去伺候。两个底下人退出来。尔嘚——嘭！内寝帐门带上，喝哒哒哒……呵噔噔噔……脚步声去了。

蒋干响勿落。格种底下人，真勿负责任。周瑜困哉，吾坐在该搭点，叫啥俚笃去白相去哉。俫听脚步声音，哈哒哒哒，去哉。晓得周瑜一歇歇勿会醒转来了。其实呐吭？其实蒋干俫上当了。格个两个底下人，看俚笃样子好像哈哒哒哒，听声音去得蛮远。其实俚笃格个跑是跑拨俫听的。跑到老远，重新再轻轻叫回过来，回到帐门跟首。一个门缝缝里向张，一个困在地上掀起一眼眼帐篷，对里向望，密切注视，看住俫蒋干。

蒋干晓得的，二更敲过，天蛮冷。"势——喔呀"阴嗖嗖，阴嗖嗖。心里向转念头，周瑜么困哉，吾看看看哦，台子上阿有重要公文？一看么，拨俚发现一样物事。啥格物事呢？一条令箭。十二条大令当中第一条令箭，子时令箭。哼，周瑜拆烂污，子时令箭，呐吭好放在该搭点呢。该个令箭，应当是放到军机大帐，格么一日到夜，一夜到天亮有人值班看牢。困觉格场化，虽然也是重要格地方，外头人勿能够进来。不过，总归吭不一日到夜有人值班。大概有人进来交令个辰光，周瑜随手在台上一放么，就跑出来。齣关照手下人送到军机帐去归好。粗心，年纪轻。到底粗心。停一停起来之后，搭俚讲一讲，俫下转支令箭在摆摆好。

蒋干拿条令箭看仔一看，仍旧老场化摆好。阿有书，阿有公文？吭不。公文侪在军机帐，勿在该搭点。台上啥格书呢，无非是兵书、战册。看兵书，吭不心想。"比历卜、比历卜、比卜历比卜，嘭！嘭！嘭！"三更。

哈——打一个哈欠。蒋干心里向转念头，困吧。吭啥多耽搁头哉。等周瑜起来搭吾讲闲话，勿可能。俚吃得什梗醉法子，俫看酿，鼻息浓浓。刺——刺——困着了。劝俚投降？蒋干条心死脱了，也匆想再劝了。蒋干走到床门前，预备床上周瑜旁边头横下去，也稍微眯一眯。叫啥对床上一看么，一口宝剑。床上有宝剑。心里向转念头，机会来了，吾拔出宝剑，辣——一剑，结果俚性命。假使拿俚一宝剑，嚓！杀脱。吾拿仔条令箭马上逃走，回转江北，吾还是立大功。周瑜勿投降，人拨吾杀脱哉。对，机会。胆大有将军做。格条手搭到剑壳上，该只手搭到剑柄上，要想拔宝剑格辰光。

勿晓得周瑜是假困着呀：喔哟，一想蒋干呀，倷胆子倒勿小，啊？想做刺客？"喔——哟。"咽咯，翻一个身，蒋干一吓，要紧手缩下来，别别别别……险呀！假使拨俚看见，喊一声——拿刺客，外头人冲进来是，吾完结了。太平点吧，还是横下去。倷横下去格辰光么，叫啥外头人来了。

呵噔噔噔噔，啥人么？一个底下人跑进来报告周都督。"都督，都督，都督，对江二都督派人下书信到，在外面，求见都督。"蒋干一听啥物事啊？"对江二都督派人送书信到，求见？"对江？赤壁。二都督？蔡瑁、张允。啥格物事啊？蔡瑁、张允搭周瑜有往来，派人送信来啊？喔哟，格倒要注意。倷蒋干留心听，那么蒋干上当哉呀，所以连下来要蒋干盗书。

第七十六回

蒋干盗书

　　蒋干，三更敲过，困到床上。忽然听见外头有底下人进来，喊醒周瑜。对江二都督，派人送书信到，在外求见。周瑜困思懵懂，从床上起来格辰光么，忽然叫啥，人像清醒过来，"啊？来！""是。""床上，睡的是哪——一个？""呵呵，都督，是大都督的同窗弟兄，九江蒋老爷。""是蒋干？""是的。""哈呀，呀呀呀呀。本督忘——怀了。"蒋干想，啊呀！周瑜实头吃醉了。吾困在俚旁边头，俚侪忘记脱格哉呀。叫啥周瑜在问底下人："方才，你讲些什么？""刚才，刚才小人没说什么。""还好，退下。""是。""子翼，子翼兄，子——翼！"蒋干肚皮里向转念头哦，刚巧格闲话吾侪听见，底下人还说豁讲啥了。其实么就曼得格两句，吾已经蛮清爽了。周瑜在喊吾。喊吾么，就是试探吾唵困着了。豪燥让吾扮假困着。嘶——嘶——鼻息浓浓。"你睡熟了？"

　　蒋干想倷上仔吾当哉。吾啥辰光困着？假困着呀。蒋干自家上仔别人当，喊别人上俚格当的。得意啊！周瑜，往外头出来，踏到内寝帐外头，内寝帐格门带上。啊呀，蒋干心里向转念头，俚往外寝帐去，吾困在内寝帐，而且困在床上，隔一重门，听勿见的。格呐吭办法？让吾去听听看。所以俚，轻洞洞床上起来，望准门跟首跑过来么，因为地上铺毯子，走路，呒不声音。呀！吾就什梗跑过去，周瑜勠疑心格啊。刚巧鼻息浓浓，哪恁里向现在鼻息吭哉呢。豪燥让吾假打鼾，呼——刺，呼——刺！一路走么，嘴里在一路打鼾，呼——刺！到门跟首，门缝缝里向张，张勿出。耳朵嚯着听，嘴里向么在打鼾，呼——呼——倷打鼾格声音呢，勿能过分响。过分响仔人家要疑心的，呐吭床上格打鼾声音，像在门口头打鼾一样呢？

　　倷留心在听呢，外头底下人座头摆好，周瑜坐定。"唤下——书人，来见。""是。"底下人跑过去喊了，送信格人到。卜落笃，跪下来，"小人，见都督磕头"。"罢了。""奉了二都督之命，送书信到。咱们都督叫小人到这儿来报告，现在，关防严谨，急切不能下手。""嘘！""是。""轻——口些。""是。""里边有蒋——干在彼。""是。"

　　那么听勿出。讲到格搭，拨周瑜戳住。轻点，里向有蒋干在，有曹操营头上格人在。蒋干想下头格闲话是要紧闲话。倷听酿：伲都督叫吾到该搭来，送一封信，向倷报告。现在呢，叫啥关防严谨，急切不可下手。关防严谨，啥人关防严谨，急切不可下手？下手，要下啥格手？弄勿懂。下头格闲话，周瑜警惕性高，拨俚喊住。轻点，蒋干在。张怕拨吾听见啦。周瑜格人细心啦。倷再听酿，外头声音有格呀，字眼一个也听勿出。独听见，丝唔索、丝唔索——哈呀，听壁脚，听着一半，格个叫心痒难抓。难过啊。恨勿得喊一声：倷响点酿。要紧闲话，吾齁听见了呀。其实蒋干啊，齁说倷里向齁听见。外头格周瑜叫啥，也齁听见俚讲点啥。格么周瑜呐吭会得齁听出来呢？因为鲁肃关照格个送信格人，倷到里向去，见都督报告，要讲呐吭两声闲话。多下来格闲话呢，随便倷讲点啥好了。那么格底下人想吾讲点啥好呢？勿知呐吭拨俚想出来的，对仔格周瑜，舌头么在动，声音么有点的，字眼么一个啊吭不的。丝唔索、丝唔索……周瑜响勿落，勿晓得俚在讲点啥。

周瑜格做功也蛮好，等到俚声音停，周瑜就关照俚。"明白了，回去，回复你家都督，叫他要"，丝唔索、丝唔索。叫啥格周瑜，也是讲到一半，讲到下头格声音是低得了实头一个字眼也听勿出来。蒋干心里向转念头，要紧闲话齁听着呀？周瑜在关照：倷回转去，回复唔笃都督，叫俚要……要啥呢？吭不了。"是是，是。小人明白，小人明白。""赏他十两纹银。""是。"赏拨俚十两银子么，格朋友去，"小人走了"。喝噔噔噔——送信朋友走。

周瑜立起来，要回进来。蒋干有数目哟，晓得周瑜要来哉，声音听得出呀。"唔，呃哼。"周瑜来了，豪燥回过来吧。俚要紧轻轻叫，一埭路回过来，回到床门前横下去，老场化老样子横好，嘴里向还在打鼾，呼——刺！眼睛呢？张开真正一滴滴在看。门，嘎，唵——开，周瑜进来。只看见周瑜手里向拿好一封信。底下人拿周瑜扶过来到该搭点座头上坐定。香茗冷脱了，另外去换过一杯热茶进来，让周瑜可以吃茶。周瑜呢？拿封信拆开来了。蜡烛火点好了。周瑜拿封信拆开来一看，叫啥在看，还在笑了哟。"呵呵呵呵，哈哈哈哈！曹——呃贼，管叫你的首级，吭……"说到格搭，俚马上缩住。蒋干心里向转念头，啥意思啊？周瑜说到格搭，而且格头，回过来对吾看一看，自己拿张嘴揿没。蛮清爽俚在讲，曹操，嘿嘿，管叫你的首级。嗤！难道说格封信，搭吾佝丞相格颗郎头有关系啊？哎呀，大事体哇。顶好格封信让吾看一看。周瑜拿封信看完了，蒋干望过去蛮清爽。看俚拿封信，信笺，信壳里向袋一袋好。信壳，台上一放。拿起只杯子来，碗盖去脱，喝茶格辰光么，"哦——哟！"看俚好像一个头眩，嚓冷——一只杯子又落碎。杯子脱手么，呕，呕，呕——方才齁呕清爽，第二次，又在呕哉。底下人要紧过来，用清水让俚咽嘴，揩面。然后拿周都督扶过来，扶到床门前。让周都督横下去么，也是老窝凶里向横好。因为俚格颗郎头啦，勿是困在枕头上，枕在被头上，被头勿盖。格么蒋干颗郎头呢？也是枕在被头上，横困的。底下人拿地上打碎格茶杯收开，台子上弄清爽。一个底下人先出去。还有格底下人呢，换过一杯香茗进来，台子上摆好，防周都督停一停齁再起来，要吃茶了或者呐吭。所以底下人重新进来，茶杯台子上摆好么，啊呀，叫啥一封信在台子上。看格底下人拿封信拿起来，看俚犹豫一下。蒋干肚皮里转念头哦，格封信，倷勿能拿脱格哦，格封信拨倷拿脱是吾完结啦。

按照道理讲格封信，本身是一个机密文书，非常非常重要。勿应该是摆在困觉格地方。特别今朝，帐篷里向还有一个外人在，而且是曹操营头上格人。格封信呐吭好摆在台上？格么底下人，拿到手里向，为啥道理勿马上拿出去呢？蒋干张开仔一滴滴眼睛，在看底下人格面色。看格底下人犹豫仔一下，勿敢拿呀。为啥？因为格封信是机密文书，台上么勿能摆的。但是格底下人也勿好拿的。如果底下人拿仔，拿出去，即使俚一看也勿看，送到军机帐去归好，俚犯错误。俫吭不周都督命令，俫呐吭好拿格机密文书，就什梗随便移动？放在台上呢，看格底下人勿定心。看俚犹豫仔一下，再拿格封信，望准台上一本书里向，夹一夹好。书，书架上摆好。那么底下人定心，退出去。帐门带上。喝喽喽喽——脚步声音去远。

其实格个去远？跑给俫听的，重新再轻轻叫一脚一脚演过来。演到帐门跟首，在门缝缝里向，对里向张。两个底下人，还是在外头，密切注意。看好俫蒋干格动静。蒋干呐吭呢？听周瑜格鼻息声音，落囄了。困着了。呐吭晓得周瑜困了呢？蒋干拍板的。打鼾声音上板的。格么真困着，打鼾声音长长短短，勿上板格啦，节奏勿对格啦。假困着，装出来的。现在一拍板么，真困着呀。呼——刺，呼——刺。

格么周瑜俺困着呢？觖困着呀，假格呀。格么周瑜假困着么，呐吭格打鼾，照样会得上板呢？因为周瑜自家也在拍板呀。自家格板上么，蒋干拍板，也上板格呀。蒋干想，局。周瑜困着了。再来喊喊俚看："公瑾，世兄，都督。"困着了。喊上去，声音也吭不。吭不回应，仍旧在打鼾。呼——刺，呼——刺！俫听酿，蛮清爽，鼻息浓浓。看罢，蒋干轻轻叫起来，脚步声音放得极低，走在地毯上，踮起仔脚了走的。一脚一脚演过来，演到只台子门前，勿知在哪本书里？看是看清爽俚夹在书里，氼在书架上。嗯！一本书抽下来，翻开来一看？勿是格本，摆好。调一本，也吭不。啊呀，慌了。两本书吭不了。假使拨周瑜看见吾在翻俚格书，马上喊一声是，完结了。吾条命要保勿牢。该格是要刺探俚笃的，绝密文件啊，还了得啦？蒋干回转头来看看，只看见周瑜仍旧勿动，横好了。打鼾声音呢，呼——刺！照旧。还好，觖惊动周瑜。

再拿一本书，翻开来一看，在哉。书，摆好。拿封信，信笺曳开来一看，蛮清爽。实头是蔡瑁、张允写拨周瑜格信。格封信呐吭写法呢？"某等降曹，非图富贵，惧其势耳。不义曹贼，杀吾主母小主，有不共戴天之仇。但得其便，即将操贼首级，献于麾下。早晚人到，便有关报。幸勿见疑。先此敬覆。"蔡瑁、张允格具名。哈呀，格个辰光蒋干格紧张是紧张得格心，别别别别——跳！大事体，大事体，勿得了哉。怪勿道，蔡瑁、张允长江开战么吃败仗。周瑜探营么，勿拿周瑜捉牢了，反而拨俚逃走，外加还牺牲一员大将。原来俚笃双方沟通，周瑜在搭俚笃通信哇。格么呐吭弄法呢？吭啥客气，侬丞相格额骨头么，亮得了不得了。幸而吾今朝过江，发现什梗封信。吾只要拿封信带转去，叫拨了曹丞相，拿蔡瑁、张允结果性命么，永绝后患。吾呢，可以立一桩特大格功劳。曹丞相勿晓得要呐吭重用吾，救命恩公。俚要想拿封信望准身边园，梗梗一想，慢！为啥？慢慢叫看哦。困在床上格朋友，厉害脚色噢，阿会做仔格圈套了拨吾钻格啊？勠格封信是滑头戏介？俚笃一条计策，叫吾拿封信带转去，让承相上当。反间计？讲了格。格封信勿能拿。呃，格个勠上当介。让吾再来拿封信研究研究看。

蒋干拿封信第二遍一看么，有点怀疑。怀疑就怀疑在格蔡瑁、张允，平常日脚对曹操是赤胆忠心，做事体巴巴结结。格么，格封信勿拿啊？仍旧夹在书里向，让俚去分，当俚呒介事啊。勿勿勿。曹操杀蔡瑁、张允格阿姐啦，搭仔外甥，格桩事体真家伙。那么蔡夫人，搭仔俚格儿子刘琮，所以投降曹操，完全是蔡瑁、张允格主意。俚笃卖主求荣，做大官。格么总抵讲，阿姐搭外甥格性命好保牢。曹操拿俚格阿姐、外甥，嚓！结果性命。格手调子忒辣，俚笃两家头要怨，要报仇，勿是呒不什梗格可能。格么格个事体，到底呐吭桩事体？俚笃为啥道理操兵要什梗巴结呢？

噬——让吾再来想想看。蒋干再在看第三遍格辰光，周瑜急哉。周瑜嘴里向么在打鼾，眼睛张开真正一滴滴也在看。看见蒋干在看信，好！要上当哉。叫啥看仔一遍，格封信勿收起来，再看第二遍。看仔第二遍又是一个停顿，还想看第三遍？啊呀！周瑜心里向转念头，格封信上有毛病啊？格封信勿是吾写格呀，鲁子敬写的。信上格内容，吾搭鲁子敬侪讲好，那么刚巧吾也看过一遍，信写得勿错，呒不毛病。格么为啥道理蒋干要翻来覆去看？蒋干聪明人啊，人称九江才子。虽然说，俚并勿是呐吭样子的，本事大得不得了、了不得么，到底脑子也有的。俚勿上当是，吾群英大会，枉费心机，格点心思白用哇。格么呐吭弄法呢？格封信勿能拨俚看下去。再看下去，要穿帮。老实讲，吾要拨曹操上当，吾首先要拨蒋干上当。蒋干也勿上当，曹操呐吭会得中计呢？所以周瑜嘴里向发一滴滴声音出来，实际上呢，就是勿拨蒋干，再拿信看下去。

"哦——哟。"手一动，一个懒腰一伸，咕咯咯——一个翻身。蒋干听见到周瑜格声音，格个一急么，要紧拿台子上格蜡台火，噗！吹阴。帐中墨腾赤黑，一滴滴看勿出。为啥？蒋干阿要紧张？如果吾在看信，拨了周瑜发现，俚马上喊一声"来人"么，外头格人进来，吾还有命格啦？就算吾格封信勿拿转去，吾信总归看着了，内容吾晓得了，吾拿格内容转去告诉曹操是，蔡瑁、张允就完结了。周瑜格计策完全完蛋。格周瑜板要拿吾杀的，非杀不可。所以一吓，噗！火吹阴，墨赤黑，大家看勿见。蒋干心里向转念头，信勿能看了。信笺，往信壳里袋好，信壳轻洞洞天一天，望准身边一圈。格封信带俚转去，研究研究看。究竟呐吭道理？俚在转念头格辰光么，叫啥只听见周瑜在笑呀，"呵呵呵呵呵"。哈呀！蒋干格个吓是吓得了，心，别别别别——心要从喉咙口跳出来哉，勿得了，周瑜在笑。笑点啥呢？俚侪看好了。吾在看信，俚板在笑，呵呵呵呵。蒋干啊，俚格胆子真勿小，偷吾格信。汪！一声一喊么，吾条命呒不了。俚汗毛根根竖起来，心跳一个勿停，在听周瑜笑，笑点啥格名堂。

"呵呵呵呵呵呵，众位请看，曹操的首级在此。嗯，嗯，嗯呃……""世兄？""呼！""都督。""呼！"说困话哇。蒋干本当呢，五分相信，五分疑惑。现在，加两分相信。为啥？俚搭周瑜十几年格同学，周瑜格习惯俚晓得的。逢年过节，先生屋里向一道吃酒，吃好仔酒呢，夜头板要说困话的。勿吃酒勿说困话。吃醉酒，滴笃滴笃滴笃滴笃，往往日里向勿肯讲格闲话么，夜头俙讲出来。格个是俚格暗毛病。同学晓得格呀。现在俚在说困话："呃，众位啊，请看曹操的首级。"俚困梦头里已经在看吾伲丞相格颗郎头。格么蛮清爽格封信，真家伙。假使假佬戏，俚哪恁会得说困话呢？相信。哔哩卜，哔哩卜，哔卜哩哔卜，哩哔卜咯，嘭、嘭、嘭、嘭——四更。

蒋干心里转念头，既然格桩事体，七分可信，三分可疑。拿封信带转去，交拨了丞相去。格么吾带转去么，啥辰光跑呢？要跑，只有现在跑。五更，天亮。周瑜起来，完结。为啥？周瑜酒醒仔呀。周瑜醒仔么，要想着昨日格封信。马上问底下人：信呢？底下人板讲，夹在书里向。拿出来！书里一翻，呒没。翻来翻去，呒没了。弄到啥场化去？呆板数格咯，帐中只有周瑜搭吾两个人登着。底下人跑出去，板是怀疑吾。怀疑到吾，在吾身上一搜，抄出来格封信在吾身边么，杀头。格呒不闲话讲，周瑜手调子几化辣得了。格俫要窃盗吾机密文书，坏吾江东格大局，格俚呐吭勤拿吾杀呢？天亮跑勿脱。格只有趁现在，四更敲过，天还勤亮，让吾走。走么吾路勿认得哇？哦哟，勿碍勿碍。日里向，周瑜在群英会吃酒格辰光，领吾到外头去兜过一个圈子，散过步的。哎！从中军帐跑出去走到陆营营门，再从营门跟首一埭路跑过去，跑到江边停船格场化，路吾隐隐约约记得的。不过，吾要跑出去，呒不周瑜格令箭吾勿好走。要周瑜派人送，格么勿要紧。吾又勿好喊周瑜派人送吾，该格是逃走呀。格么呒不令箭，勿能跑。呐吭办法呢？再一想，巧啊！机会么实头好！为啥呢？刚巧吾勿是看见格么？台子上有一条子时大令，周瑜忘记在台上。吾只要拿仔格条令箭走么，就解决哉。其实格条令箭，蒋干啊，并勿是周瑜忘记在台上。该格是周瑜，老老早早摆好了，安排好的。让俫拿仔条令箭好走。蒋干扛仔格木梢，俚勤晓得。

蒋干转定念头之后，再试试看，周瑜到底唵困着了。"公瑾，世兄，都督。"呼——刺，呼——刺！困着了。蒋干轻轻叫竖起来，一脚一脚演过来，摸到台子跟首。摸着台子上格条令箭，令箭拿好。再摸过来，摸到内寝帐帐门跟首，帐门轻洞洞，唵——开。人到外头，帐门再带上。望准外寝帐跑过来格辰光。出外寝帐，就是中军帐格大帐帐门。外面有军兵立好了。跑过来辰光，听见有人在喊："站住！"立停。"哪一个？""是我。""哦，喔哟，蒋老爷。"旁边头周瑜格底下人也过来，"啊呀，蒋老爷"，"蛮真，蒋老爷。天勤亮，俫呐吭跑啦"。"喝呵，我有紧要事情在身，所以要回归江北。而且，周都督么公务繁忙，吾久留于此，要耽误都督办公。呵，所以么，现在要回去了。"闲话讲得阿要冠冕堂皇。张怕勤耽误周瑜办公，而且自己么也有事体了，天勿亮就走。"蒋老爷，呒不都督令箭，俫勿好出营嘎。"有啊。"俫让吾看。"喏。令箭传过来，周瑜格底下人一看么，果然，子时令箭。心里向转念头，蒋干啊，倷格人聪明的。台子上摆了格物事，勿打招呼，会得拿仔跑的。"好好好，蒋老爷，有令箭的，倷可以走。"底下人陪仔俚过来，送出中军帐一段路，"蒋老爷，吾要去服侍周都督，吾勿好陪倷了"，"对，蒋老爷，我们不送你了"。"休得客套。"令箭还拨了蒋干。蒋干往陆营大营营门跟首去，两个底下人回出来。

格么周瑜呐吭呢？周瑜等到蒋干跑脱么，笃定。靴脱脱，横一横好，被头盖一盖好，笃定困觉。听回音来。蒋干呐吭？往营门跟首过来，营头上有灯光。虽然夜头呒不月亮光，暗星夜，墨赤黑。有灯光么，俚还是可以望准条大路上过来。一路走格辰光，心里向在想，剐碰着敲更的，剐碰着巡逻军兵。假使拨俚笃看见，虽然吾手里向有令箭，作兴碰着个把拎勿清格朋友，勿服帖，倒要身上抄一抄，剐弄出事体来格啊。倷在过来格辰光么，只听见，哗哩卜哗哩卜，敲更哇。啡赦！黑影。敲更拎仔盏灯笼在过来，蒋干要紧身体，哗啦——匍下去。望准背暗格地方，一匍。敲更啥看见？看见。敲更格种眼睛，夜生活习惯。看见门前头黑影，啡赦！一闪么，蒋干。为啥么？日里看见过。蒋干格身材、样子，有数目的。该格辰光来，蒋干。鲁大夫关照的，唔笃看见蒋干，回避。啥人拦牢蒋干，杀头。格还好过去啦？豪燥转弯吧。哗哩卜、哗哩卜、格哗卜哩哗卜、哩哗卜、哩哗卜——转弯去哉。

蒋干看，敲更去远，笃定。再往前头走，到陆营营门跟首，营门上，问俚阿有令箭，有的。有令箭验过勿错，让俚出营。出营过来还注意，往江边来，剐碰到巡逻军兵。嘡咯咯咯——倷想剐碰着巡逻军兵么，眼眼掉碰着。只看见一对巡逻兵，嘡咯咯咯——过来。蒋干要紧身体，哗啦！蹲倒么，巡哨官也看见。门前黑影，赦！一闪。蒋干。日里向看见过。豪燥回避。马上，调一个方向，嘡咯咯咯——回过去。蒋干想还好，俚笃往格面去，搭吾碰勿着头。今朝，运气总算还勿错。跑到江边，看见自家只船，停好了。但是格舱门关得紧腾腾。困觉了，天还朆亮了。扡下身来，江边拾着一块砖头，望准该面舱门上剟上去。叭！响。船上人听见，"啥人啊？""我。""阿是蒋老爷？""是的。""咦？蒋老爷，天朆亮，倷呐吭来仔啊？""嘘！"剐多响。船上人拿蒋干接到船舱里坐定，"蒋老爷呐吭？""开船，赶快出水营去。""阿有令箭？"有啊。倷放心开船、开船！

倷关照开船么，船，吹吹吹吹——望准营门前跟首过来。蒋干呢？拿身边封信摸出来，在船上秘密点格场化塞一塞拢，张怕剐出营门格辰光拨俚笃检查。等到倷船只开到水营营门跟首，天已经亮了。水营营门上问俚：阿有令箭？有！令箭吊转来，勿能拨倷带出营门去。要去见周都督销差。令箭收脱，蒋干船只出营。蒋干关照船上人，扯篷，赶快回江北。千定千定注意，剐拨了江东巡逻船拦牢。发现江东巡逻船，赶快让开。搭俚笃距离拉远，剐拨俚笃拦牢。

倷关照到么，船上人有数目。船上人看蒋干格种神色慌张么，心里晓得。看上去手脚勿干净，偷仔物事了。否则，为啥道理要什梗紧张？船只一埭路望准门前头开过来格辰光么，江面上呐吭会得吭没巡逻船？唔笃在回避巡逻船么，其实俫放心，鲁大夫老早下过命令，是江面上格巡逻船，看见蒋干格只船，一律回避。勿许搭俚正面碰着，碰着要弄僵。巡逻船回避么，蒋干格只船，吹吹吹吹——过江心。一过江心么，笃定。到自家地界。

该面呢？巡逻船上人回转来，见周都督报告。至于营门上格条大令，去还拨了周都督。敲更的，搭仔巡逻军兵，侪过来到中军帐报告，蒋干呐吭样子跑脱。周瑜听着报告之后，心里蛮快活。蒋干上当，封信拿得去哉。鲁肃也来了，鲁肃是开心啊。"恭喜都督，贺喜都督，蒋干走——了。""子敬，你看本督之计，可成——功么？"鲁大夫想仔一想么，"大都督，蒋干中计，未为成功。要曹操中——计，才是成——功啊"。

现在格条计策，只能说，成功仔一半。蒋干上当。但是蒋干上当之后，要去交拨曹操，要曹操上当，那么格条计策十全十美，成功了。曹操厉害脚色，老奸巨猾，熟读兵书，经验丰富。是勿是曹操能够中吾伲格计，勿晓得。格么呐吭呢？派人在江面上打探。呐吭可以探出消息来？便当格呀。俫曼得看对江营头上，蔡瑁、张允格都督旗号，是插着，还是拔脱？假使说蔡瑁、张允都督格旗号拔脱了，换仔别人格都督旗号上去，那么格条计策成功了，两家头已经拨曹操杀脱。如果说旗号勿换，仍旧是蔡瑁、张允格旗号在飘，格么曹操勿上当。周瑜呢，派人在江面上，探听消息。现在还只得提心吊胆，曹操上勿上当，还勿晓得了。格么吾拿周瑜丢一丢，让俚么听消息，再交代蒋干。

蒋干心里向转念头过江心？那勿碍哉。信拿出来，再看了两遍，天一天，身边圆好。俚还是什梗，七分相信、三分疑惑。疑惑点啥呢？蔡瑁、张允巴结的。俫听酿，现在离开水营近仔么，锣声响亮，已经开操。天刚巧亮，营头上已经在操兵。两家头巴结么，实头巴结的。什梗，蒋干心里向转念头，吾进仔水营，先去搭蔡瑁、张允碰头。吾去看看俚笃看，究竟唔笃两家头搭周瑜阿有往来？老实说，要知心腹事，但听口中言，一拔苗头吾就晓得。因为蔡瑁、张允派人送信，去碰头周瑜辰光，周瑜几次关照：轻点哦，里向蒋干在哦。蒋干搭周瑜困在一座帐篷里向，格是了不起格事体。那么格送信朋友，回转去板要告诉蔡瑁、张允。哦，吾伲去送信，周瑜关照吾讲闲话要轻点，因为蒋干困在里向。那么俚笃晓得吾蒋干困在里向么，俚笃也要吓的。人防虎，虎防人。勿晓得吾蒋干唵得信俚笃派人过江去送信。对，对！试探试探俚笃看。

叫啥蒋干船只进水营，还勚到中营么，锣声停，操兵停了。当中休息。门前头开过来一只大船，大船上格水手在问，前头来格阿是蒋老爷格船？是的。说伲两位都督请蒋老爷过船只相见。"吪？"格蒋干觉着奇怪？吾到三江口去格辰光，蔡瑁、张允勚送吾。为啥道理吾回转来，俚笃要来接吾哉呢？吼吼，吾想试俚笃，俚笃也想试吾了。蛮好蛮好，蛮好。蒋干过船只搭蔡瑁、张允见过一面么，酒水摆出来，搭蒋干接风。蒋干想用勿着格哇，大清老早，摆酒水搭吾接风啊？什梗早吃酒，啥意思？勿对，格里勿对，勿正常了。

格么蔡瑁、张允为啥道理要来搭蒋干碰头，要拍俚格马屁了，请俚吃酒呢？因为昨日，曹操下水营来看操。曹操搭俚笃两家头讲，唔笃现在么操兵。吾呢，已经派蒋干过江，劝周瑜投降。假使说，周瑜肯投降的，唔笃用勿着操兵，人马马上开过去好了。江东已经到手。不过，万一周瑜勿肯投降，格么呐吭呢？吾落勿落，吾马上就要打。唔笃要做好准备。只要蒋干回转来，周瑜勿投降，吾就要发兵交战，迎头痛击，狠狠格惩罚周瑜。要打败周瑜。那么两家头急得一夜天困勿着。啥体呢？蒋干成功，呒不事体，用勿着操兵。蒋干勿成功，曹丞相关照俚马上要去打了呀。那么俚格荆襄小兵呢，操仔格几日天下来，稍微有眼恢复。北方水兵是，距离还远了。呐吭好马上过江？搭勿够的。所以两家头转念头，只有一个办法，蒋干回转来，俚搭俚见面。问声俚，倷过江去劝周瑜投降阿成功？假使成功，好了。用勿着多问了。万一周瑜倒勿肯投降呐吭办法呢？格么俚只好求蒋干。因为倷是在丞相旁边头，讲得着闲话。托倷蒋干，到丞相门前添两句好话，求求相爷，阿好放宽点日脚操兵。因为俚现在格兵，齁操好打过去，俚实在呒不把握。如果再吃败仗么，更加呒不面孔见丞相交代。

所以两家头，来碰头蒋干是问信。"蒋老爷。""蔡都督。""您奉了丞相之命过江去，劝周郎归降。周郎，他归降了没有啊？"蒋干肚皮里向转念头，哦哟，格种闲话么多问脱的。周瑜勿投降么，唔笃侪晓得了。唔笃搭周瑜在通信，要拿曹丞相格颗郎头送到江南去了。信现在在吾身边，把柄捏在吾手里。格种闲话阿是废话？周瑜么阿投降。"呃喝，周郎不肯归降丞相。""啊？周郎不降？""是啊。""哎！"要命啊。周瑜，勿投降，那弄僵哉。只好求蒋干，"蒋老爷，周郎他不肯归降？""是啊。""呵呵，这个，蒋老爷。我们有一桩事儿，要麻烦您。""请讲。"因为丞相，昨日到水营上来看俚操兵，搭俚讲过的。假使周瑜投降，格么兵用勿着操了。周瑜勿投降呢，马上要叫俚打过去。那么俚操格兵呢，还齁成熟，马上要打呢有困难。那么要托倷蒋老爷，到丞相面前去添两句好话，要求丞相放宽日脚，最好么二十天。至少呢，还要半个月。有半个月到二十天之间格时间么，俚拿兵操好打过去，就有把握取胜。"蒋老爷，呵呵，这要拜托您了。"

蒋干听到格两句闲话，本当俚是七分相信。现在呐吭？加三分，十分相信。啥体，闲话对路哉。昨日夜头，俚笃派人去送信，报告周瑜曹操关防严谨，急切不可下手。现在曹丞相叫俚笃马上要打，俚笃呐吭好打？打败周瑜，周瑜要勿窝心。俚笃自己吃败仗，曹操搭俚笃勿完结。那么弄勿落。那么走吾格门路，要吾到相爷门前去添两句好话，求求相爷放宽日脚，半个月到二十天。在半个月到二十天之间，曹丞相下水营来格辰光，只要哪里一日疏忽，戒备勿严，俚笃就可以动手，嚓！拿丞相颗郎头拿下来，送到江东。喔哟！格两个家伙倒厉害的，要利用吾。呵呵，可以可以可以，可以，可以。蒋干在答应格辰光，张允对蔡瑁咳一声嗽：呃嗬，蔡瑁啊，托别人家做事体么，俫多少总要搞落点么好。俫呒不好处，别人家啥人高兴。蔡瑁想对，手一招，来格底下人，一句耳朵一咬。勿多一歇，拿过来一只盘，盘里向三百两银子，"蒋老爷，这一点不算数。嗬，喝一杯茶"。吃一杯茶的。蒋干看见到格三百两银子么，本来十分相信。现在呐吭？十二分相信，加两分。啥道理？格个两个家伙是，一钿如命。俫笃肯拿三百两银子来拨了吾，贿赂吾到么，蛮清爽。要买通仔吾，到丞相门前去添好话。晓得吾丞相门前讲得着闲话。好，三百两银子吾要拿。吾拿仔三百两银子，去见丞相复命格辰光么，吾两袖清风，勿贪贿赂。证明俫笃是恨如切骨，恨毒俫相爷。不惜工本，搞落三百两银子，买通吾。

蒋干假客气一番，三百两银子收过，打一只包裹，送到自家船上。不过蒋干想，吾现在上岸去见丞相复命，周瑜起来哉啊。周瑜起来发现吾蒋干跑脱，再发现台子上条令箭呒不，书里向夹了一封信勿见脱了。蛮清爽，偷书信，盗令箭，偷出营头。令箭虽然拨俫收回，信拨吾带脱了。机密，泄漏了。别样吭啥，吾上岸去见丞相报告，勠周瑜马上派一个人到该搭水营上来，关照蔡瑁、张允，唔笃豪燥溜吧。勿得了哉，唔笃来格信，已经拨了蒋干偷仔去了哉。两家头一吓，马上开船动身，往三江口一跑。

俫算呢？吾现在上岸，见丞相。丞相派人到该搭点来，喊俫笃上岸去，打一个来回，顶顶快，要一个时辰。一个时辰用现在闲话讲起来，就是两个钟头。在格个一个时辰里向，两家头要逃走。格么呐吭弄法呢？蒋干想，有了。吾拿俫笃两家头带上岸，看起来，切断俫笃搭周瑜沟通格渠道。让周瑜派人来，要报信拨俫笃两家头，见勿着面。那么吾再去见丞相报告，丞相升帐，立刻拿俫笃结果性命。对。哈呀！蒋干偷信格辰光，扛木梢么，来得格粗心。现在要收作蔡瑁、张允两家头是，俫特别格细心。

那么搭蔡瑁、张允两家头讲：吾上岸去见相爷，唔笃跟吾一道去吧。相爷请唔笃办事体，谈谈要宽限几化日脚么，唔笃立刻可见面。对对对对，对对对。哈呀，蔡瑁快活啊。蔡瑁心里向转念头，好事体好事体好事体。勿然，蒋干去见丞相，丞相派人来喊俫，俫再上岸，要耽搁辰光的。那么，耽搁辰光越多么，丞相心里向越勿快活。俫该格辰光要拍曹操马屁么，早点去见面吧。所以，两家头跟仔蒋干，一道过来，到江边，停船，上岸。

到中军帐。蒋干关照，蔡瑁、张允，唔笃在格面帐篷里向坐歇，吾进去见相爷报告。"噢！"蔡瑁、张允坐定么，蒋干只手招招，搭中军官讲，派两个兵，看好格座帐篷。水营里向有人来，要碰头蔡瑁、张允，禁止俫笃见面，看好。啥事体？勠问。中军官有数目，监视蔡瑁、张允。

蒋干在望准里向进来么，手里拎只包裹，三百两银子，要去见丞相复命。俫在望准里向进来格辰光，曹操呢，还蹢升帐。曹操在里向，文武官员么，差勿多侪来哉。再隔一歇歇呢，丞相就要跑出来。蒋干在进来格辰光么,文武官员俫看见。哦哟,哦哟,蒋干成功仔哇。何以见得么?俫看酿,俚满面笑容,得意洋洋。手里向还拎一只包裹,分量看上去蛮重。啥格物事么?一方印。周瑜格印信。周瑜投降哉,印信拨俚带过江来。哦哟,看俚勿出哝。啊,立什梗一桩大功。有格在嫉妒俚,有格在羡慕俚。唔笃在对俚看么,内当中一个人也在看。啥人呢?徐庶,徐元直。俚看得蛮清爽。看见蒋干拎只包裹满面笑容进来是,徐庶格眼睛几化凶。一看蒋干格样子,上仔当哉,扛仔木梢哉嘞。格只面孔是掮木梢面孔,看得出的。哈哈,曹操要中计哉哦。啥格计策?不得而知。停一停横竖就可以晓得。蒋干穿过中军帐,往内寝帐来格辰光么,手下人报了曹操:蒋干回转来哉。曹操关照:请。蒋干进来。

曹操在转念头,蒋干该格辰光回转赤壁啦,天勿亮动身。如果天亮跑,来勿及的。天勿亮动身啦,看上去劝周瑜投降,成功。要瞒过大家耳目啦,所以俚天勿亮动身。现在看见蒋干进来满面春风么,曹操上当,曹操想成功哉哇。

蒋干三百两银子只包裹,旁边头一放,"参加丞相"。"子翼,少——呃礼。""谢丞相。""过江,劝周——郎归降,行事如——何?""回禀丞相。周郎与江东孙权,外托君臣之义,内结骨肉至亲,他不肯归降丞相。""啊?呋!嚯嚯嚯嚯……噗!"气啊。勿投降吾!打,打俚勿过。探营,捉俚勿牢。派说客去,弹转来。该格胃口倒完,坍台啊!"嚯嚯嚯嚯嚯。""丞相,暂息雷霆之怒,略罢闪电之威。蒋干虽然未曾劝得周郎归降,然而,探听得一桩机密军情,来见丞相报告。""哦!"说完,蒋干身边,呋!信,摸出来。"丞相请看。"

俫封信拿过来,曹操接到手里向一看,"啊!"是蔡瑁、张允写拨周瑜格信。曹操格火已经来了。拆开来一看么,曹操心里向加二光火。"哦哟!"蛮好,格个两个家伙,胆子倒大了,竟敢通同周郎,谋害老夫。而且蒋干还在报告,群英会,周瑜留吾同榻。底下人来送信,周瑜看信。要看俫丞相格颗郎头。连下来夜头还说困话,要看俫丞相格首级。吾回转来碰头蔡瑁、张允,俚笃还试探吾。还要要吾么,到俫相爷门前头说好话,求俫丞相么,宽限日脚操兵。那么俚笃呢?要宽限半个月到二十天之间,好结果俫丞相性命。还张怕吾勿肯卖么,还送拨吾三百两银子。吾呢,两袖清风,不贪贿赂。俫看哝,一只包裹在旁边头。

曹操心里向转念头:好极了。蒋干,俫功劳勿小。否则格说法,吾稀里糊涂,吾真要上蔡瑁、张允格当。本来,觉着格个两个家伙勿是格物事。俫今朝,能够拿封信拿转么,最好哝不。"子翼,退下。老夫命人往水营之中,传他们二人来——呐见。"丞相,俫用勿着派人到水营里向去喊。吾张怕俚笃拨周瑜通知仔要逃走了,已经拿俚笃带到中军帐。现在在中军帐外头。俫丞相马上就可以喊俚笃进来相见。"好!"曹操对俚翘翘大拇节头。蒋干,俫人道地。已经搭吾拿两个家伙带到仔该搭来。俫退下去,外面伺候。

蒋干外面伺候，曹操出来。"丞——相升——帐呼——咦！"曹操到外面当中坐定，文武官员上来参见格辰光么，徐庶一看，曹操上当。何以见得？俫看酿，俚眉毛竖，眼睛弹，满面怒容。"嚯嚯嚯嚯——"木梢扛进了。好极了。勿知一出啥格好戏了，曹操拿蔡瑁、张允喊进来。那么曹操中计，误杀蔡瑁、张允。

第七十七回
误杀蔡张

蒋干，偷了一封书信，回到赤壁见曹操禀报。曹操一看见格封信，暴跳如雷。想蔡瑁、张允唔笃两家头实头好的，通同周瑜，暗底下想算计脱吾条性命。格呒啥客气，吾马上去拿俚笃两家头叫得来，以正军法。而且听蒋干讲，张怕拨周瑜派人过江来通知俚笃两家头，逃到江东去，所以蒋干已经拿俚笃带到岸上。现在就在中军帐外面，立刻就可以处理。曹操想好极了。关照蒋干，俫外面伺候，蒋干出去。

曹操头上，相雕整一整，身上蟒袍一理，外头一喊：丞相升帐。曹操到外面，当中坐定，文武官员俫过来参见。见过之后么，旁边伺候好。内当中徐庶，也在看。徐庶一看，哈呀，曹操上仔当哉。何以见得么？俫看，曹操只面孔，火大得勿得了。眼睛里要喷出火来快哉。格种样子么，勁问得，扛仔木梢哉。徐庶再对蒋干一看，蒋干只面色上看出来，俚木梢已经交拨仔曹操了哉。徐庶想俫看哦，接下来，一出好戏。啥格名堂么，现在还弄勿清爽。

俫在旁边头看。所说徐庶，虽然么吃曹操格饭，俚格心是向刘备的。俚原本就是刘备手下格人。叫娘拨了曹操捉牢了，勿能勿到曹操搭来。而现在格娘，上吊自杀么，俚恨得格曹操勿得了。曹操张怕徐庶要逃走，回到刘备搭去，所以拿徐庶娘口棺材呢，就葬在皇城城外。假使俫徐庶要逃走，吾就要拿唔笃老太太格坟墓发掘。徐庶是孝子，俚张怕娘格坟要掘脱，所以俚勿能走，只能留在曹操营头上。不过徐庶呢？罚过咒，一生一世，勿搭曹操想一条计策。终身不设一谋。非但勿搭俚想计策，而且呢，还要拨俚扛木梢。有机会么，就要拨曹操上当。所以曹操，晓么晓得徐庶格人糗货，但是因为扳勿牢俚错头么，也就容许俚留在旁边头。

徐庶在看格辰光，曹操下命令，关照拿蔡瑁、张允喊进来。中军官跑过来到隔壁帐篷里向，碰头蔡瑁、张允。"两位都督，丞相请唔笃到中军帐相见。""是，来了。"蔡瑁、张允两家头高兴啊。什梗一看，蒋干办事体，快的。俚托俚到相爷门前添好话，求丞相，宽限日脚操兵，俚马上搭丞相碰头。而且曹丞相呢，立刻就升坐大帐，请俚到里向去相见。什梗一看，铜钿银子好物事。刚巧，搞落三百两银子，孝敬拨蒋干。蒋干拿着银子，出力帮忙，格怎样子一看么，格个三百两银子，真格是用在刀口上。格三百两银子，阿用了刀口上么？确确实实，是用在刀口上。因为搞落仔三百两银子，蔡瑁、张允两家头格头颈，还要尝一尝刀口格味道了。俚笃呐吭晓得，性命就送在蒋干手里。现在从旁边帐篷里出来，到中军帐。踏进中军帐帐门，对曹丞相只面孔一看么，蔡瑁心里向"别！"一跳呀。为啥么，只看见曹操眉毛竖，眼睛弹，满面怒容。啊呀，勿对！格气色勿对。格恁样子，像格光火，算啥格名堂？蔡瑁格老鼠眼睛，侧过来对张允一看，张允格两只眼睛也看见了，曹操格种神气，张允心里也慌。只看见蔡瑁在对俚么，张允对俚眼睛眨眨，隐隐然要当心哦。照什梗种情形，苗头勿太对了。唔笃两家头，俫对吾一看，吾对俫一望，交换了一下眼色，曹操坐好在里向看得蛮清爽，曹操也在注意俚笃两家头格动态。只看见俚笃两家头踏进来，俫对吾看，吾对俫望。而且面孔转色，有点格种惊惶不安格样子。嘿嘿，贼人心虚。

曹操心里向转念头，俫看，大概俚笃有点觉搭哉。所以要俫对吾看，吾对俫望。勿晓得曹操，俫弄错仔呀。俚笃在急，并勿是为仔搭周瑜通信穿帮。曹操格疑心病来得格重，看俚笃样子，心里向加二相信蒋干格封信是真的。

蔡瑁、张允两家头，走到曹操虎案门前，恭恭敬敬对仔曹操，"丞相在上，蔡瑁见丞相有礼。""张允，参见丞相。""罢了。""请问丞相，叫蔡瑁到这儿来，有什么吩咐？""老夫命二位操——练人马，如今，老夫欲过江破敌，你们操练的军卒，可能交——战吗？"蔡瑁一听么来仔哇，曹丞相对仔俚，马上就要关照打。因为周瑜勿肯投降了，立刻就要过江的。格呐吭来赛呢？俚操格兵，搭勿够了。本事勼练好，打过去还是要吃败仗。吃了败仗，相爷仍旧要怪的。格吭不办法，俫相爷心急么，俚只好老老实实报告俫相爷。"回丞相的话，我们荆襄水军勉强可以开战，北方的水军，还是不行。所以，我们要恳求丞相，放宽日期。最好呢，二十天，至少半个月。然后，我们操练人马就能够过江破敌，稳稳取胜了。""是啊，望丞相恩——准。"曹操一听，"哦哟。呋！嚯嚯嚯嚯……"好，清清爽爽提出来，放宽日脚，现在勿能打。要半个月到廿日天。

曹操心里向转念头，昨日夜头周瑜吃醉仔酒，已经在说困话，关照手下人要看吾格颗郎头。半个月、廿日天操下来是，吾格脑袋老早过江。说勿定，二七也已经过脱了。唔笃两家头格胆量实头大。曹操，当！一记，台子一碰，"待得军卒操练成熟，老夫的首级，不知已到哪里去——了！"兵操熟，吾头勿知啥场化去哉。蔡瑁、张允一吓，尔嘚——卜！卜！跪下来。格么蔡瑁啊，俫弄弄清爽酿。俫可以问格呀，丞相，格个闲话吾听勿懂哇，呐吭格兵操熟么，俫相爷颗郎头，勿知到啥场化去。啥意思呢？俫如果一问么，曹操就要讲：唔笃通同周瑜，谋杀吾。瞎说。有凭据。拿出来看。一封信。假格。何以见得？对笔迹。一对笔迹，穿帮。两家头就勿会死。叫啥格蔡瑁、张允吓昏了。曹操在说，兵操熟，吾颗郎头勿知到啥场化去。叫啥格蔡瑁会得对仔曹操："呵呵——丞相，吾蔡瑁只此一招，下不为例。""啊！"曹操想啥物事啊？"只此一招，下不为例。"拿脱吾颗郎头只拿一转了，勿拿第二转。其实蔡瑁格意思，勿是格个意思呀。蔡瑁格意思是，要求曹操，俫放宽日脚让俚操兵，俫只要求俫放宽一趟，下转么随便呐吭，勿会放宽哉。总归就好打。

曹操弄错了。曹操心里向火透。"你们可知——罪——吔么？"格么蔡瑁、张允啊，唔笃问酿：相爷，伲犯啥格罪？那么曹操也要说：通同江东。吭介事。一辩，事体就穿帮了。叫啥两个糇货，看见仔曹操吓的。曹操问俚笃啊知罪么，想伲是有罪的。长江初次开战，吃着一场大败仗。周瑜过江探营，又拨了周瑜逃走脱，外加还死脱仔一个大将。现在辰光叫伲操兵，马上要过江，伲要求宽限日脚么，伲是有罪。格么在曹丞相门前呢，还是老老实实，认罪么倒勿要紧。否则格说法，尴尬，反而要弄僵，惹丞相火冒。

"呃呵，丞相，蔡瑁知——罪。"倷说一声知罪么，好，曹操想，蛮清爽。俚笃侪心里向明白了，既然知罪仔么，有啥闲话多讲。"刀斧手！""有！""把蔡瑁、张允，拿——去砍了！""哗——"捆绑手揎过来拿俚笃两家头，翻剪转来，绳捆索绑，刀斧手家什拔出来，"拿刀。走，走"，嚯咯咯咯——望准外面扯出去。

"呃，丞相，蔡瑁、张允该死，求丞相饶恕。"唔笃在喊，曹操听也勿听。曹操格条手，搭到令架子上拔起一条令箭，往下面一甩。中军官令箭一接，格条令箭叫啥，叫行刑令。行刑令拿到外头是，就拿两家头杀。蔡瑁、张允在推出去格辰光，叫啥文武官员，一个人也勿出来讨情。为啥道理吭不人出来讨情呢？第一，蔡瑁、张允两家头吭不人缘。糇货。大家搭俚笃勿大对景几化，所以俚笃两家头格死呢，搭文武官员勿搭界的。第二，曹操拿俚笃推出去杀，勬宣布罪名。那么讨情呢，倷一定要弄清爽，俚笃犯罪，是啥格性质。倘然说俚笃格罪名是叛国投敌，背反丞相，是格种造反性质格罪名，那么伲跑出来讨情么，同党。唔笃搭俚笃一伙的，也要投奔江东的，好，一道杀。该格物事勿打棚，勿敢就什梗跑出来讨情。所以文武官员大家勿响，在对曹操看。

曹操呐吭，曹操拿身边格封信，吷，摸出来。再看一看，铁证如山。两家头写拨周瑜格信，吾捏牢了，一点吭不冤枉。曹操再拿封信复看一遍，"吭吭吭吭"，信一看，对格哟。因为吾杀脱刘琮母子，所以，格蔡瑁毒透，搭周瑜联络好仔，要结果吾性命。哼，曹操心里向转念头，吾杀刘琮母子两家头，因为吾夺仔俚笃格荆襄，俚笃要怀恨吾。怀恨吾是要搭吾做对。勿等到俚笃搭吾做对，所以吾先拿俚笃杀。格倷蔡瑁、张允两家头，吾曹操勬待亏唔笃。照样封唔笃——大汉水军正副都督，镇（征）南侯，封回俚侯爷了什梗。嗯，唔笃还要通同江东，还了得。曹操眼梢，再对蒋干只面孔看看。蒋干，该抢势里幸而倷，吭不倷昨日过江，拿封信带转来，吾还瞒在鼓当中。拿俚笃两家头还作为心腹人看待，叫俚笃操练人马打过去，依靠俚笃两家头。格是吾，真格一个勿当心，颗郎头，嚓！拨俚笃弄下来，投奔江东。蒋干勿容易，偷格封信勿容易。担风险的。万一拨周瑜晓得要杀头。蒋干呢，好好叫要搭俚记功。哎，老实说，吭不蒋干过江去，呐吭晓得周瑜说困话呢。周瑜说困话格种毛病，只有蒋干弄得清爽。因为俚搭同学啦，从小在一道的，所以晓得。蒋干要记功。

曹操再拿封信看一遍，看第三遍哉。心里向转念头：这桩事体巧也蛮巧的。蒋干过江么，蔡瑁、张允也派人过江。蒋干困在周瑜营头上，格封信齐巧送到格座营头上。齐巧周瑜么吃醉仔酒，呕么，困着。那么，蒋干起来拿格封信，"呃，嗯"。啊哟？啊呀，曹操想勿对哇。勿对。啥格上勿对么？蒋干回转来得辰光忒早了。什梗早动身，天黢亮。天勿亮，俚呐吭离开周瑜营头？周瑜呐吭会得拨俚出去呢？俚呐吭能够到江边呢？下船，呐吭出水营呢？出了水营呐吭勿碰着江边、江面上格巡逻船只，拿俚封锁了拦住呢？为啥道理，俚能够太太平平回转来呢？啊呀，曹操心里向转念头，勿对哦。周瑜、诸葛亮、鲁肃，侪厉害脚色。别样呒啥，勠俚笃在用计哦。做好仔格圈套了，拨了蒋干钻仔，拿格条计策来贩卖拨了吾哦？曹操再眼梢甩过来，对蒋干只面孔看看。蒋干格脚色，本事差勿多一般性的，勿呐吭好几化。勠上当啊哦？蔡瑁、张允两家头勿能杀格哦！假使是反间计，吾拿俚笃两家头杀脱是，吾赛过拿把刀，斩脱自家只臂膊。唔，勿能动手。让吾问问清爽看！格里向有勿少疑点了。

曹操格脑子清醒过来。要紧拿封信台上一放么，要想喊一声："刀下留人！"慢慢叫杀看。勿晓得要紧讲闲话啦，喉咙口卡牢。格个字也要出来，归格字也要出来么，喉咙口塞住。

"刀！"曹操刚巧一个"刀"字出口，"下留人"三个字还在小舌头底下，还黢出口么，只听见外面，当！"嗯！"一声炮响，一个头，落地。该格炮叫落头炮。咚——好，两颗脑袋侪落仔下来哉。哼，"下留人"三个字也勠喊哉，有啥喊头呢，头也落仔地了。又勿好趁血热格辰光得上去，得是又得勿牢的。曹操敲掉牙齿往肚皮里向咽下去。"呃！"说勿出来。

平白无故，说一个"刀"字出来，算啥格名堂。显而易见，吾上仔当了，冤枉日张拿两家头杀脱哉。曹操要面子，俚勿肯承认自家错。补漏洞。"刀"字出口，补一个啥格漏洞么，勿知呐吭拨俚想出来。"刀、刀斧手，还不与吾把他们二人的首级拿来。""是。"外头一喊么，刀斧手来。两颗血淋淋首级，拿到里向。抓牢在头发上，嗟！两颗首级呈上来，"请丞相验"。曹操对准蔡瑁、张允两只面孔一看。只看见蔡瑁、张允眼乌珠么激出、嘴巴么张开，死得口眼也勿闭。死人叫勿好开口，开口是要问曹操了：相爷，侬犯啥格罪名了，俤要拿侬杀头呢。曹操响勿落。看到格个两家头格面孔，心里向转念头：蔡瑁、张允啊，唔笃如果死在阴间有灵心格说法么，要寻辣旁边头蒋干格哦。吾是上俚格当哦。吭啥闲话说，拿两颗首级营门号令。刀斧手拿俚笃两个颗郎头营门号令。

曹操要宣布俚笃格罪状。杀人，总要宣布罪状的。宣布俚笃通同周瑜，勿能讲。讲了，显而易见吾扛格木梢。曹操就说：长江初次开战，一场大败，指挥错误；周瑜过江探营，非但勿能捉牢，反而损失了大将一名。说明俚笃操兵懈怠，巡逻疏忽，玩忽职守。现在吾叫俚笃操格人马，马上就要过江作战，俚笃推三阻四，要放宽二十天了，再可以过江。格明明是敷衍塞责，所以，要拿俚笃正军法了，结果性命。其实该格是叫硬扳错头，硬装斧头柄。

曹操下令退帐。文武官员退出，议论纷纷。徐庶有数目。徐庶心里向转念头，蒋干昨日仔搭过江，中格反间计。回转来拨曹操上当，拿蔡瑁、张允两家头杀脱。那么曹操偡家人家完得成功。为啥呢？蔡瑁、张允人呢糗货，恶劣的。卖主求荣，拿荆襄九郡送拨偡曹操。但不过呢，两家头水军作战格本事，有。操练人马亦是有办法的。曹操拿俚笃两家头杀脱么，好有一比：好比拿把刀拿自家格臂膊斩脱。那偡派啥人做水军都督呢？老实讲一声，水军都督要及得上蔡瑁、张允两个人格本事啊，吭不了。徐庶蛮快活。俚顶好曹操上当，偡曹操家人家完结得了赤脚地皮光么，俚还要高兴。徐庶退下去了。

曹操到里向坐定，马上派人拿蒋干喊得来。蒋干到里向，见过丞相。曹操问俚：蒋干，偡昨日过江，呐吭拿封信带转来？偡拿格详详细细情形从头至尾讲一遍拨吾听听。"是是是，遵命！"蒋干开心。为啥？立功劳格事体。吾讲拨了丞相一听么，丞相肯定要搭吾记大功一次，官升三级，重赏千金，升官发财，就照该格牌头了。得意。回禀相爷，喏，吾昨日仔搭过江搭周瑜碰头。竖上来俚问吾阿是说客，吾赖得干干净净，勿是。连下来请吾吃酒格辰光么，半当中横里，领吾出去兜圈子，散步。看看营头上格军威，领吾出陆营营门，再领到吾江边停船格地方，又领吾到西山粮营去看。啊呀，曹操一想勿对哇，毛病来哉哇。吃酒，为啥道理领偡出去兜圈子？为啥道理领偡跑出陆营营门，领到偡江边停船格场化呢？蛮清爽哇，领熟偡条路径，让偡偷仔信逃走起来么，勿会走错路。第一个毛病，曹操已经听出来了。后来呢？后来回到营头上再吃酒，周瑜吃得酩酊大醉，留吾到里向同榻。合困格辰光呢，俚呕吐狼藉，俚先困的，连下来么吾也困。外头来格人送信，周瑜跑出去看信么，吾听壁脚。对江二都督派人送书信到。那么，连下来周瑜回到里向来，俚看脱信下来，哈哈大笑。哈呀，管教偡丞相格颗郎头，赛过就要到俚手里向格种样子。后来么周瑜又呕吐了，俚再困。格封信呢？底下人拿俚夹在书里向。等底下人跑出去之后，周瑜困着么，吾爬起来，再看格封信。吾发现了格封信么，吾就决定要冒险拿封信带转来，见偡丞相报告。

"嗯。"连下来么，就周瑜说困话。格么偡啥辰光动身呢？四更敲过，五更勿到。四更敲过，偡呐吭能够出营呢？哎呀相爷，巧啊！真巧啊！总而言之讲起来么，偡丞相额骨头亮！周瑜叫啥俚忘记脱一条令箭在台子上呀，吾就拿仔格条令箭了，拨吾跑出营头。

"哦哟！"曹操要死，全问明白了，周瑜忘记条令箭在台子上么，清清爽爽。格条令箭勿是忘记格呀，是特为摆在那，让偡拿仔了跑，第二桩毛病。格么偡出营头格辰光，唵碰着敲更了，唵碰着巡逻军兵呢？丞相，倷格福气是实在好！敲更也勿看见了，巡逻军兵也勿碰着。曹操心里向怨啊，还要福气了。该格么让倷跑脱啰。格么倷到仔江边呢？到仔江边吾下船，出水营，令箭拨俚笃调转，一出水营吾回来格辰光。格么倷嗬碰着江东格巡逻船只，来搜查倷呢？丞相，真巧啊，吾船只开过来格辰光，因为天刚巧亮得勿多一歇么，江面上格巡逻船还勿多，拨吾越过江心了，安全回转。曹操心里向转念头，又是一桩毛病。阿有啥什梗大格营头，战争什梗吃紧，江面上会得吭不巡逻船只格啊？

"那么老夫问你，你回归赤壁，后面可有周郎舟船追赶？"阿有船只在后头追呢？"丞相洪福齐天，并无舟船追赶。""哦哟！嗹嗹嗹嗹……"曹操一想，还要洪福齐天，吭不船只追。蛮清爽周瑜是放倷回转，让倷回过来拨吾上当。曹操对俚眼睛一弹，一记台子一碰，"匹夫，还不与吾滚出去！""咦咦，咦，咦？"哈咦，弄得格蒋干勿懂哟。心里向转念头，曹丞相，倷阿有良心格啊？吾冒仔险拼仔命，拿封信带转来。救命之恩，倷非但勿感谢吾，勿搭吾记功，勿搭吾升官。而且外加蔡瑁、张允送拨吾三百两银子，拨了曹操吃光脱，没收格呀。"啊呀呀呀呀呀，这曹营的事情难办得——很呐！"曹操营头上格事体难做。

格么曹操啊，倷搭蒋干讲讲明白酿：蒋干，倷么上格当，格封信么滑头戏，倷扛仔木梢回转来，吾中仔计哉。蔡瑁、张允两家头么冤枉死的。曹操如果搭蒋干讲明白，蒋干第二埭勿会过江。勿去哉呀！曹操勿肯讲。啥体勿肯讲么？曹操要面子。敲脱牙齿往肚皮里咽。随便呐吭勿肯承认，吾上当。所以连下来蒋干还要二次过江，去拿格庞统领到该搭来，献连环计么，就是格个道理。

蒋干退出去，吾勿必交代。曹操心里向转念头，呐吭弄法呢？蔡瑁、张允死，派啥人做水军都督？算来算去，只有毛玠、于禁，两家头曾经在北方辰光，吾命令俚笃，操练过水军，有眼眼懂的。派人去拿毛玠、于禁喊得来，曹操就委任俚笃两家头，为水军正、副都督，接替蔡瑁、张允格差使，在水营里向呢，继续操兵。操兵格计划，按照蔡瑁、张允在格辰光一似一样。所以曹操俚罪状上宣布，蔡瑁、张允操兵马虎么，其实格句闲话是硬装斧头柄的。既然俚笃马虎么，倷毛玠、于禁操兵，就勿应该像蔡瑁、张允一样操。要换一套勿马虎格办法。为啥道理要照蔡瑁、张允一样呢？格个就是说明，曹操呢，觉着还是蔡瑁、张允格办法来得好。毛玠、于禁去。

曹操再拿蔡瑁、张允亲眷蔡中、蔡和两家头喊得来。蔡中、蔡和到，见过丞相，两家头急煞了。因为俚笃格靠山就是蔡瑁。蔡瑁杀脱么，俚笃两家头阿要慌的。曹操搭俚笃两家头讲，唔笃阿叔犯格罪名呢，吾吭不办法，勿能勿杀。现在，俚笃两家头死了，俚笃以前辰光立格功劳呢，吾勿会忘记的。吾赏拨唔笃三千两银子，办两口上好棺方，马上盘柩回乡料理丧事。抚恤俚笃家属。唔笃呢，到了荆州之后，立刻回到赤壁来。吾呢，要重用唔笃两家头，唔笃放心好了。

蔡瑁、张允有罪，勿会带歪唔笃蔡中、蔡和。蔡中、蔡和两家头心里向交关快活。总算曹丞相不咎既往了，待俚还是好的。格么领着三千两银子出来，办好两口棺方，拿蔡瑁、张允两颗首级拿下来，头颈里向纶一纶好了，成殓，送到荆州，让家属料理丧事。蔡中、蔡和两家头呢？立刻动身，到了荆州，马上就回赤壁。为啥么？要到曹丞相门前，来听侯曹丞相差遣。

曹操连下来呐吭呢？忙哉。蔡瑁、张允操兵，俚可以放心一点。毛玠、于禁操兵，俚勿放心，差勿多有空就要到水营里向去，看看俚笃操兵，进度如何？阿有啥格事体。

曹操上当吾勿交代。吾只要交代三江口方面，周瑜派在格巡逻船，在江心里向探听消息。巡哨官打标远镜，对赤壁水营里在看。只看见，水营上蔡瑁、张允都督格旗号，拔得干干净净。一面俨呒不。后来升起来两面旗号，一面，大汉水军正都督——毛；一面，大汉水军副都督——于。毛了于，两面旗号，接替为水军都督，豪骚回转去报告。

马上调转船头，嚓——噗！嚓——噗！嗤嗤嗤嗤——回到江边，停好船上岸，骑一匹快马，哈——直到中军帐。酷——扣马，马背上跳下来奔进来，报告辰光么，周瑜、鲁肃两家头俨在。"报——禀都督。""何——呃事？""小人奉令，在江上打探消息。曹操水营之中，蔡瑁、张允都督旗号尽行除去了。现在，换过了毛、于都督旗号，请都督定夺。""赏银牌，再——呔探。""是。"探子，领着赏赐，让俚再去打探消息。

格个辰光，周瑜格快活是快活得勿得了，"啊——咦，哈哈哈哈，哈哈，哈哈，哈哈"。鲁大夫也得意忘形，"喝呵呵，哈哈哈哈哈哈"。计策成功了。蔡瑁、张允杀脱了。对江换过了毛、于都督旗号。啥人呢？毛玠、于禁。毛玠、于禁是北方大将。北边人，勿熟悉长江水战。俚笃在操练人马是，老实讲一声，吾俚打过江去，可以稳稳取胜。

周瑜、鲁肃两家头相对大笑。周瑜得意。啥体要得意呢？吾群英会反间计，格条计策成功，勮讨教诸葛亮。自从到仔三江口，局局吃诸葛亮格下胁。两次用计，害煞诸葛亮，勿成功。骗刘备来杀刘备，也勿成功。长江开战，诸葛亮指挥，打胜仗。吾探营，诸葛亮派人，拿吾救转来。吾局局总归勿及诸葛亮。该抢呢？该抢总算扬眉吐气。格条计策，勮搭诸葛亮商量，照样成功。"子敬。""都督。""你看本都这条计策，用——得如何？""恭喜都督，贺喜都督，用得好——计！"实在好，蔡瑁、张允颗郎头也拿下来哉么，格条计策呒不缺点。十全十美。"子敬，本都这条计策，营中有几个人知——晓？"鲁大夫心里向转念头，俟格条计策，营头上几个人晓得么？俟晓得的，吾晓得的，太史慈稍微晓得一点点。为啥呢？群英大会上，俚做监酒令，监视蒋干。格么俚晓得一眼眼啦，俚勿晓得全部。"呃喏，都督，反间计，都督知晓，鲁肃明白，太史将军略微知晓。"只能说是两个半人晓得。太史慈，只好算半个。"子敬，诸葛亮可知晓么？""未必。"勿会晓得的。"怎见得？""群英会，诸葛亮他莫有来呀！"诸葛亮勮来。勮来么，勿是仙人，勿见得会晓得。"子敬,你与我往水营一走,相见孔明。盘问他,可知晓本都用计。""酌,遵命。喝喝哈哈哈哈——且将成功事,去试旁观人。呃——噗!"试试看,诸葛亮格本事,究竟如何?

鲁子敬一埭路过来,勿多一歇功夫,到江边诸葛亮船只跟首。船头上朱二官看见,叫应声鲁大夫。蒿子,挡好扶手么,鲁大夫踏跳登舟,到船头上。诸葛亮得信,请鲁大夫下舱,到中舱见过军师,坐定身子。底下人送过香茗,茶罢收杯。诸葛亮对鲁肃只面孔一看么,就觉着奇怪,啥格上奇怪呢?只看见鲁肃啦,两只眼睛里向格眼色,看得出,开心得来,勿得了。有桩喜事了。眉目之间,露出来,快活啦。不过一点奇怪,啥格上奇怪么,快活么快活,面孔呢,硬劲熬住,勿肯笑出来,而熬么又熬勿大住。牙齿呢,咬牢嘴唇皮,张怕笑出来。"唔!"咦!啥格路道?啥体有仔快活事体勿肯笑出来了,张怕吾晓得啊?诸葛亮一看,一想么,明白了。"啊,大夫,来得好巧啊。"呃,啊?啥物事?诸葛亮说吾来得好巧?巧在啥格上介?"巧在哪里?""亮本则要离舟登陆,去见周都督贺喜。大夫到来,免得山人跋涉了。""啊?呃,呃这这。"奇怪。鲁大夫心里向转念头,诸葛亮仙人啊?哦,俚说俚本来要到周都督搭去,见都督贺喜,吾来哉么,省得俚跑一埭哉啰。笑话,倷勿会晓得格哟。

"啊,先生。呃,江东么喜、喜从何来呀?"呒啥喜事哇。"哼哼哼哼,哈哈哈哈哈哈哈哈,大夫倒来瞒我了。周都督用反间计,杀了蔡瑁、张允,命你大夫到来,试探我诸葛亮知也不知。可是么?""啊?啊呀呀呀呀呀。先生,你怎样知晓?"鲁肃想碰着仔仙人了,倷呐吭会得晓得?"焉能瞒得山——人?"格么诸葛亮呐吭晓得呢?诸葛亮阿是阴阳论算,算出来格啊?勿是。诸葛亮是人,诸葛亮勿是神道。诸葛亮勿会论算阴阳,勿可能算出来。

格么诸葛亮呐吭会晓得反间计成功,杀了蔡瑁、张允,叫倷鲁肃来试探?诸葛亮呢,是水军参谋、长江巡警、监战师,江面上有啥格动静俚侪晓得。昨日蒋干来,巡哨官拿蒋干只船押进营头之后,蒋干上岸了,巡哨官来搭诸葛亮报告。说有什梗桩事体,蒋干过江了。格么诸葛亮晓得的。蒋干,曹营上格大夫,周瑜格同学。今番来,一定做说客,劝周瑜投降。周瑜呢,隔夜过江探营,晓得蔡瑁、张允在操练人马,俚板要想用计拿蔡瑁、张允除脱。那么倷蒋干来呢?来得正好,格木梢拨蒋干扛。反间计呢,一定要用。所以蒋干来,群英会诸葛亮勤去参加么,俚就晓得,周瑜要用计哉。不过周瑜条计策,阿成功勿成功,诸葛亮勿晓得。鲁肃下舱来,格种快活格情景,面孔上有点露出样子来哉么,诸葛亮晓得,为啥道理鲁肃要特别快活,而且快活得了又是硬劲要熬住,勿肯笑出来。蛮清爽,计策成功了,蔡瑁、张允杀脱了。周瑜叫俚到该搭来试探吾,所以俚要硬劲熬住了,勿笑出来。诸葛亮格晓得是,格怎样子算出来的。用现在格闲话讲起来,叫分析,分析出来的。

鲁大夫是觉着奇怪煞了,诸葛亮仙人,实头有道理。"那么,请问先生,我家都督的计策,你看用得如何？"诸葛亮说，请教请教酿。周都督格条计策要喊吾提意见么，俚格条计策勿知呐吭用法格咯？鲁大夫就拿昨日仔搭蒋干过江，群英大会，蒋干盗书，经过情形从头至尾、详详细细讲拨诸葛亮听。听完，叫诸葛亮提意见。其实该格叫诸葛亮提意见是假的，要诸葛亮赞脱两声么，真的。因为啥呢？蔡瑁、张允也死哉，毛玠、于禁做哉水军都督哉，格条计策，可以说是十全十美，呒不毛病了。倷诸葛亮总要讲两声佩服格闲话。

叫啥诸葛亮听完之后，想了一想么，"嗤——佩服。周都督的计策好虽好，惜呼，美——中不足"。啊？啥物事啊？美中不足？倷在硬扳错头，蒋干上当，曹操中计，蔡、张颗郎头落地。啥格上美中不足呢？"怎见得？""蒋干船只，出营之际，缺少舟船追赶。若有人马追赶，曹操终身不疑。如今瞒过曹操，一时而——已。""哦，对！"好！

诸葛亮本事实在叫大，拨俚看出一个毛病来。蒋干船只出营，应该周瑜要派一条船只在背后头追。其实骨子送俚啦，勿是要去追俚啦。格个追一追啦，就可以造成功一种紧张格气氛，让蒋干急得魂飞魄散：啊呀不得了，后头人马追得来了。倷有人马追一追，蔡瑁、张允有口难辩。蔡瑁、张允说起来格封信假格呀，伲勬写信去。还要假的，格封信拨蒋干拿脱仔，周瑜派人马追上来，是要拿格封信夺转来，哪恁会得是假格，假格俚为啥道理要追啊？阿是蔡瑁、张允满身生嘴讲勿清爽。而曹操格个上当一生一世勿会疑心，终身不疑。现在，倷吭不船只追，格条计策显得很茄门，明明是放蒋干动身，放蒋干回转赤壁。曹操虽然上当，事体过脱，俚马上要明白。鲁大夫心里向转念头，什梗一看，诸葛亮格本事，比周都督好好叫要来得大。周都督用这条计策辰光，勿应该瞒脱诸葛亮，应该先来讨教讨教诸葛亮。有卧龙先生指点之后呢，格计策用得还要好。什梗一看，叫强中自有强中手，更有强人在后头。

"佩服先生，呃嘀嘀，鲁肃告辞了。""慢来慢来慢来。""为什么？""大夫相见都督，千万不要把吾诸葛亮的说话，去告诉周郎。""为什么？""告诉了周郎，他要嫉妒山人，将我谋害。""喔？倘若都督问起，瞒过了都督，他就怎么样呢？""瞒过了都督么，他扬声大笑，说今番瞒过了他——也。"哦，瞒脱仔么，俚拍手哈哈大笑。今番瞒过仔诸葛亮哉。"倘若，老实言讲呢？""喔唷唷唷，宝剑出匣，与山人势——不两立。""明白了。""千万千万不能走漏风声。""遵命。遵——命！"倷诸葛亮关照么，吾总归答应倷。

鲁大夫上岸去，诸葛亮心里向后悔。后悔点啥呢？鲁肃格人老实头，一根肚肠直拔直。吾虽然叫俚勿勬讲，俚嘴面上也答应吾勿讲。但是俚，瞒勿过周瑜。到格辰光还是要讲出来。讲出来之后呐吭呢，惹祸招非，弄点事体出来。格么呐吭办法呢，闲话也已经讲出来，只好看情况了嚏。周瑜要用啥格计策么，吾再想办法来应付，添一点麻烦哉咯。

诸葛亮，吾慢一慢交代。再说鲁肃，鲁大夫心里向转念头，高兴。江东周瑜格本事，已经大了，已经能够使得曹操上当。诸葛亮格本事比周瑜还要大，有诸葛亮来帮吾伲江东格忙，破曹操么，稳稳成功，得意。格么诸葛亮关照吾要吾瞒脱周瑜么吾答应。吾一定要瞒，勿告诉周瑜。所以鲁大夫踏进中军帐："参见都督。""子敬请——呐坐。""告坐了。""你去相见孔明，他可知晓本都用计？""诸葛亮么？""嗯。""呃嗬嗬，他不知都督用计。""他不——知。""是啊。""啊——咦，喝喝哈哈……今番瞒过了他——也。"鲁大夫实在熬勿住，笑出来："喝喝喝喝哈哈哈哈哈哈，哈哈。"俚为啥道理要好笑么，周瑜啊周瑜，倷拨了诸葛亮像端午节格粽子什梗，裹煞脱了。瞒脱仔倷么，定坚拍手，哈哈大笑。说今番瞒过了他也。

周瑜弄勿懂？吾笑，因为诸葛亮勿晓得吾用计。倷鲁肃笑点啥呢？"子敬，你笑什么？""呵呵，鲁肃所笑非别，笑你大都督这条反间计好虽好，惜乎美中不足。""啊？"倷笑吾美中不足。奇怪煞哉？"怎见得？""蒋干船只出营之际，缺少舟船追赶。若有船只追赶，曹操终身不疑。没有舟船追赶，瞒过曹操一时而已。哎呀都督你好惶恐啊！""哈！这——个？"

哎呀，闲话对啊。周瑜心里向转念头，吾应该派船只追。有船只追，曹操终身不疑，蔡瑁、张允有口难辩。蒋干呢，惊慌失措，愈加相信吾，真家伙。"啊呀！"吾！吾会得勿派船只追的。幸而曹操上当。否则格说法，弄穿帮下来是，格条计策，枉费心机。

格么周瑜心里向转念头，鲁肃啊，倷惶恐。昨日格条计策吾搭倷一道商量，呐吭安排，哪恁布置。倷同意吾什梗安排，当场倷为啥勿对吾说呢。哦！事体过脱仔么放马后炮。美中勿足，来取笑吾。周瑜想，勿对，勿对。刚巧探子来报告辰光，蔡瑁、张允死。吾问倷，格条计策用得呐吭？倷回头吾："好！好！"独是翘翘大拇节头了，对准仔吾好。现在诸葛亮搭去哉一埭回转来么，马上取笑吾美中不足了，缺少船只追。该格闲话勿是倷讲的，诸葛亮讲的。做小生意法门，倷出仔行了。

"大夫。""都督。""方才这几句实话，乃是孔明所讲。""哈？哎呀都督你怎样知晓啊？"喏喏喏喏，一冒就冒出来。老实头人。拨周瑜面孔一板么，冒出来。"还不与我老实地讲来！""酌。"那么鲁大夫讲，刚巧吾到诸葛亮船上碰头诸葛亮。诸葛亮说吾来得好巧，俚说本来么要来见都督贺喜的，吾去仔么，俚省得跑一埭。吾问俚有啥格喜事，俚说反间计杀脱蔡瑁、张允，岂勿是喜事。吾问俚计策用得呐吭么，俚就说美中不足，缺少船只追。"啊，都督，诸葛先生，讲得对啊。啊呀都督如此看来，足见卧龙先生的本领，要比你都督胜过十倍哟！""唉——嗳，诸葛亮如此本领高强，岂可留在世——上！"哼！哐！噗！宝剑，拔出来。"瑜必斩——之！"一定要拿俚杀。"啊！"啊呀，鲁肃心里向转念头，周瑜啊，倷拨诸葛亮又估着了。诸葛亮说的，瞒脱仔倷么，拍手哈哈大笑，"今番瞒过了他也"。老实一讲么，宝剑出匣，要谋害山人。倷呐吭实头拨俚猜着，宝剑也拔出来？

鲁肃急煞了。"啊！都督！卧龙先生无罪。常言道，钢刀虽快，不斩无罪之人。岂可把先生斩——首。""子敬你不用多言，本都自有公道之计，将他斩首。退下！""酌。阿敕敕敕敕敕敕敕。"鲁大夫跑出来格辰光么，敲自家张嘴。要死格嘞——诸葛亮刚巧再三叮嘱，千万千万哦，勿能讲拨周瑜听格哦，讲仔周瑜要害吾格哦。吾答应得噢噢应！晓得晓得，勿讲勿讲。弄到完结么，熬勿住，通通讲出来，和盘托出。那僵哉，那周瑜板面孔。偒看俚刚巧宝剑出匣，咬牙切齿，瑜必斩之。虽然吾搭俚说，诸葛亮呒不罪名勿应该杀，俚说吾用公道格办法杀。啥格公道呀？害杀人还有啥格公道了。那么僵哉。假使诸葛亮要出毛病么，"吾虽不杀孔明，孔明由吾而死"。吾呐吭对得住俚？鲁大夫提心吊胆，回到自己帐篷里向去。

周瑜呐吭？踱来走去，走去踱来。搜索枯肠，挖空心思动脑筋，想计策。有了，拨俚想出来一条计策。格条计策叫啥？叫"掘坑待虎"。掘好仔格陷马深坑，等格只老虎跌下来上当。

当夜耽搁，到明早转来早上，周瑜升坐大帐，文武官员齐集，诸葛亮也来哉。周瑜派人去拿俚请得来。诸葛亮坐在旁边头。周瑜对诸葛亮看看，隐隐然诸葛亮，今朝喊偒到该搭点来么，就是要结果偒格性命，阿有数目？诸葛亮呐吭会得吭不数目，肯定是鲁肃拿吾格闲话，告诉仔周瑜。那么周瑜今朝么，要寻着吾哉。升坐大帐么，吭不好事体的。反正，偒有啥格办法来么，吾用啥格办法来对付。诸葛亮勿响。

周瑜呢，拿普通公事办完，搭旁边头文武官员讲张："众位先生，列位将军。""哇……""今日请众位到来，有一桩疑难之事，要请教众——位。""哇……"文武官员想周瑜客气，有桩疑难事体要请教俚。偒周瑜也觉着疑难么，伲呐吭讲得出。因为偒周瑜本事，比伲大呀。鲁大夫拉旁边头一听，周瑜说，有一桩疑难事体。大都督，实事求是讲，偒要害杀诸葛亮么，吾极力反对的。偒说有啥格疑难事体，要请大家来回答偒么，偒勤问别人，偒蔓得问诸葛亮。为啥？诸葛亮上通天文，下知地理。九流三教，诸子百家，可以说是无所不知，无所不晓。问俚好了。格么周瑜呐吭勿问呢？大概周都督忘记哉。偒忘记么，吾来提醒偒一声。

格么鲁肃啊，偒勤响酿。今朝周瑜要用计策害诸葛亮了呀。偒登在旁边头太平点，勿开口么，吭不偒格事体格呀。好人哟。俚想问疑难事体，勿会有啥花头经的。咳一声嗽，左手格只袍袖呢，拿诸葛亮遮一遮，因为俚在诸葛亮格左面。右手两个节头子么对准周瑜一看。然后，朝对诸葛亮身上指指。

"呵——咳！"哦，都督。问疑难格事体么，勤问别人，问俚酿？喏！偒节头子在戳格辰光，周瑜点点头，有数目了。诸葛亮也听见。诸葛亮听见鲁肃咳嗽声音，眼梢一窥，只看见俚袖子管遮么仔吾。哼，呐吭遮得没。偒看，格两个节头子在点法点法，张怕周瑜勿来寻着吾了，偒在介绍。蛮好呀，蛮好。昨日，夹嘴舌，拿吾闲话去告诉周瑜。今朝早上，做介绍人，偒做介绍人么，分明是在阴损吾。周瑜今朝是存心要用计策来害吾。俚做介绍人么，老实讲一声，今朝周瑜勿害吾么便罢，害到吾么，吾一定要拿俚鲁肃一道拉下来。拖人落水，让俚鲁肃也来行行味道！

鲁大夫呐吭想得到，格节头子戳一戳，弄一身事体在身上。推位一眼急煞仔了完结。周瑜呢，就蔓得俚节头子一指，俚可以搭到诸葛亮身上去。那么要陷害诸葛亮，叫诸葛亮造十万狼牙，草船借箭。

第七十八回

孔明造箭

周瑜，今朝升坐大帐，拿诸葛亮请得来，又要动脑筋，谋害孔明。先是周瑜问大家，吾有一桩疑难事体，要请唔笃帮吾解决。鲁大夫忠厚人，想问疑难事体么，勿问别人，问诸葛亮。倷登在旁边头节头子一点啦，周瑜来得正好，倷鲁肃勿点诸葛亮，俚也要问孔明。倷点过去么，来得正好。

"啊！卧龙先——生！"诸葛亮一听么来哉嚜，哎。鲁大夫啊鲁大夫，昨日吾关照倷，勿要走漏——风声。勶拿吾格闲话去告诉周瑜。倷勿听，全部讲，那么今朝早上周瑜寻着吾。倷看酿，马上来哉嚜。诸葛亮心里想，倷来到么，吾总归想办法应付倷。要紧答应一声周都督："大都——督。""瑜有一桩疑难之事，要请教先生。还望先生指——教。""客套哉，亮学疏才浅，恐不能答。""哎呀呀呀，先生，何必过谦。瑜请问先生，这临江水战，以何物为领——呃先。"诸葛亮一听，啥物事啊？周瑜问吾，长江面上水战，哪里样兵器顶顶好。该格问题么，用勿着问吾，随便啥人也回答得出。长江水战，两面格船只碰头，刀劈勿着，枪刺勿够，路距离远。在一百步以内，弓、箭就可以解决问题。倷冲锋辰光，啪啪啪啪啪啪，先射乱箭，拿对方射退。或者敌人杀过来，倷乱箭齐放，保守起来，也需要箭。既然箭顶好么，倷周瑜也勿会勿晓得。倷为啥道理要问吾？格里向板有花头。诸葛亮当然实事求是回答倷。"都督，若说临江水战，当以弓——箭为先。""呃呵，是——啊。临江水战，当以弓——箭为先。"好像拨倷提醒哉么，周瑜也觉着，嗳，对对对对对——弓箭。"啊，先生，江东营中缺少羽箭，欲烦卧龙先生，往箭厂之中，监督箭匠造箭。造十万狼牙，以十天为期。先生望勿推——却。"喔唷，诸葛亮一听，好家伙。原来是什梗一条计策。倷问吾哪里一样兵器好，吾说箭。倷马上就在箭上做文章。叫啥说，江东营头上缺少羽箭，要拜托吾，去监督箭厂里格箭匠造箭。造几化呢，十万。十万支箭，拨吾几化日脚呢？十日天。一日天，要造一万支箭，呐吭来得及。该格蛮明显，借了造箭什梗一个名堂呢，要害杀吾。

诸葛亮还勯开口答复么，叫啥格好人鲁肃，在旁边也听出来哉。心里向，别！一跳。啊呀，对周瑜看看，大都督啊，倷该格脱过分哉噢。叫诸葛亮造十万支箭，可以。倷勿应该拨俚只有十日天。那么诸葛亮勿了解吾伲江东格情形，吾晓得的。吾伲江东箭厂里向，箭匠侪在那，一塌刮子只有四百个人。那么造箭蛮疙瘩格哟。打箭头，削箭杆，箭杆上漆漆，要拿翎毛得上去。俚格个要求蛮严格的。稍微差一滴滴啦，俚格箭射出去，射勿准。所以说，格个物事，生手也勿好帮忙，板要熟练工人。格么，根据吾伲江东造箭，鲁大夫完全明白，三日天可以造一万支箭。造十万支箭，顶顶起码要三十日天。而且，格个三十日天里向，勿能够有休息格日脚。倷周瑜只拨俚十日天，额脱人家二十天。倷格个勿是要诸葛亮命么。对格哉嗹，那么鲁肃想起来哉啊。昨日仔搭周瑜搭吾讲格啰，一定要拿诸葛亮杀。吾说诸葛亮呒不罪名，倷呐吭好去杀脱俚。俚说，吾有公道格办法。啥格公道办法？现在明明做好仔圈套，往诸葛亮头颈里向一套。叫俚十日天造十万支箭，勿能完工杀头，名正言顺，笃定拿俚杀。诸葛亮勿晓得吾伲江东营头上格情形，倷勠稀里糊涂了答应下来。格个勿打棚，性命要保勿牢格哦。豪燥让吾来通知俚一声吧。

所以鲁大夫要紧在旁边头咳一声嗽，"呃尔——噗！"诸葛亮听见鲁肃咳嗽声音么，回过头来对俚看。呐吭道理？倷别过头来对俚看，鲁大夫要紧对诸葛亮演三个节头子。隐隐然，呃哦，诸葛亮，阿有数目？三十日，一日勿能够缺。阿呀，后来鲁肃想勿来赛，吾光演三个节头子啊，格概念勿清爽。三，是三日天呢？还是十三天呢？还是廿三天呢？俚弄勿清爽的。让吾明确一点。鲁大夫算得道地哉哦，三个节头子么竖起来，再起该面只手一个节头子么，摆在格个三个节头子格当中，一横。三竖一横么，蛮清爽，一个卅格号码。阿懂？三十日。呃，诸葛亮，三十日。倷拿三个节头竖，一个节头横，对俚在演格辰光，诸葛亮奄看见呢？看见哉。诸葛亮点点头，"大都督"。"嗯。""我闻兵贵神速，十天为期，造十万狼牙，日期太觉长久，只怕要贻——误军——机。""哈——啊！"周瑜呆脱了呀。诸葛亮回答吾格闲话呐吭讲法的？嫌比十天日脚忒长哉，要贻误军机。兵书上有的，叫兵贵神速。打仗要快，要讲速度，越快越好，十日天忒长。周瑜格心里向呐吭想法，吾拨倷十日天，那么诸葛亮一定要回头：哦，勿来格哦，要三十日，那么吾说十五日。俚说廿五日，那么吾说二十天。总归望天讨价，着地还价，两拗拗么，再加俚十日天，二十天。想勿到俚嫌比吾十日天忒长哟，格叫吾呐吭讲法。十日天，倷再要喊吾减少日脚么，吾倒有点口软，减勿落哉哟。

格问诸葛亮，倷看要几化日脚。"先生，你看要多少日期？""亮看来，只要三——天为——期。"鲁肃一听要死快嘞。诸葛亮啊，倷碰着点啥哉。吾手势演得几化清爽，三个节头竖一个节头横，蛮清爽三十日。倷老娘家额脱仔廿七日，回头周瑜，只曼得三日天。三日天顶多只好造一万支箭，还有九万支箭，倷呐吭弄法？哈呀，鲁肃急是急得来。头侪发晕。周瑜呐吭，周瑜答应勿落。周瑜心里向转念头，诸葛亮格个还算钝吾呢，还算啥呢？吾说十日天么已经短哉，俚回头吾曼得三日天。周瑜叫啥对仔诸葛亮，态度蛮严肃的。"先生，军中无戏——呃言。"该搭点是中军帐，吾是都督，倷是参谋。参谋在都督门前讲闲话，勿能够说笑话格哦，叫军中无戏言。军队里勿能够打棚。"亮怎敢戏都督。都督不信，亮愿立军——令状。"鲁肃一想要好得格嘞，那是愈加好哉。诸葛亮叫啥回头周瑜，吾哪恁敢戏弄倷都督。倷勿相信，吾出为倷张纸头，立一张军令状！诸葛亮张怕杀起来赛过呒不凭据哉，还出一张凭据拨了周瑜。周瑜听么，再好侪呒不，"请先生立上——呃来"。

中军官马上，端正好一张半桌，放到诸葛亮坐头门前，文房四宝预备好。诸葛亮把羽扇一放，水壶里挑点水，尔——磨墨，蘸好笔，纸头铺在那。诸葛亮提起管笔来，立军令状。鲁大夫就立在俚背后头。鲁肃是激出仔两只眼睛，看俚军令状上呐吭写法？只看见诸葛亮写下去，"汉军师中郎将"，该格是诸葛亮格官衔。"汉军师中郎将，兼理江东水军参谋、长江巡警监战师，诸葛亮。自愿立军令状。"硬的，自愿，勿是强逼的。"奉令，督造羽箭十万支，限期三天，到期，如数交令。缺少半支，军法从事，无怨。"鲁大夫想要好得格嘞，叫啥造九万九千九百九十九条半，颗郎头拿下来抵！硬得了缺半条就要杀头。好，诸葛亮吾总归认得倷么好哉。

诸葛亮杆笔，一放。"大都督。""先生。""今天不在其内。"今朝勿在内。格今朝要算一日天，吾试吃亏哉。吾立好军令状跑出去么，已经半日哉，格剩二日半吾呐吭来得及。今朝勿在内，明朝开始。"嗯——是！"诸葛亮再写下去，"自建安十三年十一月初四起，初六止，初七交令"。清清爽爽。硬王得热昏啦。今朝初三，明朝初四，初四开始到初六为止，初七交令，拿十万支箭来。初七，拿不出十万支箭，杀颗郎头。

诸葛亮笔一搁，"都督"。"先生。""所兼三职，乞假三天。"吾兼职，请三日天假。为啥呢？吾亦是水军参谋，又是长江巡警，又是监战师，吾蛮忙的。那么吾还要去造箭。那么，顾虑仔造箭格一头呢，归格三桩事体，吾来勿及做。诸葛亮为啥道理要提出什梗一个问题来呢？诸葛亮有道理，勿提格个一个问题，俚格个三日天去造箭了。假使说，长江巡警水军里向有点啥格问题，出事体，周瑜仍旧好杀倷。说起来，诸葛亮，箭倷造好了，归格三桩事体上，倷格职务范围里向，是倷管辖格事体，出毛病了，寻着倷。那么唶，写明白，所兼三职，乞假三天。格个三天里向，其他出事体，吾诸葛亮勿担肩胛。

"大都督。""嗯？""常言道，无保不成契，军令状虽立，还缺少一个保人呀。""哈——啊？"嘿，周瑜想笑话哉，缺一个保人。俚讲呒不保人呢，不称其为契约。格张军令状呢，手续就勿完备哉。要有个保人。格么照道理讲起来，格个闲话要吾讲格啦：勿，诸葛亮，倷立军令状吾勿相信格啦，吾要一个保人。现在诸葛亮什梗来的，军令状么立哉，缺一个保人。格周瑜想吾其实随便格呀，呒不保人，吾要杀倷格头，照样可以杀。格么倷提出来到么，倷拣。倷欢喜啥人做保人么，倷拣。"请先生挑选。"倷拣吧。"是是是。"

诸葛亮要挑选一个保人。格个辰光鲁肃格心里向急是急得来，别别别别别——心在跳。肚皮里向转念头，诸葛亮，谢谢倷哦，阿有啥照顾点，保人么请别人做，甮弄到吾头上来。吾格个吃勿消格哦，格种保人是，定做轧扁颗郎头，呒不好事体格啦。

侪心在跳格辰光，还好。啥格上还好呢？只看见诸葛亮格两只眼睛，对对过看。因为诸葛亮坐在靠文官一面，俚门前头对面迭格一排侪是武将。诸葛亮在对武将当中看么，鲁大夫蛮定心。大概诸葛亮挑选哪里格将官做俚格保人了。勿晓得，诸葛亮格眼睛哗啦一窥，武将一个侪看勿中。乓！头拨转来看文官哉么，鲁肃慌哉。勿灵哉，看文官哉。诸葛亮格头望准右手里拨过去么，鲁大夫格身体要紧，嗦啰！别到诸葛亮格左手里，勿拨俚看见。搭格盘盲盲什梗盘起来。诸葛亮一看右手里呒不合适格人，回过头来，再看左手里么。鲁大夫要紧，嗦啰，溜到右手里，勿拨侪看见。诸葛亮对左手里一看，也呒不。肚皮里向转念头，鲁大夫啊，侪在搭吾盘盲盲嗄。蛮清爽，侪盘在吾背后头。诸葛亮着生头里连身体侪侧转来，"乓"回过头来格两只眼睛眼光射到鲁大夫面孔上格辰光，鲁肃格个慌是慌得来，格心，别别别别——像煞马上要拖出去杀头格种样子。勿灵哉，拨了诸葛亮发现，

鲁肃格两只眼睛勿敢对诸葛亮看。俚格眼睛看牢自己格鼻头，想吾眼光勿搭俚接触，吾勿看见俚么，阿有啥俚也勔看见吾。"大都督，亮要请鲁大夫作保。"鲁肃听到格句闲话么，要紧头从旁边头跑出来，走到周瑜门前，对仔个周瑜连连唱喏："啊，都督，卧龙先生自愿立军令状，无用作保。呃喝，鲁肃不愿。"双手乱摇，格个保人，吾随便呐吭勿做。诸葛亮糅的，俚勿搭鲁肃讲闲话，俚搭周瑜讲。诸葛亮叫啥拿台子上张军令状拿起来，对仔格周瑜："大都督，鲁大夫不愿作保，亮不愿造箭。这军令状已作罢论。"那么格桩事体取消吧，因为保人勿答应，吾也呒不办法。那么吾诸葛亮造箭么，板要鲁肃做保人的。别人做保人呢，水土勿服，吾格个箭造勿出来格啦。格么俚勿肯做保人么，让吾拿格张纸头扯脱仔吧。

哈呀，格个辰光，周瑜心里向格火是大得来。对鲁肃一看，鲁肃啊，侪放心酿，扛棺材勿下泥潭格呀。侪鲁肃做保人，吾将来杀诸葛亮，勿会带脱侪格耳朵。侪、侪急点啥？阿晓得，侪勿做保人，吾格条计策要弄僵脱哉。诸葛亮恨脱军令状，俚勿肯造箭，吾格条计策，白用啰。硬上，周瑜叫啥一记台子一碰。"子敬，还不与我作——保！"面孔一板，喉咙一响，阿搭吾做保人？"啊？"鲁肃呆脱哉哟。格个硬上格喏，强迫命令。一记台子一碰，面孔一板，眼睛一弹：做保人！"呃嗬，都督。那么，那么鲁肃保的是你都督，并不是保军师。"闲话先说在门前，吾格个保人，只保侪周瑜，吾勿保诸葛亮的。嗳！吾只保放债的，勿保欠债的。俚还勿出，搭吾勿搭界。周瑜想管俚，侪搭吾军令状上写格名字了么侪在那哉。

鲁大夫勿定心，对旁边头文武官员看看，"众位先生，列位将军。你们大家听了，今日鲁肃乃是奉——命作保，并非自愿。众位，大家看见，呃喝，你们大家看见"。文武官员也介险乎笑出来。鲁肃急煞哉，说吾格个做保人是奉命，勿是自愿的。唔笃大家看见。鲁肃为啥道理要讲格

句闲话，有道理。因为诸葛亮死脱，刘备要来办交涉。刘备来，周瑜拿张军令状摊拨刘备看，诸葛亮三日天造十万箭，呒没完工，杀头，照军法办。那么俚一看保人鲁子敬么寻着吾。鲁肃倷倒好的，啊？诸葛亮勿了解江东情形，倷晓得的。诸葛亮立军令状，倷为啥道理做保人？格么吾就可以说，皇叔，格个保人勿是吾自家要做。吾是奉命作保，勿是自愿。勿相信倷问。喏，今朝文武官员侪在嗒，旁证蛮多。一问么，的的确确是什梗格情形，吾鲁肃可以少担一点责任。文武官员侪笑出来，格鲁肃要急煞仔了完结。

鲁大夫走到诸葛亮旁边头，对诸葛亮只面孔在看。诸葛亮，倷今朝，大清老早还是吃醉格酒呢？倷还是在发痴。啊？蛮好周瑜叫倷十日天，造十万支箭。倷作死什梗，会得自家去答应，曼得三日天。那么吾勿提醒倷，倷讲三日天，还情有可原。吾提醒倷的，吾清清爽爽三个节头竖，一个节头横，搭倷演格三十格手势。倷为啥道理勿听？好来好去吾现在保人还觜签字。格张军令状还觜到周瑜手里，现在要赖极皮啊，还好赖。嗳，让吾来提醒一声诸葛亮。三日天来勿及格哦，要三十日笃哦啊。那么，诸葛亮对吾贼脱嘻嘻，对仔个周瑜：大都督啊，哈哈，搭倷遛遛喔。格个三日天勿来事格哦，要三十日笃哦啊。缺一日也勿来格哦。该格辰光还可以挽回，鲁大夫过来搭诸葛亮讲闲话。俚算咬耳朵，其实，格个咬耳朵格声音呢，来得格响。

大帐上，毕静。连周瑜也听见了。"先生。""大夫。""你奉都督将令立军令状，造十万狼牙。"嗯，诸葛亮，十万哦。唵听清爽，十万。而且，十万条侪是箭。勿是零件。勿是造一个箭头，也勿是削十万根箭杆，是囫囫囵囵格箭，阿清爽？"十万狼牙"，诸葛亮格神智蛮清了嚘。十万狼牙——箭。"先生。十万狼牙，工程浩大。三天，是来不及的。先生，莫非是三十天啊？"呕，阿是三十日？"莫非是，三十天么？"倷在问俚格辰光么，叫啥诸葛亮格两只眼睛，勿对鲁肃格面孔看，诸葛亮格眼睛对帐篷格顶上看，白搽白搽。"呃，是啊，一准三天。""三十天。""三——呐天。""哈嗤嗤嗤嗤嗤嗤。"鲁肃想一个人要死起来呢，呒不挽回的。嗳，吾清清爽爽搭俚讲三十日天，俚叫啥还要"一准三天"。好了签字吧，呒不办法哉。轧扁头么也只好轧哉嚘。鲁大夫提起管笔来，抖了抖，抖了抖，就在格张军令状上，写下：保人鲁子敬。笔放脱。

诸葛亮军令状拿过来交拨了周瑜。周瑜接到手里从头至尾看过，心里开心啊！军令状，台上一放。令架子上拔一条令箭。"先生，令箭一支，往箭厂之中监督箭匠造箭。如有谁人不服差遣，军——法从事。""得令。"诸葛亮令箭一接么，飘然而去。出中军帐。

周瑜下令退帐。文武官员退出去格辰光啦，议论纷纷。奇怪，诸葛亮为啥讲究，只要三日天，造十万支箭。唔笃么弄勿懂。当时格鲁肃呐吭？鲁肃急煞哉。格保人真家伙，有肩胛的。格么诸葛亮到江东来，俚请得来的。诸葛亮死脱，刘备要寻着俚。所以鲁大夫要紧到内帐来，碰头周瑜。倷踏到内帐么，周瑜坐好在那。

鲁大夫只面孔火起，对仔格周瑜，"都督，今日里，你要谋害孔明，为什么要强逼鲁肃作保？"倷格个勿作兴，算啥格一出，板要拿吾一道拖下去。"哈哈呀，子敬，你——怕什么？"倷怕点啥。戆煞哉。诸葛亮造勿成功箭，吾杀诸葛亮格头，管倷啥体？又勿会带脱倷的。"哎呀，都督啊。"吾是拿诸葛亮请到江东来的，刘备拿诸葛亮交拨吾。诸葛亮出事体吾要对刘备负责，吾，吾呐吭好勿急呢？"放心就是。"诸葛亮格亲笔立军令状，搭倷勿搭界。"都督，我想诸葛先生才高学广，神通广大。倘然他三天，造得成十万狼牙，都督，你便怎么样啊？"倷勿要弄错哦，诸葛亮立到格张军令状，一口咬定曼得三日天，作兴俚有啥格办法。倷么认为，非三十日不可，诸葛亮有点啥另外格奥妙格办法，神通广大。假使俚造得成功，倷就呐吭呢？"子敬，放心！诸葛亮纵然神通广大，本都只要克扣箭料，他就无能为——嗮力。""哦！"鲁大夫对周瑜看看，倷格脚色，格心是黑透，手条子实头辣的。就算诸葛亮三日天里向，有本事可以造十万条箭，周瑜还是可以弄杀俚。呐吭弄杀俚呢？俚用啥办法？俚可以用一个克扣箭料格办法。因为造十万支箭呆板数，要几化料作。俚搭倷格箭料里向，额脱俚格三万、四万，那么倷诸葛亮本事再大，巧媳妇做勿出呒米饭。倷完勿成功，杀头。格个一只棋子诸葛亮勿会防备。周瑜辣手。格么呐吭弄法呢，吾保人呀，吾要对诸葛亮负责的。什梗，吾马上去关照诸葛亮，倷领箭料，一定要带内行一道来领。而且要点清楚，格点箭料呢，要一次领齐，勿能拖日脚。否则格说法，倷要吃苦头。对！"鲁肃告辞了！""请——呐便。"

鲁大夫，哈啦，拨转身来就往外头走。格么鲁肃啊，倷要去碰头诸葛亮，去告诉孔明么，倷格两步路当心点呢。倷慢慢叫走，像平常辰光一样，若无其事格往外头走么，周瑜就勿会防备哉。所说老实头人，俚心里向想啥，俚格行动上，全部会得表现出来。鲁大夫别转身来，乓！袍一拎，袍袖一整么，望准外头，哈哒哒哒——格两步路走得脱快哉。倷匆匆忙忙望准外头走格辰光么，周瑜几化拎得清的。啊呀，啊呀，吾说哉一声克扣箭料，鲁大夫拨转身来就走，跑得什梗快。苗头勿对。勦俚去放龙哦，告诉诸葛亮。格是吾格个克扣箭料格办法，就要失败。格呐吭弄法呢，喊俚回转来。派底下人到外头去，请鲁子敬回转。手下人跑出来，到外头一声一喊么，鲁大夫只好回过来。越是心急，越是要紧去碰头诸葛亮，偏偏喊转来。

"都督，叫鲁肃回来，有何吩咐？""子敬，三天之中，未奉本都将令，不得往江边相见孔明。违令者莫怪本都，哼！哼！""啊！呵嗤嗤嗤……"完结了。么完。三日天里向，呒不周瑜命令，倷勿准到江边搭诸葛亮碰头。违令，勦怪，哼哼。"哼哼"格句闲话是，蛮清爽哉，要板面孔，要照军法办。鲁大夫退出来格辰光么，周瑜派两个底下人，盯牢仔俚。倷回到自己帐篷里呢，格个两个底下人，就立好在帐篷外头，监视倷，软看起来。倷要想去搭诸葛亮见面，休想。哈呀，格个鲁肃格急头势是勦去讲俚。那么呐吭弄法呢？诸葛亮勦晓得周瑜有什梗点阴谋诡计了。鲁肃么急啊。

　　嘿嘿，稀奇啦。俚急煞，诸葛亮一点勿急。格来就叫皇帝勿急，急煞太监。诸葛亮笃笃定定，拿仔条令箭跑出来，带仔格船上格老大朱二官，一埭路过来么，出营头，到南屏山江边，格搭是箭厂。箭厂就在南屏山格山外头。诸葛亮跑进来格辰光么，箭厂里向有个负责人，是一个副将。格副将听见说卧龙先生来，要紧跑出来接。拿诸葛亮接到里向。诸葛亮先参观一番。

　　格么格副将转啥念头呢？诸葛亮么客人，水军参谋，帮江东在做事体，作兴的，来了解了解吾俚造箭格情形么，一样一样介绍拨俚看。造箭格原料呢？蛮简单的，箭头是生铜做的。呐吭格样子呢？箭头，唔笃要看箭头格样式么，曼得到博物馆里向去看好了。现在博物馆里向格陈列在那，石器时代，石头格箭头呐吭样子？铜器时代，铜格箭头是呐吭样子？箭头格种类蛮多。一般讲起来呢，箭头是三角式，像现在马路上格种水门汀格电杆木什梗，三角式。当然俚身上血立尖的，比较锋利的。在格三角式格后头呢，有一根柄。大概像节头子什梗粗细，搭节头什梗长短，格一段物事呢，是嵌在箭杆里。格箭杆阿要几化长呢？三尺。所谓叫三尺雕翎，七尺弓。那么格个箭杆用啥格物事做呢，竹头也可以，木头也可以，甚至于芦柴杆子也可以。箭头镶嵌在箭杆上之后呢，箭杆上就漆漆，那么再拿翎毛，鸟格毛片，翎毛得上去。尾巴上得上去，两面要得得匀落。啥意思呢，就是，啪！一箭射出去，风再大，勿至于歪歪扯扯。有格点好处。格么诸葛亮一看，一了解，就晓得了。三日天可以造一万。十万条箭呢要三十日。周瑜辣手，只拨吾十日天。呵呵，碰着吾诸葛亮，吾额脱俚七日，只要俚三日天。

　　诸葛亮看过一番之后，回过来坐定。副将跑过来问：“军师，呃呵，请吩咐。”俚看了下来之后，阿有啥意见么，请俚讲讲。“本军师到来，是奉了都督将令，监督尔等造——箭。”诸葛亮条令箭对俚扬扬。现在吾接到格差事是来监督唔笃造箭。“哦！”喔哟，格副将一听，来仔个顶头上司哉，喔勿是来参观格啊。喔，有公事。“那么请军师，吩咐。”“今日，停工半天。”“是！”工头一听，啡！心花怒放。啥体么，今朝休息半日。听见休息，为啥道理要高兴，因为箭厂里格箭匠啦，自从到了三江口之后，呒不休息过。为啥道理呒不休息呢？因为战场上军情紧急，箭格需要量特别大，勿能休息。所以非但呒不休息，外加要开夜工。诸葛亮关照俚笃停工半日，可以放半天假是，听了窝心啦。长远呒不休息哉，“是！”“明日早上到江边，本军师的船上听令。”“是！”“三天为期造十万狼——牙。”“啊？”那么格副将呆脱哉哟。啥物事啊？三日天，造十万条箭？寻开心么好哉嚛。“禀军师，我们箭厂中，工人太少。三天，只能造一万狼牙。十万狼牙，来不及完工。”“不妨事，本军师自有妙法。”放心。吾有办法。啥格办法呢，妙法。很妙。呐吭妙么，勿讲清爽。总而言之，俚今朝休息，明朝早上到江边来听令。工头只好答应。俚回头么，诸葛亮板面孔，周都督格大令在手里向。

　　诸葛亮跑。诸葛亮跑么，阿是回到江边船上去呢？勿。诸葛亮，带仔朱二官，到南屏山，山路里向来，游山玩景，欣赏欣赏南屏山格风景，看看此地一带格情形，那么再回到船上。摆好一桌酒水么，笃笃定定，吃酒哉。休息。孔明吾勿交代。

　　那么箭厂里格副将呐吭？下命令了。关照箭匠，停工。今朝停工半天。哈呀，箭匠高兴啊，哗！再讲，诸葛军师到该搭来通知吾伲，今朝停工半日。明朝早上到江边见军师听令，三日天，造十万狼牙。哗……四百个人哄起来。

　　有两个侪在批评格副将：偬枉空，老公事哉哇。三日天，呐吭好造十万支箭。伲哪怕三日三夜勿困觉，勿吃饭，两只脚一道掮起来做生活，格么三日三夜，也来勿及造十万支箭。格种差事，偬呐吭答应得下来？勿是吾要答应呀。吾吭不办法，诸葛军师关照，俚奉周都督格命令来的。好了好了随便，随便。横竖横哉，索脚今朝休息，吃酒格吃酒，白相格白相。打配明朝行哉嘎。三天三夜勿困觉么，顶多哉。

　　箭匠么散，炉子刹阴。休息。副将勿定心，俚是工头，俚负责格呀。俚想阿会诸葛亮搭吾寻寻开心？让吾到中军帐去打听打听。跑到中军帐，问中军帐格护卫大将军徐盛：阿有介事，卧龙先生奉了周都督命令，三日天，要造十万狼牙。啥格阿有介事？诸葛亮立军令状的，造九万九千九百九十九条半，杀头。要好得格嘞，实头有介事。

　　格副将回到箭厂么，叫啥周都督派人来。周瑜派得来一个心腹家将，拿一条令箭，带三百个兵，跑到此地来。问副将，唔笃造好格箭在啥场化？仓库里。有几化？两万。拿出来，调过去。啥道理？周瑜厉害。仓库里有两万支箭，诸葛亮蔓得造八万，凑凑么，十万，拿得来交令。格诸葛亮好揩油格咯。现在勿拨俚揩油，造好格箭调光。打好格箭头在啥场化？在仓库里。拿出来。打好格几千个箭头，拿光。削好格箭杆，拿光。翎毛膏漆，原料，拿光。挺点啥？仓库里，就挺点生铜，留点竹头，木头，芦柴杆杆。箭头箭杆格原料，留在那。翎毛膏漆拿脱。唔笃要造一条囫囵格箭，唔笃非到周瑜搭去，领箭料不可。领箭料辰光么，吭不客气，克扣箭料。勿发足，看唔笃呐吭能够完工？

　　等到周瑜家将，拿点物事通通都拿光之后哉么，完结哉。格个副将，急得手脚冰冰阴哉。格种惩格架子，看得出格呀。格苗头看得出，周瑜是勿是要让诸葛亮完工，而是要搭诸葛亮制造勿少困难，要俏得俚勿能完工。让偬一点点油勿能够揩。完完全全要生坯、原料做起来。十万支箭么，实头要十万支箭格工夫啦。那么俚笃两家头在斗法。

　　副将为啥道理要急？俚晓得格呀，诸葛亮勿会死。何以见得么，诸葛亮有东家，有后台格呀。俚格后台啥人，刘备呀，皇帝格阿叔。周瑜，周瑜大亨，诸葛亮也是大亨呀。大亨搭大亨斗法么，当中横里格小亨，顶触霉头。吾作为一个副将，管理该搭箭厂。吾就是个小亨呀。格歇两日，论起军法来么，望准吾身上一推。伲是下头具体的，管理造箭格副将，勿卖力。所以了，勿能够完工。格么杀头么，杀脱吾。吾做啥呢？吾做一只替罪羊。诸葛亮勿会死的，弄到完结么吾死。那呐吭弄法呢？呒不办法想。急得了魂灵心出窍，一夜天齣困着。到明朝转来，早上，天也齣亮了。喊仔十几个箭匠，跑过来到江边。早点来见诸葛亮听仔令箭，领仔箭料么，开工造箭。勿晓得跑到江边诸葛亮船只跟首一看么，舱门关得紧腾腾。船上人齣起来。

所说天齣亮呀，乌次次了。喊，喊朱二官。格副将搭朱二官熟的，"朱大哥，朱大哥"。一喊么，朱二官醒哉。困思懵懂起来，拿舱门一开，"喔哟，喔哟，唔笃倒早了哇。唔笃来做啥？""见军师听令造箭。""唔笃等一歇啊。嗯，吾去伺候军师起来啊。"朱二官跑过来，诸葛亮老规矩，勿困晏早。总归倷朱二官早上啥辰光起来，端面汤水，到诸葛亮房舱里，倷去推房舱门好哉，房舱门总归开了。诸葛亮呢，衣裳着好，坐好在床沿上。等倷去，拿面汤水进去。日早老规矩。今朝奇怪哉，面汤水端过来，到房舱门跟首，扛上去格门，推勿开。吧？面汤水放脱，用点力道推推么，拴牢了。齣起来啦？"军师？军师？"耳朵再凑到门上听听么，只听见里向，呼——呼——困着了。打鼾哟。那么要紧跑过来到船头上，"各位啊，唔笃等歇哦，军师齣起来了。横竖就要起来的，起来仔吾再请唔笃下来吧"。"好吧。"等吧。

天亮，诸葛亮还齣起来。出太阳哉，仍旧困着。太阳老高了，还在打鼾。日上三竿，蛮晚哉，诸葛亮还齣起来。那么格副将急哉，问朱二官，军师平常辰光，啥辰光起来？平常日脚么，总归天蒙蒙亮就起来了。格么今朝为啥道理晚呢？有道理，昨日夜头困得忒晚。啥辰光困格呢？三更敲过。呐吭会得弄得什梗晚法呢？昨日夜头吃老酒。诸葛亮摆了一桌酒水，一个人自斟自饮，吃吃酒么，跑到船头上来看看天上格星象。回过来么，再吃酒。一直吃到三更敲过了困觉么，格是勿会起来了呀。副将响勿落，肚皮里向转念头，诸葛亮格人吭不脑子。身板上有什梗大格事体，性命出进，立军令状，造勿好箭缺半条要杀头的。倽隔夜还吃得落酒，吃到仔三更敲过再困觉。吾倒勿懂哉，呒不事体么，日朝起早起；有仔事体么，顶倒困晏早。诸葛亮在搭啥人勿对呢？吃勿准，实在吃勿准。

到啥辰光诸葛亮起来哉呢，用现在格钟点讲起来么，总大概上半日，十一点钟勿到点么起来哉。一塌刮子三日天造箭，半日天拨俚困脱了。诸葛亮起来之后，揩好面、梳理停当。

朱二官报告：有人求见。喊俚笃下来。副将作孽，肚皮是也饿得吱吱叫，点心齣吃格呀。昨日夜头又齣困好，一早天蒙蒙亮，天也勿亮，就跑到该搭点来。弄得现在辰光要吃中饭快哉，诸葛亮刚巧起来了。跑到舱里，哔哩啵咯，跪下来。"参见军师。""见军师。"十几个人，哔哩啵咯哔哩啵咯，俱跪下来。"罢了。""是。""你们到来何事？""啊？"哈伊，倷呐吭问得出格呢？"到来何事。"倷昨日关照俚到该搭点来听令。"禀军师，我们是箭厂中箭匠，奉了军师之命，到这儿来，听令造箭。”“哦哦哦哦哦，你们是箭厂中的箭匠？”“是的。”“前来听令造箭。”“是的。造十万狼牙。”“啊呀呀呀呀呀呀呀，若非你们提起，本军师倒忘——怀了。”“啊？”副将对诸葛亮看看，吾认得倷！勿是促提起，叫啥倷忘记脱哉。立军令状、杀颗郎头格事体，叫啥忘记脱哉？“是。”“你们前来听令造箭？”“是的！”“可懂得这造箭的规矩么？”“造箭的规矩，呃呵，小人略知一二。”“未曾开工之前，要吃开工酒，可有这个规矩？”“呃喝，是有的。”“令箭一支，前去相见都督，领取酒肴，吃开——工酒。”“啊？”副将肚皮里向转念头，一塌括子三日天，造十万条箭。半日耽搁脱，还要领酒水，吃好酒水，太阳甩西，下半日哉。还好造箭啦？一日天赛过全部，俏光么拉倒哉嚄。“报告军师，三天造十万狼牙，已经来不及完工。喝了酒，更其来不及。小人不要吃。”“有——礼不可灭。”规矩。制度上有的，有格个制度么，就照格个制度办！“小人放弃开工酒！”自动放弃，勿吃！“不吃开工酒，怎么能够开工呢？”“造箭来不及。”“本军师自有妙法。”“小人不要吃！”“违令者军法从——事。”后头格箭匠拉拉副将格袖子管，答应酿！勿答应要杀头哉呀，有得杀头么，乐得吃酒哇。喊促去吃酒呀，答应酿！“得令！”副将想随便吧。对诸葛亮看看，倷格人勿懂好糗，促勿吃酒是为倷呀。要想多造点箭，碰着倷老娘家，嘿嘿，勿懂好糗。板要要告促去吃酒，格么有啥办法呢，走哉。

接令箭上岸，煊到中军帐，派人去报告周都督。诸葛亮派人来求见，要领酒水，吃开工酒。周瑜呆脱哉。周瑜转啥念头呢，周瑜想，昨日，诸葛亮去，有半日天。诸葛亮格个半日天勿会放弃。俚一定要多造半日天箭，乐得格乐子哇，俚接仔令箭跑得去么，马上就开工了。叫啥派人一打听啊，诸葛亮跑到箭厂，炉子剎阴，烟囱管里烟也勿冒。休息。格硬横啦。诸葛亮一到马上就休息，勿造箭。说明朝早上来领箭料了造箭。今朝早上来领酒水，吃开工酒。派头实头大，吃为俚开工酒了什梗。周瑜关照发下去，四百个箭匠，八个人一桌，五十桌。酒水发到箭厂里向，辰光已经太阳到顶，等到吃好是，下半日老晚哉。诸葛亮跑得来关照，说唔笃吃开仔酒水么，生好炉子了，打箭头。夜快点吾还有命令到该搭点来。

噢！那么俚笃生好炉子之后，打箭头格打箭头，削箭杆格削箭杆。本来漆漆格搭得翎毛格呒不生活做格啰。呒不生活做么，旁边头帮俚笃打箭头格人打打杂差，削箭杆格人么，搬搬材料。大家议论纷纷。

“老兄啊。”“哦，老弟啊。”格笔账吾终归弄勿懂。嗤，三日天造箭么，已经来勿及哉。为啥道理卧龙先生，还要关照促吃开工酒？“老！弟！格来么诸葛亮格只棋子，叫凶着。”“啊？请促吃酒还是凶着啦？”“当然！”“啥格道理呢？”“倷听，现在啥格天气？”“十一月。”“十一月是日短夜长。”“对格啊。”“日里向做生活见数煞的。”“嗳。”“倷唵听见诸葛亮刚巧关照，停一停俚还要到该搭来传令。”“嗳。”“等到停一停，吃夜饭快么，诸葛亮板要关照来传令。唔笃全体箭匠吃过夜饭之后，一律造箭，勿许困觉！""哦！""唉！一夜天造下来，比日里向好好叫要结棍！反而箭造得多。""格么诸葛亮关照倷夜里造么，日里向，勿一定板要喊倷吃酒的。啥体拨倷吃酒呢？""啊呀，格来叫买服人心。勿吃点酒么，唔笃做起生活来勿起劲。吃仔酒么，唔笃加二卖力。卖力起来么，一夜天生活，做起来比两日天还要结棍了。诸葛亮格个办法呢？俚勿吃亏的。""阿真的？""勿相信搭倷枉东道。""好的。东道勿枉，横竖停一停看倷格苗头。"

唔笃议论纷纷，眼睛一眨太阳落山哉。正预备要吃夜饭格辰光哉么，朱二官来哉。拿仔诸葛亮条令箭，跑到该搭点来，寻着格副将。"副将。""有。""诸葛军师叫吾到该搭点来传令。""是！""通知唔笃全体箭匠，吃过夜饭之后。""老弟啊，倷听酿，吃过夜饭之后！一律造箭，勿许困觉，倷听！""是。""关照你们全体箭匠，吃过夜饭之后，一律困觉，勿许造箭。""哈？嗳嗳，哑喉咙，倷听听看，呐吭、呐吭道理啊。""啊！啊？格笔账弄勿懂了哉嘞。啥格一律困觉了，勿许造箭啊？"副将也呆脱了，关照倷困觉？"呃喝，朱大哥，你不要开玩笑。""啥人搭倷溜白相？卧龙先生关照的，天冷勿过，夜头做生活呢，伤身体的。唔笃早点困觉吧，哦。身体顶要紧，嗯，等到明朝早上，唔笃早点到江边来见军师，听令造箭。晚歇会。"

哈哒哒哒——去哉，朱二官跑哉。那么呆脱哉呀。哗——诸葛亮格人么真是好人。冷天，体谅倷。夜头加二冷，喊倷早点困觉。否则说、说法，夜里向做生活，伤身体的。刹阴炉子，大家困觉。第一天过脱哉，到明朝转来第二日。

天亮。副将带了十几个箭匠跑到江边来，诸葛亮仍旧困着。今朝呢，诸葛亮比昨日仔搭，起来得要早点。总大概上半日，用现在格钟点讲起来么，十点钟光景，起来哉。

下舱，见军师。"你们又来听令？""是的，我们又来见军师听令。""昨天你们怎样？""昨天么，奉了军师将令，在哪儿吃开工酒。""开工酒。""是的。""这酒肴如何？""嗯哼，还不错。""今日，令箭一支，前去相见都督，领——取酒肴。""啊？报告军师，开工酒吃过了。开工酒，只能吃一次。"吭不第二次吃开工酒的。"吃完——工酒。""完工？哼，报告军师，这、这个完工酒，要完了工，再能够喝酒。没有完工，怎么能够喝酒呢？""别人家，是完了工，饮酒。本军师，要饮了酒，完工。不吃完工酒，我就不能完工。""造箭！""本军师自有妙法。"后头格朋友拉拉俚袖子管，答应吧。副将啊，勿答应又要杀颗郎头哉。昨日格酒水邪气赞，今朝连一连酿。"呃，得令。"随便吧。叫啥诸葛亮格脾气，勿吃完工酒勿完工。本来么要造好十万条箭吃完工酒，现在先去领得来吃，预支。预支完工酒。

唔笃煊得来碰头周瑜，领酒水么，周瑜也响勿落。蛮好呀，发下去，又是五十桌。吃好，太阳偏西哉。诸葛亮再过来关照，继续打造箭头，夜快点吾再有命令来。一到夜快点呢，仍旧格条命令。早点困觉，明朝早上早点到江边听令。赛过勤大造呀，打箭头、削箭杆，有限煞格。因为辰光实在勿多，吃酒格辰光多了，做生活格辰光少。眼睛一眨，第二日天又过脱哉。

到明朝转来，十一月初六，造箭格最后一天。副将起来了，带领十几个箭匠，跑到江边来。太阳出来啦。啥体来得晚呢？用勿着早的。早去，诸葛亮总归困着，何必到江边吃西北风呢。落得晚点去。勿晓得跑到江边么，朱二官在船头上跳脚。对仔个副将讲："啊呀，倷要死快哉。吾昨日呐吭关照唔笃的，早点困觉，早点到江边来听令。唔笃勿弄到现在刚巧来，今朝早上，军师天蒙蒙亮就起来，等唔笃到该搭来听令。唔笃弄到现在刚巧来，耽误辰光，造勿成功箭么，搭倷算账！""啊！"副将想，完！那么吃苦头。上诸葛亮格当。俚困两日晏早，着生头里，起一日天早起。伲当俚困晏早，来得晚哉么，好。上当。那么诸葛亮有道理咋哦，杀起头来么，总归杀倷格头哉咯。本来来得及格啰，倷为啥道理来得老老晚，跑到该搭点来听令，耽误时间，影响完工，杀倷格头。两顿酒水吃脱格颗郎头。

急煞哉，到舱里，"参见军师"。"罢了。""是。""你们又来听令？""是的。""昨天怎样？""昨天奉了军师将令，在那儿吃完工酒。""今日，令箭一支，前去相见都督，领取酒——肴。""禀军师，开工酒、完工酒，通通吃过了。没有什么好吃的了。""吃贺功——酒。""是。"诸葛亮吃酒格本事大啦，勿行重复。先么开工，连下来么完工，完工之后，还要吃贺功酒。"得令。"随便吧，横竖横。

拿令箭收过来，到中军帐见周都督，领取酒肴，吃贺功酒么。周瑜想蛮好，诸葛亮存心拆烂污。俚想十万支箭么总归来勿及造好，日朝五十桌么，吃光唔笃家人家仔了完结。倷拆烂污么，吾顶好。明朝杀起倷头来呢？人家讨情侪勿能讨。诸葛亮拆得什梗格烂污，倷呐吭搭俚讨情，总归杀哉。

发下去，格个五十桌酒水发到箭厂里向，箭匠一个也勿吃。啥体勿吃？摆在那。天冷，勿会坏脱的。拿点良心出来，两天齁好好叫做生活，今朝要拼命哉。而且今朝非但日里向要做生活，夜里也勿困。哪怕诸葛亮关照俚早点困觉，俚勿困觉。做一夜天。为啥道理？报答报答诸葛亮。意勿过哉，良心发现。

格么箭匠笃打箭头，削箭杆，吾勿必关照。诸葛亮呐吭？诸葛亮船舱里也摆好一桌酒水，吃么勿吃。为啥呢？诸葛亮在上心事。今朝肩胛上有分量。为啥，今朝造箭阿末一日。诸葛亮格个三日天造箭格希望，寄托在啥人身上？鲁大夫。俚，为啥道理要叫鲁大夫做保人么？就是让鲁大夫有责任，担肩胛，勿得勿来搭俚碰头。只要鲁大夫来碰头，有办法。勿晓得格个三日天当中么，鲁大夫人影子也勿看见。诸葛亮心里向转念头，今朝阿末一日哉。假使鲁大夫再要勿来，吾就一点办法呒不。明朝早上，叫吾呐吭去见周瑜交令呢？收场，要收勿落。担心。

倷在担心格辰光么，船头上格朱二官也在担心。真家伙啊，三日天造箭，混俏！吃三日天酒。那吶吭弄法？诸葛亮关照俚在船头上看，鲁大夫来俫赶快来报告。伸长仔头颈望么，勿看见鲁肃格人。哈呀！格鲁肃吶吭还勿来了呢？

唔笃在牵记鲁肃，鲁肃吶吭，鲁肃比诸葛亮还要急。鲁肃格个三日天叫，饭也吃勿落了，觉也困勿着。人，瘦脱一壳落。俫如果称称分量顶顶起码轻脱五斤。为啥？急呀，急呀。实在心里向急！俚拨周瑜拿俚安排到西山粮营上去办公事。而且派两个底下人一日到夜看牢俚，勿拨俚自由么，鲁大夫一点吭不办法想，勿能够来搭诸葛亮碰头。

格么到今朝十一月初六，鲁肃非来不可哉哦。鲁肃搭诸葛亮碰头，那么可以动脑筋、想办法，过长江草船借箭。

第七十九回
草船借箭（一）

　　诸葛亮，奉周瑜命令，三日天造十万狼牙。叫啥格个三日天里向，俚连吃三日酒，一条箭侪勿造。如果说到明朝早上，拿勿出十万条箭交令，诸葛亮格头，就要拿下来。诸葛亮么，在船上，摆好仔一桌酒水，在吃酒。俚格希望，寄托在鲁肃身上，要鲁大夫来。但是，鲁大夫到现在还勿来。

　　其实鲁肃，勿在中军帐，在西山粮营。因为到了一批粮草，粮营官是黄盖兼的，忙勿过来，那么周瑜派鲁肃到西山去，帮助办理公事。其实呢，就是在西山拿俚软看起来，勿许俚搭诸葛亮碰头。周瑜派两个底下人么，一日到夜，监视俚格行动。鲁肃呒不办法来搭诸葛亮碰头。格个三日天格鲁肃是急得来，饭也吃勿落，觉也困勿着。夜头呢？乱梦颠倒。叫啥困梦头里向么三日天么过哉，诸葛亮箭么来勿及完工，周瑜么要拿诸葛亮杀。诸葛亮哇啦哇啦喊鲁大夫救命，鲁大夫出来讨情么周瑜勿听。看捆绑手、刀斧手，拿诸葛亮推到中军帐外头，嚓！一刀，结果性命。诸葛亮格头落地。叫啥困梦头里向，看见诸葛亮格死尸，嘭！蹦起来。人头断，扤下身来，拿地上格颗郎头拾起来，拎仔个颗郎头跑过来，奔到鲁肃门前么，扎嗒！一把，拿鲁肃胸脯抓牢。拎在手里向格颗郎头么，会得开口的。说，鲁肃啊鲁肃，侬还吾命来，吾格个死，侬害吾的。吾关照侬勿要夹嘴舌，勿拿吾格闲话告诉周瑜，侬勿听。侬讲拨周瑜一听，那么周瑜用计害吾。侬害吾死，死在侬身上。侬还吾命来！鲁肃一吓，磅当！跳觉么，嚯，一个梦，催催噩梦。乱梦颠倒，急煞哉！今朝已经是初六格早上哉。粮营公事完毕，鲁大夫到中军帐，见周都督报告，粮队上格事体侪舒齐。周瑜拿粮营上公事，稍微翻一翻么，旁边头一放。鲁肃实在熬勿住，问。"啊，都督，卧龙先生造十万狼牙，如今怎——样了？""呵呵。"啊？冷笑。"为什么？"周瑜讲拨俚听：叫啥该格三日天啊，诸葛亮先是吃开工酒，连下来吃完工酒，到今朝还来领贺工酒。箭么勿造，酒倒吃仔三顿。鲁肃听得跳起来。诸葛亮，吾佩服侬，侬呐吭吃得落格呢？酒好吃啊？明朝要杀头嘎。"那么都督，箭厂之中，造箭怎样？""本都不知。""待鲁肃前去探——听虚实。"吾去看看看，箭厂里向究竟弄得呐吭了？就算俚笃囫囵格箭勿造，因为箭料勿领哉，格么俚笃零件，勿知做仔几许了。"好啊，速去速来。""酌。"

　　鲁大夫答应。往箭厂去。格么其实周瑜啊，侬勿放俚去酿。老实讲一声，鲁肃到仔箭厂，就在江边呀，板要到诸葛亮搭去，碰头孔明。倘若说周瑜，再拦牢鲁肃一日天，勿搭诸葛亮碰头，诸葛亮就完结哉。格么周瑜为啥道理大意呢？周瑜想勿要紧。明明晓得鲁肃板要去看诸葛亮，让俚去看。因为今朝已经是初六哉呀，明朝初七早上，诸葛亮要拿十万支箭来交令格呀。俙鲁肃本事再大，哪怕俙去帮诸葛亮格忙，半日天里向，要造十万支箭，随便啥人办勿到。让俚去好哉。周都督呐吭晓得，就是在格半日天，一夜天里向，俙害勿煞诸葛亮。

再说鲁肃跑到箭厂，碰头箭厂里格副将，一了解下来么。副将报告，说伲今朝夜头么，预备一夜天勿困哉，拼命要帮卧龙先生做点生活。大概呢，到明朝早上，可以打五千个箭头了，削八千根箭杆。

鲁大夫心里向转念头，哼，热昏么好哉。三日天，弄点零件。照道理讲，三天卖力一点，可以造几化箭呢？一万。一万支箭，终归可以造。假使俙诸葛亮三日天当中，造好了一万支箭，周瑜要拿俙杀，吾鲁肃可以跑出来讲一句闲话，讨情。吾鲁肃一干子勿来赛，吾联合文武官员一道过来讨情。说起来周都督啊，俙要原谅卧龙先生哦。虽然俚，勶造好十万支箭，那么吾伲江东箭厂里向几化工人，一日天么能够造多几化箭？诸葛亮三日天造一万，已经卖力得勿得了。至于诸葛亮答应吾伲三日天造十万支箭，格是俚勿了解吾伲江东营头上格具体情况，应该说是情有可原。现在，现在吭不办法讨情哉。俙诸葛亮拆得格烂污，讨情朋友，耳光也吃得着格呀。俙还好搭俚讨情啦？俚三日天吃得了吱五舌六，酒水糊涂。格个人勿杀，杀啥人？诸葛亮闯得格祸，别人家帮勿落忙，插勿落手的。格鲁大夫气啊，俙诸葛亮要死，存心要死，长江里吭不盖。蓬！跳下去么，算数。俙为啥道理要立张军令状呢？立军令状么，俙为啥道理要板要喊吾做保人呢？俙格个勿是存心拖人落水，要吾鲁肃好看么？吾去看看诸葛亮看。

鲁大夫箭厂里跑出来到江边。诸葛亮船只跟首一看么，朱二官立好在船头上，踏跳登舟来求见孔明。朱二官对舱里向丑了一个招呼。诸葛亮晓得，鲁肃来哉。那么笃定。胸口头块石头，拿下来。

诸葛亮蛮忙格哦，俚马上筷唔拿起来，在小菜碗里，该只淘淘，格只戳戳，淘得烊化烊勯。算啥么，表示吾格个酒，吾吃仔一大歇辰光，菜也吃得赛过，蛮狼仓了。其实是诸葛亮一杯酒也勶吃了，一筷菜也勶吃。摆样子，在等鲁肃来。现在鲁大夫到船头上，头一扤，下舱。进头舱，往中舱里过来，对诸葛亮一看呢。只看见诸葛亮左手端酒杯，右手呢，拿把羽扇，拿只酒杯遮一遮，哈——一饮而尽。杯子放下来，扇子摆。提起把酒壶，望准只空杯子里向，嘚尔——洒好一杯。酒壶一放，筷子拿起来，拣点菜，筷子一放，杯子拿起来，长叹一声。"呵哈！"嗑——一饮而尽。尔——又洒仔一杯酒。叹一口气，吃一杯酒。吃一杯酒，叹一口气。后来是菜也勿吃，连连吃酒。

鲁大夫一看么，呆脱哉。算啥？格种吃酒是狂饮。人像发痴。俙看诸葛亮只面孔呢？叫啥面孔上呒不表情。两只眼睛呢？定洋洋，眼神发定视的。望上去格个人，勿正常了。鲁大夫心里也蛮酸，大概是诸葛亮，刺激受得深勿过。明朝要杀头哉。总归死么，穷吃罢，赛过。到俚门前头，"啊，先生请了"。鲁大夫欠身一礼。诸葛亮格反应交关慢，好像格人迟钝得了勿得了。"哦，大夫少礼。请坐。""酌。"鲁大夫，旁边头坐定。手下人一道香茗送过来，鲁肃门前摆好，诸葛亮当俚呒介事。勿来理睬俚。俚顾自酒好一杯酒，嗑——俫吃下去么，鲁肃实在熬勿住。勿拨俚酗酒，要搭俚谈谈。"先生，你奉都督将令，造十万狼牙，如今造得怎样了？""哎呀大夫，事到如今，你还要提起什么造箭不造箭，提起造箭，令人可——恨。"勥提哉，勥提哉，呒啥提头。尔哼——又在酗酒么，鲁大夫要紧拦牢俚。"先生——呐。那一天，我家都督叫先生十天为期，造十万狼牙。你为什么要应允我家都督，三天为期啊？""哎呀大夫，这三天为期？是你大夫教我的啊。""啊？"要死格嘞，贼咬一口。叫啥三日天为期，吾教俚的。吾几时教俫讲三日天？"鲁肃，何曾叫先生讲三天为期？""那一天，你在我旁侧怎样？"俫对吾演手势，俫呐吭演法？鲁肃说，吾么三个节头竖，一个节头横，清清爽爽一个三十格号码。"鲁肃叫先生是讲三十天。""啊呀，我只道大夫叫我讲，一准三日天。""啊嗌嗌嗌嗌嗌嗌嗌。"鲁肃响勿落，吾三个节头竖，一个节头横，吾是意思三十，俚叫啥弄错当两个字，一个一字，一个三字，一准三天。"先生哪，既然你应允吾家都督三天为期，那么你，就该勤工打造。为什么你，终日饮酒，不去造箭呢？""后来我诸葛亮了解，三天来不及完工，横竖终归一死么，乐得饮酒三天。"要死格嘞，拆死人烂污。后首来打听出来，三日天终归来勿及完工么，横竖横，索脚吃三日天酒吧。"先生哪，倘若你三天之中造得一万狼牙，鲁肃还能够与文武官员，为先生讨情。你不该，连日饮酒，不去造箭，如今，叫鲁肃也无——能为——哋力。"穷祸侪是俫自家闯出来格呀。"好了好了，事到如今，你何必再来埋怨我呢？"水已经放到仔下缺哉。今朝已经初六，阿末一日天哉，俫再来怪吾么，有啥怪头呢？俫让吾诸葛亮吃酒吧。吾诸葛亮现在只剩半日天人哉。明朝早上要杀头。格么既然吾格生命有限得很么，俫让吾吃。趁现了，还活在格辰光，一杯一杯一杯一杯连着吃。吃得让吾，酩酊大醉，醉得了像一滩泥什梗，瘫了。那么明朝捉得去杀头，一刀斩在头颈里向，稀里糊涂，痛也勿觉着。

俫让吾格顿酒，阿末一顿哉，吃一个畅吧。勥来讲格种闲话。"大夫不要多言了。""哈！"鲁肃看看也心酸，作孽。为仔怕杀头痛了，拼命吃酒。"先生呐，这是你自取其祸，不能怪怨旁人。"自作孽，不可活，勿能怪别人。哼，格句闲话诸葛亮勿服帖。"这！这这这这这，都是你大夫害了我啊。"啊！吾害俫啊？"此言怎讲？""那一天，你到我船上来，问吾可晓得周都督杀蔡瑁、张允之事？我把心腹之言和盘托出。临行，再三叮嘱，千万不要走漏风声，告诉周郎。你，不听我言，和盘托出，讲与周郎知晓。以致周郎用计，陷害山人。这，这这岂不是，都是你大夫害了我了！""哈——啊！阿嗤嗤嗤嗤嗤嗤嗤嗤。"那么鲁大夫，哑口无言。为啥呢？诸葛亮格闲话俏是事实呀。吾勿夹嘴舌，周瑜勿会拿俚杀。俚就吭不今朝什梗格结局。归根到底么，俏是吾嘴快。勿应该拿诸葛亮格闲话，去泄露拨了周瑜听的。那呐吭弄法呀？那吭啥说头哉嚜。问心有愧，倷在难过辰光么，诸葛亮接下来格种说话，听听真真心酸啦，眼泪俏要掉下来。

诸葛亮对仔个鲁肃，"大夫，明日早上，吾要被周都督斩首。一刀两断，身首分离。吾要恳求你大夫，看在朋友份上，备一口薄薄棺方，把吾诸葛亮，草草成殓。然后把棺方送到夏口，与皇叔相见。总算你大夫交朋友是有始有——终"。"哈——啊！"鲁肃一听，格个一急么急得不得了。诸葛亮哭出乎拉，对吾呐吭讲法呢？明朝吾死哉，吾搭倷是要好朋友。吾吭啥别样事体求倷，倷搭吾弄口棺材，用勿着好几化格哦，曼得薄皮棺材好了。拿吾诸葛亮成殓之后呢，格口棺材托倷鲁肃送到夏口，搭刘备碰头。因为吾从江夏郡到江东来，倷鲁肃拿吾领得来的，格么吾死脱之后格口棺材呢，托倷送到刘备搭去。鲁肃答应得落的，吾好拿倷口棺材送到刘备搭去格啊。刘备勷搭吾拼命。当初，倷请诸葛亮过江，吾刘备勿答应，说：诸葛亮过江去有危险，倷包拍胸脯。现在诸葛亮死，寻着倷。格么刘备呢，讲道理，说得明白。吾曼得拿张军令状摊拨刘皇叔看，拿经过情形讲拨刘备听。要怪诸葛亮自家勿好，答应仔造箭，吃三日天酒，拆烂污，那么杀头。格呐吭怪吾呢。刘备还讲得明白。倷阿晓得，诸葛亮一个宝贝学生仔，戆大张飞弄勿清爽。当初，吾拿诸葛亮请仔动身，离开江夏郡要到江东去格辰光，张飞追到江边码头上来送诸葛亮。张飞问吾，鲁大夫，倷阿晓得卧龙先生是吾啥人？吾说晓得的，是倷三将军格老师。对的，俚先生跟倷到江东去。"太平无事，还则罢了。倘然卧龙先生有什么三长两短，鲁大夫啊鲁大夫，你就休怪老张——呃。"俚对仔吾穷凶极恶，诸葛亮要出事体倷勷怪吾。吾现在拿口棺材送到夏口，张飞勷跳起来？啥物事啊，阿是俚先生活格去仔了，死格来啊。竖格去仔横格来，还当了得。来，拿棺材盖撬开来！拿棺材盖撬开来，拿鲁肃格人抓下来，那么，拿吾鲁肃格人抓下来。拿鲁肃格人揪到棺材里向。那么拿吾么揪下去，棺材盖盖起来，钉呃，咚呃咚，吾拨了张飞活钉脱着了完结。讲勿清爽格吭。

鲁肃急煞，对诸葛亮在唱喏。"啊——卧龙先生，休要言讲这般话儿，请问先生，可有什么法儿，商议、商议？"诸葛亮是介险乎笑出来。为啥呢？阿有法子商量商量。格句闲话啦，应该是吾诸葛亮讲的。叫啥现在倒过来，鲁肃讲哉。倷格个闲话勷讲仔呀，阿有法子商量商量？惹诸葛亮搭架子。"还要有什么法儿，有了法儿，你仍旧要去告诉周郎。还是没有的好哦。""先生，但请放心，从今往后，苍天在上，厚土在下，鲁肃决不泄露先生的说话了。"哦，鲁肃作孽，罚咒俏罚出来了。倷放心，那么从今以后吾勿夹嘴舌。倷诸葛亮闲话，吾随便呐吭勿去告诉周瑜。蛮好，诸葛亮看俚罚到咒哉么，格么既然什梗大夫，到现在呢，只有一个法子哉。啥格法子呢，倷帮帮忙，托倷搭吾去借廿条船。嗳。大小呢？搭吾格船差勿多。嗯。再点五百个兵。嗯。再要弄点稻柴、锣鼓、绳索、旗号。啥用场呢？吾今朝夜里动身。哪搭去呢？回转夏口碰头刘备。做啥呢？吾去搭东家讲，吾现在么拆格烂污，江东么要造十万条箭，辰光么到哉，箭么来勿及造。吾问刘备搬十万条箭，明朝早上见周都督交令么，拿格桩事体弥补过去。嗳！好办法。呃，鲁肃觉着格个办法好。咦，倷周瑜曼得十万条箭，吾终拨倷十万条箭。勿板定板要江东造的。只要格个箭射出去，能够射死人么侪了哉。刘备赊家当，拿十万条箭出来，呒不问题。其实刘备穷得嗒嗒渧了。诸葛亮讲，问刘备去拿十万条箭，呐吭拿得出呢？鲁肃又勿晓得。鲁大夫答应，那么诸葛亮开好一张单子拨俚，张怕俚忘记脱。倷搭吾去借一借，格么倷来格辰光呢，倷勠到该搭点，吾格船出去，吾格船离开营头一段路，在归面芦苇窝里向等倷。倷拿廿条船开过来了，到芦苇旁边头搭吾碰头好了。噢。鲁大夫答应。

那么倷大夫来格辰光呢。诸葛亮再关照哦，拿倷自家面旗号带得来。要吾格旗号？嗳。啥用场呢？倷勠去管俚，总归旗号，吾要派派用场。哦，有数目。鲁大夫走么，诸葛亮再三叮嘱：大夫，那倷千定千定，勿能再拿吾格闲话去告诉周瑜仔哦。倷还要夹嘴舌告诉周瑜哟，好啊叫吾格条命，保勿牢哉哦。放心，吾自家也想活两日了。夹仔嘴舌，吾命也要保勿牢。那是赛过搭倷诸葛亮同命运，在一只船上，倷、倷、倷放心好了，吾勿会讲的。

鲁大夫去。诸葛亮定心。那么诸葛亮只船停一停开出去呢，到芦柴旁边头。等鲁子敬来，吾拿俚乿开。

先关照鲁肃，赶过来到西山粮营上，碰头黄老将军。黄盖搭鲁大夫也要好格呀。黄老将军问鲁大夫，阿有啥事体？鲁大夫关照底下人回避。两家头谈。老将军，实不相瞒，来呢，托倷桩事体。诸葛亮弄僵脱了。什个长，什个短，今朝夜头要去问刘皇叔拿十万条箭。问倷借廿只船，大小尺寸么，哪恁样子，纸头上侪写好哉。还要么五百个兵，还要两百面锣、两百面鼓，廿根号头，稻柴几化堆，绳索几化根。铜铃、挂线、夹盘，格上通通侪有。黄老将军拿张纸头一看，开了张清单，要格点物事。可以。马上准备好。所说，黄盖对诸葛亮格印象交关好。因为曹操人马打到赤壁格辰光，江东分两派。文官要投降，以张昭为首。武将要打，以黄盖为首。黄盖竭力主张要打。但是呢，孙权还呒不听，决策还呒不定下来。那么诸葛亮到江东来碰头孙权。诸葛亮呢，也是主张孙权要发兵搭曹操打，所以黄盖搭诸葛亮，两家头意见相同，蛮谈得来格啦。现在诸葛亮有困难，要借船么，一句闲话。黄老将军说，吾船只侪准备好，停在江边。等一等，倷在江边拿好了。好。黄老将军派手下心腹安排，而且很秘密，也勿讲清爽派啥格用场。

鲁肃呢，回到自家帐篷里。拿自家面旗号卷一卷，望准袖子管里囥一囥好。然后过来见周瑜。那么，鲁大夫在担心哉哦。啥体么？碰头周都督格辰光，要说鬼话。再讲老实闲话，诸葛亮条命要保勿牢。倒是格个老实头人从来勿说过鬼话，而且也勿会说鬼话。今朝弄僵，非说鬼话不可。做功蛮好，外头进来格辰光，一埭路咕进来。"嚯嚯嚯嚯……岂有此理。嚯嚯嚯嚯，呋，令人可恨。"周瑜一听，鲁肃一埭路咕进来。大概受仔啥格气了。"参见都督。""罢了。"鲁大夫就拿到箭厂里向探听虚实格情况，讲拨了周瑜听。"后来呢！""后来鲁肃到江边相见孔明。"吾晓得，伲板要去搭诸葛亮碰头。"孔明怎样？""诸葛亮么？鲁肃问他：你造箭造得怎样？""嗯。""诸葛亮夸张大口，把吾辱骂了一番。""喔！""他说，你这蠢头，你把吾诸葛亮当成何等人？吾诸葛亮哪有不成功之理。明日早上保管有十万狼牙交令，缺少半支把首级拿下。啊呀呀呀，还讲了许多不逊之言，侮辱鲁肃，令人可恨。都督，明日早上你一定要把诸葛亮斩首。呃，文武讨情，不能听从。""明白了。子敬，请——呃退。""酌，嚯嚯嚯嚯……诸葛亮啊诸葛亮，我看你明日早上怎能活命哦？嚯嚯嚯嚯……"鲁大夫别转身来望准外头走格辰光，心里向转念头，格两步路走得要当心噢，勿能忒快。前三日天，因为跑得忒快，拨了周瑜喊转来。看起来，行动不得。今朝勿能快，要慢。忒慢也勿来赛。周瑜格人交关敏感，伲走得忒慢哉，俚又要起疑心。格么呐吭呢，格两步路要走得勿快勿慢，齐巧正好。哈呀，鲁大夫做功好。一埭路跑出去格辰光，嘴里向还在咕："哼，诸葛亮啊诸葛亮，你、你明日怎能活命？嚯嚯嚯嚯……我看你，军法从事。嚯嚯嚯嚯……"鲁肃一埭路咕出来，踏到中军帐外面。回头一看，背后头呒不人在看，"噗，嘿嘿嘿嘿……"鲁大夫心里向转念头，什梗一看，说鬼话呒啥烦难嘎，蛮省力咯嚯。伲看酿，周瑜已经上仔当了。呃嗨，叫啥鲁大夫觉着说鬼话蛮省力么，下转有机会倒还要说转把白相相了。一个老实头就此学坏。勿轧诸葛亮格淘，规规矩矩，搭孔明一接触么，好了，人活络起来，将来也会到周瑜门前说两声鬼话了什梗。

鲁大夫一埭路过来，到江边。西山江边船只已经停好了。下船，带廿只船、五百个兵，一埭路过来，搭诸葛亮约会好格地方，芦柴窝跟首么，船停。过船只，来见孔明。辰光呢，太阳落山，天在暗下来哉。马上拿格张纸头还拨了诸葛亮，再拿面旗号交拨了孔明。伲关照吾办格事体呢？通通办好。诸葛亮说，谢谢伲。鲁大夫说，谢么也勿谢。下趟阿有啥保人么，少请吾做做。格种保人做了，真的，魂灵心也出窍的。诸葛亮看看也作孽，鲁大夫格人瘦脱仔一壳了。难怪，急煞哉。鲁大夫要跑了，诸葛亮说：伲慢慢叫酿。伲要紧点啥？吾又勿开船。啊呀，伲等歇好哉，等吾开船快伲再上岸好哉。坐脱一歇。陪吾吃脱一杯酒。

一提起请鲁大夫吃酒么，鲁大夫答应。啥道理呢？作孽，今朝早上起来，鲁大夫点心勿吃的。碰头诸葛亮之后，跑来跑去借船只，弄军兵什梗么，中饭也忘记脱吃。奔仔一日天下来，勿吃物事。现在天随夜快哉么，肚皮倒是饿哉。诸葛亮说请俚吃一杯酒么，呒啥，吃一顿吧。

诸葛亮关照船上人备酒，船上人去准备。一张条子交拨了朱二官。叫朱二官去点点看，廿号船只、五百名军兵，稻柴、绳索、锣鼓、夹盘阿缺？缺呢？马上回转岸上去补。朱二官点下来呢，一眼勿缺，通通备齐。酒水还朆拿出来么，诸葛亮吭不事体，中舱里立起来，望准后舱跑过去。鲁子敬吭不事体么也跟俚过来，跑到后舱。

诸葛亮拿格船上人喊过来，"来"。"是。"阿有锯子啊。"有的。"拿把锯子来看。"噢。""军师啊，锯子来哉。啥格用场。"诸葛亮说，来。搭吾拿格只船梢格船梢，截俚下来。"咦咦？咦军师，格蛮好只船梢，啥体截脱俚？"吾关照倷截么，倷截好了哇。"咦，军师，格只截脱仔勿便当。"喊倷截，倷搭吾截。吾看见仔惹气。"咦？"船上人呆脱。吭不办法，诸葛亮关照要截么，只好截。齐勾齐勾——船梢截下来。"回禀军师啊，船梢截下来。"诸葛亮关照："来啊。""是。"搭吾拿两只钉，拿只船梢，老场化钉钉好。"啊？哦哟军师，格倷既然要钉上去么，何必截下来呢。格截仔下来么，为啥道理又要钉上去呢？"吾，现在想想倷刚巧格闲话勿错，截仔下来便当是勿便当的。搭、搭、搭吾老场化钉上去吧。船上人响勿落，只好拿两只钉过来么，拿船梢老场化钉好。

鲁肃人呆脱。鲁肃心里向转念头，看上去格苗头呢，诸葛亮格人格神经，勿正常了。啥道理呢？难怪呀，刺激深勿过。造十万条箭三日天完工，来勿及完工预备杀头，倷看俚刚巧格种吃酒格格局么，勿正常了。那么格只船梢，老场化么钉好，牢么吭不原来什梗牢壮。回过来回到中舱，中舱里向，灯，点好了，酒水，摆好。诸葛亮搭鲁肃两家头坐定，面对面。

鲁肃一看么，奇怪。两个人吃酒么曼得两只杯子，两双筷好哉嘛。叫啥旁边头，还有只杯子。而格只杯子旁边头格筷呢，勿是摆一双，摆一只。呐吭？落脱在地上？格地板上吭不哇。难道格个人，吃起小菜来，勿用两只筷唔搛的，用一支筷唔搛格啊？格有种小菜好搛，有种倷像海参炒肉丝什梗，滑滋滑拓的，倷呐吭搛法呢？弄勿懂。问问诸葛亮看。

"先生。""大夫。""请哪一位饮酒。""鲁大夫。""还有呢？""本军师。""再有呢？""鲁子敬。""还有呢？""诸葛亮。""再有呢？""鲁独头！""噗！"好了朆问哉，独头也问出来哉。诸葛亮提起酒壶来，鲁大夫杯子里洒好一杯。自家杯子里洒好一杯。在旁边格只空杯子里向呢，洒好半杯。

鲁肃一看么，哦，明白哉。格只杯子请啥人吃酒呢？看上去格苗头，今朝诸葛亮带道过节。冬至要到快哉，过节。过节啦，斋祖宗。酒杯里格酒，第一次洒呢，勿能够洒满的。因为要敬酒格啦，第一次洒满仔，第二次洒下去要潜出来的，所以洒半杯。噬——格么鲁大夫想，过节么，应该死人先吃好仔了，那么活人再吃的。嘿嘿，叫啥俚死活有份，一道打上。活人搭死人一道吃的。弄勿懂。

倷么弄勿懂，吾晓得的。半杯子酒，搭一只筷，派啥格用场呢？大极了！停一停诸葛亮过江，草船借箭。曹操营头上格箭，射到该面船上来，有几化箭了，诸葛亮吭不办法晓得。格俚呐吭算法呢？俚就要拿半杯子酒搭一只筷。从一只筷了半杯子酒上，算出船上，箭十万朝外，或者十万还勿到。人家么，用电子计算器。诸葛亮呢，用酒杯计算器。土办法。呐吭算法，横竖吾说下去，要交代的。现在辰光用勿着去讲清爽。

鲁子敬在搭诸葛亮一道吃酒辰光呢，底下人添酒上菜。两家头要好勿过，酒逢知己，闲话讲勿完。"大夫啊。""嗳。"吾到刘皇叔搭去拿仔十万条箭来，明朝见周都督交令。周都督再要拿吾杀？总归讲勿过去哉。格个当然。不过军师，俫去仔早点回转哦。顶好么天勿亮就回来忒晏仔啦，要讨惹厌的。对对对，吾应该早点回转。格么俫阿要开船呢？早了。俫啥辰光开船呢？吾等到营头上旗号，看勿见，标灯火看勿出哉么，吾再开船。

格句闲话鲁大夫听勿懂。旗，一日插到夜，一夜插到天亮。灯，夜头点起来，要到天亮再熄灯。诸葛亮说要等到旗号、灯光，看勿见了，那么开船。呐吭会得看勿见？其实诸葛亮格意思，啥意思呢？要等起迷露，迷露起哉，吾开船。因为迷露一起么，旗号看勿出哉，灯光看勿见。格么诸葛亮勿讲清爽呢，格当然，鲁大夫是吭不办法了解。

格么诸葛亮搭俚闲话呢，讲得来得格多。闲文野章，天文地理。诸葛亮还搭俚讲，大夫唔，周都督要害煞吾，叫吾造十万条箭。俫阿晓得格条箭啥人发明格？呢，格，勿晓得。阿要吾讲拨俫听唔。好格呀。格条箭啦，古代辰光，一个孝子发明的。孝子啊？嗳。孝子叫啥名字呢？吭不名字。古代辰光格人，吭不名字的。无名无姓。嗯。因为古代辰光格人，死脱之后，吭不棺材困，就什梗丑在荒野里向。或者拨野兽吃脱，或者拨了鸟吃脱。嗯。那么古代辰光有个孝子，俚勿愿意娘格死尸，拨了野兽吃脱。俚拿格烂泥，搓成功滴溜滚圆格丸子，摆在太阳里晒，晒干仔了，变成功一粒弹子。守在娘格尸首旁边头，有野兽来，俚就拿粒弹子丑过去，拿野兽丑开。格条箭格第一步呢，是发明一粒弹子。嗯。后来呢又隔了勿知几化年数么，有人拿弹子丑出去，丑在棵树上，在树丫子上一弹，嘭！弹转来哉么，触景生情，就发明一张弓。弹子摆在弓上打出去么，力道还要来得大。嗯。因为有仔一张弓呢，后来又有人发明一条箭。嗯。顶顶早格箭，箭杆，树丫子做的。笔立直格树丫子。箭头呢石头，或者么三角石头，或者么锋利格石片，嵌在格个树杆杆上。树皮搓仔绳拿俚扎牢。弓呢？弓么，是一根粗格树丫子。弯转来，拿树皮搓成绳么，变成功弓弦。最最早辰光格箭，就是格种样子。到后首来呢？行仔铜哉，那么箭头么用铜做。弓么也考究哉。弓弦呢，用羊肠做哉。再连下来呢，箭杆上么漆哉漆了，得翎毛了，吃风了。越射越好了。所以了，箭是生于弓，弓呢生于弹。弹呢，生于古之孝子。顶顶早发明箭格人，第一步呢，是个孝子。实际上，弓箭本身讲起来呢，是劳动人民集体创造。勿是一个人发明的。慢慢叫、慢慢叫进化到现在了，变成功什梗种样子。

啊呀，鲁大夫听诸葛亮讲讲格种闲文野章，倒勿觉时间。不过鲁大夫觉着，辰光总归蛮晚哉。呆板数，酒吃脱仔勿少。呐吭倷诸葛亮还勿开船。阿要开船吧？早了。吾要上岸哉。哦哟，倷陪陪吾，酒再吃脱一杯。再劝俚吃酒格辰光么，鲁大夫觉着勿对。啥格上勿对么，勿知呐吭觉着，台子上一只汤碗啦，格汤，晄叮晄当，晄叮晄当，在晄。酒杯里格酒呢，也有点晄。鲁肃对诸葛亮一看呢，只看见诸葛亮格身体，望准两边在摇。摇了摇，摇了摇。咦，啥体？后来鲁肃觉着自家格身体也在摇。咦咦咦，咦？呐吭会得摇格喏。咦咦？

其实么船开仔一歇，浪头在大。近江心快哉，浪头大哉么，格个船阿要晃格啦。船晃哉么，格个汤要晄哉，人，会得摇了摇。鲁大夫又勿觉着。“先生，时光不早，鲁肃要告辞了。”“再请用酒。”“呃喝喝。不胜酒力。”“一定要走了？”“着啊。”“走好。”“酌。”“当心。”“是。”“看仔细。”“咦咦？”格啥体啊，吾又覅吃醉。又勿会跌在长江里。啥体要什梗论亘叨古关照吾。鲁大夫立起来，转出席面走到中舱，到头舱，头舱舱门，嘎，尔——开。袍一拎，格只脚跨到船头上辰光么，觉着外头格冷气。呼——舱里向，门关紧，风吹勿着，外加在吃酒，蛮暖热。船头上，天阴呀。十一月初六夜头哉么，格当然比较冷。跑出来到外头觉着阴嗖嗖一来么，肌肉痱子一身哉。

鲁大夫对准门前头一看，“哈——啊！”呆脱哉哟。为啥道理呆脱么，只看见江面上雪雪白，白茫茫，一江浓雾。格个迷露是兴是兴得来，十步路外头看勿见物事。十步路以内呢，已经模模糊糊。鲁大夫对船头上一看么，只听见船头底下水格声音，嚯咯咯，嚯咯咯——船在开。鲁大夫，哈啦！身体拨转来，回到中舱。“啊——先生，船只是开了？”“开了半天了啊。”倷刚巧晓得啦。半日开脱格哉。“唉——嗳，先生。鲁肃又不与你同往夏口，为什么要把鲁肃带去呢？来来来，请先生把舟船开回江边，待鲁肃回营。”“船到江心怎么能够回去？”“哎，鲁肃有公事在身。不能去。快快靠岸。”诸葛亮对俚笑笑。“哼哼哼哼哼哼哼哼，大夫，来不来由你。去不去，要由我了。”“喔哟！嚯嚯嚯嚯嚯嚯嚯嚯。”鲁肃气啊，诸葛亮格人么就格上糗，讲出来闲话呒不信用。吾又勿陪倷一道到夏口去，倷拖吾同去做啥？吾，陆军参谋，周都督有转把夜头要喊吾格呀。俚来喊吾，吾勿在帐篷里向，擅离职守，犯罪的。格弄弄就鸭屎臭，呒说法哇。上手大哉，船已经到江心哉，倷拿俚呐吭？船上总归听俚格咯。鲁大夫气昏。面笃嘴翘，旁边头坐定。睬也勿去睬诸葛亮。

诸葛亮跑过来到头舱舱门跟首，对准江面上一看，迷露什梗浓，诸葛亮高兴极哉。迷露越浓，得箭格办法，希望、把握就更加来得大。舱门关好，回过来，坐定。“大夫再请用酒。”“不要吃了！”认得倷，勿吃了。哼哼，倷勿吃么，诸葛亮也勿吃。诸葛亮就拿碗盏家生推推进。旁边头去拿几样物事过来。

拿啥格物事过来呢？一只香炉，香炉里向点好一颗香，一支长香。已经点仔一歇哉。啥用场呢，诸葛亮计算路程的。香点掉几化，晓得船开到江心哉，或者已经过了江心。有数目。另外呢，再拿过来一把茶壶，一只盘。格把茶壶呢？勿是陶器，是铜的。茶壶格嘴呢，勿是朝上的，往下的。格个张嘴呢，像一条龙什梗格种样子。龙嘴里格水一滴一滴，滴下来，滴了只盘里，盘里刻划好度数。格只物事叫啥呢？叫滴漏铜壶。古代辰光呒不钟，呒不表，就拿格个物事来计算时间。水滴了盘里，盘里刻化好度数，一看水格深浅，就可以晓得，该格辰光是子时啊，或者是丑时啊。十二个时辰俏刻好，一看就有数目了。还拿过来一只指南针。啥用场么，迷露天，东南西北格方向弄勿清爽。格么呐吭呢？要靠格只指南针来定方向。指南针，中国人是值得骄傲。全世界是中国人第一个发明。古代辰光就有指南车，汉朝辰光的指南针已经相当好。指南针，摆好。

诸葛亮再到旁边头，起只手，望准板壁上拍两记，叭叭叭！三记一拍，外头有人立好了。舱板上钻好眼眼，外头塞进来一根绳子。诸葛亮拿绳子一拉，拉过来到该面舱板上，也有一个洞眼，望准外头塞出去呢，外头有个人在拉。尔——绳子拉过去。一共穿七根绳。每一根绳子上，结一块牌牌，挂、结两个铜铃。第一根绳子上向前，第二根退后，第三根是向左，第四向右，第五是停泊，第六呐喊，第七听令。七条号令。诸葛亮为啥道理什梗布置呢？因为诸葛亮格船，一共是廿一条。诸葛亮格只船在当中，劈许当中。十只船在左手里，十只船在右手里。俚格个廿一只船呢，稍微有一滴滴距离。勒木上摆好一根木头或者竹头，用绳子扎紧，有点空挡呢，可以扳桨。那么俚格个廿一只船连在一道，扎紧之后，诸葛亮要指挥俚笃向前向后向左向右，用啥格办法来指挥？用嘴巴关照，太慢了。嘴巴关照，只好关照贴隔壁两只，另外还有十八只，俙一个一个一个关照过去，动作就勿整齐。那么俚廿一只船呢？仓板上俏钻好眼眼，通好绳子，结好铜铃，挂好牌。诸葛亮要向前拉第一根绳索，第一根绳索上一拉么，格么诸葛亮力道小，另外有格人专门帮俚拉绳子。拼命一拉么，廿一只船上第一根绳索上格响铃，就响哉，呵冷冷冷——那么格个廿一船上只要一看，哦，第一根绳索上格铜铃响，是向前，船只向前。或者要退后啊，向左啊，向右啊，俙拉绳子好了。古代辰光，呒不电气化，也呒不自动化。诸葛亮用啥格办法么，就用格种半自动化，半机械化。土办法。指挥格个廿只船。

那么外头呐吭安排法子呢？俚一共五百个兵，平均每只船上登廿五个人。格个廿五个人做啥事体呢？十个人敲锣的，两百面锣。十个人敲鼓的，两百面鼓。一个人吹号头的，廿根号头。还有四个人呢，大家张大仔眼睛了看好绳索。绳索上，哪里根绳索上格铜铃响么，就哪里条号令，四个人是看号令。格么一个人看，一个人看么，只怕看野眼了，要误事。四个人看着呢，就勿要紧。格是内部安排。

格么外头呐吭呢？外头格个廿一只船啦，桅杆通通俏倒脱。因为迷露天呒不风，勿能扯篷么，桅杆竖起来反而讨惹厌，桅杆俏倒脱，船棚上头呢，铺好一皮稻柴，蛮厚的。啥用场呢？格箭射过来，射在船棚上，勿会拿芦席篷射穿了，漏到舱里向，射死下头格小兵。稻柴铺着呢，保护船只。船头上、船艄上，俦用厚厚格稻柴铺上去，用绳子扎紧。

说书搭唱戏稍微两样点。唱戏呢，要扎草人，草人身上着号衣。格么说书呢，勿扎草人，也勿着号衣。为啥呢？因为扎草人，着号衣，要人家看见么，哦！晓得俦格个就像一个兵。迷露天，根本望过来，劝说俦一百步路哉，俦十步路以外，就看勿大清爽。俦格扎草人搭勿扎草人一样格价钿，看勿出的。所以了，勿必定扎草人。俚格个稻柴覆盖在船上，起啥格作用呢？一，保护船。让格箭射过来勿直接射到船格舱板上，否则格舱板，木头要一个一个洞洞眼，要射坏脱的。还有一个呢？箭如果射在木头上，吃勿大牢。一动容易落脱，落到长江里，那么格条箭，赛过糟蹋脱的。那么俦拿稻柴覆盖了，稻柴蛮厚格一层覆盖了，俚箭射过来，嚓！吃牢在稻柴上，容易吃牢。而且风浪再大，俚格个箭，吃牢了格稻柴，咬牢了了，俚勿会落脱的。啥了诸葛亮格个办法，后首来拨了卖糖山楂了，还有做泥人人了，格种人看见仔之后呢，受到了启发。卖糖山楂格人，就拿个稻柴，扎仔格草把，搠一根竹头，那么俚格糖山楂就插在格草把上。俦在马路上跑格辰光，跳了蹦啦，俦格糖山楂勿会掉下来。该格啥？该格就是听书。听着草船借箭，从诸葛亮搭去学得来的。格发明，首先发明格专利啦，应该是属于诸葛亮的。

诸葛亮拿稻柴覆盖了呢，俚格箭，射在稻柴上，就勿会落脱了，也勿会伤害船只。而且也勿会伤害箭头。好处真多啦。

格么鲁大夫又勿晓得俦什梗安排。船，已经到江心哉。朝江北在去。诸葛亮起只手，望准第三根绳索上拉一拉，喝冷冷冷——向左，廿一只船，哈哈哈哈——往西面开。开了一段路，再拿第四根绳索一拉，向右，喝冷冷冷——哈哈哈——再朝北面开。格么诸葛亮本来往北面开，为啥道理要往西面开一开呢？诸葛亮格来就懂长江里格水性。长江里格水位，西面高东面低。俦只要看现在好哉喏，上海到汉口格轮船，搭汉口到上海格轮船，同样格点路程，同样一只船，同样格点马力。格汉口到上海，要早一夜天到。上海到汉口啦，同样比起来，要推位一夜天时间。啥意思呢？就是顺水搭逆水格关系。如果诸葛亮一直望准江北，赤壁格方向开。格么开到赤壁呢，船拨了水已经冲下来一段路哉，勿在赤壁营前哉。那么俚板要开过点头，先朝西面开，开过点头再往北面开，等到俦到江北么，时巧淌下来，戳到赤壁营头门前，诸葛亮俦算好仔来的。

格么鲁肃看仔勿懂。啊，实在熬勿住，诸葛亮俦啥格路道？"先生。""大夫。""可是到夏口去？""非也。""啊？不到夏口，为什么？""刘皇叔，孤而又穷，哪里有什么十万狼牙。亮只得在长江之中，朝天神天将、六丁六甲，取十——万狼牙。""呀，呀，呸。"鲁肃想热昏么好哉。说得野豁豁了。勿是到夏口去问刘备拿。因为刘备穷，拿勿出。俚在长江里朝天神天将、六丁六甲，造十万条箭。呐吭会得有天神天将，赛过在热昏哇。鲁大夫勿相信。

诸葛亮一看，船过了江心一段路了。那么俚再起只手，望准第六根绳索上搭上去，哈冷冷——一拉，勿得了，呐喊。格条命令，呐喊。呐喊么呐吭呢？两百面锣一道敲，两百面鼓一道敲，廿根号头一道吹，非但锣、鼓、号头，外加还要喊。敲锣格朋友也要喊，敲鼓格也要喊，看绳索铜铃格也要喊。当舵格也要喊，摇船格也要喊。千把个人喊，个个人才喊么，就剩格吹号头格朋友勿喊。为啥么，因为俚又要吹喇叭又要喊，呒不两张嘴，嘴巴勿空。那么倷想吧，两百面锣，两百面鼓，廿根号头，千把格人喊，格个声音响极了。锣、鼓、号头，呐喊，混在一道格个声音，听起来像啥格声音呢？缨杠——缨杠——缨杠——声音大得啦，耳朵俪要震聋。

鲁肃吓得跳起来呀。"啊，先生。这是什么声响啊？""天神、天将。""喔哟，嚁嚁嚁嚁嚁嚁嚁。"响勿落。啥格个就是天神天降，呆脱了。唔笃么呆脱。船往赤壁格方向在过来。声音什梗大，曹操营头上俪听见。而且今朝曹操水营上，勿操兵。因为起迷露，看勿出。营门紧闭，全营休息。江面上呢，有巡逻船。但是格巡逻船勿活动。看勿出么，活动点啥？抛好锚、停好船，调班格辰光么转去。声音来，缨杠——巡哨官、巡逻军兵吓伤，当！跳觉。

"巡哨官，什么东西？"古代辰光人，迷信思想结棍。长江里奇怪格声音，啥格名堂？勿是江东军兵杀得来呢，板是妖怪。板是长江里格神道，啥物事？面孔俪转色了。巡哨官也急伤，"回去"。开船回转么，船上人要紧，乓！桨拿起来，嚓——嚓——嚓——摇着么，格只船动俪勿动。"巡哨官，不好了，船摇不动。""拼命摇！"嚓——嚓——"还是摇不动！"越是要紧，越是要想快点回转去么，偏偏船摇勿动。碰着仔推船头鬼了。仔细一看么，两只铁锚勩拿起来。吓昏哉。铁锚勩拿起来，格只船呐吭摇得动？那么马上拿铁锚收起来，嚓——噗！嚓——噗！嗤嗤嗤嗤——船只过来。

到营门跟首，口令对过勿错，进营。到毛玠、于禁都督船只旁边停好，过船只来报告："报！禀二位都督！"毛玠、于禁拨了格声音吵觉，困梦头里跳起来。啥格名堂？巡逻船来，巡哨官报告。"何——呃事？""小人奉命在江上巡逻，忽然听得上流有奇怪的声音，仿佛山坍海啸一般，不晓得什么东西。请都督定夺。""这——个？"毛玠、于禁呆脱了。上流头来格奇怪声音，啥物事？"登陆，见丞相禀报！""是。"巡哨官马上到小船上，嗤嗤嗤嗤——小船到江边停。上岸。哈——到中军帐去报曹操了。

毛玠、于禁呐吭呢？两家头要紧拿船只开到营门跟首。蔡瑁、张允死脱仔三日天了，两家头是暴做都督，长江里格情形勿熟悉，紧张得不得了。迷露天望出去看么看勿出的，声音么响得吓坏人。格呐吭弄法？阿会江东军队来？江东军队也看勿见格咯？勠去管俚，放箭，保保险。"来！""是！""传令弓箭手，五百名伺候！""哎！"五百名弓箭手立到营门上，啪啪啪啪——射出去。"哒，什么东西不要过来。着——箭呐。"

唔笃格箭射出去，侪射在长江里。啥体么？诸葛亮格船还勚到了哟。路距离还远了。等到诸葛亮船只近，齐巧离开一箭路，拉第五根绳索，停泊。停下来让俚笃射。

格么诸葛亮仙人啊？俚呐吭晓得格只船么齐巧离开曹操水营一箭路，正好，让唔笃射？诸葛亮呐吭测量出来格呢？古代格辰光么，又呒不雷达。格呒不雷达了，勿说连红外线了、啥格超声波了，通通侪勿有的。倷、倷呐吭查出来法的？

诸葛亮靠耳朵听出来的。因为倷格船只朝北面开过来，格个箭射到倷船上，如果说太近，俚格箭射到船上格声音，叭！叭！射透稻柴，要碰着船舱板，那么太近，退下来点。如果箭射到船上格声音，嗤，嗤，轻勿过，太远，再靠拢点。呐吭格声音正好呢？嗤嗤，嗤嗤嗤，嗤嗤嗤嗤——正好，停停停停停，那么停船。倷船停好么，鲁肃，也听见，嗤嗤嗤嗤嗤，嗤嗤嗤。"先生，下雨了。"

诸葛亮笑出来，鲁大夫当仔落雨哉。箭像落雨什梗在下来。格么诸葛亮勿去搭俚讲穿哦，现在讲穿要急煞俚的。慢慢叫再讲吧。哼，笑笑。不过诸葛亮很勿满意，啥上勿满意呢？箭脱少。声音嘘稀。嗤，嗤嗤，嗤——照什梗格射法啦，吾船上要凑十万支箭是，烦难。吃力。因为现在辰光，已经要接近五更，天要亮快了。倷船停好在该搭点，诸葛亮在等俚笃格箭射过来。

吾再交代赤壁山曹操得信哉呀。那么曹操要下水营来，相见诸葛亮。草船借箭。

第八十回

草船借箭（二）

诸葛亮，趁一江浓雾，过江草船借箭。现在船离开曹操水营一箭路，停下来。让曹营上格箭射出来，俚在船上接受羽箭。不过俫在该搭点受箭，曹操陆营上得信。因为今朝夜头迷露浓，水营勿操兵。水营休息么，曹操在陆营上，也困得比较早一点。为啥道理勿防备么？格迷露天，吾俚，看勿见敌人。敌人，也看勿见俚格呀。所以迷露天呢，用勿着防备得，勿好打仗。哪里晓得，长江里格声音来哉，格声音么也实在响勿过。

曹操营头呢，在赤壁山前。山上有回声下来。曹操困梦头里跳觉。啥格名堂呢？"吡。呃，来啊，来——啊。"连喊两声，吭不人进来。曹操要紧竖起来。身上衣裳着一着好么，再喊一声："来——啊。"外头门口头底下人，再进来。先门口头望一望，看丞相坐好了，答应一声："是，小人在。"

格么曹操头上喊格两声，门口头格底下人，难道齁听见啊？听见的。啥体勿进来呢？勿敢。叫啥曹操困觉格场化，随便啥人勿许进去。因为曹操，关照过自家手下头人，说：吾有格毛病。啥格毛病呢？吾困着仔觉，叫啥困梦头里要杀人的。以后呢，唔笃记好，凡是吾困着了格辰光呢，唔笃勿勤到吾房间里向来。否则，拨了吾杀脱之后，吾自己也齁晓得，为啥道理杀俚。

格底下人想，格种毛病倒也奇奇怪怪。有一转仔搭，曹操日里向打中觉，困哉。叫啥一条被头，踢到仔床底下。房门口格底下人一看么，张怕相爷勤着冷了，感冒。好心哦，跑进来拿条被头拾起来，搭相爷盖上去。勿晓得曹操床上跳起来，俚里床一口宝剑。拔出宝剑么，就拿格底下人，嚓！一剑杀脱。身首分离，死尸摔上地上，血流满地。曹操口宝剑，望准里床一放，被头一盖，呼——呼——又困着。外头格底下人吓煞哉，勿敢进来。

隔仔一歇，曹操中觉醒转来喊："来啊，来啊。"底下人进来："噢，相爷。"啥人在吾房间里杀人啊？啊！床门前格人，是拨啥人杀脱的？"嗯！回禀相爷，是俫杀的。"哈？吾杀格啊？吾啥辰光拿俚杀呢？"俫，刚巧，困中觉格辰光，一条被头踢到仔床上下头，那么俚跑进来么，想帮俫拿格被头盖盖好，俫拔出宝剑，就拿俚一宝剑。"连下来呢？"连下来么，俫仍旧拿宝剑往里床一放，被头一盖，又困着了，打昏度。直到现在刚巧醒转来。"喔，啊呀呀呀。可惜可惜。格个人死得太冤枉哉。吾老早搭唔笃讲的，吾困着之后，困梦头里要杀人，唔笃勿勤到吾房间里向来。俚么一片好意，来搭吾盖被头。结果呢，送脱条性命，作孽作孽作孽。

曹操马上关照，喊俚笃家属来，抚恤俚笃家属。死尸呢，备棺成殓。而且马上拿俚笃格儿子么提拔起来。铜钿，赚格薪水，要比俚活着格辰光，赚得还要多。优厚格抚恤。啥体么，因为俚是好意，来顾怜吾，拨了吾毛病，拿俚，啪！一剑杀脱哉。格个勿能够怪俚。那么从此以后么，曹操困着格辰光，底下人勿敢跑到里向来。

曹操喊两声，外头还勿敢进来。喊第三声，那么再跑进来。格么其实曹操，阿是真格有格个毛病呢，困梦头里要杀人呢？滑头戏。因为曹操自己晓得，吾格人啦，冤家多勿过。恐怕冤家，买通仔吾手下心腹，趁吾困着格辰光么，来行刺吾，拿吾结果性命。格个物事防不胜防。那么曹操拨俚想出一个办法来，就是拿底下人侪通通喊得来关照：吾困着，唔笃甮进来，困梦头里，吾要杀人的。结果么一个底下人杀脱么，大家相信。什梗一看相爷困梦头里真格要杀人的。其实呢？相爷么勿在困梦头里，死脱格朋友么，梦里懵懂，自家也勿晓得，为啥道理了死脱。曹操用格个一个办法，来保护自家，防备刺客。所以现在要喊第三声么，底下人进来。曹操问啦：外面格声音什梗响，唔笃唵听见？听见的。啥格物事呢？勿晓得呀。格声音从啥场化来呢？好像是后头来的。为啥呢？因为赤壁山上格回声下来么，好像有声音，从后面来。

曹操就马上派人到后头去打听，后面，有点啥格情形了？曹操一方面呢升帐，天还齁亮了哦，大帐上聚将鼓击动么，文武官员聚集。曹操外面坐定，文武官员见过。曹操问大家，唔笃阿晓得，格个奇奇怪怪格声音啥格物事？文武官员大家摇头，吃勿准。因为格声音从啥场化来也弄勿清爽么，徐呐吭晓得格个声音是啥格物事呢？弄勿懂。唔笃弄勿懂格辰光，派人到后头去打探消息格底下人，过来禀报。说："回禀相爷，陆营后营上，一眼呒不事体。"哦？

正是曹操弄勿清爽么，长江里格报事来哉。"报！禀丞相。""何——呃事？""小人奉令，在长江巡逻，忽然听得上流，有奇怪的声音。仿佛山坍海啸一般，不晓得什么东西。禀报了二位都督，都督叫小人到这里来禀报丞相，请丞相定夺。""退——哋下。""是。"

巡哨官退下去。曹操转念头，那弄明白哉。格个声音从啥场化来格呢？长江里，上流头，西面来的。迷露天，看勿出。只听见声音赛过。问问看，"列公！""丞相啊……""长江之中，上流奇怪的声音，公等可知晓，是什么东——西——啊。""哗……"文武官员大家摇头，吃勿准，勿知啥格物事？唔笃侪在摇头么，内当中一个朋友明白。啥人呢？徐庶，徐元直。

俚是诸葛亮格老朋友。诸葛亮格出山，就是俚，拿诸葛亮荐拨了刘备，走马荐诸葛。俚晓得的，今朝夜头迷露天，长江里来格奇怪格声音，啥格物事呢？呒不别人，板定是诸葛亮。因为诸葛亮好天文，俚晓得今朝夜里有迷露。那么呢，弄仔点船，带仔点兵，嚓嚓桄嚓嚓桄嚓嚓桄，声音大得了吓煞人。吓得唔笃半夜把被头洞里爬起来，冻得唔笃伤风咳嗽发寒热。人心惶惶么，动摇唔笃格军心。板是什梗。曹操在问，大家呒不办法回答。吾来吧。横竖呒啥事体做，拨一个当拨曹操上上。

徐庶专门拨曹操扛木梢。所以从旁闪出，"丞相在上，徐庶有礼"。曹操一看，道襟道袍，道家装束。俚，头上勿戴纱帽了，身上勿着大袍，习惯于格种道家打扮。"元直先生，少——呃礼，什——么东西？""回禀丞相，长江之中奇怪的声音，据吾徐庶看来，只怕是卧鱼，水族大会。""呃！"曹操一听勿懂。

徐庶说，长江里格奇怪声音只怕是一条鱼。格条鱼叫啥呢？叫卧鱼。卧鱼，在长江里向水族大会。水族格物事呢，俦到仔碰头哉，噤桃噤桃，声音在叫。"卧鱼？"格条鱼从来呒不听见过。其实呢，徐庶在寻开心。来格是卧龙先生，俚拿格"龙"字拿脱，换一个"鱼"字上去。卧龙改为卧鱼。曹操呐吭晓得呢。但是曹操一定要问清爽。否则俚勿上当的。"何为卧——呃鱼？""丞相难道不知：东海，有鲸鱼；北海，有鲲鱼；中央，有鳌鱼；长江，有卧鱼。此乃天下四大名鱼。""呃，呃。"

徐庶说鬼话格本事大得了呒不盖招。趁嘴甩，嚼白蛆，会得弄出格四大名鱼出来。曹操阿上当呢，相信。为啥呢？因为俚讲格其他格几条鱼啦，听见过。东海有条大鱼，叫啥？叫鲸鱼。大得热热昏昏。头顶心上会得喷水的。东海有鲸鱼。北海呢？也有条大鱼。叫啥？叫鲲。鲲鱼。据说格鲲鱼呢，是天上格大鹏金翅鸟变的。所以叫鲲鹏，鲲鹏。鲲搭格鹏有连带关系。北海有鲲鱼。中央，有条鱼叫鳌鱼。格条鳌鱼呢，带点神话色彩。庙宇里向观音娘娘，脚底下踏一条鱼，叫鳌鱼。那么，中状元么，就叫独占鳌头。就是格条鱼。名字么有的，鳌鱼，看么，大家俦蹽看见过。格么庙宇里向有。长江呢，有条鱼叫卧鱼。其实呢，真真假假，鲸鱼、鲲鱼有的，鳌鱼传说，卧鱼呒不的。那么，徐庶俚真了假混了一道么，说得像煞有介事，四大名鱼。

格么曹操格人呢？有格毛病。啥格毛病呢？要面子，怕坍台。拨俚一说四大名鱼，曹操心里向转念头，拨俚什梗一讲，大概俚看着过。哪里本书上有的。豪燥让吾点头，表示吾也看着歇过，不过忘记脱，拨俚什梗一提醒哝，想出来哉。所以曹操勒仔两根组苏，格头踣法踣法，好像拨侬提醒仔么，想了哉。两家头碰得着，一个瞎说剔出，一个还要瞎胡调。曹操格吃苦头么，就吃了格上。

"元直，卧鱼水族大会，元直从何书上见得？"卧鱼，相信哉。卧鱼水族大会，根据是啥格？"丞相，卧鱼水族大会，书本上没有。然而丞相可知晓，风欲起而石燕飞，天将雨而商羊舞。""嗯嗯嗯嗯。"对，有道理。水族大会，卧鱼。长江里起迷露，要水族大会。书上呒不的。直接格证明，呒不的。但是呢，间接证明可以有。有两句闲话，叫：风欲起而石燕飞。要刮风了，有种鸟叫石燕要飞。天要落雨了，有一只鸟叫商羊，要出来舞。商羊格只鸟呢，浑身是五彩格毛衣，只有一只脚，独脚。天好辰光看见俚，板落雨。如果落雨落长远，再看见格只商羊出来呢，天晴要好哉。石燕、商羊格古典，曹操佾晓得。赛过根据落雨搭商羊格连带关系么，格么卧鱼搭格迷露也有连带关系。赛过推理什梗，推出去的。从商羊落雨，搭仔卧鱼迷露，推敲上去么，大概有什梗一桩物事。

曹操心里向转念头，该格是难得格机会呀。一个人，活一生一世，勿一定板能够看得着，啥格卧鱼水族大会。所谓叫水族大会是，是长江里水里向格物事，通通千奇百怪格种水族格物事，俏要到齐，碰头。吾活仔五十四岁，从来呒不看见过。让吾下水营去开开眼界，饱饱眼福吧。曹操交代徐庶退下去。

曹操要想立起身来走？呃，想慢。徐庶格个脚色，饭么吃吾的，心向刘备，专门拨吾上当。曹操晓得俚糗货。因为曹操吃得俚格苦头勿能谈了，碰碰上俚格当。格么曹操为啥道理勿拿俚杀呢？喏，曹操格人就格点好，扳勿牢错头，俚勿犯法，勿能拿俚杀。杀仔？要拨天下人讲的，倒算吾呒不容人之量。俚呒犯啥错了，偌马上就要杀俚格头么，吾心怀狭窄啦，不能容人。曹操要点面子，俚勿肯什梗做。嗳，俚要扳牢错头，那么再拿徐庶颗郎头拿下来。说起来犯法了杀的，依法处理，别人家呒不闲话讲。但是曹操对俚呢，防备的，勿上当。

曹操一条命令下来，派张辽、许褚，唔笃搭吾留了陆营上，保守陆营。为啥呢？吾下水营去，假使说，江东人用调虎离山之计，骗吾到长江里，俚笃陆路上打进来，格么喏，吾陆营上，也留了一部分大将，保守营寨，勿至于措手不及，出毛病。曹操派出大将，守好陆营。那么关照外面备马，带领文武官员，下水营去，看看格卧鱼水族大会。

偌在马，嚯咯咯咯——望准江边去格辰光，勿晓得惊动一个脚色。惊动格啥人呢？陆军总巡哨，此人双姓司马，单名格懿，号么叫仲达。好本事。上通天文，下知地理，熟读兵法，善于用兵。但是呢？英雄不遇时。呒不地位，呒不权柄，做得一个陆军总巡哨。

格么曹操阿是勿晓得司马懿有本事了，埋没格呢，勿是。曹操晓得俚有本事，曹操特为勿重用俚。为啥呢？因为曹操看见俚格个人格相貌，就晓得格个人勿能掌权。司马懿异相。司马懿格相道，书上有的。俚格名堂叫啥？叫鹰顾狼视。看起人来了，像一只猫头鹰，或者像一只狼。比方说，有人在背后头喊俚，司马懿啊，俚格头别转去看了。俚格头是望左手里向别，喊格人在右手里，偌头望左手里别么，当然看勿见喽。换仔像一般格人么，重新再回过来别到右面里向来看。俚勿的，俚格头别到仔左手里，呒没看见，俚再往左手里向，笃啰啰啰啰，别过去，会得转到右手里向。俚格头颈长得了转得转。俚格看人，俚格头颈啦，像一只猫头鹰格头颈，活络得热昏了的。嗨，比方说，有人在正面，司马懿在看格个面对面格人，明明格个人立在正面么，偌眼睛正面看好了。俚勿，俚格头要侧转去，眼睛猫立过来，从眼梢上看过去。格种恁格看法叫啥呢，就像一只狼，叫鹰顾狼视。表明俚格眼睛搭俚看人格习惯、眼神，像狼像鹰。格两样物事呢，侪是阴险。另外呢，司马懿还有格特点。啥格特点呢？俚格头颈特别长，长得呐吭么？叫啥自家格眼睛看得见自家格背心。勿相信，唔笃头别转去看啥，顶多看到肩胛格搭。背心么，随便呐吭看勿着的。叫啥司马懿看得见。相书上有名堂，叫啥？叫自顾肩背。

曹操晓得，格个人是阴险，格个人有城府。格个人勿能掌权。假使俚要掌到权呢，将来，吾曹操格子孙，要吃俚苦头。所以司马懿，在曹操活着格辰光呢，一脚勿交时，勿掌过权。要曹操死脱，曹操格儿子，曹丕即位，那么司马懿格地位，高一点。曹丕死脱，曹丕格儿子，曹操格孙子曹叡即位，那么司马懿官封都督。诸葛亮六出祁山么，司马懿做都督。司马懿带兵抵挡诸葛亮，诸葛亮六出祁山勿能成功，就是因为司马懿格本事大。旗鼓相当，敌住诸葛亮。那么现在俚在营头上呢，俚蛮窝塞的。相爷勿肯重用吾。叫吾做一个陆军总巡哨，大帐上侪呒不啥机会好立的。要难难板板实在人到得多了，那么俚挨得着。就什梗，勿在曹操格心腹里向。

今朝听见外头，嚯咯咯咯——脚步声音，俚就关照两个儿子，司马师，司马昭，唔笃搭吾外头去看看看，人马路过，嘎许多人，啥等样人？做啥？两个儿子跑出来，到外面头一看，一问么，马上回到里向来报告。曹丞相带领文武官员，到长江江边，下船水营上去看。看啥物事呢？长江上流里来格奇怪声音，是卧鱼水族大会。相爷去看哉。

司马懿一听，"吷！嚯嚯嚯嚯嚯——噗！"啥体么，喷生怣一气。曹操，又上仔当了。啥格长江卧鱼水族大会？热昏！长江里格声音，板定是江东军队。劲令咣，劲令咣，劲令咣——趁仔迷露天，鸣锣击鼓，挏到该搭点来，曹操上当。上啥人格当呢？问啊勒问得，板是上徐庶格当。司马懿怨就怨在格种场化。为啥呢？司马懿赤胆忠心于曹操，叫啥曹操勿用俚的。说、说上去格闲话呢？十句有九句勿听。为啥呢？因为曹操看见俚只面孔，就戳气，逆面冲。明明晓得俫格闲话蛮对，吾定坚勿听。格么徐庶专门拨曹操上当，为啥道理说上去格闲话，曹操转转侪听格呢？嗳，奇怪。

曹操一想，徐庶，糯货。专门拨吾上当，现在俚讲格闲话呢？倒蛮有点道理。那么勿见得转转拨吾上当嚱。试试看，再听一趟。勿晓得俫勤试，又上仔当了。曹操格苦头吃勿怕，真要命的。

司马懿心里向转念头，丞相上当，吾跟仔一道去看，长江里到底来格啥格物事。所以司马懿带两个儿子到江边么，曹操下船，俚也下船。不过俚下只船呢，小船。勿是丞相格只大船。俚格身份，呒不资格，可以搭丞相乘一只船。司马懿跟仔大船一道望准水营营门跟首过来。啥了今朝司马懿勿到水营呢？诸葛亮是呒不危险。司马懿要到水营哉么，诸葛亮危险。因为诸葛亮格计策，瞒勿过两个人，一个，徐庶；一个就是司马懿。徐庶呢？搭俚要好朋友，总归帮俚忙。而司马懿搭俚呢？处于敌对地位。所以今朝，诸葛亮要有危险哉。当时曹操到水营，前营营门跟首，毛玠、于禁两位都督过来相见。天已经亮了，五更老早过脱了。不过迷露呢，还是蛮浓。

毛玠、于禁过船只。"参见丞相。""罢了。老夫问你，这卧鱼，在哪里？""请问丞相，何谓卧鱼？""嗯，长江之中，奇怪的声音，就是卧鱼水族大会。"枉空，长江里格声音么就是卧鱼水族大会嗄。毛玠、于禁佩服啊，什梗一看到底丞相有学问，俚登在该搭点营门上，半夜天立仔下来，也朆晓得来格啥格名堂。丞相到也刚巧到，已经晓得，该格是卧鱼水族大会。"丞相请看。""嗯。"标远镜拿过来，曹操看。阿看得见呢？呐吭看得见，迷露蛮浓了。迷露里向用标远镜么，赛过像黑头里向戴眼镜，戴搭勿戴一样价钿，看勿出的。

曹操在看格辰光么，叫啥诸葛亮船上格声音，闸门生头里停下来。而且叫停得一斩一个齐，"嘤——汪！"吭没了。声音吭没了。咦？曹操奇怪。刚巧标远镜在看，搜索。呐吭格声音吭不仔呢？

"众位，这卧鱼，往哪里去了？"卧鱼呢？拍马屁格人真多啦，"恭喜丞相，贺喜丞相"。曹操一看啥人呢？蒋干。哼，又是格扛木梢朋友。"罢了。""丞相洪福齐天，卧鱼见丞相驾到，嘿嘿，回——避丞——相。"曹操窝心啊，"咦——嘿嘿嘿嘿……"为啥道理要快活么？呐吭勒得意。吾福气大，卧鱼看见吾来，回避哉。别人说："圣天子，百龄丞相和诸邪回避。"吾呢？福气大得了，神道看见吾侪要回避。俫看，回避下去哉。

曹操么得意。格么其实，诸葛亮船上，为啥道理声音要停？因为诸葛亮船头上格箭，超过六万哉。诸葛亮呐吭晓得呢？就是在格个半杯子酒，搭一只筷子上算出来的。呐吭算法呢？俚拿格只筷子，就搁在格酒杯面上。现在船头上，箭多了，俚格廿一只船，并在一道，绳索、勒木撬紧，分量抬平。诸葛亮试过的，俚船头上摆三千条箭，三千条箭蛮结棍了。箭头是铜的，箭杆哪怕是竹头木头么，总归有点分量。分量一重，船头滋下去，船艄翘起来。那么诸葛亮倒好半杯茶，茶杯里格茶，侧到呐吭格角度么，就晓得船头上是三千条箭。

现在，半杯酒搭一支筷子折到什梗样子么，诸葛亮就晓得，每一只船格船头上，大概有三千条箭。一只船上有三千条，格么廿一条船上加起来，就要六万三千。就算有点上落，有点出进么，格出进勿会十分大几化。诸葛亮想够了，有六万，够哉。所以诸葛亮起只手，望准第七根绳索上搭上去么，哈冷冷冷——"听令。"第一条号令，就是关照声音停。缨！枉！声音停哉。诸葛亮起只手往第二根绳索上一拉，哈冷冷——退后。哈，哈，哈，哈，哈，哈——船退下来。退下来一段路，诸葛亮再起只手，望准第三根绳索上搭上去，哈冷冷——向左。哈，哈，哈，向左转。等到向左转，舒齐哉，再起只手往第三根绳索上一拉，哈冷冷——再来格向左转。哈，哈，哈——两个向左转加起来么，等于一个向后转。什梗一来呢，船头向三江口，船艄对赤壁。诸葛亮再拿第二根绳子一拉，"退后"。退后么就倒速走啦。拿格船艄向赤壁开过来。

诸葛亮门槛精格哦。先拿船头开过来，让唔笃射。等到船头上格箭射满了，有六万了，调一个头，拿船艄开上来。船艄让唔笃射。等到船艄上格箭，也射得到有六万了，酒杯平了，一看就晓得，船艄上也有六万么，转去吧。而且俚回去格辰光，头俦用勿着调，老早调好仔头了。辰光俦用勿着糟蹋的了。格么诸葛恁格聪明，呐吭会得拨俚想出来，用什梗种办法来借箭呢？

其实诸葛亮，并勿是俚创造发明想出来的。俚是向孙夹里学的。孙权格爷，叫孙坚。孙坚从前辰光，带人马，兵进江夏郡。打江夏郡太守黄祖格辰光呢，黄祖上岸边守好，张怕俚笃格船靠岸啦，叭叭叭叭——箭射过来。那么俚格船呢？靠近唔笃江边，让唔笃射。横埭里向射，叭叭叭叭——射了，那么俚开过去。船上小兵一动也勿动格哦，开过头之后，调一个头转来，哈——回过来，再让唔笃射。叭叭叭叭——那么两面格箭射得抬平了，再退下去。拿船上格箭拔脱，明朝再来。连来三日天，打六格来回么，得着十几万支箭。等到第四日天过来么，黄祖箭射光了，呒不箭了，孙坚人马登陆。

《三国演义》第七回书，格上有一回书叫啥，叫"孙坚跨江击刘表"。就是有格个用船只来回三埭么，骗着十多万支箭。诸葛亮格人呢？善于学习。俚发展了，孙坚格受箭呢，船上呒不稻柴的。所以格箭射到船上呢，俦是格洞洞眼。因此，诸葛亮船上覆盖稻柴之后呢，让俚格箭射过来起来，吃牢上稻柴上，就呒不问题。现在头调好，船艄开上来。再往第六根绳索上一拉么，呐喊。"呐喊"条命令又打哉哦，缨桩——缨桩——声音一响么，曹操一吓哟。哦哟！卧鱼又来哉嚄。刚巧蒋干搭吾讲，福气大，卧鱼看见吾回避。想勿到格福气，只有一歇歇辰光。卧鱼勿买账，又过来。

马上命令下来关照，"弓箭手，三千伺候！""啊！"三千。刚巧五百格弓箭手，现在三千。结棍。三千弓箭手呐吭射法呢？第一批身体蹲倒，第二批船头上立直，第三批躲在船篷上，几皮头格箭射出来。

天亮哉，起风了，迷露慢慢叫在散了，望出来隐隐约约，好像有点看见么，目标集中。望准诸葛亮船上射过来。"呔——卧鱼休进营寨呃，丞相在这里呃，卧鱼看箭呃，卧鱼着箭哪！"叭叭叭叭……箭在射出来格辰光，诸葛亮在船上一听，嗤，嗤嗤，嗤嗤嗤——好，可以停了。第五根绳子一拉，停泊，船停，让唔笃射。哦，诸葛亮开心。啥体么？声音猛。昨日夜头射过来格声音稀的，嗤，嗤，嗤嗤，嗤，嗤。现在俫听听看，嗤嗤嗤嗤，嗤嗤嗤嗤嗤——结棍，密度结棍。俚蛮开心。

曹兵呐吭？曹兵吓煞。看得见，隐隐约约看见。哎呦，格个条卧鱼，大是格大得吓煞人。卧鱼格颗郎头像山什梗一座。俫想廿一只船，并在一道么，面积是大哉哟。俚笃弄错，当仔格卧鱼颗郎头。将来，随便哪里一片饭店里向，要烧一只大鱼头是，呒不格只砂锅，摆得落什梗大格鱼头了。鱼头也要什梗大是，鱼格身体，勿晓得要呐吭大？倘然拨俚游过来，格尾巴一豁是，伲格营头俱要拨俚豁脱仔了完结。豪燥射："卧鱼休来啊，丞相在这里，卧鱼看，箭哪。"叭叭叭叭——一人射一条，三千条；射十条，就是三万条。快极了，叭叭叭叭……

诸葛亮听见，声音响，三千格人喊。卧鱼休近营寨，丞相在此。诸葛亮想吾格道号么叫卧龙，俚笃喊吾卧鱼。别人说鱼化龙，吾龙，化仔鱼了哉。哼，吾曼得十万条箭，勁说龙化鱼，龙化曲鳝也勿要紧。随便俤，俤在听。

勿晓得格鲁肃，也听出来。"卧鱼休近营来，丞相在这里。"啊！啥物事啊？鲁肃阿要急格啦。

"先生。""大夫。""船只在什么地方？"诸葛亮晓得俚明白了，格么也勁瞒俤，老实告诉俤吧。"在曹操水营跟前。""啊？啊呀先生，你在曹操水营跟前，所为何事？""啊呀"，诸葛亮说：大夫啊，俤想酿，周都督要吾造十万条箭，三日天么来勿及完工。刘备么又是穷，拿勿出十万条箭，吾有啥办法？吾只能够到曹丞相营头门前，敲锣打鼓，装神作怪，让俚笃格箭射出来，射满十万支箭么，吾回转去交令。该格名堂叫啥，"问曹丞相一借——箭"。"哦！"问曹丞相借箭！鲁大夫心里向转念头，该格叫借箭啊？该格么骗箭嗷！呐吭么叫借箭喏，俤搭曹操认得，有交情的，跑过来，"嗯呵，丞相，吾现在，有要紧用场，缺十万条箭，搭俤商量，问俤借十万条"。该格叫借。俤，揿铃哤，揿铃哤，揿铃哤——吓得俚笃，别别叭叭，乱箭射出来，俤格个叫骗箭。俤倘然曹操晓得人马杀出来，还了得格啦？

鲁肃急煞，"哎呀先生，你好险啊！曹操闻知其事，人马杀出，先生性命不保。来来来，快快回去吧"。"不能。""为什么？""未满十万狼牙。""如今，有了多少？""至多八万。"顶多八万支箭。"足够了。"鲁肃说够哉，缺两万，勿要紧，周瑜勿会拿俤杀的。俤有一万条箭，吾就好帮俤忙讨情哉，俤有八万条箭勿碍。"勿来"，诸葛亮说：勿来。为啥道理勿来，吾立军令状。九万九千九百九十九条半！杀头。格个吭不还价。吾非满十万不可。"啊呀，先生呐，曹操人马杀出，你的性命不保。""回去也要被周都督斩首，横竖终归一死，乘天由命。""哎呀呀呀呀先生，你么称天有命，鲁肃的性命怎么样呢？""那也顾不得许多了啊。""啊嗤嗤嗤嗤嗤嗤。"

诸葛亮在拆死人烂污，拖人下水。叫啥顾不得许多。诸葛亮为啥道理要什梗讲法呢？因为诸葛亮说，俤要明白，俤保人。吾立军令状俤做保人，要死么，只好俤陪陪吾哉。哈呀，鲁肃怨啊，俤急得浑身发抖，诸葛亮关照俚坐好哦，勁动哦，上头格箭，俤听听声音看，嗤嗤嗤嗤嗤嗤——勿停格在下来哦，勁落一条箭下来了，弄在头上，性命交关哦。

鲁肃吓煞哉。要紧拿袍袖，乓！往头上一遮么，格嘞嘞嘞——浑身发抖。

诸葛亮想要俤格急。为啥么，俤欢喜夹嘴舌。今朝什梗一来，让俤心里向吓一吓。吃点苦头，印象深么，下转喊俤夹嘴舌，俤也勿敢夹。诸葛亮勿响。

太阳要出来快哉。迷露，哗——慢慢叫在散。曹操呐吭呢？曹操呆脱。曹操心里向转念头，现在格箭，三千格人射，哔哔叭叭——格射到卧鱼身上去，卧鱼勿退。大概格条鱼呢？鳞甲厚勿过，射俚勿进。心里向转念头，用啥格办法，使得卧鱼下转勿来呢？否则，冷天碰碰要起迷露，起一哒迷露，卧鱼要来一哒，吾吃勿消。格么搭啥人商量商量看，有啥格办法，叫卧鱼下趟勿来。心里转念头，只有搭徐庶商量。为啥？因为俚懂卧鱼。问俚，总有办法的。那么曹操买眼药，跑到石灰店里向去。俫去搭徐庶商量么，阿有好事体？总归拨俫扛木梢。

"元直。""在。""有何高见？使卧鱼下回，不来呀？"徐庶想，俫问吾么，再拨俫在格当。触触俚格霉头，揎掇俚，卜咯哆，跪下来，搭诸葛亮磕脱一个头吧。"回禀丞相，长江有利于天下。"长江，有利。汉朝皇帝每年，春天、秋天，要派人来，两次祭江。自从董卓造反，人马从皇城迁出来，皇帝从洛阳到了许昌之后么，一脚勯派钦差到长江边上来祭过江。格么江神呢？光火了，所以今朝趁迷露天呢，要来水族大会。据吾看呢，"喏喏喏，只要丞相备香案，代驾祭江么，便能太平无事"。"嗯，嗯。"曹操想，对。徐庶格闲话讲得有道理。汉朝皇帝一年春天、秋天要祭两次江，现在长远勿祭哉么，卧鱼是要光火。格么徐庶关照吾摆香案祭一祭江，而且是代驾祭江，代皇帝。现在么代皇帝，将来呢？吾曹操平定江东，吾自家就要做皇帝哉。曹操俚马上关照备香案，香案备好，曹操一面通知哦：弓箭手，箭，照样射。

格么射箭搭磕头么，矛盾格的。曹操是什梗想的，卧鱼吃硬功，吾箭，哔哔叭叭，在射。卧鱼吃软功，吾备香案，卜咯哆，跪下来搭俫磕头。软硬兼施，双管齐下，格两样当中总归吃一样么，卧鱼就可以退下去。曹操关照文武官员，大家要跪下来，搭卧鱼磕头。

徐庶响勿落，搬仔砖头压自家格脚嚒。叫曹操跪下来磕头，吾也要搭诸葛亮磕头，勿高兴。格么吾勿跪下来，曹操要勿上当。有办法，啥格办法呢？匍下来，横竖匍下来，搭跪下来差勿多的。徐庶两只脚一绞么，匍下来。文武官员呢？通通侪跪下来，磕头祭江。曹操，上好三支香。卜，跪下来，嘴里通神祝告："卧鱼真神在上。"叫诸葛亮叫真神了什梗。曹操在通神卧鱼，保佑吾平定江东，将来吾搭俫江边造一座庙宇，一年到头，香火勿断。

俫跪下来磕头，文武官员大家侪跪下来么，隔壁船上格司马懿是也怨得勿能谈。因为司马懿晓得，该格是江东军队，曹操上当，跪下来磕头。格么司马懿，阿能勿跪呢？板要跪格呀。丞相磕头，俫呐吭好勿磕头？怨么怨的，办法么呒不的。格么啥勿跑到曹操门前来讲闲话？呒不资格呀。人微言轻，俫要跑到相爷门前讲得上闲话，勿容易格呀。所以司马懿呒不闲话讲。

勿晓得曹操了磕头呀，声音清爽哉。为啥呢？因为格个声音，从长江低下泛起来。有转把听声音，立了听倒反而勿及伏在地上听，来得清爽。好有一比，现在铁路，火车来，火车老远在开过来格辰光，立了听，声音听勿见。俫耳朵摖在轨道上听，听见哉，声音老早就过来。曹操现在跪了听么，清爽哉。锣声，鼓声，号头声，呐喊声，波浪冲击声，几种声音混合成功一种声音么，啊呀，上仔当哉。勿是卧鱼，江东军队。

曹操晓得上当，直跳格跳起来，关照旁边头："把香案，收过了。"手下人呒办法，只好拿香案收脱。文武官员大家在立起来格辰光，曹操眼睛一瞪，对徐庶一看：认得俫，又上仔俫格当哉。吾皇帝门前也勿磕头，吾搭江东小兵磕头。俫在对徐庶眼睛弹格辰光么，叫啥长江里向格声音停仔呀。缨！枉！毕静，一点点声音哚呒不。

蒋干弄错，哈，什梗一看么，到底要磕头祭江。一磕头么，马上声音呒不，退下去哉。

格么其实诸葛亮船上，为啥道理声音呒不呢？船艄上格箭比船头上多哉。格么算算辰光短喽，因为射箭格人多，目标明确。昨日夜头射是瞎射一泡的，迷露里向看勿清爽，所以大部分糟蹋得多啦，辰光射得长。现在时间短，数量多。诸葛亮一看，反而船艄上格箭多仔么，停吧。

第七根绳索一拉，听令，声音停。第一根绳索一拉，向前，船头因为向三江口么，回转去哉。哈、哈、哈、哈、哈，船只上回转去辰光，诸葛亮再起条手，往第七根绳索上一拉么，听令，阿末一条号令。格条号令啥格物事呢？廿一只船上，船头，头舱门，船艄，后艄门，通通侪打开。稻柴、箭，搬开，小兵落到船棚上。船棚上格稻柴搭箭通通侪弄一弄开。廿一只船上格桅杆，竖起来了，嘎嘎嘎嘎……桅杆竖起来呢，廿只船上格篷先扯起来，嗻尔——一面在扯篷呢，当中一只船，就诸葛亮只船，非但扯篷，而且升起来两面旗号。第一面旗号上：大汉军师中郎将，兼理江东水军参谋、长江巡警监战师，诸！葛！还有一面旗号，江东陆军参谋大夫，鲁！格两面旗号升起来么，出太阳哉。风一起，迷露散，江面上蛮清爽。

后艄舱门开直么，五百格小兵众口同声，对赤壁上喊："哌，赤壁山前曹丞相听了，汉军师中郎将诸葛先生，江东陆军参谋鲁大夫，前来问丞相借箭。谢谢丞相好箭哦，如数受到唉，再隔半个月加利奉还，决不食言呐。"

曹操格个一气，组苏根根翘起，"喔哟！呋！嚯嚯嚯嚯……"要死格来，原来是诸葛亮搭鲁肃，趁一江浓雾过来骗吾格箭。现在俫听听格种闲话看，阿要难听？啊！啥叫啥诸葛亮搭鲁大夫么来问俫丞相借箭，谢谢俫格好箭，如数收到。再隔半个月么加利奉还，决不食言。隔半格寒月来搭吾打格辰光呢，就拿吾格箭，来射杀吾格兵，借俫格拳头，来搦俫格嘴。

曹操阿要气？曹操心里向转念头，诸葛亮啊诸葛亮，俫勜猖獗。俫以为骗着仔点箭，就什梗好回转去，俫谈也勜谈。为啥？俫船上装满格箭了。分量极重。分量重、吃水深，俫格船只，行动就来得慢。吾马上下命令，派遣众将官带领船只，哈啦！追出营头，一个包围，生擒孔明，活捉鲁肃。而且拿船上点箭通通可以夺转来。对。曹操想派啥人格大将，看看看。

俫在对旁边头看格辰光，呃、呃，唔、唔、唔、唔、唔——挑选大将辰光么，旁边头格徐庶急煞了。啊呀，徐庶心里向转念头：诸葛亮啊，倷到该搭来既然是骗箭么，倷弄着仔点箭，响也勿响，默默侧侧回转去哉呀。倷出啥格风头呢？现在倷，枉当枉当，喊穿帮。曹操落勿落，曹操要派人马追，而且追上来，追得牢的。倷船上重载，跑勿快。追牢，诸葛亮死，鲁肃也完结。

诸葛亮勿能死，俚一死，刘备要僵的。吾在刘备面上，吾随便呐吭勿能够拨曹操追。格呐吭办法呢？让吾跑出来拨一个当拨曹操上上，撺掇俚勿追。啊呀，勿来格嚛。啥体勿来么？因为吾刚巧拨曹操上过两转当哉。那么上当啦，顶多上格头二转呀。可一，而不可再，可再，而不可三。倷第三次拨俚上当，俚勿肯听格啦。格么呐吭弄法呢？勿出来，孔明要僵。出来，曹操勿听。一动脑筋么，勿知呐吭拨俚想出来的。徐庶叫啥摒一口气，格只面孔急得生生青，从旁闪出，走到曹操门前，对仔格曹操："啊呀丞相，徐庶参见。""呃！"

曹操一吓呀，对徐庶望望，呐吭？又出来作啥，刚巧扎仔倷两盘木梢了，现在又要出来拨吾当上啦？格么曹操，倷晓得俚粮货么，倷勿去睬俚。倷归倷发令，派大将去追诸葛亮。叫啥曹操格脾气，特别的。俚越是搭格个人勿对呢，越要搭俚讲闲话。啥道理？巴望倷闲话讲错，扳牢错头，嚓！杀头。

"元直罢了。怎——呐——样？""啊嗤嗤嗤……"看俚急得了，闲话说勿出来。"讲啊！""啊嗤嗤嗤……"曹操格肚肠阿要痒了？闲话么呒不的，独剩仔急煞仔人，啥格路道呢？"元直，毕竟怎样？快！讲！""啊嗤嗤嗤"，徐庶为啥道理勿讲么，摒辰光。多摒一歇么，让诸葛亮逃得远点。因为诸葛亮船上格篷扯起来，顺风呀。摒得辰光多点么，倷要追也来勿及追。所以俚竖上来死也勿肯讲。

曹操问急哉么，徐庶只好开口。"回禀丞相，昨日晚上，长江之中奇怪的声音，吾徐庶只道是卧鱼水族大会，哪里知晓是诸葛亮与鲁肃前来骗取丞相狼牙。倘若被他们逃回江东，还当了得，天下人都要取笑丞相。丞相，他们船上满载羽箭，行动迟缓，请丞相发令，火速派遣大将，带领战船杀出营门，追赶上前，生擒孔明，活捉鲁肃，夺回羽箭。丞相快快追！"

"呃！"曹操想慢慢叫哦。吾本来倒是要追格哦。现在倷徐庶跑出来劝吾追啊，吾倒要研究研究哉，阿能追勿能追？为啥呢，因为格老二官粮货，专门拨吾上当，扎木梢。吾勿能够就什梗听俚说话。俚叫吾追呒不好事体。老实讲，诸葛亮专门用火攻，曾经火烧博望，火烧新野，两蓬火烧脱吾二十万大军。现在俚撺掇吾追上去，诸葛亮，拱拱拱拱——火烧起来，拿吾点船只俿烧光。喔哟，格家伙倒恶劣的。又出来拨吾上当嚛。

"丞相，快快追啊。丞相，快快追！"曹操对俚眉毛一竖，眼睛一弹："你叫老夫追，老夫偏偏不追！"徐庶想，吾孙子么要倷追啊，顶好倷勿追了。"哎呀呀呀呀呀，不追是可惜得很呐！要被诸葛亮逃回江东，哎呀，可惜呀——可惜！"曹操对俚看，可惜，可惜倷格死脱！可惜。上当，上当么，难板上上呀！专门拨吾扛木梢。该枪么，随便呐吭勿听俦格说话！

啊呀，连下来曹操想想，阿能追勿能追？可以追。徐庶格个闲话勿错啊。为啥呢？因为诸葛亮勿能放火。现在是西北风，吾追上去顺风，诸葛亮要放火呢？逆风。老古话，逆风放火烧自身。俚烧勿着吾格船，格吾为啥道理勿追呢？追啊！曹操再打标远镜一看么，好屏什梗一歇辰光格啊？顺风顺水，诸葛亮只船老远去哉，俦要追也来勿及。曹操那么想出来，对徐庶看看贼坏啊！吾又上仔俦格当了仔嘎！俦格宝货，阿有收作格了？啊！听俦闲话么上俦格当，勿听俦闲话，叫啥也上俦格当！俚跑出来，特地做篇反文章，反装门拧子。晓得俦曹操板勿听的。板勿听么？劝俦追，劝俦追么，吾定坚勿追。定坚勿追么，来得正好。曹操那么明白哉，而且曹操难过在啥格上么，上仔徐庶格当，还勿能怪俚了呀。俦去批评俚：嘿！嘿！俦给吾上当！惹俚梗梗一句闲话：吾叫俦追格嘎！俦勿听嘎！俦勿听吾闲话，俦当吾坏人嘎！吾蛮好格好闲话，俦眼乌珠瞎脱仔嘎！俦好糇也勿懂了。啊哟，曹操格瞵是瞵啊！心里向转念头，蛮好蛮好蛮好，吾认得俦，哦！下转要么勤扳牢错头，扳牢错头，吾勿拿俦颗郎头拿下来么，吾勿叫曹操。

徐庶对曹操看看，曹操啊曹操，该两个，别样本事呒不，保自家吃饭家什格本事还有。嗳，下转要么勤有机会，有机会啊，还要拨俦上转把当了完结。

徐庶么勿响。曹操标远镜一看，有人追。啥人追？司马懿。司马懿、司马师、司马昭一只小船，嘁嘁嘁嘁——追上去了，而且追近。

司马懿呐吭会得追过去呢？俚看见诸葛亮船上喊哉么，晓得。阿是喏，曹操上当哉。追。按照道理讲，司马懿应该跑到曹操船上来，听令。得到曹操同意了，那么再带小船追。来勿及。司马懿想，吾如果要来见丞相，吾去求见，勿会马上见得着的。丞相考虑下来决定接见吾，喊吾过去，问吾来啥？吾讲明理由要追，曹操考虑下来同意，那么吾再带小船。格许多辰光摒下来，诸葛亮跑哉。吾用勿着请示、报告，吾带一只小船，追上去，拿诸葛亮、鲁肃捉牢，回过来见丞相交令。从手续上讲起来吾错的，吾嬲请示，擅自行动。但从实际效果上讲起来，诸葛亮拨吾捉牢，大将在军队里向，可以便宜行事。所以司马懿一只小船追上来。

司马懿格只船离开诸葛亮格只船近，立好在船头上喊一声："着！诸葛亮，你好大胆！想你能通天文，难道北军营中无人懂得天文么。你还想往哪里而走？本——将！来——呐——也！""哦哟！"诸葛亮一听，来格朋友懂天文格嘎。俦听，俚也晓得一江迷露格喏。啥等样人？"来将通——名？""曹丞相麾下司马懿"，"司马师"，"司——马——昭！""司马将军听者，想尔既通天文，可知晓识时务者为俊杰。"诸葛亮说一句闲话。俦懂天文的，俦阿晓得一句闲话，叫识时务，为俊杰。"这！"司马懿看诸葛亮态度镇静，神色不变，很沉着。看样子，诸葛亮船上有埋伏。勿能追。否则俚吭不什梗胆大。俚叫吾识相。"儿啦，诸葛亮诡计多端，不能追，回去吧。"

司马懿服帖哉。叫啥两个儿子勿买账，初生之犊不畏虎。司马昭心里向转念头，老娘家，呐吭拨俫想出来。追啊追到此地，啊有啥勿拿诸葛亮捉。哦，俫拨俚一句闲话夯倒，"孩儿定要追！"

司马懿，一个软口汤，龅去拦牢儿子。司马昭到船头上，喊一声："着！诸葛亮，你还想往哪里而走！司马昭，来——吔！"哼！哐！闪嗯！宝剑出匣。跳过来。

诸葛亮拿把扇子，在对俚招。"喝喝喝喝喝喝哈哈哈哈，来呀。"来来来来来来来——鲁肃在旁边一看么，要死格来，张怕人家勿追了，还要去欢迎别人家来。鲁肃急得，呃特特特——浑身发抖。跳过船只，诸葛亮又呒不武功，吾也呒不啥大格武功，拨俚跳上来，嚓！嚓！两宝剑么，结果性命。

扇子在招格辰光，司马昭心里向转念头，俫勍故弄玄虚了，故布疑阵。该两个勿买俫格帐，照样追。船，哈——近哉么，两足一攒，身子一蹬，乒当！尔嘚——司马昭跳过船只，那么呐吭么？要明朝再说下去。

第八十一回

孔明交令

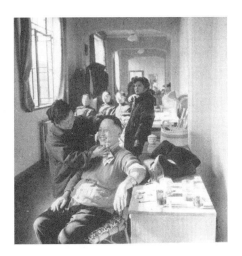

诸葛亮，草船借箭。叫啥临时走快了，嘎冷嘎冷喊穿帮：谢曹丞相好箭。勿晓得司马懿追上来，司马懿看诸葛亮态度镇静，估计上去，诸葛亮船上有点啥花样经，勿敢追，退下去吧。俫关照儿子剻追么，儿子勿买账，年纪轻，格心里向转念头老娘家，俫格种么，上诸葛亮格当了。诸葛亮是故弄玄虚呀。所以司马懿格儿子司马昭，立到船头上，宝剑出匣，喊一声："诸葛亮，俫往哪里走！司马昭来也！"噌！两足一攘，身子一蹬，噗——扑！跳过来。

勿晓得诸葛亮格只船格船艄啦，隔夜关照船上人拿盖子截下来。截仔下来之后呢，拿钉老场化钉一钉好，看是看勿出的。实际上格牢呢？勿大牢几化的。那么俫一个人，老远跳过去，分量几化重？噗！落下来格辰光，当！立到船艄上么，只听见，呱嗒！船艄断脱，连人带船艄望准长江里向——咕隆呃嗵。

鲁大夫格个快活是快活得了。呵呵哈哈哈哈哈哈哈哈——对诸葛亮看看，吾认得俫。昨日夜头，吾当俫发痴。一本正经交代，拿只船艄截下来，截仔下来么再钉钉好。勿晓得诸葛亮现在辰光派用场。什梗一看，诸葛亮比别人家想得更深、更远。鲁大夫佩服。

俫么在笑，司马懿急得双脚跳。儿子跳到船艄上，连人带船艄，咕隆咚，沉到长江里向么，阿要急格啦？诸葛亮实头厉害。格么好来好去，司马昭懂点水性。因为曹操打江东之前曾经在北方，训练过水军。司马昭呢，也操练过，所以懂点水性。俫说呐吭精么，勿见得。但是跌到长江里向，游两游呢，还勿要紧。宝剑甩脱哉哦，冷水也吃着过两口哉哦，拼命在游格辰光呢，司马懿要紧关照小船摇过去，丑一根绳索拨俚，嗰尔———一根绳丑过来，司马昭，哑嗒！一把拿绳子抓牢。那么小船上拿根绳拉过来，拉到船旁边头，拿俚格人拉上小船么，浑身笼统裹阴，像只落汤鸡。狼狈啊。

"啊呀。"司马懿对儿子眼乌珠一弹："着！吾把你这小子，可相信为父的说话么！"喊俫剻追剻追剻追，拎勿清，板要追，那追得好了。吾晓得诸葛亮什梗，总归有点花头经了。勿然俚有什梗笃定格啊？"呃"，司马昭响勿落。那服帖哉，呒不闲话好讲了嚄。

啥了今朝草船借箭，格个一段情节啦，到将来，诸葛亮初出祁山，马谡失守街亭，司马懿带领十五万大军杀奔到西城来，诸葛亮上西城城里向，只挺五百个老弱残军。因为赵子龙在前方，来勿及回转来。手脚旁边呒不大将，逃，来勿及。司马懿哈唧当冲过来，杀到此地，哪恁办？诸葛亮索脚关照,拿城门开开直。派两个老兵,拿仔扫帚,拿城门洞口、城外头了,扫扫清爽,欢迎来。诸葛亮自家么在城楼上,摆好仔香案,准备好一面琴,焚香操琴。司马懿来格辰光,诸葛亮还邀请俚:来来来,上城楼听山人,焚香操琴。司马懿叫啥在城外头,扣住仔格马匹,皱紧仔眉头,在动脑筋,格城到底阿要进了嚜进?冲了勿冲?俚在犹豫格辰光么,旁边头司马昭关照老娘家啦,冲啊!司马师也主张,冲啊!为啥道理勿冲?司马懿着生头里想哉,建安十三年赤壁之战,诸葛亮草船借箭,爷儿子三家头追过去,跳过船只,呱嗒,咕隆啊咚,跌到长江里格情形么,对儿子眼乌珠一弹:唔能冲!诸葛亮诡计多端,唔笃忘记哉啊。草船借箭跌在长江里,侪忘记哉啊?豪燥收兵。前队改后队,后队改前队么,司马懿吓得别转身来就逃走。格么呐吭会得上诸葛亮格当呢?喏,搭今朝格回书,草船借箭有关系。

司马懿回转去,曹操呐吭呢?也在看。曹操标远镜里向望过来,只看见司马懿,带两个儿子追过去,近了。司马昭跳了,跳过去,呱嗒,咕隆咚。嚯嚯嚯嚯——曹操气啊。诸葛亮实头厉害,船上有埋伏。

格么其实司马懿啊,俚尽管追好哉哟。诸葛亮一家一当侪在那,只赅一只活络船艄。格俚再跳上去,诸葛亮就吭啥花样经了。司马懿还敢格啦?司马懿想跳到船艄上,咕隆咚,俚跳到舱里再是,咕隆咚——一来。长江里风急浪高,水流得几化急。刚巧还算额骨头亮,拿司马昭救起来,俚再要跌下去要救,烦难格啊。勿敢,拨了诸葛亮吓煞脱的。

司马懿回转来见曹操,出去格辰光豳讨令箭,回转来倒要见曹操来报告一声。吭不办法拿诸葛亮捉。曹操对俚眼乌珠一弹:自不量力,俚有啥格本事去捉诸葛亮?司马懿是也气伤,嗳,曹操啊,俚只配上徐庶格当,扛仔木梢么也吭不闲话。吾什梗赤胆忠心,追上去,儿子跌在长江里,好闲话吭不听,听着一句自不量力。司马懿想走吧,赤壁山勿能登。诸葛亮格本事,俚在对江。赤壁呢,早点晚点烧得干干净净。

所以连下来司马懿在曹操门前讨差使,说道:诸葛亮到该搭点来,骗吾伲格狼牙箭,吾伲损失狼牙,不计其数。营头上缺箭,马上箭厂里向造,来勿及。吾愿意讨一条令箭,到后方去,拿仓库里向格箭,搬出来,运到赤壁来,接应丞相,补充羽箭。

曹操想格句闲话到也勿错,那么派司马懿司马师司马昭,带五百兵,赶到后方,去搬运羽箭。其实呢,司马懿是趁抢势里逃走,离开赤壁么,吭不危险。格么该格呢,只有徐庶懂。徐庶心里向转念头,司马懿格家伙厉害。因为啥?格个念头啦,徐庶也想着的。俚晓得诸葛亮在三江口哉么,赤壁侪要烧的,吾登在该搭,一道烧杀。

格么徐庶为啥道理勿能逃走呢?因为俚就什梗逃,勿来赛。俚格娘,坟墓在皇城,如果俚不别而行逃脱,曹操赤壁山烧光,曹操嚜跳起来格啊:蛮好嚜,徐庶。俚倒好笃,晓得吾赤壁山人家要完哉，俫溜吧。格么俫逃得脱，俫娘格坟墓逃勿脱。曹操板面孔，拿老太太坟墓发掘。徐庶孝子，俚勿愿意娘格坟墓发掘么，俚只能够留在该搭点。但是要跑，跑勿落，因为司马懿已经趁该格机会讨仔令箭跑脱了。

格么曹操呢，回陆营去。格个一夜天工夫，损失格箭要几化呢？热昏了，三十万！那么诸葛亮得着几化呢？十二万。格么曹操还有冒廿万箭，到啥场化去呢？侪糟蹋上长江里。一来么夜头，外加是迷露天，目标呒不的，箭乱射一泡。三条箭当中一条箭射到诸葛亮船上，已经蛮好了。还有两条呢？侪糟蹋在长江里。所以曹操损失格箭要三十万。代价是也勿小。

格么曹操回陆营，吾勿去交代俚。吾再交代诸葛亮回转。船只等到过江心呢，船上点箭拔下来。五百条扎一捆，五百条扎一捆，共总得到羽箭十二万三千多。鲁大夫是开心啊，拿点箭搬转来，搬到南屏山江边箭厂外头空地上，堆起来。鲁肃转念头那么周瑜杀俫勿脱哉嗄。箭，勿是啥格十万了，多出两万多了是，更加功劳来得大。鲁大夫想格个一夜天呢？叫又惊又喜。吓是吓的，凭良心讲。在曹操营头门前，急得魂灵心出窍，浑身发抖，心跳得来，推位一眼在喉咙口跳出来。快活也快活的，快活点啥呢？诸葛亮拿俚面旗号，在曹操营头门前扯一扯出来。格个不得了。格面旗号一扯，鲁大夫格身价提高。鲁肃格人，在曹操眼光里看出来，两样。为啥呢？鲁肃能够搭诸葛亮一道来草船借箭，俚格本事啦搭诸葛亮相差勿远。近朱者赤了，近墨者黑。为啥道理诸葛亮勿带别人来，带鲁肃来么，可见得鲁肃是有本事的。什梗了将来，周瑜归天，鲁肃接上去，做江东都督。曹操也勿敢藐视江东么，为啥呢？就是因为草船借箭，鲁肃，也曾经到曹操营头门前来转过一转。曹操对俚有所了解。

那是鲁大夫蛮快活，面子也扎足了。"啊——先生。""大夫。""如今你，可以见都督交令了。""是啊。""莫非先生，早已知晓昨日晚上有一江浓雾？""喝喝喝喝，为大将不通天文，不识地理，是庸——才——也！"吾老早就估计到有迷露。

那么诸葛亮呐吭会得晓得呢？因为该两日格天气范畴。十一月初头上，天么有点窝塞热。回潮，懊糟，勿勿勿爽气。啥道理呢？证明夜要起迷露。诸葛亮格个迷露勿是轮算阴阳算出来，是从日常势久里向观察得来。俚一来么懂天文，用现在格闲话讲起来呢，就是懂气象啦。格么俫讲识懂天文，格种常识呢，说穿仔也勿稀奇的。农村里向种田格农民老伯伯呢，侪懂天文的。嗳，俫去问俚好哉嗒。嗤，明朝还是天好，还是落雨，还是刮风，还是要起迷露，还是要发冷性。俚回答出来啦，八九不离十。为啥？俚平常日脚观察了。有种属于常识性格物事。好比讲，俫看好哉嗒，俫挂在灶屋间里向一条咸鱼，咸鱼身上滴沥达拉"水"在挂下来着呢，天要落雨哉。为啥呢？咸鱼在出汗哉。那么，还有像苏州场化，格种老式房子大厅上，庭柱下头有个石鼓墩，石鼓墩在出汗着呢，天要落雨哉。俫单单从一种现象上，也可以看得出气象格变化。

诸葛亮勿是仙人，但是诸葛亮研究过气象，懂得天文。能够晓得该格几日天里向，总是要有迷露，有迷露来，诸葛亮就有办法，过江借箭。鲁大夫佩服。诸葛亮，倷实头嗨外，"呵"。快活。

诸葛亮心里向转念头：吾现在，要去见周瑜交令，鲁肃比吾先去。鲁肃一到周瑜营头上，周瑜看见鲁肃只面孔，什梗快活。因为俚，肚皮里向困勿牢，侪要露到面孔上来格呀，格么周瑜聪明人咯，一看就问哉啊：鲁肃，倷为啥道理快活呢？倷诸葛亮杀勿脱哉。何以呢？因为诸葛亮箭有哉。哪嗒来格呢？借得来的。俚就可以讲出来，一讲出来，吾去见周瑜交令，周瑜就勿稀奇了。哦，原来倷诸葛亮格点箭，从曹操营头上拿得来的。勿稀奇哉啦。

格么呐吭呢？吾要让鲁肃晚一点去碰头周瑜。吾先去搭周瑜见面，让俚弄勿懂。倷诸葛亮格点箭，究竟从啥场化弄得来的。莫名其妙。要让俚呆一呆了。

故而诸葛亮拨一个当拨鲁肃上上。大夫啊。哦。啊呀！啥体？哎呀呀哎呀呀。作啥。昨日夜头周都督，派人到倷帐篷里向，请过倷两埭，倷勿在营头上，周都督交关光火，擅离职守。啊呀军师啊，侪是倷拆格烂污嚛，吾本来勿跟倷一道去格呀。格倷什梗一来么，叫吾呐吭办法呢？吾倒有格办法。啥格办法呢？什梗，倷晏点去碰头周都督。晏点去啊？嗳。晏点去仔么呐吭呢？晏点去仔么，周瑜板要问倷格啊，鲁肃，倷为啥道理来得什梗晚呢？嗯！那么倷就好讲，倷说：吾昨日夜头，在西山粮营上办公。因为粮草队上，还有点未料格事体，还要去料一料。所以夜头困在西山了，豳回转来的。今朝早上来么，稍微晏点到中军帐哉，倷就有格理由。对对对对对对，鲁大夫想勿错。

那么鲁大夫拿自己面旗号收回，格个廿只船呢，搭诸葛亮只船拆开来哉哟。那么俚带仔廿只船五百个兵，回到西山碰头黄盖。借格物事全部侪还脱。那么鲁大夫回到自己帐篷里向，拿两个底下人喊过来，问俚笃：阿有介事，昨日夜头周都督派人来请吾两埭？呒介事嚛。哼，有介事的。吾晓得的。咦？格么伲登在该搭点值班，伲呐吭勿晓得。唔笃板是困懒觉。困失窍了哉。豳困懒觉嚛，就算困懒觉，周都督来请么，总要喊伲格的。热昏！鲁大夫硬劲吃俚笃，说唔笃一定是困懒觉，拆烂污。鲁大夫为啥道理什梗硬吃俚笃么，俚想诸葛亮格本事大得了，天上格迷露也算得出了，阿是周瑜派人来请吾两埭，会算勿出格啊。其实么俚上格当了。那么让鲁肃，慢一慢到中军帐么，吾拿俚乱一乱开。

先交代孔明，上岸之后，望准箭厂里跑过来。箭厂里格批箭匠呐吭呢？一夜豳困，拼命在做生活。而且格个一夜天里向呢，卖力啦，造仔勿少箭头了，箭杆。不过俚笃心里也有数格哦，格点箭头、箭杆拿到周瑜搭去交令么，诸葛亮仍旧要杀头。呒不办法，伲也叫尽尽心哉。总算诸葛亮待伲勿错。连了喊伲吃仔三顿酒了，意勿过。

也有人在讲张：格么诸葛亮为啥道理要什梗呢？老弟啊，诸葛亮是有办法的。啥格办法呢？

倷唵听见俚讲啦，唔笃笃定吃酒，本军师妙法相造。啥格妙法呢？诸葛亮啥打扮？道家。道家打扮么，俚就有仙法。啥格仙法呢？倷看，诸葛亮来关照，搭一只台。嗯。端准好香案。嗯。那么诸葛亮到台上么，披头散发。嗯。那么手里向么，拿仔口桃木剑。嗯。关照唔笃拿生铜、原料侪摆在台门前。嗯。那么俚登了台上么念动咒语。嗯。哎——嚯！嚯，一来么呐吭呢？格点生铜就便成功十万格箭头。哦！再关照竹头、木头摆了，哎——嚯——竹头木头变十万支箭杆。哎——嚯——箭头镶到箭杆上，哎——嚯——胶漆漆到箭杆上，哎——嚯——翎毛得到胶漆上，哎——嚯！勢嚯仔嚜，翎毛得好哉，还嚯点啥名堂。再嚯一嚯么拿点箭捆起来，一捆捆捆好搬起来便当点。道地得了还捆好啦？当然啰！

唔笃么在议论，朱二官进来搭副将讲，军师来了，副将要紧过来接诸葛亮。只看见诸葛亮羽扇轻摇，踏进来么，格副将心里蛮难过格哦。啥体么？诸葛亮今朝要杀头哉哟。俚要死，伲么吃酒，看别人家么牺牲性命，难过伐。

"小人迎接军师。""罢了。""是！""你们造箭，十分辛苦。""嗯，是。"辛苦是也覅辛苦，独剩吃酒么，呐吭辛苦呢？"十万狼牙，你们完工了。""呃，没有！""休得客套。"呲，格个有啥客气呢？是呒不完工呀，"是没有啊"。"没有完工？""嗯。""外面的狼牙是哪里来的？""啊？外面没有狼牙。""前去观看。""是！"

副将跑出来到外头，一看么呆脱哉哟，堆积如山。十二万多了，一捆一捆一捆一捆堆起来，几化箭了。啥场化来格呢？要紧跑到里向来，"报告军师，外面这许多狼牙，不是我们造的"。"不是你们造么，难道是天上落下来的不成？""呃，这。""一定是你们造的。""呃，是！""搬到中军帐，见都督领赏。""是！"

副将响勿落，别人说冒认功劳，现在功劳板要冒到伲身上来，呲不办法。伲明明一条箭也覅造，呐吭硬吃板要说格点箭就是伲造呢。"兄弟们！""哗！""停工！""哗！""到外面搬运羽箭！""哗……"跑出来到外头，格哑喉咙是起劲"老弟倷看，'哎——嚯——'一捆一捆侪捆好，阿有道理？""喔哟，格哑喉咙到实头，呐吭拨倷说着格嗻。啊。"搬箭。两个人扛一堆，两个人扛一堆，唵喝，咦喝，唵喝，咦喝——望准中军帐送过去。

唔笃么在送过来。诸葛亮呢，往中军帐过来。见周瑜交令。

格么周瑜呐吭呢？叫啥周瑜，一夜天覅困着。啥体么？兴奋啊。俚杀诸葛亮哉哟，巴仔长长远远，想仔勿勿少少办法，勢想能够拿诸葛亮结果性命。该抢总算，如愿以偿，达到目的哉。诸葛亮杀头哉嚜。天勿亮就起来了，阿要马上升帐？勢。提前升帐，别人要讲闲话的，倒算为仔要杀诸葛亮么，穷凶极恶，老老早早辰光也覅到么升帐哉。摒到老辰光，升帐。

文武聚齐，周瑜当中坐定，文武官员见过，两旁边伺候好。周瑜呢，蛮大方，先普通公事么，办脱一点。那么令架子上拔一条令箭，关照旁边头："徐盛、丁奉，二位将军听令。""在！""有！""令箭一支，二位将军带领五百军卒，到江边，搬运十万狼牙！""得令！""遵命！"

周瑜格条令箭其实多发脱格哟。为啥呢？俚派徐盛、丁奉带五百格兵去搬箭，明明晓得诸葛亮一条箭也勿造么，搬啥格箭？该格叫做拨大家看看。喏，吾勿是要害诸葛亮，吾是要俚造箭。等到回过来报告，箭一条呒不。拿诸葛亮捆得来，杀头，格呒啥客气。该格叫做做样子拨大家看看。徐盛、丁奉跑出中军帐，刚巧点兵，要跑么，箭送得来哉。只看见箭匠川流不息，一捆一捆一捆一捆格箭在送过来，格么也用勿着俚去搬哉咯。

徐盛、丁奉两家头要紧回到里向，"禀都督，末将二人奉了都督将令，搬运羽箭。不料，箭匠们等，他们把羽箭送——来——呐了"。"哈——啊？"令箭收回，叫徐盛、丁奉两家头退下去。

徐盛、丁奉望准旁边头一立么，周瑜呆脱哉哟。送来了？勿可能！因为造箭板要来领箭料，翎毛，胶漆，侪在吾格搭点。诸葛亮勿来领过。呒不原料，呐吭造箭？送得来？哦，哦哦，对对对，有数目。看上去苗头，诸葛亮格点箭，是到吾营头上各位将军搭去，募化得来的。诸葛亮人缘蛮好的。比方说俚跑到黄盖营头上，对仔黄盖么两滴眼泪：唔，老将军，吾要搭倷来生再会。哦哦，军师倷勤讲格种闲话呢，做啥啦？都督么要叫吾造十万条箭，吾么呒不箭，勿能交令，要杀头哉。谢谢倷，阿好借三千条拨了吾，让吾去凑凑数。三千勿够的，拿五千去。该搭借着五千，归搭借着一万，拼拼凑凑么，凑满十万。拿得来交令，搪塞吾。

格么众将为啥道理会得答应呢？大镬里拷到小镬里么，仍旧是江东格么，让俚拿拿去，穿穿扇面，救救诸葛亮条命。假使说格点箭，是吾俚江东营头上，倷去弄得来的，吾还是要拿倷诸葛亮杀！而且众将，吾还要搭俚笃记过。唔笃呐吭可以拿格种作战用格物事，去借拨了诸葛亮。

周瑜立起身来转出案桌，踏到中军帐外头，捋仔两根野鸡毛，对准门前头一看么："哈——啊！"呆脱哉。为啥呆脱么，叫啥搬过来格箭，勿是江东造的。曹操营头上格箭，搭江东格箭，两种格式的。算算侪是箭嘞。哎，看得出的。江东造格箭，箭头，三角式的，箭杆上漆格漆，是红颜色的。格个箭格名称叫啥？叫狼牙箭。现在格箭头呢，发扁的，也很锋利。俚箭杆上漆格漆呢，黑颜色的。格个箭叫啥呢？叫皂雕箭。同样箭，样式勿一样。蛮清爽，勿是吾俚江东造的。格么诸葛亮格箭啥场化来格呢？天上得勿下，地上长勿出。

倷在看格辰光么，只看见一捆一捆格箭在堆起来。看格样子格箭格数量勿止十万。诸葛亮来了，只看见诸葛亮羽扇轻摇，踱还俚的角四方格方步，在跑过来。看到诸葛亮格只面孔上格神气是，周瑜心里向真格窝塞了。为啥么，格只面孔是，杀俚勿脱格面孔。在对周瑜笑，穷凶极恶，一夜天勿困，存心今朝早上要杀吾。哪光景？呵呵，刀么倷格快，头颈么吾格牢。斩上来觉也勿觉着。嗨，周瑜难过啊。弄勿懂。

诸葛亮走近了，周瑜上来迎接。"啊！先一生！""都督。亮奉命造箭，三日之中造得狼牙十二万三千有另。不知都督，可容——纳否？"闲话是说得真漂亮：倷叫吾造十万，吾现在造仔十二万三千多，多着格两万三千多支箭么，勿知倷阿容纳？其实呢，闲话里向侪有骨子了：周瑜啊，吾缺一条箭倷要拿吾杀的，多两万条箭，倷阿要拿吾杀？周瑜倒说勿出，少么要杀，多也要杀。格说勿出的。多到底越多越好。

"佩服先生，果然本领高——强。"周瑜弄勿懂，倷格箭啥场化来格呢？"大都督。""嗯。""亮监督造箭吩咐箭匠，完工之后重重有赏。如今请都督要发下赏——赐。""啊？"周瑜一听啥物事啊？敲记竹杠。叫啥诸葛亮说，造箭辰光吾搭箭匠讲过的，唔笃能够完工呢，有赏赐。格么现在，完工了，而且多造两万多了，阿应该拨一点铜钿拨俚笃？应该的。论功行赏，发奖金。啥格奖金么，超额奖。

"先生看来，赏多少？""五千两。""哦。"嚯，狮子大开口。那是巧立名目了，烂发奖金哉。五千两，阿要额？勿额。额仔，格两个箭匠拿着仔啦，只见诸葛亮格情了，外加要恨吾。说起来吾派头小，还额脱点了什梗。发下去，横竖侪是江东人。而且吾现在能够得着十二万三千多支箭，本钿也呒不的。原料也侪勿用，有嘎许多箭么，格就赏五千两银子下去么，也应该的。

"来。""喳。""五千两纹——银——伺候。""是。"手下人马上去搬，一盘一盘一盘盘银子拿过来，让诸葛亮发赏。格个辰光，箭匠笃，箭搬好了，队排列了。诸葛亮跑过来发赏，周瑜立上背后头听俚呐呒讲法。

"箭匠们等听者。""哗！""本军师，奉了都督将令，监督尔等造箭。三日之中，你们造成狼牙十二万三千有另，十分——辛苦。""哗……"格点箭匠大家难为情，面孔侪红起来，开工酒、完工酒吃得人也勿认得，还喊伲造箭辛苦么，实在窘，勿好意思。"哗！""如今，发下赏赐，银两五千，拿回箭厂，稍停停本军师前来支配。""谢卧龙先生呃——谢诸葛军师嗳——谢卧龙——军师啊。"

格么箭匠啊，唔笃谢诸葛亮格辰光么，带谢声把周瑜酿。铜钿是都督拿出来格呀，叫啥俚笃吃仔对过了，谢隔壁。铜钿么，拿周瑜。谢，独谢诸葛亮。格个周瑜是气是气格了勿去讲俚么好了。别转身来往里向一跑头。格么箭匠是见诸葛亮格情，勿会来感激倷周瑜。

格么五千两银子拿到箭厂里向去，阿是侪拨箭匠呢？勿的。诸葛亮停一停要去支派，二千两银子拨了箭匠。二千两银子送到西山。一千两，拨了五百个军兵。还有一千两拨廿号船上格水手。再多一千两拿到诸葛亮船上。二百两银子，送到鲁大夫营头上，拨了鲁肃两个底下人。因为诸葛亮在柴桑郡格辰光，俚笃服伺过诸葛亮一段时间，诸葛亮因为齀带铜钿了，许俚笃格赏赐，欠账，那么现在有铜钿仔么，也去还脱。还有八百两，拿二百两出来，赏给自家船上，全体水手。再多六百两么，诸葛亮关照朱二官，吾赏拨俚格铜钿一共几化，俚搭吾算算账吧。那么诸葛亮赏拨俚格铜钿蛮多格呀，探听消息么，总归有赏赐，欠账。账上了啥场化么，格朱二官勿识字的，上账上了甏里向，拿船上格芦席拗下来，什梗长一根么，算五两，再长点么算十两。只有俚自家有数目。格账，上了甏里向的。那么拿只甏倒出来么，芦席勿少。一点下来么，回禀军师，五百四十八两。

六百两，侪拨俚。还多着五十二两，存在俚搭。将来赏拨俚格辰光，再退好了。哦哟，谢谢军师。那么朱二官，弄着一笔铜钿么，吾也勿去交代，通通侪诸葛亮安排脱了。未来先说拿俚表过。

诸葛亮拿仔令箭进中军帐来，周瑜坐好了当中。诸葛亮令箭交上来，交令销差。周瑜拿令箭收过。"先生，造成狼牙，其功非小。日后重——重——相谢。"格么诸葛亮是客人，勿能记功，只好将来谢俚。军令状摸出来，还拨了诸葛亮。诸葛亮笑笑，老实讲，今朝张军令状，俚是勿准备还吾的。准备拿军令状作为吾格罪证，要拿吾杀头么，就拿军令状拿出来拨了大家看。现在呢，军令状还拨了吾。诸葛亮天一天，身边袋好，旁边坐定。

周瑜派中军官到外头去，拿点箭点一点数目看。确实，十二万三千多，送进仓库，慢慢叫再分配到各座营头上去。周瑜弄勿懂，俚诸葛亮格点箭到底啥场化来，吾去问啥人么能够拿格个事体问出来。

俚在转念头，外面来了。"嗬尔——噗！"啥人么，鲁肃。鲁子敬踏进来，到旁边头一立，周瑜想奇怪，迟到？鲁大夫平常勿迟到，今朝为啥道理来得晚呢？啊呀，俚搭诸葛亮要好，诸葛亮格箭啥场化来，问别人问勿出，只有问鲁肃。

周瑜激出了两只小爆眼睛，在对鲁肃只面孔看。俚在看俚格反应，拨俚格苗头么。格么鲁肃啊，俚定心点酿，老实头人。心里向虚了。昨日夜头，跟诸葛亮到长江里向去，周都督勿知阿晓得勿晓得哦？让吾来看看看。眼梢甩过来，一看么，喔哟！齐巧周瑜格小爆眼睛激出，眼光搭眼光碰头，嗲！一对么，鲁肃一吓呀，头要紧别转去。格个周瑜盯牢仔在对吾看，再眼梢甩过来，"嚯哟！"还在望了唠。

俚连别两别头么，周瑜心里向转念头明白了，肯定鲁肃晓得，样子看得出。等歇问俚。周瑜退帐，文武官员退出。周瑜拿诸葛亮、鲁肃留好，到里向来一道吃酒。该顿酒水呢，真正叫贺功酒。

酒水摆好，坐定，三个人一道吃酒辰光，周瑜搭诸葛亮讲："先生。""都督。""三日不见，十分挂念先生。瑜想得一条破曹——之计，欲请先生指教。"诸葛亮一听，周瑜想着一条破曹操格计策，要来搭吾商量。"亮也想得一条破曹之计，也要请——教都督。""那么先请教军师。""先请教都督。"两家头大家勿肯先讲。鲁大夫心里向转念头，勿肯先讲有道理的。讲出来作兴，吾条计策比俫好，那么俫胡调，哦，吾搭俫一样格呀。讲出来，对方条计策比俫好，俫先讲了，俚讲出来比俫好，格俫要坍台。所以周瑜勿肯先讲。

格么鲁大夫想出格办法来。说吾去拿两杆笔，蘸好墨，一人拿一杆，拿条计策呢，写在手心里向。写好，手心摊开来看。啥人格计策好，用啥人格计。也好的，诸葛亮赞成，周瑜也同意。鲁肃到旁边头磨好墨，蘸好笔。两支笔，周瑜一支，孔明一支。拿在手里向。

正预备要想写格辰光么，外面奔进来格底下人，卜！跪下来，"禀都督"。"何——呃事？""吴侯，派骑牌官到。""请！""是。"公事来哉，写计策，慢一慢吧。笔，旁边一放。孙权来格旗牌官，派旗牌官到该搭来送封信。周瑜拿公文拆开来一看，关照旗牌官退下去休息。公文上写点啥呢？孙权专程派旗牌官，送一个大好佬到该搭点来，协助周瑜共破曹操。来格是啥人呢？襄阳人，姓庞，单名格统，号叫士元，道号凤雏先生。周瑜觉着奇怪，庞统呐吭会得到该搭来？

其实庞统呐吭来格呢？吾也要表出来。庞统搭诸葛亮师弟兄，庞统格阿叔叫庞德公。诸葛亮呢拜过庞德公先生，所以，两家头是同学。庞统有格道号，叫啥叫凤雏。诸葛亮格道号叫伏龙。水镜先生司马徽曾经讲过：伏龙、凤雏二人，得一可安天下。两个人格本事，差勿多的。

诸葛亮出山了，庞统还吭不出去。有一回，司马徽跑到庞统屋里向，讲拨庞统听：唔笃格师兄诸葛亮出山了，现在成绩交关好，名闻天下。俫阿要去投一个东家，干一番事业。呃，庞统说：吾无意功名，吾情愿在乡下隐居。说隐居对格哟，格俫有仔什梗一身本事，勿出去工作么，阿像煞有点可惜。俫工作仔一番，做出仔点成绩来，俫再回到乡下隐居么，勿是一样格么。对，庞统想出去投格东家，干一番事业。投啥人？心里向转念头，现在大好佬只有三个——曹操、刘备、孙权。顶理想，投刘备。皇帝格阿叔，大仁大义，名气好听。倒是有个缺点，啥格缺点呢？刘备搭有仔诸葛亮在做仔军师哉，吾去投刘备么，吾顶多做一个副军师。用现在格闲话讲起来么，一把手凹勿着做，做二把手。格么做副职么，总归像煞有点勿大高兴。格么投曹操吧，曹操么名声难听。因为曹操杀百姓。打徐州辰光，屠城屠村。外加呢，人家说俚俫是，要想谋皇篡位，名气勿好。勿投曹操投啥人呢？江东孙权。孙权勿错，有六郡八十一州之地，而且名声也蛮好。格么吾去投孙权么，倒是孙权手下有都督周瑜格喽。勿要紧，吾本事比周瑜大。吾去，在江东，有吾格地位。

庞统拎仔只包裹到江东来投奔孙权么，到仔江东啦俚勿来见孙权。为啥，俚想诸葛亮格身份搭吾一样，诸葛亮要刘备请三埭啦出山，格么吾格点身价么，孙权顶起码阿要来请格一埭半。打格对折格说法么，一埭半。吾捱上门自得戤，拎仔只包裹像上客栈什梗跑到孙权搭去么，失落吾身份。

什梗，吾去投奔鲁肃。曾经有朋友搭俚介绍过鲁肃，通过信，但是，勿见过面。吾现在到鲁肃屋里向，通过鲁肃让孙权晓得，孙权再来请吾。勿晓得鲁肃到三江口去哉。鲁肃格家属招待俚。拿庞统留在鲁大夫公馆里辰光么，鲁肃格家属拿格情形去报告孙权。孙权得信之后，派文官张昭来搭俚碰头。一攀谈下来呢，方始晓得，庞统有意思要投奔江东。张昭过来报告孙权么，孙权说什梗，格种大好佬来，吾欢迎格。后方呒不事体，前线需要人才。徐问声俚看，阿愿意到三江口去。假使俚肯去格，顶好。格么吾马上拿俚送到三江口，协助周瑜共破曹操。张昭一问呢，庞统答应。

庞统一方面勿开心，为啥？孙权搭吾面亦勿照，就要派吾用场了，叫吾动身。不过再一想呢，后方做勿出事体。前线需要人才么，吾到前线去。一来，在周瑜搭好显点本事。二则呢，搭诸葛亮好碰碰头。因为听见说，诸葛亮也在三江口，所以庞统答应。孙权派旗牌官拿俚送到该搭点来。

格么周瑜心里向转念头，庞统格种大好佬来，当然用得着。不过，吾搭庞统勿认得格。听说，诸葛亮搭俚师弟兄，吾来问声俚看，唔笃阿要好勿要好？

"军师。""都督。""吴侯命旗牌官，把凤雏先生相送到此，现在江边，未说凤雏先生与军师，可知——己——么？"诸葛亮一听么，心里向，别！一跳。勿好哉，啥体？庞统来哉。

庞统是吾师兄。本事大，而且要好。要好得呐吭呢？要好得熟不拘礼，一径要打棚。庞统格性格呢，欢喜溜白相、寻开心。俚跑得来，别样闲话呒不，第一句板是：诸葛亮，徐到江东来，是抢火法场来格嘅。鹬蚌相争、渔翁得利哦，徐想抢点啥，讲出来听听看。什梗一来呢，弄得落场势也呒不。吾到江东来，抢火法场，阿有格个意图呢？有。因为刘备穷，是在照格个牌头。破脱曹操么，可以上曹操格乱军当中，拿俚笃格种有用场格物事，弄过来。那么周瑜阿晓得呢，周瑜亦晓得格。格么格个物事勿讲穿帮么，格弄穿帮仔啦，呒不落场势。难为情相。勿只好回头勿认得，说仔勿认得么，让俚搭吾客气点。说仔认得要弄僵。

"都督，凤雏先生，山人但闻其名，未见其人。""闻得先生与他同学，怎样不认识？""兵荒马乱，从未见面。"乱世年间哟，吾到庞德公去读书辰光呢，庞统出去到外头去读书哉。游学在外头。等到俚转来呢，吾回转卧龙岗哉，所以，两家头勿见过面。周瑜心里向转念头，鬼话，肯定鬼话。师弟兄哪恁会得勿见过面。吾现在勿来搠穿徐。唉，庞统来，吾问俚：诸葛亮徐阿认得？认得。阿要好？要好。吾马上板面孔。徐说勿认得俚格，俚说搭徐要好，明明徐说鬼话嘞。徐啥格身份？水军参谋，吾都督。参谋在都督门前说鬼话，照军队里格规矩讲起来，就叫谎报军情。谎报军情格罪名：杀。拖出去。造箭杀俚勿脱，在该上头硬板错头，杀脱俚。嘎哟，周瑜是也有点穷凶极恶了。堂堂场化侪想动脑筋，害诸葛亮。

周瑜说：吾也是听说过俚格名字，嬎见过俚人呀。派手下人去请俚。俶派人去请庞统来么，另外再准备丰盛酒肴，搭庞统接风。周瑜，亲自到中军帐外面——接。

唔笃到外面来接格辰光，庞统来了。周瑜格手下人领庞统上岸。庞统一只包裹，俚自家要拎。格么底下人说：庞先生，格难看的，包裹吾来搭俶拎吧，俶空身走就好了。庞统手里向拿仔把鹅毛扇，跟仔格底下人，往中军帐过来格辰光："嗬尔——嘤——低头识地理，仰面通天文。山人庞呃——统，今日来抵三江口，你看，营寨密密层层，旗幡飘扬，刀枪密布，好不雄壮人——也。"

庞统在过来格辰光，周瑜立好了中军帐外头，接俚。周瑜心里向想，庞统格人，吾从来嬎搭俚见过面。但是可以想象，庞统格人，是标致面孔，肯定是格白面书生，眉清目秀，鼻正口方，唇红齿白。身上格衣裳呢，一定邪气讲究，风流潇洒，英俊气概。为啥呢？因为俚格号，道号叫凤雏，啥叫啥凤雏呢？就是一只小格凤凰。凤凰已经漂亮，小格凤凰是更加讨人欢喜了标致哉。

哪里晓得周瑜对门前一看么，呆脱哉哟。"哈——啊？"出乎意料哟。搭周瑜格想法，完全相反。

庞统格人呐吭格局呢？站立平地身高七尺，墨腾赤黑一只黑面孔，冲额骨，超下巴，高颧骨，断鼻梁，招耳朵，翘嘴唇，爬牙齿格阿胡子。格只面孔么，实在难看。头上戴顶道巾，开花哉。身上着一件八卦道袍，胸口头格金线绣格八卦啦，叫啥还剩五卦，三卦烊脱哉。呐吭会得烊脱呢？格老二官，着衣裳么实在勿考究，吃物事么狼仓。搭别人家吃酒吃菜格辰光，还要讲张，还要笑。滴滴嗒嗒，汤汤水水滴下来，滴上胸口头么，勿拿毛巾揩，就什梗拿手去撸撸，嚯哈哈哈哈——胸口头撸撸。撸撸么格金线八卦起仔毛头，起仔毛头么，嗒，滴脱点，嗒，滴脱点么，滴了滴，滴了滴么，一个金线八卦，滴脱三卦了，还剩五卦。胸口头么一摊油渍，油光光。着格衣裳呢，像跌塞铺盖什梗一个。手里向拿把鹅毛扇呢，吭不尖捻头的。呐吭会得吭不尖捻头呢？叫啥俚头颈痒，懒怕拿节搭子搔，拿格扇子格尖捻头去扒的，扒扒，鹅毛扇格尖捻头扒倒，扒倒拨俚搭脱，搭脱仔扒扒杀痒得多么，尖捻头俦拨俚搭光。好了，把鹅毛扇光萱萱，那是像生煤球炉子什梗种腔调。走起路来呢，吭不样子，上家避到下家了，下家避到上家。周瑜心里向转念头，格种样子还像凤雏啦？勿像凤凰，实头像一只水老鸦么好哉嚯。啊呀，真格了假格介？勁来格冒牌戏哦？因为孙权，勿认得俚格呀。

俶在奇怪，在疑心么，一个人俶心无二用。俶心里在疑惑哉么，叫啥嘴巴上会得咕出来。踏上一步："前边来者，未说可是襄阳，凤——呃雏？"庞统一听啥物事啊？"前边来者，未说可是襄阳凤雏？"可是，带一个问号了，阿是勿是。赛过俶还是真格了，还是假的？喔，庞统想俶看吾身上衣裳推位了，以貌取人。啊，就当仔吾是滑头戏。庞统格人，性子较为暴躁。张嘴巴么也敝的，一点勿肯让别人。"呃！前边来者，未说可是江东周都督啊？"倷阿是周瑜啦？倷是周瑜，吾是庞统，倷是冒牌都督，吾是滑头格凤雏。"岂敢，真是周瑜。""岂敢，真是庞统。"倷赞货么，吾也勿是假的。哦哟，周瑜想格个朋友勿大好弄格嗟。啊？当面开销了什梗。"凤雏先生，接待来迟，望勿见责。这厢，有——吔——礼。""不敢，庞统有礼。"欠身一弓。"请。""请。"

周瑜旋转身来，搭倷挽手同行格辰光。但是周瑜在接庞统格时候，背心对中军帐，面孔对外头。庞统呢，是面孔对中军帐。庞统一看，中军帐帐门口，诸葛亮立好了。诸葛亮露出一个颗郎头，身体在里向，颗郎头探在外头。手里向拿仔把羽扇，在对庞统招。面孔上格表情呢？看得出的，眉毛动动，眼睛眨眨。啥意思呢？诸葛亮格打招呼啦。意思里向就是：庞统啊，帮帮忙。吾今朝说格鬼话了哦，吾搭倷只算勿认得。啊，倷晚歇点朆戳穿吾哦，推位勿起格哦。

扇子在对俚招。庞统阿懂呢？呐吭会得勿懂。聪明人呀，师弟兄几化要好。格种人，眉毛眼睛侪会讲闲话。诸葛亮，说格鬼话，算勿认得，有数目，一句闲话。扇子，嘡！一招：有数。周瑜呐吭晓得，唔笃扇子会得讲闲话格叫啥。等到周瑜旋转身来，揞庞统格手进来么，诸葛亮已经进去哉。到里向，谦逊一番坐定。送过香茗，茶罢收杯。介绍鲁肃过来见面，鲁肃搭俚通过信，见过一面之后，鲁肃坐定。

周瑜要问庞统："凤雏。""不敢！""南阳卧龙先生，足下可认——识否？""南阳卧龙，莫不是诸葛亮么？""是——啊。""庞统，但闻其名，未见其人。""啊？闻得先生与他同学，怎样不认识？""呃，世乱荒荒，从未见面。"周瑜心里向转念头，诸葛亮朆瞎说。诸葛亮说兵荒马乱，朆碰过头。俚说，世乱荒荒，朆见过面。什梗一看诸葛亮老实。

既然唔笃朆见过面么，吾来搭唔笃介绍介绍。"凤雏先生，卧龙先生也在这里。""啊，在哪里啊，在哪里呀？"庞统眼乌珠，笃落落落，四面在寻么？勿认得哟。嘿，周瑜想，实头勿认得。倷看，就坐在俚对面，勿认得。庞统想，勿认得啊，烧仔灰了也认得出。做功，倷阿懂了。周瑜又勿晓得。

"凤雏先生，喏喏喏，这一位就是卧龙。啊！卧龙先生，见过了凤雏先生。""是是是。"诸葛亮一本正经过来，"啊呀呀呀呀——凤雏兄，亮闻名久矣，今日得见，有幸，有幸"。"不敢不敢，足下就是卧龙兄，哈呀呀呀，久仰啊——久仰，今日得见，不胜荣幸。"周瑜想，实头勿认得。倷看，久仰久仰。其实俚笃侪是做功哟，坐定。

周瑜关照摆酒，丰盛酒看摆出来，两桌。周瑜、孔明、庞统、鲁肃，大家侪入席，坐定，吃酒。

庞统心里向转念头哦，吾今朝要掂掂周瑜格斤两。因为倷刚巧试嫌吭不礼貌，当吾是假佬戏。吾现在掂掂倷斤两看，倷搭曹操打，用点啥格计策。"都督。""凤雏先生。""屯兵三江，可曾与曹操交战？""交战的。""胜败如何？""大获全胜。""可曾二次开兵？""嗬，没有。""为什么不过江破敌？""呃，这个。""为什么不过江破——呃曹？""呃哼，那——个。"逼煞哉。啥勿马上打过去呢？周瑜勿能说，吾格计策还吭不考虑成熟。格闲话讲勿出，张怕拨俚取笑。

俫在弄僵格辰光么，诸葛亮一看，格庞统闲话啦，逼人逼得脱结棍哉，吾来打格圆场吧。"敌众吾寡，难以力敌。要用计取胜。"诸葛亮轻轻叫咕一句么，周瑜听得蛮清爽。"呃哼，是啊。凤雏先生，曹操雄兵百万，战将千员，敌众我寡，要用计取胜。""哦，那么请教都督，用什么计？"用啥格计么，吾还蕲搭诸葛亮商量好了嚜。"唉，这个。"对诸葛亮看看，帮帮忙酿。"计策乃秘密之事，岂可走漏风声。"

哈呀！周瑜想对啊，吾人戆煞哉，勿会回头格喏。"凤雏先生，想那计策乃军中机密，岂可在酒席之间高谈阔论，走漏风声，危害不浅。呃哼，不便奉告。""喔！"庞统对诸葛亮看看，关俫啥体啦，要俫帮俚格忙。"大都督。""嗯。""庞统有一条破曹之计，可以一仗成功，稳稳取胜。""呃喝，请教。""倒是这计策，乃军中机密，岂可在酒席之间高谈阔论。呃嗬，不便奉告。""哦！"

喔哟，周瑜想格脚色辣手，现开销，当场寻开心寻还吾。俫说计策，俚也有。啥格计策，勿能讲的。勿能讲格计策，大家都会讲的。周瑜吭不闲话好说。

俫吭不闲话好讲么，庞统心里向转念头，寻仔一泡周瑜开心，那要搭诸葛亮谈谈了。俫诸葛亮到江东来，抢火法场来了。吾来问问俫看，俫想抢呐吭几样物事。"都督。""嗯。""庞统要请教卧龙兄天文之道。"周瑜想，唔笃讲天文，吾呐吭弄得清爽呢。"瑜洗耳恭——听。""孔明兄。""不敢。""请教天文。""请讲。""北方星象如何？"周瑜一听么，哦，原来在问北方，天上格星象呐吭。其实，庞统在问诸葛亮，破曹操北方军队，大概还有几化日脚？诸葛亮算仔一算么，"十二个"。周瑜一听，大概北方有十二粒星。其实呢，诸葛亮说还有十二日天。因为今朝是初七，大概再过十二日天，到二十左右哉么，就要破曹操快哉。"那么九星在于东？"俫到江东来，究竟心里向，想要抢呐吭几样物事？"三星在于西。"诸葛亮说，吾晏得抢三样物事。呐吭三样物事呢？曹操营头上格全部粮草，吾要哉。因为刘备，火仓要开勿出，格点粮草照牌头。曹操营头上格全部饷银，吾也要哉。刘备吭不铜钿，勿能打天下，格点饷银要弄下来。曹操营头上格军用品，吾也看中了，吾也要哉。

庞统一听笑出来，喝哈哈哈——诸葛亮，面孔么，俫比吾白，良心是比吾格面孔要黑了哉。为啥呢？粮草、饷银、军用品，侪拨俫抢得去是，周瑜也吭啥物事好拿哉嚜。"紫微星不在本宫亦当留神。"刘备立脚场化也吭不了，动动脑筋，勚独是抢火法场，阿要去夺点城池下来。"总要左辅右弼相助，才能无妨。"左辅右弼，紫微星旁边两粒星，托俫老兄帮帮忙，勚说穿吾格鬼话，吾就勿要紧哉。"木星在中央，包管无事。"俫笃定，木头人坐好在当中，一句也听勿出的。

诸葛亮响勿落，格个寻开心，寻得有点过头哉。诸葛亮勿好笑出来。周瑜勿懂的。周瑜听俚笃上讲天文，啥格北方星象么十二个，总大概北方十二粒星。九星在于东么？总有九粒星在东面，三星在于西么？三粒星在西面。九粒加三粒么，十二粒。喏，大概就是格点花头。

勿晓得周瑜啊，俚笃在讲格闲话，偕弄勿清爽。那么鲁大夫请庞统一道来用计策哉哟，所以每人拿杆笔在手心里向写计策，叫三贤定计，破曹操。

第八十二回
苦肉计（一）

诸葛亮草船借箭，回到营头上，见周瑜交令之后，庞统来碰头。现在卧龙、凤雏，周瑜、鲁肃，一道在帐中吃酒格辰光，周瑜觉着庞统格本事大的。俚看俚搭诸葛亮谈格天文，俚笃谈得津津有味啊，吾听仔弄勿大清爽。因为格方面格知识，周瑜就缺着一眼。不过周瑜想，刚巧，吾搭诸葛亮两家头，大家预备拿一杆笔，在手心里向写一条计策，破曹操。写好，拿出来看。后来因为庞统来哉，就蹩写的。格么照规矩，庞统到了，应该请庞统一道来参加，三个人大家拿笔，手心里向来写。格么多一个人格计策么，有格比较。叫啥周瑜有点犹豫。为啥么，因为俚觉着，诸葛亮、庞统，两家头格本事，半斤八两。吾搭俚笃比较，差着一眼。那么搭诸葛亮写好仔摊开来看，吾格计策勿及俚，还好了。因为诸葛亮勿会当面取笑。庞统格种脾气，比较难弄，心直口快。说勿定，会得搭吾寻寻开心了什梗。所以周瑜想，阿要喊俚一道写。还是等庞统跑脱仔，再搭诸葛亮写呢，还是呐吭？

俚在转念头格辰光么，叫啥鲁肃在旁边头，也在想。嗳，鲁肃想吾，自家么本事推位，轧两个朋友侪大好佬：周瑜，江东一只老虎；诸葛亮，伏龙；庞统，凤雏。龙了凤了虎，三个大好佬碰头，格是一条商量破曹操格计策是，格最好侪吭不。格么呐吭周都督勿讲格呢，对周瑜一看么，周瑜也对俚一望。周瑜对俚一望格意思，就是勿喊庞统一道来写。碰着格鲁肃领会错脱了。俚当仔周瑜自家呢怕难为情，搭庞统是客气的。勿便喊俚一道写。叫吾来穿格扇面了，吾来开口。格么一句闲话，吾来讲好哉。因为吾搭庞统通过信，比较熟的。

"啊——都督。""嗯。""方才都督与卧龙先生，准备在手掌之中，各写破曹之计，如今，凤雏先生到来，可以请凤雏先生一同写了。""这。"周瑜顿一顿。诸葛亮说：好。诸葛亮赞成么，庞统弄勿懂，呐吭道理？格么诸葛亮就讲拨庞统听：一道商量一条破曹操格计策，勿讲，用笔，写在手心里向。写好，摊出来看。啥人格计好么，用啥人格计。俚阿高兴参加？"好啊。"庞统也赞成。

那么周瑜想，俚笃两家头赞成仔么，吾本主儿，勿见得会回头了。那是僵哉，看上去要坍台。"呃，好——啊。"周瑜也只好赞成好。鲁大夫过去，准备好三支笔蘸好墨，每人手里拿一支，大家写。周瑜心里向转念头看看看，究竟俚笃写点啥。

俚在看格辰光么，庞统真快啦，不假思索，一挥而就。"好了。"周瑜再对诸葛亮一看，诸葛亮写得慢。诸葛亮杆笔，伸到袖子管里向去，只看见格笔杆在动，写啥格字，弄勿清爽。而且诸葛亮格字呢，字数写得蛮多的。一个，一个，一个，一个，看上去格样子呢，俚在写一条具体格计策出来。而庞统呢，一挥而就，一个字。而且格个字呢，笔画侪勿多，简单的。周瑜看诸葛亮也写好了，那么俚自己也写好，"呃喝——好了"。"请教都督。""先请教风——雏。"

乓！庞统格只手摊开来，诸葛亮、周瑜、鲁肃，侪对俚手心里看。只看见俚左手手掌之中写好一个"火"，而且格火字写得特别的大，写满一手心。外加格火字呢，顶倒写。为啥道理要什梗写法么，庞统有俚格设想。火烧赤壁，大得勿能再大。所以要写满一手心。格么火字为啥道理要顶倒写呢？火字勿好写正的，写正了，往自家格搭烧过来，变烧自身了。那么俚火字反写，火烧赤壁呢，要往赤壁方面烧过去，所以火是顶倒写么，往外头烧，烧勿到俚里向来。

所以诸位，唔笃看喏。老法头里向，恐怕现在还有。人家墙头上，或者庭柱上，灶屋间里向，贴了一张小条子，"火烛小心"四个字叫啥火烛小心，火字啦，顶倒写的。为啥道理顶倒写么，据说，有什梗一种设想，火烛小心哦，要烧么烧脱外头一家，俚里向覅来烧哦。有什梗一种想法的，所以火字，顶倒写的。

周瑜看诸葛亮，"请教，卧龙先生"。诸葛亮只手，乓！摊开来。大家对诸葛亮手心里向一看么，诸葛亮手心里向写十二个字。啥格字呢，叫啥侪是火字。鲁肃对诸葛亮看看，倷寻啥开心，弄笔头呀。写一个火字也是烧了，十二个火字也是烧。而且俚格十二个火字呢，写成功一个圆圈圈，该格火字接牢格个火字，格个火字接牢该格火字，笃咯咯咯——一绞圈。啥格意思呢，诸葛亮有道理。十二个火字，大概要过脱十二日天之后，那么再火烧赤壁。火字为啥道理要连牢呢，因为曹操营头上格船只多，江面宽，倷要火烧起来，勿能够拿俚点船侪烧光，俚格船可以回避，好逃开来的。假使俚格船全散开来呢，倷就烧勿光哉。那么诸葛亮格计策呢，就是说，要拿曹操营头上格船只，用链条搭起来，铁索连环佩搭。一只船上起火呢，俚全营逃勿走了。因为链条侪连牢了，逃勿光，可以全部烧光。诸葛亮什梗格用意。

看周瑜，周瑜手摊开来，也是格火字，三家头格计策，相同。鲁大夫马上关照外头，绞手巾进来，手心上格墨迹揩一揩干净。笔，收拾开。

再坐好吃酒格辰光么，周瑜要问诸葛亮："先生，为什么要这许多连在一起？"诸葛亮解释：江面阔，船多，倷烧俚格船，俚可以散开来。吾条计策呢，就是派人过江，献连环计。叫曹操拿船只呢，搭起来，用链条连起来，上头铺好宽板，钉好钉。什梗样子一来呢，一只船起火，整格营头侪烧光。俚就勿容易逃哉啦。勿活灵了。格个船叫啥呢，叫连环船。格条计策叫啥呢，叫连环计。

"哦，那么请问先生，这连环计，谁人能献？""喏喏喏喏，凤——雏兄。""啊？"庞统想啥物事啊？推荐吾去啊，唔，诸葛亮，倷忒过分了。吾过江去献条连环计，风险几化大。老实讲，曹操熟读兵法，深通韬略。领兵数十年，经验丰富，见多识广。吾什梗条计策去，假使勿成功，性命保勿牢。颗郎头要拿下来的。哦，倷就拨吾什梗一个好差事当当。诸葛亮扇子对俚看看，倷放心，倷去好哉。倷去呢，曹操一定上当。为啥？因为倷名气大。曹操曾经派人到倷屋里向请过倷两埭，倷勿在。倷去到呢，曹操相信的。别人去格条计策勿会成功，只有倷去能够成功，帮帮忙。

诸葛亮扇子对俚招几招，格庞统对诸、诸葛亮看看，格么诸葛亮喏，今朝买倷面子喏，否则格说法，吾勿肯去冒什梗格种险。那么周瑜又勿晓得俚笃在打招呼的，"凤雏先生，呃喝，那时节，要请先生过江，献连——环计"。"庞——统遵命！"庞统答应。再吃脱几杯酒，诸葛亮告辞。为啥么？昨日夜头一夜天齁困觉。草船借箭，现在要回到船上去，横脱一痻？休息休息。倷回头跑，周瑜送。庞统搭鲁肃仍旧在里向吃酒。周瑜送出来么，诸葛亮搭俚咬句耳朵：都督，庞统格人啦，倷最好勷留在营头上。为啥呢？因为中军帐进进出出格人多，难免要走漏风声。假使传出去，凤雏先生在该搭，大帐上耳目众多，作兴有奸细。拿格个消息传到江北，曹操晓得庞统老早就到三江口营头上来了，倷派俚去献连环计，稳死。非但计策勿成功，庞统先生性命要保勿牢。格么呐吭弄法呢？有。蛮好。倷拿俚送到一个秘密点格地方，囥起来。等到将来机会来哉，让俚过江。现在呢，要绝对秘密。勿能拿格个消息漏出去。周瑜说，有数目了，不过，周瑜也关照诸葛亮哦，倻一道商量计策格事体啦，倷随便啥人门前勿能讲格哦。格条计策呢，只有四个人晓得——周瑜、鲁肃、诸葛亮、庞统。吙没第五个人晓得。倷勿能讲拨别人听。诸葛亮说，吾有数目。吾勿会走漏消息。

孔明回船去。周瑜回到里向来，再搭庞统讲，庞先生倷登在该搭营头上，勿大方便。将来呢，献计策起来呢，有困难。倷到西山山顶上，有座草庵，草庵里有出家人。倷就在草庵里向耽搁。将来机会来哉，到格个辰光，再请倷先生过江。庞统答应。那么，鲁大夫拿庞统送上西山。到草庵里向住下来。非但有出家人，周瑜还派两个底下人专门去服侍庞统了，照顾俚格生活。西山山脚下，上山格山路口呢，佾派兵守好。闲人不得上山。因此，庞统到该搭来格消息是非常秘密。

鲁大夫安顿停当，回过来到中军帐搭周瑜见面。说，佾舒齐好了。周瑜心里向转念头，诸葛亮格点箭啥场化来，吾到现在还是格谜。只有问鲁肃。就什梗问，勿来赛。探探俚口风看，倷阿晓得勿晓得。"子敬。""都督。""昨日晚上你往哪里去的？"冒攻。昨日夜头啥场化去的？格么鲁肃啊，倷硬点酿。吾在营头上困觉。那么周瑜也讲勿出哉咯。因为俚昨日夜头跟诸葛亮到长江里向去借箭，勿在营头上，硬勿出咯哟。尽管诸葛亮搭俚倻讲好么，叫啥俚会得一个突头呆么，呃，打格愣哉，支支吾吾。"呃呃呃呃，昨日晚上么鲁肃，在、在营中睡觉啊。"格么周瑜想，倷在营头上困觉么，俚蛮硬横。劈口就好回头吾，在营头上。俚啥体要吞吞吐吐，唔吱唔吱呢？"本督昨日晚上命人到你帐中，请你两次，你不在营中，往哪里去了？"格么鲁肃啊，俚有心硬点。俚勚派人来请，因为底下人是搭俚讲过的，勚派人来请，鲁大夫俚硬勿出哟。因为昨日夜头是勿在营头上。再说鬼话吧。"呃，昨日晚上么，因为西山粮营的公事未毕，鲁肃往西山粮营办理未了的公事。"

周瑜想勿对，俚在西山上办理未了公事，勿在帐中。格么吾第一遍问俚格辰光，昨日夜里啥场化去的？西山。为啥道理第一遍问俚格辰光，俚马上就说，在营头上困觉。吾说派人来请俚，俚勿在。那么俚再搬场，搬到西山去。蛮清爽，俚也勿在西山。

周瑜，嗄！一记台子一碰："昨日晚上你与诸葛亮在一起，还要瞒吾！""哈哈哈哈哈哈哈哈，都督，你怎样知晓？"格老实头人，一冒么，通通侪冒出来。"还不与我讲来！"那么鲁大夫拿昨日夜头，诸葛亮呐吭过江，草船借箭格经过情形，从头至尾讲拨周都督听。"哎呀都督，昨日晚上，鲁肃人险些儿被他吓死哦！"急呕！在曹操营头门前，吓得吾浑身发抖。周瑜想要俚格什梗，吾蛮好一条计策，能够杀诸葛亮，拨俚搞七捻三一来么，破坏脱了嗄。"还不与吾退——下。""着。呵呵呵呵呵。"鲁大夫蛮快活，总算诸葛亮太平无事么，俚也定心。鲁肃去。

格么周瑜，虽然勿能够拿诸葛亮杀头，但是俚也蛮满意。满意点啥呢，诸葛亮搭吾得着十二万三千多支箭。格点箭，意义蛮大了。为啥？因为吾一来，勿付出原料的。原材料侪勚付，凭空得着十多万支箭。格是一层好处。第二层好处呢，吾得到十多万支箭。曹操营头上，顶起码要损失十多万支箭。俚有箭的，变呒不箭，呒不箭格变有箭。一出一进，翻一番。接下来，吾打过去，俚要射箭，俚就少了。吾打过去，吾拿曹操格箭，去射杀曹操格兵。借俚格拳头，捌俚格嘴，双方实力对比上讲起来，要推位勿少。格又是一层。再加上，曹操营头上损失嘎许多箭，对曹操格士气、人心，讲起来啦，侪是受打击了，受影响。不过诸葛亮格本事什梗大呢，格个人总归勿能留在世界上。要想办法结果俚性命。一时头上呢，想勿出。只好等机会。不过周瑜，虽然么，火攻计想好了，连环计也安排了。但是格个计策，呐吭用法呢？庞统，呐吭过江呢？曹操营头上损失仔点箭，接下来曹操营头上，情况呐吭呢？下一步格棋子呐吭走法呢？该个就是需要周瑜动脑筋，挖空心思想办法的。当夜耽搁。到明朝转来早上，叫啥周瑜得报：昨日夜头，三更天，江心里向来五只船。曹操营头上来的。格个五只船后头呢，还有几十只船追，追格船追到江心，回转去了。格个五只船呢，过江心，望准俚伲营头格方向过来。那么吾伲水营里向，开出去格巡逻船，拿俚包围牢。格个五只船停下来，吾伲上去一检查么，叫啥五号船上，有三百格兵。"嗯。"还有两个将官。啥人呢？一个叫蔡中，一个叫蔡和。两家头是荆州刘表格旧部，是水军都督蔡瑁格阿侄。因为曹操杀脱蔡瑁、张允，所以了俚笃跑该搭点来。要来为蔡瑁报仇了，投奔江东。"嚯哦。"周瑜心里向一转念头，"啊哈"，明白了。曹操派人来假投降了。

阿是呢？不出周瑜之料。是什梗一桩事体。因为曹操损失仔格点箭，俚心里向昏闷。搭江东人打，有啥办法呢？长江开战，吃败仗；周瑜探营，逃走；蒋干过江做说客，偷封信转来，杀脱两个水军都督；迷露天，诸葛亮到该搭点来，骗箭，吾损失狼牙几十万。格俙心里向阿要鹘丝的。照什梗打下去，吭不巴望。

那么曹操召集手下文武官员商量，唔笃阿有办法能够打大破江东？那么旁边头有人献计，说：吾伲为啥道理搭江东人打，勿能够僭上风，恐怕蛮大一个原因啦，吾伲是勿晓得江东营头上格虚、实、动、静。格顶好呐吭呢，顶好吾伲要派人过江去，到周瑜营头上去，打探军情。虽然吾伲派探子在江心里向巡逻，探听消息。在江心，只好打标远镜，远望望。俚笃营头内部情形，吾伲不得而知。格么老古话，知己知彼，百战百胜。吾伲勿了解江东人格情形，要打败江东，是难格呀。顶好呐吭呢，派人过江去假投降。在周瑜营头上，探听军情，那么再写信来报告俙相爷。吾伲可以乘虚而进。格么啥人可以过江去假投降呢？诈降要有条件的，勿是每一个人侪可以过江。那么也有人献计：蔡中、蔡和两家头，可以去。啥格理由呢，因为俙丞相杀脱俚笃格阿叔蔡瑁，还有俚笃格亲眷张允。俚笃出起来格由头呢，就可以说，伲是要为阿叔报仇。曹操想勿错。

蔡中、蔡和从荆州回转来哉哟。俚笃拿蔡瑁、张允格棺方送到荆州么，叫家属料理丧事。俚笃立刻就回到赤壁来，听候丞相调遣。那么曹操关照俚笃两家头：吾现在要重用唔笃。吾相信唔笃，派唔笃两家头带三百个兵，今朝夜里过江去，投降周瑜，探听军情。以后呢，唔笃就写信到江心里向来，吾专门派船只搭唔笃联络，唔笃拿情形来报告。将来破脱江东之后呢，包管对唔笃两家头，封侯赐爵，升官发财。那么两家头答应。

不过，曹操关照俚笃咯哦。吾叫唔笃去假投降的，别样吭啥，唔笃勠弄假成真了，变真投降。格勿来赛咯哦。说：相爷俙放心，伲格家属侪在荆州，假使说伲，要去投奔江东咯说法，俙丞相可以拿伲满门抄斩。对。曹操相信。

勿晓得曹操相信俚笃两家头，勿会去投奔江东么，就是因为俚笃家眷在荆州。格周瑜吃煞俚笃两家头，到江东来假投降么，也就是因为俚笃两家头来啦，勠带家眷。如果说俚笃真心来投奔江东，曹操肯定要拿俚笃一家门，通通侪杀光。格俚笃所以胆大来，勿顾怜家眷么，蛮清爽，该格是派得来假投降。

好极了。周瑜心里向转念头，俚笃两家头到该搭来假投降。吾假使说，拿俚笃两家头，嚓嚓，杀脱。看看，好像吾勿上当，吾也蛮凶。假投降人拨吾杀脱了。但是，实际上格好处勿大。为啥呢？因为格个两个人啦，价值勿高，本事勿大。杀脱格个两个人，对于曹操格损失有限得很。吾现在呢，要拿俚笃收下来。收仔下来呐吭呢，派俚笃在营头上，让俚笃探听消息。那么吾呢，制造一点滑头戏格现象，让俚笃信以为真了，吾要拨曹操上当，有办法了。吾通过蔡中、蔡和两家头写信去，拿格情报送到曹操搭么，让曹操上当。

周瑜格个名堂叫啥呢，叫将计就计，也叫计中生计，一计还一计。如果用现在格闲话讲起来么，对方派两个间谍过来，吾俚该搭呢，反间谍。利用该格两个间谍，拿假情报送到对方去，让对方上当。该格是周瑜格高明地方。

格么周瑜拿蔡中、蔡和两家头喊过来，表面上也要做足格哦，也要审查俚笃两家头。当！一记台子一碰：唔笃两家头假投降，拖出去杀！唔，两家头跪下来磕头，讨饶，哭，罚咒：伲么真心投降，伲么因为曹操杀脱仔伲格阿叔了，所以伲要搭阿叔报仇了，到该搭点来投降。并无假意，赌神罚咒。那么周瑜算回心转意，好，既然你们真心投降，吾收。

那么就关照拿水营上，左先锋甘宁甘兴霸喊得来。蔡中、蔡和两家头派在俚手下，做倽甘宁旁边头格副将。担任格职务啥物事呢，长江巡逻。周瑜叫俚笃担任长江巡逻么，就是拨机会，让俚笃冠冕堂皇，拿信送过去。甘宁也有点吃勿大准，格个两个人，来路勿大正。周都督为啥道理收下来了，而且要弄到吾营头上来。

格么甘宁带蔡中、蔡和到水营里向去。蔡中、蔡和呢，蛮快活。到了甘宁营头上么，先要搭甘宁手下两个心腹，船上人，啊，俫客气得了。用现在格闲话讲起来么，关系先要搞好。拉好关系么，可以刺探军情的。不过周瑜拿蔡中、蔡和两家头收下来么，引起了鲁肃格怀疑。

鲁子敬觉着，周都督，倽格个决定啦，做得太草率了。格个两个人照吾看起来，勿像真投降。为啥呢，因为俚笃勿带家眷么。格么照规矩周瑜格本事比吾鲁肃大，吾也看出来俚笃是假投降么，周都督呐吭会得看勿出呢。哦，智者千虑，必有一失。聪明一世，也有懵懂一时格辰光。格么呐吭呢，吾去提醒一声。格俫都督上仔当了哉。

鲁大夫转停当念头到中军帐，碰头周瑜，"大都督。你手下两个降将蔡中、蔡和，据鲁肃看来，他们，并非真降"。"怎见得？""因为他们不带家眷，分明是诈降啊。"好，周瑜心里向暗暗称赞，鲁子敬，眼光凶。拨俚看出来，假投降。不过，吾阿要告诉俚，吾现在是用计，将计就计收下来。勿告诉。为啥道理勿告诉俚呢，因为现在格鲁肃啦，变脱了。啥格上变呢，搭诸葛亮要好，专门拿吾格闲话去告诉诸葛亮。什梗了吾转格念头诸葛亮俫晓得。周瑜对鲁肃啦，当俚忌客用哉。勿肯老实告诉俚哉。嗳。

鲁肃提出来俚笃是假投降么，周瑜对俚面孔一板，"子敬，说哪里话来，他们二人，要为叔父报仇，前来归顺江东，本督哪有不收之理？你说他们不带家眷，你可知晓，古代有格豫让，漆身吞炭，为主报仇，他们抛妻撇子，与叔父雪恨，于国事至忠。照你如此多疑，安能用天下之豪杰，还不与吾退——地下"。"着。嗻嗻嗻嗻嗻嗻嗻嗻。"鲁肃响勿落。忠言逆耳，听勿进哟。

周瑜呐吭讲法呢。古代，有格大好佬，叫豫让。豫让俚投格东家，叫智伯。智伯呢，拨了赵襄灭脱了。俚要搭智伯报仇，俚去行刺赵襄，拨了赵襄捉牢了。捉牢之后呢，赵襄勿拿俚杀。放脱俚：倷下转，勿来行刺吾。一边说：勿来的，吾仍旧要行刺倷的。为啥么，因为智伯待吾好勿过。倷放吾，是倷个人待吾好处。吾为智伯报仇，格个是公事，勿让步的。格么赵襄格点好的：格蛮好，吾放倷。吾答应放倷么，吾守信用，吾放倷。下转倷要来行刺吾，吾捉牢仔，对倷勿客气。

那么豫让回转来之后么，俚用啥格办法呢？俚屋里也勿哉。俚要去接近赵襄，赵襄认得俚哉了，用啥格办法呢？俚拿格漆啦，望准自家格面孔上涂上去，漆有毒格呀，咬牢仔么，格只面孔毁容啦。那么俚去讨饭，那么家主婆呢，勿见脱仔格男人，四面去寻。听见街上有人在讨饭格声音么，俚一听格声音啦，像自家男人。跑过去一看只面孔么，勿是，勿敢认。那么豫让晓得，面容毁脱了，声音勿变。家主婆看看，还听得出俚格声音了。

那么俚拿格碳，就生风炉格种碳啦。碳几化燥啦，吃下去。吃下去之后呢，只喉咙坏脱了。声带完全变脱了。那么俚讨饭讨到自家门口么，家主婆听仔声音也勿对俚看哉。那么俚晓得吾声音变脱了。后来俚原旧要去行刺赵襄。城外头新造好顶大桥，俚困在桥堍下，因为赵襄要出城来看格顶桥啦。结果，拨了赵襄捉牢。赵襄拿俚捉牢之后仔么，硬劲要杀脱俚。赵襄叫啥还认得俚的，家主婆勿认得俚，赵襄认得俚。哪上看出来么，两只眼睛上看出来。眼神看出来，倷是豫让。说倷格人漆身吞炭，倷用什梗格办法来报仇，吾勿能够饶倷。吾再饶倷，吾防不胜防，吾要杀倷哉。那么一边说，倷要杀吾呢，吾也呒不办法。倷应该拿吾杀的，不过吾有格要求。啥格要求呢？倷阿能够拿件袍脱下来，让吾在倷袍上斩三剑，表示吾已经拿倷刺杀了。那么吾死到阴间么，吾有面孔搭智伯碰头。为啥道理倷要对智伯格怎样子好法呢？俚说：因为智伯当吾啦，国士之礼。吾应该用国士格恩德去报答俚。格个名堂叫啥，叫"士为知己者死"。那么赵襄拿件袍脱下来交拨俚。俚拿件袍拿在手里向么，拿起一把剑来，望准袍上，辣！辣！辣！斩三剑么，实头像刺真格人一样。然后俚自杀了。有什梗一桩故事。今朝周瑜去埋怨鲁肃么，就运用了什梗一个古典。豫让要搭东家报仇，尚且要漆身吞炭，蔡中、蔡和要搭阿叔报仇，抛妻撇子么，有啥稀奇呢。完全相信得落。

鲁大夫心里向转念头，倷拿蔡中、蔡和两家头去比豫让，吾随便呐吭勿领盆。格里向么倷上仔当了哉。格么呐吭，吾去问诸葛亮，吾也看出来哉，为啥道理周瑜看勿出来。跑到船上来，讲拨诸葛亮一听，事长事短。忠言逆耳，拨了周瑜埋怨格辰光么。诸葛亮笑出来：大夫啊，勿说周都督要埋怨倷，吾也要埋怨倷哉。啥格道理呢？周都督晓得俚笃假佬戏呀，明明晓得两家头来假投降，周都督厉害，将计就计，收下来。要在俚笃身上用计，叫曹操上当。哦！嗳！格么周都督为啥道理要瞒脱吾呢？张怕倷，来告诉吾。拿格个情形侪讲拨吾听，所以么要拿倷瞒脱。该个有名堂的，打仗，在军队里向，叫兵不厌诈。包括在自家人门前，有辰光，也要保守秘密。格个就叫兵不厌诈。

鲁大夫勿开心格哦，周都督倷勿作兴格哦。诈，用在别人面上，吾勿反对。吾搭倷几化要好，知己朋友哟。哦，现在倷拿吾当忌客了，因为吾轧仔诸葛亮格朋友了，所以倷勿肯告诉吾。在吾门前说鬼话。格倷在吾门前说鬼话么，呒啥客气，吾下趟，也要到倷门前说鬼话，也勿拿诸葛亮格闲话讲拨倷听。

格么鲁大夫接下来问诸葛亮哉咯：倷看周都督收仔蔡中、蔡和下来，下一步呐吭。倷看，下一步么，周瑜要上蔡中、蔡和身上做文章。要做出反应了。啥格反应呢？格个现在吾讲勿清爽。因为事体也呒来，吾呐吭晓得。照吾格估计么，总归三日天当中，营头上要有点啥格事体哉。蛮好，三日天。鲁大夫回转去。鲁大夫开心格哦，周都督格本事到底是比吾大。吾简单，吾晓得俚笃假投降么杀头。嘿嘿，周都督能够拿俚笃收下来，将计就计，佩服周瑜。

格么鲁肃回转去，吾也勿必交代。叫啥周瑜吃过夜饭之后，水营里向甘宁来碰头。甘将军见过周都督，向都督报告。蔡中、蔡和两家头到仔吾营头上来，热络得来。对吾船上格家将、水手，啊，搭俚笃么来得格客气，问长问短。吾看俚笃呢，形迹可疑，恐怕是假投降。大都督，倷阿有准备。周瑜对俚一笑，关照俚耳朵凑过来，搭俚咬耳朵：甘宁，吾晓得俚笃来假投降。吾为啥道理要派到倷营头上来呢，因为吾要想请倷啦，看牢俚笃。包括俚笃格三百名军兵，也要看牢俚笃，劢拨俚笃过分自由。但是呢，劢拨俚笃觉搭，倷在看牢俚。让俚笃有一定范围里向格活动自由。否则格说法，俚笃打听勿着消息，勿能去报告曹操。吾要在俚笃两家头身上用计。甘宁有数，甘宁去。

那么周瑜心里向转念头，蔡中、蔡和两家头收仔下来，吾上俚笃身上格用计么，呐吭用法呢？动脑筋。只听见外头，哔噗、哔噗，格里哔噗格，嘭——嘭！二更。夜深。

周瑜还在看公事格辰光么，外头跑进来格底下人，"禀，都督。""何——呃事？""黄盖老将军到，求见。""请。""是。"手下人跑到外头来，请，黄盖进来。

老将军踏进中军帐么，周都督立起身来迎接。"老将军，瑜迎接将军。""都督不敢，黄——盖有——礼。"坐定。送过香茗，茶罢收杯。"老将军，黉夜到来，有何事——呃情？""请都督，回——避左右。""左右回——哋避。"囒咯咯咯——底下人退出去，只有俚笃两个人。

黄盖拿只凳子，捅近周瑜只凳子。两家头坐得近得了，脚馒头搭脚馒头要碰着快哉。格个名堂叫啥，叫促膝而谈。声音也很低。

周瑜问俚：老将军，倷来做啥？黄盖说：吾要来问问倷都督，长江初次开战，吾军大获全胜之后，为啥道理大都督，倷勿马上组织力量，过江破敌，一鼓足气，攻破曹操？啊呀，老将军啊，倷勿晓得，曹操兵多将广，实力雄厚。凭硬拼，拼力道，勿来赛。要用计。格么都督，倷准备用啥格计呢？周瑜想计策吾侪想好了，连环计，火攻计。阿要告诉倷呢，勿告诉。为啥道理勿告诉倷呢，倷半夜里到该搭来见吾啦，倷总有点啥格设想，有啥格看法，吾先问问倷看。

"老将军，你，有何高见？""黄盖有一计在此。""请教。""大都督，敌——众吾——寡，唯有用火攻，取——吔胜！"火攻！"哈！这——个。"周瑜心里向转念头，火攻，只有吾、庞统、诸葛亮、鲁肃，四个人晓得。倷呐吭会得晓得呢。让吾来问问俚看。格条计策还是倷自家想出来的，还是别人告诉倷。假使诸葛亮告诉倷的，吭不客气，吾马上拿诸葛亮捉得来，嚓！杀头。因为吾叮嘱过倷，火攻计策，绝对秘密。随便啥人门前勿许讲的。虽然黄盖自家人，倷也勿应该讲。泄露军机该当何罪，杀头。

"老将军，这火攻之计，是老将军自己想得，还是，旁——人言讲？""哎——吔！"黄盖倒有点勿大开心。喔！板要别人告诉仔吾，那么吾晓得用火攻计，吾自家就勿能够想出来？"此乃黄盖自——己想得！""老将军，这火攻计好虽好。然而，难以过——江纵——火。"火攻，大家想得出的。以少胜多么，放火，顶灵。格么倷火哼放法呢？倷格船，呐吭到曹操营头上去呢，呐吭过江心呢？倷一过江心，曹操就要派人过来，在江心上阻挡倷。就算拨倷冲过江心，倷呐吭进俚营呢？倷营头外面要防火也困难，还顶好要进到俚营头里向去咯。

"哦，如此说来，都督，用火攻之计，必须命人过江，诈降？""正——呐是。""那么都督，为什么不派遣大将，诈降曹操。""啊呀老将军，曹操何等厉害，命人诈降，他岂肯收落。"勿收格呀，曹操厉害脚色哟。倷普通格人去投降，俚啥体肯收呢？"那么，怎样才能使曹——操中——计？""这诈降的将军，一定要受皮——肉之——苦。"格个大将一定要吃一顿生活。打得哇哇抓抓，那么俚去假投降么，曹操相信。"如此说来，莫非都督，你要用苦——呃肉计？""正——呐是！"

格老将军说：苦肉计么蛮便当，江东营头上，随便哪里格大将，倷关照一声，讲讲清爽，吃一点生活，牺牲一下。假投降，为了国家。吾想格个大将总归肯格咯。哈呀，周瑜说：老将军啊，倷勿晓得，用苦肉计啦，也勿是每一个人都好用的。为啥呢？因为格个人，吃了生活，过江去，投降曹操，曹操也要算算格呀。吾拿格个人收下来么，有啥好处，还有啥坏处。倘然说，好处勿多，坏处倒大的，俚随便呐吭侪勿肯收的。要好处胜过坏处了，或者好坏相当了，那么俚作兴倒肯收。就是说，用苦肉计格人啦，要具备条件。格啥格条件呢？

周瑜讲：第一，格个用苦肉计格人，吃生活格人啦，要是江东格有名人物，勿是普通人，名人。曹操要晓得俚格名气。哦，格么第二桩呢？格个人去投降到曹操呢，江东，实头赛过要像断脱一只臂膊什梗。格损失要非常大，举足轻重。哎。还有呢？还有格个人去投降曹操呢，曹操现到嘴，有好处。

嗤，黄老将军心里向一转念头，格个三桩条件倒确实是蛮难的。一、有名气。二、格个人去江东要亡国。三、曹操要有好处。黄老将军心里向一转念头，吾有格个条件。为啥？因为吾是江东开国功勋，三代旧臣。当年，战虎牢伐董卓格辰光，吾跟老东家孙坚，就是孙权格爷啦，到虎牢关格辰光，碰头过曹操。格辰光曹操，也是十八路诸侯当中格一路，孙坚，也是一路。吾见过曹操，曹操晓得吾名气。第一点条件，吾有了。第二，吾六十几岁哉，吾在江东有势力，儿子、阿侄、门生、亲眷、朋友一大排。吾去，一帮人跟吾一道去，江东，跑脱格一帮人啦，断脱一只臂膊。实力，大受影响。格是两桩条件。第三桩条件，吾粮队官，吾管粮草的。吾去，可以拿大批粮草带过去，交拨曹操。曹操现到嘴，有好处。格既然格个三桩条件，只有吾黄盖具备么，格条计策，吾来献。

黄老将军立起来："都督。这苦肉计，黄——盖愿——呃献。""老将军，好虽好，惜乎老将军，年——迈——了。"俫六十几岁哉哟，样样条件及格么，年纪，俫勿及格哉哟。胡子雪白，什梗一把年纪，俫苦头吃勿起。因为格个打啦，勿能假打，要真打。而且要打得很惨，只怕俫老将军时运不济，吃勿住什梗点苦头。

黄盖勿服帖。"都督，你说哪里话来？黄盖能——用此计！"勿相信，俫看，吾格身胚，老么老，吾还可以。勿相信么，俫，哈磴磴磴——拎起甲揽裙来，在帐中兜一个圈子。练武功格人，身胚是结棍。俫还能够上马，还能够提刀，还能够冲锋陷阵。一个圈子兜下来就表示，俫看看，俫看吾两条大腿看，吃一顿生活，有啥了勿起啊，完全可以。

周都督格个辰光，叫啥眼泪，熬勿住。热泪盈眶，尔噁——卜，跪下来。为啥周瑜要感动得了跪下来么，因为黄盖老将军是江东开国功勋，立过汗马功劳。按照俫格身份，俫格地位，俫可以勿打仗，俫可以退休哉。俫可以回到乡下去，吃吃太平钱粮了，享享晚年格幸福生活哉。俫非但勿肯后退，还要带兵，担任先锋，兼督粮官，到三江口来，亲临前线作战。而且，还愿意献出两只脚，来用什梗一条计策，吃格一顿生活，呐吭勿感动呢？

"老将军，这一大把年龄，为国受苦，受瑜——一拜。"卜！俫跪下来么，黄老将军，嚓冷——卜，也跪下来哉。"哎——吔！都督，为国尽忠，分内所当，都督，你何——用客——套？"两家头俫搀吾，吾扶俫，立起来，再坐定格辰光，周瑜拿眼泪揩一揩干。蛮感激。老将军，格么，事不宜迟。既然俫愿意献格条计策哉么，明朝就动手，明朝就打一顿生活。好。黄盖说：吾愿意吃生活么，勿说明朝，今朝夜头马上就敲，也可以格咯。现在机会蛮好，蔡中、蔡和到该搭来假投降，吾已经拿俫笃收下来。吾正要在俫笃身上用计，俫老将军既然自告奋勇，愿意受皮肉之苦么，明朝早上吾升坐大帐，就拿倷打一顿。"好啊。"不过老将军，要搭倷商量好，明朝吾拿倷打一顿呢，勿能够无事端端拿倷打。格人家要勿相信。呃，无缘无故么，就格场拿黄老将军拖过来敲一顿。倷勴说，俚营头上格人要勿相信，蔡中、蔡和也要怀疑，曹操要勿相信格咯。格么呐吭呢？要搭倷相骂。要冲突，相骂到那期间，那么再拿倷打么，合乎逻辑了什梗。

格么黄盖说：呐吭相骂呢？什梗，明朝吾升坐大帐，吾在办理公事格辰光，吾打一个招呼拨倷，比方说吾要说长，倷要短，吾要方，倷要圆。针锋相对。倷总归搭吾抵触。那么吾板面孔，吾拿倷骂，倷也拿吾骂。吾关照捆绑手拿倷绑起来，要拖出去杀。文武官员讨情哉，那么拿倷再推转来。死罪虽免活罪难逃，再哗哗叭叭一顿生活，打得倷皮开肉烂么，那么，让蔡中、蔡和上当。俚笃写信去告诉曹操，倷格诈降书再过去么，曹操也中计。

黄盖说：蛮好，准期什梗。不过老将军啊，明朝格一顿，敲起来啦，勿是假打哦，真打！倷阿行得住？愿意行咯。格么作兴，万一，打杀脱呐吭办法呢？为国捐躯，死而瞑目！勿怨！倷么勿怨，事体要弄僵的。作兴倒倷格门生了，儿子、阿侄、亲眷、朋友，大家侪勿服帖呢？为啥道理老将军搭倷周都督张两声，啊，倷要拿俚敲杀？合起来人心动荡了，发生叛变呢？格倷搭俚笃讲好了，格是吾自愿的。讲勿清爽。吾愿意献苦肉计。俚笃说起来，倷苦肉计呐吭拿俚打杀呢？

格么老老说：什梗，吾写一张死活文书，摆上身边。吾亲笔写，万一吾死脱，搭周都督勿关，格是吾自愿的。格条计策还是要用。派啥人去假投降呢，或者呢，派吾学生子去，或者呢，派吾格亲眷去。嗳，也是格办法。格么但愿么，勿打杀啊。因为打死，到底是呒趣哦。该格是叫以防万一，做一个顶顶坏的打算。

黄盖再问周瑜：大都督，明朝升帐，倷办公事，啥辰光吾跑出来。勿倷一本正经在办公事，吾跑出来搭倷瞎缠一泡，格勿对的。倷总要拨一个暗号拨吾，到啥辰光仔么，吾出来。什梗，吾勿提起粮草，倷勿出来。吾提起粮草，倷跑出来。以粮草为号。有数目。

黄老将军告辞，退出去格辰光，让俚回到营头上，准备明朝受刑。周瑜是激动啊，江东，勿容易。孙权格运道蛮好。因为格个大将，什梗大格年纪，俚还是不惜捐躯报国。硬碰硬两只脚，有敲断格可能。或者，有牺牲格可能格啦。而周瑜呢，勿说关照军牢手，唔笃明天敲起来作弊了或者哪恁。勿关照的，特为勿关照。因为啥，格个打啦，要真打。倷如果假打啦，蔡中、蔡和当场就看出来，哦，假佬戏。倷看呢，格穿好扇面格么，倷侪预先约好了，事先布置好的。敲起来么马马虎虎，轻洞洞，就什梗拍两记么，有啥稀奇？人家要勿上当。老实说，倷要瞒过曹操，先要瞒过蔡中、蔡和。那么倷要瞒过蔡中、蔡和，先要瞒过自家营头上格文武官员。要自家人看上去，也像真家伙哉，那么喏，外头人会得上当。所以格桩事体呢，绝对秘密。只有周瑜晓得，只有黄盖晓得，其他人一个也勿晓得的。

当夜耽搁，到明朝转来早上，周瑜下命令，升坐大帐。水陆路文武官员通通俦到齐，诸葛亮也来了。周瑜外面坐定，文武官员见过，两厢伺候。诸葛亮呢，坐在旁边头。俚客人啦，有座位。周瑜对诸葛亮看看，隐隐然，诸葛亮，今朝升坐大帐叫俚来，搭俚勿搭界。吾另外用计。

诸葛亮晓得的，诸葛亮心里向转念头，该格么，蛮清爽，蔡中、蔡和来假投降了。今朝周都督升坐大帐，俚看，蔡中、蔡和也来仔嗄，立在甘宁旁边头。今朝呢，做戏。格出戏呢，主要是做拨了蔡中、蔡和两家头看的。诸葛亮有数目。

俚登在旁边头勿响。蔡中、蔡和两家头蛮快活格哦。昨日来的，今朝周瑜升帐。曹丞相派俚来格目的，就是要刺探军情，看有啥格军情消息。

唔笃在旁边头，激出仔眼睛在看，竖起仔耳朵在听，周瑜呐吭呢，办公事。普通公事办完了，那么要打上哉哦。"众位，今日本都，请众位到来，有一桩事情，要与众位商——议。""哗……""曹军多，吾军少，不能用力而取。长江水战，吾军取胜之后，曹操营中，在那里操练军卒。倘若，被北方人马操练成熟，过江而来，是吾江东之心腹大患。本都意欲，请众位将军往粮营之中，领取粮草一月，紧闭营门，操练人马。候等曹军过江，再以迎头痛击。未说众位意下如——呀——何？""哗……"

周瑜闲话讲完么，诸葛亮旁边头一吓呀。啥物事啊，周瑜说，长江开战，俚打仔一场胜仗之后，曹操营头上，现在关紧仔营门在操兵，假使拨俚笃人马操练成熟打过来，俚吃勿住的。因为俚格军队，水战格技术，比曹操格水军来得高。但是数量上，俚人马少了，曹操军队多。假使拨曹操格水军技术，操得比吾俚差勿多仔啦，打起来吾俚就难打了。周瑜格主见呢，就召集众将官到粮营上领一个月粮草，关紧营门，营头上操兵。俚也来操。俚笃操得好，俚更加好。俚笃打过来，俚格技术又发展了，俚超过俚笃一只棋子么，俚人马虽然少了，还是可以赢。

操一个月兵？啊呀，一个月兵操下来是，年近岁底。已经要勿会打了。今年勿打要开年再打，唔笃江东人勿要紧，家当大，摒到开年，呒不问题。刘备勿来赛。吾搭刘备已经算过了，刘皇叔格点粮草吃到冬至节边呢，还勿要紧。一过冬至，要发生恐慌啦。吾俚格牌头，就照了火烧赤壁，抢火法场上。格周瑜为啥道理要改变宗旨，而周瑜格人呢，心急人，恨勿得马上就打过去，今朝夜头就拿曹操破脱。现在忽然俚格性格改变了，要操一个月兵，真格了假的。诸葛亮眼梢甩过来一看么，哦，滑头戏，用计。用啥格计，诸葛亮现在还呒晓得了哦。因为诸葛亮到底勿是仙人。要看格事态发展，那么俚可以晓得，下头是啥格名堂。格么晓得周瑜讲格闲话呢，勿是真的。定心。

文武官员呐吭呢，议论纷纷。哗——也有格赞成，觉着周都督格办法蛮好，稳扎稳打。也有的反对，觉着格种多花头么。操兵，操兵应当是呒打之前操格咯。阿有啥战场上第一仗赢哉，连下来再操兵。唔，勿赞成。

蔡中、蔡和两家头赞成。顶好俟操兵，俟操一个月兵，勿打过去。对丞相讲起来呢，呒不干扰。俚定定心心营头上兵操好，操好，打过来。老实讲，丞相军队大，俟周瑜挡勿住。两家头倒蛮快活。

啰唣声音，静，来了。喝磴磴磴——跑出来格大将，头戴金盔，身披金甲，到周瑜门前，面孔壁板。"都督，黄盖参——见都——督。""老将军，少礼。怎——呐样？""都督，你方才的计策，差——了——呃！""哈？""错了。"领粮草，关紧营门，操一个月兵，勿对的。俚督粮官，俚有权力可以跑出来，讲什梗一句闲话。啥体拿格粮草要耗费到格上去。第一句就是对周都督的——错了。"怎见得？""我闻兵贵神速"，黄盖第一句就是讲：兵书上有的，兵贵神速，打仗要快。俟什梗慢啦，俟错脱了。周瑜格面孔，乓！一板么，两家头争起来。愈争愈结棍，愈争愈结棍么，那么周都督用计着哟，所以，要苦肉计，痛打黄盖。

第八十三回
苦肉计（二）

周瑜升坐大帐，搭文武官员商议军情提出来要操兵一个月。等曹兵过江，那么再迎头痛击。黄盖老将军跑出来反对。俚说打仗呢，应该要快，因为兵书上有的，叫兵贵神速。长江初次开战，吾俚江东已经打过胜仗，格么应当要一鼓足气，乘胜进兵，拿曹操人马打败么是道理。俤周都督按兵不动，现在还想出来一个办法，领仔一个月粮草了，关紧营门操兵。格个勿是浪费国家钱粮，做格种呒不好处格事情呢，吾黄盖勿敢赞成。

黄盖提出来，要求周瑜发令，立即过江，向曹操开战，吾黄盖愿意担任头队先锋。哪怕吾战死疆场，肝脑涂地。"黄盖也死而——无怨——呃！"立刻就打。"嗳——唉，老将军，你说哪——里话来。两军决战，事关重大，岂可意——气用——事。本都，操练人马，乃是候等机——会哟。"周瑜原旧勿答应，因为俤黄盖呢，意气用事，马上就要打过去。俤阿晓得格个是决战。格决战啦，有关吾俚国家的生死存亡。假使俤准备勿充分，时机勿成熟，人马打过去呒不把握，格个要吃败仗格呀。吾身为都督，吾呐吭好马马虎虎，发令箭过江。原旧勿答应。

黄盖听俚勿肯打么，黄盖格面孔转色。眉毛在竖了，眼睛在弹。从黄盖格眼光格神色里向，就可以看出来，发怒了。"都督，既然你，不肯发兵过江，破敌曹军，那么，黄盖吾有一计在此。""老将军，计将安出？"听听看，俤啥个计呢？"既然都督不肯兴兵交战，何不听张子布先生的说话，归降了曹——呃操。""哈！""呼——咦……"

那么不得了。黄盖闲话讲完，周瑜格面孔一板，哈！一来兴。空气紧张。文武官员俤对吾看，吾对俤望。顿然，面孔上表情俻两样。为啥？黄盖格句闲话要杀头的。

黄盖呐吭说，黄盖是在触周瑜霉头哉哟。什梗，俤勿肯打，格么也趸缠哉。吾有一条计，啥格计呢，俤索脚听仔张昭格闲话了，俤去投降曹操。勿肯打么，俤投降。

勿晓得格投降两个字啦，勿许说的。为啥么？因为孙权，在柴桑郡，搭文武官员商量事体格辰光，曹操人马来，到底呐吭办？周瑜说要打，周瑜讲出几化几化条数理由来，要打败曹操。吾俚能够赢的。那么孙权下决心打。孙权就发令箭拨了周瑜，叫俚带领文武官员，大小三军，兵发三江口，破曹操。而且孙权从腰里向，拔出一口宝剑，对文武官员讲：从今朝起，勿许有人再说投降曹操。再要说，一口宝剑，望准只台角上，辣！一宝剑，只台角，噗！斩下来。再要说投降，照格只台角做榜样。宝剑入匣，交拨周瑜：宝剑拨俤，俤拿去。到了三江口，随便啥人，哪怕是吾孙权格亲眷，上到吾伲孙夹里格亲眷，下到大小三军，如果有啥人，勿服从侬格命令，要说起投降曹操，侬拿该口宝剑杀好了。而且侬可以先杀，慢报告，吾授权拨了侬。

现在周瑜格口宝剑，供在台子上，格口剑呢，就是孙权格剑。啥人说投降曹操，就要照格只台角一样，用格口宝剑杀。勠说侬黄盖，哪怕孙权格阿叔、亲眷，照样杀。黄盖格句闲话犯了杀罪。鲁肃了文武官员呐呒勠紧张。大家侪在对周瑜看。周瑜格面孔转色，面孔发青，搭方才完全两样。对黄盖面孔一板，"黄公覆"。勿叫俚老将军哉哦，叫俚格名字，直呼其名。黄盖格号叫公覆啦。"吴侯有令，不许有人言及归降曹操，如有谁人言及归降曹操者，立刻宝剑斩首。今日本都，若不念尔昔日有功，定将尔军法从——呃事。战与不战，本都自有安排，你何用多——言。"闲话蛮重了。因为黄盖是开国功勋，周瑜勿客气，直呼其名。今朝看侬从前有点功劳面上，勿拿侬杀，打了勿打，格个事体关吾，关侬啥体。吾都督指挥呀，搭侬勿搭界。退下去。

假使黄盖承认错误，低头服小，着着连声，退下去，格么嗻，吃着一记牌头，就算数了。勿晓得格黄盖勿肯听。黄盖叫啥眉毛竖，眼睛弹，对仔格周瑜，"能战则战，不能战则降！何用操练人马，莫说操兵一月，操兵一年亦然呐——无用"。勠握空，操一个月，操一年也呒不用场的。

那么不得了，闲话叫推车上壁了，又叫火上加油。黄盖闲话也说过头哉哟，因为兵书上有的，战场上格规矩，有几格字，能战则战，格么第一条。不能战则守。不能守呢，则走，就是逃走。不能走呢，则降，投降。不能降呢，则死。阿末一个字么死。"战、守、走、降、死"五个字。现在黄盖简单化了，能战则战，不能战，降。啥格守了、走了，侪拿脱了，侬投降。投降侬格个字，勿能讲格呀。讲一遍，可以原谅侬，讲两遍，勿来事。

周瑜，当！一记台子一碰，"着——噢！老匹夫，擅敢目无军法，违抗吴侯将令，那还了得。捆绑手"。"有。""与我把黄盖拿下了。""哗……"捆绑手过来，要抓黄盖，那是要依军法从事，勿得了。黄盖叫啥对仔旁边头捆绑手，眼乌珠一弹，"呀——呀吓，老夫是江东开国功勋，谁——敢拿——吾！"啥人敢捉吾？

那么拿老牌子掮出来，吾上江东几十年啦，并勿是孙权手里向刚巧出来。孙权格爷叫孙坚，当年辰光起兵，占虎牢，吾就跟孙坚。孙坚死脱，吾跟小霸王孙策，孙坚格大儿子。东荡西战，南征北讨，平定江东。小霸王孙策死脱了，吾跟孙权。吾是江东三代旧臣，啥人敢捉吾。

侬眼睛一弹么，捆绑手一吓呀，一个突头呆么，停一停，勿敢过来。"哈哈，周郎小子，你妄为都督。不能用计破贼，贻——误军——机，江东不去你这小子，怎能另选贤能，以——保东吴。"老老头格句话，勿客气哉，叫啥江东勿去脱侬周瑜啦，呒不办法杀退曹兵了，保东吴。俚今朝要上来，要叫侬周瑜下台了。冲上来，面孔一板，辣！叫啥一只手挦白组苏，一只手过来要抓周瑜胸脯，拿俚拖出来，好像要拿周瑜结果性命格种样子。

那还了得，周瑜，嗄！立起来，两只手搭在台角上，拿只虎案往门前头，吭——一搀，倷拿只案桌往门前一搀么，黄盖退得快。否则，格只台子搭了脚背上，格只台子分量蛮重，红木台子，脚背也搭烂脱仔了完结。当——退得快，哈啷当——案桌推到了地上。台子上签筒、笔架、文房四宝、十二条令箭、宝剑、茶杯，劈里啪啦，弄得一地。那是周瑜火透，周瑜格只脚，乒！右脚啦，望准坐头上一搭，靴脚踏到仔凳子上，那是脱体哉。勿像都督格身份，光火。

周瑜勒仔格两根野鸡毛关照旁边头，"护卫将——军，何在？""有，在。"徐盛、丁奉两家头，啪！啪！跳出来。"与我把这不法老贼拿——下——了。""是！"徐盛、丁奉审过来要抓黄盖格辰光么，黄盖手望准剑柄上一搭："谁——敢拿——吾。"哼！哐！闪嗯——宝剑出匣，那勿得了哉，拔出宝剑来么杀周瑜。

倷拿宝剑抽出来格辰光么，徐盛俚想，今朝黄盖在发痴。黄盖老将军，平常辰光勿什梗。而且俚搭周都督感情蛮好的，呐吭今朝一句话说呛仔俚，会得越说越结棍，越冲越厉害。一看，宝剑抽出来，今朝倷杀脱仔格都督是还得了啦。徐盛跳过来，起右手格拳头，望准黄盖拿宝剑格只右手格脉息上，叭啊——一拳头。黄盖唵看见呢，看见的。唵防备呢，勿防备。啥了勿防备呢，假佬戏呀，用勿着防备的。

倷勿防备么，徐盛当仔真家伙，俚又勿晓得假的。一拳头望准俚脉息上，叭啊！敲着么，黄盖又是格痛，又是格酸，又是格麻，因为脉息上。嚓——冷！宝剑脱手："喔哟。"格只手痛得了发甩格辰光，对准徐盛眼乌珠一弹，要死快了，格记生活在苦肉计外头格嗹。大腿上吃生活么，倒准备的，该上吃了一拳头倒勿防备。

老老头本来是假火冒，半真半假，现在变真火冒了。眉毛竖，眼睛弹，对仔格徐盛，"哈哈，徐盛匹夫，你，也来难为老夫么"。起左手格拳头，要来打俚人格辰光么，丁奉，啪——跳过来，丁奉起两只手，望准黄盖左手臂膊上，扎！抓牢。嗨！拿俚掰转去。黄盖起右手拳头要来打丁奉么，徐盛，扎！拿俚右手臂膊抓牢，哗啦！往后头拉转来。捆绑手要紧拿绳索拿过来么，搭擦搭擦——拿黄盖老将军绳捆索绑。刀斧手，家什侪抽出来哉，"走，走！"嚯咯咯咯……拿黄盖推出去。

那是值帐官要紧过来，拿只台子搀起来。十二条令箭么，令架子上插好。令架子么摆好，宝剑么拾起来，仍旧在台子上插一插好。文房四宝摆舒齐，一只茶杯打碎，茶也呒不哉么，再去换过一杯香茗过来。收拾停当，台子上弄开，秩序恢复，周瑜坐定。

周瑜对两旁边一看么，只看见文武官员，可以说，惊慌失色，面孔侪两样，侪呆脱。只有蔡中、蔡和两家头心里向快活。啥体么，俚笃顶好江东人，自家人搭自家人冲突，窝里反。那么喏，曹丞相打过来起来，加二有把握，好打胜仗。不过，两家头心里么快活哦。面子上呢，也做得像吓呆松鼠什梗，勿敢响。但是哪怕倷心里要想勢暴露出来么，在格眼神上，总是有一滴滴，露出马脚来。周瑜想，吾今朝格出戏啦，就是做拨蔡中、蔡和看。文武官员大家俱呆脱仔么，俚笃两家头也呆了。

周瑜俚做功蛮好的，令架子上拔一条令箭，关照旁边头："中军官。""有。""与我把黄盖这老贼，行刑斩首。""得令！"

中军官拿仔行刑令要跑出去，拿黄盖杀头格辰光么，哗——大帐上骚动。啥体？该格辰光黄盖杀勿得格呀。黄盖呐吭好死，黄盖是头队正先锋兼督粮官，是江东开国功勋，三代旧臣。俚儿子、阿侄、门生、亲眷、朋友一大排，俚死脱，格营头上要乱套格呀，格呐吭可以。

哗——文武官员在呆格辰光么，顶顶急，顶顶急是鲁肃。啊呀！鲁大夫想勿到，呐吭今朝格周瑜搭黄盖两家头，俱变仔样了。周瑜搭黄盖，而且平常辰光感情还勿错呀，从来呒不什梗冲突过。格今朝为啥道理，倷亦一句勿肯让，吾也一句勿肯退，乒乒乓乓冲突到什梗格程度么，倷还有啥格闲话讲呢。豪燥跑出来讨情，阿有啥大事化小事了，小事化无事。该格辰光劲敌当前，全靠内部团结，格么嗏，还有把握拿曹操打败。倷阿有啥，该格辰光，自己人窝里反，落落乱，好，那格局面就勿太平。

所以鲁大夫心里向转念头，豪燥让吾出来讨情。倒是对周瑜只面孔一看么，只看见周瑜眉毛竖，眼睛弹，眼睛里向血丝也爆起来。用现在格话讲起来，眼睛充血了。格个是火到呐吭格程度了，如果倷去检查检查是，眼神经，细血管，可能是已经爆断好几根毛细血管了，所以眼睛充血。倷看格种火格样子。格能光火，吾跑出来讨情，勿来，勿听的。尽管吾搭俚有交情，还搭勿够。今朝讨情格人么，一定是要客气朋友。客人，而且有面子的。俚跑出来讨情么，周瑜哪怕光火，也要硬劲拿格火搭一搭了，听一听俚格说话。格么啥人有格个资格，好跑出来讨情呢？鲁大夫一看么，只有诸葛亮。因为俚客人呀，周瑜蛮尊重俚，让诸葛亮出来讨情。倒是看诸葛亮两只眼睛，眼开眼闭，坐在旁边头，不动声色。看上去吓呆了，也勿敢响，吾来拉拉俚。

所以，鲁大夫起三个节头子，望准诸葛亮格衣袖管上，拉上去么，轻洞洞，乒乒乓！曳几曳。诸葛亮眼梢甩过来对俚一看么，鲁肃对俚眼睛眨眨。唔。格里俱是闲话了，眼睛眨眨俱是闲话：诸葛亮出来讨情酿，黄盖要杀头哉哟，帮帮忙，跑出来讨情酿。诸葛亮叫啥，眼睛闭拢，头拨拨转，勿响。一点呒不表示。鲁肃气哦，诸葛亮格脚色胆小怕事，俚也晓得周瑜，光火格辰光讨情，呒不把握了勿肯出来，那呐吭弄法呢？看上去只好吾自家出来。

倷还勸出来，有人比倷先出来了。啥人先出来呢，黄盖格门生，甘宁甘兴霸。甘宁从旁闪出，"末将甘宁参见都督"。"罢了。怎——样？"甘宁出来讨情为啥，甘宁也在奇怪，甘宁想，倪老师搭周都督感情邪气好，从来呒不什梗冲突过。今朝为啥道理要有什梗种情形，阿会假佬戏格啊。因为蔡中、蔡和到该搭来诈降。吾昨日夜头去向周都督报告，周都督搭吾说：吾晓得俚笃假投降了收下来的。吾要在俚笃身上用计。格么阿会今朝是用计呢，所说甘宁是聪明人，让吾跑出来讨情，该格讨情呢，拆穿点讲，俚是来问格信。到底今朝，拿黄老将军要推出去杀，还是真格了，还是假的。甘宁讨情格辰光，格种眼神，嘴巴里讲格闲话，眼睛里另外还有闲话。周瑜，搭俚因为眼光交流了，看得出的。文武官员在旁边头，看勿到什梗眼神格表情。

甘宁闲话蛮简单格哦，对仔周瑜："都督，黄老将军冒犯都督，罪然不小，还望都督看在末将份上，饶恕了老——将——军！"说到老将军——格辰光么，眼睛对周瑜一看。隐隐然，都督，真格了假的。周瑜一看，哦，俫勿是出来讨情的，俫是出来问信。蛮好，俫问信么，吾就拨一个信拨俫。周瑜，当！一记台子一碰，"着！匹夫！今日本都要将这不法老贼，军法斩首！何用尔多言多语，尔若多言，一体——呃同罪！军牢手！""有！""与我把甘宁乱——棒——打！出！"说到乱棒打出格辰光，打字上，对仔甘兴霸眼睛一眨。格个眼睛一眨么，也只有甘宁能够领会，别人俫勿注意。当！眼睛一眨么，意思里向，假的，阿有数目？甘宁一看么，哦，有数目。

俫有数目么，军牢手过来，皮鞭军棍抽上来，"都——督军谕，把甘宁乱棒逐出，呼——咦！"噼啪——噼啪——皮鞭军棍抽上来么，甘宁拨转身来，喝冷礚礚——狼狈而去。逃出中军帐。乱棒打出。虽然么，乱棒打出，甘宁心里快活。因为啥，弄清爽，周都督是用计。用计呢，非但对江东吪不损害，而且对破曹操有极大、极大格好处。俫定心，回营去。甘宁跑脱了。大帐上，鲁肃一家头。

鲁肃心里向转念头，那么僵哉，为啥呢？因为甘宁啦，是周都督格心腹将领，周都督邪起得宠俚。而且簇新鲜，周都督过江去探营，性命危险，推位一眼眼要拨了曹将捉牢，是甘宁搭救周瑜。叭！一箭，射杀曹将。有救命之恩。格么可以说，俚笃双方格关系啦，很密切。勿是一般性格上级、下级格关系，格么俚跑出来讨情么，周瑜应该要听听俚笃说话了，买买俚面子啰。非但勿听，外加还乱棒打出，俫再多说，一道杀。可见得周瑜火大极了。吾晓得格呀，自家人讨情搭勿够，只有客人。吪说法，看诸葛亮头拨过去，回到该面，再起三个节头子，望准诸葛亮袖子管上拉上去：军师啊，出来酿，看吾面上，黄盖，搭俫，也有关系格呀。俫草船借箭，廿只船、五百格兵、稻柴，用格物事，俫是黄老将军搭俫安排的。吪不老将军安排，俫借勿成功箭。俫，老早被拨周瑜杀脱格哉哟。格么黄盖救仔俫格命么，今朝黄盖有危险，俫阿应该报答报答了，跑出来帮帮忙。那么再说，俫勿看黄盖面上，就算黄盖搭俫吪不煞关系的，格么吾搭俫要好，黄盖搭吾要好，俫看吾面上么，俫也应该跑出来讨情，出来酿。

诸葛亮对俚看看，哈，鲁大夫啊。俫格人拎勿清。今朝周瑜在用计，该格辰光计策刚巧在开头，俫跑出来讨情，勿上当口上。讨情有火候的，时间到了，俫跑出来讨情，乘势推船。现在跑出来讨情，周瑜勿能够马上听倷。那么俚板面孔。

甘宁就是格恁样子，勿识相跑出来乱棒打出。格么吾现在辰光跑出来讨情，也勿上当口上。假使说吾拨俚乱棒打出么，算啥名堂？坍台了。那么周瑜顶多么停一停退仔帐，跑到吾船上来：对勿住呵，刚巧呃火头上，冒犯倷，勒动气哦。坍台，文武官员侪看见，打招呼，吾一干子晓得。顶顶重要格一点讲起来呢，就是该格辰光，勿是讨情格辰光。格么诸葛亮也勿便搭鲁肃去讲清爽。

诸葛亮仍旧眼乌珠闭拢，身体拨拨转，望准另外一个方向拨过去么，鲁肃气得了："嚯嚯嚯嚯——噗！"组苏根根翘起来。诸葛亮吾认得倷。倷格人血，冷脱了格哉！忘恩负义，一点呪不感情，黄盖救过倷格性命，倷现在会得对仔俚假痴假呆，倷拨拨转颗郎头，死人也勿关。蛮好呀，下转周瑜要害倷诸葛亮格辰光，倷要叫吾帮忙，吾十回颗郎头拨拨转。倷诸葛亮勿讨情黄盖稳死啊，勿见得，吾来！

鲁大夫一干子跑出来讨情么，晓得搭勿够，拉拉旁边头文官，对对过武将看看，文武官员一道跑出来。"都督在上，下官见都督，卑职见都督，末将见都督。小将见都督，参见都督，见都督，见都督，见都督，哗……"文武官员侪出来。连蔡中、蔡和也出来。

蔡中、蔡和呢，顶好勿出来，俚笃希望黄盖死。黄盖死么，江东内部分裂，乱得一塌糊涂么，曹丞相打过来起来么，稳赢。那么，现在文武官员侪跑出来讨情，伲两家头立在旁边头勿出来么，显眼格啦。周瑜一看就可以晓得，唔笃假投降。嗨嗨，倷看嗒，文武官员侪出来，唔笃勿出来，忒明显了。管俚吧，胡调么拉倒哉嚜。登在文武官员一道，也跑出来，"参见都督，见都督"。

周瑜看见文武官员跑出来了："众位少礼，怎甚——哪？"开口呢，一个人开口。因为勿能七张八嘴，大家讨情的。啥人开口呢，黄盖格老弟兄，叫程普，程德谋。

程普也是三代旧臣，开国功勋。江东开国功勋，共总有四个。程普、黄盖、韩当、祖茂，侪是的。跟孙坚一道出场。祖茂，在虎牢关辰光战死沙场。程普，黄盖，韩当啦，格个三个人么，侪在周瑜手里。程普呢，周瑜勌做都督格辰光，俚做过一阵都督。第一任都督，后来俚生病，勿能工作了。那么孙策临时叫周瑜担任都督。周瑜在领兵打仗辰光呢，打得成绩交关好。那么程普病好之后么，孙策格都督就让周瑜做下去。黄盖呢，韩当了，程普格些老人呢，侪蛮佩服周瑜格本事。那么开头辰光程普呢，有点落勿落。好像吾格个都督因为生病，啊，等到病好么，都督就此呪不了。竖上来呢，搭周瑜赛过并勿哪恁样子。因为周瑜来得格尊重程普，有事体总归搭程普来商量。所以，后来周瑜搭程普感情来得格好。程普讲过的，搭周瑜轧朋友啦，好像是吃顶顶好格醇酒。为啥呢？吃醉仔也勌晓得。酒实在好勿过。俚笃格交情叫啥？叫忘年之交。程普六十几岁，周瑜只有三十多岁。因此俚笃格关系好么，俚出来啦，讨情，格是比较得体。

"啊——都督！"程普搭周瑜讲：大都督，黄盖老将军今朝在大帐上，违背了吴侯大堂上格命令，冒犯俫都督，按照军法讲起来呢，应该杀头。从法律上讲，应该杀。但是法律呢，也不外乎人情。从情分上讲起来呢，应该原谅。为啥呢？第一，黄老将军是江东开国功勋，立过功劳的。第二，现在搭曹操上开战、打仗格辰光，大将是多一个好一个。勤破曹操先拿俚杀呢，是于军不利。好像自家斩脱自家格臂膊一样。吾要求俫都督，阿能够拿黄盖呢，拿俚格罪名记一记，暂且记一记，容许俚，戴罪立功，将功赎罪。等到破脱曹操之后，再拿格桩事体去报告孙权。吴侯得信了，让吴侯来决定，拿黄盖处以应得之罪。"还望都督——恩准！"

程普闲话为啥道理讲得得体呢？因为黄盖格人身份大。俚在江东有历史功勋。要拿俚杀呢，勿是说勿可以杀，顶好，要报告一声孙权。让东家晓得一下。虽然孙权有命令，有口宝剑交拨俫周瑜，哪怕孙夹里亲眷，俫也可以先杀了，慢报告。不过，事实上，碰着黄盖什梗一个具体格情况呢，能勿能拿俚暂时慢一慢。特别重要格呢，破曹操辰光需要大将。

周瑜一听，"老将军，黄盖之罪可行斩首，法无可赦，情有可原。不看众位的份上，定把这老贼军法斩首。众位，请过两厢"。嚯咯咯咯——文武官员退下来是高兴啊。周瑜听了，让俚带罪立功劳了，将功赎罪。行刑令吊转，关照来，拿黄盖人推转来。俫命令一下，手下人到外头去喊，拿黄盖推进来格辰光么，鲁大夫心里向快活啊。

鲁肃对诸葛亮眼乌珠白白：诸葛亮，俺看见喏，死脱张屠夫，勿吃带毛猪。俫诸葛亮勿讨情，黄盖照样勿死！俺看见，并勿是罢俫勿得。诸葛亮晓得格呀，该格辰光格鲁肃是，恨透恨透吾了，现在吭不办法去搭俚去解释，停一停到仔船上，可以告诉俚，吾为啥道理勿出来。勿是吾格人血冷脱了，勿懂感情。诸葛亮勿响。蔡中、蔡和两家头呢，心理窝塞。哎——讨厌，蛮好拿俚杀，夹忙头里讨情，推转来，格吭不办法。

唔笃上看格辰光么，外头上喊："都——督军谕，把不法将黄盖，推——回来，呼——咦！""走，走。"嚯咯咯咯——拿黄盖推进来。

叫啥回进来格辰光么，黄盖嘴里还在骂："周郎小子！你要把老夫斩首，只管斩首！谁要你，饶——恕啊！"俫在骂进来格辰光，周瑜格面孔又在转色了。阿呀，鲁肃是急啊！鲁肃对黄盖看看：老老啊，俫火气，退一退酿。顺风篷剺扯得过分足。要拿俫推转来勿容易啊，全体文武官员跑出来，还是程普老将军讨仔情了，那么总算周瑜拿俫推转来。俫，俫哇啦哇啦骂么，格周瑜又要弄僵哉哟。勠骂酿。

俫在对俚看么，骂得格结棍。格黄盖为啥道理要什梗骂呢？黄盖晓得，吾勿骂，周瑜勿能拿吾打。俚勿能拿吾打么，蔡中、蔡和就勿会上当，曹操更加勿会中计。吾必须要拿俚骂，挑得俚火，那么俚下辣手拿吾打么，格桩事体能够瞒过蔡中、蔡和。所以老老看也勿对鲁肃看，一埭路骂过来，骂到周瑜虎案门前。

周瑜看俚还在骂么，格面孔又在火起来，"老匹夫！""小呃——周郎！""呼——咦！""今日本都，不看文武官员份上，定把你这老贼，行——刑，斩——首！""要斩便斩！要剐便剐！哪——一个，要你饶恕——啊！""嚯哟，这老贼，如此无礼，那还了得！死罪虽免，活罪吧——难逃！军牢手！""有！""给我把黄盖扯下去！痛打节杖二——十下！"喤！拔两根朱签，往下头一甩么，关照，打二十下节杖。格条命令一下么，哗——旁边格鲁肃急得面孔转色。对周瑜看看：都督啊，倷辣手！倷忒辣手。为啥？敲廿记节杖。节杖好敲廿记格啊！

啥叫啥节杖？节杖搭格军棍勿一样。军棍打大髀，军棍敲大髀呢，倷敲廿记啦，无所谓。顶多皮肤打开点，受点伤，硬伤。节杖勿能敲廿记。节杖呢，捏手格场化圆的，打格场化是方的，的角四方的，方格棍子。那么敲起来呢，勿是敲屁股了大腿。敲啥地方呢，敲背梁脊骨，格个地方软档。营头上一等头格好身胚，节杖敲勿满十八记，敲到十八记上稳死。格种刑罚叫啥，极刑。格种刑罚呢，就是比杀头轻着一眼眼。因为杀头呢，一刀两断，身首分离。节杖呢，就算死么是一个全尸，颗郎头勿拿下来的。

那么实际讲起来呢，节杖格敲煞啦，比杀头更加痛苦。为啥呢，因为杀头，爽气呀。据格辰光人讲啦，刽子手杀头，如果说，刽子手格刀快一点，刽子手格功夫好一点，杀起来眼风瞄得准一点，啦！一刀下来。噗！头马上掉下来。被杀格朋友勿痛的，只不过着头颈上阴当当一来么，过门。勿痛。格么阿什梗，勿什梗么，该格闲话就蛮难讲哉。因为吭不办法去体验生活，也讲勿清爽。被杀过格朋友么，也勿好出来讲的。魆杀格朋友么，也讲勿清楚。不过有什梗一种传说，快刀热水干手巾，辣！格一刀么，颗郎头掉下来，爽气。格节杖呢，一记一记，零零散散格痛，活扎漓漓痛煞脱。格是真家伙。倷周都督勿拿俚杀头，用节杖拿俚敲煞，极刑敲打，格呐吭来赛，豪燥出来讨情。阿要喊诸葛亮，勥。看穿看穿俚，勿喊俚哉。求人不如求己，吾来吧。

鲁肃拉拉旁边头文官对对过武将打一个招呼么，鲁肃领头跑出来。"啊——都督！黄老将军，年龄高大，受刑不起，节杖敲打，恐怕要活活地打死。还望都督，看在吾等份上，改换了军棍吧！"

格种讨情软膀软脚，劝周瑜勥敲，勿敢说，因为勿敲勿过门哉。黄盖格个火实在大勿过，得罪得格周瑜啦，落勿落哉，敲么倷就敲仔。格么节杖勥敲，用军棍敲。勥敲背梁节骨，打仔大膀吧。

"这老贼，如此无礼，今日本都一定要将他活活地处——吡死！""哎呀都督不允，鲁肃，跪——求！"尔嘚——卜，跪下来，倷勿答应，吾跪。文武官员俦跪下来，"吾等，跪求啊！"文武官员侪跪下来么，蔡中、蔡和顶顶怨命：伲顶好黄盖敲煞，大家侪跪哉，伲立了勿像的，也只好跪下来："呃呵，我们跪求都督。""呐！"周瑜为难，大家跪下来，勿能勿买面子。"不看众位的份上，定把这老贼处——呲死！众位，请——起！""谢都督啊……"文武官员退下来，两旁边伺候好。

周瑜关照：节杖换军棍。节杖敲廿记，格是顶顶高格数字哉。因为敲勿满廿记，就要死脱格呀。廿记也顶多哉，打军棍敲廿记，忒轻。要加。加几记呢，顶起码加十记。拔一根朱签丢下去，就十记，加十记么而且还加得忒少。

周瑜一犹豫么想，拔格两根吧，再加廿记，敲格四十记。三四十记么，大概，呆还勿呆了。再拔两根朱签往下头一甩，"与我把黄盖这老贼，痛打军棍四——十下！""得令！"

马上拿黄盖头上盔去脱，身上甲卸脱，棉裤脱脱么，着一条单裤，雪白一条衬裤。拿俚格人拖翻在地上，两个军牢手，揿牢俚两只手，左手右手。两个军牢手揿牢俚两只脚，左脚右脚。两个军牢手两根棍子，一个上手一个下手。等命令下么，动手。

老老嘴里还在骂了。俙归俙骂么，周瑜，嗳！一条令箭："行——呐刑！""得令！"中军官令箭一接，跑过来。立上当中。两只手，拿条令箭一奉，就拿条令箭举过头么，"行！刑！"

噗——乒！俙令箭举过头，军牢手动手。上手里格军牢手棍子拿起来格辰光，心里为难啊！啥道理么，黄盖人缘好，老老待部下勿错。格个军牢手曾经，在黄盖营头上当过差。现在么调动工作哉，到该搭来当军牢手。那么今朝打黄盖么，呐吭打法呢？打人有两种打法。一种呢，真打，一种呢，作弊格打。真打呢，结棍哉。辣——一记下去，非但分量重，而且敲着之后，棍子拿起来辰光啦，勿是好好交拿起来。嘿！一拖。敲哉，乒！一拖么，一记变一记半。那么作弊格打法呢，两样。棍子下去辰光，俙看看卖相蛮结棍，棍子，发斜的。俚格头先着地，棍子头先着地，嗒。棍子头着地，棍子碰着膀上，真真一眼眼。格么俙格个三四十记呢，可以说骨头勿会断，皮也勿会开，伤也勿重。

军牢手棍子在拿起来格辰光，对旁边头眼睛一扫么，黄盖格要好朋友几化，亲眷、儿子、阿侄，侪在那。有两个文武官员，在对军牢手看！侪在对俚点头：呃，呃，呃呃。老老年纪大仔哦，组苏雪白，六十几岁哦。吃勿起重生活，稍微马虎点哦，轻点轻点。在对俚看。军牢手本身呢，心肠也软，也下勿落格决心，要拿俚穷敲。再加上大家侪在对俚眨眼睛了，格种面孔上格表情，侪在哀求俚，赛过勠，勠穷凶极恶格打。有数目，点点头。

棍子举起来喊一声，"奉——令，行刑。一"。噗——乒！棍子举起来，落下来辰光，棍子头着地么，棍子碰在膀上，真真一眼眼。嗒！格是棍子头着地格声音。勿是敲在膀上格声音。老老，跳也勿跳了，动也勿动，阿哟哇也勿喊，因为勿痛么，呐吭喊阿哟哇呢。

嗒！一记着。周瑜一呆，啊呀！作弊。敲得很轻！棍子头，着地了。周瑜懂的，作弊。心里顶好俚作弊。啥道理呢，因为偎作弊么，黄盖少吃点苦头，可以伤也勿受了，啊，平稳无事。倒是周瑜对准旁边头，蔡中、蔡和两家头一看么，只看见蔡中、蔡和两家头两道眼光勿对。咦，两家头一看，呀，格个棍子敲是，勿要紧格哦。敲勿痛的，敲勿痛么，黄盖苦头吃得勿厉害，格反抗起来也勿结棍哉咯。咦，该格还是真格了，还是假的。从两家头格眼神上可以看得出，咦，在怀疑。

诸葛亮也在看，诸葛亮看见棍子什梗敲法，再对蔡中、蔡和两家头一看，从俚笃格眼色上看起来，阿呀，俚笃在怀疑？眼梢甩过来对周瑜一看，如果什梗敲下去是，蔡中、蔡和勿上当的。俚笃两家头勿上当，要叫曹操上当，就难哉哦。

偎在对周瑜看辰光么，周瑜也发现。啊呀周瑜想，什梗勿来。什梗格条计策，成功格把握勿大。格么呐吭弄法呢，周瑜对仔格军牢手："军牢手！""有！""你这匹夫，竟敢当——堂，作弊！""嗯！是！""来！""是！""给吾把这军牢手，押下去！""是！""稍停，军法处理！""是！"嚯咯咯咯——军牢手押下去，看起来。为啥，偎作弊。当堂作弊，停一停，军法处理。另外调一个军牢手过来。周瑜对俚眼乌珠一弹："与我把黄盖这老贼，重重地敲！结——实地——打！"

调上来格军牢手吓哉。啊哟那弄僵，那完结。那勿能作弊，一作弊，周瑜板面孔。刚巧押下去格朋友是，停一停呐吭处理也懂晓得了。顶顶起码么，记大过一次。顶顶轻么，该格月奖金俏敲光，终归，完结。呐吭弄法，呆脱哉。

偎在看格辰光么，第二个军牢手棍子举起来，嘴里向喊："奉——令行刑。"本来棍子举起来，辣！敲下去，分量勿重。起格盘头，噗——一个盘头一起，敲下去格分量就结棍。在起盘头格辰光，眼梢对周瑜一看么，只看见周瑜眼乌珠，嗤！激出。眼睛要喷火出来。啊呀，一个盘头还搭勿够，要两个盘头笃，对周瑜点点头有数目，保偎敲得重。噗——第二个盘头一起，敲下来，望准黄盖膀上，叭呀！老老痛得跳起来呀，因为手脚俏揿牢，看俚格身体，当！一动么，跳是勔跳起来，赛过剧烈格一动，看得出的。嘴里向喊一声，好——格声喊好是，实在痛极了喊的。好——咬紧仔牙齿上喊好。该面格军牢手敲第二记，下手里的。那么上手格一记，两个盘头么，吾勿好起一个盘头。莳秧样看上埭，吾只好学俚格样，也是两个盘头一起，"奉——令，行刑。二。"噗——叭呀！鲁肃一看，哈呦。啧啧啧啧——那僵，那僵哉。什梗敲是要敲煞脱仔了完结的。

对周瑜看看偎忒辣手。那么呐吭弄法呢，嗐，刚巧格军牢手勿好，勿能作弊格啦。偎刚巧勿作弊，稍微轻点，格么周瑜倒勿好板面孔。因为偎一作弊哉么，弄僵戏。周瑜光火，那么好，那、那弄僵。

　　鲁肃在心里向着急格辰光，诸葛亮也在看。好，好。诸葛亮心里向转念头，周瑜，勿容易。俚也发现蔡中、蔡和两家头眼光里向有怀疑格神色了。所以，拼命打了。什梗打呢，诸葛亮再对蔡中、蔡和一看，看得出。看得出俚笃两家头眼光里格神色啦，相信哉。嗳。相信今朝格打，勿是假佬戏。真家伙。而且打得越重，黄盖受刑越惨，曹操上当格可能性越大。要曹操上当么，黄盖苦格哦。所以格条计叫啥，叫苦肉计。皮肉受苦。否则，敌人勿上当。敲到第九记，上手里格朋友第五计，辣！下去，嘿咦！棍子一拖么，喀——雪白格衬裤上，血，印出来。一个血印子，皮肤开裂。该面格朋友，敲第十记，辣——嘿！一拖，嗑，嗑，嗑嗑嗑——两道血印子，侪是红格哦。

　　老老是痛极了，嘴巴里喊好是，其实是喊痛，"好！好！"周瑜看敲到十记上，两面格血，飙出来仔么，心里向实在难过。黄盖么苦肉，周瑜是苦心。用心良苦。周瑜为啥道理心里向要痛苦呢，黄盖吭不罪名格呀。黄盖是江东格开国功勋，顶梁柱。今朝俚自告奋勇，为仔拨曹操上当，愿意吃生活啦。为了要使得蔡中、蔡和两家头中计，吾勿能让军牢手作弊，吾只好硬硬头皮，咬咬牙齿拿俚打。那么俵想五记一面，血已经出来。要敲四十计，十计上已经两道血印子，还有格三十计下来，行得住格啊。骨头敲断，人勒敲杀，虽然敲杀仔还是要用计么，吾总归对俚勿住。

　　周瑜动感情。一阵心酸，觉着鼻头一酸么，眼泪在眼眶里涌出来哉。"哈——呀！"那么尴尬。今朝哭勿得格呀。呐吭好哭呢，吾如果眼泪，尔嘚——夺眶而出，下来。蔡中、蔡和一看，马上看出苗头来。嚯唷，打么要打的，哭么要哭的。蛮清爽，用计。完结了。勒哭酿，一个人格感情勿容易控制啊。特别是眼泪，眼泪到了眼眶里向，俵要想拿俚缩进去，勒出来是，吭不格个有本事格朋友做得到。嗳。俵勿比伤风，俵清水鼻涕滴下来格辰光，俵觕一觕作兴还觕得住了。眼泪要下来，俵觕勿住的。而且眼泪要出来格辰光，俵眼睛勿能闭。俵假使眼睛一闭呢，眼泪马上就夹出来。本来勤出来，夹出来。所以俵看格种小囡，在问娘讨铜钿要买棒冰吃格辰光，俚勿拨格时候啦，俚眼睛夹法夹法，眼泪勿是，赛过伤心仔了出来的，拨俚硬劲夹出来的。所以眼睛勿好夹的。格么周瑜呐吭弄法呢？心里么难过的，眼泪么硬劲要留住，眼睛么勿能闭。面子上么勿能够露出马脚来。

　　勿知呐吭拨周瑜想出来一记台子一碰，对仔格军牢手，"军牢手，与我把黄盖这老贼，结实地——打"。噔！一记虎案一碰。军牢手对周瑜看看：大都督，俵手条子忒辣。五记一面，血已经出来哉，还要结实打。再重呐吭重法呢，俵实头要拿黄盖置之于死地啦。吭说法。再起盘头敲。

　　"奉——令行刑。十一。"噗——叭啊！还在敲下去。鲁肃是实在看得了心如刀割。完结了，完结了。什梗敲要敲杀。讨情酿，勿来，已经讨过三趟。讨情勿好多讨的。可一而不可再，可再而不可三。吾讨了三次情了，吾现在还要跑出来讨情叫周瑜勿打，周瑜勿肯听的。讨情，呒不用场，诸葛亮，勿肯出来。那么吾也勿去喊诸葛亮，因为刚巧喊过。

其实鲁肃啊，俫该格辰光拉诸葛亮么，诸葛亮马上出来。啥道理，因为诸葛亮也在看哟。诸葛亮一看，黄盖，裤子上格血印出来，哈呀，结棍。对周瑜一看，晓得周瑜熬勿住，要出眼泪。俫格个，嗟！一记台子一碰，关照结实打是，当！眼睛一弹是，硬劲拿眼泪控制住，勿拨眼泪流出来，格种意思哟。勿是真正啥格火透了，一定要哪恁样子板面孔了、光火了，勿是格个意思。

诸葛亮心里向转念头，该格辰光讨情么，火候到哉啘。而且，吾出来讨情，周瑜见吾格情，觉着吾诸葛亮勿错。哈，该格要紧辰光，来拨俫一个落场势。而且，吾该格辰光跑出来讨情呢，蔡中、蔡和照样上当，勿会破坏周瑜这条计策的。因为黄盖是硬碰硬，敲得了鲜血直流，皮肉受苦。

不过诸葛亮格人呢，动作慢，性、性格上讲起来啦，俫慢。俫要立起来跑出来，赛过要，勿是啥格爽来西了，乒！审起来的，就跑出来讨情，诸葛亮勿是什梗一种性格。格么鲁肃假使该格辰光，跑出来拿俫拉一拉么，顺水推船么，诸葛亮就出来了。因为诸葛亮勿能让黄盖死。黄盖死，格个事体要弄僵格呀。江东要造成混乱。江东混乱，江东勿能打败曹操，对刘备、诸葛亮也是不利的。

诸葛亮还勿出来么，鲁肃熬勿住，先审出来。鲁肃因为心冷脱哉哟，俫当诸葛亮人糯货哟。俫勿晓得诸葛亮，另外有俫格打算。从旁边头跑出来格辰光么，鲁大夫勿知吶吭拨俫想出来。困到黄盖身上去。硬上：大都督，黄盖么年纪大哉，要拿俫敲敲勿起。要敲敲吾，吾替打。格么周瑜搭吾有交情格呀，俫拿吾打，俫到底也下勿落格只手，俫勿打吾么，黄盖也可以勿死。

格么鲁肃啊，俫要跑出来讨情，要扑到黄盖身上去么，俫先打格招呼，关照声军牢手：唔笃慢慢交敲哦，吾扑下来哉哦。格么军牢手好刹车，好拿棍子好留住。或者呢，俫先搭周瑜讲：大都督，吾替打。格么唔，军牢手听见，晓得鲁肃下去哉么，棍子也勿会敲下来。鲁肃格人，老实头人。闷头闷脑跑出来，扑到黄盖身上，刚巧第十二计么，敲脱，第十三记么，还呒下来。叫啥格鲁肃格人扑上去。扑到老老身上么，俫预备扑好，开口：大都督，吾来替打吧。唔，格句闲话，还在小舌头底下，还在喉咙里向，还勿出来了。

格么格军牢手唵看见呢，勿看见。勿生眼睛格啊？哈呀，军牢手打么打黄盖，心里也在不忍。叫呒办法呀，周瑜格命令，上命差遣，只能打呀。黄盖人缘蛮好呀，大家晓得黄盖是啥格身份，俫做人哪恁样子。是周瑜格命令，勿敲勿来赛了，只好敲呀。棍子上起盘头格辰光，俫格眼睛勿对下头看，要棍子起好盘头落下来哉，那么眼睛再对下头看。所以鲁肃扑下去，军牢手勿看见。

倷扑好么，第十三记，下来了。“奉——令，行刑。十三。”噗！两个盘头一起，棍子上下来格辰光，军牢手一看，啊呀！不得了！啥体，下头多仔件袍了哉。再一看，格件袍子勿是别人，鲁肃嘎。啊咦。那么鲁肃好人，人缘也好，军牢手要敲鲁肃，也下勿落那只手。格么覅敲酿，棍子下来哉哟。赛过像脚踏车什梗，从桥面上冲下来，刹勿住车格意思一样。股势备结棍勿过。格么俚总算搭鲁大夫有交情格哦，拼命拿气力收，减轻分量。唵减轻几化呢，一半。那么格个一记，敲上鲁肃格膀上，赛过像敲了黄盖髈上格半记格分量，吃着半计生活。那么鲁肃呀，屋里向赅家当，百万家私，独养儿子，从小爷娘欢喜，从来勠吃歇过生活哟。今朝第一趟。棍子望准俚髈上，叭啊——敲着么，痛得格鲁肃，磅！当！直跳格跳起来。眼睛门前发黑么，好像金丝粒头苍蝇，嗡——在眼睛门前飞。鲁大夫格两只手，撸牢仔格大髈，对仔格周瑜：“啊——都督，老将军年龄高大，受刑不起，再要痛打，要活活地打死了。鲁肃愿意替打！啊嚓嚓嚓……”吾来替打吧。

周瑜也介险乎笑出来呀，嚯唷！鲁肃啊，救命王菩萨。倷该格辰光跑出来么，吾好收场，“不看子敬的份上，定把这老贼活活处——吔死！气死本——都！”乓！立起来，拨转过身来往里向一走。周瑜啥体要紧进去么，眼泪熬勿住，要流下来哉。要紧到里向去揩眼泪去。文武官员，哗——拿军牢手喝退，拿老老人扶起来。人已经昏过去哉啊。黄盖格亲眷拿俚扶到行军床上，送到水营，马上请医生去看。大帐上文武官员退出去么，议论纷纷。只有挺两个人。一个，诸葛亮，一个么，撸大膀格鲁肃。

鲁肃眼睛张开来一看，诸葛亮坐好了么，心里恨透哉。对仔格诸葛亮：“先生，鲁肃今日，方认识你先生的为人了。”“喔，怎么样啊？”“列古到今，普天之下，无情无义之人，推先生为第一！”嚯唷，艮得啦。吾变，世界上顶顶坏格坏人。“为什么？”“老将军对先生不错，草船借箭，若非黄老将军，先生性命不保，今日老将军被都督一顿毒打，你不该袖手旁观，不发一言。啊呀，你好残忍啊！”“喝喝喝喝喝喝喝——大夫，有所不知。”“啊。”“他们一个叫要打，一个叫愿打。还有一个叫该打。”“啊。”啊，鲁肃一听啥物事啊。一个要打，一个愿打，还有一个应该打了。啥人应该打呀，倷弄勿清爽，一问诸葛亮么，方晓得用计。接下来，周瑜马上要派人过长江，密献诈降书。

第八十四回

密献诈降书（一）

　　周瑜拿黄盖老将军，打得皮开肉烂，鲁大夫讨情格辰光，吃着半记生活，痛得格鲁肃，眼睛门前俏发黑。叫啥俚去埋怨诸葛亮，倷为啥勿出来讨情。诸葛亮说：今朝一个要打，一个愿打，还有一个该打，吾为什么道理要跑出来呢？格么啥人要打，啥人愿打，还有哪里一个该打呢？

　　诸葛亮搭鲁肃讲：此地勿是谈话格地方，跟吾到船上去。那么鲁大夫跟俚一埭路过来，直到诸葛亮船舱里向坐定。问俚：啥人要打呢？周瑜。啥人愿打呢？黄盖。格么还有哪里格该打呢？当然倷鲁肃。

　　"嚯嚯嚯嚯"，鲁肃响勿落。讨情吃着生活，诸葛亮还要嘲笑吾，说吾是该打。为啥呢？大夫啊，今朝周都督，痛打黄盖，是用计。啊，用计？嗳。用苦肉计？是啊。哦，假佬戏。对格呀。

　　"啊——呀，呀呀呀呀。"鲁肃一听，心里向快活啊。吾当仔周瑜，真格搭黄盖两家头，意见不合了，冲突起来，拿老老打一顿。原来周都督是将计就计。因为蔡中、蔡和到该搭来假投降，要叫俚笃拿格个消息去告诉曹操。那么黄老将军可以过江诈降，格条计策好极哉。怪勿道，诸葛亮登在旁边头勿出来，原来已经看穿，晓得原来周都督是用计。鲁大夫心里向转念头，吾本来在担忧，假使黄盖，俚对周瑜勿满意，俚要搭周瑜作起对来啦，勿得了啦。因为俚儿子、阿侄、亲眷、门生、朋友，人要一大排。结仔帮，搭倷周瑜离心离德，跌搁矫起来，完结。江东完结。现在是用计，非但江东呒不危险，而且是破曹操格一个重要的一个步序。

　　哈呀，鲁大夫开心啊，周都督用得好计啊。佩服。吾也拨俚瞒过，文武官员也瞒过，蔡中、蔡和当然，更加瞒过哉喽。

　　那么鲁大夫要问诸葛亮，"先生，你看吾家都督，这条计策，用——得如何？"诸葛亮说：格条计策，照吾看，是用得成功的。为啥呢，因为文武官员侪看勿出是假佬戏，而且周瑜，搭黄盖两家头，配合得非常好。黄盖么也是动真感情，枉冷、枉冷——格拿周瑜骂。周瑜呢，毕叭、毕叭——格拿俚打，而且打得什梗厉害法子啦，看上去格样子，气氛么做得蛮足。要瞒过曹操，先要瞒过二蔡。要瞒过二蔡，先要瞒过江东文武。倷鲁大夫也上当了，扑上去吃生活么，可见得格条计策是成功的。但不过呢，诸葛亮说，照吾看起来啦，格条计策，风险比较大。为啥？黄盖年纪大哉哟，六十几岁。倷拿俚格一顿生活，又勿能够假打，要真打格呀，万一拿黄盖敲杀脱仔，呐吭弄法。黄盖敲杀脱仔么，俚门生、朋友、亲眷、儿子、阿侄，咽落笃，大家起来造反，发生兵变仔，哪吭办？当然格个两桩危险现在倷过脱了，黄盖么也呒不死，也呒不人么严重得了，要起来造周瑜格反了，要搭俚做对了，呒没。

但不过呢，还有一桩啦，诸葛亮所担心的。倷格条计策要拨曹操上当，勿容易。因为曹操啦，老奸巨猾，善于用兵。哪里一部兵书俚覅看过，打仗打了几十年了，各种计策，俚侪了解。倷格条苦肉计，诈降书，要去拨曹操上当，烦难啊。

格么鲁大夫说：倷看格条计策，阿有希望成功呢？难讲，现在还难讲。诸葛亮说，照吾看起来，格条计策，很重要格一点呢，就是看，送格封诈降书格人格本事大勿大。哦。嗳，送诈降书格人本事大，曹操上当。如果说送诈降书格人本事推扳，搭曹操碰头格辰光，心里一紧张，一吓，一寒。好了，神经紧张，讲起闲话来么，语无次序。曹操几化厉害，忽、吓、骗、盘，弄穿帮么，完结。就是说送信格人，要有三桩本事。哪吭三桩本事呢？第一桩，口才要好，要七角里翻牛，八角里翻马，死格说得出活格来。光有口才，还勿够。还要学问好。因为学问好呢，曹操是随便哪吭盘问好了，俚终归有办法应付，肚皮里货色多么。第三桩呢，胆量要大。格个一点是，特别重要。胆小格人，勿来赛格呀，面孔上要露形格呀。到曹操门前讲起闲话来，倷如果一紧张，舌头一大，闲话讲勿清爽，完结来。那么因此，有口才、有学问、有胆量，要三桩本事侪全，格个人再可以过江，去送格封降书。

鲁大夫心里向转念头，吾江东营头了，要格个三桩本事全格人，倒勿多啦。格吾想大都督，大概有准备。诸葛亮说：但愿俚有准备。鲁肃说：格么吾告辞哉。慢慢叫。为啥呢？倷去碰头周都督，周都督一定要问的，今朝打黄盖，诸葛亮背后头哪吭讲法？唔。倷千万覅拿吾格闲话，讲拨俚听哦。倷再要拿吾格闲话讲拨俚听，俚又要妒忌吾，又要害杀吾。格么哪吭弄法呢？什梗，假使周都督问起来，打了黄盖之后，诸葛亮有啥反应么，倷搭俚什梗讲：倷说诸葛亮在背后头也在讲，周都督今朝忒嫌辣手哉，打得过分结棍。好好好，有数目。格么瞒过仔都督哪吭呢？俚板是拍手大笑，“今番瞒过了他也”，瞒过诸葛亮哉。好好好。千万覅讲！晓得哉。倷如果再要夹嘴舌，周瑜仍旧要害吾。吾还要立军令状格哦。吾一立军令状，仍旧请倷鲁肃做保人，倷如果说勿怕做保人么，倷尽管去夹嘴舌。呃呃呃，鲁大夫说：对勿住，对勿住。格保人做得了怕透怕透，随便哪吭也勿讲。草船借箭格个一夜天，在曹操营头门前，格个鲁大夫吓怕哉。鲁大夫去。格么诸葛亮晓得，该抢鲁肃吸取教训么，俚勿见得再会去讲。格孔明呒不事体。

鲁肃一路过来，到中军帐。倷来见周瑜辰光呢，周瑜坐好在里向。该格辰光周瑜心里向在想勿少事体。黄盖吃仔生活之后，勿晓得格身体哪吭。格么现在周瑜啦，勿能派人到黄盖搭去，搭俚碰头。为啥呢，要避嫌疑。因为打么倷要拿俚打的，哦，又是要派仔心腹了去问，了解伤势如何，矛盾格啦。而且黄盖也勿便，派人来搭周都督碰头，要转手，顶好要经过别人去问。格个是一桩。另外呢，周瑜勿晓得今朝打仔黄盖下来，外头文武官员反应呐吭，阿有人激烈反对吾，假使有人极力反对吾，不满格情绪发展到严重格程度啦，格要影响大局。格么要去做工作。要婉转一点，哪恁样子去解释解释清爽。勿使得俚笃对吾真格怨恨起来，发生格种勿必要格事体。格否则俫打起仗来，讨惹厌。倒是周瑜，也勿便派人到外头去问。

俫正在转念头，报得来：鲁大夫来哉。请。周瑜非常感激鲁肃。为啥么，因为今朝苦肉计打黄盖啦，幸而鲁大夫跑出来。俚勿跑出来扑一扑、吃一记生活，黄盖格个四十记棍子敲下来，骨头要敲断了，人要有性命危险。幸亏鲁子敬，扑上去，虽然俚吃着一点苦头子，格桩事体落篷哉。收场，拨仔吾一个，下来格台阶啦，推位勿起。不过鲁大夫勿晓得吾用苦肉计格哦，因为俚晓得用苦肉计，俚勿会扑上去吃一记生活格呀。既然俚勿晓得么，吾再来瞒俚一瞒。

格么其实周瑜啊，俫勿瞒俚哉哟。刚巧么俚勿晓得，现在俚到诸葛亮船上回转来，俚侪晓得哉。周瑜又弄勿清爽，鲁大夫是从诸葛亮船上来。周瑜格做功蛮好。鲁大夫在跑进来格辰光，嘴里还在咕，"呐！吾好——恨这老——匹夫"。呵呵，鲁大夫响勿落。鲁大夫想，唔笃一个要打，一个愿打，吾触霉头该打仔了，还要在吾门前做功好得了：吾好恨这老匹夫。蛮好呀，俫瞒吾，俫在吾门前说鬼话，吾也会在俫门前说鬼话。

近来格个老实头人啊，学得聪明哉，顺仔周瑜格势么，也在咕："嚯嚯嚯嚯嚯，可恨哪，可恨喏，参见都督。""大夫，少——呃礼，请坐。""告坐哉。""黄盖这老贼，今日可恨不可恨。""其实可恨。""该打不该打？""打之再打。"呀，周瑜想勿对哉。俫说黄盖可恨的，该打的，格俫为啥道理困上去，替俚吃生活呢。

"子敬。""都督。""本督打——了黄盖，文武官员，他们怎么言讲？""文武官员么。""嗯。""鲁肃听得，或有人道及，今日周都督，太觉残忍了，把老将军打得这般厉害。""嗯！""还有人道及，老将军自己不好，不该顶——撞都督，这是罪有应得。"两种意见，一种么说吾打得忒结棍哉，一种么说黄盖也有错处，勿应该拿周都督什个样子得罪。还好吭不过分反对吾的言论么，心定哉。"那么诸葛亮，便怎——样。""诸葛亮么。""嗯。""呵呵，诸葛亮也在那里言讲，说都督太觉过分了。""哦。""是啊！"

周瑜开心啊。该抢，诸葛亮侪拨吾瞒过了，俚在说吾打得忒过分哉么，周瑜实在得意，熬勿住，拍手大笑。"啊——咦，喝喝喝喝哈哈哈哈哈，哈，哈。今番瞒过了他——也。"鲁大夫肚皮里向转念头：呵呵，今番瞒过了你——也。俫当瞒过仔俚，勿晓得梗梗瞒过仔俫了哉。

鲁肃格做功也蛮好，"啊——都督，怎么说瞒过了他哇？""本督打黄盖，是用——呃计。""哦，用什么计。""苦肉计。""啊，苦肉计，为什么要用到吾鲁肃的身上。""哈哈，俫自己不小心哪。"

周瑜讲拨俚听：因为蔡中、蔡和到该搭来假投降，吾要用苦肉计，诈降曹操。黄老将军昨日夜头来，搭吾碰头商量好仔，如长如短，俚愿意献计吃生活。所以吾今朝拿俚打了一顿么，好让俚过江诈降。大都督，格么既然什梗么，格么倷阿晓得黄老将军身体情形呐吭呢？说：吾还勿晓得。托倷大夫搭吾跑一埭看，到船上去看看黄盖。究竟老将军情形如何，要几天可以痊愈。蛮好，蛮好。

鲁大夫马上就去。到江边下船，到水营前营。倷过船只来见黄盖辰光么，黄老将军困好在床上。鲁大夫进来之前，先问黄盖格心腹，老将军格伤势如何。那么手下人报告：刚巧老将军下船格辰光是昏迷不醒，痛得勿得了。后来呢，请军医官过来看，打得来，皮开肉烂，勠去讲俚。那么马上搭俚倷么汰，汰干净哉么，敷金枪药。金枪药敷好之后么，里向再开伤药拨俚倷来吃。但是呢，困，勿好困。倷如果侧困，一只脚要搁痛。朝天困，两只脚要痛。合趴困，勿舒服。后来想出来格办法，在床顶上，生两根绳子，缚一缚好，两只脚呢，套在格绳里向，下头么搁空，勿会碰着痛格地方。上头呢，被头也可以盖。据军医官讲，看上去格个伤势呢，顶顶起码，要十日天。弄得勿巧呢，要半个月。"哦。""嗳！"蛮好。老将军格身体情况，看上去么还勿要紧。格么阿有文武官员来望，碰过俚头呢。有的，文武官员川流不息，侪来慰问老将军。老将军呐吭呢？老将军终归勿开口，因为医生关照要静养，安心休息了，勿能讲。哦，来了呐吭一些人呢？啥人、啥人、啥人、啥人侪来的，还有蔡中、蔡和也来过了。格俚笃来，黄老将军唵见呢。勠见。"哦。"俚笃就立在该搭点舱门口，立一立，听一听。叫佢到里向去报告，黄老将军在里向咕，勿见。而且老将军一径在骂："周郎——小子，不报此仇，非为——人。"蔡中、蔡和也听见，俚在骂。"哦"，鲁大夫明白，该格骂，是骂拨了蔡中、蔡和听的，要让俚笃相信黄盖是咬牙切齿，恨得格周瑜勿得了。那么，让俚笃两家头，可以写信去告诉曹操。

鲁大夫蛮快活，跑进来。到里舱，看黄盖呢，困好在床上，面色侪勿大好看。"老将军，贵体怎样了。""大夫，还——好。今日黄——盖，幸而大夫讨情，不——然，性——命休矣。喔哟，吾好恨这小子啊。"哼，鲁肃肚皮里是暗好笑，对黄盖看看，老老头做功实头好的，还在"吾好恨这小子"。唔笃一个要打，一个愿打，吾拎勿清吃着仔记生活了，还要在吾门前来做戏。诸葛亮告诉吾是苦肉计，周瑜自家搭吾讲清爽是苦肉计，倷还要做戏。好好，也勠来说穿，说穿帮仔，倷也要难为情。而且黄盖什梗做法呢，对的。为啥呢，兵不厌诈，越秘密越好。哪怕倷自家人，哪怕倷是信得过的，勿关。勿应该告诉倷格呢，就是勿响。那么鲁大夫只好安慰仔俚几句之后么，回转去。

鲁大夫回到中军帐见过周都督，拿黄老将军格伤势情形搭仔文武官员去慰问，包括蔡中、蔡和去格种情形，侪报告都督。

　　周瑜想蛮好，关照鲁肃：倷去休息吧。勿，大都督，打了黄盖之后，倷要派人过去送诈降书哉咯。嗳。谁人去送呢？呃，吾还呒不决定。大都督，吾看送信格人，非常格重要，因为曹操要盘问。格个人一定要有学问，要有口才，要有胆量，否则勿来事。周瑜说，对啊。格么倷派谁人去呢？啊呀，学问、口才、胆量三桩全，营头上，拣勿出什梗一个人。"呃，子敬请退，瑜自有道——理。""呃呃，哎。"鲁大夫里向转念头，周都督，倷粗心哉。送信格人勔预先准备好。诸葛亮讲，大都督未必一定准备好人么，有道理。倷实头拨诸葛亮猜哉。鲁肃，让俚回到自家营头上去，替周瑜担心思。

　　周瑜心里向转念头，格三桩本事全格人，顶顶理想格阿有呢，有的。格个人可惜，勿在三江口，在啥场化呢？在柴桑郡，就是在孙权手下。格么马上去请俚来呢，来勿及。倷派人去请，一来，一回，顶顶快，日夜赶路，三日天。那么倷格封信啦，今朝夜头一定要送过江的。今朝吃生活么，今朝诈降，格么像真的。为啥呢，恨透哉哟。按捺不住，过江投降，要报仇。俚隔三日天冷脱了，曹操就要怀疑，倷为啥道理隔仔三日天了，送信到该搭点来。呐吭办？

　　周瑜在转念头格辰光么，巧哉，倷牵记格个人，已经从柴桑郡到三江口来了，而且已经进仔水营。啥人呢，格个人，是孙权手下一个参谋大夫。此人姓阚，格个姓勿多的。门字肚里向，加一个勇敢格敢字，阚。北方人读起来么阚，格么另外还有种读法么，读"欠"。有几种读法了。阚，俚单名一个泽，号叫德润，是会稽郡，就是现在格浙江省啦，山阴县人。山阴格个地方风景交关好，所谓山阴道上，应接不暇么，就是格个地方。绍兴格搭点——山阴人。

　　那么格个人呢，屋里向交关穷，出生蛮苦的。读勿起书，要读书吭不铜钿。格呐吭办法呢？俚去做人家格佣人。格家人家用得起佣人呢，屋里向一定有书。那么俚格条件，蛮低的。吾勷倷工钿，吃口饭，不过呢，倷屋里格书吾要看看。那么在唔笃屋里向做佣人格辰光呢，拿唔笃屋里格书就借来看。俚格种看书啦，还有样特别格本事。啥格本事呢，看起来啦，人家看完一行，俚十行看脱哉。格个名堂叫啥，叫一目十行书。说明俚看书格速度特别快。那么所谓一目十行书么，并勿是十行一道看下来。就是说，倷看完一行么，俚十行看脱，所以叫一目十行。而且俚还有一个特点，啥格特点呢，眼睛一闭，看过格物事，马上就记牢，过目不忘，强记格本事特别大。俚格强记格本事，要好得呐吭呢？后首来，俚有种书，主人屋里也吭不的，俚跑到书坊店里去看。问格本书阿有，有的。拨吾看看看。格么拿下来拨俚看，那么翻开来看哉。那么人家是一版一看，俚是一看就是一版过去哉。刷、刷、刷、刷，一版版在掀。书坊店里格老板当仔俚，勿是在看书了，当仔在数，格本书有几化版数。勿晓得俚在看书，因为俚看得快呀。看完书一合，眼睛一闭，两个节头子望准太阳穴里一搭，好，记牢。统统记牢哉。那么书还倷，回转去俚马上就可以默写出来。赅格点本事。格个记性，要好到呐吭格程度么，总归搭格个人，十年前头见过一面，隔十年再见一面，马上就能叫得出倽名字。吾搭倽十年前头，曾经在啥地方见过面，记性要好到什梗。

对于格种记性是，吾真羡慕啊。为啥道理，因为吾歇歇碰着格种弄僵事体。倪说书么，外码头总归要去的，跑格地方比较多。那么有种听客呢，倽在格个地方演出呢，搭倽一道谈谈讲讲，也比较熟悉。格么隔仔几年勿看见哉么，忘记脱。那么俚要记牢演员了，容易。那么一个演员要记牢嘎许多地方，嘎许多听客格面孔么，实在记勿牢。

有转把歇歇弄僵的，倽马路上碰着仔，上来叫应倽："啊哟，唐同志。""哎。""长远勿见哉。""嗳。"揿手是格个蛮热络相。"倽该抢阿在演出。""嗳，在演格演的。""倽阿认得吾。"唔，俚问格句闲话哉么，依从礼节上讲起来么，只好回头："认得，呐吭勿认得。"要表示赛过要好么："认得。""格么倽搭吾啥场化碰过头的？"那么僵，回答勿出。啥场化碰过头，想勿出，想来想去想勿出。那么有转把么，耍点小聪明，问问俚，倽现在住了啥场化。假使俚回头吾，住在观前街，格么大概苏州人。住在崇安寺格么，无锡听客。假使俚讲格条街道名字是常熟的，格么是常熟格人。倽问俚，倽现在住在啥场化，"嗯嗯，老场化"。那，那么死，一眼昈不生路哉。俚老场化么，倽想勿出来哉。那只好老老实实讲，倽格名字忘记脱了什梗。

那么格种辰光呢，就要想着，倪《三国志》里向格阚泽格本事实在大，记性好，见过面之后勿会忘记。而且格个人呢，非但学问好，外加口才好，胆量大。读书读得多了，读书明理，豁达了，俚胆子也大。后来孙权招贤纳士么，俚去投奔孙权。孙权呢，并勿因为俚格出生推位，在人家屋里做过佣人，啥格，还是量才录用么，拿俚安排为参谋大夫。

格么今番呢，阚泽俚是从柴桑郡到三江口来。做啥么，来送一封信。孙权格亲笔信，来交拨了周都督。啥事体么，孙权在后方牵记前线格情形。长江初次开战，打仔一场胜战之后，后首来一直昈不消息。勿晓得胜败如何，勿晓得周瑜部署破曹操格军队么，到底进展到呐吭格情形了。那么唔，派阚泽到三江口跑一埭，倽去看看周瑜看。催促俚啦，能够抓紧时间了，打败曹操军队。

那么阚泽路上下来呢，还勴到三江口格辰光，碰着一只船。啥格船呢，就是孙权派旗牌官，送庞统到三江口来格一只船。格个旗牌官呢，三江口耽搁仔一日天，今朝刚巧回转。路上碰头阚泽，阚泽喊俚过船只，问旗牌官：倽从三江口来，三江口阿有啥事体。有的。啥格事体呢？哈呦，今朝早上，出大事体。啥格大事体呢？什个长，什个短，周都督痛打黄盖，老将军伤势沉重。"哦！"阚泽一吓。

啊呀，该格辰光破曹操，军情紧急，呐吭好自家人窝里翻了打起来。那么黄盖要紧人，俚如果出一出事体，有关大局。格个事体还是真格呢，还是用计？那么俚关照旗牌官，倽回转去见孙权格辰光呢，只能够在吴侯门前报告什梗桩事体，外头勿讲。为啥？一讲之后啦，摇动人心，影响大局，后方要恐慌的。旗牌官答应。那么旗牌官呢，让俚回转去，见孙权复命么，吾也勿交代了。

阚泽呢，本来是一进营头就要来见周瑜。现在要来碰头黄盖，看看情形看，因为俚搭黄盖，也蛮要好。俟到黄盖营头上，过船只，求见老将军么，老将军也在动脑筋。生活么吃哉，信啥人去送？那么还有了呀，格封信是吾写呢，还是周瑜写。还是吾派人去呢，还是周都督派人去？格个事体啦，侪吭不讲得细到了。正在皱眉头哪恁办，哪恁搭周瑜去联络，报得来阚泽到。哦哟，好极了，好朋友来哉。格个人呢，非但有学问，而且有胆量，外加口才好极。俚过江去送格封降书呢，非常好。赶快请。

阚泽跑进来，到黄盖床门前，"老将军，阚泽有礼"。"先生，少——礼，请——坐。"告坐。"老将军，怎说贵体有恙？"呐吭会得有毛病格呢。"哦哟，哪里说起。"黄盖就拿今朝早上周瑜升帐，搭周瑜两家头冲突起来，拨俚俟一顿生活，敲得皮开肉烂。"哦哟，吾好恨这，小——子。"俟从头至尾在讲格辰光，阚泽格两只眼睛盯牢仔黄盖格面孔在看，注意俚格眼神。

等到俚说完么，阚泽凑到俚耳朵旁边，轻轻叫一句："老将军，莫非是用苦——呃肉计。""啊。"喔哟。老老呆脱。俟呐吭晓得。说，吾看俟面孔上格表情，吾就晓得，用计。格呐吭看出来格呢？因为俟今朝拨了周瑜一顿生活敲，打得什梗厉害。按照道理讲，俟是要非常非常愤怒。俟讲拨吾听格辰光，要咬牙切齿，眼睛里要喷出火来。格么唔，是像真格吃生活。现在，俟讲拨吾听格辰光，从语调上讲起来，从感情上讲起来，讲得非常平淡，一点勿难过，一点勿光火。格个光火呢，光火得格个程度，赛过勿浓格啦。嗬哟吾恨啊——俟格种恨呢，实际上勿是真恨。那么吾听俟生活吃得什梗结棍，恨、恨得并勿厉害么，俟看上去是用苦肉计。

黄盖快活，黄盖心里向转念头，什梗一看，阚泽，聪明。鉴貌辨色。俚看见俟格面孔，俚就晓得，俟心里向转啥念头。格是俚去搭曹操碰头，送格封信，曹操面孔上呐吭格表情，俚就晓得，曹操心里向转啥格念头哉。"阚先生，实不相瞒，是用——计。"那么再拿心里闲话讲出来，告诉拨俚听。什个长，什个短，用苦肉计诈降曹操。"阚先生，看来，这一封书信，要拜托先生，过——江一——走。""这。"

阚泽一听，黄盖提出来，要吾过江见曹操，送格封诈降书。阿能答应？如果答应下来，过江去，风险很大。啥道理呢，曹操老奸巨猾，几化厉害。曹操要想，俟黄盖是江东开国功勋，三代旧臣。而且黄盖开始辰光呢，主张是、要动手要打的，而现在辰光突然之间吃一顿生活要来投降，蛮清爽假佬戏，苦肉计，诈降书。因为俟格年龄，俟格地位，俟格身份，俟格经历，俟是勿像会得背叛江东。那么拨了曹操看出来，结果呐吭呢？结果么，吾颗郎头拿下来，送信格朋友稳杀脱格呀。因为倷去拨曹操上当么,曹操呐吭会得让倷活呢。去,有性命危险。勿去,让周瑜派别人去。因为周瑜勪预先拿吾喊到该搭点来了,派吾过江去送信,可能俚准备别人。

那么当然,都督也作兴提出来叫吾去。俚提出来叫吾去,吾呐吭。阚泽心里向转念头,黄盖老将军今年六十几岁了,俚是江东开国功勋,功劳立得大得热热昏昏。按照道理讲,俚应该享福。俚勿应该再到战场上来打仗。而且呢,俚可以退归林下,吃吃太平钱粮,过过写意日脚。俚现在不惜牺牲,皮肉受苦,打得什梗厉害,阿是老老什梗把年纪,为了国家,愿意拿两条腿敲坏。难道说,吾年纪比俚轻,吾也受孙权拨格恩。吾也是江东格忠臣,吾就勿敢过江去冒险送信吗?什梗一想呢,阚泽答应得蛮爽气:"老将军,想你年——过六旬,不惜皮肉受苦,为国效忠,何况阚——泽。大丈夫处世,不能为国效忠,岂不是与草——木同——腐。"

闲话讲得也蛮格个。为啥呢,一个人活在世界上,说勿能为国家做一点点事体,勿能为国效忠,岂勿是活着,赛过像一颗草什梗,搭草木一样格腐朽了,烂脱。于草木同腐。吾去。

倷一口答应,愿意冒险过江么,黄盖感动啊。因为黄盖刚巧在开口求俚,过江送信,看俚眼乌珠,笃咯——一转,晓得俚在思考格个问题。看俚眼乌珠,笃咯——一转下来,马上就答应,愿意过江。愿意过江么,也是愿意去,预备牺牲。

黄盖实在感动么,要紧从床上下来,要来拜谢俚。黄盖是滚下床来。因为啥,两只脚上受格伤,行动勿便当。因为心里向冲动勿过哉,要跪到俚门前来,向俚一拜么,所以从床上,磅!翻身,啪!滚下床来么,跪到阚泽门前。"阚先生,多——谢先——生。"阚泽,尔嚜——卜,也跪下来。"老将军,何——出此言。"倷老老什梗大年纪还肯吃苦,难道说吾勿能去啊,倷用勿着什梗下跪得,大家是为国家么。黄盖,仍旧床上困好。阚泽搭俚讲:格么吾马上上岸,见周都督,信呢,请周都督写。倷也勑写哉,吾停一停,拿仔信会得到倷船上来,搭倷碰头哟。蛮好,格么倷搭周都督讲一声,说吾身体还可以。大概呢,十日天可以痊愈的,叫周都督用勿着担心得。以后呐吭样子联络么,或者通过鲁肃啊,或者哪恁样子么,就可以来安排。大家来了交换了,否则格说法,吾格情形俚也勿晓得,俚格情形吾也勿晓得。有数目。

阚泽告辞退出来,回到自家小船上,小船到江边停,上岸。到中军帐来见周瑜辰光么,周瑜得信。阚泽到,啊哟,巧极了。为啥呢,吾正是在想,缺一个人过江去送信。阚泽来,格个人顶顶理想。马上关照请,请到里向,见过之后,摆酒款待。阚泽拿吴侯格信拿出来,交拨了周瑜。周瑜接到手里向一看,原来东家来催促吾,赶快破曹。啊呀,东家啊,倷心急,吾比倷还要急,吾恨勿得今朝夜头就过江了。但是格个打仗,特别是倷少数人马,要打败多数军队,勿是啥简单来西格事体。倷勿是慎重布置,条件成熟,倷勿好就什梗冒冒失失格打过去。信,归好。周瑜关照左右回避,手下人统统退出去,帐中,只有俚笃两家头。

"阚先生。""都督。""来得真巧。""哦。""如是因般，欲烦先生过江，献诈——降书信。"那么阚泽报告，吾刚巧搭黄盖已经碰头，黄老将军也叫吾带信来，请倷都督安排好。吾呢，愿意过江献信。信，倷都督写吧。蛮好。

周瑜过来到旁边头，磨得墨浓，舔得笔饱，提起管笔来，用黄盖出面，写好一封降书。写好看过，勿错了，信笺夭一夭，信封袋一袋好，信壳封面上开好。然后拿过来，封信交拨了阚泽。阚泽拿封信接到手里向一看么，肚皮里转念头：大都督，格个地方啦，倷像煞简单仔了一点。为啥呢，格封信，倷应该让吾看一看，内容如何。因为去拨曹操上当，格个信非常要紧啦。如果格上头，有点啥格漏洞等般，拨曹操扳牢错头啦，完结。格么现在周瑜勿拨吾看，吾该仔俚当面拿封信拆开来看了什梗么，周瑜要动气格啦。因为俚是都督，有学问格人，阿难道，周都督说起来，吾什梗格地位了，吾写封信啊写勿来啊，倷还勿放心啊，倷还要拆开来看。勿看吧，碰着格对手是曹操，自家呢，把握也勿顶大，也有点放心勿落。再一想么，好歹格封信是开口信，吾现在勿看，吾摆在身边，吾过江去辰光，吾路上可以看。按照道理讲起来，周瑜格本事，写封信，勿会有啥格问题的。格么作兴信上，有点啥格毛病等般么，也勿要紧，格毛病勿会大，格种小毛病。小毛小病呢，吾看过之后，吾预先考虑考虑。曹操假使问起格个闲话来，吾用啥格啥格闲话去回答。多准备几套应付格闲话么，也能够过去。如果说信上格毛病大，格么索脚格封信，吾勿去拨曹操看。凭吾格张嘴讲，说得曹操中计。阿有把握，有。为啥么，口才好。

不过阚泽拿封信收过，身边袋好之后么，搭周都督讲：大都督，请倷发一条命令，叫蔡中、蔡和两家头今朝夜头到长江面上去巡逻。啥格意思呢，因为，吾格封信去，很重要格一点，要蔡中、蔡和两家头格书信先过江。俚笃两家头格信交拨曹操，曹操一看，喔——今朝周瑜搭黄盖冲突起来，拿黄盖打得了皮开肉烂，黄盖么非常怨恨。哦，看上去有造反格可能。那么，连下来降书到，果然来投降吾哉，一拍拢缝，曹操上当。那么倷，要拨机会让蔡中、蔡和两家头去送信。因此搭周都督讲，倷阿要下条命令，让二蔡封信先送过去。周瑜想对，周瑜马上派中军官到水营，通知甘宁，着蔡中、蔡和两家头今朝夜里江面巡逻。什梗安排仔么俚笃，冠冕堂皇，笃笃定定到江心里向去送信好了。

阚泽告辞。周瑜要送俚格辰光么，周瑜问俚一句，倷啥辰光转来。阚泽想仔一想："大都督，明日日中为期，日中能够回来，大功告成，日中不能归来么，请都督，另——想别计。""哦呵，喔。"周瑜听着格句闲话，心里向蛮沉重。为啥呢，阚泽也勿是完完全全有把握。俚回头，明早太阳当顶转来，计策成功了。太阳当顶勿转来呢，倷大都督勤牵记吾哉，倷另外动脑筋，想别格计策吧。格么也就是说，俚已经牺牲在曹操营头上。本来酿，到老虎格窝里向去哟，深入虎穴。倷到老虎窝里向去，要拿只小老虎去捉出来，几化危险。大老虎勤咬死倷的。但是，倷勿到老虎窝里向去，倷小老虎就得勿哉。不入虎穴，焉得虎子。周瑜呢等俚消息来。今朝夜头一夜天，周瑜困勿哉。因为事体实在大勿过。

周瑜，吾勿交代，再说阚泽。到江边下船，到黄老将军船只旁边头停好。过船只，见过黄盖，搭老老讲，周都督信安排好了。吾呢，马上就要准备过江了。蛮好。托倷，搭吾准备一只渔船，呐吭渔船呢。喏，船上要准备渔翁用格物事，网啊，钓杆啊，鱼篓斗啊，渔翁格装束。船上呢，旗号勿要有，刀枪勿要有，武器勿带，要乔扮渔船过江而去。

黄老将军派手下人准备，弄好之后，一只渔船，调排好了，请阚泽下船。阚泽回头黄盖走么，黄盖也俚："先生何时归来？""明朝，明朝太阳当顶。太阳当顶转来的，事体成功了。假使吾勿转来格说法么，老将军啊，倷多多保重。"黄盖一听么，心里向，别！一跳。格声多多保重么，就是说倷苦头白吃哉，受伤呢，白受伤哉。吾白受伤么，换句闲话讲，俚格头，也割仔下来哉，拨曹操杀脱哉。老老一夜天困勿哉，要等俚明朝转来仔了，好定心。

阚泽下船，到渔船上，船出营。天已经黑了呀。天上，有点月亮光，蛮清爽。船只，嚓喋，嘶嘶嘶嘶——望准江心跟首开过去格辰光。阚泽拿箬帽头上一戴，蓑衣身上一披，坐好在船头上。

今朝夜头江面上呢，风吭不啥，风平浪静。长江江面上格波浪微微叫翻动，天上格月亮光，照到江面上，波浪翻动呢，很好看。好像万条银蛇嬉水。江景虽好，有啥格心思看风景。

阚泽肚皮里向转念头，吾去碰头曹操，献格封书信，曹操到底是勿是能够上当。让吾来问格信看。呐吭问信呢，俚拿格钓竿拿起来，钩子上套好一滴滴食，鱼食。嘴里向默默通神，暗暗祝告："苍天在上，后土在下。弟子会稽山阴阚泽，奉命过江献诈降书信，不知曹操可能中计？曹操中计鱼上吾钩，曹操不能中计鱼不上钩。"起档卦啦。假使吾钓得着一条鱼的，曹操上当。钓勿着鱼的，格么曹操勿上钩。格说起来，格种么迷信嗄，曹操上当搭勿上当，搭鱼上钩勿上钩是，勿搭界的。老法头里人，迷信，有什梗一种习惯的。因为三国距离现在要一千七百多年得了哟，倷勿能够要求一千七百多年前头格古人么，思想开通得了，是完全格彻底格唯物主义者，勿可能格哟。倷勷说格辰光，倷就是现在么着哟，倃生活里向，常见有种物事，虽然勿一定是迷信么，也是习惯哟。好比倷人家屋里向吃鱼，今朝买着格鲢鱼，花鲢。鲢鱼头，吃鲢鱼格辰光，往往鱼头上一个"鱼仙人"，一根骨头。搛下来，搛仔下来，倷看好着喽，蛮多人有什梗格习惯：要拿鱼仙人瓨，一瓨，两瓨，三瓨，瓨得格鱼仙人，立直。格么好像煞一桩啥格事体吉利的，或者，有成功格希望的。鱼仙人，立勿直么，好像就赛过勿吉利哉。有转把瓨瓨，瓨着六七瓨，也勷瓨直么，拿只手去摆摆俚直，亦有了。格种侪是习惯啦。其实倷办成功事体，搭格鱼仙人立直勿立直，勿搭界格啦。阚泽呢，就什梗拿钓鱼作为起卦，来问格信看。钩子甩到水里向，船只，嗤嗤嗤嗤嗤嗤嗤——开过去格辰光，呒不鱼来。嗤嗤嗤嗤——到江心，还是呒不鱼。过江心，到江北地界啦，看见格个浮在水面上格浮子往水底下在沉下去。"哦哟"，鱼来哉。俚要紧拿根钓竿，嗖！往上一扳么，尔得——一条鱼。阿有几化大么，总大概尺把长，蛮大。俚拿鱼拿过来，嗒！左手抓牢鱼，右手拿钓竿船头上一放，钩子挕下来，对格条鱼在看。"哈哈哈哈哈哈哈哈"，鱼啊，吾勿当倷鱼，吾当倷曹操，倷曹操上钩哉。吾曼得倷上钩，吾剹倷格性命。俚拿条鱼仍旧往长江里向，咽咙咚，一甩。拿块揩布过来，手上格鱼腥气揩一揩脱。钓竿上线，绕一绕好，钓竿放脱么，要想手伸到袋袋里向，拿周瑜格封信拿出来看看看，究竟格封信呐吭写法。倷正要想看信格辰光么，只听见头顶心上面，当——吥——唰！一箭，射到俚后头格船帮上。

啊，一看么门前头来了，两只船，曹营上格巡逻船，"靠——呃船"，喊靠船。马上关照船停。船停好，曹兵格巡逻船近，靠近。啪！跳过船只。"哪儿的。"阚泽立起来，头上匿帽挕脱，身上蓑衣卸下来。巡哨官一看，头上方巾，身上海青，文人打扮。"什么人？""江东参——谋阚泽。"嗯，倷江东格官，参谋官。江东人。"哪儿来。""三江口。""上哪儿去。""赤壁。""干什么的。""求见曹丞相。""做什么。""机密大事，当面禀报。""什么机密大事。""什么机密大事？你又何用问得。"倷呒不资格问。机密大事么，要搭曹操讲，倷呐吭有资格来问。倷么船上检查，阿有夹带。巡哨官想，蛮好，拨俚触着格霉头。倷呒不资格问俚格机密大事。船上搜检完毕，呒没夹带，呒没武器，押俚进营。

到江边，停船，拿俚带上岸。带到中军帐外面，立定。到里向来报告曹操么，辰光已经三更。曹操还歜困，曹操水营里看脱操回转来，当中坐定，搭大家在商量事体格辰光，手下人报进来："禀丞相。""何——呃事。""小人奉命打探消息"，江面上来仔一只渔船，过江钓鱼，行迹可疑，掉着仔条鱼，拿条鱼望准水里向一甩。吾开上去喝令停船，检查完毕呒不夹带，原来来格人呢，是江东参谋阚泽。啥格要见倷丞相有机密大事报告。格个人，现在已经带到中军帐外面。"退——呲下。""是。"报事退下去。

曹操一听江东参谋阚泽过江来，机密大事禀报。啥格名堂，剹用计哦。嗖，阚泽格名气吾听见过，俚突然到该搭点来，为啥呢？文武官员侪在两旁边伺候好了。

"传阚——泽，进帐。""是。丞——相军谕，传东吴参谋——阚泽，进——见！呼——咦。"大帐里向，灯烛辉煌，照耀如同白日。曹操手下文官，纱帽袍服，武将明盔亮甲，文东，武西，两旁边立好。军牢手、刀斧手、捆绑手三班伺候。嚯咯咯咯——大帐上军威森严，杀气腾腾。虎案上，红蜡高烧。曹操头上相雕，身上大袍，捋仔格两根绉苏，定定神，在对外头看。

倷在看么，阚泽进来。进来格辰光，旁边头戒备森严。众三军，刀、枪，侪拿好在手里向。阚泽心里向转念头，到中军帐去见曹操，格么真是拎仔颗郎头了进去。死了活，勿晓得。呐吭让曹操上当，阚泽老早想好一套办法。一埭路进来格辰光呢，嘴里一埭在咕，自说自话。格咕格闲话呢，曹操听得见的，文武官员也听得见，因为帐上毕静格呀，俚声音勿是嗅冷嗅冷。

"啊！老将军啊老将军，吾，早已与你言讲，凉亭虽好，非久留之地。你不听吾言啊，至有今日之祸，如今你，又看错了人了！吾是为朋友，死而无——怨，哦。""呃，嗯嗯，嗯嗯，嗯嗯嗯。"

曹操一听啥物事啊，咕拨吾听，啥格老将军啊老将军，吾么一径搭俚讲格了，凉亭虽好么，勿是久留之地。俚勿听吾闲话么，今朝吃苦头。连下来么又是俚，又看错仔人哉了，吾是呒不道理的，为朋友死而无怨哦，可惜俚老将军么，错了再错。格老将军啥人，凉亭虽好啥意思，到该搭来，错了又错，又是啥意思。呵呵，曹操心里向明白，来格朋友是说客。像古代辰光格种苏秦、张仪差勿多。特为咕拨吾听，听得吾莫名其妙，让吾问俚。问俚哉么，俚好拨吾上当。

曹操肚皮里向转念头，随便俚呐吭样子厉害，俚要拨吾曹操上当，休想！看俚在跑过来。按理讲，客人见曹操，离开只案桌，八步路应该下跪。自家人呢，离开只案桌五步路下跪，叫啥阚泽走上八步了，勿立停，还在往门前跑。曹操想呐吭，俚算吾自家人，五步上下跪啊。叫啥走到离开五步啦，还勿停，还在跑过来呀。啥道理么看俚格头沉倒了，好像心事重重跑过来。

曹操，当！一记台子一碰。"住——咃了！"立定！"呼……""嚯唷，到了啊！到——呃了！"昏头七冲。跑得忘记脱，要冲到俚案桌上来哉。倒退几步，尔嘚——卜，跪下来。"丞相在上，江东参谋阚——泽，见丞相，叩——咃头。""罢了。抬起头——来。""有罪，不敢抬头。""恕你无罪。只管抬头。""着！"乓！头抬起来。

曹操对准阚泽只面孔一看，喔！相貌好。跪在下头，不分长短，站立平地，身高七尺。长方面孔，面如冠玉，眉清目秀，鼻正口方，两耳贴肉，三绺青须。曹操特别看到俚格两只眼睛，眼气活泼，玲珑。眼神看得出的。如果说格朋友眼神发滞了，定洋洋了什梗么，格脚色总归勿呐吭活络几化。现在俚看俚两只眼乌珠，骨溜骨溜骨溜骨溜，几化活络了。再看到俚嘴唇皮，两爿嘴唇皮哓哓薄，薄得了像萝卜皮什梗两片，会说会话。嘴唇薄哓哓。

俚在对俚看格辰光么，俚也在对曹操望。曹操坐好上当中。曹操生啥格相貌呢？站立平地，身高七尺，同字脸，脸如银盆，两条寿眉，一双三角眼。席筒鼻，四字口，两耳贴肉。阿胡子铺满胸膛。头上，嵌八宝一字相雕，身上大红袍，玉带围腰，粉底靴儿，腰里向挂一口宝剑。

阚泽，看到曹操相貌，晓得曹操格人，有学问。而且看到俚格种眼神，晓得俚，疑心病蛮重。像格个人讲闲话呢，俚勿能拍俚马屁，俚勿能顺俚。俚要去搭俚拗，俚越搭俚拗呢，倒反而相信俚。嗳，俚格朋友倒本事大。啊，敢到吾门前来，勿是顺仔吾了讲了，能够逆敲吾了什梗。嗳嗳，吾倒要听听俚看。

阚泽格种人啦，懂人心。一看俫格相道，搭俫讲起闲话来，要呐吭样子来讲法，已经有考虑哉。"起来。""着。"旁边头一立。"黉夜过——江，来见老——夫，则甚——呐。"俫来做啥，那么阚泽拿封信拿出来，交拨曹操看。勿晓得格封信上，拨曹操看破机关。那么曹操要识破苦肉计，怒斩阚泽！

第八十五回

密献诈降书（二）

黄盖苦肉计。阚泽，过江献诈降书。现在搭曹操碰头之后，曹操一看阚泽格相貌，就晓得格个人是聪明人。偨曼得看俚刚巧进来格辰光，嘴里向自言自语在咕。啥格老将军啊老将军，偨么勿听吾格闲话么，今朝吃苦头。现在么，偨又看错仔人头，吾是为朋友死而无怨酿，可惜啊可惜。格个闲话啥意思？蛮清爽，俚是有目的，咕拨吾听。赛过先种好一只根在那。曹操格种俵聪明人，偨要想拨曹操上当，很勿容易。现在曹操关照俚，站在旁边文班里，看俚呐吭讲法。吔？叫啥格阚泽，眼观鼻、鼻观口，目不斜视，响也勿响，啥格路道？

曹操熬勿住，要问哉咯：“阚——泽。”“在。”“黉夜过江，来——见老夫，则甚——哪？”“回禀丞相。呵呵，下官，本哉么是要讲的。讲了呢，又恐丞相不听，故而我今不讲了。”“嗯嗯嗯嗯，嗯。”喔哟，偨听听看，阿要坏？

格么格句闲话啥格意思呢？蛮清爽，要吾曹操先答应俚，偨讲好哉，吾终归听偨的，那么俚再讲。格个闲话吾呐吭好先说？“只要尔，讲得有理，老夫，自然听——从。”“是是是，那么丞相，在下要请教丞相，可知晓江东镇威将军？”“嗯？”曹操一听，吾晓得的。江东格点大将，吾老早就调查过。江东有三镇将。镇威将军，黄盖。镇国将军，程普。镇武将军，韩当。格个三个人呢，俵是江东三代旧臣，跟孙坚就出场。接下来孙策，现在是孙权。三代哉。“莫非是，黄——公——覆？”“是呀，黄盖老将军，今日早上在中军帐，被周郎一顿毒打。打得皮开肉烂，怀——恨在心。闻得丞相招贤纳士，求贤若渴，所以命吾前来，归降丞相，投递降——书。”“嗤！嗯，嗯，嗯，嗯，嗯，嗯。”

啥物事啊，曹操一听，说：黄盖今朝早上，拨周瑜打了一顿，打得皮开肉烂。派偨过江来，投降吾。送封降书？“呵呵”，苦肉计，诈降书。信也勚看，曹操脑子里马上就出现了苦肉计，投降书。格么，格苦肉计，吃一顿生活，拨对方上当。格种计策，老实讲一声，啥人第一个用苦肉计？曹操俵晓得，也是东吴人。第一个用苦肉计格人，古人，叫要离。要离刺庆忌。

吴王啦，刺煞仔王僚之后，王僚格儿子庆忌，恨得不得了，流亡在外国。要搭老娘家报仇。兵进苏州，夺回老娘家格家当。那么吴王搭伍子胥商量下来啦，派要离去行刺庆忌。格么呐吭能够去行刺俚呢？就是要离特为在大堂上反对吴王，触怒吴王。那么拿俚关起来，关在监牢里。本来要杀格啦，大家讨仔情么，关在监牢里。那么俚特为越狱逃走，故意拨了看监老娘发现，发现哉么捉牢，捉牢哉么斩脱一只臂膊，拿俚只左手格臂膊斩脱。斩脱哉么放俚逃走。那么要离逃走之后，去投奔庆忌么，再拿要离格家小，儿子弄到大街上，押赴市梢结果性命。那么要离去投奔庆忌格辰光，庆忌上当。一来看俚只臂膊已经斩脱哉。二则，苏州有消息来，因为苏州人讲得来笃笃翻哉，要离格家小、儿子俦死脱哉。那么相信上俚格当，拿俚收下来。带仔俚一道去打苏州格辰光，在长江里向船上，庆忌一个勿防备么，就拨了要离独手，单臂独手，拿仔条短格矛啦，望准俚腰里向，叭——一枪，拿庆忌刺杀。《列国志》里向有格古典，叫《断臂要离刺庆忌》。格么就用苦肉计。格条计策呢？苏州人第一个用，也是东吴啦。现在黄盖吃生活，到该搭点来投降吾，曹操脑子里马上就出现哉，要离刺庆忌格苦肉计故事。

看仔信再讲。"你把书信拿来，待老夫观——看。""酌。"阚泽格条手，伸到袋袋里向去拿格封信，摸出来格辰光么，心里向，别别别别别别。为啥道理要跳呢？啊呀，坏哉。格封信是周瑜写的，用黄盖出面。但是周瑜呢勔拨吾看，吾勿晓得格上写点啥？吾本来呢，预在半路上，拿封信拆开来先看一看，格么有格底。假使格上有啥格毛病、缺点，格么曹操盘问起来呢，吾有准备。但是半路上，勔看格辰光，已经碰着曹兵格巡逻船，拿吾押到江边，一径有人看牢么，吾格封信勿便摸出来看。直到现在，曹操问俚拿信格辰光，俚心里向想，啊呀，信勔看。格呐吭办法？现在看来勿及。不过梗梗一想，勿碍噢，勿慌。周瑜啥格本事？格点学问啦，写封把信，会得有啥毛病？勿会有毛病。自家勿能先紧张在前头，放松放松放松放松，勿要紧。见机行事好了。信摸出来，手里向奉一奉好，值帐官一接，拿过来交拨了曹操。大帐上是点得灯烛辉煌，照耀如同白日。曹操格只案桌上，红蜡高烧，全通宵。

曹操拿封信，信壳上一看，黄盖两个字，写得勿错。周瑜写的，周瑜格字当然写得是蛮好。拆开来，曹操在读出来，开头两句。"盖受孙氏厚恩，本不当怀二——心。"阚泽开心啊，好极了。曹操格封信朗读哉。俚读出来呢，吾俦听见。格么赛过吾看一遍。有啥格毛病，吾俦能够听出来。头上二句，格起头，写得交关好。开头呐吭写法呢？吾黄盖受孙夹里格厚恩，本来呢，是勿应当有啥三心二意。那么下头么喏，再拿格所以要来投降俦曹操格道理讲出来。阿是开头起至两句交关好。俦侧耳静听，非常用心格听曹操在读。曹操两句一读，眼梢甩过来，对阚泽只面孔一看。喔哟，只看见阚泽，非常用心格在听俚读么。哼？曹操想，吾读拨俦听啊？默看哉，勿读哉。那么完结。阚泽呒不办法晓得下头写点啥。格么下头写点啥呢？曹操在肚皮里向读出来。格么吾呢，要拿曹操肚皮里读出来格闲话，讲拨了大家听。

格封信呐吭写法呢？"盖受孙氏厚恩，本不当怀二心。然以今日，时势而论之，用江东六郡之卒，挡中原百万之师，众寡不敌，海内知所共见也。东吴将吏，无论贤愚，皆知其不可。唯周郎小子，偏怀浅戆，自负其能，辄欲以卵击石。兼之擅作威福，有功不赏，无罪受刑。盖系旧臣，无端为所摧辱，心实恨之。伏闻丞相诚心待物，虚怀纳士，盖愿率众归降，意图建功雪耻。粮草军需，随船献纳，泣血拜白，幸勿见疑。"信写得交关好。蛮清爽，俚形势、情况侪讲明白了。用江东六郡格兵，挡中原一百万军队么，东吴格文武官员，勿论聪明，勿论笨，一眼而知就晓得勿能打、勿能打、勿能打。侪喊勿能打。唯有周瑜，偏怀浅戆，自负其能。要想拿格鸡蛋，搭石头来碰。而且周瑜人的作风呢？擅作威福，作威作福，有功劳么勿赏哉，无罪受刑。吾黄盖，三代旧臣，今朝无事端端拨俚打了一顿。吾心里向恨透恨透。所以吾呢，要来投降侬丞相。一方面是立功，一方面呢报仇。吾来起来格辰光呢，粮草了军需，跟仔船一道带过来，随船献纳。曹操拿封信第一遍看完，心里向转念头，黄盖受刑，阚泽送信。喝呵！苦肉计。格封信，诈降书。

曹操两只眼睛闸过来，在对阚泽只面孔在看。看俚面孔上格表情、反映呐吭？侬在对俚看格辰光，阚泽急是急呃。因为啥？曹操格两道眼光看过来，眼光里可以看得出，俚是怀疑，俚是在观察，在拨苗头。看侬面孔上格反应呐吭？阚泽隐隐约约觉得着，格个眼光啦，好像冷气，冷气森森。射到面孔上来，逼人格啦，眼光逼人。不过阚泽有格点本事。刀架到头颈上，面孔勿行转色，叫喜怒不形于色。侬看好哉，尽让侬看，不动声色呀。曹操心里向转念头，苦肉计，诈降书。格么呐吭么办法？杀！马上拿阚泽推出去，一刀两段，结果性命。曹操要想下命令，拿阚泽推出去辰光，再一想，慢。勿要紧。老实讲，要杀脱个把阚泽，便当啊！推出去么杀头，几化省力？但是杀脱容易，勿杀错。让吾来研究研究看，黄盖有勿有格可能，到该搭来投降吾？

曹操再拿封信看第二遍。第二遍看下来，心里向转念头，像黄盖什梗一个脚色，六十几岁，江东格开国功勋，立过汗马功劳。俚出邦格辰光，周瑜还小得一眼眼了。现在拨了周瑜一顿生活一敲，格口气咽勿落，心里向是毒透毒透。大将呀，凭一股意气，意气用事。蛮好呀，侬打吾，吾勿好报仇？吾投降曹操。吾带仔曹操人马打过来，里应外合，拿侬周瑜打脱。结果侬格性命，报仇雪恨。格武将啦，做得出的。曹操心里向转念头，假使黄盖真格是到该搭点来投降吾，而且黄盖是督粮官，还有大批粮草带来。黄盖呢，江东格势力相当大。俚儿子、阿侄、亲眷、朋友、门生一大排。俚来，一帮人统统侪跟过来，江东断脱一只臂膊，吾曹操得着一只帮手。江东损失大批粮草。格吾打过去，实力对比上讲起来啦，大推大扳。黄盖真心投降格说法是，吾平定江东，可以说稳成功。曹操心里向转念头，格么让吾来问问看，黄盖啥辰光可以来？曹操要想去搭阚泽谈，再一想，慢。慢慢慢。勿马上就搭俚谈，让吾再研究研究看。曹操心里向转念头，吾派蔡中、蔡和两家头过江去假投降，叫俚笃打探江东营头上消息。打听明白了，马上写信报告吾。格么今朝黄盖，拨了周瑜打一顿，格个事体应该说，东吴营头上侪晓得的。格么俚笃两家头为啥道理勿写信来。俚笃应该先来封信来告诉吾："今朝么周瑜打黄盖，哈呀，江东营头上么乱得一塌糊涂。"格么喏，现在吾看着格封降书，可以相信哉。叫啥蔡中、蔡和两家头格信勼来呀。今朝阚泽送格封诈降书，困难，就难在格个一点上。格么算算周瑜下命令，派俚笃两家头出来巡逻。让俚笃送信，格么呐吭俚笃格信勼到呢？格里向碰着巧事体。

蔡中、蔡和两家头老早，天还吭不夜了，船就开出来巡逻。要想拿封信去送拨了曹操。勿晓得船只开出来辰光呢，碰着凌统手下巡逻船。啥凌统搭甘宁是冤家。因为凌统格爷叫凌操，从前辰光兵进江夏郡，打黄祖格辰光，甘宁还勼投降江东。甘宁还是黄祖手下大将。拨甘宁，叭！一箭拿凌操射煞。后首来甘宁投奔江东，孙权拿俚收下来么，格凌统搭甘宁冤家啦，吾爷死在俚手里。尽管俚现在投奔到江东么，吾爷白死啊？两家头勿对的。那么凌统带领船只出来巡逻格辰光呢？看见蔡中、蔡和船，因为蔡中、蔡和属于甘宁管辖的。因此么两家头冤家，俚出来巡逻，俚也出来巡逻。俚到哪搭，俚盯俚到哪搭。那么蔡中、蔡和两家头吭不办法送信。只好兜仔格圈子回转去。俚回转去么，凌统也回转去。蔡中、蔡和要第二趟出来巡逻哉，再想办法，甩脱仔凌统格船只，可以出来送信。因为凌统勿晓得蔡中、蔡和是到该搭来假投降。周都督是存心拿俚笃收下来了，放俚笃一码，让俚笃去送信。格个事体凌统勿晓得的。有什梗一个撬夹了，因此蔡中、蔡和格信慢到。黄盖格信先到。曹操一看格信么，俚怀疑了。肚皮里向转念头，黄盖如果是吃生活，一股气平勿下去，来投降吾？真的。而蔡信勿来，格桩事体吃勿准，也作兴是假的。吾倘然黄盖是真心到该搭来投降吾，好处大得热昏啦。可以说是稳稳取胜平江东。到现在为止呢，曹操还勿能够说是稳赢。黄盖来，可以说稳赢哉。可以起决定作用，好处大极了。但不过，黄盖收下来，假使黄盖是假投降，吾拿俚收仔下来啦，格个损失也是大是大得勿能谈。吾家人家要完在格上。好处大，坏处同样也大。

曹操吃勿准。拿封信反反复复复在看。看一遍信，对阚泽只面孔望一望。再复一遍信，又对阚泽只面孔看一看。阚泽格个辰光心里向七上八落。晓得勿对哉。格封信上板有毛病。否则曹操勿会什梗看法。看一遍两遍么顶多，啥体要翻来覆去看？说明俚在犹豫。别样吭啥，勎拨俚看穿帮啊。俚格个辰光心吊起来了。曹操到后首来心里转啥格念头？因为蔡中、蔡和信勿来，黄盖格吃生活，真、假吾弄勿大清爽。现在呢，看上去格苗头，有一半可能黄盖真投降。也有一半可能，黄盖是假投降。吃勿准。吃勿准么呐吭呢？曹操心里向转念头，还是拿阚泽推出去杀。为啥？吾杀脱阚泽啦，吾顶多得勿着黄盖到该搭来投降，吾人家勿会完的。吾好处么也勿要，坏处么也吭不。什梗顶保险。何况周瑜是厉害角色，黄盖是江东格忠臣，开国功勋，到该搭来可能是假投降，苦肉计。

曹操想到格上，俚保险。俚呐吭？俚拿封信台上一放，眉毛一竖，眼睛一弹，当！一记台子一碰。"着！""呼——咦！""黄盖，苦肉计。尔来献诈——降书。这等计策，怎能，瞒——得老夫。来。""喳！""与我把阚泽，拿——去砍了！""哗……"捆绑手跑过来，扎！一把。嘿！拿俚拖下来，两条手反剪转来，格喷格喷格喷格喷，绳捆索绑。刀斧手，哼！刀，噗——抽出来。"带走。走。"

嚯咯咯咯——望准外面在扯出去格辰光，旁边急坏一个人。啥人呢？徐庶。俚是吃曹操格饭，心向刘备。听阚泽什梗讲法，心里明白苦肉计，诈降书。心里呢，顶好曹操上当。曹操上当人家完。曹操人家完，吾出气，吾报仇哉。因为吾娘，死了曹操手里向。哪里晓得拨曹操看破机关，拿阚泽捆起来推出中军帐杀头，那么完结。而且徐庶呒不办法出来讨情格了呀。俚凭啥格一点，跑出来讨情呢？曹操板勿肯听。而且曹操格脾气，徐庶侪明白。俚该格辰光阚泽，卜落笃，跪下来，磕头、哭、出眼泪。窝卜窝卜，"呃，相爷，吾真投降。俚饶饶吾性命"。杀得快。曹操辣手。要拿俚推出去杀么，有啥闲话讲呢？

曹操格只手，已经望准令架子上搭上去，要拔行刑令了。非但徐庶勿会跑出来讨情，文武官员更加勿会，因为搭俚呒不交情格啦。觉着丞相格判断正确的，苦肉计，诈降书。曹操要拔行刑令拿俚杀头格辰光，格么阚泽呐吭？

阚泽当然格个辰光急是也急得勿能谈。完结哉。曹操老奸巨猾，实头厉害。大概格周瑜信上有点毛病，拨俚看穿？拿吾推出去杀，那呐吭弄法呢？死，思想上有准备。因为黄盖要求吾过江去送信，吾答应黄盖啦，吾就预备牺牲。老实讲，到曹操营头上来，是到老虎格山洞里向来。格条命很危险，因为孙权待吾好，吾应当为国效忠，替国家做点事体，为主人分担点忧。现在死，流芳千古，吾是为国捐躯，呒啥难过，死得有价值。倒是嗡就嗡在啥格上？吾死脱啦，格条计策勿成功哉。周都督枉费心机，黄老将军白吃苦头。吾情愿死，顶好曹操上当，黄盖计策成功，周瑜可以破脱曹操，格么吾死呢合算的。但是，今朝格事体摆煞了。曹操上当俚勿死，俚死脱曹操勿上当。那呐吭弄法？捆绑手拿吾捆起来，望准外头在押出去。俚开出口来讲格闲话，曹操听勿见。俚哪怕会说会话，勿听俚。俚呐吭弄法？在格个局面里向，呐吭挽回过来？格么阚泽心里向明白，曹操格个人有毛病，疑心病重得热昏。吾就算死，吾要死得曹操疑惑疑之，吃勿准，格封信到底还是真格了还是假的。

勿知呐吭拨俚想出来，格个是了勿起格事体。绑出去，马上颗郎头要拿下来格事体。俚换仔一般人讲起来是，急得了魂不附体，昏迷不醒也讲了。或者人坍脱也讲了，两只脚发软哉呀。阚泽呐吭？叫啥俚望准外头，蹬蹬蹬蹬蹬蹬，奔出去。用勿着唔笃推、拆，俚自家跑，而且跑得快。快得呐吭？快得了捆绑手、刀斧手在背后头跟上来。嚯咯咯咯——俚一埭路奔出去么，一埭路笑出去，直笑到中军帐外头。"啊——咦，哈哈哈哈……"

俚在望准外头奔出去，哈哈大笑格辰光么，曹操一呆。曹操格只手已经搭到令架子上，拿行刑令要拔起来哉。听见俚什梗好笑么，曹操反而令架子上条令箭插好，勿拔哉呀。

奇怪。曹操心里向转念头，格种人吾勿曾看见过。吾杀人杀得多，被杀格人么总归跪下来，磕头讨饶。出眼泪。哭。或者么，两只脚瘫脱，路走勿动，要拆出去。从来呒不看见吾要拿格个人杀，格个人望准外头，蹬蹬蹬蹬蹬蹬——奔出去，外加哈哈大笑笑出去。该格勿正常。从来呒不看见过。格么俚为啥道理要奔呢？俚要死得快点。俚为啥道理要笑呢？格个笑啦，老实讲，并勿是真正快活仔了笑。该格名堂叫啥？叫气过仔户界了笑。气极了，勿光火了，反而笑了。哦，要么黄盖啦，真心投降。的的确确到该搭来，诚心要投奔吾。格么俚么搭黄盖要好的，受黄盖之托，跑到该搭点来。那吾呢，拎勿清，当俚坏人。当俚苦肉计，诈降书，拿俚推出去杀。那么俚气伤心，俚，蹬蹬蹬蹬蹬蹬，奔出去，一埭路笑出去。哈哈哈哈哈——曹操格人眼乌珠瞎脱了，好糠也勿懂。人家一本正经来投降俫，挑挑俫打平江东，惹俫倒一泼辣，拿吾推出去杀。吾，死死死死死。吾死脱么，吃仔砒霜药老虎，让俫曹操得勿着黄盖格投降书，得勿着江东来格大批粮草，让俫吃败仗，永远勿能够平定江东。所以，俚奔出去，笑出去哉。刚巧俚进来格辰光，还勿曾搭吾见面格时候，俚嘴里在咕：老将军啊老将军，俫么勿听吾格闲话，今朝么吃苦头。格么喏，看上去俚意思啦，俚老早就晓得周瑜人推扳的，俫黄盖登在周瑜手下呢，早点晚点要吃苦头。所以，俚讲，老将军老将军，俫勿听吾格闲话么，今朝吃仔苦头哉。不过，现在呢，俫亦看错仔人头，错。吾是亦呒不道理，为朋友死而无怨。下头格闲话是指吾，看错人头呢，就是说：俫黄盖勿应该睁开仔眼睛去投降曹操。俫勿曾认准人。吾呒不道理的，吾为朋友死而无怨，可惜啊，可惜俫看错人哉。俚进来格辰光就在咕格个闲话拨俚听么，对格咯，搭现在奔出去哈哈大笑格道理接得上头寸的。格么黄盖是真投降喽。啊呀，真投降，格拿俚杀脱，吾要后悔一辈子嘎。虽然蔡中、蔡和呒没信来，作兴到过后仔信来着呢。假使过后蔡中、蔡和信来，今朝黄盖吃生活，江东营头上乱套了，那么，吾"哇哟"！阚泽也杀脱哉啊，黄盖也勿能来投降吾哉啊。吾跳脚、懊悔，来勿及。打平江东呒巴望，蛮好什梗一个得胜格机会，放过。

嗤，格呐吭弄法呢？让吾再来拿封信研究研究看。究竟呐吭道理？那么曹操上当哉哦。曹操格上当，叫啥上在研究研究上。

其实，曹操格第一次判断啦，正确格吃。黄盖江东开国功勋，勿可能会得背叛孙权。六十几岁年纪哉，阿是临时死快，再造反啊，再去投降别人啊。坏名坏誉。苦肉计，诈降书，侪拨俚猜出来，判断正确。因为拨阚泽，蹬蹬蹬蹬蹬蹬，奔出去哈哈大笑笑出去么，弄得格曹操吃勿准。因为格个事体反常。曹操勿研究勿上当，研究研究么，要中计。

曹操拿封信再看一遍下来。肚皮里向转念头，黄盖如果是真正拨周瑜打得皮开肉烂啦，一口气咽勿落，到该搭来投降吾，有格个可能。格么呐吭弄法呢？什梗，吾拿俚推转来。吾现在别样闲话勠搭俚讲，吾问俚，倷为啥道理要笑？倷搭吾拿笑格道理讲出来。

曹操关照手下："把阚泽推——回来。""是！""丞——相军谕，把江东参谋阚泽推——回来。呼——咦！"

徐庶在旁边头推扳一眼要笑出来。对曹操看看，曹操啊，倷推转来么倷要上当哉。倷拨机会拨俚，让俚可以辩驳。徐庶蛮高兴，徐庶觉着阚泽格人勿容易。倷假使说，今朝吾徐庶立在俚格个地位上，拨了曹操绑起来，推出去杀，要奔了、要笑，恐怕勿容易做到。

倷在对外头看格辰光，阚泽亦听见。里向在喊，要拿推俚转去。格阚泽格做功实在好，噔！立停，勿走。"走。""不走。""进去。""不去。""丞相不将你杀了。""吾偏——要杀。""吔吔！"嘿，刀斧手想，世界上碰得着格喏，有什梗种人格喏。格丞相要拿倷杀么，蹬蹬蹬蹬蹬蹬，奔出去哈哈大笑笑出去。现在勠杀倷哉么，推转来，倷倒勿肯走了，情愿死哉。格么叫声倷阚泽，嘿嘿！丞相要杀倷么，倷勿死，也要杀的。倷哪怕怕死，照样杀。丞相勿杀倷，倷倒要想死啊？呒不什梗便当。勿晓得俚顶好勿死了。俚何尝要死，格个名堂叫做功。拨了捆绑手、刀斧手拿俚硬劲，几咕几咕，推进来么，推到曹操虎案门前立定。而且立定之后，倷看俚格只面孔气得了，头么别别转，头颈骨么犟在那仔，眼乌珠么，看侪勿对曹操看。好像倷曹操格种人不屑一顾，看也勠看倷。

哼哼，曹操想格个人格脾气艮的，实头艮的。"阚泽，老夫将你推出斩首，你因何大——笑啊？""吾又何尚笑你。""你笑哪一个？""吾笑黄公覆不识人——呐儿。""嗯？"喔哟，曹操心里向转念头，会白相的。俚叫啥勿是笑吾曹操。俚是笑黄盖勿识人，黄盖眼睛瞎脱哉，好糗也勿懂，要来投降曹操。所以了，笑黄盖勿识人。曹操心里向转念头会白相，俚骂吾啦，兜仔个圈子来的。笑黄盖勿识人呢？就是笑吾曹操勿识人。勿生眼睛，勿懂好糗。人家真心投降么，倒反而当俚是假投降了什梗。"阚泽，为什么黄盖，不识——人哪？""杀便杀，何用多问？"艮得了，勿肯讲。哼，曹操肚皮里向转念头，吾来讲两声拨倷听听。倷勠弄错，当仔吾曹操是呒不学问的。"阚泽，你——且听了。老夫自幼领兵，熟读兵法，深——通韬略，无书不观，无书不览，尔这等小小的苦肉计、诈降书，只能瞒得旁人，焉能瞒得老——夫——啊？"阚泽一听，曹操嗨外啊。曹操的确，领兵以来，几十年，战无不胜，攻无不克，见多识广。赛过倷格种计策啦，曹操说吾兵书，呒不一本覅看过，无书不观，无书不览。小小苦肉计、诈降书，别人好瞒的。要瞒吾，瞒勿过。蛮好，吾就要倷骄傲，就要倷嗨外，倷嗨外哉么，吾可以拨倷上当。"哦，既然如此，你说无书不观，无书不览，熟读兵法，苦肉计，难瞒你曹——操！那么我要问你，黄老将军书信之上，那一句是奸计？哪一句是诈降？你与我言讲明白，阚老爷，我就死而无——疟怨。"

哼哼！曹操想蛮好，俚当仔瞎板错头，无晓得格封信上有啥格毛病。俚要喊吾讲出道理来。信上哪里一句是苦肉计？哪里一句是诈降书？所以了要拿俚杀？讲明白哉，俚死而无怨。蛮好，吾让俚看。俚劐当仔吾曹操，瞎板错头。吾有道理的。

曹操拿封信拿起来，"你看！"俚看，俚信对俚一扬么，阚泽眼梢甩过来"刷！"一看。阚泽格本事大，一目十行书。一看就可以十行。一看，信上格内容，全部拨俚看下来。眼睛，当！一闭，像拍照什梗，统统拍好哉。脑子像风车什梗，哈——信写得蛮好嗄，呒不毛病。曹操板错头板在哪里一句上？吾呒晓得俚板哪里一句错头么，吾呒办法去补漏洞格咯。

俚在想格辰光么，曹操指拨俚看。"你看，黄盖真心归降老夫，应当书信之上写明归降日期。为什么，降书之上，讲粮草军——需，随船献纳，这分明是诈——降啊！"假投降就在格两句上。粮草军需随船献纳，脱活络。黄盖来投降吾，该应初一么初一，月半么月半，应该有格日脚的。着着实实，日脚呒不。因为粮草、军需随船献纳，明朝来，也可以用，出月来也可以用，开年来也能够用。什梗活里活落哉么，当然是假投降。

阚泽心里向转念头，曹操板错头在格个两句上。格么吾现在要拨了曹操上当呢？吾一定要说得有日脚么，倒是假投降。呒吭日脚么，反而是真投降。用啥格办法呢？格办法马上一时头上马上要想出来，勿容易的。

勿知呐吭拨了阚泽想出来，对仔个曹操："哈哈哈哈……喝喝喝喝……"吔吔？曹操勿懂，呐吭又要笑起来。"阚泽，你——笑什么？""喝喝哈哈……我只道你是上通天文，下知地理，无书不读，无书不览，熟读兵法，神通韬略的曹丞相，却原来你是一个不学无术之辈，不读兵书，不识兵法。可惜吾阚老爷有学之人，死在你这无学之辈的手中，吾今不服啊——不服。""喔哟，嚯嚯嚯嚯嚯嚯。"曹操拨俚骂得了狗血喷头。俚听听看，俚格个笑啥？笑吾呒不学问。吾板格错头是勿读兵书，勿懂兵法，所以讲得出什梗种闲话。

曹操勿服帖，吾啥格上错？"怎说老夫，不知兵——法？""杀便杀，何用多问？""讲啊，讲啊！""尔无待贤之礼，我又何用言讲。"俚呒不待大好佬格种量怀，俚呒不容人之量，所以吾也勿愿意讲。"喝，你讲得有理，老——夫，自然听——从。"吾讲道理的，嗳，俚讲得有道理，吾会得听俚的。讲酿。"你说熟读兵法，深通韬略，我来问你，有一部信陵君的兵法，你可曾读过？""嗯？"掂吾斤量，考考吾。有一部兵书叫《信陵君兵法》，俚唵读过？叫啥曹操要命啦，别部兵书么，侪读过，就剩格部《信陵君兵书》啦齘读过。为啥道理呢？兵书种类蛮多的。《孙子十三篇》《吴起六篇》，称为叫《孙吴兵法》。其他呢，《太公阴符篇》，姜太公写的，苏秦熟读《太公阴符篇》么，六国封相。还有呢？《司马兵法》《黄公三略》《吕望六韬》，各其各式格兵法。曹操侪读过。

格部《信陵君兵法》啥人写格呢？《列国志》里向，魏国有格公子，叫信陵君，魏无忌。门下长养三千客。格部兵书，勿是信陵君本人做的，三千个门客搭俚一道做的。名字呢，就用信陵君格名字。所以格部兵书叫啥？叫《信陵君兵法》。格么曹操呐吭会得格部兵书，勼读歇过格呢？因为在秦始皇焚书坑儒格当口么，格部兵书，拨秦始皇烧脱哉哟。当时规定，啥人家屋里向，要囥《信陵君兵法》，查出来满门抄斩，要杀的。勿敢留，侪烧光。格部书，到汉朝，绝版哉。书坊店家呒不卖哉。就算有格本书呢，是人家屋里向格藏本，孤本。

曹操所有格啥格《孙子十三篇》《吴起六篇》《太公阴符篇》《黄公三略》《吕望六韬》《司马兵法》部部兵书侪读过么，就剩格部《信陵君兵法》勼读过。万宝全书么，就缺脱一只角。今朝呢，齐巧问在格只角上。那么曹操坍勿落什梗格台，因为曹操前脚在嗨外，熟读兵书，深通韬略，无书不观，无书不览。连下来么：嘿嘿，俫问着格部兵书么，吾齐巧勼看过。勼拨俚笑格啊？勼拨手下文武官员笑格啊？曹操格人呢？有格毛病，要面子，俚怕坍台。明明勼读过，硬劲要说读过。所以葛嘴葛舌。"呃，呃呃呃，若说这部信陵君的兵法么，老夫，略知一二。呵呵。"稍微晓得点。

阚泽仔细一看么，曹操勼读过。读过，俚答应得要爽气。俚什梗割嘴割舌，喊略知一二么，俚勼读过。格么阚泽唵读过呢？也勼读过。因为格本兵书呒不哉呀。阚泽格厉害，就厉害了格上。弄个死无对证出来，反正俫也勼读过，吾也勼读过，由得吾说。格名堂叫黑吃黑啦。"喔，《信陵君兵法》，你曾经读过。那么吾问你，信陵君窃符救赵，可有日期？"俚又在考考吾，信陵君窃符救赵，阿有日脚？

啥叫啥信陵君窃符救赵呢？格当初是七国啦，秦国顶强。秦国带人马包围赵国，赵国危险得勿得了。赵王写信拨了魏王，要求魏王发兵相救。魏王呢，见秦国人怕，勿敢去赛过揽格虱在头里搔搔，引火烧身。那么派一个大将叫晋鄙，带十万兵，驻扎在边疆上。表面上么是救赵国，其实呢，保自家，按兵不动。那么晋鄙格军队在边界上勿过去么，秦国人马打赵国，赵国更加危险。赵王连连来信么，魏王置之不理。

赵国也有一位公子，叫啥呢？叫平原君。列国辰光有四个公子。孟尝君、平原君、信陵君、春申君，侪是门下长养三千客，慷慨好客。格平原君格家小呢，就是信陵君格阿姐，俚笃是郎舅。平原君写信拨了信陵君，要求信陵君赶快在魏王门前讲讲好闲话，阿有啥发兵过来救俚吧。赵国危险哉。否则打破城关，赵国老百姓侪死完，勼去讲俚，吾也要死。吾死勼去讲俚，唔笃阿姐也要死。俫勿看吾伲赵国老百姓面上么，俫看唔笃阿姐面上，俫阿能够来救？那么格个事体呢，信陵君交关为难。信陵君去求魏王发兵，魏王勿肯，呒不办法。那么俚预备带仔三千门客去救。那么三千门客派勿着啥用场，要全军覆没，要死光格啦。格么俚想吾死脱么，吾也总算对得住俫平原君了，也对得住阿姐哉。

信陵君搭手下门客商量么，门客献一条计。啥格计呢？说魏王有一个顶顶得宠格妃子，叫如姬。如姬格爷呢，从前拨坏人害杀。格坏人呢，是俚信陵君派人去弄杀脱，代如姬报了杀父之仇。因此如姬对俚呢，印象交关好。俚派人去搭如姬碰头。魏王有颗虎符印信，一径园在身边的。晋鄙呢，要拿着格颗虎符印信呢，那么俚格兵可以发。呒不虎符呢，勿能发兵。那么信陵君派人去搭如姬碰头，如姬灌醉魏王，拿魏王虎符偷出来，交拨了信陵君。那么信陵君拿仔虎符么，赶到边疆上去。带人马去救赵国。格么信陵君窃符救赵，俺预先写拨了平原君，吾几时几日来呢？呒没的，呒没日脚。为啥呢？因为俚勿晓得格虎符几时偷得着。要等到齐巧格日，虎符拨如姬偷着，交拨吾哉，那么吾可以赶到边疆上，凭魏王虎符了，带十万兵过来，救唔笃赵国。所以事先写信呢，呒不日脚的。信陵君窃符救赵，因为俚自家呒不把握格啦，所以俚日脚写勿出来。

曹操想，俚现在问吾，信陵君窃符救赵阿有日脚？格是呒不日脚，硬碰硬呒不日脚。"信陵君窃符救赵，呃，没有日期。""好啊，信陵君窃符救赵没有日期。《信陵君兵法》第一卷第二页第四行。"喔，曹操一听俚说得着着实实，《信陵君兵法》格第一卷第二版第四埭，曹操想吾勰读过么，俚一定读过。其实么俚也勰读过，黑吃黑。"其中有两句，叫'背主作窃，不可定期'。黄老将军前来归降丞相，他不知粮草何日到三江口，何日能过江前来求见丞相。他怎么能够写明日期？他与信陵君窃符救赵，背主作窃，不可定期，岂非一般无二？你不识兵法，不读兵书，不明道理。要把吾阚泽斩首么，好好好，阚老爷，死——不瞑——目。"

曹操一想，对呀，一个人少读一本书么吃苦头。叫"背主作窃，不可定期"。瞒脱仔东家做坏事体，俚勿好先写日脚的。黄盖如果写明白，初一来，俚呐吭晓得初一粮草齐巧到齐呢？就算晓得粮草到齐，作兴初一周瑜营头上特别戒严，俚跑勿出来呢？俚板要齐巧粮草解到三江口，格日周瑜营头上么疏忽，呒不防备，那么俚带仔船只么，哈——过江来。俚要写明白日脚，要么事先俚搭周瑜讲好，是假投降，俚可以有日脚的。真投降，勿能有日脚的。兵书上是——背主作窃，不可定期。曹操心里向转念头，拨俚什梗一讲呢？曹操还要胡调了，还要点头。好像拨俚说哉么，提醒哉。对格对格对格，有格有格有格。第一本第二版第四埭上，是有"背主作窃、不可定期"。俚艮得了死不瞑目么，曹操想吾冤枉仔好人哉。好人要艮格呀。格朋友什梗艮法么，是好人关系。勿晓得曹操俚上仔当。

曹操俚立起身来，转出案桌么，关照松绑，绑搭俚去脱。曹操搭俚唱喏："阚先生，呃喝喝，老夫一时不明，冒犯先生，望勿见责。这厢有——呃礼。""啊呀呀呀呀，丞相不敢，阚泽有礼。"阚泽转念头，刚巧么得罪俚。现在，要拍俚马屁哉。那么现在拍马屁么，曹操倒反而上当。"丞相，阚泽与黄盖，前来归向丞相，如同婴儿望乳母，岂有诈——呼？"吾搭黄盖来投降俚是，好有一比，好比抱在手里格吃奶奶格小囡在望格娘，呐吭会得假呢？一片真心。"老夫平定江南之后，先生与黄老将军的官爵，位出众人之上。"俚放心，打平江东，一统天下，黄盖格官搭俚格官顶大。"丞相说哪里话来，阚泽与黄盖前来归降丞相，并非是为富贵功名而来，乃是顺天意，从民心，前来归降丞相，但求丞相过江之后，切莫把江东百姓杀戮。"

哈呀，曹操格闲话听得窝心呕。倷要求吾过江之后，勿要杀江东格老百姓。倷来投降吾，勿是为做官了来的。倷是为仔天意向吾哉，民心向吾哉，到该搭来投降。曹操开心啊，好好。

曹操关照退帐，搀仔阚泽格手么，搭倷到里向去吃酒去。文武官员退出来格辰光，议论纷纷。徐庶佩服。徐庶心里向转念头，什梗一看啦，格阚泽格本事大极了。勿容易啊，看得出格呀，倷该格是临机应变，趁嘴甩，嚼白趣，弄部《信陵君兵法》出来，死无对证么，好哉，曹操上当。那曹操家人家完得成功，徐庶蛮快活。所以阚泽是勿容易的。格封信如果说，一送过来，曹操马上上当，有啥稀奇？随便啥人侪会得送的。因为拨曹操看破机关，推出去要杀了，在什梗一个局面底下，还能够说得曹操上当，格个本事，勿是普通人所能够做得到。

格么曹操请倷到里向去吃酒格辰光，曹操阿是十分相信呢？勿是。曹操几分相信？七分。有三分疑惑。哪里格三分是疑惑呢？就是蔡中、蔡和两家头格信还勔到。曹操现在又要盘问倷。一方面问问倷黄盖受刑格情况。曹操心里向转念头，吾来问倷，倷屋里向家眷在啥地方。倷讲出来，家眷在啥地方。吾请倷写一封信，吾马上派一个人，乔扮客商，拿仔倷格信，到倷屋里向，拿倷家眷接到赤壁来。啥意思呢？倷家眷到了赤壁，一家门在此地啦，倷假投降，吾就可以拿唔笃满门抄斩。

曹操格只棋子凶的。要拿唔笃家属弄到该搭点来。"阚先生。""丞相。""府上哪里？""会稽。""哪一县？""山阴。""府上还有何人？""嚱。喝——哈！""吔。因何长叹呀？""想阚泽自幼父母双亡，上无哥哥姐姐，下无弟弟妹妹。中年丧妻，无子无女，孑然一身，岂非可叹？""喔！"曹操响勿落。从小爷娘死脱，上头吭不阿哥阿姐，下头吭不弟弟妹妹。中年死脱家主婆，儿子囡唔没得。光休休，淌光一干子。独独一家门，独进一家门。吭不家眷的。那么倷去拿倷家眷弄得来吧，勿可能，滑头戏。曹操本来有七分相信哦，那跌脱两分，剩五分相信。

曹操正在疑惑格辰光么，叫啥手下人进来报告："回禀相爷，粮草队到一封机要文书，倷相爷立刻要批复的。""喔。"曹操关照阚泽：倷坐歇啊。倷吃酒，吾隔壁去去就来。"丞相请便。"曹操到隔壁去。阚泽心里也在转念头，好像曹操格面色上看出来啦，倷还勿是十分相信吾。刚巧问吾家族，蛮清爽。要想扣留吾家属。阚泽，当然勿会上倷格当。瞎说剔出，吾一家门侪死光，就挺吾一干子。曹操所以要格怎样子试吾呢？肯定蔡中、蔡和两家头格信，还吭不来。现在底下人向倷报告，粮草队有机要文书，请倷去看。格么喏，作兴就是蔡中、蔡和来信。横竖吾曼得看好了，曹操回过来吃酒辰光，假使说，倷搭方才格面孔上格表情一样格么，勿是蔡中、蔡和来信。如果说倷跑过来，好像煞抱歉了，对吾勿住什梗哉么，格么肯定是二蔡格信到哉。倷一干子在吃酒，等曹操回过来。

曹操到隔壁帐篷里向，一问底下人么，底下人报告："相爷，蔡中、蔡和来信哉。因为俚在搭江东人一道吃酒了，吾勿敢老实讲，所以推头说是粮草队机要文书来。"对对对对，唔笃格讲法对的。

曹操信拆开来一看么，格上写得明明白白：今朝早上，周瑜升帐，搭黄盖冲突。痛打黄盖军棍十三下，打得皮开肉烂，黄盖人当场就昏过去。文武官员一片怨恨之声。俚到黄盖船上去拜望黄盖，虽然觑见着面么，黄盖在里向骂山门，"吾终归不报此仇，非为人也"。看上去格样子呢？黄盖有可能要来投降俚丞相。江东什梗混乱呢？将来俚丞相打过来是，极为有利。曹操看完格封信么，十分相信。怪勿道，吾拿阚泽推出去杀，俚要奔出去了，哈哈大笑笑出去哉。人家是真格吃生活，真格到该搭来投降吾么，俚呐吭劝良呢？哈哈，曹操心里向转念头，可惜格封信到得晚。到得早呢，吾就勿会拿俚推出去杀哉。曹操回过来再搭俚吃酒辰光，面孔上，倒的的确确露出格种，刚巧对俚勿住格表情来。阚泽心里向有数目。

格么曹操心里向转念头，吾还要来试探试探俚。呐吭试探法子呢？曹操说：吾有桩事体要托俚。阚泽说，俚尽管吩咐啊。俚相爷关照吾事体么，吾赴汤蹈火，万死不辞。曹操说：吾要托俚，搭吾过埭江去，碰头黄盖老将军。啊呀，阚泽肚皮里转念头，格个么，吾求之而不得，来得正好，吾顶好马上就去了。慢，勿马上答应。勿曹操在试吾心介？俚喊吾去，吾马上答应，曹操就觉着苗头勿对。俚要转去报信。曹操格脾气，俚越是要去，俚板勿肯让俚去，俚越是勿肯去呢？俚非派俚去不可。摸着仔俚格性格了，讲闲话就好讲。

"回禀丞相，丞相叫吾到别处去呢？阚泽都可遵命。叫吾到江东去么，望丞相另遣别位。因为阚泽好不容易，从江东来到赤壁，得见丞相，如同拨云雾而见青天，吾不愿再到江东。"吾到江东去做啥？吾屋里家眷又呒不哉。吾情愿在俚手下随便啥格差事做做，吾江东勿去勿去勿去。曹操十二分相信。再加两分。为啥道理？去也勿肯去哉么，蛮清爽，是真心投降吾。好好好好，俚越是勿肯去么，吾板要俚去的。"老夫一定要，拜托先生过江。"别人去要走漏风声，俚去么顶太平。"是是是，既然如此，丞相一定要叫阚泽过江么，敢不从命。那么，事不宜迟，立刻就走。"晚仔，天亮，容易穿帮。板要吾去，格么吾马上就去。

曹操还要试试俚格心。曹操手一招，来格底下人，一句耳朵一咬，拿出过来一只盘。盘里向赤蜡焦黄，黄金五百两。送俚五百两金子，廿颗夜明珠。带得去。一眼眼物事，送拨俚，意思意思。五百两金子，廿颗夜明珠，啥格代价了？不得了啊。阚泽想勿能拿。拿，杀头。因为拿，假投降了。俚拿仔铜钿到仔江东去，俚勿来哉。格么呐吭呢，存了俚搭，吾回转来再拿。曹操变廿四分相信。那么曹操中计呀，阚泽回转江东之后，要庞统过江，巧授连环计。

第八十六回

蒋干二次过江

黄盖苦肉计，阚泽诈降书。曹操看破机关之后，仍旧上当。该格是阚泽，真是有本事。不过曹操上当么虽然上当，俚，还要试试阚泽，到底还是真心，还是诈降？曹操呢，送拨俚五百两金子，二十颗明珠。格个代价，相当高。倷如果说，有贪心格人，看见格个两样物事，呐吭肯勿拿呢，格阚泽拎清格，俚晓得勿能拿。吾假使，拿格笔铜钿拿仔下来，回转三江口，曹操决计勿会放吾动身。因为曹操要想格呀：倷么已经投降仔吾哉。倷现在到三江口去，是奉仔吾格命，去搭黄盖碰碰头，那么然后，仍旧要回到赤壁来。格么倷既然就要转回来格么，倷为啥道理要带到三江口去呢，倷带得去么，蛮清爽。倷是勿想再回转来了。就在格个一点上，看破机关，嚓！杀头。吾勿能够贪格笔铜钿了，送脱条性命，外加还破坏黄盖条计策。

所以阚泽回头曹操：多谢倷相爷，送金子了，珠子拨了吾。那吾呢，到了三江口，仍旧要回到赤壁来。该格金子搭珠子呢，吾寄在倷搭点，存到倷饷银台上。等到吾过江去了，搭黄老将军一道来，吾再来拿。曹操听到格两句说话啦，那是廿四分张格相信。本来十二分，现在翻一翻，变廿四分。

倷想酿，黄金五百两，明珠二十颗，存到吾搭点。格么说明俚就是要来。曹操马上关照，拿黄金、明珠，存到饷银台，作为阚泽格名义存了。曹操再关照一个手下人来，拿得来一包伤药、补品，送拨了黄盖老将军。托阚泽带过去。慰问老将军了，再送点补品拨俚。啥格物事呢，一种是顶顶好格金疮药，治伤的。还有呢，老山人参，是辽东太守进贡拨了曹操。曹操自家勿吃，去送拨了黄盖。黄盖拿格个人参，吃下去之后呢，毛病好得快点。本来，要十日天痊愈，结果呢，八日就好了。十一月二十夜头黄盖过江，火烧连环船。曹操，在连环船上望过去，看见黄盖精神抖擞。曹操格个气是气得了，血俕要喷出来。为啥么，因吾老山人参，送给俚，补好仔俚格身体，长好仔俚格精神了，来烧光吾格家人家哟，倷想想阿要怨格啦？

现在曹操是，蛮诚心。黄盖投降吾么，送点物事拨俚。阚泽辞别曹操走，曹操派人拿俚送到江边，让俚下船。放俚出营，回转三江口。曹操么休息，吾勿交代。

再说阚泽格只船，一出水营，一过江心，天亮。

“嚯——哟！”那么定心。成功哉。性命保牢了。黄盖，苦头勿白吃。吾对得住俚。但不过现在阚泽呢，有一桩弄勿清爽。啥格事体么？就是蔡中、蔡和两家头，俚笃格信，到底啥辰光寄过江？假使俚笃格封信，过江早，曹操先收着二蔡格信，慢看着吾格信呢，曹操随便呐吭勿会什梗疑惑了，拿吾推出去杀。看上去呢，吾格信先到，蔡中、蔡和格信慢到。所以，曹操要拿吾杀。后来曹操请吾在帐中吃酒格辰光，总大概四更光景么，有人来请曹操到里向去，看一封机要文书。啥格粮草队来，要马上批复的。曹操去仔，回过来，再搭吾喝酒格辰光呢，曹操格面色，曹操格眼神，看得出，俚对吾是更加相信了，而且好像有种抱歉了、对吾勿住格味道。格肯定四更天来格信，勿是粮草队格机要文书，而是蔡中、蔡和两家头信到。顶好呐吭呢，让吾回转去。碰头蔡中、蔡和，试探俚笃，要让俚笃讲出来，信是呐吭送的，信是啥辰光过江的。那么吾可以吃准，四更天格封信是二蔡来的。

俚在转念头格辰光，船只已经进水营哉哦。到黄盖船只旁边头停好。阚泽过船只，进中舱，见过老将军。老老问俚昨天夜头格事体办得呐吭？阚泽，从头至尾细细道道讲了一遍。黄盖听得感动啊，又是佩服、又是感激。佩服点啥呢，格封信只有俚去送。第二、三个去送，拨曹操捆起来，退出去杀头，吭不命活了。老早吓得魂灵心出窍，呐吭再能够说得曹操上当？真叫阚泽，胆气过人。而且学问好，口才来得。拨俚临时，想出格《信陵君兵法》，弄得曹操中计。感激点啥呢，没有俚，吾苦头白吃，苦肉计白用。周都督呢，枉费心机，而且破曹操就办勿到了，格个计策失败仔，俚呐吭过江去放火。

黄盖对阚泽讲：谢谢俚，俚先生帮格忙呢，吾永远也勿会忘记。老将军啥格闲话，吾又勿是为俚过江去送信。该格么侪是国家格事体。俚为国吃格场苦头，两条腿上深受重伤。吾送封信，分内所当啦，俚用勿着搭吾客气得。告辞。黄盖说，俚赶快去见都督吧，周都督也在牵记俚。俚去得越早越好。有数目。不过吾呢，还想去盘问盘问蔡中、蔡和口供。对的。

阚泽从黄盖船上出来，回到自家只小船上。小船望准江边去辰光么，俚心里向转念头，从路程上讲起来呢，吾顶好先到甘宁营头上，搭甘宁搭好档，盘问出二蔡口供。那么吾再去碰头周瑜么，比较顺。但不过呢，吾见了甘宁，盘问仔二蔡口供，再去见周瑜么啦，辰光，一定要太阳甩西，下半日了。吾搭周瑜约好，啥辰光板要回转来格呢，就是太阳当顶。太阳当顶，吾转的，成功。勿转的，俚周都督另想别法。吾已经牺牲了。那么吾现在勿去，周瑜要急格呀。那么让周都督上心事么，也意勿过。格么见仔周瑜，再去碰头甘宁，盘问仔二蔡口供，回到周瑜搭去报告呢，啰唆。来来回回，往返跋涉。顶好呐吭呢，看，江边阿有便人？有便人呢，托便人带一个信，告诉声都督。吾回转来哉，让周都督定心，晓得计策成功了。不过吾呢，要太阳甩西，再来搭俚都督碰头，格么周都督也勿会急了。

船只到江边停好，上岸一看么，正巧啊。只看见江边，鲁大夫在散步。其实鲁肃勿是在散步，鲁肃是要到诸葛亮船上去。为啥呢，俚要去看诸葛亮。昨天夜头鲁大夫一夜天龂困着。因为阚泽来，周瑜派阚泽过江送信，格桩事体周瑜勿告诉鲁肃的。鲁大夫还当仔哎不一个合适格人，过江去送信，所以一夜天哎不困着。今朝早上呢，俚想跑到江边去，看看诸葛亮看。听听孔明，看上去格苗头，格条计策究竟呐哎？齐巧俚预备来到诸葛亮搭么，阚泽上岸，看见了。阚泽叫应俚，"鲁大夫"。"啊！"啊呀，鲁肃一看阚泽。啊呀，巧极了，送信格最最理想格人来哉。倘然俚昨日来几化好，就可以派俚过江去。俚呐哎今朝来？"噢！阚先生，请了。""大夫，请你。""怎样？""相见都督。""为什么？""禀报都督，说阚泽回来了。"啊？回转来？俚老早就来哉啊？吾昨日夜头就来哉。昨日夜头就来？嗳，周都督派吾过江去，送诈降书，什个长，什个短，曹操上当。吾现在搭黄盖么也碰着头哉。曹操是还送一包伤药、补品拨了黄老将军，叫吾带得来。那么现在吾呢，本来应该先去见都督格啦。因为要盘问二蔡口供了，要去看甘宁去。所以要太阳偏西，再过去搭都督碰头。恐怕大都督要牵记了什梗么，托俚大夫带一个信吧，说吾太阳偏西就来。哦，哦哦，蛮好蛮好。

两家头分别。阚泽，去看甘宁去。鲁大夫呐哎呢？哈呀，开心啊，喜出望外。哦！格条计策好险啊，几经波折。总算现在曹操上当，大功告成。不过鲁大夫望准中军帐来，见周都督报信格辰光么，另外又有点勿窝心哉。啥道理么？周都督，俚勿作兴的。吾搭俚么算得要好了。阚泽昨天就来，俚为啥道理隔夜勿关照吾一声呢，格么吾昨日夜头也勿会急得了一夜天勿困着，担足心事。格么周瑜为啥道理勿讲拨吾听呢。鲁肃啊，俚放心。送信人有哉哦。吾派阚泽过江了。格么吾昨日夜头也勿会急得来，一夜天勿困着。担足心事。格么周瑜为啥道理勿讲拨吾听呢？现在格周都督，有点拿吾当忌客看待的。晓得吾搭诸葛亮忒接近，所以有格场化要瞒瞒吾了什梗。蛮好，蛮好。俚拿吾，要瞒过么，吾也要拿你瞒一瞒。鲁大夫心里向转念头，随便啥事体么，俚周瑜总归先晓得。今朝阚泽回转来格事体是，吾先晓得，让吾去搭周都督寻寻开心，勿知呐哎拨俚想出来。

鲁大夫踏进中军帐么，周瑜坐好在那。"参见都督。""子敬，请——呐坐。""告坐了。"鲁大夫坐定。鲁大夫对周都督只面孔一看，只看见周瑜，两条眉毛打结，愁眉不展。看得出面孔上格种情绪啊，好像在担忧，在牵记。勤问得格哇，眉毛打结么，在想阚泽咯。勿晓得阚泽昨日夜头过江情形呐哎？吾侪晓得了。吾来寻寻俚开心。"啊，都督！""大夫。""愁眉不展，闷闷不乐，莫非在那里挂念阚——泽么？""哈？"啊呀。啊呀，周瑜想，俚呐哎晓得格啊？阚泽昨天来，吾勿告诉俚。因为军中秘密，吾想哎不必要，老老早早来告诉俚了。现在俚呐哎会得晓得呢？周瑜奇怪了。"大夫怎——生知晓？""喝喝，鲁肃掐指阴阳论算。""哦？"嚯哟，不得了。啥格近来鲁肃格本事大得了，会掐指阴阳论算？像仙人什梗。"你何——处学来？""诸葛先生亲自传授。"哦？诸葛亮教俚。"他为什么要传授于你？""因为，草船借箭，救了他的性命，无以为报，教导我阴阳论算，能知过去、未来之事。""嚯——哦。"

周瑜上当。对格呀，诸葛亮为啥道理什梗料事如神，诸葛亮一定有啥格办法。现在晓得了，原来俚会阴阳论算。教鲁肃为点啥呢，因为鲁肃救过俚格命。草船借箭借拨俚廿条船了，五百个兵。让俚俫过江借箭，勿至于拨了吾杀脱。那么报答俚了，教格鲁肃。格既然什梗么，吾倒托俫算算看，阚泽过江去，勿知情形呐吭？

"大夫，与我算上一算，阚先生过江，行——事如何？""好。待我算——呃来。"嚯唷，鲁肃搭足架子，好像煞有介事。特为格只右手伸出来，大拇节头么搭在第二个节头子上，又搭到第三个节头子上，又当中掐掐，横埭里掐掐。哈呦，看俚节头子搭来搭去，像煞有介事，是像掐指阴阳论算格种腔调。周瑜倒蛮相信。其实鲁肃呐吭？掐指阴阳是假的，在动脑筋。刚巧阚泽讲拨俚格点事体，肚皮里再默一遍。勿忘记脱。勿讲得脱头落襻。"呃嘿，都督，阚泽，昨日傍晚时分到此。""嗯。""都督请他饮酒。"呃，对对对对对。格个阴阳论算有道理的，吾是搭俚一道吃酒。周瑜想，听俚讲下去。那么鲁大夫再算。其实格个算是假的，骗骗周瑜。那么连下来，俫都督么要写信。写好仔信么交拨俚，叫俚过江去么碰头曹操。"啊呀，都督啊，你把书信交付于他，未曾把书信，先让阚先生一看。他不知信中，所——写什么。""呃，这——个。"对，对对对对对。昨日吾拿封信交拨俚格辰光，俚顿一顿，呆一呆。为啥要顿一顿呢，因为吾封信，勿拨俚先看一遍。假使俚看了一遍呢，俚可以心中有数。曹操盘问起来么，俚呐吭回答。那么吾勿拨俚看呢，俚要想当吾面拆开来看呢，勿好意思。张怕吾动气。倒说赛过看吾勿起啦。阿是吾都督格资格，写出来格信呐吭会得有毛病啊？俚勿敢啦。所以么，格封信俚顿仔一顿么，往身边一园。喔哟，格个阴阳论算，实头细的。"后——来呢？""后来么阚泽先生过江而去，乔装一个渔翁。""嗯。"那么俚过江。过江么，路上么钓鱼。钓鱼格辰光么，曹兵格巡逻船到，拿俚俫押到江边，上岸，见曹操。呈上书信。叫啥曹操拿封信反反复复一看之后么，当！一记台子一碰。说大胆阚泽，黄盖苦肉计，尔来献诈降书，格种计策呐吭瞒得过吾。关照捆绑手，拿阚泽绑起来：推出中军帐，行刑斩——首！"啊呀！"周瑜急煞哉。曹操看穿帮了，拿俚推出去杀头。"后来怎么样呢？""呃，喝，待我，算——呃下去。"

卖关子哉，还要算下去。哦，周瑜心里向急啊。其实鲁肃有意寻开心，为仔俫糯了，昨日夜头瞒过吾了，吾现在也要寻寻俫开心啦。"呃呃，后来么，阚先生，扬声大笑，曹操把他推将回来，如此这般，这等这样。曹操中计了。""嚯哟，还好。如今呢？""呃，如今么，阚先生回来了。""回来了？""是啊。""可到三江口。""到了。""可见过黄盖么？""见过黄盖。他因为不知蔡中、蔡和何时送信过江。所以要去盘问二蔡。""嗯。""要日中过后，再来相见都督。""哦？""呃，大都督，你不用担心。大功告成了。""呃呵，哦。""啊呀。""啊？为什么？""呃喝，阴阳失算。"

"怎见得？""曹操还有一包伤药、补品送与黄老将军，叫阚先生带回来。""喔哦？"鲁肃忘记脱哉，补漏洞。喔哟阴阳失算，漏脱一滴滴。还有一包伤药、补品送拨了黄盖。

周瑜阿相信？相信格呀。周瑜想停一停，等到阚泽到该搭点来，吾问俚。倷昨日夜头过江去格情形呐哝？假使俚讲出来，搭鲁子敬算出来格一似一样格说法，格么呒啥客气，吾老老面孔，吾要投张门生帖子拨鲁大夫，拜俚为师。拜诸葛亮么勿好意思，搭鲁肃勿要紧，倷教教吾。倷收吾做徒弟，倷格阴阳论算教仔吾么，下转吾算起来随便啥事体，别人勤晓得，吾先晓得。"子敬，请退。""酌。"鲁大夫退出来到外头，"忑，喝喝喝喝哈哈哈哈"。该抢俚也上仔吾格当了，鲁肃么回转去。

周瑜那勿急哉。太阳当顶，阚泽不来，勿急。晓得俚要日中过后再来。倷么等阚泽来格消息。阚泽呐哝？船只已经到仔甘宁营头上。在甘宁船只旁边头停好。派一个手下人过去关照，请甘宁过船只来。甘宁过船只，到阚泽船舱里碰头。问阚先生：倷来做啥？说：吾来，什个长，什个短，搭倷一道来串一出戏。要拿蔡中、蔡和两家头格口供，问出来。俚笃到该搭来假投降，黄老将军吃生活，俺写信过江。信写哉么，啥辰光寄的。要弄清楚什梗一桩事体。甘宁说：蛮好，吾有数目。你先回转去。噢！蔡中、蔡和阿在呢？在营头上。啥辰光，吾过来搭吾碰头呢，甘宁说：吾派人过来通知倷好了。噢。

阚泽么在该搭等。甘宁回到自家船舱里坐定，关照一个手下人看看看，蔡中、蔡和船只，阿停在旁边头？底下人一看么：停在那。两个人阿在呢？在。么打上。

甘宁格做工蛮好，噗！一记台子一碰，嘴里又在骂："周郎小——子，你把大将军乱棒打出中军帐，吾好恨——呐。"倷在咕格辰光么，隔壁船上，蔡中、蔡和听见。甘宁昨日仔搭，拨周瑜乱棒打出。回到船上来啊，闷闷不乐，连连叹气，一径在骂。看上去格样子呢，甘宁要造反。假使俚反一反，投降丞相是，丞相又得着一个好将官啦。过去听听壁脚看。那么该种事体，倷写信去报告曹丞相，功劳侪勿小。所以蔡中、蔡和从自家船舱里跑出来，到船头上，沿勒木走过来，到甘宁格中仓跟首。两只船因为靠在一道啦，两只脚呢，立到甘宁船只格勒木上，侧耳静听。

唔笃在听壁脚么，甘宁格手下人已经看见。对甘宁看看，眼睛眨眨，隐隐然两家头在听壁脚哉。甘宁对俚头点点，意思里向，倷去喊阚泽过来碰头吧。"噢"，手下人过去一关照么，马上过来，汇报甘宁了。"甘将军。""嗯？""参谋，阚泽到，求见。""请！""是！阚老爷，甘将军有请。""来了，来了。"

阚泽过船只来。蔡中、蔡和两家头登在外面听得蛮清爽。甘宁格搭，到仔一个客人，参谋老爷，叫阚泽。江东有点名气的。呃喝，俚笃两家头讲张，总归有点啥格军情，听听看。该种侪是好机会啦。两家头还在侧耳静听。看，看勿见的。听，听得蛮清爽。

"阚先生，甘宁有礼。""将军不敢，下官有礼。""请坐。""告坐。"坐定，手下人送茶。"哪！""啊？甘将军，为什么要连连叹息？""我好，恨——呃哪！""将军，恨着谁来？""我好恨周郎，小——子！""啊？将军，你为什么要骂都督呢？""如是因般，这等这样，我被周郎，乱棒打出中军帐。羞辱我于众人之前，不报此仇，非为丈——夫！""是是是。将军，那么你要报仇雪恨么，呃喝，有什么高见呢？"倷格仇呐吭报法呢？"尚无计较。"齣想出办法来了。"哦，那么，下官倒有格法儿在此。""请教。""你何不，先去行刺周郎？"喔哟，蔡中、蔡和一听，来格朋友，搭周瑜也是冤家。在撺掇甘宁行刺周瑜了，拿周瑜，辣！一剑，结果性命。嗯！好极了，听下去。"阚先生说哪里话来，周郎关防严谨，不能，下——手。""喔喔喔喔。"对的，周瑜防得紧勿过。勿勿少少大将、心腹保护在周围，倷要去行刺俚，办勿到。"那么将军，吾倒还有一个计较。""请——呐教。""附耳过来。""嗯——是。"耳朵凑过来，两家头咬耳朵。那蔡中、蔡和听勿见。因为咬耳朵么，声音轻勿过。而且，越是听勿见呢，越是要想弄清爽格桩事体。心里明白的。咬耳朵格闲话呢，肯定是对周瑜不利。格么行刺勿能行刺哉么，另外想办法，去报复了。勿晓得讲点啥。

其实俚笃在讲点啥呢？阚泽在问甘宁：甘家将啊。嗳。蔡中、蔡和阿在听壁脚？在听。倘然俚笃勿听壁脚是，倷搭倷两家头像发痴。格种闲话讲了侪吭不用场。要重新来过格呀。在听，手下人老早来讲过来哉，有暗号的。在外头听。格么吾搭倷格戏做下去。好哟。两家头在讲格个闲话。格蔡中、蔡和呐吭弄得清爽？"甘将军，你看此计如何？"好勿好。"先生，说哪里话来。吴侯待我不薄，我怎能，另投别——主。"喔哟，蔡中、蔡和一听，听出来哉噜。俚在撺掇甘宁离开江东，另外投一个东家。格么甘宁呐吭说呢，格么周瑜么待吾勿好了，但是东家孙权待吾好。吾现在甩脱仔孙权，另外去投一个东家么，吾倒像煞有点，勿大舍得离开孙权。阚泽又讲："将军，你说那里话来。常言道，良禽择木而栖，贤臣择主而事哦。周郎对你如此么，你何必再在江东。倘然你前去投奔明主，一定能够重用将军。将军，机不可失，还望三思。"蛮清爽，倷另外投格东家。大好佬勿板定投一个东家咯。所谓叫贤臣，择主而事。大好佬也要拣拣东家的。格周瑜待倷勿好么，倷何必留在江东。倷另外去。将来格前途远大。"阚先生，言之有理，你让我去归降于他？他，不肯收录。如之奈——他何？"吭不人介绍呀。"对对对对，无人作荐，他未必肯收。"

蔡中、蔡和那么明白。投东家投啥人？眼睛门前讲起来，只有投两个人。夏口刘皇叔，赤壁曹丞相。那么投刘皇叔可能呢，少。为啥呢，因为刘备搭江东联络。倷如果要去投奔刘备，周瑜一封信去，可以叫刘备拿甘宁绳捆索绑，解回江东正法。因为刘备搭江东联络啦，要好了么，俚勿敢勿听周瑜闲话。既然勿是投奔刘备么，蛮清爽，要投奔曹丞相。甘宁说吾去投奔俚，俚勿肯收格呀。阚泽说，勿不人推荐。的确，俚勿会就什梗轻易收倷下来。格么蔡中、蔡和肚皮里里向转念头，倽要去投奔曹操么，伲来写一封信好了，顶顶便当。一句闲话，就可以让曹丞相收下来。老实讲，像倽甘宁格种大将去到是，曹丞相欢迎之至。对的，下舱去吧。两家头熬勿住。勒木上跑过来，走到船头上，下舱，求见甘宁。"甘将军，蔡中、蔡和有礼。""二位将军，少——呃礼！""是！甘将军，这一位老爷是谁啊？""江东参谋阚泽。""噢，阚老爷，蔡中、蔡和有礼。""啊呀呀呀，二位将军不敢，下官有礼。甘将军，这二位是谁？""他二人是荆州刘表旧部，在曹丞相营中，如今前来归顺江东。""噢！二位蔡将军，久仰久仰。请坐。""呃喝，请坐请坐。"大家坐定。

蔡中、蔡和两家头坐定下来，对甘宁搭阚泽两家头一看么，只看见伲笃点眉剎眼，剎眼睛了，歪嘴。面孔上侪有闲话了。啥格意思呢？隐隐然，呃，蔡中、蔡和来哉哦。伲闲话勿能讲哉哦，趫拨伲笃两家头听出来哦。蛮清爽，眉目之间是，当吾伲两家头忌客了。蔡中、蔡和熬不住，"甘将军，刚才您，跟这一位阚老爷的说话，我们听得很清楚。莫不是你将军要归降我们曹丞相吗？"倽格个闲话讲完么，阚泽急得面孔夹黲死白。阚泽格做功是好啊。"啊呀呀呀呀，甘将军大事不好了。我与你所讲的秘密，被他们二人听得，走漏风声，性命——休矣。"甘宁做功还要好，"着，大胆的蔡中、蔡和，竟敢刺探将军机密，那还了得。不杀你们两贼，怎能灭口！去罢！"哼！喱！噗——宝剑抽出来，劈死伲笃两家头。伲要去投奔曹丞相，拨唔笃讲出去还了得，杀脱灭口。蔡中、蔡和肚皮里转念头，伲是奉曹丞相命令，到该搭来假投降。倽呐吭要杀脱伲呢？"哎，哎哎，甘将军，你不要误会啊。我们弟兄两个是奉了丞相之命到这儿来，诈降江东。咱们是自己人哪。"出色。两家头打也勚打，已经侪招出来哉：伲到该搭来假投降。惹甘宁做功好得了，还勿相信了呀。"一派胡言，谁来信你？去罢啊。"噗——宝剑举起来，还要过来杀伲笃两家头么，阚泽格做功也好，跑过来，咋嗒！一把，拿甘宁格只臂膊抓牢，"啊呀呀呀呀，甘将军，且慢动手，他们二位是奉了曹丞相之命前来诈降江东。你将军要归降丞相，可以托他们二位介绍。你将军，息、息、息怒啊"。"他们一派胡言，我怎肯听——信？""嗳，二位蔡将军，你们到底还是真降，还是诈降？""我们就是到这来诈降的。""那么甘将军不信，怎么办呢？""我们来发誓。"两家头作孽，卜，卜！跪下来，"苍天在上，厚土在下，弟子蔡中、蔡和，我们是奉了丞相之命，到这儿来诈降江东。哄骗了甘将军，死于钢刀之下，不得善终"。两家头罚为伲咒了什梗，"啊呀呀呀呀，甘将军你可听得，他们二位将军是来诈降的呀。你错怪了好人"。甘宁宝剑，喱——哼！入匣。马上拿伲笃两家头搀起来，"二位蔡将军，方才多多冒犯，望勿见责"。"说哪儿的话呀。"然后蔡中、蔡和起来，再行坐定。阚泽再搭伲笃讲哉咯：甘将军要投奔曹丞相，报仇雪恨，托唔笃二位写信吧。蛮好。蔡中、蔡和马上过来，磨得墨浓，舔得笔饱。蔡中执笔，写好一封信，先交拨了甘宁看，再交拨了阚泽看。看过之后，好极好极好极。今朝夜里拿格封信送过去。

甘宁关照摆酒，拿酒水摆出来。坐定吃酒格辰光，四家头一道在吃么，甘宁关照旁边头底下人：吾现在搭两位蔡将军自家人。吾要去投奔曹丞相，请俚笃两家头介绍，唔笃俉听见了。现在吾关照唔笃，倘然唔笃要走漏风声，一个一个杀头。绝对秘密，不可以讲出去。是是，有数目，俚决计勿讲。蔡中、蔡和更加相信哉。甘宁已经在关照底下人，勿许走漏风声。格么阚泽讲哉咯：二位将军啊，既然唔笃到该搭来假投降，格么昨日，周都督痛打黄盖么，唔笃俺去报告曹丞相呢？报告，老早写信过去哉。格么唔笃格信，啥辰光送格呢？俚第一趟，天还魆夜。刚巧船只开出去巡逻格辰光，要想往江心进发，去送封信么。勿晓得背后头，凌统凌将军部下有几只巡逻船盯牢俚。那么俚行动勿能自由，勿敢到江心去，兜了格圈子回转来。再隔仔半日，天墨赤黑了，那么俚船只再开出来。看见周围呒不船，那么俚船只，总大概二更光景到江心，拿封信送脱。

阚泽肚皮里向转念头，唔笃二更拿封信送到江心。吾呢，二更到江边，三更见曹操。曹操请吾吃酒呢，大概四更光景。俚笃格封信呢，二更天到江心，三更天到江边，四更天到中军帐。对的，一拍一抿缝。果然曹操搭吾吃酒辰光，来封信么，是二蔡来信，有数目了。那么讲拨俚笃听：二位将军啊，实不相瞒，吾也投降仔曹丞相哉。因为黄老将军吃仔生活，恨透周瑜了，派吾过江去送信。那么唔笃二位介绍甘将军过江，蛮好。那么俚呢，勿一定板要经常碰头。吾要到黄老将军营头上去哉，唔笃么总归在甘将军格搭点，有啥事体么俚再商量。蛮好蛮好。

阚泽告辞，去了。甘宁搭蔡中、蔡和两家头呢，更加要好。其实呢，甘宁拿俚笃两家头包围得更加紧。勿拨俚笃自由行动了。格么两家头封信呢，吃脱夜饭之后，让俚笃送到江面上去，交拨了曹营上巡逻船。

再说阚泽到江边停船上岸。到中军帐么，太阳甩西。周瑜听见说阚泽来哉，马上请到里面碰头，摆酒款待。周瑜肚皮里向转念头，鲁大夫格阴阳论算有道理，实头太阳偏仔西了，到该搭来碰头。试试看噢，俚过江去格情形，搭鲁肃算出来的，勿知阿是一似一样。

"啊！阚先生。""都督。""昨日过江，行事如——何。望先生从头至尾，细——说一遍。"啊？阚泽呆脱哉。叫吾从头至尾了，细说一遍。用勿着细说得格哇。吾早上在江边碰头鲁肃，吾拿过江格情形，全部讲拨鲁大夫听。叫鲁大夫过来转言，禀报俉周都督么，何必要吾再重复讲一遍呢？喔，大概鲁大夫可能记性推位，讲得脱头落襻了，讲得勿详细，那么周都督要再问吾。俉既然有兴趣要听么，格么吾就讲一遍。"大都督，昨日下官奉命过江送信。如是因般，见过曹操，被曹操看破机关，推出中军帐，行刑斩首。""呃喝——是。"搭鲁大夫阴阳论算，算出来格一似一样，准的。实头准的。"后来呢？""后来我扬声大笑，曹操把我推将回来，如此这般，这等这样，曹操中计了。""嗯！""留我到里边饮酒。席间又盘问我家中的情形。""嗯，嗯。""后来么，四更时分有人前来送信。我在怀疑，是否是二蔡的书信？"唵唵唵唵。""后来曹操叫我回归江东，相见黄老将军。临行时节，还把黄金、明珠，试探于我，被我回绝曹操。""呃——是。""曹操还送一包伤药、补品与黄老将军，我带到三江口。"对对对，阴阳论算里向有的。鲁大夫开始漏脱的，漏脱仔后首来再算出来了，讲拨吾听。"呃喝——是。""我回到三江口见过了黄老将军之后，因为不知二蔡何时送信？所以我要到甘宁营中，前去试探他们的下落。呃，有恐都督要挂念，所以我船只到江边停泊，离舟登陆么，却巧鲁大夫也在江边。""哈？""我把过江的情形告知鲁大夫，请大夫前来，转告都督。未识鲁大夫可曾前来禀——报。""哦——喔。"

喔，周瑜心里向气啊。蠡俚格头，全本鬼话。阴阳论算！阚泽讲拨俚听的。嚯哟，险啊。吾推位一眼眼弄仔香烛去拜俚先生，搭俚磕仔头是，还要好白相了。哦，气酥气酥。现在格老实头人学坏脱了哉。"呃喝，他来讲的。"那么吾现在呢，碰过了甘宁头，拿蔡中、蔡和口供问出来。俚笃二更天拿封信送脱。现在呢，俚笃又要介绍甘宁过江去投降。周瑜说，蛮好。倷功劳勿小，吾要禀报吴侯，搭倷记大功。"呃！是！"那么再问俚哉咯：阚先生，倷回来仔，倷看下一步应该呐吭办呢？大都督，倷再写一封信，用黄盖出面，写拨曹操。信上呐吭讲法呢，就说吾阚泽，已经转来哉。但不过现在呢，因为营头上防得紧，过江勿大方便了，所以阚泽暂时勿能够到赤壁。要搭黄老将军一道过江。老将军啥辰光来呢，预先通信。到格辰光，再送到赤壁营头上来吧。终归只要粮草一到，机会成熟么，就过江来了。

周瑜听俚格说话，写了一封信，再拨阚泽看一遍。阚泽想该格信，吾勿看也勿要紧哦。勿像昨日夜头格信么，吾顶好要看一看呢。因为现在是派巡哨官送到江心去，只送一封信过江哟，吭不性命出进。看过封信，写得勿错。那么拿封信呢，派人送到水营，交拨了黄盖，让黄盖派船上人，过江送信。送拨了对过巡逻船。阚泽呢，辞别周都督，回转柴桑郡。要去见孙权复命。因为周瑜打黄盖格事体，也要向东家报告，非常秘密。只有孙权晓得是苦肉计。其他格人呢，侪勿晓得。因为倷如果其他人也晓得，总是难免要走漏风声。万一拨曹操得信啦，格条计策就完结。那么，阚泽功劳勿小哦，让俚回转柴桑郡么，一言表过。

周瑜心里向转念头，苦肉计曹操上当。那下一步呐吭办呢，就是要等到黄盖伤好了，过江去放火。但是过江放火呢，还要有一个先决条件。啥格条件呢？就是说要拿曹操营头上格船只，用链条搭起来，上头再铺阔板。连环船搭好，蓬！放火烧，全部烧光。格条连环计，啥人去献呢，庞统。庞统呐吭过江呢？又勿能够叫庞统拎仔只包裹，一只小船，握上门，自得戥，毛遂自荐，到曹操搭：曹丞相，吾叫庞统，吾来献条连环计。格勿来咯。顶好呐吭呢？庞统过江，顶顶好要有格人跑到该搭来请俚过江。啥人呢，吭不什梗格机会。周瑜马上派人拿诸葛亮请得来，搭诸葛亮商量。鲁大夫么也在。三家头商量辰光，庞统过江么，诸葛亮就提出来，顶好呢，江北有人来，拿俚带过江去。格么顶顶合乎理想。格么江北呒不人来呢？呒不人来，勿见得格条计策勿用哉啰？还是要用格咯。格么只有让庞统自家去。格庞统自家去呢，呒不上场势。曹操要勿上当。诸葛亮说，办法有一个。不过格个办法呢，笨一点。啥格办法呢，就是派蔡中、蔡和两家头，去催粮。催粮格辰光呢，一定要路过一个地方。必由之路。在格个地方，搭一支草棚棚，让庞统住在格草棚棚里向。两家头路过草棚棚辰光呢，庞统或者在里向操琴，或者在里向唱歌，弹剑作歌。让两家头听见，到里向去看。一问，哦，俚是襄阳名士，凤雏先生庞统。有名气的。让两家头写一封信，推荐俚过江。或者呢，就乘仔蔡中、蔡和格船，送到江心。让俚到江北船上，见曹操去。格么有格上场势。格么格个办法呢，忒笨了。恐怕曹操要怀疑。呐吭齐全巧得了，蔡中、蔡和去催粮么，碰着什梗一个大好佬呢。唔笃么再商量。想勿出一个，好格办法。

江北有人到该搭点来，周瑜心里向是也在想，顶顶合乎理想格么，阿有啥蒋干再来一埭。就是吾格同学啦。上一回群英大会，俚偷封信去，拿蔡瑁、张允杀脱了。现在庞统过江，假使蒋干再来一埭么，来得正好。俚正是在想格辰光么，叫啥长江里向，早上巡逻船来报告哉。"报！禀都督。""何——呃事？""蒋干过江。""哈！"周瑜拿张帖子接到手里一看么，实头是九江蒋干，来哉哟。"啊——啊！哈哈哈哈哈哈哈哈哈哈哈哈。"蒋干啊，吾要叫俚恩公哉。怎格巧呢，俚又来哉。格么蒋干，呐吭会得又来格呢？那么吾要拿俚表出来。

原来，蔡中、蔡和一封信过江，介绍甘宁去投降曹操。黄盖一封信过江，说阚泽已经回转来哉，候等机会到么再过江来。格个信呢，是隔夜过江的。当夜曹操困了，勼收着。今朝早上曹操起来，看着格个两封信么，曹操觉着有点怀疑。曹操格人疑心病重。呐吭先么黄盖来投降，阚泽来投降，现在么又是甘宁来投降。甘宁有名气的，东吴名将。什梗格大好佬，一个一个跑到该搭来投降吾，是真格呢，还是假格呢？曹操吃勿准。请手下一班谋士，到该搭点来商量。就拿信交拨大家看，蔡中、蔡和有两封信，黄盖有两封信，叫大家来看么，研究下来，格笔迹一样的。黄盖格信一个人写的，蔡中、蔡和信也是一个人写的。语气相同。信，看上去是真的。

但是甘宁、黄盖侪过来投降，格桩事体到底还是真格了，还是假的？讨论下来么，有一个文官，叫贾诩，贾文和。有学问的。曹操手下非常有本事格一个文官。贾诩说，照吾研究么，甘宁来投降啦倒作兴是真的。喔？何以见得呢？俚要晓得，甘宁啥格出身。长江里格强盗。后来呢，有人介绍俚，投奔江夏郡太守黄祖。黄祖待俚勿好，俚投奔江东。杀了黄祖。现在周瑜待俚勿好，拿俚乱棒打出，俚恨伤周瑜哉，俚要杀周瑜，投奔俚丞相。格种人呢，反复无常，意气用事。看上去真格。曹操肚皮里向转念头，甘宁格角色收哦，当心倒要当心格哦。为啥么！黄祖待俚勿好，杀黄祖投江东。周瑜待俚勿好，杀周瑜投奔吾曹操。歇两日，作兴吾曹操待俚勿好么，俚就要杀脱仔吾曹操了，投降别人哉啰。唔，格人倒要注意点的。甘宁格性格讲起来，强盗出身，反复无常，真的。格么黄盖呢？贾诩说，黄盖格事体吾吃勿准。因为黄盖是江东开国功勋，三代旧臣。受孙夹里厚恩，俚到该搭来投降呢，倒有点吃勿大准。勿晓得俚吃生活，到底还是真格了假的？虽然蔡中、蔡和有信到该搭点来，真的。勦是俚笃两家头也上格当哟。道地一点格说法呢，要派一个人过江，去打听打听看，黄盖究竟是否受刑？真格受刑，是打得哇哇抓抓，格么格桩事体真的。否则呢，值得怀疑。

格么曹操就问旁边头哉咯：啥人能够过江去，搭吾探听虚实。俚问到么，蒋干立起来讨差事：相爷吾去。江东吾熟悉的。吾上一回去过一埭。该埭吾去。吾碰头黄盖，吾就可以看出来，究竟是真假如何。曹操倒有点寒呀。啥体要寒呢？因为俚蒋干去，上过一转当了。上一回蒋干过江，偷一封信回转来，吾杀脱了两位水军都督。现在俚过江去，勦再搭吾偷封信转来，吾吃不消的。勿晓得曹操啊，俚该抢去，勿是偷信哉，俚偷格人哉。拿庞统带转来了。曹操呐吭想得到。不过曹操梗梗一想，让俚去。信，偷勿偷由俚。木梢，扛勿扛由吾哟。老实说，上抢啦，吾如果仔仔细细，拿封信推敲推敲，或者盘问盘问蔡瑁、张允么，俚笃两家头也勿会死。吾格木梢也勿会扛。侪是吾火头上，蔡瑁、张允么闲话也讲勿清爽。辣！拖出去，杀头了。勦等吾明白过来么，两个人头也已经落仔地了。所以曹操决定派俚过江，那么蒋干一只小船过江。

过了江心，拨了江东巡逻船拦牢。押俚进营，俚说要去见见黄盖。到黄盖船只旁边头停好，派人去报告。周都督格同学，九江蒋干到，求见。黄盖得信蒋干来，黄盖勿见。勿见么，派格底下人外头来讲："咱们老将军说的，周郎小子的同窗，不见。"格闲话讲得蛮凶的。周瑜格同学，勿见。为啥呢？因为周瑜搭黄盖是冤家。周瑜格同学也变冤家了，勿见。蒋干在舱里向听得蛮清爽，勿见。勿见么蛮明白。生活是吃了，听得出的，语气听得出的。黄盖格底下人也要什梗，怒气冲冲来讲勿见。要骂周郎小子格同窗勿见么，可见得黄盖是吃生活。蒋干要跑了，巡逻船勿让俚跑，说吾已经报告周都督了。哦，说：吾勿见都督。勿来赛，俚来也来哉，吭不周都督命令，俚就勿能出营。啊呀，蒋干想吾勿好搭周瑜碰头格呀。因为啥？吾上抢做仔对勿住俚格事体了。吾拿周瑜格信偷脱，带到江北。曹操拿蔡瑁、张允两家头杀头，周瑜赛过断脱一只臂膊。穷祸是吾闯格呀。那么俚呐吭弄法？尴尬哉嚯。

其实蒋干俚放心好哉。俚来，周瑜呐吭会拿俚杀头。周瑜恨勿得跪下来接俚，叫俚恩公啦。啥了格桩事体呢，曹操也要负责任。曹操当时辰光，拿蔡瑁、张允两家头杀脱之后，应该详详细细讲拨了蒋干听：蒋干啊，俚偷封信是假格呀。吾中格计。该格是周瑜用反间计，借刀杀人。吾扛仔俚格木梢了，拿蔡瑁、张允杀脱。如果曹操什梗讲拨俚听仔之后，蒋干心里就有数了。晓得周瑜是厉害的，吾是帮了周瑜格忙，偷封信是帮忙，而勿是拆烂污。格么俚碰头周瑜格辰光，周瑜对俚板面孔：啊？为啥道理偷吾格信啊？害得吾蔡瑁、张允两家头么死脱。蒋干勦笑出来嘎？

哈哈哈哈哈，信么倷叫吾偷格咯。吾是扛倷格木梢咯，帮仔倷格忙，让曹操杀脱仔蔡瑁、张允。倷做功好得了，还要来乓台拍凳了，还要来埋怨吾了什梗，俚就勿上当哉。因为曹操勿讲拨俚听，俚还当仔格封信真家伙，还做仔对勿住周瑜格事体了。

格么曹操为啥道理勿讲呢？曹操要面子朋友，敲脱牙齿往肚皮里咽，俚上仔当勿愿意讲出来。所以了蒋干勿明白。

现在周瑜得信蒋干来了，蛮好。马上一条命令关照，请鲁大夫来。鲁大夫到。关照鲁肃：倷赶快搭吾上西山，碰头庞统。通知凤雏先生，关照俚，今朝夜头准备好。蒋干到该搭来带俚过江了，过江格时机成熟了。叫俚准备工作做好。鲁大夫答应，周都督再布置。关照鲁肃：倷到西山去格辰光，还要搭吾安排点埋伏。啥格埋伏呢？今朝吾拿蒋干关到西山门营上，半夜里要放俚逃走。蒋干逃到山顶上，草庵里向碰头庞统之后呢，山脚下要派人喊，捉蒋干。等到蒋干俚逃下西山呢，吾派人要追到山顶上，喊捉蒋干。蒋干逃到江边，带庞统下船格辰光呢，吾马上派人马呃，从山上追下来，追到山脚下。蒋干开船逃走么，俚追到江边。总归脱脱一拍。等到蒋干船去远了，那么俚派一队船只，咁弹咁弹咁弹咁弹，后头追过去。为啥道理要什梗做呢？要造成一种非常紧张格气氛，让蒋干急得魂灵心出窍。啊呀，险啊，推位一眼眼哦，背后头格人马追上来哉。那么俚上当。为啥道理周瑜要什梗做呢？因为上一回蒋干偷信逃走，周瑜蛮派船只追，蛮派巡逻军兵拦。拨了诸葛亮取笑。诸葛亮说：周瑜格条计策美中不足。蒋干逃走蛮派船只追，曹操上当只是一时。过后，马上就清爽。为了吸取上一次格教训，根据诸葛亮什梗讲法呢，吾该格一次就要派遣船只，追赶蒋干。让蒋干急得魂灵心出窍么，俚可以上当。实际上周瑜格布置啦，是诸葛亮教俚。因为上抢诸葛亮什梗讲过之后了，所以周瑜该格一次，要改正以前格缺点。

周瑜再关照中军官，搭吾去拿蒋干带到该搭点来。中军官跑到江边，带蒋干上岸么，蒋干心里向急的，提心吊胆。上一回来，周瑜用轿子来接吾。该抢来是，蛮说轿子，马也呒不骑，押过来。步行到中军帐，周瑜坐好在里向。

手下人拿蒋干推进来么，蒋干急得了，卜咯笃，双膝跪下。"呃喝喝，公——瑾贤弟，蒋干磕头。""着！蒋干，你好大胆。上次你过江而来，本都哪一桩亏待与你。你不该窃盗书信，不别而行。曹操杀了吾心腹之人，还当了得？今日里，天网恢恢，自寻死路。来。""是。""与吾把蒋干拿去砍了。""哗——"手下人过来，要拿俚绑起来，要拖出去杀么，蒋干急伤。"啊呀呀呀呀，公瑾贤弟，还望你看在老师的份上，饶恕了蒋干。"吾搭倷同学呀，看先生面上，阿好饶恕吾。"且慢！""是。""看在老师的份上，把你押往马——营。""是。""来。""嗯。""把蒋干押往马营之中，拘留三日。然后本都过江破曹，将他的首级祭——旗，开——兵。""是！拿到！走！"囉咯咯咯——拿蒋干望马营上押过去。蒋干急啊，周瑜拿吾关了该搭点。关几日天。然后呢，拿吾祭旗开兵。拿吾格颗郎头，代替猪头三牲，祭旗开兵，完结了。中军官拿俚押过来，押到江边。就乘蒋干格只船，拿俚格只船开到西山江边，船停。拿蒋干押上岸，归到西山马营上，周瑜派两个底下人，看牢蒋干。两个底下人特为吃过夜饭之后，假痴假呆，算困着哉么，放蒋干逃走。那么蒋干上当。所以蒋干上西山，碰头庞统，要庞士元过江，巧授连环计。

第八十七回

连环计（一）

　　曹操派蒋干过江，去打探消息，黄盖老将军到底是勿是受刑？因为曹操有点吃勿准，虽然有蔡中、蔡和信来报告，再核实一下，比较定心点。总抵讲蒋干，当日就回转来。因为谅想上去过江啦，比较简单的。一过江心，碰头江东巡逻船：吾要去拜访黄盖。见着黄盖，黄盖派人，护送俚出营么，侪舒齐哉。格么应该老早就回转来哉，叫啥一夜天勿转呀，曹操担心哉，呐吭道理？阿会蒋干过江去，又中计仔哉啊？因为上一回周瑜，就是利用蒋干过江，弄一封信，叫俚偷转来，那么吾上当，拿蔡瑁、张允两位都督结果性命。现在去，勎再来一封信介？曹操倒有点担忧。到明朝转来早上，曹操升坐大帐，文武官员聚集，正在办公事格辰光么，叫啥外头手下人报得来哉，"禀丞相，蒋干回转，现在在中军帐外面求见"。"唔？呃呃呃呃呃。"

　　曹操觉着奇怪，该格辰光来？该格辰光蒋干到赤壁么，问也勎问得，昨天夜头开船。如果今朝天亮开船，无论如何来勿及到该搭，隔开条长江哉。从江南到江北么，一江——之隔，哪怕快，该格辰光来勿及到。格么现在来呢？蛮清楚，天勿亮动身。啊呀，天勿亮呐吭动身？呐吭出周瑜格营头呢？苗头勿对，该格辰光啦，搭上抢偷信回转来格辰光，差勿多。曹操心里向寒哉。马上关照手下人，请蒋干进来。手下人到外头去请格辰光，曹操，打足精神，两个眼睛顶牢仔蒋干格面孔在看。一看么，啊呀？只看见蒋干满面笑容，洋洋得意么，曹操想勿灵哉，啥体么？格只面孔搭上抢偷信回转来，一似一样。上抢俚回转来见吾格辰光，也是什梗快活得来，满面——笑容，俚自以为立仔大功哉，所以得意洋洋来见吾。那么今朝又什梗笑嘻嘻跑进来么，喝！看上去又偷着仔信了哉，不过曹操想，俫再偷信转来么，吾无论如何勿会上当。

　　蒋干到曹操面前。"丞相在上，蒋干有礼！""罢了。子翼过江，行事如——何？""回禀丞相，吾昨日仔搭过江，先去拜望黄盖，叫啥黄盖格船上人，辟口回头，勿见，为啥勿见么，说是周郎小子的同窗，不见。格么周瑜，搭吾是同学。俚笃去通报格辰光，说是周瑜格同学求见么，黄盖吃过周瑜苦头么，当然勿见则的。从俚格底下人格种面色、表情看起来，黄盖是受刑的。那么当时呢，吾就想回转来见俫相爷复命。叫啥拨俚笃押到江边，上岸，碰头周瑜。周瑜要拿吾关起来，说过脱几日天，俚过江来破赤壁格辰光，来杀吾格头，拿吾颗郎头祭旗开兵。吾拨俚笃关押到马营上，在西山。吾急是急得来，那么呐吭弄法？吾勿能回转来见俫丞相复命则咯？幸而两个底下人，半夜困着哉，吾趁俚笃困着格辰光么，拨吾略施小计，逃出帐篷。出了帐篷之后，吾就上西山。因为马营啦，就在西山格山脚下。吾上西山格辰光，山顶上有座草庵，吾听见草庵里向，有人在读书，吾在外头张一张么，里向一个人道家打扮。叫啥俚弹剑作歌格辰光，在里向唱歌啦，俚说宝剑声音里向忽然起一种艮艮叫格调头么，外面一定有格才子在听壁脚，开门拿吾接进去。吾赛过碰着仔个仙人，宝剑声音里向，弹得出外头有才子听壁脚。吾到里向搭俚碰头，相爷倷阿晓得格个人是啥人？勿是别人，襄阳凤雏先生，庞统庞士元。俚上别人家格当，到江东来投奔周瑜，勿晓得周瑜呢？骄傲！勿肯重用俚，拿俚倷呢？冷淡得及，就安排在西山草庵里向耽搁。俚是怨气一口，预备今朝早上乘船，回转襄阳隐居。那么吾再三再四搭俚讲，吾说吾伲丞相，慕名已久，曾经派人到倷府上，请过倷三埭，因为倷勿在屋里向哉，所以齣碰头，今番吾搭倷见面么，再好侪呒不，倷跟吾一道到赤壁，见丞相。曹丞相呢？求贤若渴，招贤纳士，倷去到，一定重用。那么俚搭吾讲倷放心，倷到丞相搭去呢？倘若丞相勿用，倷问吾，吾包拍胸脯，一定重用倷。那么拿俚带到江北，现在格船呢？在江边停泊。丞相，昨日危险是真危险呢，吾劝庞统下山格辰光么，山下有人在喊，要捉吾蒋干格人。吾搭俚逃到山脚下么，山顶上火光锃亮，草庵包围，吾如果跑得慢一步，吾就拨俚笃捉牢。吾逃到江边下船么，俚笃就从山上追下来，吾开船么，俚笃追到江边，吾船只到江心么，俚笃背后头一群船追过来，吾逃过江心么，俚笃追过江心，因为推位一步么，齣追牢吾哉，回转去。险是险得不得了，提心吊胆，总算倷相爷福气大，吾带仔庞统，平安无事哉。现在已经到赤壁江边，船停好哉。丞相，庞统格本事搭诸葛亮一样，水镜先生曾经讲起过，伏龙、凤雏二人，得一可安天下。刘备什梗穷，得着仔诸葛亮，尚且轰轰烈烈，干了一番事体，丞相得了庞统帮忙，打过江去是，可以说是稳稳取胜，周郎小子不在话下。非但可以平定江东，还能够一统江山，请丞相定——夺。"

蒋干拿过江格番情形，从头到尾讲拨了曹操听，曹操关照俚退下去，旁边头文班里向一立，曹操在转念头哉哦。"唔，唔，唔，唔，唔。"转啥格念头呢？曹操想，上抢，蒋干去偷一封信转来。该抢，带一个人转来，来格啥人？庞统。名气大，吾听见过，而且吾的确，得过襄阳之后啦，吾派人到俚屋里向请俚三趟，俚勿在，出门去在哉。假使说今番，庞统是从襄阳到赤壁来见吾，格是吾是求之不得，再好侪勿有。今朝呢？庞统是从三江口来，而三江口呢？周瑜地界，诸葛亮也在三江口。剙周瑜、诸葛亮搭庞统商量好仔，来拨吾上当，格个是不得了。庞统格种脚色，俚用起计策来必是辣手，吾一上当，人家要完格啊。格么呐吭弄法呢？勿，让吾来问问旁边头看，唔笃文武官员阿有啥人，认得庞统？倘若认得？唔笃搭吾去看一看，来格还是真，还是假。因为吾搭庞统，从来吭不见过面，也作兴，周瑜弄一个人，面貌相像，教好仔俚哉，叫俚冒名庞统到该搭来，拨吾上当，有可能的。来个骗子，假充庞统，格是出进脱大。吾先来问问看，究竟真假如何？弄清楚仔真假，那么再可以晓得，格个人是拨吾来上当呢，还是存心来帮吾忙。

所以曹操问旁边头文武官员："列公。""丞相啊……""凤雏先生，来抵赤壁，现在江边，不知公等，有哪一位认识凤雏，先——生——哪？""哗——"大家摇头，勿认得，山林隐士，搭吾伲勿轧道的，吼不人认得。其中只有一个人认得，啥人呢？徐庶徐元直。徐庶心里向转念头，好。对曹操望望，曹操，那么傐家人家好完哉。为啥？庞统好来嘎？庞统来到，必定是拨傐上当，叫傐家人家铲饭除。三江口来么，呆板数，搭诸葛亮搭好仔档哉，掼到该搭点来的。庞统来，叫曹操完。吾是非常高兴，吾顶好曹操家人家，弄得了赤脚地皮光。但不过，吾登在赤壁，吾也要死。老实讲，该抢破曹操，板是放火，用火攻，火烧赤壁，曹操人家完结么，吾在火当中，吾格条命，很危险。格么呐吭弄法呢？什梗，吾搭庞统要好的，吾跑出来讨个差使，吾到江边去看看看，假如说庞统是真的，吾就问声俚，傐来献啥格计，傐关照声吾，吾呢，帮傐格忙，弄得曹操扛木梢。不过有格条件，啥格条件么，傐教吾一条脱身之计，让吾离开赤壁。吾走么，赤壁烧光，勿在吾腰上。良心总算蛮好，曼得自家逃走好哉。

徐庶俚从旁闪出，"丞相在上，徐庶参——见丞相！""嗯！"曹操一看，又是格糨货，专门拨吾上当格朋友，傐跑出来呐吭？"元直少礼！怎——呐样？""丞相问及，襄阳凤雏先——生——么，徐庶，略微认——识。""喔。"曹操想啥物事啊，"襄阳凤雏先生，吾稍微有点认得"。哼！格个闲话又是特别的，要么认得，要么勿认得，吼不啥稍微认得格呀，蛮清爽，格种闲话活里活络，勿负责任格呀。曹操想吾要敲煞傐是认得的。"先生是认——识？""呃，不认识，因为他，与吾家老师是朋友，偶尔到水镜庄上，与吾家老师会面，所以在下略微认识。"吾吼不资格搭俚是朋友，为啥呢？因为俚搭倪先生是朋友，长一辈哉。吾是水镜先生司马徽格学生子，先生格朋友来，吾要去送茶啊，或者照顾啊，看见过俚，看见过俚勿交谈，只能说是稍微有点认得，关系么？吼不关系格。曹操心里向转念头：蛮好，蛮好，傐尽会辩么哉。稍微认得！吾让傐去看，来个是真格假的，傐总归认得出的。"请元直往江——边观看，来者，真——假——如何？速来禀报！""酌，遵命！"

徐庶俚辞退曹操，拨转身来，往中军帐外面走格辰光么，心慌哉，快点去搭俚碰头，弄弄清楚俚来献啥格计，格两步路带紧哉，蹬蹬蹬蹬。曹操真厉害，傐两步路走得快一眼眼啦，曹操已经有发觉，喔哟，勿对，勿对勿对勿对，傐徐庶要跑么，为啥道理要跑得什梗快？啊呀！俚笃侪是山林隐士啊，尽管徐庶嘴巴里向讲：吾搭俚勿熟悉的，因为俚是吾先生格朋友。格个吾，无从查考，勒俚跑到江边去碰头庞统，两家头一搭一档，一吹一唱，拼仔双档，来拨吾扛木梢是，吾吃勿消的。吾在徐庶身上，已经吃过勿知几化苦头哉，两家头搭仔挡是，吼不收作哉。格么呐吭弄法呢？有办法！曹操手一招，来个底下人，说：傐搭吾跟过去，跟在徐庶背后，跟到俚江边，看徐庶搭庞统阿讲闲话？假使讲闲话的，倮记牢，讲啥格闲话，马上回转来报告。如果说俚笃，确实是串通一气么，吭不客气，吾拿两格人，嚓嚓！一道杀，省得俚笃里应外合。倮派人跟过来么，一个底下人：哈蹬蹬蹬蹬蹬……跟了后头。徐庶在望准江边来格辰光，听见背后有脚步声，啊呀？呐吭背后有脚步声音啊？俚特为假痴假呆，只算一绊，绊脱只鞋子么，扼下身来拔鞋子。扼下身来拔鞋子辰光呢？眼睛就在自家翻肋子底下钻出来对后头一看，清爽。

俚格个看啦，勿是穷凶极恶格拨转头来看，从翻肋子对后头一望，人家一看当仔俚在拔鞋子。其实呐吭？一看么，一个底下人。心里明白。曹操厉害啊！吾格两步路，跑得快仔点，拨俚看出苗头来哉，马上派人来盯梢。勿碍，倮尽管来，为啥呢？以为吾搭庞统讲闲话，勿一定开口的。佋山林隐士，大家熟悉的，得知得见，眉毛动动，眼睛眨眨，面孔上格肉牵牵，手招招，全是闲话。吭不声音，照样可以讲闲话。

徐庶俚一埭路跑过来，到江边一看，喏，格只船，就是蒋干过江去格只船。到该面。扼下身来，望准中舱里向一看么，庞统坐好哉，道巾道袍，手里向拿把鹅毛扇，蛮清楚，庞统，赞货，勿是冒牌戏。徐庶在对俚看么，庞统也看见哉。庞统格眼光，刷——对准岸上一看，呀？一个人！徐庶哇！喔哟，老朋友，长远勿见哉，俚来做啥？庞统也勿开口格哦，庞统不过眼睛对俚看看，但是眼睛里向，侪有闲话哉，格个眼神呢，徐庶懂的。徐庶看见哉，庞统在对吾看，意思里向问吾，倮到该搭点来做啥？徐庶对俚眼睛眨眨，嘴歪歪，隐隐然，唵，庞统啊，倮到该搭点来，碰头曹操，献啥格计啊？啊？倮告诉吾，吾帮倮忙，总归弄得曹操上仔当了完结。

倮眉毛动动，眼睛眨眨，面孔上格表情，庞统阿懂？庞统呐吭会得勿懂。聪明人，老朋友哉，哦，倮？算来帮吾忙，呵呵！帮忙是假的，倮来问吾，阿有脱身之计教倮。倮想离开赤壁？庞统心里向转念头，吾老早想过哉，吾晓得倮在该搭点，但是呢，吾对倮勿寄希望，因为吾如果要，希望倮帮仔忙哉，再让曹操上当，吾勿敢来的。倮搭曹操格关系吾晓得的，吾勿能搭倮算认得的。倮算搭吾勿认得，蛮好。忙呢？吾也勷倮帮，脱身之计呢？吾也勿教倮，两格人要好勿过，溜白相溜惯的，庞统搭俚寻寻开心，嘴巴里向轻轻叫咕一声，"只管自扫门前雪，休顾他家，瓦——上霜"。

徐庶一听么，"嚯嚯嚯嚯嚯，噗！"气啊，组苏根根翘起来。庞统格人糜就糜在格种场化。搭诸葛亮两样，诸葛亮来，俚决计勿会格怎样子，庞统就什梗，做得出的。对仔吾，倮自顾自吧，别人格事体勷倮管，吾忙呢？也勷倮帮，脱身之计呢，吾也勿教倮，吾搭倮两勿来去。徐庶阿要气格？蛮好！蛮好！倮用格种态度对付吾，吾总归勿会放倮过门。徐庶拨转身来就走，倮拨转身来就走么，曹操派得来格盯梢格底下人，还离开一段路哉，看见徐庶扼下身来，望准船舱里望，望仔一望，拨转身来就走，一句闲话也勷讲。勿晓得一句闲话也勷讲？相骂也相骂过哉，俚笃两格人格相骂，倷弄勿清爽格呀，底下人呐吭晓得。底下人回到中军帐，碰头曹丞相复命，说徐庶只不过看得一看。曹操想看一看么，大致哦不啥大格事体。

等一歇，徐庶回个来报告："回禀丞相！来者，果——然——凤雏！"好，果然是格！曹操心里向转念头噢，既然是真格么，派人去请！立刻派一个中军官，拿仔帖子到江边，请庞统登陆。曹操自家呢？亲自踏到中军帐外面来接。格点勿容易啊，庞统，倷要投三个东家，孙权、曹操、刘备，倷全要碰头的。倷到江东，投奔孙权格辰光，孙权勿搭倷见面，就拿倷送到三江口来。所以第一个是见着曹操，曹操是大礼相迎，亲自跑到中军帐外面来接，规格非常高。后来呢，庞统献脱连环计回转去，等到芦花荡三气周瑜，周瑜归天之后，庞统赶奔到江东去投孙权。叫啥孙权搭倷见面格辰光，看见庞统相貌丑陋么，冷淡得很，喷生怃一气。好哉，江东勿能投哉。格到啥场化去呢？投刘备，因为诸葛亮搭倷约好格：倷勤登在江东哉，倷到刘皇叔该搭来，那么倷赶到荆州，去投刘备。投刘备格辰光，正巧啦，诸葛亮勿在荆州，诸葛亮到外头去哉，刘备听说庞统来哉，刘备跑出来接。一看见庞统相貌丑陋，身上着衣裳交关蹩脚么，刘备皱眉头，到里向去呢？也待倷并勿呐吭尊重。后首来呢？弄倷到格耒阳县，去做一个知县官。直要诸葛亮外地回转来，得信之后么，刘备已经跳起来哉，因为倷到耒阳县做知县官啦，一百多日天，勤升过一次堂，勤办过一桩案，吃仔一百多日天格酒。当地老百姓怨声载道，连连写信到荆州来拨刘备，控告庞统。派张飞到该搭点来巡查，预备要撤脱倷格官哉，拿倷查办哉。结果，张飞赶奔到耒阳县，那么庞统显本事，庞统倷升坐大堂，一百多日天格公事，半日天里向，统统侪处理完。张飞佩服得了五体投地，那么再拿倷请转来么，齐巧诸葛亮也回转来么，碰头刘备，刘备晓得怠慢仔庞统哉。所以说刘备怠慢庞统，孙权看勿起庞统，唯有曹操待庞统，顶顶礼节来得重。曹操倷亲自到中军帐外面接。庞统来哉，曹操搭庞统哦不见过面呀，今朝第一趟相会，曹操心目里向想么，庞统总归是白面书生，漂亮得勿得了。因为倷格道号叫凤雏呀，凤雏么，就是一只小格凤凰。凤凰身上有五彩毛羽，凤凰称为叫鸟中之王，小格凤凰是，越加讨人欢喜，好看！哪里晓得一看么，曹操一呆，啊？搭想象当中格庞统格形象，完全相反，倷以为倷是白面书生，勿晓得是黑面孔。倷认为倷是眉清目秀，勿晓得倷是浓眉大眼，阿胡子。冲呃骨，超下巴，断鼻梁，高颧骨、翘嘴唇，爬牙齿。头上格道巾么，开花的。身上着一件八卦道袍么，胸口头一滩油渍浊，一个八卦呢？剩仔三卦哉，五卦呢？烊脱格哉。手里拿把鹅毛扇么，哦不尖捻头的，因为倷头颈痒，懒怕拿节掐子抓哉，拿扇子去揩的，格尖捻头，侪拨倷揩倒脱的。着格衣裳么，像跌失铺盖什梗一的，走起路来么，上街瘪到下街哉，下街瘪到上街。

曹操呆脱哉，呐吭道理啊？眼梢甩过来对徐庶看看，轻轻叫问一声：到底真格哉，还是假格？真格。

蛮好！蛮好，曹操心里向转念头，倷咬煞俚是真的，吾停一停盘出来，俚是假格么，吾非但拿假庞统杀，连倷徐庶一道杀！倷现在说俚真的，吾就当俚是真的。

曹操踏上一步，"凤雏先——生！老夫接待来——迟，望——勿见责！这厢有——呃礼！""丞相不敢！庞统到来，何劳丞相迎接，庞——统有礼！""请！""请！"挽手同行到里向。谦逊一番，分宾主坐停。送过香茗，茶罢收杯。

曹操搭俚讲：吾得襄阳以后，派人到府上上，请过先生三埭，徐先生勿在屋里向，今朝到该搭来呢，真是心里向非常高兴。庞统说：是呀，因为上一回，吾出门去哉，去看朋友，跑到江东。该格一次呢？上人家格当，去碰头周瑜，周瑜待吾勿好哉，吾本来预备回襄阳，因为唔笃蒋先生讲仔哉，所以吾到该搭点来，能够搭倷丞相见面呢，吾也是非常荣幸。唔笃在讲客气闲话，旁边格文官，侪在注意。

老实讲，曹操手下文官，大好佬多，贾诩贾文和程昱程仲德、杨修杨德祖、满宠满伯宁，侪是才高学广。俚笃在怀疑，苗头勿对！庞统从江东来，敌人地界上来，挡到该搭点来，拨曹丞相上当？倷看，丞相待俚交关好，亲自出接了什梗。什梗，让伲出来盘问盘问俚，倷到底到该搭点来，献啥格计？只让俚讲出来，倷来到，倷板有计策，倷勿会一双空手跑到该搭点来的。只要俚拿条计策讲出来一听，扳牢错头么，叫丞相杀俚格颗郎头。曹操手下文官，勿是饭桶。跑出来格文官就是满宠满伯宁，曹操手下四大谋士之一。

"凤雏先生！满宠有礼！"毛遂自荐，自家跑出来，搭俚唱一个喏。庞统要紧回礼，"不敢！"庞统一听，满宠，名气蛮响，听见过的。"满先生，庞统有礼！""凤雏先生！满宠久闻大名，如雷贯耳，今日得见，不胜荣幸！先生，远涉江湖，来抵赤壁，定有妙计，指教丞相大破江东，请问先生有何高见？"倷来，倷是献啥格计策，来帮曹操打江东？直接痛快，开门见山，就来问倷献啥格计？曹操心里明白的，满宠格用意，蛮清爽格！代替吾在盘问俚，掂俚格斤两，倷来献啥格计咯？徐庶肚皮里向转念头，格句话蛮难回答，哪恁讲法？徐庶在对庞统看格辰光么，叫啥庞统，哗啦！面孔一板。庞统做么也做得出，只面孔说板就板。对仔格满宠，"满先生！用兵之道，不可遥揣，不可先度，如水流而至形，因战而知胜，千变万化，奥妙无穷，叫鬼神不可测其妙，父子不能达其情，岂可先说于前？足下，不明此理，何用，多！问！"

曹操一听，好！格个庞统，真格！何以见得？闲话里听得出，闲话几化杀辣！俚对满宠呐吭讲法？满宠啊，倷问得勿对哉，倷问吾，到该搭来用啥格计？破江东。倷阿懂，用兵格道理？用兵之道啦，叫不可遥揣，勿可以老老早早就决定，用啥格计策，不可先度，也勿可以预先度量好，预备呐吭样子打法。格用兵打仗呢？好有一比，好比啥？好比长江里流格水，倷阿能说，格个水么是直的，格个水么是弯曲的，格个水么是方的，圆的，侪勿好说。水呢，流到啥场化，如果格地岸是弯弯曲曲的，格么水也变弯弯曲曲的，地岸直的，水流过来也是直的，水要流到啥地方，变成功啥场化格形状。叫水流而知形。格打仗呢？也什梗的。倷阿能说，格个仗呆板数，第一仗么呐吭，第二仗么呐吭，连下来么呐吭？勿可能格呀。第一仗赢哉，倷第二仗呐吭打法？第一仗败哉，第二仗就勿能像赢什梗打法。要另外换一种打法。第一仗大胜哉，下来格打法有勿一样。第一仗小胜哉，下来格打法，又要研究。第一仗大败，或者小败，各奇各式格打法啦，千变万化，奥妙无穷。要从当时格实际情形出发，所以在战场上打仗，哪怕爷搭儿子在一条战场上，儿子在东面的，爷在西面的，爷勿晓得儿子预备呐吭，儿子也勿晓得爷准备呐吭？叫鬼神不可测其妙，父子不能达其情，要靠啥呢？要靠灵机应变，随时而动。根据当时的，具体格情形，那么再决定，格个仗呐吭打法，格个是用兵打仗格道理。呐吭好先说呢？先说？要么是瞎说一泡，格点道理也勿懂，倷问点啥？闲话阿有道理呢？的确有道理！预测，勿能什梗笃笃定定，阿有啥安排好，照倷格计划哉，照倷流程表什梗，呆板数，初一什梗，初二呐吭？勿可能格呀，变化无穷的，格个闲话，是像庞统讲的，有道理，预先估计，勿大会准确的。曹操对满宠眼珠子一弹，啥人要倷多讲？懂么勿懂，得罪客人！格个大客人倷看，俚勿买账，当场就触倷霉头，钝得倷两眼墨赤黑，曹操叫啥也做得出，对仔格满宠，"满宠！用兵之道，奥妙无穷，岂可先说于前，不明此理，何用，多——言多语？退——呃下！"

嚄！满宠气啊！拨庞统么触霉头，拨曹操么吃牌头。一片好意想出来掭俚斤两么，梗梗弄得了，碰了一鼻头灰。倷退下去么，曹操心里向转念头，啥人要唔笃来盘问？老实讲，吾会得盘问。曹操关照，文武官员退出去！

文武官员退出去格辰光，徐庶心里向转念头，庞统厉害。人也刚巧到，已经来得罪别人家。拿别人家碰得一鼻头灰。哼，树敌脱多哦，下来倷献计策叫曹操上当，板起错头人更加来得多。徐庶么上奇怪，勿晓得，庞统倷葫芦里究竟卖啥格药。唔笃退下去，曹操拿庞统请到内帐，摆酒。一席丰盛——酒肴，摆出来。曹操搭俚吃酒讲张辰光么，曹操也要盘问俚，曹操问点啥呢？"凤雏先生，吾要请教倷，为将——之道。""咦"，庞统说：为将之道么，要五桩长处，要拿脱八桩短处，那么格个大将呢？可以称为好格大将。呐吭五桩长处呢？说：大将么要，智、诚、勇、忠、信。智，能够料事体。诚，能够爱部下。勇，勇不可挡。忠，忠心耿耿。信，有信用，勿失约。格个是五桩长处。八桩短处呢？勇而无谋、急而心速、狂而无礼、谋而不决、决而不行、忌贤嫉能、贪而无厌、赏罚不明，格种呢，俪属于大将格短处。格个是大将八桩短处。要拿脱八桩短处，有五桩长处么，就是好格大将。格么，用兵之道呢？用兵之道，第一，要审天地之道；第二，要察众人之心；第三，要集兵革之器；第四，明赏罚之理；第五，观敌众之谋；第六，视道路之险；第七，别安危之处；第八，占主客之情；第九，知进退之宜；第十，顺机会之时。格么行军之道呢？行军之道，要能进，能退，能弱，能强，能去，能就，能柔，能刚，要勿动如泰山，难知如阴阳。无穷如天地，充实如太仓。预知天文之旱涝，早识地利之平康，要做到战无不胜，攻无不克，进不可当，退不可追，多不可攻，少不可欺，昼不可占，夜不可袭，格个是行军之道。

哈呀，曹操一听格个闲话是，偢要问一句，俚要回答偢十句，问一而答十，学问好。而且曹操问俚，俚对答如流，俚如果要反问点曹操什梗，曹操倒要顿一顿、要想一想再能够回答。可见得俚书，读得非常非常多，甚至比曹操还要来得多。

曹操心里向转念头哦，学问肯定是好。老实讲，俚是假庞统啦，俚只不过是搭周瑜搭好仔当，到该搭点来拨吾上当。俚想勿到吾曹操要盘问俚几化闲话，俚勿会预先做好仔准备来的。该格是因为俚本身学问实在好勿过么，所以吾盘问上去，俚能够对答如流。学问上看该格庞统是真的。再次俚格种行为、作风上看呢，格个人也是真的。为啥呢？庞统个吃酒水啦，格种狼畅头势啦，少的，实头勿客气。搭曹操第一趟见面，曹操又是啥格身份，大汉丞相。一人以下，万人以上。身份几化高，俚一点勿拘束，勿关的。勿当偢曹丞相，当偢一般格老朋友一样。吃起酒来，一杯一口，"喀"一饮而尽。吃起菜来呢，狼畅。格只小菜欢喜吃的，统到门前头，噇当噇当噇当，筷唔像雨点，勿大停。勿欢喜吃的，推推过去。格只汤配仔俚胃口是，俚勿拿调羹去抄来，嗨哟，就拿只碗得起来，拿到嘴半边，喝汤格辰光么阿胡子浸到汤里向。俚喝过，别人是吃是也总归疑之相的。咕咕咕咕，喝汤个辰光，汤水在格葛腮场化滴下来滴辣胸口头。汤碗放下来么，手阿胡子上撸撸，望准胸口头"嚯哈哈哈"揩揩。怪勿到，胸口头弄得油光光，油渍浊。什梗狼畅么，呐吭勠弄得胸口头一塌糊涂。曹操赞成格吃。曹操勿怪俚吃不礼貌。因为曹操格人啦，也什梗的。放浪得极。照正史上看起来啦，曹操搭别人家吃酒水，有着把喝汤格辰光啦，头姿下去头上格帽子，要弄到汤碗里了什梗。曹操也什梗的。么曹操相信庞统格种态度，叫啥格名堂呢？叫名士派。落拓不羁，不修边幅，不拘形迹，叫名士本色。从三国开始，一埭路下来，到晋朝了，名士勿少。格种落拓不羁格人，非常多。庞统就是一个。晋朝有一个名士，叫王猛。王猛去投奔一个晋朝大元帅，一个大官啦，叫桓温。碰头个大官桓温，搭俚谈天下大事个辰光，格历史上侪有记录咯嗷。叫啥王蒙一埭路捉白虱，一埭路搭白虱，一埭路谈天下大事。有句成语叫扪虱而谈天下事。一路搭白虱哉，一路谈天下大事。宋朝有格宰相，叫王安石。叫啥格王安石格个人，也有格特点的，几个月勿揩面，几个月勿换衣裳。苏东坡个爷搭俚勿对，苏东坡个爷曾经写过篇文章，说俚不近人情，勿换衣裳了勿揩面。有本笔记上介绍是，说王安石啦上金殿，要去见皇帝辰光，白虱要掉到组苏上，皇帝看见对俚笑。俚自家稀里糊涂，黝晓得。等到从金殿上下来，到朝房里向么，也有俚格要好朋友搭俚讲：相爷，偢阿晓得今朝皇帝啥体对偢笑？勿晓得。

俫看酿，指指俚格组苏上。一看么，一只白虱。咦，搭煞俚酿，勿能搭煞。为啥道理勿能搭煞？说格个白虱呐吭可以搭煞，格个白虱进得相府，上得金殿，曾经龙目御览而上宰相之须哟，一品大白虱。格个白虱个身价大勿过，勿能搭煞脱。俫说有什梗种名士派。格种人如果摆了爱国卫生运动里向，要批判格啦，实在勿讲究卫生。庞统呢，也是格种腔调。俫看里吃酒个辰光狼狼畅畅，曹操相信俚。因为相信仔俚么，俚尽管格种落拓不羁个样子哉，曹操也勿会觉着俚勿好。

曹操心里向转念头哦，现在可以肯定，徐庶格闲话勿错，来格是真格庞统。但不过，真庞统到吾该搭来，俚是真心帮吾忙格啦，吾可以打平江东，格是周瑜，不在话下。俚格本事搭诸葛亮一样。而诸葛亮帮刘备，刘备处格劣势。刘备兵也呒不啥的，兵微将寡。吾百万雄兵，千员战将，再有庞统帮忙么，如虎添翼，格是打过去，稳赢。反过来讲，真庞统到该搭来拨吾上当，叫吾扛木梢么，吾家人家铲饭厨，赤脚地皮光。好处大，坏处也大。格么曹操想呐吭？吾现在勿是试俚格人真假，吾要试他格心哉！俫还是真心帮忙呢，还是到该搭来拆烂污哉，拨吾扛木梢？呐吭试心？曹操有办法。曹操手一招，来个底下人，一句耳朵一咬，底下人去。曹操再搭庞统一道吃酒，吃仔一杯酒，手下人来报告哉，说回禀相爷，陆营后营在操练人马，请丞相去看。曹操说蛮好。

曹操搭庞统讲："凤雏先生，搭俫一道去看看后营格操兵。""好啊！丞——相请！"两家头马上跑出来到外头上马，到陆营后营下马。该搭有一片操场。上了瞭高台，瞭高台很高，十层高啦。喝冷蹬蹬……跑到瞭高台顶上，座位摆好，两家头坐定，底下人标远镜拿过来，一人手里向一只标远镜，对下头看。下面操兵，操啥格兵呢？是曹操营头上顶顶精锐格军队。啥人在带队呢？张辽、许褚！曹操手下两个勇将。格个三千兵叫什么？叫铁甲骑，又叫虎豹军，专门是保护曹操的。格个军队格水平，要高得呐吭？搭普通格小兵比起来，格个是非但步伐整齐，动作熟练，而且打仗勇敢，操法精通！好看！俫看下头看，旗呐吭阅，队伍呐吭跑。一只脚起，只只脚起，一只脚落，只只脚落。齐崭得哉，赛过像一刀切下来一样，哗，哗，哗，哗！庞统看得呆脱，"喔"，话不虚传。曹操有道理的！格军队操得好的，庞统看得立起来，走到台边上，台边上有栏杆的，瞄在栏杆上，打标远镜对下头看。曹操蛮得意，为啥呢？因为格三千兵啦，专门是保护曹操的，是曹操亲手训练的，所以水平是高的。曹操自家是也看惯哉，今朝拿出来拨俫看看么，显显俚格本事。显显曹操格陆军是了勿起。

曹操自家也跑到瞭高台边上，对下头看，曹操问庞统："凤雏先生，操——得如何？""好！丞相用兵如神，话不虚传，起、翦、颇、牧，复生人世，不能及丞相之万一！"窝心，俫听俚讲酿，白起、王翦、廉颇、李牧。格个是战国年间，四个名将。简单点说起来呢，就是起、翦、颇、牧。格个四个人，重新活转来，也勿能操得什梗好法。说明俫丞相格曹兵啦，俫部下军队格水平，实在是高！

曹操窝心。曹操觉着，格个闲话，勿是拍马屁闲话，是由衷而发，心里发出来格。曹操是得意哉。曹操也在看。格么曹操么一径看格么，为啥道理要看呢？嗳！自家训练出来格军队，好勿过则啦，百看不厌！自己会得欣赏哉，会得满足的。曹操又在看操格辰光，庞统呐吭？庞统勿看操哉，庞统拿仔只标远镜，看曹操营头上格地理情形哉，哦，营头大极哉，拿周围格地方一看么，庞统脑筋好，一看就记牢，喏，格面有一条路，吾回转去，吾可以告诉一声周瑜，倷放火烧赤壁呢，格条路上可以埋伏军队，冲出来放火。喏喏喏喏，该面还有条路，格条路呢？曹操逃走起来，板往格个方向逃，倷格条路上，守一路军队，可以捉牢曹操。假使捉勿牢呢？曹操板往前头格面去啦，倷曼得在前头格条路上，也守一路军队，包抄过来，两路夹攻，稳拿曹操捉牢。假使再捉勿牢，曹操往横里向去呢？横埭里呐吭呐吭，俚格点路线，统统倸记清爽，回转去告诉周瑜。曹操响勿落，曹操请着个大奸细，到俚营头上来踏看地形。啥体曹操赤壁大败，曹操败下去，到东到西都碰着敌人，曹操弄勿懂，呐吭俚笃格路径什梗熟悉呢？勿晓得庞统看格呀。庞统画仔地图拨周瑜么，周瑜当然清爽。格地图外加拨了诸葛亮看见么，诸葛亮也照此办理。曹操呐吭晓得呢？曹操问庞统，操得呐吭？庞统说操得好，庞统马上就看下头操兵，曹操看曹兵哉，俚就看地形。等到操兵结束，三千人马收兵哉，另外调三千。另外格个三千军兵是蹩脚哉。新兵，乌合之众，实在勿像样子。有格左脚起，有格右脚起，有格向左转，有格向右转，七歪八燄，终归实在是，生疏得一塌糊涂。调三千兵在操格辰光么，庞统奇怪了？啊呀，现在格三千兵，搭刚巧格三千兵，勿能比哉么。实在相差得太远哉，曹操为啥要先么操三千兵，特别精彩格拨吾看？连下来么，再拿极蹩脚格拨吾看？啥意思呢？哦！明白哉！曹操在试吾格心！先拨好格拨吾看，问吾呐吭？吾说好，格个赛过蛮正常格啦，再拿蹩脚格拨吾看，看吾呐吭表态？假使吾拎勿清，吾拍曹操马屁哉，奉承曹操么：呃，蛮好蛮好，也吭啥，也勿错勿错，说仔蛮好了什梗么，曹操就明白，倷格人勿是好人，坏人。啥体么？倷来拍马屁的，倷来拨吾上当的，什梗蹩脚格军队，有啥好？吭啥好哉。曹操格脾气呢，勿好的，倷要说得俚糨，糨得一塌糊涂，那么俚相信，倷格人直爽的。倷格人心里想啥，嘴里就说啥，曹操倒反而会相信倷。曹操阿是格个用意呢？

的的确确拨了庞统猜着。格个么喏，庞统格本事，比曹操来得大，所以曹操心里转什么念头，庞统能够看出来。庞统呐吭？庞统回过来坐定，标远镜一放，看也勿看，头拨拨转，吔？曹操看俚勿看哉，马上回过来问俚："凤雏先生，呃喝，这三千人马，操——得如何？"庞统面孔一板，"丞相，这三千人马，惶恐惶恐，如其过江交战，肯定全军覆没，如此的人马，怎么能与周郎交锋呢？"嚯——噗！看过仔也懊恼。曹操心里向快活啊，"咦，喝喝"。曹操快活呀，快活点啥呢？庞统格个人，好人！真心来帮忙的。好人才讲老实闲话的，好就是好，蹩脚格就是勿灵。倷种军队，搭江东去打？肯定要吃败仗。俚什梗种样子对待吾么，可见得是真心向吾。曹操想俚真心向吾是，哈哈！格是吾家人家肯定是要——轰隆轰隆。勿晓得曹操啊，勿是轰隆轰隆，是拱彤拱彤。嘿嘿，倷家人家要烧光仔了完结。曹操呐吭想得到。

曹操肚皮里向转念头，再请俚下水营里去看看吧。水营上，吾格水军，操得呐吭？曹操一问庞统么，庞统说好啊，吾是要请教请教呀。跟着俚过来到江边，下船，到水营中营。水军都督毛玠、于禁两家头过来参见，曹操关照见过凤雏，两家头见过庞统。曹操关照俚笃两家头噢，说今朝有客人到该搭点来，看伲操兵，唔笃要特别当心。"晓得。"

曹操是个要面子格人，关照俚笃要特别当心么，就是要俚笃拿顶顶好格军队拿出来操，毛玠、于禁有数。现在出来操格兵呢，勿是北方兵，顶好格荆襄水兵，荆州兵，本来就有水平的，经过现在再一加工操练么，越加好哉。北方人呢，登在后头，荆州兵呢，登在前头，顶精锐格部队呢？专门在曹操门前操的，推位点格呢，远一点，看也看勿大清爽的。曹操搭庞统两家头就在船上。格种船呢，侪是大船，上头有船棚，像二层楼什梗种腔调。用现在闲话讲起来，就是夹板，跑到上头来看，看得清爽点。打标远镜来看么，锣声响，船只开动，操练。操兵格辰光，看俚笃有格呢？蹿跳蹦纵，有格呢？往长江里跳下去，真正水战。格个船只，进——退——有——序，操得阿好呢？确实勿错！曹操是下仔功夫。虽然杀脱蔡瑁、张允么，但是操兵操到现在啦，还只得是操得蛮有成绩。曹操蛮快活。曹操抵讲庞统要称赞格啊，北方人操得什梗好勿容易的，俚板要称赞的。庞统呐吭？庞统叫啥勿称赞，非但勿称赞，勿看哉，标远镜放脱哉，眼睛闭拢，头沉下去哉，打瞌睡哉。阿呀，阿呀，曹操勿懂哉，什梗好格水军，倷为啥道理勿看呢？"凤雏先生，操——得怎样？""嗯？还好。"

格声"还好"是勉强，看俚眉头皱在。还好。呫？奇怪？曹操再看，庞统又勿看哉。非但勿看么，闭目养神，在摇头。曹操再问俚，还好，仍旧还好。曹操晓得俚格个声音，勿是心里发出来的，有毛病了？曹操俚仔仔细细看么，看勿出毛病，蛮好么。啊呀！庞统什梗，看也勿肯看是，肯定格里向有啥格大毛病哉。而且格个毛病，勿是一般格毛病，致命伤了！勠操哉，问仔俚再讲吧。停操。倷命令下来停操么，赛过一个程度也吭不操完，马上当中横里结束，喊停呀。毛玠、于禁面孔涨得燻红，坍台坍台坍台。今朝是精华拿出来哉，再好勿能好哉。昨日相爷，也来看过伲曹兵的，昨日格操，还吭不今朝格点水平哉。丞相已经赛过对吾伲安慰哉，鼓励了：啊！操得勿错，喔，唔笃操得了蛮有成就了。格么今朝应该是更加称赞，为啥道理半当中横里喊停呢？弄勿懂。别过来问曹操，

"参见丞相。""罢了。""今日水军操练，有何不当之处，请丞相吩咐！""嗯。"曹操想啥格不当之处么，凭良心讲，吾也讲勿出，吾要问仔庞统哉，吾再好回答唔笃。吾现在呐吭讲得出？倷讲勿出么，毛玠、于禁来得格谦虚，"请丞相当面吩咐，今日操兵有何甚不到之处？"那么尴尬

哉，曹操想俫逼死吾哉，吾要出仔航，问仔庞统再晓得，那么再好告诉唔笃。勿知呐吭拨曹操想出来的，对仔毛玠、于禁，"今日操军的不当之处？一言难——尽！"一句闲话讲勿完，一言难尽。毛玠、于禁面孔涨得更加红，"退下去！"曹操肚皮里转念头，吾等到问好庞统，水军操兵究竟竟有啥格毛病，那么吾再过来告诉唔笃。

曹操替庞统回转，庞统暗好笑。庞统想，其实操得是蛮灵光哉，因为吾闭拢仔眼睛勿看，摇头哉，所以曹操再喊停的。庞统为啥道理，其实蛮好，俚要摇头哉，看得像煞勿灵格种样子呢？因为庞统到该搭来献计，拨曹操上当，必要说得俚勿灵，说得勿灵哉么，曹操要请教俚格么啥格办法呢？俫有毛病。格毛病么呐吭看好呢？俫上仔吾格当就可以看得好。那么曹操扛木梢。曹操呐吭晓得。

曹操到陆营上，摆好酒水，请庞统吃酒，问庞统：俫看看吾今朝格水营操兵呐吭？还好。勿肯讲的。到底呐吭？还好呀！

曹操只好搭俚再吃，晓得俚大概，蛮慎重了哉，勿肯就什梗讲出来。又吃仔勿少酒下去么，问俚：陆营呢？陆营么，起初三千蛮好，后首来三千勿灵。格水营呢？还好。

曹操想俫什梗勿肯讲讨惹厌的。曹操逼牢绞仔板要问：庞先生，吾水营操兵肯定有毛病，有啥勿到之处么，请先生指教！俫随便呐吭讲么，吾勿会动气。庞统想俫什梗讲么，蛮好，"庞统要请问丞相，营中可有良——医？"俫营头上阿有好好叫格郎中先生？曹操一听格句闲话勿懂哉，啥格意思？庞统说：俫格水军面黄肌瘦，侪有病容，生病人呐吭好打胜仗呢？呐吭好破对江呢？曹操想，对呀。北方人水土不服，多生疾病，风浪大，晕船，晕得厉害勿过，呕得来一塌糊涂，吃勿进物事，甚至于病重，勿上岸，死脱也讲了。上岸，病就好哉，下船，又生病哉。格个是北方人，勿服水土格表现，曹操问俚阿有办法么，那么俚献计哉。所以庞统要巧授连环计！

第八十八回
连环计（二）

庞统到赤壁，替曹操碰头。曹操请俚呢，水陆路营头上看操练。曹操要试试庞统，俤还是真格了还是假的？因为搭庞统蓟见过面。试下来，格个人学问交关好，是真庞统。而且俚格性格交关直爽，有啥说啥，看上去是真心来帮忙。所以曹操心里向蛮快活。叫啥水营看操之后啦，曹操觉着奇怪。吾自家看看，水营格操兵成绩着实勿错，叫啥庞统，毫无兴趣。看得了摇头了，连眼睛也闭拢，勜看。曹操晓得格里向板有毛病。曹操拿俚请回陆营吃酒辰光，问庞统：俤看，吾水营上操兵，到底有点啥格不足之处，请俤讲一讲，让吾可以纠正。

庞统竖上来勿肯讲，曹操俚问急了，那么庞统讲。"丞相，营中可有良——医么？"曹操觉着奇怪，俚问吾营头上，阿有好好叫格郎中先生。老实讲，营头上格军医官，按比例的，几化小兵，配一个军医。吾有八十三万大军么，军医是顽尽顽是。有本事格医生，当然也勿少咯。俤问格句闲话，啥意思？"先生，此言怎——讲？""丞相，庞统看丞相水营的人马，操法甚好。然而他们，都是面黄肌瘦，满面病容，怎能克敌，制——胜哪？""这，呃呃，唔，唔，唔。"

曹操听着格句闲话，心里向觉着·震了。啥道理？庞统说到仔曹操格要害地方了。俚说：吾看唔笃营头上格小兵，估计上去是北方人多。从操练格水性、操法、技术，成绩着实勿推扳了。但不过呢，面色难看，俤是面黄憔瘦，生病面孔。身体勿好。那么俤，有毛病格小兵，搭人家江东健康格小兵去打，呐吭打得过？勿能克敌制胜。曹操心里向转念头，为格桩事体啦，吾伤了勿少脑筋，想仔许许多多办法，也呒不想出好办法来。啥格事情呢？就是说北方人马在长江里向，水土不服，生病。

因为曹操格军队，北边人。骑马，头等头本事。陆路上打，翻山越岭，也本事好。但是长江里格水战呢，勿来事。因为长江里风浪大，冷天呀。有人形容长江是叫"无风三尺浪"。其实呒不风，要有三尺浪头么，有点夸张的。反过来讲啦，风一大，浪头一结棍，格船晃得厉害。水土勿服。第一步呢，头晕、恶心、呕吐。呕吐仔下来呢，吃勿进物事，硬劲板要逼牢仔吃么，稍微吃一点。吃下去呢，再呕。呕得来，黄浪水也呕出来，甚至于血也呕出来。毛病勿会好哟。吃药，呒不用场。不胜效率。只有一个办法，啥格办法呢，回到岸上去。一上岸，呃，毛病好。药也用勿着吃得的。格毛病好仔，回到水营里向来，又生病哉。格个晕船格毛病，叫日脚难过啦。晕得顶顶厉害格辰光是，活也勜活哉。真格有种北方人啦，往长江里，蓬！一跳，自杀。啥事体呢，实在日脚勿好过。格头昏恶心泛起来，倷行着仔格个味道，倷就有体会了。难过。为格上，死脱格人勿少。有格登了船上养病，一脚去了。有的，调到岸上，好了。回到水营里向来，胃病死脱。每日天死脱格人勿少，顶顶棍辰光，要一百以上啦。

倷想人，死得什梗结棍。那旁边头格人啦，其他格北方人，曼得看见一个人死脱，心里向就难过。好了，完结了。格个人死了，吾看上去也勿会长远几化。要上岸，勿答应。因为水军一定要有什梗点人马。倷上仔岸么，空船摆了，派啥用场呢，呐吭过江去？硬劲要练，练练么，结果好，死脱。所以，照历史书上看，《三国志》上，曹操格传记里，说曹操打到赤壁来呢，碰着瘟疫。书上简单得极的，四个字，"时年大疫"。格个一年年份上碰着大格瘟疫。那么曹操碰着瘟疫么，死人多仔啦，所以人马退了。俚格赤壁之战啦，在曹操格传记上，呒不几个字，三言两语，就过脱了。为啥呢，因为写格个传记格人，是要拍魏国格马屁，拍曹操马屁，勿敢拿俚格狼狈相仔细写出来。所以只说是格年碰着瘟疫，死脱格人多，勿能打哉，那么人马侪退转去。

其实曹操打到赤壁来，冬天，冬至节边。格么格个辰光，一般讲起来啦，瘟疫终归热天多。冷天有瘟疫啦，比较少的。事实上呢，是水土不服。生病，人死脱。格么曹操开头认为么，水土勿服么，总大概北方人，吃勿来长江里向格水。特地派人到北方去，拿北方格沙土，运到该搭点来。滤过，好像水格质地呢，搭北方格水格质地一样的，让俚笃吃。呒不用场。又勿是喝水格问题喽。俚格个问题是船，风浪大，晃得厉害，勿习惯，没办法适应，那么死脱。

曹操心里向转念头，吾医生有格呀。吾动了勿知几化脑筋，想了勿少办法，始终勿解决。今朝庞统提出什梗一个问题来是，说到仔吾心窝团里。格蛮好，倷有本事的，吾搭倷来商量商量看。曹操就拿北方人马，水土勿服，勿习惯，勿适应长江里向格生活，死脱格人勿勿少，生病格人更加来得多。直到现在，困倒格人还是蛮多。能够操练的，面色也勿好看，面黄肌瘦。

"那么，凤雏先生，呵呵，老夫要请问先——生，可有妙——呃计？"倷搭吾想想办法看，吾当倷医生哟。倷格条计策么，好有一比。好比医生，开一张方子，让小兵吃仔格个一贴药么，阿有啥能够，恢复健康了，毛病就去脱了。"呃，容——想。"让吾想。蛮好，格种计策，一下子，说勿出的。俚要动动脑筋。让俚想想看。庞统酒勿吃，动脑筋，曹操去当俚郎中先生用。

庞统阿是医生呢，是医生。他俚开出来格张方子，吃下去呢，曹操家人家要吃光的。为啥道理？俚是来走方郎中，开一张方子，下毒药格呀。连环计哟。不过格个毒药，也勿是庞统一个人来用的。毒药要有三味啦。一味是苦的，一味是甜的，一味是辣的。黄盖格味药，苦肉计，是苦的。阚泽献诈降书，甜言蜜语，格味药是甜的。庞统呢，辣手辣脚，拿曹操营头上点船只，用链条搭起来，一蓬火，全部烧光，辣的。

苦的，甜的，辣的，挦在一道么，变成功一味毒药。格么啥人生风炉呢，诸葛亮，借东风。

哗——东风一起么，风炉烧得烊。格么啥人来煎药呢，周瑜，火烧赤壁。轰！火烧起来，曹操八十三万大军，格个一贴药吃下去，全军覆没，死脱格人不计其数。曹操呐吭想得到，请庞统来用计策，动脑筋，下什梗一只辣手。

那么曹操看庞统眼睛闭着，眉头皱紧，苦思，苦索，一下子还想勿出。格么什梗吧，屏着，口么勿开的。格吭不味道。一路吃酒了一路想吧。曹操拿酒壶拿起来，望准庞统门前只酒杯里向，嘚尔——洒一洒满，自家杯子里也加一加满。杯子拿起来，"先生，请——呐"。"丞相请。"曹操拿起杯子来，一饮而尽，杯子放下来。"干了。"曹操拿起酒壶，要搭庞统添洒洒么，奇怪？只看见庞统杯子里向，一动也勿动，仍旧泊泊满一杯。咦？庞统好酒量？刚巧吾搭俚已经交过量了，啊呀看俚拿起杯子来一饮而尽。豪饮，吃起来结棍啦。一杯，一口，一杯，一口。而且是大杯子。现在为啥道理勿吃？"先生，缘何——不饮哪？""丞相，庞统有一桩毛病。"哦？毛病，啥格毛病呢？庞统说：吾格毛病啦。如果别人托吾事体，吾要么勤答应。答应到呢，吾一定要办好。办好，那么吾能够吃物事。假使吾受人之托，格桩事体齁办好呢，勤说酒吃勿进，饭吃勿落，吾连得水俟喝勿进一笃，叫：滴水难下咽喉。

曹操心里向转念头，什梗一看，庞统格个人格热心是到仔极点哉。俚答应仔人家格事体板要办好，那么好吃物事，否则水也勿吃。格么吾现在请俟俟酒么，俟当然也勿会吃了。勿吃酒，坐在该搭点，算啥一出。格么就让俚去休息吧。休息仔下来，吾明朝再问俟。拨一夜天时间拨俟。那么曹操就关照手下人，收拾一座帐篷，安排好一切生活要用格物事，让庞先生到帐篷里向休息。曹操搭俚讲：俟好好叫休息一夜天，明朝早上么，吾再请教你，有啥好计策。庞统答应。

庞统呢，跟仔格底下人出中军帐，离开中军帐路并勿远，一箭也勿到，百步之遥啦。格搭一座帐篷，收作得清清爽爽。一张床、帐子、被褥，干干净净。一只台子，台子上是文房四宝。另外还有一只空台子呢，吃饭用的。凳子，现成俟有。庞统坐定。庞统带得来只包裹，手下人搭俚拿过来，望准俚床上一放。一杯茶，送过来，望准俚台子上摆好。"庞先生，吃茶。""嗯！"

庞统坐定之后，呆瞪瞪在转念头么，一看两个底下人立好在俚旁边头。格个两个底下人，曹操派得来格心腹。做啥呢，表面上是，伺候俟。俟庞先生到该搭点来，俟是大客人，丞相格贵客，俚应当要特别照顾。所以两个底下人，登在旁边头服侍，俟有啥事体么，俟差好哉。其实骨子啦，曹操派格个两个底下人到该搭点来，目的啦，看牢俟庞统，寸步不离。监督俟啦。俟有点啥格一举一动，马上就要去报告曹操。曹操厉害脚色，对庞统，俚也并勿是十分放心。俚还要派人来看牢俚。

庞统心里向转念头，摆唔笃两个底下人登在旁边头讨惹厌，吾要做起事体来勿方便，赶俚笃出去。庞统格人做得出煞。面孔一板，对仔两个底下人："你们在旁侧做什么？""奉仔相爷之命，到该搭点来，伺候俫庞先生。""吾有格脾气，旁侧不许有人站立，退下！""呃！""出去！""嗳，是！"那么呆脱。俚格脾气，勿喜欢旁边头有人立着，板要喊伲退出去。赶出来。格吭不办法啦，只好出来。两家头到外头，拿帐门带上，一个人登在外头看，一个人到中军帐来，禀报曹操。说，回禀相爷，什个长，什个短，庞先生拿伲赶出来。伲勿能够登在旁边头看牢俚，呐吭办？哦？奇怪。曹操心里向转念头，俫越是勿拨吾注意么，吾偏偏要看好俫。曹操就关照格底下人，俫搭吾留心。唔笃两家头登在帐篷外头，门缝缝里张，或者呢困倒在地上，掀起眼帐篷来，对里向望。如果说，庞统有点啥一举一动，唔笃马上就过来报告。哦！底下人去哉。

两个底下人有数目啦，越是赶伲出来么，伲越要看好俚。所以在门缝缝里向张进来。天要夜下来快哉。一个底下人要紧拿盏蜡台火进来，全通宵，蜡烛火台子上点好。"庞先生，阿有啥吩咐？""呃，没有事情。退下退下退下退下退下。"底下人退出来，帐门带上，仍旧在外面张。庞统毫无动静，再隔一歇，外头一桌酒水送进来。啥体呢，请俫吃夜饭。旁边只台子上呢，小菜俬摆好，酒壶、酒杯、筷子、饭桶、饭碗，调羹，丰盛酒看摆好了。"庞先生，吃夜饭。""明白了，去去去去去！"底下人退出去。

格么曹操，明明晓得俚有格个毛病，别人托仔俚事体办勿好么，水也喝勿进一笃。格么为啥道理要送一桌酒水进来呢？曹操细心，试试俫格心看，俫格个毛病到底还是真的，还是假的。如果俫格毛病是赞货，旁边头摆着格酒水，根本勿会吃的。现在格原桌头酒水摆在旁边头啦，俫曼得拿筷子去搋动一筷唔好了，马上格样子就变脱了。就看得出，俫吃过了。假使俫吃过呢，就说明俫格毛病是假的。俫勿吃，格么可以相信，俫格个毛病是真的。

庞统阿吃呢，勿吃哟。非但格个酒勿吃，菜勿吃，连倒着的一杯茶，碰俬勿碰。为啥呢，庞统是心里向有数目的。该格叫做作。着棋法门俚有只远着啦。吾格步棋子勿走好啦，吾连下来，勿能够离开赤壁的。所以俫旁边头，哪怕是龙肝凤髓，再好格酒水，山珍海味，看俬勿看一看，勠说吃了。两个底下人呆脱，登在外头还在张了、望格辰光，叫啥庞统忽然之间，扇子台上一放。人，嗥！立起来么，拍手哈哈大笑，"啊咦，喝哈哈哈……在这里了，一条计——呃谋"。啥体啊？快活得了，一干子会得拍手了咕的？呵呵，有了哉、有了哉，一条计策。啥格计策介，想出来哉？底下人在张格辰光么，叫啥庞统嘴巴里在咕："啊呀！不对啊不对，不能用——呃的！"格条计策勿好用的。"喝，哈！"叹一口气，啪踢拓！坐下来了。两个底下人一看么，想着一条计策，结果勿能用，自家否定脱了，重新再坐下来。曹丞相关照的，一举一动要报告。现在有仔举动哉么，豪燥去报告。

一个底下人看牢俚，一个底下人奔到中军帐来，"禀相爷！""嗯？""庞统有举动哉。""呐吭？""庞先生忽然之间立起来，拍手哈哈大笑，口称'在这里了，一条计谋'。""哦？"曹操快活啊，庞统到底有本事，拨俚想仔条计策出来。啥格计策呢？"连下来俚说'啊呀，勿对啊勿对，勿能用的'。叹一口气了，又坐仔下来。"曹操响勿落，吃着一只空心汤团。一本正经想着条计策，结果勿能用的。退下去，再看。"噢。"

格个底下人退下去，隔仔一歇功夫，另外一个底下人过来报告。"禀相爷。""嗯！""庞先生突然立起身来，拍手哈哈大笑，口称'在这里了，一条计谋'。连下来又说，'啊呀！勿对啊勿对，勿能用的'。又重新坐仔下来。"重复的，连一连。有数目了，去去去。

格朋友去仔，总隔得呒不几化辰光，归格底下人倒又来报告哉，"回禀相爷"。曹操问俚：阿是庞统立起身来，拍手哈哈大笑，口称：在这里了，一条计谋。"是的。"连下来又说，啊呀，勿对啊勿对，勿能用的，又坐仔下来哉。"对的。"嚯！曹操气啊，"嚯嚯嚯嚯"。勒煞吊死，一径什梗两来兴。有数目了。假使俚仍旧格两来呢，唔笃勿来报告了。唔笃记好，到明朝天亮，再来报告吧。否则吾坐一夜天啦，独听格两声闲话，有啥意思呢。

底下人去。曹操呢，办公。连下来让俚休息。到明朝早上，听庞统消息来。

归格两个底下人呢，在帐篷外头，还在看。终归从天断黑开始，到二更敲过么，勿说虚头，庞统总立起来仔，廿几趟。两个底下人是也响勿落。看上去庞统有毛病的。一歇歇竖起来哉，一歇歇要坐下去哉，啥格路道呢？计策么呒不想好，结果么否定脱，勿好用。那么两家头登在外头张啦，听壁脚来得格吃力。因为在门缝缝里张，俚格身体要扭倒格啦，偌扭倒一歇歇辰光还勿要紧。辰光一长，腰酸背痛，吃勿消。外加夜头，西北风吹着真家伙。两个底下人勿高兴。何必呢，何必做格种戆大？庞统呒不啥花样经了，格么什梗，俚拣窝风点格场化坐坐吧。两家头跑到东南角里，东南角里背风的。风吹过来有帐篷遮没么，吹得，吹勿着俚笃身上。两家头坐定，刚巧坐定下来么，只听见里向又在打上，"喝喝哈哈哈哈哈哈"。"听噢，老毛病又在来哉，'在这里了'。""在这里了。""一条计谋。""一条计——呃谋。""马上就要说'啊呀'快哉！""啊呀。""勿对啊勿对。""不对啊不对。""勿能用格哦。""不能用的。""要叹气了快了。""喝，哈！""坐下去哉哦。"啪啦拓，噗！

两个底下人气啊，三眼一板，拍得出的。总归格两来，发痴，让俚去兮吧，睬也勿去睬俚。勿高兴看了。唔笃勿看。其实庞统做啥？庞统就是要唔笃勿来看，要弄得唔笃讨惹厌。格胃口再好么，看到现在，唔笃也要看勿落。庞统然后呐吭呢？轻轻叫立起来。地上有毯子，走路呒不声音格啦。到床门前，包裹解开。里向拿出来一叠纸头，包裹再包好。纸头台子上摆好。然后，水盂里挑一点水，挑在砚台里向，拿起管墨来，磨墨。尔嘚——磨墨啦，有点声音。因为只砚台勿平么，叽咕叽咕，有点声音了。

一个底下人听见里向叽咕叽咕声音，啥格名堂？"去看。"归格朋友勿高兴看，"倷去看吧，吾勿高兴看"。一个人过来看。在门缝缝里张进来，看俚呐吭？只看见庞统磨得墨浓，舔得笔饱，拿一张纸头过来。拿管笔呢在纸头上画，画啥格物事么，看勿清爽。哈——一挥而就。画好了，笔放脱。拿张纸头拿起来，呼——墨迹吹一吹干。得尔——纸头卷好。然后拿格张纸头呢，望准腊台火上侧上去，拱——烧起来。底下人一吓哟，啊呀，放火！当俚放火。只看见格纸头，火烧烊了，拱拱拱拱……要烧着节头子快了，啡——节头子上捏牢格只纸角，往上头一甩，烘——啡！纸头烧脱了，变成一蓬灰，落下来哉。庞统哈哈大笑，"哈哈哈哈哈哈哈，有趣"。底下人响勿落，庞统活仔什梗把年纪，胡子蛮长，夜头还弄火么，认得俦。当俚弄火。

其实庞统阿是弄火呢，勿是。俚啥体？俚在问格信。问啥格信呢？俚想，曹操赤壁山，八十三万大军。格座营头啦，到底阿烧得光，烧勿光？让吾来问格信看。俚拿张纸头上呢，画两座营头，一座水营，一座陆营。嘴里向呢，通神祝告。假使说火烧赤壁，曹操营头烧光的，格张纸搭吾烧光俚。假使说烧勿光的，挺一只角拨吾看看，哪搭一段烧勿脱。烘——啡！侪烧光么，俚开心啊，有趣啊。曹操营头烧得一眼勿挺。底下人呐吭弄得明白呢？再看见庞统，拿纸头拿过来，提起管笔来画。画啥格？看勿出。一张画好，旁边一放。第二张画好，旁边一放。一共画几化呢，十张。画好之后，十张纸头叠在一道，作一作齐，嗬尔——卷一卷，望准格只左手道袍袖子管里向园进去。只听见俚嘴巴里在咕，"嚯唷，一夜功夫，想得计谋，二十余条，一条都不能用的。如今想得一条计策，暂救——目前之急，略解燃——眉之危。可用于冬，而不能用于春。明日可以见丞相，复命——了。嗯，啊嗳"。看俚伸仔格懒腰，打呼欠，走到床门前。帐子一下，靴一脱，人横到床上，勿多一歇功夫么，呼——呼——鼻息浓浓，困着了。

底下人心里向转念头，记好。庞统画十张纸头，画好之后呢，是袋在左手格只袖子里向。而且俚还咕了两句，一夜天，想仔廿几条计策，一条侪勿能用的。总算拨吾想出一条计策来，格条计策呢，叫：暂救目前之急，略解燃眉之危，可以用在冬天，而勿能用在春天。什梗格道理。格么嗒，打呼声音蛮响，呼——呼——困着了。

其实，庞统唵困着？甽困着。打鼾是假佬戏。庞统在做啥呢？做手脚。俚刚巧画格十张图，啥格图？阿是连环图，勿是。连环图老早画好了。包裹里向带得来格。现在俚画格啥物事呢？地图。今朝日里向，曹操请俚到陆营后营去看操兵。看操兵格辰光，看到下头赤壁山格地形。庞统用标远镜看的。格搭一条路，埋伏一路军队可以放火。归面一条路，曹操逃走起来，可能往格条路上逃。假使格条路上周瑜埋伏人马，捉勿牢曹操格说法，曹操俚板往归面条路上去。也可以拿俚捉牢。归面也要埋伏一路人马。嗒，格条路上可以抢火法场。归条路上可以做啥格物事。俚格上，通通侪画出来。带转去，交拨了周瑜。让周瑜火烧赤壁起来呢，格点地图可以起作用。让俚参考。那么格个十张地图呢，明朝勿能拨曹操看。俚现在啥体帐子板要下下来？不下帐子啦，俦做手脚，人家看得见的。帐门一下哉么，俚帐子里做手脚，看勿出。俚自家呢，有数目的。因为外头，红蜡高烧，全通宵点好，锃亮。隔仔帐子还是看得出的。俚嘴巴里向在打鼾呢，打鼾是假的。掩护俚偷拿包裹。嘴巴里么，在打鼾。手里向么，在做事体的。呼——袖子管里向，十张地图拿出来，舀一舀好，望准身边着肉短衫袋袋里向园好。呼——包裹解开来，那十张连环图拿出来，卷好。呼——袖子管里向园好。包裹包好。包裹摆好。被头盖好。呼——那么真困着。定心。

　　眼睛一眨，一夜天过脱了。到明朝转来早上，底下人过来见曹操报告，说：回禀相爷，庞统昨天夜头立起来二三十趟，想仔勿知几化计策，一条侪勿能用。后首来呢，画了十张图，袋在左手只袖子管里向。叫啥还说两句闲话。说格条计策呢，火烧眉毛，度眼前。冬天好用，春天勿能用。"哦。"曹操说什梗：俚过去伺候庞统。庞统起来，让俚揩好面，俚领俚到该搭点来。等到俚袖子管里向，格卷图摸出来，拨了吾辰光，吾对俚扬一扬。俚看看，是格个一卷图，俚点头。勿是的，俚摇头。有数目。

　　底下人去。曹操呢，下令升帐。文武官员聚集，曹操当中坐定。文武官员见过，两厢站立。文武官员侪在转念头哦，为啥？庞统来了，到底献啥格计策？勿晓得。徐庶也在打听。徐庶心里向转念头，庞统昨日仔搭到该搭点来。曹操么，陪俚陆营上看操、水营里看操。连下来呐吭么，徐庶不得而知。徐庶也在担心思啊。究竟庞统到该搭来献啥格计？老实讲，来者不善，善者不来。俚用格计呢，板是辣手。勿知曹操阿上当勿上当。徐庶也在看。

　　唔笃侪在瞩目么，庞统来了。庞统起身之后，手下人伺候俚，揩好面，梳洗已毕，领到俚中军帐来么，搭曹操碰头。曹操呢，对俚非常尊重，旁边头摆座位。照规矩，中军帐上，叫"帐上无二座"，只有曹操好坐。庞统两样，大客人，凤雏先生。曹操待客人是，很有礼貌。特别是对格种有学问格人。手下人送茶，送过香茗，茶罢收杯。曹操晓得俚格计策是想好哉。何以呢，因为庞统格杯茶，吃过了。庞统讲格呀，受人之托，办勿好，水侪喝勿进一笃。现在俚茶能够吃到么，可见得俚毛病已经好了，事体已经办舒齐。让吾来来问问俚看。

　　"凤雏先生，老夫拜托先生所想的计策，不知，怎——呐样？""丞相，昨日晚上庞统想得计策二十余条，一条都不能用的。如今想得一条计策，叫：暂救目前之急，略解燃眉之危。可用于冬，而不能用——于春。""呃？唔唔唔唔唔。"曹操一想对。格两句闲话，搭底下人，今朝早上来报告格一似一样。俚昨日夜头咕的，也就是格几句闲话，"请——呐教！"庞统格只手，右手啦，伸到左手道袍袖子里啦，摸出来一卷。中军官一接，传过来，传到丞相手里。曹操拿格一卷图，拿到手里么，对下头扬一扬。服侍庞统格两个底下人，就立好在下头哟。曹操对俚笃一看：呃，呃，阿是格一卷？底下人一看，是格是格是的。连连点头。

勿晓得底下人啊，调仔包哉。昨日夜头格一卷啥物事啦？画格地图。今朝格一卷连环图，两样的。因为纸头颜色一样，大小尺寸一样。看勿出的。曹操现在拿点图曳开来看。喔！庞统格画倒是画得勿错。第一张图上，画条长江。江面上，江风浩荡，波浪滔天。第二张，画两座营头，一座江北，一座江南。第三张，画两面格小兵对比。北方军兵，形容憔悴。南方小兵，生龙活虎。哼！长江东志气，灭吾格威风。再连下来看。嗤，啥格名堂？船，连在一道。连在仔一道，再掀下去看么，侪是具体格物事，名堂哉哇。啥格物事呢？比方说格个船，靠在一道，拿钉钉起来，拿链条连起来。那上头么，再铺阔板。也有格十只一搭，也有格廿只一搭，也有格五十只一搭。也有的，一百只一搭。

曹操看仔勿懂。格啥格名堂，问哉咯。"凤雏先生，请教，是——何妙——呃计？"到底啥格名堂？"回禀丞相。庞统想，长江之中，风急浪高，潮升潮落，船只动荡不定，故而，北方人马水土不服，多生疾病。庞统之计，将舟船，用铁索连环襻搭，上铺阔板，休说人可渡江，即马也可渡，此之为叫连环船。连——环计。""嗯嗯嗯嗯嗯嗯嗯！"

曹操一听，好啊。好极了。格条计策呢叫对症下药。啥道理？俚说哟。长江里风浪大，船呢，动荡不定，晃得厉害。那么北方人，登在船上么，晃了晃，晃了晃么，生病哉。那么生病，呒不办法好。因为冷天格风浪总归是大的。格么用啥格办法呢？拿格船靠在一道。钉好钉，拿链条连起来。上头再铺阔板。勥说人好跑，马侪可以跑啦。俚如果说，一百只一搭，五十只一搭么，面积就大哉。俚骑仔马照样可以走。船多了，面积大了，抗风浪。办法就好了。风浪再大呢，格船稳得极。勿大会得觉着摇。勿摇，小兵毛病就呒不了。因为吾点小兵登在长江里向，船上么生病了，勿来赛。一到岸上，毛病马上就好哟。格么现在俚格船，弄得像平地一样，陆路差勿多哉么，格么来赛哉。格条计策叫连环船。连环计。曹操蛮快活。在点头。"嗯嗯嗯嗯嗯。"

俚呢，满面笑容，非常欣赏。旁边头格徐庶一听，"哈呀！"对庞统看看，好。庞统，俚厉害的。俚辣手，想得出格条计策么，吾认得俚。为啥呢？老实讲，周瑜要来破曹操格军队，只有用火攻。那么俚放火烧啦，曹操营头上格船多，船要有几千条。长江江面来得开阔，俚放火烧，烧勿光俚所有格船只格哟。顶多烧脱一小部分。一小部分船只起火，大部分格船只往江面上散开来。路距离得远，火就烧勿着。现在庞统格条计策辣手哟。要拿点船只呢，用链条连起来，搭连环船，用连环计。连环船搭好，一只船起火，拱——好比俚五十只一搭的，一只船起火，归格四十九只逃勿走，全部烧光。那么连环船呢，本身狼犻，行动勿方便。双方距离近，船只靠在一道，拱！拱！拱！烧起来，蛮容易带着的。营头上格船只好连在一道格啊？该格是兵家之大忌。水军勿能连船，陆军勿能连营。为啥呢？就是对手放起火来啦，呒不救的。好家伙，用什梗一条计策。

徐庶心里向转念头，曹操上当了。俚叫又惊又喜。快活点啥？曹操中计，全军覆没，一家人家好完。格么为啥道理还要惊呢？因为徐庶要搭自家想的。吾是曹操手下格谋士，跟牢曹操格哟。曹操在啥场化，吾在啥场化。连环船搭好么，曹操肯定要下连环船。那么曹操到连环船么，吾徐庶也要跟俚一道下去。将来火烧连环船，烧起来么，吾格条命就危险了。如果说，俚从自家格生命角度考虑，顶好庞统格条计策勠成功，或者触壁脚。但是呢，一触壁脚，曹操勿上当，庞统死脱，曹操家人家要勿完。徐庶搭曹操是冤家。俚情可自家烧杀么，也让曹操家人家完。吃仔砒霜药老虎，搭俚，咽咯去了，一道死。所以徐庶么勿响，看，看俚呐吭。

"哗——"旁边班文官，俚对吾看，吾对俚望。眼光里向，侪在交换意见。嗤，连环船？连环？格条计，能用勿能用？格个船，可搭，勿可搭？大家侪在研究。嗨嗨！曹操营头上大好佬实在多。旁边一个人跑出来。啥人呢？此人姓禾旁程，单名格昱，号么叫仲德。曹操营头上，极有地位格一个文官。从旁边头跑过来。"啊呀丞相，程昱有礼。丞相，这连环计，不能用。连环船不能——搭！""啊？"曹操一看，程昱，急煞之人。俚看俚格面孔，格个气色看得出，是急得不得了。连连摇手，格条计策勿能用。"仲德先生，怎——见得？""回禀丞相，我闻陆军忌连营，水军忌连船，利于水，必不利于火。连环船虽好，过江稳如平地，然而一旦起火，大——事休矣啊。叫一舟起火，合营毁灭。望丞相三——咃思！""呃？嗯？呃呃呃呃。嗯嗯，嗯，嗯，嗯，嗯。嗯。"

曹操一听么，觉着浑身肌肉痱子会得报起来，面孔上汗毛侪竖起来。为啥？俚听酿，俚听酿。程昱格闲话有道理的。陆军忌连营，水军忌连船。陆军忌连营，《三国志》上，后段书里，刘备兵进江东，搭关云长报仇。在连营七百里格地方，碰头陆逊，火烧连营七百里么，刘备家人家侪烧光。陆军勿好连营。现在呢，连船。水军呢，忌连船。程昱讲格道理对格哟。世界上格事体啦，有利必有害。俚连环船搭好啦，风浪大，船是稳哉。但是利于水，勿利于火。一只船起火，合营烧光。

曹操呆一呆辰光么，程昱连下来格种闲话凶得来哉。"丞相。庞统，从三江口到此，一定受周郎之委托，来献连——环毒计，要毁灭丞相百万大军。还望丞相，明——咃鉴。""呃？唔……"曹操一听么，呆脱哉哟。格句闲话进一步啦，揭穿庞统啦。庞统从三江口来，一定受周瑜格委托，到该搭点献连环毒计，要毁灭俚丞相百万大军。曹操心里向转念头，闲话对的。曹操两只眼睛在对庞统看，"呃"，口勿开噢，眼光里侪是闲话：庞统啊，吾搭俚勿是冤家，俚为啥道理要来俏光吾家人家？下什梗格辣手，献连环计？

俚在对俚看格辰光，如果说庞统，回答勿出理由么，死了。徐庶在旁边头急得来。庞统啊，那么僵。俚冤家忒多哉哟。昨日一到赤壁，满宠搭俚碰头格辰光，马上拨俚顶回去。闲话凶啦，拿别人家钝得了两眼墨赤黑。现在俚听听看？北边营头上勿是呒不大好佬。有人的，程昱就是一个。俚说穿俚连环计，而且识穿俚是受江东周瑜委托，到该搭来献计的。俚如果回答勿好，辩勿清爽，杀头。徐庶心里向转念头，吾而吾忙侪帮勿转。吾又勿能跑出来讨情，呒不资格格哟。俚出来讨情么，一道死哟。徐庶在急，心在吊起来，在对庞统看。

庞统呐吭？不慌不忙。为啥呢，有准备。老实讲，跑到该搭点来，献连环计，决计勿会陌陌户头就什梗，一眼勿动脑筋了，跑到该搭点来。几化设想侪有。唔笃用啥格闲话来问吾，吾用啥格闲话来回答。现在庞统对仔曹操，"丞相，庞统方才与丞相言讲，连环计，叫：暂救目前之急，略解燃——眉之危，可用于冬，而不能用于春。丞相，庞统可讲过么？"格两句闲话，吾唵讲过？曹操想一想，讲过的，"讲——过的。""好，丞相，庞统亦然知晓，陆军忌连营，水军忌连船。利于水，不利于火。然而丞相可知晓，江东若要前来纵火，火烧连环船。丞相的营寨，立营于长江之北，周郎的营寨，立应于长江之南。周郎若要纵火，一定要有东风、南风。如今，隆冬之际啊，只有西风、北风，哪里有什么东南风啊？《孙子兵法》上有叫'火发上风，无攻下风。逆风放火，自烧自身'。倘然此计，在十月小阳春，或者来年交春，便不能用了。如今，还是能够，解燃——眉之——急。""这，呃呃呃呃唔唔唔唔。"

曹操两只眼睛，笃咯咯咯咯咯咯，一转么，觉着庞统格闲话讲得有道理。为啥？放火，从《孙子》十三篇"火攻篇"上有的，叫：火发上风，无攻下风。放火一定要上风头，下风勿能放的。下风就是逆风啦。老古话，逆风放火，烧自身，要烧自家。那么俚从地理位置来讲，吾格营头在江北，周瑜格营头在江南。周瑜要放火，就一定要东风南风，那么俚可以来放火。而现在啥当口呢？现在是隆冬之际，冬至节要快来哉哟。立冬起九，十一月廿十就是冬至。格现在将近冬至快哉哟，西北风当令格辰光。西北风当令，周瑜呐吭来放火呢？俚如果说，十月小阳春，有东南风的。俚到开年交春了，又有东风。而现在呢，恰恰勿是东风当令格辰光了，格条计策可以用。格风有季节格哟。春天东风当令，夏天南风当令，秋天西风，冬天北风。当然，其他格季节里向，并勿是，板是春天么全部东风的，也呒不南风了，也呒不西风、北风，勿可能的。但是呢，俚当令格辰光啦，格个时间是吹东风为主。夏天呢，南风为主，冷天呢，北风为主。曹操心里向转念头，呒不东风，周瑜呐吭来放火。格条计策，完全可以用。俚刚巧说的，火烧眉毛图眼前么，老早就讲清爽了。冬天好用，春天勿能用么，是对格呀。

曹操心里向转念头，程昱啊，俚格个闲话式过分了。曹操对程昱眉毛一竖，眼睛一弹，"程昱，上不通天文，下不识地理，中不读兵法，一派胡言。退下！"退下去。程昱拨曹操骂得来，狗血碰头，响勿落。天文地理勿懂，兵书战策勿看，瞎三话四，乱讲一气。还要去冤枉庞统，吃牌头。连下来，庞统发脾气了。庞统对仔格曹操面孔一板了，"丞相，庞统从江东而来。庞统，是受周郎的委托，要来毁灭丞相百万大军，这连环船不能搭，连环计不能用"。俫勦用，吾坏人。吾是来拨俫上当的，吾要俏光俫家人家，俫拿吾杀好了，俫格计策勦用。

啊呀，曹操心里向转念头，庞统发脾气哉。唉，勿错呀，刚巧程昱格闲话忒过头哉啦。假使吾听仔程昱闲话，拿俚绑出去杀头是，吾错尽错绝。现在俚光火哉么，曹操要紧搭俚赔勿是，赔罪了。"凤雏先生，呃，手下之人，不明事理，冒犯先生，望勿见责。呵呵，老夫这厢，赔——礼了。"手下人冒犯俫，吾搭俫赔礼道歉。"丞相，这连环船，不能搭。""呵呵，老夫一定要搭。""这连环计不能用。""老夫，一定要用啊！""庞统前来，毁灭丞相百万大军。""呃，老夫情愿毁——灭。"那么响勿落，徐庶心里向转念头，曹操啊，格个扛木梢啦，扛起来就是格怵样子。俚咁咁劝俫勦用，那么越是叫曹操勦用么，曹操俚板要用。

曹操关照文武官员退出去，登了旁边头啰哩啰唆，得罪吾客人了。文武官员退出去么，议论纷纷。

曹操马上关照里向摆酒，那要请庞统吃酒。一方面通知水军都督毛玠、于禁两家头来，拿十张连环图交拨俚笃，叫俚笃先搭五百只试试看。曹操也厉害的，曹操并勿是一下子拿营头上几千条船，统统搭起来。俚先搭五百只。格个五百只里向呢，分几种样子的。也有十只一搭的，也有廿只一搭的，也有三十只一搭，也有五十只一搭，也有一百只一搭的。搭起来仔呢，试验试验看。试着灵的，再搭。勿灵的，五百只拆脱仔完结。格又勿要紧。毛玠、于禁两家头去，让俚笃去搭连环船。曹操呢，搭庞统一道吃酒，谈谈讲讲。

那是曹操敬重得格庞统勿得了。曹操问起俚：庞先生，山林隐士有几化大好佬？说，山林隐士人多格啊。有司马徽、有黄承彦、有崔州平、石广元、孟公威，有诸葛亮，还有吾，那么再有徐庶。徐庶呢，司马徽格学生，已经到俫营头上来。黄承彦呢，诸葛亮格丈人。现在呢，大概呒不出山格么，喏，还有司马徽、崔州平、石广元、孟公威。格两个人，格本事呐吭呢？庞统说，格种本事呢，在吾之上。格么说，俚笃阿愿意出山，投奔个把东家呢？愿意的。如果有明主相请么，俚笃一定可以出来的。格么假使吾曹操邀请俚笃，俚笃阿肯出来呢？一句闲话。格么俫搭俚笃阿要好呢？非常知己。格么吾托俫去搭吾拿俚笃请出来，阿可以呢？"丞相吩咐，敢不从命？""拜托先生。""呃呵，在我啊，在我。"

曹操肚皮里向转念头，得着一个庞统，已经不得了哉。再得着司马徽、崔州平、石广元、孟公威是天下无敌，哪怕诸葛亮在对江，呒没用场。曹操关照庞统，"请！""丞相请！"曹操一饮而尽么，庞统杯子里向一动也勿动。曹操搭俚洒洒，勿吃。曹操问俚呐吭么，说：吾有格毛病。吾昨日就搭俫讲，吾有格毛病，别人托吾事体，吾要么勦答应。答应到，吾要办好。办勿好，吾就勿吃物事。啊呀！曹操想格种热心朋友，格种毛病得着仔倒讨厌。作兴难办点格事体，俫饿杀脱仔了完结。那倒勿能留俚，只好让俚马上就跑。格么，庞先生，吾只能请俚就去吧。可以。

曹操送一匹马拨俚。庞统说：什梗，吾只包裹寄在俚相爷营头上。吾回转来要用的。包裹省得吾带仔，路上麻烦勿过。曹操说：蛮好。曹操而且拨一封文书拨俚。格封文书呢，是曹操地界上，所到之处，通行无阻。再送只干粮袋拨俚。呃，庞统说：吾用勿着。吾路上勿吃干粮。说：防防，备而不用。人参饼，数量勿多呀，分量轻来西。俚带得去好了。庞统答应，拿过。文书身边园好，外头一匹黑枣千里驹。庞统辞别曹操，跑出来上马，噔！哈冷冷冷——马匹出营去。

曹操心里向转念头格热心人，献脱连环计，马上动身。昨日夜头一夜天蹢好好叫困，今天一早就动身跑了。不过，曹操也厉害的。派两个底下人背后头盯，看俚阿是往襄阳格方向去？假使是往襄阳格方向去，笃定。俚派人盯过去，后来底下人回转来报告，是往襄阳格方向去。曹操定心。其实底下人，唔笃跟仔一眼眼路。庞统出了陆营后营，是往西北方向跑，是朝襄阳角里向去。实际上呐吭？俚也晓得背后头有人跟。等到俚回转头来看，背后头呒人跟哉，俚换方向。本来西北面，现在朝北面跑。跑了一段路，朝东北面跑。再跑了一段路，朝东面跑了。再跑了一段路，朝东南面跑了。为啥？长江下游，周瑜搭俚约好，有一只船停好在那。让俚摆渡过江了，回转三江口。庞统现在在跑格辰光，离开曹操营头远哉。旁边只有山，只有树木，四顾无人，村庄也勿有。庞统高兴啊，连环计成功。曹操上当。回转去可以见周瑜复命。实在得意勿过哉么，扬声大笑，"喝哈哈哈哈哈哈哈哈哈哈哈"。

俚一笑么，勿晓得山上有回声的。只听见山上，喝哈哈哈哈哈哈哈哈。照规矩格回声应该完了。叫啥格回声吭没完呀，"呵呵呵呵……"咦？庞统阿要吓格啦？回声，吾笑格声音完，呐吭下头接一声笑格声音来？只听见后面有人在喊："着！妖道庞统，你往哪——里走！黄盖苦肉计，阚泽诈降书。你又恐怕，烧之不净，倒又来献连环毒计。这等计策，怎能瞒得吾家丞相，如今你还想往哪里儿走？本将来也！众三军，哗！与我冲上去，拿——捉这妖道！""哗！""喔哟。"庞统格个一急么，魂飞魄散。曹操实头厉害，吾在往西北面跑格辰光，俚勿派人追，吾往东南面跑哉，俚派人追过来。而且曹操俚苦肉计、诈降书统统侪晓得，完全明白。俚假上当啦。现在吾格条连环计也拨俚穿帮哉。俚派人马追上来拿吾捉。捉牢，完结。

庞统要紧拼命拎起缰绳，哈啦啦啦——往门前逃。俚逃么，后头格朋友追急了："妖道庞统，你还想往哪里儿走？你逃上三十三天，追到你凌霄殿上，逃下十八层地狱，追到你森罗殿边，你还想往哪——里走？"哈啦啦啦……

"哦哟。"庞统急煞。追过来格啥人呢，要下一回书，再连下去。

第八十九回

徐庶脱身

庞统到赤壁献连环计，计策成功。俚要离开赤壁，回转江东去见周瑜复命。勿晓得跑到半路上，背后头有人追上来。追过来格人，苦肉计、诈降书，统统晓得。而且俚连环计也瞒勿过。庞统阿要急的。曹操厉害，吾总抵讲曹操上当。哪里晓得是将计就计。吾在往襄阳跑格辰光，俚勿派人追。吾要望准江东去，俚派人追上来。吾闲话也吭不讲。因为吾如果是望准襄阳格方向跑，俚追吾，板勿牢吾错头。现在是吾望准东南角里向，朝长江下游格方向跑过去，追格人上来，吾有啥闲话好说呢？俚到襄阳去请水镜先生，崔州平，石广元、孟公威，来帮曹丞相格忙，俚为啥道理要望准长江江边来呢？那是俚满身生嘴，辩勿清爽。非但计策失败，而且呢，性命侪保勿牢。庞统急得面孔转色，要紧拿只马，噎！一拎，哈啦啦啦……逃。俚逃得快，后头格只马，追得格快。哈冷冷冷——哈啦拉拉，追上来。不过庞统逃仔一阵，听背后头追上来朋友喊格声音，拨俚发现，发现啥呢？后头追过来格人啦，齗带小兵。何以见得呢？因为俚竖上来喊："众三军。""哗——！"格个"哗——"声音，勿像是勿勿少少人答应格声音，而是一张嘴里向发出来格声音。何以见得，因为俚在后头追格辰光，"众三军，哗——"俚追上来一段路，俚马快，步兵无论如何吭不什梗快。俚仍旧在喊"众三军！哗——"格个声音一样。那么可见得，追过来是俚一个人。俚在壮壮自家格声势，看上去呢，会点口技的。而且听上去格声音，格个大将啦，勿会狠到哪搭。何以见得么？喉咙听得出的。狠格大将，俚格种喉咙听了，吓人倒怪。"呃喝，妖道庞统，你往哪里走！"破壳喉咙。现在追上来朋友格声音蛮光表相，"庞统，黄盖苦肉计，阚泽诈降书，你又恐怕烧之不净，前来献连环毒计，怎能瞒得吾家丞相？如今，大将军奉丞相之命，前来拿捉你这妖道，你还想往哪——里走！"格个喉咙呢，听得出的，勿是狠得呐吭。既然追过来是一个人，而且并勿哪恁狠么，庞统一看，自家腰里向，挂一口宝剑了，防身宝剑。格么让吾拔出宝剑搭俚拼一记吧，总归死哉么，拼一个俚死吾活。作兴还能够逃出去。

所以庞统格只马，酷——扣住。拿把鹅毛扇望准道袍头颈里一插，然后，起格只手搭到剑柄上，哼！哐！噗——宝剑抽出来。圈转马头，噎！回过身来一看，只看见后头格朋友在马背上，笑是笑得了："喝喝哈哈……哈哈哈哈……"庞统一看么难为情啊，面孔涨得煊煊红，实头窘的。为啥呢，追过来格勿是别人，徐庶。哈——心里向转念头，徐庶啊，俚寻得落格个开心啦，吾认得俚。吾拨俚吓得来心荡啊。心跳得了，恨勿得从喉咙口跳出来快哉。难为情点啥么？老朋友。嘎许多年数，叫啥心急慌忙，一紧张，连老朋友格声音也听勿出哉，呐吭勠窘呢？倨看见吾扇子插在头颈里，宝剑拔出来，要穷并爆哉么，倨熬勿住在笑。庞统难为情，宝剑，哐——呤！入匣。鹅毛扇，啪！仍旧手里向一执。人呢，从马背上跳下来。马望准旁边头树上结一结。徐庶呢，也下马，马在旁边栓好。两家头就在旁边头格石头上坐下来。

庞统板面孔哉。对仔格徐庶，"元直你好，你在后面高声喊叫，我人都险些儿被你吓死啊"。溜白相，呒不什梗恶溜的。幸而旁边头呒不曹操人马，假使有曹兵营头，拨倨笃听见，吾条计策就完结了。倷吓人，人吓人要吓煞人的。"哼！凤雏兄，你到赤壁，献连环毒计，你可知晓，我人都险些儿被你急死啊？"庞统呆脱，倷急点啥？吾献连环计么，要俏光曹操一家人家。老实说，倷搭曹操么也是冤家，唔笃格娘么，是死在曹操手里向的，倷为啥道理要急呢？"这是为什么？""凤雏兄，你到赤壁，献连环计。你可知晓，曹操营中八十三万人马的性命，不保。"倷辣手，曹操人马要有八十三万，倷要死脱几化人喔。"为了江南六郡八十一州的百姓，不得不如此。"庞统有道理的。倷为八十三万，吾要为江东六郡八十一州。少讲点么，老百姓要有几百万。倷几十万，吾要几百万。格么倷说，还是让几百万人吃苦头呢，还是让几十万人吃苦头？当然只能够让少数人吃苦头，保全多数人。"凤雏兄，你到赤壁献连环计，毁灭曹操百万大军。我，并不反对。然而凤雏兄，你可知晓，曹操中计之后，火烧连环船，我的性命，怎么样啊？"嚯嚯，庞统响勿落。说到底啦，倷勿是为八十三万，倷是为自家。连环船烧起来，倷条性命呐吭？"你为什么不三十六？"三十六计，走为上计。庞统说：蛮简单哇，倷三十六好哉哇。

徐庶心里向转念头，吾走，走是可以走的。但是吾勿能走。为啥呢，因为吾娘格坟墓，葬在许昌城外头。假使吾跑脱，将来赤壁一烧，曹操勠想嘎：徐庶啊，倷辣手。倷晓得吾家人家要完结哉，火烧之前，拍拍屁股一溜头跑脱。倷溜脱，倷啥勿搭吾讲讲明白呢？倨笃要来放火的。倷勿讲明白，溜脱，蛮好。倷溜得脱么，唔笃娘格坟墓跑勿脱。倨可以拿吾老太太坟墓发掘。那么吾，娘活着格辰光，勿能够侍奉娘亲。娘死脱之后，吾还要害倨倷棺材盖撬开来，尸骨暴露在外头么，吾对勿住娘，吾情愿自家烧煞么，吾勿能够让娘，棺材拨了曹操撬开来。"为老母坟墓，因此，徐庶不能走啊。""喔，那么你追赶到来，所为何事？""哼哼，特来恳求我兄，教我一条脱身之计。"来格目的呢蛮清爽，倷帮帮忙。倷么教吾一条脱身之计，让吾离开赤壁。

因为徐庶晓得，徐庶在中军帐里，听得蛮清爽。庞统献连环计，旁边头有人跑出来，程昱说穿倨格条连环计。庞统拨倨辩过。而且辩得蛮巧妙。倷曹操营头在江北，周瑜营头在江南，周瑜要放火么，倷要有东风。呒不东风么，勿能够放火。现在么冷天，西北风当令辰光，勿会有东风的。徐庶心里向明白。勿会有东风，倷也勿会到该搭来献连环计。老实讲，冷天啦，可能会有东风的。东风起，曹操人家完。曹操上当。徐庶肯定，庞统献脱计策之后，一定要溜。勿会登的。

为啥呢？因为登着啦，火烧连环船起来，庞统第一个杀头。曹操勠毒格啊。嗰嗰，庞统，俫好。吾搭俫无冤无仇，俫来俏光吾家人家。用什梗一种连环计。俚板要拿庞统杀头。因此呢，徐庶料到，庞统献得计策，俚板要跑。板往哪个方向跑。所以，俚备仔一匹马了，出了营门。暗底下在看，看庞统跑么，俚就跟上来。到四面吭不人，庞统在得意洋洋、哈哈大笑辰光，那么俚冷镬子里爆格热栗子么，汪！一声一喊，吓得庞统格魂灵心出窍。徐庶格来头什梗来法的。

庞统心里向转念头，徐庶啊，你好好叫到该搭点来搭吾讲，喊吾教一条脱身之计呢，吾肯教的。现在勿教。为啥么，俫脱糢哉。因为俫刚巧，枉冷枉冷，喊。吾拨俫吓得来，灵魂心也出窍。心荡到现在还龂停。喔，俫现在来求吾，求吾俫还要吓吾？老朋友，溜白相溜惯的。庞统对俚面孔一板，"呵呵，元直，你好枉空啊。水镜庄学道二十年，脱身的计策都没有，枉空枉空"。唔笃先生格台，拨俫坍完。司马徽格学生子，想一条脱身之计也想勿出来。枉空。徐庶面孔侪红起来。心里明白格哇，该格是庞统在报复哇。刚巧吾吓仔俚了，现在俚取笑吾。"惭愧，惭愧。""脱身之计，庞统没有。""休得取笑。一定要请凤雏兄，教吾脱身之计。""没有。"徐庶一看，俚面孔一板，吭不。徐庶倒光火："当真没有？""当真。""果然没有？""果然没有。""好。既然你没有计策，再见。""再见！""我回到赤壁，见曹操，说破你的连环计。"呃，有有有有！勠走。马上就有。俫要说破连环计么，计策有哉。"啊呀呀呀，元直兄，你好枉空啊？难道你，忘怀了西凉州马腾、韩遂的事情么？""喔！喔！多谢指教。"徐庶明白。一句闲话，只有一句。俫难道忘记脱西凉州马腾、韩遂格事体。

啥意思呢？徐庶明白了。因为曹操啦，俚冤家多。西凉州格马腾、韩遂，是曹操格冤家。马腾呢，是古代辰光，伏波将军马援之后裔。从前在衣带诏上也签过名，反对曹操。后来呢，曹操拿董国舅结果性命，马腾逃得快，回转西凉州。因此搭曹操是冤家。曹操打到赤壁来，西凉州格方面呢，始终是俚一个后患。俫曼得在营头上放一放谣言，说西凉州马腾、韩遂造反，长安失守，潼关紧急。那么曹操营头上呢，西凉州格人蛮多的。陕西角里格军队、河南角里格军队，人马蛮多。一听见家乡发生战事哉么，人心惶惶。曹操必定要派人，赶到长安去保守城关，巩固后方，解除后顾之忧。那么俫徐庶就可以讨差使，俫去啦。俫去么，吭没事体了。离开赤壁，赤壁烧光，搭俫勿搭介。一句闲话，徐庶就明白了。所以格个名堂叫啥，叫"凤雏一语教徐庶"。"再见。""再见。"两家头分手。庞统上马去，徐庶上马回营。

格么吾先交代庞统噢。庞统俚寻到长江下游，搭周瑜约好的。派一只船，停好在长江江北，芦柴窝里向等。庞统马来了，船上人看见，上岸，叫应庞统。拿暗号拿过来，啥格暗号呢，庞统写格一封信，自家写的。笔迹一看就看得出，别人要冒侪勿来事。庞统看到暗号，是周瑜派得来的，笃定。下马上船，马牵到船上，船摆江。到对江，三江口江边停船，上岸，交关秘密。

进营头，到中军帐，来碰头周瑜格辰光么，齐巧周瑜、诸葛亮、鲁肃三家头一道在商量事体。为啥呢？庞统过江去哉，呒不消息来。究竟格条计策，还是成功，还是失败？呒没晓得。嗨！现在报得来，庞统来哉么，周瑜开心，成功了。马上跑到外头来接。接到里向，坐定之后摆酒。吃酒辰光，周瑜问庞统："凤雏先生，过江献计，行事如呀——何？"庞统就拿过江去见曹操，献连环计格经过情形，从头至尾细说一遍。周瑜佩服。佩服点啥呢？勿容易。因为格条计策拨了人家识破，识破了之后，再叫曹操上当，格个就是庞统格本事。"凤雏先生，其功非小。破曹之后，日后重重相——谢。""呃，不敢。"庞统，身边摸出来一卷地图。"都督请看。"倷看，吾到赤壁去，看到曹操营头上格地理情形，画了点地图，倷看。

周瑜接过来，曳开来一看么，画得交关详细。周瑜问俚：格条路呐吭？说格条路，倷埋伏一路人马，可以放火，烧俚格营头。归一张呢？归一张呢，倷派一路人马在那，可以抢火法场。格条路呢？可以捉曹操。归面一条路呢？曹操逃过去仔，倷可以派人抄过来，拿曹操捉拦牢。一张一张格图，解说拨了周瑜听。喔哟，周瑜想好极了。格点地图看着是，将来吾破起曹操来，大有用场。

倷在看格辰光么，格么其实周瑜啊，倷勿应该当仔诸葛格面看格呀。诸葛亮也在看。诸葛亮眼睛几化尖？周瑜一张一张在问么，诸葛亮留心看好了。喔哟，喔哟好极哉。诸葛亮心里向转念头，曹操营头上格地理情形，吾只晓得一个大概。概况晓得的，细致么勿晓得。现在一看庞统画得了，好极了。几化清爽。诸葛亮有数目。慢慢叫吾回转夏口发令格辰光，格条路上派一路人马守好，曹操虱在格物事呢，吾就可以派人出来拾。归条路上，吾可以派一路人马守好，就可以拿曹操营头上格饷银，劫过去。周瑜勮派用场么，诸葛亮侪派用场。什梗了等到火烧赤壁之后，周瑜打得辛辛苦苦么，曹操营头上点军需，勿管是粮草、饷银、军用品，侪拨了诸葛亮拿光。周瑜弄勿懂，诸葛亮对地理情形怎格熟悉。勿晓得倷拨俚看格呀，倷在问格辰光么，一边登在旁边头，看得清清爽爽，诸葛亮记牢了。

周瑜搭庞统讲：凤雏先生，现在计策成功。请您仍旧到西山，草庵里向去耽搁。为啥呢？因为倷留在营头上，恐怕要走漏风声。如果说，拨蔡中、蔡和两家头晓得，倷庞先生在该搭，俚笃一封信过江，报告曹操，连环计就完结。曹操根本就勿会搭连环船，搭好，俚也要拆脱仔了完结。对的。庞统答应。庞统呢，由鲁大夫陪仔俚上西山，到山上耽搁，派人伺候俚。火烧赤壁格辰光，俚在山上，隔岸观火。看火烧赤壁格种景象。赤壁之后，庞统回转去。格庞统要啥辰光再来呢？要等到芦花荡周瑜归天。诸葛亮到柴桑郡吊孝，庞统也去吊孝。庞统再碰头孔明。到格个辰光了，庞统再出场。格么吾未来先说么，先表过。

周瑜呐吭呢，写一封信报告孙权：现在呢，苦肉计、诈降书、连环计，曹操侪上当。吾就等消息。等到曹操营头上格连环船搭好，时机成熟，吾就可以过江，火烧连环船，大破赤壁。不过请俤东家呢，搭吾做桩事情。啥格事情呢，办点火药。因为此地营头上火药勿够。火烧赤壁是一场大火，火烧起来格范围啦，实在大勿过。俤搭吾弄点船，船上呢，一皮茅柴、一皮硫磺、一皮树梗，一皮烟硝。拿俚一皮一皮叠起来，上头呢，用油布遮盖。布置停当之后呢，送到该搭点来。到三江口么，火船队俤好了，过江去，乘风放火。俤格信到后方么，孙权马上照俚格信办事。格么让孙权派人，弄好仔火船送过来么，吾勿去交代。

诸葛亮呢，回到俚自家船上去。周瑜听消息。曹操格连环船啥辰光完工么，吾啥辰光放火。那是格计策，差勿多部署得已经俤舒齐了。格么周瑜方面，吾也拿俚表一表过。回过身来再交代徐庶。

徐庶俚回到仔营头上之后，吃夜饭，吃过夜饭老早就困觉。关照手下人，唔笃也去休息，困觉吧。其实俚关照底下人困觉是假的，俚预备半夜里出来放谣言。让底下人睡静么，俚可以出来。等到辰光二更敲过，徐庶轻轻叫从床上起来。一听，底下人声音，俤困好了。打鼾声音听得出，困得蛮着了。那么徐庶就换打扮，头上过来拿块黑布包一包头。身上着短打，挑袍收腰，脚上着一双麻筋草鞋，跑起来可以快点。床上呢，被头洞透好。道袍呢，盖在被头洞上面。枕头呢，放在被头洞里向。帐子一下，靴，摆好在床门前。如果有人进来看看呢，人困哉。实际上呢，麭困，假佬戏。油盏火么点一根灯草，弯一滴滴，弯溜溜，弯溜溜。人家以为点夜火，勿注意。黑赤落脱，看勿大清爽。

徐庶轻动动摸出来，到帐门外头，拿帐门带上。抬头一看么，月亮光蛮好。今朝是十一月十三格夜头，所以月亮来得格好。风，呼——远远叫，毕呖卜、毕呖卜、毕呖卜、毕呖卜，敲更声音。徐庶俚捉一捉方向，放谣言要有目的。要跑啥格地方去呢，要跑到陕西、河南的军队格搭点去。那么俤格个谣言放了呢，提心吊胆，俚笃听见仔顶顶吓。方向捉准，噗噗噗噗……跑过去。格两步路，又是格快，又是格轻。徐庶有武功的。徐庶年纪轻格辰光，武功来得格好。俚喜欢练口宝剑。年纪轻，在乡下，轧一批淘，俤是喜欢练武的。一转仔搭呢，路见不平，拔刀相助。拿城里向一个有势力格恶霸，敲死了。敲杀之后呢，小弟兄俤跑脱了。俚自家呢，拨了地方官捉牢。问口供，勿肯讲。拿俚游街，叫大家来认，格个人是啥人？结果呢，游街游到冷落格场化，拨俚自家两个小弟兄过来，拿差人赶脱，绳索解下来么，放徐庶逃走。那么俚离开故乡，流浪江湖，弃武习文。到水镜庄，拜司马徽先生学道二十年。然后到新野县投刘备，那么再到曹操搭来。所以二十年前啦，俚格武功非常好。到现在呢，轻身法还勿错，跑起路来蛮快。

噗噗噗噗……一看，此地是陕西、河南角里向格军队地方。月亮光好，容易拨人家看见。麭拨巡逻军兵啊，或者敲更格发现。那么月亮光好呢，也有遮阴格地方，背暗格地方。就到该面帐篷跟首，身体蹲倒。耳朵呢，囔到帐篷上，听，听里向声音。只听见里向一片打鼾声音，囔——刺！囔——刺！后来，听见好像有人在翻身，翻身格辰光有点声音，唔——唔——那么俚打上哉。完全拿格口音变脱了，勿是徐庶原来讲闲话格种声音了。因为徐庶俚流浪江湖，各地侪去过么，各地方言俚侪会的。

"我的哥！""怎么说？""大事可不好了。""为什么惊慌？""西凉州马腾造反。""真的吗？""长安失守，潼关紧急了。""哈喔！"夜头，三更左右，毕静。俫什梗格喉咙，枉冷枉冷，里向格人听到见哉。翻身格朋友，听见外头有两个朋友讲。叫啥说，西凉州马腾造反，长安失守，潼关紧急么，吓得俚跳起来。为啥呢，因为格小兵是长安人。故乡发生战事么，阿要想着屋里向格爷娘了家小什梗。磅当！跳起来，帐门，嘎，嘚尔——一开，跑到外头来看，"谁啊？谁！"俫出来问啥人么，徐庶老早跑脱哉。噗噗噗噗……到其他格帐篷门前去放谣言去哉。跑出来喊格朋友，枉冷枉冷么，惊醒仔里向两个人。

里向两个人跑出来："嘿，老哥，干什么。"那么讲拨俚笃两家头听：什梗长、什梗短。刚巧有两个人在讲，"西凉州马腾造反，长安失守了，潼关危险"。那么格个两个人也是长安人，故乡发生战事么，提心吊胆。啥人呢，外头讲闲话格两个是啥人？"哪一个？谁啊？"唔笃在喊格辰光，归面巡逻军兵过来了。囔咯咯咯——巡哨官看见门前头有几个小兵，枉冷枉冷，在喊。跑上来问："口令。""呃，嗳，巡哨官，是我们。""干什么的？"那么格三家头报告，刚巧俚困觉辰光，听见外头有两个人讲张："马腾造反，长安失守，潼关紧急。""啊？！"巡哨官一吓。为啥道理么？巡哨官，潼关人。住在潼关乡下。潼关吃紧么，格是乡下出事体了哉哇？西凉格军队已经到了。巡哨官到底还是老鬼，静一静心么。"你们胡说八道。""不是我们放谣言，是我们听得的。""你们三个人都听得？"还有两个其实是觑听见，那么现在也尴尬戏。拨俚什梗一讲么，只好说听见。"呃喝，我们也听得，听得。"拿三家头格名字侪记下来，"你们不要胡说八道。这是谣言！""是。"

关照俚笃三家头去困觉，勿许多讲。巡哨官再往门前头巡逻过来，囔咯咯咯，再巡逻。有两个人在讲闲话。仔细看看，路上撞着格两个人，就拿俚笃抓下来。奸细。唔笃在巡逻过来么，只看见门前头帐篷，也有两个小兵在问"那一个？""什么人？"嗨？巡哨官上来一问么，叫啥一似一脱色。也是两个人讲张，西凉州马腾造反。巡哨官想不得了，格个两个勁问得，江东奸细。半夜里专门在俚营头上放谣言。而且恶得了，放谣言格地段呢，齐巧是吾巡逻格地段。那么曹丞相要怪罪吾的，俫呐吭在巡逻？巡逻不严呃，拨了坏人放谣言。就关照格两个小兵，唔笃去困觉，勁多烦。

俚再巡逻过来么，另外又碰着一队巡哨兵。两个巡哨官碰头，一兜情况么，叫啥归格巡哨军官啦，也碰着一支，也是什梗讲法。有两个人讲闲话，说西凉军马腾造反。那好了，有三荡场化，有人放谣言。还了得。巡哨官要紧过来报告陆军总巡哨。陆军总巡哨呢，是曹操格阿侄叫曹休。本来是司马懿。草船借箭之后司马懿跑脱么，曹休接手了，为陆军总勤哨。曹休俚得信之后，马上关照：所有格巡逻军兵全部出动，四面去巡逻。捉牢格个奸细呢，重重有赏。巡逻军兵四面出动，在查格辰光，徐庶呐吭？老早回转了。三荡场化谣言一放，够了。俚回到自家帐篷里向，衣裳脱脱，床上困好。火吹阴，笃笃定定。听见外头巡逻军兵，嚯咯咯咯，让唔笃巡逻吧。唔笃要捉格人，已经困了床上，马上就要困着快哉，嘿嘿。格个谣言一放哉么，明朝俫看好了，曹操营头上要乱得一塌糊涂。

果然，格谣言传开来叫快啦。一天亮么，四面沸沸扬扬沸开来哉。格个名堂叫啥，一人传十，十人传百。一户通八方么，整个营头上全晓得哉。顶顶慌格是陕西、河南格军队。故乡发生战事，大家俫有思乡之念。因为出来了，跟仔曹操打仗，辰光多，长远勿回转去。那么听见故乡有事体么，呐吭勿急呢？非但陕西、河南格人要急，就是接近河南方面格人，也要急格呀。如果潼关失守到，打过来起来还了得？

曹操早上起来听见到曹休报告，再派人去一查是，外面格谣言勿得了了。为啥道理呢，有格谣言讲：啥格马腾、韩遂打过来，长安失守，潼关沦陷。有格说是：马腾格军队已经杀到仔皇城，许昌俫失守哉。皇帝已经拨俚劫持了。也有格说是：马腾格军队是马队，骑兵快得勿得了，已经从皇城打出来，打到仔荆州。荆州已经拨了马腾打仔去。也有格谣言大得了说：荆州打脱之后是，俚格人马啦，马上望准赤壁后山在杀过来。好像煞，西凉格军队，已经要进攻赤壁后营一样。

格么呐吭会得谣言越来越结棍？谣言呀，添油加醋，加油加酱。路距离越远，传得越结棍。该格物事，吾从前辰光啦，有经历的。嗳。格句闲话还是解放前头了。吾在木渎说书格辰光呢，木渎灵岩山山脚下，雷响。打杀一条蛇，一条火赤炼。那么格种事体么照规矩是，不足为奇格啦。雷响么，阴电搭阳电接触么，齐巧格条蛇游出来，乓！打着么，死脱。阿是无所谓。叫啥解放前头迷信点笃。雷响打煞格物事当桩大事体。那么山脚下人看见呢，格条蛇勿大的，三尺长，一条火赤炼。席席细，不过像大拇节头什梗粗细吧。传到木渎街上书场里向，听见是勿得了哉。哈呦，天上雷响，雷阵忽现。灵岩山山脚下打杀一条蛇。阿有呐吭大么？玻璃杯什梗粗。几化长么？三根扁担什梗长。三尺长变仔三根扁担什梗长。谣言传到苏州是，不得了哉：木渎灵岩山脚下打杀一条蛇。格条蛇粗得了饭碗什梗粗。阿有呐吭长？三根电线木头什梗长。好了，三根扁担变仔三根电线木头了。谣言传到上海是，野野豁豁：哈呦，木渎灵岩山山脚下，雷响打杀一条蛇。如果勿打杀是，木渎街上格人要拨俚吃光。呐吭大？七石缸什梗粗。几化长？灵岩山要绕三个圈子得了。俫想想看。腥气是腥气。还有人讲得出腥气了什梗。芦席要盖脱一万多张。格谣言格样物事啦，越传得远么，越来得野野豁豁。

那么曹操听着什梗点谣言么，俚是要紧张。曹操心里向转念头，马腾是吾格冤家。吾要想去打俚，呒不机会。因为吾先要打脱仔南方了，回过去，再去打西凉州。而现在吾兵进江东么，马腾乘虚而入打过来了。格个是可以相信。不过曹操梗梗一想呢，有可疑。可疑啥格物事呢？长安格太守，叫钟繇，是曹操格心腹。钟繇，三国辰光有名气。格两个毛笔字写得好极哉。晋朝么，出格王羲之。汉朝么，有格钟繇。所以格辰光有人讲，古今字学仰钟王。钟繇搭王羲之齐名。钟繇格儿子呢，叫钟会。将来并吞西川，邓艾、钟会兵进西川么，就是格个钟会。格么钟繇呢，是曹操信得过格人，托落仔。假使说西凉州马腾打进来，老实讲，打长安之前，先有座关。格座关叫啥？叫散关。散关呢，吾是派钟繇格兄弟钟进在长安保守。格潼关、长安吾有人守好了，俚笃为啥道理呒不消息来？那么，马腾打过来，呒不什梗快格咯？

曹操俚升坐大帐，文武官员聚集。文武官员也听见格个谣言，人心惶惶。大家侪在对曹操看，曹操派中军官，拿隔夜听见谣言格两个小兵抓得来。抓得来一问么，侪说听见外头有两个人讲，讲格闲话呢，相同。曹操关照，拿格两个小兵关起来，俚笃嫌疑犯。可能谣言就是俚笃放的。阿会是周瑜，派人到该搭点来放格谣言？曹操心里向转念头，那呐吭弄法？为了安定人心，勿弄得大家人心惶惶了，破江东起来啦，影响战局。格么只有什梗，让吾来派一路人马，到潼关去，保守潼关。加强长安格方面格防御。派啥人去呢，什梗，吾来问。自愿讨令。勿吾指定人去。

所以曹操问旁边头文武官员，"众位先生，列位将军"。"哗……""昨日晚上，有人布——散流言。说西凉，马——腾造反。老夫宁可信其有，不可当——其无。你们哪位愿往潼关，保守关厢啊？"哗——啥人去？徐庶一听，曹操上当了。曹操在问，啥人去？吾去，吾出来讨差事。要想跑出来，慢。如果吾马上跑出来讨令啦，曹操格人疑心病重，阿会猜疑，谣言是吾放的？慢点看，吾看看苗头。呒不人跑出来呢，吾屏脱一歇。有人跑出来哉呢，吾就先出来。因为大帐上啦，以先开口做标准。所以徐庶看下头，文武官员脚好了。呒不脚在动么，俚慢一滴滴出来。曹操问文武官员，呒不人去呀，叫啥。为啥呢？文武官员心里向明白，西凉格马腾，勿好对付。特别是马腾格大儿子，叫马超。哈呀，马超格武功，一马一条枪是，勇不可当。勿好打的。老实说，登在赤壁，有偎曹丞相了。立功劳，有机会。风险，担勿着。因为所有格事体，侪有偎丞相挡脱了。跑到潼关去，独当一面。独当一面是，肩胛上格担子重，万一出起毛病来，吃罪勿起。呒不人去呀。

曹操问下来呒不人去么，问第二遍："众位，谁人愿去，立记，大——功，一次！"重赏之下必有勇夫。啥人去，马上记一桩大功。嗳，有道理。去到，打也勿打，先一桩大功。有人心动了，有两个脚在动哉。徐庶一看脚在动么，呵呵，阿是吾放仔谣言了，拨唔笃逃走啊？格是谈也勿谈。买仔炮仗，勿会拨别人放。吾放谣言，冒仔性命危险，就是要为自家格脱身之计。

徐庶俚要紧从旁闪出，"丞相在上，徐庶有——礼"。一恭到底。"呃？呃呃，唔唔唔唔唔。"曹操一看，徐庶。糯货，糯货，专门拨吾上当。吾扛得俚格木梢是也勿能谈。现在俚跑出来作啥？曹操心里向转念头，昨日夜头格谣言，阿会是俚放格啊？曹操厉害，实头拨俚猜着。是俚放的。不过曹操梗梗一想，勿会。为啥？放谣言两个人，俚一个人。而且放谣言人格口音，搭俚格口音勿一样。勿晓得曹操啊，那么俚上当哉。口音好变格呀，喉咙大一滴滴，声音说得细一滴滴么，就变两个人。一用乡谈么，俚呐吭弄得清爽？"少礼，怎——呐样？""丞相，昨日晚上有人布——散流言，徐庶愿请将令，率领人马前往潼关，保守关厢。报效丞——呐相。"俚待吾什梗好，吾吭啥报答俚。吾讨差事，吾来去守潼关。

曹操一看徐庶面孔上格表情，态度是诚恳得不得了，是像忠心帮吾忙。嗳，曹操心里向转念头，看上去格苗头是，徐庶格个人啦，良心发现哉。俚一径拨吾上当，吾苦头是吃得勿能谈。吾勘拿俚杀，那么俚想想对吾勿住，现在吾有为难，派人马去保守。别人勿肯去，俚跑出来讨差使。良心发现。曹操想徐庶啊，俚早点良心发现。心向吾么，吾老早就拿俚提升。俚格官好好叫做得大，俚格权柄还要来得结棍。不过现在俚回心转意呢，来倒还来得及。碰着徐庶想，来勿及哉。曹操啊，俚家人家，马上要烧得赤脚地皮光哉。"元直前去，带多少大将，多少人——马？"带几化人马呢？"多带大将，赤壁用人之际，多带军卒行军不便。吾徐庶只要三千人马，一员将军。"好，合情合理。人马带多，路上慢。大将带多，影响吾赤壁格实力。一个大将。一个大将么，俚拣。俚挑选，俚欢喜啥人就啥人好了。

徐庶挑选。俚挑选啥人？年轻力壮的，勿。火势大的，勿。曹操格心腹呢，勿。那么格种心腹人啦，犟头拔耳朵，勿大肯听吾指挥。俚拣个老老头，冷门脚色。在该搭点么，也勿派大用场。去到呢，好白话，能够听吾说话，格个人姓臧，单名格霸，从前吕布格旧部。年纪五十多岁，胡子有点花白。臧将军。俚挑选臧霸么，曹操想好，老成持重，带格臧霸去。关照俚笃，三千人马，兵进潼关，协助钟繇保守关厢。文书交拨俚。

曹操呢，摆一桌酒水，搭俚践行。外头呢，挑选军兵。

徐庶搭曹操分别格辰光，曹操关照俚啊：俚一到潼关之后，马上来信。究竟西凉州马腾啥打过来？晓得。徐庶临走快么，对曹操呐吭讲法呢。丞相，听说庞士元，到襄阳去请拿俚先生，水镜先生请到该搭点来帮忙？对的。丞相，吾格意思啦，顶好么，俚等到水镜先生，来了之后，再发兵过江，兵进东吴。曹操想好极了。喏，俚赤胆忠心，心向仔吾么，临时走快啦，还要献一条计策。啊，叫吾呢，要等司马徽来哉再打。对格呀，司马徽一来么，诸葛亮就勿及司马徽。吾打败诸葛亮了，打败周瑜，稳稳成功。勿晓得徐庶临走快，还要拨俚上格当，劝俚等司马徽来。因为司马徽是勿可能来的。司马徽么飐来啊，火德星君倒来哉，一家人家俫烧光。格么曹操现在勿晓得的，要过后仔了，再想出来。

当时徐庶呐吭？徐庶替臧霸带领三千人马，急急忙忙离开赤壁，望准潼关进发。格个路上是快头势，热昏了。本来按道理啦，行军一日天，跑六十里路，休息了。俚勿休息。格么顶顶结棍呢，跑一百廿里路。倍道而行，加一倍。叫啥俚跑一百廿里，还勿休息。夜头了，连夜行军。臧霸问俚做啥呢，救兵如救火，勿能慢。

跑到总三更敲过，将近四更，停队。埋锅造饭，饱餐一顿，打一个瞌睏。天亮了，立刻就起营拔寨，跑。两日天，跑三百里路。臧霸勿懂。喔！格徐庶格用兵倒实头快的。其实徐庶俚为啥道理要快？俚也有道理。俚晓得曹操个人过后方知。格么吾现在跑脱，朆曹操想出来，滑头戏，派人拿吾追转来。那么追转来呢，赤壁还飐烧。那么吾到赤壁呢，仍旧要烧煞脱仔了完结。吾两日天跑三百里路么，曹操追吾就勿容易追牢。就算俚派一匹快马，日夜赶路追过来，也是两日天追牢。那么吾格三百里路，回转来呢，可以慢点。吾笃笃定定跑好了。说起来，喔，格两日天跑得吃力哉，路上休息日把。那么再回转来么，跑俚格五六日天。有格八九日天，回到赤壁么，赤壁山烧也烧过哉。因为到格个辰光啦，吾回到赤壁，就朆不危险。两天三百里路跑下来，那么慢哉。路上笃笃定定走。离开潼关近哉么，潼关一眼朆事体啦。

到潼关，搭钟繇碰头么，钟繇说蛮太平。长安朆啥事体。格么说：阿要叫吾到长安去吧。好的。到长安碰头长安格太守，钟繇格兄弟叫钟进啦。钟进招待俚，派人到边疆上打听消息，阿有事体？也朆不事体。格么徐庶说：什梗吧，吾驻扎到边疆上去。万一俚笃打过来么，吾立即就可以应付。省得吾长安再赶过去哉。那么钟进说，蛮好。

那么俚带臧霸三千兵，出散关。离开西凉州地界三十里路，扎一座营头。消息传到凉州，马腾得信么，马腾跳起来。曹操啊，俫倒可恶，吾勿来打俫，俫来打吾？派庞德带三千兵，兵扎边疆。双方距离三十里路扎营头么，勿打。打勿打，两方面格营头扎好。徐庶呢，看见西凉方面人马出来，马上写一封信去报告曹操，西凉人马来了，勿是谣言。现在俫看，俚笃格军队已经派到边疆上。吾呢，在边疆上，双方对峙，挡住俚笃。其实格三千人马，俫引出来的。勿是俚笃打过来。那么徐庶要冲淡脱格勿是谣言么，先写封信去。打呢，勿打。

格么徐庶登了该搭点做啥呢？搭臧霸轮流落班出来巡逻。有日仔搭，徐庶跑出来，带领一队巡逻军兵，巡逻到一座荒山山脚下么，关照小兵：唔笃在山脚下，吾到山上去看看。吾勿喊唔笃，唔笃朆过来。好。小兵勿跟。俚跑到山上，翻过一座山头一看么，只看见一个死尸。一个樵夫格死尸，拨了狼咬杀的。咬得格只面孔呢，血肉模糊。据说啦，格只角里向荒凉得不堪，狼特别多。樵夫挑仔担柴在走格辰光呢，狼从背后头过来，两只前脚爪，望准俫肩胛上一搭。那么俫回转头去看辰光么，俚，啊呜，一口么，咬牢俫格喉咙口。血吃脱，嗒，面孔上咬得一塌糊涂。血肉模糊。徐庶心里向转念头，格樵夫死得蛮苦恼。屋里向呢，勿见得会晓得俚在该搭，棺材也呒不困。吾来挑挑俚，让俚困口好棺材吧。俚拿樵夫身上格衣裳剥光。然后呢，拿自家身上衣裳脱下来。拿樵夫衣裳着到自家身上，拿自家衣裳着到樵夫身上。一担柴一把斧头，万丈深潭里向掼脱，然后徐庶，喝噔噔噔，跑了。溜脱哉，不知所踪。

山脚下格军兵，等等徐庶尽管勿来，翻上山头一看么，一个死人。面孔咬得血肉模糊，身上衣服是徐庶格衣服么，一吓，徐庶死脱了。马上拿格死尸弄到山脚下营头上，报告臧霸么。臧霸关照赶快回转。马上就拿死尸弄过来么，营头撤退。人马就退到散关。从散关退到长安。马上写急信报告丞相：徐庶出营巡逻，拨了野兽咬杀。格辰光曹操已经吃仔败仗，从赤壁回转皇城，曹操在生病。看见格封信么，曹操哈哈大笑。徐庶死脱。嘿嘿！曹操心里向转念头，一个人啊，行啥良心么，过啥日脚。格老二官，糗啊。晓得吾赤壁山，人家要完哉，俚溜脱。俚带人马溜到边疆上去，现在拨野兽咬死，要俚俫什梗。但是呢，遮遮世人眼，总算俚是为国捐躯的，关照开丧。为俚呢，料理丧事。大排场喔。各路，潼关太守、长安太守，各路人马，俫到俚门前来磕头吊孝。格樵夫呢，交着格好运。活着看见官怕的。死脱仔呢，格两个官，俫来打俚磕头了什梗。樵夫格死尸呢，由俚笃成殓埋葬，勿交代。

格么徐庶呢？徐庶么不知所踪。《三国志》上就呒没了。看小说上也呒不了。火烧赤壁之后，徐庶个人，究竟啥场化去？勿晓得。格么其实呐吭呢，其实么俚用金蝉脱壳之计，溜脱了。格么俚为啥道理勿回到刘备搭去呢，勿能去。假使俚要到刘备搭，消息传开，曹操晓得。曹操仍旧要拿徐母格坟墓发掘。所以俚勿能够再到刘备搭。俚呢，也勿愿意再去投奔别人，隐脱了。格个人呢，叫不知所踪呢，神龙现首不现尾呀。徐庶呢，吾拿俚表脱。

回过身来再交代赤壁山，曹操。曹操等到徐庶一走，曹操辣手啊。呐吭么，拿隔夜听着放谣言两个小兵，通通杀头。八个小兵，颗郎头拿下来。八颗首级，营门外头示众，敲锣。说格八个人已经招口供了，受江东周瑜格指使，在吾营头上布散谣言。西凉州马腾，根本呒不打过来。热昏。借俚笃八个颗郎头呢，压服人心。啥人再要讲西凉州马腾造反呢，就是搭俚笃同党，就是为江东人布散流言。什梗一来，呒不人再敢讲。而且曹操还敲锣通知，吾现在派徐庶、臧霸到潼关去保守，后方太平。呒没事体。唔笃甭相信谣言。格场风波呢，硬劲搭下去。谣言平息啦。

平息么平息哦，人心惶惶在暗里向。啥了赤壁山，曹操一吃败仗，连环船一起火，赤壁山一烧，曹操格人马不堪一击，狼狈溃窜，甚至于溃不成军。啥道理呢，搭格个谣言啦，也起了作用。呒不心路打。格打仗要有心思。无心恋战，军心惶惶，好了，一败涂地。所以曹操家人家呢，也可以说，拨了徐庶放谣言，起了蛮大作用。

当时曹操下命令，晓谕三军。安定人心之后，派人打听，连环船唵搭好了。今朝手下人来报告。毛玠、于禁来报了，五百只连环船已经搭好，请丞相下水营来看。曹操今朝带领文武官员，到水营上来看。今朝几时呢？今朝是大汉建安十三年十一月，月半。曹操呢，庆赏连环船。曹操手下两个文武官员，侪是全新打扮。文官纱帽袍服，武将明盔亮甲。连得曹操手下两个左右，服侍格家将，身上侪是锦衣绣袄，侪是全新打扮。喜事，连环船搭好是喜事。

曹操呢，到顶顶大一只连环船，一百号船只连在一道。格连环船写意。为啥呢？浪头勿觉着格啦。偺就算有浪头呢，平地相仿。开心啊，曹操摆酒。当中一桌，曹丞相自家。旁边头格陪客，蒋干。为啥道理蒋干能够坐在曹操旁边头呢？喔。现在格蒋干红得勿得了，得宠了。为啥呢，因为连环船是庞统献格计，连环计。庞统呐吭会得来献计的？是蒋干拿俚带转来，饮水思源么，勿能忘记蒋干。所以蒋干格地位特别提高，坐在曹操旁边头。红啦，变红客了。其余文武官员，四个人一桌，四个人一桌，席面排列两厢。

大家坐定下来，吃酒辰光么，小兵操兵。操练格辰光，北方人在连环船上是，侪像老虎么，好哉嘎。为啥？船不晃，用勿着顾虑脚底下。蹿跳蹦纵，平地相仿。开心啊，曹操真得意。而且今朝夜头，月亮光又是好。十一月月半夜头格月亮，明月当空，万里无云。曹操洋洋得意，庆赏连环船。勿晓得偺夥快活，该格名堂叫啥？叫乐极生悲。连环船搭好么，偺人家要完哉呀。所以连下来要长江二次开战，诸葛亮七星台借东风。

第九十回

横槊赋诗

　　曹操庆赏连环船，文武官员，侪陪曹操一道吃酒。今朝夜头的天气交关好，江面上风平浪静。特别是今朝夜头的月亮好，因为今朝是十一月，月半夜头。看俚从江面上月亮光起来，慢慢叫升上去，月明星稀。月亮光照到江面上，江面上格波浪，微微交翻动，仿佛像万道银蛇戏水。

　　小兵呢，在旁边头操练，有的是连环船上操，有的是小船上操，该个物事勿能比，一比就比出来。连环船上操练格种水兵，北方人，蹿跳蹦纵，格是活络得来，生龙活虎相仿。在小船上操练的北方人马，苦恼。格船晃动得厉害，人立勿大稳，又要顾虑脚底下，又要顾虑手里向，再加上晃动得辰光一多么，总是要有点头晕了、心泛、难过。格操起来当然格水平，勿及连环船上操得来得好。曹操快活啊！曹操心里向转念头，庞统格条连环计么，真格是来得正好。否则，北方人过江水战，在江面上交锋起来，苦得一塌糊涂。终归勿及江南人。现在有了连环船呢，吾可以过江，如同平地，北方人马好发挥俚笃格长处出来。那是江东周瑜啊，俫再要想挡住吾是，谈也覅谈。俫拦吾勿牢。

　　所以曹操对旁边头文武官员讲："列公！""丞相啊！"

　　"老——夫自领兵以来"，曹操讲：吾出场到现在，可以说，战无不胜，攻无不克。从十八路诸侯伐董卓开场，后首来灭李傕、郭汜，再连下来，灭袁术、平袁绍、擒吕布、降张绣，北伐辽东，并吞荆襄，可以说是，所向无敌。吾所觑得着格呢，只有江南，孙权地界。吾此一番，打到赤壁来，为啥道理长江初次开战，勿能够打败江东呢，就是因为吾格个是北方军兵，勿熟悉长江里向格水战，过勿惯船上风浪颠覆格种日脚，所以了第一场开仗吃败仗。那吾一径在担忧，什梗呐吭可以平定江东呢，而现在有庞统来献连环计，那是吾可以稳稳取胜。江东打平之后，夏口格刘备，不在话下。真格曼得一带头么，"哈啦"拿俚笃弄脱仔拉倒。等到夏口格刘备拨勒吾并吞之后，那挺下来，呒不几路人马了。只有西蜀刘璋、东川张鲁、西凉马腾。那么格个三路人马呢，实力侪勿及江东孙权，而刘璋格人呢，饭桶。吾要去并吞西蜀是，不在话下。东川格张鲁呢，也是蹩脚货。吾打过去起来，勿烦难的。那么西蜀、东川再打脱么，小小西凉州格马腾，能有几化实力？吾要去并吞俚俫，也是便当的。什梗一来，吾天下太平，一统江山。到格个辰光，四海清平，吾可以搭唔笃文武官员一道共享太平之乐。

　　"未识众位，意下如何啊？""是啊！"

旁边头的蒋干是拍得个马屁啊，"丞相，倷平定江南，并吞天下，吾伲将来侪能够过太平格日脚么，靠倷丞相鸿福"。

曹操听了窝心。因为啥？一统江山，老实说，曹操有个野心。啥个野心呢，俚要做皇帝，要叫汉献帝让位，取而代之，开吾格天下。格么曹操后首来，为啥道理自家勿做皇帝呢，因为曹操赤壁一败之后，俚也呒不力量去并吞西蜀、东川。结果呢，西蜀、东川拨刘备、诸葛亮得得去。江东呢，俚也灭勿脱，天下呢，鼎足而三，三分天下。那么曹操心里向转念头，算了吧，吾皇帝就勿做哉，要做么，让吾格儿子做吧。所以后首来曹操自封魏王。人家也有人劝俚做皇帝格咯，曹操哪恁讲法呢？天命在吾，吾愿做周文王。吾要像从前周文王一样，让武王来做皇帝，让武王去并吞商朝了，开一统天下。吾呢，做周文王，勿坏名坏誉。吾做魏王呢，吾主动。挟天子以令诸侯，呒没格个皇帝格名义，实际上呢，有皇帝格权力。等到吾死脱，吾像周文王一样，吾儿子曹丕做皇帝仔么，还勿是一样吗？

所以，曹操俚倷啦，赤壁一败啦，搭俚原来格想法，完全两样了。俚自家勿想再做皇帝了，勿担个坏名气。

格么今朝曹操呢，俚还是要想做皇帝。为啥呢，因为嗻，连环船搭好了，吾可以过江，平定江东，一统天下。曹操对江东，周瑜格只角里向指指，"周郎周郎，克期必亡"。等得及，呒不几日天，倷人家就要完。嘿嘿！吾看倷呐吭再来抵挡吾。

曹操再对夏口，刘备格只角里向指指，"孤穷刘备，尔等，欲以蝼蚁之力，挡老夫泰山之众，真是螳臂当车，自不量力，嘿嘿嘿嘿，嘿，嘿，嘿"。刘备啊，倷日脚也勿多哉。

曹操搭大家喝酒辰光，又想着仔黄盖了甘宁，曹操对准江南看看，"周瑜啊，尔手下的黄盖、甘宁、阚泽，都归降老夫，是老夫一臂之力，是尔周郎，心腹之患，老夫何愁江南不破哟！"

"哗……"旁边一个文武官一听，熬勿住。啥体么？觉着丞相，倷今朝格酒吃得忒多了，讲闲话勿有分寸了。黄盖、甘宁、阚泽到这该搭来投降倷，格个是军中绝密，勿能随便讲的。今朝在连环船上大办筵席，文武官员统统侪在，而且旁边头还有家将，底下人、服侍格人。嘎许多人在，倷拿格种军中格机密大事，就什梗讲出来。万一走漏风声，传到江东，拨周瑜晓得，岂勿是黄盖、甘宁、阚泽侪要性命保勿牢，倷格个计策就要失败了。旁边一个文官，叫贾贾文和，是曹操格心腹。学问好，有主谋，俚立出来。"丞相，东吴有人前来归降丞相，是军中机密，岂可在酒席之间，高谈阔论，泄漏风声，后患无——穷。"

"喔！文和，说哪里话来，两旁，都是老夫的心腹，有谁人会走漏风声？放心呐，嘿嘿嘿嘿，嘿嘿，嘿嘿。"笃定啊，老实讲，陪吾吃酒格人，侪是信得过，侪是吾格心腹，有啥人会泄漏呢。

贾诩响勿落。贾诩心里向转念头，曹丞相今朝勿对了，忒嫌骄傲哉。倷看，一点点侪呒不警惕性，随便什梗讲讲，勿好再劝了。贾诩登在旁边头坐定。

曹操再拿起杯子来，搭文武官员一道吃。一杯连一杯，一杯接一杯。月亮越升越高，今朝格月亮实在好看。为啥呢，因为十一月月半夜头格月亮，有特点。人家大家晓得，八月半夜头的月亮么顶好看，叫"月到中秋分外明"。其实呢，八月半夜头的月亮，搭十一月月半夜头的月亮，两样的。唔笃勿相信留心看，到月半夜头，农历格月半格夜头，偯抬起头来看天上格月亮，特别是半夜三更格辰光看，月亮勿会在偯头顶格撖许当中，勿是在偯前头，就是在偯后头，总归歪一眼眼。一年到头当中十二个月，只有十一月，月半夜头的月亮，到三更天，偯抬起头来看，月亮齐巧在偯头顶心，撖许当中。格个名堂叫啥？叫月当头，月亮当头。赛过搭格太阳一样，唔笃也可以试。日里向，十二点钟，午时，太阳当顶。偯抬起头来，对天上格太阳看，叫啥个太阳啦，也勿不会在偯头顶心上头，勿是前一点点，或者是后一点点。一年到头，只有一日天，中午，十二点钟，偯抬起头来看，太阳是在偯头顶心上。几时呢，端午节。端午节，中昼心里向抬起头来看，太阳在头顶心上头。所以格个名堂叫啥呢，叫五月端午啦，天中节。天在偯当中，其实么就是太阳在当中。十一月半呢，叫"月当头"。所以古人有句诗，叫"人生几见月当头"。一个人活一辈子，也难扳看见几趟月亮当头。格个意思呢，就是指，十一月月半夜头格月亮。那么为啥道理格个十一月月半夜头格月亮，人家一般侪勿大注意，只注意八月半呢？因为十一月月半大冷天，挨年岁边。阿有啥人兴致好得了，半夜把被头洞里爬起来，着好仔衣裳到阳台上去，看看看，喔，今朝夜头月当头喏。来欣赏欣赏格月当头。少的。

曹操今朝呢，齐巧是明月当空，外加呢，心境好。自从到了赤壁以来，破江东啦，总是觉着，疙疙瘩瘩，勿是顺顺当当，也勿是绝对有把握。现在庞统来献了连环计啦，锦上添花。吾军队多了，外加有连环船，吾打过去，周瑜随便呐吭拦吾勿牢。曹操兴奋勿过。该个蛮奇怪，将要吃败仗辰光，先要快活快活，快活之后，那么吃败仗。格个名堂叫啥呢，叫"乐不可极，乐极生悲"。偯就看从前辰光，楚霸王项羽好了。项羽要乐煞在乌江边上呢，俚先有夜宴之乐，夜头吃酒，开心啊。虞姬么舞剑，俚自家么吃酒。接下来，兵败乌江了。曹操呢，将要兵败赤壁，全军覆没，逼走华容道，八十三万大军全军覆没。叫啥俚月半夜头，庆赏连环船么，快活快活。该个是曹操一生，顶顶得意格辰光。一个人得意过头哉啦，叫啥有种闲话，平常辰光勿讲，今朝要讲哉。多吃仔口酒了，就什梗是曹操也讲勿出格哦。

"众位，老夫今年五十四岁——了。"

"哗……"旁边头文武官员一听，勿懂。格句闲话啥意思呢，曹丞相讲：吾今年五十四岁。格偯五十四岁么，伲大家侪晓得。讲格句闲话总有下文格咯，五十四岁么呐吭呢，曹操叫啥讲勿出呀，闲话到了嘴半边，留住。再拿起酒杯来，咕咕咕咕——一饮而尽。格么曹操啊，既然偯格种话勿上台面，讲勿出格么，倷就朆讲哉呀。嗨，熬勿住，吃仔酒啦，会得难为情忘记脱。心里想啥，会得熬勿住讲出来。

曹操又是一杯酒下去，来了。"众位，老夫今年虚度五——十有——四。"

"哗……"弄勿懂，勒杀吊死，五十四岁么呐吭呢？

"老夫幼年时节"，年纪轻格辰光，曹操讲哉哦：吾年纪轻格辰光，有一个朋友，忘年之交，俚年纪比吾大。格个辰光吾朆不地位了，官卑职小，刚巧到皇城里向去，吾碰着一个大臣。格个大臣啥场化人呢，苏州人。此人姓乔，单名一个玄，号叫嵩山。俚地位高格。俚是当朝一品，官居司空，三公之职。格个辰光吾毫无地位格辰光啦，俚叫啥碰头吾对吾说：孟德，倷格人将来，富贵不可限。就晓得吾将来有什梗一日。那么吾，当仔俚格个辰光么，总大概，啊，奉承两声咯。当面看见么说句把好话，不以为意。想勿到现在，吾当朝极品，官居丞相，一人以下，万人以上。吾格地位，比当年格乔公格地位，还要来得高。那么吾相信，乔公格个人，讲闲话是有道理。在吾朆得发格辰光，就晓得吾将来是出人头地。

旁边头文武官员一听，喔！什梗一看么，格乔公识人的。苏州格位乔司空，倒是有点道理。格么乔司空，到底格个人哪恁呢？

曹操还在讲下去了。"那乔公膝下无儿，所生两女，长曰大乔，次曰小乔，有如花似月之容，倾国倾城之貌啊咦！嘿嘿嘿嘿……"

文武官员一听，啥物事啊？曹丞相讲，乔公有两个囡唔，大格叫大乔，第二个叫小乔，面孔标致得勿得了。讲到二乔格漂亮是，哈呀，曹操骨头轻得来，扬声大笑。

接下来曹操叫啥咕一句，"后来老夫闻知，大乔嫁于孙策，小乔嫁于周郎。呃，老夫好恨——哪！""哗……"大乔嫁拨了孙策，小乔嫁拨了周瑜，倷恨，恨点啥？勿搭界。别人嫁人么关倷做啥？要倷恨点啥个名堂。

连下来曹操心里闲话来了。"老夫，久闻二乔之美名，如今，即日过江，平定江东，老夫欲将二乔，送往铜雀宫中。然后老夫与二乔，在铜雀宫中，共度晚年么，咦——嘿嘿！死而无恨——呐吔。"

"哗……"文武官员一听么，大家响勿落。胡勿落调。为啥？曹操格闲话讲得了脱仔体哉，勿像倷格身份，叫啥呐吭说法呢，吾打平江东，托唔笃噢。各位将军，拿大乔小乔弄下来，弄仔下来之后呢，送到铜雀台。铜雀台在啥场化呢，在皇城城外，格搭有条河叫漳河。曹操在河当中呢，造一只台。格只台呢，就叫铜雀台，铜格孔雀啦。因为当年曹操打平河北冀州，看见天上一粒星掉下来，掉在城脚底下，掘下去一看么，掘着一只铜格孔雀。因此么，曹操就造一只铜雀台。

后首来，曹操格儿子，顶顶欢喜格儿子，叫曹植曹子建。俚提个建议：河里向单单造一只铜雀台呢，好像孤吊零零。旁边头再造两只耳台，陪衬陪衬。左边一只，叫玉龙台，右边一只，叫金凤台。在河当中造起来，格工程大啊，抽干仔水了打上。台几化高呢，台高十丈，十丈高。玉龙台上，有一顶桥，通到铜雀台。金凤台呢，也有一顶桥，通到铜雀台。那么如果说，俚在桥门洞底下，一只小船摇过，抬起头来对上面看看，格桥呢高得不得了。而且格个桥呢，格上面啦，漆五彩格漆的，真好看啦。赛过像啥？赛过像天上两条彩虹。

曹操呢，造好玉龙台、金凤台，就什梗个打算。等到吾得着江东之后，拿大乔送到玉龙台小乔送到金凤台。将来吾收兵回转一统江山做皇帝之后么，吾就在铜雀台上替大乔、小乔共度晚年。格么格个事体，诸葛亮在柴桑郡格辰光搭周瑜就讲过了。说曹操呢，打平江东要想夺江南二乔，那么周瑜跳起来。曹操俚个人忒辣手，俚非但是来打江东，还来夺吾个家主婆。那么周瑜骂一声，激怒周瑜。"曹贼，俚明欺江东无人，阿晓得，吾周瑜还勒死。"诸葛亮智激周瑜个辰光，就是用格只《铜雀台赋》去激怒周公瑾。格么曹操要想夺江东二乔，勿是诸葛亮冤枉曹操。曹操的确有什梗个想法。《唐诗三百首》中，有一首诗，啥人写个呢，杜牧。格首诗叫啥呢，叫"折戟沉沙铁未销，自将磨洗认前朝。东风不与周郎便，铜雀春深锁二乔"。杜牧格首诗呢，说明：假使说呒不东风，勿是火烧连环船，曹操打败仗，格么喏，东风不与周郎便么，铜雀春深锁二乔，大乔、小乔就要弄到铜雀宫里向去。

曹操是个英雄，但是俚格个英雄呢，有缺点的。生活上勿严肃，放荡得很。

前三国里向就有，曹操打到宛城，宛城张绣投降。格人家投降什么好哉，曹操格人马驻扎在城外头大营里向。曹操叫啥去问俚格阿侄叫曹安民，该搭城里向阿有漂亮格女人？那么俚格阿侄搭俚介绍，张济，有个小老婆，叫邹氏。张济已经死脱了，喔，漂亮。吾到城里向去听人家讲，而且也看见过。那么曹操就拿个邹氏弄到营头上来么，好了，就登在一道哉呀。

那么格张绣一听跳起来。格曹操俚格个忒辣手。吾投降了，俚勿应该搭吾婶娘登在一道，俚格算啥个名堂。那么光火起来么，要来动手，偷袭曹操格营头。但是曹操手下有个大将，典韦，狠勿过，恐怕打俚勿过。那么派一个马夫，送两甏酒拨了典韦，拿典韦灌醉。然后格马夫胡车儿，轻身法好，到典韦营头上，拿典韦一对双戟盗脱。然后张绣冲进来格辰光，典韦俚呒不家什，典韦战死沙场。张绣冲到中军帐来捉曹操格辰光么，曹操狼狈，衣服俫来勿及着好，哗哩吧啦从床上爬起来逃走。在格个一仗上，曹操格儿子曹昂，阿侄曹安明，大将典韦，统统俫死脱。京戏里也有什梗一出戏《战宛城》，就是说曹操，在在女人地界上呢，实在是勿大严肃。

该次俚打到江东来，搭好连环船，能够有希望破江东哉，俚格桩心事要讲出来，要想说江东二乔，让吾弄到铜雀台去。曹操手下文武官员正派格人多，忠臣也勿少，听勿进。啥个闲话呢，偅丞相是堂堂皇师，奉旨出师。打到江东来，搞七捻三，弄两个女人。喔，喊伲打平仔江东，拿大乔小乔俘虏下来了，送到铜雀台去，让偅白相。偅格种还像当朝格宰相啦？实头像强盗山在格大王么好哉。强盗山在格大王，呒没家主婆，格么唔，啥场化有个漂亮女人，就抢得来做压寨夫人。格丞相讲得出格种闲话么，文武官员响勿落，有个在摇头，有个头在沉下去。

曹操也晓得，啊呀，啊呀啊呀。格个闲话说出来勿得人心，偅看，反应不大好。曹操实在没啥说么，"呵呵，老夫，醉呃——了"。吃醉了，今朝多喝仔口酒，吃醉了。意思里向呢吃醉仔酒，讲出来格闲话，勿作数的，唔笃勿当真哦。

其实叫啥？补漏洞，遮遮自家的难为情。正在格个辰光，曹操头顶心上头，"哇，哇，哇"，老鸦叫。曹操抬头一看么，嘶嘶嘶嘶嘶嘶嘶——几只老鸦，在俚头顶心上飞过，望准北面过去。吔？奇怪，老鸦么应该是天亮之后，那么从窝里向出来，飞，叫。现在三更天，三更天呐吭格老鸦，会得飞出来叫？勿懂。

曹操问旁边手下人："来。""是。""这乌鸦缘何夜鸣？"格底下人想，伲呐吭晓得呢，老鸦为啥道理夜头要跑出来叫，再一想么，"回丞相，乌鸦在巢中，见月光皎洁，当作天明，所以离巢高鸣"。

对，格个闲话解释得对，今朝夜头月亮实在好勿过，老鸦弄错了，当仔天亮，所以飞出来叫。曹操心里向转念头，呒不啥落场么，什梗吧，搭文武官员讲，吾来舞脱一路槊，唱脱一只歌，以助酒兴。今朝是庆贺连环船么，要有点余兴节目了。曹操高兴得了，还唱歌了舞槊。

嗳，文武官员想蛮好，偅丞相格文才，伲服帖的。为啥呢，写出来格文章，做出来格诗，漂亮。曹操是个文学家，而且在当时，汉献帝建安年间，大家侪公认三个文学家。呐吭三个呢，一个是曹操，一个是曹操格大儿子曹丕。还有一个呢，是曹操格小儿子曹植曹子建，七步成章。历史上称俚笃叫啥，叫"建安三杰"。曹操确实有学问。

曹操关照手下人，搭吾去拿家什拿得来。手下人马上去拿金顶朝阳槊拿得来。曹操有武功。曹操年轻格辰光，俚曾经去行刺过十常侍太监，宫墙上能够"啪"跳进去了，翻下来。武功也勿错呵。当然，勿是头等头大将。但是曹操呢，有武功。手下人去拿得来，一柄金顶朝阳槊。外头呢，有黄缎子，杏黄缎子，绣二龙戏珠格套子。套子去脱，金顶朝阳槊拿过来。曹操立起身来，转出席面。文武官员呢，围好一个圈子，因为连环船上面积大呀，一百只船搭在一道么，偅想格范围几化大得来，使得开，骑马也可以跑了。

曹操拿柄金顶朝阳槊，执到手里向，关照旁边头头，洒一杯酒。一杯酒呢，竭落在金顶朝阳槊格槊尖上。甜酒一杯，请格柄家生要吃吃酒。曹操对文武官员讲：各位，吾年纪轻格辰光，起义兵，破黄巾，就是用该柄金顶朝阳槊。十八路诸侯伐董卓，吾也是用该柄家什，吾靠该柄家什，东荡西战，南征北讨，扫平天下，颇不负大丈夫之所为。靠格柄槊，吾平定了半个天下，而且半个天下还勿止。现在就挺江东，就挺刘备了。西蜀、东川、西凉格个几个地方，几只角，呒不扫平。曹操然后拿柄槊在手里向舞，啪啪啪啪啪啪啪。年纪大哉，长远勿打仗，也长远勿练武功，所以现在一使呢，觉得有点气虚，气喘。

曹操俚平一平气，唱歌了。格只歌呢，《三国演义》上有。曹操格专门格集子上也有，叫：对酒当歌，人生几何？譬如朝露，去日无多。曹操说：一个人，一路吃酒一路唱歌啦，吃酒格辰光，再唱歌呢，活一世，呒不几转。叫"对酒当歌，人生几何？"吾今年已经五十四岁了。赛过像啥，像早上一粒露水什梗，过去格日脚多，来格日脚少。勿见得再有五十四岁好活。曹操俚然后停住仔槊，还在唱下去，叫：慨当以慷，忧思难忘。何以解忧，唯有杜康。杜康是造酒格人，哪恁可以解忧愁么？只有吃老酒，"唯有杜康"。青青子衿，悠悠吾心。呦呦鹿鸣，食野之苹。吾有嘉宾，鼓瑟吹笙。皎皎如月，何时可辍？忧从中来，不可断绝。越陌度阡，枉用相存。契阔谈宴，心念旧恩。

曹操俚想着，方才辰光格老鸦飞过么，就拿格个老鸦飞过格景象，摆到格只歌里向去：月明星稀，乌鹊南飞。绕树三匝，无枝可依。山不厌高，水不厌深。周公吐哺，人皆归心。

曹操唱完么，文武官员一片称赞："好——啊！"横槊赋诗，格首诗，四个字一句，做得实在漂亮。侪在称赞。

但是，一个人听勿进。啥人呢，此人姓刘，单名一个馥，叫刘馥，号元颖。曾经呢，做过合肥太守，也算曹操手下一个心腹。

俚觉着曹丞相今朝格个吃酒啦，勿大好。开头，泄露军机，说江东有人来投降，格种倒还勦去讲俚。连下来吃饱仔老酒，要说到江东二乔，格个闲话，不堪入耳。接下来唱歌，格只歌啦实在勿吉利。为啥呢，曹操自家去比一只老鸦，啥叫啥"月明星稀，乌鹊南飞，绕树三匝，无枝可依？"说格只老鸦绕了一棵树，兜了三个圈子，绕树三匝。无枝可依呢，呒不一根丫子可以立牢。格俚在大军交战辰光，讲格个闲话，阿是在触自家个霉头。

其实道理有道理。曹操俚赤壁山败下来，败到彝陵道，当！赵子龙杀出来。败到葫芦角，咚！张飞杀出来。跑到华容道，当！关云长冲出来。绕树三匝，无枝可依，狼狈不堪。

刘馥熬勿住哉，跑出来，到曹操门前讲闲话："啊，丞相，大军交战之际，将是用谋之日，何故丞相，口出此不吉之言。""啊？老夫怎——样不吉？""月明星稀，乌鹊南飞，绕树三匝，无枝可依。此乃不吉之言。"

勿晓得曹操格个辰光，一方面酒么也吃得多仔点，俚格个心境呢，搭俚刘馥两样。该个辰光俚得意过头，只好顺俚，勿能够去逆雀俚。骄傲格辰光，俫去说俚俫格个诗做得勿好，勿好在啥个辰光，就是格个"月明星稀，乌鹊南飞"。那么曹操认为呢，格个几句是吾格得意之作，因为刚巧看见只老鸦飞过在叫，所以吾拿俚写下去，讲什梗四句物事。哦，倷来扳吾错头，啥个上勿吉利？赅仔嘎许多文武官员，坍吾格台。

曹操对俚面孔一板，眼睛一弹，"有——何不吉？"有啥不吉利啊？

倷眼睛一弹么，刘馥一吓呀。啊呀，勿灵。只看见曹操眼睛发红，酒吃得多了，吭啥说头，"着着着"。头低倒，勿响。

倷头低倒勿响么，曹操心里向转念头，讨厌，"下去！"手，当！往门前一戳呀。勿晓得倷手里向拿格武器着呢，金顶朝阳槊格尖捻头搭枪头子一样，血立尖，嗵！戳过去么，望准刘馥格太阳穴里向，嚓！刘馥刚巧一个喏在唱下去，头低倒着呢，看见家什来，头一侧么，太阳穴里向，嚓！着！尔嗬——铿！脑浆迸裂么，当场就死脱哟。

曹操晓得出事体了，"呃，刘馥，怎——样——了？"

旁边头格底下人响勿落，要紧跪下来报告。"回禀丞相，丞相在舞槊格辰光，刘馥自家勿当心，俚格颗郎头，撞在倷丞相格家什上，撞杀脱哉。"

"呃！"曹操响勿落，勿说吾一枪拿俚戳煞的，说俚撞在吾家什上，撞杀脱的。什梗一来么，责任是俚勿好，要俚自家负。为啥道理格颗郎头，撞到吾家什上来？曹操有心许酒三分醉了，装吃醉。"唔，叫他下——回当心。"哩？人也死脱哉，还要下转当心。喔，相爷在吃醉了。擦冷！金顶朝阳槊一摞，"呃，老夫醉了，与众位明日再——见"。

曹操往岸上一跑头，倷回到陆营上去么，文武官员跟仔俚一道上去。

格么刘馥死脱了，刘馥有两个要好朋友，在该搭点照顾，通知刘馥格儿子，叫刘熙，跑得来。刘熙赶得来么嚎啕大哭：倷爷丞犯仔啥个罪名了死脱呢？说：丞相吃醉仔酒，舞槊作歌辰光，唔笃爷自家勿当心，跑上来讲仔两句闲话么，结果，死在金顶朝阳槊上。

到明早转来天亮，刘熙上岸见曹操，问丞相：倷爷身犯何罪？要死在连环船上？曹操对俚两笃眼泪，因为酒醒了。曹操对刘熙讲：昨日夜头吾舞槊作歌辰光，唔笃爷自家勿当心，一个失手了，所以死脱。吾现在呢后悔莫及。因为，俚当初辰光立过勿少功。现在呢，吾赏倷银子三千两，办上号棺方，拿唔笃老娘家成殓，伴枢回乡，按三公之礼埋葬。格葬礼呢，规格交关高，要照朝堂上一品大臣，三公之礼，埋葬。倷呢，登在乡下守孝，将来呢，吾重用倷。刘熙也吭不办法。曹丞相拿俚笃格爷弄杀么，俚有啥闲话好讲呢？格么勿好去告俚格啊。啊呀，曹操格地位高呀，古代辰光有一句闲话，叫"法不加至尊，礼不下庶人"。至尊，就是地位高格人啦，法律勿能加到俚身上。曹操地位高，法律吭不办法加到俚身上去。倷去打官司告，吭没用场。所以刘熙领三千领银子办好棺方，拿老娘家成殓。就在连环船上成殓，有两个要好朋友么，到该搭来吊丧。连环船么是触霉头。造好连环船，第一日就死人。连环船上么开丧，连环船上么出棺材。弄到小船上，伴枢回乡，入土为安。三年孝满呢，刘熙俚勿到曹操搭来，俚要搭老娘家报仇了，后首来投奔刘备，在东川要搭曹操打仗，刘熙要出来。格么是后一段书里格事体了，吾勿交代，拿俚表过。

曹操连环船实试验下来，确实是好。曹操就下命令，十六、十七、十八，格个三日天搭连环船，拿营头上几千条船，除脱留五百只小船，往来巡逻、通信，从岸上到连环船在要用小船摆渡之外，其他格船呢，统统侪搭起来，尤其是大船。有的一百只一搭，有的五十只一搭，有的廿只一搭，有的十只一搭。大大小小侪配搭起来。而且要限唔笃三日天一定要完工。曹丞相自家呢，要到连环船上来。曹操决定，十六、十七、十八，三日天搭连环船，十九呢，操一日天兵，二十休息，廿一过江。格么为啥道理二十要休息一夜天呢？打仗啦，大战之前，先要休息一日天，养精蓄锐。打过去起来，更加精力充沛。

日脚蛮快，到十八下半日，连环船，已经大部分完工了。曹操俚亲自下水营去，拿金顶莲花大帐，搬到水营。曹操自家三军司令格大督旗，带到水营，亲自下连环船。陆营上，留许褚、张郃、李典、乐进，众将保守。张辽陆营正先锋，兼水陆路总救营。曹操自家呢，带领手下一班文武官员，下连环船。蒋干呢，也跟仔曹丞相一道下连环船。曹操在十八夜头，写好一封信，派人送过去，交拨了蔡中、蔡和，叫蔡中、蔡和去转拨了黄盖。信上呐吭写法呢，关照黄盖老将军，吾连环船已经搭好了，吾十九操兵，二十休息，廿一过江。倷黄老将军要到吾赤壁来的，倷二十之前来，到二十倷板要来了。因为吾廿一要打过江格呀。倘然说，倷二十够能来的，倷勠来。倷就在对江等吾，吾廿一过江呢，倷里应外合。

信，过江去。过江格封信交拨了蔡中、蔡和。蔡中自家勿去见黄盖，交拨甘宁，因为甘宁是黄盖格学生么，叫甘宁带过去。碰着甘宁格封信呢，俚勿送到黄盖搭，直接送到周瑜搭。

拿封信交拨周都督么，周都督心里向明白，军情吃紧。因为周瑜接着信啦，已经是十九格早上。俚心里向转念头，曹操格连环船搭得蛮快。吾总以为还有两日天了，想勿到俚十八已经搭好连环船，廿一要打过江来。那换一句闲话讲啦，就是说，吾要火烧连环船，吾一定要在二十过江，放火烧。今朝十九是终归来不及哉，二十是无论如何要过江。倘然吾勿过江，吾就被动了。廿一俚打过来起来，吾要挡脱俚啊，就困难了。

周瑜今朝早上看着格封信，正在转念头格辰光么，外头叫啥消息报得来哉。

"报————禀都督！""何——呃事？""小人奉命打探消息，曹操水营之中，杀出小舟数十号，临江讨战。请都督定夺。""再——吔探！""是！"报事退下去。

"这，奇呃——呀？"奇怪。叫啥曹操搭好仔连环船啦，俚过江来讨战，俚并勿是派连环船来，派小船来。为啥道理要用小船来打？周瑜心里向转念头，庞统搭吾讲过。庞统说：曹操搭好连环船之后，有可能要用小船来打一仗。为啥？俚要试验试验看，吾北方格军队，小船上打，阿打得过唔笃江东人？

格么吾呐吭对付俚呢？庞统说：曹操小船来搭俫打呢，俫无论如何要拿俚打败。要让曹操用小船打，吭不信心。小船搭江东人打，勿来赛，勿可能好打胜仗。

格么假使说，曹操营头上连环船出来打，俫呐吭呢？

连环船出来打么，俫一定要败，俫勿能赢。为啥？要让曹操快活。哈！曹操一看，什梗到底是连环船好嗻，小船勿来赛，连环船打胜仗哉。假使俚连环船也要吃败仗哉么，俚对连环船也没啥欢喜嘮。

所以周瑜马上办好一封密札，派一个家将送到水营，交拨韩当、周泰二位将军，叫俚笃两家头带五十只小船，照密札办事，冲出营头去。周瑜自家呢，将台越旗，今朝要亲自指挥，长江二次开战。

周瑜派人去拿鲁大夫喊得来。鲁肃到，"参见都督"。

"子——敬。"周瑜就告诉俚：昨日，曹操有信来了。曹操呢，廿一要过江。只有今朝、明朝两日天，吾过江去，火烧连环船，那么可以成功。否则拨俚一过江，讨惹厌。现在呢，俫搭吾保守中军帐，吾亲自到将台是去指挥。因为俚用小船出来打了，吾一定要拿俚格小船打败。

有数目。鲁大夫答应。鲁大夫在该搭军机帐值班，代周都督办公事。周瑜到外头，手下人马带过来，豁上马背。

周都督带二十名家将，一路过来呢，直到江边。江边有一只瞭高台，格只瞭高台有七层高，每一层有两只扶梯，非常高。周瑜上去越旗。瞭望台上，人勿便多带，带四个心腹。

嗬冷噔噔——直到瞭望台顶上，立停。劈面格风大极了，呼……哗……本来风大，瞭高台上风还要大。七层高，又吭不挡拓。哗——风吹过来，周瑜头上两根野鸡毛，拨了风一吹，哈——往后头在飘。

周瑜拿起标远镜来一看，只看见，曹操水营里向，小船已经开出来了，在江心跟首。就在江心跟首耀武扬威，讨战。周瑜对自家营头上一看，韩当、周泰出去，五十条小船，嗤嗤嗤嗤嗤嗤嗤，开出去。韩当、周泰有数目的。为啥道理？周瑜有密札来关照俚笃，对方小船来，一定要拿俚笃打败。对方连环船来，唔笃勿能赢，一定要输。稍微打一打，马上就回转来。所以韩当、周泰有数了。船只，哈——往江心在开过去。

周瑜瞭高台上拔一面旗号，青旗。手下人马上越旗。格旗号大极哉。格旗子有几化大呢？纺绸旗，要一丈六尺见方格纺绸旗。旁边专门有两个小兵，乓！旗架子上青旗拔起来，旗套子去脱，尔嘚——青旗扯出去。啪啪啪啪——丈六见方格旗，越是越勿动的，插在旁边头架子上，用绳子扎牢。啪啪啪啪——两面纺绸旗在招呢，江面上看得蛮清爽，青旗就是关照冲了。哈——小船冲上去。

格么对江来两个大将啥等样人呢？曹操营头上两个陆军大将，一个叫焦触，一个叫张南。格么俚笃两家头呐吭会得出来讨差事了，长江江面上来开战呢？因为今朝俚笃是催粮草回转。催粮草回转赤壁，粮草解脱，那么自家呢下水营来见丞相。到连环船上来见曹操辰光么，曹操在搭手下人讲，今朝么连环船上操练人马，明朝么休息，后日就要过江了。今朝格风特别大，小船晃得厉害，连环船上的稳，平地相仿。曹操在说，到底连环船嗻，吭不庞统格连环计，勿有庞统格连环船，吾就吭不办法，打败江东。唔笃北方大将立了功劳之后呢，唔笃勿能忘记庞统功劳。

那么焦触、张南两家头听勿进。曹丞相俫忒嫌看轻吾伲北方人。喔！吭不连环船，伲就勿能立功？难道用小船打伲板输格啊？勿服贴。两家头跑出来讨差事，伲愿意带领小船五十条，临江讨战，杀败江东。

曹操说：连环船搭好哉么，唔笃何必要用小船去打呢，要打唔笃用连环船打咯？说：连环船打，勿显出吾伲北方大将格本事，吾伲呢，一定要用小船取胜。格么曹操说：唔笃勿能赢呐吭办法呢？甘当军令。输脱，杀头！好，那么曹操想，唔笃勿服帖，吾就让唔笃去试。

所以曹操关照俚笃两家头，带五十条船，开到江面上来动手。勿晓得焦触、张南，唔笃刚巧在连环船上辰光，连环船稳如平地，勿觉着。小船上勿来赛，风浪大，颠得几化结棍呢。两家头，头已经晕哉哟，吃下去格早饭呕出来了，勿来赛的。格么唔笃勴打酿，就什梗收兵回转去，到曹丞相门前去请罪。说起来，伲么勿晓得江面上，风浪什梗结棍，实在吃勿消了，难为情，老老面皮，回转来见曹丞相请罪，也吭没事体哉咯。北边人，直胎子，坍勿落格个台。因为讲好仔，勿能打败江东，甘当军令。无论如何要打一仗。那么俚笃只有把望啥物事呢，江东来格大将，本事整脚一点，格么喏，伲还可以取胜。

俫想，抱仔什梗种心情出来打么，呐吭来赛。搭韩当、周泰碰头格辰光，啪——双方各人发一排乱箭啊，船定。设定阵势之后么，主将格船只开出来。

韩当，搭焦触碰头，焦触本来是用一对双板斧，现在改用一条长枪，替韩当见面格辰光，通完名姓么，一枪刺过来。"东吴将，看枪！"噗——乒！一枪。韩当身体，哈啦！一偏，枪搠个空，喳！左手拿俚枪杆上抓牢，嘿！一曳么，焦触往门前一冲，韩当起右手格柄刀，望准俚头颈里向，嚓！嗤隆格咚，翻身落江。

等到焦触一死，张南船只开过来，搭周泰碰头，两只船还勴靠近，周泰几化勇敢。噗！已经跳过船只来。"啊？"张南一呆，呐吭道理？打也勴打，已经跳过船只来。张南往后头一让么，拨了周泰，一只手里向一片盾牌，一只手里向一口单刀。张南，辣——两斧头过来，拨俚，铿！削着。斧头荡开，辣！一刀着，嚯隆格咚，翻身落江。

焦触、张南两家头死，曹兵哗——退下去。曹兵一退么，韩当、周泰冲。周瑜开心，赢了，倷看，赢了。文聘拿连环船开上来格辰光，韩当、周泰有数目，晓得勿打了。韩当、周泰就退了。唔笃两家头上来搭文聘打是，做做样子罢哉哟，虚晃一刀么，调转船头就跑。文聘冲到江心跟首，大获全胜。曹操下令收兵么，文聘回转。韩当、周泰呢，也收兵回转三江口。

周瑜在瞭高台上看江景，看到对过连环船上么，周瑜发现，发现啥呢？一面大督旗，格面旗号呢，是曹操营头上顶顶大格一面旗号。从前周瑜上瞭高台上来看，对江水军都督格旗号，呒不什梗大。现在换仔一面大督旗，格面旗号是勿问得，曹操格旗号。周瑜开心啊，哈哈！为啥呢？因为曹操格旗号到连环船，就说明曹操本人下水营。吾火烧连环船，吾就有希望拿曹操捉牢。

倷在看个辰光，勿晓得今朝个风实在大勿过。西北风，呼……哇……吹急了么，着生头里，叫啥周瑜想着一张心事。为啥呢？西北风什梗大，吾呐吭可以火烧连环船？所以，周瑜要口喷鲜血，连下来，诸葛亮七星台借东风。

第九十一回

孔明问病

长江二次开战，江东大获全胜。现在周都督下令收兵，韩当、周泰格小船，回转来。曹操方面呢，也收兵了。因为焦触、张南两家头阵亡之后，本来格个五十只小船呢，全军覆没，一只侪勿能回转来。因为是文聘，带连环船出去接应，打败了韩当、周泰，所以呢，焦触、张南手下格五十条小船，还有大一半能够带转来，回营复命。曹操一看，连环船追仔一段路，下令收兵。文聘调转船头么，回转水营。曹操呢，从瞭高台上下来，到金顶莲花大帐里向坐定。

曹操蛮快活。格么说起来焦触、张南两家头阵亡，牺牲了两员大将，有啥快活头呢？曹操勿什梗想。曹操肚皮里向转念头，焦触、张南两家头格死，叫勿识相，拎勿清。吾搭俚笃讲的，北方人马，吭不连环船勿能够打败江东军队，俚笃勿领盆，板要用小船打。如果小船勿能打败江东人格说法，俚笃两家头可以颗郎头拿下来，甘当军令。等到冲出去，碰头东吴大将么，到底勿来事。两家头结果性命。格个两家头一死之后，连环船赢了，格么显得庞统格计策，确确实实是好，连环船格威力是大，吾打过去，何愁不胜？什梗了曹操蛮快活。文聘回转来，要搭文聘记功。勿晓得今朝江面上格西北风实在大勿过，呼……呼……曹操金顶莲花大帐门前头，有根旗杆，上面呢，是一面三军司令格大督旗。曹丞相格旗号。本来格面旗号是在赤壁陆营上，因为曹操下连环船么，格面大督旗，跟仔主帅一道，也到连环船上。风大，上头格面旗，是纺绸的，裹风，叭叭叭叭叭叭叭，拨了格风嚎急了，格旗杆呢，格年份也多仔点，木头么，也勿大牢桩仔点，拨了格风嚎急了么，力道实在大勿过么，格根旗杆断脱了。呱！旗杆一断么，格面大旗，顺仔风，连旗杆，连面旗望准江边上，嗬尔……飘出去，声音蛮大。金顶莲花大帐里格曹操，听见了。外头，呼噗——哗啊！

啥物事？曹操派人到外头来问，一问么，手下人回进来报告，报告格朋友，只面孔急得夹醮死白，"回禀相爷，刚巧大风吹过，中军帐三军司命大督旗，旗杆折断，请丞相定夺"。"喔？"曹操一听，喷生怃一气。"喔哟，嚯嚯嚯嚯——！"组苏根根翘起来。

为啥呢？因为老法打仗，有迷信。中军帐，主帅格面大督旗格旗杆勿能断，假使断呢，勿吉利。古代辰光，项羽搭刘邦打，九里山鏖兵，十面埋伏。项羽要自刎乌江之前，大风吹过，咔！帅字旗，旗杆折断。结果呢，项羽一场大败，逼走乌江么，勒煞在乌江边上。所以说格旗杆断是，犯晦的。格假使用现在格眼光看起来么，格有啥道理？旗杆断脱么，普通来西格事体。格旗杆木头勿大牢桩哉，风么大仔点，偶而"一来"断脱么，搭格打仗输了赢，呒不出进。啊呀，老法头里人，迷信思想重勿过，呒当！旗杆断脱么，曹操当然勿窝心。

曹操心里向转念头，让吾来问问旁边头文武官员看，吉凶如何。"列公。""哗……""大风吹过，旗杆折断，吉凶如——何？""哗……"旁边文武官员一听响勿落。格个有啥问头，旗杆折断，大吉大利，勿会的，终归触霉头。而且格个勿吉利啦，勿是一眼眼格事体。俫曹丞相旗杆折断，看上去格苗头，赤壁山要吃大败仗了。格么阿有人敢出来讲呢，呒没。为啥呢？该个辰光呐阿讲格个闲话？连环船搭好了，今朝十一月十九，曹丞相是连环船上操兵，明朝二十是休息。后日廿一，大军过江，兵进三江口，大破江南，就在眼睛面前了。进兵格日脚，迫在眉睫，俫跑出来说勿吉利、触霉头，看上去勿来赛了。丞相俫阿要收兵吧，马上离开赤壁了，调转人马撤退回皇城，勿敢说。勿敢说么，俫总要有个名堂格咯，格旗杆断脱，究竟是凶还是吉呢？

文武官员呒不人出来讲闲话格辰光，隔仔一歇，一个人出来了。"恭喜丞相，贺喜丞相！""唔！"曹操一看勿是别人，蒋干蒋子翼。哼，曹操响勿落，格朋友拍马屁，勿看辰光的，旗杆折断，有啥个喜事？"喜从何来？""回禀丞相，大督旗，三军之司令，丞相到什么所在，大督旗也到什么所在，如今丞相，将要兵进三江口，大督旗，先到江南，去等候丞相，此乃得胜之预——兆也！"

曹操听完是开心啊，"咦——呵呵呵呵……"

为啥道理要快活么？勿知呐阿拨了蒋干讲出来的。旗？跟吾曹操的，吾在陆营，大督旗在陆营，吾到连环船，大督旗也到连环船。现在吾要到三江口去哉，应该是吾到三江口，那么大督旗一道到三江口。叫啥格面大督旗心急哉，今朝先到三江口去，因为"哼"旗杆断，旗"尔——"吹出去，往哪里格方向吹呢？往东南面吹，朝三江口格方向吹。格么就说明，吾就就要过江了，大督旗就要去哉，就要打胜仗哉。大督旗先走一步了，到江东去等吾哉。

喏，一个人，在骄傲格辰光，听勿进，直拔直格闲话。实言谏劝呢，听了要跳起来的。啥人如果搭曹操讲，俫要吃败仗哉啊，俫马上收兵，杀头也讲的。蒋干格种拍马屁闲话呢，曹操来得格听得进，"子翼，言之有理，退下"。蒋干退下去，曹操外面呢，关照中军官，换过一跟旗杆，再另外换个一面旗号呢，不必交代了。

此地，连环船上，哼！旗杆断。大督旗，嗯尔——拨了风吹过去么，三江口格周瑜，也看见了。因为今朝天气好，望过来老远，标远镜里向看得出。周瑜收兵哉，立在瞭望高边上，拦杆跟首，一只手搭在栏杆上，一只手拿个标远镜，在对赤壁看。俫发现连环船上，有一面大督旗。俫就晓得，曹操到连环船上。只要曹操到连环船上，吾火烧连环船，就有机会，可以拿曹操捉牢，周瑜交关快活。周瑜正在看格面大督旗格辰光么，着生头里格西北风大勿过，哼！旗杆断。格面旗随风飘扬，尔嘚——望准该面在吹过来是，周瑜开心啊。为啥呢？曹操大督旗旗杆折断，不祥之兆。曹操要败哉，吾要赢了。格么周瑜也有格种迷信思想。

周瑜实在快活勿过哉么，扬声大笑。"哈——哈，哈——哈，啊——咦，呵呵哈哈……"倷在得意格辰光，勿晓得格风大勿过。风，呜——吹着。旁边头，周瑜下令收兵。有两面纺绸格旗，白旗，插着。拨了格风吹格旗角，啪啪啪啪，飘过来。旗角望准周瑜脸孔上，乓！一遮么，拿周瑜格视线，遮没了。周瑜在看，俚想要看看看，曹操格面大督旗，拨了风，吹到啥地方。眼眼调拨了旁边头格面白旗，啪！飘过来么，遮没自家只标远镜，看勿清爽了。

周瑜就拿左手执标远镜，右手两个节头子，夹到旗角上，哗啦！拿旗角拉开。再在对江面浪看格辰光么，勿晓得左手里格面旗，拨了风一吹，啪啪啪啪，飘过来。纺绸格旗，啪！拂周瑜面孔上，非但拿俚格标远镜遮没么，外加格旗角，拂到俚面孔上，阴当当。纺绸旗冰冰冷，叫啥周瑜面孔上觉着冰冰冷一来么，着生头里想着一桩心事。格个一急么，急得格周瑜作孽。格只标远镜勠想能够捏得牢，"啊呀！"擦冷——标远镜脱手么，还勠去讲俚，嘴里向一口鲜血，噗……喷出来。倷一口血喷出来格辰光，人立勿住。望准后头，嗬尔——铿！跌转去么，两只眼睛，钉在头瓣骨里向，拳头捏紧，牙齿咬紧，人事不醒。人，昏厥过去。

周瑜手下有四个家将，在伺候周都督。现在看周都督，磅当！掼倒，口喷鲜血么，急煞哉。因为突如其来。前脚周都督在看江景，风一吹，哈哈大笑，蛮快活。连下来马上——啊呀，擦冷，吐血。磅！掼倒，呆脱了。

拿周都督扶起来格辰光么，人昏脱哉呀，掐人中喊"都督，都督，都督醒来，都督醒来"。一时头上喊俚勿醒。风呢，呼——乌——哗……七层高一只瞭高台，台上格风要几化大。旁边头，还有几个越旗格小兵，俦急得面孔转色。那么呐吭弄法？四个家将一商量下来，先拿周都督扶下去再讲，该搭点风式大。一个底下人呢，先下瞭高台，到中军帐去，禀报鲁大夫。三个人呢，拿周都督扶下瞭高台，嗬冷噔噔——让俚到瞭高台下面。旁边头有座帐篷，拿俚扶到帐篷里。行军床上，让俚休息脱一歇再讲。

唔笃么在喊醒周瑜，该面报信格底下人呐吭呢？急煞，下瞭高台，马上骑着一匹马，哈啦啦啦……一匹马跑到中军帐，矻嘚！扣马。噗！马背上跳下来，马结一结好，奔进来么，鲁大夫坐好在那。

"回禀大夫，大事体勿好哉。""啊！"鲁肃一吓呀，啥个事体。"何事惊慌？""小人奉周都督之命，跟仔都督一道到瞭高台越旗，今朝长江二次开战，周都督将台越旗。""江上，胜败如何？""大获全胜。""嗳唉，大获全胜，为什么要如此惊慌？""大夫倷勿晓得呀，大获全胜之后，周都督下令收兵。周都督在江面上看江景，俚在瞭高台浪看江景格辰光，忽然对面浪吹过来一阵狂风，竖上来周都督是哈哈大笑，开心得勿得了。连下来标远镜脱手，口喷鲜血，磅当！倒转去，人昏厥在瞭高台上。人事不醒，病势危急。小人呒不办法了，所以赶到该搭点来，回禀大夫，请大夫作主。"

"喔！啊嘁嘁嘁嘁嘁嘁。"鲁肃格个一急么，魂灵心险介乎出窍。该个辰光，要紧当口，马上就要发令破曹，过江作战。大战之前，周都督，闻生头里吐血、昏厥，格还得格啦。俚马上关照底下人，赶快准备轿子，拿周都督去接转来。"噢。"鲁大夫再关照格底下人：通知瞭高台格副将，周都督将台喷血，人事不醒，格个事体，要绝对秘密。千定千定勿能走漏风声。如果啥人要讲出去的，杀！军法从事。为啥呢？周瑜要紧脚色呀，俚吐血、昏厥，格个消息传开来啦，江东军兵，要军心大乱，无心作战。格个事体？是勿得了格事体。底下人马上备轿子去，鲁大夫呢下命令，拿营头上顶顶好格军医官，统统去请得来，会诊。周都督一到之后，就要搭都督看病。

倸么急煞，周瑜格底下人呐吭呢？备仔周都督格大轿，赶到该搭点江边。周瑜人，已经醒了。手下人拿周瑜扶上轿子，轿门帘下好，扶手板搁好，周瑜人磕在扶手板上么，轿子抬仔，一路往中军帐过来。

格个辰光周瑜人完全清爽了，但是呢，心如刀割，痛苦是痛苦到极点。

格么周瑜，俚为啥道理，要在将台上吐血了，昏厥呢？想着一桩心事。啥个心事么？因为周瑜想，曹操连环船搭好，廿一俚要打过江来。吾只有在今朝、明朝，十九、二十，格两日天当中过江放火，火烧连环船，吾可以赢。如果说，勿是今朝、明朝打过去，后日曹操人马来，吾就完结了。格么放火？板要在该个两日天里向放。但是，吹着格西北风么，周瑜想着了，西北风什梗大，吾呐吭放火呢？放火啦，顶顶要紧是顺风，风助火势、火乘风威，那么喏，可以拿曹操营头浪格船全部侪烧光。那么西北风什梗大，逆风呀，吾打过去逆风。就算倸黄盖船只开过去，过了江心，倸想要近曹营去放火啦，办勿到。逆风放火烧自身。那么该个两日天当中，勿可能有东风。那是僵哉，吾献连环计、搭连环船，搬仔砖头压自家格脚。非但勿能够拿曹操营头上格船烧光，而且曹操连环船打过来，吾挡侪挡勿住。

刚巧已经看见哉咯，韩当、周泰小船上去，碰头文聘开过来格连环船，双方在接触格辰光，虽然是韩当、周泰，预先关照好，碰着连环船要败，退。但是连环船格威力看得出，有种小船拨连环船，当！撞着，卜隆——翻身了。俚个船本身大，外加有廿只连在一道，开过来格力道，更加来得大。连环船顺风过江，吾呒不办法挡拓啦，那么完结。

周瑜心里向转念头，吾此一番到三江口来，反间计，杀蔡瑁、张允；苦肉计，黄盖诈降；连环计，庞统过江，曹操营头上，襷搭连环船。吾条条计策侪成功了。反间计，苦肉计，连环计。但是呢，算得就来天勿凑。要紧辰光，呒不东风，那完结了，天老爷勿帮忙。该个吃败仗，勿是吾呒不本事，格个是天，要使得吾吃败仗。所谓"天亡吾也，非战之罪"，完结了。假使说曹操人马过江，三江口挡勿住，三江口失守了，六郡沦陷，江东亡国。吾呐吭对得住孙权呢？吾非但受孙权格厚恩，而且孙权格阿哥，小霸王孙策，搭吾是连襟，顶顶要好，一道出场格小弟兄。平定江东之后，小霸王孙策死，拿江东大事付托拨了吾，托孤重任。吾非但勿能够保全江东，外加要使得江东亡国，吾就是死到阴间，吾也呒不格只面孔，去碰头小霸王孙策，吾也勿能去见老东家，孙权格爷孙坚于九泉之下。吾也对勿住孙权，吾也对勿住江东格老百姓。因为曹兵过江，六郡沦陷，老百姓要受灾难，完结了，完结了。

周瑜心里向转念头，该个辰光别样办法呒不，只有死。吾马上死脱，还可以保全自家点名誉。人家说起来，江东为啥道理吃败仗？周瑜死嚎。周瑜勿死，江东勿完。那么嗏，吾还可以留名后世，好保全自己格名气。呐吭死法呢？拔出宝剑，自杀。跳了长江里，投江。或者么上吊，服毒。勿来的。吾如果是自寻短见而死，江东人板要讲格呀。周瑜晓得曹兵人马要来，挡勿住，呒不办法哉，那么俚畏罪自杀，岂勿是遗臭万年？死么要死，要人家勿晓得吾自杀。格用啥个办法呢？只有一个办法，勿吃物事，绝食。药也勿吃，饭也勿吃，饿杀脱。格么饿杀脱么，一时三刻饿勿煞格呀。曹操人马廿一要打过来，今朝十九，吾马上饿么，到廿一还勿会饿煞。嗏，周瑜什梗想，曹操廿一过江，吾俚江东有嘎许多军队，有什梗兴忠心耿耿格大将，拼命在江面浪去搭俚笃打。虽然吃败仗么，但是可以挡一阵。三头五日可以打打，那么三头五日下来么，吾终归死脱了。等到吾死脱么，眼勿见为净，吾啥格也勿晓得了。

周瑜实在呒不办法了，自杀了。而且格个自杀呢，勿能拨别人家晓得，只有俚自家肚皮里有数目了。轿子一埭路过来，到中军帐。张怕周瑜吹风，所以轿子抬到中军帐里向，停下来。手下人拿周都督扶出来辰光么，鲁肃在接。鲁肃对周瑜只面孔一看么，"啊呀！"呆脱了。今朝早上周都督出去越旗格辰光，关照吾留在中军帐，办理公务。分手格辰光，周瑜格只面孔，红白团穿，精神抖擞。现在呢，格只面孔夹黪死白，一眼血色俦呒不。嘴角边上，隐隐约约还看得出血迹，刚巧吐过血。头，沉倒，眼睛闭拢，精神萎靡。呆脱哉，一歇歇功夫，人，变脱了。

"都督，鲁肃迎——接都——督！"周瑜眼睛闭拢。听，听得蛮清爽。鲁大夫在接吾。周瑜心里向转念头：大夫啊，完结。江东要亡国。吾呢，准备一死，来报答主人。看上去格样子呢，俚也活勿下去。为啥呢？曹兵过来，俚决勿会投降曹操。俚也要战死沙场，完结了。周瑜呒不心思搭俚讲闲话，头沉倒，勿响。

手下人扶仔周都督往里向进去，鲁大夫呆脱，跟进来。勿知周都督呐吭了，嗷，吾叫应俚，闲话俦呒不。手下人拿周瑜扶到内寝帐，床沿浪坐定。搭俚头上束发紫金冠去脱，两根野鸡毛拿下来，旁边头台子上插一插好。身上呢，衣裳卸脱，靴脱脱，横到床上，被子一盖，笃咯——翻一个身，面孔朝里床，背心对外头么，周瑜啥个人俦觑看见。

鲁大夫登在床门前要问哉咯，"都督，将台越旗，为什么都督忽然口喷鲜血，人事不省？都督，如今你的贵体，怎么样了啊？"俚讲讲呢，俚现在人呐吭呢。周瑜听得出，鲁大夫格声音蛮悲哀了，俚也在难过。大夫啊，吾勿能搭倷讲，反正吾要死哉。倷鲁肃呢，也勿会长几化，搭倷阴间碰仔头了再讲吧。呒啥说头，周瑜勿响。

"哈，都督啊——啊——啊！"鲁大夫眼泪下来。江东不幸，要紧关子上，眼眼调都督生格种毛病。鲁大夫跑出来到外头么，军医官俦来了。阿有几化人？十几个。为啥道理要嘎许多医生呢？名医。营头上顶顶主要格医生，俦请得来了。各个科目俦来了，十三科医生么，就只有缺脱两科呒没，多下来俦来了。呐吭两科呒不么？一个妇科呒不。为啥么？营头浪因为呒不女人，所以妇科用勿着，产科也勿有，营头浪勿会养小囡。还有呢，小儿科。因为军队里打仗啦，小囡呒不。除出妇产科、小儿科呒不么，多下来统统俦有。军医官到齐，鲁大夫，就拿今朝长江二次开战，周都督越旗，打胜仗，收兵，吹着风，笑，接下来吐血掼倒，人事不省，拿格番情形讲拨了格班军医官听，让军医官考虑一下，周都督是啥个毛病。其中有多个是老医生，俦是跟仔周都督十年以上，对周瑜格身体呢，基本上了解的。吐血，周瑜格老毛病。不过呢，长远勿发哉。今朝，突然之间发病，口喷鲜血。不过格个吐血啦，军医官想勿通。勒仔两根祖苏皱紧仔眉头，俦在动脑筋，在研究。研究点啥呢？今朝周都督吐血，呐吭格情况底下吐血，就比较是顺格啦。江面上吃着了大败仗，败得来一塌糊涂，全军覆没。周瑜么急煞了："啊呀，完了，嗳——唉。"擦冷，吐血。磅，掼倒。昏过去。格么赛过合乎逻辑格啦。今朝是眼眼调江面上么是大获全胜，打胜仗。收兵，看江景，哗——劈面吹过来一阵风，而且吹着仔格阵风，快活，哈哈大笑——哈哈哈哈。一阵大笑下来，磅！标远镜脱手，掼倒，吐血。笑，开心。开心，为啥道理要急呢，为啥道理要标远镜脱手呢？兜勿牢头寸。赛过倷现在去白相，到杭州去旅游。在西湖边上，看西湖风景，哈——西湖风景真美啊！哈哈哈哈哈哈哈，噗——尔嘚——蹭！呃！厥过去哉，吐血。前脚在赞成西湖景色美啊，连下来吐血掼倒，昏厥，勿通格啦。格事体随便呐吭讲勿通的，军医官呆脱。

军医官要到里向去搭周都督看病，拨了周瑜底下人拦牢，勿让俚笃进去。为啥呢？因为周都督关照。鲁大夫一走之后，周瑜就关照底下人，军医官呒不吾命令，勿许到里向来看病。为啥呢？因为周瑜想，吾呒活，吾要病好，格么吾需要，请军医官到里向来把脉，开方子吃药。吾现在呒好呀，吾但求现在让吾快点死。眼勿见为净，死脱算数，通通俦勿晓得哉。国破家亡，勿看见。那么所以，军医官进来看，要毛病要好了，要死勿成功的。呒看，军医官勿能进去。

军医官来寻鲁肃，鲁肃跑开了。鲁肃为啥呢？急煞了呀。因为俚是陆军参谋，周都督以下，就挨着俚。周瑜出事体，接下来，啥人来指挥呢，应该是鲁肃来指挥。鲁大夫心里向转念头，吾呒不格点本事。吾挑勿起什梗一付担。格么叫吾呐吭弄法？搭啥人去商量呢？心里向一转念头么，只有请东家来。马上派人，到柴桑郡去，拿东家孙权，请到该搭点来，让俚亲临前线指挥。不过倷现在去请孙权来，日脚蛮多，勿是啥一请就可以来，顶顶快；要两三日天。格个两三日天里向，对方要打过来。倷格个事体哪恁办呢？急煞了。鲁大夫心里向转念头，别样办法呒不，想来想去只有搭一个人去商量。啥人呢？诸葛亮。诸葛亮有本事。周瑜格毛病，搭诸葛亮去讲讲看，勿知俚，阿有啥个办法，可以相帮吾出出主意。所以鲁大夫骑仔一匹马，哈——到江边，下马。踏跳登舟，到诸葛亮船头浪立定，通报军师求见。诸葛亮过来接，接到舱里向坐定么。诸葛亮呆脱。只看见鲁肃，眉头打结，面孔转色，手足无措，连连叹气。啥事体？因为诸葛亮也在想，今朝十一月十九，破曹操格日脚，要到快了。诸葛亮准备要回转去，回到夏口，帮仔刘备了，一道火烧—赤壁。该个辰光，俚笃江东搭曹操打格辰光，诸葛亮可以渔中取利，当中横里好拿物事。

现在看见鲁大夫什梗叹气，诸葛亮呆脱，问俚："啊！大夫，因何连连长——叹？""先生，你哪里知晓，江东休——矣。"喔哟，江东要完结啦？诸葛亮呆脱了。

"大夫，何出此惊人之言？""先生哪！"鲁大夫讲拨俚听：长江二次开战，大获全胜，周都督观看江景，劈面吹过来一阵风，竖上来，扬声大笑，连下来口喷鲜血，往后栽倒，人事不省，病势危急。"你想，倘若都督有甚不测，岂不是江东大事休矣？""喔，喔喔喔喔喔喔，嘶！"

诸葛亮一听，眼乌珠，笃咯咯咯——一转。听鲁大夫讲，长江开战，大获全胜，下令收兵，看江景，哈哈大笑。吹着风，磅！吐血，掼倒。吹着一阵西北风，吐血，掼倒。吐血，搭西北风，有连带关系。诸葛亮再一想么，明白了。诸葛亮聪明人，心里向转念头，周瑜格毛病，看来是勿懂天文，俚勿晓得东风有的。急得来，口喷鲜血。诸葛亮想，吾可以趁该个机会回转去。

"啊，大夫，都督人事不省？""着啊！""病势危急？""正——呃是。""啊呀，都督之病，卢医扁鹊，也难医治。"鲁肃一听完结哉。照诸葛亮什梗讲法，周瑜稳死。为啥呢？俚讲，周瑜格毛病，卢医、扁鹊活转来，看勿好。卢医、扁鹊，是古代辰光两个名医。格本事大到呐吭呢？能够起死回生。扁鹊啦，有一回到虢国去，虢国国王有个独养儿子，突然之间得着毛病死脱了。扁鹊到么，人已经断气哉，完结了，里向在哭。

"吾再来看看看。""人也死脱么，有啥看头呢？""作兴还可以看得好。"俚一看："勿碍，可以看得好。打针，打金针。"

金针打下去么，人醒转来了。刚巧俚格个断气啦，并勿是真格死脱，假死。俚能够看得好。如果倷，勿搭俚格个金针打下去呢，完结。俚在要害场化，当，针灸一打么，人醒转来。一吃药么，人就好了。所以格卢医扁鹊啦，有起死回生之术。诸葛亮讲，周瑜格病，卢医扁鹊看勿好，格么鲁大夫想完结了。江东大数已到，呒不办法。

"东吴休——矣。""大夫，都督之病，有一人，能——治。""啊？"喔哟，有办法，有希望，一个人可以看。"请问先生，是哪一位？""猜这么一猜。""唉呀呀呀"，鲁大夫心里向转念头，别人急煞快，俚还猜得落谜谜子。猜？猜么，一猜就猜得着。"莫非是，华——佗！"华佗。因为华佗，是后汉三国年间，医生当中名气顶顶响格一个，称为叫啥？叫"神医华佗"。俚看病格本事大，各其各式格毛病，侪看得好。

三国辰光，叫啥俚能够开刀。格辰光又呒不西医，华佗是中医，打麻醉针也呒不的。俚用啥个办法呢？华佗搭人家开刀啦，先拨人家吃一种叫麻沸汤，中药。麻沸汤吃下去呢，人就昏过去了。比方说俚肚皮里向有毛病，一只脾坏脱了，搭俚开刀，拿只坏脱格脾割脱，割脱之后缝起来之后，病就好了。一千七百多年前头，就能够开刀了什梗，了勿起格事体。

格是华佗还有桩特别本事，各种毛病各种看法，因人之异，勿同的。有一回大冷天，三九里，滴水成冰。一个人请华佗去看病，跑到华佗屋里向。生啥个毛病呢？常年格寒热毛病。冷起来，格格格格——抖，热起来呢？汗出勿停。用现在格闲话讲起来么，大概像格种恶性疟疾之类格物事。十几年哉，呒没断根，痛苦煞哉。到华佗搭来求华佗看么，华佗搭俚一把脉之后，就问俚：俦阿想看好格个毛病？想格呀。阿相信吾呢？相信俦。阿听吾闲话呢？听的。蛮好，听吾闲话就搭俦看。

关照俚：皮袍子脱脱。皮袍子脱脱。棉袄、棉裤脱下来。棉袄、棉裤脱下来。叫俚到门口头，露天噢，门口头一块石头格马槽，关照俚坐在石头格马槽里。着单短衫裤子，大冷天，着棉袄棉裤，着仔皮袍子也冷得来，呱呱抖。着仔单短衫裤子，坐在石头马槽里向，冷得抖得勿像腔了。

华佗关照两个徒弟，搭吾拿河滩上格冰敲开来，拿水拎起来，一桶一桶望准俚身上浇，要浇一百桶。"呕！"格两个徒弟吓得了，是要还人命的，吃勿消。

关照唔笃浇，有事体，吾负责，搭唔笃勿搭界。唔笃搭吾浇。那么两个徒弟呒不办法，敲开仔冰，拿冷水拎起来，望准俚身浪浇上去。竖上来格朋友冻得来，咯嘞嘞嘞——在抖，后首来冻僵脱哉，抖侪勿抖了。十几桶一浇么，动也勿动。两个徒弟勿敢浇么，华佗关照：俦搭吾浇。一桶一桶一桶一桶一桶，冷水在浇。浇到五六十桶哉，格人有点牵了牵着，醒过来了。浇到七八十桶上，汗，哇——出来。浇到一百桶是，热气腾腾，像蒸笼里向拿出来什梗。马上拿俚扶起来，扶到里向，床上。盖五条被头呢，床底下再生一个炭火炉，一熏，一身大汗一出么，十几年格毛病就此断根。药侪觜吃，嗨外啦。不过讲么什梗讲，行方便么，勿能随便去行。覅也是现在什梗有人生仔格种恶性疟疾，倷倒关照俚大冷天，在自来水龙头下头去冲脱一个钟头再讲，格弄出人性命来，勿来事的。

格么阿是吾瞎说呢，勿是瞎说。倷去看，《三国演义》上，格个一点呒不的。在《三国志》上，历史上，华佗格传，华佗格传记里向，有什梗一段物事。就说明，华佗格看病，各其各式格毛病俏看得好，称为叫——神医。所以诸葛亮一讲，只有一个人能够看么，鲁肃说板是华佗。

碰着诸葛亮说，勿是。为啥呢？华佗搭卢医扁鹊一样，神医。但是，只能看人家格身体上的毛病，生理格毛病。周瑜格毛病，看勿来的。为啥呢？诸葛亮有数目。周瑜格病，叫心病。心病呢，吃药，勿解决问题。心病呢，要用心药来医，一把钥匙开一把锁。格个毛病呢，只有吾会得看。

故而诸葛亮回头：勿是华佗。那啥人呢？远在天涯，近在咫尺。"喔，先生能为吾家都督治病？""是啊。""啊呀先生，你，哪里学来的医道？""亮，异人传授，专治一切，疑难杂症，无名肿毒，可以手——到病——除。"

"喔？"哈呀鲁肃开心啊，什梗一看，诸葛亮格本事大极了。非但用兵打仗好，而且还能够搭人家看毛病。格个看病格本事大得了，比华佗还要本事大。叫啥俚异人传授，疑难杂症，无名肿毒，用勿着吃药，只要俚一把脉好了，手到病除。蛮好，格么请倷先生上岸，搭吾伲都督去看病，假使都督毛病好么，决计勿忘记倷卧龙先生。

请。请。两家头上岸。鲁大夫问俚：阿要骑马？坐轿子。用勿着。格呐吭呢？一眼眼路，走走好了。

诸葛亮喜欢步行，鲁大夫陪俚一道步行。鲁大夫是心急得来，恨勿得生仔鸡翅飞到中军帐去搭周瑜看病。碰着诸葛亮么踱还俚方步。唉，鲁肃响勿落，上谱哉，叫"急惊风请着慢郎中"。周瑜格毛病呢，可以说是急惊风，吹着一阵风，磅当！吐血掼倒，昏厥了。诸葛亮格郎中呢，再慢勿能慢。格么诸葛亮为啥道理要什梗慢慢交走？因为诸葛亮晓得，周瑜格毛病是假的，俚弄勿落。呒不东风勿能破曹，俚急得呒不办法了，口喷鲜血。现在在寻短见，要寻死路。而且格寻死路呢，张怕拨别人家晓得，只好用绝食格办法，饿肚皮么，一歇歇功夫，勿会饿杀，笃定好了。所以诸葛亮尽管笃笃定定，跑过来。

进中军帐么，鲁大夫关照，"先生，稍坐片刻。鲁肃往里边通报都督，然后再请先生入内诊脉"。"好。"诸葛亮答应。

鲁大夫望准里向进去么，军医官呆脱。格班军医官本来要想搭鲁大夫讲，俚要到里向去搭周都督看病。拨了周瑜格底下人拦牢，勿让俚进去。要寻倷大夫阿好带俚进去，到里向去把脉。叫啥鲁大夫去请个诸葛亮哟，叫啥搭诸葛亮讲：倷在该搭坐脱一歇，吾到里向去，报告仔周都督了，再请倷到里向去把脉。那么军医官响勿落。鲁大夫在拆烂污，周瑜个毛病么，只有倷军医官会得看，呐吭去请个诸葛亮来看？诸葛亮就算看过几本医书，懂一眼医道，格么俚格种医道是业余格哟，外行哟。吭不临床经验。周瑜什梗个身份，毛病格恁样子格严重，倷去弄外行到该搭来看病，格呐吭来赛呢。

大家在对诸葛亮看，怀疑，怀疑诸葛亮吭不办法看好周瑜格毛病。诸葛亮对俚笃望望，孔明心里向转念头，军医官啊，老实讲：周瑜格毛病只有吾会得看，唔笃一个也看勿来。旁边头有空位子，诸葛亮勿坐，诸葛亮望准当中一坐。咭，军医官响勿落。倷看，诸葛亮老夫拓之，当中一坐。当中格只位子呢，是要顶顶好个医生坐。倷到里向去把好脉，会诊舒齐出来，啥人执笔开方子么，资格最好个一个医生，那么喏，坐当中只位子。俚是开方子派用场。台子上文房四宝侪有。倷要看仔病，那么再到外头来开方子。阿有啥诸葛亮病也勿看，先开方子啊。难道倷诸葛亮开好仔方子了，到里向去把脉啊。军医官在对俚看个辰光么，一看诸葛亮特别的。别人么要把好仔脉了开方子，俚先开好仔方子把脉。台子上蛮大一张方子，笔拿过来，裁下来一张。的角四方，豆腐干什梗大小，磨好墨、蘸好笔，提起笔来要开方子着么，军医官呆脱了。哈咦，奇怪。"嗻"，脉也勿把，开方子，倷方子上写点啥？军医官立起来，头凑过来要看诸葛亮倷写点啥么？诸葛亮勿拨俚笃看。诸葛亮拿张纸头往手心里向一摆，袖子管落下来，管笔呢，伸到袖子管里向，写。军医官一看么，旁边头坐定，好了，覅看，大概诸葛亮格张方子呢，七世祖传、万金秘方，保密的。勿公开。既然倷勿拨俚看么，格俚也何必来看。大家坐下来对诸葛亮望么，只看见诸葛亮笔杆在动，一个字一个字在写。写好了，阿有几化字呢，十几个字。笔放脱，吽，墨迹吹一吹干。大拇节头就拿格张方子搭一搭牢么，在袖子管里，人家看勿出格哟。等鲁大夫来请俚。唔笃在等个辰光么，再说鲁肃到里向。

鲁大夫跑到里面。一看，周瑜困好在床上。哈哈。都督啊，倷运气真好。倷生格种特特别别格毛病，诸葛亮能够看。

"都督，都督醒来，方才都督口喷鲜血，鲁肃好生惊慌。鲁肃往江边相见卧龙军师，诸葛先生，异人传授，专治疑难杂症，手到病除。如今，鲁肃把诸葛先生相请到来，要来与都督诊脉，呃呵呵，都督，醒来啊。"周瑜一听么，"嗳——唉"，肚皮里向转念头，鲁肃啊，啥人要倷要讨好！去倷拿个诸葛亮请得来。吾格个毛病，别人勿晓得，诸葛亮晓得。诸葛亮跑进来一看，哈哈——周瑜弄勿落哉，吭不东风勿能放火，急得了吭不办法，绝食身亡。那拨俚到外头一讲么，好了，吾遗臭万年，仍旧弄勿落。吾勿看诸葛亮。老实讲，诸葛亮来，也吭不办法好想。勿响。勿响么，倷鲁肃勿好去拿诸葛亮喊进来。鲁肃弄错哉，当仔周瑜困着了勿知啥？让吾来推推俚看。扼下身来，两条手搭到周瑜身上，去拿俚格身体推了个攘。

"都督醒来！都督，醒呐来！"俫拿俚推了攮格辰光么，周瑜猫抓七抓哪，心里几化烦操，握拉勿出。俫鲁肃还要去拿俚推了个攮么，阿要光火。周瑜在被头洞里，右手捏好个滋钻拳头，眼梢一窥，望准鲁肃额骨头上，拓！"阿哇！"鲁肃吃着一记生活，一摸，好了，一个块，垠起来。勿好了，周都督发痴，而且武痴，要打人了什梗。俫拿吾额骨头上搠一记勿要紧。倘然诸葛亮进来把脉，也什梗拿诸葛亮，拓！一记，吾呐吭对得住诸葛亮呢。

鲁大夫跑到外头，对仔诸葛亮，"先生，不必诊脉了"。

诸葛亮一吓呀，鲁肃出来回头郎中。回头郎中是生病人去格哉嚜？勿会格咯，绝食身亡么，饿一歇歇功夫，饿勿坏的。"大夫，怎样？""先生，如此因般，这等这样，鲁肃方才被都督打了一下，先生进去，也要把先生痛打，怎么过意得去？好了，先生，不必诊脉了。"

"噢。"诸葛亮一听，有数目了。啥体周瑜要拿俫敲一记呢？周瑜俚勦看见吾，俫去拿俚推了个攮，俚光火么，拿俫敲了一记。"大夫，亮，还有一法。"啊，还有法子？"什么法儿？"诸葛亮说，俫领吾到里向去，勦拨周瑜晓得，轻洞洞走。床门前摆好两只位置，一只位置俫坐，一只位置吾坐。俫呢，扑到周瑜身上，拿俚格事体揿牢，俫格只左手，伸到被头洞里向，拿周瑜只右手抓牢，从被头洞里向拉出来。那么鲁肃左手格三个节头子呢，把在周瑜右手脉息上。那么俫鲁肃格只右手伸过来，吾诸葛亮把俫鲁肃，右手格脉息么，吾就晓得周瑜生啥个毛病哉。

鲁大夫对俚看看，诸葛亮啊，俫该个辰光还寻得落开心么，吾认得俫。喔，叫吾去把周瑜格脉，俫么来把吾格脉，别人说隔靴搔痒，俫隔手把脉，隔开一个人么，呐吭把得出呢？

"先生，休要取笑！"诸葛亮说：吾啥人搭俫寻开心，勿是溜白相。"亮，异人传授，'悬——丝访——脉'。"

旁边两个军医官一听是，嗻唷！不得了。诸葛亮格本事大极了，悬丝访脉。

啥叫啥悬丝访脉呢？医书上有有的，但是到汉朝辰光已经呒没了。为啥道理呒不呢？据说古代辰光，皇帝小气，俚格妃子生病，勿拨医生来把脉的。把起脉来呐吭把法呢？一根丝线，把在格妃子脉门上，那么根丝线通出来，通到外头，俚要离开只床十步路。那么医生跪在地上，一只手么托个脉枕，丝线么摆在脉枕上，三个节头子，搭在格丝线上。丝线跳动格次数么，就是里向脉搏跳动格次数。格个办法看病，叫啥呢？叫悬丝访脉。用格个办法看病呢，看好格啦，叫啥蛮少的，后来皇帝坚持勿落哉么，就取消了格个悬丝访脉。所以悬丝访脉只有格句闲话，呒不了呀，失传了。

现在诸葛亮格办法呢，隔一个人把脉，就是属于悬丝访脉格一类。军医官想，假使诸葛亮看好周瑜毛病，呒啥客气，促要投张帖子，拜俚为师，向俚学。学两桩特别本事。一桩呢，先开方子慢把脉，还有一桩么，悬丝访脉。

唔笃大家俦呆脱。鲁大夫领诸葛亮进来,进内寝帐。地上有毯子的,走路呒不声音,床上周瑜勿晓得的。鲁大夫呢,先拿帐门关好,棉门帘下下来。为啥呢?因为周瑜怕风,鹐碰风了,所以帘子下下来。轻洞洞走过来,得好两只凳子。一只凳子呢,停一停自家坐。一只凳子么,让诸葛亮坐。然后鲁大夫,看准足,周瑜因为面孔朝里床,外头看勿见。鲁肃用足全身气力,噔!扑上去么,拿周瑜格身体,当!揿牢。

嗻!周瑜是气昏,别人心里向烦得了握拉勿出,俫还来寻得落开心了。鲁大夫,右手拿俚揿牢么,左手伸到被头洞里向去摸。摸着周瑜格只右手,咋嗒!一把抓牢,够吱够吱扳出来是,周瑜弄勿懂,啥个路道呢?等到只右手拨俚拉出被头洞,寸关尺上搭牢,那么鲁大夫坐定,拿自家只右手格袖子管撩一撩起,对诸葛亮看看,"好了,请先生诊——呃脉"。

诸葛亮坐定。诸葛亮左手三个节头子,搭到鲁肃右手脉门上把俚格脉。鲁大夫想,大概格毛病会走路,周瑜格毛病通过吾格三个节头,嘚尔——走到吾右手格脉息上,拨诸葛亮把出来,要么什梗,弄勿懂?

周瑜呢,也在想,鲁肃拿吾格只手拉出去,勪换过手,请诸葛亮把脉么,呐吭把法呢?周瑜阿要眼梢甩过来看。眼梢一窥么,"啊哈呀!"心里向转念头,鲁肃啊,蠹俫格头,俫呐吭在缠,俫么把吾格脉,诸葛亮么在把俫格脉,什梗在混俏么好哉。什梗呐吭能够搭吾看毛病呢?响勿落。诸葛亮在把鲁肃脉息格辰光么,只觉着格鲁大夫,六脉调和,身体好。诸葛亮懂医道的,诸葛亮勿是外行。诸葛亮而且还发明两样中药,现在中药店里向还有得卖。呐吭两种药是诸葛亮发明格呢?一样是卧龙胆,一样叫诸葛行军散,是诸葛亮征南蛮辰光发明的,现在还有。

诸葛亮在把鲁肃脉息格辰光,看周瑜格头,面孔朝里床,勿对外头看。吾格张方子勿能拨俚看。吾要说得俚颗郎头,乓!别转来,那么吾张方子拨俚看么,能够看好里格毛病。用啥个办法,说得俚颗郎头别转来呢?诸葛亮问鲁肃:"大夫。""先生。""为什么要帐门紧闭,厚帘下垂。""喏,呃喝,因为我家都督怕风。""喔,大都督怕风?""是啊。""啊呀大夫,大都督何尝怕风,只怕大都督,是要风。"

"喔?"嗬,鲁肃勿懂,周都督勿是怕风,是要风。俫弄勿懂格辰光么,周瑜听着懂的。周瑜心里向一震。啊?诸葛亮说吾勿是怕风,是要风。对格呀,吾是勿怕风,吾是要风。吾要啥个风呢,吾是要东风。啊呀,看上去诸葛亮完全晓得吾格毛病。周瑜格头要别转过来看格辰光,那么诸葛亮方子拨俚看哉呀。所以卧龙先生要七星台,借东风。

第九十二回
借东风（一）

　　周瑜，将台喷血，鲁大夫请孔明先生，来替周瑜看病。叫啥诸葛亮，搭鲁大夫讲，为啥道理帐门紧闭，门帘下，弄得没不通风？鲁大夫说是因为，周都督怕风。诸葛亮说，周都督勿是怕风，是要风。格句闲话，说到周瑜心里。周瑜想，吾是要风，吾要东风。诸葛亮格句闲话，还是有心呢，还是无意讲？让吾回转头来对俚看看看，周瑜格颗郎头在别转过来么，叫啥别仔一半，勿别了，仍旧回过去。为啥呢？周瑜想有啥看头呢？诸葛亮，吭不办法格呀。哪怕俚本事大，俚决计勿能够叫西北风，转化为东南风。刚巧俚说吾勿是怕风是要风，可能是无意讲的。吾现在呢，万念俱灰，完结了。吾么也准备死，吭啥看头，也吭不格只面孔搭诸葛亮碰头。所以周瑜格头，仍旧别过去，面孔朝里床。

　　诸葛亮格两只眼睛，盯牢仔周瑜在看。刚巧诸葛亮格句话，是有心讲的。看周瑜格颗郎头，哗啦！别过来，别了一半，再回过去。喔哟！诸葛亮心里向转念头，俤头别过来对吾看了，格么吾手心里向张方子，也可以拨俤看。俤现在格头勿别转来，格呐吭办法？什梗，吾一定要说得俚颗郎头别转来，两只眼睛对吾看。

　　格么用啥个办法呢？诸葛亮问鲁肃："大夫。""先生。""都督怎——样得病？"

　　啊呀！鲁大夫心里向转念头，周都督呐吭得病么，吾刚巧到船上来，侪讲拨俤听哉呀。看来俤忘记哉？还要再喊吾再讲一遍啊？捷捷一想么，勿错。郎中先生，考究四个字。叫啥呢？望闻问切。问，很重要。要问得道地。病人勿能回答么，病人格家属或者亲戚、朋友晓得的，可以代替回答。刚巧吾船上讲，讲得简单，诸葛亮作兴有漏脱、忘记，格么吾现在再说一遍。鲁大夫从头至尾，再拿周瑜呐吭样子越旗，吹风，吐血格经过情形讲了一遍。

　　诸葛亮听完么，"噢噢，噢噢噢噢噢，大夫"。"先生。""大都督，昨日身体如何？""昨天？""嗯。""大都督，身体健康。""噢，那么，今日早上，都督的精神如何？""今天早上么，大都督精神抖擞。""啊——啊！奇了啊，奇——了。""怎见得？"啥个上奇怪呢？"大夫，都督昨日身子康健，今朝精神抖擞，嘶，为什么如今，有这样的重病呢？""呃，这，这。"

　　啊呀鲁肃想，格是吾要拨俤逼煞。俤叫吾呐吭讲法呢？诸葛亮在奇怪，勿对咯赛过？昨日，身体康健，今朝早上，精神抖擞，格现在格毛病呐吭会得什梗重？

　　"啊呀先生哪，这叫，人有旦夕祸福，岂能自保喔。"鲁肃拨俚逼急了，讲出什梗一句闲话来。

一个人啦，勿晓得的。今朝勿晓得明朝，早上勿晓得夜头，格个名堂叫啥呢，有句老古话，叫"人有——旦夕祸福"，自家呢，保勿周全的。俫什梗一讲么，好像诸葛亮明白了。

诸葛亮接得蛮快，鲁大夫闲话声音还觉断么，诸葛亮格闲话就接上来了，"呃——着啊，天有不测风云，难以，逆料"。

格句闲话鲁大夫听着，一点勿奇怪。为啥呢？因为鲁大夫讲了一句成语，诸葛亮也接一句成语。因为格个两句话本来就是连在一道的。叫"天有不测风云，人有旦夕祸福"。鲁大夫心里向转念头：诸葛亮，俫接格句闲话么嗏，接得对了。格天也勿晓得的，早上天好，夜快点落雨哉哟。今朝蛮暖热，明天发冷性哉呢？格俫勿晓得的。今朝吹西北风，格明朝作兴吹东南风呢？所谓叫"天有不测风云"，鲁大夫听了格句闲话，不足为奇。

但是，周瑜听了呆脱了。周瑜口么勿开，周瑜肚皮里向："哈！"奇怪？呐吭今朝诸葛亮讲格闲话，搭格风，侪搭界的呢？刚巧说吾，勿是怕风，是要风。现在又说，天有不测风云。格句闲话，有针对性的。吾现在为啥道理吐血了，急得生病？因为吾吭不东风。格么诸葛亮什梗讲法，阿作兴东风倒有格呢？耶，天有不测风云么，今朝西北风，明朝倒吹东南风呢？既然诸葛亮连连在提到格风字么，让吾回转头来对俚看看。那么周瑜熬勿住，颗郎头，乒！别转来。小爆眼睛激出，在对诸葛亮看格辰光。诸葛亮一看，周瑜格头别转来了，蛮好，俫别转么，吾就可以拿张方子拨俫看。

诸葛亮左手三个节头子，从鲁大夫格脉门上拿下来，手掌摊开的。俚格只大拇节头呢，夹牢手心当中格纸头格角。格只手，在鲁大夫格背后头，鲁大夫一点勿晓得的。在鲁大夫格背后头，对床上周瑜一扬。周瑜看过来蛮清爽，只看见诸葛亮手心里向有张纸头，的角四方，上头写十六个字，四个字一句，共总侪在呢，是四句。呐吭四句呢？"欲破曹公，须用火攻，万事俱备，只缺东——风。"

"嚯——哟！"周瑜心里向转念头：诸葛亮，仙人，俫实头仙人。吾格毛病俫侪晓得的。是呀，要破曹操人马，板要用火攻，吾周瑜样样侪准备好了。万事俱备，吾只缺东风。既然诸葛亮晓得吾格毛病么，吾扮啥个假生病呢？那有希望了，用勿着寻死路。所以周瑜要紧只右手，噎！从鲁大夫手里向投下来，哗啦！被头一掀，两只手一撑。人，噎！床上竖起来。拿披在床上件衣裳拿起来，披一披好，靴着好么，床沿上坐定。叫应卧龙先生。"啊，先——生！"

鲁大夫一吓哟，因为诸葛亮三个节头子，从俚寸关尺在拿下来，鲁肃格人木欣欣，俫节头子搭着搭拿脱，俚还觉着了。连下来俚左手抓牢周瑜只右手，在把周瑜格脉息，当！周瑜只右手投脱了，乒！人竖起来。鲁大夫弄错，当仔周瑜又在发毛病，要打人了，发痴了勿知啥了。一吓呀，再一看周瑜，身上衣裳着好，头上顶巾戴好，靴着好，床沿上坐定，叫应卧龙先生格辰光么，鲁大夫呆脱。格个快活是快活得来，"脱！喝喝喝喝哈哈哈哈，哈哈，哈哈，都督痊愈了"。

毛病好了。哈呀！鲁大夫对诸葛亮看看，连连拱手，佩服佩服佩服。别个郎中先生本事大，总要一贴药吃下去，那么毛病俏会好，格个名堂叫啥呢？叫"药到病除"。诸葛亮格本事大得呐吭样子？用勿着吃药，蔓得来把一把脉。脉一把，毛病好。格个名堂叫啥？叫"手到病除"。而且格个把脉，还勿是直接把在周瑜格脉息上，还是把吾格脉息上。把格过房脉啊。格倷想，把过房脉，周瑜毛病好得什梗快，直接搭到周瑜脉门上，好得还要快。

"啊！先生，手到病除，话不虚传，呃喝，令人钦佩。"开心。诸葛亮心里向转念头，勿是吾手到病除，是吾张方子上，拿周瑜格毛病点穿。既然周瑜在叫应吾哉么，诸葛亮拿手心里向张方子团一团，袋袋里向袋一袋好，叫应周瑜："都督，三日不见，不想都督得此贵恙。""呃——是。""心——中如何？""十——分烦闷。""可曾服药？""气热，药不能——下。""喔！欲除其病，必先顺其——气，顺气之后，服药，病体痊愈了。""那么，请问卧龙先生，这顺气，有何妙——法？"

鲁大夫一听，俚笃两家头讲闲话，讲个俏啥呢？问毛病个闲话。诸葛亮讲：周都督啊，三日天勿搭倷碰头，想勿到倷得着什梗种毛病。周瑜说：是哟。诸葛亮问俚倷，心里呐吭呢？周瑜说：十分烦闷。心里向闷得勿得了。诸葛亮问俚：唵吃过药了。周瑜回头，吾格气热，气推上来。气热，药勿好吃下去。那么，诸葛亮说：要看格个毛病呢，必须先拿格气弄顺。气一顺么，药再吃下去，毛病就好哉喽。鲁大夫以为在问毛病。其实呢，俚笃两家头讲闲话是双关闲话。表面上是问毛病，其实呢，闲话里向还有闲话。诸葛亮在问周瑜：倷心里向呐吭？周瑜说，吾闷。闷极了。勿能破曹操，勿能火烧连环船，呐吭甏闷呢。诸葛亮问俚：唵吃过药？药，实际上，诸葛亮问格勿是吃药。是问阿要放火，因为药、火药有连带关系。药，可以代替火药。可曾服药，阿要放火？周瑜回头俚，气热，药不能下。气，是空气。空气就是风。风热了，火勿能烧。格么诸葛亮说，要破脱曹操格军队，必须先拿格风弄顺。风顺之后，那么，再放火么，事体舒齐哉。格么周瑜就问俚哉咯，卧龙先生啊，顺风么，倷阿有啥个办法呢？其实，俚笃在讲格个闲话了。鲁大夫弄错，鲁大夫当着周瑜格个毛病一般性，不过是气热，药勿能吃下去。诸葛亮蔓得让俚顺一顺气么，能够吃药哉，毛病就会好。周瑜在问，顺气有啥办法么，老实头人，俚登了旁边头，插一句出来："哦哈，都督，顺气么，呃，只要吃些陈皮啊。"吃点陈皮，陈皮吃仔顺气的。周瑜想，倷缠啥个名堂呢。吾要东风，呐吭倷请吾吃陈皮。"子敬，休得多言。"

诸葛亮讲："大都督，亮在隆中，异人传授，能呼风唤雨，只要亮作一台，名曰七星台，登台作法，借三日三夜东南大风，助都督破敌曹——操。"周瑜一听是，"好——啊！"好——极了。诸葛亮叫啥异人传授，能够呼风唤雨。俚搭吾搭一只台，叫七星台。登台作法，借三日三夜东风，帮吾火攻破曹。周瑜心里向转念头，吾用勿着三日三夜，吾蔓得一夜天东风。明朝夜头一夜天东风，吾就够着。"先生，瑜只消一夜东风，便能破敌。然而么，呃，多多益善。"倷能够借三日天当然更加好哉。

鲁大夫一听勿懂。倷来看毛病，问毛病，临时完结弄仔个借东风出来？

周瑜呢？马上拔一条令剑，就交拨诸葛亮，"卧龙先生，带五百军卒，建立七星台，登台作法，借得东风之后，重重，相——谢"。"得令。""子敬，陪伴先生同去。""着，遵命！"鲁大夫陪仔诸葛亮跑出来格辰光，鲁大夫勿懂，问孔明，"啊——先生！""大夫。""都督他，生得什么病哪？""风病。""啊？什么风？""东南风。""啊？"鲁大夫想，风病么，只有鹅掌风、白癜风、鹤膝风，七十二样风病里向，呒不东南风的。"呃喝，先生，此言怎——讲？"那么诸葛亮讲拨俚听：周瑜俚格得病，勿是为别样，因为俚要火烧连环船，一定要顺风，呒不东风勿能放火，所以急出毛病来了。吾现在格办法呢？就是借东风，相助周郎。"哦，好极了！"鲁大夫心里向转念头，诸葛亮，倷仙人，活神仙。倷办法多啦，天上侪有办法可以想。佩服佩服，佩服。

唔笃两家头去，周瑜呐吭？马上请军医官进来。军医官到里向，搭俚把脉开方子，服药调理。吐一口血，到底也伤身体，需要吃一点药。不过周瑜对诸葛亮借东风格桩事体呢，叫将信将疑。为啥呢？因为，别样物事侪好借，风呐吭借法？借箭，勿稀奇。倷是趁迷露天，敲锣打鼓，到曹操营头门前去，装神作怪，骗俚笃乱箭射出来，射在倷船上，草船借箭。该个比较现实。风呐吭借法子？风从来呒不借得来的。格诸葛亮格个闲话，到底是真格呢，还是假格？假使俚借勿着东风，吾勿能够放火么，吾亦呐吭办呢？周瑜派人去打听，看诸葛亮寻地方，搭七星台，究竟呐吭一回事体。

格么其实，诸葛亮格个东风，到底阿是借来格呢？难道说诸葛亮真格是仙人啊？会得召天神天将，六丁六甲，搭玉皇大帝商量，请仔风伯雨师来帮忙了。勿可能。因为《三国志》格部书，搭《封神榜》两样的。《封神榜》是神话，神话么由得倷去创造好了，凭想象，倷可以自家去创造好了。《三国志》格部书，比较现实格了。生活里向有格事体，历史上有格事体，风当然是勿可能借的。风是本来有的。格么诸葛亮为啥道理，要用什梗个借东风个名堂呢？拆穿点讲，诸葛亮格借东风是名目，俚实际上呢，要用借东风格机会逃走，回转夏口。因为火烧连环船，大战就在眼睛门前，诸葛亮要回到刘备搭去发令，要布置好仔，参加格场赤壁鏖兵。诸葛亮要走。走，呐吭走法？默默侧侧溜，溜当然也可以格咯，但不过比较困难。诸葛亮有种目的，还呒不达到。诸葛亮趁该个机会，装神作怪，搭一只七星台，登台作法么，借东风。其实呢？俚利用借东风个机会，离开三江口，回转夏口去。顶顶重要格啥物事呢？就是周瑜要发一条令箭拨俚。诸葛亮手里向拿条令箭，格条令箭是十二条大令当中第一条，子时大令。诸葛亮格条令箭拿着，等到借好东风，回转夏口，格条令箭啦，俚要带转去。带转去派啥个用场呢？等到火烧赤壁，大破聚铁山，破曹操粮营格辰光，诸葛亮派人，乔装改扮东吴军队，到聚铁山去搬粮草。搬粮草？口说无凭咯。俫乔装改扮江东军队，呒不凭据，呐吭拨俫拿粮草拿得去呢？有凭据，啥个凭据？嗯，就是格条令箭。凭格条子时大令么，聚铁山所有格粮草，全部侪拨诸葛亮搬到夏口去。所以诸葛亮非但是乘机逃走，外加还要带条令箭。格条令箭要换来，曹操八十三万大军格全部粮草带转去，不得了格事体。格周瑜又勿晓得。

格东风是本来有的。诸葛亮懂天文，俚晓得，明朝要有东风。格么诸葛亮呐吭会得晓得格呢？吾老早就讲过，草船借箭格辰光吾就讲过，诸葛亮懂天文。懂天文么，实际上懂气候，懂气象。现在俫农村里格老伯伯了什梗，侪懂格呀。喔，明朝么是天好哉，明朝么要落雨哉。有勿少成语，侪是农民总结出来的，啥个"三朝迷露么起西风了"。有种，吾有种到农村里面去生活格辰光，听农民讲拨吾听：明朝天要落雨了。吾说：俫呐吭晓得的呢？俚说：俫看，挂在灶屋间里向格条咸鱼，滴粒嗒啦，在出汗，咸鱼出汗么，天要落雨哉。嗳，居然俚能够从一条咸鱼身上格变化，能够晓得明朝要落雨。果然，明朝落雨了。

格么格个气象呢，是一种常识。俫只要关心俚，研究俚，总结前头人格经验，俫可以掌握的。所以诸葛亮晓得东风，并勿是啥个掐算阴阳了，或者仙人教俚了，侪呒的，诸葛亮装出来的。但是当时格人是相信的。为啥呢？因为老法头里格人，迷信思想比较重，容易上当。认为诸葛亮呢，倒是有点仙风道骨了，神通广大。作兴的，到天老爷搭去想办法，弄三日三夜东风来，其实勿是的。

格么诸葛亮现在辰光，替鲁大夫两家头点五百个兵，要来寻一凶地方搭七星台。寻啥地方呢？要两个条件。一个条件呢？用夹盘，就是指南针夹盘啦，夹一夹，格个地方要属于巽地。何谓叫巽地呢？就是说：乾、坎、艮、震、巽、离、坤、兑。八卦当中啦，巽是属于风。故而巽地，可以借风。第二呢，就是说格个地方格烂泥，要红颜色的，红土，那么就可以在格个地方搭台。格寻过来，地方是蛮多，有格地方是巽地，勿是红土。有格地方是红土勿是巽地，只有一个条件，就勿能搭台。

诸葛亮搭鲁大夫一垓路寻过来，寻到南屏山。诸葛亮要进山路去么，鲁大夫说：山路里向么，地方勿大几化的，为啥勿到宽阔点格地方去寻呢？诸葛亮说：去试试看。寻进南屏山山路。

到江边一看：嗳，该搭有红土咯。军师啊，俫来看看看，红土在此地，阿是巽地？夹盘一夹么，实头巽地。好极了，那么就在南屏山江边，搭一只台。格么格个地方，诸葛亮是勿是无意当中发现格呢？勿是。诸葛亮老早就发现了。草船借箭格辰光，诸葛亮勿是有三日天造箭么？俚终归要跑到箭厂来。箭厂就在南屏山格外头，诸葛亮在箭厂里来转了一转之后么，俚总归到南屏山里来跑一跑，看看南屏山格地形。一看该个地方巽地，红土，将来搭七星台么，就搭在该搭。

格么诸葛亮既然老早晓得该搭点，可以搭台格么，俚为啥体要无意当中发现呢？要别场化寻仔半日了，再跑到该搭点来呢？种根。倘然诸葛亮直拔直，从中军帐出来就到南屏山，周瑜要疑心的。啥体俚别地方勿搭台，搭到南屏山，俚勒从南屏山逃走？哈啦，来一个水陆路包围，围困得铁桶相仿，诸葛亮就呒不办法逃走。

诸葛亮板要无意当中寻到南屏山来，格么周瑜晓得，周瑜派人来包围南屏山么，俚只守陆路，勿拦水路。为啥呢？因为南屏山啦，三面是山，有一条路，一面是水。格条山路呢？狭窄得极，两面是山，当中一条山路。俚曼得山路口扎一路人马驻扎在么，等于喉咙口叉牢了，就跑勿脱了。好比一只鸟，飞进仔笼子，笼门关上么，跑勿脱了。长江里？长江里，俚诸葛亮又勿好游水，回转夏口。所以长江里，用勿着派人去守得的。周瑜上当么，也就上在格个地方。俚想勿到诸葛亮，会得从水路里向逃走。

现在诸葛亮关照搭格个台，格只台格规模呐吭大小呢？要三层高，每一层三尺，共总九尺。底层大一点，中间一层小点，顶上一层顶小一点。底层呢？要有六十四丈围圆。当中一层呢？二十八丈围圆。顶顶上头呢？小哉，十二丈围圆。烂泥、石头叠叠起来就可以了。限俚笃五百名军兵，搭吾二更天之前，一定要完工的。人多呀，横竖烂泥堆堆，石头叠叠么，便当来西。小兵在该搭点搭台，诸葛亮回到江边船上，鲁大夫跟俚过来。诸葛亮开好一张单子，交搭鲁大夫，俚搭吾准备几化几化物事，借东风要派用场的。俚去叫周都督，派人去准备。二更之前，送到南屏山。今朝夜头三更天呢，吾要登台作法。等歇，吾要到中军帐来搭周都督见面。

"噢！"鲁大夫先去。鲁大夫一走之后，诸葛亮马上写好一封信，拿朱二官喊过来，关照朱二官：船开出去，开到七芦湾口，分水墩，芦柴窝里向，有只渔船等好了。俚搭吾拿封信去交拨在渔船上。有数目了。

船开出去到七芦湾口，该搭有只鱼船。其实该只渔船，勿是捉鱼的。格只渔船是假老戏，是刘备派在那，专门搭诸葛亮联络了，通信的。格封信交脱，小船马上回转。渔船回到夏口，碰头刘皇叔，报告刘皇叔，诸葛亮信来了。刘皇叔拆开信来一看，噢！有数目了。格上面写得蛮清爽，关照刘备，派赵子龙，带一只小船，乔扮渔翁相仿，船开到三江口，南屏山。在南屏山江边芦柴窝里向，准备好各种暗号，吾诸葛亮呢，就预备乘格只船，回转夏口。格么刘备让俚派赵子龙，吾慢慢叫关照。

再说鲁肃。鲁大夫到中军帐见过周都督之后，报告都督。说卧龙先生，在南屏山搭七星台，现在要格点物事。周瑜一看么，要点旗号，要点衣裳，要点道家用格物事。比方说要二十四面，黄——旌、白——钺、朱——旛、皂——纛，四种颜色格旗号。另外呢？要端准六十四身黄衣裳，六十四面黄旗。七身青衣裳，七身黑衣裳，七身白衣裳，七身红衣裳。七面青旗，七面白旗，七面红旗，七面黑旗。还要呢，端准四身道家打扮，一身罡衣。再要么香案、香炉、蜡签、蜡烛，台灯，桃木剑，净水盂，朱笔，黄标纸，灵牌。一切道家应用物事，格上写得蛮详细。周瑜关照拿造办官喊得来，问俚，格点物事，阿来得及办？格造办官说，旗号、衣裳，便当的，人头多，临时赶一赶。道家物事，伲营头在吭不的。啥个桃木剑了，灵牌了，到啥场化去弄？鲁大夫想着，西山山顶上有一只草庵，草庵里向有出家人等，要么到格搭去借一借看，"蛮好"。就派鲁大夫去。

鲁大夫带底下人，上西山到草庵里向么，庞统在。庞统问鲁大夫：倷来做啥？什个长，什个短，诸葛亮借东风，借点道家用格物事。

庞统笑笑，庞统心里有数目的，诸葛亮借东风是滑头戏，要逃走哉。诸葛亮要逃走哉。勿能说穿，该个是诸葛亮金蝉脱壳之计。吾如果一说穿，诸葛亮要有性命危险。庞统搭诸葛亮要好，哪恁肯讲呢？勿响。山上有出家人，一问，道家应用物事，侪有，现成的，借一借。用过之后还拨俚笃。

送到山脚下来，旗号、衣裳办好了，派人送到南屏山。二更之前，侪要送到。天夜快了，诸葛亮来了。诸葛亮到中军帐么，周都督接，接到里向坐定，摆酒。卧龙先生三更天要登台的，现在吃夜饭么，周瑜请俚吃酒。诸葛亮回头：大都督，吾今朝夜头要登台作法，召天神天将，吾勿能够吃荤哉，吾要吃素格。"蛮好。"办素斋，一席素斋办好。其实诸葛亮叫装腔做势，制造点气氛。诸葛亮格风，勿是借得来的，啥体板要吃素么？一方面，改改口，荤格吃得有点腻哉，吃桌把素斋白相相。主要呢，拨周瑜上当，让倷周瑜相信。当仔吾真格是去召天将了，勿能吃荤，要斋戒了。

鲁大夫、周瑜、诸葛亮三家头在吃酒辰光么，诸葛亮就讲了：大都督，吾劝倷，今朝夜头用黄盖格名义，写一封信，告诉曹操。搭曹操讲好，明朝夜头过江，到赤壁去，投奔曹操。说起来呢，要带几化粮草，有啥个暗号。让曹操呢，格封信，今朝夜头就能够接着。挨到明朝早上，俚终归能够接着。总而言之讲，东风颳起之前，格封信先要过江了。为啥呢？起了东风，黄盖格信再去，曹操要疑心。啊！勿起东风，信勿来，起了东风，信来了，倷勥趁风放火呢？未起东风之前，黄老将军书信过江，曹操勿会上当。因为曹操想，黄盖勿是仙人，俚勿会估计到会得有东风的。周瑜想对的，信吾来写。周瑜马上信写好，派人送到水营，交拨甘宁。甘宁交拨蔡中、蔡和，蔡中、蔡和今朝夜头立即送信过江。

诸葛亮再搭周瑜讲：大都督，是勿是倷写一封信告诉吴侯。吾在想，曹操赤壁山一败之后，可能，俚格人马要望准合肥格方向退下去。假使俚到了合肥之后，回复阵打过来，格就蛮讨厌了。格么呐吭呢？顶好啦，请吴侯带一路人马，兵进合肥，截断曹操赤壁到合肥格交通。让合肥格救兵勿能到赤壁来，赤壁格败兵退勿到合肥去。"嗳"，周瑜想对啊，诸葛亮搭吾提格点建议好极了。俚马上写一封信，报告吴侯，请吴侯带领人马呢，兵进合肥。周瑜连下来呢，也要派大将，到合肥格条路上去。在黄州道上，人马守住，让曹操格军队，根本就勿能够退到合肥。只好往荆州格方向退。

格么诸葛亮阿是诚心在帮周瑜格忙呢，勿是。诸葛亮在为自家派用场。为啥呢？曹操如果赤壁一败，曹操格败兵往合肥退下去哉啦，就回勿到荆州了。曹操俚勿往荆州格方向跑呢，就勿能够经过彝陵道、葫芦角、华容道，格条路线俚就跑勿着。跑勿着呢，诸葛亮就降兵收勿着，战马得勿着，军需品得勿着，要损失勿少物事。拿赤壁到合肥格条路格交通闸断，曹操必走华容道，俚只好望准荆州格方向来。那么喏，格个地方上，诸葛亮埋伏赵子龙、张飞、关云长守好在那。就可以收降兵、夺战马、得军需。格里向物事可以弄着颟尽啦。周瑜又勿晓得，扛仔俚个木梢也酚觉着哟，还觉着诸葛亮闲话是蛮对。

连下来，诸葛亮再对周瑜讲：大都督，蔡中、蔡和两家头，俫准备呐吭样子处理？格杀头啦。蔡中、蔡和两家头，当然吾拿俚笃杀颗郎头咯。诸葛亮认为：蔡中、蔡和两家头好派用场。派啥个用场呢？蔡中，祭旗开兵。俫要去破曹操，要祭旗格啦。祭旗一般要用猪头三牲。那么军队里向有什梗格习惯，顶好呢捉牢格敌人，拿敌人颗郎头，嚓！斩下来。拿俚格血洒到大督旗上，顶顶吉利哉。格么蔡中颗郎头好代替猪头三牲了，祭旗开兵。蔡和呢？蔡和可以去劫聚铁山格粮营。为啥呢？由蔡和领路，到聚铁山去，俫用勿着打得。可以长驱直入么，毫无阻挡的，从头营到二营，从二营到中军，可以直达到中军，那么动手。对。周瑜说对。吾叫甘宁到聚铁山去劫粮营，让俚带仔蔡和一道去。

诸葛亮想蛮好。俫派甘宁带蔡和去呢，吾回转去发令格辰光，吾就可以安排埋伏。派人到聚铁山去，拿点粮草俫搬转来。酒吃好，诸葛亮告辞。鲁大夫陪俚一道去。鲁大夫陪孔明走格辰光么，周瑜俚心里向明白，诸葛亮搭吾去借东风了。南屏山格山路，吾呐吭办？假使说，诸葛亮借勿着东风，格呐吭呢？吾就勿能放火了。吾勿能放火呢，不过俫诸葛亮格条命，酚想保得牢。嗳！因为那吾绝食来勿及哉呀。吾只好呐吭呢？只好战死沙场哉呀，吾也终归死哉。俫诸葛亮欺骗吾么，吭没客气，吾，嚓！一刀，结果俚性命。戏弄本都，还当了得！格么万一诸葛亮借得着东风呐吭办？借得着东风啊，加二要杀。啥道理？咦，俫诸葛亮本事忒大哉。俫诸葛亮本事大得了，天上俫有办法想。人头熟得了，天神天将俫认得。用现在格闲话讲起来，开后门，开到玉皇大帝搭，格还了得格啦。俫格人，还好摆了世界上啦。格是一定要拿俫杀头。格么吾山路口呐吭呢？山路口，派个人去保守好了。南屏山格条山路，进去格条路，出来也是格条路，俫逃勿走的。周瑜发一条令箭，派一个将官叫马忠，带五百名军兵，赶奔到南屏山，闸断山路口。诸葛亮借东风开始了，闲人就勿许进出了。啥人要进出，一定要有吾命令，呒没令箭，勿能擅自出入。马忠去。

马忠快呀，勿多一歇工夫么，已经到南屏山扎好营头。俫营头扎好，诸葛亮侪晓得了。停一停诸葛亮上七星台么，一看就看得出，山路口营帐篷、旗号了，人马巡逻，山路口有人守好了。格么当时诸葛亮搭鲁大夫两家头到南屏山江边，一座帐篷搭好。格座帐篷呢，让诸葛亮休息。

格么诸葛亮要挑选军兵咯。台上要布置一番。格七星台上呐吭布置法子呢？人用勿着多，一百二十名。派廿四个小兵，侪长一码，大一码。每人手里拿仔黄——旄、白——钺、朱——旛、皂——纛，立在平地上，勿立在七星台上。一层一层一层一层，三层啦。俚笃平地在也算一层，底层上么，就立廿四个人。第一层呢，第一层派六十四个人，身上着黄衣裳，手里向拿黄旗，算八八六十四卦，中央戊、己、土。第二层派几化人呢？第二层一共侪在，派廿八个人。七个着青衣裳，拿青旗，朝东面立，算东方甲、乙、木，青龙。七个着黑衣裳，拿黑旗，朝北面立，北方壬、癸、水，玄武。七个，着白衣裳拿白旗，朝西面立，算西方庚、辛、金，白虎。还有七个，身上着红衣裳，手里向拿红旗，向南面立，南方丙、丁、火，朱雀。还有四个道家打扮，立在顶顶上头一层。顶顶上头一层呢，一只香案。香案上头么，香炉、蜡钎、台灯、黄标纸、朱笔、令牌、桃木剑、净水盂侪是格种物事。格么格四个道家打扮格朋友，手里向也勿空的。立在香案前头，左右两个人呢，一个，手里向拿根竹竿，竹竿上头结一根七星号带，一根旛啦。单单一根带子，上头七粒星，表示格只台是七星台。一个小兵手里向拿根竹竿，竹竿上头结几根鸡毛。啥个用场呢？看风啦。因为鸡毛轻么，风一吹，看鸡毛往哪面飘，晓得现在啥个风向。还有两个呢？一个奉桃木剑，一个手里向呢拿只净水盂，立在旁边头，香案格后头左右两面。一共一百廿一个。再留一个小兵，上台点香烛，下台么，侍应侍应，专门服侍服侍卧龙先生，一百廿一个。

多下来三百七十九个，统统侪退出去，此地用勿着。那么三百七十九个人退出去。安排停当之后，诸葛亮换打扮。呐吭换打扮呢？诸葛亮头上纶巾去脱，骑发簪卸脱，把根解脱，披头散发。身上鹤氅脱脱，靴、袜脱脱，赤脚。外头呢？拿件罡衣着到身上。啥叫啥罡衣呢？罡衣就是道士先生上台，打醮，着格件衣裳。格件衣裳比方说，衣裳几化长呢，袖子管也有几化长啦，袖子管大得热昏。门前头是八卦，背后头呢，绣格金线格宝塔什梗种样子，其名叫一路消台。周围呢，有廿八个金圈圈么，算二十八宿，格种侪是道家格物事。诸葛亮弄好舒齐，香汤沐浴。格个淴浴是假老戏，做个样子哉呀。弄点树根、茅柴，点一蓬火，烘——烧起来。格只脚，在火上跨一跨过么，就算干净了。该个叫啥，做一个仪式啦。

等到火弄阴，跑出来。鲁大夫在外头看，鲁肃呆脱了。鲁肃一看诸葛亮格种腔调，勿像军师，实头像打醮台上的法师一样。看诸葛亮只面孔，交关严肃。两只手呢，摆在胸口头，节头子碰节头子搭在一道的。两个大拇节头圆在后头，四个节头子呢摆在门前头，搭在一道呢，朝门前头过来。赤仔双脚，从帐篷里出来。到七星台门前，有渡擎，礓磜。一级一级上来。好得格只台勿高的，只有九尺高。到顶上，香炉，蜡钎、香烛，侪点好。

诸葛亮呢，先要关照一声，对一百廿个小兵，通知俚笃注意点啥个事体。"啊，众弟子听者。""哗……"格两个小兵勿懂，伲么只有叫众三军，或者众弟兄，从来哝不众弟子。道家，只有弟子了，哝不弟兄的。"哗……""稍停停山人，登台作法，东风起，天将临——台。""哗……"喔哟，大家呆脱。停一停东风一起啦，叫啥有天神天将要到七星台上来。格个是机会好极了，伲可以看一看天神天将呐吭样子。营头上大将伲侪看见过，天神天将伲从来哝不看见过。

诸葛亮关照俚笃，天神天将临台格辰光，唔笃有几桩勿许。第一桩，勿许擅离方位。现在立啥地方，停一停仍旧立在啥地方，钉在那，动也勿能动的。勿能擅离方位，跑来跑去。第二桩，勿许失口乱言。勿好开口，勿好讲闲话。第三桩呢，勿许大惊小怪。第四桩呢，不许张开眼睛来看。啥人如果要张开眼睛，看一看天神天将，格个是罪名大啦。要五雷击顶了，雷火焚身，性命要保勿牢。

一百廿个小兵听了么，心里向难过。天神天将来格辰光，喊伲眼乌珠侪要闭拢，勿能看。看呐吭？看性命要保勿牢，要五雷击顶。格么其实诸葛亮，为啥道理要关照俚笃眼睛闭拢呢？诸葛亮侪是门槛。因为诸葛亮要逃走。逃走起来，假使俚笃眼睛张开了么，看俫诸葛亮在七星台上，噔噔噔噔噔噔，奔下来。看俫望准江边，噔噔噔噔噔——跑过去，寻船只，咦咦咦！诸葛亮逃走逃走，侪看见。现在诸葛亮下命令，关照俚笃眼乌珠要闭拢么，诸葛亮逃走起来，一个人也勿看见。呐吭看得见？眼睛闭拢了。那么格两个小兵只好答应，勿能看，眼乌珠要闭拢，勿能大惊小怪。诸葛亮关照停当之后，然后拿只净水盂拿过来。格只净水盂呢，三个节头子翘起，大拇节头、主拇节头、小拇节头三个节头并在一道。第三、第四两个节头子么蜷起来，净水盂么顶在格只手里向。那么格个净水盂里向插一根稻柴，弯一个鸡咕咕什梗。拿格净水盂里格水呢蘸一蘸，望准台上洒上去。格个名堂叫啥？叫净台。俚格水洒一洒么，就表示格只台上干净哉，该个也叫意思意思。侪什梗水洒一点点，就算干净是，大扫除起来，拖帚也用勿着。曼得拿只净水盂什梗洒几点么，侪干净了。该个叫形式上，勿是真格干净了。净水盂洒好之后，银朱笔，拿起来蘸一蘸。黄标纸摆好了，沓啦啦啦——画符。画好四道符，写好一张天表。然后银朱笔放脱，嗒！桃木剑拿过来，桃木剑格尖捻头，噇！望准道符上钎上去，装神作怪。

诸葛亮对仔格东面，"唵——东方——木德星君"。俫听听俚好像在念咒语，其实字眼一个也哝不的。画格符么，也只有俚自家晓得。大家侪勿识货格呀，由俚画么好哉呀。诸葛亮对东面在讲点啥呢？其实俚在搭孙权讲闲话：孙权啊，倷运气真好。天帮忙，有三日三夜东风。东风起，赤壁烧，曹操全军覆没么，江东三——分天下。唔——轰！啡——一道符化脱。

嗒！第二道符。"唵——北方——水德星君。"曹操，不识时务，兵进赤壁。该抢呢，管叫倷全军覆没，片甲不回。唔——叫倷晓得吾诸葛亮格厉害。轰！啡。

嗒！又是一道符钎好。"唵——西方——金德星君。"皇叔，临江会搭倷分别之后，现在吾就要转来了。刚巧一封信，想必倷老早就收着。吾关照倷三更天，派赵子龙带只渔船，到南屏山来，停在芦柴窝里向，倷覅忘记脱啊！倷覅误事喔。赵子龙勿来是，吾要转勿转格噢。唔——轰！啡。

嗒！再是一道符。"唵——南方——火德星君。"其实呐吭？其实诸葛亮在搭周瑜讲闲话。诸葛亮七星台上望下来，蛮清爽，南屏山山路口，一路人马驻扎，马忠守好在那。诸葛亮心里向肝火是烊的。啥道理要光火？周瑜，倷脱辣手。倷山路口为啥道理要派一路人马守好？蛮清楚，封锁山路，包围吾诸葛亮。东风起，倷就来拿吾杀。嗒，假使吾诸葛亮借勿着东风，倷拿吾杀，情有可原。说起来吾耽误大事。吾现在能够借东风，倷还要来拿吾杀啦，倷个人手条子忒辣。别人说网开一面，总要挺条生路拨人家走走了。倷实头吭不生路拨吾哉呀，一定要弄杀吾哉。格么周瑜啊周瑜，老实讲一声，吾诸葛亮到三江口来，吾顶顶恨的，就是三条计策。第一次，倷叫吾到聚铁山去劫粮草，借刀杀人。第二次，喊吾造十万条箭。第三次么，嗒，该抢借东风，借勿着要杀，借得着也要杀，十面埋伏。置吾于绝地。既然什个样子，老实讲，吾诸葛亮要报复的。嗳！倷害吾三趟么，吾要报复。吾呐吭报复呢？将来气煞倷格辰光呢，吾决勿一气就气煞倷啦。吾第一气气得倷半死半活。第二气么，气得倷奄奄一息，牵了牵。第三气么，送倷回转去！唔——轰！啡——一道符化脱。

诸葛亮格画符是握空哟。然后桃木剑放脱，上天表，卜咯笃，跪下来。别人家只听得俚咕一句，"弟子诸葛亮感召告于皇天与……"格就是祈求上苍，阿能够来三天三夜东风。格侪是做拨大家看看。天表上脱，天表化脱，嗒！桃木剑一执，净水盂一拿，诸葛亮从七星台上奔下来。格个辰光赛过像老爷附在身上，诸葛亮从来勿大奔格啦，现在要奔了。噔噔噔噔，赤仔脚，从七星台上下来，直跑到长江江边，芦柴门前。看俚，吧呼！嘴里向喝一口净水盂里格水，望准芦柴窝里向，噗——喷过去。

唵——嚯！桃木剑望准芦柴窝里向，当！一指，嚯！一来么，人家看看是，勿知啥个名堂了。

其实呐吭？其实诸葛亮跑到江边来，俚勿是别样。喷法水，假佬戏。俚跑到江边来作啥呢？俚跑到该搭点来，就是来看一看，赵子龙只船唵来了。因为俚约好，赵子龙船来，在芦柴窝里向，搭吾竖一盏七星灯笼。那么该搭点七星台，七星台上侪有灯笼的。每一面旗上缚一盏灯笼。所以台上格旗帜蛮清爽，灯笼也锃亮。芦柴窝里向有盏七星灯笼，人家勿会注意的。有七星灯笼，格么就说明赵子龙来了。

诸葛亮叫啥对准江边芦柴窝周围，一看么，叫啥只看见芦柴窝里向，墨腾赤黑。灯笼呒不来。

诸葛亮心里向，别别别别——啊呀！踱来，踱来嗄。赵子龙啊，倷拆烂污哉啊。呐吭会得勿来格呢？三更已经过哉嗄。赵子龙勿来，吾呐吭逃走呢？诸葛亮更更一想，勿急，安静，勿呆的。啥了勿呆呢？赵子龙来么，终归勿见得板是三更之前到。作兴俚出发得挨点呢？因为出发早，万一碰着江东巡逻船，讨惹厌。可能俚挨一点。俚挨一点到该搭点来，哪怕天亮之前到，也勿要紧。只要勿拨江东巡逻船发现，倷天亮之前，船到该搭点来，停在芦柴窝里向，吾照样还是可以走的。那诸葛亮回过来。回到七星台上，桃木剑、净水盂放脱，卜咯笃，跪下来，伏台。伏台要伏脱一大歇，那么从台上下来。回到下头帐篷里。身上格衣裳换脱，恢复老打扮。鲁大夫告辞，退出去。鲁大夫蛮相信，俚觉着，诸葛亮格借东风，有把望了。因为格种腔调，看上去样子，是能够借着东风。

鲁大夫回到中军帐来见周瑜么，周瑜今朝夜头一夜天勿困，俚在打听消息。

现在鲁大夫来报告，诸葛亮登台作法，画符、掐诀、上天表、喷法水，一番情形。周瑜蛮相信。周瑜关照鲁大夫，倷蛮辛苦哉，倷去休息吧。鲁大夫去休息。周瑜呐吭呢？派人到外头看，东风唵起。东风起了，马上派大将去，拿诸葛亮杀。

格么周瑜为啥道理板要等到起仔东风了，拿诸葛亮杀呢？东风勿起，俚为啥道理勿拿诸葛亮杀呢？啫，周瑜格里向什梗想的。东风勿起啦，吾勿好拿诸葛亮杀的。倷如果东风还勿起，就拿诸葛亮，喳！颗郎头拿下来，挨歇点天神天将跑到七星台上来一看，啊！诸葛亮死脱啦？啊呀！诸葛亮问伲借东风，人也死脱哉，格风也用勿着借得。吾转去哉。天神天将别转身来就走么，好了，东风勿借，完结。吾板要让诸葛亮登在七星台上，搭天神天将碰头。东风借着哉，东风起哉，天神天将回转了，那么吾派人过去，喳！拿诸葛亮颗郎头拿下来么，天神天将已经转去，半路上。俚也勿晓得七星台上吾拿诸葛亮杀啦。就算天神天将算得出么，风也起哉，俚要收转来也不大便当么，让俚格东风再吹下去吧。周瑜转什梗格念头。所以东风勿吹，俚勿拿诸葛亮杀。东风起，俚马上发令。到天亮，辰时光景，东风起哉呀。东风起，那么周都督要发令箭，派人马赶到七星台，要陷害诸葛亮。

第九十三回

借东风（二）

七星台，诸葛亮借东风。今朝夜头呢，周瑜一夜天勿困。一个是在准备，明朝早上发令，兵进赤壁。哪里格大将到啥地方，黄盖格船只，呐吭出发？侪在安排。但是顶顶要紧呢，要有东风。侪吭不东风啦，安排了格令箭，发下去吭不用场，逆风放火么，烧自家咯。所以周瑜派心腹，到外头去看，东风唵起了？马上就来报告。但是格底下人，跑出跑进，一墰连一墰，勿停格在到外头去看么，回进来报告，总归是西北风。啊呀！周瑜心里向急啊，格东风到底啥辰光有呢，后来周瑜心里向转念头，吭不东风，吾要拿诸葛亮杀。假使有东风呢，也要拿诸葛亮杀。为啥么？因为侪本事式大哉，勿能留在世界上。倒是诸葛亮个人啦，神通广大。虽然吾南屏山山路口，派好大将马忠，五百名军兵，扎一座营头，闲人勿能进出。格作兴诸葛亮，俚倒想出、挖出点办法来呢，拨俚溜脱呢，勿放心。周瑜心里向转念头，顶好么呐吭呢，要派一个人，在诸葛亮旁边头，看牢俚。俚要想逃走么，马上就能够发觉。格派啥人去看呢，嘿嘿，侪勦说啦，侪要派一个人去监视诸葛亮倒，格个人蛮难派的。侪派一个普通格将官去，那么东吴两个大将，心肠侪蛮好的。俚笃要想的，诸葛亮到吾伲江东来，立了几化功劳？长江初次开战，诸葛亮越旗打胜仗。周瑜过江探营，有危险了，诸葛亮派人过去，拿都督救转来。草船借箭，现在么七星台借东风。格种功劳，勿是一眼眼格功劳，对江东格打胜仗是，起极大极大格大作用了。喔！东风起仔了，还要拿诸葛亮杀啊？良心何在？那么侪派得去格大将，俚不忍哉，心肠软哉，弄得勿巧么，勿是派俚去监视诸葛亮，而是去走漏风声。告诉诸葛亮：军师啊，侪么帮伲格忙，借东风。东风起了，都督要杀脱侪。好，走漏风声么，促使诸葛亮逃走起来，更加快点。吾派别格大将去，托勿落。顶好呢，派得去格人，要是吾自家人，亲眷，信得过的。周瑜再一想么，有哉，派自家兄弟去。

周瑜有个兄弟，叫周毅。周瑜格号么叫公瑾，俚格号叫长瑾。嗳，叫啥弟兄两家头啦，兄弟格本事实在整脚，搭阿哥勿能比。周瑜么，熟读兵法，深通韬略，用兵如神，魄力大。兄弟呢，饭桶，庸庸碌碌之辈。吭不啥大格出息的。那么周瑜呢，勿重用俚，格勿能重用。侪吭不格点学问，在粮草队上，做一眼小差使。格人呢，老实的。周瑜想吾还是派自家兄弟去吧。

所以马上派人到粮营上去，拿兄弟喊得来，关照兄弟：侪搭吾呢，到南屏山去，陪陪诸葛亮。诸葛亮么在南屏山，七星台借东风。一夜天啦，肚皮要饿的。那么诸葛亮么吃素，荤格又勿吃。倷搭吾送点素点心去。啥个点心么？人参饼。格物事，大么勿大的，稍微吃点下去，营养蛮好，肚皮勿会饿了。倷送点人参饼去，呵，陪陪诸葛亮。假使东风起哉么，倷注意噢，勿能让诸葛亮跑开格噢。为啥么？吾还要请诸葛亮，一道来商量事体了。总之，倷去陪陪俚。格么周瑜啊，倷搭兄弟讲穿酿，东风起仔，吾要派大将来，拿诸葛亮杀头的。格么为啥道理对兄弟要保密呢，周瑜有讲究。兄弟啦，实在老实勿过，倷格个闲话勿好告诉俚的。告诉仔俚呢，俚要面孔上露形的。俚格眼睛里向，要露出格种眼神来，眼色啦，人家看得出的。眼为心中之瞭啦，心里转啥念头，在眼光里向，可以看得出来。用一句新法点格闲话讲起来啦，眼睛是，叫心灵的窗户。赛过倷心里向转啥个念头，眼睛里向能够看出来的。那么诸葛亮个人呢，聪明人。鉴貌辨色。一看倷格眼光、眼神，哪怕倷口勿开，心里闲话勿讲，倷眼神里也会露出来。周瑜派倷来看牢吾，周瑜么板要害煞吾。俚要看出来。兄弟老实，吾勿搭俚讲明白。俚脑子呒不什梗一种名堂啦，俚眼神里，勿会流露出来。那么诸葛亮么只晓得俚是来送点点心了，来陪陪吾了什梗。勿会防备。

那么周毅去，照顾卧龙先生，送点点心去。周毅跑脱之后，周瑜呢，再在派人打听，到底格东风嗯起？一埭一埭一埭报得来，天也亮哉，还是西北风。

啊呀，周瑜急煞。呐吭天亮哉，东风还勰起呢。诸葛亮登台是三更天就登的。据鲁大夫刚巧来搭吾讲么，诸葛亮要三次登台得了。三更天一次，五更天一次。那么连下来天亮之后么，还要登台。现在已经两次登台登过，呐吭格东风还勿来呢？勁拆烂污哦，呒不东风，吾就算拿诸葛亮杀，也呒不意思哉。为啥么？因为，江东要亡国格啦。曹操打过来，就完结了。杀俚也不过出出气哉呀，呒不意思了。顶好是要有东风。后来周瑜关照格底下人，倷吾到江边去看，长江江边去看。现在倷看，就在中军帐外头，陆营上看的。格么阿作兴，现在岸上，在吹西北风。长江里向呢，已经吹仔东风哉？聪明人转起笨念头来了，比笨人还要来得笨。勿知呐吭拨周瑜想出来的。阿有啥陆营上，西北风，水营里向么，东南风。岸上格风搭水里向格风，两样起法？勿可能的。路远喏，作兴格。距离几百里路，一千里路啊，格么作兴的，风向勿同。勿可能，就在眼睛门前么，呐吭会得有两种风向。周瑜呐吭想法么？诸葛亮借东风在长江边上，南屏山江边借，格么江边先起东风哉，倷搭吾去看看看。

底下人作孽，一夜天呒不困，奔得了，脚筋也要奔断哉。跑到长江江边一看，还是西北风。当当当当当当当当当，气喘咻咻么、满头大汗。跑到里向跪下来禀报，"回禀都督，还是西北风"。

周瑜看俚也作孽，奔得来，满头大汗，什梗冷格天，跑得满头大汗么，可见得，几化吃力了。周瑜想什梗吧，"你与吾往江边观看，倘若没有东风，休来见吾"。"是！"

周瑜照顾俚，倷到江边去看，东风起仔，倷再来报告。呒不东风么，倷也勁来见吾哉。叫啥个底下人领会错脱了，当仔周瑜对俚板面孔了：倷搭吾去，到江边去看，呒不东风，倷勁来见吾。逼牢绞仔俚要交一个东风出来什梗。

那么格底下人心里向转念头，吾又勿是天老爷，吾又做勿动主的。"呒不东风么，休来见吾"，格叫吾呐吭弄法？跑到江边一看，还是西北风。真家伙，长江旁边一无挡拓。哗——几化冷得了。总要寻一个窝风点格场化，登登么好哉嘎。一看么有哉。江边有棵大树，有两三个人合抱粗，那么俚跑到格棵大树门前。在格大树东南角里向，人，坐下来。身体么，戤在树上。西北风吹过来呢，树挡没，吹勿到俚身上。要稍微好过相点。别人讲起来，门前大树好遮荫。俚么叫，背后大树好挡风，拿点风挡脱了。坐定么，打瞌睏。为点啥么？一夜天勩困，吃力勿过。隔勿多一歇工夫么呼——困着了。那么傃困着么，周瑜在等俚格消息。等仔一大歇，还呒没消息。再派人去看看看，实在心急。

"来！""是！""你与我往江边观看，什么风？""是！"喝噔噔噔噔——派出来第二个家将呢，格朋友有个毛病，啥个毛病呢，勿识东南西北，方向弄勿大清爽。啥个风，要问别人，自己勿懂的。跑到江边一看么，归格人勿看见了。嗳！寻着哉。格搭有棵大树，戤了大树该搭点困着了。跑过来推推俚格肩胛，"嗳嗳，老哥，醒醒，都督叫我到这儿你呀，什么风了？醒醒醒醒"。戤在树上格朋友，困丝懵懂，"呃，呃，啊——嗯"，眼乌珠睁开来一看，"西北风"。"是。"

噔噔噔噔噔噔，回过来，"禀都督，西北风"。"再去！""是！"嗬噔噔噔，其实俚第二埭奔过来，望准江边来啦，辰时已经到，风转了，已经东南风了。傃用勿着到江边去看。识风向格人，俚就可以去报告都督，东南风了。勿识风向，板要跑到江边来问。一看么倒好，格老二官困着了。"呼——呼"，"嗳！嗳！老哥，什么风了，说呀，什么风？"困丝懵懂格朋友，格么傃眼乌珠张开来看看酿，现在啥个风？老经验，用勿着张开眼乌珠看，总归西北风。周瑜在发痴，今朝十一月二十，冬至节，啥场化来格东南风？"西北风。"眼乌珠也勿张开来，说一声西北风么，归格脚色又勿懂风向，傃说西北风么，俚别转身来就走。

勿晓得戤在树上格人，觉着勿对。啥格上勿对么？格东南风啦，望准俚劈面吹过来，嚯咯咯咯……俚觉着冷哉。俚格个清爽的，吾坐在靠东南面，西北风吹过来么，大树挡没脱，风再大么，吹勿到吾身上。现在呐吭格风，劈面吹过来，嚯咯咯咯。张开眼睛一看么，勿得了，东南风起哉。实头东南风。非但树丫枝上看得出，傃再看旁边头格旗号好了，啪啪啪啪啪啪——旗角在望准西北面飘，实头东南风。啊呀要死格来，吾刚巧说成西北风，谎报军情要杀头的。豪燥追上去吧。

跳起来，噔噔噔噔——追过来么，归格朋友已经跑仔一段路哉。拼命追过来么，喊："喂——兄弟，你慢点走。""怎么啦？""现在是东南风了。""吾知道了。"

噔噔噔噔。格老二官，奔到中军帐里向："报——禀都督。""什——么风？""启禀都督，现在吹的是，西北东南风。""哈？"周瑜想，倷碰着点啥格了？今朝格风四面一道吹过来？西北东南风？"怎——呃样？""呃，这个。"连刀切。"小人去的时候是西北风，回来的时候东南风了。""当真？""是的。"周瑜听见东南风是开心啊，也勿去责问俚刚巧闲话讲错。"退下！""是！"

勿相信，去格辰光西北风，回转来东南风，一歇歇功夫，格风就转过来哉？吾来到外头去看。周瑜立起身来，转出案桌，旁边头两个心腹将军，跟仔俚一道跑过来，到中军帐外头。抬起头来一看么，中军帐三军司令格面大督旗啦，啪啪啪啪——旗角，是在望准西北角里飘，清清爽爽，东南风来了。格个东风是大极了。周瑜格快活是，快活得不得了。有东风，火烧连环船，大破赤壁，江东保全，一场大胜仗，就在眼睛门前。

"啊——咦，哈哈哈哈……"叫啥俚笑声未绝么，只觉着心里向，别别别别。为啥呢？想着诸葛亮。格个诸葛亮格本事大得了，真格是有呼风——唤雨之能。天老爷侪有办法好想。人头熟得了，搭天神天将一句闲话，西北方马上变东南风了。格个人呐吭好留在世界上？

周瑜别转身来，回到里向，虎案当中坐定么，令架子上拔一条令箭，关照旁边头："徐盛、丁奉，二位将军听令！""在！""有！"徐盛，左护卫，丁奉，右护卫。两个护卫将军跑过来，心里向快活啊。为啥呢？什梗一看，心腹护卫将僔便宜。周都督发起令箭来，别人鹣派着，俇总归先派着。近水楼台，立功劳。俇立头功。蛮起劲，到周都督门前。

"令箭一支，二位将军与我往南屏山，把诸葛亮首级，拿来见吾。""啊？""着！"两家头呆脱，随便呐吭想勿到，周瑜会下什梗条命令。

诸葛亮七星台借东风，东风起，格个功劳大得了，应该马上派人去拿俚接得来，办酒庆功。搭俚记大功了，重重相谢。想勿到，恩将仇报了，要派俇两家头上七星台去，拿俚颗郎头拿下来。格呐吭答应得落？所说徐盛、丁奉两位将军，侪是文武双全，有资格。徐盛格用兵，勿错。后三国里向，俚单独搭，曹丕带过来格人马打格辰光，徐盛要火烧龙船么，大败曹丕，有本事。格种令箭接勿落。

讲道理。"都督，诸葛军师，到江东而来，相助吾东吴共破曹操，如今先生立下了大功，哪有把先生斩首之理？末将，不敢奉命。"丁奉是还要爽气，对仔格周瑜，"都督，诸葛亮借得东风，倘若把军师斩首，天下之人，都要责问我们江东，是忘恩负义，恩将仇报，末将不敢奉命，请都督另遣别将"。"嚯——唷。"周瑜一听，格个一气，气得俚面孔生青。

为啥？不得了。诸葛亮格个人格人缘好极了，倷听听看。徐盛、丁奉是吾格心腹将军，专门保护吾。吾叫俚笃两家头去拿诸葛亮杀头，俚笃，一个回头吾"不敢奉命"，另一个回头吾"另遣别将"。吾叫俚笃拿诸葛亮杀，俚笃回头吾，倘若诸葛亮关照俚笃两家头，"把周郎的脑袋拿来"，"得令——呃！"俚笃马上接令。吾格心腹，心已经向仔诸葛亮哉，格个人还好留在世界上啦？

周瑜俚，当！一记台子一碰，"徐盛、丁奉，擅敢不服将令，那还了得？倘然不与我把诸葛亮首级拿来，便与我将自己的首级，拿——呸下"。喤！令箭往地上一掼。勿去，杀头。"这！""是！"

徐盛对丁奉看看，丁奉对徐盛望望，格呐吭弄法？硬上。令出如山。勿去，杀伲格头。倘然伲两家头死，诸葛亮可以活，格么嗬，总算为诸葛亮能够活命，格伲死还有个名堂。现在呒不名堂。倘然伲勿去，周瑜拿伲颗郎头，嚓！嚓！斩下来。另外派别个大将去，别个大将也要接令格呀。格么呐吭弄法呢，诸葛亮总归呒不命活了，别人也要拿俚杀格么。伲接令吧，好得伲拿诸葛亮杀脱之后，诸葛亮地下有知，九泉之下，也会谅解伲。晓得伲两家头是上命差遣，不得已而，呒不办法。"得令！""遵令！"

格个接令箭呒不劲了。扡下身来，令箭拾起来，望准外头走格辰光，格两步路，一眼呒不劲道了。哈冷，铿，铿，铿——唔笃在望准外头，慢吞吞在走出去格辰光，周瑜肝火烊啊。心里明白格呀，两家头令箭么接了，勉强得很。倷看酿，跑出去格两步路走路死样怪气。周瑜在对俚笃两家头背后影看，两家头刚巧踏到中军帐外面么，一个朋友来了。啥人呢，鲁大夫。

鲁肃也得着东风起了，鲁大夫快活啊，扬声大笑。"喝喝哈哈哈哈哈，哈，哈，哈，诸葛先生，神通广大"，有道理。来见都督贺喜。刚巧到中军帐么，看见徐盛、丁奉两家头出来。鲁大夫问俚笃两家头："唔笃手里向拿仔令箭到啥场化去？"两家头讲清爽，要上七星台去杀诸葛亮么。鲁大夫，喤！拿俚笃一拦呀。"呃喝，二位将军，去——呸不得。"

勿能去。诸葛亮立仔什梗大格功劳，要拿俚杀头，格呐吭讲得出呢。拿俚笃两家头拦进来么，吾去讨情。徐盛、丁奉顶好倷去讨情。跟着俚倷一道进来格辰光么，鲁大夫到周瑜门前，对仔个都督。"啊——都督！卧龙先生七星台登台作法，借得东南大风，真是奇功非小。为什么都督，要叫徐、丁两位将军，把诸葛先生斩首。啊呀都督，天理何在，良心何在——呀！"一个人要讲点良心，倷呐吭可以呢？

"哎，嗳，子敬！诸葛亮，有通天出地之能，呼风唤雨之术，日后，是吾江东之心腹大患，本都哪有不将他斩首之理？"周瑜说：诸葛亮是吾伲江东将来格敌人。破脱曹操伲就要搭刘备，发生利害冲突。伲假使打起来，吾勿是诸葛亮对手，江东要吃苦头。现在诸葛亮是伲格恩公，将来是伲格敌人。格个敌人叫啥，叫潜在的敌人。眼睛门前还勿是敌人了，破脱曹操啦，升级升上去哉么，就变着当场的敌人。吾一定要拿俚杀。格个人勿能留了。诸葛亮立格功，对吾伲江东有好处，吾永远也勿会忘记。格么吾呐吭呢？吾拿诸葛亮杀头之后，吾要办一口上好棺方，搭俚造一个坟。格坟呢，造得非常考究。而且，坟门前么，还要搭俚立一块碑。要纪念诸葛亮对江东格功德。吾还要派诸葛亮阿哥，同胞格阿哥叫诸葛瑾，到诸葛亮屋里向去，拿诸葛亮格家小、小囡接到江东来。吾要用特别隆重格礼节，优待俚笃。拨俚笃一笔铜钿，哪怕是千两黄金。将来拿诸葛亮格俚子、囡唔抚养成人么，重用俚格俚子。对俚格抚恤特别要来得优厚。格个人格功劳吾勿会忘记的，但是，格个人呢，吾勿能留在世界上。周瑜格想法，特特别别的。鲁大夫呐吭弄得清爽呢。关照鲁肃俫退下去么，对徐盛、丁奉两家头一看，唔笃寻俚做啥？听吾的，还是听鲁肃的？当！一记台子一碰，"徐盛、丁奉还不与我快走"。"是。""着。"完结。

鲁大夫搭周瑜算得要好，有交情，呒没用场，讨上去格情，弹转来。徐盛、丁奉别转身来，到外头，豁上马背，哈——两骑马往南屏山去。

鲁肃是在旁边头出眼泪，"喝，先生死得好——可怜嗒——喔，喔，喔"。鲁大夫为啥道理要出眼泪？俚心里向想，吾对勿住诸葛亮。为啥？周瑜将台越旗，吃在西北风，急得吐血、生病，是吾去拿诸葛亮请得来搭周瑜看病。诸葛亮勿来，也勿会借东风。勿借东风，也勿至于有杀身之祸。因为吾去拿俚请得来搭周瑜看病了，那么，借东风。那么，杀头。吾虽不杀孔明，孔明由吾而死。吾呐吭对得住俚。鲁大夫好人，忠厚人，俫在哭格辰光么，周瑜睬也勿睬俚，等徐盛、丁奉两家头。

徐盛、丁奉两家头跑么跑噢，两家头心里向在想。想点啥呢？俫跑到南屏山去拿诸葛亮杀头，老实讲，诸葛亮跑脱了。诸葛亮，格个人几化聪明，天神天将也认得的。格俫想，俚问天将借东风，难道说，俚勿晓得周瑜要拿俚杀的？老早跑脱了。即使诸葛亮勿跑，天神天将也要告诉俚，天神天将仙人，会得算的。那么告诉诸葛亮：诸葛亮，俫么，赛过帮江东格忙，来问伲借东风。俚是买伲格面子啊。看俫格面上，东风就起仔嗒。不过诸葛亮，俫行仔好心，呒不好报。嗳！东风起哉，周瑜要来弄杀俫，俫豪燥逃走吧。天神天将会得豁翎子拨诸葛亮，教诸葛亮逃走。所以伲两家头跑得去呢，上南屏山、七星台，诸葛亮老早去哉。人去台空。那么伲回转来，见周都督报告，诸葛亮跑脱了，勿看见，失踪。格周瑜总勿好拿伲杀咯。格诸葛亮跑脱了，俫怪伲点啥？俚跑到啥场化去，伲又勿晓得，对。格么作兴伲两家头去得快，诸葛亮逃得慢，伲上七星台，诸葛亮刚巧跑下七星台，望准江边去啊，或者在溜格辰光，格么伲阿要去拿俚捉呢？眼开眼闭，放俚一马，让俚逃走。老实讲，诸葛亮对伲江东是有好处的，伲勿能忘记诸葛亮。

徐盛、丁奉两家头是好人，在转什梗格念头。两骑马，哈——进山路。因为俚笃有令箭的，所以马忠放俚笃进山路。

到七星台门前，酷——扣马，噗！噗！马背上跳下来。两骑马，旁边头树上结一结好，两家头拎起甲揽裙。"请！""请！"喝冷蹭蹭——上七星台。七星台又勿高，一共俫在只有九尺高。从礓礤上上来，到七星台顶层，一看么响勿落。周围有一百廿个小兵，第一层第二层第三层，包括平地上，一百廿个小兵，手里侪拿格旗号，啪啪啪啪——旗号呢，随风飘动。东风大极了。顶上么，一只香案，香案四的角呢，四个小兵，侪道家打扮。香案门前头拜单上，徐盛、丁奉一看么呆脱哉。"啊！""咦——呲。"

诸葛亮勗逃走呀。只看见诸葛亮跪好在拜单上，披头散发，身上穿着罳衣。嘴里向呢，还在念咒语。唉！要命啊！诸葛亮，俫呐吭勿逃格呢？"该死啊！该——呃死！"该死啦，俫。格徐盛心里向火透。俫在，伲呐吭好勿动手呢？逼得伲只好拔出宝剑，拿俫一宝剑。该死啊！俫啥体勿逃呢。

其实跪在七星台上，到底阿是诸葛亮呢？勿是。跪在七星台上格朋友，啥人呢？周瑜格兄弟，周毅。格么周毅呐吭会得披头散发了，着仔件罳衣，跪在七星台上，代替诸葛亮伏台呢？

因为周瑜派俚到该搭点来，带只干粮袋来，照顾孔明，送点点心。那么诸葛亮呢，本来也在动脑筋，动啥个脑筋么？吾跑了，东风起，周瑜要来拿吾杀。七星台上呢，吾总要准备好一个替死鬼咯。替死鬼叫啥人做呢，人是有的，台上台下有一百廿个小兵。另外还有一个小兵，是专门服侍诸葛亮。上台么点点香烛了，下台么吹吹阴了，帐篷里向么照顾照顾俚。那么诸葛亮想，派格个人做替身么，有点不忍。啥了不忍么？意勿过。俚又吭不罪名。无事端端，叫别人家去死脱，算啥一出呢？顶好呐吭呢，顶好格个替死鬼么，要是周瑜格亲眷，自家人。格个人死脱呢，让周瑜心里向，握拉勿出格难过。总要摸摸也痛，撸撸也痛。俫要害人呀？害人勿着么，害了自家，搬仔砖头压自家格脚。俫在想格辰光，周毅来，蛮好。周瑜格兄弟来哉，替身到了。

那么诸葛亮搭俚谈格辰光么，周毅去问诸葛亮：军师，俫格个借东风本事么，啥场化学得来格？诸葛亮瞎讲一泡，信口开河，造出来：吾是在卧龙岗，有一回，八月中秋格夜头，只有月亮，迷失路了。山里向，碰着个仙人。格个仙人鹤发童颜，仙风道骨，领到吾山洞里向，教吾本事。问吾阿要学借东风，吾说要的，那么俚教吾借东风格本事。格么军师啊，俫格个借东风本事，学起来阿烦难？便当来西，有几句咒语，俫曼得记牢仔背一背么，俫就可以念。嚯？格么军师，既然便当来西格么，俫唵收过学生子呢？喔哟，学生子吾倒还吭不收过。格么假使有人要拜俫先生，学借东风本事，俫阿肯收呢。诸葛亮说：有机会，相巧格人么，吾倒也预备传个把学生子的。格么像吾什梗要学起来，阿学得会呢？俫什梗聪明，一学，马上就会。格么军师，吾拜俫先生，俫阿肯收呢？噢，勿敢当的。俫，大都督格兄弟，俫呐吭好拜吾先生。吾搭俫轧个朋友，大家谈谈。吾拿点本事么教俫，徒弟么，勿敢当。勿勿勿，呃，先生，吾一定要拜俫先生。格个不依规矩，不成方圆。卜！跪下来，"先生在上，弟子磕头"。诸葛亮拿俚搀起来，收俚做徒弟。

格么周毅为啥道理要拜诸葛亮做师父了，学借东风本事呢？有讲究。俚一径怨阿哥，勿重用俚，地位勿高。阿哥呢，认为俚呒不本事。俚自家呢，也缺脱点自知之明。认为自家本事蛮大了，阿哥所以勿肯用吾，是避嫌疑。张怕勒重用仔吾，拨人家讲闲话。"利用职权了，用人么唯亲了。拿自家格兄弟么，哔哩扒啦格提拔上去"，人家要讲闲话。那么俚避嫌疑呢，拿吾格地位搭牢。让人家有句闲话，喔，周瑜格人大公无私，周瑜格人么，用人唯贤，根据德才标准，勿会就什梗拿自家格兄弟，倷本事勿大么，照样也勿会重用倷。该个是叫沽名钓誉。硬劲拿吾搭下去，吾呒不机会。

格么现在，诸葛亮格借东风让吾一学，吾学会仔格借东风本事之后，下一回老兄打仗，诸葛亮勿在旁边哉，诸葛亮要转去哉咾。老兄缺少东风，格么吾就可以毛遂自荐，跑出来：阿哥，借东风吾会的。格倷搭吾借。那么吾，噼哩啪啦，咒语一念么，东风借得来。等东风借得来，借东风格个身份啦，就是军师。吾顶起码，就好做一个军师白相相。所以俚要想拜诸葛亮先生了，学借东风格本事。

那么诸葛亮教俚，八句咒语。呐呒八句呢，"稽首玄通真大士，宣扬神咒破愚蒙，日不千遍吾经持，祗梵玄通观自在。按嘛喇嘛喇三嘛喇，印土离海未日利耶未日土耶，按嘛喇嘛喇，色离异苏木化"。什梗八句。格么阿是格个八句一念么，就可以借东风呢？假使说一念八句，可以借东风，格勿瞒唔笃讲，吾也会借了。现在能源几化紧张，书场里、戏馆里，用勿着放冷气、开电风扇，吾曼得"按嘛喇嘛喇三嘛喇"，哗……东风一吹。格是勿得了，独家经营，吾会得借东风了，热昏。格个八句物事，诸葛亮从一本道经上看着的。看仔么也勿懂解释，多看几遍么，记牢哉。今朝呒啥名堂讲么，就拿格八句物事搬出来，关照俚要什梗背。背得熟而又熟，滚瓜烂熟。

那么诸葛亮说，吾辰时呢，三次登台。吾登台格辰光，倷披头散发，赤仔脚，着仔短打，立好在七星台门前头等吾。吾台上画符舒齐，上好天表。吾跑到江边喷脱法水，回过来，吾格衣裳交拨倷着。倷拿仔桃木剑、净水盂到台上，桃木剑、净水盂放脱，倷跪在香案门前头，倷管倷念咒语。要念几化遍数呢？呒不底的。十遍、一百遍、一千遍、一万遍念下去，多念一遍么，多一分功德。不过诸葛亮关照俚噢，东风起，天神天将到七星台上来，倷特别注意，倷勿能抬起头来，对天神天将看。勿可以的。看一看，性命难保，五雷击顶。格么吾勿看么，天神天将阿认得吾呢？天神天将，俚当然，开头是勿认识倷的。俚想，哈？呐呒格七星台上勿是诸葛亮了，来仔个陌生人哉呢？格天神天将会得算阴阳。一算阴阳么，喔，诸葛亮新收个徒弟，认得的，认得的。就借拨倷。该趟倷认得仔天神天将呢，下转倷借起东风来就便当哉，一朝生二朝熟么，下趟倷，搭天神天将碰头，"噢，认得的，诸葛亮格徒弟，七星台上碰过头的"，借拨倷起来就省力哉。

那么周毅扛仔木梢么，在七星台下头等俚。诸葛亮三次登台，舒齐停当。辰时里，跑到江边，喷脱法水回过来，罢衣交拨俚着，诸葛亮逃走。诸葛亮唵下船了呢？勔下了。诸葛亮，叫啥赵子龙只船，还勃寻着。匍在江边芦柴窝里向。徐盛、丁奉格马来，诸葛亮听见。诸葛亮蛮急的。诸葛亮勿敢动，伏在芦柴堆里向，让芦柴遮没俚身体。

格么周毅呢，跪在那。周毅横一遍，竖一遍，念仔勿知几化遍数。现在听见，哈冷蹭蹭蹭蹭，天神天将来了。喔！来了，来了。东风起哉。真格天将来哉。阿，阿要看？勿能看。看仔要五雷击顶的，仍旧跪着念咒语。

卜叻卜叻卜叻卜叻，俚嘴里向在念咒语格辰光么，听见天神天将格喉咙，"该死啊！该——呃死！"啊？该死啊，啥个上该死呢？喔，大约，天神天将一看，七星台上一个陌生人，勿是诸葛亮，"该死！该死！啥人介，自说自话着仔格个衣裳了，跪在七星台上。啊，冒充诸葛亮"。大概是格个意思。格么吾呐吭呢？吾勿能动，吾关吾念咒语。伏要伏得倒，颗郎头嗑了格拜台上，头沉倒了，嘴里向勿停在念，"唵——稽首玄通真大士，宣扬神咒破愚蒙"。徐盛响勿落。徐盛心里向转念头，看上去格苗头，诸葛亮大概晓得。东风借着么，大数已到，逃勿走了。所以仍旧在念咒语。格么呐吭办法？只好动手。

徐盛对丁奉看看，隐隐然，丁奉，俚上吧。丁奉摇摇头，啥道理？令箭俚接的，吾是副将，俚是正的，吾总归看俚哉咯。哼！杀诸葛亮么，老实讲，下勿落格只手，丁奉摇摇头。徐盛想俚摇头么，也呒不办法了，只好动手。令箭，吷——肋夹套上别一别好，格只手搭到剑柄上，哼！哐！闪嗯！宝剑出匣。

俚宝剑拔出来么，周毅，齐巧念到，"按嘛喇嘛喇三嘛喇"。勿晓得喊俚头颈里向也要嘛喇嘛喇，嚓！朴咯脱！锃！啡——血流七星台。丁奉扼下身来，扎！望准死胚头发上一把抓牢，嗨！颗郎头拎起来。

格么丁奉啊，俚拿死人颗郎头拎起来格辰光么，拿死人只面孔看看酿，阿是诸葛亮了勿是诸葛亮，勿看。啥体勿看呢，不忍看。死人面孔有啥看头啦。诸葛亮立仔什梗大格功劳，结果，拨了周瑜莽猛得了勿讲道理，拿俚一宝剑结果性命。格有啥看头呢，颗郎头拎起来，望准背后头一囡。徐盛呢，宝剑上格血迹望准死胚身上，吷，吷！避一避干净。哐，哼！宝剑入匣，哈磕磕磕——从七星台上下来。树上结好格马了，乓！缰绳解下来，两家头豁上马背么。哈嘟嘟嘟，哈啦啦啦——两骑马去。

该个辰光倘然徐盛、丁奉拿周毅格颗郎头看一看，发现勿对，勿是诸葛亮。马上到江边来寻呢，诸葛亮逃勿走，要拨俚笃捉牢。因为两家头勿看，马去。唔笃马跑脱么，诸葛亮从芦柴窝里向钻出来。诸葛亮心里明白咯哦，徐盛、丁奉两家头去，蛮快。两匹马，到中军帐。下马，到里向碰头周瑜。发现格个颗郎头勿是吾诸葛亮，周瑜马上要派俚笃回复阵再到该搭点来。倘然俚笃回复阵追到该搭点来，吾再寻勿着赵子龙格只船么，吾条命保勿牢。要搜索，搜索么在江边，跑到啥场化去呢。因为倷山路口有人守好，呒不跑处。诸葛亮急煞，沿江边在芦柴跟首，嗬噔噔噔——在看哟。因为赵子龙格只渔船来，诸葛亮关照好，夜里向点一盏七星灯笼，日里飘一根七星号带。现在号带勿有，灯笼呒不么，诸葛亮急得来，提心吊胆。孔明么急，七星台上呐吭呢？七星台上一百廿个小兵，眼乌珠侪闭拢。徐盛、丁奉来，倪笃也勿敢看，诸葛亮逃走倪笃也覅晓得。因为东风一起啦，眼乌珠侪闭拢。尽管格风大，人吹着发冷，冷得发抖么，但是勿敢动。因为诸葛亮关照好，勿能动。哈啊——尽格个东南方在吹。

那么，吾现在先交代徐盛、丁奉两骑马，回到中军帐跟首。扣马，马背上跳下来，马小兵带过结好。两家头望准里向进来格辰光么，鲁肃看见了。鲁大夫只看见徐盛、丁奉两家头进来，徐盛空手。丁奉呢，手里向拎好一颗鲜血淋淋，首级。鲁大夫格眼泪，像断线珍珠相仿。"啊，先生，死得好冤枉啊！啊，啊，啊！呃，呃！喝，喝，喝。"

冤枉，死得冤枉，借着东风要杀头么，随便呐吭勿抵张。周瑜呐吭？开心啊。周瑜心里向转念头，诸葛亮啊诸葛亮，自从倷，搭吾在柴桑郡碰头之后，吾发现倷本事比吾大，就要动脑筋拿倷杀。横用计、竖用计，一条连一条，覅想杀得成功。今朝，倷到底死在吾手里向，得意。诸葛亮死脱，吾永绝后患，吾呒不敌手。天下，仍旧是吾本事顶大。

徐盛、丁奉两家头到虎案门前，"参见都督！""罢了。""奉了都督将令，往南屏山，把诸葛亮结果性命，请都督，定——夺！"周瑜得意，问倪笃两家头，"你们上七星台时节，孔明，怎样？"两家头报告：伲跑到七星台，七星台上，小兵侪立好了，旗帜飘扬。香案上，香烟缭绕，诸葛亮披头散发，着仔罡衣，跪在拜单上，嘴里还在念咒语。伲要动手格辰光，诸葛亮还在念啥个"嘛喇嘛喇三嘛喇"。那么一宝剑么，拿倪颗郎头拿下来。鲁大夫一听，心里向加二难过，诸葛亮，还要"嘛喇嘛喇三嘛喇"。倷念啥个咒呢，周瑜派人要杀倷，倷还要念咒语？鲁大夫在哭格辰光么，周瑜快活啊，"丁奉！""在！""把诸葛亮首级，待我观看！"让吾看。

丁奉要紧，喤！拿死人颗郎头拎起来，哈啦！后脑勺子对自家，面孔对周瑜：倷看吧。

倷拿颗郎头呈过来格辰光，接近虎案哉么。周瑜看，小爆眼睛，对准诸葛亮只面孔一看么，只看见头颈里，血还在滴下来。周瑜在笑，"啊——咦！哈哈哈哈哈哈哈哈——笑仔一半"。为啥？下头笑勿下去了。啥格上笑勿下去呢？竖上来看见倪格只面孔，眼乌珠激出，嘴巴张开，死得口眼勿闭。想，诸葛亮倷到底死在吾手里。看仔一半，觉着勿对。啥格上勿对么？诸葛亮下巴底下，有三绺须的，三绺青须。今朝，叫啥格个颗郎头，是个光下巴呀。下巴底下一根组苏也呒不。格诸葛亮格组苏啥场化去哉？问丁奉："徐盛、丁奉。""在。""有！""诸葛亮颌下的三绺须髯，往哪里去——呃了？""啊？"徐盛、丁奉，侪对颗郎头看。

丁奉一看，"喔哟"，徐盛倷宝剑快的，一宝剑斩下去，拿诸葛亮格组苏也斩脱了。组苏宝剑斩脱么，吽不斩得什梗干净相，该个像修过面了。难道说诸葛亮上台借东风辰光，拿点胡子俪剃脱嘎？勿对。

鲁大夫也在看。啊？勿对。格只面孔勿像诸葛亮。格么周瑜为啥道理第一看，勩看出来是兄弟呢？因为一个人格面孔，板要赛过颗郎头装在头颈上，有一口气，着仔衣服，开口讲闲话，那么一看是啥人，蛮清爽。拿仔下来啦，样子变脱。粗望之间，一下子看勿出来。有组苏搭吭不组苏，因为格个目标啦，非常显著。所以一看就看出来。"啊，组苏呢？"现在周瑜仔细对格只面孔一看么，到底弟兄呀，看出来。"啊呀！徐盛、丁奉，这首级并非孔明，乃是吾家兄弟，长——瑾——哪！"是吾兄弟周毅周长瑾。

徐盛、丁奉一吓么，卜，卜！跪下来。"末将该死。""小将，该——吔死。"要死快了，杀脱仔周瑜格兄弟，弄勿落。周瑜格个辰光么眼泪熬勿住，落下来。兄弟啊，吾派傃去监视诸葛亮，看牢俚格呀。啥人喊傃去做替死鬼了。披头散发，着仔罟衣，跪在七星台上，香案门前头，还要"嘛喇嘛喇三嘛喇"。傃格个木梢扛得呐吭一日了。"喔——哟，贤——弟——啊！"

傃在哭格辰光么，鲁大夫开心噢。不过鲁大夫格快活么，笑在肚子里向的。勿好嘴面上笑出来的。傃嘴面上如果要哇哈哇哈笑出来，周瑜勦搭吾板面孔格啊：喔，吾兄弟死脱，傃幸灾乐祸。傃还要登了旁边头拍手拍脚的，哈哈大笑。鲁大夫心里有数。嘿嘿，损人不利己，害人害自家。善有善报，恶有恶报，傃勿想杀诸葛亮么，唔笃兄弟也勿会死。傃要害别人么，结果，害脱仔自家格兄弟。

周瑜心里向难过极了。"徐盛、丁奉。""在！""有！""水陆两路追往南屏山，把诸葛亮首级拿来。""得令！""得令！"两家头别转身来就走，跑得格快。

啥体么？徐盛、丁奉恨诸葛亮。诸葛亮傃脱辣手。格么傃一样弄替死鬼么，傃弄一个小兵，无关紧要格人。格个人死脱么，老实讲，无所谓。周瑜勿会恨俚。格傃吭啥弄个替死鬼，去弄周瑜格兄弟。那么傃现在辰光，傃诸葛亮么出气，拿周瑜格兄弟么，做替死鬼。那么俚僵哉，周瑜要结俚格毒。现在周瑜勿能拿俚杀的，说起来兄弟自家勿好，啥人关照格死胚，披头散发了，跪在念咒语。啊，勿能怪俚。但不过俚格仇，记了，将来要报复格呀。一个人，老实讲一声，难免要犯啥个错误的。歇两日，俚犯点啥个错处，本来格个罪名可以勿杀的，开出开进，可杀可勿杀，那周瑜板要拿俚杀。为啥么？因为要搭兄弟报仇。格么俚呐吭呢，俚只有现在赶到南屏山去，拿诸葛亮颗郎头拿下来。格么唔，让周瑜出一口气么，俚将来可以吭没事体。

刚巧徐盛、丁奉接令箭是勉强得很，勿愿意去拿诸葛亮杀。现在呢，跑得格快，非杀诸葛亮不可。唔笃两家头望准外头去格辰光么，鲁大夫心里有数，诸葛亮替死鬼也准备到么，老实讲一声，周瑜要害杀俚啦，俚完全明白，有准备的。嘿嘿！傃去拿诸葛亮捉啊？老早逃走脱了。鲁大夫倒蛮定心。其实诸葛亮唵逃走？齤逃走格呀。

诸葛亮还在江边，急煞了。徐庶、丁奉两家头去，该抢勿全部走陆路哉哦。徐盛陆路，丁奉水路。为啥么？因为有长江格啊，勢诸葛亮从水路里逃走。所以分水陆两路。徐盛陆路上去，丁奉弄一只船，哈——开到南屏山。徐盛到七星台，酷——扣马，马背上头跳下来。丁奉，船也到哉。江边停船，抛好锚，串好跳板，丁奉上岸。两家头再到七星台门前头，"请！""请！"喝冷蹭蹭——上七星台。

到七星台顶上一看么，死尸，倒在血泊当中。拿件罢衣拎起来一看么，里向格衣裳清清爽爽，勿是诸葛亮。拿件罢衣旁边头丑一丑。七星台上吭没。问问旁边头两个小兵看。香案四边角，立好四个人。道家打扮，道巾、道袍。一个朋友手里向拿根竹竿，竹杆上头结一根七星号带，算表示该只台是七星台。问问俚看。徐盛跑到俚门前，起只手拍拍俚肩膀，"军士们！"小兵一吓，啥体么？天神天将又来哉。刚巧，喝冷锃锃锃锃锃——来两个天神天将，咛！喱！宝剑出匣。嚓！一宝剑，杀脱一个人。结果，天神天将去了。现在天神天将又来，刚巧杀脱格啥人，不得而知。看上去苗头呢，因为诸葛亮关照过的，天神天将来，勿能睁开眼睛看。看仔呢，性命要保勿牢。刚巧么，一定是哪里格小兵拆烂污，眼乌珠张开来看，拨天神天将，一宝剑结果性命。现在格天将在拍吾格肩膀，吾识相啊，眼乌珠闭拢。非但勿能睁开眼睛，而且勿能开口。人在急，天将在拍吾肩膀，僵哉。一急么，人在发抖，呃——嗦嗦嗦嗦。俚在发抖格辰光，徐盛弄勿懂，对仔吾格叻叻发抖。

"把眼睛睁开。"眼乌珠张开？呐吭好睁呢。睁开，睁开么一宝剑，勿上俚格当。眼乌珠闭得格拢。徐盛肝火阿要烊，喊俚眼乌珠睁开，俚闭得格紧。"开口啊！"呐吭好开口，开口也要五雷击顶。嘴唇抿紧么，口也勿敢开。啊呀，徐盛光火啊。喊俚么勿响，喊俚眼乌珠张开么，眼睛闭得格拢。喊俚开口么，嘴抿得格紧。再拍拍俚，"眼睛睁开！"勿张。宝剑出匣，咛！喱！噗——宝剑抽出来，望准俚肩胛上一搁，"再不把眼睛睁开，吾把你首级砍下"。那么死。眼乌珠勿张开来，要杀头的。

格小兵心里向转念头，张开来看么也是一宝剑，勿张开看么，也是一宝剑，总归一宝剑，格么张开来看吧。总算临时死快，天神天将格面长面短也看见过了。作孽，两只眼睛一道张，还勿敢，一只眼睛一张。俚算两只眼睛替换张的。眼乌珠张开来一看，认得格呀，徐盛嚎。"吔。呃，格个，天神天将，面熟得啦。俚，俚有点像营头上格徐将军。"徐盛是也气昏，宝剑入匣，喱——咛！"正是徐盛！""啊，徐将军，俚呐吭又做天神天将？""哪有什么天神天将，我问你！""呐吭？""诸葛亮呢？"诸葛亮？一看么，香案门前头一个死尸，颗郎头也吭不哉。"呃！军师拨天神天将杀脱格哉。""呀——呀——呸！哪有什么天神天将，此人并非诸葛亮，乃是大都督的兄弟周毅。""啊，勿是军师啊！格么军师到啥场化去，㑚勿晓得哇。""你们怎说——不知？"㑚吭会得勿晓得呢？"诸葛亮关照㑚的。东风起，天神天将要来。天神天将来格辰光，勿能够张开眼睛看，睁开眼睛看仔，要五雷击顶的。什梗了，东风起格辰光，㑚眼乌珠闭拢，啥人跪在门前，㑚也勿晓得。天神天将来，㑚也勿晓得。""哦哟！嚯嚯嚯嚯嚯嚯"，徐盛气啊。诸葛亮格家伙，厉害到极点哉。关照一百廿个小兵眼乌珠闭拢。闭拢仔眼睛么，尽俚逃走呀。一个人也勿看见嘞。

徐看七星台上嘎许多人，眼乌珠俱闭拢了。心里向转念头，七星台上吭不，看看看，别场化阿有？只有四面搜索格辰光么，忽然发现。发现啥？芦柴窝里向只渔船，嗤嗤嗤嗤嗤嗤，摇出去。啊，一只渔船。该格辰光芦柴窝边上㑚吭会有只渔船？勠问得，一定诸葛亮乘渔船逃走。追。

两家头要紧从七星台上，哈冷蹭蹭蹭蹭蹭——跑下来。到了岸上，下船。铁锚去脱，跳板一抽，篙子一撑么，嘎嘎嘎嘎嘎嘎，船撑过来。船上扯篷，篷扯起来，尔——篷扯足么，追过来近了。渔船上吭不篷，渔船行得交关慢，越追越近，越追越近。

"哒！渔船停下来！渔船，停——船——哪。"唔笃在喊渔船停船么，渔船上阿是诸葛亮呢，实头诸葛亮。

格么阿是赵子龙来接呢，是赵子龙来接。格么赵子龙为啥道理，勿点灯笼了，勿不飘七星号带了？赵子龙把细。张怕勠点仔灯笼，竖仔号带，拨了巡逻船发现，到里向来查三问四，露破机关。吾勿能拿诸葛亮保护回转。那么好得，东风起，诸葛亮要来。诸葛亮来，板要喊。喊，吾再答应。

格么诸葛亮为啥道理勿喊呢？诸葛亮勿敢喊。喊仔，张怕勠拨了七星台上人听见仔发现。所以诸葛亮勿喊。诸葛亮要㑚吭么好喊哉呢，要看见赵子龙暗号，那么俚再喊。格么赵子龙呢，要听见徐诸葛亮喊仔，那么再点灯笼，再拿暗号竖起来。两家头徐等吾，吾等徐，两搭其桥么，弄僵脱了。

徐盛、丁奉，第二次在来之前，真正推扳一歇歇功夫。赵子龙实在等得心急勿过，熬勿住，舱里跑出来。到船头上，分开芦柴，对岸上一看么，只看见一个人，噔噔噔噔，奔过来，披头散发。仔细一看么，诸葛亮。那么叫应。诸葛亮听见赵子龙声音，下船。等徐盛、丁奉到，俚还勿敢动身。徐盛、丁奉上七星台哉，那么，拿格只船开出来。诸葛亮关照，勠扯篷，让俚笃追过来。现在徐盛、丁奉追过来么，诸葛亮过来搭俚笃碰头哉呀，那么要赵子龙保护诸葛亮，一箭退敌。

第九十四回

周瑜发令

徐盛、丁奉在七星台上，看见芦柴窝里一只渔船开出．料想诸葛亮是乘渔船逃走，所以两家头开船追上来，扯起仔篷，顺风船。门前格只渔船上呢，桅杆树起，篷勿扯，单单靠摇是慢格啦。所以大船越追越近。

"呔！渔船停下来啊！停船——呐！"唔笃在喊格辰光，渔船上人听见，要紧到舱里向，来禀报军师。那么诸葛亮呢，就是乘赵子龙格只船，现在在回转。就徐盛、丁奉二次到南屏山，上七星台辰光，诸葛亮下船。不过诸葛亮关照：慢一点开船，勿要紧，让俚笃到台边上好了。那么开船格辰光呢，诸葛亮还关照，桅杆么可以竖的，篷勿扯。说，勿扯篷么，伲跑起来慢，要拨俚笃追牢哟。追牢就让俚笃追牢好了，总而言之呢，伲篷勿扯。

诸葛亮写好一封信，交拨赵子龙，啥体么？格封信么要寄拨了周瑜。跑快哉么，要写封信拨俚，让赵子龙拿格封信去寄脱。诸葛亮听见后头，喊格声音，越来越近了。诸葛亮跑出来了，格个辰光，俚恢复原状仔啊。照样头上是纶巾，身上是鹤氅。刚巧赤脚逃下来的，袜也着好，靴也着好，羽扇轻摇。到后艄头立定么，徐盛、丁奉两家头看见，诸葛亮。实头诸葛亮。

"徐、丁二位将军请了。""军师请了。""军师，请了。""军师，末将等二人，奉了都督将令，到南屏山，相请军师，回归三江口。因为军师借得东风，其功非小，都督要请军师共议破曹之计。为什么军师要不别而行？来来来，请军师回——眦来。""喝喝喝喝哈哈哈哈哈"，诸葛亮笑出来。诸葛亮对徐盛看看，俫到吾门前来说鬼话？借着东风么，周瑜感激吾了，嘎，要请吾到中军帐去议事了。借着东风要杀脱吾。刚巧老实讲，唔笃杀错仔格人了哉，拿周瑜格兄弟结果仔格性命了，跑到该搭点来，来追吾。俫当吾勿晓得啊。"二位将军听者，本军师，早已预料，东风起，周郎不能——容吾。所以山人，命常——山赵云，前来迎接。如今，回——归夏口。请二位将军，回去上复都督，请都督，用计破曹。亮在夏口，耳听好消息。不劳二位将军远送，再——眦见！尔——呃，噗！"

诸葛亮头一扼，下舱。徐盛、丁奉两家头气啊，诸葛亮全晓得了。东风起，周瑜要杀俚，俚统统明白。对格呀。勿明白么，呐吭会得弄替死鬼在七星台上？现在俚讲，有常山赵云到该搭点来，接俚回转。格么伲阿要追呢，追上去搭赵子龙打，吃勿住。赵子龙啥格本事？当阳道百万军中，单骑救主，枪挑有名上将五十四员。哦，格还得了？格伲两家头勿是俚对手。格么勿打？就什梗一逼一逼回转去？吭不格只面孔，见周瑜去交令格呀。因为伲还杀脱仔周瑜格兄弟了，周瑜加二见伲恨。现在听着诸葛亮讲，赵子龙来哉。吓退，马上就回转去？吭不格只面孔交代。作兴诸葛亮瞎讲呢，诸葛亮倒从七星台上逃下来，到江边，发现一只渔船。那么搭船上人讲，唔笃拿吾摆一个渡了，送吾到夏口去，吾终归重重有赏，出唔笃大价钱。也作兴格咯。因为南屏山江边，说勿定有只把渔船也讲了，勿板定，板是赵子龙来了。因为伲朆看见过赵子龙格面长面短了。

追！两家头还是往门前追过来格辰光，"哗……"在喊，"渔船停下来呃！渔船停下来！再不停船，我们要放——箭啦！"

诸葛亮关照赵云：俫出去吧，你勿出去呢，看上去格苗头，俚笃也勿肯退。赵子龙答应，跑出来，从中舱到后艄头，梢上立定么，对徐盛、丁奉双手一拱。赵子龙格人啦，蛮讲礼貌啦："前边二位将——军，请——哪了。""请了！""请了！"两家头一吓呀。为啥么？看见眼睛门前一亮，银盔银甲，浑身雪白，遍体银装。赵子龙又是漂亮，又是威风。格望上去，是吓老老。名气大勿过。

唔笃两家头会得一呆么，赵子龙格闲话厉害了。"二位将军，吾家军师，到江东相助都督，共破曹操。军师立下大功，你们不思报答，反要加害——军——师，是何——道——呃理？""这，这。"徐盛、丁奉讲勿出。为啥呢，因为赵子龙义正辞严，讲出来闲话有道理么。孙刘联和，两国同盟，诸葛亮到江东来，协助唔笃江东，一道搭曹操打，诸葛亮立几化功劳，唔笃江东人，侪有数目。格立了功劳，唔笃非但勿想报答诸葛亮，反而忘恩负义，恩将仇报，要追过来加害军师。要害煞俚条性命，唔笃啥格道理？格个道理？讲勿出的。啥格道理？吭不道理，于理有亏啦，勿合情理格呀。两家头格舌头，赛过像打仔结什梗，闲话讲勿清爽。"呃，这这，这。""今日，大将军本则要把你们结果性命，又恐伤了孙刘两家的和——呃气。"按照道理讲，要结果唔笃性命的。为啥呢？因为唔笃跑到该搭点来，要杀诸葛亮，阿是要拿唔笃结果性命？但是呢，吾今朝勿拿唔笃杀。为啥么？因为孙刘联和，两国同盟，伤了唔笃两家头呢，要伤了孙搭刘，两方面格和气。"大将军不显手段，你们又不肯倒退，也——嗨嗨罢——啊！叫你们知晓赵云的厉——呃害！"赵子龙左手，嘡！拎一张豹雕弓，右手，嗒！拔一条箭出来，箭扣上弓弦，嘎，嘎，嘎嘎嘎嘎嘎，嘎，嘎，嘎！弓开足么，喊一声，"徐盛、丁奉，你们，看——箭呐！"当——嗤嗤嗤嗤——徐盛、丁奉两家头，格个一吓么，吓得要紧身体，乒！蹲倒！人，扑在船头上。为啥要扑下去呢？张怕勒赵子龙箭过来，射在身上。尽管赵子龙讲清楚，勠唔笃格命，勠伤脱两方面和气。但是格箭射过来，勿生眼睛的。俚嘴里向么什梗讲，作兴格箭倒射到俫身上来，格箭吃着了，到底勿来事。两家头，伏倒在船头上格辰光，赵子龙格条箭射来啦，讲好仔勿伤唔笃人呢，勁说唔笃徐盛、丁奉勿会伤，连船上水手也勿会碰着。

因为赵子龙格条箭，勿是狼牙箭。格条箭格名堂叫啥？叫月牙箭。格狼牙箭搭格月牙箭么，啥格分别呢？狼牙箭啦，格箭头是血力尖，像狼牙齿一样的。格么侪甲，厚格甲，照样射得穿。格月牙箭格箭头呢，勿是血力尖。像啥？像初三、初四夜头格月亮，一轮月牙啦。锋利得及，箭头来得开阔，射起来，射啥地方呢？射船上格篷枷索。赵子龙格条箭望准桅杆上，嚓！牢。篷枷索断。箭，吃牢在桅杆上。等到篷索断脱么，格篷，落下来哉。嗰尔——顺风船，顺风船上格篷枷索，乓！断脱么，篷落下来。长江里格风浪几化大！船上勿好出毛病。篷一落，船棚，芦橹尾削脱，格只船有翻脱格危险。徐盛、丁奉要紧下命令关照，抛锚。船头上，船艄上，拱！拱！两只锚抛下去。船，稳住。马上拿桅杆倒下来，桅杆，尔嗰——倒好。桅杆上一条箭拔下来，箭杆上有赵云格名字。

格辰光，大将格箭啦，箭杆上有名字。为啥呢？因为战场上打仗，拿对过大将，啪！一箭射死。射死之后，格条箭啥人射格呢？作兴射箭格人倒有两个，或者甚至于三个、四个。格么侪说吾也射过箭、俚也射过箭，讲不清爽哉咯？箭杆上格名字啥人，格条箭吃了啥人身上么，蛮清爽，啥人射的。该个冒功侪勿好冒的。所以，箭杆上有赵云格名字。

再一看呢，箭杆上有一封信，缚牢在箭杆上。那么格个封信呢，是卷在箭杆上，用丝线扎牢。线，拉脱。信拿下来一看，诸葛亮写拨周瑜。格封信呢，身边袋一袋好。赵子龙格条箭呢，也望准自家箭壶里向插一插。徐盛、丁奉两家头一商量下来，阿要追？还是要追。为啥道理要追呢？勿能勿追，就什梗回转去，呒不面孔见周瑜交令，穷祸闯得大勿过了，杀脱仔周瑜格兄弟。追。格么赵子龙厉害？赵子龙厉害勿要紧，月牙箭只有一条。因为大将侪懂的，月牙箭是备而不用。要紧要慢格辰光拿出来派用场。真正格箭，要紧格呢，就是狼牙箭。一般格大将么，身边带三条箭一壶。有种穷凶极恶么带格五条。那么另外么，或者再插一条月牙箭。格么赵子龙格箭射过来，假使俚再要开箭呢，再一开箭勿要紧，促用盾牌。船上有盾牌的，盾牌可以挡一挡。好得呐吭呢，好得赵子龙是马将，马背上本事大，一马一条枪，天下无敌。格是百万军中冲进杀出，如入无人之境。那么今朝俚在船上啦，实事求是讲，赵子龙格水性，勿会比促江东人好。北方人么，勿懂水性。促徐盛、丁奉两家头是南方大将，东吴大将，侪是好水性。水里向搭俚搏一搏呢，还搏得过俚。否则回转去见周瑜告令勿好消差。篷枷索，换过一根。桅杆，竖起来。船头船艄上铁锚，拉起来。篷，扯起来。追。

尔嗰——唔笃扯篷要追么，船上人报告：徐将军啊，勁追吧。啥体？追勿牢哉。为啥呢？促看酿。对门前头一看么，诸葛亮格只渔船上格篷，扯起来，顺风船。唔笃在抛锚、停船、倒桅杆、换篷枷索，弄好，再拿铁锚授起来，桅杆竖起来，篷扯上去，一大歇辰光的了哟。赵子龙，嚓！一箭射脱之后么，诸葛亮马上关照船上人扯篷。篷，尔——扯起来。东风几化大了，哗——俚格船往西面开，顺风，小船么阻力也小哟。顺风船几化快了，哈——现在倷看是看得见的，诸葛亮只船在门前头，但是要追，追吾牢，吭没办法追。徐盛、丁奉两家头心里向想想，诸葛亮格人，厉害么厉害到极点。唔笃扯篷格辰光，俚勿扯篷，唔笃勿能扯篷哉，俚扯篷哉。现在俚篷扯足，回转去，倷有啥办法想？"呃嘻！"回转吧！徐盛、丁奉船只，回三江口。

诸葛亮呐吭呢？诸葛亮在船上办锦囊。为啥道理办锦囊呢？一到夏口，马上就要发令。格么说起来诸葛亮该个辰光么，可以休息休息。回到仔夏口，上仔岸么，再办公事，再写锦囊。来勿及。一到夏口，一上岸，马上就要发令，因为今朝夜头要火烧赤壁，令箭发得早、埋伏布置得快，火法场抢起来就来得多。该个辰光个时间啦，比金子还要宝贵。格么真叫一寸光阴一寸金。倷令箭发得早，物事好多抢着。所以，诸葛亮格锦囊一封一封在办。赵子龙在旁边头看。

船只开过来，开过七芦湾口分水墩么，横肚里弄出来只船。"慢慢叫开！"赵子龙一吓？还有埋伏。要出来打么，诸葛亮说勠打。笃定，自家人。啥人呢，就是诸葛亮格只船。船上格船老大叫朱二官。诸葛亮关照的，吾么要回转夏口了，倷呐吭？倷愿意跟吾到夏口格么，倷格只船停在七芦湾口分水墩，等格只鱼船开过去，倷喊一声。俚勿理倷呢，倷追上去，跟仔只渔船一道到夏口。将来呢，吾重用倷。所以，朱二官停好在该搭点。格么诸葛亮为啥道理要带俚回去呢？一来，因为朱二官在三江口一段辰光呢，服侍诸葛亮，照顾得交关好。诸葛亮么，手面也阔。铜钿赏拨俚勿少。朱二官觉着，跟诸葛亮倒也勿错。因此呢，俚愿意离开江东，跟仔俚一道到夏口去。

格么吾先拿格朱二官表脱哦，省得以后忘记脱仔要勿提的。朱二官跟诸葛亮到了夏口之后，诸葛亮打平荆州，荆襄九郡得下来啦，朱二官来寻着诸葛亮哉啰。军师啊，倷拨差事拨吾做么，吾啥格事体呢？诸葛亮关照，叫俚啥，叫俚在军师府里向做门公。随便啥人要来见诸葛亮呢，帖子先要送到俚搭点来。那么，俚去问军师：吾格官到底阿有几化大么？诸葛亮说，倷官勿小。随便哪里格大官要来见吾，先要搭倷碰头。勿碰头倷呢，俚就见勿着吾。因此说，倷格官勿小了。朱二官倒蛮快活。格么格个是后话，吾未来先说了，拿俚表过。

格么诸葛亮到夏口去呢，因为路蛮长勿是马上就到，吾拿俚丑一丑在路上，慢一慢再提。先说徐盛、丁奉回转来。

徐盛、丁奉两家头回到南屏山江边，停船，上岸一看。好样式，火着哉叫啥。啥场化火着呢？就是诸葛亮休息格一座营帐篷火着烧起来。呐吭会得失火么？因为诸葛亮三次登台，出去登台之前啦，俚板要弄点树梗、茅柴出一蓬火烧一烧，拿只脚在火上跨一跨过么，算净身哉。赛过算汰过浴格意思哉。格么第三次俚点火烧格辰光呢，勿弄阴。诸葛亮特为弄在那的，拿格毯子么拉拉过来，台子、凳子么，摆在旁边头，让俚蔓了蔓，蔓了蔓烧起来么，座帐篷，拱！烧脱仔了完结。

格么诸葛亮为啥道理，要弄什梗一个现场了，拿格座帐篷烧脱呢？有道理的。因为徐盛、丁奉拿火救阴，溢开来一看么，里向别样物事吮啥哟，发现一条令箭杆子。喔！烧焦了。

格条令箭杆子呢，大概就是，诸葛亮借东风格条令箭的，令箭杆子。那么就拿格条令箭杆子拿转去，告诉周瑜么，诸葛亮格借东风条令箭烧脱了。其实呢，格个令箭杆子了假佬戏。诸葛亮预先做好了的。为啥呢？格条真家伙格令箭啦，诸葛亮带仔跑哉。

诸葛亮今朝夜头到聚铁山去，等到东吴人马，拿聚铁山粮营劫下来，格点粮草呢，诸葛亮派人去搬。搬么要有凭据格咯，俚凭啥格去搬呢？喏，倷么是东吴严州解粮官，奉了周都督格命令，到该搭点来，用木排来代替唔笃搬运粮草。啥格凭据呢？令箭。子时大令交上去么，人家看见令箭么，粮草望准俚笃木排上掼，让俚笃搬仔就走。诸葛亮拿真格条令箭带仔跑，遮人耳目呢，弄一条滑头戏格令箭，摆在该搭点。火一烧么，弄勿清爽，令箭杆子已经烧得了，像一段枯焦木头什梗么，倷，倷呐吭晓得格条令箭，拨了诸葛亮带仔跑呢。

为啥道理诸葛亮要布置什梗一来兴呢？因为倷勿什梗弄一弄啦，老实讲，周瑜发令个辰光，十二条令箭，子丑寅卯辰巳午未申酉戌亥，十二个时辰，十二条大令。俚发发令箭格辰光，只有十一条了，缺脱一条了。缺脱一条，一检查么，啊哟，少脱条子时令箭。令箭呢，诸葛亮拿得去哉。周瑜曼得通知一声手下大将，现在十二条令箭，有条子时令箭拨了诸葛亮带仔跑了。倘然发现一律作废。完结。倷格条令箭拿得去，白拿的。一眼吭不用场。俚预先申明啦。格么周瑜现在为啥道理勿申明呢，烧脱着哟，令箭杆子烧焦脱格哉哟。烧焦脱哉倷用着关照，各位将军噢，现在吾呃十二条令箭么，有一条令箭烧脱哉，倘然发现么作废喔。格个闲话多说脱的，倷烧脱着么哪恁会得发现呢，已经烧焦着么勿可能再出现。所以，格个闲话用勿着说，倷勿说格句闲话么，诸葛亮就利用什梗一个机会了，拿点粮草搬光。所以，徐盛、丁奉火箭营发现令箭杆子么，大概格条令箭烧脱了。

七星台上周瑜兄弟格死尸呢，带到中军帐去。徐盛、丁奉回到中军帐来见周瑜告令格辰光，周瑜呆脱哉。"都督，末将该死！""小将——该——吔死！"奉命赶奔到南屏山，上七星台，看见渔船，追上去。诸葛亮搭俚讲，赵子龙接，俚勿买账，追，赵子龙一箭，射断篷枷索。还有一封信啦，一条赵子龙格箭，格侪是凭据。拿上来，交拨周瑜看。回过来呢，火救阴么，一条令箭杆子，还有二将军格死尸，已经带到此地中军帐。倷拿经过情形报告上来，周瑜一看，赵云格箭，蛮清爽。再一看，还有诸葛亮格一封信。信上写点啥呢？拆开来一看，蛮简单，吭没几句说话。叫"孙刘联和共破曹，羽扇轻摇不辞劳，七星台上无风起，铜雀宫中有二乔"。

"囔——哟",气啊! 啥体要气呢? 诸葛亮几化坏。诸葛亮说,七星台上吭不风起么,铜雀宫上有二乔。大乔、小乔,就要弄到曹操格铜雀宫里向去。吭不吾诸葛亮帮倰格忙么,倰家主婆,要拨了曹操俘虏得去,倰阿要窝塞? 下头还有四句: "一叶扁舟寄江东,羽扇夹仔东南风,今朝游走归故里,何劳遣将送江中。"吾今朝回转去,倰何必要派大将,送到长江里向来呢?

"诸葛亮啊! 村——夫! 吾不杀你,非——为——人——也。"格个仇,吾总归记好了。下来有机会么,吾非杀诸葛亮不可。鲁大夫心里向转念头: 大都督啊,诸葛亮在三江口,倰杀俚勿脱,俚回转去仔,倰还要杀俚啊? 哼哼,俚勿杀倰也已经蛮好了哉。

格么呐吭呢,吾来劝劝吧。"啊! 都督,暂息雷霆——之怒。诸葛亮,如今回归夏口,东风已起,军情紧急。请都督,以大局为重,发令破敌。然后么,呃,鲁肃再把诸葛亮请到江东,杀他未——哩迟。"周瑜心里向转念头,鲁肃,倰格种废话。囔唷,现在么破曹操,破脱曹操么,倰再去拿诸葛亮请得来,请得来仔,再拿俚杀? 诸葛亮再来做啥? 诸葛亮还肯到江东来啦,勿肯来格哉哟。晓得的,俚是看吾心里向难过,悲伤了,所以来劝劝吾。

"子敬,不用多言。"徐盛、丁奉两家头呢,吭没罪名。周瑜勿能怪俚笃。为啥呢? 倰呐吭怪俚笃呢,俚笃两家头又勿晓得是吾兄弟,跪在七星台上,披头散发,着仔罪衣,做替死鬼,嘴里还在"嘛喇嘛喇三嘛喇"。那么,拨俚笃拉起来一宝剑,换仔吾周瑜自家去动手么,吾也未见得会关照格个跪着格朋友: 呕呕,头抬起来,看看面孔看,阿是诸葛亮勿是诸葛亮,是的,再杀。勿会格哟。看见俚跪了,当然杀。倰呐吭去怪俚笃呢,吭不罪名。

徐盛、丁奉两家头立起来,旁边头一立。周瑜下命令,七星台收拾,一百廿个小兵回营。旗号、衣裳,啥场化来的,还到啥场化去。道家应用格物事还到西山,马忠五百名军兵归队,周瑜,下令升帐。

文武齐集,周瑜要发令。因为今朝夜头要动手,东风已经起了,烧连环船格机会,已经到了。文武官员齐集,黄盖也来了。黄老将军点伤,痊愈了。为啥呢? 因为,曹操送拨俚一包人参,老山人参,浆补得好了,所以恢复得也比较快。精神抖擞,到中军帐来。所有格大将,侪到中军帐么,缺脱三个人。呐吭三个人勬来呢,甘宁甘兴霸,还有呢,蔡中、蔡和。为啥道理勿喊俚笃三家头来? 蔡中、蔡和勿能来。周瑜发令,火烧连环船,兵进赤壁,倰拨了蔡中、蔡和晓得,要走漏风声。格么甘宁为啥道理勿能来呢? 甘宁要陪伴二蔡,在船上一道吃酒。表面上搭俚笃,热络得不得了,其实呢,拿俚笃封锁、包围,看起来,勿拨俚笃行动有自由。该个辰光军情紧急啦,让俚笃稀里糊涂。所以甘宁为了要笼络牢蔡中、蔡和两家头了,亦勿来。

周瑜呢,对甘宁要有布置. 派人专门到船上去请甘宁来。格么甘宁勿去,甘宁搭蔡中、蔡和说,有数目了。关照来请格人,唔笃回转去。蔡中、蔡和说: 格么甘将军啊,周瑜叫倰去么,倰去酿。勿去。啥了勿去呢？吾啥体去啊？哈咦！吾搭俚冤家，吾现在投奔曹丞相了。曹丞相明朝就要过江来了。吾今朝去，听啥格令箭啊？吾明朝准备开好营门，里应外合，欢迎曹丞相来。啊呀！蔡中、蔡和说：勿对格呀。倷欢迎曹丞相来是对的。格是倷要晓得，倷现在辰光，勿去见周瑜听令，周瑜要光火。俚要派人来捉倷，或者传倷。那么物事体反而要弄穿帮，吾看倷还是去吧。倷去仔呢，横竖俚发下来格令箭，倷好勿照俚办格呀。去板要去格。

格么甘宁赛过特为屏仔一歇辰光，好像听俚笃两家头格意见了。好，格么既然什梗样子么，唔笃两家头登了该搭点吃酒，吾去一埭就来。蛮好蛮好蛮好。算听劝了，那么甘宁再上岸，使得二蔡呢，勿至于疑惑。

甘宁到陆营，见过都督，旁边头伺候好。那么周瑜讲："众位将军，列位大夫，听者！""哗……""曹——呃贼，兴无名之师，兵进江东。瑜奉吴侯之命，破敌曹——呃操。今日发令，人马过江，如有哪位将军，能将曹操擒获者，立为第一大——功。"

哗——周瑜发令格辰光，顶顶重要格一点啥物事关照？捉得牢曹操，第一大功。该个么喏，就是周瑜发令搭诸葛亮发令格分档哉。

诸葛亮发令格辰光，总是关照手下大将，曹操倷甭去捉。倷曼得搭吾拿饷银、粮草、降兵、战马、刀枪、军需，弄转来。为啥呢？诸葛亮晓得，捉曹操烦难的。倷格精力摆在捉曹操上呢，倷抢物事呢，要分心的。诸葛亮心里向转啥念头？吾曼得拿物事弄转来，饷银啊、粮草啊、军用品啊、降兵啊、战马啊，扩充——实力。格个顶要紧。当然捉得牢曹操也蛮好。捉勿牢呢，吾、吾目的勿在捉曹操上，吾目的在抢火法场。

格周瑜呢，周瑜格目的，摆在捉曹操。那么抢物事呢，俚就作为次要的。结果呢，曹操甭捉牢。曹操甭捉牢，周瑜想着要去拿物事么，勿客气，诸葛亮已经俦搭倷拿光脱了哉。倷要去拿，吭啥啥花样经。

周瑜第一条令箭，关照旁边头："太史将军，听令！""有！""令箭一支，三千人马，照密札行事！""得令——呃！"太史慈接令箭退下去，带三千兵，到啥场化去呢？关照俚人马，赶奔到黄州道，就是赤壁到合肥格交通要道。拿格条路截断，独挡黄州桥。曹操赤壁败下来，甭拨俚到合肥。合肥有救兵来，甭拨俚笃到赤壁。太史慈去，路顶远，所以第一条令箭就派俚。因为俚去了，要兜圈子，要越过曹操营头，过曹操地界，所以要抄远路，第一个就派俚去。

太史慈走。第二条令箭，"兴霸将军听令！""在——哋！"甘宁跑过来。"令箭一支，三千人马，照密札行事！""得令！"甘宁接令箭退下来，拆开密札一看，关照俚带三千兵，里向江东兵号衣，外头着曹兵号衣。叫俚带仔蔡和，今朝夜头出营头到聚铁山。只说是奉了曹操之命，到聚铁山来见粮队都督，有紧急军情禀报。让蔡和领路，因为蔡和认得俚笃格啦，带到里向。然后呢，进入粮营中营，那么倷结果蔡和性命么，拿粮草队打下来。到格个辰光么，倷拿曹兵格号衣可以脱脱了，露出江东兵格号衣来。甘宁有数目。

甘将军回到水营上，搭蔡中、蔡和碰头么，蔡中、蔡和要问哉咯：甘将军啊，周瑜叫倷去做啥？俚叫吾带三千人马，攻打聚铁山粮营。倷唵接令箭？接的。哦哟，甘将军啊，倷投降仔曹丞相仔么，倷呐吭好去打聚铁山呢？是呀，那么吾现在想，本来呢，明朝丞相过江，吾在该搭点接应丞相。现在呢，换花样，吾今朝夜头三更天，带人马就过去，到赤壁，碰头丞相，跟仔丞相一道来了。哎，倒对，聚铁山当然勿能去，倷投降仔丞相么，倷呐吭去打聚铁山呢。不过甘将军啊，倷要到丞相营头上去么，倷勿认得人格咯？倷呐吭可以去呢？喏，蔡和陪吾一道去。蔡和说：蛮好蛮好，吾陪倷去。格么蔡中说：吾呐吭呢？倷留在营头上，等到曹丞相过江么，倷登在该搭点里应外合。同样立功劳喽。

蔡中、蔡和想对的。那么到夜头，吃过夜饭之后，甘宁、蔡和，三千三百名军兵，因为蔡和手下有三百名军兵。出水营。本来是要往赤壁去格咯，路上么甘宁换花样了。蔡和啊，周瑜派吾到聚铁山去攻粮营。嗯！那么周瑜要派人接应格啦。嗳！背后头格人马也勿少。哦？倘然说吾搭倷到赤壁见丞相，报告相爷，江东今朝夜头有个计划，要去攻打聚铁山。丞相得信之后，马上通知聚铁山，关照俚笃准备，有江东人马要来打。丞相派人去关照么，吾格第二路人马已经到了聚铁山，趁聚铁山一个失算，蒴防备，拨俚笃打进去勿得了，丞相要受损失的。嗯——蔡和说：对的。格么呐吭弄法呢？什梗吧，吾搭倷先到聚铁山。碰头聚铁山粮队都督，搭俚笃说清爽，东吴人马要来打唔笃。然后呢，俚或者从陆路上，从聚铁山跑到赤壁去见丞相，勿是一样的吗？或者么，乘仔船，水路里走也可以，格么让聚铁山可以早点得着信。否则，俚到赤壁，赤壁再通知聚铁山，辰光来勿及，挨哉。蔡和说：对的，对的，聚铁山格粮队人马，吾认得的。有两个大将吾熟悉的，吾搭倷一道去好了。那么蔡和领仔甘宁到聚铁山，混进营头，破粮营么，吾用着再提，拿俚表过。

周瑜第三条令箭，关照旁边头："吕——蒙听令！""在！""三千人马，兵进赤壁，照密札行事。""得令！"吕蒙带三千兵，端准好火药，照密札办。埋伏在赤壁山，陆营格左手里向，等到连环船起火么，倷冲过去，攻俚笃陆营左营。

"凌统听令。""在！""三千人马，兵进赤壁。""得令！"凌统退下来，拆开密札一看，带三千兵，到赤壁山右手里向埋伏，攻赤壁陆营右营。也是路远了，要先跑。

周瑜再是一条令箭，关照旁边头。"潘璋、董袭！""在！""有！""三千人马，照密札行事！""得令！""遵令！"潘璋、董袭带三千兵，埋伏到赤壁后山，攻俚格后路。连环船起火么，后营里向打进去。

周瑜再是一条令箭，关照旁边头："何灿听令！""有！""三千人马，扫荡营寨！""得令！"何灿做啥呢？何灿带领人马到赤壁，叫扫荡营头。

啥叫啥扫荡营头么？就是关照俚，等到吕蒙、凌统、潘璋、董袭，冲进曹操赤壁山陆营，陆营起火烧了。曹兵逃走了，江东军队冲过去了，营头上火么在烧。格么俦过去呢，救火。啥体要救火呢？因为营头上格点物事，侪是伲格哉呀，勿变曹操格哉哟。因为曹兵都逃走哉咯。俦拿火救阴，营帐篷么卷卷起来，刀枪剑戟、锣鼓、旗帜、军需，物事，叠叠在一道，集中集中，搬起来便当点。格个名堂叫啥？叫扫荡营头。

格条令箭呢，何灿带人马去，登在赤壁后山埋伏。起火之后么，俚过来收拾。周瑜派格个一路人马，赛过搭诸葛亮派的。为啥呢？因为赤壁起火之后，曹兵逃走了，江东军队冲过去了。诸葛亮派人马过来，要来搬格点军用品啦，本是、本来是零零散散的，散得一地啦。地方交关远。要四面去拾拢来，也蛮困难。那么何灿去呢，拿零零散散格物事，趸当摆起来，集中在一道，堆得像一座座小格山头什梗。俦弄好哉，唔笃搭俚集中好了，俚拿起来一拿头好了，交关便当。格周瑜呐吭想得到？

周瑜再是一条令箭，"黄老将军！""在——吔！""令箭一支，照密札行事。""得令！"黄盖接令箭退下来，拆开密札一看。关照俚，带火船六十只，小船一百廿只，军兵三千。今朝夜头祭旗开兵么，火烧连环船。黄老将军去。火船？所谓火船呢，就是船上啦，别样物事吭不的。底层，侪是硬柴，柴爿。上头呢，闪一皮火药。再拿格种芦苇、干格茅柴铺上去，再是一皮火药，再压一皮硬柴，再是一皮硫磺，再拿茅柴盖上去。一皮茅柴，一皮树杆，一皮是硫磺，一皮烟硝，或者呢，浇油。外头拿油布遮盖。人家看看叠得蛮高的，总抵讲格个是船上装格粮草，其实呢，引火之物。格六十只火船格每一只船格船头上，有十只钉，叫橄榄钉。一尺多长，血力尖，锋利得及。啥用场呢，等到船只开过去，火烧连环船格辰光，火船烧起来，船撞到连环船上，嚓！钎牢。因为有十只钉吃牢。吃牢么，烧吧。俚自家只火船烧光，唔笃点船也侪烧起来，黄老将军让俚去准备。

周瑜再是一条令箭，"韩当、周泰！""在！""有！""各带人马三千，接应黄老将军。""得令！""遵令！"韩当三千兵，周泰三千兵，左右两队，黄盖是当中。黄盖出发之后呢，韩当、周泰两路人马跟上去，作为两翼。

"程普听令。""在！"程普老将军跑过来。"三千人，中队二路！""得令！"程普三千人马，在黄盖后面的，中队第二路人马。

"蒋钦、陈武。""在！""有！""各带人马三千，接应韩当、周泰。""得令。""遵令。"蒋钦、陈武各人带三千人马，是左手里、右手里格二路，接应韩当、周泰。

"徐盛、丁奉!""在!""有!"两家头总抵讲,伲吭不令箭。因为伲扯仔烂污,杀脱仔周瑜格兄弟了。周瑜发令箭,别人侪有,伲吭不。最后,派了俚笃两家头。"率领人马三万,保护本都,过江,破——呃贼。""得令!""得令!"两家头是保护周瑜,搭周都督一道过江。

"鲁——大——夫!""呃——鲁肃在!""保守三——江——口。"三江口水陆营头,后方格事体,侪归俟鲁肃负责。鲁大夫答应。

周瑜令箭发好了,布置停当了。陆路上格人马,因为路远,老老远远先要跑了,水路上格人马呢,要天夜,那么再船只出发。周瑜格方面,吾拿俚亘一亘开。吾交代诸葛亮回转夏口。

俟回转夏口来格辰光,哈呀,夏口格刘皇叔是,牵记是牵记得格诸葛亮不得。头颈骨侪望得酸哉。为啥呢?因为诸葛亮讲好哟,喊吾派一只船,在七芦湾口等。后来,诸葛亮有封信送得来,关照派赵子龙准备一只渔船,到南屏山江边,接俚回转。派赵子龙去之后呢,刘皇叔一径在等,搭诸葛亮还是临江会分别之后,直到现在,长远勿碰头了。

今朝诸葛亮要转来。刘皇叔在等格辰光么,手下人报得来。船来了。船来啦?嗳。船来哉么,总诸葛亮来哉嚄。

刘皇叔跑出帐篷,到江边来接格辰光,一看见船,来五只。咦?赵子龙去,只有一只船,呐吭来五只船?船停好,上岸。啥人呢,勿是诸葛亮,是江夏郡刘备格阿侄,大公子刘琦,刘表格大儿子。本来在生病,现在病刚巧好,晓得诸葛亮要转来快了,所以特地来碰头。见过阿叔么,刘备拿俚请到帐中。刘备问俚俟来做啥么?来看诸葛亮。

为啥道理要看诸葛亮呢,因为大公子生病格辰光啦,诸葛亮搭俚讲,大公子,俟格毛病吾侪晓得。唔笃老娘家刘表过世之后,唔笃兄弟刘琮拆烂污,听仔蔡夫人格闲话,搭仔蔡瑁、张允格谗言,投降曹操。拿荆襄呢,除出江夏郡之外,多下来,全部侪送拨了曹操。俟心里蛮难过,老娘家传下来点家当,俏光了。俟放心,有吾诸葛亮。吾保俟险,今年大年夜为期,保险俟能够进荆州城。大公子听着格个闲话么,心里蛮快活。大年夜就可以进荆州城。今朝冬至啊,十一月二十,还挺一个多月。赤壁,曹操人马还在,勿晓得究竟情形如何?所以赶到该搭点来看诸葛亮。刘备搭俚讲,吾也在等俚哟。隔仔一歇,报得来,赵子龙回转。

刘皇叔要紧带领手下,关云长、张飞,文武官员,大公子刘琦,侪过来迎接军师。诸葛亮上岸,赵云、孔明见过刘皇叔之后,文武官员大家见过一礼。到帐中,坐定身子。

送过香茗,茶罢收杯,刘皇叔要问诸葛亮:"军师,临江会一别之后,直到如今,不知军师在江东,周郎待——你——如何?"上抢俟勬搭吾讲清爽,只说"虽居虎口,安如泰山",俟在老虎嘴里向过日脚。格么现在俟,在江东一段辰光,周瑜究竟待俟呐吭呢?诸葛亮对刘备看看,东家,该个辰光,吾吭不功夫搭俟讲格种事体。老实讲,讲起来是,书什梗一本了。俟跑脱之后,叫吾造十万条箭，连下来又有借东风格事情体，吾呐吭搭倷讲呢？"主公，待亮发令之后，再行告稟，来。""啊！""起——鼓升——帐！""军——师有令！大——帐伺候！呼——咦。"

呱呱，咚咚，噗——诸葛亮，升帐发令。文武官员齐集，该个一次赤壁大战，诸葛亮江东回转，立刻发令，时间非常紧迫了。

孔明拔第一条令箭关照旁边头："子龙，听令！""在——呃！"赵云刚巧回转，第一条令箭就派俚，因为能干了，能者多劳。"令箭一支，三千军卒，将军照锦囊行事，聚铁山劫取饷银。""遵——呐令！"赵子龙第一条令箭，到聚铁山劫饷银。曹操八十三万大军格饷银，得下来以后呢，将来打荆州、取西蜀，三分天下，格点经费，就照格个牌头。赵子龙呢，还要到彝陵道去布置埋伏。一身兼两穴。

诸葛亮再拔一条令箭，关照旁边头："糜竺听令。""下官糜竺在。""令箭一支，带领三千军卒，埋伏赤壁江边，拾取金——银回——来。""得令！""哗……"旁边头听，大家呆脱了。尤其是刘备。刘备一听，倷听听看，诸葛亮关照糜竺，带三千兵埋伏赤壁江边，做啥格事体呢？"拾取金银回转"，金子银子要派三千格人去拾，格是吾要发财哉。

糜竺去。糜竺格兄弟叫糜芳，对诸葛亮在看。啊呀军师啊，格种令箭阿有啥派派吾酿。吾去么，多也勿想的。自家捞格两袋袋，有仔格点金子银子么，好活络活络啦。顶好诸葛亮派吾。

诸葛亮赛过晓得俚心思的，"糜芳——听令"。"糜芳在。""令箭一支，带领三千军卒，埋伏赤壁后山，拾取……"哈呀！糜芳快活啊，"拾取"，看上去又是拾取金银咯？"拾取刀枪剑戟。""喔——呼"糜芳气啊！关照俚去拾刀、枪、剑、戟哟。格诸葛亮晓得，糜竺规矩人，拾金子银子派俚去，涓滴归公，勿会揩油的。倷糜芳格脚色勿规矩，派倷去拾刀、枪、剑、戟，倷要揩油么，要么带把刀转去，寻死路去啊？糜芳只好接令，动身走。

诸葛亮再拔令箭，关照旁边头，"毛仁、苟璋，二位将军，听令"。格两个副将，"在！""有！""令箭一支，三千人马，照锦囊行事。""得令！""遵令！"两家头接令箭退下来，拆开锦囊一看。诸葛亮关照俚笃，唔笃带三千兵，带木排、竹排，身上呢，着江东兵严州兵号衣。乔装改扮江东严州解粮官，到聚铁山。等到甘宁破脱聚铁山粮营，唔笃拿木排开过去，说起来是奉周瑜之命，到该搭来接应甘兴霸，代替唔笃装运粮草。因为唔笃船少，勿够，所以俖开仔木排到该搭点来装。毛仁、苟璋心里向一转念头，军师啊，勿来事嚄，俖两家头跑得去，自说自话，算严州解粮官，俚笃勿买账："军师，我们乔装严州解粮官，骗取粮草，口说无凭，他们不信，怎么办哪？"勿相信呢？诸葛亮想对的，两家头蛮细心。

诸葛亮从鹤氅袖子管里向，摸出来一条子时大令，"有令——箭为——凭"。"得令！"那么勿呆，有江东令箭了。令箭就是凭据。

张飞登了旁边头一看，"佛喝喝喝"，对诸葛亮望望。先生，啥倷近来到仔埭江东去了，勿打招呼，也会拿人家格物事带转来了，拿条令箭去。诸葛亮对俚看看，格个呐吭叫勿打招呼带转来呢。该个么吾，对江东做仔勿少事体，拿条令箭转来么，顺带便带转来么，弄拿点粮草伲好换到伲搭点来。因为刘皇叔格粮，要完快哉。将来降兵收得多，粮草啥地方来？粮为军中之宝。顶要紧，派毛仁、苟璋去劫粮草。赵子龙是劫饷银，俚笃是劫粮草。粮搭饷，两样物事有了呢，勿呆。不过诸葛亮晓得格啊，甘宁厉害的，甘宁破了粮营之后，夏侯惇退出去了。甘宁如果跑到江边来看见，严州解粮官，作兴拨俚弄穿帮也讲了。格么呐吭弄法呢，牵制甘宁，勿拨甘宁出来。

诸葛亮再发一条令箭，派刘辟、龚都两家头，叫俚笃两家头做啥呢？叫俚笃两家头带领三千兵，乔装改扮曹兵相仿，埋伏在聚铁山旁边头，着仔曹兵号衣。等夏侯惇拨了甘宁杀败，逃出聚铁山呢，唔笃冲上去，旗帜亮出来，拿张辽了许褚格旗帜亮出来，扮假张辽，扮假许褚。说起来，俚是奉仔曹丞相之命，到该搭点来，来接应俆夏侯惇，克服粮队，重新再来打。那么夏侯惇上当，戆当戆当，反攻去打聚铁山么，甘宁拼命要守住聚铁山格营头。甘宁搭夏侯惇打么，毛仁、苟璋笃笃定定拿粮草搬。等到粮草搬得差勿多了，那么刘辟、龚都两家头跑，拿旗帜卷卷拢，身上曹兵号衣脱脱么，变成江东兵了。带仔三千名军兵，乘四百只船，开到赤壁江边，赤壁江边格军用品，堆积如山么，俚笃说是奉鲁大夫之命，到该搭点来搬军用品么，拿点军用品通通伲装转来。刘辟、龚都去。

那么诸葛亮张怕毛仁、苟璋，弄着仔粮草，木排上装满，木排开起来慢，假使甘宁追上来呐吭弄法呢？诸葛亮再是一条令箭，派文官孙乾，带十只船，接应毛仁，苟璋。孙乾退下来，拆开锦囊一看，到诸葛亮格童儿搭，拿着一只包裹。包裹里啥衣裳呢，诸葛亮一套旧格纶巾、鹤氅，一把羽扇，还有一面诸葛亮格旗号。带十只船，关照埋伏在半路上，毛仁、苟璋如果逃下来，江东军队要追的，一声炮响，拿船只开出去。拿诸葛亮格旗号一扎，着仔诸葛亮格衣裳，羽扇轻摇，拨一个假诸葛亮拨俚看看。孙乾去。

诸葛亮再是条令箭，派刘皇叔格儿子，继儿子啦，叫刘封。俆搭吾带十只船，接应孙乾，"得令！"刘封退下去，拆开锦囊一看，诸葛亮关照俚，带十只船，白银盔，白银甲，白段子，黑字旗"常山赵"，叫俚扮一个假赵子龙，上去接应，刘封跑。

诸葛亮再是一条令箭，"三将军！""有！"张飞跑出来。"三千人马，埋伏葫芦角。""得令——呃！"张飞接令箭退下来，拆开锦囊一看。关照俚带三千兵，埋伏到葫芦角。曹操人马败到葫芦角来，埋锅造饭，俆勦出来。等到饭烧好，俆杀出来。啥体呢？饭勒烧好，俆冲出去，曹兵逃走，要吃夹生饭。饭烧好，俆冲出去，曹兵逃走呢。俆先吃饱饭，吃饱仔饭了，再上去，收降兵了什梗。格饭要人家搭俚烧好仔了，张飞再冲上去。张飞想当吾饭桶。让张飞带三千兵到葫芦角。

诸葛亮再是一条令箭。关照旁边头大公子刘琦，俫回转去，到江夏郡。为啥呢？带点木排竹排，封锁江面，赤壁起火，大船烧了，小船逃出来，顺风过来，漂到江夏郡么，俫拿俚笃拦牢。因为大部分侪是荆州兵，投降曹操，俫大公子出去，是俫格旧部啦，叫俚笃投降，比较方便。大公子刘琦去。

诸葛亮再是一条令箭，派一个文官叫简雍。俫带三千兵呢，专门清理战场。简雍去。

再是一条令箭，关照格中军官。叫中军官做啥呢？俫搭吾到矾山山顶上，准备好一桌酒水，搭好一座帐篷。啥体么？停一停吾搭刘皇叔，一道到山上，吃酒看火着。因为赤壁格火烧起来结棍啦，火烧连环船，火烧赤壁山，一场大么，隔岸观火。中军官去。

诸葛亮令箭发完，要看看公事哉。因为到仔埭江东去，长远呒没办公。俫在看公文辰光么，刘备在旁边头呆脱了。对诸葛亮看看，诸葛亮，俫疏忽啊，忘记脱哉啊？嘎，今朝诸葛亮发令箭，叫啥刘备手下文武官员，个个人侪有令箭么，就剩一个人呒不令箭。啥人呒不令箭呢，关云长。

那么关云长格种大将，是刘备手下数一数二格将官，偏裨牙将忘记脱，勿稀奇的。勿会忘记关云长格呀。俫在对诸葛亮看么，诸葛亮假痴假呆，只当呒看见。格个辰光，云长在旁边头，窘。赤壁大战，显身手格机会。关平、周仓老早就在讲了，诸葛亮转来，第一条令箭板是关公。为啥么？因为关、张、赵，关是排第一位。诸葛亮发令箭格辰光，拔第一条令箭，关平就过来看，阿是俚老娘家？勿是，退下来。第二条令箭，周仓出来看，那总是俚东家哉，也勿是。孔明拔一条令箭，两家头看一看，望一望。格个云长是窘是窘得了，面孔涨得燠燠红。别人侪有令箭，吾呒不哟。不过关云长格面孔红呢，诸葛亮呒不注意。为啥么？因为俚本来红面孔，红面孔、面孔红，差勿大多，看勿出来。云长熬勿住。云长倒并勿是争一桩功劳，老实讲，少了一桩功劳，无所谓。吾弄勿懂，俫诸葛亮啥格意思？

云长立起来，到诸葛亮门前头，"军——师！""二将军。""赤壁鏖兵，众位将军皆有令箭，唯关——某独无，请问军师，是——何道呃——理？""哎呀呀呀，君侯呀。本则，本军师有一条令箭，要请君侯往华容道埋伏，可以擒捉曹操。因为君侯前去，不当——稳便。""怎——见——得？""当初君侯，在许昌，曹操待君侯非薄。三日一小宴，五日一大宴，上马敬，下马迎，赠袍赐马，美女十名，如此相——待，只怕君侯，要把曹操放走。于其触犯军法，何如不去哟！""喔哟，嗵嗵嗵嗵……"关君侯组苏根根翘起来，"军师此言，差——矣"。"怎——见——得？"关云长讲：曹操对吾好，吾报答过俚哉哟。斩颜良、诛文丑，老早立过功劳，报答过曹操。为啥道理俫勿拨吾去呢？吾捉牢曹操，俫呐哟？

那么立军令状哉呀，所以关君侯要埋伏华容道。

第九十五回

火烧连环船

　　诸葛亮，回到夏口发令。赤壁大战，别人侪有令箭，就剩关云长呒不。关云长就问了：为啥勿派吾去？诸葛亮说：倷去勿便当格呀。本来，有桩好差使。倷到一荡地方去埋伏，能够拿曹操捉牢。因为倷去呢，倷搭曹操有交情，倷要拿曹操放脱的。放脱曹操呢，倷犯军法，回转来要杀头。格么吾派倷去，反而在害倷哉呀。所以呢，吾格条令箭，勿能派倷去。哈呀，格关云长听了，心里向，实头窝塞的：诸葛亮，倷啥格闲话呢。喔，曹操从前待吾好，吾今朝搭俚碰头么，吾板要拿俚放脱的？呒不什梗一桩事体。曹操待吾阿好？是好的，而且好得了勿能再好。

　　格句闲话是在啥辰光呢，八年前头。今年是，建安十三年。在建安五年格辰光。关云长兵困土山，约三事。为了保两位皇嫂么，到皇城耽搁。曹操待俚好是好得来，三日一小宴，五日一大宴。上马金，下马银。赠袍赐马，美女十名。官封为汉寿亭侯。再送一支公馆拨俚。那么老实讲一声，曹操待倷什梗好法，倷搭俚终归是有感情的。诸葛亮格估计啦，板要拿曹操放。云长勿同意。说：倷格句闲话错了。为啥呢？曹操是待吾好，格么吾报答过俚哉呀。当时辰光，吾在曹操手下，河北袁绍发兵，打到皇城来。吾出去交战，白马坡斩颜良，延津渡诛文丑，吾立下大功，报答过曹操。格么吾现在搭俚碰头么，吾呐吭会得勿拿俚捉呢。勿比吾勿报答过俚，格么倒作兴的。俚以前待吾好，格么吾要报俚格恩了，吾放俚跑。现在呒不格个事体哉嚜。倷应该派吾去。

　　诸葛亮还是勿肯。"君侯，人有见面之情，只怕君侯，遇见曹操，还是要将他放——走。""军师，倘若关某，将曹——操擒——获，军——师怎——样？""如其君侯，能将曹操擒获，本军师，可以将首——级取——下。倘若军侯，把曹操放走么，又如何呢？""甘——当——军令。"吾拿曹操放，杀头，甘——当军令。"愿立军令状么？""愿——立！""立上——来！""遵——命。"

　　"立。"旁边头周仓要紧过去，得一只半桌过来，放到关君侯格座位门前头。云长坐定，关平过来磨墨。关平、周仓两家头心里向肝火烊。对诸葛亮看看，倷格种啥格闲话？阿难道说，俚埋伏在格个地方么，曹操来起来，板要放嘎？关平心里向转念头，老娘家放么，吾好勿放格呀。吾要拿曹操捉下来格。倷诸葛亮格种闲话讲得忒过头了。格周仓也什梗想的，东家搭曹操有交情的，吾搭曹操面不相识，假使碰头曹操么，呒啥客气。吾，嘭！一锤头，拿俚格脑子也敲出来仔了完结。吾呐吭会得放俚过去？。嚯唷，格两家头肝火烊。

云长，坐定下来立军令状了。军令状立仔一半么，笔一搁。"军师。""君侯。""倘然，曹——公不向那条路上而来，军师怎——样？"比方说，倷叫吾守在大路上，格曹操倒走仔小路，俚勿到格条路上来，吾搭俚碰勿着头，碰勿着头，算啥人输脱呢？"君侯，倘然曹操，不向那条路上而来，是本军师失算，亦将首——级取下。"好！枉东道呢，枉一个颗郎头。

诸葛亮说：曹操来，倷捉牢曹操，吾颗郎头拿下来。曹操勿到格条路上来，吾失算，吾也拿颗郎头拿下来。蛮好。既然闲话说定么，军令状立好。拿军令状交上来，交拨诸葛亮么，诸葛亮看过，勿错啦。旁边头一放。

然后拔一条令箭，拿一封锦囊，"君侯，令箭一支。带领公子关平、副将周仓、校刀手五百，在华容小——道埋伏。曹操来时，一定要将他擒——捉！""尊——令！"

接令箭退下来，拿锦囊拆开来一看，锦囊上写得交关明白。华容道，当中有座山，两边两条路。一条是大路，一条是小路。大路呢，叫华容大道。小路呢，就叫华容小道。那么诸葛亮关照俚，曹操在赤壁山，十一月二十夜头起火，到十一月格廿三，曹操要败到华容道上来了。那么倷，华容道上呐吭布置埋伏呢？大路，倷让俚去兮，勿去管俚，一点点用勿着布置。倷人马呢，守在小路上。但是小路上要安排一点埋伏，啥格埋伏呢？第一个，拿树砍倒，拿条路搭吾塞断，让俚倷跑起来很困难。再要呢，在树林里向，树丫枝顶上结一点旗号。山上，插点旗号。格个旗号呢，东插格一面，西插格两面。老远望过来，看么看得见的，零零落落，有点旗号。再要呢，在树林旁边头，放点狼烟。啥叫啥狼烟呢？就是拿树梗茅柴烧烊，烧烊之后么，火烧起来哉咯？烧起来仔之后，上头再拿格种潮格柴，铺上去。只要让俚冒烟，勿要让俚起火，烟雾腾腾，烟卟溜休休。让俚望过来么，晓得格个地方是有人马在那。

云长呆脱哉哟，云长心里向转念头：诸葛亮倷，唵写错了？小路上树木叠断路，还要么布置旗号，再要么放狼烟。蛮清爽，是要叫俚勿往小路上来。格么如果说，小路上什梗样子布置埋伏么，吾格军队，应该守到大路上去。格么曹操一看，喔，小路危险的，有旗号，有狼烟，外加路么也勿好走，格吾还是走大路吧。格么吾人马守在大路上，曹操军队过来么，吾，磅当！冲出来么，拿曹操亦捉牢。喔？现在守么要叫吾守在小路上的，小路上么又要布置很多很多格障碍，让曹操么勿能跑。别样呐啥，吾照倷锦囊办，曹操勿来，呐吭算法呢？勿歇两日，吾回转来，见倷诸葛亮交令格辰光。嗤，吾么照倷埋伏嗤，曹操么勿来，拿锦囊拨诸葛亮一看么，诸葛亮对仔吾：啊呀，啊呀呀，吾写错个字。吾是说埋伏在小路上，关照倷人要守到大路上去，吾拿个大字写成了小字，写错了一个字。格么写错一个字，算啥人输脱呢？闲话讲在门前头。

拿封锦囊拿过来，拨了诸葛亮看：军师，倷唵写错？阿是埋伏弄在小路上，吾军队守在大路上。诸葛亮说：吾蹩写错。埋伏，是要布置在小路上，倷格军队呢，也搭吾守在小路上。格么曹操要勿上当格呢？正因为什梗了，所以曹操上当。为啥呢？因为曹操熟读兵法，兵书上有两句闲话，叫"虚则，实之；实则，虚之"。倷看看俚好像有埋伏，其实是吭不的。倷看看俚好像是虚张声势，虚的，空虚得很，其实有埋伏。叫虚则实，实则虚。那么曹操俚，跑到华容道上来，一看，大路上虚的，小路上实的。喔，看上去小路上是，从表面上看看是有埋伏，其实吭没埋伏。因为啥？因为实则虚。大路上，倷看看蛮太平，一眼吭啥啥，倷走过去，有军队要杀出来的。这个名堂叫啥？叫虚则实。曹操上当就上在懂兵书上。

该抢诸葛亮呢，反其道而行之。虚则虚了，实则实。唉，倷看看俚是空虚的，格么真格是吭不人马埋伏。倷看看俚好像有军队的，格定坚有路人马在埋伏。诸葛亮格棋子，比曹操高一着么，就是在格个地方。俚拿曹操格想法啦，统统侪摸牢哉。关照云长：倷照吾格上去布置好了。曹操假使勿来，俚走大路的，回转来吾输脱。军令状上写明白，吾杀头。好。云长去。

格么云长让俚倷带领关平、周仓、五百名校刀手，到华容道上埋伏。刘备在旁边头呆脱哉哦。刘备心里向转念头，俚笃两家头枉东道，啥人输脱呢，问也匆问得，板是兄弟输脱。为啥呢，诸葛亮厉害。

倷匆讲别样，诸葛亮刚巧出山，火烧博望坡之前，诸葛亮登台拜将，张飞闯辕门。张飞勿买诸葛亮个账，后来诸葛亮搭俚亦是立军令状。诸葛亮关照张飞，倷带一路人马，埋伏在一堂地方叫安林道。二更天博望起火，四更天夏侯惇格败兵要到安林道来。倷捉牢夏侯惇，吾跪在倷门前头，头上顶一只盘，盘里向放三杯酒，跪敬三杯。倘然倷捉勿牢夏侯惇，倷捉牢一个小兵，吾也是跪在倷门前敬酒。假使说小兵捉勿牢，倷单单捉牢一只马，一只溜缰马，倷回转，吾亦是跪在倷门前头跪敬三杯。那么张飞一想总归稳的。而且，夏侯惇勿来，亦是诸葛亮输脱，亦是诸葛亮跪敬三杯。张飞想那总稳哉哦，勿来吾赢的，来，大将捉勿牢，小兵总捉得牢。小兵捉勿牢么，马总归捉得牢。勿晓得，弄到完结么，夏侯惇么来的，张飞么非但大将、小兵匆捉牢么，连得溜缰马也匆捉牢一只。回转来，推位一眼眼拨了诸葛亮杀头。幸亏得，大家讨仔情了，赛过宽恕下来。倷想，张飞个本事，诸葛亮估计到俚马也捉勿牢一只么，定坚捉勿牢。那么倷兄弟守到华容道上去，曹操来起来啦，吾看是勿会拿曹操捉的。唉。为啥？闲话听得出的哟，倷听酿：人家提起曹操总归是咬牙切齿，背后头么骂曹操么曹贼，或者么奸贼，或者曹操直呼其名。唯有云长呢，提起曹操啦，有转把叫俚啥，叫俚曹公。曹公来，吾一定要拿俚捉。吾为啥道理要拿曹公放？那么倷想呢，背后头也要客气得了称回俚曹公，当面看见更加客气。诸葛亮格句闲话勿错哟，人有见面之情，就怕碰仔头下来，兄弟要拿俚放。

那么老实说，俚笃两家头枉东道啦？勿是诸葛亮杀头么，就是关云长杀头。而格个两个头呢，一个也勿能杀。为啥？一个是吾军师，吾要靠俚打江山。一个是吾兄弟，誓同生死，吾呐吭好让俚死？刘备急煞。刘备搭诸葛亮讲，倷看伲兄弟呐吭？诸葛亮笑笑：吾搭俚立到军令状呢，吾就晓得俚，一定勿能够拿曹操擒捉。格么刘备心里向转念头，只有到格个辰光，兄弟闯仔祸了回转来了，大家讨情了再讲哉略。

那么刘备、诸葛亮到樊山格山顶上，搭好一座帐篷。俚笃呢，在帐篷里向吃酒，到夜头么，看火着。喔，火烧赤壁烊是烊得来。虽然此地距离赤壁路蛮远，但是因为火实在烊勿过么，老远望过去，也能够看到火光冲天。

那么刘备、诸葛亮，吾拿俚笃开啦。回过身来，吾再交代三江口周瑜。

辰光蛮快，夜快点了。今朝是，冬至。格冬至呢，一年到头当中，日，顶顶短；夜，顶顶长。搭夏至么，齐巧一个背对背。一年到头么，日里向顶顶长格日脚么，夏至。夜顶顶短格日脚么，也是夏至。所以格辰光，有人说笑话啦：困觉么要困冬至夜，白相么，要白相夏至日。因为白相么，夏至格一日天日顶长。困觉呢，格夜头倷困冬至夜么顶合算着，格特别长，好多困歇辰光了。

所以今朝老早就夜哉。周瑜呢，勿在中军帐，到江边。江边临时搭一座行营。三军司令大督旗，带到江边来。

周瑜今朝呢，一身大打扮，头上束发金冠，绒球抖抖擞擞，雉尾双挑。身上银叶软甲，外罩锦袍，披袍显甲。腰里向龙泉宝剑，脚上虎头战靴。众将官呢，侪在旁边头伺候，黄盖也来。黄老将军轻装扎束，头上玄绢捆头，身上玄绢短袄，玄绢裤子，鲨鱼皮格靴。一条金鞭，挂在腰里，紫金鞭。还挂一张弓，插一壶箭。老老头轻装打扮，胡子雪白，铺满胸前。望上去是老虽老，老当益壮，精神抖擞。

周瑜看到黄盖格种样子么，心里向真格是高兴啦。为啥？该一次赤壁大战，黄盖格个功劳是顶大了。六十几岁格年纪，不惜皮肉受苦，诈降曹操。格一顿生活，打得皮开肉烂，苦头吃足。格种事体啥人肯做？俚来。现在兵进赤壁，俚头队先锋。第一路人马过去，身先士卒。六十几岁了，打了几十年格仗，可以说是江东格开国功勋，立过汗马功劳。按照道理讲，俚应该享福了。应该回到屋里向去，过过写意日脚。但是俚勤，俚还是要为国尽忠、以身许国。前脚大腿上受伤，现在伤刚巧好一点，要亲临前线么，周瑜呐吭勤感动了，呐吭勤佩服呢。所以赤壁大战，黄盖格功劳特别大，倷勤说《三国演义》，小说上什梗写法。倷就是看到《三国志》，历史上，黄盖功劳呢，也大书特书，赤壁大战里向的，黄盖有功劳。

周瑜一条命令下来，派一个中军官，搭吾到水营，拿蔡中传到该搭点来。命令一下么，蔡中来了。格蔡中心里向快活得了。为啥么？曹丞相明朝要过江哉呀。丞相过江，里应外合，接应相爷。相爷上岸，平定东吴，一统江山。将来曹丞相做皇帝么，吾蔡中格功劳勿小。说勿定，吾也可以爬上去，做到都督了勿知啥格名堂了，自得其乐。

甘宁么，搭蔡和带人马去哉，俚一干子在喝酒。现在周瑜喊俚么，也勚晓得啥事体。上岸一看么，奇怪。勿进陆营中军帐，跑到江边。到江边行营里向一看么，呆脱了。只看见周瑜坐好在居中，满面杀气。众将官文武两厢站立，侪是摩拳擦掌。身上种打扮看得出，马上要出发了，啥格路道？呆一呆。

"都督在上，蔡中参见都督。"周瑜对仔俚，当——一记台子一碰，"蔡中"。"喝，有。""你好大胆，擅敢奉曹贼之命，前来诈降江东，还不与吾从实招——来？""呃嘿，都督。"尔嗫——卜。"小人，是到这儿来，真心归降，并无假意。""既然你真心归降，为什么不将家眷带到此间。""呃？这这。"讲吭出。侪真心归降，侪为啥道理勿拿家眷带得来。侪家眷留在荆州，侪蛮清爽，是奉曹操之命到该搭来诈降。"还不与吾从实供招？""呃，这这这这"，那么僵。心里向转念头，勿招，吃苦头。吃仔苦头下来，还是要杀。格么呐吭呢，扎乖点，好汉勿吃眼前亏，吾就老实招，招仔么阿好活一条命。活一条命，明朝曹操打过来，救吾出来么，吾还是有希望。"呃——都督，实不相瞒，我们是奉了丞相之命到这儿诈降江东，可是没有干什么坏事，请都督恕罪。我现在愿意真心归降。""喝喝喝喝哈哈哈哈，蔡中！""有！""你可知晓，今日晚上，本都督要提兵过江，破敌曹——呐贼。""呃，这这。"啥物事啊？喔，明朝丞相打过来，侪今朝夜头先过江？"嗯，都督，既然如此，小人愿为向导。""不用！""作为后队接应。""也呃——不用。""这，这叫小人干什么呢？""本都祭旗开兵，缺少一样东西，要问——尔一借。"

祭旗开兵缺一样物事，问吾借一借。"都督，要借什么东西，尽管说，小将一定从命。""本都要借尔的首级，祭吾之大——督。""啊哈？"别样侪好借，颗郎头好借咯啊。要借吾颗郎头当猪头三牲用，祭旗。"呃喝，都督饶命。""捆绑手。""有！""与吾把蔡中，拿——下了！"哗——捆绑手过来，拿俚拖下来，两条手反剪转来，绳捆索绑，"走走，走"。

嚯咯咯咯——押出来。蔡中急煞，蔡中对旁边头黄盖看看，"呵呃！黄老将军，救命呢"。黄盖啊，吾搭侪自家人嚄，曹丞相搭侪通信，侪是吾在当中横里向，传来传去格咯。侪、侪、侪帮帮忙酿，侪、侪、侪搭吾讨讨情了，救救命酿。"哼！"黄盖对俚笑笑。黄盖想侪弄错了，喔，侪当仔吾搭侪自家人？吾，吾搭侪是外头人。黄盖头别别转么，理也勿去理俚。

那么格蔡中跳起来了，蔡中心里向转念头黄盖啊，侪一点勿讲交情。喔，吾搭侪通过信了，侪现在辰光，死吊劲，看冷铺，勿搭吾讨情，横竖横："呔！周郎小子！你把吾蔡中斩首，你尽管杀。可是你营中的黄盖、甘宁、阚泽，都归降了我们丞相了。"侪讲出来。黄盖、甘宁、阚泽，统统投降曹操了。黄盖对俚望望，要死快来，蔡中啊，幸亏得吾是假投降嚄，倘然真投降是，拨俫绑出来一道死了。喔，俫算拖人落水，死起来闹猛点，一道陪俫杀颗郎头。黄盖对俚一笑，周瑜也笑出来了，"哈哈，蔡中。黄公覆、甘兴霸、阚德润归降曹操，都是本都——指——使！"吾派俚笃去的。

"啊？"那么，蔡中晓得完结了：上当。俚到该搭来假投降，拨俚笃看出来。俚笃假投降，俚扛木梢。俚当仔俚笃是真家伙，那完结哉。吾在该搭杀头，兄弟跟甘宁一道到赤壁山去啦，半路上，格条命，也要保勿牢，那完结了。

嗨咯咯咯，押出来到外面，香案摆好，卜，跪下来。俫跪在香案门前么，周瑜带领文物官员统统到外面。香点好，蜡烛也点好了。周瑜到外面来格辰光。当——！炮声一响，嚓！蔡中，噗咯拓——头落地，尔嘚——颗郎头拎起来，望准香案上摆上去，祭旗。血洒大督。老法打仗，用敌人格颗郎头祭旗，算代表吉利。

等到祭旗完毕，香案收拾开来。周瑜下命令："众将官。""哗……""过江破敌！""哗……""擒获曹操，立为第一——大功。""哗……"周瑜洒好一杯酒么，到黄盖门前："老将军，但愿你旗开——得胜，马——到成——功！"

俫敬过来一杯酒，黄盖一饮而尽。"多谢——都——督！"黄盖跑了。

黄盖第一个下船，俚六十条火船在门前头，一百二十只小船在背后头，乘风破浪，哈——往赤壁方向过去。黄盖先走，其余格船要慢一步。为啥呢，因为黄盖过江心啦，曹操勿防备。预先通过信，晓得黄盖要来的。假使俫背后头格船，跟在黄盖背后，马上就出发啦，曹操要疑心的。啥道理，黄盖后头有嘎许多船过来？所以要黄盖跑脱一段路。等俚起火了，那么俫背后头船只，再可以过去。左手里向有韩当，右手里向有周泰。黄盖后头有程普。程普两旁边，还有蒋钦、陈武。船只，人马往门前头过来。

周瑜自家呢，也随军出发。周瑜关照鲁肃："鲁大夫。""都督。""保——守——三江口。""遵——命。"鲁肃留守三江口，周瑜呢，带领徐盛、丁奉，下船只，亦然过江。

唔笃格人马过去格辰光，今朝格东风是大极了，呼——呼——呼——扯起风帆，嗤嗤嗤嗤……船只在过来。开头墨赤黑，为啥呢？因为今朝是十一月二十，二十夜头格月亮，出来得挨，要到将近二更光景了，月亮出来了。

唔笃船只在望准赤壁来么，今朝连环船上格曹操呐哼呢？犒赏三军，吃酒，休息。为啥呢，因为明朝过江了呀。大战格前夜，先要让小兵好好叫休息，养足精神。那么明朝过江么，精神百倍，冲锋陷阵，大破江东。所以今朝勿操兵，大家俏在吃酒了，休息。

曹操营头上么，也在金顶莲花大帐里向，搭文武官员开怀畅饮。曹操窝心啊。为啥么？因为今朝夜头黄盖要来哉，带了大批粮草，到该搭来投降吾。黄盖一到之后，吾搭俚碰头，那么连下来，人马过江。三江口破，六郡打平，大乔、小乔，弄到铜雀宫，将来么身登大宝，一统江山，吾就可以做皇帝。该个是曹操顶顶得意格辰光啦。

勿晓得侪在吃酒格时候啦，旁边头有一格人坐立不安，只觉着勿定心。啥人呢，曹操手下一个文官，此人叫程昱，程仲德。为啥道理勿定心，因为东风吹了一日天。程昱想，庞统上一回来献连环计，吾就跑到丞相门前讲过，格条计策勿能用，连环船勿好搭格。为啥？陆军忌连营，水军忌连船。连环船搭好，一只船起火，全部营头侪烧光。当时庞统呐吭讲法，笃定。对方要来放火，要有东南风，现在冷天，西北风当令。十月小阳春有东风，开年告春有东风，现在吭不东风呢，火烧眉毛度眼前，眼前还好用。曹操就听俚格句闲话，认为俚格闲话讲得对。吭没东风勿要紧，而今朝东风吹着一日天啦。程昱心里向转念头，呐吭格丞相，稀里糊涂，一眼吭没防备呢。豪燥让吾跑出来，提醒一声吧。格推位勿起啦。

耐勿住哉，程昱从旁闪出，"丞相在上，程——昱有礼"。"仲德少礼，怎——呐样？""回丞相，凤雏献连环计。吾说连环计虽好，就惧敌人纵火。凤雏说，隆冬之际，并无东风、南风，可以暂救目前之急。啊呀丞相，今日你看，东风吹了一天，倘然敌人前来纵火么，事之奈——吔何？望丞相，三思。""呃？唔唔，唔唔，唔唔。"唉，曹操心里向转念头，格句闲话勿错。从前搭连环船，程昱就跑出来讲过，连环船勿搭，放火吭不救。那吾为啥道理胆大搭呢？冷天，周瑜在江南，俚要来放火，要有东风的，格吭不东风，吾怕点啥呢。今朝东风刮了一日天了，俚叫吾阿要防备防备。倘然敌人到该搭来放火，点连环船呐吭弄法？

曹操心里向转念头，"呃？"总勿见得听仔俚说话了，马上下命令，拿所有点连环船，搭吾全部拆脱。链条撬断，板撬脱，船统统侪散开来，吭不格种事体。吾还要靠连环船明朝过江了，再一想勿碍，"仲德先生，放——心便了"。"为什么？""东风，吹了一天，晚——上——必止！"夜头要停。"因为兵书上有的，叫昼风久，夜风必止；嘿嘿嘿嘿嘿嘿嘿嘿！何况今日乃是冬至，冬至一阳生，来复之际，安得无东南——风——啊！"放心。今朝冬至夜，齐巧在换节气格辰光哟。老古话，叫"冬至一阳生，来复之际"总归有东风的。外加呢，《孙子十三篇》，《火攻篇》上，有两句，叫"昼风久，夜风必止；夜风久，昼风必止"。啥格意思呢，日里风吹得长远哉啦，夜里风要停了。夜里吹仔一夜天仔呢，日里向要停哉。格兵书上阿有呢，是有的。那么格个两句闲话阿应呢，一般格情况底下也应的。勿晓得曹操，兵书上格闲话，侪勿能全部相信。侪阿晓得现在格东风啦，要吹三日三夜了。曹操完全去相信兵书上格闲话啦，扛木梢了。因为兵书上是一般情况，然而，生活当中呢，还有种特殊情况了。曹操拿格特殊格个物事，当俚一般什梗看待哉么，曹操上当。所以曹操关照程昱：侪放心好了，吭没事体的。一来冬至有东风，二来日里风吹得长远，夜里风要停。侪退下去好了。

程昱响勿落。程昱心里向转念头，吾晓得格呀。吾格个话是，勿讨人喜欢的。逆耳之言啦。因为曹操现在在招牌头，明朝连环船过江，破三江口了。吾现在跑出来，搭俚说有东风，阿要防备防备，研究研究，听勿进。听勿进么呐吭办法呢，只好退在半边头。

那么曹操还有一桩啥格笃定呢？曹操想勿要紧，黄盖俚写信拨吾，是昨日夜头写信来。俚说今朝夜头过江俫来投奔吾。倘若说起了东风，黄盖来信，到该搭点来搭吾讲，吾今朝要来了。格么吾就要防备哉咯。为啥道理？喔，勿起东风，俫人勿来。东风起了，俫来。俚阿是乘东风来放火呢？

现在为啥道理相信呢，因为昨日夜头二更天，信就到了。黄盖信就来。格个辰光，西北风大得一塌糊涂。黄盖又勿是仙人，俚呐吭会晓得今朝有东风呢？勿晓得曹操啊，俫那么上仔当哉。该个是诸葛亮关照周瑜的，东风未起之前，那么喏，俫信过江，说黄盖要来，曹操上当。倘若说，俫起仔东风，再写信去啦，曹操要勿上当的。曹操认为黄盖勿是仙人，俫阿晓得诸葛亮懂天文。诸葛亮虽然勿是仙人么，但是俚可以估计到，东风就要来快了。曹操呐吭晓得呢。

程昱退到旁边头格辰光么，另外一个人跑过来了。"恭喜丞相，贺喜丞相。"曹操一看啥人呢，蒋干蒋子翼。咦，恭喜？恭喜点啥，起东风，有啥格喜事？"喜——从何——来？""东风起，黄老将军过江，顺风而来。明日，西北风大作，丞相过江，顺风而去，此乃天助丞相，顺风相送。"

"咦——嘿嘿嘿嘿……"曹操开心啊，为啥？蒋干格解释啦，说得对。为啥啦？吾运道好，额骨头亮，天侪帮吾忙。黄盖今朝要带粮草，到吾该搭来投降吾了。那么东风起呢，俚顺风过江，跑得快。那黄盖一来，吾今朝摆酒款待，搭俚接风。吃好酒之后，一夜天过脱，明朝过去么，老实说，东南风老早完结了，变仔西北风哉。那么明朝吾过江么，顺风过江。倘若说俫今朝西北风大，黄盖来起来，碰到顶头老逆风，粮草分量又是重，跑起来慢，勿晓得要啥辰光了，可以到吾赤壁山来。那么俚今朝来么顺风来，吾明朝去么，顺风去，天老爷帮吾格忙。顺风相送。

"子翼言之有理，退下。"蒋干退到旁边头。旁边头文武官员响勿落。为啥？曹丞相该个辰光呢，赤胆忠心格闲话听勿进。拍马屁格闲话，哈哈大笑。为啥么，骄傲。听勿进意见了。

曹操该枪到赤壁来格败，就败在格"骄"字上。从前曹操勿什梗的。曹操在打辽东格辰光，轻骑袭辽东。有勿少人劝俚，俫勿能打的，危险，天冷，路远，运粮勿便。俫打过去，有失败可能。曹操勿听，偏要打。大获全胜，回转来。格两个劝俚勿要打格朋友，估计侪错哉嗄。曹操叫啥对俚笃呢，请俚笃吃酒，还拨赏赐拨俚笃。嗳，说唔笃劝吾勿打格闲话是对的，吾去，吾吃着苦头。路上断水，要掘地三十丈了见水。运粮勿便，吾杀脱仔勿少马了，斩马为粮。虽然吾打胜仗，格是吾行险侥幸，不足为训的。唔笃劝吾勿打，唔笃侪是好意。虽然吾勿听唔笃闲话，但是应该搭唔笃记功，应该拨唔笃嘉奖。下趟吾在决策格辰光，唔笃也应该跑出来劝吾。吾该个赏拨唔笃呢，就是因为唔笃搭吾提仔意见了，所以吾要嘉奖唔笃。倷想想，格个辰光曹操，俚格势力呒不现在什梗大。俚格处境，还呒不现在什梗顺。听得进意见，哪怕格个意见错格，也要听，嗳，还要鼓励大家以后提意见。

而现在呢，程昱跑出来讲格闲话，蛮好格好意，曹操拿俚弹下去：格有啥道理？冬至，终归有东风。昼风久，夜风必止。黄盖格信老早就来，怕点啥呢？而蒋干格种勿三勿四格闲话，"天帮倷忙了，顺风来顺风去"，来得格听得进，是要吃败仗哉哟。该个兵书上有的，叫啥？叫骄兵必败。倷骄傲仔么，倷就要败了。骄傲仔么就要犯错误。

曹操还在吃酒格辰光么，消息来了。江面上格巡逻船，过来报告："报——禀丞相。""何——呃事？""小人奉命，在江上打探消息，三江口，大队船只过江，船头上先锋黄字旗，船艄上青龙偃月旗，黄老将军带领大批粮草，舟船过江而来，已过江心，离营不远，请丞相，定夺。""退——呃下。""是！"报事退下去。

曹操马上关照手下人，备酒。啥体？准备好丰盛酒肴，黄盖一到，吾要搭俚接风。噱哟！格厨房间里忙啦，又要端准酒水。不过格顿酒水端准备好仔么衄吃的。为啥么，火烧连环船，请火神菩萨吃。

曹操呢，带领文武官员上瞭高台，到瞭高台上来看。等黄盖过江哉咯。就在金顶莲花大帐旁边头，有一只瞭高台，格只瞭高台有五层高。曹操带领文武官员，侪是两个心腹哦，哈冷噔噔噔噔噔——到瞭高台顶上。曹操拿起标远镜来，对江面上看。文武官员呢，也拿起标远镜来看。曹操一干子一只标远镜，文武官员呢，轮流落班，合用一只标远镜看。

月亮出来了，时间将近二更。黄盖格船只离开连环船近了，过了江心。本来东吴船只勿能过江心，一过江心，该面马上要派人过去打么，过去袭击的。因为黄盖是到该搭来投降曹操，自家人，所以放俚过江。曹操标远镜里向望过去清清爽爽。桅杆上有三盏灯，格个是暗号。船头上，先锋黄字旗，船艄上青龙牙月旗。门前头一大批，六十只粮船。何以见得？倷看酿，粮草堆得几化高了？上头呢，侪是油布遮盖。背后头小船，看上去格小船有一百多号。船只越来越近，越来越近。

曹操开心，"老将军，来——呐了，呵呵"。倷在开心格辰光么，旁边头格程昱，标远镜里看到了实在熬呒住。格个辰光格人，像热石头上格蚂蚁什梗，坐立不安。标远镜放脱，跑过来到曹操门前，"哈呀丞相，程昱有——呃礼"。"呃？"曹操想，格勿讨人喜欢格朋友又来哉。刚巧么说，起东风阿要防备防备，现在，急煞之人跑过来做啥？黄盖来么喜事呀。"仲德，怎——呐样？""啊呀丞相，黄盖有诈！""呃？""啥物事啊，黄盖有诈？""怎——见——得？"倷呐吭晓得呢？

"丞相请看，黄盖说，过江而来归降丞相，带大批粮草过江。吾想这粮草，乃沉重之物，舟船，行动即迟。如今他们的船轻而且浮，十分迅速，看来并非粮草，恐疑埋——呃伏。""这！"拨俚细致拎出来。为啥？倷看，倷看，黄盖俚说，带过来大批粮草。粮草是米呀，大米格分量几化重。如果说格大米装得什梗多，上头要用油布遮盖是，肯定格个船，吃水很深，船格行动极慢。而现在呢，现在格船吃水浅，船头翘起，行动蛮快。哈——船分量轻，所以船头会翘起来哟。船分量轻了，所以格吃水勿深。格么俚上头用油布遮盖，堆仔嘎许多物事。轻，勿是粮草。勿是粮草是啥物事呢，勲是引火之物介！

"啊呀！"曹操想勿对。六十只船勿是粮米，可疑哉。格么呐吭弄法呢，马上关照俚笃停船，勿许进营。拨俚笃一进营要出事体。曹操问旁边头："哪位将军，往江上，叫黄盖的舟船，立刻停泊。未奉老夫将令，不得进——呃营。"倷问旁边头人啥人去，旁边头营头跑出来一员大将，"末将，愿——呐往"。啥人呢，文聘。荆州人，好水性，善用金枪，人称为金枪将文聘。当初，蔡瑁、张允投降，刘表死脱仔了，投降曹操。别人都来见曹操，文聘勿出来，登在屋里向，曹操请三埭了，那么俚再出来。所以曹操相信格个人忠心的。现在俚肯投降到吾么，是吾格心腹哉咯。俚肯去，蛮好。派俚去。

"文聘，带领舟船二十，临江阻挡。""得令！"文聘带廿只小船，哈——出营。一出营头过来，唔笃逆风，对方顺风。好容易船只靠近仔么，文聘在船头上喊，"得，东吴人马听者，丞相有令，黄老将军的舟船，江上停泊。未奉将令，不得擅入营寨。只要老将军一人进——见"。"呔，东吴船只停下来呃。丞相有令，把舟船靠船坞。没有丞相的命令，不能进营。只要黄老将军一人进营，那么停船哪……"

黄盖在对过船头上，看得蛮清爽。只看见门前头出来一皮小船，叫吾俚船停。只要吾一个人进营，其余船只么，江面上停泊。蛮清爽，曹操看破机关了。晓得吾跑到该搭点来，苗头勿对。所以了，喝令停船。倷喝令停船，老实讲，该格辰光勿听倷哉哦。啥体停船？也用勿着见倷怕，俚顺风了。看到对过船头上，立好一个大将么，黄盖心里向转念头，先拿个大将结果性命。拿条紫金鞭，嗟！腰里向一插，抟一张弓，拔一条箭，攀弓搭箭，嘎嘎嘎嘎嘎嘎嘎，望准文聘格兜胸，当！嗤嗤嗤嗤——一箭。

倷一箭过来，文聘听见，当！弓弦响，晓得勿对。喝令停船，非但勿停，外加在放箭么。黑头里，虽然有月亮光，虽然船上有灯光么，终归勿大清爽。晓得勿对，要紧，嗟！身体一偏。偏得快，勿在胸口头。在左手只臂膊上，嗤！牢。尔——铛一交跟头往舱里掼下去。擦冷！金枪脱手么，船上小兵侪慌："文将军！"文聘格只手，搭到箭杆上，咬一咬牙齿，兵！拿格条箭拔出来。心里向转念头，勿得了。黄盖，果然有诈。跑到该搭点来，倷看，一条箭射过来。俚马上关照船上人，船勿能进营。啥体啥进营，俚笃要来火烧连环船。伲到连环船上去作死啊，往江边去。到江边，停船、上岸，离开连环船吧。

文聘格船，哈——过去。箭拔脱，血飙出来，身边金疮药摸出来。大将格种物事身边侪带，万一战场上受伤么，拿出来就是。金疮药敷好，喀——割一块布头下来，嗒嗒嗒嗒——扎一扎好，止一止血么，格种伤硬当，勿要紧，照样可以打仗。文聘让俚俫走么，曹操看得蛮清楚。曹操心里向转念头，勿得了哉，文聘出去中箭受伤，还当了得。

曹操俚马上下命令，"来，传下老夫将令，弓箭手，三——千名伺候"。三千名弓箭手立在连环船前排上。"呔，东吴船不要过来呃。""哗……"来。来么放箭。曹操心里向在着急格辰光么，程昱在旁边头跳脚：阿是，阿是，老早喊俫拆脱连环船，当心当心，东风起防备，一眼呒不防备。那现在要拆船，来勿及。

大家侪在紧张格辰光么，曹操在看，黄盖呐吭？动手。因为黄盖格船只，离开曹操格水营近。老老头拿张弓，乓！身上背一背好。啪！腰里向格条紫金鞭摸出来，船头上一个立正么，两只手拿紫金鞭一举，乓！举过头。俫拿条紫金鞭举过头，格个是一个暗号，朝天一炷香，暗号。大船上一尊炮，放出来。小兵马上拿火把，乓！越烊，往药线上侧上去么，号炮响。当……格一炮，放到半空当中炸开来，变成功一百响，叫"百子流星炮"。啪啦啦啦……百子流星炮响，六十只火船上，噗——火把抽出来，乓！油布掀开，火把望准船上侧上去么，船上是树梗、茅柴、硫磺、烟硝，还浇格油，侪引火之物哟，拱、拱、拱、拱拱拱拱拱拱，六十只船烧起来。

六十只船上火烧烊么，火船上勿登人的哉哦。登人要烧煞脱的。俚格火烧连环船啦，并勿是到俫连环船上来放火。是先烧自家格船，烧仔自家格船呢，让自家格六十只船开过来，开到俫连环船上。撞到俫连环船上，搭俫吃牢么，好，拿俫连环船烧着。先要烧自家的。格么烧自家么，俫自家人登在船上格人勥烧煞脱嘎？勿要紧。六十只船上勿登人，侪望准背后头格一百廿只小船上，啪啪啪啪，跳下去，人侪下小船。格么大船上呒不人么，啥人挡舵了，啥人来管船只呢，变无人驾驶哉咯？对的，是呒不人驾驶。呒不人驾驶格船只，呐吭能够吃准方向过去呢？老法辰光，又呒不啥现代格科学仪器了，啥格无线电操纵了，无人驾驶了。勿有格咯？俚笃有办法。啥格办法呢？拿格舵杆啦，用木头钉煞，舵吃准了，瞄准俫连环船格方向过来。格么篷枷索要烧断格咯？篷枷索烧断，勿用绳子做，用细格铁链条做的。篷枷索呢结牢在篷杆上。格篷也要烧烊？篷烧烊，桅杆也烧烊，篷烧脱哉么，俚格船，还是顺风吹过来，因为离开赤壁近了。等到船上格篷烧坏了什梗，船已经到俫连环船边上，呒不问题了。所以格个六十只船呢，赛过像六十条火龙了，好就好在格顺风上，俫呒不东南风么，随便呐吭勿来事。嗳。

哈——啊——开过来格辰光，曹操营头上，乱箭射出来，啪啪啪啪啪啪啪啪，要想射退俚笃。有啥用场？六十只火船上，吭不人了。有人，箭射过来，要吓，张怕死，勿敢过来。吭不人么，俫格箭射上去，有啥用场？非但勿起作用，外加格箭杆啦，是竹头、木头做的。箭杆上么漆漆的，箭杆上还得格翎毛。竹头、木头、翎毛、油漆侪是引火之物，唔笃格箭，射到俚笃格船上么，勿是去射退俚笃格船，搭俚笃添两根硬柴，烧得只有烊点呀。拱拱拱拱——连环船边上点小兵呢，发良劲，手里向篙子拿好。嗳。唔笃船只过来，拿篙子撑唔笃出去，让唔笃勿能靠近连环船。有啥用场，俫篙子拿在手里向，火船还觞到，俫篙子还觞点着了，烟卷过来。烘！浓烟卷过来，俫闻着格烟，尔——锃，掼倒。为啥道理掼倒？硫磺、烟硝格味道闻着几化结棍了。吃勿住，中毒了呀，人掼倒。火舌头先到呀。

风大么，火舌头，哈——卷过来。俚笃格篷，尔嘚——烧烊，篷一块一块落下来，拨了风一吹，落到唔笃船上么，船在烧起来。所说船上侪是引火之物哟。船，木头做的，而船上格桐油，揩得锃亮，又是引火。船棚芦席做的，也容易烧烊。侪是引火之物么，炸炸炸炸。而且格火船，船头上有十只橄榄钉，血力尖，锋利得极。撞过来，撞到连环船上，嚓！吃牢唔笃木头上，那是吃牢仔火，拱！拱！拱！拱！嚯——烧过来么，尽俚烧。格个辰光，天上月亮出来了，山高月小。火，越烧越烊，烧得呐吭样子？叫：

> 大江随浪阔，小月傍山斜。
>
> 风自东边起，船连西面压。
>
> 凤雏连环计，卧龙东风借。
>
> 周郎妙计早安排，一仗成功惊天下。
>
> 顺风船，六十只，只只装满引火柴，
>
> 随风急泻不虚假。
>
> 船撞船，火就着，
>
> 风吹火，火更大，
>
> 波浪震荡么火力加，水火相逢变一家。
>
> 直烧得赤壁发红江水赤么，一轮惨月山间挂。
>
> 铁索连环锁火龙，左船眼看右船着。
>
> 一只挨一只么，叫只只侪挨着，
>
> 片片旌旗化火涯。
>
> 大将慌手脚，小兵乱如麻。

东吴将是如猛虎么，杀人斩首似砍瓜，

迎头战，心胆怕，往下跳，浊浪花，

叫天地，呼爹妈，一片哭声震滩沙。

叫百万雄兵一夜风，千层战船化洪涯。

直烧得赤壁发红江水赤么，一轮惨月山间挂。

哗——连环船起火，曹操上岸，那么要大战赤壁，逼走华容道。

第九十六回

赤壁鏖战

火烧连环船，曹营上一片混乱。因为东风大，风急么，火，更加来得烊。六十只火船，钎牢在连环船上，俚自家烧光么，唔笃连环船上烧得更厉害。因为格个连环船啦，链条钉牢，上头还铺阔板，拆也拆勿开。偓一时头上，阔板掀起来，要想撬断仔链条了，拿船只散开来，呐吭来得及？风助火势，火乘风威，叫风狂火烈，呒没生路哉。大家要紧跑。曹操呢，也从瞭高台上跑下来，要紧下命令赶快撤吧，只能够放弃连坏船，离舟登陆，回到陆营上去。船上勿能打了。因为靠东南角里向，侪烧起来。逃起来往哪搭点逃呢？应该往北面逃，或者西北面逃。曹操呢，从瞭高台上下来格辰光，文武官员一片混乱，呒不秩序了。文官顶急，因为文官呒不武功的，跑起来么也跑勿快。格么呐吭呢，全靠自家要好格大将，文官终归有个把要好格将官。张先生搭李将军要好的，李将军带张先生跑，黄大夫搭陆将军要好的，陆将军带仔俚走。嘿嘿！叫啥个个人侪有人带么，就剩一个呒不人带。啥人呢，蒋干蒋子翼。为啥道理蒋干呒不人带呢，大家恨伤俚了。连环船呐吭会得搭起来？庞统献连环计。庞统呐吭会得到赤壁来？侪是偓蒋干去领得来的。格只火老鸦是偓去引得来的。那好样式，连环船烧得什梗副吞头，几化人要吃苦头，啥人还肯来带偓蒋干。呒不人带了。所以蒋干僵哉，落单了。嗳，叫啥蒋干呒不人带啦，曹操也呒不人救。格么说起来不通哉嘎，曹操手下格将官，心腹又是多，亲眷又是多，呐吭会得反而曹丞相，倒呒不人保护呢，格里向有道理格。

心腹人呐吭想法呢？格两个心腹将官想，丞相笃定。哈呀，丞相亲眷要几化，吾勿去保护丞相么，有别人救丞相。吾归吾跑吧，或者带别人跑了。格么格亲戚呐吭呢，亲眷什梗想，曹丞相亲眷多。曹操格亲眷有两种姓，一个是姓曹的，搭曹操同姓。还有一个呢，姓夏侯。姓夏侯的，也是曹操格亲戚。为啥么？因为曹操格爷，叫曹嵩，曹操格阿爹叫曹腾，曹腾呒不儿子，曹嵩呢，是领得来的。曹嵩原来呢，姓夏侯，夏侯嵩。所以呢，夏侯氏搭曹夹里，也是亲眷。那么姓曹格人认为，吾勿去救么，夏侯氏笃一派人，总要过去救的。格么姓夏侯格为啥道理勿过来救么，哈呀！丞相旁边头姓曹格人多了。阿侄、堂房兄弟，何必板要吾轧在门前头？吾归吾走好了，勿要紧。该个名堂叫啥？一个和尚挑水吃，两个和尚扛水吃，三个和尚呒不吃。人多遮眼暗。偓以为么吾去救，吾以为偓去救么，结果，呒没人救了。格么曹操呐吭呢，曹操从瞭高台上下来，看东南角里向格火什梗烊，曹操朝准西北角方面跑。偓跑格辰光，因为人多勿过，连环船轧勿过，连环船像平地一样，一百只一搭的，有五十只一搭的，而且格船碰船俫靠在一道了。赛过偢过船格辰光，跳板也用勿着抽得的，稍微跨一跨么就跑过去哉。曹操在跑过去格辰光呢，人多，七碰八碰么，方向别错脱了，曹操勿是朝北面去，朝西南角里向，朝西面方向跑过去了。

曹操在跑格辰光么，"嗥哟！"块头大。块头大跑起来终归跑勿快。只听见背后头有人在喊，"丞相慢走，丞相慢走！"曹操回转头来一看么，啥人过来呢，蒋干。蒋干跟在曹操背后头。曹操看见蒋干，喷生恁一气，"喔哟，嗥嗥嗥嗥嗥嗥"。曹操想，蒋干啊，吾家人家完在偢手里。吾到赤壁来，偢第一埭过江，群英会，偷一封信，扛仔格木梢转来。吾拿蔡瑁、张允两家头结果性命，反间计。第二埭过江，拿庞统领到该搭点来，献连环计，搭连环船，那好样式。曹操想，吾家人家拨偢奔两埭啦，奔光脱的，完在偢手里向，偢还要来盯吾？"匹夫！"

偢对俚眼睛一弹，喊一声"匹夫"么，蒋干一吓。蒋干认为啦，曹丞相么顶顶得宠吾。嗳，吃酒么终归叫吾做陪客，坐在俚旁边头。随便啥闲话吾说上去么，俚终归听。现在呐吭会得一变就变了，翻转来勿认得人了，骂吾"匹夫"？而且格个丞相格眼光可以看得出，对吾是恨尽恨绝了，蒋干一吓，勿敢跟曹操跑了。偢跑起来么又跑勿快，一个文弱书生，结果呐吭呢，蒋干烧死在连环船上。

周瑜倒其实要想救俚的。为啥呢，周瑜关照过手下人，假使唔笃碰头蒋干，发现俚么，拿俚捉牢，俘虏过来，吾要搭俚碰头。周瑜心里向转念头，吾该抢火烧赤壁，破曹操，蒋干呢，大帮忙。虽然俚勿是诚心帮吾格忙，格实际上，起格作用呢，帮了吾格忙，杀了蔡瑁、张允，拿庞统带过去。格个两桩事体功劳大极了。周瑜预备想拿俚，弄牢仔之后么，拨两个铜钿拨俚，让俚回到乡下去隐居。因为曹操搭么，也勿能再登了。想让俚享享晚年之福。勿晓得蒋干要想享福么，鼻头朝北。拱！在连环船上烧杀脱了。其实格蒋干呢，俚如果逃上岸啦，俚格条命，也保勿牢。为啥呢？将来回转去之后，要追究责任，追究吃败仗格责任啦，蒋干格罪名，曹操勿会用俚，要拿俚杀。俚呢，也勤上岸，也勤拨了周瑜弄得去，烧杀在连环船上么，吾拿俚一言表过。

曹操现在一埭路，跌跌冲冲逃过来格辰光，回转头来看看，火是赛过盯牢仔哉了打上，火格进度也蛮快。先在西北角里烧，哗——飞开来。因为船，木头格呀，外加桐油揩得铮亮，引火之物，碰着就烧起来。风一大么，火，哗——延漫过来啦，化开来邪气快，先是一只角，后首来一大片。曹操望准西南角里向，逃过来格辰光，逃到西面一看么，到连环船边上。连环船边上，长江来了，呒不小船，偢勿好摆渡。勿摆渡，偢呐吭上岸？曹操一看，长江里有小船，小船上呢，俫是曹兵。因为连环船边上，有很多小船是勤搭起来的。为啥呢，专门是摆渡、巡逻、通信派用场的。

曹操看见小船上有曹兵在么，要紧喊"谁来相救老夫，何人——搭救老——呃夫！"偢喊格辰光，小船上格曹兵，唵听见呢，听见的。虽然勿是个个人侪听见么，个别格人也听见了。而且回过头来一看么，丞相在连环船上。为啥道理看得出么？因为曹操身上今朝着格件袍啦，交关显眼。一件啥格袍呢，大红袍。大红袍在夜头，特别是火光里向望过去，清清爽爽。曹操在喊格辰光，格曹兵阿去救？勿救。救曹操，功劳勿得了，赏赐嗨外。为啥道理勿过去救么？俚心里向转啥念头，倷该只小船上，已经超载了，比方说格只船，本来只好登三十个人，现在已经登仔三四十了，轧得来，实实质质，船吃水交关深。很危险。倷勿能再多登人。

那么曹操格块头大，分量几化重，一个人要顶两个的得来，那么俚跳到格只小船上来么，格只小船要沉脱仔了完结。除非呐吭呢，除非该只小船上，有两个小兵回到连环船上去，调一个丞相下来。格啥人肯呢，逃难呀，性命在眼睛门前，只顾怜自家了，呒不人去顾怜曹操。功劳要立格呀，赏赐要拿，格要拿性命去博么，啥人肯呢，勿愿。所以小船望准江边，哈——跑过去格辰光么，只当瀱听见。

曹操心里向火啊。明明看见小船，在望准江边摇，喊俚笃过来救，就是勿过来救。倷横冷横冷在喊：啥人来救吾啊，啥人来救吾啊？来了。只看见一只船，嗤嗤嗤嗤——开过来了。船上立好一个人。头上玄绢捆头，身上玄绢短袄，玄绢裤子，鲨鱼皮靴，手里向执一条紫金鞭。啥人呢，老将黄盖。黄盖呢，放火之后，俚带领手下，一百廿只小船，望准西南角里向，朝西面过来。朝北面去么，因为曹兵多么，比较讨厌。在靠西南面了，靠西面。来点啥？来收降兵、夺船只、杀曹将，有机会么捉曹操。曹操踏在连环船边上，横冷横冷喊啥人来救吾，啥人来救吾。江东小船看见哉，喔！红袍，曹操，要紧过来报告。一报告黄盖老将军，说曹操在门前头么，蛮好。黄盖只船，嗤嗤嗤嗤——开过来，离开连环船近哉么，黄盖喊，"着！曹——呃贼！如今你，还想往哪里而去？黄盖来——哒！"

曹操一看："喔哟。"黄盖，船头上有先锋黄字旗了，黄盖来了。曹操气啊。吾上倷格当，苦肉计、诈降书。现在曹操侪明白，明白么也来勿及了。顶顶怨啥格物事呢，曹操还托阚泽，带一包伤药、补品，送拨了黄盖。辽东太守进贡的，一种顶顶好格劳老山人参，一大包，送拨俚。补补俚格身体。现在倷看，黄盖，精神抖擞。为啥道理精神好么，人参吃饱了。格人参是吾送拨俚的，想勿到送仔包人参拨俚，吃好仔身体，养好仔精神，来送吾格性命。那么僵，吾往哪搭去？别转身来跑，往火里去。因为火就烧在背后头，勿多一歇就要烧到该搭点来。吾回转去逃么，往火海里向跳。往横里去，呐吭来得及？黄盖格船，已经到仔吾门前头了。吾勿逃，吾拨俚捉牢。捉到江东去是，老实说，周瑜勿肯饶恕吾。也决计勿会拿吾就什梗一刀就结果性命。格是拨唔笃千刀万剐，细收作。曹操心里向转念头，还是自家死吧，自家死么，死得爽气一点。勴去受格种侮辱了，坍格种台，吃格种苦头。曹操格条手，搭到剑柄上，哼！喔！闪嗯——宝剑出匣，哈啦！宝剑左手一执。为啥道理勿右手执剑，往头颈里勒呢？说自杀啦，倷右手勒勿死的。嗳，吃着痛，手要往外头去，左手，嘿！一缩么，齐巧望准里向来，所以板要用左手。

曹操拿宝剑执到手里向么，拿两根组苏撩起来一看，啊？组苏花白了。格口宝剑想勿到，吾今朝，自家要伤性命伤了格口宝剑上。"罢——啊！"乒——组苏撩起来，预备自杀。黄盖呐吭呢，黄盖看曹操宝剑出匣，装好一个自杀格样子。吾跳过去么倷宝剑勒。格么曹操为啥道理勿先勒呢，格曹操勿肯的。要等到黄盖跳上连环船，到倷门前要来抓倷哉么，那么再自杀。要到最后关头再自杀。鲥到最后关头何必呢，横竖要死便当，架子已经摆好了。黄盖呐吭呢，黄盖要跳了，黄盖只要两足一攘，身子一蹬，乒！往连环船上跳上来么，就可以拿曹操生擒活捉。

刚巧黄盖要想跳格辰光，忽然间听见背后头有声音来。"东吴将，看——箭！""啊？"啥物事啊？看箭？有人要射箭？黄盖老么老，耳朵蛮灵。听见声音，要紧回转头来，对后面一看么，当！嗤嗤嗤嗤——箭来了，往倷喉咙口来。身体一偏，偏得快，嚓！格条箭射在啥场化，射在黄盖格肩窝里向。嚓！箭牢。一痛么，黄盖格紫金鞭，嚓冷！脱手。金鞭脱手，格只船一晃。风浪大，吭——一晃么，人，立勿住。黄盖到底年纪大，吃着痛，乒！船再一晃，人一侧么，望准长江里向，咽咙呃咚——翻身落江。

黄盖跌到长江里向去么，黄盖船上格小兵一看，"不好啊！"黄老将军落水，要紧去救。呐吭来得及。一下水，一个浪头一打么，不知去向，无踪无迹。夜头，倷呐吭看得出？虽然连环船上有火光，看勿清爽。黄盖手下点小兵，慌了。唔笃么要想想办法去救黄盖，吾先拿倷丑一丑。

曹将船过来了，来格大将啥人呢，勿是别人，曹操格心腹，张辽张文远。倷是陆营正先锋，兼水陆路总救营。听见说连环船起火，倷出营头。跑到江边一看么，连环船烧得一塌糊涂。逃上岸来格人勿少，侪是连环船后头的，朝北面格一些人，统统乘小船了，摆渡，跑到岸上来了。

一看，文武官员陆陆续续侪在上岸么，丞相勿见。"丞相呢"，大家说勿晓得。啊！格唔笃呐吭勿救丞相？伲鲥看见。张辽倷下一只小船，因为小船跑到江边停好仔，人家大家侪上岸仔么，小船就掼了，吭没人去管了。张辽倷下小船，关照小船搭吾往连环船跟首过去。小船一埭路开过来，朝西面来，朝西南格只角里向开过来么，看见了。远远叫只看见连环船上，一个人身穿大红袍，丞相。曹操今朝着格件大红袍么，敌人一看就可以看得出，是曹操，目标明显。自家人要来救倷呢，目标也清爽的，一看就可以晓得曹丞相。啊呀，路忒远。只看见格东吴大将，船已经到了连环船边上。格东吴将要往连环船上跳，曹丞相宝剑也拔出来，准备自杀。那呐吭弄法？张辽晓得要开过去救，要打，来勿及哉。所以要紧拎一张弓，拔一条箭，攀上弓弦，喊一声："看！箭！"叫住倷。格么倷听见声音，回转头来么，啪！一箭，射中黄盖。黄盖落水么，张辽格船，嗤嗤嗤嗤嗤嗤，开过来。到连环船边上，张辽要紧喊一声，"丞相，休得惊慌，张——辽来——

也"。曹操一看是快活啊，张辽来救吾了，俚要紧宝剑，哐——哷！入匣。"嚯唷，文远，搭救老——呃夫。"

来，丞相俫来。曹操望准俚小船上，啪！跳下来么，张辽嗒！两只手拿丞相接住，搀一搀牢么，格只船，嗨——晃几晃。啥体么？曹操格分量重勿过。张辽拿俚扶牢，到舱里向坐定。豪燥逃吧。小船别转身来走格辰光么，连环船上还有种小兵，跟仔一道跳下来。有两个来勿及跳仔么，往水里向去。来得及跳的，跳到船上，跟仔俚笃一道去。哈——唔笃格船只在望准江边过来格辰光，曹操回转头来一看，笃定。那笃定了，只要离开连环船，就勿要紧了。格么也有种小兵，逃到连环船边上，要下船来勿及，看见丞相跑脱么，喊："嗳——丞相哎，救救小人呃。"救救俚。曹操肚皮里转念头，该个辰光吭不工夫来救唔笃哉，要紧逃到江边，上岸去守陆营，呐吭来顾虑唔笃。

"哈——"去。曹操刚巧在连环船上叫别人来救俚，别人勿来俚心里向恨得勿得了。现在俚自家下仔小船，人家在喊俚过去救，俚倒也勿去救。船只在望准江边去格辰光么，勿晓得，跌了长江里格人实在多勿过。因为小船到底少，船上人多。连环船上人多，有格勿能够望准岸上去着么，跳了水里向，游水过去。水性好格人逃到江边。但是北方人好水性格人勿多，游一眼眼路还勿要紧，游得多就勿来赛。看见上头有只船在么，嗒，两只手勒木上抓牢，嗨，一扳么。"嘿嘿，丞相、张将军救救小人。"阿救呢，勿救。为啥道理勿救？让俫吊了。吊在那俫阿勿会死，因为俫格头露出水面，勿会吃水。俚小船何必停仔了拿俚拉上来。小船摇到江边么，也拿俫格人带到江边。嗒，一个人勒木上抓牢，勿晓得，跌下去格人多，勿多一歇功夫嘛，出色，勒木上手抓满。二、三十个人手俪抓牢。船侧转来。因为该面有二三十个人拉牢勒木上扳个辰光么，格船重心摆勿平，侧的。那么，水里向还有人在冒出来。还有人冒起来，手要伸到勒木上来抓勒木。勒木上抓满了，吭不插手个地方，插勿进。插勿进么呐吭弄法呢，抓牢上头格人。俫抓牢勒木么，吾抓牢俫格人。吾曼得格张嘴巴露出水面，好透透气哉，吾就勿会沉杀。下头格人越来越多，船更加侧得厉害。而离开江边呢，还有一段路，俫勿等到到江边，格只船要翻脱仔了完结。格么呐吭弄法呢，曹操对张辽一看么，有数目了。拆烂污哉，拿条桨拔起来，乓！宝剑出匣，咋咋咋咋——沿勒木上，唰——斩过去么，格点节头子，煞啦啦啦——落下来。人，嚯咙嚯咙——下去。割下来个节头子，船舱里向撸撸一大堆，叫啥格节头子割仔下来还会得牵两牵了。动两动了什梗。辣手。要顾虑曹操么，勿能够顾虑唔笃格点小兵。

船只逃到江边，上岸。张辽马上关照手下人带马过来。马带过来，请丞相上马，张辽自家也上马，手里向大刀执好，想要进陆营去呢，勿来了，为啥？陆营火也烧起来了。格么曹操逃上岸，吾慢一慢交代。

吾先拿水路里向讲一讲。为啥呢，黄盖跌下去格消息，传到后方。程普得信，程普马上派人到后面去报告周瑜，周瑜也得信。黄老将军为仔要捉曹操，奋不顾身。结果呢？中箭落江。周瑜要紧下命令关照，传令大小三军师，留心在长江江面上线索，一定要想尽办法，拿黄老将军援救出险。啥人能够救起黄盖，千金重赏，官升三级。为啥呢，黄盖格功劳实在大勿过。呒不黄老将军格苦肉计，呒没俚去火烧连环船，倷要破曹操，很勿容易，勿能忘记黄盖。

周瑜一下命令么，江面上四面在搜索，阿寻得着？呐吭寻得着。长江呀。江面几化阔，浪头几化结棍，啥场化有寻处。黄盖部下点小兵，平常日脚受黄盖好处，对黄老将军，侪有蛮深格感情，有格是索脚望准长江里跳。黄盖将军在该搭点跌下去的，格么俚下去，摸摸看，到江底下一摸一个人，抱上来，踏水踏到上面一看么，勿是的。曹兵格死尸，放脱，重来，再到水底下去摸。一摸，又是一个人，勿知阿是黄盖？一摸下巴，光下巴，勿对，勿是黄将军。放脱再过去救。呐吭摸得着？长江呀，勿是跌了七石缸里向，一淘就淘着。难救呀。有种江东小兵，为仔要救黄盖，水里向辰光登得过分多，结果呢，自家条性命牺牲脱哉。黄盖人缘好。

唔笃么四面在搜索格辰光么，黄盖呐吭？黄盖，嚯隆咚——跌到水里向，浪头一打么，尔嗯——冲下去。肩窝里中条箭，跌到水里向，乒！拨浪头一冲击么，箭杆断脱。箭杆断脱，格箭头啦，嵌在肉里向。所说格箭头搭格箭杆是，搭么搭牢的，箭杆容易落脱，勿是非常牢桩几化。格箭头嵌在肉里向，再跌在水里，倷想想看，冷水浸进去，几化痛了。黄盖格人沉到长江底。黄盖心里有数目的，轻廿年年纪，呒没道理。如果是四十多岁喏，正在壮年，格么哪怕吃着条箭，呒没问题，可以游起来。黄盖有水性。现在勿来了，簇新鲜用过苦肉计，两条腿上，打得皮开肉烂。虽然说军医官搭俚看病，已经好了，复原了。格么总归受点影响。再外加现在吃着一条箭，而且俚年纪已经六十多岁了，天又是冷。黄盖有数目，吾冒一冒，可以的。冒起来抓得牢船只有命活，冒起来抓勿格牢物事仔么，回到下面去，再沉下去，就呒不格点力道再好冒出来。

老老所以嘴里向"呼"含一口水，乒！屏一口气，噎——两只脚一点，两只手一拍，踏水、拍水，拍水么格只右手用勿出力。因为肩窝里向中一条箭。靠两只脚，靠左手，啪啪啪啪啪啪啪啪，踏水、拍水，拍急么，人，嘁嘁嘁嘁——蹿上来。等到头透水面，噗——嘴里向口水喷脱，呼吸两口新鲜空气。抬头一看么，天上是月亮。"哗……"江面上风浪蛮大，黄盖一看么急啊。为啥？门前呒不船。船有的哟，路距离太远，喊也喊勿应。倷就算喊应俚，摇过来，吾老早沉下去。就近呒不船么，完结了。今朝天——亡——吾也，勿来事。黄盖正在着急格辰光，只觉着背心上，叭！吃了记生活呀。吔？呐吭会得背心上吃着记生活？回转头来一看么，一面舵。船梢上一面舵。舵侧转来格辰光，敲在俚背心上，咋！拿舵抓牢，抓牢舵么晓得上头是船。头，噎！侧过来一看，后梢头一面旗拥出了。旗号上啥格字号呢，振武将军——韩！韩当。

豪燥喊吧，"公义救吾！公——义，救——呃吾！"倷在喊格辰光，掌舵格水手，嘎嘎——咦？呐呒格舵推起来勿活络？下头有物事抓牢了，要么跌在水里向格曹兵。刚巧也有种曹兵来抓牢舵的，拨俚笃用篙子，嗵！一搠么，拿个曹兵搠下去。现在又抓牢仔么，篙子拿起来，要往下头搠。倘然搠下去是完结了，黄盖吃着一篙子，定做格条命保勿牢。刚巧篙子拿起来么，只听见下头在喊，"公义救吾！"啊呀，自家人。公义，韩当格号。倷喊得出韩当格字么，当然自家人。

篙子放脱，"谁啊！""老夫，黄——盖！""老将军！"听见老将军在，要紧关照旁边头，来来来来——赶快拿根绳子，拿自家腰里向缚牢。上面船上人拿跟绳子抓牢。俚，拱！跳到水里，拿黄盖抱牢。上面格绳子一授么，拿俚笃授到上头。拿黄老将军扶到舱里向，要紧搭俚潮衣裳么脱脱，扶到俚床上，拿被头盖起来。一面下头生炭火盆。舱里向要暖热一点，同时去报告韩当。

韩当得信要紧回到该搭点来，过船舱一看么，老老头格面孔转色了。伤蛮结棍。一看伤口么，箭头露出一眼眼。拿把钳子过来钳钳看，搛上去么搛勿出来。为啥道理搛勿出么？因为格箭头啦，门前头有、有倒刺，刺进去顺，拔出来逆雀，扎牢在肉上，格么要用家什了。拿钩子过来，两只钩子扎牢俚格肉里，乒！拉一拉开。嘿！箭头钳出来么，伤蛮结棍。金疮药搭俚敷好。敷好药，包扎停当之后，韩当关照：老将军，倷回转去休息，该搭点格事体，倷放心好了，倷格部下，横竖周都督有安排的。黄盖答应。

韩当过船只去么，照样冲锋，勿停的。还是要上岸，冲到岸上去。黄盖呢，由韩当船上格水手拿俚救转来。消息呢，马上传过去，报告周都督搭，黄老将军逢凶化吉了。现在已经遇救。周瑜得信之后，要紧船只开过来，周瑜搭黄盖碰头。

大都督过船只么，亲自过来慰问黄盖。"老将军，想你奋不顾身，中箭落江，真是第一大功。""都督，黄盖不能将曹操擒获，遗恨——呃无穷。""老将军何出此言？"周瑜关照倷回转去休息吧。俚会得搭倷报仇。黄盖船只回三江口。鲁大夫来接。接到俚中军帐之后，请军医官悉心调治。后来呢，送后方去。孙权也要搭俚碰头。黄盖在三江口兵进赤壁格一仗上功劳顶大。孙权搭俚记功么，吾拿俚表过了。黄盖格事体说开。周瑜呐呒呢，继续前进。

黄盖部下有三千兵，一百廿只船，归啥人指挥呢，归程普指挥。因为程普是接应黄盖格第二路，当中格第二路。周瑜格军队呢，大部分侪在江边停船。格么俚笃格船停在啥场化？侪停在上风头里，下风头危险啦，火烧过来起来，作兴会带着自家格船，停在上风头。上风头船停好，人马上岸。大将勿少。韩当、周泰、程普、周瑜、徐盛、丁奉、蒋钦、陈武，众位将军全部登陆么，人马望准陆营上冲过来。唔笃往陆营上冲过来，格么曹操呐呒呢？曹操逃上岸。

曹操本来预备退守陆营，吾连环船放弃了，烧光了，让俚去兮。水军反正勿是吾的，是荆襄刘表格旧部，大部分格船，侪是荆州格船，烧脱么，吾譬如豳得着。当然，吾自家北方格船，有是也有一部分，从北方带到该搭点来的，牺牲了。吾只要守住陆营么，吾还勿要紧。水战打勿过周瑜。陆战，还有办法。曹操要想守陆营么，陆营守勿住。为啥么？因为连环船起火啦，陆营也起火哉，一道来的。

黄盖，当！百子流星炮响。陆营上听见百子流星炮响么，连环船起火。吕蒙带三千兵冲左营，凌统带三千兵冲右营，潘璋、董袭带三千兵冲后头一座营头。左营、右营包括赤壁后山，俦有曹将守好了。守勿住。为啥道理？因为连环船起火着么，陆营上慌。江东人马杀进营头之后么，俚笃别样事体勿做，先放火。勿关吕蒙也罢，凌统了，潘璋、董袭俦一样咯。冲进营头么，望准帐篷上，哗！出火。唰唰唰！烧起来。那么，吾说书关照么，吕蒙三千，凌统三千，潘璋、董袭三千，共总俦在那九千兵，人头也勿算多。曹操营头上格大军要几十万了，按照道理讲起来是，众寡悬殊，曹兵完全可以占优势了，好打败江东人了，消灭俚笃的。一来夜头，看勿清爽，究竟来几化东吴军队。而更重要格一点啥物事呢，连环船起火，营头上烧起来。连环船起火，陆营也烧起来，东风什梗大，人慌了。吭不心路打，格个是一。还有一点呢，徐庶临时动身格辰光放格谣言起作用。谣言呐哝讲法么，西凉州，马腾、韩遂造反，兵进长安、潼关紧急，后方动摇。那么人心惶惶。一方面在顾虑家乡出事体啊，一面该搭点，连环船起火，陆营再烧起来，无心恋战。曹将呢压不住镇，所以格人马溃散。

格吃起败仗来啦，叫兵败如山倒。尽管俦人头是多的，心境勿对了。吭不心路打了。所以左营守将李典、右营守将乐进、赤壁后山营头上格张部，俦守勿住哉么，哗——退出来了。

陆营中军里向，有一员大将，啥人？许褚。许褚在保护啥么，饷银队。现在一看水营起，陆营也起火么，完结了。烧起来了，该搭营头守勿住。许褚马上关照备马，俚豁上马背，手里向九环镔铁大砍刀一执，带领手下三千名人马，杀出营头。往啥场化去，聚铁山。为啥道理赶奔聚铁山么？因为曹操搭俚讲过，曹操关照许褚，俦保饷银。吾赤壁山顶顶重要，两个地方。一个是饷银，一个是粮草。如果说有啥事体格说法么，俦拿格饷银弄到聚铁山去。只要饷银搭粮草集中，营头保牢，元气勿伤。吾哪怕赤壁山败，勿要紧，吾还有力量可以反攻，打回转。就怕粮草吭不哉，完结。吭不饭吃，勿好打仗。吭没饷银，勿有铜钱，勿好办事体。所以许褚格目标蛮明显。带三千兵冲出来么，齐巧碰着吕蒙。吕蒙听见，轧冷——轧冷——轧冷轧冷，车队格声音，一看么，饷银车。哈哟！饷银车上箱子装满，分量重得热昏。格里俦是金子、银子，吕蒙也懂的。吕蒙想冲进左营功劳是大的，但是得着饷银车，功劳还要大。冲上来么碰头许褚，"贼将，留下饷银车，放你过去"。"呀呀，吭！要得饷银车，可知晓许褚的厉害？放马！""放马！"两骑马，哈啦！碰头格辰光，吕蒙兵！一刀过来，拨许褚，嚓冷——掀着么，吕蒙格家什直荡格荡出来，许褚回手一刀，拦腰过来，嚓冷冷冷……掀仔一大歇了，勉强，擦冷！掀开么，完。吕蒙想打俚勿过。吕蒙也是江东有本事格大将，呒没用。许褚气力大，蛮力结棍。吕蒙圈转马来，让出一条路么，轧冷——轧冷——轧冷，哗——杀出重围，望准聚铁山方向过去。格来么，吃价。

许褚路上也碰着江东大将，东吴人马拦，拦勿牢俚。俚本事大，呒不人能够挡住么，所以俚格饷银车能够解到聚铁山。老实说，许褚天勿怕地勿怕，别人来劫饷银车，谈也勿谈。俚就见一个人怕，见啥人怕呢，赵子龙。因为赵子龙在当阳道格辰光，枪挑张绣，钻打许褚，血喷曹洪，吓退张辽。许褚吃着过一钻，口喷鲜血。俚呒没敌手的，就是赵子龙搭俚打格辰光，俚吃过苦头。所以俚饷银车板要解到聚铁山，碰头赵子龙，那么俚肯乖乖叫格放下来仔么逃走。别人来，侪勿买账。格么许褚格饷银车，吾表脱了。到聚铁山碰头赵子龙了，吾再交代。

陆营上点曹将，哗——退出来格辰光么，齐巧曹操上岸。曹操从水营里向上岸，张辽保护仔俚过来么，李典、乐进、张郃，水营里向逃上来格毛玠、于禁，文聘、李俭、徐晃、曹洪、曹真、曹休，众将官侪来了。曹操一看众将官，还有批谋士也统统侪上岸来仔么，曹操想走吧，陆营守勿住了。陆营烧得什梗厉害，只有跑了。往啥场化跑呢，聚铁山。吾只要到聚铁山，拿聚铁山格粮营守住，吾就勿要紧。聚铁山吾有十万大军。聚铁山格粮队都督啥人，吾格心腹，夏侯惇。还有夏侯德、夏侯尚、夏侯青，托得落。曹操所以下命令，朝聚铁山方向走么，哗——几十万曹兵，狼狈不堪，望准聚铁山方向回转。

周瑜呐吭呢？周瑜上岸。周瑜上岸，韩当、周泰格班人统统侪过来哉么，陆营上格吕蒙、凌统、潘璋、董袭也到哉。人马通通过来辰光碰头，水陆路会师。周瑜关照拿点人马集中在一道呢，追。往曹操军队该搭点追过来。周都督亲自指挥，令旗一越么，哗——冲过去。

格么赤壁山，陆营上烧烊，啥人来救火呢？有一个大将，何灿，俚专门带三千兵，扫荡营头。啥场化起火了，火救救阴。救火困难，拦拦断。呐吭叫拦拦断？烧格场化让俚去兮，勿烧着格场化，帐篷拆拆脱，让俚烧格范围缩小，勿能够漫延过来。然后呢，营帐篷卷卷好，刀枪剑戟、锣鼓旗号、军需叠在一道，一堆一堆叠起来，叠好仔么，搬起来便当点。何灿格个工作么，侪是搭诸葛亮做的。为啥么？停一停诸葛亮派人到该搭点来，搬起来便当点，何灿呐吭晓得？

唔笃么在该搭点扫荡营头，周瑜带军兵在追曹操格辰光，曹操在朝门前逃。曹操回转头来一看，东吴人马，咬牢俚了，紧追不舍。那么呐吭弄法？曹操心里向转念头，什梗，用计。用啥格计么？曹操下一条命令，关照文武官员大小三军，拿身边所有格金子银子，搭吾往地上甩。啥道理呢，格条计策格名堂叫啥，叫"抛金诱敌"。铜钿笃在路上，让唔笃过来拾。嘿嘿！唔笃拾金子、银子，唔笃队伍板乱。唔笃队伍一乱，哗……吾，哈冷荡！回复阵打过来么，拿唔笃点人马侪打光。打光仔之后呢，唔笃身边格铜钿统统侪呕出来，非但呕出来么，外加连唔笃自家袋袋里格铜钿，一塌括仔侪弄出来。格条计策，曹操曾经打河北，打袁绍格辰光，打张绣格辰光，俚侪用过。抛金诱敌，而且百发百中。为啥么？因为铜钿银子，眼睛看见仔要红格呀，追过来格人，看见路上有金子银子，么终归要拾格呀，拾金子、银子板乱。嗳，见利忘义，次序一乱么，哗——冲过来稳赢。那么曹操格条命令一下呢，文武官员、大小三军有数目的，勿吃亏的。俚铜钿丢脱好了。嗳，歇两日拿转来起来，还好多捞点了。大家拿钱铜钿准地上掼格辰光，归饷归在身边，饷银么侪往地上掼。

哗——唔笃抛金诱敌，往门前头逃过去格辰光，周瑜跑过来格时候，周瑜也看见了。哦哟，周瑜心里向转念头曹操厉害的。小兵逃过去，应当掼脱格啥格物事呢，掼脱格是刀枪。武器掼脱，轻装逃走，格个么是像真格逃走。吭不心路打了，家什也勥哉。因为刀枪分量重。现在刀枪勿掼脱，武器侪拿在手里向，掼在地上格啥格物事呢，雪雪白格银子，蜡蜡黄格金子。金子、银子丢在地上，啥意思呢，引诱吾俉拾咯。那么吾后头嘎许多人马冲过来，一拾金子、银子，秩序板乱。秩序一乱，俚笃回复阵打过来么，吾吃败仗。

所以周都督下一条命令，"来！""喳。""传下本都将令，不准拾取金银。违令者就地正法。""哗……"命令下去，勿许拾。啥人要拾一拾路上格金子、银子，马上杀头，而且就地正法。用勿着啰唆得。

命令一下着么，江东小兵"哈——哈——哈——哈！"冲过去，勿敢拾哉，拾要杀头啦。虽然周都督令出如山，军令森严，勿许拾。唉！短命格金子银子害人啦。有种小兵跑过来格辰光，脚上着格草鞋哟，踏着格金子、银子么，嵌痛脚底。对下头一看么，侪是铜钿。一个月归饷，能够归几钿？该个就在眼睛门前，交关便当啦。扭下身去，咋嗒！一把拾着，往袋袋里一囥。什梗省力么，吾一个月归饷呒不格两个铜钿咯哟。吾抓着一把是，铜钿好弄着勿少了。看见仔铜钿要勿拾，勿舍得哟。拾？吓。因为周瑜有命令的，拾，要杀头的。

格么呐吭弄法呢？是有聪明人的。呐吭聪明么？俚笃刀脱手，擦冷！只算一个勿当心，拨别人家一碰么，把刀脱手哉。刀脱手么，俚要扭下身来拾把刀哉咯。照规矩拾刀么，曼得扭下身来，右手拿刀柄上一拾么，拿起刀来，就好跑哉咯。叫啥俚，右手么拾刀啦，左手呢，眼睛侪瞄好了，咋！一把。有金子有银子抓牢么，往袋袋里面，噌！一囥么，哗——假痴假呆冲过去。格么俉什梗一来么，也有人学样。只算鞋子得落哉，拔鞋皮，扭下身来拔鞋皮辰光么，咋嗒——也捞一把。格么，拾铜钿么，唔笃阴下点，拾仔一把么，良心平点，好勥拾哉呀。一个得脱刀格朋友，门槛精啦。嗳，跑仔一段路，嚓冷！刀又脱手哉，扭下身来拾，一歇歇功夫，得脱仔五转呀。旁边头人看见仔，阿要呆脱。呐吭俉，碰着点啥了？今朝格只手有毛病啊？捏勿牢格把刀的？歇歇脱手。格队长一看么，勿对哉。啥体么，俚格只袋袋高起来哉，一袋袋银子金子装满了。咋！一把拿俚抓牢，"站住！""诶，这。""身边有多少钱。"那么死，俉自家格铜钿有数目的，吾身边该应三两么三两，五两么五两，讲得出格数目了。倷拾格呀，那么拾也勿是拾一转，一把一把望准袋袋里园，袋袋里高起来，倷呐吭讲得清爽几化铜钿。

"唉，哟"，倷舌头大，讲勿清爽么，好，捆起来，报告周都督。格人拾取金银，周瑜关照杀！吭没闲话多讲。嚓！一刀，噗——头落地，身边格铜钿，喤！统统俦往地上掼。冲！"哗……"令出如山。拾金子银子要杀的，那么有种小兵吓哉。其实拔鞋子格朋友，俚拾格金子银子人家豂注意。人家豂注意么俚在慌呀，勃挨歇点队伍停下来，抄一抄身边。倷么几个铜钿，一查出来，数目勿对，弄到完结，嚓！杀头。铜钿豂拿着么，条命先送脱。格么呐吭呢，识相点，仍旧掼脱仔吧。已经拾过格朋友，假痴假呆手伸到袋袋里向，拿银子摸出来，仍旧往地上，乒！一掼么，哈——过去。有两个要紧掼么，连自家身边格铜钿一道挖出来掼脱，顶倒贴脱仔两角钿。贴脱仔而且勿能讲格了呀：唔，勿是，吾自家铜钿也乱脱了，格个阿好捞起来。格勿来赛哉哟。唔笃格人马冲过去么，好，格点金子银子掼在地上，吭不人拾哉。

格么周瑜啊，倷人马冲过去么，倷派一个大将，带一路军队，专门在后头拾金子银子。倷曼得留一路人马好了，格点物事俦归倷哉。周瑜呢勿留。为啥道理勿留呢，该个辰光集中力量追曹操，打曹兵，勿能分心。倷如果一分心，回过来，注意，倷派一个大将么，格个小兵留下来？用勿着得格呀，横竖终归是吾格呀，吾现在冲过去哉么，格点金子银子在吾后头，在后方。吾打败曹兵仔么，回过来拾吾也来得及，怕俚逃走啊？逃勿走格。所以周瑜的人马，哗——冲过去。勿晓得倷冲过去么，横垛里出来一路军队。啥人么？诸葛亮派得来的。派来格啥人呢，文官糜竺。糜竺带三千兵，俚格任务啥物事呢，拾金子银子。诸葛亮晓得的。曹操有条计叫"抛金诱敌"，经常用的。该次赤壁也可能用。喔唷，周瑜厉害勿上当，当！人马冲过去，倷周瑜勿会看好。那么叫糜竺过来。糜竺等到曹兵去远了，江东兵也去远了，该搭点吭没人哉么，俚三千兵过来。一千个小兵，四面戒严，防格种流散格曹兵，或者小股格江东兵，挡住俚笃。还有一千个人，照灯。尽管月亮蛮好，吭没用场，灯光要照，一千个人照火。一千个人呢，每人手里向拿只袋袋，拿地上金子银子拾起来，往袋袋里向放。糜竺自家呢，骑仔只马登了旁边头，忑磕砑咳——看，勿能揩油。来格小兵身边俦勿带铜钿的，回转去检查好了，袋袋里格铜钿，倷如果有铜钿么，总是揩格油。吭没人敢揩油。为啥呢，因为糜竺勿揩油，糜竺规矩人。俚也决计勿会看见嘎许多金子银子了，自己捞格一袋袋了，吭没的。因为糜竺自家是赅家当出身，俚投刘备格辰光，拿点家当全部俦助军饷了，送拨了刘皇叔。诸葛亮派人，是看准足来的。诸葛亮就勿派俚格兄弟糜芳来，格糜芳格个人，就派头来得小，手脚勿大干净。倷派俚到该搭点来拾金子银子么，糜芳顶起码，自家捞格三袋。那么倷一捞两三袋么，别人一道揩油，那么大家俦揩油哉么，刘备到手就勿多了。糜竺来么，笃定。格点物事全部归公。糜竺带人马回转去，见刘备、诸葛亮交令格辰光么，搭俚记功，吾未来先说了，拿俚表过。

周瑜呢，戆当戆当，人马冲过去，打败曹兵之后回过来，回到该搭点么想着，天也亮哉。"拾取金银。"拾金子。俚关照拾取金子银子，跑过来一看么，剺说金子银子，铜皮皮也呒不了哉哟。侪拾光了。哈伊，弄勿懂，呐吭格一夜天功夫下来，格点铜钿到啥场化去哉呢？后首来周瑜明白了，晓得是诸葛亮派人来拾得去格。开头辰光勿晓得。

周瑜在冲过来格辰光么，曹操挡勿住哉。曹操心里向转念头，周瑜厉害的。抛金诱敌之计，勿上当。铜钿呢掼了，勿拿，照样冲过来。命令下来，队伍停，回复阵过来，搭俚笃打。张辽、徐晃、毛玠、于禁、文聘、李典、乐进、张郃，众将官，哈啦——围过来格辰光，哈——周瑜冲上来搭俚笃打。周瑜身先士卒，亲自在冲锋指挥辰光，格个一场打下来，曹将叫无心恋战。尽管曹将人头比江东来得多，呒不用场。人头多么，心境勿对了，打仗格精神状态很重要。

曹操呐吭呢？曹操一看勿灵哉，曹操自家也呒没心路指挥。曹操圈转马来就走。哈——一匹马先跑了。俚跑脱么，众将官打到后首来，回转头来看看，丞相勿见脱哉哟。丞相跑脱了，倪还打点啥？呒啥打头了。大家也要紧圈转马来走哉么，张辽牵格头，哗——退了。张辽呢，往大路上退，大路呢往啥格方向去呢，勿是望准聚铁山格面去，而是望准乌林，就是望准聚铁山旁边格一个地方跑，哗——走。

曹操呢，曹操走条小路。周瑜带人马追呢，追大路。格么阿有人追曹操呢，有的。只有一个大将，什么人么？吕蒙。吕蒙带三千兵走小路，格周瑜关照格。俚带人马冲过去，往聚铁山，接应甘宁。甘宁呢，甘宁破脱聚铁山到赤壁来，接应俚吕蒙。唔笃两家头路上碰头，该个是庞统画下格地图。格个地图画好仔之后，关照俚笃啥物事呢，格个两路人马，拦过来呢，有可能拿曹操捉牢。什梗了吕蒙从小路上过去。俚竖上来看勿见曹操啦，要到慢慢叫再搭曹操碰头。吾再交代。

格么周瑜朝大路上追，追仔一阵，收兵回到赤壁么，吾也拿俚表过。

现在吾缩转身来，要交代聚铁山。因为聚铁山是一个重点，曹操格粮营在聚铁山。聚铁山啥人保守呢，夏侯惇。夏侯惇是粮营都督。俚守在聚铁山格辰光么，一路人马来了哟。啥人呢，甘宁。甘兴霸将军带三千兵，还带了一个蔡和，蔡和手下有三百兵。三千三百名军兵离开聚铁山近，江边停船，上岸。

上岸格辰光，岸上营头上看见，"哒，什么样人？看箭呐！"要射箭，蔡和跑过来关照，"哒，休开弓，慢放箭，自己人。""谁啊？""蔡和！通报都督，我蔡和到这儿来，奉丞相之命，见都督，紧急军情禀报。"一看么，认得的，蔡和。因为蔡和从前聚铁山来过，蔡和到该搭点来，自家人。头营大将军啥人呢？夏侯惇格兄弟叫夏侯德。夏侯德看见蔡和，在马背上带人马过来，身上号衣，侪是曹兵格号衣，自己人。甘宁呢，甘宁手下三千兵，也是着格曹兵号衣，里向么东吴兵号衣啦，外面罩格曹兵号衣服，侪看勿出的。而且甘宁格旗号呢，勿扯出来，旗号好卷拢的。因此，一眼看勿出是东吴人马。蔡和带仔俚笃过来格辰光，过挡板，进营门，到头营。夏侯德招呼一声之后到二营。二营守将叫夏侯尚，夏侯尚看见蔡和来，也放俚进去，到中军帐。手下人报到里向来禀报都督，蔡和到，求见，奉丞相之命来见侪都督，有紧急军情报告。

夏侯惇关照："命他——进来！"喊俚进来。侪关照喊俚进来格辰光么，手下人跑到外面通知："哒，蔡将军，都督叫你进帐相见。""是！"蔡和回转头来对甘宁一看，"甘将军，请吧"。侪要下马格辰光么，甘宁想好动手哉。该个辰光已经到了此地，可以动手。俚起手里向格柄画杆戟，望准蔡和腰眼里向，嚓！一戟啦。"唉！"尔——铿！结果性命。俚画杆戟朝上一举，"众三军，动！手！"

侪命令一下，关照动手么，旁边头，当——一声炮响。炮声响，过来动手么，聚铁山营头劫下来，那么唶，要赵子龙赶到大战聚铁山。

第九十七回

聚铁山

甘宁，拿蔡和结果性命，下令动手。当！一声炮响，三千名江东军兵，拿身上曹兵号衣统统侪脱下来，里向呢，露出格是江东兵号衣。甘宁格旗号，本来是卷着的，现在拿格旗号，哈啦啦啦——曳开来：东吴水军左先锋，甘。甘宁格旗号飘出来，一片喊杀格声音么，哗——动手。

唔笃在左冲右突，里向夏侯惇得报："报——禀都督，大事不好，东吴大将甘宁，把蔡和结果性命，在外面动手了，请都督定夺。""啊！"夏侯惇一听么跳起来，"苦恼啊！苦——恼——呃！"蔡和，呐吭在缠的？引狼入室，去拿个甘宁，领到该搭点来。格么呐吭弄法？俚马上关照外头，"备马扛枪"。马匹、家什准备好。

夏侯惇踏出来豁上马背，长枪一执，一方面传令，拿甘宁格人马包围起来，众将聚集，一道来动手。俅号炮一放么，哗——曹兵四面来了。夏侯惇一骑马冲过来么，看见甘宁，白盔白甲，骑一匹白马，手里向拿一柄画杆戟，"劫江贼，你好大胆，擅敢扰乱聚铁山，哪还了得？本都——来也"。

甘宁一看，来个大将，乌油盔、镔铁甲、乌骓马，手里向奉一条鸦乌紫金枪，"来将通名！""夏侯惇！""放马。""放——马。"哈——啊——两骑马碰头，夏侯惇起手里向格条鸦乌紫金枪，望准甘宁面门上，迎面一枪，"看枪！"噗——乓！一枪过来。甘宁起手里向画杆戟招架，"且慢——呐！"擦冷冷冷——尔——夏侯惇枪荡开么，甘宁回手一戟，望准俚兜胸搠过去，"去吧"。噗——乓！一搠。夏侯惇收转鸦乌枪："慢来！"嗒冷冷冷，掀开。

夏侯惇是曹操手下八虎大将军之一，武艺粹真。甘宁是江东，头等头大将，骁勇善战。两家头打起来，甘宁占上风，夏侯惇吃下胁。论夏侯惇格点气力，勿比甘宁小，为啥道理要吃下胁么？因为夏侯惇，眼睛只有一只，看起来到底打折头。甘宁有个特点，打仗泼辣，动作敏捷，家什，啪啪啪啪——快动作，出手快。夏侯惇在格方面比起来呢，迟钝。打起来吃一眼下胁。不过夏侯惇呢，晓得勿碍。为啥道理勿碍？俅甘宁来三千兵，吾该搭要有五万大军。阿是吾五万人马，打勿过俅三千兵？何况，吾该搭点大将多了。果然，帮手来了。啥人呢，二营上大将军，夏侯尚。夏侯尚一马一口银背刀冲过来，两个打一个，那么甘宁要吃亏点哉。再等一歇，后营上大将过来了。啥人呢，夏侯青。青铜盔青铜甲青鬃马，一口青铜刀。三个打一个，甘宁有点吃慌了。俅吃慌啊，倒又来一个呀。就是江边头营上大将，叫夏侯德，红铜盔红铜甲，骑一匹红鬃马，手里向拿一柄红铜刀。冲过来么，四个打一个。格里向呢，夏侯惇本事最好，夏侯德蛮力大的，就是刀法推扳一点，气力结棍。夏侯尚、夏侯青么要搭浆一点，四个打一个。偢甘宁哪怕本事大，掀开夏侯惇，拦开夏侯德，逼开夏侯尚，挡开夏侯青，擦冷冷冷……只有招架了，呒不还手。所谓叫一人最怕四手，四手么，还怕人多。偢拨俚笃四个人包围，三千兵围困在团团当中，冲勿出来。俚笃人马越聚越多。格么江东兵狠格噢，甘宁手下格三千名军兵，侪是骁勇善战。呐吭打法，背心攞牢背心，两个江东兵一对。为啥呢，因为背心攞牢背心，曼得顾虑门前，用勿着防备后头的。该格辰光勿拼命，只有牺牲。要想胜利么，只有搭俚笃搏一记。所以格个三千名江东军兵，左冲右突，曹兵虽然人多，要想拿俚笃消灭，倒也勿容易。

甘宁弄僵了，打得非常危险。啊呀！孤军深入，呒不救兵来，勿来事。格么阿有救兵来呢，有的。啥人来呢，周都督派一个文官，叫吕范，吕子衡，带两个大将。格个两个大将呢，一个叫朱然，一个叫朱桓，勿是弟兄噢。姓，同的，大家侪姓撇未朱。其实呢，勿搭界的，年纪轻。朱然金盔金甲，善用一条金枪。朱桓银盔银甲，善用一条银枪。俚笃跟仔吕大夫一道来。因为吕大夫是西山粮营上的，奉周都督命令，带领朱然、朱桓到该搭点聚铁山来，接应甘兴霸。唔笃人马到江边，停船上岸，想要冲进粮营么，冲勿进。为啥呢，因为聚铁山格粮营，防御工事做得好勿过，壕沟开得阔，营墙堆得高。凭高而守么，叽叽叽叽叽——乱箭射出来。唔笃冲勿近的。箭如雨发，叽叽叽叽叽叽叽叽，吕范一看勿来事。吕范听得出的，里向杀声震动。红光冲天，灯光锃亮，晓得甘宁围困在里面。格吾勿进去勿来赛的。格呐吭弄法？吕范关照朱然、朱桓放箭，放火箭，那么还加药方箭，叽叽叽叽叽叽叽。嘿嘿！叫啥，曹兵格箭啦，射勿着江东兵，江东兵格箭，射得着曹兵。

格么呐吭，弓箭手勿是一样个弓箭手，为啥道理曹兵射勿着江东兵了，江东兵射得着曹兵呢？就是因为今朝格东风大勿过。江东兵射格箭顺风，该应射一百步路，可以射一百十。曹兵发出去个箭呢，逆风。该应发一百步，只好射九十五步，甚至于九十步。格个风速两样。今朝江东人赢，俚赢在顺风上。叽叽叽叽叽叽叽，非但是狼牙箭射过来，还有火箭过来。啊，啥三国辰光有火箭嘎？该个火箭搭现在格导弹火箭两样的。勿是啥放卫星格种火箭，勿是个啦。俚是一条箭，老法格箭有三尺长：箭头下面格个箭杆，就在箭头下面。箭杆上绑一根竹头，细竹头。像热天格种捉瑞唧格瑞唧竹管什梗粗细。里向么装火药，外头格药线么露出来。将要射箭之前了，先拿个药线点样。那么，格条箭摆在弓箭上，嘎嘎，当——吹——嚓，等到格条箭牢么，俚格药线通到竹管里向，里向装格火药了，嗊——火药爆炸开来么，烧。火箭，火箭射过来，好了。营墙上格曹兵立勿住哉，帐篷烧起来，木栅栏烧起来。一起火着么，营头上格小兵慌哉。那么，外加夏侯德啦冲到仔中军帐去，帮夏侯惇包围甘宁动手打。该搭点营头上呒不大将了，该个是一个空档。如果夏侯德守着，要比较好一点。大将晄不，只是小兵，别别巴巴，对方火箭射过来，起火了，营墙上立勿住了，哈啦，退下来。

唔笃退下来，江东兵冲过来，填平壕沟，冲破营门，杀到里向么，放火。拱拱拱拱——顺风放火。该格物事，叫啥一看见火啦，双方格心里，侪起变化了。江东兵看见曹营上起火，更加胆粗、气壮、劲道足。曹兵叫啥看见仔火啦，亡魂丧胆，手忙脚乱，魂灵心出窍。为啥呢？因为此地望到赤壁，在长江上望进去，又晄不挡拓，连环船烧得一塌糊涂，看得见。虽然路远，远远叫火光望得出。那么佢该搭营头上也起火哉。一起火，呐吭弄法呢，逃走。哗——头营上格人马溃散。

朱然、朱桓带领军兵，哈啦，冲过来。朱然一马当先，直到中军帐么，夏侯尚看见江东兵人马来，要紧过来敌住朱然。夏侯尚格银板刀挡勿住朱然个金枪。夏侯青一看勿灵，吾来帮忙。夏侯青帮夏侯尚，两个打一个。青铜刀、银板刀，敌住朱然格条金枪。归面朱桓一马一条银枪冲过来个辰光么，夏侯德一口红铜刀过来，敌住朱桓。夏侯德搭朱桓打一个平手。那么，只剩夏侯惇一个人动手搭甘宁打。格夏侯惇勿来事，吃下胁。刚巧四个打一个，是夏侯惇蛮出风头。现在三个去脱，剩俚一拔一，搭甘宁打，俚吃勿光甘宁。甘宁抖擞精神，叭叭叭叭叭叭叭叭，一路画杆戟发过来么，夏侯惇吃勿住。格么呐吭弄法，逃吧。

夏侯惇有格个毛病，俚一看苗头勿对，逃走。夏侯惇格逃走本事出仔名。故而直到现在，夏侯惇格名字成为逃走格别名。某某人呢，某某人老早，夏侯惇，"下脱个哉"。夏侯惇变成功逃走格代名词，可见得俚格逃走是有点名气。夏侯惇收转鸦鸟紫金枪，圈马就走。哈啦。侬逃，勿晓得侬勿能逃的。侬是该搭点个都督，头头，侬一逃么，侬叫夏侯尚、夏侯青、夏侯德阿有劲的。当然，跟仔侬一道跑哉喽。三个将官跟仔夏侯惇，哈啊，逃出后营。放弃聚铁山。

甘宁带领朱然、朱桓，夯荡！追击过去，拿俚笃驱逐出营头。吕范带领军兵在后头救火，赶快救火。为啥道理要救火？侬勿救火，格点帐篷烧过来。如果烧到仓库里向，拿点粮草，勚侪烧光脱嗄？那么现在格点帐篷，勿是曹兵，变佢格哉呀。烧脱格就变江东人格营帐篷了，勿犯着。火呐吭救法呢，侬说要去挑水是，勿来事，火大勿过。挑水勿来赛。只有啥格办法呢，只有拿勚起火场化格帐篷，㘘里啪啦，侪拆脱，统统侪搬开，剩一片空地，让俚格火呢，烧勿过来。用现在格闲话讲起来叫啥？叫弄一条防火隔离带。格条防火隔离带里向，晄不引火之物，晄不可燃物，那么喏，火，烧勿过来。已经起火场化，让俚烧光。该搭点，晄没问题。吕范一面组织力量救火，一面下命令，赶快拿仓库里格粮草，送到江边，装上船只，运回江东。为啥道理要紧呢？啘，现在格事体，胜败未卜。作兴倒曹兵再反攻过来呢，吾佢拿点粮草带仔跑，格个粮草就归吾佢的。那么吾佢拿点粮草侪搬光，曹操勿败，也要败哉。因为晄不吃哉咯，饿肚皮，勿好打仗格呀。所以格点粮草要赶快搬，搬得越快越好。假使来勿及搬？来勿及搬么烧呀，放一蓬火烧，烧光俚。烧光仔么，俚得勿着么，唔笃也呒不。唔笃呒不粮草么，唔笃守勿住，曹操格百万大军，无论如何要溃退下去，呒不粮食么。吕范在下命令，关照赶快运粮么，用格蚂蚁传信，连环报格办法。离开三步路，五步路，立一个人。一袋米掮过来，乒！吾传拨俦，俦传拨俚，俚传拨格个，噼里啪啦，望准江边传过去。江边拿格个船呢，靠近江滩，拿格粮笃到船上去。

甘宁、朱然、朱桓，刚巧拿夏侯惇、夏侯德、夏侯尚、夏侯青驱逐出营头，预备要回过来搭吕范见面格辰光么。勿好了。啥体？夏侯惇反攻过来哉。格么夏侯惇逃也逃走哉，啥体还要过来反攻呢？因为夏侯惇逃出来格辰光，看见门前头有火光，有旗号，只听见门前头在喊："夏侯都督唉！克服粮队呃！反攻聚铁山呃！张辽、许褚两位将军，奉了丞相命令，到这里来接应都督呃！克服粮队啊！"

夏侯惇听到喊格声音，看到前面张辽、许褚格旗号么，心里明白了，曹丞相得报，晓得吾俚聚铁山吃搁头，所以派张辽、许褚到该搭点来接应。哎，夏侯惇想，张辽、许褚啊，唔笃勿早点来的。早点来呢，吾勿退出聚铁山了，吾还坚持在格搭点。格么唔笃一来呢，老实讲一声，用勿着见甘宁怕。吾俚笃笃定定打，稳赢。现在，现在么已经退也退出来哉，反攻啊。格么阿要搭张辽、许褚碰头？用勿着的，吾先回过去，快点冲进营头，拿格个粮队夺转来。因为曹丞相关照过，聚铁山格粮营啦，是一个非常要害格地方。为啥？粮为军中之宝。只要粮营守得住么，哪怕赤壁山败，还勿碍，元气勿伤的。夏侯惇自家有数，吾要紧逃性命，逃出来，里向有罪名格啦。快点反攻过去，冲进聚铁山么，还好将功抵过。夏侯惇圈转马来，哗啦！带领夏侯德、夏侯尚、夏侯青，反攻聚铁山。甘宁得报了，夏侯惇回过来了。

甘宁马上上营墙，关照拿挡板扯起来，挡板抽脱。挡板抽脱么，壕沟阔呀。俚笃格人马冲勿上来，"放箭！"甘宁关照放箭么，该搭点营墙上箭侪有了，甘宁自家小兵也带箭来的，啪啪啪啪——乱箭射出去么，夏侯惇冲勿过来了。甘宁马上下命令，派人去通知吕范，赶快想办法拿粮草搬走，吾该搭点守住。夏侯惇反攻过来，来势蛮猛的。正叫该搭点营头上，留下了格箭么也多，外加甘宁么也带一部分箭来了，所以还守得住。那么夏侯惇怨命。怨点啥呢，当初扎粮营格辰光，壕沟开得格阔，营墙堆得高了格厚，防御工事做得特别坚固。嘿嘿，想勿到做好格防御工事，拨了敌人派用场哟。吾自家要反攻过去倒冲勿进了。等张辽、许褚上来接应仔么，一道再来反攻。

唔笃冲冲退退，冲冲退退。张辽、许褚阿过来呢，勿过来，声音蛮响的，"克服粮队呃，哗啊——冲啊！杀啊！"人马勿来。夏侯惇气昏，格张辽、许褚算啥格名堂？独出张嘴，勿看见人过来的。其实阿是张辽、许褚来？勿是格呀。来格啥人呢，诸葛亮派得来的。诸葛亮派刘辟、龚都两个副将，带三千兵。身上呢，侪是着格曹兵号衣。拿格旗号呢，是张辽、许褚格旗号，埋伏在该面树林里向。横冷横冷，喊"反攻聚铁山，克服粮队"，让夏侯惇，咁当咁当——冲过去反攻么，甘宁拨俚吸牢。甘宁、朱然、朱桓只能守在营墙上防守。俚笃格目的是啥呢，诸葛亮晓得的，侪倘然说，呒不夏侯惇反攻，格甘宁呢，勿会在营墙上。甘宁退过来，搭吕范碰头，到江边去看。江边，诸葛亮要派人来搬粮草格呀。如果甘宁到江边去看啦，蛮有可能拨了甘宁轧出苗头来。因为甘宁邪气聪明，一看情况勿对，俚就会发现问题。所以呢，要拿甘宁拉牢，吸引住俚。那么嗻，就派刘辟、龚都乔装改扮，只算是张辽、许褚到该搭点来，反攻聚铁山，支援夏侯惇。那么夏侯惇扛仔木梢么，咁当咁当，拼命格冲，甘宁么勿能跑，是什梗格意思。

夏侯惇又勿晓得，甘宁是更加勿明白了。格么吕范在关照，豪燥拿粮草搬过去么，江边头，吕范带得来格船只，侪停好了。粮草，噼里啪啦，乱到船上来么，米多勿过。船上格水手，心么也黑，岸边格小兵，心也急，米实在多勿过哉。阿有啥船上多装一点。勿晓得，该搭边江啦，勿是现成格码头，江边格水，勿深几化的。俚格船，勿能装得过多。现在是老早超载了，超载得蛮多蛮多么，船底搁牢在江边。等到装好，装得勿能再装哉，要开船，开勿动。篙子撑上去，动也勿动，船底搁牢哉。格么呐吭弄法呢？只好拿船上格米，再往岸上卸，卸脱仔么，让只船浮点起来，再好开出去。俚想阿要命？心里么急的，要想快点拿点米装脱。叫越是要紧么越是慢，费手脚，重新再要拿米卸下来。正是唔笃在手忙脚乱，要紧搬了，又是搬勿快格辰光么，格面来了，噹噹噹噹……锣声，只看见月亮光底下，哈——船开过来，外加还有勿少木排竹排，也在开过来。

江边格东吴小兵看见了。东吴小兵阿要喊，"呔！木排不要过来呃，这儿在打仗呃！再过来我们要放箭啦！"唔笃过来做啥？格点木排，拿俚格航道侪拦脱哉，挨歇点吾俚格船开过去讨惹厌。唔笃木排开过来做啥？船开过来做啥？打仗呀。唔笃，横冷横冷，在喊格辰光么，格面只小船开过来。

只看见小船船头上立好两个人，身上格打扮侪是差官，"呔——江边听了，我们是严州解粮官，奉了都督命令，到这儿来，帮你们搬运粮草回去的"。啥物事啊？江边格小兵一听，严州解粮官，奉仔周都督命令到该搭来帮俚格忙，拿点粮草装转去？"严州的！""在这儿。"哈——小船开过来，解粮官，乒！令箭拿过来，嗒！东吴小兵一看，格条令箭赞货，江东令箭，而且是子时大令，"好，你等一等"。

啪啪啪啪啪啪，跑过来，到中军帐报告吕范，说江边来严州解粮官，带木排到此地来，代表吾俚装运粮草，大都督格令箭。吕范一看么，果然，子时大令。其实格条令箭，阿是周都督发的？勿是格呀。啥人发格呢，诸葛亮发的。格么呐吭诸葛亮手里向么，会得有周瑜格子时大令呢。借东风，周瑜拨一条令箭拨诸葛亮，诸葛亮在南屏山借好东风逃走，回转去么，拿格条令箭带出去。格周瑜呐吭会得勿发觉呢，吾上回书里就讲过，诸葛亮用一条滑头戏格令箭，笃在火里向，烧焦了。周瑜弄错，当仔格条令箭烧脱了，因此呢，勯宣布作废。烧脱了么，用勿着宣布了，呒没哉咯。其实呢，格条令箭拨俚拿得去了。来两个解粮官啥人呢，毛仁、苟璋，乔装改扮严州解粮官，就凭格条令箭到该搭点来，骗取粮草。吕范勿晓得，木梢扛进。

那么，严州解粮官运粮用木排啦，格个可以相信的。因为俚徕懂，严州地方出木材的。严州解粮出来啦，总归是用木排装出来的。啥道理呢，一举两得。粮草解脱之后呢，木排卖脱。回转去呢，陆路上回转。因为严州出木材哟。其实么是诸葛亮派人，拿江夏郡夏口木行里格木头租得来编仔木排了，乔装改扮严州解粮官，到该搭点来。吕范呐吭晓得呢。

吕范就关照：托俚笃搬吧。"好。"江边格小兵过来，搭毛仁、苟璋讲："格么严州解粮官啊，呃，倷吕大夫讲的，托唔笃搬吧。""好的。""费心，费心噢。""不要客气。""格么唔笃木排开过来酿。"木排开过来。木排开过来格辰光，船上格粮草，劈里啪啦，望准木排上抛过来。木排上格小兵呢接好，接好仔么一袋一袋一袋一袋，叠得整整齐齐，装满一节开过去，装满一节开过去。哈——木排装完，竹排来哉，蛮好。竹排也有心带点过去，竹排装满，竹排开过去。"唔笃阿有木排、竹排了？""没有了。""格么倷该搭粮草还有点了。""我们还有船。""蛮好，唔笃空船开过来酿。"

空船开过来，望准俚丒船上，再丒上去，装得踏踏铺铺，运得干干净净。啊呀，江东小兵开心啊，啥体？倷省力了。倷既用勿着现在装粮，也用勿着回转去卸粮了，再拿格粮，从船上搬上岸，再搬到西山粮营上去，格种手脚侪省脱了。生活别人帮倷做哉。唔笃蛮开心。勿晓得要装完格点粮草，蛮多一歇辰光了。刘辟、龚都派人一打听，毛仁、苟璋粮草搬得差勿多了，那么刘辟、龚都两家头，拿张辽、许褚格旗号卷卷笼，拨转身来就走。溜脱哉呀。溜到啥场化去呢，溜到江边下船。身上曹兵格号衣侪脱脱了，变成功江东兵号衣。俚笃四百只船开到啥场化呢，开到赤壁江边。做啥呢，赤壁江边，格种曹营里向格军用品，刀枪剑戟，锣鼓旗号帐篷，堆积如山。

那么俚笃开过去搭唔笃讲，说：倷呢，从三江口过来，奉了鲁大夫之命，来搬军用品的。格蛮好，托唔笃搬吧。劈里啪啦，丒到俚笃船上。等到船上，军用品侪装好，四百只船回转么，路上再拿江东兵格号衣脱脱，露出里向刘备兵格号衣来。该抢俚笃号衣着三套啦，又有曹兵格号衣，又有江东兵格号衣么，又有刘备兵格号衣啦。刘辟、龚都回转去，吾拿俚笃先表脱。

夏侯惇在反攻聚铁山，冲仔半日，派人到后头去看看么，叫啥张辽、许褚勿看见哉。曹兵也呒不哉呀。哈吔，呐吭道理啊？人到啥场化去哉？呒没了。呒没么冲点啥？呒没名堂哉咯。夏侯惇跑了。夏侯惇、夏侯德、夏侯尚、夏侯青，哈——带领败兵一埭路溃散过去。让俚笃绕道到乌林，再搭曹操会合么，吾停一停再交代。

甘宁、朱然、朱桓看见曹兵退了，心定一定。甘宁马上从营墙上下来，到中军帐碰头吕范，问吕范：粮草搬得呐唬？差勿多哉。啊？什梗快？嗳，有人来接应格呀。啥人来接应格呢？严州解粮官，奉周都督命令到该搭来接应吾伲的。哦？喔哟，格甘宁想蛮好。周都督考虑得道地的。吾伲么来攻粮队，俚还派人专门到该搭来运粮草。严州解粮官辛苦了，到江边去看看，搭俚笃打个招呼。甘宁骑马过来，到江边格辰光么，只听见江边格小兵侪在喊呀，"喂，严州军粮官噢，唔笃走错仔路哉。唔笃跑格方向勿对哉！唔笃去格方向是夏口呃，三江口在该面唉——唔笃回过来呃"。

"哗……"哋？甘宁心里向转念头呐唬格道理啊？啥格严州军粮官来运粮草，勿是望准三江口去了，往夏口格方向去？作为解粮官，勿应该弄错格呀。奇怪。而且伲该搭点格小兵，横冷横冷，在喊。俚笃只当勚听见，仍旧往夏口方向去。啥道理？毛仁、苟璋其实侪听好了呀，毛仁、苟璋心里向转念头，嘿嘿，弄错方向？一眼勚错。伲是夏口来格么，诸葛亮派伲到该搭点来搬运粮草么，伲到三江口作死啊？当然要回夏口了，睬也勿睬俚笃么，俚笃仍旧望准夏口格方向去。

甘宁觉着苗头呒对。甘宁俚要紧从马背上下来，到江边，下小船，追！哈——追过来。甘宁格小船快。俚笃格船上，装满格粮草，重材，跑起来慢呀。追近哉么，甘宁在喊，"严州解粮官，留下名来"。俦在喊俚留名格辰光么，毛仁、苟璋，哈啦！调转船头，晓得跑勿脱哉。追兵来了。"东吴将听了，你要问大将军的威名，你先通名来！""江东甘宁——呐便是！你与我留下名来！""听了！刘皇叔麾下，诸葛军师帐前，大将军毛仁、大将军苟璋。"哈呀，甘宁气啊。诸葛亮派毛仁、苟璋到该搭点来骗取粮草。拿伲点粮草侪搬得去，阿是伲打得辛辛苦苦，格点粮草拨唔笃搬得干干净净，呒不什梗便当。"毛仁、苟璋留下粮草，放你们回去，如若不然，可知晓甘宁——的厉害——哋！""甘宁，你来吧！"哈——双方船近哉。

两面船近么，还勚等到船碰船篙子扎牢，毛仁格刀已经过来。"看刀！"噗——乒！三尖刀刺过来，甘宁起画杆戟招架，"且慢——哋！"擦冷！啡——毛仁格刀哪里想捏得牢。俦搭甘宁好打格啊？家什脱手，苟璋，辣！一刀过去，当！掀着么，啡——双脱手。毛仁、苟璋吓得魂灵心出窍，调转船头就逃。哈——唔笃扳动划桨，拼命逃走么，甘宁在后头追。甘宁心里向转念头，格个两个饭桶，本事么呒不的，跑到该搭点来，要骗吾伲格粮草，还了得格啦？追上去非但夺转粮草，连点木排侪得下来。

甘宁在追上来格辰光么，只听见门前头，当——一声炮响。芦苇丛中，哈——开出来十条船，船上火把灯球照得锃亮，只看见一面大旗升上去。旗号上——大汉，军师中郎将，诸葛！头上立好一个人，头上纶巾，身上鹤氅，丝带系腰，粉底靴儿，手里向羽扇轻摇。白面孔，三绺须迎风飘扬。"呵呵呵呵呵……"甘宁一看么,"啊——呀!"啥体么?诸葛亮来哉。诸葛亮亲自接应,那完结,勿好冲了。

甘宁服帖诸葛亮。长江初次开战,全靠诸葛亮指挥有方,大破船尾炮。如果说,呒没诸葛亮格指挥啦,甘宁在长江初次开战辰光,有可能拨了炮火打死,格是一条。还有呢,周都督过江探营,碰着危险了,推扳一眼拨曹将捉得去。诸葛亮派甘宁过去,相救周都督。拿周瑜救转来,立了大功。诸葛亮么草船借箭,诸葛亮么七星台借东风,格个人格本事大得了,有呼风唤雨之实,通天出地之能。吾好搭俚打格啊?今朝俚亲自出马,到该搭点来,接应毛仁、苟璋么,吾只好对俚看看,呒没办法打。甘宁要想退下去么,想想勿情愿。为啥呢,拼仔命,夺下粮队,看见诸葛亮跑出来,吾就走啊?再一想么,诸葛亮文官呀,手无缚鸡之力,俚呒不武功格呀,吾怕俚啥?冲上去。所说甘宁长江里强盗出身,亡命之徒。勿买账,冲过去!今朝连诸葛亮一道捉。俫小船,哈——仍旧开过来么,诸葛亮在船头上一吓呀。啊呀!啥格旗号扯出来,吾船头上一立,俚勿退啊?其实该个阿是诸葛亮?勿是格呀。啥人呢,刘皇叔手下文官,叫孙乾,孙公祐。诸葛亮派俚,带十只船到该搭点来,接应毛仁、苟璋。就着了诸葛亮格纶巾、鹤氅,拿了诸葛亮格羽扇,扯了诸葛亮格旗号,到该搭点来么,摆摆野人头了,吓退甘兴霸。碰着甘宁勿服帖,冲过来么,孙乾阿要急格啦?毛仁、苟璋家什侪脱手了。吾一个文官呀,吾呐吭挡得住俚?不过诸葛亮锦囊上关照,假使甘宁勿卖账呢,俫拿把扇子对俚招好了。羽扇轻摇招了呢,俚就勿敢过来。孙乾心里向转念头,一把鹅毛扇有啥格用场呢。俫把扇子招,难道说格甘宁看见哉格扇子招就吓格啊?管俚吧,死马当活马医吧,试试看酿。就拿把扇子,尔嗯——俫把扇子,嗅嗅嗅——在招么,甘宁勿懂。呲,诸葛亮啥格路道?啊,把扇子,嗅嗅嗅——在招。招点啥?勿关,冲!俫还在冲,勿晓得扇子一招么,横埭里来哉呀。嗒——一声炮响,十只船,哈——冲出来么,火光铿亮,船上旗号亮出来,白缎子黑字旗,旗号上:常——山——赵!一员大将,白盔、白甲,手里向执一条银枪,立好在船头上,威风凛凛、英俊气概。

"哈哈!"甘宁格个一吓么,魂灵心出窍。啊呀!怪勿道,诸葛亮扇子在招,赵子龙来了。赵子龙当阳道,百万军中单骑救主,枪挑有名大将五十四员,吾打得过格啊?今朝诸葛亮、赵子龙到该搭点来么,格点粮草,俚笃是志在必得,呒啥缠头。回转去吧。甘宁俚马上关照调转船头退,哈——回转去了。

喔!孙乾开心啊,什梗一看诸葛亮有道理的,诸葛亮勿做冒险事体。俫看,哈哈,赵子龙来哉。孙乾蛮快活,毛仁、苟璋也笃定。非但诸葛亮,外加还有赵云,格是稳的。甘宁是勿敢打了。格么其实来的,阿是赵子龙呢,也是滑头戏。啥人呢,刘备格过房儿子,公子刘封。诸葛亮关照俚,白银盔白银甲,拿一条银枪,带一面赵子龙格旗号,带十只船。看见门前头羽扇轻摇么，俫马上放炮了，冲出来。摆摆卖相格啦。格么刘封又勿晓得门前头是孙乾，俚当诸葛亮在。倘若俚晓得门前头是孙乾，俚胆也吭不什梗大，俚也要吃慌的。到底甘宁是东吴名将。那么格孙乾呢，也勿晓得后头来格是刘封。倘若孙乾晓得后头来格是刘封呢，俚也笑勿出。俚面孔上勿会得意，俚仍旧要急的。俚晓得格刘封本事蹩脚格啦，吭不资格动手搭甘宁打，勿晓得格呀。所以孙乾满面笑容，洋洋得意。刘封因为勿晓得门前格诸葛亮是滑头戏，所以挺胸叠肚，威风凛凛，神气活现。现在两只船相近哉么，孙乾要紧唱喏么，"哈，赵将军，下官有礼"。"军师不敢，刘封有礼。""呃，下官不是军师。""小将并非赵云。"

　　毛仁、苟璋一看要好得格来，来两个格俫是滑头戏。刘封格本事，还勿及俚两家头。幸亏甘宁退下去，倘然打一打么，今朝洋相出足。那么俚笃在一道呢，保护仔点粮草回转去。本来是刘备穷得来，吃仔今朝吭不明朝，再下去要断粮哉。曹操营头上，聚铁山八十三万大军点粮草得转来是，笃定。那勿慌了，吃好长远了。俚笃去见诸葛亮交令，立大功么，吾用勿着交代。

　　再说甘宁一埭路回过来，回到江边，停船上岸，碰头吕范。搭吕范讲，吾追过去，是长般短，是诸葛亮、赵子龙、毛仁、苟璋到该搭点来，乔扮严州解粮官，拿点粮草骗脱。格么现在呐吭弄法呢？勿关，格个事体要怪周瑜勿好。俫为啥道理，格条令箭拨了诸葛亮拿得去仔勿打招呼。倘若说俫预先关照一声：各位啊，吾条子时大令，现在拨诸葛亮偷脱哉，失踪了。倘然发现么，不生效力噢。搭格支票挂失什梗，预先去挂仔失哉啦。格俫就吭不责任。俫格条子时令箭，硬碰硬真家伙。格搭倻勿搭界，俚只认令箭。格桩事体俚勍响。甘宁说，吾带三千人马，吾往赤壁去。俫呢，收拾营头，俫回转三江口。慢慢叫，俫去见都督交令，俫拿条令箭拨了都督看好了。说起来，俚回转来，严州解粮官，吭不格桩事体，格条令箭勿晓得哪恁。倘然格条令箭假的，俚有罪，承担责任。令箭赞货，责任在周瑜身上，俚吭不处分的。

　　那么甘宁带三千兵跑。吕范呢，就拿该搭点聚铁山格营头拆卸，壕沟填平，土墙推倒。就是曹操回过来，俚马上就要在聚铁山扎营么，也要另起炉灶了，花工夫哉。因为格点防御工事俻破坏脱哉。吕范带朱然、朱桓下船，回转三江口。朱然、朱桓，西山粮营上耽搁。吕范呢，赶到赤壁，去见都督交令么，让周瑜收令辰光吾再提。

　　现在交代甘宁带领三千名军兵，一埭路过来，望准赤壁方向进发。因为周瑜关照俚格啦，俫先是破聚铁山粮草队。等到粮草队破脱，那么俫带领人马呢，根据格个地图，从聚铁山往赤壁格方向进发，格个地图呢，是庞统画了的。庞统搭周瑜讲的：曹操蛮有可能，从赤壁败仔，往聚铁山去。那么俫呢，聚铁山派人拦过来，赤壁派人拦过去么，两路夹攻啦，蛮有希望在格条路上，捉牢曹操。所以甘宁往格条路上来。俫往格条路上来么，曹操阿来呢，来格呀。曹操从赤壁大战，败下来格辰光么，曹操一干子先溜了，搭文武官员俻脱离哉。文武官员望准乌林大道格方面过去哉么，曹操觑走乌林，曹操往聚铁山方向过来。哈——单身独骑，手里向还拿面令字旗了。曹操蛮狼狈，哈——啊——俫匹马在过来么，搭甘宁碰头。

月亮蛮好，甘宁看见，月光下来骑一人，身穿大红袍。曹操格件红袍是，目标非常显眼，人家一看就晓得，曹操来了。甘宁关照放炮，当！一声炮响。曹操一吓呀，只看见门前头东吴人马来么，曹操俚要紧圈转马来，哈啦——退了，往原路上退下去。俫退下去么甘宁追，哈啦——甘宁格马快，三千兵慢。小兵在后头慢慢叫跟过来，甘宁追曹操过来么，门前又来三千人马，啥人？吕蒙。

吕蒙带三千兵从赤壁战场上，往聚铁山方向过来，也是周瑜关照的，根据庞统画格地图。叫吕蒙呢，赤壁下来，俫呢专门往聚铁山格方向拦过去，搭甘宁会师。看看，是勿是有希望，好捉牢曹操。所以吕蒙觑跟周瑜格大队往乌林去，往聚铁山方向来。现在吕蒙过来一看，门前头来个着红袍格朋友么，曹操。吕蒙，哈——喇！迎上来，曹操一看，"哦哟！"那么僵。前头有东吴将，背后有东吴将。进退两难。

格呐呒弄法呢？朝北方向，往横里向去。哈喇，俫圈马走么，一条山路了。哈——往山路里去。

吕蒙、甘宁同时赶到，两格人叫应一声："吕将军请了！""甘将军请了！曹操在前面逃遁，我们一起追！""追！"两家头两骑马，并马而行，哈——追进山路。

勿晓得唔笃追进山路，往门前头来格辰光，曹操要想往横垛里向去么，跑勿脱呀。因为两面是山，当中一条路，哈——跑到路格尽头一看么，"哦哟！"那么僵。为啥？门前一个树林，树林起火了，拱拱拱拱……火烧得蛮烊。那么呐呒弄法？树林起火。该个火啥人烧呢，刘辟、龚都。因为刘辟、龚都刚巧过来，算接应夏侯惇克服粮队了，俚笃看见树林、茅柴，乱两个把火，拱！烧起来，造造声势。所以该搭点火延蔓得蛮结棍么，树林侪烧起来了。曹操过勿去了。曹操心里向转念头，呐呒弄法？退？两面是山，有两个东吴大将追过来。进？火林，跳进去，烧死脱。呒不生路哉嘛？什梗，让吾回转头来，搭俚笃商量商量看，阿好请两个江东大将，高抬贵手，放吾过去。吾将来再报答俚笃。

曹操圈转马头，回过身来么，对仔个吕蒙、甘宁，"二位将军，请住马"。酷——吕蒙、甘宁，马扣住。曹操再问俚笃："请教二位将军大——名。""江东——吕蒙——呃。""东吴——甘宁——哋。"曹操一听，名将，吕蒙、甘宁。"二位将军，今日老夫，兵败到此，进退两难。还望二位将军，高抬贵手，网——开——一面，容老夫过去。日后老夫奏明万岁，保管二位将军高官显爵，封妻荫子。不知二位将军，意——下如何？"阿好帮帮忙，网开一面，高抬贵手，让吾过去。好伐？吕蒙、甘宁一听笑出来：嘿嘿，曹操阿要坏。曹操关照伲两家头放俚一条生路，那么俚到皇帝门前保举，让吾伲么封妻荫子了，封侯赐爵。曹操啊，伲捉牢俫，解到周瑜搭去，格功劳大得热热昏昏了。阿难道，伲放俫过去了，回转去拨周瑜定罪啊？吭没什梗桩事体。"曹贼，休得啰唆，下马受缚。""曹操，下——马！"完结。两家头勿卖交情，勿贪吾格点闲话，拨俚笃富贵荣华，勿要呀。格么呐吭弄法？曹操想吾拨俚笃生擒活捉，解到归面，碰头周瑜，千刀万剐。格是死起来，勿拨吾就什梗一刀头过门。罢了，吾有格拨俚笃捉得去，零零碎碎吃苦头么，还勿如爽爽气气往火里向跳吧。曹操，哈喇！圈转马来，喤！喤！裆劲一紧，拿只马领鬃毛，乓！一拎么，哈啦啦啦——冲过来了。到树林门前头，领鬃毛，乓！一背么，格只马前蹄一掂，后蹄一攘，望准里向，哈冷——当，冲进去。火，拱拱拱拱——曹操格人勿看见哉。

吕蒙、甘宁，"啊！"马，哈喇！扣住，呆脱哉。喔哟，曹操辣手。叫啥曹操，望准里向一跳。格么伲阿要跳？勿合算哉。伲跳进去，拨了火烧死，功劳吭不立，格条命倒送脱哉。格吭没意思。因为冲进去，勿晓得到底阿有把握勿有把握，稳能够拿曹操捉牢？两家头俫对吾看看，吾对俫望望，摇摇头，叹口气，算了，回转去吧。

甘宁心里向转念头，侪是吕蒙勿好。吕蒙勿来，吾一脚追曹操。曹操往赤壁方向跑，逃过去，碰着伲大队人马拦牢么，横埭里吭不路哉。俚勿逃了。那么吾一干子追过来呢，曹操倒作兴偶图侥幸想回马过来，擦肩过逃走么，吾倒好拿俚一戟，嘡！刺下来。因为两骑马并排并，俚吭不路。俚晓得逃勿脱，只好往火里跳，完结。今朝，一个人倒作兴有希望立功劳啦，两个人么倒反而碍手拌脚。

唔笃两家头退出山路，吕蒙回转去。吕蒙让俚带着自家部队回转赤壁，去见周瑜。甘宁呢，甘宁回过来，还要回到聚铁山方向。啥体？小兵在后头，俚要带仔小兵一道跑。俫，哈——退转来，往西面去。碰头自家部下军兵，再朝门前赶路。格么离开聚铁山，勿远几化哉。

俫在望准门前头来格辰光，只听见门前头传过来格声音，轧嘟轧嘟……车辆声音，像天上雷响一样。啥物事？甘宁派人去探。到门前头一看么，看见了。门前头来一队曹兵，前头格人，背后头格人推，两格人弄一部车子。车子上装满格箱子。啥格名堂？一看么，看得出苗头。该个是饷银车，装饷银车辆。豪燥回过来报告吧，报禀甘将军，曹兵饷银车到。

"哈哈！"甘宁心里向转念头，一个人运道来起来么，推勿开的。聚铁山，吾破脱。粮营，吾打下来。曹操虽然勧捉牢，饷银队来了。曹操八十三万大军格饷银车，也可以说是，曹操营头上格精华。格点物事，吾拿俚得仔下来之后，回转去是，吾格功劳吭不盖招啦，随便哪俚格东吴大将勿及吾功劳大。队伍停，看见门前头来哉呀。轧冷冷冷……轧冷轧冷轧冷，车子在来。甘宁关照放炮，当——一声炮响，队伍，哗——散开来，旗门设立。门前头曹兵到。啥人呢，许褚。许褚带领三千名军兵解饷银车，望准此地跑过来了。许褚听见炮声，要紧到门前来，饷银车队伍停。

格么呐吭许褚格饷银车解到该搭点来，倒路上觑拨了东吴大将打脱啊？格来么嗻，许褚吃价，本事好。吭没一个东吴大将得过俚。凡是上来搭俚交过手的，吭不一个勿失败。所以俚能够杀一条血路了，拿饷银车往聚铁山解过来。曹操关照俚的，万一赤壁有啥事体，倷总归保护仔饷银车到聚铁山，搭粮营登在一道。吾格粮、饷，保存下来，吾格元气勿伤。即使吃败仗，勿要紧，还有格力量可以反攻。所以许褚赶到该搭，听见炮声，哈喇，马过来么，搭甘宁碰头。

甘宁一看，嚯唷！门前头来个大将，长一码大一码，站立平地身高要九尺向开，头如巨斗，乌油盔、镔铁甲、乌骓马，九环镔铁大砍刀，黑面孔阿胡子，身材魁梧。啥等样人？

"前边来者，从奸贼将，住马，通——名！""东吴将你且听了，大将军非别，曹丞相麾下，许褚是也！"许褚！喔哟，曹营名将，痴虎大将军，有名气的。"呃——来将通名！""江东甘宁，是——也！许褚！赤壁已被吾家都督攻破，聚铁山已被大将军拿下。你的饷银车，还想解往哪里？识时务者为俊杰，把车辆留下，吾就放——呃你过——去！"许褚一听啥物事啊？喔，聚铁山已经拨倷打脱啦？喊吾拿饷银车留下来，格谈也勠谈。哪怕聚铁山拨倷打脱，饷银车留下来，勿是生意经。"呃！你放马。你要饷银车，在许将军刀上领取！""放马！"两骑马，哈——碰头，许褚起手里向九环镔铁大砍刀，望准甘宁头顶心上一刀过来，"看刀！"哈冷冷冷冷冷冷，噗——乓！一刀，甘宁起手里向画杆戟招架，"且慢呃"。嚓啦冷冷……嚯唷。甘宁心里向转念头，碰着仔一个厉害脚色。格个力道是大是大得热昏么好哉。甘宁咬紧牙关，用足全身功劲，擦唧——掀开俚家什，倷，啪！回手一戟过去，铿——拨许褚掀着，直抛格抛出来。倷呐吭打得过许褚。甘宁心里向转念头吃俚勿消，正在格个辰光，横埭里人马赶到，赵子龙杀了出来哉呀。那么要赵子龙大战聚铁山，下回继续。

第九十八回

劫饷银

唐敏良

一侨居多伦多
的许多艺术家。

重迫
聪里
笑得
多欢

甘宁，在聚铁山，劫取饷银车，碰着保饷银格曹将许褚，力大无穷。甘宁呆脱，眼眼调碰着一个力气大格朋友。甘宁啊，倷阿晓得许褚，是曹操营头上气力顶顶大格大将。

许褚格气力要大到呐吭格程度呢？曾经，俚抓牢仔两只牛格尾巴，顶倒顶拖，一百多步路，当当当当——叫啥格牛会得退缩仔拨俚拉过去，格个力道勿得了。那么倷甘宁，明明打俚勿过，格么倷好勤打，呒打头。打下去呢，越打越危险，弄得勿巧，性命也要保勿牢。格么甘宁为啥道理勿走？勿舍得呀，实在格个饷银车，格价值高勿过。四百部车子，车子上装满格箱子，箱子里向侪是蜡蜡黄格金子了雪雪白格银子。非但是曹操八十三万大军，格点饷，侪在格里向。外加还有曹操，得着仔荆襄九郡，拿刘琮母子，格点啥格最最值铜钿格首饰，呒不嘟，侪捞过来。格里向是价值连城。甘宁心里有数格，吾如果拿格点车子夺下来，曹操大伤元气。曹操就呒不格个力量再马上打过来，至少在眼睛门前，俚呒不格个实力，好打过来。那么吾俚江东，得着仔格笔饷银之后，吾俚格国力，更加来得增强。因为甘宁受孙权格厚恩，一片忠心。所以哪怕危险，咬咬牙齿，俚还是要拼。

甘宁格出身，有一番坎坷格经历。俚从小是做强盗格，在长江里向，叫"劫江贼"。后首来投奔江夏太守黄祖，弃邪归正。勿晓得格黄祖呢，老迈昏庸，勿识人，看俚勿起。一径嫌避俚出身勿好，勿肯重用。后来，江东孙权，打到江夏郡来了。黄祖出去对敌格辰光，甘宁立大功，一箭射煞一个东吴大将，叫凌操。孙权吃败仗退下去。那么甘宁回到城里向来么，总抵讲，黄祖要拿俚记功了，升官哉咯。嘿嘿！叫啥格黄祖睬也勿睬俚，当俚呒介事。那么也有种人勿服气，搭黄祖去讲：太守啊，甘宁立了大功，杀退了东吴大将，伤了东吴大将凌操格性命，倷应该搭俚记功了升官咯。"哼！"黄祖对俚呐吭讲：倷阿晓得甘宁，历史上有污点。强盗出身，犯过罪格呀，有前科。倷阿懂？格个人呐吭好重用呢，勿能重用。那么好，甘宁在什梗种情形底下，郁郁不得志，头抬勿起来。俚觉着登在江夏郡，呒没前途。那么有朋友劝俚，去投奔孙权。俚说：勿来格呀，吾一箭射杀孙权手下大将，现在吾去投降，俚勒拿吾杀头了，搭凌操报仇的？说：勿会的，倷试试看。那么俚先去碰头吕蒙，吕蒙去见孙权。孙权热忱欢迎，欢迎倷甘兴霸来。甘宁一到之后，孙权搭俚一谈吐下来，觉着甘宁非但是个武将，而且极有眼光，极有见识，讲出来格闲话啦，孙权很听得进。马上拿俚破格提拔，升为将军。格么说起来，甘宁长江里做强盗，倷孙权勿晓得格啊？晓得啊！孙权格量位啦，搭黄祖勿一样。孙权晓得甘宁年纪轻，年纪轻，偶尔犯点错误，也是可以理解。失足青年。现在，浪子回头，俚愿意到该搭来投奔吾么，吾为啥道理勿热情接待呢。那么俫想吧，一比较下来，在黄祖搭，立了功劳，还当俚听介事。到孙权搭来，一见面，一次谈话下来，马上破格提拔，成为东吴一个大将。甘宁呐听覅感激孙权？俚为了孙权，哪怕拼命，哪怕有危险要牺牲，俚还是要顶一顶。

甘宁有个想法的，晓得吾一个人动手搭许褚打，吾是打俚勿过的。顶好么喏，来个把帮手，比方像刚巧格吕蒙什梗。刚巧捉曹操呢，人试多，摆仔个吕蒙在么，反而勿便当。现在呢，顶好吕蒙来，两个打一个啦，就有希望，好打败许褚。格么吕蒙其实唵看见许褚格队伍呢，看见的。格么吕蒙为啥道理勿跟过来，明明晓得甘宁在该搭点么，来帮仔甘宁一道打呢。因为吕蒙在赤壁搭许褚交过手，三个照面就逃下来。吕蒙晓得许褚狠得勿得了，听打头。所以吕蒙勿过来。那么甘宁呢，还在想，即使吕蒙勿来么，阿有啥来个把别个东吴大将。只要有东吴大将来，人多点，几个打一个么，还是有希望，拿格点饷银车夺下来。结果呐听呢，打了二十个回合。开头十个回合，甘宁还有点还手，打到第二个十个回合呢，勿灵。只有招架了，听不还手。甚至于越打到后来呢，招架俫勉强了。甘宁已经是汗流脊背，听得勿得了，气喘吁吁，勿好打了。甘宁心里有数目，帮手听不来，再打下去，命要保勿牢。孙权啊，吾对俫勿住，吾听不格个力量，好拿格个饷银车夺下来。吾只好走了。甘宁要跑了，预备圈转马来，带小兵放许褚过去了。俫刚巧要圈马，要准备走。许褚是也稳赢哉咯，胜利在望。齐巧在格个尴尬辰光么，只听见门前头，当——一声炮响，哗——出来一路人马。曹兵、东吴兵，大家对横里向一看么，横垛里出来军队勿多，三百个。但是身上号衣整齐，刀枪煞白锃亮，旗子鲜明。一员大将，头上白银盔，身上白银甲，骑一匹白马，手里向捧一条银枪。白缎子黑字旗，旗号上清清爽爽：常——山——赵！赵子龙格旗号。

许褚手下小兵，看见赵子龙格旗号，白袍小将来是，吓得魂灵心出窍。"许将军勿好哉，常山赵子龙来了，当阳道英雄又来啦！"唔笃格种喊是，赛过在触许褚格神经。因为许褚天勿怕、地勿怕，就见赵子龙怕。勿长远在当阳道，搭赵子龙打了一仗。赵子龙枪挑张绣，钻打许褚，血喷曹洪，吓退张辽。许褚格个一钻子，敲得了口喷鲜血，回转去养病。格抢病呢，刚巧好，好得还勿长远了。现在听见小兵在喊，当阳道格英雄又来哉。许褚对准格面一看，只看见，火把灯球照得锃亮，白袍小将手奉银枪么，心里向，别别别别……格个物事稀奇，曾经输过在赵子龙手里，看见赵子龙格旗号，看见赵子龙格条枪，叫啥马上条件反射，觉着背心上痛，奇出怪样格痛。

许褚魂灵心出窍，勿敢打。"众三军哪，赵子龙来了，快！走！"喤！圈转马来，哈——跑了。俫跑么，三千名小兵跟仔一道，哗——望风而蹿。四百部饷银车呢，俫掼下来。一部车子俫甊带，一只箱子俫甊捐脱。为啥道理勿带仔跑呢，拿勿动呀，分量重勿过哟，性命要紧，只能掼脱仔了，大家俫跑了。唔笃溃退下去，甘宁格个辰光心里向，快活是快活得少的，"哈哈！"一个人运道来起来是，是吰啥说头。吾额骨头亮，吾刚巧在搭许褚打。吾要败了，倘若吾圈转马来已经逃走哉啦，吾吰没闲话好讲。吔？俫败也败了，逃也逃哉，格点饷银车搭俫勿搭界了。现在呢，吾有份。为啥呢，尽管许褚逃走是，勿是拨了吾打败的，是因为赵子龙杀出来，炮声响，俚看见赵子龙吓了，所以俚逃。格么吾，好去搭赵子龙讲：吾在搭许褚打，刚巧要拿许褚杀败，俫赵子龙来哉。谢谢俫啊，吾本来就要赢哉，现在俫来么，赢得更加快点了。啊，许褚跑了，车子呢，吾带转去。吾勿忘记俫，吾马上去报告周都督，叫周都督写一封信拨了诸葛亮，搭俫记一桩功劳么，谢谢俫。孙刘联和，两国同盟，俫在声势上支援仔吾哉。格么格点车子，吾，吰不嘟，好独吞了，好带俚转去，对！

甘宁画杆戟鸟嘴环上架一架好，额骨头上，汗揩脱点，马匹过来，搭赵子龙碰头来打招呼。不过，对赵子龙只面孔一看么，心里，咯噔！格一来。为啥呢，叫啥只看见赵子龙，面孔壁板，神色严峻，冷得勿得了。而且俫看赵子龙格两只眼睛，勿是正面对甘宁看，赵子龙眼睛对横埭里看，斜视。啥格意思，骄傲。一面孔狠得不得了格样子了。甘宁心里向转念头，晓得上去搭俚碰头，看格种面色啦，勿大好弄。勿错哟，本事大呀。许褚看见俚，也要望风而逃么，可想而知。夠去管俚，上去搭俚客气点，礼多人不怪。

甘宁格只马，到赵子龙马马前，扣住，欠身一躬。"前边来者我道是谁，原来是常山赵大将军，甘宁久闻大名，如雷贯耳，今日得见，不胜荣幸。甲胄在身，不便下马施礼，马上打恭，望勿见责。这厢，有——呃礼——了！"毕恭毕敬。欠身施礼。叫啥格赵子龙枪，鸟嘴环上一架，对仔格甘宁，"甘宁！罢了！"甘宁格个一气，气得面孔发青，血俫介险乎喷出来。

啥体么？俫赵子龙式过分，盛气凌人。吾勿是俫格下属呀，俫也勿是吾格上级呀，吾格东家孙权，俫格主人刘备，孙刘联和，并肩作战，共破曹操。伲是同盟军、盟友，客客气气。吾搭俫施礼么，常言道，礼无不答。俫应该还礼么对的，阿有啥对仔吾把手一招，罢了。俫当吾啥物事？甘宁呀！东吴名将，特别是长江里格强盗出身，几化彪得了，好受着格场种侮辱嘎？火，嘎喇喇喇，提起来格辰光么，要想光火，梗梗一想，算了。许褚也要见赵子龙怕得了，吾还打勿过许褚。算了吧，硬搭一记么，强忍怒火呃，拿格感情压住。

"赵将军，甘宁奉了周都督将令，埋伏聚铁山，劫取饷银车，方才，与贼将许褚交战，正要把许褚杀败时节，你将军的人马杀出，许褚望风而走。你将军助了俺甘宁一臂之力，甘宁不胜感激。吾把车辆带往赤壁，见了都督交令，请都督写文书，报告军师，请卧龙军师为你将军，记上一桩大功。将军，意下如何？"赵子龙一听，啥物事啊？车子俹拿得去，写封信拨了军师，搭吾记功。嘎便当？吾要功劳？要唔笃一封感谢信，就算数？吾要四百部车子！吾要所有格车辆上格银子！俹想拿得去？谈吔剻谈。"甘宁你且听了，方才本将军看得明白，你与许褚交战，不是许褚对手，正要败阵下去，是大将军的人马杀出，许褚望风而——走！"

甘宁面孔俹红起来，鬼话当场戳穿。俚俹看好了。俹打勿过许褚，俹要逃走哉，吾出来了，许褚跑的。俹剻老仔只面孔，正要拿许褚杀败，俹当吾勿晓得格啊。阿要窘格啦，面孔上红一阵白一阵。赵子龙连下来讲，勿客气："本将军奉了军师将令，埋伏聚铁山，劫取饷银车，待大将军把车辆带往夏口，见军师交令，然后，军师写一封书信，与你家都督言讲，为你记上一桩功劳——便了。"

甘宁响勿落。嗬！什梗一看啊，黑眼乌珠看见仔白银子，人人俹想独吞的。吾要想吭不嘟带转去么，俚要想，一锅而群之——带回去。好了，大家让步点吧，两拗拗，来个折中办法。"赵将军，你奉军师将令劫取饷银车，既然如此，那么，甘宁奉都督将令也在这里劫取饷银。倒不如你与我，过去把车辆检点一下共有多少，一分为二，各取其一。大家回去交令，未识将军意——下如何？"呐吭？对半分，大家好转去交令，俹看呐吭？赵子龙想啥物事，对半分？嘎便当。对半分要两百部车子。两百部车子上几化箱子了，箱子里向要几化金子、银子了。格点铜钿一句闲话，谢谢吾了就拨俹拿得去，俹谈也剻谈。本来吭不俹格份了。"甘宁听了，你要一辆饷银车。"嗒！噗——银枪一荡，"枪上——领——呐取！"

啊！格个辰光格甘宁，眼睛门前发黑。为啥道理？俹听听看，赵子龙闲话俹在，车子俚俹要的。俹要车子，枪上来领。吾呐吭打得过俚？吾搭许褚打，尚且吃勿消。许褚看见仔俚俹吓得魂灵心出窍要逃走。吾搭俚打，推位两只棋子了。棋高一只么，扎手缚脚。棋差两只是，着也剻着了。吭没路格啦。格么呐吭？只好退哉嚰，保牢条命。但是甘宁吭不格只面孔退下去。为啥呢，吾是东吴第一流大将呀。吾在江东，啥人勿晓得吾格本事，特别是在长江里。吾现在辰光，看见俹赵子龙吓，勿敢打，回转去，拨人家，歇两日剻指牢仔格背梁脊骨了讲嘎：哈呀，甘宁登在江东像煞有介事，狠得不得了，碰着仔赵子龙吓得像小鬼什梗，闲话也吭不，一逼一逼，夹紧仔尾巴，灰溜溜格逃走脱。俹倒说说看，吾呐吭做人呢，死可以死的，坍台勿能坍台的，格名堂叫"士可杀而不可——辱"。

甘宁格心，横了；眼睛，红了。"既然赵将军，要叫甘宁交战，那么甘宁只得在将军的枪上领教，将军你请放马！"赵子龙一吓呀，哟，想勿到的，甘宁发夹哉。啊，画杆戟一执了，叫吾放马，真格要搭吾来打？"甘宁，你可知晓，大将军在当阳道百万军中，枪挑有名上将五十四员的厉害。难道你，要在将军的枪上领死——不成么。"吾劝俹阿要剻打噢，吾狠格噢！吾曾经枪挑有名上将要五十四名笃噢，倷阿要拎清点，勦打吧。

甘宁想，吾晓得倷在当阳道，枪挑有名上将五十四员，今朝么，吾情愿做五十五员。为啥道理么？死在倷枪上，勿坍台的，是死在海洋里，勿是是死在阴沟里。今朝要是退下去走么，吰没格只面孔做人。"甘宁久闻大名，誓要在将军的枪上领教，将军请！""好！你放——马！"

两家头各人圈转马头，挑转葵花蹬，哈——两骑马在扫趟子，打照面格辰光么，两边格军兵侪在喊杀，"杀啊！"赵子龙手下小兵。甘宁手下小兵呐吭呢，嘴里向么在喊杀，手里向么在敲鼓，敲战鼓。但是格手架子里吰不力道。为啥道理吰不力道么？甘宁稳死格呀。格点小兵侪是甘宁格心腹。一想，甘宁打勿过许褚，许褚打勿过赵云，甘宁呐吭好搭赵子龙打呢。"杀噢……"格种声音，侪哭出乎拉，侪像送丧，送出棺材什个样子。一个照面么，甘将军格条命总归保勿牢。弄僵脱哉，吰不办法了，只好拼一记。哗——两骑马，哈啦啦啦——打照面格辰光么，甘宁呐吭？浑身气力，侪用到两条臂膊上，咬咬紧牙齿，噗——画杆戟在透。两骑马近哉啊。

嘿嘿！赵子龙穷凶极恶，先动手。按照道理讲起来，倷赵子龙格身价么，应该让甘宁先动手，现在勿对了，赵子龙先发枪。赵子龙一枪望准甘宁胸口头过来，"甘——宁看——枪！"噗——兵！一枪过来，甘宁，嗖！葵花蹬一挑，马头一圈，身体一侧，咬紧牙关，用尽全身气力，望准赵子龙格条枪杆上盖上去，画杆戟格力道是大极了，"且慢——吔！"擦冷冷，啪铁拓！赵子龙格枪两段么，甘宁推位一眼一交跟斗在马上跌下来。啥道理么？勿防备赵子龙什梗蹩脚。画杆戟盖上去，吭！枪断脱么，甘宁阿要往门前冲？失脱仔平衡哉呀。人推位一眼从马上冲下来呀。用足全身力道，嗖——身体仰转来，晃几晃，恢复平衡么，等到倷鞍鞒上坐稳啦，赵子龙勿晓得逃到啥了去哉。赵子龙圈转马来就逃。三百名军兵，哗——逃得无影无踪。

甘宁拿画杆戟鸟嘴环上一架，呆脱哉呀。呲——甘宁心里向转念头，今朝是做梦呢，还是真格呀？啊。真格么，勿可能格咯。赵子龙格名气什梗大，枪挑有名上将五十四员，呐吭会得一个照面，枪杆马上就断脱呢。勦做梦啊？拿接头子伸到嘴里向咬一口，啊哟，痛得啦。俚笃讲做梦啦，咬接头子勿痛的。现在咬上去痛么，勿是做梦，真家伙。哈哈！甘宁心里向转念头，什梗一看啦，一个人，胆要大，格个名堂叫啥？胆大有将军做。倘然吾，保身价，贪身怕死，勿敢打哉，一逼一逼夹仔尾巴，带仔三千名小兵，灰溜溜退下去。格点车子，一部侪勿是吾的，侪拨了赵子龙得得去。现在拼了命，豁出去了，打了，赵子龙逃走。四百部车子侪归吾，格个功劳是大得吰没办法算了哉。

"众三军！""哗……""与吾把车辆送往赤壁！""哗……"格点小兵也弄勿清楚了？呐吭搭许褚打，什梗烦难，打得艰苦得不得了，吃勿住。搭赵子龙打么，什梗顺利，一个照面，赵子龙枪就断脱了，车子就拨了俚得下来。格个账随便呐吭侪算勿拢来。甘宁见许褚怕的，许褚见赵子龙怕的，赵子龙见甘宁怕？像连环扣什梗，弄勿清爽。勿去管俚，车子总归是俚的哉，格点车子得着，甘宁立大功么，俚三千个兵，人人有功劳。非但好记功了，外加好发赏。格赏赐拨下来是，不得了了，四百部车子上，曼得提点成么，就嗨外了。车子分量重呀，要一个人拉，一个人推。那么头要调转来哉呀，戈冷戈冷……

甘宁只马，忑磕砣咳……在门前头领路。那甘宁骄傲哉，两只眼睛搬场，眼睛勿在眉毛底下，眼睛搬到仔天灵盖上。为啥俚想？吧，赵子龙好枪挑有名上将五十四员，吾甘宁啦，顶顶起码好枪挑一百零八员。翻一番，格是顶顶起码。什梗一看，一个人是要勿买账，是要泼。俚望准赤壁格方向走，格么赵子龙呐吭呢？赵子龙要紧逃到江边，去报告——赵子龙。

俚格个书呐吭在说的？赵子龙么去报告赵子龙了。啊呀，该个赵子龙勿是真家伙，假佬戏啦。啥人呢，俚格正式格名字啦，俚姓弓长张，单名一个著，叫张著。俚是赵子龙手下一个偏将。格只面孔呢，生得搭赵子龙有一眼眼像的。那么俚么也是白盔、白甲，白马、银枪。因为跟赵子龙仔么，格种打扮僭胜点笃。格么俚呐吭会得出来格呢，赵子龙派俚出来的。诸葛亮派赵子龙，带领三千兵埋伏在江边。守在江边，目的呢，就是等许褚，解饷银车到此地来么，冲出来劫饷银。但是等到仔四五更天，哪怎还勿来，还吭不消息。派探子出去打探，很困难。因为赤壁鏖兵，江东搭曹操在打，那么吾派出去格探子呢，江东兵一看勿是俚自家人，嚓！要杀。曹兵看见勿是俚自家人，嚓！也要杀。因为三方面在作战，派探子出去很困难。那么就交代张著，俚搭吾带三百兵，到外面去巡逻。实际上呢，俚搭吾去探探消息看，许褚饷银车阿来了？假使来了，俚马上来报告，格么让吾过去动手。俚打勿搭俚笃打啊。格么张著说：勿来格嗄，赵将军啊，吾出去，吾么勿搭俚笃打，俚笃要搭吾打格咯。吾呐吭打得过俚笃？碰着曹将，哪怕碰到江东将，俚笃要来寻着吾起来，吾条命要保勿牢。赵子龙说：什梗好了，俚拿吾旗号带得去。假使俚笃冲过来搭俚打，俚拿吾旗号亮出来好哉。常山赵字旗号一亮，吭没人会得来搭俚打。

那么张著带仔赵子龙旗号，领仔三百个兵过来，齐巧看见许褚在搭甘宁打。俚看得蛮清爽呀，甘宁要败了，许褚要赢。那么俚想，赵子龙曾经搭俚讲过，在当阳道打格辰光，单骑救主啦。一个高潮在啥地方呢，就是救仔刘阿斗出来，到中军帐，碰头北地枪王张绣。枪挑张绣，钻打许褚，血喷曹洪，吓退张辽。该搭点么是一个高潮。那么俚听得蛮有味道啦。现在看见格面是个许褚，想赵子龙曾经拿俚打过一钻子咯，勿知是真格了假的。让吾来试试看。关照放炮，旗号，嗥！亮出来。

那么俚旗号一亮么，格许褚瞎天盲地，圈转马来就逃。为啥道理许褚要逃得什梗快么，俚吓偏格心了。看见白袍小将，魂灵心已经勿在身上。那么不得了哉哦。张著转念头什梗一看，赵子龙格面旗号，格个灵是灵得了吭啥讲头。实头灵光的。哈哈！心里向转念头好极了，吾马上出去。许褚逃走哉么，格点车子，名份帐侪归吾哉咯。吾全部车子得下来，回转去搭赵子龙讲：赵将军，用勿着倷自家去了，事体已经侪做好了。许褚么逃走，车子吾带转来了。下趟大将军，倷用勿着自家出去得了，吾代倷去好了，倷曼得借面旗号拨了吾，侪舒齐了。俚倒想出外快哉呀，狐假虎威啦。勿晓得倷格闲话说得忒绝了，甘宁勿买账。碰僵，打。打么吃苦头。倷格狐狸尾巴全部侪显出来。现在张著逃过来么，心里向明白哦，闯仔穷祸哉哦。格个穷祸闯得勿大勿小，坍赵子龙格台勠去讲俚，拿赵子龙块金字招牌，乩仔茅坑里向去。外加四百部车子勿能归刘皇叔了，还得了？所以到该搭点帐篷跟首，马背上跳下来，跑到里向，看见赵子龙，卜落笃，跪下来。

"将军在上，张著请罪。"赵云勿懂，派倷出去探听消息么，为啥道理回转来要磕头请罪呢。"张著，怎么样啊？""回禀将军，如是因般，这等这样，还望大将军恕罪。"张著拿方才经过情形老老实实，勿敢说鬼话，统统侪讲拨赵子龙听。倷说完，赵子龙格个一火，怒从心上起，恶向胆边生，"张著匹夫，你好——啊！"倷格个烂污拆得勿大勿小。坍吾赵子龙台勠去讲俚。倷格点车子，拨了甘宁夺得去，倷呐吭弄法呢？刘皇叔将来打荆州、取西蜀，三分天下，军费在啥场化？就照该记牌头。倷勿出去几化好，倷勿冲出去，甘宁拨许褚杀败，逃走了。许褚保车子过来，倷回转来报告吾，吾冲出去，许褚逃走，车子掼下来。吾拿车子带仔动身，回转夏口么，一眼呒不事体，几化干净相。蛮简单格事体，拨倷弄得什梗复杂。那么好哉，那车子完全拨了甘宁拿仔去了哉。吾要在甘宁手里向拿点车子再得转来，人家肯嘎？勿肯格呀。勿肯么说起来，赵子龙倷好搭甘宁打格呀？勿能打格呀！诸葛亮一径关照格啦，刘、孙要联和，要共拒曹操。孙权格方面呢，只能够团结而勿能够打。赵子龙晓得诸葛亮格个命令，诸葛亮在隆中决策格辰光就讲过，出来之后，也经常讲东和孙权、北拒曹操格个道理，赵子龙懂的。呒好打，勿好打么倷想酿，打么勿能打的，车子么要拿下来的，人家么勿肯的，倷格个事体呐吭办？趁赵子龙心上，恨勿得拔出宝剑，马上拿张著，辣！一剑结果性命。但是倷杀脱俚，有啥用场呢。杀脱俚又勿解决问题的，只好追上去仔再讲。

"张著匹夫，你干的好事。""呃呵，该死，该死！"现在晓得错了。"大将军追得回车辆还则罢了，追不回车辆，你这狗——头，当心——呃了！""嗯——是！"赵子龙关照外头，"提枪，带——马！"

外头枪、马预备好哉。赵子龙出来顶盔贯甲，摆鞍鞯、掭踏登，豁上马背，银枪传上来，嗒！银枪一奉，带几化军兵？两千五百的。张著呢，带五百个兵，留在该搭点，看守此地江边营头。赵子龙关照，刚巧格三百个小兵，门前头领路。赶快朝刚格的方向追过去。"哗啊啊啊……"俺追牢呢，追牢的。为啥道理能够追牢呢，因为车子重，跑勿快。轧冷轧冷——慢哟。所以赵子龙格军队跑得快么，追近了。

"呔……东吴兵不要走呃，饷银车留下来啊！"哗——唔笃在喊格辰光，江东小兵听见了。回转头来一看，出色，人马倒又来哉。啥人呢，赵子龙。哈哈！老面孔、老面孔，刚巧吃败仗逃仔下去，现在换仔条枪了又过来哉。到前头来报告，"禀，甘将军，赵子龙又来了。请将军定夺"。甘宁关照，队伍停。

轧冷！队伍停下来。三千名军兵回过来，旗门设立，甘宁手里向奉仔条画杆戟过来，对赵子龙在看。勿要面孔，败军之将，还有格只面孔到该搭来搭吾碰头，看侪勿对俚看。甘宁眼睛对天上看，看勿起俚。赵子龙呐吭呢，队伍停好，赵云马匹过来。赵云看到甘宁格只面孔格神色是，难行啦。几化骄傲了。勿能怪别人，要怪张著勿好啦，刚巧得罪仔俚了。所以人家格面色，是勿会好看的。赵子龙条枪，鸟嘴环上一架。赵云马匹上来格辰光，交关客气。因为赵子龙虽然么本事大，第一流大将，但是呢，赵子龙极讲究礼节。从来勿行啥的，靠仔吾名气大了，武功好了，盛气凌人了，呒没的。赵子龙品德好啦。

"甘将军！赵云见将军，这厢，有——呃礼！"欠身一礼。甘宁心里向转念头，赵子龙啊，刚巧吾也搭施礼。俫对仔吾呐吭？"罢了。"现在，喔，吃仔败仗，逃下去了。回过来再过来搭吾碰头，俫倒也懂客气哉，也搭吾唱喏，吾现在勿拦架子，也呒不日脚。画杆戟鸟嘴环上一架，把手一招："赵云，罢——了！"赵子龙气啊。赵子龙心里向转念头，吾搭刘皇叔、诸葛亮见礼，俚笃要对吾客气点。勿会对仔吾"罢了"。啥格俫甘宁，什梗骄傲，什梗呒不礼貌。不过，赵子龙硬劲拿格火搭下去。勠怪别人，怪来怪去侪是张著勿好。那么赵子龙又勿能搭俚讲的，甘将军啊，刚巧来格么是假赵子龙，现在么吾真赵子龙来哉。勿相信么，俫看工作证喏。格老法勿行工作证格啦哟，格要命。

"甘将军，赵云奉军师将令，率领人马，埋伏聚铁山，劫取饷银，不想将军也在这里，劫取饷银车。倘然将军把车辆带回江东，赵云怎能回去，见军师交令？可能请将军把车辆留下，检点数目，各取其半，回去交令。未识将军，意——下——如何？"嘿嘿！甘宁想，刚巧吾也什梗要求俫嗄。阿好车子检点一下，大家一人一半，俫看呐吭？俫刚巧答应吾拿一半是，吾见俫格情啊，吾一辈子也勿会忘记俫赵子龙对吾恩德。俫刚巧对仔吾哪恁？"要一部车子，枪头子上来领"，吾格点车子，枪头子上领得来的。性命去搏得来的。喔，俫现在倒就什梗想拿得去，俫谈哒勠谈。

"要一辆饷银车，画杆戟尖上，领——呐取！"赵子龙本来勿想打。现在呢，实在呒不退步，叫忍无可忍。"喔！甘将军，定要叫赵云交战，那么赵云只得放——肆——了，请将军，放——马！"甘宁想勠说放马，放牛也不在话下，俫格种蹩脚货。吾，吃，哼，勿用气力好打败俫，

"放马！"

两家头各人圈转马头，哈——马打照面格辰光么，两面格小兵，"杀噢"——呱呱！咚！卜咙！噗——甘宁手下小兵想，伲甘将军稳赢的，笃定。赵子龙手下点小兵呐吭呢，"杀啊……"手里向拿好仔家什，准备冲锋。

特别是刚巧个三百个小兵。三百个头转念头，伲自从跟着赵子龙期间到现在，战场上从来勦行向后转了逃走过。今朝触霉头，跟着个张著，吃败仗逃走了什梗。现在，现在大将军出来是，稳赢。只看见赵云格条枪在透。赵子龙实在心里向火，拿格条枪，噗——浑身格功夫侪运到两条臂膊上。倷如果拿赵子龙格袖子管撩起来看看，臂膊上格种肌肉是核桃、栗子、桂圆、白果，哈呀，好开南货店了。格么甘宁呐吭呢，功夫侪勿用。啥了勿用功夫？用啥功夫呢。刚巧吾气力用得忒大，俚，咵！枪断脱，吾推位一跤跟斗，马背上跌下来。倘若吾门牙跌脱是，死仔真个冤也没伸处咯啦。现在，现在搭赵子龙打么，拆穿点讲，三分本事拿俚打败，七分本事俚家什脱手，十分本事么俚枪断脱哟。所以，甘宁连得气力侪勦用，功也勦运。那么好了，两骑马，哈——马匹渐渐叫相近哉么，天亮哉。

啊，天现在刚巧亮。嗳。算算老早就五更敲过着嚯。今朝夜长，为啥么，今朝是冬至。冬至是一年到头当中顶顶夜长格一夜天。所以，甘宁搭许褚打格辰光已经五更。碰头张著已经五更敲过。现在赵子龙来么，天刚巧亮。

甘宁对赵子龙只面孔一看，啊呀，勿对哉嚜。刚巧赵子龙好像要瘦点。呐吭现在格面孔丰满仔点了。一歇歇功夫呒不壮得什梗快格咯。再看勿对勿对，枪两样。刚巧格枪杆细，现在格枪杆粗。刚巧格枪杆透了呒不枪风的，现在倷看：赵子龙格条枪，喤！往后头收转去格辰光，俚胸口头红格纺绸扎格彩球，有两根威风带，呵——嘚尔，两根威风带跟着枪杆往后头过去。俚格枪，啪！吐出来格辰光，威风带，呵——嘚尔，跟着转来，有枪风。再一看，骑格马也两样。刚巧白马，现在虽然是白马么，马头顶上有一摊煊煊红。格只马叫啥？叫鹤顶龙驹宝马。叫枪也勿对，马也勿对，人也勿对。换脱着格样子了么，甘宁晓得勿对，豪燥运功夫吧，来勿及哉。倷现在做准备，呐吭来得及。

赵子龙枪来。赵子龙本来勿会先动手。实在心里向气勿过。拨了甘宁赛过侮辱得了，勿来赛了。

赵云条枪望准甘宁兜胸一枪，"甘宁看枪！"噗——乓！一枪过来。甘宁用画杆戟盖上去，"且慢——呃！"擦冷！倷盖上去，赵子龙运足功劲往上头一挑，"呀——嗨！"擦冷！甘宁格柄画杆戟，覅想捏得牢，啡——画杆戟脱手。赵子龙格条枪，望准甘宁眉心里向一枪，"看！枪！"噗——乓！一枪过来，甘宁一吓，"啊呀！""嗨！"要紧格头往门前头一低，倷头往下面低下去么,一枪过来了。

赵子龙要俚死啦,蛮便当咯,枪头子朝下好了。嚓!搠进脑壳么,当然甘宁吭不命活咯。赵子龙非但勿往下,外加格枪头子翘起一滴滴。翘起一滴滴呢,就勿是搠在俚格脑壳上,搠在俚格额骨头格皮肤上,去脱一层浮皮啦。里向一眼勿伤的。格么赵子龙为啥道理勿拿俚俦一枪挑杀呢,赵子龙有道理。赵子龙晓得孙刘联和、两国同盟,吾今朝假使拿俚,嚓!一枪搠杀,俚笃小兵回转去报告周瑜,周瑜板要跳起来的。哦,车子俦拨唔笃夺得去,还勍去讲俚,还要拿甘将军一枪挑杀。落勿落了,光火了,人马打过来,孙刘开战,要影响刘备格前途。该个辰光勿是孙刘开战格辰光,勿能打的。吾伲格目的是要慢慢叫休养生息了,羽毛丰满,得荆州,取西蜀,要逐步逐步扩展自家格地盘了。现在去搭江东破裂,形成功孙刘开战呢,与大局不利。所以赵子龙呢,极有分寸,用现在闲话讲起来,枪头子上掌握政策咯。俚勿过头的。

俚枪头子朝上一点么,望准甘宁额骨头上,嚓!一枪着,搭——一层浮皮去脱。紫金盔帽,天灵盖上两绺头发,搭——剃脱,流海带,叭嗒!断。盔帽,啡——挑起来。穿冠断发么,甘宁圈转马来就走呀,哈呀呀呀……俦一逃么,甘宁手下点小兵莫名其妙哟。刚巧么赢得出乎意料,现在么输得了希勿弄懂。哈咦,今朝大起大落,呐吭在缠的?哗——人马逃走格辰光么,四百部车子,乱得干干净净,为啥道理勿拿?勿能拿。分量重勿过。拉勿动呀,只好掼脱仔了跑。唔笃去。

赵子龙呐吭呢,赵子龙长枪一荡,回转头来关照部下军兵:"众三军。""有。""把车辆送——呃回去!"哗——小兵过来拿点车子,轧冷——轧冷!带到夏口。等到到夏口,见诸葛亮交令,记大功。赵子龙再带三千兵,到彝陵道埋伏。

甘宁呐吭?甘宁退下来马扣住,小兵到齐。甘宁飞脱柄家什呢,拨了小兵拾着,带转来哉。甘宁起格只手,搭到剑柄上,拔出宝剑。拿战袍上,嗑——大襟上割一块下来,用点金疮药,额骨头上敷一敷好。割下来块战袍,头上包扎一包扎么,还好。受一眼轻伤。那么甘宁心里向明白了,刚巧碰着格赵子龙,假的,吾倒用足仔全身本事。连下来来格正式格赵子龙,俚搭吾唱喏么,吾勿识相,对仔俚罢了了,要一半车子,到画杆戟上来领么。好,勿识相,吃辣火酱。好了,现在吃着一枪。格么老实讲,赵子龙要吾死,完全可以。格俚为啥道理勿让吾死呢,喏,还是孙刘联和。赵子龙,枪上留情,所以甘宁,蛮感激赵子龙。车子,车子是也俦掼光了。所以下一趟甘宁,如果说再碰着赵子龙么,俚勿敢打。闻魂丧胆要紧逃,实在赵子龙厉害啦。格么甘宁去,吾也勿交代。吾再说曹操。

曹操俚跳过火林呢,烘!火舌头一撩,拿俚格阿胡子,铺满胸膛格阿胡子,烘——啡——退脱一段,烧脱一半。还好了,火林穿过去哉,里向倒吭不啥名堂。当!跳过就勿要紧了。曹操格只马，咳咳矻咳……过来。曹操心里向转念头，还好。背后头东吴将吭不追过来。

曹操对旁边头一看么，听见有声音，赤壁方向格人马，哗——过来了。原来该搭点到仔乌林了。曹操再过去一看么，原来是张辽、徐晃、张郃，统统俦来了。就赤壁败下来格批大将，到该搭，见过丞相。大家聚集在一道，等到天亮了，夏侯惇也来哉。再隔仔一歇，许褚也来哉。许褚来报告曹操：什个长，什个短。碰头甘宁打，正要拿甘宁杀败，赵子龙来，那么吾逃走，车子俦失脱，请丞相恕罪。

曹操一听，心里向交关快活。好，格点饷银车虽然全部损失，心里向是蛮肉麻，勿大舍得。但是呢，有好处。啥好处呢，赵子龙要搭甘宁打，大家俦要抢饷银。打起来呢，肯定甘宁死。赵子龙拿甘宁，叭！一枪挑杀。那么江东周瑜呢，要报仇。周瑜要报仇，带领人马搭刘备打，俚笃二虎相争么，一死一伤。吾呢登在旁边头看好看。看俚笃，一个死脱了，一个受伤了，吾再去打受伤格人呢，吾可以报仇了。格个四百部饷银车呢，虽然失脱了，无形当中是用了一条计，叫二虎夺食之计。勿晓得曹操俙豁边，赵子龙厉害啦。赵子龙实在聪明，勚拿甘宁挑杀的，勚造成孙刘破裂了，发生打仗格事体。

格么曹操现在往啥场化去呢，曹操要赶奔合肥。天亮了，现在是廿一格早上。曹操带领大队人马，向合肥方向走么。勿晓得俙退勿到合肥。为啥呢，东吴大将太史慈，带领三千兵，守在黄州桥。黄州有黄州桥。俚凭桥而守，乱箭齐发么，曹操冲勿过去。俙冲勿过，箭射急急。呐吭格箭射勿完格呢？曹操再一看呢，格点箭啦，就是诸葛亮草船借箭，借得去格箭。俦是曹操自家格箭。曹操格怨是怨得了，拿仔吾格箭，来射死吾格兵，气啊。但是，后面有江东军队接应人马到了。因为孙权在打合肥，孙权派陆逊，带五千兵到该搭点来接应太史慈么，陆逊善于用兵，虚张声势，曹操一吓。看上去苗头，合肥到勿了了，只好退荆州哉，那么曹操人马退下来。

太史慈呢，跟仔陆逊一道去打合肥。俚勿回赤壁交令了。结果呢，太史慈就战死合肥城，格么是后段书里格事体。

曹操呐吭呢，曹操从黄州道上，一埭路退下来格辰光，退到汉阳。该个黄州道格条路啦，邪气长。廿一跑一日天，到黄州桥，天夜了。冲黄州桥冲勿过，退下来了，一夜天回过来。回到天亮么，到汉阳道。到汉阳道么，已经是廿二格早上哉。那么众三军大家吭不物事吃。还是二十夜头吃过了，廿一一日天、一夜天，俦勚吃过物事。大家在肚皮哇哇叫，饿格辰光，聚铁山粮营么，老早俦失脱哉。吭没粮草哪恁办法呢？有种人身边带点干粮，但是一吃就光了。巧哉哟，碰着一路解粮草格军队到。曹操派人到后方去催粮格一支人马，有三千兵、两个大将，一个叫马延，一个叫张颀。曹操碰着俚笃么，汉阳道立营，埋锅造饭，要想吃一顿再走。勿晓得俙停队伍在该搭埋锅造饭么，周瑜得信。周瑜在赤壁得信，曹操在汉阳道立营么，周瑜就下令，派众位将军，带五万军兵，哈啷当，冲到汉阳道么，借了东风格势头啦，啪啪啪啪——火箭一放，汉阳道起火。曹操守勿住，马延、张颌阵亡。曹操人马，哗——狼狈不堪了，溃退下去。曹操人马在溃退下去格辰光，周瑜呐吭呢，周瑜收兵了。因为曹操人马已经逃进彝陵道，只要曹操进彝陵道哉么，曹操就吭没办法再回过来，反攻赤壁。

曹操人马等到到彝陵道已经下半日了。格个辰光曹操格败兵还剩几化呢，大概侪在有二十万左右。"哗——"格个吭不队伍了，已经溃散，乱哉啦。文武官员跟仔相爷一道，狼狈不堪，朝彝陵道过来么。彝陵道有两条路，一条叫南彝陵，一条叫北彝陵。南彝陵呢，看样子像勿能走。因为啥？有狼烟、有旗号，好像有伏兵。走北彝陵。跑到北彝陵小路上，天夜下来哉。曹操心里向转念头，开心啊，该搭点吭不人马埋伏么，看起来是周瑜无谋，孔明少智。曹操洋洋得意，哈哈大笑。手下人问俚为啥道理好笑么，该搭点吭不人马埋伏啦。倘若有人马埋伏，吾完结了，吾彝陵道就过勿过。嗳，大家一看倒对格呀，什梗一看，丞相格用兵，比周瑜、诸葛亮还要来得好。

曹操正在得意辰光，"嘿嘿！"好笑，门前头，当——一声炮响。哗——山上火把灯球照得锃亮，只看见旗号上：常——山——赵！赵子龙格旗号。

许褚看见赵子龙格旗号是，魂灵心，啡——出窍，"丞相啊！赵子龙来了，许褚先走！"哈——许褚先跑么，曹操跟在后头，哈——跑。赵子龙来哉。唔笃拼命往门前头走么，赵子龙勿来拦牢唔笃。因为诸葛亮关照勦拦，勿能拦的。俚如果去拦俚呢，俚笃要拼命打，到底俚笃人还是多了。所以赵子龙从后头过来，拿曹操后面格部队一闸两段么，曹操门前一路军兵逃过去。后头呢，赵子龙长枪一挡，收降兵十余万么，回转去。

曹操呐吭呢，曹操再逃过来么，天黑了。墨腾赤黑。风转了，本来是东南风，现在吹格是单东风。哈啦！一转，变东北风，东北风一来么落雨哉。哗——大雨倾盆。曹操狼狈不堪，再往门前头逃过去，勿晓得门前头是华容道哉呀。那么曹操要逼走华容道，下回继续。

第九十九回

华容道

曹操，兵败赤壁，从彝陵道下来呢，天夜了。东南风变仔东北风哉，大雨倾盆。落仔一夜天格雨，等到到天亮，风又转了，雨停了，变成功啥？西北风了。因为冷天，勿吹西北风呢，勿会天好。格个一夜天雨落下来，身上笼统裹阴。再拨了西北风一吹是，冷得了是浑身发抖，风赛过吹到骨头里什梗。曹操狼狈啊。俚带领手下，文武官员，败兵残将，到门前山路么，格个地方叫葫芦角。

曹操想暂时休息一歇再跑吧，肚子饿仔咯，今朝已经到仔十一月廿三格早上。已经赛过两日、三夜，呒没吃过物事。那么关照到近段村上去寻寻看，有老百姓么，问俚笃借点粮食，到该搭点来，吃仔一顿了，歇两日再还俚笃。其实老百姓老早逃光了。曹操斩马为粮。拿村上格点镬子拿出来，老百姓格米拿出来烧。正在烧饭格辰光么，曹操得意：哈，葫芦角格形势很危险。假使说吾用兵么喏，吾一定要在该搭点，埋伏一路军队。而诸葛亮考虑勿周到。彝陵道有人埋伏的，葫芦呒不军队埋伏么，诸葛亮真是，用兵虽好，在该搭点是个败笔，是个漏洞。

曹操蛮得意，"嘿嘿嘿嘿嘿嘿"，俫在笑格辰光么，一声炮响，张飞格人马杀出来。曹操急啊，要紧带领文武官员豁上马背，逃出葫芦角。后头格点小兵，跟上来格人，越来越少。不过剩几千人了。葫芦角虽然逃出来，现在往啥场化去呢？曹操望准，南郡格方向过来辰光，勿晓得门前分路哉。一条大路、一条小路。格么走哪条路呢？曹操关照喊向导官来问问看，向导官已经死脱了，呒不向导官了。

曹操对旁边头一望么，金枪将文聘，俚是襄阳人，荆襄格地形，俚熟悉的，问俚吧。说：文聘，你倒讲讲，此地是啥地方？文聘到旁边头土山上一看地形么，回过来报告。"回禀丞相，这里乃是——华容道。""喔"，华容道。华容道离开南郡有几化路呢？勿远了，华容道离开南郡么，有两条路走的。一条路是远的，一条路是近的。远格条路呢？就是大路，华容大道，要远多少呢？要远五十里，就是走一只弓背。华容小道呢？路难走点，羊肠小道，崎岖难行。但是格个路呢，是笔直的，弓弦，可以近五十里。

曹操心里向转念头，吾现在呢，勿考虑路近路远。吾要考虑格是，哪条路太平，哪条路危险？吾要拣太平格路走。曹操带领众谋士，上旁边头土山，朝门前看。只看见大路上，静悄悄，一无动静，呒啥花样经。看到小路上，有花样。啥花样呢？首先看见格是旗号。山路里面，啪啪啪啪——树头顶上搭山上，有旗幡招展。有旗？就是有人马格标志。而且山路里向还有烟，烟雾腾腾，在透出来，一缕一缕。格个烟叫啥？叫狼烟。狼烟滚滚么，就说明小路里向有埋伏。曹操俚下山，文武官员一道商量格辰光么，大家问丞相，走哪条路呢？

"呵呵，老夫看来，是要走小道啊。"咦？旁边两个文官呆脱了，小路上明明有旗幡、有狼烟，显然，是有人马埋伏。大路上蛮太平，俚为啥道理勿走呢？"请问丞相，因何要走小道？""嘿嘿嘿嘿嘿嘿嘿"，曹操一笑，笑得交关狡猾。俚讲：唔笃看，大路上平静无事，小路上好像有埋伏。其实呢？大路上，俚看看俚么，好像是蛮太平，实际上有军队埋伏。小路上呢？表面上看看，好像是很危险，有军队守了，事实上呢，小路上非常安全。格丞相，格句闲话呐吭解释法子呢？曹操说：唔笃阿懂兵法？兵书上有的，叫虚则实之，实则虚之。俚看看大路上是虚的，其实呢，有人马的。看看小路上是实的，其实是虚的。

曹操什梗一讲么，众将官俚在点头，什梗一看丞相到底老资格，熟读兵法，深通韬略。对于兵书上格点原则啦，俚俚记牢了，应该走小路。

暧，叫啥格两个文官，俚对吾看，吾对俚望，俚在摇头。特别是杨修，杨德祖。杨修人聪明，俚猜得透曹操格心思。俚想，俚曹丞相讲格闲话，拿兵书格原理上来讲，俚完全是正确的。不过，俚现在往小路上走呢，俚是错的。为啥？因为诸葛亮格脚色，实在厉害勿过。俚曹操转啥个念头，俚完全摸到哉。俚会按照兵书上，反其道而行之。大路上看看好像静悄悄，一眼吭啥啥么，定坚吭啥啥。小路上有狼烟，有旗号，看看有埋伏么，俚真格有埋伏。因为俚拨上当，俚对手是曹操啦，懂兵法的。越是懂兵法么，俚越是要上当。诸葛亮来一个虚则虚之了，实则实之。

杨修转念头，勿能搭相爷一道跑，跟俚一道走要吃苦头。"回禀丞相，下官等看来，大道平安无事，小道去不得。下官等愿意向大道行走，还望丞相三思。"

曹操转念头，杨修啊，俚人是聪明的，学问是也好的，但是俚格看法呢，完全错脱了。曹操再问其他文官：唔笃哪恁看？唔笃还是跟吾走呢，还是跟杨修跑。众谋士说：伲俚搭杨修格想法，一样的，伲愿意望准大路上去。

曹操心里向转念头，好格呀。蛮清爽，唔笃对吾曹操呢，勿信任了，认为吾格判断错的。唔笃要自作主张了，往大路上去。蛮好，吾勿来勉强，勿来下命令，板要唔笃跟仔吾一道往小路上跑。吾让唔笃去走大路，让唔笃去碰着埋伏。等到唔笃伏兵杀出来，吃着苦头哉，逃转来，回到小路上，追上来么，对仔吾哭出乎拉只面孔：嗯，相爷，不听老人言么，吃亏在眼前了。俚相爷估计么完全正确了。伲么错脱哉了，碰着埋伏，呵呵，回转来，请俚相爷勿要笑伲。肯定什梗。

曹操所以蛮大方。曹操关照班文官哦，唔笃带一路军队往大路上走，吾带众将官，小路上去，搭唔笃南郡碰头。"好。"不过曹操还关照："倘然你们，遇见伏兵，只管向小道而来。"鹜落勿落哉，勠觉着再回到小路上来，呒不只面孔什梗。勿要紧格哦，唔笃大路上跑勿通，唔笃回到小路上好哉，吾在小路上等唔笃。"是是是是是。"班文官嘴里答应，心里向想，跟傺走啦，吃苦头。众谋士，贾诩、程昱、杨修、满宠、刘晔，统统侪望准大路上去。

曹操呢，带领张辽、许褚、夏侯惇、夏侯渊、夏侯德、夏侯尚、夏侯青、毛玠、于禁、李典、乐进、张郃，嚯咯咯咯咯咯，众将官侪望准小路上过去。

格么吾先交代文官。文官望准大路上来，哈——来得格太平。直到南郡么，碰着南郡守将曹仁，南郡太守陈蛟。拿俚笃接到衙门坐定，问俚笃："啥地方来？""赤壁来。"唔笃呐吭勿搭丞相登在一道？华容道分路了。为啥道理分路？相爷要走小路了，俇走大路。相爷为啥道理要走小路呢？因为小路上有狼烟、旗号，相爷认为小路安全了，所以俚望准小路上跑。曹仁一听么，"啊——呀！"

曹仁是曹操格阿侄呀，俚有本事，俚也得着信息。啥个信息么？俚晓得小路上有人马在埋伏。那么完结，丞相跑到小路上，吃搁头。蛮好丞相走大路啊。众谋士说：俇算得劝俚，俇劝丞相走大路。丞相勿呀，板要搭俇分路跑了，所以俇到该搭点来。

那么曹仁关照，陈蛟在该搭点招待格批谋士。俚自家呢，到小路上来接应。不过傺到小路上来接应，有啥用场呢？曹操老早拨了关公拦牢了。格么，众谋士，吾拿俚丑开啊。交代曹操带领众将官，败兵残将，往华容小道过来。

格辰光曹操败兵还挺几化呢？作孽，还剩一千多人。逃散格逃散，俘房格俘房，狼狈不堪。就是在格个一千多个人当中，焦头烂额的，撑仔格旗号，拿旗杆当拐杖用哉。也有种人呢，身上受仔伤哉，翘了翘、翘了翘。众将官呢，有格呒不盔了，有格甲勿全哉，有格衣裳烧焦脱了，还有格骑格马呢，呒不鞍轿了，滑背马。总而言之啦，格个一幅图画啦，看上去实在是，惨不忍睹。

曹操自从领兵以来，从来呒不败得像今朝什梗结棍。在往华容小道过来格辰光，叫啥门前头停了，勿好走了。为啥道理勿能走呢？门前有树木塞断格路。曹操亲自过来看，一看么，蛮清爽，是诸葛亮派人，拿格树截仔下来，拖到路上，叠起来，叠得交关高。格人，要爬上去，翻过去，是可以的。马就勿来赛。傺勿拿格点树木拉开，勿拿格条路撤清爽，傺人马勿能过去。但是要拉开格点树木是，勿晓得要费几化手脚。格么呐吭？曹操心里明白，诸葛亮用树木塞断条路，目的在啥？就是勿让吾走小路，逼牢吾回到大路上去。大路上呢，俚布置好伏兵，让吾再去上俚格当，傺越是要叫吾走大路么，吾偏偏走小路。树木叠断么，吾拿树木拉俚开。

曹操关照旁边头："吩咐众三军，将树木拖向外厢，清——道赶路。"清道。

傺命令一下么，众将官就通知小兵，过来动手。傺要拿格点树木拉下来，勿容易啊。因为树丫枝搭树丫枝么侪搭牢。而且呢，格点小兵，两日三夜呒吃饭哉，逃到该搭点来，外加受过伤。有个烧伤的，有个跌伤的，有个中箭的，有个着枪的。倷叫格种伤兵，要拿嘎许多树木拖出去，格个几化困难。呒不办法咯，相爷格命令，只能够服从。

那么跑上去，落到顶上，拿格树么推下来。下头格小兵，一干子拉是休想。两个人搭勿够么，人再多点。有个拿身上挑包带解下来，缚牢在树上，背牢仔格绳子，望准外面像背纤什梗。三个、五个勿来么，十个、八个。呃——呃——拿格树木，望准外面拉出去。乱七八糟，就乩在外面。好勿容易拿点树木拖开，再望准门前头走。曹操看看呢，小兵又少脱仔点。剩几化呢？不过挺六七百人。还有点人呢？逃走脱哉。俚笃想想怨煞哉，拿树木拖到外头，挑包带解下来么，啡——溜脱了，勿跟倷跑了。

曹操想算了，人少点就少点，吾曼得太太平平赶奔到南郡就可以。再跑过来看见，嗒，门前头树林上，啪啪啪啪——旗号，呒没人的。山上，啪啪啪啪——旗号，虚张声势，吓人呀。再往门前过来看，"呃，呃"，烟嗒。吷——烟雾腾腾。格个烟啥场化来呢？俚笃架格柴，烧烊。烧烊之后么，上头再拿点茅草盖上去，火舌头么勿蹿起来的，阴么勿阴脱的，烟雾腾腾，烟卜溜休休么，在冒起来。该个侪是一种虚张声势，人呒没的。嘡！拿格点格种物事弄弄开，再往门前头过来。磕嗑酷磕……嚯咯咯咯咯咯，过来。嘿嘿，又跑仔一段路，门前队伍又停了。

回禀相爷，勿能跑了。啊？为啥呢？门前有沟。沟么跳过去。跳勿过，阔勿过。格么下沟跑过去？勿能下去，下头有水。曹操跑过来，到门前一看么，响勿落。

该搭点格沟啦，本来勿是沟，本来是条路。诸葛亮派小兵，硬劲掘出来的。掘出来一条壕沟什梗种物事。但是相当阔。因为昨天夜头一夜天雨，山上格水，哈——冲下来，路上格水流过去么，沟变仔条河哉。格促狭啦。倷马跳呢，跳勿过的，相当宽。跳么跳勿过，绕么绕勿过。倷呐吭弄法？

曹操心里向转念头，诸葛亮实头逼牢绞仔吾，板要走大路喽？倷越是要叫吾走大路，倷越是开仔河，拦牢吾呢，吾定坚往小路上跑。曹操也是一种逆反心理。俚上诸葛亮格当，诸葛亮搭曹操格斗智啦，就斗在格个地方。诸葛亮晓得的，嗳，越是太平，越勿敢走。越是看看难走，俚越要走。一种逆反心理么，促使曹操要填平格条河再走。

曹操关照，派人到后头去，拿外面格树木拖进来，拿格条河填脱俚。搭桥，搭仔桥了再过去。倷命令一下么，旁边格种小兵侪怨了。刚巧么，拿树，戆当、戆当——拉出去，现在呢，从外面格树木，咕仔咕仔——要扳进来，呒不气力呀。有啥办法呢？去拉格辰光么，小兵侪在哭。一片哭声。

曹操听见哭声么，心里向光火。哭点啥？军队里，勿作兴哭的。曹操下命令，"行军之中，逢山——开路，遇——水搭桥，寻常之事，因何痛哭？张辽！""有！""徐晃！""在！""你们带领人马，在后观看，不许痛哭。谁人啼哭者，立取——伲人——头！""得令！""尊令！"

张辽、徐晃跑过来关照：众三军，毫燥甮哭。相爷有命令，啥人哭，要杀头。逢山开路，遇水搭桥么，普通格事体咯。搭！那么俫关照俚笃勿许哭么，作孽，小兵只好硬劲熬住。声音么呒不，眼泪还是在淌下来，哭格声音俫在肚子里向。暗暗饮泣。拿点树木拉到里向，乱到格条河里，又勿是啥一棵树好填脱的，再望准外头去拉，有格勿高兴拉哉么，逃走。也有个再拉进来格辰光，实头人吃勿住哉，磅当！掼下去，爬侪爬勿起来。啥体么？死脱在路上。为拉树木，死脱格人也勿少。

好勿容易，拿河填没了。桥搭好，可以过去了。但是格个桥呢，侪是囫囵木头，囫囵格树乱在那，勿大好走。曹操从马背上下来，曹洪、夏侯惇两家头搀扶仔曹操，过桥。再拿马牵过去么，扶丞相上马。众将官，大家也跟仔一道过桥。后头小兵跟过来还剩几化呢？唉，不过挺两三百个人。其他死脱格死脱，逃走格逃走。人越来越少。曹操想勿关，人少点就少点，清爽点。

再往门前头过来格辰光么，格路好走点哉。刚巧格段么，踏脚污脚，泥泞不堪，滑吱滑嗒。格段顶顶难走格路，跑过之后么，稍微好一点。磕磕唾磕……曹操在望准门前头过来格辰光，风，呼——朔风凛凛，人，呃——侪打一个冷嗝。曹操一看么，众将官侪哭出乎拉格面孔，愁容满面，眉头皱紧。勿错呀，败到该个程度哉么，面孔上是侪笑勿出格哉哟，哪恁会得快活呢？曹操心里向转念头，越是在格种场化，越要鼓舞俚笃，要让俚笃格心呢，稍微放宽一点啦。

曹操蛮会做工作，曹操叫啥对仔旁边头众将官，扬声大笑："咦——嘿嘿嘿嘿……嘿，嘿，嘿，嘿。"俫一笑。伲？旁边众将呆脱了哟，曹丞相败仗吃到什梗格狼狈程度，俫还笑得出格啦。有啥好笑呢？"请问丞相因何大笑？""请教相爷为什么好笑？""老——夫，所——笑非别，笑孔明无——谋，周郎少——智——啊！""哗……"众将呆脱哉哟。曹丞相又在取笑诸葛亮、周瑜，呒不智谋。俫埋怨俚笃呒不智谋么，就说明俫有智谋咯？格么为啥道理，俫有智谋格倒要吃败仗，俚笃呒不智谋格么倒反而打胜仗？

"请问丞相为什么？""众位，你们看哪，这华容道，泥泞不堪，道路难行，两旁壁陡高峰，形势险要。老夫与众位，从赤壁逃遁到此，奔走三日三夜，人困马乏，腹中饥饿，倘然这里有一旅之师埋伏，老夫与众位，只能束手就缚。""哗……"对。众将官心里向转念头，讲条件，吾伲已经败仔三天三夜，跑了三百多里。跑到该搭点来，肚子么饿得要命，身上么又是冷，饥寒交逼。倘然说该条路上，还要有伏兵么，完结了。伲打也勚打，束手就缚了。

曹操还在讲了："而诸葛亮与周郎，不能见识到此。岂非不识兵法，没有本领呐？倘若老夫用兵，老夫一定要在这里华容小道，埋伏一路军卒，岂非能大获全胜么？"

曹操讲，换仔吾用兵么，吾彝陵道情愿勿埋伏的，葫芦角情愿意勿保守的，吾要拿军队呢要守到华容道来。嘿嘿，守在华容道上么，对手啦，死得割割裂裂，一眼呒不生路。倷什梗一讲么，大家想对的。什梗一看，败仗么虽然吃了，但是用兵格资格呢，还是曹操老。曹操有办法，有道理有道理有道理，大家侪在点头。"如此看来，足见丞相善于用兵，足见丞相熟读兵法，深通韬略，诸葛亮与周郎，怎么能及丞相之万一。"

嗳！曹操心里向转念头，勿关的，吃败仗是吾倒霉，是俚笃运道好。讲本事，讲懂用兵之道，还是吾。曹操格个名堂叫啥？叫"精神胜利"。尽管败仗吃得了狼狈不堪么，俚叫啥，还在得意了，还在寻出开心格事体来，俚笃勿及吾。

众将官登在旁边头一拍马屁，一佩服曹操是，曹操骨头加二轻了，笑得愈加起劲了，"咦！嘿嘿！嚯嚯！哈哈！嘿嘿嘿嘿——嚯嚯嚯嚯——哈哈哈！"倷在笑格辰光，笑格声音还呒不断，只听见门前头，哒——一声炮响。曹操格个一吓么，魂灵心，啡——出窍。曹操对门前一看么，只看见门前头，哗——杀出来一路军队。五百名校刀手，一字儿排开，二十名关西汉，两厢站列，左手里向公子关平，银盔银甲，白——马，银刀。右手里向副将周仓，头上戴一顶荷叶盔，红绒球倒扎，身上铁叶软甲，脚上薄底快靴，手里向执好一对混铁锤头，形容恶刹。正中央，绿缎子，红字旗，旗号上：大汉——前将军——汉寿亭侯——斗大一个，关！关字旗号底下一员大将，头上青巾，身上鹦鹉绿颜色战袍，丝带系腰，虎头战靴。跨一匹赤兔胭脂宝马，提一柄八十二斤重格青龙偃月刀，卧蚕眉、丹凤眼、面如重枣，五绺长须，骸下飘动。过五关、斩六将，擂鼓三通斩蔡阳，关君侯在门前头。

曹操格个一吓么，面孔夹黪死白。众将官，格呶呶呶——浑身侪在发抖。那么僵，又碰着伏兵。旁边头有个别把大将熬勿住，"呃呵丞相，被你一笑，又笑出一路人马来了！""喔哟！"

吾勿能笑。彝陵道上笑一笑，笑一个赵子龙出来。葫芦角里向笑一笑，笑仔个张飞出来。嘿嘿，到华容道上笑一笑，碰着格红面孔，那是完结。那呐吭弄法呢？格么曹操为啥道理勿带领众将官圈转马来往后面逃呢？逃勿走。后头格路难走勿过，踏脚污脚，外加有格顶桥。所谓桥是，侪是点树垫在沟里向，七高八低，要下仔马了好走的了。那么唔笃退下去，唔笃侪是人困马乏，俚笃，吭当，追过来蛮快，定做拨俚笃捉牢仔了完结。该个辰光逃呢，呒逃处的。只有一个办法，啥个办法呢？拼！所谓叫：置之死地而后生。吾来关照众将官，上去拼一拼。勿拼，呒不路格呀，倷到啥场化去？

曹操回过头来对众将一看，"众位将军，列位将军听者。华容道上，关云长，兴兵埋伏，事到如今，前进不得，后退不能，插翅难飞。只得请众位将军上前决一死战，冲开血路啊！"拼吧，曹操要鼓动格班大将，上去搭关公打。嗳！叫啥格众将官侪在摇头，侪是哭出乎拉格面孔，"回禀丞相，末将等兵败到此，人困马乏。人虽能勉强交战，马力已乏，焉能临——呐阵？"

马肚皮也饿伤，大将打仗还靠只马了呀。马打打打勿动俚要葡下来，格大将上去打么，送死。勿是俚勿肯打，格马也吃勿住了。完结。本来曹操一下命令么，众将官马上就过去。现在俚下命令呒不用场。勿睬俚，回头哉呀。格么事实上，是呒不力道好打哉。更何况关云长，武艺粹真，刀法精通，啥人勿晓得俚格本事呢？斩颜良、诛文丑大家侪看见格咯。曹操心里向转念头，吾叫俚笃上去，勿肯。勿肯么哪恁办法呢？束手就缚？格是勿情愿。

什梗，曹操动脑筋，让吾来激将俚笃。所谓叫请将勿如激将，用激将法。吾来搭众将官讲：好了。既然唔笃勿肯上去，罢哉，吾来去。吾去搭红面孔碰头。姓关格到该搭点来，俚格目的，捉吾曹操。吾拨俚捉牢，吾送上去拨俚捉牢。吾捉牢仔呢，俚目的达到了，唔笃过去。平常辰光么，唔笃保护吾，今朝呢，吾来保唔笃。吾来救唔笃。牺牲吾一个救唔笃。

曹操晓得，吾格两句闲话一讲呢，格两个大将板要意勿过：啥格闲话呢，呐吭俚相爷来保俚呢，俚丞相来救俚？吾来去，吾来去，吾来去。大家一讨令箭，一激将，上去打，还好拼一记了。

曹操用激将法，"众位将军，平常之——日，你们保护老夫。事到如今，只得老夫保护众位。待老夫上前，被云长擒捉，你们便能够，逃生——去了——啊"。曹操在讲格句闲话格辰光，俚格两只眼睛在对众将官看，看众将官呐吭反应。俚在对俚笃么，一个大将马上来了。"丞相！"喔哟，曹操想灵啊！灵的。啥人呢？徐晃。徐晃好本事。俚第一个上来，可见得俚是忠心的。

曹操在等俚开口讨令么，徐晃闲话接下来："丞相，言之有理，今日非丞相上前不可——呃！""啊！"曹操对俚看看，吾认得俚！俚来胡调格啊？吾是在说反话，激将唔笃呀，并勿是真格想上去送死。嗨！叫啥俚还得说，丞相俚讲得有道理。今朝呢，非俚上去不可。"为——什么？"徐晃说：吾搭关云长，从前辰光是朋友，在许昌格辰光俚轧道。吾晓得关云长格脾气。俚呢，叫傲上而不忍下，欺强而不凌弱，恩怨分明，义重如山。俚丞相从前待俚勿错，俚今朝上去搭俚碰头呢，俚可以拿俚丞相释放。俚放脱俚丞相之后呢，俚靠丞相格福，也能够逃性命了。"请丞相，三思！"

"噢"，曹操转念头，徐晃格闲话，道理是有点格呀。红面孔格脾气啦，俚越是狠，越是官大，俚越是勿买俚格帐。嗳，俚地位比俚低，很弱，俚倒又是赛过不忍，来欺满俚啦。俚，吃软勿吃硬的。那么从前吾待俚勿错，作兴俚能够看在以前格点交情面上，放吾过去。

曹操有点寒格呀，吾从前搭俚有交情，啥辰光了？建安五年。今年建安十三年，距离仔八年了。勿比吾，唔，建安五年待俚好，建安六年搭俚碰头，俚可以放吾过去。因为啥？感情因素强。吾三日一小宴，五日一大宴，上马金、下马银，赠袍赐马，美女十名。格恁样子格厚待俚啦，格么俚作兴的，肯放。现在隔开仔八年哉呀，八年下来，格点感情，淡脱哉，冷却了。而且八年当中，吾打刘备打得蛮结棍的。打汝南，俚笃全军覆没。打新野，打樊城。簇新鲜当阳道一仗，刘备格家小，投井身亡。弄得刘备家破人亡。俚笃是恨得吾勿得了哉哟。现在上去么，吾赛过一块肉法门啦，送到老虎嘴里向去。吾呒不希望。

曹操呒不信心上去求关公。只看见又是一个大将过来，啥人呢？张辽。"回禀丞相，公明将军之言甚为有理。"徐晃闲话对的，吾同意的。"嗯。""张辽记得，当初，关云长在许昌挂印、封金，辞别丞相，留下书信。说余恩未报，俟之异日。三里桥挑袍分别，当面言到，日后报答丞相。后来，过五关、斩六将，张辽奉丞相之命，送路凭到黄河渡口，关云长叫吾前来与丞相言讲，受丞相之恩德日后图报。他三次相许，今日丞相上前，云长定能把丞相放走啊。""呃呃呃呃呃呃"，曹操觉着张辽格闲话有道理。因为张辽搭关公了，两家头是有交情。格个交情勿是普通格交情。关公救过张辽格性命，张辽也救过关公格性命，而且勿是一次。白门楼，张辽拨吾捉牢。吾要拿张辽杀，关云长讨情，拿张辽救下来。那么张辽投奔吾。第一趟救张辽。第二趟，火烧新野，白河决水，张辽败过去哉，碰着关云长，关云长白河放张辽么，让张辽过去。两次救张辽。反过来，张辽救关公也勿是一次啊。屯土山约三事，关公要死了，张辽上去搭俚劝，做了关公工作。那么唶，到皇城里耽搁。第一次屯土山，张辽救关公。第二次呢，黄河渡口。关云长过五关、斩六将，带仔两个阿嫂渡过黄河了，拨了夏侯惇、夏侯渊、夏侯德、夏侯尚四家头团团包围，围困牢。关云长打得人困马乏，接目要从马上掼下来格辰光么，张辽赶到。喝退夏侯惇，拿丞相格路凭拨俚笃看。吾奉丞相命令，送路凭到该搭点来，随便啥人勿许拦阻。那么，夏侯惇退下去。格是张辽再次救关公。所以俚笃两家头格感情是深的。彼此了解的。张辽搭吾讲，红面孔写封信拨吾，说要报答。三里桥挑袍，亲口搭吾讲要报答。黄河渡口张辽去，俚搭张辽讲要报答。格么有三次相许报答么，吾今朝上去搭俚碰头，俚肯拿吾放过去。

看上去，要叫众将官上去打呢，勿来事。勿可能。只有吾自家上去求求看，死马当活马医哉嘎。不过曹操关照众将官哦，吾上去求，求得通，过去，顶好。勿来赛的，唔笃上去打，要拼格哦。众将官说：有数目了。假使俚勿能放俉相爷过去，格么伲咬紧牙关拼命冲上去，搭俚打一仗。

曹操马匹过来，忐磕酷磕……俉格只马在上来碰头关公格辰光么，惭愧。面孔觉着有点红，从前吾搭俚碰头，在许昌格辰光，俚是吾个俘虏啦，被俘过来。吾呢待如上宾，上马金，下马银，非常客气。格个辰光吾是威风的。总归自称老夫。今朝吾去求俚哉，吾接目要拨俚捉牢哉。而且曹操对自家身上向一看么，真叫自惭形秽。头上向戴格顶相雕呢，一根翅断脱了，一根翅剩半根。身上格件大红袍呢，在葫芦角已经掼脱了，着件秋香色格衬袍。马背上鞍鞯也呒不的，因为在葫芦角拿鞍鞴拿下来坐一坐么，张飞杀出来，要紧逃走么，骑格滑背马逃过来。手里向拿根马鞭子呢，苏苏头也吭不。格种腔调狼狈啊。而且胡子呢，啧！烧脱一半，还剩一半。别人说，长远勿见，组苏满面。吾长远勿见，组苏短仔点了。

曹操格只马上来格辰光，心里向非常寒。忑磕酷磕……俤过来么，关公等好了。关公手里向执仔口青龙刀，在对俚望。老实讲一声，今朝关公到该搭点来是，非捉曹操不可。为啥？因为俚搭诸葛亮立军令状格呀。诸葛亮估计到关公，一定要拿曹操放。所以立好军令状，俤放曹操，回转来杀头。俤捉牢曹操，吾诸葛亮杀头。两家头赌一个颗郎头。那么关公心里向转念头，簇新鲜当阳道上，糜夫人投井身亡。曹操是吾侬敌人么，今朝到该搭点来，吾只有拿俚捉。吾呐吭会得拿俚放过去？

云长一只手执青龙刀，一只手捋仔两根五绺长须，在对门前头看。一看么，呆脱。叫啥曹操格个狼狈么狼狈得少的，勿像哉哦。叫啥云长格脾气，俤越是今朝威风凛凛，气概轩昂，神气活现到该搭点来，俚非拿俤捉牢勿可。看到曹操格种狼狈相啦，呲——叫啥关云长会得产生一种恻隐之心。啊哟，啥曹操弄得什梗蹩脚了哉，倒有点不忍哉，格个人啦心肠软勿过。

云长在对俚看格辰光么，曹操到关公马前，扣住坐骑，欠身一躬。"啊！前边来者，吾道是谁，原来是二君侯。曹操见君——侯，恕吾年迈，不下马了。马上打恭，望——勿见——责。"欠身一礼。关公心里向转念头，曹操搭吾唱喏。格么吾呐吭？捉，吾是要拿俚捉的。俚搭吾唱喏呢，吾应该回礼。礼尚往来，礼无不答。

青龙刀鸟嘴环上架一架，"丞——相不敢，关——某，有———呃礼"。曹操心里向，啡——心花一只，松了一口气。为啥？有希望，很有希望。称呼听得出的。吾搭俚碰头，吾叫俚君侯，俤对仔吾"曹——呃贼"，死得割割裂裂。俤对仔吾"曹——呃操"，格么还有一眼眼希望。俤对仔吾丞相是，求签法门，求着档上上签了。

曹操蛮快活啦。"君侯，曹操与君侯，飞虎山一别，直到如今，君侯，别——来无恙啊？"关公心里向转念头，格种闲话么，废话。吾身体勿好么，呐吭骑仔马了，拿提仔刀到该搭点来呢？"托丞相之福，关某尚好，丞——相——好？""曹操么，托君侯之福，倒也好啊。请教君侯，今日里率领人马，从何处而来，往哪里而去？在这里，有何贵——干哪？啊，嘿嘿！""这——个。"

关公呆脱了呀。曹操格句闲话是，问得非常刁。俤今朝带人啥场化来，到哪搭点去？在该搭点有啥贵干。客气得来。关公心里向转念头，吾带人马在华容道埋伏，什梗冷格天，总勿见得吃西北风来喔？当然是要捉俤曹操咯。难道俤曹操勿理解？曹操呐吭会得勿理解，当然明白格咯。格明白么，曹操为啥道理要问呢？喏，曹操格个凶呀。因为吾搭俤见礼、客套、问安、请安，什梗。连下来吾问俤，啥场化来，到哪搭去，在该搭点做啥？俤面孔马上板，板勿出格呀。俤阿说得出：吾捉俫。说勿出的。只要俫吃一个软口汤么，吾就有希望过去。

碰着关公呐吭？先问俫："关某，先要请——教丞相，何处——而来，欲往哪——里？""喔，曹操么，奉旨出师，兵进赤壁，误中奸计，一场大败。逃遁到此。本则，要行走华容大道。因为闻说，军侯在这里小道之上，故而曹操，吩咐大队人马向大路而去，曹操么专程到小道而来，参见君侯，与君侯请安哪。嘿嘿。""嚯嚯嚯嚯……噗！"关公听得胡子根根翘起来。啥体？当面说鬼话。曹操说：俚吃败仗到该搭点来，本来要走大路的，因为听见说吾在小路上，特特为为关照文官带领大队人马走大路，俚赶到该搭点来望望吾。俫晓得吾在该搭点，俫肯来嘎？杀脱俫格头啊俫也俖勿会来。俫是估计诸葛亮，大路上有埋伏，小路上太平了，所以作死什梗，投到该搭点来。什梗一看诸葛亮有道理。吾以为什梗布置仔狼烟、旗号，树木叠断，开河，曹操勿会来。嘿嘿！定坚来呀。格么现在俫曹操问吾，俫在该搭做啥？格么吾只有老实告诉俫，吾在该搭要捉俫。

果然，曹操又在问哉呀，"呃呵，君侯在这里，有何贵干哪？""关某，奉军——师将令，在——此埋伏，等——候丞相长久了——呃。""喔哟！"完。直明直白，说清爽。吾奉命到该搭点来，带领人马守在该搭，等俫，捉俫格人。"啊呀君侯啊，曹操与君侯，乃是知己的朋友。想当初在许昌，曹操待君侯未薄，三日小宴，五日大宴，上马敬、下马迎，赠袍赐马，美女十名，难道君侯，今日里要拿捉曹操不成——么？"关公想，不出孔明所料，曹操就要倒扳账哉，拿许昌待吾点好处讲出来，吾有话回答你俫："关某，受丞相之恩德，白马坡斩颜良，延津渡诛文丑，早已报——答丞——相。今日相见，何——用多——言？""呃，这。"曹操呆脱，想勿到的，红面孔对答如流。俫待吾好处，吾勿忘记格呀，但是吾报答过俫哉呀。吾斩颜良，解白马之围，在延津渡，俫拨仔文丑追，俫条性命在呼吸之间。是吾赶到诛文丑，救俫曹操格性命。吾立过大功报答俫，吾搭俫已经完全拓皮了，差异格曳直了。今朝碰头，当然要捉。

但是曹操格人厉害，灵敏度高，反应非常迅速啦。关公闲话说完，曹操眼乌珠，笃落——一转么，俚马上格闲话来了："那么君侯，十九年前，曹操在虎牢关，保你将军，温酒斩华雄。君侯，可还——记——得么？""这——个。"那么关公呒不闲话讲。

啥道理？曹操在牵扳。喏，皇城里待俫点好处，俫斩颜良、诛文丑报答吾了。格么十九年前头呢？温酒斩华雄格事体俫唵忘记呢？当初十八路诸侯伐董卓格辰光，董卓手下有个大将叫华雄，狠得不得了。十八路诸侯手下大将呒没一个人打得过俚，牺牲仔勿少人了。华雄在讨战。十八路诸侯格盟主叫袁绍。袁绍在叹气，可惜啊可惜，可惜吾手下大将颜良、文丑勿来。否则么，完全可以动手搭华雄打的。那么关云长从旁边头跑出来，吾来讨令。吾来去搭华雄打。

格么袁本初勿认得关公咯，就问俚哉咯，俫叫啥名字？关羽关云长。啥人手下？平原令，刘玄德手下。刘备呢？格辰光勿在十八路诸侯当中。刘备呒不资格，俚是个知县官。俚是跟仔北平太守公孙瓒，一道到该搭点来。因为公孙瓒搭刘备是师弟兄。

那么袁本初再问关云长哉咯：俦现在做啥个官呢？马弓手。阿呀！一个马弓手是搭小兵什梗一种身份哟。袁本初，当！面孔一板，一记台子一碰。大胆马弓手，口出狂言，俦有啥格资格去搭人家都督去打？要捆起来，拿俚推出去杀呀。旁边头张飞要发脾气么。曹操跑出来讨情：慢慢慢慢慢慢。

袁本初问俚：做啥。哈呀，赛过，现在华雄什梗狠法，呒不人好搭俚打。关云长讨差事么，蛮好让俚去试试嗄。俦看俚个样子，身材长大，蛮魁梧么，作兴俚有办法，拿华雄结果性命。啧，袁本初说：坍台格呀。阿是伲十八路诸侯手下大将派勿出了，派一个马弓手出去啊。马弓手么，面孔上又勿刺字的，伲么晓得俚马弓手，华雄勿晓得格哟。袁本初说，俚身上格打扮，人家看得出，是个马弓手。勿要紧，打扮好换格哦。借一副盔甲拨俚着着么，啥人晓得俚是马弓手。好了好了。袁本初格人啦，俚格门第之见，交关深。俚想，俦格马弓手走出去打，拨人家要笑格呀。看见伲手下大将侪呒不，十八路诸侯坍台伐。曹操说：孬，勿要紧的。借一副盔甲拨俚穿仔，让俚出去么看勿出。

因为曹操是十八路诸侯，伐董卓格发起人。袁本初呢？是盟主，要卖点曹操格面子么，答应。格么格桩事体俦去处理。曹操过来，端准一副金盔金甲，借拨了关公。而且曹操么蛮客气，端准一壶酒，一只杯子：壮士。勿能叫俚将军啦，因为俚呒不格地位好称将军，叫俚壮士。吾搭俦敬三杯酒，助助俦格威，壮壮俦格胆。俦吃仔格个三杯酒出去，再动手打。

碰着关云长对曹操呐吭讲法呢？使君。为啥道理勿叫俚曹操丞相呢？格辰光曹操也勚做丞相了哟，只好叫俚使君啦。谢谢俦。俦敬吾格酒呢，吾现在勿吃。俦摆在那，等到吾杀脱仔华雄，吾回转来再吃。假使吾杀勿脱华雄，吾吃格个酒啦，吾意勿过，存在那。蛮好。那么让俚去。

云长到外头上马，哈——冲出去么，大帐上，只听见外面炮声隆隆，战鼓震天。哗……隔仔一歇，哈冷冷冷——一匹马到。关云长，噗！马背上跳下来，青龙刀，擦冷！一摺，拎仔个颗郎头跑到里向，噔！拿颗郎头望准袁本初门前头一放，喏，华雄颗郎头，已经到吾搭点来哉咯。

曹操拿起把酒壶来，一摸把酒壶么，叫啥酒壶，还勚冷了呀。里向格酒，还有眼温洞洞了。那么曹操说："勿得了哉，关云长温酒斩华雄，立天下第一功。"

关公格名气大，冒出来，就是在格个一仗上。曹操今朝搭关公讲啦。十九年前头，假使勿是吾，慧眼识英雄，出来保俦出去搭华雄打。俦可能拨了袁本初杀了。就是袁本初勿杀俦，俦也呒不格个机会，好出去搭华雄打。就是有机会出去搭华雄打，俦也呒不格种温酒斩华雄格美谈。格个一句"温酒斩华雄"当时流传得交关广，关云长名闻天下，成为头等头大将，就是在格个一仗上。格么吾格辰光待俫好处，俫拿啥格物事来报答吾呢？关公哦不闲话好说哉哟。格呐吭讲法呢？皇城里点好处，斩颜良、诛文丑报答过了。温酒斩华雄？勿防备曹操会得提出格桩事体来。云长哦不闲话好讲。云长心里向转念头，皇城里待吾格好处，斩颜良、诛文丑报答，十九年前虎牢关，叫吾哪恁讲法呢？吾，再哦不啥别样物事可以报答俚。要么华容道放俫过去咯，但是吾勿好放格呀。吾搭诸葛亮立军令状哟，放俚过去，吾要杀头格呀。

格么呐吭办法呢？用啥个闲话回答俚，云长一动脑筋么，有了。只有推在阿哥身上，"丞相，当初关——某，受丞——相——之恩德，没齿难——忘。然而丞相待关某，是朋友之私情，今日关某，乃是奉兄长之公事。岂可以私而废——公？""哦哟！"曹操呆脱了吭。

曹操心里向转念头，关公讲得蛮清爽。吾搭俫格私交深的，俫待吾好处吾勿会忘记。但是格个是私情，朋友之私情。吾今朝来是阿哥格公事，吾勿能够以私而废公。俚拿公事出来一讲哉么，好了，哦不闲话好说了。那么哪吭弄法呢？曹操究竟阿能过去勿能过去呢？下一回再继续。

第一百回

华容放曹

曹操逼走华容道，碰着关云长，求云长放俚过去，诉说了当年之间格交情。关公回头俚，勿来事的。因为俫待吾，只是个人之间格恩德。吾今朝，是奉老兄格命令，是刘备格公事。吾勿能够以私而废公。

曹操到底有本事，格脑筋动得快啦。

"二将军，你说哪——里——话来？"俫拿唔笃阿哥做推托。俫唵忘记，吾搭唔笃阿哥，也是有交情的。十五年前头，在徐州城外头格事体。"二将军，你可还记——得么？""这——个。"

云长呆脱。

一桩啥格事体呢，就是在十五年前头，曹操刚巧立足于山东，得法了。有仔一块根据地了。曹操就派人，到安徽，拿俚格爷、娘一家门，统统俫接出来。接到山东享福了。勿晓得安徽到山东，一定要经过徐州。徐州牧陶谦呢，是格老好人。俫呢，要去拍曹操马屁，奉承曹操。因为当时辰光曹操，声望蛮高的。十八路诸侯伐董卓，俫是个发起人，名气蛮好的。格么陶谦呢，为了要搭俫加强感情么，派一个大将，叫张闿，带五百个兵，从徐州出发，保护俫笃一家门么到山东去。勿晓得格张闿啦，是个强盗出身。俫保护曹操格爷、娘，出了徐州城，赶路格辰光呢，热天，落阵头雨。一抢阵头雨下来么，俫落潮哉咯。荒凉场化咯，那么呐吭弄法呢，躲躲雨吧，啥场化去避脱一歇。门前有只庙，一只枯庙啦。

到庙里向么，因为衣服么落潮哉，弄点火，烤一烤么，拿衣裳么烘烘干。那么落潮格行李呢，也拿出来烤一烤。勿晓得曹操格爷，赅家当。箱子打开来格辰光，黄金、白银，明珠、宝贝，露仔白了，拨张闿看见。张闿是格强盗呀，见财起意，就此过来抢，要杀曹操格爷。曹操格爷马上逃走，带仔家小逃到后头，要想翻墙头出去么，因为俚格小老婆啦，块头大勿过，实在胖。要翻墙头，翻勿动么，拨了追兵过来。张闿拿俚笃格爷、娘，一家满门，斩尽杀绝。物事抢光么，望准山里向去，落草为寇了，做俚格强盗去了。

那么格里向呢，一家门杀光么，挺着一个人勿杀，一个底下人。格底下人齐巧跑出去格辰光，勿在那。等到俚发现仔么，俚逃走。逃到山东么，报告曹操。出了什梗一桩不幸格事体。曹操大发雷霆。俚认为格个是徐州陶谦要害吾。俚就带领山东人马，哈冷荡！冲过来打徐州格辰光么，辣手的。俚还勿到徐州，在附近格一百里路范围当中啦，见村屠村，见城屠城。一路呢，要杀得鸡犬不留。所谓叫"百里无人烟"。一百里范围里向啦,烟囱管里侪勿冒烟了。而且呢,拿徐州城外头格种坟墓啦,老百姓格坟墓,统统侪掘脱。拿死尸侪暴露在外头。

那么俫什个样子来攻打徐州么,格陶谦阿要紧张格啦?完结了。张闿么逃走,讲么讲勿明白。那么陶谦呢,派人出去讨救兵。到啥场化讨救兵呢,附近有座城,叫北海城。北海太守叫孔融、孔文举,搭陶谦是老朋友。那么要求孔融来救格辰光么,勿晓得孔融自家啦,刚巧接着信。准备俚救陶谦么,孔融本身,就拨附近格土匪,山里向格山匪啦,哈啦——包围起来。围困北海城。那么弄僵。孔融本身危险格辰光,有格太史慈,是个孝子。俚格娘呢,受过孔融好处。太史慈从辽东回转来,见娘格辰光么,娘叫俚去救孔融。那么杀进城,碰头孔融。孔融关照俚出去讨救兵,到啥场化讨救兵呢,到平原。格辰光刘备在平原,做平原令,一个知县官啦。格么刘备接着太史慈格信,是孔融写得来的,要叫俚去救么。那么刘备呢,就赶奔到北京,格辰光叫北平啦。北平太守公孙瓒,手下有个大将,叫赵云。刘备去借了一个赵云一道过来。那么杀奔到北海么,拿格山匪格头头叫管亥,拨了关公动手一刀杀脱的。进城,救了孔融。格么孔融蛮快活。孔融就搭刘备讲,吾搭俫一道到徐州去,救陶谦吧。陶恭祖呢,无故受害。刘备听俚说话,刘备就带仔关了张了赵云,跟仔孔融,一道到徐州,进城。刘备搭陶谦见面之后么,刘备说什梗,吾搭曹操啦,认得的。虎牢关碰过头的。让吾来先写一封信,写拨了曹操,要求俚退兵。假使俚肯退的,顶好,格么可以勿打哉咯。陶谦同意。那么刘备写好一封信么,陶谦派人,送到城外曹操营头上。

曹操接着信,拆开来一看,刘备搭俚解释。唔笃一家门遇害啦,勿是陶谦勿好,是张闿勿好啦。张闿是个土匪,现在俚逃走脱了,勿关陶谦啥事体。要求俫阿能够看吾面上,收兵吧。现在辰光,皇帝呢,拨了董卓格余党李傕、郭汜劫持了,处境交关困难。俫应该是救天子为重了,勿来冤枉陶谦,要求退兵。那么曹操哪吭肯买账呢,俫刘备什么里格东西。喔,俫一封信来,要求吾退吾就退?谈也勿谈。曹操非但勿听么,外加要拿送信格人结果性命,要杀了。要连刘备一道打。

旁边头格文官叫郭嘉,搭曹操献计。说:俫什梗打呢,树敌脱多了,吾伲吃亏的。刘备两个兄弟,关、张,侪是本事大的。格么哪吭弄法呢,什梗,俫写一封回信拨刘备,只算看刘备面上答应,吾伲退兵吧。阿是吾就什梗退?勿呀,假格呀。表面上么,吾伲退兵了。实际上呢,吾伲退下三十里,那么城里向么大家放心哉。喔,曹操退兵了,呒没事体哉。城门么也开了,城关上守格人么也少了。刘备了格套么,也呒不防备了。伲夜头,哈郎当!出其不意回过来,杀进徐州城,非但杀陶谦么,连刘备一道结果性命。叫以退为进,麻痹俚笃。

曹操觉着格个办法好,那么就写一封回信拨刘备。看俫面上,准其退兵。人马呢,立即拆脱营头了，退下去。

倒退三十里之后，曹操预备回复阵过来，再打徐州格辰光。叫啥曹操接着一个急报。啥格急报呢，山东，后方乱得一塌糊涂，因为吕布打过来。吕布拿曹操山东格濮阳城，统统侪夺得去。曹操只老窝，要掘脱。格么曹操根据地在山东哟，后方勿太平，俚打勿落。那么呐吭弄法呢？

格郭嘉说：格是吾侬只好回转去救山东的，自家格城池要紧，要去杀败吕布去。那么倒是曹操说：就什梗退兵么，格没名堂咯？有名堂。就算看刘备面上，卖格交情拨刘备么，叫弄假成真了。曹操退兵，回转山东。大战吕布，火烧濮阳。就是格场战事。

但是呢，曹操现在搭关云长讲格辰光，俚拿格种心里向格秘密啦，俚勿讲的。啥格吾么写信拨刘备么，要连刘备一道打了，吾么是假似乎退兵了，其实么吾要回过来打了。格种侪隐蔽脱了。格些背景啦，人家侪勿晓得的。俚只说自家是接着仔刘备格信，所以退兵了。而陶谦呢，感激刘备。倷刘备帮了吾格忙，救了徐州一城老百姓格性命。因此呢，陶谦拿徐州牧格印，让拨刘备了，请刘备当徐州牧。吾么年纪大，身体勿好，吾退下来了。倷来做徐州牧吧。刘备勿肯。勿肯么，一次让，勿来事。两次勿来事。第三次让，陶谦格病已经重了。在病榻门前，拿颗印信交拨刘备。刘备呒不办法，只好答应下来么，刘备就官居徐州牧。格辰光一个徐州牧，喏，用勿大恰当格比喻起来么，相当于现在一个省长格地位啦。刘备本来是格平原令，一个县官。一个县官，嘭！一跳，变成功一个州牧，格个地位是高得勿得了了。

那么曹操现在讲起来就什梗讲哉咯，吾对刘备有交情嘎。吾满门格仇勿报，爷娘死脱吾勿关，吾看刘备面上退兵，造成功刘备么，得着了一个徐州牧格机会。吭不吾，刘备呐吭会得做徐州牧呢？勿可能格咯。吾搭刘备格交情要深得了，甚至于吾爷娘格仇侪勿报了，接着俚格信，马上退兵。倷今朝拿刘备做挡身牌，要想拿吾拦住么，要拿吾捉么，倷呐吭讲得过去呢。就是唔笃阿哥亲自到华容道来，吾拿格两声闲话一讲，刘备恐怕，也要放吾过去吧？

曹操一讲么，云长呒不闲话说哉。曹操格道理是对格呀。非但吾姓关格受曹操好处，大哥刘备也受过俚格恩德。格叫吾呐吭讲法呢？云长呒不闲话，头低下去。

曹操心里向交关快活。云长格态度，看得出的。倷看酿，眉头么在皱起来。好像煞么，一种内疚了，抱歉格种神色啦，在面孔上表露出来。有希望过去。其实呢，关公的确，心在软下来。只要倷曹操苦苦哀求，再软一软，再求一求呢，云长，作兴就可以放倷过去哉。

嘿嘿。一个人格思想啦，就是讲起来交关复杂。曹操格辰光，突然之间，唰！出现一个思想。啥格想法呢？曹操心里向转念头，云长，在软了。俚软哉呢，吾硬一硬。为啥呢？吾去搭红面孔讲：倷阿放？倷假使勿肯放吾过去，倷看看看，吾背后头大将，要几十个。几十个大将，要搭倷拼命，要搭倷决一死战。什梗一来么，软硬兼施，双管齐下。又是么动之以情，又是么攒点实力拨俚看看，威胁俚一下。啥道理么？扎点面子呀。曹操心里向转念头，吾出场到现在，从来齁在别人家面前，什梗低声下气了，对别人家么打恭作揖了，苦苦哀求，自称么曹操了，齁不格呀。如果吾再什梗低声下气么，背后头格点大将侪看好了。就算吾过了华容道，以后啦，吾格个威风扫地。人口扎勿没格呀。众将要讲格呀：哈呦，曹丞相在华容道格辰光，是狼狈呃。看见仔红面孔，哪恁哪恁哪恁哪恁。拨俚笃一讲么，吾呐吭做人呢？吾还要硬一硬。硬功一来，红面孔一看吾背后头几十员大将哉，俚放吾过去了。俚放吾过去么，吾还好扎点面子。说起来吾曹操，并勿是一味求别人家，吾是有实力的。曹操勿识相哉，去对关云长用硬功了。

本来曹操搭关公讲闲话是，低声下气，叫俚么叫君侯了，叫将军。自称呢，曹操。现在俚勿自称曹操，要自称老夫。要拿出俚相爷格身价来哉。对仔格关公，"二将军，老夫麾下"，喏。就老夫麾下，勿是刚巧格种曹操手下了。"数十员大将，他们方才言讲，二将军能——把老夫释放过去，还则罢了。如若不然，他们都要与将军，决一死战。这放与不放么，还望君侯，三——思——啊！"俚面孔一板，放了勿放，俚再考虑考虑看。

勿晓得关公格个脾气，吃软，勿吃硬。俚越软，俚齁不办法了。俚硬，硬么俚勿怕。关公一听好极了，吾勿放俚过去，俚手下几十员大将要搭吾拼命。格么讲道理，吾讲俚勿过，只有打。唔笃能够赢得吾手里向格龙刀，尽管过去。云长，乓！身体拎直，头昂起，眉毛一竖，眼睛噇一弹，扎！拿架在腰嘴环上格青龙刀拿起来，噗——嗥！手里向一荡，喉咙也两样了。"既然丞——相麾下，众位将军，欲与关某交战，丞相，不用多言，命众将前来——决战，胜得龙刀，只管过去。如若不然，休——想——逃呃———遁。""哦哟！"曹操格个一吓么，面孔转色了。云长板面孔哉：俚马上叫唔笃大将来打，赢得过青龙刀，过去。否则俚甭想逃走。

那么要死了，求得蛮有点效果，着生头里，嗥！看见关公眉毛竖眼睛弹么，曹操阿要吓？曹操俚马上软下来，做么也侪做得出。对仔格关公，"哈呀呀呀呀呀呀，君侯息怒啊，呃——曹操……"又变曹操了，老夫拿脱了，勿能再称老夫了。"呃，曹操手下这些匹夫，知晓曹操与君侯，乃是知己的朋友，他们怎——敢放——肆，呃——君侯息怒。将军，息怒啊！他们不敢放肆，嘿嘿。"

"嚯嚯嚯嚯……噗"关公格组苏翘起来。曹操阿要糨？俚硬了，俚软。俚马上就说：吾搭俚有交情的，侪老朋友哉。格个手下种匹夫呀，俚笃看见吾，吾在里该搭么，俚笃呐吭敢在俚门前放肆呢。勿会的，勿会的。嗬，俚甭动气，甭动气，息怒。云长板勿落面孔，青龙刀鸟嘴环上一架，头沉下去。

背后头格批大将，张辽、徐晃、许褚，等等，侪在看。哈呀，张辽心里向转念头：丞相啊，俚扎啥格面子呢。败得什梗种腔调，俚好好叫求求么，还好过去了。夹忙头里用硬功，拎勿清，那么僵哉。那呐吭弄法呢？一看见丞相，口气马上就转换了。关公呢，刀放下来了，头沉到了。嚯，总算还好。不过，哪恁可以过去呢？大家侪在对曹操看。

曹操呐吭？曹操看见关公，刀放下来了，心稍微定一定。但是一时头上讲勿出闲话。因为待关公格点好处，已经讲过了。要重复，格个就没有意思哉。讲点啥？一时头上，刮牢，吭不闲话好讲。

关公勿响，曹操吭不闲话。华容道上毕毕静。静得来，只听见，风吹在树上格声音，呼——哗——背后头格众将侪在急呀。格种沉默，实际上是非常紧张。尽管声音吭不，只要关公，噬！面孔一板，关照手下，扎！动手打，捉下来，完结。而且看上去格样子，关公勿见得马上肯放。呐吭弄法呢？大家侪在代曹操捏一把汗。而曹操呢，又吭不闲话。关公勿响。

旗门底下，关公格儿子，关平也在看。哈呀，关平心里向转念头：老娘家，侬勿能吃软口汤格啊。曹操侬呐吭好放？一放完结了。侬搭诸葛亮立军令状。开头辰光军师，勿肯拨令箭拨侬。因为晓得侬搭曹操有交情，侬去守华容道么，要拿曹操放。那么立仔军令状，放曹操，侬杀头。捉曹操，诸葛亮杀头。两家头杠东道呀，今朝侬随便呐吭勿能放格啊。老娘家格心情，关平晓得。因为俚曹操过去搭俚格交情，实在深勿过。格么老娘家，侬勿好动手，吾勿碍，吾可以动手。什梗好了，侬对吾看，侬只算觑看见。侬对吾眼睛眨一眨么，吾马上冲上去，辣！一刀，拿曹操从马背上斩下来。或者么，拿俚抓下来。

关平在对老娘家看，等老娘家格回应么。叫啥格关公，头沉倒了，看也勿对俚看。哈呀，周仓心里向急啊，周仓登在旁边头，手里向执仔柄锤头，也在对主人望：东家，侬勠上曹操格当哦。糗货哦，侬勿能放俚过去格啊，伲吃得俚格苦头勿能谈啦。败汝南、败新野、败樊城、败当阳，弄得什梗种腔调，吃俚几化搁头了，侬呐吭好放俚过去？侬搭俚交情深厚，吾搭俚面不相识。侬曼得对吾歪一歪嘴好了，吾马上跳过去，拿格锤头望准曹操脑壳上，噗！脑子也敲俚出来。呐吭道理？周仓激出仔对眼睛，也在对关公看么。关公吭不表示。格吭不表示，勿好动手。毕静。

叫啥关公格只坐骑，格只赤兔马俚熬勿住。马有灵性的，哈呦，马叫勿会讲闲话啦。会讲闲话是蛮能够表达马格感情。格么马搭格狗一样通人性的，晓得人格心理。所以有种人驯狗，哈啦一来兴，哈呀只狗，甚至于东家死脱，只狗会得搭东家报仇了什梗。吾伲经常在迭格报纸上可以看见，格种义犬格故事。马呢，同样如此。马懂，有感情。侬就像关公格只马，以后在走麦城下来，拨了东吴大将潘璋捉牢。潘璋要骑格只赤兔马。格只赤兔马因为主人死脱了，侬潘璋是杀害伲主人格仇人，吾呐吭好拨侬骑呢？勿拨俚骑，侬骑上来，磅！一颠，拿俚落下来。骑上来，磅！一颠，拿俚落下来。后首来，潘璋要虐待格只马，打。打也吭不用场。饿俚也吭不用场。后首来，勿舍得俚哉，再拨料拨俚吃么，格只赤兔马了，七日天勿吃马料，绝食身亡。关公死脱了，俚也死。所以说，格只马，懂。有灵性格吭。

格只赤兔马在对曹操看，俚对曹操是有仇的。为啥呢？因为赤兔马第一个东家了，吕布。白门楼，吕布拨了曹操弄杀之后么，格只赤兔马就到曹操搭。曹操开场自家要骑。但是赤兔马勿拨俚骑，当——一颠，曹操掼下来。连掼几跤么，曹操俚勿敢骑了。后首来，赏拨手下辈大将么，呒不一个人骑得上。那么，当格只马是痴马啦，关来。所以，格只马呢，在曹操搭登过一段辰光，受过虐待的。俚对曹操有仇恨的。格只赤兔马马头侧转来，马眼乌珠在对东家看，隐隐然，主人，曹操糇货哦，俫勿好放俚过去。捉酿，摒在那做啥。那么马熬勿住哉。一阵风，呜呜呜呜呜——吹过来。格只赤兔马迎风长嘶，一声嘶叫，唔么……马一声嘶叫么，冲破了格个沉默的空气。

曹操听见格声马叫，曹操叫啥闲话就来了。曹操格个人本事么实头大，聪明。

马叫，俚叫啥对仔格只赤兔马："啊，宝马，宝——呃马。别来无恙啊。当年，你在曹操营中，十分羸瘦。如今，被度君侯益发雄壮了啊。今日曹操从赤壁兵败到此，如此狼狈，你宝马不忘故知，嘶声乱叫，真是令人可敬，令人可佩。喏喏喏喏，受曹操之一拜啊。嘿嘿。"曹操叫啥在马背上对格只马唱一个喏。

格只赤兔马心里向气啊。曹操，钻空子。吾叫一声是关照东家要捉牢俫吭。嚯，俫自作多情喽，哦哟，吾么搭俫老朋友哉喽，俫在吾搭点么瘦喽。现在么，俫倒发福哉喽，壮哉喽。今朝吾吃败仗到该搭来么，俫还勿忘记吾了，还对吾嘶声乱叫，不忘故知，对吾唱喏，勠俫拍马屁。格只赤兔马格马蹄跳起来，马脚对俚踢两踢，马蹄在山石上向，忔磕碴磕——啥意思么，马屁拍在马脚上。并不是什梗格意思。那么，格只赤兔马格意思么，只有赤兔马自家晓得。还有呢，吾说书格晓得。关公勿晓得。曹操也勿晓得格吭。曹操对格只赤兔马唱一个喏么，赛过哪吭？赛过望准关公格心上，嚓！戳了一刀。格个闲话蛮重的。曹操说，格只马不过从前在吾搭点，登过一段辰光。吾喂过俚马料，养过俚一阵。马呢，倒对吾还有感情了。并勿因为吾从赤壁山吃败仗，逃到该搭点来，什梗整脚，什梗狼狈，俚就勿认得吾哉，对吾交关势利哉。勿，俚还是对吾嘶声乱叫，不忘故知。格句闲话意思啥呢？红面孔啊，吾待俫，比待格只马在勿晓得要好几千几万倍。马，今朝还认得吾，俫人哪吭就是翻面无情了，就勿认得吾了。今朝要下辣手，拿吾捉呢。啊，难兴到俫格人勿及一只马么。阿是格个闲话非常重。说得关公格头，勠想抬得起来么，面孔涨红。窨。人哪吭会得勿如马呢？俫头在沉下去格辰光，曹操心定下来。勿碍，勿碍。有希望，关公格心又在软下去。吾格句闲话起了作用。

曹操回过头来，对背后头一望么，张辽在看。张辽对曹操演三个节头子，隐隐然，相爷，俫讲酿。曾经，红面孔答应过俫，要报俫格恩，有三趟得了呀。吾方才搭俫讲，俫俙忘记哉啊。现在，呕，呕，呕，三桩事体倷提出来酿。倷三个节头一演么，曹操阿懂？呐吭会得勿懂。曹操刚巧一紧张，忘记脱了哟。现在看见张辽，在对俚演手势么，想着了。

曹操闲话马上就来。"二将军！二——君侯哇！想当初，你在许——昌时节，挂印、封金，留下书信，说余恩未报，俟之翌日。三里桥，挑袍分别，又说道，要报答曹操之恩。黄河渡口，与张文远言讲，要日后图报。这三次相许，难道君侯，忘——怀了——么？""这——个！"云长呒不闲话。

曹操提起当年，格个三桩事体来。第一桩，是格呀，俚写过一封信拨曹操。因为关云长在许昌，得着消息，晓得刘备在河北袁本初搭。俚要去回头曹操，相府求见去告辞，三趟呒见面。相府辕门上挂回避牌，曹丞相生病勿见客。那么俚写封信。格封信，搭曹操呐吭讲法呢？倷待吾好处，吾勿会忘记。但是呢，新恩虽厚呃，旧义难忘。吾搭刘备是结拜弟兄，吾板要回到刘备搭去。而且当初呢，吾搭倷讲好的。倷答应吾，得着刘备格消息放吾跑，格么吾现在跑了。至于倷待吾好处呢，其有余恩未报，愿以俟之翌日。将来吾会得报答倷的。后来关公跑了，挂印封金，出城。倷刚巧出北门么，曹操追得来。曹操接着信么，追到城外头。离城三里，该搭有顶桥，叫三里桥。曹操赠一件锦袍拨了关公么，关公回头曹操呐吭一句闲话呢？倷丞相对吾点好处，吾勿会忘记的。吾总归日后图报。俚跑了。后首来，到黄河边上，关公过五关、斩六将，渡过黄河，到黄河渡口。夏侯惇、夏侯渊、夏侯德、夏侯尚，俚笃弟兄四个，在守黄河渡口大营。得信关公过五关斩六将到该搭点来么，拿关公一个包围，问俚拿过关路凭。关公呒没呀。呒没路凭么打。打么关公，打勿过俚笃四个人。因为一人难挡四手，寡不敌众。打得非常危险辰光，张辽来了。张辽下令鸣金，敲收兵锣么，夏侯惇弟兄四个回过来。问张辽呐吭道理，说：吾奉丞相命令送路凭到该搭点来。那么夏侯惇呒不办法，拨了张辽赛过喝退。张辽去拿张路凭，交拨了关公：吾奉丞相之命，送路凭到该搭点来。丞相有命令的，倷所到之处，一律要迎接，要相送。啥人要拦阻呢，就要杀头，立斩无赦。现在呢，丞相派吾送到该搭点来，当初倷跑格辰光呢，丞相心乱如麻，所以忘记脱拿路凭拨倷。现在叫吾补路凭到该搭点来。关公看着格张路凭呢，就回头张辽：丞相待吾点好处，吾勿会忘记的。吾歇两日，终归要报答倷丞相。

今朝曹操就举什梗三个例子，一封信，一个是当面讲，一个是托张辽带信，倷许过吾三埭。格么今朝华容道上碰头，倷应该要守信用。曹操格闲话厉害，"君侯熟读《春秋》，谅必知晓，晋文公重耳，不负楚成王这三舍之约。何况，君——侯——哇！"倷想想看，当年晋文公重耳，格个故事，倷应该侪晓得咯？

因为关公熟读《春秋》。春秋故事，俚哪恁会得勿明白？重耳在晋国，晚娘要拿俚害杀。那么俚逃出去。出亡出去，流浪在楚国辰光呢，楚成王待俚交关好。后首来，俚要离开楚国要跑了，那么成王搭俚饯行。吃酒辰光么，一半也像说笑话什梗。楚成王问俚：公子，倷么要跑了，将来倷回到晋国去呢，倷要升登大宝了，即位。格么歇两日，倷用啥格物事来报答吾呢？格么重耳回头：赛过大王，吾想想，金珠宝贝，倷也侪有。美女，倷也侪有。楚国呢，物产丰富。吾送啥物事拨倷呢？吾想勿出一样好格物事。什梗吧，吾回转去之后，万一吾执掌了大权，将来，作兴，楚国搭晋国发生利害冲突，要打仗格辰光呢，吾总归碰着唔笃楚国军队啦，吾退兵三舍。一舍，三十里，三舍，九十里。就是说将来打仗呢，吾退兵九十里。

当时楚成王手下有种人，勿大窝心的。对成王讲：重耳格个人，哪恁吭没良心的。待得俚什梗好，预备将来要搭倷打仗。啥格退兵三舍，格算啥名堂？要杀重耳。"呕"，楚成王说：勿，俚格个闲话蛮好，俚答应吾么，蛮好。就让俚去了。

后首来重耳回到晋国，即位了，升为晋文公。隔了几年呢，果真搭楚国发生冲突。将要开战辰光么，手下有格人，搭重耳提醒哉喽：赛过倷当初，在楚国，搭楚王讲起过的。晋楚交战，退避三舍。格倷应当要，守格个信用咯。"唉"，重耳说：对对对对对。那么俚倒退九十里。楚国大将成得臣前进九十里。到格荡地方叫城濮，城濮大战么，大败楚军。成得臣败下去格辰光，在一条小路上，碰着一个大将叫魏犨。格个是晋国格有名上将。成得臣想完结了。魏犨正要想捉俚格辰光么，重耳派人来传命令了。关照魏犨，放俚过去。因为俚从前辰光在楚国，受过俚笃好处的，倷勿去捉成得臣了，让俚回去吧。因此么魏犨队伍收队了，让成得臣跑过去。有过什梗一桩故事。

曹操今朝就提出什梗一桩事体来：倷关公，熟读《春秋》。倷守信用，倷勿会比重耳推位。晋文公重耳，格个人，还勿算哪恁过分正派，所谓叫"谲而不正"。俚尚且守信用，不负楚成王三舍之约，何况倷关公呢？倷更加要守信用了，放吾过去咯。关公想：对格呀。吾是，是有什梗一句闲话，而且勿是一次。现在呐吭弄法？诸葛亮厉害啊，料事如神。俚料到吾对曹操有感情了，要拿曹操放过去。所以搭吾立格张军令状。呐吭弄法？

云长心里向一转念头，摊牌。只好拿心里格闲话，侪讲拨曹操听。"丞相，今日关某——在华——容镇守。临行时节，诸葛军师与关某，立下军——令——状，关某又怎能，以私废公。容丞相过——去——呃啊？"吾勿能放倷，吾有军令状格呀，诸葛亮格命令。"呃，喔。"曹操心里向转念头，红面孔勿讲刘备了，也勿讲别样了，俚道理讲勿过去哉。俚就讲出一张军令状来。阿相信？哪恁会得勿相信。红面孔讲闲话啦，实事求是的，格个是俚格性格。曹操晓得。

曹操心里向转念头，诸葛亮格家伙，实在是坏透坏透了。俚晓得红面孔可能要放吾，所以搭俚立一张军令状。假使放？就要拿关公杀头。什梗了，关公为难，俚勿肯放吾过去，要拿吾捉牢。俚拿诸葛亮格公事，出来推脱了。格么吾呐吭讲法？

曹操厉害哟，曹操闲话马上就来。"二将军，今日里，何勿必用军师将令来搪塞呢？想当初，你屯土山，约三事。说——得令兄消息，便要找寻。后来，你辞别曹操，曹操完全可以，以万岁的圣旨搪塞，不容君侯前去。曹操未尝将公事为名。今日里，君侯为什么要用诸葛先生为推——托呀？"倷勿能拿诸葛亮格个名字来搪塞吾。倷讲公事？啥人勿会讲。当初屯土山约三事，有一桩，倷搭吾讲的，吾得着刘备消息，吾要跑。倷曹丞相阿答应？吾答应。那么吾请倷到皇城。后来倷要跑了。倷要跑，吾可以勿放。吾曼得皇帝搭拿一道圣旨来好了。说起来吾是答应倷关公，得着刘备消息让倷跑。格是吾呒办法了哟，皇帝格圣旨勿放，吾要听皇帝闲话。老实讲一声，吾要在皇帝搭拿道圣旨来，还勿是极简单格事体。交关便当。吾啥体勿拿公事推脱？吾为啥道理，仍旧要守信用了，放倷跑。吾守信用，倷何必拿诸葛亮格名号拿出来搪塞吾了，推托呢？什梗一讲哉么，叫关公哪恁回答呢。

曹操到格个辰光眼泪要下来。"二将军哪，二——君侯哇！可还记得这五关——六将的事情——么，哦，哦，哦，哦，哦？"眼泪，尔嘚——下来。关公看了，呐吭讲法呢？俚提起五关六将。当初，曹操待关公三日小宴，五日大宴，上马敬，下马迎，赠袍赐马，美女十名。格恁样子格相待。倷关公临时动身快，用啥格物事来报答呢？过一关，斩一将，过两关，斩三将，过五关，连斩六将。倷斩了六将，吾曹操唵恨倷？吾齁怪倷呀，吾派张辽追上来，送一张路凭拨了倷。而且要喝退夏侯惇格人马。倷，勿能忘记脱，吾对倷是，仁至义尽了，可以说是以德报怨。倷杀脱仔吾六个大将，吾还要送路凭拨了倷？那么倷想想看，什梗讲法仔么，关公格心，实在是软下来了。是什梗一桩事体。

其实关公啊，倷上仔当了哉。曹操格张路凭，并勿是忘记脱拨倷，故意勿拨倷。俚想要让倷碰壁啦，五关上跑勿过，回转来。回转来么，拖了拖，拖了拖么，勿让倷跑了。一定要跑的，一定要跑么，倷必定要发生冲突。发生冲突，倷拨了五关上大将结果性命么，曹操就可以对天下人讲，勿是吾要杀俚噢，五关上格大将拿俚杀格噢。吾曹操待俚还是好格噢。俚还有什梗一个名誉。后来关公过关斩将了，留勿牢了。留勿牢么，俚派张辽送路凭。格是叫马后炮哟。但是格种闲话呢，曹操是心里向，非常深的，外边人侪勿晓得的。连张辽也弄勿清爽。侪以为曹操当时辰光是，因为是感情重勿过了，关公跑了，俚心乱哉了，忘记脱拨俚路凭。其实是俚故意的。

那么今朝曹操讲出来，侪是俚格正面闲话呀。啊呀吾待倷几化好，倷杀脱吾六个大将，吾还送路凭拨了倷。倷看吧，吾么对倷以德报怨，倷今朝如果要拿吾捉么，倷是以怨报德。

关公心里向转念头，呐吭弄法？曹操待皇帝是勿好。待天下人，也勿好。就是待吾好呀。天下人侪应该拿曹操捉的，就剩吾姓关的，勿能拿俚捉。吾拿俚捉了，忘恩负义。吾拿俚捉呢，言而无信。啊，军师啊，今朝么，吾佩服倷。倷，的的确确料事如神，吾拨倷估煞了。吾要拿曹操放。不过放脱曹操呢，吾回转去要杀。吾情愿死，因为吾如果拿曹操捉牢了，拿曹操解到诸葛亮搭，诸葛亮拿曹操一杀，吾格个日脚难过。眼睛一闭么，曹操就在吾门前了。

曹操格两笃眼泪就淌下来了："二将军哪。"吾内疚啊，吾格内心，实在承受勿了。吾情愿拨诸葛亮，嚓！一刀两断，军法从事。今朝捉呢，吾勿能捉。格么吾违背将令，吾对勿住大哥了，或者对勿住汉朝格皇帝，勿要紧，诸葛亮有本事。诸葛亮能够智算华容道，料到曹操板要到华容道，料到吾板要拿曹操放。以后，曹操还是要搭诸葛亮打格呀，华容道捉勿牢俚么，下一回诸葛亮还是有可能拿曹操捉牢。放吧。

关公转停当念头，回转头来关照旁边头，"关——平！""有！""周————仓！""在！""众三军。""哗……""队伍，闪——开！"

哗……让出一条路来。关公只脚，喤！一圈么，酷——赤兔马，马头圈转，青龙刀，噗——乓！一执。龙刀一执，哗啦——让一条路，用勿着讲了。对曹操看，俫看吧，路，已经出空，俫要走，俫走吧。曹操一看，格种样子，摆好了，俚放吾过去哉。

曹操开心啊。曹操对后头，喤！手一招，拿匹马领鬃毛一拎么，望准门前头，哈啦啦啦……过去了。俫格匹马，哈啦！过华容道，叫啥《三国演义》上有一首诗，说格个事体。格首诗呐吭讲法？

曹瞒兵败走华容，正与关公狭路逢。

只为当初恩义重，顿开金锁走蛟龙。

曹操过去了。背后头格批曹将看见丞相过去么，要紧拿马，喤！一拎，哈……跟过来。唔笃格马在跟过来辰光，关公看见，哈啦！马头一圈，龙刀，噗——喤！一挡么，拿格路口拦没。大喝一声，"住，马！"勿放。曹操，吾搭俚有交情，吾受过俚好处，吾答应要报答，吾放俚过去。吾搭唔笃呒没交情，唔笃来，照样要捉。

俫，哗啦！龙刀一荡么，逃在第一个啥人呢？夏侯惇。因为夏侯惇逃走格门槛顶精了。曹操过去，俚第一只马就过来。现在看见关公，哈喇！龙刀一荡，拦牢仔。夏侯惇对仔关公，一笃眼泪。啥勿两笃眼泪呢，因为里眼乌珠只赅一只。一只眼，只好一笃眼泪。尔嘚——眼泪淌下来。还有一只眼睛已经没勿通风，呒不眼泪。"呃喝，君侯，末将等兵败到此，如此狼狈，还望君侯，怜——惜。"云长一看么，作孽。夏侯惇头上盔帽呒不了，头发，尔嘚——披散在旁边头。身上甲呢，也勿连牵哉，狼狈不堪。再看到后头格批大将，身上盔甲整齐的，可以说一个也呒不。侪是狼狈勿堪。有格人还受过伤。有格呢，面孔上已经烧坏，焦头烂额。什梗一种样子，吾拿俚笃捉，有啥意思呢。

关公格脾气，像只老虎。老虎呢，叫虎不吃伏食。俚追啦，追野兽，越狠格俚越要打，俫越逃俚越要追。傸真正在俚门前头伏着勿动呢，倒勿吃傸了。叫虎不吃伏食。看夏侯惇格恁种样子，再看到众将官，侪是眉头皱紧，眼泪汪汪。衣衫不整，身受重伤，焦头烂额，什梗蹩脚法子，吾拿俚笃捉，有啥意思？罢了，放俚笃过去吧。

不过放俚笃过去，搭放曹操过去呢，要有区别。吾放曹操过去么，圈转马头，哈喇！龙刀一荡，让开一条路来。客气，尊重一点曹操。放唔笃格班人过去，两样了。云长，嗤！马头一圈，一口龙刀，噗——哗啦！抬起来。让唔笃在刀底下过去，所谓叫刀下逃生。唔笃人，虽然过去了，唔笃格精神，已经赛过在吾刀上，啪！做了吾刀底下人了。

傸，嗤！龙刀一举，"走！"夏侯惇一吓。夏侯惇心里向转念头：红面孔龙刀举起来，别样吭啥，红面孔啊，呵呵，蓦跑到半当中横里，傸口刀落下来。嚓——格一刀是完结了。格半吊子，傸勿好做格噢。其实么，夏侯惇以小人之心，度君子之腹。关公放傸过去哉么，呐吭会得格恁样子？未吃先谢，敲钉转脚，谢了门前头。"多谢君侯，饶——命之恩。"嗤！马一拎，哈啦啦啦……唔笃格马在过去辰光么，格周仓跳起来。

周仓心里向转念头，东家啊，放曹操，因为傸搭俚有感情，从前辰光，答应过俚要报恩的。放格批曹将吭不名堂，敌人呀！老实讲傸放脱曹操，傸捉牢两个大将回转去吧，碰头诸葛亮交令，傸还有闲话好说了。说起来么哝，吾因为曹将上来打，吾搭俚笃交战格辰光，拨曹操么乱军当中逃过去了，吾么捉两个大将回转来。格么哝，最低限度讲，傸还可以将功折罪，还有点功劳。傸现在，哈喇！拿格点人，统统侪放过去。傸回转去一双空手，呐吭见诸葛亮交令呢？东家，忘记脱了哉，让吾来提醒俚一声吧。

周仓在旁边头开口："君侯，拿下几个曹将，回去见军师，交——令——呃！""这！"关公拨俚一提醒么，对格呀。吾勿应该侪放脱，应该留两个下来。抓，抓两个回转去交令么，还可以消差。所以云长，哈喇！龙刀，嗤！落下来。勿放了！背后头，哈——还有两个人，两匹马在过来。

云长丹凤眼对格个两个人一看，啥人？一个，张辽张文远；一个徐晃徐公明。格个两个人，搭关公是要好朋友，特别是张辽。张辽从前救过关公好几次。第一趟，格个辰光关公还勿曾桃园结义了，还在山西乡下辰光。路见不平、拔刀相助，杀脱一个恶霸。到衙门里向自首格辰光么，格知县官姓聂，单名一个辽，叫聂辽。聂辽一问情形么，晓得关公做得对。那么就此拿云长放脱。放脱么，俚立勿直哉略？格杀脱格恶霸，恶霸有势力的。格知县官要抵罪格咯，那么俚挂印而走了，移名改姓。本来俚姓三只耳朵，三个耳字格聂，聂辽。俚改姓张，姓娘舅格姓，那么变张辽，张文远。格个是张辽第一趟救关公。后首来张辽投奔了吕布，白门楼吕布被俘，张辽被擒，吕布死脱。曹操要拿张辽杀，关公，卜，跪下来，为张辽讨情，关公救张辽。接下来，屯土山约三事，张辽救关公。黄河边上，又是张辽救关公。那么再到连下来，火烧新野，白河决水，关公救张辽。

今朝华容道碰头么，俫说，关公呐吭好拿张辽捉呢。格么关公在曹操营头上格辰光啦，俚别人勿轧道，除出一个张辽之外呢，再轧了一个徐晃。因为徐晃格人呢，正派，搭关公性情呢比较合得来。所以了，俚有两个朋友。那么张辽、徐晃为啥道理要阿末过来呢？俚笃两家头也有想法。张辽晓得，吾勿好朝门前头跑。如果吾门前跑脱之后啦，后头格批大将有危险。因为关公搭吾有交情，搭其他格批曹将吭不交情，俚要捉格啦。格么对伲两家头呢，有感情，有把握，俚勿会捉的。

所以俚笃登在阿末过来，等众将过去么，阿末两个过来。关公看见俚笃两家头过来么，下勿落手。哪怎下得落手？喔，为仔吾回转去，要有一点点功劳，可以搭诸葛亮门前消差了，拿格顶顶要好格朋友张辽捉下来，格做勿出。情愿自家死，只好放过去。

关公格人重感情。喤！马头一圈，龙刀，哈喇——边上一荡，身体一侧么，让出条路来。因为格个两个朋友，吾勿好让俚笃在刀底下过去。

俫，哈喇！龙刀一荡么，张辽，哈！徐晃，哈！两骑马过去。俚笃追上去碰头曹操，格辰光曹操败剩几个人回转？点一点数目，连曹操本人在内，还剩二十七人、二十七骑。八十三万大军，不可一世。格个一败，喝，败剩二十七格人回转，好算得是全军覆没。那么曹操回过去，让俚进南郡去么，吾勿提。再交代关公。

关公等到张辽、徐晃过脱么，龙刀，擦冷——一摆。人，呋——噗！马背上跳下来。周仓，喤！龙刀一拾么，收兵回帐。关公呐吭？预备死哉呀。转去么，预备拨诸葛亮杀。今朝么，真正格心服诸葛亮。诸葛亮收伏张飞，火烧博望下来就伏了。收伏关公顶慢，一直到现在华容道过后，那么关云长算佩服诸葛亮。确实，料事如神，了勿起。佩服。

格么回转去诸葛亮哪怎呢？诸葛亮当然板面孔咯。咦，俫立军令状了，有法律格哟？俫捉牢曹操回转来，有大功。拿诸葛亮颗郎头拿下来，吭不闲话讲。今朝俫放脱曹操回转来，格俫格罪名摆在那，军令状立好了。哗啦！军令状拿出来，要拿关公杀。格关公也预备死了。

那么俫想，刘备呐吭肯答应。刘备讨情，张飞讨情，赵子龙讨情，文武官员大家俫讨情。关云长格罪名确实是大的，放走了曹操。但是呢，俚从前立过大功，今后呢，还需要云长什梗种大将，阿能够让俚俫，权且记过。让俚戴罪立功，将功赎罪。看到全体俫讨情了，格么诸葛亮答应，令箭收回了，别格将军，每人俫是大功。只有关云长呢，记大过一次，以观后效。直要到将来，关云长兵进长沙郡，得长沙了，那么喏，将功抵过。拿格桩过取消脱，解决问题。

华容道呢，说到此地，就告一段落。谢谢各位收听，再会。

附录

张进评点《唐耿良说演本长篇苏州评话〈三国〉》

张 进

第一回《赠马》破

曹操与关公亦敌亦友，便有了《赠马》这回书由"曹操试友与关公拒敌"交织而成的政治家"心里向转念头"的游戏。曹操宴请他的朋友关云长，隐隐然有一个"心"字在书里了得。曹操为收降关公，有心以大大地盛情款待、曲心以弱弱地问袍新旧、甘心以爽爽地痴马相赠。关公呢则与曹操敌友之间、公私分明，他对大哥刘备是忠心真心，他对朋友曹操却有心无心。夏侯惇出场"夹篙撑"是个拎勿清，他对曹操满怀的不开心，对着关公却真叫"恨伤仔心"。

曹操大摆筵席，全然醉翁之意。说书家言表清晰：曹丞相何尝醉了滴酒？嗳，越是滴酒未沾，越是醉得来要俫相信。这便是苏州评话艺术的拿手了。

听完这回书，曹操、关公、夏侯惇，三个人物栩栩如生。曹操是醉翁，政治家的境界少得了醉翁吗？曹操，一路在醉翁之意、一路在纳闷费心、一路又在那里"酸甜苦辣咸，五味侪俱全"。关公真老实，这个人物属于老实人当中的"铜豌豆"，一径"老茄茄"。关公在曹营从来不看曹操脸色，却一直都在给曹操看颜色。夏侯惇赖皮，他是"唐《三国》"喜剧书情的一个"透气口"。

中国水墨画中，有"破"之一说。"破"为国画家的"透气口"。以水破墨，透明快气，以淡破浓，透轻松气，以皴染破光表，透层次气，以氤氲破整体，透生动气。这个"破"是为境界"透气"由其而出。苏州弹词以"化"见长，蒋月泉化"周调"创造了"蒋调"，张鉴庭、徐丽仙化"苏调"发展出了"张调""丽调"，"化"就是"破"，"破"才能"立"。苏州评话重于"破"。"唐《三国》"一百回，夏侯惇之愚"破"曹操之奸，徐庶之搅"破"夏侯惇之蠢、曹操之坏，诸葛亮之智"破"张飞之莽、鲁肃之寿、周瑜之刁、关公之硬，鲁肃之迂"破"周瑜之耿，"破"比比皆是，"立"俯拾即起。

文以气为主，说书亦以气塑人、格物。"唐《三国》"以书卷气为主，唐耿良以书卷气总括书情。即便全书中那一位顶顶"戆大"的张飞，也被唐耿良赋予了第一等"戆大"的书卷气。这些当然都是后话。有"气"则必"透"，气"透"才能流，气流活于"破"。"气"为活，故当疏，不得堵。"气"为动,故当"破",不得"留"。"气"为出入口,故当"透",不得"淤"。

夏侯惇在这回书中就是说书家"破"曹操、"立"关公的"透气口"。

塑造夏侯惇这样一个反派人物,说书家不"破",则无法使夏侯惇的喜剧秉性能够充分发酵、完全到位。由于"破"而深及了他的心理世界,夏侯惇这个人物便跳出了"为喜剧而喜剧"的小圈子,从而使得夏侯惇立足于"唐《三国》"书目,既是个反面角色,又是一个极其普通的人;既是个喜剧形象,又是一个心理正常的人;既是个可笑人物,又是一个有血有肉的人。

夏侯惇、徐庶、许褚、蒋干、张飞、鲁肃……一众"透气口",成为"唐《三国》"喜剧结构的"活络机关",有他们出场,就有喜剧、恶搞,就有轻松、挠心,就有拆天陷地的"笑你没商量"。

第二回《颜良发兵》义

《颜良发兵》这回书,颇耐咀嚼。从第一回《赠马》到最后一回《华容放曹》,关公与张辽——组成"唐《三国》"书情的"恩义线"。由此,"唐《三国》"逐步展开了"恩情"与"忠义"这盘相互渗透又相互激发、相互强化又相互减弱、相互矛盾又相互解构的情节布局。关公是忠于刘备的武圣人,又成了尊重曹操的"心太软",苏州评话擅场的审美张力,就似乎给了听书人"情眠不觉晓"般的浑懵之感,又让人得到"润物细无声"那样春风入微的触摸。

中国江湖历来崇尚——义。中国社会,忠孝节义。中国古代,忠,天经地义,关公为"唐《三国》"忠之冠。孝,血亲大义,徐庶是"唐《三国》"孝之极。拜把子,成了"忠孝"之外"义"的中国江湖大法。

一部"唐《三国》",主要是在说刘、关、张的"演'义'"。你看,这回书,张辽向关公"问义"。照说张辽与关公可谓"救命之交",即便这哥俩互相之间都救过对方的命,可他们是没有经受过江湖义气的最高"仪式感"的,因为他们终究未曾"拜把子"。故而,张辽与关公当然只能是朋友之交喽。唐耿良说法:张辽与关公"有交情"。交情,有深有浅,深浅都是"恩",恩是可以报答的。关公在"唐《三国》"书中对于张辽乃至于曹操的"放水",都只是报恩罢了。恩报答过了,就必然分道扬镳。苏州评话谚云:黄牛角,水牛角,大家各归各。义,则大不同了。因为苍天厚土、热血良心在作证,"义"是得到了"拜把子"这个江湖义气大法的最高认定。所以有了苏州评话关公的语录:苍海能干,巨山不灭,厚恩可报,大义难忘。

刘、关、张桃园三结义,那是响当当的忠义"拜把子"。于是乎,这源自于江湖义气最高"仪式感"的"拜把子",别有了很特别的政治文化寓意。关公对于刘备的"忠义",显然已经具备那种沧海桑田、"万寿无疆"的神圣宗教态度。一下子,"拜把子"就给高大上起来了,你看,关公倒自觉,"拜把子"的朋友之义被他提拔到了君臣之忠,"拜把子"的江湖义气由其上升而为"家国忠义"。反过来,刘备对于关公就属于"上手大"了。后书中,刘备给关公写信,那语气——干脆,那措辞——幽默,那劲头——十足,在在就是"老实不客气"下命令的。刘备下书说得很有些意思。刘备对关公"欲休还说",刘备说:大哥我的头随便你拿去吧,好做做敲门砖、进阶梯,就算是你投奔到曹操那里求职、升官的资历、文凭吧。只是,你二弟也千万不要忘记掉哦:我刘备跟你关公那可是"拜过把子"的弟兄,比得过亲兄弟啊。

刘备僭胜了。啥体?刘备有手段,有啥格手段?有他与关公、张飞"拜把子"的紧箍咒。

第三回《斩颜良》气

关公斩颜良,苏州评话界各有各的说法。"唐《三国》"这一回《斩颜良》,声如其人。唐耿良通过他的声音表现,塑活了书中三类人物心理气质:颜良起起武夫"气质"傻大黑粗,曹操斤斤权臣"气质"心深机海,关公谦谦君子"气质"智勇双全。颜良与关公其二人的气质反差,一个声气浅薄、一个做派沉稳,一个喔喝粗莽、一个成竹在胸,一个二五兮兮、一熟读《春秋》,胜败自在无言中。"唐《三国》"走进人物心理,深入骨髓,性灵鲜活,尤其是其突出表现喜剧人物的心理机变,为苏州评话艺术家唐耿良所独造。唐耿良说张飞,张飞成了苏州评话第一等"心理长卷"。说曹操,曹操也是苏州评话第一等"奸诈心理"。说周瑜,周瑜亦为苏州评话第一等"使坏心理"。

声如其人。——苏州评话最首要的审美规则就在于其中。声音就是人物,声音就是形象,声音就是苏州评话。欣赏苏州评话,说书家的声音是听众通过视听感官可以直接获得的审美性物事。要听懂"唐《三国》",尚需进入到"气"这个混沌状态的而又不能不去达到的哲学性升华,那就注定要触及形而上的性灵。

声音要分好坏善恶,语言具有阶级属性,这曾经是一种盛行过的语言学理论。苏州评话有着它自己的语言"声气论"。作为说书家的唐耿良把苏州评话"声气论"做了这种表达:声之为用,气之为体。换言之,"声用气体"。所谓"声用气体"者,也无非就是在说——声音为天生万物之用,那么,又何须"吃力不讨好"地再去分出个好坏善恶、三六九等之体来呢?不过,声音一旦人格化之后,人格化声音便自有了"人的本质属性",不管它是特异无二的,还是普遍性质的,自然而然地对于它的收听者便在客观上存在了好坏善恶之分,以至于附加上诸如阶级属性等等的看法,或名之曰:约定俗成了的人格化声音类型。

曹操声音属于人格奸诈型。说书家声音一出，你第一印象听到曹操"肚子里的坏水"一个一个冒着泡儿。逼人的声音，威势的声音，这条声音总好像还深深地在暗藏偷偷摸摸的路道、悉悉索索的胡闹、嘻嘻哈哈的怪调。历史上曹操雄才大略，自不待言。历史上的刘备跟曹操如何好比？然而，苏州评话里的"这一个"曹操，可就是民间文化的另一派别材别趣。唐《三国》，说曹操，关键是唐耿良要通过这个奸诈冒泡的声音去让你看看，曹操声音当中说书性灵的"气"：看看曹操声音中的那副眼神，哦，"气"骨溜骨溜地在转。看看曹操声音中的那张面颊，啊，"气"抽搐似地在牵。看看曹操声音中的那个肺腑，嗯，"气"冒着泡儿地在坏。

颜良声音充满"二五劲"。其人格化声音一来粗胖大气，显得颜良有勇无谋。同时这声音威赫凛凛，更加地突出颜良轻浮、骄妄。"唐《三国》"一百回中，生动塑造了"一回书人物"的形象谱系。这些"一回书人物"中，颜良是一个二百五的牺牲品，文丑是一个迷信到死的憨家伙，赛元晋是一个骄傲失败的宿命者，王德却是一个感天动地的英雄汉子。短短一回书，人物个个声气鲜活，形象处处熠熠生辉，听了就会叫你上瘾而欲罢不能。为什么说颜良"二百五"？因为颜良是大将中的匹夫，他的匹夫程度到了"令兄有信"四个字都不会在战场上对关公"正规地表达"，便"二百五"地毙命在了关云长的青龙大刀之下。因为颜良是匹夫中的大将，所以，这个大将堪称"河北颜良盖世雄"，说书家就把他表现得虎虎威风，这个大将又在"拼性舍命二百五"，说书家就让他速死得一带而过。下一回，文丑就加二有意思了，因为这个"一回书人物"，死，就死在了木知木觉"逗你玩"。文丑打夏侯惇"逗你玩"，一气逞强，文丑追曹孟德"逗你玩"，喜气满场，文丑跟关云长"逗你玩"，傻气毙命。

关公声音有着豪爽情。关公是圣人，他这种圣人人格着实化合了"豪爽情"与"心太软"。本回书，关公是轻马快刀斩掉颜良，说书则一表而过理了乱麻。这就是苏州评话的辩证化呈现。嗳，颜良是关公最狠的劲敌，却死于一刀毙命。而且唐耿良在此轻轻一带而过，咦，这可是咋的？听众洗耳恭听着轰轰烈烈的"关公斩颜良"，得到的怎么反而是心理上的不满足？且慢，莫急，好书还在后头呢。

这回书，"曹操日记"其实就是古人爱说的草蛇灰线。关公斩颜良，曹操轻骨头。曹操认为关公在武将中最是厉害，天下无出其右者。关公不同意，硬要夸饰他的三弟"张飞还要狠"。于是，曹操为着长记心，郑重其事，命人记下了关公之言——张飞"百万军中取上将首级，如探囊取物"。

第四回 《诛文丑》急

概括第四回，简单六个字：逃啊，追啊，逃啊。再加六个字：意外，意外，意外。《诛文丑》

高潮迭起——逃啊，夏侯惇逃命，反错方向，第一个高潮，呼呼啦啦；追啊，文丑追曹操，曹操喊救命，再一个高潮，稀里哗啦；逃啊，关公"输"给了文丑，袁绍大营啰哄了起来，又一个高潮，轰轰隆隆。一回书，出现了三个"急转弯"，说书家都不制动刹车。不按常理出牌，必有"意外"收获。君不见，哗啦啦地"意外三来兴"《诛文丑》冲出了三个高潮，三个戏剧性的意外大高潮。这在苏州评话界是为仅见。说书家抓得牢，抓牢了曹操这个牛鼻子，狼狈，狡猾；说书家做得活，做活了文丑这个傻瓜蛋，冲动，颠顶；说书家甩得开，甩开了沙场这个大局面，阔大，含蓄。"一万曹兵，三万河北兵""像夹沙酿团子什梗，横一层、竖一层，隔仔好几层了（勒嗨）。"哈哈。听听，听听看，来听听看呢。苏州评话味道好极了。

　　仔细听了《诛文丑》，对于唐耿良说"关公斩颜良"，为何偏偏要一表而过，是不是至此有了一分答案？应该明白了。关公斩颜良，那叫"慢铺陈"。到了《诛文丑》，则是"急转弯"。一个说书家，只懂"慢铺陈"，那他怎样做得出金戈铁马、跌宕起伏的雄浑节奏来？反之，如果说书家一味只会在那儿"急转弯"，那苏州评话"理、味、细、趣、技（奇）"的艺术架构又怎么能来条条落实、步步到位？高明的说书家就是有他的苗头，就像唐耿良，他要"慢铺陈"，一定是在为了他的"急转弯"做着起承转合的"磨刀"功夫。他的"急转弯"，则所有缠委里曲，都或明或暗地夹藏在了他的"慢铺陈"之中。对，道理就这样。

　　说书家惯习在书情、人物、场景、生活、世态中"跳进跳出"，说法现身。江南文化，钟灵毓秀。苏州评话，聪慧到家。一张三寸不烂之舌，一把折扇，一块醒木，一任"说、噱、谈、评、综"呈现，一片白茫茫大千世界，江南文化中最经济而又精彩的民间文艺不就是苏州评话？苏州评话不就是四百年江南文化声口相传最精致而又华彩的那一部分？所谓说法现身，一人说书而出演连台大戏，如"唐《三国》"的百余战将、千军万马，人物呼吸、骏马嘶叫，皆出于唐耿良一人能说百口、一身可分百体、一面会变百貌，其诀窍便在——跳进跳出。

　　唐耿良首先作为"唐《三国》"一百回叙述者，他是相对客观的说书家；唐耿良跳进书情人物代言者身份，他就是审美直观的形象化，他就是曹操、关公、张辽，他就是夏侯惇、颜良、文丑，他就是"一万曹兵，三万河北兵"了；唐耿良跳出书外指点江山、物议评判时，他是相对主观的"评论家"；唐耿良以本人面目出现与听众摆开互动时，他就是布莱希特，他就是自己书情的一个旁观者，他就是说书之外的那个人了；如此等等，不一而足。"跳进跳出"为说书家的法、术、势与艺术哲学之所然，而在听众这一边对于说书家"跳进跳出"只是浑然不觉，因为他们自顾迷醉着的就是书情，就是纯粹的"听书"二字。苏州评话艺术由"跳进跳出"所形成的"说书三多律"（演出时间长、人物故事多、场面情景广）打破了西方古典戏剧"三一律"。所以，西方戏剧理论（包括布莱希特）体系很难套用于苏州评话的艺术研究。

《诛文丑》这一回书，唐耿良把说书"跳进跳出"做到了无可复加且乎极造情致。其手法相当简约，书情效果却溢满喜笑。"跳进跳出"，塑造人物，如文丑的迷信，关公的沉稳，曹操的坏心，夏侯惇拎不清。"跳进跳出"，起承转合，如文丑迷信、为人挑剔构成了他两次看不见的"心理意外"，夏侯惇逃生、慌不择路明摆着便有其两次喜剧化的"行为意外"，而放着个胆小鬼夏侯惇——文丑不去紧追捉杀，撞上了大好佬曹操——文丑竟然选择放弃，文丑这两次"致命的意外"，实际上，一下子便由起承转合的"慢铺陈"，"跳进"了性命交关的"急转弯"。说书家"跳进跳出"的一张法网，在看不见中已收拢，又巧妙地在撒开，书情已然"跳进"了关公所设下的圈套。终于，说书家做成了文丑作死、种种意外之最高潮——其巧就在于关公设套做局的"精准巧妙"，而其最高潮则在于唐耿良做关子的"取舍有道"。

在苏州评话，人物与书情固然本当是必须"跳进跳出"的。而"唐《三国》"中，表现手法和调度书情的"跳进跳出"随手拈来、涉书成趣。不妨说，本回书，手笔浓重的大加渲染与挥洒轻快的艺术跳跃、情节高潮的拿取显著与奇巧用心的审美细微、貌似慢人的一本正经与着实抖落的喜剧可笑，还有，如同穿针引线的"慢铺陈"与好像碎镜裂瓶的"急转弯"，"做关子"细节的精当安排与"起高潮"过程的不期而至，又何尝不是唐耿良在通过说、噱、谈、评、综，营造其风格化的"跳进跳出"艺术特色，真可谓：提炼精彩，发挥臻美。

第五回《陈震下书》惑

苏州评话"唐《三国》"有个邓芝，古典小说《三国演义》也有个邓芝，他们俩可不是同一个邓芝。苏州评话对《三国演义》书中人物的"改头换面"，做到了登峰造极、无所不用其极。因此，苏州评话才会有四百圈年轮的可圈可点。听《陈震下书》，说书的在笑，偷偷地笑在那肚子里，只有说书家肚皮里的蛔虫听得到。听书的在笑，默默地笑在了面孔上，明明知道自己受了说书家的骗，心里呢，却为精神胜利法——说书骗我算得了什么，刘备才叫窝囊废。何出此言？因为只有个刘备在窝囊呀，只有刘备不敢笑。因为他在怕，他怕被邓芝"算穿帮"，他怕被袁绍"下脑袋"。怎么样，说书也很残酷哦。堂堂十全大好人刘备，却被个邓芝给"玩懵了"。

这不，说书家大总都有"三斧头"：这第一板斧，叫作"书顾左右而言他"。说书家上了路子，总会做得假痴假呆，看似东拉西扯的，让你听书听得云里雾里。好。就在这当口，说书先生偏偏会给你奉送一个"下回分解，明日请早"。吃着这一下子客客气气、亲亲切切的痴呆斧头，那些个云里雾里的听客们，不知不觉因为"排日听书"之诱惑，变得就自觉自愿地钻进了书场——这块消闲解闷的地儿。说书家呢，借此端上了一只梦寐以求"工作稳定"的饭碗头。第二板斧，叫做"硬装斧头柄"。这一点，花妙最多。待后自有更多详评。第三板斧，叫作"说书说理，自圆其说"。有人说，"说书么都是些江湖诀，信不得真"。你当然可以不去相信说书家的三寸不烂之舌。只是，说书家的三寸不烂之舌种植了十万株仙丹、生产着八千朵莲花，听得你心里痒痒，迷得你眼神花花，弄得你方寸怪怪，反正——"信不信随你"。

"书顾左右而言他"——这回说陈震下书，关子，却明明卖在了刘备的身上。"硬装斧头柄"——装进了"弄堂书"的叙述关节。"说书说理，自圆其说"——唐耿良在描述刘备心理活动中，用粗心人察觉不来的"自圆"，做成了细心人板定领会的"其说"。

《陈震下书》这回书是从曹营书向刘备书的过渡。说书先生把书情的过渡，称作"弄堂书"。"弄堂书"一般多是些交代故事情节转折、递变的内容。这一类书情往往"雷声不响、风力不猛、雨点不密、浪头不大"，不太容易引起听众的审美注意。"唐《三国》"非常注重书情信息的增值性，也就是俗语所说的"附加分"。唐耿良善于在表叙性的"弄堂书"中特别去嵌进历史文化的"附加分"。峨眉山所谓仙道邓芝成为袁本初军师这段铺陈性的书情，唐耿良得法于"以心换心"，即以刘备"疑惑加重心理"来紧紧地捉牢听众受着书情诱惑的"紧张心理"，说书与听书——心以相牵、意则相联，情以相关、理则相应，由此，"弄堂书"被巧妙地与刘备的心理活动给接上了榫头。

弄堂书说得生动有致，听客才会勿觉着"厌气"，这就要靠说书家"真刀真枪"的玩意了。20 世纪 80 年代，中国社会极其强调精神文明建设。唐耿良的这回弄堂书，应该说，既有说书先生"一定要捉牢听众审美注意的艺术本能"打底，更有提升传统书目文化品位的自觉意识，为那个时代评话听众传播了较多的历史文化知识。这当然也成了"唐《三国》"说书说理、说势、说文化的重要艺术特色。

第六回《三里桥挑袍》晤

人生观与三封信。说书家被誉为高台教化，就好比当今有"人民艺术家"一说。上了书台，说书家就如同一位人情世故的"教授"、饱学多才的"先生"了。事实正是如此。唐耿良懂得说书要说人情世故，所以，他就让张辽与关公在书中，理论起了"人活在世界上，到底想啥？"同时，"唐《三国》"是苏州评话的"三国演义"，因此，唐耿良就把刘备、关公的三封信，当作了讨论、鉴别"人生观"的生动教材。高台教化，此言不虚，说书唐公，妙得言趣。

晤，面晤，面谈。这"晤"字，倒有些古意。古为今用，古意今义，古话今说，古调今谈。古今一体，岂可分离。"唐《三国》"把这个"晤"叫抓得妙。妙，妙将安出？听，听我解说。

见字如面，见信如晤。面晤者，谈话也。鸿雁传书，用字代言，以前一直都是为国人所津津乐道的，因为此乃古昔中国人亲切交际、展示心扉、洞达灵魂的文化平台。杜诗"家书抵万金"给出的沉郁之说已然"往事越千年"，却怎叫"家书"之晤恒久超值。20 世纪 80 年代问世的《傅雷家书》早已成为中国人"书信之晤"的不朽经典。

人生观与三封信，点亮了"唐《三国》"之晤：对于中国古代文化的致敬，对于苏州评话的提升。说表，噱头，穿插——古往今来，一切传统长篇苏州评话的"活儿"，安有出乎其外焉？惜乎者，可惜也。现在市面上还能听得到的长篇苏州评话，说表，大部分缺少那种"精气神"；噱头，不过是博笑"说过掀过"；穿插，则简直近乎濒临灭绝。所以，时下的苏州评话滑坡、式微、倾颓。所幸，"唐《三国》"完整地保留下来了真正具有"非遗"意义的"苏州评话穿插"，其历史价值、学术价值、审美价值、教育价值、德化价值有待于引起重视和研究。

"人活在世界上，到底想啥？"张辽与关公，便是如此晤了起来。其晤之妙，即为人生观。人生观，课题着实忒过高远，话题未免忒嫌沉重，问题或许忒多纠结。怎么办？那么，暂且就不办吧。唐耿良说法：吾先拿俚丒一丒开。

三封信，唐耿良为听众打开了世态炎凉的门窗。刘备下给关公的五十言短信那是孤穷已极、心机唯深。千言万语，在此一晤。此一晤，近乎最大程度的哀求。关公两封信，他给刘备的一封是"带着眼泪的哭告"，他那样忠心耿耿随附刘备，却落得担惊受恐，张怕刘备会来炒他的鱿鱼。此一晤，关公有意思。关公给曹操的那封信则是义正辞严的表白了。即便听客耳朵里已经起了老茧，关公还在给政治家曹操认认真真、一丝不苟地上着江湖课，此一晤，唤作——新恩虽厚，旧义难忘。

本回书，说书家穿插了古人羊角哀、左伯桃互相用生命为对方演绎成的仁义故事。这段穿插为"表白"，简单的理解就是单纯地说故事。一般而言，穿插不用起角色，不用道"官白"，也不用"表接表""表白连咕白"等表达手法，它与正式书情是有所区别的。因此这种长段表书的穿插，在唐耿良《三国》说表中则每每将其表演成促膝谈心那样的讲述文化、讲开历史，讲得明白、讲来亲切。如此，说书家就能用"谈"作为叙事样式，将穿插进书情故事的"谈"与书目原本的情节表现来加以隔开、分界，而重要的是，说书家面对着审美情趣不同的各类听众——苏州评话俗语时常说听众"甜中意，咸欢喜"，又有说"萝卜青菜，各有所爱"，即此，在听众那里唐耿良亲切的穿插，也就是通过"唐谈"——"唐耿良谈心式的穿插"，便能使大部分听众会与穿插性的故事内容在审美心理上产生共振，多有靠近，欣然接受。正是由于说书家采用了"谈家常"的亲和感召、审美化解，这样，即便有些不大喜欢穿插"表白"的听众也就不至于会对这种"娓娓而谈"感到生硬、"厌气"。

"唐《三国》"较多典故穿插，这样的"唐谈"穿插，虽然外貌形式上似是书情结构的"外来户"，而在说书的内部肌理——穿插与书情——却应该是"统一体"，"由行书需要进行穿插，因了穿插而深化书情"，二者必互为一致。只要娓娓而谈，得心应手，顺理成书，那就势必能够有机地加强"三国"这部大书的文化气息、历史内涵。例如，本回书的"唐谈"属于"外插花"书断意连类型；往后书情里，赛元晋的一大段"唐谈"就是"内嵌化"互为表里的审美关联；而关于"二十四孝"的那一类穿插，便是"谈"与"评"的你推我助了，以此，说书家把"唐谈"的时代眼光和文化境界提升在了对于"二十四孝"的幽默"评论"之中。

这回书，有一点，必得要注意：读刘备信，关公大哭，这是"唐《三国》"中关公的第一次哭，第二次关公是在"古城相会"对张飞泣不成声。"唐《三国》"一百回，关公只哭过这样两次。唐耿良先生说书"细如发丝"，关公对于长兄、三弟的动情放哭，唐耿良的用心大概是在说：大仁大义，未必就板要哓得一本正经、严肃有加，一肚子之乎者也，一面孔仁义道德。说白了，关公这样的圣人，都敢于放声大哭更是一种呱呱叫的英雄豪情。

第七回《过两关》点

过两关，关公与曹将已然是你死我活的敌我矛盾。关公过两关斩了三员曹将，会有谁个听书没听明白的？然而，对于关公与"两位阿嫂胆小"之间"看不见的矛盾性因素"，便蛮需要听众、读者聪耳以闻其细听，慧眼以观其细藏，从心以明其细情，只有极其地善于捕捉说书家的"活儿"、设局，那么，你听说书、读文本，才有希望"进到说书家的呼吸、脉搏里"，搞懂苏州评话之种根、布局的一般肌理。

苏州评话向来有"六白"之夸。说书家以第三人称，讲书情故事，谓之：表白。书中人物第一人称的对白，叫作：官白。书中人物的自白，归类为：私白。还有辅助私白之用的咕白。至于衬白、托白到底算怎么回事，现在已经不大有人能说得清楚了。"唐《三国》"中应该还多出来了那么一种——点白。其实呵，就是在说表之中轻轻"点一句"的叙白。《过两关》中就有关公极细妙的"点一句"——"两位阿嫂胆小。看见打仗杀人要吓格啦"。十多个字，语言时长那么短，不过二三秒钟吧，好像轻如蝉翼乎！"关公书"精华的巧妙就"点白"在了这样看似随意的蜻蜓点水之处。苏州评话自有它四百年传统积淀所致的艺术辩证法——四两拨千斤。关公"点一句"，哪里又有四两之重呢？然则，苏州评话艺术的杠杆那内中"劲快而又飞跃如同浩大雄风的用力"，它偏偏就能把审美魅力的千斤之重化分在关公"点一句"的轻捷、精细、微妙之中。

一部"唐《三国》"究竟有多少"点白"之用，又有谁能尽数去一一指说出来？撮其要者而记之：此处关公"点一句"，重心落在了——"两位阿嫂胆小"。好不夸张地说，此一"点白"极轻、极细、极妙而数度激活后面张飞、赵云、关羽的高潮书情。首先，《古城相会》的书目被这句"点白"点活了。一个猛张飞正是经由这里"点一句""两位阿嫂胆小"，活生生上演了一出张飞不相信关公、也不相信"两位阿嫂"的超性情戏剧。其次，"赵十回"时，"两位阿嫂胆小"却是变成了"两位阿嫂胆子不小"，巾帼甘夫人、英雄糜夫人的感人书情"涓细比照阔巨的源头"，也正是出于这句"点白"。刘备、赵云"肝胆相照、呼吸与共"的最初桥段，同时亦关节于此。再次，《华容放曹》是"唐《三国》"全书的收官回目，没有彼时"两位阿嫂胆小"这句关公"点一句"的轻之又轻，就不会最后有"曹操使巧过关，关公见拙放曹"的重中之重。

第八回 《镇国寺》恶

"唐《三国》"演绎的《镇国寺》，揭露恶血，彰扬善德。说书家运思深邃，圣人关公为什么一再上当，凶恶卞喜反倒是一派聪明。普净老和尚"委曲"出场，使得这回书"惩恶扬善"的简明化主题，陡生情趣。陡然间，佛教大善大德成了"唐《三国》"的探雷神器。深埋下了地雷的卞喜，因为十恶不赦，终被杀身试法。关公这个圣人，因为克己奉公老是"心太软"，虽然这回书被他绕过了死敌卞喜的雷区，可是到了"古城相会"时，却差些要被他自己的三弟张飞"硬装斧头柄"的这颗莽撞地雷，给炸坏金刚之身。

关公对于卞喜开始也是"步步设防"。不过，是老虎哪怕这只老虎真假不明，都会披着一身漂亮的虎皮以作为它是老虎的装潢。恶有恶报。卞喜这只"纸老虎"踩响了恶报的地雷。

生活与艺术，实质就是一回事。只是它们二者的人性切点大有所别。生活中碰到卞喜，过街老鼠，人人喊打。人们都要抢着做好人。说书里，"这一个"卞喜，一会儿，让听众神经紧张；一会儿，叫听众汗毛凛凛；一会儿，把听众搞得糊涂；一会儿，使听众没得满足；一会儿，卞喜恶煞原形毕露；一会儿，英雄关公终归胜利。苏州评话说书先生常爱说那样一句书谚，叫作：死马当成活马医。唐耿良在这回书运用了"遮眼法"，所谓：假虎当俚真虎上。卞喜这只"老虎"的以假乱真，恰恰把与关公这只"老虎"冤家路窄的书情，推送上了一个审美世界"善恶相克"的高潮。

关公这个圣人其实有很多毛病。关公的一双丹凤眼也许只是为了专门用于"拖刀计"，因为关公丹凤眼总归拙于识人真伪高下，譬如说——曹操的故弄玄虚，他是视而不见的；卞喜的窝藏凶恶，他是见而不察的；孔明的料事如神，他是察而不信的。到了末了，这"眼亮不带光"的圣人关公，都被卞喜的"热烈欢迎"，弄得首鼠两端、摇摆不定。好在关公熟读《春秋》，在武功之外的范畴，关公甘于慎独，所以，他便只能"求计"于两位皇夫人了。

苏州评话善于"玩对比"，所谓"曲径通幽"。这在民间文艺也是惯常的路数。"玩对比"尽走直线的话，"曲径通幽处"又何从谈起呢？画虎画皮难画骨，知人知面不知心。说书家往往把"人面"揭开给听众，至于"人心"还是要看受众各人自己的悟力。谓予不信，那么，请问：为什么当下关公这个层次，刘备一方好像总在"孔夫子搬家（尽是输）"之中徘徊，为什么日后孔明那个层次，刘备一方却一径取胜曹操轻而易举、僭胜周瑜如同儿戏。对喽，然也。"玩对比"，就是玩的"曲径通幽"么。

第九回《胡班行刺》吼

半夜三更。胡班欲将行刺之际，突听得关公大吼一声——好刺客。苏州评话把"吼"叫作"起爆头"！唐耿良这一声"起爆头"，惊震五脏六腑、捏摄众人心魄。这一吼，"好刺客"无中生有，化生出苏州评话拿手的翻云覆雨、凭空出奇。顶要紧，这一吼，为已经吊足听众胃口的书情，给出了既意料之外、又情理当中最到位的审美落地。这一吼，"拿刺客"无中生有，说书家凭借"刺客"二字"一语双关"，让"行刺未遂"的书情达到了"一举双关"。既举书情之框骨立架，又举高潮之气韵突破。

夜深，读《春秋》，关公"起爆头"。"唐《三国》"书情轰生怹在此高潮突兀而起。路见不平一声吼，该出手时就出手，那些"水浒"中的草莽绿林最需要这样的豪爽。《春秋》大义读不辍，关公动情"起爆头"，只有"三国"里的家国英雄才懂得如此的震惊。毕竟，江湖侠义与家国天下有着表现内容、文化性质、人物对象的很大区别。路见不平，拔刀相助，这是绿林好汉鲁智深、李逵等人惯常"红刀子进去白刀子出"的直来直去；灭曹兴汉，一统天下，才是将军豪杰关羽、张飞他们深怀仁义礼智信而忧国忧民的政治理想。"水浒"宗旨一般外在于凶、狠、勇、莽，"三国"故事执着在理、智、计、谋。关公深夜"起爆头"，说书家非常准确地营造了《三国演义》政治英雄关公其超拔人生的艺术氛围。《三国演义》原著中，胡班细节也只是一带而过，而"唐《三国》"却把"胡班行刺"演绎成了一段"关子激烈，高潮突起，富有情趣，颇具韵味"的经典书目。

整个"过五关斩六将"情节链在"胡班行刺"达到了高潮。唐耿良说书用心用情、有声有色，再一次显示了苏州评话"舌粲莲花"的本事——有情节，重细节。说表一层层展开，书说得生动抓人、层层有戏，"戏"做得细致入微、步步连环，听着书虽然并没有感官层面"直接观得的具象"，但是由听觉印象综合之后而进入审美场景的形象"获得感"，却毫不逊色于看戏、读小说。

"过五关"情节在《三国演义》原书中不过一个章回的内容，可是苏州评话却充分发挥集中分散、腾挪升华相结合的功能，以说理铺陈、有机敷衍的艺术手法，把一章小说内容做成了"一个人的"一台大戏。而且这台大戏中还有小戏，它不是"空架子"的，如普净出戏、胡班行刺，都是有血有肉、相对独立的"戏份"。小戏中还有"惊心动魄"之戏，如关公读史，拍案而起，整个书情以"挑松——紧张——高潮"环环相扣，推着书路向前演进，抓着听众"陷入"场景。故小时候听，听其故事与传奇，半世人生后，再听"唐《三国》"，则是要听其历史文化的内涵，听其人生道理的磨炼，听其拍案惊奇的动人。

"过五关斩六将"，"唐《三国》"的斩将法各有不同。且以荥阳关而言，关公已经出了荥阳，王植还要穷追不舍，这是把他自己的"提不起格，用不上劲"的俗世功利之心，去度一代名将关公"护卫大汉，为主尽忠"的大公无私之腹。所以他的被斩就是不折不扣"送货上门"的"寻死"。王植被斩只是一带而过，说书家这回书"中锋用笔"在胡班身上。以此而观照，下面一回书必然还将再起波折。这也是"唐《三国》"的行书规律：井井有条，错落有致。

吼，关公"起爆头"，何止"胡班行刺"这一回。"诛文丑"时，关公前来相救曹操的那一声"大起爆头"之吼，在曹操营中真是响起惊雷——曹操你战将千员且在哪里？关公我横刀立马文丑何惧？"临江会"中，关公"起爆头"，更是把"自以为老子天下第一"的"顾曲周郎"和周郎的一干弟兄朋友们，唬得一愣一愣，吓成缩头乌龟。

第十回《过五关》心

一介文官刘延不愧为守五关的曹营高人。刘延拉开了架势，在表扬关公的"五常"：仁、义、礼、智、明。最后这一个"明"字，那叫一个促狭，"鸡蛋里向嵌骨头"——你关公莫不是害怕秦琪年纪轻、本领强，所以，你才跑到这儿来欺负我刘延这个不会武艺的文官吧？关公哪里受用得下刘延的这般"抬举"，圈马回头便提刀直奔了滑州。

关公有心。本回书"过五关斩六将"收官。区区一回书，唐耿良说书却全乎了"麻雀五脏"：心、尽、性、情、灵。关公过五关斩六将，集中表现了关公大义之心、坚决之心、太软之心，生动体现了说书家之尽达情志、尽乎周全、尽于细致。

高明的说书家不会轻而易举就让关公"出空身体"没有"故事"。因此刘延刺激关公不过滑州而冲白马关，明明就是在为关公进一步"加重故事砝码"，毕竟"过五关斩六将"这一台重头戏——主要是意在表现武圣关云长的智勇双全，盖世绝顶。关公斩秦琪也是神了，冥冥之中有如天助也。论者云：文学倾向性必须通过真实情节自然而然地流露出来，老一辈说书先生其实不正就是这样在做嘛。

东岭关。大将对阵，各为其主。关公以理相劝，孔秀不怕牺牲，关公杀孔秀应该不乏同情之心。——我也没办法，杀了你再说。

洛阳关。关公杀孟坦，为畅快淋漓之心。关公杀韩福，为怒不可遏之心，为一箭之仇必报之心。——"谁敢挡路，吾必杀之"。"吾必杀之"这四个字，真是让人汗毛凛凛，因为这也是周瑜要狠狠地杀掉诸葛亮时的口头禅啊。

汜水关。关公杀卞喜，为画虎不成之心，为知人不明之心。——关公熟读《春秋》，尚未读熟人心，所以，难免"画虎不成反类犬"，"知人不深会害命"。实际上，此时此刻，关公是惊悸之心，后怕之心。于此一笔关公之心，唐公把关公"老好人之心"跃然口舌，关公在白河对于张辽、许褚、夏侯惇的"放水友善之心"，华容放曹的"放弃原则之心"，与镇国寺这段书有如草蛇灰线，简直是"心心相印"、正反呼应，西谚说"罗马不是一天建成的"，信也。

荥阳关。关公杀王植，为仇人相见、分外眼红之心。唐耿良说得再也清楚不过：关公寻兄心切，哪里还有要杀王植之心。王植自己送上门来，一心找死——多行不义必自毙，关某又哪有不杀这送死的贼人王植之理。

滑州关。关公杀秦琪，为进退有致、不得不杀之心。外甥不出舅家门，真是活脱脱画出了蔡阳、秦琪这一对甥舅的人格、心性。"河南刀王"老蔡阳就是容不得关公"后来者居上"，小子秦琪更是自恃武艺比老舅蔡阳还要高出一截，于是，蔡阳追着关公一定要杀，秦琪堵着关公非杀不可。关公这时确有"大将之风"——"咱就为保皇嫂、为寻皇叔"低调一次吧，谁承想，秦琪不知死日在即，硬是不管三七二十一，横竖激怒关公，死在了"误会"的拖刀计。

说书家在这回书中专门"拎一拎"重头，好显显关云长的本领。老蔡阳是"河南刀王"，秦琪是蔡阳外甥，嫡传娘舅蔡阳的刀法，号称"小刀王"。秦琪是为了"刀王的名气"而战关公。秦琪的被斩是其宿命使然。同时，说书家"精心安排"了秦琪被斩这个富于传奇色彩的桥段。关云长其时误碰马头，误用拖刀计，拖刀计战胜了"三连刀"，则更突出关公拖刀计功夫的神彩。无巧不成书，巧，都集中在了关公身上，于是，英雄气节中又加重了层层神秘色彩。

第十一回《郭家庄》连

《郭家庄》出现一个郭子。唔，说书的巧妙便在于此。前面点评时提到，"书顾左右而言他"，确乃苏州评话惯使的第一板斧。唐耿良说关公是圣人，可是这个圣人呢，有点狠——因为关公他温酒斩华雄，他斩颜良、诛文丑，他过五关斩六将，他擂鼓三通斩蔡阳。与此同时，关公真得有点"寿"。这个"寿"就是苏州话"寿头"的意思，就是专指那些老爱不看场合"犯糊涂"的人。说关公"心太软"，与关公的"寿"是最大正相关。说书家通过郭子这个"一回书人物"，通过孙乾、关公对于郭子的不同态度。表面上，"书顾左右"着郭子、孙乾。实际上，却始终在"言他"，在表现关公那么一种"尚且可爱的——有点寿"。嗳，交关有趣。圣人人格、性情的主干上也有枝枝杈杈。

说书的道理也很像写书法。书法是讲究笔断意连，说书呢，少不了书断意连。前辈说书家相当注意书情的转折、呼应、接榫，所以，以前那些苏州评话听客之所以爱孵书场，因为只有排日听书、一回不脱，才能听出"书断意连"的仔细呼应。

《郭家庄》这回书里，既有情节相对独立的故事表叙，同时"书断意连"之法在起重要的衔接与呼应作用。这里所说的"书断意连"，说书术语叫"种根"，也就是古代文人指出过的"草蛇灰线"。

张辽与关公，在这回书里"断了一断"，而"书断意连"连在了八年后的《火烧新野》书目，连连断断、断断连连，一直要"连"到"唐《三国》"最后一回《华容放曹》为止。有人说：宋朝黄山谷书法活像乱蛇挂树，那么，说书家唐耿良是不是也把书情做成了神出鬼没、姿态多变的一条"种根之蛇"。

关公与廖化，同样是"书断意连"。这条关公对于廖化"惺惺相惜"的"种根之蛇"，也被说书家与《三国演义》著名的俗谚——"蜀中无大将，廖化作先锋"——搭钩而连。

廖化与蔡阳，此处以"书断意连"。实际上，"断"，断在廖化与蔡阳两人过渡性的"弄堂"接榫；"连"，连在蔡阳与关公之间命运式的必然桥段。

关公——廖化——蔡阳。明线里，关公已经与包括廖化在内日后的蜀中人物有机联系了起来。但紧随而至那条暗线，白发苍苍的老蔡阳像阴魂不散一样"蛇游"向了关公的青龙偃月刀，这就是书情桥段在"书断意连"中的仔细用心之处了。因为"唐《三国》"一百回是在电台演播，许多在书场里可以向听众"面对面"放出的噱头，说书家不便在"空中"舞龙以施展。但是老蔡阳追赶关公紧紧不舍、书断意连，熟悉书路的听众此时此刻大有会心——嗳，作孽，蔡阳格只老老头，自家在作死。他们会在心里替老蔡阳干着急、捏把汗——蔡阳啊蔡阳，你真有去用自己胡子花白的生命来祭刀，向关云长隆重致敬吗？唐耿良"书断意连"在说，作为一种民间艺术，苏州评话断断离不开人物命运的仪式感。你听，老蔡阳已经上路，怒火冲冲地进入了牺牲、赴死这个充满仪式感的审美包围圈。

第十二回《收周仓》藏

开口见喉咙。周仓这个"戆大"血肉丰满，性情凸显，喜剧化、生活化、立体化。唐耿良拿手的"三来兴",派了大用处。先是周仓如同野兽"飞出来",此乃"藏一下"。说书家为了后面"抖包袱",因此,故意要把周仓的庐山真面目说得云里雾里、好生奇怪。奇怪,则情趣生焉。接着周仓喜剧开相"活得来",这是"噱一记"。周仓"西字脸",说书家口舌生辉,赋予周仓这副活脱脱"异相",有了"吾即英雄,吾即真人"的气概。然后周仓狠狠开打"跳起来",则为"露一手"。这让久经沙场的关公已然不由得"大吃了一惊"!关公心里向转念头:周仓都如此了得,他的主人武功又该当如何?

周仓是苏州评话中的"戆大"角色。除开了"戆性",唐耿良还给了周仓这个人物——野性与神性。周仓有神性,故而他会"飞也般"神秘。周仓有戆性,所以他便"活脱脱"傻气。周仓有野性,因此他竟能"跳出"惊奇。唐耿良运用的只是苏州评话最平常的人物白描法,可是,只要说书家甫一开口——周仓笑呵呵的喜剧形象就"立将而出",周仓傻乎乎的生活气息就"立即弥漫",周仓热辣辣的立体性情就"立起风格"。好一个,黑脸的周仓,你在唐耿良口中"活生生"而满堂出彩,你在听众的耳畔"鲜跳跳"像朋友一般。

说、噱、谈、评、综,"唐《三国》"噱头极其含蓄,唐耿良先生说书都不"为噱而噱",其喜剧表达,噱得——见面目,见性情,见生活。

见面目。又有谁能相信周仓这个黑面孔竟然是"滚将出来"的。在茅草丛中他"滚"了一个痛快,跟"主人"关公他打了上百回合,认红脸长髯他拿了画像来对,你说说看,这个周仓阿要"戆噱噱"。唐耿良习用"藏而不露"。藏的是"悬念",不露而露的则是周仓的本来面目。喜剧,说书的喜剧,不见得一定就是大喊大叫、大哭大笑,弄得别人陪你一起庸俗难耐。

见性情。周仓"戆不戆"?确实戆。见到了真神关公,还要"出屁头,急急奔",偏偏要到亲手拿来了关公画像,才总算放心确认了自己的"阿戆密码"。这种戆,真是戆到了无穷大的程度,倒有谁比周仓还戆呢?可是啊,听众看到了周仓的认真、周仓的走心、周仓的热血滚烫。哦,这样的戆,有天那么高、跟地一般大;这样的戆,为人中性情、万物真纯;这样的戆,把那些阴暗角落的小肚鸡肠愈加比得一文不值,让只有阳光普照的明白爽朗更为显现人性本质。

见生活。周仓"噱不噱"?当然噱。而且噱得有名堂。一曰肉里噱。人格力量的噱,噱在善恶分明。性格本真的噱,噱在敞开心胸。规定情境的噱,噱在不识泰山。注定发生的噱,噱在清白做人。二曰可信度。周仓能有这样喜剧的噱,夸张吧?当然靠夸张。可这种夸张,夸张得在理。又有哪个小聪明会在自己已经见到关公,面对孙乾相问时,却愿意自甘露抽:一会儿认得关公、一会儿又是不认得,刚说了天天跟关公见面,又说是从来没有见过,这太不符合"聪明逻辑",又着实道出"人性真谛"。正是因为周仓性情之戆,所以才会有这位不聪明者"不见画像不认关公"的喜剧场景。三曰生活化。孙乾两次三番的询问,周仓含糊其辞的答应,关公当面一个活人、生动在前，周仓却要搬来画像、验明正身，这不就是最真切而又感人的生活化喜剧。

周仓"西字脸"，这是唐耿良先生了不起的说书发明。周仓两颗雪雪白的獠牙——别人当俚派头大，"三国"牌香烟两根一吃，蜷曲阿胡子——这个人考究得了，阿胡子还要弄还俚奶油电烫。这就是时代性和生活化。已经是遥远在 20 世纪 80 年代的噱头了，今天听来为何依旧那样鲜活、动人？因为艺术常青，哪怕天荒地老，真正的艺术永存于人性。噱头不老，对于艺术，即便是最为民间草根的评话说书，时间都不成问题，时代也不会隔阂，因为不老的噱头永远植根于生活。

第十三回《古城相会》比

比，为苏州评话的"章草书"笔法——简捷，实用，有苗头。周仓出来了，紧接着，张飞出来了。周仓、张飞两个都是"唐《三国》"第一号的戆大。唐耿良用周仓之真心戆比照张飞之"会得戆"，周仓用自己"弄堂里向出棺材"直拔直的戆，来"反映"张飞其实一肚皮"歪歪点子弯弯绕"，欢喜冲了冲、缠了缠、寿搭搭、痴嗨嗨的戆。人比人，气煞人。戆比戆，噱翻人。听书，分层次。听"事"为下，听"趣"为中，听"心"为上。听闹猛，为一般洋盘；听门道，为其中高手；听巧嵌，为知音等第。听周仓之戆，是为正宗"章草书"，听张飞之戆，异化复杂"章草书"，听戆大之比，岂又何止"章草书"。

"唐《三国》"在整个苏州评话艺术体系中的地位，可以说："心理化"炉火纯青。说心理，说心思，说心曲，说心肠，说心境，苏州评话关于"心"的一概缠委里曲，在此可谓之曰登峰造极。

理路化、口语化、生活化、心理化、内髓化，这些都是唐耿良苏州评话艺术很突出的优长。唐耿良说书说理，主要是突出了描摹、传达人物的内心。口语化，为"唐《三国》"突出的苏州评话语言艺术本体方面，懂得"文学即人学"，善于把传统说书人情世故的"文学性"化用在口语表达的淋漓尽致之中，使得唐耿良成了传统苏州评话家中当之无愧的翘楚。生活化，"唐《三国》"俯拾即是，而且唐耿良"说生活"深入在了他的"说历史、说文化、说人性"中。比起有些人不适当地浮夸苏州评弹"高大上"云云，"唐《三国》"的"高大上"便是它的"生活化"。因为谁都吹不出来"高大上"，反之，再低调，只要各种条件具备了，哪都低调的"生活化"又何亚于所谓"高大上"呢？"唐《三国》"擅场于心理化，用不着外加多少点评，仔细听书，尽在书中。内髓化，就是市面上所谓"苏州评弹精致化"的原生态。"不要人夸颜色好"，只留内髓满书情——以原生态实现"内髓化"，不是自高于那些"插标自戕"、夸夸其谈的"精致化"吗？

"心里向转念头"，这句"口头禅"在整部"唐《三国》"中至少出现了有上千次：曹操心里向转念头，要收服关公、要捉拿刘备、要求生逃命；关公心里向转念头，要千里寻兄、要保护皇嫂、要一诺成金；刘备心里向转念头，要抗曹兴汉、要以民为本、要建功立业；赵云心里向转念头，要守卫皇嫂、要效忠主公、要救出幼主；诸葛亮心里向转念头，要孙刘联和、要夺取家当、要三气周瑜；鲁肃心里向转念头，要团结刘备、要依靠孔明、要战胜曹操；周瑜心里向转念头，要主战曹操、要杀忒孔明、要火烧赤壁。

还有好多呢。夏侯惇心里向转念头，我吃了亏，别人要吃同样的亏，这是曹操"人不负我，宁我负人"之论的转弯翻版；许褚心里向转念头，我要跟牢夏侯惇，夏侯惇逃跑第一，我做个第二，这是"智商无能之辈"的唯一选择；张辽心里向转念头，我跟红面孔有交情，我去讨情，关公一定给面子，这是"交友画虎知心"的人格价值；徐庶心里向转念头，我人么在曹营，心里要帮刘备的忙，这是"三国"正统观念的坚定立场；庞统心里向转念头，我老人家号称"凤雏"，曹操相信我，"我要弄得俚一家人家赤脚地皮光"，这是乱世年间隐士高人的特别想法；黄盖心里向转念头，我是江东开国元勋，牺牲为国，舍我其谁，这是老将赤心忠良的最高表现；甘宁心里向转念头，我得主公孙权提拔信任，做不了大贡献，我也要为江东添砖加瓦，这是回报知遇之恩的热情相奉；蒋干心里向转念头，我跟周瑜是同窗发小，能不能让我赚个便宜，位列三公九卿吧，这是"玩小聪明到了家"的不二法门。

心里向转念头，唐耿良从说戆大周仓开始切入"心理化"，实在是妙哉微也，可以意会而不可言传。如果说，周仓"心理化"，以周仓、张飞二戆之"比"，是在间接地加大张飞"心理化"的性情强度，那么，到了张飞"心理化"，则是整部"唐《三国》"心理化的步步为营、层层深进，处处开花、时时高潮。

等着哟，听唐耿良说张飞。那才叫：性情中人，声气满场。

第十四回《斩蔡阳》理

张飞来了。张飞带着苏州评话"三寸不烂之舌"开开张张来了，张飞卷起"唐《三国》"里那个顶顶噱头风风火火来了。来了，唐耿良打开苏州评话性情之门——张飞就是那股吹出八千次烈暴的风，张飞就是那闪带着九千个雷霆的电，张飞就是那道直下瀑布三千尺的冲天浪，张飞就是那位抬起巨闸一万斤的大力神。来了，听客陶醉在苏州评话宝塔之巅——张飞就是那热情真善的榜样，张飞就是个亲切到家的大哥，张飞就是有天大本事的侠客，张飞就是能摧毁邪恶的尊神。嗯，了不起，唐耿良全"心"塑造了张飞，一位顶天立地的英雄汉、一个性情天真的玻璃人、一名喜感长存的可爱者。了不起，张飞，登上了"唐《三国》"十五层美学宝塔——说噱谈评综、理味趣细奇、心尽性情灵——的尖捻头。了不起，苏州评话诞生了一个"化腐朽为神奇"的"戆大"冠军——张飞。

张飞其实一点也不野蛮。苏州评话不相信说书先生的"自由裁量权"，因为即便张飞是否"野蛮"也好、性情也罢，台下听众要听的是台上说书的"活儿"——你要能说得张飞不野蛮，你要能说得张飞真性情，你要能说得听众口服心服、摇头晃脑，人服钱服、挖出腰包。所以，才有了"唐《三国》"说书说理的"用喜剧说理"。

罗贯中《三国演义》原著、1994 年版的《三国演义》电视剧，对于《古城相会》《斩蔡阳》均没有去做像苏州评话"唐《三国》"那样达致"理味趣细奇"的深度把玩。有道是：英雄气短，兄弟情长。小说和电视虽然有许多大于说书口语表达的视听优势，然而，苏州评话由于口语化表演极度发达而派生出的"说书说理"审美触角，却是小说因其文学精致而无法一一到位、电视因其连续动感而难得多多留驻的。因此，即便当今苏州评话《三国演义》的受众数量大概已经不及小说，而且更加不能与电视剧相提并论，可是《斩蔡阳》"张飞醉了，关公哭了"的催人泪下，那种说书说理、"用喜剧说理"的独特审美情致，仍然以其精细于表现人格性情的魅力、反映心理层次的张力、说表语言生动的活力，留存着《三国演义》小说、电视剧所难以企及的"理味趣细奇"的艺术风韵。

通常认为，苏州评话传统的艺术表演最重要的方面就是善于说理，说书首先要说理，说理使说书艺术得到"理性"支撑、立于不败之地。诚然，说书说理是苏州评话艺术引以为自豪的审美肌理之一，唐耿良说书说理艺术优长便是一个很好的明证。不过，苏州评话发展到了 21 世纪，它的不断衰落、渐趋式微有着很多方面的因素。以内因来说，"理味趣细奇"固然历史性地完成着苏州评话在传统社会文化传播中的高明生动、为人瞩目，同时，它的某种以偏概全、以经验为规律的教条性认识，也在影响、制约着苏州评话的发展与繁荣。从当下书场实践来观察，一些评话演员不善于说书说理，不懂得说书说理的规律，不能落实苏州评话"理味趣细奇"的艺术目的。这就是造成苏州评话艺术衰落、式微的一个重要原因。

对唐耿良在《斩蔡阳》书目中"用喜剧说理"的艺术手法进行创作方法论层级的审美观照，以此厘定"说书说理"的艺术本涵，从而也尝试着对"理味趣细奇"这个苏州评话传统审美框架中的"理"做出新的诠解。苏州评话要面对与跟上 21 世纪中国优秀传统文化的延承与新进，则务必与时俱进，提高站位，明确本体，积极而有为地把苏州评话艺术的新发展，推至与 21 世纪中华文化新时代同频共振的历史坐标系。

古人说：诗有别才别趣，不涉理路，不关言筌。这样的审美认识是实事求是、比较高端的，也同样适用于苏州评话的喜剧艺术。如果说书说理全部用的是"理性观念"，都是在"用道理说理"，那么，说书艺术的别才别趣、感性意味就会黯然失色，"理味趣细奇"所应当内蕴的"气韵生动"也必将大打折扣。陈云同志就说过这样的话：人家进书场听书是来文化娱乐的，不是来听你做政治报告的。

第十五回《赵云战周仓》哭

凤头，猪腹，豹尾。关公斩蔡阳，凤头扬舞向青云。高。张飞膝行认错哭，关公感动至极哭，两家头哭得一塌糊涂。令人意想不到的猪腹，好。"戆大书"一浪推一浪、一浪重一浪、一浪高一浪，由周仓懵懂之戆，而张飞蛮横之戆，再以周仓打赵子龙的顶顶之戆，豹尾的硬气叫人折服。《赵云战周仓》这回书唐耿良有多种用心：一是交代了裴元绍的结局；二是表现了周仓虽然轻身功夫好，但他的八十记锤头是机械的；三是把赵子龙这员"巧将"的人物特征推在了听众的面前。到这里，刘备阵营已然有了团队的雏形。此后诸葛亮书情，还有更多精彩的凤头、猪腹、豹尾。

张飞来了，张飞梦了，张飞醉了。关公哭了，张飞"硬装斧头柄"大闹古城，直弄得"六缸水浑"。关公笑了，因为张飞"用脚馒头走路"，膝行向前豪燥来给二哥赔罪；关公胜利了，因为关公"该出手时就出手"，斩下了老将蔡阳的头，赢获了三弟张飞的情；关公细致了，因为关公让曹兵来告明张飞"事件过程的究竟"；这是关公处理问题的细心入微，关公让曹兵带回蔡阳的尸体去落葬，这是关公对于前辈刀王的致敬方式，关公让曹兵转告曹操自己过关斩将的无奈，这是关公在对负情曹操做出认真的交代。

关公刀劈老蔡阳，这一刀相当华彩！凤头，高高扬起。首先，关公斩了老蔡阳，张飞"硬装斧头柄"的误会彻底解除，这哥俩儿那个抱头痛哭哦。哭吧，痛痛快快地大哭一场！哭它个一塌糊涂，但又何妨。此时此刻，关公、张飞哭得了一塌糊涂，不知要赛过多少鲜花和欢笑。其次，斩蔡阳，关公为刘备又立一功，千里寻兄好不圆满。再次，可能更为重要：关公在解决与张飞的误会、处理老蔡阳的尸首、对曹操解释过五关斩六将的关照等方面，可谓细致不苟、儒雅大度。就这样，关公原本英雄高大的形象，轰生愣便又立体了起来。关公是将军、政治人物、大英雄，同时，又是重情重义的好弟兄、知书达礼的好义士、有理有节的好朋友。像关公这样的做人处世，实堪为万世师表。也正是有此一处细节，华容道，关公放曹才会更加显得：责之家国原则，关公是一个错人；归之江湖义气，关公是一个误人。"唐《三国》"的味道就突出在这种方面，好人、圣人不见得完美无缺，错人、误人未见得等于作恶之人。

"关十回"即将落回，关公本身与兄弟又是如此相亲，对曹操也是这样仁至义尽，这样独特别致的凤头，苏州人说法：细模细样。可见，说书家"赠马"开局之精、行书布阵之赞、收官归束之功。关公显然是"唐《三国》"仁义道德、真粹精神的最高标杆，唐耿良塑造的"这一个"关公，可敬可佩，可信可服，可学可鉴，因为"这一个"关公对于"敌我友"有着极其爱憎分明的分别之心，同时，有着对待一切人等无分别心的"心太软"。

苏州弹词唱腔的字正腔圆，就要求演唱运腔、咬字发音做到头、腹、尾分明。弹词艺术宗师蒋月泉先生对此特别强调。苏州评话与苏州弹词除了演唱形式有所区别，两者说表遵循同样的艺术规律。苏州评话不唯咬字发音、声口气息要做到头、腹、尾清晰分明，而且，它还更加讲究书路结构、行书节奏这些"中观层次"的头、腹、尾。也可以说，《赵云战周仓》这回书所表现出来的凤头、猪腹、豹尾，就是苏州评话"唐《三国》"书情结构"头、腹、尾"比较典型的一种样式。

第十六回《兄弟相会》吓

《兄弟相会》"刘备书"正式登台。众星捧月，刘备在成为"政治明星"。刘备与甘、糜二夫人是夫妻相会；刘、关、张三家头是兄弟相会；刘备与赵子龙是君臣相会；关平、周仓是关家军相会；而卧牛山、茅草岗等一班兵丁是刘备蜀军家底的初次会师。刘备的形象，在"唐《三国》"一百回，虽然没有张飞、赵云、周仓、关云长、诸葛亮那样来得"立体"，也不及反面人物曹操那样来得"生动"，但是作为书情的"硬核人物"，刘备有血有肉，令人敬佩。刘备抗曹，明知难为而为之，且乎越知难为之而决为之，决为之而有为之。这也是中华文化的精神典型。

大团圆，总是中国民间传统文艺几类自慰式的"嘉年华"狂欢。古城相会是刘备阵营"开张仪式"的大团圆。

这回书，邓芝吓刘备，后面书情中，周瑜吓蒋干，徐庶吓庞统，说书家都是围绕"吓"做成了"噱不可耐"的喜剧书目。邓芝吓刘备，原来是大水冲了龙王庙；周瑜吓蒋干，本则真假难辨、扑朔迷离；徐庶吓庞统，就变成忽忽悠悠、虚张声势。

袁本初河北十员大将与赵子龙酣战得难分难解之际，曹孟德大军又兵临古城，"唐《三国》"备足储蓄，将要在"慢铺陈"与"急转弯"的说书拉锯战之中，推开三分天下、轰轰烈烈的混战大幕。

前面"草蛇灰线"的峨眉山仙道邓芝，在这回书中出现了"戏剧性的一幕"，这个江湖仙人原来只是刘备故人——简雍。到了此时孙乾"碰巧"通过"红痣"一下子就认出了"老弟兄"简雍——这样速成、惊人的碰巧，是否忒快、忒强势、忒"不讲理"？说书家在此并不做过多解释。

说书是为了让听众解颐，所以只要听众能心领神会、为刘皇叔"胜利会师"的大团圆感到心里开心，那么说书与听书"侬好、吾好，大家快活"这个共同目的便就达到了。

啥格叫"草蛇灰线"？那就是唐耿良笃笃定定、忽忽悠悠的"慢铺陈"。这个铺陈，完全可以"书顾左右而言他"，浸漫绵延，东一榔头西一棒，做出一副"不着边际"放逐书情的样子。这条灰线，便也可以上下五千年，穿插真善美，而在书情需要时不管不顾、我行我素地"急转弯"。这个"急转弯"，即便就是说书家"刹不住闸"的脱把"不讲理"，听众照式照样会在心里为说书先生的脱把"打个马虎眼"。因为他们多半不会为了书情的脱把而去斤斤计较、上纲上线，他们计较的或许还是"吾今朝听书到底阿快活"，他们的上纲上线大概就是"人活在世界上，侪是人骗人"，说书先生"也是人骗人"。这一个"骗"字，了得。

"关十回"再一次验证了说书之道：说书靠的是细细交做，它不像文学作品一定要以才华横溢赢得读者。它需要"说、听双向的耐心，心理互动的共鸣"。就像"唐《三国》"这样，用说书先生"耐耐心心的细做细表"，把听众"耐耐心心的审美期待"一步步唤起、一回回实现，与此同时，说书家与听众在心理层面才有可能建构比较牢靠的互动与依赖机制。

第十七回《怒打蔡瑁》正

戆大有正气。这回书，说书家小试牛刀。那个被苏州评话听众所人人喜爱的"翼德三将军"张飞，有戆大不唯天真之正气，有戆大一吐块垒之正气，有戆大壮烈豪雄之正气。张飞一个"嘀嘀呱呱的戆大"，一个满身正气的戆大。这就是苏州评话。张飞的出场，像个谜。冷不丁，古城相会，张飞一马一条丈八蛇矛，便直刺向了他二哥关云长的胸膛。阿要莽撞。这一回，肚疼出恭，张飞"偷偷摸摸"杀了个回马枪。阿要灵光。一个戆大张飞，在"唐《三国》"就是一身正气的最高象征。比之于张飞一身正气，关公的正气显得刻板，赵云的正气过于恪守，刘备的正气不乏心机，孔明的正气有点使诈，鲁肃的正气实在叫傻，周瑜的正气几乎为零。

这一个张飞，一身正气，充满戆性。"唐《三国》"给了苏州评话听众关于张飞的最为充分的想象空间。张飞不晓刘备山穷水尽、走投无路，"苦得嗒嗒滴"？又哪里不晓。张飞不知刘备是在抓牢救命稻草，"讨口饭吃吃"？又哪里不知。张飞他只晓得，正就正，邪归邪，正必克邪。

戆大闲话是苏州评话戆大角色的"标配语言"。有经验的听众个个都懂。可是，"唐《三国》"戆大角色周仓、张飞甫出场时，他们开口所用的"官白"都先是中州韵。中州韵"官白"之后，周仓、张飞才开始说起"戆语"。这回书，张飞用"戆语"为主。再往后，以及前面书情里，张飞、周仓都出现过"戆夹中"，即有时用"戆语"，有时用中州韵，有时则两者兼而用之。

今天"唐《三国》"听众已然无法来准确还原唐耿良现场表演周仓、张飞"戇夹中"时的心理动静，也不可能透彻洞穿彼时彼刻唐耿良对于周仓、张飞所必然特定了的人设情境。不过，从一般大面上来分析，用中州韵来做戇大角色的官白，个中缘故：其一是师承和坚持了前辈说书家唐再良先生的艺术风格，二是为了塑造喜剧人物戇大角色内在多样化的"非喜剧性格"。如张飞这个戇大的一身正气。

用"戇语"表现戇大角色，这是20世纪中后叶苏州评话艺术喜剧人物角色表演约定俗成的审美样式。作为苏州评话《三国演义》承上启下的代表性人物，唐耿良这里"戇夹中"既有可能是苏州评话新旧表演风格的交互相融，也可能是说书家在录制过程中的有意为之。因为苏州评话艺术天然携带着江南文化深长绵厚的"基因种气"，唐耿良与时俱进，践行着"艺随时代"的审美进化与文化守卫，所以，他的"戇语"喜剧角色也总是在适应着新时代的听众。同时，其一百回"唐《三国》"无论从民间口语、草根文化，还是历史观念、艺术精神，都极其深厚地浸润着江南文化的基因、钟灵毓秀的种气。由此，唐耿良"中州韵"戇大角色即是从原生态传统说书的"非遗"典范中来，即是把深长绵厚的江南文化的"基因种气"埋藏与根植在了进化态时代说书的"唐《三国》"书目里。换言之，"唐《三国》"是苏州评话艺术"非遗"样式的活化石。而至为可贵的是，"唐《三国》"尚未经由潮流时尚的过分洗淘，未曾落入所谓"文学性、精致化、高大上"的人为窠臼。缘此，才有了苏州评话"戇夹中"这种稀缺戇大角色表演形式之极其珍贵的文化留存。

本回书，刘备在发现"的卢马"时，那一段三百余字的"唐《三国》"相马篇着实精妙之极，足当把玩仔细。

第十八回《火烧馆驿》苦

苦。刘备苦。刘表苦。蔡瑁苦。唯独张飞——"苦"中作乐。刘备投奔好阿哥刘表，寄人篱下之苦，只好一切都火烛小心。刘表礼待刘备做好人，苦得赛过猪八戒照镜子，老鼠钻进风箱里，快要"轧扁颗郎头"。蔡瑁是块愣头青，嘿嘿，你蔡瑁胆敢老三老四欺慢刘备我的大哥，我"黑面孔"张飞就板要硬出头给你蔡瑁这个"青头鬼"吃吃苦头。你说蔡瑁阿要苦。

张飞真不愧——粗中有细。这位"黑面孔"的戇大为什么可以"苦中作乐"？唐耿良让戇大来"偷听"，这样的"偷听"：在蒋干是一肚皮坏水作祟，在周瑜实在是出于"熬勿牢"，在张飞则是一个戇大的人格在升华起来的审美境界。

张飞听得刘备竟然在私下里布置"不要让三弟得知"，这可不打紧。也活该蔡瑁倒霉。蔡瑁这愣头青对于堂堂刘皇叔三次卑躬唱喏的小心翼翼，报以不理不睬的蔑视。好啊，"恼怒了俺老张"，来吧，张飞给了蔡瑁一记"痛打的耳光"。这便如何了得哦！吓得刘备这位一径"借住夜、吃便饭"的倒霉蛋，拼着命辖牢三弟张飞的腰，一个劲地向着蔡瑁连连赔不是。

张飞真是个苏州评话的首席调皮鬼，他打了蔡瑁，还在盘算着——打是轻的。"惹恼了你张飞爷爷，老张我连你——刘表——一起打。"不过，调皮在张飞又是有情有义的。当刘表在问"别人打我，你怎么办"，张飞回答好爽快：我去跟他拼命！怎么样？够水平。务必注意：张飞跟刘表可没有说假话。张飞的心理活动相当有趣：俺老张讲义气。谁要是惹了我大哥刘备，我老张打他揍他，都是轻的；谁要是惹了我大哥的大哥，我老张打他揍他，都是对的。

中国人最惧之祸——祸从口出，偏偏又要教刘玄德去吃足苦头。祸从口出，唐耿良并没有对刘备的言行故作高深莫测之论，而是娓娓道来，把历史风云寄寓在了和风细雨般的"谈家常"，让听众享受之余，又不免唏嘘不已。

刘表出于情义在维护刘备，情义到最后往往都难以挡住利益。刘表岂能外乎也。刘备总归算是天下英雄，所以，他会申诉于刘表"废长立幼，取乱之道"，他会痛哭于刘表"老将至矣，髀肉复生"，他甚至张狂于刘表"小弟恨无基业，若有基业，天下庸庸碌碌之辈，何足道哉？"哈，你听听，刘备真是个祸从口出的闯祸胚！好在刘表毕竟不是曹操啊，固然刘表也明白自己庸庸碌碌，然则刘表之辈是永远不会去懂得英雄这两个字眼里的真实含义。这里就有唐耿良说书随手拈来的"一招鲜"，这段书，听来只是刘氏宗室老哥俩在随便唠嗑、谈家常，但是，说书家却把当年曹操与刘备"青梅煮酒论英雄"时的陈芝麻烂谷子，"转弯抹角"地就让刘备自己拿住了"接力棒"。

刘表为传位嫡庶而郁闷不堪，特找来刘备商谈对策。说书家巧妙借刘表之口，重提曹操"天下英雄，唯使君与操"的旧话题。岂料刘备按捺不住脱口而出说了心里话，竟然真得在刘表面前表现出"唯使君与操"的英雄气魄来。英雄心驱使之下，刘备开口动了"刘表家的奶酪"，这下隔墙有耳被蔡氏窃听，刘备不得不为自己祸从口出的一个不小心——付出代价了。

普天之下唯小人最难将就。刘表的蔡氏夫人、蔡瑁阿舅，原非善良等闲之辈，这一回借了"刘备意欲动奶酪"的因头，于是更加"恶向胆边生"，非要置刘备于死地不可。刘备啊刘备，又得经历九死一生。

第十九回《襄阳大会》活

听过《襄阳大会》这回书，就像在看谍战片，步步惊心。"火烧馆驿"要不是靠了"荆襄好人"伊籍"做奸报信"，刘备则必死火海，且"死无葬身之地"。着着险恶，荆州那帮阴谋家火烧不成，又下出了闷宫将的棋子——让"刘备主考"。苏州评话"唐《三国》"荆州书目的"阴谋连环计"，也是"老翻新"，已被当今电视剧广泛使用。艺术与人性相通，人性善恶在"唐《三国》"中表现得一览无余。恃强凌弱者，有荆州蔡瑁之流；挟天子以令诸侯者，有一代奸雄曹操；天下为公、承继道统者，有皇叔刘使君。政治也是人性的艺术，有时候它像一面镜子，直照世间的善恶美丑。

理路化、口语化、生活化、心理化、内蕴化，为"唐《三国》"五大显著的艺术特征。

理路化，书路清晰，逻辑性强；口语化，草根特质，民间风韵，这一点，在当今书坛已经成为绝响，尤其值得传承、借鉴、研究；生活化，来自生活，表现生活，审美生活，本回书，就是生活化的一个样本；心理化，注重心理刻画，增加角色厚度；内蕴化，与心理化互为表里、相得益彰。

"唐《三国》"生活气息浓郁，而这回书可谓其"生活化"的充分落地。烧馆驿，题反诗，两段书情中，说书家充分运用十多块"活"的细节，把政治斗争的"生活化"场景展示给了评话听众。一是用逆反心理，以小道消息展开细节，说活"火烧馆驿"的布散这段书情。二是用对古代马匹、现代的汽车认知常识，叙述伊籍发现蔡家马匹集结的"苗头勿对"。三是用雪花膏涂面孔，描写伊籍机智的"易容"脱身。四是用"伤害仔刘表尊严"，表现刘备的小心翼翼，为后面是否参加襄阳大会在做铺垫。五是"清官难断家务事"一句，反映刘表家族的复杂，凸显刘备的自我检讨、预感性命"要出事体了"。六是同样面对蔡瑁的笔迹，伊籍因为熟悉一眼认出，刘表由于光火没看出来。这一招，既在刘表情急慌忙、必得出错的情理之中，又是说书家唐耿良会得"摆噱头"，"说书说理，自圆其说"的拿手本事。七是伊籍"门槛精"，表现这位荆襄大王世子老师的精明才干。八是蔡瑁"反诗默得快"，这是一般歹徒坏人利令智昏的失手。九是刘表对反诗看一行对一行，发现蔡瑁的"栽赃陷害"。十是刘表被气病，因为哮喘、肺气肿导致气管痉挛。多少细节多少书，仔细辨嚼仔细味，无一不是生活中来，每一生活化细节都使书情在生活逻辑与艺术审美双重"搭桥"中，处处精微，褶褶灵气。

苏州评话为民间语言表演艺术，说书艺术像"唐《三国》"那样力求生活化非常要紧。说书从来并非高大上，也不是所谓"小众艺术"。21世纪评话艺术应该回归"生活化"定位，表现生活、反映生活、提升生活。

襄阳大会，就是顺着蔡瑁设计陷害刘备、刘表发现气急得病、张允回头再害刘备——这样一根情节链，而得以生成、有机进展、组织悬念。明知鸿门宴，刘备"去还是不去"？他的部下表现各异，说书家抓住"特征性镜头"，拉出了生动的生活化情境：文官孙乾一直"把小心"、三弟张飞当然不同意，关公在理智判断，刘表"勿会害俉"大哥，只有赵云顶聪明——不能不去，不能不防。

"这是鸿门宴"——张飞死活不同意。刘备馆驿脱险，回到新野闭口不谈。怕个啥？就是怕张飞不点火都能自燃的火爆性子。"知张飞者"，刘备也。这不是吗，张飞死活都不同意刘备去赴"鸿门宴"。他看透了蔡瑁和刘表，一个杀心勃勃，一个糊涂庸庸，不肯让大哥去襄阳冒险"白白里"送命。说书家巧妙"种根"，草蛇灰线，故事连下去，到了江东书，《临江会》一节"张飞死活不放刘备只身赴会"的版本更是升级。

第二十回《马跃檀溪》美

马跃檀溪，心跃灵溪。平心静气，洗耳恭听，苏州评话上好的吟唱，一如天籁在水镜庄傍晚的天空滑翔。嗯，纯粹口语白描的意境，胜过万千诗情在无数听众宽阔的心田里弥漫荡漾，这是"三国"时代那个落难的英雄——孤穷刘备——在某个十字路口，虽然前程还迷路，却因了轻快心情，便那般欣喜若狂、兀自陶醉不已了。这是江南文化一次精致的高潮在四百年苏州评话艺术，欢悦得劲着，从而，极其悠然华彩地走向光明的美善。马跃檀溪，奇焉奇焉，所奇刘备将要时来而运转；心跃灵溪，妙哉妙哉，所妙刘备由于美学而升华。

什么叫美学？在《马跃檀溪》书情中的刘备，美学即心境。一句"心定哉"，道破天机。心定宛如给予刘备首次发现美和感受到美的眼光。此时此刻，刘备望山山高，看水水美，脚踏郊野，心逐自然，不由得便唤起了一声，这一声如同"心定哉"的美学："喔！此地风景好极了。"心境好，最美。唐耿良给刘备"心定哉"的美学打出了一个高分。

"心定哉"，心定好像给了刘备点石成金的灵气、超凡脱俗的了悟。此时此刻，刘备这个疲于奔命、前途未卜的政治人物，似乎抛却了一切争斗、无望执念，在投入虚静无碍的寂然，邂逅"不食人间烟火"的超然。"心定哉"，那么由此而来的美学，自然而然，就是唐耿良用惊奇的话语愉悦地发布："哦哟，刘备一听，不得了，今朝碰着仙人了。"

"心定哉"，心定真就给了刘备放下负担、"随它去吧"一般的悠悠然、轻飘飘？未见得。或许人生终究的幸福哲学，便是"食色，性也"。此时此刻，刘备因为有了口福，也就显得交关幸福。唐耿良在如此赞叹刘备的口福至美："喔，刘备一看两个小菜，赞。"真赞，说书家做了简笔白描："炒菜苋，时鲜货，菜花刚巧黄啰，炒菜苋。拌马兰头，竹笋丝么炒枸杞头。哎哟，还有油闷笋，一只蛋花汤。"

书情一波三折，"心定哉"作为了分水岭。你听，前脚刘备还在荣幸地代表着刘表主持荆襄

"公务员考试"，紧接着，就是杀机四伏的鸿门宴了；前脚刘备还有赵云"不离左右"地保护，紧接着，就是单行匹马的"刘跑跑"了；前脚刘备还是仓皇失色地责怪胯下的坐骑的卢，紧接着，就是马跃檀溪的"刘得意"了；前脚刘备还刚刚马跃檀溪而幸得逃生、惊魂未定，紧接着，就是云开日出的置身仙境了；前脚刘备还因了痛苦之极而狼狈不堪、心绪败坏，紧接着，就是心跃灵溪的情态高致了。

真是一段段"慢铺陈"，一个个"急转弯"。被掌握在说书家手心里的刘皇叔，转眼之间，瞬息万变。轰生怹，"马跃檀溪"疲于奔命的苦海故事，就直接坐上"过山车"进入"心跃灵溪"美学抒情的生动细节。哦，说书先生唐耿良，你不就是苏州评话"唐《三国》"的如来佛吗？

马跃檀溪，心跃灵溪。一种豁然开朗、象征的心境美学，气韵生动。一个笃定泰山、宁静人文的符号，生发精神。于是乎，孤穷的皇叔刘备一下子步入了人生华丽转身的大门，脱胎换骨找到了刘备，求贤若渴找到了刘备，命运交响找到了刘备，说书巧嵌找到了刘备。刘备啊刘备，你莫不是捡到了"三国演义"最是无可比拟的那一注幸运彩票。

第二十一回《单福投主》运

时来运来推不开，倒起霉来一道来。刘备在开始时来运转的第一次路演，徐庶就此卷入了曹操、刘备对于人才争夺的汹涌旋涡。刘备要结束"苍蝇撞在玻璃上，只见光明，没有前途"的"个人奋斗"，肯定得温文尔雅地心仪和善待徐庶。曹操呢，当然就得是要奸使坏、不择手段。刘备一时得到了徐庶，这是刘备的时来运来。徐庶却因此失去了老母亲，失去了刘皇叔的恩荫，这是徐庶的倒起霉来。曹操虽然得到了徐庶，却一直在被"身在曹营心在汉"的徐庶"白相"玩弄，这是曹操"随便呐吭侪预料勿到"的倒霉厄运。谁叫你曹操是个坏人呢？

书情进入平台期。表面上一片风平浪静，说表的路子，也就如平行线一般轻松了下来。这便是书情结构、行书节奏的"破"。

循了第一回《赠马》点评中就首先提出的"破"，"破"这条草蛇灰线时时刻刻或在昂起着蛇头，或已收藏起了秘迹，或又偶尔露以峥嵘，实际上，这里说书家再一次做成了"慢铺陈"与"急转弯"的书情张力之"破"，且由此，带上了听众轻轻松松、"透透闷气"。刘备故事太闷了，运气太苦了，太让说书和听书这两方面都为之可怜了。那么，又如何办法？说书家对此正中下怀，徐庶活络徐庶噱，徐庶不啻"书中宝"，徐庶的登台，一边使书情丰富饱满起来，一边让节奏有致突起跌宕，一边为后戏安排明暗头绪，一边将听众引向故事设计。

物极必反，异常的平静过后则必有极其的生动。艺术的辩证法往往如奇峰突起。徐庶的到来，既显得顺溜，又感到在用"破"法；既轻松搞笑，又是深度的悲哀；既说书说理，又符合人情世故——特别是对于"一意调皮的徐庶"和"心机调皮的刘备"，唐耿良都把既定情境下徐庶的"捉摸不透"、刘备的"引颈渴盼"，团和在了由"破"而致的情节结构，向着听众发起类似"剧透"的审美点醒。徐庶书情是诸葛亮"千呼万唤始出山"前戏的桥段。刘备的时来运来，固然要归功于"神仙人物"诸葛亮，可是，若没有徐庶这段前戏铺陈，后面书情诸葛亮"千呼万唤始出山"种种"可爱的喜剧"，就达不到——"破"中富涵叙事力度的有趣的一波三折，"破"里极具人情温度的刘备洋相百出，"破"了仍旧不失调度的"三顾茅庐"情景。

苏州评话有它自己的说书法门。因为在"唐《三国》"这样金戈铁马如同儿戏、阴谋使绊惯之为常的"政治书目"中，如果没有细节的悬念和喜剧的轻松，没有包括张飞、徐庶、鲁肃这一类"破得开，拉得出，卷得起，收得住"的"开心果"来撑好场面，书情就会因为太过沉闷而让听众感到呒不劲道呒滋味。

徐庶在"唐《三国》"的大显本事注定昙花一现。苏州人说法：徐庶这个家伙不告时，运道蹩脚。你想想，既然伏龙、凤雏这两位最最顶尖的军政参谋长，都要为"汉室正统"刘备一人所用，那么说书家便只能委屈徐庶始而"显扬"于刘备须臾，终而"雪藏"在曹操那里了。从"三国演义"和"唐《三国》"刘备正统这种硬核路线来看，"始扬终藏"确乃徐庶之宿命。既生亮，何生庶，说书先生对徐庶"前世今生"的生动叙述，主要就是为了烘托诸葛亮羽扇纶巾、英姿勃发的"天下第一大本事"。

"唐《三国》"一百回一共出现过五位女性人物，徐母、蔡夫人、甘夫人、糜夫人、吴国太（诸葛亮妻黄夫人属于"穿插"内容中的人物，不在此行列），她们基本上都是"一回书人物"，或者是"一过性人物"。相对而言，两个"一回书人物"徐母、糜夫人就塑造得很成功。徐庶之母，为仁义壮烈、视死如归的知识型妇女，她在儿子"忠孝两全，难以得并"的情况下，甘愿放弃了她完全有可能尽情享受到的荣华富贵，而以自己牺牲生命的代价，促使、坚定了徐庶"决心不与曹操合作，要把曹操人家搅光"的政治选择。糜夫人，为明智非常、侠肝义胆的贤淑妇女，她真心热爱生活、喜爱刘阿斗，所以，一事当前、性命攸关，把刘皇叔的政治事业放在比自己生命还要高的第一位，把刘阿斗的生死存亡看作成了自己人生价值的最高归宿，她是明智可赞的，她更是高大可敬的，她让自己牺牲生命的举动，感动着与她一样着实平凡而又真心高大的那些人们。同时，三个"一过性人物"（蔡夫人、甘夫人虽然出现在了几回书目中，但是她们的每一次出现都有着明显的"一过性"特征，说书家对她们并没有像徐母、糜夫人那样细表细做）也是各有其性格特质的。蔡夫人，之所以成了"唐《三国》"唯一的反面女性人物，因为她不懂政治、却又横加干涉，因为她颟顸愚昧、简直无以复加，因为她埋没人性、遭致杀祸加身。甘夫人，更像是一个矛盾的集合体，她懂得大局、为事却格局狭小，她取舍果断、理智却尚不足以谋，她气度豪爽、思绪却不见得入乎情理，好在她成事不足，却并没坏事。吴国太，一派大家风度，显出与众不同，在主和、主降这样的大是大非面前，她看得清、分得明，她举得高、推得远，她拿得起、放得下，她是"唐《三国》"女界人物中的一个政治家。

第二十二回《走马荐贤》皮

调皮。徐庶固然最调皮。难道刘备不调皮？如果说，徐庶是"唐《三国》"的调皮冠军，那么，刘备更加要戴上调皮的"无冕之冠"了。倒霉时尚且有滋有味，顺利了却在声泪俱下。刘备不容易。这样一个天下大英雄，在"唐《三国》"书情里听来，怎么听，怎么辨，都叫人感到"前诸葛亮时期"的刘备怎么就活像"三国"年代的一个祥林嫂呢。哭哭啼啼，唠唠叨叨。从第十六回一直到第二十二回，刘备的命运"序曲"始终都是"一脉路"奔逃在羊肠小道，或者危在旦夕地螺旋回还在盘山之路。高高低低，颠颠簸簸，峰谷相间，跌宕冲击。

气数者，气也，命运之根系。刘备书的前半段，时时处处好像就差了那么一口气似的，那么一口狠狠挺胸而起的霸气，那么一口长长吐出挫折的美气。

第十六回——兄弟相会——刘备团圆。孤穷的刘备松了口气。刘备的气数，开始释放。

第十七回——怒打蔡瑁——刘备坚忍。窝火的刘备耐住了气。刘备的气数，压迫加重。

第十八回——火烧馆驿——刘备逃命。痛苦的刘备差点断气。刘备的气数，经受考验。

第十九回——襄阳大会——刘备奔窜。履险的刘备快要泄气。刘备的气数，近于衰亡。

第二十回——马跃檀溪——刘备光明。转折的刘备有所喜气。刘备的气数，突发明亮。

第二十一回——单福投主——刘备得胜。顺利的刘备一派正气。刘备的气数，得以回转。

第二十二回——走马荐贤——刘备失望。仁义的刘备急得丧气。刘备的气数，面临新变。

哲学教科书上说：事物存在于相互转化之中。刘备的气数，恰恰也就旋涡在了阴阳顺逆的转化之中。

徐庶这个调皮鬼，确实真调皮，不愧死调皮，他在把调皮进行到底。"唐《三国》"中的徐庶，一生一世都被曹操搅黄了，他母亲被曹操给活活逼死，他自己被曹操给"软禁看煞"，最后只留下来徐庶"不知所踪"的结果。所以，徐庶跟曹操"出口就是调皮，横竖都是调皮"，横下心来只是对着干。——要拿曹操家人家，搅得"赤脚地皮光"。

刘备的调皮，就不乏"春秋笔法"，实有其"皮里阳秋"。虽然，刘备的政治调皮，在说书家只是一种朦朦胧胧的表露。然而，刘备调皮"晴雨表"倒是昭然若揭。刘备良心好，这是一种人格的调皮。刘备"把所有问题都自己扛"，按说孤穷如此——人生应当彻悟了，雄心就该放弃了，倒霉蛋还是耕种隐居为妙，失败者赶快绝缘政治才好。不，你看，刘备送走了徐庶，元直圈马而回了——刘备心里别提那个高兴呀，这是政治家调皮。哇，"徐庶勿走哉，俚要留下来帮助我刘备了"。刘备性情的晴雨，你说，像不像"六月天，孩儿脸"，哦哟，那个变脸变得才叫快。这是执着功业的调皮。再下来，徐庶荐贤，向刘备隆重推举了诸葛亮，哈哈，"卧龙者就是伏龙，伏龙即是卧龙"，"听说"诸葛亮比十个徐庶还要狠？——不会吧！刘备"心"喜万般。这是破涕为笑的调皮。阿要传神！破涕为笑，一句成语四个字，"刘备的调皮"栩栩如生，就跃然于书情。调皮，刘备耳朵里一旦有了个"诸葛亮"，那可是什么顾忌都不在话下了。一向心比纳米还细的刘备，竟然忘乎所以到了如此这般，连他自己会不会因此搞得徐庶很没有面子、非常尴尬，也都一律忽略不计了。喔，刘备啊刘备，你的政治雄心又轰生怔膨胀起来了！易中天品《三国》说得更直接：政治野心。

哪个政治家会没有野心呢？没有野心的政治家成就不了帝王大业。政治家刘备概莫能外。就看你实现了政治野心的最终目的。如曹操是欲统一中国的，刘备是想"灭曹兴汉"的，各有政治野心，目标大相径庭。

第二十三回《两顾茅庐》曲

景语即情语——这在《马跃檀溪》一书中，已经达到过美学高潮。这回书，刘备真是出尽了洋相。刘备为着拜访孔明大出洋相，哪里又是吃了亏的呢？说书家善于旁敲侧击，张飞那一句"俫认错仔四个诸葛亮"，一边在揶揄刘备，一边让深藏不露、待势而出的诸葛亮身价"翻番"。戆大的张飞，调皮的刘备，几轮明与暗、藏与露、粗与细的"博弈"之后，说书家于是老调重弹起来。唐耿良索性就把"马跃檀溪"水镜庄的心境美学，又几乎是原封不动地搬进了《两顾茅庐》的书情。刘备看似用心在评价风景，"回过头来看看，再到门前头望望。卧龙岗风景真好"。其实，刘备是在用情为他的"三顾茅庐"保留着千古的佳话。说书先生呢，在用功地做，做着苏州评话"景语即情语"那醉人心脾的兴味。

在刘皇叔"三顾茅庐"过程中，唐耿良就像是一位数学家，他让刘备去"笃笃转，聚聚转"，东碰碰、西撞撞，创下一连"五次认错人"的出洋相记录。极尽苏州评话铺陈生动之能事。同时，唐耿良全然拍奏起"刘备求贤状，细节五部曲"。而且，这还刚刚只是一首序曲呢。

《两顾茅庐》这回书之前，说书家便做足了"看不见的功课"。一是"徐庶的委曲"。徐庶对刘备"忠心而又细心"。徐庶前以"走马荐贤"用诸葛亮吊足了刘皇叔的胃口。然后徐庶"一不荐二不休"，专程登门"禀告"诸葛亮，要替刘皇叔收罗孔明"敲定转脚"。诸葛亮又哪里来买你徐庶的账，直是嫌徐庶多此一举。徐庶—刘备，乃正题；徐庶—诸葛亮，为反题，而正、反两题相合，都是在为"刘备—诸葛亮"这个主题做以曲线的铺垫服务。

二是"刘备的心曲"。"初顾茅庐"，刘备心有求贤千千结，可是却把给诸葛老二孔明先生的"求贤状"错投了田垄唱歌的农人老二，说书家用两个不同的"老二"昭昭然以见刘备求贤若渴的一片冰心。

三是"水镜的插曲"。说书先生"点一句"，立意对比，妙不可言：司马徽立起身来告辞辰光，出去么，就在天井里向咕一声："啊，卧龙虽得其主，未得其时。"君不见，水镜先生说诸葛亮是"未得其时"，而在于刘备，诸葛亮却是他的"如鱼得水"。个中况味，唯解人自知也。

四是"张飞的憋屈"。尤其反映在"二顾茅庐"这段书情。由于刘备期待相会诸葛亮的心情已然迫不及待，恨不得就地扑将上去、立马紧紧拥抱，所以刘备一而再、再而三地把孔明友人错认为就是诸葛亮。因此招致戆大张飞心里极度不满与讥笑——大哥你想诸葛亮，要想得迷症发痴的了。这便又成一举两得的妙不可言：唐耿良草蛇灰线。此处张飞笑刘备、恨孔明，说书家放长线钓大鱼。随后，张飞还要与诸葛军师几度恶斗。那时节，一个张飞最戆大，一个诸葛顶聪明，两家头简直窝里翻得不可开交。黑面孔张飞差一点要被诸葛亮拿下首级。

五是"求贤的真曲"。《两顾茅庐》高密度运用了"误会法"，唐耿良继续推波助澜，他在刘备几次向诸葛亮认错之后，又再教他把"求贤状"错投给了老三诸葛均。此时此刻，一错再错，最后之错，错把诸葛老三当成了诸葛老二之时，刘备"求贤心切"的氛围终于水到渠成了。

第二十四回《三顾茅庐》实

少年时，文言文"隆中对"之难懂难学至今记忆犹新。现在听"三顾茅庐"说书排布，"轰生怃"便感茅塞顿开。唐耿良享誉苏州评话"活诸葛"，他说诸葛亮，既表达出诸葛亮设身处地为刘备献策出谋、深思熟虑而定三分天下的阔大格局，同时，唐耿良自己像个古文教授那样条分缕析，在把曹操得到的天时、孙权拥有的地利、刘备突出的人和，描绘得身如其境。没有对书中人物刘备、诸葛亮的深入了解和挚切感情，唐耿良就不可能通过"跳进跳出"与书中角色融为血肉一体而感同身受。吾即刘备、孔明，刘备、孔明即吾——唐耿良便是这样。

《两顾茅庐》《三顾茅庐》这二回书情，好像都在看刘备笑话，唐耿良让刘备两次都在卧龙岗"东错错，西缠缠"，刘备的笑话是真实的，说书家丝毫未去煽情造作；刘备的聪明是绝顶的，说书家旁敲侧击，烘托到位。谁也不会真得说，刘备是在卧龙岗"发痴"，有"癔症"！哦，刘皇叔没事干看见一个"白胡子"就叫一声爷爷，碰到一个"山里人"便认作一个卧龙先生？嗳，说书要夸张。这就是说书家必须做出的艺术夸张，这也是刘皇叔求贤到底的必经过程。

政治家总是向往着"治大国若烹小鲜"。刘备的笑话几化舒心、多么大方，说书家说得如同己出，听书人听得也蛮陶醉。神之乎之，可谓是一出带着美学会量的"轻喜剧"。刘备不正是在通过"三顾茅庐"的政治实验储备，一步步去靠近他的政治理想、走向最大程度的家国舞台。往时，刘备即便指挥着关云长、张飞、赵子龙这般第一流威武大将，至多也不过是江湖上最大牌的绿林组合而已。今后，刘备一旦起用了卧龙先生诸葛亮这个神仙人物，他的"治国烹鲜"才有可能从"空想"变成现实。求才而信用其才，得才而倍加敬才，刘备的笑话是为了验证刘备自家——"无才之才，是为大才"。

仔细来辨味，刘备那封写给诸葛亮的五百多字"留言"与解说——既是说法现身，刘备跳进跳出；更加六白尽俱，说表精湛娴熟。此处如果借用"微信"理解来附会一下，也是很有意思的。因为诸葛亮好久没有群聊了，刘备"东错错，西缠缠"，又总归"捉勿牢"诸葛亮，那么呐吭弄法呢？刘备心里向转念头，上微信，只好把"想念诸葛亮的聊天记录"留在了"三顾茅庐"的群聊里。

一官白。书信原文——刘备角色代言体，一段相当漂亮的官白。二表白。之后——说书家以第三人称表白，过渡，交代。三私白，四咕白，五衬白。接下来——声情并茂的表接表。说书家表白，转化为角色表演的表白。实际上，这里就是所谓的跳进跳出，由刘备一人一角在同时呈现着"三白"：私白，从说书家表白跳进跳入到了人物角色；并做咕白，亲切的心理独白；衬白，对于书信官白的详细解释。末了——说书家托白，由人物角色跳出跳回到了说书家表叙。

文字短短五百言，时长不足两分钟，唐耿良为苏州评话打造了一段堪称典范的"六白"教材。

第二十五回《相堂发令》高

《相堂发令》是"唐《三国》"一百回书目中"文化气息感"最浓重的一回书，琳琅于耳，美不胜收。尤其是徐庶"官白"亦庄亦谐、妙语连珠。"唐《三国》"美不胜收。这种美，就是说书美。说书之美，未见得一定就要"文学性、精致化、高大上"，以刻意作秀为美。苏州评话"硬装斧头柄"，这是为了把书情"装得硬气合理"。而一味钻天觅缝"乱装斧头柄"，那就只能被看作是——不会说书、不懂得美的典型表现。朴实无华平常心，这就是"唐《三国》"的美学所在。

"诸葛亮出山"书情，由《两顾茅庐》《三顾茅庐》《相堂发令》三回书组成。这样"弹眼落睛"的书目精华组合，不仅在"唐《三国》"一百回体系中，唯美到了无以复加，而且，就是在苏州评话书目整体位置中，也是独此一家的。书情面临着转折，以前"关十回"大部分书情还是属于政治家个体之间"敌友交织"、真伪缠夹的相互较量，到了现在诸葛亮书情已然"重心移位"，变格而成家国政治的利害抗衡。说书家"心灵嘴巧"，唐耿良独具只眼。"唐《三国》"紧紧抓住硝烟弥漫前的"宁静空隙"，生动演绎，纵情挥洒，将苏州评话"口语化"的词章之美、情境之真，成功地转换成了——"民间文艺"的原生态之美、生活化之美。

《两顾茅庐》——景语即情语。中国古代诗话对于景语、情语的研究，精彩纷呈，臻于浩瀚。说书家不是文人骚客，自然不会去潜心探讨"景语即情语"这样的高山流水、阳春白雪，不过，苏东坡居士所发明的"无意于佳乃佳尔"这个奥妙无穷的美学道理，同样适用于苏州评话的审美艺术。而且，古人说：文无定法。说书亦无定法，唐耿良说书却是"精准活用"了"景语即情语"。前书已有过点评，那么一小段"景语"，区区二百来字，由景寓情、借景造境。你听，刘备"傻乎乎"，一门心思在投"求贤状"，认错人、认错人、还是认错人，好像刘备要见到诸葛亮其人，简直就如隔开千山万水。然则，"卧龙岗风景真好"跃然点睛，风景好、心情高、意境妙，此时此刻，对于"情语美好的刘备"来说，一切都近在眼前，说书家之所以"故意"把一切说得那么玄乎，真像远在天边；恰恰因为说书家最深刻的用心所在，便是要把"景语"中的刘备浑然于"卧龙岗风景真好"，刘皇叔"情语"真好。个中巧妙更尽在——景语即情语。

《三顾茅庐》——笑话即佳话。笑话即佳话，说书家则是明里对比，刘备对于诸葛亮，已经完全可以等同流行歌曲所唱"明明白白我的心，渴望一份真感情"了。我的什么心？刘备求贤若渴之心，明明白白。我的什么情？刘备"孤之有孔明，犹鱼之有水也"之情，明明白白。苏州评话是喜剧艺术，平白实质的笑话，揭开喜剧的佳话，刘备"笑话的心"明明白白，说书"喜剧的佳话"明明白白。

《相堂发令》——人文即人格。在荆州，刘备"存心开玩笑"，溜之大吉，这是"吃一堑，长一智"经历过后的成熟人格；诸葛亮"手捏湿面团"，急中生智，这是"留一手，种下根"机智有趣的谋略人格；刘琦"赶鸭子上架"，迫于无奈，这是"急来抱佛脚"苦求救命的弱势人格。在曹营，曹操不知道天高地厚，全然看不起诸葛亮，此乃自以为是的井蛙人格；而徐庶说得妙语连珠，大力地抬举诸葛亮，此为身心两分的矫情人格；夏侯惇一心只在官升都督，妄想着消灭诸葛亮，这是自不量力的滑稽人格。"人格"二字并不是可以随便贴出去的标签，故而，说书家通过言行举止、心理活动，用"人文"的含蓄力道、形象面貌，画出了各人"人格"的不同奥妙。尤其是徐庶、夏侯惇这老哥俩，两个开心果、一对活冤家，你来我往地滑稽不堪、幽默成趣。你徐庶一拳来，夏侯惇招架总是歪歪斜斜、不得要领；我夏侯惇一脚去，徐元直出招就是搞搞笑笑、击中要害。人文即人格，着实不容易做到，因为流于表面化就会有违于人文的题意，因为太过斯文化便亦对不上人文的真髓，唐耿良对此处理得精细而得微妙，稳妥而又洒脱——高。

第二十六回《登台拜将》松

这是"唐《三国》"一百回中极有情趣的一档嚱书。这里的"嚱"可不是目今书场一些说书先生习以为常的为嚱而嚱，这是说书家把书情"挑松"的必要之嚱。前面二十五回书都是严肃、紧张的计智过程，勾心斗角，正好书情在此又到转折处，说书先生和听客在情绪上都要适时"透一口气了"，因为说书毕竟是"笑的艺术"，在沉闷、凝重的情节结构与行书节奏中，用欢快的笑声来放松、吸引听众，这也是说书家熟晓评话艺术规律以及表演手法高明的生动体现。

喜剧，不见得就一定要"丑态百出"。文文雅雅、笃笃定定，唐耿良照样"炼成"《登台拜将》这回喜剧。夏侯惇挂帅，徐元直相面，这曹操营中的两个"开心鬼"，"捣蛋鬼"碰头"倒霉鬼"。"捣蛋鬼"徐元直的"捣蛋果"果实结在"会说会话"上，"倒霉鬼"夏侯惇的"倒霉果"后果出在"急形急状"上。

从相面——"五官，五岳，眼睛少一只"，到相命——"将军难免阵前亡"，进而相战——"五万军卒剩两万，大获全胜"，哪怕军中战争这一类头等大事，都被说书家用"胡言乱语"喜剧化，苏州评话就是这样的大有苗头。一方面，确实有民间政治为"刘备正统论"伸张、支撑；另一方面，更凸显说书家"不烂舌三寸，全凭嘴一张"，便将"天地宇宙人，上下数千年"一塌刮子、囫囵包圆在了嬉笑怒骂的表达、亦庄亦谐的故事之中。

军令状情结——在"唐《三国》"出现时，都极富戏剧色彩。这回书，夏侯惇立军令状，当然是一出喜剧。只博望一战，夏侯惇"一到就打，一打就烧，一烧就完，一完就回转来"，把曹操自以为得意而打好的"小算盘"，稀里哗啦打了个落花流水；再下去，张飞立军令状，由悲惨不堪转为有趣喜剧；关公立军令状，喜剧之中就增加悲剧氛围，"唐《三国》"一百回被推向了最后的高潮。

探病细节——前后至少出现过两次。第一次，刘备探病诸葛亮，倒真是简简单单，喜剧得极。说书家直取主题，因为刘备、诸葛亮两个都是明白人，属于"瞎子吃馄饨，心里有数"，所以他们二人都把"真真假假"做在了实处，那是相当的直接。诸葛亮没病装病，却直告刘备——头痛、胸闷、四肢无力，说书家把诸葛亮的心病表现在了"身病"，"鱼水之间"含蓄文雅，喜剧的效果是"肉里嚱"，更是"性情嚱""人格嚱""魅力嚱"。

诸葛亮探病周瑜，颇费周章。因为周瑜"天生小孩子任性脾气"，而且擅场"躲猫猫"，诸葛亮其时又处在"孙刘联和"统一战线的政治管辖之下，因而，"欲破曹公，须用火攻，万事俱备，只缺东风"这四句掏心窝子的对症下药，便也只能喉咙梗牢一般吞吞吐吐地方始说出口来。诸葛亮探病先要"骗小孩子"，再要"维护统一战线"，还要"照顾周郎情面"，这就是苏州评话喜剧手段高明的"慢铺陈"，要知道，直奔主题便"急转弯"的直白喜剧是不受欢迎的。

唐耿良说书说理，善于穿插、表叙传统文化知识，在"噱"的手法中提升书情的文化意蕴。

如，关于摸骨看相的五官描述："眉毛叫保寿官，眼睛叫监察官，鼻头叫审问官，嘴巴叫出纳官，耳朵叫采听官。"还有如，夏侯惇战争受伤，眼睛吃到肚皮中，金圣叹评夏侯惇一只眼睛看外，一只眼睛观内，肚中有眼，肺部出毛病用不着 X 光检查了。这些"玄妙的传统知识"有利于开阔听众的文化视野与审美趣味。即便不属于现代科学范畴，也是颇有笑点的。特别在 20 世纪 80 年代在电台说书穿插上述这些文化知识点，就更其难能可贵，表明了唐耿良说书的胆识。反观于今日，这些传统文化内容也是绝大多数听众的知识盲点。

第二十七回《初闯辕门》作

张飞之"作"，推车上壁，《初闯辕门》涉及情、法、理。唐耿良"说法现身"教化听众："唐《三国》"不仅仅只是为了苏州评话艺术的审美愉悦，而且它寓教于乐，是一部极好的人文管理学教材，一部带有为人处世哲学的最美好情感的智慧书。诸葛亮、张飞、赵云作为法、情、理的"三个代表"，分别对应着——最严明的法律和执法者、最丰富的感情和重情者、最到位的行政和执行力。他们在法（社会公正的砝码）、情（人类共有的感知）、理（道义良知的体现）的苏州评话博弈中，之所以演绎这一幕生动的推车上壁，其目的却是为了能够避免那些许许多多不必要的推车上壁。

醉翁之意不在酒，皆在喜剧说理中。说书是喜剧，喜剧不能不"作"。用喜剧之"作"来说书说理、自圆其说，张飞"找醉"就有了他的"性情依据"。

凡性情中人，都是特立独行者。请看：

性情中人关公，敢拒绝一切荣华富贵，因为他心里独有一个"桃园三结义"的大哥刘皇叔。

性情中人张飞，走眼孔明、认准死理，因为他心里无法接受"牛鼻子道人"竟然占据主流。

性情中人刘备，以民为本、大仁大义，因为他心里始终装着"灭曹兴汉"的正统政治情愫。

性情中人鲁肃，一知半解、有所作为，因为他心里志在促成"孙刘联和"明智的战略鼎足。

性情中人周瑜，盖世英杰、小孩脾气，因为他心里唯独只要"江东利益"的本位主义考虑。

性情中人曹操，雄才大略、壮心不已，因为他心里驰骋纵横捭阖"统一中国"的天下棋局。

对于认准死理这一条，张飞秉持了性情中人的"原始高贵"，令人肃然起敬。张飞"找醉"，找准了人世情理，却偏颇在了不愿接受"集体管理"。张飞可是"心里向"狠狠地埋怨刘备的：难道有了一个诸葛亮，弟兄情义就可以不顾了吗？难不成牛鼻子道人就是法律、就高于一切了吗？张飞注定是一个"人格性情化"的冠军人物，也注定是一个处于"管理边缘化"的闯祸种子。20世纪50年代的印度电影《流浪者》说过这样一句名言："法律不承认良心。那么，良心也不承认法律。"情与法，在这回书中演化成了——性情与军法。

张飞他情愿"找醉"也不愿意"清醒"，说书是喜剧，喜剧则惯用背反手法。这是一个"性情至上者"张飞在碰撞着"法律严办者"诸葛亮，这是一个"不通晓人情世故者"张飞在挑战着"军法唯功过是论者"诸葛亮，这是一个标配的"心理感觉者"在冲击着标准的"聪敏理智者"诸葛亮。矛盾在冲突中被一再激烈地加码，书情在波动中掀翻了平地三丈浪，这样的书就是好听，就是有滋有味。此时此刻，听客需要的最大满足，就是——味道"煞渴"、推车上壁。

张飞是一个人在痛苦，张飞却不是一个人在"战斗"。其实听众最紧张，他们忘记了自己和张飞一样怦怦心跳得不知所措，一心就只想着说书家怎样来帮张飞逃避"推车上壁"的责罚。他们就是喜欢张飞啊，因为好样的张飞还从来没有失掉他这个"性情中人"的人格本分。你听，张飞是把真实无欺作为了他的"浪漫主义"，而唐耿良说张飞，把"黑面孔"的心胸肺腑、命运呼吸、灵魂神气都表现得真真切切、无碍无掩，可谓：赤裸裸喜怒哀乐，血淋淋牺牲奉献。对于张飞来说"只要是为了一身正气"，什么样的代价和行动他都会"作"得"拿出来就是"。

第二十八回《三闯辕门》装

硬装斧头柄。这是苏州评话的一大法宝。第十四回《斩蔡阳》，张飞醉斗关云长，缘起张飞醉了，张飞急了，张飞失去理智了，张飞胡搅蛮缠了。合乎人性之情理，有时候正是这样被"装"——一股小小的心理惯性，就会铸成不可挽回的大错特错。说书家通过这段"硬装斧头柄"，"装"人情，"装"道理，"装"意趣，最后"装成了"张飞与关公抱头痛哭的激昂高潮。这回书的"装"，恰与《斩蔡阳》异曲同工。"装"戆大张飞之行为粗鲁，"装"戆大张飞之人格情愫，"装"戆大张飞之心理盘旋，"装"世态炎凉之原本如此，"装"苏州评话之微妙理趣。

凤头，猪肚，豹尾。《三闯辕门》的结构手法与《三顾茅庐》非常相似。它们在情节结构上同样都配置了——猪肚——"初闯"与"二顾"，而区别在于对象、内容、意境诸项不尽相同：刘备"三顾茅庐"侧重于文化氛围、美学意味，这是因为要顺沿着刘备、诸葛亮都是政治家的路子而下，所以，美好的景色、美好的人设、美好的情境，种种意态情趣自然需要一发而不可收拾；张飞"三闯辕门"用力在心理高潮、场面热闹，这是因为得对接起张飞戆大、粗胚总归"没正行"的思维而进，因而，灵奇的心理、灵妙的心绪、灵动的心态，张飞醉了的生动显得合理却并不滑稽。

刘备"三顾茅庐"主静功，"静"得光彩四射；张飞"三闯辕门"要动作，"动"来魂魄魂灵出窍。

动与静，做成了本回书情的艺术相对论。诸葛亮天生一个大好佬，以静制动、静而自动，以太极来说，诸葛亮"太阴"不动、落得静，他的"动作"全靠赵子龙一张张王牌打出。张飞"太阳"静不得、必然动。这一出"超级乌龙"故事，简直是要与"周瑜打黄盖"一比高下了。不过，"唐《三国》"的这两大"超级乌龙"事件，一则怒了的张飞，他火冒的怒气飞上云霄；一个苦了老黄盖，他忍耐的痛苦皮开肉绽。张飞比黄盖，起码肉体上，还是赚了一点便宜，黄盖挨打"打不是轻的"，张飞丢脸"脸却该红的"。

人设与情境，心智与军法，不服与压制——通过张飞与赵云，那是上演了一部"动作大片"。诸葛亮静极而动，"上令差遣"赵子龙狠狠整治"大胆的黑面孔"张飞。赵云把张飞"骗上军法"——这是一组智取交差的镜头，赵云给张飞"来个叫停"——这是一组智商显露的镜头，赵云将张飞"绳捆索绑"——这是一组智勇过人的镜头，由此可见，张飞闹出的动作"镜头"之洋洋可观了。

镜头感清晰扑面，层次感栩栩分明：在赵云，也是无奈，也是光荣，他是诸葛亮最得力的一员大将，多么得面子；在张飞，又是胡闹，又是活该，他是诸葛亮最头疼的性情玩主。这一部"动作大片"——诸葛亮稳坐将台，好有"九天揽月、五洋捉鳖"那般的豪迈气概，这就是天才人物的架势了；赵子龙身手不凡，实具"招之即来、来之能战"的某种笃定泰山，所以诸葛亮"上令差遣"才能指挥若定；张飞呢横冲直撞、空怀"刀山敢上、火海敢闯"的一派戆大正气，只可惜"硬装斧头柄"，有劲用错了地儿。

第二十九回《张飞立军令状》尽

《张飞立军令状》这回"心理书"好就好在把张飞这个"戆大英雄"的多面性，符合性格逻辑地一一表现出来。如遇事鲁莽、惹事生祸，忠心耿耿、满腔热血，胸无城府、形同赤子等人物形象特征，令人（包括诸葛亮在内）可爱其真挚无异、可恼其爆筒脾气、可佩其实事求是。张飞毕竟是张飞，刘备、关公追上了张飞，张飞却还要"摆摆架子"，撒了欢地"作"这么一场。你看，张飞最后还要跟自己胯下的龙驹宝马"登云豹"发生有趣的摩擦，说书家以一系列小小细节"叠床架屋"的层累，炼成了一个"黑面孔"可爱无比的调皮形象——苏州评话阿要有"活儿"，戆胚张飞阿要有噱头。刘备相劝张飞也很有意思。刘备他信任孔明，当然要恨张飞不争气，夹缝在了"情与法"之间，又不得不来做他的和事佬。这就是刘皇叔"老好人"的性格喽。

唐耿良说书"心、性、情、灵"，用心、用情、用功，恰如书法用笔、间构、布局中的点画使转，扣牢张飞这个戆大"魂灵心"，说书说理以细做细表，自圆其说而尽达尽致。你听这回书：张飞"会说会话"，戆大的"巧舌如簧"出人意表；张飞"自说自话"，戆大的"呆头呆脑"冲决陈套；张飞"萌说萌话"，戆大的"玻璃天性"曲尽其妙。

张飞童心——自言自语，扪心自问。一大段心理独白，张飞确实在"扪了"——扪心、扪理、扪家国政治，自言自语着，童心在解冻"戆大的坚冰"，张飞的"魂灵心"明明白白地晶亮。

张飞率性——人言马语，假想设问。刘备、关公追来，张飞着实在"缠了"——缠萌、缠嗲、缠捣蛋调皮，人言与马语，率性已跨越"戆大的懵懂"，张飞的"魂灵心"笃笃定定地放松。

张飞真情——直言快语，"不耻下问"。重新面对孔明，张飞切实在"软了"——软真、软假、软争个面子，直言快语着，真情会燃烧"戆大的神经"，张飞的"魂灵心"忽忽悠悠地上升。

20世纪80年代中后期苏州评弹开始滑坡时，好多说书先生都习惯性地欢喜把长篇书目的书情，缩减篇幅"改造成"所谓的"关子书"，像唐耿良这样一仍坚守长篇评话"细表细做"的说书法门，把"细"这个高级的审美法宝，如"张飞的'魂灵心'"这般"细化"到了说表、心理、感情等艺术元素的丝丝缝缝里，浑然把人物性情"嵌"进了"登台拜将"以来几回书情的骨节骨骺，这种人物性情"内髓化"的说书艺术，何啻苏州评话优秀稀罕的审美宝库。

对于张飞这个"魂灵心"喜剧人物，说书家艺术眼界远远地高出了一般拿捏，所以，唐耿良这位评话艺术大师哪怕是在恍如隔世、风雨飘摇的说书落难年代，都未曾丢弃传统说书、"放下艺术包袱"，而恰恰是传承、发展着说书传统、"负重奋进"，他并没有"跟风随大流"去把张飞这个性情中人一味弄得"咋咋呼呼，呆头呆脑"，而是着重其性情、走进其心理、塑型其人格，以此，把苏州评话艺术中张飞"魂灵心"推向了审美最高度。

"立军令状"这回书，张飞之所以"会说会话""自说自话""萌说萌话"，是因为唐耿良做出了极致水准：前情张飞被"开除"、灰心丧志，他"尽"说丧气话，说狼狈话，说糊涂话，说调侃话，说不服气的话；后面张飞"立军令状"一节，他"尽"说怪话，说乖话，说软话，说大话，说不着边际的话；前情之多夯也"尽"，后面的"变好"亦"尽"。尽者，尽周尽全张飞的戆大性情，尽细尽微张飞的特定人设，把说书说理的人情世故、生活内髓，自圆其说的"细做细表，尽达尽致"进行到底。

"尽"于自足、"尽"之完全、"尽"乎其美，"尽"出来了"唐《三国》"独出匠心之——张飞的童心、张飞的率性、张飞的真情，应该说这是唐耿良通过"否定之否定"（即来源于传统——

现实中革新——再优化传统）对于苏州评话传统书目"不丢历史包袱""重挖审美内髓"的涅槃浴新，为"三国"书目"第一性情中人"张飞的"魂灵心"做了苏州评话界有史以来最大程度的艺术升华。必须指出，唐耿良"否定之否定"，绝不是市面上那种惯搞削足适履的乡愿做法，而是实事求是服务于书情结构的需要、审美心理的蜕变，从人物性格内在逻辑出发，显示了一位评话艺术大师的高境界。

第三十回《枪挑韩浩》怪

战争的书情，未必就都是刀光剑影、血腥暴力。"唐《三国》"善于营造氛围，平添情趣。这回书，"四两拨千斤"，诸葛亮军师初用兵"玩戏法"，正是在通过"戏"一步步实施到位。夏侯惇浑身都是"戏眼"，他一味官迷心窍、利令智昏，只能落得"火烧博望"的彻底失败。韩浩与赵子龙上演了"一场戏战"。更有趣的是——孙乾五十一人团队"装戆戏"。孙乾五十一人"装戆"对于曹营军士来说近乎就是肆无忌惮的"调戏"了。说书家通过上述一系列听觉审美化的变异、夸张，将听众引入到了"无法按捺笑意"的"戏"境之中，陶然以醉兮，开心不已。

这是一回平台书，也是一回喜剧书。对于喜剧书，说书家翻云覆雨；对于平台书，唐耿良手法娴熟。唐耿良用"谈"（即在整个书情的完整结构进行不可或缺的穿插，关于"谈"后书将有详评）增加平台书的厚度，用"怪"添加平台书的笑度，用"破"撑开平台书的宽度。

唐耿良用"怪"，这个"怪"意蕴丰厚。你看，张飞"硬装斧头柄"，其"心理怪""怪出了"人情世故、哭笑喜怒，本回书之"怪"则可谓奇奇怪怪了。一边在说书家"怪得"是自然而然，一边在听众却被"怪得"哈哈解颐；一边孙乾五十一人"怪"在了变成尽情讽刺曹营军士的"鬼怪精灵"，一边曹营军士"怪"在了相对孙乾五十一人那种不可思议的"放松警惕"；一边孙乾五十一人是颇为幽默，一边曹营军士是全本滑稽；一边孙乾五十一人假戏真做做得倒真像，一边曹营军士把真戏变假假得变了形；一边孙乾五十一人将曹营军士作弄得"好戏连连，噱翻多多"，一边曹营军士被孙乾五十一人轰生恁搞得"眼睛一眨，老母鸡变鸭"。

唐耿良用"怪"，噱翻了书情。孙乾五十一人说真话：刘皇叔良心好。噱，噱翻在夸张——他们竟敢当着曹营军士"实话说穿帮"。孙乾五十一人发哆劲：不会埋锅造饭。噱，噱翻在真实——因为取自生活化情景。孙乾五十一人要到底：个个倒骑"无头马"，就这还不够，他们竟然问起曹营军士"呐吭唔笃格只马，呒不颗郎头啊"？曹营军士更滑稽，竟然一本正经回答说："哈哟，王八蛋，你倒骑了。"噱，噱翻在了无厘头——这简直可以跟阿凡提倒骑毛驴的那种得意劲去一比高下了。孙乾五十一人"露馅喽"："蛮对，吾也要鞭子。"噱，噱翻在了——好家伙，

"难民个个要抢马鞭？"噱，噱翻，噱翻在了——孙乾五十一人的真幽默，曹营军士的真滑稽，真幽默＋真滑稽，把战争场面演绎成了一回不可多得的说书喜剧。

刘备被诸葛亮"抓了差"，唐耿良先生惯于穿插。说书家在此笔锋转向，通过进入刘备眼帘的"木马车"，做开了诸葛亮夫人"黄家"科学生活的穿插侧记。黄承彦、黄夫人，木马车、机器狗，种桑、织锦，看病采药、造食用餐，等等。一幕幕生活化的场景、一番番人性化的气象，穿插的种种气息——渲染着如临其境的科学文化书情，穿插的般般亲切——亲近着彼时彼刻的浓郁生活氛围。平台书不亚于高潮书，端的是说书家生动地穿插——历史典故、科学常识、人文事例，丰富书情，寓教于乐。

这回书，请注意：反派人物夏侯惇的正能量。夏侯惇、韩浩同为曹营大将，说书家用笔着墨明判若分。韩浩有经验，凭直觉，确定了"奸细"，反过来却说"吃勿准，吾勿管"，因为天塌下来有大都督夏侯惇顶着。说书家寥寥几笔，韩浩这个一回书人物便"立将了起来"。夏侯惇刚愎自用，十分可笑。然而，俗话说：吃啥格饭，当啥格心。唐耿良扣住"埋锅造饭"这个细节，表现出了夏侯惇这位大将在战场上较为"细心"的正能量，符合书情与常理。

赵子龙——白袍小将，说书家——草蛇灰线，唐耿良已经在为赵子龙"长坂坡单骑救主"的军事奇迹铺垫某种特别的神秘感。

第三十一回《火烧博望》乱

中国有成语，叫作——乱中取胜。诸葛亮火攻"乱中取胜"。夏侯惇大乱特乱，诸葛亮以火为攻、以乱为战、以旁若无人为境、以不动声色为胜，首战告捷，大快人心。火烧博望，火烧新野，火烧赤壁，唐耿良表现出了"唐《三国》"不同层级的乱中取胜：博望一把火，诸葛亮火烧夏侯惇十万大军，尚只是战术性的乱中取胜；新野一把火，诸葛亮在与曹营儒将张辽的博弈中，获得了战役性的乱中取胜；等到"群英会"，赤壁鏖战那把火，则是联孙抗曹的决定三分天下命运的战略性乱中取胜。神仙人物诸葛亮笔走偏锋、挥洒高明，说书先生唐耿良以乱为章、有条不紊，这正是苏州评话艺术对于中国古代政治家高度智慧的生动致敬。

风雅颂，赋比兴。中国传统艺术历来长于比喻，而苏州评话和苏州弹词组成的苏州评弹则又是精于对比的。中国诗学好比喻，旁敲侧推、不落言筌，由此及彼、别材别趣。苏州评弹"玩对比"，玩的是"理味趣细奇"，玩的是"说书的人学"，玩的是"说书先生算盘精闷声发财，听书上当乐忘乎所以"。说书"玩对比"，比张三李四、善恶短长正与邪；听书接受"玩对比"，比说书家肚才巧舌、谁执牛耳高与低。

唐耿良"玩对比"炉火纯青。此回书，诸葛亮大智大勇，一半是靠了刘皇叔又怕这又怕那、缩缩输输的鲜活对比。诸葛亮初用兵"火烧新野"直可谓一举多得，实际上也巧妙"智服"了刘备这个胆小老板和张飞这个戆大刺头。诸葛亮不是仙人，但是，诸葛亮的那几分"神性"，却被老到圆熟的说书家在——对比而出。

唐耿良"玩对比"举重若轻。大凡苏州评话艺术家和苏州弹词艺术家，没有一个不是把"玩对比"做到出神入化的。蒋月泉悲唱"厅堂夺子"，徐公高龄衰迈，可徐公对于元宰"非打不可"之情，却在对比中显出强烈之极；徐丽仙痛唱"梨花落"，若是他人怎么也要唱得死去活来、气喘吁吁，可"丽调"却是笃悠悠、呒要紧——两盏清茶饮一杯，这样子的天渊相距也只有徐丽仙才能达到"玩对比的最佳意境"；唐耿良说诸葛亮，"玩对比"趋于佳境，且看：诸葛亮"神性"如何处理？对比，对比，还是对比。对比于张飞，诸葛亮敢于"硬碰硬"；对比于刘备，诸葛亮敢于"空对空"；对比于关公，诸葛亮敢于"实打实"；对比于鲁肃，诸葛亮敢于"心换心"；对比于周瑜，诸葛亮敢于"智斗智"。

唐耿良"玩对比"归功于细节。"玩对比"可不是去机械地——1:1、2:2——这般教条、拘泥。本回书中四个主要人物，说书家都是通过"玩对比"来塑造人物、体达性情、树立形象。

诸葛亮定格——道家打扮，焚香操琴，双手一举。说书家为诸葛亮"量身定做"的道家打扮还要在"借东风"时着重出现，"焚香操琴，双手一举"——亦在"火烧新野"中再度出现。如此这般，定格造型，诸葛亮"神性"便自然而然从外貌上显得神秘，生动，凝重。这已经跳出具体细节，在书情结构的层面上"玩大对比"。

刘备喜剧——别具情致。刘备"大怕小怕"的细节，鲜明的层次感极为有趣——曹兵来了，刘备勚觉着；见到曹军，刘备手发抖；面临大敌，刘备告辞了；孔明敬酒，刘备吃不下；孔明火攻，刘皇叔吓得跳将起来。不用刘备去打仗，不要刘备上战场，刘备见到曹军的惊慌失措，把火烧博望的激烈，把曹军进犯的疯狂，把诸葛军师的镇定，都通过比较而表现了出来。

李典细心——尽在比较之中。"树木丛丛，谨防火攻"，李典在"初战失利"后，对夏侯惇更加是一劝再劝。可是，蛮令智昏——夏侯惇与徐庶是死对头，他为了跟徐庶斗恶气，竟然把军机大事丢在脑后，一味逞能，所以，一点点劝也勿肯听，这番情景与曹操兵败华容道时夏侯惇无知蛮干的情节相妨。

夏侯惇"角"——这个"角"，读音为"角度"的角，苏州方言意思是聪明能干。唐耿良"玩对比"，总能够一分为二。夏侯惇，与诸葛亮相比大概连一只小小的蚂蚁都称不上。然而，作为曹操麾下一个重要的军事人物，夏侯惇确确实实也有其"角"的一面。他命令：勿许放炮，勿许击鼓，勿许吹号头，也勿许呐喊，行军时讲闲话侪勿许。这些都是符合军事规律的。可见，唐耿良"玩比较"——玩得在理,玩得有趣,玩出精妙,玩出格调。

第三十二回《安林道》性

这回书,审美兴奋点还是张飞。张飞在做梦,在做白日梦。说书家运用了细节"三来兴"(多个细节层级递进)。张飞"放电影"——这是一段典型的"以白代'表'"。唐耿良把张飞"要寻寻诸葛亮格开心,吾就捉一只溜缰马"的白日梦,放映成了"诸葛亮跪敬三杯"的意识流动画。为了"白日梦",张飞性急呵!才刚刚吃过晚饭,张飞就在"发急疯"了。他连连着问小兵:二更到了么,三更阿到了?接着,张飞一句"佩服你了"心里在对诸葛亮表示悔过——此时此刻,唐耿良跳进跳出,用中州韵把张飞与家将的对话,表现得蛮得三分"喜剧做戏",更有七分"内心诚意"。最后呢,张飞自我批评做检讨,他自言自语沉重表白:"你得罪军师,你这个人啊,真是一个匹夫!""唐《三国》"亦庄亦谐,达成张飞"性情"高潮的桥段。

王阳明说过:无善无恶心之体,有善有恶意之动。"唐《三国》"中第一等戆大,第一等"性情中人",第一等大无畏英雄——"黑面孔"张飞,倒确实是以"有善有恶"为其"心性之体"的。

你比如,张飞对于刘表就曾经"有善有恶",这样率真无欺的性情,大概也只有张飞敢于去做。你比如,张飞对于诸葛亮前前后后的"反复无常",最后也是经由"有善有恶"画上了句号。张飞的人格心性便是如此——凡事当前"吾心即是理",由性而起之恶"恶向胆边生",管你是什么天王老子、神仙人物,老张吾就是要"该出手时就出手",先痛痛快快打你个"大马趴"再说。一旦"性善"而"明明德"起来时,那张飞可就是二话不说了,哪怕撕开了自家的胸肺,亮出来鲜红的心跳,也要为你去拼性舍命,牺牲一己,在所不辞。所谓"死了不过脑袋碗大个疤"即指张飞这第一等"有善有恶为其心性"之辈也。

嗳,前面书情中,喊天汪地非要跟诸葛亮拼性舍命的是这个黑面孔张飞,到现在,"佩服啊佩服,真是吾个好军师",360度大转弯,差点就要振臂高呼"诸葛亮万岁"的仍旧是这个黑面孔张飞。"有善有恶"为其"心性之体",唐耿良可把张飞这个黑面孔的"心性情理"给十二分地"做活了",唐耿良自己也十二分地成了苏州评话的"活张飞"。

唐耿良像爱护自己的眼睛一样爱护张飞这个"有善有恶"的性情中人,他也像自我批评那样批评张飞这个"有善有恶"的性情中人,说书家艺术用心何其良苦。缘此,张飞这个"有善有恶"的性情中人才能在皇皇一部"唐《三国》"众多的人物群谱中,独占最高度,尽得最风流。你听,唐耿良在如是说:"张飞今朝格毛病,出在啥格是呢?就是诸葛亮搭俚杠东道格条件,实在省力勿过。曼得捉牢一个俘虏,勿论啥人,用勿着大将格咯。嘿嘿,张飞想总归稳仔么,大意出毛病。"

这是袒护张飞吗？当然不是，因为这是说书家只有爱护张飞才能做到了的润物细无声。这是辩护吗？当然是了。因为这是说书家只有爱护才会提出来的"为张飞辩护"。

阿要有趣啊，听唐耿良说张飞——每每听到他的种种无端的莽猛、极度的可爱，心中都会无声地发笑，嗨，天地间真有这样"敢把自己的胸襟"全部敞亮的性情人物——那该有多好！

第三十三回《张飞拜师》梦

"蛮好，诸葛亮拨吾上当，用什梗种办法，吾啊，吾回转去也要拨诸葛亮上一个当。"——戆大张飞"白日梦"波折有致，曲尽妙谛。自《登台拜将》以来的多回书目中，说书家巧运匠心，设计了一系列"戆大张飞行为乖张最戆，戆大张飞性情率真勿戆"这样颇具叙事张力的喜剧细节。由此，诸葛亮与张飞已然在书情中互为对方的照镜。诸葛亮在正面照出了张飞性情的纯粹率真，张飞从侧面照亮了诸葛亮智谋的不凡超群。张飞的快人快语之真，诸葛亮深思熟虑之明，一同建构起"火热的战斗生活中"刘备团队充满喜剧色彩的场域。

本回书当属比较典型的"三段生"书情结构。所谓"三段生"书情结构：第一段，书情在曹操一方。夏侯惇败归，金蝉脱壳，徐元直讨情，说书家巧放长线。

再一段，书情"接力"到了刘备这方面。张飞白日梦，"用计"欲"智赚"孔明。诸葛亮细心，枉东道"反败为胜"——这场好白相的心理战，张飞这个"新用计"的"戆大小鬼"碰到了诸葛亮这个"老用计"的"谋场老鬼"，毕竟姜是老的辣。因为诸葛亮稳如泰山，所以张飞仓皇露底。

第三段，张飞拜师。便由前面曹操、刘备两个方面"实打实"的故事书情，转入"好白相"的心理书。多不容易啊，实践出真知。有善有恶为心性，张飞懂得"谦虚"了，张飞开始提升了，张飞已然明白了。这不：张飞要拜诸葛亮为师，他对拜师的"介绍人"孙乾好一番拳拳言语，表露心迹：只有武功，呒不文才，格个人只好算匹夫。张飞可喜地走出了向匹夫告别的第一步。

"三段生"书情结构比较适合"唐《三国》"的艺术实际。"三段生"有其不一般的惊艳、漂亮，比如《赵云战周仓》——凤头，猪腹，豹尾。"三段生"同样适合于平台期书情。且看《张飞拜师》"三段生"，既有夏侯惇一败涂地、狼狈逃窜，这"吹牛三"的加速破产，又有张飞那蠢蠢欲谋，忐忐忑忑，"大吹牛三"的加料喜剧，更有张飞急吼吼"吾再也等不及了"的加急拜师，哦哟，阿弥陀佛。这一次拜师——真是"幡然悔悟"之后的脱胎换骨、洗心革面，张飞"白日梦"总算能够"矫正"到位了。"张飞拜师"这段喜剧够水平：以张飞"吹牛"之心度诸葛亮智囊之腹，以张飞之萌笑碰撞诸葛亮之权威，以张飞"新用计"之出其不意试诸葛亮"老用计"之无懈可击，张飞敢于把调皮进行到底，孔明精于把智斗进行到底，唐耿良善于把"白日梦"喜剧进行到底，唯此"三段生"，书情陡然便波折、奇谲而多致。

把白日梦进行到底。说书家真是张飞肚里的蛔虫、诸葛亮心里的火眼金睛，一方面，张飞白日梦推出了一波波味的浪、趣的潮，一方面，诸葛亮决胜帷幄却是一步步地赢、一级级地高，特别是说书家把诸葛亮"吾只好跪下来，请俚吃三杯酒"的"差一点枉东道失算"再故意拿将出来，这就是所谓的"闲笔之妙"了。君不见，诸葛亮已经稳稳地拿下了"张飞拜师"这个三分球，唐耿良却还大大地"马太效应"在给诸葛亮多加小分呢。

第三十四回《荆州借兵》冲

两个老弟兄，一对无奈人。曹操七十五万大军攻打新野，急煞了个刘皇叔。刘备跑急急去向荆州的族兄刘表狮子大开口，要借刘表二十万军兵对抗曹操。荆州借兵，知之不可为而为之，这就是刘备。此时此刻，刘备拿出了一个掏心掏肺政治家的责任担当，他不听诸葛亮泼冷水，他不怕蔡家党使绊子，他不信刘表会不借兵。所以，刘备便"顶着石臼做戏"，这石臼再圆、再重他也敢顶，这戏文再生、再疏他也得做。因为他刘备是汉室血脉的刘姓正统，他刘备有抗曹兴汉的血诏使命，他刘备要顶天立地的政治形象。

荆州借兵，波诡云谲。在刘备要抗曹操，当然是阳谋。在蔡家党那一伙，就被认作成了刘备乘机要来荆州"抢夺家当"的政治阴谋。

荆州借兵，一石激起千层浪，说书家就此"冲浪"行书。一是增加文化点。穿插了曹操杀孔融的内容一事，借着书情的关节，着手推开"魏蜀汉"的格局雏形。刘表是"唐《三国》"书情转折的一个大关节。随着"群英会"慢慢逼近，"唐《三国》"先有曹操进兵江东，就是因为刘表死后刘琮、蔡氏家族的降曹，实际上为曹操打江东腾空了手脚；后来孙刘联和抗曹，同样也是由于刘表荆州的缺位，荆州这道屏障失去了作用，曹操得以驱兵直下、攻打江东并已经直接威胁到了刘备；及至刘备据荆州、定川蜀，就是因为刘表病死后一向以仁义为重的刘备终于好卸下同族同宗的"人设面具和政治包袱"，敢于堂而皇之地进行武装割据，从而一步一步建立起并扩大根据地，按照诸葛亮彼时"隆中对"所拟定下的战略设想实现了"三分天下"。

二是利用矛盾点。显然，刘表借兵与否都成了"风箱里的老鼠"，刘表碍于兄弟之情，"狮子开口"答应借兵给刘备，可是刘表惧内而畏蔡氏，受着蔡夫人、蔡瑁挟制，他的"狮子开口"又何以兑现？兄弟情义如山，刘表"狮子开口"，毫不犹豫对刘备放出话来：一笔写不出两个刘字，兵符印信你尽管拿去。说书家施展腾挪的功夫、借势的本领，充分铺垫了刘表的一味坦气、刘备的万分希冀，更加突出刘备头撞南墙的艰困情境。进一步，说书家深有意涵：正是因为刘备能够始终坚定"头撞南墙不回头"的政治信念,知不可为而为之,最后才可斩获"欲不可得而得之"的江山大业。

三是制造冲突点。蔡家不是吃素的,蔡瑁在端门阻拦刘备、拔剑相逼,蔡夫人破口相骂,拼命纠缠刘表。嚯哟,真结棍。刘备"顶着石臼"兴冲冲荆州借兵,刘表"顶着石臼"讲情面"狮子开口",唐耿良"顶着石臼"摆开了龙门阵。通过兄弟之情之允诺借兵、蔡氏之拒之诋毁加罪的几度冲折,唐耿良机巧地把曹刘交战即将到来前的风雨满楼,做进了同室相斗的"翻脸无情"细节之中。这里既有"草蛇灰线"之法的落地,更体现出苏州评话审美高超的精髓。怎样的说书家才能谓之曰"艺术家"?应该说,很简单。能够轻轻松松把说书艺术奉献给听众的说书家,就是艺术家。还得说,不简单。从历史和实际去考察,苏州评话若要能做到轻轻松松,七分凭功夫,三分靠悟性。纯粹十二分功夫用来说书,那是——书把式,不是艺术家。七分功夫都没有,那是——混把式,不是艺术家。七分凭功夫,三分靠悟性,勤勤恳恳地光大、开发审美意趣,才是——真把式、好把式,才是艺术家,才能步入优秀苏州评话艺术家行列。

唐耿良就是名不虚传的苏州评话优秀艺术家——他用了八分半的功夫,扎扎实实地继承说书艺术的传统精华,他用了三分半的悟性,勤勤恳恳地开掘苏州评话的文化精神,他用了十二分的真心和功夫,精于说书、深以悟性,把"唐《三国》"视作自己肺腑心血最珍贵的人文结晶轻轻松松地奉献给听众。苏州评话艺术家就是这样炼成的。

第三十五回《刘琮降曹》设

"唐《三国》"书情发展到了刘表离世前后,荆襄方面局势已经明朗化。临死前,刘表还向"蔡家党"晓告利害,这倒不是说书先生欢喜"啰哩啰唆"而在白白地浪费口舌。"唐《三国》"于此别有心得,很明显,唐耿良不厌其烦讲到了刘表、刘备这老弟兄俩的情感细节,其实就是在给刘备日后割据荆襄的合法性,布设一条"合理的"草蛇灰线。闭丧不报,这就是苏州评话通常习用的"说书说理,自圆其说"之法门。说书家特地运用了"说理障眼法",如果书情只做单向地"一马平川、一目了然",那么说书的悬念亦即"卖关子"就会减却乃至于失去"煽情动人"的魅力。

人设。这个时下兴起的网络用语,通常理解为——人物设计。人设这个词,同时还应该包含着"人物设计的特定情境"之意。人设这个时髦的概念,为点评"唐《三国》"提供了确当的关键词。

"唐《三国》"人设,似可分为如下的几种:"三观"的顶层人设,"审美观"书情人设,微观的回目人设。顶层人设，涉及"世界观、人生观、价值观"，涉及书情整体的根本走向，涉及有关人物的审美意趣，属于创作方法论顶级层面。如刘备、张飞、诸葛亮代表着正统、正直、正义；周瑜、鲁肃代表着爱国主义、抗争侵略；曹操一方代表着奸猾、贼行。

刘备的顶层人设，是为替天行道、忠义人伦。所以，刘备表现出的是"以天下为己任"，他是以柔克刚的。因为刘备具有水一般的柔劲与能量，就连刘备的爱哭都是那种"水的表现形式"，所谓慈悲为怀、水至柔而力无穷。

张飞的顶层人设，是为从心而动、性情率真。因此，张飞是霹雳火、是九霄雷、是大旱雨、是六月雪，是大起爆头一声吼、是捶胸顿足呜呜哭，是看不清真相时的糊涂虫、是拨开了云雾后的明白人。因此，张飞成了"唐《三国》"第一等性情中人。悲欢离合，有张飞的种种情形；嬉笑怒骂，有张飞的呼喊冲吼；孬种调皮，有张飞的哀求鬼脸；英雄好汉，有张飞的力拔头筹。白天，张飞是和着阳光的清爽；黑夜，张飞是胜过星月的明亮。刀山敢上、火海敢闯，那是张飞；剑拔弩张、兵刃相向，也是张飞；粗豪智慧、最讲情理，又是张飞；和风细雨、润物无声，还是张飞。张飞是一个无所不能的壮士侠客，张飞是一个有哭有笑的人性汉子，张飞是"唐《三国》"宝塔尖顶上的金光神圣。

诸葛亮的顶层人设，是为天地精华、人物魂灵。故而，诸葛亮未卜先知、料事如神，诸葛亮建功立业、天下为公，诸葛亮鞠躬尽瘁，死而后已。诸葛亮为"唐《三国》"人物谱理想化了的儒家楷模、道家尊神。

曹操的顶层设计，几近人人为我、我负人人。因为曹操处处"负人、负人人"，曹操负救命恩人陈宫，曹操负归顺大将张绣，曹操负大汉献帝之重托，曹操负徐州生灵之冤魂，最可气，最可批，最可千夫所指，最可万世唾骂，曹操这厮竟然溜逃华容道、负了关公德义之信。

周瑜的顶层设计，是为人人为我、我为江东。可以说，周瑜是一个好统帅、好将军，是一个爱国主义者、嫉恶如仇者，同时，周瑜又是一个不讲人道者、一个极端化了的羡慕嫉妒恨者。

鲁肃的顶层设计，是为"好人常带三分寿"，你看，鲁肃这个老好人几乎做到了"无原则底线"。鲁肃最通晓统战工作，却又一味地迁就统战对象，总是"你好我好大家好"。鲁肃最渴望江东取胜，却又无端地缺乏政治自信，做事则首鼠两端。鲁肃智能最普普通通，却能认准诸葛亮和周瑜的不同政策界限，显示出了"寿搭搭"而又"响当当"的坚定统战立场。

书情人设与顶层人设有所区别。如关公仁义礼智信俱全，作为"唐《三国》"一百回书目不可或缺的道德化身。张辽是为曹营智勇双全的"仁人志士"，成为曹操方面正能量的代表人物，他是关公的朋友——堪称生死之交，而曹操同样是关公的朋友——却为义利之交，这就是"唐《三国》"书情遵循《三国演义》以及生活辩证法的优秀审美表现。赵云是与诸葛亮并驾齐驱的

"管理天才"，他智勇及于关公，他纪律高于张飞，他忠义达致独步，他在"唐《三国》"中最大的艺术价值就在于——魏、蜀、吴千古以下，赵云成了"人才管理学"意义上最克己守法、严明无私的鲜活教材。

再说说回目中的人设。这回书《刘琮降曹》，以曹操营中张辽、许褚、夏侯惇这个"曹三角"而言，张辽的人设应当为"正"——曹军中之灵魂、正能量，许褚明显为"跟"——心甘情愿主动做配角，夏侯惇则必定为"遁"——战场上逃命第一等的冠军。

第三十六回《初冲雀尾》数

《初冲雀尾》堪称一回"数学书"。夏侯惇黑心肠做得是"黑心数学"，张辽良心好做了"红心数学"，许褚这个戆大只会做"灰心数学"。这回书，刘皇叔还是顶顶有趣：听书人为刘备急煞快，说书先生却笃笃定定"胜似书场信步"；听书人想刘备这趟总归完结哉，说书家特为悬念连连，而刘备始终安然无恙。一歇歇，听众急得跳起来；一歇歇，听众又是"丈二和尚，摸不着头脑"；一歇歇，听众在哈哈大笑，浑身放松蛮舒坦，写意得来勿能谈。听书人的乐趣正是来自于唐耿良变来变去"变魔术"，就这"一歇歇"苏州评话变化出无尽的趣味。

"唐《三国》"曹操器重张辽，这是众所周知的。作为曹操的侄子夏侯惇熬煞（妒忌死了）张辽，张辽呢，当然看不大起夏侯惇。因为黑面孔夏侯惇戤（靠）着阿叔曹操的牌头，享有好多说不明白、又上不了台面的特权。如《火烧博望》一战，夏侯惇立下了军令状，却又打了个大败仗，他十万大军败剩了九十六人。这就是夏侯惇立下军令状所做"黑心数学"的大将成绩。可是曹操偏偏在"心里向转念头"：夏侯惇是吾阿侄，哪怕俚立下军令状，吾勤俚死，啥人也勤想叫俚死。曹操军令如山，然而"刑不上阿侄"——"黑心数学"的夏侯惇享有免死牌。

张辽有着自己的"红心数学"：张辽好心，他发誓要"搭夏侯惇报败兵之仇"。听起来好像是有矛盾，因为两人关系并不好，可也由此能够看出张辽的胸襟，他是从大局出发在做"好心数学"。不像夏侯惇跟张辽出兵后，自始至终心里一直都盘算着"触张辽霉头"，"心心巴望"最好张辽十万大军败得只剩九十五人，这样就要比他夏侯惇的"黑心数学"还差劲。张辽细心，毕竟张辽是曹操手下"一等一"的二虎上将，他认真对待曹操发兵时的嘱咐，所以，起先他是吸取了夏侯惇全军覆没教训的。兵临雀尾山，张辽命令——大队人马倒退三里，这就是为了防备火攻的"细心数学"。张辽粗心，一旦看见雀尾山没有起火，张辽便也"粗枝大叶"了。他狠狠地训教夏侯惇，长驱直入新野城，张辽的"红心数学"终于难免吃了诸葛亮的大亏。

许褚则在做"灰心数学"。许褚是个真戆大，有勇无谋，专事跟风。火烧新野前，夏侯惇

"黑心数学"吃香，许褚就"马捐捐，轧在前八尺"跟风夏侯惇"糊里糊涂的黑心"。"白河决水"时，张辽"红心数学"得了手，许褚马上"掉转马头，屁颠屁颠"就跟风在了张辽那颗"光彩熠熠的红心"之后。许褚"灰心数学"根基于此种哲学：反正吾许褚是个戆大。吾"诈痴不颠"，真懂假戆，"仙人笃阿爹也弄不明白"——吾许褚乐得"将戆就戆"，保命逃生就是勿戆。

　　孔明发令箭，张飞顶起劲。这回书"细做细表"实在极致。唐耿良运用张飞呼吸急促时"吷，吷"的声音气息，塑型了张飞标志性的声音形象，妙造了张飞一定"要立大功，要立大功，要立特等功"的迫切心理。因为张飞急于洗白自己"曾经闯祸的污点"，急着表现自己"明显已有了进步"，急迫传达自己"对得起先生教导"，所以张飞想当然——"吾格令箭，压台戏"，说书家再一次精彩演绎了生活化。诸葛亮却在关照：张飞去守博陵渡"略有微功"，张飞哪里肯应承。说书家"噱头"调度好，轰生悭，就牢牢捉住了最为听客所在意的"张飞戆大这根筋"。

第三十七回《火烧新野》法

　　这是一堂兵法课。兵法是"唐《三国》"书情的热门话题。诸葛亮给张飞讲兵法，这是老师对于学生的义务。张辽熟读兵法，然而，他与曹操对于诸葛亮的兵法却"一无所知"。知彼知己，百战不殆。知己不知彼，曹操对阵诸葛亮，在兵法上屡战屡败。庞统给曹操上兵法课，则是庞统对于曹操及其谋士的"定心丸"和"下马威"。"唐《三国》"一百回结尾时，华容道一节书情，唐耿良还要让熟读兵书的曹操和他的文武官员一起，开展了一场关于诸葛亮用兵"实则实之，虚则虚之"的大讨论。书情是实，兵法为虚，说书家既要虚虚实实，活用"兵法"之虚来生动、丰满、充实书情，同时又实实虚虚，通过书情之实发挥"兵法"务虚之功效。

　　生动在心理，趣味于情理。这回书，张辽被诸葛亮"调度得"晕头转向、疲于应付，老是在虚虚实实"不得已"，夏侯惇"一朝被蛇咬，十年怕井绳"的"老调"阴暗心理更是糟糕透顶。许褚则愈加处处被动，他非但慌慌张张"自己吃自己"砍杀了亲兵，还心惊胆战被首次遭遇的"白袍小将"给枪挑了"吞头"。一场大战全部由细节构成，苏州评话的审美法则有味。

　　实则虚之，实则实之，虚虚实实，实实虚虚。诸葛亮用兵奥妙尽在"实则虚，虚则实"那些数不清的无穷排列组合之中。雀尾山诸葛亮"上腔"，便是实则虚、虚即实，因为"火烧"的实战排布远在新野城内，所以，诸葛亮先在雀尾山上虚晃一枪，让张辽一班人马，尤其是要叫"火烧博望"已经吃过一次大亏的"老调"夏侯惇"心则虚，怕则实"，忽忽悠悠，吓破了胆；新野城里诸葛亮布满"火攻广告"，早将雀尾山"实则虚"换作了——实则实，因为心理战最最忌个"虚"，诸葛亮"实"字当头，张辽这班人则一再被夏侯惇的"老调"恐吓，而简直弄得莫衷一是。

一来二去的，张辽等辈云里雾里、墨黑隆咚就被诸葛亮"催眠"成了"畏惧其实，反认其虚"那样一种尴里勿尴尬的心理劣势。由于诸葛亮真真假假、虚虚实实地完成了他布下的火攻大阵这个天罗地网，于是乎，曹军被"火烧新野"全军覆没，其实"心里早已必输"使曹军失败注成定局。

如果说，当今苏州评话艺术家周明华《伍子胥》一书中，细加表述《孙子兵法》十三章，颇有"百家讲坛"时尚品味，那么，唐耿良在"唐《三国》"书情中每每论及兵法则是"夏夜纳凉"一般娓娓而谈。说书家对于兵法真是如数家珍：空城莫入，这是兵家应有的防范意识；爱兵如子，这是大将务必恪守之人道；城中之水莫取，张辽懂兵法，因此有所预料（最终也为此闯下大祸）；心理战——诸葛亮"技高一筹"、火攻先攻心；饵兵勿食，这是孙子兵法的确定之规。真所谓琳琅满目，不绝于耳。在"吴起爱兵"的穿插中，唐耿良娓娓而谈着吴起的爱兵如子、体贴入微，精到地评论起吴兵的冲锋牺牲、在所不辞，以烘托出这样的兵法之本：用兵之妙，务必"用心"。

俗话说：苍蝇不叮无缝的蛋。"唐《三国》"说书说理，说得极有道理。堂堂十万曹兵，有了一大（统帅张辽）一小（觅食小兵）这样两只有缝的蛋，那么"火烧新野"的结局——就只能是张辽带着曹操的众兵众将在自作自受了。"南门小兵嫌比北门取水远，一顿勿吃了"，晚上小兵肚皮饿，就"私入民宅，寻食引火"，这一只"有缝的小蛋"，凭仗着——法不责众，也算"顶级小聪明"的了。张辽进衙门，才是一只真正的"有缝大蛋"。小兵这只鸽子蛋有缝，不过就是一条小小的裂隙罢了，而张辽这只大大的孔雀蛋要有了缝，那可真是"要大了"。张辽作为三军统帅，上梁不正下梁歪，他带头违反军纪，贪图舒服一时，活生生自己送上门——让诸葛亮"火烧新野"全盘落地、进行到底。这就是苏州人所说的——自作孽，不可活。

第三十八回《白河决水》趣

螳螂捕蝉，黄雀在后。《白河决水》，曲径通幽。这回书，螳螂好鲁莽，因为鲁莽的螳螂迫不及待。那蝉好凶恶，说书家放出这只凶恶的蝉，在前后贯通、左右逢源——这凶恶的蝉，引诱出了鲁莽的螳螂，又将"欢喜的黄雀"照应而出。关平正是这只鲁莽的螳螂，许褚充当了蝉的角色，周仓这回好厉害做了黄雀。关平鲁莽再加上太过不自量力，说书家偏偏要叫关平去"碰头"凶神恶煞一般的许褚，偏偏呢，说书家再叫戆大周仓去捉住了戆大许褚一番狠命厮杀。终于两个戆大你来我往打得来"一天世界"[1]。无独有偶，后书中，曹操的侄子夏侯恩这个背剑郎，也硬要跟赵子龙上演"螳螂捕蝉"的"滑头戏"，可惜了夏侯恩区区一条稚儿小命喽。想想也有趣，一旦赵子

1　一天世界：意为一塌糊涂。

龙扮演了"蝉",那么还有哪一只黄雀,胆敢"在赵子龙后面"放肆呢?

苏州评话"理味趣细奇",《白河决水》这个"趣"做得非常典型。关平、许褚、周仓,精彩演绎了一出"螳螂捕蝉蝉中雄,黄雀在后后有凶"的戆大趣书。其实,关平又哪里会是"痴虎将"许褚的对手?说书家"趣"在细表细做,生动运用"表接表",细腻之"趣"轻松得惊险——先是关平用了"排除法",认定许褚"最勿狠",再由周仓一一来点评:关平公子放过夏侯惇、张辽有眼力,"俚去捉牢许戆大——豁边!"经过一番"慢铺陈",闸生头里一个"急转弯",周仓大战许褚,两个戆大接榫,实在天衣无缝。

说书家手法灵动,妙藏虚实。夏侯惇、张辽、许褚"曹三角"逃生这一段,夏侯惇——火烫药,这是虚。张辽战赵云,此为实。"白河决水"这一段,官兵口渴,还是虚。许褚卸甲,方为实(此乃"关平战许褚"种根之笔)。最后的一段,关平好样式,偏偏就认准了许褚这个"丢盔卸甲最无能的大将",又是虚。周仓战许褚——"黄雀在后",也是虚。真正的实,就是关公最后的出场这个"书眼":关公大放水、手段"高超","曹三角"滑稽、尽得妙趣。

虚虚实实,虚实相间。说书家"活儿"来得。夏侯惇误认"火牛阵",这是一步"闲笔虚招",却也堪称"妙笔高超"——曹军兵败于火烧,风声鹤唳,惊魂未定,疑火疑鬼,草木皆"赤";诸葛亮设计"决坝水攻",故而,先得虚张声势,然后猛攻敲实,"虚"在了火牛阵,"实"则为决水攻。更微妙,曹、刘大将大打出手皆为"虚招",白河决水喜剧滑稽才算"高超"。

许褚对"黄雀"周仓毫不知情,许褚又是一个"真戆大",说书家把许褚的心理活动铺陈得极尽细趣之能事。你听,许褚在这样埋怨自己:吾许褚一个曹操营中的大将,竟然打不过关公手下的一名副将,"惭愧啊惭愧!"此时心趣最有趣——黄雀周仓逞豪,凶蝉许褚蒙羞,两个戆大对手,曲径通幽真趣。

第三十九回《博陵渡》噱

这回书俗称"肉里噱"。所谓"肉里噱",就是指从喜剧人物性格逻辑出发,让苏州评话的喜剧效果由书情本身"肉里"而出,同时,这种喜剧效果本身就是书情"肉里"的内在意蕴。

唐耿良在电台说书要受到交关多的限制。如电台是"空中书场",不可能与听众发生——当面直接的互动,也不太便于借助多以穿插"时代性"的话题或者"外插花"噱头来"接近"收音机前的听众。故唐耿良在这回书中的"肉里噱","平说"而生趣,且趣出了那"一片看不见的笑声"。

"唐《三国》"肉里噱做来相当考究。一是性格"肉里噱"。真是噱翻天。一正一歪一戆大——张文远,夏侯惇,许褚。从本回书的书头一直到书尾,三个曹将一台戏。唐耿良把书情做成了"人性善恶欢笑式"。张辽性格"正",自然看不起夏侯惇"歪路子"。他便处处抬出、丑化夏侯惇的"歪"。而"歪"虽不克"正",却能制"戆",夏侯惇"制戆"便与许褚"反制戆"产生了不少的"喜剧摩擦"。许褚"戆",与他的对头戆大如周仓、张飞他们在一起时更是"大家戆对戆"。如果说,张辽、夏侯惇"一正一歪"的肉里噱来自于"正反喜剧因子"的"异性相吸",那么夏侯惇、许褚"一歪一戆"的肉里噱则恰恰就是同性相斥的离心式碰撞。吸牢了,就会噱得放不开;冲碰了,便要噱得打开头。

二是书情"肉里噱"。噱得勿能谈。在关公面前"一正一歪一戆大"个个都想溜,但是都休想逃过关云长那把"公平情义秤",于是,喜剧效果就发生在了以许褚视角为主的为啥逃命也有"不公平"的赣大心理。关公放水,极见色彩。他一一放走张辽,放走夏侯惇,放走许褚。放文远,两人有交情,关云长是荡开龙刀让出来一条生路。而关公高举龙刀,独眼龙夏侯惇一滴鳄鱼的眼泪,在关云长的刀下狼狈逃命。所谓"后吃先谢,敲定转脚"。许褚嘴上讨情,关公放他一马。说书家通过"情"的渲染,把情义联带了一处。这样,人性情理便在此出戏:关公与张辽互通款曲,放张辽,讲的是信义;关公与夏侯惇大有过节,放夏侯,讲的是心慈;关公与许褚没有交情,放许褚,讲的是"欺众不欺一"。在张飞手里"一正一歪一戆大"更加插翅难逃,于是,喜剧元素就集中在了"三将逃命戏法,各有巧妙不同"。

三是手法"肉里噱"。噱头交关细。唐耿良善于细做细表。他在表现"正歪戆"与关、张、曹不同对象的喜剧场面时,对于关云长用了效果鲜明的对比法,对于张飞使用了"混水摸鱼"的野战法,对于曹操则用了"低头认罪"的区分法。

且来看张飞。张飞一心要在博陵渡立下大功。一正一歪一戆大,大战黑面孔。夏侯惇,歪,"一只眼"首先滑脚开溜。张辽,在三人中属于——正,但是一命当前——还是溜。许褚,戆,可是战争点化人,利用"老本行"——步将本事赶快溜。最后,心无算计的翼德三将军张飞被诸葛亮"估煞",只捡了一匹战马的"微功"。逃了命,要算账。听曹操总结:张辽用兵是用在了路子上,许褚是阿戆,没有资质来承担责任,夏侯惇输了博望不吸取教训,板子打在其"歪"屁股上。

最出戏的还是在两个戆大身上。许褚大战周仓、张飞两个戆大黑面孔。战周仓,许褚被打得没有招架之功;战张飞,许褚学了乖,他"金蝉脱壳",不战而退。说书的道理便在于此:战场上兵不厌诈,保留自己的有生力量为第一要义,不管其形式如何、面子咋样!

第四十回《兵进樊城》演

刘备的政治哲学,大仁大义,笃信民心所向。老百姓跟着刘备逃难,哭。刘备肉痛老百姓,也是痛哭。刘皇叔誓与老百姓同生死、共患难，故而刘备听了老百姓的"哭"痛苦不堪、拔剑意欲自刎。他捶胸顿足，大呼：一路哭不如一家哭。由得老百姓大家"哭"不如吾"刘备"一个人"哭"。通过这样一个微小的细节，唐耿良淋漓尽致地表现出了刘备始终搭得牢老百姓政治脉搏的"魂灵心"。苏州评话的最大文化价值就是要为听众服务，只有牢牢谨记"文艺以人民为中心"的宗旨，说书家才会想方设法去为听众服务，才会把面对听众、面对时代、面对艺术看得高于面对镜头、面对评委、面对荣誉和鲜花。

说、噱、谈、评、综，这五个字是"唐《三国》"在书情表演层面的审美特征概括。最后这个"综"，就包括了"演"在内种种辅助艺术因素。

听电台录音，看不见说书家的手势，也就看不见说书家的表演到底是"大开门"呢，还是像"唐《三国》"里的诸葛亮、徐庶、鲁肃那样子的"演一演手面"而已。未能亲眼看见"唐《三国》"电台录音里的"演"，或许多多少少也会生出一种没有"达到完全满意"的丝丝抱憾。不过，听书、听苏州弹词、听苏州评话，顾名思义，最关键的是——听。因此，"看不见'演'"也没甚太大关系，说书、说书主要还是听觉艺术，"听得见"——唐耿良说、噱、谈、评、综，本身就应该说享受到了成色实足的苏州评话艺术。

刘皇叔爱民如子，为了让民众免遭兵灾，便"硬作主张"要带新野县的老百姓逃难到樊城。此次曹操伐兵来兴师问罪，刘备还要把新野、樊城两处民众带过江去，引得孔明亦颇有微词。苏州评弹历来都信守：大书（苏州评话）一股劲，小书（苏州弹词）一段情。"唐《三国》"表演政治生活，却是"一股劲""一段情"在一起的化合反应。唐耿良用刘备"民众为本"一段又一段"情"的故事细节，生动形象地推抬出了刘皇叔"得民心者得天下"的政治关键词。

政治人物的博弈亦须重情，才更有"戏"可"演"。而且"情"所占据的比例愈重，书情往往倒是要比"劲"来得更其有滋有味、活色生香。刘备"三顾茅庐"求贤诸葛亮，得力于真情真义、情出于腑肺。刘备新野逃难"心中只有老百姓"，唤起的是"忧国忧民"情，付出的是"同生共死"情，赢获的是"百姓爱戴情"。其实，就连张飞这个"唐《三国》"中还算不上是政治人物的第一等戆大，之所以能够赢得苏州评话所有听众的"魂灵心"，一言以蔽之，则必曰：情。因为恰恰正是张飞这个戆大的形象内髓，被人世间第一等性情的人文包浆之情所紧紧地相裹着、团合着、热烈着。

徐庶专门在给曹操上当"扛木梢"。这一回书就更加有意思了。"开心果"徐庶带着张飞联手唱起了双簧。徐庶向张飞"演演四只节头子"的"哑剧"，做出了漂亮的"对手戏"。张飞不像后书中的诸葛亮与鲁肃那样圆熟、敏感于"演一演"手势，所以，张飞这第一个回合是"龂接翎子（没懂手势）"的。没办法，徐庶只好"避虚就实"在第二个回合"捏一捏"张飞的"四只节头子"。喔，经过徐庶的"弃演改捏"，张飞这才恍然大悟——徐庶"演手""捏手"原来不光光是为了亲切地表达久别重逢后的无比喜悦之情，而是有着更深一层的指令——"豁只翎子（做个手势）拨俫，阿懂？"懂！那么张飞"心里向转念头"，吾要再勿懂——勿是等于说，吾张飞白拜诸葛亮当吾格老师的了。

第四十一回《战樊城》态

曹操在历史上是被公认为"疑心病特别重"的。从军事才能来说，曹操当然也是料事如神之伟才。但是，由于曹操天性中疑心病"不合时宜"地常常发作，而且，这回书，曹操疑心病恰好又对上了张飞的"疑兵计"。你疑我也疑，"疑高人胆大"。于是乎，曹操因为"自疑不觉"逃都没处逃，而张飞刚刚进入"诸葛亮博士后工作站"的第一次实习，就让曹操必乎其然地吃了他自己"疑心病重"的大亏。张飞毕竟是一员猛将，曹操猛兵来袭，张飞却"迎猛而上"，他是"起爆头"（突然高声喊叫）大用其"疑兵计"作为了猛计——"来，来，来"。

得意之作，得意之笔。可以说，这便是对"唐《三国》"经典书目《战樊城》的会心评价。

唐耿良本人便将《战樊城》视为——得意之作。1981 年 10 月，"全国中长篇曲艺研讨会"在江苏扬州召开。会议期间举行了几场晚会，由名演员做示范演出。唐耿良演出的书目正是《战樊城》，与唐耿良同场演出的有山东快书的高元钧，北方评书的刘兰芳和袁阔成，还有扬州评话的康重华等。20 世纪 80 年代，唐耿良和苏州评弹艺术大师蒋月泉、杨振雄等应邀为苏州评弹学校学员授课时，唐耿良就是携《战樊城》这回经典书目向苏州评弹新生代展示了"唐《三国》"精湛的艺术风致，践履陈云同志"出人出书走正路"的战略大计。

上面解释了"得意之作"，那么，何为"得意之笔"呢？张飞拆锦囊——这一段三百字不到短短的书情，即为苏州评话珍贵稀罕的得意之笔。因为在这段"唐三百"中，唐耿良"短书精表"，以"张飞拆锦囊"这个特定情境下的人物之"态"——"心态之定、意态之细、言态之憨、行态之萌、情态之急、真态之怕"，极其生动地表达出了张飞在《战樊城》"人设"中的言行举止、心理活动、性情特征。而且，短短"唐三百"囊括了唐耿良评话艺术体系"心、尽、性、情、灵"的精妙书道。

曹操也有"三来兴"：曰疑，曰探，曰吓。疑，因为曹操疑心病重，这是导致曹操这位大政治家诸多负面因素的性情特征。曹操是很有意思的。一方面，洞若观火，一眼就识破诸葛亮用戆计，嗤之以鼻；一方面，曹操被诸葛亮的"两把火"烧掉了二十万大军，烧得是心冷血寒、意志疲困，所以，一开始，曹操便缺乏坚信，止步不前，以至于本该鼓舞士气的战前动员会变成了议而不决的臭皮匠会。

探，曹操固然疑心病特别重，但是，曹操丝毫不乏军事家的有胆有识、敢冒风险。俗话说：是骡子是马拉出去溜溜。张飞用计是真是假，冲上去试试。于是乎，疑心病重的曹操跟撑破了胆的张飞上演了"魂斗罗"的大戏——一个是曹操上土山，当面试张飞；一个是张飞用懵计，吓坏众曹军。曹操的探，基于其疑，故而，越疑越不静气，越探越不明白，越吓越不成器。

吓，曹操被说书家注入了不少喜剧的审美特质。比如，表明曹操丞相身份的红罗伞盖，就是曹操喜剧的生动道具。早在"斩颜良"书情，红罗伞盖便开始"种根"，当时，就是为了要载记：张飞"百万军中取上将首级，如囊中探物"。草蛇灰线，举红罗伞盖的朋友怕张飞在这回书"遥应"，这个朋友怕张飞吓得用红罗伞盖套牢了曹操。你看，红罗伞盖都在帮着张飞吓曹操。顶有趣，曹兵还大造声势"张飞来啦，张飞来啦"，真是——撑大了张飞的胆、吓碎了曹操的魂，曹丞相那是一个魂不附体，狼狈不堪，抱头鼠窜，简直都给吓坏了。曹操本来近视眼，忙乱中只顾了逃命，竟然把紧随曹操身后为其"保驾"的亲信大将黑面孔夏侯惇——当成了黑面孔的张飞在紧追不舍！君不见，说书家巧施"活儿"，真个把喜剧"可笑到了家"：有胡子的就叫爷爷，黑面孔的就是张飞！嗯，丞相哪还有身价，曹操喜剧到了家！

其实，刘备也有过两次类似这样的狼狈相。诸葛亮火烧博望，刘备惊慌失措，几呼救命，可笑吧。初冲雀尾，刘备并没有"吸取教训"，仍然是害怕之极、唯恐丢命。只不过，刘备孤穷，刘备仁义，刘备好人，所以，刘备喜剧是令人掬洒同情的眼泪，曹操喜剧则让人拍手称快、乐不可支，因为说书家给了正面人物刘备的喜剧以某种悲哀、可怜的人性价值，而给反面人物曹操的喜剧却是宰杀了生灵、戕害着人性的那种无耻、可恶。

这回书，活现了曹操、张飞两个主要人物。一个是最大的反面人物，也是"唐《三国》"中最有审美价值的反面喜剧人物。一个是最成功的性情中人，也是"唐《三国》"中最具喜剧性的人物形象，充分反映了唐耿良苏州评话艺术书道层面——心，尽，性，情，灵——极高美学品味。

第四十二回《兵发当阳》命

张飞用计"半吊子"，襄江岸火烧舟船，说书家以"进退法"演绎书情的大转折。所谓进退之法，进，当然进在张飞用计这个悬念的上面，而退呢，仍旧要在"张飞身上"大做其文章。这里其实又是"明暗法"在起作用。明里呢，张飞的懵大用计，最终还是被曹操识破在了火光冲天的烧船之笨拙行动中，而暗里，"唐《三国》"争战各方的政治逻辑还在必然地延伸、开掘出来。"张飞在追赶而来"——曹操杯弓蛇影上了黑面孔的当，全然被张飞的"锦囊妙计"给吓得魂飞魄散。这回书，说书家自有用心：拥有雄兵百万的曹操由于师出无名，所以曹操总归摆脱不掉"疑心病重"的阴影。曹操被张飞戆大用计"吓坏"，其实还是"惧怕"孤穷到了失败边缘的刘皇叔。因为刘备有民心所向，有诸葛亮军事战略家的"魂灵心"在手。

唐耿良把战争场景中的人心、人性、人事描摹得绘声绘色，如在眼前。"唐《三国》"好听，既在于高潮书的惊心动魄、细致入微，同时，平台书的处理也深得其功。由于"唐《三国》"长跨度的书情时空，加之战场、人物的场面置换，有好多回目都处在书情之转折，这些"转折书"便常常与"平台书"相重叠。唐耿良"切书"呼应，料理行书节奏和书情结构手段娴熟。他善于把"高潮书的拖尾巴效应"带到相关的"平台书"之中。

刘备、蔡瑁，魏延、黄忠，曹操，好几条线同时出现在这回书里。刘备与蔡瑁原来的内部矛盾破裂了，一向小心翼翼总要赔不是的刘皇叔，终于被蔡瑁逼上了彻底决裂的狭路。蔡瑁"堂而皇之"地露出了他那"一不做，二不休"的狐狸尾巴，肆无忌惮地横行霸道，不可一世。魏延对蔡瑁深恶痛绝，盛怒之下，顿起反心，也搭上了老母、妻子的性命。投奔到长沙，长沙已经归属了曹操，只能寄人篱下以待时而动。苏州评弹泰斗蒋月泉唱腔中就唱到此番情形："魏延弑主便开城，君侯出榜便安民。"这已是后话。曹操收降了荆襄，不费吹灰之力挤走了他的死对头刘皇叔，自然最得意。紧接着，曹操暗下毒手除掉了刘琮，便更加踌躇满志起来。连下去，大战当阳道、长坂坡。"群英会"前的条条草蛇灰线、种种跌宕书情也在全面铺展而开。尤以赵子龙单骑冲营、骁勇善战，昭示刘皇叔从最低谷走向蜀汉基业的高潮。

命运，命运，是否可做这样简单、质朴的理解：一个人，就有一条命；一条命，就有它的运。

"唐《三国》"一百回，唐耿良孜孜矻矻、勿稍懈怠，说活了一批跳进跳出、有血有肉、能声能唤、够形够象的"大好佬"，如十分奸诈、令人厌恶的曹操，仁义云天、大起大落的刘备，诚信至上、修为圣人的关公，大智大慧、赛过仙道的孔明，智勇双全、管理在行的赵云，惯于树敌、心理狭隘的周瑜，寿里寿气、好人好事的鲁肃，戆里戆搭、爱捐木梢的蒋干，当然，还有大吼起爆头、大牌不服人、大粗实在细、大处拿得起、大戆最喜剧的张飞。同时，唐公还塑造了不少"立体起来"的"一回书人物"，前面书中"猴子拾苞米，会打小九九"的文丑、"行事精灵古怪，如同天外来客"的邓芝，后段书，急公好义、甘洒热血的王德，也是感天动地泣鬼神的"一回书人物"，而曹军第一大力士赛元晋的命运也会牵挂在听众心里。

本回书，魏延的命运，刘琮的命运，乃至刘表夫人蔡氏的命运，一俱皆让说书人和听书人唏嘘不已。当然，还有刘备当下何去何从的命运，还有新野、樊城两县二十万难民无家可归的命运，甚至还有蔡瑁等辈不义之徒终将难逃的命运——呜呼哀哉，命运。

第四十三回《刘备祭墓》震

请高度注意本回书中唐耿良是如何对诸葛亮进行细节描摹的。先看，诸葛亮对赵子龙的"一把手"——诸葛亮说到格个地方，起格只右手，望准赵子龙左手上"嗒！"脉门上抓牢，"嘎啦啦啦啦啦"一把。再来看，赵子龙的心理反应——赵云呆式了，诸葛亮格语气，俚关照我，保护甘夫人、糜夫人、刘阿斗。特别关照，主母公子偌，要当心啊！说到当心，望准吾脉门浪向"嘎啦！"一把，一震。偌看，说书家阿要"有苗头"，诸葛亮"嘎啦啦啦啦啦"一把，赵云觉着——"嘎啦！"一把，心理也要"嘎啦！"一震得了。诸葛亮千言万语交托在了抓牢赵云脉门的"一把手"，赵子龙千言万语接纳在了这诸葛亮"一把手"的"一把一震"之中，说起来，完全只是做了一个"小小的动作"，实际上，完全又是力拔千钧的极度心理震撼。

《刘备祭墓》这回书，诸葛亮心理细节之细——细出了他的两次"一把手"那种轻重缓急、部署分别的层次、节奏感，刘备心理细节之细——细到了他的清则醒、昏则闷，入情则哭哭啼啼似梦、出戏则恍恍然然若失，赵云心理细节之细——细及了作为"达到高级别军事管理家水平"的一员大将，他的以战略大局为胸怀、以不辱使命为己任，张飞心理细节之细——细在了他的粗犷时一切都不以为然，细气时样样都拿得起来。

大军、惊鸟、借兵、嘎啦、重申、说理、祭墓。——细节处处，处处细节。"唐《三国》"擅场细表细做，其关键还是在于细节引人入胜。细节，好比是一大把散落的珍珠，说书家就是那个把一粒粒珍珠串成项链的艺术工匠。大战在即，说书家没有电视剧尽收眼底的视觉画面，说书是在时间中行进的语言艺术，用语言组成的一个个故事细节，经由审美通感的能动转换，说书家就把形象、画面、色彩、气息、格调串结成了"细表细做"而成的珍珠项链。

大军。这是写意手法呈现的画面感觉。曹操唾手收荆襄八郡二十八万人马。封蔡瑁、张允为侯，这是暗伏了"群英会"书情时，曹操杀蔡瑁、张允的线索。此时曹操聚九十三万人马之众，率七十三万大军来伐刘备。

惊鸟。这是十分细致的内心境象。拜师孔明之后张飞是个"半戆大"，其实这里的"半戆"说明阿戆张飞童心未泯。惊鸟纷飞，曹军所扰，诸葛亮预感到曹军压境，无奈之下只能亲赴江夏郡讨救兵。刘备带着二十万难民就如惊弓之鸟，这是说书家极其微妙的借景喻情，正如王静安所言：景语即情语。是也。

借兵。这是说书先生高明的说理所在。诸葛亮出营借兵也有一番相当出戏的心理活动。唐耿良这段书的遥相呼应使得说表极为细腻。一来孔明与刘琦有"密室支招"之情。二则此事后来书情中又有专门提及。三呢落实到这回书就顺理成章，非诸葛军师出马不可，而且关云长借兵未遂。所以，唐耿良串起书情，以说理之细致解听众之思惑，说书果然"理，味，趣"。

嘎啦。这是寓趣于藏的生动气息。"嘎啦一把脉门上捏牢"，徐庶与张飞前书中曾经上演过。此一番孔明军师出营借兵，"嘎啦一把"捏牢赵云脉门，之后，"嘎啦一把"又捏牢了张飞的脉门。唐耿良把"嘎啦一把"的专利定位在了伏龙、徐庶两人，既用以说明"大好佬"临危不乱，又特别突出了张飞"代理军师"肩胛上分量几化吃重。

重申。这是纷乱军事之中的有情色彩。诸葛亮一再吩咐赵云、张飞，刘皇叔一定要过了长坂桥才能安全脱身，一方面，说书家以此交代书情，另一方面，又有意识地"放大了"当阳道长坂桥之战的严酷、险恶。说明军事战略家诸葛亮一生谨慎，又极富人情。而其中孔明交代的一句"遇桥而守，遇林而伏"，具体表现了战争军事色彩。

说理。这是"唐《三国》"随处可见的艺术格调。说书家在此用说理之长为刘皇叔爱民如子进行了加分。刘皇叔不让带走家属，既是为了安定军心，又是为了与百姓共存亡，这是刘备可贵的人道主义。

祭墓。祭墓这段书有着某种诗意。诸葛出营，刘备丢魂。离开了鱼水之情，借坟墩，哭自身。刘备哭刘表之墓，刻画了他重情重义、仁德有加的性格。同时，张飞接冷嘴，所谓——在劫不在数，在数再难逃，真是一语道尽了战乱之中无法言表的失落与感伤之情。

第四十四回《刘备遇险》折

天起狂风，危局降临。旗杆折断，阵营纷乱。刘备不忘"初心"，带着新野、樊城二十多万难民，共命运、同患难，仁义之至。刘备饮声痛泣之余，简雍起课算卦不妙。然则，危难当头，终究得靠主心骨。毕竟刘备请来了诸葛军师运筹帷幄，此时此刻虽势单力薄，但"团队管理"水平有了较大提高。刘备的悲情性格诚然不可回避，刘备的决战军心牢固坚如磐石。赵云鞍不下马，张飞睡不卸甲，两将严阵以待，全力保卫刘皇叔。被诸葛亮"嘎啦"捏一把，张飞寸步不离住进了刘皇叔的帐篷。夜籁人静，刘备默默求天，张飞阵阵噩梦。战争的气氛并非只唯刀枪剑戟、杀声四起，苏州评话用"静静交的夜"来对比和放大"轰轰烈烈的生杀险恶"。

本回书，战争来临。说书家善于营造战争风云、激荡氛围，故而，先将前书落回的"旗杆折断"轻轻地引出，然后，张飞噩梦中"刘备被杀"，刘备惊梦、刘表告急——曹操马上就要杀到当阳！由此"一断二梦"在步步为营、层层深进，于是乎，"刘备遇险，当阳激战"的惊怖、残酷，轰生怵就被说书家亦真亦幻地推到了故事波折、心理挫折、书情转折的"折"之关口，"唐《三国》"也就是这样"善于借氛围之势，精于用突兀之法，成于得微妙之术"。

如此险恶的大战氛围之下，唐耿良调度、均衡书情节奏，依然从容不迫及时穿插了——商汤七年旱灾，汤披羊皮祭告上苍，终于求得雨水。这就是评话艺术与一般讲故事的根本不同之处。说故事，不过平平常常地说过就过；说大书，却要上知天文，下通地理，中及人伦，所以，苏州评话不愧为江南文化艺术的闪亮明珠。

旗杆折断，在古代战场上是不祥之兆——曹兵马上杀到，当阳危在旦夕。总一番缠委里曲，端的是言此及彼。书情在走向"法术势"俱全、精气神饱满。神秘感有了，紧张感来了，揪心感狠了，突兀感起了，情理感深了，苏州评话的艺术风韵，可谓：比比皆是，信手拈来。

旗杆折断，"唐《三国》"一百回前前后后出现过三次。《刘备遇险》这是第一次，说书家一带而过，未做详述。因为张飞噩梦的惊险、刘备惊梦的可怖都将接踵而至、精彩纷呈，所以，说书家颇懂得——"节制"——这种艺术辩证法。其实，夸张与节制，对于苏州评话艺术家唐耿良来说，既运用得相当娴熟，又处理得恰到好处。如，唐耿良"起角色"，往往点到为止，不做过度的表演，却能神来一笔或则点睛，或以漫画勾勒出人事情致。事实上说书就是说书，说噱谈评综，不管是艺术的客观要求，还是主观的审美能动，"演"在说书过程中都必须也只能是处在"综"的辅助说表、烘托书情的最后这个从属地位。过度的"演"，最终肯定会损害说书艺术的审美本体，就像现在一些中篇书目那样——除开几档唱篇、一些表演，说表的本体成分难及整个书情的三分之一或者四分之一。

第二次旗杆折断，出现在曹操《横槊赋诗》的书情内容里。《短歌行》诗人曹操可是为此闯下了"过失杀人"的一桩大祸。把酒当歌，人生几何，曹公忒嫌得意，拔剑杀人何来？

第三次，赤壁大战前，周瑜营中也是旗杆折断。不同却在于：前二者，为说书家的比兴手法，旗杆折断，隐喻当阳刘备、赤壁曹操必败，也即所谓的不祥之兆。周瑜的旗杆折断，则更多的是一种心理折射在起作用。因为周瑜骄横，一直顺风顺水，而当诸葛亮皓月清朗，横空出世，周瑜的熠熠星光便由此大打了折扣。进而，智者千虑，周瑜终被东风所困，并且吐血病倒、寻开了短见。最后还是诸葛亮"借东风"为周瑜补了台。

第四十五回《张飞救刘备》惊

跳进跳出，说法现身。这是苏州评话的审美特色。这一回，唐耿良特地"拆穿了"说书通过"卖关子"来营造那种惊心动魄的谜底。因为说书要让听众入迷到十分，甚至不能自拔，最重要的也是听众最为期待的，恰恰就是要在"人性命危险到了最后一口气之时"，说书先生才应该来给出"最后的谜底"。这就是为什么苏州弹词《珍珠塔》，翠娥小姐下趟楼，十八级楼梯，说书先生要说唱十八天的缘故所在。你听：刘备性命存虞，呼喊着"皇天"，老天爷啊，谁来相救吾孤穷刘备！黑面孔张飞"幽黑"实在也忒可以了吧，只听他高吼一声——"黑地"！张飞，可真有你的，这要紧要慢、性命交关之际，你老娘家竟然还有那心思——吟诗答对？

作为一员勇猛的战将，张飞怀着如此矛盾的心理：一方面，保护刘备要寸步不离，这是诸葛亮"捏一把"时下过的死命令；一方面，张飞毕竟是盖世猛将，所以他战性大发、手心痒痒，意欲跟黄面曹将大战三百回合。张飞矛盾的"战斗心理"，叠加出了惊心动魄的"两次相救"。第一次相救，张飞因为有心恋战，失散了皇叔；第二次相救，张飞这下岂敢怠慢，粘住了刘备。

刘备不听劝，张飞很生气。张飞可真生气了："张飞晓得自家格毛病，啥格毛病呢？吾格头颈短，头回转来勿便当。外加吾两只眼睛生得勿好，侪生在门前头。假使吾格眼睛，一只生在门前，一只生在背后，喏，侬登了后头勿要紧的，吾照样看得见，侬有危险么，吾来救侬。"这一小段"表白"就是为苏州评话艺术所津津乐道的阴噱。阴噱者，很是隐蔽，不显露、不夸张说书家的喜剧用意，然则，张飞极度生气了的幽默感中充满着令人忍俊不禁的种种笑意。

张飞两次相救刘备于曹将韩猛、淳于琼的手下，"戏剧性"细节潜足关子。"喊与不喊"，这是出自于说书家之口的张飞心理活动。好一个黑面孔猛张飞，危急之际，还是"粗中有细"——先是"哇呀呀"一声，喊得刘皇叔"借了一把救命之力"，这是"该出手时就出手"的张飞及时雨。第二次，"老张勿喊哉"！为啥体？明摆着咯，"不该喊时就不喊"，这就是张飞的大将本色喽，这就是说书家的匠心独具呀。

唐耿良说表之精细集中表现在对于张飞、赵云两人"矛盾心理"的不同处理。张飞一向都惯于"自说自话"，故而，他的自我矛盾与自我解决，往往在极其紧张的"要命气氛"中，仍然会产生令人解颐的喜剧性笑意。而赵子龙却是大大的不同：他与主母二人是唇枪舌剑，两相"对立的矛盾"几乎形成僵局。"唐《三国》"真是无孔不入，因为说书家已然在悄悄注入草蛇灰线的意图，一边固然在突出赵云"原则性强"，一边"对立的矛盾"由此切入，预先埋下了赵子龙冲曹营、救幼主极度艰危与独创奇功的伏笔。

现在市面上，多少说书先生都在用着朝拜神圣的心态、几近宗教的虔诚去苦苦追求"说书的文学性"，而是——踏破铁鞋无觅处，绞尽脑汁亦难获。说书文学性，可遇不可求。"唐《三国》"多么质朴，文学性又是多么出挑。刘备叫救命——天助我也，刘皇叔的身份一定会让他不是喊救命而是直向"皇天"大声地呼救，张飞来救命——闸生头里，黑面孔的童心必得要使其吼着"黑地"来轻而易举地救下皇叔。文学性就是人性，说书就是人学，说书的文学性是来自于苏州评话优秀演员角色化的。

第四十六回《两进当阳》误

戏法人人会变，各有巧妙不同。"唐《三国》"的"拿手戏法"便是误会法。误会，误会，再误会。二位皇夫人、幼主刘阿斗军中失散，受命于诸葛亮"捏一把"的赵子龙心急如焚，面对糜芳高声喊叫着留下话来——"救主去也"。糜芳这厮拎不清，就他会"瞎搞"，糜芳在将赵子龙留言转告张飞之时，嗳，偏偏就误解成了——"投主去也"。以小人之心度君子之腹，糜芳"三观"出问题。说书家再抬出"硬装斧头柄"的张飞这位"唐《三国》"的误会冠军。张飞误会赵子龙，要去救少主，刘皇叔就是拦住不允。应该说，经过了血与火的酷战洗礼，作为汉室继统的政治家刘备在成熟起来，他的多愁善感、只管老百姓水深火热的柔弱心肠，他的老好人脾气、犹豫郁闷，都在战争的无情摔打之中，脱胎换骨走向了胸怀大局、志在天下。

"宁肯牺牲家属，不可牺牲大将"，刘皇叔说出了心里话。家属再亲，毕竟还只是家庭小事；大将之躯，才真正能筑起江山社稷的钢铁长城。说书家设身处地在为刘备着想，把刘备对于老百姓的重情重义，缩小、凝聚到赵子龙这个具体的大将对象，进一步说明了"明公"刘皇叔不仅有"豆腐心"，并且在血战中已然自觉地在把这种善良仁义的"豆腐心"升华到了以救扶天下为己任的"家国情怀"。因为刘备知道张飞冤枉过关公，所以他不允许张飞再来冤枉"孤的患难之交"赵子龙。说书家在给"一代明主"刘皇叔做"敲钉转脚"的政治定格。

刘备那批手下人，确实也良莠不齐。诸葛亮智若神明，关云长侠肝义胆，张翼德性情中人，赵子龙忠心耿耿。但是，公子刘封脑筋不灵，孬人糜芳混淆不清，好好坏坏、忠忠奸奸，构成了"救主""投主"的良莠圈。末了，刘封、糜芳还是背叛了刘备，成为可耻的"人民公敌"。

赵子龙骁勇善战、智谋过人。这在本回书中得到了特别体现。尤其是赵子龙冲进当阳道，两次喊话之心思入微，刘备营中除了诸葛亮，没有第二个人能比。赵子龙"喊话"这一组"全、忠、上"的"三来兴"，一举多得、书艺超值。

一得之为"全"，赵子龙智勇双全、文武双全、执创双全，特别是他的超强执行力和能动创造性，不仅在刘备阵营最为突出，在整个"唐《三国》"所有战将中都力拔头筹。"三闯辕门"时，能"智擒"大将张飞的狠客，"唐《三国》"一书中大概也只有赵子龙一人了。

二得之为"忠"，赵子龙忠心耿耿，说书家用细节说话、用事实说话、用心理说话。茫茫曹营，如何大海捞针？悠悠万事，单骑救主为真。赵子龙"单骑救主"创造了其他大将根本都无法想象的战争奇迹，客观上确实有说书家一一摆出的条条"说书说理"，主观上赵子龙必救主人、必胜曹将的那一颗滚烫火热的赤胆忠心起到了"三观"意义上的决定性作用。

三得之为"上"，赵子龙"取法乎上"，这是他成为大英雄、成就大拼搏、成全大勋业的重要保证。赵子龙信奉诸葛亮，他把军师将令视若至高无上的法规，所以，即便是在甘夫人"强势逼迫"下而无可奈何地走出了一步违背军师将令的错招，赵子龙仍然恪守着"开弓没有回头箭"的坚定信念，这一切，都促动着他、激励着他、保障着他，初心不改，舍己忘我，从而，终于令人难以相信地完成了超乎奇迹一般的艰困任务。

对于赵子龙的认可和价值评判，刘备最有心得、最有发言权。说书家也有着一段"三来兴"。

刘备理智，敢于承担。——刘备坦言这是夫妻"第三次失散"。一是失散于张飞当年醉酒，二是失散于关公土山战败，三是失散于这次当阳混乱。刘备把这三次夫妻失散看成是天帝的安排、命运的修炼。其实，这是说书家达到纳米精细的巧做调度。无巧不成书，君不见，刘备走南闯北，投身政治，历经了三次夫妻失散，而且还都是失散于他的三员爱将张飞、关公、赵云之手，这一次"夫妻失散"更加发生在了诸葛亮已经加盟、领衔刘备军事集团，可见，战争残酷之烈、创业艰难之巨。不由得让人想起了革命家陈毅元帅的诗情豪语："断头今日意如何？创业艰难百战多。此去泉台招旧部，旌旗十万斩阎罗。"哈哈，刘备老夫子再苦再难，尚未至于"旌旗阎罗"的程度。

刘备识人，立场坚定。——"呀呀呸。糜芳啊糜芳，一定你传闻之误！"这一点可叹可赞。

刘备性格，进入完善。——刘备说得好："我一直是倒霉晦气，借住夜、吃便饭，立脚场化伲不。伲格种交情叫啥？叫患难之交。俚投奔吾格辰光是患难，现在吾也是患难，俚不会抛弃吾，吾信得过赵子龙"，"哪怕俚救勿着吾家小、小囡，吾宁可牺牲家属，吾要保全赵子龙什梗一个大将"。有知人之明。刘备这个大好佬的政治家性格进入了"完善时"的阶段。

第四十七回《三进当阳》狠

苏州评话的审美精巧，又有了这回书高览"噱死"的生动加盟。温酒，开相，送死——这都是高览的第一次，也都成了高览的最后一次。高览大概下意识欲与关公"试比高"吧。关公昔日里温酒斩华雄，高览也在想温酒杀小将？苏州评话着实有意思，你听，唐耿良竟然还让志在必胜的"白袍小将"赵子龙脱出一句口冲："高览枪上领卦。"赵子龙口误情不自禁，说书家喜剧另有一功，"这一卦"把高览挂进了"赵子龙枪挑曹操五十四员有名上将"的黑名单。

小时候看《三国演义》连环画，与同学争论最多的是——啥人武功最最狠？曹操大军里啥人最狠，典韦，许褚，张绣？刘备的啥人最狠，赵子龙，关公，张飞？恨不得也争出一个《三国演义》"一百零八将"的排行榜来。啥人最最狠？说书家让听众自家去量衡。同样这一个河北大将高览，黑面孔张飞要找他大战三百回合才方得过瘾，可在白袍小将赵云枪下只短短一个"滴答"

回合，高览的性命糊里糊涂就给完结掉了。

　　蜀汉五虎上将：关张赵黄马，个个本领大。尤其关公、张飞、赵云名满天下，武功超绝。说书家也是讲究逻辑的口语艺术家，同一阵营不可能对阵厮杀来比高下。说书呢，又要考虑到吸引听众，用悬念来抓住听众在心里暗暗涌动的"比谁狠"之问。于是乎，说书家的高明就在于我说我书，听众的心理就始终被书情所诱惑，所包围，所套牢。因此，在论及武功本事排名之时，说书先生就惯用"曲笔"来表达内中的"缠委里曲"。

　　关云长最狠，狠在其智胜，以及威名震世的拖刀计。如文丑葬身于拖刀之计，长沙老黄忠也惜败过在他的拖刀计下。张飞的最狠，狠在其力大无穷。唐耿良用"野战"两字来形容张飞，强化张飞"吾最最狠哉"的"力"与"勇"。赵子龙最狠，狠在其武功"巧妙"。如赵子龙奉诸葛亮之命捉拿张飞之巧，赵子龙把曹营一等头大将高览一枪"挑脱"之妙，一概体现在了常为世人所津津乐道的"四两拨千斤"，赵子龙最最狠的法门便在于此。

　　唐耿良"说噱谈评综"皆有其风格运作。唐耿良"放噱头"往往是另有一功，他不太追求那种明里"阳面"大张声势的噱头，而是偏重于"阴噱"一路。有辰光，"唐《三国》"人物角色的声调、语气，都是"带着会心一笑的噱头"。

　　许多次，张飞"发狠"时的咬牙切齿、怒满胸膛，听众能从中细心地感觉到一种如同结下了不共戴天之仇，但又是那样轻蔑以极、吹一口气就能够烟消云散的不以为然。高级的噱，就是来自会心的笑，属于喜剧艺术的审美范畴，它会把教化传播给听众，把喜剧传输给听众，把审美传扬给听众，不见得大声哈哈，却必定令人难忘。记得吗，张飞怒战关云长、怒打贼蔡瑁、怒怪赵子龙"投主去也"，哪一次不是咬牙切齿、怒满胸膛，然而，每一次都是或以误会而终，或以解颐而喜，或以自责而结，"狠"与"轻"的落差之间充满了释放正能量的解嘲和笑意。其实，赵子龙对于蔡瑁以及单骑救主时对于曹将的怒满胸膛，本身也是具有反讽的意味，浩然正气之中实实在在不乏一种让听众松快、自得的欣笑。由此可见，说书艺术高级的噱，不见得总是按部就班，有章可循。再说蔡瑁吧，这位仁兄动不动就要对"二主公"刘备咬牙切齿、怒满胸膛，他的这种颟顸无耻、他的这种自不量力、他的这种胡搅蛮缠，每一次，都是一种反人性嘴脸的最恶劣展示，而听众通过蔑视的笑声达到了欣赏喜剧的高度满足。

　　排日在听"唐《三国》"，那种口口相传在了民间文学的鲜活的"魂灵心"，早已时时地萦绕耳畔。亲切有咬耳朵窃窃私语一样的亲切感，愉悦有心里话一吐而快说出的愉悦感，隐约有共鸣而交换心灵不可分开的隐约感。确实，书情明明白白聆听而且记认在了心胸深处，然而诉诸笔端时文字就显得苍白无力了。真得好像说书先生和他说的书总是随身连带的，你听说书家在说书时，感觉他本人就是这部书目，他把他的书也实实在在地带给了你；而你在他落回之后，却无论如何都抓不住他的"魂灵心"了,看来他把他的书也从你身边给"随身带"跑了。所以,每次听"唐《三国》"都会不知不觉深深地入彀于其中,可是当每回要动笔记录心得时却会有一种"空落落"的抓挠。可见"纸上得来终觉浅",而说书家"魂灵心"是与他的书目一道一生一世都沉淀在深邃的历史轮回里。

第四十八回《双箭齐发》奇

赵子龙,闯入到"唐《三国》"的中心地带。苏州评话第一等的传奇人物当非赵子龙莫属。赵子龙严格执行军令,是"唐《三国》"最优秀的军事家;赵子龙拼命冲入战场,是"唐《三国》"最发甲的战斗者;赵子龙深通世故人情,是诸葛亮最得力的好部下。刘备有了赵子龙,帝王大业多了左膀右臂;诸葛亮有了赵子龙,神机妙算又加上了灵巧智勇;长坂坡有了赵云,说书家是多么的神气活现,听书人是多少地陶醉入迷。这回书,唐耿良以"云遮月"法推崇赵子龙。诸葛亮赏识——因为赵子龙具有一般武将不可多见之巧,刘皇叔疼爱——因为赵子龙具有一流名将竭尽忠诚之功,张翼德讨好——因为赵子龙差一点要被黑面孔误作叛刘投曹之贼。

本回书,赵子龙开始他最为英勇的描画——生死风景线。说书家运用多重"三来兴"几臻于炉火纯青。

张飞"三来兴",构成了一条战友生死情的审美风景线。张飞提醒赵子龙喂马,张飞提供赵子龙干粮,张飞约好赵子龙辰光——张飞这个"戆大粗胚"怎么轰生怂就如此体贴入微,这般成熟起来了?这就是说书家调度人物性情之才具、腾挪行书节奏之能力的充分发挥所致。

此也一时、彼也一时,粗糙一时、心细一时,冲动一时、酝酿一时,肤浅一时、成熟一时,张飞始终都是"进行时"。彼一时,张飞还粗糙、冲动、肤浅,所以,他是闹事派、闯祸派、造反派;此一时,张飞心细、酝酿、成熟着,他是用计者,虽然用的还是"戆计",他是能动者,战争毕竟催人运思,他是忏悔者,因为赵云忠心无比。一时粗鲁莽汉,一时细致悉心;一时缺少心眼,一时多了心机;一时只顾痛快,一时会得节制;一时闹得翻天,一时乖巧安逸;一时办事盲目,一时举重若轻;一时大闹哥们意气,一时尽量英雄本色。这回书,张飞"最华彩"的桥段,就是他"插枪测晷"的那个细节。

你看,张飞等赵云,他是多么的性急——因为他心里有着这样的一首歌,叫作"战友啊战友,亲爱的弟兄";他是多么的细腻——因为他有一种强烈的共鸣,就是"好汉仁义都要忠心耿耿"；他是多么的投入——因为他坚守英雄的约定，常言道"创业艰难百战多，玉汝于成靠铁心"，张飞等赵云，成为"唐《三国》"一条动情之极而又几近痴迷的生死风景线。

你听，"老赵，你一定要去，老张也不来挽留你，来来来，你把这干粮袋带得去"，"你带得去，备而——不用"。张飞啊张飞，你这个人是粗中有细，你这番情是细之又细。苏州人说法：张飞"上路"，意思就是说——张飞这个人吧真得够朋友，真是仁义到家了，仁至义尽了。

赵子龙——格个困难几乎是呒办法克服的。赵子龙格责任心几化强。这都是说书家对于赵子龙的褒奖、表扬。用细节说话，又一次在这回书里闪耀着唐耿良先生说书艺术的灵气之光。

先听——赵子龙"心理画外音"。赵子龙耳朵旁边忽然响起，张飞格闲话。张飞关照：老赵啊，倷勤去吧，头队失散，格个是刘封格过失。张飞的"上路"，恰恰反过来映照出了赵子龙对自己的"不上路"。革命英雄杨子荣打虎上山时，唱得是多么豪迈、有信心："明知征途有艰险，越是艰险越向前。"实际上，赵子龙深入虎穴，其困难、其艰险、其不怕牺牲的那种程度，应该说是超过了杨子荣的。艺术不隔，大英雄其言行举止，必殊途同归也。

再看——赵子龙"蒙太奇闪回"：眼睛门前出现了糜夫人格形象，俚只觉着糜夫人眉头皱紧，眼泪含了眼眶里，手里向抱了公子阿斗，头颈伸长，目光非常焦虑。赵子龙"身上有责，心中无虎"，他单骑救主、深陷曹营、看官你说：赵子龙心里到底怕不怕？二朵要说：怕，赵子龙肯定怕。但是，赵子龙的怕——不是怕死，不是怕自己个人最后有啥个得失！而是在怕主母、幼主有失，在怕自己对不起诸葛亮谆谆教托的那"捏一把"，在怕自己辜负了刘皇叔的知遇之恩、万般信任。所以，赵子龙浑身是胆，在他的心中，曹操百万军队、千员上将，不过就是挂在墙头上一只"纸糊的老虎"，一切纸老虎都入不了真英雄的法眼，故赵子龙"明知山有虎，偏向虎山行"，也正是因为赵子龙毫无一分私心杂念，光明磊落，坦坦荡荡，因此，他才能做到"心中无虎"、百邪难侵，一心救主、创立奇功。

还有——赵子龙"无在无不在"。说书家对此奇加安排，可听见，张飞在向刘皇叔报告：赵子龙"他要去救糜夫人与公子，他临行时节讲的，他说明天日中为期，能够回来还则罢了，不能回来么，死在曹操营——中的了"。请注意刘备的反应：刘皇叔一听，一声长叹，格个叹气啥么事？赞成格叹气，赞叹。君不见，堂堂英雄赵子龙他的身影留在了曹操百万军营中，他的魂灵性却铭记在了刘皇叔最最深刻的赞叹里——"子龙，真——忠——臣也"。

刘备长叹，刘备赞叹，一字之妙，奇。刘备那一声叹气，那是赞成的叹气，那是一个孤穷的政治家对于一个神奇军事家的赞叹。刘备叹气——这句表述真心是神来之笔，看似微不足道的一声叹息，却把刘备对于赵云无条件的信任和不舍得的感情，表达得"透而又透"。

第四十九回《夺槊三条》快

徐元直生造"接箭还箭",痛快。赵子龙夺槊三条,痛快。说书家巧得出奇,痛快。《夺槊三条》这回书听着痛快,又实在觉着不乏"黑色幽默"的几分怪诞。实际上,这也是小说、说书的常规路子。武功怪诞了,反而倒是能增强它的可信性,光光是一本正经地写法和说书,听众要"大煞其念"的满足就无法落地。所以,现在好多抗战神剧也实在是"偷了说书的关子,却偷鸡不成蚀把米",抗战神剧的一味怪诞,吃亏在——它只有"闸生头里"缠出来的武功"戏说",却没有说书说理如唐耿良"细表细做"的那样交关"深入细致的文化内蕴"。

无巧不成书。巧,巧出了"唐《三国》"一片片天地,一道道风景。本回书,可称得奇巧——巧而出奇,奇而愈巧。

乌龙奇巧,此其一。"神箭手"曹顺、曹成这"哥俩好",好到了你射箭我去死。"乌龙"性命,这两兄弟竟然"互相射死了"对方,算得"奇怪"了吧。说书家让赵子龙跌进了坑,这一手奇巧之下"奇怪"就此生焉。唐耿良就像个挥动着羊毫的书法家,且看他的好笔法:先左起一笔撇——嗖,"赛养叔"射出一箭,再往右一捺笔,嘎,"胜潘党"也是一箭。此时此刻,说书家突然变换使转,在手腕几乎低触到书案之时,将一笔中锋竖按而下,好一个赵云,躲藏于笔底万毫铺锋之中,真如汉人所谓:笔软,奇怪生焉。君不见,说书家赛过了书法家,他写张飞性情中人直是挥动"九紫一羊"之硬笔,又写鼻子又画眼的,线条刚朴,勾勒爽朗,营造张飞奇特的气场、性情;他写到赵云,就全然不同,若笔锋过于刚直——赵云的奇巧就会模糊不清,倘格式忒嫌清朗——赵云的"活儿"就要打个折扣。所以,说书家选准一支"长锋羊毫",略以轻笔写其撇,且用提笔为其捺,而中锋笔道却"软软地"使在了赵子龙那策马飞奔的战局。你看,唐耿良羊毫长锋一挥,曹顺、曹成这哥俩存心暗箭伤人,反倒"乌龙"掉了他们自己的性命,赵子龙一个不小心马蹄"陷跌"、天帝却安排他躲掉了"神箭手"的"赛养撇""潘党捺"。奇哉,妙也。苏州评话好笔法。

进出奇巧,此其二。王勇、王飞这两个"抢功劳"冲在前八尺的曹将,更加奇巧。你看,这两个家伙堂堂七尺男子汉兵器对不准赵子龙也就罢了,可是他们哥俩就是死也死得没有品位:一个被枪挑人中,一个是枪刺肛门,一个死在了进气口,一个死在了出气口。

夺槊奇巧,此其三。夺槊三条,真是不折不扣地应验了无巧不成书。赵子龙巧夺三槊,最奇妙处在于——俚左手夺了一柄槊了,就拿二虎大将军格柄槊格槊尖,望准三虎大将军格槊尖上削上去,金顶枣阳槊格槊尖上,有一百零八个纯钢刺,两柄槊,槊尖搭槊尖碰头么,牙齿搭牙齿咬牢了。你看,啥格叫——天助我也? 金顶枣阳槊"牙齿搭牙齿咬牢",不就正是赵子龙的"天助我也"吗？赵子龙借巧，赵子龙借奇，原来赵子龙借的唯有"老天之助"。你听，赵子龙"大起爆头"。"啥体要高兴么？夺槊三条，左手两柄槊，老二老三格家什，右手一柄槊，老四格家什。枪呢？架好在鸟嘴环上。连夺三柄槊，格种战场上勿大看见的。也叫偶而一个巧。"哈哈，艺高人胆大，老天才帮忙。

在苏州评话艺术家唐耿良这里，说书艺术已然是没有秘密的了。一是没有生意秘密，有一说一，有二说二，唐耿良将"说书巧嵌的全世界"都公开给了听客。二是没有独家秘密，有巧说巧，有奇说奇，"戏法人人会变，各有巧妙不同"，"唐《三国》"的戏法变在"无巧不成书"之间，"唐《三国》"的巧妙自在"艺高人胆大"之中。三是没有审美秘密，说噱谈评综——这就是"唐《三国》"书情最生动彻底的表演方法论，理味趣细奇——这就是"唐《三国》"书艺高明最有机的审美鉴赏论，心尽性情灵——这就是"唐《三国》"书道秀灵最可靠的艺术哲学论。

第五十回《王德报信》情

王德之德，感人肺腑；赵云之情，英雄本色。《王德报信》这回书，大大加重了"赵云书"的感情色彩。赵子龙的"巧"，既巧在他勇战善谋、如得神助，又巧在他善解人意、矢志建功，更巧在他感情深挚、熟谙人伦。赵子龙遇王德而得知主母消息，按理亦该救王德一命，可是他不过一马一枪一人，难以三头六臂来救母子与王德数人。正在矛盾为难之际，说书家出人所料，因为王德竟然喊出了——救我一救！万籁俱寂，震聋发聩！唐耿良此处"喊叫煽情"，可谓满弓满情渲染了战争与死亡语境下的英雄本色。王德英勇不畏死，速速而求赵子龙取其命，赵云迟迟不出手，情到深处暖人心，最后赵云的拔剑而走——真是情真意切的神来之笔。而且此举还为赵子龙夺得"青釭剑"交代了前情。让人不禁对说书家唐耿良加以点赞：得苏州评话精益之深，重说书说理的内在意蕴，藏江南文化的细致情韵，秉道德主义的以人为本，臻三寸之舌的艺术高端，运民间智慧的独特超群，成书卷雅气的格调局面。

王德这一段，是为"唐《三国》"一百回中最具人类本质、人性价值、人格高贵之书情高潮的华彩桥段。

是的，《王德报信》没有《诛文丑》追杀高潮的那样激烈，没有《斩蔡阳》情感高潮的那般激荡，没有《马跃檀溪》人文高潮的那种激越，没有《战樊城》突兀高潮的真幻奇谲，没有《舌战群儒》政治高潮的智斗奇观，没有《横槊赋诗》诗情高潮的壮志奇美，没有《华容放曹》诚信高潮的超乎奇异，可是，王德有人类关于生命价值最生动的意志体现，有人性关乎牺牲一己最彻底的心灵宁静，有人格关涉高尚第一最无私的情愫反映。王德并不见得有多么伟大——但是，王德绝对远离了人格的渺小，王德并不见得喊过多少口号——但是，王德自觉做到了人性的坦荡，王德并不见得做出几多奉献——但是，王德切实践履了人类的德行。

王德一惊呼，惊呼出了人类关于生命存亡的最高用语——救命。可是，当说书家一层层地剥去了"救命"二字的外壳时，听众也不由得要惊呼了：却原来，王德要救糜夫人、刘阿斗的命，要救一大帮子难民、百姓的命，而不是为了救自己的一条性命。王德是这样一个生动感人的生命个体，又是这么一种凝聚抽象的生命观念，王德的"救命"惊呼恰与赵子龙的智勇无双形成了某种和谐一致的生命景观，赵子龙在忘我舍己而救他人生命，王德为救他人生命而舍己无我，于是，赵子龙有了王德牺牲的榜样力量给予的进一步驱动，王德成了"为有牺牲多壮志"的一种由物化形态而升华到了精神境界的审美性艺术符号。

王德在叙述，叙述着人性价值当中"我为人人"的平凡故事。听众似乎没有听到王德任何的豪言壮语，他是用心在为主公刘备的"创业艰难百战多"一起做着"知不可为而为之"的点点滴滴，他是用命在向百万雄师的"黑云压城城欲摧"做着一意遵循"不成功便成仁"的微微细细，他是用人性真善美"我为人人"的崇高精神在奋进全力地迎战"宁我负人"邪佞观念的些些许许。他是多么微不足道，他又是真个顶天立地。

王德有哀求，哀求赵子龙让王德看见他自己甘愿牺牲自我的人格实现——赏我一枪，救我一救。好死不如赖活着——这是一般意义上生命存在的信条，这样的信条实在并不伟大，但是，它属于生命伦理的天性范畴。那么，王德速求一死、并且甘愿要死在自己人、大英雄赵子龙的枪下，他是否在违逆人类生命的本质、反动人性价值的属意。听众认为：不，并不是这样。因为，"中国古时候有个文学家叫作司马迁的说过：人固有一死，或重于泰山，或轻于鸿毛"。这是听众在小时候就背诵过的一段名言，从司马迁直到今天 21 世纪，这句话在信奉"仁义道德"伟大中国的广阔土地上始终都没有过时，而且是历久弥新、十足珍贵，永远都不会过时。"唐《三国》"中王德的死就是重于泰山的，所以，王德是正义的烈士，王德懂得"要奋斗就会有牺牲"——这条颠扑不破的人类真理、这种务必信仰的人性价值。由此，听众云：正义烈士王德"赏我一枪，救我一救"的仰天长啸，其最为本质的意义即为——王德有一死，却重于泰山，所以，正义烈士王德牺牲前的唯一"奢望"，便应该就是——让顶天立地的英雄赵子龙亲自见证一个微不足道老百姓同样顶天立地的高贵人格。

第五十一回《救主出山》异

异与细，混成了《救主出山》的情节张力。听着紧张，动情之极。上回书王德就义，已然真得是性情高潮"异乎其异"，而到了这一回《救主出山》无疑就是"异乎其特异"的了。摹状描情，唐耿良"武书情说"之细，描写糜夫人特定情境中的无比壮烈之异，烘托赵子龙"抢救阿斗"故事极其艰难之异，表现"唐《三国》"铺陈转折有致、细表细做之异。糜夫人在书中即便只是起到"抢救阿斗"线索的角色串联作用，说书家抓住了这一环"情深义重"的枢纽。如果说，前段书里交代了糜夫人抱阿斗，唐耿良"搭桥引线"是用了疏笔写意之粗表手法，那么糜夫人以身就义，敦促赵子龙救主出山之举，则是楷书一笔一划、顿头捺脚的细摹工笔。

"赵十回"以来，无巧不成书，其书之巧——既有偶然之巧合，如"夺槊三条"，就是"明张"上（公开挑明了）的一种巧，也有书理之正巧，这便是徐庶的三次帮忙。

徐庶三次帮忙——说书家做来井井有条、符合逻辑。先是"接箭还箭，勿放冷箭"。这是最根本的第一次帮忙，因为"将军难免阵前亡"，乱军之中死于乱箭是不足为奇的，徐庶向曹操建议"勿放冷箭"，进而，传令兵误传将令——不得放箭，这就相当于为赵子龙"讨得了一道护身符"。第二次，"宝马伫立悬崖不前，灯球火把送来光明"，这是徐庶暗中帮忙最聪明的一次。实际上，为赵子龙夜闯曹营，找到糜夫人、刘阿斗提供了一种非常有利的条件。第三次，就是徐庶要求曹操"活捉赵子龙"，所以，才有了陷马坑被设得了马马虎虎，赵子龙最后幸得平平安安。徐庶专门帮曹操倒忙，曹操竟还为此大做起了白日梦，噱。这不，曹操做长了白日梦——他老人家在与赵子龙对话呢。"倷夔急啊，吾，气量蛮大格，嗳，倷得着吾口宝剑，吾决勿问倷要转来，不过赵子龙啊，宝剑么倷得着哉咯，剑壳倷齣得着咯。格口宝剑是三尺六寸半长，倷原来格剑壳勿配格咯？"这就是苏州评话的高级喜剧。

说到徐庶第三次帮忙，徐庶的"三句头"起到了相当有力的"催眠作用"。一句，"丞相，如果赵云跌下陷马坑，十分可惜"。徐庶"看人说话"，吃透了曹操爱才的心理，这是"投石问路"之法。二句，陷马坑里向密布断刀断枪，像尖刀山一样。"假使赵子龙，俚倒愿意投降丞相呢？千军易得，一将难求，千将易得末，叫猛将难求。赵子龙格种大将，可以称得上一声超等大将。"徐庶"下迷魂药"热昏了曹操惜才的神经，这是"敲定转脚"之法，他在诱导曹丞相：假使赵子龙愿意投降，但是却受伤致残，他的价值就落空，投降丞相的心思岂非都是白弄？三句，"丞相，两军相争，各为其主，哪有不伤之理呀？"徐庶"破除疑虑"疏通了曹操识才的思绪，这是"据理力争"之法。曹丞相你想：赵子龙他对刘备如此忠心耿耿，一旦投降了你丞相，不是会更加地出力卖命吗？

唐耿良"细表细做"的说书说理，通过糜夫人舍己救子时的"十二分细描功夫"，把赵子龙救主的情节表现得高潮迭起而令人信服。

一是糜夫人思绪细腻。赵云危困不可能一马双驮，那他的步下武功与马背上相比就必得大打折头，事实上也不可能同时救出主母和幼主。"你是马将，岂能无马"，糜夫人因此痛下决心，投井而死，既是其忠义救子之举，又符合特定的人伦情理。即便听客亦知说书家这是为刘备的仁义道德、赵云的无奈选择在道理上"硬出头"，也不得不口服心服。因为刘备为汉室正统，已经占先了道理，同时就连他的夫人都识见高人一筹，说书家只是利用"投射心理"把听众的认可也一同概括进了书情。所谓的跳进跳出，其实说书家的心情和听众同出一辙。

二是情节本身之细。在这里，唐耿良为糜夫人牺牲一波三折的"细表细做"，发挥了评话艺术"以细见长，以细出味"的特色。如糜夫人说服赵云的真挚感情，支开难民的细致心理，安放阿斗的考虑过程；赵子龙相信主母、发现有异、拉脚而救等一系列细节，真是到其位、极其能地生动反映了赵子龙从来没有想过也不愿意主母真会舍身救子而壮烈牺牲；糜夫人投井身死，赵云欲撞井而死，这时刘阿斗的哭声把赵子龙拉回到了"救主出山"的泰山重任之情境。

三是遥相呼应之细。糜夫人虽死，救了刘阿斗，这是最大最大的功劳。《三国演义》作者之所以这样来写，既出于正统观念——甘夫人为刘阿斗生母，她不能死。而糜夫人之死体现出来"要奋斗就会有牺牲"。同时，对于书情远远丰富于原著的苏州评话而言，这样也便为后书——赵云放下主母之死的心理负担，刘备没有摔阿斗，以及刘备痛杀叛投曹敌、导致关公之死的逆贼糜芳等等内容，或照应，或种根，或落地，这方面，足见苏州评话内容之丰富、故事之精彩是高出原著的。

第五十二回《相逢张绣》谈

这回书分为两个单元。赛元晋这个单元，属于"慢铺陈"穿插，这就是"唐谈"，突出了"说理"。"一只手"大将军赛元晋欢喜吹牛，说书家就让赛元晋来"缴上了一笔吹牛税"。枪王张绣为另一单元。唐耿良善于调配"优质资源"，充分利用了曹操与张绣的宿仇，把张绣的上门送命做成了三个"急转弯"的书情节奏。第一个转弯，张绣"糨"。曹操深知张绣的心胸狭窄，百般阻挠这位"枪王"上阵去讨战、夺功。曹操实在"挠不过"张绣纠缠，看似不得不之下，促成了张绣"死要面子"，非要拉破了面皮去"抢功劳"不可。第二个转弯，曹操"坏"。曹操下令箭，要张辽、许褚"保护"张绣，这已经在为张绣定下"有去无回"的结局。第三个转弯，赵云"让"。赵子龙为救幼主而向张绣主动讨情，这是给了张绣多么大的面子啊，碰上张绣偏偏还要"枪上领死"！至此，连着三个急转弯之后，说书家顺理成章推出了"卖关子"的包袱底——张绣上门送死，死无葬身之地！因为赵子龙天下第一。

唐耿良说书以"说，噱，谈，评，综"自成一体，其中的这个"谈"，就是指的苏州评话传统说书的艺术手法——穿插。或以书断意连"外插花"，或则推演书情"内嵌化"，或是意在言外"趣有加"，从而，通过"穿插"之桥梁，外接历史文化之典故，内榫书情结构之机括，恢弘则政治大计、人伦天地，平淡则生活细微、草木虫鱼，促进着市井文艺的"好白相"步入文明教化的"脱口秀"。"说，噱，谈，评，综"，着实不简单。惜乎，"穿插"这种珍贵的苏州评话"非遗"的艺术手法已经在现在社会文化的变迁中"渐行渐远"而消弭于无形。

赛元晋这段"长表"书即是苏州评话"草蛇灰线"的有机延长、审美游移。说书家之所以要拿出赛元晋"一表三千里，表到外国法兰西"，既是为了调整行书的"呼吸节奏"，也在"透松"沉闷的书情。苏州评话是"笑的艺术"，赵云是好人，好人这样吃苦头，毕竟太过压抑沉闷了，不符合"一般老百姓'好人平安'的感情心理"。因此，本回书中"赛元晋"成了一个特别的审美符号。完全都能感觉到，赛元晋就是"唐《三国》"书情的呼吸机。随着"赛元晋"这台审美呼吸机的上马，听客心中的郁闷之气便也随之"吐纳一新"。"吐纳一新"的轻松呼吸过后，接下来，更加挠心抓肺的"枪挑张绣"已经一步一步地逼近而来。

赛元晋宿命故事，说书家自有所"谈"。中国民间说书艺术历来都推崇"力量英雄"。赛元晋使一对铜人重达一百二十斤，那是"唐《三国》"中力大无比的第一等汉子。苏州评话《英烈》中"胡大海手托千斤闸"即为此类"力量英雄"更加典型一例。说书先生注目着"力量英雄"，所以，才有"唐谈"穿插亲切中对于赛元晋"谈"出了某种说不清的点赞与可惜。同时，因为赵子龙才是唐耿良倾心塑造的"全能英雄"，在"唐《三国》"一百回中，大凡有赵子龙的出场，无时无刻不带着对这位英雄——先天俱来的真心崇敬。说书家"谈"赛元晋，实际上，就是从一个侧面在"谈"赵子龙做天下无敌第一等英雄的崇高事迹。因而，赛元晋兜了十一年大圈子，还是要与赵子龙渊源有自，而不得不结出了"枪下送命"之缘，于是，第一等"力量英雄"赛元晋出台无疑一边在沾赵子龙第一等"全能英雄"书情的光，一边又在通过"谈"赛元晋的宿命悲剧替赵子龙戴上了"天下无敌第一等英雄"的神圣光圈。

张绣面对"天下无敌第一等英雄"赵云，有着自己无可逃的宿命。赵子龙如此聪明灵巧、天下无敌，说书家充分体现了这位"优秀军事管理家"灵活性的特殊一面，要救出刘阿斗，才是他"单骑救主"的最后目的。所以，即便低三下四、万般不甘地向张绣求情，赵云也豁了出去。由于张绣"糨"，错过了赵云抛给他的"救命绣球"，反过来，张绣作死的宿命便被注定。

说书家做金戈铁马、刀枪厮杀的宏大战争场面，便在其"三寸不烂之舌"的声口之中、叫呼之间，千变万化，难以定为一格，至于微乎其微、未见得多少显要的人物宿命，在于苏州评话同样曲尽变化、生活出绘色。如赵子龙手下的四员败将——赛元晋说大话，因此付出了流浪江湖的沉重代价；北地枪王张绣心胸狭隘，由此走向了欲折难返的不归之路；赵子龙枪刺许褚，让许褚领教了"十年怕井绳";赵子龙巧战甘宁,叫甘宁懂得了"骄兵必败"。

第五十三回《枪挑张绣》眼

这一回《枪挑张绣》,唐耿良的"说书慢镜头"令人称绝。看不见,感得出,觉得着——唐耿良用苏州评话的说表语言,给不谙武术的评话听众开讲了"一部立体武功电影"。唐耿良说赵子龙"七探蛇盘枪",真心一派清雅"儒者"的风度。听着这回书,思绪从"七探蛇盘枪法"荡千秋一般,会将文化风范放置到张旭大草美学意境。唐朝苏州大书法家张旭就是一个另类的高手。张旭在观摩公孙大娘舞剑之时,了然顿悟笔走龙蛇的大草笔韵,故他的草书犹如万年枯藤,盘虬缠绕,连绵成势,独成一格。赵子龙、张绣枪法比试,不啻为说书家吸引听客的艺术演绎,唐耿良把"枪法"引申、拓展为一种文化表现,这是说书先生在让听众有意味享受审美愉悦,同时,悉心用了"润物细无声"地,提升了苏州评话艺术的文化品位和情趣。

一般在苏州话中,眼光,既可以指某人眼界(胸怀)的高低,也可以专门去用来指称眼神的凶善。"唐耿良说书眼光真高",肯定是指苏州评话艺术家的胸怀与境界。"张绣这个家伙眼光真恶劣",既是在指张绣心胸的刚愎狭窄,也是在说张绣的眼神充满邪恶。

本回书,说书家用"慢镜头"勾勒出了赵云的眼光。书中说:俫看俚(赵子龙)格对眼睛格光头,充满杀光么,格张绣心里向会得一震得了。唐耿良对于书中各类人物"眼光"的描述,极具特色。比如"孔明的眼光"——张飞"三闯辕门"时,诸葛亮命赵子龙"捉拿张飞"上堂。张飞突然发现:孔明的眼光"有变"。原本诸葛亮眼光一直处于类似"闭目养神"的"眼开眼闭"状态,而当下之时,诸葛亮那"眼开眼闭"的眼光睁大了,露出了凶光,看得"张飞心里向一震得了"。你看,"张绣心里向会得一震得了",是为"邪不敌正"的第一心理反应,"张飞心里向一震得了",则是戆大心里向"拨戆反正"的有所触动与某种心悸。

诸葛亮、赵子龙都堪称"唐《三国》"的正义之神。通过正义之神诸葛亮、赵子龙目露凶光,说书家在表达出了多么深藏难抑的强烈信息:赵子龙对于张绣恨之入骨。你张绣跟吾赵云作对还则罢了,竟然想要阻杀吾老赵营救幼主出山,哈哈,不杀你张绣怎解俺老赵心头之恨?诸葛亮对于张飞唯以恨不成器。大敌当前、用人之际,俫格只黑面孔勿是来瞎缠一泡、拎不清,就是专门捣蛋"夹篙撑",吾真格恨啊。今日里,军师吾若不严肃军纪、杀一儆百,日后如何能服得住文武官员?你说,在这样的情形下,换了谁还能慈眉善目,还不得"充满杀光"?

后书中,还有孙权、周瑜的露出凶光。孙权异相,天生碧眼,他的"凶光"想来必是寒气逼人,叫人会倒吸一口凉气的。周瑜一门心思要谋害诸葛亮,他的"凶光"中有着一股邪气。

这回书的"唐耿良说书偶论"值得注意。"说书呢,说书因为是一干子啦,外加是靠语言格,倷勿能像真格打一样,像真格打什梗,快来西,啪啪!三枪一道来啦,倷听侪听勿清爽。倷,倷呐吭三枪?说书用格办法,赛过像现在电影里向,大家看见格慢镜头。用一种放慢格办法,放大的。"——因为说书是语言艺术,离不开用语言来"细表细做",说书运用"慢镜头"恰恰生动体现了听觉性综合艺术的审美法门,因为主要通过听觉来完成审美鉴赏的说书作为一门时间艺术,它必须经过一定时长的语言表达才能实现对于故事情节、人物性格、场面情境的完整叙述、表达。它,不像绘画、雕塑、建筑、电影等空间性艺术那样是直观加以表现、瞬间就能体现于视觉审美活动的。

"喏,该格就是吾侬说书格打法,搭唱戏格个表演啦,两样格地方。"——唱戏"现身说法",说书"说法现身"。"说法现身"即为说书最重要的方法论,"唐《三国》"说书百听不厌,成为经典,就是得力于唐耿良气韵生动、说表形象的"说法现身"。现在市面上很多的书目不能吸引听众,其中的根本原因也是不善于甚至都不会得——说法现身。可是,因为有的说书先生盲目崇拜、效法——唱戏的现身说法,而混淆了说书与唱戏的根本区别。以人"表演"之长、抑己"说表"之长,损己"说表"之长、追人"表演"之长,说书"戏曲化倾向"直接负面影响到、乃至于异化了苏州评话"说法现身"的艺术专长。

第五十四回《张郃诱赵》歪

立场问题,贯穿了《张郃诱赵》这回书。只是说书家善变戏法,看似偌大的政治问题,到了"唐《三国》"的生动书情中,原来也不过喜剧问题而已。上梁不正下梁歪,下梁不正倒下来。这话说得多么形象呵。如本回书中,正是由于张郃"歪",人歪心歪,大歪特歪,所以,有了张郃那种"见不得别人立功"的负面感情和阴暗心理,才使唐耿良把"诱赵"情节说得极富生活气息。这样一边是张郃"诱赵"上当,显示人性之不齿,一边说书家"诱书"上路,展开了"歪的故事",一边听客在"诱人的喜剧气息"中,得到极大的审美满足。赵子龙、张郃矛盾"遮掩"、一正与一歪相反相成,张郃"歪"恰成了人格对照的明镜,因为苏州评话审美教化的目的就是要把"最完美的人格魅力"寄托于赵子龙这样的旷世英雄。

俗话说:火车跑得快,要靠车头带。张辽、许褚、曹洪"歪了",张郃"歪得"就更加糟糕。于是,四员步将也跟着"歪歪",那么,这又究竟是咋回事?答曰:上梁不正,曹操"歪了"。

对于"北地枪王"张绣,曹操"害怕、敌对、恨"。曹操怕张绣,那是没辙,因为曹操在宛城干出了为人不耻的糗事,苏州人说法:"真格叫——鸭屎臭。"曹操"敌对"张绣,那是自然,因为曹操与张绣"面和心不和，同帐不同心"，明是上下级，实则如仇敌。曹操恨张绣，那是肯定，因为曹操对于"刺儿头"张绣，"横里竖搭角"都想着有朝一日要"除脱"这个"眼中钉，肉中刺"。

"谁是我们的朋友，谁是我们的敌人？"这个问题是曹营的首要问题。可是，面对比张飞还"狠"的头号大敌赵子龙，曹操的立场首先带头就"歪了"。你看，曹操以爱才、惜才、笼才之心，混淆了敌我矛盾。曹操"点眼药水上了石灰行"，竟然一而再搯木梢、上徐庶用计的送死当。一会儿，咋咋呼呼下令对赵子龙"不许放冷箭"，一会儿，要求"马马虎虎"设陷马坑"活捉赵子龙"，一会儿，暗示张辽等辈对于张绣要"假帮忙真捣乱"，这不是明里也好、暗里也罢一路都在为赵子龙"大开绿灯"？嘿，曹操干得这叫什么事？这就叫作——亲者痛、仇者快。曹操"上梁"带头歪，所以，"曹营客气，赵云福气"，到末了，眼看着张部亲自"做导游（诱）"，一路"护送着"赵子龙出营，一路"安保着"赵子龙没事。"歪"打"正"着，更加烘托了赵子龙的登峰造极——"赵子龙打得齐巧是最高峰格辰光。俚格力道、精神，处于一种巅峰状态，超水平发挥格辰光"。

唐耿良善于安排矛盾、揭示矛盾，铺开矛盾、深化矛盾，归结矛盾、表现矛盾。此时此刻，矛盾是什么？矛盾就是敌我问题，矛盾就是立场问题，矛盾就是功劳问题。敌我问题的"混淆立场"始于曹操，抓住曹操的"混淆"敌我，让说书家把矛盾的现象安排得扑朔迷离、揭示得淋漓尽致。敌我混淆——盲目地"招降"赵云，曹操怎能不吃亏？利益问题的"争夺赵云"起自立场，使说书家把矛盾的焦点铺开在功劳第一、深化在自私自利，利益争夺——功利凌驾于目的，曹将纷纷窝里斗。"为利而苟且"的军纪问题源自抢功劳，说书家把矛盾归结为各行其是，表现为终有所失，因为军纪苟且——曹营红将就巴望"歪"打"正"着，赵云最后得了乖。用科学道理解释，赵子龙肾上腺素亢进、状态水平超常，以说书说理来看，赵子龙却是"额骨头高碰着天花板"，因为曹操"歪"已是全然智昏了。

第五十五回《救主回长坂》等

痴汉等老婆——这是苏州评话调侃"戆大"角色的经典词语。如果说，"戆大"张飞算得上一个"痴汉"，那么，赵子龙可绝对不是"老婆"哦。嗳，偏偏张飞与赵云互动出了"痴汉等老婆"般的书情来。赵子龙深入虎穴、单骑救主，急坏了、等煞了长坂桥上与赵子龙约定再见的"戆大"张飞。说张飞粗中有细，果不其然。说张飞性情中人，一切在心。说张飞"痴汉等老婆"，张飞又哪里要等啥格"老婆"，他等的是"老战友"赵云。赵子龙啊赵子龙，刘备为你而"真心叹气"，张飞在为你"夕阳西下，细心人在等他"。这世上对于赵云，还有比刘备"真心叹气"更高的奖赏吗？再有比张飞"痴汉等老婆"那样"等人心焦"的性情吗？

夕阳西下，细心人在等他。——说书家把"夕阳西下，断肠人在天涯"的元曲美学，揿入到了"张飞痴等赵子龙"的感人画面里。

夕阳，断肠，咫尺天涯。一天一夜，在宇宙浩瀚，转瞬即逝。张飞一天一夜的痴人痴守，于"唐《三国》"中堪称独有的崇高情致。一天一夜，痴人痴守，张飞"痴等"赵子龙，苏州评话放大了"咫尺天涯，英雄自有真情在"的那样一种审美风景。夕阳西下——细心人在等他。哪怕夕阳下的张飞并没有断肠，然而，张飞的风格在"夕阳西下"的"细心"中气韵高涨，张飞的性情在"夕阳西下"的"等他"时生动流布。

张飞"痴等"赵子龙，为何显得如此顺理成章。因为张飞，因为性情中人，因为"这一个痴汉"要还给赵子龙"一个说法"。"长坂桥呐吭呢？三将军张飞等得了，可以说头颈骨侪望得酸。"——唐耿良一句"定乾坤"，这个"乾坤"就是张飞在"将功折罪"。张飞"将功折罪"是在"折自己对不起赵云的罪过"，这个罪过是审美的，有价值的，是为了"把自己曾经迷失的过错，改造成有所新生的功利"，这种功利是有利他人的，不纠缠一己之私的。张飞"将功折罪"，形象地反映了他"在战争中学习战争"而矫正性情的神速。

这一次，张飞"理解"赵子龙便没有了先前与诸葛亮"逆向互动"那样的疙疙瘩瘩、吃力不讨好。张飞不仅深深地理解了赵子龙，并且，赵子龙"单骑救主"行动之前时，张飞就给予了他无微不至的各种关怀，赵子龙刚刚离开去"单骑救主"时，张飞马上便以某种"将功折罪"的心态在咫尺天涯、顾盼相候，听众都记得：张飞曾经"插枪测晷"，心急如焚地——"痴等赵子龙"，这个痴汉在翘首遥望赵子龙的即时凯旋。这一等的"痴情"心态，岂又是"痴汉等老婆"的俗情可以同日同语的呢！

这回书，说书家把特写镜头对准了无情战争中最是崇高无比的人性美。从赵子龙单枪匹马冲往曹营的那一刻起，张飞就开始了他"望酸头颈骨"的性情细心之"痴等"。说书家蒙太奇一般刷刷地"闪回"着张飞"细心人在等他"那崇高的心灵焦虑：夜里不困，想着赵子龙；天亮即起，盼着赵子龙；日上三竿，望着赵子龙；太阳偏西，等着赵子龙。一直要等到张飞发出了那一声生动的呼唤——"老赵你回来了"，一直要等到赵子龙回应着那一句亲切的惊叹——喔呼哟！这就是"唐《三国》"咫尺天涯、牵肠挂肚的人性美学，这就是——夕阳西下，细心人在等他——最具有情感温度的崇高呼唤！

苏州评话说金戈铁马，讲征战讨伐，常常都会把审美触角深入到人性最温柔的那个部分，"唐《三国》"即为范例。说书家强调的是美，哪怕这种美只是喜剧，说书家轻视的是丑，因为这种丑扼杀人伦。

第五十六回《喝断长坂桥》亲

"唐《三国》"有一个显著的特征——亲。这个"亲"不是唐耿良自说自话"强横"出来的，而是因为说书家真切地秉持着一种"以人为本"的价值情怀。苏州评话艺术的内容多半是江湖社会的故事。针对"江湖社会"的文化定位，唐耿良不纯走"人在江湖"的路子，始终都胸怀"社会文化"取向。而尤其难能可贵的是："唐《三国》"一百回业已过半，一直到五十六回唐耿良都从来没有把刘皇叔爱民如子，视作为"笼络人心"。"唐《三国》"这回书对于刘阿斗的艺术处理便与众不同，唐耿良没有走"刘备拿刘阿斗往地上一掼"的俗套。因为刘备也一样有着普通人的天性，刘备不舍得掼阿斗这个"癫痫头儿子"，刘备喜欢自己的这个老来得子。

一般情况下，《三国演义》原著中"刘备掼阿斗"的做法都会引起读者的疑惑不解，乃至给出直接的批评："刘备掼阿斗，收买人心。"——刘备这是在假仁假义了。

"唐《三国》"以人为本，所以，唐耿良表现刘备"老子欢喜儿子"——"咋！"拿阿斗抱到手里——这副"人性化"情景，不仅处理得富于 20 世纪 80 年代的时代精神，而且体现出唐耿良卓尔不凡的艺术取舍。靠着这样的艺术处理，说书家进化了《三国演义》作者那种眼光相对狭隘的政治价值取向。同时，放诸苏州评话"三国"书目大系中加以整体观照，"唐《三国》"这部书的亲子关怀确实高人一筹。

其实，赵子龙抱出刘阿斗的"电影动作剪辑"，才是最生动的"亲"——（赵子龙）心慌得不得了。等到拿刘阿斗抱出来，对阿斗一看，只看见格刘阿斗"嘶——嘶——"鼻息浓浓，好困得勿得了。嚯。此时此刻，说书家关于刘阿斗睡着的一番道白那么"符合情境"，那么亲切、那么生活化、那么富于时代气息！哦，原来，刘阿斗是睡在了——"有空调设备格一只摇篮里向"。多么福气呵，没有挨老子刘备掼、没有被掼痛的"小不点"刘阿斗，竟然拥有的是"赵子龙牌英雄空调"这个大摇篮！

君不见，不仅刘备那么爱儿子，而且三叔张飞还顶顶宠爱这个侄儿——"三闯辕门"前，张飞是专门来抱过刘阿斗以示"亲爱"的。不管是有意无意，彼时彼刻，张飞深挚如父地亲刘阿斗，曾几何时，选民咬牙切齿地恨诸葛亮，两相对照之下，非但把当时的书情"体温"升得那样有热度，更重要的是，刘阿斗幼儿本身的赤子之心、张飞那孩子气的赤子之心，这两颗赤子之心交相辉映，直叫书情的"体温热度"之"亲"，进一步深化了人性之"亲"的本质品格，有机地提升起苏州评话源于江南文化的审美灵气，这也是"唐《三国》"所特有的一种江南文化的基因

"种气"。

这段刘阿斗书情，之所以亲切动情、感人至深，离不开唐耿良做"亲"且又做透了的"三个家"。一则，唐耿良就是一位优秀有加、细心之极的"人性观察家"——如，赵子龙对于刘阿斗"牵肠挂肚"的那种责任感，刘备对于刘阿斗"父子情深"的那种亲情感，张飞对于刘阿斗"最最欢喜"的那种童心感。二则，唐耿良还是一位情怀细致、关爱有加的"儿童心理学家"——如，说书家对刘阿斗种种憨态的条分缕析，简直就是一个时时刻刻都生活在"儿童世界"之中的行家里手。三则，唐耿良实在称得上是一位满怀着赤子童心的评话艺术家——你听，他带着不一般的爱、带着极大的关心、带着与刘阿斗"为伍"的投入，将这段"刘备不摔阿斗"的书情，深入到人性内髓，活跃着亲情真意，从而，做到了生动有其致，做出了温馨有其趣，做成了独门有其格。

"未知你日后如何"——刘备问阿斗真很有些意思，说书家可就更有意思。唐耿良情不自禁又在这里拿手"点一句"了。这自言自语间看似不经意地"点一句"，却是胜过千言万语。这就是政治家刘备的"亲"。

第五十七回《汉津口》镜

《汉津口》这一回平台书，说书家也是动足脑筋。如旧事重提，适时"重复"。先来看张飞，襄江烧船、长坂拆桥，诸葛亮的这个"博士后"都快要出站单飞了，却还是在"重复"拙嫩的"菜鸟"伎俩。再来看刘备，走投无路的情景再现，刚刚逃出了龙潭虎穴，却偏偏又被汉江阻隔，刘皇叔真是苦命的贵人啊！恻隐之心，人皆有之。说书家站在刘备立场，听客当然不会不为之所动，刘皇叔是大贵人，更是贵人中的大好人！那么再来看曹操。曹操的红罗伞盖似曾相识？《战樊城》书中，红罗伞盖"瑟瑟抖"一节何其喜剧，当时把个曹操吓得是非同小可。上回书说书家交代过，《三国演义》原著里，就有曹操"冠簪俱落"、狼狈不堪的丢脸细节。那么这回书，曹操同样也应该是披头散发的。因为喜剧需要"惊人的相似"。

生活好像一面无形的镜子。生活的镜子端立着，人们大概就会去注意照看自己的价值对错。

"唐《三国》"树立了许许多多的生活之镜。

曰：圣人。关公仁义礼智信，就是为人处世、品德高尚的一面镜子。

曰：神仙。诸葛亮未卜先知、少有一失，就是聪明智慧的一面镜子。

曰：英雄。赵子龙单骑救主、舍身忘命，就是顶天立地的一面镜子。

曰：忠义。关云长新恩虽厚、旧义难忘，就是肝胆相照的一面镜子。

曰：奸贼。曹孟德翻云覆雨、恣意妄为，就是挟君天下的一面镜子。

曰：善恶。曹孙刘水火相交、赤壁鏖战，就是人性争斗的一面镜子。

曰：仁义。刘皇叔爱民如子、以人为本，就是政治人物的一面镜子。

曰：道德。王德的大义凛然、从容赴死，就是高贵卑贱的一面镜子。

曰：取舍。刘备的汉室正统、联孙抗曹，就是民间社会的一面镜子。

曰：人伦。周瑜的一意孤行、黑白不分，就是骄横败坏的一面镜子。

曰：性情。张飞的赤子之心、一身正气，就是人格至真的一面镜子。

曰：喜剧。鲁肃的寿里寿气、全意向善，就是文明洪荒的一面镜子。

曰：传统，说书理味趣细奇、有声有色，就是文化古典的一面镜子。

曰：现代，追求心尽性情灵、面向听众，就是与时俱进的一面镜子。

曰：经典。说嚼谈评综，留存非遗活化石，就是苏州评话的一面镜子。

本回书，关公迷惑了曹操。有趣的是，最后一回书，华容道曹操反过来诱惑了关公。真是一报还一报。曹操、关公这两个"朋友冤家"确实是罗贯中《三国演义》不世出的艺术创造。不过，《三国演义》描述"太简单"，苏州评话听众还是更喜欢"唐《三国》"中关公、曹操"敌友相兼"着的恩恩怨怨、有有无无。

可以把曹操命名为——天生的催眠师。这回书，曹操用他惯常的——忽、吓、骗、缠、盘，跟关公的"忽、吓、骗"去对局了一场"玩催眠"。关公的忽、吓、骗，出"活儿"，真心很实在。他才不像张飞那样习惯于"朴素的计谋主义"，一半是略施小计，一半就是"自己拆穿自己"了。他也不像曹操那样迷信于"兵法的虚实主义"，动不动就是上次交战诸葛亮如何虚虚实实、而这次诸葛亮用兵"肯定"就要实实虚虚之类的神神叨叨。打仗用兵哪里要容得胶柱鼓瑟、刻舟求剑？这一回，曹操"玩催眠"输给了关云长，但曹丞相毕竟还是懂得"抓大放小"的，在华容道曹操最后大大地赢回了关公一局"具有战略性价值"的"玩催眠"。

圣人也会犯错，那倒是真的。比如，关公的华容放曹。当然，华容放曹只不过是关公的小错罢了。"大意失荆州"，关云长败走麦城，才是关公这个武圣人所铸成的无法挽回之大错。

第五十八回《江夏开丧》虚

《江夏开丧》这回书实实虚虚。实，实实在在江夏有了开丧的事实；虚，诸葛亮已在为下一步"联孙抗曹"战略务虚。刘表死后荆州闭丧不报，刘备却在江夏开了丧，此乃"两条路线斗争"泾渭分明的是非界限。刘备为刘表开丧，是在做给孙权看，也是孙权希望看到的。为二主母开丧。此举是公私兼济。公在于糜夫人是刘备阵营"最无私的巾帼英雄"，为幼主捐躯的女烈士；私在于刘备为亲人开祭一举两便当。如果说，为刘表、糜夫人开丧属于"实实"，那么，"新野、樊城两县百姓之神位"，则是标标准准的"虚虚"。"虚虚"即"实实"，因为"走群众路线"爱民如子，始终不渝都是刘备的政治取向。说书家把这一处"闲笔"提起，又是在为刘皇叔的正统合法性加分。对此，唐耿良在其回忆录《别梦依稀》中也有专门提及。

曹操实头要面子。于是，要面子的曹操犯下了战略性的弥天大错。一鼓作气，把江夏刘琦、刘备给消灭了，然后再转身征服江东，这在当时的曹操实在轻而易举。唐耿良是这样说，易中天品《三国》也是这样说，就连听众应该也是这样想的——曹操三个指头捏刘备这颗田螺，曹操一个指头摁刘备这只蚂蚁，曹操发动摧枯拉朽式的战役打击刘备，那都是多么惬意的事！可惜，谁又能想象历史，改变结局。

对于历史的任何想象总是无用的马后炮。毕竟曹操是一个北人，所以，那种"到中流击水""高路入云端"的拍水浩然、凌云满怀之气概，确确实实不是"短歌行"的北人曹操他可以想象、可以拥有、可以豪迈的。俱往矣，到中流击水，没带曹操。历史的选择，选择的历史，最终注定叫曹操"樯橹灰飞烟灭"，百万雄师葬身于火海。

曹操在蒋干身上至少"要过三次面子"。汉津口曹操"玩催眠"输给了关公，这是曹操第一次为了蒋干要面子。蒋干真"乖巧"，后来，蒋干又给过曹操两次"要面子"的战略挫败。一次是蒋干盗书，曹操要面子，"一个不小心"自己去把蔡瑁、张允这两员"曹营顶顶狠的"水军大将给杀掉了，于是，也加大了赤壁鏖战曹操必败的权重。还有一次蒋干"偷"庞统。好家伙，曹操这回要了"百万级巨损的"大面子，直接造成了曹操赤壁一战火烧战船、大输特输、彻彻底底大伤了元气。唐耿良说得明了：曹操百万大军在赤壁被烧得只剩下二十七人。关键是——曹操靠"官渡大战"军事闻名，同时，又被"以少胜多"的火烧赤壁载入史册。

曹操打来了，形势紧急了，孙权眉头紧蹙了，江东危在旦夕了。江东开大会，孙权手下的军政干部"大好佬"一个个鱼贯而出：张昭，出来挑头——快快归降了曹操，以免战火焚烧生灵涂炭；黄盖，振臂高呼——狠狠打他个曹操，谁要投敌就先把谁打倒；鲁肃，笃定献计——大家都别太着急，江东还有刘备这张底牌。

孙权心里急：请问鲁肃，计将安出？鲁肃摊底牌：孙刘联和——主公，你怎么看？好。统一战线摆上议事日程，鲁肃吊丧有得一番闹猛。

第五十九回《鲁肃吊丧》萌

《鲁肃吊丧》好闹猛。这个闹猛演化出了鲁肃的寿头"闹猛"。鲁肃到江东吊丧，他是江东孙权派来的全权大臣，可是，天性寿里寿气的鲁肃，却成为一部"唐《三国》"中，最"老三老四"的喜剧包袱，最"呆头呆脑"的文官角色，最"萌死萌活"的第一好人。唐耿良在第五十五回书中说：说书就是"用语言描述的电影，慢镜头"，这是在方法论层面对于苏州评话的艺术概括。语言画面的定格，蒙太奇手法，"唐《三国》"比比皆是，而这回书的"苏州评话蒙太奇"达到了审美峰值。

簇新鲜、寿搭搭、老三老四，水军、粮草、陆营，刘备"呆忒"三来兴、诸葛亮"出活儿"三来兴、鲁肃"搭错"三来兴——《鲁肃吊丧》这回书上演了绝妙的"苏州评话蒙太奇"。"苏州评话蒙太奇"，还是要靠细节的镜头说话。真真假假，虚虚实实，兵不厌诈——主观在诸葛亮的蒙太奇里。

蒙太奇一：江边桅杆高耸林立，好似烽火狼烟待起。这个场景闪回如同迷魂阵，鲁肃眼见的是"实"——刘皇叔声势强大，而恰是兵诈之虚——诸葛亮稳定了鲁肃摇摆心理。

蒙太奇二：舟船成片，强汉助威。益州牧刘璋舟船上的旗幡，兵卒啰哄的耀武扬威，给了鲁肃以耳闻目睹"江夏吊客排队七日"，明日停吊之"实"，诸葛亮虚诈之计已经成功三分之一。

蒙太奇三：一百辆军车"浩浩荡荡"鱼贯运粮。运粮车米袋破漏，整袋的白米弃于道路。浪费，浪费，极大的犯罪，鲁肃肉痛啊，这可真是"实"到了心里。局，诸葛亮兵诈用到了家。

上述三组 0.618 黄金切割蒙太奇，诸葛亮大用其"耀眼法"，对于鲁肃这号"呆头呆脑"、疏于知行合一的江东文官，"障眼法"何如"耀眼法"，"耀眼法"远胜"障眼法"。诸葛亮兵不厌诈，明当明"出镜"，计高人胆大，虚虚实实地派放诱饵，"蒙太奇"成功了一半一大半。

紧接着，鲁肃参见刘皇叔，诸葛亮"滑头戏"一个一个做进"蒙太奇"。细致，请看"滑头戏"上演之时，说书家多么善于借用"诸葛亮的暗示、鲁肃的眼神"，来传神达意、妙造"萌境"。

蒙太奇四：与前述书情"搭牢"。"滑头戏"第一幕。赵子龙前来禀报，武昌口操演水军操兵结束，人马移阵。诸葛亮抽掉短梯，以虚头之法落地为实。且看那鲁肃"老三老四"频频点头，大大地表扬了一番赵子龙。

蒙太奇五："最最老实人"开说鬼话。"滑头戏"第二幕。关云长也来"谎报"，运粮车全部入仓。道路上那袋白米"浪费是极大的犯罪"，此时此刻，再度印证鲁肃的"呆头呆脑"。鲁肃好老实，表扬一番关云长。

蒙太奇六：戆大碰撞老实头。"滑头戏"第三幕。二军师张飞操演陆军完毕。黑面孔戆大与书蠹头鲁肃直接"碰撞"，一段互动"对白"充分表现鲁肃"萌死萌活"的令人解颐。鲁肃实打实，又是表扬了一番张飞。那么好，"滑头戏"收场，"蒙太奇"完成。

前三组"蒙太奇"0.618黄金切割给了"甜头"，剩下来这三组0.382全部是"虚头"。赵子龙，关云长，张飞，都一个个充当了"滑头"，诸葛亮心理诈法至此大获全胜。诚如唐耿良所表——诸葛亮用六组"蒙太奇"纷纷"眼见为实"，终于让"江东好人"鲁肃坚信了原来一向的"耳听为虚"，结论是：实力强大的刘备值得江东联盟。

说书是喜剧，喜剧也是哲学。鲁肃可以说是一个哲学上的经验主义者。所以，鲁肃的老三老四、呆头呆脑、萌死萌活，完全建立在他"眼见为实"的经验主义基础之上。而同样都是谋士，曹操阵营的蒋干就远远不及鲁肃了。鲁肃在刘备那里说话"老三老四、呆头呆脑、萌死萌活"，多少还有着喜剧性基础"眼见为实"的审美意趣。蒋干就截然不同，他就是属于苏州人说的那种"瞎三话四"的搞笑闹剧，"冬瓜缠在茄门里，拉在篮里就是菜"——这就是说书家给予蒋干的人设特质。

"唐《三国》"这部书中，说书家给予鲁肃江夏亮相"簌新鲜"的演绎。这一回，鲁肃的戏份在他的"老是爱抢戏"中，得到了"寿搭搭"的升华。因为鲁肃的性情是一心向善的，因为鲁肃的思想是统一战线的，因为鲁肃的喜剧是十分可爱的。"寿搭搭"一词，在苏州话里代表着这样的意思：一个人"做好人，做得太过，超出了户界"。有趣的是，苏州话还说：好人常带三分寿——如现在提倡的学雷锋，做了好榜样，多少总是会要"拆蚀"损失一点自己的利益，这就是所谓的——寿。牺牲一点自己的利益，低调一点自己的为人，做出一点自己的奉献，这样的寿就是——好人常带三分寿。鲁肃就是这样子。

第六十回《孔明过江》秀

好人常带三分寿——"唐《三国》"里鲁肃"寿搭搭"得最典型。张飞又来了，这又是诸葛亮的刻意安排。上回书，张飞已经"有真没假"碰撞过鲁肃。这一回，张飞硬是逼着"鲁肃拍胸脯"。一个黑面孔戆大，一个"寿搭搭"鲁肃，戆大张飞的"戆腔"也多少有些"寿搭搭"，寿头鲁肃的"寿搭搭"倒亦真心有些"戆"，这一节"好戏"要被鲁肃慢慢延伸到了"群英会"里。本回书，诸葛亮谈心"天花乱坠"，吓到了鲁大夫的"纯粹心理"。鲁肃本身也聪明。但是他的思维呈一条直线，没有一点的拐弯抹角，真蛮像现在的独居型老人——一个"热心关怀的陌生电话"过来，就会"义无反顾"地去上"电信诈骗"的当。正是由于鲁肃人设"纯粹的老实"，一点一点地在为"孙刘联盟"起到和发挥他"心理胶水"的黏合力与向心作用。

劈啪，劈啪——鲁肃拍胸脯。鲁肃拍胸脯，样子几化"寿搭搭"。然则，鲁肃拍胸脯，是拍给诸葛亮看的"秀"，拍给张飞看的"秀"，也是拍给刘备看的"秀"，拍给孙权看的"秀"，拍给曹操看的"秀"。因为鲁肃拍胸脯，拍出了"孙刘联和"的立场秀，拍出了"爱国主义"的坚定秀，拍出了苏州评话的气韵秀，所以，即便"鲁肃拍胸脯"的"秀"那样"寿搭搭"，终究也是可爱的。因为这是中华民族传统历史文化所无比点赞的"鲁肃秀"。

唐耿良对于鲁肃这个"寿搭搭"的政治好人，有七分尊重、爱戴，还有三分是调侃、玩笑。而且，那七分的尊重、爱戴，恰恰又是通过三分调侃、玩笑加以表现和传达出来的。

鲁肃是相信"眼见为实"的，可是一旦这种"眼见为实"超出了真实的范畴，那当事人就会被假象迷惑了眼睛，被外表掩盖了本相。由此，唐耿良便用政治好人鲁肃江夏一路的"眼见为实"，来作为鲁肃对于"刘备实力"肃然起敬的可靠凭据。鲁肃的执着信念就像煞了性情中人张飞的那般模样，即便事实上鲁肃根本就分不清真假信欺、状态虚实，然而，政治好人鲁肃却一概都会鲜蹦活跳地捧出自己的一颗童心，就算一径在上当，也不怕人家笑话。

说书家善于"逆向运动"，你看，加载着真诚的调侃，细化了传神的笔触，洋溢着可爱的玩笑，达致了生动的意趣，"唐《三国》"便是在这样发挥着苏州评话艺术描绘人物性格的审美法门：你尊重鲁肃、尊重他对于政治立场的鲜明选择，你就不妨调侃调侃他的"眼见为实"，出出他"寿搭搭"的洋相。你爱戴鲁肃、爱戴他有着爱憎分明的赤子童心，你就可以玩笑玩笑他的"一径上当"，秀秀他"拍胸脯"的硬张（厉害、狠）。你看，唐耿良可没有像历史学家那么样去给鲁肃评功摆好、"平反昭雪"，把鲁肃这位"三国时代一二等政治家的本来面目"弄出它一个水落石出、事实本原。但是，唐耿良对鲁肃尊重有加，却实在胜过了一百篇历史论文，唐耿良对鲁肃爱戴真切，也已经超越了历史状况，一个活生生、可爱而又有趣的政治家形象——在"眼见为实"的调侃中，跃跃然而出，在"一径上当"的玩笑中，熠熠然生辉。

孔明过江，说书家写写意意[1]。江舟一路上，诸葛亮、鲁肃两家头谈谈说说，这两人"类似师徒"之间确实有着"足可告人的秘密"。张昭文官主降，黄盖武将主战。这一句军事情报，多么的巧妙，说书家已经在为诸葛亮舌战群儒的"书情高潮"种下了"入土三分"的根苗。

书情在激越。你听，这是啥人在阴阳怪气地揶揄别人，没有一点点阳刚之气；你听，这是啥人在滔滔不绝地反驳对手，全然是一派神仙霸气。哇，这里正在发生一场名扬千古的"舌战群儒"，这一场"口水大战"才是真正名副其实的"政治秀"——关于卖国，关于爱国，关于文武官员的气节立场，关于江夏江东的生死存亡。

1　写写意意：意为舒舒服服。

第六十一回《舌战群儒》绕

开场白——云遮雾绕。唐耿良说书强调"开场白"的作用,《唐耿良谈艺录》《别梦依稀——我的评弹生涯》都刊有唐耿良的夫子自道。这回书开场,说书家出手不凡,"山雨欲来风满楼"——这未来的山雨、这迎面的风、这置身其中情势严峻而又将伸张意气的楼,这般的审美兴象,生动地渲染着诸葛亮所面对的统战情境。此一番说表手法,可谓"云遮雾绕,半开半掩"。年轻的政治家孙权还是个棉花耳朵,他对于"联刘抗曹"的态度是积极而又摇摆不定的。江东武将都是"主战派",可起起武夫并没有战略定夺性的话语权。东吴文官则是一帮孬种"投降派",而这群庸儒之辈却在甚嚣尘上,鼓噪降曹。好人鲁肃呢,此时又正好"呆萌"在了"伺机不动"。于是乎,剩下了诸葛亮一个人在犹豫不决、在踌躇满志、在迎接风暴。云遮雾绕,是在"慢铺陈",半开半掩,是在"慢铺陈",且问:"急转弯"跑到哪里去了?

诸葛亮舌战群儒,说书家活活突出一个"绕"字。铺陈,铺陈,慢铺陈。云遮雾绕一般,诸葛亮踏进迎宾馆,"一只脚,一只脚,一只脚",十一次集中出现的"一只脚"成了"云遮雾绕"之间,由着那"山雨欲来风满楼"而致的审美兴象中波动起伏的状貌,风雨狂起之前"冰山小小的一角","急转弯"冲决到来时的"能量警报"。是的,暴风雨,就要猛烈地来到,"急转弯"就要在"慢铺陈"之后,在"云遮雾绕"的大幕里,峥嵘出它的比雷霆万钧更其狂猛,比风雨飘摇更为生动,比波诡云谲更有意蕴。

不妨来发散思维,想想看看,诸葛亮,阿有点像样板戏《智取威虎山》中的革命英雄杨子荣。

诸葛亮和杨子荣,同样都是孤胆英雄。一个诸葛亮陌陌生生"为了孙刘联和"只身闯到了江东,舌战群儒,一个杨子荣雄起起气昂昂"为剿匪先把土匪扮"直上威虎山,深入虎穴。所不同者——诸葛亮是面对"盟友内部矛盾"的庸庸一帮群儒,杨子荣面临着"你死我活"的眈眈虎狼之众;诸葛亮稳如泰山,无所畏惧,杨子荣下定决心,不怕牺牲。

诸葛亮和杨子荣,同样都是智取高人。一个诸葛亮忽忽悠悠、笃笃定定,就以政治家、军事家、外交家的神勇气概登上了历史舞台,他慷慨陈词、接招还招,他不用招架、一路还手,他巧以"三寸不烂之舌",智败了"江东群儒巧舌如簧"。一个杨子荣豪豪迈迈、英英勇勇便靠着"浑身是胆"打虎上山,他擒栾平、逮胡彪、活捉野狼嚎,他誓把座山雕、埋葬在山涧,他抗严寒、化冰雪、我胸有朝阳。所不同者——诸葛亮是大汉正宗正统政治立场的雄辩代言人,杨子荣是中国民主革命战争的卧底智胜者。

诸葛亮和杨子荣,同样都是艺术形象。这一点,恰恰正是诸葛亮、杨子荣这两位相距一两千年的英雄高人"最为相似之处"。一个诸葛亮曾经被无限地神化,乃至于都妖化了,好在"唐

《三国》"恢复了诸葛亮的"人化",因为诸葛亮英雄壮胆,这建立在他的高瞻远瞩、洞察世事之上,因为诸葛亮神机妙算,这立足于他的渊博丰富、审时度势,所以诸葛亮的这个艺术形象,融会贯通了他的历史真实、性格逻辑。一个杨子荣也曾经被"融合"过,然而,此一时也彼一时,相比于新拍电影《智取威虎山》中杨子荣的"神化",样板戏《智取威虎山》中的杨子荣"好好交"就要"人化"得多,就要英雄得多,就要高人得多。

"唐《三国》"中的艺术形象诸葛亮是前辈说书家"代积年累"不断地创造、进化出来的,所以,这个诸葛亮艺术形象的"人性度、真实度、可信度"都相当靠谱。如鲁肃去禀告孙权,诸葛亮"心里咯噔"一来,这就是诸葛亮艺术形象的"真实度",因为再厉害的英雄面临险境也难免会出现一时的忧虑或胆怯。后书中,当诸葛亮听到刘备到江东"临江会"之时,简直可以说轰生惢"万念俱灰"了,这就是诸葛亮艺术形象的"可信度",因为再理智的高人一旦屡屡被包围在像周瑜那样从来都不按照规矩出牌、还要时时处处以"吾必杀之"相威胁的艰困情况下,出现诸葛亮那种复杂、剧烈的心理波动,也都是非常自然且合乎情理的。还有,诸葛亮存心害死周瑜之弟周毅,诸葛亮在长江岸边没有见到赵子龙及时接应的心理忧虑,这些细节其实就是诸葛亮艺术形象的"人性度"。

第六十二回《说退陆绩》评

诸葛亮——沉默。沉默是金!上海作家金宇澄《繁花》有句名言,叫作:不响。诸葛亮沉默——不响——之后,侃侃而谈,一意潇洒地展开了他那旷世闻名的"舌战群儒"。艺术是文化炼成的,此言丝毫不假。这回书,说书先生唐耿良华丽转身,如同一个历史文化的专家,他在开讲一堂审美艺术的大课。循循,善诱,步步,为营。诸葛亮摆开龙门,独麈江东。斗张昭之来势汹汹,驳虞翻之正邪相混,责步骘之夺理强横,气薛琮之忠孝不分,羞陆绩之怀橘丑闻。言切切感人肺腑,意凿凿语重心长。管仲、乐毅的远古传奇,韩信的胜败乃兵家之常事,苏秦、张仪一时豪杰者也。历史为诸葛亮堆垒舌战谱,文化使"唐《三国》"别有真理味,且听唐耿良叩开孔明心扉!

这回书,唐耿良苏州评话艺术"三强"汇集——概括性强,逻辑性强,评议性强。唐耿良善于概括书情的"门面板"、灵于逻辑推演的"独一门"、精于评议人文的"劈面相",都在《说退陆绩》这回书中得到了极其精彩的审美传达。

概括性强,不言而喻。张昭横加指责诸葛亮,说书家就是运用了"概括的勒(重复)"。如诸葛亮在隆中自比管仲、乐毅,"弃新野、走樊城、败当阳、奔夏口,无容身之地,皇叔得了先生,万不如前初也"等表述，上回书就已经出现过。这回书，开场白里又有了这一番概括的表述，同时，还进一步通过江东众文官对张昭的"胡调"附和来突出"概括的勒"。

《江夏吊丧》中鲁肃"概括的勒"其实更有意思。唐耿良熟用蒙太奇手法表现了鲁肃"概括的勒"。你听，在鲁肃表扬关公、表扬张飞、表扬赵云、表扬诸葛亮的过程中，鲁肃是不是像一条你"肚皮里的蛔虫"，引得你的内心也"蠢蠢欲动"起来。因为说书家用鲁肃"概括的勒"在为你实现心底难抑的审美期待。你听书，你喜欢喜剧闹猛，你厌烦一本正经，你希望赤子童心，你包容某种呆萌，于是，你的这些"人性游戏"的念头，在与说书家的审美心理相通而互动，进而，说书家通过"三意（特意、善意、会意）"营造的鲁肃"概括的勒"，一声声地送给你快乐、一阵阵地激发你欢笑、一次次地使得你满足。这"概括的勒"，在说书家是艺术的"活儿"，在鲁肃是"审美的中介"，在听众则是心满意足的"共鸣"了。

逻辑性强，独占鳌头。《说退陆绩》这回书，并没有一般意义的"卖关子"，然而，极致可感的高潮，却是一浪胜过一浪的。唉，说书家用严密的"逻辑性"一层层生动铺开书情、一步步有序做出高潮。诸葛亮在一阵大加嘲笑的"哼哼喝喝哈哈"之后，便呼呼啦啦、不可遏制地展开了他面对江东腐儒的逻辑之战。这场"逻辑战"伴随着叙述结构的"详略率"波浪起伏，错落有致。诸葛亮"首战"张昭，说书家就是详之又详地"打好了第一波至为关键的逻辑战"，可谓详尽而又生动，利落而又漂亮。接下来，便一路详略得当，延续着书情高潮。

对于"二十四孝"的现身说法，可以管窥豹斑唐耿良说书"评议性"的仁德法门——有胆识见地、有真情实感、有时代气息。陆郎怀橘，当然是书情的需要而用之。卧冰求鲤，说书家不敢苟同。确实，如果为了孝敬别人而白白牺牲自己的性命，不见得真是"有天理的"人道主义。唐耿良还说小时候最反感——埋儿得金。这种"直接杀人"的孝敬，着实要让人全体汗毛竖起，不寒而栗。

评议性强，颇得堂奥。优秀的苏州评话艺术，务必依靠着说书家自己独抒胸臆、一吐块垒的"评议性"支撑。唐耿良短短一回《说退陆绩》，把书情做成了一种思想性、文化性、美学性俱佳的活样板。他评管仲、乐毅的客观情况，他评苏秦、张仪为古代豪杰，他评刘邦、韩信亦有所兵败，他评怀橘陆郎之少不更事，他评二十四孝之封建色彩，无一不体现着苏州评话艺术高雅不俗的文化美学以及江南文化的精神"种气"。

第六十三回《智激孙权》救

中国人信奉君子动口不动手。君子之风就应该是诸葛亮那样：羽扇纶巾，仙风道骨，雄辩云天，呼风唤雨。诸葛亮舌战群儒，江东文官情绪激愤了。舌战固然是江东文官败局注定，那么干脆"文攻武助"就"拳战"却又如何？"拔出拳头来吧，吾等要上战，上诸葛亮格腔！"刹那间，火药味，似乎充满了正在建设之中的"孙刘联和"统一战线。千钧一发、剑拔弩张，哎呀呀，哎呀呀，救命王菩萨——你还不快点上场。此时此刻，"会做戏"的江东老英雄黄盖，大步流星赶来了。救场如救火，幸亏救命王菩萨黄盖及时到场，救了一片"动手拳战"呼声下的诸葛亮，也救了把诸葛亮说得神乎其神、把听众说得欲罢不能、把书情说得"燃烧心胸"的说书先生。唐耿良先把老黄盖的"前奏"搬将出来，接下来，要看孙权的粉墨登场。

救诸葛亮这个君子，退江东文官这帮"痴子"。救命王菩萨只能是说书家自己，唐耿良把"舌战群儒"的书情，推进了"智激孙权"这一块政治博弈、心理战斗开始"实打实"的领域。

整个"舌战群儒"跨度了三回书目，虽没有金戈铁马，却一派"你追我杀"。苏州评话尽叫一帮子"肩不能挑担，手无缚鸡之力"的儒者，直把个"孙刘联和"的一方政治舞台"升腾起了战斗的空气，弥漫出了肉搏的氛围"，弱弱的文人已原形毕露，浓浓的情绪在面目狰狞。

书情的气场，在调度、在转向到——看不见硝烟的"心理战"模式。确实，这几回书哪怕是说到文化内容，也在在散播着浓烈的硫磺硝烟之味。你听，文学家扬雄投靠王莽，最后自杀身亡。书法家严嵩、秦桧、贾似道都是心术不正的坏路子。山雨欲来风满楼，山雨把文学、书法的风都给捎带了几分邪气，因为人格、性情的浊流意欲堵塞"孙刘联和"的政治通道。

这回书，几个主要人物都光彩熠熠、耐人寻味。说书家围绕着人物性格、特有动作、规定情境的展开过程，把诸葛亮、黄盖、孙权、鲁肃的言行举止、音容笑貌，表现得栩栩如生、韵味深长。

诸葛亮的补漏洞，派头简直超过了江东"霸主"孙权。你看，在"补漏洞"前，诸葛亮还是搭起了"十足的架子"，在那里对着江东文士"颐指气使"——"啊！众位先生，列位大夫，请坐啊，这里是迎宾馆，并非校——军场。小弟说错了，容许辩——论。请大家，坐下。"哈哈，原来诸葛亮的运筹帷幄表现在了此时此刻的"反客为主"。

孙权格外敬重诸葛亮，犹如曹操格外敬重关云长那样，便都使得他们的部下纷纷在心里"咽勿落"，所以孙权"是战，是降"骑虎两难的极度焦虑，也就更加地要让听众为了"棉花耳朵"孙权牵肠挂肚。

鲁肃对诸葛亮三次"演演手"，却没有一次符合他与诸葛亮的"事先约定"，令听客感到可爱而又好笑。到底是鲁肃自己做事情一径"不得要领"，还是诸葛亮"棋高一着"，永远都在把鲁肃"甩到背后"。

黄盖呢，可有一套"三来兴"——曰来，曰疑，曰释。来，黄盖来了，"倷，有好格主见，有高论、宏论，傏应该去搭孙权讲。傏为啥道理要搭格班文官去相骂呢？"就是这一句金玉良言，把诸葛亮都给镇住了。疑，质疑诸葛亮失礼，你孔明小弟怎能"僭越"大王孙权的宝座？释，原来是"格班文官"在给诸葛亮使绊子、看脸子，连一个坐头都"臀底抽空"了。

说书家，好身手。一回政治博弈书，唐耿良多管齐下。他一边用传统文化的知识来淡化过于沉闷的书情气息，一边又巧妙地强化了书情本身所特有的文化意味。"唐《三国》"，是政治书、是博弈书、是斗争书，也是文化书、知识书、美学书。听得出，说书家是一位文化知识极其渊博的民间文艺家，同时，说书家又是懂得节制、适可而止的语言美学之艺匠高手。他把书情中最需要的文化知识，都尽可能"详细熨贴"地传播、弘扬给无数的听众，这个时候，他是激动的、神气的、有所成就的。在此基础上，他却并没有不加选择、囫囵吞枣地信口开河、"畅所欲言"，因为他懂得有所节制是艺术规律的高级法则，有所取舍才是一个真正艺术家的德行、修为，所以，这个时候，他是淡定的、洒脱的、不计功利的。

第六十四回《周瑜会师》软

棉花耳朵风车心——这是孙权的性格特征。一轮又一轮倾听着"唐《三国》"，唐耿良《春秋》笔法细可玩味。你听，孙权"耳朵软"在揪痛、冲荡这个年轻政治家的"英雄心"。对于孙权"棉花耳朵"的人设渲染，说书家深有良苦用心——良苦者，孙权也，战恐胜负难卜，降必令人不齿；用心者，说书人非要挖出政治家孙权踌躇的底线心理，听书的则在品味说书家波折悬念的进行到底。孙权"棉花耳朵"这段书情——极尽曲折精细之能事，肯定——否定——否定之后的待决，真是欲把孙权"最难将就"的这一个"决"字，细摹细相，做深做透。忐忐忑忑、犹犹豫豫，反反复复、思思量量，那孙权——面对着的诸葛亮显得是踌躇满志，等来的文武官员却在各执一词，见到了吴国太才终于心中有底，想起了周公瑾赶快的恭请出台。

说来也稀奇，这是一回孙权的"软"书，可说书家偏要反过来拧劲，把书情做得"交关硬气"、说得"弹眼落睛"（精彩绝伦）。孙权是个棉花耳朵，那是一点不假；孙权是一个负责任的政治家，那更是一点都不含糊。听，孙权心里多少潜台词：打，则战火四起，或将生灵涂炭，倒也确实不假；降，则心又何甘，直教宗祖蒙羞，这是一个问题；决，则务必权衡，得要拿稳大局、小心翼翼为是。

为此，唐耿良非把"细致入微"进行到底，以步步为营之法，针对着吴侯孙权的"战和不决"可谓是"几推几攘"。先是第一波推攘，推攘出了孙权、孔明之相契。孙权、诸葛亮互相都在赔罪道歉、芥蒂冰释，诸葛亮指陈曹操强弩之末，而识破曹军北人不善水战。于是乎，孙权拍着胸脯要高呼迎战曹敌。

第二波推攘，文官在劝降，因为迎战曹操是负薪救火，"棉花耳朵"孙权在动摇。武将却别是一番言真意切——想起建安三年，周泰相救孙权这个英勇的故事，孙权那颗"风车心"顿时手足无措。

连下来，吴国太一推一攘，这下方才大有了苗头。孙权是孝子，唐耿良娓娓道来：上海龙华塔、苏州北寺塔，就是孙权为孝敬吴国太所营建，现在都是活着的文化遗存。二十八岁的青年政治家孙权，终于心力交瘁病倒了。孙权病倒，国母相问。此时此刻，母爱的力量、政治的后盾——吴国太出场了，别看女人婆婆妈妈的，吴国太"四两拨千斤"，一句"内事不决问张昭，外事不决问周郎"，一下子就谆谆教诲、清醒了失魂落魄、六神无主的孙权：是啊，是啊，赶快把周郎给我叫回来，我的底牌全在他的手里啊！因为直到这时节，说书家"几推几攘"，不得不让吴国太来点穿"关子"了。孙权呢，"不得不"如梦方醒，轰生怹想起了孙策之所言"内事不决问张昭，外事不决问周郎"。顺理再下来，周瑜便也"不得不"登台亮相。

唐诗云：东风不与周郎便，铜雀春深锁二乔。唐耿良"几推几攘"，这一番"微雕细刻"的"砍柴工"，做得羚羊挂角、云遮月，做得"书"顾左右而言他，做得听众心里"挠痒痒"。说穿了，无非在把周瑜的出台亮相做得弹眼落睛预设。这就紧紧地抓住了听众的"魂灵心"——周瑜到底"啥等样"，周瑜究竟"有啥格大本事？"你呼我唤始出来，江东才俊周郎也。

唐耿良越是特别地用心精细，周瑜"弹眼落睛"的价值就越是特别地不同一般。说到底对于吸引听众的好奇心须如此，对于书情微妙展开要如此，对于强化苏州评话审美意味更得如此。

第六十五回《辕门拒客》骄

孙权"耳朵软"病根在其心里。周瑜"好骄傲"其实也是心病。为什么周瑜既是孙权的主心骨，又是江东实际上的决策者？唐耿良说书说理、细做交代：孙策、周瑜各娶大乔、二乔本就裙带连襟，加之孙策临终托孤于周瑜，周瑜又是托孤大臣，且吴国太也把周瑜"当儿子看待"，层层亲密关系，重重政治联系，故而，周瑜"脾气大"，大得真叫有底气，周瑜"好骄傲"，骄傲得大有其资本。所以，鲁肃即便在江东也是一号人物，可周瑜又哪里肯把鲁肃"放在他的眼睛骨子里"。因此，周瑜才刚刚回到江东，就"无缘无故"给了鲁肃一个"料想不到"的"下马威"，其醉翁之意，当然是在诸葛亮！好啊，谁叫你鲁肃竟敢去跟诸葛亮——亲密。不过，说书家"狡兔三窟"，一窟孙权、周瑜，一窟周瑜、孔明，一窟周瑜、鲁肃。却原来，唐耿良已经把"鲁肃、周瑜的赠囷之交"详述给了听众，这就是苏州评话"纳米级"的细表细做。

周瑜一出场，人物性格就是矛盾的。一边周瑜绝对是识货朋友，早已晓得诸葛亮不好对付，有敬贤爱才之心。一边却是周瑜"好骄傲"，其个人脾性、干事格局样样都显得狭小了一圈，所以他那"好骄傲"的内心里，似乎根植着一种生怕别人来动他奶酪的"莫名其妙"。

周瑜——弹眼落睛。说书家让周瑜的面目出现在"云遮月"的意境之中——一半是明月，一半是浮云。明月照得周瑜通体透亮，浮云遮得周瑜不够清爽，似乎隐隐然已经在预示：周瑜这个人物复杂纷纭，他的弹眼落睛总是要牺牲掉一些别人的夺目光彩，如鲁肃被他的金钟罩罩得密不透风、喘息都难；他的弹眼落睛难免会损及到几个朋友的利害关系，如周瑜对于诸葛亮是要"吾必杀之"，对于刘备则是在阴谋暗算。缘此，周瑜的"阴暗心理"好像并不比曹操"逊色"了多少。只是一个曹操"阴暗心理"是公开的，所谓"宁我负人，毋人负我"，一个周瑜"阴暗心理"是藏匿的，除了诸葛亮和鲁肃"知情"，别人是被蒙在鼓里的。

无论是周瑜心里在怪鲁肃，还是一出场便要开了威风，说书家一律层次分明，有"骄"必出：

上一回，微妙推出——周瑜的弹眼落睛，一下抓住了听众的好奇之心：这个人物绝对不寻常。

这一回，埋怨鲁肃——周瑜的弹眼落睛，一准抓住了周瑜的真实性情：这个人物爱斤斤计较。

接下来，拒绝见客——周瑜的弹眼落睛，一把抓住了周瑜的怪异脾气：这个人物如任性孩童。

到末了，挂回避牌——周瑜的弹眼落睛，一概抓住了周瑜的人格本质：这个人物会执拗到底。

周瑜的弹眼落睛，实际反映出苏州评话的弹眼落睛。唐耿良给了周瑜与众不同的丰富审美表现。周瑜与众不同，因为他大才高蹈；周瑜与众不同，因为他心骄气傲；周瑜与众不同，因为他良莠孬好。你看，说书家没有直接评论，并不做价值判断，亦无主观倾向性，你听，唐耿良先生就着清晰的书路，在层层深入周瑜的心理世界，立足书情的演绎，在步步揭示周瑜的人格基因。说书家没有急于随随便便就把人物心理展现无余，也不忙着要要紧紧便将性情问题尽数揭底，而是有滋有味地注入"精、气、神"的抑扬顿挫，那么细表细做地达致"头、腹、尾"的水到渠成。这就是唐公说书的弹眼落睛了，不盲求高耸入云，却得以自出风情。

诸葛亮对付周瑜的"好骄傲"还真的有办法。你看，他在江东亲自做起了间谍工作。诸葛亮，变身成为"刘备派来的特务"，开始差遣着鲁吉、鲁祥两个当差，从内部瓦解周瑜那座"好骄傲"的堡垒。这时，被周瑜"欺负够了的"鲁肃愈加"寿头怪脑"起来了，他又怎么想得到自己的家仆鲁吉、鲁祥"掮着诸葛亮的木梢"，在为诸葛亮"发挥着不可代替的情报作用"。

心病还需心药治，心病郎中何其多。前回书中说：孙权"战略大计举棋不定"的"棉花耳朵"心病，需要的心病郎中就是这个"好骄傲"的周瑜。先前的书里，诸葛亮登台拜将、发号施令之时，这样那样的"心病"，郎中是"如鱼得水"的"大好人"刘备。在往后书情，周瑜"万事俱备，只欠东风"时，为了疗救这个"好骄傲"的"心病"重患者，鲁肃请来的是"神仙郎中"诸葛亮。

第六十六回《初见周瑜》兜

在"唐《三国》"中，诸葛亮书情不太有直接的喜剧因素。因为诸葛亮的喜剧因素往往都要经过说书家"兜转拐弯"之后，才会以"内髓化"的审美兴味呈现出来。《初见周瑜》这回书，唐耿良"细摹细相"、放慢节奏，通过"孔明夜游"的情节描绘，以缓铺陈急、以"慢"体现急、以鲁肃之"憨"之急反映诸葛亮之"狡"之智。诸葛亮先激怒鲁肃——就是为了要"加快"见到周瑜，然后，再激怒周瑜——为了最终要达到"孙刘联和"这个根本目的。从"孙刘联和"这个根本目的出发，说书家用"慢三拍"的诸葛亮江东夜游，步步"兜转"、处处"设套"，终于以激怒鲁肃为前奏，拉响了"智激周瑜"乐章中"快四拍"的鲁肃"急疯曲"，从而，让周瑜高挂的回避牌化为乌有、让周瑜自得的小心眼"瞎子点灯"，叫周瑜自以为高明的"机智举动"显得好不滑稽，叫周瑜习以为常了的"无人能及"变成自以为是。

兜与绕，好像双胞胎。《舌战群儒》"绕"，"绕"出了智者诸葛亮的临危不惧、游刃有余。《初见周瑜》"兜"，"兜"开了鲁莽者鲁肃的"势必如此"，"兜"开了周全者周瑜的"措手不及"，"兜"开了智者诸葛亮的"必胜在即"。"兜"也好，"绕"也罢，"兜"来"绕"去还是那句话，"兜"是手段，"绕"是方法，最终的目的，就是要做足"慢铺陈"，突出"急转弯"。

诸葛亮要见周瑜，"远兜远转"，难乎其难。诸葛亮不得已，说书家慢做铺陈。而周瑜的见到诸葛亮，周瑜同样是"不得已而"，说书家却"闸生头里"来了一个"急转弯"。唐耿良"玩兜法"实在是耐人寻味。为啥体"远兜远转"，因为"兜"不到火候，就不成其为"卖关子"，就无法去酝酿而达到炉火纯青。本回书情里，诸葛亮"远兜远转"，说书家就是要叫诸葛亮"兜"，一直要"兜"到鲁肃"撞了南墙"再回头，一直要"兜"到周瑜"此路不通"再转弯。诸葛亮与鲁肃就是"硬碰硬"的"兜"，与周瑜却又是"躲猫猫"的"兜"，如此才为"孙刘联和"的统一战线，"躲"开了山重水复，"兜"出了柳暗花明。诸葛亮"远兜远转"用的都是"勾股疏通法"，一条条"不走弓弦"的勾股折线在帮助诸葛亮"排除万难"，在帮助说书家"曲径通幽"，在帮助听众尽情欣赏"条条勾股折线上的"——说噱谈评综，心尽性情灵。

诸葛亮会"兜"，"兜"出了厉害。鲁肃这样一个江东的参谋大夫，周瑜这么一位孙权的心腹大臣，全然被诸葛亮"玩起了'兜'的喜剧"——诸葛亮心急如焚，却经过"孔明夜游"变成那么"慢慢腾腾"的"兜"、那么"笃笃定定"的"兜"、那么"稳拿胜算"的"兜"。诸葛亮"胜似闲庭信步"之"兜"，是铺陈、是推进，是戏谑、是激化，是计算、是转弯，终而，演绎成了鲁肃那么的"急急忙忙"、那么的"慌慌张张"、那么的"最后输光"。最其关键是——"枪毙带豁了耳朵"，把那个"好骄傲"几近于"不可一世"的周瑜给"兜"进了诸葛亮的设套之中。

你看，说书家的高明却真是叫作"留一手"。唐耿良没有让周瑜直接在诸葛亮面前丢了面子，也没有让诸葛亮直接就拿出看家本事来治治周瑜，而是"城头上捉迷藏兜来绕去"，明明是诸葛亮在跟"寿头"鲁肃"躲着猫猫"呢，可鲁肃"豁出去"了的"寿头怪脑"白白地却把周瑜要跟诸葛亮"玩躲猫猫"、死扛到底的"骄傲意图"，给一针见血无情地戳穿了。

这就是唐耿良先生苏州评话艺术特色之一——一举多得。不是吗，"孔明夜游"此一"兜"，一得"躲猫猫"之极其生动、发噱的喜剧效果。这样的"创举"在整部"唐《三国》"一百回书目中，还是第一次出现。新鲜感，创意感，惊喜感，"感感"有趣，"趣趣"生味、"味味"耐寻。

此一"兜"，二得"逗你玩"之极为轻松、可笑的喜剧氛围。多么有意思，诸葛亮拿鲁肃与周瑜"信誓旦旦、不同平常的超级友谊"说事，一说非但诸葛亮是一个准，一说还要让鲁肃一记怒一回跳，连老好人鲁肃都被"一激三跳"给弄得"发急嘎"了，那么，试问：喜剧引发的哈哈笑声还会远吗？

此一"兜"，三得周瑜之大吃一惊、无奈的喜剧收尾。周瑜本乡本土、高智高能的，一上来，还没及照面，就被诸葛亮给轻而易举、十分痛快地"智胜"掉了第一个"斗智"回合。以一般的立场而言，大家伙一定是站在诸葛亮这一边使劲地帮着"拔河"，喊着"加油、加油！"想来，就是愿意帮周瑜的人，都会嘟起嘴，忿忿不平地加以责怪：周瑜真得不使劲，还要一口一个好朋友，你老人家连个鲁肃兄弟都"抓不住"。嗯，有意思，还有点意思。

第六十七回《智激周瑜》串

这回书"冷书热说"，热说热力，热力热情，热情热心。诸葛亮勿响，装出"冷"。周瑜也勿响，装得更加"冷"。诸葛亮勿响，周瑜也勿响，两家头啥体侪要"装冷"？——鲁肃弄勿懂。于是，鲁肃就"蒙头蒙脑"地"热闹"了起来。对于诸葛亮，多半是鲁肃"要讨好"在作怪，因此，鲁肃自加猜测一番，自己就又给诸葛亮释了疑。而对于周瑜，鲁肃则是"百分之百纯而又纯"地"夹篙撑"了。不过，幸亏鲁肃"夹篙撑"，正是由于他的"瞎串串"，这一回被说书家特意设计为"冷到没有透气"的书情，却让鲁肃这边来"串一串"，那头又去"缠一缠"，用"冷＋热"的喜剧，看似蹊跷而又令人叹服地"戳"开了诸葛亮的"智"和"激"、周公瑾的"急"和"气"。所以，你可不要小看了鲁肃的"瞎串串"，他的"串"小里说是"书眼"，而往大说他的"串"，不可或缺地成了承当"孙刘联和"统一战线的中介与桥段。

"唐《三国》"有交关"噱三角"。曹操、夏侯惇、徐庶，这个"噱三角"主要针对曹操不得法的刚愎自大。夏侯惇、张辽、许褚，则是因为人格心理的高度反差而出喜剧。张飞与刘备、诸葛亮这个"噱三角"，喜剧出自憨大一身正气与政治人物心机的磨合所致。张飞与赵子龙、刘备"噱三角"，个中的喜剧已然成为英雄惺惺相惜与天地良知的浑然一体。诸葛亮、周瑜、鲁肃，组成了一个有着特定张力的"噱三角"，诸葛亮"笃定泰山"、稳操底牌，周瑜呢，枉用心神、费尽计较，鲁肃一径是"蠢蠢欲动"、未得讨好。

这回书的"噱三角"，诸葛亮因掌握着"底牌"有意"勿响"，周瑜"自以为是"你诸葛亮"勿响"么，吾周瑜当然"勿响"，到底看谁"先响"，夹在当中的鲁肃"摸黑隆冬"——诸葛亮勿响，周瑜也勿响，你二人干啥冷场？智斗中，智商最低的鲁肃，反而成了"弄响"书情的主角，你说，说书家这一手是不是出人意料，嗳，运用智愚倒错出喜剧，就是要"弄得周瑜心里一跳又一跳"，鲁肃无可奈何一径"瞎串串"，可谓傻了鲁肃人一个，说得书噱满盘活。

鲁肃与周瑜"极不搭调"，在鲁肃往往都是故意的，因为鲁肃真称得上尊奉古风、有着童心的一个谦谦君子，所以，他对周瑜在"孙刘联和"这样重大的政治事务中，竟然对统一战线的中枢节点、核心人物诸葛亮动不动就持"吾必杀之"的错误态度，那种——孩子般的任性、无理智的冒进、不顾结果的偏执、一味逞强的种种暗算，自始至终都是坚决反对、不懈斗争。一方面，刘备至高无上的信托、张飞言犹在耳的声讨，时时刻刻都让鲁肃绷紧和怀着"保护诸葛亮生命安全"的神经和责任感；另一方面，鲁肃实际上比周瑜更懂得曹操百万大军兵临江东之际，"孙刘联和"高于一切，高于江东集团的本位利益。

鲁肃与诸葛亮"不搭调"，表现出了说书家对于鲁肃、诸葛亮这两个角色主从关系的人设规定。鲁肃"搭不上"诸葛亮的"调"，恰恰是鲁肃因为心中没底，做事只凭热情；诸葛亮"不去搭"鲁肃的"调"，正好是因为诸葛亮已然成竹在胸，全盘掌握主动。所以，"搭不上调"被动着的鲁肃势必就成了诸葛亮处处都能用上的"政治传声筒"，"不去搭调"主动了的诸葛亮反过来呢就成了鲁肃事事都要依靠的"思想主心骨"。

第六十八回《劝降孔明》杀

曹操兵临江东，周瑜这个江东"当家人"，面对着"战与降"的抉择。对于诸葛亮，周瑜则似乎要决定"劝与杀"的这个局。这一回《劝降孔明》，说书家抓住了"逆向思维中的逆向思维"大做其文章。曹操大敌当前，孙刘同舟共济，鲁肃却"教坏"周瑜逆向思维，要去劝降诸葛亮。鲁肃当然不会破坏自己小心翼翼在构筑起来的孙刘统一战线，他鼓动周瑜"逆向思维"，是为了要救诸葛亮而又不得法。实际上，周瑜心底有他自己固执的"逆向思维"，因为他认定了诸葛亮必是"江东日后之敌"，这是周瑜的心智过人之处，所以，他对诸葛亮横下心来是"非斩不可"，这是周瑜人格性情之所然。说书家不得不先为周瑜做了"劝与杀"的这个局，因为周瑜"要杀诸葛亮"毕竟违背常理、不得人心，同时毕竟周瑜"非杀诸葛亮"合乎书理、对路书情。"劝降"这一步棋虽然是"废着"，却在周瑜"非杀诸葛亮"的种种书情中，机动着"说书说理"的人文开关——周瑜"非杀诸葛亮"并不是他"嗜杀成性"，而是因了江东的大局、周瑜的性格、诸葛亮的本事、说书家的做局等重重合力所导致。

鲁肃最信任、推崇诸葛亮，这是一个既定的明显事实。鲁肃又一直在"敦促"周瑜"非杀诸葛亮"不可，这也是一个"暗底下"的事实。唐耿良别出心裁，把鲁肃这个"寿头"做得很像苏州弹词"丽调"唱腔《黛玉焚稿》中的那个"傻丫头"。

鲁肃这个"寿头"一边是他在担保诸葛亮的"身家性命"，他是拍过胸脯"诸葛亮不能出丝毫问题"，一边又是他动不动就狠戳"周瑜的心境"——诸葛军师的本事要比俫大都督强十倍。这岂非"逼着"周瑜"非杀诸葛亮"不可呢？喏，这便是苏州评话"云里雾里"的突出手段了。"哪晓鲁肃无知直说穿"，鲁肃之所以再三再四地在狠狠"说穿"诸葛亮、周瑜的"智斗局"，皆因鲁肃要在整个"群英会"的书情中，充分发挥他那"寿里寿气"的喜剧功用。

苏州评弹在语言艺术表演体系上，有"六白"之称。这是苏州评弹语言艺术一种自信的夸口。就现在市面上评弹表演的实际情况而言：所谓的"六白"，归纳起来也就是——三种"白口"而已，即说书家叙述故事的"第三人称表白"，书中人物角色之间对话的"第一人称对白"，还有就是人物角色的心理独白了。

苏州评话属于比较纯粹的语言表演艺术，它是没有苏州弹词中"弹唱"这个艺术手法之优长的。所以，"第三人称表白"不仅在苏州评话中要占据着"半壁江山"，而且，优秀的说书艺术家一定更加得成为"玩表白"的个中高手。

这回书，周瑜去刺探"吴侯尚未定心"短短的书情里，孙权自白时的那一小节内容："里向咕一句：难呀。啥格上难呢？周瑜再听。"你听——"啥格上难呢"——这五个字可是不是气象百千、"多白"俱全。就是吗，你听，说书家在帮着孙权和听众共同"表白"：孙权到底又有什么难处呢？周瑜在进入无意识状态的高度心理"咕白"：主公究竟又是碰到了什么过不去的坎？听众在向着孙权、周瑜和说书家"旁白"：孙权这位江东小霸王怎么一直都是那样子犹犹豫豫？周瑜你又听到了孙权"啥格上难呢"？唐耿良又在"卖啥格关子"了吧？

你看——"啥格上难呢"——这五个字的手法高超、艺术精湛。有"势"，说书家跳进跳出，在为周瑜与诸葛亮之间的"偷偷秀肌肉，暗暗掰手腕"营造声势。有"术"，说书家拿出苗头，在让"吴侯尚未定心"这个细节产生后续的生动书情和精彩关子。有"法"，说书家善于布局，在叫诸葛亮、周瑜、鲁肃"不同的显本事"生发出各自性情和人格的法则。

诸葛亮显本事——你诸葛亮比人家孙权的"内兄内弟"周瑜本事还大，好，你就要为此付出代价，你讨来的是"杀身之祸"。

周瑜显本事——条分缕析，数条道理。终于，打开了孙权内心久久不解的死结，可是，周瑜却始终说服不了"最最讨人厌"的那个知己朋友鲁肃。

鲁肃显本事——那才叫作有意思。他竟然敢重复周瑜的"咕白"心里话，说什么：诸葛亮本事大，高出你周瑜大都督十倍。嗨呀，鲁肃真会"显本事"，自己"寿搭搭"弱弱的，偏要把个"大本事"狠狠的诸葛亮，给捆绑在了鲁肃摊开的底牌上——都督啊都督，吾可是诸葛亮的保人，是张飞这个"索命鬼"的"鱼肉"。

第六十九回《周瑜设计》反

周瑜设计陷害诸葛亮，诸葛亮将计就计。于是，诸葛亮利用鲁肃的"脑子不够用"，说出了"文字游戏"的反话来，叫作——"作窃之家，哪有防窃\被窃之理"。也就是苏州人所说的——搅嘴讲。诸葛亮一番戏谑十足的"搅嘴讲"，苏州人说法："一扫帚扫脱十八只蟑螂。""搅嘴讲"对于"舌战群儒"的诸葛亮完全是"熟门熟路"的"小菜一碟"，却把聪明透顶、设计害人的周瑜，愚不可及、来抢功劳的鲁肃，尽情玩弄在股掌之间，轻松取笑于舌剑唇枪。周瑜设计的结果，却给他自己"乌龙"了窘迫的尴尬，说书家推车上壁，用淋漓尽致的喜剧化解"噱三角"的矛盾。一波才平，一波又起，于是，说书家又把书情推向新的高潮。

"作窃之家，哪有防窃\被窃之理"——《周瑜设计》这回书，围绕着"作窃、防窃、被窃"语境下的文字游戏，展开了书情的轻喜剧。

周瑜、诸葛亮、鲁肃，这个"噱三角"可真是把喜剧做到了家。周瑜在一味地诈、歪、狭，诸葛亮注定是智、正、大的形象化身（当然，诸葛亮人性中的"负面"，后书中也有所涉及）了，鲁肃呢，萌、直、松，就像那么一个下巴上拖着一把胡子的大小孩。

一部"唐《三国》"，营建了许多人物的"三角关系"？"曹三角"之一——曹操、关公、张辽，形成一个以"讲忠义"为前提条件的政治博弈"三角关系"。"曹三角"之二——曹操、徐庶、夏侯惇，构成一个把"开心"进行到底的尴尬喜剧"三角关系"。而"曹三角"之三——张辽、许褚、夏侯惇，便绝对是一个"一团糟"的总是在令人啼笑皆非的"三角组合"。

"刘三角"之一——刘备、诸葛亮、张飞，构成一个堪称"情与理"的最佳"三角关系"。"刘三角"之二——诸葛亮、张飞、赵子龙，构成一个以"机智表"为特征的"三角关系"。"刘三角"之三——刘备、刘表、蔡瑁，这是一个因"不相容"而缔结而成的"三角关系"。"关三角"之一——关公、张飞、孙乾，这是一个以"大水冲了龙王庙"做包袱底子而形成的让听众"皇帝不急急太监"的"三角关系"。"关三角"之二——关公、曹操、张辽，构成一个把"讲诚信"作为书情悬念的"三角关系"。

"周三角"之一——周瑜、诸葛亮、鲁肃，构成一个以"斗得欢"为旨归的"三角关系"。绞尽脑汁、费尽心机，周瑜跟诸葛亮"斗得欢"，结局是一败涂地；未卜先知、着着抢先，诸葛亮跟周瑜"斗得欢"，总是能够"欢乐颂"；鲁肃就是个受气包，他跟周瑜"斗得欢"，一味只是苦苦哀求、懊恼不迭，他跟诸葛亮"斗得欢"，最后总是虚心接受埋怨数落，对个中就里一概莫名其妙。话得说回来，与人斗其乐无穷，周瑜、诸葛亮都是带着他们的目标，直接而又务必获取政治功利，鲁肃却是大大的不同，他不仅没有功利心，而是审美游戏一般地"不与人斗"反而其乐无穷。"周三角"之二——周瑜、刘备、关公，这绝对是一个"有戏唱"的确实叫人意想不到的"三角搭配"。

作窃，防窃，被窃——诸葛亮机智非凡、出其不意的"绕口令"，说书家真是给了听客以听书趣味的无比满足。说书忌"勒"，这是说书艺术最为一般的审美原理，然而，"唐《三国》"偏偏"反过来"不怕"勒"，这也正是苏州评话"三寸不烂之舌"的灵魂所在。

从曹操这个"作窃之家"的"防窃"到"被窃"，诸葛亮轰生怎地"反过来"是他成竹在胸的策略，所以说书家就根本不怕"重复"之"勒"。你听，"防窃之理"重复七次，"被窃之理"重复四次，而听众在不厌其烦的重复中却得到了"勒"和由"勒来勒去"所带来的极大满足。啥体？鲁肃、周瑜一直被蒙在鼓里，他们是雾里看花、不得其明，听书朋友却始终都处于"坐山观虎斗"的心情酣畅而又一切明了的审美情境，他们在帮着诸葛亮一起嘲笑鲁肃的盲从，看不上周瑜的斤斤计较和"反过来"误了聪明。

防窃乎，被窃也，看似文字游戏，不过一字之差，却真正以神来之笔，叫诸葛亮"满面笑容"笑到了最后。

第七十回《刘备过江》特

这回书，蛮特别。刘备过江，目的是为了看诸葛亮，"鱼儿离不开水哟，瓜儿离不开秧"，即便刘备并不知道周瑜的"劝降孔明"。说书家惯熟侧锋用笔——张飞黑面孔特征式过明显，赵子龙白袍小将又是众所周知，唐耿良只好把"保驾护航的任务"交给了红面孔关公。所以说书家"说书说理，自圆其说"，好让关公去江东"狠斗周瑜"。通过零零碎碎的故事，说书家的"纵横捭阖"得到突出的显示。如描绘鲁肃的心理"盘算"，把"刘备过江"这桩"天大地大的大事体"，有滋有味地加以表现。鲁肃急煞快，听客也跟牢仔一道急，唐耿良却似玩猜谜——口中不急不火地说出，声音嗯嗯哇哇得有趣，这是苏州评话"化紧张为轻松"的大将风度。再看刘备阵营的严阵以待，犹如刘皇叔性命之虞就在眼前。唐耿良就像水墨画家，把浓郁"墨黑"的恐惧氛围，提起水笔轻轻地一破，过度紧张即刻就被轻松愉快代了位。

说书的特别，其实就是"做文章"里的"新意"。《斩蔡阳》一书中"张飞战关公"的特别，因为关公形象已经"高大地站立起来"，所以，张飞去"挑战"关公，张飞的"戆大性情"才能显得愈加分明。赵子龙"单骑救主"的特别，按常理，根本就说不过去，可是，说书家偏偏就要让这位"身材瘦小"的将军，站得"比关公还要高些"，杀得"比张飞更加狠些"。还有《江夏吊丧》鲁肃"老三老四"得特别，君不见，说书家心机多深——因为鲁肃一面要比"神仙"诸葛亮"差掉好大一截"，一面又肯定要比"戆大"张飞"略高得一点点"，所以，自然而然就有了"寿头"鲁肃的"蒙太奇系列"。

说书的特别，究竟是为了什么？因为民间艺术的接受对象——苏州评话的听众，似乎天生就爱接受这样特特别别的故事。他们一面在书场里被说书家"骗得团团转"，一肚子都是审美满足后的哈哈大笑。又一面，他们也肯定会"摇头摆手"、鼻孔里哼哼冷气，因为他们何尝会十分相信——张飞真的就"那么戆大"，赵子龙真的就"造得出奇迹"，鲁肃真的就"愚笨之极"！听书，需要特别，因为艺术就是真假之间"顶有兴味"的人性游戏。说书的特别，当然要跟着听书的需要去"特特别别"。反过来，21世纪苏州评话新时代，听书，已经在需要新的特别，说书，如何去跟上"新的特特别别"，何尝又不是一件着实令人头痛，且又必须去"止痛"的苏州评话新考题呢？

《刘备过江》几乎是把"唐《三国》"艺术哲学层次上"心、尽、性、情、灵"的"尽"，即对书情"用功"描摹的细致、全面，在鲁肃、刘备、关公、赵云、张飞这些人物身上做了个遍。

说书家煞费苦心，用心用情"用功"营造出了"详尽"的细节，其中，有鲁肃概括地"指出"关公，有赵子龙慎思的细节"重复"，更有关云长"易容"的"奇怪生焉"。具体而言：

如在解劝周瑜不要杀诸葛亮、不要破坏孙刘联盟之时，鲁肃看似"有意无意地"指出关公，却是有机竭尽了鲁肃一心于"孙刘联和"而"誓死保卫诸葛亮生命安全"的务实责任感。"唐《三国》"最著名的巧将，对刘备过江——怎么看？赵子龙"心思慎重"却又拿得出主意，有意竭尽了赵子龙智勇双全、巧谋善断的独特作用感。面对刘备"独闯江东"的安保问题，关公"三思易容"的机智之举，有利竭尽了关公为"桃园三结义"敢于舍弃一己之私而又善于利用一己之公的崇高忠义感。同时，应邀赴江东，刘备离不开诸葛亮的"如鱼得水"情结，有致竭尽了刘备为"孙刘联和"把全部"博弈砝码"都压在了诸葛亮身上之后彷徨不安的政治期待感。而猛的情节如果没有了张飞，可能就会缺乏爆发性的审美意味，张飞对待赵子龙单骑救主、诸葛亮单身赴江东、刘备即将过江一概都是认认真真"蛮把细"，有趣竭尽了张飞这个性情中人时时刻刻、无所不至的"粗中有细感"。

第七十一回《临江会（一）》头

《临江会》三回书组成了相对完整的"头、腹、尾"书情结构。临江亭，周瑜设下鸿门宴，欲杀刘皇叔。《临江会（一）》这个"凤头"怎样做得漂亮？答案依然是——用细节说话。这回书，说书家调度、运用了生动、传神的十二组细节：如周瑜书情的细表细做、周瑜内心的"由杀变害"、周瑜眼神的极度微妙；如关云长出场的"点一句"——"人高九尺，呼腰曲背"，这是为了"消除听众的疑虑"，一再表明关公易容"信得过"，没有明显的破绽；如关公"秀肌肉"的"点一句"核桃，栗子，桂圆，白果，莲心，枣子，南货店好开一爿。这里传达出了"唐《三国》"说书的形象化、生活化。此外，周仓、何灿的"虚拟过招"，黑面孔周仓一丈开外就大显轻身功夫，噢，一个刘备的"家将"都能吓坏江东大将（《白河决水》书情中，许褚就曾为自己"一介曹操大将竟不敌一个刘备副将"周仓而无地自容）。如太史慈迎接刘备，穿插了十四年前两人的一段渊源，作为亲切的"唐谈"，更在说明刘备的仁义和人脉之广。

周瑜，既是"临江会"书情"经纬交织"的"线头"之设置，更是书情漂亮"凤头"之所在。因而，关于周瑜的细节最为集中，分量最重。骗刘皇叔来江东，周瑜铁了心欲杀之而后快，鲁肃拼了命前来求情，经过他的一番"夹篙撑"，周瑜不得不变"杀"为"害"刘备，说书家把"杀"变"害"的前因后缘，先做以铺陈。周瑜身上固然"歪嘴吹喇叭一团邪气"，但他毕竟是在为东吴着想，故而，一段"长表书"，把周瑜"害"刘备的心理活动、思路变化，通过周瑜性格内在的因素生动地表达出来。同时，鲁肃的惊惶眼神和"如梦颠倒"一般"哈哈，哈哈，哈哈"的长啸"起爆头"，又在周瑜心中"再现"，苏州评话"用细节说话"的功夫便由此毕现。用细节说话，这是苏州评话艺术至为生动的表演手法。细节与人物故事，细节与行书节奏，细节与布局结构，穿插交织，细致到位，才能使得书情相对松散时，在按部就班中有峰谷起伏、有螺旋进退、有人格体温。

不得不使人叹服说书家运用细节的功夫简直达到了"细如发丝"的精妙、深入。

同时，周瑜"定向化"的三次眼神，切进了人物的特定心态和情境。眼神一。周瑜跟太史慈暗送"秋波"，眼神传递中，隐含着"准备杀人"的信号。眼神二。周瑜迎接刘备时，又回头一望，对徐盛、丁奉看看，眼睛里都是杀机。由此，刘备处境极度的险恶，似乎有一种"杀声四起"的气氛在紧紧包围着他。周瑜"眼睛"出现了盲区。他看刘备的四个家将，三个是狠客，俚笃头颈里格筋粗得像大姆指。再有一个家将呢，垂头丧气，萎靡不振。这是对比法，说明关公真来赛，竟然逃过了周瑜的眼睛，连下来就有好戏唱了。眼神三。周瑜与刘备"四目对视"。周瑜看刘备，好相貌。说书家穿插刘备得人心，通过"勒"在替刘皇叔"做场面"，曹操占天时，孙权得地利，刘备呢远得人心，近得人望，与二十万难民同休戚、共患难。说书家"趁汤下面"，把刘备"两耳垂肩，双手过膝"的异相表述一番。这就是说书家"一举两便当"之妙，既把书情篇幅加长了，又让行书节奏调松了。刘备看周瑜，周瑜的开相非常细致。披袍显甲，表现了周瑜风流倜傥。曲有误，周郎顾，突出了周瑜文武双全、才情高拔。

《临江会》"一个故事贯穿，细节层次丰富"，充分发挥了长篇评话"细表细做"的审美特性，布局尤重其章法，行书交关有考究。特别是唐耿良那太极一般运化而推拿的"气功"，情态有致，气韵生动，叫听众侧耳倾心、应接不暇。听唐耿良《临江会》，理路化、心理化、内髓化融为一体，说书家有其理路之长，却不乏形象思维，有其心理描摹，却不失现实依凭，有其内在意蕴，又不脱生活趣味。《临江会》这三回书形式上类似于中篇书目，但它摒却了中篇书目某些做法，即因时尚流行"短平快、板块化"而客观上减少、降低乃至无意中削弱、空壳了评弹说表的艺术本体。

"强调"告诉人们：评弹书目一旦被"创新的需要，跨界的时髦，浮躁的功利"驱使，而长期以往就会弱化、丧失评弹发展四百年来"历史而美学地"所积淀、擅场的说表华章，那么，说书艺术"三寸不烂之舌，尽括天地人间"的传统精粹，就会失准于几类空壳之繁荣、败阵于貌似惊艳之浮华。所以，《临江会》对于固评话说表之本、提说表手法之纲，确乎有着较好的针对性与指导意义。

第七十二回《临江会（二）》夹

周瑜—刘备—关云长，轮番着粉墨登场。这回书，拉开在了——周瑜、关公的斗法，刘备这时成了一个"第三者"，然而，由于刘备的"横肚里"插出，便叫"周、关斗法"更多出一层人性意味。如果说，上一回书"临江会"书情起头，说书家用漂亮的"凤头"做开了《临江会》书目，那么，这一回，"猪肚"则是自然而然，水到渠成了。"关十回"，在《临江会》又有了一种质的升华。将军之勇岂止在战场，英雄之谋危难见本色。关公与周瑜的斗法并不在表面浮出，说书家用了极为内在细致的分析，关公识破"杯中有毒"竟然有六层理由。这样，关公与周瑜同在一个情境里的戏剧冲突，就有了充分的合理性。

《临江会》系列书情中的凤头、猪肚、豹尾，呈现出了唐耿良苏州评话艺术体系"说噱谈评综、理味趣细奇、心尽性情灵"十五层说书宝塔已然丰硕成熟的标识。上回书，"凤头"昂扬在周瑜的刚愎、优柔、自大、失察。本回书，猪肚的丰满是因为装进了说书家炉火纯青的"夹花"。你听，大段表书中，夹了穿插，可以把书情书理做得更加透彻，并且，这"亲切的穿插"本身就是"唐《三国》"书情，"说噱谈评综"营造之中"唐谈"的应有题义。夹了对话，能够把长段表书气氛熨帖挑松，"表插白"对于活跃书情、化造情境是一种非常生动有效的好办法。夹了心理，得以使人物性格契合审美肌理，张飞这位最当被推崇的性情中人就是通过对其不厌其烦的心理描绘——"夹"其戆大、"夹"其粗莽、"夹"其暴烈、"夹"其急躁、"夹"其童心、"夹"其善良、"夹"其粗中有细、"夹"其急公好义，如此等等。

开幕前，铺陈有致，入戏时，精彩连连。一声"某代饮"，关云长"大起爆头"，与周瑜"啊呀呀呀"的傲慢、鲁肃"哈哈哈哈"的惊恐，这些"特征性人物标识"，为《临江会》的"乌龙鸿门宴"布下了"于无声处听惊雷"一般的"暗斗"特质。夹花者，本身就有穿插的意思。一大段的"郑厉公毒酒"故事，已然使周瑜的"害人之心"昭然若揭。此时此刻，说书家大显苗头，再加以"累层夹花"，真正地做到了把精彩进行到底。说书家还通过关公对周瑜可疑的逐层剖析，把细做足了，把理也给说透了。这样的"夹花"说书就使书情能够一招一式地充分展开来，让听众听着明白、觉着有味、想着新奇。"夹"要出骨子，说书家还需进一步去深入到位。接下来，唐耿良再为关公开相"夹花"，周瑜"别别别别"心里发慌，毕竟人间有公理——正能克邪，邪不敌正。由此，说书家就在表叙"猪肚"的书情中，丰厚地达致了苏州评话艺术"理味趣细奇"的境地。

刘备借花献佛，周瑜惊慌失措。说书家给了周瑜的"心术"以一连串的动作镜头，描绘出了周瑜的敬、惊、定、殷。特别是周瑜"做贼心虚"，面对着自己手里害人不成、反压于身的那杯毒酒，周瑜细细地在看眼色，通过刘备的眼神变化察颜观色、以探究竟，然后，单落膝重礼敬酒，表现了周瑜"临急不乱"的当下心理。依苏州评话关于书艺"理味趣细奇"的说法，这段书以其味之灵细、趣之活态、奇之突兀，给了《临江会》的"猪肚"一个定场彩。

周瑜做局，刘备客气。刘备是真心实意要与孙权结盟，共同抗曹的。故而，刘备大度完全不设防，你好我好大家好。旁观者清——关公才是明眼人，他是武将，又更是武将中的儒将。关公熟读《春秋》，唐耿良在此及时穿插了"郑厉公爵杯"典故。"唐《三国》"讲究说书的文化知识性，这里的穿插介绍，浓缩了关于"酒杯文化"的极简史。金杯，银杯，羊脂白玉杯，犀角杯，以及它们与下毒之间的关系，使得穿插的内容与书情融为一体。

关公的心理，深细可信，关公的出场，声如洪钟。一下子，书情的高潮便似响雷般炸开了。戳关公穿了做局，周瑜认识了关公。斗法的主动权已然掌握在了关公的手里。斗法才刚刚开始。周瑜不是吃素的，当然，说书家更不是白给的。就在高潮达到了节骨眼上，说书家又让周瑜斗起了"好欺负的刘备"。于是乎，关公的机敏应答，关公的正能克邪，尤其是关公的"该着和尚骂贼秃"，不但让高潮再度涌起，而且对于关公人物性格的足智多谋起到了画龙点睛的作用。

周瑜加害，刘备危急。孔明得信，方寸大乱——完全出乎了所有人的心理认知啊。这在"唐《三国》"一百回书目中，可以说绝无仅有。好。好一个苏州评话艺术大师唐耿良——"心尽性情灵"——在艺术哲学这个最高层面，把"唐《三国》"推上了一个"说书说理、说书说人，书讲人性、书重人情"的审美制高点。神仙人物诸葛亮竟然也会方寸大乱？甚而至于，周瑜害刘备——这个"可恶的阴谋"，竟然把诸葛亮都推到了"心理疯狂"的边缘。如果刘备被周瑜杀害，诸葛亮誓要率部联合曹操，攻打江东，报仇雪恨。这一手"无中生有"，使有了"四两拨千斤"之神妙：说书家极度渲染了刘备的性命危局，同时，又在为下一步诸葛亮书情"种根"草蛇灰线。性情者，人也。人者，热血动物也。诸葛亮同样也是一个热血人物啊。君不见，唐耿良站在20世纪的高度观照了诸葛亮的热血心态。

第七十三回《临江会（三）》灵

豹尾，要做得硬。这回书，当然做到了。进而，说书家把本已硬气的"豹尾"，更做出了灵。关公对于周瑜紧紧抓牢"一把手"，会让听众情不自禁想起诸葛亮给赵子龙和张飞的"捏一把"。诸葛亮"捏一把"固然也是"性命交关"的，但它是军事家战略思维的表现。关公"一把手"同样"性命交关"却大有不同，因为只要周瑜胆敢"勿识相"，那么，周瑜项上那颗"好骄傲"的"颗郎头"，就会成为关公"一把手"的直接"牺牲品"。周瑜、关公的最后一招斗法——周瑜送关公这是"假客气"、想当然，关公呢偏偏就"真老实"起来。于是，关公捏牢了周瑜脉门，拖着周瑜顺利逃出了虎口。关公保卫刘皇叔，灵光了"豹尾"。

　　说噱谈评综，理味趣细奇，心尽性情灵——搭建起了苏州评话"唐《三国》"那十五层艺术宝塔。说噱谈评综，尚且属于说书家发挥"书艺"这一首基本审美层次，是起步，是关口，是钥匙。

　　理味趣细奇，开始达到说书、听书审美互动这高一层的"书格"，为提开，为有致，为出彩。

　　心尽性情灵，便在登上苏州评话艺术哲学"书道"这最高的层面，乃升明，乃高明，乃灵妙。

　　关公"一把手"——这个发生在"临江会"上的"劫持人质事件"，把整个《临江会》书情定格在了——灵——"唐《三国》"十五层说书宝塔那最高的一层上。灵者，心有灵犀，共鸣相契之谓也。说书家最明白《临江会》书情的聚焦点是刘备，关键词是周瑜，"魂灵性"则是关公。君子动手，好像不太吻合关公熟读《春秋》的儒雅性情，那么好，说书家就叫"关公'一把手'"来充当书情"魂灵性"高潮的绝妙推手。

　　本回书，关公施之于周瑜的这个"一把手"，是劫持、是示威、是"交战"，这种看不见刀光剑影的战斗在关公"一把手"的默然气氛里，有威吓、有叫喊、有咬牙切齿、有分外眼红。它比前面书情中诸葛亮对于赵子龙、张飞两个"捏一把"的细节动作，释放出更大的张力。

　　其实，这回书，最有意思的细节，还是在于刘备"弄勿懂"——周瑜送关公，刘备弄勿懂："一个么再三勠送，一个么再四要送。一个么再五再六格勠送么，一个么再七再八要送。""勠送"和"要送"一来二去之间，说书家"站队立场"昭然若揭。最最好白相，关公救了刘皇叔，刘备不仅不谢救命王菩萨，竟还与关公"争了起来"，说书家为什么要在此上演唐僧与孙悟空"善恶难判"的故事？这便是"关公'一把手'"最灵妙的笔触了。

　　心尽性情灵——尽者，用功也。灵者，神韵也。尽功而灵，是为了"用功"而致"灵"的生成与效果，也是"神韵"来自于"灵"的前因和方式。"尽"的最后目的指向着灵，心有灵犀一点通——说书家和听众务必达到灵魂深处的审美共鸣。为了突出周瑜的失败、关公的英勇气概，说书家推出了关公的两次起爆头。还重现了周仓的"抱锚跳船"，并渲染江东小兵误把周仓当成了张飞，啰唣着这样的一片赞叹——"张飞，张飞，原来张飞会飞的"。所谓的"尽"，其实就是要让"细微的瞬间"焕发出"神奇的力量"。还有，诸葛亮的适时出现为"一箭三雕"——既结束了刘备、关公的争执，又为《临江会》书目做了收官，也从关公"一把手"顺利地转向《群英会》书情，使得这三回书目的"豹尾"在相当有力的出彩中，以说书家用心营造出的"尽"，来引导和唤起听众强烈共鸣之"灵"。

　　关公"一把手"，围绕"尽"与"灵"同存共生出了《临江会》书情的"豹尾"三段式。

　　第一式：刘备告辞，高潮迭起。关公"劫持"周瑜，这是智的高潮；关公剑劈铁锚，这是勇的高潮；周仓飞身上船，这是噱的高潮（在江东小兵的眼里"张飞会'飞'"，所以，会"飞"的黑面孔周仓就是张飞);周瑜觉得机会到了,这是狠的高潮;曹操出兵战书一到,这是醒的高潮。这里,"尽"在了高潮如泉水汩汩而流出一般的清灵涓细,"灵"在了听众之翘首以待而达于心态的强力共鸣。"尽"为条件、"灵"是演绎,"尽"为前提、"灵"是推论,"尽"为过程、"灵"是结果,"尽"为功夫、"灵"是收获,"尽"为代价、"灵"是享受。

第二式:刘备、关公起争执,波折一轮,深化书情。这一段争执,说书人是故意设置了闲笔。既符合当下刘备"老好人"心态,更是表现出了唐耿良说表逻辑性严密的艺术个性。同时,也在用"争执务虚之松闲",折射周瑜"战事来临之吃紧"。"尽"为极其细致之闲笔,"灵"在突如其来的撞击。

第三式:诸葛亮精辟分析,既是"故意"要再加一把"豹尾"的力道,同时也将那紧张的书情透了个松。"尽"即"无为而治",因为事实已然那么明了,"灵"则"独具韵味",因为说书需要深刻共鸣。

第七十四回《周瑜探营》险

这回书,周瑜探营"险些儿"丢命。化险为夷,诸葛亮"斗情"救了周瑜的命。说书家一语道破天机——诸葛亮也是人,而并非诸葛亮"气量大得了,宽大无边"。因为"孙刘联和"构成了诸葛亮与周瑜的"命运共同体"。此时周瑜若死了,诸葛亮要跟着刘备一起失败于曹操。所以,诸葛亮救周瑜,实在是为了要救刘备和诸葛亮自己。周瑜遇险与诸葛亮救周瑜,似乎也在判明古往今来政治人们的功利思路和实际追求。诸葛亮这回救了周瑜的命,可是一旦到了"借东风"七星台"抓住了老鼠",诸葛亮这只"政治好猫"对于周毅——这个周瑜可怜的弟弟,就完全显示出了政治人物的人性本质。固然唐耿良是以"肯定的态度"对待"诸葛亮杀周毅"的人性失误,但是,听众不一定就会把《三国演义》一书以刘备为正统的理念去写刘备阵营就一切正确的局限,也不会把"人性失误"的喜化——这样的两笔账——一股脑儿地都去算在说书家个人的头上。

情与法,这对政治性术语在中国传统文化中,已有过几千年的纠结不清。传统政治一贯倾向情大于法,现代社会特别强调法大于情。且看《周瑜探营》这回书中的"情与法"。周瑜特别心理私狭,不近人情、一门心思"斗法",诸葛亮为了"孙刘联和",大度忍让,另有一功"斗情"。与他们相关的"情与法",则是搅和在了"斗智、斗法"与"斗心、斗情"。

周瑜探营,背后却有一个比他更加巨大的存在——诸葛亮。说书家又一次玩起了螳螂黄雀这个"一半是黑暗,一半是光明"的行书法宝。似乎应该把这一起"螳螂黄雀"书情名之曰:运筹帷幄。很明显,诸葛亮这次救了周瑜的命,虽然诸葛亮明里是用智商胜了周郎,暗里呢,诸葛亮则是运筹帷幄、小试牛刀，用了"黄雀的影子"就轻轻松松地克胜了周郎。呜呼，"黄雀影子"的孔明先生已然完全变成周瑜内心挥之不去却又无可奈何的"偌大阴影"。

老话说，"不打不相识"。周瑜、诸葛亮这两个"螳螂黄雀"却是"越打越相识，越相识越打"。周瑜这个人物性格极丰富、复杂，他而且好斗，好"斗法"。每每与诸葛亮一"开斗"，周瑜的情商比值就会"断崖式"地跌停。因而，一旦斗争"情与法"，周瑜都会惜败于"斗情"。

诚如唐耿良所一再表述的，对于诸葛亮，周瑜是感激、佩服、敬重——即便周瑜感情上有着这样一系列超超等、特特等的正能量因素，但是他"非杀诸葛亮不可"的负面心理始终占据上风。人性中魔鬼的一面染黑了周瑜的胸怀。实际上，周瑜一直提防和拒斥刘备、诸葛亮"动了我的奶酪"，可是，一事当前便要"情绪化"爱打小算盘的周瑜，恰恰一直忽略了曹操才是最大的黄雀，才是诸葛亮、周瑜共同的黄雀。政治家要算大账，要算战略账。算明白了大账、战略账，那么，无论是"斗智、斗法"抑或"斗心、斗情"，才能把握住先机，稳操得胜券。诸葛亮善于"斗情"，或者说，他善于通过"斗情"而去掩盖掉"斗法"，这便是周瑜往往怎样都走不到的"柳暗花明又一村"，所以，这也就是周瑜一味"斗法"而总是被诸葛亮"法斗（讲办法的斗）"致败的心理原因。

苏州弹词艺术家袁小良演唱过气势刚柔相济、声韵阴阳并起的开篇《既生瑜，何生亮》，就是用"高亢的杨调"做以起讫。开首一个杨调的"高"字准确表达了周郎"心比天高"的远大抱负，结束虽也是杨调的"高"，可心灵破碎、神经失调的周郎却无可奈何走向了哀莫大于心不死。心不死的周瑜啊，你是否在阴曹地府与诸葛亮这个"黄雀影子"冰释了注定的命运。

说起了"杨调"，与唐耿良有一个插曲。唐耿良小嗓高拔清亮，他以小嗓喉咙起的赵子龙、周瑜，听来人物形象生动、性格鲜明，代入感让人心生亲切。最有趣的是，20世纪50年代，苏州评话说书先生唐耿良还在一次"书戏"演出中，用小嗓反串过苏州弹词的"杨调"唱腔。

第七十五回《群英会》算

真正的谋略家都是精于算计的。蒋干这个"谋略家"却是十足的冒牌货。蒋干向曹操毛遂自荐，要到江东去劝降周瑜。进入江东地界这一路下来，蒋干都是在一个劲地"异化自我"。周瑜在做局，蒋干用"做梦"配合着周瑜的做局。是冒牌货便免不了大出其洋相。蒋干先是满怀欣喜过足了"白日梦"的干瘾，由此，他的小算盘里装满着劝降周瑜"三分账巴望""六成张把握""九分希望"的加法与乘法。而周瑜却"撕破面子"把蒋干的小算盘"直踏得一个粉粉碎碎稀巴烂"。说书家巧运"机关"，蒋干便以他冒牌货的种种"失算"，活生生担当了"周瑜做局"的道具。"蒋干盗书"这个拍大胆子的小动作便揭开了赤壁之战的大幕。

蒋干的"数学",自然是黄粱一梦。这么一个"蒋干算盘曹操梦",蒋干冒着生命危险"做白日梦"是为了曹操,曹操却在想:蒋干"俚死忒么,也随便,无所谓"。在曹操那里,蒋干无疑是个"瓪脱货"——废物利用而已。

蒋干成了"唐《三国》"顶悲哀的搞笑人物。其悲哀,曹操实在看不起他,又在"使劲地"利用他。其搞笑,周瑜愈加看不起他,更是"使劲地"利用他。真是服了唐耿良,对于蒋干种种的"盘算"——说书家用"做梦"点穿、以"幻觉"描述,多么"辛辣有味"的"点一句"啊!嘿,同样是做梦,张飞借醉为梦,梦到了刘备、梦到了"桃园三结义",以致"梦醒"了跟关公大打出手,这是一个顶天立地"英雄大高个"的梦。"矬人小矮个"蒋干的梦,就是升官,就是发财,就是在曹操跟前讨一个"脸上有光"。再为蒋干想想,他也好作孽,古往今来,像蒋干这样"自讨没趣"的读书人要有几化,阿要作孽煞。

唐耿良对于蒋干这类"梦幻知识分子"的辛辣"春秋"之笔,似乎不亚于钱锺书的《围城》。只不过,钱锺书先生忒娴于"冷峻的戏谑",给人感觉他着实太过刁钻。唐耿良却给了蒋干"哀其不幸、怒其不争"的态度。唐耿良既让蒋干的"做梦"再能持续一些、喜剧再能深挖几度,同时,又在通过"无情与同情、冷峻与温和"的细微对比和心理落差,把政治博弈中种种牺牲的事实本相、人性不堪,都细节化、喜剧化、本质化地表现了出来,给听众以真切的启迪。

"唐《三国》"风格精巧、雅致,在这回书的穿插中得到了充分体现。唐耿良利用"群英会"处于政治斗争空档的书情,生动反映周瑜"文韬武略"的一生。周瑜是军事家、政治家,同时还是音乐家。师旷听琴,那种远古时代的高超工匠精神,在周瑜身上有其印迹。能分辨音律,说明周瑜具备了江东贤达那种高贵、上品的文化素养。"曲有误,周郎顾",说书家用"顾曲周郎"的典故,向听客交代了周瑜文化儒雅气、性情孩子气的一面,这也是在为周瑜正名。毕竟周瑜对于诸葛亮的"羡慕嫉妒恨",并不纯粹是人品问题,而是周公瑾有着与"山野道人"不尽相同的人格取向:诸葛亮一心务实为公,周公瑾尚未洗尽铅华;诸葛亮遇事大局为重,周公瑾以个人主义先行;诸葛亮鞠躬尽瘁,死而后已,周公瑾狭隘饮恨,令人叹息。

从《三国演义》思路出发,"唐《三国》"向来把周瑜当作与刘备、诸葛亮相对的负面人物,这当然也是出自于苏州评话创作的需要。但是,唐耿良自觉运用了 20 世纪 80 年代的新眼光,对《三国演义》原作做了很多的修正和审美的提升。如周瑜在"唐《三国》"中的确有其"阴暗心理",然则,这种"阴暗心理"并非绝对源自周瑜的人格性情。说书家交代得非常清楚——诸葛亮对于日后"三国"时代的江东必将是难以匹敌的政治对手,在这一点上,唐耿良实事求是地突出了周瑜这个政治家、军事家的长远思考和战略意识,体现了苏州评话艺术家的种根之妙。

第七十六回《蒋干盗书》充

一场有声的哑剧，一场漂亮的心理战。一个豁出命去冒充狠客的蒋干，一个算计谋略钓放长线的周瑜。蒋干把"充货"进行到底，周瑜将"好戏"认真做来。苏州评话艺术的根本在于说表。唐耿良说表并不追求一味精致、气派，然而，他十分擅场动情之细微，走心之灵妙，余味之深长。"唐《三国》"心理描摹堪称一绝。蒋干的心理活动，一层层逐次展开，周瑜的"做戏"功夫，极尽深入之能事。特别是周瑜"一边走一边打鼾"的做戏情境，在对蒋干盗书前一番心惊肉跳的渲染之后，进入蒋干第二遍"复读"细节：蔡瑁、张允操演水军忠心卖力于曹操，不可能写降书；曹操杀蔡夫人、刘琮母子，蔡瑁恨之入骨，肯定要写降书；蒋干是九江才子，所以他的才学和判断，让他在"哑剧"中不时会发出来一阵阵的"心里话"。蒋干待看第三遍之时，周瑜发急疯！不能让蒋干再看下去，说书家便借此添油加酱——周瑜笑着说起梦话来！赞。蒋干下定了决心要"上当"，因为他知道周瑜有酒后梦话的习惯！

蒋干是"一只吃不怕苦头的青肚皮猢狲"——苏州人就是这样评价"二愣子"的。蒋干算不算个"二愣子"，这倒不好说。有一点确信无疑，蒋干喜欢"充大头"。所以，"蒋干的数学"刚刚才在劝降周瑜、升官发财的"白日梦"里化为泡影，这一厢，"蒋干的数学"又在雄心勃勃了。你看，蒋干急着"充大头"，所以，他就敢为老同学周瑜"酒后梦话的习惯"下定决心要上当。"充大头"的一条捷径是"捡漏"，"蒋干的数学"在为蔡瑁、张允的"降书"而步步升级——五分相信，七分相信，这还远远不够呢。蒋干"好勇敢"，他非要"枪毙带豁耳朵"，让曹操也陪了他一起十分相信、十二分相信"周瑜的梦话"。

有道是：不撞南墙不回头，回头已是不归路。"蒋干的数学"，粗与细、假与真、思与判，其实都是建立在了周瑜的"做足功课"之上。如前回书，周瑜带着蒋干参观水军和粮营，说书家把一系列的细节运用与生动极致的心理描摹，捏合在了"蒋干的数学"和"蒋干充大头"的审美架构之中。

进入江东以来，"蒋干的数学"充满了"思想矮小"的喜剧色彩，而且，由于说书家给了"蒋干充大头"书情那种"三部曲"式的节奏，所以，故事情节的活活泼泼、人物心致的起起伏伏、喜剧效果的热热闹闹，使得要多"噱"就有多"噱"的"蒋干充大头"整个书情，充满了几许悲剧气氛、透露着几多世态炎凉。可以说，蒋干"书情"简直是把人生没有价值的东西展示了一个全部，又撕碎得不成样子。

说书家活用了"蒋干的数学"情结，表现蒋干自说自话、吭不头脑的"可笑"心理。从蒋干这个人物本身来讲，倒还不乏一些可爱之处呢——类似于老顽童，着实地天真。从政治角逐而言，蒋干就是十足的笑柄，你看——在蒋干劝降的问题上，斩钉截铁、气量狭小的周瑜，竟然会把蒋干放进了最为机要的"卧榻之侧"，除了"蒋干充大头"令人啼笑皆非，除了"蒋干充大头"滑天下之大稽，还有谁会像蒋干那样的"无厘头"、极度的"轻骨头"。

第七十七回《误杀蔡张》疑

《误杀蔡张》书情中，说书家通过"疑"这个心理特质充分表现出了曹操的"过后方知"。刘汉正统论，决定了自罗贯中《三国演义》以降直至苏州评话"唐《三国》"的人物心理认定模式。诸葛亮＞周瑜＞曹操——这就是民间艺术"以人格为标准、以智商做衡量"得出的价值判断递减关系。这回书，唐耿良专门说曹操与蒋干的种种观念。曹操的心理体量何啻高出蒋干若干倍数。曹操第三遍读降书，读出了破绽，说书家看似轻描淡写一笔，却只一笔写出了曹操、蒋干二人的分水岭。"周瑜没有追蒋干"，重复出现在了本回书曹操、诸葛亮、鲁肃的口中。曹操说，因为他从中发现自己错杀了蔡瑁、张允，后悔不及。孔明说，因为看破了周瑜"反间计"的美中不足，高人一筹。鲁肃说，因为他是"和尚面前骂贼秃"，专门触心境、去倒周郎的霉。

每逢大事有静气。中国古代许多有识之士是信奉这条人生格言的。总觉得，唐耿良特为在"捂盖子"。说书家另有一功，啥体？因为诸葛亮、周瑜、曹操不仅是艺术形象，且都是历史人物，所以，"唐《三国》"中始终没有陷入"诸葛亮未卜先知、生而知之，周瑜一见而知之，曹操过后方知"那种"唯心论"口实。"唐《三国》"说书说理，用时代精神说书，诸葛亮所以胜出，在于其智谋超群、正直有静气，周公瑾性格复杂、好使意气，曹操呢疑心病重，输在邪气。

一部"唐《三国》"，正面人物以黑面孔张飞为"第一等性情中人"，同时，也是"好人群象"中的"第一等心理角色"。回过头，反面角色中的"最大牌的第一等心理人物"就非曹操莫属。

实际上，在人物心理挖掘的厚度、深度、力度等方面，唐耿良对于曹操的"心理刻画"远远地超过了张飞。张飞总是以其"正气歌"特别地热血、特别地感人、特别地凸显在了"琐琐碎碎"的性情小事、人格大气之中，曹操虽然作为第一等反面角色，但是，由于唐耿良特别地走进了曹操这个人物的"心理深处"，所以，说书家非但不曾"简单化、概念化、片面化"地去对"汉室奸贼"曹操作机械主义的脸谱式图解，而恰恰是极尽"心理描摹之能事"，在尊重《三国演义》传统政治理念和苏州评话"唐《三国》"艺术虚构的前提下，对曹操政治家、军事家、谋略家之心理构成的多元因素，进行了丰富化、多样化、辩证化的成功艺术处理。

如曹操对于关公就是"爱才的心理"：从第一回《赠马》一直到第一百回《华容放曹》，说书家都始终没有忘记曹操对于关公"操碎了心"的两种"心理标配":一则为"爱才是真",二则为"心理阴损"。特别是对于曹操的"心理阴损",说书家是反反复复地"勒"、细细致致地"做"。就拿赤兔马来说吧,第一回曹操"赠马"是为了让关公"受贿归心",第一百回曹操"拿赤兔马说事"是想感化关公来放给他一条生路,这不都是曹操使坏的心理阴损吗?

心里向转念头,在苏州评弹以及苏州方言中,只是一个使用频率很高的习俗语词,就像普通话中的"心里在想"一样习见、常用。然而,"心里向转念头"这平常短短的六个字,观诸"唐《三国》"一百回书目,尤其是在后面《群英会》的书情中,唐耿良把"心里向转念头"演绎成了内在于书情的"唐氏说书心理化",提升成了普遍适用于说表的"唐氏方法论"。

这回书,"过后方知"的曹操"心里向转念头"。不仅把蔡瑁、张允这两员最为重要的水军大将"白白牺牲"给了周瑜的"反间计",与此同时,死要面子的曹操还不得不"打掉牙齿往肚里咽",进而,再一次因为让"蒋干充大头"付出了"火烧赤壁"全军覆没的惨痛代价。

蒋干"心里向转念头"——猪鼻子插葱,装象。蒋干这个"寿搭搭"真奸细的反间作用,实在抵得上江东二十万水军的强大军事力量了。蔡瑁、张允就是让蒋干的"三寸不够烂之舌"给稳稳妥妥地送进了阴曹地府的"安乐窝"。

周瑜"心里向转念头"——又一次失算,懊悔。周瑜绝对是"唐《三国》"里最大的一个倒霉蛋。君不见,周瑜爱用计,"用计的水平"比不上诸葛亮那也就算了。诸葛亮是啥人?神仙人物。可是不,说书家却偏偏要让周瑜去跟"平时让他看一眼都嫌多余"的"用戆计"张飞做类比。

第七十八回《孔明造箭》跳

造十万令箭,以十天为限?对于周瑜黑虎掏心的致命一拳,神仙人物诸葛亮又该如何接招?说书家在这里布下一个"巨大的悬念"——诸葛亮竟然立下了军令状,还把"顶顶老实的好人"鲁肃也给拖下了水。唐耿良又在"白相"啥格花头经呢?听众和书情中的箭厂工匠一样墨黑隆咚,心里惴惴不安。于是,心痒难搔的强烈审美期待又一回抓牢了听客。听客好奇心被吊起来,说书家"卖关子"好手段。困觉,吃酒。第一天,诸葛亮请吃开工酒。困觉,吃酒。第二天,诸葛亮请吃完工酒。困觉,吃酒。第三天,诸葛亮请吃贺工酒。说书家云里雾里,听众"双脚跳"——唐耿良倷到底啥个名堂经?嗳,还甮急。诸葛亮也在"双脚跳"了。

先要来说第一个"跳起来"的鲁肃。说书家"故技重施",鲁肃"演演手"——这种指尖上的计谋和政治,听众熟悉得早已"耳朵里都起了老茧"。对于鲁肃又在与诸葛亮"演演手",听众也是心知肚明了——"好，吾倒要来看看鲁肃'寿里寿气'要到哪光景"。

先前时，鲁肃与诸葛亮"演演手"，要诸葛亮向孙权"少报"一些曹操的人马，心理光明，纯粹只是为了统一战线的政治公务。这一回，鲁肃与诸葛亮"演演手"，则更多是为了要保诸葛亮的命，当然也连带着鲁肃自己的性命交关。他跟刘皇叔拍过胸脯，他被黑面孔张飞吃过"吓头"，诸葛亮如果被害，性命不保，鲁肃自己也要"一脚去"。唐耿良"做功课"细致到了"纳米级"，因为书情截止到目前——说书家告诉听众，"寿里寿气"的鲁肃还是一个胆小鬼呢。你看，张飞是"戆大"，却始终都是心理光明，随时随刻甘愿"舍命陪君子"。而此时此刻，鲁肃的"心理圈"在萎缩，因为"舍命陪君子"他是无论如何做不到的，当然，此一时也彼一时，行书到这个关节，说书家"说书说理，自圆其说"的"自圆其说"明显占据了上风。

这回书，鲁肃又是竖起了"三"个指头，又是横加了"一杠"。说书家通过"哑剧"在吊起听众"积极的想象和参与"。哈哈，一时反应不过来的听众可能会"愣在那里"——这是什么字？老听众往往脱口而出——卅，"五卅运动"的"卅"，苏州"五卅路"的"卅"，唉呀，这字的意思就是三十的那个"卅"！鲁肃急得"双脚跳"，他的"演演手"就是要"跳给"诸葛亮——诸葛亮啊诸葛亮，三十天是三十天！倷诸葛亮三天自家寻死么，吾鲁肃格只颗郎头也要拨倷枪毙带豁脱！

细细排一排，鲁肃与诸葛亮在江东有过三次"大过结"：第一次，江东大堂上，鲁肃"演演手"要诸葛亮"少报曹操人马"；第二次，鲁肃"演演手"的"卅"是要诸葛亮保命"保鲁肃"；第三次，就是周瑜打黄盖，鲁肃要诸葛亮出来保住黄盖老将军。于是，说书家便给了鲁肃"三部曲"——第一次"过结"，鲁肃是促进"孙刘联和"统一战线搞政治的角色；第二次"过结"，鲁肃则是一个窝窝囊囊以致"怕死要命"的可怜虫了；第三次"过结"，鲁肃人格得到了升华，他俨然又是奋不顾身去"救人性命"的好汉形象。

"唐《三国》"人物心理描绘，层次清晰且独具匠心。鲁肃光是"寿里寿气"，那就不符合他江东政治人物的身份；如果这一回鲁肃为了诸葛亮"舍命陪君子"，那么，"周瑜打黄盖"书情，鲁肃的"舍命陪君子"就会显得索然寡味而失去力量。鲁肃"寿里寿气"是这个人物最本质的心理属性，说书家把这样必不可少的鲁肃的"寿里寿气"，做到了淋漓尽致。鲁肃最后为了黄盖"舍命陪君子"，则是书情"艺术合力"必然所致——因为诸葛亮"勿响"，逼得鲁肃要出来奋不顾身；因为"周瑜打黄盖"不能弄巧成拙，只有靠鲁肃"扑上来"才能"借脚下街沿"；因为鲁肃也是一个普通人，他先前不肯"舍命陪君子"完全就属于人之常情，不应该去"非人性化"地过于"认真计较"，最为关键则在于书情结构需要鲁肃"三部曲"，需要他"寿里寿气"，需要他"自顾保命"，也需要他的"舍命陪君子"。

第七十九回《草船借箭（一）》综

　　《草船借箭》曾经成为少年时代听书的超级奇迹。当时的感觉简直就是神乎其神，不胜惊讶。电影《南征北战》台词说："蒋介石是我们（解放军）的运输大队长。"同理可推：曹操就是诸葛亮的"造箭快递哥"。哈哈，迷雾漫漫，沉沉黑夜，虽然鲁肃差点被"诸葛亮偷偷挟持而上了草船"给吓破胆，但事后，鲁肃肯定会在心里一百遍地反复念叨：阿弥陀佛，多亏了你啊！多亏你这个奸贼曹操亲自加夜班为诸葛亮"草船借箭"做了送货上门的慷慨营生。要是用现在的科学眼光再来看《草船借箭》那种"奇迹"，大概也只能算作是天方夜谭了。苏州评话做科普——照亮了《草船借箭》沉沉黑夜，多么奇妙的审美亮点。尤其是"唐《三国》"对于"滴漏铜壶"的科普表述，把书情穿越到了遥远的历史文化隧道。有关指南针的简要概述也把中华民族引以为豪的爱国主义精神，融入了书情。

　　唐耿良苏州评话艺术体系，撮其要者有三：说噱谈评综，说书方式、传达书艺"外体系"；理味趣细奇，说书、听书互动鉴赏"中体系"；心尽性情灵，唐氏独门艺术哲学"内体系"。

　　说噱谈评综，"综"如何理解？实话实说，"唐《三国》"这部极其珍贵的苏州评话"非遗"书目的经典作品，打破了原有关于苏州评话和苏州弹词审美本体的艺术概括，那就是说噱弹唱演。说噱，本来就是"互文性"词组。弹唱，用来概括苏州弹词显得不符合逻辑。因为"唱"是苏州弹词可以相对独立的艺术手段，"弹"却只是对于"唱"的辅助性手段。"弹"和"唱"，不能归属在相同审美位阶，把"弹"纳入苏州弹词本体概括显然是偷换了"审美本体"与"局部属性"的两个不同概念和逻辑范畴。"演"更是说书艺术的"外来户"，"演"只能跟"弹"一起并列在苏州弹词"辅助性艺术手段"之中。

　　由于长期以来已经形成苏州弹词＞苏州评话这样不利苏州评弹事业发展的认知模式，因此，苏州评话在"说噱弹唱演"的羽翼笼盖之下，其审美本体概括就只能"裸剩"了说、噱、演。而着眼于"唐《三国》"艺术实践进行美学观照，不得不实事求是地说：说、噱、演（演，在苏州评话"非遗"样本之中，应该说不仅可有可无，而且直接涉及苏州评话"说表"的本体特质）这三个字，不仅不符合苏州评话艺术的规律性审美概括，而且，它不利且损害了苏州评话的"非遗性审美标识"。所以，一百回"唐《三国》"所显示给苏州评话的说噱谈评综，一方面，确定无疑地打破了关于苏州评弹"说噱弹唱演"的"失效紧箍咒"，另一方面，用它自己适用而又成熟的"说噱谈评综"，为苏州评话审美本体提供了新的更加合适、更加完整、更加有说服力的艺术概括。与此同时，也就是为苏州弹词提供了"说噱唱评综"这样的一种新的艺术概括。

"唐《三国》"非常注重书情中的历史文化建构。这两回书中，关于箭、关于滴漏铜壶、关于指南针、关于草船七根绳、关于"卧鱼水族大会"等一系列文化知识和民间神话，既让听客"神之乎之"沉浸在那科普书情的同时，得到传统文化的熏陶，这就是苏州评话的高台教化；又突出了"唐《三国》"书情内容之"综"——天文地理，三教九流，古代科学，有趣神话。

欣赏苏州评话是一个审美系统工程，所以这里就难免由表及里，由此及彼，而从书情内容谈到了苏州评话"说噱谈评综"的"综"。显而易见，苏州评话"说噱谈评综"的"综"，肯定就是指包括了所有辅助性艺术手段的综合称谓：如，演；如，口技；如，服装，醒木、折扇、布景、灯光、舞台设计，伴舞等。

第八十回《草船借箭（二）》体

玩科幻，这是整个《草船借箭》书情的中心。本回书，说书家尤其突出了"玩科幻"。诸葛亮又何尝真是"第一等神仙人物"？他的草船借箭其实学自于江东孙坚。《三国演义》第七回，就有孙坚过江攻击刘表"借箭"的相类故事。书情中，诸葛亮的酒杯计算器，跟他的精通天文、气象一样，具有了浓郁的科幻色彩。编造了"卧鱼水族大会"这个名称——徐庶多结棍，真不愧是"唐《三国》"中的机警人物、喜剧人物、科幻人物，仅次于诸葛亮的"神仙人物"。说书家"三寸不烂之舌"如同穿越神器，上下五千年只在口头一瞬，纵横八千里不过语言刹那，好人就好得完美无缺而神圣，坏人要坏到根上遗臭万年，正如"唐《三国》"所揭示——玩穿越，玩科幻，玩三教九流、天上人间，都是中华民族传统文化极其丰富多彩的有机表现形态。

"唐《三国》"这部长篇巨制，用长达一百回的民间文艺说表叙事，传达出苏州评话"声之为用，气之为本"艺术体系的整体建构。由"声用气本"审美建构，苏州评话"唐《三国》"贯穿了这样的三个体系——说噱谈评综，着重于故事建构的"声用"说表性外围体系；理味趣细奇，达致了风韵格调的"气本"中心鉴赏性体系；心尽性情灵，提升到审美创造的"独特"意蕴内构性体系。

且以本回书为例，便离不开"声用"体系故事建构的生动叙述根底，如诸多科幻内容的穿插、演绎，既做到了说表外围的丰满，使得书情不寡薄，又做出了科幻内容的特别，就让故事很生动，由此可见，"说噱谈评综"这个"书艺"外围体系，是为苏州评话审美运动最基础性的声音可感物质性之用、形象塑造表现性之用、书情完成性之用。换言之，任何苏州评话的叙事生成，无论艺术水平是一般的平平而已，还是超凡绝伦的优异，"说噱谈评综"这样一个外围体系最是不可或缺。你比如，缺少了"谈""评"，那就变成了一般的讲故事；缺失掉了"噱"，便绝缘于苏州评话的喜剧艺术性质。所以，在"劈面相"上，苏州评话"唐《三国》"正是以其"说噱谈评综"面面俱佳的"声用"体系，赢得了听众的喜爱和欢迎。

很明显，"理味趣细奇"这一中心鉴赏体系，因为它是苏州评话艺术最中心的环节、最要紧的关口，所以必定要经由说书先生和广大听众的互动、能动、传动，才能达到艺术的一般共鸣、审美的交互相通、"气本"的有机生成。"气本"者，为艺术气韵，为审美气场，为人文气性，它由"说噱谈评综"上升而来。也许，它的到来会在一般的苏州评话说书家那里就"留步停驻"了。而优秀如"唐《三国》"，还要向"心尽性情灵"的那一座最高峰去奋进、攀登。

"心尽性情灵"这种意蕴内构体系，则是"唐《三国》"风格化、独特化、最高化的艺术创造。这是苏州评话优秀艺术家表达自身人文性情的不二法门。如唐耿良独特在"心尽性情灵"，"巧嘴"金声伯是"巧、妙、高、饱、好"，吴君玉是"亲、近、精、神、准"，等等，等等。

唐耿良说书说理，在听众看来，主要是在说审美艺术的理，说喜剧幽默的理，即用喜剧说理。前面《古城相会》书情，张飞战关公中的——"硬装斧头柄"之理，说穿了，就是用喜剧说理。与"张飞醉了"对于关公的"吾必杀之"明显不同，那时的关公是陪着张飞"玩喜剧"；江东周瑜"吾必斩之"，一心要杀掉诸葛亮，"江东书"以下说书家通过诸葛亮所玩的一系列"躲猫猫"，其实反而是人也主动在跟周瑜"玩喜剧"——用喜剧说理。

以科学道理和高度的现代科技发展成果来看，"草船借箭"已然确当是不能成立的民间神话。实际上，这个民间神话倒完全可以理解为诸葛亮是在"配装斧头柄"，他不同于张飞的"硬装斧头柄"，但在表演"说书是喜剧"方面，诸葛亮"配装斧头柄"跟张飞"硬装斧头柄"却是殊途同归的。在诸葛亮，"草船借箭"以智慧神话破掉了周瑜加害诸葛亮"吾必斩之"的阴暗企图。在说书家，"草船借箭"以出乎意料来使得周瑜一而再、再而三的阴暗企图变成了"永远无法实现的笑话"。

神话与笑话之间存在着的巨大反差，恰恰是说书家圆熟地"用喜剧说理"，以周瑜因心胸狭隘所引来的"性格笑话"，衬托出了诸葛亮至高无上、神圣不可侵犯的天才神话。这样周瑜、诸葛亮在人格、性情上的相距渊壤，不但给"草船借箭"的神话赋予了外在形式上的"有理"，而且，还极其鲜明地营造出了一种由神话与笑话碰撞而生的内在化合的喜剧审美感觉。

司马懿出现，这是"唐《三国》"一百回过了四分之三后一个全新的亮点。鹰顾狼视，自顾其背，这样的异相，无疑只是民间传奇的刻画。但是"草船借箭"的惊险，却着着实实来自于曹操手下"英雄不遇时"的那一位司马氏。

第八十一回《孔明交令》铭

诸葛亮船梢锯断——这在鲁肃看来"完全就是多花头"，而在唐耿良，为诸葛亮设计这样一个不经意的小动作，却是一道巧妙腾挪书情的"弹簧机关"。这条弹簧"草船借箭"的"弹开"——开出了司马懿对于诸葛亮"兵不厌诈"的铭心刻骨，一当弹簧"关闭"在了遥远的《空城计》书情之时，说书家妙用的这条草蛇灰线，又为诸葛亮、司马懿"斗智商，斗兵法，斗心理"故事发挥了放大的作用、呼应的回味。周瑜营中好不热闹呵。凤雏先生庞统投奔了孙权。庞统是诸葛亮的师兄，还是"唐《三国》"第一等名士派人物——他面孔奇丑、他浑身邋遢，他对着"好骄傲"的江东决策者周瑜"当面现开销"，后书里，他还要叫那个目中无人、不可一世的曹丞相"真心佩服得一塌糊涂"。此所谓：人不可貌相，海水不可斗量。周瑜、庞统、诸葛亮，一时风流人物，三贤联袂破曹。接下来，脍炙人口的喜剧，又是好一段佳话。

这一回，书情"三段生"。司马懿一段，诸葛亮一段，庞统、诸葛亮、周瑜一段。这三段书情，司马懿——开场白＋草蛇灰线；诸葛亮——庆功＋一一还债；周瑜、庞统、诸葛亮——有合有分，三贤合的集思广益、试探"火候"，分则各怀心思、相互斗智。

张飞爱做梦，曹操爱做梦，江东人也爱做梦。鲁肃曾经是乱梦颠倒，可是他的"乱梦病毒"一旦传染给了周瑜，周瑜却是"病毒异化"做起了美梦。周瑜的美梦颠倒，再一次不期而"醒"：周瑜一夜天魙困，因为马上就要除脱诸葛亮这个"心头之患"的兴奋是那样子的不可遏制。然而，他想不到的事实却是公元3世纪初叶的"军事谋略家＋魔术师"诸葛亮大变其戏法，一个晚上创造了永载于中国民间传统文化辉煌史册的奇迹。草船借箭，诸葛亮"造箭"十二万三千支而且还是"曹操牌"的扁头黑漆箭，奇迹般完成了周瑜下达的十万狼牙的艰巨任务。

苏联军事家斯大林说：胜利者是不受谴责的。冒险胜利的诸葛亮得到了五千两银子的嘉奖。诸葛亮发了一笔小财，说书家心思缜密。这是闲笔却又是妙笔：该赏的箭匠，赏；该还的赏银，还；该清的账目，清。说书家藏下了潜台词——诸葛亮心里还有一笔大财要发。庞统所谓诸葛亮要"劫火法场"发财之标的，乃是曹操营中的三大家当——粮草，饷银，军用品。

诸葛亮该当要还债了。于是乎，唐耿良"支派"诸葛亮——三下五除二，奖励箭匠，奖励军兵，奖励水手，奖励鲁福、鲁寿，奖励"贴心船工"朱二官。尤其是最后一笔六百两银子，五百四十八两还给了朱二官，剩下的五十二两作为"记账式凭证"留在了朱二官的账户上，又是短短"点一句"，此处信手拈来的蜻蜓点水，岂可小觑：君不见，这其实就是一种精细为本而又浸润已深的"海派"生活智慧在苏州评话艺术表演中"书不自禁"的自然表露。

说书家＋数学家——这就是心思缜密的苏州评话艺术大师唐耿良。唐耿良在书情中极度"计算"曹军人马，如数家珍，听众历历在耳：曹操兵进当阳时，七十三万大军；诸葛亮"告禀"孙权时，一百五十万大军；周瑜"安心"主公时，四十三万军队。真是应和着那句老话：铁打的营盘流水的兵。苏州评话铁打的营盘造就了说书家的唐耿良，苏州评话流水的兵却流不走说书家唐耿良的独门精粹。

第八十二回《苦肉计（一）》火

周瑜打黄盖，一个愿打，一个愿挨。这是中国人的老话了。周瑜打黄盖，黄盖有着最具优势的三大先决条件：黄盖是江东"开国元老"，此其一；黄盖在江东有家族、裙带关系和势力，此其二；黄盖身兼督粮官，曹营纳降能有"现实惠"，此其三。苏州评话所演绎的"周瑜打黄盖"故事，在"唐《三国》"先是这一回细做细表的"慢铺陈"，由此，到了下一回"急转弯"的高潮书情，才让听众充分感觉到：黄盖老将军被打，挨打——可敬；周瑜"放开来"狠狠地打，打得——可敬；鲁肃舍命陪君子，找打——可敬。黄盖老将军义胆忠心无须多说，周瑜人性中"最可敬的一面"，却也是随着"周瑜打黄盖"的书情高潮，达到了最教人敬佩的热血沸点。鲁肃也经过"周瑜打黄盖"的人格升华，展示出他最高尚、最有真情味的那一刻。黄盖的可敬，还不仅仅在于他老而弥坚，忠诚赴难。说书家特地赋予老将军"老马识途"的优异秉性，因为黄盖亦想到了"火攻之计"。姜还是老的辣，唐耿良把东吴元老的"战神本能"通过其外在于形色的武功之勇、内化于本质的谋略之智，全面而生动地表达了出来。

火，这个字，成为本回书的关键词。庞统、诸葛亮、周瑜三贤定计，庞统写"火"，诸葛亮连写十二个"火"，周瑜当然也写"火"，对于"三大亨"写"火"，说书家浅墨淡笔做以交代。而说到"周瑜打黄盖"敲定苦肉计的环节时，说书家却是浓彩重墨、细加描绘。最值得一提的是，周瑜不仅跪谢黄盖老将军，还从心中感动得"眼泪也出来"，此乃极其神妙的重要一笔。君不见，周瑜向来要面子、爱惜自己的羽毛，这样一位顾影自怜大小孩般的周郎，让他为黄盖流出了热泪，确乃说书家的妙笔触及了一个"有情人"细小微极的复杂性格和真情实感。

本回书，被无处不在的"文化氛围"所团团包裹。说书家在文化氛围中，把一回平台书演绎得精致有味、生龙活虎。如同样"三大亨"都要写"火"，庞统这一个"火"一挥而就，"甩出来就是"，那一派大大咧咧，其实倒是他早已成竹在胸。诸葛亮一连写了十二个"火"，而且"围成了一个圈"，凸显了这位智慧大师非比寻常的韬略和内秀。"火"，要烧，就要将曹操烧得全军覆没；"火"，该"热"，就该为刘备"热出"家当底子；"火"，得"抢"，就得把战利品"抢光"，让周瑜空手而归。试问：还有谁能比得过诸葛亮这十二个"火"字中所要表达的丰富蕴涵和审美意味呢？周瑜的那一个"火"，拿出来时便显得慢慢腾腾，这倒并不是周瑜在"好好想想"了再做定夺，而是"犹犹豫豫"、英俊潇洒的周瑜生怕会在"难看面孔"、痛痛快快的庞统跟前"出一个洋相"。这里还务必要能体会说书家的用心，因为周瑜火烧赤壁还要经过诸葛亮"借东风"的曲折故事，所以，周瑜"犹犹豫豫"地拿出了"火"，实在不妨看作是苏州评话艺术家艺术本能自然而然而又华彩毕现的审美功力。

古今中外林林总总的间谍、反间谍，曹操、江东双方都在"反间"用计搞诈降。以其人之道还治其人之身——这是符合"用计哲学"兵不厌诈的。君不见，熟读兵法的大汉丞相曹操对于江东在派间谍、放卧底，周瑜机敏地"接招还招"，他在"反间谍"和"反卧底"的基础上，便将计就计起来，"计中生计，一计还一计"，而放出了一个享誉千古且又完美漂亮的局——苦肉计。在这个方面，周瑜是不是略略地高出了诸葛亮"半着棋子"呢。

第八十三回《苦肉计（二）》戆

波折激荡，冲击肝胆。此回书，比赵子龙冲营救主还要多出了三分惊心动魄。周瑜要杀老黄盖，平地狂作十二级台风。鲁肃"怕周瑜"，所以他不敢出来求情，而他的"寿里寿气"又在发挥"埋怨"作用，他"埋怨"诸葛亮不应该"装戆"。好一个诸葛亮不应该"装戆"，说书家在这样的一干聪明人里，却偏偏要来抓住"戆"做文章。你看，黄盖"真戆"，他"戆"的代价是为江东政治利益牺牲自己的性命而在所不惜；鲁肃"真戆"，他"戆"得老是"冬瓜缠在茄门里"，因为鲁肃认为此时此刻诸葛亮不应该"装戆"，而诸葛亮明白此时此刻鲁肃才是真正"戆"到了家。诸葛亮"装戆"，是派生于周瑜的"装戆"，也正是由于周瑜"装戆"，唐耿良对于"苦肉计"书情一干人物的内心温度拿捏，其程度又何啻于出神入化。说书家为了黄盖的"真戆"而流泪，为了鲁肃的"真戆"而着急，为了诸葛亮"装戆"而笃定，为了周瑜"装戆"而把书情推向最高潮。赞，黄盖老将军铁血本色，恰如热气腾腾的岩浆迸裂，周瑜激动的豪情，真似深深难抑的鲜活心跳，战争把人性无情碰撞，人性把真情深挚传扬。

说穿了，"戆"，不管是黄盖、鲁肃"真戆"，诸葛亮、周瑜"装戆"，都只是说书家的手法，其目的当然还是——问世间情为何物？黄盖"生死情"——鲁肃"真有情"——诸葛亮"懂内情"——周瑜"动感情"，一条由"戆"而生动串起的"情感链"，化作了英雄主义赞歌。

周瑜打黄盖，一个"要打"，一个"愿打"，"唐《三国》"又再加重一层砝码——一个"该打"。很明显，周瑜打黄盖，这是"江东自家人唱戏"，所以，即便没有诸葛亮的戏份也完全不打紧，可是，说书家凭借这回书的"法术势"表现诸葛亮的精明、智慧、不事张扬、耐得住寂寞，由此诸葛亮才能借苦肉之法为我所用，以周瑜之术得我所欲，靠江东之势成我气候。向黄盖致敬，因为你是好样的三国老英雄；向周瑜致敬，因为你是聪明的三国谋略家；向鲁肃致敬，因为你是真正的三国大好人；向诸葛亮致敬，因为你是平静的三国第一人；向唐耿良致敬，因为你是优秀的"唐《三国》"创造人；向听众致敬，因为你是幸福的"唐《三国》"听书人。

"打"与"情"在"唐《三国》"中的"对立统一"，极大地提升了传统《三国演义》审美文化的"性情"温度。"打"在"唐《三国》"中，决不仅仅只是"实现谋略的手段"了，因为唐耿良先生为"周瑜打黄盖"营造了"古代式情感"的热烈气氛。不过，这又绝不是某种"朱军式煽情"，因为"煽情"是一种极为机械、没有"内髓含金量"的"灵感秀"，属于某些人"无聊之极，闭门造车"的娱乐行为。唐耿良所生动表现出来的"古代式情感"，它的根本所在是仁义道德、是浩然正气、是英雄本色。而且，这种"古代式情感"是苏州评话艺术的"灵气秀，审美秀，性情秀"。

"唐《三国》"一百回，堪称"灵气大观园"，仅张飞这样一个"传统意义上的阿戆"人设，就十足体现出了说书先生唐耿良对于"性情秀"的得心应手、灵动把玩。没错，张飞是一个"开心果"，然而，张飞又是一个的的刮刮的"喜剧英雄"。古往今来、茫茫人海，张飞的仁义可有几人能备，张飞的品德又有几人能及，张飞的性情更有几人能比。张飞人设中的性情秀，因为有着苏州评话艺术数百年的文化积淀，有着说书先生唐耿良终其一生的不懈追求，有着无数听众世世代代的能动参与，十年、百年都要"复得起"——那才是名副其实的"灵气秀"，这样的灵气——既有深厚历史文化底蕴的包浆亮色所取，又有说书先生与生俱来的悟性天赋所露，更有听众集体相与互动的人群智慧所聚。

再来看——周瑜动感情，真叫一个绝。心酸、尴尬、控制，心理活动层次细腻、丰富，情感表现显得生活、可信。眼泪驹勿住、眼睛勿能闭，审美客体表现生动、传神，语境感觉鲜活、如临其境，层次感鲜明。同时，整体上又是"一和细流"，高潮达到时，说书家境界忘我，听书者肃然起敬。

鲁肃"真有情"，这一段，让听众刻骨铭心。此时此刻，听众注意力却会集中在这样的一个细节——鲁肃发耿劲："列古到今，普天之下，无情无义之人，推先生为第一！"听，鲁肃在骂诸葛亮"冷血"。结尾时，诸葛亮做出了总结报告——不怕受委屈，不去"显嘎嘎"，因为只有诸葛亮才真格"懂内情"。

第八十四回《密献诈降书（一）》诈

兵不厌诈，欲罢不能。周瑜打黄盖，密献诈降书，诈降书由谁来送？周瑜点了阚泽的将。前面的书情，唐耿良为"黄盖挨打三条件"做过交代。这回书，又在一一摆出"阚泽诈降三条件"。此次诈降之人须具备如下才能：一是口才好，二是学问高，三是胆量大。听似书情结构在黄盖、阚泽"三个条件"有所"复现"，其实，说书家用心却是两样：黄盖只是可能会面对"江东内部曲解"而引起的矛盾，阚泽得要用"诈"去面临奸贼曹操"性格狡诈、疑心病重"的公开较量。唐耿良说书生活化在此大派了用场。如用"一目十行，过目不忘"，直接形容阚泽不同凡人的聪明才智。书中还说到，吃鱼乩"鱼仙人"的生活常景。阚泽有说书先生般的"三寸不烂之舌"，所以生活化形象便也呼之欲出——阚泽的嘴唇薄得像萝卜皮。

理路化、口语化、心理化、内髓化、生活化——是为"唐《三国》"最显著的说书审美"五化"。《密献诈降书（一）》实在堪称"唐《三国》"用"生活化"细节塑造人物、表现性格、描写心理、生动书情的典型书目。对于"江东的孤胆英雄"阚泽，说书家做开了"三个好"的细节。

阚泽记性好。说书先生唐耿良十分羡慕，苏州评话听众又哪个不是十分羡慕？以前求学考试时，最怕背题目，所以只能老老实实把每一门功课的教材都完完全全、一字不落地通读三遍，甘做一个多飞的笨鸟。唐耿良妙用穿插，现身说法——"老老实实讲起了生活"。江湖码头、走南闯北，一个说书先生要面对多少位听众、多少张脸孔，像阚泽那样"一面十年，过目不忘"，每次都能一眼就认出听众朋友该有多好。这样穿插"生活化"，"谈"出了苏州评话艺术顶亲切的喜剧氛围。唐耿良并未刻意去搞啥格爆发式的噱头，可是，听众和唐耿良一起"合着生活化的拍子"，真切感受到了某种"会心一笑尽在亲切中"的噱，真正的肉里噱。

阚泽雅兴好。乩鱼仙人，这是江南人生活中太过经常化的"审美游戏"情景了。乩一乩鱼仙人，看一看自己的运气，有真吮假的，就为了图个乐呵。而说书家在这里特别营造了"阚泽雅兴好"的氛围，不妨可以说，他是"别有用心"的。书情激烈的矛盾或冲突在总爆发前，总是少不了宁静、安好，"马跃檀溪"是整部书结构安排的"宁静、安好"，"乩鱼仙人"则是"密献诈降书"之前的"宁静、安好"。实际上，聪明的说书家已经在为"曹丞相怒杀阚泽"的后戏，设置好了曹操读信的细节"伏笔"。君不见，阚泽现在"豁边了"，由于他忘情在了"生活化"的"乩鱼仙人"细节之中，阚泽"不慎"遗漏掉了一个小小的任务——勤来得及读一遍周瑜没有"公示"给阚泽的那封信。这就是说书先生的苗头所在了——试想，过目不忘、心思细密的江东阚泽，怎么会犯"忘了读信"这样的低级错误？说来话去，还是后书曹操读信的细节顶顶需要阚泽此时此刻的那个"不慎"。这就是"慢铺陈""急转弯"之最妙处。

阚泽做功好。这是唐耿良刻画阚泽这个人物形象，最生活化，最心理化，最有灵气，亦最神奇了的精彩之笔。你看，阚泽对江东老英雄黄盖敬重有加，所以，他跟黄盖用的是"真"——"鉴貌辨色"的心理揣摩，这是刻画阚泽出神入化的一笔。阚泽对曹操又是做足功课的，故而，他跟曹操进行的是"诈"——面对面的心理战，这是阚泽形象栩栩如生的一笔。够巧妙！当听众陶醉在说书家对于阚泽这个人物所做出的有所藏露、有所落差、有所寄寓的生活化表叙时，自然就会把阚泽当成"最好最好的自家人"，也就会把唐耿良当成"最灵最灵的说书先生"。你说，是不是？

第八十五回《密献诈降书（二）》胆

胆大有官做。这是苏州人夸别人胆大的俗语。幸亏了阚泽胆大，"过后方知"的曹操与顶顶聪明的阚泽过招，与其说阚泽在跟曹操斗智斗勇，还不如说阚泽"浑身是胆雄赳赳"。阚泽固然是智勇双全，可是他要也像蒋干那样遇事则胆小如鼠、畏畏缩缩，又怎能战胜得了曹操这个"心理巨滑"的对手呢？其实，曹操又哪里不是顶顶聪明的明白人。因为阚泽"使诈"藏在了暗里，曹操应战却露在明里，这一明一暗之间，说书家就有了大做腾挪的张力空间。曹操判断是非的特点，与鲁肃倒是相仿。你看，他们两个人遇事时的"第一判断"都是蛮对头的，可是每次深入思考了，都最终会走向事实的反面。说书家自有倾向安排，除非诸葛亮、徐庶、庞统第一等汉室正统军事家，其他如曹操、周瑜、鲁肃都是会在关键时刻有所闪失。

《密献诈降书（二）》这一回书，应该可以说，是唐耿良在将敌对双方这两个关键人物：描摹心理化——再心理化。阚泽抓牢了曹操心理，曹操却不改老奸巨猾，好一番唇枪舌剑、明争暗斗。

心理描摹，是为"唐《三国》"一百回的拿手好戏。这一回，又多出一层人物"官白"的加分因素，其间，"表夹白""表接表""私白夹咕白"等一系列"跳进跳出"的"心理化"说表，为"唐《三国》"所擅场的"心理化"审美演绎，增添了许多深入细致的精微拿捏和人文色彩。

阚泽勿响，逆反了心理。曹操要面子，疑心病又重。阚泽牢牢地抓住了曹操"心理倾向"的牛鼻子，搞出了种种逆反曹操的心理举动。如一上来，阚泽就反过来，不顺着曹操、不正视曹操、不敬重曹操，主动着，让曹操有所怀疑、让曹操举棋不定、让曹操心理矛盾。到后来，"心理关系"将顺了，阚泽再反过来，敬重曹操、拍马曹操、讨好曹操，同样主动地，叫曹操放松警惕、叫曹操确认相信、叫曹操更加赏识，从而，在曹操的"疑心、细心、动心"过程中，与曹操玩心理激烈冲突之太极推手，使曹操以心思缜密自得而终于上钩。

曹操读信，正常了心理。曹操整个读诈降书的经过，属于正常思维之心理。曹操读信，凡三遍——杀阚泽还是不杀，因为诈降信本身没有毛病，那么曹操本人多疑的心理倾向，就必然要促使他谨慎思考、权衡利弊。杀阚泽，轻而易举，却有可能会由于"不小心"而导致"捡漏心理"的落空。不杀阚泽，如果上了当，曹丞相的面子就无地自容。你看，这样正常的心理活动，这样重要的如何决定，就在曹操这般"多疑、多思、多不决"的心理状态下被延宕、搁置了下来。非常像哈姆雷特，思想繁复如同心理战的巨人，行动迟疑实为干事情的矮子。

阚泽做功，引深了心理。千钧一发，阚泽胆大。你看，阚泽没有像祢衡那样激动地拼着命去击鼓骂曹，也没有像孔融、杨修那样遏制不住地使足了劲去一显聪明，阚泽找准了曹操的心理脉门，爆发、上演了他以蛊惑曹操心理为表、以取得曹操相信为本的"最佳做功戏"。阚泽心理在于其心机。曹操杀阚泽，阚泽厉害了——一不哭二不闹，三不下跪四不求饶。闸生头里，阚泽扬声大笑，你说怪不怪——古语英雄所见略同，此刻英雄所笑略同。是啊，情不自禁想起革命英雄杨子荣。他也是以其扬声大笑，活在了无数中国人的英雄谱系之中。

曹操招供，松动了心理。曹操你熟读兵法吗？那么，你有没有熟读《信陵君兵法》？再请问：你有没有读到过《信陵君兵法》第一卷第二页第四行？哎哟喂，阚泽这一重拳出击简直就是黑虎穿心了。曹操死要面子，阚泽赢得面子，"面子"成了心理战输赢的最大砝码。

阚泽放胆，加重了心理。让阚泽带兵打仗，阚泽肯定是一位不可多得的良将。此时此刻，阚泽不仅搬出了兵法古典——"信陵君窃符救赵"，而且不达胜利、决不收兵。阚泽于是乘胜追击了，"好啊，信陵君窃符救赵没有日期，《信陵君兵法》第一卷第二页第四行"，你看看，曹操先前说得多么斩钉截铁：粮草军需随船献纳——明明就是假投降。可怜的曹操，哪里又经得起"钓鱼高手"阚泽所施放的巨大诱饵之蛊惑？到末了，姜太公出来收场——愿者上钩。

曹操相信，波动了心理。阚泽会做戏，"弄得像真格一样"。曹操呢，那更是像真的一样了。曹操最终不仅相信了阚泽胆大的"诈"，而且，还做出了一条好漂亮的波浪式"最相信阚泽"的百分比"心电图"：7分——5分——10分——12分——24分。真是直冲"涨停板"。

第八十六回《蒋干二次过江》谍

说到曹操，曹操就到。周瑜又要派他老同学蒋干的用场，蒋干于是就送上门来。周瑜、曹操都不约而同想起了蒋干这个大笨伯。蒋干的宿命，在于他总是不甘寂寞，好像只有他一人能够为曹丞相担当大任。照说书家的故事逻辑，曹操这个"天降大任于斯人"角色，赤壁之战一大半都是输在了"蒋干的木梢"。说书是喜剧，毕竟不能作为"历史的照相"。所以，听苏州评话一方面不得不"跟着说书先生走"而姑妄听之，另一方面，说书先生既在根据艺术逻辑"跟着感觉走"，又在通过"说书说理，自圆其说"把"姑妄说之"降低到应有之限度。如唐耿良仔细说明，蒋干第二次还要上当，并非全是他一个人的责任，而是曹操要面子心理所致，因为毕竟是曹操没有把上次中计误杀蔡张的原因告诸蒋干。这回书，蒋干"偷人"偷来的这一位"大好佬"庞统，非要把曹操八十三万大军的一家一当，搅得"赤脚地皮光"。

间谍——反间谍，诈降——反诈降，"群英会"的近三十回书情，确确实实充塞着计谋和奸诈。《三国演义》小说的作者罗贯中老早就为"三国"时代先定并且限定了它的某种无法改正的价值系统。看上去，曹操、刘备、诸葛亮、赵子龙、孙权、周瑜、鲁肃，这么一大帮智商、情商、博弈商、斗争商、人格商在公元 3 世纪古老中国都是属于最高级别的"千古风流人物"，好像除了钩心斗角、尔虞我诈的用计要谋，他们就实在没有其他事情可以做了。这当然是前人的政治局限，同时，这也是小说家言的势所必然。好在苏州评话把"前人的政治局限"进行了生活化的改造，且将"小说家言"做了符合故事情节需要和人物性格逻辑的艺术化处理。

黄盖——阚泽——甘宁，组成了一条非常有机的"谍战诈降链"。前因，后果，中环，一应富有相当耐嚼的审美意味。那么，《群英会》书情中的诈降谱，又是如何把"谍"的雪球滚大了呢？

前因在黄盖，这是不争的诈降之始。若要说"滚雪球"的比喻，黄盖老将军一马当先，在"愿打愿挨"的惨烈"雪地"里，滚着热烫的鲜血、滚起可敬的品性、滚出大写的人格，可以说，江东"诈降滚雪球"的功勋一大半，甚至百分之九十九，都是由黄盖老将军的血肉之躯来构成的，没有黄盖"不惜牺牲，纵身于刀山火海"，那么"诈降苦肉计"就不过是一次假想的一厢情愿。所以，黄盖"生死情"、周瑜"动感情"、鲁肃"有真情"——这一段书情，惊天地、泣鬼神，它不仅不亚于张飞的"古城相会"、赵子龙的"王德报信"，而且，从实实在在的家国层面来看，黄盖"血地滚雪球"，其精神境界的崇高价值是超过了上面两段书情的。

中环在阚泽，这是诈降的精彩桥段。这里可以排一下，除了已经跟曹操"做过对手的书中人物"，阚泽实在是一个最为了不起的诈降存在了。不怕死，其实很多人都能盲目地就可以做到。然而，只有阚泽的"不肯死、不能死"，才能在"真正英雄的意义上"发射出伟大可敬的光芒。没有阚泽，"诈降滚雪球"就不会有浩大广阔的精气神，就不会有画龙点睛的传神之举，就不会有顺理成章的庞统献计。真英雄，不一定都是黄盖那般的老将出马，一个顶俩，就像阚泽那样——他是没有把握的，他又是一定胜出的，因为他的英雄标识是用大义凛然、临危不惧的孤胆豪情体现出来的，他不需要英雄的称号，他却是真正的孤胆英雄。

后果在甘宁，这是诈降的目的所在。这样说，或许不完全准确，但是，说书家做出如此的情节安排，倒确确实实称得上是精心妙笔。啥体？雪球滚成了，还要安上鼻子、点上眼睛，做像面目五官，造出某种神气。唐耿良把最后阶段许多的书情，都落实在了猛将甘宁的双肩之上。火烧赤壁大战中，因为黄盖将历险落入长江、因为阚泽是文士不上战场、因为江东书要收官，说书家就把重心放在了甘宁身上。

第八十七回《连环计（一）》问

麻雀虽小，五脏俱全。这一回书真个是紧凑而又充实、生动而又诙谐、详略得当而又细致到位。旧事重提，未来先说——这是苏州评话的常规艺术手法。而本回书情，唐耿良有机运用了"倒叙法"，这在"唐《三国》"一百回叙事结构手法上尚属首次。这样做，是为了避免与《蒋干盗书》的结构重复。说书家有时候就是一个民间的"文化大师"。上与三国人物一起通天文，下与故事角色一样知地理，中与书情、听客一道在参悟人伦，把人世间喜怒哀乐、爱恨情仇，都纷纷纳于心思肺腑、人品感情。说书家属于民间社会的文化人，唐耿良这个民间社会的文化人，名副其实。"唐《三国》"特别的优长之一，便是这部书对于传统文化的浸润有致。如这回书中，曹操问计于庞统，庞统为曹操及其部属"大讲其兵法课"，文化情景十足也。

庞统大本事，曹操有专心——似乎成了这回书的关键词。说也稀奇，对于《连环计》的两回书，好像怎么样去听，怎么样去辨滋味，都很难发现有"一丁点儿"的敌对、欺瞒、奸诈。你有没有这样的感受——曹操、庞统就如一对智谋过人、久违了的老朋友，最不济他们都是生活小节邋里邋遢的同类项。他们是在互动谈心，他们是在阔叙交情，他们是在切磋大政。

也忒了不起，庞统这一个邋遢而又面相难看的大好佬。如果细心去比较，听众是否轰生惚发觉，"唐《三国》"一百回，能把曹操给直接"镇住"的人，还就得数庞统这位"人不可貌相"的老先生。你看，江东的阚泽"学识、才具"出众且别说它，光是凭他"雷霆万钧于当前与我无涉、号令一声会要命与我何干"的那么一副胆气之超人独大，曹操信服阚泽的过程，还要足足经历"7分、5分、10分、12分、24分"重重波浪击打的考验。哪怕诸葛亮这样最为聪明、一致公认的神仙人物，曹操还是经过"摔了好几跤"，一直要到诸葛亮博望、新野"两把火"烧掉了曹军二十万，通过了看不起、认可、害怕等多道环节，才终于对诸葛亮服服帖帖。缘此，庞统能让曹操"一见如故"确确实实是一个了不起的存在。因为庞统大本事。以庞统落拓不羁、满腹经纶的洋溢才华，单就说滔滔不绝、旁若无人的辩才，恐怕连诸葛亮都不是庞统的对手哩。所以，庞统竟拿曹操手底下的谋士满宠都"萝卜勿当小菜"，劈头盖脸便给了满宠一顿"老实勿客气"的狠狠教训。

满宠"摇摇摆摆"地来出招了："凤雏先生！满宠久闻大名，如雷贯耳，今日得见，不胜荣幸！先生，远涉江湖，来抵赤壁，定有妙计，指教丞相大破江东，请问先生有何高见？"你看，庞统"老实勿客气"、接招还招，弄得曹操"面子落勿落"、直截了当"驳了满宠的面子"。因为"曹操一听，好！格个庞统，真格！何以见得？闲话里听得出，闲话几化杀辣！"杀辣，庞统、曹操分明"说起了"对口相声。庞统逗哏多厉害，那是一派火辣辣的"水流哲学"，战争是血，用兵为水，水随物而赋形，血热凝而洒喷，故而，战争与用兵——鬼神不可测其妙，父子不能达其情。这话够意思，吾庞统是来跟曹操"对接"连环计，专程来给曹操"上个送死当"，要"搅光"曹操的人家，吾庞统大老爷在用计，有你满宠"装孙子"的份吗？庞统嘴巴凶，倒也罢了。关键是曹操出来"夹篙撑"，立场出了大问题。在曹操"天上掉下个庞士元"，可怜了满宠——曹操手下这个不可多得的明眼人！明珠暗投，给白白糟蹋。

为将之道，用兵之道，行军之道，庞统头头是道，曹操相形见绌。怎么办？曹操会胡调，请注意：曹操的胡调，并非"瞎胡调"。于是乎，说书家巧妙地跳进跳出，曹操其人既又被唐耿良"跳进了"明眼人的见识，更又被唐耿良"跳出了"正派人的排列，一事当前——曹操总归要"心理发病"——不是疑神疑鬼，就是犹豫不决；不是故作高深，就是糊涂上当；不是先入为主，就是自以为是。

想想有意思。庞统见过曹操、孙权、刘备这一时三雄，还是曹操最为礼待他，这正是曹操招贤纳士、求贤若渴的实例。同样孙权、刘备都是以貌取人，可见曹操对于人才别有慧心。

第八十八回《连环计（二）》艮

庞统"艮头艮脑"是真的又是假的。真，因为庞统本事大，有"艮头艮脑"的资格。假，因为庞统勿"艮头艮脑"，曹操如何会上他的送死当？庞统这位"外向型"的智囊毕竟大不一样啊。诸葛亮"内向"，做起事情来也是"一心一意，一事一议"，凤雏先生做功好，会得做戏，办事效率高多了。诸葛亮江东书情以来，"间谍的故事"大行其道。诸葛亮"间谍"顶顶结棍，派出江东人去为他做情报工作。周瑜最滑头，骗得"聪明人"蒋干糊里糊涂被他给做了局，蒋干万万勬料到，他的"为做间谍而做间谍"竟然是"主动上了周瑜的钩"。庞统么"艮头艮脑"，他的间谍行动都"程式化"了。曹操送来酒水勿吃是标准动作。庞统"想计策"做戏——哈哈大笑，不对啊不对，最后么叹气，这样的程式能够重复二十多次，充分说明了"外向型"间谍庞统绝对过人的迷惑性。三个大好佬，三种间谍方式，"唐《三国》"用心之深之细之与众不同可见一斑，说书家由此也似乎具备了几分谋略家"做间谍"的味道。

"唐《三国》"一百回，共有五对"上下集"——《草船借箭》《苦肉计》《密献诈降书》《连环计》《借东风》。这五档"上下集"书情结构上，大同小异。基本都是上集相对松散、以作铺垫，下集较为紧凑、潜足关子。《连环计》这档书形式上靠近《草船借箭》，《草船借箭（二）》是诸葛亮在唱独角戏，《连环计（二）》唱独角戏的是庞统。内容上，《连环计（二）》倒是接近《蒋干盗书》，只不过，蒋干是与周瑜做"哑剧"，庞统却是一个人在那里独往独来独角戏。

庞统"艮头艮脑"得"另有一功"。你比如，蒋干这样一个与周瑜称兄道弟的"谦谦君子"，盗书起来却是那样一副"急吼吼的赖皮嘴脸"。庞统呢"艮头艮脑"，脾气算得暴躁了，火药芯子，一点就着。嗳，奇了怪，你看庞统来来回回、磨磨蹭蹭、惊惊乍乍那副熊样子，入戏出戏、好不泼烦。说是说庞统"艮头艮脑"另有一功，其实说到底，还是说书家另有一功。

毕竟，口头文学也是"文学即人学"。说书家忒明白了——即便都要表现偷偷摸摸的"做贼"状态，蒋干从头至尾始终都在"碰运气"，因为"天上掉馅饼"在蒋干是完全没有"预则立"的，所以，他才会慌慌张张地就"急中生智"，爽爽快快地就上了周瑜的当。庞统，可有大不同。啥体？庞统满腹经纶、成竹在胸，所以，他知道自己最终稳操胜券，因为他是用"预则立"来武装自己的行动者。换言之，庞统是在用自己"战无不胜的思想攻略"与曹操进行"看不见战线的心理博弈"，所以，虽说高处不胜寒，高处却是庞统决胜之地。

实际上，庞统最为高明的地方，还是他与东坡语录之相合，叫作"无意于佳乃佳尔"。庞统是在用计吗？当然在，而且用的是唐耿良所说的"毒辣计"。庞统没在"用计"吗？也是的。因为庞统并不在意自己是不是进入了"用计"状态。庞统的用计始终都是大大方方的，好像他就是曹操特意聘请来为"赤壁大战"进行现场指导的"谋略实践家"。再来看蒋干，始终是斤斤计较于官禄得失，总是离不开、自然也"甩不掉"他那一副贼头狗脑、真个二五的市井模样。结构相似之中，内容自得落差，内涵更加有别，说书家时时处处都在把自己所追求的艺术哲学——"心尽性情灵"，一招不落地配伍在了"说噱谈评综"的种种微妙细节中。

说书家设计了庞统与曹操的一场"对手戏"——噱。庞统"连环计"已然得手，却在故意"发艮劲"，说道："丞相，这连环船，不能搭。"曹操呢，尽犯傻，有意"摆奎劲"，大拍其胸脯："老夫一定要搭。"庞统"艮得好连艮"，大大交在发脾气："连环计不能用。"曹操"寿搭搭起来就加二寿"，吾曹丞相说话算数的，"老夫，一定要用啊！""艮头艮脑"庞统"做功做到底"，喊一声："庞统前来，毁灭丞相百万大军。"曹操"作死做到底"，也要跟进"艮"一声："呃，老夫情愿毁，灭。"

第八十九回《徐庶脱身》走

三十六计，走为上策。徐庶要"走"了，要逃离曹营，他要做"拔脚花狸猫"了。这是一回平台书，说书家却在平台书里先推出一个高潮来，把"不显眼的闹猛"做成了"噱翻天"的喜剧。这就是苏州评话语言艺术的"一招鲜"。庞统"三十六计"逃走了，徐庶追——却原来，追急急的徐庶是为了自己也要"三十六计"。庞统"走"，为书情的"正"，因为他是一定要回去向周瑜"销差"的。徐庶的想"走"，却是说书家的"奇"，因为徐庶作为"汉室正统的'奇格'人物"，毕竟属于"唐《三国》"中重要的智囊人物，所以说书家一定要给他配上一个"人道主义的命运"——不知所踪。徐庶终于完成了他的"三十六计"——走。曹操为"死脱的假徐庶"隆重开丧。末了呢，才"过后方知"，发现自己搁了徐庶最后一次大木梢。

本回书，徐庶追庞统的这一节，似曾相识。前书时，邓芝吓刘备的那一段，其书情结构之相似程度，堪与徐庶追庞统如出一辙。书情虽如出一辙，书理则得其一致，书味却自有其殊。

徐庶追庞统，苏州人说法：打闷棍，扳娘舅。说书家极尽了脱脱空空（不着实）、虚张声势之能事。徐庶高喊其喉咙，猛做其假佬戏，庞统拼命其慌张，大出其虚头屁头吓头。于是乎，徐庶对庞统，"狠狠交缠俚（搞他）一记"，庞统呢，心里向着实是"喷喷交一气，吓着一大跳"。徐庶、庞统这对老弟兄，秉持同一条书理——贼。真贼、假贼，做贼、捉贼，他们都是曹操营中的贼，都是曹操营中的"江洋大盗"。唐耿良书中话说，那就是：贼人心虚。

徐庶善于在曹营中"凭良心做贼"，他追庞统是应了那句"以做窃之心度贼人之腹"。因为徐庶"做贼"、拆曹操人家在他来说早已是老吃老做，所以，徐庶再把他对曹操"做贼"之法搬到庞统身上就是一举两便、熟门熟路的了。由于徐庶将庞统这个"做窃之人"的心理捉得牢里牢，因此，他就像"真的一样"，对着庞统拿出了一副穷追贼骨头、痛打落水狗的气势。

徐庶追庞统，是搞笑、是作怪，当然是贼喊抓贼那种穷追不舍的兴奋味、颠狂味，庞统一门心思只顾逃，则变成了过街老鼠的逃命味、奔窜味，这种种的味，说书人说得"偷偷摸摸，鬼鬼祟祟"，听书者听得清清爽爽，嘻嘻哈哈。这回书，说书家做足了喜剧味，让听众过足了"玩笑瘾"。庞统对着曹操众人多么狠天狠地、不可一世啊，"碰到了自家人"徐庶，反而如同一只风箱里的吓呆松鼠。徐庶在曹营长期遇头遇脑、偷奸耍滑，今朝对准了庞统"贼喊抓贼"却是如此扬眉吐气，两个"江洋大盗"，一是"曹营大活宝"，一为"逃命大好佬"，说书的微妙便即在于——说书家"雪藏"了一个最大的道理：无论哪个大好佬，他们背心上都不长眼睛，所以，庞统这样连曹操都敢欺三分的"大好佬"，顺理成章便成了"大活宝"徐庶尽情捉弄的对象，说书家惯会把表面现象说足输赢，又要将"内部消息"藏躲其间，这就是苏州评话的"味道阿要有苗头"。所谓"道理要说书自家来说透，趣味则全凭听客去理会"。

听客呢，一壶浓茶，手心捧牢，闭拢眼神，耳听最好，随徐庶贼喊抓贼，让庞统抱头鼠窜，在他们，唐公抑扬顿挫的声气，醒木落台的拍击，一歇歇大起爆头，一歇歇温柔之极，任傢吓人倒怪、有真没假，无非人情世故、嬉笑怒骂，排日听书，天天要有看好戏的快活味道，盼结局的渴望味道，旁观者的悠游味道就好。

第九十回《横槊赋诗》味

老夫醉了，横槊赋诗。理味趣细奇，怎一个"味"字了得。曹操是政治家、文学家，唐耿良说书说理，他善于把"书"说在曹操政治家这方面，所以，曹操的"书"来自对其"奸贼坏路子"百分之一百的情节虚构，可这回书却把"理"做在了曹操文学家"横槊赋诗"这个史实之上。人生几何，何以解忧？——说书家生动表现曹操文学家之狂狷，既是为了借书情之机展示这一个曹操的人性之味，更是在独擅心曲，为曹操人生之忧做出隐喻：大战在即，不祥之兆——绕树三匝，无枝可依。听赤壁之战，曹操败退彝陵道，败归葫芦角，败走华容道。大败而三逃，无处藏身，此乃说书家附会，也为比兴法所在，更是曹操命运之战的文学总结。

《横槊赋诗》这回书：曹操用狂——周瑜变疯——诸葛装神。曹操庆赏连环船，那派势，恰如后世苏州人范仲淹豪气所云：把酒临风，其喜洋洋者矣。唐耿良形容得真美真够味："月明星稀。月亮光照到江面上，江面上格波浪，微微交翻动，仿佛像万道银蛇戏水。"唐耿良擅长用书情中"美之虚境"与"败之实况"所导致的断崖式落差，营造某种挥之不去的悲哀氛围，让曹操这个人物形象"性情内髓化"的生动心理逻辑来构建苏州评话审美创意的阔大外延之韵味。"唐《三国》"与中国古老的诗歌传统，在"美的意境"是相通的，银蛇戏水月当头，是为美、是为境、是为"美的意味"。同时，在"悲的意味"亦然相通，月明星稀，着实太美、着实极致、着实酝酿"新意"。于是乎，乐不可极，乐极生悲。愈是快乐，愈发悲哀，愈盼心想事成，愈加失望以极。

月明星稀，说书家"点一句"，点睛传神。你看，只有充分舒展的无比之美，才会有曹操的"老夫聊发少年狂"，才会有本回书实际上存在着的"淡淡的哀愁味"，才会从欣喜若狂"被盲目自信冲昏了头脑"的诗意气氛中，把"曹操用狂"的可怜可笑、"周瑜变疯"的可思可惑、"诸葛装神"的可待可玩，做出了贴合书情需要的某种令人无法抗拒的一举三得——"曹操用狂"已成过去时、"周瑜变疯"成为现在时、"诸葛装神"必成进行时。

"曹操用狂"达到了顶点，中国哲思谓之曰：物极必反。下坡路——迎送曹操败走华容道。

"周瑜变疯"突发了异况，中国智慧指示道：顺其自然。心病苦——却原来性情纠结苦恼。

"诸葛装神"借来了东风，中国美学称其云：奇怪生焉。唯天助——真个得来全不费工夫。

千头万绪，贯于一线。《横槊赋诗》所贯穿着的不外乎曹操性情这一条"心理路线"。以政治家最其宏大的"治平野心"而言，曹操其实很孤独。周遭的群众，很多酒囊饭袋，心中的豪情，难有可解之人。借酒消愁愁更愁，横槊赋诗诗亦忧。于是，曹操孤独的性情，借酒以疯、赋诗而狂，然而，孤独的心只在天地间长存，身旁的人永远都是"阿木灵"。

说书说理之合乎逻辑，说书说人的性情本质，"唐《三国》"为苏州评话艺术做出了优秀的榜样。是的，有人在说：曹操啊，今天你是失准了——你位高居于丞相，却胡言乱语、没了准头，你兵屯驻于江东，却对大乔、小乔心怀不良，你喝醉了酒，却赋诗乌鹊、大放厥词。曹操啊曹操，你愧对了政治家的称号，你放肆了正常人的欲求，你践踏了吾等之辈心中的仁义道德，你胡说了实在太过出格的一派狂言，看你怎么收场、看你如何下台、看你脸面丢光。曹操——老夫醉了。这位政治家兼文学家的豪情，被酒的烈火熊熊燃烧，同时，政治家的务实作风，一定会教他——醉翁之意不在酒，所以，曹操自己找到了"落场势"，自己能下台总归要比被别人给赶下台去多留出一点微薄的面子，谁叫咱中国人最最讲究的就是一张面子呢？可是，人们没有看到政治家自己能下得台去。此时此刻曹操就没有意愿——自己能下得台去。

曹操志在统一中国的那段得意表述，在"唐《三国》"中几度"重复"，这里说书家刻意安排了曹操"战无不胜，攻无不克"的"再度重复"，其妙用昭然若揭：这一次赤壁大战，曹操之所以全军覆没、惨遭败绩，既是命中注定，又是造化弄人。一来曹军不善水战，二则缺少水军良将，三又加之病疫流行，这些最严重的不利军事因素，直接导致了曹军水战的无法取胜。同时，江东老将军黄盖苦肉计，寒冬里诸葛亮借东风，曹操更是中了连环计，于是乎，谋事在天，成事在人，便活活地真正应验在了赤壁大战"冬天里的一把火"。

第九十一回《孔明问病》风

《诗》三百，赋比兴。民间文艺与《诗》三百亦常常暗合，如这回书信手拈来的比兴手法便是明证。

说书家通过比兴大造其势，极富层次感。由旗杆折断而起——由物象而及人情，由人情而生惊心，由惊心而出急病，由急病而成铺垫。说书家妙施"推车上壁"之法，把周瑜情急之下的"严重心病"，步步惊心、层层出奇地加以生动渲染、描述。唐耿良就像一个高级的性格化装师，诸葛亮是神圣一般的人物，要为他造像美容谈何容易。所以，说书家动用侧锋，就将周瑜、鲁肃这些人物一番重笔浓妆，而干脆让最有"看点"的诸葛亮去"素面朝天"、不施任何装饰，这便是苏州评话的高级"活儿"了，用文词来说，即所谓——无意于高级而高级。说书家在书情里把华佗神医"细细加以表述"，也是"醉翁之意不在酒"，诸葛亮问病不在于他的医术有多么高明，而是他能看懂、看好周瑜那一颗"有病无病、情致多变"的心。

"三国演义"各家代表人物曹操、周瑜、诸葛亮，在本回书中都有了不平常遭际。曹操连环船试战，急急忙忙收兵。周瑜大获全胜后，闸生头里得病。诸葛亮充当老中医悬丝诊脉来劲。周瑜吐血，孔明问病，周瑜、鲁肃、诸葛亮的"群聊"闹猛了起来。

周瑜失算，吐血惊风，最急、最怕、最手忙脚乱的就数他这位"寿搭搭"的"好同志"鲁肃了。周瑜微信"失联"了，鲁肃赶上门去求见这位"网友"，周瑜吐血"病危"了，鲁肃手忙脚乱请来一帮名医，周瑜干脆"绝食"了，鲁肃忙不迭偏就去报告孔明，于是乎，说书家不再"老实不客气地"做那巧将安排了。既然江东一等头、一等一的大人物鲁肃、周瑜临阵而惧，都在束手筛箩了，那么，"江东阵势大乱"如何才能回归到"江东局势大治"？这是个问题。唐耿良对鲁肃说：好办，去，快去，快点去请教"孙刘联和"统一战线的神仙人物诸葛先生。

你看，周瑜的群聊。鲁肃这一头问寒问暖、请医送疗，那个忙乎劲，忙进忙出、忙里忙外、忙上忙下、忙实忙虚，说书家用这一个"忙"字，验证周瑜、鲁肃这对"欢喜冤家"老哥俩的深情厚谊，那叫一个——"同志 + 亲戚，战友 + 兄弟"。鲁肃在这里，固然又在一个劲地"寿里寿气"了，然而，说书家独独看好了鲁肃的"寿里寿气"，而给鲁肃的"寿里寿气"，加码，加码，再加码。因为这边鲁肃的"寿里寿气"愈是结棍，下一步，诸葛亮的神乎其神才更加显得大出"风头"，这就是苏州评话的"书顾左右而言他"，此时此刻任听众心里再急，说书家依旧稳稳当当做着那"慢铺陈"。

应该还记得，"周瑜回师"前书里，孙权也是"急出了一场大病"，那时听众心里同样比孙权还急，嗳，凭鲁肃再急、孙权再急，你听众再急，苏州评话就是要把这种"急得发急疯"做得慢慢吞吞、忽忽悠悠，这是为什么？说到底，简单——周瑜要"风"，诸葛亮有"风"，但是，只有在周瑜为了"要风"而彻底绝望时，诸葛亮"送风"挽救周瑜才得"春风化雨"，才是救命王菩萨，才能"一风定大局"。"唐《三国》"的"慢铺陈"，让你不服都不行。

周瑜撂挑子，群聊不等闲。周瑜"群聊"中，孔明这一头应邀"登门拜访"。啥格叫孔明？一事当前，大局第一，这就是孔明。为难之际，有我在此，这必是孔明。周瑜"吾必斩之"对孔明，孔明"吾必救之"还周瑜，这才是孔明。"周瑜格病，叫心病。心病呢，吃药，勿解决问题。心病呢，要用心药来医格，一把钥匙开一把锁。"周瑜的心病源自与曹操的赤壁决战，而能来为周瑜"心病"开锁的，只有这一个诸葛孔明。是不是觉得，说书家所有"做局"，目的都是为了要给刘备、诸葛亮加分，加分，再加分。所以，曹操只能"横槊赋诗"而乐极生悲，周瑜因为

"要风"而不得不"心病"难治了。

周瑜群聊"失联"，"寿搭搭"的鲁肃便跟"素面朝天"的孔明一问一答，那一聊，可是聊了个畅快而又明白。诸葛亮问："大夫。"鲁肃答："先生。"诸葛亮问："为什么要帐门紧闭，厚帘下垂？"鲁肃答："喏，呃喝，因为我家都督怕风。"诸葛亮问："喔，大都督怕风？"鲁肃："是啊。"诸葛亮总结："啊呀大夫，大都督何尝怕风，只怕大都督，是要风。"哇，有没有搞错。鲁肃说在：周都督怕风，孔明却说：周都督要风。只有诸葛亮，也只有诸葛亮了，因为只有诸葛亮才是"与周瑜灵魂打交道的人"。

第九十二回《借东风（一）》遮

"唐《三国》"一百回接近尾声，逐回点评下来后，不同的回目有不同的手法："关十回"——日出云推法，"赵十回"——水落石出法，"群英会"——薄云遮月法。如本回书，说书家就是借了鲁肃这层"薄云"，通过"遮遮掩掩"的各种细节，围绕"周都督怕风。勿是怕风，是要风"渐次做开了诸葛亮借东风的故事。鲁肃"遮"，"遮"在了他的"寿里寿气"，他的喜剧很明快；诸葛亮"遮"，"遮"在了他既要解决"风"、又要照顾周瑜的面子，而且，周瑜好似孙悟空，诸葛亮有点像如来佛，所以，如来佛反而倒要替孙悟空"遮遮掩掩"，这一层喜剧耐人寻味，嗳，让你要笑会笑不出来，但是不笑呢，又是实在忍不住。周瑜"遮"，"遮"在了他的"要命心理"，他又要瞒着鲁肃，又怕诸葛亮笑话，还背负着"心里对不住吴侯信托"的沉重十字架，故而，周瑜的喜剧"很是可笑"，但他的性情叫人"极为可怜"。

"唐《三国》"一百回"文化意味"最厚重的书目，就是《借东风（一）》。望闻问切，鹅掌疯，白癜风，鹤膝风——这都是中医文化。三朝迷露西风起——来自于生活文化。特别是诸葛亮七星台作法等道教与传统文化，生动有趣，令人惊叹。如：指南针夹盘，八卦——乾坎艮震巽离坤兑，巽地红土测风水，等等。还有如：七星台尺寸——三层高九尺，底层六十四丈围圆，当中二十八丈围圆，顶顶上头十二丈围圆。便是唐耿良在充分地发挥"苏州评话数学家"的机敏优长。

可以说，"唐《三国》"战略性地为苏州评话留下了道教文化珍贵资料。20 世纪 80 年代，当时中国最强调社会主义精神文明建设，并且，还曾经掀起过一场反对"精神污染"的运动。按照那时主流意识形态的论定，一切"装神作怪"自然都是属于封建迷信的"精神污染"范畴，因此，即便堂堂的中国古代智慧之神诸葛亮先生"装神作怪"自然也是概莫能外属于封建迷信的。因此，我们由衷地佩服 80 年代上海人民广播电台的精神魄力、佩服 80 年代苏州评话艺术家唐耿良的精神胆识、佩服 80 年代苏州评话艺术听众的精神宽容。因为在那时，电台敢于播放《借东风》书目本身就是一种难得的文化眼光，演员敢于演出《借东风》书目本身就是一种难得的文化觉醒，听众敢于容纳《借东风》本身就是一种难得的文化风韵。

本回书"悬丝诊脉"好不引人入胜。诸葛亮把牢鲁肃个脉，鲁肃再"过房"去把周瑜个脉，这样把"过房脉"之景象，在十足的喜剧意味中，传达出唐耿良苏州评话艺术特有的文化内涵。说书家此处垫上了这句"把过房脉"的"小卖"，确实给人以一种类似"久旱逢甘霖"般的"豪华亲切感"。你听，"周瑜寻死觅活，鲁肃束手无措"的书情，简直就是十二分的苦闷无奈＋十二分的走投无路，所以，有救命王菩萨诸葛亮来"看破了东风天机"，周瑜、鲁肃的绝望心情适才得到"彻底解放"，书情的紧张氛围便也变化成了十二分的喜剧。

最关键的情节"借东风"，集中在了诸葛亮的七星台作法。说书家最想表达的其实还是诸葛亮对于东南西北"四方道德星君"的默默通神、谆谆祝告。这是诸葛亮的责任感——他在向"孙刘联和"统一战线交代完成任务的情况。这是诸葛亮的得意感——他在向八十三万曹军招手、呼唤：曹丞相，你可是号称百万大军、千员大将，快来决战吧！这是诸葛亮的归属感——刘备、诸葛亮是鱼水关系，诸葛亮归心似箭，因为这一回诸葛亮要通过自己"空面袋装米"，彻彻底底地摘除"孤穷刘备的贫困帽子"。这是诸葛亮的报复感，也就是诸葛亮人性当中的阴暗心理。说书家草蛇灰线，诸葛亮也有坏心——"老实讲，吾诸葛亮要报复的。嗳！侬害吾三趟么，吾要报复。吾呐吭报复呢？将来气煞侬格辰光，吾决勿一气就气煞侬，吾第一次气得侬半死半活。第二气么，气得侬奄奄一息，牵了牵。第三气么，送侬回转去！"

一部"唐《三国》"，阴暗心理，可否如此排序——周瑜，第一等阴暗心理，他对于"三国第一能人"诸葛亮始终抱守了"吾必斩之"的阴暗态度；曹操，下一等阴暗心理，他对于"三国第一圣人"关云长一向都使出"两面三刀"的阴暗做法；孔明，末一等阴暗心理，他对于"三国第一狠人"周公瑾最后也是取着"气死周瑜"的阴暗念头。

第九十三回《借东风（二）》改

诸葛亮完成了出使东吴"联孙抗曹"的历史任务。这回书收官，惊心，惊险，惊悚。书情三大块，可分为——大悬念，大变脸，"大悲痛"。大悬念——东南风，无疑是"群英会"整个书目的谜底。说书家最后说明，诸葛亮之所以借东风，并不是出于装神弄鬼、作法自高，诸葛亮只是为了逃生而已。所以，大变脸、"大悲痛"皆随之而来。大变脸——诸葛亮借来东风，以"法力无边"服众。周瑜下令箭要杀孔明，徐盛、丁奉先是死活勿肯杀孔明。他们"误杀了"周毅之后，才"大变脸"恨煞诸葛亮。"大悲痛"——大悲痛之所以加引号，因为各方当事人立场不同、态度有别。周毅拜师诸葛亮，又换诸葛亮衣裳——真个是作死。诸葛亮有心"害死"周毅，成了"唐《三国》"书情最大的"毛病"——违逆人性。杀了"诸葛亮"，鲁肃难过得大哭，知道死的是周毅，"鲁肃开心啊"。这一点，太不通人情，而且也与"说书说理"相背驰。固然鲁肃是"寿里寿气"，但不能因此而忽略他与周瑜是"顶顶要好的朋友"这一书情的人文肌理。所以误杀了周毅，作为鲁肃于情于理都不应当开心。

整旧与创新——这是 21 世纪新时代苏州评弹艺术在当今发展中最重要的两大主题。

对于整旧，一定要用 21 世纪新时代精神以及这个时代最为光华的人文品格，去"整理"其旧而弃其糟粕，去"整新"除旧而振兴人文。关于"整旧"兹特地摘录下面文字。

以《金钗记》（以下简称"金"）这部书为例，自十六回以后，那些"枝枝干干、琐琐碎碎"的"细节"占据了相当之多的篇幅。而在破夜壶与红云等书情中就遇到了瓶颈。这个瓶颈提出了老书整旧的问题。

说书、为文都讲究——凤头，猪肚，豹尾。《金钗记》这部书却单单是个"空心肚皮"，蒋月泉大师说书本事着实地大，所以，那些个"空心肚皮"都能被他用丰富的经验和生动的手法"塞得"实实足足。而由于种种原因，后来者则还有待于把这个"空心肚皮"来填实足。

因此，"金"这部老书需要与时俱进，用 21 世纪的"两创"新思想进行——整旧。同时，新时代说书家只有尽量提高人文修养和眼光，才能通过书目整旧达致扬弃后的升华。

整旧中，一要提升"人文性"，也就是要"人性化"。如黄海华"金"书里破夜壶、红云那种戕害人性的书情和噱头，与现时代人文主义精神便已格格不入。二要讲通"合理性"，也就是要"说得通"。说书家自己"说得通"自己了，才能"说得通"听众。"金"这本书里，金大娘娘的遇事"常带七分凶"、处处都"硬是要"不讲道理，还有芳兰搜庵堂中显得过多的自相矛盾的书情，无论是当时情境，还是在时下观照，都值得商榷应该进行整旧。三要懂得"思想性"，也就是要"重立意"。老祖宗留下的好东西，当然一万年都要保牢它并加以传承。那些明确能够辨别的糟粕，则要在其被发现的第一时间即加以抛弃。而一些暂时看不清的部分，保留其有价值的东西。对没有多少价值又不太影响书情的，要坚决加以剔除。

整旧要根据演员自身特长，唱功好的演员应该通过增加唱篇来积极整旧。如一些书情不适合时代，就可运用唱来增加一部分表演时间，而删去"糟粕性书情"。这样既能把书情做足到位，不影响十五天书场的演出档期，又可将"艺术随时代"有机贯彻到艺术实践中去。

本回书，周毅按法该死吗？他犯了什么死罪？难道就因为他是周瑜的弟弟？难道就因为周瑜对于诸葛亮的"吾必斩之"？难道周瑜犯了"罗贯中的刘备正统之王法"，周瑜的弟弟就应当去做"替罪羊"？"金"书中，红云——按法——不该死，周毅于情于理同样亦不该"获"死。

整旧，为苏州评弹艺术提出了"审美情趣的人文标准"。改，"改"周毅是被"自己的哥哥活活捉弄"而他却没有死在"诸葛亮的阴暗心理"之下，是否"唐《三国》"关于周瑜、诸葛亮"斗智害生"的人文品味就会有更大的提高。换句话说，"唐《三国》"如果能把"周毅冤亡，因果报应"的陈套主题加以整旧、加以更新、加以"从合情合理走向合法"，那么，"唐《三国》"这部优秀的苏州评话艺术珍贵遗产，是不是就能更高地再提升自己本来已经鹤立鸡群、凤毛麟角的人文主义品格？是的，应该是这样——走出机械的因果报应，走向生命的人文主义。

第九十四回《周瑜发令》细

赤壁鏖战在即，周瑜、孔明各自发出战斗号令。书情没有多大的起伏，但是说书家用心之细值得听众认真注意。本回书，照例为传统苏州评话艺术习用的"三段生"结构。苏州评话一回书，一般表演时长通常近"一点钟（一个小时）"，"三段生"书情结构的好处就在于——一是有利于书情相对集中、书路眉目清楚，二是有益于经验丰富的说书家腾挪"撒网"、调度布局，三是有助于听众抓牢书情、用心听书。

一档平台书，为了避免结构的松散、书情的平庸，"唐《三国》"往往都会运用"开场白吊胃口＋落回做关子"的手法。比较有特色的，就是前面书目中"周仓三战赵子龙"的情节。《周瑜发令》这回书，也可以说是如法炮制，它以开场白生动紧凑、中段的内容丰实、落回时布局"种根"，也就是以"凤头、猪肚、豹尾"的结构手法，让听众在书情的腾挪推开中，领略周瑜发令与孔明发令的异同，诸葛亮与关公"吾勿相信"的争论，把听众的注意力"有意识地"引向赵子龙、关公这样的英雄人物，不知不觉之中"平台书"也同样让听众感到"情节不俗、味道不薄"。最终，还是说书家通过他们自己长年累月的艺术跋涉和艰辛探索，既保持了整个长篇书目的千锤百炼、精益求精，又使许多无法避免的平台书也能像"高潮书""关子书"那样达到相对的艺术高度和审美水准。

赵子龙的开场白，说书家可谓用足了"细"。因为赵子龙在诸葛亮导演的"劫火法场"书情中，"真真假假，虚虚实实"，很是具有了一番不同寻常的精彩表现。实际上，从军事管理角度进行观照，不难看出：诸葛亮与赵子龙，就是一种"一而二，二而一"的精神同构关系。当然，诸葛亮是导演、是舵手、是"魂灵性"，赵子龙是演员、是水手、是"执行力"。其中，更为关键的是，诸葛亮是"孙刘联和"统一战线的始作俑者，而在刘备阵营中对于"孙刘联和"战略思想，理解最深透、执行最得力、贯彻最到位的就是赵子龙这位"白袍大将"。

周瑜发令。行书的过程，比较的平坦。说书家一言以蔽之：周瑜发令的关键词，即是"捉拿曹操"，这也是说书家"草蛇灰线"功力深厚的生动体现。因为前段书，周瑜"吐血发病"之时，"最激动的心理想法"恰恰正是捉拿曹操，诸葛亮是给"铜雀春深锁二乔"做过局的，周瑜呢曾经为诸葛亮的做局而发过誓。听来要仔细，唐耿良步步为营，随时随处、播撒"活儿"，其细或轻轻"点一句"，或深深"连一局"。所以，"唐《三国》"才能让人百听不厌。

孔明发令。说书家一波三折，就是苏州评话手法中的"三来兴"。一来兴，诸葛亮发令目的十分明确，打扫战场——舍曹操而取实惠。其实呢，诸葛亮"狡兔三窟"还导演了一台精彩绝伦的"华容后戏"。二来兴，诸葛亮发令生动有趣，他给张飞发令箭时，唐耿良特地在此托了一句"饭烧好，冲出去"，这就是"唐《三国》"书情生活化的喜剧性特点。因为诸葛亮聪明绝顶，他的智慧来自于"博览经纶"，更多的却是对于生活的观察与思考。三来兴，自然就是指诸葛亮发令箭竟然"冷落"了关云长，看似属于"奇谈怪论"，谁知真是"一场好看"。

唐耿良说书细表细做，确实有着那么一种"有为而不治，无为而有治"的艺术辩证法的鲜明特色。君不见，周瑜、孔明两种发令——出发点、风格、说表手法都不一样。这就是说书家艺术经验丰富、老成的突出表现。而且，唐耿良行书基本上是不用"如此这般，这等这样"之"习惯省略法"的，那么，"重复"怎么办？唐耿良的回答是——细表细做，就好办。

哦，别忘了。书情中，诸葛亮写给周瑜一封信，用的是七言诗——"孙刘联和共破曹，羽扇轻摇不辞劳，七星台上无风起，铜雀宫中有二乔"。"一叶扁舟寄江东，羽扇夹仔东南风，今朝游走归故里，何劳遣将送江中。"只要是学过"中国文学史"的听书朋友，不由得总会惊诧一下，咦，当时还没有出现七言诗？是的。静心再一想，似无大碍。苏州评话是民间传统的说唱艺术，应该允许说书家虚构和"穿越"一下子。

第九十五回《火烧连环船》嚼

曹操打仗惯于"以少胜多"而出名，这一回自家却惨败在了"以少胜多"。打仗、用计是人性的博弈。周瑜专门跟诸葛亮比智商，刘备呢，却专门跟别人比情商，看起来，还要算刘备是驾驭人性的高手。斗过来斗去，最后刘备还是坐了江山的。这或许就是情商高者最终高于智商高者的道理吧。这回书，说书家大显本事，抬出了曹操必有大败之"骄"。未成大势的曹操，脑子里装满"批评与自我批评"，可是赤壁之战的曹操，已经利令智昏、极度膨胀。这一点，唐耿良在《横槊赋诗》书情中早已多有交代。此时再来听，深觉说书家用心在前，连贯于后，可说是"细"到了书的骨子里。

人有见面之情。诸葛亮用这六个字对于关公进行着"仁义礼智信"之外的心理撞击。也是，对于敌人诸葛亮毫不留情地用计、消灭，对于同仁诸葛亮用情有加地督促、提升，他对于赵子龙是大胆任用其智勇巧谋的将帅之才，他对于张飞是耐心开蒙其赤子真率的性情之才，他对于关公则是循机善改其无分别心的圣人之才。

诸葛亮为了彻底收归关云长的"无分别心"，简单明了而又意味深长地推出了他的"性情理论"，也就是上面提到的六个字——人有见面之情。而且，诸葛亮拉开了"五部曲"的节奏：

"人有见面之情，只怕君侯，遇见曹操，还是要将他放——走。"这是提前拿出结论的序曲。

"如其君侯，能将曹操擒获，本军师，可以将首——级取——下。倘若君侯，把曹操放走么，又如何呢？"这是及时给出退路的规劝曲。

"愿立军令状么？"这是已然放出"死活手"的"将军"曲。

"君侯，倘然曹操，不向那条路上而来，是本军师失算，亦将首——级取下。"这是再度摆出姿态的警示曲。

"君侯，令箭一支。带领公子关平、副将周仓、校刀手五百，在华容小——道埋伏，曹操来时，一定要将他擒捉！"这是最后做出决定的关门曲。

听书总得听个热闹，像张飞的书情——永远都在热闹人心。古城相会，张飞跟关云长"冲杀得"热闹；三闯辕门，张飞跟诸葛亮"顶撞得"热闹；兵败当阳，张飞跟赵子龙"交情得"热闹。热闹天生三分喜，说书恰恰是喜剧。然则，说书毕竟还是"喜剧的艺术"，光有热闹还远远不够。就像现在某些人的相声有"活儿"、特热闹，要是其人能把那些"活儿"和热闹再进一步向"相声艺术"这四个字的境界提升，那才能真正地为相声做出独属于其人所应有的贡献。光是图个面子上热闹，恐怕未见得能成了大气候。如"唐《三国》"中，诸葛亮的书情并不怎么热闹，但是极有"嚼头"：诸葛亮"临江会"的失态，可以细嚼这个神仙人物的性情之真切；诸葛亮对张飞的"承让"，可以玩咬这个领军人物的情绪之把控，诸葛亮对着关公"吾勿相信"，可以咀嚼这个智慧人物的情商之度量。

赤壁大战这一节，听众可以比较透彻地听到说书家对于曹操这个人物"寿搭搭"一面的塑造。

曹操熟读兵法，却"寿搭搭"于虚则实之、实则虚之这样的字面教条。

曹操雄才大略，却"寿搭搭"于疑心病重、死要面子这样的心理困厄。

曹操自以为是，却"寿搭搭"于蒋干盗书、战船连环这样的乌龙惨剧。

当然，"唐《三国》"有着各等人物"寿搭搭"的群像。鲁肃最为"寿搭搭"，在他的眼中"诸葛亮本事要比周瑜大十倍"就是至高无上的真理了。周瑜"寿搭搭"，在他的心里"悠悠万事，唯此唯大"就是对于诸葛亮"吾必斩之"的偏执了。张飞也"寿搭搭"，不过，张飞的"寿搭搭"随物赋形碰着"桃园三结义"，他只认死理，碰着军师诸葛亮，他赤子性情，碰着兵败当阳道，他随遇而安。

第九十六回《赤壁鏖战》死

口语化，生活化，内髓化，构成了"唐《三国》"评话艺术说表特色。"唐《三国》"100 回，极为纯粹口语化的特色，真让 21 世纪的听众惊为古典。真是古典的说法，时代的精神。现在说书"定本定时"的路数，全然把说书做成了背书。生活化，来自于生活经验。过去说书家经常下生活，他们是生活中的观察家，本回书，就是生活化的艺术实例。关于"一级战犯"的命运归宿，说书家纯熟地运用了生活逻辑。蒋干被烧死在了连环船上，这就是他的性格宿命。周瑜是想给"这位老同学"做好安排的。可是烈火无情，烧化了蒋干的血肉之躯，其实，按性格而论，蒋干如果因周瑜"得救"，恐怕也得不到"器量狭小"的周瑜真正的什么好处。

这回书，蒋干之死成了"唐《三国》"一书中人性标的。说书家关于"蒋干之死"的特别交代，让听众感觉到了"热的体温"。

蒋干与周毅大有不同。蒋干死于赤壁鏖战之轰轰烈烈的无情大火，没有人肯搭救蒋干，这是蒋干咎由自取。同时，以蒋干在前面书情中"寿搭搭"之"百无一用是书生"的冬烘表现，蒋干要逃生除了别人来搭救，实在真的是别无他途。然而，关于蒋干之死，唐耿良极其细致而又情感到位地，说书说理、有心有情，把一位优秀评话艺术家的人文主义精神做了非常可敬的审美展现。于是乎，这样对于"最'寿搭搭'到了几近不具任何正面价值的反面脚色"蒋干，加以客观的同情、加以主观的体温、加以人文的关怀，这既是"唐《三国》"独标高格的艺术华彩，也是苏州评话艺术 20 世纪 80 年代在与时俱进中的人文提升。

蒋干确确实实"寿搭搭"到了"死不悔改"的地步。你看，"蒋干一吓"在书情中出现了两次。"夫妻本是同林鸟，大难来时各自飞"——痛痒相关的夫妻尚且如此"各自飞"，那么，何况区区无能的"匹夫"蒋干，何况给曹操捐了两次致命木梢的"匹夫"蒋干，何况此时此刻只会再拖累了曹丞相急于逃命的"匹夫"蒋干。最为讽刺的却是，此时此刻，"匹夫"蒋干还在"寿搭搭"——"曹丞相么顶顶得宠我"，哈哈，这可真叫是——天降大笑于斯人也。啥体"大笑"？"大笑"蒋干"寿搭搭"，"大笑"蒋干真匹夫，"大笑"蒋干"死得酷"。

此时此刻，蒋干、曹操、周瑜——各自都赤裸裸地亮出了自己最终的人格品质——"寿搭搭"的蒋干就是喜剧主义，"很生气"的曹操真乃阴暗主义，"良心好"的周瑜确为实用主义。"勿晓得蒋干要想享福么，鼻头朝北。"末尾，唐耿良点了这样一句，最富韵味。啥格叫内髓喜剧？啥格叫妙语传神？啥格叫哀怒交加？哀其不幸，怒其不争——"唐《三国》"书情，早已为蒋干这样子定了格。

人文品格提高了，艺术眼光提高了，审美情趣提高了，苏州评话艺术的"格子"才能不断地有所提高，才能如"唐《三国》"这样切实而又可靠地把人文关怀注入了现实主义的艺术风格之中。为此，可以这样说：苏州评话艺术历经四百年之江南文化的熏浸、高台教化的积淀，对于民间草根文化进行了颇有灵气的升华、相当微妙的改造，以"唐《三国》"为例，那种被二朵誉为"理路化、口语化、心理化、内髓化、生活化"的成熟艺术表演体系，已经为 21 世纪"非遗"意义上的苏州评话艺术"创造并定制"出了一种具有江南文化优秀种气的样本。

第九十七回《聚铁山》说

这回书，集中上演"假佬戏"。看上去，兵不厌诈，相当于生活中的"冒牌货"，但是只要"冒牌货"有其市场，兵不厌诈就永远有战场。诸葛亮竟然派来了张辽、许褚。假佬戏，原来是刘辟、龚都。"诸葛亮"竟然自己来了，假佬戏，这是孔明发令来的孙乾。"赵子龙"来了，假佬戏，这是诸葛亮派来的冒牌货，刘封。曹操又逢"丢命时刻"，于是，第二次要想"自杀"，跳进了火海。即便是说到"兵不厌诈"，说书家也并非故弄玄虚，而是把生活中的常情加以夸张、变形，从而，把苏州评话艺术的喜剧性效果根植于"口语化、生活化、心理化"。

说嚛谈评综，交织错落而成了"唐《三国》"书艺的阔达豪放；理味趣细奇，精微入木而有了"唐《三国》"书格的流美超群；心尽性情灵，胸怀乡愁而活了"唐《三国》"书道的气场人文。说实在，若是想还原苏州评话"非遗"标记背后的神秘谜底，听完"唐《三国》"，不过就是三个字——苏州话。

"唐《三国》"文化乡愁＝文化保守＋与时俱进。莫非就这么简单？要回答，还真就这么简单。说说是简单，其实相当不简单。因为不得不十分遗憾地实话实说：苏州评话艺术所留存在了21 世纪的物质文化类属的老派评话艺术家之音频作品中，比起"唐《三国》"好听、精致、有范儿、高大上的，恐怕还不止一部、两部。但是，经仔细淘洗、多加甄别，能够自觉地把苏州评话艺术"文化保守"之"非遗"特性和与时俱进之时代精神，相与交通、融汇贯通，达到以"双边能动"为对标来留住苏州评话艺术文化乡愁之"种气"的，亦唯有"唐《三国》"这一家了。

一百多年前，中国文化精神的主流被叫作"文化激进主义"，与之相对应的自然就是"文化保守主义"了。显然，"文化保守"一词肯定是有别于"文化保守主义"的。而在此，不可能就"文化保守"本身来充分展开"概念，推理，分析，归纳"成套式的逻辑范畴和审美体系之构建。所以，就更不可能仔细地分析"文化保守"与其"主义"的区别。所谓的"文化保守"，亦即把根留住，把苏州评话中江南文化乡愁的"种气"留住，文化是保守的根本，保守是文化的命脉。尚需进一步说明——保守这个词，来自"唐《三国》"书目本身，这就使得"文化保守"更加显得极富文化乡愁意味了。

说出来，都不太敢相信吧：唐耿良只用了五个说书中的语汇，就架撑起了"唐《三国》"江南文化乡愁的"种气"。这"文化乡愁"种气的五个词汇分别是：保守，延蔓，播散，身子，里面。好白相（有趣）的是，它们所表示的语义对照是：保卫，蔓延，散播，身体，里向。尤为好白相的却是：保守—保卫，延蔓—蔓延，播散—散播，身子—身体，里面—里向。从中可发现：上述前三组语词对应，应该就是"文化保守"的最好例证，后面的两组则可以纳入"与时俱进"的语义行列。

上述的五组对应：保守—保卫，延蔓—蔓延，播散—散播，身子—身体，里面—里向。列于前位的三个词汇——保守、延蔓、播散，实际上，就是这一百年前即 20 世纪 30 年代的苏州评话语音再现，应该说，"唐《三国》"这部分"老式苏州闲话"在将近一个世纪后的今天，早已成为江南文化乡愁"种气"通过苏州评话语言审美形态所表达出来而且依然存在着的"文化保守"之"活化石"。从语义结构来看：延蔓与时下通用的蔓延相比，表面上只是词序的倒置，而究其实质，前者"延蔓"体现了一种"谓—宾"结构，后者"蔓延"则是状语"蔓"修饰着动词"延"的结构，播散与散播一组对应的也是同样的结构形态。这就表明：一百年前的说书家更加趋于"文化保守"，因此，他们严守着"主谓宾"的语法结构次序，而现在通行的"倒置词序"用法则更多地表达了使用者的文字感情色彩。所以说，简单的"老式苏州闲话"，由于"唐《三国》"的留存而"保守"住了苏州评话艺术中文化乡愁之"种气"。

最有"文化保守"乡愁意味的，在笔者看来当属"唐《三国》"书目出现频次较高的"老苏州"词汇，即保守。保守——这两个字，用它一百年前的历史包浆，隐然着"文化乡愁"的光华文采，它就是存在于"唐《三国》"书情中最具标识性的"文化乡愁"语言。它足以会让听众在听书过程中，浮想联翩，虽然尚不至于夜不能寐，其实也不亚于辗转反侧了。

第九十八回《劫饷银》否

这回书，赵子龙竟然败给了甘宁，无论在说书还是听书，这肯定都不应该是符合实际情况的事实，而其实，这里出现的这个"不应该"恰恰就是把"否定"+"否定"的喜剧加以落实的审美关键词。赵子龙"不应该"败给甘宁——以此为"说书说理"前提，才会导致甘宁"首遇赵子龙"时，肯去"否定"自己而向赵子龙示好、求情；由于赵子龙"出人意料"地败北于甘宁，才会导致甘宁"再遇赵子龙"时，敢去"否定"赵子龙进而骄傲示威、脾气发作；甘宁从情愿"否定"自己，却一步跳跃到了直接去"否定"赵子龙。说书家巧用苏州评话"硬装斧头柄"之手法，所以"用喜剧说理"布下"出人意料"的叙述迷雾，因为喜剧往往就表现在"硬是"将"不应该"的东西，一时之下要变成让你"不得不"接受的"意外"事实。

"否定"，在"唐《三国》"首先是一种必不可少的审美逻辑，同时，它又是一种具有辩证法形态的喜剧规则。你譬如：以智商为例，"唐《三国》"审美逻辑中，有着这样一条"否定链"：诸葛亮"否定"了周瑜，周瑜又"否定"着曹操，这基本上就是"唐《三国》"具有艺术哲学意义的先验性审美逻辑，似乎这也是"唐《三国》"书情中一种不证自明了的说书说理。反过来，以实力和战绩而言，"三国"中被认为智商最差的曹操却在"否定"最为智慧的诸葛亮，这或许就是说书喜剧艺术的辩证法形态，你看，最高和最差，最狠和最夯，最合情和最悖理，都是以某种"否定"的样式为"唐《三国》"书情，所呈现、所能动、所弘扬。

本回书，"唐《三国》"从"否定"出发、以甘宁为圆心、用喜剧做半径，做成了又一个"克星连环圈"。也就是说，《劫饷银》这回书情，从甘宁作为许褚的手下败将起，而许褚呢看见赵子龙就像老鼠撞见了猫，可是赵子龙却又败在了甘宁之手。于是乎，"糊里糊涂，步步否定"，便构成了"甘宁—许褚—赵子龙—甘宁"这样一个滑稽可笑到了极点而又令人期待到了好奇的喜剧连环套。"真假之巧"，三角克星的弄拙之巧，唐耿良安排书情的用心之巧，这好许多的"巧"恰巧构成了《劫饷银》中的甘宁、许褚、赵子龙由于克星连环套而致的丢弃、劫取饷银的有所戏剧、有所波折、有所咀嚼的故事。这个"克星连环圈"，比曹操、诸葛亮、周瑜之间的"刘汉正统否定圈"来得更加一本正经而又更加喜剧洋溢。

唐耿良说书说理，往往最生动的审美场域还是存在于"用喜剧说理"。用喜剧说理，唐耿良用喜剧说出了张飞性情中人的深挚感奋，用喜剧说出了周瑜"吾必斩之"的过于戏谑，用喜剧说出了本回书甘宁、赵子龙二人之间的——"否定"+"否定"。

实际上，甘宁的这一段"否定"+"否定"，不过还是"劫饷银"喜剧情节的"慢铺陈"而已，赵子龙才最后完成了这段喜剧的"急转弯"，同时，也完成了"唐《三国》"对于赵子龙的政治提升。真假赵子龙——"否定"+"否定"。甘宁两遇赵子龙，殊不知"首遇的是个假扮赵子龙"，"再遇的才是真个赵子龙"，所以，才有了"不应该"发生的出人意料的喜剧故事。

"否定"+"否定"——真身赵子龙就是不一样。唐耿良先生所述可谓"政治的极致"了：赵子龙水平高——"枪头子浪掌握政策"。以此，才有了真赵子龙的首先"否定"自己，向甘宁赔不是、求了情。进而，才有了赵子龙用枪头子"否定"甘宁。最后，才有了赵子龙"枪下留人"，没有用枪头子去"彻底否定"甘宁，维护了"孙刘联和"统一战线的政治大局。

第九十九回《华容道》术

　　"华容道"两回书情，"唐《三国》"中曹操这个"书台上的反面人物"，完成了他的性格历程。说书家喜怒哀乐，曹孟德"以笑当哭"，唐耿良把个苏州评话的曹操形象树立了起来。曹操"笑"与"软"，活见奸雄之真性情。两次奸笑，两次大笑，其"奸笑"小心翼翼、不易察觉，而曹操哈哈大笑，恰恰暴露了他"术"无孔明之神、智少公瑾之灵。曹操奸笑，阴咕咕，为说书家在造势。孔明有漏洞，曹操自鸣而得意；自忖熟兵法，曹操多么狡猾啊！两次奸笑，说明曹操的复杂心理。第一次，情况吃不透，试探性奸笑，第二次，放心大胆了，开怀式奸笑，造势明朗化。接下来，曹操哈哈大笑，进入高强度造势，水到渠成、不得不为。首次大笑，取笑孔明无谋、周郎少智，"精神胜利法"。二次大笑，竟至"发痴"了一般，真叫得意忘形。

　　华容道关公放曹。"唐《三国》"一百回书目中，曹操人物形象的性格特征得以刻画收官而成。

　　阴，忍，奸，硬，软。唐耿良给了他书中的政治"坏人"曹操这样五个方面的鲜明性格特征。

　　阴。这是曹操贯穿"唐《三国》"全书的人物性格规定。曹操的人设就是阴暗心理。用现在的说法，曹操信奉"术"——没有永久的朋友，只有永久的利益。唐耿良注重说书说理，行书过程中，很少对曹操发出直接的"价值判断"，而是"用事实说话"，用细节表现人物的性格特征。如曹操与关公亦敌亦友，"敌"是由于两人政治阵营不同，"友"是因为双雄同时叱咤风云。

　　忍。小不忍则乱大谋。这是曹操政治家形象的突出特征。曹操能忍，而且，大大地能忍。如对于赵云的冲营救主，曹操表现了极大的忍耐性。曹操宁可"牺牲自家人"，也想"活捉赵子龙"，甚至于他还准备好了一份"独特的见面礼"——青钉剑的剑壳。曹操如此"梦想"得到赵子龙，正好表现出了一个政治家"隐忍于小而着眼其大"的某种应有之形象风格。

　　奸。曹操乃一代奸雄。这是说书、演义等民间文艺的一般认识。因为从罗贯中《三国演义》原著开始，刘备"孤穷而高贵正统"，曹操"雄才而祸国殃民"——这样的民间政治逻辑，就在一直左右着"三国"文艺的意识形态。京剧中"第一号大白脸"就是曹操。可以说，"唐《三国》"中，曹操的奸与阴构成一体。阴，常常表现为曹操"看不见"的阴暗心理，如对于关公的"亦敌亦友"。奸，则是曹操阴暗心理的形象化的具体展开。华容道，曹操全军覆没、一败涂地，惯常阴谋算计、玩弄"术"的他却一刻都不会停歇。曹操赤壁实战是输了，可是曹操溃逃一路上，还是"在心里跟诸葛亮、周瑜比智谋高下，究竟是谁输谁赢"，故而，他时不时地会"不由得就自己得意起来"嘿嘿嘿地"奸笑"。这样的"奸"，较难被一般的思想认识水平所辩证地看透。"唐《三国》"对于曹操"奸笑"的表现不仅精细入微，而且有趣生动。因为在说书家的语言刻画中，曹操"斗的是狠，收的是痛"。要奸使坏，毕竟没有得到半分便宜。说书家对于曹操"奸笑"表现愈是逼真，听众对于曹操"奸笑"的形象感受就愈是真切在心。

硬。按照说书家所言，曹操是一个"辣手辣脚"的铁腕人物。曹操兵败华容道，一个劲地"求爷爷告奶奶"、恳求关公放一条生路。可是一旦到了关键的节骨眼上，他却"高度心理'活动'"，想"硬手硬脚"用起了"硬功"，摆出来一副关公若是不放生路，就要兵刃相见、拼他个你死我活的"硬架势"。这时的曹操完全变成一个"政治喜剧人物"，说书家渲染了曹操性格之"硬"的当下情境——如同曹操的哈哈大笑一般，听众对于曹操的"不自量力"当然同样是要哈哈大笑的。不过，曹操确实有他"硬"的真正一面。他的"割发代首"，他的杀害华佗，他的梦中杀人，不过，前者是政治家的纪律严明，后二者，则是这位政治人物的血腥、残忍，这里还包括曹操历史上的徐州屠城。

软。说白了，曹操的"软"就是他的"阴""忍""奸"。唐耿良把曹操的"软"真是表现得淋漓尽致——为求生，曹操跟关公唠起了旧情，这是其"阴"的最软表现；为逃命，曹操跟部下说尽了软话，这是其"忍"的最软一招；到末了，曹操跟关公"软功"都压抑用尽了，以至于不管不顾、痛哭流涕，彻底放下了他曾经故作姿态的"硬架势"，这是其"奸"到了最狡猾而又最软的地步。

第一百回《华容放曹》人

"华容道"最后两回书，堪称"唐《三国》"心理描绘书目中"最有人性考量意味的传世之经典"。这样心理白描，这样说表细好，这样意境高超，在"唐《三国》"一百回为仅有，在苏州评话艺术同类书目中亦殊为罕见。关公其人——心太软，这是从第一回点评开始说书家就设伏"草蛇灰线"存在于关公事迹"集中与分散"的书断意连之中了。《赠马》书情里，就有过"曹操试友与关公拒敌"胜负手的博弈。说到底，曹操以其"心理阴暗"始终都在博弈着关公的"心太软"，而"心太软"的关公毕竟是圣人，圣人做到仁义礼智信是万古师表的近于教条，奸贼曹操可是一门心思的"内圣外王"。即便曹操的"内圣"伴随着其"阴暗心理"，然而，关公这样尊奉仁义礼智信，光明坦荡"心太软"，却还是败失于曹操一门心思的"外王"之道。

如今经常会听人说到：爱一个人，不需要理由。这样的"爱"，大概就是这个世界上由宗教所提倡的终极关爱。普适的说法，当然还是——世界上没有无缘无故的爱。爱是有缘有故的。

苏州评话听众没有能力来对"不需理由的爱"和"有缘有故的爱"做出价值上的区分。但是，这里一定要说出来的却是——苏州评话艺术家唐耿良超越了上述两种各自都有其"狭隘局囿"的仁爱观念。啥体？因为有一种爱叫英雄大爱，有一种英雄无分别心。此时此刻，《华容放曹》，"唐《三国》"走上了的就是那种超越"狭隘局囿"的仁爱思路。"唐《三国》"书情也在告诉更多的人们：英雄之间相互致敬的形式，除了战争、计谋，除了你死我活，除了遵从军令，或许，还有"心太软"，还有无分别心，还有被称为宗教情感的那种仁爱。

此时此刻，听众置身在了——曹操与关公——这样的审美关键词。

因为政治固然崇高无比，但是，政治未必就是第一尊神。听众最关注当下情境。

因为原则确实高高在上，但是，原则毕竟没有生命体温。听众最需要人性判断。

因为敌意即便高悬利剑，但是，敌意终究要有人来决定。听众最服从审美书情。

莫非，"唐《三国》"行书到了一百回，反而，"杀他个回马枪"，在重视和宣传起"奸人"曹操了？非，非也。"唐《三国》"一百回，曹操"奸贼篡汉"的政治逻辑始终没有动摇过一个纳米，有意思的是，说书是喜剧，喜剧往往不善于描摹正面人物，那么，不是好人要吃亏了吗？这可怎么办？好办。君不见，说书圣手唐耿良先生"反其道而行之"，说书是喜剧，唐公就启用喜剧的逆向思维，用喜剧的手法充分展示出反面角色曹操的生动形态，那么，反过来，是不是可以说反面人物曹操越聪明、越"难弄"、越得意，恰恰在反证着正面人物关公"太好弄、太心软、太善良"，于是乎，坏人最最神气了，好人呢，实际上，也最最到位了。

一匹赤兔龙驹宝马，一把青龙偃月宝刀，一条顶天立地的英雄好汉，一个放跑曹操的诚信好人。苏州评话艺术家通过"三国"书目给那个传奇式的英雄人物关云长许许多多的"一"：一个高尚的人，一个纯粹的人，一个有道德的人，一个脱离了低级趣味的人，一个有益于人民的人。

一个高尚的人，自不待言。众所周知，关公是圣人，为武行英雄中难得一见的神圣人物。圣人者，"高大上"之中的"高大上"，关公的高尚在于——但愿我为人人，不求人人为我。

一个纯粹的人，理当如此。关公的纯粹，就在于他自己是本心做人，而在他人的眼中则是关公做人做到了神做到了圣，就连曹操这个"本作里的糗货"，都是有心把关公敬若神明的。

一个有道德的人，何待多言。为了一生正气、义薄云天而英勇地活着，为了保卫两位皇嫂安全而自愿地忍着，为了追随刘备、千里寻兄而拼命地冲着，关公的道德就是恪守着天理人伦。

一个脱离了低级趣味的人，这方面，关公是一个优秀的榜样。一个能够把"仁义礼智信"知行合一的人，在"唐《三国》"中关公的实绩是第一名。以至于使关公犯下了"华容放曹"之错。

一个有益于人民的人，在这一点上，关公远远是"超额完成"了这项光荣任务的。因为关公不仅对人民有"寓教于乐"之益，且他的精神力量对于人民心灵的教育、净化更加不可估量。

关公的"尽诚"——是不是遥在一千七百年前，关公这位在古代中国闻名的"圣人"，好像就未卜先知、冥冥之中有所感应了，为今天刑法的"3·15"倡导诚信之举，做出了古人实践和模范的表率。

唐耿良通过"华容道"的这两回书目，生动塑造了关公的"潜形象"：

——一个念旧的人。

——一个诚实的人。

——一个重信义的人。

——一个丢失了原则的人。

——一个永生在苏州评话的人。

附记

苏州评话"唐《三国》"：说法、读法、听法

——写在《唐耿良说演本长篇苏州评话〈三国〉》问世之际

张　进

一

《唐耿良说演本长篇苏州评话〈三国〉》问世。七年时光勤苦里悠悠如梭而去，苏州评话"唐《三国》"终于纸上定格。2019 年年初以来，在唐力行教授用心指导下，我走上了一程悉心品赏苏州评话"五百天＋七轮"的难忘之路。五百天时间灵魂幸福而无比满足、光阴紧张又喜悦地度过、身心勤苦却自由享受，因为始终在相伴"唐《三国》"一百回评点、一百五十万字苏州方言文本整理的双双脱稿。一百回书目的七轮多反复聆听、欣赏、钦叹，我一腔肺腑之中，便亦厚重起"唐《三国》"性性灵灵地碑树英雄人杰谱，服膺于唐耿良挥挥扬扬地说演民间评语草根书，共鸣着苏州评话细细沉沉地作画民族文化乡三国愁图。

二

长篇苏州评话《三国》说金戈铁马、家国情怀，说英雄人杰、文化乡愁。《唐耿良说演本长篇苏州评话〈三国〉》以其非凡的质量、"非遗"的经典、传世的巨著，铭刻下苏州评话《三国》的优秀人文遗存，留存了唐耿良苏州评话体系的审美艺术化石。立足四百年苏州评话艺术共同体，而来观照苏州评话说演手法系统，总体有：曹汉昌《岳传》深植传统领域的一丝不苟、老派到位，金声伯《包公》走向时代精神的巧口洗炼、精准细微，张鸿声《英烈》侧重海派风格的书路开放、贴近听众，吴子安《说唐》工在细致刻画的故事叙述、书艺走高，唐耿良《三国》（习称"唐《三国》"）浸透人文气质的凸显性情、心理特致等等说演手法。

苏东坡云：大江东去，千古风流人物。唐耿良说：建安时节，几多英雄人杰——刘备、诸葛亮、关羽、张飞、赵云，周瑜、鲁肃、黄盖，曹操。不言而喻，这一干长篇苏州评话《三国》中

的代表性艺术形象，皆为一般广义所说的英雄角色。若着眼"唐《三国》"臻美特色，由于上述艺术形象中众所周知的刘备"伪饰性格"、曹操"负面性情"，故擅场匠心、用语细心、说演精心的苏州评话艺术家唐耿良颇有用心地将刘、曹二人塑造成了在形式逻辑中被称之为集合体的——"英雄人杰"。一般意义上英雄者，刘、曹都成为魏、蜀、吴三国鼎立的缔造者，属正面范畴。苏州评话中，人杰者，包涵了负面文化因素，因此，刘、曹作为历史人物中心"英雄人杰"，向来都被人们所纷纷争议。

精妙匠心，结构明晰。整部"唐《三国》"说表主线是脉络清晰的。一百回书目，跨度汉末八年历史时间。第一回《赠马》推开书"关十回"（"十回"是苏州评话对于某一艺术形象全部书情的习惯统称，实际书目会超过十回），时在建安五年（200）。千里寻兄走单骑，开书"关十回"兄弟相会之后，即是诸葛亮"十回"出山拜将，接着刘备"十回"兵败当阳，再是赵云"十回"长坂救主，最后，迎来"唐《三国》"整个书情最大板块"骨干书"，即通常被中国戏曲、曲艺界惯称作——"群英会，借东风，火烧赤壁"说诸葛亮、周瑜、鲁肃、曹操"三方命运"博弈的"江东书"，到了第一百回《华容放曹》，时间已是建安十三年。同时，这部书的情节结构又在说表主线清晰框架下"打了统账"。最突出的就是书中两个重头角色——第一等喜剧性情人物张飞、第一等反角主要人物曹操——他们两人的"张飞书""曹操书"都被说书家散布、贯通在了上述各个"十回"与"江东书"中。唐耿良倾心营造了注重草蛇灰线的情节结构，全书主线大结构方面，第一回《赠马》更是用曹操送关羽赤兔马作为"文心务头"开揭，第一百回《华容放曹》又以赤兔马"参与曹操、关羽人马对话"结束，苏州评话精妙结构的匠心，通过赤兔马情节的首尾呼应便可窥见一斑。

高明精心，《春秋》笔法。《三国演义》有"当今英雄，唯使君与操尔"一说。"唐《三国》"塑造刘备、曹操人物性情是用了"半是正面英雄，半为负面人杰"的精心创作手法。刘备、曹操被唐耿良说演成半是正面英雄，半为负面人杰，他的创作立意既实事求是，因为刘备就是汉室刘宗推举公认的英雄，曹操则是乱世时势所必造就的英雄，他的眼光独到又自不待言，因为刘备毕竟好像一个"遇事就要哭"的"老小孩"，曹操名誉一直受到"宁我负世人"的"坏影响"。所以，唐耿良拿捏分寸精心到位：说刘备，是英雄，是明主之外，又不乏"《春秋》笔法"——《陈震下书》刘备写信给关羽是话里有骂的，《马跃檀溪》刘备面对着前景是灰心丧气的，当阳"祭墓""遇险"刘备失败于战局是意志颓唐的。尤其《走马荐贤》书目中，刘备在对待徐庶是走是留问题上，感情是复杂和剧烈起伏的、心理是微妙和矛盾反复的。另外，刘备对待诸葛亮、张飞的态度也是那么微妙多趣，因为及至《三顾茅庐》刘备"如鱼得水"得到了诸葛亮，可等到《登台拜将》之前，刘备对孔明临阵"托病"还是有过一番"用人却疑"的暗暗心理试探。张飞"三闯辕门"时，刘备不仅自己对着三弟"出尔反尔"抛弃"点卯"承诺，而他对于诸葛亮严惩张飞之举就更是抱着一种"随便他去吧"的半"退"半就情态。通过这林林总总，说响了一个行为心态兼乎正派英雄、江湖人杰、普通民众的真实艺术形象。而且，唐耿良并未利用苏州评话说书人"跳进跳出"的身份，直接去指说、评价刘备的种种"好坏"，其高明精心就在于——尊重现实主义艺术准则，把想象与答案留给了听众。

奇绝细心，熟于喜剧。说曹操，是第一反角，是负面人杰。说反角曹操时，唐耿良熟用喜剧手法。一是结构性地表现"三把火烧"书情时，曹操对诸葛亮、周瑜的态度由起初刚愎自满而渐次喜剧性地逆向递升为无奈了的心理投降：始而火烧博望全然就是不屑一顾，继而火烧新野一概强调失败理由，终而火烧赤壁已然遭致全军覆没。二则情节性地叙表曹操白马坡遇险文丑时只顾逃命的慌张狡猾、樊城"遇险"张飞时红罗伞盖的一派滑稽、华容道遇险关公时谦恭卑微的低三下四。三为心理性地揭露曹操垂涎江东二乔美貌的轻薄老夫而可耻，一再"隐忍"徐庶"恶搞"曹营的过后方知，迁就、盲信庞统、阚泽投诚的一厢情愿。说人杰曹操，却又是在用《春秋》笔法。请看"关十回"书里，曹操通过张辽作为恩义媒介几次三番去"笼络"关公；《三里桥挑袍》，曹操不顾众将非议策马匆匆远送、礼待关公；"华容道"收官，曹操机智敏辩，心理催眠、据情力争关公。一系列喜剧性的细心铺展，唐耿良伸张开了曹操人杰雄才的这个方面。《横槊赋诗》这回书，说书家亦放开了手脚，与曹操同频共振，生动表现文学家、思想家曹操《短歌行》诗那最为响亮的人文精神、人杰情怀——"何以解忧，唯有杜康！"更显奇绝的是，一百回"唐《三国》"所及曹操的书情篇幅不下于十分之二，但"细而又细"的说书家唐耿良在自己一百八十余万字之巨的整部书情，前前后后都从未使用过一次"奸"字来"戴帽"给人杰曹操，这种在中华曲艺"好坏泾渭"价值系统中几乎不可能出现和做到的"许多人学"概率却被唐耿良和他的"唐《三国》"做到了！唐耿良把"同情的理解"灌注在了软弱似伪的刘备、负人而坏的曹操这两个"半是正面英雄，半是负面人杰"艺术形象的性情真处，而这"同情的理解"就是苏州评话艺术家感同身受的人格化代入。

说响英雄人杰，说开民间草根，说出自家特色。因此，苏州评话艺术家全局性的结构统领意识、贯通性的情节构造能力、响亮性的人物性格显现，在"唐《三国》"可谓俱称其绝矣。倘若总括"唐《三国》"人物区隔法，不下于四十八种，甚或多达六十来种。先看十个第一等角色：喜剧人物张飞总领枢纽，以"加而又加、推举之法"，加分有致，推举得一次又一次喜剧高峰；正剧人物刘备民心所向，以"重而又重、压抑之法"，重要到位，压抑着一回又一回正剧风貌；反角人物曹操城府极深，以"再而又再、刚愎之法"，一改再改，刚愎成一起又一起反角笑话；道义人物孔明智慧超凡，以"奇而又奇、兼顾之法"，奇特高级，兼顾起一波又一波道义叫好；英杰人物赵云传奇之至，以"能而又能、多面之法"，能行人极，多面以一份又一份英杰称妙；圣贤人物关公我行我素，以"激而又激、冷却之法"，激将不起，冷却其一手又一手圣贤为道；傲骄人物周瑜自以为是，以"冲而又冲、顶牛之法"，冲昏神思，顶牛开一浪又一浪傲骄激潮；真趣人物鲁肃受尽委屈，以"紧而又紧、挤扁之法"，紧张加厉，挤扁出一步又一步尴尬糟糕；激情人物黄盖老当益壮，以"镇而又镇、连环之法"，镇静而立，连环戏一出又一出变得老到；平常人物王德击碎偏颇，以"崇而又崇、震撼之法"，崇高人格，震撼为一着又一着人性写照。再说次要人物群像：各就各位者，各得其所，四位高层形象里——木知木觉的袁绍，以木就木法；推托有道的司马徽，"以推就推法"；做事迷糊不堪的刘表，以迷就迷法；议事郁疑为民的孙权，"以郁就郁"法议事。十二个武将一群里，大路朝天者，各走一边——仁友至诚的张辽，仁者相交法；腐败无能的夏侯惇，腐者相互法；惧正畏直的许褚，惧者相加法；作孽自受的张绣，作者相克法；虑怕害命的蔡阳，虑者相避法；心向刘备的公孙瓒，心者相印法；温和有知的文聘，温者相得法；惨悲叠至的魏延，惨者相类法；狠坏绝路的蔡瑁、张允，狠者相除法；异中生变的徐奉、丁盛，异者相恨法。八名文人一班里，颇俱声色者，各怀异胎——萌而又坏法，萌出可爱徐庶；缠而得体法，缠于事态孙乾；迂而可怜法，迂阔自大蒋干；谨而得羞法，谨慎行事张昭；节而不淑法，节外生枝程昱；坚而吃亏法，坚持原则满宠；诡而成功法，诡谋多端庞统；虚而大义法，虚张声势阚泽。八人另类一堆里，无能有才者，各显正畸——简雍伪改易姓，伪装得意法；胡班出人头地，出落惊人法；周仓戏分有独，戏人以笑法；郭子莽撞从事，莽后福来法；关平稳实行状，稳亦豁边法；糜芳坏水一肚，坏人害己法；夏侯恩自知不明，自欺欺人法；朱二官做事懵懂，做尽义利法。妇女一队中六人手法，不让须眉者，各达极点——徐母拔高忠义，拔而又拔之法；黄夫人雅致科技，雅而又雅之法；蔡夫人恶刁相随，恶而又恶之法；甘夫人泼辣失度，泼而又泼之法；糜夫人德性利他，德而又德之法；吴国太细致入理，细而又细之法。众多"一回书人物"，也都特别值得一提，他们看着多平常，内里皆有戏。因为正是这些"一回书人物"既不显山既不露水、又得真意又得妙趣地全景式扩显了唐耿良营造苏州评话人物世界的极深功底及其情感氛围的极大空间。他们是：颜良、裴元绍一出即逝之法，颜略裴详，陈震、司马懿一带而过之法，震佳懿孬，赛元晋一表到底之法，普净一见难忘之法，卞喜一意狡窟之法，刘延一针见血之法，高览一波三折之法。此外，"道具式人物"华吉则为命运交代法、秦琪则为年轻气盛法、周毅则为幼稚赴死法，还有就是"人格化动物"——赤兔马贯穿书情起讫之法，的卢马侧重相通人性之法。

三

读《唐耿良说演本长篇苏州评话〈三国〉》，读法显然要有别于《三国演义》。读"唐《三国》"文本，在泛读、通读的基础上，再下足细读、精读的功夫，才能透读、深读这部民间草根巨著中，经苏州评话艺术家迭代积淀而致、由唐耿良总结升华而成的既富苏州评话艺术共性、又蛮突出唐耿良特色风格的说演手法，我们在此不妨将其归结为——广识"熟悉的老熟人"之法和"熟悉的陌生人"之法。"唐《三国》"主要人物谱系，除了刘备、关羽、曹操、周瑜、鲁肃、黄盖都是我们广为认识的"熟悉的老熟人"，诸葛亮、张飞、赵云同时又被进化、上升为我们通常鉴赏经验之外，让人得以面目一新、感觉情趣别致的"熟悉的陌生人"。

鲁迅曾经指出，《三国演义》诸葛亮"智而近妖"。那么，唐耿良在说演"神仙"人物诸葛亮之时，是否尽量绕开了诸葛亮"智而近妖"这道坎呢？我们可以确切地说，说书家施用解构之法，让诸葛亮形象在民间草根语境中，得到人性化洗礼贯彻。换言之，我们通过"唐《三国》"文本，既能轻而易举地发现原有"智而近妖"痕迹以作为"熟悉的老熟人"的那个诸葛亮，又会循序渐进地读出栩栩如生在"唐《三国》"书情里的那一个"熟悉的陌生人"诸葛亮：

诸葛亮对于刘备礼贤下士备加体恤的三顾茅庐，既是搭足架子的，又是配合到位的，所以才有了刘备、诸葛亮之间"鱼水相得"三足鼎立的一场隆中对，这是我们熟悉、接受的；

诸葛亮对于张飞"胆敢犯上"的严明执法，既是出乎意料的，又是合乎情理的，所以才有了孔明、张飞、赵云之间"三闯辕门"高潮迭起的一路大喜剧，这是我们陌生、惊讶的；

诸葛亮对于首战"一举成功"的料事如神，既是天才用兵的，又是有所前提的，所以才有了刘备、孔明、曹操之间火烧博望、军师"成仙"的一战赢美誉，这是我们熟悉、称道的；

诸葛亮对于鲁肃"随心所欲"的捏于手掌，既是喜剧色彩的，又是符合情境的，所以才有了诸葛亮、鲁肃、周瑜之间独闯江东、"统一战线"的一个好基础，这是我们陌生、欢迎的；

诸葛亮对于江东舌战群儒的"肯定"取胜，既是事件突发的，又是隐情在先的，所以才有了现儒场众与诸葛亮之间惊呼于"脚"、气势淋漓的一堂雄辩秀，这是我们陌生、鼓掌的；

诸葛亮对于周瑜"爱惜羽毛"的直接激将，既是放手去博的，又是抓住心结的，所以才有了周瑜、孔明、鲁肃之间"蒙混"机巧、联孙抗曹的一记定音鼓，这是我们熟悉、理解的；

诸葛亮对于曹操"夜诱水军"的草船借箭，既是古代科技的，又是富于幻想的，所以才有了孔明、曹操、司马氏之间十万"狼牙"如数而至的一朝稀罕事，这是我们陌生、力挺的；

诸葛亮对于关羽"事出有因"的立军令状，既是苦口婆心的，又是成竹在胸的，所以才有了关公、张辽、曹操之间由情"心软"、华容放曹的一部为难曲，这是我们陌生、叹服的。

如果说，以上还是唐耿良通过"熟悉的陌生人"手法，赋予"神仙"人物诸葛亮正能量意义上的人性化贯彻，那么，《临江会》由于与刘备的信息失联，《借东风》因为让周毅为周瑜替罪，"智而近妖"诸葛亮"临江会"的一时心理失态所致方寸大乱，后来竟至"借东风"发生对于生命价值漠视而致令人扼腕，则都是苏州评话艺术家从人性负面出发，一方面，努力表现我们"熟悉的老熟人"诸葛亮确乎"智而近妖"，同时，深刻挖掘出"熟悉的陌生人"诸葛亮不乏"性情做人"的内生逻辑，可见，唐耿良创造、说活民间草根书艺时精通人性多维的艺术智慧。

赵子龙白袍小将，一直就是《三国演义》以降赵云艺术形象的定式。唐耿良妙用增益之法，让白袍小将在战争成长中，得到全能化才智定格。我们心中那个"熟悉的老熟人"白袍小将赵子龙，便由此，经过唐耿良多视角深化了的可贵艺术创造，蜕变、提升成为一个丰富得令人吃惊、佩服得五体投地的"熟悉的陌生人"。胆大心细、机智过人——成了说书家唐耿良和书中人物赵子龙平行同构的互文共鸣。这是因为唐耿良丢弃了固化赵子龙的刻舟求剑，增添了优化赵子龙的现代能量。"唐《三国》"通过刘备用心用情情感赵云、诸葛亮以法以智智激赵云、曹操使刁使强强逼赵云的层层推进、步步营建，一个侧面而又一个侧面地再造着赵子龙。把一个进入刘备阵营前默默无闻的白袍小将，一变再变、能而又能地炼成了金刚不败的旷世英杰。我们看到"熟悉的陌生人"赵子龙事事处处襄助军师诸葛亮时，他变身做最为能干的管理者；有板有眼听令去捉拿张飞时，他依靠着精明机智的心理术；依依难舍不得不痛别王德时，他多珍惜人道主义的真情怀；轰轰烈烈冲营为了救幼主时，他有满怀不怕牺牲的英雄义；一次次枪挑曹营五十四员有名上将时，他已然就是不可战胜的军事家！苏州评话人物谱系大树上，除了"神仙一般"诸葛亮是为大树顶尖的头儿人物，像赵子龙这样高才高能、全面全赢的第一等多面手，亦唯在堪称苏州评话创造性书目的"唐《三国》"中所仅见。

至于，张飞在《三国演义》中总是刻板了的"莽汉"形象，这么一个原本概念化"熟悉的老熟人"难题如何破解？唐耿良运用颠覆之法，让"戆大"张飞在规定情境中，得到心理化智慧升级。"戆+N"新创造、新形象、新意味的升级版张飞，我们稍待下文再行详述。

如前文所论，读"唐《三国》"文本，读到刘备、关羽、周瑜、鲁肃、黄盖、曹操，或许他们仍是我们心目中"熟悉的老熟人"，哪怕唐耿良说演他们时比《三国演义》著作中多出了几丝刘备的狡慧、几分关羽的迂调、几许周瑜的骄横、几番鲁肃的无奈、几重黄盖的心结、几重曹操的真面，可他们在故事情境中的人设规定依旧被说书家圈划在了"熟悉的老熟人"这个一般经验范畴。且看包括苏州评话在内的《中国说书》共同体历来第一等固化着的"神仙"诸葛亮、"英杰"赵云、"莽汉"张飞，付诸"唐《三国》"既不仅仅只是多出了诸葛亮的几重"人学"、赵云的几项全能、张飞的几场喜剧，而且，也不仅仅是"神仙"诸葛亮更加多出了他原本就该属于

"凡人"的烟火气、"英杰"赵云更加多出了他原来已经相当"超人"的全能力、"莽汉"张飞更加多出了他原旧经常难以"示人"的新姿态，事实恰恰是——读"唐《三国》"义理学，陌生化的老熟人诸葛亮被创造成了与我们普通人相亲相近的朋友兄弟，读"唐《三国》"管理学，陌生化的老熟人赵云被创造成了与我们一般人有所共性的身边常客，读"唐《三国》"心理学，陌生化的老熟人张飞被创造成了与我们这些人调格齐平的如影随形。有道是，创造乃人类文化艺术精神之母，那么，唐耿良的创造学才是"唐《三国》"把"神仙"诸葛亮、"英杰"赵云、"莽汉"张飞造就而达"熟悉的陌生人"艺术哲学之魂。所以，诸葛亮、赵云、张飞只有插上了"创造学"的双翼，才能被20世纪苏州评话艺术家唐耿良"变脸"进化成普通义理学意义上的人品"夫子"、广义管理学门类里的全能种子、社会心理学系统中的喜剧汉子。总之，"神仙"诸葛亮、"英杰"赵云、"莽汉"张飞在"唐《三国》"创造学语境中，由于他们被唐耿良做向更好、推向更高、说向更妙，所以，自然而然便走心入魂地生动展现着那让我们不得不为其大呼惊讶、大加叹服、大力点赞的"熟悉的陌生人"的恢宏气度。

四

唐耿良十二岁拜师学书，十三岁"小矮凳说书"（参见拙文《从"小矮凳说书"说起》，《曲艺》2019年10期），八十六年来，随着苏州评话艺术跨越着历史和时代，我们今天以21世纪中国社会正在不断加大文化自信力度、切实重视非遗文化建设的现代化理念来回眸"唐《三国》"原生态的本土艺术追求，那么，苏州评话艺术家唐耿良所走出的成功心路历程，教他从"说书小道童"成长、升华为一个保护江南文化乡愁"种气"的先行者、把根留住的创造学榜样。

可以说，唐耿良长篇苏州评话《三国》艺术特质完全切合于唐力行苏州评弹研究"三问"理论之说（唐力行《关于苏州评弹三个终极问题的理论探索》，参见《苏州评话弹词史补编》一书），"唐《三国》"与"唐力行三问"其实联袂从艺术实践和理论研究双重层面，为苏州评弹非遗文化基础建设确立了不可挪移的重要地位。《唐耿良说演本长篇苏州评话〈三国〉》——是什么？它是苏州评话艺术的经典、非遗文化的标杆，它是说噱谈评综、语味趣细奇、灵情深广正，而其中，说噱谈评综所蕴涵的文化美学意义，在今天看来着实显得极为重要，它不啻为苏州评弹非遗文化的试金石，同时，也在为苏州评话艺术审美本体特征做出"说噱谈评综"的最新概括，提供了文艺社会学依据和美学哲理原型。《唐耿良说演本长篇苏州评话〈三国〉》从哪里来？它，从江南文化钟灵毓秀的深处而来，它从苏州评话深厚的艺术积淀而来，它从唐耿良一生深入学习创造而来。《唐耿良说演本长篇苏州评话〈三国〉》往哪里去？它已经成为"大家"而自立于中国说书共同体的优秀之林，它还在贡献"自家"而顾答着苏州评话新时代的涅槃召唤，它应该回归"娘家"而走到基层群众喜闻乐见的书场里去。

纵横家国的题材，通俗史诗的寥廓，性情记存的乡愁，把根留住的创造。一部"唐《三国》"，狭义上，它是苏州评话艺术传世作品的经典；广义而言，它是非遗文化基础建设的创造工作。说"唐《三国》"书情，读"唐《三国》"文本，听"唐《三国》"演绎，一个最基本的艺术创造共鸣点，不应该被忽视，那就是生活学问的广益，文化乡愁的真谛。孜孜以求唐耿良献身的苏州评话非遗文化基础建设，就是生活原生态学问的反映提升，就是乡愁体温计刻度的观察载录。

哲学与科学，标识"唐《三国》"艺术境界。《马跃檀溪》一书，刘备走投无路，水镜先生司马徽"贴心细无声"，烘托了民间草根哲学的智慧氛围。此时此刻的刘备，最需要战略巨人的设计向导和政治博弈的领航弹发。沉默是金，哲学不争。因为经过水镜庄夜的沉默，刘备政治上战略的意识被民间哲学思想唤醒出来，通过司马徽"拖"的哲学，刘备从零开始的干劲被草根智慧重新鼓动起来。诸葛亮《草船借箭》，达到"唐《三国》"科学文化存在形态的智慧高点，因为诸葛亮"神仙"高蹈的内里有着同侪旁人所远远不及的科学思维。夫唱妇随，无独有偶，诸葛亮夫人黄氏也是一个堪比"神仙智慧"更胜须眉一筹的古代科学女性。

文学和美学，点睛"唐《三国》"艺术创作。同样是在《马跃檀溪》这回书里，刘备文心萌起，田园的图景，唯美的诗心，自由的放松，点睛了"唐《三国》"含而不露、节制有度的文学气韵，照亮了"唐《三国》"藏而不举、微以显著的美学创境。《三顾茅庐》一书，刘备心境似水、思绪如腾，正是卧龙岗山村美景的疏朗萧散、虚怀澄明，才将中国传统文化中景语即情语、美境即美韵、人性即人格的高超境界，悄无声息地播扬在了"唐《三国》"的精彩书情与审美天地。《横槊赋诗》曹操的文学走到前台，巧妙了。"唐《三国》"中，曹操的最大悲剧"火烧赤壁"却是由他著名的诗歌《短歌行》来吹了哨。最是《王德报信》夜幕下的人性，恐惧心态而又崇高人格的美学，悲惨难逃而又善良之极的命运，英杰赵云而又平民王德的交集，我们很少能见到美学是这样在苏州评话共同体呈现的，我们很难想到美学是这样在苏州评话共同体升华的，我们很难知道创造学何时才能像"唐《三国》"这样艺术价值恒久地在苏州评话共同体得以新生。

语言学、文献学保守"唐《三国》"艺术净土。《聚铁山》一回，我们读到了一百年前苏州评话语言艺术的文化保守主义，为此，我们自然会惊叹不已：作为"中国说书"共同体领头羊之一——唐耿良在20世纪80年代为我们"保守"住了一块非遗文化的净土。同时，我们又在真心地释怀：唐耿良始终秉举与时俱进的光烛，只有这与时俱进的勇敢光烛，才能亮色时代精神大华彩；只有这与时俱进的清醒光烛，才会旁涉文化传统大生态；只有这与时俱进的统贯光烛，才可发挥艺术辩证大优势。唐耿良身为文化保守的民间说书艺人，却又是与时俱进的创造先行者，他通过《聚铁山》加诸"唐《三国》"的审美凝聚，为苏州方言这道最靓丽的非遗文化风景，留下了第一手文献学原始资料以及比文献学意义还要珍贵许多的人文光华。

管理学、社会学突出"唐《三国》"艺术进化。"三国用人之道"管理学讲座，曾经让老派资深的说书家唐耿良成为 20 世纪 80 年代在文化界广为风行"三国热"的先驱之一。管理学，这是唐耿良苏州评话艺术与他人说书相区别的枢要机关。"三闯辕门"系列中，诸葛亮这个"总经理"那么铁面无私，赵云这个"总台助理"那么精乖无缺，张飞这个"戆大莽汉"那么求救无告，刘备这个"董事长"那么束手无策，关羽这个"大董事"那么情急无助，苏州评话艺术把政治管理韬略课、军事威权指挥课、赏罚奖惩绩效课，说演得有声有色、栩栩如生，真可以成为管理学的教科书了。《救主回长坂》，唐耿良转身成了社会学的教授。"刘备摔阿斗，收买人心"——这是近乎标本的《三国演义》常识，"唐《三国》"却是敢于强调刘备没有摔阿斗。赞！说书家应该就是社会学家，因为他天天都生活在人民群众之中，他就应该能够成为大众社会心理学的发言人。刘备摔阿斗，毕竟违背正常人伦义理。20 世纪说书家再也不必老做冬烘先生。

历史学考古"唐《三国》"艺术乡愁。说历史风云，读历史演义，听历史故事，"唐《三国》"告诉我们：历史就是乡愁的底板和记录。《说退陆绩》唐耿良"以身说法"，对于二十四孝他是有所微词的。《借东风》对于道教文化他是有所建设态度的。《草船借箭》对于古代科技和科学幻想他是有所创造发挥的。我们说，唐耿良对于已经淹没在了历史遗存中的文化艺术乡愁，多取舍态度，有矛盾之处，贵破立见解，对此我们自然要抱着"同情的理解"来揭示、分析、研究唐耿良蕴藏在苏州评话艺术乡愁及其肌理中的沉湎与寄托。

心理学登临"唐《三国》"艺术高峰。关于"唐《三国》"的心理学风流，我们已经在前文中多有表述。然则，"唐《三国》"最让我们喜欢到了骨子里的那条"心理汉子"喜剧尖儿张飞才真正有型、够格最后来上演他那一轴压台戏。

听唐耿良说张飞的"戆"，可算得有趣的心理学。一部"唐《三国》"，张飞正是经由"戆＋N"的喜剧性创造，达到了质的飞跃，跃居于"唐《三国》"第一等喜剧人物＋第一等"心理汉子"＋第一等"熟悉的陌生人"之行列。一是"戆＋误会"匠心总领。张飞"戆"总领起喜剧性的误会、夸张，这是唐耿良喜剧创造的匠心之所在。误会，误会中的张飞"瞎胡闹"，《古城相会》《斩蔡阳》两回书中，几乎"胡闹"掉了关羽的人性命，逼得关羽差一点"痛不欲生、死了拉倒"。这波"戆＋误会"高潮，张飞喜剧"戆"来自他"莽汉"性格主导下的重于兄弟感情、错受孙乾误导、不信两位皇嫂、兴奋豪饮醉酒。其后，张飞还误会赵子龙变节"投主"，一直要草蛇灰线到《救主回长坂》，说书家才一步一步地把张飞"莽汉"性格推向极致，从而，通过凸显"夕阳西下等赵云"的那个"熟悉的陌生人"，让张飞"莽汉"性格得到喜剧性自我革命。一个从"戆＋误会"起步的张飞,脱胎换骨成了——一个"戆+爱心"的张飞,是他催着赵子龙饮食和喂马;一个"戆+细心"的张飞,是他约定赵子龙得胜的凯旋;一个"戆+贴心"的张飞,是他夕阳西下等着赵子龙回营。二是"戆+张力"精心对比。如果说,《怒打蔡瑁》中,张飞一门心思要痛打蔡瑁与他直言声称会保卫刘表,还只是形成了平面时空中的叙事性张力,那么,"熟悉的陌生人"张飞与诸葛亮之间反差巨大的灵魂碰撞,则为张飞改写了他对诸葛亮从"戆+冒犯"起于三顾茅庐,进而"戆+冲撞"因违反军纪受严惩,继而"戆+归顺"却迫不及待要拜师,这么一圈360°的大冲击、大对比、大逆转、大飞跃、大张力。三是"戆+用计"细心落地。张飞这个第一等"熟悉的陌生人",我们"熟悉的"当然是他的"戆",至于"陌生人"自然就要数到他的"眉头一皱,计上心来"了。到了"战樊城","戆大"张飞"用计"可是来了劲。唐耿良独具匠心,他把张飞"拆锦囊"分解成了十个心理活动细节,应该说,也正是这一段心理喜剧的神来妙笔,写就了从苏州评话共同体先前那个"莽汉"升华而来的可谓第一等"心理汉子"张飞。"唐《三国》"《战樊城》这回书,不仅名列苏州评话艺术优秀经典的前茅,而且已经成为"中国说书"共同体喜剧创作的典范个案。张飞拆锦囊,不过是咫尺之间一连串"小动作"细节组合。锦囊拆开来,说书家却是"大作特作其精细文章,尽表特表其喜剧心理"。短短三百字不到,唐耿良却将"张飞拆锦囊"喜剧情境之下的"心态之定、意态之细、言态之憨、行态之萌、情态之急、真态之怕",表现得淋漓尽致、精彩无比。

唐耿良生前一直将《战樊城》视为得意之作。1981年10月,"全国中长篇曲艺研讨会"在江苏扬州召开。会议举行过几场晚会,由著名演员做示范演出,唐耿良书目正是《战樊城》。与唐耿良同场登台的名家还有:山东快书的高元钧,北方评书的刘兰芳和袁阔成,扬州评话的康重华,等等。20世纪80年代,唐耿良和苏州弹词艺术大师蒋月泉、杨振雄等应邀为苏州评弹学校学员授课时,唐耿良即携《战樊城》这回经典书目向苏州评弹新生代传授了"唐《三国》"艺术情致的精湛风华,积极践履陈云同志关于苏州评弹发展"出人出书走正路"战略方针。

五

在此,我还应当为"心理汉子"张飞咬牙切齿的微妙语境圈多说几句话。听《怒打蔡瑁》以及此后相关书情,围绕着"恶贼"蔡瑁而起的"咬牙切齿"语境,竟然活脱脱生动了唐耿良苏州评话艺术的微妙法术势。在书情当时,张飞的咬牙切齿于蔡瑁是行为愤怒的微妙;在荆州交恶,蔡瑁的咬牙切齿于刘备是细节安排的微妙;在居高临下赵云的咬牙切齿于蔡瑁是轻蔑表露的微妙,英雄末路。魏延的咬牙切齿于蔡瑁是心绪爆发的微妙;最稀奇,刘备根本就没有露出过对于蔡瑁任何一点物理形态的咬牙切齿，可是，刘备在恶魔蔡瑁面前一次次不得已哀求苦恼的貌似低三下四，反而在更大程度上表现出唐耿良真正做到了家的——刘备事实上藏匿在心"不出声"的咬牙切齿。这种种微妙的艺术感染力，当会促使我们通过张飞咬牙切齿的微妙语境圈而去深刻地明晓唐耿良苏州评话艺术"说亦惺惺，听亦惺惺"那非凡精彩的"法术势"。

后记

长篇苏州评话《三国》的传承与发展

——整理《唐耿良说演本长篇苏州评话〈三国〉》有感

唐力行

2021年1月30日是父亲唐耿良诞辰一百周年纪念日。父亲自幼便因家境贫寒丧母辍学，十三岁拜评话名家唐再良为师，随师在码头学艺八个月后就开始闯荡江湖鬻艺谋生了。从1934年初登书坛破口开讲《三国》起，从此游走于江浙码头，锻炼书艺，逐渐形成自己的风格，开始享誉江南。1944年父亲进入上海，跻身于上海响档的行列，成为蜚声江南的"七煞档""四响档"之一，他表演的评话《三国》被誉为"唐《三国》"。我们谨以这本《唐耿良说演本长篇苏州评话〈三国〉》化作一瓣心香献给他老人家，以作永远的纪念。

一

父亲从艺之途并不平坦。他的成功，一是得益于良师栽培。父亲曾说："现在所知最早演说苏州评话《三国》的是陈汉章。一传其子陈鲁卿，再传至同光年间的朱春华。朱书艺高超，未授徒而英年早逝，致使苏州光裕社说《三国》的艺人断档。弹词艺人许文安觉得《三国》失传太可惜了，一次他路经玄妙观三清殿后，听到一位露天说书人在说《三国》，此人是在朱春华生前说书时去书场偷学得来的，可谓朱的私淑弟子。许文安当即萌生一个想法，放弃弹词《描金凤》，每天去露天书场偷学《三国》，成为朱春华再传的私淑弟子。光裕社是高台说书，露天说书是平台说书，高台说书不能拜平台说书为师，许文安就在光裕社公所里，向朱春华的牌位磕头拜师，改行说起了《三国》。由于许文安说功细腻，对朱春华的本子有所发展，成为说《三国》的响档。清末民初许文安又收了不少徒弟，其中最著名的是黄兆麟，他起角色有造诣，气魄很大；还有就是唐再良，他说表亲切，娓娓动听。这两位说《三国》的响档又收了不少徒弟，繁衍了不少人才，使评话《三国》呈现兴旺局面。"《三国》这部书自清代嘉庆、道光以来，分为四个传承系脉，名气最大、枝叶最为繁茂的要数陈汉章系脉，其他还有熊士良、夏锦峰和郭少梅三个系脉。拜得名师的父亲，得到唐再良先生悉心指导，成长为《三国》陈汉章一脉的第六代传人。

二是得益于勤奋好学。父亲虽然小学四年级便辍学了，但他从艺之后坚持天天秉烛夜读，努力提高文学、历史修养和艺术素养。他曾回忆："当时我也读了一些书，像《三国志》《水浒》《红楼梦》《康熙字典》《辞源》等，以丰富自己的文学、历史知识的修养。夜书场下来，秉烛夜读至深夜已是我多年养成的习惯和乐趣。同时还要去观摩京剧、昆曲以及其他地方戏曲，从兄弟剧种的表演艺术中汲取营养。此外，我还从电影、话剧这些现代表演艺术中学习借鉴，提高艺术素养。"[1] 即使在成名之后，他仍保持着天天读书看报的习惯，从而造就了他"说书说势"的特点。张振华曾说："他不仅说书，而且还介绍时代背景、时代趋势。他通过天天读书看报，了解时代背景，穿插一些噱头，深受听客的欢迎。他的成功，说明他善于开动脑筋，注意书目中人物的分析。"《书坛周刊》第28期（1949年1月9日）刊出了一篇署名为知音客的文章——《唐耿良的现代三国》，"唐耿良的唯一特点，在台上说法现形，飘逸自然，显得非常轻松，噱头俯拾即是，妙在将古比今，雅俗共赏，并不低级，完全仿效已故英烈名家许继祥的作风，不过嗓音既较继祥嘹亮，虽角色不能起足，可是他身材并不魁梧，在台上跳来跳去，也很有劲。最难能可贵的，就是这部敷陈历史的《三国志》，在他口中说来，描摹刘关张、赵子龙、曹操、鲁肃、诸葛亮等角色的个性行动，好像近代人物，如在目前，并不陌生。因此使新型书场的座上女听客，也听得趣味尽然，绝不厌倦，所以被称现代三国"。这一特点，是长期读书积累的结果，所谓自然成。父亲七十岁退休后寓居加拿大，2004年我妹妹力敏去探亲，临行前父亲关照她买一台手提电脑带去。那年父亲已八十五岁了，在妹妹的帮助下，他学会了上网，从此可以方便了解天下大事，尤其是苏州评弹的信息。他又学会了五笔输入，开始在电脑上写作。文化的积累与书艺的精进是相得益彰的。《醒木一声驻流年——唐耿良传》的作者解军说：在评话《三国》众多角色中，听众分明可以感觉到他就是"活张飞""活鲁肃""活周瑜"。他说表稳健、从容、富有书卷气，这是说《三国》者的最佳风范。彭本乐认为唐耿良的《三国》，既合情理，又颇夸张；既重史实，又富想象；既重说表，又多角色；既讲历史，又论现实。报人秦绿枝也说过，"唐耿良好在什么地方，所说的《三国》也比其他人说的《三国》有水平。什么道理？他的文化基础好，他的理论基础好，条分缕析，所以讲得好！"作家沈善增说，唐耿良的唐派《三国》富有文学性，是他最喜欢的。评弹作家窦福龙也说，在演说《三国》的诸多名家中，他最推崇唐耿良的《三国》。

三是得益于他热爱评弹事业，以评话为自己的生命，一生孜孜以求、决不言弃的精神。初出道时，他在码头上说演师传的六十回《三国》，从《相堂发令》开始，到《华容放曹》结束，共六十回书，可以说一个多月时间。但他并不满足，而是在传承的基础上，一辈子追求发展、创新

---

1 唐耿良口述，唐力行采访：《我的说书生涯——从少小学艺到初上书坛》，《史林》2006年1期。

和完善《三国》。一次他去浒墅关荷园书场说书，书场老板告诉他附近农村有一位说《三国》的响档周镛江，因年迈、双目失明，蜗居在家。父亲知道周镛江是清同治年间夏锦峰的学生。周镛江曾收过两个学生，一个转业，一个病故，这一脉的《三国》眼看就要失传了。父亲特地赶往周镛江家中，谦诚表示要向老前辈学习，恭恭敬敬地邀请他住到书场去。在荷园的一个多月里，周镛江天天听父亲的书，指出存在的问题和完善的方法。上午则在房间里教给父亲从《曹操赠马》，到《刘皇叔三顾茅庐》的十六回书。过去父亲只能说从《相堂发令》开始的六十回书，在码头上日夜两场只能说一个月，现在有了周镛江的前段书，可以说到四十多天了，内容大大充实。其中《千里走单骑》这一段书，父亲在接下来的第二只码头就说开了，很受听众的欢迎。彭本乐先生说："唐耿良先生从学艺开始，直到耄耋之年，几乎是穷毕生之精力在改进、充实和提高《三国》。在《别梦依稀》中，详细记述了他听书、学书、看书、补书、改书，甚至'偷'书经历。终使他幼功扎实，见多识广。唐耿良先生是唐再良的学生，是'唐派'《三国》的传人。但他几十年来博采众长，将评话《三国》的三种流派[1]之长处兼收并蓄，融会贯通，形成了他自己的艺术特色。"比照现在"唐《三国》"一百回来看，原来从周镛江那里学来的十六回书，从《赠马》到《三顾茅庐》已扩展到二十四回书了，增加了八回。原来从唐再良那里学来的六十回书，现在从《相堂发令》到《华容放曹》已扩展为七十六回了，增加了十六回。这新增的二十四回不是无源之水，是父亲从各个流派《三国》中继承而来，并加以创造性的发展，使之融合、拓展到"唐《三国》"的体系之中。从唐再良和周镛江那里继承来的七十八回，也经过了他的筛选，剔除了书中的宿命论及迷信细节，并做了一些整理加工。

　　例如华容道关羽放走曹操一节，诸葛亮明知关羽必然要放走曹操，为什么不派张飞、赵云去把守华容道呢？原来的解释是曹操天命未绝，诸葛亮顺天行事，让关羽去把曹操放走的。现在父亲做了这样的解释：诸葛亮考虑到当时的力量对比，曹操不能死，曹操如死，中原空虚，刘备寄居江夏羽毛未丰，不可能去夺取中原，这就给孙权、周瑜以机会，如果周瑜取得中原，江东实力大大增强，刘备就难以抗衡，鼎足而立的均势就会遭到破坏。留下曹操，周瑜不但取不到中原，而且还怕曹操背后袭击以报赤壁之仇，也不敢去攻击刘备。有了曹操牵制江东，刘备可以从容地先取荆州为家，后得西蜀东川以定三分天下，然后徐图一统。诸葛亮权衡利弊，放曹比杀曹更有利，故而派关羽去守华容道，以保持一个相互制衡的局面。这样，既删除了曹操天命未绝的宿命论，又体现了诸葛亮老谋深算的智慧。

　　又如，父亲说草船借箭，增添了诸葛亮下令锯掉船尾，再用钉子钉上，结果曹军追及，敌将

---

[1]　在20世纪40年代前后，演唱评话《三国》的演员有四五十位，主要有三种流派：黄兆麟派、唐再良派、何绶良派。

奋勇跳上船来，正要活捉诸葛亮时，船尾断裂，诸葛亮无恙而敌将落水。这个情节设计，进一步突出了诸葛亮的神奇智慧，其中埋伏的内在的幽默，能使听众畅怀大笑、深感过瘾，具有很强的艺术魅力，也为空城计司马懿中计留下了伏笔。

再如，小说《三国演义》第三十九回中，夏侯惇十万大军将到新野，张飞先是对刘备说："孔明年幼，有甚才学，兄长待之太过。"刘备说："我得孔明如鱼得水。"曹兵压境，张飞讽刺刘备："哥哥何不使水去。"小说写张飞与孔明的矛盾仅此寥寥数语。评话却敷衍了不少情节，增加了诸葛亮登台拜将，接受剑印。张飞故意不去，在城里酗酒，诸葛亮点名时张飞三卯不到，醉酒而来，又将辕门推倒，还辱骂孔明。赵子龙智擒张飞，诸葛亮按军法要斩张飞，刘备讨情求免，张飞一怒负气出走，等等。从"兄长待之太过""哥哥何不使水去"生发出两回书四万字来，矛盾激化了，人物性格开掘更深，冲突更尖锐。听众为诸葛亮的处境担心，急于知道他在内忧外患交相煎迫中如何处理。这段书在矛盾冲突中丰富了诸葛亮和张飞的性格，也吸引了听众。

又如赵子龙单骑救主，小说只有半回书约三千字左右，评话要说七回书约十四万字。赤壁大战则渲染得更加热闹了。一回《聚铁山》，小说上一个字也没有，完全是评话虚构创作出来的，当然这些加工并非一代人所能完成，是几代人的不懈努力逐渐累积所形成，这里包括听众们的意见在内，也可以说是集体创造的成果。

父亲的《三国》表达的是传统的美德，刘备的仁、诸葛亮的智、关云长的义，为听众所乐闻。《上海书坛》1950 年 9 月 26 日载范烟桥语："我的同事许嘉祥先生说，唐耿良的'古城相会'，描写关羽恰到好处，见得他是擅长忠义一路的，所谓正派作用。"他以毕生心血凝成的一百回，是由"唐《三国》"所体现的价值观、故事结构、叙事风格、人物形象、语言说表、场景描绘、细节铺排、穿插噱头、技巧运用等等构成的，形成一个"唐《三国》"的整体。

二

父亲八十八年的人生经历，大体可以分为三个三十年。第一个三十年，读书辍学，十三岁学艺，十四岁破口演说《三国》，到 1951 年初次"斩尾巴"，十八年的时间走过了从说书小道童到上海大响档的奋斗之路。这也是"唐《三国》"从成型到成熟，形成长篇苏州评话《三国》说演独特风格的十八年。

第二个三十年，从 1951 年初次"斩尾巴"到"文革"结束，政治运动风急浪高，传统书目时开时关，其间父亲断断续续只说了五年《三国》。这期间他以编创演新书为主，但也在断断续续说《三国》的五年中对一些经典回目《赠马》《闯辕门》《战樊城》《临江会》《草船借箭》《借东风》《聚铁山》《华容道》等做了精细的加工。这三十年里，尤其是 1963 年大讲"十三年"，二次"斩尾巴"后，到"文革"十年，父亲受尽劫难，甚至连《三国》中的人名、情节都已淡忘。

第三个三十年是"唐《三国》"升华的三十年。"文革"后父亲获得了新生，虽然已到花甲年，但是他不甘于苏州评话《三国》折戟沉沙于他这一代，开始自我抢救。他殚精竭虑，用孔明死而后已的精神努力拼搏，为后代留下了苏州长篇评话《三国》的完整资料。

1980 年，父亲去上海人民广播电台录下了《赤壁大战》三十回书，播出后受到广大听众的热烈欢迎和高度评价。他决心要在有生之年将前面七十回书录下来。但是，这太艰难了，用他自己的话来说，就像石沉大海一样，难以打捞。他勉力将尘封的记忆一点点打开，把从海底打捞出来的碎片拼接起来，一回回地录音保存，待到有了个整体的面貌后，他的信心也树立了起来。1982 年起，父亲开始在电台录前七十回。每次正式录音前，他将先前的录音再听、再思索、再完善，做到充分准备，不留遗憾。在电台戏曲组编辑俞雪莉热情支持下，前后经历了三年时间，到 1985 年终于录完了前七十回书，将唐再良、周镛江两位老师传授的脚本以及他自己多年来的心得和创造较为完整地保留下来了。俞雪莉向听众介绍，在录制《三国》的日子里，唐耿良可说是呕心沥血。父亲身兼中国曲协理事、上海曲协副主席等数职，社会工作十分繁忙，在这种情况下，他要潜心研究、整理、加工已说了一辈子的《三国》确非易事。他年届七旬，可谓壮心不已，不怕艰辛，完成全部录制工作，用他自己的话说："这是做最后的奉献。"俞雪莉还介绍，唐耿良体弱多病，在病中反复审听、修改，多次往返无锡华东疗养院和上海之间，电台工作人员都在心中暗暗祈祷，上帝保佑他别垮了，他实在太劳累太虚弱了。一回书录下来，他虚汗连连，这是他强烈的责任心、使命感使他放射出的生命光华。

听录音可以了解"唐《三国》"的主要艺术特点。彭本乐先生曾总结说：

我和唐老师相熟多年，听过他在团内的彩排、书场的公演以及录像和录音，依我浅见，他说《三国》的特点是：

一、大气。首先是台风大气。自信、大度、稳重而富有书卷气，这是说《三国》者可贵的气质，是他学识修养水到渠成的自然流露（举例分析略）。二是他的说表大气，其语言的抑扬顿挫、从容不迫，突显名家风范。放噱头更以幽默风趣、隽永含蓄为特长，从不乱喷，更无低级庸俗之语。三是手面动作的大气。以说为主，动作不多，只有在强化所要突出的内容时，才有和语言相配合的手面动作，自然而优美。

二、说表清晰。说表清晰不是口齿清晰。口齿清晰是技术，说表清晰是艺术。说表清晰首先是书路清晰。情节的铺展、关子的安排、书回之间的衔接，总能做到自然合理。如：《三国》一百回中的第一回《赠马》，是关公受恩于曹操；第一百回《华容放曹》，是曹操受恩于关公，首尾呼应。中间的经历是刘备发家的故事，各种人物在这波澜壮阔的战场上各展技能，错综复杂、层层推进，逻辑性极强（举例略）。

对软档书从不草率行事。有些书段的内容十分繁杂，但又必须交代清楚，否则会因衬托不到而影响到后续书目的演出效果。唐先生总会一丝不苟地将虽然难说却又必要的书段娓娓道来。如《草船借箭》中，有一段专门叙述诸葛亮是如何通过拉动绳索和铜铃，来指挥草船行动的长段表书。只有讲清了绳索和铜铃是怎样连接和运作的原理才能以理服人，听书和看戏的不同之处就在这里。这段书中没有情节，也没有噱头，只是说明道理，是吃功夫的书段。唐先生叙述这段长表白从容稳健，清脱勾勒。把绳索、铜铃和指挥作战的关系讲得明明白白，为接着的"借箭"做好了必要的铺垫（分析略）。

三、是运用语言艺术来演绎故事的典范。听唐耿良先生的演出，故事中的场景和人物形象，都会像一幅幅的画面，生动形象地展现在听众的面前。从战场上金戈铁马气氛的渲染，到宝剑出匣、入匣，哪怕撕碎一张纸头，他都会运用语音的变化，来表现某个角色正在以什么样的心态做什么样的事情（举例略），绘声绘形、惟妙惟肖，这是真正语言艺术的典范。

唐先生起角色往往只有短暂的动作亮相，并通过特定的语气和声调来展示人物的行当（生旦净丑）属性和其当时的心态，少有起足角色的长段官白和做功。唐先生对于人物的塑造，主要是以语言来叙述角色的行为动作和心理活动，起角色只是点到为止，反而给人以深刻的印象。故听众们有的赞誉他为活张飞，或活周瑜，或活鲁肃。

这些艺术特点，是彭本乐先生聆听"唐《三国》"现场感受的总结。这些现场感受对于后人来说是需要结合录音、录像和文本全信息的综合去细细体味的。为了《三国》的传承，父亲没有满足于留下录音，1986年起他开始整理《三国·群英会》。历时三年，父亲一笔一笔写下了三十余万字手稿，高可盈尺，并在上海评弹团文学组辜彬彬的协助下，整理成文本，1988年由中国曲艺出版社出版。

进入90年代，电视媒体开始进入千家万户。苏州评弹虽以听觉艺术为主，但也是视觉艺术。说书时的精气神、手面眼风、表情动作等，光看文本或听录音是有局限的。父亲意识到自己只有一百回录音资料，没有视觉形象，这个资料仍是不全的。1994年父亲回国探亲，应邀在苏州电视台录制了一段关公书：《千里走单骑》《过关斩将》《古城相会》《华容道》，共计十二回书。

1996年父亲回国探亲，回来后就病倒住院，稍有好转，他征得医生同意，上午在医院吊针，下午去电视台录像，为上海听众留下了二十三回《三国》。从《战樊城》开书，紧接着就是《当阳道·赵子龙单骑救主》的关子书。说完《长坂坡》，中间删去一段《舌战群儒》，然后周瑜出场，说诸葛亮《智激周瑜》。为了更好地展示周公瑾与诸葛孔明的主要矛盾，父亲将这段书题名为《双雄斗智》，以周瑜妒忌诸葛亮才智过人，接连使用了"诱人犯法""借刀杀人""倒树寻根""掘阱待虎""十面埋伏"之计陷害孔明，被孔明机智地躲避过去为主线，直到诸葛亮借东风回转夏口结束。

1997 年父亲再次返沪，不料长途飞行，身体不好，不得已又住院治疗。半个月后病情好转，他又提出上午治疗、下午录像的请求，医生同意后，又去录了《千里走单骑》《三闯辕门》等段落，也是二十三回。

这四十六回上海录制的《三国》不是全部长篇。前段书未录的有《荆州借兵》《火烧博望》，后段未录的有《蒋干盗书》《借东风（一）》《苦肉计》《密献诈降书》《连环计》《火烧连环船》《华容道》等回目。父亲寄希望于下次有机会再做补充，以求完整。但是 1999 年、2000 年两次返沪都是住院治病，一次摘除前列腺，一次结肠癌，开了两次刀，一出院马上就飞返加拿大，再也不敢奢望长途飞行返沪录像了。

录下全本长篇苏州评话《三国》的愿望是在美国达特茅斯学院汉语教授白素贞（苏珊·布兰德）的帮助下实现的。2002 年夏天应白素贞的邀请，父亲去华盛顿参加史密斯博物馆举办的"丝绸之路"民间艺术表演大会。当她了解父亲的心愿时，热情地说加拿大飞上海要二十个小时，飞美国只有一个多小时，我们学院有先进的数码摄像机，待我去申请一笔经费，冬天你来学校录像。唯一的条件是给我们学院留一份资料。尽管没有报酬，为了保存《三国》资料，父亲欣然从命。从 2002 年 11 月初到 2003 年 1 月初，父亲不辞劳苦，没有双休日，没有圣诞、元旦假期，一共录了五十六个小时，从《赠马》到《华容道》全部录下，了却了一份心愿。父亲为自己在八十二岁高龄还有精气神能把前人传下的《三国》保存下来，供听众欣赏，或供后人传承，感到非常满足了。

此后，白素贞又付出了大量的心血，将《三国》录像制作成了 DVD 光碟。2006 年父亲拿到四份光碟后，将其中三份分别赠送给了著名评书表演艺术家、时任中国曲艺家协会主席的刘兰芳，著名评弹理论家、江浙沪评弹工作领导小组负责人周良，以及我，并嘱我妥为保存。在父亲的学生黄鹤英的先生——中国唱片上海公司出版社编辑胡国梁的帮助下，目前已出版了《千里走单骑》（十六回）和《诸葛亮出山》（二十四回）。

父亲在长篇苏州评话《三国》录音、录像、出版脚本方面所做的工作，为《三国》的传承提供了全方位的资源，也为我们整理他一生心血凝聚成的长篇评话《三国》说演本奠定了基础。

三

《唐耿良说演本长篇苏州评话〈三国〉》的母本是 20 世纪 80 年代上海人民广播电台的《三国》录音一百回。这件事前后做了七年，其间感触颇多。

一是深刻认识长篇书目整理的重要性。父亲对长篇书目的认识经历了一个否定之否定的过程。跟师学艺到成为上海响档的十八年，他把走码头说长篇《三国》视为安身立命之本，视为评话艺术之本。"唐《三国》"之称谓既是广大听客对他书艺的肯定，也说明他的生命已与《三国》合为一体了。马如飞的《道训》曾云："一部南词，够我半生衣食。"周良先生也说：在书场演出长篇，是苏州评弹的存在形式和生存方式。离开了书场，长篇就失去了创新的动力，长篇的生命力就会枯萎。这些认识是数百年来说书人常识的核心，我们也可以称之为"艺术底线"或"艺术正确"，这是没有疑义的。

1949 年 5 月 27 日上海解放，社会急剧转型。次月 8 日《上海书坛》的一则报道，描述了当初父亲的心态："唐耿良的书艺我们姑且不谈论，他的品行的确是好的。他不吸烟、不吃老酒、不赌博，起身很早。他十六岁（应为十四岁）便说书，但小学只读到四年级，他现在能读懂《史记》，看得懂《鲁迅全集》，这是说书界难得的。他自新中国成立前，就说一定人民军打赢的。待等解放了，他却又终日满面的心事，说我们说书先生不对的地方太多了，以后下去的俭改是很严重的。又说最好大家不要着毛货长衫，马上组织布衣会，因为我们着毛货长衫是不正常的。有的道中说他是投机，有的道中说放着现成的毛货长衫不穿，反而另做布衣，这是因俭而费了，有的道中说你现在也着毛货长衫，为何不马上穿布长衫呢？他被道们说得面孔红起来，嗫嚅地说，'你们叫我一个人穿布长衫，我不要被听客笑我肉麻吗？'"看得出来，他是矛盾的，既向往新中国，向往进步，又有点不知所措。新的时代开始了，你要生存，就要与时俱进，其结果是否定自己。1952 年 3 月 5 日《文汇报》载《治淮工作教育了评弹艺人唐耿良》，其中有"看看别人，比比自己，这次参加治淮工作，等于叫唐耿良照了照镜子，洗了洗脸。他检查自己的急躁，帮助同志们不够，个人英雄主义很强，自高自大的厉害。他检查出造成这样缺点的历史原因，由于他十四岁拜师学艺起便一直一帆风顺，压倒了其他的与他同时的艺人。新中国成立后政治地位的提高，处处都比别人得到更多的表扬，造成了他渐渐的自满和骄傲。但这些通过批评与自我批评，同志们的帮助，使他自己觉察这样的发展的可怕。他更进一步地想到了自己是没有什么可以值得骄傲的，过去说旧书非但不能帮助人民革命事业，反而作了反动统治阶级的帮凶，今天更没有能进一步地对革命事业有更多的贡献，自己只懂得了一些革命理论的皮毛便自高自大看不起别人，比起工地上的劳动人民，真该彻首彻尾地否定自己的过去。唐耿良下了决心，他给自己指出一个努力的方向：'痛改前非，下定决心，学习劳动人民的老老实实的作风，警惕自己，改正缺点，更好地为人民服务。'"这里说旧书变成了"反动统治阶级的帮凶"，出路是"彻首彻尾地否定自己的过去"。

彻首彻尾地否定自己的过去，包括生活方式、思想方式乃至所说的书。父亲和他们这一代艺术家是痛下决心要重新做人的。从50年代到70年代，整整三十年的时间，用历史学家的眼光来看也是一代人的时间，他们在否定自己的过程中度过本来应该是人生最美好的年华和艺术青春。可能在新时代生存久了，久而久之，否定自己已成为心理定式。正如巴金在"文革"初时所说，一开始他从心里真的以为自己都错了。而郭沫若则在"文革"初认为自己写的书都应该烧掉。父亲彻头彻尾地否定自己，诚心诚意努力适应新时代，但是他还是没有躲过"文革"。

关于这一段否定自我的历史，父亲在《别梦依稀——我的评弹生涯》中有详细的叙述。在这本书的研讨会上，作家顾绍文说："唐老师这本书最好的地方，也是让我感到最震惊的一点，他实事求是地讲出了这个评弹团是'他们要成立'，这个新书是'他们要说'，这个尾巴是'他们要斩'，我在评弹界有很多朋友，这是我第一次听到那么真心地讲出一个真实事。这些都是他们自己要的，'自己要'和'自愿'是有区别的，这种心态是要和当时的社会形态结合起来，这不仅是一个个人回忆录，这里面还涉及社会学、历史学的问题。从这个问题出发论之，这本书可以说写得非常厚重。"

从"十七年"延伸到"文革"，书目流失、人才凋零、元气大伤、后果严重，很多传统书目再也传不下去了。据周良先生统计，传统时代得以流传的长篇评话书目有七十部，弹词书目有八十六部，共计一百五十六部。而经过近三十年，剩下的仅三十一部，还在说的只有一二十部。就是这些还在说的书目也已大大缩水，原本可以说数月，乃至半年、一年的书目，现在只能说半个月，甚至有些"传人"一辈子也只能说一二回折子书。这种状态对于评弹艺术是毁灭性的。离开了长篇，苏州评弹的艺术本体便不复存在。

"文革"后的父亲，进入他人生的最后三十年。他在给彭本乐的信函中说："评弹是以长篇为基础。每个艺人都终身说这部书，出了不少有流派的响档，一茬接一茬，各领风骚。"父亲是真诚的，他以"大寨人斗江青"，书坛痛斥"四人帮"，在花甲之年开启了自我回归之程。他的人生的最后三十年更是以说书人的尊严，全心全意、争分夺秒地投入了传统长篇评话《三国》的抢救、整理和保存。

二是长篇整理的艰巨性。事非经过不知难。父亲用人生最后的三十年稽远钩沉，为我们留下了长篇苏州评话《三国》的完整信息。父亲生前想将评话《三国》全部整理出来，可惜因为各种原因，未能如愿。2014年，我申请了国家社科重大项目"评弹历史文献资料整理与研究"，开始组织队伍整理《三国》。这项工程前后足足花了七年时间。一开始我们的设想是用普通话来记录，这样可以扩大读者面，有利于推广经典苏州评话。参加整理工作的还有我的学生解军、王亮、金坡、刘晓海、赵倩、薛雄戈、秦箸茜、付楠、季珩等，他们利用课余时间，前后三年整理出了普通话的文本，整整一百六十万字。

在审读稿子时，我感到用普通话来整理苏州评话，虽然有增加读者面的优势，但是却失去了苏州评话的神韵。我们做了试验，让不谙苏州话的人，一边听录音，一边看文字记录，不仅大体听懂了苏州评话，也逐渐能感悟苏州评话特有的神韵。但是将普通话文本改变为苏州话文本，并不简单，又是一个大工程。周良先生给了我一个重要的建议，他说最合适的人就是黄鹤英，她是你父亲的学生，只有她能胜任。我父亲在回忆录中多次提到黄鹤英，说她"说书条理清楚，我满心欢喜，以为后继有人了"。又对她在"文革"中被迫转业表示了极大的无奈和深深的遗憾。"我那女生学员，'文革'后被转业到工厂中去当仓库管理员了，从此我的书艺后继无人，这是很无奈的事。"鹤英大姐长我两岁，七十多了，还有精力做吗？不料她一口答应，说这是纪念先生的最好方法。从那天起，她用了整整两年半的时间完成了这个工程。她将普通话文档输入电脑，一边收听录音，一边修改文本。几次去她家，她都坐在电脑桌边，一个字一个字地敲打，反反复复地推敲。她是在勉力追回青春失落的梦，追回被剥夺的说书的权利。这中间又蕴含着多少深厚的师生之情！

另一位对"唐《三国》"整理做出贡献的是苏州评弹鉴赏家张进先生。张进先生任职于苏州市人大老干部处，是一位资深的评弹鉴赏家，也是"唐《三国》"的知音。出于对苏州评话的热爱与传承传统文化的自觉担当，他热情承担起评点"唐《三国》"的艰巨任务，在繁忙的公务之暇挤出时间来做研究。他一遍又一遍地阅读文稿、收听录音，以他独到的见解和发散思维，把握"唐《三国》"的审美特征和艺术风格，对一百回《三国》做了精彩的评点。对于读者来说应该不无裨益。在七轮反复聆听的过程中，他发现并补充了原声录音中一些出版 CD 时删去的看似是属"小闲话"、实则与书情有关联的相应内容。

回溯长篇苏州评话《三国》整理出版的过程，深深感受到传统文化的传承要落到实处是一个艰辛的过程，需要有事业心，静得下心来，坐得住冷板凳。现在诱惑太多，能自觉做到这一点难乎其难。这是传统文化传承的一大难题。

三是抢救苏州评话书目的紧迫性。在传统时代，苏州评话与苏州弹词是一对姐妹花，俗称"大书"与"小书"。说"大书"的评话艺人与演唱"小书"的弹词艺人共两千多人，在码头上交替演出，档数也是差不多。就拿"七煞档"来说，一共十个艺人七档书。其中四档是评话：唐耿良《三国》、韩士良《三侠五义》、张鸿声《英烈》、潘伯英《张汶祥刺马》。三档是弹词：蒋月泉、王柏荫《玉蜻蜓》，张鉴庭、张鉴国《十美图》，周云瑞、陈希安《珍珠塔》。这样一个比例，反映的是当时评话、弹词的真实格局。但是 1949 年以后，评话急剧衰落，人数与档数大大降低，以致今天江南各评弹团评话艺人不足十档。据我们调研，产生的原因主要有二：一是中篇评弹的盛行使评话艺人边缘化。二是报酬不均。评话与弹词艺人工资持平，但评话单人独做劳动强度大，学艺难度大，年轻人视为畏途。长此以往，以致评弹学校已不设评话班了，这对评弹的生态是巨大的伤害。1949 年前说演长篇评话或弹词的艺人，比如说创立上海人民评弹工作团的十八艺人已全部不在了。这些国宝级的评话、弹词艺人以及现在的非物质文化遗产传承人，他们的长篇评话或弹词有没有具体安排传承？有没有落实整理保存？这些都是应该追问的。抢救评话，作为濒危的国家级非物质文化，确实有着紧迫性。

四是书目整理的局限性。苏州评弹艺术是常说常新的活的艺术，以"唐《三国》"而言，现在记录的也只是父亲 1985 年在电台所说《三国》的形态，这是有局限性的。父亲每次说书时，一些活的元素，如即时的穿插、小闲话、即兴的噱头等是无法追录入文本的。在《苏州评弹词典》有关家父的条目中，曾有这样的评述："说表以流畅晓达，剖析周到，事理分明为特点。并善于顺应潮流，结合时事，对比映衬，使书情富有新意。"此种以文本时事交互穿插、彼此印证的特色，早在半个世纪之前就已形成。但是这种穿插是随机的，难以重复的。举两个当时的记载来说明。1944 年父亲初进上海说书时，恰逢汪精卫去世，南京汪伪政府下令所有电影院、戏院、书场一律停止文娱活动七天。说书人一天不说书，一天就没有进账，因而心里对汪伪政府这一举措很痛恨。等到七天终于熬过去，第八天父亲再次登上沧州书场书台，便放了一个噱头：刚才又一位听众问我："这七天你在做何消遣？"我说我在家哭了七天。（这时听众都愣住了，你怎么会为大汉奸之死而伤心痛哭？）我接着说："我们说书人一日不说书，一日不活，我一天赶四副场子，七日不说，一个铜钿都没有进账，我越想越伤心，眼泪哭了两脸盆。"[1] 父亲的噱头起到了讽刺的作用，故而深受听众欢迎而博得满堂笑声。1947 年 2 月 16 日《新民晚报》曾报道父亲说书时直抒胸臆："唐耿良在新仙林开讲《三国》，有时他所加的穿插倒很有点意思。在讲《群英会》宴请蒋干一段，周瑜与蒋干二人共餐一席酒，他说在从前因物价便宜，两人坐一桌吃没关系，现在可不同了，十人一桌似乎还嫌太宽一点。同时从前也没有筵席捐，即使有，军队中请客也可不必付捐。后来在说到周瑜命太史慈传令：这里只谈风月，不谈国事，违者立斩。他说，此地只好谈谈风花雪月，不准谈国家大事，是没有言论自由的。命令下了，必须服从，否则便要生命不保。说书而能穿插笑料，已很不易，若能加上点时代的讽刺，确是难能可贵的。"类似于此对于时政的

1　唐耿良著，唐力行整理：《别梦依稀——我的评弹生涯》，商务印书馆，2008 年，第 44 页。

微词婉讽，很大程度上也是民间艺术的生命力所在。所以传承长篇评话或弹词，仅仅凭脚本和录像还是不够的。要避免东施效颦的尴尬，青年艺人必须深入了解评弹的艺术本质，提高艺术素养与增强知识积累。

说好评话，还应该有生活的阅历，哪怕受点挫折，翻点筋斗。秦绿枝曾经这样说：父亲"到老来，日子过得相对安定了，思想上用不着反复折腾了，再专心致志地钻研那部赖以安身立命的传统经典，说表进入一个新的境界。在我听来，似能从大处着眼，含有慨叹、大江东去'一时多少豪杰'的意味。他还有'副产品'，即那篇《三国用人之道》，可以说是早于易中天先生《品三国》好多年的以古鉴今之作，在一些企业单位宣讲过。中国说书人其实是民间的历史时事评论员。想到唐耿良出国前或有时从国外回来，我们偶尔有聚晤的机会，交谈也不多。却正像《红楼梦》里葫芦庙的对联提示的，彼此都翻过大筋斗，感情反而比早先接近了。现在他离去了，我很怅惘，我们这一辈饱尝辛酸的人已所剩无几了"。

父亲是不幸的，他们这一代人承载了太多的苦难与悲催；父亲也是幸运的，熬过了"文革"的他又得到三十年的生命，让他可以完成自己想做的事情。在留下自己说的《三国》的同时，他还争分夺秒地写下了三十余万言的回忆录《别梦依稀——我的评弹生涯》。作家顾绍文说："唐先生很幸福，既留下了《三国》，也留下了这本书。一个人只要能够留下其中一样就很厉害，就能传之于史，何况他留下了两份。我也希望其他的艺人可以如此。"

细细数来，父亲留下的文化"遗产"有：

1980年和1985年在上海人民广播电台先后录制共一百回传统长篇苏州评话《三国》的音频节目（上海声像出版社，2006年）

苏州评话十六回曲本《三国·群英会》（中国曲艺出版社，1988年）。

1994年在苏州电视台录制长篇苏州评话《三国》十二回"关公书"。

1996年和1997年在上海电视台录制共计四十六回苏州评话《三国》的视频节目。

2002年，应美国达特茅斯学院邀请，并在该校汉学教授白素贞女士的协助下，以访问学者身份借助数码技术录制全部一百回苏州评话《三国》的视频节目。其中《千里走单骑》（DVD十六回）、《诸葛亮出山》（DVD二十四回）已分别由上海音像出版社出版。

《别梦依稀——我的评弹生涯》，商务印书馆（台北），2007年。

《别梦依稀——我的评弹生涯》，商务印书馆（北京），2008年。

《别梦依稀——说书人唐耿良纪念文集》，商务印书馆（北京），2015年。

有关父亲历年编说新书的目录，可参见解军著《醒木一声驻流年——唐耿良传》（上海人民出版社，2017年）附录《唐耿良新编书目一览》。

还有，就是我们这本《唐耿良说演本长篇苏州评话〈三国〉》，商务印书馆（北京），2021 年。

最后，我想引用父亲在《别梦依稀——我的说书生涯》中的一段话，作为本文的结束语：

我遥望滔滔长江水，怀念着与我这说书人相伴数十年的三国英雄，不禁背诵起《三国演义》小说的开卷词句："滚滚长江东逝水，浪花淘尽英雄，是非成败转头空，青山依旧在，几度夕阳红。 白发渔樵江渚上，惯看秋月春风，一壶浊酒喜相逢，古今多少事，都付笑谈中。"而今我白发苍然，这一辈子做了演说《三国》的渔翁樵夫。"青山依旧在"，但是"是非成败"未必"转头空"。刘、关、张身上所体现的忠诚不渝、大义凛然、富贵不淫、威武不屈的精神，正是中华传统文化的价值诉求，这是永恒的。这或许就是我们说书人的价值吧。

2020 年 9 月 6 日